BIBLIOTHÈQUE
DE LA PLÉIADE

MAURIAC

Œuvres romanesques et théâtrales complètes

II

ÉDITION ÉTABLIE, PRÉSENTÉE ET ANNOTÉE
PAR JACQUES PETIT

GALLIMARD

CE VOLUME CONTIENT :

CONSCIENCE, INSTINCT DIVIN

THÉRÈSE DESQUEYROUX

DESTINS

LE DÉMON DE LA CONNAISSANCE

INSOMNIE

CE QUI ÉTAIT PERDU

LE NŒUD DE VIPÈRES

LE DERNIER CHAPITRE
DU BAISER AU LÉPREUX

LE MYSTÈRE FRONTENAC

Essais

LE JEUNE HOMME

LA PROVINCE

LE ROMAN

DIEU ET MAMMON

LE ROMANCIER ET SES PERSONNAGES

Appendices

PRÉFACES DES ŒUVRES COMPLÈTES
L'AFFAIRE FAVRE-BULLE
ARTICLES

Notices, notes et variantes
par Jacques Petit

CONSCIENCE,
INSTINCT DIVIN

> « Ceci est le premier jet de Thérèse
> Desqueyroux, conçue d'abord comme
> une chrétienne, dont la confession écrite
> eût été adressée à un prêtre[a]. »
>
> F. M.

Je n'ai rien pu vous dire, mon père : comment saurais-je, en quelques paroles, faire tenir ma vie[b] ? D'autres personnes attendaient dans l'antichambre : outre la mienne, toutes ces existences que c'était votre mission de connaître et d'absoudre avant le repas du soir ! Chacune de nous désirait ardemment que vous fussiez occupé d'elle seule. Une âme qui connaît ses souillures, qui se perd dans le labyrinthe de ses scrupules, de ses remords, s'imagine porter en soi trop de misères pour ne pas suffire[c] à vous absorber. C'est vrai que lorsque vous vous penchez sur un être, vous lui donnez l'illusion que lui seul existe pour vous. C'est[d], sans doute, que vous ne vous assignez sur la terre aucune autre tâche que de ressembler le plus possible au Père céleste (« Soyez parfait comme mon Père céleste est parfait ») et que vous avez atteint ce degré de ressemblance avec Dieu : le don total de soi à chaque créature en particulier. Je vous conjure de ne voir là nulle flatterie : j'ai tant besoin de croire à votre toute-puissance ! Le bien et le mal, le froment et l'ivraie sont en moi confondus au

point que personne au monde ne les séparera si ce n'est
vous-même. Je suis venue à vous, le soir, dans l'espérance
de vous trouver libre, enfin : mais à toute heure des gens
forcent votre porte et, en dépit de toutes les consignes,
vous harcèlent. Parfois vous vous plaignez et vous
dites : « Je suis dévoré vivant. » Les pécheurs se jettent
sur vous avec cette avidité, cette férocité de l'enfant
qui cherche le sein. Vous vous défendez mal, comme
un homme qui se sait le dépositaire du pain et du vin
dans une ville affamée. Vous ne croyez pas qu'il appartienne au confesseur de se refuser au plus petit garçon
revenu sur ses pas pour un scrupule, touchant tel péché
mal précisé : ainsi avez-vous accueilli mon fils Raymond,
à qui d'ailleurs[a] j'ai fait de vifs reproches. Mais mon
importunité dépasse la mesure. Je suis venue, je vous
ai accaparé[b] plus d'une heure sans me résoudre à aucun
aveu : vous avez cru à je ne sais[c] quelle honte et m'avez
conseillé d'écrire ce que je n'osais dire : « Écrivez, écrivez
pauvre enfant ; ne redoutez pas de couvrir des pages...
n'omettez rien... » Certes j'y ai consenti avec joie ; mais
d'abord je veux[d] que vous sachiez pourquoi je me suis tue.
Non, je n'étais pas intimidée, ni honteuse : embarrassée
seulement : tous les mots dont j'aurais usé, m'eussent
trahie. Comment font tous ces gens pour connaître
leurs péchés ? — Je ne connais pas mes péchés. Déjà
j'ouvrais la bouche, j'allais vous déclarer[e] que je suis
une criminelle et que mon crime[f] est de ceux qui relèvent
de la justice des hommes, mais tous les mots sont restés
dans ma bouche : c'est que je ne suis pas sûre[g] d'avoir
voulu commettre cet assassinat, et pas même sûre de
l'avoir commis. D'ailleurs celui auquel je pense est
vivant[h]. Par contre il est une mort où certes je ne[i] suis
pour rien ; saurai-je jamais pourquoi j'en porte le poids
qui m'étouffe[1] ? Vous êtes stupéfait, mon père ? —
J'imagine[j] sur quel ton notre curé vous a parlé de moi :
« Une intelligence d'élite, une âme très haute, un peu
exaltée peut-être, mais qui prend tout par les sommets. »
Excellent M. Cazalis ! Il croit que des difficultés d'ordre
intellectuel me détournent des sacrements. Durant le
temps pascal, il redouble[k] de prières et fait prier à mon
intention les femmes pieuses de la paroisse. Je sais qu'il
répète souvent à mon propos le vers de Polyeucte :
« Elle a trop de vertus pour n'être pas chrétienne[2]. »

Ce brave homme à son insu m'admire d'être capable d'avoir des inquiétudes sur l'authenticité du quatrième évangile[1]. Il balbutie quand je lui demande raison du silence de Flavius Josèphe[2]. S'il pouvait soupçonner le peu de cas que je fais de telles objections ! C'est pour moi surtout que M. Cazalis vous a appelé dans notre campagne : pour que vos lumières suppléent à son ignorance. Mais, mon père, ne redoutez point d'avoir à connaître la femme savante, dont M. le curé vous a dû retracer un portrait qu'il croit flatteur. Ah ! que nous ayons des comptes à rendre devant Quelqu'un, cela, je le sais trop pour qu'il soit besoin de me prouver que ce Juge existe. J'ai foi en lui comme je crois au feu qui brûle ; et aussi comme un affamé croit à sa faim ; comme un être sali croit à l'eau qui lave.

Et d'abord[b], mon père, sachez que j'eus l'enfance la plus pure. Ces dix années d'internat au Sacré-Cœur, je les vois luire comme un grand espace de neige et aussi de lumière, de joie. Mais déjà peut-être, faudrait-il me reprendre. Étais-je alors si heureuse ? Étais-je si candide[c] ? — Ce bonheur ne m'apparaît qu'au travers d'événements qui ont suivi et qui sans doute le déforment. Tout ce qui précède mon mariage prend dans mon souvenir cet aspect de pureté. Effet de contraste, c'est possible, avec cette ineffaçable salissure (c'est le mariage que j'ose désigner ainsi[d a]). Le couvent, au-delà de mon temps d'épouse et de mère, m'apparaît comme le paradis ; l'asile sacré où[e] ne pénétrait pas l'homme ; sans doute n'en avais-je alors qu'une conscience sourde ; la plupart de nos bonheurs nous le connaissons que lorsqu'ils ne sont déjà plus là. Comment aurais-je pu savoir que c'était dans ces années d'avant la vie que je vivais ma vraie vie et que je me rapprochais le plus possible de ce qui est pour moi le bonheur ? Non, rien ne m'avertissait que mon expérience du bonheur était finie au moment même où elle commençait pour mes compagnes. Je vous ai dit que dans ce temps-là j'étais candide. Je l'étais : mais imaginez un ange plein de passion ; voilà[f] ce que j'étais, mon père. Je souffrais, je faisais souffrir, je jouissais du mal que je faisais et de celui qui me venait de mes amies : pure souffrance qu'aucun remords n'altérait, caresses qui n'étaient point criminelles. Je croyais, en ce temps, qu'il suffisait de

baiser des lèvres d'homme pour devenir mère. Ainsi
mes douleurs et mes joies naissaient des plus innocents
plaisirs. Je crains[a] que vous ne lisiez pas plus avant ces
puérilités et que vous ne jetiez cette lettre. La suite
pourtant vous montrera jusqu'où, en dépit de tant
d'innocence, je suis descendue[b]. Ne craignez pas non
plus que j'appartienne à cette assommante espèce : celle
des épouses incomprises, ni que je me prépare à calomnier mon mari. D'ailleurs M. Cazalis a dû vous tracer
de lui le portrait le plus aimable. Vous pouvez le croire
sur parole; si je demeure une inconnue pour notre cher
curé, il n'en saurait être ainsi de mon époux : le curé et
lui, deux cœurs simples et faits pour s'entendre. Ils
sont, si j'ose dire, de plain-pied; quand je répète à Pierre
qu'il est le seul homme que j'aime, le seul que j'aimerai
jamais, Dieu m'est témoin que je ne mens pas. Je me
garde seulement d'ajouter que, le préférant à tous les
hommes, il n'empêche que son approche me fait horreur.
Pourquoi avoir consenti à devenir sa femme ? Sans doute
il me paraissait[c] doux de vivre à ses côtés. À ses côtés,
non dans ses bras; mais cela je n'eusse même pu l'imaginer; aujourd'hui encore, après les années de souffrance,
je me plais à reconnaître qu'il est le meilleur, le plus
indulgent des amis, du moins tant que la venue de
l'ombre[a] ne le transforme pas en cette bête hideuse et
soufflante : mais silence. À dire vrai, Pierre est même
plus fin que la plupart des garçons que j'eusse pu épouser.
Ce n'est point me vanter que de reconnaître que dans
notre province, les femmes sont supérieures aux hommes :
nous quittons très tôt nos familles pour le couvent.
À Saint-Sébastien, nous nous trouvons en contact avec
des jeunes filles venues de tous les points de la France
et de l'Europe; nous nous plions aux manières du monde.
Nos frères vont aussi au collège, mais ils s'y retrouvent
entre eux, sans se mêler aux gens de la ville et ne s'affinent
guère. La lande a gardé leur cœur; ils continuent d'y
demeurer en esprit : rien n'existe pour eux que les plaisirs
qu'elle leur dispense : chasse à la bécasse, au sanglier,
à la palombe, sur les étangs, et ce serait la trahir et la
quitter que de perdre la ressemblance avec leurs métayers,
que de renoncer au patois, à l'auberge, aux manières
frustes et sauvages. Je ne doute pas que nous ayant
vus, Pierre et moi, vous ayez été sensible à ce contraste

qui fait dire aux étrangers : « Quel dommage ! » Pourtant vous pouvez m'en croire : il y a bien de la délicatesse sous cette dure écorce. Je n'entends point seulement la bonté qui le rend cher à tous, et même aux plus méfiants des métayers. « Quand il ne sera plus là, il n'y aura plus de monsieur, ici », disaient-ils durant cette maladie dont Pierre a été si près de mourir et dont il va falloir pourtant que j'ose vous parler... Non pas seulement cette bonté, mais une justesse d'esprit qui vient aussi de son extrême bonne foi : c'est un de ces hommes qui ne parle jamais de ce qu'il ne connaît pas ; qui ne contredit personne sur un sujet qui ne lui est pas très familier ; que de[a] fois, l'ai-je vu ouvrir un de mes livres, lire une page, le poser en disant simplement : « Je ne comprends pas. » Jamais de ces exclamations, de ces rires imbéciles comme ceux qui jugent absurde ce qui les dépasse. Il se tient toujours en deçà de ce qu'il sait et redoute, plus que tout, de jeter[b] la poudre aux yeux. Mais qu'il s'agisse d'une œuvre ou d'un homme, souvent il émet une simple remarque, si juste que je ne songe même pas à la discuter. En cet homme si modeste, c'est alors seulement que je saisis chez lui un mouvement d'orgueil ; rien ne le flatte autant que de sentir qu'il a touché juste, que je le comprends et me range à son avis.

« N'êtes-vous donc pas heureuse ? » me demandez-vous. Il existe hélas ! un autre Pierre, celui de l'ombre, comprenez-vous ? — un[c] prêtre seul, s'il est un saint, peut m'entendre. Savez-vous, mon père, que l'instinct transforme l'être qui nous approche en un monstre qui ne lui ressemble pas ? J'ai lu que Descartes avait fait un enfant à une servante ; eh bien, l'auteur du *Traité des passions*, s'il ne put en cet instant communiquer sa folie à cette humble complice, c'était lui la bête, et elle l'ange lucide et plein d'horreur, et qui fermait les yeux pour ne pas le voir[d]. J'ai honte d'attirer votre attention sur ce dont vous avez refusé de connaître, fût-ce en pensée, les criminelles délices, qui toujours, hélas ! me furent des crimes sans délices. Mais, avant de me juger, il faut que vous mesuriez mon étrange solitude. Le délire amoureux n'enchante que ceux qu'il embrase enchaînés, confondus[e], que ceux qu'il ne sépare point. Pour moi, j'ai toujours vu mon complice s'enfoncer dans son

plaisir et moi, je demeurais sur le rivage, muette, glacée.
Je faisais la morte comme si ce fou, cet épileptique, au
moindre geste, eût risqué de m'étrangler. Le plus souvent
au milieu de sa sale joie il s'aperçoit soudain qu'il est
seul; l'interminable acharnement[a] s'interrompt, il revient
sur ses pas et me retrouve comme sur le sable où j'eusse
été rejetée[b], les dents serrées, froide, cadavre... Pourquoi
l'avoir épousé ? Je ne vous cacherai rien; vous vous
attendez sans doute à ce que j'invoque la sainte ignorance des jeunes filles ? Non. Je savais ! je savais !
Innocente, certes; mais aux abords du mariage, je frémissais d'instinct comme une brebis devant l'abattoir qu'elle
ne connaît pas. Mon[c] père désirait cette union; « elle
allait de soi », comme on dit; depuis notre naissance,
tout le pays nous mariait Pierre et moi; il fallait que ses
milliers d'hectares s'unissent un jour aux milliers d'hectares que je dois hériter des miens. Nos[d] paysans ne sont
point si envieux ni si haineux qu'ils n'éprouvent une
sorte de délire d'adoration devant ces grandes fortunes
qui, confondues, méritent enfin l'épithète de colossales.
Pourtant mon père ne m'aurait pas forcé la main si j'avais
trahi la moindre répugnance[e]. Je doute que vous ayez
entrevu depuis votre venue parmi nous, cet homme qui
est mon père. Ce n'est pas du gibier pour vous que ce
radical entêté, méfiant et dont M. Cazalis lui-même n'a
jamais osé franchir le seuil. Vous savez qu'il possède
une maison au bourg, une autre à Langon et un commerce
de vins à Bordeaux. Outre ses affaires, la politique
l'absorbe; conseiller général, il eût aspiré au Sénat, si
ses manières blessantes ne lui avaient suscité beaucoup
d'ennemis. Ne craignez pas que je m'égare, il faut
que vous compreniez comme j'ai vécu étrangère à ce père
veuf, affairé, qui méprise les femmes. Pour qui le connaît,
rien ne témoigne mieux de ce mépris que l'éducation
religieuse qu'il a bien voulu que je subisse au Sacré-
Cœur; il répète souvent que les femmes ne méritent pas
mieux et il est vrai aussi que durant sa dernière maladie,
ma mère avait exigé de lui la promesse que je serais
élevée dans ce même couvent où elle se souvenait
d'avoir été heureuse. Un lien[f] pourtant existe entre ce
père et moi : d'ailleurs je ne m'explique pas très bien à
moi-même pourquoi c'est en cela que je reconnais, de
lui à moi, une filiation; ce politicien, cet homme d'affaires,

si étranger à tout scrupule religieux, est tout de même
moraliste dans ses propos, et bien qu'il fredonne parfois
un refrain de Béranger, je le crois d'une indifférence
peu commune[a] à l'égard des femmes. Mon mari tient
de son propre père qui était l'ami d'enfance du mien,
que cet anticlérical s'est marié vierge, et depuis qu'il est
veuf, ces messieurs m'ont souvent répété qu'on ne lui
connaît pas de maîtresse. Bien plus : ce sexagénaire ne
peut souffrir qu'on touche devant lui à certains sujets
scabreux et devient pourpre à la moindre allusion[1].
Il quitterait plutôt la table. Mais j'ignore ce qui me pousse
à des confidences que peut-être vous jugerez vaines.
Comprenez-moi, mon père : je ne peux plus échapper
à moi-même, je suis prisonnière de mon propre cœur.
Je vous confie au hasard les clés que je trouve pour que
vous les essayiez toutes, jusqu'à ce que l'une enfin fasse
jouer le pêne[b] et que je pousse la porte et que je sois
délivrée.

Pourquoi ai-je épousé Pierre ? Vous savez ce qu'est
Argelouse où je vis aujourd'hui et où, jeune fille, je
passais le temps des vacances : un quartier, comme on
appelle ici quelques métairies groupées dans la lande
— à sept kilomètres du bourg auquel ne le relie qu'une
route communale, défoncée par les chariots, grand chemin plein d'ornières[c] tel que devaient être ceux de
l'ancienne France et qui, à partir d'Argelouse, se mue
en sentier de sable, et vient mourir dans ce désert incolore[d] : pinèdes, marécages, landes où les troupeaux ont
la couleur de la cendre[e]. J'ai toujours imaginé sous cet
aspect le morne pays des ombres où grelottent les âmes
désincarnées. Les meilleures familles d'ici prennent leur
origine dans ce quartier perdu ; vers le milieu du dernier
siècle elles s'établirent au bourg et leurs vieilles maisons
d'argile sont devenues des métairies. Seuls les parents
de Pierre ont aménagé la leur pour le temps de la chasse.
Aussi nous retrouvions-nous pendant les vacances...
Mais non, je suis à l'extrême bord du mensonge... Il y eut
entre nous, dans le temps de ces vacances finies, une
camaraderie de chasse et de cheval, rien de plus. Pierre
était timide, trop lourdaud, trop certain de sa défaite
pour oser le moindre aveu. M. Cazalis, comme les gens
d'ici, nous répétait que « nous étions à croquer » en ce
temps-là. Il aimait à voir galoper botte à botte les deux

« plus grosses fortunes du pays »... Je m'arrête : me
voici encore sur le point de mentir. Le Pierre de ces
vacances-là, Hippolyte mal léché, ne s'inquiétait pas
des jeunes filles, mais des lièvres qu'il forçait dans la
lande. Non pas*a* même l'Hippolyte de Racine, car nulle
Aricie n'avait pu encore l'émouvoir. C'était l'adolescent
grec, un enfant vierge et voué à Diane chasseresse; et
je ne me souciais guère de lui non plus. Je n'eusse jamais
franchi le seuil de sa maison si Raymonde, sa jeune
sœur, n'avait été mon amie. Vous aurez quelque peine,
mon père, à concevoir cet excès de puérilité : avez-vous
jamais entendu dire qu'une jeune fille puisse aimer dans
un jeune homme le frère de sa plus chère compagne,
comme j'ai su, depuis, que des garçons épousaient
volontiers la sœur de leur ami ? Raymonde et moi étions
au couvent les seules amies que les vacances ne séparaient
pas : elles nous rapprochaient plus encore dans ce quartier
où toute route venait mourir; plus de règlement, plus
de contrainte... Les plus longs jours de l'année, qu'ils
nous paraissaient courts sous ces chênes énormes et
bas, devant la maison paysanne ! Étouffées par la foule
des pins, nous allions nous asseoir au bord du champ
de millade comme nous nous serions assises*b* devant
un lac. C'était notre plaisir de regarder glisser et se
déformer les nuages, et avant que j'eusse eu le temps
de distinguer la femme ailée que Raymonde voyait dans
le ciel, ce n'était déjà plus, me disait-elle, qu'une bête
étendue.

Pays de la soif ! Il fallait marcher longtemps dans le
sable avant d'atteindre les sources d'un ruisseau; elles
naissaient nombreuses dans un bas-fond d'étroites
prairies entre les racines des aulnes; nos pieds nus devenaient insensibles dans l'eau glacée, puis nous brûlaient.
Je revois encore une cabane, faite pour chasser les
palombes à l'affût, et ce banc étroit et dur où nous
demeurions de longs instants silencieuses, oisives et
pourtant les minutes coulaient*c* sans que nous songions
à plus bouger que lorsqu'à l'approche des palombes,
le chasseur fait signe de demeurer immobile*d*. Ainsi
nous semblait-il que le moindre geste aurait fait fuir nous
ne savions quel bonheur. Sans doute allez-vous croire
que des goûts communs nous avaient rapprochées,
Raymonde et moi : mais non, rien ne lui était plus

indifférent que les livres dont je faisais ma pâture; et je
n'aimais guère galoper derrière les chiens, comme c'était
sa joie; ni dans les champs*ᵃ*, abattre les alouettes en
plein vol. C'était miracle de la voir viser, tirer dans le
soleil déclinant*ᵇ* où un cri ivre s'interrompait soudain;
et Raymonde, bienheureuse, poursuivait de motte en
motte l'oiseau blessé qu'elle étouffait dans sa main.
Plus tard*ᶜ*, j'écartais de mes lèvres cette dure petite main
tachée de sang. Je n'avais rien à lui dire. Laquelle de mes*ᵈ*
plus secrètes pensées lui aurait pu être intelligible ? Et
telle était la vanité de ses paroles qu'elles bourdonnaient
à mes oreilles, sans que je voulusse en pénétrer le sens :
il me suffisait d'entendre sa voix un peu rauque, sa voix
que l'on disait vilaine. Plus tard, j'ai connu l'ennui*ᵉ*
avec des femmes d'élite qui m'entretenaient de romans
que j'aimais, de métaphysique, de poésie. Pour unir
deux êtres*ᶠ*, c'est bien peu qu'un accord de pensées,
d'opinions, de croyances. Je me moque bien des gens
qui pensent comme moi... Rien ne vaut que cet accord
inexprimable, que ce rythme d'un sang étranger qui
épouse le rythme de mon sang. Rien d'extérieur ne nous
rapprochait, Raymonde et moi, que peut-être la musique.
Aujourd'hui encore, si le désir me vient de réveiller
cette époque, je m'assieds devant le piano à cette heure
où elle chantait autrefois les morceaux qu'elle aimait; je
joue, je regarde le fauteuil où elle était blottie à contre-
jour; ce qui restait de lumière sur le monde me semblait
pris à ces cheveux, chère tête renversée, cou gonflé,
un peu trop fort, mais je m'égare... Pourtant si j'en ai
dit assez, je n'en ai pas dit trop pour que vous conceviez
cette puérile folie qui m'a livrée à Pierre. Raymonde
et moi, nous souhaitâmes ce mariage, dès que d'incessantes sollicitations, des demandes répétées nous eurent
montré qu'il fallait perdre tout espoir*ᵍ* de demeurer
longuement dans l'heureux état où nous étions à notre
sortie du couvent. Nous trouvâmes*ʰ* admirable que le
mariage, au lieu de nous séparer, nous réunît. Le plus
étrange est que notre*ⁱ* résolution une fois prise, je ne
songeais pas un moment à mettre en doute la défaite
de Pierre et sa soumission. Dès mon adolescence, j'avais
le sentiment de mon pouvoir sur les êtres : non que j'aie
jamais été une coquette. Ce qui s'appelle coquetterie*ʲ*
m'a toujours fait horreur. Je ne me souviens pas d'avoir

voulu rendre quelqu'un jaloux, ni de m'être amusée à
faire souffrir, ni d'avoir feint de l'intérêt ou de la froideur — enfin tous ces manèges ridicules. Non, non :
j'entre doucement et comme sur la pointe des pieds
dans la vie des êtres, je ne m'impose pas; j'envahis
avec une sûre[a] lenteur les vies dans lesquelles je désire de
régner. Ainsi je ne saurais dire comment je devins indispensable au bonheur de ce[b] garçon qui naguère encore
ne me regardait même pas. Vous me connaissez assez
pour savoir que ce ne furent pas des frôlements et que
je n'étais pas fille à rechercher des contacts qui m'auraient
été horribles. Enfin il m'aima, se sentit profondément
indigne de mon amour et, quoi que je fisse pour le
rassurer, essaya d'épouser tous mes goûts. Alors que sa
sœur m'arrachait le livre des mains, dérangeait mes
papiers, m'entraînait dans la campagne à l'heure de la
sieste, lui m'interrogeait comme un enfant studieux,
m'empruntant les ouvrages qu'il m'avait entendu louer;
il se rasait tous les jours, changeait de vêtement pour
le repas du soir, renonçait à fréquenter l'auberge deux
fois le jour alors qu'il m'avait entendu dire que le seul
nom d' « apéritif » me soulevait le cœur. Je ne doute
pas que s'il avait vu la répulsion que me donnaient ses
poignets et ses mains, héroïquement le cher ours se fût[c]
épilé des pieds à la tête. Ce pauvre enfant ne comprenait pas que si je l'eusse aimé, j'eusse aimé l'odeur de ses
vêtements au retour de la chasse, et jusqu'à son haleine
après l'apéritif. L'amour ou la répulsion que nous inspirons ne tiennent guère aux circonstances[d] qui dépendent
de nous. Il ne dépend pas de nous d'être un autre que
celui que l'être aimé appelle ou repousse. Rien du dehors[e]
ne peut ajouter ou enlever quoi que ce soit à l'amour
ou à l'horreur[f] que nous inspirons. Ainsi mon triste[g]
Hippolyte s'efforçait-il en vain à être Adonis. Son ignorance surtout l'épouvantait. Je dus consentir à un
voyage de noces de trois mois. Il voulait visiter sous
ma haute direction tous les musées de la Hollande et
de l'Italie; il me parut sage d'y consentir. Le retour à
Argelouse au début de septembre n'en aurait que plus
de douceur. Nous partîmes un soir de juin, au milieu
du tumulte d'une noce mi-paysanne, mi-bourgeoise. Des
centaines de métayers avaient mangé et bu à notre
santé; des groupes sombres où éclataient les robes des

filles nous acclamèrent le long de la route; nous dépassions des carrioles conduites par des garçons ivres. L'insidieuse*a* odeur des fleurs d'acacias qui jonchaient la route se confond dans mon souvenir avec ma première nuit de ce que les hommes appellent amour.

Vous, mon père, qui avez obtenu depuis votre jeunesse de ne point laisser*b* dépendre des apparences votre douleur ni votre joie, et qui sentez*c* épaissir en vous cette nuit obscure dont parle saint Jean de la Croix, et où s'anéantit tout ce qui n'est pas Dieu, concevez-vous la douleur d'une femme qui, ayant longtemps rêvé de certaines villes, de certains climats, y pénètre aux côtés d'un homme*d*, non certes détesté, mais redouté plus que la mort ? Mes nuits*e* ne me laissaient que ce qu'il fallait de clairvoyance*f* pour imaginer ce qu'eût été mon bonheur, si j'avais descendu les marches de cette gare, si je m'étais couchée dans cette barque auprès d'une âme bien-aimée. Et pourtant celui qui s'asseyait alors à mes côtés sortait à peine de l'adolescence, je m'en*g* rendais bien compte. Je n'étais pas tout à fait insensible à sa jeune vigueur, à ce beau regard grave et direct, enfin à une certaine grâce pataude qui faisait se retourner beaucoup de femmes et quelques hommes. Il était auprès de moi si docile, si craintif, le cher ourson, que j'avais peine à croire qu'il était cette*h* même bête cruelle qui avait besoin des ténèbres. On eût dit que les journées étaient trop courtes pour qu'il atteignît à force de soins dévotieux*i* à me faire oublier ses inimaginables et patientes et indéfinies inventions de l'ombre. Un assassin qui a pitié de sa victime la réconforte et soudain, le soir, de nouveau, la saisit... Ah ! si je n'ai fait que lui rendre*j* ce qu'il m'avait donné, ce jour où cédant tour à tour à la tentation de l'anéantir*k* et au désir de le sauver... mais il n'est pas temps encore; vous n'êtes pas prêt à recevoir, en connaissance de cause, l'atroce *l* confession. Savait-il quel mal je recevais de lui ? — C'était un enfant... Sans doute avait-il tenu dans ses bras quelques filles indifférentes. Je pensais qu'il n'avait aucun point de comparaison, et*m* encore peut-être ai-je été la première, l'unique. Sans doute, il m'a parlé de ses maîtresses, mais, sur ce point, tous les hommes mentent; certaines*n* circonstances me*o* donnent à penser que... mais voilà que je*p* m'éloigne de mon objet...

THÉRÈSE DESQUEYROUX

« Seigneur, ayez pitié, ayez pitié des
fous et des folles ! Ô Créateur ! peut-il
exister des monstres aux yeux de Celui-là
seul qui sait pourquoi ils existent,
comment ils *se sont faits,* et comment ils
auraient pu *ne pas se faire...* »

CHARLES BAUDELAIRE[a1].

Thérèse, beaucoup diront que tu n'existes pas. Mais je sais que tu existes, moi qui, depuis des années, t'épie et souvent t'arrête au passage, te démasque.

Adolescent, je me souviens d'avoir aperçu, dans une salle étouffante d'assises, livrée aux avocats moins féroces que les dames empanachées, ta petite figure blanche et sans lèvres[1].

Plus tard, dans un salon de campagne, tu m'apparus sous les traits d'une jeune femme hagarde qu'irritaient les soins de ses vieilles parentes, d'un époux naïf : « Mais qu'a-t-elle donc ? disaient-ils. Pourtant nous la comblons de tout[2]. »

Depuis lors, que de fois ai-je admiré, sur ton front vaste et beau, ta main un peu trop grande ! Que de fois, à travers les barreaux vivants d'une famille, t'ai-je vue tourner en rond, à pas de louve ; et de ton œil méchant et triste, tu me dévisageais.

Beaucoup s'étonneront que j'aie pu imaginer une créature plus odieuse encore que tous mes autres héros. Saurai-je jamais rien dire des êtres ruisselants de vertu et qui ont le cœur sur la main ? Les « cœurs sur la main » n'ont pas d'histoire ; mais je connais celle des cœurs enfouis et tout mêlés à un corps de boue.

J'aurais voulu que la douleur, Thérèse, te livre à Dieu ; et j'ai longtemps désiré que tu fusses digne du nom de sainte Locuste[3]. Mais plusieurs qui pourtant croient à la chute et au rachat de nos âmes tourmentées, eussent crié au sacrilège.

Du moins, sur ce trottoir où je t'abandonne, j'ai l'espérance que tu n'es pas seule[a4].

I

L'avocat ouvrit une porte. Thérèse Desqueyroux, dans ce couloir dérobé du Palais de justice, sentit sur sa face la brume et, profondément, l'aspira. Elle avait peur d'être attendue, hésitait à sortir. Un homme, dont le col était relevé, se détacha d'un platane; elle reconnut[a] son père. L'avocat cria : « Non-lieu » et, se retournant vers Thérèse :

« Vous pouvez sortir : il n'y a personne. »

Elle descendit des marches mouillées. Oui[b], la petite place semblait déserte. Son père ne l'embrassa pas, ne lui donna pas même un regard; il interrogeait l'avocat Duros qui répondait à mi-voix, comme s'ils eussent été épiés[c]. Elle entendait confusément leurs propos :

« Je recevrai demain l'avis officiel du non-lieu.

— Il ne peut plus y avoir de surprise ?

— Non : les carottes sont cuites, comme on dit.

— Après la déposition de mon gendre, c'était couru.

— Couru... couru... On ne sait jamais.

— Du moment que de son propre aveu, il ne comptait jamais les gouttes...

— Vous savez, Larroque, dans ces sortes[d] d'affaires, le témoignage de la victime... »

La voix de Thérèse s'éleva :

« Il n'y a pas eu de victime.

— J'ai voulu dire : victime de son imprudence, madame. »

Les deux hommes, un instant, observèrent la jeune

femme immobile, serrée dans son manteau, et ce blême
visage qui n'exprimait rien. Elle demanda*ᵃ* où était la voiture; son père l'avait fait attendre sur la route de Budos[1],
en dehors de la ville, pour ne pas attirer l'attention.

Ils traversèrent la place : des feuilles de platane étaient
collées aux bancs trempés de pluie. Heureusement, les
jours avaient bien diminué. D'ailleurs, pour rejoindre la
route de Budos, on peut suivre les rues les plus désertes
de la sous-préfecture. Thérèse marchait entre les deux
hommes qu'elle dominait du front et qui de nouveau
discutaient comme si elle n'eût pas été présente; mais,
gênés par ce corps de femme qui les séparait, ils le poussaient du coude. Alors elle demeura*ᵇ* un peu en arrière,
déganta sa main gauche pour arracher de la mousse aux
vieilles pierres qu'elle longeait. Parfois*ᶜ* un ouvrier à bicyclette la dépassait, ou une carriole; la boue jaillie l'obligeait à se tapir contre le mur. Mais le crépuscule recouvrait Thérèse, empêchait que les hommes la reconnussent.
L'odeur de fournil et de brouillard n'était plus seulement
pour elle l'odeur du soir dans une petite ville : elle y
retrouvait le parfum de la vie qui lui était rendue enfin;
elle fermait les yeux au souffle de la terre endormie,
herbeuse et mouillée; s'efforçait de ne pas entendre les
propos du petit homme aux courtes jambes arquées qui,
pas une fois, ne se retourna vers sa fille; elle aurait pu
choir au bord de ce chemin : ni lui, ni Duros ne s'en
fussent aperçus. Ils n'avaient plus peur d'élever la voix.

« La déposition*ᵈ* de M. Desqueyroux était excellente,
oui. Mais il y avait cette ordonnance : en somme, il
s'agissait d'un faux... Et c'était le docteur Pédemay qui
avait porté plainte...

— Il a retiré sa plainte...

— Tout de même*ᵉ*, l'explication qu'elle a donnée : cet
inconnu qui lui remet une ordonnance... »

Thérèse, moins par lassitude que pour échapper à ces
paroles dont on l'étourdissait depuis des semaines,
ralentit en vain sa marche; impossible de ne pas entendre
le fausset de son père :

« Je le lui ai assez dit : " Mais malheureuse, trouve
autre chose... trouve autre chose "... »

Il le lui avait assez dit, en effet, et pouvait se rendre
justice. Pourquoi s'agite-t-il encore ? Ce qu'il appelle

l'honneur du nom est sauf; d'ici les élections sénatoriales, nul ne se souviendra plus de cette histoire. Ainsi songe Thérèse qui voudrait bien ne pas rejoindre les deux hommes; mais dans le feu de la discussion, ils s'arrêtent au milieu de la route et gesticulent.

« Croyez-moi, Larroque, faites front; prenez l'offensive dans *Le Semeur* de dimanche; préférez-vous que je m'en charge ? Il faudrait un titre comme *La Rumeur infâme*...

— Non, mon vieux; non, non : que répondre, d'ailleurs ? C'est trop évident que l'instruction a été bâclée, on n'a pas même eu recours aux experts en écriture; le silence, l'étouffement, je ne connais que ça. J'agirai, j'y mettrai le prix; mais, pour la famille, il faut recouvrir tout ça... il faut recouvrir... »

Thérèse n'entendit*ᵃ* pas la réponse de Duros, car ils avaient allongé le pas. Elle aspira de nouveau la nuit pluvieuse, comme un être menacé d'étouffement; et soudain s'éveilla en elle le visage inconnu de Julie Bellade, sa grand-mère maternelle — inconnu : on eût cherché vainement chez les Larroque ou chez les Desqueyroux un portrait, un daguerréotype, une photographie de cette femme dont nul ne savait rien, sinon qu'elle était partie un jour. Thérèse imagine qu'elle aurait pu être ainsi effacée, anéantie, et que plus tard il n'eût même pas été permis à sa fille, à sa petite Marie, de retrouver dans un album la figure de celle qui l'a mise au monde. Marie, à cette heure, déjà s'endort dans une chambre d'Argelouse où Thérèse arrivera tard, ce soir; alors la jeune femme entendra, dans les ténèbres, ce sommeil d'enfant; elle se penchera, et ses lèvres chercheront comme de l'eau, cette vie endormie.

Au bord du fossé, les lanternes d'une calèche, dont la capote était baissée, éclairaient deux*ᵇ* croupes maigres de chevaux. Au-delà, se dressait à gauche et à droite de la route, une muraille sombre de forêt. D'un talus à l'autre, les cimes des premiers pins se rejoignaient et, sous cet arc, s'enfonçait la route mystérieuse. Le ciel, au-dessus d'elle, se frayait un lit encombré de branches. Le cocher contemplait Thérèse avec une attention goulue. Comme*ᶜ* elle lui demandait s'ils arriveraient assez tôt pour le dernier train, à la gare du Nizan*ᵈ¹*, il la rassura : tout de même, mieux valait ne pas s'attarder.

« C'est la dernière fois que je vous donne cette corvée, Gardère.

— Madame n'a plus à faire ici[a] ? »

Elle secoua la tête et l'homme la dévorait toujours des yeux. Devrait-elle, toute sa vie, être ainsi dévisagée ?

« Alors[b], tu es contente ? »

Son père semblait enfin s'apercevoir qu'elle était là. Thérèse, d'un bref regard, scruta ce visage sali de bile, ces joues hérissées de durs poils d'un blanc jaune que les lanternes éclairaient vivement. Elle dit à voix basse : « J'ai tant souffert... je suis rompue... » puis s'interrompit : à quoi bon parler ? Il ne l'écoute pas ; ne la voit plus. Que lui importe ce que Thérèse éprouve ? Cela seul compte : son ascension vers le Sénat interrompue, compromise à cause de cette fille (toutes des hystériques quand elles ne sont pas des idiotes[1]). Heureusement, elle ne s'appelle plus Larroque ; c'est une Desqueyroux. La cour d'assises évitée, il respire. Comment empêcher les adversaires d'entretenir la plaie ? Dès demain, il ira voir le préfet. Dieu merci, on tient le directeur de *La Lande conservatrice :* cette histoire de petites filles... Il prit le bras de Thérèse :

« Monte vite ; il est temps. »

Alors l'avocat, perfidement peut-être — ou pour que Thérèse ne s'éloignât pas sans qu'il lui eût adressé une parole, demanda si elle rejoignait dès ce soir M. Bernard Desqueyroux. Comme elle[c] répondait : « Mais bien sûr, mon mari m'attend... » elle se représenta pour la première fois, depuis qu'elle avait quitté le juge, qu'en effet, dans quelques heures, elle passerait le seuil de la chambre où son mari était étendu, un peu malade encore, et qu'une indéfinie suite de jours, de nuits, s'ouvrait, au long desquels il faudrait vivre tout contre cet homme.

Établie chez son père, aux portes de la petite ville, depuis l'ouverture de l'instruction, sans doute avait-elle souvent fait ce même[d] voyage qu'elle entreprenait ce soir ; mais elle n'avait alors aucune autre préoccupation que de renseigner exactement son mari ; elle écoutait, avant de monter en voiture, les derniers conseils de Duros touchant les réponses que devait faire M. Desqueyroux lorsqu'il serait de nouveau interrogé ; — aucune angoisse chez Thérèse, en ce temps-là, aucune gêne à l'idée de se retrouver face à face avec cet homme malade : il s'agissait

alors entre eux non de ce qui s'était passé réellement, mais
de ce qu'il importait de dire ou de ne pas dire. Jamais les
deux époux ne furent mieux unis que par cette défense;
unis dans une seule chair — la chair de leur petite fille
Marie. Ils recomposaient, à l'usage du juge, une histoire
simple, fortement liée et qui pût satisfaire ce logicien.
Thérèse, à cette époque, montait dans la même calèche
qui l'attend ce soir; — mais avec quelle impatience
d'achever ce voyage nocturne dont elle souhaite à présent
de ne pas voir la fin ! Elle se souvient qu'à peine en voiture, elle eût voulu être déjà dans cette chambre d'Argelouse, et se remémorait les renseignements qu'attendait
Bernard Desqueyroux (qu'il ne craigne pas d'affirmer[a]
qu'elle lui avait parlé un soir de cette ordonnance dont
un homme inconnu l'avait suppliée de se charger, sous
prétexte qu'il n'osait plus paraître chez le pharmacien à
qui il devait de l'argent... Mais Duros n'était pas d'avis
que Bernard allât jusqu'à prétendre qu'il se souvenait
d'avoir reproché à sa femme une telle imprudence)...

Le cauchemar dissipé, de quoi[b] parleront-ils ce soir,
Bernard et Thérèse ? Elle voit en esprit la maison perdue
où il l'attend; elle imagine le lit au centre de cette chambre
carrelée, la lampe[c] basse sur la table parmi des journaux et
des fioles... Les chiens de garde que la voiture a réveillés
aboient encore, puis se taisent; et de nouveau régnera ce
silence solennel, comme durant les nuits où elle contemplait Bernard en proie à d'atroces vomissements. Thérèse
s'efforce d'imaginer le premier regard qu'ils échangeront
tout à l'heure; puis cette nuit, et le lendemain, le jour qui
suivra, les semaines, dans cette maison d'Argelouse où
ils n'auront plus[d] à construire ensemble une version
avouable du drame qu'ils ont vécu. Rien ne sera plus
entre eux que ce qui fut réellement... ce qui fut réellement... Prise de panique, Thérèse balbutie[e], tournée vers
l'avocat (mais c'est au vieux qu'elle s'adresse) :

« Je compte demeurer quelques jours auprès de
M. Desqueyroux. Puis, si le mieux s'accentue, je reviendrai chez mon père.

— Ah ! ça non, non, non, ma petite. »

Et comme Gardère sur son siège s'agitait, M. Larroque reprit à voix plus basse :

« Tu deviens folle tout à fait ? Quitter ton mari en ce

moment ? Il faut que vous soyez comme les deux doigts
de la main... comme les deux doigts de la main, entends-
tu ? jusqu'à la mort...

— Tu as raison, père ; où avais-je la tête ? Alors c'est
toi qui viendras à Argelouse ?

— Mais, Thérèse, je vous attendrai chez moi les
jeudis de foire, comme d'habitude. Vous viendrez comme
vous êtes toujours venus ! »

C'était incroyable qu'elle ne comprît pas que la
moindre dérogation aux usages serait leur mort. C'était
bien entendu ? Il pouvait compter sur Thérèse ? Elle
avait causé à la famille assez de mal...

« Tu feras tout ce que ton mari t'ordonnera de faire.
Je ne peux pas mieux dire. »

Et il la poussa dans la voiture.

Thérèse vit se tendre vers elle la main de l'avocat, ses
durs ongles noirs : « Tout est bien*a* qui finit bien », dit-il,
et c'était du fond du cœur ; si l'affaire avait suivi son
cours, il n'en aurait guère eu le bénéfice ; la famille eût
fait appel à M*e* Peyrecave[1], du barreau bordelais. Oui,
tout était bien*b*...

II

Cette odeur de cuir moisi des anciennes voitures,
Thérèse l'aime... Elle se console d'avoir oublié ses cigarettes, détestant de fumer dans le noir. Les lanternes
éclairent les talus, une frange de fougères, la base des
pins géants. Les piles de cailloux détruisent l'ombre de
l'équipage. Parfois passe une charrette et les mules d'elles-
mêmes prennent la droite sans que bouge le muletier
endormi. Il semble*c* à Thérèse qu'elle n'atteindra jamais
Argelouse ; elle espère ne l'atteindre jamais : plus d'une
heure de voiture jusqu'à la gare du Nizan ; puis ce petit
train qui s'arrête indéfiniment à chaque gare. De Saint-
Clair*d* même où elle descendra jusqu'à Argelouse[2], dix
kilomètres à parcourir en carriole (telle est la route
qu'aucune auto n'oserait s'y engager la nuit). Le destin,
à toutes les étapes, peut encore surgir, la délivrer ; Thérèse cède à cette imagination qui l'eût possédée, la
veille du jugement, si l'inculpation avait été maintenue :

l'attente du tremblement de terre. Elle enlève[a] son chapeau, appuie contre le cuir odorant sa petite tête blême
et ballottée, livre son corps aux cahots. Elle avait vécu,
jusqu'à ce soir, d'être traquée; maintenant[b] que la voilà
sauve, elle mesure son épuisement. Joues creuses, pommettes, lèvres aspirées, et ce large front, magnifique,
composent une figure de condamnée — oui, bien que les
hommes ne l'aient pas reconnue coupable — condamnée
à la solitude éternelle. Son charme, que le monde[c] naguère
disait irrésistible, tous ces êtres le possèdent dont le visage
trahirait un tourment secret, l'élancement d'une plaie
intérieure, s'ils ne s'épuisaient à donner le change[d]. Au
fond de cette calèche cahotante, sur cette route frayée
dans l'épaisseur obscure des pins, une jeune femme
démasquée caresse doucement avec la main droite sa face
de brûlée vive. Quelles seront[e] les premières paroles de
Bernard dont le faux témoignage l'a sauvée ? Sans doute
ne posera-t-il aucune question, ce soir... mais demain ?
Thérèse ferme les yeux, les rouvre et comme les chevaux
vont au pas, s'efforce de reconnaître cette montée. Ah !
ne rien[f] prévoir. Ce sera peut-être plus simple qu'elle
n'imagine. Ne rien prévoir. Dormir... Pourquoi[g] n'est-elle
plus dans la calèche ? Cet homme derrière un tapis vert :
le juge d'instruction... encore lui... Il sait bien pourtant
que l'affaire est arrangée. Sa tête remue de gauche à
droite : l'ordonnance de non-lieu ne peut être rendue,
il y a un fait nouveau. Un fait nouveau ? Thérèse se
détourne pour que l'ennemi ne voie pas sa figure décomposée[h]. « Rappelez vos souvenirs, madame. Dans la poche
intérieure de cette vieille pèlerine — celle dont vous
n'usez plus qu'en octobre, pour la chasse à la palombe —,
n'avez-vous rien oublié, rien dissimulé ? » Impossible de
protester; elle étouffe. Sans perdre son gibier des yeux,
le juge dépose sur la table un paquet minuscule, cacheté[i]
de rouge. Thérèse pourrait réciter la formule inscrite sur
l'enveloppe et que l'homme déchiffre d'une voix coupante :

Chloroforme : 30 grammes
Aconitine granules : n° 20
Digitaline sol. : 20 grammes[1]

Le juge éclate de rire. Le frein grince contre la roue.
Thérèse s'éveille; sa poitrine dilatée s'emplit de brouillard

(ce doit être la descente du ruisseau blanc[1]). Ainsi rêvait-elle, adolescente, qu'une erreur[a] l'obligeait à subir de nouveau les épreuves du brevet simple. Elle goûte, ce soir[b], la même allégeance[2] qu'à ses réveils d'alors : à peine un peu de trouble parce que le non-lieu n'était pas encore officiel : « Mais tu sais bien qu'il doit être d'abord notifié à l'avocat. »

Libre... que souhaiter de plus ? Ce ne lui serait qu'un jeu de rendre possible sa vie auprès de Bernard. Se livrer[c] à lui jusqu'au fond, ne rien laisser dans l'ombre : voilà le salut. Que tout ce qui était caché, apparaisse dans la lumière, et dès ce soir. Cette résolution comble Thérèse de joie. Avant d'atteindre Argelouse, elle aura le temps de « préparer[d] sa confession[3] », selon le mot que sa dévote amie Anne de La Trave répétait chaque samedi de leurs vacances heureuses. Petite sœur Anne, chère innocente, quelle place vous occupez dans cette histoire ! Les êtres les plus purs ignorent[e] à quoi ils sont mêlés chaque jour, chaque nuit, et ce qui germe d'empoisonné sous leurs pas d'enfants.

Certes elle avait raison[f], cette petite fille, lorsqu'elle répétait à Thérèse, lycéenne raisonneuse et moqueuse : « Tu ne peux imaginer cette délivrance après l'aveu, après le pardon, — lorsque, la place nette, on peut recommencer sa vie sur nouveaux frais. » Il suffisait à Thérèse d'avoir résolu de tout dire pour déjà connaître, en effet, une sorte de desserrement délicieux : « Bernard saura tout; je lui dirai... »

Que lui[g] dirait-elle ? Par quel aveu commencer ? Des paroles suffisent-elles à contenir cet enchaînement confus de désirs, de résolutions, d'actes imprévisibles ? Comment font-ils, tous ceux qui connaissent leurs crimes ? « Moi[h], je ne connais pas mes crimes. Je n'ai pas voulu celui dont on me charge. Je ne sais pas ce que j'ai voulu. Je n'ai jamais su vers quoi tendait cette puissance forcenée en moi et hors de moi : ce qu'elle détruisait sur sa route, j'en étais moi-même terrifiée... »

Une fumeuse lampe à pétrole éclairait le mur crépi de la gare du Nizan et une carriole arrêtée. (Que les ténèbres se reforment vite à l'entour !) D'un train garé venaient des mugissements, des bêlements tristes. Gardère prit le

sac de Thérèse, et de nouveau, il la dévorait des yeux. Sa
femme[a] avait dû lui recommander : « Tu regarderas bien
comment elle est, quelle tête elle fait. » Pour le cocher de
M. Larroque, Thérèse d'instinct retrouvait ce sourire qui
faisait[b] dire aux gens : « On ne se demande pas si elle est
jolie ou laide, on subit son charme. » Elle le pria d'aller
prendre sa place au guichet, car elle craignait de traverser
la salle d'attente où deux métayères assises, un panier sur
les genoux et branlant la tête, tricotaient.

Quand il rapporta le billet, elle lui dit de garder la
monnaie. Il toucha de la main sa casquette puis, les rênes
rassemblées, se retourna une dernière fois pour dévisager
la fille de son maître.

Le train[c] n'était pas formé encore. Naguère, à l'époque
des grandes vacances ou de la rentrée des classes, Thérèse
Larroque et Anne de La Trave se faisaient une joie de
cette halte à la gare du Nizan. Elles mangeaient à l'auberge
un œuf frit sur du jambon puis allaient, se tenant
par la taille, sur cette route si ténébreuse ce soir; mais
Thérèse ne la voit, en ces années finies, que blanche
de lune. Alors, elles riaient de leurs longues ombres
confondues. Sans doute parlaient-elles de leurs maîtresses, de leurs compagnes, — l'une défendant son
couvent, l'autre son lycée. « Anne... » Thérèse prononce
son nom à haute voix dans le noir. C'était d'elle qu'il
faudrait d'abord entretenir Bernard. Le plus précis des
hommes, ce Bernard : il classe tous les sentiments, les
isole, ignore entre eux ce lacis de défilés, de passages.
Comment l'introduire dans ces régions indéterminées
où Thérèse a vécu, a souffert ? Il le faut pourtant. Aucun
autre geste possible, tout à l'heure, en pénétrant dans
la chambre, que de s'asseoir au bord du lit et d'entraîner
Bernard d'étape en étape jusqu'au point où il arrêtera
Thérèse : « Je comprends maintenant; lève-toi; sois
pardonnée. »

Elle traversa à tâtons le jardin du chef de gare, sentit des
chrysanthèmes sans les voir. Personne[d] dans le compartiment de première, où d'ailleurs le lumignon n'eût pas
suffi à éclairer son visage. Impossible de lire : mais quel
récit n'eût paru fade à Thérèse, au prix de sa vie terrible ?
Peut-être[e] mourrait-elle de honte, d'angoisse, de remords,
de fatigue, — mais elle ne mourrait pas d'ennui.

Elle se rencogna, ferma les yeux. Était-il vraisemblable

qu'une femme de son intelligence n'arrivât pas à rendre ce drame intelligible ? Oui, sa confession finie, Bernard la relèverait : « Va en paix, Thérèse, ne t'inquiète plus. Dans cette maison d'Argelouse, nous attendrons ensemble la mort, sans que nous puissent jamais séparer les choses accomplies. J'ai soif. Descends toi-même à la cuisine. Prépare un verre d'orangeade. Je le boirai d'un trait, même s'il est trouble. Qu'importe que le goût me rappelle celui qu'avait autrefois mon chocolat du matin ? Tu te souviens, ma bien-aimée, de ces vomissements ? Ta chère main soutenait ma tête; tu ne détournais pas les yeux de ce liquide verdâtre; mes syncopes ne t'effrayaient pas. Pourtant, comme tu devins pâle cette nuit où je m'aperçus que mes jambes étaient inertes, insensibles. Je grelottais, tu te souviens ? Et cet imbécile de docteur Pédemay stupéfait que ma température fût si basse et mon pouls si agité... »

« Âh ! songe Thérèse, il n'aura pas compris. Il faudra tout reprendre depuis le commencement... » Où est le commencement de nos actes ? Notre destin, quand nous voulons l'isoler, ressemble à ces plantes qu'il est impossible d'arracher avec toutes leurs racines. Thérèse remontera-t-elle jusqu'à son enfance ? Mais l'enfance est elle-même une fin, un aboutissement.

L'enfance de Thérèse : de la neige[a] à la source du fleuve le plus sali. Au lycée, elle avait paru vivre indifférente et comme absente des menues tragédies qui déchiraient ses compagnes. Les maîtresses[b] souvent leur proposaient l'exemple de Thérèse Larroque : « Thérèse ne demande point d'autre récompense que cette joie de réaliser en elle un type d'humanité supérieure. Sa conscience[c] est son unique et suffisante lumière. L'orgueil d'appartenir à l'élite humaine la soutient mieux que ne ferait la crainte du châtiment... » Ainsi s'exprimait une de ses maîtresses. Thérèse s'interroge : « Étais-je si heureuse ? Étais-je si candide ? Tout ce qui précède mon mariage prend dans mon souvenir cet aspect de pureté; contraste, sans doute, avec cette ineffaçable salissure des noces. Le lycée, au-delà de mon temps d'épouse et de mère, m'apparaît comme un paradis. Alors[d] je n'en avais pas conscience. Comment aurais-je pu savoir que dans ces années d'avant la vie, je vivais ma vraie vie ? Pure, je l'étais : un ange, oui ! Mais un ange plein de passions. Quoi que prétendissent mes maîtresses, je souffrais, je faisais souffrir. Je jouissais du mal que je causais et de celui qui me venait de mes amies; pure souffrance qu'aucun remords n'altérait : douleurs et joies naissaient des plus innocents plaisirs[1]. »

La récompense de Thérèse, c'était, à la saison brûlante, de ne pas se juger indigne[a] d'Anne qu'elle rejoignait sous les chênes d'Argelouse. Il fallait qu'elle pût dire à l'enfant élevée au Sacré-Cœur : « Pour être aussi pure que tu l'es, je n'ai pas besoin de tous ces rubans ni de toutes ces rengaines... » Encore la pureté d'Anne de La Trave était-elle faite surtout d'ignorance. Les dames du Sacré-Cœur interposaient mille voiles entre le réel et leurs petites filles. Thérèse les méprisait de confondre vertu et ignorance : « Toi, chérie, tu ne connais pas la vie », répétait-elle en ces lointains étés d'Argelouse. Ces beaux étés... Thérèse, dans le petit train[b] qui démarre enfin, s'avoue que c'est vers eux qu'il faut que sa pensée remonte, si elle veut voir clair. Incroyable vérité que dans ces aubes toutes pures de nos vies, les pires orages étaient déjà suspendus. Matinées trop bleues : mauvais signe pour le temps de l'après-midi et du soir. Elles annoncent les parterres[c] saccagés, les branches rompues et toute cette boue. Thérèse n'a pas réfléchi, n'a rien prémédité à aucun moment de sa vie; nul tournant brusque : elle a descendu une pente insensible, lentement d'abord puis plus vite. La femme perdue de ce soir, c'est bien le jeune être radieux qu'elle fut durant les étés de cet Argelouse où voici qu'elle retourne furtive et protégée par la nuit.

Quelle fatigue ! À quoi bon découvrir les ressorts secrets de ce qui est accompli ? La jeune femme, à travers les vitres, ne distingue rien hors le reflet de sa figure morte. Le rythme du petit train se rompt[d]; la locomotive siffle longuement, approche avec prudence d'une gare. Un falot balancé par un bras, des appels en patois, les cris aigus des porcelets débarqués : Uzeste déjà. Une station encore[2], et ce sera Saint-Clair d'où il faudra accomplir en carriole la dernière étape vers Argelouse. Qu'il reste peu de temps à Thérèse pour[e] préparer sa défense !

III

Argelouse eſt réellement une extrémité[a] de la terre;
un de ces lieux au-delà desquels il eſt impossible d'avancer, ce qu'on appelle ici un quartier : quelques métairies,
sans église ni mairie, ni cimetière, disséminées autour
d'un champ de seigle, à dix kilomètres du bourg de
Saint-Clair auquel les relie une seule route défoncée.
Ce chemin plein d'ornières et de trous se mue, au-delà
d'Argelouse, en sentiers sablonneux; et jusqu'à l'Océan
il n'y a plus rien que quatre-vingts kilomètres de marécages, de lagunes, de pins grêles, de landes où, à la fin
de l'hiver, les brebis ont la couleur de la cendre. Les
meilleures familles de Saint-Clair sont issues de ce
quartier perdu. Vers le milieu du dernier siècle, alors
que la résine et le bois commencèrent d'ajouter aux
maigres ressources qu'ils tiraient de leurs troupeaux, les
grands-pères de ceux qui vivent aujourd'hui s'établirent
à Saint-Clair, et leurs logis d'Argelouse devinrent des
métairies[1]. Les poutres sculptées de l'auvent, parfois
une cheminée en marbre témoignent de leur ancienne
dignité. Elles se tassent un peu plus chaque année et
la grande aile fatiguée d'un de leurs toits touche presque
la terre.
    Deux de ces vieilles demeures pourtant sont encore
des maisons de maîtres. Les Larroque et les Desqueyroux
ont laissé leurs logis d'Argelouse tels qu'ils les reçurent
des ascendants. Jérôme Larroque, maire et conseiller
général de B.[2] et qui[b] avait aux portes de cette sous-
préfeĉture sa résidence principale, ne voulut rien changer
à ce domaine d'Argelouse qui lui venait de sa femme
(morte en couches alors que Thérèse était encore au
berceau) et où il ne s'étonnait pas que la jeune fille eût
le goût de passer les vacances[c]. Elle s'y inſtallait dès
juillet, sous la garde d'une sœur aînée de son père, tante
Clara, vieille fille sourde qui aimait aussi cette solitude,
parce qu'elle n'y voyait pas, disait-elle, les lèvres des
autres remuer et qu'elle savait qu'on n'y pouvait rien
entendre que le vent dans les pins. M. Larroque se félicitait[d] de ce qu'Argelouse, qui le débarrassait de sa fille, la

rapprochait de ce Bernard Desqueyroux qu'elle devait
épouser, un jour, selon le vœu des deux familles, et bien
que leur accord n'eût pas un caractère officiel.

Bernard[a] Desqueyroux avait hérité de son père, à
Argelouse, une maison voisine de celle des Larroque;
on ne l'y voyait jamais avant l'ouverture de la chasse
et il n'y couchait qu'en octobre, ayant installé non loin
sa palombière. L'hiver, ce garçon raisonnable suivait
à Paris des cours de droit; l'été, il ne donnait que peu
de jours à sa famille : Victor de La Trave l'exaspérait,
que sa mère, veuve, avait épousé « sans le sou » et dont
les grandes dépenses étaient la fable de Saint-Clair.
Sa demi-sœur Anne lui paraissait trop jeune alors pour
qu'il pût lui accorder quelque attention. Songeait-il
beaucoup plus à Thérèse ? Tout le pays[b] les mariait parce
que leurs propriétés semblaient faites pour se confondre
et le sage garçon était, sur ce point, d'accord avec tout
le pays. Mais il ne laissait rien au hasard et mettait son
orgueil dans la bonne organisation de la vie : « On n'est
jamais malheureux que par sa faute... », répétait ce jeune
homme un peu trop gras. Jusqu'à son mariage, il fit une
part égale au travail et au plaisir; s'il ne dédaignait ni la
nourriture, ni l'alcool, ni surtout la chasse, il travaillait
d' « arrache-pied », selon l'expression de sa mère. Car un
mari doit être plus instruit que sa femme; et déjà l'intelligence de Thérèse était fameuse; un esprit fort, sans
doute... mais Bernard savait à quelles raisons cède une
femme; et puis, ce n'était pas mauvais, lui répétait sa
mère « d'avoir un pied dans les deux camps »; le père
Larroque pourrait le servir. À vingt-six ans, Bernard
Desqueyroux, après quelques voyages[c] « fortement potas-
sés d'avance » en Italie, en Espagne, aux Pays-Bas,
épouserait la fille la plus riche et la plus intelligente de la
lande, peut-être pas la plus jolie; « mais on ne se demande
pas si elle est jolie ou laide, on subit son charme[1] ».

Thérèse sourit à cette caricature de Bernard qu'elle
dessine en esprit : « Au vrai, il était plus fin que la plupart
des garçons que j'eusse pu épouser. » Les femmes de la
lande sont très supérieures aux hommes qui, dès le
collège, vivent entre eux et ne s'affinent guère; la lande
a gardé leur cœur; ils continuent d'y demeurer en esprit;
rien n'existe pour eux, que les plaisirs qu'elle leur dispense; ce serait la trahir, la quitter un peu plus que de

perdre la ressemblance avec leurs métayers, de renoncer au patois, aux manières frustes et sauvages. Sous la dure écorce de Bernard n'y avait-il une espèce de bonté? Lorsqu'il était tout près de mourir, les métayers disaient : « Après lui, il n'y aura plus de monsieur, ici. » Oui, de la bonté, et aussi une justesse d'esprit, une grande bonne foi; il ne parle guère de ce qu'il ne connaît pas; il accepte ses limites. Adolescent, il n'était point si laid, cet Hippolyte mal léché — moins curieux des jeunes filles que du lièvre qu'il forçait dans la lande[1]...

Pourtant ce n'est pas lui[a] que Thérèse, les paupières baissées, la tête contre la vitre du wagon, voit surgir à bicyclette en ces matinées d'autrefois, sur la route de Saint-Clair à Argelouse, vers neuf heures, avant que la chaleur soit à son comble; non pas le fiancé indifférent, mais sa petite sœur Anne, le visage en feu, — et déjà les cigales s'allumaient de pin en pin et sous le ciel commençait à ronfler la fournaise de la lande. Des millions de mouches s'élevaient des hautes brandes : « Remets ton manteau pour entrer au salon; c'est une glacière... » Et la tante Clara ajoutait : « Ma petite, vous aurez à boire quand vous ne serez plus en nage... » Anne criait à la sourde d'inutiles paroles de bienvenue : « Ne t'égosille pas, chérie, elle comprend tout au mouvement des lèvres... » Mais la jeune fille articulait en vain chaque mot et déformait sa bouche minuscule : la tante répondait au hasard jusqu'à ce que les amies fussent obligées de fuir pour rire à l'aise.

Du fond d'un compartiment obscur, Thérèse regarde ces jours purs de sa vie — purs mais éclairés d'un frêle bonheur imprécis; et cette trouble lueur de joie, elle ne savait pas alors que ce devait être son unique part en ce monde[2]. Rien ne l'avertissait que tout son lot tenait dans un salon ténébreux, au centre de l'été implacable, — sur ce canapé de reps rouge, auprès d'Anne dont les genoux rapprochés soutenaient un album de photographies. D'où lui venait ce bonheur? Anne avait-elle un seul des goûts de Thérèse? Elle haïssait la lecture, n'aimait que coudre, jacasser et rire. Aucune[b] idée sur rien, tandis que Thérèse dévorait du même appétit les romans de Paul de Kock, les *Causeries du lundi*, l'*Histoire[c] du Consulat*, tout ce qui traîne dans les placards d'une maison de campagne. Aucun goût[a] commun, hors celui d'être ensemble durant ces après-midi où le feu du ciel assiège les hommes barricadés dans une demi-ténèbre. Et Anne parfois se levait pour voir si la chaleur était tombée. Mais, les volets à peine entrouverts, la lumière pareille à une gorgée de métal en fusion, soudain jaillie, semblait brûler la natte, et il fallait de nouveau tout clore et se tapir.

Même au crépuscule, et lorsque déjà le soleil ne rougissait plus que le bas des pins et que s'acharnait, tout près du sol, une dernière cigale, la chaleur demeurait stagnante sous les chênes. Comme[b] elles fussent assises au bord d'un lac, les amies s'étendaient à l'orée du champ. Des nuées[c] orageuses leur proposaient de glissantes images; mais avant que Thérèse ait eu le temps de distinguer la femme ailée qu'Anne voyait dans le ciel, ce n'était déjà plus, disait la jeune fille, qu'une étrange bête étendue[1].

En septembre, elles pouvaient sortir après la collation et pénétrer dans le pays de la soif : pas le moindre filet d'eau à Argelouse; il faut marcher longtemps dans le sable avant d'atteindre les sources du ruisseau appelé la Hure[2]. Elles crèvent, nombreuses, un bas-fond d'étroites prairies entre les racines des aulnes. Les pieds nus des jeunes filles devenaient insensibles dans l'eau glaciale, puis à peine secs, étaient de nouveau brûlants. Une de ces cabanes qui servent en octobre aux chasseurs de palombes, les accueillait comme naguère le salon obscur. Rien à se dire; aucune parole : les minutes fuyaient de ces longues haltes innocentes sans que[d] les jeunes filles songeassent plus à bouger que ne bouge le chasseur lorsqu'à l'approche d'un vol, il fait le signe du silence. Ainsi leur semblait-il qu'un seul geste aurait fait fuir leur informe et chaste bonheur[e]. Anne, la première, s'étirait — impatiente de tuer des alouettes au crépuscule; Thérèse, qui haïssait ce jeu, la suivait pourtant, insatiable de sa présence. Anne décrochait dans le vestibule le calibre 24 qui ne repousse pas. Son amie, demeurée sur le talus, la voyait au milieu du seigle viser le soleil comme pour l'éteindre. Thérèse se bouchait les oreilles; un cri ivre s'interrompait dans le bleu, et la chasseresse ramassait l'oiseau blessé, le serrait d'une main précautionneuse et, tout en caressant de ses lèvres les plumes chaudes, l'étouffait.

« Tu viendras[f] demain ?

— Oh ! non ; pas tous les jours. »

Elle ne souhaitait pas de la voir tous les jours ; parole
raisonnable à laquelle[a] il ne fallait rien opposer ; toute
protestation eût paru, à Thérèse même, incompréhensible. Anne préférait ne pas revenir ; rien ne l'en eût
empêchée sans doute ; mais pourquoi se voir tous les
jours ? « Elles finiraient, disait-elle, par se prendre en
grippe. » Thérèse répondait : « Oui... oui... surtout ne
t'en fais pas une obligation : reviens quand le cœur t'en
dira... quand tu n'auras rien de mieux. » L'adolescente
à bicyclette disparaissait sur la route déjà sombre en
faisant[b] sonner son grelot.

Thérèse revenait vers la maison ; les métayers la
saluaient de loin ; les enfants ne l'approchaient pas. C'était
l'heure où des brebis s'épandaient sous les chênes et
soudain elles couraient toutes ensemble, et le berger
criait. Sa tante la guettait sur le seuil et, comme font les
sourdes, parlait sans arrêt pour que Thérèse ne lui parlât
pas. Qu'était-ce donc que cette angoisse ? Elle n'avait pas
envie de lire ; elle n'avait envie de rien ; elle errait de
nouveau : « Ne t'éloigne pas : on va servir. » Elle revenait
au bord de la route — vide aussi loin que pouvait aller
son regard. La cloche tintait au seuil de la cuisine. Peut-
être faudrait-il, ce soir, allumer la lampe. Le silence[c] n'était
pas plus profond pour la sourde immobile et les mains
croisées sur la nappe, que pour cette jeune fille un peu
hagarde[1].

Bernard, Bernard, comment t'introduire dans ce monde
confus, toi qui appartiens à la race aveugle, à la race
implacable des simples ? « Mais, songe Thérèse, dès les
premiers mots il m'interrompra : " Pourquoi m'avez-
vous épousé ? je ne courais pas après vous... " » Pourquoi
l'avait-elle épousé ? C'était vrai qu'il n'avait montré
aucune hâte. Thérèse se souvient que la mère de Bernard,
Mme Victor de La Trave, répétait à tout venant : « Il
aurait bien attendu, mais elle l'a voulu[d], elle l'a voulu, elle
l'a voulu. Elle n'a pas nos principes, malheureusement ;
par exemple, elle fume comme un sapeur : un genre
qu'elle se donne ; mais c'est une nature[e] très droite,
franche comme l'or. Nous aurons vite fait de la ramener
aux idées saines. Certes, tout ne nous sourit pas dans ce
mariage. Oui... la grand-mère Bellade... je sais bien...

mais c'est oublié, n'est-ce pas ? On peut à peine dire qu'il
y ait eu scandale, tellement ç'a été bien étouffé[1]. Vous
croyez à l'hérédité, vous ? Le père pense mal, c'est
entendu ; mais il ne lui a donné que de bons exemples :
c'est un saint laïque[2]. Et il a le bras long. On a besoin de
tout le monde. Enfin, il faut bien passer sur quelque
chose. Et puis, vous me croirez si vous voulez : elle est
plus riche[a] que nous. C'est incroyable, mais c'est comme
ça. Et en adoration devant Bernard, ce qui ne gâte rien. »
   Oui, elle avait été en adoration devant lui : aucune
attitude qui demandât moins d'effort. Dans le salon
d'Argelouse ou sous les chênes au bord du champ, elle
n'avait qu'à lever vers lui ses yeux que c'était sa science
d'emplir de candeur amoureuse. Une telle proie à ses
pieds flattait le garçon mais ne l'étonnait pas. « Ne joue
pas avec elle, lui répétait sa mère, elle se ronge. »

   « Je l'ai épousé parce que... » Thérèse, les sourcils
froncés, une main sur ses yeux, cherche à se souvenir. Il y
avait cette joie puérile de devenir, par ce mariage, la belle-
sœur d'Anne. Mais c'était Anne surtout qui en éprouvait
de l'amusement ; pour Thérèse, ce lien ne comptait guère.
Au vrai, pourquoi en rougir ? Les deux mille hectares de
Bernard ne l'avaient pas laissée indifférente. « Elle avait
toujours eu la propriété dans le sang. » Lorsque après les
longs repas, sur la table desservie on apporte l'alcool,
Thérèse était restée souvent avec les hommes, retenue par
leurs propos touchant les métayers, les poteaux de mine,
la gemme, la térébenthine. Les évaluations de propriétés
la passionnaient. Nul doute que cette domination sur une
grande étendue de forêt l'ait séduite[3]. « Lui aussi, d'ailleurs, était amoureux de mes pins... » Mais Thérèse avait
obéi peut-être à un sentiment plus obscur qu'elle s'efforce
de mettre à jour : peut-être cherchait-elle moins dans le
mariage une domination, une possession, qu'un refuge.
Ce qui l'y avait précipitée, n'était-ce pas une panique ?
Petite fille pratique, enfant ménagère, elle avait hâte
d'avoir pris son rang, trouvé sa place définitive ; elle
voulait être rassurée contre elle ne savait quel péril.
Jamais elle ne parut si raisonnable qu'à l'époque de ses
fiançailles : elle s'incrustait dans un bloc familial, « elle
se casait » ; elle entrait dans un ordre. Elle se sauvait[4].
   Ils suivaient, en ce printemps de leurs fiançailles, ce

chemin de sable qui va d'Argelouse à Vilméja[1]. Les
feuilles mortes des chênes[a] salissaient encore l'azur; les
fougères sèches jonchaient le sol que perçaient les nouvelles crosses, d'un vert acide. Bernard disait : « Faites
attention à votre cigarette; ça peut brûler encore; il n'y a
plus d'eau dans la lande. » Elle avait[b] demandé : « Est-ce
vrai que les fougères contiennent de l'acide prussique ? »
Bernard ne savait pas si elles en contenaient assez pour
qu'on pût s'empoisonner. Il l'avait interrogée tendrement : « Vous avez envie de mourir ? » Elle avait ri.
Il avait émis le vœu qu'elle devînt plus simple. Thérèse
se souvient qu'elle avait fermé les yeux, tandis que deux
grandes mains enserraient sa petite tête, et qu'une voix
disait contre son oreille : « Il y a là encore quelques idées
fausses. » Elle avait répondu : « À vous de les détruire,
Bernard. » Ils avaient observé le travail des maçons qui
ajoutaient une chambre à la métairie de Vilméja. Les
propriétaires, des Bordelais, y voulaient installer leur
dernier fils « qui s'en allait de la poitrine ». Sa sœur était
morte du même mal. Bernard[c] éprouvait beaucoup de
dédain pour ces Azévédo : « Ils jurent leurs grands dieux
qu'ils ne sont pas d'origine juive... mais on n'a qu'à les
voir. Et avec ça, tuberculeux; toutes les maladies... »
Thérèse[d] était calme. Anne reviendrait du couvent de
Saint-Sébastien pour le mariage. Elle devait quêter avec
le fils Deguilhem. Elle avait demandé à Thérèse de lui
décrire « par retour du courrier » les robes des autres
demoiselles d'honneur : « Ne pourrait-elle en avoir des
échantillons ? C'était leur intérêt à toutes de choisir des
tons qui fussent accordés... » Jamais Thérèse ne connut
une telle paix, — ce qu'elle croyait être la paix et qui
n'était que le demi-sommeil, l'engourdissement de ce
reptile dans son sein.

IV

Le jour étouffant[e] des noces, dans l'étroite église de
Saint-Clair où le caquetage des dames couvrait l'harmonium à bout de souffle et où leurs odeurs triomphaient
de l'encens, ce fut ce jour-là que Thérèse se sentit perdue.

Elle était entrée somnambule dans la cage et, au fracas de la lourde porte refermée, soudain la misérable enfant se réveillait[1]. Rien[a] de changé, mais elle avait le sentiment de ne plus pouvoir désormais se perdre seule. Au plus épais d'une famille, elle allait couver, pareille à un feu sournois qui rampe sous la brande, embrase un pin, puis l'autre, puis de proche en proche crée une forêt de torches. Aucun visage sur qui reposer ses yeux, dans cette foule, hors celui d'Anne; mais la joie enfantine de la jeune fille l'isolait de Thérèse : sa joie ! Comme si elle eût ignoré qu'elles allaient être séparées le soir même, et non seulement dans l'espace; à cause aussi de ce que Thérèse était au moment[b] de souffrir, — de ce que son corps innocent allait subir d'irrémédiable. Anne demeurait sur la rive où attendent les êtres intacts; Thérèse allait se confondre avec le troupeau de celles qui ont servi. Elle se rappelle qu'à la sacristie, comme elle se penchait pour baiser ce petit visage hilare levé vers le sien, elle perçut soudain ce néant autour de quoi elle avait créé un univers de douleurs vagues et de vagues joies ; elle découvrit, l'espace de quelques secondes, une disproportion infinie entre ces forces obscures de son cœur et la gentille figure barbouillée de poudre.

Longtemps après[c] ce jour, à Saint-Clair et à B., les gens ne s'entretinrent jamais de ces noces de Gamache (où plus de cent métayers et domestiques avaient mangé et bu sous les chênes) sans rappeler que l'épouse, « qui sans doute n'est pas régulièrement jolie mais qui est le charme même[2] » parut à tous, ce jour-là, laide et même affreuse : « Elle ne se ressemblait pas, c'était une autre personne... » Les gens virent[d] seulement qu'elle était différente de son apparence habituelle; ils incriminèrent la toilette blanche, la chaleur; ils ne reconnurent pas son vrai visage[3].

Au soir de cette noce mi-paysanne, mi-bourgeoise, des groupes où éclataient les robes des filles obligèrent l'auto des époux à ralentir, et on les acclamait. Ils dépassèrent, sur la route jonchée de fleurs d'acacia, des carrioles zigzagantes, conduites par des drôles qui avaient bu. Thérèse, songeant à la nuit qui vint ensuite, murmure : « Ce fut[e] horrible... » puis se reprend : « Mais non... pas si horrible... » Durant ce voyage aux lacs

italiens, a-t-elle beaucoup souffert ? Non, non; elle
jouait à ce jeu : ne pas se trahir. Un fiancé se dupe aisément; mais un mari ! N'importe qui sait proférer des
paroles menteuses; les mensonges du corps exigent
une autre science. Mimer le désir, la joie, la fatigue
bienheureuse, cela n'est pas donné à tous. Thérèse sut
plier son corps à ces feintes et elle y goûtait un plaisir
amer. Ce monde inconnu de sensations où un homme
la forçait de pénétrer, son imagination l'aidait à concevoir
qu'il y aurait eu là, pour elle aussi peut-être, un bonheur
possible, — mais quel bonheur ? Comme devant un
paysage enseveli sous la pluie, nous nous représentons[a]
ce qu'il eût été dans le soleil, ainsi Thérèse découvrait
la volupté[1].

Bernard, ce garçon au regard désert, toujours inquiet
de ce que les numéros des tableaux ne correspondaient
pas à ceux du Baedeker, satisfait d'avoir vu dans le
moins de temps possible ce qui était à voir, quelle facile
dupe ! Il était[b] enfermé dans son plaisir comme ces
jeunes porcs charmants qu'il est drôle de regarder à
travers la grille, lorsqu'ils reniflent de bonheur dans
une auge (« c'était moi, l'auge », songe Thérèse). Il
avait leur air pressé, affairé, sérieux; il était méthodique.
« Vous croyez vraiment que cela est sage ? » risquait
parfois Thérèse stupéfaite. Il riait, la rassurait. Où
avait-il[c] appris à classer tout ce qui touche à la chair,
— à distinguer les caresses de l'honnête homme de celles
du sadique ? Jamais une hésitation[2]. Un soir, à Paris
où, sur le chemin du retour, ils s'arrêtèrent, Bernard
quitta ostensiblement un music-hall dont le spectacle
l'avait choqué : « Dire que les étrangers voient ça !
Quelle honte ! Et c'est là-dessus qu'on nous juge... »
Thérèse admirait que cet homme pudique fût le même
dont il lui faudrait subir, dans moins d'une heure, les
patientes inventions de l'ombre.

« Pauvre Bernard — non pire qu'un autre ! Mais le
désir transforme l'être qui nous approche en un monstre
qui ne lui ressemble pas. Rien ne nous sépare plus de
notre complice que son délire : j'ai toujours vu Bernard
s'enfoncer dans le plaisir, — et moi, je faisais la morte,
comme si ce fou, cet épileptique, au moindre geste eût
risqué de m'étrangler. Le plus souvent, au bord de sa
dernière joie, il découvrait soudain sa solitude; le morne

acharnement s'interrompait. Bernard revenait sur ses pas et me trouvait comme sur une plage où j'eusse été rejetée, les dents serrées, froide[1]. »

Une seule lettre d'Anne : la petite n'aimait guère écrire; — mais par miracle, il n'en était pas une ligne qui ne plût à Thérèse : une lettre exprime bien moins nos sentiments réels que ceux qu'il faut que nous éprouvions pour qu'elle soit lue avec joie. Anne se plaignait de ne pouvoir aller[a] du côté de Vilméja depuis l'arrivée du fils Azévédo; elle avait vu de loin sa chaise longue dans les fougères; les phtisiques lui faisaient horreur[2].

Thérèse relisait souvent ces pages et n'en attendait point d'autres. Aussi[b] fut-elle, à l'heure du courrier, fort surprise (le matin qui suivit cette soirée interrompue au music-hall) de reconnaître sur trois enveloppes l'écriture d'Anne de La Trave. Diverses « postes restantes » leur avaient fait parvenir à Paris ce paquet de lettres, car ils avaient brûlé plusieurs étapes « pressés, disait Bernard, de retrouver leur nid », — mais au vrai parce qu'ils n'en pouvaient plus d'être ensemble; lui périssait d'ennui loin de ses fusils, de ses chiens, de l'auberge où le Picon grenadine a un goût qu'il n'a pas ailleurs; et puis cette femme si froide, si moqueuse, qui ne montre jamais son plaisir, qui n'aime pas causer de ce qui est intéressant !... Pour Thérèse, elle souhaitait de rentrer à Saint-Clair comme une déportée qui s'ennuie dans un cachot provisoire, est curieuse de connaître l'île où doit se consumer ce qui lui reste de vie[3]. Thérèse avait déchiffré avec soin la date imprimée sur chacune des trois enveloppes; et déjà elle ouvrait la plus ancienne, lorsque Bernard poussa une exclamation, cria quelques paroles dont elle ne comprit pas le sens, car la fenêtre était ouverte et les autobus changeaient de vitesse à ce carrefour. Il s'était interrompu de se raser pour lire une lettre de sa mère. Thérèse voit encore le gilet de cellular, les bras nus musculeux; cette peau blême et soudain le rouge cru du cou et de la face. Déjà régnait, en ce matin de juillet, une chaleur sulfureuse; le soleil enfumé rendait plus sales, au-delà du balcon, les façades mortes[c]. Il s'était rapproché de Thérèse; il criait : « Celle-là est trop forte ! Eh bien ! ton amie Anne, elle va fort. Qui aurait dit que ma petite sœur... »

Et comme Thérèse l'interrogeait[a] du regard :

« Crois-tu qu'elle s'est amourachée du fils Azévédo ? Oui, parfaitement : cette espèce de phtisique pour lequel ils avaient fait agrandir Vilméja... Mais si : ça a l'air très sérieux... Elle dit qu'elle tiendra jusqu'à sa majorité... Maman écrit qu'elle est complètement folle. Pourvu que les Deguilhem ne le sachent pas ! Le petit Deguilhem serait capable de ne pas faire sa demande[b]. Tu as des lettres d'elle ? Enfin, nous allons savoir... Mais ouvre-les donc.

— Je veux les[c] lire dans l'ordre. D'ailleurs, je ne saurais te les montrer. »

Il la reconnaissait bien là ; elle compliquait toujours tout. Enfin l'essentiel était qu'elle ramenât la petite à la raison :

« Mes parents comptent sur toi : tu peux tout sur elle... si... si !... Ils t'attendent comme leur salut. »

Pendant qu'elle s'habillait, il allait lancer un télégramme et retenir deux places dans le Sud-express. Elle pouvait commencer à garnir le fond des malles :

« Qu'est-ce[d] que tu attends pour lire les lettres de la petite ?

— Que tu ne sois plus là. »

Longtemps[e] après qu'il eut refermé la porte, Thérèse était demeurée étendue fumant des cigarettes, les yeux sur[f] les grandes lettres d'or noirci, fixées au balcon d'en face ; puis elle avait déchiré la première enveloppe. Non, non ; ce n'était pas cette chère petite idiote, ce ne pouvait être cette couventine à l'esprit court qui avait inventé ces paroles de feu. Ce ne pouvait être de ce cœur sec — car elle avait le cœur sec : Thérèse le savait peut-être ! — qu'avait jailli ce cantique des cantiques, cette longue plainte heureuse d'une femme possédée, d'une chair presque morte de joie, dès la première atteinte :

... Lorsque je l'ai rencontré, je ne pouvais croire que ce fût lui : il jouait à courir avec le chien en poussant des cris. Comment aurais-je pu imaginer que c'était ce grand malade... mais il n'est pas malade : on prend seulement des précautions, à cause des malheurs qu'il y a eu dans sa famille. Il n'est pas même frêle, — mince plutôt ; et puis habitué à être gâté, dorloté... Tu ne me reconnaîtrais pas : c'est moi qui vais chercher sa pèlerine, dès que la chaleur tombe...

Si Bernard était rentré à cette minute dans la chambre, il se fût aperçu que cette femme assise sur le lit n'était pas sa femme, mais un être inconnu de lui, une créature étrangère et sans nom. Elle jeta sa cigarette, déchira[a] une seconde enveloppe :

... J'attendrai le temps qu'il faudra ; aucune résistance ne me fait peur ; mon amour ne le sent même pas. Ils me retiennent à Saint-Clair, mais Argelouse n'est pas si éloigné que Jean et moi ne puissions nous rejoindre. Tu te rappelles la palombière ? C'est toi, ma chérie, qui as d'avance choisi les lieux où je devais connaître une joie telle... Oh ! surtout ne va pas croire que nous fassions rien de mal. Il est si délicat ! Tu n'as aucune idée d'un garçon de cette espèce. Il a beaucoup étudié, beaucoup lu, comme toi : mais chez un jeune homme, ça ne m'agace pas, et je n'ai jamais songé à le taquiner. Que ne donnerais-je pour être aussi savante que tu l'es ! Chérie, quel[b] est donc ce bonheur que tu possèdes aujourd'hui et que je ne connais pas encore, pour que la seule approche en soit un tel délice ? Lorsque dans la cabane des palombes où tu voulais toujours que nous emportions notre goûter, je demeure auprès de lui, je sens[c] le bonheur en moi, pareil à quelque chose que je pourrais toucher. Je me dis qu'il existe pourtant une joie au-delà de cette joie ; et quand Jean s'éloigne, tout pâle, le souvenir de nos caresses, l'attente de ce qui va être le lendemain, me rend sourde aux plaintes, aux supplications, aux injures de ces pauvres gens qui ne savent pas... qui n'ont jamais su... Chérie, pardonne-moi : je te parle de ce bonheur comme si tu ne le connaissais pas non plus ; pourtant je ne suis qu'une novice auprès de toi : aussi suis-je bien sûre que tu seras avec nous[d] contre ceux qui nous font du mal...

Thérèse déchira la troisième enveloppe; quelques mots seulement griffonnés :

Viens, ma chérie : ils nous ont séparés : on me garde à vue. Ils croient que tu te rangeras de leur côté. J'ai dit que je m'en remettrais à ton jugement. Je t'expliquerai tout : il n'est pas malade... Je suis heureuse[e] et je souffre. Je suis heureuse de souffrir à cause de lui et j'aime sa douleur comme le signe de l'amour qu'il a pour moi...

Thérèse ne lut pas plus avant. Comme elle glissait le feuillet dans l'enveloppe, elle y aperçut une photographie

qu'elle n'avait pas vue d'abord. Près de la fenêtre, elle
contempla ce visage : c'était un jeune garçon dont la tête,
à cause des cheveux épais, semblait trop forte. Thérèse[a],
sur cette épreuve, reconnut l'endroit : ce talus où Jean
Azévédo se dressait, pareil à David (il y avait, derrière,
une lande où pacageaient des brebis). Il portait sa veste
sur le bras; sa chemise était un peu ouverte. Thérèse
leva[b] les yeux et fut étonnée de sa figure dans la glace.
Il lui fallut[c] un effort pour desserrer les dents, avaler sa
salive. Elle frotta d'eau de Cologne ses tempes, son front.
« Elle connaît cette joie... et moi, alors ? et moi ? pourquoi pas moi[d1] ? » La photographie était restée sur la table;
tout auprès luisait une épingle...

« J'ai fait cela. C'est moi qui ai fait cela... » Dans le
train cahotant et qui, à une descente, se précipite, Thérèse répète : « Il y a deux ans déjà, dans cette chambre
d'hôtel, j'ai pris l'épingle, j'ai percé la photographie de
ce garçon à l'endroit du cœur[a], — non pas furieusement,
mais avec calme et comme s'il s'agissait d'un acte ordinaire; — aux lavabos, j'ai jeté la photographie ainsi
transpercée; j'ai tiré la chasse d'eau. »

Lorsque Bernard était rentré, il avait admiré qu'elle fût
grave, comme une personne qui a beaucoup réfléchi, et
même arrêté déjà un plan de conduite. Mais elle avait tort
de tant fumer : elle s'intoxiquait ! À entendre Thérèse, il
ne fallait pas donner trop d'importance aux[e] caprices d'une
petite fille. Elle se faisait fort de l'éclairer... Bernard
souhaitait que Thérèse le rassurât, — tout à la joie de
sentir dans sa poche les billets de retour; flatté surtout de
ce que les siens avaient déjà recours à sa femme. Il l'avertit[f] que ça coûterait ce que ça coûterait, mais que pour le
dernier déjeuner de leur voyage, ils iraient à quelque
restaurant du Bois. Dans le taxi, il parla de ses projets
pour l'ouverture de la chasse; il avait hâte d'essayer ce
chien que Balion dressait pour lui. Sa mère écrivait que,
grâce aux pointes de feu, la jument ne boitait plus... Peu
de monde encore à ce restaurant dont le service innombrable les intimidait. Thérèse se souvient de cette odeur :
géranium et saumure. Bernard n'avait[g] jamais bu de vin
du Rhin : « Pristi, ils ne le donnent pas. » Mais ça n'était
pas tous les jours fête[h]. La carrure de Bernard dissimulait
à Thérèse la salle. Derrière les grandes glaces, s'arrêtaient

des autos silencieuses. Elle voyait[a], près des oreilles de Bernard remuer ce qu'elle savait être les muscles temporaux. Tout de suite après les premières lampées, il devint trop rouge : beau garçon campagnard auquel manquait seulement, depuis des semaines, l'espace où brûler sa ration quotidienne de nourriture et d'alcool. Elle ne le haïssait pas ; mais quel désir d'être seule pour penser à sa souffrance, pour chercher l'endroit où elle souffrait ! Simplement qu'il ne soit plus là[b] ; qu'elle puisse ne pas se forcer à manger, à sourire ; qu'elle n'ait plus ce souci de composer son visage, d'éteindre son regard ; que son esprit se fixe librement sur ce désespoir mystérieux : une créature s'évade hors de l'île déserte où tu imaginais qu'elle vivrait près de toi jusqu'à la fin[1] ; elle franchit l'abîme qui te sépare des autres, les rejoint, — change de planète enfin... mais non : quel être a jamais changé de planète ? Anne[c] avait toujours appartenu au monde des simples vivants ; ce n'était qu'un fantôme dont Thérèse autrefois regardait la tête endormie sur ses genoux, durant leurs vacances solitaires ; la véritable Anne de La Trave, elle ne l'a jamais connue, celle qui rejoint, aujourd'hui, Jean Azévédo dans une palombière abandonnée entre Saint-Clair et Argelouse.

« Qu'est-ce[d] que tu as ? Tu ne manges pas ? Il ne faut pas leur en laisser : au prix que ça coûte, ce serait dommage. C'est la chaleur ? Tu ne vas pas tourner de l'œil ? À moins que ce ne soit un malaise... déjà. »

Elle sourit ; sa bouche seule souriait. Elle dit qu'elle réfléchissait à cette aventure d'Anne (il fallait qu'elle parlât d'Anne). Et comme Bernard déclarait être bien tranquille, du moment qu'elle avait pris l'affaire en main, la jeune femme lui demanda pourquoi ses parents étaient hostiles à ce mariage. Il crut qu'elle se moquait de lui, la supplia de ne pas commencer à soutenir des paradoxes :

« D'abord, tu sais bien qu'ils sont juifs : maman a connu le grand-père Azévédo, celui qui avait refusé le baptême. »

Mais Thérèse prétendait qu'il n'y avait rien de plus ancien à Bordeaux que ces noms d'israélites portugais :

« Les Azévédo tenaient déjà le haut du pavé lorsque nos ancêtres, bergers misérables, grelottaient de fièvre au bord de leurs marécages.

— Voyons, Thérèse : ne discute pas pour le plaisir de

discuter; tous les Juifs se valent... et puis c'est une famille
de dégénérés, tuberculeux jusqu'à la moelle, tout le
monde le sait. »

Elle alluma une cigarette, d'un geste qui toujours avait
choqué Bernard :

« Rappelle-moi donc de quoi est mort[a] ton grand-père,
ton arrière-grand-père ? T'es-tu inquiété de savoir, en
m'épousant, quelle maladie a emporté ma mère ? Crois-tu
que chez nos ascendants, nous ne trouverions pas assez
de tuberculeux et de syphilitiques pour empoisonner
l'univers ?

— Tu vas trop loin, Thérèse, permets-moi de te le
dire; même en plaisantant et pour me faire grimper, tu ne
dois pas toucher à la famille. »

Il se rengorgeait, vexé, — voulant à la fois le prendre
de haut et ne pas paraître ridicule à Thérèse[b]. Mais elle
insistait :

« Nos familles me font rire avec leur prudence de
taupes ! cette horreur des tares apparentes n'a d'égale que
leur indifférence à celles, bien plus nombreuses, qui ne
sont pas connues. Toi-même, tu emploies pourtant cette
expression : maladies secrètes... non ? Les maladies les
plus redoutables pour la race ne sont-elles pas secrètes
par définition ? Nos familles n'y songent jamais, elles qui
s'entendent si bien, pourtant, à recouvrir, à ensevelir
leurs ordures[1] : sans les domestiques, on ne saurait jamais
rien. Heureusement qu'il y a les domestiques...

— Je ne te répondrai[c] pas : quand tu te lances, le mieux
est d'attendre que ce soit fini. Avec moi, il n'y a que demi-
mal : je sais que tu t'amuses. Mais à la maison, tu sais, ça
ne prendrait pas. Nous ne plaisantons pas sur le chapitre
de la famille. »

La famille ! Thérèse laissa éteindre sa cigarette; l'œil
fixe, elle regardait cette cage[d] aux barreaux innombrables
et vivants, cette cage tapissée d'oreilles et d'yeux, où,
immobile, accroupie, le menton aux genoux, les bras
entourant ses jambes, elle attendrait de mourir[a].

« Voyons, Thérèse[e], ne fais pas cette figure : si tu te
voyais... »

Elle sourit, se remasqua :

« Je m'amusais... Que tu es nigaud, mon chéri ! »

Mais dans le taxi, comme Bernard se rapprochait d'elle,
sa main l'éloignait, le repoussait.

Ce dernier soir[a], avant le retour au pays, ils se couchèrent dès neuf heures. Thérèse avala un cachet, mais elle attendait trop le sommeil pour qu'il vînt. Un instant[b], son esprit sombra jusqu'à ce que Bernard, dans un marmonnement incompréhensible, se fût retourné; alors elle sentit contre elle ce grand corps brûlant; elle le repoussa et, pour n'en plus subir le feu, s'étendit sur l'extrême bord de la couche; mais après quelques minutes, il roula de nouveau vers elle comme si la chair en lui survivait à l'esprit absent et jusque dans le sommeil, cherchait confusément sa proie accoutumée. D'une main brutale et qui pourtant ne l'éveilla pas, de nouveau elle l'écarta... Ah! l'écarter une fois pour toutes et à jamais! le précipiter hors du lit, dans les ténèbres[1].

À travers[c] le Paris nocturne, les trompes d'autos se répondaient comme à Argelouse les chiens, les coqs, lorsque la lune luit. Aucune fraîcheur ne montait de la rue. Thérèse alluma une lampe et, le coude sur l'oreiller, regarda cet homme immobile à côté d'elle, — cet homme dans sa vingt-septième année : il avait repoussé les couvertures; sa respiration ne s'entendait même pas; ses cheveux ébouriffés recouvraient son front pur encore, sa tempe sans ride. Il dormait, Adam désarmé et nu, d'un sommeil profond et comme éternel. La femme ayant rejeté sur ce corps la couverture, se leva, chercha une des lettres dont elle avait interrompu la lecture, s'approcha de la lampe :

... S'il me disait[d] de le suivre, je quitterais tout sans tourner la tête. Nous nous arrêtons au bord, à l'extrême bord de la dernière caresse, mais par sa volonté, non par ma résistance ; — ou plutôt c'est lui qui me résiste, et moi qui souhaiterais d'atteindre ces extrémités inconnues dont il me répète que la seule approche dépasse toutes les joies ; à l'entendre, il faut toujours demeurer en deçà ; il est fier de freiner sur des pentes où il dit qu'une fois engagés, les autres glissent irrésistiblement[e]...

Thérèse ouvrit la croisée, déchira les lettres en menus morceaux, penchée sur le gouffre de pierre qu'un seul tombereau, à cette heure avant l'aube, faisait retentir. Les fragments de papier tourbillonnaient, se posaient sur les balcons des étages inférieurs. L'odeur végétale que respirait la jeune femme, quelle campagne l'envoyait jusqu'à

ce désert de bitume ? Elle imaginait la tache de son corps
en bouillie sur la chaussée, — et alentour ce remous
d'agents, de rôdeurs... Trop d'imagination pour te tuer,
Thérèse[1]. Au vrai, elle ne souhaitait pas de mourir; un
travail urgent l'appelait, non de vengeance[a], ni de haine :
mais cette petite idiote, là-bas, à Saint-Clair, qui croyait
le bonheur possible, il fallait qu'elle sût, comme Thérèse,
que le bonheur n'existe pas[2]. Si elles ne possèdent rien
d'autre en commun, qu'elles aient au moins cela : l'ennui,
l'absence de toute tâche haute, de tout devoir supérieur,
l'impossibilité de rien attendre que les basses habitudes
quotidiennes, — un isolement sans consolations. L'aube[b]
éclairait les toits; elle rejoignit sur sa couche l'homme
immobile; mais dès qu'elle fut étendue près de lui, déjà
il se rapprochait.

Elle se réveilla lucide, raisonnable. Qu'allait-elle chercher si loin ? Sa famille l'appelait au secours, elle agirait
selon ce qu'exigerait sa famille; ainsi serait-elle sûre de ne
point dévier. Thérèse approuvait Bernard lorsqu'il répétait que si Anne manquait le mariage Deguilhem, ce serait
un désastre. Les Deguilhem ne sont pas de leur monde :
le grand-père était berger... Oui, mais ils ont les plus
beaux pins du pays; et Anne, après tout, n'est pas si
riche : rien à attendre du côté de son père que des vignes
dans la palus[3], près de Langon, — inondées une année
sur deux. Il ne fallait à aucun prix qu'Anne manquât
le mariage Deguilhem. L'odeur du chocolat dans la
chambre écœurait Thérèse; ce léger malaise confirmait
d'autres signes : enceinte, déjà. « Il vaut mieux l'avoir
tout de suite, dit Bernard, après, on n'aura plus à y
penser. » Et il contemplait avec respect la femme qui
portait dans ses flancs le maître unique de pins sans
nombre.

V

Saint-Clair, bientôt ! Saint-Clair... Thérèse mesure de
l'œil le chemin qu'a parcouru sa pensée. Obtiendra-t-elle
que Bernard la suive jusque-là ? Elle n'ose espérer qu'il
consente à cheminer à pas si lents sur cette route tor-
tueuse; pourtant rien n'est dit de l'essentiel : « Quand

j'aurai atteint avec lui ce défilé où me voilà, tout me restera encore à découvrir. » Elle se penche sur sa propre énigme, interroge la jeune bourgeoise mariée dont chacun louait la sagesse, lors de son établissement à Saint-Clair, ressuscite les premières semaines vécues dans la maison fraîche[a] et sombre de ses beaux-parents. Du côté de la grand-place, les volets en sont toujours clos; mais à gauche, une grille livre aux regards le jardin embrasé d'héliotropes, de géraniums, de pétunias[1]. Entre le couple La Trave embusqué au fond d'un petit salon ténébreux, au rez-de-chaussée, et Anne errant dans ce jardin d'où il lui était interdit de sortir, Thérèse allait et venait, confidente, complice. Elle disait aux La Trave : « Donnez-vous les gants de céder un peu, offrez-lui de voyager avant de prendre aucune décision : j'obtiendrai qu'elle vous obéisse sur ce point; pendant votre absence, j'agirai. » Comment? Les La Trave entrevoyaient qu'elle lierait connaissance avec le jeune Azévédo : « Vous ne pouvez rien[b] attendre d'une attaque directe, ma mère. » À en croire Mme de La Trave, rien n'avait transpiré encore, Dieu merci. La receveuse, Mlle Monod, était seule dans la confidence; elle avait arrêté plusieurs lettres d'Anne : « Mais cette fille, c'est un tombeau. D'ailleurs, nous la tenons... elle ne jasera pas. »

« Tâchons de la faire souffrir le moins possible », répétait Hector[c] de La Trave; mais lui, qui naguère cédait aux plus absurdes caprices d'Anne, ne pouvait qu'approuver sa femme, disant : « On ne fait pas d'omelette sans casser les œufs... » et encore : « Elle nous remerciera un jour. » Oui, mais d'ici là, ne tomberait-elle pas malade ? Les deux époux se taisaient, l'œil vague; sans doute suivaient-ils en esprit, dans le grand soleil, leur enfant consumée, à qui faisait horreur toute nourriture : elle écrase des fleurs qu'elle ne voit pas[d], longe les grilles à pas de biche, cherchant une issue... Mme de La Trave secouait la tête : « Je ne peux pourtant pas boire son jus de viande à sa place, n'est-ce pas ? Elle se gave de fruits au jardin, afin de pouvoir laisser pendant le repas son assiette vide. » Et Hector de La Trave : « Elle nous reprocherait plus tard d'avoir donné notre consentement. Et quand ce ne serait qu'à cause des malheureux qu'elle mettrait au monde... » Sa femme lui

en voulait de ce qu'il avait l'air de chercher des excuses :
« Heureusement que les Deguilhem ne sont pas rentrés.
Nous avons la chance qu'ils tiennent à ce mariage comme
à la prunelle de leurs yeux. » Ils attendaient que Thérèse
eût quitté la salle, pour se demander l'un à l'autre :
« Mais qu'est-ce qu'on lui a fourré dans la tête au couvent ? Ici, elle n'a eu que de bons exemples; nous avons
surveillé ses lectures. Thérèse dit qu'il n'y a rien de
pire, pour tourner la tête aux jeunes filles, que les romans
d'amour de l'« Œuvre des bons livres »[1]... mais elle est tellement paradoxale ! D'ailleurs Anne, Dieu merci, n'a pas
la manie de lire; je n'ai jamais eu d'observations à lui
faire sur ce point. En cela, elle est bien une femme de la
famille. Au fond, si nous pouvions arriver à la changer
d'air... Tu te rappelles comme Salies lui avait fait du
bien après cette rougeole compliquée de bronchite ?
Nous irons où elle voudra, je ne peux pas mieux dire.
Voilà une enfant bien à plaindre, en vérité. » M. de
La Trave soupirait à mi-voix : « Oh ! un voyage avec
nous »... « Rien ! rien ! » répondait-il à sa femme qui,
un peu sourde, l'interrogeait : « Qu'est-ce que tu as dit ? »
Du fond de cette fortune où il avait fait son trou, quel
voyage d'amour se rappelait ce vieil homme, soudain,
quelles heures bénies de sa jeunesse amoureuse ?

Au jardin, Thérèse avait rejoint la jeune fille dont les
robes de l'année dernière étaient devenues trop larges :
« Eh bien ? » criait Anne dès qu'approchait son amie.
Cendre des allées, prairies sèches et crissantes, odeur
des géraniums grillés, et cette jeune fille plus consumée,
dans l'après-midi d'août, qu'aucune plante, il n'est rien
que Thérèse ne retrouve dans son cœur. Quelquefois
des averses orageuses les obligeaient[a] à s'abriter dans la
serre; les grêlons faisaient retentir les vitres.

« Qu'est-ce que cela te fait de partir, puisque tu ne le
vois pas ?

— Je ne le vois pas, mais je sais[b] qu'il respire à dix
kilomètres d'ici. Quand le vent souffle de l'est, je sais
qu'il entend la cloche en même temps que moi. Ça te
serait-il égal que Bernard fût à Argelouse ou à Paris ?
Je ne vois pas Jean, mais je sais qu'il n'est pas loin.
Le dimanche, à la messe, je n'essaie même pas de tourner
la tête, puisque de nos places, l'autel seul est visible,

et qu'un pilier nous isole de l'assistance. Mais à la sortie...

— Il n'y était pas dimanche ? »

Thérèse le savait, elle savait qu'Anne, entraînée par sa mère avait en vain cherché dans la foule un visage absent.

« Peut-être était-il malade... On arrête ses lettres ; je ne peux rien savoir.

— C'est tout de même étrange qu'il ne trouve pas le moyen de faire passer un mot.

— Si tu voulais, Thérèse... Oui, je sais bien que ta position est délicate...

— Consens à ce voyage, et pendant ton absence, peut-être...

— Je ne peux pas m'éloigner de lui.

— De toute façon il s'en ira, ma chérie. Dans quelques semaines il quittera Argelouse.

— Ah ! tais-toi. C'est une pensée insoutenable. Et pas un mot de lui pour m'aider à vivre. J'en meurs déjà : il faut qu'à chaque instant je me rappelle ses paroles qui m'avaient donné le plus de joie ; mais à force de me les répéter, je n'arrive plus à être bien sûre qu'il les ait dites en effet ; tiens, celle-ci, à notre dernière entrevue, je crois l'entendre encore : " Il n'y a personne dans ma vie que vous... " Il a dit ça, à moins que ce soit : " Vous êtes ce que j'ai de plus cher dans ma vie... " Je ne peux me rappeler exactement. »

Les sourcils froncés, elle cherchait l'écho de la parole consolatrice dont elle élargissait le sens à l'infini.

« Enfin, comment est-il, ce garçon ?

— Tu ne peux pas imaginer.

— Il ressemble si peu aux autres ?

— Je voudrais te le peindre... mais il est tellement au-delà de ce que je saurais dire... Après tout, peut-être le jugerais-tu très ordinaire... Mais je suis bien sûre que non. »

Elle ne distinguait plus rien de particulier dans le jeune homme éblouissant de tout l'amour qu'elle lui portait. « Moi, songeait Thérèse, la passion me rendrait plus lucide ; rien ne m'échapperait de l'être dont j'aurais envie. »

« Thérèse, si je me résignais à ce voyage, tu le verrais, tu me rapporterais ses paroles ? Tu lui ferais passer mes lettres ? Si je pars, si j'ai le courage de partir... »

Thérèse quittait[a] le royaume de la lumière et pénétrait de nouveau, comme une guêpe sombre, dans le bureau où les parents attendaient que la chaleur fût tombée et que leur fille fût réduite. Il fallut beaucoup de ces allées et venues pour décider enfin Anne au départ. Et sans doute Thérèse n'y fût-elle jamais parvenue sans le retour imminent des Deguilhem. Anne tremblait devant ce nouveau péril. Thérèse lui répétait que pour un garçon si riche « il n'était pas mal, ce Deguilhem ».

« Mais, Thérèse, je l'ai à peine regardé : il a[b] des lorgnons, il est chauve, c'est un vieux.

— Il a vingt-neuf ans...

— C'est ce que je dis : c'est un vieux; — et puis, vieux ou pas vieux... »

Au repas du soir, les La Trave parlaient de Biarritz, s'inquiétaient d'un hôtel. Thérèse observait Anne, ce corps immobile et sans âme. « Force-toi un peu... on se force », répétait Mme de La Trave. D'un geste d'automate, Anne approchait la cuiller de sa bouche. Aucune lumière dans les yeux. Rien ni personne pour elle n'existait, hors cet absent. Un sourire parfois errait sur ses lèvres, au souvenir d'une parole entendue, d'une caresse reçue, à l'époque où, dans une cabane de brandes, la main trop forte de Jean Azévédo déchirait un peu sa blouse. Thérèse regardait le buste de Bernard penché sur l'assiette : comme il était assis à contre-jour, elle ne voyait pas sa face; mais elle entendait cette lente mastication, cette rumination de la nourriture sacrée. Elle quittait la table. Sa belle-mère disait : « Elle aime mieux qu'on ne s'en aperçoive pas. Je voudrais la dorloter mais elle n'aime pas à être soignée. Ses malaises, c'est le moins qu'on puisse avoir dans son état. Mais elle a beau dire : elle fume trop. » Et la dame rappelait des souvenirs de grossesse : « Je me rappelle que quand je t'attendais, je devais respirer une balle de caoutchouc : il n'y avait que ça pour me remettre l'estomac en place. »

« Thérèse, où es-tu ?

— Ici, sur le banc.

— Ah ! oui : je vois ta cigarette. »

Anne s'asseyait, appuyait sa tête contre une épaule immobile, regardait le ciel, disait : « Il voit ces étoiles,

il entend l'angélus... » Elle disait encore : « Embrasse-
moi, Thérèse. » Mais Thérèse ne se penchait pas vers
cette tête confiante. Elle demandait seulement :

« Tu souffres ?

— Non, ce soir, je ne souffre pas : j'ai compris que,
d'une façon ou de l'autre, je le rejoindrai. Je suis
tranquille maintenant. L'essentiel eſt qu'il le sache; et
il va le savoir par toi : je suis décidée à ce voyage. Mais
au retour, je passerai à travers les murailles; tôt ou tard,
je m'abattrai contre son cœur; de cela je suis sûre comme
de ma propre vie. Non, Thérèse, non : toi, du moins,
ne me fais pas de morale, ne me parle pas de la famille...

— Je ne songe pas à la famille, chérie, mais à lui :
on ne tombe pas ainsi dans la vie d'un homme : il a sa
famille lui aussi, ses intérêts, son travail, une liaison
peut-être...

— Non, il m'a dit : " Je n'ai que vous dans ma vie... "
et une autre fois : " Notre amour eſt la seule chose à
quoi je tienne en ce moment... "

— " En ce moment ? "

— Qu'eſt-ce que tu crois ? Tu crois qu'il ne parlait
que de la minute présente ? »

Thérèse n'avait plus besoin de lui demander si elle
souffrait : elle l'entendait souffrir dans l'ombre; mais
sans aucune pitié[1]. Pourquoi aurait-elle eu pitié ? Qu'il
doit être doux de répéter un nom, un prénom qui désigne
un certain être auquel on eſt lié par le cœur étroitement !
La seule pensée qu'il eſt vivant, qu'il respire, qu'il
s'endort, le soir, la tête sur son bras replié, qu'il s'éveille
à l'aube, que son jeune corps déplace la brume...

« Tu pleures, Thérèse ? C'eſt à cause de moi que tu
pleures ? Tu m'aimes, toi. »

La petite s'était mise à genoux, avait appuyé sa tête
contre le flanc de Thérèse et, soudain, s'était redressée :

« J'ai senti sous mon front[a] je ne sais quoi qui remue...

— Oui, depuis quelques jours, il bouge.

— Le petit ?

— Oui : il eſt vivant déjà. »

Elles étaient revenues vers la maison, enlacées comme
naguère sur la route du Nizan, sur la route d'Argelouse.
Thérèse se souvient qu'elle avait peur de ce fardeau
tressaillant; que de passions, au plus profond de son
être, devaient pénétrer cette chair informe encore ! Elle

se revoit, ce soir-là, assise[a] dans sa chambre, devant la
fenêtre ouverte (Bernard lui avait crié depuis le jardin :
« N'allume pas à cause des mouſtiques »). Elle avait
compté les mois jusqu'à cette naissance; elle aurait
voulu connaître un Dieu pour obtenir de lui que cette
créature inconnue, toute mêlée encore à ses entrailles,
ne se manifeſtât jamais.

VI

L'étrange eſt que Thérèse ne se souvient des jours qui
suivirent le départ d'Anne et des La Trave que comme
d'une époque de torpeur. À Argelouse, où il avait été
entendu qu'elle trouverait le joint pour agir sur cet Azévédo et pour lui faire lâcher prise, elle ne songeait qu'au
repos, au sommeil[1]. Bernard avait consenti à ne pas
habiter sa maison, mais celle de Thérèse, plus confortable et où la tante Clara leur épargnait tous les ennuis
du ménage. Qu'importaient à Thérèse les autres ? Qu'ils
s'arrangent seuls. Rien ne lui plaisait que cette hébétude
jusqu'à ce qu'elle fût délivrée. Bernard l'irritait, chaque
matin, en lui rappelant sa promesse d'aborder Jean Azévédo. Mais Thérèse le rabrouait : elle commençait de le
supporter moins aisément. Il se peut[b] que son état de
grossesse, comme le croyait Bernard, ne fût pas étranger
à cette humeur. Lui-même subissait alors les premières
atteintes d'une obsession si commune[c] aux gens de sa
race, bien qu'il soit rare qu'elle se manifeſte avant la
trentième année : cette peur de la mort d'abord étonnait
chez un garçon bâti à chaux[d] et à sable. Mais que lui
répondre quand il proteſtait : « Vous[e] ne savez pas ce que
j'éprouve... » ? Ces corps de gros mangeurs, issus d'une
race oisive et trop nourrie, n'ont que l'aſpect de la puissance. Un pin planté dans la terre engraissée d'un champ
bénéficie d'une croissance rapide; mais très tôt le cœur de
l'arbre pourrit et, dans sa pleine force, il faut l'abattre.
« C'eſt nerveux », répétait-on à Bernard; mais lui sentait
bien cette paille à même le métal, — cette fêlure. Et puis,
c'était inimaginable : il ne mangeait plus, il n'avait plus
faim. « Pourquoi ne vas-tu pas consulter ? » Il haussait
les épaules, affectait le détachement; au vrai, l'incertitude

lui paraissait moins redoutable qu'un verdict de mort,
peut-être. La nuit, un râle parfois réveillait Thérèse en
sursaut : la main de Bernard prenait sa main et il l'appuyait[a]
contre son sein gauche pour qu'elle se rendît compte des
intermittences. Elle allumait la bougie, se levait, versait
du valérianate dans un verre d'eau. Quel hasard, songeait-
elle, que cette mixture fût bienfaisante ! Pourquoi pas
mortelle ? Rien ne calme, rien n'endort vraiment, si ce
n'est pour l'éternité. Cet homme geignard, pourquoi
donc avait-il si peur de ce qui sans retour l'apaiserait ?
Il s'endormait avant elle. Comment attendre le sommeil
auprès de ce grand corps dont les ronflements parfois
tournaient à l'angoisse ? Dieu merci, il ne l'approchait
plus, — l'amour lui paraissant, de tous les exercices, le
plus dangereux pour son cœur. Les coqs[b] de l'aube éveillaient les métairies. L'angélus de Saint-Clair tintait dans
le vent d'est ; les yeux de Thérèse enfin se fermaient.
Alors s'agitait de nouveau le corps de l'homme : il s'habillait vite, en paysan (à peine trempait-il sa tête dans l'eau
froide). Il filait comme un chien à la cuisine, friand des
restes du garde-manger ; déjeunait sur le pouce d'une
carcasse, d'une tranche de confit froid, ou encore d'une
grappe de raisin et d'une croûte frottée d'ail ; son seul
bon repas de la journée ! Il jetait des morceaux à Flambeau et à Diane dont claquaient les mâchoires. Le brouillard avait l'odeur de l'automne. C'était l'heure où Bernard ne souffrait plus, où il sentait de nouveau en lui
sa jeunesse toute-puissante. Bientôt passeraient les
palombes : il fallait s'occuper des appeaux, leur crever
les yeux. À onze heures, il retrouvait Thérèse encore
couchée.

« Eh bien ! Et le fils Azévédo ? Tu sais que mère
attend des nouvelles à Biarritz, poste restante ?

— Et ton cœur ?

— Ne me parle pas de mon cœur. Il suffit que tu m'en
parles pour que je le sente de nouveau. Évidemment, ça
prouve que c'est nerveux... Tu crois aussi que c'est
nerveux ? »

Elle ne lui donnait jamais la réponse qu'il désirait :

« On ne sait jamais ; toi seul connais ce que tu éprouves.
Ce n'est pas une raison parce que ton père est mort d'une
angine de poitrine... surtout à ton âge... Évidemment le
cœur est la partie faible des Desqueyroux. Que tu es

drôle, Bernard, avec ta peur de la mort ! N'éprouves-tu jamais, comme moi, le sentiment profond de ton inutilité ? Non ? Ne penses-tu pas que la vie des gens de notre espèce ressemble déjà terriblement à la mort ? »

Il haussait les épaules : elle l'assommait avec ses paradoxes. Ce n'est pas malin d'avoir de l'esprit : on n'a qu'à prendre en tout le contre-pied de ce qui est raisonnable. Mais elle avait tort, ajoutait-il, de se mettre en dépense avec lui : mieux valait se réserver pour son entrevue avec le fils Azévédo.

« Tu sais qu'il doit quitter Vilméja vers la mi-octobre ?»

À Villandraut, la station qui précède Saint-Clair[1], Thérèse songe : « Comment persuader Bernard que je n'ai pas aimé ce garçon ? Il va croire sûrement que je l'ai adoré. Comme tous les êtres à qui l'amour est profondément inconnu, il s'imagine qu'un crime comme celui dont on m'accuse, ne peut être que passionnel. » Il faudrait que Bernard comprît qu'à cette époque, elle était très éloignée de le haïr, bien qu'il lui parût souvent importun; mais elle n'imaginait pas qu'un autre homme lui pût être de quelque secours. Bernard, tout compte fait, n'était pas si mal. Elle exécrait dans les romans la peinture d'êtres extraordinaires et tels qu'on n'en rencontre jamais dans la vie.

Le seul homme supérieur[a] qu'elle crût connaître, c'était son père. Elle s'efforçait de prêter quelque grandeur à ce radical entêté, méfiant, qui jouait sur plusieurs tableaux : propriétaire-industriel (outre une scierie à B., il traitait lui-même sa résine et celle de son nombreux parentage dans une usine à Saint-Clair). Politicien surtout à qui ses manières cassantes avaient fait du tort, mais très écouté à la préfecture. Et quel mépris des femmes ! même de Thérèse à l'époque où chacun louait son intelligence. Et depuis le drame : « Toutes des hystériques quand elles ne sont pas idiotes[2] ! » répétait-il à l'avocat. Cet anticlérical se montrait volontiers pudibond. Bien qu'il fredonnât parfois un refrain de Béranger, il ne pouvait souffrir qu'on touchât devant lui à certains sujets, devenait pourpre comme un adolescent. Bernard tenait de M. de La Trave que M. Larroque s'était marié vierge : « Depuis qu'il est veuf, ces messieurs m'ont souvent répété qu'on ne lui connaît pas de maîtresse[3]. C'est un type, ton père ! » Oui, c'était un type. Mais si de loin, elle se faisait de lui une image embellie, Thérèse, dès qu'il était là, mesurait sa bassesse. Il venait peu à Saint-Clair, plus souvent à Argelouse, car il n'aimait pas à rencontrer les La Trave. En leur présence, et bien qu'il fût interdit de parler politique, dès le potage naissait le débat imbécile qui tournait vite à l'aigre. Thérèse aurait eu honte de s'en mêler : elle mettait son orgueil à ne pas ouvrir la bouche, sauf si l'on touchait à la question religieuse. Alors elle se précipitait au secours de M. Larroque. Chacun criait, au point que la tante Clara elle-même percevait des bribes de phrases, se jetait dans la mêlée, et avec sa voix affreuse de sourde donnait libre cours à sa passion de vieille radicale « qui sait ce qui se passe dans les couvents »; au fond (songeait Thérèse), plus croyante qu'aucun La Trave, mais en guerre ouverte contre l'Être infini qui avait permis qu'elle fût sourde et laide, qu'elle mourût sans avoir jamais été aimée ni possédée. Depuis le jour où Mme de La Trave avait quitté la table, on évita d'un commun accord la métaphysique. La politique, d'ailleurs, suffisait à mettre hors des gonds ces personnes qui, de droite ou de gauche, n'en demeuraient pas moins d'accord sur ce principe essentiel : la propriété est l'unique bien de ce monde, et rien ne vaut de vivre que de posséder la terre. Mais faut-il faire ou non la part du feu ? Et si l'on s'y résigne, dans quelle mesure ? Thérèse « qui avait la propriété dans le sang », eût voulu qu'avec ce cynisme la question fût posée, mais elle haïssait les faux-semblants dont les Larroque et les La Trave masquaient leur commune passion[1]. Quand son père proclamait « un dévouement indéfectible à la démocratie », elle l'interrompait : « Ce n'est pas la peine, nous sommes seuls. » Elle disait que le sublime[a] en politique lui donnait la nausée; le tragique du conflit des classes lui échappait dans un pays où le plus pauvre est propriétaire, n'aspire qu'à l'être davantage; où le goût commun de la terre, de la chasse, du manger et du boire, crée entre tous, bourgeois et paysans, une fraternité étroite. Mais Bernard avait, en outre, de l'instruction; on disait de lui qu'il était sorti de son trou; Thérèse elle-même se félicitait de ce qu'il était un homme avec lequel on peut causer : « En somme, très supérieur à son milieu... » Ainsi le jugeat-elle jusqu'au jour de sa rencontre avec Jean Azévédo.

C'était l'époque où la fraîcheur de la nuit demeure toute la matinée; et dès la collation, aussi chaud qu'ait été le soleil, un peu de brume annonce de loin[a] le crépuscule[b]. Les premières palombes passaient, et Bernard ne rentrait guère que le soir. Ce jour-là pourtant, après une mauvaise nuit, il était allé d'une traite à Bordeaux, pour se faire examiner.

« Je ne désirais[c] rien alors, songe Thérèse, j'allais, une heure, sur la route, parce qu'une femme enceinte doit marcher un peu. J'évitais les bois où, à cause des palombières, il faut s'arrêter à chaque instant, siffler, attendre que le chasseur, d'un cri, vous autorise à repartir; mais parfois un long sifflement répond au vôtre : un vol s'est abattu dans les chênes; il faut se tapir pour ne pas l'effaroucher. Puis[d] je rentrais; je somnolais devant le feu du salon ou de la cuisine, servie en tout par tante Clara. Pas plus qu'un dieu ne regarde sa servante, je ne prêtais[e] d'attention à cette vieille fille toujours nasillant des histoires de cuisine et de métairie; elle parlait, elle parlait afin de n'avoir pas à essayer d'entendre : presque toujours des anecdotes sinistres touchant les métayers qu'elle soignait, qu'elle veillait avec un dévouement lucide : vieillards réduits à mourir de faim, condamnés au travail jusqu'à la mort, infirmes abandonnés, femmes asservies à d'exténuantes besognes. Avec une sorte d'allégresse, tante Clara citait dans un patois innocent, leurs mots les plus atroces. Au vrai[f], elle n'aimait que moi qui ne la voyais même pas se mettre à genoux, délacer mes souliers, enlever mes bas, réchauffer mes pieds dans ses vieilles mains.

« Balion venait aux ordres lorsqu'il devait se rendre, le lendemain, à Saint-Clair. Tante Clara dressait la liste des commissions, réunissait les ordonnances pour les malades d'Argelouse : " Vous irez en premier lieu à la pharmacie; Darquey n'aura pas trop de la journée pour préparer les drogues... "

« Ma première rencontre avec Jean... Il faut que je me rappelle chaque circonstance : j'avais choisi d'aller à cette palombière abandonnée où je goûtais naguère auprès d'Anne et où je savais que, depuis, elle avait aimé rejoindre cet Azévédo. Non, ce n'était point, dans mon esprit, un pèlerinage. Mais les pins, de ce côté, ont trop grandi pour qu'on y puisse guetter les palombes : je ne

risquais pas de déranger les chasseurs. Cette palombière
ne pouvait plus servir car la forêt, à l'entour, cachait
l'horizon; les cimes écartées ne ménageaient plus ces
larges avenues de ciel où le guetteur voit surgir les vols.
Rappelle-toi : ce soleil d'octobre brûlait encore; je peinais
sur ce chemin de sable; les mouches me harcelaient. Que
mon ventre était lourd ! J'aspirais à m'asseoir sur le banc
pourri de la palombière. Comme j'en ouvrais la porte,
un jeune homme sortit, tête nue; je reconnus, au premier
regard, Jean Azévédo, et d'abord imaginai que je trou-
blais un rendez-vous, tant son visage montrait de confusion. Mais je voulus en vain prendre le large; c'était
étrange qu'il ne songeât qu'à me retenir : " Mais non,
entrez, madame, je vous jure que vous ne me dérangez
pas du tout. "

« Je fus étonnée*a* qu'il n'y eût personne dans la
cabane où je pénétrai, sur ses instances. Peut-être la
bergère avait-elle fui par une autre issue ? Mais aucune
branche n'avait craqué*b*. Lui aussi m'avait reconnue,
et d'abord le nom d'Anne de La Trave lui vint aux
lèvres. J'étais assise; lui, debout, comme sur la photographie. Je regardais, à travers la chemise de tussor,
l'endroit où j'avais enfoncé l'épingle : curiosité dépouillée
de toute passion. Était-il beau*c* ? Un front construit,
— les yeux veloutés de sa*d* race, — de trop grosses joues;
et puis ce qui me dégoûte dans les garçons de cet âge :
des boutons, les signes du sang en mouvement; tout
ce qui suppure; surtout ces paumes moites qu'il essuyait
avec un mouchoir, avant de vous serrer la main. Mais
son beau regard brûlait; j'aimais cette grande bouche
toujours un peu ouverte sur des dents aiguës : gueule
d'un jeune chien qui a chaud*e*. Et moi, comment étais-je ?
Très famille, je me souviens. Déjà je le prenais de haut,
l'accusais, sur un ton solennel, " de porter le trouble
et la division dans un intérieur honorable ". Ah ! rappelle-toi sa stupéfaction non jouée, ce juvénile éclat
de rire : " Alors, vous croyez que je veux l'épouser ?
Vous croyez que je brigue cet honneur ? " Je mesurai
d'un coup d'œil, avec stupeur, cet abîme entre la passion
d'Anne et l'indifférence du garçon. Il se défendait avec
feu : certes, comment ne pas céder au charme d'une
enfant délicieuse ? Il n'est point défendu de jouer; et

justement parce qu'il ne pouvait même être question
de mariage entre eux, le jeu lui avait paru anodin. Sans[a]
doute avait-il feint de partager les intentions d'Anne...
et comme, juchée sur mes grands chevaux, je l'interrompais, il repartit[b] avec véhémence qu'Anne elle-même
pouvait lui rendre ce témoignage qu'il avait su ne pas
aller trop loin; que pour le reste, il ne doutait point
que Mlle de La Trave lui dût les seules heures de vraie
passion qu'il lui serait sans doute donné de connaître
durant sa morne existence. " Vous me dites qu'elle
souffre, madame; mais croyez-vous qu'elle ait rien de
meilleur à attendre de sa destinée que cette souffrance ?
Je vous connais de réputation; je sais qu'on peut vous
dire ces choses et que vous ne ressemblez pas aux gens
d'ici[c]. Avant qu'elle ne s'embarque pour la plus lugubre
traversée à bord d'une vieille maison de Saint-Clair,
j'ai pourvu Anne d'un capital de sensations, de rêves,
— de quoi la sauver peut-être du désespoir et, en tout
cas, de l'abrutissement. " Je ne me souviens plus si je
fus crispée par cet excès de prétention, d'affectation,
ou si même j'y fus sensible. Au vrai, son débit[d] était si
rapide que d'abord je ne le suivais pas; mais bientôt
mon esprit s'accoutuma à cette volubilité : " Me croire
capable, moi, de souhaiter un tel mariage; de jeter l'ancre
dans ce sable; ou de me charger à Paris d'une petite
fille ? Je garderai d'Anne une image adorable, certes;
et au moment où vous m'avez surpris, je pensais à elle
justement... Mais comment peut-on se fixer, madame ?
Chaque minute doit apporter sa joie, — une joie différente de toutes celles qui l'ont précédée ".

« Cette avidité d'un jeune animal, cette intelligence
dans[e] un seul être, cela me paraissait si étrange que je
l'écoutais sans l'interrompre. Oui, décidément, j'étais
éblouie : à peu de frais, grand Dieu ! Mais je l'étais.
Je me rappelle ce piétinement[f], ces cloches, ces cris sauvages de bergers qui annonçaient de loin l'approche
d'un troupeau. Je dis au garçon que peut-être cela
paraîtrait drôle que nous fussions ensemble dans cette
cabane; j'aurais voulu qu'il répondît que mieux valait
ne faire aucun bruit jusqu'à ce que fût passé le troupeau; je me serais réjouie de ce silence côte à côte, de
cette complicité (déjà je devenais, moi aussi, exigeante,
et souhaitais que chaque minute m'apportât de quoi

vivre). Mais Jean Azévédo ouvrit sans protester la porte de la palombière et, cérémonieusement, s'effaça. Il ne me suivit jusqu'à Argelouse qu'après s'être assuré que je n'y voyais point d'obstacle. Ce retour, qu'il me parut rapide, bien que mon compagnon ait trouvé le temps de toucher à mille sujets[a] ! Il rajeunissait étrangement ceux que je croyais un peu connaître : par exemple, sur la question religieuse, comme je reprenais ce que j'avais accoutumé de dire en famille, il m'interrompait : " Oui, sans doute... mais c'est plus compliqué que cela... " En effet, il projetait dans le débat des clartés qui me paraissaient admirables... Étaient-elles en somme si admirables ?... Je crois bien que je vomirais aujourd'hui ce ragoût : il disait qu'il avait longtemps cru que rien n'importait hors la recherche, la poursuite de Dieu : " S'embarquer, prendre la mer, fuir comme la mort ceux qui se persuadent d'avoir trouvé, s'immobilisent, bâtissent des abris pour y dormir; longtemps je les ai méprisés... "

« Il me demanda[b] si j'avais lu *La Vie du père de Foucauld* par René Bazin; et comme j'affectais de rire, il m'assura que ce livre l'avait bouleversé[1] : " Vivre dangereusement, au sens profond, ajouta-t-il, ce n'est peut-être pas tant de chercher Dieu que de le trouver et l'ayant découvert, que de demeurer dans son orbite. " Il me décrivit " la grande aventure des mystiques ", se plaignit de son tempérament qui lui interdisait de la tenter, " mais aussi loin qu'allait son souvenir, il ne se rappelait pas avoir été pur[2] ". Tant d'impudeur, cette facilité à se livrer, que cela me changeait de la discrétion provinciale, du silence où, chez nous, chacun garde sur sa vie intérieure ! Les ragots de Saint-Clair ne touchent qu'aux apparences : les cœurs ne se découvrent jamais. Que sais-je de Bernard, au fond ? N'y a-t-il pas en lui infiniment plus que cette caricature dont je me contente, lorsqu'il faut me le représenter ? Jean parlait et je demeurais muette : rien[c] ne me venait aux lèvres que les phrases habituelles dans nos discussions de famille. De même qu'ici toutes les voitures sont " à la voie ", c'est-à-dire assez larges pour que les roues correspondent exactement aux ornières des charrettes, toutes mes pensées, jusqu'à ce jour, avaient été " à la voie " de mon père, de mes beaux-parents. Jean[d] Azévédo allait tête nue; je revois cette chemise ouverte sur une poitrine d'enfant, son cou trop fort. Ai-je subi un charme physique ? Ah[a] ! Dieu, non ! Mais il était le premier homme que je rencontrais et pour qui comptait, plus que tout, la vie[b] de l'esprit. Ses maîtres, ses amis parisiens dont il me rappelait sans cesse les propos ou les livres me défendaient de le considérer ainsi qu'un phénomène : il faisait partie d'une élite nombreuse, " ceux qui existent ", disait-il[c]. Il citait des noms, n'imaginant même pas que je les pusse ignorer; et je feignais de ne pas les entendre pour la première fois.

« Lorsqu'au détour de la route apparut le champ d'Argelouse : " Déjà ! " m'écriai-je. Des fumées d'herbes brûlées traînaient au ras de cette pauvre terre qui avait donné son seigle; par une entaille dans le talus, un troupeau coulait comme du lait sale et paraissait brouter le sable. Il fallait que Jean traversât le champ pour atteindre Vilméja. Je lui dis : " Je vous accompagne; toutes ces questions me passionnent. " Mais nous ne trouvâmes plus rien à nous dire. Les tiges coupées du seigle, à travers les sandales, me faisaient mal. J'avais le sentiment qu'il souhaitait d'être seul, sans doute pour suivre à loisir une pensée qui lui était venue. Je lui fis remarquer que nous n'avions pas parlé d'Anne; il m'assura que nous n'étions pas libres de choisir le sujet de nos colloques, ni d'ailleurs de nos méditations : " ou alors, ajouta-t-il avec superbe, il faut se plier aux méthodes inventées par les mystiques... Les êtres comme nous suivent toujours des courants, obéissent à des pentes... ", ainsi ramenait-il tout à ses lectures de ce moment-là. Nous prîmes rendez-vous[d] pour arrêter, au sujet d'Anne, un plan de conduite. Il parlait distraitement et, sans répondre à une question que je lui faisais, il se baissa : d'un geste d'enfant, il me montrait un cèpe, qu'il approcha de son nez, de ses lèvres. »

VII

Bernard, sur le seuil, guettait le retour de Thérèse : « Je n'ai rien ! Je n'ai rien ! » cria-t-il, dès qu'il aperçut sa robe dans l'ombre. « Crois-tu que bâti comme tu me

vois, je suis anémique ? C'est à ne pas croire et c'est
pourtant vrai : il ne faut pas se fier aux apparences ; je
vais suivre un traitement... le traitement Fowler : c'est
de l'arsenic ; l'important*a* est que je retrouve l'appétit... »

Thérèse se souvient que d'abord elle ne s'irrita pas :
tout ce qui lui venait de Bernard l'atteignait moins que
d'habitude (comme si le coup eût été porté de plus loin).
Elle ne l'entendait pas, le corps et l'âme orientés vers
un autre univers où vivent des êtres avides et qui ne
souhaitent que connaître, que comprendre, — et, selon
un mot qu'avait répété Jean avec un air de satisfaction
profonde « devenir ce qu'ils sont ». Comme à table*b*,
elle parlait enfin de sa rencontre, Bernard lui cria : « Tu
ne me le disais pas ? Quel drôle de type tu es tout de
même ! Eh bien ? Qu'est-ce que vous avez décidé ? »

Elle improvisa aussitôt le plan qui devait être en effet
suivi : Jean Azévédo acceptait d'écrire une lettre à Anne
où il saurait en douceur lui enlever tout espoir. Bernard
s'était esclaffé lorsque Thérèse lui avait soutenu que le
jeune homme ne tenait pas du tout à ce mariage : un
Azévédo ne pas tenir à épouser Anne de La Trave !
« Ah ça ? tu es folle*c* ? Tout simplement, il sait qu'il n'y a
rien à faire ; ces gens-là ne se risquent pas lorsqu'ils
sont sûrs de perdre. Tu es encore naïve, ma petite. »

À cause des moustiques, Bernard n'avait pas voulu
que la lampe fût allumée ; ainsi ne vit-il pas le regard
de Thérèse. « Il avait retrouvé appétit », comme il disait.
Déjà ce médecin*d* de Bordeaux lui avait rendu la vie.

« Ai-je souvent revu Jean Azévédo ? Il a quitté Argelouse vers la fin d'octobre... Peut-être fîmes-nous cinq ou
six promenades ; je n'isole que celle où nous nous
occupâmes de rédiger ensemble la lettre pour Anne.
Le naïf garçon s'arrêtait à des formules qu'il croyait
apaisantes, et dont je sentais, sans lui en rien dire, toute
l'horreur. Mais nos dernières courses, je les confonds
dans un souvenir unique. Jean Azévédo me décrivait
Paris, ses camaraderies, et j'imaginais un royaume dont
la loi eût été de " devenir soi-même ". " Ici vous êtes
condamnée au mensonge jusqu'à la mort. " Prononçait-il de telles paroles avec intention ? De quoi me
soupçonnait-il ? C'était impossible, à l'entendre que je
pusse supporter ce climat étouffant : " Regardez*e*, me

disait-il, cette immense et uniforme surface de gel où toutes les âmes ici sont prises ; parfois une crevasse découvre l'eau noire : quelqu'un s'est débattu, a disparu ; la croûte se reforme... car chacun, ici comme ailleurs, naît avec sa loi propre ; ici comme ailleurs, chaque destinée est particulière ; et pourtant il faut se soumettre à ce morne destin commun ; quelques-uns résistent : d'où[a] ces drames sur lesquels les familles font silence. Comme on dit ici : 'Il faut faire le silence'... "

« Ah ! oui ! m'écriai-je. Parfois je me suis enquis de tel grand-oncle, de telle aïeule, dont les photographies ont disparu de tous les albums, et je n'ai jamais recueilli de réponse sauf, une fois, cet aveu : " Il a disparu... on l'a fait disparaître[1]. "

« Jean Azévédo redoutait-il pour moi ce destin ? Il assurait que l'idée ne lui serait pas venue d'entretenir Anne de ces choses, parce que, en dépit de sa passion, elle était une âme toute simple, à peine rétive, et qui bientôt serait asservie : " Mais vous ! Je sens dans toutes vos paroles une faim et une soif de sincérité... " Faudra-t-il[b] rapporter exactement ces propos à Bernard ? Folie d'espérer qu'il y puisse rien entendre ! Qu'il sache, en tout cas, que je ne me suis pas rendue sans lutte. Je me rappelle avoir opposé au garçon qu'il parait de phrases habiles le plus vil consentement à la déchéance. J'eus même recours à des souvenirs de lectures morales qu'on nous faisait au lycée. " Être soi-même ? répétai-je, mais nous ne le sommes que dans la mesure où nous nous créons. " (Inutile de développer ; mais peut-être faudra-t-il développer pour Bernard.) Azévédo niait[c] qu'il existât une déchéance pire que celle de se renier. Il prétendait qu'il n'était pas de héros ni de saint qui n'eût fait plus d'une fois le tour de soi-même, qui n'eût d'abord atteint toutes ses limites : " Il faut se dépasser pour trouver Dieu ", répétait-il. Et encore : " S'accepter, cela oblige les meilleurs d'entre nous à s'affronter eux-mêmes, mais à visage découvert et dans un combat sans ruse. Et c'est pourquoi il arrive souvent que ces affranchis se convertissent à la religion la plus étroite[d]. "

« Ne pas discuter avec Bernard le bien-fondé de cette morale ; — lui accorder même que ce sont là sans doute de pauvres sophismes ; mais qu'il comprenne, qu'il s'efforce de comprendre jusqu'où une femme de mon

espèce en pouvait être atteinte et ce que j'éprouvais, le
soir, dans la salle à manger d'Argelouse : Bernard, au
fond de la cuisine proche, enlevait ses bottes, racontait en
patois les prises de la journée. Les palombes captives se
débattaient, gonflaient le sac jeté sur la table; Bernard
mangeait lentement, tout à la joie de l'appétit reconquis,
— comptait avec amour les gouttes de " Fowler " :
" C'est la santé ", répétait-il. Un grand feu brûlait et, au
dessert, il n'avait qu'à tourner son fauteuil pour tendre
à la flamme ses pieds chaussés de feutre. Ses yeux se
fermaient sur *La Petite Gironde*. Parfois il ronflait, mais
aussi, souvent, je ne l'entendais même pas respirer. Les
savates*a* de Balionte traînaient encore à la cuisine; puis
elle apportait les bougeoirs. Et c'était le silence : le silence
d'Argelouse ! Les gens qui ne connaissent*b* pas cette lande
perdue ne savent pas ce qu'est le silence : il cerne la maison,
comme solidifié dans cette masse épaisse de forêt où rien
ne vit, hors parfois une chouette ululante (nous croyons
entendre, dans la nuit, le sanglot que nous retenions).

« Ce fut*c* surtout après le départ d'Azévédo que je l'ai
connu, ce silence[1]. Tant que je savais qu'au jour Jean de
nouveau m'apparaîtrait, sa présence*d* rendait inoffensives
les ténèbres extérieures; son sommeil proche peuplait les
landes et la nuit. Dès qu'il ne fut plus à Argelouse, après
cette rencontre dernière où il me donna rendez-vous
dans un an, plein de l'espoir, me disait-il, qu'à cette
époque je saurais me délivrer (j'ignore*e* encore aujour-
d'hui s'il parlait ainsi légèrement ou avec une arrière-
pensée; j'incline à croire que ce Parisien n'en pouvait
plus de silence, du silence d'Argelouse, et qu'il adorait en
moi son unique auditoire), dès que*f* je l'eus quitté, je crus
pénétrer dans un tunnel indéfini, m'enfoncer dans une
ombre sans cesse accrue; et parfois je me demandais si
j'atteindrais enfin l'air libre avant l'asphyxie. Jusqu'à mes
couches*g*, en janvier, rien n'arriva... »

Ici, Thérèse hésite; s'efforce de détourner sa pensée de
ce qui se passa dans la maison d'Argelouse, le surlendemain du départ de Jean : « Non, non, songe-t-elle, cela
n'a rien à voir avec ce que je devrai tout à l'heure expliquer à Bernard; je n'ai pas de temps à perdre sur des
pistes qui ne mènent à rien. » Mais la pensée est rétive;
impossible de l'empêcher de courir où elle veut : Thérèse

n'anéantira pas dans son souvenir ce soir d'octobre. Au premier étage, Bernard se déshabillait; Thérèse attendait que la bûche fût tout à fait consumée pour le rejoindre, — heureuse de demeurer seule un instant : que faisait Jean Azévédo à cette heure ? Peut-être buvait-il dans ce petit bar dont il lui avait parlé; peut-être (tant la nuit était douce) roulait-il en auto, avec un ami, dans le bois de Boulogne désert. Peut-être travaillait-il à sa table, et Paris grondait au loin; le silence, c'était lui qui le créait, qui le conquérait sur le vacarme du monde; il ne lui était pas imposé du dehors comme celui qui étouffait Thérèse; ce silence était son œuvre et ne s'étendait pas plus loin que la lueur de la lampe, que les rayons chargés de livres... Ainsi songeait Thérèse; et voici que le chien aboya, puis gémit, et une voix connue, une voix exténuée, dans le vestibule, l'apaisait : Anne*a* de La Trave ouvrit la porte; elle arrivait de Saint-Clair à pied, dans la nuit, — les souliers pleins de boue. Dans sa petite figure vieillie, ses yeux brillaient. Elle jeta son chapeau sur un fauteuil; demanda : « Où est-il ? »

Thérèse et Jean, la lettre écrite et mise à la poste, avaient cru cette affaire finie, — très loin d'imaginer qu'Anne pût ne pas lâcher prise, — comme si un être cédait à des raisons, à des raisonnements lorsqu'il s'agit de sa vie même ! Elle avait pu tromper la surveillance de sa mère et monter dans un train. Sur la route ténébreuse d'Argelouse, la coulée du ciel clair entre les cimes l'avait guidée. « Le tout était de le revoir; si elle le revoyait, il serait reconquis; il fallait le revoir. » Elle trébuchait, se tordait les pieds dans les ornières, tant elle avait hâte d'atteindre Argelouse. Et maintenant Thérèse lui dit que Jean est parti, qu'il est à Paris. Anne fait non*b*, de la tête, elle ne la croit pas; elle a besoin de ne pas la croire pour ne pas s'effondrer de fatigue et de désespoir :

« Tu mens comme tu as toujours menti. »

Et comme Thérèse protestait, elle ajouta :

« Ah ! tu l'as bien, toi, l'esprit de famille ! Tu poses pour l'affranchie... Mais depuis ton mariage, tu es devenue une femme de la famille... Oui, oui, c'est entendu : tu as cru bien faire; tu me trahissais pour me sauver, hein ? Je te fais grâce de tes explications. »

Comme elle rouvrait la porte, Thérèse lui demanda où elle allait.

« À Vilméja, chez lui.

— Je te répète qu'il n'y est plus depuis deux jours.

— Je ne te crois pas. »

Elle sortit. Thérèse alors alluma la lanterne accrochée dans le vestibule et la rejoignit :

« Tu t'égares, ma petite Anne : tu suis le chemin de Biourge[1]. Vilméja, c'est par-là. »

Elles traversèrent la brume qui débordait d'une prairie. Des chiens s'éveillèrent. Voici les chênes[a] de Vilméja, la maison non pas endormie, mais morte. Anne tourne autour de ce sépulcre vide, frappe à la porte des deux poings. Thérèse, immobile a posé la lanterne dans l'herbe. Elle voit le fantôme léger de son amie se coller à chaque fenêtre du rez-de-chaussée. Sans doute Anne répète-t-elle un nom, mais sans le crier, sachant que c'est bien inutile. La maison, quelques instants, la cache ; elle reparaît, atteint encore la porte, glisse sur le seuil, les bras noués autour des genoux où sa figure se dérobe. Thérèse la relève, l'entraîne. Anne, trébuchant, répète : « Je partirai demain matin pour Paris. Paris n'est pas si grand ; je le trouverai dans Paris... » mais du ton d'un enfant à bout de résistance et qui déjà s'abandonne.

Bernard[b] éveillé par le bruit de leurs voix, les attendait en robe de chambre, dans le salon. Thérèse a tort de chasser le souvenir de la scène qui éclata entre le frère et la sœur. Cet homme, capable de prendre rudement les poignets d'une petite fille exténuée, de la traîner jusqu'à une chambre du deuxième, d'en verrouiller la porte, c'est ton mari, Thérèse : ce Bernard qui, d'ici deux heures, sera ton juge[2]. L'esprit de famille l'inspire, le sauve de toute hésitation. Il sait toujours, en toute circonstance, ce qu'il convient de faire dans l'intérêt de la famille. Pleine d'angoisse, tu prépares un long plaidoyer ; mais seuls, les hommes sans principes peuvent céder à une raison étrangère. Bernard se moque bien de tes arguments : « Je sais ce que j'ai à faire. » Il sait toujours ce qu'il a à faire. Si parfois il hésite, il dit : « Nous en avons parlé en famille et nous avons jugé que... » ; comment peux-tu douter qu'il n'ait préparé sa sentence ? Ton sort est fixé à jamais : tu ferais aussi bien de dormir.

VIII

Après que les La Trave eurent ramené Anne vaincue
à Saint-Clair, Thérèse, jusqu'aux approches de sa délivrance, n'avait plus quitté Argelouse. Elle en connut
vraiment le silence, durant ces nuits démesurées de
novembre. Une lettre adressée à Jean Azévédo était
demeurée sans réponse. Sans doute estimait-il que cette
provinciale ne valait pas l'ennui d'une correspondance.
D'abord, une femme enceinte, cela ne fait jamais un beau
souvenir. Peut-être, à distance, jugeait-il Thérèse fade,
cet imbécile que de fausses complications, des attitudes
eussent retenu ! Mais que pouvait-il comprendre à cette
simplicité trompeuse, à ce regard direct, à ces gestes
jamais hésitants ? Au vrai, il la croyait capable, comme la
petite Anne, de le prendre au mot, de quitter tout et de le
suivre. Jean Azévédo se méfiait des femmes qui rendent
les armes trop tôt pour que l'assaillant ait le loisir de lever
le siège. Il ne redoutait rien autant que la victoire, que le
fruit de la victoire. Thérèse, pourtant, s'efforçait de vivre
dans l'univers de ce garçon; mais des livres que Jean
admirait, et qu'elle avait fait venir de Bordeaux, lui
parurent incompréhensibles. Quel désœuvrement ! Il ne
fallait pas lui demander de travailler à la layette : « Ce
n'était pas sa partie », répétait Mme de La Trave. Beaucoup de femmes[a] meurent en couches, à la campagne.
Thérèse faisait pleurer tante Clara en affirmant qu'elle
finirait comme sa mère, qu'elle était sûre de n'en pas
réchapper[b]. Elle ne manquait pas d'ajouter que « ça lui
était égal de mourir ». Mensonge ! Jamais elle n'avait
désiré si ardemment de vivre; jamais non plus Bernard
ne lui avait montré tant de sollicitude : « Il se souciait non
de moi, mais[c] de ce que je portais dans mes flancs. En
vain, de son affreux accent, rabâchait-il : " Reprends de
la purée... Ne mange pas de poisson... Tu as assez marché
aujourd'hui... " Je n'en étais pas plus touchée que[d] ne l'est
une nourrice étrangère que l'on étrille[e] pour la qualité de
son lait. Les La Trave vénéraient en moi un vase sacré;
le réceptacle de leur progéniture; aucun doute que, le
cas échéant, ils m'eussent sacrifiée à cet embryon. Je per-

dais le sentiment[a] de mon existence individuelle Je n'étais
que le sarment; aux yeux de la famille, le fruit attaché
à mes entrailles comptait seul.

« Jusqu'à la fin de décembre, il fallut vivre dans ces
ténèbres. Comme si ce n'eût pas été assez des pins innombrables, la pluie ininterrompue multipliait autour de la
sombre maison ses millions de barreaux mouvants[1].
Lorsque l'unique route de Saint-Clair menaça de devenir
impraticable, je fus[b] ramenée au bourg, dans la maison
à peine moins ténébreuse que celle d'Argelouse. Les
vieux platanes de la Place disputaient encore leurs
feuilles au vent pluvieux. Incapable de vivre ailleurs
qu'à Argelouse, tante Clara ne voulut pas s'établir à
mon chevet; mais elle faisait souvent la route, par tous
les temps, dans son cabriolet " à la voie[a] "; elle m'apportait ces chatteries que j'avais tant aimées, petite fille, et
qu'elle croyait que j'aimais encore, ces boules grises
de seigle et de miel, appelées miques; le gâteau dénommé
fougasse ou roumadjade[a]. Je ne voyais[c] Anne qu'aux
repas, et elle ne m'adressait plus la parole; résignée,
semblait-il, réduite, elle avait perdu d'un coup sa fraîcheur. Ses cheveux trop tirés découvraient de vilaines
oreilles pâles. On ne prononçait pas le nom du fils
Deguilhem, mais Mme de La Trave affirmait que si
Anne ne disait pas oui encore, elle ne disait plus non.
Ah! Jean l'avait bien jugée: il n'avait pas fallu longtemps pour lui passer la bride et pour la mettre au pas.
Bernard allait moins bien parce qu'il avait recommencé
de boire des apéritifs. Quelles paroles échangeaient ces
êtres autour de moi? Ils s'entretenaient beaucoup du
curé, je me souviens (nous habitions en face du presby-
tère). On se demandait, par exemple, " pourquoi il avait
traversé quatre fois la place dans la journée, et chaque
fois il avait dû rentrer par un autre chemin... " ».

Sur quelques propos de Jean Azévédo, Thérèse[d]
prêtait plus d'attention à ce prêtre jeune encore, sans
communication avec ses paroissiens qui le trouvaient
fier : « Ce n'est pas le genre qu'il faut ici. » Durant ses
rares visites chez les La Trave, Thérèse observait ses
tempes blanches, ce haut front. Aucun ami. Comment[e]
passait-il ses soirées? Pourquoi avait-il choisi cette
vie? « Il est très exact, disait Mme de La Trave; il fait

son adoration tous les soirs; mais il manque d'onction,
je ne le trouve pas ce qui s'appelle pieux. Et pour les
œuvres, il laisse tout tomber. » Elle déplorait qu'il eût
supprimé la fanfare du patronage; les parents se plai-
gnaient de ce qu'il n'accompagnait plus les enfants sur
le terrain de football[a] : « C'est très joli d'avoir toujours
le nez dans ses livres, mais une paroisse est vite perdue. »
Thérèse, pour l'entendre, fréquenta l'église. « Vous
vous y décidez, ma petite, juste au moment où votre
état vous en aurait dispensée. » Les prônes du curé,
touchant le dogme ou la morale, étaient impersonnels.
Mais Thérèse s'intéressait à une inflexion de voix, à un
geste; un mot parfois semblait plus lourd... Ah[b] ! lui,
peut-être, aurait-il pu l'aider à débrouiller en elle ce
monde confus; différent des autres, lui aussi avait pris
un parti tragique; à sa solitude intérieure, il avait ajouté
ce désert que crée la soutane autour de l'homme qui
la revêt. Quel réconfort puisait-il dans ces rites quoti-
diens ? Thérèse aurait voulu assister à sa messe dans la
semaine, alors que sans autre témoin que l'enfant de
chœur, il murmurait des paroles, courbé sur un morceau
de pain. Mais cette démarche eût paru étrange à sa
famille et aux gens du bourg, on aurait crié à la conversion[1].

Autant que Thérèse ait souffert à cette époque, ce fut
au lendemain de ses couches qu'elle commença vraiment de ne pouvoir plus supporter la vie. Rien n'en
paraissait à l'extérieur; aucune scène entre elle et Bernard; et elle montrait plus de déférence envers ses beaux-
parents que ne faisait son mari lui-même. C'était là le
tragique : qu'il n'y eût pas une raison de rupture; l'événement était impossible à prévoir qui aurait empêché les
choses d'aller leur train jusqu'à la mort. La mésentente
suppose un terrain de rencontre où se heurter; mais
Thérèse ne rencontrait jamais Bernard, et moins encore
ses beaux-parents; leurs paroles ne l'atteignaient guère;
l'idée ne lui[c] venait pas qu'il fût nécessaire d'y répondre.
Avaient-ils seulement un vocabulaire commun ? Ils
donnaient aux mots essentiels un sens différent. Si un
cri sincère échappait à Thérèse, la famille avait admis,
une fois pour toutes, que la jeune femme adorait les
boutades. « Je fais semblant de ne pas entendre, disait

Mme de La Trave, et si elle insiste, de n'y pas attacher d'importance ; elle sait qu'avec nous ça ne prend pas... »

Pourtant Mme de La Trave supportait mal, chez Thérèse, cette affectation[a] de ne pouvoir souffrir que les gens fissent des cris sur sa ressemblance avec la petite Marie. Les exclamations coutumières (« Celle-là, vous ne pouvez pas la renier... ») jetaient la jeune femme dans des sentiments extrêmes qu'elle ne savait pas toujours dissimuler. « Cette enfant[b] n'a rien de moi, insistait-elle. Voyez cette peau brune, ces yeux de jais. Regardez mes photos : j'étais une petite fille blafarde. »

Elle ne voulait pas que Marie lui ressemblât. Avec cette chair détachée de la sienne, elle désirait ne plus rien posséder en commun. Le bruit commençait de courir que le sentiment maternel ne l'étouffait pas. Mais Mme de La Trave assurait qu'elle aimait sa fille à sa manière : « Bien sûr, il ne faut pas lui demander de surveiller son bain ou de changer ses couches : ce n'est pas dans ses cordes ; mais je l'ai vue demeurer des soirées entières, assise auprès du berceau, se retenant de fumer pour regarder la petite[c] dormir... D'ailleurs nous avons une bonne très sérieuse ; et puis Anne est là ; ah ! celle-là, je vous jure que ce sera une fameuse petite maman[d]...» Depuis qu'un enfant respirait dans la maison, c'était vrai qu'Anne avait recommencé de vivre. Toujours un berceau attire les femmes ; mais Anne, plus qu'aucune autre, maniait l'enfant avec une profonde joie. Pour pénétrer plus librement chez la petite, elle avait fait la paix avec Thérèse, sans que rien ne subsistât de leur[e] tendresse ancienne, hors des gestes, des appellations familières. La jeune fille redoutait surtout la jalousie maternelle de Thérèse : « La petite me connaît bien mieux que sa mère. Dès qu'elle me voit, elle rit. L'autre jour, je l'avais dans mes bras ; elle s'est mise à hurler lorsque Thérèse a voulu la prendre. Elle me préfère, au point que j'en suis parfois gênée[1]... »

Anne avait tort d'être gênée. Thérèse, à ce moment de sa vie, se sentait détachée de sa fille comme de tout le reste. Elle apercevait les êtres et les choses et son propre corps et son esprit même, ainsi qu'un mirage, une vapeur suspendue en dehors d'elle. Seul, dans ce néant, Bernard prenait une réalité affreuse : sa corpulence,

sa voix du nez, et ce ton péremptoire, cette satisfaction.
Sortir du monde[a]... Mais comment ? et où aller ? Les
premières chaleurs accablaient Thérèse. Rien ne l'avertissait de ce qu'elle était au moment de commettre.
Que se passa-t-il cette année-là ? Elle ne se souvient
d'aucun incident, d'aucune dispute ; elle se rappelle avoir
exécré son mari plus que de coutume, le jour de la Fête-
Dieu, alors qu'entre les volets mi-clos elle guettait la
procession. Bernard était presque le seul homme derrière
le dais. Le village, en quelques instants, était devenu
désert, comme si c'eût été un lion, et non un agneau,
qu'on avait lâché dans les rues[b]... Les gens se terraient
pour n'être pas obligés de se découvrir ou de se mettre à
genoux. Une fois le péril passé, les portes se rouvraient
une à une. Thérèse dévisagea le curé, qui avançait les
yeux presque fermés, portant des deux mains cette chose
étrange. Ses lèvres remuaient : à qui parlait-il avec
cet air de douleur ? Et tout de suite, derrière lui, Bernard
« qui accomplissait son devoir ».

Des semaines se succédèrent sans que tombât une
goutte d'eau. Bernard vivait dans la terreur de l'incendie,
et de nouveau « sentait » son cœur[c]. Cinq cents hectares
avaient brûlé du côté de Louchats : « Si le vent avait
soufflé du nord, mes pins de Balisac étaient perdus. »
Thérèse attendait elle ne savait quoi de ce ciel inaltérable. Il ne pleuvrait jamais plus... Un jour, toute la
forêt crépiterait alentour[d], et le bourg même ne serait
pas épargné. Pourquoi les villages des Landes ne brûlent-
ils jamais ? Elle trouvait injuste que les flammes choisissent toujours les pins, jamais les hommes. En famille,
on discutait indéfiniment sur les causes du sinistre :
une cigarette jetée ? la malveillance ? Thérèse rêvait
qu'une nuit elle se levait, sortait de la maison, gagnait la
forêt la plus envahie de brandes, jetait sa cigarette
jusqu'à ce qu'une immense fumée ternît le ciel de l'aube[e]...
Mais elle chassait cette pensée, ayant l'amour des pins
dans le sang ; ce n'était pas aux arbres qu'allait sa haine.

La voici au moment de regarder en face l'acte qu'elle a
commis. Quelle explication fournir à Bernard ? Rien[f]
à faire que de lui rappeler point par point comment
la chose arriva. C'était ce jour du grand incendie de

Mano[1]. Des hommes entraient dans la salle à manger où la famille déjeunait en hâte. Les uns assuraient que le feu[a] paraissait très éloigné de Saint-Clair; d'autres insistaient pour que sonnât le tocsin. Le parfum de la résine brûlée imprégnait ce jour torride et le soleil était comme sali. Thérèse revoit Bernard, la tête tournée, écoutant le rapport de Balion, tandis que sa forte main velue s'oublie au-dessus du verre et que les gouttes de Fowler tombent dans l'eau. Il avale d'un coup le remède sans qu'abrutie de chaleur, Thérèse ait songé à l'avertir qu'il a doublé sa dose habituelle. Tout le monde a quitté la table, — sauf elle qui ouvre des amandes fraîches, indifférente, étrangère à cette agitation, désintéressée de ce drame, comme de tout drame autre que le sien. Le tocsin ne sonne pas. Bernard rentre enfin : « Pour une fois, tu as eu raison de ne pas t'agiter : c'est du côté de Mano que ça brûle... » Il demande : « Est-ce que j'ai pris mes gouttes ? » et sans attendre la réponse, de nouveau il en fait tomber dans son verre. Elle s'est tue par paresse, sans doute, par fatigue. Qu'espère-t-elle à cette minute ? « Impossible que j'aie prémédité de me taire. »

Pourtant, cette nuit-là, lorsqu'au chevet de Bernard vomissant et pleurant, le docteur Pédemay l'interrogea sur les incidents de la journée, elle ne dit rien de ce qu'elle avait vu à table. Il eût été pourtant facile, sans se compromettre, d'attirer l'attention du docteur sur l'arsenic que prenait Bernard. Elle aurait pu trouver une phrase comme celle-ci : « Je ne m'en suis pas rendu compte au moment même... Nous étions tous affolés par cet incendie... mais je le jurerais, maintenant, qu'il a pris une double dose... » Elle demeura muette; éprouva-t-elle seulement la tentation de parler ? L'acte qui, durant le déjeuner, était déjà en elle à son insu, commença alors d'émerger du fond de son être, — informe encore, mais[b] à demi baigné de conscience.

Après le départ du docteur, elle avait regardé Bernard endormi enfin; elle songeait : « Rien ne prouve que ce soit *cela*; ce peut être une crise d'appendicite, bien qu'il n'y ait aucun autre symptôme... ou un cas de grippe infectieuse. » Mais Bernard, le surlendemain, était sur pied. « Il y avait des chances pour que ce fût *cela*. » Thérèse ne l'aurait pas juré; elle aurait aimé à en être sûre. « Oui, je n'avais pas du tout le sentiment d'être

la proie d'une tentation horrible; il s'agissait d'une
curiosité un peu dangereuse à satisfaire. Le premier
jour où, avant que Bernard entrât dans la salle, je fis
tomber des gouttes de Fowler dans son verre, je me
souviens d'avoir répété : " Une seule fois, pour en avoir
le cœur net... je saurai si c'est cela qui l'a rendu malade.
Une seule fois, et ce sera fini. " »

Le train ralentit, siffle longuement, repart. Deux ou
trois feux dans l'ombre : la gare de Saint-Clair. Mais Thérèse n'a plus rien à examiner; elle s'est engouffrée dans le
crime béant; elle a été aspirée par le crime; ce qui a suivi[a],
Bernard le connaît aussi bien qu'elle-même : cette soudaine reprise de son mal, et Thérèse le veillant nuit et
jour, quoiqu'elle parût à bout de forces et qu'elle fût
incapable de rien avaler (au point qu'il la persuada
d'essayer du traitement Fowler et qu'elle obtînt du
docteur Pédemay une ordonnance). Pauvre docteur ! Il
s'étonnait de ce liquide verdâtre que vomissait Bernard;
il n'aurait jamais cru qu'un tel désaccord pût exister entre
le pouls d'un malade et sa température; il avait maintes
fois constaté dans la paratyphoïde un pouls calme en
dépit d'une forte fièvre; — mais que pouvaient signifier
ces pulsations précipitées et cette température au-dessous
de la normale ? Grippe infectieuse, sans doute : la grippe,
cela dit tout.

Mme de La Trave songeait à faire venir un grand
médecin consultant, mais ne voulait pas froisser le docteur, ce vieil ami; et puis Thérèse craignait de frapper
Bernard. Pourtant, vers la mi-août, après une crise plus
alarmante, Pédemay, de lui-même, souhaita l'avis d'un
de ses confrères; heureusement, dès le lendemain, l'état[b]
de Bernard s'améliorait; trois semaines plus tard, on
parlait de convalescence. « Je l'ai échappé belle, disait
Pédemay. Si le grand homme avait eu le temps de venir,
il aurait obtenu toute la gloire de cette cure. »

Bernard se fit transporter à Argelouse, comptant bien
être guéri pour la chasse à la palombe. Thérèse se fatigua
beaucoup à cette époque : une crise aiguë de rhumatismes
retenait au lit tante Clara; tout retombait sur la jeune
femme : deux malades, un enfant; sans compter les
besognes que tante Clara avait laissées en suspens. Thérèse mit beaucoup de bonne volonté à la relayer auprès

des pauvres gens d'Argelouse. Elle fit le tour des métairies, s'occupa, comme sa tante, de faire exécuter les ordonnances, paya de sa bourse les remèdes. Elle ne songea pas à s'attrister de ce que la métairie de Vilméja demeurait close. Elle ne pensait plus à Jean Azévédo, ni à personne au monde. Elle traversait, seule, un tunnel, vertigineusement; elle en était au plus obscur; il fallait, sans réfléchir, comme une brute, sortir de ces ténèbres, de cette fumée, atteindre l'air libre, vite ! vite !

Au début de décembre, une reprise[a] de son mal terrassa Bernard : un matin, il s'était réveillé grelottant, les jambes inertes et insensibles. Et ce qui suivit ! Le médecin consultant amené un soir de Bordeaux par M. de La Trave; son long silence, après qu'il eut examiné le malade (Thérèse tenait la lampe et Balionte se souvient encore qu'elle était plus blanche que les draps); sur le palier mal éclairé, Pédemay, baissant la voix à cause de Thérèse aux écoutes, explique à son confrère que Darquey, le pharmacien, lui avait montré deux de ses ordonnances falsifiées : à la première, une main criminelle avait ajouté : *Liqueur de Fowler ;* sur l'autre figuraient d'assez fortes doses de chloroforme, de digitaline, d'aconitine. Balion les avait apportées à la pharmacie, en même temps que beaucoup d'autres. Darquey, tourmenté d'avoir livré ces toxiques, avait couru, le lendemain, chez Pédemay... Oui, Bernard[b] connaît toutes ces choses aussi bien que Thérèse elle-même. Une voiture sanitaire l'avait transporté, d'urgence, à Bordeaux, dans une clinique; et, dès ce jour-là, il commença d'aller mieux. Thérèse était demeurée seule à Argelouse; mais quelle que fût sa solitude, elle percevait autour d'elle une immense rumeur; bête tapie qui entend se rapprocher la meute; accablée comme après une course forcenée, — comme si, tout près du but, la main tendue déjà, elle avait été soudain précipitée à terre, les jambes rompues. Son père était[c] venu un soir, à la fin de l'hiver, l'avait conjurée de se disculper. Tout pouvait être sauvé encore. Pédemay avait consenti à retirer sa plainte, prétendait n'être plus sûr qu'une de ses ordonnances ne fût pas tout entière de sa main. Pour l'aconitine, le chloroforme et la digitaline, il ne pouvait en avoir prescrit d'aussi fortes doses; mais puisque aucune trace n'en avait été relevée dans le sang du malade...

Thérèse se souvient de cette scène avec son père, au chevet de tante Clara. Un feu de bois éclairait la chambre; aucun d'eux ne désirait la lampe. Elle expliquait de sa voix monotone d'enfant qui récite une leçon (cette leçon qu'elle repassait durant ses nuits sans sommeil) : « J'ai rencontré sur la route un homme qui n'était pas d'Argelouse, et qui[a] m'a dit que puisque j'envoyais quelqu'un chez Darquey, il espérait que je voudrais bien me charger de son ordonnance; il devait de l'argent à Darquey et aimait mieux ne pas se montrer à la pharmacie... Il promettait de venir[b] chercher les remèdes à la maison, mais ne m'a laissé ni son nom, ni son adresse... »

— Trouve autre chose, Thérèse, je t'en supplie au nom de la famille. Trouve autre chose, malheureuse ! »

Le père Larroque répétait ses objurgations avec entêtement; la sourde, à demi soulevée sur ses oreillers, sentant[c] peser sur Thérèse une menace mortelle, gémissait : « Que te dit-il ? Qu'est-ce qu'on te veut ? Pourquoi te fait-on du mal ? »

Elle avait trouvé la force de sourire à sa tante, de lui tenir la main, tandis que, comme une petite fille au catéchisme elle récitait : « C'était un homme sur la route; il faisait trop noir pour que j'aie vu sa figure; il ne m'a pas dit quelle métairie il habitait. » Un autre soir, il était venu chercher les remèdes. Par malheur, personne, dans la maison, ne l'avait aperçu.

IX

Saint-Clair, enfin. À la descente du wagon, Thérèse ne fut pas reconnue. Pendant[d] que Balion remettait son billet, elle avait contourné la gare et, à travers les planches empilées, rejoint la route où stationnait la carriole.

Cette carriole, maintenant, lui est un refuge; sur le chemin défoncé, elle ne redoute plus de rencontrer personne. Toute son histoire, péniblement reconstruite, s'effondre : rien ne reste de cette confession préparée. Non : rien à dire pour sa défense; pas même une raison à fournir; le plus simple sera de se taire, ou de répondre seulement aux questions. Que peut-elle redouter ? Cette nuit passera, comme toutes les nuits ; le soleil se lèvera demain : elle est assurée d'en sortir, quoi qu'il arrive. Et rien ne peut arriver de pire que cette indifférence, que ce détachement total qui la sépare du monde et de son être même. Oui, la mort dans la vie : elle goûte la mort autant que la peut goûter une vivante.

Ses yeux accoutumés à l'ombre reconnaissent, au[a] tournant de la route, cette métairie où quelques maisons basses ressemblent à des bêtes couchées et endormies. Ici Anne, autrefois, avait peur d'un chien qui se jetait toujours dans les roues de sa bicyclette. Plus loin, des aulnes décelaient un bas-fond ; dans les jours les plus torrides, une fraîcheur fugitive, à cet endroit, se posait sur les joues en feu des jeunes filles. Un enfant à bicyclette, dont les dents luisent sous un chapeau de soleil, le son d'un grelot, une voix qui crie : « Regardez ! je lâche les deux mains ! » cette image confuse retient Thérèse, tout ce qu'elle trouve, dans ces jours finis, pour y reposer un cœur à bout de forces[1]. Elle répète machinalement des mots[b] rythmés sur le trot du cheval : « Inutilité de ma vie — néant de ma vie — solitude sans bornes — destinée sans issue. » Ah ! le seul geste possible, Bernard ne le fera pas. S'il ouvrait les bras pourtant, sans rien demander ! Si elle pouvait appuyer sa tête sur une poitrine humaine, si elle pouvait pleurer contre un corps vivant !

Elle aperçoit le talus du champ où Jean Azévédo, un jour de chaleur, s'est assis. Dire qu'elle a cru qu'il existait un endroit du monde où elle aurait pu s'épanouir au milieu d'êtres qui l'eussent comprise, peut-être admirée, aimée ! Mais sa solitude lui est attachée plus étroitement qu'au lépreux son ulcère : « Nul ne peut rien pour moi : nul ne peut rien contre moi.

— Voici monsieur et Mlle Clara. »

Balion tire sur les rênes. Deux ombres s'avancent. Bernard, si faible encore, était venu[c] au-devant d'elle — impatient d'être rassuré. Elle se lève à demi, annonce de loin : « Non-lieu ! » Sans aucune autre réponse que : « C'était couru ! » Bernard aida la tante à grimper dans la carriole, et prit les rênes. Balion rentrerait à pied. Tante Clara s'assit entre les époux. Il fallut lui crier dans l'oreille que tout était arrangé (elle n'avait d'ailleurs du

drame qu'une connaissance confuse). À son habitude, la
sourde commença de parler à perdre haleine; elle disait
qu'*ils* avaient toujours eu la même tactique et que c'était
l'affaire Dreyfus qui recommençait : « Calomniez, calomniez, il en restera toujours quelque chose ». *Ils* étaient rudement forts et les républicains avaient tort de ne plus se
tenir sur leurs gardes. « Dès qu'on leur laisse le moindre
répit, ces bêtes*a* puantes, elles vous sautent dessus... »
Ces jacassements dispensaient les époux d'échanger
aucune parole*b*.

Tante Clara, soufflant, gravit l'escalier un bougeoir à la
main :

« Vous ne vous couchez pas ? Thérèse doit être four-
bue. Tu trouveras dans la chambre*c* une tasse de bouillon,
du poulet froid. »

Mais le couple demeurait debout dans le vestibule. La
vieille vit Bernard*d* ouvrir la porte du salon, s'effacer
devant Thérèse, disparaître à sa suite. Si elle n'avait pas
été sourde, elle aurait collé son oreille... mais on n'avait
pas*e* à se méfier d'elle, emmurée vivante. Elle éteignit sa
bougie, pourtant, redescendit à tâtons, mit un œil à la
serrure : Bernard déplaçait une lampe; son visage vivement éclairé paraissait à la fois intimidé et solennel. La
tante aperçut de dos Thérèse assise, elle avait jeté son
manteau et sa toque sur un fauteuil; le feu faisait fumer
ses souliers mouillés. Un instant, elle tourna la tête vers
son mari et la vieille femme se réjouit de voir*f* que
Thérèse souriait.

Thérèse souriait. Dans le bref intervalle d'espace et de
temps, entre l'écurie et la maison, marchant aux côtés de
Bernard, soudain elle avait vu, elle avait cru voir ce qu'il
importait qu'elle fît. La seule approche de cet homme
avait réduit à néant son espoir de s'expliquer, de se
confier. Les êtres que nous connaissons le mieux, comme
nous les déformons dès qu'ils ne sont plus là ! Durant
tout ce voyage, elle s'était efforcée, à son insu, de recréer
un Bernard capable de la comprendre, d'essayer de la
comprendre ; — mais du premier coup d'œil, il lui apparaissait tel qu'il était réellement, celui qui ne s'est jamais
mis, fût-ce une fois dans sa vie, à la place d'autrui; qui
ignore cet effort pour sortir de soi-même, pour voir ce
que l'adversaire voit. Au vrai, Bernard l'écouterait-il seu-

lement ? Il arpentait la grande pièce humide et basse, et
le plancher pourri par endroits craquait sous ses pas. Il ne
regardait*a* pas sa femme, — tout plein des paroles qu'il
avait dès longtemps préméditées. Et Thérèse, elle aussi,
savait ce qu'elle allait dire. La solution*b* la plus simple,
c'est toujours à celle-là que nous ne pensons jamais. Elle
allait dire : « Je disparais, Bernard. Ne vous inquiétez
pas de moi. Tout de suite, si vous voulez, je m'enfonce
dans la nuit. La forêt ne me fait pas peur, ni les ténèbres.
Elles me connaissent; nous nous connaissons. J'ai été
créée à l'image de ce pays aride et où rien n'est vivant,
hors les oiseaux qui passent, les sangliers nomades. Je
consens à être rejetée; brûlez toutes mes photographies;
que ma fille même ne sache plus mon nom, que je sois
aux yeux de ma famille comme si je n'avais jamais été[1]. »

Et déjà Thérèse ouvre la bouche; elle dit :

« Laissez-moi disparaître, Bernard. »

Au son de cette voix, Bernard s'est retourné. Du fond
de la pièce, il se précipite, les veines de la face gonflées;
balbutie :

« Quoi ? Vous osez avoir un avis ? émettre un vœu ?
Assez. Pas un mot de plus. Vous n'avez qu'à écouter,
qu'à recevoir mes ordres, — à vous conformer à mes
décisions irrévocables. »

Il ne bégaie plus, rejoint maintenant les phrases préparées avec soin. Appuyé à la cheminée, il s'exprime
d'un ton grave, tire un papier de sa poche, le consulte.
Thérèse n'a plus peur; elle se moque de lui; il est grotesque. Peu*c* importe ce qu'il dit avec cet accent ignoble
et qui fait rire partout ailleurs qu'à Saint-Clair*d*, elle
partira. Pourquoi tout ce drame ? Cela*e* n'aurait eu aucune
importance que cet imbécile disparût du nombre des
vivants. Elle remarque, sur le papier qui tremble, ses
ongles mal tenus; il n'a pas de manchettes, il est de ces
campagnards ridicules hors de leur trou, et dont la vie
n'importe à aucune cause, à aucune idée, à aucun être.
C'est par habitude que l'on donne une importance
infinie à l'existence d'un homme. Robespierre avait
raison; et Napoléon, et Lénine... Il la voit sourire;
s'exaspère, hausse le ton, elle est obligée d'écouter :

« Moi, je vous tiens; comprenez-vous ? Vous obéirez
aux*f* décisions arrêtées en famille, sinon...

— Sinon... quoi ? »

Elle ne songeait plus à feindre l'indifférence; elle prenait un ton de bravade et de moquerie; elle criait :

« Trop tard[a] ! Vous avez témoigné en ma faveur; vous ne pouvez plus vous déjuger. Vous seriez convaincu de faux témoignage...

— On peut toujours découvrir un fait nouveau. Je la détiens dans mon secrétaire, cette preuve inédite. Il n'y a pas prescription, Dieu merci ! »

Elle tressaillit, demanda :

« Que[b] voulez-vous de moi ? »

Il consulte ses notes et, durant quelques secondes, Thérèse demeure attentive au silence prodigieux d'Argelouse. L'heure des coqs est encore éloignée; aucune eau vive ne court dans ce désert, aucun vent n'émeut les cimes innombrables.

« Je ne cède[c] pas à des considérations personnelles. Moi, je m'efface : la famille compte seule. L'intérêt de la famille a toujours dicté toutes mes décisions. J'ai consenti, pour l'honneur de la famille, à tromper la justice de mon pays. Dieu me jugera. »

Ce ton pompeux faisait mal à Thérèse. Elle aurait voulu le supplier de s'exprimer plus simplement.

« Il importe, pour la famille, que le monde[d] nous croie unis et qu'à ses yeux, je n'aie pas l'air de mettre[e] en doute votre innocence. D'autre part, je veux me garder le mieux possible.

— Je vous fais peur, Bernard ? »

Il murmura : « Peur ? Non : horreur. » Puis :

« Faisons vite[f] et que tout soit dit une fois pour toutes : demain, nous quitterons cette maison pour nous établir à côté, dans la maison Desqueyroux; je ne veux pas de votre tante chez moi. Vos[g] repas vous seront servis par Balionte dans votre chambre. L'accès de toutes les autres pièces vous demeure interdit; mais je ne vous[h] empêcherai pas de courir les bois. Le dimanche, nous assisterons ensemble à la grand-messe, dans l'église de Saint-Clair. Il faut qu'on vous voie à mon bras; et, le premier jeudi du mois, nous irons, en voiture ouverte, à la foire de B., chez votre père, comme nous avons toujours fait.

— Et Marie[i] ?

— Marie part demain avec sa bonne pour Saint-Clair, puis ma mère l'amènera dans le Midi[j]. Nous trouverons une raison de santé. Vous n'espériez tout de même pas qu'on allait vous la laisser ? Il faut[a] la mettre à l'abri, elle aussi ! Moi disparu, c'est elle qui, à vingt et un ans, aurait eu la propriété. Après le mari, l'enfant... pourquoi pas ? »

Thérèse s'est levée; elle retient un cri :

« Alors vous[b] croyez que c'est à cause des pins que j'ai... »

Entre les mille sources secrètes de son acte, cet imbécile n'a donc su en découvrir aucune; et il invente la raison la[c] plus basse :

« Naturellement : à cause des pins... Pourquoi serait-ce ? Il suffit de procéder par élimination. Je vous défie de m'indiquer un autre mobile... Au reste, c'est sans importance et cela ne m'intéresse plus; je ne me pose plus de questions; vous n'êtes plus rien; ce qui existe, c'est le nom que vous portez, hélas ! Dans quelques[d] mois, lorsque le monde sera convaincu de notre entente, qu'Anne aura épousé le fils Deguilhem... Vous savez que les Deguilhem exigent un délai, qu'ils demandent à réfléchir... à ce moment-là, je pourrai enfin m'établir à Saint-Clair; vous, vous resterez ici. Vous serez neurasthénique, ou autre chose...

— La folie, par exemple ?

— Non, ça porterait tort à Marie. Mais les raisons[e] plausibles ne manqueront pas. Voilà. »

Thérèse murmure : « À Argelouse... jusqu'à la mort... » Elle s'approcha de la fenêtre, l'ouvrit. Bernard, à cet instant, connut une vraie joie; cette femme qui toujours l'avait intimidé et humilié, comme il la domine, ce soir ! comme elle doit se sentir méprisée ! Il éprouvait l'orgueil de sa modération. Mme de La Trave lui répétait qu'il était un saint; toute la famille le louait de sa grandeur d'âme : il avait, pour la première fois, le sentiment de cette grandeur. Lorsque, avec mille précautions, à la maison de santé, l'attentat de Thérèse lui avait été découvert, son sang-froid, qui lui attira tant de louanges, ne lui avait guère coûté d'efforts. Rien n'est vraiment grave pour les êtres incapables d'aimer; parce qu'il était sans amour, Bernard n'avait éprouvé que cette sorte de joie tremblante, après un grand péril écarté : ce que peut ressentir un homme à qui l'on révèle qu'il a vécu, durant des années, et à son insu, dans l'intimité d'un fou furieux. Mais, ce soir, Bernard avait le sentiment[f] de

sa force; il dominait la vie. Il admirait*a* qu'aucune difficulté ne résiste à un esprit droit et qui raisonne juste;
même au lendemain d'une telle tourmente, il était prêt à
soutenir que l'on n'est jamais malheureux, sinon par sa
faute. Le pire des drames, voilà qu'il l'avait *réglé* comme
n'importe quelle autre affaire. Ça ne se saurait presque
pas; il sauverait la face; on ne le plaindrait plus; il ne
voulait pas être plaint. Qu'y a-t-il d'humiliant à avoir
épousé un monstre, lorsque l'on a le dernier mot ? La
vie de garçon a du bon, d'ailleurs, et l'approche de la
mort avait accru merveilleusement le goût qu'il avait
des propriétés, de la chasse, de l'automobile, de ce qui
se mange et de ce qui se boit : la vie, enfin !

Thérèse demeurait debout devant la fenêtre*b*; elle
voyait un peu de gravier blanc, sentait les chrysanthèmes
qu'un grillage défend contre les troupeaux. Au-delà,
une masse noire de chênes cachait les pins; mais leur
odeur résineuse emplissait la nuit; pareils à l'armée
ennemie, invisible, mais toute proche, Thérèse savait
qu'ils cernaient la maison. Ces gardiens, dont elle écoute
la plainte sourde, la verraient languir au long des hivers,
haleter durant les jours torrides; ils seraient les témoins
de cet étouffement lent[1]. Elle referme la fenêtre et
s'approche de Bernard :

« Croyez-vous donc que vous me retiendrez de force ?

— À votre aise*c*... mais sachez-le bien : vous ne sor-
tirez d'ici que les poings liés.

— Quelle exagération ! Je vous connais : ne vous
faites pas plus méchant que nature. Vous n'exposerez
pas la famille à cette honte ! Je suis bien tranquille. »

Alors, en homme qui a tout bien pesé, il lui expliqua
que partir*d*, c'était se reconnaître coupable. L'opprobre,
dans ce cas, ne pouvait être évité par la famille, qu'en
s'amputant du membre gangrené, en le rejetant, en le
reniant, à la face des hommes.

« C'était même le parti auquel d'abord ma mère aurait
voulu que nous nous arrêtions, figurez-vous ! Nous
avons été au moment de laisser la justice suivre son cours;
et si ce n'avait été d'Anne et de Marie... Mais il est temps
encore. Ne vous pressez pas de répondre. Je vous laisse
jusqu'au jour. »

Thérèse dit à mi-voix :

« Mon père me reste.

— Votre père ? mais nous sommes entièrement d'accord. Il a sa carrière, son parti, les idées qu'il représente : il ne pense qu'à étouffer le scandale, coûte que coûte. Reconnaissez au moins ce qu'il a fait pour vous. Si l'instruction a été bâclée, c'est bien grâce à lui... D'ailleurs, il a dû vous exprimer sa volonté formelle... Non[a] ? »

Bernard n'élevait plus le ton, redevenait presque courtois. Ce n'était pas qu'il éprouvât la moindre compassion. Mais cette femme, qu'il n'entendait même plus respirer, gisait enfin; elle avait trouvé sa vraie place. Tout rentrait dans l'ordre. Le bonheur d'un autre homme n'eût pas résisté à un tel coup : Bernard était fier d'avoir réussi ce redressement; tout le monde peut se tromper; tout le monde, d'ailleurs, à propos de Thérèse, s'était trompé, — jusqu'à Mme de La Trave qui, d'habitude, avait si vite fait de juger son monde. C'est que les gens, maintenant, ne tiennent plus assez compte des principes; ils ne croient plus au péril d'une éducation comme celle qu'a reçue Thérèse; un monstre, sans doute; tout de même on a beau dire : si elle avait cru en Dieu... la peur est le commencement de la sagesse. Ainsi songeait Bernard[1]. Et il se disait encore que le bourg[b], impatient de savourer leur honte, serait bien déçu, chaque dimanche, à la vue d'un ménage aussi uni ! Il lui tardait presque d'être à dimanche, pour voir la tête des gens !... D'ailleurs, la justice n'y perdrait rien. Il prit la lampe, son bras levé éclairait la nuque de Thérèse[c] :

« Vous ne montez pas encore ? »

Elle ne parut pas l'entendre. Il sortit, la laissant dans le noir. Au bas de l'escalier, tante Clara était accroupie sur la première marche. Comme la vieille le dévisageait, il sourit avec effort, lui prit le bras pour qu'elle se levât. Mais elle résistait, — vieux chien contre le lit de son maître qui agonise. Bernard posa la lampe sur le carreau, et cria dans l'oreille de la vieille que Thérèse déjà se sentait beaucoup mieux, mais qu'elle voulait demeurer seule quelques instants, avant d'aller dormir :

« Vous savez que c'est une de ses lubies ! »

Oui, la tante le savait : ce fut toujours sa malchance d'entrer chez Thérèse au moment où la jeune femme souhaitait d'être seule. Souvent, il avait suffi à la vieille d'entrouvrir la porte, pour se sentir importune.

Elle se mit debout avec effort, et, appuyée[a] au bras de
Bernard, gagna la pièce qu'elle occupait au-dessus du
grand salon. Bernard y pénétra derrière elle, prit soin
d'allumer une bougie sur la table, puis l'ayant baisée
au front, s'éloigna. La tante ne l'avait pas quitté des
yeux. Que ne déchiffrait-elle sur les figures des hommes
qu'elle n'entendait pas[b] ? Elle laisse à Bernard le temps
de regagner sa chambre, rouvre doucement la porte...
mais il est encore sur le palier, appuyé à la rampe : il
roule une cigarette; elle rentre en hâte, les jambes trem-
blantes, à bout de souffle, au point de n'avoir pas la force
de se déshabiller. Elle demeure couchée sur son lit,
les yeux ouverts.

X

Au salon, Thérèse était assise dans le noir. Des tisons
vivaient encore sous la cendre. Elle ne bougeait pas. Du
fond de sa mémoire, surgissaient, maintenant qu'il était
trop tard, des lambeaux de cette confession préparée
durant le voyage; mais pourquoi se reprocher de ne s'en
être pas servie ? Au vrai, cette histoire trop bien construite demeurait sans lien avec la réalité. Cette importance
qu'il lui avait plu d'attribuer aux discours du jeune Azévédo, quelle bêtise ! Comme si cela avait pu compter le
moins du monde ! Non, non : elle avait obéi à une profonde loi, à une loi inexorable; elle n'avait pas détruit
cette famille, c'était elle qui serait donc détruite; ils
avaient raison de la considérer comme un monstre, mais
elle aussi les jugeait monstrueux. Sans que rien ne parût
au-dehors, ils allaient, avec une lente méthode, l'anéantir.
« Contre moi, désormais, cette puissante mécanique familiale sera montée, — faute de n'avoir su ni l'enrayer, ni
sortir à temps des rouages. Inutile[c] de chercher d'autres
raisons que celle-ci : " parce que c'était eux, parce que
c'était moi... ". Me masquer, sauver la face, donner le
change, cet effort que je pus accomplir moins de deux
années, j'imagine que d'autres êtres (qui sont mes semblables) y persévèrent souvent jusqu'à la mort, sauvés
par l'accoutumance peut-être, chloroformés par l'habi-

tude, abrutis, endormis contre le sein de la famille maternelle et toute-puissante. Mais moi, mais moi, mais moi... »

Elle se leva, ouvrit la fenêtre, sentit le froid de l'aube.
Pourquoi ne pas fuir ? Cette fenêtre seulement à enjamber.
La poursuivraient-ils ? La livreraient-ils de nouveau à la
justice ? C'était une chance à courir. Tout, plutôt que
cette agonie interminable^a. Déjà Thérèse traîne un fauteuil, l'appuie à la croisée. Mais elle n'a pas d'argent ; des
milliers de pins lui appartiennent en vain : sans l'entremise de Bernard, elle ne peut toucher un sou. Autant
vaudrait s'enfoncer à travers la lande, comme avait fait
Daguerre, cet assassin traqué pour qui Thérèse enfant
avait éprouvé tant de pitié (elle se souvient des gendarmes
auxquels Balionte versait du vin dans la cuisine d'Argelouse) — et c'était le chien des Desqueyroux qui avait
découvert la piste du misérable[1]. On l'avait ramassé à
demi mort de faim dans la brande. Thérèse l'avait vu
ligoté sur une charrette de paille. On disait qu'il était
mort sur le bateau avant d'arriver à Cayenne. Un bateau...
le bagne... Ne sont-ils pas capables de la livrer comme ils
l'ont dit ? Cette preuve que Bernard prétendait tenir...
mensonge, sans doute ; à moins qu'il n'ait découvert, dans
la poche de la vieille pèlerine, ce paquet de poisons...

Thérèse en aura le cœur net. Elle s'engage à tâtons
dans l'escalier. À mesure qu'elle monte, elle y voit plus
clair à cause de l'aube qui, là-haut, éclaire les vitres. Voici,
sur le palier du grenier, l'armoire où pendent les vieux
vêtements — ceux qu'on ne donne jamais, parce qu'ils
servent durant la chasse. Cette pèlerine délavée a une
poche profonde : tante Clara y rangeait son tricot, du
temps qu'elle aussi, dans un « jouquet » solitaire, guettait les palombes. Thérèse y glisse la main, en retire le
paquet cacheté de cire :

Chloroforme : 30 grammes
Aconitine granules : n° 20
Digitaline sol. : 20 grammes

Elle relit ces mots, ces chiffres. Mourir. Elle a toujours
eu la terreur de mourir. L'essentiel est de ne pas regarder
la mort en face — de prévoir seulement les gestes indispensables : verser l'eau, diluer la poudre, boire d'un trait,

s'étendre sur le lit, fermer les yeux. Ne chercher à voir
rien au-delà. Pourquoi redouter ce sommeil plus que
tout autre sommeil ? Si elle frissonne, c'est que le petit
matin est froid. Elle descend, s'arrête devant la chambre
où dort Marie. La bonne y ronfle comme une bête
grogne. Thérèse pousse la porte. Les volets filtrent le
jour naissant. L'étroit lit de fer est blanc dans l'ombre.
Deux poings[a] minuscules sont posés sur le drap. L'oreiller
noie un profil encore informe. Thérèse reconnaît cette
oreille trop grande : son oreille. Les gens ont raison : une
réplique d'elle-même est là, engourdie, endormie. « Je
m'en vais — mais cette part de moi-même demeure et
tout ce destin[b] à remplir jusqu'au bout, dont pas un iota
ne sera omis. » Tendances, inclinations, lois du sang, lois
inéluctables[c]. Thérèse a lu que des désespérés emportent
avec eux leurs enfants dans la mort; les bonnes gens
laissent choir leur journal : « Comment des choses
pareilles sont-elles possibles ? » Parce qu'elle est un
monstre, Thérèse sent profondément que cela est possible
et que pour un rien... Elle s'agenouille, touche à peine de
ses lèvres une petite main; elle s'étonne de ce qui sourd[d]
du plus profond de son être, monte à ses yeux, brûle ses
joues : quelques pauvres larmes, elle qui ne pleure
jamais !

    Thérèse se lève[e], regarde encore l'enfant, passe enfin
dans sa chambre, emplit d'eau le verre, rompt le cachet
de cire, hésite entre les trois boîtes de poison.

    La fenêtre était ouverte; les coqs semblaient déchirer
le brouillard dont les pins retenaient entre leurs branches
des lambeaux diaphanes. Campagne[f] trempée d'aurore.
Comment renoncer à tant de lumière ? Qu'est-ce que la
mort ? On ne sait pas ce qu'est la mort. Thérèse n'est pas
assurée du néant. Thérèse n'est pas absolument sûre qu'il
n'y ait personne. Thérèse se hait[g] de ressentir une telle
terreur. Elle qui n'hésitait pas à y précipiter autrui, se
cabre devant le néant. Que sa lâcheté l'humilie ! S'Il
existe, cet Être (et elle revoit, en un bref instant, la Fête-
Dieu accablante, l'homme solitaire écrasé sous une chape
d'or, et cette chose qu'il porte des deux mains, et ces
lèvres qui remuent, et cet air de douleur) qu'Il détourne
la main criminelle avant que ce ne soit trop tard; — et
si c'est sa volonté qu'une pauvre âme aveugle franchisse
le passage, puisse-t-Il, du moins, accueillir avec amour

ce monstre, sa créature[a]. Thérèse verse dans l'eau le chloroforme dont le nom, plus familier, lui fait moins peur parce qu'il suscite des images de sommeil. Qu'elle se hâte ! La maison s'éveille : Balionte a rabattu les volets dans la chambre de tante Clara. Que crie-t-elle à la sourde ? D'habitude, la servante sait se faire comprendre au mouvement des lèvres. Un bruit de portes et de pas précipités. Thérèse n'a que le temps de jeter un châle sur la table pour cacher les poisons. Balionte entre sans frapper :

« Mamiselle est morte ! Je l'ai trouvée morte, sur son lit, tout habillée. Elle est déjà froide[1]. »

On a tout de même mis un chapelet entre les doigts de la vieille impie, un crucifix[b] sur sa poitrine. Des métayers entrent, s'agenouillent, sortent, non sans avoir longuement dévisagé Thérèse debout au pied du lit (« Et qui sait si ce n'est pas elle encore qui a fait le coup ? »). Bernard[c] est allé à Saint-Clair pour avertir la famille et pour toutes les démarches. Il a dû se dire que cet accident venait à point, ferait diversion. Thérèse[d] regarde ce corps, ce vieux corps fidèle qui s'est couché sous ses pas au moment où elle allait se jeter dans la mort. Hasard; coïncidence. Si on lui parlait d'une volonté particulière, elle hausserait les épaules. Les gens[e] se disent les uns aux autres : « Vous avez vu ? Elle ne fait même pas semblant de pleurer ! » Thérèse parle dans son cœur à celle qui n'est plus là : vivre, mais comme un cadavre entre les mains de ceux qui la haïssent. N'essayer de rien voir au-delà.

Aux funérailles[f], Thérèse occupa son rang. Le dimanche qui suivit, elle pénétra dans l'église avec Bernard qui, au lieu de passer par le bas-côté, selon son habitude, traversa ostensiblement la nef. Thérèse ne releva son voile de crêpe que lorsqu'elle eut pris place entre sa belle-mère et son mari. Un pilier la rendait invisible à l'assistance; en face d'elle, il n'y avait[g] rien que le chœur. Cernée de toutes parts : la foule derrière, Bernard à droite, Mme de La Trave à gauche, et cela seulement lui est ouvert, comme l'arène au taureau qui sort de la nuit : cet espace vide, où, entre deux enfants, un homme déguisé est debout, chuchotant, les bras un peu écartés.

XI

Bernard et Thérèse rentrèrent le soir à Argelouse dans
la maison Desqueyroux à peu près inhabitée depuis des
années. Les cheminées fumaient, les fenêtres fermaient
mal, et le vent passait sous les portes que les rats avaient
rongées. Mais l'automne fut si beau, cette année-là, que
d'abord Thérèse ne souffrit pas de ces incommodités. La
chasse retenait Bernard jusqu'au soir. À peine rentré, il
s'installait à la cuisine, dînait avec les Balion : Thérèse
entendait le bruit des fourchettes, les voix monotones.
La nuit tombe vite en octobre. Les quelques livres qu'elle
avait fait venir de la maison voisine lui étaient trop
connus. Bernard laissa sans réponse la demande qu'elle
lui fit de transmettre*ᵃ* une commande à son libraire de
Bordeaux ; il permit seulement à Thérèse de renouveler sa
provision de cigarettes. Tisonner... mais la fumée résineuse et refoulée brûlait ses yeux, irritait sa gorge déjà
malade à cause du tabac. À peine Balionte*ᵇ* avait-elle
emporté les restes d'un repas rapide, que Thérèse éteignait la lampe, se couchait. Combien d'heures demeurait-
elle étendue, sans que la délivrât le sommeil ? Le silence
d'Argelouse l'empêchait de dormir : elle préférait les
nuits de vent, — cette plainte indéfinie des cimes recèle
une douceur humaine. Thérèse s'abandonnait à ce berce-
ment. Les nuits troublées de l'équinoxe l'endormaient
mieux que les nuits calmes.

Aussi interminables que lui parussent les soirées, il lui
arrivait pourtant de rentrer avant le crépuscule, soit qu'à
sa vue, une mère ait pris son enfant par la main, et l'ait
ramené rudement à l'intérieur de la métairie, soit qu'un
bouvier*ᶜ*, dont elle connaissait le nom, n'ait pas répondu
à son bonjour. Ah ! qu'il eût été bon de se perdre, de se
noyer au plus profond d'une ville populeuse ! À Argelouse, pas un berger qui ne connût sa légende (la mort
même de tante Clara lui était imputée). Elle n'aurait osé
franchir aucun seuil*ᵈ* ; elle sortait de chez elle par une porte
dérobée, évitait les maisons ; un cahot lointain de charrette suffisait pour qu'elle se jetât dans un chemin de

traverse. Elle marchait vite, avec un cœur angoissé de gibier, se couchait dans la brande pour attendre que fût passée une bicyclette.

Le dimanche, à la messe de Saint-Clair, elle n'éprouvait pas cette terreur et goûtait quelque relâche. L'opinion du bourg lui paraissait plus favorable. Elle ne savait pas que son père, les La Trave, la peignaient sous les traits d'une victime innocente et frappée à mort : « Nous craignons que la pauvre petite ne s'en relève pas; elle ne veut voir personne et le médecin dit qu'il ne faut pas la contrarier[a], Bernard l'entoure beaucoup, mais le moral est atteint... »

La dernière nuit d'octobre, un vent furieux, venu de l'Atlantique, tourmenta longuement les cimes, et Thérèse, dans un demi-sommeil, demeurait attentive à ce bruit d'Océan. Mais au petit jour, ce ne fut pas la même plainte qui l'éveilla. Elle poussa les volets, et la chambre demeura sombre; une pluie menue, serrée, ruisselait sur les tuiles des communs, sur les feuilles encore épaisses des chênes. Bernard ne sortit pas, ce jour-là. Thérèse fumait, jetait sa cigarette, allait sur le palier, et entendait son mari errer[b] d'une pièce à l'autre au rez-de-chaussée; une odeur de pipe s'insinua jusque dans la chambre, domina celle du tabac blond de Thérèse, et elle reconnut l'odeur de son ancienne vie. Le premier[c] jour de mauvais temps... Combien devrait-elle en vivre au coin de cette cheminée où le feu mourait ? Dans les[d] angles, la moisissure détachait le papier. Aux murs, la trace demeurait encore des portraits anciens qu'avait pris Bernard pour en orner le salon de Saint-Clair — et les clous rouillés qui ne soutenaient plus rien. Sur la cheminée, dans un triple cadre de fausse écaille, des photographies étaient pâles comme si les morts qu'elles représentaient y fussent morts une seconde fois : le père de Bernard, sa grand-mère, Bernard coiffé « en enfant d'Édouard ». Tout ce jour à vivre encore dans cette chambre et puis ces semaines[e], ces mois...

Comme la nuit venait, Thérèse n'y tint plus, ouvrit doucement la porte, descendit, pénétra dans la cuisine. Elle vit Bernard assis sur une chaise basse, devant le feu, et qui soudain se mit debout. Balion interrompit le nettoyage d'un fusil; Balionte laissa choir son tricot.

Tous trois la regardaient avec une telle expression qu'elle
leur demanda :

« Je vous fais peur ?

— L'accès de la cuisine vous est interdit. Ne le savez-
vous pas ? »

Elle ne répondit rien, recula vers la porte. Bernard la
rappela :

« Puisque je vous vois... je tiens à vous dire que ma
présence ici n'est plus nécessaire. Nous avons su créer à
Saint-Clair un courant de sympathie; on vous croit,
ou l'on fait semblant de vous croire un peu neurasthénique[a]. Il est entendu que vous aimez mieux vivre seule
et que je viens souvent vous voir. Désormais, je vous dispense de la messe... »

Elle balbutia que « ça ne l'ennuyait pas du tout d'y
aller ». Il répondit que ce n'était pas son amusement
qui importait. Le résultat cherché était acquis.

« Et puisque la messe, pour vous, ne signifie rien... »

Elle ouvrit la bouche, parut au moment de parler,
demeura silencieuse. Il insista[b] pour que d'aucune parole,
d'aucun geste, elle ne compromît un succès si rapide, si
inespéré. Elle demanda comment allait Marie. Il dit
qu'elle allait bien, et qu'elle partait le lendemain avec
Anne et Mme de La Trave pour Beaulieu[1]. Lui-même
irait y passer quelques semaines : deux mois au plus.
Il ouvrit la porte, s'effaça devant[c] Thérèse.

Au petit jour sombre, elle entendit Balion atteler.
Encore la voix de Bernard, des piaffements, les cahots
de la carriole qui s'éloignait. Enfin la pluie sur les tuiles,
sur les vitres brouillées, sur le champ désert, sur cent
kilomètres de landes et de marais, sur les dernières dunes
mouvantes, sur l'Océan.

Thérèse allumait sa cigarette à celle qu'elle achevait
de fumer[2]. Vers quatre heures, elle mit un « ciré »,
s'enfonça dans la pluie. Elle eut peur de la nuit, revint
à sa chambre. Le feu était éteint, et comme elle grelottait,
elle se coucha. Vers sept heures, Balionte lui ayant
monté un œuf frit sur du jambon, elle refusa d'en
manger; ce goût de graisse l'écœurait à la fin ! Toujours
du confit ou du jambon. Balionte disait qu'elle n'avait
pas mieux à lui offrir : M. Bernard lui avait interdit la
volaille. Elle se plaignait de ce que Thérèse la faisait

monter et descendre*a* inutilement (elle avait une maladie de cœur, les jambes enflées). Ce service était déjà trop lourd pour elle; ce qu'elle en faisait, c'était bien pour M. Bernard.

Thérèse eut la fièvre cette nuit-là; et son esprit étrangement lucide construisait toute une vie à Paris : elle revoyait ce restaurant du Bois où elle avait été[1], mais sans Bernard, avec Jean Azévédo, et des jeunes femmes. Elle posait son étui d'écaille sur la table, allumait une Abdullah. Elle parlait, expliquait son cœur, et l'orchestre jouait en sourdine. Elle enchantait un cercle de visages attentifs, mais nullement étonnés. Une femme disait : « C'est comme moi... j'ai éprouvé cela, moi aussi... » Un homme de lettres la prenait à part : « Vous devriez écrire tout ce qui se passe en vous. Nous publierons ce journal d'une femme d'aujourd'hui dans notre revue. » Un jeune homme qui souffrait à cause d'elle la ramenait dans son auto. Ils remontaient l'avenue du Bois; elle n'était pas troublée mais jouissait de ce jeune corps bouleversé, assis à sa gauche. « Non, pas ce soir, lui disait-elle. Ce soir, je dîne avec une amie. — Et demain soir ? — Non plus. — Vos soirées ne sont jamais libres ? — Presque jamais... pour ainsi dire jamais... »

Un être était dans sa vie grâce auquel tout le reste du monde lui paraissait insignifiant; quelqu'un que personne de son cercle ne connaissait; une créature très humble, très obscure; mais toute l'existence de Thérèse tournait autour de ce soleil visible pour son seul regard, et dont sa chair seule connaissait la chaleur. Paris grondait, comme le vent dans les pins. Ce corps contre son corps, aussi léger qu'il fût, l'empêchait de respirer; mais elle aimait mieux perdre le souffle que l'éloigner. (Et Thérèse*b* fait le geste d'étreindre, et de sa main droite serre son épaule gauche — et les ongles de sa main gauche s'enfoncent dans son épaule droite.)

Elle se lève, pieds nus; ouvre la fenêtre; les ténèbres ne sont pas froides; mais comment imaginer qu'il puisse un jour ne plus pleuvoir ? Il pleuvra jusqu'à la fin du monde. Si elle avait de l'argent, elle se sauverait à Paris, irait droit chez Jean Azévédo, se confierait à lui; il saurait lui procurer du travail. Être une femme seule dans Paris, qui gagne sa vie, qui ne dépend de personne... Être sans famille ! Ne laissez qu'à son cœur le soin de

choisir *les siens* — non selon le sang, mais selon l'esprit,
et selon la chair aussi; découvrir[a] ses vrais parents, aussi
rares, aussi disséminés fussent-ils... Elle s'endormit[b] enfin,
la fenêtre ouverte. L'aube froide et mouillée l'éveilla :
elle claquait des dents, sans courage pour se lever et
fermer la fenêtre, — incapable même d'étendre le bras,
de tirer la couverture.

Elle ne se leva pas, ce jour-là, ni ne fit sa toilette. Elle
avala quelques bouchées de confit et but du café pour
pouvoir fumer (à jeun, son estomac ne supportait plus
le tabac). Elle essayait de retrouver ses imaginations
nocturnes; au reste, il n'y avait guère plus de bruit dans
Argelouse, et l'après-midi n'était guère moins sombre
que la nuit. En ces jours les plus courts de l'année, la
pluie épaisse unifie le temps, confond les heures; un
crépuscule rejoint l'autre dans le silence immuable. Mais
Thérèse était sans désir de sommeil et ses songes en
devenaient plus précis; avec méthode, elle cherchait,
dans son passé, des visages oubliés, des bouches qu'elle
avait chéries de loin, des corps indistincts que des rencontres fortuites, des hasards nocturnes avaient rapprochés de son corps innocent. Elle composait un bonheur,
elle inventait une joie, elle créait de toutes pièces un
impossible amour.

« Elle ne quitte plus son lit, elle laisse son confit et
son pain — disait, à quelque temps de là, Balionte à
Balion. — Mais je te jure qu'elle vide bien toute sa
bouteille. Autant qu'on lui en donnerait, à cette garce,
autant qu'elle en boirait. Et après ça, elle brûle les draps
avec sa cigarette. Elle finira par nous mettre le feu. Elle
fume tant qu'elle a ses doigts et ses ongles jaunes,
comme si elle les avait trempés dans de l'arnica : si ce
n'est pas malheureux ! des draps qui ont été tissés sur la
propriété... Attends un peu que je te les change
souvent ! »

Elle disait encore qu'elle ne refusait pas de balayer la
chambre ni de faire le lit. Mais c'était cette feignantasse
qui ne voulait pas sortir des draps. Et ce n'était pas la
peine que Balionte, avec ses jambes enflées, montât des
brocs d'eau chaude : elle les retrouvait, le soir, à la porte
de la chambre où elle les avait posés le matin.

La pensée[c] de Thérèse se détachait du corps inconnu

qu'elle avait suscité pour sa joie, elle se lassait de son bonheur, éprouvait la satiété de l'imaginaire plaisir, — inventait une autre évasion. On s'agenouillait*a* autour de son grabat. Un enfant d'Argelouse (un de ceux qui fuyaient à son approche) était apporté mourant dans la chambre de Thérèse; elle posait sur lui sa main toute jaunie de nicotine, et il se*b* relevait guéri. Elle inventait d'autres rêves plus humbles : elle arrangeait une maison au bord de la mer, voyait en esprit le jardin*c*, la terrasse, disposait les pièces, choisissait un à un chaque meuble, cherchait la place pour ceux qu'elle possédait à Saint-Clair, se disputait avec elle-même pour le choix des étoffes. Puis le décor se défaisait, devenait moins précis, et il ne restait qu'une charmille, un banc*d* devant la mer. Thérèse, assise, reposait sa tête contre une épaule, se levait à l'appel de la cloche pour le repas, entrait dans la charmille noire et quelqu'un marchait à ses côtés qui soudain l'entourait des deux bras, l'attirait. Un baiser, songe-t-elle, doit arrêter le temps; elle imagine qu'il existe dans l'amour des secondes infinies. Elle l'imagine; elle ne le saura jamais. Elle voit la maison blanche encore, le puits; une pompe grince; des héliotropes arrosés parfument la cour; le dîner*e* sera un repos avant ce bonheur du soir et de la nuit qu'il doit être impossible de regarder en face, tant il dépasse la puissance de notre cœur : ainsi l'amour dont Thérèse a été plus sevrée qu'aucune créature, elle en est*f* possédée, pénétrée. À peine entend-elle les criailleries de Balionte. Que crie la vieille ? Que M. Bernard rentrera du Midi un jour ou l'autre, sans avertir : « et que dira-t-il quand*g* il verra cette chambre ? un vrai parc à cochons ! Il faut que madame se lève de gré ou de force ». Assise sur son lit, Thérèse regarde avec stupeur ses jambes squelettiques, et ses pieds lui paraissent énormes. Balionte l'enveloppe d'une robe de chambre, la pousse dans un fauteuil. Elle cherche à côté d'elle les cigarettes, mais sa main retombe dans le vide. Un soleil froid entre par la fenêtre ouverte. Balionte s'agite, un balai à la main, s'essouffle, marmonne des injures, — Balionte qui est bonne pourtant, puisqu'on raconte en famille qu'à chaque Noël la mort du cochon qu'elle a fini d'engraisser lui arrache des larmes[1]. Elle en veut*h* à Thérèse de ne pas lui répondre : le silence est à ses yeux une injure, un signe de mépris.

Mais il ne dépendait pas de Thérèse qu'elle parlât.
Quand elle ressentit dans son corps la fraîcheur des
draps propres, elle crut avoir dit merci; en vérité, aucun
son n'était sorti de ses lèvres. Balionte lui jeta, en s'en
allant : « Ceux-là, vous ne les brûlerez pas ! » Thérèse
eut peur qu'elle ait enlevé les cigarettes, avança la main
vers la table : les cigarettes n'y étaient plus. Comment
vivre sans fumer ? Il fallait*a* que ses doigts pussent sans
cesse toucher cette petite chose sèche et chaude; il fallait
qu'elle pût ensuite les flairer indéfiniment et que la
chambre baignât dans une brume qu'avait aspirée et
rejetée sa bouche. Balionte ne remonterait que le soir;
toute une après-midi sans tabac ! Elle ferma les yeux,
et ses doigts jaunes faisaient encore le mouvement
accoutumé autour d'une cigarette.

À sept heures Balionte entra avec une bougie, posa sur*b*
la table le plateau : du lait, du café, un morceau de pain.
« Alors, vous n'avez pas besoin d'autre chose ? » Elle
attendit malignement que Thérèse réclamât ses cigarettes;
mais Thérèse ne détourna pas sa face collée au mur.

Balionte avait*c* sans doute négligé de bien fermer la
fenêtre : un coup de vent l'ouvrit, et le froid de la nuit
emplit la chambre. Thérèse se sentait sans courage pour
rejeter les couvertures, pour se lever, pour courir pieds
nus jusqu'à la croisée. Le corps ramassé, le drap tiré jusqu'aux yeux, elle demeurait immobile ne recevant que
sur ses paupières et sur son front le souffle glacé. L'immense*d* rumeur des pins emplissait Argelouse, mais en
dépit de ce bruit d'Océan, c'était*e* tout de même le silence
d'Argelouse. Thérèse songeait que si elle eût aimé à
souffrir, elle ne se fût pas si profondément enfoncée sous
ses couvertures. Elle essaya de les repousser un peu,
ne put demeurer que quelques secondes exposée au
froid. Puis, elle y réussit plus longtemps, comme par jeu.
Sans que ce fût selon une volonté délibérée, sa douleur
devenait ainsi son occupation et — qui sait ? — sa
raison d'être au monde[1].

XII

« Une lettre[a] de monsieur. »

Comme Thérèse ne prenait pas l'enveloppe qu'elle lui tendait, Balionte insista : sûrement, monsieur disait quand il rentrait; il fallait pourtant qu'elle le sût pour tout préparer.

« Si madame veut que je lise... »

Thérèse dit : « Lisez ! lisez ! » Et, comme elle faisait toujours en présence de Balionte, se tourna du côté du mur. Pourtant, ce que déchiffrait Balionte la tira de sa torpeur :

J'ai été heureux d'apprendre, par les rapports de Balion, que tout va bien à Argelouse...

Bernard annonçait qu'il rentrerait par la route, mais que comme il comptait s'arrêter dans plusieurs villes, il ne pouvait fixer la date exacte de son retour.

Ce ne sera sûrement pas après le 20 décembre. Ne vous étonnez pas de me voir arriver avec Anne et le fils Deguilhem. Ils se sont fiancés à Beaulieu ; mais ce n'est pas encore officiel ; le fils Deguilhem tient beaucoup à vous voir d'abord. Question de convenance, assure-t-il ; pour moi, j'ai le sentiment qu'il veut se faire une opinion sur vous savez quoi. Vous êtes trop intelligente pour ne pas vous tirer de cette épreuve. Rappelez-vous que vous êtes souffrante, que le moral est atteint. Enfin, je m'en rapporte à vous. Je saurai reconnaître votre effort pour ne pas nuire au bonheur d'Anne, ni compromettre l'heureuse issue de ce projet si satisfaisant pour la famille, à tous égards ; — comme je n'hésiterais pas non plus, le cas échéant, à vous faire payer cher toute tentative de sabotage ; mais je suis sûr que ce n'est pas à redouter.

C'était un beau jour clair et froid. Thérèse se leva, docile aux injonctions de Balionte, et fit à son bras quelques pas dans le jardin, mais eut bien de la peine à finir son blanc de poulet. Il restait dix jours avant le 20 décembre. Si madame consentait à se secouer un peu, c'était plus qu'il n'en fallait pour être sur pied[b].

« On ne peut pas dire qu'elle y mette de la mauvaise
volonté, disait Balionte à Balion. Elle fait ce qu'elle
peut. M. Bernard s'y connaît pour dresser les mauvais
chiens. Tu sais, quand il leur met le " collier de force " ?
Celle-là, ça n'a pas été long de la rendre comme une
chienne couchante. Mais il ferait aussi bien de ne pas
s'y fier... »

Thérèse, en effet, mettait tout son effort dans le
renoncement au songe, au sommeil, à l'anéantissement.
Elle s'obligeait à marcher, à manger, mais surtout à
redevenir lucide, à voir avec ses yeux de chair les choses,
les êtres; — et comme elle fût revenue dans une lande
incendiée par elle, qu'elle eût foulé cette cendre, qu'elle
se fût promenée à travers les pins brûlés et noirs, elle
essaierait aussi de parler, de sourire au milieu de cette
famille, — de sa famille[a].

Le 18, vers trois heures, par un temps couvert mais
sans pluie, Thérèse était assise devant le feu de sa
chambre, la tête appuyée au dossier, les yeux fermés.
Une trépidation de moteur l'éveilla. Elle reconnut la
voix de Bernard dans le vestibule; elle entendit aussi
Mme de La Trave. Lorsque Balionte, à bout de souffle,
eut poussé la porte sans avoir frappé, Thérèse était
debout déjà, devant la glace. Elle mettait du rouge à ses
joues, à ses lèvres. Elle disait : « Il ne faut pas que je lui
fasse peur, à ce garçon. »

Mais Bernard avait commis une faute en ne montant
pas d'abord chez sa femme. Le fils Deguilhem, qui avait
promis à sa famille « de ne pas garder les yeux dans sa
poche », se disait « que c'était, à tout le moins un manque
d'empressement et qui donnait à penser ». Il s'écarta un
peu d'Anne, releva son col de fourrure, en remarquant
que « ces salons de campagne, il ne faut pas essayer de
les chauffer ». Il demanda à Bernard : « Vous n'avez
pas de cave en dessous ? Alors votre plancher pourrira
toujours, à moins que vous ne fassiez mettre une couche
de ciment... »

Anne de La Trave avait un manteau de petit-gris, un
chapeau de feutre sans ruban ni cocarde (« mais, disait
Mme de La Trave, il coûte plus cher, sans la moindre
fourniture, que nos chapeaux d'autrefois avec leurs
plumes et leurs aigrettes. C'est vrai que le feutre est

de toute beauté. Il vient de chez Lailhaca, mais c'eſt le modèle de Reboux[a] »). Mme de La Trave tendait ses bottines au feu, sa figure à la fois impérieuse et molle était tournée[b] vers la porte. Elle avait promis à Bernard d'être à la hauteur des circonſtances. Par exemple[c], elle l'avait averti : « Ne me demande pas de l'embrasser. On ne peut pas demander ça à ta mère. Ce sera déjà pour moi bien assez terrible de toucher sa main. Tu vois : Dieu sait que c'eſt épouvantable ce qu'elle a fait ; eh bien, ce n'eſt pas ce qui me révolte le plus. On savait déjà qu'il y avait des gens capables d'assassiner... mais c'eſt son hypocrisie ! Ça, c'eſt épouvantable ! Tu te[d] rappelles : " Mère, prenez donc ce fauteuil, vous serez mieux... " Et tu te souviens quand elle avait tellement peur de te frapper ? " Le pauvre chéri a horreur de la mort, une consultation l'achèvera... " Dieu sait que je ne me doutais de rien ; mais " pauvre chéri " dans sa bouche m'avait surprise... »

Maintenant[e], dans le salon d'Argelouse, Mme de La Trave n'eſt plus sensible qu'à la gêne que chacun éprouve ; elle observe les yeux de pie du fils Deguilhem fixés sur Bernard.

« Bernard, tu devrais aller voir ce que fait Thérèse... Elle eſt peut-être plus souffrante. »

Anne (indifférente, comme détachée de ce qui peut survenir) reconnaît la première un pas familier, dit : « Je l'entends qui descend. » Bernard, une main appuyée à son cœur, souffre[f] d'une palpitation. C'était idiot de n'être pas arrivé la veille, il aurait réglé la scène d'avance avec Thérèse. Qu'allait-elle dire ? Elle était de force à tout compromettre, sans rien faire précisément qu'on lui pût reprocher. Comme elle descend lentement l'escalier ! Ils sont tous debout, tournés vers la porte que Thérèse ouvre enfin.

Bernard devait se rappeler, bien des années après, qu'à l'approche de ce corps détruit, de cette petite figure blanche et fardée, il[g] pensa d'abord : « Cour d'assises. » Mais ce n'était pas à cause du crime de Thérèse. En une seconde, il revit cette image coloriée du *Petit Parisien* qui, parmi beaucoup d'autres, ornait les cabinets en planches du jardin d'Argelouse ; — et tandis que bourdonnaient les mouches, qu'au-dehors

grinçaient les cigales d'un jour de feu, ses yeux d'enfant
scrutaient ce dessin[a] rouge et vert qui représentait *La
Séquestrée de Poitiers*[1].

Ainsi contemplait-il, maintenant, Thérèse, exsangue,
décharnée, et mesurait-il sa folie de n'avoir pas, coûte
que coûte, écarté cette femme terrible, — comme on
va jeter à l'eau un engin qui, d'une seconde à l'autre,
peut éclater. Que ce fût ou non à son insu, Thérèse
suscitait le drame, — pire que le drame : le fait divers;
il fallait qu'elle fût criminelle ou victime... Il y eut du
côté de la famille, une rumeur d'étonnement et de
pitié si peu feinte, que le fils Deguilhem hésita dans ses
conclusions, ne sut plus que penser. Thérèse disait :

« Mais c'est très simple, le mauvais temps m'empêchait de sortir, alors j'avais perdu l'appétit. Je ne man-
geais presque plus. Mieux vaut maigrir qu'engraisser...
Mais parlons de toi, Anne, je suis heureuse... »

Elle lui prit les mains (elle était assise, Anne debout).
Elle la contemplait. Dans cette figure, qu'on eût crue
rongée, Anne[b] reconnaissait bien ce regard dont l'insistance naguère l'irritait. Elle se souvient qu'elle lui disait :
« Quand tu auras fini de me regarder comme ça ! »

« Je me rejouis de ton bonheur, ma petite Anne. »

Elle sourit brièvement au « bonheur d'Anne », au
fils Deguilhem — à ce crâne, à ces moustaches de
gendarme, à ces épaules tombantes, à cette jaquette,
à ces petites cuisses grasses sous un pantalon rayé gris
et noir (mais quoi ! c'était un homme comme tous les
hommes, — enfin, un mari[c]). Puis, de nouveau, elle
posa les yeux sur Anne, lui dit :

« Enlève ton chapeau... Ah ! comme ça, je te reconnais, ma chérie. »

Anne, maintenant, voyait de tout près, une bouche
un peu grimaçante, ces yeux toujours secs, ces yeux
sans larmes mais elle ne savait pas ce que pensait Thérèse.
Le fils Deguilhem disait que l'hiver à la campagne n'est
pas si terrible pour une femme qui aime son intérieur :
« Il y a toujours tant de choses à faire dans une maison.

— Tu ne me demandes pas des nouvelles de Marie ?

— C'est vrai... Parle-moi de Marie... »

Anne parut de nouveau méfiante, hostile; depuis des
mois, elle répétait souvent, avec les mêmes intonations
que sa mère : « Je lui aurais tout pardonné, parce que,

enfin, c'est une malade; mais son indifférence pour Marie, je ne peux pas la digérer. Une mère qui ne s'intéresse pas à son enfant, vous pouvez inventer toutes les excuses que vous voudrez[a], je trouve ça ignoble. »

Thérèse lisait dans la pensée de la jeune fille : « Elle me méprise parce que je ne lui ai pas d'abord parlé de Marie. Comment lui expliquer ? Elle ne comprendrait pas que je suis remplie de moi-même, que je m'occupe tout entière. Anne, elle, n'attend que d'avoir des enfants pour s'anéantir en eux, comme a fait sa mère, comme font toutes les femmes de la famille. Moi, il faut toujours que je me retrouve; je m'efforce de me rejoindre... Anne oubliera son adolescence contre la mienne, les caresses de Jean Azévédo, dès le premier vagissement du marmot que va lui faire ce gnome, sans même enlever sa jaquette. Les femmes de la famille aspirent à perdre toute existence individuelle. C'est beau, ce don total à l'espèce; je sens la beauté de cet effacement, de cet anéantissement... Mais moi, mais moi[1]... »

Elle essaya de ne pas écouter ce qu'on disait, de penser à Marie; la petite devait parler, maintenant : « Cela m'amuserait quelques secondes, peut-être, de l'entendre, mais tout de suite elle m'ennuierait, je serais impatiente de me retrouver seule avec moi-même... » Elle interroge Anne :

« Elle doit bien parler, Marie ?

— Elle répète tout ce qu'on veut. C'est tordant. Il suffit[b] d'un coq ou d'une trompe d'auto, pour qu'elle lève son petit doigt et dise : " T'entends la sisique ? " C'est un amour, c'est un chou. »

Thérèse songe : « Il faut que j'écoute ce qu'on dit. J'ai la tête vide; que raconte le fils Deguilhem ? » Elle fait un grand effort, prête l'oreille.

« Dans ma propriété de Balisac, les résiniers[c] ne sont pas vaillants comme ici : quatre amasses de gemme, lorsque les paysans d'Argelouse en font sept ou huit.

— Au prix où est la gemme, faut-il qu'ils soient fainéants !

— Savez-vous qu'un résinier, aujourd'hui, se fait des journées de cent francs... Mais je crois que nous[d] fatiguons Mme Desqueyroux... »

Thérèse appuyait au dossier sa nuque. Tout le monde se leva. Bernard décida qu'il ne rentrerait pas à Saint-

Clair. Le fils Deguilhem acceptait de conduire l'auto
que le chauffeur ramènerait à Argelouse, le lendemain,
avec le bagage de Bernard. Thérèse fit un effort pour se
lever, mais sa belle-mère l'en empêcha.

Elle ferme les yeux, elle entend Bernard dire à Mme de
La Trave : « Ces Balion, tout de même ! ce que je vais
leur laver la tête... Ils le sentiront passer. — Fais attention, ne va pas trop fort, il ne faut pas qu'ils s'en aillent;
d'abord ils en savent trop long; et puis, pour les propriétés... Balion eſt seul à bien connaître toutes les
limites. »

Mme de La Trave répond à une réflexion de Bernard
que Thérèse n'a pas entendue : « Tout de même, sois
prudent, ne te fie pas trop à elle, surveille ses geſtes,
ne la laisse jamais entrer seule à la cuisine ou à la salle
à manger... mais non : elle n'eſt pas évanouie; elle dort
ou elle fait semblant. »

Thérèse rouvre les yeux : Bernard eſt devant elle; il*a*
tient un verre et dit : « Avalez ça; c'eſt du vin d'Espagne;
c'eſt très remontant. » Et comme il fait toujours ce qu'il
a décidé de faire, il entre à la cuisine, se met en colère.
Thérèse entend le patois glapissant de Balionte et songe :
« Bernard a eu peur, c'eſt évident; peur de quoi ? » Il
rentre*b* :

« Je pense que vous mangerez avec plus d'appétit à
la salle à manger que dans votre chambre. J'ai donné des
ordres pour que le couvert soit mis comme autrefois. »

Thérèse retrouvait le Bernard du temps de l'inſtruc-
tion : l'allié qui voulait à tout prix la tirer d'affaire. Il
désire qu'elle guérisse, coûte que coûte. Oui, c'eſt
évident qu'il a eu peur. Thérèse l'observe, assis en face
d'elle et tisonnant, mais ne devine pas l'image que
contemplent ses gros yeux dans la*c* flamme, ce dessin
rouge et vert du *Petit Parisien : La Séqueſtrée de Poitiers.*

Autant qu'il ait plu, le sable d'Argelouse ne retient
aucune flaque. Au cœur de l'hiver, il suffit d'une heure de
soleil pour impunément fouler, en espadrilles, les chemins feutrés d'aiguilles, élaſtiques et secs. Bernard
chassait tout le jour, mais rentrait pour les repas, s'inquiétait de Thérèse, la soignait comme il n'avait jamais fait.
Très peu de contrainte dans leurs rapports. Il l'obligeait
à se peser tous les trois jours, à ne fumer que deux ciga-

rettes après chaque repas. Thérèse, sur le conseil de
Bernard, marchait beaucoup : « L'exercice est le meilleur
apéritif[a]. »

Elle n'avait plus peur d'Argelouse; il lui semblait que
les pins s'écartaient, ouvraient leurs rangs, lui faisaient[b]
signe de prendre le large. Un soir, Bernard lui avait dit :
« Je vous demande d'attendre jusqu'au mariage d'Anne;
il faut que tout le pays nous voie, une fois encore,
ensemble; après[c], vous serez libre. » Elle n'avait pu
dormir, durant la nuit qui suivit. Une inquiète joie lui
tenait les yeux ouverts. Elle entendit à l'aube les coqs
innombrables qui ne semblaient pas se répondre : ils
chantaient tous ensemble, emplissaient la terre et le
ciel d'une seule clameur[d]. Bernard la lâcherait dans le
monde, comme autrefois dans la lande, cette laie qu'il
n'avait pas su apprivoiser. Anne enfin mariée, les gens
diraient ce qu'ils voudraient : Bernard immergerait
Thérèse au plus profond de Paris et prendrait la fuite.
C'était entendu entre eux. Pas de divorce ni de séparation officielle; on inventerait, pour le monde, une raison
de santé (« elle ne se porte bien qu'en voyage »). Il lui
réglerait fidèlement ses gemmes, à chaque Toussaint.

Bernard n'interrogeait[e] pas Thérèse sur ses projets :
qu'elle aille se faire pendre ailleurs. « Je ne serai tranquille, disait-il à sa mère, que lorsqu'elle aura débarrassé
le plancher. — J'entends bien qu'elle reprendra son
nom de jeune fille... N'empêche que si elle fait des
siennes, on saura bien te retrouver. » Mais Thérèse,
affirmait-il, ne ruait que dans les brancards. Libre, peut-
être, n'y aurait-il pas plus raisonnable. Il fallait, en tout
cas, en courir la chance. C'était aussi l'opinion de
M. Larroque. Tout compte fait, mieux valait que Thérèse
disparût; on l'oublierait plus vite, les gens perdraient
l'habitude d'en parler. Il importait de faire le silence.
Cette idée avait pris racine en eux et rien ne les en eût
fait démordre : il fallait que Thérèse sortît des brancards.
Qu'ils en étaient impatients !

Thérèse aimait[f] ce dépouillement que l'hiver finissant
impose à une terre déjà si nue; pourtant la bure tenace
des feuilles mortes demeurait attachée aux chênes. Elle
découvrait[g] que le silence d'Argelouse n'existe pas. Par les
temps les plus calmes, la forêt se plaint comme on pleure
sur soi-même, se berce, s'endort et les nuits ne sont

qu'un indéfini chuchotement. Il y aurait des aubes de
sa future vie, de cette inimaginable vie, des aubes si
désertes qu'elle regretterait peut-être l'heure du réveil
à Argelouse, l'unique clameur des coqs sans nombre.
Elle se souviendra*, dans les étés qui vont venir, des
cigales du jour et des grillons de la nuit. Paris : non
plus les pins déchirés, mais les êtres redoutables ; la foule
des hommes après la foule des arbres.

Les époux s'étonnaient*b* de ce qu'entre eux subsistait
si peu de gêne. Thérèse songeait que les êtres nous
deviennent supportables dès que nous sommes sûrs
de pouvoir les quitter. Bernard s'intéressait au poids
de Thérèse, — mais aussi à ses propos ; elle parlait devant
lui plus librement qu'elle n'avait jamais fait : « À Paris...
quand je serai à Paris... » Elle habiterait l'hôtel, chercherait peut-être un appartement. Elle comptait suivre
des cours, des conférences, des concerts, « reprendre
son éducation par la base ». Bernard ne songeait pas
à la surveiller ; et, sans arrière-pensée, mangeait sa
soupe, vidait son verre. Le docteur Pédemay, qui parfois
les rencontrait sur la route d'Argelouse, disait à sa
femme : « Ce qu'il y a d'étonnant, c'est qu'ils n'ont pas du
tout l'air de jouer la comédie*c*. »

XIII

Un matin chaud de mars, vers dix heures, le flot
humain coulait déjà, battait la terrasse du café de la Paix
où étaient assis Bernard et Thérèse. Elle jeta sa cigarette
et, comme font les Landais, l'écrasa avec soin.

« Vous avez peur de mettre le feu au trottoir ? »

Bernard se força pour rire. Il se reprochait d'avoir
accompagné Thérèse jusqu'à Paris. Sans doute au lendemain du mariage d'Anne, l'avait-il fait à cause de
l'opinion publique, — mais surtout il avait obéi au désir
de la jeune femme. Il se disait qu'elle avait le génie des
situations fausses : tant qu'elle demeurerait sa vie,
il risquait de condescendre ainsi à des gestes déraison-
nables ; même sur un esprit aussi équilibré, aussi solide
que le sien, cette folle gardait un semblant d'influence.

Au moment de se séparer d'elle, il ne pouvait se défendre
d'une tristesse dont il n'eût jamais convenu : rien qui
lui fût plus étranger qu'un sentiment de cette sorte,
provoqué par autrui (mais surtout par Thérèse... cela
était impossible à imaginer). Qu'il se sentait impatient
d'échapper à ce trouble ! Il ne respirerait librement que
dans le train de midi. L'auto l'attendrait ce soir à Langon.
Très vite, au sortir de la gare, sur la route de Villandraut, les pins commencent. Il observait le profil de
Thérèse, ses prunelles qui parfois s'attachaient dans la
foule à une figure, la suivaient jusqu'à ce qu'elle ait
disparu; et soudain :

« Thérèse... je voulais vous demander... »

Il détourna les yeux, n'ayant jamais pu soutenir le
regard de cette femme, puis très vite :

« Je voudrais savoir... C'était[a] parce que vous me
détestiez ? Parce que je vous faisais horreur ? »

Il écoutait ses propres paroles avec étonnement, avec
agacement. Thérèse sourit[b], puis le fixa d'un air grave.
Enfin ! Bernard lui posait une question, celle même qui
fût d'abord venue à l'esprit de Thérèse si elle avait été
à sa place. Cette confession longuement préparée, dans
la victoria, au long de la route du Nizan, puis dans le
petit train de Saint-Clair, cette nuit de recherches, cette
quête patiente, cet effort pour remonter à la source
de son acte, — enfin ce retour épuisant sur soi-même
était peut-être au moment d'obtenir son prix[1]. Elle
avait, à son insu, troublé Bernard. Elle l'avait compliqué;
et voici qu'il l'interrogeait comme quelqu'un qui ne
voit pas clair, qui hésite. Moins simple... donc, moins
implacable. Thérèse jeta sur cet homme nouveau un
regard complaisant, presque maternel. Pourtant, elle
lui répondit[c], d'un ton de moquerie :

« Ne savez-vous pas que c'est à cause de vos pins ?
Oui, j'ai voulu posséder seule vos pins[2]. »

Il haussa les épaules :

« Je ne le crois plus si je l'ai jamais cru. Pourquoi
avez-vous fait cela ? Vous pouvez bien me le dire,
maintenant. »

Elle regardait dans le vide : sur ce trottoir, au bord
d'un fleuve de boue et de corps pressés, au moment de
s'y jeter, de s'y débattre, ou de consentir à l'enlisement,
elle percevait une lueur, une aube : elle imaginait un

retour au pays secret et triste, — toute[a] une vie de méditation, de perfectionnement, dans le silence d'Argelouse :
l'aventure intérieure, la recherche de Dieu... Un Marocain
qui vendait des tapis et des colliers de verre crut qu'elle
lui souriait, s'approcha[b] d'eux. Elle dit, avec le même
air de se moquer :

« J'allais vous répondre : " Je ne sais pas pourquoi
j'ai fait cela " ; mais maintenant, peut-être le sais-je,
figurez-vous ! Il se pourrait que ce fût pour voir dans
vos yeux une inquiétude, une curiosité, — du trouble
enfin : tout ce que, depuis une seconde, j'y découvre... »

Il gronda, d'un ton qui rappelait à Thérèse leur
voyage de noces :

« Vous aurez donc de l'esprit jusqu'à la fin... Sérieusement : pourquoi ? »

Elle ne riait plus ; elle demanda à son tour :

« Un homme comme vous, Bernard, connaît toujours toutes les raisons de ses actes, n'est-ce pas ?

— Sûrement... sans doute... Du moins il me semble.

— Moi, j'aurais tant voulu que rien ne vous demeurât
caché. Si vous saviez à quelle torture je me suis soumise
pour voir clair... Mais toutes[c] les raisons que j'aurais pu
vous donner, comprenez-vous, à peine les eussé-je énoncées, elles m'auraient paru menteuses... »

Bernard s'impatienta :

« Enfin[d], il y a eu tout de même un jour où vous vous
êtes décidée... où vous avez fait le geste ?

— Oui, le jour du grand incendie de Mano[1]. »

Ils s'étaient rapprochés, parlaient à mi-voix. À ce carrefour de Paris, sous ce soleil léger, dans ce vent un peu
trop frais qui sentait le tabac d'outre-mer et agitait les
stores jaunes et rouges, Thérèse trouvait étrange d'évoquer l'après-midi accablant, le ciel gorgé de fumée,
le fuligineux azur, cette pénétrante odeur de torche
qu'épandent les pignadas consumées, — et son propre
cœur ensommeillé où prenait forme lentement le crime.

« Voici comment cela est venu : c'était dans la salle à
manger, obscure comme toujours à midi ; vous parliez, la
tête un peu tournée vers Balion, oubliant de compter les
gouttes qui tombaient dans votre verre. »

Thérèse ne regardait pas Bernard, toute au soin de ne
pas omettre la plus[e] menue circonstance ; mais elle
l'entendit rire et alors le dévisagea : oui, il riait de son

stupide rire ; il disait : « Non ! mais pour qui me prenez-
vous ! » Il ne la croyait pas (mais au vrai, ce qu'elle disait,
était-ce croyable ?). Il ricanait et elle[a] reconnaissait le
Bernard sûr de soi et qui ne s'en laisse pas conter. Il avait
reconquis son assiette ; elle se sentait de nouveau perdue ;
il gouaillait[b] :

« Alors, l'idée vous est venue, comme cela, tout d'un
coup, par l'opération du Saint-Esprit ? »

Qu'il se haïssait d'avoir interrogé Thérèse ! C'était
perdre tout le bénéfice du mépris dont il avait accablé
cette folle : elle relevait la tête, parbleu ! Pourquoi avait-
il cédé à ce brusque désir de comprendre ? Comme s'il y
avait quoi que ce fût à comprendre, avec ces détraquées !
Mais cela lui avait échappé ; il n'avait pas réfléchi...

« Écoutez[c], Bernard, ce que je vous en dis, ce n'est pas
pour vous persuader de mon innocence, bien loin de là ! »

Elle mit une passion étrange à se charger : pour avoir
agi ainsi en somnambule, il fallait, à l'entendre, que,
depuis des mois, elle eût accueilli dans son cœur, qu'elle
eût nourri des pensées criminelles. D'ailleurs, le premier
geste accompli, avec quelle fureur lucide elle avait poursuivi son dessein ! avec quelle ténacité !

« Je ne me sentais cruelle que lorsque ma main hésitait. Je m'en voulais de prolonger vos souffrances. Il fallait aller jusqu'au bout, et vite ! Je cédais à un affreux
devoir. Oui, c'était comme un devoir. »

Bernard l'interrompit :

« En voilà des phrases ! Essayez donc de me dire, une
bonne fois, ce que vous vouliez ! Je vous en défie.

— Ce que je voulais[d] ? Sans doute serait-il plus aisé de
dire ce que je ne voulais pas ; je ne voulais pas jouer un
personnage, faire des gestes, prononcer des formules,
renier enfin à chaque instant une Thérèse qui... Mais non,
Bernard ; voyez, je ne cherche qu'à être véridique ;
comment se fait-il que tout ce que je vous raconte là
rende un son si faux ?

— Parlez plus bas : le monsieur qui est devant nous
s'est retourné. »

Bernard ne souhaitait plus rien que d'en finir. Mais il
connaissait cette maniaque : elle s'en donnerait à cœur
joie de couper les cheveux en quatre. Thérèse comprenait
aussi que cet homme, une seconde rapproché, s'était de
nouveau éloigné à l'infini. Elle insistait pourtant, essayait

de son beau sourire, donnait à sa voix certaines inflexions basses et rauques qu'il avait aimées.

« Mais maintenant[a], Bernard, je sens bien que la Thérèse qui, d'instinct, écrase sa cigarette parce qu'un rien suffit à mettre le feu aux brandes, — la Thérèse qui aimait à compter ses pins elle-même, régler ses gemmes ; — la Thérèse qui était fière d'épouser un Desqueyroux, de tenir son rang au sein d'une bonne famille de la lande, contente enfin de se caser, comme on dit, cette Thérèse-là est aussi[b] réelle que l'autre, aussi vivante ; non, non : il n'y avait aucune raison de la sacrifier à l'autre[1].

— Quelle autre ? »

Elle ne sut que répondre, et il regarda sa montre. Elle dit[c] :

« Il faudra pourtant que je revienne quelquefois, pour mes affaires... et pour Marie.

— Quelles affaires ? C'est moi qui gère les biens de la communauté. Nous ne revenons pas sur ce qui est entendu, n'est-ce pas ? Vous aurez votre place à toutes les cérémonies officielles où il importe, pour l'honneur du nom et dans l'intérêt de Marie, que l'on nous voie ensemble. Dans une famille aussi nombreuse que la nôtre, les mariages ne manquent pas, Dieu merci ! ni les enterrements. Pour commencer, ça m'étonnerait que l'oncle Martin dure jusqu'à l'automne : ce vous sera une occasion, puisqu'il paraît que vous en avez déjà assez... »

Un agent à cheval approchait un sifflet de ses lèvres, ouvrait d'invisibles écluses, une armée de piétons se hâtait de traverser la chaussée noire avant que l'ait recouverte la vague des taxis : « J'aurais dû partir, une nuit, vers la lande du Midi, comme Daguerre[2]. J'aurais dû marcher à travers les pins rachitiques de cette terre mauvaise ; — marcher jusqu'à épuisement. Je n'aurais pas eu le courage de tenir ma tête enfoncée dans l'eau d'une lagune[3] (ainsi qu'a fait ce berger d'Argelouse, l'année dernière, parce que sa bru ne lui donnait pas à manger). Mais j'aurais pu me coucher dans le sable, fermer les yeux... C'est vrai qu'il y a les corbeaux, les fourmis qui n'attendent que... »

Elle contempla le fleuve humain, cette masse vivante qui allait s'ouvrir sous son corps, la rouler, l'entraîner. Plus rien à faire. Bernard tire encore sa montre.

« Onze heures[a] moins le quart : le temps de passer à l'hôtel...

— Vous n'aurez pas trop chaud pour voyager.

— Il faudra même que je me couvre, ce soir, dans l'auto. »

Elle vit en esprit la route où il roulerait, crut que le vent froid baignait sa face, ce vent qui sent le marécage[b], les copeaux résineux, les feux d'herbes, la menthe, la brume. Elle regarda Bernard, eut ce sourire qui, autrefois, faisait dire aux dames de la lande : « On ne peut pas prétendre qu'elle soit jolie, mais elle est le charme même[1]. » Si Bernard lui avait dit : « Je te pardonne; viens... », elle se serait levée, l'aurait suivi. Mais Bernard, un instant ému, n'éprouvait plus que l'horreur des gestes inaccoutumés, des paroles[c] différentes de celles qu'il est d'usage d'échanger chaque jour. Bernard était à « la voie », comme ses carrioles[2] : il avait besoin de ses ornières; quand il les aura retrouvées, ce soir même, dans la salle à manger de Saint-Clair, il goûtera le calme, la paix.

« Je veux[d] une dernière fois vous demander pardon, Bernard. »

Elle prononce ces mots avec trop de solennité et sans espoir, — dernier effort pour que reprenne la conversation. Mais lui proteste : « N'en parlons plus...

— Vous allez[e] vous sentir bien seul : sans être là, j'occupe une place; mieux vaudrait pour vous que je fusse morte. »

Il haussa[f] un peu les épaules et, presque jovial, la pria « de ne pas s'en faire pour lui ».

« Chaque génération de Desqueyroux a eu son vieux garçon ! Il fallait bien que ce fût moi. J'ai toutes les qualités requises (ce n'est pas vous qui direz le contraire ?). Je regrette seulement que nous ayons eu une fille; à cause du nom qui va finir. Il est vrai que, même si nous étions demeurés ensemble, nous n'aurions pas voulu d'autre enfant... alors, en somme, tout est au mieux... Ne vous dérangez pas; restez là. »

Il fit signe à un taxi, revint sur ses pas pour rappeler à Thérèse que les consommations étaient payées.

Elle regarda longtemps la goutte de porto au fond du verre de Bernard; puis de nouveau dévisagea les passants.

Certains semblaient attendre, allaient et venaient. Une femme se retourna deux fois, sourit à Thérèse (ouvrière, ou déguisée en ouvrière ?). C'était[a] l'heure où se vident les ateliers de couture. Thérèse ne songeait pas à quitter la place ; elle ne s'ennuyait ni n'éprouvait de tristesse. Elle décida de ne pas aller voir, cet après-midi, Jean[b] Azévédo, — et poussa un soupir de délivrance : elle n'avait pas envie de le voir : causer encore ! chercher des formules ! Elle connaissait Jean Azévédo ; mais les êtres dont elle souhaitait l'approche, elle ne les connaissait pas ; elle savait d'eux seulement qu'ils n'exigeraient guère de paroles. Thérèse ne redoutait plus la solitude. Il suffisait qu'elle demeurât immobile : comme son corps, étendu dans la lande du Midi[1], eût attiré les fourmis, les chiens, ici elle pressentait déjà autour de sa chair une agitation[c] obscure, un remous. Elle eut faim, se leva, vit dans une glace d'Old England la jeune femme qu'elle était : ce costume de voyage très ajusté lui allait bien. Mais de son temps d'Argelouse, elle gardait une figure comme rongée : ces pommettes trop saillantes, ce nez court. Elle songea : « Je n'ai pas d'âge. » Elle déjeuna (comme souvent dans ses rêves), rue Royale. Pourquoi rentrer à l'hôtel puisqu'elle n'en avait pas envie ? Un[d] chaud contentement lui venait, grâce à cette demi-bouteille de Pouilly. Elle demanda des cigarettes. Un jeune[e] homme, d'une table voisine, lui tendit son briquet allumé, et elle sourit. La route de Villandraut, le soir, entre ces pins sinistres, dire qu'il y a une heure à peine, elle souhaitait de s'y enfoncer aux côtés de Bernard ! Qu'importe d'aimer tel[f] pays ou tel autre, les pins ou les érables, l'Océan ou la plaine ? Rien ne l'intéressait que ce qui vit, que les êtres de sang et de chair. « Ce n'est pas la ville de pierres que je chéris, ni les conférences, ni les musées, c'est la forêt vivante qui s'y agite, et que creusent des passions plus forcenées qu'aucune[g] tempête. Le gémissement des pins d'Argelouse, la nuit, n'était émouvant que parce qu'on l'eût dit humain. »

Thérèse avait un peu bu et beaucoup fumé. Elle riait seule comme une bienheureuse. Elle farda ses joues et ses lèvres, avec minutie ; puis, ayant gagné la rue, marcha au hasard.

DESTINS

I

« Le vent est frais. Vous n'avez pas de manteau, Bob ?
Je vais vous chercher le*a* mien. »

Le jeune homme protesta qu'il étouffait*b*, mais ne
put retenir Élisabeth Gornac*c*; elle se hâtait lourdement
vers la maison; sur le sol durci, entre les charmilles
grillées par la canicule, elle peinait comme si ses jambes,
fines encore, ses pieds petits, n'eussent plus eu la force de
soutenir un corps presque obèse. Bob grommela.

« Je ne suis pas si malade... »

Pourtant, assis sur la pierre brûlante de la terrasse, il
souffrait de ce que rien n'étayait son dos*d*, ses épaules, sa
nuque; si faible*e* encore, qu'il n'aimait point qu'on le
laissât seul. Et il s'impatientait de voir, à l'extrémité des
charmilles, Élisabeth Gornac, immobile, attendant
qu'eussent fini de défiler, vêtus de blouses tachées par le
sulfate, les journaliers catalans. Ils la dévisageaient et ne
la saluaient pas. Elle songea :

« On ne sait plus qui on a chez soi. »

Mais il fallait bien qu'aux bords dépeuplés de cette
Garonne, la vigne continuât de donner son fruit. Élisabeth répétait à son beau-père Jean Gornac :

« Ils finiront par nous assassiner, vos Catalans... »

Pourtant, elle eût consenti, comme lui, à embaucher
des assassins pour ne pas laisser souffrir la vigne :
d'abord, que la vigne ne souffre pas !

Dans la cour que limitent le château décrépit et les
deux chais bas[1], Élisabeth aperçut*f* son beau-père assis,

une canne entre les jambes. Le sang affluait à ses joues, à son[a] crâne trempé de sueur, gonflait les veines de ses mains, de son cou trop court, de ses tempes.

« Père, vous êtes encore allé dans les vignes, sous ce soleil !

— Croiriez-vous, ma fille, que Galbert a[b] effeuillé[1] malgré mes ordres ? Il espérait que je n'irais pas voir... »

Mais, sans l'entendre, Élisabeth a pénétré dans la maison. Le vieux gronde contre sa bru. Il ne la voit plus jamais; elle ne tient plus en place. La voici avec un gros manteau sur les bras : elle a de la chance d'avoir trop frais.

« Ce n'est pas pour moi; c'est pour le petit Lagave[c]. Vous savez qu'il suffirait d'une rechute... »

Déjà elle courait presque vers les charmilles, sans entendre pester le vieux Gornac : il n'y en avait plus que pour ce drôle, maintenant — pour ce « gommeux ».

« Quand je pense que Maria Lagave, sa grand-mère, venait en journées chez moi et faisait toutes les lessives ! »

Mais son fils Augustin, le père de Bob, avait atteint « à la force des poignets », un poste élevé dans l'administration des Finances. M. Gornac oublie sa colère, il sourit toujours lorsqu'il pense à Augustin Lagave.

« Maria Lagave, où en serait-il, aujourd'hui, ton Augustin, si je ne m'en étais mêlé ? »

Chaque fois qu'il interrogeait ainsi sa voisine, la vieille répondait :

« Sans vos bons conseils, monsieur Gornac, nous crèverions de faim, Augustin et moi, dans une cure du Sauternais ou des Landes. »

Elle était, certes, intelligente, et ambitieuse pour son garçon, qui apprenait tout ce qu'on voulait : le curé de Viridis lui avait obtenu une bourse au petit séminaire. Cette paysanne, vers 1890, avait[d] encore le droit d'imaginer qu'un enfant, qui[e] a de l'instruction et de la conduite, peut se faire une belle position dans l'Église. Les cures florissantes ne[f] manquaient pas où la mère du pasteur vieillissait dans l'aisance et entourée de considération.

Pourtant, Jean Gornac, alors dans toute sa force, avait flairé déjà d'où venait le vent. Bien qu'il ne se fût jamais senti beaucoup de goût pour l'Église, il n'aurait point songé, en d'autres temps, à lui faire la guerre. Sans doute avait-il puisé dans les morceaux choisis de Voltaire et dans les chansons de Béranger, les principes d'un anti-cléricalisme solide et traditionnel[1]; mais ce petit bourgeois n'était[a] pas homme à régler sa conduite sur des idées. Ce qu'il appelait sa religion du progrès parut même subir une légère[b] éclipse en mai 1877. Dès les élections républicaines du 14 octobre, il s'établit enfin, pour n'en plus sortir, du côté du manche. Plus que tout, le krach de l'*Union générale*, cette déconfiture à la fois financière et catholique, avait aidé à l'y maintenir. Jean Gornac, bien des années après, pâlissait encore en songeant que si son dévot de père, mort en janvier 1881, avait vécu quelques mois de plus, toute sa fortune y eût été engloutie. Jean n'avait eu que le temps de liquider ses *Unions générales,* ses *Banques impériales et royales privilégiées des Pays autrichiens,* que patronnait l'*Union*[2].

« Quand je pense que père aurait pu vivre une année de plus... »

Cependant[c], il répétait à Maria Lagave :

« Il n'y a pas de mal à ce que ton Augustin finisse ses études au petit séminaire : ça ne te coûte rien, et c'est autant de pris sur l'ennemi. »

Lui-même avait interné ses deux fils au collège diocésain de Bazas : la nourriture y est meilleure qu'au lycée; il y a plus d'air; c'est mieux composé.

Il se rappelle encore ce jour[d] de feu, au début d'août, où il vit descendre, en gare de Langon, Maria Lagave coiffée de son plus beau foulard, les bras chargés de livres rouges, de couronnes vertes et dorées. Augustin la suivait, empêtré dans sa première soutane :

« Il va falloir lui dire moussu le curé, maintenant ?

— On te doit donc le respect, hé ! Augustin ! »

Ainsi se moquaient, autour de lui, garçons et filles.

Jean Gornac[e] avait ostensiblement détourné la tête; mais le soir même il entrait chez les Lagave, familier, autoritaire; il s'installait, sans craindre de troubler le repas de famille où l'on fêtait le garçon qui avait obtenu, outre tous les premiers prix de sa classe, le diplôme de rhétoricien. En vain Maria Lagave criait que[f] ces messieurs exigeaient la soutane pour leurs élèves de philosophie; qu'il serait bien assez tôt de la quitter quand ces messieurs songeaient à[g] tonsurer Augustin.

« Mais, pecque ! tu ne vois pas qu'elle s'attachera à lui

comme de la glu ? que ce souvenir le suivra partout et
lui fera une réputation de défroqué ? »

Pour qu'il consentît à les laisser dîner tranquilles,
Maria dut promettre que[a], dès le lendemain, l'enfant
reprendrait le costume civil. Jean Gornac s'engageait
à lui donner un vêtement neuf et à lui payer son année
de philosophie au lycée. Comme Maria se lamentait
à cause de cette soutane « qui avait coûté gros et qui ne
serait portée qu'un jour », il acheva de la convaincre
en lui suggérant de s'y tailler pour elle une bonne
jupe :

« Regarde-moi ce drap : ça durera autant que toi. »

Ce fut, en ces années-là, le beau temps de Jean Gornac.
Au plus florissant commerce de bois[bi] qu'il y eût à Bordeaux, ce petit homme chauve, jaune, à l'œil brillant et
vide, ne consacrait qu'une part de son agitation. Au
vrai[c], il ne tenait à l'argent que pour acheter de la terre.
Depuis des années, il menait de front deux opérations :
l'une, financière; l'autre, électorale. Il achetait, pièce par
pièce, les immenses propriétés des Sabran-Pontevès, dans
la lande, et[d] enlevait tous les quatre ans, pour le compte
du ministère, quelques centaines de voix au député de
l'arrondissement, le marquis de Lur.

Il était admiré[e]. Il avait fondé un cercle à Viridis où,
désormais, le samedi après la paie, les paysans venaient
boire et parler politique; bouviers et muletiers s'y arrêtaient, ne rentraient plus à la métairie que tard dans la
nuit. Les pères de Viridis se donnaient un mal inutile
avec leurs patronages, avec leurs trompettes et leurs
bannières ! Jean Gornac ne leur disputait pas les enfants[f];
il savait qu'à peine adolescents, il aurait beau jeu à les
attirer là où il est permis de boire tout son soûl, de
raconter ses amours.

L'an[g] 1893 vit le triomphe de Jean Gornac. Cette
année brûlante, les vieux vignerons en parlent encore.
Dans les bouteilles qui en portent le millésime, le soleil
de ce lointain été flambe toujours : ils y retrouvent le
goût[h] ardent qu'avait la vie à cette époque, alors que le
vin délicieux coulait en telle abondance qu'on le laissait
dans la cuve, faute de barriques. Un interminable incendie
rougissait le ciel du côté des Landes. Ce fut[i] cette année-
là que le marquis de Lur perdit son siège, vaincu par un

avocat de Bazas dont Jean Gornac avait été le soutien[1].
À la même époque, l'ancien séminariste, qu'il considérait
comme son fétiche, et qu'il avait aidé de ses deniers,
Augustin[a] Lagave, obtenait le diplôme d'inspecteur des
Finances. Jean Gornac mariait son fils aîné, Prudent,
avec Mlle Élisabeth Lavignasse, de Beautiran, — unique
rejeton d'une famille moins riche, mais plus ancienne et
plus considérée que celle des Gornac. Enfin, il profitait
de ce que, grâce aux incendies, les pins fussent dépréciés,
pour acheter à très bon compte les derniers hectares des
Sabran-Pontevès.

Aujourd'hui[b], à quatre-vingts ans sonnés[2], tout près
d'aller dormir dans cette terre qu'il a tant chérie, le père
Gornac rêve de ces beaux jours où les récoltes étaient
belles, où les bras ne manquaient pas pour soigner la
vigne. Pierre, son petit-fils, lui rebat les oreilles avec ses
tirades sur la dépopulation. Est-ce qu'en 1893 on avait
plus d'enfants que maintenant ? Et pourtant les bras ne
manquaient pas !... Lui, il avait mis au monde exactement les deux garçons qu'il avait souhaité de procréer.
Sa femme (une Péloueyre[3]) avait[c] pu mourir après la
naissance du cadet : elle avait accompli ce qu'il en avait
attendu. Il fallait[d] avoir deux enfants : l'un, pour garder
la terre; l'autre, pour obtenir de l'État sa subsistance.
Pourtant mieux vaut[e] avoir un seul enfant que trois ou
quatre, se disaient l'un à l'autre Maria et M. Gornac.
C'est si beau, lorsque plusieurs héritages s'accumulent
sur une seule tête ! Un fils unique suffit, pourvu qu'il
demeure sur la propriété.
Aussi, lorsque sa bru mit au monde un second garçon,
dix mois après l'aîné, cette hâte déplut fort à M. Gornac.
« Mes louis ne valent plus que dix francs... », gémis-
sait-il.
À la naissance du troisième, il déclara :
« Mes louis ne valent plus qu'un écu. »
Les deux derniers moururent en bas-âge[4] : le docteur
soigna la bronchite capillaire de l'un avec du thé tiède;
l'autre, à six mois, mangeait déjà de la soupe comme
père et mère et périt de dysenterie.
Le vieux Gornac s'est-il jamais avoué que depuis des
années les événements ne lui obéissent plus ? Ses deux
fils[f] ont rejoint au cimetière les deux innocents; rien ne

lui reste que sa bru et un petit-fils, ce Pierre qui toujours l'irrite, dont il n'aime pas à parler.

Élisabeth s'est hâtée vers la terrasse où est assis le beau garçon convalescent, le fils d'Augustin, ce Robert Lagave qu'elle appelle Bob, l'ayant porté tout petit dans ses bras. Il avait boutonné sa veste.

« Vous voyez bien que vous avez froid. »

Elle l'enveloppa d'un manteau de femme, releva le col de fourrure; bien loin de lui montrer de l'agacement, le garçon lui disait merci d'une voix qu'on aurait pu croire émue; — mais même dans les propos habituels, cette voix charmait grâce à une fêlure légère, comme si elle n'eût pas fini de muer. Son visage n'était pas non plus celui d'un homme de vingt-trois ans. Les joues blondes paraissaient imberbes, — teintes aux pommettes d'un sang trop vif. Son sourire appuyé remerciait la femme qui, l'ayant emmitouflé, s'était éloignée de quelques pas. Des cils d'enfants longs et touffus prêtaient à son regard une langueur presque gênante; Élisabeth détourna le sien, suivit avec application un train lent dans la plaine.

Elle avait connu Bob petit garçon; mais, depuis sa quinzième année, c'était la première fois qu'il faisait un long séjour au pays; elle n'avait pu reconnaître encore qu'il honorait de la même attention langoureuse les paysans, les chiens, les arbres, les pierres, et qu'on n'y devait chercher aucune autre raison que l'abondance, la longueur des cils plantés droit et dont les paupières semblaient alourdies.

Si Bob[a] Lagave, pendant des années, était demeuré inconscient de ce trouble que son regard éveillait dans les autres, depuis longtemps il avait pris conscience de ce don, et sa gentillesse naturelle l'inclinait à feindre d'éprouver, en effet, le désir de plaire, pour ne pas démentir les promesses de ses yeux.

Il avait été un petit garçon sans détours, d'esprit lent, et qui ne s'émerveillait pas que chacun sourît à sa mine charmante, qu'à son approche les plus sévères se fissent doux. L'indolent écolier trouvait tout simple de ne pouvoir lever la tête vers les grandes personnes sans qu'une main aussitôt se posât sur ses cheveux[1]. Des années s'écoulèrent avant qu'il sût se composer une âme à la ressemblance de son visage et exploiter, d'ailleurs sans âpreté, avec beaucoup de nonchalance et de grâce, le dangereux pouvoir qu'il détenait ; Bob devint, enfin, réellement[a] ce que d'abord dénonçait son œil : un animal frôleur et qui mendie des caresses, moins douces que celles dont lui-même possède la science.

Pour connaître des garçons de la même espèce, sans doute aurait-il suffi que Mme Gornac eût prêté quelque attention aux jeunes Garonnais qui peinaient et chantaient dans sa vigne, et dont le plus grand nombre étaient fort adonnés à l'amour, comme Bob, — l'un d'eux par le sang, d'ailleurs, tout près d'eux par sa grand-mère Lagave.

II

« J'ai trop chaud[b], maintenant. »

Bob rejeta un peu le manteau qui ne fut plus soutenu que par les épaules, ouvrit sa veste, eut froid de nouveau. Cette moiteur sur tout son corps, il lui semblait que ce fût sa jeune force qui lui échappait, qui sortait de lui jusqu'à épuisement.

« C'est drôle : mes jambes ne me portent plus. »

Élisabeth s'attela à un fauteuil de jardin, le **traîna** jusqu'à Bob, qui s'y laissa choir en gémissant : il ne guérirait jamais ; il était un type fini...

Elle protesta qu'on ne se relevait pas si vite d'une pleurésie. Son fils Pierre avait dû passer deux ans à la campagne. Élisabeth découvrit, parmi ses relations, d'autres exemples pour inciter Bob à la patience. Mais le garçon regardait la terre et ne voulait pas être consolé. Personne que lui-même, songeait-il, ne pouvait mesurer son désastre. Il avait cru en son corps comme en son unique dieu. Naguère, il répétait à tout venant :

« J'ignore ce que signifie malaise. Je ne me suis jamais aperçu que j'avais un estomac. Je pourrais ne m'interrompre jamais de manger ni de boire. Je digérerais des pierres. »

Le jour où, durant cette randonnée en auto, un orage creva sur lui entre Paris et Versailles, au retour il n'avait pas voulu quitter ses vêtements : c'eût été manquer de

confiance en son dieu le corps. Le lendemain, courant
après un autobus, cette douleur à gauche (comme si,
dans son flanc, la course avait agité un liquide), il décida
que c'était un point de côté. Mais le soir, enfin, la fièvre
l'avait abattu.

Désormais, plus moyen de sortir. Cela surtout l'accablait : il comprit que jusqu'à cette maladie, tout son
effort avait tendu à rentrer le plus tard possible dans
l'appartement que les Lagave habitaient rue Vaneau.

« Robert ? mais nous ne le voyons jamais ! »

Ainsi répondaient les Lagave à qui s'informait de leur
fils. Bob ne fuyait pas seulement l'escalier souillé (il n'y
a pas d'escalier de service), — ni la cour intérieure sur
laquelle ouvrait sa chambre, retentissante à l'aube du
vacarme des poubelles (et l'on entend, tard dans la nuit,
le nom que les locataires doivent crier au concierge, leurs
pas répercutés, leurs rires). Bob ne fuyait pas seulement
cette odeur dont la cuisine minuscule emplit un appartement parisien; il ne[a] fuyait pas la photographie
agrandie de Maria Lagave sous laquelle Augustin avait
placé ce bronze d'art signé Dalou : une muse contre un
socle offre du laurier à n'importe quel grand homme dont
il suffit d'accrocher, au-dessus, l'effigie. Il fût peut-être
arrivé à ne plus voir les rideaux de la salle à manger :
feuillages chocolat sur marron clair, bordés de pompons,
ni les sièges dorés du salon, tous équidistants de l'énorme
pouf cerise rembourré, ceinturé de passementeries et
d'où, le mardi, Mme Augustin Lagave tenait tête au
cercle des dames venues à son jour.

Bob haïssait cet intérieur, mais n'était pas si nerveux
qu'il ne pût supporter d'y vivre quelques heures. Dès les
premiers moments de sa maladie, alors que, l'esprit
flottant au bord du délire, il voyait son père se pencher
vers lui trois fois par jour : le matin, à midi, et en
rentrant du ministère, à l'appréhension qu'il avait de son
approche, au soulagement ressenti lorsque ses pas, dans
le corridor, décroissaient, il comprit, il s'avoua enfin que
c'était cet homme que toujours il avait fui; ou, plutôt,
il avait fui le mépris qu'il inspirait à son père et que
celui-ci trahissait moins dans ses paroles que dans ses
silences, lorsqu'il négligeait[b] de répondre à une question
de Bob.

Mme Augustin Lagave se rendait volontiers ce témoignage de l'avoir élevé dans le culte de son père. Enfant, il savait déjà que rien n'est plus admirable en ce bas monde qu'un homme qui est arrivé à la force des poignets, qu'un homme qui s'est fait tout seul. Lorsque, en septembre, pour les vendanges, ses parents l'amenaient chez sa bonne-maman Lagave, il avait peur de cette grande paysanne maigre et dure qui disait de lui :

« Il me fait honte... »

Elle lui en voulait[a] de ne pas donner à son Augustin cette joie d'orgueil qu'elle avait connue lors des distributions de prix du petit séminaire de Bordeaux, — alors qu'aux applaudissements de la foule s'avançait un Augustin glorieux, myope, chargé de livres écarlates, portant haut sa petite figure terreuse sous la couronne[b] de papier vert.

« C'est curieux, disait Augustin à Maria Lagave, dès que j'ai vu ce petit drôle trop blond, j'ai compris qu'il ne serait pas un travailleur; j'ai tout de suite flairé le propre-à-rien. »

L'étrange est que Bob ressemblait à sa mère, blonde efflanquée. Il lui avait pris son teint, la couleur de ses cheveux, une bouche épaisse qui, affreuse chez la dame, convenait au garçon; et de même le grand nez de Mme Lagave embellissait le visage de Bob[c]. Il n'avait retenu de son père que les mains et les pieds « d'une exiguïté choquante », — comme on se plaisait à dire dans son petit groupe de Paris.

Tel était le charme de Robert enfant, que M. Lagave dut renoncer pour lui au bénéfice d'une éducation spartiate. Sur ce seul point, sa femme résistait à ses volontés. Fille d'un percepteur de Bordeaux, dont l'alliance avait flatté d'abord le fils Lagave à ses débuts (mais plus tard, il en avait ressenti des regrets, qui allèrent croissant à mesure qu'il s'élevait dans la hiérarchie), Mme Augustin Lagave avait choyé la petite enfance de Bob malgré les objurgations de son mari. Aujourd'hui, il ne lui reste plus qu'à baisser le nez, lorsque Augustin « tient à dégager sa responsabilité ». Certes, l'enfant était mou, sans intelligence, mais en le tenant d'une main plus ferme, on aurait peut-être pu en faire quelque chose dans les Contributions indirectes. Mme Lagave rappelait pour sa défense qu'au lycée, les mauvaises places de Bob ne l'avaient jamais frustré de l'indulgence exceptionnelle

dont il bénéficiait partout; elle rappelait ces inutiles
visites de M. Lagave au surveillant général « pour qu'il
lui serrât la vis ».

Contre tout[a] espoir, Bob fut reçu bachelier. Mme Lagave[b] espéra que ce diplôme fléchirait la sévérité de son
mari. Ce lui fut, au contraire, un prétexte pour dénoncer
l'abaissement de la culture, puisque les « fruits secs »
réussissaient d'emblée. Cet homme sévère, mais peu
enclin à l'introspection, n'aurait jamais admis qu'il pût
être vexé d'avoir été mauvais prophète, et de ce que
Bob avait triomphé en dépit de ses prédictions. Encore
moins se fût-il avoué, lui qui vivait confit dans l'admiration de soi-même et qui planait si haut, si loin de son
misérable enfant, qu'il ressentait une secrète humiliation,
une jalousie obscure. Pas plus[c] que Maria Lagave, sa
mère, ni que Jean Gornac, son protecteur, il n'avait eu
à compter dans sa vie avec les passions du cœur, — à
peine avec celles de la chair. Si Jean Gornac n'était intervenu dans sa destinée, Augustin eût accompli une honorable carrière dans l'Église. On aurait dit de lui :

« Ce n'est peut-être pas un mystique, mais il a une
conduite irréprochable; et quel excellent administrateur !
Il en faut comme ça. »

Il en faut comme ça. Mais ni sa mère[d] Maria, ni le
vieux Gornac, impropres comme lui aux passions de
l'amour, n'avaient été obsédés par la présence chez eux
d'un être de la race hostile — que les hommes non créés
pour aimer méprisent et haïssent, sans pouvoir se
défendre de les jalouser, de les imiter gauchement. Il
suffit, ce soir, que cette pieuse[e], forte, et bientôt quinqua-
génaire Élisabeth Gornac ramène un manteau de femme
sur les épaules du jeune garçon pour qu'elle sente courir
dans son corps un sang plus rapide. Augustin[f] Lagave,
lui, voilà des années que, de noir vêtu (et toujours cette
cravate toute faite dont l'élastique remonte vers sa
nuque), il examine et juge d'un œil méprisant le bel
insecte dont les élytres frémissent[g].

Bob avait refusé de s'inscrire à la faculté de Droit. Il
prétendait suivre les cours des Beaux-Arts, et travailler
chez un peintre de décors. Après d'aigres débats, il
consentit à ce que son père le fît passer pour élève-
architecte; mais d'autres motifs de disputes surgissaient

à chaque instant. Ce fut, d'abord, le premier smoking[a] :
« Est-ce que j'en avais un à ton âge, moi ? »

Puis il fallut obtenir le passe-partout de l'entrée. Bob
d'ailleurs, évitait toute scène, pliait, battait en retraite.
Seulement, il ne rentrait qu'au petit jour, et sa mine,
en dépit des yeux battus, n'était pas celle d'un garçon
qui a dormi sous les ponts ou qui est allé aux Halles
attendre l'aube. Il arriva qu'un soir, son père, qui lui
avait toujours refusé un habit, le surprit dans le vestibule,
vêtu merveilleusement pour le soir ; et même une pelisse
recouvrait ses épaules ; il tenait à la main un jonc.

« D'où vient[b] l'argent ? J'exige de savoir d'où vient
l'argent. C'était assez d'avoir pour fils un propre-à-rien :
j'entends ne pas être déshonoré par lui. Mais c'est qu'il
n'en faut pas plus pour vous porter tort ! Ce serait le
comble, si tu arrivais à me nuire dans ma carrière !
(À peine formulée, cette crainte prenait corps, l'envahissait, le rendait furieux.) Si tu me portais tort pour l'avancement, je te renierais, je ne te connaîtrais plus. Ce serait
trop immoral que toute une vie de labeur et d'honneur
fût compromise par les agissements d'un petit misérable... »

La suspension Renaissance de la salle à manger émettait une lumière qu'absorbaient les boiseries, les tentures
à ramages chocolat.

« Parle[c], mon chéri, gémissait Mme Lagave. Explique
à ton père : c'est un malentendu... »

Mais, contre la cheminée, le jeune homme au trop
bel habit (et le gilet dessinait sa taille — pourpoint de
piqué blanc) baissait la tête[d], moins honteux de la suspi-
cion dont on le chargeait, qu'il n'était gêné des gesticula-
tions de ce petit homme noir, dressé sur ses ergots, et
criant :

« Mais proteste, au moins ! Dis quelque chose !
Trouve un mot ! »

Il se regarda dans la glace, lissa ses cheveux, revêtit
la pelisse, puis, ayant déjà passé la porte, cria :

« Mère est au courant. Elle te dira que si je continue
de vivre ici, c'est pour ne pas la quitter, et non faute
de ressources. Ce mois-ci, j'ai gagné beaucoup plus
d'argent que toi. »

Il sortit sur ce trait, qui était une vantardise, car Bob ne
gagnait même pas de quoi subvenir à ses menus plaisirs.

Augustin demeura un instant stupide, puis interrogea sa
femme du regard; mais même si Mme Lagave avait
jamais[a] rien pu comprendre au métier dont le jeune
homme se flattait de vivre, elle n'aurait su le rendre
intelligible à son mari; et c'est pourquoi elle s'était
refusée jusqu'à ce jour à lui en rien dire, malgré les
prières de Bob. Qu'il y ait des gens incapables de meubler
seuls leur appartement, assez nigauds pour couvrir d'or
un jeune homme afin qu'il l'arrange à son goût, qu'il
assortisse des étoffes et des tapis, cela passait l'enten-
dement des Lagave, et, à vrai dire, ils n'y croyaient pas.

La littérature n'est pas plus indifférente à un illettré
que ne leur étaient les couleurs et les formes. Augustin
avait coutume[b] de redire une phrase familière au vieux
Gornac :

« Moi..., pourvu que j'aie de bons fauteuils, bien
rembourrés... »

Il répétait cela par habitude, et ainsi se calomniait, car
nul ne fut jamais plus insensible à tout confort que ce
fils de paysans. S'il avait persévéré au séminaire, il y aurait
eu le bénéfice de cette indifférence à tout ce qui s'appelle
luxe; on lui aurait su gré de son renoncement à des
douceurs dont il n'avait jamais subi l'attrait. Il eût été
de ces saintes gens que nous admirons[c] naïvement de
renoncer non à ce qu'ils aiment, mais à ce que nous
aimons.

Ce soir-là, Mme Lagave soumit à son époux les
documents que Bob lui avait confiés : lettres, devis,
reçus, d'où il ressortait que le jeune homme avait
« arrangé des intérieurs » pour le compte de trois étrangères : deux Américaines de New York et une princesse
roumaine. Il avait aussi servi d'intermédiaire entre un
marchand de meubles anciens et un Polonais dont le
nom était israélite. L'honnête fonctionnaire se félicita
de ce qu'il y avait au moins un homme dans ces louches
combinaisons et de ce qu'on ne pourrait tout de même
pas dire de Robert que seules les femmes le faisaient
travailler.

Le défaut d'imagination[d] empêchait les Lagave de se
représenter la vie inconnue de leur fils, qui, depuis cette
scène à propos de l'habit, s'ingéniait à ne paraître que le
moins possible rue Vaneau. Comme un pigeon voya-

geur fatigué, parfois, vers le soir, ils le voyaient s'abattre, sans qu'ils songeassent même aux pays qu'il avait dû traverser. Ils ne lui posaient aucune question, « par principe », affirmait Augustin Lagave. Mais, au fond, il n'était pas curieux des autres, fût-ce de son fils. Rien d'important n'arrivait aux autres; les autres ne l'intéressaient pas.

Tant que son père était absent du salon, Bob entourait sa mère de beaucoup d'attentions et de soins; mais l'entrée d'Augustin lui ôtait l'usage de la parole. Assis au bord de sa chaise, il demeurait, le regard absent, comme si M. Lagave, qui aimait à disserter sur les questions de service, d'avancement et de politique, se fût exprimé dans une langue étrangère. Bob supportait moins aisément des récits de concours, de triomphes scolaires où se complaisait M. Lagave avec une satisfaction stupide, avec une intolérable béatitude. Plus sinistres encore étaient ses souvenirs — les histoires de receveurs traqués par lui, sa science pour leur mettre le nez dans leur fraude, pour les acculer à la prison, au suicide. La femme et la mère de l'un d'eux s'étaient agenouillées devant lui, baisant ses mains, le suppliant : huit jours leur suffiraient pour trouver l'argent nécessaire, pour combler le déficit :

« Notre profession exige une âme romaine, je fus inflexible. »

Bob, ces soirs-là, passait directement de la salle à manger dans la cuisine pour y remplir un broc d'eau chaude; — et de là dans sa chambre. Le bruit de l'eau[a] ruisselant dans le tub troublait, un instant, l'immuable partie de jacquet dont M. Lagave disait que son esprit, après une journée de labeur, y trouvait une détente salutaire. Le jeune homme ne reparaissait plus devant ses parents. Ils entendaient le bruit de la porte violemment refermée. Alors, Mme Lagave se levait, entrait dans la chambre de Bob, où il semblait qu'un cyclone eût sévi, constatait, amère, qu'il avait mis encore une chemise au sale; il ne se faisait aucune idée de ce que coûte le blanchissage aujourd'hui. L'eau de son tub avait giclé hors de la toile cirée clouée devant la toilette : ce n'était pas la peine d'avoir, le matin même, repassé le parquet à l'encaustique. Elle entendait Augustin crier :

« Ferme donc *sa* porte. Ça sent jusqu'ici ! »

Il exécrait les parfums, mais, par-dessus tout, redoutait cette odeur d'eau de Cologne, de chypre, de tabac anglais, un instant victorieuse des relents de la cuisine et de ceux de l'armoire du vestibule, où M. Augustin Lagave rangeait son vestiaire.

La porte de l'escalier[a] refermée, Bob sombrait pour eux dans la nuit vide, — dans l'inimaginable néant. Un manche à balai l'eût-il emporté vers quelque sabbat, que les Lagave n'eussent pas été plus impuissants à évoquer les péripéties de cette chevauchée. Il fallut qu'une pleurésie fît soudain de Bob leur prisonnier : alors, la vie inconnue qu'il menait si loin d'eux reflua vers lui, qui ne pouvait plus sortir. Des êtres, dont Bob était le tourment et la joie, inquiets de demeurer sans nouvelles, bravèrent la défense qu'il leur avait faite de le relancer rue Vaneau. Dès les premiers jours, des autos stoppèrent devant l'entrée. Le concierge subit l'humiliation de répéter : « Il n'y en a pas... » à plusieurs dames qui cherchaient l'ascenseur. Un grand jeune homme fut d'une amabilité à ce point insidieuse que Mme Lagave dut entrouvrir la porte du malade « le temps de voir Bob un tout petit peu ». Mais le malade en fut si contrarié que sa température, ce soir-là, monta au plus haut. Désormais, il fut enjoint à la concierge d'arrêter les visiteurs et de leur communiquer un bulletin de santé. De longs conciliabules se tinrent devant la loge entre des personnes dont tout ce que la concierge pouvait dire, c'était qu'elles n'habitaient pas le quartier. « Regarde : une princesse est venue. Il y a une couronne sur sa carte ; et puis, un marquis... Il ne connaissait que des " nobles " ... »

Mme Lagave, la tête perdue, et qui parlait déjà de son fils au passé, ne laissait pas d'être éblouie[b]. « Des rastas ! » répondait Augustin, tout de même impressionné. D'abord, cette odeur de femmes et de « monde » qui s'insinuait chez lui ne parut point l'irriter, — soit que la maladie de Bob l'eût incliné à plus d'indulgence, soit qu'il tînt compte au jeune homme de ses efforts pour interdire aux importuns l'accès de l'appartement. Sur ce point, le malade montrait plus de rigueur que le médecin lui-même : snobisme sans doute, crainte assez basse des moqueries dont auraient fait les frais les tentures chocolat, les photographies agrandies, peut-être aussi ses parents. Mais, surtout, ce garçon indolent redoutait les éclats d'une rencontre de son père avec tel de ses amis. Bob était sensible, comme le sont les provinciaux qui, acclimatés dans Paris, ont pris racine dans des mondes opposés, aux différences d'atmosphère entre les êtres ; il redoutait ces arcanes du langage des gens du monde, au milieu desquels un Augustin Lagave eût perdu pied d'abord, puis, très vite, se fût exaspéré.

Convalescent, le jeune homme résista quelques jours ; mais déjà, précédant l'invasion des amis tenaces, des fleurs garnissaient tous les vases disponibles, emplissaient les chambres d'un parfum de fiançailles ; posée sur un ridicule tapis de table imitation Beauvais, une boîte de chez Boissier, offerte par la princesse, y paraissait aussi hétéroclite qu'eût été la princesse elle-même sur le pouf*a* cerise du salon.

La température de Bob, cependant, devenait normale ; alors, l'humeur de M. Lagave commença de s'altérer. Il s'exaspérait de ce que sa femme était éblouie par tant de fruits glacés et de fleurs*b* : elle admirait Bob comme du temps où elle assurait « qu'il aurait été primé dans n'importe quel concours de bébés » (alors qu'Augustin pressentait déjà que ce bel enfant, si différent de lui, serait un*c* fruit sec).

Chaque soir, en rentrant, le fonctionnaire grommelait : « Ça sent la cocotte, ici ! »

Et, pour « purifier l'atmosphère », il ouvrait la fenêtre, bien que ce printemps fût pluvieux et froid.

Un samedi matin, comme il rentrait du ministère plus tôt que de coutume, une jeune personne sortit de chez Bob, s'effara à sa vue, fila comme un oiseau par la porte entrebâillée. Augustin n'eut que le temps d'apercevoir, sous le petit feutre très enfoncé, des yeux brûlants. Il vit aussi deux jambes longues, des pieds maigres chaussés de galuchat. Il se pencha au balcon : l'inconnue montait dans une « conduite intérieure »; elle s'assit au volant, démarra. Qu'était-ce donc que ces femmes qui ont l'air nues sous leurs robes courtes, qui pilotent leur auto et relancent les garçons à domicile ? M. Lagave, résolu à un éclat, ouvrit la porte de son fils, le vit étendu, sa tête creusant l'oreiller, les paupières mi-closes. Augustin hésita un peu de temps, puis, la porte refermée*d*, alla

à son cabinet, s'assit devant la table, et commença d'an-
noter un rapport. Il se retint de rien dire à Mme Lagave
quand elle rentra. Ce fils de paysans ne se fût pas
abaissé à une discussion avec sa femme passée à l'ennemi.
Oui, depuis qu'il était malade, elle couvait Bob du même
regard adorant que dans sa petite enfance, alors qu'Augustin se plaignait de ne pas occuper à son foyer la
première place, — la place unique qui lui était due.
S'il avait convaincu peu à peu sa femme du néant de
leur fils, s'il en avait fait une épouse glorieuse, mais
une mère humiliée, la mère, aujourd'hui, relevait la tête,
prenait sa revanche, découvrait dans son enfant une
valeur qui, pour ne rappeler en rien ce qu'elle admirait
dans son mari, ne lui paraissait guère moins précieuse
et contentait aussi son orgueil.

M. Lagave eût-il pu croire qu'en son absence, c'était
elle qui ouvrait[a] la maison à l'envahisseur ? À cette
jeune fille, d'abord, — une jeune fille du vrai monde,
une Mlle de La Sesque, alliée aux La Sesque de Bazas,
la seule que Bob reçût volontiers, la seule aussi qu'il
eût présentée à sa mère. Les autres ne venaient que
l'après-midi, et Mme Lagave avait ordre de ne point
se montrer à eux. Mais, de la chambre voisine, elle les
entendait rire, et respirait la fumée de leurs cigarettes.
À travers la serrure, ou par la porte entrebâillée, lorsque
la bonne apportait la collation, elle les voyait assis
en rond autour du lit de Bob : la princesse, une autre
femme blonde, et ce jeune homme échassier, avec sa
trop petite tête sur des épaules d'Égyptien; puis, le
Juif polonais, laineux, la lèvre inférieure pendante.
C'étaient les fidèles; mais des visiteurs moins intimes
se joignaient souvent à eux. Tous se ressemblaient par
un air de jeunesse : jeunes gens, jeunes femmes quadragénaires[b], ils couvaient du même regard maniaque un
Bob agressif, rétif, insolent, — tel que sa mère ne l'avait
encore vu. Ils riaient de ses moindres mots. Mme Lagave
n'aurait jamais cru que son petit pût avoir tant d'esprit.
D'ailleurs, à peine aurait-elle reconnu le son de sa voix :
un tout autre Bob, en vérité, que le garçon taciturne qui
s'asseyait à la table de famille. C'était incroyable à quel
point ces gens du monde l'admiraient. Il fallait que Bob
eût quelque mérite extraordinaire, songeait Mme Lagave,
pour que ces personnes difficiles le dévorassent ainsi

des yeux. Elle ne savait pas qu'ils chérissaient en son fils leur jeunesse souillée, agonisante ou déjà morte, — tout ce qu'ils avaient à jamais perdu et dont ils poursuivaient le reflet dans un jeune homme éphémère. Une religion les rassemblait ici, un mystère dont ils étaient les initiés et qui avait ses rites, ses formules sacrées, sa liturgie. Rien au monde[a] n'avait de prix, à leurs yeux, que cette grâce irremplaçable qui les avait fuis. Et les voilà assis en rond autour d'un corps que la première jeunesse, pour quelques jours encore, embrase[b]. La maladie qui l'altère à peine les rend plus sensibles à cette fragilité, à cette fugacité. Peut-être Bob sent-il qu'il n'est rien pour eux qu'un lieu de passage où, quelques instants, se repose le dieu que ces fanatiques adorent. Peut-être pressent-il que ce n'est pas à lui, dénué[c] de naissance, d'argent, de talent, d'esprit, que s'adressent leurs adorations : de là, sans doute, cette humeur méchante qu'il oppose à leurs louanges, ces caprices[d] de César enfant. Avec quelle affectation il se fait servir par eux !

Un jour, le Juif de Pologne s'étant excusé de n'avoir découvert nulle part les pamplemousses dont Bob avait envie de goûter, le jeune homme eut le front de lui faire descendre quatre étages et lui enjoignit de ne reparaître qu'avec les fruits dont il était curieux[1].

L'étranger ne fut de retour qu'assez tard, et les autres l'avaient attendu au-delà de l'heure accoutumée. Mme Lagave rôdait derrière la porte, terrifiée, parce que son époux allait rentrer d'une minute à l'autre. Il était d'une humeur, depuis quelques jours, à jeter tous ces gens hors de chez lui. Elle entendait Bob qui, partageant son angoisse, les pressait, les bousculait.

M. Lagave ne les rencontra pas dans l'appartement, mais dans l'escalier ; il dut s'effacer pour laisser le passage libre à ce groupe de garçons et de femmes peintes, au verbe haut, et qui[e], l'ayant dévisagé, pouffèrent. Quand il eut atteint son étage, le fonctionnaire, penché sur la rampe, demeura quelques instants aux écoutes. Pour une fois, il comprit leur langage d'initiés :

« Croyez-vous que ce soit le père ?

— Vous avez vu le père, princesse ? Non, mais c'est à ne pas croire !

— Le père est inouï !

— C'est le microbe de la chose vu au microscope, grossi[a] démesurément.

— On ne sait pas qu'il y a des gens comme ça. En général, on ne les voit pas à l'air libre : ils sont derrière des grilles, tapis[b] entre des piles de paperasses...

— Je m'attendais à tout, mais pas à ce nabot !

— Ça dépasse tout. On est tout de même content d'avoir vu ça !

— Oui, mais comme ça fait peur ! Il a un côté Père Ubu. Ne trouvez-vous pas, princesse ?

— Si on l'écrasait, ça coulerait noir... Son sang, ce doit être de l'encre Antoine.

— Tu entends ce que dit Jean ? Que si on l'écrasait, il saignerait de l'encre Antoine !

— Moi, je ne crois pas du tout que ça puisse être le père : notre Bob sorti de ce nabot ? Vous imaginez[c] l'approche amoureuse de cette blatte, princesse ?

— Alain ! je vous en prie, taisez-vous. »

Déjà, ils avaient atteint la rue; mais le petit homme funèbre, cassé en deux sur la[d] rampe comme un guignol bâtonné, entendait encore leurs rires.

La clé[e] de M. Lagave tourna dans la serrure. Alors que sa femme et son fils respiraient, croyant le péril conjuré, il alla à sa chambre. Bien campé devant l'armoire à glace, ses deux jambes courtaudes un peu écartées, il se contempla longuement et se plut. Sa cravate toute faite remise d'aplomb, le binocle redressé, il fit choir du col[f] de sa jaquette quelques pellicules, se haussa sur ses talons comme lorsqu'il pénétrait chez le chef de cabinet et appela sa femme. Les doigts glissés entre deux boutonnières, il l'avertit[g] qu'il avait téléphoné au docteur, que Bob était transportable et devait changer d'air, que le plus tôt serait le mieux. Bob était attendu, le surlendemain, en Gironde, par sa grand-mère Lagave. Prise de court, la mère balbutia que la princesse R... avait offert à Bob de passer le temps de sa convalescence dans sa villa de Cannes, que Bob avait accepté. Augustin arrêta sur sa femme ce regard mort qui toujours l'avait laissée balbutiante, interdite, et il répéta son arrêt : Bob prendrait le train le lendemain soir; sa mère l'accompagnerait jusqu'à Langon et rentrerait à Paris le jour même. Les concierges avaient, d'ores et déjà, ses instructions pour

jeter dehors les rastaquouères et les cocottes que ce
petit misérable attirait ici et qu'elle avait eu l'inconscience
d'introduire dans la maison d'un homme irréprochable.

« Suffit[a] ! Pas un mot de plus. »

Lorsque Mme Lagave pénétra chez Bob pour lui
transmettre la décision paternelle, il était étendu, les
paupières baissées, les bras le long du corps. Il n'avait
pas[b] touché aux pamplemousses, pareils, dans une
assiette blanche, à des fruits de Chanaan. Les bouts
amoncelés des cigarettes fumaient encore. La fenêtre
était ouverte sur la triste cour, découpant un fragment
de ciel, — ciel de juin d'une pureté plus puissante que les
suies[c] et les poussières de la ville. Sa mère fut stupéfaite
de ce qu'il[d] renonçait sans effort à cette villégiature chez
une princesse.

« Ce sera mieux ainsi : j'ai horreur de ces gens.

— Ils ont été si gentils pour toi, Bob ; ce n'est pas bien !

— Ce qu'il y a de plus vil, mère : des gens du monde
qui ne sont que cela. »

Entre les cils, il regardait sa mère.

« Papa a raison[e]... Ils sont à vomir... »

Quelle rancune dans sa voix ! Le coude sur l'oreiller,
le front dans sa main[f], il avait vieilli tout à coup, et sur
sa face mortellement triste, n'apparaissait plus qu'une
ombre de jeunesse et de pureté. Soudain, il sourit et
dit à sa mère :

« Elle sera à Arcachon, en juillet... Qui sait si nous
ne pourrons pas nous joindre ? C'est à quatre-vingts
kilomètres de Viridis... Mais elle a sa dix chevaux.

— Mlle de La Sesque chez ta bonne-maman Lagave ?
Tu es fou, mon pauvre petit ! »

Oui, oui, ils sauraient bien se rejoindre ; et quel
bonheur déjà de savoir qu'elle respirerait, pas très loin
de lui, dans la même contrée...

III

À la terrasse[g] de Viridis, ce soir, Bob Lagave, montrant un point de l'horizon, interroge encore Élisabeth
Gornac :

« Arcachon, c'est par-là ? »

Elle s'étonne de cette insistance :

« Qu'y a-t-il[a] pour vous de si intéressant au bord du bassin[b] ? »

Il répondit à mi-voix, et comme s'il désirait piquer la curiosité d'Élisabeth :

« Quelqu'un. »

Le silence[c] de Mme Gornac le déçut. Il aurait voulu qu'elle insistât; mais comme elle se taisait, il dit encore :

« C'est une jeune fille. »

Mme Gornac hocha la tête, sourit, garda un silence plein de réserve; elle ne[d] posait aucune des questions qu'attendait Bob. Ce ne serait pas encore ce soir que, de confidence en confidence, il oserait enfin la supplier de recevoir à Viridis cette[e] jeune fille. Avec son auto, Paule de La Sesque pourrait venir d'Arcachon et y retourner dans la même journée; mais c'était impossible qu'elle franchît le seuil de Maria Lagave; la terrasse de Viridis était bien le seul endroit où les deux jeunes gens se pussent rejoindre. Pour qu'Élisabeth y consentît, il aurait fallu lui parler longuement de Paule. Une[f] dame de la campagne, aussi peu au courant des mœurs d'aujourd'hui, admettrait-elle qu'une jeune fille parcourût seule cent kilomètres en auto pour passer la journée avec un jeune homme ? Bob en eût désespéré, si la famille de La Sesque n'avait été très connue dans le Bazadais. Un La Sesque avait été ministre d'État sous l'Empire. À demi ruinée par la révolution du 4 septembre[1], et après la vente des métairies (Jean Gornac en avait acheté quelques-unes) la famille s'était fixée à Paris. Bob voulait se persuader qu'Élisabeth Gornac serait flattée d'accueillir cette jeune fille. Mais la dame, fort dévote, voudrait-elle se mêler d'une intrigue amoureuse ?

« À moins de lui faire croire que nous sommes fiancés... »

Ce ne serait pas encore pour ce soir. Là-bas, sur le viaduc, glissait l'express de six heures.

« On commence[g] à sentir la fraîcheur. Il faut partir, mon petit... Grand-mère va vous gronder. »

C'était vrai que Maria Lagave ne supportait[h] pas que les repas fussent retardés d'une minute. Bob, ici, ne respire qu'auprès d'Élisabeth : il a plus besoin qu'il n'imagine de cette atmosphère d'adoration dont ses amis parisiens l'empoisonnent. C'est peu[i] de dire que sur Maria Lagave son charme n'opère pas ; tout en lui exaspère la vieille femme : cravates, chemises de soie, pantalons de flanelle blanche. Le soir, Bob devait attendre que la paysanne fût couchée pour enlever l'épingle de sûreté dont elle joignait les rideaux de l'alcôve, « afin que le drôle ne sentît pas l'air ». Alors seulement, il osait rejeter l'édredon énorme qu'elle exigeait qu'il gardât toute la nuit « pour bien suer ». Surtout, il ouvrait la fenêtre, geste qui aux yeux de Maria Lagave, équivalait à un suicide. Tant de soins dont elle l'accablait, ne faisaient pas illusion à Bob ; aucun sentiment tendre ne l'inspirait :

« Ton père t'a confié à moi, j'en ai accepté la charge ; d'ailleurs, c'est lui qui paie. Quand tu seras revenu à Paris tu pourras t'abîmer la santé ; mais ici, je suis la maîtresse. »

Bob redoute ses yeux de volaille[a] méchante qui le toisent s'il demande d'autre eau chaude pour son tub ou s'il se plaint que les poignets de ses chemises ne soient pas repassés à plat :

« Ton père les a toujours portés arrondis. »

Et ce linge dont il change à tout bout de champ ?

« Ce n'est pourtant pas le travail qui te le fait salir !... Tu ne peux pas attendre la prochaine lessive... Tu ne sais pas ce que coûte une laveuse, maintenant ? »

Élisabeth Gornac regarde s'éloigner Bob, traînant la jambe, — cette douce forme s'effacer[b] dans l'ombre de la charmille. Elle fixe le point de l'horizon qui a retenu les yeux de Bob. Elle songe : « Une jeune fille... » Elle répète à voix basse : « Une jeune fille... » Aucun trouble, d'ailleurs, dans cette femme placide. Il faut aller[c] rejoindre M. Gornac, qui doit se plaindre déjà d'être négligé... Ah ! et puis dire qu'on prépare la chambre de son fils Pierre : il ne s'annonce jamais. Bientôt il sera ici : puissent-ils vivre unis, durant ces quelques semaines de vacances. Élisabeth se promet[d] d'éviter tous les heurts ; elle s'efforcera de ne pas l'agacer, feindra, au besoin, d'adopter ses opinions ; mais Pierre a tôt fait de jeter son grand-père hors des gonds ! Quel abîme entre[e] M. Gornac et son petit-fils ! Nul ne pourrait croire qu'ils sont du même sang : Pierre si religieux, mystique même, « toujours à rêvasser », comme dit le vieux, — si détaché de la terre, de l'argent, socialiste

presque (je vous demande un peu !), toujours le nez
dans ses livres, ou courant la banlieue de Paris et la
province pour faire des conférences. À mesure[a] qu'Élisabeth approche de la maison, elle se représente mieux
ce que sera leur réunion prochaine : les provocations
du vieillard, les paradoxes de Pierre, les gros mots, les
portes claquées. Le plus étrange est que, dans ces disputes, elle, si dévote, se range souvent du côté de
M. Gornac; elle donne presque toujours tort à son fils;
leur commune foi ne les unit guère, mais elle s'accorde
aisément avec le vieux radical.

Dès la première rencontre, M. Gornac l'avait jugée
une fille suivant son cœur. Élisabeth était[b] une « dame
de la campagne », — ce qui ne signifie pas une cavalière
hâlée, rompue à tous les exercices du corps. Une dame
de la campagne se cloître dans son intérieur, ne quitte
guère son parloir ou l'une de ses cuisines. Elle ne sort
jamais sans chapeau, et, même dans son jardin, ne se
hasarde que gantée. La promenade à pied lui fait horreur;
son embonpoint est celui d'une personne qui ne va
jamais qu'en voiture. La blancheur de ses longues joues
tombantes ne s'obtient que dans les rez-de-chaussée
ténébreux.

Élisabeth[c] n'en avait pas moins mené, à sa façon, une
existence active : son père, Hector Lavignasse, ruiné par
le phylloxéra, avait refait sa fortune grâce à une usine de
térébenthine dont il ne se fût jamais tiré sans le secours
de sa fille; elle était admirable pour l'administration et la
comptabilité.

Lorsqu'elle fut devenue Mme Prudent Gornac, son
beau-père s'attacha d'autant plus à elle qu'il put l'associer
à toutes[d] ses entreprises. Il découvrit dans sa bru les
qualités dont justement lui-même se savait démuni :
comme il arrive souvent, cet homme d'affaires était un
médiocre administrateur; retenu par son commerce, par
ses achats de propriétés, par la politique, il ne trouvait
plus le temps d'administrer ses immeubles, ni ses terres,
dont le nombre croissait chaque année. Ses deux fils
(c'était le grand échec de sa vie) ne lui avaient été d'aucun
secours. Sans parler du cadet[e], le demi-fou, parti pour
faire de la peinture à Paris, et dont, un soir, on avait
vu revenir le cercueil sans que personne dans le pays

eût jamais rien su[1] de précis touchant sa mort, — Prudent[a], l'aîné, « tout le portrait de sa pauvre mère, un Péloueyre tout craché », montrait, pour les affaires, une indifférence criminelle : la même que le vieux[b] Gornac a la douleur de retrouver, aujourd'hui, dans Pierre, son petit-fils.

Prudent, sous prétexte de s'occuper des landes, avait vécu dans sa métairie du Bos, servi[c] par la métayère, sans même[d] chasser, « toujours à rêvasser sur des livres ». Il avait eu du succès au collège, et le curé le disait intelligent[e]. Mais son père jugeait que « ça lui faisait une belle jambe ». Follement timide, sauvage même, la santé détruite par les apéritifs et par le vin blanc, dans un pays où ne manquent pas les ours de cette espèce, le fils Gornac, passait pour le plus mal léché. D'ailleurs soumis[f] en tout à son père, à peine s'était-il débattu au moment d'épouser Mlle Élisabeth Lavignasse, de Beautiran. Il avait[g] laissé le vieux acheter les meubles, abattre des cloisons, arrêter les domestiques, et trouvait naturel que, dans les forêts de pins qu'il avait héritées de sa mère, M. Gornac coupât sans l'avertir le bois qui lui était nécessaire.

Il commença pourtant de regimber, lorsqu'il vit son père mander sans cesse Élisabeth à Viridis ou à Bordeaux, et l'y retenir plusieurs jours ; les affaires n'étaient souvent qu'un prétexte. Pour la première fois, le vieillard pouvait parler de ce qui l'intéressait avec quelqu'un de sa famille. Élisabeth aimait la terre, et elle eût volontiers[h] passé sa vie à organiser les conquêtes de M. Gornac. Mais[i] c'était une femme raisonnable, dévouée à son mari et qui connaissait son devoir. Après un an de mariage, Prudent ne buvait plus que ses quatre apéritifs par jour, comme tout le monde ; il se baignait quelquefois, se rasait presque tous les matins.

Élisabeth demeurant sourde[j] aux appels de M. Gornac, c'était lui qui arrivait au Bos, sans crier gare. Avant même que le tilbury fût engagé sur le chemin qui relie la route à la métairie, Prudent reconnaissait les grelots[k], les claquements du fouet paternel ; son cœur se serrait : fini d'être heureux. Ah ! que lui[l] importait que son père s'établît au centre de la table, commandât partout en maître, houspillant les métayers, imposant ses[m] menus, ses manies, ses heures de sommeil et de réveil !

Prudent jugeait que c'était dans l'ordre. Mais il souffrait de ce qu'Élisabeth montrait une surprise joyeuse; elle qui parlait si peu avec son mari, trouvait mille sujets sur quoi interroger son beau-père. Si Prudent, timide, s'en mêlait :

« Ce sont des choses que vous ne connaissez pas... », lui disait-elle.

En vain eût-elle essayé de lui faire entendre de quoi il s'agissait, le pauvre garçon ignorait toujours les tenants[a] et les aboutissants. Son père s'impatientait :

« Tu n'es jamais au courant de rien.

— Mais je ne savais pas... Tu ne m'avais jamais dit...

— Il n'y a que toi qui l'ignores; les autres le savent. Je n'ai eu besoin de rien expliquer à Élisabeth. »

Domestiques et métayers avaient pris le pli de ne s'adresser jamais qu'à madame, et quand ils parlaient de « moussu », ou de « moussu Gornac », ce n'était jamais Prudent qu'ils désignaient ainsi, mais son père.

Durant ses grossesses, Élisabeth avait renoncé à tout déplacement, et le Bos devenait le port d'attache du vieux Gornac. Il y apportait ses livres de comptes[b], qu'Élisabeth compulsait volontiers, sans quitter la chambre d'où, par une nombreuse correspondance, elle régentait le domaine.

« Ah[c] ! ma fille, soupirait le beau-père, quel dommage que je n'aie pas été à la place de Prudent ! Nous[d] aurions fait ensemble de grandes choses. »

Elle protestait qu'elle ne se fût[e] pour rien au monde mariée avec un pareil mécréant. Mais une autre religion les unissait[f] : les pins, la vigne, — la terre, enfin. Ils communiaient dans ce même amour. Si on leur avait ouvert le cœur, on y eût trouvé inscrits les noms de toutes les fermes, de toutes les métairies dont la possession les tenait en joie, les fortifiait[g] aux jours de traverses et de deuil — empêchait qu'aucun drame atteignît en[h] eux le goût de la vie. Quinze jours après le décès de son second fils, Jean Gornac avait acheté[i] « pour un morceau de pain » une pièce de vignes qui touchait à Viridis. Élisabeth avait mis[j] plus de temps, après qu'elle eut perdu ses deux petits, à rouvrir ses livres de comptes et à recevoir ses métayers; mais ce fut tout de même cela qui la reprit avant le reste.

« Cela qui ne nous suit pas dans la mort, c'est entendu,

monsieur le curé, répétait-elle, mais qui dure après nous, tout de même ! »

Élisabeth répétait à son mari[a] :

« Je me demande comment tu ne t'ennuies pas, je ne sais pas ce que je deviendrais au Bos, si je n'avais pas les propriétés. »

Prudent n'osait répondre : « Tu me suffis... », — ces sortes[b] de gentillesses n'ont pas cours chez les Gornac. Il aimait ses terres parce que, sans elles, il n'eût pas épousé Élisabeth, mais il en était jaloux[c] : il souffrait de ce que la nuit, alors qu'une profonde émotion lui défendait[d] toute parole, soudain, s'élevait, dans l'ombre nuptiale, la voix d'Élisabeth :

« Fais-moi penser, demain matin, à te demander ta signature pour le bail Lalanne. »

Élisabeth n'a jamais douté que si elle n'avait pas quitté son mari, durant ce fatal octobre où elle dut aller surveiller les vendanges à Viridis, il ne fût pas mort. Il ne buvait pas avec excès quand elle était auprès de lui ; mais seul, il s'enivrait tous les jours. Aucun doute qu'à jeun, il ne fût pas tombé si maladroitement de la carriole ; il aurait évité cette fracture[e] du crâne. Élisabeth y songeait souvent avec un amer regret, mais sans le moindre remords : elle avait fait ce qu'elle avait dû faire. Une crise de rhumatismes immobilisait le vieux Gornac, au pire moment d'une grève de vendangeurs. La récolte, cette année-là, était magnifique ; les barriques manquaient ; impossible de laisser pourrir le raisin : le blanc pouvait attendre, mais, pour le rouge, c'eût été un désastre. Accourue au premier appel de son beau-père, Élisabeth avait tout sauvé. Elle n'avait même pas eu le temps de répondre aux lettres de Prudent. Le pauvre homme n'avait jamais pu comprendre « le sérieux d'une situation ». Une récolte comme on n'en voit pas tous les dix ans se trouvait en péril, et il n'y attachait aucune importance ; au fond, il n'aimait que ses aises, que sa tranquillité.

Bien des fois, Élisabeth s'est rappelé cette dépêche[f] reçue un soir à Viridis : « Grave accident de voiture ; M. Prudent au plus mal... » Elle était montée avec son beau-père, encore à demi perclus, dans la victoria attelée en hâte. Elle pleurait sous la capote baissée. Arriverait-elle[g] assez tôt pour lui fermer les yeux ? Avait-il vu le

prêtre ? M. Gornac essayait de reconstituer l'accident :
« Voilà comment les choses ont dû se passer... »
Il fallait que son esprit s'attachât à du concret. Et
parfois :
« Est-ce*a* que vous avez écrit à Lavergne, pour les
barriques ?
— Mais oui, père : ne vous tourmentez pas. »
Il ramenait, dans un grand effort, sa pensée vers son
fils agonisant. Il souffrait : la famille était atteinte; ses
deux enfants l'avaient précédé dans la mort; seul, lui
survivrait un petit-fils qui n'aimait pas la terre. Il avait
ce sentiment, qui toujours lui avait été insupportable,
qu'une affaire importante avait été mal engagée, qu'une
partie était au moment d'être perdue sans qu'il pût
rien faire pour la rétablir. L'homme Prudent Gornac
pouvait disparaître sans lui manquer beaucoup; mais
la mort du dernier fils Gornac était un désastre. Après
tout*b*, pourquoi songer à ce qu'il laisserait derrière lui ?
Il n'avait que soixante et onze ans; son père avait vécu
jusqu'à quatre-vingt-quatre... Il aurait sa bru tout à lui :
« Pourvu qu'elle ne se remarie pas... »
Il prononça à mi-voix :
« Ce serait le bouquet*c* !
— Que dites-vous, père ?
— Rien, ma fille, rien... Voici le Bos, nous*d* approchons. »
Mais, dans son esprit, il combinait déjà un testament en
faveur de sa belle-fille, à condition qu'elle ne se remariât
pas*e*.
Il pensa de nouveau à Prudent, essaya de se représenter le cadavre, fit un effort pour éprouver les sentiments qui convenaient à la mort d'un fils. À ses côtés,
Élisabeth, elle aussi, ramenait patiemment son esprit
sans cesse évadé hors de sa sincère douleur*f*. Elle pensait
à sa vie, à ce qu'allait être sa vie : une situation nouvelle..., une vie nouvelle... Son fils Pierre avait alors
douze ans. Quels étaient les droits de la veuve ?...
Communauté réduite aux acquêts... Mais il n'y avait pas
eu d'acquêts. Elle croyait se souvenir que la veuve avait
droit au « préciput ». Qu'est-ce que le préciput ? Elle
ne pouvait en parler encore à son beau-père. Pierre,
lorsqu'il serait majeur, ne se mêlerait de rien : au fond,
tout le portrait du pauvre Prudent. Pauvre Prudent !

Il faut prier pour lui ; elle a oublié son chapelet ; elle le récitera sur ses doigts. Ainsi, sa pensée ne vagabondera plus.

Dès que la victoria se fut engagée sous les chênes du Bos, Élisabeth souffrit enfin. Un métayer surgit de l'ombre, sauta sur le marchepied[a], raconta en patois l'accident. Le pauvre « moussu » respirait encore...

La reconnut-il ? Il tournait vers elle un œil sans regard. M. le curé affirmait[b] :

« Il me comprenait... Il me serrait la main... »

IV

Dix ans après ce deuil, c'est pourtant[c] cette femme forte, cette femme d'affaires, comme le vieux Gornac appelle sa bru, qui, ce soir, sur la terrasse de Viridis, s'accoude à la place où le petit Lagave était tout à l'heure étendu. Elle ne s'inquiète pas de savoir où en est le dernier sulfatage, ni si le moteur a été réparé ; elle pense à cette jeune fille qu'aime Bob. Un train rampe[d], là-bas, sur le viaduc, — celui qui, un de ces soirs, ramènera son fils Pierre... Pierre a-t-il jamais aimé ? A-t-il jamais été aimé ?

« C'est un garçon raisonnable, a coutume de répéter Élisabeth. Nous sommes[e] bien tranquilles : il ne fera jamais de bêtises, celui-là. D'abord, il a des principes, peut-être même un peu trop rigides. Il aurait une tendance à se dépouiller de tout ; il est trop généreux ou, plutôt, il ne sait pas ce qu'est l'argent qu'on a gagné ; ce qu'il possède ne lui a rien coûté, n'est-ce pas ? Il ne connaît pas la valeur de l'argent... »

Ce soir, Élisabeth se souvient[f] que l'an dernier, comme son fils refusait d'aller danser au château voisin de Malromé, et qu'elle insistait, le traitant d'ours et de sauvage, Pierre répondit :

« Je danse mal ; et puis, j'assomme les jeunes filles. Elles me trouvent trop sérieux ; elles n'aiment que ceux qui font la noce... »

Élisabeth, furieuse, s'était écriée :

« Laquelle veux-tu ? Fais un signe et tu l'auras... Un parti comme toi ! »

Répéterait-elle, ce soir, de telles paroles ? Un absurde sentiment se fait jour[a] en elle : de l'humiliation parce que Pierre n'a pas de succès féminins, parce qu'il ne plaît pas aux femmes[1] ! Serait-elle[b] flattée qu'il fût, comme le petit Lagave, suivi à la trace, pourchassé ?

Elle remonte par les[c] charmilles, heurte à la porte des Galbert, qui ont fini[d] de souper et qui, à son entrée, se lèvent. Il ne reste que les pièces du bas à sulfater. Il faudra laisser reposer les bœufs demain matin. L'Italien que Galbert a embauché travaille comme un cheval. La vigne a besoin d'eau : un orage suffirait; il suffit d'un orage. Oui, mais on appelle la pluie et c'est la grêle qui vient.

« La petite La Sesque ? C'est la petite La Sesque, votre jeune fille ?

— Vous la connaissez donc ? »

Bob Lagave tourna vers Élisabeth son visage soudain illuminé, plein de feu. Il était assis sur la terrasse, les jambes ballantes; et Élisabeth Gornac, debout près de lui. Dix heures : sur la vigne, la brume tremblait.

« La dernière fois[e] que je l'ai vue, elle était dans les bras de sa nourrice. Mais sa mère et moi, nous nous appelons par nos prénoms. D'ailleurs, nous sommes cousins... Je ne saurais très bien vous dire comment... Au fait, si... et même cousins assez rapprochés : l'arrière-grand-mère de la petite était la demi-sœur de mon grand-père. Oui, un La Sesque s'était marié deux fois; sa seconde femme était une Lavignasse. Et comme il avait épousé en premières noces[f] une Péloueyre, par ma belle-mère, nous sommes parents de ce côté-là aussi... Mon pauvre Bob, je vous ennuie... »

Non, elle ne l'ennuyait pas. Paule pourrait venir ici. Il allait la voir...

« Puisque[g] vous êtes intime avec les La Sesque...

— Intime ? Comme vous y allez ! Vous savez que les La Sesque sont ruinés ? Ils ont vendu leurs propriétés au plus mauvais moment. Mon beau-père a eu la Ferrière pour un morceau de pain. Et puis, ils sont allés habiter Paris. On se demande comment ils font : ces dames ont des toilettes comme je n'en ai jamais eu. On dit qu'ils mangent leur capital. C'est possible, mais tout a une fin. Je ne critique personne, mais tout ça ne me plaît pas beaucoup. Ce sont des bohèmes, c'est le genre artiste, ce n'est pas le nôtre.

— Oui, mais vous trouveriez naturel, si Paule de La Sesque avait une panne d'auto près d'ici, de l'accueillir, le temps qu'il faudrait...

— Cela va de soi...

— Eh bien ! si je vous disais qu'elle se produira, un de ces jours, cette panne... »

L'œil câlin, il cherchait le regard d'Élisabeth Gornac qui devint très rouge et l'interrompit d'un ton sec :

« Je vous vois venir. Pour ça, non, mon petit. Ne me mêlez pas à vos histoires. »

Il protesta[a] qu'il ne s'agissait pas d'une intrigue, que Paule et lui se considéraient comme des fiancés.

« Vous ? fiancé à Mlle de La Sesque ? »

Elle riait, elle riait trop fort, trop longtemps. Bob serra les lèvres, ferma à demi[b] les yeux comme lorsqu'il avait peur de montrer qu'il était blessé; et sa voix se fit plus douce, signe, chez lui, de fureur contenue :

« Oh ! vous savez, les La Sesque ont les habitudes de Paris : ne vous faites pas d'illusions. Pour les gens du monde, à Paris, vous, moi, les La Sesque, c'est la même fournée... Il y a cette différence, pourtant, que, moi, on me reçoit dans des salons où les La Sesque ne mettront jamais les pieds... »

Impossible[c] de se contenir plus longtemps. Depuis sa maladie, Bob ne dominait plus ses nerfs... Élisabeth s'inquiétait de l'avoir mis hors de lui; elle ne pensait qu'à sa santé.

« Voyons, ne soyez pas insolent. Vous ne m'avez pas comprise : c'est à cause de votre âge que je ne vous imaginais pas fiancé. »

Il s'efforçait de reconquérir son calme.

« Quand[d] je dis que nous sommes fiancés... Les parents n'en savent rien, je l'avoue; ils seraient furieux; ils cherchent le sac, naturellement ! Mais, écoutez-moi ! Quand vous aurez vu Paule, vous comprendrez que j'aie pu vous demander ce service... Elle ne ressemble pas aux autres jeunes filles... Elle ne peut pas faire le mal...

— Attendez[e]... Je me souviens, maintenant. Qui donc m'a parlé, en effet, de Paule de La Sesque avec admiration ?... Mais c'est Pierre... Il l'a rencontrée,

l'année dernière, dans un pique-nique... Il disait : " Enfin,
une jeune fille avec qui l'on peut causer[1] !"

— C'est vrai qu'on peut causer avec elle, même quand
on est aussi instruit que doit l'être Pierre. Il va bien,
Pierre ? Vous n'avez pas encore de lettre ?... Je ne l'ai
guère revu[a] depuis l'époque où nous jouions ici ; à
peine l'ai-je aperçu, l'an dernier... Mais déjà, à douze ans,
vous vous rappelez, il avait toujours un bouquin dans
sa poche.

— Oui[b], pour cela il est bien le fils de son pauvre
père, qui ne sortait jamais même pour une courte promenade, sans un livre... Il peut arriver ici d'un jour à
l'autre... Il a la manie de ne pas avertir.

— Ce qui est[c] inimaginable, madame, c'est qu'une
jeune fille comme Paule ait jeté les yeux sur moi... Non,
ne riez pas : je vous jure qu'il n'y a rien entre nous.
Quand vous la verrez, vous comprendrez...

— Vous vous embrassez tout de même ? Allons,
avouez-le... Hein ? »

Élisabeth s'éventait avec son mouchoir. Il répondit
simplement :

« Je baise son front, ses cheveux, ses yeux, sa main.

— Que voulez-vous faire de plus ? »

Il dévisagea avec étonnement cette personne placide,
éclata d'un rire un peu canaille, murmura :

« Ce que vous êtes peu à la page ! Mais il n'y a pas
deux jeunes filles comme Paule de La Sesque, vous
entendez : je n'en connais pas deux...

— Parlez pour Paris. Nous autres, en province...

— Les filles d'ici ? Ah ! là ! là ! »

Il riait encore, bassement.

« Non, madame, je m'y connais ; il n'y a que Paule,
je vous assure[d]. »

Il balançait ses jambes et regardait au loin. Élisabeth
détourna les yeux de ce visage ; elle céda au désir de le
rendre heureux :

« Hé bien[e] ! je l'accueillerai volontiers ; mais pour
un jour ou deux : le temps de réparer une panne.

— Vous ferez cela ?

— J'ai peut-être tort... »

Déjà, il était debout, baisait les mains de Mme Gornac.

« Je vais lui écrire ; je porterai la lettre à Langon pour
qu'elle parte ce soir. »

Il s'éloigna, rapide. Élisabeth lui cria :

« Ne courez pas... Vous allez vous mettre en nage... »

Mais il était trop loin pour l'entendre. Il régnait une fraîcheur de cave, chez sa grand-mère ; sûrement, il allait attraper du mal. Elle avait eu tort de se laisser arracher cette promesse. Après tout, elle ne risquait rien. Que dirait son beau-père, s'il se doutait qu'elle pût prêter la main à de telles manigances ?

« Le fait est que ça ne me ressemble pas. Je suis trop faible avec ce petit. »

Faudrait-il le dire à son confesseur ? Bob avait juré qu'il ne faisait rien de mal.

« Mais[a] les La Sesque seraient en droit de me reprocher... Je comprends que ce mariage serait pour eux un désastre... Leur fille déclassée... Et puis, ce sera la faim et la soif... »

Comme elle remontait[b] par les charmilles, préoccupée, les yeux à terre, elle vit un foulard d'indienne que Bob, en courant, avait perdu ; elle le ramassa. Le garçon avait dû le trouver dans une armoire de sa grand-mère ; mais, porté par lui, ce foulard paysan venait de chez Barclay, sentait la nicotine et l'ambre. Élisabeth le mit dans son sac à ouvrage, et comme elle passait devant chez Galbert, elle aperçut M. Gornac, debout contre la porte ouverte, soulevant d'une main le lambeau d'étoffe qui cachait à demi l'entrée. C'était l'heure du déjeuner des Galbert ; mais il ne leur laissait jamais de répit, n'admettait pas que ses gens eussent d'autres soucis que les siens. Élisabeth[c] l'appela d'une voix irritée :

« Voyons, père, laissez-les déjeuner tranquilles... D'ailleurs, vous pouvez vous rapprocher de la maison : on va servir. »

Il s'appuya au bras de sa belle-fille, en bougonnant : elle avait oublié d'avertir Galbert qu'à cause de la chaleur, la sieste durerait jusqu'à quatre heures et que les hommes travailleraient après le coucher du soleil. Elle n'écoutait pas ses explications, obsédée par cette histoire du petit Lagave. Elle n'aurait pas dû consentir... Une femme de son âge ! elle donnait raison à M. Gornac, qui lui répétait, comme il entrait dans la salle à manger.

« Vous n'avez plus la tête à rien, ma fille. »

Non, elle n'avait plus la tête à rien ; il fallait y mettre bon ordre. Eh bien ! après déjeuner, elle traverserait

la route, irait chez Maria, pour avertir Bob de ne plus
compter sur son aide. La vieille ne trouverait-elle pas
cette visite étrange ?

« Je dirai que je rapporte à Bob le foulard qu'il a
perdu. »

« Madame Prudent ! par cette chaleur ! »

Maria Lagave dévisageait Élisabeth écarlate. La cuisine
était fraîche et sombre; des mouches agonisaient en
bourdonnant sur des papiers englués.

« Il fait*a* si chaud qu'on ne peut même pas sortir les
bœufs... Il n'y a que Robert pour courir les routes, à
cette heure.

— Ah ! il n'est pas là ? Je lui rapportais justement ce
foulard...

— Vous êtes bien bonne... Vous déranger pour ce
drôle, et avec ce soleil ! Vous auriez aussi bien pu le
lui remettre quand il ira chez vous; il y est tout le temps
fourré. Comme je lui dis : " Tu n'as pas de discrétion. " »

La vieille ne levait pas le nez de son tricot. Qu'imaginait-elle*b* ? Élisabeth dit :

« Chez nous, il fait aussi chaud dedans que dehors.
Et puis, je suis restée assise toute la matinée : cela me
fait du bien de marcher. Alors, il est sur les routes, par
ce temps ?

— Une lettre pressée, qu'il dit. Je vous demande un
peu ! Comme si les lettres de ce garçon, qui n'a jamais
rien fait de ses dix doigts, ne pouvaient pas attendre !
Mais non; il fallait que cette lettre partît coûte que
coûte, ce soir même. Lui qui est le plus grand fainéant
que la terre ait porté, et qui n'aurait pas idée de se lever
pour ramasser mes ciseaux, il est parti pour Langon à
bicyclette. Moi, je n'ai pas voulu exposer le cheval à un
coup de sang : on sait ce que coûte un cheval, aujour-
d'hui. Je vous assure que lorsque quelque envie le
travaille, il n'est plus fatigué. Si vous l'aviez vu ! Sûrement, une sale histoire de femme...

— Vous savez, Maria, les jeunes gens...

— Oui, oui : il y en a qui s'amusent, mais ils travaillent aussi. Chaque chose en son temps. Le nôtre,
voyez-vous, c'est un propre-à-rien, pour ne pas dire
plus. Son pauvre père n'avait pas mérité ça. On n'a pas
raison de dire : " Tel père, tel fils ", madame Prudent. »

Élisabeth rentra dans la fournaise extérieure, traversa la route vide. Tout ce qui au monde avait une tanière, s'y était tapi[a].

« Le vin est tiré... », murmura-t-elle.

Après tout, ce n'était pas si grave. Cette petite La Sesque avait l'âge de raison ; par exemple, elle le répéterait à Bob : c'était la dernière fois qu'elle se mêlait de ses histoires. Et si Pierre se trouvait à Viridis, au moment de la panne ? Eh bien ! il croirait à l'accident... Il n'était pas si malin... Élisabeth s'étendit dans le salon sombre. Au second[b] étage, elle entendait les ronflements du vieux Gornac. Le soleil avait enchanté le monde, l'avait frappé de stupeur ; pas même un chant de coq : il régnait seul. Des[c] êtres qui s'aimaient, peut-être profitaient-ils de cet universel engourdissement. Dans les vignes endormies, au fond des chais ténébreux, des mains se cherchaient, des yeux se fermaient en se rapprochant. Le monde[d], jusqu'à quatre heures, demeurait vide, accueillant pour ceux qui n'ont pas peur du feu ; que craindraient-ils ? Cette ardeur prolonge leur ardeur et l'argile ne brûle pas plus que leurs corps. Élisabeth Gornac s'endormit[e][1].

V

Trois jours plus tard, ce fut à la même heure, dans le temps de la plus grande torpeur, que Bob ouvrit la porte du vestibule, et une voix jeune de femme répondait à la sienne. Élisabeth se leva, embrassa d'un seul regard ce couple sur le seuil du salon. Elle vit Paule se dépouiller d'un léger manteau et apparaître, drue, sous une robe de tennis. Quand la jeune fille eut enlevé son chapeau, Élisabeth fut choquée par cette tête de garçon brun, de beau garçon intelligent. Cependant[f], la dame parlait comme les timides, à perdre haleine, interrogeait la chère petite sur ses parents. La vie de province devait lui peser, quand on est habitué à Paris... Ici, il n'y avait pas beaucoup de distractions... Elle s'aperçut que les jeunes gens n'essayaient même pas de répondre, interrompit son verbiage. Alors, Paule la remercia de lui

avoir fait confiance, l'assura qu'elle n'aurait aucun sujet
de s'en repentir. Élisabeth demanda, avec un rire forcé,
si la panne serait réparée avant la nuit. Bob répondit
que Mlle de La Sesque comptait repartir le lendemain,
à la fin de la journée.

« Mais ce soir, nous dînerons à l'auberge de Langon.
À cause de M. Gornac, ça vaut mieux.

— Je vais donc préparer votre chambre... Vous ne
voulez pas monter ? Oui, je vois que vous êtes vêtue de
toile... Je vous laisse. Vous devez avoir*a* beaucoup à
vous dire : je vous abandonne le salon. »

Ils échangèrent un regard, protestèrent que la chaleur
ne les effrayait pas. Élisabeth*b*, alors, ouvrit elle-même
la porte du côté du midi, les regarda s'éloigner. Ils
disparurent*c*. Elle monta à l'étage des chambres, pénétra
dans celle qui était déjà préparée depuis la veille et
s'assura qu'il n'y manquait rien; puis, par les volets
entrebâillés, son regard plongea dans le jardin. Le même
silence y régnait que chaque jour, à la même heure.
Aucune parole humaine n'y était perceptible. Aucune
branche ne craquait : rien que la prairie murmurante
et qu'une cigale acharnée; et parfois, un oiseau n'achevait
pas sa roulade, comme en rêve. Non, rien ne trahissait,
dans le jardin assoupi, leur présence.

« Ils ne font*d* pas de bruit, ils ne sont pas gênants. »

Ainsi se rassurait Élisabeth. Mais elle se souvint*e* que,
jeune mère, elle s'inquiétait quand Pierre jouait sans cris.
N'avaient-ils donc rien à se dire, ces deux enfants ?
Où étaient-ils assis ? sur quel banc ? ou dans quelle
herbe, côte à côte, étendus ?

M. Gornac*f*, du rez-de-chaussée, l'appela. Elle tressaillit, ferma les persiennes, puis la fenêtre.

« Me voilà, père ! »

Il était assis dans le billard, son vieux panama roux
sur la tête.

« J'ai voulu sortir. Cette sacrée chaleur m'a étourdi.
C'était pour aller voir, depuis la terrasse, s'il n'y a pas de
fumée du côté des landes. Allez-y donc, ma fille. Vous
savez dans quelle direction il faut chercher le Bos ?
Placez-vous entre le troisième et le quatrième tilleul.
Beau temps pour la vigne, mais fichu temps pour les
pins ! »

Tous les étés, aussi loin qu'allait son souvenir, lui

avaient donné du tourment : torrides, le feu dévorait les
pignadas; pluvieux, la vigne souffrait. Élisabeth songea
qu'il aurait pu rencontrer Mlle de La Sesque et Bob;
elle fut au moment de lui servir la fable de la panne,
dès longtemps préparée. Mais, devant l'inévitable scène,
elle se sentit sans courage : après tout, puisque la jeune
fille ne dînait pas ce soir, et qu'elle ne rentrerait qu'à
l'heure où M. Gornac était depuis longtemps endormi,
mieux valait courir la chance de ne rien lui dire. Peut-
être ne s'apercevrait-il pas de cette présence étrangère.
Sauvage, il détestait les figures inconnues, « s'esbignait »,
comme il disait, dès l'annonce d'une visite; et lorsqu'une
automobile franchissait le portail, il courait du côté
des vignes, se cachait jusqu'à ce que l'ennemi eût levé
le camp.

« Alors, vous reviendrez me dire si vous avez vu de
la fumée ? »

Élisabeth traversa la cour, pénétra sous les charmilles[a].
Le couple, pourtant, ne pouvait être qu'ici, tapi dans ce
petit espace : les charmilles, ce bosquet à droite, et à
gauche le verger. Aux alentours, il n'y avait rien que les
vignes sous l'azur blême. Tel était[b] l'engourdissement
du monde, qu'Élisabeth aurait dû, songeait-elle, entendre
leurs souffles confondus, le battement même de leurs
deux cœurs. Elle suivait l'allée des tilleuls qui, à l'est,
prolongeait la terrasse. Elle s'arrêta entre le troisième
et le quatrième tilleul, devant la part d'horizon où
s'étendaient les forêts de la famille. Elle leva[c] la tête,
tressaillit : oui, un voile fuligineux cachait le ciel. Les
gens[d] de la ville eussent cru que c'était un orage, mais
elle eut[e] vite fait de reconnaître la colonne étroite et
rousse à la ligne d'horizon, puis qui s'étendait en éventail sur l'azur sali. À ce moment, le vent du sud froissa
les feuilles flétries des tilleuls, épandit sur les vignes le
parfum des pins consumés[f]. Élisabeth se fit à elle-même
le raisonnement qui l'aidait, en de telles circonstances,
à calmer son angoisse[g] :

« Le feu brûlait du côté du Bos, mais ce pouvait aussi
bien être à cinquante kilomètres au-delà. »

Impossible[h] de mesurer la distance, à vingt lieues près.
L'année où les landes brûlèrent en bordure de la mer,
comme le vent portait, il pleuvait de la cendre jusqu'ici...

Il fallait, pourtant, aller le dire à son beau-père :

« Dans quel état je vais le mettre ! »

Elle pensait bien moins à ses pins, peut-être détruits, qu'à l'insupportable agitation du vieux Gornac. Si, toujours, Élisabeth avait été frappée du calme surnaturel de ces après-midi d'août sur les vignes, alors qu'à quelques lieues, des forêts vivantes, dans un immense crépitement, étaient anéanties, ce jour-là, elle s'étonnait d'être plus sensible encore à ce silence : un autre incendie couvait, tout près d'elle, à deux pas, — peut-être derrière ce massif de troènes. Le feu pouvait s'étendre dans la direction du Bos; ce[a] n'était pas à ces milliers d'arbres qu'elle pensait, mais à deux corps étendus elle ne savait où, — à un jet de pierre, sans doute; si près de l'allée où elle demeurait immobile, que sans ce vent du sud chargé d'odeurs de résine brûlée, elle aurait entendu... Qu'aurait-elle entendu ?

Elle s'obstinait[b] à penser à cela, devant cette fumée immense du côté des landes auxquelles son cœur tenait par un attachement si fort. Elle passa[c] ses deux mains sur sa figure moite, regarda ses bras, sentit soudain le poids de son corps alourdi. Comme elle[d] se fût pincée au moment de s'évanouir, elle se répéta :

« Si les pins du Bos brûlent, il faudra les vendre à vil prix; les semis ce[e] serait pire : la perte sèche... »

Mais cette pensée même ne l'arrachait pas[f] à son état d'hébétude, à la monstrueuse indifférence qui la tenait immobile au milieu d'une allée, sous le soleil de trois heures, dans ce jardin dont elle ne reconnaissait plus le silence.

« Il faut aller[g] le dire à père... Cela va le rendre fou... Comment, si près de la mort, et lorsqu'il va falloir tout quitter, peut-on demeurer à ce point occupé des biens de ce monde ? »

Cette réflexion chrétienne lui était familière; mais elle ne la faisait jamais qu'à propos du vieux Gornac, et ne se l'était jamais appliquée. Aujourd'hui, pour la première fois, elle comprend ce que signifie : tout quitter; elle éprouve que ce qui brûle là-bas, quoi qu'il advienne, doit lui être arraché, qu'elle ne possède rien, qu'elle est déjà nue sur cette terre insensible, dont elle sait que le père Gornac a fait recouvrir, brouette par brouette, la tombe où ils doivent être, un jour[1], couchés côte à

côte, avec Prudent, avec le frère de Prudent; et les deux
petits cercueils de ses derniers-nés... Mais quoi ! ce
garçon et cette jeune fille qui, tout près d'elle, se cachent,
seront séparés*a* un jour, eux aussi.

« Non, ce n'est pas la même chose ! Ce n'est pas la
même chose !... » répète-t-elle à mi-voix.

Elle ne saurait exprimer ce qu'elle éprouve; elle ne le
voit pas très clairement : pour éphémère que soit tout
amour elle pressent qu'il est une évasion hors du temps;
et sans doute il faudra rentrer, tôt ou tard, dans la geôle
commune, mais il reste de pouvoir se dire :

« Au moins, une fois, je me suis évadé; au moins,
une fois, une seule fois, j'ai vécu indifférent à la mort
et à la vie, à la richesse et à la pauvreté, au mal et au bien,
à la gloire et aux ténèbres, — suspendu à un souffle;
et c'était un visage qui, paraissant et disparaissant, faisait
le jour et la nuit sur ma vie. Une fois, cela seul, pour
moi, a mesuré la durée : le battement régulier du sang,
lorsque je me reposais sur une épaule et que mon oreille
se trouvait tout contre le cou. »

Élisabeth répétait : « Ce n'est pas la même chose... »,
sans pouvoir s'expliquer pourquoi la mort, qui devait
l'arracher à jamais à ses vignes et à ses forêts, n'aurait
pas été si puissante contre son amour, — l'amour qu'elle
n'avait pas connu. Quoi qu'il*b* pût leur arriver, le petit
Lagave et la jeune*c* fille auraient cette après-midi éternelle*d*. Quel silence ! Élisabeth imaginait que ce n'était
pas le soleil d'août, mais ce couple muet qui suspendait
le temps, engourdissait la terre. Bien que toutes ces
pensées demeurassent confuses dans son esprit, elle
ressentait fortement une indifférence à tout ce qui lui
avait été, jusqu'à ce jour, l'unique nécessaire, — un
tel détachement, qu'elle eut peur*e* :

« Je suis malade... Mais bien sûr : c'est l'âge, peut-
être... »

Elle se souvint d'une de ses amies, une femme pondérée, qui, vers quarante-huit ans, passa pour folle.
Elle frotta de sa main gauche son bras nu, la fit glisser
sur sa croupe, puis le long de la cuisse :

« Assez de bêtises, se dit-elle. Allons avertir père. »

Mais ayant de nouveau regardé du côté du Bos, elle*f*
vit que la colonne fumeuse s'était diluée dans l'azur;
à peine si de légères vapeurs traînaient encore au-dessus

des landes. Le feu avait été vaincu. Inutile d'inquiéter le
vieux. Déjà, le monde s'éveillait; des dos roux de bœufs
émergeaient des vignes et une voix d'homme les appelait par leurs noms.

« Assez de bêtises, se disait Élisabeth. Assez de
bêtises... »

Elle pénétra dans le billard[a] :

« Rassurez-vous, père, le ciel est pur du côté du Bos. »

M. Gornac[b], assis devant des livres de comptes, releva
sa vieille tête. Il dit que quand la résine était chère, on
pouvait être tranquille : les métayers veillaient. Et puis,
il y avait de moins en moins de troupeaux dans la lande :

« Moi, j'ai toujours cru que ce sont les bergers qui
mettent le feu. »

Elle sortit de nouveau; le soleil, déjà bas, allongeait
son ombre. Elle prit l'allée à droite des charmilles et
soudain, à l'autre extrémité, aperçut le couple qui remontait vers la maison. Ils ne se parlaient pas, se tenaient
par un doigt, comme font les paysans. Paule avait une
robe de toile qui, à chaque pas, dessinait ses cuisses
longues; ses pieds étaient nus dans des espadrilles; sur
l'une de ses jambes brunes, il y avait du sang. La chemise
du petit Lagave était ouverte. Une douleur fulgurante
cloua Élisabeth. Son visage[c] n'en devait rien trahir,
car les jeunes gens lui souriaient; ils se rapprochaient.
Ils lui paraissaient transparents et comme diaphanes.
Élisabeth n'avait[d] jamais vu ces yeux appesantis; elle
n'avait jamais vu, sous des paupières, dormir cette eau
trouble, — ce secret d'ardeur, de fatigue, de ruse. Elle
n'avait jamais vu de près aucun visage; elle n'avait
jamais été attentive, jusqu'à ce jour, à des yeux vivants.
Encore cette douleur qui lui fit porter la main à son
front. Bob lui cria :

« Qué calou ! » (quelle chaleur !)

Paule promena ses lèvres le long de son bras et dit :
« Mon bras est salé. »

Bob ayant répondu : « Je le savais... », ils éclatèrent
de rire. Élisabeth leur dit de ne pas rentrer encore.
Mieux valait que M. Gornac ne les vît pas.

« Je vais vous porter à boire sur la terrasse. »

Ils la remercièrent du bout des lèvres; ils se regardaient, ne la voyaient plus. Ils redescendirent, ne s'inquié-

tant même pas de savoir si Élisabeth les observait, et, déjà immobiles, les visages confondus, ils demeuraient[a] pétrifiés. Et elle aussi, la lourde femme, à demi tournée vers ce couple, ne bougeait pas, statue de sel[b1].

Elle rentra dans la maison par la cuisine, pour échapper au vieux Gornac. Les domestiques faisaient la sieste. Elle emplit une carafe d'eau fraîche dans l'office, prit la bouteille d'orangeade et deux verres et, de nouveau, se hâta vers la terrasse. Paule de La Sesque s'y détachait seule sur le ciel.

« Bob va revenir : il est allé chez lui chercher un costume de bain. Nous allons descendre en auto jusqu'à la rivière ; il se baignera ; puis, nous irons dîner à Langon. Bob me ramènera... Vers quelle heure dois-je rentrer ? Ai-je la permission de minuit ? »

Aucune gêne dans sa voix : elle n'imaginait évidemment pas que sa conduite fût répréhensible. Élisabeth la rassura : par ces temps[c] de grosse chaleur, elle se couchait tard pour profiter de la fraîcheur[d] nocturne ; au reste, mieux valait que la jeune fille ne rentrât que lorsque M. Gornac serait couché et endormi.

« La porte ne sera pas fermée à clé. N'ayez pas peur du chien ; il est attaché. »

Paule de La Sesque observait, au bas de la terrasse, le chemin entre les vignes par où Bob devait revenir. Cependant, elle s'efforçait de « faire un frais », comme disait Bob :

« Je n'oublierai jamais, madame, que nous nous sommes fiancés sous vos charmilles...

— Fiancés !... Mais vos parents ?...

— Ce sera dur... D'autant que je suis demandée par le fils... Mais ce ne serait pas discret de vous dire le nom : un des plus gros propriétaires du Bazadais. Vous le connaissez sûrement. Oui, je vais leur porter un coup... Mais eux-mêmes ont-ils jamais pensé à autre chose dans la vie qu'à leur plaisir ?

— Ma chère petite, en l'occurrence, ils ne penseront qu'à vous, qu'à votre bonheur...

— Je suis seule[e] juge de mon bonheur. Vous qui connaissez Bob...

— Il est très gentil ; mais moi à votre âge, je n'aurais jamais consenti à épouser un garçon si jeune. Je voulais un homme sérieux, un homme fait, mûri par la vie et sur lequel je pusse m'appuyer... »

Elle répétait par habitude ces formules qu'elle avait toujours entendues dans sa famille. Toutes les filles, par principe, y méprisaient la jeunesse de l'homme, n'aspiraient qu'à la couche d'un « monsieur », de quelqu'un d'établi : importance, corpulence, calvitie. Comme elle répétait : « Un homme fait..., un homme fait... », ne perdant pas des yeux, elle non plus, le chemin par où allait surgir le petit Lagave, Paule l'interrompit :

« Moi, j'aime mieux un homme à faire... Tout est à faire ou à refaire dans Bob. Oh ! je n'ai pas d'illusions; je l'aime comme ça... Le voilà ! »

Il courait, il agitait au bout de son bras nu un caleçon minuscule. Il cria, essoufflé :

« Vous avez demandé à Mme Gornac ?...

— Voyons, Bob, je vous en prie... »

Paule avait rougi; et comme Élisabeth demandait : « De quoi s'agit-il ? » le jeune homme, malgré les protestations de la jeune fille, assura qu'elle était désolée de ne pouvoir se baigner, faute de costume, et qu'il lui avait soufflé d'obtenir de Mme Gornac le caleçon dont se servait Pierre[a] :

« Un caleçon très convenable, qui lui montait jusqu'au cou... Je l'ai vu l'an dernier... Il flottait un peu autour de Pierre... Mais vous, Paule, vous le remplirez bien.

— Je vous supplie, madame, de ne pas le croire, je plaisantais... »

Elle donnait à Bob des coups de coude pour qu'il n'insistât plus. Élisabeth, en effet, détournait d'eux un visage sévère. Elle était choquée; elle croyait être choquée. Au vrai, cela, surtout, l'avait assombrie : l'image de son fils Pierre, réduit, efflanqué, dans un caleçon trop large boutonné jusqu'au cou. Paule, maladroitement, parla de lui :

« Quand vous verrez votre fils, veuillez me rappeler à son souvenir. Quel plaisir j'ai eu à causer avec lui, l'an dernier, durant ce pique-nique ! On ne rencontre pas souvent dans le monde un garçon de cette valeur... Que vous êtes bête, Bob, de rire comme ça... Pourquoi riez-vous ? Vous n'avez pourtant pas bu ?

— Si ! de l'orangeade. Je ris pour rien. Ne suis-je pas libre de rire pour rien ? D'ailleurs, vous riez aussi...

— Quel idiot vous êtes ! »

Ils se moquaient de son fils. Élisabeth souffrait, se disant :

« Ils ne lui vont pas à la cheville. »

Ils ne lui allaient pas à la cheville, mais se poursuivaient dans ce jour à son déclin, face aux landes et au pays de Sauternes, sur la terrasse embrasée. Elle dit :

« Bob, ne vous mettez pas en nage, puisque vous voulez vous baigner... »

Puis, elle remonta vers la maison, sans tourner la tête.

VI

« Vous ne montez pas encore, ma fille ?

— Non, père : je veux profiter un peu de la nuit.

— Méfiez-vous du serein : c'est quand on a eu très chaud pendant le jour que l'on attrape du mal... Alors, vous ne montez pas ? »

M. Gornac détestait que ses habitudes n'eussent pas pour tous, dans la maison, force de loi. Élisabeth lui cédait presque toujours. Mais, ce soir, il fallait attendre le retour de la jeune fille.

« Vous mettrez la barre à la porte.

— Oui, père, ne vous inquiétez pas.

— Si vous attrapez un rhume, ce ne sera pas faute d'avoir été avertie. Je me demande, ma pauvre fille, vous toujours si active, quel plaisir vous pouvez éprouver à demeurer assise, sans rien faire, dans le noir... Enfin, vous n'êtes plus une enfant. Bonne nuit ! »

Il ferma derrière lui la porte du vestibule. Élisabeth poussa un soupir. Elle était assise sur le banc du seuil. Une prairie vibrante dévalait*a* jusqu'à la route; au-delà, vivaient les collines confuses, piquées de feux. Des rires, des appels, des abois montaient de la terre encore chaude, mais délivrée. Élisabeth*b* suivait des pensées vagues et qui, jusqu'alors, lui avaient été bien étrangères. Elle songeait que cette soirée, semblable à tant d'autres, revivrait sans doute jusqu'à leur mort dans le souvenir de ces deux enfants amoureux. À cause d'eux, elle aussi ne pouvait se défendre de prêter à ce soir un caractère solennel. Son esprit s'attachait au couple, depuis l'instant

où elle avait entendu décroître leurs rires. Ils étaient
montés dans l'auto, ils avaient dû traverser le bourg
de Saint-Macaire, puis atteindre la rivière par ce petit
chemin, entre les murs. Seul, Bob s'était déshabillé
derrière les saules, et elle, assise sur le gravier, au bord
du fleuve, l'attendait. Ah ! de nouveau, cette douleur
fulgurante... Où sont-ils, maintenant ? Une voix grave[a]
lui dit : « Bonsoir ! » Elle reconnut, à sa stature, le fils
aîné du bouvier. Il descendit vers la route et elle ne le
vit plus. Mais, peu après, elle entendit encore sa voix
à laquelle répondit un rire étouffé. Il était attendu au
bas de la prairie. Élisabeth regarda au-dessus d'elle ce
fourmillement, cette toile noire rongée à l'infini, dévorée
de mondes blêmes. Elle[b] ne savait pas de quoi, ni pourquoi elle avait peur. Les yeux dessillés, à quarante-
huit ans, elle découvrait sa solitude et, somnambule, se
réveillait au bord[c] d'un toit, au bord d'un gouffre.
Aucun autre garde-fou qu'un corps bien-aimé : il nous[d]
cache, il nous défend, il nous protège contre les hommes,
contre la nuit, contre l'inconnu. Que le courage doit
être facile à deux êtres unis dans la chair ! Les voix se
turent, et les rires. Les lumières moururent une à une
jusqu'à ce que les collines ne fussent plus que des vagues
d'ombre. Une lune[e] tardive se leva sur les routes endormies. Un seul coq alerta tous les coqs du pays de Benauge.
Élisabeth sentit le froid, rentra sans pousser le verrou,
à cause de Paule. La lampe était allumée au salon; elle se
crut rassurée, s'assit à sa place habituelle, ouvrit le
panier plein de linge à repriser, chercha ses lunettes.

Le salon était vaste et la lumière n'en atteignait pas les
angles. Le mobilier de palissandre faisait cercle autour
du guéridon d'acajou. Des papillons aveugles contre
l'abat-jour palpitaient. Élisabeth avait horreur des
papillons; mais impossible de clore les fenêtres : il fallait
que pût entrer librement la fraîcheur de la nuit, qui,
plus précieuse que l'eau du désert, serait conservée
jusqu'au lendemain soir.

« Dès neuf heures du matin, disait Élisabeth, je
ferme tout. »

La terreur[f] de l'ombre pénétrait aussi, avec les papillons dans le salon triste. Élisabeth posa son ouvrage,
murmura :

« Que fait-elle donc, cette petite ? Dix heures ont

sonné depuis longtemps. Seule, dehors, avec ce garçon...
Ah ! je n'aurais pas dû... »

Ainsi invoquait-elle les convenances; au fond, c'était
le désir de n'être plus seule qui l'attira encore sur le seuil.
Et elle scrutait l'ombre, croyait que des froissements
de feuillages étaient des bruits de pas. Personne. Où
étaient-ils ? Que faisaient-ils ? Encore cette douleur
insupportable :

« Les fiançailles... Mes fiançailles... »

Elle regarda ce salon où, deux ou trois fois, elle était
venue de Beautiran pour passer deux heures avec son
fiancé. Et, chaque fois, ses parents l'avaient ramenée,
le soir, car il n'est pas convenable que des fiancés dorment
sous le même toit. Une heure avec Prudent sur ce canapé !
La porte demeurait ouverte, et dans la pièce voisine,
se tenait aux écoutes Mme Lavignasse, qui, parfois,
toussait et criait :

« Je ne vous entends plus. »

Ils ne s'embrassaient pourtant pas, mais simplement,
ne trouvaient plus rien à se dire. Élisabeth leva les
épaules, fut secouée par un étrange rire. Elle avait[a]
toujours été bien gardée, depuis sa toute petite enfance.
Une jeune fille ne doit jamais rester seule. Son institutrice montait la garde devant la porte des cabinets
pour qu'elle ne s'y attardât pas. Jamais seule ! Et dire
que Mlle de La Sesque passe pour être plus sérieuse que
ses compagnes !

« Elle finira bien par rentrer. Je lui dirai son fait, à
cette petite. Et, d'abord, je la prierai de ne plus mettre
les pieds ici. Elle part demain : bon voyage ! »

Cette fois-ci[b], elle ne se trompe pas : on marche dans
l'allée; le chien aboie, Élisabeth pose en hâte son ouvrage,
pénètre dans le vestibule :

« Enfin ! vous voilà, mon enfant ! Je commençais
à m'inquiéter... »

Mais c'est une voix d'homme qui lui répond :

« Tu me dis " vous " maman ?

— Pierre ! C'est toi ?

— Qui attendais-tu d'autre ?

— Mais comment arrives-tu à cette heure-ci ? Voilà
près d'une heure que le dernier train... »

Pierre Gornac avait suivi sa mère dans le salon.

« J'avais roulé toute la journée, par cette chaleur;

alors, j'ai eu envie de marcher au clair de lune. Mes bagages sont restés à la gare. Je suis monté à pied, à travers les vignes.

— Pourquoi n'annonces-tu jamais ta venue ? Je t'assure que ce serait plus simple pour tout le monde. Mais tu n'aimes pas à te gêner.

— Déjà[a] des remontrances !

— Mais non, mon chéri, c'est pour toi, ce que j'en dis... Je t'aurais préparé un petit dîner... Tu as dîné ? Alors, tu veux te coucher ? Tu dois être fourbu. »

Elle avait hâte qu'il fût dans sa chambre. La petite La Sesque pouvait survenir à tout instant... Fallait-il lui raconter l'histoire de la panne d'auto ? Pierre était debout près de la lampe, grand, maigre, avec des taches de suie sur son visage osseux. Quand elle revoyait son fils, il lui paraissait toujours enlaidi.

« Va au moins te débarbouiller. »

Il répondit sèchement :

« Oui, j'y vais[b], pour que tu puisses m'embrasser. »

Elle se haussa vivement vers lui :

« Que tu es sot, pauvre chéri !... Mon Dieu, que tu es grand !... Il me semble que tu as encore grandi.

— Un mètre quatre-vingts depuis cinq ans. Non, inutile de me répéter cela à chaque retour : je ne grandirai plus.

— Voyons[c], assieds-toi : tu n'as pas soif ?

— Non.

— Et faim ?

— Je t'ai déjà dit que j'ai dîné.

— Tu as fait un bon voyage ? Tu n'as pas toussé ? Tu n'as pas eu de saignements de nez ? »

Pierre allait et venait, secouant sa tête irritée :

« Maman ne s'intéresse qu'à ma santé, songeait-il. Il n'y a que cela qui compte pour elle... »

Et soudain :

« Tu ne me demandes pas si mes conférences ont eu du succès ?

— Que tu es susceptible ! Eh bien ! Tes conférences ont-elles eu du succès ? »

Il feignit de ne pas sentir l'ironie et répondit :

« Elles en ont eu beaucoup[d] : à Limoges, j'ai tenu tête à un communiste et j'ai retourné la salle. Le communiste m'a serré la main... Les royalistes m'ont donné plus de mal à Angers[1]...

— Ah !... Mais assieds-toi donc. Tu es là, à tourner...
Tu me donnes mal au cœur. Si je te servais un peu
d'orangeade, tout de même ?

— Si tu y tiens... »

Il était assis, son long buste en avant, les coudes aux
genoux, ses doigts enfoncés dans des cheveux ternes et
trop longs. Comme sa mère avait déjà passé le seuil
du salon, soudain, il la rappela :

« À propos, maman... Le fils Lagave est chez sa
grand-mère ? »

Elle demeura immobile, une main sur le loquet :

« Pourquoi me demandes-tu ça ?

— Parce que si c'est lui que j'ai levé comme un
lièvre, au bas de la terrasse, et que j'ai vu filer dans le
jardin, entraînant une fille, je lui dirai deux mots, à ce
saligaud-là, et pas plus tard que demain matin. Qu'il
reste chez sa grand-mère, pour se livrer à ses débauches[1]. »

Pierre croyait ne pas douter que Mme Gornac dût
partager son indignation. Pourtant, il fut plus furieux
qu'étonné lorsqu'elle répondit[a] :

« Toi, Pierre, tu crois d'abord au mal... Tu vois tout
de suite le mal. Ne jugeons pas et nous ne serons pas
jugés.

— Mais voyons, maman : il s'agit d'une petite fri-
pouille ; tu le sais aussi bien que moi... Ou, plutôt, non :
tu ne sais pas ce que je sais.

— Que sais-tu ?

— À Paris, j'ai beau, Dieu merci, vivre dans un
milieu qui n'a guère de communications avec[b] celui
où évolue ce joli monsieur, il y a tout de même des
scandales qui viennent jusqu'à nous... Il est célèbre
notre voisin ! Un jour, j'ai entendu un de mes camarades
dire en parlant d'un autre garçon : " Enfin, c'est une
espèce de Bob Lagave. " Mais non, pauvre maman,
une sainte femme comme toi ne peut pas comprendre
ce que cela signifiait. »

Élisabeth s'étonnait elle-même de l'irritation qui
montait du plus profond de son être devant ce fils
ricanant, important, et qui faisait craquer ses doigts.
Il traînait les pieds comme Prudent Gornac.

« Qui te dit que ce petit n'est pas calomnié ? Il n'a pas
l'air si méchant. Avec sa figure, il doit faire beaucoup de
malheureuses ; et j'imagine que dans ces milieux de

Paris, les femmes déçues n'ont pas deux manières de se venger.

— Non ! mais c'est inouï !

— Qu'est-ce qui est inouï ? Je t'en prie, Pierre, ne fais pas craquer tes doigts comme ça, c'est agaçant.

— Dire qu'il faut que je vienne à Viridis pour entendre ma mère faire le panégyrique de..., de... »

Il balbutiait, ne trouvait pas[a] de mot qui exprimât son dégoût, son mépris. Il allait, bousculant les fauteuils, le dos arrondi, enflant la voix et retrouvant à son insu, dans le ton, dans le geste, ses manières d'orateur pour conférences publiques et contradictoires. L'excès même de l'agacement qu'en éprouvait Élisabeth soudain lui rappela ses résolutions et, qu'elle avait décidé de ne plus se dresser contre Pierre. Hélas ! avant même qu'elle ait eu le temps de se reprendre, il avait déchaîné en elle, dès les premiers mots, ses forces hostiles. Elle lui saisit[b] les mains :

« Mon petit Pierre, à quoi tout cela rime-t-il ? Tu sais bien que nous avons les mêmes idées, la même foi... »

Mais il se dégagea :

« Non, non ! Tu ressembles à toutes les femmes ; oui, toi, Mme Prudent Gornac, présidente des Mères chrétiennes : tu n'es qu'indulgence pour un débauché... Un garçon qui fait la noce, vous lui trouvez une espèce de charme...

— Pierre, je t'en prie !

— Pourtant, tu te crois religieuse ; tu prétends savoir ce qu'est le péché... Eh bien ! non : tu ne le sais pas... Tu ne te dis pas[c] qu'un garçon dont l'unique souci en ce monde est de séduire d'autres êtres, de les souiller, de les perdre, est un assassin, — pire même qu'un assassin ! »

Il ricanait, tendait les poings en avant, avait l'air d'arpenter une estrade. Sans doute voyait-il en esprit, entre les charmilles et les vignes, fuir, sous la lune, un enfant rapace et sa proie consentante. Et c'était sur sa terre à lui, dans l'herbe où lui-même s'étendrait demain, qu'avaient dû s'abattre leurs deux corps complices, indifférents à ce ciel, à ces astres témoins d'une gloire et d'une puissance infinies[1].

« Écoute, mon enfant..., tu as raison. Mais, je t'en conjure, calme-toi : tu es à faire peur...

— C'est entendu[a] : dis tout de suite que je suis un fanatique, un énergumène. Conseille-moi, comme tu fais toujours, de prendre du valérianate ou un cachet d'aspirine dans du tilleul bien chaud, et d'essayer de dormir. Ah ! je te connais : tu ne t'es jamais préoccupée que de mon corps ; tu ne penses qu'à la santé physique ; ta religion même fait partie de ton confort, de ton hygiène. »

Élisabeth[b] avait choisi le parti de la douceur ; rien, maintenant, ne l'en eût fait démordre :

« Voyons Pierre, regarde-moi ; je veux que tu me regardes. »

Elle lui prit la tête dans ses mains ; et soudain[c], sur cette figure jaune et creuse, rasée de la veille, noircie de barbe, souillée de sueur et de charbon, deux larmes jaillirent, — des larmes qui ressemblaient à celles de l'enfance : grâce à son extrême pureté, Pierre touchait à l'enfance, il en était encore baigné. Et soudain, il parut avoir son âge : vingt-deux ans à peine.

Sa mère lui appuyait la tête de force contre son épaule et disait :

« Qu'est-ce donc que ce gros chagrin ? »

Et il s'abandonnait[1], il reconnaissait l'odeur de sa mère, l'odeur de laine du châle que mouillaient autrefois ses larmes d'enfant. Mais il s'aperçut[d] qu'elle lui caressait les cheveux distraitement, qu'elle pensait à autre chose, — attentive à il ne savait quoi. Pas un instant, depuis qu'il était là, Élisabeth n'avait cessé de guetter un bruit de pas dans la nuit. Elle avait cru entendre le gravier craquer ; puis, plus rien. Elle imagina que Paule et Bob surpris par le retour de Pierre, demeuraient aux écoutes, attendant, pour franchir le seuil du vestibule, qu'il fût monté dans sa chambre. Mais rien n'indiquait qu'il y songeât. Il s'essuyait la figure avec un mouchoir sale et, de nouveau, allait et venait en reniflant. Élisabeth le suivait de l'œil : quand se déciderait-il à dormir ? Mais elle se retenait de rien dire, ne comptait plus que sur son mutisme pour le décourager et l'incliner au sommeil. Enfin, n'y tenant plus, elle feignit de retenir un bâillement, regarda sa montre, joua la surprise :

« Onze heures bientôt ! Les bougeoirs sont **sur le billard** ; tu ne montes pas ?

— Non, je demeure encore un peu ; je me sens trop énervé ; je ne dormirais pas... »

Il ne restait plus à Élisabeth qu'à se lancer dans l'histoire de la panne. Que n'avait-elle commencé par là ! Pierre ne comprendrait pas qu'elle eût attendu si tard pour le mettre au courant. Elle balbutia :

« Mais, au fait, je ne peux pas non plus monter encore. Où avais-je la tête ? Nous avons eu ici une aventure ; j'ai oublié de te dire... »

Pierre ne l'écoutait pas, à demi tourné vers la porte. Il dit :

« C'est étrange, on marche dans l'allée... À cette heure-ci ? Mais oui ! j'entends des rires... Ce serait tout de même trop fort... »

Déjà il traversait le vestibule, lorsque la porte en fut ouverte. Élisabeth, le cœur battant, ne pouvait plus proférer un mot. Elle entendit Pierre crier :

« Qui est là ? »

Puis, la voix de Paule :

« Vous ne me reconnaissez pas ? Mme Gornac ne vous a pas averti ? »

Elle rentra dans le salon, suivie du garçon. Il interrogea du regard sa mère, qui affectait de rire :

« Voilà ce que c'est que de me quereller avant même que j'aie pu ouvrir la bouche pour te raconter la chronique de Viridis. Tu t'imagines qu'il n'arrive rien, ici ? Nous avons eu un accident d'auto, devant notre porte, mon cher... Heureux accident ! Il m'a permis de connaître cette jeune cousine dont tu m'avais déjà chanté les louanges... »

Elle parlait trop, sans aucun naturel, avec une sorte d'enjouement que Pierre ne lui connaissait pas ; et elle-même s'apercevait qu'elle tenait un rôle. Avait-elle jamais eu cette voix depuis le couvent où, pour la fête de la supérieure, elle avait joué la comédie ?

« Quel accident[a] d'auto ? »

Le regard de Pierre allait de la jeune fille silencieuse, un peu en retrait, et dont il ne voyait pas le visage, à sa mère rouge et volubile. Mlle de La Sesque avait jeté sur ses épaules un manteau de voyage beige, à larges carreaux ; la lampe éclairait vivement la robe de toile blanche, froissée et tachée de verdure. Pierre sentait sur lui, avec honte et douleur, ce regard d'une femme : il prenait conscience, à la fois, de ses cheveux en désordre, de ses poignets, de son complet dans lequel, tout le jour, il avait eu si chaud. Lorsqu'une femme le dévisageait, il se connaissait d'un seul coup tout entier : ses vêtements et son corps; il souffrait, il eût voulu disparaître[1].

« Voilà[a] exactement ce qui s'est passé : l'auto de Mlle de La Sesque... »

Pierre ne prête aucune attention aux paroles de sa mère. Il s'est approché de la jeune fille, regarde cette robe blanche qu'a salie l'herbe écrasée... Une robe blanche fuyait tout à l'heure, sous la lune, entre les charmilles et la vigne... Parbleu !... Il ose, maintenant, lever les yeux, et ricane comme un garçon qui n'est pas dupe. Sans doute s'en aperçoit-elle, car elle coupe la parole à Élisabeth :

« Pardonnez-moi, madame, mais vous ne savez pas mentir..., l'habitude vous manque ! Ne croyez-vous pas que votre fils soit d'âge[b] à comprendre..., à excuser... Eh bien ! oui : il y a quelqu'un, à Viridis, que j'avais besoin de voir; votre mère a bien voulu nous ouvrir son jardin... Oh ! mais, Monsieur, ajouta-t-elle avec un effroi comique, ne faites pas cette figure ! Je vous jure qu'il s'agit du rendez-vous le plus innocent... »

Pierre l'interrompit de son rire nerveux[c], spasmodique :

« Permettez-moi d'émettre un doute : innocent ? Un rendez-vous innocent avec un personnage comme notre honorable voisin ? Excusez-moi; mais parler d'innocence quand il s'agit de...

— Ah ! non, monsieur, n'allez pas plus loin... »

Elle prit dans la poche de son manteau un étui d'écaille, en tira une cigarette, l'alluma à la lampe, qui, un bref instant, éclaira ce visage brun, charmant de jeunesse et de louche fatigue. Elle ajouta d'une voix fausse :

« Je vous arrête au bord de la gaffe : nous sommes fiancés.

— Vous ? vous, fiancée au petit Lagave ? vous ? »

Dans l'angle le plus sombre où était le canapé, la voix de Mme Gornac alors s'éleva :

« Crois-tu que s'ils n'avaient pas été fiancés, j'aurais consenti... »

Mais Pierre, sans entendre sa mère, répétait :

« Vous, fiancée à Bob Lagave ? Quelle plaisanterie ! Vous vous moquez de moi...

— Ah ! les voilà bien, ces démocrates ! s'écria la

jeune fille. Quand je me rappelle tout ce que vous m'avez
raconté, l'an dernier, à ce pique-nique, — vos histoires
d'universités populaires, d'union des classes..., enfin
tous ces boniments ! Et vous êtes le premier à crier au
scandale parce qu'une jeune fille songe à épouser un
garçon qui n'est pas de son monde... Farceur ! »

Sa cigarette la faisait tousser; elle riait, elle toisait
Pierre d'un air de moquerie qui le rendit furieux :

« Vous feignez de ne pas me comprendre. Ce n'est
pas parce qu'il est le petit-fils d'une paysanne que Robert
Lagave me paraît indigne de vous. J'aimerais mieux
vous voir épouser le garçon boucher de Viridis; oui,
j'aimerais mieux...

— Voyons, Pierre, tu es fou ? »

Élisabeth, sortie de l'ombre, avait saisi son bras, mais
il lui échappa :

« Non, je ne suis pas fou. Je répète que n'importe
quel garçon du peuple est plus digne de vous épouser
que...

— Que vous a-t-il donc fait, le petit Lagave ? Sans
doute, ce n'est pas une sainte nitouche... Il a eu des
aventures... Et puis, après ? Tant mieux pour lui.
Parlons même de débauche, si vous voulez : ce n'est pas
cela qui m'embarrasse.

— Oh ! je m'en doute. Vous êtes bien toutes les
mêmes. »

Pierre, hors de lui, gesticulait. Sa mère lui ayant dit de
parler plus bas, qu'il finirait par réveiller son grand-père,
il contint sa voix et n'en parut[a] que plus furieux :

« Oui, je le disais tout à l'heure à maman : vous
aimez mieux les crapules que ceux qui se gardent, qui
ont un idéal, une foi. À vous en croire, il n'y a que la
débauche pour intéresser les jeunes gens[b]. Vous ne
connaissez pas cette admirable jeunesse que de grandes
causes passionnent. Ceux-là sont capables de délicatesse,
de fidélité, de scrupule. Ils ont le respect, le culte de la
femme; ils ne la salissent pas...

— Quel[c] orateur vous êtes, monsieur ! »

Il s'arrêta net, passa une main sur son front :

« Vous me trouvez ridicule, n'est-ce pas ?

— Mais non, mais non : il y a du vrai dans ce que
vous dites. Oui, ajouta-t-elle, d'un air réfléchi, il se peut
que les femmes les plus honnêtes ne tiennent guère à la

vertu dans l'homme; peut-être se forcent-elles pour lui
savoir gré de son respect. Au fond, nous souhaitons
d'être désirées, épiées, pourchassées. Nous sommes nées
gibier; nous sommes des proies... Ne tournez pas comme
cela, prenez un fauteuil; et causons en amis, voulez-
vous ? »

Pierre obéit. Mais, même assis, il remuait, faisait
trembler le guéridon en agitant la cuisse; il se frottait
les mains, et ses doigts craquaient. Comme pour l'apprivoiser, Paule lui tendit son étui à cigarettes, mais il
refusa.

« Quoi ! pas même le tabac ? Vous pensez déjà à votre
canonisation... Je plaisante. Quittez cet air furibond et
écoutez-moi. Je ne*a* me fais aucune illusion sur Bob,
monsieur, je le connais. Il vit dans un mauvais milieu;
c'est un pauvre enfant, victime de son visage, de son
regard... Je parlais de gibier. Pauvre petit ! c'est lui
qui en est un : je le sais, moi qu'il aime comme son
refuge unique et comme son repos; il me l'a souvent
dit... Souvent, il veut que je lui parle des jours futurs,
alors qu'il ne sera plus*b* si charmant ni si jeune, et que,
pourtant, il trouvera en moi le même calme amour...
Pourquoi ricanez-vous ? »

Pierre Gornac, de nouveau, s'était levé, étouffant
d'indignation :

« Et moi, je vous répète que vous ne le connaissez
pas... Il y a débauche et débauche. Je vous répète que
vous ne le connaissez pas, — que vous ne pouvez pas le
connaître parce qu'aussi libre que vous soyez, tout de
même, vous êtes une jeune fille. »

Il répétait ces mots : « Une jeune fille », avec un
accent d'adoration. Mais Paule ne s'en aperçut pas ou
ne lui en sut aucun gré. Elle était*c* debout, elle aussi,
appuyée des deux mains sur le guéridon, le buste incliné;
son visage en pleine lumière parut si douloureux, que
Pierre se tut, d'un seul coup dégrisé.

« Cette fois, dit-elle, vous parlerez. »

Il n'osait plus la regarder en face, s'éloigna de la
lampe, vers la fenêtre :

« Après tout, vous êtes avertie, cela ne me concerne
plus. »

Et il feignit de se pencher dans l'ombre.

« Comme la nuit sent bon ! » dit-il.

Mais Paule insista :

« Vous en avez trop dit, ou pas assez : vous irez jusqu'au bout, je l'exige. »

Il secoua la tête ; et sa mère voulut le secourir :

« Minuit déjà ! Allons dormir, mes enfants. Demain matin, nous aurons oublié toutes ces paroles...

— Non, madame, je ne saurais plus vivre avec le souvenir de ces insinuations. Allez-y carrément, monsieur : je vous écoute.

— Et moi, je t'ordonne, Pierre, de ne pas ajouter un mot.

— Je vous jure, madame, que je ne quitterai pas la pièce avant qu'il ait tout dit. Cette fois-ci, je veux savoir : et je saurai. »

Oui, depuis longtemps déjà, elle voulait savoir. D'autres garçons que Bob passaient pour de mauvais sujets ; mais elle avait maintes fois surpris, à propos de lui seul, des sourires, des réticences, comme si, entre tous les débauchés de son âge, il eût occupé une place éminente et singulière. Ces signes, pourtant, n'eussent pas suffi à la tourmenter : rien de ce qu'elle ne recevait pas directement de Bob ne pouvait l'atteindre au plus profond, tant elle était assurée que l'enfant qu'elle chérissait ressemblait peu au personnage qu'il jouait chez des Américaines, dans les bars, au dancing. Mais elle se souvient*a* du jour et de l'heure où, pour la première fois, une inquiétude lui était venue : au début du dernier printemps, à Versailles. Il conduisait l'auto, à petite allure, le long du Grand-Canal. Elle regardait sur le volant les mains nues de Bob, ses mains puissantes, ses mains douces. Elle en avait saisi une et la tenait comme son bonheur ; et, attendrie soudain, elle n'avait pu résister à l'envie d'y poser sa bouche. Mais comme si ses lèvres eussent été de feu, Bob avait si violemment retiré cette main, que l'auto dérapa. Il grondait :

« Non ! non ! vous êtes folle ! »

Elle ne comprenait pas qu'un si simple geste eût pu lui déplaire, ni pourquoi il répétait :

« Vous, Paule, vous, embrasser ma main ! Je ne suis pas digne... »

Elle avait été touchée d'abord par tant d'humilité — heureuse de se sentir plus qu'aimée : vénérée. Aussi, lorsque, ayant laissé l'auto, ils eurent atteint la terrasse du Grand-Trianon, et comme Bob demeurait taciturne, elle lui avait ressaisi par surprise les deux mains :

« Je les tiens toutes les deux, cette fois-ci; et de gré ou de force... »

De nouveau, il s'était dégagé avec un air de douleur :

« Je vous en supplie, mon amour... Vous ne savez pas comme vous me faites souffrir... »

Et il avait coupé court aux protestations de la jeune fille par cette parole que souvent, depuis ce jour, elle s'était rappelée :

« Vous ne me connaissez pas, Paule, vous ne savez pas qui je suis. »

Plus tard, chaque fois qu'elle voulut encore lui baiser la main, elle provoqua chez lui le même retrait, le même sursaut d'humilité et de honte. Elle y pensait souvent quand elle était seule. Aussi, ce soir, ne laissera-t-elle pas fuir Pierre Gornac, ce garçon misérable, avant qu'il ait craché tout son fiel. D'affreux ragots, elle n'en doute pas. Comment son petit ne serait-il pas haï par ceux qui ne sont pas aimés, qui ne seront jamais aimés ? Oui, d'affreux ragots; mais elle veut en voir le cœur net. Ce ne lui est qu'un jeu de jeter Pierre hors des gonds. Elle lui répète que c'est facile d'insinuer, qu'elle lui mettra de force le nez dans ses mensonges.

« Mes mensonges ? Mes mensonges ? Eh bien ! écoutez. Mais je vous avertis, que vous allez souffrir, que vous m'en voudrez. »

Et, comme elle secouait la tête :

« C'est vous qui l'aurez exigé », insista-t-il.

Elle protesta de nouveau qu'elle lui ordonnait de parler. Que de fois, plus tard, et l'irréparable accompli, Pierre devait-il se souvenir de cette minute, pour se rassurer, pour se disculper !

« Moi, j'aurais mieux aimé me taire : elle n'a pas voulu... »

VII

« Je ne peux[a] parler devant toi, maman. Voulez-vous, mademoiselle, que nous allions jusqu'à la terrasse ? La nuit est tiède.

— Couvrez-vous, mon enfant », ajouta Mme Gornac.

Et elle aida Paule à passer son manteau; mais comme Pierre était déjà dans le vestibule, elle attira soudain la jeune fille :

« Demeurez ici... Que vous importe ce que disent les gens ? Je le connais, votre Bob, depuis son enfance : un bon petit..., un pauvre petit... »

Paule répéta :

« Un pauvre petit... »

Elle hésitait. Dans ce salon où avaient retenti leurs voix furieuses, elle n'entendait plus que la prairie murmurante. Un chien aboyait. Elle regarda au-delà de la route, entre les arbres, la façade blanche de la maison Lagave, qu'éclairait la lune déclinante. Paule vit en pensée, bien qu'elle n'en eût jamais franchi le seuil, la chambre de Bob, cette alcôve dont il lui avait souvent parlé; le lit-bateau où il dormait au temps de ses vacances d'écolier; le pyjama trop clair qui irritait Maria Lagave. Elle savait que Bob avait, dans le sommeil, les mains en croix, sur sa poitrine. Elle vit[b] ces mains, et, à la droite, cet anneau qu'elle lui avait donné, ce camée sombre, couleur de vieux sang; les longs doigts de fumeur, un peu fauves, un peu roussis, — mains qu'elle aimait tant, qu'elle n'avait pas le droit de baiser. Ce fut alors que Pierre, ayant ouvert la porte du vestibule, l'appela, et qu'elle lui répondit d'un mot qui fixait son destin[1] :

« Me voici. »

Assise[c] loin de la lampe, sur le canapé, Élisabeth demeura attentive à leurs pas décroissants, qui ne cessèrent à aucun moment d'être perceptibles. Parfois, un éclat de voix, une exclamation; c'était heureux que le vieux Gornac fût dur d'oreille et que sa chambre donnât au nord. Comme ce pauvre Pierre avait le verbe haut ! On n'entendait que lui. Élisabeth se rappela le

silence de l'après-midi, que n'avait pas troublé d'un seul
soupir le couple de ceux qui s'aimaient. Ceux qui ne
s'aimaient pas ne se faisaient guère scrupule de troubler
la nuit, parlaient ensemble, s'interrompaient[1]. Pourtant,
les adversaires devaient reprendre haleine : alors[a],
Élisabeth n'entendait plus que la prairie sous le ciel
d'avant l'aube. Bien qu'elle ne fût pas accoutumée à
veiller, elle n'éprouvait aucun désir de sommeil : impossible d'occuper son esprit d'un autre objet que ce couple
bruyant dans l'ombre; elle attendait son retour, détournait sa pensée de Pierre, comme si elle avait eu peur de
le haïr. De quoi se mêlait-il ? Qui lui avait permis d'intervenir ? Que pouvait-il comprendre à l'amour ? L'amour
ne le concernait pas; il n'y connaissait rien, issu d'une
race étrangère à la passion. Mais Pierre avait toujours
prétendu faire la leçon aux autres; c'était son plaisir;
il faut bien qu'un garçon de cette espèce goûte aussi
quelque plaisir. Élisabeth devenait sarcastique; elle riait
toute seule. Pourtant, elle souffrait, se reprochait de
n'avoir pu empêcher Pierre de parler. C'était à elle de
défendre le garçon endormi, là-bas, de l'autre côté de
la route. Il dormait, et elle n'était pas obligée, comme
Paule, d'imaginer, sans l'avoir jamais vue, la chambre
où reposait ce corps étendu : elle était entrée maintes
fois dans cette chambre (en l'absence de Bob, l'hiver,
Maria Lagave s'y tenait volontiers, parce que les fenêtres
ouvraient au midi). Élisabeth se souvenait de s'être
assise sur ce lit. Elle pensait à ce lit, l'œil perdu. Et,
soudain, faiblit la lampe épuisée; une odeur infecte
emplit le salon; Élisabeth l'éteignit après avoir allumé
les bougies des candélabres; elle frissonna dans cette
lueur funèbre, ferma la fenêtre.

Les pas des deux jeunes gens se rapprochaient; ils ne
parlaient plus, mais ce bruit de pas sur le gravier emplissait la nuit. Peut-être avait-il éveillé les Galbert. Ceux
qui ne s'aiment pas ne songent guère à se cacher. Ils
rentrèrent. Le garçon dit de sa voix accoutumée :

« On n'y voit goutte, ici... Il n'y avait plus de
pétrole ? »

Élisabeth vit d'abord que Paule avait pleuré. La
fatigue d'un jour passionné, les impressions de ce soir,
l'épuisement d'une veillée interminable, tout avait laissé
sa marque sur cette figure soudain vieillie, presque laide.

Pierre de nouveau parlait, prétentieux, volubile. Il disait qu'en ces sortes d'affaires, on n'avait jamais de preuves assurées. Sans doute l'unanime opinion peut être considérée comme une preuve suffisante; mais, enfin, mieux vaut se livrer à une enquête personnelle; bien que cela ne lui parût guère vraisemblable, il ne demandait pas mieux que d'avoir été induit en erreur...

« Pour Dieu, monsieur, ne me suivez pas ainsi, je vous en conjure; et cessez un instant de parler : vous m'assourdissez. »

Ces mots le clouèrent sur place, tandis que Paule continuait d'aller et venir à travers le salon à peine éclairé; elle ramenait des deux mains, autour de son corps, le manteau de voyage. Mme Gornac alla dans le vestibule, en revint avec un bougeoir, qu'elle tendit à son fils :

« Tu as assez abattu de besogne, ce soir. Va te coucher... Va ! »

Pierre[a] prit le bougeoir; mais, immobile, il suivait des yeux ce petit être grelottant et qui[b] se cognait aux fauteuils.

« J'ai cru bien faire, je suis sûr d'avoir bien fait. Vous me remercierez plus tard; c'était mon devoir...

— Oui, oui, tu as fait ton devoir. Tu fais toujours ton devoir. Tu peux aller dormir, maintenant.

— D'ailleurs, c'est vous, mademoiselle, qui avez exigé... »

Paule, sans le regarder, s'approcha d'Élisabeth et, suppliante :

« Dites-lui qu'il s'en aille..., qu'il s'en aille. »

Il sortit; ses pas résonnèrent dans l'escalier de bois. Une porte claqua au premier étage. Élisabeth attendit que la maison fût de nouveau rendue au silence. Alors, elle s'approcha de Paule, l'entraîna vers le canapé et, soudain, reçut contre son corps, ce corps secoué de sanglots. Elle ne l'interrogeait pas, caressait seulement de la main une nuque rasée, attentive à ne pas interrompre les paroles confuses de la jeune fille :

« Je sais bien, moi, comment Bob gagne sa vie. J'ai visité des intérieurs qu'il a arrangés; ça se paie très cher, maintenant. On peut toujours dire que c'est par complaisance. Bien sûr, ce sont des amis riches qui le font travailler. C'est encore heureux qu'il connaisse des femmes et des hommes très riches... Dans son métier, on ne peut traiter d'affaires qu'avec les gens accoutumés au plus grand luxe... »

Elle parlait, comme elle eût chanté toute seule, la nuit, dans un bois. Et soudain :

« C'est horrible ce que votre fils a répété. Il a dit que c'était de notoriété publique... Il a dit... »

De nouveau, elle sanglotait, incapable d'aucune parole. Élisabeth la tenait toujours serrée contre elle, lui essuyait la face avec son mouchoir.

« Ma petite fille, je ne veux plus rien entendre, ne me rapportez plus un seul propos de ce pauvre Pierre[a]. Regardez-moi dans les yeux : cela n'a aucune importance. Ne secouez pas la tête, je vous en fais serment : aucune importance. Mon Dieu, ce sont des choses auxquelles je n'avais jamais pensé; alors, elles demeurent vagues dans mon esprit. Il faudrait que j'eusse le temps d'y réfléchir... Comment vous faire comprendre ?... Écoutez : quelle que soit la vie d'un garçon comme Bob, vous le connaissez, lui, n'est-ce pas ? Vous l'aimez comme il est, tel qu'il est. Pourquoi isoler tel défaut, telle tendance mauvaise ? Oh ! je souffre de ne pas savoir vous persuader de ce que je sens profondément. Voyez je le défends comme s'il était mon fils... Peut-être suis-je trop indulgente ? Mais il me semble[b], j'imagine, que nous ne devons rien renier de l'être qui nous a pris le cœur. Si Bob n'était pas un pauvre enfant trop mal défendu, il ne serait pas celui que vous chérissez...

— Alors, madame, vous aussi, vous croyez, vous admettez, dans sa vie, des fautes...

— Je ne crois rien; je n'admets rien... Mais en quoi cela vous intéresse-t-il, ma petite ? »

Paule la regarda avec étonnement.

« Que dirait votre fils, s'il vous entendait ! Pouvons-nous mépriser celui que nous aimons ? Épouse-t-on un homme qu'on n'estime pas ? »

Elle posa cette question, d'un ton convenu et presque officiel, qui laissa Élisabeth déconcertée :

« Mais du moment que vous aimez ! protesta-t-elle, d'un air un peu égaré. Aimer, cela dit tout, et renferme tout le reste, du moins je l'imagine. Estimer l'être qu'on aime... Je ne saurais expliquer pourquoi je trouve ce propos dénué de signification; il faudrait que j'y réfléchisse : du moment qu'on aime... »

Elle répétait : « Du moment qu'on aime... » avec un vague sourire qui éclairait sa figure épaisse et molle d'une lumière que, jusqu'à ce jour, il n'avait été donné à personne d'y reconnaître. Mais Paule ne prêtait plus guère d'attention aux propos d'Élisabeth ni à son visage. Assise à l'autre extrémité du canapé, les coudes aux genoux, elle paraissait réfléchir profondément.

« Voilà ce que je vais faire, dit-elle enfin. Je vais partir dès qu'il fera jour, sans revoir Bob...

— Sans le revoir ?

— Oh ! pas pour longtemps : il suffit que je pose quelques questions, que j'écrive quelques lettres : il y a deux ou trois points que je veux tirer au clair. Alors, j'oserai le regarder en face.

— Ma petite, vous n'allez pas lui faire cette peine ?

— Croyez-vous que je ne vais pas souffrir aussi ? Mais je veux connaître l'homme que j'épouse.

— Vous le connaissez, puisque vous l'aimez. Que signifient nos actes ? Tenez, je me souviens... Nous avons eu ici, autrefois, un curé jeune encore, très distingué, très instruit, mais surtout d'une bonté, d'une délicatesse ! Il prêchait avec un accent qui touchait d'abord le cœur; sa charité semblait inépuisable; il se donnait aux œuvres de jeunesse : les jeunes gens l'adoraient. Un jour, nous eûmes la stupéfaction d'apprendre qu'il avait fallu le faire en hâte disparaître : une assez scabreuse histoire... Tout Viridis répétait (et moi plus haut que les autres) : " Quel hypocrite ! Qu'il cachait bien son jeu ! Comme il faisait semblant d'être charitable ! Avec quelle adresse il a su nous tromper tous ! " Eh bien ! j'y ai souvent réfléchi, depuis; et, surtout, je ne sais trop pourquoi, ces jours derniers, j'y songeais encore; et je me disais que ce pauvre prêtre ne nous avait nullement trompés; qu'il était, en réalité, tel que nous l'avions vu : bon, miséricordieux, désintéressé. Seulement, il avait été capable *aussi* d'une action mauvaise... »

Paule l'interrompit sèchement :

« Je ne vois pas le rapport... »

Élisabeth passa sa main sur son front :

« Pardonnez-moi : je ne vois pas, en effet, pourquoi je vous raconte cela... C'était au cas où vous découvririez dans la vie de votre fiancé...

— Mon fiancé ? Oh ! madame, pas encore. »

Élisabeth ne sut plus que dire, sentit soudain la fatigue, le désir de dormir, un abattement sans nom. Elle se leva pour donner à Paule du papier à lettres, puis s'affala sur le canapé, tandis que la jeune fille écrivait, à la lueur des candélabres, debout contre la cheminée.

« Vous lui dites, n'est-ce pas, mon enfant, que vous allez revenir ?

— Sans doute, madame.

— Vous fixez une date ? L'incertitude lui ferait tant de mal, et il est bien faible encore. »

Paule, hésitante, mordillait le porte-plume :

« Croyez-vous[a] que trois semaines...

— Trois semaines ? Vous êtes folle ! Quinze jours, tout au plus... »

Élisabeth éprouvait d'avance, dans son cœur, dans sa chair, l'angoisse future de l'enfant qui dormait, à cette heure, de l'autre côté de la route, la tête sur son bras replié. Elle souffrait à cause de lui, comme aurait pu souffrir sa mère. Elle s'exaltait à la pensée de tenter l'impossible pour qu'il ne perdît pas Paule. Ce désintéressement, dont elle avait conscience, la rassurait. Elle jouissait obscurément de ne pas se sentir jalouse.

« Voilà[b] qui est fait ; vous lui remettrez ce mot... Oh ! pardonnez-moi, madame : je n'aurais pas dû fermer l'enveloppe ; c'est par étourderie. Et maintenant, je vais essayer de me reposer un peu en attendant le jour... Non : inutile de me réveiller : je suis tellement sûre de ne pas dormir ! D'ailleurs, l'aube n'est pas loin.

— Il faudra que vous déjeuniez avant de partir... Vous ne pouvez partir sans boire quelque chose de chaud... »

Paule assura que c'était inutile, qu'elle s'arrêterait à Langon. Mme Gornac prit les bougeoirs, précéda la jeune fille jusqu'à sa chambre et, sans plus rien dire, la baisa au front. Rentrée chez elle, comme chaque soir avant de s'endormir, cette pieuse femme se mit à genoux, la tête dans ses draps :

« *Venez, Esprit-Saint, remplissez les cœurs de vos fidèles serviteurs et allumez en eux le feu de votre divin amour. Prosternée devant vous, ô mon Dieu ! je vous rends grâce de ce que vous m'avez donné un cœur capable de vous connaître et de vous aimer, de ce que vous m'avez nourrie et conservée depuis que je suis au monde...* Elle dit qu'elle l'aime et elle s'en va sans le revoir. Elle sait qu'elle est aimée, elle a ce bonheur,

et elle s'en va parce que ce petit a été trop choyé par
d'autres, s'eſt laissé gâter; et cette petite idiote croit
l'aimer... Pardon, mon Dieu, de ne pas penser à Vous
seul. *Examinons notre conscience et, après l'avoir adoré,
demandons à Dieu...* Ne pourrais-je, avant le départ de
Paule, avertir Bob ? Si elle le voit, il la reprendra. Si je
pouvais empêcher ce départ, avant qu'il l'ait rejointe !
Elle cédera dès qu'elle l'aura revu. Il faut y réfléchir;
mais finissons d'abord notre prière. *Mon Dieu ! je me
repens de tout mon cœur des péchés que j'ai commis contre
votre adorable majeſté, je vous en demande très humblement
pardon...* Elle partira à la première heure. Il faudrait
que dès le petit jour, je trouve un prétexte pour pénétrer
chez Maria Lagave. Quel prétexte ? Elle se fait déjà
des idées, j'en suis certaine, cette vieille chèvre... *Dans
l'incertitude où je suis si la mort ne me surprendra pas cette
nuit, je vous recommande mon âme, ô mon Dieu ! Ne la jugez
pas dans votre colère...* Quelle raison pourrais-je avoir de
frapper à la porte des Lagave, dès cinq heures du matin ?...
*Mais pardonnez-moi tous mes péchés passés ; je les déteſte
tous ; je vous proteſte que jusqu'au dernier soupir, je veux
vous être fidèle et que je ne désire vivre que pour vous, mon
Seigneur et mon Dieu...* C'eſt ignoble d'avoir de telles
pensées durant ma prière. Je suis punie d'avoir été si
complaisante. Dès qu'on met le petit doigt dans l'engre-
nage... Après tout, qu'ils se débrouillent. Où en suis-je ?
Saints et saintes qui jouissez de Dieu dans le ciel... Non, j'en
passe... *Mon bon ange qui m'avez été donné de Dieu pour me
garder et me conserver...* D'ailleurs, aucune raison à fournir
à Maria Lagave. Enfin, si je me réveille assez tôt... »

Élisabeth Gornac avait toujours eu la prétention de se
réveiller, le matin, à l'heure exacte qu'elle s'était fixée en
s'endormant. Si le miracle, cette fois, n'eut pas lieu,
ce fut, peut-être, faute de ne l'avoir pas assez désiré.
Avant que vînt le sommeil, elle se complut à imaginer
Bob, après le départ de Paule, dans le délaissement :
avec elle seule, il oubliait sa peine. Elle supposa qu'un
jour, il lui dirait : « Les jeunes filles ne savent pas aimer... »
Ce serait sur la terrasse, à dix heures. Elle crut voir cette
figure, encore un peu pâle, mais non plus contraćtée
par l'angoisse... « Quelle idiote je suis ! » dit-elle à mi-
voix; et elle se tourna, pesamment, du côté du mur.

VIII

Le jour l'éveilla[a1], un jour si terne, qu'elle crut que c'était l'aube; mais sa montre marquait huit heures. Cette brume pouvait aussi bien présager une chaleur atroce que des pluies orageuses. Quelqu'un marchait dans la cour; ne doutant pas que ce ne fût Bob, elle passa en hâte sa robe de chambre, releva ses cheveux, poudra son visage tuméfié par le sommeil, courut à la fenêtre dont elle poussa les volets. Il était là, en effet, tout de blanc vêtu, la tête levée.

« Enfin ! Où est Paule ? Elle est allée faire une course à Langon ?

— Une seconde, mon enfant; je suis à vous. »

Élisabeth s'attarda quelques instants devant sa glace, eut horreur de sa figure, prit sur la cheminée[b] la lettre de Paule et descendit au jardin.

« Ne vous inquiétez pas, mon petit : elle a dû repartir. Mais, ajouta-t-elle aussitôt, son absence ne dépassera pas quinze jours... D'ailleurs[c], elle doit vous l'expliquer dans cette lettre. »

Bob déchira l'enveloppe, lut d'un trait, interrogea du regard Élisabeth, puis recommença de lire avec plus d'attention, les sourcils rapprochés; ses lèvres remuaient comme s'il eût épelé chaque mot.

« Pourquoi est-elle partie ? Que s'est-il passé ? Il y a eu quelque chose... Quoi ?

— Mais ne faites[d] donc pas cette figure; elle reviendra; vous savez, les jeunes filles ! Elle a voulu réfléchir, se recueillir. Peut-être avez-vous été, hier, un peu trop loin ?

— Croyez-vous que ce soit cela ? (Il sourit.) Oh ! alors, je suis bien tranquille ! Rien n'est si vite pardonné que les caresses, n'est-ce pas ? »

Élisabeth sentit qu'elle rougissait. Bob parcourut[e] encore la lettre.

« Non, impossible : je la connais. Non, non : elle a obéi à une raison que j'ignore, qu'elle-même ignorait au moment de l'adieu, cette nuit, là, devant la porte. Je me souviens de sa dernière parole : " Pourquoi[f]

ne pouvons-nous attendre ensemble le jour ? " J'ai fait
une plaisanterie sur l'alouette, vous savez ? J'ai fredonné :
" Ce n'eſt pas le jour, ce n'eſt pas l'alouette[1]... "
— Élisabeth ! »

Ils levèrent les yeux, et virent la tête effrayante du
vieux[a] Gornac à une fenêtre. Il ne répondit pas au salut
de Bob et grogna seulement :

« Vite, ma fille; montez : j'ai ma sciatique. »

Il avait sa sciatique. Tout le temps qu'il souffrirait,
Élisabeth lui serait asservie : ce n'eût rien été de le
soigner, mais il faudrait courir sans cesse pour porter
ses ordres et ses contre-ordres aux Galbert. Elle[b]
répondit placidement :

« Ça ne m'étonne pas : le temps change; vous êtes
un baromètre.

— Pourvu qu'il ne grêle pas !...

— Mais non, père, mais non. Ne reſtez pas exposé à
l'air; je monte. »

Le vieux ferma sa fenêtre, Élisabeth dit à Bob :

« J'essaierai de vous revoir après le déjeuner, pendant
sa sieſte. Ne vous tourmentez pas : Paule reviendra. »

Il ne répondit rien, s'éloigna, les yeux à terre, mâchonnant une herbe. Le ciel était bas, livide. Les bœufs
passèrent dans un nuage de mouches.

« C'eſt de l'orage avant ce soir, dit-il au bouvier.

— Un peu d'eau ne fera pas de mal. »

Un crapaud énorme traversa l'allée, signe de pluie.
Comme Bob atteignait la terrasse, il aperçut Pierre, vêtu
d'un complet sombre, le cou engoncé, qui, surpris, leva
le nez de son livre et d'abord voulut prendre le large;
mais, s'étant ravisé, il fit à Bob un signe de la main,
comme à un paysan[c]. Bob n'y pensait plus, à celui-là.
C'eſt vrai qu'il l'avait reconnu, hier soir, dans le clair
de lune, et qu'il avait dû fuir, entraînant Paule, vers les
vignes... Paule l'avait-elle vu avant de se coucher ?
Avait-elle causé avec cette espèce de bedeau, avec ce sale
tartufe ? Bob demeura indécis, toujours mâchonnant
une herbe.

« Vous voilà de retour au pays ? »

Pierre répondit d'un signe de tête, et affecta de lire.
Mais Bob était décidé à ne pas laisser la place :

« Vous n'avez pas de chance...

— Oh ! cela m'eſt égal qu'il pleuve...

— Je ne parle pas du temps... Je voulais dire que si vous étiez arrivé[a] un jour plus tôt, vous auriez rencontré à Viridis une jeune fille. »

Pierre, cette fois, soutint le regard de Bob; il ferma son livre et dit :

« Mlle de La Sesque ? Mais je l'ai vue hier soir, ou, plutôt, cette nuit... Nous avons bavardé jusqu'à deux heures, figurez-vous ! »

Les deux jeunes chiens ennemis s'affrontèrent. Bob dit[b] :

« Je m'en doutais.

— Nous sommes, d'ailleurs, cousins... Elle est intelligente : une des très rares jeunes filles avec lesquelles on puisse causer. »

Pierre Gornac, renversé dans son fauteuil, les jambes croisées, remuait un pied en mesure. Bob insista :

« Alors, vous avez parlé, jusqu'à deux heures, de sujets graves ?

— Mais, dites donc, vous êtes trop curieux...

— C'est moi, peut-être, qui me mêle de vos affaires ? Ne serait-ce pas vous, par hasard ?... Allons[c], osez me regarder en face; vous regardez toujours de biais. »

Pierre se leva d'un bond, qui renversa son fauteuil. Tous deux parlaient à la fois :

« Si vous croyez que les injures d'un garçon de votre espèce...

— Je ne suis pas de ces tartufes qui vont salir les gens...

— Est-ce que vous êtes quelqu'un qu'on puisse salir ?

— Osez dire que vous ne m'avez pas desservi auprès de Mlle de La Sesque.

— Elle m'a posé des questions, j'ai répondu.

— De quel droit ? Me connaissez-vous ? Que connaissez-vous de ma vie ?

— Ce que tout le monde en voit... »

Pierre se sentait le plus fort : dans cette partie, il ne risquait rien qui lui tînt à cœur. Et il voyait l'adversaire blêmir, le coin de ses lèvres trop rouges secoué d'un tic. Comme ces coups de baguette qui, sur les épaules des anciens forçats, révélaient soudain la fleur de lis infamante, les provocations de Pierre rendaient visible, sur ce visage trop joli, une honte, une flétrissure.

« D'ailleurs[d], rassurez-vous : j'ai rapporté à Mlle de

La Sesque, sur ses instances, des propos qui courent. Mais j'aurais cru me salir, j'aurais craint de salir l'imagination de cette jeune fille, en lui dévoilant d'autres turpitudes qu'on vous prête, à tort, je l'espère. Les gens qu'elle interrogera seront peut-être moins scrupuleux... »

Il pouvait taper dur : que ce petit Lagave réagissait mal ! Chaque parole l'atteignait comme un coup de poing : il vacillait. Pierre s'étonnait d'avoir veillé jusqu'au petit jour, pénétré d'angoisse à cause de ce qu'il avait fait[a], s'interrogeant devant Dieu, inquiet d'avoir obéi à des motifs qui ne fussent pas tous dignes de lui... Il avait frémi, à l'idée de reparaître aux yeux de Paule. Mais non : un seul regard sur cette face livide pouvait le rassurer. Autant qu'il était en son pouvoir, il avait sauvé une jeune fille, il l'avait arrachée à ce petit être immonde. Elle lui en saurait gré un jour; et même, dût-elle le maudire... Pierre ramassa son livre; il n'avait plus rien à faire ici. Pourtant, il hésitait, troublé par ce regard éteint du petit Lagave, par ce regard perdu, par l'affalement de son corps contre la balustrade. Comme il lui avait fait du mal ! « On ne croit pas que ces êtres-là sont capables d'avoir honte. Peut-être suis-je allé trop loin... » Pierre ne savait pas[b] qu'à cette minute sa victime ne l'entendait plus, ne le voyait plus, occupée d'une seule pensée : « C'est fini, elle ne reviendra plus; je l'ai perdue. » Il avait oublié la présence de Pierre, au point de ne pas essuyer deux larmes sur ses joues.

Le fils Gornac les vit et en fut touché profondément, bouleversé même, — retourné du coup. Il en fallait très peu pour atteindre ce cœur malade, cette âme scrupuleuse. Avait-il su concilier la charité et la justice ? Il s'était examiné sur ce point jusqu'à l'aube; et devant les larmes du coupable, voici qu'il s'interrogeait encore. Ses entrailles chrétiennes s'émurent[c]. Un flot de compassion recouvrit en lui tous les autres sentiments, adoucit son regard, emmiella sa voix :

« Ne pleurez pas... Il n'est jamais trop tard pour changer sa vie[d]... »

Mais Bob paraissait sourd et fixait obstinément l'horizon morne, un ciel couleur d'ardoise. Le vent d'ouest apportait le bruit des cloches, le grondement des trains qui annoncent à Viridis la pluie. Il regardait cet immense pays muet et vide.

Pierre insista :

« Un grand bonheur, croyez-moi, peut vous venir[a] par la souffrance. Vous n'avez qu'à vouloir : il n'existe pas de crime qui ne puisse être remis. Je n'ai agi que pour votre bonheur futur, mais, je l'avoue, avec une violence injuste, abominable. Je vous en demande pardon : oui, je vous en prie, pardonnez-moi[b].

— Comme il m'écoute ! songeait Pierre; je lui fais peut-être du bien. »

Il éprouvait cette sorte de plaisir dont son bon cœur était friand : il faisait du bien; et, en même temps, tout vainqueur qu'il était, en pleine victoire, il s'humiliait, il se reconnaissait des torts, il acquérait des mérites. Mais pourquoi Bob ne parlait-il pas ?

« Voulez-vous vous confier à moi ? Vous appuyer sur moi ? »

Il éprouvait[c] soudain une sympathie profonde pour ce jeune être déchu, mais qui, grâce à lui, connaissait maintenant sa déchéance. Le fils Gornac regarde, immobile sur la pierre de la terrasse, la main du petit Lagave, une main trop soignée, qui porte à l'index un camée couleur de sang sombre, — cette main que Paule avait portée à ses lèvres. Pierre en approche doucement la sienne :

« Donnez-moi la main. Non seulement nous ne serons plus comme deux ennemis, mais je vous aiderai..., oui, je vous aiderai à devenir digne... »

Le contact de cette paume moite réveille Bob. Il retire vivement le bras et toise Pierre Gornac comme s'il découvrait seulement sa présence :

« Vous, gronde-t-il, vous...

— Ne me regardez pas d'un œil si méchant. Même hier soir, même tout à l'heure, malgré ma dureté, j'ai agi pour votre bien. Laissez-moi vous rappeler que vous avez une âme. Ah ! votre pauvre âme ! Personne jamais ne vous en a parlé, n'est-ce pas ? Et c'est pourquoi il vous sera beaucoup moins demandé qu'à d'autres. Eh bien ! moi, j'aime votre âme, parce qu'en dépit de toutes ses souillures, elle est belle, elle est resplendissante. Je ne saurais vous exprimer la compassion que j'éprouve pour votre âme. »

Comme il parle bien ! il en pleure lui-même, tout pénétré de tendresse, d'espérance. Bob l'écoute[d]; il l'écoute avec les yeux, dirait-on; il le dévore des yeux, s'approche de lui afin de mieux l'entendre sans doute et, soudain, lève le poing.

Pierre Gornac s'effondra d'un coup. Les grillons vibraient autour de son corps immobile. Le sang coulait d'une narine, se caillait dans la moustache clairsemée; la bouche aussi saignait : Pierre devait avoir la lèvre fendue, une dent cassée.

Bob n'avait pas attendu que son ennemi eût rouvert les yeux. Il fila par l'allée; entre les charmilles et les vignes, comme s'il eût suivi à la trace son bonheur fini. Vaguement soulagé, il relisait déjà la lettre de Paule : non, rien n'était perdu; elle reviendrait; les gens se tairaient peut-être : ils ne sont pas toujours[a] méchants. Et puis, elle ne les croirait pas; il n'existait aucune preuve contre lui; on peut toujours nier, on peut toujours crier à la calomnie.

Ce lourd ciel bas était plus accablant que l'azur. Entre deux rangs de vigne, il se tapit comme un lièvre, face à la plaine morte. Des orages étaient épars et grondaient dans cette arène immense. Oui, nier, nier... Mais il n'en avait pas moins vécu sa vie, — cette vie dont tels actes eussent fait reculer Paule de stupeur, d'horreur. Peut-être même ne les eût-elle pas compris.

« Ma vie..., murmura-t-il. Ma vie... »

Il n'avait que vingt-trois ans. Entre toutes les actions dont le souvenir l'assaillait, qu'avait-il voulu ? Qu'avait-il prémédité ? Bien avant qu'il connût ce qui s'appelle le mal, combien de voix l'avaient de toutes parts appelé, sollicité ! Autour de son corps ignorant, quel remous d'appétits, de désirs ! Il avait vécu, dès son enfance, cerné par une sourde convoitise. Ah ! non, il n'avait pas choisi telle ou telle route; d'autres avaient choisi pour lui, petit Poucet perdu dans la forêt des ogres. Son tendre visage avait été sa condamnation. Il ne faut pas que les anges soient visibles; malheur aux anges perdus parmi les hommes ! Mais pourquoi prêtait-il de l'importance à ces gestes ? En restait-il aucune trace sur son corps ?

« Je vais écrire à Paule : " Je n'ai rien fait et j'ai tout fait; — mais qu'importe ! Un amour comme le nôtre recouvre tout : marée qui monte, mais qui ne se retire pas et demeure étale... " »

Ainsi songe le petit Lagave, tapi dans les vignes. Arrive-t-il à se convaincre ? Nos actes ne laissent-ils en nous aucune trace ? Voici quelques mois à peine qu'à ceux qui l'interrogeaient sur ses projets de vacances, il répondait :

« Je cherche une amie avec yacht. »

Rien ne l'occupe que son plaisir, que le plaisir. De chaque minute, il exige une satisfaction. Pour l'instant, son amour concentre ses appétits épars en une seule et dévorante faim; mais cette faim assouvie, ne retrouverait-il la même exigence de chaque jour, de chaque seconde ? Petit animal dressé à manger dans toutes les mains...

De cela, il ne se fait pas à lui-même l'aveu; il ne doute pas un instant que du jour où Paule entrerait dans sa vie, toute la misère n'en soit, du coup, abolie. Mais elle n'entrerait pas dans sa vie. Il le savait, n'ayant pas cru au bonheur. Vivre sans Paule... Il mesura d'un œil désolé ses jours futurs, aussi déserts que cette plaine livide et endormie sous un ciel de ténèbre, un ciel de fin du monde que des éclairs, à l'horizon, brièvement déchiraient. Il faudrait s'enfoncer dans ce désert, être dévoré par les autres et, à tout instant[a], se sentir un peu moins jeune. Dès vingt-trois ans, il souffrait déjà, et depuis sa dix-huitième année, de vieillir. Aux anniversaires de sa naissance, parmi les rires de ses amis, et à l'instant des coupes levées, il avait dû ravaler ses larmes. Ceux qui l'aimaient connaissaient bien moins son visage qu'il ne le connaissait lui-même. Le matin, dans son miroir, il épiait des signes imperceptibles encore, mais qui lui étaient familiers : cette petite ride entre les narines et la commissure des lèvres; quelques cheveux blancs arrachés sans cesse et qui reparaissaient toujours. Auprès de Paule seule, il eût consenti à vieillir. Aux yeux de Paule, il sait bien qu'il fût demeuré jusqu'à ses derniers jours un enfant, un pauvre enfant. Mais elle était perdue; il l'avait perdue, à cause de ce misérable... Et, soudain, il éclata de rire au souvenir de ce corps ridicule de pantin cassé dans l'herbe. Pierre avait dû retrouver ses esprits, à cette heure. Que ne l'avait-il tué ? Il le haïssait. Il aurait voulu que ce tartufe fût mort.

« L'avoir tué ! ce serait trop beau... », prononça-t-il à haute voix.

Selon sa méthode, qui était de ne renoncer à aucune impulsion, il s'abandonna à cette inimitié furibonde.

Autour de lui, des gouttes espacées s'écrasaient lourdement sur les feuilles de vigne, que tachait le sulfate. Il les entendit assez longtemps avant d'en recevoir aucune sur sa figure ni sur ses mains. La première dessina une étoile sur son poignet; elle était tiède et il l'essuya avec ses lèvres. Puis, elles tombèrent plus rapides; quelques grêlons se mêlaient à la pluie, — assez gros, en vérité; mais il ne s'en émut pas, sachant que la grêle confondue avec la pluie ne cause guère de ravages. Il ne bougeait pas; l'eau coulait tiède entre sa chemise et son cou. Être mort, c'eſt subir ainsi indifféremment l'eau et le feu, c'eſt devenir une chose. Les choses ne souffrent pas. Que sa souffrance future le terrifiait! Si, pour l'instant, son mal lui paraissait supportable, n'était-ce pas qu'il avait gardé quelque espoir? Il abrita de son chapeau la lettre de Paule pour la relire. Elle reviendrait, disait-elle, avant quinze jours. Elle demandait quinze jours de recueillement, de réflexion. Elle l'aimait; et quoi qu'on pût lui dire, elle reviendrait parce qu'elle l'aimait. Il prononça, à haute voix, son nom : « Paule ! » Et comme la pluie, maintenant, crépitait à l'infini sur les vignes et l'assourdissait, il cria ce nom; c'était une volupté que ce nom retentît, qu'il dominât les bruits de la nature transie et tourmentée.

Et, soudain, il se rappela sa maladie encore proche : son corps était trempé; ah ! surtout, ne pas retomber malade, ne pas mourir avant le retour de Paule. Il courut sous la pluie pour ne pas avoir froid et atteignit ainsi, sans avoir repris haleine, la maison Lagave. Contre son habitude, sa grand-mère était sortie; et par ce mauvais temps... Que s'était-il passé d'insolite? Le jeune homme jeta une brassée de sarments dans la cheminée, et ses habits commencèrent de fumer. Alors seulement il remarqua sur la table une feuille où quelques mots étaient griffonnés au crayon. Il reconnut l'écriture d'Élisabeth :

Ma chère Maria, M. Gornac vient d'avoir un malaise assez grave. Le doĉteur sort d'ici et espère que nous en serons quittes pour la peur ; mais notre malade parle encore assez difficilement, et c'eſt votre nom qu'il répète sans cesse. Je vous prie donc de venir en hâte. Pour comble de malheur, ce maladroit de Pierre est tombé de la terrasse ; il a la figure abîmée ; mais ce ne sera rien. Dites à Bob que j'insiste pour qu'il ne se dérange pas.

Cette dernière phrase était soulignée : Pierre avait dû se plaindre à sa mère...

« Bah ! Mme Gornac me pardonnera... Elle m'a déjà pardonné. »

Il entendit[a] les socques de sa grand-mère, qu'elle jetait bruyamment sur le seuil. Elle ouvrit la porte, que son énorme parapluie, ruisselant, une seconde, obstrua.

« Tu as lu le papier ? Ils appellent ça un malaise. Pour moi, c'est une attaque. Il a la bouche toute tordue, le pauvre ! Il était content de me voir ; il a pleuré. Je reviendrai le veiller cette nuit. Tiens, Mme Prudent m'a donné cette lettre pour toi. Et M. Pierre qui est au lit, la tête enveloppée[b] : il paraît qu'il est tombé de la terrasse... À son âge ! Enfin, la grêle par-dessus le marché, c'est un jour de malheur. Et ça ne m'étonnerait pas du tout que ce soit la grêle qui ait tourné les sangs du pauvre homme. Il n'a pas vu qu'elle était mêlée de pluie et qu'elle ne ferait pas grand mal. J'ai regardé en passant : le raisin n'est pas touché ; à peine les feuilles. »

Bob lisait la lettre d'Élisabeth :

Vous vous êtes conduit comme un enfant brutal, mais je vous accorde les circonstances atténuantes. Je ne pourrai quitter mon beau-père ni jour ni nuit, et vous savez pourquoi votre présence est impossible à la maison tant que Pierre y sera, bien qu'il vous ait déjà pardonné, il m'a prié de vous le dire. Laissez-moi, mon cher enfant, vous supplier de ne pas céder à la tristesse. J'ai écrit à qui vous savez, ce matin. Je ne doute pas que vous n'ayez écrit aussi...

Non, il n'y avait pas encore songé : en réalité, il redoutait d'écrire à Paule, qui se moquait de ses fautes. Et puis, il ne savait guère exprimer ce qu'il éprouvait. Mais, aujourd'hui, ne serait-il pas plus éloquent ? Il gagna sa chambre et se mit au travail. Plus tard, Paule devait amèrement se reprocher de n'avoir pas répondu à cette lettre. Bob, pourtant, lui racontait ses démêlés avec Pierre ; elle savait que le refuge de Viridis était

désormais interdit au jeune homme, que Mme Gornac
demeurait auprès de son beau-père, — enfin, qu'il n'y
avait plus personne auprès de lui qui pût le secourir.
Elle voulait connaître la vie cachée de Bob, elle voulait
l'inquiéter, l'éprouver[a], elle voulait le punir[1]. Mais il
était de ceux qui n'acceptent aucune épreuve, qui ne se
résignent à aucune punition. Il souffrait; il se répétait
que si Paule ne daignait même pas lui répondre, c'eût
été folie que de compter sur son retour, et qu'il ne la
reverrait jamais.

Des jours passèrent. Le beau temps était revenu, avec
la chaleur. Dieu merci, Maria Lagave ne quittait guère le
chevet du vieux Gornac. Bob pouvait souffrir tout son
soûl, et parfois, à l'heure de la sieste et des volets clos,
il lui arrivait de crier, de gémir, la tête dans son traversin. Pourtant, quelque espoir le soutenait encore,
puisqu'il n'avait aucune autre occupation que de guetter
le passage des autos sur la route. Il reconnaissait de loin
la force du moteur, et, s'il s'agissait d'une dix chevaux,
se précipitait. L'alcool aussi le secourait. Comme il ne
voulait pas s'éloigner de la maison (Paule pouvait survenir à toute heure), il avait acheté à Langon des bouteilles de cognac ou de kirsch, qu'il buvait à peine étendu
d'eau. Ivre enfin, il se couchait dans l'ombre pleine de
mouches, balbutiant et chantonnant. Il se racontait des
histoires, ou plutôt, comme à un enfant malade, se
montrait à lui-même des images qu'il inventait, puériles,
et parfois obscènes. Il était plein[b] de pitié pour le petit
Lagave, stupéfait que personne au monde ne vînt le
consoler; il aurait consenti à dormir contre n'importe
quelle épaule et, à mi-voix, répétait :

« Pauvre Bob ! Pauvre petit ! »

Souvent aussi, une colère le soulevait contre la bien-
aimée :

« L'idiote qui croit que je ne pourrai pas me guérir
d'elle ! »

Il faisait des projets, songeait à prévenir telle ou telle
de ses connaissances. Eh bien ! oui, mourir, crever,
mais, d'abord, profiter de son reste... Et avec ce don[c]
des ivrognes pour répondre à des interlocuteurs imaginaires, il disait à haute voix :

« Perdu de réputation, que vous dites ? Perdu pour

perdu, je veux en avoir le profit. Vous allez voir ce que
vous allez voir. Vous allez savoir ce que c'est que de
s'en fourrer jusque-là ; et ça ne me coûtera pas cher ;
et je m'en vante...

— À qui parlez-vous, Bob ? »

Il se souleva et vit Élisabeth debout, sur le seuil.

« Comme il fait noir, chez vous ! Vous faisiez la
sieste ? Vous rêviez, je crois, mon pauvre petit ? Mais
je n'ai pas pu choisir mon heure. Notre malade s'est
assoupi. J'ai dit à Maria que j'allais prendre un peu l'air...
Avez-vous reçu une lettre ? Non ? Mais ne vous inquiétez pas : elle ne m'a pas écrit non plus. C'est, sans doute,
qu'elle va nous tomber du ciel, un de ces matins... Et
où la recevrez-vous, je vous le demande ? Un peu ici,
puisque Maria ne quitte guère la maison ; et puis, les
routes, les vignes... Oh ! je suis bien tranquille ! Quelle
drôle de tête vous avez, Bob ! Pourquoi me regardez-
vous sans rien dire ? »

Il s'était levé ; elle devina qu'il était en bras de chemise ; mais les volets interceptaient la lumière.

« Je vais ouvrir, dit-elle.

— Non, vous feriez entrer la chaleur ; venez vous
asseoir à côté de moi, là, sur le lit, madame Gornac.

— Je ne fais qu'entrer et sortir, je ne m'assieds pas.
C'est étrange, Bob je ne reconnais pas votre voix : vous
articulez drôlement... Vous êtes encore un peu endormi,
mon pauvre enfant.

— Non, non : je ne dors pas... Je voudrais vous
montrer que je ne dors pas. »

À peine eut-elle le temps de crier :

« Qu'avez-vous ? Vous êtes fou ! »

Elle se sentit soudain prise, serrée ; et tout contre sa
figure, une haleine chaude sentait l'alcool. Mais Bob
tenait si mal sur ses jambes, que, d'une seule secousse,
elle se rendit libre et le fit tomber à la renverse sur le lit.
Il y demeura affalé, ricanant. Mme Gornac, la main au
loquet, se retourna et dit :

« Je ne vous en veux pas : vous avez bu. »

Alors, lui, sur un ton de voyou :

« Vous auriez aussi bien fait d'en profiter... Vous le
regretterez, j'en suis sûr... »

Elle ne répondit que par une exclamation indignée, fit
claquer la porte. Bob l'entendit courir dans l'allée.

« Si tu crois que je te vas poursuivre[a] ! »

Et il riait tout seul. Élisabeth, la route traversée, pénétra dans la maison endormie. Le silence régnait chez le malade; il lui restait encore quelques minutes de répit; elle gagna sa chambre, poussa le verrou, se jeta sur son lit, put enfin pleurer[1].

IX

Le lendemain, Bob, dégrisé, eut honte de sa conduite, songea à écrire une lettre d'excuses; mais à quoi bon ? C'était le dix-huitième jour après le départ de Paule, et plus rien[b] n'avait d'importance à ses yeux. Il se moquait bien de ce que pouvait penser de lui la mère Gornac. De quoi ne se moquait-il pas ? Faire souffrir Paule, se venger de Paule, voilà qui serait délicieux.

« Je te rattraperai au tournant », gronda-t-il.

Il croyait ne plus[c] souhaiter sa présence que pour le plaisir de la mettre à la porte. Dans les histoires dont il se berçait, la jeune fille jouait[d], maintenant, un rôle humilié. Il sortait de sa chambre, traversait l'ancienne cuisine devenue salon, et dont la porte ouvrait sur le jardin; la chambre de sa grand-mère le retenait long-temps. Toute la maison lui appartenait, depuis que Maria soignait le vieux Gornac. Désœuvré, il ouvrait les tiroirs[e], goûtait aux liqueurs douceâtres : eau de noix, angélique, dont sa grand-mère avait la recette, volait un oignon confit, une prune à l'eau-de-vie, respirait, comme dans son enfance, la vanille et les clous de girofle, cherchait sur les photographies du petit séminaire, qu'avaient salies les mouches, parmi quarante têtes rasées pressées autour de prêtres aux joues creuses, la figure chétive et sans regard d'Augustin Lagave, — puis se jetait de nouveau sur son lit, fermait les yeux.

Il dormait profondément, ce jour-là, lorsque Maria Lagave entrebâilla la porte, qu'elle referma en hâte, redoutant la chaleur et les mouches. Mme Prudent lui avait dit qu'elle parlait trop, qu'elle fatiguait M. Gornac. C'était lui faire entendre qu'elle gênait. Elle ne se le

ferait pas dire deux fois. Mais Mme Prudent serait bien
attrapée quand monsieur réclamerait Maria; il aimait
mieux être soigné par elle. Assise sur une chaise basse,
dans l'ombre de la seconde cuisine, elle tricotait, marmonnant et ruminant ses griefs[a].

Un bruit de moteur éveilla Bob; il connut d'abord
que c'était une forte voiture, sans intérêt pour lui, et
referma les yeux. Mais le ronronnement ne s'éloignait
pas, persistait. Quelles étaient ces voix familières? Il se
précipita. À peine eut-il ouvert la porte, ébloui et clignant
les paupières, que son nom fut crié par des êtres masqués
dans une auto puissante, sale, et qui[b] frémissait. Maria
Lagave, dont Bob ignorait la présence, s'était avancée
aussi; elle rentra vite dans la seconde cuisine[c], quand
elle s'aperçut que Bob introduisait ces monstres. Furieuse,
elle retenait son souffle, l'oreille collée à la porte, ne
comprenant rien aux clameurs de ces gens; ils étaient
au moins quatre: deux hommes et deux femmes.

« On nous avait bien dit, la première maison en face
du château...

— Mais tout paraissait fermé, mort... Et vous êtes
apparu sur le seuil, comme l'ange de la résurrection,
vous savez, princesse, dans ce tableau de..., de...

— Mais c'est qu'il n'a pas du tout une bonne mine!
Au fond, on ne se porte bien qu'à Paris... Ayons le
courage de dire que partout ailleurs, on crève...

— Biarritz? On y meurt... Nous allons en trois
étapes à Deauville.

— Nous en avons à te raconter! Tu sais qu'Isabelle
divorce? Une histoire inouïe: à cause du Russe, naturellement. Et son mari a un rôle, là-dedans: il paraît que...

— Non!

— On a beau être affranchi[d], tout de même il y a une
limite à tout.

— Oh! la jolie bonnetière! J'adore les meubles
paysans. Et cet amour de fauteuil!

— Les landiers ont beaucoup de chic.

— Vous voyez, princesse, celui de droite est évasé:
pendant les veillées d'hiver, la nourrice, seule, avait le
droit d'y poser son assiette.

— ... Alors, le père a dit aux enfants: " Ou vous ne
verrez plus votre mère, ou vous ne recevrez plus un sou
de moi. "

— Et naturellement, ils ont tous lâché la mère ?

— Comme vous pensez ! On dit qu'elle en mourra de chagrin.

— Eh bien ! mais si elle meurt, ils toucheront de ce côté-là aussi.

— La mère de la duchesse était américaine ou juive ?

— Américaine et juive : elle cumulait.

— C'est curieux, elle fait tout de même très gratin...

— Oui, la voix de rogomme : ça s'attrape très bien.

— Mais non : tout simplement, elle a une voix d'homme.

— Si elle n'en avait que la voix...

— Non ? Vous croyez ? Je ne l'avais jamais entendu dire...

— Mais tout le monde le sait, voyons !

— Moi qui la croyais avec Déodat.

— Oh ! c'est de l'histoire ancienne... À propos, vous savez que Déodat a eu une attaque ? Il marche au ralenti : c'est tordant ; et tout de même, il continue de recevoir ; il paraît que dans son dos ses enfants imitent son ataxie...

— Non, mais quelle horreur !

— Ce serait horrible si c'étaient ses vrais enfants... »

Maria Lagave[a], aux écoutes, ne pouvait rien entendre à ces propos ; pourtant, elle savait que, derrière cette porte, c'était de la boue qui clapotait. Elle injuriait tout bas son petit-fils qui avait livré sa maison[b] à des drôlesses de Paris. Pourquoi faisaient-ils tout ce bruit ? Qu'allaient-ils encore inventer ?

« Des cocktails ? Ici ?

— Mais oui ! j'ai tout ce qu'il faut : le shaker est dans la voiture...

— Et la glace ?

— Nos voisins d'en face, les Gornac, ont une glacière. Je suis très bien avec les domestiques : une minute, et je reviens.

— Bob ! demandez aussi des citrons. »

Maria vit, entre les volets, Bob traverser la route. Un grand jeune homme sans veste, la tête et la poitrine nues, tirait des bouteilles de la voiture :

« Gin ! Vermouth ! Angustura ! » cria-t-il en rentrant.

Ils mirent à profit la courte absence de Bob :

« Il a une sale tête, vous ne trouvez pas ?

— Pourtant, il ne doit y avoir personne pour le fatiguer, ici. »

Maria n'entendit pas une réflexion faite à voix basse, mais qui suscita des protestations de la princesse :

« Non, écoutez, Alain : vous êtes ignoble...

— Vous reconnaissez le père ? Là, sur cette photo agrandie... Non, mais quelle gueule ! J'adore le lorgnon et le ruban rouge, large comme les deux mains.

— Bob est[a] rudement touché, vous ne trouvez pas ? Certes, il a toujours son charme...

— Le charme de ce qui est déjà presque fini...

— Les restes d'un déjeuner de soleil...

— Attention ! Le voilà ! »

La voix de Bob, excitée, retentit :

« Il y aura assez de glace comme ça ? Des cocktails, quel bonheur !

— Attendez, je vais chercher le Peter Pan : on va mettre un disque... Mais oui, nous ne voyageons jamais sans ça. Pendant les pannes, sur la route, nous dansons. »

Maria vit, par la serrure, Bob, les bras levés, agitant avec frénésie une boîte de métal.

« Quel disque ?

— *Certain feeling !*

— Non, vous savez, celui que Bob aimait tant... *Sometimes I'm happy*[1]. »

Ils dansaient[b], maintenant, aux sons d'une musique de sauvages. Quand ils seraient partis enfin, Maria Lagave brûlerait du sucre, laverait les carreaux à grande eau. Quant à Bob, elle saurait lui ôter l'envie de recommencer. La voix du mauvais drôle domine toutes les autres. La princesse dit :

« Vous en avez bu quatre; Bob, c'est assez.

— C'est qu'après votre départ, adieu les cocktails !

— Venez avec nous !

— Au fait, si nous t'enlevions ? C'est ça qui serait gentil... Tu te rappelles[c], un soir, en sortant du *Bœuf,* quand nous sommes partis pour Rouen, à deux heures du matin, avec notre smoking, nos escarpins...

— Oh ! faites ça, Bob : Deauville vous réussira mieux que cette campagne. Je vous connais : vous avez besoin de plaisir pour ne pas mourir.

— Encore un cocktail, et je suis homme à vous

suivre... Et si je vous prenais au mot ? Fuir, là-bas,
fuir !... »

Un disque de nouveau, fit rage. Maria entendit un
bruit de chaises renversées. Bob cria :

« J'emporte tout de même une valise, ma trousse. »

X

Il n'avait même pas pris la peine de laisser une lettre
pour sa grand-mère. Des cigarettes brûlaient encore
dans une soucoupe. Maria crut voir, sur la natte, des
traces de sang : ce n'était qu'un bâton de rouge écrasé.
Malgré la chaleur, elle poussa les persiennes : cette
atmosphère de tabac et de parfums lui soulevait le cœur.

« Bon voyage ! grommelait-elle; qu'il aille se faire
pendre ailleurs ! »

Si ce n'avait été de ce pauvre Augustin... Fallait-il
lui télégraphier ? Malgré*a* sa résolution de ne pas revenir
au château, Maria y courut, impatiente d'annoncer la
nouvelle et de la commenter avec Mme Prudent, — peut-
être même curieuse de voir la tête que ferait Mme Prudent.

Autant que la pénombre où sommeillait M. Gornac
permît à Maria Lagave d'en juger, Élisabeth parut plus
surprise qu'émue, et sans changer de visage, parla*b* du
ton le plus calme :

« Vous avez fait ce que vous pouviez, ma pauvre
Maria. Comment sauver les gens malgré eux ? Mais
oui..., télégraphiez à son père : c'est à lui de prendre
une décision. »

Calme non joué. Après le départ de Maria, Élisabeth,
assise dans un fauteuil*c* couvert de soie noire, fit attention au balancier de la pendule, au souffle du malade
endormi, à un bourdonnement de mouche. S'était-elle
attendue à souffrir ? Comme après une chute, elle se
tâtait. Mais non, elle ne souffrait pas ; peut-être même
se sentait-elle débarrassée, allégée*d*. Ce garçon, dont elle
était devenue la complice, et qui, hier encore, avait osé...
(Élisabeth fit une grimace, secoua la tête), voici qu'il

disparaissait d'un coup. Plus aucune*ᵃ* question à se poser à son sujet. Fini de ces niaiseries, dont depuis trop de jours, elle occupait sa pensée. Elle rentrait dans la vérité de la vie, n'éprouvait plus que l'humiliation d'avoir tenu un rôle dans cette histoire louche, d'avoir été, un instant, l'objet d'une convoitise... Comme il l'avait tournée en dérision ! Elle croyait entendre encore cette voix éraillée :

« Vous auriez aussi bien fait d'en profiter... »

Élisabeth se lève*ᵇ*, et à pas feutrés, s'approche de la fenêtre, écarte les volets. Le couchant rougeoie, les vignes dorment au loin. Élisabeth ne se sent pas triste ; mais que ce pays, soudain, est désert*ᶜ* ! Quel océan inconnu s'est donc retiré de cette plaine, pour qu'elle lui apparaisse comme un fond de mer, comme une immense arène vide ? Le vent frais agite les feuilles flétries : il a plu ailleurs. Élisabeth laisse les volets ouverts, demeure immobile et pense à Dieu. Elle croit sans effort à ces jeux de scène réglés avec soin par l'Être infini dans chaque destinée particulière :

« C'est vous, Seigneur, qui avez fait place nette, qui m'avez débarrassée de cette présence mauvaise. »

Elle prie avec une ferveur dont elle ne se fût pas crue capable, elle dont la piété demeure, le plus souvent, aride et sans consolation, — terre amollie par l'orage. Elle prie*ᵈ* et, soudain, se sent observée : le vieillard fixe sur sa bru des prunelles vitreuses entre des paupières rouges :

« Je me suis reposé ; je ne souffre pas. Il fait moins chaud, n'est-ce pas ? S'il pouvait pleuvoir, la vigne serait contente.

— Il fallait me dire que vous ne dormiez pas ; je vous aurais lu le journal.

— Je ne m'ennuyais pas, ma fille. Je regardais ces photographies aux murs : mon pauvre père, ma pauvre femme, mes deux garçons... Il n'y a plus*ᵉ* que moi de vivant, là-dedans. »

Il parlait avec une gravité inaccoutumée. Voilà un des rares moments de sa vie où des soucis d'affaires n'ont pas occupé toute sa pensée.

« Si je me relève...

— Voyons, père, vous entrez en convalescence.

— Si je me relève, je veux retourner une fois au Bos,

et puis à l'hospice de Langon, que j'administre[1]. Je veux revoir une dernière fois les lieux où je fus enfant, où j'ai vu, jeunes et heureux, mon père et ma mère, où mes deux garçons passaient leurs vacances. Avant de retourner dans la terre...

— Auprès de Dieu, voulez-vous dire...

— Peuh ! Peuh ! »

Il ne parle plus, repris par ce sommeil dont la fréquence inquiète le docteur. Pourtant, il entend la cloche du dîner :

« Vous pouvez descendre, ma fille : je n'ai besoin de rien. »

Pierre l'attendait dans la salle à manger. Était-il averti du départ de Bob ? Il observait[a] sa mère à la dérobée. Elle lui demanda ce qu'il avait fait dans l'après-midi; il avait travaillé à son étude sur le père de Foucauld. La conversation s'établit entre eux, plus facile et plus nourrie qu'elle n'avait été depuis longtemps. Non qu'Élisabeth fût très attentive aux propos de son fils. Pourtant elle devait plus tard se souvenir d'une réflexion qu'il fit, ce soir-là[b] :

« C'est merveilleux, l'apostolat chez les Touaregs, merveilleux pour les maladroits qui, ailleurs desservent la cause qu'ils voudraient défendre et ne savent que la rendre haïssable. En plein islam, il n'y a rien à tenter : il suffit de prier et de souffrir. N'importe qui peut faire ça... »

Toujours des propos édifiants ! Élisabeth s'efforce de n'en être pas agacée. Faut-il, songe-t-elle, que ce garçon irritable ait de la vertu pour avoir renoncé à toute vengeance, après ce coup de poing ! Elle se reproche de ne pas l'admirer... Où est Bob, à cette heure ? Elle imagine une chambre d'auberge, des draps froissés.

Le dîner se prolongeait dans le silence. Par la fenêtre ouverte, la mère et le fils virent passer les bœufs enveloppés tout entiers d'un soleil déjà si bas que les vignes bientôt le cachèrent.

Nous croyons[c] qu'un être a disparu de notre vie; nous scellons sur sa mémoire une pierre sans épitaphe; nous le livrons à l'oubli; nous rentrons, le cœur délivré, dans notre existence[d] d'avant sa venue : tout est comme s'il n'avait pas été. Mais il ne dépend de nous d'effacer aucune trace. Les empreintes de l'homme sur l'homme sont éternelles et aucun destin n'a jamais[a] traversé impunément le nôtre. Dès le lendemain du jour où Élisabeth, apprenant le départ du petit Lagave, avait été si heureuse de ne pas souffrir, l'auto que conduisait Paule de La Sesque s'arrêta, vers quatre heures, devant le perron de Viridis. Cette même nouvelle, qu'Élisabeth avait reçue sans frémir, elle l'annonça d'une voix tremblante à Paule. Son cœur bat aussi vite que celui de la jeune fille; elle l'introduit au salon et déjà lui demande des comptes, lui reproche d'avoir manqué à sa parole. Pourquoi avait-elle tant tardé? Il aurait suffi d'une carte postale pour que le petit prît patience. Elle avait fait exprès de le désespérer. Où l'atteindre, maintenant? Des fous étaient survenus, l'avaient emporté on ne savait où. Il était parti. Paule ne répond rien, debout, les bras ballants, l'air buté.

« J'attendais des lettres de Paris, dit-elle enfin. La dernière ne m'est parvenue qu'hier. »

Élisabeth hausse les épaules. À quoi rimait cette enquête? Mais Paule protesta[b] qu'elle ne regrettait rien. Bien qu'elle se fût attendue au pire, les renseignements reçus dépassaient toutes ses craintes. Elle avait été injuste envers Pierre, et priait Mme Gornac de le lui dire. Oui, Pierre, à la dernière minute, l'avait sauvée.

« Sauvée? Pourtant, ma petite, vous êtes revenue... Vous êtes revenue trop tard, mais, tout de même, vous voilà. »

Le temps était couvert; il pleuvait sur les coteaux; dans le salon assombri, les deux femmes, vainement, s'épiaient.

« Je suis revenue, dit Paule après s'être assise à contre-jour, je suis revenue, parce que je ne puis renoncer à lui.

— Mais alors? Je ne vous comprends pas, ma petite.

— C'est que vous êtes d'une autre époque. Moi-même, d'ailleurs, j'ai eu bien de la peine à m'affranchir de vos préjugés, que ma mère m'avait aussi transmis. Les aurais-je vaincus, sans cette amie que j'ai connue à Arcachon, et qui m'y a aidée?... »

La jeune fille[c] parlait avec hésitation, et pourtant sur un ton de bravade.

« Pourquoi, disait-elle, renoncer à un garçon sous prétexte qu'il n'est pas digne d'être épousé ? Le mariage est une chose, et l'amour en est une autre[a]...

— Vous n'avez pas honte, mon enfant ? Voulez-vous bien ne pas soutenir des énormités !

— Je dis ce que je pense, madame.

— Ce n'est pas cela que vous êtes venue proposer à Bob ? Si je le croyais, je me réjouirais de son départ. Lui qui n'admire que vous, il aurait perdu cette illusion dernière. Je crois entendre son éclat de rire : " Celle que je plaçais si haut est pire que les autres ! "

— Allons donc ! je le connais mieux que vous : il sera content d'apprendre que je me suis " affranchie ", comme il dit.

— Et moi[b], je demeure persuadée qu'il aime en vous, peut-être à son insu, une pureté, une limpidité... »

La jeune fille se leva, remit ses gants. Elles s'aperçurent alors qu'il pleuvait, sentirent l'odeur de la terre mouillée.

« Vous n'attendez pas la fin de l'averse ?

— Dans l'auto, je suis à l'abri... Si vous avez des nouvelles de lui, madame, s'il revient, vous m'avertirez ?

— Pour cela, non, ma petite, n'y comptez pas... J'ai pu être la complice de deux fiancés..., mais je ne prêterai pas les mains à vos combinaisons... Pourquoi riez-vous ?

— Parce que vous étiez moins " collet monté ", lors de ma dernière visite. Vous parliez de l'amour comme quelqu'un qui s'y connaît... »

Élisabeth lui prit le bras, la dévisagea :

« Que voulez-vous insinuer ?

— Mais rien, madame. Oh ! je vous rends justice. Vous avez fait preuve d'un désintéressement admirable dans toute cette histoire ! On ne saurait vous accuser d'avoir travaillé pour vous. Mais... Mais...

— Mais quoi ?

— Eh bien ! j'imagine qu'à votre âge, le désintéressement est l'unique forme possible de l'amour... »

Élisabeth, blême, eut à peine la force de crier :

« Vous êtes folle ! Je vous prie de sortir. »

Elle ouvrit la porte.

Paule de La Sesque ne s'excusa pas. Elle s'était déchargée de ce que depuis longtemps, elle mourait d'envie de crier à cette vieille. Ce ne serait pas difficile de rejoindre Bob. Elle lui adresserait une lettre à Paris : on ferait suivre... Les deux femmes se saluèrent à peine[a1]. Élisabeth regarda l'auto s'éloigner sous la pluie, rentra dans le salon, tendit l'oreille; mais rien ne bougeait : M. Gornac devait dormir. Elle s'assit près de la fenêtre, prononça à haute voix :

« Quelle saleté ! »

Comme elle demeurait encore empêtrée dans cette intrigue ! En délivrerait-elle[b] jamais son esprit malade ? Pourquoi pas ? Après le petit Lagave, Paule de La Sesque disparaissait enfin. Tout rentrait dans l'ordre. La place était nette. Il ne restait plus que de retrouver le rythme de ses besognes quotidiennes, de ses soucis, de ses prières. Et, d'abord, ne pas demeurer inactive, être toujours occupée. Elle monta chez M. Gornac, le trouva en robe de chambre, assis devant une table encombrée par des livres de comptes. Elle lui dit de ne pas se fatiguer; il fit le geste impatient d'un homme qui craint d'avoir à recommencer une addition. Elle redescendit, s'établit de nouveau près de la fenêtre, ouvrit le panier de linge. Elle faisait d'instinct, tous les gestes de sa vie d'autrefois, comme s'ils eussent dû susciter mécaniquement la quiétude, la somnolence spirituelle qu'ils accompagnaient naguère. Ce fut en vain : non qu'elle souffrît, mais elle s'ennuyait. Son existence, qu'elle avait toujours jugée si remplie, qu'elle lui paraissait vide ! Elle qui avait coutume de répéter qu'elle ne savait où donner de la tête s'étonnait de n'avoir, tout d'un coup, plus rien à faire.

« Je laisse tout aller », songeait-elle.

Oui, mais tout allait aussi bien que du temps qu'elle surveillait les chais, le poulailler, la cuisine et la buanderie.

Elle vit se diriger vers la maison, sous le même parapluie, Pierre et le curé de Viridis, qui discutaient. Elle se leva, « s'esbigna[2] », comme on disait chez les Gornac.

Quelques jours pluvieux suivirent ce jour[c]. Elle ne reçut aucun avertissement. À une certaine heure d'une de ces nuits, aucun choc ne l'éveilla. Elle ne vit pas, en esprit, des hommes courir sur une route pleine de flaques vers une auto renversée et en flammes. Elle n'entendit pas ce hurlement de bête; elle ne reconnut pas, à la lueur des débris incendiés, ce corps sanglant, cette figure informe, ces mains noires.

Le soleil de nouveau brilla. Mais un vent plus frais séchait les chemins. M. Gornac recommençait à sortir. Pierre l'évitait le plus possible, marchait à pas lents dans les allées, le nez dans un livre. Il portait les mêmes vêtements à la campagne qu'à la ville. Parfois, il s'arrêtait, prenait une note.

Enfin[a], se leva ce jour. Maria Lagave entra dans le salon, après le déjeuner, au moment où Mme Gornac versait du café dans la tasse de Pierre. Au bruit de la porte, M. Gornac, somnolant sur le journal, dressa sa vieille tête. Maria tenait une lettre qu'elle tendit, sans prononcer une parole, à Élisabeth. Pas une seconde, tout le temps que dura la lecture, elle ne cessa d'observer Mme Prudent. Élisabeth dit à mi-voix :

« Mon Dieu ! quelle horreur ! »

Ses mains tremblaient. Elle donna le papier à son fils :

« Je ne puis déchiffrer l'écriture d'Augustin. Tiens, lis... Asseyez-vous, ma pauvre Maria. »

Et elle s'éloigna de la fenêtre, s'appuya au mur, à contre-jour. Pierre déchiffrait à haute voix la lettre d'Augustin Lagave :

Ainsi[b], ma chère maman, tandis que je le croyais auprès de toi, il avait pris la fuite et courait les routes avec des aventuriers. D'après l'enquête, pour qu'il n'ait pas vu que ce passage à niveau était fermé, on suppose qu'il était en état d'ivresse. Le compteur dénonçait une vitesse de cent vingt kilomètres à l'heure. Je t'écris cela, le rouge de la honte au front. Ce malheureux aura eu, hélas ! une fin à l'image de sa vie. Toi et moi, nous pourrons nous rendre ce témoignage que nous avons accompli, en ce qui le concerne, tout notre devoir. Ma vie de travail et d'honneur lui aura été d'un inutile exemple ; mais ma conscience ne m'adresse aucun reproche. Ses restes, à demi carbonisés, ont été mis dans un cercueil plombé. Eu égard à la saison et un grand nombre de mes supérieurs et de mes subordonnés prenant leurs vacances, à ce moment de l'année, il n'y aura qu'une cérémonie très courte à Paris. Le ministre a bien voulu me présenter ses condoléances et je ne doute pas qu'il ne se fasse représenter aux obsèques. Malgré le prix exorbitant de ces

sortes de transports, j'ai décidé que le corps de mon fils repo-
serait à Viridis. J'arriverai en même temps que lui, jeudi
matin. D'ailleurs, ne t'occupe de rien : tout incombe à la
maison B... Je n'ai, jusqu'ici, qu'à me louer de la parfaite
dignité des agents de cette importante administration. Les
frais, t'ai-je dit, sont considérables. Je ne regrette pas ce dernier
geste, après tant d'autres, en faveur d'un enfant qui ne m'aura
jamais remercié des sacrifices que je me suis imposés. Je ne te[a]
décris pas le chagrin d'Hortense. J'ai vainement essayé de
l'adoucir en lui disant que, s'il avait vécu, notre pauvre Robert
aurait eu, en mettant les choses au mieux, une vie manquée.
Ces considérations, pour raisonnables qu'elles fussent, n'ont
fait que l'irriter. Inclinons-nous devant la douleur d'une mère
et laissons le temps[b] *accomplir son œuvre. Il n'y aura à Langon*
qu'une levée de corps. Préviens la famille Gornac. Tendrement
et tristement à toi.

M. Gornac se leva, embrassa Maria :
« Eh bien ! ma pauvre amie, ce n'est pas juste que les
jeunes partent avant nous.
— Oh ! c'est sa mère qu'il faut plaindre. Pour lui,
pauvre drôle, ça vaut peut-être mieux. Il n'aurait jamais
rien fait de bon. Nous ne savons pas comment il aurait
tourné.
— C'est terrible, une mort si soudaine, dit Pierre.
Il n'a pas dû avoir le temps de se reconnaître. Nous
devons beaucoup prier.
— Mais aussi, ces automobiles ! s'écria M. Gornac.
Cent vingt à l'heure ! Il faut vouloir sa mort et celle des
autres. »
Élisabeth ne prononça aucune parole. Elle se détacha
du mur où elle était appuyée, sortit de l'ombre, et, après
avoir embrassé Maria, s'assit sur le canapé. Pierre allait
et venait, faisant craquer ses doigts. L'angoisse commençait[c] de sourdre en lui :
« Si je n'étais pas intervenu, le petit Lagave ne serait
pas parti; il vivrait encore; je suis responsable de cette
mort, — de cette mort sans repentir. »
Il quitta la pièce, emportant au fond du jardin ce
scrupule, comme une proie. Le vieux Gornac[a] dit à
Maria que cela lui ferait du bien de marcher un peu et
qu'il la raccompagnerait. Les deux vieux sortirent au
bras l'un de l'autre, lui courbé, elle droite encore.

Élisabeth demeura seule, assise dans le salon, immobile, les mains posées sur les genoux. Quand Pierre rentra, elle était encore à la même place et dans la même attitude. Le jeune homme recommença ses allées et venues :

« Tu crois[a], maman, que je suis responsable, n'est-ce pas ? C'est effrayant de porter un tel poids ! Je sais bien qu'il faut d'abord voir l'intention. Mon intention était droite, du moins en apparence. N'empêche que ce pauvre petit Lagave m'a toujours exaspéré... Sans doute s'agissait-il d'éclairer cette jeune fille ; c'était un devoir aussi. Tu ne dis rien, maman. Tu me condamnes ? »

Elle répondit, indifférente :

« Mais non, mon petit. »

Elle frottait sa robe à l'endroit des genoux. Pierre continua de se heurter aux fauteuils, sans s'interrompre de parler. Il disait qu'une seule pensée le consolait : on pouvait beaucoup pour les morts ; jusqu'à son dernier souffle, dans toutes ses communions et ses prières, le salut du petit Lagave aurait la première place entre toutes ses intentions. Il ajouta, après un silence :

« Pauvre petit ! J'imagine ce qu'a dû être cette cérémonie, ce matin, à Saint-François-Xavier, au début de septembre... »

Il imaginait la nef vide, le clergé pressé. Il ne se doutait pas qu'Augustin Lagave, qui, en prévision de cette solitude, avait battu le rappel de tous ses supérieurs et de tous ses subordonnés présents à Paris, eut la stupeur, plusieurs heures avant les obsèques, de voir affluer des couronnes et des gerbes. Presque aucune autre fleur que des roses mais de toutes les espèces connues. Elles recouvrirent d'abord le cercueil, puis envahirent le vestibule ; et comme il en arrivait toujours, on dut les appuyer contre la maison, le long du trottoir, déjà flétries, au ras des conduits d'égout et parmi toutes les souillures. Le représentant de la maison B... déplorait de n'avoir pas été averti et il envoya en hâte quérir des brancards. Presque aucune carte n'accompagnait ces envois.

« Comme il était aimé ! » songeait Mme Lagave, en larmes.

Mais elle se retenait de le dire à Augustin, blême, et que

le parfum des fleurs accumulées indisposait plus sûrement que n'eût pu le faire le cadavre. Voici la dernière
bouffée qu'il doive jamais recevoir[a] de ce pays inconnu
où un enfant malheureux apprit la science des pires
assouvissements et du plus simple amour. Lorsque
s'ébranla le convoi, il entendit une femme dire :

« C'est sûrement quelque actrice... »

Augustin Lagave avançait raide et droit, entre les murs
surchauffés. Les cahots du char agitaient devant lui les
roses pendantes. Non, l'église n'était pas vide ; et
Augustin en éprouva d'abord quelque satisfaction, mais
il n'eut à serrer que peu de mains. Sauf ses collègues, la
plupart des assistants, qu'il voyait pour la première fois,
se contentaient d'incliner la tête. Plusieurs de ces figures
étaient baignées de larmes. Beaucoup disparurent sans
défiler devant la famille.

« À quoi penses-tu, maman ? »

Élisabeth tressaillit, et, comme prise en faute, se
leva :

« Mais à rien, mon chéri... À ce que tu me disais...
Bien sûr ! tu as agi selon ta conscience. »

Le ton[b] de sa voix demeurait neutre. Pierre lui ayant
proposé d'aller jusqu'à l'église, elle ne fit aucune objection, mit son chapeau et ses gants, chercha une ombrelle.
Ils suivirent un chemin de traverse parmi les vergers
et les vignes, sans échanger aucune parole. L'église de
Viridis était sombre. Pierre s'agenouilla, la tête dans les
mains. Élisabeth, à genoux elle aussi, regardait fixement
l'autel, ses lèvres ne remuaient pas. Les sourcils
rapprochés, avec une expression de dureté que nul n'avait
jamais dû voir sur sa face placide, elle ne détournait pas
les yeux du tabernacle ni de la vierge noire qui le domine,
affublée d'une robe rouge, brodée d'or[1]. L'horloge[c]
battait dans cette solitude, dans ce vide. Du même geste
que lorsqu'il était enfant, Pierre s'assit et interrogea
du regard sa mère pour savoir si elle avait fini son
adoration. Elle se leva et il la suivit. Elle prit l'eau bénite
que son fils lui tendait, mais ne se signa pas. Dehors,
dans le déclin de ce beau jour, ils remarquèrent que les
soirées étaient plus fraîches. Pierre dit que, la semaine
dernière, ils n'auraient pu aller à l'église et en revenir
à pied. Ainsi parlèrent-ils de choses indifférentes ; le

jeune homme proposa à sa mère de faire une visite à
Maria :

« Ce serait plus convenable. »

Elle refusa avec une vivacité qui d'abord, le surprit.

Cette soirée passa comme toutes les soirées. Rien
d'étrange dans l'attitude d'Élisabeth, si ce n'est qu'elle
ne travaillait pas, et que, comme le dimanche soir, ses
mains demeuraient inactives sur ses genoux. Le vieux
Gornac s'était endormi, sans achever de lire son journal.
On entendait, par la fenêtre ouverte, les pas de Pierre
dans les allées : sans doute remâchait-il ses scrupules
et ses doutes à propos de cette mort; peut-être songeait-il
à ce jour, à cette nuit si proche, lorsque, dans la même
herbe où sa marche fait se taire brusquement les grillons,
un front, aujourd'hui glacé reposait sur la poitrine
d'une jeune fille heureuse; un front glacé à jamais;
— à jamais inerte aussi la main qui avait meurtri le
visage de Pierre. Il n'arrivait pas à étouffer cette joie
insidieuse : l'homme qui l'avait frappé à la face n'était
plus au monde[1]. « Et moi qui me persuadais de lui avoir
pardonné ! J'avais pris l'attitude, j'avais fait le geste
de la miséricorde, mais rien dans mon cœur n'y correspondait. Le christianisme ne m'est qu'un vêtement, un
déguisement. À peine déforme-t-il mes passions. Elles
vivent, masquées par la foi, mais elles vivent. » Le sens
pratique des êtres adonnés à la vie spirituelle induit
Pierre à profiter de cette découverte pour en nourrir son
humilité. Il est si difficile au chrétien de ne pas se croire
meilleur que les autres hommes ! Pierre s'acharne à
mesurer la joie atroce que lui donne la mort de Bob.
Immobile sous les charmilles noires, il tourne contre
lui-même sa fureur. Son plaisir est de se répéter : « Bob
valait mieux que moi, lui qui vivait à visage découvert. »
Il s'enivre de cette certitude qu'il est le dernier des
derniers, mais aussi qu'il travaille, par cette seule connaissance, à son avancement. Tout sert à qui vit en Dieu.

À l'heure accoutumée[a], la famille Gornac monta
vers les chambres. Élisabeth, le verrou poussé, demeura
aussi calme qu'en présence de son beau-père et de son
fils. Elle alla à la fenêtre, se pencha dans l'ombre et dit
à haute voix :

« Il est mort... »

Mais ces paroles n'éveillèrent en elle aucun écho. La
bougie éclairait à peine cette chambre vaste. Élisabeth
appuya son front contre la glace de l'armoire, puis se
dévisagea avec attention; et, s'adressant à cette grosse
femme pâle et correcte, répéta encore d'une voix indifférente :

« Mais il est mort, il est mort, il est mort. »

Elle ne fit[a] pas sa prière, s'étendit dans le noir. Elle
sommeillait[b], s'éveillait, parlait à Bob :

« Elle ne vaut pas mieux que les autres, vous savez !
Elle ne vous épousera pas ! »

Elle ricanait, croyait dormir, mais entendait le froissement des feuilles, le murmure ininterrompu des prairies.

XI

Le lendemain, vers neuf heures, Pierre rejoignit
Mme Gornac au salon et lui dit que la famille Lagave
était arrivée chez Maria. Il venait d'y accompagner son
grand-père qui ne voulait pas qu'on l'attendît pour
déjeuner, et qui comptait demeurer jusqu'au soir auprès
d'Augustin. Le corps était arrivé aussi : on l'avait déposé
dans l'église de Langon. Il n'y aurait pas de cérémonie
à Viridis. Elle demanda :

« Quel corps[c] ?

— Voyons, maman : celui du petit Lagave...

— Le corps du petit Lagave ? »

Pierre prit la tête de sa mère dans ses deux mains et
l'examina avec attention :

« À quoi penses-tu, maman ?

— Mais à rien...

— Tu avais l'esprit ailleurs ? Écoute : il serait convenable d'aller prier auprès du cercueil. Il paraît que
Mme Augustin ne le quitte pas. Nous ferons, au retour,
notre visite chez Maria. »

Pierre s'exprimait avec une étrange alacrité et comme
s'il eût été délivré, d'un coup, de tous ses scrupules.
Sur un signe[a] d'assentiment de sa mère, il fit atteler
la victoria. À peine assis à côté d'elle, dans la voiture,
il lui dit[e] très vite :

« Une bonne nouvelle et qui te donnera autant de

joie qu'à moi-même... Oui, je la tiens d'Augustin Lagave,
qui n'y attache, d'ailleurs, aucune importance... Eh bien !
voilà : Robert n'est pas mort sur le coup.

— Il n'est pas mort ?

— Il a agonisé pendant plus de deux heures; il s'est
vu mourir. Un quart d'heure avant le dernier soupir,
il était lucide. On l'a transporté dans la maison la plus
proche... Et sais-tu quelle était cette maison ? Le presby-
tère, comme par hasard ! Il est mort dans les bras d'un
pauvre curé de campagne, qui a écrit une lettre admirable
aux parents; Augustin me l'a fait lire; il y a cette phrase :
" Votre fils a rendu l'âme dans des sentiments de repentir,
de foi..., heureux de souffrir et de mourir... " Que Dieu
est bon, maman ! Vois comme tout s'éclaire. »

Il prit la main d'Élisabeth, la serra; comme elle ne
bougeait pas, et remuait un peu les lèvres, il crut qu'elle
priait, respecta son recueillement. Il était heureux
d'éprouver de la joie parce que le salut de son ennemi
était assuré. Maintenant, il ne doutait plus d'en avoir
été l'instrument très indigne.

L'après-midi[a] était terne, l'atmosphère pesante, mais
aucun orage ne montait : il ne pleuvrait pas. La poussière, qui salissait l'herbe des talus, ne pouvait rien
contre les vignes déjà souillées par le sulfate. La victoria
descendait vers la Garonne. Pierre, incapable d'immobilité, se frottait les mains, les passait sur sa figure.

« C'est étrange, dit-il; je sens encore les cicatrices
des coups qu'il m'a donnés. »

Il vit se tourner[b] vers lui la large face blême de sa
mère, qui, pour la première fois depuis deux jours, le
considéra avec attention. Après l'avoir dégantée, elle
leva une main petite et grasse, toucha, comme pour
achever de les guérir, chaque meurtrissure. Puis, la main
retomba. Mais Élisabeth paraissait moins figée; sa
poitrine se soulevait; elle parcourait du regard la plaine
sombre. C'était l'époque où, les grands travaux achevés,
les hommes se reposent, confiant le raisin au soleil pour
qu'il le mûrisse. Ainsi s'étendait ce pays muet et vide,
ce fond de mer d'où quelqu'un s'était à jamais retiré.
Le cheval traversa la Garonne au pas. Pierre dit :

« Comme les eaux sont basses ! »

L'église est à l'entrée du pont. Mme Gornac prononça
la phrase habituelle :

« Mettez le cheval à l'ombre. »

Ils pénétrèrent dans la nef glacée et noire. Pierre prit sa mère par le bras.

« Dans le bas-côté de droite... », dit-il à mi-voix.

Elle le suivit. Une chose longue, sous un drap noir, reposait sur deux tréteaux ; et tout contre elle, une forme enveloppée de crêpe, la mère, si courbée que son front touchait presque ses genoux. Pierre, prosterné, s'étonna de ce qu'Élisabeth demeurait debout, les deux mains serrant le dossier d'une chaise, la mâchoire inférieure pendant un peu. Et soudain, il entendit un long râle ; il la vit des pieds à la tête frémir, les épaules secouées, hoquetant, perdant le souffle, jusqu'à ce que, sur une chaise, s'écroulât enfin ce corps comme sous les coups redoublés d'une cognée. L'église déserte répercutait ses sanglots lourds. Elle n'essuyait pas[a] sa face trempée de larmes ; mais, d'une main mouillée, elle avait dérangé sur son front ses sages bandeaux, et une mèche grise lui donnait l'aspect du désordre et de la honte. En vain Pierre lui disait-il de s'appuyer à son bras et de sortir, elle ne paraissait l'entendre ni le voir ; il surveillait d'un œil furtif la porte. Grâce à Dieu, il n'y avait personne dans l'église que ce mort et que cette ombre prosternée qui[b] le veillait, qui n'avait pas même tourné la tête. D'une seconde à l'autre, pourtant, quelqu'un pouvait survenir.

« Viens, maman, ne restons pas là. »

Mais, sourde, elle tendait à demi les bras vers le cercueil, balbutiait des mots sans suite, invoquait cette dépouille :

« Tu es là ! c'est toi qui es là... », répétait-elle.

Pierre[c] n'essayait plus de l'entraîner. Les dents serrées, il attendait la fin de ce supplice. Cette femme pantelante était sa mère. Il priait. Elle avait l'air d'une vieille bête blessée, couchée sur le flanc et qui souffle, — mais déjà moins bruyamment ; et l'on[d] aurait pu entrer, à présent, sans qu'elle suscitât de scandale. Comme après la foudre, l'averse seule crépite, rien n'était plus perceptible de cette terrible douleur que des halètements et des soupirs ; — et toujours ces larmes pressées, plus nombreuses, en ces brèves minutes, que toutes celles qu'avait pu verser Élisabeth depuis qu'elle était au monde. La voyant[e] plus calme, Pierre sortit, ordonna au cocher

de baisser la capote : madame se trouvait un peu indisposée, une de ces migraines que tout le personnel
connaissait bien. Revenu auprès de sa mère, il lui frotta
les yeux avec son mouchoir imbibé d'eau bénite, l'entraîna,
la poussa dans la voiture. Personne à la sortie; et le
cocher (un homme engagé seulement pour l'été) s'était
à peine retourné sur son siège.

Des frissons la secouaient*a* encore, mais elle ne pleurait
plus. Pierre reconnut à peine ce visage : les joues*b*
paraissaient creuses; le menton s'était allongé; un cerne
livide agrandissait les yeux. Elle le repoussa, et il crut
qu'elle le rendait responsable de cette mort. Au vrai*c*,
elle l'écartait comme elle eût fait de tout autre vivant.
De ce bouleversement*d* profond, surgissait à la lumière
cet amour enfoui dans sa chair et qu'elle avait porté
comme une femme grosse ne sait pas d'abord qu'elle
porte un germe vivant dans son ventre. À cause de la
longue montée vers Viridis, le cheval allait au pas.
Elle recommença de pleurer, se souvenant d'avoir vu
Bob enfant, un jour, à cet endroit de la route : il revenait
de la rivière, son petit caleçon mouillé à la main, il
mordait dans une grappe noire. Pierre n'osait la regarder.
La vie était horrible; il n'en pouvait plus.

« Il n'y a que vous, Seigneur. Je ne veux plus connaître
que vous. »

Un sanglot*e* de sa mère lui fit rouvrir les yeux. Pris
de pitié, il lui proposa des consolations : il fallait qu'elle se
rappelât comment*f* le petit Lagave était mort; rien de
plus assuré que son salut : ouvrier de la dernière heure,
fils prodigue, brebis perdue et retrouvée, publicain, tout
ce que Dieu chérit entre toutes ses créatures. Mais elle
secouait la tête : elle ne savait pas ce que c'était que l'âme.
Bob, c'était un front, des cheveux, des yeux, une poitrine
qu'elle avait vue nue, des bras qu'une seule fois il lui
avait tendus. Elle se détourna un peu, appuya sa figure
contre le cuir de la capote de peur que Pierre ne lût
ses pensées dans ses yeux :

« Ses bras qu'il m'a ouverts un jour... »

Pierre n'entendit pas les paroles; pourtant, il dit :

« Nous avons la foi*g* en la résurrection de la chair. »

Il vit de nouveau se tourner vers lui une figure
décomposée :

« Épargne-moi tes sermons. »

C'était sa mère qui parlait ainsi, sa pieuse mère. Ah ! il comprenait enfin pourquoi leur foi commune n'avait créé entre eux aucun lien; il méprisait cette religion de vieille femme et qui n'intéressait pas le cœur. Un ensemble de prescriptions, une police d'assurance contre l'enfer dont Élisabeth s'appliquait à ne violer aucune clause, le pauvre souci d'être toujours en règle avec un être infini, tatillon, comme on l'est avec le fisc, — tout cela pouvait-il compter plus qu'un fétu devant ce furieux raz de marée ? Elle*a* grondait :

« J'ai vécu, oui : j'ai fait des additions..., des additions...»

Et soudain, son regard ayant croisé celui de Pierre, elle gémit :

« J'ai honte devant toi ! Si tu savais comme j'ai honte...»

Il l'attira contre son épaule et elle ne se défendit pas, ferma les yeux, ne parla plus. Il se*b* rappelait l'avoir vue, encore jeune femme, dans la salle à manger du Bos, assise devant les livres de comptes ouverts sur la table, et son beau-père, dont le grand nez courbe portait des lorgnons d'écaille, se penchait sur son épaule... Pierre chercha des traits*c* qui eussent pu annoncer la femme qui, aujourd'hui, halète et gémit contre lui. Il ne trouve rien que de brusques violences, ces colères qui faisaient dire à M. Gornac que sa belle-fille était « soupe au lait », — des préférences aussi, des antipathies irraisonnées : que ce fût le nouveau curé, un vicaire, un métayer, un domestique, elle les portait aux nues quelques jours, puis souvent, pour une vétille, se détournait d'eux. Mais cela ne signifiait rien. D'ailleurs, que savons-nous de ceux qui nous ont mis au monde ? Aucune chair ne nous est moins connue que celle dont la nôtre a tiré sa substance. Comment avait été sa mère au couvent ? Quelle jeune fille avait-elle été ? Sans doute, la rigueur de l'éducation et des usages l'avait faite pareille à toutes ses compagnes, à toutes les femmes vivantes de sa famille et à toutes celles qui s'étaient ennuyées avant elle dans ces tristes petites villes. Mais non, le milieu le plus étouffant n'étouffe pas tout dans un cœur. Pierre aurait pu songer à ces grains de blé trouvés dans les sarcophages et dont on raconte qu'après cinq mille ans, ils germent et s'épanouissent. Il aida sa mère à descendre de voiture; et quand ils furent dans le vestibule :

« Rappelle-toi, maman, qu'il faut que tu ailles voir

les Lagave, chez Maria. Es-tu en état de faire ta visite
à la famille ? »

Elle se redressa; il avait trouvé le seul mot qui pût
agir encore : elle devait une visite de deuil à la famille.
Elle demanda à Pierre d'y aller sans elle, lui promit de le
rejoindre dans une demi-heure.

« Je saurai me tenir; ne t'inquiète pas; le coup est
porté; c'est fini. »

Mais il aima mieux l'attendre. Il l'entendait marcher
dans sa chambre, au-dessus du vestibule. Quand elle
reparut, correcte, déjà gantée de noir, le front blanc
sous des bandeaux lisses, il soupira d'aise. Ses yeux[a]
étaient rouges encore; mais nul ne pouvait s'étonner
qu'elle eût pleuré : qui ne connaissait son bon cœur ?
D'ailleurs, les circonstances exigeaient que chez Maria
tous les volets fussent clos. On ne déchiffrerait rien sur
cette face.

Dans la salle de la maison Lagave, où la famille était
assise en rond, Pierre eut peur lorsqu'il entendit Maria
dire à Mme Prudent qu'elle avait retrouvé des mouchoirs
dans l'armoire de Bob, qui étaient marqués d'un É.

« Il avait dû vous les emprunter le jour qu'il a tant
saigné du nez. Si vous voulez venir voir... »

Élisabeth se leva, quitta le rond chuchotant et pénétra
d'un pas ferme dans la chambre. Chambre aux murs
blêmes, sépulcre vide. La poussière y dansait dans la
lumière qui fusait des persiennes. On eût dit une de ces
chrysalides diaphanes qu'abandonnent les cigales envo-
lées. Le lit était sans draps et le traversin affaissé, du côté
du mur où avait reposé la tête pesante. Le battant de
l'armoire grinça : une cravate y pendait encore. Élisabeth
ne quittait pas des yeux le lit : deux bras se tendaient
vers elle, et ce visage usé, amaigri, elle le vit; elle se
rappela ses pommettes, ses maxillaires trop saillants,
ses yeux creux, cette peau tirée : tête de mort, déjà.

« Oui, ils sont à moi, je les reconnais. »

Elle prit les mouchoirs, et, tandis que Maria la précédait dans la salle, elle aspira, le temps d'une seconde,
une odeur de tabac et d'eau de Cologne; puis, elle reprit
sa place.

Pierre obtint[b] de sa mère qu'après la cérémonie à
l'église, elle n'irait pas jusqu'au cimetière. Il était naturel

qu'elle demeurât auprès de Mme Augustin Lagave.
Ainsi put-elle mêler librement ses larmes à celles de la
mère du pauvre mort. Le soir, après le dîner, lorsque
M. Gornac eut regagné sa chambre, elle parut à Pierre
si tranquille, qu'il osa toucher au sujet brûlant, et lui
avoua qu'il avait écrit, la veille, à Mlle de La Sesque :
si la jeune fille ne lisait pas les journaux de Paris, peut-
être ignorait-elle tout encore... Mais Élisabeth, soudain
furieuse, l'interrompit : de quoi se mêlait-il ? Quelle
était cette manie d'entrer dans la vie des autres ? N'était-il
pas payé pour savoir ce qu'il leur en coûtait ? Ne lui
suffisait-il pas de prier pour eux, puisqu'il ne pouvait
se retenir de désirer que les autres fussent différents
de ce qu'ils étaient, puisqu'il ne pouvait résister à la
tentation de les changer, de les transformer ?...

« Si tu as écrit à cette petite de revenir ici, je t'avertis
que je la mettrai à la porte. Je ne supporterai pas la présence chez moi de celle qui a causé sa mort...

— Mais, maman, tu sais bien que c'est moi qui...

— Elle pouvait ne pas partir; et une fois partie, elle
pouvait revenir... Oui, toi aussi, sans doute, tu es responsable... Et moi ! qui aurais pu me lever ce matin-là,
et donner l'alarme à Bob pour qu'il retînt cette petite
sotte... Et j'ai dormi j'ai dormi, je ne me souviens pas
d'avoir jamais autant dormi. »

Elle se tut et pleura. Pierre errait à travers la pièce,
dérangeait les fauteuils, parlait de la volonté de Dieu,
invitait sa mère à adorer les desseins providentiels, fit
allusion à la fin chrétienne du petit Lagave. Mais elle
lui cria :

« Est-ce que Dieu t'a fait des confidences ? Nous ne
sommes sûrs que d'une chose : c'est que son corps est
dans la terre, qu'il pourrit, qu'aucun regard ne le verra
plus, qu'aucune main ne le touchera plus. Il n'y a que
cela de sûr. Tout le reste...

— C'est toi, maman, qui blasphèmes ainsi ? On
croirait entendre grand-père... »

Elle protesta qu'elle ne voulait pas blasphémer.

« Je ne sais plus rien... Je sais que je souffre. »

Elle répétait à voix basse :

« Je souffre... Je souffre... »

Pierre, cependant, rédigeait un télégramme pour
Mlle de La Sesque, afin de la détourner de venir à Viridis.

Il l'apporta à Galbert, en lui recommandant de le faire
partir le lendemain matin, dès l'ouverture du bureau
de poste. Quand il revint au salon, sa mère paraissait
sommeiller. Il ouvrit la fenêtre, sentit l'odeur du cuvier
qu'on aérait à cause des vendanges prochaines. Il
demanda à Élisabeth si elle voulait réciter avec lui la
prière du soir. Mais elle secoua la tête sans répondre.
Alors, s'éloignant un peu de la lampe, il s'agenouilla
seul, les coudes sur un fauteuil, la tête dans les mains.
Quand il se releva, il vit que sa mère avait quitté la
pièce sans l'embrasser.

Il fut debout dès l'aube[a], et, pour aller entendre la
première messe, dut traverser un épais brouillard. Des
passereaux criaient, qu'il ne voyait pas. Au sortir de
l'église, il suivit une route qui l'éloignait de la maison.
La brume se déchirait. L'odeur des pressoirs éveillait
en lui des impressions de vacances au déclin. Sur la
route déserte, il causait avec lui-même, se fortifiait dans
sa résolution de tout quitter sans tourner la tête, — impatient de retrouver son directeur, à Paris, et d'obtenir de
lui qu'il raccourcît le délai imposé avant sa séparation
complète d'avec le monde. Il pensait à Bob sauvé,
avec une tendresse paisible. Toute sa vie, toute sa vie
serait offerte en échange du salut de cet enfant, qu'il
avait insulté, qu'il avait précipité dans la mort; mais la
mort seule avait pu rendre vivant cet ange charnel.

De telles pensées[b] l'absorbèrent au point qu'il se
retrouva devant la maison sans savoir quelle route il
avait suivie. Il reconnut d'abord, contre le perron, une
auto arrêtée. Paule de La Sesque était là; le télégramme
n'avait pu l'atteindre. Partie d'Arcachon dès la veille,
elle avait dû coucher à Langon. Pierre frémit en songeant
aux menaces de sa mère : quel accueil avait-elle ménagé
à la pauvre enfant ? Il ouvrit la porte du vestibule, la
referma sans oser entrer. Non, il n'aurait pas le courage
de soutenir les regards de Paule. Il s'approcha de la
fenêtre[c] entrebâillée du salon d'où ne venait aucun éclat
de voix, y jeta un regard furtif. Tournant le dos à la
fenêtre, Paule était assise sur le bras du fauteuil, la tête
contre le cou d'Élisabeth. Pierre voyait la main de sa
mère caresser la nuque rasée de la jeune fille, et, parfois,
son autre main descendait le long du cou et du bras
nu, comme si elle y eût cherché une trace. Cette chair

pour laquelle le petit Lagave avait vécu et était mort, elle la tenait dans ses bras. Les lèvres de l'adolescent avaient glissé le long de cette paume, de ce poignet, s'étaient attardées à la saignée. Peut-être Élisabeth désirait-elle obscurément suivre sur ce corps une piste, et, comme un voyageur retrouve[a] la cendre d'un camp abandonné, s'arrêter longuement à une meurtrissure.

Pierre[b] s'éloigna de la fenêtre, gagna la terrasse, s'assit, les jambes ballantes, ainsi que Bob avait fait tant de fois. Il voyait en esprit un Dieu immobilisé[c] par trois clous et qui ne peut rien pour les hommes que donner du sang. Ainsi devaient agir les vrais disciples : n'intervenir que par le sacrifice, que par l'holocauste. On ne change rien dans les êtres, les êtres ne changent pas, sauf par une volonté particulière de leur Créateur; il faut les racheter tels qu'ils sont, avec leurs inclinations, leurs vices, les prendre, les ravir, les sauver, tout couverts encore de souillures; saigner, s'anéantir pour eux.

Ce garçon[d] de vingt-deux ans, assis sur une terrasse, ne se demandait pas si sa mère ne lui avait rien légué de cette passion surgie en elle, après tant d'années de sommeil. Les êtres ne changent pas, mais beaucoup vivent longtemps sans se connaître, beaucoup meurent sans se connaître, — parce que Dieu a étouffé en eux, dès leur naissance, le mauvais grain; parce qu'il est libre d'attirer à soi cette frénésie qui chez tel de leurs ascendants était criminelle, et qui le redeviendra peut-être dans leur fils[1].

Il entendit[e] s'éloigner l'auto de Paule, l'aperçut sur la route, entre les arbres, la vit descendre vers Langon; il suivit le plus longtemps possible la poussière qu'elle soulevait, l'imagina arrêtée devant le cimetière : la jeune fille traverse le porche où le char funèbre est remisé, elle foule cette terre de cendre, déchiffre des épitaphes, découvre enfin le caveau des Lagave, qui touche celui des Gornac (la mort n'interrompt pas leur voisinage). Des charrois cahotent derrière le mur sur la route de Villandraut; une locomotive halète et les scieries poussent indéfiniment leur plainte musicale et déchirante. Pierre songe que ce n'est pas à ce carrefour qu'il attendra la résurrection; il imagine ses légers ossements confondus avec le désert. Partir... Mais n'est-ce pas son devoir de demeurer encore auprès de sa mère? Non

qu'il se fasse des illusions sur le réconfort qu'elle trouve
à sa présence. Enfant, il se souvient[a] d'avoir éprouvé
pour elle une tendresse souffrante et jalouse; avec sa
mère, comme avec tous les êtres qu'il a chéris, Pierre
fut toujours celui des deux qui aime plus qu'il n'est
aimé et qui souffre[1]. Ces cœurs éternellement trompés
sont, ici-bas, du gibier pour Dieu. Pierre a écrit de sa
main, en exergue d'un journal intime, la parole du Christ
qu'entendit Pascal :

« Je te suis plus un ami que tel et tel, car j'ai fait pour
toi plus qu'eux, et ils ne souffriraient pas ce que j'ai
souffert de toi et ne mourraient pas pour toi dans le
temps de tes infidélités et cruautés... Je t'aime plus
ardemment que tu n'as aimé tes souillures[2]. »

Plus que tel et tel, plus que cette mère indifférente et à
qui, durant toute sa vie, il a coûté moins de larmes
qu'elle n'en a versé, depuis deux jours, sur la dépouille
d'un enfant étranger.

XII

Les événements retardèrent l'explication que Pierre
souhaitait d'avoir avec sa mère. Aux premiers jours des
vendanges, M. Gornac eut de nouveau une légère
attaque. Maria étant retenue dans sa vigne, Élisabeth
courait sans cesse de la chambre du malade au cuvier
et aux chais. Pierre lui proposa de l'aider, mais elle le
rabroua avec le même dédain qu'elle témoignait autrefois à son époux timide; ce n'était pas son affaire, il
n'entendait rien aux choses pratiques.

« Reste avec tes livres, et surtout ne te mêle de rien. »

Il se réjouissait de la voir ainsi reprise par la vie;
peut-être, à son insu, l'en méprisait-il un peu. Cette
grande douleur cédait aux soucis d'une récolte; elle
s'inquiétait que Galbert ne la volât pas, et vérifiait les
heures de présence des journaliers. Pierre la retrouvait
telle qu'il l'avait toujours connue.

Pourtant, il la voyait très peu, car, rompue de fatigue,
elle gagnait sa chambre, le dîner à peine achevé. (Une
religieuse de l'hospice venait, chaque soir, de Langon,

pour veiller M. Gornac.) Une seule fois, comme Pierre montait à son tour et, devant la porte de sa mère, étouffait ses pas, la croyant endormie, il lui sembla entendre des soupirs, des sanglots. Il s'arrêta, tendit l'oreille. La nuit était pluvieuse et tourmentée par le vent ; l'eau ruisselait sur les vitres du corridor, sur les tuiles, faisait du bruit dans les gouttières. Comment distinguer une plainte humaine et la détacher de ce gémissement universel ? Le lendemain matin, le visage à la fois placide et affairé d'Élisabeth Gornac rassura son fils : il crut n'avoir entendu gémir que la nuit d'automne.

Mais cet affairement de sa mère était aussi ce qui le retenait de lui rien dire touchant sa vocation. S'il ne doutait pas qu'elle ne pût se passer aisément de lui, il craignait, en revanche, qu'elle ne souffrît de le voir renoncer à son héritage, et qu'elle ne se désintéressât de propriétés destinées à tomber, un jour, entre des mains étrangères. Déjà, octobre[a] s'achevait sans qu'il eût pu se résoudre à aucune confidence. Ce fut Élisabeth qui, un soir, tendant au feu du salon ses bottines boueuses, lui demanda s'il comptait demeurer longtemps encore à Viridis. Il répondit qu'il hésitait à la laisser seule. Elle crut qu'il faisait allusion aux vendanges, à la maladie de M. Gornac, et le blessa en s'écriant :

« Oh ! pour ce que tu m'aides ! »

Il repartit qu'il s'agissait d'une séparation plus longue qu'elle n'imaginait et fit allusion à un attrait invincible, à un appel intérieur auquel il devait se rendre enfin. Il essayait de déchiffrer sur le visage de sa mère le retentissement de ses paroles ; mais le regard d'Élisabeth ne quittait pas le feu, et sa face, vivement éclairée, ne manifestait aucun trouble.

« Je n'ai jamais douté que ce ne fût ta voie, dit-elle enfin. C'eût été un drame si ton pauvre grand-père avait dû voir son petit-fils en soutane. Mais il baisse un peu plus chaque jour, il ne passera pas l'hiver ; inutile de lui rien dire : laissons-le mourir en paix. »

Elle lui demanda s'il comptait entrer au séminaire ou dans un couvent. Pierre hésitait encore ; mais sans doute ferait-il d'abord une longue retraite à la Trappe : l'Afrique l'attirait. À mesure[b] qu'il parlait, sa gorge se contractait parce qu'il avait le sentiment de ne parler à personne. Oui, le salon eût été vide, cette femme, sa mère, n'aurait pas été assise en face de lui, penchée vers le feu, qu'il ne se fût guère senti plus seul.

« Alors, maman, tu m'approuves ?

— T'approuver ? Tu fais ce que tu crois le mieux pour ton bonheur, mon pauvre enfant. »

Il accueillit cette appellation : « Mon pauvre enfant », comme un peu d'eau fraîche au temps de la plus grande soif. Il scruta le visage de sa mère, espérant y voir des larmes. Non, elle ne pleurait pas. Qu'il aurait voulu qu'elle pleurât ! Et lui qui, d'abord, n'avait songé qu'à la détourner de prévoir le futur abandon du domaine, il lui en parla, le premier, tant il avait le désir qu'elle souffrît. Mais elle l'interrompit d'un mot qui le stupéfia :

« Que veux-tu que cela me fasse ? Crois-tu que cela ait la moindre importance ?

— Mais, maman, songe qu'après toi tout sera vendu : j'aurai fait vœu de pauvreté; je ne veux pas garder un liard. Ces pins qui ont toujours été dans la famille, ces vignes que grand-père a plantées... »

Il ne s'était jamais soucié de ces choses, et, pourtant, l'esprit de sa famille, à cette minute, le possédait au point qu'il parlait avec autant d'amour que M. Gornac de cette terre, à l'instant de l'abandonner et de la trahir. Mais Élisabeth lui opposait la même insensibilité :

« Si ce n'avait pas été toi, c'eût été ton fils ou ton petit-fils... Rien ne dure, rien n'existe. »

Elle répéta, presque à voix basse :

« Rien... Rien... Rien... »

Pierre, alors, se leva, s'accroupit aux pieds de sa mère, et, comme au temps de l'enfance, mit sa tête sur ses genoux; il prit une main inerte et flétrie, l'appuya de force sur son front.

Il lui dit qu'il partait pour longtemps, peut-être pour toujours. S'il devait s'embarquer, elle viendrait le voir. Mais c'est la dernière fois en ce monde qu'ils vivent côte à côte, sous ce toit, dans ce vieux salon, comme une mère et son enfant. Ils ne seront plus jamais ensemble, ici-bas. Quel arrachement, pour un maladroit de fils qui n'a jamais su que l'irriter, qui n'a jamais su lui dire combien il l'aimait[a] !

Il l'a touchée, enfin : elle pleure, baisse la tête et ses lèvres cherchent le visage émacié, tourmenté, du garçon que personne au monde n'a choisi, que Dieu seul a

choisi. Elle pleure; mais le mort à qui vont ses larmes de
chaque nuit exige aussi le don de celles-ci. Notre douleur
suit toujours la même pente, elle coule toujours vers
le même être, fût-elle d'abord provoquée par un autre.
Élisabeth sanglote, maintenant, et elle ne sait déjà plus
quelle tête repose sur ses genoux. Le déchirement d'une
séparation éternelle l'empêche d'être sensible à cet
éloignement de son fils. Elle répète, comme en rêve :
« Mon petit, mon pauvre petit ! » à quelqu'un qui n'est
pas là.

Pierre se releva consolé. Ils demeurèrent ainsi sans
rien dire, se tenant les mains; lui ne doutait plus d'être
enfin, ce soir, en union avec sa mère. Mais elle écoutait
la pluie chuchotant sur la terre froide. Elle voyait,
par la pensée, cette pierre ruisselante où un nom et un
prénom n'étaient pas encore gravés. Elle imaginait la
solitude nocturne de ce lieu, les couronnes déteintes;
elle s'efforçait de violer les ténèbres du caveau, s'y
étendait en esprit, embrassait cette forme perdue, s'abî-
mait dans ce néant.

Pierre quitta Viridis peu de temps après la Toussaint.
M. Gornac mourut en décembre. Il avait accepté de
recevoir le curé, cédant aux raisons de sa bru : il n'était
pas sûr que tout fût faux dans ce qu'enseignait l'Église;
si les sacrements ne font pas de bien, ils ne risquent
pas de faire de mal. Maria Lagave, qui, à la fin des vendanges, avait fait une chute dans son cuvier, et s'était
brisé le fémur, ne lui survécut que quelques semaines.
Augustin Lagave, retenu à Paris, fut heureux de louer
sa propriété à Élisabeth. Elle visitait souvent cette
maison morte, allumait des feux de sarments dans la
chambre où Bob avait vécu; mais elle eut vite fait
d'épuiser ce qu'il avait laissé de lui-même entre ces
murs, et souffrit de n'y plus rien ressentir que de l'ennui.
Ses habitudes religieuses une à une se réveillèrent. Son
amour lui devint un sujet de scrupule; elle mit du temps
à en oser ouvertement l'aveu, et fut stupéfaite que son
confesseur — un père mariste de Viridis — ne vît pas
en elle un monstre incompréhensible.

« Vous êtes bien toutes les mêmes, ma pauvre fille,
répétait-il. Quand on connaît l'une de vous, on vous
connaît toutes. »

Elle s'étonna de ce que son cas n'était pas étrange. Son amour s'appauvrit de toute la singularité qu'elle lui prêtait naguère. Le père se garda bien de lui défendre de penser au mort, pourvu que ce fût devant Dieu. Elle apprivoisa ainsi le souvenir de Bob, il se mêla au troupeau quotidien de ses intentions particulières. Peu à peu, elle rentra dans ce qu'elle appelait le courant de la vie. La mévente du vin lui donnait du souci. Très riche, elle s'inquiétait pourtant de ce qu'il fallait « engouffrer d'argent » dans Viridis; elle n'eût pour rien au monde consenti à vendre un titre; ses revenus devaient suffire à l'entretien de la propriété; elle appelait cela : « être gênée ». Elle ne parlait à personne, incapable de s'intéresser aux affaires des autres; et les détails qu'elle donnait sur les siennes n'étaient pas de ceux qui passionnent les gens. Les notables de Viridis et de Langon lui faisaient une seule visite qu'elle rendait dans l'année. Élisabeth Gornac passait pour avare, bien qu'elle soutînt de sa bourse toutes les œuvres de la paroisse.

Un matin, à peine prit-elle le temps de lire le faire-part du mariage de Paule avec un grand propriétaire bazadais. Elle le déchira en menus morceaux, non dans un esprit de haine, mais par peur d'être réveillée, désengourdie.

La pensée[a] que les propriétés seraient vendues après sa mort ne l'en détachait pas. Peut-être même éprouvait-elle un contentement obscur de ce que Pierre avait renoncé d'avance à tous ses droits. Elle passa trois jours de printemps, à Marseille, auprès de lui, qui allait s'embarquer. Bien qu'il n'eût pas revêtu la soutane, son costume élimé, sa cravate, ses chaussures étaient d'un homme pour qui n'existe plus l'univers visible. Ils furent gênés, le premier jour, de n'avoir rien à se dire, puis se résignèrent au silence et, dès lors, attendirent en paix l'instant de l'adieu. Pierre avait foi en un monde où les êtres auront l'éternité devant eux pour se connaître enfin. Il ne cherchait plus à savoir ce que dissimulaient ce front placide, ces yeux sans regard. Elle pleura sur le môle, quand le vaisseau s'en détacha, mais fut heureuse dans le train qui la ramenait à Langon. C'était la saison où commencent les grands travaux, elle avait hâte d'être rentrée. La vigne fleurit, le raisin mûrit, les vendanges furent faites. La vie d'Élisabeth se confondit avec les saisons. La pluie, la neige, la gelée, le soleil, devinrent ses ennemis ou ses complices, selon qu'ils nuisaient ou qu'ils aidaient à sa fortune. Son corps lui annonçait longtemps à l'avance, par des douleurs, les changements du temps.

La graisse[a] gêna les mouvements de son cœur. Elle se déplaça de moins en moins, sauf pour aller au Bos. Le bruit courait dans le pays que Galbert la volait. Des lettres anonymes troublèrent un instant sa quiétude, mais elle aima mieux feindre de ne rien savoir. Elle se plaignait de Pierre qui ne lui écrivait que pour lui demander de l'argent : comme si elle n'avait pas eu ses œuvres !

Un jour d'été[b], elle descendit de sa victoria devant la porte d'un pâtissier, sur la place Maubec, à Langon. Une auto arrêtée trépidait au seuil de la même boutique. Une jeune femme trop bien habillée, un peu épaisse, distribuait des gâteaux à quatre enfants. Élisabeth reconnut Paule, qui détourna la tête. La vieille dame choisit une tarte, regagna sa voiture, qu'elle fit arrêter au cimetière. Elle traversa le porche où le char funèbre est remisé, foula cette terre de cendre, s'arrêtant parfois pour déchiffrer une épitaphe. Elle s'agenouilla sur la pierre de ses morts, mais non sur celle qui recouvrait les restes du petit Lagave et qu'elle considéra longtemps, immobile et debout. Elle remarqua que la grille du tombeau avait besoin d'être repeinte. Des hirondelles criaient dans le bleu. Une charrette cahotait sur la route de Villandraut. Les scieries n'interrompaient pas leur longue plainte. Les piles de planches parfumaient cette après-midi d'une odeur de résine fraîche et de copeaux. Une locomotive haletait, et sa fumée salissait l'azur. Deux femmes derrière le mur, causaient en patois. Un lézard — de ceux qui se chauffent sur la terrasse de Viridis — cachait à demi le nom de Robert Lagave et la date de sa naissance. Jour d'été pareil à des milliers de jours d'été, pareil à ceux qui brûleraient cette pierre lorsque la dépouille de Mme Prudent Gornac aurait rejoint tous les Gornac qui l'avaient précédée dans la poussière. Une détresse rapide, venue de très loin, montait, l'envahissait. Ah ! elle n'était pas encore aussi morte que ces morts. Elle ferma les yeux à demi, reconnut la chambre assombrie et pourtant diaphane ; le petit Lagave lui

tendait les bras, ses dents luisaient, sa poitrine était
nue. Elle s'approcha de la grille qui avait besoin d'être
repeinte, appuya sa figure aux barreaux, imagina d'insondables
ténèbres, une boîte scellée, un lambeau de drap,
de grêles ossements[a], se mit à genoux enfin. Le *De
profundis,* plusieurs fois récité, ordonna sa douleur, la
régla en la berçant. Une part d'elle-même s'apaisait de
nouveau, s'engourdissait. Dieu, qui était Esprit et Vie
dans son fils Pierre, était en elle engourdissement et
sommeil. Au seuil[b] du cimetière, elle aspira l'air. La
vieille victoria l'éloignait insensiblement de son amour.
À la montée de Viridis, le cocher mit le cheval au pas.
Voici l'endroit de la route où elle se souvenait toujours
d'avoir aperçu Bob enfant : il revenait de la rivière,
son petit caleçon mouillé à la main, il mordait dans une
grappe noire. Elle le vit encore, ce jour-là; elle vit aussi
que la maladie avait abîmé la vigne des voisins et se
réjouit de ce que Viridis était épargné. Mais il faudrait
exiger de Galbert qu'il y fît encore deux sulfatages.
Élisabeth Gornac redevenait un de ces morts qu'entraîne
le courant de la vie[c].

LE DÉMON
DE LA CONNAISSANCE

« Lange ! Maryan ! Vous ne jouez pas ! »

Les deux garçons s'éloignèrent un peu du mur. La cour de récréation n'était qu'un cri. En même temps que ces adolescents agitaient leurs jambes, il fallait encore, pour plus de dépense, qu'ils ne s'interrompissent pas de hurler. Seuls, Maryan et Lange ne prenaient aucune part à cette joie. Ils étaient « ceux qui ne jouent pas ». Le mépris du jeu, le goût des conversations particulières : voilà ce qui, au collège, nous desservait le plus sûrement. De quoi pouvaient s'entretenir Lange et Maryan ? Toujours appuyés au mur, il était difficile de les surprendre. M. Guillot, abbé aux pieds feutrés, si habile à surgir soudain comme un fantôme : « Vous disiez, mon petit ami ?... » M. Guillot ne pouvait tenter contre eux un mouvement tournant.

« Mauvais esprits », voilà qui était sûr; ils avaient mauvais esprit : loi des suspects, terrible et vague, contre laquelle nous demeurions sans recours. « Mauvais esprit » ne signifiait d'ailleurs pas mauvaises mœurs, mais plutôt esprit de libre examen. Lange et Maryan, selon l'abbé Guillot, aimaient mieux critiquer leurs maîtres et le règlement, que de jouer avec leurs camarades. Sinon, pourquoi, dès qu'approchait le surveillant, eussent-ils interrompu leurs colloques ?

Très exacts à se confesser et à communier chaque dimanche, ils ne pouvaient être soupçonnés de rien dire qui offensât la sainte vertu. Mais l'un et l'autre étaient

à tout le moins coupables de libertinage intellectuel.
Grâce à Dieu, la plupart des adolescents traversent la
classe de philosophie sans aucun autre souci que celui
d'emprunter à ces ratiocinations l'indispensable pour
être reçus bacheliers aux jours chauds. Si tous avaient
dû y prendre la même fièvre qui brûlait ces deux garçons,
nos maîtres n'auraient su à quel saint se vouer. Maryan,
surtout, faisait peur : en lui, la crise intellectuelle paraissait décuplée par l'effervescence du sang. Aucune grâce
ne voilait sur ce visage le mystère de la mue. Cette face
brûlante, comme tuméfiée, effrayait nos maîtres, et aussi
le désordre des gestes, cette sorte de folie qui rendait
notre camarade indifférent aux contingences[1]. Le sang
lui montait à la tête comme le vin nouveau; la connaissance le soûlait, et la musique. Soudain, au milieu de la
classe, il plaquait un accord sur le pupitre, et de la tête
rythmait un air qu'il inventait.

« Maryan ! à la porte ! »

Hilare, et l'air somnambule, il sortait. Ses mains, sur
une vitre du corridor, reprenaient un mouvement de
fugue, jusqu'à ce qu'à travers les ramures nues, il
remarquât le ciel décoloré de quatre heures. Ses mains
retombaient; il collait à la vitre une figure en feu.

Mais en étude aussi, la voix du maître s'élevait souvent
dans le silence :

« Maryan ! à la porte ! »

Le garçon tressaillait, et son air hébété, ses tics, excitaient à rire le surveillant. Comment le malheureux
eût-il compris que M. Schnieder le chassait, de
crainte que tant de grimaces ne lui fissent perdre son
sérieux ?

« Allez faire le singe chez M. le censeur. »

Accablé sous les retenues, Maryan ne luttait plus,
s'abandonnait. Les livres, la musique, il y aurait toujours
cela qui était l'essentiel; et le soir, dans le long omnibus
qui ramenait les demi-pensionnaires, la conversation à
voix basse avec Lange.

En dépit des punitions, des lectures clandestines, des
heures perdues au piano, il achevait en une heure des
devoirs qui l'eussent mis d'emblée à la tête de sa
classe ; mais le défaut de plan et quelques extravagances permettaient à nos maîtres d'humilier cet esprit
superbe.

« Laissons-nous faire prisonniers; nous pourrons causer. »

Lange et Maryan n'auraient su dire quel était ce jeu qui séparait en deux camps la cour : ils avaient vu seulement qu'une fois la limite franchie, on risquait d'être pris, et d'attendre en paix la fin de la bataille. Ils ne souhaitaient rien d'autre : une prison où n'être pas divertis d'eux-mêmes. Enfin les voici de nouveau réunis contre la barrière où sont parqués les captifs. Au-delà, les arbres nus ne cachent pas le ciel fumeux ni le mur de clôture. Des groupes ensoutanés vont vivement au long de ces allées dont l'accès nous est interdit.

« Non ! mon vieux, non ! répète Lange à mi-voix. Tu ne me feras pas croire que tu as la vocation. Toi, au séminaire ? Oh ! tu serais bien capable d'y rester ! Mais je ne te donne pas six mois pour être mis dehors... »

Maryan proteste :

« Je ne vois pas pourquoi... Il n'y a que la philosophie qui m'intéresse et, par-dessus tout, la philosophie religieuse... la métaphysique. D'ailleurs, où veux-tu que j'aille en sortant d'ici ? Tu peux imaginer, toi, une vie sans classes, sans études, sans récréations, sans discipline, sans règlement ? Tu me vois, à la maison, avec mon frère, mon père, obligé de monter à cheval, de suivre les « drags », d'assister à des dîners, peut-être même de danser ? Il me faut une vie arrangée pour le travail, à l'abri des autres hommes. Ah ! les murs du séminaire ! je ne les trouverai jamais assez hauts ! »

Lange l'interroge d'un air sournois :

« Es-tu sûr de n'aimer que le travail ? »

Maryan le dévisage : son regard est étrangement doux dans sa figure écarlate :

« Ce dont je suis sûr, dit-il enfin, c'est que personne ne peut m'aimer. »

Il regardait toujours Lange, il attendait une protestation. Mais l'autre dit :

« Ça, mon vieux, d'accord[1] ! »

Non que Lange fût méchant; mais il avait cet âge où l'on appelle « pue-du-bec », le camarade qui a l'haleine forte; « coco-bel-œil[2] », le borgne; « torte-gueule », celui dont la bouche est de travers[3]. Du même âge que Maryan, mais à demi baigné d'enfance, et la chair encore endormie, il détestait que les autres fussent passionnés.

Surtout chez Maryan, l'effervescence des sentiments lui paraissait ridicule. Il souffrit pourtant de l'avoir blessé et changea de propos :

« As-tu seulement la foi ? Oui, c'est entendu, tu crois à ta façon qui ne sera pas celle de tes supérieurs... »

Maryan l'interrompit, se répandit en protestations confuses. Au séminaire, il souffrirait sans doute; il serait poursuivi en haine des idées de progrès et de liberté ! Mais c'était sa vocation d'entrer dans l'Église pour aider au triomphe des idées nouvelles. À une époque où la science risquait de réduire à néant les preuves historiques du christianisme, il était urgent de mettre la Foi à l'abri de ses coups...

« Enfin, tout ce que j'ai développé dans mon travail DIEU SENSIBLE AU CŒUR... je vais l'envoyer aux *Annales de philosophie chrétienne*[1]. »

Lange lui demanda :

« Tu as parlé à Mone de ta vocation ? »

« Mone », ce prénom occupait l'esprit de Lange, depuis que Maryan avait soupiré : « Personne ne peut m'aimer. » Si Maryan ne rougissait pas de brûler pour la jeune femme de son frère aîné, Robert, c'était sans doute que sa flamme demeurait chaste. Mone était née dans un milieu « plus qu'ordinaire », comme on disait à Bordeaux. Élève du Conservatoire, et assidue aux concerts, elle y avait rencontré Robert Maryan, le fils du grand armateur. Elle sut lui résister à demi et le réduire au mariage, malgré les résistances furieuses de la famille et bien qu'elle fût de dix ans son aînée.

« Nos prévisions ont été dépassées... » disait-on chez les Maryan, comme si la maladie intérieure qui, après une fausse couche, obligea Mone à subir plusieurs opérations chirurgicales et à demeurer presque tout le jour étendue, lui avait été infligée par le Dieu des honnêtes gens. Robert s'était bientôt dépris de cette malade dont le débauché trouvait commode la maladie. Il ne désirait pas sa mort, mais au contraire la bénissait de le défendre contre les offensives matrimoniales de la famille. On répétait chez les Maryan que « cette femme le tenait encore » parce que Robert n'admettait point qu'on parlât devant lui d'annulation. D'après les avis des médecins, il avait installé Mone dans une propriété, à six lieues de la ville. Elle y vivait avec sa mère (que les

Maryan disaient être de « style concierge ») — désarmée,
l'esprit tendu vers le mari absent, à peine entrevu,
chaque dimanche. Nulle autre visite que celle de son
jeune beau-frère, dont la passion l'irritait ou la divertissait, selon les jours, mais, disait-elle, « il ne déchiffre
pas mal ».

« Enfin, demanda Lange, qu'est-ce qu'elle a, ta
belle-sœur ? »

Maryan répondit :

« L'intérieur... tu sais, les femmes, c'est un organisme
si compliqué... »

Ils rêvaient tous deux, Lange avec une vague appréhension, Maryan avec piété, à ce monde inconnu du
corps féminin.

Maryan fut interrompu par le grand Gaussens qui le
poussa contre la barrière, l'immobilisa, tandis que de sa
main libre il élevait à la hauteur de ses yeux une photographie. Maryan se dégagea, rejoignit Lange, qui,
croyant à une de ces brimades auxquelles Maryan était
accoutumé, reprit les propos interrompus.

« Tu ne m'écoutes pas, Maryan... Pourquoi ces
grimaces ?

— Tu n'as pas vu ce que m'a montré Gaussens ?

— Quoi ?

— Non, rien... rien ! je te dis... »

Un coup de sifflet les interrompit, les élèves se mirent
sur un seul rang. Lange marchait devant son ami qui lui
souffla :

« Tu as vu cette affiche, au coin de la rue de la Croix-
Blanche et du boulevard ? Elle annonce le nouveau
feuilleton du *Petit Parisien* : *Chaste et flétrie*[1]... »

Il éclata de rire. Lange demanda, sans presque remuer
les lèvres :

« Quel intérêt ça a-t-il ? »

Mais Maryan répétait de son air le plus idiot : Chaste
et flétrie ! Chaste et flétrie ! La voix de M. Schnieder
s'éleva :

« Maryan, une heure d'arrêt. »

L'étude du soir commençait : deux heures de silence,
de chaleur et la nuit s'épaississait derrière les vitres. Un
papier plié tomba sur le pupitre de Lange. Il l'ouvrit
et lut encore : *Chaste et flétrie*. Il haussa les épaules,

affectant de ne pas regarder son camarade qui, derrière
lui, se tordait, toussait, devenait écarlate.

« Maryan, à la porte ! »

Lange suivi d'un œil presque envieux son ami; car ils
étaient l'un et l'autre sensibles à l'atmosphère du collège,
le soir, lorsque le ciel nocturne éclaire seul les corridors,
jusqu'à l'heure où les omnibus s'enfoncent dans la nuit
froide avec leur cargaison d'écoliers.

Maryan ni Lange, au long de leurs jours futurs, ne
seraient plus jamais pénétrés par le silence de l'espace
tel qu'ils le percevaient à travers les vitres embuées
de l'étude, à travers les platanes confus de la cour.
Jamais les nuits d'hiver n'auraient plus pour eux, comme
au sortir de l'étable chaude qu'empuantit un bétail
adolescent couché sur des pupitres, cette pure odeur de
fumée, de givre et de brume.

II

Il ne déplut pas aux Maryan de jeter ce fils disgracié
au fond d'un sac noir, au fond d'une soutane, comme
un chiot sans race qu'il vaut mieux noyer. Tout l'effort
de la famille se concentrait sur l'aîné, Robert, en dépit
de son « bête de mariage ». Bien que deux cas d'annulation eussent été invoqués, la famille avait choisi d'être
patiente : médecins et chirurgiens menaçaient la jeune
femme d'une nouvelle intervention, et ils craignaient
qu'elle la supportât mal. Les Maryan ne firent donc
aucun effort pour détourner leur second fils du séminaire. Ils voulurent seulement trouver à cette folie une
raison que le monde pût accepter. Un jour que l'adolescent sortait de la cathédrale, une femme s'était précipitée
de l'une des tours. On eut le front d'attribuer la vocation
de notre camarade à l'ébranlement nerveux que lui avait
donné ce spectacle. Mais nous savions tous qu'il avait,
depuis longtemps déjà, renoncé au monde.

Durant ce premier hiver, lorsque Lange, après une
visite à Maryan, quittait le grand séminaire, c'était bien
moins sur son ami que sur lui-même qu'il éprouvait

le désir de pleurer. Entre ces hauts murs, Maryan pouvait enfin jeter tout son feu. La doctrine officielle, le rudiment de théologie qu'il fallait remâcher, l'irritait sans doute, mais décuplait la puissance de sa révolte. Dans le troupeau clérical il connaissait pour la première fois ses prestiges. Au collège, l'intelligence ne lui avait servi de rien, — valeur qui n'avait pas cours parmi ces fils de grands bourgeois uniquement soucieux d'argent, d'audace, de force, de beauté. Au séminaire, la pensée reprenait ses droits et le jeune clerc goûtait avec enivrement le pouvoir d'un esprit sur les esprits qui lui sont inférieurs. Puisqu'il ne pouvait atteindre au suprême degré de puissance, il atteindrait au suprême degré de connaissance. Mais, d'ailleurs, connaissance déjà signifie puissance; déjà, autour de Maryan, la pâte cléricale levait.

Lange se rappelle ses visites au grand séminaire, le soir. C'était un Carmel désaffecté, terriblement nu et froid[1]. Les moniales avaient inscrit sur tous les murs des paroles du Christ. Lange reconnaissait la cellule de Maryan à cet appel qui éclatait en lettres rouges au-dessus de la porte : « Ma fille, donne-moi ton cœur. » Dans quelle misère vivait cet adolescent, dans quelle atmosphère de moisissure, de seau à toilette ! Des livres partout, sur les carreaux, sur les chaises, sur le lit éternellement défait, entre la cuvette remplie d'eau sale et le blaireau savonneux. Maryan était assis à sa table, un chandail passé sur sa soutane. Il se levait, à l'entrée de Lange et tout de suite « parlait idées ». Il ne souffrait ni de la saleté, ni du froid. Il avait refusé l'existence à cette immense misère physique; il la niait. La vie intérieure est la seule réalité, — et les âmes. Il ne connaissait que les âmes.

« Tu ne saurais imaginer les belles âmes qui vivent ici. Je règne sur elles, je les dirige, je les sauve de leur directeur.

— Mais les directeurs, Maryan ?...

— Ils ne comptent pas. Je crois à la Vérité, non parce que les directeurs me l'enseignent mais parce que l'amour m'y pousse.

— Mais enfin ils peuvent intervenir; ils peuvent sévir...

— Les victoires spirituelles sont gagnées par des

armes spirituelles. Toute coercition serait vaine. Tu connais l'admirable moquerie de Loisy[1] quand il avoue ne posséder point, dans le chétif répertoire de ses connaissances, l'idée de science approuvée par les supérieurs ? Mais assieds-toi... attends que je débarrasse la chaise. Tu veux que je te lise le début de mon travail sur l'Autorité ? »

Lange relève le col de son pardessus. À travers les vitres souillées, les branches nues du platane remuent. C'est le même ciel fourmillant du collège. Maryan n'a pas changé d'atmosphère. Il lit trop vite, avec l'accent de la passion et prête de la beauté aux formules ressassées : « C'est toujours nécessairement nous-mêmes qui parlons à nous-mêmes et qui élaborons pour nous-mêmes la vérité... Nous sommes déférents vis-à-vis des interprètes officiels de la pensée de l'Église ; nous interprétons cependant leurs interprétations d'après la règle plus haute et suprême de la vérité catholique, c'est-à-dire de la pensée du Christ. C'est Lui qui nous envoie vers eux, ce ne sont pas eux qui nous envoient vers Lui... »

Lange songe : « Il a mon âge, l'âge de tous mes camarades soucieux d'être bien habillés, d'être reçus dans le meilleur monde, d'avoir des femmes qu'ils puissent montrer. Que sont leurs plaisirs au prix de cette passion qui brûle tout près de moi ? »

Lange était trop jeune encore pour pressentir que cette frénésie dans la révolte spirituelle dénonçait la sourde complicité de la chair. Jugulée, méprisée, la chair prenait le masque de l'esprit et lui prêtait de sa terrible exigence. Maryan ne voulait pas que le quatrième Évangile fût de saint Jean, mais pourquoi ne pouvait-il soutenir cette conjecture sans que la voix lui manquât, tant il y mettait de passion ? Toujours vainqueur dans ces sortes de disputes, il ne se demandait pas d'où lui venait ce génie d'invectives et de moqueries, qui désarmait d'abord l'adversaire, le couvrait de ridicule et le réduisait au silence.

Vers le temps de Pâques, Lange reçut cette lettre de Maryan :

Mon ami, je quitte le séminaire : on me chasse. Ils ont raison, à leur point de vue : ils veulent faire des saints, et je répugne à la sainteté. Ils veulent que nous possédions la vérité, et je hais la vérité possédée, trouvée une fois pour toutes. Avoir trouvé, c'est ne plus penser. Chercher, critiquer, connaître, s'aventurer, tout est là.

Pourtant, tu le sais, mes audaces ne sont que dans l'ordre de l'esprit. Je frémis de quitter ma cellule : j'ai peur des hommes. Me laisseront-ils travailler ? J'ai tant de choses à écrire ! J'ai tant écrit déjà ! Je ne vois pas encore très clair en moi ; mais je pressens que la vie est une affaire d'amour, — une poursuite, non une contemplation. Ne crois pas surtout que j'aie renoncé à Dieu. Je ne me suis jamais senti si près du Christ. Ils n'arriveront pas à me séparer de Lui. Mais même je prétends ne pas sortir de l'Église. Les dogmes m'apparaissent comme de grands thèmes intellectuels. Comment les rejetterais-je ? Ils sont les lignes de faîte de l'esprit. Seulement, je n'admets aucune solution imposée. Enfin je t'expliquerai... car nous nous verrons bientôt et longtemps. Il le faut. J'ai un projet... Écoute : la seule pensée que tu pourrais dire non me glace.

Mon ami, je ne t'ai jamais rien demandé, je n'ai jamais rien exigé de toi. Tu entendras donc mon appel..., d'ailleurs tu peux trouver à l'accomplissement de mon désir un incalculable profit. Voici : je t'avouais mon tremblement à être rejeté dans la vie ; et je sais que toi-même, tu traînes une existence honteuse, dérobée, sans amis, sans amours, séparé de tout par la famille ; — toi plein de trésors que tu ignores, parce que ta famille, des camarades imbéciles t'imposent l'idée misérable qu'ils se font de toi. Ta vie me rappelle la vie cachée de Jésus. Son regard n'étonnait même pas sa mère, peut-être... Eh bien, il ne faut pas qu'en nous l'adolescent corrompe, empoisonne l'homme futur. Il est temps de rassembler nos forces, d'apprendre à nous connaître, il est temps de nous définir enfin. J'ai pensé que nous pourrions passer ensemble les vacances de Pâques, à Terrefort, cette propriété que Robert a louée pour Mone. Elle nous y recevrait volontiers. Sa mère doit prendre les eaux à Dax, à ce moment-là ; et c'est à peine si Robert paraîtra le samedi soir. Nous serons seuls, tous les trois, dans cette campagne. Il y a un vieil Érard encore excellent. Nous apporterons des livres... Toi, Mone, la nature... Nous serons ivres de métaphysique, de musique. Nous nous dilaterons à la mesure du monde. Nous apprendrons à oublier ce pauvre souci de salut individuel qui nous annihile. Saint Thomas, sur ce point, est d'accord avec les Grecs : la connaissance nous rend aptes à devenir toutes choses. Tu verras : je t'initierai à Plotin, à saint Bonaventure. Ils savaient, eux, que Dieu

*anime, travaille amoureusement*ᵃ *l'univers comme chacun de nos
cœurs. Le salut, c'est de se grandir à la mesure du monde.
Le salut et la liberté, c'est même chose. Nous allons accueillir
les idées, mais non pas ainsi que des consignes et des mots
d'ordre ; ni non plus comme si elles étaient saisissables et
transportables. Et nous prierons ! Prier c'est adhérer au
surnaturel et non*ᵇ *à des formules... Ô bonheur ! Réponds-
moi vite chez ma mère où je serai après-demain.*

*Mon ami, j'exulte et je souffre pourtant. Je voudrais
épargner dans mon cœur ceux qui me rejettent. Si je m'arrache
du christianisme qui mécanise et qui tue, pour adhérer au
christianisme qui vivifie, je ne fus pas en vain, pendant des
années, dressé à la docilité, à la crainte. Ceux que je crois
haïr, comme ils ont gardé de puissance sur mon être ! Toute
ma philosophie cède parfois à des élans de tendresse apeurée.
Croirais-tu que l'amour de Dieu en moi, n'a guère été entamé
jusqu'à présent par ma fureur critique ? Je suis dévoré de
curiosité sacrée, d'inquiétude divine. Mon cœur n'est pas
moins exigeant que ma pensée. Je voudrais que la Vérité
coïncidât avec celui que j'aime : le Christ. C'est là mon drame,
notre drame. S'il fallait pourtant le sacrifier à la vérité entrevue, ce Bien-Aimé !*

*Mon ami, je t'écris dans cette cellule où je n'ai plus que
quelques heures à vivre, où j'ai tant souffert, tant travaillé,
tant prié. Pour la première fois, mes yeux voient ce carrelage
misérable, ces murs souillés. Pour la première fois, je remarque
cette odeur de savon, de moisissure et de souris. Je commence
à comprendre ton exclamation : « La plus pauvre servante
ne voudrait pas de cette tanière ! » Mais bien loin d'en faire
grief à ceux qui m'y ont accueilli, je les admire de créer une
atmosphère si brûlante qu'un jeune être ici oublie tout ce qui
touche à la chair. Nos directeurs ne sont guère mieux logés
que nous. C'est cela qui demeure admirable au séminaire :
voilà les derniers idéalistes du monde. Ils n'ont rien à attendre
du siècle, que la pauvreté, la solitude, le mépris, l'abandon.
Rien n'existe à leurs yeux hors la vie intérieure, la recherche
de la pureté et de la perfection. Ah ! comme je suis avec eux,
parfois, en dépit du soulèvement forcené de mon esprit... Mais
non ! non ! je ne veux pas céder à ce charme. Il y a de l'absurde
dans leur renoncement. Cet idéal surhumain, j'y flaire un
piège tendu dès le seuil de la vie aux belles âmes jalouses de se
dépasser. Et pourtant... tu vois le va-et-vient de ma pensée,
— ce flux et ce reflux éternel qu'il me semble que la mort*

même n'arrêtera pas. J'attends ta réponse dans une angoisse inexprimable. Toute notre destinée, peut-être, repose entre tes mains. Mone se réjouit de connaître cet ami dont je lui ai parlé avec tant d'amour.

III

« J'avais rêvé cette heure dans un excès de chaleur, de lumière... Mais il y aura du feu en nous... »

Lange dit qu'il avait les pieds glacés. La pluie ruisselait aux vitres du vieil omnibus qui ramenait de la gare les deux amis, à travers une campagne transie. Maryan considérait Lange avec inquiétude : il aurait froid, il aimait ses aises, il ne pouvait supporter de souffrir, il s'ennuierait...

« Tu ne peux te figurer la vue qu'on a de la route, à cet endroit, quand il fait beau. »

Lange ne répondit pas. Il avait relevé le col de son pardessus. Maryan l'agaçait avec son parti pris de tout transfigurer : « Efforçons-nous de préférer cette pluie à tout... répétait-il.

— C'est de Gide, dans les *Nourritures terrestres*[1]... J'ai le bouquin, il te plaira... surtout parce que tu n'as pas lu Nietzsche. »

Lange l'interrompit d'un air pincé :

« J'ai les *Morceaux choisis* de Nietzsche[2].

— C'est insuffisant : j'ai écrit à Mollat, le libraire, pour souscrire à l'œuvre entier qui est en cours de traduction au Mercure. Voilà la maison... Sinistre, sous cette pluie, hein ? Mais tu ne peux imaginer ce que ça donne dans le soleil, cette vieille cour. Fais attention : il y a de la boue comme en novembre. »

Ils accrochèrent leurs manteaux dans une salle de billard carrelée dont les murs lézardés étaient salis de moisissures. Mais au salon où Maryan introduisit Lange, un feu de sarments éclairait le plancher et l'acajou des fauteuils. Une femme lourde, à la face bistrée, fumait, étendue sur un divan de reps rouge, elle ne se leva pas, mais posa seulement son livre. La main qu'elle tendit à Lange n'était pas très soignée. Ses paroles précipitées

trahissaient de la gêne : elle devait manquer d'usage;
elle interrogeait à mi-voix son beau-frère :

« Faut-il demander le thé tout de suite ? J'ai dit qu'on
débouche la bouteille de xérès...

— Mais, madame, je n'ai besoin de rien...

— Si, il faut que vous preniez quelque chose de
remontant. Nous n'avons pas de chance : l'année dernière, à Pâques, nous passions toutes nos journées
dehors. »

Maryan avait cet air embarrassé et timide du collégien
qui amène la première fois chez ses parents un camarade.
Lange s'étonnait que Mone fût si commune. « C'est
tout de même une Maryan », se disait-il avec admiration.
Fils d'un gros quincaillier, il trouvait du plaisir à respirer
sous le toit des Maryan. Sensible à l'atmosphère d'une
pièce où le feu claque, à l'odeur de lilas, de cretonne
et de fumée, il se désengourdissait, devenait plus loquace.
Maryan faisait le fou, imitait M. Schnieder : « Passez-
moi à la porte. » Le rire le congestionnait.

« Tu te rappelles, quand par la fenêtre de l'étude, on
voyait le directeur réciter son bréviaire dans la cour...
Je te disais : " On l'a sorti; maintenant on va le rentrer. "

— Ce n'est pas très drôle, dit Mone.

— Mais si... parce qu'il ressemblait à un aurochs... »

Lange et Maryan avaient tout un jeu de plaisanteries
savoureuses pour eux seuls. Mais Lange s'aperçut que
Mone les considérait d'un air dédaigneux. La conversation tomba. Maryan se mit au piano : « Bach ! » dit-il
simplement. Des tics le défiguraient. Mone et Lange
échangèrent un regard.

« Vous l'imaginez, dit-elle à voix basse, sur une
estrade dans un concert ? Le public poufferait. »

La conversation prit subitement comme un feu. Ils
parlèrent de Maryan; une étrange rancune les unissait
contre ce fou. Malgré tous ses dons, il n'arriverait à rien.
Aucune mesure, nulle pondération. Cela lui faisait une
belle jambe d'être si intelligent, si musicien. Certes,
l'intelligence, le don musical, on ne pouvait lui retirer
cela... Après chaque coup de patte, ils lui rendaient,
malgré eux, ce témoignage. Impossible d'être plus doué...
Leurs propos trahissaient une commune admiration
mêlée de dégoût.

« N'est-ce pas, monsieur, une étrange destinée pour

une femme, que de n'avoir d'autre adorateur ? Prisonnière dans cette campagne, je ne peux me défendre par la fuite... et mon mari n'est libre que le dimanche. Certes, j'aime bien votre pauvre ami... mais tout de même, il y a des moments où il m'irrite (je ne le dirais pas à un étranger, mais je peux bien le dire à vous), et notez qu'il me distrait beaucoup : quand ce ne serait qu'à cause de la musique... Et puis, il a tout lu, tout compris ; il m'explique des choses. Mais que voulez-vous, il y a des moments où j'aimerais n'importe quel garçon plus normal, plus ordinaire... Je ne vous choque pas ? »

Lange répondit « qu'elle ne pouvait pas se douter à quel point il la comprenait ».

« Pourtant, comme ami, il doit être extraordinaire ! »

Lange soupira :

« On ne plane pas toujours. Je préférerais souvent, moi aussi, un camarade bon enfant, qui me dégourdirait un peu, et m'obligerait à sortir. C'est inouï pour un garçon, mais c'est vrai que j'aurais eu besoin d'un camarade qui m'apprenne à m'amuser... Maryan m'entraîne toujours davantage loin de la vie. Sans compter que ce n'est pas toujours drôle de sortir avec lui... Vous allez trouver que je ne suis pas gentil, mais nous qui l'aimons, nous pouvons bien reconnaître, entre nous, qu'il n'est pas toujours présentable... D'ailleurs, il ne m'a même pas fait connaître ses parents... Il trouve tout le monde bête[1]. »

Sans s'interrompre de jouer, Maryan s'exaspérait d'entendre leurs chuchotements. Pendant qu'il était au piano, il ne pouvait souffrir les conversations à voix basse. Il rabattit le couvercle :

« De quoi parliez-vous ? »

Ils ne surent que répondre. Ses yeux brillants erraient de l'un à l'autre.

« On étouffe, ici ».

Il alla à la fenêtre, l'ouvrit. Un vent humide gonfla les rideaux. Mone protesta qu'il voulait sa mort. Il referma la fenêtre, se plaignit d'avoir le sang à la tête, et proposa enfin à Lange de revêtir des imperméables et de « braver les éléments ».

« Mais laissez donc M. Lange tranquille : il aime mieux bavarder ou lire au coin du feu, que de patauger dans cette boue. »

Maryan revint s'asseoir au piano.

« Tu connais la sonatine de Ravel ? »

Tandis qu'il jouait, il ne cessait d'être attentif à leurs voix étouffées. Mone et Lange parlaient de lui. De quoi eussent-ils pu parler ? Sans doute, Lange devait répéter cette comparaison dont il était si fier : « Maryan est un orchestre pas dirigé... un orchestre dont le chef est devenu fou...

— Non, décidément, j'étouffe. Il faut que je marche. Tu viens ? Tu ne vas pas me lâcher ? »

Comme Lange lui montrait la pluie contre les vitres, Maryan assura « que c'était délicieux, la pluie sur la figure ».

« Merci, mon vieux... très peu pour moi, ajouta Lange (du même ton que son père, le gros quincaillier).

— Alors, j'irai seul. »

L'air tragique de Maryan agaça son ami :

« Je t'en prie, fais comme si je n'étais pas là. »

Maryan aurait mieux aimé rester, mais il n'osa pas. Il décrocha dans le vestibule son imperméable. Dehors, il marchait vite, faisait des gestes. Qu'est-ce que cela pouvait lui faire qu'ils parlassent de lui ? Et si Mone allait accaparer Lange ? Il s'amusa à imaginer une intrigue... Mais c'était invraisemblable. Aux yeux de Mone, aucun autre homme n'existait que Robert... et la femme à qui s'attacherait Lange n'était pas née encore ! Pourtant il avait eu tort de les réunir sous le même toi : ces deux bonheurs se détruisaient l'un l'autre. Si encore le soleil avait lui ! Mais non : le beau temps ne rendrait pas cette campagne moins sinistre.

Maryan avait suivi d'instinct le chemin de l'église. Vieille église sans prêtre, desservie, le dimanche, par un curé chargé de trois paroisses. Il s'assit près du bénitier. Quel abandon ! Des recueils de musique déchiquetés étaient ouverts sur l'harmonium. Des fleurs pourrissaient devant l'autel depuis le dernier dimanche. Maryan s'attachait à des lambeaux de pensée, les yeux fixés sur le tabernacle : La Substance ? la Forme ? l'Eucharistie est proprement « impensable ». « Cette génération demande un signe... » Pourquoi est-ce mal, selon le Christ, que de demander un signe ? Pascal a eu besoin d'un signe : l'importance du miracle de la Sainte-Épine dans sa vie[1]. Un signe, le moindre signe de la présence eucharistique, et l'univers s'animerait de nouveau, le souffle de Dieu emplirait les branches mouillées; son éternité apparaîtrait dans les yeux de Mone, dans les yeux de Lange. Silence de cette église morte. Sans prêtre, sans fidèles, elle est, au bord d'une route perdue, la trace d'un pas qui s'efface... Qu'est-ce que le christianisme dans le monde ? Que la Méditerranée est petite ! Les Juifs... pourquoi les Juifs ? À l'intersection de l'Orient et de l'Occident...

Maryan sentit le froid. Dehors la pluie redoublait; la porte du clocher était ouverte. Il s'engagea dans l'escalier; et comme le vent couvrait le bruit de ses pas, il surprit au premier tournant un couple debout, furtif, dans un désordre de pauvres flanelles. Maryan redescendit quatre à quatre; mais ce qu'il avait vu, l'espace d'une seconde, l'obsédait, le torturait; il marchait comme un fou. La joie charnelle... la seule tangible... Désespoir que ce fût justement celle-là qu'il dût manquer... et pour qui ? pour qui ? Il ferma les yeux, vit en esprit un regard. (C'était toujours un regard qui brillait en lui lorsqu'il pensait au Christ.) L'amour du Christ. C'est une réalité. Mais n'avait-il, à cet amour, sacrifié les exigences de la pensée ? une intelligence partielle, c'est cela qu'il avait été. Dans l'ordre de la vie, l'amour de Dieu suscite de grandes œuvres; mais dans l'ordre de la pensée, ne nous détourne-t-il des problèmes essentiels ?

Maryan se réveille devant la maison, et voit, à travers les vitres du rez-de-chaussée, Lange assis à la même place où il l'avait laissé près de la chaise longue de Mone. Le feu les éclairait vivement. Mone riait de ce que lui racontait le jeune homme volubile.

« Ils parlent de moi... »

Maryan n'osait entrer; il souffrait; aucune jalousie d'ailleurs; ces deux êtres chers devaient s'unir contre lui... Debout sous la pluie, dans l'ombre commençante, il s'efforçait d'imaginer ce qu'eût été sa douleur s'il les avait surpris s'étreignant comme ce couple, tout à l'heure, dans le clocher... Mais cela, c'était de l'invention romanesque[1]... Il se sentait la proie d'une autre douleur plus humble, plus basse. Mone et Lange parlaient de lui. Ils mettaient en commun ce qu'ils savaient de son cœur torturé. Il vit Mone faire en riant un signe de dénégation. Lange rapprocha sa chaise; il semblait demander quelque chose avec insistance. La jeune femme parla seule un instant; elle faisait beaucoup de gestes comme presque tous les méridionaux de la classe moyenne. Elle mimait son récit, jouait pour Lange une véritable comédie : Maryan la vit s'étendre un peu plus sur sa chaise longue, prendre l'attitude du sommeil, puis soudain se redresser, se frotter violemment les lèvres avec un mouchoir. Lange éclata de rire, pouffa. Dans une brusque illumination, Maryan découvrit le sens de cette mimique. Oui, ce ne pouvait être que cela... Ce ne pouvait être que cette histoire-là qu'elle racontait à Lange. Oh ! Dieu ! il se souvient : c'était au mois de septembre dernier; il avait pénétré, à l'heure de la sieste, dans le salon; s'était approché de Mone qu'il croyait endormie. Un instant, il l'avait contemplée... Elle faisait exprès de donner à son souffle le rythme du sommeil. Ce cou gonflé, cette tête renversée, et la bouche un peu entrouverte... Si elle ne dormait pas vraiment, n'était-ce une invite ? Il s'était penché vers elle pour le plus maladroit baiser. Elle avait poussé un cri. Comment le malheureux ne reconnaîtrait-il pas ce geste de se frotter les lèvres avec un mouchoir, qu'elle refaisait maintenant pour amuser Lange ? Elle lui avait dit : « C'est dégoûtant... mais regardez-vous donc dans la glace... Si je le répétais à votre frère... » Un peu plus tard, elle s'était calmée. Elle lui avait promis de n'en rien dire à personne. Et la voici, avec Lange, penchée sur ce sale souvenir, sur cette image grotesque dont Maryan avait été longtemps poursuivi, jusqu'à se réveiller la nuit en sursaut, jusqu'à souhaiter de mourir pour échapper à cette obsession.

Que va-t-elle raconter encore ? Elle fait des deux mains un geste de dénégation; mais Lange semble la supplier de parler. Maryan croit l'entendre : « Madame, je vous en prie... À moi, vous pouvez tout dire sur lui; ça n'a pas d'importance, puisque nous sommes ses amis... » Mone visiblement hésite, secoue la tête avec un vilain rire; elle doit répéter : « C'est impossible à raconter. » Maryan pâlit. Est-ce qu'elle oserait dire à Lange l'autre chose... la chose affreuse ? Un jour il sortait de la salle de bains, vêtu d'un peignoir... Il avait rencontré Mone dans le corridor... Il avait fait exprès de... Non, elle ne va pas livrer à Lange cette ignominie ?... Pourquoi cache-t-elle sa figure ? Il voit, dans la lueur du foyer, sur le visage de Lange, cette expression d'inquiète convoitise d'un homme à qui on annonce une histoire tellement répugnante qu'on n'aura peut-être pas le courage d'aller jusqu'au bout. Maryan ouvre la porte du vestibule, pénètre comme un fou dans le salon.

Mone s'interrompit au milieu d'une phrase. Il balbutia :

« Je courais sous la pluie. »

Il enleva son manteau et son chapeau ruisselant. Mone lui dit qu'il allait tout salir.

« Il y a des portemanteaux, à l'entrée. »

Il revint, s'approcha du feu.

« Et vous ? Qu'avez-vous fait ? »

Lange assura qu'ils avaient bavardé comme de vieux amis.

« De quoi avez-vous parlé. »

Mone répond : « De mille choses... » Lange, très vite, ajouta :

« Surtout de l'Encyclique. »

C'était l'époque de la condamnation du modernisme par le pape Pie X[1].

« Nous disions que... »

Lange disserte et Maryan reconnaît les propos qu'il a lui-même tenus maintes fois devant son ami. Cet écho misérable de sa propre pensée l'irrite; et soudain, par un de ces brusques changements qui toujours déconcertaient Lange, il épousa la thèse de Rome. Plus tard, Mone et Lange devaient se rappeler ce monologue où il avait comparé l'Église aux nids d'oiseaux qui paraissent construits, d'abord, avec les matériaux les plus vils : paille, brindilles, boue, fiente... Mais ils protègent le mystère de l'éclosion. Ainsi, disait-il, ce que nous trouvons dans l'Église de plus humain, entre comme éléments dans la construction de ce nid où la vie du Christ demeure incorruptible. Le protestantisme, vase poreux, laisse tout fuir, tout s'évaporer : la divinité de Jésus, la présence réelle; il ne détient plus, dans ses flancs, qu'un résidu méconnaissable de révélation... Maryan s'interrompit :

« Je ne sais pourquoi je vous dis ces choses; pourquoi je prêche... Il subsiste en moi un prêtre que je n'arrive pas à tuer... Comme il fait sombre ! Faut-il que j'allume ? »

La fin de la journée fut morne. Lange attendait le
dîner qui le déçut, car c'était un vendredi : pas de poisson
frais ; du thon, des sardines, des pâtes. Il boudait encore,
lorsqu'on fut revenu au salon.

Maryan ne pouvait plus rien contre le silence. Lange
rêvait sur un *Monde illustré*. Il était, tout de même, chez
les Maryan, mais en compagnie des deux seuls membres
de la famille qui fussent sans importance sociale. C'était
tout de même des Maryan, mais ils ne comptaient pas.
Mone fumait, la tête renversée ; la lampe éclairait vivement l'une de ses joues mates, le grand trait de bistre
sous l'œil et ce muscle du cou que les photographes
effacent. Aujourd'hui, ce buste non soutenu dans une
robe lâche, n'étonnerait personne. Mais à cette époque
où les femmes avaient une « taille », un tel négligé
dénonçait la malade. Maryan la contemplait, songeait
à ces organes mystérieux ; il parcourait de l'œil ce corps
alourdi comme un monde où le mal a pénétré. Son esprit
se complaisait à des analogies folles. Il lui semblait
qu'elle eût guéri dans ses bras. Il se rapprocha, s'assit
au bord de la chaise longue. Il ne croyait pas remuer,
mais son corps, à son insu, frémissait ; Mone lui demanda
quel plaisir il trouvait à la secouer ainsi. Comme toujours, le piano fut son refuge. Mone dit à mi-voix :

« Maintenant qu'on ne le lui demande pas... »

Il jouait en sourdine les Impromptus 3 et 4 de Schubert
et ne cessait d'entendre le froissement des feuilles du
Monde illustré. Lange n'écoutait pas cette musique déchirante. Qu'était Maryan aux yeux de Lange ? Quelle
place tenait-il dans sa vie ? Pour Mone, il ne doutait
pas, ce soir, de l'exaspérer. Pourtant que de fois s'était-
elle confiée à lui, lorsque son frère passait plusieurs
semaines sans paraître à Terrefort ! À ces moments-là,
elle lui répétait : « Vous êtes mon seul ami... » Peut-être
aurait-elle, demain matin, une lettre : l'humeur de Mone
dépendait du courrier ; elle n'avait pas reçu le moindre
mot, cette semaine. Dix heures sonnèrent. La jeune
femme se leva :

« Il est temps que je monte », dit-elle.

Lange protesta qu'il était trop tôt, et ajouta un peu
lourdement :

« Si c'est pour nous laisser seuls, Maryan et moi, nous
n'avons rien à nous dire. Vous ne nous gênez pas du tout. »

Elle assura, en riant, qu'elle n'y mettait pas tant de délicatesse :

« Mais croiriez-vous que je dépends du domestique et de mon beau-frère ? Je ne peux monter seule jusqu'à ma chambre : il faut me porter. Et je crains de faire veiller ce pauvre homme.

— Mais vous pouvez rester ce soir, dit Maryan (qui voulait montrer à Lange qu'il ne souhaitait pas non plus de demeurer seul avec lui). Je vais dire au domestique de se coucher, Lange le remplacera... Tu verras, c'est très facile. »

Mone s'étendit, reprit son livre. Inquiet de tout, Lange se demandait s'il serait assez fort pour monter la jeune femme au premier étage. Maryan, assis dans l'ombre, ne lisait pas. Il écoutait le vent de la nuit, surveillait les battements de son cœur, regardait ces deux êtres qu'il avait réunis dans ce salon et dont il se sentait aussi éloigné que s'ils eussent été de l'autre côté de la mer. À dix heures et demie, Mone se leva.

« Voici comment il faut faire, dit Maryan. Accroche ta main gauche à ma main droite. Les deux autres mains feront le dossier. Tu y es ? »

Sous le poids de Mone, Maryan sentait les ongles de Lange pénétrer dans sa chair. Les bougeoirs étaient allumés sur le palier.

IV

Lange finissait de se déshabiller, lorsque Maryan l'appela à travers la porte et sans attendre de réponse, entra. Il ne regardait pas Lange qui avait revêtu en hâte son pyjama. Il dit :

« Je venais voir s'il ne te manque rien.

— Mais non... Je sens que je vais bien dormir : je tombe de sommeil.

— C'est vrai, dit Maryan, tu as les yeux d'un enfant qu'on menace du marchand de sable... Et pourtant j'avais des choses à te confier...

— Demain ! demain ! interrompit Lange. Bonsoir. »

Maryan cherchait à piquer la curiosité de son ami. Alors il se souvint de ce qu'il avait vu dans le clocher.

« Si tu savais ce qui m'est arrivé, cette après-midi...
Il ricanait, le sang au visage.

— La porte du clocher était ouverte... »

Il commença son histoire, vite, le regard trouble de
Lange fixé sur le sien et soudain, éprouvant de la honte,
il s'interrompit :

« Je ne sais pas pourquoi je te raconte cette saleté.
Ce n'est pas de cela que je voulais te parler. Je voulais te
dire... t'avouer que j'étais déçu par cette première journée.

— Nous n'avons pas été assez sublimes ? demanda
Lange, moqueur.

— Oh ! tu penses aux projets que je t'avais exposés
dans ma lettre ? Mais non : dès que je t'ai revu, je me suis
rappelé qu'avec toi on ne parlait guère de l'essentiel.
Quand je suis loin de ceux que j'aime, je leur prête mes
goûts ; en pensée, je discute avec eux et leur souffle des
propos que dans la réalité ils sont bien incapables de
tenir. »

Lange fut vexé et assura qu'il n'y avait que Maryan
pour trouver de ces gentillesses.

« Non, ne te fâche pas, mon vieux. Tu es intelligent,
je le sais, mais tu n'as pas le goût des idées... Ce n'est
pas cela qui m'a déçu... Lange, écoute, je te laisse dormir ;
mais il faut d'abord que je te pose une question. »

Lange étouffa un bâillement.

« Je voudrais savoir... Toi et Mone... ce que vous
avez dit de moi...

— Non ! mais quel orgueil ! crois-tu qu'avec ta
belle-sœur nous n'avons su trouver d'autres sujets de
conversation ? »

Lange était accroupi sur le lit ; des cheveux en désordre
ombrageaient sa figure mince. Une fureur, accumulée
depuis le matin, envahit Maryan ; il ne put se retenir
de braver ce camarade chétif.

« Mais bien sûr ! Je suis ce qui vous intéresse le plus.
Que vous le vouliez ou non, un être comme moi remplit
les existences auxquelles la sienne est mêlée. Vous
convergez vers moi. C'est moi, le fleuve ; et vous, de
pauvres affluents qui m'apportez des débris, des cha-
rognes, de la boue. Si j'en peux être troublé d'abord,
je finis par m'enrichir de tout ce que vous charriez... »

Lange redoutait par-dessus tout ces crises de fureur ;
et l'inquiétude l'emporta sur sa colère.

« Ne crie pas si fort, tu vas réveiller ta belle-sœur. Là, calme-toi. C'est entendu ; tu es tout, nous ne sommes rien... »

Maryan regardait dans le vide ; et brusquement :

« Qu'avez-vous dit de moi ? Mone t'a raconté des choses...

— Je te jure que non. Va dormir, tu as besoin de repos.

— Si ! je vous ai vus parler de moi. »

Lange demanda avec quels yeux on pouvait voir les gens parler de telle ou telle personne.

« Je vous ai vus à travers la vitre. Je pourrais te répéter, mot pour mot, bien que je n'en aie rien entendu, les sales histoires que te racontait Mone. »

Lange était ennuyé. De vraies larmes coulaient sur les joues de Maryan. Comment le calmer ? Le vent pluvieux agita la plaque de la cheminée ; une persienne claquait. Il ne dormirait pas cette nuit. Qu'était-il venu faire dans cette galère ? D'abord apaiser Maryan, et qu'il regagne son lit...

« Pourquoi pleures-tu ? À cause de Mone ? En tout cas, je puis t'assurer que tu as raison de croire à la grande place que tu occupes dans sa vie. Elle t'aime bien.

— Elle t'a dit qu'elle m'aimait bien ? »

Maryan se jetait sur cette parole avec une avidité qui agaça Lange.

« Elle me l'a laissé entendre », dit-il.

Maryan ne pleurait plus. Il se frottait les mains, marchait dans la chambre et répétait :

« Oui, elle m'aime bien, je le sais, j'en suis sûr. Même quand je l'exaspère, c'est une forme de sa tendresse pour moi. Naturellement, elle adore trop Robert... mais sans cela... »

Ces propos irritaient Lange. Dire que Maryan croyait qu'on pût jamais l'aimer ! Il ne se contint plus :

« Eh bien, moi je suis persuadé qu'autant qu'elle aime son mari, elle serait heureuse d'être intéressée par un autre sentiment, d'être consolée...

— Je le pense aussi. N'est-ce pas, je ne dois pas désespérer ? Elle finira un jour par être touchée... Ce jour-là, que devrai-je faire ? Car enfin, c'est ma belle-sœur. Et j'aime bien Robert, tu sais ! malgré ses taquineries. Je l'admire ; c'est même inouï : je suis fier de ses maîtresses ! Pourtant, si je plaisais à Mone... »

Il ajouta puérilement :

« Tu parles d'une tragédie classique ! »

Lange exaspéré, ne put se tenir de l'interrompre :

« Tu dérailles. Elle t'aime bien, mais c'est d'un autre ordre. Je peux bien te le dire : ce qui l'agace en toi (et elle reconnaît que c'est injuste de t'en garder rancune), c'est que tu occupes auprès d'elle une place qui pourrait être tenue par quelqu'un... Quelle expression comique a-t-elle employée ? Elle m'a dit la tenir de son mari... Ah ! oui : par quelqu'un de comestible... »

Comme son camarade blêmissait, il corrigea :

« Elle voulait dire : par quelqu'un qui ne fût pas son beau-frère. »

Maryan, fou de rage, n'éleva pourtant pas la voix :

« Tu mens : elle n'a pu te dire cette saleté. Mais tu obéis à l'espèce de mission que tu remplis auprès de moi depuis toujours. Il s'agit de me persuader qu'on ne peut pas m'aimer, que je ne peux pas être aimé, que je ne serai jamais aimé. Oui, oui, c'est à pouffer de rire, et je n'oserais le répéter à personne ; mais si j'ai commis cette folie d'entrer au séminaire, si j'ai commencé la vie par cette erreur, tu en es seul responsable[1]. »

Lange protesta qu'il avait fait l'impossible pour le retenir. Mais Maryan lui coupa la parole :

« Si ! C'est toi qui m'as mis cela en tête, dès le collège. C'est incroyable et pourtant vrai qu'un être aussi médiocre que tu l'es peut agir puissamment sur une destinée comme la mienne. Ce pouvoir que je t'ai donné sur moi, quel mystère ! Et pourtant, je l'ai voulu. Il n'existe pas en nous une âme pour sentir et une autre âme pour vouloir. La même âme agit et chérit ; la volonté se confond avec le désir... Qu'est-ce que tu fais ? »

Lange avait sauté du lit, ouvert l'armoire ; et il entassait du linge dans sa valise. Il dit, sans se retourner :

« Je partirai demain matin. Il y a un train à huit heures. »

Maryan se pencha vers lui, voulut le relever de force :

« Mon vieux, tu me connais. Pardonne-moi ; tu m'as poussé à bout : montre un peu de patience. »

Lange secoua la tête :

« Tu diras qu'on attelle pour le train de huit heures. Je t'assure, cela vaut mieux. Tu diras à ta belle-sœur que j'ai eu la fièvre, que j'ai craint de tomber malade ici... Enfin ce que tu voudras.

— Reste, Lange. Nous sommes mal partis. Recommençons, comme si rien ne s'était passé. »

Mais Lange qui avait regagné son lit, se tourna du côté du mur. Maryan demeura quelques secondes au milieu de la chambre, le bougeoir à la main. Il appela encore son ami, mais ne recevant aucune réponse, il sortit.

Le vent avait ouvert une fenêtre du couloir. La bougie s'éteignit. Maryan gagna à tâtons sa chambre, se déshabilla, se mit en boule sous les draps glacés. Que cette chambre de campagne était triste ! La pluie fouettait les vitres; elle achevait de tuer les lilas transis, et le vent pleurait, se taisait, reprenait, comme la voix d'un être qui s'éloigne, revient sur ses pas, cherche un amour perdu : « Elle et lui respirent dans cette maison. Je les tiens dans cette arche enlisée. Nous devions lire, méditer, jouer du Bach. Je me servais d'eux en esprit; je les voyais souples, dociles à mes désirs; me comprenant, me suivant jusqu'où je souhaitais de m'élever. Mais non, ils se moquent de moi, ils me méconnaissent, me méprisent. Je sais bien qu'il n'y a pas qu'eux au monde. D'autres m'aimeraient peut-être. Est-ce une folie de croire qu'en eux toute l'humanité me repousse ? Je le sais. Je susciterai chez tous les êtres la même risée. À quoi bon vivre ? Pour comprendre. Pour comprendre quoi ? Moi; moi; Dieu. Mais je serai toujours détourné par mon cœur. Il faudrait d'abord me séparer de mon cœur, ou l'apaiser, ou le réduire; — ou qu'il trouve son assouvissement dans l'objet même de ma recherche : Dieu. Mon Dieu... »

Il répéta les formules de la prière. Mais sa pensée se débattait dans le vide. Il ferma les yeux, dans l'espoir que l'image adorable émergerait du plus profond de son être; rien ne parut.

L'aube l'éveilla. Il courut, pieds nus, jusqu'au grenier où étaient les chambres de domestiques et avertit le cocher à travers la porte, qu'il devait atteler pour le train de huit heures. Il se recoucha, s'efforça de retrouver le sommeil et perdit l'esprit jusqu'à ce qu'il fût réveillé par la voix de Lange qui demandait s'il pouvait entrer.

« La voiture est devant le perron. Ne t'inquiète pas

de ce qui s'est passé. J'ai été très content de venir. Excuse-moi auprès de ta belle-sœur. Surtout ne te lève pas, ne te dérange pas... »

Maryan, dans le demi-jour que filtraient les persiennes considérait Lange. Il mesurait, d'un œil lucide, ce corps étique. Comment avait-il pu donner de l'importance à ce garçon ? Il lui serra la main d'un air indifférent que l'autre avait tort de croire feint.

Il entendit claquer la portière avec un sentiment de délivrance, s'habilla et, encore somnolent, traversa la cour. Cette matinée de printemps, les verdures acides sous un ciel ténébreux d'orage, les lilas pleins de pluie, toute l'enfance du monde menacée, — que cela l'eût enchanté naguère ! Son âme n'aurait été qu'un cantique à cet azur trouble, à ce soleil sans cesse disparu et renaissant. Mais non, il descendait vers la terrasse, le cœur fermé. Pas plus que les êtres qu'il avait chéris, le monde ne pouvait maintenant l'atteindre. La nature n'avait jamais été pour lui la rivale de Dieu. C'était au contraire en Dieu qu'il la retrouvait, qu'il jouissait d'elle; et soudain il comprit que parce qu'il avait perdu Dieu, il avait aussi perdu les créatures. Mone, Lange, tout l'univers visible, il ne les avait jamais rejoints qu'en partant du Christ. Depuis que cette Face en lui s'était effacée, les êtres vivants et inanimés ne lui apparaissaient plus que comme un amas de déchets, de détritus informes. Rien n'émanait plus de Dieu. Mone ? Lange ? deux moustiques, deux mouches entre des millions d'autres sans cesse anéantis et renouvelés. Comment vivre désormais ? Il perdait pied dans une création sans Créateur, — dans un monde qui ne portait plus la croix à son centre, — un monde où le péché était irrémissible puisque aucune place n'existait plus pour le repentir, ni pour le pardon, ni pour le rachat. Que vaut cette passion de connaître, si nous sommes assurés qu'il n'y a pas d'histoire humaine, que le drame humain ne se joue pas, qu'aucune partie n'est engagée avec notre éternité pour enjeu ? Maryan ressemblait à cet enfant qui a cru voir, dans la forme des nuages, une adorable figure; et soudain le nuage se défait, la figure s'efface. Ainsi le monde avait à ses yeux préfiguré une béatitude infinie; mais il se détruisait soudain; et les apparences ne masquaient plus le néant. Il n'y a donc rien de plus en nous que nous-mêmes ? L'univers porte en soi toute la raison de son existence ?

Maryan demeura longtemps devant les collines où glissaient des ombres de nuées. Et soudain le soleil mourait et elles s'emplissaient de tristesse. Le vent faisait courir des reflets de moire à la surface des prairies. Un grondement d'orage répondait à un ramier roucoulant. La pluie, autour du désespéré, soudain crépita. Il remonta vers la maison, avec sa veste sur la tête. Mone était assise en robe de chambre dans la salle à manger. Il fut choqué par son geste, qu'il trouvait vulgaire, de tremper du pain grillé dans le thé. Elle lisait une lettre et leva vers Maryan un visage sali de bile, mais heureux :

« Robert arrive ce soir, par le train de six heures. Il passera ici toute la journée de dimanche et ne repartira que lundi matin. Votre ami n'a pas fait long feu... Vous vous êtes disputés ? »

Mais elle écoutait à peine les explications confuses de son beau-frère. Elle se moquait bien de Lange ! Robert allait passer avec elle toute la soirée, toute la nuit, toute la journée du lendemain, et encore une nuit.

« Je vais me recoucher, dit-elle, pour être tout à fait d'aplomb, ce soir... Je déjeunerai au lit. Tant pis ! une fois n'est pas coutume : je me droguerai, je veux être brillante. »

Maryan contemplait avec dégoût cette joie. Elle crut qu'il était jaloux et lui demanda s'il n'était pas content de voir Robert.

« Mais je suis content.

— Alors c'est le départ de votre ami qui vous chagrine ? Je ne voudrais pas vous froisser, ajouta-t-elle en riant, mais vous savez, il n'en vaut pas la peine; vous vous faites des illusions... »

Il secoua la tête.

« Vous me disiez qu'il vous admirait, insista-t-elle. C'est vrai, d'ailleurs. Mais savez-vous ce qu'il trouve en vous de plus extraordinaire ? Je vous le donne en mille ! Eh bien ! c'est qu'un fils Maryan, qui pourrait entrer dans la maison Maryan et tenir le haut du pavé, méprise de tels avantages. Au fond, c'est un snob de la pire espèce, votre quincaillier ! »

La petite bourgeoise, l'élève du Conservatoire « qui n'était pas d'une bonne famille » avait, du premier coup, discerné chez Lange les sentiments qu'elle-même éprouvait.

« Il sait tout de même ce que je vaux... interrompit Maryan.

— Oui, dit-elle, il vous trouve sublime... trop sublime ! Il m'a avoué — vous ne vous fâcherez pas ? — qu'il n'a presque jamais le courage de lire vos lettres jusqu'au bout. Bon ! voilà que je vous froisse ! mais ce que je vous en dis, c'est pour que vous ne vous montiez pas la tête à propos de ce garçon. »

Maryan protesta qu'il n'était pas fâché. La campagne ruisselante reflétait le ciel. L'eau de pluie, pleine de rayons courait dans la boue des allées. Les peupliers verts se détachaient sur un fond fumeux d'arbres plus tardifs. Il sortit de nouveau. La boue alourdissait ses souliers.

« Elle va se coucher, se droguer, se peindre, pour que ce soir Robert ne trouve pas au gîte une femelle malade. Lange ne lisait pas mes lettres jusqu'au bout. Les êtres sont ce qu'ils sont... L'étrange passion que celle de transfigurer ces éphémères ! Mais que n'ai-je voulu transfigurer ? »

Il avait franchi le portail. La route était plus sèche que les allées. « Aucune place pour moi dans un monde sans Dieu. Je n'ai jamais su que voler de Dieu au monde. Je me moque de ce qui est physique. Ce qui est donné ne m'intéresse pas. » Un groupe d'enfants du catéchisme passa dans un bruit de galoches; et ils riaient d'un air sournois en le regardant. De chaque côté de la route, les ceps encore nus, pareils aux croix d'un cimetière à l'abandon, émergeaient de la terre que la pluie empêchait de labourer et où l'herbe poussait dru. Ces ceps ressemblaient à des croix, mais ils n'étaient pas des croix. Maryan avait cru voir partout la croix, mais ce qu'il avait pris pour l'Arbre du salut, soudain se défaisait, se tordait, comme ces ceps informes. Aucune autre loi que le retour à la poussière. Aucun autre espoir que celui de ne plus penser, de ne plus sentir; au moins pour ceux qui comme Maryan n'ont rien à attendre, rien à espérer du plaisir; justement, la porte du clocher était ouverte où il avait vu deux bêtes honteuses et pressées. Cela vaut peut-être la peine de vivre. Mais cette chose n'est pas pour lui. Qu'en a-t-il connu jusqu'à aujourd'hui, le misérable enfant solitaire ?

Il s'arrêta au tournant de l'escalier où, la veille, haletaient deux êtres humains. Il monta plus vite, sortit enfin de l'humide nuit des vieilles pierres sur une plateforme inondée de soleil. Un souffle violent sifflait à ses oreilles. Il se pencha, vit en esprit son corps écrasé contre les tombes, ou empalé sur l'une de ces croix dont le vent agitait les vieilles couronnes. Mourir, ne plus appartenir à ce monde confus qu'aucun être*a* n'avait inventé, qu'aucun Dieu n'avait voulu. Ne plus jouer ce personnage dérisoire dans un drame qui n'existait pas. Ne pas rentrer dans la maison vide où Mone, jouissant en esprit de la nuit qui vient, prépare ses forces. Il se rappela cette femme qui s'était jetée du haut des tours de la cathédrale, — cette loque humaine qu'il avait entrevue. Le gardien avait dit : « Je ne me méfiais pas ; elle était assise sur le parapet ; elle tournait le dos au vide ; et soudain elle s'est renversée... »

Maryan tourne le dos au vide. Il s'efforce de l'oublier, se hisse, s'assied sur le parapet. L'orbe de l'horizon l'entoure comme d'immenses bras. Il s'abandonnera comme si ces bras sombres étaient ouverts derrière lui et qu'il dût s'appuyer à une chaude poitrine. La pierre brûle ses mains. Il ferme les yeux, se recueille. Ses mains se détachent du parapet, il se renverse un peu. L'horizon chargé de landes et de pins s'est peut-être rapproché jusqu'à le soutenir. Oui, il est comme soutenu, enveloppé, embrassé. Les bras de l'horizon, assombris de labours, de landes et de vignes le poussent en avant. Le voici debout sur la plate-forme ; mais ses yeux clos encore contemplent cette lumière intérieure qui remplissait de joie le vieux Tobie aveugle. Et la Face en lui resplendit qu'il n'espérait plus revoir : « C'est Moi, ne craignez point[1]. »

Maryan n'est pas seul. Il est sûr de n'être pas seul. Il est aimé, et avec lui tout le genre humain. Il est racheté, il est sauvé, et tout le genre humain, et tout ce qui vit, et la matière même qui ne bouge pas. « J'attirerai tout à Moi[2]. » *Omnia* : tout ! tout ! Maryan, en dépit de sa joie, passe la main sur sa figure, secoue la tête. À chaque retour vers Dieu, mille objections toujours le harcèlent.

Ce qui n'avait plus d'importance, la Foi partie, en reprend soudain; et il eſt de nouveau inquiet de résoudre le problème du mal. Et tout à la fois il faudra penser à l'authenticité du quatrième Évangile, expliquer le silence de Flavius Joſèphe touchant le Chriſt; il faudra... il faudra¹...

« Mais non, mon enfant, aucun de mes myſtères n'eſt terrible, dit la Voix. Sache découvrir dans les plus redoutables les ruses de mon amour. De quoi te troubles-tu ? du péché originel ? Ne vois-tu pas qu'il fallait que tout le poids fût porté par la race des hommes, pour qu'en soit exempt chacunᵃ de vous en particulier ? J'ai condamné la race, afin de sauver l'individu. La race, ce grand coupable sans nom et sans visage, je l'ai chargée de vos iniquités, Pierre, Jacques, Jean, Simon, Bernard, Paul, André, Henri, François et vous tous, mes fils bien-aimés qui avez un corps, une figure et un prénom. Soutiens la pensée de l'Enfer sans frémir; comprends-moi : il ne fallait pas que la partie fût gagnée d'avance. Rien n'eſt gagné d'avance. Mais tout sera gagné à la fin des temps, par cette humanité avec laquelle je suis; — le camp dont je suis ne peut pas perdre. J'ai été avec vous jusqu'à revêtir la chair la plus souffrante qui ait jamais été au monde. Tu dis que tu as honte de ta chair ? Songe qu'il n'eſt rien en toi qui ne soit nécessaire pour créer l'enfant que j'aime, qui ne ressemble à aucun autre. Ô deſtinée unique de mon enfant ! Je suis le Dieu qui n'a pas voulu qu'il exiſtât dans tout l'univers deux feuilles semblables. Mais je t'aime jusqu'à exiger que tu coopères à ta création. Je te fournis les éléments : l'or le plus pur, la plus triſte boue. Découvre ton secret; utilise le pire et le meilleur de toi-même pourᵇ l'achèvement de cette âme que tu remettras entre mes mains, à l'heure de l'*in manus tuas, Domine...* »

Ainsi sur la route qu'a séchée le vent, Maryan se parle à lui-même et déjà, à son insu, falsifie la parole de Dieu. Il penseᶜ à l'organisation de sa vie. Comme le voilà riche tout d'un coup ! Rien en lui qui ne puisse servir : créer son âme, c'eſt l'œuvre essentielle; mais il eſt une autre œuvre qui préfigure celle-là, ou plutôt qui la révèle aux yeux des autres hommes : « Écrire ! écrire ! et que mes livres soient le commentaire de l'âme qu'à chaque inſtant je me crée; qu'ils en épousent les

méandres ; qu'en eux je reconnaisse mon visage le plus
secret. S'il existe dans mon œuvre des traces de sanie
et de pus, je chercherai au fond de moi l'ulcère. »

Maryan s'aperçut à peine qu'il était rentré, qu'il s'était
mis à table ; Mone déjeunait dans sa chambre. Il mangeait
et ne savait pas ce qu'il mangeait. Il vit dans la glace le
domestique se toucher le front ; une servante se réfugia à
l'office pour rire. Maryan but d'un trait un verre de vin
pur (tant il avait peur de n'être plus exalté !). La cafe-
tière qu'il allait vider l'aiderait encore à planer une
heure ou deux ; et de nouveau il faudrait se débattre
au milieu des êtres d'en bas qui ricanent. Il rêve de^a
cet abri : les ordres religieux ; le havre inespéré où
laisser croître, loin des hommes, ses ailes d'ange, ses
ailes de géant. Maryan marchait à travers le salon.
« Mais pour créer son âme selon le modèle de François
ou de Dominique, ou d'Ignace, il faut tenir compte
de tout le donné. Comment étoufferai-je mon cœur, moi
qui ne me souviens pas, depuis mon enfance, de m'être
un seul jour interrompu d'aimer ? L'étoufferais-je
d'ailleurs, ce cœur, reste mon^b œuvre sur laquelle mes
supérieurs se croiraient des droits. Aucun artiste, au
fond, aucun homme vivant de la vie de l'esprit n'accepte
d'être jugé. Ils feignent de s'y soumettre, mais savent
dans leur cœur que ce sont eux les uniques juges — et
que le monde leur appartient... »

Ainsi délire cet orgueilleux : comme il est loin du
Maître humble de cœur ! Mais il ne le sait pas.

Un vent^c faible gonfle à peine les rideaux de cretonne.
La prairie verte et jaune est immobile. Les lents nuages
glissent vers le Nord. Dans ce fragment de monde que
découpe la fenêtre ouverte, il n'est rien où Maryan ne
découvre une image de son Dieu, une ombre, un vestige.

Maryan reporta les yeux sur sa table désordonnée.
Parmi les livres et les revues, une page était à demi
couverte de notes, de ratures. Immobiliser devant cette
table son corps, assujettir à une méthode la pensée la
plus impatiente, le cœur le plus insatiable, — et surtout
ne point permettre que ce cœur malade corrompe cet
esprit, un tel effort paraît à Maryan surhumain. Se rési-
gnerait-il jamais aux longues étapes d'une recherche
sans espérance ? De nouveau, il regarda le ciel comme

un homme qui guette un présage. Mais il n'y découvrit pas le terrible « chemin court » qui, bien des années plus tard, lui serait proposé pour atteindre Dieu. Il ne vit pas en esprit cette tranchée dans la terre où, quelques secondes avant l'assaut, quelques minutes avant d'être abattu, il répéterait à mi-voix la plus belle parole que la guerre ait inspirée à un homme près de mourir : « Enfin ! je vais savoir[1]. »

INSOMNIE[a]

I

Tout ce champagne[a] que la jeune femme buvait distraitement depuis le potage l'empêcha de retirer son genou qu'un autre genou, sous la table, caressait. Elle n'avait jamais su prendre au sérieux les garçons de l'espèce du grand diable assis à sa droite. D'une taille démesurée, il plongeait le nez dans son assiette, avec un air de gloutonnerie. Ses histoires le faisaient rire[b] de si bon cœur que la jeune fille riait aussi par contagion; un vieillard aux écoutes leur dit :

« Vous ne vous ennuyez pas dans votre petit coin ?»

Elle rougit, retira son genou, embrassa du regard le cercle vivant autour de cette table et soudain, à l'autre extrémité, aperçut la figure décomposée de Louis[1], et lui sourit des yeux; mais il détourna les siens. Elle se reprocha d'avoir oublié un seul instant qu'il était là : ne connaissait-elle pas ce cœur malade ? Elle-même l'avait averti, la veille, comme il se réjouissait de la rejoindre à ce dîner :

« C'est vous qui avez exigé que j'accepte. Vous savez bien qu'au milieu des gens je vous fais presque toujours de la peine, sans le vouloir. »

Mais il avait protesté qu'il aimait, dans une fête, à sentir entre eux leur secret; il se souvenait, disait-il, de ces soirées mornes, lorsque, à la porte du salon, elle apparaissait : il devait fermer les yeux pour supporter, sans faiblir, le choc de ce bonheur. La jeune femme n'avait pas voulu le détromper; mais elle savait que

bien plus souvent, dans le monde, il avait souffert de la
sentir à la fois si proche de lui et inaccessible ; il ne se
consolait pas qu'elle parût ne lui prêter guère plus
d'attention qu'aux autres hommes ; il n'était pas très
sûr que ce fût exprès et pour détourner les soupçons ;
et, le lendemain, elle avait dû vaincre son humeur irritée.

Mais jamais elle ne l'avait vu tel que ce soir ; et son
premier[a] sentiment fut la crainte : impossible qu'un tel
air de douleur demeurât inaperçu. Le malheureux allait
la livrer et se livrer lui-même à ces dîneurs impitoyables.
Mais non : ils ne semblaient pas remarquer ce désespoir
qui aurait dû leur crever les yeux. Ils ne voyaient pas
cette blessure ; elle seule savait ce qu'à cette minute
Louis perdait de sang. Leurs regards se croisèrent ; elle
voulut mettre dans le sien cette tendre autorité à laquelle
il avait coutume de se soumettre ; mais il affectait de ne
pas la voir. Il souffrait[b]. N'allait-on pas remarquer son
silence ?

Dieu merci, tous ces gens parlaient à la fois, déchiraient des absents qui, peut-être, à cette heure même,
leur rendaient la pareille, assis autour d'une autre table,
dans Paris. Étranges insectes, dont l'instinct est de se
dépecer les uns les autres. Ils se connaissaient bien, ces
invités éternels, parqués chaque soir dans les mêmes
maisons. Ils se connaissent : chacun hait dans l'autre
son propre vice. Sous leur harnachement uniforme, ils
éprouvent l'horreur de leurs âmes pareilles. L'impuissant
flaire et dénonce les impuissants. Le sodomite subodore
le sodomite. Les femmes abandonnées et trahies vont
droit à la plaie secrète de chaque ménage et la découvrent.

Et pourtant les autres, au fond, les amusent mais ne les
intéressent pas. Ils les salissent à la légère. Ils piquent
les infamies au hasard, insoucieux de savoir s'ils ont
touché juste. Ils ne voyaient pas, à ce bout de table,
où la présence d'un ministre et d'un ambassadeur l'avait
relégué, cet homme dont la figure appelait la mort.
Autour de lui, les autres faces[c] étaient, comme la sienne,
ravagées, marquées de griffes ; mais si les traces de la
bête étaient visibles, on n'y découvrait pas la bête elle-
même : maladie, chagrin, alcool, drogue ou vice. Le
sourire du monde régnait seul sur ces figures désertes.

Quand[d] la jeune femme avait bu du champagne, la vie
lui apparaissait simple ; c'était Louis qui compliquait la

vie. Mais il suffirait, songeait-elle, de quelques paroles, tout à l'heure au salon, d'un regard, d'une moue des lèvres, pour lui rendre la paix. Au fond, était-il si malheureux ? Que de fois lui avait-il répété, lorsqu'elle s'excusait de lui donner du tourment :

« Mieux vaut brûler que ne rien sentir. »

Louis n'avait pas le choix entre ces excès du cœur et la plus morne prostration. Comme ces noyés qu'il faut abrutir de coups pour les sauver, il aurait coulé à pic si elle ne lui avait fait, à chaque instant, quelque blessure[a].

Une musique commençait de jouer dans le salon voisin. Le grand diable assis à la droite de la jeune femme dit que ses jambes malgré lui remuaient :

« Vous verrez, tout à l'heure, comme je danse...

— Tous les garçons de votre âge dansent bien. »

Il protesta qu'il dansait mieux qu'eux tous, parce qu'il avait cette singularité, parmi tous ses compagnons, de se donner beaucoup de mal pour les femmes. À mi-voix, il ajouta quelques réflexions un peu vives dont elle voulut bien rire. Elle s'abandonnait à l'excitation[b] venue de l'alcool, de la musique et de ce garçon caressant. Un mot, il suffirait d'un mot pour apaiser tout à l'heure l'ami malheureux. Elle avait bien le droit de céder au plaisir léger de cette minute. Louis ne se doutait pas qu'une jeune femme perd le souffle dans ces incessantes analyses et dans ces ratiocinations. Il l'accusait d'avoir le goût de se disperser; eh bien, oui : c'était reposant, songeait-elle, de se sentir une jeune force à l'abandon, de n'être plus qu'une eau vive que des mains avides captent une seconde, approchent furtivement des lèvres.[c]

II

Elle passa de la salle à manger au salon sans rien voir que, dans la petite glace à main, sa bouche, ses joues, pour les repeindre. Elle n'entendit pas la maîtresse de maison dire à Louis :

« Vous avez déjà pris deux cachets avant de venir ? Vous ne voulez pas vous étendre ? Alors, je n'ose insister... »

Mais quelques secondes suffirent à la jeune femme pour sentir que Louis avait fui. Elle alla jusqu'à l'antichambre, rentra dans le salon : impossible de le poursuivre; les gens clabauderaient. Et puis c'était attacher trop d'importance à un mouvement d'humeur. Demain matin, une parole gentille au téléphone arrangerait tout. Ainsi voulait-elle se rassurer, mais sans y parvenir. Elle savait que tout ce soir sa pensée ne s'attacherait à personne qu'à Louis : Louis sur un trottoir, longeant[a] les murs de son grand pas fatigué; Louis dans l'ascenseur; Louis abattu sur son lit, étouffant un cri.

Ils étaient liés indissolublement par cette souffrance; elle n'avait pas de plus constant souci que de la prévenir, de l'apaiser. Telle était la forme de sa tendresse : lutter contre cette puissance en elle pour torturer. Puissance qui n'était pas un pouvoir, qui ne dépendait pas de sa volonté. Que de fois, aux heures de disputes, avait-elle souhaité vainement de le blesser ! alors il souriait, levait les épaules. Elle ne l'atteignait jamais qu'à son insu; c'était comme une vertu qui sortait d'elle et qui frappait cet homme. Impossible de prévoir le coup. Les plus innocents propos revêtaient soudain pour Louis une signification qui le déchirait et qui, d'ailleurs, n'était pas imaginaire : elle-même s'étonnait du venin qu'il savait extraire d'une parole amicale; elle protestait d'abord, puis devait se rendre à l'évidence. Aucune loi fixe, d'ailleurs, ne lui eût permis d'établir une thérapeutique; ces rapports de souffrance entre eux ne pouvaient se ramener à aucune règle. Elle avait[b] remarqué seulement que les paroles les moins concertées, les « cris du cœur » étaient presque toujours les plus redoutables. Il lui disait :

« Non, n'ajoute rien : n'essaie pas d'arranger. »

Elle savait aussi que la gentillesse irrite les blessures, qu'elle est ce dont l'amour a le moins soif. Tout son effort était tendu contre ce principe[c] de tourment qu'elle ne pouvait pas ne pas être pour un autre.

Non qu'elle eût renoncé, pour rien au monde, à son pouvoir de torturer. Quelquefois il lui semblait que Louis ne saignait plus, ou du moins ne se trouvait plus dans l'état de transes habituel. Elle[d] ne sentait plus entre eux le lien douloureux; elle craignait qu'il fût hors de prise. Eh quoi ? Il avait la respiration libre ? Il acceptait sans

frémir de ne pas la voir demain ni après-demain ? Il
faisait des projets pour les vacances d'un air heureux,
comme s'il ne s'agissait pas d'une séparation ? Elle
s'inquiétait alors, cherchait en tâtonnant le point sensible,
jusqu'à ce qu'enfin elle le vît changer de visage. Cela
suffit ; inutile d'appuyer encore ; elle arrête les frais.

Quand elle l'interrogeait :

« Avoue que je ne te fais plus souffrir ? »

Louis jouissait de cette angoisse ; il était heureux
qu'elle eût besoin de sa douleur. Oui, elle en avait besoin
plus que d'aucun autre amour[1]. Et ce soir de juin, sur le
balcon où le jeune homme, son voisin de table, l'a
entraînée, elle écoute à peine des paroles insidieuses ;
elle ne sent pas ce souffle sur son épaule ; elle s'oriente,
cherche entre les mille toits confus ; celui qui abrite la
douleur de Louis est dans cette direction : au plus, un
kilomètre à vol d'oiseau. Tout près d'elle, mais si loin.
Louis est au commencement d'une nuit de souffrance.
Elle ne serait pas surprise qu'une lueur d'incendie
éclairât le ciel de ce côté-là[a]. Impossible d'aller le
secourir : sa famille est absente, mais les concierges, les
domestiques jaseraient.

Cependant, le grand diable, sur le balcon, la presse ; il
murmure que beaucoup de femmes qui, au fond, sont
libres et affranchies, continuent de résister au plaisir par
habitude : elles s'y refusent comme leur mère et leur
grand-mère ; non qu'elles se fassent encore de l'amour
une idée exagérée, mais elles demeurent fidèles à ce
préjugé ancien ; elles feignent de croire que ce qui touche
à la chair est important.

La jeune femme écoute à peine : un absent l'occupe,
qu'elle torture. La douleur de Louis ressemble à un feu
qu'elle entretient, dont elle ne peut s'éloigner et qui
écarte les félins, tout ce qui rôde. Prisonnière de la
souffrance qu'elle nourrit dans un autre, elle n'entend
plus aucun appel. Elle dit : « Ma vie est vide, il ne
m'arrive rien... » sans se douter que souvent toute notre
vie est dirigée, infléchie, par une grande passion que
nous ne partageons pas.

III[a]

Louis, dans la rue, souhaite[b] de découvrir un refuge
immédiat : être assis, invisible; pouvoir appuyer sa tête,
fermer les yeux. Mais aucun taxi ne rôde à cette heure
et dans ce quartier. Il longe les murs, portant sa douleur,
étouffé par ce poids. Elle prolifère, siffle de ses têtes
multiples qu'il n'est pas temps encore de dénombrer.

Même lorsqu'il a donné son adresse au chauffeur et
qu'il roule à travers[c] les quartiers morts, il se refuse
encore à établir son bilan. Le vœu qui le possède soudain,
c'est au contraire de ne plus rien examiner, de ne plus
sentir, de dormir. Il cède à ce mirage baudelairien :

> *Je vais me coucher sur le dos*
> *Et me rouler dans vos rideaux,*
> *Ô rafraîchissantes ténèbres*[1] *!*

Il marmonne ces vers. Cette illusion, mille fois recréée
de la nuit consolatrice et de la douleur prise, roulée,
perdue dans une vague de sommeil, il y cède encore,
aspire à ce mensonge. Après tant d'insomnies, son tourment l'oblige à imaginer qu'il entrera dans la nuit comme
dans l'oubli; dans l'immobilité du sommeil comme dans
celle de la mort. Il croit que les ténèbres composent
une eau docile qui s'ouvre et se referme sur les cœurs
exténués[d]. Ah ! qu'il a d'impatience de[e] se plonger dans
ce néant !

Il n'attend pas que le chauffeur lui rende la monnaie;
se précipite dans l'ascenseur. En cette veille de la Pentecôte, l'appartement[f] est vide. Personne entre lui et ce
refuge profond de la nuit. Il ne s'attarde à aucun soin
de toilette, et, comme brûlé, arrache de son corps les
vêtements[g]. Le voici nu, embrassé par le froid des draps,
la figure enfouie, les yeux et la bouche obstrués, — perdu
dans les choses, mêlé à elles, insecte que le péril immobilise, décolore, confond avec l'herbe.

Et d'abord il n'entend rien que son cœur patient et
sourd. Il baigne dans l'inconscience; des images passent
et meurent; le sommeil est là, comme l'Océan qui gronde

et qu'on ne voit pas encore. Mais*a* le bras sur lequel il est couché souffre et veut se désengourdir. Louis s'étend sur le dos, son corps lui paraît moins défendu, plus vulnérable.

A-t-il dormi déjà ? S'il n'a pas dormi, d'où vient qu'il croit se réveiller ? Il a plongé quelques secondes ; il remonte ; et maintenant le voici lucide ; plus lucide qu'il ne fut jamais. Le serpent bouge, il ne se presse pas ; il a des heures et des heures devant lui pour se gorger. Louis le voit, et alors seulement se souvient de tant d'autres nuits. Toujours il retombera*b* dans le même piège ; toujours, croyant échapper à sa douleur par le sommeil, il entendra soudain la trappe se fermer sur lui, et se trouvera face à face avec la bête, jusqu'à l'aube. La nuit*c* ne suspend l'activité des autres hommes, elle n'apaise les bruits, elle ne clôt les portes, que pour ne pas déranger le tourment de Louis et pour qu'il puisse être dévoré en paix. Elle ne l'a incité à se défaire de ses vêtements et à s'étendre nu, que pour l'empêcher de fuir. Louis*d* croyait que la nuit apaise, console la douleur des hommes, qu'elle les berce avant de les endormir*e* ; il se souvient, tout à coup, qu'elle les attache sur une planche pour qu'ils ne puissent plus se débattre contre ce qui les ronge. Maintenant, il se sait perdu. Une heure n'a pas encore sonné : jusqu'au matin, quelle traversée ! Le sommeil est inimaginable. Jamais Louis ne s'est senti si éveillé ; son esprit ne fut jamais plus vif ; il conçoit une idée, la rejette, s'attache à une image, puis à une autre, revient à celle qu'il abandonna. Comme un enfant qu'embarrassent trop de jouets, il cherche sa meilleure torture et ne se fixe pas d'abord. Voici la jeune femme au bout de la table, la tête tournée vers l'immonde garçon d'un air de complaisance et d'avidité ; voici sous la table leurs genoux qui s'appellent, se cherchent, s'accolent, bougent imperceptiblement sur place. Elle a tout oublié, tout rejeté de ce qu'elle est pour Louis, de ce qu'elle consent à être pour lui, — de ce qu'elle s'épuise à feindre d'être... Sa tendresse est une longue patience. Aux meilleurs*f* jours, il la voit tendue toute vers lui, avec une ferveur apprise. Mais dès qu'il n'est plus là, ou qu'elle ne se croit plus observée, elle se détend, s'abandonne, va

au-devant[a] d'une autre chair par un mouvement involontaire et profond.

Louis allume la lampe de chevet, s'assied, regarde en
face de lui, dans la glace, une figure terrible et comique,
sa grimace confuse. L'ascenseur s'arrête à un étage.
Ne sait-elle pas qu'il est seul ? Si elle venait pourtant...
si elle venait ! Non, sa douleur ne serait que suspendue
par cette présence. Louis se rappelle l'histoire d'un
amant heureux et calme, tout le temps qu'il tenait sa
maîtresse prisonnière dans une chambre[1]. Qu'il se sentait
différent de cet homme ! Qu'importe la présence corpo-
relle de la bien-aimée ? Il ne faut pas les plaindre, ces
jaloux, que la possession physique délivre. Mais malheur
à ceux qui ont besoin[b], pour ne pas être torturés, de
toucher ce que la main ne touche pas, d'étreindre ce
que le bras n'étreint pas : le cœur insaisissable, la pensée
rapide, le désir hypocrite et caché. Si votre bonheur
dépend de la position physique d'un corps en face du
vôtre, heureux vous êtes. Mais il est une absence contre
laquelle aucun pouvoir au monde ne nous prémunit :
absence de l'être étendu à nos côtés, blotti dans nos
bras[c]. Prodigieuse fuite de ces regards dont nous sur-
prenons le départ foudroyant; mais nous ignorerons à
jamais leur but et quel est l'objet lointain du désir et de
la douleur qu'ils recèlent.

Le garçon de ce soir, Louis n'en est pas singulièrement jaloux; il n'imagine rien de grave entre lui et la
jeune femme. Mais il suffit de sa venue, pour que Louis
découvre en elle une étrangère libre et jamais asservie[d].
Sans doute, vient-elle, sans effort, se coucher contre
Louis, dont, parfois, elle attire la tête douloureuse; elle
se prête; mais tout vient de dehors et y retourne; elle
n'est pas mêlée à son amant, elle n'est pas en lui.

Il y eut pourtant de brèves rencontres où s'accomplit
le miracle. Louis se souvient que cette absence, que ce
vide, le temps[e] de quelques secondes, fut comblé. La
bien-aimée soudain était là, non plus extérieure à lui et
le couvrant d'un œil compatissant et désarmé, — non
plus au-dehors mais au-dedans de lui; elle emplissait
tout entière cet abîme béant[f]; elle était là; c'était déjà
miraculeux que cette sensation de ne plus souffrir par
elle. Mais il y avait plus : Louis était heureux, débordait

de joie. « Il fallait, songe-t-il, que j'aie connu cette plénitude. Si je ne l'avais connue, si je n'avais eu ce repère, je n'aurais pu ensuite souffrir aussi parfaitement que je souffre. »

Brèves joies, durs réveils. Une voix affairée au téléphone, des prétextes misérables pour éluder un rendez-vous : la jeune femme interposait[c] entre elle et sa victime la médiocre agitation d'une vie. La veille[b], cette âme toujours bondissante avait paru faire halte enfin; elle s'était couchée contre celui qu'elle aimait, avait appuyé sa tête sur son sein; ses yeux ne cherchaient rien au-delà de cette minute et se reposaient[c] avec amour sur ce visage qui n'était plus torturé. Elle consentait au repos, elle ne ressemblait plus à cette bête chasseresse dont le museau frémit, dont les oreilles[d] droites captent le moindre murmure; mais voici que, de nouveau, elle court, se dépense sur mille pistes[e].

Aussi loin que sa course l'emporte, elle revient toujours. La fréquence et la brièveté de ces retours, c'est cela qui assure sa puissance. Un instinct la ramène auprès de son ami, alors que peut-être le temps commençait d'agir, qu'un autre visage intéressait Louis, et qu'il entrevoyait déjà de pouvoir vivre plusieurs jours sans revoir celle qu'il aimait. Avant qu'il ait rencontré cette femme, il n'avait jamais, même de très loin, subi une « préparation » si savante. C'est que[f], presque toujours, l'inconstance des femmes, leur indifférence, laisse les plaies se cicatriser. On souffre, on souffre moins, on ne souffre plus; la plupart sont impuissantes à intervenir dans cette évolution régulière. Mais[g] elle avait toujours su revenir à temps pour raviver le feu qui commençait de mourir. C'était lorsque Louis s'étonnait de se réveiller un matin, le cœur libre, possédé comme autrefois par l'impatience joyeuse du travail et qu'il se disait : « Voilà deux jours qu'elle ne m'a pas téléphoné : cela m'est égal... cela vaut mieux. » Alors elle survenait; il semblait qu'elle dût obéir à une mission urgente. Elle prenait entre ses deux mains le visage de Louis, répétait tristement :

« Non, non : je sens bien que je ne te fais plus souffrir... »

Comme si elle eût perdu sa raison d'être au monde. Et lui faisait le brave :

« C'est vrai, mon amour, tu vois ? Je ne souffre plus.

— Promettez-moi, disait-elle, que vous n'allez pas me haïr maintenant pour tout le mal que je vous ai fait en vous adorant. »

Elle le pénétrait de son regard attendri, souriait : elle pouvait sourire; déjà les plaies étaient rouvertes. Elle pouvait prendre le large. Rassurée alors, si elle ne le quittait pas, du moins passait-elle à d'autres sujets, racontait ses soirées depuis qu'ils ne s'étaient pas vus; elle avait dansé; elle prononçait des noms inconnus. Il semblait à Louis qu'elle avait vécu mille existences et qu'elle venait entre deux amours s'assurer de cette douleur solitaire qui lui était dédiée, — de ce feu que c'était son bonheur de modérer, d'étouffer à demi, sans l'éteindre pourtant tout à fait.

Elle ne méconnaissait pas un tel amour. Si elle l'avait méconnu, comme tant d'autres naguère, Louis aurait eu vite fait de guérir. Mais elle ne lui laissait jamais ignorer qu'elle était fière de son hommage[a]. Non qu'elle en tirât bassement vanité; mais elle en était glorieuse avec pudeur[b]; jamais elle n'humiliait son amant, et possédait une science[c] souveraine pour relever ce roi vaincu; elle veillait à ce que, dans les abaissements de l'adoration amoureuse, il gardât[d] toujours le sentiment de sa grandeur. Ainsi l'orgueil de Louis qui l'avait sauvé autrefois, ici perdait tout pouvoir. Dans une telle[e] souffrance, il ne se souvenait pas d'avoir été une seule fois abaissé. L'admiration de la jeune femme lui était même un sujet de chagrin lorsqu'il ne la sentait pas assez pénétrée de tendresse. La conscience qu'elle avait de l'enrichir l'irritait aussi. Depuis qu'il la connaissait, il peignait sans joie, mais avec l'acharnement d'un homme que détourne de la mort cette puissance qu'il détient, d'éveiller[f] des êtres sur la toile. Toute la force que dans l'excès de sa douleur il eût retournée contre lui se dépensait ainsi en portraits sombres, tourmentés, humains. Elle lui disait :

« Presque tous les autres sont des tâcherons sans culture, sans vie intérieure : que comprendraient-ils à la face humaine ? Je me demande[g] même s'ils l'ont jamais vue... Mais toi, mais toi ! »

« Non, non, songe Louis; même de ce feu créateur je ne lui suis pas redevable. Je doute qu'on crée rien d'éternel dans une telle fièvre; et je m'épuise; mes flancs sont déchirés; je ne fournirai pas toute la course. Dans le bonheur aussi, dans l'harmonie, dans la paix, j'imagine qu'un univers se crée. Une enfant saccage mes richesses dernières, les éparpille sur le monde. Il ne restera bientôt plus rien en moi que la terre nue. »

IV

L'insomnie[a] nous établit hors du temps; elle nous arrache à la durée, nous jette sur la berge. Louis s'agite, délivre son bras engourdi, cherche les régions fraîches du traversin, s'étend sur le dos. Aucune espérance de sommeil : les idées s'enfantent l'une l'autre. Il se voit[b] lui-même et toute sa vie qu'un être minuscule suffit à couvrir d'ombre. Ceux qu'il aime[c] le mieux, il sait encore qu'il les aime, mais ne le sent plus. Il lui faut imaginer leur disparition, leur mort, pour connaître encore qu'il tient à eux plus qu'à tout au monde — plus même qu'à cette étrangère.

Il n'empêche qu'elle a su rendre insipide le pain de chaque jour. Nuage vivant, elle se glisse entre Louis et chaque être auquel il est lié. Ceux qui l'aiment le croient perdu; il ne répond plus à aucun appel, aucun signal; il est là pourtant, tout près; mais cette femme le cache. Elle a détruit[d] les désirs de voyage, d'évasion; elle a décoloré l'univers. Un tel amour est la plus nue des cellules; — cellule sans autre crucifié que l'homme lui-même : il s'adore sur la croix, ce Narcisse aux mains clouées.

« Cellule de mon amour... y ai-je jamais goûté le recueillement ? Cette séparation d'avec le monde, en ai-je jamais eu le bénéfice ? Une petite enfant m'arrache au monde, moins encore qu'à moi-même. Ce goût, ce besoin de me replier, cette habitude prise dès la jeunesse de l'examen intérieur, et d'une mise au point fréquente de mes richesses gagnées ou perdues, de tout cela rien ne reste. Cette[e] fiévreuse m'a donné de sa fièvre : il faut que je coure à sa suite, que je m'épuise à isoler la saveur de chaque seconde. Elle m'impose son rythme de l'excitation à la dépression; elle m'oblige à dépendre du dehors; elle a comblé tous mes puits secrets. Ce seul[a] corps vivant prête l'aspect de la mort aux œuvres qui, naguère, m'aidaient à vivre : une vue générale sur l'homme, un système du monde, une métaphysique, tout me paraît irréel qui n'est pas chair et sang, — qui n'est pas ce sang, cette chair.

« Mon esprit est-il capable encore d'une démarche désintéressée ? Nulle question ne prévaut, à mes yeux, contre celle-ci : que suis-je pour cette femme ? Quelle place est la mienne dans sa destinée ? Quel vide[b] y laisserait ma mort ? Rien ne me passionne que de connaître, à chaque intervalle du temps, ma position vis-à-vis de ce cœur[c]; que de mesurer la distance de son amour au mien, que d'en établir le rapport exact.

« Tu fus autrefois un homme que Dieu tourmentait; un animal éphémère attire à lui ce tourment; toute aspiration est détournée, déviée, fixée sur un corps à demi détruit déjà. Je sais[d] que je mets l'infini dans une chair malade. Tout amour humain est désespéré. Je suis établi dans le désespoir. Même fidèle, tu me trahis. Je lie mon sort à ce qui passe, — et m'attache[e] étroitement à ce qui sera anéanti. D'un jour à l'autre, cette destruction se mesure. Qu'existe-t-il dans cette femme qui doive survivre à sa jeunesse ? Je feins de croire que cette jeunesse, en se retirant, laissera à découvert des gisements inestimables; non, non : celle que j'aime n'est rien que verdeur, qu'acidité printanière; elle se gonfle de tous les sucs, mais la vie n'enrichit pas ceux qui l'épuisent : " Tu brûles tout, lui dis-je, et n'engranges rien. " Oui, je sais : en quoi suis-je, moins qu'elle, éphémère ? — Ah ! si du moins[f], entre cette aube et ce soir de nos brèves vies emmêlées, nous demeurions unis ! Mais je ne la vois guère plus qu'il n'est nécessaire pour que l'oubli ne me puisse délivrer. L'oubli ? Je ne sais ce qu'est l'oubli. Mon cœur[g] est établi dans une fixité morne, tourné tout entier vers une créature, — mué en statue.

« À l'heure du premier tramway, et du jour blême au plafond et sur le tapis, je m'assoupirai jusqu'à ce que me réveillent non les rumeurs du matin, mais mon angoisse constante, inchangée. C'est mon corps qui cède au sommeil, écoute une musique, s'abandonne au rire; mais jamais je ne perds le sentiment d'être enchaîné, — ou plutôt d'être tenu dans une main qui, parfois, s'entrouvre, me laisse aspirer l'air, puis se referme; alors je perds le souffle, je serre les dents. »

Que ce mois de juin est pluvieux ! L'homme qui n'a pas dormi croirait que l'hiver se lamente encore sur la ville, sans le petit jour si triste, ce jour qui ne s'est pas couché et qui, dès quatre-heures, éveille un oiseau transi. Cette aube navrante rend sensible à Louis sa vie ouatée, protégée. D'autres êtres, chargés d'une douleur pareille à la sienne, se lèvent déjà, se hâtent vers l'atelier, vers le bureau. Non, ce n'est pas là une douleur de privilégié. Dans les plus humbles classes, combien se tuent ! Ils ont moins que nous peur de la mort. Suicide. Suicide. Louis écoute à travers la pluie un tram grinçant, une auto brutale. Sortir de la vie. Naguère, il cédait volontiers à l'imagination du suicide, parce qu'il était sûr de sa lâcheté, — sûr que, pour rien au monde, il n'accomplirait le geste. Cela l'intéressait surtout d'imaginer les commentaires des gens, les articles des journaux; de se représenter la douleur ou l'indifférence de tel ami. Pour[a] la première fois, Louis se fie moins à ces défenses : les opinions des autres sur sa vie et sur sa mort ne le retiennent plus. Rien ne lui paraît meilleur que de ne plus sentir. Il commence[b] à entrevoir qu'on puisse fermer les yeux, glisser, perdre pied. Naguère, il appuyait sur une porte dont la fermeture lui donnait toute sécurité; et voici qu'elle cède un peu; sa volonté de vivre se détend. Il se rappelle cet adolescent, ce vieil homme qu'il a connus, qui ont choisi de mourir; il ne se souvient pas qu'ils fussent exaltés ni étranges. Mais ils étaient hors des rails, comme lui-même à cette heure; il n'existait pas pour eux de vrai chemin; et pour Louis non plus, il n'existe pas de vrai chemin. Sauter[c] dans la mort ? la mort. Dieu. Et si pourtant, c'était Dieu, si c'était cette présence formidable qui se tenait à l'affût derrière le vantail ? *Ce Dieu[d] qui, nous aimant d'une amour infinie*[1]... Louis répète ce vers de *Polyeucte* (ce vers qui, au collège, emplissait toujours ses yeux de larmes); puis des phrases[e] sans suite : « Je t'aime plus ardemment que tu n'as aimé tes souillures... Je te suis plus ami que tel et tel; car j'ai fait pour toi plus qu'eux, et ils ne souffriraient pas ce que j'ai souffert de toi[2]... » Louis songe que le chrétien

souillé par l'amour charnel peut, du moins, s'élever,
mieux qu'un autre, jusqu'à comprendre le mystère d'un
Dieu immolé pour nous... Qui a osé ce rapprochement ?
Ah ! oui : Claudel dans *Partage de Midi,* lorsqu'il crie
à l'Être Infini : *Si vous[a] avez aimé chacun de nous — terriblement comme j'ai aimé cette femme[1]*...

Louis[b] se soulève sur ses oreillers, cherche à se souvenir d'une prière, n'entend que sa propre voix. La plus
misérable créature, si nous l'aimons, comme elle est
puissante contre Dieu ! Nos mains la touchent, nos yeux
la voient. Mais Lui, Il est le Dieu caché, l'Être sans
limites et qui possède l'Éternité pour régler avec nous
le compte redoutable de son amour. L'éternité ! Alors
que la mort habite[c] ce corps chéri. Ah ! courons[d] au
plus pressé, songe Louis. À peine quelques jours peut-
être, et nos corps ne se confondront plus que dans la
pourriture ; et, même[e] avant que la mort ne nous touche,
s'étendent les années de décrépitude où nous ne recevrons même plus cette aumône[f] de tendresse qui nous
aide aujourd'hui à ne pas mourir.

Comment l'éphémère n'aurait-il le pas sur l'éternel ?
Comment l'éternel ne nous pardonnerait-il de nous
attacher à ce qui est déjà presque fini ? Que lui importe
ce vol fou de moustiques sur une flaque ? Mais non,
Louis ne croit pas cela ; il voudrait le croire et ne le peut ;
il sait que l'amour charnel est un acte d'une portée
inconnue ; en toute caresse, il découvre une[g] puissance
qui la dépasse. Non qu'il soit jamais déçu : trop comblé
peut-être par ce bonheur qui n'est pas à l'échelle des
autres plaisirs humains : satisfaction sans mesure, jouissance qui n'est pas d'ici ; — comme si les voluptueux
dussent s'entendre dire au dernier jour : « En vérité[h],
vous avez reçu déjà votre récompense[2]. »

Louis ne redoute pas d'être condamné avec eux, lui
pour qui amour et douleur se confondent. Cette douleur[i]
pourtant, une caresse l'endort. Caresse si vite finie et qui
nous donne le sentiment de l'éternité ; il faudrait oser
parler de l'éternité brève des caresses.

Louis songe que mieux qu'aucune étreinte, l'ont
comblé, parfois, de fugitives certitudes : un soir, ce
regard de l'aimée, confiant et tendre, arrêté sur lui et
où les paroles qu'il prononçait faisaient monter des

larmes. « Alors, songe-t-il, je goûtai un instant de repos dans l'amour; mais le souvenir s'en épuise, à force d'avoir été rappelé, suscité. »

Il ne console plus Louis, sur cette couche où son corps cherche une place froide; ces philtres ont perdu leur vertu. D'autant que, comme si la jeune femme avait craint que le rappel de telles minutes, en rassurant Louis, le pût libérer de son empire, elle affectait, souvent, de les avoir oubliées, ou elle feignait d'avoir agi par jeu, par coquetterie. Elle disait :

« Ces effusions n'étaient pas très sincères; je m'amusais à vous renvoyer la balle. »

Ainsi empoisonnait-elle les sources où Louis aurait peut-être bu. Mais[a] ne l'eût-elle pas fait, il n'aurait pu longtemps s'y rafraîchir; car ces pleurs même sincères, ces paroles tendres lui étaient[b] venues d'une autre jeune femme que de celle qui le torture, à cette heure, après l'avoir obligé à fuir et à se jeter, tête basse, dans le piège de l'insomnie.

Seule, celle qui l'a fait souffrir hier soir, pourrait le secourir. Dort-elle déjà ? Il n'a guère de peine à imaginer où elle traîne encore. Les mœurs lui sont connues de cette petite bande d'épuisés, qui, somnolents et languissants tout le jour, recommencent de se sentir vivre au crépuscule. Ces intellectuels prétendus ne sont[c] même plus capables de veiller un instant sous leur lampe, de lire un livre, de demeurer enfin dans une chambre. Insoucieux des autres, ils ne peuvent[d] non plus soutenir leur propre regard; leur chétive personne, en même temps qu'elle les limite étroitement, leur devient[e] si importune qu'ils s'efforcent de la briser, de la perdre dans le néant de la danse. L'enfant chérie est la plus obstinée à reculer l'heure du retour; un autre bar, croit-elle, que celui où elle recommence à se sentir triste, lui dispensera un plaisir de vertige.

« Ne rentrons pas encore, gémit-elle. Êtes-vous bien sûr qu'il n'y a plus aucune " boîte " ouverte à cette heure ? N'est-il pas trop tôt pour finir aux Halles ? »

Qu'importe à Louis qu'elle tournoie encore dans ce cabaret ou dans un autre ? Est-il même soucieux de connaître à quelle épaule elle s'appuie ? Cela seul lui importe qu'il ne saura jamais : quelle image[f] se crée-

t-elle à propos de lui ? Image toujours changeante.
Même s'il jouissait de ce regard intérieur, la mise au
point serait à refaire sans cesse : il est aussi fou[a] de
souhaiter l'immobilité dans la passion que de vouloir
suspendre le cours du temps. Telle est l'une des sources
les plus abondantes de notre douleur. Et souvent nous
nous épuisons à réveiller dans l'aimée cet éclair de
passion qu'un jour nous y surprîmes, qui sans doute
peut renaître alors que nous n'y compterons plus, mais
dont elle se sent aujourd'hui à mille lieues. Discordance
irrémédiable que masque l'union brève des corps; la
volupté n'est qu'une parodie, qu'un faux-semblant; elle
est cette frange de chair que laisse entre nos mains l'être
qui nous échappe[b].

V

C'était l'heure où l'amant qui n'a pu s'endormir puise
dans la fatigue[c] même l'illusion que demain, peut-être,
il pourra renoncer à son amour. Le contraste, soudain,
le stupéfie[d], entre ce qu'il souffre et ce qui le fait souffrir.
Sa douleur démesurée rapetisse l'être qui la suscite.
Il s'étonne que ce marécage puisse être la source d'un
grand fleuve.

Il imagine qu'en ce moment, un garçon ramène dans
son auto la jeune femme un peu ivre, contente de sa
nuit parce qu'elle a été épiée, désirée. Mais sans doute
songe-t-elle aussi avec une satisfaction inquiète, avec un
trouble doux, à l'homme auprès de qui c'est son rôle de
rouvrir les plaies qu'elle avait faites, puis à demi guéries;
— impatiente déjà d'intervenir, car elle redoute ces
instants de lucidité où Louis, les yeux dessillés, n'en
revient pas de ce néant qui le torture. Du haut de la
croix, que la terre devait apparaître petite au Christ
mourant ! La douleur à son comble nous ouvre les yeux
et nous enlève[e] cette consolation dernière de croire
qu'une chair si chétive vaille une seule des larmes qu'elle
nous a coûtées.

« Ne plus l'appeler, se dit Louis, et si elle me recherche,
éluder[f] ses invites. » Mais ce qui excède ses forces,

croit-il, c'est bien moins de renoncer à cette femme^a que de se retrouver dans un univers qu'elle a dévasté. Comme l'ennemi en retraite coupe les arbres à fruits, incendie les récoltes, l'être que nous ne voulons plus aimer et qui se retire, nous nous imaginons qu'il laisse derrière lui un désert. Mais ce n'est là qu'un mirage : si nous n'aimions plus, toutes les nourritures du monde, d'un seul coup, nous seraient rendues; notre amour seul nous détourne de le croire.

Louis s'interroge : est-ce surhumain d'accepter de vivre sur une terre glacée qu'aucun amour ne réchauffe plus ? Il fut un temps de sa vie où le refus de toute caresse lui apparaissait comme l'état naturel du chrétien. Le secret perdu de cette puissance ne se retrouve jamais (du moins par une voie humaine, et c'est pourquoi le retour d'une âme à Dieu est le plus surprenant miracle). Le corps une fois soumis au dressage de la passion lui obéit comme un chien : quelqu'un lui lance l'objet le plus vil et, avant toute réflexion, il s'y rue; il rapporte dans sa gueule tout ce que lui jette la vie, le tient entre ses pattes, le mordille, le souille de bave, ne le lâche plus.

Louis, un instant, perd conscience. A-t-il dormi ? Le sommeil va le prendre maintenant que c'est trop tard pour qu'il s'y abandonne. Voici le jour, et la vie, sa vie, cette vie sur laquelle il n'a plus de prise, qu'il juge pourtant, mais dont il n'ose examiner les coins sombres. Louis feint de croire que toute douleur ennoblit, purifie. Il se persuade que son triste amour ne l'abaisse pas. Ignore-t-il ce qui le menace ? Un homme souffrant se croit libre de consentir à tout ce qui apaise, à tout ce qui endort sa souffrance. Il ne refuse jamais l'engourdissement ni le sommeil, d'où qu'il vienne. Il ne s'indigne plus, n'éprouve plus remords, honte ni dégoût : quelles que soient ses fautes, il a l'illusion d'expier à mesure; il possède un compte ouvert, un compte de douleurs que son amour alimente et qu'il ne redoute pas d'épuiser jamais[1]. À ce nageur demi-mort, une branche pourrie suffit pour qu'il s'accroche quelques secondes, et reprenne souffle.

Notre amour revêt de sa lumière ce qui, naguère, lui eût donné de l'horreur; il nous pousse à quelles aventures ! — soit que nous souhaitions de l'oublier par

l'excès même du plaisir; soit qu'au contraire nous
cherchions à jouir de lui, en serrant contre nous une
chair faite à son image, pétrie à sa ressemblance. Triste
uniformité des corps : elle est la même sur tous les
visages, cette impassibilité animale et divine de l'âme
qui se cache, de la chair qui consent. Les yeux les plus
troubles se nettoient, ressemblent à un ciel tourmenté
que le vent purifie. Plus rien de sali n'y demeure, — plus
rien que ce feu couvant de tendresse et de vie. « Chaque
fois que, la tête abandonnée contre une poitrine, j'ai
entendu battre un cœur étranger, dit Louis à son amie
absente, je me suis rappelé en pleurant ta chaleur, ton
odeur, tout le mystère familier de ta vie[a]. »

VI

La nuit se retire, se détourne de sa victime. Est-ce
beaucoup mieux qu'un cadavre qu'elle abandonne au
petit jour ? Sans doute, puisqu'il peut être secouru. Louis
ne sait encore si ce sera un appel au téléphone, une
dépêche, une lettre apportée. De cela seulement il ne
doute pas : la bien-aimée va se manifester à lui, s'assurer
qu'il a souffert, mais non jusqu'au point de crier :
assez ! ni jusqu'à l'écarter de son chemin. Comme le
patient, au plus fort de la question, était doucement
rappelé à la vie, pour qu'il pût épuiser le reste de sa
torture, sans doute sera-t-il enveloppé de tendresse,
caressé, bercé, endormi.

Mais Louis, à bout de forces, se sent pénétré d'espérance. Est-ce illusion ? Jamais il ne fut autant que ce
matin, détaché; il croit ne plus tenir à rien de vivant,
— plus même à cette jeune femme. Il la mesure en esprit,
la soupèse, en fait le tour; ce n'est donc que cela ! Si
cette dernière nuit fut atroce, il sait d'expérience qu'un
amour moribond ou même fini nous tourmente longtemps encore[b] : la souffrance est une habitude à prendre.

Encore tout meurtri, il a le sentiment d'être libre : la
porte du cachot est entrebâillée et il voit, au-dehors, le
soleil brûler une piste à travers le sable. S'y engagera-
t-il ? Louis se lève, va droit à la glace, éprouve le même

dégoût[a] que chaque matin. Il se rappelle ses réveils d'adolescent, le claquement de ses pieds nus sur les nattes, sa jeune tête embroussaillée, — et que parfois il baisait sur le miroir ses propres lèvres. Honte de l'angoisse que lui donne sa face vieillie : obsession d'efféminé. Une tête passée au feu des passions peut être chérie encore : « Votre chère tête de brûlé vif », lui écrivait un jour son amie. Était-elle sincère ? Mais cela ne lui importe plus. S'il faisait place nette, pourtant ! Peut-être, cette nuit, a-t-il touché le fond. Il ne peut plus que revenir sur ses pas. « Si elle néglige de téléphoner, je ferai le mort. » Comme il jouirait de sentir l'adversaire surpris, inquiet ! « Mais elle téléphonera... Eh bien, ce sera mon tour de répondre d'un ton affairé, ce sera mon tour de ne pas être libre. La vie sans elle ? Pourquoi pas ? Mais il faudrait ne pas rester seul... » Louis sourit à une idée, à un visage : une jeune fille[b] qu'il n'a jamais repoussée qu'à demi, — un cœur mis de côté, mis en réserve, avec l'idée qu'il pourrait servir un jour. Il ne lui a pas fait signe encore sachant d'instinct que c'était trop tôt et qu'il eût gâché cette ressource dernière. L'heure n'est-elle pas venue ? L'autre[c] ne souffrira pas; elle est incapable de souffrir; il faudrait la quitter tout à fait pour qu'elle souffrît.

Louis songe qu'elle viendra le relancer jusqu'ici. Qu'il se souvienne de toutes ses ruses pour les éluder. « Ne pas soutenir son regard, ne pas lui abandonner mes mains, demeurer attentif à tous les signes de vieillissement sur ce visage, aux premières défaites d'un corps déjà mûr. Ne pas regarder sa bouche. » Louis s'imagine entendre cette voix trop douce, aux inflexions cherchées. C'est bon signe que tout cet appareil de gentillesse apitoyée d'avance l'exaspère. Il cultive son irritation. Comme il se sent fort, maintenant ! Les moineaux piaillent dans les marronniers mouillés. Il semble à ce captif que quelqu'un lui a ôté les fers, et que son corps libre peut s'étendre enfin. Il imagine, au-delà du repos, un matin frais, une journée de travail, de lecture, de méditation; et[d], le soir, un long repas avec des amis, dans une auberge, au bord de la route[e].

VII

Mais Louis se souvient[a] qu'il a connu déjà cette
sensation de délivrance; il lui est arrivé souvent de
croire qu'il n'aimait plus. C'était presque toujours lorsqu'il eût dû se sentir comblé et que son amour, après les
gestes du plaisir, reposait entre ses bras. Alors il considérait avec une lucidité glacée cette forme si obsédante
lorsqu'elle n'était qu'imaginée, si faible et si réduite
lorsqu'elle pesait de tout son poids contre lui. La jeune
femme s'appliquait encore à combler les désirs, à ménager
les susceptibilités d'une passion dont Louis savait bien
qu'il était possédé, mais que, pour l'instant, il ne ressentait plus.

D'habitude, son amour l'occupait assez pour qu'avec
son amie il ne se souciât guère de conversations; et
voici qu'il ne trouvait plus rien à lui dire; il découvrait
avec stupeur qu'auprès de ce qui lui était le plus cher
en ce monde, il s'ennuyait.

Cependant elle s'ingéniait à satisfaire ce cœur qui,
justement, n'avait pas faim. Mais la jeune femme eût-elle
pu l'imaginer ? Jusqu'alors, ce qu'elle avait donné,
Louis l'avait jugé sans proportions avec l'exigence
furieuse de son amour; or elle ne livrait d'elle-même
ni plus ni moins qu'aux jours où Louis l'accusait d'indifférence et de sécheresse; et pourtant il jugeait, soudain,
qu'elle en faisait trop; il avait envie de lui souffler :
« C'est assez comme cela; repose-toi. »

Il observait à froid, tout l'appareil de ses prévenances,
de ses délicates flatteries; il s'agaçait de ses précautions
pour ne pas irriter son orgueil ni désengourdir sa jalousie. Ainsi dans un bois détrempé par la pluie, le Landais,
d'instinct, enterre sa cigarette, bien qu'il n'y ait plus
aucun danger d'incendie. À maintes reprises, Louis
était allé si loin dans le détachement, qu'il avait cru
ressentir une sorte de pitié irritée, — celle qui nous vient
d'une personne trop sûre de l'amour qu'elle nous
inspire au moment où, à ses côtés, rien ne nous tente
que de fuir. Nous lui[b] en voulons de s'assigner à elle-
même le prix que nous avons, pour un moment, cessé
de lui reconnaître.

Mais nous nous gardons de le lui manifester. Il y a tant d'amertume dans cette cessation apparente de l'amour, que nous cherchons en hâte d'autres sentiments qui en puissent combler le vide. Pour Louis, il avait recours à la contemplation du cher visage si jeune et pourtant déjà touché d'usure. Par-là, il était assuré d'avoir vite raison de la sécheresse. Il recomposait la figure de la vierge qu'il n'avait pas possédée; l'adolescente intacte, ou peut-être déjà impure, avait traversé tant d'autres destinées avant d'atteindre le destin de Louis[a] ! Il voulait qu'elle décrivît les campagnes heureuses de sa naissance, à l'époque où elle était une jeune fille harcelée, dans ces bals charmants de l'été qui se prolongent jusqu'après l'aurore. Elle parlait de ces châteaux dont toutes les chambres demeuraient ouvertes; où les époux, les fiancés, les amants s'accordaient les uns aux autres quelque relâche. Louis[b] croyait respirer l'odeur des tilleuls, et avant même que les musiciens fissent trêve voyait s'effacer les dernières étoiles. Les autos emportaient sur les routes de l'aube des jeunes filles frissonnantes, les yeux fermés, cherchant à retrouver le goût de leur premier plaisir à peine trouble.

Louis la pressait de questions sur l'adolescent qu'elle aimait à cette époque : « Je le retrouvais, disait-elle, après mes leçons de musique, dans des petits chemins de la banlieue. Nous demeurions silencieux, debout, enlacés étroitement contre une barrière. Parfois les phares d'une auto nous décelaient; alors nous nous tournions vers la prairie jusqu'à ce que la nuit nous fût rendue. Nous nous séparions un peu avant l'octroi; il me semblait, pendant le repas du soir, que mes yeux, ma bouche et mes mains attiraient les regards de mes parents. »

Louis se demandait[c] ce qu'il faisait, cette année-là : « Où étais-je à cette époque ? Je me souviens que ce fut un été accablant... » Déjà la douleur de Louis se réveillait; mais sa tendresse demeurait fixée encore sur l'image de cette adolescente inconnue. Il n'avait pas voyagé dans ces contrées où elle avait grandi et appris l'amour, mais il n'en lisait jamais le nom sans en imaginer les routes, les eaux endormies, et dans les banlieues, autour des prés murmurants, ces barrières contre lesquelles s'appuyaient deux enfants immobiles et ravis.

Alors il pleurait cette part de son amour qui lui avait
été enlevée; il attirait cette tête brillante encore de
jeunesse, mais que l'aurore ne baignerait plus jamais de
sa rosée ni de ses feux, et en même temps qu'il mesurait
avec désespoir le chemin que cette jeune femme, avant
de l'atteindre, avait parcouru, il comprenait qu'il ne
pouvait être, seul, le but de cette vie, qu'il serait dépassé
à son tour et qu'un autre homme, plus tard, serait jaloux
de lui qui la possédait, ce soir.

Ce sentiment de l'éphémère et du périssable dans
l'amour humain, au lieu de l'en détacher, l'exaltait
jusqu'à la folie. Comme ils s'étaient trompés, les maîtres
de son enfance, en lui rappelant avec insistance la brièveté et le néant du plaisir[a] ! Louis se rappelle, à l'étude
du soir, en été, l'ébranlement délicieux que lui donnait
ce passage d'un sermon du père Lacordaire : « Poursuivant l'amour toute notre vie, nous ne l'obtenons
jamais que d'une manière imparfaite et qui fait saigner
notre cœur; et l'eussions-nous obtenu vivant, que nous
en restera-t-il après la mort ?... C'est fini ! C'est à jamais
fini ! Et telle est l'histoire de l'homme dans l'amour ! »
Après un quart de siècle écoulé, et lorsqu'il a vu finir
à jamais tant d'amours qu'il croyait éternelles, Louis
cède encore à l'attrait du périssable en tant que périssable. L'adolescence, dont n'a pas fini de resplendir ce
visage que soutiennent ses bras, n'eût pas suffi peut-
être à réveiller sa tendresse; mais il ne sait résister aux
griffes légères dont le marquent, une à une, les années
qui suivent la vingtième, ni à cette usure qu'y laissent
les plaisirs et les larmes de chaque nuit.

VIII

Mais il existait bien d'autres routes pour ramener
Louis à son amour, s'il croyait s'en être éloigné. Il se
souvient de son agacement, un matin au réveil, lorsque
le domestique l'avertit que la jeune femme l'attendait
dans le salon. La veille, elle l'avait fait souffrir, et Louis,
en s'habillant, songeait : « Elle a compris qu'un coup de

téléphone, qu'une lettre ne suffirait plus; elle est forte, mais je le serai aussi. »

Il l'avait abordée avec des paroles blessantes :

« Vous venez vous assurer que j'ai souffert cette nuit ? Vous n'en étiez pas très sûre ? Je ne veux pas vous ôter votre joie. Réjouissez-vous : j'ai souffert au-delà de toute espérance. Avouez que vous êtes venue pour vous rendre compte ? Eh bien, voyez : c'est du beau travail. »

Elle avait coutume d'opposer à de telles sorties une défense prudente et de le désarmer par des protestations. Mais ce jour-là, il s'étonna qu'elle fît front[a]. Jamais encore il ne l'avait vue à ce point courroucée, ni surtout indignée. Il ne comprit pas d'abord ce qu'elle disait, — mais cela seulement qu'elle s'adressait à lui avec inimitié; et ce lui fut une telle douleur que déjà il la suppliait :

« Je ne puis souffrir que vous me parliez sur ce ton... »

Elle se méprit, crut découvrir dans cette supplication l'accent de l'orgueil et redoubla ses coups. La souffrance de Louis ? Mais elle la jugeait hideuse. Il fallait qu'elle le lui criât au moins une fois : hideuse et exigeante comme un vice. Il y tenait plus qu'à tout au monde; sa maîtresse ne lui servait qu'à retrouver un état hors duquel il ne se sentait plus vivre. Ah ! l'immonde égoïsme de l'homme qui souffre; grâce à Louis elle en aurait vu le fond[b].

Louis commençait à pouvoir fixer son esprit sur ce que signifiaient ces paroles : des paroles de haine et de mépris, il n'en pouvait plus douter. Et c'était elle qui les lui adressait ! Il cherchait à l'interrompre; comment supporter une douleur inconnue, différente de tout ce que son amour lui avait fait éprouver jusqu'à ce jour ? Cette grâce gentille, cette tendresse jamais découragée qu'il avait eu la folie de lui reprocher naguère, que n'eût-il donné pour en recevoir de nouveau le bienfait ! Mais comme sa stupeur touchait à l'hébétude, il ne donnait pas les signes habituels de souffrance qui eussent réveillé la pitié de la jeune femme, et elle s'acharnait, toute à la joie d'épandre une colère longtemps contenue : « L'immonde égoïsme de l'homme qui souffre. » Ce que Louis appelait son martyre[c], disait-elle, lui était une raison de supprimer les autres. Il anéantissait tout ce qui, dans sa maîtresse, aurait pu s'épanouir en dehors de lui. Croyait-il donc être seul à aimer sans être aimé ? Croyait-

il qu'elle ignorât les retours solitaires, les larmes dans
le taxi ?

Ce ton de haine était insupportable; et elle y ajoutait[a]
l'aveu d'une souffrance qui lui venait d'un autre... Non,
ce ne pouvait être vrai; elle voulait seulement le punir.
Il n'eut que la force de le supplier d'avoir pitié de lui.
Mais elle ne comprit pas encore. Pourquoi l'eût-elle
plaint ? À l'entendre, tout cela n'était qu'un jeu pour
lui.

« Vous cherchez à me damer le pion[b]; lorsque vous
avez su extraire quelque chagrin de mes paroles ou de
mes geſtes les plus innocents, alors vous avez gagné;
si un bref inſtant je vous console, c'eſt votre tour d'avoir
perdu. »

La douleur de Louis n'allait pas sans une secrète
jouissance; l'être qu'il aimait lui découvrait une force
ignorée de lui; il l'avait chérie prudente, patiente, habile
à consoler, à endormir; elle ne l'avait jamais blessé que
malgré elle et toujours avait étanché le sang, dès la
première goutte apparue. Mais cette guerrière, mais cette
ménade se manifeſtait à ses yeux pour la première fois;
et en dépit des coups reçus il respirait mieux, ayant enfin
dissipé cette atmosphère[c] de respeѐt, de tendre vénération dont elle avait coutume de l'étouffer. Affreux[d]
plaisir d'être violenté par l'objet de notre amour;
jouissance insupportable, jouissance, pourtant, de le
voir enfin sans calcul, sans ruse; de sentir qu'on agit
sur lui, au point de l'obliger à se livrer jusqu'au fond.

Mais en même temps que la jeune femme lui devenait
bien plus précieuse qu'elle ne fut jamais avant cet éclat,
il entrevoyait[e] comme possible le malheur inimaginable
de la perdre. Alors, il glissa sur les genoux, avec un tel
gémissement, qu'elle comprit enfin. Ils demeurèrent
longtemps[f] l'un près de l'autre, jusqu'à ce que Louis
l'eût de nouveau interrogée au sujet de ce qu'elle avait
dit sur ses retours solitaires et ses larmes dans le taxi.
Et elle le fit souffrir encore mais, cette fois, selon sa
manière connue, par des réticences, des aveux repris,
et par les témoignages même d'une évasive tendresse[g].

IX

« De telles violences, qu'elles paraissent douces, songe
Louis, au prix de l'indifférence et de l'insensibilité dont
la femme aimée, à son insu, nous accable ! À son insu
— car ses sentiments, pour nous, n'ont pas changé,
elle nous le jure sans mensonge. Mais ce qu'elle n'avoue
pas, c'est qu'un étranger a surgi dans sa vie, qu'il y a
conquis d'emblée une telle place que la nôtre, tout en
demeurant peut-être la même, semble réduite à presque
rien. La tendresse qui nous contentait, nous ne la voyons
même plus dans l'ombre de cet amour[a] dont l'objet
nous demeure inconnu. »

Louis serre les dents, s'efforce de ne pas haïr. Il veut
faire mentir celui qui a écrit que l'on n'est jamais bon
quand on aime. Son amour, croit-il, est désintéressé,
et préfère le bonheur d'autrui au sien propre ; il s'efface,
il se tait, il consent à brûler dans l'ombre. Gratuité de
l'amour, résignation à ne rien recevoir en échange,
abandon sans réciprocité, repos dans le don total :
« Ce miracle[b], qui court les rues, me réconcilie avec les
hommes et je n'en connais plus d'infâme », songe Louis.

Il existe une certaine dureté chez les êtres purs (fussent-
ils consacrés à Dieu et voués aux œuvres de miséricorde),
dureté plus efficace pour le bien d'autrui, sans doute, que
cette mollesse des cœurs trop sensibles... « Cela est vrai ;
mais, à chacun sa voie : pour moi, se dit-il, il n'en est
aucune autre vers la bonté, que l'amour sans espoir ;
peut-être même n'est-il aucune autre route pour atteindre
Dieu. Impossible de rebrousser chemin ; toute retraite
est coupée ; il faut que je traverse cet incendie, coûte que
coûte. Je ferai le tour de cet univers désolé jusqu'à ce
que j'aie rejoint mon point de départ : mon enfance, la
prière du soir le front contre le lit de ma mère, la préparation à la mort. »

Louis[c] doit s'être endormi enfin, car il revoit, sur une
terrasse plantée de charmilles, où il passait autrefois les
grandes vacances, des personnes mortes depuis des
années et d'autres qui n'y sont jamais venues. À l'ombre

du chapeau de soleil qui abritait, il y a trente ans, sa figure chétive, n'est-ce pas son propre fils qui le regarde d'un air d'interrogation et d'angoisse ? Il y a toujours eu un jeune prêtre qui lit son bréviaire sous le figuier (celui qu'il ne fallait pas déranger pendant son action de grâces). Les péchés qu'il a commis[a], Louis, dans son rêve, les sent sur lui comme une lèpre, il voudrait se dérober aux regards de ces vivants et de ces morts. Mais non, tous[b] lui sourient avec la même tendresse sans ombre que dans ces pures années. Il comprend que le plus profond de lui-même n'a pas été atteint. Ce n'est pas si facile de se perdre. Louis voit en songe cet immense réseau de prières, de souffrances, de sacrifices dans lequel il est pris. Il avait fait le bilan de sa vie sans tenir compte d'interventions innombrables. Ses calculs grossiers sont heureusement déjoués. Il va s'asseoir avec un livre au bord de ce ruisseau qui, dans la réalité, arrose[c] un autre domaine que celui où existe une terrasse plantée de charmilles[1]. Louis, réveillé, cherchera en vain quelle vérité il avait découverte à l'ombre épaisse et glacée des aulnes et qui l'avait mis dans un état ineffable de joie. Ce ne pouvait être aussi ordinaire que la formule qui en subsiste dans sa mémoire : « Le vrai nom de la justice est miséricorde. » Son rêve prêtait à ces mots une résonance merveilleuse qu'il ne retrouve plus[d].

Et maintenant, dans les bruits du matin, il demeure étendu, les yeux clos, exténué, détaché du monde, attentif[e] à cette eau bourbeuse qui sourd et monte lentement du plus profond de son être : une rancune atroce. Il découvre[f] qu'il n'a rien oublié, ni une parole méchante, ni un silence, ni un regard indifférent. Tous les coups ont porté; il faudra demander des comptes pour chacun d'eux, le jour où il arrachera enfin de son cœur cette tendresse abominable.

Cependant[g] Louis guette l'appel du téléphone. Ce bruit de pas ? C'est peut-être une dépêche qu'on apporte. Il attend la permission de cette femme, il attend que son bourreau lui fasse un signe pour se relever, pour rentrer dans la vie[h].

CE QUI ÉTAIT PERDU[1]

I

« Je[a] me sens déjà mieux, dit Irène de Blénauge[b]. Nous aurions pu demeurer quelques inftants encore. »

L'automobile n'était pas éclairée, mais Irène, sans le voir, connaissait le visage déçu de son mari, cet air de rancune[c] lorsqu'il était privé du moindre plaisir.

« C'eft vous qui m'avez fait signe de me lever, ajouta-t-elle.

— Il le fallait bien, ma chérie : vous étiez à faire peur. »

Après six ans de mariage, Irène souffrait, comme au premier jour, de ces appellations tendres, mêlées à des paroles insolentes.

« Je le regrette[d] d'autant plus, reprit-elle, que vous étiez en verve, ce soir. Je ne vous ai jamais vu si brillant. »

Elle aurait voulu ne rien dire de plus : à quoi bon l'irriter ?

« Je doute[e] d'avoir montré quelque esprit en votre présence. Quand je suis assuré que mes moindres propos seront recueillis par vous et passés au crible... Qu'y a-t-il, Irène ? »

Les phares d'une auto qui les suivait éclairèrent un inftant la tête ballottée de la jeune femme.

« Cela va passer. Mais[f] il eft grand temps que je rentre : c'eft l'heure de mon gardénal. »

Elle reprit, d'un ton adouci, comme si la douleur l'avait rappelée à l'ordre :

« Comprenez-moi, Hervé. Je voudrais que, dans le monde, vous fussiez toujours sur vos gardes. Les gens vous poussent à parler ; mais après, ils vous jugent. »

D'une voix mal assurée, Hervé protesta que, pour ce soir, il était certain de son innocence. Irène l'interrompit :

« Vous savez très bien, au contraire, ce que je vous reproche d'avoir dit. Pourquoi faites-vous semblant de ne pas me comprendre ? » ajouta-t-elle avec colère, comme une malade qui ne peut se dominer.

Elle ne s'habituait^a pas aux mensonges d'Hervé, à cet état de mensonge dans lequel il vivait presque à son insu.

« Vous avez été très mal pour votre ami Marcel Revaux.

— Oh ! mon ami ! C'est vous qu'il admire, qu'il porte aux nues. Oubliez-vous qu'il ne m'a même pas averti de son mariage ?

— Oui, dit-elle, vous le détestez sincèrement... Bien que je me demande quelquefois s'il n'est pas le seul être qui compte pour vous... Je sais que vous ne lui pardonnerez jamais son coup de téléphone... »

Avec cet éclat de gaieté qui, chez elle, rendait toujours un son funèbre, elle imita la voix de Marcel Revaux : « À propos, j'oubliais de te dire que je me marie^b aujourd'hui ! »

Hervé remarqua d'un ton sec qu'il n'avait pas les mêmes raisons qu'elle pour trouver cela drôle. Il ajouta qu'il n'était pas brouillé avec Marcel Revaux, mais qu'il ne se priverait plus de faire connaître ce qu'il pensait de lui.

« Vous venez d'en donner la preuve, répondit-elle. Vous avez tracé de Marcel, ce soir, un portrait abominable.

— Qu'ai-je dit ? J'ai dit que son génie, car j'ai prononcé le mot de génie, c'était sa jeunesse ; et que s'il existe des hommes que la vie enrichit, lui, il devenait plus pauvre chaque année. Il n'écrit plus rien depuis longtemps et ne s'intéresse qu'à la Bourse. Vous êtes seule à nier que Marcel soit un raté. En 1918^c, des jeunes gens se reconnaissaient dans ses moindres paroles. Il pouvait tout faire sans encourir aucun blâme[1]...

— Oui, interrompit Irène avec irritation, et vous avez osé, à ce propos, devant ces gens du monde impitoyables, parler de sa liaison avec Marie Chavès; vous avez même fait allusion à certaines calomnies... »

Son indignation éclatait, une indignation d'épouse humiliée : elle en voulait à Hervé d'avoir été bas devant le monde. Il protesta que c'était de notoriété publique, et que Marcel avait toujours dépensé avec ostentation l'argent de Marie. Ce ne pouvait être son père, simple chef de rayon, aux Galeries, qui lui garnissait les poches.

« Tout ce que j'ai dit[a], je le répéterais devant lui...

— Non, Hervé, vous savez bien que vous n'oseriez pas. D'ailleurs, ignorez-vous pourquoi il vous tient à distance ? »

Mais Hervé nia que Marcel le tînt à distance :

« L'autre jour, il m'a invité à venir[b] le surprendre, comme je faisais naguère, à l'époque où, depuis le trottoir, je regardais s'il y avait de la lumière dans son atelier... »

Irène soupira :

« Mon pauvre Hervé ! Vous oubliez qu'hier soir encore vous m'avez rapporté cette invitation de Marcel; mais vous lui donniez un tout autre sens : " Si tu vois de la lumière, vous a-t-il dit, tu pourras monter comme autrefois. Seulement, a-t-il ajouté, le malheur est qu'il n'y aura plus jamais de lumière, car Tota aime à sortir, le soir; et les rares fois où nous restons chez nous, ce n'est pas dans l'atelier que nous nous tenons, mais dans la chambre qui donne sur la cour. " D'ailleurs, il ne vous a pas même encore présenté à sa femme. »

Que cette[c] perpétuelle mise au point irritait Hervé ! Jusqu'à la mort, ce serait le plaisir d'Irène de le mettre[d] en contradiction avec lui-même[1].

« Une fois de plus, ma chère, vous m'avez mal compris. Vous étiez encore à moitié endormie, probablement, ajouta le perfide. Vous vous intoxiquez, je vous assure que vous avez tort. »

Elle ne répondit que par un léger rire et par ce « Voyons, Hervé ! » qui faisait de lui un petit garçon empêtré dans ses mensonges.

« La preuve, dit-il, d'un air vexé, c'est que je compte, dès ce soir, aller jusqu'à la rue Vaneau[2], et si la vitre de Marcel est éclairée...

— Elle ne le sera pas.

— Alors je rentrerai.

— Non, dit Irène doucement, vous savez bien que vous ne rentrerez pas. »

Ils traversaient le Bois de Boulogne obscur, et elle ne put rien déchiffrer sur le visage d'Hervé, sur cette figure fripée où deux yeux clairs jouaient l'innocence. Comme ils approchaient de la Concorde, elle dit soudain :

« Restez près de moi, cette nuit, Hervé. Je ne me sens pas bien. »

Elle respirait vite. Il examina furtivement cette figure blanche, ce cou d'oiseau où la corde d'un muscle saillait.

« Vous savez[a], dit-il, que dès que vous aurez pris vos cachets, vous vous endormirez, et moi je ne vous serai plus d'aucun secours. Moi, j'ai besoin de respirer, de marcher un peu; sans quoi je ne fermerai pas l'œil. Ce n'est pas ma faute, si vous me mettez dans cet état... Ni[b] la vôtre d'ailleurs : vous souffrez tellement... On a beau savoir que c'est nerveux... Une autre que vous serait plus irritable, j'en suis sûr. »

Il ne vit pas qu'Irène levait les épaules. Elle se contenta de répondre qu'il avait raison, que d'ailleurs elle allait mieux. Il l'aida à descendre[c], sonna.

« Si je vois Marcel, je vous jure de lui répéter tout ce que j'ai dit de lui, ce soir. »

Elle se retint de répondre : « Vouz savez bien que vous ne le verrez pas. »

« Ce dont je suis certaine, dit-elle seulement, c'est qu'à votre prochaine rencontre, vous lui laisserez entendre beaucoup de choses qui ne lui seront pas agréables. Mais sans doute sera-ce plus enveloppé que vos propos de ce soir. Vous êtes si bien élevé ! » ajouta-t-elle, en fermant la porte.

Il suivit des yeux, à travers la vitre, la longue silhouette spectrale. Elle avançait à petits pas, longeant le mur.

II

Hervé marchait vite, marmonnant des injures : « Idiote... Horrible femme... Qu'elle crève... » mais il sentait vivement[a] ce qu'il y avait d'affreux à laisser rentrer seule cette malade. Il souffrait de ce qu'elle connaissait l'usage qu'il allait faire de sa liberté, cette nuit.

« Mais non, se dit-il à mi-voix. Je n'ai pas menti; je vais passer rue Vaneau, et si je vois de la lumière chez Marcel, je monterai. »

Il savait qu'aucune lampe ne brûlerait derrière la vitre et qu'il arrêterait le premier taxi venu. Il savait quelle adresse il donnerait au chauffeur... ou plutôt, non : il se ferait conduire, simplement, place de la Madeleine : c'était plus prudent.

Le vent pluvieux avait une odeur de renouveau : que cette nuit de février était douce ! Hervé pensait[a] à Marcel marié, et qui paraissait heureux au moment où on aurait pu le croire fini... Hervé avait suivi[b] son déclin avec le plaisir amer que les gens de sa sorte trouvent dans la décrépitude d'un être qu'ils ont aimé. « C'est lui, le menteur[c], songeait Hervé. Il se vante d'avoir toujours méprisé et haï les lettres, de les avoir abandonnées librement; il tire gloire de son impuissance, invoque l'exemple de Rimbaud... Irène refuse de convenir qu'il n'a plus rien dans le ventre. Menteur ! pire que moi au fond. Irène a beau s'indigner : a-t-il[d] ou non vécu aux crochets de Marie Chavès ? Les cent mille francs qu'il a joués sur les valeurs américaines, on sait bien de qui il les tenait... Cela n'empêche pas Irène d'avoir beaucoup de considération pour lui... Marcel a été ignoble envers son brave homme de père : il a inventé des prétextes pour le renier, parce qu'il a honte d'être son fils. Hé bien, Irène l'approuve; elle estime que le devoir de Marcel était de rompre avec ces petites gens qui ne le comprenaient pas. Elle prête à ses actes les plus bas des motifs sublimes; c'est que son caractère lui convient : les gens ne nous jugent pas sur nos actes, mais d'après notre caractère. Lui, Marcel, comme il me traite[e] ! » Et il remâche encore cette dernière injure lorsque au téléphone, au milieu de propos indifférents, Marcel avait ajouté : « J'oubliais de te dire que je me marie aujourd'hui. »

Après avoir traversé[f] la rue de Babylone, Hervé longea le trottoir de la rue Vaneau et faillit ne pas lever les yeux tant il était sûr qu'aucune lampe n'éclairait la vitre familière. Il crut d'abord que ce rectangle de lumière qui se détachait seul, brûlait[g] à un autre étage que celui de Marcel. Hé quoi ! il était donc resté chez lui, ce soir ? Non pas dans la chambre, mais dans l'atelier,

comme avant son mariage ! Peut-être sa femme le pous-
sait-elle au travail ? ou bien était-ce malgré elle, et parce
qu'il commençait de n'en pouvoir plus*ª* ? Tout a une
fin. Il fallait pourtant que cette minute arrivât. Elle avait
eu sa part, cette petite. Oui, tout de même, c'était un
signe que cette lampe allumée à une heure si tardive; et
non pas l'ampoule au-dessus du divan, mais la lampe
à huile, la lampe de travail, celle qu'au temps de leur
jeunesse, ils appelaient, d'une expression empruntée à
Barrès, « la lampe studieuse et romanesque[1] ». S'il montait*ᵇ*, pourtant, comme autrefois ! Que risquait-il de pire
que d'être mis poliment à la porte ? Après l'injure*ᶜ* qu'il
avait déjà subie, Hervé ne pouvait plus rien supporter
de Marcel. « Si, ce soir, il m'éconduisait, je ne pourrais
le revoir de ma vie. Le plus sûr est de prendre les
devants, de lui dire d'abord que je ne fais qu'entrer et
sortir. »

À peine*ᵈ* avait-il pénétré dans l'ascenseur, l'électricité
s'éteignit : il monta dans la nuit, le cœur battant. Et à
mesure qu'il s'élevait, la lueur nocturne éclairait davantage les escaliers. Rien ne répondit d'abord à son coup
de sonnette; puis une porte s'ouvrit dans l'appartement;
il reconnut ce pas rapide et un peu lourd.

« Je ne te dérange pas ? Je sonnais à tout hasard...

— Entre : je suis seul.

— Seul ? Comment es-tu seul*ᵉ* ? »

Hervé n'eut pas conscience de l'étonnement et du
bonheur que trahissait sa voix. Il aurait dû reconnaître,
sur le visage de son ami, cet air de mépris amusé qu'il
y discernait d'habitude, avant même que la raison ne
lui en apparût. Mais sa curiosité l'aveuglait : il se sentait
la proie d'une espérance folle et vague.

« Comment peux-tu être seul à cette heure ? »

L'autre ne répondit que par un rire bref, et l'introduisit dans l'atelier. La lampe carcel éclairait un album
où Marcel devait être occupé à coller des photographies
lorsque Hervé l'avait interrompu.

« Des photographies de notre voyage », dit-il.

Chaque épreuve reproduisait la même silhouette de
jeune femme. Hervé s'assit à sa place accoutumée, sur le
divan, et s'aperçut qu'on y avait dressé un lit de fortune.
Pour qui ? Marcel ne dormait donc plus auprès de sa
femme ? Enceinte, peut-être, ou souffrante ? Ses yeux

innocents luisaient. Il s'assit tout de même sur le couvre-pieds, en prenant soin de ne pas froisser les draps. Marcel, debout, lui paraissait immense. Comme il avait vieilli ! On pouvait dire maintenant qu'il était un homme mûr ; et cette corpulence...

« Oui, mon vieux : figure-toi qu'elle est sortie[a].

— Seule ? Tu l'as laissée sortir seule ? »

Hervé craignait de donner dans un piège, mais cédait à son démon : impuissant à ne pas se livrer, à ne pas trahir ce goût profond de la catastrophe. Désir tapi au plus secret de son être, dissimulé jusqu'à ce qu'une circonstance, comme ce soir, soudain le décelât. Lui-même qui se croyait bon, qui se connaissait un cœur facile à s'attendrir, et ce don des larmes jamais perdu depuis l'enfance, tâchait de se dissimuler ce goût dévorant pour le malheur des autres[1]. Il n'y voulait pas croire, et s'obstinait à n'y voir que l'excès d'une sollicitude amicale.

Pourtant ce soir, sa joie était trop forte, son anxiété l'étouffait : cette peur que rien ne se fût passé. Il ne pouvait esquiver la honte du désir qui lui contractait la gorge, qui à son insu illuminait sa vieille figure d'enfant, au point que Marcel qui, de haut, l'observait, sentit une vague de peur recouvrir le mépris amusé que d'habitude lui inspirait son « ami ». Il avait le sentiment de jouer un jeu dangereux. Pourtant il continua :

« Tota est allée chercher quelqu'un[b]. »

Marcel donna à Hervé cette nouvelle chargée d'espérance. Mais le résultat dépassa trop ce qu'il en attendait, et devant ce visage alléché, il s'effraya plus encore et se hâta d'ajouter[c] :

« Rassure-toi : c'est son frère qu'elle est allée chercher au train de minuit. »

Hervé soupira, sourit, puis, sur un ton de tendresse un peu grondeuse :

« Mais je ne savais même pas que Tota eût un frère... Que sais-je d'elle, ajouta-t-il, sinon que c'est une femme ravissante et que tu l'as épousée ?

— Elle n'est pas " ravissante ", comme tu dis, interrompit Marcel qui avait déjà repris, vis-à-vis d'Hervé, le ton de la moquerie. Tu n'as pas vu[d] sa bouche ? Regarde les photos : c'est une gueule ; une gueule comme[e] je les aime. »

Hervé ne sourcilla pas :

« Sans doute, remarqua-t-il, mais jamais tu n'avais aimé la même pendant quatre mois...

— Cela t'étonne ? Toi qui allais[a] partout répétant que cela ne durerait pas trois semaines... Non, ne proteste pas, tu sais bien que dans ce pays-ci tout se répète, et que tu ne colportes rien sur mon compte que je n'en sois averti le surlendemain au plus tard. Soutenir que mon mariage ne durerait pas, c'était la moindre des choses. Tu avais le droit de le dire, mon vieux, et les gens avaient raison de le croire ! Je reconnais que cela tient du prodige. Peut-être pourrais-je l'expliquer : voilà enfin une femme qui ne s'abaisse pas, qui ne se livre ni ne se laisse absorber ; elle se défend, elle s'oppose, elle... »

Il vit les yeux d'enfant appliqué fixés sur lui, et ce visage qui n'était qu'attention, que curiosité avide. Il s'interrompit. Quel besoin le tenait pourtant de parler d'elle ! En vain se disait-il que mieux valait se taire devant ce vieil ami haineux ; il ne put retenir ce cri :

« Je suis heureux ! Que c'est étonnant de pouvoir dire qu'on est heureux ! »

Comme tout imprudent qui ose de telles paroles, Marcel connut qu'il mentait :

« Je touche[b] du bois, dit-il. Tu ne fumes pas ? Ah ! c'est vrai ! Je n'ai que du " caporal " ; depuis le temps je devrais savoir...

— Le bonheur... » répéta Hervé.

Il regardait avec stupeur un homme qui disait être heureux. Il lui prit la main. Il ne lâchait pas[c] cette grande main qu'il tenait, et Marcel ne la retirait pas : sa passion avait intérêt à s'attendrir parce qu'elle voulait se livrer. Peu importait qu'à cette minute, Blénauge fût un ami véritable. Marcel avait besoin de le croire digne de toute confidence. Et, en vérité, il en était digne, à ce moment : la pression de sa main, son regard attentif et fidèle, son corps penché en avant, rien en lui qui n'appelât, ne provoquât l'invincible penchant à parler de soi qui est au fond de toute créature humaine. Nous n'écoutons les autres que pour qu'ils nous écoutent. Mais seule l'attention des êtres tels qu'Hervé n'est pas feinte. Ils savent trop[d] que cette puissance d'attention est leur unique atout, et qu'on ne les supporte qu'attentifs.

Hervé remarqua que c'était tout de même « gentil »

qu'ils pussent passer quelques instants ensemble comme autrefois.

« Mais au fait*ᵃ*... Comment ne l'as-tu pas accompagnée à la gare ? Comment l'as-tu laissée sortir seule, en pleine nuit ? »

Cette fois, aucun accent de curiosité mauvaise ne le trahit. Marcel, ayant soulevé le rideau, colla son front à la vitre :

« Je crois qu'il pleut, dit-il. Peut-être auront-ils de la peine à trouver un taxi. Oui, j'ai eu tort de la laisser partir seule. Mais j'avais promis.

— Tu avais promis ? »

Marcel revint s'asseoir devant sa table. L'autre, la tête un peu détournée, s'appliquait à parler d'un ton indifférent et comme s'il avait eu l'esprit ailleurs. Qu'il ressentait de peine à ne rien manifester de cet éveil en lui d'un instinct presque jamais en défaut, comme si, dans un immense effort il tenait en laisse une meute invisible, aboyant et grondant sur la piste*ᵇ* du malheur inconnu[1] ! Il n'eut pas à ouvrir la bouche. Marcel poursuivait :

« Au fond, c'est idiot : j'avais promis à Tota de disparaître durant ce séjour de son frère...

— Elle n'a pas voulu que tu l'accompagnes à la gare ? Ah ! je comprends*ᶜ* ! ton beau-frère et toi, vous êtes mal ensemble ?

— Lui ? Mais au contraire, il m'aime beaucoup. C'est lui qui a décidé Tota. Je ne me fais aucune illusion : s'il n'y avait consenti... »

Il ne vit pas le sourire de Blénauge.

« Comme c'est drôle*ᵈ* ! c'est ton beau-frère qui t'a agréé ? Mais alors, tes beaux-parents*ᵉ* ? »

Marcel répondit que c'était une autre histoire, une histoire compliquée. Il faudrait bien qu'Hervé la connût un jour ou l'autre. Blénauge, de sa voix la plus candide, remarqua qu'il lui devait bien ça. Sur le divan, dans l'ombre, il ne bougeait pas plus que, sur son banc, le charmeur de petits oiseaux : les confidences déjà s'approchaient, devenaient familières. Hervé surveille à travers les cils Marcel qui roule une cigarette, semble hésiter, avoue « qu'il ne sait par où commencer ».

« Au mois d'août, dans un hôtel de Cauterets ? »

Hervé se risque doucement, du ton de l'enfant qui connaît déjà le début de l'histoire. Alain et Tota se ressem-

blaient si peu, dit Marcel, qu'il s'étonnait de n'avoir
pas douté une seconde qu'ils fussent frère et sœur.
Pour atteindre Tota, le plus simple était d'entrer en
relation avec son frère. Marcel avait pu suivre le traitement à la même heure. Ce fut sa chance de plaire à
ce rustaud...

« C'est une justice à te rendre, soupira Hervé, tu ne
t'es jamais habitué à plaire; chaque fois, tu t'étonnes. »

Mais Marcel protesta que, cette fois-ci, cela tenait du
miracle. Hervé pouvait-il imaginer l'atmosphère d'une
propriété, dans ce pays perdu de la Gironde, l'Entre-
deux-Mers, où Tota et Alain Forcas étaient nés, avaient
vécu ? Ceci lui en donnerait une idée : jamais leur père
n'avait consenti à la dépense d'une saison à Cauterets,
bien que l'état de leur gorge l'exigeât. Il avait fallu, pour
le faire céder, que la paralysie le rendît tributaire de sa
femme. Cette attaque bienheureuse permit en outre aux
deux enfants de faire à l'Université de Bordeaux leur
philosophie; jusque-là, l'instituteur du village avait suffi
à tout : c'était, par bonheur, un garçon fort instruit,
mais relégué dans ce trou à cause de ses incartades com-
munistes[1]. Depuis l'attaque de paralysie, leur mère, jusque-là ilote, avait repris du poil de la bête...

« Mais je t'ennuie, mon vieux, avec ces histoires de
province... »

Hervé assura qu'elles l'assommaient dans les romans,
mais non dans la vie.

« Alors, tu disais que ta belle-mère... »

Marcel ne l'avait entrevue qu'une fois : elle lui avait
produit une impression extraordinaire : une force de
résistance, comme on n'en trouve que dans les femmes
de ces familles. Pendant des années, elle avait su à la
fois se soumettre et faire front. Son tyran ne la haïssait
guère plus que ses propres enfants[2]...

« Voyons, mon petit Marcel, on ne hait pas ses
enfants !

— Tu crois cela, toi, que les pères aiment toujours
leurs enfants ? Mais les mères[a] elles-mêmes... J'avais
un camarade, au régiment, que sa mère détestait parce
qu'il était chétif : elle en avait honte. Elle essayait de
m'attirer, je me souviens, n'imaginant même pas que je
pusse avoir de l'amitié pour son fils. Elle était sûre que
je venais à cause d'elle...

— Toi, Marcel[a], c'est bien simple, tu as toujours eu le don d'attirer les monstres... Pourquoi ris-tu ?

— C'est comique, je trouve, que tu dises ça. »

Mais Marcel, aussitôt, regretta cette parole : il vit passer dans les yeux d'Hervé, une expression qu'il connaissait, qui lui faisait à la fois pitié et peur, et se hâta[b] de détourner son attention :

« En somme, chez le père Forcas, ce sentiment s'explique : il est de ces hommes[c] pour qui la famille, c'est leur sang : père, mère, frère, sœur. Leurs propres enfants sont des étrangers parce qu'ils appartiennent à l'étrangère, à l'ennemie. Dans le combat singulier qui dresse les époux l'un contre l'autre, ils prennent presque toujours le parti de la mère. Ainsi les enfants Forcas, dès qu'ils furent en âge de comprendre, firent bloc avec l'ennemie. Et le vieux Forcas, lui, était dans l'autre camp, avec sa sœur...

— Mariée ?

— Non, vieille fille, mais qui a eu un enfant d'on ne sait qui[1]. C'est d'ailleurs un homme fait, maintenant. Il est médecin de la marine, je crois... Tu imagines les ruminations du vieux Forcas dans son fauteuil de paralytique, pour faire passer sa fortune à cet inconnu[2]...

— Mais comme tout ça est curieux ! s'écria Hervé. Jamais je n'aurais pu[d] imaginer des histoires pareilles ! Mais qu'est-ce que c'est que ces gens-là ? Ça ne t'a pas fait peur ? À moi, ça m'aurait fait peur. »

Marcel, agacé, lui demanda de quoi il n'était pas terrifié.

« Tu es de ces gens, mon pauvre Hervé, qui croient à la famille. Une femme qu'on épouse, pour toi, c'est une famille. On entre dans une famille. Moi, je te raconte ces histoires à titre documentaire. Tota est ma femme; le reste n'existe plus. »

Il n'entendit pas Hervé murmurer : « Tu crois ça... »

« Ça n'existe plus. Autant que de mon propre père, je me moque de tous ces gens-là que je ne reverrai de ma vie (sauf Alain, bien entendu). Je dois beaucoup à Alain; Tota ne voyait[e] que par lui. Tu imagines ces deux enfants qui ont vécu, qui ont souffert toute leur enfance, toute leur adolescence, dans ce trou horrible... Quand je dis un trou, c'est à la lettre. Je me rappelle l'unique rendez-vous que m'a donné la mère Forcas, avant le

mariage. Il était entendu qu'aux yeux de son mari, elle
feindrait de n'être au courant de rien. Officiellement,
Tota a passé outre à la volonté de sa mère, qui a fait
semblant de partager la fureur paternelle. C'est te dire
à quel point ce rendez-vous devait être tenu secret. Alain
m'avait donné les renseignements les plus précis pour
découvrir le château. Mais les circonstances m'inter-
disaient d'interroger qui que ce fût. D'ailleurs les villages,
dans ce crépuscule d'automne, étaient aussi déserts que
les routes. Comme beaucoup de vieilles demeures, en
ce pays de l'Entre-deux-Mers, La Hume ne s'élève pas
sur une colline, mais dans un bas-fond, à l'abri des vents
et à proximité de l'eau. Je roulais, éveillant les chiens
furieux, et tournai longtemps à mon insu autour du
vallon de La Hume. Parfois, à la lueur des phares,
j'essayais de déchiffrer un nom sur les poteaux[1]... Jusqu'à ce qu'enfin, à l'entrée d'une avenue, je fusse hélé
par Alain. De derrière un pilier ruiné, une ombre sortit.
À peine ai-je eu le temps d'entrevoir une femme enveloppée de châles, la figure cachée par un de ces grands
chapeaux de jardin garnis d'hirondelles, comme on en
retrouve encore dans les armoires de campagne[2]. Mais
déjà elle avait regagné la zone de ténèbres. Je fis quelques
pas vers ce fantôme. Elle me répéta à plusieurs reprises
qu'elle me faisait confiance et me parla de son mari.
" Sans doute, me disait-elle, nous pourrions le braver,
il est très malade, il est à notre merci; mais justement
parce qu'il est si malade... Déjà la lettre de Tota[a] annon-
çant qu'elle s'était fiancée a déclenché une crise, il a été
pendant deux jours entre la vie et la mort. " Comme je lui
assurais qu'elle[b] pourrait voir Tota quand il lui plairait :
" Non, me dit-elle, tant qu'il vivra (cela ne peut durer
très longtemps) je ne la verrai plus[c]. Et vous, je ne vous
ai jamais connu, c'est bien entendu ? ajouta-t-elle avec
une extraordinaire expression de méfiance. Vous direz[d]
à ceux qui vous interrogeront que vous ne me connaissez
pas ? Nous avons beau vivre complètement isolés, mon
mari apprend beaucoup de choses par sa sœur... " Tu ne
peux imaginer[e] combien paraissaient étranges, chez cette
femme, ces alternatives d'audace et de peur... »

Marcel s'interrompit, observa Hervé assis à l'extrême
bord du divan pour ne pas froisser les draps, et lui
demanda ce qu'il pensait de son histoire :

« Je croyais que tu réagirais mieux... Toi qui, d'habitude, es si facile à étonner[a]...

— C'est bien moins ton histoire qui m'étonne, que ta manière de la raconter. Oui, ajouta-t-il de son air le plus innocent, autrefois tu aurais trouvé cela plutôt comique... Tu n'aurais pas pris ces gens-là au sérieux... Je mets à part ta femme et ton beau-frère ! Cet Alain[b], je comprends que tu l'aimes, lui qui t'a en quelque sorte donné sa sœur, me dis-tu... Mais comment a-t-il pu vivre là jusqu'à vingt ans, supporter ce joug...

— À cause de sa mère et de sa sœur, naturellement... de sa sœur surtout. »

Il fut gêné par le regard d'Hervé et ne parla plus. Hervé hochant la tête, répétait comme pour lui-même :

« Ah ! bon ! maintenant oui, je comprends leur joie de se retrouver ce soir. Oui ! Oui ! Tu as beau dire, mon vieux, c'est intéressant les familles ! Ainsi, vois : ta femme et Alain ressemblent à leur père et l'imitent... »

Marcel l'interrogea du regard. Hervé remarqua d'un air détaché « que s'il avait bien compris, le vieux Forcas avait aussi une sœur qu'il préférait à tout ». Marcel répondit, un peu sèchement, qu'il ne voyait pas le rapport, réfléchit quelques secondes et ajouta que le vieux Forcas haïssait d'abord sa femme et ses enfants : sa sœur ne lui servait qu'à assouvir cette haine.

« Oui, alors tu as raison : il n'y a aucun rapport. »

Marcel suivait avec un profond malaise les cheminements et les détours de ce renard. Il souhaitait d'en être délivré, regrettait d'avoir parlé devant lui, et aurait bien voulu connaître au juste quelle sorte de gibier l'animal rapporterait dans sa tanière[1]. Après avoir fait quelques pas vers la fenêtre, il tourna vivement la tête du côté d'Hervé et vit qu'il souriait[c] avec cette expression puérile qu'il avait parfois. Son sourire semblait ne s'adresser à personne, comme celui d'un enfant ensommeillé qui sourit aux anges. Peut-être était-ce son aspect enfantin qui rendait repoussant ce quadragénaire. Sa bouche remuait[d], se gonflait comme sous la pression de paroles qu'il retenait, qu'il n'osait lâcher. Ses yeux brillaient, il ne réussirait pas longtemps à se taire, chien, qu'une fois sur la piste, aucune force au monde n'empêcherait de donner de la voix. Ce qu'il avait à dire, il fallait qu'il le dît au plus vite.

« Pourquoi[a] ricanes-tu ? Allons, va...

— Que veux-tu que je te dise ? Je ne peux m'empêcher de trouver qu'ils vont fort en province. J'ai toujours cru que Paris avait volé sa réputation. Nous ne sommes que de pauvres gens. Toutes ces nuits où il ne se passe jamais rien, où nous nous réunissons pour attendre jusqu'à l'aube quelque chose qui n'arrive jamais... Tandis que la province, ah ! ah ! la province n'a pas gardé[b] seulement des recettes de cuisine[1]... Mais Marcel, pourquoi me regardes-tu ainsi ? quelle figure tu fais ! »

Il s'était levé, sans perdre Marcel des yeux : une colère d'homme, une colère froide, il n'était rien qu'Hervé redoutât davantage. Et en même temps qu'il éprouvait de la peur, il avait le sentiment de contempler face à face l'un des mystères, à jamais inconnus pour lui, de l'amour : la mobilisation de toutes les puissances d'un amant à la moindre parole qui puisse atteindre la créature sacrée.

« Mais qu'est-ce[c] que tu as cru ? Je ne voulais pas dire...

— Ce n'est rien. Mais file... ils vont arriver.

— Écoute, Marcel, permets-moi de les attendre; je ne m'assiérai même pas; je resterai le temps nécessaire à la présentation. »

Il avait honte[d] de s'abaisser ainsi. Cette curiosité dévorante, il la découvrait comme une plaie. Mais Marcel l'entraîna doucement vers la porte de l'antichambre. Hervé protesta en riant :

« On ne raconte pas aux gens de telles histoires, pour ensuite les empêcher d'en connaître les héros... »

Et soudain[e] ce cri lui échappa :

« Enfin, qu'est-ce que ça peut te faire que je les voie, puisque tu m'as tout dit ! »

Marcel referma la porte, mit les deux mains sur les épaules d'Hervé dont les genoux fléchirent :

« Je t'ai tout dit ? Que t'ai-je donc dit ? Allons, réponds. Ne détourne pas les yeux. »

Hervé[f] se dégagea :

« Espèce de brute », gémit-il.

Marcel se reprit, lui demanda « si vraiment il ne lui avait pas fait mal », puis :

« Nous nous quittons bons amis... mais pourtant retiens ceci : j'ignore ce que tu vas t'amuser à construire autour de mes divagations de ce soir; sache pourtant que je te rendrai responsable du moindre ragot... »

Il s'interrompit, voyant qu'Hervé ne l'écoutait pas, attentif au bruit de l'ascenseur et d'une clef dans la serrure.

« Trop tard ! Je vais les voir ! » s'écria-t-il d'un air de triomphe.

Marcel eut à peine le temps de lui souffler : « File vite. » Il fallut le nommer à Tota et au jeune homme qui entrait derrière elle. Poussé par Marcel vers la porte, il n'eut que le temps de leur jeter un regard, — mais quel regard ! d'une avidité presque insoutenable; comme d'un être étrange pour qui[a] la vision, la contemplation, seraient à la fois jouissance et nourriture[1]. Il partit enfin, l'air repu.

« Voilà donc ton Hervé ? disait la jeune femme. Mais il me paraît très gentil... Ça ne te fait pas un drôle d'effet de voir Alain à Paris ? »

Marcel observait ce garçon timide qui souriait, mais dont le visage un peu renfrogné, avec l'arête du nez semée de rousseurs, avec ce front bas de petit buffle, ne paraissait pas fait pour sourire. La gravité devait lui être essentielle comme aux animaux. Il semblait plus petit qu'il ne l'était réellement, à cause de son buste trop long. Comme Tota enlevait son chapeau :

« Tiens ! dit-il, tu as coupé tes cheveux ? »

Sa voix était un peu traînante, et il accentuait drôlement comme Tota. Pareils par les yeux d'un bleu gris, ils différaient par le bas du visage. La bouche étroite d'Alain, son menton d'une ligne pure ne rappelaient en rien « cette gueule comme je les aime », selon l'expression de Marcel : tout ce qui, dans la figure de Tota, faisait dire aux autres femmes qu'elle vieillirait vite. Alain enleva son pardessus. Le complet aux manches trop courtes lui donnait l'aspect d'un collégien qui grandit encore. Il cacha ses grandes mains sales.

« J'ai pu venir, répondit-il à une question de Marcel, parce que mon père va beaucoup plus mal. »

L'air étonné de son mari fit beaucoup rire Tota (elle riait trop fort, faisait trop de gestes).

« Mais regarde-le donc, Alain ! Comment veux-tu qu'il comprenne ! Il faut lui expliquer... Non, ordonna-t-elle soudain à Marcel : ne t'assieds pas sur le divan; ce n'est plus ton divan; c'est le lit d'Alain. »

Quelle femme lui avait jamais parlé sur ce ton[b] ?

« Voyons, explique-lui, Alain.

— Mon père ne peut guère plus bouger, maintenant.
Il ne quitte plus seul son fauteuil : la paralysie gagne.
Alors maman ne risque plus rien; je peux les laisser
ensemble. »

Alain prononça ces paroles d'un ton indifférent,
comme il eût donné l'explication la plus ordinaire.

« Il n'y a pas encore longtemps, dit Tota, qu'il quittait[a] son fauteuil dès que maman avait le dos tourné,
parce qu'il reste toujours quelque papier qu'il veut
détruire. Une fois, il est tombé la tête dans le feu. Quand
maman l'a relevé, il a failli l'étouffer, tant il est demeuré
fort...

— L'étouffer ? parce qu'il avait peur[b] de tomber ? »
interrompit Marcel.

Comme Tota ricanait et cherchait le regard d'Alain,
celui-ci se leva brusquement, et d'un ton sévère :

« Voyons, Tota, il n'y a pas là de quoi rire : c'est
inconvenant. »

Le frère et la sœur ne surent plus que dire, gênés par
le silence de Marcel qui pensait à Hervé. Il imaginait
cette espèce de joie qu'Hervé aurait manifestée[c], s'il
avait été là. Où était-il maintenant ? Que faisait-il ?
Quelles pensées ruminait-il dans le silence de la nuit[d] ?

III

Lorsque Hervé rentra[e], ce même soir, il comptait
qu'Irène serait endormie[f]. Mais il vit de la lumière sous
sa porte. Il marcha sur la pointe des pieds, retint son
souffle. En vain : elle l'avait entendu et l'appela d'une
voix faible :

« Vous rentrez déjà ? »

Elle laissa tomber le livre qu'elle lisait. Il le ramassa :
c'était le deuxième volume d'Andler sur Nietzsche[1]. Elle
souriait[g] parce qu'Hervé rentrait peut-être plus tôt à
cause d'elle : il avait dû s'inquiéter; peut-être s'était-il
inquiété[h]. Pourtant il ne l'interrogeait même pas. Il
tournait dans la chambre, joignant les doigts, frottant
l'une contre l'autre les paumes de ses mains.

Qu'a-t-il ? que rapporte-t-il ? Elle n'a qu'à attendre.

Il parle volontiers devant elle, quand il n'a personne
d'autre. Cependant Irène disait :

« Croyez-vous que j'ai trouvé[a] en rentrant votre mère
qui m'attendait ! Oui, elle s'inquiétait de cette sortie,
sachant que je ne fais jamais veiller la femme de chambre.
Elle a bassiné mes draps, rempli ma boule d'eau chaude.
Elle ne voulait plus partir, sous prétexte de me veiller.
J'ai dû faire semblant de dormir. Bien que la rue Las-
Cases ne soit pas loin, cela m'ennuyait de la savoir seule
si tard, dans les rues[b].

— Vous avez été gentille au moins ?

— Pas assez gentille, soupira Irène. Elle m'agace
tellement ! c'est plus fort que moi... Tenez, ces berlin-
gots qu'elle m'a apportés... (Hervé aperçut le sac, y porta
la main, et remplit voracement sa bouche d'une poignée
de bonbons.) Pour rien au monde elle n'a voulu y goûter,
sous prétexte que c'est le premier vendredi du mois ! »

Elle répéta « le premier vendredi du mois » et éclata
d'un rire énervé.

« Qu'est-ce que cela peut vous faire ? Ce n'est pas
digne de vous, Irène.

— Oui, j'en ai honte. Je n'ai pas pu m'empêcher de
lui demander si elle croyait faire plaisir à l'Être infini en
se privant de bonbons[1]. Je lui ai fait de la peine, pauvre
femme ; c'est plus fort que moi ; c'est tellement irritant !
On n'est pas bête à ce point[c]... Et vous, Hervé, pourquoi
rentrez-vous si tôt ?

— Mais comme je vous l'avais dit : je suis allé bavarder
un instant avec Marcel. »

Il parlait, un peu détourné, parce qu'il n'aimait pas à
regarder Irène, mais elle crut que c'était la honte du mensonge qui l'obligeait à dérober son visage.

« Non, Hervé, non, dit-elle doucement. Ce n'est pas
la peine : vous savez bien que je ne vous croirai pas.
Je ne vous demande rien, d'ailleurs... »

Mais soudain il la regarda avec cette figure triomphante
qu'elle connaissait bien : cette figure de collégien qui
prend ses parents en faute :

« Vous n'avez qu'à téléphoner, demain matin, à Marcel. Il m'a présenté à sa femme et à son beau-frère. Vous
saviez qu'il avait un beau-frère ?

— Mon petit, je vous demande pardon... »

Elle était à la fois honteuse et heureuse de l'avoir

soupçonné à tort. Il suffisait qu'une seule fois les soupçons fussent injustifiés, pour qu'elle se demandât : « Qui
sait si je ne me monte pas la tête ? Un garçon plus simple
que je ne l'imagine, après tout ! Je me crée un monstre
qui n'existe pas... Peut-être tient-il un peu à moi[a]... »

Elle aurait voulu qu'il lui fît des reproches. Mais il
parlait de cette fameuse Tota, « de son très gentil frère »,
de cette famille impossible, de cette campagne où ils
avaient vécu.

« Oui, interrompit-elle étourdiment, Marcel m'a
raconté...

— Comment, et vous ne m'aviez rien dit ? »

Elle s'excusa sur la promesse qu'elle avait faite à
Marcel.

« Eh bien, j'en sais plus long que vous maintenant ! »

Il allait et venait dans la chambre, le pardessus ouvert,
le visage rayonnant. Elle le suivait des yeux avec inquiétude, avec fatigue.

« Mais, Hervé, il n'y a rien de si étrange dans cette
histoire ; je ne vous comprends pas. Et je vous en
supplie : ne tournez pas ainsi autour de mon lit. »

Il s'assit, mais continuait de manifester une jouissance
profonde. Irène détestait la figure qu'il avait à ce moment-
là, — figure qu'elle connaissait bien et que toute sa tendresse ne l'empêchait pas de trouver repoussante. Qu'il
s'en aille ! Qu'elle puisse de nouveau penser à lui comme
à un pauvre enfant gâté et malade ! Qu'il ne soit plus[b] là
pour altérer l'image qu'elle arrive à obtenir de lui dans
le demi-sommeil où l'entretiennent les drogues... Il
parle... À quoi fait-il allusion ? Elle souffre trop et ne
peut plus tenter l'effort de le suivre. D'ailleurs, le suivre,
quand il est dans cet état-là, c'est aboutir à quelque pourriture : là où[c] tournent ses pensées, comme là où tournent
les corbeaux, on est assuré de découvrir une charogne[d].
Mais les corbeaux ne se trompent jamais, tandis que lui
crée souvent cette corruption dont il a faim[1].

Hervé la vit soudain se redresser sur les oreillers et
d'un geste, elle découvrait son front qui apparut presque
chauve :

« Qu'avez-vous dit à Marcel ? Je veux le savoir. »

Il s'efforça de fixer sur la malade ses prunelles candides:

« Mais rien, Irène. Vous pensez bien ! J'ai gardé mes
réflexions pour moi... Eh bien, merci ! c'eût été du joli...

— En êtes-vous bien sûr ? »

Elle le couvait d'un œil méfiant. Comment savoir ?
Même quand il ne mentait pas, il avait l'air de mentir.

« Me voyez-vous allant parler de cette chose horrible
à Marcel ? »

Elle lui demanda : « Quelle chose horrible ? » Il haussa
les épaules :

« Allons, ne faites pas l'innocente, vous me comprenez
à demi-mot. »

Mais elle ne l'entendait plus. On eût dit que le poids
de sa tête l'entraînait en arrière. L'oreiller se referma sur
cette figure à demi ensevelie. Hervé[a] ne voyait plus que
le nez aigu et pincé. Il lui demanda si elle avait besoin
de quelque chose.

« De dormir, dit-elle dans un souffle. Laissez-moi
dormir. »

IV

Ce même soir, Marcel éteignit la lampe de chevet et
demeura dans le vaste lit, les yeux ouverts, étendu sur
le dos. Bien que la porte de la chambre fût fermée, et que
le vestibule la séparât de l'atelier, il entendait les voix
alternées du frère et de la sœur, mais sans comprendre
le sens de leurs paroles[b]. Tota lui avait dit de se coucher,
lui promettant de le rejoindre bientôt (le temps de
bavarder un peu avec Alain). Il avait obéi. Elle trouvait
naturel qu'il obéît. Comment aurait-elle su que jusqu'alors aucune femme n'avait eu le front de lui imposer
la veille ou le sommeil ?

De quoi parlaient-ils[c] ? Il se releva, entrebâilla la
porte et de nouveau s'étendit. Ce fut en vain : même en
prêtant l'oreille, il ne percevait qu'un murmure confus,
parfois dominé par le brusque rire de Tota. Peut-être,
à force de contention, eût-il[d] surpris quelques paroles;
mais un souci l'obsédait, le détournait d'être attentif :
Hervé, ce renard, qu'avait-il rapporté dans sa tanière ?
quel était le butin de la bête puante ? que savait-il ?
qu'avait-il compris ?

« Je ne lui ai rien laissé entendre de ce qui me tour-

mente », non, il n'avait pas avoué à Hervé que ce voyage
inattendu de son beau-frère le bouleversait. Hervé ne
savait pas que depuis plusieurs semaines, Tota se montrait rétive, hostile, se laissait aller à d'obscures menaces,
et qu'Alain sans doute n'était venu que pour répondre
à un appel de sa sœur. À propos de quoi ? Marcel n'aurait su dire à quel moment leurs rapports s'étaient altérés.
Peut-être ne l'avait-il pas assez ménagée. Il n'avait pas
assez tenu compte de la différence de leurs âges : près
de dix-huit ans ! « Elle me trouve vieux. » Plus un
homme a connu de femmes, et plus il se fait de la femme
une idée rudimentaire. Toutes[a] ne sont pas asservies
au plaisir. Cette pudeur, en elles, que l'homme croit
avoir assassinée, a parfois d'étranges retours et se venge.

Et puis, au lendemain de leurs noces, il y avait eu cet
incident : les deux lettres de Marie Chavès, datées de la
maison où elle se désintoxiquait. La première[b] était d'une
folle, et Tota n'y avait guère attaché d'importance; mais
la seconde, une lettre d'excuses, et où la pauvre femme
demandait pardon pour tout ce qu'elle avait insinué
contre Marcel, paraissait, sans que Marie l'eût voulu,
plus précise et plus redoutable. « Non, non : ce n'est pas
cela. Tota n'est pas assez amoureuse de moi pour s'inquiéter d'une vieille maîtresse. Je la crois trop jeune,
trop inexpérimentée, pour avoir rien compris à ces
histoires d'argent. Je l'avais avertie, d'ailleurs, que
Marie m'a prêté, à une certaine époque, cent mille francs
et que je les lui ai rendus... S'ils ont fructifié entre mes
mains, c'est mon affaire... Je me souviens que Tota
écoutait à peine mes explications : cela ne l'intéressait
pas. Cette petite sauvage connaît-elle les préjugés du
monde sur ce chapitre[c] ? Il y a autre chose : quoi ? »

Maintenant la voix d'Alain domine; il semble se
fâcher, protester. Que penserait Hervé, s'il était là ?
« Je n'ai rien dit à Hervé; n'empêche qu'il est parti plein
de joie, emportant de quoi me salir et nous salir tous.
Si je le voulais, je pourrais reconstituer[d] l'ignoble scéna-
rio qu'il improvisait dans sa tête, à mesure que je lui
parlais... N'y pensons pas. »

Étrange Tota ! Les autres femmes qu'il a connues
avaient « beaucoup roulé », comme on dit, mais de ce
passé[e] pesant, leur amour pour Marcel les avait délivrées.
Elles avaient tout jeté de leur vie révolue dans cette

nouvelle flamme, tout ce qui leur avait appartenu en propre. Les folles se livraient à cette dernière passion, sans se ménager aucune ligne de retraite. Tandis que[a] Tota demeurait libre; cette adolescente qui n'avait pas vécu, entrait dans la vie de Marcel, mais en sortait comme elle voulait, quand elle voulait. En revanche, là où elle allait, il ne pouvait la suivre. Tota ne dépendait pas de lui; mais une femme dépend toujours de quelqu'un : de qui dépendait Tota ? Marcel crut voir dans l'ombre la figure rayonnante d'Hervé. Il crut l'entendre qui lui soufflait : « Idiot, tu ne comprends donc pas ! »

Il alluma la lampe et, s'étant levé, ouvrit largement la porte sur le vestibule, puis de nouveau se tapit sous les draps, retenant son souffle. Les deux voix alternées résonnèrent plus fort, mais les paroles demeuraient indistinctes. Pourtant il crut entendre : *...able Tota...* Puis plus rien. Il se répétait *...able Tota*. Mille épithètes se terminent ainsi. Il les imaginait toutes. Il souffrait.

« C'est incroyable[b], Tota, disait Alain, que tu aies oublié comment ces choses arrivèrent. Souviens-toi de ce mois de juillet accablant. Père, encore dans sa pleine force, était à la veille de sa première attaque[c]. Ses crises de fureur nous effrayaient au point que nous crûmes la vie de maman menacée, et que[d] je dus aller un jour à Bordeaux, pour l'achat d'un revolver. Tu étais à bout de courage. Je te vois encore, après déjeuner, — tu te rappelles cette chaleur ! — je te vois encore tournant dans les allées : tu voulais t'enfuir; je n'ose te rappeler ce que tu me disais, comment tu comptais vivre... J'avais beau ne pas te croire, c'était horrible pour moi. »

Elle tourna vers Alain sa petite figure rageuse et, sur un ton de défi, lui jura qu'il aurait mieux fait de la laisser partir et courir les aventures, que de la livrer au premier venu[e] :

« Ce n'eût pas été pire; c'eût été peut-être plus amusant...

— Tota ! »

Elle fut à la fois irritée et attendrie par son air scandalisé. Elle lui dit que pour un garçon, il était d'une pudeur ridicule. Ah ! il aurait besoin de se frotter aux gens de Paris !

« Crois-tu, soupira-t-il, que les paysans de chez nous...

— Et puis après ? Ils ont bien raison... Quoi ? »

Alain souffrait, mais ne savait que répondre. Plein de force, certes, plein de sang. Mais d'où lui venait cette tristesse, comme si ces choses ne le concernaient pas, comme s'il était, lui, lui seul, hors du jeu[1] ? La jeune femme[a] tira profit de son silence :

« Tu fais l'innocent : il n'empêche qu'à Cauterets tu as été d'une rouerie ! Tu me donnais des conseils, rappelle-toi. Tu as fini par me faire croire que Marcel — ce vieux type de trente-sept ans[2] ! — me plaisait[b]. Tu peux te vanter de m'avoir jetée dans ses bras. »

Elle vit soudain, sur la figure de son frère, une grimace qu'elle reconnaissait : la même qu'il faisait enfant lorsqu'il allait pleurer. Lui prenant la tête à deux mains, elle le baisa au front et d'un ton grondeur :

« Petit idiot !

— Sans doute ai-je eu tort, balbutia-t-il, — mais[c] cette rencontre me paraissait une telle chance. Il faut te dire... il parut hésiter, mais non, continua-t-il, tu es trop méchante : tu vas te moquer de moi.

— Nous verrons bien, va toujours. »

Mais il refusa de livrer ce secret. Et Tota, pour se venger, lui servit cette menace de leur enfance (et elle retrouvait sa voix de petite fille) :

« Eh bien, moi non plus, je ne te dirai jamais plus rien. »

Il ne répondit pas, songeant à cette chose qu'il n'oserait pour rien au monde avouer à Tota : c'était un soir de ce juillet terrible; son père qu'il aurait eu la force de maîtriser lui faisait moins peur que cette petite furieuse, ce petit animal tout désir, tout instinct. Il se revoit[d], ce soir de lune. Tota en robe blanche était allée au bout de l'avenue et il l'entendait rire sur la route avec les enfants du métayer. Il regarda le cercle des collines qui fermait l'horizon : aucune issue[3]. Il fit quelques pas[e] dans l'herbe sèche jusqu'au pin parasol; et là, sans qu'il l'eût prémédité — ah ! non, que Tota ne le sache jamais ! — il était tombé à genoux, il avait balbutié des paroles[4]...

Peu de jours après, son père réduit à l'impuissance, le voyage[f] à Cauterets, la rencontre de ce Marcel Revaux dont il admirait les poèmes de guerre[g], cette suite d'événements lui était apparue, sans qu'il se l'avouât, comme une réponse[a]... Tota a raison : il a été follement crédule et il ne peut rien opposer à ses accusations :

« Tu n'as pris aucun renseignement. Nous savions à peine qu'il eût un père quelque part, avec lequel il était brouillé : un employé de grand magasin ! Ce mariage sans famille... J'avais l'air d'épouser un enfant trouvé. Tu connaissais Marcel de nom, tu croyais[b] que cela suffisait, — trop heureux de te débarrasser de moi. »

« Oui, songe Alain, je croyais... je croyais... »

« Si tu avais mené la moindre enquête à Paris, tu en aurais appris de belles sur l'amant de Marie Chavès. Elle avait du talent, lorsqu'il l'a rencontrée : on se disputait ses toiles. C'est lui qui organisait la vente, — à son bénéfice, tout le monde ici te le dira. On te dira aussi que s'il est riche depuis la baisse du franc, c'est qu'il a joué à la Bourse avec l'argent de Marie. Et ce n'est pas tout : lorsqu'il s'est aperçu qu'on commençait à dire qu'il n'avait pas de talent, qu'il était vidé, Marcel neurasthénique s'est mis à la drogue. Il a entraîné Marie Chavès qui, d'abord, en avait horreur. Mais on sait[c] ce que coûte la drogue, et la pauvre femme payait. Marcel, lui, au fond détestait ça : il s'est vite guéri; tandis que l'autre est en train[d] d'en mourir, à ce qu'on dit...

— C'est ignoble... comment peux-tu souffrir qu'on te rapporte sur ton mari de telles horreurs[1] ?

— Mais puisque je te dis que c'est de notoriété publique. D'ailleurs, cette histoire ne paraît pas extraordinaire dans ce pays-ci. Tu es bien de ton village, toi ! »

« Tota, tu ne viens pas te coucher ? Il est plus d'une heure. »

Marcel avait poussé la porte sans bruit et il enveloppait d'un regard mauvais le frère et la sœur. La bile teintait le blanc de ses yeux. Il avait les pieds nus dans de vieilles pantoufles de cuir rouge. Son pyjama était déboutonné sur une poitrine hirsute. Une mèche de cheveux barrait le front ridé. Sa barbe avait poussé et dévorait les joues. Deux grands plis partaient des ailes du nez, encadrant la bouche entr'ouverte.

Tota, d'un air innocent, lui demanda quelques minutes de grâce; ils avaient tant à se dire ! elle n'avait pas du tout sommeil...

« Alors, quelques minutes ? Moi, je n'en puis plus. »

Lorsque Marcel eut quitté la pièce, Alain s'inquiéta : pourvu qu'il ne l'ait pas entendue !

« Et puis après ? Crois-tu qu'il ignore ce que je pense de lui ?

— Mais enfin, Tota, que veux-tu ? le quitter ? »

Elle inclina la tête.

« Retourner à La Hume ?

— Non, tu ne voudrais pas ! »

Elle s'était levée et marchait au hasard dans la pièce :

« J'y ai songé quelquefois. De loin, notre vie m'apparaissait presque douce. Il y a de la paix en toi, Alain... mais[a] comment te dire ? C'est tout de même drôle que de se sentir embarrassée pour aborder certains sujets devant un garçon de ton âge... enfin, j'ai des goûts, à présent, tu comprends ? Le plaisir, l'amour, quoi ! »

Alain qui était resté assis, baissa la tête.

« L'amour... » dit-il.

Elle reprit d'une voix un peu basse et canaille :

« Le connais-tu seulement ? »

Il releva[b] la tête et la fixa d'un regard sérieux, attentif.

« Oui ou non ? » insista-t-elle avec un rire énervé.

Il continua de la regarder, sans rien répondre. Tota rougit. Après un long silence :

« Allons, je vais le rejoindre cette nuit encore. Tu as tout ce qu'il te faut ? Tu sais qu'on dort très bien sur le divan. »

Il se leva et lui prit la main. Puisqu'elle assurait que toutes ces saletés que l'on imputait à son mari étaient ici très répandues... alors pourquoi, s'il était coupable, lui en vouloir à lui plus qu'aux autres ?

« Pourquoi ne pas lui pardonner, user de ton influence pour le rendre meilleur ?... »

Elle parut[c] réfléchir, haussa les épaules :

« Quel nigaud tu fais ! Crois-tu que si je l'aimais, toutes ces misères suffiraient à me détourner de lui ? Si je l'aimais, tout cela me plairait peut-être, au lieu de me faire horreur... Je ne l'aime pas, voilà. Tiens, je peux te le dire[d], il y a un garçon que tu verras pendant ton séjour ici, William Turner ; il a vingt-cinq ans, il est fou de moi ; il me plaît assez ; et même souvent il me plaît beaucoup. Ce n'est pas encore la grande passion, mais enfin lui non plus n'est pas de tout repos. Un autre genre que Marcel... C'est drôle : on n'ose pas appeler les choses par leur nom, devant toi. Enfin, quoi que William ait fait, quoi qu'il fasse, je m'en moque, je trouve même cela plutôt amusant. Il suffit qu'il me plaise. »

Alain ne répondit pas. Après un long[a] moment, elle lui dit soudain sur un autre ton, avec une autre voix :

« Je te fais horreur, avoue-le.

— Non, Tota.

— Tu ne vas plus m'aimer ? »

Il lui saisit les deux mains. Elle mit la tête sur l'épaule de son frère, comme pour se cacher[1].

Elle s'étendit[b] auprès de Marcel couché sur le côté droit et qui feignait de dormir[2]. Il se garda de bouger jusqu'à ce que la respiration de la jeune femme fût devenue le signe du sommeil. Il était sans courage pour lui parler. Mieux valait attendre le jour : le cauchemar disparaîtrait avec cette nuit. Quelle erreur que de s'être complu dans les suggestions d'Hervé ! Il avait cru habile de ne pas les fuir, et de leur donner du corps pour les vaincre plus aisément. Ce lui avait été d'abord un jeu horrible, mais un jeu, que de se représenter ce qu'Hervé devait croire. Mais maintenant il ne se sentait plus libre de sortir du jeu. Son imagination, dès l'enfance exercée, s'entendait à composer des tableaux terriblement vivants. Il possédait à fond l'art de créer des images criminelles, mais non celui de les conjurer et de les fuir.

Qu'il était impatient de discerner l'approche de l'aube entre les rideaux ! Demain, coûte que coûte, il verrait Hervé. Non qu'il lui voulût du mal; il désirait au contraire causer calmement avec lui, pour s'assurer qu'Hervé ne croyait peut-être pas à ces choses, qu'il faisait semblant, qu'il jouait, lui aussi, à sa manière... Avec Hervé seul[c], Marcel pourrait rôder autour de ce mystère, sinon en parler ouvertement. Mais que d'heures à traverser encore ! Et voici qu'il regrette d'avoir laissé Tota s'endormir. Elle l'a dressé à ne jamais la réveiller : « la première avec laquelle il se gêne... »

Tant pis ! Il ne luttera plus contre cette obsession absurde; pourquoi ne pas s'y abandonner, puisqu'il est sûr d'en être délivré demain matin ? Ce fut comme s'il s'attablait[d]. Il tâtonna d'abord. La Hume qu'une seule fois il avait vue dormir sous la lune dans un creux de

terrain, il mit ses soins à l'évoquer : le vestibule, le salon
assombri par les volets clos, à cause de la chaleur atroce...
Pourquoi la chaleur ? Il pourrait aussi bien imaginer la
famille, au plus noir de l'hiver, les chaises serrées autour
de l'unique feu. Il pourrait aussi bien entendre la pluie
ininterrompue sur les vignes mortes, sur les allées
boueuses, lorsqu'il faut allumer la lampe avant quatre
heures tant les arbres enserrent de près la maison et
l'obscurcissent; et l'eau déborde des gouttières obstruées
de feuilles pourries... Mais non, il ne peut situer ce drame
que dans le brasier des grandes vacances, que dans cet
engourdissement de la vie humaine et végétale, lorsque
le corps ni l'esprit ne sauraient lutter contre le feu,
lorsque le vieux désir se fortifie de l'universel anéantissement[1].

Marcel gémit soudain, comme un enfant qui vient de
se faire mal : « Suis-je bête ! Puisque ce n'est pas vrai...
Je sais bien que ce n'est pas vrai. Hervé le croit-il, lui ?
Non : il le désire; il aime la catastrophe; il a besoin d'un
univers de catastrophe pour n'être pas remarqué. D'ailleurs il ne possède aucune donnée réelle. Il ne sait rien
de La Hume ni de ses habitants que par moi. » Que
Marcel était impatient de lui téléphoner, de causer avec
lui !

Il s'accouda à l'oreiller, s'assit : « Pourquoi Alain
est-il venu ? Pourquoi l'a-t-elle fait venir ? C'est la seule
question. Je m'attache à une chimère et je néglige cette
réalité toute proche : le voyage d'Alain... »

Tota se fâcherait, mais tant pis, il fallait l'interroger,
tout de suite, sans plus tarder d'une seconde.

« Tota ! »

Elle allait se fâcher, mais il lui dirait qu'elle s'était
réveillée seule, qu'elle n'avait entendu qu'en rêve cet
appel. Le jeune corps se retourna puis demeura immobile.
Il en fut à la fois déçu et presque soulagé, tant cela lui
aurait paru grave de braver la défense de Tota, et de
violer son repos.

V

Au matin, comme Hervé[a] entrait dans la chambre de sa femme, il fut frappé par cette figure cireuse, presque grise qui ne se souleva pas d'entre les oreillers. Aucun autre signe d'accueil qu'un sourire qui découvrit les gencives. Il lui demanda si elle se sentait plus mal.

« Pas plus mal... Je me recoucherai après mon bain : Romieu doit venir m'examiner à onze heures. »

Mais Hervé repartit avec agacement qu'il voyait bien qu'elle souffrait davantage. Pourquoi cette manie de dissimuler son état ?

« Vous savez que vous ne trompez personne. Je crains qu'il n'y ait un peu d'ostentation dans votre stoïcisme, ma chérie. »

Elle l'observait sans répondre, avec un pauvre sourire. Qu'il avait l'air jeune, ce matin ! Terriblement jeune.

« Votre pardessus est ravissant. Mais pas trop léger ? Ce n'est pas encore le printemps. »

Et elle tâtait l'étoffe de ses doigts maigres. Il assura qu'il n'aurait pas froid, et que par cette belle matinée, il comptait marcher. Ce serait délicieux : quel joli soleil ! Il irait chez sa mère, et de là rejoindrait, au Fouquet's, Marcel avec qui il déjeunerait.

« Oui, c'est lui qui vient de me téléphoner : il a beaucoup insisté pour déjeuner avec moi. Nous ne nous quittons plus ! — ajouta-t-il sur un ton d'extrême contentement. Il veut me reparler de notre conversation d'hier soir.

— Et après déjeuner, Hervé ? »

Ne repasserait-il pas, pour avoir l'avis de Romieu ? Il répondit qu'il téléphonerait au docteur, ce soir. Il était pris tout l'après-midi... Irène connaissait cet accent particulier, ce ton de fausse indifférence qui trahissait Hervé. Même les yeux fermés, rien qu'au son de cette voix, elle eût compris qu'il devait donner cette journée au plaisir, à son plaisir.

« D'ailleurs, ajouta-t-il, Romieu ! J'ai plus de confiance en Terral... Il aurait fallu suivre son avis, passer une année à Leysin. »

Il en voulait à Romieu qui ne croyait pas ce déplacement nécessaire. Comme c'eût été agréable pourtant, de savoir Irène en bonnes mains, dans un sanatorium. Il serait resté seul à Paris...

« Romieu assure que je ne suis pas tuberculeuse », dit vivement Irène.

Il lui reprocha d'avoir peur d'un mot. Terral affirmait qu'elle l'était; tant mieux d'ailleurs : la tuberculose se soigne et se guérit.

« Vous voulez dire que le diagnostic de Romieu est plus redoutable ? »

Il le nia vivement. Romieu ignorait ce qu'elle avait; il appartenait à cette espèce de médecins qui affecte de ne pas croire à la médecine.

« Eh bien ! moi, je sais ce qu'il pense de mon cas... »

Hervé aurait dû faire semblant de ne pas comprendre; mais sa maladresse était terrible.

« Vous savez comme moi, dit-il, que l'examen radiographique n'a rien révélé. »

Elle agita la tête, et à mi-voix :

« Cela ne signifie guère, s'il s'agit d'une tumeur profonde... mais laissons cela, c'est sans intérêt. »

Il ne sut que répondre. Elle demeurait couchée, immobile, les yeux fixes. Il alla à la fenêtre. Le ramier qu'il ne voyait pas mais dont il entendait le roucoulement, devait être perché sur la cheminée de la chambre.

« Dites à votre mère*ᵃ* que je serais heureuse de la voir aujourd'hui. »

Il se retourna avec inquiétude. Pour qu'elle exprimât ce vœu, il fallait qu'elle se sentît beaucoup plus malade, car rien, d'habitude, ne l'importunait davantage que les visites de sa belle-mère. Il eut peur — peur de ne pas pouvoir sortir. C'était bien sa chance ! elle allait le retenir au dernier moment, elle ferait tout manquer. Irène croyait le connaître, mais se trompa sur la cause de son anxiété et lui sourit avec tendresse : tout de même il tenait à elle un peu.

« Rassurez-vous*ᵇ*, mon petit : j'ai un service à demander à mère... Non, je ne peux pas vous dire... »

Il n'insista pas. Cette curiosité morbide qui l'attachait à poursuivre, à traquer les secrets des autres, perdait toute virulence dès qu'il s'agissait de sa femme. Rien d'elle n'avait pouvoir de l'intéresser.

« À la réflexion, reprit-elle, non, que votre mère ne vienne pas : je préfère demeurer seule. »

Irène s'inquiétait des pauvres gens qu'elle ne perdait pas de vue après leur avoir donné des soins au dispensaire. Dans la crainte de ne pouvoir plus sortir[a], la pensée lui était venue de les confier à sa belle-mère. Mais maintenant elle repousse cette idée : la vieille dame croirait peut-être qu'Irène voulait exciter son admiration, attirer ses louanges. « Suis-je bien certaine, d'ailleurs, qu'il n'y a pas en moi l'obscur désir de lui prouver que la charité n'est le privilège d'aucune secte ? »

Et comme Hervé avait déjà quitté la chambre :

« Surtout, que votre mère ne se dérange pas ! » lui cria-t-elle.

Hervé marchait vite, mettant ses délices dans chaque pas qui l'éloignait de la maison et d'Irène. Bien qu'il fût heureux de déjeuner avec Marcel, il prévoyait que celui-ci n'avait d'autre pensée que de revenir sur ses confidences de la veille. Ce ne serait pas très intéressant. Et puis l'image qu'Hervé se faisait de son après-midi, obscurcissait[b], effaçait tout le reste. Plus rien ne comptait que cela qui était son bonheur, — cela seul qui valait de vivre : cette chose.

Comme chaque fois qu'il refermait les portes de l'ascenseur, dans l'immeuble habité par sa mère, rue Las-Cases[c], il se rappela un soir de juin au retour du lycée, où il vit cet ascenseur souillé de taches brunes qui étaient du sang ; la porte de l'étage ouverte, le vestibule envahi, et le corps de son père étendu sur la caisse à bois. Le concierge[d] et les domestiques venaient de le ramasser dans la cour. Le commissaire de police prenait des notes pour son rapport. Sa mère avait encore sur la tête un chapeau de paille garni de primevères. Bien loin[e] de redouter cette vision, Hervé s'en repaissait. Comme un criminel, pour détourner les soupçons, invoque un alibi, charge des complices, il rejetait le poids de ce qu'il y avait de pire en lui sur ce suicidé. Cette pensée le soulageait que le fleuve impur qui le traversait n'eût pas pris naissance dans son propre cœur. Cette source avait commencé de sourdre avant sa venue dans le monde. Il n'était que le lit vivant où cette boue se frayait une route. Du moins ne coulerait-elle plus après lui ; il n'avait pas

donné la vie : en lui venait se jeter et se perdre l'eau corrompue de plusieurs générations[1].

Dès qu'Hervé entrait dans la chambre de sa mère, il
changeait de regard et de voix, il changeait d'âme. Il redevenait[a] petit enfant pour pénétrer dans ce royaume. Ce
jour-là, comme à chacune de ses visites, elle se leva de
son prie-Dieu en s'excusant sur « ce qu'elle n'avait pas
achevé ses prières ». Les avait-elle jamais finies ? Elle
s'inquiétait qu'il n'eût pas froid, elle avait toujours trop
chaud : comment peut-on vivre avec le chauffage central ?

« Si ! tu as froid ; je vais chercher une bûche.

— Mais, maman, sonnez : vous avez des domestiques. »

Elle avait toujours peur de les déranger. Elle revenait
avec sa bûche, disait à Hervé : « Mets-toi là », en lui montrant la chauffeuse. Et puis : « Raconte-moi ce que vous
avez fait de beau. » Il décrivait leurs sorties, les gens
qu'ils avaient vus, les pièces de théâtre, et tout cela, aux
yeux de la vieille dame, pouvait bien remplir une vie
futile, mais innocente. Et lui se blottissait dans cette
ombre retrouvée[2]. De très loin, il entrevoyait comme
dans un éclair, ses démarches de cet après-midi, gestes
secrets, actes inconnus. Et toute cette horreur future,
si proche de s'accomplir, lui apparaissait irréelle et
comme ne le concernant pas.

Mais ce monde recréé de l'enfance, dans la chambre de
maman, s'effondrait au seul nom d'Irène.

« Comment était-elle ce matin ? Qu'a dit Romieu ?
Comment ? Tu n'as pas assisté à sa visite ? Mon enfant !
Mais il avait sûrement des choses à te dire qu'il doit
cacher à Irène... »

Il redevenait un coupable qui invente des raisons, se
défend, se dérobe, brouille les pistes. Le mensonge le
recouvrait des pieds à la tête, et sa mère soudain se souvenait que cette vie[b] futile avait d'étranges et d'impérieuses exigences. Quel bureau, quelles affaires, quelle
œuvre à construire avaient jamais accaparé un homme
autant que l'était Hervé, ce sans-travail, par elle ne savait
quoi ?

« Tu repasseras la voir après déjeuner ? »

Il espérait... Il s'efforcerait... Il n'était pas sûr.

La vieille dame continuait de tricoter sans le regarder
et soudain déclara :

« J'irai donc. »

Il assura qu'Irène aimait mieux dormir que causer.

« Hier encore elle me répétait : " Me tourner du côté du mur et dormir. "

— Elle a dit cela[a] ? Tu en es sûr ? Mais c'est effrayant ! »

Mme de Blénauge appuya sur ses yeux ses deux petites mains fripées, aux grosses veines.

« Je n'en suis plus à prendre des gants pour ne pas l'irriter, reprit-elle. Il s'agit de la surveiller, tu me comprends ? Ne fais pas semblant de ne pas me comprendre, mon enfant. »

Hervé lui jeta un regard craintif. Elle n'avait pas élevé la voix; ses yeux ne quittaient pas le tricot qu'elle avait repris et sa tête remuait d'un mouvement régulier, accordé à celui des aiguilles. Une mantille de Chantilly dissimulait son crâne chauve et ne laissait à découvert que deux bandeaux de cheveux d'un blanc un peu jauni. Une croix d'or était attachée à son corsage boutonné par devant[1].

« Tu vas déjeuner un peu vite, mon chéri, et tu vas rejoindre Irène.

— Oui, maman.

— C'est " oui-oui " ou " oui-non " ? lui demanda-t-elle, comme s'il avait eu dix ans. »

Il promit de faire tout son possible et elle comprit qu'il ne rentrerait chez lui qu'au soir. Il avait détourné la tête : rien au monde ne l'empêcherait de faire, cette après-midi, ce qu'il avait à faire; de se livrer à ce triste enivrement, de s'enfoncer dans un monde que cette vieille femme ne pouvait même imaginer. Il vit les rues que suivrait le taxi, ce boulevard, ce square, cette maison en retrait, cette cour, cette porte au rez-de-chaussée dont il fallait chercher la serrure dans le noir, l'escalier intérieur, la chambre à l'entresol.

La mère fixait sur lui ses prunelles demeurées si pures, si enfantines dans la face flétrie, — de ce bleu dont il avait hérité. Hervé songe à tout ce qu'il regarde, à tout ce qu'il dévore du regard avec ces yeux qui sont ceux de sa mère.

Il répéta : « Je ferai l'impossible... » sachant que sa mère ne le croyait pas. Elle le suivit sur le palier : après avoir descendu un étage, il leva la tête et la vit appuyée à la rampe. Elle le regardait descendre, s'enfoncer, disparaître[2].

VI

La vieille dame, ce matin-là[a], dut irriter encore ses domestiques par son affectation de ne toucher à presque rien du déjeuner trop abondant. Avant trois heures, elle sonnait chez sa belle-fille; et bien qu'il lui fût affirmé qu'après une crise, la malade avait pu enfin s'endormir, elle insista pour pénétrer dans la chambre : « Juste le temps de voir la mine qu'avait Madame. » La cuisinière n'en revenait pas de ce sans-gêne : comment peut-on forcer ainsi la porte des gens ?

Les rideaux, tirés devant la fenêtre, laissaient passer un rayon qui éclairait la table encombrée. Mais la malade, couchée sur le côté gauche, était dans le demi-jour. La petite vieille ne faisait pas plus de bruit qu'une souris. Elle attendit un instant, jusqu'à ce que ses yeux fussent accoutumés à l'ombre; puis se pencha sur le pauvre corps. Irène respirait vite, elle avait un peu de sang aux joues. De la fièvre peut-être ? Signe de tuberculose, dirait Terral. Le cancer ne donne pas de fièvre, et puis un cancer à trente-quatre ans ! Mais Romieu soutenait que ces sortes de tumeurs troublent les fonctions du foie et par là suscitent des états fébriles. Elle dormait; sa belle-mère pouvait la contempler à loisir, joindre les mains sur ce corps martyr. À côté d'un verre à demi rempli, un tube de calmants était ouvert. La vieille dame[b] l'examina : il ne manquait que deux comprimés; elle le glissa dans son sac. Alors seulement elle aperçut le tiroir de la table entrebâillé et vit qu'il était rempli de tubes semblables, non encore entamés. Elle ne résista pas à les prendre un à un, d'une main preste de voleuse. Au bruit sec que fit son sac en se refermant, Irène se retourna, prononça des paroles confuses.

Mme de Blénauge, pétrifiée, retenait son souffle. Rien ne bougeait dans cet appartement vide. Elle pensait à des pas d'enfant dans le couloir, à des rires... Quelle honte ! Qu'attendait-elle encore de la vie[c] ! Comment se détournait-elle un seul instant de sa souffrance et de son amour ? Elle n'avait pas à se détacher : que bénie soit la vieillesse où rien ne s'interpose plus entre l'âme et Dieu ! Le monde s'écarte; la solitude et le silence précèdent la mort. La vieillesse est déjà un ensevelissement. Elle songe qu'elle ne souffre pas assez, qu'elle ne souffre presque pas : son mari, Hervé, Irène, toutes ces âmes à porter... et elle ne fait rien que des gestes ridicules comme de dérober du poison dans un tiroir.

Si Irène se réveillait, s'apercevait... La vieille dame quitte la chambre, se glisse dans le vestibule, ne reprend haleine que sur le palier et doit se tenir à la rampe pour descendre.

Dans la rue, elle se traînait, n'osant arrêter un taxi, car elle y voyait mal, ne savait pas déchiffrer le prix marqué, ou donnait trop peu de pourboire et se faisait injurier. Elle aussi, comme tout à l'heure Hervé, voyait en esprit une rue, une cour, une maison en retrait, une porte au rez-de-chaussée[1]... Elle longeait la rue de Babylone, heureusement que ce n'était plus très loin : « Je ne me mettrai pas à genoux; je resterai assise... » Elle passa sous une porte cochère, traversa la cour endormie, et gravit quelques marches[2]. Il était temps; elle s'abat aux pieds de son Amour et ne se sent plus si faible : elle lui tend à bout de bras ce fils et cette belle-fille, ce fils lépreux et cette fille aveugle. Puis son esprit affairé[a], un instant, les abandonne et descend parmi les morts, se penche sur cet homme que les domestiques ont ramassé dans la cour et qui râle (et l'enveloppe des dernières volontés demeure épinglée au pyjama). L'œil déjà envahi de ténèbres la fixe et ne la voit pas; cette tête sanglante repose pour la dernière fois sur son épaule fidèle[3].

Peu à peu, ses « intentions » la fuient sans qu'elle les puisse retenir. Et maintenant plus personne au monde, ni hors du monde, ne l'occupe que Celui qu'elle regarde dans l'ombre.

VII[a1]

Marcel insistait pour qu'Hervé prît un verre de fine : il n'avait pas envie de quitter le restaurant tiède où son angoisse était comme engourdie. Mais Hervé avait à faire ; il était pressé, il était attendu.

« Avant de partir, explique-moi ce que signifiaient tes paroles, tout à l'heure, quand tu as dit qu'Alain avait une tête d'obsédé, une tête à idée fixe[b] ?

— Mais rien de plus que cela ! Qu'il est drôle, ce petit Marcel !

— Tu me le jures ?

— Te jurer quoi ? Mais il ne s'agit que d'une impression très vague. On ne peut plus rien te dire. Ce que tu as changé depuis ton mariage ! Écoute, je suis désolé : on m'attend. »

Marcel le retint par le bras :

« Viens nous rejoindre au Bœuf, ce soir. Oui, Alain y sera. Tota se fait un plaisir de l'y amener, sans lui en parler d'avance, pour voir sa tête. Tâche de causer un peu avec lui ; j'aimerais avoir ton impression... Je ne sais pas pourquoi je te demande ça. »

À peine avait-il formulé ce vœu, qu'il en éprouva un regret amer. Mais Hervé ne manifestait pas la même joie qu'il[c] avait montrée la veille. Il n'était plus là, il vivait déjà et respirait entre les quatre murs qui contiendraient, dans quelques minutes, son bonheur. Marcel, il pouvait le laisser, le mettre de côté comme un chien enterre un os ; il savait où le retrouver. Oui, ce serait amusant, ce soir, de faire parler le petit Alain. Mais il ne lui tarde pas d'être à ce soir. Une éternité de plaisir l'en sépare. Il n'aime pas à penser aux heures qui suivent l'assouvissement, — d'une tristesse, d'une horreur impossibles d'ailleurs à se représenter avant d'avoir été repu. Il n'en a[d], pour l'instant, qu'une connaissance abstraite ; il sait que ce dégoût le recouvrira, mais il faut traverser d'abord une éternité de joie[2].

Pendant que[e] le chasseur l'aidait à revêtir son pardessus, il observait dans une glace Marcel qui se rongeait les ongles, arrachait de ses dents aiguës les petites peaux, suçait le sang.

Marcel avait manqué un rendez-vous à la Chambre, il n'avait point donné l'ordre de vendre les *Puerto Belgrano*[a]. Il n'avait le goût de rien faire. Tota et Alain visitaient les musées. Que devenir jusqu'à leur retour ? Aller à Saint-Cloud, passer l'après-midi avec Marie Chavès[1] ? Cela l'occuperait, et surtout « ce serait bien ». Mais ce serait retourner dans le monde d'avant Tota, dans une vie décolorée et morte qui lui fait horreur. S'il pouvait encore lui parler de Tota ! Il y a bien Irène; mais Hervé assure qu'elle est en pleine crise et qu'elle ne le recevrait pas. Et puis elle le raserait avec Nietzsche ! Il est dans la vie, lui; il n'est pas malade; il ne se paye pas de mots. Elle insisterait pour qu'il se remît à ce roman interrompu depuis des années. Elle ne comprend pas que c'est fini, qu'il est un homme fini; qu'il ne lui reste que de vivre; ce qu'il appelle vivre. Il cherche vainement le nom d'un camarade disponible. Les garçons enlevaient les dernières nappes. Il allait sortir, errer dans Paris[b]. Et le vieil instinct le ramènerait devant cette porte entrebâillée, le pousserait dans ce corridor furtif.

VIII

Hervé fit jouer la clé avec le moins de bruit possible. Mais la lumière luisait sous la porte d'Irène. Comme il l'avait prévu, elle était assise, soutenue par les oreillers.

« Je m'excuse...

— Pourquoi ? Je ne prétends pas vous condamner à ne jamais sortir. Suis-je vraiment si exigeante ? »

Sa voix avait une douceur singulière. Ses mains étaient cachées sous le drap.

« Asseyez-vous près de moi, un instant. »

Il obéit et la baisa au front :

Romieu était-il venu ? Qu'avait-il trouvé de nouveau ?

« Rien qu'un peu de fièvre qui l'a beaucoup étonné... Vous n'avez pas trop bonne mine, vous non plus. Comme toujours, votre cravate est de travers. »

Elle la redressa d'un geste qui rappelait à Hervé la première année de leur mariage. Et à brûle-pourpoint, sans élever la voix :

« Il faut que je vous gronde, mon petit Hervé... »

Il lui jeta un regard inquiet, traqué, bien qu'elle ait pris le ton d'autrefois, un ton un peu rude, mais plein d'indulgence et de tendresse. Elle le menaça du doigt :

« Vous savez bien ce que je veux dire. »

Il fit signe qu'il ne comprenait pas.

« Vous êtes un voleur, monsieur. »

Il respira. Il ne savait pas ce que cette accusation signifiait. Il voyait seulement qu'Irène paraissait détendue.

« Rassurez-vous, je ne vous en veux pas. D'abord parce que demain, j'en rachèterai.

— Vous rachèterez quoi ?

— Ne faites pas le naïf. Mais cette fois-ci, je ne laisserai pas ma provision dans le tiroir; elle sera à l'abri, sous clef. Ne prenez pas cet air penaud. Je ne vous aurais jamais cru si soucieux de ma santé. Ce que vous avez fait là, c'est à la fois maladroit et gentil : une action qui ne vous ressemble pas... je veux dire qui ne ressemble pas à votre personnage quotidien. »

Elle s'interrompit. Comme il paraissait effaré ! On ne joue pas si bien l'étonnement.

« Où avez-vous mis mon gardénal ?

— Votre gardénal ?

— Ce n'est pas vous qui, cet après-midi, avez pris les tubes dans ce tiroir ? »

Il protesta qu'il n'était pas revenu ici dans la journée. Il avait dîné en veston.

Elle le regarda de bas en haut; puis après un silence :

« Où avais-je la tête ? »

Et elle rit.

« Je suis vraiment idiote, reprit-elle, excusez-moi.

— Mais j'avais fait promettre à maman qu'elle passerait, cet après-midi... Elle a dû venir pendant que vous dormiez.

— Mais bien sûr (et de nouveau elle éclata de rire), c'est votre chère mère ! J'accusais un innocent. »

Le rire insupportable redoubla.

« Voyez-vous cela ! Je l'accusais d'être venu pendant mon sommeil, ce pauvre petit ! et il n'est même pas rentré pour s'habiller. Il a pourtant changé de col quelque part : je ne reconnais pas le col mou de ce matin.

— Celui-là, je l'ai emprunté à Marcel.

— Il n'a pas dû le porter beaucoup, à moins qu'il

n'aime à se sentir étranglé... Je suis en verve, ce soir, vous ne trouvez pas ? Où allez-vous ? »

Il dit qu'il allait s'habiller : Marcel l'attendait au Bœuf avec Tota et le petit beau-frère.

Quand elle fut seule, Irène fit le noir. Il lui suffisait, songeait-elle, du moindre fétu pour se raccrocher. Quand serait-elle installée dans le désespoir sans reprise possible ? « Il n'est pas revenu pour la visite de Romieu... il n'a pas même téléphoné... » Elle dit à mi-voix : « Si dans la mort, on pouvait savoir qu'on est mort... » et un peu plus tard : « C'est la vieille qui est venue fouiller dans mon tiroir, la vieille idiote, la seule qui veille sur moi, parce qu'elle ne veut pas avoir une belle-fille en enfer... Non, pauvre femme, tu m'aimes à ta façon, tu crois que j'ai une âme, tu crois que quelqu'un nous regarde souffrir, tu vis heureuse avec cette folie... »

Dans la chambre voisine, Hervé s'habillait : « *Niez toujours,* songeait-il, quelle absurdité ! Il ne faut pas nier avant de connaître l'accusation. » Dire[a] qu'il passait pour menteur ! Personne qui fût moins capable que lui de dissimuler... « Si j'avais su entrer dans le jeu, Irène serait devenue indulgente, l'atmosphère entre nous, respirable... » Trop tôt pour partir. Il s'étendit sur son lit, la bouche amère; et il faisait des rêves de tendresse calme, de repos contre une épaule, signe chez lui du rassasiement, de l'épuisement.

IX

Alain brusquement[b] quitta la table, se fraya sans précaution un chemin à travers les danseurs[c] plus pressés qu'un banc de sardines, atteignit le bar et demanda son vestiaire. Aucune autre raison que le sang qui brûlait ses joues et faisait bourdonner ses oreilles. Accoutumé à vivre tête nue dans le brouillard, dans le vent et dans la pluie, il perdait le souffle, il craignait de mourir. Tota voyant cette fuite, se détacha de William et rejoignit[a] son frère. « Qu'était-ce donc qui le faisait fuir ? » Simplement cela qu'il suffoquait.

« Comment pouvez-vous vivre plusieurs heures dans cette fournaise ?

— C'est vrai que tu as des joues comme des coquelicots. »

Et d'un geste maternel, elle appliqua ses deux mains sur la figure de son frère. De loin Marcel vit ce geste; il vida d'un trait son troisième whisky et fonça à son tour à travers le banc de sardines :

« Vous êtes fous ?

— Pourquoi fous ? »

Tota dit[a] à l'oreille de son frère de ne pas attacher d'importance aux propos de Marcel : après trois whisky, il ne se possédait plus. Il ne fallait surtout pas le contrarier.

« Nous partons aussi », gronda Marcel.

Quand ils furent dehors, Alain refusa de monter dans l'auto. Il rentrerait à pied, il avait[b] besoin de respirer, de tremper sa figure dans la nuit froide. Tota l'avertit que la clef serait sous le paillasson. Il regardait sa sœur[c] : la fatigue, et ce rouge qu'au cours de la soirée elle avait dû se mettre au petit bonheur, la vieillissaient. Ses mains paraissaient sales à cause des ongles carminés, comme trempés dans du sang de bœuf, pareils à ceux de toutes les femmes, d'ailleurs, qui toutes avaient la même maladie des ongles. Et Alain se rappela les mains brunes et égratignées que Tota lui tendait à travers les haies.

Il marchait[d] seul et vite. Le brouillard, dans cette rue proche de la Concorde, avait une odeur que cet enfant de la campagne reconnaissait[1]. Une des plus grandes villes du monde ne pouvait rien contre la fraîcheur éternelle ni contre le parfum sylvestre de la nuit, pas plus qu'elle ne dérangeait l'ordre des étoiles. Il respirait bien, le ventre creusé, la poitrine dilatée. Quelqu'un courait derrière lui : « Monsieur ! » C'était Hervé de Blénauge.

« Vous marchez[e] terriblement vite. Je voulais vous dire que j'ai ma voiture... Si vous souhaitez que je vous ramène... »

Alain le remercia; il préférait aller à pied. Hervé l'approuva : « Au sortir d'une telle tabagie ! » Malheureusement il avait sa bagnole. Mais si Alain le permettait, il ferait volontiers quelques pas avec lui... Sans doute le visage du garçon exprima-t-il une vive déconvenue[f], car Hervé reprit aussitôt que décidément il n'osait

abandonner la voiture. Alain détala. Immobile[a] au bord
du trottoir, Hervé le regardait s'éloigner. Encore un
de ces minimes incidents qui lui emplissaient le cœur
d'une amertume atroce : alors il se voyait seul, méprisé,
rejeté, perdu. Et l'horreur qu'il avait de lui-même
dépassait celle qu'il croyait inspirer.

Alain avait traversé les Champs-Élysées déserts, et il
errait maintenant dans ces allées, près du kiosque à musique entouré d'une balustrade. Il sentit d'un coup sa
fatigue. Malgré le vent mouillé qui agitait les branches
dans le halo des réverbères, il s'assit sur un banc. Il
s'efforçait de penser à Tota, au drame de ce ménage :
« Elle a raison, se disait-il, moi seul suis responsable... »
Mais son étrange indifférence lui faisait honte; il n'arrivait pas à prendre au tragique les plaintes de sa sœur.
Non, ce n'était pas de l'indifférence, mais plutôt une
étonnante sécurité[b] : « Je me suis trompé, se répétait-il,
j'ai agi comme un superstitieux, comme si j'avais cru
que ces événements[c] étaient voulus... » Mais il sentait
au fond de lui la même confiance, le même abandon :
« Tout cela est horrible[d] » se répétait-il, et il souriait en
regardant deux étoiles dans une trouée de brume. « C'est
à mourir de tristesse... », prononça-t-il à haute voix.
Et à la même seconde, son cœur était ardent en lui d'il ne
savait quelle joie. « C'est ma jeunesse, c'est la jeunesse
peut-être... Qu'est-ce donc ? »

Un homme s'assit sur le banc, près d'Alain. Ce n'était
pas un rôdeur, mais un « monsieur » entre deux âges,
avec des lorgnons.

« Vous ne craignez pas d'avoir froid ? »

Il s'adressait à Alain sans tourner la tête. Le jeune
homme se leva et s'éloigna d'un pas rapide. Sous les
arbres, la solitude n'était pas telle qu'il lui avait paru
d'abord. Il sortit de cette dangereuse[e] pénombre, mais
soudain s'arrêta : oui, c'était bien une plainte qui s'élevait de derrière ces arbustes. Il voulut fuir, puis rougit
de ce premier mouvement, et contourna le bosquet.
Sur une chaise de fer appuyée à un réverbère, une femme
était assise, le buste droit, la tête rejetée, la gorge blanche
comme offerte au couteau. Elle se croyait bien seule :
son attitude, ce soupir exhalé à longs intervalles, c'était
la créature aux abois, quand aucun regard étranger ne
l'oblige à sauver la face, à tenir le coup, la créature sans

retouche, enfin, et telle que la douleur la façonne, la pétrit[a].

Le cou se dégageait d'une fourrure qu'Alain ne savait pas être du chinchilla mais qu'il devinait précieuse. « C'est une dame », se dit-il naïvement. Il hésita, fit quelques pas. Elle tourna vers lui un visage dont le feutre enfoncé ne laissait voir qu'une bouche sans lèvres marquée de deux rides aux commissures. Le nez trop court lui donnait l'aspect d'une face rongée. Il lui demanda si elle était souffrante.

« Non, laissez-moi. Je n'ai besoin de rien. »

Il s'était rapproché, et elle le regardait avec étonnement, distraite un instant de son affreuse douleur.

« Avec cette figure... quelle misère ! soupira-t-elle. Vous n'avez pas plus de vingt ans ?

— Dix-neuf ans, madame.

— Pauvre petit ! »

La curiosité, chez cette femme, recouvrit tout autre sentiment. C'était elle qui l'interrogeait, mais il ne comprenait pas ses questions : peut-être avait-elle bu ?

« Puis-je vous rendre service, madame ?

— Eh bien ! oui : allez me chercher un taxi. »

Il lui demanda où était la station la plus proche, et comme elle lui indiquait Maxim's, il l'interrogea encore pour savoir où était Maxim's. Elle crut qu'il se moquait d'elle, mais l'ayant examiné, elle vit clair tout à coup :

« Vous n'habitez pas Paris ? »

Non, il y venait pour la première fois, et lui-même cherchait une voiture, car il ne connaissait pas son chemin. Elle parut gênée et murmura : « Je m'excuse... » mais il ne comprit pas de quoi elle s'excusait.

« J'aurais dû me souvenir que les visages ne me trompent jamais, dit-elle. J'aurais dû vous juger sur le vôtre. Vous avez d'ailleurs l'accent du Midi... Girondin ? Je l'aurais juré... Je le connais très bien ! Je suis payée pour le connaître... »

Elle se leva.

« Je vais essayer de faire quelques pas. Voulez-vous m'accompagner jusqu'à la rue Royale ? »

Ils marchèrent en silence. Alain cherchait une parole et ne sut que lui demander de quoi elle souffrait. Elle répondit : « De quelqu'un », avec un peu d'emphase. Il tourna vers elle sa figure encore enfantine.

« Ce n'est pas une image, ajouta-t-elle. On souffre de quelqu'un, on a quelqu'un comme on a un cancer, une tumeur profonde. C'est le mal le plus physique. Vous ne l'avez pas encore éprouvé ? »

Il fit signe que non. Elle le regardait :

« Vous êtes un enfant. ».

Elle s'arrêta au bord du trottoir, là où finissent les arbres.

« Vous voyez ce banc ? Nous nous y sommes assis en juillet dernier, un soir. C'est fini. »

Elle se tut ; elle attendait d'être interrogée. Mais comme Alain ne trouvait aucune parole :

« Je ne sais pourquoi je me livre ainsi. Ce n'est pas dans ma nature... Vous m'avez fait du bien », ajouta-t-elle, et après l'avoir dévisagé :

« Puis-je vous donner ma carte ? »

Elle fouilla son sac et ne découvrit pas ce qu'elle cherchait.

« Je vais vous dicter mon nom et mon adresse, à tout hasard : Thérèse Desqueyroux, 11 *bis,* quai d'Orléans. Vous l'oublierez ?

— Oh ! dit-il, c'est un nom de chez nous[1]. »

Alain, dans le taxi qui le ramenait, revoyait la figure de la femme sans lèvres, au nez court, figure usée, rongée, polie comme un caillou : toujours leur folie[a], la même folie, toujours la poursuite épuisante, toujours ces êtres qui se pourchassent : « Et moi alors ? pourquoi pas moi ? » C'était affreux de n'être pas pareil aux autres. Pourquoi se sentait-il à part, différent, et comme « mis de côté » ? Quel était ce destin ? Qui donc exigeait qu'à vingt ans il assistât à cette mêlée, au lieu de s'y précipiter, tête basse ? « C'est horrible... » se répétait-il sans conviction. Étrange sentiment de plénitude[b] et de bonheur ! Il appuyait ses deux mains sur ses yeux, se répétait : « Qu'ai-je donc ? », remuait la tête comme un petit buffle qui sent l'aiguillon, regimbait sous ce joug inconnu[c]. La Hume, son père, sa mère, Tota, Marcel, il remontait jusqu'à ces sources de son tourment, retrouvait enfin l'angoisse qu'il cherchait : ses yeux se mouillaient, la vie était trop atroce[d]... Mais pourquoi cette vie horrible n'altérait-elle pas la paix vivante de son cœur, ni cette confiance de l'enfant qui tient une main dans l'ombre[e] ?

X

Alain se baissa pour prendre la clef sous le paillasson. Mais avant[a] qu'il ait eu le temps de se relever, la porte s'ouvrit et il aperçut Tota. Elle avait dû enlever son rouge et il la retrouvait telle qu'à l'époque où elle ne se fardait pas : les yeux cernés, le teint brouillé. Elle prévint[b] toute question :

« Un télégramme de maman : rien de grave. Tiens, lis ; elle dit elle-même : *Rien de grave,* mais elle te supplie de revenir. Sans doute s'agit-il d'une offre pour l'achat de la dernière récolte. »

Ils étaient debout dans le vestibule qui sentait la cuisine froide. Alain n'avait pas pris le temps de quitter son pardessus, et tandis qu'il relisait le télégramme, Tota l'observait.

« Qu'est-ce donc ? » demanda-t-il.

Un grognement rythmé, s'élevait, diminuait, reprenait.

« C'est lui, naturellement, dit-elle à mi-voix, d'un ton haineux. C'est toujours ainsi, surtout quand il a bu. On dirait une bête. »

Comme Alain lui demandait l'indicateur, elle protesta vivement :

« Tu ne vas pas partir ? Tu connais maman... Non, non : tu as promis de rester huit jours. Je vais lui écrire qu'elle nous envoie des explications. Du moment qu'elle dit : rien de grave, nous pouvons l'en croire. »

Alain précéda sa sœur dans l'atelier où une bûche brûlait encore. Le manteau du soir était jeté sur le divan. Il chercha l'indicateur et elle comprit qu'elle n'obtiendrait rien.

« Je ne me coucherai pas », dit-il.

Son cœur était loin de cette maison, de cette ville. « Rien de grave », cela voulait dire peut-être que tout allait au plus mal[c].

« Rappelle-toi le soir où nous sommes entrés dans la chambre de maman ; elle répétait : " Ce n'est rien, ce n'est rien ". Elle avait pourtant des meurtrissures autour du cou... Je voudrais être parti, je voudrais être arrivé. »

Tota lui rappela que le malade était maintenant

désarmé, qu'un enfant le maîtriserait[a] sans peine. Mais Alain croyait qu'il pouvait avoir des retours de force. Et puis il suffit d'un geste : une arme est dangereuse même entre les mains d'un grand malade[b].

Sa voix fléchit : il se tut avec le sentiment[c] très net qu'il parlait contre sa pensée. Non, ce n'était point cette angoisse qui le poussait à partir. Il voulait s'en aller et se jetait sur le prétexte offert.

« Et moi, Alain ?

— Toi ?

— Que vais-je devenir ? »

Il sourit, haussa les épaules.

« Tu ne veux pas me croire, s'écria-t-elle avec dépit, lorsque je t'assure que c'est très sérieux, que je suis à bout. »

Non, il ne pouvait pas croire que cela fût sérieux :

« Tu reconnais toi-même que ton mari n'est pas pire qu'un autre. Fais un effort : supporte-le. Tu n'as pas besoin de moi. Tu n'es pas très heureuse ? Mais qui donc est très heureux ?

— Je t'ai déjà dit[d] que quelqu'un est dans ma vie. Je te l'ai nommé. Tu m'as vue, tout ce soir, danser avec lui. »

Il fit un effort pour réveiller le souvenir d'un garçon basané, au bel œil trouble, le visage émacié et comme spiritualisé par la débauche, et qui revenait, entre[e] chaque danse, vider son verre. Tota parlait de lui sans qu'Alain pût la suivre. L'aimait-elle vraiment ? Mais que signifiait aimer pour Tota ? Et soudain lui apparut avec une irrésistible évidence que rien de cela ne comptait à ses yeux, que son esprit ne pouvait s'attacher à ces pauvres jeux. Jeux d'ombres, débats de fantômes, il n'y pouvait pas croire, il n'y croyait pas. La voix un peu rauque et fêlée de Tota ne l'émouvait pas plus[f] que, sur les toits de La Hume, les chats furieux de juin. Il la regardait se moucher, s'essuyer les yeux. Il l'entendait dire :

« Oui, je sais, je connais sa lâcheté, ses vices, je sais qu'il est drogué... Mais que veux-tu ! peut-être est-ce tout cela qui m'attire : le désir de le protéger, de le défendre contre lui-même, de le sauver. »

Elle mentait sincèrement. Mais Alain souriait de ces prétextes aussi arbitraires[g] que ceux dont elle se payait pour haïr Marcel. Au vrai, William, ce jeune garçon, n'inspirait pas plus de pitié à Tota que Marcel d'indignation. Elle n'était guère plus attendrie par la faiblesse de l'un que choquée par les amours intéressées de l'autre. Elle colorait à sa guise une attirance[a] et une antipathie également nées de l'instinct le plus animal. Non, cela n'était rien ! cela n'était rien ! Il n'entendait que par bribes les paroles de Tota :

« William est-il capable d'aimer ? Ses amis le nient. Mais moi je sais que je pourrais lui rendre le goût du bonheur. Le jour où il serait heureux, il ne chercherait plus à s'évader. Je dis cela pour me rassurer... Mais au fond peut-il y avoir la moindre chance de bonheur avec lui ? »

Quel était ce bonheur dont parlait Tota ? Ils parlent de bonheur et ils ne savent pas ce que c'est. Et tout à coup, cette lucidité d'Alain se doubla d'un douloureux sentiment de solitude, comme s'il eût été seul au monde à connaître le néant de ce qui agitait cette jeune femme, et en même temps qu'elle, à cette même minute, des millions d'êtres humains. Avant qu'Alain ait commencé de vivre, ce que les autres hommes appellent vie subissait à ses yeux un affadissement étrange, une immense dépréciation.

« Tu ne m'écoutes pas, lui dit sa sœur. Tu ne penses qu'à maman, qu'à La Hume... »

Alors il lui énuméra de nouveau toutes les raisons qu'il avait de répondre à l'appel de sa mère. Mais à mesure qu'il parlait, il voyait plus clairement encore que, n'eût-il pas[b] été rappelé, il se serait évadé du milieu de ces êtres, comme d'une pièce absurde où aucun rôle n'était à sa mesure.

Tota pleure un peu... Elle souffre. Leur souffrance, du moins, est une réalité... Mais quoi ! Dans quelques mois, peut-être dans quelques semaines, l'insignifiant garçon drogué sera redevenu pour Tota un insignifiant garçon drogué. Alain a honte de ne pas éprouver de pitié. Est-ce qu'il ne chérit pas Tota ? Ah ! plus que tout au monde ! Mais ce n'est pas là le vrai drame. Il sent confusément que le vrai drame se joue ailleurs...

« Écoute, ma chérie : je m'en vais; pour maman sans doute, mais aussi pour mieux penser à toi, pour réfléchir; je t'écrirai. Et si tu cries au secours, je reviendrai. »

Ainsi la berçait-il[c] avec de vagues promesses. Et à son

tour, il obtint l'assurance[a] qu'elle ne prendrait aucune décision grave sans qu'il en fût averti.

« Ne pars pas avant de m'avoir embrassée.

— Faudra-t-il te réveiller, si tu dors ? »

Elle dit qu'elle ne dormirait pas, qu'elle ne pouvait plus dormir. Ils traversèrent la petite salle à manger.

« Il reste des bananes et des pommes, dit Tota. Tu te souviens à La Hume, quand nous nous relevions dans la maison endormie pour " faire la dînette " ? »

Oui, il se souvenait : ils descendaient l'escalier à tâtons; leur venue dans la salle à manger glaciale dérangeait toujours un gros rat. Les enfants allumaient une bougie au candélabre. Frissonnants dans leurs longues chemises, ils cherchaient les biscuits, lappaient un reste de laitage...

Alain regarde la même petite fille que ces souvenirs délivrent de son chagrin et qui dit la bouche pleine :

« Il faut beaucoup manger de pommes sans les peler : il paraît que c'est plein de vitamines... »

Il lui demanda ce qu'étaient les vitamines, elle ne sut que répondre et pouffa.

« Je ris et je n'en ai pourtant pas envie. »

Mais Alain se sentait rassuré par ce rire[b]. Ils revinrent dans l'atelier. Le divan était préparé pour la nuit. Tota s'assura qu'il avait assez de couvertures. Il ne voulait pas se coucher : cela lui suffirait de s'étendre. Il l'embrassa et elle lui répéta ce qu'elle avait coutume de lui dire, autrefois, lorsqu'il l'avait fait pleurer :

« Pas sur le front, pas sur les joues, mais sur mes pauvres yeux. »

Elle lui sourit, hésita :

« Quoique je fasse, Alain, tu ne m'abandonneras pas ? »

Il haussa les épaules : comment pourrait-il l'abandonner ? Il ajouta, avec un accent d'autorité, qu'elle n'accomplirait pas cet acte à quoi elle pensait.

Quand[c] il prononça ces derniers mots, elle avait déjà quitté la pièce. Alain regarda sur les murs peints à la colle, fixées par des punaises, des reproductions de journaux sportifs : mêlées de football, boxeurs. En guise de table, quelques planches sur deux tréteaux. Fausse simplicité, faux dépouillement. Il s'assit[d], se pencha pour enlever ses souliers : « Je ne suis pas bon, se disait-il, je deviens sec, indifférent... » et aussitôt sa gorge se contracta, son cœur battit avec violence, une rapide vague d'émotion le recouvrit. Peut-être ces gestes de Tota, ces attitudes, ces mots n'arrivaient-ils pas à l'émouvoir[a], parce qu'ils ne correspondaient pas réellement à ce qu'ils prétendaient exprimer ? « L'amour qui n'est pas l'amour, la vie qui n'est pas la vie. Pourquoi répéter cela ? Qu'est-ce que cela signifie ?... Je suis idiot », ajouta-t-il à mi-voix. Une cloche tintait. Il ne savait pas que c'étaient chez les Bénédictines[1]. Il ne connaissait rien de ce sang qui commençait de sourdre dans Paris endormi. « Il faut fermer les yeux, se dit-il, je n'en peux plus... » Il n'imaginait pas que Paris, dont il avait vu l'écume, pût être une ville sainte, et que dans cette aube si triste sur les paroisses de banlieue, de frêles atlantes, hommes et femmes, se levaient et, de leurs bras tendus, soutenaient la ville et le monde.

Il se répéta : « Je n'en peux plus... », comme pour nier cet état d'éveil dans lequel il se trouvait, esprit et chair. Aucun tumulte ne viendrait à bout de l'étrange silence dont il était comblé. N'était-ce pas l'alcool ? Non, il avait à peine bu. D'ailleurs, cette joie ne lui était-elle familière ? Elle s'en irait sans qu'il le voulût, et ne reviendrait pas à son appel. Mais tout à coup, à l'instant[b] où il l'attendrait le moins, elle serait là. Étendu dans l'ombre, il voyait déjà un peu de jour terne entre les rideaux, sans que l'aube navrante ne pût rien contre son bonheur. C'était cela, c'était cette joie qui lui rendait fade tout ce dont les autres s'enivraient et mouraient. Il fallait chercher de ce côté, se disait-il, avancer dans cette direction, remonter jusqu'à la source. Mais très vite, il perdait pied, s'égarait. Comme il avait fait sous les marronniers des Champs-Élysées, il répéta à haute voix : « C'est ma jeunesse... » Et cette parole lui parut dérisoire. D'instinct, dans un geste de protestation, il pressa ses bras en croix sur sa poitrine, étreignit ce bonheur dont il ne connaissait pas le nom.

XI

Marcel, encore ensommeillé, sait que Tota a quitté le lit : il entend claquer une porte[a]. Elle pousse une exclamation de colère; la femme de chambre répond par des mots confus. Marcel ne veut rien connaître de ce débat et ne demande qu'à demeurer le plus longtemps possible dans l'inconscience : il sent déjà que sa tête lui fait mal, qu'il a le cœur au bord des lèvres, que tout ce qu'il a bu et tout ce qu'il a fumé au long de cette nuit devra être payé par une longue journée de vomissements. Il l'éprouve de plus[b] en plus à mesure qu'il émerge du sommeil, bien qu'il s'efforce de fermer les yeux, de rester immobile.

Tota est rentrée dans la chambre, elle tire les rideaux, gronde : « C'est trop fort ! Partir sans m'embrasser ! » Impossible pour Marcel de retarder davantage son retour à la vie. Entre[c] les cils, il voit Tota maigre et jaune, dans sa robe de chambre usée, avec la dure petite figure bilieuse des lendemains de noce. Ses cheveux ont pris un faux pli sur l'oreiller. Marcel, dans un bâillement, demande :

« Qu'est-ce qui est trop fort ?

— Il est parti, ce matin, sans m'embrasser. Je lui avais fait promettre qu'il ne s'en irait pas ainsi; je me serais[d] bien arrangée pour lui faire manquer son train... Il s'en est peut-être douté. Mais non, il ne pensait qu'à La Hume, qu'à maman. Ah ! il se moque bien de moi ! »

À mesure qu'elle parlait, la vie rentrait à flots[e] dans Marcel, comme ce jour sale dans la chambre. Le malaise physique écartait, pour un instant, toute autre souffrance. Il savait quelle autre souffrance le guettait, mais il fallait d'abord décider s'il prendrait ou non[f] de l'aspirine. L'aspirine risque de faire vomir. C'est ce qui pourrait lui arriver de mieux. Ah ! cette fade odeur de café au lait ! Tota avait donc pu déjeuner[g] ! Elle était assise au bord du lit, penchée en avant. Il lui demanda si elle se sentait indisposée :

« Moi, ça ne va pas...

— Mais je n'ai pas bu, moi, répondit-elle d'un ton

bougon. Un peu de migraine seulement, à cause du manque de sommeil. Mais j'ai encore trop dormi, puisque je n'ai pas entendu Alain partir.

— Au fond, qu'est-ce que[a] cela peut te faire qu'il soit parti ? »

Il se redressa péniblement, chercha pour sa tête douloureuse un endroit frais de l'oreiller et observa Tota qui ne répondait rien. Qu'elle était laide, le matin, cette femme, sa femme, cette inconnue établie chez lui ! Mais qu'elle avait l'air jeune ! Une petite fille, vraiment. Et lui... il lui suffirait de se soulever un peu pour se faire horreur dans la glace de la cheminée. Il imagine la tête qu'il pouvait avoir, ce matin. Mais Tota ne le regarde pas ; l'œil vague, elle ne voit personne que quelqu'un qui n'est plus là.

« Dis, Tota[b]... Il serait parti de toute façon, ces jours-ci. Qu'est-ce que cela peut te faire ? Je reconnais qu'il manque un peu de formes. »

Elle haussa[c] les épaules ; comme s'il s'agissait de cela ! Comme s'il pouvait exister entre un frère et une sœur des questions de convenances !

Pourtant elle semblait moins souffrir, songeait Marcel, qu'éprouver du dépit. Ses yeux étaient rouges. Il lui demanda si elle avait pleuré. Elle s'irrita, criant qu'elle en avait assez de cette inquisition perpétuelle. Elle va pleurer... elle pleure.

Les larmes d'une femme[d] avaient toujours bouleversé Marcel ; mais quand c'était lui qui les faisait couler, il ne pouvait se défendre d'y trouver du plaisir. Voici maintenant l'horreur qu'il n'aurait jamais imaginée et dont, grâce à Tota, il possède enfin la connaissance : ces larmes répandues pour un autre, cette blessure inconnue dont nous n'avons pas notre part, cette douleur que nous n'avons pas suscitée et que nous ne pouvons guérir.

« Chérie[e], dit-il, c'est le départ d'Alain ? »

Elle fit signe que c'était cela, sans tourner la tête. Comme elle[f] quittait la chambre, il lui cria :

« Où vas-tu ? »

Où craignait-il donc qu'elle pût aller ? Elle allait simplement prendre son bain, s'habiller. Elle sortirait ; mais Marcel ne s'inquiétait guère de ce qu'elle pouvait faire dans ce Paris où elle s'enfonçait chaque jour. Un autre souci l'obsédait : pourquoi Alain était-il parti ?

Pourquoi cette fuite ? Hier soir, au Bœuf, il avait l'air de souffrir. Il souffrait physiquement, ne pouvait supporter cet air confiné. C'est irrespirable pour un enfant de la campagne... Oui, il n'avait éprouvé qu'un malaise physique... À moins que... Mais non, sa mère l'avait rappelé; il partait pour répondre à l'appel de sa mère. Inutile de chercher une autre raison. Il n'y avait pas d'autre raison. Ne plus bouger[a], opposer à la migraine, à l'écœurement, l'immobilité : faire le mort.

C'était[b] compter sans le téléphone. Il aurait pu ne pas répondre, mais il fallait coûte que coûte interrompre cette atroce sonnerie :

« Je ne te réveille pas ? C'est moi, Hervé. La " gueule de bois " ? Pas moi, je n'ai pas bu et surtout pas fumé... Écoute... Tu es là ? Je voulais te demander... Je voudrais qu'il fût entendu que nous partirons ensemble, samedi, pour le week-end. Tu peux bien faire ce petit mensonge. Ce serait au cas où Irène te téléphonerait... Tu confirmeras ce que je lui ai dit à ce sujet...

— Ah ! Cela non : ne me mêle pas à tes histoires. »

Hervé répondit d'un ton irrité :

« Combien de fois t'ai-je rendu le même service ? Que de mensonges tu m'as fait faire à cette pauvre Marie Chavès...

— Ce n'était pas la même chose : il ne s'agissait pas de ma femme, surtout il ne s'agissait pas d'Irène... (Hervé, rageur, songe : " Qu'a-t-elle d'extraordinaire, Irène ? Qu'a-t-elle de plus que les autres femmes ? ") D'ailleurs[c], je me rappelle que j'ai promis d'aller la voir demain ou après-demain. Elle m'attend. Même si je remettais ma visite à plus tard, elle me téléphonerait, m'interrogerait. Ce n'est pas une femme à laquelle on puisse mentir[d]... Quelle bêtise que de parler de tout cela au téléphone ! »

Il entendit la voix d'Hervé :

« Oui, tu as raison, c'est idiot. Mais je te parle de mon cabinet... Oui, aucun danger. Enfin, je m'arrangerai d'une autre manière. Il n'est d'ailleurs pas certain que je parte. »

Le mouvement que Marcel venait de faire avait suffi à lui donner des nausées. Ce n'était pas vrai qu'il eût rendez-vous avec Irène. Mais il résolut d'aller la voir. Il se confierait à elle. S'il existait une personne au monde pour le délivrer de sa chimère, c'était Irène. Elle possé-

dait toutes les vertus que l'on prête aux hommes et qu'il
n'avait jamais discernées dans aucun de ses amis. Discrète
au point qu'elle semblait[a] oublier les confidences qu'elle
avait reçues. Le seul être qu'il connût dont l'attention
s'accompagnait du visible désir de venir[b] en aide. « Marie
Chavès aussi, peut-être, mais elle m'aimait, et l'amour
le plus généreux est encore terriblement intéressé[c]. Elle
déduisait de mes paroles une indication sur mes sentiments, sur la conduite qu'elle devait tenir. Irène cherche
à secourir, à faire du bien; c'est comme une vocation.
Elle souffre et on oublie de la plaindre. On raconte tout
naturellement ses misères à cette malheureuse qui est[d]
la femme d'Hervé et qui va peut-être mourir. Lui parler
de Marie. Si elle pouvait la revoir, continuer à s'occuper
d'elle, lui prêter des livres... Des livres ! Comme je me
sens[e] barbare, inculte auprès d'elle ! Trouver du secours
dans Nietzsche ! Elle cherche vraiment[f] le salut dans
certaines œuvres, et moi je sais que rien ne me console
de ne pas posséder ce dont j'ai envie. »

Sa pensée s'égara, retrouva la piste habituelle. Il dit à
mi-voix : « Non, surtout pas cela, pas cela ! Ça ne tient
pas debout, ça ne repose sur rien. Comment Tota ne
serait-elle pas désemparée et triste après ce départ ? Mon
angoisse[g] n'a pas de fondement. Sur quoi repose-t-elle,
en définitive ? » Il appuya sa main sur ses paupières :
« Oui[h], se dit-il, en causant avec Irène, il verrait plus
clair. »

Que pensait Irène de Tota ? Elle ne l'avait vue qu'une
seule fois : une Tota intimidée, muette : « J'ai horreur
de la maladie et des malades », avait dit la jeune femme,
à peine la porte refermée. En revanche, durant cette
entrevue, Irène semblait comme glacée par l'adolescente
pleine de vie.

XII

Irène, jusqu'à ce matin, ne s'était[i] jamais aperçue
que l'appareil installé dans la chambre pût capter les
propos de son mari, téléphonant à l'étage supérieur.
Elle aurait dû, tout de suite, raccrocher le récepteur et
ne pas écouter cette conversation entre Hervé et Marcel :

c'était la première fois qu'elle commettait un tel acte. Hervé doutait si peu de sa discrétion qu'il laissait traîner toutes les lettres : il savait qu'elle n'y jetterait jamais les yeux[a].

Irène se leva, fit[b] quelques pas, s'arrêta devant la glace, interrogea des yeux ce fantôme. Elle ne pouvait même pas dire qu'elle avait été surprise ni que sa curiosité avait été la plus forte, car depuis longtemps Hervé ne se donnait même plus la peine de prêter à ses mensonges quelque vraisemblance, et ce qu'elle venait d'entendre ne lui avait rien appris. C'était même plutôt touchant qu'il eût, cette fois-ci, recherché la complicité de Marcel, afin d'éviter à Irène un surcroît de chagrin. Mais[c] puisqu'elle avait surpris cette conversation, il fallait qu'elle en fît l'aveu. Telle était cette femme qu'elle ne croyait pas que cela pût être sujet de discussion ou de doute : elle devait en faire l'aveu[d] sans tarder. Elle hésitait pourtant. Non qu'à l'avance elle en éprouvât de la honte ou de la crainte : ils étaient tous deux habiles à manier l'allusion. « Il fallait que cela[e] servît quelquefois, songeait-elle, d'avoir un mari bien élevé. »

Pourtant, comme elle se préparait à le rejoindre, son cœur battait avec violence. À peine engagée dans l'escalier, elle s'arrêta pour reprendre souffle. Une idée longtemps couvée, caressée, prenait corps en elle. Avait-elle jamais cru qu'elle pût faire mieux que l'imaginer et que s'en divertir ? Et pourtant elle sait que l'heure est venue de cette tentative. Elle en connaît l'enjeu. Aussi peu qu'elle tienne à sa misérable vie, elle regarde sa main sur la rampe, respire l'odeur poussiéreuse du vestibule. Le tapis est usé au bord des marches. Elle demeure attentive à la rumeur de la rue, aux trompes des autos, au grincement d'un frein, à tout ce que l'oreille perçoit d'abord, à ce que les morts n'entendent plus[f1].

« Allons ! » dit-elle. Mais elle parut se raviser, et n'alla pas plus avant. Après un temps de réflexion, elle descendit l'escalier, pénétra dans le cabinet de toilette, et commença de se faire le visage devant la glace. Elle se fardait les joues et les lèvres avec plus de soin que d'habitude, elle qui était connue pour son indifférence à la mode, pour son manque de goût. On la citait comme la femme du monde qui s'habillait le plus mal. Surtout ce chignon trop lourd sur sa nuque était ridicule et, à son entrée dans la famille Blénauge, où l'on aimait les surnoms, lui avait valu le sobriquet de « Muse austère[a] ».

Quand elle eut fini de se farder, elle se contempla longuement, sans indulgence. La peau du front paraissait plus cireuse et plus blanches les oreilles (elle n'eût pas même imaginé qu'on pût mettre du rouge aux oreilles). Elle sourit, mais de la bouche seulement, et ses lèvres peintes prêtèrent un aspect terrible à ses gencives et à ses dents déchaussées. « Et pour qui[b], tout cela ! » Cette fois, elle eut un vrai rire, et soudain, prenant l'éponge, détruisit d'un coup tout son travail.

Elle avait moins peur, maintenant, de sa tête ravagée mais qu'embellissaient ce front et ce regard. Comme une femme qui a froid, elle serra sur son corps la robe[c] de chambre et, de nouveau, gravit l'escalier, se recueillit un instant devant la porte, frappa.

Hervé écrivait une lettre quand elle apparut sur le seuil. Il la regarda avec étonnement, car elle ne venait dans cette pièce qu'en son absence, pour chercher des livres. Et ce fut sa première parole :

« Vous voulez un livre ? »

Elle secoua la tête et s'assit, les yeux fermés. Elle était si pâle qu'Hervé eut peur et lui tendit une main.

« Ce n'est rien. J'ai monté l'escalier trop vite. »

Il attendait, cherchant à deviner ce qu'elle venait faire et elle n'osait[a] lever les yeux sur cette jolie figure fripée dont l'air de méfiance et de crainte lui était trop connu.

« C'est pour le téléphone, dit-elle enfin, qu'il faudrait faire arranger. »

Comme Hervé l'assurait qu'il venait d'avoir une communication, elle reprit, du ton le plus neutre, qu'il n'était pourtant pas normal qu'au poste d'en bas, elle pût entendre les propos qu'il téléphonait dans cette pièce. Elle devina l'expression anxieuse et traquée d'Hervé, bien qu'elle n'ait pu se résoudre encore à le regarder en face.

« Avec vous, risqua-t-il, d'un ton léger, cela n'a pas d'inconvénient, Irène ; à peine aviez-vous discerné ma voix que déjà vous raccrochiez le récepteur... Non ? »

Elle secouait la tête, et enfin :

« Je ne sais ce qui m'a retenue : j'ai écouté jusqu'à la fin. Et j'ai tenu d'abord à m'excuser d'une action si basse. »

Sans doute imaginait-il la scène atroce qu'une autre

femme lui aurait faite. Il dit à mi-voix : « Irène ! » d'un
ton qui marquait la vénération et la honte. Il fut sincère,
l'espace de quelques secondes; puis, très vite, ne songea
plus qu'à se servir de cette attitude. Il croyait qu'Irène
le quitterait sans autres paroles et fut déçu de ce qu'elle
demeurait immobile, à la même place. Elle n'allait tout
de même pas pousser le mauvais goût jusqu'à exiger des
explications ?

Il l'observa à la dérobée : elle respirait vite, fiévreuse,
avec un peu de sang aux pommettes. (Il songeait :
« Terral dit que le cancer ne donne pas de fièvre. Romieu,
lui, est certain qu'elle a une tumeur profonde. »). Même
du temps[a] qu'elle était une jeune fille, et qu'il hésitait
à l'épouser, il disait à ses amis qu'Irène Verley avait une
tête de morte. Mais maintenant ! L'ossature de la face
apparaissait sous la peau parcheminée. Un jour, peut-
être prochain, il serait libre... Hervé, plein d'horreur
pour lui-même, ferma les yeux, secoua imperceptiblement la tête, prit la main d'Irène :

« Ma chérie... »

Il n'osait serrer cette main, ce petit paquet d'ossements
tièdes. Elle ne la retira pas. Elle dit :

« Je voudrais... »

Il ne lui connaissait pas ce ton humble, presque suppliant.

« Ce samedi, Hervé, ce dimanche... Je voudrais...
rappelle-toi que je ne te demande jamais rien (qu'il y
avait longtemps qu'elle ne l'avait tutoyé !), c'est peut-
être[b] la première fois, la dernière fois : je voudrais que
tu me les donnes; pour que je puisse oublier ce que[c]
j'ai entendu. Si je suis assez forte, nous irons au concert.
Non, je vois que cela t'ennuie. Mais, par exemple, tu
pourrais me faire la lecture : tu aimes beaucoup lire à
haute voix. »

Il fut pris de panique à l'idée de cette chose attendue,
si désirée qu'il comptait les jours, les heures, et dont elle
prétendait le frustrer. Il répondit[a] très vite :

« Mais ce soir même, Irène, demain, tous les jours,
nous allons reprendre un livre que tu aimes, un très long
roman pour que la lecture nous occupe des semaines :
La Guerre et la Paix, veux-tu ? Ou *Le Moulin sur la Floss*[1] ?

— Pas ce soir, dit-elle d'un ton mal assuré. Nous
commencerons samedi soir... Non ? »

Il n'osa soutenir un regard brillant de fièvre et balbutia qu'il l'aurait bien voulu, mais qu'il avait une partie arrangée avec des amis, que c'était trop tard pour les avertir, enfin que cela ne dépendait pas de lui. Il le voudrait qu'il ne le pourrait pas. Elle ne devait pas lui demander l'impossible.

« Je t'en supplie, Hervé. »

Ce ton grave et pressant étonnait Hervé. D'habitude, quand elle se laissait entraîner à des démarches de ce genre (mais elle n'en avait jamais tenté d'aussi absurde), Irène avait vite fait de se reprendre, et de quelques propos moqueurs, elle couvrait sa retraite. Mais aujourd'hui, elle insistait.

« Il le faut. »

Hervé eut peur. Il savait, lui, que personne au monde ne pourrait le détourner de ce plaisir et qu'il était résolu d'avance à tout sacrifier pour cet assouvissement. Mais il vit Irène et il eut la sensation confuse que c'était cela en effet : qu'il lui faudrait passer sur ce corps à demi détruit. Ardemment, il défendit sa passion menacée : tous les soirs de cette semaine, si elle voulait, tous ceux de la semaine suivante, sauf samedi et dimanche, sauf ces deux jours.

« Tant pis, n'en parlons plus. »

Elle se leva. Si maigre, si grande; et cette fois, elle regardait Hervé[a] longuement. Il lui avait fallu ce signe pour prendre enfin le parti que depuis des mois elle méditait. Elle avait obéi, songeait-elle, à un vieil instinct religieux : elle avait tenté le sort, consulté l'oracle, interrogé ce misérable sphinx, cet homme frêle et affreux. Et maintenant[1]...

Elle leva les yeux, et fut frappée par le rose délicat de trois cheminées sur le bleu embrumé, des cheminées comme des mamelles de jeune bête, et tout ce que, dans une ville, un matin d'hiver, l'oreille humaine peut recueillir de bruits, elle l'écouta.

« Pardon », dit-elle.

Déjà elle avait refermé la porte. Hervé la rouvrit :

« Irène ! appela-t-il. Écoute. » Elle sut alors qu'il avait compris. Il lui dit :

« Je m'arrangerai, je ferai le nécessaire. Ne t'inquiète pas. »

Il ne voyait pas son visage dans le couloir sombre,

seulement ce long corps maigre contre le mur. Elle
demanda d'une voix essoufflée :

« Tu resteras ?

— Oui.

— Samedi soir ? Dimanche ? »

Il répéta : « Oui », fermement. Il entendait Irène respirer avec effort et la regardait s'éloigner, la main appuyée
au mur, comme une aveugle[a].

XIII

À la fin de ce même jour, Marcel attendait Tota qui
depuis longtemps aurait dû être rentrée. Il ne s'inquiétait
guère de ce qu'elle faisait dans Paris, mais avait peur d'un
accident : la petite provinciale ne savait pas encore traverser les rues. Il soupira d'aise, au coup de sonnette[b].

« Je commençais à m'inquiéter.

— Je suis éreintée... »

Elle parlait d'essayages, d'une exposition chez Bern-
heim. Lui, l'observait d'un air soucieux et elle ne doutait
pas d'être soupçonnée. Peut-être la faisait-il suivre ? Que
savait-il de ce qu'elle avait fait aujourd'hui ? Lui avait-on
déjà rapporté qu'elle avait roulé plus de deux heures
dans l'auto de William ? Le nigaud avait compté sur la
fatigue ou sur le froid pour l'amener chez lui, ou dans
l'atelier de cet ami absent. Elle avait été bien tranquille,
bien sûre de ne pas céder. Marcel ne la croirait pas si elle
lui disait la vérité et qu'elle n'avait connu aucun péril
auprès de ce garçon à la figure altérée, enlaidie par la
fatigue, tel enfin qu'il était l'après-midi, dans l'auto,
avec le mégot de maryland au coin de la bouche, avec
ce bouton à la tempe, et cette haleine de ceux qui boivent
et fument toute la nuit et qui ne dorment pas. Chaque
fois[c], elle partait dans l'excitation du risque à courir,
en proie à la crainte et au désir de l'aventure, et chaque
fois, dès le premier regard, elle était assurée qu'il ne se
passerait rien. Tota n'aurait su dire si elle éprouvait
plus de soulagement que de déception. Il ne lui restait
que de jouer avec ce désir, que de déjouer ses pauvres
ruses :

« Non, je n'ai pas faim, répétait-elle à William, non,

je ne suis pas fatiguée. Je n'ai pas froid... J'ai peut-être
faim, mais de gâteaux : dans une pâtisserie. Je suis encore
éblouie par le plaisir de mon enfance, quand nous allions
à Bordeaux, goûter chez le pâtissier. »

« Que sait-il ? » se demandait[a] Tota, observant Marcel; et à haute voix :

« Nous dînons ici ? »

Cela ne leur arrivait presque jamais.

« Tu n'as rien arrangé pour ce soir ? »

Il secoua la tête et la regarda.

« Tant mieux, dit-elle, je me coucherai tout de suite
après dîner. Je lirai au lit. »

Elle trouvait étrange qu'il consentît à ne pas sortir.
Ils s'assirent devant une assiette anglaise; Maria avait
oublié de monter du vin. Chaque fois que Tota levait
les yeux, elle surprenait le regard de Marcel. « Il sait[b].
Que sait-il ? Naturellement, on a pu les voir s'embrasser
dans l'auto. »

« Il n'y a rien à manger, et justement j'avais très faim.
Et toi ? »

Non, il n'avait pas faim. Il alluma une cigarette, quitta
la table. Elle le suivit, et soudain se décida :

« J'ai fait aujourd'hui quelque chose... il faut que je te
l'avoue : j'ai agi sans réflexion. »

Et comme il se taisait toujours, elle continua :

« Figure-toi, boulevard Haussmann, quelqu'un m'appelle : c'était William dans sa Talbot. J'avais des paquets,
il a eu pitié de moi et m'a fait monter. Je n'ai pas réfléchi
que c'était un peu compromettant. Nous avons été par
le Bois à Saint-Cloud et à Meudon. Après, j'étais ennuyée...

— Quelqu'un vous a vus ?

— Pas que je sache. »

Il fit un geste qui signifiait : « Alors, qu'est-ce que cela
peut faire ? »

Elle l'observait avec inquiétude, redoutant un piège :

« Tu ne m'en gardes pas rancune ? »

Il haussa les épaules. Elle dit en riant :

« Moi qui te croyais jaloux !

— Du petit William ? Tu ne voudrais pas ! »

Elle fut déçue de ce qu'il méprisait William; mais son
air préoccupé et sombre démentait ses paroles. Peut-être
n'était-ce pas d'elle que lui venait ce trouble ? Elle en
éprouva du dépit.

« Tu as de mauvaises nouvelles de la maison de santé ? *Elle* va moins bien ?

— Mais non, dit-il, ne t'occupe pas de Marie.

— La cure n'agit pas ? Pauvre femme ! Tu peux me parler d'elle, tu sais ! »

Il se leva, lui saisit les deux poignets :

« Ne fais pas l'hypocrite, ne fais pas semblant d'être jalouse. »

Il alla se rasseoir loin de la lampe et d'une main, il cachait sa figure. Elle ne savait pas pourquoi il souffrait, mais c'était d'elle, c'était par elle. Délivrée de son inquiétude, Tota n'éprouvait plus devant Marcel que l'irritation accoutumée, et elle lui demanda aigrement ce qu'elle avait fait de mal.

« Mais rien, dit-il, rien. »

Et après un silence, sans la regarder :

« Tu es consolée du départ d'Alain ?

— Oui, parce qu'il reviendra.

— Il te l'a promis ?

— Non, mais je le veux. Il a toujours fait ce que j'ai voulu. Ce qu'il y a de drôle, c'est qu'il dit la même chose de moi. Je suis bien tranquille; je n'aurai pas à insister beaucoup. »

Ils se turent[a] quelques instants; puis de nouveau Marcel parla :

« Quand Alain se mariera...

— Tu es fou ? Il a dix-neuf ans... Et puis... non, ma future belle-sœur n'est pas née encore.

— Je crois, dit Marcel en riant, que tu lui arracherais les yeux ! »

Elle répondit d'un ton bougon qu'elle ne pouvait arracher les yeux à une femme qui n'existait pas.

Marcel s'étonnait de trouver dans ces paroles, faites pour le bouleverser, tant de soulagement. Et soudain[b] il jugea, il mesura sa folie. Elle lui apparut si nettement qu'il n'imaginait pas qu'il pût en être encore possédé. Le corps enfoncé dans un profond fauteuil, il alluma un cigare. Ce poids lui était enlevé comme par miracle. Cette jeune femme qui allait et venait, désœuvrée, d'une pièce à l'autre, c'était sa femme. Elle n'aimait personne, pas même lui sans doute. Tout était à faire encore. Mais maintenant qu'il était délivré... Il l'appela[c]; elle répondit qu'elle s'occupait de rangements; mais après quelques

secondes, il la vit de nouveau traverser la pièce à pas
lents. Elle mit un disque au gramophone, esquissa une
danse, puis s'assit, mais loin de lui. De quoi[a] fallait-il
lui parler ? Son angoisse disparue, Marcel ne trouvait
plus rien en lui qui eût trait à cette femme. Ils ne savaient
que se dire l'un à l'autre. L'aiguille[b] grinçait sur le disque.
Quand se déciderait-il à acheter un appareil plus per-
fectionné ?

Elle bâilla et soupira :

« On s'ennuie... Il me semble[c] que j'ai faim, ajouta-t-
elle.

— C'est vrai qu'il n'y avait rien à manger. »

Elle le regarda.

« Si nous allions à Plantation ? Le temps de nous
habiller... »

Ce seul nom dissipait déjà l'angoisse du tête-à-tête.
Marcel se sentit humilié de ne pouvoir passer une seule
soirée avec Tota. Mais déjà il pensait qu'il allait boire.

« Mais tu étais fatiguée ? »

Elle protesta qu'elle n'éprouvait plus de fatigue, qu'elle
avait faim, qu'elle voulait danser.

« C'est trop tôt, dit-il faiblement.

— Nous n'avons qu'à nous arrêter d'abord au Bœuf
(William l'avait avertie qu'il l'attendrait au bar jusqu'à
minuit).

— Tant pis, dit Marcel, je ne m'habille pas. »

Elle allait passer une robe. Aussi pressés de fuir que
s'il y avait eu le feu, impatients de n'être plus ce couple
enfermé entre quatre murs, déjà en esprit perdus, immer-
gés dans la lumière, dans le vacarme, dans l'odeur[d] des
autres couples.

Elle cria, depuis le cabinet de toilette :

« Le temps d'amener la voiture, je serai descendue. »

Tandis qu'il refaisait son nœud de cravate, il observait,
dans la glace, Tota qui allongeait d'un coup de crayon
ses sourcils épilés. Elle frottait ses ongles, le regard vidé
de toute pensée.

XIV

Bien qu'il fît encore jour, Irène[a] interrompit la lecture d'Hervé et lui demanda de tirer les rideaux, d'allumer la lampe. Quand il l'eut fait, Hervé revint à sa place et recommença de lire à haute voix. Comme il avait dû se rapprocher de la lumière, le bas de sa figure, ses mains et le livre étaient vivement éclairés, mais s'il levait les yeux, à peine distinguait-il le visage d'Irène enfoui dans l'oreiller. Parfois il s'arrêtait, et elle disait faiblement : « Je vous écoute... »

Alors il reprenait sa lecture, du ton d'un écolier docile. Oui, d'un écolier qu'une fantaisie de ses parents a privé de son jour de sortie, qui se résigne à la corvée parce qu'il ne peut faire autrement, mais qui pense au cirque, à ses camarades, à son plaisir perdu.

Jamais Irène n'avait été si frappée par cet air d'enfance chez son mari, cet air d'heureuse enfance[b]. Elle avait espéré pouvoir sortir avec lui, ce samedi qu'il avait consenti à lui sacrifier. Mais pour être sûre de dormir et de reprendre des forces durant la nuit précédente, elle avait imprudemment forcé la dose de gardénal. Et maintenant il lui fallait lutter contre une croissante somnolence. Hervé faisait ce qu'il pouvait et n'imaginait pas que son amer regret fût visible.

« A-t-il conscience[c] qu'il m'a fait grâce, songeait-elle, que de ce pauvre sacrifice dépendait ma vie, ce qui me reste de vie ? N'ai-je pas joué une comédie ? » Non, elle connaissait son désir de sommeil... Personne au monde ne pouvait comprendre la puissance de ce désir. Elle n'en pouvait plus d'être dévorée vivante, elle était à bout de force. Elle avait compté sur le refus d'Hervé ; elle avait sollicité de lui cette petite poussée vers l'abîme, vers le noir[d][1]. Et, contre toute attente, il est là, avec son air malheureux de chien enfermé[e]. Qu'elle a eu tort de doubler la dose de gardénal ! Impossible de suivre la lecture. C'est pourtant beau cette *Vie de Nietzsche*, d'Halévy. Elle concentre sa pensée, fait un immense effort d'attention :

« *Je fais[f] la chasse aux hommes, comme un véritable corsaire, non pour les vendre en esclavage, mais pour les emporter*

avec moi dans la liberté. » Cette liberté sauvage qu'il leur pro-
pose ne séduit pas les jeunes gens. Un étudiant, M. Scheffler,
raconte ses souvenirs : « Je suivais le cours de Nietzsche, dit-il,
je le connaissais fort peu. Un jour, le hasard nous ayant rappro-
chés, je l'accompagnais à la sortie du cours et nous marchions
cote à cote. Des nuages clairs passaient au ciel. — Les beaux
nuages ! me dit-il ; comme ils sont rapides ! — Ils ressemblent
à des nuages de Paul Véronèse, répondis-je. Sa main saisit
soudain mon bras. — Écoutez, me dit-il, voici les vacances,
je pars bientot, venez avec moi, allons ensemble voir les nuages à
Venise... » Je fus surpris, je balbutiai quelques mots hésitants.
Alors je vis Nietzsche se détourner de moi, le visage glacial,
fermé et comme mort. Il s'éloigna sans mot dire, me laissant
seul[1].

Irène a pu suivre jusqu'à la fin l'anecdote. « Nietzsche
apportait une réponse, une règle de vie, songe-t-elle. Il
avait trouvé quelque chose; il ne ressemble pas aux
autres qui ne veulent pas trouver. Mais on ne peut pas
trouver, il ne faut pas vouloir trouver. Que j'ai de peine
à y parvenir ! Malgré moi je cherche, comme s'il y avait
une réponse. C'est que je ne suis pas un esprit libre,
ajouta-t-elle, sans se rendre compte qu'elle parlait à haute
voix.

« Que dites-vous ? » demanda Hervé.

Elle le pria de l'excuser : elle avait prononcé des mots
au hasard.

« Vous n'écoutez pas... vous somnolez, dit-il un peu
sèchement. Préférez-vous que je m'arrête ? »

Mais elle redoutait plus que tout l'effort d'une conversation à soutenir. Il reprit, du même ton d'écolier docile :

Les actions ne sont jamais ce qu'elles paraissent être. Nous
avons eu tant de peine à apprendre que les choses extérieures
ne sont pas telles qu'elles nous apparaissent ! Eh bien, il en est
de même du monde intérieur. Les actes sont en réalité « quelque
chose d'autre ». Nous ne pouvons pas en dire davantage : tous
les actes sont essentiellement inconnus[2].

Hervé s'arrêta de lire pour s'écrier : « Que c'est beau,
cela ! » Elle comprit qu'il s'appliquait à lui-même ces
paroles et en fut attendrie. « Oui, les actes étaient inconnus. Elle ne jugerait plus Hervé; elle ne l'avait

d'ailleurs jamais condamné. » Dans sa profonde faiblesse, elle n'essayait plus de lutter contre l'engourdissement, ni de suivre cette voix monotone. Des souvenirs de lectures lui revenaient : « La raison humaine est mobile et doit réinventer des solutions pour chaque cas en particulier : le cas d'Hervé. Ne pas le juger d'après une raison immuable[1]. »

Le timbre de l'entrée la fit tressaillir :
« Vous avez averti à l'office que je n'y étais pour personne ?
— C'est peut-être maman...
— Surtout pas elle : dites-lui que je me repose. »
Hervé quitta la chambre, fit quelques pas dans le corridor obscur, et reconnut la voix de sa mère.
« Ah ! Tu es là, mon enfant ? »
Les vêtements sombres, les vieilles fourrures de sa mère sentaient le vinaigre de Bully, le poivre[a][2]. Elle ne lui laissa pas le temps de mentir : du moment qu'il était là, disait-elle, elle n'avait pas besoin d'entrer.
Elle se sentait tranquille. Elle n'avait pas espéré le rencontrer. Elle était contente qu'il fût là, au chevet de sa femme. Comment la trouvait-il ?
« Calme, un peu faible. Mais elle ne se nourrit pas.
— Je vous laisse ensemble. »
La vieille dame prononça ces mots d'un air heureux.
« Je lui fais la lecture, reprit Hervé avec satisfaction.
— Comme c'est bien ! dit-elle en l'embrassant. Tiens, j'avais apporté des violettes... »
Il rentra dans la chambre :
« C'était maman, elle est partie. Elle vous avait apporté des violettes.
— Coupez les queues et mettez-les dans le petit vase... Oui, continuez de lire. »
Il est dur, aux malades exténués, de lutter contre le sommeil. Et pourtant, le peu de mots qu'elle saisit au vol retentissent en elle profondément :

Où voulons-nous aller ? Voulons-nous franchir la mer ? Où nous entraîne cette passion puissante ? De nous aussi peut-être on dira quelque jour que gouvernant toujours vers l'ouest, nous espérions atteindre une Inde inconnue, mais c'était notre destinée d'échouer devant l'infini. Ou bien, mes frères, ou bien[3] ?

La pensée d'Irène s'accrocha à cet « ou bien ». Ou bien peut-être n'échouerons-nous pas ? Absurde obstination : elle veut trouver ; elle n'est pas un esprit libre[a]. Elle pensait à la mer qu'elle ne verrait plus ; et confusément, elle pensait à elle ne savait quoi de plus beau que la mer qui s'étendait par-delà les ténèbres de la maladie, de la souffrance solitaire et de la mort[b]. Elle s'étonnait de cette joie au plus profond de son être qui sourdait elle ne savait d'où, qui ne venait pas de la présence d'Hervé, car elle ne songeait plus à Hervé : à peine certaines paroles lui demeuraient-elles encore perceptibles :

Lux mea crux, *écrivait Nietzsche en ses notes,* crux mea lux. *Lumière ma croix, croix ma lumière ! Son agitation que le temps n'apaisait point demeurait extrême. Il s'effraya, car il n'ignorait pas la menace qui pesait sur sa vie : « A mon horizon s'élèvent des pensées, quelles pensées[1]... »*

Hervé s'aperçut que sa femme s'était endormie et ferma le livre. Il l'entendait à peine respirer. La lampe éclairait sur la couverture un bras squelettique. Elle en avait pour longtemps à dormir ainsi, comme chaque fois qu'elle avait trop pris de gardénal. Il regarda sa montre : cinq heures seulement. Il aurait cru qu'il était beaucoup plus tard... Irène avait ordonné de fermer les rideaux lorsqu'il faisait jour encore...

« À cette heure-ci, je devrais être... »

Mais ils ne sont pas partis pour ce week-end : tout a été remis au mois prochain. Si Hervé était libre de sortir, il saurait bien où aller. Du moment qu'elle s'était endormie, rien ne l'empêchait de sortir. Non, il avait promis. Mais on peut aller faire un tour, pour se dégourdir les jambes, pour acheter du tabac. Il serait rentré à huit heures. Mais non, il savait bien que s'il y allait, rien ne le déciderait à ce retour. Ce serait le dîner, la soirée, la nuit, peut-être toute la journée du lendemain, comme toujours.

La femme de chambre entra pour fermer les volets extérieurs. Hervé lui recommanda de faire doucement. Le bruit n'éveilla pas Irène. Comme elle dormait ! S'il s'était cru assez fort pour ne demeurer là-bas que jusqu'au dîner, il aurait pu s'en aller sans inquiétude : elle ne se serait pas éveillée avant son retour. Ah ! qu'il a eu tort d'arrêter son esprit sur cette pensée ! Ne savait-il pas qu'il ne résistait jamais à une injonction de cette sorte ?

« Maintenant, je ne peux pas ne pas sortir », se dit-il.

Au vrai, où est le risque ? Il ne lui appartient même plus[a] de décevoir Irène. Même s'il ne rentrait pas, ce soir, ce serait comme tant d'autres soirs. Elle ne lui en voudrait pas[b] ; elle ne lui en veut plus. Elle sait[c] qu'une femme malade doit être indulgente, fermer les yeux. C'est vrai que même si elle n'était pas malade, il ne se conduirait pas mieux envers elle.

« Enfin, si je sors ce soir, si je tarde à rentrer, ce ne sera pas un fait nouveau. »

Pourquoi sent-il le besoin de se persuader que ce ne sera pas un fait nouveau ? Certes, il a souvent disparu plusieurs jours ; mais alors, il ne violait aucune promesse particulière, tandis que ce soir... « J'ai cédé à un caprice. Peut-être n'y attache-t-elle aucune importance... » Non, non : pas à un caprice ! Quelle femme est moins capricieuse qu'Irène ? Il a cédé à une menace cachée, à une adjuration solennelle, bien qu'exprimée dans les termes les plus ordinaires.

Mais n'est-il demeuré à son chevet plusieurs heures ? La journée est finie. C'est le soir et elle dort. D'ailleurs il ne s'est engagé à rien de précis. Comme elle dort profondément !

S'étant approché, il se pencha sur elle, attentif à cette respiration, un peu trop rapide. Il se dit : « À six heures, si elle n'est pas réveillée... » Le voilà tranquille maintenant, comme s'il s'en était remis à une puissance supérieure, comme si la décision ne dépendait plus de lui[1]. Souvent il regarde sa montre avec angoisse, ne sachant plus ce qu'il désire, ou plutôt il sait ce qu'il désire, mais le redoute. Il a peur[d]. « Quoi qu'il arrive, se dit-il, je serai à la fois content et désolé. »

Si elle se réveillait, ce serait fini de cette angoisse, mais aussi de cet espoir, — affreux espoir où le cœur n'est pour rien, espérance de la chair, attente qui tient tout entière dans chaque fibre d'un corps obsédé, possédé. Il feint de croire qu'il désire le réveil d'Irène ; pourtant il se défend de tourner la page d'un livre, d'allumer une cigarette ; il retient son souffle et s'inquiète lorsqu'au passage d'un camion, les vitres tremblent.

Pour que le temps lui paraisse plus court, il se divertit

à imaginer ce plaisir qu'il va goûter, — qu'il va peut-
être goûter, si cette femme, étendue là, continue de dormir. Au point où il en est, rien au monde ne pourrait le
détourner de courir à ce bonheur. Même si maintenant
Irène sortait de ce sommeil, se relevait, lui tendait ses
maigres bras, il sait bien qu'il inventerait un prétexte
pour fuir. — Inventerait-il même un prétexte ? Il dirait :
« Je n'en puis plus ; délivrez-moi de ma promesse. »

Parfois les lèvres d'Irène laissaient échapper une sorte
de sifflement. Sa main ébauchait un geste confus comme
si, même en dormant, elle devait se défendre contre
quelqu'un. Hervé ne la regarde pas, il ne regarde rien
hors ce qu'il imagine avec délices, — cette vision dont le
reflet éclaire sa figure si terriblement que sa mère même,
à cette minute, n'oserait l'embrasser[1].

Au premier coup de six heures, Hervé se leva. Il ne se
pencha pas sur ce corps immobile, il ne tourna pas même
la tête vers le lit.

XV

Le bruit de la porte d'entrée réveilla Irène, comme
lorsqu'elle était enfant, à onze heures du soir, après que
les domestiques avaient regagné le septième, le départ
de son père, annoncé par le même bruit de porte refermée, l'arrachait au premier sommeil, l'avertissait de sa
solitude et de son abandon[a2]. Bien qu'elle ne doutât
guère que ce fût Hervé qui s'en allait, elle voulut que la
femme de chambre lui en donnât l'assurance. Elle dit
qu'elle ne prendrait rien, qu'elle allait dormir, qu'il fallait
faire doucement et, le lendemain, attendre son appel[b].
Alors elle fut tranquille.

Hervé[c] avait bien fait de partir. Que pouvait-il pour
une malade endormie ? S'il avait plu à Irène de se donner
à elle-même ce signal, si elle avait sollicité du destin cette
petite poussée vers l'abîme, Hervé n'était en rien coupable de ne l'avoir pas compris. D'ailleurs, songeait-elle,
qui est coupable, et que signifie ce mot ? Même aurait-il
eu le pressentiment qu'il tenait dans ses mains le sort
d'Irène, quel prix pouvait avoir à ses yeux une vie déjà

à demi détruite ? Croyait-il à cette tuberculose bénigne, larvée, comme il affectait de dire ? Ne pensait-il pas qu'elle mourait lentement d'autre chose ? Qu'elle était dévorée, ou plutôt rongée ? Raison de plus pour avoir pitié d'elle et pour lui faire ce sacrifice... Mais non, il n'a aucune raison d'avoir pitié, il n'y a rien à mettre sous ce mot : sacrifice.

Dans l'état où elle se trouvait, il ne pouvait plus l'aimer. Il aurait pu seulement se souvenir de l'avoir aimée, et l'épargner en faveur de ce souvenir. Mais il ne l'avait jamais aimée, pas même un seul instant, jamais. Rien en dehors d'Irène n'existe pour elle des sentiments qui l'étouffent : rien ne correspond à cet amour, à ce désir de se donner et d'être digne... Digne de qui ? de quoi ? Digne. Digne. Dignité.

> *Car c'est vraiment, Seigneur, le meilleur témoignage*
> *Que nous puissions donner de votre dignité*
> *Que cet ardent sanglot qui roule d'âge en âge[1].*

Est-ce qu'il croyait à cela, Baudelaire ? Un poète a le droit de donner un nom à son inquiétude : Dieu. Peut-être, le désir crée-t-il son objet ? L'excès de douleur suscite le consolateur.

Que tout cela répugne à Irène ! Elle ne veut pas être consolée, elle ne demande aucune consolation. Pauvres gens qui font les demandes et les réponses pour se persuader qu'ils ne sont pas seuls[2] ! Elle n'a pas peur de l'anéantissement, mais non plus de la souffrance physique : elle ne veut pas qu'on croie que c'est parce qu'elle souffrait trop qu'elle... Mais que lui importe ce que les autres croiront !

Cette exigence en elle, un enfant l'eût peut-être apaisée. C'est cela, naturellement ! Que n'y avait-elle songé ! Elle est contente d'avoir pu donner un nom à ce désir qui l'étouffe : instinct maternel refoulé. Ce n'est pas que les enfants l'attirent beaucoup... Qu'elle souffre ! Si elle pouvait marcher un peu dans la chambre, mais elle est trop faible.

Un verre d'eau était à demi plein : elle avala un, deux, trois, six comprimés. Si elle n'avait pas été une infirme, elle aurait pu aider certains êtres. Elle manquera à Marcel ; il devait la mener auprès de Marie, dans cette maison

de santé... « Même malade peut-être, j'aurais pu quelque
chose pour eux. » Marcel lui assurait[a] un jour que tout
ce qu'elle lui disait prenait une autorité singulière. Lorsqu'elle avait décrit à Marie Chavès, une vie d'effort et de
beauté (travailler à son perfectionnement, se familiariser
avec les grandes œuvres, ravir à Nietzsche le secret pour
se dépasser) espérait-elle d'être entendue ? Marie avait
écouté avec ferveur, mais le soir même, cherchait l'oubli.
Ceux qui ont connu l'amour, rien ne les console de l'avoir
perdu : « Hypocrite, je feins de croire que nous sommes
au monde pour comprendre, nous qui sommes faits pour
aimer... »

Des mots ! Des mots ! Que lui importaient Marie et
Marcel ? Hervé. Elle l'aimait[b] déjà pendant les leçons de
danse, quand il entrait toujours en retard, avec cette fleur
à la boutonnière qui faisait rire les autres. Un jour, il la lui
avait donnée. « C'était pour mon argent. Dans son
monde, c'est presque toujours pour l'argent. Il allait
à tous les concerts, afin que je l'y voie ; il suivait même,
au Collège de France, le cours de Pierre Janet et, à la
Sorbonne, celui de Delacroix[1] ; il s'asseyait près de moi,
prenait des notes. Je faisais exprès d'être dupe ; je jouais
à être aimée, bien que j'eusse été avertie qu'il avait
obtenu des renseignements sur ma fortune par les
banques. Le mariage[c] a failli manquer parce que, cette
année-là, papa avait perdu deux millions à Deauville,
et s'il n'était mort subitement, à la rentrée, les pour-
parlers auraient sans doute été rompus. Je me souviens
que pendant les fiançailles[d] Hervé m'a dit un jour, en
parlant de ses amis, qu'ils devenaient jaloux. J'étais ce
qu'il pouvait trouver de mieux, du moment que sa mère
ne voulait ni d'une Israélite, ni d'une Américaine ; orpheline, je n'avais pas de famille proche, et surtout le *Kina
Verley* passait pour une affaire honnête... Il ne fallait pas
lui parler d'une fortune louche ; là-dessus il n'aurait pas
transigé. Et moi, je l'aimais[e]... et elle, la vieille dévote,
ma belle-mère, savait-elle déjà ce que j'ai su depuis...
Non ! Non ! Ne pas penser à cela[2]... »

Son délire conscient lui montrait, comme des objets,
son amour et l'objet de son amour : une mer immense,
étincelante sous le ciel, dont les millions de vagues
enserrent, battent ce petit être indifférent, ce rocher
minuscule : Hervé. Ce qu'elle a pu faire tenir, dans ce

joli visage fripé et sournois. Elle était lucide. Elle savait
que personne au monde ne pouvait la désirer, la chérir.
Elle croyait qu'on peut vivre en aimant et sans être aimé;
et que le patient amour finit par recréer, par modeler selon
ses vues, l'être dont il fait ses complaisances. Elle relevait
tous les mensonges d'Hervé, s'appliquait à le redresser
sans colère. Pauvre idiote ! Elle n'avait jamais eu d'autre
pouvoir que de le rebuter : un pouvoir de répulsion.
Il préférait être où elle n'était pas.

Que c'est étrange, songe-t-elle, cette puissance formidable d'amour qui n'a pas d'objet, cet immense soulèvement d'un cœur vers rien ! Depuis toujours, depuis
l'enfance, depuis que c'était sa poupée qu'elle pressait
le soir dans son petit lit avec une force inimaginable
d'adoration... L'appartement*a* de la rue Vézelay. Elle a
souvent reconnu, dans d'autres appartements, l'odeur
du vestibule. Les lampes chinoises, sur la cheminée du
petit salon, étaient éclairées au gaz; un jour elle avait
cassé le manchon. Elle ne se rappelle aucune dispute
entre ses parents, avant leur séparation, aucun éclat.
(Pourtant elle entrait alors dans sa huitième année*b*.)
Au contraire, elle se souvient qu'elle les trouvait trop
polis l'un pour l'autre. Elle n'est restée avec son père rue
Vézelay que quelques mois avant d'entrer au lycée Duruy.
Mais cette période lui apparaît très longue, peut-être
à cause de sa solitude le soir, lorsque la porte d'entrée
fermée par son père la réveillait en sursaut. Aucun
domestique ne couchait à l'étage. On lui avait indiqué la
place du cornet acoustique qui reliait l'appartement à la
loge, pour le cas où elle aurait eu besoin de secours. Elle
ne reproche rien à sa mère : on a le droit de refaire sa vie.
Pas de place pour Irène dans la seconde vie de sa mère :
un autre mari, un autre pays, d'autres enfants. Ne pas
feindre d'en avoir beaucoup souffert. Le lycée, Mlle Fer-
meil : « Spinoza, Nietzsche, quand vous serez plus
grande... L'intelligence au-dessus de tout. Le culte des
idées. Qui aime sincèrement la beauté évite les actions
basses. » Comment faire le bien ? « Les pauvres. » Ce
sentiment d'Irène que ses visites, ses aumônes sanc-
tionnaient leur état, le légitimaient. Leur hypocrisie :
ils la prenaient pour une dévote, parlaient de : « La Première Communion de la petite... » tâtaient le terrain pour
dire ce qu'elle souhaitait qu'ils disent. Au dispensaire,

du moins, elle pouvait soigner les corps sans parler. Jamais elle n'a manifesté sa pitié, son amour pour eux; jamais elle n'a rien trahi. On la trouvait sèche, distante. Elle peut bien s'avouer qu'elle a aimé par-dessus tout les corps qui souffrent[1]. La maladie : notre état habituel. Des milliers de maladies... Et les bien portants s'empoisonnent exprès, comme s'ils voulaient rentrer dans l'ordre. On devrait[a] pouvoir ne s'occuper que des corps qui souffrent. Inutile amour. Feu qui brûlait pour personne, pour rien. Cette exigence de se donner, et personne au monde pour recevoir ce don. Personne.

Il ne reste plus d'eau dans le verre, mais la carafe est à demi pleine. Vaincre son engourdissement; emplir le verre; avaler d'un coup le plus de comprimés possible parce que peut-être, dans quelques instants, elle ne pourra plus. Hervé, à cette minute... Où est-il ? Avec quels êtres ? Faisant quels gestes ? Pourquoi est-ce si horrible ? Le mal. Comme elle a été obsédée par ce mystère : un ordre de valeur, une hiérarchie entre les actes[b]... Trop tard pour y réfléchir encore. Ces liens, dont parle Nietzsche, et que lui-même juge impossible de rompre : « L'attendrissement devant ce qui est depuis toujours vénéré[2]. » *Le problème moral* de Parodi[3]... Elle n'a pas fini de le lire. Toutes ces routes ne mènent à rien. À rien. Elle sombre, mais ne perd pas conscience.

« Qui est là ? » A-t-elle articulé ces paroles, ou les pense-t-elle seulement ? « Qui est là ? » C'est cette femme, cette concierge au milieu d'enfants grouillants, rue de la Gaîté, celle à qui Irène faisait des piqûres deux fois chaque semaine. C'est bien cette femme qui répond : « C'est moi », mais avec une voix qui n'est pas sa voix. D'autres pauvres corps sont couchés par terre, appuyés contre le mur; Irène les reconnaît malgré la nuit. Peut-être la lampe de chevet est-elle restée allumée... Mais non, ce sont ces chairs si blanches entre les bandages qui brillent dans l'ombre[c]. Ces chairs n'ont pas de secret pour elle qui a défait les pansements, qui connaît la forme des plaies, qui est habituée à leur odeur. Chacun répète : « C'est moi... » comme s'ils ne formaient tous ensemble qu'un seul être. Marcel et Hervé lui-même se penchent sur elle, confondus parmi ces malades, eux, les plus malades. Elle souffrait[d], mais non plus dans sa chair. Elle pressentait qu'il existe peut-être une autre forme de renoncement, une autre nuit, une autre mort que cette nuit, que cette mort qu'elle a cherchée, qu'elle a voulue. À demi engloutie[a], elle ne pouvait remonter à la surface; elle s'agriffait; ses ongles se cassaient, ses coudes étaient saignants. Elle ne pouvait plus faire la découverte, tomber à genoux, pleurer de joie. Elle ne pouvait plus rendre témoignage. Il faut qu'elle traverse jusqu'au bout ces ténèbres où elle s'est follement jetée. Mais glissant dans l'abîme, elle connaissait, elle voyait, elle appelait enfin cet amour par son nom, qui est au-dessus de tout nom[b1].

XVI

La femme de chambre[c] introduisit Marcel dans la salle à manger où se tenaient la comtesse de Blénauge, la cuisinière et le chauffeur.

« Où est Hervé ? Le savez-vous ? »

La vieille dame posa d'abord cette question à Marcel, sans même répondre aux condoléances qu'il balbutiait. Elle avait gardé sa capote d'où s'échappaient des mèches d'un blanc jaune. Son sac noirâtre, sordide, était posé sur la table d'acajou, à côté d'un parapluie et d'une paire de gants noirs usés.

La femme de chambre recommença son récit : Madame lui avait bien recommandé de ne pas pénétrer dans la chambre avant qu'elle eût sonné. Madame s'endormait souvent au petit jour et ne se réveillait que vers midi. Elle était entrée une première fois, mais s'était retirée, croyant Madame profondément endormie. Cette fille qui n'était dans la place que depuis quinze jours n'avait pas eu le moindre soupçon. Ce fut la cuisinière qui, au retour du marché, s'inquiéta. Elle tira les rideaux, ouvrit les volets, et tout de suite comprit : le corps était déjà froid; les draps étaient souillés par des vomissements. La carafe d'eau avait été renversée. Des comprimés restaient sur l'assiette. La pauvre Madame croyait qu'on peut en prendre sans inconvénient. Pourtant Monsieur lui disait de faire attention. Ça ne devrait pas être permis aux pharmaciens de vendre ça comme si ce n'était pas du poison.

« Non, répondait Mme de Blénauge à une question de Marcel, vous ne pouvez pas la voir encore. Deux religieuses font sa toilette. Monsieur, ajouta-t-elle sans le regarder et comme honteusement, vous devez savoir où est Hervé ? »

Marcel secoua la tête et tourna les yeux vers le chauffeur. C'était un homme déjà vieux, à l'air honnête et campagnard. Il comprit qu'on n'osait l'interroger mais qu'on attendait qu'il parlât. Il dit que Monsieur ne se servait jamais de l'auto dans la journée : « Il préférait les taxis. »

Marcel ignorait aussi l'adresse de la mère d'Irène. Il savait seulement qu'elle habitait Londres, que son mari écrivait des pièces, à moins qu'il ne fût directeur d'un théâtre. Mais il ne se rappelait pas son nom.

« Hervé vous le dira... Il va rentrer d'une minute à l'autre.

— On ne sait jamais quand Monsieur rentre. Ce peut être ce soir, comme demain, comme après-demain. »

Cette réflexion de la femme de chambre ne fut relevée par personne. Le jour[a] ensoleillé et froid entrait par une large baie. Tous regardaient le zinc des immeubles d'en face hérissé de cheminées; un couvreur, debout, paraissait plus grand que nature. Mme de Blénauge dit à mi-voix : « Mes pauvres jambes... » Elle s'assit sur la chaise que Marcel lui avançait et ne bougea plus. Une religieuse entra et lui parla à voix basse. La vieille dame secoua la tête :

« Il n'y a pas de crucifix dans la maison. »

Elle ouvrit son sac, remua des clés, sortit un chapelet que la sœur emporta. Marcel dit que pour les démarches nécessaires il fallait attendre[b] le retour d'Hervé.

« S'il n'est pas là demain matin, nous aviserons. »

La femme de chambre aux écoutes, cria presque joyeusement : « L'ascenseur ! » Chacun demeura dans un grand silence. Ils entendirent claquer la porte de fer, puis le bruit de la clé dans la serrure.

Pour que le vestibule fût éclairé, les portes de la salle à manger avaient été remplacées par une tenture qui, sauf aux heures de repas, demeurait ouverte. Hervé put donc voir, dès l'entrée, toutes ces personnes réunies. Il comprit. D'un seul mouvement, les quatre domestiques disparurent dans l'office, mais demeurèrent derrière la porte. Ils n'entendirent que ces seules paroles, énoncées sèchement par la vieille dame :

« Va dans sa chambre, va ! »

Elle l'avait repoussé quand il s'était penché pour l'embrasser. Son col était froissé et sale; il n'avait pas dû se raser. Son regard allait de sa mère à son ami; il balbutia :

« Le gardénal ? »

Marcel inclina la tête.

« Mais il y a de l'espoir ? »

Il interrogeait encore, bien qu'il sût déjà que tout était fini.

Il prit le bras de Marcel, mais Mme de Blénauge intervint[a] :

« Non, dit-elle durement, ne le suivez pas. Qu'il entre seul dans cette chambre. »

Hervé stupéfait, la dévisagea. Cela ne durerait pas, ce n'était pas possible. Il s'effaça, disparut : Irène morte lui faisait moins peur que cette mère qu'il ne connaissait pas, qui faisait semblant de ne plus l'aimer[b]. Une porte fut ouverte et refermée au fond de l'appartement. Marcel hésitait à le suivre, n'osait désobéir à cette petite vieille immobile sur sa chaise, les yeux fermés. Ainsi s'écoulèrent de longues minutes jusqu'à ce qu'elle lui dît :

« Vous pouvez le rejoindre, maintenant. »

Demeurée seule, elle garda la même attitude. Sa tête remuait comme il arrive aux vieillards : elle semblait dire non indéfiniment à quelqu'un. Elle ouvrit le vieux sac usé, y chercha son chapelet, se souvint que la sœur l'avait pris. Alors elle commença de réciter le rosaire « sur ses doigts », mais bientôt s'interrompit : elle ne pouvait pas prier. Se retenir[c] de penser, voilà tout ce dont elle se croyait capable pour le moment.

Une coupe sur la desserte contenait quelques bananes et des mandarines; elle dut se retenir d'en manger, tant elle avait faim. Depuis longtemps, elle n'avait senti un tel désir de nourriture. Elle se leva enfin, prit son sac et son parapluie, et s'engagea dans le corridor. Devant la porte de la chambre, elle demeura un instant aux écoutes : aucun bruit; on aurait pu croire que la pièce était vide. Elle ne se décidait pas à entrer comme si elle se fût attendue à rencontrer encore le regard irrité de sa belle-fille. À quoi servirait-il maintenant, qu'elle s'avançât vers ce lit ? Que de stations avait-elle faites à cette

même place, n'osant franchir ce seuil, certaine qu'elle
était d'exaspérer la malheureuse enfant !... C'était nécessaire; elle avait cru que c'était nécessaire; comme si
Irène avait eu la moindre difficulté à tromper sa surveillance ! Il aurait fallu être là toujours. Mais elle était venue
hier soir encore; elle serait restée à l'insu d'Irène, si
Hervé n'avait été là. Dire qu'elle avait pu faire confiance
à Hervé ! Inutile de vaincre la répugnance qu'elle éprouve
à ouvrir cette porte. C'était l'âme d'Irène qu'elle aimait,
et non cette petite figure sèche, ce front dur et impénétrable. Cette dépouille n'a plus besoin d'elle[a]; elle n'a
plus rien à faire ici; il ne lui reste que d'aller se tapir
chez elle, que d'attendre son tour. Le Maître fera ce qu'il
voudra de cette vieille loque, dont il avait déjoué tous
les plans... Elle jetait sur la porte[b] un regard presque
haineux : qu'ils s'arrangent ensemble, Hervé et sa
victime !

    Peut-être ne se fût-elle pas éloignée, si elle n'avait su
que son fils avait un ami auprès de lui.

XVII

    Pourtant, ils n'étaient pas, dans cette chambre funèbre,
assis côte à côte, mais la morte les séparait, et plus encore
les éloignaient l'un de l'autre leurs pensées[c] incommu-
nicables. Marcel contemplait ce front magnifique et
pacifié. Quelle empreinte l'esprit disparu avait laissée sur
cette chair[d] ! De ces lèvres, ne sortiraient plus jamais
les paroles attendues, — celles même qui eussent enfin
rassuré Marcel. Il se sentait maintenant livré sans recours
à ce doute, contre lequel Irène seule, croyait-il, avait
pouvoir. Et qu'elle fût morte le jour même où il venait
implorer son aide, ce garçon superstitieux y voulait voir
le signe d'une infortune singulière[1].
    À moins que[e] ce sommeil, cette immobilité ne fussent
la vraie réponse d'Irène. Lui qui avait cru aimer la vie,
comme il entendait ce conseil de silence, de repos,
d'anéantissement ! Il comprenait soudain ce qui naguère
l'étonnait : que comme le feu saute d'arbre en arbre, le
désir de mourir se communique d'un être à l'autre, et

qu'un homme qui se tue ne se tue jamais seul[1]. Et soudain Marcel songea qu'il faudrait cacher[a] cette mort à Marie Chavès. Il avait tant espéré qu'Irène sauverait Marie ! Elle avait promis à Marie, que, dès qu'elle pourrait sortir, sa première visite serait pour la maison de Saint-Cloud. Mais l'exemple qu'elle vient de donner risque d'être plus efficace que n'eussent été ses paroles. « Voyez comme c'est simple, semble dire cette morte à ceux qui l'ont connue, voyez : le cœur exténué ne demande qu'à ne plus battre. » Organiser le silence autour de Marie. Il avertirait les domestiques, il téléphonerait dès ce soir à la maison de santé.

Mais lui, Marcel, il savait que ce geste d'Irène est le plus facile à accomplir, que tous les jours les plus faibles femmes l'exécutent sans ostentation, sans phrases. Que ne pouvait-il se cacher à lui-même cette mort ! il y penserait toute la nuit pendant combien de nuits ? étendu près de Tota endormie et hostile jusque dans le sommeil, près de ce corps sur la défensive, comme contracté et ramassé pour défendre un secret qu'elle nourrit avec délices, avec terreur. Et même si ce qu'il redoute n'existait pas, s'il doit être délivré de cette angoisse, dans quoi retombera-t-il ? Trente-sept ans, déjà. La cause est entendue : pas de talent. Avant même d'avoir commencé, le voilà fini. Pourquoi vivre, s'il n'est plus aimé ?

Dans le silence[b] de l'appartement, s'élevèrent soudain des voix irritées. La femme de chambre vint avertir que deux représentants de maisons rivales étaient aux prises dans le vestibule. Hervé pria Marcel de s'entremettre et de tout décider pour le mieux. « Que ce soit convenable, sans plus... Qu'il voulût[c] bien aussi se charger de télégrammes... » Il lui dicta à voix basse des adresses.

Hervé, resté seul dans la chambre, se rassit, ferma les yeux. Il s'efforçait d'éveiller en lui un remords qu'il n'éprouvait pas. Ou plutôt ce remords était recouvert et comme étouffé par des soucis dont il avait honte, par une vague espérance qui lui faisait horreur. Il ne pouvait chasser de son esprit la pensée de ce que ces obsèques, le deuil, lui feraient manquer cette semaine : tel rendez-vous dont il se faisait une joie, ce bal de mardi chez le petit peintre américain. Sans doute pouvait-on reprendre très vite la vie... Le mieux serait de voyager pendant les six premiers mois : rien ne l'empêcherait maintenant; rien ne le retiendrait plus. Fini de combiner des inventions, de mentir. Elle avait fait un testament; il fronça les sourcils : non, non; ne pas penser à cela. Il s'efforçait d'étouffer cette affreuse joie. Il avait si souvent imaginé cette mort qu'elle lui semblait son œuvre à cause de cette prévision, et non parce qu'il avait abandonné Irène, un soir. Car tout ce qu'il désirait ardemment finissait par se réaliser. Tout ce qu'il voulait, il fallait que cela fût[a].

« Le seul être au monde qui m'aimait, peut-être; et c'est moi qui... Mais non[b], elle était perdue. Tuberculose ou tumeur profonde, tous les médecins l'avaient condamnée. Quelle existence aurait-elle traînée ! Elle a préféré mourir que de vivre ainsi. Bien portante, elle n'eût pas songé à la mort. D'ailleurs ce n'est pas un suicide. Abus de stupéfiants pour calmer la douleur. Je n'y suis pour rien. Si je n'étais pas parti hier soir... mettons qu'elle aurait vécu quelques semaines encore. D'ailleurs pendant que je lui faisais la lecture, elle était sous l'influence de la drogue : l'intoxication était commencée. Si j'étais allé me coucher, elle serait morte pendant mon sommeil. »

Il regarda le cadavre et se rassura : « Elle ne peut plus[c] savoir ce que j'éprouve. Elle devinait toujours mes pensées les plus basses; elle me les révélait à moi-même. Elle ne peut plus savoir ce que j'éprouve. D'ailleurs je ne suis pas libre d'éprouver ceci ou cela. J'ai peut-être bien plus de peine que je ne crois. Je ne sais pas encore que je l'ai perdue : c'est souvent analysé dans les livres. Comparaison avec le soldat qui ne s'aperçoit pas tout de suite de sa blessure : c'est très connu[a]. Fuir maman, son regard intolérable. Il faut qu'on dise que je me terre, que je ne veux voir personne. Est-ce que je suis un être horrible ? Mais non, simplement lucide, sincère... Mais si : je suis horrible. » Tout d'un coup il se voyait, tel qu'il était, et cherchait en lui une trace de sentiment noble comme il eût cherché un lambeau d'étoffe pour couvrir sa nudité. Il se forçait à regarder la morte pour que la douleur jaillît. Enfin commença de naître une émotion, il s'attendrit. Une douceur triste le consolait; il ne se voyait plus si affreux; il se sentait jugé comme le jugeait Irène vivante, avec la même indulgence, mais purifiée de tout dédain. Impression étrange et qui ne dura qu'un instant : elle était là, elle lui disait : « Je te vois

à présent, ô malheureux, tel que, livré à tes seules forces,
tu ne peux pas ne pas être... » Son immense misère lui
apparaissait, mais dans une lumière de miséricorde et de
pardon. Ce ne fut qu'un éclair. Marcel était revenu et lui
disait : « C'est pour après-demain onze heures. » Hervé
songea : « Après-demain à cette heure-ci, tout sera fini. »

Il vit en esprit le hall de la gare de Lyon le soir, puis
l'aube sur les oliviers ; le petit déjeuner au wagon-restaurant ; cette auberge, dans un port peu fréquenté, où il est
connu ; tous les plaisirs futurs et proches. Alors, ayant
détourné les yeux de la morte, il pleura sur lui-même,
comme un lépreux qui regarde ses mains[a].

XVIII

La vieille dame pénétra dans la chapelle vide à cette
heure : il était près de midi, mais elle savait que celui
qu'elle y cherchait devait s'y trouver. Elle le devina
plus qu'elle ne le vit et, pour attirer son attention, remua
une chaise près du confessionnal.

« Comprenez-moi, mon Père : si quelqu'un est assuré
au monde d'avoir perdu une âme, c'est bien cette misérable qui vous parle. Vous m'avez vue souvent pleurer
parce que la pauvre petite jugeait la religion d'après
l'image que je lui en donnais. Je n'avais pas même à
ouvrir la bouche : ma seule approche l'irritait, mes
seules attitudes. Irène avait tout lu, elle savait tout[b], elle
comprenait tout. Et moi j'ignorais jusqu'au nom des
écrivains qu'elle appelait ses maîtres. Vous vous souve-
nez de ce qu'elle a dit un jour : " Le catholicisme, c'est
ma belle-mère[1]... " Hervé m'a rapporté ce mot qu'il
trouvait drôle. Mon Père, vous qui sauvez tant d'âmes,
qui avez cet immense bonheur, pouvez-vous concevoir
ce qu'il y a d'horrible à se dire : par ma seule présence, je
calomnie, je ridiculise, je bafoue Celui que j'aime ? Je Le
rends haïssable. J'éloigne de Lui une pauvre enfant que sans
moi, peut-être, Il eût attirée. Je suis la caricature
de ce qu'il y a de plus saint au monde. Ah ! malgré[c] ma
bêtise, je sentais tellement ce qu'elle éprouvait à ma vue.
Il me semble que la haine est peu de chose auprès de ce

dédain. Elle recouvrait du même mépris cette pauvre
vieille et la Vérité. Je sais : vous me*a* répétiez que je n'en
étais pas responsable; qu'il me restait de la servir par la
prière, par la pénitence. J'ai essayé de mériter pour elle;
je croyais faire*b* ce que je pouvais. Je considérais comme
une grande grâce d'avoir deviné, chez Irène, cet attrait,
cette tentation de la mort; je la surveillais. Il ne me semblait pas qu'il y eût le moindre danger puisque j'étais
avertie. Il m'importait peu, depuis quelque temps, de
l'exaspérer, pourvu que je ne relâchasse pas ma surveillance. D'ailleurs, je me disais que ces choses-là
n'arrivent pas deux fois. C'était assez de mon mari (sans
compter ma petite Nadine qui aurait aujourd'hui trente-
sept ans[1]). C'était assez de mon mari, croyais-je; comme
si*c* je n'avais pas vu tout près de moi, chez ma sœur aînée,
quatre enfants disparaître les uns après les autres... Mais*d*
ce que nous acceptons pour autrui, nous n'admettons
pas que nous en puissions jamais être atteints. Mon Père,
comprenez bien ce que je vous confesse. J'ai toujours
peur que vous ne mesuriez pas toute l'étendue de mes
péchés*e*. Au premier moment, je me suis révoltée ; ce
n'est pas assez dire : j'éprouvais comme de l'indignation.
Après tant de larmes, de prières, après tant de communions... Il me semblait que quelqu'un se moquait de moi.
J'en voulais à ma victime : croiriez-vous que j'ai refusé
de me mettre à genoux près de son corps ? Oui, j'ai fui*f*
la dépouille de cette âme dont je n'osais imaginer le
destin éternel. Rentrée chez moi, je me suis enfermée,
me retenant de blasphémer, demandant la lumière...
Ah ! mon Père, la lumière*g* est venue, mais non pas
telle que je l'attendais. Une terrible lumière. Soudain
j'ai vu, j'ai compris jusqu'où j'étais engagée dans ce
désastre. Je ne me croyais*h* coupable que d'avoir diminué, rétréci la Vérité aux yeux de cette enfant. Et soudain ceci m'est apparu : je l'avais livrée à mon fils;
j'avais fait l'impossible pour qu'elle épousât mon fils.
Pas une fois je ne me suis interrogée; pas une fois je n'ai
mis en doute qu'il fût digne d'elle. Et pourtant je savais...
je savais... Qu'est-ce que je savais[2] ? Qu'est-ce qu'une
mère connaît de son fils[3] ? J'ai soudain vu... Je le dis
à Dieu*i* et à vous. Ah ! mon Père ! Comme si tout était
permis lorsqu'il s'agit de notre enfant ! Je souhaitais
qu'il se mariât coûte que coûte. Cette étrangère que je

lui livrais, jouait son bonheur temporel à coup sûr, peut-être son éternité. Cette pensée ne m'est pas venue. Elle était extrêmement riche et je m'en réjouissais, n'ayant d'autre souci que de m'assurer des origines de cette fortune, (car je demeurais scrupuleuse, et je vous ai demandé, un jour, s'il ne fallait pas craindre que les inventeurs du *Kina Verley* n'eussent beaucoup répandu l'alcoolisme). Vous m'aviez[a] invitée, après la mort de mon mari, à me détacher, à me dépouiller le plus possible. Je l'avais fait, j'avais cru le faire en donnant à mon fils presque tout ce que je possédais, — comme si c'était se dépouiller que de se décharger sur un enfant chéri de toute espérance terrestre et de tout désir ! Afin qu'il fût heureux selon le monde, j'ai été féroce. Il me fallait pour Hervé une jeune fille[b] isolée, mal défendue. Vous savez que la mère d'Irène est remariée et habite Londres. La petite vivait à Paris chez une tante très désireuse de se débarrasser d'elle. Elle était le point de mire de toutes les familles où il y avait un fils à caser. Nous n'hésitions qu'à cause du père Verley, ce gros industriel « trop voyant », comme disait Hervé. Je ne me suis pas confessée de m'être réjouie, à la nouvelle de sa mort subite. (Il est vrai que j'ai fait dire des messes pour lui, les seules que le pauvre homme ait eues.) Ah ! Je faisais[c] figure de sainte; je me levais à cinq heures : cela me coûtait[d] peu. Toute ma concupiscence, j'en avais à la lettre chargé mon fils. Je lui donnais des conseils de prudence, de tenue, je lui soufflais ce qu'il devait dire; je l'avertissais de ce qu'il devait taire[e]. Tout cela me paraissait naturel : j'ai menti[f] longuement, passionnément. J'ai nié que mon mari se fût suicidé. J'ai répété plusieurs fois la fable de l'accident de chasse dont nous étions convenus en famille. Sans l'ombre d'un remords. M'en suis-je seulement confessée ? Non : c'était pour mon fils. Et pourtant c'est bien son père qui revit en lui. Je ne puis aller plus loin; je ne veux pas savoir ce que je sais, mais je lui ai livré une enfant[g] innocente. Je l'ai précipitée de mes propres mains dans le désespoir. Et je lui imposais mon odieuse sollicitude. Elle voyait se dresser, chaque jour, à son chevet, cette vieille impitoyable, comme si après l'avoir perdue ici-bas. je m'étais[h] donné pour mission de la dégoûter de Dieu, Je suis au bord du désespoir, il ne me reste plus que ce crime à commettre, je suis déjà désespérée. Comment

cette grâce m'aurait-elle été accordée d'arriver à temps ?...
Je suis venue pourtant, ce soir-là. Mais il a fallu qu'Hervé
m'ouvrît la porte. J'ai fait confiance à Hervé, une fois
de plus ! Je suis repartie tranquille. Je n'avais jamais été
si tranquille. Durant cette interminable nuit, jusqu'à sa
mort à l'aube, pauvre petite, elle est demeurée seule; je
n'étais pas là[1]... »

Elle répétait : « Je n'étais pas là », machinalement. La
grille meurtrissait son vieux front. Ses yeux interrogeaient dans l'ombre cette tête aux épais cheveux blancs
dont ne lui apparaissaient que l'arête du nez, une paupière baissée. Ce cœur a pu se vider jusqu'à la lie sans
recevoir aucun secours, sans qu'aucune parole d'encou-
ragement ni de pitié ne l'ait interrompu. Le saint, lui-
même, ne trouve rien à lui dire, pense-t-elle. Que dirait-
il ? Elle attend sa condamnation.

« Ma fille... » prononce-t-il, enfin.

Et déjà cette seule parole l'emplit de douceur. La voix
répète : « Ma chère fille... » Elle vit s'incliner ce visage qui
ne s'était pas encore une seule fois tourné vers elle, et
deux mains se joindre à la hauteur des lèvres.

« Réjouissez-vous, ma fille. »

Cette invitation à la joie retentit comme un coup de
tonnerre sur la créature courbée.

« Il me semble... Peut-être m'avancé-je trop... mais
non : il n'était pas besoin que vous assistiez cette mourante. »

Bien que la voix parût assourdie, chaque syllabe était
nettement détachée.

« Mon Père, vous ne m'avez donc pas comprise ? »

Dans sa stupeur, la pauvre femme oubliait de baisser le
ton; elle fut interrompue :

« Je ne puis que vous répéter, en tremblant, ce que le
Maître m'inspire de vous faire entendre[2] : " Elle était
absente. Mais moi, j'étais là ". »

Cela fut dit avec un peu d'essoufflement. Déjà la
vieille dame ne percevait plus que les paroles accoutu-
mées : « ... Et pour obtenir[a] toutes les grâces qui vous
sont nécessaires, vous réciterez, chaque jour de cette
semaine, le *Magnificat*. »

Elle n'eut pas conscience de l'absolution et ne se leva
qu'au bruit de la grille refermée. Comme toujours après
s'être confessée, elle alla s'agenouiller le plus près pos-

sible de la Sainte Table, ne pensant à rien qu'à sa pénitence.

« Mon âme glorifie le Seigneur. Et mon esprit a tres-
sailli d'allégresse en Dieu mon Sauveur. » Elle ne put
aller[a] au-delà de ces premiers versets et ne bougea plus.

<h1 style="text-align:center">XIX</h1>

Marcel, au retour du cimetière, par une journée pluvieuse, fut surpris de ce que Tota lui demandait d'une
voix presque douce s'il n'éprouvait pas trop de fatigue,
s'il avait eu le temps de déjeuner. Il devait avoir les pieds
mouillés ? Elle alla chercher ses escarpins. Marcel l'observait avec étonnement parce qu'ils s'étaient[b] séparés, le
matin, sur une dispute : la jeune femme avait refusé
d'assister à la cérémonie. « Je ne la[c] connaissais pas,
répétait-elle avec entêtement, je ne l'avais vue qu'une
fois... — Cela devrait te suffire qu'Irène ait été mon
amie », avait-il protesté.

Elle affectait de demeurer étrangère à tout ce qui touchait Marcel : « Dès que j'aime quelqu'un, tu t'en
détournes[d], lui avait-il dit. Tu cherches toutes les raisons
de marquer entre nous les distances, de t'opposer. »

Bien loin de s'en défendre, Tota s'était glorifiée de cette
attitude avec les paroles les mieux faites pour le blesser.
Et voici qu'il la retrouvait détendue, et plus attentive
qu'il ne l'avait vue depuis qu'ils vivaient ensemble.
Il en fut ému, et l'attira contre sa poitrine. Elle se laissa
embrasser avec docilité, avec complaisance. « On n'est[e]
plus fâché ? » demanda-t-il. Il remarqua qu'elle portait
une robe sombre, avec un col rabattu et des manchettes
blanches. Alors seulement, sur le lit, il aperçut la trousse
de voyage ouverte. Tota suivit la direction de son regard
et prévint ses questions. Elle allait se reposer quelques
jours et espérait que Marcel l'approuverait. Quelques
jours seulement pour réfléchir :

« Pour penser à moi, à nous deux... Je partirai ce
soir, ou si tu préfères, demain matin.

— Pas pour La Hume, Tota ? »

Ce n'était pas cette protestation-là qu'elle avait attendue. Elle avait cru que l'idée même du voyage lui aurait été odieuse. Où voulait-il donc qu'elle allât ?

« Où tu voudras, à Rambouillet, à Fontainebleau, ou mieux encore au Trianon, à Versailles. »

Elle assura que Versailles était trop près, qu'il viendrait la voir, lui téléphonerait. Marcel ne parut pas avoir senti le coup, comme si le désir de le fuir qu'elle montrait n'eût rien été auprès d'un autre tourment qu'elle pressentait en lui, sans en connaître la nature.

« Eh bien, va dans le Midi : à Villefranche, où tu voudras... »

Mais elle ne voulait pas qu'il dépensât tant d'argent pour elle seule. Il la remercia aigrement du soin qu'elle prenait de ses intérêts.

« Mais enfin, Marcel, pourquoi pas La Hume ? Je n'ai pas revu ma mère depuis six mois... Père ne quitte plus sa chambre et ne s'apercevra pas de ma présence. J'aurai Alain.

— Alain était là[a] il n'y a pas huit jours. »

Elle ne répondit rien, étonnée, déconcertée par le tour qu'avait pris la discussion. Marcel, debout, était appuyé au radiateur. Il faisait un grand effort pour paraître calme.

« Rappelle-toi[b], tu ne pouvais plus vivre à La Hume. L'atmosphère de cette maison t'étouffait. Or, tout y est pire que lorsque tu l'as quittée; ta mère plus que jamais prisonnière d'un malade, chaque jour plus féroce. Tu m'as souvent décrit ce qu'était l'hiver dans ce bas-fond : la boue qui s'attache aux souliers, l'humidité d'une maison lézardée et salpêtrée, loin à six kilomètres est pas de voiture convenable... Je ne me suis jamais fait d'illusion ou du moins je ne m'en fais plus : c'est pour fuir La Hume que tu as consenti à me suivre[c]. »

Elle vit bien qu'il aurait fallu protester, mais ne put lui opposer qu'un vague geste de dénégation.

« Je trouverai[d] de l'argent, reprit-il, ne t'inquiète pas. D'ailleurs, je connais dans le Midi des endroits où la vie est pour rien. Depuis le temps que je fais la côte...

— Non, non : tu ne me vois[e] pas toute seule dans un petit hôtel ?... »

Il dit, à mi-voix, d'un ton indifférent :

« Si Alain pouvait t'accompagner...

— Ah ! Ce serait trop beau... Tu crois vraiment ?
Mais non, il ne voudra pas quitter maman si peu de jours
après son voyage ici. Et puis, il ne doit plus avoir
d'argent. »

Marcel remarqua, de la même voix détachée, que d'ailleurs elle profiterait aussi bien de lui à La Hume.

« Bien sûr, s'écria-t-elle joyeusement, je n'osais pas
te le dire parce que tu as l'air de craindre qu'il ait une
mauvaise influence sur moi... Si pourtant tu avais entendu
les conseils qu'il me donnait ! »

Et comme Marcel lui demandait s'ils avaient beaucoup
parlé de lui ensemble, elle convint qu'ils n'avaient guère
parlé d'autre chose « mais d'une manière que tu aurais
approuvée, j'en suis sûre... »

Marcel ne répliqua rien. Il regardait, à travers la vitre,
les tristes immeubles d'en face. Tota se disait qu'il était
devenu calme et qu'elle allait pouvoir achever ses prépa-
ratifs. Pourtant elle avait conscience d'un malaise profond. Quelles idées se forgeait-il ? Peut-être craignait-il
qu'elle s'éloignât pour toujours ? Elle voulut donc le
rassurer et lui promit que son absence ne dépasserait
pas trois semaines. Mais il ne répondit que par un haussement d'épaules. Non, ce n'était pas là le sujet de son
inquiétude. Il aurait volontiers consenti à se séparer
d'elle plus longtemps si elle avait dû aller ailleurs qu'à
La Hume.

« En cette saison, dit-il, Alain ne doit guère être
occupé : vous aurez beaucoup de temps... »

Elle assura qu'au contraire, en février, Alain serait
souvent retenu dans la vigne.

« Mais il y a les soirées, ajouta-t-elle.

— Ah ! » dit-il.

Et elle l'entendit avaler sa salive comme s'il avait eu
la gorge serrée.

« Les soirées... Quand vous vous releviez et que vous
faisiez la dînette, après que votre mère était montée se
coucher...

— Nous ne ferons pas la dînette », répondit Tota
en riant.

Mais le regard de Marcel arrêta ce rire.

« Pourquoi[a] cet air funèbre ? Puisque je te dis que
dans quinze jours je serai là. »

Elle donna de la lumière, mais il détourna vivement

la tête vers le mur, la suppliant d'éteindre parce qu'il avait les yeux fatigués. Elle lui obéit, étonnée.

« J'aime le " chien et le loup " pour causer, ajouta-t-il. Il y a des choses qu'on se dit mieux quand on ne se voit pas. »

La jeune femme protesta qu'elle avait au contraire horreur du « chien et loup », mais n'osa pas rallumer. Elle ne pouvait plus rien déchiffrer sur cette face blême, immobile, aux traits confondus. Elle avait peur de cet homme : des gestes qu'il allait oser ? des paroles qu'il allait dire ? Elle ne le savait pas, mais cherchait une issue.

« Secouons-nous*a* un peu. À mon retour, il me semble que tout sera plus simple. Il le faut. Tu sais que tu as ton courrier sur la table : une lettre urgente, un " pneu ". Tu ne t'occupes plus de rien... À quoi penses-tu ?

— Reste encore un peu. Je pensais à Alain, ajouta-t-il d'une voix calme, indifférente. C'est étrange, tout de même, que ce garçon de vingt ans s'intéresse si peu aux femmes, tu ne trouves pas ?

— Qu'en sais-tu ? Qu'en savons-nous ? » repartit-elle d'un ton irrité.

Il interrompit Tota pour affirmer qu'elle eût été la première avertie de la moindre intrigue...

« Pourquoi l'aurais-je su ? »

Il remarqua l'altération de sa voix. Elle disait :

« Un homme comme toi ne peut pas comprendre Alain. Je devine ce que tu peux supposer...

— Que crois-tu que j'imagine ? demanda-t-il avec angoisse.

— Sans doute que c'est un monstre ? Un de ces êtres dont tu parles sans cesse.

— Ah ! soupira-t-il*b*, soulagé. Je vois ce que tu veux dire. Non, non, je ne doute pas qu'Alain soit fort capable...

— Tout de même*c* ! dit-elle, rassurée. Il n'a pas vingt ans, ce petit. Il est resté très candide, c'est certain, mais par ailleurs il a tellement de maturité, de sérieux. Je ne sais quoi de réservé, de préservé...

— Préservé de quoi ? Réservé pour qui ? »

Tota ne sut que répondre. Elle entendait rire son mari qu'elle ne voyait presque plus. Elle avait le pressen-

timent d'une menace. Un coup venu elle ne savait d'où
allait l'abattre. D'un mouvement irréfléchi, elle donna
de la lumière. Marcel se cacha les yeux, protestant
« qu'il avait horreur de ça... » Mais lorsqu'il eut écarté
ses deux mains, Tota demeura muette devant cette
figure convulsée. Elle ne l'avait encore jamais vue, cette
face que Marie Chavès et tant d'autres femmes connaissaient bien et que souvent elles devaient revoir dans
leurs songes. Il marmonnait des paroles dont le sens
échappait à Tota ; il disait qu'Alain n'avait pas plus
besoin de femmes qu'elle n'avait besoin d'hommes :

« D'un mari, ça c'est autre chose. Vous avez été
trop heureux de me trouver... »

Elle ne comprenait pas, mais cherchait à gagner la
porte, comme si cet homme dressé devant elle eût été
armé d'une puissance incommensurable. Elle ne croyait
pourtant pas qu'il voulût la frapper ; mais elle avait le
pressentiment qu'il cherchait le cœur, qu'elle était
menacée au cœur. Elle pensa à son frère, et ne put se
retenir de le nommer à mi-voix.

« Tu l'appelles, gémit-il. Tu vois ! Mais je te fais
peur... Tu n'as pas peur de moi, Tota, ma chérie ? »

Son visage n'exprimait plus qu'une grande souffrance.
Il s'efforçait de parler avec douceur :

« Je ne t'en veux pas, ce n'est pas ta faute ; ce n'est
pas votre faute. Je me représente si bien votre enfance,
votre adolescence dans ce bas-fond, dans ce creux de
poussière ou de boue, selon les mois. Je les connais, ces
propriétés plus perdues dans une campagne qu'un îlot[a]
dans le Pacifique ; et votre mère asservie au vieux dieu
méchant dont c'était votre jeu de vous défendre. Lui
seul aurait suffi à vous unir contre lui, s'il n'y avait pas
eu tout le reste : le feu de la cuisine, l'hiver ; et à l'époque
des grandes chaleurs ce canapé crevé dans la salle de
billard, et dont vous parliez si souvent à Cauterets... »

— Oui, dit Tota rassurée, c'est sur ce canapé que
nous avons joué, tout petits ; et plus tard, c'est là qu'Alain
me faisait la lecture... »

Elle s'arrêta : le regard de Marcel lui faisait peur.
Où voulait-il en venir ? Elle lui protesta qu'elle ne
comprenait pas ce que signifiaient ses paroles. Mais il
cria :

« Tu me comprends[b], puisque pendant que je parle,

tu fais non de la tête. Il se peut que vous n'ayez eu aucune conscience de ce que je te révèle aujourd'hui. Rien ne[a] s'est passé, je le crois... j'en suis même sûr... Mais... »

Il fut interrompu par le rire de Tota. Elle disait :

« Cette fois, je crois que j'ai compris. Comment ne m'aurait-il pas fallu beaucoup de temps ? Quel être[b] vous êtes ! ajouta-t-elle sur un ton de mépris. Voilà donc ce qui vous occupe ! »

Elle alla s'asseoir sur le divan, les coudes aux genoux, la tête dans les mains. Marcel ne savait pas si elle riait encore ou si elle pleurait. Il s'approcha d'elle, voulut l'embrasser, mais elle le repoussa.

Bien loin[c] d'en souffrir, il jouissait profondément de cette révolte et de cette répulsion que ses paroles avaient déchaînées. Non, cette fois il n'en pouvait plus douter : il avait créé de toutes pièces ces chimères horribles. La stupeur de la jeune femme n'était pas jouée. Elle avait dû[d] s'arrêter à bien des hypothèses avant de commencer d'entrevoir le soupçon dont il l'avait salie. Elle en riait, tellement ces choses lui paraissaient inexistantes, irréelles. Il respirait enfin : « Elle va maintenant m'exécrer; tant pis ! J'ai l'esprit en repos. Je n'ai plus qu'à m'inquiéter de la conquérir. La place est nette pour tout reconstruire. » L'obsession se dissipe et déjà les vieux soucis, qu'elle avait masqués, réapparaissent. S'il se remettait à un roman... Sur la jalousie, peut-être ? « on verra bien que je ne suis pas fini ».

Tota arrangeait[e] ses cheveux devant la glace. Elle prit un livre et quitta la chambre sans qu'il osât la suivre. Il l'entendait derrière la porte, tourner les pages. Peu lui importait, maintenant, de n'être pas avec elle. Le calme profond qui régnait en lui suffisait à son bonheur. Tous les jaloux ont savouré cette impression de paix, de silence intérieur, dès que s'interrompt leur torture. Ce n'était donc pas vrai ! Ce n'était pas même vraisemblable ! Comment avait-il pu croire à cette horreur ! Quand avait-il commencé d'y croire ? Le soir où elle était allée à la gare pour attendre Alain, et qu'il avait reçu la visite d'Hervé... Les insinuations d'Hervé eussent-elles suffi à déchaîner en lui cette folie ? « Non, j'étais préparé déjà. Hervé n'a fait que me révéler à moi-même ce qui me travaillait depuis longtemps[1]. Fini de souffrir. Tout reconstruire. Mais par où commencer ? »

Marcel songe qu'il n'eut jamais à se donner beaucoup de peine pour se faire aimer. Il n'est pas habitué à être celui des deux qui souffre, étant né bourreau, comme d'autres naissent victimes[2]. Depuis que Tota est entrée dans sa vie, il a le sentiment de tenir un rôle pour lequel il n'est pas fait. Tout cela va changer. Sans tarder d'une minute, il veut, il exige que cela change. La séparation pour commencer. Quelques semaines à La Hume : le froid, la boue, les allées gluantes, les papiers moisis, le salpêtre des murs[a], la nuit tôt venue, les soirées interminables, l'odeur de la maladie, les hurlements de l'infirme au petit jour... « Elle aura vite fait de regretter notre lit, ses robes, la danse, l'alcool... »

Marcel poussa la porte entrebâillée. Une lampe basse était allumée près du divan où il put à peine discerner Tota étendue, à demi tournée vers le mur, le visage caché. Comme il l'embrassait par surprise, elle tressaillit et, sans le regarder, elle le repoussa de la main. Il ne se fâcha pas et dit seulement :

« Nous ne pouvons donc être raisonnables tous les deux à la fois ? C'est ton tour d'être méchante; et moi je ne comprends plus rien à la folie qui me tenait tout à l'heure; je n'y songe même plus. Je te jure de n'en plus parler jamais. Embrasse-moi. »

Mais elle se débattit.

« Tota ! Tu ne peux même plus me regarder ? »

Comme elle avait la figure enfoncée dans un coussin, il n'entendit pas ce qu'elle répondit à mi-voix, mais reconnut ce mot « horreur ». Il s'écarta un peu, et il regardait ce corps étendu qui, par instants, frémissait. L'épaule droite un peu trop aiguë était remontée. Qu'il aimait ce cou gracile, cette nuque d'enfant ! Une seule jambe était repliée, l'autre étendue, une jambe trop forte qui n'avait pas l'air d'appartenir à ce corps, ce qu'on appelle aujourd'hui une jambe laide; mais Marcel aimait cette robustesse cachée, n'attachant d'importance qu'aux chevilles et à l'attache des genoux. Maintenant il souffrait à l'idée de départ, de cette séparation; mais ce n'est rien de souffrir pour une raison précise et non pour une chimère. Il devrait se passer plusieurs semaines peut-être de Tota. Ah ! surtout ne pas manifester son chagrin. Il offrit de lui retenir une place dans le Sud-Express pour le lendemain.

« Le *Sud* part à une heure commode. C'est une bonne idée que tu as eue. Tu vois que je suis devenu raisonnable. »

Comme elle ne répondait rien, la face toujours détournée, il lui demanda si elle voulait qu'on descendît la malle ou si elle n'emportait que des valises. Alors, sans se retourner :

« Je ne pars pas.

— Je t'ai déjà dit, ma chérie, que je souhaite maintenant ce départ. »

Elle répéta qu'elle restait. Il lui dit en riant qu'elle n'était qu'une petite fille boudeuse et têtue, une vraie petite chèvre; et la prenant par les épaules, il essaya de la tourner vers lui. Mais elle se débattit, et il recula devant ce visage furieux où brillaient des larmes.

« Il me semble, gémit-elle, que je ne pourrai plus jamais revenir à La Hume, jamais ! »

Assise maintenant, le buste droit, elle regardait devant elle avec une expression égarée.

« Quelle horreur ! dit-elle.

— Mais, chérie, puisque ce n'est pas vrai... »

Comme elle ne répondait rien, il crut qu'elle ne l'avait pas entendu et répéta :

« Mais, chérie, puisque ce n'est pas vrai[a] ! »

Cette fois, elle tourna vers lui sa figure pétrifiée, et il ne put douter qu'elle l'avait entendu.

« Tu sais bien que ce n'est pas vrai ! »

L'angoisse recommençait de sourdre en lui. L'eau montait de nouveau, l'envahissait, le recouvrait : ce n'était pas possible, Tota allait trouver une parole, faire un geste, rire. Oui, le rire de Tota suffirait pour qu'il retrouvât le calme.

Mais elle ne riait ni ne parlait, prise tout entière et retenue par cette vision de sa vie révolue, cette vie qu'elle ne croyait déchiffrer que depuis ce soir; dont elle possédait *peut-être* la clé; était-ce la vraie clé ? Innocente dans ses pensées comme dans ses actes, de cela elle ne pouvait douter... Mais au delà[b] des actions et des pensées, ce sentiment confus qu'elle ne s'était jamais défini, ne venait-il d'être appelé par son nom, ce soir, pour la première fois ? Il n'existait que parce qu'il avait été nommé. Si elle était morte hier, si c'était elle et non Irène qui eût été aujourd'hui ensevelie[a], ce qu'elle se répète sans remuer les lèvres suffit à dresser[b] d'un coup, devant Tota, cette passion qui fait peur aux hommes, cette honte, cet amour[c1]. Pourtant la puissance des ténèbres dont c'est la joie de souiller et d'empoisonner toutes les sources dans notre cœur, allait trop loin, cette fois, et dépassait le but[2]. Tota secoua la tête, avançant les mains dans un geste de protection :

« Quelle folie ! s'écria-t-elle. Bien sûr que ce n'est pas vrai ! »

Elle riait enfin, mais non comme l'aurait voulu Marcel : sa voix demeurait suppliante; Tota demandait d'être rassurée. À Marcel maintenant de lui prouver qu'il avait forgé de toutes pièces un monstre, et qu'ils[d] tremblaient tous deux devant leur créature comme des sauvages devant le dieu dont ils ont tiré eux-mêmes l'image obscène, d'un tronc[e] d'arbre à peine équarri.

« J'ai beau rappeler mes souvenirs, disait-elle, je ne trouve pas une scène, pas une parole, pas un geste qui puisse... Je te le jure[f], ajouta-t-elle en pleurant.

— Alors, tu vois ? Pourquoi chercher ? Ce qui me fait du mal, Tota, c'est que tu cherches, tu cherches... »

Il s'assit près d'elle et lui prit la main. Elle ne la retira pas, bien loin d'ici par la pensée.

« Alain ? Il était d'une pudeur presque ridicule pour un garçon. Ce sont des choses que je n'oserais dire à personne et que les gens d'ici ne comprendraient même pas. Il n'entrait jamais dans ma chambre; il n'aimait pas à me voir dans la sienne. Quand j'allais me baigner, le côté[g] de la rivière devenait pour tous une région interdite... Quoi ? Qu'est-ce que tu allais dire ?

— Mais rien... »

Marcel se retenait de poser la question qui lui brûlait les lèvres : « De quoi donc Alain avait-il si peur[3] ? » Elle comprit et se tut. Ils demeuraient ainsi, côte à côte, perdus dans leurs pensées.

Marcel alluma une cigarette et ne s'interrompit plus de fumer. Il songeait au repos d'Irène. La voilà bien la seule réponse qu'elle lui pût donner ! Quand on n'en peut plus, se coucher et s'endormir. Mais Irène n'avait pas été, comme lui, retenue dans la vie par des goûts précis. Elle n'avait pas connu le plaisir.

« Ce n'est pas[a] vrai, se répétait Tota. Je sais que ce n'est pas vrai. Je n'ai pas besoin de me prouver que ce n'est pas vrai. »

Ils entendirent dans la salle à manger le bruit des assiettes. Marcel s'inquiéta :

« Nous ne dînons pas ici, j'espère ? »

Tota se leva sans répondre, et cria depuis la porte à la femme de chambre qu'il ne fallait pas mettre le couvert.

« Tu ne pars pas demain, Tota ? »

Non, elle enverrait un télégramme.

Il lui demanda si Alain l'attendait; elle avoua qu'elle lui avait télégraphié dans l'après-midi.

« Je vais m'habiller; et toi ? »

Lui aussi : non, pas l'habit, le smoking. Il faudrait faire beaucoup de « boîtes » cette nuit.

Tota pensait à William. Pourvu[b] qu'il fût libre ! Elle lui téléphonerait de se rendre libre coûte que coûte. Ils danseraient jusqu'à n'en plus pouvoir. Elle allait mettre la robe rouge qui lui portait bonheur, bien qu'elle fût un peu défraîchie, et pas assez décolletée dans le dos. Au fond, elle se réjouissait de ne pas partir : elle serait morte d'ennui à La Hume. Elle rentra dans la pièce où Marcel étendu, fumait :

« Tu sais, je suis contente de ne pas partir. Je me serais assommée là-bas. »

Il[c] respire : c'était la parole qu'il attendait; c'était ce genre de paroles qui lui faisait du bien. Il n'espérait pas que ce répit durât longtemps, mais pour cette nuit, du moins, il savait où était le secours : pas de leur sale champagne, pas de cocktails : du whisky[d].

Après un temps de silence, il appela Tota.

« Mais, chérie, le soir de l'enterrement d'Irène... »

Elle le regarda avec étonnement.

« Raison de plus, dit-elle.

— Oui, c'est vrai, raison de plus. »

XX[a]

Après la dernière[b] pelletée de terre, après la dernière main serrée, Hervé, assis dans l'auto près de la vieille femme invisible sous son crêpe, savait que la plus dure épreuve l'attendait encore : il fallait affronter le visage de sa mère, tel qu'il lui était apparu le jour de la mort d'Irène. Il fallait revoir cette face implacable[c], si terrible à ses yeux qu'Irène morte lui avait semblé moins effrayante à contempler. Depuis, elle ne lui avait guère adressé la parole que pour lui demander de venir coucher, ce soir, rue Las-Cases. Toute une soirée à vivre sous ce regard !

En vain[d] essayait-il de l'observer à travers le crêpe. Il ne discernait rien qu'une insensibilité profonde, la même qui lui avait fait horreur, le soir de son retour[e] : ni larmes, ni sanglots, ni le moindre frémissement. Ainsi[f], dans cette voiture, bien plus qu'Irène morte, sa mère perdue occupait la pensée d'Hervé. Tant pis[g] : rien ne lui restait, il n'en serait que plus libre. Le peu que jusqu'à ce jour il avait évité d'accomplir à cause de sa mère, tout cela s'offrait à sa recherche. Il saurait tirer de cette malédiction un bénéfice[h]. La place était nette, la vieille femme s'écartait d'elle-même et ne lui barrerait plus la route. Pourquoi avait-elle demandé qu'il passât la nuit rue Las-Cases ? « Peut-être craint-elle que cette nuit même je ne recommence... » Il ricanait, montant seul l'escalier (il avait laissé sa mère dans l'ascenseur). Non, elle pouvait être tranquille : il serait sage, cette nuit. Maintenant il n'était plus pressé, il avait tout le temps.

Elle l'attendait[i] sur le palier, et lui ouvrit la porte d'une main tremblante qui ne trouvait pas la serrure. Il la suivit dans la chambre. Une fenêtre était restée entrouverte et, après la pluie, un oiseau déjà chantait comme à Pâques, en cette fin de février. Hervé regardait la triste cour de l'immeuble, avec un parti pris d'indifférence, d'insensibilité, résolu « à se mettre en boule ».

« Hervé ! »

Il se retourna. Elle avait rejeté son voile, et debout,
haletant un peu, lui souriait. Elle lui souriait : non,
ce n'était plus un juge, mais ce n'était non plus sa mère
d'autrefois. Il pensa d'abord, devant ce visage de cardiaque, ce nez pincé, ces lèvres bleues, qu'elle allait
mourir elle aussi, que c'était une question de jours,
peut-être d'heures. Il prit dans ses mains une pauvre
main déformée, semée de rousseurs, aux phalanges
énormes. Elle l'appela encore par son nom. Elle ne
pleurait pas, et n'avait pas même l'air de souffrir. Bien
plus, cette figure de moribonde rayonnait si visiblement
que la première pensée d'Hervé fut que sa mère allait
tenir des propos de démente[a].

« Mon chéri », dit-elle.

Ah ! c'était assez pour qu'il fût rassuré. Et soudain,
ce que ni la honte, ni l'horreur éprouvées à son retour[b],
ni la veillée auprès d'Irène, ni l'ensevelissement, ni les
funérailles n'avaient obtenu de lui, ce simple mot lui
ouvrit le cœur enfin, lui fendit le cœur; son cœur se
rompit et sa lourde tête d'homme retrouva sa place
d'enfant; et il cacha ses yeux entre l'épaule et le cou de
sa mère. On peut ne pas s'inquiéter de mouiller de
larmes le cou de sa mère, ni de salir sa robe; on peut
ne pas avoir honte de grimacer et de renifler comme
à dix ans. Il avait encore dix ans, il n'avait rien fait de
mal. Le regard de sa mère traversait la couche épaisse
de ses actes inconnus, et elle le voyait encore aujourd'hui
tel qu'il avait été autrefois[b]. Qu'il reste dans
le dernier des hommes, tant que sa mère n'est pas morte !
« Pleure » lui répétait-elle. Mais elle-même ne pleurait
pas. De la main, elle retenait cette tête contre son
épaule, et ses yeux tournés du côté de la fenêtre cherchaient au-dessus de la cour un ciel terne où l'azur
affleurait; et elle pensait qu'il devait être plus tard
qu'elle ne croyait, car les jours avaient allongé. Ainsi
s'écoulèrent quelques minutes; puis elle sentit la tête
de son fils lui échapper. Hervé se leva, demeura debout,
appliquant des deux mains son mouchoir sur sa figure.
Elle le rappela, et comme il ne bougeait pas, ce fut elle
qui vint à lui; et elle s'efforçait de l'attirer encore, mais
il se défendit :

« Maman, dit-il, vous ne me connaissez pas.

— Que tu es sot, mon chéri ! »

Du même ton que lorsque enfant elle essayait de le réduire, elle ajouta comme en ce temps-là :

« Voyons, Hervé, regarde-moi dans les yeux. »

Mais il se dérobait, il balbutiait : elle ne savait pas qu'il avait promis à Irène de rester ce soir-là, qu'il avait trahi sa promesse, que s'il était resté... Comme sa mère ne répondait rien, il pensa qu'elle avait compris enfin. Il aurait voulu qu'elle lui répétât : « Regarde-moi, mon petit. » Mais non. Elle n'osait plus, elle ne pouvait plus. Il lui jeta un regard rapide et fut surpris de ce qu'elle souriait, en agitant la tête. L'avait-elle entendu seulement ? Et de nouveau il craignit qu'elle fût devenue folle, à cause de ce qu'elle disait : « Qu'est-ce que cela peut faire ? C'est sans importance... Tout est bien. Tout est pour le mieux. » Et soudain, dans un éclat de joie qui la redressa, qui lui rendit un instant l'attitude, l'allure de la jeunesse (comme du temps où elle paraissait si grande, si majestueuse au petit Hervé) :

« Mon chéri, si tu savais comme nous sommes aimés ! »

Cette fois, il comprenait. La vieille marotte de sa mère résistait à tous les démentis de la vie. Il aurait dû ne rien répondre; mais c'était tout de même trop fort[a] ! Il se déroba, vivement au bras qui de nouveau l'enveloppait, et d'une voix irritée :

« Ah ! non, maman : ne me dites pas cela, à moi. (Et d'un ton plus bas). Vous ne pouvez pas savoir. Je voudrais vous le dire que je ne le pourrais pas... (Ah ! tant pis ! il parlerait, ce soir[b]...) C'est votre innocence qui vous fait croire que tout est pour le mieux. Ce serait déjà trop qu'il n'y eût que la laideur, l'isolement, la misère, toutes les maladies, la mort enfin; mais il y a d'autres choses[c]. Vous priez, vous rabâchez vos prières; et vous ignorez jusqu'à l'existence du gouffre où ceux qui vous touchent de près se sont débattus. Ce n'est pas leur faute; ils ne le voulaient pas; ils en ont eu horreur, dès qu'ils l'ont connu; c'était décidé d'avance, avant même qu'ils fussent nés. Ils hurlaient déjà au fond[d] de l'abîme, ils avaient déjà de la boue jusqu'à la bouche, et ils ne savaient[e] pas même encore où ils se trouvaient, ni ce qu'était cette boue... Mais qu'est-ce donc que j'ose vous dire, maman ! Oubliez. N'essayez pas de comprendre. Ces paroles ne signifient rien. »

Elle ne paraissait point émue. Elle observait, dans le crépuscule, la forme de son fils accroupi sur la chaise basse, le menton près des genoux joints. Et lui entendait sa mère respirer et il n'attendait pas de réponse, il ne croyait pas qu'il pût y avoir aucune réponse. Aussi fut-il surpris lorsque la voix paisible s'éleva. Elle disait, comme la chose la plus évidente « que pourtant lui-même, Hervé, il avait reçu entre plusieurs autres une très grande grâce.

— Moi ?

— Oui, la plus grande de toutes; tu te vois, tu te connais. Tu appelles la boue : la boue. Tu sais que la boue est la boue[a].

— Oui, dit-il, à voix basse et comme malgré lui, oui, je le sais. »

Il n'éprouvait[b] plus de colère. Cela lui avait fait du bien de parler quoique sa mère, croyait-il, ne l'eût pas compris. Elle lui demanda de venir s'asseoir près d'elle, il obéit et de nouveau appuya son front entre l'épaule et le cou. Sa mère parlait d'Irène, lui jurait « que la pauvre petite s'était endormie dans le Seigneur », qu'elle-même en avait reçu l'assurance[1]... Rêveries, songeait-il, mais il ne repoussait pas l'apaisement qui venait de ces paroles, de cette voix. Un peu de ciel se reflétait encore dans la glace de l'armoire. La chambre de maman envahie de ténèbres avait reculé dans le temps[2]. Il reconnaissait, contre cette robe noire, l'odeur de ses larmes d'enfant. Si Irène[c] avait entendu ce que disait cette vieille femme, songeait-il, peut-être eût-elle ressenti moins de dédain. Que dit-elle, pauvre maman ? Il s'efforce d'écouter : « Le lépreux qui voit son ulcère, comment ne souhaiterait-il d'être guéri ? Et si une seule fois dans le monde a retenti une promesse de guérison; et si des millions de fois cette promesse a été tenue... » Hervé se laissait bercer[d], s'abandonnait comme lorsque tout petit, sa mère le portait presque endormi jusqu'à sa chambre, le déshabillait dans la lueur de la veilleuse, et lui réchauffait les pieds en les serrant entre ses mains.

Voici qu'elle parle d'Irène. Elle assure qu'Irène maintenant connaît toutes ces choses :

« Elle voit ce que je vais voir bientôt, mon enfant. Avant la fin de cette année[e]... »

Comme Hervé protestait, elle répéta encore que son heure était proche et qu'elle le savait. Et il fut si frappé par ce ton paisible de certitude, qu'il ne trouva rien à répondre. Seulement il se leva, éclaira la chambre, et il regardait comme s'il le voyait pour la première fois, pour la dernière fois, ce visage[a] souffrant de sa mère qui était encore vivante.

XXI

L'après-midi s'acheva dans cette paix; et durant le repas rapide qu'ils prirent au coin du feu dans la chambre, et encore jusque vers onze heures, Hervé put croire qu'il était devenu un autre. Il avait déjà[b] embrassé sa mère et ne songeait plus qu'au sommeil lorsqu'un domestique l'avertit qu'une dame le demandait au téléphone; il y alla et reconnut la voix de Marie Chavès.

« Excusez-moi, Hervé... Votre femme ? Il n'y a rien de nouveau ? »

Il répondit : « Mais non... » mollement. Il l'entendit respirer :

« Ah ! vous m'ôtez un poids[c] ! »

Elle lui dit qu'elle parlait d'un café où elle avait pu se rendre, grâce à la complicité d'une infirmière : il existait, assurait-elle, toute une conspiration pour l'empêcher de téléphoner. Elle avait d'abord demandé le numéro de Marcel; la bonne lui avait fait au sujet d'Irène une réponse si ambiguë, qu'elle se fût affolée si, par ailleurs, elle n'avait appris que Marcel et sa femme dînaient au restaurant et ne devaient rentrer que tard dans la nuit.

Hervé ne put retenir un mouvement de profonde joie : Marcel était donc capable de cela, le jour de l'enterrement d'une amie; rien ne pourrait lui faire interrompre, un seul instant, cette sale vie de noce. « Il me traite de haut et il est aussi ignoble que moi[d]. »

Marie Chavès s'excusait d'avoir téléphoné chez Hervé, au risque de réveiller la malade. Cette fois encore le ton de la femme de chambre lui avait paru embarrassé. Elle ne savait rien touchant sa maîtresse :

« Elle m'a dit de m'adresser à vous, que vous dîniez chez madame votre mère. Je me fais des idées, je m'affole, à tort, j'en suis sûre. »

Hervé connaissait, disait-elle, le culte qu'elle avait voué à sa femme[1]. Pouvait-il lui assurer qu'il n'était rien arrivé de grave ?

Il vit clairement, à cette seconde, qu'il ne fallait pas hésiter. Cela aurait suffi de dire : « Rassurez-vous, tout va bien. » Hervé ne le fit pas, il ne put pas le faire. Lui le menteur, dans de telles conjonctures, ne pouvait plus mentir. La vérité suintait par tous ses pores, dès qu'il s'agissait d'une vérité mortelle.

« Pardonnez-moi d'insister : mais je sens une hésitation, un trouble dans votre voix. Non, ça n'aurait pu être si soudain, n'est-ce pas ? À moins que... C'est une femme forte, incapable de... Mais parlez donc ! Êtes-vous là ?

— Ma pauvre Marie », soupira-t-il.

Et ce cri lui échappa :

« Nous sommes bien malheureux ! »

Il entendit une exclamation :

« Non ! ce n'est pas possible... Sa première sortie doit être pour la maison de santé. Elle m'avait promis : dans le courant de la semaine... »

S'il y avait eu un accident, pourquoi le lui avait-on caché ? Sans doute n'osait-elle avouer le soupçon qui la hantait. Hervé, à ce moment-là, eut conscience de la jalousie qu'il éprouvait naguère, lorsqu'on louait sa femme devant lui. Cette basse jalousie avait donc survécu à Irène ! Et comme Marie Chavès répétait :

« La seule femme forte que j'aie connue...

— Nous sommes tous[a] faibles, ma pauvre Marie », prononça-t-il nettement.

Il entendit un cri étouffé, un râle bref.

« Mais non, Marie, reprit-il. Vous ne m'avez pas compris. Elle n'a rien prémédité, c'est un accident; elle souffrait trop, alors elle prenait des calmants; elle n'a été qu'imprudente, elle a forcé les doses sans prévoir... Répondez, Marie, vous êtes là ? »

Plus personne. Hervé raccrocha le récepteur. Il demeura un instant immobile au milieu de l'antichambre poussiéreuse, dans l'appartement endormi. Qu'avait-il fait encore ? Cette[b] force mauvaise qui émanait de lui presque à son insu[c], qui frappait comme la foudre, le laissait lui-même dans un état de stupeur et presque d'hébétude[2]. Avertir[d] Marcel, coûte que coûte. Mais où l'atteindre, à cette heure ? Il chercha dans l'annuaire le numéro du bar. Hervé entend une rumeur de rires et parfois un hoquet de saxophone lorsqu'un client ouvre la porte des lavabos. Le chasseur lui confirma que Marcel venait d'arriver.

Hervé n'hésita pas à rendre ses domestiques responsables de l'indiscrétion. Il entendit le juron de Marcel, qui tout de même le remercia d'avoir pensé à le prévenir, surtout ce soir où Hervé eût été excusable de ne pas s'occuper des autres. Comme il ajoutait qu'il allait téléphoner à Saint-Cloud :

« Mais non, mon petit Marcel, tu as ton auto ? Alors il faut y aller sans perdre une minute : c'est peut-être une question de minutes. »

Marcel s'étonnait de cette sollicitude d'Hervé : comme il paraissait ému ! Il avait tout de même des « côtés gentils ». Oui, Hervé avait raison : ce serait prudent de partir sans tarder. Il n'avait pas encore commencé de boire. Qu'il lui en coûtait de rentrer dans la vie, après cette journée, après cette scène avec Tota ! Marie Chavès... Quel boulet ! N'importe, il partirait; Irène aurait trouvé bien qu'il partît; il ne fallait pas qu'Irène pût devenir la cause même involontaire d'un autre malheur. Il se glissa entre les couples. Personne ne prêtait attention à sa figure ravagée par tout ce qu'il avait subi, ce jour-là.

« Non ! s'écria[a] Tota furieuse : nous arrivons à peine. Pars si tu veux. »

Comme il lui disait de parler plus bas, elle reprit :

« Pars : William me ramènera. Vous voulez bien ? »

Certes, William le voulait. Il devint rouge, jeta un coup d'œil sur le mari que cette proposition laissait indifférent. Marcel, songeait-il, ne le prenait pas au sérieux; il le croyait bien inoffensif; il avait tort : ce serait pour cette nuit. Le garçon se répétait à lui-même que tout serait accompli avant l'aube. Jamais il ne s'était senti en meilleure forme. Il s'efforçait, depuis quelques jours, d'être raisonnable. Il avait diminué les doses... Ce serait pour ce soir. Le plus souvent, le désir en lui ne coïncidait pas avec les occasions de l'assouvir. Tota paraissait, ce soir, justement, si peu défendue...

Dès que[b] Marcel ne fut plus là, ils se sentirent gênés. William, entre les danses, ne s'asseyait pas auprès de

Tota sur la banquette, mais en face d'elle, et d'un bel
œil sombre et trouble, il l'observait. L'attente marquait
ce jeune visage usé d'une expression sérieuse, presque
grave. S'il avait parlé librement, il aurait dit que ce
qui allait s'accomplir n'avait pas d'importance, mais
son être secret réagissait comme s'il se fût trouvé au
bord d'un événement solennel. Il ne pouvait plus boire
et n'avait plus envie de danser. Il prit la carte des vins,
et eut honte de ses mains d'alcoolique, qui tremblaient.

Tota[a], la tête appuyée au mur, regardait dans le vague
en fumant. Il vit remuer les lèvres de la jeune femme,
et chercha à surprendre ce qu'elle disait à mi-voix.

« Qu'est-ce qui n'est pas vrai, Tota ? Mais si, je vous
ai entendue : vous répétez : " Ce n'est pas vrai, je sais
bien que ce n'est pas vrai... " Qu'est-ce qui n'est pas
vrai ? »

Elle s'accouda, et elle le regardait fixement.

« Dites-moi ce qui n'est pas vrai ? »

Elle lui demanda de se pencher : il ne fallait pas qu'on
pût l'entendre. Chacun vit de tout près le visage de
l'autre. Tota remarqua la barbe déjà un peu poussée,
les lourdes paupières rougies sur l'œil brûlant et cerné,
cette gueule entrouverte. Et lui vit les dents pures mais
mal rangées, la peau du front trop jaune, les joues un
peu creuses fardées au petit bonheur, les épaules encore
maigres et des yeux d'enfant pleins de larmes.

« Ce qui est vrai, dit-elle à voix basse, ce qui est vrai,
c'est que je vous aime. »

Il secoua la tête : il ne la croyait pas. Elle lui demanda
pourquoi.

« À cause de ce que vous disiez tout à l'heure ; à cause
de ce qui n'est pas vrai[b]. »

Comme elle ne répondait rien, il la supplia de rentrer :

« Je sors le premier, vous me rejoindrez dans la
voiture. »

Assise près de William au volant, elle lui dit :

« C'est étrange, je ne sais rien de vous, de vos parents,
de votre enfance. Moi je vous parle tout le temps de
La Hume et d'Alain. Vous pourriez être le fils d'un...
Je ne sais pas, moi... d'un forçat ! »

Il rit ; il dit qu'il n'aimait pas à parler de ses parents
et donna quelques précisions sèches : origine anglaise,

maison au Havre, café et cacao; des gens terribles...
Son enfance ? le lycée, les vacances à Dinard... Elle
l'interrompit d'un air boudeur :

« Oui, oui, je sais. Vous m'avez déjà raconté tout
cela... Au fond, vous n'avez rien à me dire. Ce n'est pas
une vraie enfance. »

Elle méprisait les gens qui n'avaient pas de campagne[a].

« Où sommes-nous ? demanda-t-elle. Vous n'allez pas
vers la Seine ?

— C'est le boulevard Haussmann. Nous sommes
arrivés.

— Mais nous n'allons pas chez vous, William ?

— Il le faut, dit-il à voix basse. Je le veux; vous le
voulez aussi. »

Il lui enveloppa les épaules de son bras gauche.

« Comme vous tremblez, ma chérie ! Pourquoi trem-
blez-vous ? »

Il voulut l'embrasser, mais elle détourna la tête, et
il ne put toucher de ses lèvres qu'une joue mouillée et
salée.

« Non, suppliait-elle, non ! non.

— Mais, chérie, je ne suis pas une brute... Ce ne sera
pas pour ce soir, voilà tout. »

Alors elle se serra avec confiance contre lui. Jusqu'à
ce qu'ils eussent atteint la rue Vaneau, elle demeura la
tête appuyée à l'épaule de William. Parfois il la sentait
frémir, comme lorsqu'un enfant commence à s'apaiser.

« Vous êtes arrivée, Tota. »

Elle descendit, regarda William.

« C'est idiot, se dit-elle. Je ne sais ce qui m'a pris[b].
Qu'est-ce que j'ai eu ? »

Rien ne subsistait de la petite fille traquée, que les
paupières rouges, que les joues mouillées. William
observait avec étonnement cette femme déçue...

« Ah ! gronda-t-il, la prochaine fois... »

XXII

Elle venait de se coucher lorsque Marcel rentra.

« J'ai bien fait d'aller à Saint-Cloud, dit-il. Il y a eu une scène terrible que ma venue seule a pu calmer. Mais à quel prix ! Le médecin veut dépayser Marie; et il ne consent à ce séjour dans le Midi que si je l'accompagne et si je demeure une quinzaine de jours auprès d'elle. Que fallait-il faire ? J'ai promis... Ce sera dur. »

Il épiait Tota étendue; elle aussi l'observait entre les cils.

« Vraiment, remarqua-t-elle, d'un ton railleur, c'est à ne pas croire ! Il me semble que tu deviens bon. »

Il haussa les épaules : ce n'était pas la bonté, disait-il, qui le faisait agir, mais le souci de n'avoir rien à se reprocher en cas de malheur. Il n'osa avouer qu'il voulait surtout faire ce qu'Irène aurait souhaité qu'il fît, si elle avait été encore au monde[a]. Il hésita un instant :

« Inutile d'ajouter qu'il ne se passera rien, qu'il ne peut rien se passer entre cette pauvre vieille malade et moi...

— Tellement vieille ? interrompit Tota avec insolence. Je n'aurais pas cru. Mais si cela fait partie du traitement, et si le cœur t'en dit, ne t'en prive pas à cause de moi... »

Il serra les dents et se contint.

« Ce n'est pas très fort, tu sais ! Rassure-toi : je n'ai jamais espéré que tu fusses jalouse.

— Mais toi non plus, il me semble ? Enfin, tu vas me laisser seule quinze jours; tu ne redoutes rien ? »

Elle s'était un peu soulevée, et il put voir sur ses traits une expression de moquerie. Elle songeait à William, à ce qui allait s'accomplir, à ce qui ne pouvait pas ne pas s'accomplir durant ces deux semaines.

« C'est trop drôle, reprit-elle. Vraiment, tu ne crains rien ?

— Je ne crains pas *cela*.

— Ah ! c'est[b] vrai ! j'oubliais... »

L'ombre d'Alain passait entre eux. Il remarqua qu'elle ne riait plus.

« Dépêche-toi de te déshabiller, Marcel. Tu es là, les bras ballants. Il est près de deux heures, et nous avons eu une rude journée...

— Oui, une rude journée. »

Quand il fut étendu à ses côtés et qu'il eut éteint la lampe, il la croyait déjà endormie. Mais soudain elle parla :

« De nous tous, elle seule connaît la paix.

— Qui donc, ma chérie ?

— Mais Irène, bien sûr !

— Ah ! gémit-il, qu'est-ce que nous avons donc tous à tant aimer la mort[1] ! »

XXIII

Tota s'habillait sans hâte : William serait en retard comme toujours et ne viendrait pas la chercher avant neuf heures. Bien que Marcel fût parti depuis plus d'une semaine, c'était la première soirée qu'ils allaient passer ensemble, William ayant disparu deux ou trois jours, ayant « plongé », comme il disait.

Tota[a] avait bien supporté ce temps de solitude. Elle ne connaissait que peu de gens et décourageait[b] les avances, toujours[c] méfiante, cabrée, toujours sur la défensive et redoutant qu'on se moque de son accent et de ses manières.

Et surtout, elle n'éprouvait le désir de voir personne parce que personne, ici, ne les avait connus, elle et Alain, à La Hume. Qui donc aurait pu l'aider, lui fournir des indices dans cette recherche, dans cette enquête menée à travers son enfance et son adolescence ? Elle n'en sortait plus, éveillait d'infimes souvenirs, relevait des pistes, interprétait des signes. C'était moins une souffrance qu'une fatigue, qu'un épuisement. Elle ne souffrait pas, mais elle n'en pouvait plus. Pour s'en assurer, il lui eût suffi de sa figure dans le miroir, de ses traits tirés, comme après une longue marche.

Il avait pourtant fallu qu'elle fît une visite de deuil à Hervé. Marcel, pour l'y décider, lui avait promis que ce ne serait qu'une formalité et qu'on ne la recevrait

pas; mais à son grand étonnement, elle avait été introduite dans la chambre de cette vieille dame qu'elle
connaissait à peine, qui était couchée et paraissait très
malade. Hervé, assis à ce chevet, épiait le visage terreux
aux yeux purs, presque enfantins. Marcel se moquait
de l'amour d'Hervé pour sa mère : il disait que les types
du genre d'Hervé aiment toujours bien leur maman[1].
Mais Tota avait été émue par cette attention passionnée
qu'il donnait à sa mère malade, au point qu'il avait à
peine regardé la visiteuse. La vieille dame avait dit
à Tota, d'une voix lente (comme après une petite
attaque), qu'Irène tenait beaucoup à Marcel et qu'elle
en parlait souvent. La jeune femme avait répondu un
peu niaisement, et sur le ton de la moquerie, que pourtant Marcel ne valait pas cher. La malade l'avait regardée
avec tristesse et avait répondu : « Nous valons tous
très cher... » Puis, ses yeux s'étaient fermés. Tota,
intimidée, et la croyant endormie, avait déjà gagné la
porte sur la pointe des pieds, lorsque la vieille prononça
d'une voix forte : « Je penserai à vous et à lui... »

Cette promesse avait déplu à Tota : elle ne voulait
point que l'on s'occupât d'eux; elle n'avait besoin de
personne. Au fond, elle n'avait*a* jamais eu besoin de
personne que d'Alain. William était le premier... Ce soir,
elle n'aurait pas peur... Si ! elle aurait peur; mais le
tout est de s'y attendre; elle ne cédera pas, cette fois-ci,
à la panique. D'ailleurs, William l'amènerait ici, et non
pas chez lui.

« Nous causerons, avait-il promis, nous fumerons,
nous boirons au coin de votre feu. Il se passera des
choses ou il ne se passera rien. N'y pensez pas, fermez
les yeux. »

C'était difficile de ne pas y penser. Elle ne croyait
certes pas que ce fût le moins du monde important.
et puis ce serait la meilleure réponse aux idées idiotes
de Marcel. Que c'est étrange, cet inapaisable besoin de
nous prouver qu'une chimère n'existe pas, n'a jamais
existé !

William la délivrera de cette recherche monotone.
Il rompra cet enchaînement d'images. En est-elle bien
sûre*b* ? En tout cas, cela va s'accomplir, cette nuit. Rien
ne peut l'empêcher; c'est inéluctable. Elle n'imagine
rien qui puisse la détourner de cette pauvre chute.

Pourquoi une chute ? Elle sera fixée, au contraire;
il y aura un point fixe dans sa vie. Ce sera au moins
agréable, peut-être délicieux. « Oui, mais je souffrirai
par cet être qui est un malade...[a] »

Elle se regarda dans la glace, regrettant d'avoir mis
cette robe noire que William aimait. Elle détestait le
noir; elle avait le goût des filles de la campagne pour
les couleurs vives. Cette robe noire la maigrissait... Elle
ne reconnaît pas le coup de sonnette... Et puis il est
trop tôt; ce doit être le courrier. La bonne avait congé,
elle alla donc ouvrir elle-même, — et vit Alain.

Peut-être ce qui l'étonna le plus, fut-ce de n'être pas
surprise :

« Je crois que je t'attendais... »

Elle ajouta :

« Que c'est étonnant, ton arrivée aujourd'hui, à cette
heure précise[1] ! »

Alors seulement elle s'aperçut qu'Alain était vêtu de
noir, lui aussi.

« Père ? » demanda-t-elle.

Il inclina la tête. Hier, au petit jour, leur mère l'avait
trouvé râlant sur le carreau, près de la cheminée : il avait
voulu encore brûler des lettres. Il était mort dans la
soirée, ayant toute sa connaissance, bien qu'il ne pût
parler.

« Et l'argent ? »

Tota eut honte d'avoir posé cette question avant toute
autre[2]. Mais Alain s'efforça de n'en point paraître
choqué : la lettre à demi brûlée que leur père tenait
encore, quand on l'avait relevé, fournissait toutes les
indications nécessaires : la fortune était sauve...

« Enfin, je te raconterai... »

Comme elle lui avait écrit qu'après l'enterrement de
son amie Irène, Marcel était parti, il avait mieux aimé
venir la chercher.

« Nous n'avons pas tout à fait deux heures devant
nous. Tu n'as que le temps de te changer et de faire
tes valises...

— Oui, ajouta-t-elle, délivrée, et aussi de téléphoner
à quelqu'un qui devait me prendre ici... Va m'attendre
dans l'atelier... Dis ? ce n'est pas la peine de faire semblant
d'avoir de la peine ? Non, Alain, ne fronce pas les

sourcils. Je parie que maman a pleuré toutes les larmes
de son corps.

— Elle a un très grand chagrin, et moi aussi. Va
t'habiller, méchante.

— Je ne suis pas méchante : je suis sûre, à La Hume,
d'être un peu émue. Est-ce que tu oseras entrer dans sa
chambre ? Il me semble que nous continuerons, toute
notre vie, à marcher sur la pointe des pieds, à parler
bas, à écouter sa toux à travers le plafond... »

Quand elle rentra dans l'atelier, vêtue pour le voyage,
Alain était assis sur la même chaise, à contre-jour. Elle
le regarda, et soudain le prit dans ses bras, l'embrassa
à plusieurs reprises, sur les deux joues. Il lui rendit ses
baisers.

« Ah ! s'écriait-elle, avec un soupir de joie, voilà
bien la meilleure réponse...

— Quelle réponse ?

— Je ne peux te le dire; tu ne me croirais pas... Ou
bien peut-être cela te ferait-il, à toi aussi, de l'effet...
Non, non, ne me demande rien. »

Elle parut réfléchir. Il faudrait que Marcel les rejoignît
à La Hume ?

« Quel ennui ! Mais, d'un autre côté, après avoir
vécu deux jours entre nous deux, il sera guéri. Il ne peut
pas ne pas guérir[a].

— Guérir de quoi ? »

Elle secoua la tête sans répondre.

« Encore un secret ?

— Ne m'interroge[b] pas. Quel bonheur de partir ce
soir avec toi ! Si tu savais à quel moment tu arrives ! »

Elle lui prit[c] brusquement la tête à deux mains et la
tourna vers la lumière.

« Alain, mon chou, tu as quelque chose ! »

Et comme il se dégageait, en riant faiblement :

« Si ! tu as quelque chose ! Qu'est-ce donc ? »

Il ne souriait plus, ses lèvres remuaient, mais il ne
parla pas.

« Je devine ! » cria-t-elle en battant des mains.

Et du ton un peu vulgaire et complice de beaucoup
de femmes quand elles touchent à ce sujet[a] :

« L'amour, hein ? Tout de même, ça y est, avoue-le ?

— Que tu es bête, ma chérie.

— Comme cela[a] t'a changé ! s'écria-t-elle. Tu as pâli, tes yeux paraissent plus grands... Oui ou non ? reprit-elle. Avoue ? Je ne partirai pas avant que tu aies avoué. Tu vas nous faire manquer le train. »

Elle s'agenouilla, appuya sa tête contre sa poitrine :

« Dis vite : l'amour ? »

Il ne baissa que les paupières.

« Qui est-ce ? Je connais ? »

Il fit signe que non.

« Quand la connaîtrai-je, ta conquête ? »

Il ne répondit pas et mit une main sur ses yeux. Il paraissait souffrir.

« À qui en parlerais-tu, sinon à moi ? Alain, pourquoi pleures-tu ? Tu n'es pas heureux ? »

Il l'assura qu'il l'était.

« Tu n'es pas aimé ? »

— ... C'est l'heure[b], ma chérie. Tu n'as rien oublié ? Nous enverrons demain matin un télégramme à Marcel. »

Il cherchait visiblement à changer de propos. Dans la voiture, il demanda où était Marcel.

« En voyage, avec sa vieille. C'est drôle, hein ? Ne fais donc pas cette tête ! Ah ! non ! Nous allons pouvoir parler de tout, maintenant, j'espère ! Je vais te raconter... »

Il l'écoutait avec une attention profonde.

« Crois-tu qu'il était furieux que je ne sois pas jalouse ? Juge un peu si je m'en moque ! D'ailleurs, même si j'avais été jalouse, je suis tellement sûre qu'il ne se passera rien entre eux... Il ne veut pas avoir un suicide sur la conscience : ça troublerait son sommeil ! Et puis il a un côté " avant-guerre ", un côté " noble cœur ", comme dit William. Je pense qu'il fait cela aussi en souvenir de son Irène. Mais c'est un grand sacrifice pour lui : il souffrait de me laisser... Par exemple, s'il[c] avait pu prévoir que tu viendrais en son absence... (Elle s'interrompit net). Non... aucun rapport... Je ne sais pas pourquoi je dis cela. »

La Vie parisienne[d] qu'elle avait achetée à la gare, glissa de ses mains. Elle dormait, enveloppée dans la couverture grise de la compagnie d'Orléans. Les cahots secouaient sa petite tête morte. Alain avait le sentiment[e] d'être allé chercher ce corps — sous quels décombres ! —

de l'avoir porté dans ses bras jusqu'à ce wagon. Où
allait-il maintenant ? Il ne courrait[a] plus si vite, désormais. C'était comme si Tota avait les bras noués autour
de son cou; et Tota ne serait pas seule : beaucoup
d'autres s'agripperaient à ses vêtements et déjà il traînait
après lui une grappe humaine[1]. Impossible de reculer;
derrière lui, tous les ponts rompus; et devant lui, ce
brasier qu'il faut qu'il traverse. Être appelé... *La Vocation.* Ce n'est pas pour rien qu'un adolescent est désigné
par son nom, marqué, mis à part... Alain, sans méfiance,
avait remonté ce fleuve de délices qui courait sourdement
sous ses pures années, et soudain voici la source : une
colline pas très haute, un gibet à peine élevé au-dessus
de la terre, à demi caché par ce pauvre remous éternel
d'injures, de moqueries et d'amour; et à l'entour, l'indifférence effrayante du monde[b] (ce geste qui dure depuis
des siècles : ce même coup de lance dans le cœur donné
par une main indifférente). Il n'y peut rien; il ne peut
voir autre chose que ce gibet; chaque réponse l'y ramène
du petit catéchisme à l'usage des enfants que depuis
quinze jours lui fait réciter le vieux curé de Sauternes[c].

Ce bonheur qui le terrassa un soir, à La Hume, au
milieu de la prairie poussiéreuse, qui, plus tard, le fit
courir sous les marronniers des Champs-Élysées, et qui,
sur le divan d'un atelier à Paris, le tint en éveil jusqu'à
l'aube (et pour l'étreindre, il avait les bras serrés contre
sa poitrine[2]), ce bonheur, il l'a peut-être perdu, — du
moins ne le reconnaît-il plus : quelqu'un l'a entraîné
loin des routes frayées, et, tout à coup, se démasque.

« Surtout, ne pas dire : jusque-là et pas plus loin... »
Tota avait enfoncé sa figure dans l'oreiller sale et il
ne voyait plus que sa nuque rasée. Les cahots qui
secouaient ce corps lui rappelèrent son précédent retour
de Paris (il n'y a pas deux semaines) : interminable
journée, dans un compartiment de seconde classe où,
à l'heure du repas, des gens déplièrent des papiers
graisseux. Il se rappelle s'être formulé pour la première
fois, entre Chatellerault et Poitiers, la question qu'il
poserait d'abord à sa mère. Cette question, qui depuis
des mois brûlait ses lèvres, comment avait-il pu la retenir
si longtemps ? Comment avait-il pu vaincre cette curiosité dont il était enfin envahi, possédé, au point qu'il se
souvient que le rapide lui paraissait se traîner le long du

ballast, et qu'il désespérait d'atteindre jamais La Hume, et qu'il avait eu peur de mourir avant de savoir... Aussi, à peine le vieil omnibus avait-il quitté la gare de Cérons, la Garonne à peine traversée, sans préparation, il demanda à sa mère s'il était baptisé[a]. Il attendait un oui ou un non, mais il n'attendait pas ce sursaut de peur :

« Pourquoi me demandes-tu cela ? Tu sais bien que ton père... »

Il l'avait interrompue avec impatience :

« Je ne le suis donc pas ? »

Et elle, comme pour se défendre, et de ce ton servile, appris dans l'ombre de son mari :

« Que veux-tu ? J'ai de vieilles idées ; je suis d'une autre époque. Puisque tu n'y crois pas, qu'est-ce que cela peut te faire ? Cela ne signifie rien, ne t'engage à rien. Et puis ça peut porter tort, surtout à une fille, de n'être pas baptisée. Du moment que je l'avait fait pour Tota, c'était difficile de le refuser pour toi au curé de Sauternes qui a été très bon, à cette époque...

— Alors moi aussi ?

— Rassure-toi : inutile de te dire que ton père n'en a rien su. Personne n'en a rien su : la servante du curé et le sacristain, ton parrain et ta marraine, sont morts depuis longtemps. Il ne reste aucune trace. On sait bien que vous n'avez pas fait votre Première Communion : c'est ça qui compte. Tu ne m'en veux pas ? »

Il cherchait[b] une simple parole qui rassurât sa mère et qui, sans la troubler, l'avertît. Il lui dit donc à mi-voix, et comme s'il n'y attachait aucune importance, qu'au contraire, il lui était doux de savoir qu'il appartenait au Christ. Était-ce la première fois qu'Alain prononçait ce nom à haute voix ? Jusqu'à son dernier souffle, il se souviendrait du tonnerre de cette unique syllabe dans le vieil omnibus cahoté sur une route de l'Entre-deux-Mers, un soir[c].

Alain se rappelle que sa mère l'épiait, à la lueur de la lanterne (qui éclairait aussi la croupe lourde du cheval, un harnais rafistolé). Peut-être pensait-elle au jour de ses noces, lorsque son mari lui souffla, sur le seuil de l'église : « Regardez-la bien, cette vieille caverne ; vous n'y mettrez plus jamais les pieds. » Elle avait cédé sur ce qui lui avait paru le moins important ; on peut prier

chez soi comme à l'église; Dieu est partout. Elle avait
veillé au grain; elle n'avait pas mal mené sa barque;
elle avait accompli son devoir d'état. Et maintenant
(que c'est drôle !) le petit s'intéressait à ces choses dont
elle ne lui avait jamais parlé. Sans doute ne ressemblait-il
pas aux Forcas. De son côté à elle, du côté Brannens,
on avait toujours eu de la religion; elle-même, au couvent
de Lorette, et jusqu'à son mariage... Comme les soucis
de la vie recouvrent tout cela ! Est-ce que cela existe
vraiment ?

Lorsque le frein eut grincé à la descente de La Hume,
Alain se souvient qu'elle avait répété : « Pour que le
docteur ait voulu que je te rappelle, il faut que la fin
soit proche. Sans doute ton père ira-t-il jusqu'au printemps, mais il risque aussi de s'en aller d'une minute
à l'autre; et peut-être au moment où je te parle... »
Et comme l'omnibus tournait dans l'avenue, elle avait
regardé s'il y avait de la lumière dans la chambre du
malade.

Alain fut frappé par ce sentiment confus d'attente,
d'espérance, de chagrin, de terreur que les paroles de
sa mère exprimaient. Il l'avait aidée à descendre de
voiture. Une lampe Pigeon, accrochée au mur du
vestibule, éclairait les dalles dont plusieurs étaient
fendues. Et à peine la porte franchie, ils avaient, d'instinct, parlé à voix basse. Aussi loin qu'allaient ses souvenirs, on avait parlé à voix basse dans cette maison.

« Attends un peu, lui avait-elle soufflé. Je voulais te
demander : Tota n'est pas souffrante ?... fatiguée ? Tu ne
t'es aperçu de rien ? »

Il comprit qu'elle pensait à un enfant. Elle souriait
à ce temps peut-être tout proche où Tota reviendrait
à La Hume, un enfant dans les bras. Elle ne s'était
jamais entendue avec cette fille violente; mais le jour
où elle aurait un enfant...

« Que ton père ne sache pas surtout que tu as vu
Tota. Sois prudent : il est entendu que tu es allé visiter
des installations de cuviers mécaniques. »

Alain se rappelle sa puérile frayeur lorsque, derrière
sa mère, il s'était engagé dans l'escalier à vis, dont les
marches, de pierre, étaient glissantes à force d'usure.
À l'étage, une vive lumière brillait sous une des portes,
par un trou que les rats y avaient fait. Et déjà, régnait

cette odeur de la maladie. La mère et le fils étaient immobiles sur le seuil : un grand feu de bois éclairait le plancher rongé par places, et les fauteuils d'acajou, mais laissait l'alcôve dans les ténèbres.

« Entre la première.

— Non : toi. »

Ils n'osaient avancer, jusqu'à ce que la respiration sifflante du malade eut rassuré Mme Forcas : il dormait.

« Il dort : la journée sera meilleure demain », avait-elle murmuré d'un air de profonde satisfaction, comme une bonne femme que tourmente la santé de son époux.

Alain avait veillé jusqu'à l'aube cet étranger, cet homme qui, toute sa vie, avait été « hors de lui »...

« C'est Angoulême*a* ? »

Tota frotte de son gant la vitre embuée.

« Écoute, Alain, pendant que tu dormais, je m'amusais à arranger notre vie à La Hume. Ce serait comme autrefois, mais sans celui qui y rendait la vie étouffante. Je m'en irais quand j'en aurais assez, puis je reviendrais; nous voyagerions... Je doute que Marcel fasse jamais de longs séjours... »

Son frère l'écoutait, sans une parole. Il songeait que dans moins d'un mois, il serait parti; il ne savait pas encore où il irait; Dieu le savait.

« C'est vrai : il y a tes amours que j'oubliais ! Je ne les imagine pas très loin de nous... »

Elle vit remuer la bouche d'Alain, mais, dans le bruit du wagon, n'entendit pas sa réponse :

« Tout près de nous à un jet de pierre*b1*. »

LE NŒUD DE VIPÈRES

« [...] Dieu, considérez que nous ne
nous entendons pas nous-mêmes et que
nous ne savons pas ce que nous voulons,
et que nous nous éloignons infiniment
de ce que nous désirons. »

SAINTE THÉRÈSE D'AVILA[a1].

Cet ennemi des siens, ce cœur dévoré par la haine et par l'avarice, je veux qu'en dépit de sa bassesse vous le preniez en pitié ; je veux qu'il intéresse votre cœur. Au long[a] de sa morne vie, de tristes passions lui cachent la lumière toute proche, dont un rayon, parfois, le touche, va le brûler ; ses passions... mais d'abord les chrétiens[b] médiocres qui l'épient et que lui-même tourmente. Combien d'entre nous rebutent ainsi le pécheur, le détournent d'une vérité qui, à travers eux, ne rayonne plus !

Non[c], ce n'était pas l'argent que cet avare chérissait, ce n'était pas de vengeance que ce furieux avait faim. L'objet véritable de son amour, vous le connaîtrez si vous avez la force et le courage d'entendre cet homme jusqu'au dernier aveu que la mort interrompt[d][1]...

PREMIÈRE PARTIE

I

Tu seras étonnée[a] de découvrir cette lettre dans mon coffre, sur un paquet de titres. Il eût mieux valu peut-être la[b] confier au notaire qui te l'aurait remise après ma mort, ou bien la ranger dans le tiroir de mon bureau, le premier que les enfants forceront avant[c] que j'aie commencé d'être froid. Mais c'est que, pendant des années, j'ai refait[d] en esprit cette lettre et que je l'imaginais toujours, durant mes insomnies, se détachant sur la tablette du coffre[e], d'un coffre vide, et qui n'eût rien contenu d'autre que cette vengeance, durant presque un demi-siècle, cuisinée. Rassure-toi; tu es d'ailleurs déjà rassurée : les titres y sont. Il me semble entendre ce cri, dès le vestibule, au retour de la banque. Oui, tu crieras aux enfants[f], à travers ton crêpe : « Les titres y sont. »

Il s'en est fallu de peu qu'ils n'y fussent pas et j'avais bien pris mes mesures. Si je l'avais voulu, vous seriez aujourd'hui dépouillés de tout, sauf de la maison et des terres. Vous avez eu la chance que je survive à ma[g] haine. J'ai cru longtemps que ma haine était ce qu'il y avait en moi de plus vivant. Et voici qu'aujourd'hui du moins, je ne la sens plus. Le vieillard que je suis devenu a peine à se représenter le furieux malade que j'étais naguère et qui passait des nuits, non plus à combiner

sa vengeance (cette bombe*a* à retardement était déjà
montée avec une minutie dont j'étais fier), mais à chercher le moyen de pouvoir en jouir. J'aurais voulu vivre
assez pour voir vos têtes au retour de la banque. Il
s'agissait de ne pas*b* te donner trop tôt ma procuration
pour ouvrir le coffre, de te la donner juste assez tard
pour que j'aie cette dernière joie d'entendre vos interrogations désespérées : « Où sont les titres ? » Il me
semblait alors que la plus atroce agonie ne me gâterait
pas ce plaisir. Oui, j'ai été un homme capable de tels
calculs. Comment y fus-je amené, moi qui n'étais pas
un monstre[1] ?

Il est quatre*c* heures, et le plateau de mon déjeuner,
les assiettes sales traînent encore sur la table, attirant les
mouches. J'ai sonné en vain; les sonnettes ne fonc-
tionnent jamais à la campagne. J'attends, sans impatience,
dans cette chambre où j'ai dormi enfant, où sans doute
je mourrai. Ce jour-là*d*, la première pensée de notre
fille Geneviève sera*e* de la réclamer pour les enfants.
J'occupe seul la chambre la plus vaste, la mieux exposée.
Rendez-moi cette justice que j'ai offert à Geneviève de
lui céder la place, et que je l'eusse fait*f* sans le docteur
Lacaze qui redoute pour mes bronches l'atmosphère
humide du rez-de-chaussée. Sans doute y aurais-je
consenti, mais avec une telle rancœur qu'il est heureux
que j'en aie été empêché. (J'ai passé toute ma vie à
accomplir des sacrifices dont le souvenir m'empoisonnait,
nourrissait, engraissait ces sortes de rancunes que le
temps fortifie.)

Le goût de la brouille est un héritage de famille[2].
Mon père, je l'ai souvent entendu raconter par ma mère,
était brouillé avec ses parents qui eux-mêmes sont morts
sans avoir revu leur fille, chassée de chez eux trente ans
plus tôt (elle a fait souche de ces cousins marseillais
que nous ne connaissons pas). Nous n'avons jamais su
les raisons de toutes ces zizanies, mais nous faisions
confiance à la haine de nos ascendants; et aujourd'hui
encore, je tournerais le dos à l'un de ces petits cousins
de Marseille si je le rencontrais. On peut ne plus voir
ses parents éloignés; il n'en va pas de même avec les
enfants, avec la femme. Les familles unies, certes, ne
manquent pas; mais quand on songe à la quantité de

ménages où deux êtres s'exaspèrent, se dégoûtent autour de la même table, du même lavabo, sous la même couverture, c'est extraordinaire comme on divorce peu ! Ils se[a] détestent et ne peuvent se fuir au fond de ces maisons...

Quelle est cette fièvre d'écrire qui me prend[b], aujourd'hui, anniversaire de ma naissance ? J'entre dans ma soixante-huitième année[1] et je suis seul à le savoir. Geneviève, Hubert, leurs enfants ont toujours eu[c], pour chaque anniversaire, le gâteau, les petites bougies, les fleurs... Si[d] je ne te donne rien pour ta fête depuis des années, ce n'est pas que je l'oublie, c'est par vengeance. Il suffit... Le dernier bouquet que j'aie reçu ce jour-là, ma pauvre mère l'avait cueilli de ses mains déformées; elle s'était traînée une dernière fois, malgré sa maladie de cœur, jusqu'à l'allée des rosiers.

Où en étais-je ? Oui, tu te demandes pourquoi cette soudaine furie d'écrire, « furie » est bien le mot. Tu peux en juger sur mon écriture, sur ces lettres courbées[e] dans le même sens comme les pins par le vent d'ouest. Écoute[f] : je t'ai parlé d'abord d'une vengeance longtemps méditée et à laquelle je renonce. Mais il y a quelque chose en toi, quelque chose de toi dont je veux triompher, c'est de ton silence. Oh ! Comprends-moi : tu as la langue bien pendue, tu peux discuter des heures avec Cazau au sujet de la volaille ou du potager. Avec les enfants, même les plus petits, tu jacasses et bêtifies des journées entières. Ah ! ces repas[g] d'où je sortais la tête vide, rongé par mes affaires, par mes soucis dont je ne pouvais parler à personne[2]... Surtout, à partir de l'affaire Villenave, quand je suis devenu brusquement un grand avocat d'assises, comme disent les journaux. Plus j'étais[h] enclin à croire à mon importance, plus tu me donnais le sentiment de mon néant... Mais non, ce n'est pas encore de cela qu'il s'agit, c'est d'une autre sorte de silence que je veux me venger : le silence où tu t'obstinais touchant notre ménage, notre désaccord profond. Que de fois, au théâtre, ou lisant un roman, je me suis demandé s'il existe, dans la vie, des amantes et des épouses qui font des « scènes », qui s'expliquent à cœur ouvert, qui trouvent du soulagement à s'expliquer[3].

Pendant ces quarante[i] années où nous avons souffert

flanc à flanc, tu as trouvé la force[a] d'éviter toute parole
un peu profonde, tu as toujours tourné court.

J'ai cru longtemps à un système, à un parti pris dont
la raison m'échappait, jusqu'au jour où j'ai compris que,
tout simplement, cela ne t'intéressait pas. J'étais tellement
en dehors de tes préoccupations que tu te dérobais, non
par terreur, mais par ennui. Tu étais habile à flairer le
vent, tu me voyais[b] venir de loin; et si je te prenais
par surprise, tu trouvais de faciles défaites, ou bien tu
me tapotais[c] la joue, tu m'embrassais et prenais la porte.

Sans doute pourrais-je craindre que tu déchires cette
lettre après en avoir lu les premières lignes. Mais non,
car depuis[d] quelques mois je t'étonne, je t'intrigue. Si
peu que tu m'observes, comment n'aurais-tu pas noté
un changement dans mon humeur ? Oui, cette fois-ci,
j'ai confiance[e] que tu ne te déroberas pas. Je veux que
tu saches, je veux que vous sachiez, toi, ton fils, ta fille,
ton gendre, tes petits-enfants, quel était cet homme qui
vivait seul en face de votre groupe serré, cet avocat
surmené qu'il fallait ménager car il détenait la bourse,
mais qui souffrait dans une autre[f] planète. Quelle
planète ? Tu n'as jamais voulu y aller voir. Rassure-toi :
il ne s'agit pas plus ici de mon éloge funèbre écrit
d'avance par moi-même, que d'un réquisitoire contre
vous. Le trait dominant de ma nature et qui aurait
frappé toute autre femme que toi, c'est une lucidité
affreuse.

Cette habileté à se duper[g] soi-même, qui aide à vivre
la plupart des hommes, m'a toujours fait défaut. Je n'ai
jamais rien éprouvé de vil que je n'en aie eu d'abord
connaissance...

Il a fallu[h] que je m'interrompe... on n'apportait pas
la lampe; on ne venait pas fermer les volets. Je regardais
le toit des chais dont les tuiles ont des teintes vivantes
de fleurs ou de gorges d'oiseaux[i]. J'entendais les grives
dans le lierre du peuplier carolin, le bruit d'une barrique
roulée. C'est une chance que d'attendre la mort dans
l'unique lieu du monde où[j] tout demeure pareil à mes
souvenirs[1]. Seul le vacarme du moteur remplace le
grincement de la noria que faisait tourner l'ânesse.
(Il y a aussi[k] cet horrible avion postal qui annonce
l'heure du goûter et salit le ciel.)

Il n'arrive pas à beaucoup d'hommes de retrouver dans le réel, à portée de leur regard, ce monde que la plupart ne découvrent qu'en eux-mêmes quand ils ont le courage et la patience de se souvenir. Je pose ma main sur ma poitrine, je tâte mon cœur. Je regarde l'armoire à glace où se trouvent dans un coin, la seringue Pravaz, l'ampoule de nitrite d'amyle, tout ce qui serait nécessaire en cas de crise. M'entendrait-on si j'appelais ? Ils veulent que ce soit de la fausse angine de poitrine ; ils tiennent beaucoup moins à m'en persuader qu'à le croire eux-mêmes pour pouvoir dormir tranquilles. Je respire maintenant. On dirait d'une main qui se pose sur mon épaule gauche, qui l'immobilise dans une fausse position, comme ferait quelqu'un qui ne voudrait pas que je l'oublie. En ce qui*ᵃ* me concerne, la mort ne sera pas venue en voleuse. Elle rôde autour de moi depuis des années, je l'entends ; je sens son haleine ; elle est patiente avec moi qui ne la brave pas et me soumets à la discipline qu'impose son approche. J'achève de vivre, en robe de chambre, dans l'appareil*ᵇ* des grands malades incurables, au fond d'un fauteuil à oreillettes où ma mère a attendu sa fin ; assis, comme elle, près d'une*ᶜ* table couverte de potions, mal rasé, malodorant, esclave de plusieurs manies dégoûtantes. Mais ne vous y fiez pas : entre mes crises, je reprends du poil de la bête. L'avoué Bourru, qui me croyait mort, me voit, de nouveau, surgir ; et j'ai la force, pendant des heures, dans les caves des établissements de crédit, de détacher moi-même des coupons.

Il faut que je vive*ᵈ* encore assez de temps pour achever cette confession, pour t'obliger enfin à m'entendre, toi qui, pendant les années où je partageais ta couche, ne manquais jamais de me dire, le soir, dès que j'approchais : « Je tombe de sommeil, je dors déjà, je dors... »

Ce que tu écartais ainsi, c'était bien moins mes caresses que mes paroles.

Il est vrai*ᵉ* que notre malheur a pris naissance dans ces conversations interminables, où, jeunes époux, nous nous complaisions. Deux enfants : j'avais vingt-trois ans ; toi, dix-huit ; et peut-être l'amour nous était-il un plaisir moins vif que*ᶠ* ces confidences, ces abandons. Comme dans les amitiés puériles, nous avions fait le serment de

tout nous dire. Moi qui avais si peu à te confier que
j'étais obligé d'embellir de misérables aventures, je ne
doutais pas que tu ne fusses aussi démunie que moi-
même ; je n'imaginais même pas que tu eusses jamais
pu prononcer un autre nom de garçon avant le mien ;
je ne le croyais pas jusqu'au soir...

C'était dans^a cette chambre où j'écris aujourd'hui. Le
papier des murs a été changé ; mais les meubles d'acajou
sont restés aux mêmes places ; il y avait le verre d'eau
en opaline sur la table et ce service à thé gagné à une
loterie. Le clair de lune éclairait la natte. Le vent du sud,
qui traverse les Landes, portait jusqu'à notre lit l'odeur
d'un incendie.

Cet ami^b, Rodolphe, dont tu m'avais déjà souvent
parlé, et toujours dans les ténèbres de la chambre, comme
si^c son fantôme dût être présent entre nous, aux heures
de notre plus profonde union, tu prononças de nouveau
son nom, ce soir-là, l'as-tu oublié ? Mais cela ne te
suffisait plus :

« Il y a des choses que j'aurais dû te dire, mon chéri,
avant nos fiançailles. J'ai du remords de ne pas te l'avoir
avoué... Oh ! Rien de grave, rassure-toi... »

Je n'étais pas inquiet et ne fis rien^d pour provoquer
tes aveux. Mais tu me les prodiguas avec une complaisance dont je fus d'abord gêné. Tu ne cédais pas à un
scrupule, tu n'obéissais^e pas à un sentiment de délicatesse envers moi, comme tu me le disais et comme,
d'ailleurs, tu le croyais.

Non, tu te vautrais dans un souvenir délicieux, tu
ne pouvais plus te retenir. Peut-être flairais-tu là une
menace pour notre bonheur ; mais, comme on dit,
c'était plus fort que toi. Il ne dépendait pas de ta volonté
que l'ombre de ce Rodolphe ne flottât^f autour de notre
lit.

Ne va pas^g croire surtout que notre malheur ait sa
source dans la jalousie. Moi qui devais devenir, plus
tard, un jaloux furieux, je n'éprouvais rien qui rappelât
cette passion dans la nuit d'été dont je te parle, une
nuit de l'an 85, où tu m'avouas que tu avais été, à Aix,
pendant les vacances, fiancée à ce garçon inconnu.

Quand je songe que c'est^h après quarante-cinq années
qu'il m'est donné de m'expliquer là-dessus[1] ! Mais liras-tu
seulement ma lettre ? Tout cela t'intéresse si peu ! Tout

ce qui*a* me concerne t'ennuie. Déjà les enfants t'empêchaient de me voir et de m'entendre; mais depuis que
les petits-enfants sont venus... Tant pis! Je tente cette
dernière chance. Peut-être*b* aurai-je sur toi plus de
pouvoir mort que vivant. Du moins dans les premiers
jours. Je reprendrai*c* pour quelques semaines une place
dans ta vie. Ne serait-ce que par devoir, tu liras ces
pages jusqu'au bout; j'ai besoin de le croire. Je le crois[1].

II

Non*d*, je n'éprouvai, pendant ta confession, aucune
jalousie. Comment te faire comprendre ce qu'elle détruisait en moi? J'avais été l'unique enfant de cette veuve
que tu as connue, ou plutôt près de laquelle tu as vécu
de longues années sans la connaître. Mais sans doute,
même si cela t'avait intéressée, tu aurais eu*e* du mal
à comprendre ce qu'était l'union de ces deux êtres,
de cette mère et de ce fils, toi, cellule d'une puissante
et nombreuse famille bourgeoise, hiérarchisée, organisée.
Non, tu ne saurais concevoir ce que la veuve d'un
modeste fonctionnaire, chef de service à la Préfecture,
peut donner de soins à un fils qui est tout ce qui lui
reste au monde. Mes succès scolaires la comblaient
d'orgueil. Ils étaient aussi ma seule joie. En ce temps-là,
je ne doutais point que nous ne fussions très pauvres.
Il eût suffi, pour m'en persuader, de notre vie étroite,
de la stricte économie dont ma mère s'était fait une loi.
Certes, je ne manquais de rien. Je me rends compte,
aujourd'hui, à quel point j'étais un enfant gâté. Les
métairies de ma mère à Hosteins, fournissaient à bon
compte notre table dont j'eusse été bien étonné si l'on
m'avait dit qu'elle était très raffinée. Les poulardes
engraissées à la millade, les lièvres, les pâtés de bécasses,
n'éveillaient en moi aucune idée de luxe. J'avais toujours
entendu dire que ces terres n'offraient qu'une mince
valeur. Et de fait, quand ma mère en avait hérité,
c'étaient des étendues stériles où mon grand-père, enfant,
avait mené lui-même paître les troupeaux. Mais j'ignorais*g* que le premier soin de mes parents avait été de
les faire ensemencer et qu'à vingt et un ans, je me trou-

verais possesseur de deux mille hectares de bois en
pleine croissance et qui déjà fournissaient des poteaux
de mine. Ma mère économisait aussi sur ses modestes
rentes. Déjà, du vivant de mon père, ils avaient, « en
se saignant aux quatre veines », acheté Calèse (quarante
mille francs, ce vignoble que je ne lâcherais pas pour
un million !). Nous habitions[a], rue Sainte-Catherine, le
troisième étage d'une maison qui nous appartenait.
(Elle avait constitué, avec des terrains non bâtis, la
dot de mon père.) Deux fois par semaine, un panier
arrivait de la campagne[b] : maman allait le moins possible
« au boucher ». Pour moi, je vivais dans l'idée fixe de
l'École Normale où je voulais entrer. Il fallait lutter,
le jeudi et le dimanche, pour me faire « prendre l'air ».
Je ne ressemblais en rien à ces enfants qui sont toujours
premiers en faisant semblant de ne se donner aucun
mal. J'étais un « bûcheur » et m'en faisais gloire : un
bûcheur, rien que cela. Il ne me souvient pas au lycée,
d'avoir trouvé le moindre plaisir à étudier Virgile
ou Racine. Tout cela n'était que matière de cours. Des
œuvres humaines, j'isolais celles qui étaient inscrites
au programme, les seules qui eussent à mes yeux de
l'importance, et j'écrivais à leur sujet ce qu'il faut écrire
pour plaire aux examinateurs, c'est-à-dire ce qui a déjà
été dit et écrit par des générations de normaliens. Voilà
l'idiot[c] que j'étais et que je fusse demeuré peut-être
sans l'hémoptysie qui terrifia ma mère et qui, deux mois
avant le concours de Normale, m'obligea de tout
abandonner[1].

C'était la rançon d'une enfance trop studieuse, d'une
adolescence malsaine; un garçon en pleine croissance
ne vit pas impunément courbé sur une table, les épaules
ramenées, jusqu'à une heure avancée de la nuit, dans
le mépris de tous les exercices du corps.

Je t'ennuie ? Je tremble de t'ennuyer. Mais ne saute
aucune ligne. Sois assurée que je m'en tiens au strict
nécessaire : le drame de nos deux vies était[d] en puissance
dans ces événements que tu n'as pas connus ou que tu
as oubliés.

D'ailleurs[e] tu vois déjà, par ces premières pages, que
je ne me ménagerai pas. Il y a là de quoi flatter ta haine...
Mais non, ne proteste pas; dès que[f] tu penses à moi,
c'est pour nourrir ton inimitié.

Je crains pourtant d'être injuste envers ce petit
garçon chétif que j'étais, penché sur ses dictionnaires.
Quand je lis*a* les souvenirs d'enfance des autres, quand
je vois ce paradis vers lequel ils se tournent tous, je me
demande avec angoisse : « Et moi ? Pourquoi cette
steppe dès le début de ma vie ? Peut-être ai-je oublié
ce dont les autres se souviennent; peut-être ai-je connu
les mêmes enchantements... » Hélas, je ne vois rien
que cette fureur acharnée, que cette lutte pour la première
place, que ma haineuse rivalité avec*b* un nommé Hénoch
et un nommé Rodrigue. Mon instinct était de repousser
toute sympathie. Le prestige de mes succès, et jusqu'à
cette hargne attiraient certaines natures, je m'en souviens.
J'étais un enfant féroce pour qui prétendait m'aimer.
J'avais horreur des « sentiments ».

Si c'était mon métier d'écrire, je ne pourrais tirer
de ma vie de lycéen une page attendrissante. Attends...
une seule chose, pourtant, presque rien : mon père,
dont je me souvenais à peine, il m'arrivait quelquefois
de me persuader qu'il n'était pas mort, qu'un concours
de circonstances étranges l'avait fait disparaître. Au
retour du lycée, je remontais*c* la rue Sainte-Catherine
en courant, sur la chaussée, à travers les voitures, car
l'encombrement des trottoirs aurait retardé ma marche.
Je montais l'escalier quatre à quatre. Ma mère reprisait
du linge près de la fenêtre. La photographie de mon
père était suspendue à la même place, à droite du lit.
Je me laissais embrasser par ma mère, lui répondais
à peine; et déjà j'ouvrais mes livres[1].

Au lendemain de cette hémoptysie qui transforma
mon destin, de lugubres mois*d* s'écoulèrent dans ce
chalet d'Arcachon où la ruine de ma santé consommait
le naufrage*e* de mes ambitions universitaires. Ma pauvre
mère m'irritait parce que pour elle, cela ne comptait
pas et qu'il me semblait qu'elle se souciait peu de mon
avenir. Chaque jour, elle vivait dans l'attente de « l'heure
du thermomètre ». De ma pesée hebdomadaire, dépendait toute sa douleur ou toute sa joie. Moi qui devais
tant souffrir plus tard d'être malade sans que ma maladie
intéressât personne, je reconnais que j'ai été justement
puni de ma dureté, de mon implacabilité de garçon
trop aimé[2].

Dès les premiers*f* beaux jours, « je repris le dessus »,

comme disait ma mère. À la lettre, je ressuscitai. J'élargis,
je me fortifiai. Ce corps qui avait[a] tant souffert du
régime auquel je l'avais plié, s'épanouit, dans cette forêt
sèche, pleine de genêts et d'arbousiers, du temps qu'Arcachon n'était qu'un village.

J'apprenais[b] en même temps de ma mère qu'il ne
fallait pas m'inquiéter de l'avenir, que nous possédions
une belle fortune et qui s'accroissait d'année en année.
Rien ne me pressait; d'autant que le service militaire
me serait sans doute épargné. J'avais[c] une grande
facilité de parole qui avait frappé tous mes maîtres.
Ma mère voulait que je fisse mon droit et ne doutait
point que, sans excès de fatigue, je pusse facilement
devenir un grand avocat, à moins que je ne fusse attiré
par la politique... Elle parlait[d], parlait, me découvrait,
d'un coup, ses plans. Et moi je l'écoutais, boudeur,
hostile, les yeux tournés vers la fenêtre.

Je commençais à « courir ». Ma mère m'observait[e]
avec une craintive indulgence. J'ai vu depuis, en vivant
chez les tiens, l'importance que prennent ces désordres
dans une famille religieuse. Ma mère, elle, n'y voyait
d'autre inconvénient que ce qui pouvait menacer ma
santé. Quand elle se fut assurée que je n'abusais pas du
plaisir, elle ferma les yeux sur mes sorties du soir,
pourvu que je fusse rentré à minuit. Non, ne crains pas
que je te raconte mes amours de ce temps-là. Je sais
que tu as horreur de ces choses, et d'ailleurs c'étaient
de si pauvres aventures !

Déjà elles me coûtaient assez cher[1]. J'en souffrais.
Je souffrais[f] de ce qu'il y eût en moi si peu de charme
que ma jeunesse ne me servait à rien. Non que je fusse
laid, il me semble. Mes traits sont « réguliers » et Geneviève, mon portrait vivant, a été une belle jeune fille.
Mais j'appartenais[g] à cette race d'êtres dont on dit
qu'ils n'ont pas de jeunesse : un adolescent morne,
sans fraîcheur[2]. Je glaçais les gens, par mon seul aspect.
Plus j'en prenais conscience, plus je me raidissais. Je
n'ai jamais su m'habiller, choisir une cravate, la nouer.
Je n'ai jamais su m'abandonner[h], ni rire, ni faire le fou.
Il était inimaginable que je pusse m'agréger à aucune
bande joyeuse : j'appartenais à la race de ceux dont la
présence fait tout rater[i]. D'ailleurs susceptible, incapable de souffrir la plus légère moquerie. En revanche,

quand je voulais plaisanter, j'assenais aux autres, sans
l'avoir voulu, des coups qu'ils ne me pardonnaient pas.
J'allais droit au ridicule, à l'infirmité qu'il aurait fallu
taire. Je prenais avec les femmes, par timidité et par
orgueil, ce ton supérieur et doctoral qu'elles exècrent.
Je ne savais pas voir leurs robes. Plus je sentais que je
leur déplaisais et plus j'accentuais tout ce qui, en moi,
leur faisait horreur. Ma jeunesse n'a été qu'un long
suicide. Je me hâtais de déplaire exprès par crainte de
déplaire naturellement.

À tort[a] ou à raison, j'en voulais à ma mère de ce que
j'étais. Il me semblait que j'expiais le malheur d'avoir
été, depuis l'enfance, exagérément couvé, épié, servi.
Je fus[b], en ce temps-là, avec elle, d'une dureté atroce.
Je lui reprochais l'excès de son amour. Je ne lui pardonnais pas de m'accabler de ce qu'elle devait être seule
au monde à me donner, — de ce que je ne devais
connaître jamais que par elle. Pardonne-moi d'y revenir
encore, c'est dans cette pensée que je trouve la force
de supporter l'abandon où tu me laisses. Il est juste que
je paie. Pauvre femme endormie depuis tant d'années,
et dont le souvenir ne survit plus que dans le cœur
exténué du vieillard que je suis, — qu'elle aurait souffert,
si elle avait prévu comme le destin la vengerait !

Oui, j'étais atroce : dans la petite salle à manger du
chalet, sous la suspension qui éclairait nos repas, je ne
répondais que par monosyllabes à ses timides questions ;
ou bien je m'emportais brutalement au moindre prétexte
et même sans motif.

Elle n'essayait pas de comprendre ; elle n'entrait pas
dans les raisons de mes fureurs, les subissait comme les
colères d'un dieu : « C'était la maladie, disait-elle, il
fallait détendre mes nerfs[1]... » Elle ajoutait qu'elle était
trop ignorante pour me comprendre : « Je reconnais
qu'une vieille femme comme moi n'est pas une compagne
bien agréable pour un garçon de ton âge... » Elle que
j'avais vue si économe, pour ne pas dire avare, me
donnait plus d'argent que je n'en demandais, me poussait
à la dépense, me rapportait de Bordeaux des cravates
ridicules que je refusais de porter.

Nous nous étions liés avec des voisins dont je cour-
tisais la fille, non qu'elle me plût ; mais comme elle
passait l'hiver à Arcachon pour se soigner, ma mère

s'affolait à l'idée d'une contagion possible ou redoutait
que je la compromisse et que je fusse engagé malgré
moi. Je suis sûr aujourd'hui, de m'être attaché, d'ailleurs
vainement, à cette conquête, pour[a] imposer une angoisse
à ma mère[1].

Nous revînmes à Bordeaux[b] après une année d'absence.
Nous avions déménagé. Ma mère avait acheté un hôtel
sur les boulevards, mais[c] ne m'en avait rien dit pour
me réserver la surprise. Je fus stupéfait lorsqu'un valet
de chambre nous ouvrit la porte. Le premier étage
m'était destiné. Tout paraissait neuf. Secrètement ébloui
par un luxe dont j'imagine aujourd'hui qu'il devait
être affreux, j'eus la cruauté de ne faire que des critiques
et m'inquiétai de l'argent dépensé.

C'est alors que ma mère triomphante me rendit des
comptes que, d'ailleurs, elle ne me devait pas (puisque
le plus gros de la fortune venait de sa famille). Cinquante
mille francs de rente, sans compter les coupes de bois,
constituaient à cette époque, et surtout en province,
une « jolie » fortune, dont tout autre garçon se serait
servi pour se pousser, pour s'élever jusqu'à la première
société de la ville. Ce n'était point l'ambition qui me
faisait défaut; mais j'aurais été bien en peine de dissimuler à mes camarades de la Faculté de droit mes
sentiments hostiles.

C'étaient presque tous[d] des fils de famille, élevés chez
les jésuites et à qui, lycéen et petit-fils d'un berger, je
ne pardonnais pas l'affreux sentiment d'envie que leurs
manières m'inspiraient, bien qu'ils m'apparussent comme
des esprits inférieurs. Envier des êtres que l'on méprise,
il y a dans cette honteuse passion de quoi empoisonner
toute une vie.

Je les enviais et je les méprisais; et leur dédain (peut-
être imaginaire) exaltait encore ma rancœur. Telle était[e]
ma nature que je ne songeais pas un seul instant à les
gagner et que je m'enfonçais plus avant chaque jour
dans le parti de leurs adversaires. La haine de la religion,
qui a été si longtemps ma passion dominante, dont tu
as tellement souffert et qui nous a rendus[f] à jamais
ennemis, cette haine prit naissance à la Faculté de droit,
en 1879 et en 1880, au moment du vote de l'article 7,
l'année des fameux décrets et de l'expulsion des jésuites[2].

Jusque-là j'avais vécu indifférent à ces questions. Ma mère n'en parlait jamais que pour dire : « Je suis bien tranquille, si des gens comme nous ne sont pas sauvés, c'est que personne ne le sera[1]. » Elle m'avait fait baptiser. La Première Communion au lycée me sembla une formalité ennuyeuse dont je n'ai gardé qu'un souvenir confus. En tout cas, elle ne fut suivie d'aucune autre. Mon ignorance était profonde en ces matières. Les prêtres[a], dans la rue, quand j'étais enfant, m'apparaissaient comme des personnages déguisés, des espèces de masques[2]. Je ne pensais jamais à ces sortes de problèmes et lorsque je les abordai enfin, ce fut du point de vue de la politique.

Je fondai[b] un cercle d'études qui se réunissait au café Voltaire, et où je m'exerçais à la parole[3]. Si timide dans le privé, je devenais un autre homme dans les débats publics. J'avais des partisans, dont je jouissais d'être le chef, mais au fond je ne les méprisais pas moins que les bourgeois. Je leur en voulais[c] de manifester naïvement les misérables mobiles qui étaient aussi les miens, et dont ils m'obligeaient à prendre conscience. Fils de petits fonctionnaires, anciens boursiers, garçons intelligents et ambitieux mais pleins de fiel, ils me flattaient sans m'aimer. Je leur offrais quelques repas qui faisaient date et dont ils parlaient longtemps après. Mais leurs manières me dégoûtaient. Il m'arrivait de ne pouvoir retenir une moquerie qui les blessait mortellement et dont ils me gardaient rancune.

Pourtant ma haine[d] antireligieuse était sincère. Un certain désir de justice sociale me tourmentait aussi[4]. J'obligeai[e] ma mère à mettre bas les maisons de torchis où nos métayers vivaient mal, nourris de cruchade[5] et de pain noir. Pour la première fois, elle essaya de me résister : « Pour la reconnaissance qu'ils t'en auront... »

Mais je ne fis rien de plus. Je souffrais de reconnaître que nous avions, mes adversaires et moi, une passion commune : la terre, l'argent[6]. Il y a les classes possédantes et il y a les autres. Je compris que je serais toujours du côté des possédants. Ma fortune était égale ou supérieure à celle de tous ces garçons gourmés qui détournaient, croyais-je, la tête en me voyant et qui sans doute n'eussent pas refusé ma main tendue. Il ne manquait d'ailleurs pas[f] de gens, à droite et à gauche, pour me reprocher dans les réunions publiques, mes deux mille hectares de bois et mes vignobles.

Pardonne-moi[a] de m'attarder ainsi. Sans tous ces détails, peut-être ne comprendrais-tu pas ce qu'a été notre rencontre, pour le garçon ulcéré que j'étais, ce que fut notre amour. Moi, fils de paysans, et dont[b] la mère avait « porté le foulard[1] », épouser une demoiselle Fondaudège ! Cela passait l'imagination, c'était inimaginable…

III

Je me suis interrompu d'écrire parce que la lumière[c] baissait et que j'entendais parler au-dessous de moi[2]. Non que vous fissiez beaucoup de bruit. Au contraire : vous parliez à voix basse et c'est cela qui me trouble. Autrefois, depuis cette chambre, je pouvais suivre vos conversations. Mais maintenant, vous vous méfiez, vous chuchotez. Tu m'as dit, l'autre jour, que je devenais dur d'oreille. Mais non : j'entends le grondement du train sur le viaduc. Non, non, je ne[d] suis pas sourd. C'est vous qui baissez la voix et qui ne voulez pas que je surprenne vos paroles. Que me cachez-vous ? Les affaires ne vont pas ? Et ils sont tous là, autour de toi, la langue tirée : le gendre qui est dans les rhums et le petit-gendre qui ne fait rien, et notre fils Hubert, l'agent de change… Il a pourtant l'argent de tout le monde à sa disposition, ce garçon qui donne du vingt pour cent !

Ne comptez pas sur moi : je ne lâcherai pas le morceau. « Ce serait si simple[e] de couper des pins… » vas-tu me souffler ce soir. Tu me rappelleras que les deux filles d'Hubert habitent chez leurs beaux-parents, depuis leur mariage, parce qu'elles n'ont pas d'argent pour se meubler. « Nous avons au grenier des tas de meubles qui s'abîment, ça ne nous coûterait rien de les leur prêter… » Voilà ce que tu vas me demander, tout à l'heure. « Elles nous en veulent; elles ne mettent plus les pieds ici. Je suis privée de mes petits-enfants… »

C'est de cela qu'il est question entre vous et dont vous parlez à voix basse.

. . . .

. . . .

Je relis^a ces lignes écrites hier soir dans une sorte de délire. Comment ai-je pu céder à cette fureur ? Ce n'est plus une lettre, mais un journal^b interrompu, repris... Vais-je effacer cela ? Tout recommencer ? Impossible : le temps me presse. Ce que j'ai écrit est écrit. D'ailleurs, que désirai-je, sinon m'ouvrir tout entier devant toi, t'obliger à me voir jusqu'au fond ? Depuis trente ans, je ne suis^c plus rien à tes yeux qu'un appareil distributeur de billets de mille francs, un appareil qui fonctionne mal et qu'il faut secouer sans cesse, jusqu'au jour où on pourra enfin l'ouvrir, l'éventrer, puiser à pleine mains dans le trésor qu'il renferme.

De nouveau je cède à la rage. Elle me ramène au point où je m'étais interrompu : il faut remonter à la source de cette fureur, me rappeler cette nuit fatale... Mais d'abord, souviens-toi de notre première rencontre.

J'étais à Luchon, avec ma mère, en août 83. L'hôtel Sacarron de ce temps-là était plein de meubles rembourrés, de poufs, d'isards empaillés. Les tilleuls des allées d'Étigny, c'est toujours leur odeur que je sens, après tant d'années, quand les tilleuls fleurissent. Le trot menu des ânes, les sonnailles, les claquements de fouets m'éveillaient le matin. L'eau de la montagne ruisselait jusque dans les rues. Des petits marchands criaient les croissants et les pains au lait. Des guides passaient à cheval, je regardais partir les cavalcades.

Tout le premier était habité par les Fondaudège. Ils occupaient l'appartement du roi Léopold. « Fallait-il qu'ils fussent dépensiers, ces gens-là ! » disait ma mère. Car cela ne les empêchait pas d'être toujours en retard quand il s'agissait de payer (ils avaient loué les vastes terrains que nous possédions aux docks, pour entredéposer des marchandises^d).

Nous dînions à la table d'hôte ; mais vous, les Fondaudège, vous étiez servis à part. Je me rappelle cette table ronde, près des fenêtres : ta grand-mère, obèse, qui cachait un crâne chauve sous des dentelles^e noires où tremblait du jais. Je croyais toujours qu'elle me souriait :

mais c'était[a] la forme de ses yeux minuscules et la fente
démesurée de sa bouche qui donnait cette illusion.
Une religieuse la servait, figure bouffie, bilieuse, enveloppée de linges empesés[1]. Ta mère... comme elle était
belle ! Vêtue de noir, toujours en deuil de ses deux
enfants perdus. Ce fut elle, et non toi, que d'abord
j'admirai à la dérobée. La nudité de son cou, de ses
bras et de ses mains me troublait. Elle ne portait aucun
bijou[b]. J'imaginais des défis stendhaliens[2] et me donnais
jusqu'au soir pour lui adresser la parole ou lui glisser
une lettre. Pour toi, je te remarquais à peine. Je croyais
que les jeunes filles[c] ne m'intéressaient pas. Tu avais
d'ailleurs cette insolence de ne jamais regarder les
autres, qui était une façon de les supprimer.

Un jour[d], comme je revenais du Casino, je surpris
ma mère en conversation avec Mme Fondaudège,
obséquieuse, trop aimable, comme quelqu'un qui déses-
père de s'abaisser au niveau de son interlocuteur. Au
contraire, maman parlait fort : c'était un locataire qu'elle
tenait entre ses pattes et les Fondaudège n'étaient rien
de plus à ses yeux que des payeurs négligents. Paysanne[e],
terrienne, elle se méfiait du négoce et de ces fragiles
fortunes sans cesse menacées. Je l'interrompis[f] comme
elle disait : « Bien sûr, j'ai confiance en la signature de
M. Fondaudège, mais... »

Pour la première fois, je me mêlai à une conversation
d'affaires. Mme Fondaudège obtint le délai qu'elle
demandait. J'ai bien souvent pensé, depuis, que l'instinct
paysan de ma mère ne l'avait pas trompée : ta famille
m'a coûté assez cher et si je me laissais dévorer, ton
fils, ta fille, ton petit-gendre, auraient bientôt fait
d'anéantir ma fortune, de l'engouffrer dans leurs affaires.
Leurs affaires ! Un bureau[g] au rez-de-chaussée, un téléphone, une dactylo... Derrière ce décor, l'argent disparaît
par[h] paquets de cent mille. Mais je m'égare[i]... Nous
sommes en 1883, à Bagnères-de-Luchon.

Je voyais maintenant cette famille puissante me
sourire. Ta grand-mère ne s'interrompait pas de parler,
parce qu'elle était sourde. Mais depuis[j] qu'il m'était
donné d'échanger, après les repas, quelques propos
avec ta mère, elle m'ennuyait et dérangeait les romanesques idées que je m'étais faites à son sujet. Tu ne
m'en voudras pas de rappeler que sa conversation était

plate, qu'elle habitait un univers si borné et usait d'un
vocabulaire si réduit qu'au bout de trois minutes je
désespérais de soutenir la conversation.

Mon attention*a*, détournée de la mère, se fixa sur la
fille. Je ne m'aperçus pas tout de suite qu'on ne mettait
aucun obstacle à nos entretiens. Comment aurais-je pu
imaginer que les Fondaudège voyaient en moi un parti
avantageux ? Je me souviens d'une promenade dans la
vallée du Lys. Ta grand-mère au fond de la victoria,
avec la religieuse; et nous deux sur le strapontin. Dieu
sait que les voitures ne manquaient pas à Luchon !
Il fallait être une Fondaudège pour y avoir amené son
équipage.

Les chevaux*b* allaient au pas, dans un nuage de
mouches. La figure de la sœur était luisante; ses yeux
mi-clos. Ta*c* grand-mère s'éventait avec un éventail
acheté sur les allées d'Étigny et où était dessiné un
matador estoquant un taureau noir. Tu avais*d* des gants
longs malgré la chaleur. Tout était blanc sur toi, jusqu'à
tes bottines aux hautes tiges : « tu étais vouée au blanc »,
me disais-tu, depuis la mort de tes deux frères. J'ignorais
ce que signifiait « être vouée au blanc », J'ai su, depuis,
combien, dans ta famille, on avait de goût pour ces
dévotions un peu bizarres. Tel était alors mon état
d'esprit que je trouvais à cela une grande poésie. Comment te faire comprendre ce que tu avais suscité en
moi ? Tout d'un coup, j'avais la sensation de ne plus
déplaire, je ne déplaisais plus, je n'étais pas odieux.
Une des dates importantes de ma vie fut ce soir où tu
me dis : « C'est extraordinaire, pour un garçon, d'avoir
de si grands cils ! »

Je cachais*e* soigneusement mes idées avancées. Je
me rappelle, durant cette promenade, comme nous
étions descendus tous les deux pour alléger la voiture,
qu'à une montée, ta grand-mère et la religieuse prirent
leur chapelet, et du haut de son siège, le vieux cocher,
dressé depuis des années, répondait aux *Ave Maria*.
Toi-même, tu souriais en me regardant. Mais je demeurais imperturbable. Il ne me coûtait pas de vous accompagner, le dimanche, à la messe d'onze heures. Aucune
idée métaphysique ne se rattachait pour moi à cette
cérémonie. C'était le culte d'une classe, auquel j'étais
fier de me sentir agrégé, une sorte de religion des ancêtres

à l'usage de la bourgeoisie, un ensemble de rites dépourvus de toute signification autre que sociale.

Comme parfois tu me regardais à la dérobée, le souvenir de ces messes demeure lié à cette merveilleuse découverte que je faisais : être capable d'intéresser, de plaire, d'émouvoir. L'amour que j'éprouvais se confondait avec celui que j'inspirais, que je croyais inspirer. Mes propres sentiments n'avaient rien de réel. Ce qui comptait, c'était ma foi en l'amour que tu avais pour moi. Je me reflétais dans un autre être et mon image ainsi reflétée n'offrait rien de repoussant. Dans une détente délicieuse, je m'épanouissais. Je me rappelle ce dégel[a] de tout mon être sous ton regard, ces émotions jaillissantes, ces sources délivrées. Les gestes les plus ordinaires de tendresse, une main serrée, une fleur gardée dans un livre, tout m'était nouveau, tout m'enchantait[b1].

Seule, ma mère n'avait pas le bénéfice de ce renouvellement. D'abord parce que je la sentais hostile au rêve (que je croyais fou) qui se formait lentement en moi. Je lui en voulais de n'être pas éblouie. « Tu ne vois que ces gens cherchent à t'attirer ? » répétait-elle, sans se douter qu'elle risquait ainsi de détruire mon immense joie d'avoir plu enfin à une jeune fille. Il existait une jeune fille au monde à qui[c] je plaisais et qui peut-être souhaitait de m'épouser : je le croyais, malgré la méfiance de ma mère; car vous étiez trop grands, trop puissants, pour avoir quelque avantage à notre alliance. Il n'empêche que je nourrissais une rancune presque haineuse contre ma mère qui mettait en doute mon bonheur.

Elle n'en prenait[d] pas moins ses informations, ayant des intelligences dans les principales banques. Je triomphai, le jour où elle dut reconnaître que la maison Fondaudège, malgré quelques embarras passagers, jouissait du plus grand crédit. « Ils gagnent un argent fou, mais ils mènent trop grand train, disait maman. Tout passe dans les écuries, dans la livrée. Ils préfèrent jeter de la poudre aux yeux, plutôt que de mettre de côté... »

Les renseignements des banques achevèrent de me rassurer sur mon bonheur. Je tenais la preuve de votre désintéressement : les tiens me souriaient parce que je leur plaisais; il me semblait, soudain, naturel de plaire à tout le monde. Ils me laissaient seul avec toi, le soir, dans les allées du Casino. Qu'il est étrange[e], dans ces

commencements de la vie où un peu de bonheur nous
est départi, qu'aucune voix ne vous avertisse : « Aussi
vieux que tu vives, tu n'auras[a] pas d'autre joie au monde
que ces quelques heures. Savoure-les jusqu'à la lie,
parce qu'après cela, il ne reste rien pour toi. Cette
première source rencontrée est aussi la dernière. Étanche
ta soif, une fois pour toutes : tu ne boiras plus[1]. »

Mais je me persuadais au contraire que c'était le
commencement d'une longue vie passionnée, et je
n'étais pas assez attentif à ces soirs où nous demeurions,
immobiles, sous les feuillages endormis.

Il y eut pourtant des signes, mais que j'interprétais
mal. Te rappelles-tu cette nuit, sur un banc (dans l'allée
en lacets qui montait derrière les Thermes) ? Soudain,
sans cause apparente, tu éclatas en sanglots. Je me
rappelle l'odeur de tes joues mouillées, l'odeur de[b] ce
chagrin inconnu. Je croyais aux larmes de l'amour
heureux. Ma jeunesse ne savait pas interpréter ces
râles[c], ces suffocations. Il est vrai que tu me disais :
« Ce n'est rien, c'est d'être auprès de vous... »

Tu ne mentais pas, menteuse. C'était bien parce que
tu te trouvais auprès de moi que tu pleurais, — auprès
de moi et non d'un autre, et non près de celui dont tu
devais enfin me livrer le nom quelques mois plus tard,
dans cette chambre où j'écris, où je suis un vieillard
près de mourir, au milieu d'une famille aux aguets,
qui attend le moment de la curée.

Et moi, sur ce banc, dans les lacets de Superbagnères,
j'appuyais ma figure entre ton épaule et ton cou, je
respirais cette petite fille en larmes. L'humide et tiède
nuit pyrénéenne, qui sentait les herbages mouillés et
la menthe, avait pris aussi de ton odeur. Sur la place des
Thermes, que nous dominions, les feuilles des tilleuls[a],
autour du kiosque à musique, étaient éclairées par les
réverbères. Un vieil Anglais de l'hôtel attrapait, avec
un long filet, les papillons de nuit qu'ils attiraient.
Tu me disais : « Prêtez-moi votre mouchoir... » Je
t'essuyai les yeux et cachai ce mouchoir entre ma chemise
et ma poitrine.

C'est assez dire que j'étais devenu un autre. Mon
visage même, une lumière l'avait touché. Je le comprenais aux regards des femmes. Aucun soupçon ne me

vint, après ce soir de larmes. D'ailleurs, pour un soir
comme celui-là, combien y en eut-il où tu n'étais que
joie, où tu t'appuyais à moi, où tu t'attachais à mon
bras ! Je marchais trop vite et tu t'essoufflais à me
suivre. J'étais un fiancé chaste. Tu intéressais une part
intacte de moi-même. Pas une fois[a] je n'eus la tentation
d'abuser de la confiance des tiens dont j'étais à mille
lieues de croire qu'elle pût être calculée.

Oui, j'étais un autre homme, au point qu'un jour
— après quarante années, j'ose enfin te faire cet aveu
dont tu n'auras plus le goût de triompher, quand tu
liras cette lettre — un jour, sur la route de la vallée
du Lys, nous étions descendus de la victoria. Les eaux
ruisselaient; j'écrasais du fenouil entre mes doigts;
au bas des montagnes, la nuit s'accumulait, mais, sur
les sommets, subsistaient des camps de lumière... J'eus
soudain la sensation aiguë, la certitude presque physique
qu'il existait un autre monde, une réalité dont nous ne
connaissions que l'ombre...

Ce ne fut[b] qu'un instant, — et qui, au long de ma
triste vie, se renouvela à de très rares intervalles[1].
Mais sa[c] singularité même lui donne à mes yeux une
valeur accrue. Et[d] c'est pourquoi, plus tard, dans le
long débat religieux qui nous a déchirés, il me fallut
écarter un tel souvenir... Je t'en devais l'aveu... Mais
il n'est pas temps encore d'aborder ce sujet[e].

Inutile de rappeler nos fiançailles. Un soir, elles furent
conclues; et cela se fit sans que je l'eusse voulu. Tu
interprétas, je crois, une parole que j'avais dite dans
un tout autre sens que celui que j'y avais voulu mettre :
je me trouvais lié à toi et n'en revenais pas moi-même.
Inutile de rappeler tout cela. Mais il y a une horreur sur
laquelle je me condamne à arrêter[f] ma pensée.

Tu m'avais tout de suite averti d'une de tes exigences.
« Dans l'intérêt de la bonne entente », tu te refusais
à faire ménage commun avec ma mère et même à habiter
la même maison. Tes parents et toi-même, vous étiez
décidés à ne pas transiger là-dessus.

Comme après tant d'années elle demeure présente à
ma mémoire, cette chambre étouffante de l'hôtel, cette
fenêtre ouverte sur les allées d'Étigny ! La poussière
d'or, les claquements de fouet, les grelots, un air de

tyrolienne montaient à travers les jalousies fermées.
Ma mère*ᵃ*, qui avait la migraine, était étendue sur le
sofa, vêtue d'une jupe et d'une camisole (elle n'avait
jamais su ce qu'était un déshabillé, un peignoir, une
robe de chambre). Je profitai*ᵇ* de ce qu'elle me disait
qu'elle nous laisserait les salons du rez-de-chaussée et
qu'elle se contenterait d'une chambre au troisième :
« Écoute, maman. Isa pense qu'il vaudrait mieux... »
À mesure que je parlais, je regardais à la dérobée cette
vieille figure, puis je détournais les yeux. De ses doigts
déformés, maman froissait le feston de la camisole.
Si elle s'était débattue, j'aurais trouvé à quoi me prendre,
mais son silence ne donnait aucune aide à ma colère.

Elle feignait*ᶜ* de n'être pas atteinte et de n'être même
pas surprise. Elle parla enfin, cherchant des mots qui
pussent me faire croire qu'elle s'était attendue à notre
séparation.

« J'habiterai presque toute l'année Aurigne, disait-
elle, c'est la plus habitable de nos métairies, et je vous
laisserai Calèse. Je ferai construire un pavillon à Aurigne :
il me suffit de trois pièces. C'est ennuyeux*ᵈ* de faire cette
dépense alors que, l'année prochaine, je serai peut-être
morte. Mais tu pourras t'en servir plus tard, pour la
chasse à la palombe. Ce serait commode d'habiter là,
en octobre. Tu n'aimes pas la chasse, mais tu peux
avoir des enfants qui en aient le goût. »

Aussi loin qu'allât mon ingratitude, impossible
d'atteindre l'extrémité de cet amour. Délogé de ses
positions, il se reformait ailleurs. Il s'organisait avec ce
que je lui laissais, il s'en arrangeait. Mais, le soir, tu
me demandas :

« Qu'a donc votre mère ? »

Elle reprit dès le lendemain, son aspect habituel.
Ton père*ᵉ* arriva de Bordeaux avec sa fille aînée et son
gendre. On avait dû les tenir au courant. Ils me toisaient.
Je croyais les entendre s'interroger les uns les autres :
« Le trouves-tu " sortable " ?... La mère n'est pas
possible... » Je n'oublierai jamais l'étonnement que me
causa ta sœur, Marie-Louise, que vous appeliez Marinette, ton aînée d'un an et qui avait l'air d'être ta cadette,
gracile, avec ce long cou, ce trop lourd chignon, ces
yeux d'enfant. Le vieillard à qui ton père l'avait livrée,

le baron Philipot, me fit horreur. Mais depuis qu'il est mort, j'ai souvent pensé à ce sexagénaire comme à l'un des hommes les plus malheureux que j'aie jamais connus. Quel martyre cet imbécile a-t-il subi, pour que sa jeune femme oubliât qu'il était un vieillard[a] ! Un corset le serrait à l'étouffer. Le col empesé, haut et large, escamotait les bajoues et les fanons. La teinture luisante des moustaches et des favoris faisait ressortir les ravages de la chair violette. Il écoutait à peine ce qu'on lui disait, cherchant toujours une glace; et quand il l'avait trouvée, rappelle-toi nos rires, si nous surprenions le coup d'œil que le malheureux donnait à son image, ce perpétuel examen qu'il s'imposait. Son râtelier lui défendait de sourire. Ses lèvres étaient scellées par une volonté jamais défaillante. Nous avions remarqué aussi ce geste, lorsqu'il se coiffait de son cronstadt, pour ne pas déranger l'extraordinaire mèche qui, partie de la nuque, s'éparpillait sur le crâne comme le delta d'un maigre fleuve[b].

Ton père, qui était son contemporain, en dépit de la barbe blanche, de la calvitie, du ventre, plaisait encore aux femmes et, même dans les affaires, s'entendait à charmer. Ma mère seule lui résista. Le coup que je venais de lui porter l'avait peut-être durcie. Elle discutait chaque article du contrat comme elle eût fait pour une vente ou pour un bail. Je feignais[c] de m'indigner de ses exigences et la désavouais, — secrètement heureux de savoir mes intérêts en bonnes mains. Si aujourd'hui ma fortune est nettement séparée de la tienne, si vous avez si peu de prise sur moi, je le dois à ma mère qui exigea le régime dotal le plus rigoureux, comme si j'eusse été une fille résolue à épouser un débauché.

Du moment[d] que les Fondaudège ne rompaient pas devant ces exigences, je pouvais[e] dormir tranquille : ils tenaient à moi, croyais-je, parce que tu tenais à moi.

Maman ne voulait pas entendre parler d'une rente; elle exigeait que ta dot fût versée en espèces : « Ils me donnent en exemple le baron Philipot, disait-elle, qui a pris l'aînée sans un sou... Je le pense bien ! Pour avoir livré cette pauvre petite à ce vieux, il fallait qu'ils eussent quelque avantage ! Mais nous, c'est une autre affaire : ils croyaient[f] que je serais éblouie par leur alliance : ils ne me connaissent pas... »

Nous affections, nous, les « tourtereaux », de nous

désintéresser du débat. J'imagine*a* que tu avais autant de confiance dans le génie de ton père que moi dans celui de ma mère. Et après tout, peut-être ne savions-nous, ni l'un ni l'autre, à quel point nous aimions l'argent...

Non, je suis injuste. Tu ne l'as jamais aimé qu'à cause des enfants. Tu m'assassinerais, peut-être, afin de les enrichir, mais tu t'enlèverais pour eux le pain de la bouche.

Alors que moi... j'aime l'argent, je l'avoue, il me rassure. Tant que je demeurerai le maître de la fortune, vous ne pouvez rien contre moi. « Il en faut si peu à notre âge », me répètes-tu. Quelle erreur ! Un vieillard n'existe que par ce qu'il possède. Dès qu'il n'a plus rien, on le jette au rebut. Nous n'avons pas le choix entre la maison de retraite, l'asile, et la fortune. Les histoires de paysans qui laissent mourir leurs vieux de faim après qu'ils les ont dépouillés, que de fois en ai-je surpris l'équivalent, avec un peu plus de formes et de manières, dans les familles bourgeoises ! Eh bien ! oui, j'ai peur de m'appauvrir. Il me semble que je n'accumulerai jamais assez d'or. Il vous attire, mais il me protège.

L'heure*b* de l'angélus est passée et je ne l'ai pas entendu... mais il n'a pas sonné : c'est aujourd'hui le Vendredi saint. Les hommes*c* de la famille vont arriver, ce soir, en auto ; je descendrai dîner. Je veux les voir tous réunis : je me sens plus fort contre tous que dans les conversations particulières. Et puis*d*, je tiens à manger ma côtelette, en ce jour de pénitence, non par*e* bravade, mais pour vous signifier que j'ai gardé ma volonté intacte et que je ne céderai sur aucun point[1].

Toutes les positions que j'occupe depuis quarante-cinq ans, et dont tu n'as pu me déloger, tomberaient une à une si je faisais une seule concession. En face de cette famille nourrie de haricots et de sardines à l'huile, ma côtelette du Vendredi saint sera le signe qu'il ne reste aucune espérance de me dépouiller vivant.

IV

Je ne m'étais pas trompé. Ma présence au milieu de
vous, hier soir, dérangeait vos plans. La table des enfants
était seule joyeuse parce que, le soir du Vendredi saint,
ils dînent avec du chocolat et des tartines beurrées.
Je ne les distingue pas entre eux : ma petite-fille Janine
a déjà un enfant qui marche*a*... J'ai donné à tous le
spectacle d'un excellent appétit. Tu as fait allusion à ma
santé et à mon grand âge pour excuser la côtelette aux
yeux des enfants. Ce qui m'a paru assez terrible, c'est
l'optimisme d'Hubert. Il se dit assuré que la Bourse
remontera avant peu comme un homme pour qui c'est
une question de vie ou de mort. Il est tout de même
mon fils. Ce quadragénaire est mon fils, je le sais, mais
je ne le sens pas. Impossible*b* de regarder cette vérité
en face. Si ses affaires tournaient mal pourtant ! Un agent
de change, qui donne de tels dividendes, joue et risque
gros... Le jour où l'honneur de la famille serait en jeu...
L'honneur de la famille ! Voilà une idole à laquelle je
ne sacrifierai pas. Que ma décision soit bien prise
d'avance. Il faudrait tenir le coup, ne pas s'attendrir.
D'autant qu'il restera toujours le vieil oncle Fondaudège
qui marcherait, lui, si je ne marchais pas... mais je
divague, je bats la campagne... ou plutôt, je me dérobe
au rappel de cette nuit où tu as détruit, à ton insu,
notre bonheur.

Il est étrange*c* de penser que tu n'en as peut-être pas
gardé le souvenir. Ces quelques heures de tièdes ténèbres,
dans cette chambre, ont décidé de nos deux destins.
Chaque parole que tu disais les séparait un peu plus, et
tu ne t'es*d* aperçue de rien. Ta mémoire qu'encombrent
mille souvenirs futiles, n'a rien retenu de ce désastre.
Songe que pour toi*e*, qui fais profession de croire à la
vie éternelle, c'est mon éternité même que tu as engagée
et compromise, cette nuit-là. Car notre*f* premier amour
m'avait rendu sensible à l'atmosphère de foi et d'adoration qui baignait ta vie. Je t'aimais et j'aimais les

éléments spirituels de ton être. Je m'attendrissais*a* quand
tu t'agenouillais dans ta longue chemise d'écolière...

Nous habitions cette chambre où j'écris*b* ces lignes.
Pourquoi étions-nous venus au retour de notre voyage
de noces, à Calèse, chez ma mère ? (Je n'avais pas
accepté qu'elle nous donnât Calèse, qui était son œuvre
et qu'elle chérissait.) Je me*c* suis rappelé, depuis, pour
en nourrir ma rancune, des circonstances qui d'abord
m'avaient échappé ou dont j'avais détourné les yeux.
Et d'abord*d*, ta famille avait tiré prétexte de la mort
d'un oncle à la mode de Bretagne pour supprimer les
fêtes nuptiales. Il était évident qu'elle avait honte d'une
alliance aussi médiocre. Le baron Philipot racontait
partout qu'à Bagnères-de-Luchon, sa petite belle-sœur
s'était « toquée » d'un jeune homme d'ailleurs charmant,
plein d'avenir et fort riche, mais d'une origine obscure.
« Enfin, disait-il, ce n'est pas une famille. » Il parlait
de moi comme si j'avais été un enfant naturel. Mais
à tout prendre, il trouvait intéressant que je n'eusse
pas de famille dont on pût rougir. Ma vieille mère était,
en somme, présentable et semblait vouloir se tenir à sa
place. Enfin tu étais, à l'entendre, une petite fille gâtée
qui faisait de ses parents ce qu'elle voulait; et ma fortune
s'annonçait assez belle pour que les Fondaudège pussent
consentir à ce mariage et fermer les yeux sur le reste.

Lorsque*e* ces ragots me furent rapportés, ils ne
m'apprirent rien qu'au fond je ne connusse déjà. Le
bonheur me détournait d'y attacher aucune importance;
et il faut avouer que moi-même, j'avais trouvé mon
compte à ces noces presque clandestines : où découvrir
des garçons d'honneur dans la petite bande famélique
dont j'avais été le chef ? Mon orgueil me défendait de
faire des avances à mes ennemis d'hier. Ce mariage
brillant aurait rendu le rapprochement facile; mais je
me noircis assez, dans cette confession, pour ne pas
dissimuler ce trait de mon caractère : l'indépendance,
l'inflexibilité. Je ne m'abaisse devant personne, je garde
fidélité à mes idées. Sur ce point-là, mon mariage avait
éveillé en moi quelques remords. J'avais promis*f* à tes
parents de ne rien faire pour te détourner des pratiques
religieuses, mais ne m'étais engagé qu'à ne pas m'affilier
à la franc-maçonnerie. D'ailleurs vous ne songiez à
aucune autre exigence. En ces années-là*g*, la religion

ne concernait que les femmes. Dans ton monde, un mari « accompagnait sa femme à la messe » : c'était la formule reçue. Or, à Luchon, je vous avais déjà prouvé que je n'y répugnais pas.

Quand nous revînmes de Venise, en septembre 85, tes parents trouvèrent des prétextes pour ne pas nous recevoir dans leur château de Cenon[1] où leurs amis et ceux de Philipot ne laissaient aucune chambre vide. Nous trouvâmes donc avantageux de nous installer. pour un temps, chez ma mère. Le souvenir de notre dureté à son égard ne nous gênait en rien. Nous consentions à vivre auprès d'elle, dans la mesure où cela nous semblait commode.

Elle se garda bien de triompher. La maison était à nous, disait-elle. Nous pouvions recevoir qui il nous plairait; elle se ferait petite, on ne la verrait pas. Elle disait : « Je sais disparaître. » Elle disait aussi : « Je suis tout le temps dehors. » En effet, elle s'occupait beaucoup des vignes, des chais, du poulailler, de la lessive. Après les repas[a], elle montait un instant dans sa chambre, s'excusait quand elle nous retrouvait au salon. Elle frappait avant d'entrer et je dus l'avertir que cela ne se faisait pas. Elle alla jusqu'à t'offrir de conduire le ménage, mais tu ne lui causas pas ce chagrin. Tu n'en avais d'ailleurs aucune envie[b]. Ah ! ta condescendance à son égard ! cette humble gratitude qu'elle t'en gardait !

Tu ne me séparais pas d'elle autant qu'elle l'avait craint. Je me montrais même plus gentil qu'avant le mariage. Nos fous rires l'étonnaient : ce jeune[c] mari heureux, c'était pourtant son fils, si longtemps fermé, si dur. Elle n'avait[d] pas su me prendre, pensait-elle, je lui étais trop supérieur. Tu réparais le mal qu'elle avait fait.

Je me rappelle son admiration quand tu barbouillais de peinture des écrans et des tambourins, quand tu chantais ou que tu jouais au piano, en accrochant toujours aux mêmes endroits, une « romance sans paroles » de Mendelssohn.

Des amies jeunes filles venaient te voir parfois. Tu les avertissais : « Vous verrez[e] ma belle-mère, c'est un type, une vraie dame de la campagne comme il n'y en a plus. » Tu lui trouvais beaucoup de *style*. Elle avait

une façon de parler patois à ses domestiques que tu
jugeais d'un très bon ton. Tu allais jusqu'à montrer le
daguerréotype où maman, à quinze ans, porte encore
le foulard. Tu avais un couplet[a] sur les vieilles familles
paysannes « plus nobles que bien des nobles... » Que tu
étais conventionnelle en ce temps-là ! C'est la maternité
qui t'a rendue à la nature.

Je recule[b] toujours devant le récit de cette nuit. Elle
était si chaude que nous n'avions pu laisser les persiennes
closes malgré ton horreur des chauves-souris. Nous
avions beau savoir que c'était le froissement des feuilles
d'un tilleul contre la maison, il nous semblait toujours
que quelqu'un respirait au fond de la chambre. Et
parfois le vent imitait, dans les frondaisons, le bruit
d'une averse[c]. La lune, à son déclin, éclairait le plancher
et les pâles fantômes de nos vêtements épars. Nous
n'entendions[d] plus la prairie murmurante dont le murmure s'était fait silence.

Tu me disais : « Dormons. Il faudrait dormir... »
Mais[e], autour de notre lassitude, une ombre rôdait.
Du fond de l'abîme, nous ne remontions[f] pas seuls.
Il surgissait, ce Rodolphe inconnu, que j'éveillais dans
ton cœur, dès que mes bras se refermaient sur toi.

Et quand je les rouvrais, nous devinions sa présence.
Je ne voulais[g] pas souffrir, j'avais peur de souffrir.
L'instinct de conservation joue aussi pour le bonheur.
Je savais qu'il ne fallait pas t'interroger. Je laissais ce
prénom éclater comme une bulle à la surface de notre vie.
Ce qui dormait sous les eaux endormies, ce principe de
corruption, ce secret putride, je ne fis rien pour l'arracher
à la vase. Mais toi, misérable, tu avais[h] besoin de libérer
par des paroles cette passion déçue et qui était restée sur
sa faim. Il suffit d'une seule interrogation qui m'échappa :

« Mais enfin, ce Rodolphe, qui était-il ?

— Il y a des choses que j'aurais dû te dire... Oh !
rien de grave, rassure-toi. »

Tu parlais d'une voix basse et précipitée. Ta tête ne
reposait plus au creux de mon épaule. Déjà l'espace
infime qui séparait nos corps étendus, était devenu
infranchissable.

Le fils d'une Autrichienne et d'un grand industriel
du Nord... Tu l'avais connu à Aix où tu avais accom-

pagné ta grand-mère, l'année qui précéda notre rencontre
à Luchon. Il arrivait de Cambridge. Tu ne me le décri-
vais pas, mais je lui attribuai d'un coup toutes les grâces
dont je me savais démuni. Le clair de lune éclairait sur
nos draps ma grande main noueuse de paysan, aux
ongles courts. Vous n'aviez rien fait de vraiment mal,
quoiqu'il fût, disais-tu, moins respectueux que je n'étais.
De tes aveux, ma mémoire n'a rien retenu de précis.
Que m'importait ? Il ne s'agissait pas de cela. Si tu ne
l'avais pas aimé, je me fusse consolé d'une de ces brèves
défaites où sombre, d'un seul coup, la pureté d'une
enfant. Mais déjà je m'interrogeais : « Moins d'un an
après ce grand amour, comment a-t-elle pu m'aimer ? »
La terreur me glaçait : « Tout était faux, me disais-je,
elle m'avait menti, je n'étais pas délivré. Comment
avais-je pu croire qu'une jeune fille m'aimerait ! J'étais
un homme qu'on n'aime pas[1] ! »

Les étoiles de l'aube palpitaient encore. Un merle
s'éveilla. Le souffle que nous entendions dans les feuilles,
bien avant de le sentir sur nos corps, gonflait les rideaux,
rafraîchissait mes yeux, comme au temps de mon
bonheur. Ce bonheur existait, il y avait dix minutes,
— et déjà je pensais : « Le temps de mon bonheur... »
Je posai une question :

« Il n'a pas voulu de toi ? »

Tu te rebiffas, je me souviens. J'ai encore dans l'oreille
cette voix spéciale que tu prenais alors, lorsque ta vanité
était en jeu. Naturellement, il était au contraire très
emballé, très fier d'épouser[a] une Fondaudège. Mais ses
parents avaient appris que tu avais perdu deux frères,
tous deux emportés au moment de l'adolescence, par la
phtisie. Comme lui-même avait une santé fragile, sa
famille fut irréductible.

Je t'interrogeais avec calme. Rien ne t'avertit de ce
que tu étais en train de détruire.

« Tout cela, mon chéri, a été providentiel pour nous
deux, me disais-tu. Tu sais comme mes parents sont
fiers, — un peu ridicules, je le reconnais[b]. Je peux bien
te l'avouer : pour que notre bonheur ait été possible,
il a fallu que ce mariage manqué leur ait porté à la tête.
Tu n'ignores pas l'importance qu'on attache, dans notre
monde, à ce qui touche la santé, dès qu'il s'agit de
mariage. Maman s'imaginait que toute la ville connaissait

mon aventure. Personne ne voudrait plus m'épouser. Elle avait cette idée fixe que je resterais fille. Quelle vie elle m'a fait mener pendant plusieurs mois ! Comme si je n'avais pas eu assez de mon chagrin... Elle avait fini par nous persuader, papa et moi, que je n'étais pas " mariable ". »

Je retenais[a] toute parole qui t'eût mise en défiance. Tu me répétais que tout cela avait été providentiel pour notre amour.

« Je t'ai aimé tout de suite, dès que je t'ai vu. Nous avions beaucoup prié à Lourdes avant d'aller à Luchon. J'ai compris, en te voyant, que nous étions exaucées. »

Tu ne pressentais pas l'irritation qu'éveillaient en moi de telles paroles. Vos adversaires se font en secret de la religion une idée beaucoup plus haute que vous ne l'imaginez et qu'ils ne le croient eux-mêmes. Sans cela, pourquoi seraient-ils blessés de ce que vous la pratiquez bassement ? À moins qu'il paraisse tout simple à vos yeux de demander même les biens temporels à ce Dieu que vous appelez Père ?... Mais qu'importe tout cela ? Il ressortait de tes propos que ta famille et toi vous étiez jetés avidement sur le premier limaçon rencontré[b].

À quel point notre mariage était disproportionné, je n'en avais jamais eu conscience jusqu'à cette minute. Il avait fallu que ta mère fût frappée de folie et qu'elle l'eût communiquée à ton père et à toi... Tu m'apprenais que les Philipot avaient été jusqu'à te menacer de reniement si tu m'épousais. Oui, à Luchon, tandis que nous nous moquions de cet imbécile, il avait tout fait pour décider les Fondaudège à une rupture.

« Mais je tenais à toi, mon chéri, il en a été pour ses frais. »

Tu me répétas à plusieurs reprises que, certes, tu ne regrettais rien. Je te laissais parler. Je retenais mon souffle. Tu n'aurais pas[c] été heureuse, assurais-tu, avec ce Rodolphe. Il était trop beau, il n'aimait pas, il se laissait aimer. N'importe qui te l'aurait pris.

Tu ne t'apercevais pas que ta voix même changeait dès que tu le nommais, — moins aiguë, avec une sorte de tremblement, de roucoulement, comme si d'anciens soupirs demeuraient en suspens dans ta poitrine, que le nom seul de Rodolphe libérait.

Il ne t'aurait pas rendue heureuse, parce qu'il était

beau, charmant, aimé. Cela signifiait que moi, je serais ta joie grâce à mon visage ingrat, à cet[a] abord revêche qui éloignait les cœurs. Il avait ce genre insupportable des garçons qui ont été à Cambridge, disais-tu, et qui singent les manières anglaises... Préférais-tu un mari incapable de choisir l'étoffe d'un costume, de nouer une cravate, — qui haïssait les sports, qui ne pratiquait pas cette frivolité savante, cet art d'éluder les propos graves, les confessions, les aveux, cette science de vivre heureux[b] et avec grâce ? Non, tu l'avais pris, ce malheureux, parce qu'il se trouvait là, cette année où ta mère, en proie au retour d'âge, s'était persuadée que tu n'étais pas « mariable », — parce que tu ne voulais ni ne pouvais demeurer fille six mois de plus, parce qu'il avait[c] assez d'argent pour que ce fût une suffisante excuse aux yeux du monde...

Je retenais ma respiration précipitée, je serrais les poings, je mordais ma lèvre inférieure. Quand il m'arrive aujourd'hui de me faire horreur à moi-même au point de ne pouvoir plus supporter mon cœur ni mon corps, ma pensée va à ce garçon de 1885, à cet époux de vingt-trois ans les deux bras ramenés contre sa poitrine et qui étouffait avec rage son jeune amour.

Je grelottais. Tu t'en aperçus[d] et t'interrompis.

« Tu as froid, Louis ? »

Je répondis que ce n'était qu'un frisson. Ce n'était rien.

« Tu n'es pas[e] jaloux, au moins ? Ce serait trop bête... »

Je ne mentis pas en te jurant qu'il n'y avait pas en moi trace de jalousie. Comment aurais-tu compris que le drame se jouait au delà de toute jalousie ?

Bien loin de pressentir à quelle profondeur j'étais touché, tu t'inquiétais pourtant de mon silence. Ta main chercha mon front dans l'ombre, caressa mon visage. Bien qu'il ne fût mouillé d'aucune larme, peut-être cette main ne reconnut-elle pas les traits familiers, dans cette dure face aux mâchoires serrées[f]. Pour allumer la bougie, tu te couchas à demi sur moi; tu n'arrivais pas à faire prendre l'allumette. J'étouffais sous ton corps odieux.

« Qu'as-tu ? Ne reste pas sans rien dire : tu me fais peur. »

Je feignis l'étonnement. Je t'assurai que je n'avais rien qui pût t'inquiéter.

« Que tu es bête, mon chéri, de me faire peur ! J'éteins. Je dors. »

Tu ne parlas plus[a]. Je regardais naître ce jour nouveau, ce jour de ma nouvelle vie. Les hirondelles criaient dans les tuiles. Un homme[b] traversait la cour, traînant ses sabots. Tout ce que j'entends encore après quarante-cinq années, je l'entendais : les coqs, les cloches, un train[c] de marchandises sur le viaduc ; et tout ce que je respirais, je le respire encore : ce parfum que j'aime, cette odeur[d] de cendre du vent lorsqu'il y avait eu, du côté de la mer, des landes incendiées. Soudain, je me redressai à demi.

« Isa, le soir où tu as pleuré, le soir où nous étions sur ce banc, dans les lacets de Superbagnères, c'était à cause de lui ? »

Comme tu ne répondais rien, je saisis ton bras que tu dégageas, avec un grognement presque animal. Tu te retournas sur le flanc. Tu dormais dans tes longs cheveux. Saisie par la fraîcheur de l'aube, tu avais tiré les draps, en désordre, sur ton corps ramassé, pelotonné comme[e] dorment les jeunes bêtes. À quoi bon te tirer de ce[f] sommeil d'enfant ? Ce que je voulais apprendre de ta bouche, ne le savais-je déjà ?

Je me levai sans bruit, j'allai pieds nus jusqu'à la glace de l'armoire et me contemplai, comme si j'eusse été un autre, ou plutôt comme si j'étais redevenu moi-même : l'homme qu'on n'avait pas aimé, celui pour qui personne au monde n'avait souffert. Je m'apitoyais sur ma jeunesse ; ma grande main de paysan glissa le long de ma joue non rasée, déjà assombrie d'une barbe dure, aux reflets roux.

Je me vêtis en silence et descendis au jardin. Maman était dans l'allée des roses. Elle se levait avant les domestiques pour aérer la maison[g]. Elle me dit :

« Tu profites de la fraîcheur ? »

Et, me montrant la brume qui couvrait la plaine :

« Il fera accablant aujourd'hui. À huit heures, je fermerai tout. »

Je l'embrassai[h] avec plus de tendresse que d'habitude. Elle dit à mi-voix : « Mon chéri... » Mon cœur (cela t'étonne que je parle de mon cœur) ?, mon cœur était près[i] d'éclater. Des mots hésitants me vinrent aux

lèvres... Par où commencer ? Qu'aurait-elle compris ?
Le silence est une facilité à laquelle je succombe toujours.

Je descendis[a] vers la terrasse. De grêles arbres à
fruits se dessinaient vaguement au-dessus des vignes.
L'épaule des collines soulevait la brume, la déchirait.
Un clocher[b] naissait du brouillard, puis l'église à son
tour en sortait, comme un corps vivant. Toi qui t'imagines que je n'ai jamais rien compris à toutes ces choses...
j'éprouvais pourtant, à cette minute, qu'une créature
rompue comme[c] je l'étais peut chercher la raison, le
sens de sa défaite; qu'il est possible que cette défaite
renferme une signification[d], que les événements, surtout
dans l'ordre du cœur, sont peut-être des messagers dont
il faut interpréter le secret... Oui, j'ai été[e] capable, à
certaines heures de ma vie, d'entrevoir ces choses qui
auraient dû me rapprocher de toi[1].

D'ailleurs, ce ne dut être[f], ce matin-là, que l'émotion
de quelques secondes. Je me vois encore remontant vers
la maison. Il n'était pas huit heures et, déjà, le soleil
tapait dur. Tu étais à ta fenêtre, la tête penchée, tenant
tes cheveux d'une main et de l'autre, tu les brossais.
Tu ne me voyais pas. Je demeurai, un instant, la tête
levée vers toi, en proie à une haine dont je crois sentir
le goût d'amertume dans la bouche, après tant d'années.

Je courus jusqu'à mon bureau, j'ouvris[g] le tiroir
fermé à clef; j'en tirai un petit mouchoir froissé, le même
qui avait servi à essuyer tes larmes, le soir de Superbagnères, et que, pauvre idiot, j'avais pressé contre ma
poitrine. Je le pris[h], j'y attachai une pierre, comme
j'eusse fait à un chien vivant que j'aurais voulu noyer,
et[i] je le jetai dans cette mare que, chez nous, on appelle
« gouttiu[2] ».

V

Alors[j] s'ouvrit l'ère du grand silence qui, depuis
quarante ans, n'a guère été rompu. Rien n'apparut au-
dehors de cet écroulement. Tout[k] continua comme du
temps de mon bonheur. Nous n'en demeurâmes pas
moins unis dans la chair, mais le fantôme de Rodolphe

ne naissait plus de notre étreinte et tu ne prononças plus jamais le nom redoutable. Il était venu à ton appel, il avait rôdé autour de notre couche, il avait accompli son œuvre de destruction. Et maintenant[a] il ne restait plus que de se taire et d'attendre la longue suite des effets et l'enchaînement des conséquences.

Peut-être sentais-tu le tort que tu avais eu de parler. Tu ne pensais pas que ce fût très grave, mais simplement que le plus sage était de bannir ce nom de nos propos. Je ne sais si tu t'aperçus que nous ne causions plus comme autrefois, la nuit. C'en était fini de nos conversations interminables. Nous ne disions[b] plus rien qui ne fût concerté. Chacun de nous se tenait sur ses gardes.

Je m'éveillais[c] au milieu de la nuit, j'étais réveillé par ma souffrance. Je t'étais uni comme le renard au piège. J'imaginais les propos que nous eussions échangés si je t'avais secouée brutalement, si je t'avais précipitée hors du lit : « Non, je ne t'ai[d] pas menti, aurais-tu crié, puisque je t'aimais... — Oui, comme un pis-aller, et parce qu'il est toujours aisé d'avoir recours au trouble charnel qui ne signifie rien, pour faire croire à l'autre qu'on le chérit. Je n'étais pas[e] un monstre : la première jeune fille venue qui m'eût aimé aurait fait de moi ce qui lui aurait plu. » Parfois je gémissais dans les ténèbres, et tu ne te réveillais pas.

Ta première grossesse rendit d'ailleurs toute explication inutile et changea peu à peu nos rapports. Elle s'était déclarée avant les vendanges. Nous revînmes[f] à la ville, tu fis une fausse couche et dus demeurer, plusieurs semaines, étendue. Au printemps, tu étais de nouveau enceinte. Il fallait te ménager beaucoup. Alors commencèrent ces années de gestations, d'accidents, d'accouchements qui me fournirent de plus de prétextes qu'il n'était nécessaire pour m'éloigner de toi. Je m'enfonçai dans une vie de secrets désordres, très secrets, car je commençais à plaider beaucoup, que j'étais « à mon affaire », comme disait maman, et qu'il s'agissait pour moi de sauver la face. J'avais mes heures[g], mes habitudes. La vie dans une ville de province développe, chez le débauché, l'instinct de ruse du gibier[1]. Rassure-toi, Isa, je te ferai grâce de ce qui te fait horreur. Ne redoute aucune peinture de cet enfer où je descendais

presque chaque jour. Tu m'y rejetas, toi qui m'en avais
tiré.

Eussé-je[a] été moins prudent, tu n'y aurais vu que du
feu. Dès la naissance d'Hubert, tu trahis ta vraie nature :
tu étais mère, tu n'étais que mère. Ton attention se
détourna de moi. Tu ne me voyais plus; il était vrai, à la
lettre, que tu n'avais d'yeux que pour les petits. J'avais
accompli, en te fécondant, ce que tu attendais de moi.

Tant que les enfants furent des larves et que je ne
m'intéressai pas à eux, il ne put naître entre nous aucun
conflit. Nous ne nous rencontrions plus que dans ces
gestes rituels où les corps agissent par habitude, où un
homme et une femme sont chacun à mille lieues de leur
propre chair.

Tu ne commenças[b] à t'apercevoir que j'existais que
lorsqu'à mon tour je rôdai autour de ces petits. Tu ne
commenças à me haïr que lorsque je prétendis avoir
des droits sur eux. Réjouis-toi de l'aveu que j'ose te
faire : l'instinct paternel ne m'y poussait pas. Très vite,
j'ai été jaloux de cette passion qu'ils avaient éveillée
en toi. Oui, j'ai cherché à te les prendre pour te punir.
Je me donnais de hautes raisons, je mettais en avant
l'exigence du devoir. Je ne voulais pas qu'une femme
bigote faussât l'esprit de mes enfants. Telles étaient
les raisons dont je me payais. Mais il s'agissait[c] bien
de cela !

Sortirai-je jamais de cette histoire ? Je l'ai commencée
pour toi; et déjà il m'apparaît invraisemblable que tu
puisses me suivre plus longtemps. Au fond, c'est pour
moi-même que j'écris[1]. Vieil avocat, je mets en ordre
mon dossier, je classe les pièces de ma vie, de ce procès
perdu. Ces cloches... Demain, Pâques. Je descendrai
en l'honneur de ce saint jour, je te l'ai promis. « Les
enfants se plaignent de ne pas te voir », me disais-tu,
ce matin. Notre fille Geneviève était avec toi, debout
auprès de mon lit. Tu es sortie, pour que nous restions
seuls, elle et moi : elle avait quelque chose à me demander.
Je vous avais entendues chuchotant dans le couloir : « Il
vaut mieux que ce soit toi qui parles la première », disais-
tu à Geneviève... Il s'agit de son gendre, bien sûr, de
Phili, cette gouape[d]. Que je suis devenu fort pour
détourner la conversation, pour empêcher la question
d'être posée ! Geneviève est sortie sans avoir rien pu me

dire. Je sais ce qu'elle veut. J'ai tout entendu, l'autre jour : quand la fenêtre du salon est ouverte, au-dessous de la mienne, je n'ai qu'à me pencher un peu. Il s'agit d'avancer les capitaux dont Phili a besoin pour acheter un quart d'agent de change. Un placement comme un autre, bien sûr... Comme si je ne voyais pas venir le grain, comme s'il ne fallait pas, maintenant, mettre son argent sous clef... S'ils savaient tout ce que j'ai réalisé, le mois dernier, flairant la baisse...

Ils sont tous partis pour les vêpres. Pâques a vidé la maison, les champs. Je demeure*^a* seul, vieux Faust séparé de la joie du monde par l'atroce vieillesse. Ils ne savent pas ce qu'est la vieillesse. Pendant le déjeuner, ils étaient tous attentifs à recueillir ce qui tombait de mes lèvres touchant la Bourse, les affaires. Je parlais surtout pour Hubert, pour qu'il enraie s'il est encore temps. De quel air anxieux il m'écoutait... En voilà un qui ne cache pas son jeu ! Il laissait vide l'assiette que tu lui remplissais, avec cette obstination des pauvres mères qui voient leur fils dévoré par un souci et qui les font manger de force, comme si c'était cela de gagné, comme si c'était autant de pris ! Et il te rabrouait, comme autrefois je rabrouais maman.

Et le soin du jeune Phili*^b* pour remplir mon verre ! et le faux intérêt de sa femme, la petite Janine : « Grand-père, vous avez tort de fumer. Même une seule cigarette, c'est trop. Êtes-vous sûr qu'on ne s'est pas trompé, que c'est bien du café décaféiné ? » Elle joue mal, pauvre petite, elle parle faux. Sa voix, l'émission de sa voix, la livre tout entière*^c*. Toi aussi, jeune femme, tu étais affectée. Mais dès ta première grossesse, tu redevins toi-même. Janine, elle, sera jusqu'à la mort une dame qui se tient au courant, répète ce qu'elle a entendu qui lui a paru être distingué, emprunte des opinions sur tout et ne comprend rien à rien*^d*. Comment Phili, si nature, lui, un vrai chien, supporte-t-il de vivre avec cette petite idiote ? Mais non; tout est faux en elle, sauf sa passion. Elle ne joue mal que parce que rien ne compte à ses yeux, rien n'existe que son amour.

Après le déjeuner*^e*, nous étions tous assis sur le perron. Janine et Phili regardaient Geneviève, leur mère, d'un air suppliant; et à son tour, elle se tournait vers toi.

Tu as fait un signe imperceptible de dénégation. Alors
Geneviève s'est levée, et m'a demandé :

« Papa, veux-tu faire un tour avec moi ? »

Comme je vous fais peur à tous ! J'ai eu pitié d'elle;
bien que j'eusse d'abord été résolu à ne pas bouger,
je me suis levé, j'ai pris son bras. Nous avons fait le tour
de la prairie. La famille, depuis le perron, nous observait.
Elle est entrée tout de suite dans le vif :

« Je voudrais te parler de Phili. »

Elle tremblait. C'est affreux de faire peur à ses enfants.
Mais croyez-vous qu'on soit libre, à soixante-huit ans,
de ne pas avoir un air implacable ? À cet âge, l'expression
des traits ne changera plus. Et l'âme se décourage
quand elle ne peut s'exprimer au dehors... Geneviève se
débarrassait*a* en hâte de ce qu'elle avait préparé. Il s'agit
bien du quart d'agent de change. Elle a insisté sur ce
qui pouvait le plus sûrement m'indisposer : à l'entendre,
le désœuvrement de Phili compromettait l'avenir du
ménage. Phili commençait à se déranger. Je lui ai
répondu que, pour un garçon tel que son gendre, une
« quart d'agent de change » ne servirait jamais qu'à lui
fournir des alibis*b*. Elle l'a défendu. Tout le monde
l'aime, ce Phili. « Il ne fallait pas être*c* plus sévère
pour lui que ne l'était Janine... » Je protestai que je ne
le jugeais ni ne le condamnais. La carrière amoureuse
de ce monsieur ne m'intéressait en rien.

« Est-ce qu'il s'intéresse à moi ? Pourquoi m'intéres-
serais-je à lui ?

— Il t'admire beaucoup... »

Cet impudent mensonge m'a servi à placer ce que
j'avais en réserve :

« N'empêche, ma fille, que ton Phili ne m'appelle
que " le vieux crocodile[1] ". Ne proteste pas, je l'ai
entendu dans mon dos, bien des fois... Je ne le démentirai pas : crocodile je suis, crocodile je resterai. Il n'y a*d*
rien à attendre d'un vieux crocodile, rien, que sa mort.
Et même mort, ai-je eu l'imprudence d'ajouter, même
mort, il peut encore faire des siennes. » (Que je regrette
d'avoir dit cela, de lui avoir mis la puce à l'oreille !)

Geneviève était atterrée, protestait, s'imaginant que
j'attachais de l'importance à l'injure de ce surnom.
C'est la jeunesse de Phili qui m'est odieuse. Comment
eût-elle imaginé ce que représente, aux yeux d'un vieil-

Ire partie, chapitre V   421

lard haï et désespéré, ce garçon triomphant[a], qui a été
saoulé, dès l'adolescence, de ce dont je n'aurai pas goûté
une seule fois en un demi-siècle de vie ? Je déteste,
je hais les jeunes gens. Mais celui-ci, plutôt qu'un autre[1].
Comme un chat[b] entre silencieusement par la fenêtre,
il a pénétré à pas de velours dans ma maison, attiré par
l'odeur. Ma petite-fille n'apportait pas une très belle
dot, mais elle avait, en revanche, de magnifiques « espérances ». Les espérances de nos enfants ! Pour les cueillir,
ils doivent nous passer sur le corps.

Comme Geneviève reniflait, s'essuyait les yeux, je
lui dis d'un ton insinuant :

« Mais enfin, tu as un mari, un mari qui est dans les
rhums. Ce brave Alfred n'a qu'à faire une position
à son gendre. Pourquoi serais-je plus généreux que vous
ne l'êtes vous-mêmes ? »

Elle changea de ton pour me parler du pauvre Alfred :
quel dédain ! quel dégoût ! À l'entendre, c'était un
timoré qui réduisait, chaque jour davantage, ses affaires.
Dans cette maison, naguère si importante, il n'y avait
plus, aujourd'hui, place pour deux.

Je la félicitai d'avoir un mari de cette espèce : quand
la tempête approche, il faut carguer ses toiles. L'avenir
était à ceux qui, comme Alfred, voyaient petit. Aujour-
d'hui, le manque d'envergure est la première qualité
dans les affaires. Elle crut que je me moquais, bien que
ce soit ma pensée profonde, moi qui tiens mon argent
sous clef et qui ne courais même pas le risque de la
Caisse d'Épargne.

Nous remontions[c] vers la maison. Geneviève n'osait
plus rien dire. Je ne m'appuyais plus à son bras. La
famille, assise en rond, nous regardait venir et déjà,
sans doute, interprétait les signes néfastes. Notre retour
interrompait évidemment une discussion entre la famille
d'Hubert et celle de Geneviève. Oh ! la belle bataille
autour de mon magot si jamais je consentais à m'en
dessaisir ! Seul, Phili était debout. Le vent agitait ses
cheveux[d] rebelles. Il portait une chemise ouverte, aux
manches courtes. J'ai horreur de ces garçons de maintenant, de ces filles athlétiques. Ses joues d'enfant[e] se
sont empourprées lorsqu'à la sotte question de Janine :
« Eh bien ! Vous avez bavardé ? », je répondis doucement : « Nous avons parlé d'un vieux crocodile... »

Encore une fois, ce n'est pas pour cette injure que je
le hais. Ils ne savent pas ce qu'est la vieillesse. Vous ne
pouvez imaginer ce supplice[1] : ne rien avoir eu de la
vie et ne rien attendre de la mort. Qu'il n'y ait[a] rien
au-delà du monde, qu'il n'existe pas d'explication, que
le mot de l'énigme ne nous soit jamais donné... Mais
toi, tu n'as pas souffert[b] ce que j'ai souffert, tu ne souf-
friras pas ce que je souffre. Les enfants n'attendent pas
ta mort. Ils t'aiment à leur manière; ils te chérissent.
Tout de suite ils ont pris ton parti. Je les aimais. Geneviève, cette grosse femme de quarante ans qui, tout
à l'heure, essayait de m'extorquer quatre cents billets
de mille pour sa gouape de gendre, je me la rappelle
petite fille sur mes genoux. Dès que tu la voyais dans
mes bras, tu l'appelais... Mais je n'arriverai jamais au
bout de cette confession si je continue de mêler ainsi
le présent au passé[a]. Je vais m'efforcer d'y introduire
un peu d'ordre.

VI

Il ne me semble[c] pas que je t'aie haïe dès la première
année qui suivit la nuit désastreuse. Ma haine est née,
peu à peu, à mesure que je me rendais mieux compte de
ton indifférence à mon égard, et que rien n'existait à tes
yeux hors ces petits êtres vagissants, hurleurs et avides.
Tu ne t'apercevais même pas qu'à moins de trente ans,
j'étais devenu un avocat d'affaires surmené et salué
déjà comme un jeune maître dans ce barreau, le plus
illustre de France après celui de Paris. À partir de
l'affaire Villenave (1893) je me révélai en outre comme
un grand avocat d'assises (il est très rare d'exceller dans
les deux genres) et tu fus[a] la seule à ne pas te rendre
compte du retentissement universel de ma plaidoirie.
Ce fut aussi l'année où notre mésentente devint une
guerre ouverte.

Cette fameuse[e] affaire Villenave, si elle consacra mon
triomphe, resserra l'étau qui m'étouffait : peut-être
m'était-il resté quelque espoir; elle m'apporta la preuve
que je n'existais pas à tes yeux.

Ces Villenave, — te rappelles-tu seulement leur histoire ? — après vingt ans[a] de mariage, s'aimaient d'un amour qui était passé en proverbe. On disait « unis comme les Villenave ». Ils vivaient avec un fils unique, âgé d'une quinzaine d'années, dans leur château d'Ornon, aux portes de la ville, recevaient peu, se suffisaient l'un à l'autre : « Un amour comme on en voit dans les livres », disait ta mère, dans une de ces phrases toutes faites dont sa petite-fille Geneviève a hérité le secret. Je jurerais que tu as tout oublié de ce drame. Si je te le raconte, tu vas te moquer de moi, comme lorsque je rappelais, à table, le souvenir de mes examens et de mes concours[1]... mais tant pis ! Un matin[b], le domestique qui faisait les pièces du bas, entend un coup de revolver au premier étage, un cri d'angoisse; il se précipite; la chambre de ses maîtres est fermée. Il surprend des voix basses, un sourd remue-ménage, des pas précipités dans le cabinet de toilette. Au bout d'un instant, comme il agitait toujours le loquet, la porte s'ouvrit. Villenave était étendu sur le lit, en chemise, couvert de sang. Mme de Villenave, les cheveux défaits, vêtue d'une robe de chambre, se tenait debout au pied du lit, un revolver à la main. Elle dit : « J'ai blessé monsieur de Villenave, appelez en hâte le médecin, le chirurgien et le commissaire de police. Je ne bouge pas d'ici. » On ne put rien obtenir d'elle que cet aveu : « J'ai blessé mon mari », ce qui fut confirmé par M. de Villenave, dès qu'il fut en état de parler. Lui-même[c] se refusa à tout autre renseignement.

L'accusée ne voulut pas choisir d'avocat. Gendre d'un de leurs amis, je fus commis d'office pour sa défense, mais dans mes quotidiennes visites à la prison, je ne tirai rien de cette obstinée. Les histoires les plus absurdes couraient la ville à son sujet; pour moi, dès le premier jour, je ne doutai pas de son innocence : elle se chargeait elle-même, et le mari qui la chérissait acceptait qu'elle s'accusât. Ah ! le flair des hommes qui ne sont pas aimés pour dépister la passion chez autrui ! L'amour conjugal possédait entièrement cette femme. Elle n'avait pas tiré sur son mari. Lui avait-il fait un rempart de son corps, pour la défendre[d] contre quelque amoureux éconduit ? Personne n'était entré dans la maison depuis la veille. Il n'y avait aucun habitué qui fréquentât chez eux... enfin, je ne vais tout de même pas te rapporter cette vieille histoire.

Jusqu'au matin du jour où je devais plaider, j'avais décidé de m'en tenir à une attitude négative et de montrer seulement que Mme de Villenave ne pouvait pas avoir commis le crime dont elle s'accusait. Ce fut, à la dernière minute, la déposition du jeune Yves, son fils, ou plutôt (car elle fut insignifiante et n'apporta aucune lumière) le regard^a suppliant et impérieux dont le couvait sa mère, jusqu'à ce qu'il eût quitté la barre des témoins, et l'espèce de soulagement qu'elle manifesta alors, voilà ce qui déchira soudain le voile : je dénonçai le fils, cet adolescent malade, jaloux de son père trop aimé. Je me jetai, avec une logique passionnée, dans cette improvisation aujourd'hui fameuse où le professeur F. a, de son propre aveu, trouvé en germe l'essentiel^b de son système, et qui a renouvelé à la fois la psychologie de l'adolescence et la thérapeutique de ses névroses[1].

Si je rappelle ce souvenir, ma chère Isa, ce n'est pas que je cède à l'espérance de susciter, après quarante ans, une admiration que tu n'as pas ressentie au moment de ma victoire, et lorsque les journaux des deux mondes publièrent mon portrait. Mais en même temps que ton indifférence, dans cette heure solennelle de ma carrière, me donnait^c la mesure de mon abandon et de ma solitude, j'avais eu pendant des semaines, sous les yeux, j'avais tenu entre les quatre murs d'une cellule cette femme qui se sacrifiait, bien moins pour sauver son propre enfant, que pour sauver le fils de son mari, l'héritier de son nom. C'était lui, la victime, qui l'avait suppliée : « Accuse-toi... » Elle avait porté l'amour jusqu'à cette extrémité de faire croire au monde qu'elle était une criminelle, qu'elle était l'assassin de l'homme qu'elle aimait uniquement. L'amour conjugal, non l'amour maternel l'avait poussée... (Et la suite l'a bien prouvé : elle s'est séparée de son fils et sous divers prétextes a vécu toujours éloignée de lui.) J'aurais pu^d être un homme aimé comme l'était Villenave. Je l'ai beaucoup vu, lui aussi, au moment de l'affaire. Qu'avait-il^e de plus que moi ? Assez beau, racé, sans doute, mais il ne devait pas être bien intelligent. Son attitude hostile à mon égard, après le procès, l'a prouvé. Et moi, je possédais une espèce de génie. Si j'avais eu, à ce moment, une femme qui m'eût aimé, jusqu'où ne[a] serais-je pas monté ? On ne peut tout seul garder la foi en soi-même. Il faut que nous ayons un témoin de notre force : quelqu'un[b] qui marque les coups, qui compte les points, qui nous couronne au jour de la récompense, — comme autrefois, à la distribution des prix, chargé de livres, je cherchais des yeux maman dans la foule et au son d'une musique militaire, elle déposait des lauriers d'or sur ma tête frais tondue.

À l'époque de l'affaire Villenave, elle commença[c] de baisser. Je ne m'en aperçus que peu à peu : l'intérêt qu'elle apportait à un petit chien noir, qui aboyait furieusement dès que j'approchais, fut le premier signe de sa déchéance. À chaque visite, il n'était guère question que de cet animal. Elle n'écoutait plus ce que je lui disais de moi[1].

D'ailleurs, maman n'aurait pu[d] remplacer l'amour qui m'eût sauvé, à ce tournant de mon existence. Son vice qui était de trop aimer l'argent, elle me l'avait légué; j'avais cette passion dans le sang. Elle aurait mis tous ses efforts à me maintenir dans un métier où, comme elle disait, « je gagnais gros ». Alors que les lettres m'attiraient, que j'étais sollicité par les journaux et par toutes les grandes revues, qu'aux élections, les partis de gauche m'offraient une candidature à La Bastide (celui qui l'accepta à ma place fut élu sans difficulté), je résistai à mon ambition parce que je ne voulais pas renoncer à « gagner gros ».

C'était ton désir aussi, et tu m'avais laissé entendre que tu ne quitterais jamais la province. Une femme qui m'eût aimé aurait chéri ma gloire. Elle m'aurait appris que l'art de vivre consiste à sacrifier une passion basse à une passion plus haute. Les journalistes[e] imbéciles qui font semblant de s'indigner parce que tel avocat profite de ce qu'il est député ou ministre pour glaner quelques menus profits, feraient bien mieux d'admirer la conduite de ceux qui ont su établir entre leurs passions une hiérarchie intelligente, et qui ont préféré la gloire politique aux affaires les plus fructueuses. La tare dont tu m'aurais[f] guéri, si tu m'avais aimé, c'était de ne rien mettre au-dessus du gain immédiat, d'être incapable de lâcher la petite et médiocre proie des honoraires pour l'ombre de la puissance, car il n'y a pas d'ombre sans réalité; l'ombre est une réalité. Mais quoi[g] ! Je n'avais rien que cette consolation de « gagner gros », comme l'épicier du coin.

Voilà ce qui me reste : ce que j'ai gagné, au long de ces années affreuses, cet argent dont vous avez la folie[a] de vouloir que je me dépouille. Ah ! l'idée même m'est insupportable que vous en jouissiez après ma mort. Je t'ai dit en commençant que mes dispositions avaient d'abord été prises pour qu'il ne vous en restât rien. Je t'ai laissé entendre que j'avais renoncé à cette vengeance... Mais c'était méconnaître ce mouvement de marée qui est celui de la haine dans mon cœur[1]. Et tantôt elle s'éloigne, et je m'attendris... Puis elle revient, et ce flot bourbeux me recouvre.

Depuis aujourd'hui, depuis cette journée de Pâques, après cette offensive pour me dépouiller, au profit de votre Phili, et lorsque j'ai revu, au complet, cette meute familiale assise en rond devant la porte et m'épiant, je suis obsédé par la vision des partages, — de ces partages qui vous jetteront les uns contre les autres : car vous vous battrez comme des chiens autour de mes terres, autour de mes titres. Les terres seront à vous, mais les titres n'existent plus. Ceux dont je te parlais, à la première page de cette lettre, je les ai vendus, la semaine dernière, au plus haut : depuis, ils[b] baissent chaque jour. Tous les bateaux sombrent, dès que je les abandonne; je ne me trompe jamais. Les millions liquides, vous les aurez aussi, vous les aurez si j'y consens. Il y a des jours où je décide que vous n'en retrouverez pas un centime...

J'entends[c] votre troupeau chuchotant qui monte l'escalier. Vous vous arrêtez; vous parlez sans crainte que je m'éveille (il est entendu que je suis sourd); je vois[d] sous la porte la lueur de vos bougies. Je reconnais le fausset de Phili (on dirait qu'il mue encore) et soudain des rires étouffés, les gloussements des jeunes femmes. Tu les grondes; tu vas leur dire : « Je vous assure qu'il ne dort pas... » Tu t'approches de ma porte; tu écoutes; tu regardes par la serrure : ma lampe me dénonce. Tu reviens vers la meute; tu dois leur souffler : « Il veille encore, il vous écoute... »

Ils[e] s'éloignent sur leurs pointes. Les marches de

l'escalier craquent; une à une, les portes se ferment. Dans la nuit de Pâques, la maison est chargée de couples. Et moi[a], je pourrais être le tronc vivant de ces jeunes rameaux. La plupart des pères sont aimés. Tu étais mon ennemie et mes enfants sont passés à l'ennemi[1].

C'est à cette guerre qu'il faut en venir maintenant. Je n'ai plus la force d'écrire. Et pourtant je déteste de me coucher, de m'étendre, même lorsque l'état de mon cœur me le permet. À mon âge, le sommeil attire l'attention de la mort. Tant que je resterai debout[b], il me semble qu'elle ne peut pas venir. Ce que je redoute d'elle, est-ce l'angoisse physique, l'angoisse du dernier hoquet ? Non, mais c'est qu'elle est ce qui n'existe pas, ce qui ne peut[c] se traduire que par le signe —.

VII

Tant que[d] nos trois petits demeurèrent dans les limbes de la première enfance, notre inimitié resta donc voilée : l'atmosphère chez nous était pesante. Ton indifférence[e] à mon égard, ton détachement de tout ce qui me concernait t'empêchaient d'en souffrir et même de la sentir. Je n'étais d'ailleurs jamais là. Je déjeunais seul à onze heures, pour arriver au Palais avant midi. Les affaires me prenaient tout entier et le peu de temps dont j'eusse pu disposer en famille, tu devinas à quoi je le dépensais. Pourquoi cette débauche affreusement simple, dépouillée de tout ce qui, d'habitude, lui sert d'excuse, réduite à sa pure horreur[f], sans ombre de sentiment, sans le moindre faux semblant de tendresse ? J'aurais pu avoir aisément de ces aventures que le monde admire. Un avocat[g] de mon âge, comment n'eût-il pas connu certaines sollicitations ? Bien des jeunes femmes, au-delà de l'homme d'affaires, voulaient émouvoir l'homme... Mais[h] j'avais perdu la foi dans les créatures, ou plutôt dans mon pouvoir de plaire à aucune d'elles. À première vue, je décelais l'intérêt qui animait celles dont je sentais la complicité, dont je percevais l'appel. L'idée préconçue qu'elles cherchent toutes à s'assurer une position, me

glaçait. Pourquoi ne pas avouer qu'à la certitude tragique d'être quelqu'un qu'on n'aime pas, s'ajoutait la
méfiance du riche qui a peur d'être dupe, qui redoute
qu'on l'exploite ? Toi, je t'avais « pensionnée »; tu me
connaissais trop pour attendre de moi un sou de plus
que la somme fixée. Elle était assez ronde et tu ne la
dépassais jamais. Je ne sentais aucune menace de ce
côté-là. Mais les autres femmes ! J'étais de ces[a] imbéciles
qui se persuadent qu'il existe d'une part les amoureuses
désintéressées, et de l'autre les rouées qui ne cherchent
que l'argent. Comme si dans la plupart des femmes,
l'inclination amoureuse n'allait de pair avec le besoin
d'êtres outenues, protégées, gâtées ! À soixante-huit ans[b],
je revois avec une lucidité qui, à certaines heures, me
ferait hurler, tout ce que j'ai repoussé, non par vertu
mais par méfiance[c] et ladrerie. Les quelques liaisons
ébauchées tournaient court, soit que mon esprit soup-
çonneux interprétât mal la plus innocente demande,
soit que je me rendisse odieux par ces manies que tu
connais trop bien : ces discussions au restaurant ou
avec les cochers au sujet des pourboires[1]. J'aime à
savoir d'avance ce que je dois payer. J'aime[d] que tout
soit tarifé; oserais-je avouer cette honte ? Ce qui me[e]
plaisait dans la débauche, c'était peut-être qu'elle fût à
prix fixe. Mais chez un tel homme, quel lien[f] pourrait
subsister entre le désir du cœur et le plaisir ? Les désirs
du cœur, je n'imaginais plus qu'ils pussent être jamais
comblés; je les étouffais à peine nés. J'étais passé maître
dans l'art de détruire tout sentiment, à cette minute
exacte où la volonté joue un rôle décisif dans l'amour,
où au bord de la passion, nous demeurons encore libres
de nous abandonner ou de nous reprendre[g][2]. J'allais
au plus simple, — à ce qui s'obtient pour un prix
convenu. Je déteste qu'on me roule; mais ce que je
dois, je le paie. Vous dénoncez mon avarice; il n'empêche
que je ne puis souffrir d'avoir des dettes : je règle tout
comptant; mes fournisseurs le savent et me bénissent.
L'idée m'est insupportable[h] de devoir la moindre
somme. C'est ainsi que j'ai compris l' « amour » :
donnant, donnant... Quel dégoût[3] !

　　Non, j'appuie sur le trait; je me salis moi-même :
j'ai[i] aimé, peut-être ai-je été aimé... En 1909, au déclin
de ma jeunesse. À quoi bon passer cette aventure sous

silence ? Tu l'as connue, tu as su t'en souvenir le jour
où tu m'as mis le marché en main^a.

J'avais sauvé cette petite institutrice à l'instruction
(elle était poursuivie pour infanticide). Elle s'est d'abord
donnée par gratitude; mais ensuite... Oui, oui, j'ai
connu^b l'amour, cette année-là; c'est mon insatiabilité
qui a tout perdu. Ce n'était pas assez de la maintenir
dans la gêne, presque dans la misère^c; il fallait qu'elle
fût toujours à ma disposition, qu'elle ne vît personne,
que je pusse la prendre, la laisser, la retrouver, au hasard
de mes caprices, et durant mes rares loisirs. C'était^d
ma chose. Mon goût de posséder, d'user, d'abuser,
s'étend aux humains. Il m'aurait fallu des esclaves.
Une seule fois^e, j'ai cru avoir trouvé cette victime, à la
mesure de mon exigence. Je surveillais jusqu'à ses
regards... Mais j'oubliais^f ma promesse de ne pas
t'entretenir de ces choses. Elle est partie pour Paris,
elle n'en pouvait plus.

« S'il n'y avait que nous avec qui tu ne pusses t'entendre, m'as-tu souvent répété, mais tout le monde te
redoute et te fuit, Louis, tu le vois bien ! » Oui, je le
voyais... Au Palais, j'ai toujours été un solitaire. Ils
m'ont élu le plus tard possible au Conseil de l'Ordre.
Après tous les crétins qu'ils m'ont préféré, je n'aurais
pas voulu du Bâtonnat. Au fond, en ai-je jamais eu
envie ? Il aurait fallu représenter, recevoir. Ce sont des
honneurs qui coûtent gros; le jeu n'en vaut pas la
chandelle. Toi, tu le désirais à cause des enfants. Jamais
tu n'as rien désiré pour moi-même : « Fais-le pour les
enfants^g. »

L'année qui suivit notre mariage, ton père eut sa
première attaque, et le château de Cenon nous fut fermé.
Très vite, tu adoptas Calèse. De moi, tu n'as vraiment
accepté que mon pays. Tu as pris racine dans ma terre
sans que nos racines se puissent rejoindre. Tes enfants
ont passé dans cette maison, dans ce jardin, toutes leurs
vacances. Notre petite Marie y est morte; et bien loin
que cette mort t'en ait donné l'horreur, tu attaches à la
chambre où elle a souffert un caractère sacré. C'est ici
que tu as couvé ta couvée, que tu as soigné les maladies,
que tu as veillé près des berceaux, que tu as eu^h maille
à partir avec des nurses et des institutrices. C'est entre

ces pommiers que les cordes tendues supportaient les petites robes de Marie, toutes ces candides lessives. C'est dans ce salon que l'abbé Ardouin groupait autour du piano les enfants et leur faisait chanter des chœurs qui n'étaient pas toujours des cantiques, pour éviter ma colère.

Fumant devant la maison, les soirs d'été, j'écoutais leurs voix pures, cet air de Lulli : *Ah ! que ces bois, ces rochers, ces fontaines*[1]... Calme bonheur[a] dont je me savais exclu, zone de pureté et de rêve qui m'était interdite. Tranquille amour, vague assoupie qui venait mourir à quelques pas de mon rocher.

J'entrais au salon, et les voix se taisaient. Toute conversation s'interrompait à mon approche. Geneviève s'éloignait avec un livre. Seule, Marie n'avait pas peur de moi ; je l'appelais et elle venait ; je la prenais de force dans mes bras, mais elle s'y blottissait volontiers. J'entendais battre son cœur d'oiseau. À peine lâchée, elle s'envolait dans le jardin... Marie !

Très tôt, les enfants s'inquiétèrent de mon absence à la messe, de ma côtelette du vendredi. Mais la lutte entre nous deux, sous leurs regards, ne connut qu'un petit nombre d'éclats terribles, où je fus le plus souvent battu. Après chaque défaite, une guerre souterraine se poursuivait. Calèse en fut[b] le théâtre, car à la ville je n'étais jamais là. Mais les vacances du Palais coïncidant avec celles du collège, août et septembre nous réunissaient ici.

Je me rappelle ce jour où nous nous heurtâmes de front[c] (à propos d'une plaisanterie que j'avais faite devant Geneviève qui récitait son Histoire Sainte) : je revendiquai mon droit de défendre l'esprit de mes enfants, et tu m'opposas le devoir de protéger leur âme. J'avais été battu, une première fois, en acceptant qu'Hubert fût confié aux Pères Jésuites, et les petites aux Dames du Sacré-Cœur. J'avais cédé au prestige qu'ont gardé toujours à mes yeux les traditions de la famille Fondaudège. Mais j'avais soif de revanche ; et aussi, ce qui m'importait, ce jour-là, c'était d'avoir mis[d] le doigt sur le seul sujet qui pût te jeter hors des gonds, sur ce qui t'obligeait à sortir de ton indifférence, et qui me valait ton attention, fût-elle haineuse. J'avais enfin trouvé un lieu de rencontre. Enfin, je te forçais à en venir aux mains. Naguère, l'irréligion n'avait été pour moi qu'une forme vide où j'avais coulé mes humiliations de petit paysan enrichi, méprisé par ses camarades bourgeois; je l'emplissais maintenant de ma déception amoureuse et d'une rancune presque infinie.

La dispute*a* se ralluma pendant le déjeuner (je te demandai quel plaisir pouvait prendre l'Être éternel à te voir*b* manger de la truite saumonée plutôt que du bœuf bouilli[1]). Tu quittas la table. Je me souviens du regard de nos enfants. Je te rejoignis dans ta chambre. Tes yeux étaient secs; tu me parlas avec le plus grand calme. Je compris, ce jour-là, que ton attention ne s'était pas détournée de ma vie autant que je l'avais cru. Tu avais mis la main sur des lettres : de quoi obtenir une séparation. « Je suis*c* restée avec toi à cause des enfants. Mais si ta présence doit être une menace pour leur âme, je n'hésiterai pas. »

Non, tu n'aurais pas hésité à me laisser, moi et mon argent. Aussi intéressée*d* que tu fusses, il n'était pas de sacrifice à quoi tu n'aurais consenti pour que demeurât intact, dans ces petits, le dépôt du dogme, cet ensemble d'habitudes, de formules, — cette folie.

Je ne détenais pas encore la lettre d'injures que tu m'adressas après la mort de Marie. Tu étais la plus forte. Ma position, d'ailleurs, eût été dangereusement ébranlée par un procès entre nous : à cette époque, et en province, la société ne plaisantait pas sur ce sujet. Le bruit courait déjà que j'étais franc-maçon*f*; mes idées me mettaient en marge du monde; sans le prestige de ta famille, elles m'eussent fait le plus grand tort. Et surtout... en cas de séparation, il aurait fallu rendre les Suez de ta dot. Je m'étais accoutumé à considérer ces valeurs comme miennes. L'idée d'avoir à y renoncer m'était horrible (sans compter la rente que nous faisait ton père...).

Je filai doux*g*, et souscrivis à toutes tes exigences, mais je*h* décidais de consacrer mes loisirs à la conquête des enfants. Je pris cette résolution au début d'août 1896; ces tristes et ardents étés d'autrefois se confondent dans mon esprit, et les souvenirs que je te rappelle ici s'étendent environ sur cinq années (1895-1900)*i*.

Je ne croyais pas qu'il fût difficile de reprendre en main ces petits. Je comptais sur le prestige du père de famille, sur mon intelligence. Un garçon de dix ans, deux petites filles, ce ne[a] serait qu'un jeu, pensai-je, de les attirer à moi. Je me souviens de leur étonnement et de leur inquiétude, le jour où je leur proposai de faire avec papa une grande promenade. Tu étais assise dans la cour, sous le tilleul argenté; ils t'interrogèrent du regard.

« Mais, mes chéris, vous n'avez pas à me demander la permission. »

Nous partîmes. Comment faut-il parler aux enfants ? Moi qui suis accoutumé à tenir tête au Ministère public, ou au défenseur quand je plaide pour la partie civile, à toute une salle hostile, et qu'aux assises le président redoute, les enfants m'intimident[b], les enfants et aussi les gens du peuple, même ces paysans dont je suis le fils. Devant eux je perds pied, je balbutie.

Les petits étaient gentils avec moi, mais sur leur garde. Tu avais occupé d'avance ces trois cœurs, tu en tenais les issues. Impossible d'y avancer sans ta permission. Trop scrupuleuse pour me diminuer à leurs yeux, tu ne leur avais pas caché qu'il fallait beaucoup prier pour « pauvre papa[1] ». Quoi que[c] je fisse, j'avais ma place dans leur système du monde : j'étais le pauvre papa pour lequel il faut beaucoup prier et dont il faut obtenir la conversion. Tout ce que je pouvais dire ou insinuer touchant la religion, renforçait l'image naïve qu'ils se faisaient de moi.

Ils vivaient dans un monde merveilleux, jalonné de fêtes pieusement célébrées. Tu obtenais tout d'eux en leur parlant de la Première Communion qu'ils venaient de faire, ou à laquelle ils se préparaient[2]. Lorsqu'ils[d] chantaient, le soir, sur le perron de Calèse, ce n'était pas toujours des airs de Lulli qu'il me fallait entendre, mais des cantiques. Je voyais de loin votre groupe confus et, quand[e] il y avait clair de lune, je distinguais trois petites figures levées. Mes pas[f], sur le gravier, interrompaient les chants.

Chaque dimanche, le remue-ménage des départs pour la messe m'éveillait. Tu avais toujours peur de la manquer. Les chevaux s'ébrouaient. On appelait la cuisinière qui était en retard. Un des enfants avait oublié son paroissien. Une voix aiguë criait : « C'est quel dimanche après la Pentecôte ? »

Au retour*a*, ils venaient m'embrasser et me trouvaient encore au lit. La petite Marie, qui avait dû réciter à mon intention toutes les prières qu'elle avait apprises, me regardait attentivement dans l'espoir, sans doute, de constater une légère amélioration de mon état spirituel[1].

Elle seule ne m'irritait pas. Alors que ses deux aînés s'installaient déjà dans les croyances que tu pratiquais, avec cet instinct bourgeois du confort qui leur ferait, plus tard, écarter toutes les vertus héroïques, toute la sublime folie chrétienne[2], il y avait*b* au contraire, chez Marie, une ferveur touchante, une tendresse de cœur pour les domestiques, pour les métayers, pour les pauvres. On disait d'elle : « Elle donnerait tout ce qu'elle a ; l'argent ne lui tient pas aux doigts. C'est très joli, mais ce sera tout de même à surveiller... » On disait encore : « Personne ne lui résiste*c*, pas même son père. » Elle venait d'elle-même sur mes genoux, le soir. Une fois, elle s'endormit contre mon épaule. Ses boucles chatouillaient ma joue. Je souffrais de l'immobilité et j'avais envie de fumer. Je ne bougeais pas cependant. Quand, à neuf heures, sa bonne*d* vint la chercher, je la montai jusqu'à sa chambre, et vous me regardiez tous avec stupeur, comme si j'avais été ce fauve qui léchait les pieds des petites martyres. Peu de jours après, le matin du 14 août, Marie me dit (tu sais comme font les enfants) :

« Promets-moi de faire ce que je vais te demander... promets d'abord, je te dirai après... »

Elle me rappela que tu chantais, le lendemain, à la messe d'onze heures, et que ce serait gentil de venir t'entendre.

« Tu as promis ! tu as promis ! répétait-elle en m'embrassant. C'est juré ! »

Elle prit le baiser que je lui rendis pour un acquiescement. Toute la maison était avertie. Je me sentais observé. Monsieur irait à la messe demain, lui qui ne mettait jamais les pieds à l'église. C'était un événement d'une portée immense[3].

Je me mis à table, le soir, dans un état d'irritation que je ne pus longtemps dissimuler. Hubert te demanda je ne sais plus quel renseignement au sujet de Dreyfus. Je me souviens d'avoir protesté avec fureur contre ce que tu lui répondis. Je quittai la table et ne reparus pas. Ma valise prête, je pris, à l'aube du 15 août, le train de six heures et passai une journée terrible dans un Bordeaux étouffant et désert.

Il est étrange[a] qu'après cela vous m'ayez revu à Calèse. Pourquoi ai-je toujours passé mes vacances avec vous au lieu de voyager ? Je pourrais imaginer de belles raisons. Au vrai, il s'agissait pour moi de ne pas faire double dépense. Je n'ai jamais cru qu'il fût possible de partir en voyage et de prodiguer tant d'argent sans avoir, au préalable, renversé la marmite et fermé la maison. Je n'aurais pris aucun plaisir à courir les routes, sachant[b] que je laissais derrière moi tout le train du ménage. Je finissais donc par revenir au râtelier commun. Du moment que ma pitance était servie à Calèse, comment serais-je allé me nourrir ailleurs ? Tel était l'esprit d'économie que ma mère m'avait légué et dont je faisais une vertu.

Je rentrai donc, mais dans un état de rancœur contre lequel Marie même demeura sans pouvoir. Et j'inaugurai contre toi une nouvelle tactique. Bien loin d'attaquer de front tes croyances, je m'acharnais, dans les moindres circonstances, à te mettre[c] en contradiction avec ta foi. Ma pauvre Isa, aussi bonne chrétienne que tu fusses[d], avoue que j'avais beau jeu. Que charité soit synonyme d'amour, tu l'avais oublié, si tu l'avais jamais su. Sous ce nom, tu englobais un certain nombre de devoirs envers les pauvres dont tu t'acquittais avec scrupule, en vue de ton éternité. Je reconnais que tu as beaucoup changé sur ce chapitre : maintenant, tu soignes les cancéreuses, c'est entendu[e1] ! Mais, à cette époque, les[f] pauvres — tes pauvres — une fois secourus, tu ne t'en trouvais que plus à l'aise pour exiger ton dû des créatures vivant sous ta dépendance. Tu ne transigeais pas sur le devoir des maîtresses de maison qui est d'obtenir le plus de travail pour le moins d'argent possible. Cette misérable vieille qui passait, le matin, avec sa voiture de légumes, et à qui tu aurais fait la charité largement si elle t'avait tendu la main[g], ne te vendait pas une salade que tu n'eusses mis ton honneur à rogner de quelques sous son maigre profit.

Les plus timides invites des domestiques et des travailleurs pour une augmentation de salaire suscitaient

d'abord en toi une stupeur, puis une indignation dont
la véhémence faisait ta force et t'assurait toujours le
dernier mot. Tu avais une espèce de génie pour démontrer à ces gens qu'ils n'avaient besoin de rien. Dans ta
bouche, une énumération indéfinie multipliait les avantages dont ils jouissaient : « Vous avez^a le logement,
une barrique de vin, la moitié d'un cochon que vous
nourrissez avec mes pommes de terre, un jardin pour
faire venir des légumes. » Les pauvres diables n'en revenaient pas d'être si riches[1]. Tu assurais^b que ta femme
de chambre pouvait mettre intégralement à la Caisse
d'Épargne les quarante francs que tu lui allouais par
mois : « Elle a toutes mes vieilles robes, tous mes jupons,
tous mes souliers. À quoi lui servirait l'argent ? Elle en
ferait des cadeaux à sa famille... »

D'ailleurs tu les soignais avec dévouement s'ils étaient
malades; tu ne les abandonnais jamais; et je reconnais
qu'en général tu étais toujours estimée et souvent même
aimée de ces gens qui méprisent les maîtres faibles.
Tu professais^c, sur toutes ces questions, les idées de ton
milieu et de ton époque. Mais tu^d ne t'étais jamais avoué
que l'Évangile les condamne : « Tiens, disais-je, je
croyais que le Christ avait dit... » Tu t'arrêtais court,
déconcertée, furieuse à cause des enfants. Tu finissais
toujours par tomber dans le panneau : « Il ne faut^e pas
prendre au pied de la lettre... » balbutiais-tu. Sur quoi
je triomphais aisément et t'accablais d'exemples pour^f
te prouver que la sainteté consiste justement à suivre
l'Évangile au pied de la lettre. Si tu avais le malheur de
protester que tu n'étais pas une sainte, je te citais le
précepte : « Soyez parfaits comme votre père céleste est
parfait. »

Avoue, ma pauvre Isa, que je t'ai fait du bien à ma
façon et que si aujourd'hui tu soignes les cancéreux,
ils me le doivent en partie ! À cette époque, ton amour^g
pour tes enfants t'accaparait tout entière; ils dévoraient
tes réserves de bonté, de sacrifice. Ils t'empêchaient de
voir les autres hommes. Ce n'était^h pas seulement de
moi qu'ils t'avaient détournée, mais du reste du monde.
À Dieu même, tu ne pouvais plus parler que de leur
santé et de leur avenir. C'était là que j'avais la partie
belle. Je te demandais s'il ne fallait pas, du point de vue
chrétien, souhaiter pour eux toutes les croix, la pauvreté,

la maladie. Tu coupais court : « Je ne te réponds plus, tu parles de ce que tu ne connais pas... »

Mais, pour ton malheur, il y avait là le précepteur des enfants, un séminariste de vingt-trois ans, l'abbé Ardouin, dont j'invoquais sans pitié le témoignage et que j'embarrassais fort, car je ne le faisais[a] intervenir que lorsque j'étais sûr d'avoir raison, et il était incapable, dans ces sortes de débats, de ne pas livrer toute sa pensée. À mesure que l'affaire Dreyfus se développa, j'y trouvai mille sujets de dresser contre toi le pauvre abbé : « Pour un misérable Juif, désorganiser l'armée... » disais-tu. Cette seule parole déchaînait ma feinte indignation et je n'avais de cesse que je n'eusse obligé l'abbé Ardouin à confesser qu'un chrétien ne peut souscrire à la condamnation d'un innocent, fût-ce pour le salut du pays.

Je n'essayais d'ailleurs pas de vous convaincre, toi et les enfants, qui ne connaissiez l'Affaire que par les caricatures des bons journaux[1]. Vous formiez[b] un bloc inentamable. Même quand j'avais l'air d'avoir raison, vous ne doutiez pas que ce ne fût à force de ruse. Vous en[c] étiez venus à garder le silence devant moi. À mon approche, comme il arrive encore aujourd'hui, les discussions s'arrêtaient net; mais quelquefois vous ne saviez pas que je me cachais derrière un massif d'arbustes, et tout à coup j'intervenais avant que vous ayez pu battre en retraite et vous obligeais à accepter le combat.

« C'est un saint garçon, disais-tu de l'abbé Ardouin, mais un véritable enfant qui ne croit pas au mal. Mon mari joue avec lui comme le chat avec la souris; voilà pourquoi il le supporte, malgré son horreur des soutanes[d]. »

Au vrai, j'avais consenti d'abord à la présence d'un précepteur ecclésiastique, parce qu'aucun civil n'aurait accepté cent cinquante francs pour toutes les vacances. Les premiers jours, j'avais pris ce grand jeune homme noir et myope, perclus de timidité, pour un être insignifiant et je n'y prêtais pas plus d'attention qu'à un meuble. Il faisait travailler les enfants, les menait en promenade, mangeait peu, et ne disait mot. Il montait dans sa chambre, la dernière bouchée avalée. Parfois, quand la maison était vide, il se mettait au piano. Je n'entends rien à la musique, mais, comme tu disais : « Il faisait plaisir. »

Sans doute n'as-tu pas oublié un incident*ᵃ* dont tu ne t'es jamais douté qu'il créa, entre l'abbé Ardouin et moi, un secret courant*ᵇ* de sympathie. Un jour, les enfants signalèrent l'approche du curé. Aussitôt selon ma coutume, je pris la fuite du côté des vignes[1]. Mais Hubert vint m'y rejoindre de ta part : le curé avait une communication urgente à me faire. Je repris, en maugréant, le chemin de la maison, car je redoutait fort ce petit vieillard. Il venait*ᶜ*, me dit-il, décharger sa conscience. Il nous avait recommandé l'abbé Ardouin comme un excellent séminariste dont le sous-diaconat avait été remis pour des raisons de santé. Or il venait d'apprendre, au cours de la retraite ecclésiastique, que ce retard devait être attribué à une mesure disciplinaire. L'abbé Ardouin, quoique très pieux, était fou de musique, et il avait découché, entraîné par un de ses camarades, pour entendre, au Grand Théâtre, un concert de charité. Bien qu'ils fussent en civil, on les avait reconnus et dénoncés. Ce qui mit*ᵈ* le comble au scandale, ce fut que l'interprète de *Thaïs,* Mme Georgette Lebrun, figurait au programme ; à l'aspect de ses pieds nus, de sa tunique grecque, maintenue sous les bras par une ceinture d'argent (« et c'était tout, disait-on, pas même de minuscules épaulettes ! »), il y avait eu un « oh ! » d'indignation. Dans la loge de l'*Union,* un vieux monsieur s'écria : « C'est tout de même un peu fort... où sommes-nous ? » Voilà ce qu'avaient vu l'abbé Ardouin et son camarade ! L'un des délinquants fut chassé sur l'heure. Celui-ci avait été pardonné : c'était un sujet hors ligne ; mais ses supérieurs l'avaient retardé de deux*ᵉ*[2].

Nous fûmes d'accord pour protester que l'abbé gardait toute notre confiance. Mais le curé n'en témoigna pas moins, désormais, une grande froideur, au séminariste qui, disait-il, l'avait trompé. Tu te rappelles cet incident, mais ce que tu as toujours ignoré, c'est que ce soir-là, comme je fumais sur la terrasse, je vis venir vers moi, dans le clair de lune, la maigre silhouette noire du coupable. Il m'aborda avec gaucherie et me demanda pardon de s'être introduit chez moi sans m'avoir averti de son indignité. Comme je lui assurais que son escapade me le rendait plutôt sympathique, il protesta avec une soudaine fermeté et plaida contre lui-même. Je ne

pouvais, disait-il, mesurer l'étendue de sa faute : il avait
péché à la fois contre l'obéissance, contre sa vocation,
contre les mœurs. Il avait commis le péché de scandale;
ce ne serait pas trop de toute sa vie pour réparer ce qu'il
avait fait... Je vois encore cette longue échine courbée,
son ombre, dans le clair de lune, coupée en deux par
le parapet de la terrasse.

Aussi prévenu que je fusse contre les gens de sa sorte,
je ne pouvais soupçonner, devant tant de honte et de
douleur, la moindre hypocrisie. Il s'excusait de son
silence à notre égard sur la nécessité où il se fût trouvé
de demeurer pendant deux mois à la charge de sa mère,
très pauvre veuve qui faisait des journées à Libourne.
Comme je lui répondais qu'à mon avis rien ne l'obligeait
à nous avertir d'un incident qui concernait la discipline
du séminaire, il me prit la main*a* et me dit ces paroles
inouïes, que j'entendais pour la première fois de ma vie
et qui me causèrent une sorte de stupeur :

« Vous êtes très bon. »

Tu connais mon rire, ce rire qui, même au début de
notre vie commune, te portait sur les nerfs, — si peu
communicatif que, dans ma jeunesse, il avait le pouvoir
de tuer autour de moi toute gaîté. Il me secouait, ce
soir-là, devant ce grand séminariste interdit. Je pus enfin
parler :

« Vous ne savez pas, monsieur l'abbé, à quel point
ce que vous dites est drôle. Demandez à ceux qui me
connaissent si je suis bon. Interrogez ma famille, mes
confrères : la méchanceté est ma raison d'être. »

Il répondit avec embarras qu'un vrai méchant ne
parle pas de sa méchanceté.

« Je vous défie*b* bien, ajoutai-je, de trouver dans ma
vie ce que vous appelez un acte bon. »

Il me cita alors, faisant allusion à mon métier, la parole
du Christ : « J'étais prisonnier et vous m'avez visité[1]... »

« J'y trouve mon avantage, monsieur l'abbé. J'agis
par intérêt professionnel. Naguère encore, je payais
les geôliers pour que mon nom fût glissé, en temps
utile, à l'oreille des prévenus... ainsi, vous voyez ! »

Je ne me souviens*c* plus de sa réponse. Nous marchions
sous les tilleuls. Que tu aurais été étonnée si je t'avais dit
que je trouvais quelque douceur à la présence de cet
homme en soutane ! c'était vrai pourtant.

Il m'arrivait de me lever*a* avec le soleil et de descendre pour respirer l'air froid de l'aube. Je regardais l'abbé partir pour la messe, d'un pas rapide, si absorbé qu'il passait parfois à quelques mètres de moi sans me voir. C'était l'époque*b* où je t'accablais de mes moqueries, où je m'acharnais à te mettre en contradiction avec tes principes... Il n'empêche que je n'avais pas une bonne conscience : je feignais de croire, à chaque fois que je te prenais en flagrant délit d'avarice ou de dureté, qu'aucune trace de l'esprit du Christ ne subsistait plus parmi vous, et je n'ignorais pas que*c*, sous mon toit, un homme vivait selon cet esprit, à l'insu de tous.

VIII

Il y eut pourtant une circonstance où je n'eus pas à me forcer pour te trouver horrible. En 96 ou 97, tu dois te rappeler*d* la date exacte, notre beau-frère, le baron Philipot, mourut. Ta sœur Marinette, en s'éveillant, le matin, lui parla et il ne répondit pas. Elle ouvrit les volets, vit les yeux révulsés du vieillard, sa mâchoire inférieure décrochée, et ne comprit pas tout de suite qu'elle avait dormi, pendant plusieurs heures, à côté d'un cadavre.

Je doute qu'aucun*e* de vous ait senti l'horreur du testament de ce misérable : il laissait à sa femme une fortune énorme à condition qu'elle ne se remariât pas. Dans le cas contraire, la plus grosse part en devait revenir à des neveux.

« Il va falloir beaucoup l'entourer, répétait ta mère. Heureusement que nous sommes une famille où l'on se tient les uns les autres. Il ne faut pas laisser seule cette petite. »

Marinette avait une trentaine d'années, à cette époque, mais rappelle-toi son aspect de jeune fille. Elle s'était laissée marier docilement à un vieillard, l'avait subi sans révolte. Vous ne*f* doutiez pas qu'elle dût se soumettre aisément aux obligations du veuvage. Vous comptiez pour rien la secousse de la délivrance, cette brusque sortie du tunnel, en pleine*g* lumière.

Non, Isa, ne crains pas que j'abuse de l'avantage qui m'est ici donné. Il était[a] naturel de souhaiter que ces millions demeurassent dans la famille, et que nos enfants en eussent le profit. Vous jugiez[b] que Marinette ne devait pas perdre le bénéfice de ces dix années d'asservissement à un vieux mari. Vous agissiez en bons parents. Rien ne vous paraissait plus naturel que le célibat. Te souvenais-tu d'avoir été naguère une jeune femme ? Non, c'était un chapitre fini ; tu étais mère, le reste n'existait plus, ni pour toi, ni pour les autres. Votre famille n'a jamais brillé par l'imagination : sur ce point, vous ne vous mettiez à la place ni des bêtes, ni des gens.

Il fut entendu[c] que Marinette passerait à Calèse le premier été qui suivit son veuvage. Elle accepta avec joie, non qu'il y eût entre vous beaucoup d'intimité, mais elle aimait nos enfants, surtout la petite Marie. Pour moi, qui la connaissais à peine, je fus d'abord sensible à sa grâce ; plus âgée que toi d'une année, elle paraissait de beaucoup ta cadette. Tu étais demeurée[d] lourde des petits que tu avais portés ; elle était sortie en apparence intacte du lit de ce vieillard. Son visage était puéril. Elle se coiffait avec le chignon[e] haut, selon la mode d'alors, et ses cheveux d'un blond sombre moussaient sur sa nuque. (Cette merveille oubliée aujourd'hui : une nuque mousseuse.) Ses yeux un peu trop ronds lui donnaient l'air d'être toujours étonnée. Par jeu, j'entourais de mes deux mains « sa taille de guêpe » ; mais l'épanouissement du buste et des hanches aurait paru aujourd'hui presque monstrueux : les femmes d'alors ressemblaient à des fleurs forcées.

Je m'étonnais que Marinette[f] fût si gaie. Elle amusait beaucoup les enfants, organisait des parties de cache-cache dans le grenier, jouait aux tableaux vivants. « Elle est un peu trop évaporée, disais-tu[g], elle ne se rend pas compte de sa situation. »

C'était déjà trop que d'avoir consenti à ce qu'elle portât des robes blanches dans la semaine ; mais tu jugeais inconvenant qu'elle assistât à la messe sans son voile et que son manteau ne fût pas bordé de crêpe. La chaleur ne te semblait pas être une excuse.

Le seul divertissement qu'elle eût goûté avec son mari était l'équitation. Jusqu'à son dernier jour, le baron

Philipot, sommité du concours hippique, n'avait presque jamais manqué sa promenade matinale à cheval. Marinette fit venir à Calèse sa jument et comme personne ne pouvait l'accompagner, elle montait seule, ce qui te semblait doublement scandaleux : une veuve de trois mois ne doit pratiquer aucun exercice, mais se promener à cheval sans garde du corps, cela dépassait les bornes.

« Je lui dirai ce que nous en pensons en famille », répétais-tu. Tu le lui disais, mais elle n'en faisait qu'à sa tête. De guerre lasse, elle me demanda de l'escorter. Elle se chargeait de me procurer un cheval très doux (Naturellement tous les frais lui incomberaient.)

Nous partions dès l'aube, à cause des mouches, et parce qu'il fallait faire deux kilomètres au pas avant d'atteindre les premiers bois de pins. Les chevaux nous attendaient devant le perron. Marinette tirait la langue*^a* aux volets clos de ta chambre, en épinglant à son amazone une rose trempée d'eau, « pas du tout pour veuve », disait-elle. La cloche de la première messe battait à petits coups. L'abbé Ardouin nous saluait timidement et disparaissait dans la brume qui flottait sur les vignes*^b*.

Jusqu'à ce que nous ayons atteint les bois, nous causions. Je m'aperçus que j'avais quelque prestige aux yeux de ma belle-sœur, — bien moins à cause de ma situation au Palais que pour les idées subversives dont je me faisais, en famille, le champion. Tes principes ressemblaient trop à ceux de son mari. Pour une femme, la religion, les idées sont toujours quelqu'un : tout prend figure à ses yeux, — figure adorable ou haïe*^c*.

Il n'eût tenu qu'à moi de pousser mon avantage auprès de cette petite révoltée. Mais voilà ! tant qu'elle s'irritait contre vous, j'atteignais sans peine à son diapason, mais il m'était impossible de la suivre dans*^d* le dédain qu'elle manifestait à l'endroit des millions qu'elle perdrait en se remariant. J'aurais eu tout intérêt à parler comme elle et à jouer les nobles cœurs; mais il m'était impossible de feindre, je ne pouvais même pas faire semblant de l'approuver quand elle comptait pour rien la perte de cet héritage. Faut-il tout dire ? je n'arrivais pas à chasser l'hypothèse de sa mort qui ferait de nous ses héritiers. (Je ne pensais pas aux enfants, mais à moi.)

J'avais beau m'y préparer d'avance, répéter ma leçon, c'était plus fort que ma volonté : « Sept millions*^e* !

Marinette, vous n'y songez pas, on ne renonce pas
à sept millions. Il n'existe pas un homme au monde qui
vaille le sacrifice d'une parcelle de cette fortune ! » Et
comme elle prétendait mettre le bonheur au-dessus de
tout, je lui assurai que personne n'était capable d'être
heureux après le sacrifice d'une pareille somme.

« Ah ! s'écriait-elle[a] vous avez beau les haïr, vous
appartenez bien à la même espèce. »

Elle partait au galop et je la suivais de loin. J'étais
jugé, j'étais perdu. Ce goût maniaque de l'argent, de
quoi ne m'aura-t-il frustré ! J'aurais pu trouver en
Marinette une petite sœur, une amie... Et vous voudriez
que je vous sacrifie ce à quoi j'ai tout sacrifié ? Non, non,
mon argent m'a coûté trop cher pour que je vous en
abandonne un centime avant le dernier hoquet.

Et pourtant[b], vous ne vous lassez pas. Je me demande
si la femme d'Hubert, dont j'ai subi la visite dimanche,
était déléguée par vous, ou si elle est venue de son propre
mouvement. Cette pauvre Olympe ! (Pourquoi Phili
l'a-t-il surnommée Olympe ? Mais nous avons oublié
son vrai prénom...) Je croirais plutôt[c] qu'elle ne vous
a rien dit de sa démarche. Vous ne l'avez pas adoptée,
ce n'est pas une femme de la famille[1]. Cette personne
indifférente à tout ce qui ne constitue pas son étroit
univers, à tout ce qui ne la touche pas directement, ne
connaît aucune des lois de la « gens »; elle ignore que
je suis l'ennemi. Ce n'est pas de sa part bienveillance
ou sympathie naturelle : elle ne pense jamais aux autres,
fût-ce pour les haïr. « Il est toujours très convenable
avec moi », proteste Olympe quand on prononce mon
nom devant elle. Elle ne sent pas mon âpreté. Et comme
il m'arrive, par esprit de contradiction, de la défendre
contre vous tous, elle se persuade qu'elle m'attire.

À travers[d] ses propos confus, j'ai discerné qu'Hubert
avait enrayé à temps, mais que tout son avoir personnel
et la dot de sa femme avaient été engagés pour sauver
la charge. « Il dit qu'il retrouvera forcément son argent,
mais il aurait besoin d'une avance... Il appelle ça une
avance d'hoirie... »

Je hochais[e] la tête, j'approuvais, je feignais d'être
à mille lieues de comprendre ce qu'elle voulait. Comme
j'ai l'air innocent, à ces moments-là !

Si la pauvre Olympe savait ce que j'ai sacrifié à l'argent lorsque je détenais encore un peu de jeunesse ! Dans ces matinées de ma trente-cinquième année, nous revenions, ta sœur et moi, au pas de nos chevaux, sur la route déjà chaude entre les vignes sulfatées. À cette jeune femme moqueuse, je parlais des millions qu'il ne fallait pas perdre. Lorsque j'échappais à la hantise de ces millions menacés, elle riait de moi avec une gentillesse[a] dédaigneuse. En voulant me défendre, je m'enferrais davantage :

« C'est dans votre intérêt que j'insiste, Marinette. Croyez-vous que je sois un homme que l'avenir de ses enfants obsède ? Isa, elle, ne veut pas que votre fortune leur passe sous le nez. Mais moi... »

Elle riait, et serrant un peu les dents, me glissait : « C'est vrai[b] que vous êtes assez horrible. »

Je protestais que[c] je ne pensais qu'à son bonheur. Elle secouait la tête avec dégoût. Au fond, sans qu'elle l'avouât c'était la maternité, plus que le mariage, qui lui faisait envie.

Bien qu'elle me méprisât, lorsque après le déjeuner[d], en dépit de la chaleur, je quittais la maison obscure et glaciale où la famille somnolait, répandue sur les divans de cuir et sur les chaises de paille, lorsque j'entrouvrais les volets pleins de la porte-fenêtre et me glissais dans l'azur en feu, je n'avais pas besoin de me retourner, je savais qu'elle allait venir aussi ; j'entendais son pas sur le gravier. Elle marchait mal, tordait ses hauts talons sur la terre durcie. Nous nous accoudions au parapet de la terrasse. Elle jouait à tenir le plus longtemps possible, sur la pierre brûlante, son bras nu.

La plaine à nos pieds, se livrait au soleil dans un silence aussi profond que lorsqu'elle s'endort dans le clair de lune. Les landes formaient à l'horizon un immense arc noir où le ciel métallique pesait. Pas un homme, pas une bête ne sortirait avant la quatrième heure. Des mouches vibraient sur place, non moins immobiles que cette unique fumée dans la plaine, que ne défaisait aucun souffle.

Je savais que cette femme, qui était là, debout, ne pouvait pas m'aimer, qu'il n'y avait rien en moi qui ne lui fût odieux. Mais nous respirions seuls, dans cette propriété perdue, au milieu d'une torpeur infranchissable.

Ce jeune être souffrant, étroitement surveillé par une famille, cherchait mon regard aussi inconsciemment qu'un héliotrope se tourne vers le soleil. Pourtant, à la moindre parole trouble, je n'aurais reçu d'autre réponse qu'une moquerie. Je sentais bien qu'elle eût repoussé avec dégoût le plus timide geste. Ainsi demeurions-nous l'un près de l'autre, au bord de cette cuve immense où la vendange future fermentait dans le sommeil des feuilles bleuies.

Et toi, Isa[a], que pensais-tu de ces sorties du matin et de ces colloques, à l'heure où le reste du monde s'assoupit ? Je le sais, parce qu'un jour, je l'ai entendu. Oui, à travers les volets fermés du salon, je t'ai entendue dire à ta mère, en séjour à Calèse (et venue sans doute pour renforcer la surveillance autour de Marinette) :

« Il a une mauvaise influence sur elle, au point de vue des idées... mais pour le reste, il l'occupe, et c'est sans inconvénient.

— Oui, il l'occupe ; c'est l'essentiel », répondit ta mère. Vous vous réjouissiez[b] de ce que j'occupais Marinette : « Mais à la rentrée, répétiez-vous, il faudra trouver autre chose. » Quelque mépris que t'aie inspiré, Isa, je t'ai méprisée plus encore pour des paroles comme celles-là. Sans doute n'imaginais-tu pas qu'il pût y avoir le moindre péril. Les femmes[c] ne se souviennent pas de ce qu'elles n'éprouvent plus.

Après le déjeuner, au bord de la plaine, il est vrai[d] que rien ne pouvait arriver ; car pour vide que fût le monde, nous étions tous deux comme sur le devant d'une scène. N'y aurait-il eu qu'un paysan qui ne s'abandonnât pas à la sieste, il aurait vu, aussi immobiles que les tilleuls, cet homme et cette femme debout face à la terre incandescente, et qui n'eussent pu faire le moindre geste sans se toucher.

Mais nos promenades nocturnes n'étaient pas moins innocentes. Je me souviens[e] d'un soir d'août. Le dîner avait été orageux à cause de Dreyfus. Marinette, qui représentait[f] avec moi le parti de la révision, me dépassait maintenant dans l'art de débusquer l'abbé Ardouin, de l'obliger à prendre parti. Comme tu avais parlé avec exaltation d'un article de Drumont, Marinette, avec sa voix d'enfant du catéchisme, demanda :

« Monsieur l'abbé, est-il permis de haïr les Juifs ? »

Ce soir-là, pour notre plus grande joie, il n'avait pas eu recours à de vagues défaites. Il parla de la grandeur du peuple élu, de son rôle auguste de témoin, de sa conversion prédite, annonciatrice de la fin des temps. Et comme Hubert avait protesté qu'il fallait haïr les bourreaux de Notre-Seigneur, l'abbé répondit que chacun de nous avait le droit de haïr un seul bourreau du Christ : « Nous-même, et pas un autre... »

Déconcertée, tu répartis qu'avec ses belles théories, il ne restait plus qu'à livrer la France à l'étranger. Heureusement pour l'abbé, tu en vins à Jeanne d'Arc, qui vous réconcilia. Sur le perron, un enfant s'écriait :

« Oh ! le beau*a* clair de lune ! »

J'allai à la terrasse. Je savais que Marinette me suivrait. Et en effet, j'entendis sa voix essoufflée : « Attendez-moi... » Elle avait mis autour de son cou un « boa ».

La pleine lune se levait à l'est. La jeune femme admirait les longues ombres obliques des charmes sur l'herbe. Les maisons de paysans recevaient la clarté sur leurs faces closes. Des chiens aboyaient. Elle me demanda si c'était la lune qui rendait les arbres immobiles. Elle me dit que tout était créé, dans une nuit pareille, pour le tourment des isolés. « Un décor vide ! » disait-elle[1]. Combien de visages*b* joints, à cette heure, d'épaules rapprochées ! Quelle complicité ! Je voyais nettement une larme au bord de ses cils. Dans*c* l'immobilité du monde, il n'y avait de vivant que son souffle. Elle était toujours un peu haletante... Que reste-t-il de toi, ce soir, Marinette, morte en 1900 ? Que reste-t-il d'un corps enseveli depuis trente années ? Je me souviens de ton odeur nocturne. Pour croire à la résurrection de la chair, peut-être faut-il avoir vaincu la chair. La punition de ceux qui en ont abusé est de ne pouvoir plus même imaginer qu'elle ressuscitera[2].

Je pris sa main comme j'aurais fait à un enfant malheureux ; et comme une enfant elle appuya sa tête contre mon épaule. Je la*d* recevais parce que j'étais là ; l'argile reçoit une pêche qui se détache. La plupart des êtres humains ne se choisissent guère plus que les arbres qui ont poussé côte à côte et dont les branches se confondent par leur seule croissance.

Mais mon infamie, à cette minute, ce fut de penser à toi, Isa, de rêver d'une vengeance possible : me servir de Marinette pour te faire souffrir. Aussi brièvement que l'idée en ait occupé mon esprit, il est pourtant vrai que j'ai conçu ce crime. Nous fîmes quelques pas incertains hors de la zone du clair de lune, vers le bosquet de grenadiers et de seringas. Le destin voulut que j'entendisse alors un bruit de pas dans l'allée des vignes, — cette allée que suivait, chaque matin, l'abbé Ardouin pour se rendre à la messe. C'était lui sans doute... Je pensais à cette parole qu'il m'avait adressée un soir : « Vous êtes très bon... » S'il avait pu lire dans mon cœur à cette minute ! La honte que j'en éprouvai me sauva peut-être.

Je ramenai*a* Marinette dans la lumière, la fis s'asseoir sur le banc. Je lui essuyai les yeux avec mon mouchoir. Je lui disais ce que j'aurais dit à Marie si elle était tombée et si je l'avais relevée, dans l'allée des tilleuls. Je feignais*b* de ne m'être pas aperçu de ce qu'il pouvait y avoir eu de trouble dans son abandon et dans ses larmes.

IX

Le lendemain matin, elle ne monta pas à cheval. Je me rendis à Bordeaux*c* (j'y allais passer deux jours chaque semaine, malgré les vacances du Palais, afin de ne pas interrompre mes consultations).

Lorsque*d* je repris le train pour rentrer à Calèse, le Sud-express était en gare et mon étonnement fut vif d'apercevoir, derrière les glaces du wagon sur lequel était écrit *Biarritz,* Marinette, sans voile, vêtue d'un tailleur gris. Je me souvins qu'une amie la pressait depuis longtemps de venir la rejoindre à Saint-Jean-de-Luz. Elle regardait*e* un journal illustré et ne vit pas mes signes. Le soir, lorsque je te fis mon rapport, tu prêtas peu d'attention à ce que tu ne croyais être qu'une courte fugue. Tu me dis que Marinette avait reçu, peu après mon départ, un télégramme de son amie. Tu semblais surprise que je ne fusse pas au courant. Peut-être

nous avais-tu soupçonnés d'une rencontre clandestine
à Bordeaux. La petite Marie[a], d'ailleurs, était couchée
avec la fièvre; elle souffrait, depuis plusieurs jours,
d'un dévoiement qui t'inquiétait. C'est une justice à te
rendre, lorsqu'un de tes enfants était malade, rien ne
comptait plus.

Je voudrais[b] passer vite sur ce qui a suivi. Après plus
de trente années, je ne saurais, sans un immense effort,
y arrêter ma pensée. Je sais ce dont tu m'as accusé.
Tu as osé me déclarer en face que je n'avais pas voulu
de consultation. Sans aucun doute, si nous avions fait
venir le professeur Arnozan, il aurait reconnu un état
typhique dans cette prétendue grippe. Mais rappelle
tes souvenirs. Une seule fois, tu m'as dit : « Si nous
appelions Arnozan ? » Je t'ai répondu : « Le Dr Aubrou[c]
assure qu'il soigne plus de vingt cas de la même grippe
dans le village... » Tu n'as pas insisté. Tu prétends
m'avoir supplié, le lendemain encore, de télégraphier
à Arnozan. Je m'en souviendrais si tu l'avais fait.
Il est vrai que j'ai tellement remâché ces souvenirs,
pendant des jours et des nuits, que je ne m'y retrouve
plus. Mettons que je sois avare... mais pas au point[d] de
lésiner quand il s'agissait de la santé de Marie. C'était
d'autant moins vraisemblable que le professeur Arnozan
travaillait pour l'amour de Dieu et des hommes : si je
ne l'ai[e] pas appelé, c'est que nous demeurions persuadés
qu'il s'agissait d'une simple grippe « qui s'était portée
sur l'intestin ». Cet Aubrou faisait manger Marie pour
qu'elle ne s'affaiblît pas. C'est lui qui l'a tuée, ce n'est
pas moi. Non, nous étions d'accord, tu n'as pas insisté
pour faire venir Arnozan, menteuse. Je ne suis pas
responsable de la mort de Marie. C'est horrible que de
m'en avoir accusé; et tu le crois ! et tu l'as toujours cru !

Cet été implacable ! le délire de cet été, la férocité des
cigales... Nous ne pouvions pas arriver à nous procurer
de la glace. J'essuyais, pendant des après-midi sans
fin, sa petite figure suante qui attirait les mouches.
Arnozan est venu trop tard. On a changé le régime alors
qu'elle était cent fois perdue. Elle délirait, peut-être,
quand elle répétait : « Pour papa ! pour papa ! » Tu te
rappelles de quel accent elle criait : « Mon Dieu, je ne

suis qu'une enfant... » et elle se reprenait : « Non, je peux encore souffrir. » L'abbé Ardouin lui faisait boire de l'eau de Lourdes. Nos têtes se rapprochaient au-dessus de ce corps exténué, nos mains se touchaient. Quand ce fut fini, tu m'as cru insensible.

Veux-tu savoir ce qui se passait en moi ? C'est une chose étrange que toi, la chrétienne, tu n'aies pu te détacher du cadavre. On te suppliait de manger, on te répétait que tu avais besoin de toutes tes forces. Mais il aurait fallu t'entraîner hors de la chambre par violence. Tu demeurais assise tout contre le lit, tu touchais le front, les joues froides d'un geste tâtonnant. Tu posais tes lèvres sur les cheveux encore vivants; et parfois tu tombais à genoux, non pour prier, mais pour appuyer ton front contre les dures petites mains glacées.

L'abbé Ardouin te relevait, te parlait de ces enfants à qui il faut ressembler pour entrer dans le royaume du Père : « Elle est vivante, elle vous voit, elle vous attend. » Tu hochais la tête; ces mots n'atteignaient même pas ton cerveau; ta foi ne te servait à rien. Tu ne pensais qu'à cette chair de ta chair qui allait être ensevelie et qui était au moment de pourrir; tandis que moi, l'incrédule, j'éprouvais devant ce qui restait de Marie, tout ce que signifie le mot « dépouille ». J'avais le sentiment irrésistible d'un départ, d'une absence. Elle n'était plus là; ce n'était plus elle. « Vous cherchez Marie ? elle n'est plus ici[1]... »

Plus tard, tu m'as accusé d'oublier vite. Je sais pourtant ce qui s'est rompu en moi lorsque je l'ai embrassée, une dernière fois, dans son cercueil. Mais ce n'était plus elle. Tu m'as méprisé de ce que je ne t'accompagnais pas au cimetière, presque chaque jour. « Il n'y met jamais les pieds, répétais-tu. Et pourtant Marie était la seule qu'il parût aimer un peu... Il n'a pas[a] de cœur. »

Marinette revint pour l'enterrement, mais repartit trois jours après. La douleur t'aveuglait, tu ne voyais pas la menace qui, de ce côté-là, se dessinait. Et même tu avais l'air d'être soulagée par le départ de ta sœur. Nous apprîmes[b], deux mois plus tard, ses fiançailles avec cet homme de lettres, ce journaliste rencontré[c] à Biarritz. Il n'était plus temps de parer le coup. Tu fus implacable — comme si une haine refoulée éclatait soudain contre Marinette; tu n'as pas voulu connaître cet « individu » — un homme ordinaire, pareil à beaucoup d'autres; son seul crime était de frustrer nos enfants d'une fortune dont il n'avait d'ailleurs pas le bénéfice, puisque les neveux Philipot en recevaient la plus grande part.

Mais tu ne raisonnes jamais; tu n'as pas éprouvé l'ombre^a d'un scrupule; je n'ai connu personne qui fût plus que toi sereinement injuste. Dieu sait de quelles peccadilles tu te confessais! et il n'est pas une seule des Béatitudes dont tu n'aies passé ta vie à prendre le contrepied. Il ne te coûte rien d'accumuler de fausses raisons pour rejeter les objets de ta haine. À propos du mari de ta sœur^b, que tu n'avais jamais vu et dont tu ne connaissais rien : « Elle a été, à Biarritz, la victime d'un aigrefin, d'une espèce de rat d'hôtel... » disais-tu.

Quand la pauvre petite est morte en couches (ah! je ne voudrais pas te juger aussi durement que tu m'as jugé moi-même à propos de Marie!) ce n'est pas assez de dire que tu n'as guère manifesté de chagrin. Les événements t'avaient donné raison; ça ne pouvait pas finir autrement; elle était allée à sa perte; tu n'avais rien à te reprocher; tu avais fait tout ton devoir; la malheureuse savait bien que sa famille lui demeurait toujours ouverte, qu'on l'attendait, qu'elle n'avait qu'un signe à faire. Du moins tu pouvais te rendre justice : tu n'avais pas été complice. Il t'en avait coûté de demeurer ferme : « mais il y a des occasions où il faut savoir se marcher sur le cœur^c ».

Non, je ne t'accablerai pas. Je reconnais que tu as été bonne pour le fils de Marinette, pour le petit Luc, lorsque ta mère n'a plus été là qui, jusqu'à sa mort, s'était occupée de lui. Tu t'en chargeais pendant les vacances; tu allais le voir, une fois chaque hiver, dans ce collège aux environs de Bayonne : « Tu faisais ton devoir, puisque le père ne faisait pas le sien... »

Je ne t'ai jamais dit comment je l'ai connu, le père de Luc, à Bordeaux, en septembre 1914. Je cherchais à me procurer un coffre dans une banque; les Parisiens en fuite les avaient tous pris. Enfin le directeur du Crédit Lyonnais m'avertit qu'un de ses clients regagnait Paris et consentirait peut-être à me céder le sien. Quand il

me le nomma, je vis qu'il s'agissait du père de Luc.
Ah ! non, ce n'était pas le monstre que tu imaginais.
Je cherchai en vain, dans cet homme de trente-huit ans,
étique, hagard, rongé par la terreur des conseils de
révision, celui que quatorze ans plus tôt, j'avais entrevu
à l'enterrement de Marinette et avec qui j'avais eu une
conversation d'affaires. Il me parla à cœur ouvert. Il
vivait maritalement auprès d'une femme dont il voulait
épargner le contact à Luc. C'était dans l'intérêt du petit
qu'il l'avait abandonné à sa grand-mère Fondaudège...
Ma pauvre Isa, si vous aviez su, toi et les enfants, ce
que j'ai offert à cet homme, ce jour-là ! Je peux bien
te le dire maintenant. Il aurait gardé le coffre à son nom ;
j'aurais eu sa procuration. Toute ma fortune mobilière
aurait été là, avec un papier attestant qu'elle appartenait
à Luc. Tant que j'aurais vécu, son père n'aurait pas
touché au coffre. Mais après ma mort, il en aurait pris
possession et vous ne vous seriez douté de rien...

Évidemment je me livrais à cet homme, moi et ma
fortune. Faut-il que je vous ai haïs à ce moment-là !
Eh bien, il n'a pas voulu marcher. Il n'a pas osé. Il a
parlé de son honneur.

Comment ai-je été capable de cette folie ? À cette
époque les enfants approchaient de la trentaine, ils
étaient mariés, définitivement de ton côté, tournés
contre moi en toute occasion. Vous agissiez en secret ;
j'étais l'ennemi. Dieu sait qu'avec eux, avec Geneviève
surtout, tu ne t'entendais guère. Tu lui reprochais de
te laisser toujours seule, de ne te demander conseil sur
rien, mais contre moi le front se rétablissait. Tout se
passait d'ailleurs en sourdine, sauf dans les occasions
solennelles : c'est ainsi qu'il y eut des batailles terribles
au moment du mariage des enfants. Je ne voulais pas
donner de dot, mais une rente. Je refusais de faire
connaître aux familles intéressées l'état de ma fortune.
J'ai tenu bon, j'ai été le plus fort, la haine me soutenait,
— la haine mais aussi l'amour, l'amour que j'avais pour
le petit Luc. Les familles*a* ont passé outre, tout de même,
parce qu'elles ne doutaient pas que le magot ne fût
énorme.

Mais mon silence vous inquiétait. Vous cherchiez
à savoir. Geneviève me prenait parfois par la tendresse :
pauvre lourdaude que j'entendais venir de loin avec ses

gros sabots ! Souvent, je lui disais : « À ma mort, vous me bénirez », rien que pour le plaisir de voir ses yeux briller de convoitise. Elle te répétait ces paroles merveilleuses. Toute la famille entrait en transe. Pendant ce temps je cherchais le moyen de ne vous laisser que ce qu'il était impossible de cacher. Je ne pensais qu'au petit Luc. J'ai même eu l'idée d'hypothéquer les terres[a]...

Eh bien, malgré tout, il m'est arrivé une fois de me laisser prendre à vos simagrées : l'année qui suivit la mort de Marie. J'étais tombé malade. Certains symptômes rappelaient ceux du mal qui avait emporté notre petite fille. Je déteste qu'on me soigne, j'ai horreur des médecins et des remèdes[b]. Tu n'eus de cesse que je ne me fusse résigné à garder le lit et à faire venir Arnozan.

Tu me soignais avec dévouement, cela va sans dire, mais même avec inquiétude, et parfois, quand tu m'interrogeais sur ce que j'éprouvais, il me semblait discerner, dans ta voix, de l'angoisse. Tu avais, en me tâtant le front, le même geste que pour les petits. Tu voulus coucher dans ma chambre. Si la nuit je m'agitais, tu te levais et m'aidais à boire. « Elle tient à moi, me disais-je, qui l'aurait cru... ? À cause de ce que je gagne peut-être ? » Mais non, tu n'aimes pas[c] l'argent pour lui-même... À moins que ce ne fût parce que la position des enfants serait, par ma mort, diminuée ? Voilà qui offrait plus de vraisemblance. Mais ce n'était pas encore cela.

Après qu'Arnozan m'eut examiné[d], tu lui parlas sur le perron, avec ces éclats de voix qui, si souvent, t'ont trahie : « Dites bien à tout le monde, docteur, que Marie est morte de la typhoïde. À cause de mes deux pauvres frères, on fait courir le bruit que c'est la phtisie qui l'a emportée. Les gens sont méchants, ils n'en veulent pas démordre. Je tremble que cela ne porte le plus grand tort à Hubert et à Geneviève. Si mon mari avait été gravement malade, cela aurait donné du corps à tous ces potins. Il m'a fait bien peur pendant quelques jours ; je pensais à mes pauvres petits. Vous savez qu'il a eu, lui aussi, un poumon atteint avant son mariage. Ça s'est su ; tout se sait ; les gens aiment tellement ça ! Même s'il était mort d'une maladie infectieuse, le monde n'aurait pas voulu le croire, pas plus qu'il ne l'a cru pour Marie. Et mes pauvres petits en eussent fait encore

les frais. J'enrageais quand je le voyais se soigner si mal.
Il refusait de se mettre au lit ! Comme si c'était de lui
seul qu'il s'agissait ! Mais il ne pense jamais aux autres,
pas même à ses enfants... Non, non, docteur, un homme
comme vous ne peut pas croire qu'il existe des hommes
comme lui. Vous êtes pareil à l'abbé Ardouin, vous ne
croyez pas au mal. »

Je riais tout seul, dans mon lit, et quand tu es rentrée,
tu m'en as demandé la raison. Je t'ai répondu par ces
mots, d'un usage courant entre nous : « Pour rien. »
— Pourquoi ris-tu ? — Pour rien. — À quoi penses-tu ?
— À rien.

X

Je reprends ce cahier après une crise qui m'a tenu
près d'un mois sous votre coupe. Dès que la maladie
me désarme, le cercle de famille se resserre autour de
mon lit. Vous êtes là, vous m'observez.

L'autre dimanche, Phili est venu pour me tenir
compagnie. Il faisait chaud : je répondais par monosyllabes; j'ai perdu les idées... Pendant combien de
temps ? Je ne saurais le dire. Le bruit de sa voix m'a
réveillé. Je le voyais dans la pénombre, les oreilles
droites. Ses yeux de jeune loup luisaient. Il portait au
poignet, au-dessus du bracelet-montre, une chaîne d'or.
Sa chemise était entrouverte sur une poitrine d'enfant.
De nouveau, je me suis assoupi. Le craquement de ses
souliers m'a réveillé, mais je l'observais à travers les
cils. Il tâtait de la main mon veston, à l'endroit de la
poche intérieure qui contient mon portefeuille. Malgré
de fous battements de cœur, je m'obligeai à demeurer
immobile. S'était-il méfié ? Il est revenu à sa place.

J'ai fait semblant de me réveiller; je lui ai demandé
si j'avais dormi longtemps :

« Quelques minutes à peine, grand-père. »

J'ai éprouvé cette terreur des vieillards isolés qu'un
jeune homme épie. Suis-je fou ? Il me semble que
celui-là serait capable[a] de me tuer. Hubert a reconnu,
un jour, que Phili était capable de tout[1].

Isa, vois comme j'ai été malheureux. Il sera trop tard, quand tu liras ceci, pour me montrer de la pitié. Mais il m'est doux d'espérer que tu en éprouveras un peu. Je ne crois pas^a à ton enfer éternel, mais je sais ce que c'est que d'être un damné sur la terre, un réprouvé, un homme qui, où qu'il aille, fait fausse route; un homme dont la route a toujours été fausse; quelqu'un qui ne sait pas vivre, non pas comme l'entendent les gens du monde : quelqu'un qui manque de savoir-vivre, au sens absolu. Isa, je souffre. Le vent du sud brûle l'atmosphère. J'ai soif, et je n'ai que l'eau tiède du cabinet de toilette. Des millions, mais pas^b un verre d'eau fraîche.

Si je supporte la présence, terrifiante pour moi, de Phili, c'est peut-être qu'il me rappelle un autre enfant, celui qui aurait dépassé la trentaine aujourd'hui, ce petit Luc, notre neveu. Je n'ai jamais nié ta vertu; cet enfant t'a donné l'occasion de l'exercer. Tu ne l'aimais pas : il n'avait rien des Fondaudège, ce fils de Marinette, ce garçon aux yeux de jais, aux cheveux plantés bas et ramenés sur les tempes comme des « rouflaquettes », disait Hubert. Il travaillait mal^c, à ce collège de Bayonne où il était pensionnaire. Mais cela, disais-tu, ne te concernait pas. C'était bien assez que de te charger de lui pendant les vacances.

Non, ce n'était pas les livres qui l'intéressaient. Dans ce pays^d sans gibier, il trouvait le moyen d'abattre, presque chaque jour, sa proie. Le lièvre, l'unique lièvre de chaque année, qui gîtait dans les règes, il finissait toujours par nous l'apporter : je vois encore son geste joyeux, dans la grande allée des vignes, son poing serré tenant les oreilles de la bête au museau sanglant. À l'aube, je l'entendais partir. J'ouvrais ma fenêtre; et sa voix fraîche me criait dans le brouillard : « Je vais lever mes lignes de fond. »

Il me regardait en face, il soutenait mon regard, il n'avait pas peur de moi; l'idée même ne lui en serait pas venue.

Si, après quelques jours^e d'absence, je survenais sans avoir averti et que je reniflais, dans la maison, une odeur de cigare, si je surprenais le salon sans tapis, et tous les signes d'une fête interrompue (dès que j'avais tourné les talons, Geneviève et Hubert invitaient des amis, organisaient des « descentes », malgré mon interdiction

formelle; et tu étais complice de leur désobéissance
parce que, disais-tu, il faut bien rendre ses politesses... »)
dans ces cas-là, c'était toujours Luc qu'on envoyait
vers moi, pour me désarmer. Il trouvait[a] comique la
terreur que j'inspirais : « Je suis entré au salon pendant
qu'ils étaient en train de tourner et j'ai crié : " Voilà
l'oncle ! il arrive par le raccourci... " Si tu les avais vus
tous détaler ! Tante Isa et Geneviève transportaient
les sandwiches dans l'office. Quelle pagaïe ! »

Le seul être au monde, ce petit garçon, pour lequel
je ne fusse pas un épouvantail. Quelquefois, je descendais avec lui jusqu'à la rivière lorsqu'il pêchait à la
ligne. Cet être toujours courant et bondissant pouvait
demeurer, des heures, immobile, attentif, changé en
saule, — et son bras avait des mouvements aussi lents
et silencieux que ceux d'une branche. Geneviève[b] avait
raison de dire que ce ne serait pas un « littéraire ». Il ne
se dérangeait jamais pour voir le clair de lune sur la
terrasse. Il n'avait pas le sentiment de la nature parce
qu'il était la nature même, confondu en elle, une de ses
forces, une source vive entre les sources.

Je pensais[c] à tous les éléments dramatiques de cette
jeune vie : sa mère morte, ce père dont il ne fallait pas
parler chez nous, l'internat[d], l'abandon. Il m'en aurait
fallu bien moins pour que je déborde d'amertume et
de haine. Mais la joie jaillissait de lui. Tout le monde[e]
l'aimait. Que cela me paraissait étrange, à moi que tout
le monde haïssait ! Tout le monde l'aimait, même moi[f].
Il souriait à tout le monde, et aussi à moi; mais pas plus
qu'aux autres.

Chez cet être tout instinct, ce qui me frappa[g] davantage, à mesure qu'il grandissait, ce fut sa pureté, cette
ignorance du mal, cette indifférence. Nos enfants étaient
de bons enfants, je le veux bien. Hubert a eu une jeunesse[h]
modèle, comme tu dis. De ce côté-là, je reconnais que
ton éducation a porté ses fruits. Si Luc avait eu le temps
de devenir un homme, eût-il été de tout repos ? La
pureté[i], chez lui, ne semblait acquise ni consciente :
c'était la limpidité de l'eau dans les cailloux. Elle brillait
sur lui, comme la rosée dans l'herbe. Si je m'y arrête,
c'est qu'elle eut en moi[j] un retentissement profond.
Tes principes étalés, tes allusions, tes airs dégoûtés,
ta bouche pincée n'auraient pu me donner le sens du mal,

qui m'a été rendu, à mon insu, par cet enfant; je ne m'en
suis avisé que longtemps après. Si l'humanité porte au
flanc, comme tu l'imagines, une blessure originelle,
aucun œil humain ne l'aurait discernée chez Luc :
il sortait*a* des mains du potier, intact et d'une parfaite
grâce. Mais moi, je sentais auprès de lui ma difformité.

Puis-je dire que je l'ai chéri comme un fils ? Non,
car ce que*b* j'aimais en lui, c'était de ne m'y pas retrouver.
Je sais très bien ce qu'Hubert et Geneviève ont reçu de
moi : leur âpreté, cette primauté*c*, dans leur vie, des
biens temporels, cette puissance de mépris (Geneviève
traite Alfred, son mari, avec une implacabilité qui porte
ma marque). Dans Luc, j'étais sûr de ne pas me cogner
à moi-même.

Durant*d* l'année, je ne pensais guère à lui. Son père
le prenait pendant les fêtes du jour de l'An et de Pâques,
et les grandes vacances nous le ramenaient. Il quittait*e*
le pays, en octobre, avec les autres oiseaux.

Était-il pieux*f* ? Tu disais de lui : « Même sur une
petite brute comme Luc, on retrouve l'influence des
Pères. Il ne manque jamais sa communion du dimanche...
Ah ! par exemple, son action de grâces est vite expédiée.
Enfin, il n'est exigé de chacun que ce qu'il peut donner. »
Il ne me parlait jamais de ces choses; il n'y faisait aucune
allusion. Ses propos touchaient tous à ce qu'il y a de
plus concret. Parfois, quand il tirait de sa poche un
couteau, un flotteur, un sifflet pour appeler les alouettes,
son petit chapelet noir tombait dans l'herbe, qu'il ramassait prestement. Peut-être, le dimanche matin, semblait-il
un peu plus tranquille que les autres jours, moins léger,
moins impondérable et comme chargé d'une substance
inconnue.

Entre tous les liens qui m'attachaient à Luc, il en est
un qui t'étonnera peut-être : il m'arriva*g* plus d'une fois,
ces dimanches-là, de reconnaître dans ce jeune faon
qui ne bondissait plus, le frère de la petite fille endormie
douze années plus tôt, de notre Marie, si différente de
lui pourtant, qui ne pouvait souffrir qu'on écrasât un
insecte et dont le plaisir était de tapisser de mousse le
creux d'un arbre et d'y placer une statue de la Vierge,
tu te souviens ? Eh bien, dans le fils*h* de Marinette,
dans celui que tu appelais la petite brute, c'était notre

Marie qui revivait pour moi, ou plutôt, la même source, qui avait jailli en elle et qui était rentrée sous terre en même temps qu'elle, de nouveau sourdait à mes pieds.

Aux premiers jours[a] de la guerre, Luc approchait de ses quinze ans. Hubert était mobilisé dans les services auxiliaires. Les conseils de révision, qu'il subissait avec philosophie, te donnaient de l'angoisse. Sur sa poitrine étroite qui fut, pendant des années, ton cauchemar, reposait maintenant ton espérance. Lorsque la monotonie des bureaux, et aussi quelques camouflets, lui inspirèrent le vif désir de s'engager, et qu'il eut fait de vaines démarches dans ce sens, tu en arrivas à parler ouvertement de ce que tu avais mis tant de soin à dissimuler : « Avec son atavisme... » répétais-tu.

Ma pauvre Isa, ne crains pas que je te jette la pierre. Je ne[b] t'ai jamais intéressé, tu ne m'as jamais observé; mais, durant cette période, moins qu'à aucune autre époque. Tu n'as jamais pressenti cette montée d'angoisse en moi, à mesure que les campagnes d'hiver se succédaient. Le père de Luc étant mobilisé dans un ministère, nous avions le petit avec nous, non seulement durant les grandes vacances, mais au jour de l'An et à Pâques. La guerre l'enthousiasmait. Il avait peur qu'elle finît avant qu'il eût atteint ses dix-huit ans. Lui qui, autrefois, n'ouvrait jamais un livre, il dévorait les ouvrages spéciaux, étudiait les cartes. Il développait son corps avec méthode. À seize ans, c'était déjà un homme, — un homme dur. En voilà un qui ne s'attendrissait pas sur les blessés ni sur les morts ! Des récits les plus noirs que je lui faisais lire touchant la vie aux tranchées, il tirait l'image d'un sport terrible et magnifique auquel on n'aurait pas toujours le droit de jouer : il fallait se hâter. Ah ! qu'il avait peur d'arriver trop tard ! Il avait déjà dans sa poche l'autorisation de son imbécile de père. Et moi, à mesure que se rapprochait le fatal anniversaire de janvier 18[1], je suivais en frémissant la carrière du vieux Clémenceau, je la surveillais, pareil à ces parents de prisonniers qui guettaient[c] la chute de Robespierre, et qui espéraient que le tyran tomberait avant que leur fils passât en jugement.

Quand Luc fut au camp de Souges[2], pendant sa période d'instruction et d'entraînement, tu lui envoyais[a] des lainages, des chatteries, mais tu avais des mots qui éveillaient en moi l'instinct du meurtre, ma pauvre Isa, quand tu disais : « Ce pauvre petit, ce serait bien triste, évidemment... mais lui, du moins, ne laisserait personne derrière lui... » Je reconnais qu'il n'y avait rien de scandaleux dans ces paroles.

Un jour, je compris^a qu'il n'y avait plus à espérer que la guerre finît avant le départ de Luc. Lorsque le front fut crevé au Chemin des Dames, il vint nous faire ses adieux, quinze jours plus tôt qu'il n'était prévu. Tant pis ! J'aurai le courage de rappeler ici un souvenir horrible, qui me réveille encore, la nuit, qui me fait crier. Ce jour-là, j'allai chercher^b dans mon cabinet une ceinture de cuir, commandée au bourrelier, d'après un modèle que je lui avais moi-même fourni. Je grimpai sur un escabeau et j'essayai d'attirer à moi la tête en plâtre de Démosthène qui surmonte ma bibliothèque. Impossible de la remuer. Elle était pleine de louis que j'y dissimulais depuis la mobilisation. Je plongeai ma main dans cet or qui était ce à quoi je tenais le plus au monde et j'en bourrai la ceinture de cuir. Quand je descendis de l'escabeau, ce boa engourdi, gorgé de métal, s'enroulait autour de mon cou, écrasait ma nuque.

Je le tendis d'un geste timide à Luc. Il ne comprit pas d'abord ce que je lui offrais.

« Que veux-tu que je fasse de ça, mon oncle ?

— Ça peut te servir dans les cantonnements, et si tu es prisonnier... et dans bien d'autres circonstances : on peut tout avec ça.

— Oh ! dit-il en riant, j'ai bien assez de mon barda... comment as-tu pu croire que je m'encombrerais de toute cette monnaie ? À la première montée en ligne, je serais obligé de la laisser dans les feuillées...

— Mais, mon petit, au début de la guerre, tous ceux qui en avaient emportaient de l'or.

— Parce qu'ils ne savaient pas ce qui les attendait, mon oncle. »

Il était debout^c au milieu de la pièce. Il avait jeté sur le divan la ceinture d'or. Ce garçon vigoureux, comme il paraissait frêle dans son uniforme trop grand pour lui ! Du col béant, émergeait son cou d'enfant de troupe. Les cheveux ras enlevaient à sa figure tout

caractère particulier. Il était préparé pour la mort,
il était « paré », pareil aux autres, indistinct, déjà anonyme, déjà disparu. Un instant son regard se fixa sur
la ceinture, puis il le leva vers moi avec une expression
de moquerie et de mépris. Il m'embrassa, pourtant.
Nous descendîmes[a] avec lui jusqu'à la porte de la rue.
Il se retourna pour me crier « de rapporter tout ça à la
Banque de France ». Je ne voyais plus rien. J'entendis
que tu lui disais en riant :

« Ça, n'y compte pas trop ! c'est beaucoup lui
demander ! »

La porte refermée, comme je demeurais immobile
dans le vestibule, tu me dis :

« Avoue que tu savais qu'il n'accepterait pas ton or.
C'était un geste de tout repos. »

Je me rappelai que la ceinture était restée sur le divan.
Un domestique aurait pu l'y découvrir, on ne sait jamais.
Je remontai en hâte, la chargeai de nouveau sur mes
épaules, pour en vider le contenu dans la tête de Démosthène.

Je m'aperçus à peine de la mort de ma mère qui
survint peu de jours après : elle était inconsciente depuis
des années et ne vivait plus avec nous. C'est maintenant
que je pense à elle, chaque jour, à la mère de mon
enfance et de ma jeunesse : l'image de ce qu'elle était
devenue s'est effacée. Moi qui déteste[b] les cimetières,
je vais quelquefois sur sa tombe. Je n'y apporte pas de
fleurs depuis que je me suis aperçu qu'on les vole.
Les pauvres viennent chiper les roses des riches pour le
compte de leurs morts. Il faudrait faire la dépense d'une
grille ; mais tout est si cher maintenant. Luc, lui, n'a pas
eu de tombe. Il a disparu ; c'est un disparu. Je garde
dans mon portefeuille la seule carte qu'il ait eu le temps
de m'adresser : « Tout va bien, ai reçu envoi. Tendresses. » Il y a écrit : *tendresses*. J'ai tout de même
obtenu ce mot de mon pauvre enfant.

XI

Cette nuit[a], une suffocation m'a réveillé. J'ai dû me lever, me traîner jusqu'à mon fauteuil et, dans le tumulte d'un vent furieux, j'ai relu ces dernières pages, stupéfait par ces bas-fonds en moi qu'elles éclairent. Avant d'écrire[b], je me suis accoudé à la fenêtre. Le vent était tombé. Calèse dormait dans un souffle et sous toutes les étoiles. Et soudain, vers trois heures après minuit, de nouveau cette bourrasque, ces roulements dans le ciel, ces lourdes gouttes glacées. Elles claquaient sur les tuiles au point que j'ai eu peur de la grêle; j'ai cru que mon cœur s'arrêtait.

À peine la vigne a-t-elle « passé fleur »; la future récolte couvre le coteau; mais il semble[c] qu'elle soit là comme ces jeunes bêtes que le chasseur attache et abandonne dans les ténèbres pour attirer les fauves; des nuées grondantes tournent autour des vignes offertes.

Que m'importent à présent les récoltes ? Je ne puis plus rien récolter au monde. Je puis seulement me connaître un peu mieux moi-même. Écoute, Isa[d]. Tu découvriras après ma mort, dans mes papiers, mes dernières volontés. Elles datent des mois qui ont suivi la mort de Marie, lorsque j'étais malade et que tu t'inquiétais à cause des enfants. Tu y trouveras une profession de foi conçue à peu près en ces termes : « Si j'accepte, au moment de mourir, le ministère d'un prêtre, je proteste d'avance, en pleine lucidité, contre l'abus qu'on aura fait de mon affaiblissement intellectuel et physique pour obtenir de moi ce que ma raison réprouve. »

Eh bien, je te dois cet aveu : c'est au contraire quand je me regarde, comme je fais depuis deux mois, avec une attention plus forte que mon dégoût, c'est lorsque je me sens le plus lucide, que la tentation chrétienne me tourmente. Je ne[e] puis plus nier qu'une route existe en moi qui pourrait mener à ton Dieu. Si j'atteignais à me plaire à moi-même, je combattrais mieux cette exigence. Si je pouvais me mépriser sans arrière-pensée, la cause à jamais serait entendue. Mais la dureté de l'homme que je suis, le dénûment affreux de son cœur, ce don qu'il[a] détient d'inspirer la haine et de créer autour de soi le désert, rien de tout cela ne prévaut contre l'espérance... Vas-tu[b] me croire, Isa ? Ce n'est peut-être pas pour vous, les justes, que ton Dieu est venu, s'il est venu, mais pour nous. Tu ne[c] me connaissais pas, tu ne savais pas qui j'étais. Les pages que tu viens de lire, m'ont-elles rendu à tes yeux moins horrible ? Tu vois pourtant qu'il existe en moi une touche secrète, celle qu'éveillait Marie, rien qu'en se blottissant dans mes bras[d], et aussi le petit Luc, le dimanche, lorsque au retour de la messe, il s'asseyait sur le banc devant la maison, et regardait la prairie.

Oh ! ne crois pas surtout que je me fasse de moi-même une idée trop haute. Je connais mon cœur, ce cœur, ce nœud de vipères : étouffé sous elles, saturé de leur venin[e], il continue de battre au-dessous de ce grouillement. Ce nœud de vipères qu'il est impossible de dénouer, qu'il faudrait trancher[f] d'un coup de couteau, d'un coup de glaive : « Je ne suis pas venu apporter la paix mais le glaive[1]. »

Demain, il se peut que je renie ce que je te confie ici, comme j'ai renié, cette nuit, mes dernières volontés d'il y a trente ans. J'ai paru haïr d'une inexpiable haine[g] tout ce que tu professais, et je n'en continue pas moins de haïr ceux qui se réclament du nom chrétien; mais n'est-ce pas que beaucoup rapetissent une espérance, qu'ils défigurent un visage, ce Visage, cette Face ? De quel droit, les juger, me diras-tu, moi qui suis abominable ? Isa, n'y a-t-il pas dans ma turpitude, je ne sais quoi qui ressemble, plus que ne fait leur vertu, au Signe que tu adores ? Ce que j'écris[h] est sans doute, à tes yeux, un absurde blasphème. Il faudrait me le prouver. Pourquoi ne me parles-tu pas, pourquoi ne m'as-tu jamais parlé ? Peut-être existe-t-il une parole de toi qui me fendrait le cœur ? Cette nuit, il me semble que ce ne serait pas trop tard pour recommencer notre vie. Si je n'attendais[i] pas ma mort, pour te livrer ces pages ? Si je t'adjurais, au nom de ton Dieu, de les lire jusqu'au bout ? Si je guettais le moment où tu aurais achevé la lecture ? Si je te voyais rentrer dans ma chambre, le visage baigné de larmes ? Si tu m'ouvrais les bras ?

Si je te demandais pardon ? Si nous tombions aux genoux l'un de l'autre[1] ?

La tempête semble finie. Les étoiles d'avant l'aube palpitent. Je croyais qu'il repleuvait, mais ce sont les feuilles qui s'égouttent. Si je m'étends sur ma couche, étoufferai-je ? Pourtant, je n'en puis plus d'écrire, et parfois je pose ma plume, je laisse rouler ma tête contre le dur dossier...

Un sifflement de bête, puis un fracas immense en même temps qu'un éclair ont rempli le ciel[a]. Dans le silence de panique qui a suivi, des bombes, sur les coteaux, ont éclaté, que les vignerons lancent pour que les nuages de grêle s'écartent ou qu'ils se résolvent en eau. Des fusées ont jailli de ce coin de ténèbres où Barsac et Sauternes tremblent dans l'attente du fléau. La cloche de Saint-Vincent, qui éloigne la grêle, sonnait à toute volée, comme quelqu'un qui chante, la nuit, parce qu'il a peur. Et soudain, sur les tuiles, ce bruit comme d'une poignée de cailloux... Des grêlons ! Naguère, j'aurais bondi à la fenêtre. J'entendais claquer les volets des chambres. Tu as crié à un homme qui traversait la cour en hâte : « Est-ce grave ? » Il a répondu : « Heureusement elle est mêlée de pluie, mais il en tombe assez. » Un enfant effrayé courait pieds nus dans le couloir. J'ai calculé par habitude : « Cent mille francs perdus... » mais je n'ai pas bougé. Rien ne m'eût retenu, autrefois, de descendre, — comme lorsqu'on m'a retrouvé, une nuit, au milieu des vignes, en pantoufles, ma bougie éteinte à la main, recevant la grêle sur ma tête. Un profond instinct[b] paysan me jetait en avant, comme si j'eusse voulu m'étendre et recouvrir de mon corps la vigne lapidée. Mais ce soir, me voici devenu étranger à ce qui était, au sens profond, mon bien. Enfin je suis détaché. Je ne sais quoi, je ne sais qui m'a détaché, Isa, des amarres sont rompues ; je dérive. Quelle force m'entraîne ? Une force[c] aveugle ? Un amour ? Peut-être un amour[2]...

DEUXIÈME PARTIE

XII

Paris, rue Bréa.

Comment ai-je pensé[a] à mettre ce cahier dans mes bagages ? Qu'ai-je à faire maintenant de cette longue confession ? Tout est rompu avec les miens. Celle pour qui je me livrais, ici, jusqu'au fond, ne doit plus exister pour moi. À quoi bon reprendre ce travail ? C'est qu'à mon insu, sans doute, j'y trouvais[b] un soulagement, une délivrance. Quel jour ouvrent sur moi les dernières lignes, écrites la nuit de la grêle ! N'étais-je pas au bord de la folie[c] ? Non, non, ne parlons pas ici de folie. Que la folie ne soit pas même nommée. Ils seraient capables de s'en servir contre moi, si ces pages leur tombaient entre les mains. Elles ne s'adressent[d] plus à personne. Il faudra les détruire dès que je me sentirai plus mal... À moins que je ne les lègue à ce fils inconnu que je suis venu chercher à Paris. Je brûlais de révéler son existence à Isa, dans les pages où je faisais allusion à mes amours de 1909, lorsque j'étais sur le point d'avouer que mon amie[e] était partie enceinte, pour se cacher à Paris...

Je me suis cru généreux parce que j'envoyais à la mère et au petit, six mille francs par an, avant la guerre. L'idée ne m'est jamais venue d'augmenter cette somme. C'est ma faute si j'ai trouvé ici deux êtres asservis, diminués par de basses besognes. Sous prétexte qu'ils habitent ce quartier. je loge dans une maison de famille de la rue Bréa. Entre le lit et l'armoire, à peine ai-je la place de m'asseoir pour écrire. Et puis, quel vacarme ! De mon temps, Montparnasse était tranquille. Il semble maintenant peuplé de fous qui ne dorment jamais[a]. La famille faisait moins de bruit devant le perron de Calèse, la nuit où j'ai vu de mes yeux, où j'ai entendu de mes oreilles... À quoi bon revenir là-dessus ? Ce serait pourtant une délivrance que de fixer ce souvenir atroce, fût-ce pour peu de temps... D'ailleurs, pourquoi détruirais-je ces pages ? Mon fils, mon héritier, a le droit de me connaître. Par cette confession, je réparerais, dans une faible mesure, l'éloignement où je l'ai tenu depuis qu'il est né.

Hélas, il m'a suffi de deux entrevues pour le juger. Il n'est pas homme à trouver dans cet écrit le moindre intérêt. Que peut-il y comprendre, cet employé, ce subalterne, cet abruti qui joue aux courses ?

Pendant le voyage[b] de nuit entre Bordeaux et Paris, j'imaginais les reproches qu'il m'adresserait, je préparais ma défense. Comme on se laisse influencer[c] par les poncifs du roman et du théâtre ! Je ne doutais pas d'avoir affaire au fils naturel plein d'amertume et de grandeur d'âme ! Tantôt je lui prêtais la dure noblesse de Luc, tantôt la beauté de Phili[d1]. J'avais tout prévu, sauf qu'il me ressemblerait. Existe-t-il des pères à qui l'on fait plaisir en leur disant : « Votre fils vous ressemble » ?

J'ai mesuré la haine que je me porte en voyant se dresser ce spectre de moi-même. J'ai chéri, dans Luc, un fils qui ne me ressemblait pas. Sur ce seul point[e], Robert est différent de moi : il s'est montré incapable de passer le moindre examen. Il a dû y renoncer, après des échecs répétés. Sa mère, qui s'est saignée aux quatre veines, l'en méprise. Elle ne peut se retenir d'y faire sans cesse allusion; il baisse la tête, ne se console pas de tout cet argent perdu. Par là, en revanche, il est bien mon fils. Mais ce que je lui apporte, cette fortune, dépasse son imagination misérable. Cela ne lui représente rien; il n'y croit pas. À vrai dire[f], sa mère et lui ont peur : « Ce n'est pas légal... nous pouvons être pris... »

Cette grosse femme blême, aux cheveux décolorés, cette caricature de ce que j'ai aimé, fixe sur moi son œil

encore très beau : « Si je vous avais croisé dans la rue,
m'a-t-elle dit, je ne vous aurais pas reconnu... » Et moi,
l'aurais-je reconnue ? Je redoutais sa rancune, ses représailles. J'avais tout redouté, mais non cette indifférence
morne. Aigrie, abrutie par huit heures quotidiennes de
machine à écrire, elle craint les histoires[a]. Elle a gardé
une méfiance maladive de la justice, avec qui elle a eu,
autrefois, des démêlés. Je leur ai pourtant bien expliqué
la manœuvre : Robert prend un coffre à son nom, dans
un établissement de crédit; j'y transporte ma fortune.
Il me donne sa procuration pour l'ouvrir et s'engage
à ne pas y toucher lui-même jusqu'à mon décès[1]. Évidemment, j'exige qu'il me signe une déclaration, par
laquelle il reconnaît que tout ce que renferme le coffre
m'appartient. Je ne puis pourtant pas me livrer à cet
inconnu. La mère et le fils objectent qu'à ma mort, on
retrouvera le papier. Ces idiots ne veulent pas s'en
rapporter à moi.

J'ai essayé de leur faire comprendre qu'on peut se fier
à un avoué de campagne comme Bourru, qui me doit
tout, avec qui je fais des affaires depuis quarante ans.
Il a en dépôt une enveloppe sur laquelle j'ai écrit :
« À brûler le jour de ma mort » et qui sera brûlée, j'en
suis sûr, avec tout ce qu'elle contient. C'est là que je
mettrai la déclaration de Robert. Je suis d'autant plus
assuré que Bourru la brûlera, que cette enveloppe scellée
renferme des pièces qu'il a intérêt à voir disparaître.

Mais Robert et sa mère craignent qu'après ma mort,
Bourru ne brûle rien et les fasse chanter. J'ai pensé à cela
aussi : je leur remettrai en mains propres de quoi faire
envoyer le dit Bourru aux galères, s'il bronche. Le papier
sera brûlé par Bourru devant eux, et alors seulement ils
lui rendront les armes dont je les aurai fournis. Que
veulent-ils de plus[b] ?

Ils ne comprennent rien, ils sont là, butés, cette idiote
et cet imbécile, à qui j'apporte des millions et qui au
lieu de tomber à mes genoux, comme je l'imaginais,
discutent, ergotent... Et quand même il y aurait quelques
risques ! le jeu en vaut la chandelle. Mais non, ils ne
veulent pas signer de papier : « ce sera déjà bien assez
délicat, pour les déclarations de revenus... nous aurons
des embêtements... »

Ah ! faut-il que je haïsse les autres, pour ne pas leur claquer la porte au nez, à ces deux-là ! Des « autres » aussi ils ont peur : « Ils découvriront le pot aux roses... ils nous feront un procès... » Déjà Robert et sa mère s'imaginent que ma famille a alerté la police, que je suis surveillé. Ils ne consentent à me voir que de nuit ou dans des quartiers excentriques. Comme si, avec ma santé, je pouvais veiller, passer ma vie en taxi ! Je ne crois pas que les autres se méfient : ce n'est pas^a la première fois que je voyage seul. Ils n'ont aucune raison de croire que l'autre nuit, à Calèse, j'assistais, invisible, à leur conseil de guerre. En tout cas, ils ne m'ont pas encore dépisté. Rien ne m'empêchera, cette fois, d'atteindre mon but. Du jour^b où Robert aura consenti à marcher, je pourrai dormir tranquille. Ce lâche ne commettra pas d'imprudence.

Ce soir, treize juillet, un orchestre joue en plein vent; au bout de la rue Bréa, des couples tournent. O paisible Calèse ! Je me souviens de la dernière nuit que j'y ai vécue : j'avais pris, malgré la défense du docteur, un cachet de véronal et m'étais endormi profondément. Je m'éveillai en sursaut et regardai ma montre. Il était une heure après minuit. Je fus effrayé d'entendre plusieurs voix : ma fenêtre était restée ouverte; il n'y avait personne dans la cour, ni au salon. Je passai dans le cabinet de toilette qui ouvre au nord, du côté du perron. C'était là que la famille, contre son habitude, s'était attardée. À cette heure avancée, elle ne se méfiait de personne : seules, les fenêtres des cabinets de toilette et du corridor donnent de ce côté-là.

La nuit était calme et chaude. Dans les intervalles de silence^c, j'entendais la respiration un peu courte d'Isa, un craquement d'allumette. Pas un souffle n'émouvait les ormeaux noirs. Je n'osais me pencher, mais je reconnaissais chaque ennemi à sa voix, à son rire. Ils ne discutaient pas. Une réflexion d'Isa ou de Geneviève était suivie d'un long silence. Puis soudain, sur un mot d'Hubert, Phili prenait feu, et ils parlaient tous à la fois.

« Es-tu bien sûre, maman, que le coffre-fort de son cabinet ne renferme que des papiers sans valeur ? Un avare est toujours imprudent. Rappelle-toi cet or qu'il voulait donner au petit Luc... Où le cachait-il ?

— Non, il sait que je connais le mot du coffre qui est :
Marie. Il ne l'ouvre que lorsqu'il doit consulter une police
d'assurance, une feuille d'impôt.

— Mais, ma mère, elle pourrait être révélatrice des
sommes qu'il dissimule.

— Il n'y a là que des papiers qui concernent les
immeubles, je m'en suis assurée.

— Et c'est terriblement significatif, vous ne trouvez
pas ? On sent qu'il a pris toutes ses précautions. »

Phili, dans un bâillement, murmura : « Non ! mais quel
crocodile ! Voilà bien ma veine d'être tombé sur un crocodile pareil. »

« Et si vous voulez avoir mon avis, prononça Geneviève, vous ne trouverez rien non plus dans le coffre du
Lyonnais... Que dis-tu, Janine ?

— Mais enfin, maman, on dirait, parfois, qu'il t'aime
un peu. Quand vous étiez petits, il ne se montrait pas
gentil quelquefois ? Non ? vous n'avez pas su le prendre,
vous n'avez pas été adroits. Il fallait tâcher de l'entourer,
de faire sa conquête. Moi, j'y serais arrivée, j'en suis
sûre, s'il n'avait une telle horreur de Phili. »

Hubert interrompit aigrement sa nièce :

« Il est certain que l'impertinence de ton mari nous
aura coûté cher... »

J'entendis rire Phili. Je me penchai un peu. La flamme
d'un briquet éclaira un instant ses mains unies, son menton mou, sa bouche épaisse.

« Allons donc ! il ne m'a pas attendu pour avoir
horreur de vous.

— Non, autrefois il nous détestait moins...

— Rappelez-vous ce que raconte bonne-maman,
reprit Phili. Son attitude lorsqu'il a perdu une petite
fille... Il avait l'air de s'en fiche... Il n'a jamais mis les
pieds au cimetière...

— Non, Phili, vous allez trop loin. S'il a aimé quelqu'un au monde, c'est Marie. »

Sans cette protestation d'Isa, faite d'une voix faible et
tremblante, je n'aurais[a] pu me contenir. Je m'assis sur
une chaise basse, le corps penché en avant, la tête contre
l'appui de la fenêtre, Geneviève dit :

« Si Marie avait vécu, rien de tout cela ne serait arrivé.
Il n'aurait pu que l'avantager...

— Allons donc ! il l'aurait prise en grippe comme les

autres. C'est un monstre. Il n'a pas de sentiments humains... »

Isa a encore protesté :

« Je vous prie, Phili, de ne pas traiter ainsi mon mari devant moi et devant ses enfants. Vous lui[a] devez le respect.

— Le respect ? le respect ? »

Je crus comprendre qu'il marmonnait : « Si vous croyez que c'est amusant pour moi d'être entré dans une pareille famille... » Sa belle-mère lui dit sèchement :

« Personne[b] ne vous y a forcé.

— Mais on a fait luire à mes yeux des espérances... Allons, bon ! voilà Janine qui pleure. Quoi ? Qu'est-ce que j'ai dit d'extraordinaire ? »

Il grognait : « Oh ! là ! là ! » d'un ton excédé. Je n'entendis plus rien que Janine qui se mouchait. Une voix que je ne pus identifier murmura « : Que d'étoiles ! » L'horloge de Saint-Vincent sonna deux heures.

« Mes enfants, il faut aller dormir. »

Hubert protesta qu'on ne pouvait se séparer sans avoir rien décidé. Il était grand temps d'agir. Phili l'approuva. Il ne croyait pas que je pusse durer encore longtemps. Après, il n'y aurait plus rien à faire. Toutes mes mesures devaient être prises...

« Mais enfin, mes pauvres enfants, qu'attendez-vous de moi ? J'ai tout essayé. Je ne puis plus rien.

— Si ! dit Hubert. Tu peux fort bien... »

Que susurrait-il ? Ce que j'avais le plus d'intérêt à connaître, m'échappait. À l'accent d'Isa, je compris qu'elle était choquée, scandalisée :

« Non, non, je n'aime[c] pas beaucoup ça.

— Il ne s'agit pas de savoir ce que tu préfères, maman, mais de sauver notre patrimoine. »

Encore d'indistincts murmures, coupés par Isa :

« C'est bien dur[d], mon enfant.

— Vous ne pouvez pourtant pas, bonne-maman, rester plus longtemps sa complice. Il ne nous déshérite qu'avec votre permission. Votre silence l'approuve.

— Janine, ma chérie, comment oses-tu... »

Pauvre Isa qui avait passé tant de nuits au chevet de cette petite hurleuse, qui l'avait prise dans sa chambre parce que ses parents voulaient dormir et qu'aucune nurse ne la supportait plus... Janine parlait sec, d'un ton qui aurait suffi à me mettre[a] hors de moi. Elle ajouta :

« Cela me fait de la peine de vous dire ces choses, bonne-maman. Mais c'est mon devoir. »

Son devoir ! Elle appelait de ce nom, l'exigence de sa chair, sa terreur d'être lâchée par cette gouape dont j'entendais le rire idiot...

Geneviève[b] approuva sa fille : il était certain que la faiblesse pouvait devenir une complicité. Isa soupira :

« Peut-être, mes enfants, le plus facile serait-il de lui écrire.

— Ah ! non ! pas de lettre surtout ! protesta Hubert. Ce sont toujours les lettres qui nous perdent. J'espère maman que tu ne lui as pas écrit déjà ? »

Elle avoua que deux ou trois fois elle m'avait écrit.

« Pas de lettres de menaces ou d'injures ? »

Isa hésitait à avouer. Et moi je riais... Oui, oui elle m'avait écrit, des lettres que je gardais précieusement, deux qui contiennent des injures graves, et une troisième presque tendre, de quoi lui faire perdre tous les procès en séparation que ses imbéciles d'enfants pourraient lui persuader de m'intenter. Tous maintenant s'inquiétaient, comme lorsqu'un chien grogne et que le reste de la meute commence à gronder.

« Vous ne lui avez pas écrit, grand-mère ? Il ne détient aucune lettre dangereuse pour nous ?

— Non, je ne crois pas... C'est-à-dire qu'une seule fois, Bourru, ce petit avoué de Saint-Vincent que mon mari doit tenir d'une façon quelconque, m'a dit en larmoyant (mais c'est une canaille et un tartufe), il m'a dit : " Ah ! Madame, vous avez été bien imprudente de lui écrire... "

— Qu'est-ce que tu lui as écrit ? Pas d'insultes, j'espère ?

— Une fois, des reproches un peu trop violents après la mort de Marie. Et une autre fois, en 1909 : il s'agissait d'une liaison plus sérieuse que les autres. »

Et comme Hubert grondait : « C'est très grave, c'est excessivement grave... », elle crut le rassurer en lui affirmant qu'elle avait bien arrangé les choses ensuite, qu'elle avait exprimé des regrets, reconnu ses torts.

« Ah ! ça ! par exemple, c'est le bouquet...

— Alors il n'a plus rien à craindre d'un procès en séparation...

— Mais qu'est-ce qui vous prouve, après tout, que ses intentions soient si noires ?

— Voyons ! Il faudrait être aveugle : le mystère impénétrable de ses opérations financières; ses allusions; le mot échappé à Bourru, devant témoin : " Ils en feront une gueule, à la mort du vieux" .. »

Ils discutaient maintenant[a] comme si la vieille femme n'eût pas été présente. Elle se leva de son fauteuil en gémissant. Elle avait tort, disait-elle, avec ses rhumatismes, de rester assise dehors, la nuit. Les enfants ne lui répondirent même pas. J'entendis les vagues « bonsoirs » qu'ils lui adressèrent sans s'interrompre. C'était elle qui devait les embrasser à la ronde. Ils ne se dérangèrent pas. Je me recouchai par prudence. Son pas lourd retentissait dans l'escalier. Elle alla jusqu'à ma porte, j'entendis son essoufflement. Elle posa sa bougie sur le plancher et ouvrit. Elle était tout près de mon lit. Elle se pencha sur moi, sans doute pour s'assurer que j'étais endormi. Comme elle resta longtemps ! J'avais peur de me trahir. Elle respirait à petits coups. Enfin elle referma[b] ma porte. Quand elle eut verrouillé la sienne, je regagnai, dans le cabinet de toilette, mon poste d'écoute.

Les enfants étaient encore là. Ils parlaient à mi-voix maintenant. Beaucoup de leurs paroles m'échappaient.

« Il n'était pas de son monde, disait Janine. Il y a eu ça aussi. Phili, mon chéri, tu tousses. Mets ton pardessus.

— Au fond, ce n'est pas[c] sa femme qu'il déteste le plus, c'est nous. Quelle chose inimaginable ! On ne voit pas ça, même dans les livres. Nous n'avons pas à juger notre mère, conclut Geneviève, mais je trouve que maman ne lui en veut pas assez...

— Parbleu (c'était la voix de Phili), elle retrouvera toujours sa dot. Les Suez du père Fondaudège... ça a dû grimper depuis 1884...

— Les Suez ! mais ils sont vendus... »

Je reconnus les hésitations, l'ânonnement du mari de Geneviève; ce pauvre Alfred n'avait pas encore placé un mot. Geneviève, de ce ton aigre, criard, qu'elle lui réserve, l'interrompit :

« Tu es fou ? les Suez vendus ? »

Alfred raconta qu'au mois de mai, il était entré chez sa belle-mère au moment où elle signait des papiers et qu'elle lui avait dit : « Il paraît que c'est le moment de les vendre, ils sont au plus haut, ils vont baisser.

— Et tu ne nous as pas avertis ? cria Geneviève. Mais tu es complètement idiot. Il lui a fait vendre ses Suez ? Tu nous dis ça comme la chose la plus ordinaire...

— Mais, Geneviève, je croyais que ta mère vous tenait au courant. Du moment qu'elle est mariée sous le régime dotal...

— Oui, mais est-ce qu'il n'a pas empoché le bénéfice de l'opération ? Qu'en penses-tu, Hubert ? Dire qu'il ne nous a pas avertis ! Et j'aurai passé toute ma vie avec cet homme... »

Janine intervint[a] pour les prier de parler plus bas : ils allaient réveiller sa petite fille. Pendant quelques minutes, je ne distinguai plus rien. Puis la voix d'Hubert se détacha de nouveau[b] :

« Je pense à ce que vous disiez tout à l'heure. Nous ne pourrions rien tenter de ce côté-là, avec maman. Du moins faudrait-il l'y préparer peu à peu...

— Elle aimerait mieux ça peut-être que la séparation. Depuis que la séparation[c] aboutit nécessairement au divorce, ça pose un cas de conscience... Évidemment, ce que proposait Phili, choque de prime abord. Mais quoi ! nous ne serions pas juges. Ce n'est pas nous qui en déciderions en dernier ressort. Notre rôle consiste à provoquer la chose. Elle ne se produirait que si elle était reconnue nécessaire par les autorités compétentes.

— Et moi je vous répète que ce serait un coup d'épée dans l'eau », déclara Olympe.

Il fallait que la femme d'Hubert fût outrée pour élever ainsi la voix. Elle affirma que j'étais un homme pondéré, d'un jugement très sain, « avec lequel, ajouta-t-elle, je dois dire que je tombe souvent d'accord, et que je retournerais comme un gant, si vous ne défaisiez mon ouvrage[d]... »

Je n'entendis point l'insolence que dut répondre Phili; mais ils riaient tous, comme chaque fois qu'Olympe ouvre la bouche. Je saisis des bribes de phrases :

« Il y a cinq ans qu'il ne plaide plus, qu'il ne peut plus plaider.

— À cause de son cœur !

— Oui, maintenant. Mais lorsqu'il a quitté le Palais, il n'était pas encore très malade. La vérité est qu'il avait des démêlés avec ses confrères. Il y a eu des scènes dans les pas-perdus, sur lesquelles j'ai recueilli déjà des témoignages... »

Je tendis*ᵃ* vainement l'oreille. Phili et Hubert avaient rapproché leurs chaises. Je n'entendis qu'un murmure indistinct, puis cette exclamation d'Olympe :

« Allons donc ! le seul homme avec lequel je puisse ici parler de mes lectures, échanger des idées générales, vous voudriez... »

De la réponse de Phili je perçus le mot « maboule ». Un gendre d'Hubert, celui qui ne parle presque jamais, dit d'une voix étranglée :

« Je vous prie*ᵇ* d'être poli avec ma belle-mère. »

Phili protesta qu'il plaisantait. N'étaient-ils pas tous les deux les victimes, dans cette affaire ? Comme le gendre d'Hubert assurait, d'une voix tremblante, qu'il ne se considérait pas comme une victime et qu'il avait épousé sa femme par amour, ils firent tous chorus : « Moi aussi ! moi aussi ! moi aussi ! » Geneviève dit railleusement à son mari :

« Ah ! toi aussi ! tu te vantes de m'avoir épousée sans connaître la fortune de mon père ? Mais rappelle-toi, ce soir de nos fiançailles, où tu m'as glissé : " Qu'est-ce que ça peut nous faire qu'il ne veuille rien nous en dire, puisque nous savons qu'elle est énorme ! " »

Il y eut un éclat de rire général ; un brouhaha. Hubert éleva de nouveau la voix, parla seul quelques instants. Je n'entendis que la dernière phrase :

« C'est une question de justice, une question de moralité qui domine tout. Nous défendons le patrimoine, les droits sacrés de la famille. »

Dans le silence profond qui précède l'aube, leurs propos m'arrivaient plus distincts.

« Le faire suivre*ᶜ* ? Il a trop d'accointances avec la police, j'en ai eu la preuve ; il serait averti... (et quelques instants après), on connaît sa dureté, sa rapacité ; on a mis en doute, il faut bien le dire, sa délicatesse dans deux ou trois affaires. Mais pour ce qui est du bon sens, de l'équilibre...

— En tout cas*ᵈ*, on ne peut nier le caractère inhu-

main, monstrueux, anti-naturel de ses sentiments à notre
égard...

— Si tu crois, ma petite Janine, dit Alfred à sa fille,
qu'ils suffiraient pour établir un diagnostic ? »

Je comprenais, j'avais compris. Un grand calme régnait
en moi, un apaisement né de cette certitude : c'étaient
eux les monstres et moi la victime. L'absence d'Isa me
faisait plaisir. Elle avait plus ou moins protesté, tant
qu'elle avait été là ; et devant elle, ils n'eussent osé faire
allusion à ces projets que je venais de surprendre et qui,
d'ailleurs, ne m'effrayaient pas. Pauvres imbéciles !
comme si j'étais homme à me laisser interdire ou enfermer ! Avant qu'ils aient pu remuer le petit doigt, j'aurais
vite fait de mettre Hubert dans une situation désespérée.
Il ne se doute pas que je le tiens. Quant à Phili, je possède
un dossier... La pensée ne m'avait[a] jamais effleuré que
je dusse m'en servir. Mais je ne m'en servirai pas : il me
suffira de montrer les dents.

J'éprouvais pour la première fois de ma vie, le contentement d'être le moins mauvais. Je n'avais pas envie de
me venger d'eux. Ou du moins je ne voulais d'autre
vengeance que de leur arracher cet héritage autour
duquel ils séchaient d'impatience, suaient d'angoisse.

« Une étoile filante ! cria Phili... Je n'ai pas eu le
temps de faire un vœu.

— On n'a jamais le temps ! » dit Janine.

Son mari reprit, avec cette gaîté d'enfant qu'il avait
gardée :

« Quand tu en verras une, tu crieras : " Millions " !

— Quel idiot, ce Phili ! »

Ils se levèrent tous. Les fauteuils de jardin raclèrent le
gravier[b]. J'entendis le bruit des verrous de l'entrée, des
rires étouffés de Janine dans le couloir. Les portes des
chambres se fermèrent une à une. Mon parti était pris.
Depuis deux mois, je n'avais pas eu de crise. Rien ne
m'empêchait d'aller à Paris. En général, je partais sans
avertir. Mais je ne voulais pas que ce départ ressemblât
à une fuite. Jusqu'au matin, je repris mes plans d'autrefois. Je les mis au point.

XIII

Je n'éprouvais[a], quand je fus debout, à midi, aucune fatigue. Bourru, appelé par un coup de téléphone, vint après déjeuner. Nous nous promenâmes de long en large, pendant près de trois quarts d'heure, sous les tilleuls. Isa, Geneviève et Janine nous observaient de loin et je jouissais de leur angoisse. Quel dommage que les hommes fussent à Bordeaux ! Ils disent du vieux petit avoué : « Bourru est son âme damnée. » Misérable Bourru, que je tiens plus étroitement qu'un esclave ! Il fallait voir, ce matin-là, le pauvre diable se débattant pour que je ne livre pas d'armes contre lui à mon héritier éventuel... « Mais, lui disais-je, puisqu'il s'en dessaisira, dès que vous aurez brûlé la reconnaissance signée par lui... »

Au départ, il fit un salut profond aux dames qui répondirent à peine, et enfourcha pauvrement sa bicyclette. Je rejoignis les trois femmes et leur annonçai que je partais pour Paris, le soir même. Comme Isa[b] protestait qu'il y avait de l'imprudence, dans mon état, à voyager seul :

« Il faut bien que je m'occupe de mes placements, répondis-je. Sans en avoir l'air, je pense à vous. »

Elles m'observaient, d'un air anxieux. Mon accent ironique me trahissait. Janine regarda sa mère, et s'enhardissant :

« Bonne-maman ou oncle Hubert pourrait vous remplacer, grand-père.

— C'est une idée, mon enfant... Quelle bonne idée ! mais voilà : j'ai toujours été habitué à tout faire par moi-même. Et puis, c'est mal, je le sais, mais je ne me fie à personne.

— Pas même à vos enfants ? Oh ! grand-père ! »

Elle appuyait sur « grand-père », d'un ton un peu précieux. Elle prenait un air câlin, irrésistible. Ah ! sa voix exaspérante, cette voix que j'avais entendue, dans la nuit, mêlée aux autres... Alors je me mis à rire, de ce rire dangereux qui me fait tousser, et qui, visiblement, les terrifiait. Je n'oublierai jamais cette pauvre figure d'Isa, son air exténué. Elle avait dû déjà subir des assauts. Janine allait probablement revenir à la charge, dès que j'aurais tourné les talons : « Ne le laissez pas partir, bonne-maman... »

Mais ma femme n'était[a] pas d'attaque, elle n'en pouvait plus, à bout de course, recrue de fatigue. Je l'entendais, l'autre jour, dire à Geneviève : « Je voudrais me coucher, dormir, ne pas me réveiller... »

Elle m'attendrissait, maintenant, comme ma pauvre mère m'avait attendri. Les enfants poussaient contre moi cette vieille machine usée, incapable de servir. Sans doute l'aimaient-ils à leur manière; ils l'obligeaient à consulter le médecin, à suivre des régimes. Sa fille et sa petite-fille s'étant éloignées, elle s'approcha de moi :

« Écoute, me dit-elle très vite, j'ai besoin d'argent.

— Nous sommes le dix. Je t'ai donné ton mois le premier.

— Oui, mais j'ai dû avancer de l'argent à Janine : ils sont très gênés. À Calèse, je fais des économies; je te rendrai sur mon mois d'août... »

Je répondis que cela ne me regardait pas, que je n'avais pas à entretenir le nommé Phili.

« J'ai des notes en retard chez le boucher, chez l'épicier... Tiens, regarde. »

Elle les tira de son sac. Elle me faisait pitié. Je lui offris de signer des chèques « comme ça, je serais sûr que l'argent n'irait pas ailleurs... » Elle y consentit. Je pris mon carnet de chèques et remarquai, dans l'allée des rosiers, Janine et sa mère qui nous observaient.

« Je suis sûr, dis-je, qu'elles s'imaginent que tu me parles d'autre chose... »

Isa tressaillit. Elle demanda à voix basse : « De quelle chose ? » À ce moment-là, je sentis ce resserrement à ma poitrine. Des deux mains ramenées, je fis le geste qu'elle connaissait bien. Elle se rapprocha :

« Tu souffres ? »

Je me raccrochai un instant à son bras. Nous avions l'air, au milieu de l'allée des tilleuls, de deux époux qui finissent de vivre après des années de profonde union. Je murmurai à voix basse : « Ça va mieux .» Elle devait penser que c'était le moment de parler, une occasion unique. Mais elle n'en avait plus la force. Je remarquai[b] comme elle était, elle aussi, essoufflée. Tout malade que je fusse, moi, j'avais fait front. Elle s'était livrée, donnée; il ne lui restait plus rien en propre.

Elle cherchait une parole, tournait les yeux, à la dérobée, du côté de sa fille et de sa petite-fille, pour se donner du courage. Je discernais, dans son regard levé vers moi, une lassitude sans nom, peut-être de la pitié et sûrement un peu de honte. Les enfants, cette nuit, avaient dû la blesser.

« Cela m'inquiète de te voir partir seul. »

Je lui répondis que s'il m'arrivait malheur, en voyage, ce ne serait pas la peine que l'on me transportât ici. Et comme elle m'adjurait de ne pas faire allusion à ces choses, j'ajoutai :

« Ce serait une dépense inutile, Isa. La terre des cimetières est la même partout.

— Je suis comme toi, soupira-t-elle. Qu'*ils* me mettent où ils voudront. Autrefois, je tenais tellement à dormir près de Marie... mais que reste-t-il de Marie ? »

Cette fois encore, je compris que pour elle, sa petite Marie était cette poussière, ces ossements. Je n'osai protester que moi, depuis des années, je sentais vivre mon enfant, je la respirais; qu'elle traversait souvent ma vie ténébreuse, d'un brusque souffle.

En vain Geneviève et Janine l'épiaient, Isa semblait lasse[a]. Mesurait-elle le néant de ce pour quoi elle luttait depuis tant d'années ? Geneviève et Hubert, poussés eux-mêmes par leurs propres enfants, jetaient contre moi cette vieille femme, Isa Fondaudège, la jeune fille odorante des nuits de Bagnères.

Depuis bientôt un demi-siècle, nous nous affrontions. Et voici que dans cet après-midi pesant, les deux adversaires sentaient le lien que crée, en dépit d'une si longue lutte, la complicité de la vieillesse. En paraissant nous haïr, nous étions arrivés au même point. Il n'y avait rien, il n'y avait plus rien au delà de ce promontoire où nous attendions de mourir. Pour moi, du moins. À elle[b], il restait son Dieu; son Dieu devait lui rester. Tout ce à quoi elle avait tenu aussi âprement que moi-même, lui manquait d'un coup : toutes ces convoitises qui s'interposaient entre elle et l'Être infini. Le[c] voyait-elle maintenant, Celui dont rien ne la séparait plus ? Non, il lui restait les ambitions, les exigences de ses enfants. Elle était chargée de leurs désirs. Il lui fallait recommencer

d'être dure par procuration. Soucis d'argent, de santé,
calculs de l'ambition et de la jalousie, tout était là, devant
elle, comme ces devoirs d'écolier où le maître a écrit :
à refaire.

Elle tourna de nouveau[a] les yeux vers l'allée où Geneviève et Janine, armées de sécateurs, feignirent de net-
toyer les rosiers. Du banc où je m'étais assis pour reprendre souffle, je regardais ma femme s'éloigner, tête basse,
comme un enfant qui va être grondé. Le soleil trop
chaud annonçait l'orage. Elle avançait du pas de ceux
pour qui la marche est une souffrance. Il me semblait
l'entendre geindre : « Ah ! mes pauvres jambes ! » Deux
vieux époux ne se détestent jamais autant qu'ils l'imaginent.

Elle avait[b] rejoint ses enfants qui, évidemment, lui
adressaient des reproches. Soudain je la vis revenir vers
moi, rouge, soufflante. Elle s'assit à mes côtés et gémit :

« Ces temps orageux me fatiguent, j'ai beaucoup de
tension, ces jours-ci... Écoute, Louis, il y a quelque chose
qui m'inquiète... Les Suez de ma dot, comment en as-tu
fait le remploi ? Je sais bien que tu m'as demandé de
signer d'autres papiers... »

Je lui indiquai le chiffre de l'énorme bénéfice que
j'avais réalisé pour elle, à la veille de la baisse. Je lui
expliquai le remploi que j'en avais effectué en obligations :

« Ta dot a fait des petits, Isa. Même en tenant compte
de la dépréciation du franc, tu seras éblouie. Tout est à
ton nom, à la Westminster, ta dot initiale et les bénéfices...
Les enfants n'auront rien à y voir... tu peux être tranquille. Je suis le maître de mon argent et de ce que mon
argent a produit, mais ce qui vient de toi est à toi. Va
rassurer ces anges de désintéressement, là-bas. »

Elle me prit le bras brusquement :

« Pourquoi les détestes-tu, Louis, pourquoi hais-tu
ta famille ?

— C'est vous qui me haïssez. Ou plutôt, mes enfants
me haïssent. Toi... tu m'ignores, sauf quand je t'irrite ou
que je te fais peur...

— Tu pourrais ajouter : " ou que je te torture... "
Crois-tu que je n'aie pas souffert autrefois ?

— Allons donc ! tu ne voyais que les enfants...

— Il fallait bien me rattacher à eux. Que me restait-il en dehors d'eux ? (et à voix plus basse), tu m'as délaissée et trompée dès la première année, tu le sais bien.

— Ma pauvre Isa, tu ne me feras pas croire que mes fredaines t'aient beaucoup touchée... Dans ton amour-propre de jeune femme peut-être... »

Elle rit amèrement :

« Tu as l'air sincère ! Quand je pense que tu ne t'es même pas aperçu... »

Je tressaillis d'espérance. C'est étrange à dire, puisqu'il s'agissait de sentiments révolus, finis. L'espoir d'avoir été aimé, quarante années plus tôt, à mon insu... Mais non, je n'y croyais pas...

« Tu[a] n'as pas eu un mot, un cri... Les enfants te suffisaient. »

Elle cacha sa figure dans ses deux mains. Je n'en avais jamais remarqué, comme ce jour-là, les grosses veines, les tavelures.

« Mes enfants ! quand je pense qu'à partir du moment où nous avons fait chambre à part, je me suis privée, pendant des années, d'en avoir aucun avec moi, la nuit, même quand ils étaient malades, parce que j'attendais, j'espérais toujours ta venue. »

Des larmes coulaient sur ses vieilles mains. C'était Isa ; moi seul pouvais retrouver encore, dans cette femme épaisse et presque infirme, la jeune fille vouée au blanc, sur la route de la vallée du Lys.

« C'est honteux et ridicule à mon âge de rappeler ces choses... Oui, surtout ridicule. Pardonne-moi, Louis[b]. »

Je regardais les vignes sans répondre. Un doute me vint à cette minute-là. Est-il possible pendant près d'un demi-siècle de n'observer qu'un seul côté de la créature qui partage notre vie ? Se pourrait-il[c] que nous fassions, par habitude, le tri de ses paroles et de ses gestes, ne retenant que ce qui nourrit nos griefs et entretient nos rancunes ? Tendance fatale à simplifier les autres ; élimination[d] de tous les traits qui adouciraient la charge qui rendraient plus humaine la caricature dont notre haine a besoin pour sa justification... Peut-être Isa vit-elle mon trouble ? Elle chercha trop vite à marquer un point.

« Tu ne pars pas ce soir ? »

Je crus[e] discerner cette lueur dans ses yeux, lorsqu'elle

croyait « m'avoir eu ». Je jouai l'étonnement et répondis
que je n'avais aucune raison pour remettre ce voyage.
Nous remontâmes ensemble. À cause de mon cœur, nous
ne prîmes pas par la pente des charmilles et suivîmes
l'allée des tilleuls qui contourne la maison. Malgré tout,
je demeurais incertain et troublé. Si je ne partais pas ?
si je donnais à Isa ce cahier ? si... Elle appuya sa main
sur mon épaule. Depuis*a* combien d'années n'avait-elle
pas fait ce geste ? L'allée débouche devant la maison, du
côté du nord. Isa dit :

« Cazau ne range jamais les sièges de jardin¹... »

Je regardai distraitement. Les fauteuils vides formaient
encore un cercle étroit. Ceux qui les avaient occupés
avaient senti le besoin de se rapprocher pour se parler
à voix basse. La terre était creusée par les talons. Partout,
ces bouts de cigarettes que fume Phili. L'ennemi avait
campé là, cette nuit ; il avait tenu conseil sous les étoiles.
Il avait parlé ici, chez moi, devant les arbres plantés par
mon père, de m'interdire ou de m'enfermer. Dans un
soir d'humilité, j'ai comparé mon cœur à un nœud de
vipères. Non, non : le nœud de vipères est en dehors de
moi ; elles sont sorties de moi et elles s'enroulaient, cette
nuit, elles formaient ce cercle hideux au bas du perron, et
la terre porte encore leurs traces*b*².

Tu le retrouveras ton argent, Isa, pensais-je, ton
argent que j'ai fait fructifier. Mais rien que cela, et pas
autre chose. Et ces propriétés mêmes, je trouverai le
joint pour qu'ils ne les aient pas. Je vendrai Calèse ; je
vendrai les landes. Tout ce qui vient de ma famille ira
à ce fils inconnu, à ce garçon avec qui, dès demain,
j'aurai une entrevue. Quel qu'il soit, il ne vous connaît
pas ; il n'a pas pris part à vos complots, il a été élevé loin
de moi et ne peut pas me haïr ; ou s'il me hait, l'objet
de sa haine est un être abstrait, sans rapport avec moi-
même...

Je me dégageai avec colère et gravis en hâte les
marches de l'entrée, oubliant mon vieux cœur malade.
Isa cria : « Louis ! » Je ne me retournai même pas.

XIV

Ne pouvant dormir[a], je me suis rhabillé et j'ai gagné la rue. Pour atteindre le boulevard Montparnasse, j'ai dû me frayer un chemin à travers les couples dansants. Autrefois, même un républicain bon teint comme je l'étais, fuyait les fêtes de 14 juillet. L'idée ne serait venue à aucun homme sérieux de se mêler aux plaisirs de la rue. Ce soir, rue Bréa et devant la Rotonde, ce ne sont pas des voyous qui dansent. Rien de crapuleux : des garçons vigoureux, tête nue; quelques-uns portent des chemises ouvertes aux manches courtes. Parmi les danseuses très peu de filles. Ils s'accrochent aux roues des taxis qui interrompent leur jeu, mais avec gentillesse et bonne humeur. Un jeune homme, qui m'avait bousculé par mégarde, a crié : « Place au noble vieillard ! » Je suis passé entre une double haie de visages éclatants. « Tu n'as pas sommeil, grand-père ? » m'a lancé un garçon brun, aux cheveux plantés bas. Luc aurait appris à rire comme ceux-là, et à danser dans la rue; et moi qui n'ai jamais su ce que c'était que se détendre et que se divertir, je l'aurais appris de mon pauvre enfant. Il aurait été le plus comblé de tous; il n'aurait pas manqué d'argent... C'est de terre que sa bouche a été comblée... Ainsi allaient[b] mes pensées, tandis que la poitrine étreinte par l'angoisse familière, je m'étais assis à la terrasse d'un café, en pleine liesse.

Et soudain, parmi la foule qui coulait entre les trottoirs, je me suis vu moi-même : c'était Robert, avec un camarade d'aspect miteux. Ces grandes jambes de Robert, ce buste court comme est le mien, cette tête dans les épaules, je les exècre. Chez lui[c], tous mes défauts sont accentués. J'ai le visage allongé, mais sa figure est chevaline, une figure de bossu. Sa voix aussi est d'un bossu. Je l'ai appelé. Il a quitté son camarade et a regardé autour de lui d'un air anxieux.

« Pas ici, m'a-t-il dit. Venez me rejoindre sur le trottoir de droite, rue Campagne-Première. »

Je lui fis remarquer que nous ne pouvions être mieux cachés qu'au sein de cette cohue. Il se laissa convaincre, prit congé de son camarade et s'assit à ma table.

Il tenait à la main un journal de sports. Pour combler le silence, j'essayai de parler cheval. Le vieux Fondaudège, autrefois, m'y avait accoutumé. Je racontai à Robert que lorsque mon beau-père jouait, il faisait intervenir dans son choix les considérations les plus diverses ; non seulement les origines lointaines du cheval, mais la nature du terrain qu'il préférait... Il m'interrompit :

« Moi, j'ai des tuyaux chez Dermas (c'était la maison de tissus où il avait échoué, rue des Petits-Champs). »

D'ailleurs, ce qui l'intéressait, c'était de gagner. Les chevaux l'ennuyaient.

« Moi, ajouta-t-il, c'est le vélo. »

Et ses yeux brillèrent.

« Bientôt, lui dis-je, ce sera l'auto...

— Pensez-vous ! »

Il mouilla de salive son pouce, prit une feuille de cigarette, roula le tabac. Et de nouveau, le silence. Je lui demandai si la crise des affaires se faisait sentir dans la maison où il travaillait. Il me répondit qu'on avait licencié une partie du personnel, mais que lui ne risquait rien. Jamais[a] ses réflexions ne débouchaient hors du cercle le plus étroit de ses convenances particulières. Ainsi, ce serait sur cet abruti que des millions allaient s'abattre. Si je les donnais à des œuvres, pensai-je, si je les distribuais de la main à la main ? Non, *ils* me feraient interdire... Par testament ? Impossible de dépasser la quotité disponible. Ah ! Luc, si tu étais vivant... c'est vrai qu'il n'aurait pas accepté... mais j'aurais trouvé le moyen de l'enrichir sans qu'il se doutât que c'était moi... Par exemple, en dotant la femme qu'il aurait aimée...

« Dites, monsieur[b]... »

Robert caressait sa joue, d'une main rouge, aux doigts boudinés.

« J'ai réfléchi : si l'avoué, ce Bourru, mourait avant que nous ayons brûlé le papier...

— Eh bien, son fils lui succéderait. L'arme que je vous laisserai contre Bourru, servirait, le cas échéant, contre son fils. »

Robert continuait de se caresser la joue. Je n'essayai plus de parler. Le resserrement de ma poitrine, cette contraction atroce suffisait à m'occuper.

« Dites, monsieur... une supposition... Bourru brûle

le papier; je lui rends celui que vous m'avez donné pour l'obliger à tenir sa promesse. Mais après cela, qui l'empêche d'aller trouver votre famille, et de dire à vos enfants : " Je sais où est le magot. Je vous vends mon secret : je réclame tant pour le livrer, et tant, si vous réussissez... " Il peut demander que son nom ne paraisse pas... À ce moment-là[a], il ne risquerait plus rien : on ferait une enquête; on verrait que je suis bien votre fils, que ma mère et moi avons changé notre train de vie depuis votre mort... Et de deux choses l'une, ou bien nous aurons fait des déclarations exactes pour l'impôt sur le revenu, ou bien nous aurons dissimulé... »

Il parlait avec netteté. Son esprit se désengourdissait. Lentement, la machine à raisonner s'était mise en branle et elle ne s'arrêtait plus. Ce qui demeurait puissant, chez ce calicot, c'était l'instinct paysan de prévoyance, de défiance, l'horreur du risque, le souci de ne rien laisser au hasard. Sans doute aurait-il préféré recevoir cent mille francs de la main à la main, que d'avoir à dissimuler cette énorme fortune.

J'attendis que mon cœur se sentît plus libre, et que l'étreinte se desserrât :

« Il y a du vrai dans ce que vous dites. Eh bien, j'y consens. Vous ne signerez aucun papier. Je me fie à vous. Il me serait d'ailleurs toujours facile de prouver que cet argent m'appartient[b]. Ça n'a plus aucune importance; dans six mois, dans un an au plus, je serai mort. »

Il ne fit aucun geste pour protester; il ne trouva pas le mot banal que n'importe qui eût proféré. Non qu'il fût plus dur qu'un autre garçon de son âge : simplement, il était mal élevé.

« Comme ça, dit-il, ça peut aller. »

Il rumina son idée pendant quelques instants, et ajouta :

« Il faudra que j'aille au coffre de temps en temps, même de votre vivant... pour qu'on connaisse ma figure, à la banque. J'irai vous chercher votre argent...

— Au fait, ajoutai-je, j'ai plusieurs coffres à l'étranger. Si vous[c] préférez, si vous jugez plus sûr...

— Quitter Paname ? ah ! bien alors ! »

Je lui fis remarquer qu'il pouvait demeurer à Paris et se déplacer quand ce serait nécessaire. Il me demanda si la fortune était composée de titres ou d'argent liquide et ajouta :

« Je voudrais tout de même que vous m'écriviez[a] une lettre comme quoi, étant sain d'esprit, vous me léguez librement votre fortune... Au cas où le pot aux roses serait découvert et où je serais accusé de vol par les autres, on ne sait jamais. Et puis, pour le repos de ma conscience. »

Il se tut de nouveau, acheta des cacahuètes qu'il se mit à manger voracement, comme s'il avait faim; et tout à coup :

« Mais enfin, qu'est-ce qu'ils vous ont fait, les autres ?

— Prenez ce qu'on vous offre, répondis-je sèchement, et ne posez plus de questions. »

Un peu de sang colora ses joues blettes. Il eut ce sourire piqué, par lequel il devait avoir l'habitude de répondre aux réprimandes du patron, et découvrit ainsi des dents saines et pointues, la seule grâce de cette ingrate figure.

Il épluchait des cacahuètes, sans plus rien dire. Il n'avait pas l'air ébloui. Évidemment, son imagination travaillait. J'étais tombé sur le seul être capable de ne voir que les très légers risques, dans cette prodigieuse aubaine. Je voulus à toute force l'éblouir :

« Vous avez une petite amie ? lui demandai-je à brûle-pourpoint. Vous pourriez l'épouser, vous vivriez comme de riches bourgeois. »

Et comme il faisait un geste vague, et hochait sa triste tête, j'insistai :

« D'ailleurs vous pouvez épouser qui vous voulez. S'il existe autour de vous une femme qui vous paraisse inaccessible... »

Il dressa l'oreille et pour la première fois, je vis luire dans ses yeux une jeune flamme :

« Je pourrais épouser Mlle Brugère !

— Qui est Mlle Brugère ?

— Non, je plaisantais; une première chez Dermas, pensez donc ! une femme superbe. Elle ne me regarde même pas; elle ne sait même pas que j'existe... Pensez donc ! »

Et comme je lui assurais qu'avec le vingtième de sa fortune, il pourrait épouser n'importe quelle « première » de Paris :

« Mlle Brugère ! répétait-il. (Puis avec un haussement d'épaules :) Non ! pensez-vous... »

Je souffrais de la poitrine. Je fis signe au garçon. Robert eut alors un geste étonnant :

« Non, monsieur, laissez : je peux bien vous offrir ça. »

Je remis la monnaie dans ma poche avec satisfaction. Nous nous levâmes. Les musiciens rangeaient leurs instruments. On avait éteint les guirlandes d'ampoules électriques. Robert n'avait plus à redouter d'être vu avec moi.

« Je vous raccompagne », dit-il.

Je lui demandai d'aller lentement, à cause de mon cœur. J'admirai*a* qu'il ne fît rien pour hâter l'exécution de nos projets. Je lui dis que si je mourais cette nuit, il perdrait une fortune. Il eut une moue d'indifférence. En somme, je l'avais dérangé, ce garçon. Il était à peu près de ma taille. Aurait-il jamais l'air*b* d'un monsieur ? Il semblait si étriqué, mon fils, mon héritier ! J'essayai de donner à nos propos un tour plus intime. Je lui assurai que je ne pensais pas sans remords à l'abandon où je les avais laissés, lui et sa mère. Il parut surpris ; il trouvait « très joli » que je leur eusse assuré une rente régulière. « Il y en avait beaucoup qui n'en auraient pas fait autant. » Il ajouta un mot horrible : « Du moment que vous n'étiez pas le premier... » Évidemment*c*, il jugeait sans indulgence sa mère. Arrivé devant ma porte, il me dit soudain :

« Une supposition... je prendrais un métier qui m'obligerait à fréquenter la Bourse... ça expliquerait ma fortune...

— Gardez-vous-en, lui dis-je. Vous perdriez*d* tout. »

Il regardait le trottoir d'un air préoccupé : « C'était à cause de l'impôt sur le revenu ; si l'inspecteur faisait une enquête...

— Mais puisque c'est de l'argent liquide, une fortune anonyme, déposée dans des coffres que personne au monde n'a le droit d'ouvrir, sauf vous.

— Oui, bien sûr, mais tout de même... »

D'un geste excédé, je lui fermai la porte au nez.

XV

Calèse.

À travers[a] la vitre où une mouche se cogne, je regarde les coteaux engourdis. Le vent tire en gémissant des nuées pesantes dont l'ombre glisse sur la plaine. Ce silence de mort signifie l'attente universelle du premier grondement. « La vigne a peur... » a dit Marie, un triste jour d'été d'il y a trente ans, pareil à celui-ci. J'ai[b] rouvert ce cahier. C'est bien mon écriture. J'en examine[c] de tout près les caractères, la trace de l'ongle de mon petit doigt sous les lignes. J'irai jusqu'au bout de ce récit. Je sais maintenant à qui je le destine, il fallait que cette confession fût faite; mais je devrai en supprimer bien des pages dont la lecture serait au-dessus de leurs forces. Moi-même, je ne puis les relire d'un trait. À chaque instant, je m'interromps et cache ma figure dans mes mains. Voilà l'homme, voilà un homme entre les hommes, me voilà. Vous pouvez me vomir, je n'en existe pas moins.

Cette nuit, entre le 13 et le 14 juillet, après avoir quitté Robert, j'eus à peine la force de me déshabiller et de m'étendre sur mon lit. Un poids énorme m'étouffait; et, en dépit de ces étouffements, je ne mourais pas. La fenêtre était ouverte : si j'avais été au cinquième étage... mais, de ce premier, je ne me serais peut-être pas tué, cette seule considération me retint. À peine pouvais-je étendre le bras pour prendre les pilules qui, d'habitude, me soulagent[d].

À l'aube, on entendit enfin ma sonnette. Un docteur du quartier me fit une piqûre; je retrouvai le souffle. Il m'ordonna l'immobilité absolue. L'excès de la douleur nous rend plus soumis qu'un petit enfant, je n'aurais eu garde de bouger. La laideur et les relents de cette chambre, de ces meubles, la rumeur de ce 14 juillet orageux, rien ne m'accablait puisque je ne souffrais plus : je ne demandais rien que cela. Robert vint un soir, et ne reparut plus. Mais sa mère, à la sortie du bureau, passait deux heures avec moi, me rendait quelques menus services et me rapportait mon courrier de la poste restante (aucune lettre de ma famille).

Je ne me plaignais pas, j'étais très doux, je buvais tout ce qui m'était ordonné. Elle détournait la conversation quand je lui parlais de nos projets. « Rien ne presse », répétait-elle. Je soupirais : « La preuve que ça presse... » et je montrais ma poitrine.

« Ma mère a vécu jusqu'à quatre-vingts ans, avec des crises plus fortes que les vôtres. »

Un matin[a], je me trouvai mieux que je n'avais été depuis longtemps. J'avais très faim, et ce qu'on me servait, dans cette maison de famille, était immangeable[b]. L'ambition me vint d'aller déjeuner dans un petit restaurant du boulevard Saint-Germain dont j'appréciais la cuisine. L'addition m'y causait moins d'étonnement et de colère que je n'en éprouvais dans la plupart des autres gargotes où j'avais coutume de m'asseoir, avec la terreur de trop dépenser.

Le taxi me déposa au coin de la rue de Rennes. Je fis quelques pas pour essayer mes forces. Tout allait bien. Il était à peine midi : je résolus d'aller boire un quart Vichy aux Deux-Magots. Je m'installai à l'intérieur, sur la banquette, et regardai distraitement le boulevard.

Je ressentis un coup au cœur : à la terrasse, séparées de moi par l'épaisseur de la vitre, ces épaules étroites, cette tonsure[c], cette nuque déjà grise, ces oreilles plates et décollées... Hubert était là, lisant de ses yeux myopes un journal dont son nez touchait presque la page. Évidemment, il ne m'avait pas vu entrer. Les battements de mon cœur malade s'apaisèrent. Une affreuse joie m'envahit : je l'épiais et il ne savait pas que j'étais là.

Je n'aurais pu[d] imaginer Hubert ailleurs qu'à une terrasse des Boulevards. Que faisait-il dans ce quartier ? Il n'y était certainement pas venu sans un but précis. Je n'avais qu'à attendre[e], après avoir payé mon quart Vichy, pour être libre de me lever, dès que ce serait nécessaire.

Évidemment, il guettait quelqu'un, il regardait sa montre. Je croyais avoir deviné[f] quelle personne allait se glisser entre les tables jusqu'à lui, et je fus presque déçu lorsque je vis descendre d'un taxi le mari de Geneviève. Alfred avait le canotier sur l'oreille. Loin de sa femme, ce petit quadragénaire gras reprenait du poil de la bête[g].

Il était vêtu d'un costume trop clair, chaussé de souliers trop jaunes. Son élégance provinciale contrastait avec la tenue sobre d'Hubert « qui s'habille comme un Fon-daudège », dit Isa.

Alfred enleva son chapeau et essuya un front luisant. Il vida[a] d'un trait l'apéritif qu'on lui avait servi. Son beau-frère était déjà debout et regardait sa montre. Je me préparais à les suivre. Sans doute allaient-ils monter dans un taxi. J'essaierais d'en faire autant et de les filer : difficile manœuvre. Enfin, c'était déjà beaucoup que d'avoir éventé leur présence. J'attendis[b], pour sortir, qu'ils fussent au bord du trottoir. Ils ne firent signe à aucun chauffeur et traversèrent la place. Ils se dirigeaient, en causant, vers Saint-Germain-des-Prés. Quelle surprise et quelle joie ! Ils pénétraient dans l'église. Un policier, qui voit le voleur entrer dans la souricière, n'éprouve pas une plus délicieuse émotion que celle qui m'étouffait un peu, à cette minute. Je pris mon temps : ils auraient pu se retourner et si mon fils était myope, mon gendre avait bon œil. Malgré mon impatience, je me forçai à demeurer deux minutes sur le trottoir, puis, à mon tour, je franchis le porche.

Il était un peu plus de midi. J'avançais avec précaution dans le nef presque vide. J'eus bientôt fait de m'assurer que ceux que je cherchais ne s'y trouvaient pas. Un instant, la pensée me vint qu'ils m'avaient peut-être vu, qu'ils n'étaient entrés là que pour brouiller leur piste, et qu'ils étaient sortis par une porte des bas-côtés. Je revins sur mes pas et m'engageai dans la nef latérale, celle de droite, en me dissimulant derrière les colonnes énormes. Et soudain, à l'endroit le plus obscur de l'abside, à contre-jour, je les vis. Assis sur des chaises, ils encadraient un troisième personnage, au dos humble et voûté, et dont la présence ne me surprit pas. C'était celui-là même que, tout à l'heure, je m'étais attendu à voir se glisser jusqu'à la table de mon fils légitime, c'était l'autre, cette pauvre larve, Robert.

J'avais pressenti cette trahison, mais n'y avais pas arrêté[c] ma pensée, par fatigue, par paresse. Dès notre première entrevue, il m'était apparu que cette créature chétive, que ce serf manquerait d'estomac[d], et que sa mère, hantée par des souvenirs judiciaires, lui conseil-

lerait de composer avec la famille et de vendre son secret
le plus cher possible. Je contemplais la nuque de cet
imbécile : il était solidement encadré par ces deux grands
bourgeois dont l'un, Alfred, était ce qui s'appelle une
bonne pâte (d'ailleurs très près de ses intérêts, à courte
vue, mais c'est ce qui le servait) et dont l'autre[a], mon
cher petit Hubert, avait les dents longues, et, dans les
manières, cette autorité coupante qu'il tient de moi et
contre laquelle Robert serait sans recours. Je les observais de derrière un pilier, comme on regarde une araignée
aux prises avec une mouche, lorsqu'on a décidé dans son
cœur de détruire à la fois la mouche et l'araignée. Robert
baissait de plus en plus la tête. Il avait dû commencer par
leur dire : « Part à deux... » Il se croyait le plus fort. Mais
rien qu'en se faisant connaître d'eux, l'imbécile s'était
livré et ne pouvait plus ne pas mettre les pouces. Et moi,
témoin de cette lutte que j'étais seul à savoir inutile et
vaine, je me sentis comme un dieu, prêt à briser ces frêles
insectes dans ma main puissante, à écraser du talon ces
vipères emmêlées[b], et je riais.

Dix minutes à peine s'étaient écoulées que déjà Robert
ne soufflait plus mot. Hubert parlait d'abondance; sans
doute édictait-il des ordres; et l'autre l'approuvait par de
menus hochements de tête, et je voyais s'arrondir ses
épaules soumises. Alfred, lui, affalé sur la chaise de paille,
comme dans un fauteuil, le pied droit posé sur le genou
gauche, se balançait, la tête renversée, et je voyais à
l'envers, bilieuse et noire de barbe, sa grasse figure
épanouie.

Ils se levèrent enfin. Je les suivis en me dissimulant.
Ils marchaient à petits pas, Robert au milieu, la tête
basse, comme s'il avait eu les menottes[c]. Derrière son
dos, ses grosses mains rouges pétrissaient un chapeau
mou d'un gris sale et délavé. Je croyais que rien ne pouvait plus m'étonner. Je me trompais : tandis qu'Alfred et
Robert gagnaient la porte, Hubert plongea sa main dans
le bénitier, puis, tourné vers le maître-autel, il fit un
grand signe de croix.

Rien ne me pressait plus maintenant, je pouvais demeurer tranquille. À quoi bon les suivre ? Je savais que le
soir même, ou le lendemain, Robert me presserait enfin
d'exécuter mes projets. Comment le recevrais-je ? J'avais

le temps d'y réfléchir. Je commençais à sentir ma fatigue.
Je m'assis. Pour l'instant, ce qui dominait dans mon
esprit et recouvrait le reste, c'était l'irritation causée par
le geste pieux d'Hubert. Une jeune fille, d'une mise
modeste et de figure ordinaire, posa à côté d'elle un carton[a] à chapeaux et s'agenouilla dans le rang de chaises
qui se trouvait devant le mien. Elle m'apparaissait de
profil, le col un peu ployé, les yeux fixés sur la même
petite porte lointaine qu'Hubert, son devoir familial
accompli, avait tout à l'heure si gravement saluée. La
jeune fille souriait un peu et ne bougeait pas. Deux sémi-
naristes entrèrent à leur tour, l'un très grand et très
maigre me rappelait l'abbé Ardouin; l'autre petit, avec
une figure poupine. Ils s'inclinèrent côte à côte et parurent, eux aussi, frappés d'immobilité. Je regardais ce
qu'ils regardaient; je cherchais à voir ce qu'ils voyaient.
« En somme, il n'y a rien ici, me disais-je, que du silence,
de la fraîcheur, l'odeur des vieilles pierres dans l'ombre. »
De nouveau, le visage de la petite modiste attira mon
attention. Ses yeux, maintenant, étaient fermés; ses paupières aux longs cils me rappelaient celles de Marie sur
son lit de mort. Je sentais à la fois tout proche, à portée
de ma main, et pourtant à une distance infinie, un monde
inconnu de bonté. Souvent Isa m'avait[b] dit : « Toi qui ne
vois que le mal... toi qui vois le mal partout... » C'était
vrai, et ce n'était pas vrai.

XVI

 Je déjeunai[c], l'esprit libre, presque joyeux, dans un
état de bien-être que je n'avais pas éprouvé depuis longtemps et comme si la trahison de Robert, bien loin de
déjouer mes plans, les eût servis. Un homme de mon âge,
me disais-je, dont la vie est depuis des années menacée,
ne cherche plus très loin les raisons de ses sautes d'humeur : elles sont organiques. Le mythe de Prométhée
signifie que toute la tristesse du monde a son siège dans
le foie. Mais qui oserait reconnaître une vérité si humble ?
Je ne souffrais pas. Je digérais bien cette grillade saignante. J'étais content de ce que le morceau fût assez

copieux, pour épargner la dépense d'un autre plat. Je prendrais pour dessert du fromage : ce qui nourrit le plus, au meilleur marché.

Quelle serait mon attitude avec Robert ? Il fallait changer mes batteries; mais je ne pouvais fixer mon esprit sur ces problèmes. D'ailleurs, à quoi bon m'encombrer d'un plan ? Mieux valait me fier à l'inspiration. Je n'osais m'avouer le plaisir que je me promettais, à jouer comme un chat, avec ce triste mulot. Robert était à mille lieues de croire que j'avais éventé la mèche... Suis-je cruel ? Oui, je le suis. Pas plus qu'un autre, comme les autres, comme les enfants, comme les femmes, comme tous ceux (je pensai à la petite modiste entrevue à Saint-Germain-des-Prés), comme tous ceux qui ne sont*a* pas du parti de l'Agneau.

Je revins en taxi rue Bréa et m'étendis sur ma couche. Les étudiants qui peuplent cette maison de famille étaient partis en vacances. Je me reposai dans un grand calme. Pourtant, la porte vitrée, voilée de brise-bise salis, enlevait à cette chambre toute intimité. Plusieurs petites moulures du bois de lit Henri II étaient décollées, et réunies avec soin dans un vide-poche de bronze doré qui ornait la cheminée. Des gerbes de taches s'étalaient sur le papier moiré et brillant des murs. Même avec la fenêtre ouverte, l'odeur de la pompeuse table de nuit, au dessus de marbre rouge, emplissait la pièce. Un tapis à fond moutarde recouvrait la table. Cet ensemble me plaisait comme un raccourci de la laideur et de la prétention humaine.

Le bruit*b* d'une jupe m'éveilla. La mère de Robert était à mon chevet, et je vis d'abord son sourire. Son attitude obséquieuse aurait suffi à me mettre en défiance, si je n'avais rien su, et à m'avertir que j'étais trahi. Une certaine qualité de gentillesse est toujours signe de trahison. Je lui souris aussi et lui assurai que je me sentais mieux. Son nez n'était pas si gros, il y a vingt ans. Elle possédait alors, pour peupler sa grande bouche, les belles dents dont Robert a hérité. Mais aujourd'hui son sourire s'épanouissait sur un large râtelier. Elle avait dû marcher vite et son odeur acide luttait victorieusement contre celle de la table à dessus de marbre rouge. Je la priai d'ouvrir plus largement la fenêtre. Elle le fit, revint à moi,

et me sourit encore. Maintenant que j'allais bien, elle
m'avertit que Robert se mettrait à ma disposition, pour
la « chose ». Justement, le lendemain, samedi, il serait
libre à partir de midi. Je lui rappelai que les banques
sont fermées le samedi après-midi. Elle décida alors qu'il
demanderait un congé pour le lundi matin. Il l'obtiendrait aisément. D'ailleurs il n'avait plus à ménager ses
patrons.

Elle parut étonnée quand j'insistai pour que Robert
gardât encore sa place pendant quelques semaines.
Comme elle prenait congé en m'avertissant que le lendemain, elle accompagnerait son fils, je la priai de le laisser
venir seul : je voulais causer un peu avec lui, apprendre
à le mieux connaître... La pauvre sotte ne dissimulait pas
son inquiétude; sans doute avait-elle peur que son fils
ne se trahît. Mais quand je parle d'un certain air, nul ne
songe à contrecarrer mes décisions. C'était elle, sans
aucun doute, qui avait poussé Robert à s'entendre avec
mes enfants; je connaissais trop ce garçon timoré et
anxieux pour douter du trouble où avait dû le plonger
le parti qu'il avait pris.

Quand[a] le misérable entra, le lendemain matin, je
jugeai, du premier coup d'œil, mes prévisions dépassées.
Ses paupières étaient d'un homme qui ne dort plus. Son
regard fuyait. Je le fis asseoir, m'inquiétai de sa mine;
enfin je me montrai affectueux, presque tendre. Je lui
décrivis, avec l'éloquence d'un grand avocat, la vie de
félicité[b] qui s'ouvrait devant lui. Je lui évoquai la maison
et le parc de dix hectares que j'allais acheter, à son nom,
à Saint-Germain. Elle était tout entière meublée en
« ancien », Il y avait un étang poissonneux, un garage
pour quatre autos et beaucoup d'autres choses que
j'ajoutai à mesure que l'idée m'en venait. Quand je lui
parlai d'auto, et que je lui proposai une des plus grandes
marques américaines, je vis un homme à l'agonie. Évidemment, il avait dû s'engager à ne pas accepter un sou
de mon vivant.

« Rien ne vous troublera plus, ajoutai-je, l'acte d'achat
sera signé par vous. J'ai déjà mis de côté, pour vous les
remettre dès lundi, un certain nombre d'obligations qui
vous assurent une centaine de mille francs de rente. Avec
cela vous pourrez voir venir. Mais le plus gros de la

fortune liquide reste à Amsterdam. Nous ferons le voyage la semaine prochaine, pour prendre toutes nos dispositions... Mais qu'avez-vous, Robert ? »

Il balbutia :

« Non, monsieur, non... rien avant votre mort... Ça me déplaît... Je ne veux pas vous dépouiller. N'insistez pas : ça me ferait de la peine. »

Il était appuyé[a] contre l'armoire, le coude gauche dans la main droite, et il se rongeait les ongles. Je fixai sur lui mes yeux tant redoutés au Palais par l'adversaire, et qui, lorsque j'étais l'avocat de la partie civile, ne quittaient jamais ma victime avant qu'elle ne se fût effondrée, dans le box, entre les bras du gendarme.

Au fond, je lui faisais grâce ; j'éprouvais[b] un sentiment de délivrance : il eût été terrible de finir de vivre avec cette larve. Je ne le haïssais pas. Je le rejetterais sans le briser. Mais je ne pouvais me retenir de m'amuser encore un peu :

« Comme vous avez de beaux sentiments, Robert ! Comme c'est bien de vouloir attendre ma mort. Mais je n'accepte pas votre sacrifice. Vous aurez tout, dès lundi ; à la fin de la semaine une grande partie de ma fortune sera à votre nom... (et comme il protestait) : c'est à prendre ou à laisser », ajoutai-je sèchement.

Fuyant mon regard, il me demanda quelques jours pour réfléchir encore. Le temps d'écrire à Bordeaux et d'y chercher des directives, pauvre idiot !

« Vous m'étonnez, Robert, je vous assure. Votre attitude est étrange. »

Je croyais avoir adouci mon regard, mais mon regard est plus dur que je ne le suis moi-même. Robert marmotta[c] d'une voix blanche : « Pourquoi que vous me fixez comme ça ? » Je repris, l'imitant malgré moi : « Pourquoi que je te fixe comme ça ? Et toi ? pourquoi que tu ne peux pas soutenir mon regard ? »

Ceux qui ont l'habitude d'être aimés accomplissent, d'instinct, tous les gestes et disent toutes les paroles qui attirent les cœurs. Et moi, je suis tellement accoutumé à être haï et à faire peur, que mes prunelles, mes sourcils, ma voix, mon rire se font docilement les complices de ce don redoutable et préviennent ma volonté. Ainsi se tortillait le triste garçon sous mon regard que j'eusse voulu indulgent. Mais plus je riais, et plus l'éclat de cette gaîté lui apparaissait d'un présage sinistre. Comme ou achève une bête, je le questionnai à brûle-pourpoint :

« Combien t'ont-ils offert, les autres ? »

Ce tutoiement marquait, que je le voulusse ou non, plus de mépris que d'amitié. Il balbutiait : « Quels autres ? en proie à une terreur presque religieuse.

— Les deux messieurs, lui dis-je, le gros et le maigre... oui, le maigre et le gros ! »

Il me tardait que ce fût fini. Je me faisais horreur de prolonger cette scène (comme quand on n'ose pas appuyer le talon sur le mille-pattes).

« Remettez-vous, lui dis-je enfin. Je vous pardonne.

— Ce n'est pas moi qui l'ai voulu... c'est... »

Je lui mis ma main sur la bouche. Il m'eût été insupportable de l'entendre charger sa mère.

« Chut ! ne nommez personne... voyons : combien vous ont-ils offert ? un million ? cinq cent mille ? moins ? ce n'est pas possible ! Trois cents ? deux cents ? »

Il secouait la tête, d'un air piteux :

« Non, une rente, dit-il à voix basse. C'est ce qui nous a tentés ; c'était plus sûr : douze mille francs par an.

— À partir d'aujourd'hui ?

— Non, dès qu'ils auraient eu l'héritage... Ils n'avaient pas prévu que vous voudriez tout mettre à mon nom, tout de suite... Mais est-ce qu'il est trop tard ?... C'est vrai qu'ils pourraient nous attaquer en justice... à moins de leur dissimuler... Ah ! ce que j'ai été bête ! je suis bien puni[a]... »

Il pleurait laidement, assis sur le lit ; une de ses mains pendait, énorme, gonflée de sang.

« Je suis tout de même votre fils, gémit-il. Ne me laissez pas tomber. »

Et d'un geste gauche, il essaya de mettre son bras autour de mon cou. Je me dégageai, mais doucement. J'allai[b] vers le fenêtre et, sans me retourner, je lui dis :

« Vous recevrez, à partir du premier août, quinze cents francs tous les mois. Je vais prendre des dispositions immédiates pour que cette rente vous soit versée, votre vie durant. Elle serait réversible, le cas échéant, sur la tête de votre mère. Ma famille doit naturellement ignorer que j'ai éventé le complot de Saint-Germain-des-Prés (le nom de l'église le fit sursauter). Inutile de vous dire qu'à la moindre indiscrétion, vous perdriez tout.

En revanche, vous me tiendrez au courant de ce qui pourrait se tramer contre moi. »

Il savait maintenant que rien ne m'échappait et ce qu'il lui en coûterait de me trahir encore. Je lui laissai entendre que je ne souhaitais plus de les voir ni lui, ni sa mère. Ils devraient m'écrire poste restante, au bureau habituel.

« Quand quittent-ils Paris, vos complices de Saint-Germain-des-Prés ? »

Il m'assura qu'ils avaient pris, la veille, le train du soir. Je coupai court à l'expression affectée de sa gratitude et de ses promesses. Sans doute était-il stupéfait : une divinité fantasque, aux imprévisibles desseins, et qu'il avait trahie, le prenait, le lâchait, le ramassait... Il fermait les yeux, se laissait faire. L'échine de biais, les oreilles aplaties, il emportait, en rampant, l'os que je lui jetais[a].

À l'instant de sortir, il se ravisa et me demanda comment il recevrait cette rente, par quel intermédiaire.

« Vous la recevrez, lui dis-je d'un ton sec. Je tiens toujours mes promesses, le reste ne vous concerne pas. »

La main sur le loquet, il hésitait encore :

« J'aimerais bien que ce soit une assurance sur la vie, une rente viagère, quelque chose comme ça, dans une société sérieuse... Je serais plus tranquille, je ne me ferais pas de mauvais sang... »

J'ouvris violemment la porte qu'il tenait entrebâillée et le poussai dans le couloir.

XVII[b]

Je m'appuyais contre[c] la cheminée, et je comptais, d'un geste machinal, les morceaux de bois verni rassemblés dans le vide-poche.

Pendant des années, j'avais rêvé de ce fils inconnu. Au long de ma pauvre[d] vie, je n'avais jamais perdu le sentiment de son existence. Il y avait quelque part un enfant né de moi que je pourrais retrouver, et qui, peut-être, me consolerait. Qu'il fût d'une condition modeste, cela me le rendait plus proche : il m'était doux de penser qu'il ne devait ressembler en rien à mon fils légitime; je

lui prêtais, à la fois, cette simplicité et cette force d'attachement qui ne sont pas rares dans le peuple. Enfin, je
jouais ma dernière carte. Je savais qu'après lui, je n'avais
plus rien à attendre de personne et qu'il ne me resterait
qu'à me mettre en boule et à me tourner du côté du mur.
Pendant[a] quarante ans, j'avais cru consentir à la haine,
à celle que j'inspirais, à celle que je ressentais. Pareil aux
autres, pourtant, je nourrissais[b] une espérance et j'avais
trompé ma faim, comme j'avais pu, jusqu'à ce que j'en
fusse réduit à ma dernière réserve. Maintenant, c'était fini.

Il ne me restait même pas l'affreux plaisir de combiner
des plans pour déshériter ceux qui me voulaient du mal.
Robert les avait mis sur la voie : ils finiraient bien par
découvrir les coffres, même ceux qui n'étaient pas à mon
nom. Inventer autre chose ? Ah ! vivre encore, avoir le
temps de tout dépenser ! Mourir... et qu'ils ne trouvent
même pas de quoi payer un enterrement de pauvre. Mais
après toute une vie d'économie, et lorsque j'ai assouvi
cette passion de l'épargne, pendant des années, comment
apprendre, à mon âge, les gestes des prodigues ? Et
d'ailleurs, les enfants me guettent, me disais-je. Je ne
pourrais rien faire dans ce sens qui ne devienne entre
leurs mains une arme redoutable... Il faudrait me ruiner
dans l'ombre, petitement...

Hélas ! je ne saurais pas me ruiner ! je n'arriverais
jamais à perdre mon argent ! S'il était[c] possible de l'enfouir dans ma fosse, de revenir à la terre, serrant dans
mes bras cet or, ces billets, ces titres ? Si je pouvais faire
mentir ceux qui prêchent que les biens de ce monde ne
nous suivent pas dans la mort !

Il y a les « œuvres », — les bonnes œuvres sont des
trappes qui engloutissent tout. Des dons[d] anonymes que
j'enverrais au bureau de bienfaisance, aux petites sœurs
des pauvres. Ne pourrais-je enfin penser aux autres,
penser à d'autres qu'à mes ennemis ? Mais l'horreur[e]
de la vieillesse, c'est d'être le total d'une vie, — un total
dans lequel nous ne saurions changer aucun chiffre.
J'ai mis soixante ans à composer ce vieillard mourant
de haine. Je suis ce que je suis[f]; il faudrait devenir un
autre. O Dieu, Dieu... si vous existiez !

Au crépuscule, une fille entra pour préparer mon lit;
elle ne ferma pas les volets. Je m'étendis dans l'ombre.

Les bruits de la rue, la lumière des réverbères ne m'empêchaient pas de somnoler. Je reprenais brièvement conscience, comme en voyage lorsque le train s'arrête; et de
nouveau je m'assoupissais. Bien que je ne me sentisse pas
plus malade, il me semblait que je n'avais qu'à demeurer
ainsi et à attendre patiemment que ce sommeil devînt
éternel.

Il me restait encore à prendre des dispositions pour que
la rente promise fût versée à Robert et je voulais aussi
passer à la poste restante, puisque personne, maintenant,
ne me rendrait ce service. Depuis trois jours, je n'avais
pas lu mon courrier[a]. Cette attente de la lettre inconnue
et qui survit à tout, quel signe que l'espérance est indé-
racinable et qu'il reste toujours en nous de ce chiendent !

Ce fut ce souci[b] du courrier qui me donna la force de
me lever, le lendemain, vers midi, et de me rendre au
bureau de poste. Il pleuvait, j'étais sans parapluie, je
longeais les murs. Mes allures éveillaient la curiosité,
on se retournait. J'avais envie de crier aux gens : « Qu'ai-
je donc d'extraordinaire ? Me prenez-vous pour un
dément ? Il ne faut pas le dire : les enfants en profiteraient.
Ne me regardez pas ainsi : je suis comme tout le monde,
— sauf que mes enfants me haïssent et que je dois me
défendre contre eux. Mais ce n'est pas là être fou. Parfois
je suis sous l'influence de toutes les drogues que l'angine
de poitrine m'oblige à prendre. Eh bien, oui, je parle
seul parce que je suis toujours seul. Le dialogue est nécessaire à l'être humain. Qu'y a-t-il d'extraordinaire dans
les gestes et dans les paroles d'un homme seul ? »

Le paquet que l'on me remit contenait des imprimés,
quelques lettres de banque, et trois télégrammes. Il
s'agissait sans doute d'un ordre de bourse qui n'avait pu
être exécuté. J'attendis d'être assis dans un bistro pour
les ouvrir. À de longues tables, des maçons, des espèces
de pierrots de tout âge, mangeaient lentement leurs portions congrues et buvaient leur litre sans presque causer.
Ils avaient travaillé, depuis le matin, sous la pluie. Ils
allaient recommencer à une heure et demie. C'était la
fin de juillet. Le monde emplissait les gares... Auraient-
ils rien compris à mon tourment ? Sans doute ! et comment un vieil avocat l'eût-il ignoré ? Dès la première
affaire que j'avais plaidée, il s'agissait d'enfants qui se

disputaient, pour ne pas avoir à nourrir leur père. Le malheureux changeait tous les trois mois de foyer, partout maudit, et il était d'accord avec ses fils pour appeler à grands cris la mort qui les délivrerait de lui. Dans combien*a* de métairies avais-je assisté à ce drame du vieux qui, pendant longtemps, refuse de lâcher son bien, puis se laisse enjôler, jusqu'à ce que ses enfants le fassent mourir de travail et de faim ! Oui, il devait connaître ça, le maigre maçon noueux qui, à deux pas de moi, écrasait lentement du pain entre ses gencives nues.

Aujourd'hui, un vieillard bien mis n'étonne personne dans les bistros. Je déchiquetais un morceau de lapin blanchâtre et m'amusais des gouttes de pluie qui se rejoignaient sur la vitre; je déchiffrais à l'envers le nom du propriétaire. En cherchant mon mouchoir, ma main sentit le paquet de lettres. Je mis mes lunettes, et ouvris au hasard un télégramme : « Obsèques de mère demain, 23 juillet, neuf heures, église Saint-Louis. » Il était daté du matin même. Les deux*b* autres, expédiés l'avant-veille, avaient dû se suivre à quelques heures d'intervalle. L'un disait : « Mère au plus mal, reviens. » L'autre : « Mère décédée... » Les trois étaient signés d'Hubert.

Je froissai les télégrammes et continuai de manger, l'esprit préoccupé parce qu'il faudrait trouver la force de prendre le train du soir. Pendant plusieurs minutes, je ne pensai qu'à cela; puis un autre sentiment se fit jour en moi : la stupeur*c* de survivre à Isa. Il était entendu que j'allais mourir. Que je dusse partir le premier, cela ne faisait question ni pour moi, ni pour personne. Projets, ruses, complots, n'avaient d'autre objectif que les jours qui suivraient ma mort toute proche. Pas plus que ma famille, je ne nourrissais à ce sujet le moindre doute. Il y avait*d* un aspect de ma femme, que je n'avais jamais perdu de vue : c'était ma veuve, celle qui serait gênée par ses crêpes pour ouvrir le coffre. Une perturbation dans les astres ne m'eût pas causé plus de surprise que cette mort, plus de malaise. En dépit de moi-même, l'homme d'affaires en moi commençait à examiner la situation et le parti à en tirer contre mes ennemis. Tels étaient mes sentiments jusqu'à l'heure où le train s'ébranla.

Alors, mon imagination entra en jeu. Pour la première

fois^a, je vis Isa telle qu'elle avait dû être sur son lit, la
veille et l'avant-veille. Je recomposai le décor, sa chambre
de Calèse (j'ignorais qu'elle était morte à Bordeaux).
Je murmurai : « la mise en bière... » et cédai à un lâche
soulagement^b. Quelle aurait été mon attitude ? Qu'aurais-
je manifesté sous le regard attentif et hostile des enfants ?
La question se trouvait résolue. Pour le reste, le lit où
je serais obligé de me coucher en arrivant, supprimerait
toute difficulté. Car il ne fallait pas penser que je pusse
assister aux obsèques : à l'instant, je venais de m'efforcer
en vain d'atteindre les lavabos. Cette impuissance ne
m'effrayait pas : Isa morte^c, je ne m'attendais plus à
mourir; mon tour était passé. Mais j'avais peur d'une
crise, d'autant plus que j'occupais seul mon compartiment. On m'attendrait à la gare (j'avais télégraphié),
Hubert, sans doute...

Non, ce n'était pas lui. Quel soulagement, lorsque
m'apparut la grosse figure d'Alfred, décomposée par
l'insomnie ! Il sembla effrayé quand il me vit. Je dus
prendre son bras et ne pus monter seul dans l'auto. Nous
roulions dans le triste Bordeaux d'un matin pluvieux,
à travers un quartier d'abattoirs et d'écoles. Je n'avais^d
pas besoin de parler : Alfred entrait dans les moindres
détails, décrivait l'endroit précis du jardin public où Isa
s'était affaissée : un peu avant d'arriver aux serres, devant
le massif de palmiers, la pharmacie où on^e l'avait trans-
portée, la difficulté de hisser ce corps pesant jusqu'à sa
chambre, au premier étage; la saignée, la ponction...
Elle avait gardé sa connaissance toute la nuit, malgré
l'hémorragie cérébrale. Elle m'avait demandé par signes,
avec insistance, et puis elle s'était endormie au moment
où un prêtre apportait les saintes huiles. « Mais elle
avait communié la veille^f... »

Alfred voulait me laisser devant la maison, déjà drapée
de noir, et continuer sa route, sous prétexte qu'il avait à
peine le temps de s'habiller pour la cérémonie. Mais il dut
se résigner à me faire descendre de l'auto. Il m'aida à
monter les premières marches. Je ne reconnus pas le
vestibule. Entre^g des murs de ténèbres, des brasiers de
cierges brûlaient autour d'un monceau de fleurs. Je
clignai des yeux. Le dépaysement^h que j'éprouvai ressemblait à celui de certains rêves. Deux religieuses immo-

biles avaient dû être fournies avec le reste[a]. De cet
agglomérat d'étoffes, de fleurs et de lumières, l'escalier
habituel, avec son tapis usé, montait vers la vie de tous
les jours.

Hubert le descendait. Il était en habit, très correct.
Il me tendit la main et me parla; mais que sa voix venait
de loin ! Je répondais et aucun son ne montait à mes
lèvres. Sa figure se rapprocha de la mienne, devint
énorme, puis je sombrai. J'ai su[b] depuis que cet évanouis-
sement n'avait pas duré trois minutes. Je revins à moi
dans une petite pièce qui avait été la salle d'attente,
avant que j'eusse renoncé au Barreau. Des sels me pi-
quaient les muqueuses. Je reconnus la voix de Geneviève:
« Il revient... » Mes yeux s'ouvrirent : ils étaient tous
penchés sur moi. Leurs visages me semblaient différents,
rouges, altérés, quelques-uns verdâtres. Janine, plus
forte que sa mère, semblait avoir le même âge. Les
larmes avaient surtout raviné la figure d'Hubert. Il avait
cette expression laide et touchante de quand il était
enfant, à l'époque où Isa, le prenant sur ses genoux, lui
disait : « Mais c'est un vrai chagrin qu'il a, mon petit
garçon... » Seul Phili, dans cet habit qu'il avait traîné
à travers toutes les boîtes de Paris et de Berlin, tournait
vers moi son beau visage indifférent et ennuyé, — tel
qu'il devait être lorsqu'il partait pour une fête, ou plutôt
lorsqu'il en revenait, débraillé et ivre, car il n'avait pas
encore noué sa cravate. Derrière lui, je distinguais mal
des femmes voilées qui devaient être Olympe et ses filles.
D'autres plastrons blancs luisaient dans la pénombre.

Geneviève[c] approcha de mes lèvres un verre dont je
bus quelques gorgées. Je lui dis que je me sentais mieux.
Elle me demanda, d'une voix douce et bonne, si je voulais me coucher tout de suite. Je prononçai la première[d]
phrase qui me vint à l'esprit :

« J'aurais tant voulu l'accompagner jusqu'au bout,
puisque je n'ai pas pu lui dire adieu. »

Je répétais, comme un acteur qui cherche le ton juste :
« Puisque je n'ai pas pu lui dire adieu... » et ces mots
banals, qui ne tendaient qu'à sauver les apparences, et
qui m'étaient venus parce qu'ils faisaient partie de mon
rôle dans la Pompe funèbre, éveillèrent en moi[e], avec
une brusque puissance, le sentiment dont ils étaient
l'expression; comme je me fusse averti moi-même de

cela dont je ne m'étais pas encore avisé : je ne reverrais plus ma femme; il n'y aurait plus entre nous d'explication; elle ne lirait pas ces pages. Les choses en resteraient éternellement au point où je les avais laissées en quittant Calèse. Nous ne pourrions pas recommencer, repartir sur nouveaux frais; elle était morte sans me connaître, sans savoir que je n'étais pas seulement ce monstre, ce bourreau, et qu'il existait un autre homme en moi. Même si j'étais arrivé à la dernière minute, même si nous n'avions échangé aucune parole, elle aurait vu ces larmes qui maintenant sillonnaient mes joues, elle serait partie, emportant la vision de mon désespoir.

Seuls, mes enfants, muets de stupeur, contemplaient ce spectacle. Peut-être ne m'avaient-ils jamais*a* vu pleurer, dans toute leur vie. Cette vieille figure hargneuse et redoutable, cette tête de Méduse dont aucun d'eux n'avait jamais pu soutenir le regard, se métamorphosait, devenait simplement humaine. J'entendis quelqu'un dire (je crois que c'était Janine) :

« Si vous n'étiez pas parti... pourquoi êtes-vous parti ? »

Oui, pourquoi étais-je parti ? Mais n'aurais-je pu revenir à temps ? Si les télégrammes ne m'avaient été adressés poste restante, si je les avais reçus rue Bréa... Hubert commit l'imprudence d'ajouter :

« Parti sans laisser d'adresse... nous ne pouvions deviner... »

Une pensée, jusque-là confuse en moi, se fit jour d'un seul coup. Les deux mains appuyées aux bras du fauteuil, je me dressai, tremblant de colère, et lui criai en pleine figure : « Menteur ! »

Et comme il balbutiait : « Père, tu deviens fou ? » je répétais :

« Oui, vous êtes des menteurs : vous connaissiez mon adresse. Osez me dire en face que vous ne la connaissiez pas. »

Et comme Hubert protestait faiblement : « Comment l'aurions-nous sue ?

— Tu n'as eu de rapports avec personne qui me touchât de près ? Ose le nier ? Ose donc ! »

La famille pétrifiée me considérait en silence. Hubert agitait la tête comme un enfant empêtré dans son mensonge.

« Vous n'avez pas payé cher sa trahison, d'ailleurs. Vous n'avez pas été très larges, mes enfants. Douze mille francs de rente à un garçon qui vous restitue une fortune, c'est pour rien[a]. »

Je riais, de ce rire qui me fait tousser. Les enfants ne trouvaient[b] pas de paroles. Phili grommela, entre haut et bas : « Sale coup... » Je repris, en baissant la voix, sur un geste suppliant d'Hubert qui essayait en vain de parler :

« C'est à cause de vous que je ne l'ai pas revue. Vous étiez tenus au courant de mes moindres actions, mais il ne fallait pas que je m'en pusse douter. Si vous m'aviez télégraphié rue Bréa, j'aurais compris que j'étais trahi. Rien au monde n'aurait pu vous décider à ce geste, pas même les supplications de votre mère mourante. Vous avez du chagrin bien sûr, mais vous ne perdez pas le nord... »

Je leur dis ces choses et d'autres encore plus horribles. Hubert suppliait sa sœur : « Mais fais-le taire ! fais-le taire ! On va l'entendre... » d'une voix entrecoupée. Geneviève m'entoura les épaules de son bras et me fit rasseoir :

« Ce n'est pas le moment, père. Nous reparlerons de tout cela à tête reposée. Mais je te conjure, au nom de celle qui est encore là... »

Hubert, livide[c], mit un doigt sur sa bouche : le maître de cérémonie entrait avec la liste des personnes qui devaient porter un gland. Je fis quelques pas. Je voulais marcher seul ; la famille s'écarta devant moi qui avançais en vacillant. Je pus franchir le seuil de la chapelle ardente, m'accroupir sur un prie-Dieu[d].

C'est là qu'Hubert et Geneviève me rejoignirent. Chacun me prit par un bras, je les suivis docilement. La montée de l'escalier fut difficile. Une des religieuses avait consenti à me garder pendant la cérémonie funèbre. Hubert, avant de prendre congé, affecta d'ignorer ce qui venait de se passer entre nous et me demanda s'il avait bien fait en désignant[e] le bâtonnier pour porter un gland. Je me tournai du côté de la fenêtre ruisselante, sans répondre.

Déjà des piétinements se faisaient entendre. Toute la ville viendrait signer. Du côté Fondaudège, à qui n'étions-nous pas alliés ? Et de mon côté, le Barreau, les banques, le monde des affaires... J'éprouvais un état de bien-être, tel que d'un homme[a] qui s'est disculpé, dont l'innocence est reconnue. J'avais convaincu mes enfants de mensonge; ils n'avaient pas nié leur responsabilité. Tandis que[b] la maison était tout entière grondante, comme d'un étrange bal sans musique, je m'obligeai à fixer mon attention sur leur crime : eux seuls m'avaient empêché de recevoir le dernier adieu d'Isa... Mais j'éperonnais ma vieille haine ainsi qu'un cheval fourbu : elle ne rendait plus. Détente physique, ou satisfaction d'avoir eu le dernier mot, je ne sais ce qui m'adoucissait malgré moi.

Rien ne me parvenait plus des psalmodies liturgiques; la rumeur funèbre allait s'éloignant, jusqu'à ce qu'un silence aussi profond que celui de Calèse régnât dans la vaste demeure. Isa l'avait vidée de ses habitants. Elle traînait derrière son cadavre toute la domesticité. Il ne restait[c] personne que moi et cette religieuse qui finissait à mon chevet le rosaire commencé près du cercueil.

Ce silence me rendit[d] de nouveau sensible à la séparation éternelle, au départ sans retour. De nouveau ma poitrine se gonfla, parce que, maintenant, il était trop tard et qu'entre elle et moi tout était dit. Assis sur le lit, soutenu par des oreillers, pour pouvoir respirer, je regardais ces meubles Louis XIII dont nous avions choisi le modèle chez Bardié, pendant nos fiançailles, et qui avaient été les siens jusqu'au jour où elle avait hérité de ceux de sa mère. Ce lit, ce triste lit de nos rancœurs et de nos silences...

Hubert et Geneviève[e] entrèrent seuls, les autres demeurèrent dans le couloir. Je compris qu'ils ne pouvaient s'habituer à ma figure en larmes. Ils se tenaient debout à mon chevet, le frère, bizarre dans son habit du soir, en plein midi, la sœur qui était une tour d'étoffe noire où éclatait un mouchoir blanc, où le voile rejeté découvrait une face ronde et bouillie. Le chagrin nous avait tous démasqués et nous ne nous reconnaissions pas.

Ils s'inquiétèrent de ma santé. Geneviève dit :

« Presque tout le monde a suivi jusqu'au cimetière : elle était très aimée. »

Je l'interrogeai sur les jours qui avaient précédé l'attaque de paralysie.

« Elle éprouvait[a] des malaises... peut-être même a-t-elle eu des pressentiments ; car, la veille du jour où elle devait se rendre à Bordeaux, elle a passé son temps, dans sa chambre, à brûler des tas de lettres ; nous avons même cru qu'il y avait un feu de cheminée... »

Je l'interrompis. Une idée m'était venue... Comment n'avais-je pas songé à cela ?

« Geneviève, crois-tu que mon départ ait été pour quelque chose ?... »

Elle me répondit, d'un air de contentement, que « ça lui avait sans doute porté un coup... »

« Mais vous ne lui avez pas dit... vous ne l'avez pas tenue au courant de ce que vous aviez découvert... »

Elle interrogea son frère du regard : devait-elle avoir l'air de comprendre ? Je dus faire une étrange figure, à cette minute, car ils semblèrent effrayés ; et tandis que Geneviève m'aidait à me redresser, Hubert répondit avec précipitation que sa mère était tombée malade plus de dix jours après mon départ et que, durant cette période, ils avaient décidé de la tenir en dehors de ces tristes débats. Disait-il vrai ? Il ajouta, d'une voix chevrotante :

« D'ailleurs, si nous avions cédé à la tentation de lui en parler, nous serions les premiers responsables... »

Il se détourna un peu, et je voyais le mouvement convulsif de ses épaules. Quelqu'un entrebâilla la porte et demanda si l'on se mettait à table. J'entendis la voix de Phili : « Que voulez-vous ! ce n'est pas ma faute, moi, ça me creuse... » Geneviève s'informa, à travers ses larmes, de ce que je voulais manger. Hubert me dit[b] qu'il viendrait, après le déjeuner ; nous nous expliquerions, une fois pour toutes, si j'avais la force de l'entendre. Je fis un signe d'acquiescement.

Quand ils furent sortis, la sœur m'aida à me lever, je pus prendre un bain, m'habiller, boire un bol de bouillon. Je ne voulais pas engager cette bataille, en malade que l'adversaire ménage et protège.

Quand ils revinrent, ce fut pour trouver un autre homme que ce vieillard qui leur avait fait pitié. J'avais pris les drogues nécessaires ; j'étais assis, le buste droit ; je me sentais moins oppressé, comme chaque fois que je quitte mon lit.

Hubert avait revêtu un costume de ville; mais Geneviève était enveloppée dans une vieille robe de chambre
de sa mère. « Je n'ai rien de noir à me mettre... » Ils
s'assirent[a] en face de moi; et après les premières paroles
de convenance :

« J'ai beaucoup réfléchi... » commença Hubert.

Il avait soigneusement préparé son discours. Il
s'adressait à moi comme si j'avais été une assemblée
d'actionnaires, en pesant chaque terme, et avec le souci
d'éviter tout éclat.

« Au chevet de maman, j'ai fait mon examen de conscience; je me suis efforcé de changer mon point de vue,
de me mettre à ta place. Un père dont l'idée fixe est de
déshériter ses enfants, c'est cela que nous considérions
en toi et qui, à mes yeux, légitime ou du moins excuse
toute notre conduite. Mais nous t'avons donné barre
sur nous par cette lutte sans merci et par ces... »

Comme il cherchait le terme juste, je lui soufflai doucement : « Par ces lâches complots. »

Ses pommettes se colorèrent. Geneviève se rebiffa :

« Pourquoi " lâches " ? Tu es tellement plus fort que
nous...

— Allons donc ! un vieillard très malade contre une
jeune meute...

— Un vieillard très malade, reprit Hubert, jouit, dans
une maison comme la nôtre, d'une position privilégiée :
il ne quitte pas sa chambre, il y demeure aux aguets, il n'a
rien à faire qu'à observer les habitudes de la famille
et à en tirer profit. Il combine ses coups, seul, les prépare
à loisir. Il sait tout des autres qui ne savent rien de lui[b].
Il connaît les postes d'écoute... (comme je ne pouvais
m'empêcher de sourire, ils sourirent aussi). Oui, continua
Hubert, une famille est toujours imprudente. On se
dispute, on hausse la voix : tout le monde finit par crier
sans s'en apercevoir. Nous nous sommes trop fiés à
l'épaisseur des murs de la vieille maison, oubliant que
les planchers en sont minces. Et il y a aussi les fenêtres
ouvertes... »

Ces allusions créèrent entre nous une espèce de détente,
Hubert, le premier, revint au ton sérieux :

« J'admets[c] que nous ayons pu t'apparaître coupables.
Encore une fois, ce serait un jeu, pour moi, d'invoquer le
cas de légitime défense; mais j'écarte tout ce qui pourrait

envenimer le débat. Je ne chercherai pas non plus à établir qui, dans cette triste guerre, fut l'agresseur. Je
consens même à plaider coupable. Mais il faut que tu
comprennes... »

Il s'était levé, il essuyait les verres de ses lunettes. Ses
yeux clignotaient dans sa figure creuse, rongée.

« Il faut que tu comprennes que je luttais pour l'honneur, pour la vie de mes enfants. Tu ne peux imaginer
notre situation; tu es d'un autre siècle; tu as vécu dans
cette époque fabuleuse où un homme prudent tablait sur
des valeurs sûres. J'entends bien que tu as été à la hauteur des circonstances; que tu as vu, avant tout le monde,
venir le grain; que tu as réalisé à temps... mais, c'est
parce que tu étais hors des affaires, hors d'affaire, c'est
bien le cas de le dire ! Tu pouvais juger froidement de
la situation, tu la dominais, tu n'étais pas engagé comme
moi jusqu'au-dessus des oreilles... Le réveil a été trop
brusque... On n'a pas eu le loisir de se retourner... C'est
la première fois que toutes les branches craquent en
même temps. On ne peut se raccrocher[a] à rien, on ne
peut se rattraper sur rien... »

Avec[b] quelle angoisse il répéta : « sur rien... sur rien... »
Jusqu'où était-il engagé ? Au bord de quel désastre se
débattait-il ? Il eut peur de s'être trop livré, se reprit[c],
émit les lieux communs habituels : l'outillage intensif
d'après la guerre, la surproduction, la crise de consommation... Ce qu'il disait importait peu. C'était à son
angoisse que je demeurais attentif. À ce moment là,
je m'aperçus que ma haine était morte, mort aussi ce
désir de représailles. Mort, peut-être, depuis longtemps.
J'avais entretenu ma fureur, je m'étais déchiré les flancs.
Mais à quoi bon se refuser à l'évidence ? J'éprouvais,
devant mon fils, un sentiment confus où la curiosité
dominait : l'agitation de ce malheureux, cette terreur,
ces affres que je pouvais interrompre d'un mot... comme
cela m'apparaissait étrange ! Je voyais en esprit cette
fortune, qui avait été, semblait-il, le tout de ma vie, que
j'avais cherché à donner, à perdre, dont je n'avais même
pas été libre de disposer à mon gré, cette chose dont je
me sentais, soudain[d], plus que détaché, qui ne m'intéressait plus, qui ne me concernait plus. Hubert maintenant silencieux, m'épiait[e] à travers ses lunettes : que
pouvais-je bien manigancer ? Quel coup allais-je lui

assener ? Il avait déjà un rictus, il rejetait son buste, levait
à demi le bras comme l'enfant qui se protège. Il reprit[a]
d'une voix timide :

« Je ne te demande rien de plus que d'assainir ma
position. Avec ce qui me reviendra de maman, je n'aurai
plus besoin (il hésita un instant avant de jeter le chiffre)
que d'un million. Une fois le terrain déblayé, je m'en
tirerai toujours. Fais ce que tu veux du reste ; je m'engage
à respecter ta volonté... »

Il ravala sa salive ; il m'observait à la dérobée ; mais je
gardais un visage impénétrable.

« Mais toi[b], ma fille ? dis-je en me tournant vers Geneviève, tu es dans une bonne situation ? Ton mari est un
sage... »

L'éloge de son mari l'irritait toujours. Elle protesta
qu'Alfred n'achetait plus de rhum depuis deux ans : il
était sûr, évidemment, de ne pas se tromper ! Sans doute
ils avaient de quoi vivre, mais Phili menaçait de lâcher sa
femme et n'attendait que d'être certain que la fortune
était perdue. Comme je murmurais : « Le beau malheur ! »
elle reprit vivement :

« Oui, c'est une canaille, nous le savons, Janine le sait...
mais s'il la quitte, elle en mourra. Mais oui, elle en
mourra. Tu ne peux pas comprendre ça, père. Ça n'est
pas dans tes cordes. Janine en sait[c] plus long sur Phili
que nous-mêmes. Elle m'a souvent répété qu'il est pire
que tout ce que nous pouvons imaginer. Il n'empêche
qu'elle mourrait s'il la quittait. Ça te paraît absurde.
Ces choses-là n'existent pas pour toi. Mais avec ton
immense intelligence, tu peux comprendre ce que tu
ne sens pas.

— Tu fatigues papa, Geneviève. »

Hubert pensait que sa lourde sœur « gaffait », et que
j'étais atteint dans mon orgueil. Il voyait, sur ma figure,
les signes[d] de l'angoisse ; mais il n'en pouvait connaître la
cause. Il ne savait pas que Geneviève rouvrait une plaie,
y mettait les doigts. Je soupirai : « Heureux Phili[e1] ! »

Mes enfants échangèrent un regard étonné. De bonne
foi, ils m'avaient toujours pris pour un demi-fou. Peut-
être m'eussent-ils fait enfermer sans aucun trouble de
conscience.

« Une crapule, gronda Hubert, et qui nous tient.

— Son beau-père est plus indulgent que toi, dis-je.

Alfred répète souvent que Phili " n'est pas un mauvais drôle ". »

Geneviève prit feu.

« Il tient aussi Alfred : le gendre a corrompu le beau-père, c'est bien connu en ville : on les a rencontrés ensemble, avec des filles... Quelle honte ! c'était un des chagrins qui rongeaient maman... »

Geneviève s'essuyait les yeux. Hubert crut que je voulais détourner leur attention de l'essentiel :

« Mais ce n'est pas de cela qu'il s'agit, Geneviève, dit-il d'un ton irrité. On dirait qu'il n'y a que toi et les tiens au monde. »

Furieuse, elle protesta « qu'elle voudrait bien savoir qui était le plus égoïste des deux ». Elle ajouta :

« Bien sûr*a*, chacun pense à ses enfants d'abord. J'ai toujours tout fait pour Janine, et je m'en vante, comme maman a tout fait pour nous. Je me jetterais au feu... »

Son frère l'interrompit, de ce ton âpre où je me reconnaissais, pour dire « qu'elle y jetterait les autres aussi. »

Que cette dispute, naguère, m'eût diverti ! J'aurais salué avec joie les signes annonciateurs d'une bataille*b* sans merci autour des quelques bribes d'héritage dont je ne fusse pas parvenu à les frustrer. Mais je n'éprouvais plus qu'un peu de dégoût, de l'ennui... Que cette question*c* soit vidée une fois pour toutes ! Qu'ils me laissent mourir en paix !

« C'est étrange, mes enfants, leur dis-je, que je finisse par faire ce qui m'a toujours paru être la plus grande folie... »

Ah ! ils ne songeaient plus à se battre ! Ils tournaient vers moi des yeux durs et méfiants. Ils attendaient; ils se mettaient en garde.

« Moi qui m'étais toujours proposé en exemple le vieux métayer, dépouillé de son vivant, et que sa progéniture laisse crever de faim... Et lorsque l'agonie dure trop longtemps, on ajoute des édredons, on le couvre jusqu'à la bouche...

— Père*c*, je t'en supplie... »

Ils protestaient avec une expression d'horreur qui n'était pas jouée. Je changeai brusquement de ton :

« Tu vas être occupé, Hubert : les partages seront difficiles. J'ai des dépôts un peu partout, ici, à Paris, à l'étranger. Et les propriétés, les immeubles... »

À chaque mot, leurs yeux s'agrandissaient, mais ils ne voulaient pas me croire. Je vis les mains fines d'Hubert s'ouvrir toutes grandes et se refermer.

« Il faut que tout soit fini avant ma mort, en même temps que vous partagerez ce qui vous vient de votre mère. Je me réserve la jouissance de Calèse : la maison et le parc (l'entretien et les réparations à votre charge). Pour les vignes, qu'on ne m'en parle plus. Une rente mensuelle, dont le montant reste à fixer, me sera versée par le notaire... Fais-moi[a] passer mon portefeuille, oui... dans la poche gauche de mon veston. »

Hubert me le tendit d'une main tremblante. J'en tirai une enveloppe :

« Tu trouveras là quelques indications sur l'ensemble de ma fortune. Tu peux la porter à maître Arcam... Ou plutôt, non, téléphone-lui de venir, je la lui remettrai moi-même et lui confirmerai, en ta présence, mes volontés. »

Hubert prit l'enveloppe et me demanda avec une expression anxieuse :

« Tu te moques de nous ? Non ?

— Va téléphoner au notaire : tu verras bien si je me moque... »

Il se précipita vers la porte, puis se reprit :

« Non, dit-il, aujourd'hui ce serait inconvenant... Il faut attendre une semaine. »

Il passa une main sur ses yeux; sans doute avait-il honte, s'efforçait-il de penser à sa mère. Il tournait[b] et retournait l'enveloppe.

« Eh bien, repris-je, ouvre et lis : je t'y autorise. »

Il se rapprocha vivement de la fenêtre, fit sauter le cachet. Il lut comme il aurait mangé. Geneviève, n'y tenant plus, se leva et tendit, par dessus l'épaule de son frère, une tête avide.

Je contemplais ce couple fraternel. Il n'y avait rien là[c] qui dût me faire horreur. Un homme d'affaires menacé, un père et une mère de famille retrouvant soudain des millions qu'ils croyaient perdus. Non, ils ne me faisaient pas horreur. Mais ma propre indifférence m'étonnait. Je ressemblais à l'opéré qui se réveille et qui dit qu'il n'a rien senti. J'avais arraché de moi quelque chose à quoi je tenais, croyais-je, par de profondes attaches. Or je n'éprouvais rien que du soulagement, un allégement physique : je respirais mieux. Au fond, que faisais-je, depuis des années, sinon d'essayer de perdre cette fortune, d'en combler quelqu'un qui ne fût pas l'un des miens ? Je me suis toujours trompé sur l'objet de mes désirs. Nous ne savons pas ce que nous désirons, nous n'aimons pas ce que nous croyons aimer.

J'entendis Hubert dire à sa sœur : « C'est énorme... c'est énorme... c'est une fortune énorme. » Ils échangèrent quelques mots à voix basse; et Geneviève déclara qu'ils n'acceptaient pas mon sacrifice, qu'ils ne voulaient pas que je me dépouille.

Ces mots « sacrifice », « dépouille » sonnaient étrangement à mes oreilles. Hubert insistait[a] :

« Tu as agi sous le coup de l'émotion d'aujourd'hui. Tu te crois plus malade que tu n'es. Tu n'as pas soixante-dix ans; on vit très vieux avec ce que tu as. Au bout de quelque temps, tu aurais des regrets. Je te déchargerai, si tu le veux, de tous les soins matériels. Mais garde en paix ce qui t'appartient. Nous ne désirons que ce qui est juste. Nous n'avons jamais cherché que la justice... »

La fatigue m'envahissait, ils virent mes yeux se fermer. Je leur dis que ma décision[b] était prise et que je n'en parlerais plus désormais que devant le notaire. Déjà ils gagnaient la porte; sans tourner la tête, je les rappelai :

« J'oubliais[c] de vous avertir qu'une rente mensuelle de quinze cents francs doit être versée à mon fils Robert, je le lui ai promis. Tu m'en feras souvenir quand nous signerons l'acte. »

Hubert rougit. Il n'attendait pas cette flèche. Mais Geneviève n'y vit pas de malice. L'œil rond, elle fit un rapide calcul et dit :

« Dix-huit mille francs par an... Ne trouves-tu pas que c'est beaucoup[d] ? »

XVIII

La prairie[e] est plus claire que le ciel. La terre, gorgée d'eau, fume, et les ornières, pleines de pluie, reflètent un azur trouble. Tout m'intéresse comme au jour où

Calèse m'appartenait. Rien n'est plus à moi et je ne sens pas ma pauvreté. Le bruit de la pluie, la nuit, sur la vendange pourrissante, ne me donne pas moins de tristesse que lorsque j'étais le maître de cette récolte menacée. Ce que j'ai pris pour un signe d'attachement à la propriété, n'est que l'instinct charnel du paysan, fils de paysans, né de ceux qui depuis des siècles interrogent l'horizon avec angoisse. La rente que je dois toucher, chaque mois, s'accumulera chez le notaire : je n'ai jamais eu besoin de rien[a]. J'ai été prisonnier pendant toute ma vie d'une passion qui ne me possédait pas. Comme un chien aboie à la lune, j'ai été fasciné par un reflet. Se réveiller[b] à soixante-huit ans ! Renaître au moment de mourir ! Qu'il me soit donné quelques années encore, quelques mois, quelques semaines...

L'infirmière est repartie, je me sens beaucoup mieux. Amélie[c] et Ernest, qui servaient Isa, restent auprès de moi ; ils savent faire les piqûres ; tout est là sous ma main : ampoules de morphine, de nitrite. Les enfants affairés ne quittent guère la ville et n'apparaissent plus que lorsqu'ils ont besoin d'un renseignement, au sujet d'une évaluation... Tout se passe sans trop de disputes : la terreur d'être « désavantagés » leur a fait choisir ce parti comique de partager les services complets de linge damassé et de verrerie. Ils couperaient en deux une tapisserie plutôt que d'en laisser le bénéfice à un seul. Ils aiment mieux que tout soit dépareillé mais qu'aucun lot ne l'emporte sur l'autre[d]. C'est ce qu'ils appellent : avoir la passion de la justice. Ils auront passé leur vie à déguiser, sous de beaux noms, les sentiments les plus vils... Non, je dois effacer cela. Qui sait s'ils ne sont pas prisonniers, comme je l'ai été moi-même, d'une passion qui ne tient pas à cette part de leur être la plus profonde ?

Que pensent-ils[e] de moi ? Que j'ai été battu sans doute, que j'ai cédé. « Ils m'ont eu. » Pourtant, à chaque visite, ils me témoignent beaucoup de respect et de gratitude. Tout de même, je les étonne. Hubert surtout m'observe : il se méfie, il n'est pas sûr que je sois désarmé. Rassure-toi, mon pauvre garçon. Je n'étais déjà plus très redoutable, le jour où je suis revenu, convalescent, à Calèse. Mais maintenant...

Les ormes des routes[a] et les peupliers des prairies dessinent de larges plans superposés, et entre leurs lignes sombres, la brume s'accumule, — la brume et la fumée des feux d'herbes, et cette haleine immense de la terre qui a bu. Car nous nous[b] réveillons en plein automne et les grappes, où un peu de pluie demeure prise et brille, ne retrouveront plus ce dont les a frustrées l'août pluvieux. Mais pour nous, peut-être n'est-il jamais trop tard. J'ai besoin de me répéter qu'il n'est jamais trop tard.

Ce n'est pas par dévotion que le lendemain de mon retour ici, je pénétrai dans la chambre d'Isa. Le désœuvrement, cette disponibilité totale dont je ne sais si je jouis ou si je souffre à la campagne, cela seul m'incita à pousser la porte entrebâillée, la première après l'escalier, à gauche. Non seulement la fenêtre était largement ouverte, mais l'armoire, la commode l'étaient aussi. Les domestiques avaient fait place nette, et le soleil dévorait, jusque dans les moindres encoignures, les restes impalpables d'une destinée finie. L'après-midi de septembre bourdonnait[c] de mouches réveillées. Les tilleuls épais et ronds ressemblaient à des fruits touchés. L'azur, foncé au zénith, pâlissait contre les collines[d] endormies. Un éclat de rire jaillissait d'une fille que je ne voyais pas; des chapeaux de soleil bougeaient au ras des vignes : les vendanges étaient commencées[e].

Mais la vie merveilleuse s'était retirée de la chambre d'Isa; et au bas de l'armoire, une paire de gants, une ombrelle avaient l'air mort. Je regardais la vieille cheminée de pierre qui porte, sculptés sur son tympan, un rateau, une pelle, une faucille et une gerbe de blé. Ces cheminées[f] d'autrefois, où peuvent flamber des troncs énormes, sont fermées, pendant l'été, par de vastes écrans de toile peinte. Celui-ci représentait un couple de bœufs au labour qu'un jour de colère, étant petit garçon, j'avais criblé de coups de canif. Il n'était qu'appuyé contre la cheminée. Comme j'essayais de le remettre à sa place, il tomba et découvrit le carré noir du foyer plein de cendre. Je me souvins alors de ce que m'avaient rapporté les enfants sur cette dernière journée d'Isa à Calèse : « Elle brûlait des papiers, nous avons cru qu'il y avait le feu... » Je compris, à ce moment-là, qu'elle avait senti la mort approcher. On ne peut penser à la fois à sa propre mort et à celle des autres : possédé par l'idée fixe de ma fin prochaine, comment me fussé-je inquiété de la tension d'Isa ? « Ce n'est rien, c'est l'âge », répétaient les stupides enfants. Mais elle, le jour où elle fit ce grand feu, savait que son heure était proche. Elle avait voulu disparaître tout entière; elle avait effacé ses moindres traces. Je regardais, dans l'âtre, ces flocons gris que le vent agitait un peu. Les pincettes, qui lui avaient servi, étaient encore là, entre la cheminée et le mur. Je m'en saisis, et fourrageai dans ce tas de poussière, dans ce néant.

Je le fouillai, comme s'il eût recélé le secret de ma vie, de nos deux vies. À mesure que les pincettes y pénétraient, la cendre devenait plus dense. Je ramenai quelques fragments de papier qu'avait dû protéger l'épaisseur des liasses, mais je ne sauvai que des mots, que des phrases interrompues, au sens impénétrable. Tout était*ᵃ* de la même écriture que je ne reconnaissais pas. Mes mains tremblaient, s'acharnaient. Sur un morceau minuscule, souillé de suie, je pus lire ce mot : PAX, au-dessous d'une petite croix, une date : 23 février 1913[1], et : « ma chère fille... » Sur d'autres fragments, je m'appliquai à reconstituer les caractères tracés au bord de la page brûlée, mais je n'obtins que ceci : « Vous n'êtes pas responsable de la haine que vous inspire cet enfant, vous ne seriez coupable que si vous y cédiez. Mais au contraire, vous vous efforcez... » Après beaucoup d'efforts je pus lire encore : « ... juger témérairement les morts... l'affection qu'il porte à Luc ne prouve pas... » La suie recouvrait le reste, sauf une phrase : « Pardonnez*ᵇ* sans savoir ce que vous avez à pardonner. Offrez pour lui votre...*ᶜ*[2] »

J'aurais le temps de réfléchir plus tard : je ne pensais à rien qu'à trouver mieux. Je fouillai, le buste incliné, dans une position mauvaise qui m'empêchait de respirer. Un instant, la découverte d'un carnet de molesquine, et qui paraissait intact, me bouleversa; mais aucune des feuilles n'en avait été épargnée. Au verso de la couverture, je déchiffrai seulement ces quelques mots de la main d'Isa : BOUQUET SPIRITUEL. Et au-dessous : « Je ne m'appelle pas Celui qui damne, mon nom est Jésus[3] » *(Le Christ à saint François de Sales).*

D'autres citations suivaient, mais illisibles. En vain demeurai-je longtemps penché sur cette poussière, je

n'en obtins plus rien. Je me relevai et regardai[a] mes
mains noires. Je vis, dans la glace, mon front balafré
de cendre. Un désir de marcher me prit comme dans ma
jeunesse; je descendis trop vite l'escalier, oubliant mon
cœur.

Pour la première fois depuis des semaines, je me diri-
geai vers les vignes en partie dépouillées de leurs fruits
et qui glissaient au sommeil[b]. Le paysage était léger,
limpide, gonflé comme ces bulles azurées que Marie
autrefois soufflait au bout d'une paille. Déjà le vent et
le soleil durcissaient les ornières et les empreintes profondes des bœufs. Je marchais, emportant en moi
l'image de cette Isa inconnue, en proie à des passions
puissantes que Dieu seul avait eu pouvoir de mater.
Cette ménagère avait été une sœur dévorée de jalousie.
Le petit Luc lui avait été odieux[c]... une femme capable de
haïr un petit garçon... jalouse à cause de ses propres
enfants ? Parce que je leur préférais Luc ? Mais elle
avait aussi détesté Marinette... Oui, oui : elle avait souffert par moi; j'avais eu ce pouvoir de la torturer[d]. Quelle
folie ! morte Marinette, mort Luc, morte Isa, morts !
morts ! et moi, vieillard debout, à l'extrême bord de la
même fosse où ils s'étaient abîmés, je jouissais de n'avoir
pas été indifférent à une femme, d'avoir soulevé en elle
ces remous.
C'était risible et, en vérité, je riais seul, haletant un peu,
appuyé contre un piquet de vigne, face aux pâles étendues de brume où des villages avec leurs églises, des
routes et tous leurs peupliers avaient sombré. La lumière
du couchant se frayait un difficile chemin jusqu'à ce
monde enseveli. Je sentais, je voyais, je touchais mon
crime. Il ne tenait pas tout entier dans ce hideux nid de
vipères : haine de mes enfants, désir de vengeance,
amour de l'argent; mais dans mon refus de chercher au
delà de ces vipères emmêlées[1]. Je m'en étais tenu à ce
nœud immonde comme s'il eût été mon cœur même, —
comme si les battements de ce cœur s'étaient confondus
avec ces reptiles grouillants. Il ne m'avait pas suffi, au
long d'un demi-siècle, de ne rien connaître en moi que
ce qui n'était pas moi : j'en avais usé de même à l'égard
des autres. De pauvres convoitises, sur la face de mes
enfants, me fascinaient. La stupidité de Robert était ce

qui m'apparaissait de lui, et je m'en tenais à cette apparence. Jamais l'aspect des autres ne s'offrit à moi comme ce qu'il faut crever, comme ce qu'il faut traverser pour les atteindre. C'était à trente ans, à quarante ans, que j'eusse dû faire cette découverte. Mais aujourd'hui, je suis un vieillard au cœur trop lent, et je regarde le dernier automne de ma vie endormir la vigne, l'engourdir de fumées et de rayons. Ceux que je devais aimer sont morts; morts ceux qui auraient pu m'aimer. Et les survivants, je n'ai plus le temps, ni la force de tenter vers eux le voyage, de les redécouvrir. Il n'est rien en moi, jusqu'à ma voix, à mes gestes, à mon rire, qui n'appartienne au monstre que j'ai dressé contre le monde et à qui j'ai donné mon nom.

Était-ce précisément ces pensées que je remâchais, appuyé contre ce piquet de vigne, à l'extrémité d'une rège, face aux prairies resplendissantes d'Yquem, où le soleil déclinant s'était posé ? Un incident, que je dois rapporter ici, me les a sans doute rendues plus claires; mais elles étaient en moi déjà, ce soir-là, tandis que je revenais vers la maison, pénétré jusqu'au cœur par la paix qui remplissait la terre; les ombres s'allongeaient, le monde entier n'était qu'acceptation; au loin, les côtes perdues ressemblaient à des épaules courbées : elles attendaient le brouillard et la nuit pour s'allonger peut-être, pour s'étendre, pour s'endormir d'un sommeil humainᵃ.

J'espérais trouver Geneviève et Hubert à la maison : ils m'avaient promis de partager mon dîner. C'était la première fois de ma vie que je souhaitais leur venue, que je m'en faisais une joie. J'étais impatient de leur montrer mon nouveau cœur. Il ne fallait pas perdre une minute pour les connaître, pour me faire connaître d'eux. Aurais-je le temps, avant la mort, de mettre ma découverte à l'épreuve ? Je brûlerais les étapes vers le cœur de mes enfants, je passerais à travers tout ce qui nous séparait. Le nœud de vipères était enfin tranché : j'avancerais si vite dans leur amour qu'ils pleureraient en me fermant les yeux.

Ils n'étaient pas arrivés encore. Je m'assis sur le banc, près de la route, attentif au bruit des moteurs. Plus ils tardaient et plus je désirais leur venue. J'avais des retours

de ma vieille colère : ça leur était bien égal de me faire
attendre ! il leur importait peu que je souffrisse à cause
d'eux; ils faisaient exprès... Je me repris : ce retard pouvait avoir une cause que j'ignorais, et il n'y avait aucune
chance que ce fût précisément celle dont, par habitude,
je nourrissais ma rancœur. La cloche annonçait le dîner.
J'allai jusqu'à la cuisine pour avertir Amélie qu'il fallait
attendre encore un peu. Il était bien rare que l'on me vît
sous ces solives noires où des jambons pendaient. Je
m'assis près du feu, sur une chaise de paille. Amélie,
son mari et Cazau, l'homme d'affaires, dont j'avais
entendu de loin les grands rires, s'étaient tus dès mon
entrée. Une atmosphère de respect et de terreur m'entourait. Jamais je ne parle aux domestiques. Non que je sois
un maître difficile ou exigeant, ils n'existent pas à mes
yeux, je ne les vois pas. Mais ce soir, leur présence me
rassurait. Parce que mes enfants ne venaient pas, j'aurais
voulu prendre mon repas sur un coin de cette table, où
la cuisinière hachait la viande.

Cazau avait fui, Ernest enfilait une veste blanche pour
me servir. Son silence m'oppressait. Je cherchais en
vain une parole. Mais je ne connaissais[a] rien de ces deux
êtres qui nous étaient dévoués depuis vingt ans. Enfin
je me rappelai qu'autrefois, leur fille, mariée à Sauveterre de Guyenne, venait les voir et qu'Isa ne lui payait
pas le lapin qu'elle apportait, parce qu'elle prenait plusieurs repas à la maison. J'articulai, sans tourner la tête,
un peu vite :

« Eh bien, Amélie, comment va votre fille ? Toujours
à Sauveterre ? »

Elle abaissa vers moi sa face tannée, et après m'avoir
dévisagé :

« Monsieur sait qu'elle[b] est morte... il y aura dix ans le 29,
le jour de la Saint-Michel. Monsieur se rappelle bien ? »

Son mari, lui, resta muet; mais il me regarda d'un air
dur; il croyait que j'avais fait semblant d'oublier. Je balbutiai : « Excusez-moi... ma vieille tête... » Mais, comme
quand j'étais gêné et intimidé, je ricanais un peu, je ne
pouvais me retenir de ricaner. L'homme annonça, avec
sa voix habituelle : « Monsieur[c] est servi. »

Je me levai aussitôt et allai m'asseoir dans la salle à
manger mal éclairée, en face de l'ombre d'Isa. Ici Geneviève[d], puis l'abbé Ardouin, puis Hubert... Je cherchai

des yeux, entre la fenêtre et le buffet, la haute chaise de Marie qui avait servi à Janine et à la fille de Janine. Je fis semblant d'avaler quelques bouchées; le regard de cet homme qui me servait m'était horrible[1].

Au salon, il avait allumé un feu de sarments. Dans cette pièce, chaque génération, en se retirant, comme une marée ses coquillages, avait laissé des albums, des coffrets, des daguerréotypes, des lampes carcel. Des bibelots morts couvraient les consoles. Un pas lourd de cheval dans l'ombre, le bruit du pressoir qui touche la maison me navraient le cœur. « Mes petits, pourquoi n'êtes-vous pas venus ? » Cette plainte me monta aux lèvres. Si, à travers la porte, les domestiques l'avaient entendue, ils auraient cru qu'il y avait un étranger dans le salon; car ce ne pouvait être la voix ni les paroles du vieux misérable, dont ils s'imaginaient qu'il avait fait exprès de ne pas savoir que leur fille était morte.

Tous, femme, enfants, maîtres et serviteurs, ils s'étaient ligués contre mon âme, ils m'avaient dicté ce rôle odieux. Je m'étais figé atrocement dans l'attitude qu'ils exigeaient de moi. Je m'étais conformé au modèle que me proposait leur haine. Quelle folie, à soixante-huit ans, d'espérer remonter le courant, leur imposer une vision nouvelle de l'homme que je suis pourtant, que j'ai toujours été ! Nous ne voyons que ce que nous sommes accoutumés à voir. Et vous non plus, pauvres enfants, je ne vous vois pas. Si j'étais plus jeune, les plis seraient moins marqués, les habitudes moins enracinées; mais je doute que, même dans ma jeunesse, j'eusse pu rompre cet enchantement. Il faudrait une force, me disais-je. Quelle force ? Quelqu'un. Oui, quelqu'un en qui nous nous rejoindrions tous[a] et qui serait le garant de ma victoire intérieure, aux yeux des miens; quelqu'un qui porterait témoignage pour moi, qui m'aurait déchargé de mon fardeau immonde, qui l'aurait assumé...

Même les meilleurs n'apprennent pas seuls à aimer : pour passer outre aux ridicules, aux vices et surtout à la bêtise des êtres, il faut détenir un secret d'amour que le monde ne connaît plus. Tant que ce secret ne sera pas retrouvé, vous changerez en vain les conditions humaines : je croyais que c'était l'égoïsme qui me rendait étranger à tout ce qui touche l'économique et le social; et il est vrai

que j'ai été un monstre de solitude et d'indifférence; mais
il y avait aussi en moi un sentiment, une obscure certitude que cela ne sert à rien de révolutionner la face du
monde; il faut atteindre le monde au cœur. Je cherche
celui-là seul qui accomplirait cette victoire; et il faudrait
que lui-même fût le Cœur des cœurs, le centre brûlant
de tout amour[a]. Désir, qui peut-être était déjà prière.
Il s'en est fallu de peu, ce soir-là, que je ne me misse à
genoux, accoudé à un fauteuil, comme faisait Isa dans
les étés d'autrefois, avec les trois enfants pressés contre
sa robe. Je revenais de la terrasse vers cette fenêtre illu-
minée; j'étouffais mes pas et, invisible dans le jardin
noir, je regardais ce groupe suppliant : « Prosternée
devant Vous, ô mon Dieu, récitait Isa, je Vous rends
grâce de ce que Vous m'avez donné un cœur capable
de Vous connaître et de Vous aimer[1]... »

Je demeurai debout, au milieu de la pièce, vacillant,
comme frappé. Je pensais à ma vie, je regardais ma vie.
Non, on ne remonte pas un tel courant de boue. J'avais
été un homme si terrible que je n'avais pas eu un seul
ami. Mais, me disais-je, n'était-ce pas parce que j'avais
toujours été incapable de me travestir ? Si tous les
hommes marchaient aussi démasqués que je l'ai fait pendant un demi-siècle, peut-être s'étonnerait-on qu'entre
eux, les différences de niveau soient si petites. Au vrai,
personne n'avance à visage découvert, personne. La
plupart singent la grandeur, la noblesse. À leur insu, ils
se conforment à des types littéraires ou autres. Les
saints le savent, qui se haïssent et se méprisent parce
qu'ils se voient[b]. Je n'eusse pas été si méprisé si je n'avais
été si livré, si ouvert, si nu.

Telles étaient les pensées qui me poursuivaient, ce
soir-là, tandis que j'errais à travers la pièce assombrie,
me cognant à l'acajou et au palissandre d'un mobilier
lourd, épave ensablée dans le passé d'une famille[c], où
tant de corps, aujourd'hui dissous, s'étaient appuyés,
étendus. Les bottines des enfants avaient sali le divan
lorsqu'ils s'y enfonçaient pour feuilleter *Le Monde illustré*
de 1870. L'étoffe demeurait noire aux mêmes places.
Le vent tournait autour de la maison, brassait les feuilles
mortes des tilleuls. On avait oublié de fermer les volets
d'une chambre.

XIX

Le lendemain, j'attendis l'heure du courrier avec angoisse. Je tournais dans les allées, à la manière d'Isa, lorsque les enfants étaient en retard et qu'elle s'inquiétait. S'étaient-ils[a] disputés ? Y avait-il un malade ? Je me faisais « du mauvais sang »; je devenais aussi habile qu'Isa pour entretenir, pour nourrir des idées fixes. Je marchais, au milieu des vignes, avec cet air absent et séparé du monde de ceux qui remâchent un souci; mais, en même temps, je me souviens d'avoir été attentif à ce changement en moi, de m'être complu dans mon inquiétude. Le brouillard était sonore, on entendait la plaine sans la voir. Des bergeronnettes et des grives s'égaillaient dans les règes où le raisin tardait à pourrir. Luc, enfant, à la fin des vacances, aimait ces matinées de passages[b]...

Un mot d'Hubert, daté de Paris, ne me rassura pas. Il avait été obligé, me disait-il, de partir en hâte : un ennui assez grave dont il m'entretiendrait à son retour, fixé au surlendemain. J'imaginais des complications d'ordre fiscal : peut-être avait-il commis quelque illégalité ?

L'après-midi, je n'y tins plus et me fis conduire à la gare où je pris un billet pour Bordeaux, bien que je me fusse engagé à ne plus voyager seul. Geneviève habitait, maintenant, notre ancienne maison. Je la rencontrai dans le vestibule au moment où elle prenait congé d'un inconnu qui devait être le docteur.

« Hubert ne t'a pas mis au courant ? »

Elle m'entraîna dans la salle d'attente où je m'étais évanoui, le jour des obsèques. Je respirai, quand je sus qu'il s'agissait d'une fugue de Phili : j'avais redouté pire; mais il était parti avec une femme « qui le tenait bien » et après une scène atroce où il n'avait laissé aucun espoir à Janine. On ne pouvait arracher la pauvre petite à un état de prostration qui ennuyait le médecin. Alfred et Hubert avaient rejoint le fugitif à Paris. D'après un télégramme, reçu à l'instant, ils n'avaient rien obtenu[c].

« Quand je pense que nous leur assurions une pension si large... Évidemment nos précautions étaient prises,

nous n'avions versé aucun capital. Mais la rente était
considérable. Dieu sait que Janine se montrait faible
avec lui : il obtenait d'elle tout ce qu'il voulait. Quand
je pense qu'autrefois il menaçait de la planter là, persuadé
que tu ne nous laisserais rien; et c'est lorsque tu nous
fais l'abandon de ta fortune, qu'il se décide à prendre
le large. Comment expliques-tu ça ? »

Et elle s'arrêta en face de moi, les sourcils soulevés,
les yeux dilatés. Puis elle se colla[a] au radiateur et, joignant les doigts, elle frottait les paumes de ses mains.

« Et naturellement[b], dis-je, il s'agit d'une femme très
riche...

— Pas du tout ! un professeur de chant... Mais tu la
connais bien, c'est Mme Vélard. Pas de la première jeunesse, et qui a roulé. Elle gagne à peine de quoi vivre.
Comment expliques-tu ça ? » répéta-t-elle.

Mais sans attendre ma réponse, elle recommençait de
parler. À ce moment, Janine entra. Elle était en robe de
chambre et me tendit son front. Elle n'avait pas maigri;
mais sur cette figure lourde et sans grâce, le désespoir
avait tout détruit de ce que je haïssais : ce pauvre être[c] si
façonné, si maniéré, était devenu terriblement dépouillé
et simple. La lumière crue d'un lustre l'éclairait tout
entière sans qu'elle clignât des yeux : « Vous savez ? » me
demanda-t-elle seulement, et elle s'assit sur la chaise-
longue.

Entendait-elle les propos de sa mère, le réquisitoire
interminable que Geneviève devait ressasser depuis le
départ de Phili ?

« Quand je pense... »

Chaque période débutait par ce « quand je pense »
étonnant chez une personne qui pensait si peu. Ils
avaient, disait-elle, consenti à ce mariage, bien qu'à
vingt-deux ans Phili eût dissipé déjà une jolie fortune
dont il avait joui très tôt (comme il était orphelin et
sans parents proches, on avait dû l'émanciper). La
famille avait fermé les yeux sur sa vie crapuleuse... Et
voilà[d] comme il nous récompensait...

Une irritation naissait en moi que j'essayais en vain de
contenir. Ma vieille méchanceté rouvrait l'œil. Comme si
Geneviève elle-même, Alfred, Isa, tous leurs amis
n'avaient harcelé Phili, ne l'avaient ébloui de mille
promesses !

« Le plus curieux, grondai-je, c'est que tu crois à ce que tu racontes. Tu sais pourtant que vous couriez tous après ce garçon...

— Voyons, père*^a*, tu ne vas pas le défendre... »

Je protestai qu'il ne s'agissait pas de le défendre. Mais nous avions eu le tort de juger ce Phili plus vil qu'il n'était. Sans doute lui avait-on marqué trop durement qu'une fois la fortune assurée, il accepterait toutes les avanies, et qu'on était sûr désormais qu'il ne s'en irait plus. Mais les êtres ne sont jamais aussi bas qu'on imagine.

« Quand je pense que tu défends un misérable qui abandonne sa jeune femme et sa petite fille...

— Geneviève, criai-je, exaspéré, tu ne me comprends pas, fais un effort pour comprendre : abandonner sa femme et sa fille, c'est mal, cela va sans dire; mais le coupable peut avoir cédé à des mobiles ignobles aussi bien qu'à de hautes raisons...

— Alors, répétait Geneviève butée, tu trouves noble d'abandonner une femme de vingt-deux ans et une petite fille... »

Elle ne sortait pas de là; elle ne comprenait rien à rien.

« Non, tu es trop sotte... à moins que tu fasses exprès de ne pas comprendre... Et moi je soutiens que Phili m'apparaît moins méprisable depuis... »

Geneviève me coupa la parole, me criant d'attendre que Janine ait quitté la pièce pour l'insulter en défendant son mari. Mais la petite qui, jusque-là, n'avait pas ouvert la bouche, dit, d'une voix que j'avais peine à reconnaître :

« Pourquoi le nier, maman ? Nous avons mis Phili plus bas que terre. Rappelle-toi : depuis que les partages étaient décidés, nous avions barre sur lui. Oui, c'était comme un animal que j'eusse mené en laisse. J'en étais arrivée à ne plus beaucoup souffrir de n'être pas aimée. Je l'avais; il était à moi; il m'appartenait : je restais maîtresse de l'argent; je lui tenais la dragée haute. C'était ton expression, maman. Rappelle-toi que tu me disais : " Maintenant, tu vas pouvoir lui tenir la dragée haute ." Nous pensions qu'il ne mettait rien au-dessus de l'argent. Lui-même le croyait peut-être, et pourtant sa colère, sa honte ont été plus fortes. Car il n'aime pas cette femme qui me l'a pris; il me l'a avoué en partant, et il m'a jeté à la figure assez de choses atroces, pour que je sois sûre

qu'il disait vrai. Mais elle ne le[a] méprisait pas, elle ne le
rabaissait pas. Elle s'est donnée à lui, elle ne l'a pas pris.
Moi, je me l'étais offert. »

Elle[b] répétait ces derniers mots, comme elle se fût
battue. Sa mère haussait les épaules, mais se réjouissait
de voir ses larmes : « Ça va la détendre... » Et elle disait
encore :

« N'aie pas peur, ma chérie, il te reviendra, la faim
chasse le loup du bois. Quand il aura assez mangé de
vache enragée... »

J'étais sûr que de telles paroles excitaient le dégoût de
Janine. Je me levai, je pris mon chapeau, ne pouvant
supporter de finir la soirée avec ma fille. Je lui fis croire
que j'avais loué une auto et que je rentrais à Calèse.
Soudain, Janine dit :

« Emmenez-moi, grand-père. »

Sa mère lui demanda si elle était folle; il fallait qu'elle
demeurât ici : les hommes de loi avaient besoin d'elle.
Et puis, à Calèse, « le chagrin la prendrait ».

Sur le palier[c] où elle m'avait suivi, Geneviève m'adressa
de vifs reproches parce que j'avais flatté la passion de
Janine :

« Si elle arrivait à se détacher de cet individu, avoue
que ce serait un beau débarras. On trouvera toujours
un cas d'annulation; et avec sa fortune, Janine fera un
mariage superbe. Mais d'abord, il faut qu'elle se détache.
Et toi qui détestais Phili, tu te mets maintenant à faire
son éloge devant elle... Ah ! non ! surtout qu'elle n'aille
pas à Calèse ! tu nous la renverrais dans un joli état. Ici,
nous finirons bien par la distraire. Elle oubliera... »

À moins qu'elle ne meure, pensais-je; ou qu'elle vive
misérablement, avec une douleur toujours égale et qui
échappera au temps. Peut-être Janine appartient-elle à
cette race qu'un vieil avocat connaît bien : ces femmes
chez qui l'espérance est une maladie, qui ne guérissent
pas d'espérer, et qui, après vingt ans, regardent encore
la porte avec des yeux de bête fidèle.

Je rentrai[d] dans la chambre où Janine était demeurée
assise, et je lui dis :

« Quand tu voudras, mon enfant... tu seras toujours
la bienvenue. »

Elle ne manifesta par aucun signe qu'elle m'eût compris. Geneviève rentra et me demanda d'un air soupçon-

neux : « Que lui dis-tu ? » J'ai su depuis qu'elle m'accusait d'avoir, pendant ces quelques secondes, « retourné » Janine et de m'être amusé « à lui mettre un tas
d'idées en tête[a] ». Mais moi, je descendais l'escalier, me
remémorant ce que la jeune femme m'avait crié : « Emmenez-moi... » Elle m'avait demandé de l'emmener. J'avais
prononcé, d'instinct, sur Phili, les paroles qu'elle avait
besoin d'entendre. J'étais le premier, peut-être, qui ne
l'eût pas blessée.

Je marchais[b] dans ce Bordeaux illuminé d'un jour de
rentrée; les trottoirs du Cours de l'Intendance humides
de brouillard, luisaient. Les voix du Midi couvraient
le vacarme des trams. L'odeur de mon enfance était
perdue; je l'aurais retrouvée dans ces quartiers plus
sombres de la rue Dufour-Dubergier et de la Grosse
Cloche[1]. Là, peut-être, quelque vieille femme, à l'angle
d'une rue noire, serrait-elle encore contre sa poitrine
un pot fumant de ces châtaignes bouillies qui sentent
l'anis. Non, je n'étais pas triste. Quelqu'un m'avait
entendu, compris. Nous nous étions rejoints : c'était
une victoire. Mais j'avais échoué devant Geneviève :
il n'y avait rien à faire pour moi contre une certaine qualité de bêtise. On atteint aisément une âme vivante à
travers les crimes, les vices les plus tristes, mais la vulga-
rité est infranchissable. Tant pis ! j'en prendrais mon
parti; on ne pouvait fendre la pierre de tous ces tom-
beaux. Bienheureux si je réussissais à pénétrer jusqu'à
un seul être, avant de mourir[c2].

Je couchai à l'hôtel et ne rentrai que le lendemain
matin à Calèse. Peu de jours après, Alfred vint me voir
et j'appris de lui que ma visite avait eu des conséquences
funestes : Janine avait écrit à Phili une lettre de folle où
elle se chargeait de tous les torts, s'accusait, lui demandait pardon. « Les femmes n'en font jamais d'autres... »
Le bon gros n'osait me dire, mais il pensait sûrement :
« Elle recommence les bêtises de sa grand-mère[d]. »

Alfred me laissa entendre que le procès était perdu
d'avance et que Geneviève m'en rendait responsable :
j'avais fait exprès de monter la tête à Janine. Je demandai
à mon gendre, en souriant, quels avaient pu être mes
mobiles. Il me répondit, tout en protestant qu'il ne partageait en rien l'opinion de sa femme, que j'avais agi,

selon elle, par malice, par vengeance, peut-être par
« méchanceté pure ».

Les enfants ne venaient plus me voir. Une lettre de
Geneviève m'apprit, deux semaines plus tard, qu'on
avait dû enfermer Janine dans une maison de santé.
Il ne s'agissait pas de folie, bien entendu. On espérait
beaucoup de cette cure d'isolement.

Et moi aussi, j'étais isolé, mais je ne souffrais pas.
Jamais mon cœur ne m'avait laissé un si long répit.
Durant cette quinzaine et bien au-delà, l'automne
radieux s'attarda sur le monde. Aucune feuille ne se
détachait encore, les roses refleurissaient. J'aurais dû
souffrir de ce que mes enfants, de nouveau, s'écartaient
de moi. Hubert n'apparaissait plus que pour parler
d'affaires. Il était sec, gourmé. Ses manières demeuraient
courtoises, mais il se tenait sur ses gardes. L'influence
que mes enfants m'accusaient d'avoir prise sur Janine
m'avait fait perdre tout le terrain gagné. J'étais redevenu,
à leurs yeux, l'adversaire, un vieillard perfide et capable
de tout. Et enfin, la seule qui m'aurait peut-être compris
était enfermée et séparée des vivants. Et pourtant,
j'éprouvais une profonde paix. Démuni de tout, isolé,
sous le coup d'une mort affreuse, je demeurais calme,
attentif, l'esprit en éveil. La pensée de ma triste vie ne
m'accablait pas. Je ne sentais pas le poids de ces années
désertes... comme si je n'eusse pas été un vieillard très
malade, comme si j'avais eu encore, devant moi, toute
une existence, comme si cette paix qui me possédait eût
été quelqu'un[a].

XX

Depuis un mois qu'elle a fui la maison de santé et que
je l'ai recueillie[b], Janine n'est pas guérie encore. Elle
croit avoir été victime d'un complot; elle affirme qu'on
l'a enfermée parce qu'elle refusait d'attaquer Phili et de
demander le divorce et l'annulation. Les autres s'imaginent que c'est moi seul qui lui mets ces idées en tête
et qui la dresse contre eux, alors qu'au cours des interminables journées de Calèse, je lutte pied à pied contre

ses illusions et ses chimères. Dehors, la pluie mêle[a] les feuilles à la boue, les pourrit. Des sabots lourds écrasent le gravier de la cour; un homme passe, la tête couverte d'un sac. Le jardin est si dépouillé que rien ne cache plus l'insignifiance de ce qui est, ici, concédé à l'agrément : les carcasses des charmilles, les bosquets maigres gre-lottent sous la pluie éternelle. L'humidité pénétrante des chambres nous laisse sans courage, le soir, pour quitter le brasier du salon. Minuit sonne, et nous ne pouvons nous résigner à monter; et les tisons, patiemment accumulés, s'écroulent dans la cendre; et de même, il faut recommencer indéfiniment de persuader à la petite que ses parents, son frère, son oncle, ne lui veulent aucun mal. Je détourne sa pensée, autant que je le puis, de la maison de santé. Toujours, nous en revenons[b] à Phili : « Vous ne pouvez imaginer quel était cet homme... Vous ne pouvez savoir quel être... » Ces paroles annoncent indifféremment un réquisitoire ou un dithy-rambe, et le ton seul me laisse pressentir si elle va l'exal-ter, le couvrir de boue. Mais qu'elle le glorifie ou le salisse, les faits qu'elle cite m'apparaissent insignifiants. L'amour[c] communique à cette pauvre femme, si dénuée d'imagination, un étonnant pouvoir de déformer, d'am-plifier. Je l'ai connu, ton Phili, un de ces néants que la jeunesse rapide revêt un instant de rayons. À cet enfant gâté, caressé, défrayé de tout, tu prêtes des intentions délicates ou scélérates, des perfidies méditées; mais il n'a que des réflexes.

Vous ne compreniez pas qu'il avait besoin, pour res-pirer, de se sentir le plus fort. Il ne fallait pas[d] lui tenir la dragée haute. « La dragée haute » ne fait pas sauter cette espèce de chiens : ils détalent vers d'autres pitances ser-vies par terre.

Même de très loin, la malheureuse ne connaît pas son Phili. Que représente-t-il à ses yeux, hors l'angoisse de sa présence, les caresses différées, la jalousie, l'horreur de l'avoir perdu ? Sans yeux, sans odorat, sans antennes, elle court et s'affole après cet être, sans rien qui la ren-seigne sur ce qu'est réellement l'objet de sa poursuite[e]... Existe-t-il des pères aveugles ? Janine est ma petite-fille; mais serait-elle ma fille je ne la verrais pas moins telle qu'elle est : une créature qui ne peut rien recevoir d'un autre. Cette femme aux traits réguliers, épaisse, lourde, à la voix bête[a], est marquée du signe de celles qui n'arrêtent pas un regard, qui ne fixent pas une pensée. Elle me semble belle, pourtant, au long de ces nuits, d'une beauté étrangère à elle-même[b], empruntée à son désespoir. N'existe-t-il un homme que cet incendie attirerait ? Mais la malheureuse brûle dans les ténèbres et dans un désert, sans autre témoin que ce vieillard[c]...

Autant que j'eusse pitié d'elle, durant ces longues veillées, je ne me lassais pas de confronter Phili, ce garçon pareil à des millions d'autres, comme ce papillon blanc commun ressemble à tous les papillons blancs, et cette frénésie qu'il avait seul pouvoir de déchaîner dans sa femme, et qui pour elle anéantissait le monde visible et invisible : rien ne subsistait plus, aux yeux de Janine, qu'un mâle déjà un peu défraîchi, enclin à préférer l'alcool à tout le reste et à considérer l'amour comme un travail, un devoir, une fatigue... Quelle misère[a] !

À peine regardait-elle sa fille qui se glissait dans la pièce, au crépuscule. Elle posait ses lèvres, au hasard, sur les boucles de l'enfant. Non que la petite fût sans pouvoir sur sa mère : c'était à cause d'elle que Janine trouvait la force de ne pas partir à la poursuite de Phili (car elle eût été femme à le harceler, à le provoquer, à faire des scènes publiques). Non, je n'eusse pas suffi à la retenir, elle restait pour l'enfant, mais ne recevait d'elle aucune consolation. C'était entre mes bras, sur mes genoux, que la petite se réfugiait, le soir, en attendant que le dîner fût servi. Je retrouvais, dans ses cheveux, l'odeur d'oiseau, de nid, qui me rappelait Marie. Je fermais les yeux, la bouche appuyée contre cette tête, je me retenais de trop serrer ce petit corps, j'appelais dans mon cœur mon enfant perdue. Et c'était, en même temps, Luc que je croyais embrasser. Quand elle avait beaucoup joué, sa chair avait le goût salé des joues de Luc, à l'époque où il s'endormait à table, tellement il avait couru... Il ne pouvait attendre le dessert, il nous tendait, à la ronde, sa figure exténuée de sommeil[e]... Ainsi rêvais-je, et Janine errait à travers la pièce, marchait, marchait, tournait dans son amour.

Je me souviens d'un soir où elle me demandait : « Que faudrait-il faire pour ne plus souffrir ?... Croyez-vous que cela passera ? » C'était une nuit de gel ; je la vis ouvrir la fenêtre, pousser les volets ; elle trempait son front, son buste, dans le clair de lune glacé. Je la ramenai près du feu ; et moi qui ignore tant les gestes de la tendresse, je m'assis gauchement contre elle, lui entourai les épaules d'un bras. Je lui demandai s'il ne lui restait aucun secours : « Tu as la foi ? » Elle reprit distraitement : « La foi ? » comme si elle n'eût pas compris. « Oui, repris-je, Dieu... » Elle leva vers moi sa face brûlée, elle m'observait[a] d'un air méfiant et dit enfin « qu'elle ne voyait pas le rapport... » Et comme j'insistais :

« Bien sûr, je suis religieuse, je remplis mes devoirs. Pourquoi me demandez-vous cela ? Vous vous moquez de moi ?

— Penses-tu, continuais-je, que Phili[b] soit à la mesure de ce que tu lui donnes ? »

Elle me regarda, avec cette expression maussade et irritée de Geneviève lorsqu'elle ne comprend pas ce qu'on lui dit, qu'elle ne sait que répondre, qu'elle a peur de tomber dans un panneau. Elle se risqua enfin : « Tout ça n'avait rien à voir ensemble..., elle n'aimait pas à mêler la religion avec ces choses-là. Elle était pratiquante, mais justement elle avait horreur de ces rapprochements malsains. Elle remplissait tous ses devoirs. » Elle aurait dit, de la même voix, qu'elle payait ses contributions. Ce que j'avais tant exécré, toute ma vie, c'était cela, ce n'était que cela : cette caricature[c] grossière, cette charge médiocre de la vie chrétienne, j'avais feint d'y voir une représentation authentique pour avoir le droit de la haïr. Il faut oser regarder en face ce que l'on hait. Mais moi[d], me disais-je, mais moi... Ne savais-je déjà que je me trompais moi-même, ce soir de la fin du dernier siècle, sur la terrasse de Calèse, lorsque l'abbé Ardouin m'avait dit : « Vous êtes très bon... » ? Plus tard, je me suis bouché les oreilles pour ne pas entendre les paroles de Marie agonisante. À ce chevet, pourtant, le secret de la mort et de la vie m'a été livré... Une petite fille mourait pour moi... J'ai voulu l'oublier. Inlassablement, j'ai cherché à perdre cette clef qu'une main mystérieuse m'a toujours rendue, à chaque tournant de ma vie (le regard de Luc après la messe, dans ces matinées de dimanche, à l'heure de la première cigale... Et ce printemps encore, la nuit de la grêle[1]...).

Ainsi allaient mes pensées, ce soir-là[a]. Je me souviens
de m'être levé, d'avoir repoussé mon fauteuil si violemment que Janine tressaillit. Le silence de Calèse, à cette
heure avancée, ce silence épais, presque solide, engourdissait, étouffait sa douleur. Elle laissait mourir le feu,
et, à mesure que la pièce devenait plus froide, elle traînait sa chaise vers l'âtre, ses pieds touchaient presque
la cendre. Le feu mourant attirait ses mains et son front.
La lampe de la cheminée éclairait cette lourde femme
ramassée, et moi j'errais alentour, dans la pénombre
encombrée d'acajou et de palissandre. Je tournais,
impuissant, autour de ce bloc humain, de ce corps
prostré[b]. « Mon enfant... » Je ne trouvais pas le mot que
je cherchais. Ce qui m'étouffe, ce soir, en même temps
que j'écris ces lignes, ce qui fait mal à mon cœur comme
s'il allait se rompre, cet amour dont je connais enfin le
nom adoré[c]...

. . . .
. . . .

Calèse, le 10 décembre 193...

*Ma chère Geneviève, j'achèverai, cette semaine, de classer les
papiers dont ici tous les tiroirs débordent. Mais mon devoir est de
te communiquer, sans retard, cet étrange document. Tu sais que
notre père est mort à sa table de travail et qu'Amélie l'a trouvé,
le matin du 24 novembre, la face contre un cahier ouvert : celui-
là même que je t'adresse sous pli recommandé.*

*Tu auras sans doute autant de peine que j'en ai eu moi-même
à le déchiffrer... il est heureux que l'écriture en soit illisible
pour les domestiques. Mû par un sentiment de délicatesse,
j'avais d'abord décidé de t'épargner cette lecture : notre père,
en effet, s'exprime à ton sujet en des termes singulièrement
blessants. Mais avais-je le droit de te laisser ignorer une pièce
qui t'appartient autant qu'à moi-même ? Tu connais mes scrupules pour tout ce qui touche de près ou de loin à l'héritage de
nos parents[d]. Je me suis donc ravisé.*

*D'ailleurs, qui de nous n'est pas maltraité dans ces pages
fielleuses ? Elles ne nous révèlent rien, hélas ! que nous ne
sachions de longue date. Le mépris que j'inspirais à mon père
a empoisonné mon adolescence. J'ai longtemps douté de moi,
je me suis replié sous ce regard impitoyable, il a fallu bien des
années pour que je prenne enfin conscience de ma valeur.*

Je lui ai pardonné, et j'ajoute même que c'est le devoir filial qui
m'a surtout poussé à te communiquer ce document. Car, de
quelque manière que tu le juges, il est indéniable que la figure de
notre père t'y apparaîtra, en dépit de tous les sentiments affreux
qu'il y étale, je n'ose dire[a] plus noble, mais enfin plus humaine
(je pense en particulier à son amour pour notre sœur Marie,
pour le petit Luc, dont tu trouveras ici des témoignages émou-
vants.)[b] Je m'explique mieux, aujourd'hui, la douleur qu'il a
manifestée devant le cercueil de maman et dont nous fûmes stupéfaits. Tu la croyais en partie jouée. Ces pages ne serviraient-
elles qu'à te révéler ce qui subsistait de cœur dans cet homme
implacable et follement orgueilleux, qu'il vaut la peine que tu
en supportes la lecture, par ailleurs si pénible pour toi, ma
chère Geneviève.

Ce dont je suis redevable[c] à cette confession et le bénéfice que
tu y trouveras toi-même, c'est l'apaisement de notre conscience.
Je suis né scrupuleux. Eussé-je mille raisons de me croire dans
mon droit, il suffit d'un rien pour me troubler. Ah ! la délicatesse morale au point où je l'ai développée ne rend pas la vie
facile ! Poursuivi par la haine d'un père, je n'ai tenté aucun
geste de défense, même le plus légitime, sans en éprouver de
l'inquiétude, sinon du remords. Si je n'avais été chef de famille,
responsable de l'honneur du nom et du patrimoine de nos enfants,
j'eusse préféré renoncer à la lutte plutôt que de souffrir ces
déchirements et ces combats intérieurs dont tu as été plus d'une
fois le témoin.

Je remercie Dieu qui a voulu que ces lignes de notre père me
justifient. Et d'abord, elles confirment tout ce que nous connaissions déjà des machinations inventées par lui pour nous frustrer
de son héritage. Je n'ai pu lire sans honte les pages où il décrit
les procédés qu'il avait imaginés pour tenir, à la fois, l'avoué
Bourru et le nommé Robert. Jetons sur ces scènes honteuses le
manteau de Noé. Il reste que mon devoir était[d] de déjouer, coûte
que coûte, ces plans abominables. Je l'ai fait et avec un succès
dont je ne rougis pas. N'en doute pas, ma sœur, c'est à moi que
tu dois ta fortune[e]. Le malheureux, au long de cette confession,
s'efforce de se persuader à lui-même que la haine qu'il éprouvait
à notre égard est morte d'un coup ; il se targue d'un brusque
détachement des biens de ce monde (j'avoue que je n'ai pu me
retenir de rire à cet endroit). Mais, fais attention, s'il te plaît,
à l'époque de ce revirement inattendu : il se produit au moment
où ses ruses ont été déjouées et lorsque son fils naturel nous a
vendu la mèche. Ce[f] n'était pas facile de faire disparaître une

*telle fortune ; un plan de mobilisation qu'il a fallu des années
pour mettre au point ne peut être remplacé en quelques jours.
La vérité est que le pauvre homme sentait sa fin prochaine et
n'avait plus le temps ni les moyens de nous déshériter par une
autre méthode que celle qu'il avait imaginée et que la Providence
nous a fait découvrir*[a].

   *Cet avocat n'a voulu perdre son procès, ni devant lui-même,
ni devant nous ; il a eu la rouerie, à demi inconsciente, je le veux
bien, de transformer sa défaite en victoire morale ; il a affecté
le désintéressement, le détachement... Eh !... qu'aurait-il pu
faire d'autre ? Non*[b]*, là, je ne m'y laisse pas prendre et je crois
qu'avec ton bon sens tu jugeras que nous n'avons pas à nous
mettre en dépense d'admiration ni de gratitude.*

   *Mais il est un autre point où cette confession apporte à ma
conscience un total apaisement ; un point sur lequel je me suis
examiné avec plus de sévérité, et sans avoir atteint, pendant
longtemps, je l'avoue aujourd'hui, à calmer cette conscience
chatouilleuse. Je veux parler des tentatives, d'ailleurs vaines,
pour soumettre à l'examen des spécialistes l'état mental de
notre père. Je dois dire que ma femme a beaucoup fait pour me
troubler à ce sujet. Tu sais que je n'ai point accoutumé de
prêter grande importance à ses opinions : c'est la personne la
moins pondérée qui soit. Mais ici, elle me rebattait les oreilles,
le jour et la nuit, d'arguments dont j'avoue que quelques-uns
me troublaient. Elle avait fini par me convaincre que ce*[c] *grand
avocat d'affaires, que ce financier retors, que ce profond psychologue était l'équilibre même... Sans doute*[d] *est-il facile de
rendre odieux des enfants qui s'efforcent de faire enfermer leur
vieux père pour ne pas perdre l'héritage... Tu vois que je ne
mâche pas les mots... J'ai passé bien des nuits sans sommeil.
Dieu le sait.*

   Eh bien[e]*, ma chère Geneviève, ce cahier, surtout dans les
dernières pages, apporte avec évidence la preuve du délire inter-
mittent dont le pauvre homme était atteint. Son cas me paraît
même assez intéressant pour que cette confession fût soumise
à un psychiatre ; mais je considère comme mon devoir le plus
immédiat de ne divulguer à personne des pages si dangereuses
pour nos enfants. Et je t'avertis tout de suite qu'à mon avis,
tu devrais les brûler, dès que tu en auras achevé la lecture. Il
importe de ne pas courir la chance qu'elles tombent sous les
yeux d'un étranger.*

   Tu ne l'ignores pas[f]*, ma chère Geneviève, si nous avons
toujours tenu très secret tout ce qui concernait notre famille,*

si j'avais pris mes mesures pour que rien ne transpirât au dehors de nos inquiétudes touchant l'état mental de celui qui, tout de même, en était le chef, certains éléments étrangers à la famille n'ont pas eu la même discrétion ni la même prudence, et ton misérable gendre, en particulier, a raconté à ce sujet les histoires les plus dangereuses. Nous le payons cher aujourd'hui : je ne t'apprendrai rien en te disant qu'en ville, beaucoup de personnes font un rapprochement entre la neurasthénie de Janine et les excentricités que l'on prête à notre père, d'après les racontars de Phili.

Donc, déchire ce cahier, n'en parle à personne ; qu'il n'en soit même plus question jamais entre nous. Je ne dis pas que ce ne soit pas dommage. Il y a là des indications psychologiques, et même des impressions de nature, qui dénotent, chez cet orateur, un don réel d'écrivain. Raison de plus pour le déchirer. Imagines-tu un de nos enfants publiant ça plus tard ? Ce serait du propre !

Mais de toi à moi, nous pouvons appeler les choses par leur nom, et la lecture de ce cahier achevée, la demi-démence de notre père ne saurait plus faire doute pour nous. Je m'explique[a], aujourd'hui, une parole de ta fille, que j'avais prise pour une lubie de malade : « Grand-père est le seul homme religieux que j'aie jamais rencontré. » La pauvre petite s'était laissé prendre aux vagues aspirations, aux rêveries de cet hypocondre[b]. Ennemi des siens, haï de tous, sans amis, malheureux en amour, comme tu le verras (il y a des détails comiques), jaloux de sa femme au point de ne lui avoir jamais pardonné un vague flirt de jeune fille, a-t-il, vers la fin, désiré les consolations de la prière ? Je n'en crois rien : ce qui éclate dans ces lignes, c'est le désordre mental le plus caractérisé : manie de la persécution, délire à forme religieuse. N'y a-t-il pas trace, me demanderas-tu, de vrai christianisme dans son cas ? Non : un homme[c], aussi averti que je le suis de ces questions, sait ce qu'en vaut l'aune. Ce faux mysticisme, je l'avoue, me cause un insurmontable dégoût[d].

Peut-être les réactions d'une femme seront-elles différentes ? Si cette religiosité t'impressionnait, rappelle-toi que notre père, étonnamment doué pour la haine, n'a jamais rien aimé que contre quelqu'un[1]. L'étalage de ses aspirations religieuses est une critique directe, ou détournée, des principes que notre mère nous a inculqués dès l'enfance. Il ne donne dans un mysticisme fuligineux que pour en mieux accabler la religion raisonnable, modérée, qui fut toujours en honneur dans notre famille. La *vérité, c'est l'équilibre... Mais je m'arrête devant des considé-rations où tu me suivrais malaisément[a]. Je t'en ai assez dit : consulte le document lui-même. Je suis impatient de connaître ton impression.*

Il me reste bien peu de place pour répondre aux questions importantes que tu me poses. Ma chère Geneviève, dans la crise que nous subissons, le problème que nous avons à résoudre est angoissant : si nous gardons dans un coffre ces liasses de billets, il nous faudra vivre sur notre capital ; ce qui est un malheur. Si au contraire nous donnons en bourse des ordres d'achat, les coupons touchés ne nous consoleront pas de l'effritement ininter-rompu des valeurs. Puisque, de toute façon, nous sommes condamnés à perdre, la sagesse est de garder les billets de la Banque de France : le franc ne vaut que quatre sous, mais il est gagé par une immense réserve d'or. Sur ce point, notre père avait vu clair et nous devons suivre son exemple. Il y a une tentation, ma chère Geneviève, contre laquelle tu dois lutter de toutes tes forces : c'est la tentation du placement à tout prix, si enracinée dans le public français. Évidemment, il faudra vivre dans la plus stricte économie. Tu sais que tu me trouveras toujours dès que tu auras besoin d'un conseil. En dépit du malheur des temps, des occasions peuvent, d'ailleurs, se présenter d'un jour à l'autre : je suis de très près, en ce moment, un Kina et un spiri-tueux anisé : voilà un type d'affaires qui ne souffrira pas de la crise. À mon avis, c'est dans cette direction que nous devons tourner un regard à la fois hardi et prudent.

Je me réjouis des meilleures nouvelles que tu me donnes de Janine. Il n'y a pas à craindre, pour l'instant, cet excès de dévotion qui t'inquiète chez elle. L'essentiel est que sa pensée se détourne de Phili. Quant au reste, elle retrouvera d'elle-même la mesure : elle appartient à une race qui a toujours su ne pas abuser des meilleures choses[b].

À mardi, ma chère Geneviève.

Ton frère dévoué,

HUBERT.

. . . .

JANINE À HUBERT[a]

Mon cher oncle, je viens vous demander d'être juge entre maman et moi. Elle refuse de me confier le « journal » de grand-père : à l'entendre, mon culte pour lui ne résisterait pas à une telle lecture. Puisqu'elle tient si vivement à ne pas atteindre en moi cette chère mémoire, pourquoi me répète-t-elle chaque jour : « Tu ne saurais imaginer le mal qu'il dit de toi. Même ton physique n'est pas épargné... » ? Je m'étonne plus encore de son empressement à me faire lire la dure lettre où vous avez commenté ce « journal »...

De guerre lasse, maman m'a dit qu'elle me le communiquerait si vous le jugiez bon, et qu'elle s'en rapportait à vous. Je fais donc appel à votre esprit de justice.

Souffrez que j'écarte d'abord la première objection qui me concerne seule : aussi implacable que grand-père, dans ce document, se puisse montrer à mon égard, je suis assurée qu'il ne me juge pas plus mal que je ne fais moi-même. Je suis assurée, surtout, que sa sévérité épargne la malheureuse qui vécut tout un automne auprès de lui, jusqu'à sa mort, dans la maison de Calèse.

Mon oncle, pardonnez-moi de vous contredire sur un point essentiel : je demeure le seul témoin de ce qu'étaient devenus les sentiments de grand-père, durant les dernières semaines de sa vie. Vous dénoncez sa vague et malsaine religiosité ; et moi je vous affirme qu'il a eu trois entrevues (une à la fin d'octobre et deux en novembre) avec M. le curé de Calèse dont, je ne sais pourquoi, vous refusez de recueillir le témoignage. Selon maman, le journal où il note les moindres incidents de sa vie ne relate rien de ces rencontres, ce qu'il n'eût pas manqué de faire, si elles avaient été l'occasion d'un changement dans sa destinée... Mais maman dit aussi que le journal est interrompu au milieu d'un mot : il n'est pas douteux que la mort a surpris votre père au moment où il allait parler de sa confession. En vain prétendrez-vous que, s'il avait été absous, il aurait communié. Moi, je sais ce qu'il m'a répété, l'avant-veille de sa mort : obsédé par son indignité, le pauvre homme avait résolu d'attendre Noël. Quelle raison avez-vous de ne pas me croire ? Pourquoi faire de moi une hallucinée ? Oui, l'avant-veille de sa mort, le mercredi, je l'entends encore, dans le salon de Calèse, me parler de ce Noël désiré, avec une voix pleine d'angoisse, ou peut-être déjà voilée[1]...

Rassurez-vous, mon oncle : je ne prétends pas faire de lui un saint. Je vous accorde que ce fut un homme terrible, et quelquefois même affreux. Il n'empêche qu'une admirable lumière l'a touché dans ses derniers jours et que c'est lui, lui seul, à ce moment-là, qui m'a pris la tête à deux mains, qui a détourné de force mon regard...

Ne croyez-vous pas que votre père eût été un autre homme si nous-mêmes avions été différents ? Ne m'accusez pas de vous jeter la pierre : je connais vos qualités, je sais que grand-père s'est montré cruellement injuste envers vous et envers maman. Mais ce fut notre malheur à tous qu'il nous ait pris pour des chrétiens exemplaires... Ne protestez pas : depuis sa mort, je fréquente des êtres qui peuvent avoir leurs défauts, leurs faiblesses, mais qui agissent selon leur foi, qui se meuvent en pleine grâce. S'il avait vécu au milieu d'eux, grand-père n'aurait-il découvert, depuis de longues années, ce port où il n'a pu atteindre qu'à la veille de mourir ?

Encore une fois, je ne prétends pas accabler notre famille en faveur de son chef implacable. Je n'oublie pas, surtout, que l'exemple de la pauvre bonne-maman aurait pu suffire à lui ouvrir les yeux si, trop longtemps, il n'avait préféré assouvir sa rancune. Mais laissez-moi vous dire pourquoi, finalement, je lui donne raison contre nous : là où était notre trésor, là aussi était notre cœur[2] ; nous ne pensions qu'à cet héritage menacé ; les excuses, certes, ne nous manquaient pas ; vous étiez un homme d'affaires, et moi une pauvre femme... Il n'empêche que, sauf chez bonne-maman, nos principes demeuraient séparés de notre vie. Nos pensées, nos désirs, nos actes ne plongeaient aucune racine dans cette foi à laquelle nous adhérions des lèvres. De toutes nos forces, nous étions tournés vers les biens matériels, tandis que grand-père... Me comprendrez-vous si je vous affirme que là où était son trésor, là n'était pas son cœur ? Je jurerais que sur ce point, le document dont on me refuse la lecture apporte un témoignage décisif[3].

J'espère, mon oncle, que vous m'entendrez, et j'attends avec confiance votre réponse...

JANINE.

LE DERNIER CHAPITRE

DU

BAISER AU LÉPREUX

La petite Filhot cria :

« Madame Péloueyre, ce n'est pas la route de Sore, c'est la route d'Hourtinat[1]... »

Noémi, soufflante, rejoignit les « bérets blancs » du patronage[a]. Ses souliers étaient pleins de sable; des cernes humides salissaient sa blouse de soie violette. Comment avait-elle pu se perdre dans ces bois où, naguère, elle se fût dirigée en pleine nuit ? Ce n'était pas qu'elle eût perdu la mémoire : la forêt elle-même avait disparu. Depuis la guerre, les marchands de pins exploitaient le pays; des landes rases s'étendaient là où s'étaient dressés, autrefois, les pins centenaires[2]. Le ruisseau dont il paraissait difficile, quand Noémi était enfant, de longer la rive et qui, au plus épais de la forêt, se frayait une route à travers les taillis et les aulnes, frissonnait[b] maintenant, comme un corps dévêtu, au milieu d'un champ de bataille où les troncs des arbres coupés saignaient encore.

Les petites riaient de sa déconvenue et déjà couraient sur la route, — cette route d'Hourtinat, si longtemps prise entre deux sombres armées de pins, et qui, aujourd'hui, offrait au soleil couchant ses vieilles ornières où l'eau de pluie ne s'accumulerait plus.

Noémi, malgré sa fatigue, hâtait[c] le pas. Elle craignait que les parents ne fussent inquiets; la nuit arrive vite, au déclin de septembre. Mais elle se réjouissait de traverser le bourg au moment où les gens désertent le seuil des

portes et se réunissent autour de la soupe. Elle n'aimait[a]
pas à faire étalage de son dévouement. Elle avait horreur
de s'entendre répéter :

« Vous qui pourriez rester tranquillement chez vous !
On peut dire que vous avez de la bonté de reste... Pour
la reconnaissance qu'on vous en aura... »

Ah ! surtout, qu'elle puisse éviter Mme Larue, la
mercière au nez de musaraigne[b], qui ne manque jamais
de lui glisser, du ton d'une personne qui s'y connaît :

« Quand je le dis, c'est que je le sais : madame Noémi,
vous êtes une sainte... »

Une sainte ! Oui, à son âge, avec sa corpulence, c'est
dur, pour une femme qui déteste la marche et que les
enfants assomment[c], de se charger des petites filles, le
dimanche après-midi. Mais le médecin lui répète :

« Madame Péloueyre, si vous ne prenez pas d'exercice, vous deviendrez énorme. Votre cœur est déjà gêné
par la graisse[1]. »

Noémi trouverait-elle le courage de faire ces promenades éreintantes si elle n'avait envie de maigrir ? Sans
compter ce qu'elle ose à peine s'avouer : à mesure[d] qu'elle
approche du bourg, elle imagine la colère de son beau-
père, M. Jérôme. Elle trouve peut-être moins de plaisir
à passer tout un après-midi loin du malade, qu'à se
représenter l'irritation que cet après-midi solitaire a dû
entretenir en lui.

« Mon retard d'aujourd'hui a dû le mettre dans un
état ! »

Tout de même, elle allonge le pas : ces colères sont
dangereuses et il ne faut pas que M. Jérôme se conges-
tionne... Noémi secoue la tête comme une vieille jument
que les mouches harcèlent. Mais la pensée qu'elle veut
chasser, mouche acharnée, revient[e], s'impose ; la pensée
défendue qu'il est si doux de retenir, de caresser... Eh
bien, quoi ? Se représenter la mort du vieux Péloueyre,
ce n'est pas la désirer...

« Je ne désire pas sa mort, je m'amuse à imaginer le
changement de ma vie lorsqu'il ne sera plus là... Finies
les lectures à haute voix. Plus de crachoirs ni de cuvettes
à vider. Et les flanelles chaudes, les frictions... »

Ne plus avoir ça dans sa vie. Être maîtresse de tout.
Évidemment[f], la fortune n'est plus ce qu'elle était. Il
aura eu toutes les bonnes années. Les choses vont de mal

en pis. Le dernier cours de la résine..., quelle misère !
Sans doute[a], il a placé l'argent des pins qu'il a coupés...
Mais qu'est-ce que ça vaut, maintenant, ces titres ?
N'importe ! Il en restera assez pour Noémi. On voyage[b]
à bon compte, maintenant. Elle sortira de ce trou, elle
se l'est promis. À moins qu'elle ne soit trop vieille...
Est-ce que son beau-père peut[c] durer longtemps ? Artério-
sclérose. Et surtout le ralentissement du cœur. Le médecin lui dit :

« Un ouvrier, avec ce que vous avez, ne durerait pas
six mois. Mais vous, en ne faisant aucun effort, vous en
avez pour des années. Mais, surtout, ne soulevez rien,
pas même votre pot... »

Dieu sait qu'il s'y entend, à ne faire aucun effort...

« Oh ! mon Dieu ! à quoi j'arrête ma pensée ! Ce n'est
pas que je désire sa mort ! Mais si ! Je la désire. Ce n'est
pas que je le haïsse ! Est-ce que c'est cela, la haine ? »

Son sang courait[d] plus vite ; elle se roulait, elle se
vautrait dans la pensée mauvaise : ce n'était plus la peine
de s'en priver, maintenant ; le mal était fait.

Déjà apparaissaient, au tournant de la route, des maisons basses, que le repas du soir faisait fumer. Le reflet
d'une lampe éclairait les zinnias devant la porte. L'haleine
du village sentait le pain chaud et le bois brûlé[e]. Une
carriole les dépassa :

« Eh bien, madame Noémi, toujours dévouée ? »

Elle fit ranger les enfants sur le bord de la route.
À l'entrée du bourg, le patronage commença de se disperser. Quand la dernière petite fille eut disparu en courant dans une ruelle, Noémi traversa la place.

Une lumière brillait derrière la vitre du salon. Cadette
la guettait, devant la porte, la tablier blanc tendu sur le
ventre. Dès qu'elle aperçut Noémi, elle rentra vivement
pour rassurer son maître.

« Hé bé ! madame, il se fait du sang ! »

Noémi enleva son chapeau sans hâte. Qu'il faisait
froid dans ce grand vestibule carrelé ! Elle s'enveloppa
d'un châle et pénétra dans le petit salon. M. Jérôme,
assis près du feu, lui cria :

« Vous êtes folle ? Et mes gouttes que je devais
prendre à six heures !

— Cadette ne vous les a pas données ?

— Elle n'a pas trouvé le flacon... Elle ne sait pas lire... »

Mais s'il n'y avait eu que ça ! Il s'était fait du mauvais sang et, maintenant, il se sentait oppressé comme il ne l'avait pas été depuis sa dernière crise.

Il enleva sa calotte d'un geste irrité et Noémi détourna les yeux du crâne bosselé. Mais[a] elle ne pouvait pas ne pas voir ces genoux pointus et serrés, ce pantalon qui faisait des plis comme s'il eût recouvert un squelette. Elle se leva pour mettre une autre robe et se laver les mains. En traversant la cuisine, elle demanda[b] à Cadette s'il restait du civet de ce matin.

« Faites-le réchauffer.

— Mais Madame sait bien que, pour M. Jérôme, il ne faut pas de viande le soir, surtout pas de sauce...

— Eh bien, il n'en mangera pas.

— Mais Madame sait bien qu'il ne veut pas que Madame en mange devant lui... Parce qu'alors il ne résiste pas. »

Noémi rougit de colère et insista pour que Cadette fît réchauffer le civet.

« Je ne vais tout de même pas me laisser mourir de faim. »

Elle laissa Cadette interdite, gagna sa chambre. Tandis qu'elle changeait de corsage, la photographie agrandie de Jean Péloueyre, suspendue entre les deux fenêtres, la regardait. Elle se sentait lasse et, cependant, pleine d'une force inaccoutumée. Lorsqu'elle retrouva son beau-père, il était assis à la même place, à gauche de la cheminée. Il respirait mal. Noémi, qui l'observait depuis des années, vit d'abord qu'il exagérait son essoufflement. Elle feignit de ne pas le remarquer et le vieux se mit à haleter plus fort. Elle prit son tricot, fit quelques mailles, s'interrompit :

« Ah ! mon Dieu ! est-ce que je deviens folle ? C'est[c] dimanche... »

Elle chercha, dans *L'Écho de Paris,* les mots croisés-énigmes. M. Jérôme soufflait de plus en plus et Noémi semblait l'entendre de moins en moins. Le vieux toussa.

« Il se force », pensa Noémi.

Et à haute voix :

« " 2 horizontal : *Sur nos côtes, est blanc ou gris...* " »

Qu'est-ce que ça peut être, père ? *Sel*, sans doute ? Non, ça ne va pas !

— Je ne peux pas parler, vous le voyez bien...

— Mais non[a], vous avez très bonne mine ! Ah ! j'y suis, c'est : *Nez. Cap Blanc-Nez, Gris-Nez...* »

M. Jérôme balbutiait :

« Bonne mine ? Bonne mine ? Vous êtes folle, ma fille ! Je ne vous reproche[b] rien : à force de me voir souffrir, vous n'y êtes plus sensible. On s'habitue à la souffrance des autres. Vous n'avez pas songé, cet après-midi, qu'une émotion peut me tuer. Oui, votre retard pouvait me tuer ! Vous entendez, Noémi : me tuer. »

Elle laissa glisser le journal sur son ventre et, soudain :

« Et puis après ? Il faudra bien en venir là. Un peu plus tôt, un peu plus tard... Pour ce que nous faisons sur la terre, vous et moi... »

M. Jérôme ne put que répéter :

« Ah çà ! ma fille ! Ah çà ! »

Il ne faisait plus semblant de suffoquer : Noémi osait considérer que cette chose affreuse, inimaginable, contre laquelle il luttait minute par minute, que sa mort était un événement sans importance. Elle s'habituait à cette idée, la caressait peut-être en secret, elle, son héritière, qui ne s'était pas remariée à cause de ça... et qui, ce jour-là, éclaterait de joie... Impossible de la déshériter, il avait promis[1]... Mais il pouvait augmenter les legs particuliers[c] : vingt mille francs de messes au lieu de dix mille. Il doublerait aussi la somme pour le bureau de bienfaisance... Tout à coup, il se redressa, renifla, tourna vers la porte son nez pointu et pincé de grand malade :

« Mais, Noémi, ça sent le civet... »

Aucun doute : l'odeur puissante et nourrie emplissait la pièce.

« Après cette course, déclara Noémi, je crois que je lui ferai honneur.

— Mais vous n'avez pas l'intention, je suppose, pendant que j'en serai réduit à ma purée de pois, de manger...

— Écoutez, père, je ne suis pas au régime, moi.

— Vous savez bien que, si vous en mangez, j'en mangerai aussi... Du gibier ! Et en sauce, encore ! La viande, le soir, c'est déjà mortel pour moi; mais du civet ! Et je l'aime tant, ajouta-t-il d'un ton pleurard. Je n'y résisterai pas.

— Vous n'avez qu'à vous faire porter votre purée ici.

— Mais il y a l'odeur. Ça revient au même... »

Ses narines veinulées palpitaient. Mais Noémi voyait déjà, en pensée, son assiette pleine. Si elle consentait à se mettre, le soir, au régime de M. Jérôme, c'était encore par crainte de l'obésité. Une fois n'est pas coutume.

Elle gagna la salle à manger, suivie de son beau-père. Cadette, accroupie devant la cheminée, attisait le feu. Puis elle mit des braises dans la chaufferette, qu'elle glissa sous la chaise de M. Jérôme. Sur les murs, l'étoffe, tendue depuis[a] 1885, et qui représentait une kermesse flamande (elle avait été choisie dans un catalogue du Bon-Marché), absorbait la lumière de la suspension. Le civet encore invisible régnait déjà par la force de son fumet. Et même ces deux nez exercés de Landais discernaient le goût du laurier, la pointe de girofle. Deux chiens tournaient autour de la table.

Il parut enfin[b]. Noémi pencha sa tête sur le plat fumant et parfumé. Cadette la guidait :

« Là, Madame, il y a un morceau de râble.

— C'est trop horrible !... » gémit M. Jérôme.

Noémi était déchaînée. Elle ordonna à Cadette :

« Débouchez une bouteille[c] de léoville. Il en reste une dans le placard... Mettez-la près du feu.

— Du vin ? Vous êtes folle, ma fille.

— J'ai besoin de reprendre des forces. »

M. Jérôme mangeait sa purée verte, sans quitter des yeux l'assiette de Noémi. Ses mains tremblaient.

« Eh bien, puisque c'est ainsi... C'est vous qui en porterez la responsabilité. Du civet, Cadette !

— Vous êtes assez grand, mon père...

— Ce n'est pas ça qui fera du mal à Monsieur », disait Cadette, pleine de respect pour sa cuisine et de confiance dans la nourriture.

Le malade se servait, stupéfait qu'on le laissât libre de s'empoisonner.

« Puisque c'est comme ça, cria-t-il sur un ton d'enfant gâté, je vais[d] boire du vin.

— À votre aise ! répondit Noémi. »

Il hésita, prit la bouteille, solennellement, et se servit d'une main tremblante.

« Je vous avertis, ma fille, que le docteur vous attrapera. Vous êtes une drôle de garde-malade !

— Le docteur ? Ce qu'il s'en moque ! Croyez-vous que votre santé l'intéresse ?

— Il est très attaché à ses malades. Plus que ne l'était le docteur Pieuchon[1]... Ah ! je sais bien que vous ne pouvez le souffrir. »

Noémi posa son verre et regarda dans le vide. Le docteur, ce gros homme stupide qui s'installait au chevet du malade et n'en démarrait plus, elle lui en voulait simplement parce qu'il était « le docteur ». Il portait le même titre que celui qui soignait autrefois les tuberculeux avec de la teinture d'iode, le médecin de Jean Péloueyre... Celui-là avait quitté le pays, il était devenu alcoolique...[2] Elle savait que c'était par chagrin... À Bordeaux, il avait eu des histoires ennuyeuses : des certificats de complaisance... Si elle ne l'avait pas repoussé, il serait là encore. Ce serait lui, dans ce fauteuil, en face du sien. Des enfants joueraient dans le vestibule[3]...

« Noémi, est-ce que[a] je suis rouge ?... Je n'ai bu qu'un demi-verre et il me semble que ma tête va éclater.

— Il ne fallait pas boire.

— C'est votre faute, ma fille. Il faudra que je prenne un bain de pieds sinapisé avant de me coucher... Mais, alors, je dois attendre que ma digestion soit finie. Je vais être obligé de me coucher tard... J'ai commis une folie. C'est vous qui m'avez tenté. »

C'était la femme qui l'avait tenté, cette grosse femme bien plus congestionnée qu'il n'était lui-même.

Ils étaient revenus au salon. M. Jérôme ne pouvait prendre son bain de pieds avant dix heures.

« Faute de mieux, je vais m'étendre et renoncer à ma partie de jacquet. Vous me ferez la lecture.

— Montaigne[4] ? »

Il fit signe que non. Elle soupira d'aise.

« Non, le roman... *Lucien Leuwen.* »

Noémi fit semblant de ne pas l'avoir entendu. Rien ne l'irritait davantage que cette tyrannie qui l'obligeait de lire à haute voix des ouvrages incompréhensibles. Encore était-elle habituée à Montaigne. Et puis cela ne l'humiliait pas de n'y rien comprendre... Mais elle était furieuse de n'y voir guère plus clair dans une histoire d'amour stupide comme ce *Lucien Leuwen*. Son beau-père[b] l'avait dressée à respecter la ponctuation avec une telle rigueur qu'il n'y avait aucun inconvénient qu'elle n'entendît rien au texte qui lui était confié. Le vieillard avait cette bizarrerie de ne pouvoir souffrir que le ton uni et sans expression, en usage pour les lectures au réfectoire dans les collèges et les couvents. Il avait discerné, dès que Noémi commençait à suivre le fil du récit, qu'elle ne manquait pas d'avoir de ces recherches de diction dont il avait horreur. Il voulait qu'elle ne fût qu'un instrument.

... Il était minuit ; le souper était préparé dans une charmante salle, formée par des murs de charmille... Pour mettre le souper à l'abri de la rosée du soir, s'il en survenait, ces murs de verdure supportaient une tente à larges bandes rouge et blanc... On apercevait çà et là, par les trouées du feuillage, une belle lune éclairant un paysage étendu et tranquille. Cette nature ravissante était d'accord avec les nouveaux sentiments qui cherchaient à s'emparer du cœur de Mme de Chasteller[1]...

M. Jérôme faisait craquer[a] ses doigts. Le buste penché vers les braises, il semblait se dérober à cette lecture. Mais si Noémi reprenait souffle, il lui criait : « Continuez. » Par instants, il se levait à demi, se regardait dans la glace du trumeau, tâtait ses joues. Au moment où sa bru lisait d'une voix blanche ces propos de Lucien à Mme de Chasteller :

Je n'ai point d'expérience de la vie, je n'avais jamais aimé; vos yeux vus de près m'effrayaient ; je ne vous avais vue jusqu'ici qu'à une très grande distance[2]...

« Assez ! cria M. Jérôme. Assez comme cela !
— On jurerait que je vous torture, répliqua Noémi en posant le livre sur le guéridon. Comme si ce n'était pas vous qui choisissiez les histoires qui n'ont pas le sens commun... Il y en a tant d'intéressantes ! »
Il fixa sur elle ses petits yeux ronds, injectés de bile, et, sans daigner lui répondre, lui demanda[b] seulement, pour la dixième fois, si elle le trouvait rouge. Elle répondit avec humeur qu'il paraissait congestionné. Il interrogea encore, avec un air d'intérêt démesuré. Pensait-elle qu'il avait achevé sa digestion ? Elle s'en dit assurée, pour être débarrassée du bain de pieds et pour pouvoir gagner son lit.
« Alors, allez le préparer... Vite ! Mes tempes battent. »

Elle le dévisagea. C'était vrai qu'il avait le sang aux joues. Les vaisseaux gonflés et bleus sillonnaient ses narines et ses pommettes. Elle serra le châle autour de son corps et prit une lampe. Dans l'escalier glacé, elle s'abandonna à une irritation violente et qui touchait à la haine. Elle pénétra dans le cabinet de toilette et, soudain, devant l'armoire aux remèdes, parut hésiter. Elle avait ouvert un battant et voyait, au milieu des fioles, le paquet de moutarde. Elle hésita une seconde, referma l'armoire, sans avoir pris ce qu'elle était venue chercher. Elle redescendit au salon et, dès le seuil, avertit son beau-père qu'il n'y avait plus de moutarde.

« Plus de moutarde ! »

Il avait tourné vers elle sa face décidément cramoisie.

« Vous avez bien cherché ? Envoyez vite Cadette à la pharmacie d'Arquey.

— Mais c'est dimanche, mon père. La pharmacie est fermée.

— Alors, allez-y vous-même. Demandez d'Arquey d'urgence. »

Noémi secoua la tête : il savait bien que les d'Arquey partaient tous les dimanches pour Langon, depuis qu'ils avaient acheté une cinq-chevaux... Ils couchaient chez leur fille et ne revenaient que le lundi matin. M. Jérôme se mit à gémir sur cette folie de déplacement. Les gens ne pouvaient plus demeurer en place. Et, soudain, il tourna sa fureur contre sa bru : c'était sa faute ; elle devait veiller à ce qu'il eût toujours sous la main les remèdes nécessaires. Elle se chargeait d'une responsabilité dont elle ne paraissait pas avoir conscience. Non, elle n'en avait pas conscience : elle souriait, et même elle le raillait, disant que c'était la peur qui le congestionnait. Jamais elle ne lui avait parlé sur ce ton. Il fut vexé, fit un effort pour vaincre sa terreur, assura qu'il ne demandait pas mieux que de mourir, et, comme elle hochait la tête en disant : « Oh ! çà... » il lui ordonna^a d'un ton sec, comme il eût fait à un domestique :

« Je me couche : allez préparer ma boule. »

Maintenant, elle est seule dans sa chambre, au-dessus de celle de M. Jérôme. Jean Péloueyre, de son cadre, la regarde se déshabiller. Elle n'entend^b rien que des galops de rats, brusquement interrompus. Soudain, ce bruit...

On dirait un grognement, comme quelqu'un qui étouffe et qui reprend souffle : un râle...

« Mais non, se dit Noémi, il lui arrive quelquefois de ronfler. Il ronfle... »

Mais elle tremble de joie. Une horrible, une irrésistible espérance l'envahit. Peut-être quelques secondes, peut-être un quart d'heure, elle demeura immobile, comme pétrifiée, et toutes les puissances de son être s'abandonnaient à cette joie anxieuse, à cette attente[1]. Elle perçut comme un hoquet, puis plus rien, que le battement de l'horloge du vestibule et le bruit de son sang dans ses oreilles.

Elle fit soudain comme quelqu'un qui se réveille, passa ses mains sur ses yeux[2]. Quel silence ! Elle prit[a] la lampe, mais demeura un instant sans oser descendre. Quand elle eut atteint la porte de son beau-père, elle hésita encore, cherchant à percevoir le bruit d'une respiration. Elle ouvrit enfin. Le feu éclairait le plancher. Elle s'avança vers le lit, ferma les yeux, les rouvrit... Il dormait paisiblement, la tête tournée vers le mur. Les deux coins de l'oreiller se rejoignaient sur son crâne. Noémi poussa un soupir profond; d'un geste maternel, elle aplatit l'édredon sur les pieds du vieillard et, après l'avoir bordé, arrangea les bûches dans la cheminée, puis sortit à pas furtifs.

LE MYSTÈRE FRONTENAC[a]

Comme un fruit suspendu dans l'ombre du feuillage,
Mon destin s'est formé dans l'épaisseur des bois.
J'ai grandi, recouvert d'une chaleur sauvage,
Et le vent qui rompait le tissu de l'ombrage
Me découvrit le ciel pour la première fois.
Les faveurs de nos dieux m'ont touché dès l'enfance ;
Mes plus jeunes regards ont aimé les forêts,
Et mes plus jeunes pas ont suivi le silence
Qui m'entraînait bien loin dans l'ombre et les secrets.

MAURICE DE GUÉRIN[b1].

PREMIÈRE PARTIE

I

Xavier Frontenac jeta un regard timide sur sa belle-sœur qui tricotait, le buste droit, sans s'appuyer*a* au dossier de la chaise basse qu'elle avait rapprochée du feu*b*; et il comprit qu'elle était irritée. Il chercha à se rappeler ce qu'il avait dit, pendant le dîner : ses propos lui semblèrent*c* dénués de toute malice. Xavier soupira, passa sur son crâne une main*d* fluette.

Ses yeux fixèrent le grand lit à colonnes torses où, huit ans plus tôt, son frère aîné, Michel Frontenac, avait souffert cette interminable agonie*e*[1]. Il revit la tête renversée, le cou énorme, que dévorait la jeune barbe vigoureuse; les mouches*f* inlassables de juin qu'il ne pouvait chasser de cette face suante. Aujourd'hui, on aurait tenté de le trépaner, on l'aurait sauvé peut-être; Michel serait là... Il serait là... Xavier*g* ne pouvait plus détourner les yeux de ce lit ni de ces murs. Pourtant ce n'était pas dans cet appartement que son frère avait expiré : huit jours après les obsèques, Blanche Frontenac, avec ses cinq enfants, avait quitté la maison de la rue Vital-Carles, et s'était réfugiée au troisième étage de l'hôtel qu'habitait, rue de Cursol, sa mère, Mme Arnaud-Miqueu*a*[2]. Mais les mêmes rideaux à fond bleu, avec des fleurs jaunes, garnissaient les fenêtres*h* et le lit. La commode et l'armoire se faisaient face, comme dans l'ancienne chambre. Sur la

cheminée, la même dame en bronze, robe montante et
manches longues, représentait la Foi. Seule, la lampe
avait changé : Mme Frontenac avait acquis un modèle
nouveau que toute la famille admirait : une colonne
d'albâtre supportait le réservoir de cristal où la mèche,
large ténia, baignait dans le pétrole. La flamme se divisait
en nombreux pétales incandescents. L'abat-jour était
un fouillis de dentelles crème, relevé d'un bouquet de
violettes artificielles[1].

Cette merveille attirait les enfants avides de lecture.
En l'honneur[a] de l'oncle Xavier, ils ne se coucheraient
qu'à neuf heures et demie. Les deux aînés, Jean-Louis et
José, sans perdre[b] une seconde, avaient pris leurs livres :
les deux premiers tomes des *Camisards* d'Alexandre de
Lamothe[2]. Couchés sur le tapis, les oreilles bouchées
avec leurs pouces, ils s'enfonçaient, s'abîmaient dans
l'histoire[c] ; et Xavier Frontenac ne voyait que leurs têtes
rondes et tondues, leurs oreilles en ailes de Zéphire,
de gros genoux déchirés, couturés, des jambes sales, et
des bottines ferrées du bout, avec des lacets rompus,
rattachés par des nœuds[d].

Le dernier né, Yves[3], auquel on n'eût jamais donné
ses dix ans, ne lisait pas, mais assis sur un tabouret, tout
contre sa mère, il frottait sa figure aux genoux de Blanche,
s'attachait à elle, comme si un instinct l'eût poussé à
rentrer dans le corps d'où[e] il était sorti. Celui-là se disait
qu'entre l'explication au tableau de demain matin,
qu'entre le cours d'allemand où M. Roche peut-être le
battrait, et le coucher de ce soir, une nuit bénie s'étendait : « Peut-être[f], je mourrai, je serai malade...[4] » Il
avait fait exprès de se forcer pour reprendre de tous les
plats.

Derrière le lit, les deux petites filles, Danièle et Marie,
apprenaient leur catéchisme[g][5]. On entendait leurs fous
rires étouffés. Elles étaient isolées[h], à la maison même,
par l'atmosphère du Sacré-Cœur, tout occupées de leurs
maîtresses, de leurs compagnes, et souvent, à onze heures,
dans leurs lits jumeaux, elles jacassaient encore.

Xavier Frontenac contemplait donc à ses pieds ces
têtes rondes et tondues, les enfants de Michel, les derniers Frontenac. Cet avoué[i], cet homme d'affaires avait
la gorge contractée ; son cœur battait plus vite : cette
chair vivante était issue[j] de son frère... Indifférent à toute

religion, il n'aurait^a pas voulu croire que ce qu'il éprouvait était d'ordre mystique[1]. Les qualités particulières de ses neveux ne comptaient pas pour lui : Jean-Louis, au lieu d'être un écolier éblouissant d'intelligence et de vie, eût-il été une petite brute, son oncle ne l'en aurait pas moins aimé; ce qui leur donnait, à ses yeux, un prix inestimable ne dépendait pas d'eux.

« Neuf^b heures et demie, dit Blanche Frontenac. Au lit ! N'oubliez pas votre prière. »

Les soirs où venait l'oncle Xavier, on ne récitait pas la prière en commun.

« N'emportez pas vos livres dans votre chambre.

— Où en es-tu, José ? demanda Jean-Louis à son frère.

— J'en suis, tu sais, quand Jean Cavalier... »

Les petites filles tendirent leurs fronts moites à l'oncle. Yves restait en arrière.

« Tu viendras me border ? dis, maman ? Tu viendras me border ?

— Si tu^c insistes encore, je ne viendrai pas. »

De la porte, le plus chétif de ses garçons lui jeta un regard suppliant. Ses chaussettes^d disparaissaient dans ses souliers. Sa petite figure mince lui faisait de grandes oreilles. La paupière gauche était tombante, recouvrait presque tout le globe de l'œil[2].

Après le départ des enfants, Xavier Frontenac observa encore sa belle-sœur^e : elle n'avait pas désarmé. Comment l'aurait-il blessée ? Il avait^f parlé des femmes de devoir dont elle était le type. Il ne comprenait pas que ces sortes de louanges exaspéraient la veuve^g. Le pauvre homme, avec une lourde insistance, vantait la grandeur du sacrifice, déclarait qu'il n'y avait rien au monde de plus beau qu'une femme fidèle à son époux défunt, et dévouée tout entière à ses enfants^h. Elle n'existait à ses yeux qu'en fonction des petits Frontenac. Il ne pensait jamais à sa belle-sœur comme à une jeune femme solitaire, capable d'éprouver de la tristesse, du désespoir^i. Sa destinée ne l'intéressait en rien. Pourvu qu'elle ne se remariât pas et qu'elle élevât les enfants de Michel, il ne se posait guère de question à son sujet. Voilà ce que Blanche ne lui pardonnait pas. Non qu'elle ressentît aucun regret : à peine veuve, elle avait mesuré^j son sacrifice et l'avait accepté; rien ne l'eût fait revenir sur sa résolution. Mais, très pieuse, d'une piété un peu minutieuse*ᵃ* et aride, elle n'avait jamais cru que, sans Dieu, elle aurait trouvé la force de vivre ainsi; car c'était*ᵇ* une jeune femme ardente, un cœur brûlant[1]. Ce soir-là, si Xavier avait eu des yeux pour voir, il aurait pris en pitié, au milieu des livres abandonnés sur le tapis et du désordre de ce nid déserté, cette mère tragique, ces yeux de jais, cette figure bilieuse*ᶜ*, ravinée, où des restes de beauté résistaient encore à l'amaigrissement et aux rides. Ses bandeaux déjà gris, un peu en désordre, lui donnaient l'air négligé d'une femme qui n'attend plus rien. Le corsage*ᵈ* noir, boutonné par devant, moulait les épaules maigres, le buste*ᵉ* réduit. Tout son être trahissait la fatigue, l'épuisement de la mère que ses petits dévorent vivante. Elle*ᶠ* ne demandait pas d'être admirée ni plainte, mais d'être comprise. L'indifférence aveugle de son beau-frère la mettait hors d'elle et la rendait violente et injuste. Elle s'en repentait et se frappait la poitrine dès qu'il n'était plus là; mais ses bonnes résolutions ne tenaient pas lorsqu'elle revoyait cette figure inexpressive, ce petit homme sans yeux devant qui elle se sentait inexistante et qui la vouait au néant*ᵍ*.

Une voix faible s'éleva. Yves appelait : il ne pouvait se contenir et pourtant redoutait d'être entendu.

« Ah ! cet enfant ! »

Blanche Frontenac se leva, mais se rendit d'abord chez les deux aînés. Ils dormaient déjà, serrant dans leurs petites mains un*ʰ* scapulaire. Elle les borda et, du pouce, traça une croix*ⁱ* sur leur front. Puis elle passa dans la chambre des filles. La lumière luisait sous la porte. Dès qu'elles eurent entendu leur mère, elles éteignirent. Mme Frontenac ralluma la bougie. Entre les deux lits jumeaux, sur la table, des quartiers d'orange étaient disposés dans une assiette de poupée; un autre plat contenait du chocolat râpé et des morceaux de biscuits. Les petites se cachèrent sous leurs draps et Blanche ne voyait plus que leurs couettes tressées que nouait un ruban déteint.

« Privées*ʲ* de dessert... et je noterai sur votre carnet que vous avez été désobéissantes. »

Mme Frontenac emporta les reliefs de la « dînette ».

Mais à peine la porte refermée, elle entendit des fusées de rire. Dans la petite pièce voisine, Yves ne dormait pas[a]. Lui seul avait droit à la veilleuse; son ombre se détachait sur le mur, où sa tête paraissait énorme et son cou plus frêle qu'une tige. Il était assis, en larmes, et pour ne pas entendre les reproches de sa mère, il cacha sa figure dans son corsage[b]. Elle aurait voulu le gronder, mais elle entendait battre ce cœur fou, elle[c] sentait contre elle ces côtes, ces omoplates. À ces moments-là, elle éprouvait de la terreur devant cette possibilité indéfinie de souffrance, et elle le berçait :

« Mon petit nigaud... mon petit idiot... Combien de fois t'ai-je dit que tu n'es pas seul ? Jésus habite les cœurs d'enfants. Quand tu as peur, il faut l'appeler, il te consolera.

— Non, parce que j'ai fait de grands péchés... Tandis que toi, maman, quand tu es là, je suis sûr que tu es là... Je te touche, je te sens. Reste encore un peu. »

Elle lui dit qu'il fallait dormir, qu'oncle Xavier l'attendait. Elle l'assura qu'il était en état de grâce : elle n'ignorait rien de ce qui concernait son petit garçon. Il se calmait; un sanglot le secouait encore, mais à longs intervalles. Mme Frontenac s'éloigna sur la pointe des pieds.

II

Quand elle rentra dans sa chambre, Xavier Frontenac sursauta :

« Je crois[d] que j'ai dormi... Ces randonnées à travers les propriétés me fatiguent un peu...

— À qui vous en prendre, sinon à vous-même ? répondit Blanche aigrement. Pourquoi vivre à Angoulême, loin de votre famille ? Après la mort de Michel, vous n'aviez qu'à vendre l'étude. Il eût été tout naturel que vous reveniez habiter Bordeaux et lui succédiez dans la maison de bois merrains... Je sais que nous avons la majorité des actions, mais l'associé de Michel a maintenant toute l'influence... Ce Dussol est un brave homme, je le veux bien; il n'empêche qu'à cause de vous, mes petits auront[e] plus de peine à se faire une place dans la maison[1]. »

À mesure qu'elle parlait, Blanche sentait la profonde injustice de ces reproches, — au point qu'elle s'étonnait du silence de Xavier : il ne protestait pas, il baissait la tête, comme si elle eût atteint, chez son beau-frère, une secrète blessure. Et pourtant, il n'aurait eu qu'un mot à dire pour se défendre : à la mort*a* du père Frontenac qui suivit de près celle de son fils Michel, Xavier avait renoncé à sa part de propriétés en faveur des enfants. Blanche avait cru d'abord qu'il s'agissait pour lui de se débarrasser d'une surveillance ennuyeuse; mais au contraire, ces vignobles qui ne lui appartenaient plus, il offrit de les gérer et de prendre en main les intérêts de ses neveux. Tous les quinze jours, le vendredi, quelque temps qu'il fît, il partait d'Angoulême vers trois heures, prenait à Bordeaux le train de Langon où il descendait. La victoria ou le coupé, selon la température, l'attendait à la gare.

À deux kilomètres de la petite ville, sur la route nationale, aux abords de Preignac, la voiture franchissait un portail et Xavier reconnaissait l'amertume des vieux buis. Deux pavillons construits par l'arrière-grand-père, déshonoraient cette chartreuse du xviiie siècle où plusieurs générations de Frontenac avaient vécu. Il*b* gravissait le perron arrondi, ses pas résonnaient sur les dalles, il reniflait l'odeur que l'humidité de l'hiver dégage des anciennes cretonnes. Bien que ses parents eussent à peine survécu à leur fils aîné, la maison était demeurée ouverte. Le jardinier occupait toujours l'un des logements du jardin. Un cocher, une cuisinière, une femme de chambre demeuraient au service de tante Félicia, sœur cadette du père Frontenac, idiote depuis sa naissance (le médecin s'était, disait-on, servi du forceps avec trop de vigueur[1]). Xavier se mettait d'abord en quête de sa tante qui, à la belle saison, tournait sous la marquise, et l'hiver somnolait au coin du feu de la cuisine. Il ne s'effrayait ni des yeux révulsés dont n'apparaissait que le blanc veinulé, entre les paupières en sang, ni de la bouche tordue, ni, autour du menton, de l'étrange barbe adolescente. Il la baisait au front avec un tendre respect, car ce monstre s'appelait Félicia Frontenac. C'était une Frontenac, la propre sœur de son père, la survivante. Et*c* quand sonnait la cloche pour le dîner, il allait vers l'idiote, et lui ayant pris le bras, la conduisait à la salle à manger, l'ins-

tallait en face de lui, nouait autour de son cou une serviette. Voyait-il la nourriture[a] qui retombait de cette
bouche horrible ? Entendait-il ces éructations ? Le repas
achevé, il l'emmenait avec le même cérémonial et la
remettait entre les mains de la vieille Jeannette.

Puis Xavier gagnait, dans le pavillon qui ouvrait sur
la rivière et sur les coteaux, l'immense chambre où Michel
et lui avaient vécu pendant des années. L'hiver, on y
entretenait du feu depuis le matin. À la belle saison, les
deux fenêtres étaient ouvertes et il regardait les vignes,
les prairies. Un rossignol s'interrompait dans le catalpa
où il y avait toujours eu des rossignols... Michel, adolescent, se levait pour les écouter. Xavier revoyait cette
longue forme blanche penchée sur le jardin. Il lui criait,
à demi endormi : « Recouche-toi, Michel ! ce n'est pas
raisonnable, tu vas prendre froid. » Pendant très peu de
jours et de nuits, la vigne en fleurs sentait le réséda...
Xavier ouvre un livre de Balzac, veut conjurer le fantôme. Le livre lui glisse des mains, il pense à Michel et
il pleure[b].

Le matin, dès huit heures, la voiture l'attendait et,
jusqu'au soir, il visitait les propriétés de ses neveux.
Il allait de Cernès, dans la palu, où l'on récolte le gros
vin, à Respide, aux abords de Saint-Croix-du-Mont, où
il réussissait aussi bien qu'à Sauternes[1]; puis du côté de
Couamères, sur la route de Casteljaloux : là, les troupeaux de vaches ne rapportaient que des déboires.

Partout il fallait mener des enquêtes, étudier les carnets
de comptes, éventer les ruses et les traquenards des
paysans qui eussent été les plus forts sans les lettres
anonymes que Xavier Frontenac trouvait, chaque
semaine, dans son courrier. Ayant ainsi défendu les
intérêts des enfants, il rentrait si las qu'il se mettait au lit
après un dîner rapide. Il croyait avoir sommeil et le sommeil ne venait pas : c'était le feu mourant qui se réveillait
soudain, et illuminait le plancher et l'acajou des fauteuils — ou, au printemps, le rossignol que[c] l'ombre de
Michel écoutait.

Le lendemain matin, qui était dimanche, Xavier se
levait tard, passait une chemise empesée, un pantalon
rayé, une jaquette de drap ou d'alpaga, chaussait des
bottines à boutons allongées et pointues, se coiffait d'un
melon ou d'un canotier, descendait au cimetière. Le

gardien saluait Xavier, d'aussi loin qu'il l'apercevait.
Tout ce qu'il pouvait pour ses morts, Xavier l'accomplissait, en leur assurant, par de continuels pourboires,
la faveur de cet homme. Parfois, ses bottines pointues
enfonçaient dans la boue; parfois elles se couvraient
de cendre; des taupes crevaient*a* la terre bénite. Le Frontenac vivant se découvrait devant les Frontenac retournés
en poussière. Il était là, n'ayant rien à dire ni à faire —
pareil à la plupart de ses contemporains, des plus illustres
aux plus obscurs, emmuré dans son matérialisme, dans
son déterminisme, prisonnier d'un univers infiniment
plus borné que celui d'Aristote*b1*. Et pourtant il demeurait là, son chapeau melon dans la main gauche; et de la
droite, pour se donner une contenance devant la mort,
il coupait les « gourmands » des rosiers vivaces.

L'après-midi*c*, l'express de cinq heures l'emportait
vers Bordeaux. Après avoir acheté des pâtisseries et des
bonbons, il sonnait chez sa belle-sœur. On courait dans
le corridor. Les enfants criaient : « C'est l'oncle Xavier ! »
De petites mains se disputaient le verrou de la porte.
Ils se jetaient dans ses jambes, lui arrachaient ses paquets.

« Je vous demande pardon, Xavier, reprenait
Blanche Frontenac qui avait de " bons retours ", il faut
m'excuser*d*, je ne tiens pas toujours mes nerfs... Vous
n'avez pas besoin de me rappeler quel oncle vous êtes
pour mes petits... »

Comme*e* toujours, il parut ne pas l'entendre ou plutôt
n'attacher aucune importance à ses propos. Il allait et
venait dans la chambre, ses deux mains relevaient les
pans de sa jaquette. L'œil rond et anxieux, il murmura
seulement : « qu'on ne faisait rien si l'on ne faisait pas
tout... » Blanche eut de nouveau la certitude que tout à
l'heure, elle l'avait atteint au plus profond. Elle essaya
encore de le rassurer : ce n'était nullement son devoir*f*,
lui répétait-elle, que d'habiter Bordeaux, s'il préférait
Angoulême, ni que de vendre des bois merrains s'il avait
du goût pour la procédure. Elle ajouta :

« Je sais bien que votre petite étude ne vous occupe
guère... »

Il la regarda de nouveau avec angoisse, comme s'il
avait craint d'être percé à jour; et elle s'efforçait encore
de le persuader, sans rien*g* obtenir de lui qu'une attention

simulée. Elle eût été si heureuse qu'il se confiât ! mais c'était un mur. Même du passé[a], il ne s'entretenait jamais avec sa belle-sœur, ni surtout de Michel. Il avait ses souvenirs à lui, qui n'appartenaient qu'à lui. Cette mère, gardienne des derniers Frontenac, et qu'il vénérait à ce titre, demeurait pour lui une demoiselle Arnaud-Miqueu, une personne accomplie, mais venue du dehors. Elle se tut[b], déçue, et de nouveau irritée. N'irait-il pas se coucher bientôt ? Il s'était rassis, les coudes contre ses maigres cuisses, et tisonnait comme s'il eût été seul.

« À propos, dit-il soudain, Jeannette réclame un coupon d'étoffe : tante Félicia a besoin d'une robe pour la demi-saison.

— Ah ! dit Blanche, tante Félicia ! » Et poussée par elle ne savait quel démon :

« Il faudra[c] que nous ayons, à son sujet, une conversation sérieuse. »

Enfin, elle l'obligeait à être attentif ! Les yeux ronds se fixèrent sur les siens. Quel lièvre allait-elle encore lever, cette femme ombrageuse, toujours prête à l'attaque ?

« Avouez que cela n'a pas le sens commun de payer trois domestiques et un jardinier pour le service d'une pauvre démente qui serait tellement mieux soignée, et surtout mieux surveillée, à l'hospice[a]...

— Tante Félicia, à l'hospice ? »

Elle avait réussi à le mettre hors de lui. Les couperoses de ses joues passèrent du rouge au violet.

« Moi vivant, cria-t-il d'une voix aiguë, tante Félicia ne quittera pas la maison de famille. Jamais la volonté de mon père ne sera violée. Il ne s'est jamais séparé de sa sœur...

— Allons donc ! il partait le lundi de Preignac pour ses affaires, et ne quittait Bordeaux que le samedi soir. Votre pauvre mère toute seule, devait supporter tante Félicia.

— Elle le faisait avec joie... Vous ne connaissez pas les usages de ma famille... elle ne[e] se posait même pas la question... C'était la sœur de son mari[1]...

— Vous le croyez... mais à moi elle a fait ses confidences, la pauvre femme ; elle m'a parlé de ces années de solitude en tête à tête avec une idiote... »

Furieux, Xavier cria :

« Je ne croirai jamais qu'elle se soit plainte, et surtout qu'elle*a* se soit plainte à vous.

— C'est que ma belle-mère m'avait adoptée, elle m'aimait et ne me considérait pas comme une étrangère.

— Laissons-là mes parents, voulez-vous ? coupa-t-il sèchement. Chez les Frontenac, on n'a jamais fait intervenir la question d'argent lorsqu'il s'agissait d'un devoir de famille. Si vous trouvez excessif de payer la moitié des frais pour la maison de Preignac, je consens à me charger de tout. Vous oubliez d'ailleurs que tante Félicia avait des droits sur l'héritage de mon grand-père, dont mes parents n'ont jamais tenu compte au cours des partages. Mon pauvre père ne s'est jamais inquiété de la loi... »

Blanche, piquée au vif, n'essaya plus de retenir ce qu'elle tenait en réserve depuis le commencement de la dispute :

« Bien que je ne sois pas une Frontenac, j'estime que mes enfants doivent contribuer pour leur part à l'entretien de leur grand-tante et même lui assurer ce train de vie ridiculement coûteux et dont elle est incapable de jouir. J'y consens, puisque c'est votre fantaisie. Mais ce que je n'admettrai jamais, ajouta-t-elle en élevant la voix, c'est qu'ils deviennent les victimes de cette fantaisie, c'est qu'à cause de vous, leur bonheur soit compromis... »

Elle s'arrêta*b* pour ménager son effet; il ne voyait pas où elle voulait en venir.

« Ne craignez-vous pas qu'on fasse des réflexions sur cette idiote, ni qu'on la croie folle ?

— Allons donc*c* ! tout le monde sait que la pauvre femme a eu le crâne défoncé par les fers.

— Tout le monde le savait à Preignac entre 1840 et 1860. Mais si vous vous imaginez que les générations actuelles remontent si haut... Non, mon cher. Ayez le courage de regarder en face votre responsabilité. Vous tenez à ce que tante Félicia habite le château de ses pères, dont elle ne quitte d'ailleurs pas la cuisine, servie par trois domestiques que personne ne surveille et qui peut-être la font souffrir... Mais cela sera payé par les enfants de votre frère, lorsqu'au moment de se marier, ils verront se fermer toutes les portes... »

Elle tenait bien sa victoire, et déjà s'en effrayait.

Xavier Frontenac parut atterré[a]. Certes, Blanche n'avait pas joué l'inquiétude. Depuis longtemps, elle pensait au danger que tante[b] Félicia faisait courir aux enfants. Mais le péril était dans le futur, elle avait exagéré... Avec son[c] habituelle bonne foi, Xavier lui rendait les armes :

« Je n'y avais jamais songé, soupira-t-il. Ma pauvre Blanche, je ne pense jamais à rien quand il s'agit des enfants. »

Il tournait dans la chambre, traînait les talons, les genoux un peu fléchis. La colère de Blanche tomba d'un coup et déjà elle se reprochait sa victoire. Elle protesta que tout pouvait se réparer encore. À Bordeaux, on ignorait l'existence de tante Félicia qui ne vivrait pas éternellement et dont le souvenir s'effacerait vite. Et comme Xavier demeurait sombre, elle ajouta :

« D'ailleurs, beaucoup croient qu'elle est tombée en enfance : c'est l'opinion la plus répandue. Je doute qu'elle ait jamais passé pour folle; mais ça pourrait venir... Il s'agit de parer à un danger possible. Ne vous mettez pas dans cet état, mon pauvre ami. Vous savez que je m'emballe, que je grossis tout... C'est ma nature. »

Elle entendit le souffle court de Xavier. Son père et sa mère, songeait-elle, étaient morts d'une maladie de cœur. « Je pourrais le tuer. » Il s'était rassis au coin du feu, le corps tassé. Elle se recueillit[d], ferma les yeux : deux longues paupières bistrées adoucirent ce visage amer. Xavier ne se doutait pas qu'à côté de lui, cette femme s'humiliait, se désolait de ne pouvoir se vaincre. La voix[e] confuse d'un enfant qui rêvait s'éleva dans l'appartement silencieux. Xavier dit que c'était l'heure d'aller dormir, qu'il réfléchirait à leur conversation de ce soir. Elle l'assura qu'ils avaient tout le temps pour prendre une décision.

« Non, nous devons faire vite : il s'agit des enfants.

— Vous vous donnez trop de souci, dit-elle avec élan. Malgré tout ce que je vous reproche, il n'existe pas deux oncles au monde qui vous vaillent... »

Il fit un geste[f] qui signifiait peut-être : « Vous ne savez pas... » Oui, il se reprochait quelque chose, elle ne pouvait imaginer quoi.

Quelques minutes plus tard, agenouillée pour sa prière du soir, elle ramenait en vain sa pensée aux oraisons

familières. À la prochaine visite de Xavier, elle tâcherait
d'en apprendre un peu plus long; ce serait difficile, car il
ne se livrait guère, à elle moins qu'à personne. Impossible de se recueillir, et pourtant[a] il eût été grand temps
de dormir; car elle se levait, le lendemain, à six heures
pour faire travailler José, son cadet, toujours et en tout le
dernier de sa classe, comme Jean-Louis en était le premier... Intelligent et fin autant que les deux autres, ce
José, mais étonnamment doué pour se dérober, pour ne
pas entendre — un de ces enfants que les mots n'atteignent pas, qui ont le génie de l'absence. Ils livrent aux
grandes personnes un corps inerte, appesanti sur les
livres de classes déchirés, sur[b] des cahiers pleins de
taches. Mais leur esprit agile court bien loin de là, dans
les hautes herbes de la Pentecôte, au bord du ruisseau,
à la recherche des écrevisses. Blanche savait que pendant
trois quarts d'heure, elle se battrait en vain contre ce
petit garçon somnolent, aussi dénué d'attention, aussi
vidé de pensée et même de vie qu'une chrysalide abandonnée[1].

Les enfants partis, déjeunerait-elle? Oui, elle déjeunerait : inutile de rester à jeun... Après sa conduite de ce
soir à l'égard de son beau-frère, comment eût-elle osé
communier? Il fallait[c] passer à la Société Générale. Elle
avait un rendez-vous avec l'architecte pour l'immeuble
de la rue Sainte-Catherine. Trouver le temps d'aller voir
ses pauvres. Chez Potin, faire un envoi d'épicerie aux
Repenties. « J'aime cette œuvre de la Miséricorde... ».
Le soir, après dîner, les enfants couchés, elle descendrait
chez sa mère[2]. Sa sœur serait là avec son mari. Peut-être
tante Adila, ou l'abbé Mellon, le premier vicaire[3]... Des
femmes qui sont aimées... Elle n'a pas eu à choisir...
Avec tous ses enfants, elle eût été épousée pour sa fortune... Non, non, elle savait bien qu'elle plaisait encore...
Ne pas penser à ces incidents. Peut-être avait-elle commencé à y penser? Surtout, pas de scrupules. Il ne lui
appartenait pas de frustrer ses petits de la moindre part
d'elle-même; aucun mérite[d], elle était faite comme cela...
Cette persuasion qu'ils paieraient dans leur chair tout ce
qu'elle pourrait accomplir de mal[4]... Elle savait que cela
ne reposait sur rien. Condamnée à perpétuité à ses
enfants. Elle en souffrait. « Une femme finie... je suis
une femme finie[5]... » Elle appuya ses mains sur ses yeux,

les fit glisser le long des joues. « Songer[a] à passer chez le dentiste... »

Une voix appelait : encore Yves ! Elle alla à pas de loup jusqu'à sa chambre. Il dormait d'un sommeil agité, il avait rejeté ses couvertures. Une jambe squelettique et brune pendait hors du lit. Elle le recouvrit, le borda, tandis qu'il se retournait vers le mur en marmonnant des plaintes confuses. Elle[b] lui toucha le front et le cou pour voir s'il était chaud.

III

Tous les quinze jours, le dimanche, oncle Xavier reparut sans que sa belle-sœur pût avancer d'un pas dans la découverte du secret. Il revenait pour les enfants, comme le congé du premier jeudi du mois, comme la communion hebdomadaire, comme la composition et la lecture des notes du vendredi ; il était une constellation de ce ciel enfantin, de cette mécanique si bien réglée, que rien d'insolite, semblait-il, n'y aurait trouvé de place[1]. Blanche[c] aurait cru qu'elle avait rêvé si les silences de l'oncle, son air absorbé, ses allées et venues, le regard[d] perdu, si sa face ronde plissée par l'idée fixe, ne lui eussent rappelé l'époque où elle-même avait subi une crise de scrupules. Oui, cette chrétienne retrouvait, dans cet indifférent, les signes du mal dont le père de Nole l'avait guérie. Elle s'y connaissait, elle aurait voulu le rassurer. Mais il ne donnait aucune prise. Du moins[e] avait-elle obtenu, par une grâce qu'elle sentait toute gratuite, de ne plus[f] s'irriter, de lui chercher moins souvent querelle. S'apercevait-il seulement des efforts de Blanche ? Elle, naguère si jalouse de son autorité, lui demandait conseil pour tout ce qui concernait les enfants. Était-il d'avis qu'elle achetât un cheval de selle à Jean-Louis, qui était le meilleur cavalier du collège ? Fallait-il obliger Yves à suivre les cours d'équitation, malgré la terreur qu'il en avait ? Obtiendrait-on de meilleurs résultats en mettant José pensionnaire ?

Il n'était plus besoin d'allumer le feu, ni même la lampe. Seul demeurait sombre le corridor où, quelques minutes avant le dîner, Blanche se promenait en récitant son chapelet, et Yves la suivait, soutenant des deux doigts sa robe, tout livré à un rêve de magnificence dont il n'ouvrait à personne l'accès[a1]. Des martinets criaient. On ne s'entendait pas, à cause du tram à chevaux du cours d'Alsace. Les sirènes du port le rendaient plus proche. Blanche disait qu'avec la chaleur les enfants devenaient idiots. Ils[b] inventaient des jeux stupides, comme de rester à la salle à manger après le dessert, de se mettre sur la tête leurs serviettes de table, puis de s'enfermer dans un réduit obscur et de frotter leur nez l'un contre l'autre : ce qu'ils appelaient jouer à la « communauté »[2].

Un samedi de juin, comme Blanche ne songeait plus au secret de l'oncle Xavier, il lui fut soudain livré, et la lumière lui vint d'où elle ne l'eût jamais attendue. Les enfants couchés, elle était descendue comme de coutume chez sa mère. Après avoir traversé la salle à manger où la table n'était pas encore desservie et qui sentait la fraise, elle avait poussé la porte du petit salon. Mme Arnaud-Miqueu emplissait tout entier un fauteuil de cuir. Elle avait attiré sa fille, l'avait embrassée, à sa manière, presque goulûment. Sur le balcon[c], Blanche aperçut son beau-frère et sa sœur Caussade et la vaste tournure de la tante Adila, belle-sœur[d] de Mme Arnaud-Miqueu. Ils riaient, le verbe haut, et eussent été entendus de tout le voisinage si, à l'entour, chacun n'avait aussi crié à tue-tête. Dans la rue, un groupe de garçons chantaient le refrain :

> *Et l'enfant[e] disait au soldat :*
> *« Sentinelle ne tirez pas !* (bis)
> *C'est un oiseau qui vient de France[3]. »*

La tante Adila l'aperçut.
« C'est Blanche ! Eh ! adieu, ma mignonne. »
Caussade cria, pour couvrir[f] le bruit du tramway :
« Je vous attendais... j'en ai une bien bonne... Tenez-vous bien ! Devinez[g].
— Allons, Alfred, intervint sa femme, elle donne sa langue au chat.
— Eh bien, ma chère, je plaidais hier à Angoulême et j'y ai appris que M. Xavier Frontenac, au vu et au su

de toute la ville, entretenait une petite dame... Hein ? que pensez-vous de ça ? »

Sa femme l'interrompit : il allait effrayer Blanche, lui monter la tête[a]...

« Ah ! pour cela non, rassurez-vous : il ne ruine pas ses neveux; il paraît que la pauvre petite ne fait pas gras tous les jours... »

Blanche le coupa d'un ton sec[b] : elle était fort tranquille sur ce point. D'ailleurs, la vie privée de Xavier Frontenac ne regardait personne ici.

« Je te l'avais dit, la voilà qui s'emballe.

— Elle aime bien le houspiller, mais ne permet pas que les autres y touchent[c]. »

Blanche protesta qu'elle ne s'emballait pas. Puisque, pour son malheur, Xavier n'avait aucune croyance, elle ne voyait pas ce qui, humainement, aurait pu le retenir. Les voix baissèrent d'un ton. Alfred Caussade raconta, pour tranquilliser sa belle-sœur[d], que Xavier Frontenac était légendaire à Angoulême, que sa ladrerie à l'égard de son amie le rendait ridicule. Blanche pouvait dormir tranquille. Il obligeait la malheureuse à ne pas quitter son métier de lingère[e], en chambre. Il l'avait chichement meublée, payait son loyer, et c'était tout. On en faisait des gorges chaudes... Alfred s'arrêta, déconcerté : Blanche, qui ne redoutait pas les coups de théâtre, après avoir plié son ouvrage, venait de se lever. Elle embrassa Mme Arnaud-Miqueu et prit congé[f], sans un mot, de sa famille déconfite. L'esprit Frontenac l'avait envahie tout entière. Elle en était secouée comme une Pythie et quand elle fut à son étage, sa main tremblante ne pouvait introduire la clef dans la serrure.

Comme elle rentrait deux heures plus tôt que d'habitude, il faisait jour encore et elle trouva dans sa chambre les trois garçons en chemise de nuit, accroupis devant le rebord de la fenêtre et qui jouaient à cracher sur la pierre et à la frotter avec un noyau d'abricot : il s'agissait d'user le noyau[g] des deux côtés jusqu'à ce qu'on pût le percer. Après quoi, on enlevait l'amande avec une aiguille. Ainsi les plus patients obtenaient-ils un sifflet qui, d'ailleurs, ne sifflait pas et qu'ils finissaient toujours par avaler. Les garçons furent stupéfaits d'être à peine grondés et détalèrent comme des lapins. Blanche Frontenac pensait[h] à Xavier : bien qu'elle s'en défendît[a], il lui paraissait plus humain, plus accessible. Elle le verrait, le lendemain soir : c'était son dimanche de passage. Elle l'imagine, à cette heure, seul dans la grande maison morte de Preignac...

Ce même soir, Xavier Frontenac[b] s'était d'abord assis sous la marquise ; mais il avait eu trop chaud dans les vignes et il eut peur de prendre mal. Il erra un instant dans le vestibule, puis se décida à monter. Plus que les nuits pluvieuses d'hiver où le feu lui tenait compagnie et l'incitait à la lecture, il redoutait ces soirs de juin, « les soirs de Michel ». Autrefois[c], Xavier se moquait de Michel à cause de sa manie de citer, à tout propos, des vers[d] de Hugo. Xavier, lui, détestait les vers. Mais maintenant, quelques-uns lui revenaient qui avaient gardé l'inflexion de la voix chérie. Il fallait qu'il les retrouvât pour retrouver l'intonation sourde et monotone de son frère. Ainsi, ce soir-là, près de la fenêtre ouverte du côté de la rivière invisible, de même qu'il eût cherché une note, un accord, Xavier récitait sur des tons différents :

Nature[e] au front serein, comme vous oubliez[2] *!*

Les prairies étaient stridentes, il y avait toujours eu ces coassements, ces abois, ces rires. Et l'avoué d'Angoulême, appuyé à la fenêtre répétait, comme si quelqu'un lui eût soufflé chaque mot :

À peine[f] un char lointain glisse dans l'ombre, écoute,
Tout dort et se repose et l'arbre de la route
Secoue au vent du soir la poussière du jour[2]*...*

Il tourna le dos à la fenêtre, alluma un cigare de trois sous, et selon sa coutume, il traînait les pieds à travers la pièce, le bas de son pantalon pris entre la cheville et la pantoufle. Il trahissait Michel dans ses enfants, se répétait-il, ressassant ses vieux remords. L'année où il[g] achevait son doctorat en droit à Bordeaux, il avait connu cette fille déjà défraîchie, à peine moins âgée que lui, dont il subissait le pouvoir sans en chercher la raison. Il aurait fallu[h] entrer dans le mystère de ses timidités, de ses phobies, de ses insuffisances, de ses obsessions d'anxieux.

Bonne femme, maternelle, qui ne se moquait pas : tel était, peut-être, le secret de sa puissance.

Même du vivant[a] de Michel, Xavier n'avait pas pris légèrement cette situation irrégulière. Chez les Frontenac, un certain rigorisme était de tradition, non d'essence religieuse mais républicaine et paysanne. Le grand-père ni le père de Xavier ne pouvaient souffrir le moindre propos graveleux[1]; et le faux ménage[b] de l'oncle Péloueyre, ce vieux garçon, frère de Mme Frontenac, dont la famille avait hérité Bourideys, le domaine landais, avait été[c] le scandale de la famille[2]. On racontait qu'il recevait chez lui, dans la maison de Bourideys, où ses parents étaient morts, cette créature[d] et qu'elle osait se montrer, à onze heures du matin, sur le pas de la porte, en peignoir rose, les pieds nus dans ses pantoufles, et la tresse dans le dos. L'oncle Péloueyre mourut à Bordeaux, chez cette fille, alors qu'il était venu pour faire un testament en sa faveur[4]. Xavier avait horreur de penser qu'il marchait sur les mêmes traces, et que, sans l'avoir voulu, il reprenait cette tradition de vieux garçon dévergondé. Ah ! du moins que la famille ne le sache pas, qu'elle ne découvre pas cette honte ! La crainte qu'il en avait lui inspira d'acheter une étude loin[e] de Bordeaux : il avait cru que le silence d'Angoulême se refermerait sur sa vie privée.

À la mort de Michel, la famille ne lui laissa pas le temps de cuver sa douleur. Ses parents qui vivaient encore, Blanche, le tirèrent de son hébétude pour lui notifier ce que la famille avait décidé : « il allait de soi » qu'il devait vendre l'étude, quitter Angoulême, pour venir occuper à Bordeaux, dans la maison de bois merrains, la place laissée vide par Michel. Xavier protestait en vain qu'il n'entendait rien aux affaires; on lui assurait qu'il aurait l'appui d'Arthur Dussol, leur associé. Mais il se débattait furieusement : renoncer à Joséfa ? c'était au-dessus de ses forces. L'installer à Bordeaux ? Le faux ménage serait en huit jours découvert. Il rencontrerait Blanche, les enfants, avec cette femme à son bras... Cette seule image le faisait[f] pâlir. Plus que jamais, maintenant qu'il était devenu le tuteur de ses neveux, il importait de dissimuler, de recouvrir cette honte. Après tout, l'intérêt des enfants ne semblait en rien menacé par la gestion de Dussol, les Frontenac gardant la majorité des actions. Cela seul

importait aux yeux de Xavier : que rien ne transpirât de
sa vie privée. Il tint bon, il résista pour la première fois
à la volonté de son père déjà marqué par la mort.

Les affaires[a] enfin réglées, Xavier n'avait pas retrouvé
le calme. Il ne put se livrer paisiblement à son chagrin ;
un remords le rongeait, — le même qui, ce soir, le fait
tourner en rond dans la chambre de son enfance, entre
son lit et le lit où il imagine toujours Michel étendu. Le
patrimoine[b] devait revenir aux enfants de Michel, c'était
voler les Frontenac, estimait-il, que d'en distraire un sou.
Or, il avait promis à Joséfa de placer en son nom, pendant dix années, à chaque premier janvier, une somme de
dix mille francs ; après quoi, il était entendu qu'elle ne
devait rien attendre de Xavier, sauf, tant qu'il vivrait,
le loyer et une mensualité de trois cents francs. En se
privant de tout (son avarice amusait Angoulême), Xavier[c]
économisait vingt-cinq mille francs par an ; mais, sur
cette somme, quinze mille francs seulement allaient à ses
neveux. Il les volait de dix billets, se répétait-il, sans
compter tout ce qu'il dépensait pour Joséfa. Sans doute
leur avait-il fait abandon de sa part dans les propriétés,
et chacun peut disposer de ses revenus à sa fantaisie.
Mais il connaissait une loi secrète, une loi obscure, une
loi Frontenac qui seule avait puissance sur lui. Vieux
garçon dépositaire du patrimoine, il le gérait pour le
compte de ces petits êtres sacrés, nés de Michel, qui
s'étaient partagé les traits de Michel, — et Jean-Louis
avait pris ses yeux sombres, et Danièle avait ce même
signe noir, près de l'oreille gauche, et Yves cette paupière tombante.

Parfois[d] il endormait son remords et, pendant des
semaines, n'y songeait plus. Mais ce qui ne le quittait
jamais, c'était le souci de se cacher. Il voulait mourir
avant que sa famille eût soupçonné le concubinage.
Il ne se[e] doutait pas, ce soir-là, qu'à la même heure, dans
le grand lit à colonnes où son frère avait expiré, Blanche,
les yeux ouverts, au sein de cette ombre étouffante des
nuits bordelaises, pensait à lui et se forgeait à son propos
le plus étrange devoir : les enfants dussent-ils y perdre
une fortune, elle pousserait son beau-frère au mariage.
Ne rien faire qui pût détourner Xavier de régulariser sa
situation, n'était pas suffisant ; il fallait l'y inciter par
tous les moyens. Oui, c'était héroïque ! Mais justement...

Dès demain, elle s'efforcerait d'amener la conversation sur ce sujet brûlant, elle amorcerait une offensive.

Il ne s'y prêta*a* guère. Pendant le dîner, Blanche avait profité d'une réflexion de Jean-Louis pour affirmer qu'oncle Xavier pouvait encore fonder un foyer, avoir des enfants. « J'espère bien qu'il n'y a pas renoncé... » Il ne vit là qu'une boutade, entra dans le jeu, et avec une certaine verve qu'il avait parfois, décrivit sa fiancée imaginaire, à la grande joie des petits.

Lorsqu'ils*b* furent couchés, comme le beau-frère et la belle-sœur étaient accoudés à la fenêtre, elle fit un grand effort :

« Je parlais*c* sérieusement, Xavier, et je veux que vous le sachiez : je serais heureuse, sans aucune arrière-pensée, le jour où j'apprendrais que vous vous êtes décidé au mariage, si tardivement*d* que ce fût... »

Il répondit d'un ton sec, et qui coupait court au débat, qu'il ne se marierait jamais. D'ailleurs cette réflexion de sa belle-sœur n'éveilla en rien sa méfiance; car l'idée d'un mariage avec Joséfa n'aurait pu même traverser son esprit. Donner le nom de Frontenac à une femme de rien, qui avait roulé, l'introduire*e* dans la maison de ses parents, et surtout la présenter à la femme de Michel, aux enfants de Michel, de tels sacrilèges n'étaient pas concevables. Aussi ne crut-il pas une seconde que Blanche avait éventé son secret. Il quitta la fenêtre*f*, agacé, mais nullement inquiet, et demanda la permission de se retirer dans sa chambre.

IV

La lente vie de l'enfance coulait, qui semble ne laisser aucune place à l'accident, au hasard[1]. Chaque heure débordait de travail, amenait le goûter, l'étude, le retour en omnibus, l'escalier monté quatre à quatre, l'odeur du dîner, maman, *L'Ile mystérieuse,* le sommeil. La maladie même (faux croup d'Yves, fièvre muqueuse de José, scarlatine de Danièle) prenait sa place, s'ordonnait avec le reste, comportait plus de joies que de peines, faisait

date, servait de repère au souvenir : « l'année de ta
fièvre muqueuse... » Les vacances successives s'ouvraient sur les colonnes profondes des pins à Bourideys,
dans la maison purifiée de l'oncle Péloueyre[1]. Étaient-ce
les mêmes cigales que l'année dernière ? Des propriétés
de vigne, de Respide, arrivaient les paniers de reines-
claudes et de pêches. Rien de changé, sauf les pantalons
de Jean-Louis et de José qui allongèrent. Blanche Frontenac, si maigre naguère, devenait épaisse, s'inquiétait
de sa santé, croyait avoir un cancer et, ravagée par cette
angoisse, pensait au sort de ses enfants lorsqu'elle aurait
disparu. C'était elle qui, maintenant, prenait Yves dans
ses bras et lui qui, parfois, résistait. Elle avait beaucoup
de potions à boire avant et après les repas, sans interrompre, à aucun moment, le dressage de Danièle et de
Marie. Les petites détenaient déjà de fortes jambes et
une croupe basse et large qui ne changeraient plus. Deux
ponettes déjà équipées et qui trompaient leur faim sur
les enfants des laveuses et des femmes de journée.

Cette année-là[a], les fêtes de Pâques furent si précoces
que dès la fin de mars elles ramenèrent à Bourideys les
enfants Frontenac. Le printemps était dans l'air mais
demeurait invisible. Sous les feuilles du vieil été, les
chênes paraissaient frappés de mort. Le coucou appelait
au-delà des prairies. Jean-Louis, le « calibre 24 » sur
l'épaule, croyait chasser les écureuils, et c'était le printemps qu'il cherchait. Le printemps rôdait dans ce faux
jour d'hiver comme un être qu'on sent tout proche et
qu'on ne voit pas. Le garçon croyait respirer son haleine
et, tout à coup, plus rien : il faisait froid. La lumière de
quatre heures, un bref instant, caressait les troncs, les
écorces des pins luisaient comme des écailles, leurs blessures gluantes captaient le soleil déclinant. Puis, soudain, tout s'éteignait ; le vent d'ouest poussait des nuages
lourds qui rasaient les cimes, et il arrachait à cette foule
sombre une longue plainte.

Comme il approchait des prairies que la Hure arrose,
Jean-Louis surprit enfin le printemps : ramassé le long
du ruisseau, dans l'herbe déjà épaisse, ruisselant des
bourgeons gluants et un peu dépliés des vergnes.
L'adolescent se pencha sur le ruisseau pour voir les
longues chevelures vivantes des mousses. Des cheve-

lures… les visages devaient être enfouis, depuis le commencement du monde, dans le sable ridé par le courant des douces eaux. Le soleil reparut. Jean-Louis s'appuya contre un vergne et tira de sa poche le *Discours sur la méthode* dans une édition scolaire, et il ne vit plus^a le printemps pendant dix minutes.

Il fut distrait par la vue de cette barrière démolie : un obstacle qu'il avait fait établir en août pour exercer sa jument Tempête. Il fallait dire à Burthe de la réparer. Il monterait demain matin… Il irait à Léojats, il verrait Madeleine Cazavieilh… Le vent^b tournait à l'est et apportait l'odeur du village : térébenthine, pain chaud, fumées des feux où se préparaient d'humbles repas. L'odeur du village était l'odeur du beau temps et elle remplit le garçon de joie. Il marchait dans l'herbe déjà trempée. Des primevères luisaient sur le talus qui ferme la prairie à l'ouest. Le jeune homme le franchit, longea une lande récemment rasée, et redescendit vers le bois de chênes que traverse la Hure avant d'atteindre le moulin; et soudain il s'arrêta et retint un éclat de rire : sur la souche d'un pin, un étrange petit moine encapuchonné était assis, et psalmodiait à mi-voix, un cahier d'écolier dans sa main droite. C'était Yves qui avait rabattu sur sa tête son capuchon et se tenait le buste raide, mystérieux, assuré d'être seul et comme servi par les anges. Jean-Louis n'avait plus envie de rire parce que c'est toujours effrayant d'observer quelqu'un qui croit n'être vu de personne. Il avait peur comme s'il eût surpris un mystère défendu. Son premier mouvement fut donc de s'éloigner et de laisser le petit frère à ses incantations. Mais le goût de taquiner, tout-puissant à cet âge, le reprit et lui inspira de se glisser vers l'innocent^c que le capuchon rabattu rendait sourd. Il se dissimula derrière un chêne, à un jet de pierre de la souche où Yves trônait, sans pouvoir saisir le sens de ses paroles que le vent d'est emportait. D'un bond, il fut sur sa victime, et avant que le petit ait poussé un cri, il lui avait arraché le cahier, filait à toutes jambes vers le parc.

Ce que nous faisons aux autres, nous ne le mesurons jamais. Jean-Louis se fût affolé s'il avait vu l'expression de son petit frère pétrifié au milieu de la lande. Le désespoir^d le jeta soudain par terre, et il appuyait sa face contre le sable pour étouffer ses cris. Ce qu'il écrivait à l'insu des autres, ce qui n'appartenait qu'à lui, ce qui demeurait un secret entre Dieu et lui, livré à leurs risées, à leurs moqueries... Il se mit à courir dans la direction[a] du moulin. Pensait-il à l'écluse où, naguère, un enfant s'était noyé[1] ? Plutôt songeait-il, comme il l'avait fait souvent, à courir droit devant lui, à ne plus jamais rentrer chez les siens. Mais il perdait le souffle. Il n'avançait[b] plus que lentement à cause du sable dans ses souliers[c] et parce qu'un pieux enfant est toujours porté par les anges : « ... Parce que le Très-Haut a commandé à ses anges à ton sujet de te garder dans toutes tes voies. Ils te porteront dans leurs mains de peur que ton pied ne heurte contre une pierre[2]... » Soudain une pensée consolante lui était venue : personne au monde, pas même Jean-Louis, ne déchiffrerait son écriture secrète[d], pire que celle dont il usait au collège. Et ce qu'ils en pourraient lire leur paraîtrait incompréhensible. C'était fou de se monter[e] la tête : que pouvaient-ils entendre à cette langue dont lui-même n'avait pas toujours la clef ?

Le chemin de sable aboutit au pont, à l'entrée du moulin. L'haleine des prairies les cachait. Le vieux cœur du moulin battait encore dans le crépuscule. Un cheval ébouriffé passait sa tête à la[f] fenêtre de l'écurie. Les pauvres maisons fumantes, au ras de terre, le ruisseau[g], les prairies, composaient une clairière de verdure, d'eau et de vie cachée que cernaient de toutes part les plus vieux pins de la commune. Yves se faisait[h] des idées : à cette heure-ci le mystère du moulin ne devait pas être violé. Il revint sur ses pas. Le premier coup de cloche sonnait pour le dîner. Un cri sauvage de berger traversa le bois. Yves fut pris[i] dans un flot de laine sale, dans une odeur puissante de suint; il entendait les agneaux sans les voir. Le berger ne répondit pas à son salut et il en eut le cœur serré.

Au tournant de l'allée du gros chêne, Jean-Louis le guettait, il avait le cahier à la main. Yves s'arrêta, indécis. Se fâcherait-il ? Le coucou[j] chanta une dernière fois du côté d'Hourtinat. Ils étaient immobiles[k] à quelques pas l'un de l'autre. Jean-Louis s'avança le premier et demanda :

« Tu n'es pas fâché ? »

Yves n'avait jamais résisté à une parole tendre, ni même à une intonation un peu plus douce qu'à l'ordinaire. Jean-Louis ne laissait pas d'être rude avec lui; il grondait trop souvent « qu'il fallait le secouer », et surtout, ce qui exaspérait Yves : « Quand tu seras[a] au régiment[1]... » Mais ce soir, il répétait :

« Dis, tu n'es pas[b] fâché ? »

L'enfant ne put répondre et mit un bras autour du cou de son aîné qui se dégagea, mais sans brusquerie.

« Eh bien, dit-il, tu sais, c'est très beau. »

L'enfant leva la tête et demanda ce qui était très beau.

« Ce que tu as écrit... c'est plus que très beau », ajouta-t-il avec ardeur.

Ils marchaient côte à côte dans l'allée encore claire, entre les pins noirs.

« Jean-Louis, tu te moques de moi, tu te paies ma tête ? »

Ils n'avaient[c] pas entendu le second coup de cloche. Mme Frontenac s'avança sur le perron et cria :

« Enfants !

— Écoute, Yves : nous ferons, ce soir, le tour du parc, tous les deux, je te parlerai. Tiens, prends ton cahier. »

À table, José, qui se tenait mal et mangeait voracement, répétait sa mère, et qui ne s'était pas lavé les mains, racontait sa course dans la lande avec Burthe : l'homme d'affaires dressait l'enfant à discerner les limites des propriétés. José n'avait d'autre ambition que de devenir le « paysan de la famille »; mais il désespérait de savoir jamais retrouver les bornes. Burthe comptait les pins d'une rangée, écartait les ajoncs, creusait la terre et soudain la pierre enfouie apparaissait, placée là depuis plusieurs siècles, par les ancêtres bergers[2]. Gardiennes du droit, ces pierres ensevelies mais toujours présentes, sans doute, inspiraient-elles à José un sentiment religieux, jailli des profondeurs de sa race. Yves oubliait de manger, regardait Jean-Louis à la dérobée et il songeait aussi à ces bornes mystérieuses : elles s'animaient dans son cœur, elles pénétraient dans le monde secret que sa poésie tirait des ténèbres[d].

Ils avaient essayé de sortir sans être vus. Mais leur mère les surprit :

« On sent l'humidité du ruisseau... Avez-vous au moins vos pèlerines ? Surtout, ne vous arrêtez pas. »

La lune n'était pas encore levée. Du ruisseau glacé et des prairies montait l'haleine de l'hiver. D'abord les deux garçons hésitèrent pour trouver l'allée, mais déjà leurs yeux s'accoutumaient à la nuit. Le jet sans défaut des pins rapprochait les étoiles : elles se posaient, elles nageaient dans ces flaques de ciel que délimitaient les cimes noires. Yves marchait, délivré d'il ne savait quoi, comme si en lui une pierre avait été descellée par son grand frère[a]. Ce frère de dix-sept ans lui parlait en courtes phrases embarrassées. Il craignait, disait-il, de rendre Yves trop conscient. Il avait peur de troubler la source... Mais Yves le rassurait; ça ne dépendait pas de lui, c'était comme une lave[b] dont d'abord il ne se sentait pas maître. Ensuite, il travaillait beaucoup sur cette lave refroidie, enlevait, sans hésiter, les adjectifs, les menus gravats qui y demeuraient pris. La sécurité de l'enfant gagnait Jean-Louis. Quel était l'âge d'Yves ? Il venait d'entrer dans sa quinzième année[1]... Le génie survivrait-il à l'enfance ?...

« Dis, Jean-Louis ? qu'est-ce que tu as le mieux aimé ?»
Question d'auteur : l'auteur venait de naître.
« Comment choisir ? J'aime bien lorsque les pins te dispensent de souffrir et qu'ils saignent à ta place, et que tu t'imagines, la nuit, qu'ils faiblissent et pleurent; mais cette plainte ne vient pas d'eux : c'est le souffle de la mer entre leurs cimes pressées[c2]. Oh ! surtout le passage...
— Tiens, dit Yves, la lune... »
Ils ne savaient pas qu'un soir de mars, en 67 ou 68, Michel et Xavier Frontenac suivaient cette même allée. Xavier avait dit aussi : « La lune... » et Michel avait cité le vers :

Elle monte, elle jette un long rayon dormant[a]...

La Hure coulait alors dans le même silence. Après plus de trente années, c'était[a] une autre eau mais le même ruissellement; et sous ces pins, un autre amour, — le même amour.
« Faudra-t-il les montrer ? demandait Jean-Louis. J'ai pensé à l'abbé Paquignon (son professeur de rhétorique qu'il admirait et vénérait)[4]. Mais même lui, j'ai peur qu'il ne comprenne pas : il dira que ce ne sont pas des vers et c'est vrai que ce ne sont pas des vers... Ça ne

ressemble à rien de ce que j'aie jamais lu[a]. On te troublera, **tu** chercheras à te corriger... Enfin, je vais y réfléchir[1]. »

Yves s'abandonnait à un sentiment de confiance totale.
Le témoignage de Jean-Louis lui suffisait ; il s'en rapportait au grand frère. Et soudain il eut honte parce qu'ils
n'avaient parlé que de ses poèmes.

« Et toi, Jean-Louis ? Tu ne vas pas devenir marchand de bois ? tu ne te laisseras pas faire ?

— Je suis décidé : Normale... l'agrégation de philo...
oui, décidément, la philo... N'est-ce pas maman, dans
l'allée ? »

Elle avait eu peur qu'Yves ne prît froid et lui apportait
un manteau. Quand elle les eut rejoints :

« Je deviens[b] lourde, dit-elle, et elle s'appuyait aux
bras des deux garçons. Tu es sûr que tu n'as pas toussé ?
Jean-Louis, tu ne l'as pas entendu tousser ? »

Le bruit de leurs pas sur le perron réveilla les filles
dans la chambre de la terrasse. La lampe du billard les
éblouit et ils clignèrent des yeux.

Yves, en se déshabillant, regardait la lune au-dessus
des pins immobiles et recueillis. Le rossignol ne chantait
pas que son père écoutait, au même âge, penché sur le
jardin de Preignac. Mais la chouette, sur cette branche
morte, avait peut-être une voix plus pure[c].

                              V

Yves ne s'étonna pas, le lendemain, de voir son aîné
prendre avec lui ses manières habituelles, un peu bour-
rues, comme s'il n'y avait eu entre eux aucun secret.
Ce qui lui apparaissait étrange, c'était[d] la scène de la
veille ; car il suffit à des frères d'être unis par les racines
comme deux surgeons d'une même souche, ils n'ont
guère coutume de s'expliquer : c'est le plus muet des
amours.

Le dernier jour des vacances, Jean-Louis obligea Yves
à monter Tempête et, comme toujours, à peine la jument
eut-elle senti sur ses flancs ces jambes craintives, qu'elle

572 Le Mystère Frontenac

partit au galop. Yves, sans vergogne, se cramponna au pommeau. Jean-Louis coupa à travers les pins et demeura au milieu de l'allée, les bras étendus. La jument s'arrêta net, Yves décrivit une parabole et se retrouva assis sur le sable, tandis que son frère proclamait : « Tu ne seras jamais qu'une nouille. »

Ce n'était pas cela qui choquait l'enfant. Une chose, pourtant, sans qu'il se l'avouât, l'avait déçu : Jean-Louis continuait ses visites à Léojats, chez les cousins Cazavieilh. En famille*a* et dans le village, chacun savait que, pour Jean-Louis, tous les chemins de sable aboutissaient à Léojats[1]. Des partages, autrefois, avaient brouillé les Cazavieilh et les Frontenac. À la mort de Mme Cazavieilh, ils s'étaient réconciliés; mais, comme disait Blanche, « entre eux, ça n'avait jamais été chaud, chaud... » Elle avait pourtant fait sortir, le premier jeudi du mois, Madeleine Cazavieilh qui comptait déjà parmi les grandes au Sacré-Cœur, lorsque Danièle et Marie étaient encore dans les petites classes.

Mme Frontenac cédait à la fois à l'inquiétude et à l'orgueil, quand Burthe disait : « M. Jean-Louis*b* fréquente... » Des sentiments contraires l'agitaient : crainte de le voir s'engager si jeune, mais aussi*c* attrait de ce que Madeleine toucherait à son mariage sur la succession de sa mère; et surtout, Blanche espérait que ce garçon plein de force éviterait le mal, grâce à un sentiment pur et passionné.

Yves, lui, fut déçu, au lendemain de l'inoubliable soirée, dès qu'il comprit, à quelques mots de son frère, que celui-ci revenait de Léojats, comme si la découverte qu'il avait faite dans le cahier d'Yves, eût dû le détourner de ce plaisir, comme si tout, désormais, aurait dû lui paraître fade... Yves*d* se faisait de cet amour des représentations simples et précises*e*; il imaginait des regards de langueur, des baisers furtifs, des mains longuement pressées, toute une romance qu'il méprisait. Puisque*f* Jean-Louis avait pénétré son secret, puisqu'il était entré dans ce monde merveilleux, qu'avait-il besoin de chercher ailleurs ?

Sans doute, les jeunes filles*g* existaient déjà, aux yeux du petit Yves. À la grand-messe de Bourideys, il admirait les chanteuses au long cou dont un ruban noir soulignait la blancheur, et qui se groupaient autour de l'harmonium comme au bord d'une vasque et gonflaient leur gorge qu'on eût dite pleine de millet et de maïs. Et son cœur battait vite lorsque passait à cheval la fille d'un grand propriétaire, la petite Dubuch, à califourchon sur un poulain, et ses boucles sombres sautaient sur ses minces épaules[1]. Auprès de cette sylphide, que Madeleine Cazavielh paraissait épaisse ! Un gros nœud de ruban s'épanouissait sur ses cheveux relevés en « catogan » et qu'Yves comparait à un marteau de porte. Elle était presque toujours vêtue d'un boléro très court sous les aisselles, qui dégageait une taille rebondie, et d'une jupe serrée sur les fortes hanches et qui allait s'évasant. Quand Madeleine Cazavielh croisait les jambes, on voyait qu'elle n'avait pas de chevilles[2]. Quel attrait Jean-Louis découvrait-il dans cette fille lourde, à la face placide, où pas un muscle ne bougeait[a] ?

Au vrai, Yves, sa mère, Burthe eussent été surpris, s'ils avaient assisté à ces visites, de ce qu'il ne s'y passait rien : on aurait dit que c'était Auguste Cazavielh, et non Madeleine, que Jean-Louis venait voir. Ils avaient une passion commune : les chevaux, et tant que le vieux demeurait présent, la conversation ne chômait pas. Mais à la campagne, on n'est jamais tranquille, il y a toujours un métayer, un fournisseur qui demandent à parler à Monsieur; on ne peut condamner sa porte comme à la ville. Les deux enfants redoutaient la minute où le père Cazavielh les laissait seuls. La placidité de Madeleine eût trompé tout le monde, sauf Jean-Louis : peut-être même aimait-il en elle, par-dessus tout, ce trouble profond, invisible pour les autres, qui bouleversait cette fille, d'apparence imperturbable, dès qu'ils se trouvaient en tête à tête.

Durant[b] la dernière visite de Jean-Louis, à la fin de ces vacances de Pâques, ils avancèrent sous les vieux chênes sans feuilles[3], devant la maison crépie de frais, aux murs renflés par l'âge. Jean-Louis en vint à parler de ce qu'il ferait, à la sortie du collège. Madeleine l'écoutait avec attention, comme si[c] cet avenir l'intéressait autant que lui.

« Naturellement, je préparerai une thèse... Tu ne me vois pas faisant la classe toute ma vie... Je veux enseigner dans une Faculté. »

Elle lui demanda combien de mois il consacrerait à

cette thèse. Il répondit vivement qu'il ne s'agissait pas de mois, mais d'années. Il lui nomma de grands philosophes : leurs thèses contenaient déjà l'essentiel de leur système. Et elle, indifférente aux noms qu'il citait, n'osait lui poser la seule question qui l'intéressât : attendrait-il, pour se marier, d'avoir fini ce travail ? La préparation d'une thèse était-elle compatible avec l'état de mariage ?

« Si je pouvais être chargé de cours à Bordeaux... mais c'est très difficile... »

Comme elle l'interrompait, un peu étourdiment, pour dire que son père se ferait fort d'obtenir cette place, il protesta d'un ton sec « qu'il ne voulait rien demander à ce gouvernement de francs-maçons et de juifs[1] ». Elle se mordit les lèvres : fille d'un conseiller général, républicain modéré, et qui n'avait qu'une idée en tête « être bien avec tout le monde », elle était accoutumée, depuis l'enfance, à voir son père quémander pour chacun : il n'y avait pas un bout de ruban, dans la commune, pas une place de cantonnier ou de facteur qui n'ait été due à son intervention. Madeleine s'en voulait d'avoir blessé la délicatesse de Jean-Louis; elle se souviendrait, le cas échéant, de faire les démarches à son insu.

Hors ces propos dont quelques-uns laissaient entendre que peut-être leurs deux vies se confondraient un jour, les deux enfants n'ébauchèrent pas un geste, ne prononcèrent pas une parole de tendresse. Et pourtant, bien des années, après, lorsque Jean-Louis pensait à ces matinées de Léojats, il se souvenait d'une joie non terrestre. Il revoyait, dans le ruisseau aux écrevisses, sous les chênes, des remous de soleil. Il suivait Madeleine, leurs jambes fendaient l'herbe épaisse, pleine de boutons d'or et de marguerites, des vacances de Pentecôte; ils marchaient sur les prairies comme sur la mer. Les capricornes vibraient dans le beau jour à son déclin... Aucune caresse n'eût ajouté à cette joie... Elle l'eût peut-être détruite, image déformée de leur amour. Les deux[a] enfants ne fixaient pas dans des paroles, dans des attitudes, ce qui les rendait un peu haletants, sous les chênes de Léojats, cette[b] merveille immense et sans nom.

L'étrange jalousie d'Yves ! Elle n'était point due à l'attachement de Jean-Louis pour Madeleine; mais il souffrait de ce qu'une autre créature arrachait le grand

frère à sa vie habituelle, de ce qu'il n'était pas seul à détenir le pouvoir de l'enchanter. Ces mouvements d'orgueil, ne l'empêchaient d'ailleurs point de céder aussi à
l'humilité de son âge : l'amour de Jean-Louis l'élevait,
pour Yves, au rang des grandes personnes. Un garçon
de dix-sept ans, amoureux d'une jeune fille, n'a plus de
part à ce qui se passe dans le pays des êtres qui ne sont
pas encore des hommes. Aux yeux d'Yves, les poèmes
qu'il inventait, participaient du mystère des histoires
enfantines. Bien loin de se croire « en avance pour son
âge », il poursuivait dans son œuvre le rêve éveillé de
son enfance, et il fallait être un enfant, croyait-il, pour
entrer dans cet incompréhensible jeu.

Or, le jour de la rentrée à Bordeaux, il s'aperçut qu'il
avait eu tort de perdre confiance en son aîné. C'était au
moment et dans le lieu où il s'y fût le moins attendu :
en gare de Langon, la famille Frontenac avait quitté
le train de Bazas et cherchait en vain à se loger dans
l'express[1]. Blanche courait le long du convoi, suivie des
enfants qui trimbalaient le panier du chat, des cages
d'oiseaux, le bocal contenant une rainette, des boîtes de
« souvenirs » tels que pommes de pins, copeaux gluants
de résine, pierres à feu. La famille envisageait avec terreur « qu'on serait obligé de se séparer ». Le chef de gare
s'approcha alors de Mme Frontenac, la main à la visière
de sa casquette, et l'avertit qu'il allait faire accrocher un
wagon de deuxième classe. Les Frontenac se retrou-
vèrent tous, dans le même compartiment, secoués comme
on l'est en queue d'un convoi, essoufflés, heureux, s'interrogeant les uns les autres sur le sort du chat, de la rainette, des parapluies. Ce fut lorsque le train quittait la
gare de Cadillac, que Jean-Louis demanda à Yves s'il
avait recopié ses poèmes « au propre ». Naturellement,
Yves les avait recopiés dans un beau cahier, mais il ne
pouvait changer son écriture[a].

« Fais-les moi passer, dès ce soir; je m'en chargerai;
moi qui n'ai pas de génie, j'ai une écriture très lisible...
Pour quoi faire, idiot ? tu ne devines pas mon idée ?
Surtout, ne va pas t'emballer... La seule petite chance
que nous ayons, c'est que tu puisses être compris des
gens du métier : nous expédierons le manuscrit au
Mercure de France[2]. »

Et comme Yves, tout pâle, ne pouvait que répéter :

« Ça, ce serait chic... », Jean-Louis le supplia encore de ne pas se monter le coup :

« Tu penses... Ils doivent en recevoir des tas tous les jours. Peut-être même les jettent-ils au panier sans les lire. Il faut d'abord qu'on te lise... et puis que ça tombe sous les yeux d'un type capable de piger. Il ne faut absolument pas y compter : une chance sur mille; c'est comme si nous lancions une bouteille à la mer. Promets-moi qu'une fois la chose faite, tu n'y penseras plus. »

Yves répétait : « Bien sûr, bien sûr, on ne les lira même pas... » Mais ses yeux étaient brillants d'espoir. Il s'inquiétait : où trouver une grande enveloppe ? Combien faudrait-il mettre de timbres ? Jean-Louis haussa les épaules : on enverrait le paquet recommandé; d'ailleurs, il se chargeait de tout.

Des gens encombrés de paniers montèrent à Beautiran. Il fallut se serrer. Yves reconnut un de ses camarades, un campagnard, pensionnaire et fort en gymnastique, avec lequel il ne frayait pas. Ils se dirent bonjour. Chacun dévisageait la maman de l'autre. Yves se demandait comment il aurait jugé cette grosse femme transpirante, s'il avait été son fils.

VI

Si Jean-Louis était demeuré auprès d'Yves, durant ces semaines accablantes jusqu'à la distribution des prix, il l'aurait mis en garde contre l'attente folle d'une réponse. Mais à peine rentré, Jean-Louis prit une décision que la famille admira et qui irrita au plus haut point son petit frère. Comme il avait résolu de se présenter à la fois à l'examen de philosophie et à celui des sciences, il réclama la faveur d'être pensionnaire, afin de ne pas perdre le temps des allées et venues. Yves ne l'appelait plus que Mucius Scaevola[1]. Il avait en horreur, disait-il, la grandeur d'âme. Livré à lui-même[a], il ne pensa plus qu'à son manuscrit. Chaque soir, à l'heure du courrier, il demandait à sa mère la clef de la boîte aux lettres et descendait quatre à quatre les étages. L'attente[b] du lendemain le consolait, à chaque déception. Il se donnait des raisons : les manuscrits n'étaient pas lus sur l'heure, et puis le lecteur, même enthousiaste, devait obtenir l'adhésion de M. Valette, directeur du *Mercure*.

Les fleurs des marronniers[a] se fanèrent. Les derniers lilas étaient pleins de hannetons. Les Frontenac recevaient de Respide des asperges « à ne savoir qu'en faire ». L'espérance d'Yves baissait un peu plus chaque jour comme le niveau des sources. Il devenait amer. Il haïssait[b] les siens de ne pas discerner un nimbe autour de son front. Chacun, sans malice, lui rabattait le caquet : « Si l'on te pressait le nez, il en sortirait du lait. » Yves crut qu'il avait perdu sa mère : des paroles d'elles l'éloignaient, coups de bec que la poule donne au poussin grandi, obstiné à la suivre. S'il s'était expliqué, songeait il, elle n'aurait pas compris. Si elle avait lu ses poèmes, elle l'aurait traité d'idiot ou de fou. Yves ne savait pas que la pauvre femme avait, de son dernier enfant, une connaissance plus profonde qu'il n'imaginait. Elle n'aurait su dire en quoi, mais elle savait qu'il différait des autres, comme le seul chiot de la portée taché de fauve.

Ce n'était pas les siens qui le méprisaient; c'était lui-même qui croyait à sa misère et à son néant[c]. Il prenait en dégoût ses épaules étroites, ses faibles bras. Et, pourtant, la tentation absurde lui venait de monter, un soir, sur la table du salon de famille et de crier : « Je suis roi ! je suis roi ![1] »

« C'est l'âge[d], ça passera... » répétait Mme Arnaud-Miqueu à Blanche qui se plaignait. Il ne se coiffait pas, se lavait le moins possible. Puisque le *Mercure* demeurait muet, que Jean-Louis l'avait abandonné, que nul ne saurait jamais qu'un poète admirable était né à Bordeaux, il contenterait son désespoir, en ajoutant encore à sa laideur; il ensevelirait le génie dans un corps décharné et sale.

En juin, un matin, dans l'omnibus du collège, il relisait le dernier poème qu'il eût écrit, lorsqu'il s'aperçut que le voisin regardait par-dessus son épaule. C'était un grand, un philosophe, nommé Binaud, le rival de Jean-Louis, dont il semblait être de beaucoup l'aîné; déjà il se rasait, et ses joues encore puériles étaient pleines de coupures. Yves feignit de ne rien voir, mais il écarta un peu la main, et ne tourna la page que lorsqu'il fut assuré que le voisin avait fini de déchiffrer la dernière ligne. Soudain, l'indiscret sans aucune vergogne, lui demanda « où il avait pris ça ». Et comme Yves demeurait muet :

« Non, sans blague, de qui est-ce ?

— Devine.

— Rimbaud ? Non, c'est vrai... tu ne peux pas connaître.

— Qui est Rimbaud ?

— Je te l'apprendrai si tu me dis*ᵃ* où tu as copié ce poème¹. »

Enfin ! un autre allait relayer Jean-Louis défaillant. Un autre serait témoin de sa gloire et de son génie. Les joues en feu, il prononça :

« C'est de moi. »

L'autre répondit : « Sans blague ? » Évidemment, il ne le croyait pas. Lorsqu'il fut convaincu, il eut honte d'avoir pris pour un texte intéressant les élucubrations de ce gosse. Puisque c'était de lui, ce ne pouvait qu'être sans intérêt. Il dit mollement :

« Il faudra*ᵇ* que tu me montres ce que tu as fait... »

Comme Yves ouvrait sa serviette, l'autre lui retint le bras :

« Non, j'ai trop de travail, ces jours-ci ; dimanche soir, si tu passes rue Saint-Genès, tu n'as qu'à sonner au 182...»

Yves ne comprit pas qu'on lui demandait seulement de déposer le cahier. Lire ses poèmes à haute voix, devant quelqu'un... Quel rêve ! Jean-Louis ne l'en avait jamais prié. À cet inconnu, il oserait les lire, malgré sa timidité ; ce grand garçon l'écouterait avec déférence et peut-être, à mesure qu'avancerait la lecture, avec émerveillement.

Binaud ne se mit plus jamais à côté d'Yves dans l'omnibus. Mais l'enfant ne s'en formalisait pas, car les examens approchaient et les candidats, dès qu'ils avaient une minute, ouvraient un livre.

Yves*ᶜ* laissa passer deux dimanches, puis il se décida à cette visite. Juillet desséchait le triste Bordeaux. L'eau ne coulait plus le long des trottoirs. Les chevaux de fiacre portaient des chapeaux de paille avec deux trous pour les oreilles. Les premiers tramways électriques traînaient des remorques pleines d'une humanité débraillée et sans cols, où les corsets dégrafés faisaient aux femmes un dos bossu. La tête de brute des cyclistes touchait leur guidon. Yves se retourna pour voir passer l'auto de Mme Escarraguel qui avançait dans un bruit de ferraille.

Le 182 de la rue Saint-Genès était une maison sans étage, ce qu'Yves appelait une « échoppe ». Lorsque l'enfant sonna, son esprit vaguait ailleurs, très loin du nommé Binaud. Le bruit de la cloche le réveilla. Trop tard pour se sauver, il entendit une porte claquer, des conciliabules à mi-voix. Enfin une femme en robe de chambre apparut : elle était jaune[a] et maigre, l'œil luisait de méfiance. Ses cheveux abondants, dont elle devait être fière, semblaient dévorer sa substance; eux seuls étaient vivants, luxuriants, sur ce corps dévasté, sans doute rongé à l'intérieur par quelque fibrome. Yves demanda si Jacques Binaud était là. La casquette du collège qu'il tenait à la main dut rassurer la femme, car elle l'introduisit dans le corridor, ouvrit une porte à droite.

C'était le salon, mais transformé en atelier de couture; des patrons de papier traînaient sur la table; une machine à coudre était découverte devant la fenêtre; Yves avait dû déranger l'ouvrière. Une terre cuite autrichienne, de toutes les couleurs, *Salomé,* ornait la cheminée. Un pierrot de plâtre, en équilibre sur le croissant de la lune, envoyait de la main un baiser. Yves entendait du remue-ménage dans la pièce à côté, une voix irritée, sans doute celle de Binaud. À son insu, il avait fait irruption chez un de ces fonctionnaires qualifiés de « modestes » mais qui sont, en réalité, fous d'orgueil, qui « sauvent la face » et n'autorisent aucun étranger à entrer dans les coulisses de leur vie besogneuse. Évidemment, Binaud l'avait invité à déposer son manuscrit, rien de plus... Et ce furent, en effet, les premières paroles du garçon lorsqu'il parut enfin, sans veste, la chemise déboutonnée. Il avait un cou énorme, une nuque semée de menus furoncles : Yves lui apportait ses vers ? Il avait eu tort de se déranger.

« À quinze jours des examens... je n'ai pas une minute, tu penses bien...

— Tu m'avais dit... je croyais...

— Je pensais que tu déposerais chez moi ton cahier le dimanche suivant... Enfin, puisque tu es venu, donne-les toujours.

— Non, protesta l'enfant, non ! Je ne veux pas t'ennuyer. »

Il n'avait qu'un désir, quitter cette échoppe, cette odeur, cet affreux garçon. Celui-ci, sans doute à cause de son camarade Jean-Louis, s'était repris, essayait maintenant de retenir Yves ; mais déjà l'enfant avait gagné la rue et filait, malgré l'épaisse chaleur, ivre de méchanceté et de désespoir[a]. Pourtant, il n'avait que quinze ans et lorsqu'il eut atteint le cours de l'Intendance, il entra chez le pâtissier Lamanon où une glace à la fraise le consola. Mais à la sortie, son chagrin l'attendait qui ne semblait pas être à la mesure de cette visite manquée. Chaque être[b] a sa façon de souffrir dont les lois prennent forme et se fixent dès l'adolescence. Telle était[c], ce soir, la misère d'Yves, qu'il n'imaginait même pas d'en voir jamais le bout ; il ne savait pas qu'il était au moment de vivre des jours radieux, des semaines de lumière et de joie et que l'espoir allait s'étendre sur sa vie, aussi faussement inaltérable, hélas ! que le ciel des grandes vacances.

VII

À cette époque, Xavier Frontenac connut les jours les plus tranquilles de sa vie. Ses scrupules s'étaient apaisés : Joséfa avait fini de toucher ses cent mille francs et rien n'empêchait plus Xavier de « mettre de côté » pour ses neveux. En revanche, il demeurait toujours dans la crainte que sa famille ne découvrît l'existence de Joséfa. Son angoisse[a] même s'était accrue à mesure que les petits Frontenac grandissaient et qu'ils atteignaient l'âge où ils risquaient d'être plus scandalisés, ou même d'être influencés par ce triste exemple. Mais justement, parce qu'ils devenaient des hommes, ils pourraient bientôt s'occuper des propriétés. Xavier avait décidé, le moment venu, de vendre son étude et d'aller vivre à Paris. Il expliquait à Joséfa que la capitale leur serait un refuge sûr. Les premières automobiles[e] commençaient déjà de raccourcir les distances et Angoulême lui paraissait être beaucoup plus près de Bordeaux que naguère. À Paris, ils sortiraient ensemble, iraient au théâtre sans crainte d'être reconnus.

Xavier avait déjà pris*ᵃ* des engagements pour la vente de son étude et bien qu'il ne dût la céder que dans deux ans, il venait de toucher des arrhes qui dépassaient de beaucoup ce qu'il avait espéré. Le contentement qu'il en eut l'incita à tenir une promesse faite autrefois à Joséfa : un voyage circulaire en Suisse. Lorsqu'il y fit allusion, elle manifesta si peu de joie qu'il fut déçu. Au vrai, cela paraissait trop beau à la pauvre femme et elle n'y croyait pas. S'il s'était agi d'aller à Luchon, pour huit jours, comme en 96... mais traverser Paris, visiter la Suisse... Elle haussait les épaules et continuait de coudre. Pourtant, quand elle vit Xavier consulter des guides, des indicateurs, tracer des itinéraires, cet incroyable bonheur lui parut se rapprocher. Elle ne pouvait plus douter que la décision de Xavier ne fût prise. Un soir, il revint avec les billets*ᵇ* circulaires. Jusque-là, elle n'avait parlé de ce voyage à personne. Elle se décida enfin à écrire à sa fille mariée qui habitait Niort :

J'en suis à me demander si je rêve ou si je veille, mais les billets sont là, dans l'armoire à glace. Ils sont au nom de M. Xavier Frontenac et madame : ce sont des billets de famille. Ma chérie, ça a beau ne pas être vrai, ça me fait un coup au cœur. « M. Frontenac et madame ! » Je lui ai demandé s'il signerait comme ça dans les hôtels ; il m'a répondu qu'il n'y aurait pas moyen de faire autrement. Ça l'a mis de mauvaise humeur ; tu sais comme il est... Il m'a dit qu'il avait visité trois fois la Suisse et qu'il y avait vu de tout sauf des montagnes parce que les nuages les cachent et qu'il pleut tout le temps. Mais je n'ai pas osé lui répondre que ça m'était bien égal, vu que ce qui me fera le plus plaisir, ce sera d'aller d'hôtels en hôtels, comme la femme de Xavier, et de n'avoir qu'à sonner le matin pour le petit déjeuner...

« M. Frontenac et madame*ᶜ*... » Sur le billet, ces mots n'avaient nullement impressionné Xavier, mais il n'avait pas prévu que la question se poserait aussi dans les hôtels. Joséfa aurait mieux fait de ne pas lui mettre ce souci en tête, car tout son plaisir s'en trouvait gâté. Il se reprochait d'être allé au-devant de tant d'ennuis : de la fatigue, de la dépense, et Joséfa qui jouerait à la dame (sans compter que les journaux locaux publieraient peut-être, à la rubrique *Parmi nos hôtes*, « M. et Mme Xavier Frontenac »). Enfin, les billets étaient pris, le vin était tiré.

Or, dans l'après-midi du 2 août, l'avant-veille du départ, à l'heure même où, à Angoulême, Joséfa mettait la dernière main à une robe du soir faite pour éblouir les hôtels suisses, Mme Arnaud-Miqueu, sur un trottoir de Vichy, eut un de ces vertiges qu'elle appelait tournement de tête. Celui-ci fut violent et subit ; elle ne put se retenir au bras de sa fille Caussade et sa tête heurta contre le pavé. On la rapporta à l'hôtel, déjà râlante. Le lendemain matin, à Bourideys, Blanche Frontenac faisait un dernier tour de parc : il allait falloir s'enfermer dans la maison, déjà on respirait mal, les cigales, une à une, éclataient de joie. Elle vit Danièle courir à sa rencontre, en agitant un télégramme : « Mère au plus mal... »

Au déclin de l'après-midi, un petit porteur de dépêches d'Angoulême sonna à la porte de Xavier Frontenac. Joséfa qui ne venait presque jamais chez lui, l'aidait, ce jour-là, à faire sa malle et, sans l'en avertir, y avait déjà casé trois robes. Quand elle vit le papier bleu entre les mains de Xavier, elle comprit qu'ils ne partiraient pas. « Ah ! diable ! »

Le ton de Xavier était, à son insu, presque joyeux ; car à travers le texte de Blanche : « Suis appelée à Vichy auprès mère très mal. Vous prie venir par premier train à Bourideys garder enfants... » il lisait qu'on ne transcrirait dans aucun hôtel suisse : « M. Xavier Frontenac et madame », et qu'il allait économiser quinze cents francs. Il passa le télégramme à Joséfa qui sut d'abord que tout était perdu, habituée depuis quinze ans, à servir de victime, sur les autels de la divinité Frontenac. Elle dit, par acquit de conscience :

« Tu es averti trop tard, les billets sont pris, nous sommes déjà en route. Télégraphie de la frontière que tu regrettes... Les enfants ne sont plus des enfants (à force d'entendre parler d'eux, elle les connaissait bien). M. Jean-Louis a près de dix-huit ans et M. José... »

Il l'interrompit, furieux :

« Non, mais, qu'est-ce qui te prend ? Tu deviens folle ? Tu me crois capable de ne pas répondre à l'appel de ma belle-sœur ? Eux d'abord, je te l'ai assez répété. Allons, ma vieille, ce n'est que partie remise, ce sera pour une autre fois. Mets ton collet, il fait plus frais... »

Elle remit d'un geste docile son collet marron, soutaché. Le col médicis encadrait bizarrement sa figure flasque où le nez en l'air, un nez « fripon », pouvait seul éveiller le souvenir de son passé. Elle n'avait pas de menton; son chapeau, planté sur le sommet d'une tresse épaisse et jaune, était un fouillis[a] de liserons bien imités. On jugeait du premier coup d'œil que ses cheveux lui descendaient jusqu'aux reins. Elle cassait tous ses peignes. « Tu sèmes des épingles à cheveux partout. »

Aussi soumise qu'elle fût, en agrafant son collet, la pauvre femme bougonna « que peut-être elle finirait par en avoir assez ». Xavier, d'une voix aigre, la pria de répéter ce qu'elle venait de dire et elle le répéta d'un ton mal assuré[b]. Xavier Frontenac, délicat jusqu'au scrupule avec les siens, et scrupuleux même jusqu'à la manie, et qui l'était aussi en affaires, se montrait volontiers brutal avec Joséfa.

« Maintenant que tu as fait[c] ton magot, dit-il, tu peux me quitter... Mais tu es tellement idiote que tu perdras tout... Tu seras obligée de vendre tes meubles, ajouta-t-il méchamment, à moins que... il ne faut pas oublier que les factures sont à mon nom, le loyer aussi...

— Pas à moi, les meubles ? »

Il l'avait touchée au plus sensible. Elle adorait son grand lit, acheté à Bordeaux chez Leveilley; le bois en était rehaussé de filets d'or. Un flambeau et un carquois dominaient le panneau du fond. Joséfa avait cru voir longtemps, dans le flambeau, un cornet d'où sortaient des cheveux, et dans le carquois un autre cornet contenant des plumes d'oie. Ces étranges symboles ne l'avaient ni inquiétée ni surprise. La table de nuit, pareille à un riche reliquaire, était bien trop belle, disait Joséfa, pour ce qu'elle contenait. Mais elle aimait, par-dessus tout, l'armoire à glace. Le fronton supportait les mêmes cornets noués par le même ruban; des roses s'y mêlaient; Joséfa assurait qu'on en pouvait compter les pétales « tant c'était fouillé ». La glace était encadrée par deux colonnes cannelées à mi-hauteur et qui devenaient torses dans le bas. L'intérieur, en bois plus clair, « faisait ressortir » les piles de pantalons bordés de dentelles « larges comme la main », les jupons de dessous, les camisoles à festons empesés, les gentils cache-corset, l'orgueil de Joséfa « qui avait la passion du linge ».

« Pas à moi, les meubles ? »

Et elle sanglotait. Il l'embrassa :

« Bien sûr, ils sont à toi, grande sotte.

— Au fond, reprit-elle en se mouchant, je suis bien bête de pleurer puisque je n'ai jamais cru que nous partirions. Je pensais qu'il y aurait un tremblement de terre...

— Eh bien, tu vois : il a suffi que la vieille Arnaud-Miqueu passât l'arme à gauche. »

Il parlait d'un ton gaillard, tout à la joie de rejoindre, au pays, les enfants de son frère.

« La pauvre Mme Michel va se trouver bien seule... »

Joséfa pensait sans cesse, avec dévotion, à cet être qu'elle avait été accoutumée à placer si haut. Xavier, après un silence, répondit :

« Si sa mère meurt, elle devient très riche... Et il n'y a plus de raison pour qu'elle garde un centime du côté Frontenac. »

Il fit le tour de la table, en se frottant les mains.

« Tu rapporteras les billets à l'agence. Je vais leur écrire un mot, ils ne feront pas de difficultés, ce sont des clients. Tu garderas l'argent qu'ils te rendront... Ça fait juste tes mois en retard », ajouta-t-il, joyeux.

VIII

Le[a] jour du départ de Blanche pour Vichy (elle devait prendre le train de trois heures), la famille déjeunait dans un grand silence, c'est-à-dire, sans parler; car le défaut de conversation rendait plus assourdissant le vacarme des fourchettes et de la vaisselle. L'appétit des enfants scandalisait Blanche. Quand elle mourrait, on repasserait aussi les plats... Mais ne s'était-elle pas surprise, tout à l'heure, en train de se demander qui aurait l'hôtel de la rue de Cursol[b] ? Des nuées d'orage cachaient le soleil et il avait fallu rouvrir les volets. Les compotiers de pêches attiraient les guêpes. Le chien aboya et Danièle dit : « C'est le facteur. » Toutes les têtes se tournèrent vers la fenêtre, vers l'homme qui débouchait de la garenne, portant en sautoir sa boîte ouverte. Il n'existe personne, dans la famille la plus unie, qui n'attende, qui n'espère une lettre, à l'insu des autres. Mme Frontenac

reconnut sur une enveloppe l'écriture de sa mère, mourante à cette heure, ou peut-être déjà morte. Elle avait
dû l'écrire le matin même de l'accident. Blanche hésitait
à l'ouvrir; elle se décida enfin, éclata en sanglots. Les
enfants regardaient avec stupeur leur mère en larmes.
Elle se leva[a], ses deux filles sortirent avec elle. Personne,
sauf Jean-Louis, n'avait prêté attention à la grande enveloppe que le domestique avait déposée devant Yves :
Mercure de France... Mercure de France... Yves n'arrivait
pas à l'ouvrir : des imprimés ? ce n'était que des imprimés ? Il reconnut une phrase : elle était de lui... Ses
poèmes... On avait estropié son nom : Yves Frontenou.
Il y avait une lettre :

MONSIEUR ET CHER POÈTE,

*La rare beauté de vos poèmes nous a décidés à les publier
tous. Nous vous serions obligés de nous renvoyer les épreuves,
après correction, par retour du courrier. Nous plaçons la poésie
trop haut pour que toute rémunération ne nous paraisse indigne
d'elle. Je vous prie de croire, Monsieur et cher poète, à nos
sentiments d'admiration.*

PAUL MORISSE.

*P.-S. — Dans quelques mois je serai heureux de lire vos
nouvelles œuvres sans que cela comporte aucun engagement de
notre part.*

Trois ou quatre gouttes espacées claquèrent et enfin
la pluie d'orage ruissela doucement. Yves en éprouvait
dans sa poitrine la fraîcheur. Heureux comme les feuillages : la nue avait crevé sur lui. Il avait passé[b] l'enveloppe à Jean-Louis qui, après y avoir jeté un coup d'œil,
la glissa dans sa poche. Les petites revinrent : leur mère
s'était un peu calmée, elle descendrait au moment de
partir. Bonne-maman disait dans sa lettre : « mes tour-
nements de tête m'ont repris plus violents que jamais... »
Yves fit un effort pour sortir de sa joie, elle l'entourait
comme un feu, il ne pouvait se sauver de cet incendie.
Il s'efforça de suivre en esprit le voyage de sa mère :
trois trains jusqu'à Bordeaux, puis l'express de Lyon;
elle changerait à Gannat... Il ne savait pas[c] corriger les
épreuves... Les renvoyer par retour du courrier ? On

avait fait suivre la lettre de Bordeaux... Il y avait déjà un jour de perdu.

Blanche apparut, la figure cachée par[a] une voilette épaisse. Un enfant cria : « La voiture est là. » Burthe avait peine à tenir le cheval à cause des mouches. Les enfants avaient coutume de se disputer les places dans la victoria pour accompagner leur mère jusqu'à la gare, et pour revenir, non plus sur le strapontin mais « sur les coussins moelleux ». Cette fois, Jean-Louis et Yves laissèrent monter José et les petites. Ils agitèrent la main, ils criaient : « Nous comptons recevoir une dépêche demain matin. »

Enfin ! Ils régnaient seuls sur la maison et sur le parc. Le soleil[b] brillait à travers les gouttes de pluie. La saison fauve s'était étrangement adoucie et le vent, dans les branches chargées d'eau, renouvelait de brèves averses. Les deux garçons ne purent s'asseoir, car les bancs étaient trempés. Ils lurent donc les épreuves en faisant le tour du parc, leurs têtes rapprochées. Yves disait que ses poèmes imprimés lui paraissaient plus courts. Il y avait très peu de fautes qu'ils corrigèrent naïvement comme ils eussent fait sur leurs copies d'écoliers. À la hauteur du gros chêne, Jean-Louis demanda soudain :

« Pourquoi ne m'as-tu pas montré tes derniers poèmes ?

— Tu ne me les as pas demandés. »

Comme Jean-Louis assurait qu'il n'y aurait pris aucun plaisir à la veille des examens. Yves lui offrit d'aller les chercher :

« Attends-moi ici. »

L'enfant s'élança : il courait vers la maison, ivre de bonheur, la tête nue et rejetée. Il faisait exprès de passer à travers les genêts hauts et les feuillages bas pour mouiller sa figure. Le vent de la course lui paraissait presque froid. Jean-Louis le vit revenir, bondissant. Ce petit frère si mal tenu et d'aspect si misérable à la ville, volait vers lui avec la rapide grâce d'un ange.

« Jean-Louis, permets-moi de les lire; ça me ferait tant plaisir de te les lire à haute voix... Attends que je reprenne souffle. »

Ils étaient debout, appuyés au chêne, et l'enfant écoutait, contre le vieux tronc vivant qu'il embrassait les jours de départ[c 1], battre son propre cœur éphémère et surmené. Il commença, il lisait bizarrement d'une façon

que Jean-Louis jugea d'abord ridicule; puis il pensa que
c'était sans doute le seul ton qui convînt. Ces nouveaux
poèmes, les trouvait-il inférieurs aux premiers ? Il hésitait, il faudrait qu'il les relût... Quelle amertume ! quelle
douleur*ᵃ* déjà ! Yves qui tout à l'heure bondissait comme
un faon, lisait d'une voix âpre et dure. Et pourtant*ᵇ* il
se sentait profondément heureux; il n'éprouvait plus
rien, à cette minute, de l'affreuse douleur que ses vers
exprimaient. Seule subsistait la joie de l'avoir fixée dans
des paroles qu'il croyait éternelles.

« Il faudra les envoyer au *Mercure* à la rentrée d'octobre, dit Jean-Louis. Ne nous pressons pas trop.

— Tu les préfères aux autres, dis ? »

Jean-Louis hésita :

« Il me semble que ça va plus loin... »

Comme ils approchaient de la*ᶜ* maison, ils aperçurent
José et les petites qui revenaient de la gare avec des
mines de circonstance. Marie dit que ç'avait été affreux,
quand le train s'était mis en marche, de voir sangloter
leur pauvre maman. Yves détourna la tête parce qu'il
avait peur qu'on devinât sa joie. Jean-Louis lui cherchait
une excuse : après tout*ᵈ*, bonne-maman n'était pas morte,
on avait peut-être exagéré; elle avait déjà reçu l'extrême-
onction trois fois... Et puis oncle Alfred avait le goût
de la catastrophe. Yves l'interrompit étourdiment :

« Il prend son désir pour une réalité.

— Ô ! Yves ! comment oses-tu... ? »

Les enfants étaient choqués; mais Yves partit de nouveau, comme un poulain fou, sautant les fossés, serrant
contre son cœur les épreuves qu'il allait relire pour la
troisième fois dans ce qu'il appelait sa maison, une vraie
bauge de sanglier, au milieu des ajoncs[1]... Il y rongerait
son os. José le*ᵉ* regardait courir :

« Quel sacré type ! Il fait la tête, quand tout va bien;
mais s'il y a du malheur dans l'air, le voilà content... »

Il siffla Stop, et descendit vers la Hure pour poser ses
lignes de fond, l'esprit libre et joyeux, comme si sa
bonne-maman n'avait pas été mourante. Pour enivrer
son frère, il avait fallu le premier rayon de la gloire;
mais à José, il suffisait d'être un garçon de dix-sept ans,
aux premiers jours des grandes vacances, et qui connaissait, dans la Hure, les trous où sont les anguilles.

IX

Le dîner sans maman fut plus bruyant que d'habitude. Seules, les petites filles, élèves du Sacré-Cœur, et dressées au scrupule, trouvaient « que le soir était mal choisi pour plaisanter »; mais elles pouffaient lorsque Yves et José singeaient les chanteuses, à l'église autour de l'harmonium, avec leur bouche en cul de poule :

> *Rien pour me satisfaire, dans ce vaste univers !*

Le sage Jean-Louis toujours en quête d'excuses pour lui-même et pour ses frères, prétendait que l'énervement les obligeait à rire; ça ne les empêchait pas d'être tristes[1].

Ils partirent, après dîner, dans la nuit noire, pour chercher oncle Xavier au train de neuf heures. Si en retard que l'on fût, le train de Bourideys l'était toujours un peu plus. Des piles pressées de planches fraîches, toutes saignantes encore de résine, cernaient la gare. Les enfants se faufilaient au travers, se cognaient, s'égaraient dans l'enchevêtrement des ruelles de cette ville parfumée. Leurs pieds s'enfonçaient profondément dans l'écorce de pin écrasée qu'ils ne voyaient pas : mais ils savaient qu'à la lumière, ce tapis d'écorce a la couleur du sang caillé. Yves assurait que ces planches étaient les membres rompus des pins : déchiquetés, pelés vivants, ils embaumaient, ces corps sacrés des martyrs... José gronda :

« Non ! mais quel idiot ! Quel rapport ça a-t-il ? »

Ils virent briller le quinquet de la gare. Des femmes criaient et riaient; leurs voix étaient perçantes, animales. Ils traversèrent la salle d'attente, puis les rails. Ils entendirent, dans le silence des bois, le bruit éloigné du petit train dont le cahotement rythmé leur était familier et qu'ils imitaient souvent, l'hiver, à Bordeaux, pour se rappeler le bonheur des vacances. Il y eut un long sifflement, la vapeur s'échappa avec fracas et le majestueux joujou sortit des ténèbres. Il y avait quelqu'un dans le compartiment des secondes... Ce ne pouvait être qu'oncle Xavier[a].

Il ne s'était pas attendu à trouver les enfants aussi joyeux. Ils se disputaient pour porter sa valise, s'accrochaient à son bras, s'informaient de l'espèce de bonbons qu'il avait apportés. Il se laissait conduire par eux, comme un aveugle, à travers les piles de planches et respirait, avec le même bonheur qu'à chacune de ses visites, l'odeur nocturne du vieux pays des Péloueyre. Il savait qu'au tournant de la route qui évite le bourg, les enfants allaient crier : « Attention au chien de M. Dupart »... puis, la dernière maison dépassée, il y aurait, dans la masse obscure des bois, une coupure, une coulée blanche, l'allée gravelée*ᵃ* où les pas des enfants feraient un bruit familier. Là-bas, la lampe de la cuisine éclairait comme une grosse étoile au ras de terre. L'oncle savait qu'on allait lui servir un repas exquis, mais que les enfants, qui avaient déjà dîné, ne le laisseraient pas manger en paix. À une phrase qu'il risqua sur l'état de leur pauvre grand-mère, ils répondirent tous à la fois qu'il fallait attendre des nouvelles plus précises, que leur tante Caussade exagérait toujours. La dernière bouchée avalée, il dut faire le tour du parc, malgré les ténèbres, selon un rite que les enfants ne permettaient à personne d'éluder.

« Oncle Xavier, ça sent bon ? »

Il répondait paisiblement :

« Ça sent le marécage et je sens que je m'enrhume.

— Regarde toutes ces étoiles...

— J'aime mieux regarder où je mets les pieds. »

Une des filles lui demanda de réciter *Le Méchant Faucon et le gentil Pigeon*[1]. Quand ils étaient petits, il les amusait de rengaines et de sornettes qu'ils réclamaient à chaque visite et qu'ils écoutaient toujours avec le même plaisir et les mêmes éclats de rire.

« À votre âge ? vous n'avez pas honte ? vous n'êtes plus des enfants... »

Que de fois, durant ces jours de joie et de lumière, oncle Xavier devait leur répéter : « Vous n'êtes plus des enfants... » Mais le miracle était, justement, de tremper encore en pleine enfance bien qu'ils eussent déjà dépassé l'enfance : ils usaient d'une rémission, d'une dispense mystérieuse.

Le lendemain matin, Jean-Louis lui-même demandait :

« Oncle Xavier, fais-nous des bateaux-phares. »

L'oncle protestait pour la forme, ramassait une écorce de pin, lui donnait, en quelques coups de canif, l'aspect d'une barque, y plantait une allumette-bougie. Le courant de la Hure emportait la flamme, et chacun des Frontenac retrouvait l'émotion qu'il ressentait autrefois à imaginer le sort de cette écorce d'un pin de Bourideys : la Hure l'entraînerait jusqu'au Ciron, le Ciron rejoignait la Garonne non loin de Preignac[1]... et enfin l'océan recevait la petite écorce du parc où avaient grandi les enfants Frontenac. Aucun d'eux n'admettait qu'elle pût être retenue par des ronces, ni pourrir sur place, avant même que le courant de la Hure ait dépassé le bourg[2]. Il fallait croire, c'était un article de foi, que du plus secret ruisseau des landes, le bateau-phare passerait à l'océan Atlantique « avec sa cargaison de mystère Frontenac[3]... », disait Yves.

Et ces grands garçons couraient comme autrefois, le long du ruisseau pour empêcher le bateau-phare de s'échouer. Le soleil, déjà terrible, enivrait les cigales, et les mouches se jetaient sur toute chair vivante. Burthe apporta une dépêche que les enfants ouvrirent avec angoisse : « Légère amélioration... » Quel bonheur ! on pourrait être heureux et rire sans honte. Mais les jours suivants, il arriva qu'oncle Xavier lut à haute voix, sur le papier-bleu : « Bonne-maman au plus mal... » et les enfants consternés ne savaient que faire de leur joie. Bonne-maman Arnaud-Miqueu agonisait dans une chambre d'hôtel, à Vichy. Mais ici, le parc concentrait l'ardeur de ces longues journées brûlantes. Au pays des forêts, on ne voit pas monter les orages. Ils demeurent longtemps dissimulés par les pins; leur souffle seul les trahit, et ils surgissent comme des valeurs. Parfois le front cuivré de l'un d'eux apparaissait au sud, sans que sa fureur éclatât. Le vent plus frais faisait dire aux enfants qu'il avait dû pleuvoir ailleurs.

Même les jours où les nouvelles de Vichy étaient mauvaises, le silence ni le recueillement ne duraient. Danièle et Marie se rassuraient sur une neuvaine qu'elles faisaient pour leur grand-mère, en union avec le Carmel de Bordeaux et le couvent de la Miséricorde. José proclamait : « Quelque chose me dit qu'elle s'en tirera. » Il fallait qu'oncle Xavier interrompît, le soir, le chœur de Mendelssohn qu'ils chantaient, à trois voix, sur le perron :

> *Tout l'univers est plein de sa magnificence !*
> *Qu'on l'adore, ce Dieu*[1]...

« Quand ce ne serait qu'à cause des domestiques »,
disait oncle Xavier. Yves protestait que la musique
n'empêchait personne d'être inquiet et triste; et il attendait de ne plus voir le feu du cigare de l'oncle dans l'allée
gravelée[a], pour entonner, avec son étrange voix que la
mue blessait, un air du *Cinq-Mars* de Gounod :

> *Nuit resplendissante et silencieuse*[2]...

Il s'adressait à la nuit comme à une personne, comme
à un être dont il sentait contre lui la peau fraîche et
chaude, et l'haleine.

> *Dans tes profondeurs, nuit délicieuse...*

Jean-Louis et José assis sur le banc du perron, la tête
renversée, guettaient les étoiles filantes. Les filles criaient
qu'une chauve-souris était entrée dans leur chambre.

À minuit, Yves rallumait sa bougie, prenait son cahier
de vers, un crayon. Déjà les coqs du bourg répondaient
à leurs frères des métairies perdues. Yves, pieds nus,
en chemise, s'accoudait à la fenêtre et regardait dormir
les arbres. Personne ne saurait jamais, sauf son ange,
comme il ressemblait alors à son père, au même âge.

Un matin, la dépêche : « État stationnaire », fut inter-
prétée dans[b] un sens favorable. Matinée radieuse,
rafraîchie par des orages qui avaient éclaté très loin.
Les filles apportèrent à leur oncle Xavier des branches
de vergne pour qu'il leur fît des sifflets. Mais elles exigeaient que l'oncle ne renonçât à aucun des rites de l'opération : pour décoller l'écorce du bois, il ne suffisait pas
de la tapoter avec le manche du canif; il fallait aussi
chanter la chanson patoise :

> *Sabe, sabe caloumet...*
> *Te pourterey un pan naouet.*
> *Te pourterey une mitche toute caoute.*
> *Sabarin. Sabaro*[c3]...

Les enfants reprenaient en chœur les paroles idiotes et sacrées. Oncle Xavier s'interrompit :

« Vous n'avez pas honte, à votre âge, de m'obliger à faire la bête ? »

Mais tous avaient obscurément conscience que, par une faveur singulière, le temps faisait halte : ils avaient pu descendre du train que rien n'arrête; adolescents, ils demeuraient dans cette flaque d'enfance, ils s'y attardaient, alors que l'enfance s'était retirée d'eux à jamais.

Les nouvelles de Mme Arnaud-Miqueu devinrent meilleures. C'était inespéré. Bientôt maman serait de retour et l'on ne pourrait plus être aussi bête devant elle. Fini de rire entre Frontenac. Mme Arnaud-Miqueu était sauvée. On alla chercher maman au train de neuf heures, par une nuit de lune, et la lumière coulait entre les piles de planches. Il n'y avait pas eu besoin d'apporter la lanterne.

Au retour de la gare, les enfants regardaient manger leur mère. Elle avait changé, maigri. Elle racontait qu'une nuit, bonne-maman avait été si mal qu'on avait préparé un drap pour l'ensevelir (dans les grands hôtels, on enlève tout de suite les morts, à la faveur de la nuit). Elle remarqua qu'on l'écoutait peu, qu'il régnait entre les neveux et l'oncle, une complicité, des plaisanteries occultes, des mots à double entente, tout un mystère où elle n'entrait pas. Elle se tut[a], s'assombrit. Elle ne nourrissait plus contre son beau-frère les mêmes griefs qu'autrefois parce que, vieillie, elle n'avait plus les mêmes exigences. Mais elle souffrait de la tendresse que les enfants témoignaient à leur oncle et détestait que toutes les manifestations de leur gratitude fussent pour lui.

Le retour de Blanche[b] dissipa le charme. Les enfants n'étaient plus des enfants. Jean-Louis passait sa vie à Léojats et Yves eut de nouveau des boutons; il reprit son aspect hargneux et méfiant. L'arrivée du *Mercure,* avec ses poèmes au sommaire, ne le dérida point. Il n'osa d'abord les montrer à sa mère ni à l'oncle Xavier et quand il s'y décida toutes ses craintes furent dépassées. L'oncle trouvait que cela n'avait ni queue ni tête et citait

du Boileau : « Ce qui se conçoit bien s'énonce clairement[1]. » Sa mère ne put se défendre d'un mouvement
d'orgueil mais le dissimula, en priant Yves de ne pas
laisser traîner cette revue « qui contenait des pages
immondes d'un certain Remy de Gourmont[2] ». José
récitait, en bouffonnant, les passages qu'il trouvait
« loufoques ». Yves, fou de rage, le poursuivait et se
faisait rosser. Pour sa consolation il reçut plusieurs lettres
d'admirateurs inconnus et il continua d'en recevoir,
désormais, sans comprendre toute l'importance de ce
signe. Le soigneux Jean-Louis classait, avec un profond
plaisir, ces témoignages.

Dans ces premiers jours[a] de septembre, chargés
d'orages, les Frontenac se froissaient, se fâchaient; des
disputes prenaient feu à propos de rien. Yves quittait
la table, jetait sa serviette; ou bien Mme Frontenac
regagnait sa chambre et n'en redescendait, les yeux gonflés et la face bouillie, qu'après plusieurs ambassades et
députations des enfants consternés.

X

La tempête que ces signes annonçaient éclata en la
fête de Notre-Dame de Septembre[2]. Après le déjeuner,
Mme Frontenac, oncle Xavier et Jean-Louis se réunirent
dans le petit salon aux volets clos. La porte était ouverte
à deux battants sur la salle de billard où Yves, étendu,
cherchait le sommeil. Les mouches le tracassaient; une
grosse libellule prisonnière se cognait au plafond. Malgré
la chaleur, les deux filles, à bicyclette, tournaient autour
de la maison en sens contraire, et poussaient des cris
quand elles se croisaient[b].

« Il faudra fixer le jour de ce déjeuner avant le départ
d'oncle Xavier, disait Mme Frontenac. Tu verras ce
brave Dussol, Jean-Louis. Puisque tu dois vivre avec
lui... »

Yves se réjouit de ce que Jean-Louis protestait vivement :

« Mais non[c], maman... je te l'ai dit et redit... Tu n'as
jamais voulu m'entendre; je n'ai nullement l'intention
d'entrer dans les affaires.

— C'était de l'enfantillage... Je n'avais pas à en tenir compte. Tu sais bien que tôt ou tard il faudra te décider à prendre ta place dans la maison. Le plus tôt[a] sera le mieux.

— Il est certain, dit oncle Xavier, que Dussol est un brave homme et qui mérite confiance; n'empêche qu'il est temps, et même grand temps, qu'un Frontenac mette le nez dans l'affaire. »

Yves s'était soulevé à demi et tendait l'oreille.

« Le commerce ne m'intéresse pas.

— Qu'est-ce qui t'intéresse ? »

Jean-Louis hésita une seconde, rougit et lança enfin bravement :

« La philosophie.

— Tu es fou ? qu'est-ce que tu vas chercher ! Tu feras ce qu'ont fait ton père et ton grand-père... La philosophie n'est pas un métier.

— Après mon agrégation, je compte préparer ma thèse. Rien ne me presse... Je serai nommé dans une faculté...

— Alors, voilà ton idéal ! s'écria Blanche, tu veux être fonctionnaire ! Non, mais vous l'entendez, Xavier ? Fonctionnaire ! Alors qu'il a à sa disposition[b] la première maison de la place. »

À ce moment, Yves pénétra dans le petit salon les cheveux en désordre, l'œil en feu, il traversa le brouillard de fumée dont l'éternelle cigarette d'oncle Xavier enveloppait les meubles et les visages.

« Comment[c] pouvez-vous comparer, cria-t-il d'une voix perçante[d], le métier de marchand de bois, avec l'occupation d'un homme qui voue sa vie aux choses de l'esprit ? C'est... c'est indécent[e]... »

Les grandes personnes, interloquées, regardaient cet énergumène sans veste, la chemise ouverte et les cheveux sur les yeux. Son oncle lui demanda, d'une voix tremblante, de quoi il se mêlait; et sa mère lui ordonna de quitter la pièce. Mais lui, sans les entendre, criait que « naturellement[f], dans cette ville idiote, on croyait qu'un marchand de n'importe quoi l'emportait sur un agrégé de lettres. Un courtier en vins prétendait avoir le pas sur un Pierre Duhem, professeur à la Faculté des Sciences[1], dont on ne connaissait même pas le nom, sauf aux heures d'angoisse, quand il s'agissait de pistonner quelque imbécile pour le bachot... » (On eût bien embar-

rassé Yves en lui demandant un aperçu des travaux de
Duhem.)

« Non ! mais écoutez-le ! il fait un véritable discours...
Mais tu n'es qu'un morveux ! Si on te pressait le nez... »

Yves ne tenait aucun compte de ces interruptions.
Ce n'était pas seulement dans cette ville stupide, disait-il,
qu'on méprisait l'esprit ; dans tout le pays, on traitait
mal les professeurs, les intellectuels. « ... En France, leur
nom est une injure ; en Allemagne, " professeur " vaut
un titre de noblesse... Mais aussi, quel grand peuple[1] ! »
D'une voix qui devenait glapissante, il s'en prit à la
patrie et aux patriotes. Jean-Louis essayait en vain de
l'arrêter. Oncle Xavier, hors de lui, n'arrivait pas à se
faire entendre.

« Je ne suis pas suspect... On sait de quel côté je me
range... J'ai toujours cru à l'innocence de Dreyfus[2]...
mais je n'accepte pas qu'un morveux... »

Yves se permit alors, sur « les vaincus de 70 », une
insolence dont la grossièreté même le dégrisa. Blanche
Frontenac s'était levée :

« Il insulte son oncle, maintenant ! Sors d'ici. Que
je ne te revoie plus ! »

Il traversa la salle de billard, descendit le perron. L'air
brûlant s'ouvrit et se referma sur lui. Il s'enfonçait dans
le parc figé[a]. Des nuées de mouches ronflaient sur place,
les taons se collaient à sa chemise. Il n'éprouvait aucun
remords, mais était humilié d'avoir perdu la tête, d'avoir
battu les buissons au hasard. Il aurait fallu rester froid,
s'en tenir à l'objet de la dispute. Ils avaient raison, il
n'était qu'un enfant... Ce qu'il avait dit à l'oncle était
horrible et ne lui serait jamais pardonné. Comment
rentrer en grâce ? L'étrange était qu'à ses yeux, ni sa
mère, ni son oncle ne sortaient amoindris du débat[b].
Bien qu'il fût trop jeune encore, pour se mettre à leur
place, pour entrer dans leurs raisons, Yves ne les jugeait
pas : maman, oncle Xavier, demeuraient sacrés, ils faisaient partie de son enfance, pris[c] dans une masse de
poésie à laquelle il ne leur appartenait pas d'échapper.
Quoi qu'ils pussent dire ou faire, songeait Yves, rien ne
les séparerait du mystère de sa propre vie. Maman et
oncle Xavier blasphémaient en vain contre l'esprit,
l'esprit résidait en eux, les illuminait à leur insu.

Yves revint sur ses pas; l'orage ternissait le ciel mais se retenait de gronder; les cigales[a] ne chantaient plus; les prairies seules vibraient follement. Yves avançait en secouant la tête comme un poulain, sous la ruée des mouches plates qui se laissaient écraser contre son cou et sa face. « Vaincu de 1870... » Il n'avait pas voulu être méchant; les enfants avaient souvent plaisanté devant oncle Xavier, de ce que ni lui, ni Burthe, engagés volontaires, n'avaient jamais vu le moindre Prussien. Mais cette fois, la plaisanterie avait eu un tout autre sens. Il gravit lentement le perron, s'arrêta dans le vestibule. Personne encore n'avait quitté le petit salon. Oncle Xavier parlait : « [...] À la veille de rejoindre mon corps, je voulus embrasser une dernière fois mon frère Michel; je sautai le mur de la caserne et me cassai la jambe. À l'hôpital, on me mit avec les varioleux. J'y aurais laissé ma peau... Ton pauvre père qui ne connaissait personne à Limoges fit tant de démarches qu'il arriva à me tirer de là. Pauvre Michel ! Il avait en vain essayé de s'engager (c'était l'année de sa pleurésie)... Il demeura des mois dans cet affreux Limoges où il ne pouvait me voir qu'une heure par jour... »

Oncle Xavier s'interrompit : Yves avait paru sur le seuil du petit salon; il vit se tourner vers lui la figure bilieuse de sa mère, les yeux inquiets de Jean-Louis; oncle Xavier ne le regardait pas. Yves désespérait de trouver aucune parole; mais l'enfant, qu'il était encore, vint à son secours; d'un brusque élan, il se jeta au cou de son oncle sans rien dire, et il l'embrassait en pleurant; puis il vint à sa mère, s'assit sur ses genoux, cacha sa figure, comme autrefois, entre l'épaule et le cou :

« Oui, mon petit[b], tu as de bons retours... Mais il faudrait te dominer, prendre sur toi... »

Jean-Louis s'était levé et rapproché de la fenêtre ouverte pour qu'on ne vît pas ses yeux pleins de larmes. Il tendit la main au dehors et dit qu'il avait senti une goutte. Tout cela ne servait pas sa cause. L'immense réseau de la pluie se rapprochait, comme un filet qui l'eût rabattu dans ce petit salon enfumé — rabattu à jamais.

Il ne pleuvait[c] plus. Jean-Louis et Yves suivirent l'allée vers le gros chêne.

« Tu ne vas pas lâcher, Jean-Louis ? »

Il ne répondit pas. Les mains dans les poches, la tête basse, il poussait du pied une pomme de pin. Et comme son frère insistait, il dit d'une voix faible :

« Ils affirment que c'est un devoir envers vous tous. D'après eux, José seul ne saurait pas faire sa place dans la maison. Lorsque je serai à la tête de l'affaire, il pourra y entrer, lui aussi... Et ils croient que toi-même tu seras trop heureux, un jour, de m'y rejoindre... Ne te fâche pas... Ils ne comprennent pas qui tu es... Crois-tu qu'ils vont jusqu'à prévoir que peut-être Danièle et Marie épouseront des types sans situation...

— Ah ! ils voient les choses de loin — s'écria Yves (furieux parce qu'on le croyait capable de finir, lui aussi, devant le râtelier commun). Ah ! ils ne laissent rien au hasard, ils organisent le bonheur de chacun ; ils ne comprennent pas qu'on veuille être heureux d'une autre manière...

— Il ne s'agit^a pas de bonheur pour eux, dit Jean-Louis, mais d'agir en vue du bien commun et dans l'intérêt de la famille. Non, il ne s'agit pas de bonheur... As-tu remarqué ? C'est un mot qui ne sort jamais de leur bouche... Le bonheur... J'ai toujours vu à maman cette figure pleine de tourment et d'angoisse... Si papa avait vécu, je pense que c'eût été pareil... Non, pas le bonheur ; mais le devoir... une certaine forme du devoir, devant laquelle ils n'hésitent jamais... Et le terrible, mon petit, c'est que je les comprends. »

Ils avaient pu atteindre le gros chêne avant la pluie. Ils entendaient l'averse contre les feuilles. Mais le vieil arbre vivant les couvait sous ses frondaisons plus épaisses que des plumes. Yves, avec un peu d'emphase, parlait du seul devoir : envers ce que nous portons, envers notre œuvre. Cette parole, ce secret de Dieu déposé en nous et qu'il faut délivrer... Ce message dont nous^b sommes chargés...

« Pourquoi dis-tu " nous " ? Parle pour toi, mon petit Yves. Oui, je crois que tu es un messager, que tu détiens un secret... Mais comment notre mère et oncle Xavier le sauraient-ils ? En ce qui me concerne, je crains qu'ils n'aient raison : professeur, je ne ferais rien que d'expliquer la pensée des autres... C'est déjà plus beau que tout, c'est une œuvre qui vaut mille fois qu'on y use sa vie, mais... »

Stop jaillit d'un buisson, courut vers eux, la langue
pendante; José ne devait pas être loin. Yves parlait
comme à un homme au chien couvert de boue :

« Tu viens du marais, hein, mon vieux ? »

José sortit à son tour du fourré. Il montrait en riant son
carnier vide. Il avait battu le marais de la Téchoueyre[1],
toute la matinée.

« Rien ! des râles qui se levaient au diable... J'ai vu
tomber deux poules d'eau, mais je n'ai pu les retrouver...»

Il ne s'était pas rasé, le matin : une jeune barbe drue
noircissait ses joues enfantines.

« Il paraît qu'il y a un sanglier du côté de Biourge[2]. »

Le soir, la pluie avait cessé. Longtemps, après dîner,
sous une lune tardive, Yves vit aller et venir Jean-Louis
encadré par sa mère et par l'oncle. Il observait ces trois
ombres qui s'enfonçaient dans l'allée gravelée[a] : puis
le groupe noir surgissait des pins dans le clair de lune.
La voix vibrante de Blanche dominait, coupée, parfois,
par le timbre plus aigu et aigre de Xavier. Jean-Louis
demeurait muet; Yves le sentait perdu; il était pris dans
cet étau; il n'avait pas de défense... « Moi, ils ne m'auront pas... » Mais en même[b] temps qu'il s'excitait contre
les siens, Yves savait obscurément que lui, lui seul
s'attachait follement à l'enfance. Le roi des Aulnes ne
l'attirait pas dans un royaume inconnu — ah ! trop
connu, était ce royaume ! Les aulnes[c], d'où s'élève la
voix redoutablement douce, s'appellent des vergnes, au
pays des Frontenac, et leurs branches y caressent un
ruisseau dont ils sont seuls à connaître le nom. Le roi
des Aulnes n'arrache pas les enfants Frontenac à leur
enfance, mais il les empêche d'en sortir; il les ensevelit
dans leur vie morte; il les recouvre de souvenirs adorés
et de feuilles pourries[d][3].

« Je te laisse avec ton oncle », dit Blanche à Jean-Louis.

Elle passa tout près d'Yves sans le voir; et il l'observait. La lune éclairait la figure tourmentée de sa mère.
Elle se croyait seule et avait glissé une main dans son
corsage, elle s'inquiétait de cette glande... On avait beau
lui répéter que ce n'était rien... Elle tâtait cette glande.
Il fallait qu'avant sa mort, Jean-Louis devînt le chef de
maison, le maître de la fortune, le protecteur de ses

cadets. Elle priait pour sa couvée; ses yeux levés au ciel
voyaient Notre-Dame du Perpétuel Secours dont elle
entretenait la lampe à la cathédrale, étendre, sur les
enfants Frontenac, son manteau.

« Écoute, mon petit, disait Xavier à Jean-Louis, je te
parle comme à un homme, je n'ai pas fait mon devoir
envers vous; j'aurais dû occuper dans la maison la place
laissée vide par ton père. Tu dois réparer ma faute...
Non, ne proteste pas... Tu dis que rien ne m'y obligeait ?
Tu as assez l'esprit de famille, pour comprendre que j'ai
déserté. Tu vas renouer la chaîne rompue par ma faute.
Ce n'est pas ennuyeux que de diriger une maison puissante où tes frères pourront s'abriter, peut-être les maris
de tes sœurs, et plus tard vos enfants... Nous désinté-
resserons peu à peu Dussol... Ça ne t'empêchera pas de
te tenir au courant de ce qui paraît. Ta culture te servira...
Je lisais^a, justement, un article dans *Le Temps* où l'on
démontrait que le grec et le latin, enfin les humanités
préparent les grands capitaines d'industrie... »

Jean-Louis n'écoutait pas. Il savait qu'il était vaincu.
Il aurait toujours fini par rendre les armes, mais il connaissait l'argument qui avait eu d'abord raison de lui^b : un
mot de sa mère, tout à l'heure. « En même temps que
Dussol, nous pourrons inviter les Cazavieilh... » Et un
instant après, elle avait ajouté : « Ton service militaire
fini, rien ne t'empêcherait de te marier, si tu en avais le
désir... »

C'était oncle Xavier qui marchait près de lui, dans une
odeur de cigare. Mais un soir, ce serait une jeune fille
un peu forte... Il pourrait^c devancer l'appel, se marier
à vingt et un ans. Plus que deux années à attendre, et
un soir, selon les rites, il ferait le tour du parc de Bourideys dans les ténèbres, avec Madeleine. Et soudain,
la joie des noces le fit trembler de la base au faîte^d. Il
respirait vite, il flairait le vent^e qui avait passé sur les
chênes de Léojats, qui avait enveloppé la maison blanche
de lune, et gonflé les rideaux de cretonne d'une chambre
où Madeleine, peut-être, ne dormait pas.

XI

C'est une voiture[a] Fouillaron[1]... Je suis venu en trois heures de Bordeaux : soixante-dix kilomètres... pas une anicroche...

Les invités de Mme Frontenac entouraient Arthur Dussol, encore enveloppé d'un cache-poussière gris. Il enleva ses lunettes de chauffeur. Il souriait, les yeux à demi clos; Cazavieilh, penché sur la voiture, avec un air de méfiance et de respect, cherchait une question à poser.

« Elle est à poulies extensibles », disait Dussol. Et Cazavieilh :

« Oui, le dernier cri !

— Le tout dernier cri. Moi, vous savez (et Dussol riait doucement), je n'ai jamais été un retardataire.

— On n'a qu'à voir vos scieries transportables... Et quelles sont les caractéristiques de cette nouvelle voiture ?

— Il y a encore peu de temps, professa Dussol, la retransmission se faisait aux roues par des chaînes. Maintenant, il n'y a plus que deux poulies extensibles.

— C'est admirable, dit Cazavieilh. Plus que deux poulies extensibles ?

— Et naturellement, leur liaison : la chaîne-courroie. Imaginez deux cônes sans articulation... »

Madeleine Cazavieilh entraîna Jean-Louis. José, passionné, interrogea M. Dussol au sujet des vitesses.

« On peut varier l'allure à l'infini, au moyen d'un simple levier (et M. Dussol, la tête rejetée, avec une expression de gravité presque religieuse, semblait prêt à soulever le monde). Comme dans les machines à vapeur ! » ajouta-t-il.

Dussol et Cazavieilh s'éloignèrent à petits pas; et Yves les suivait, attiré par leur importance, par cette satisfaction qui ruisselait d'eux. Parfois, ils s'arrêtaient devant un pin, le mesuraient de l'œil et discutaient sur sa hauteur probable, cherchaient à deviner son diamètre.

« Voyons, Cazavieilh, combien estimez-vous... ? »

Cazavieilh citait un chiffre. Le rire de Dussol secouait un ventre qui semblait surajouté à sa personne, qui n'avait pas l'air vrai.

« Vous en êtes loin ! »

Et il tirait un mètre de sa poche, mesurait le tronc. Et, triomphant :

« Tenez ! avouez que je ne me suis pas **trompé de beaucoup**...

— Savez-vous ce qu'on peut tirer de bois d'un arbre de cette taille ? »

Dussol, méditatif, contemplait le pin. Cazavieilh demeurait muet, dans l'attitude du respect. Il attendait la réponse de l'augure. Dussol prit son calepin et se livra à des calculs. Enfin, il cita un chiffre.

« Je n'aurais pas cru, dit Cazavieilh. C'est admirable...

— Mon coup d'œil me sert dans les marchés... »

Yves revint vers la maison. Une odeur inaccoutumée de sauces et de truffes pénétrait ce beau matin de septembre. Il rôda autour des cuisines. Le maître d'hôtel s'irritait parce qu'on avait oublié de décanter un vin. Yves traversa la salle à manger. La petite Dubuch serait placée entre lui et José. Il relut le menu^a : « Lièvre à la Villafranca, passage de mûriers... » Il sortit de nouveau, alla vers les communs où Dussol, le mètre à la main, accroupi, mesurait l'écartement des roues d'un tilbury.

« Qu'est-ce que je vous disais ? Il s'en faut de beaucoup que votre tilbury soit à la voie... J'ai vu ça du premier coup d'œil... Vous ne me croyez pas ? Tenez, mesurez vous-même. »

À son tour, Cazavieilh se baissa, auprès de Dussol ; et Yves considérait avec stupeur ces deux fessiers énormes. Ils se relevèrent, cramoisis.

« C'est ma foi vrai, Dussol ! Vous êtes extraordinaire ! »

Un petit rire rentré secouait Dussol. Il crevait de contentement et de complaisance. On ne voyait plus ses yeux : il en avait juste ce qu'il fallait^b pour mesurer le profit à tirer des êtres et des choses.

Les deux hommes remontaient vers la maison. Parfois, ils faisaient halte, se dévisageaient^c comme s'ils eussent dû résoudre quelque problème éternel, puis ils repartaient. Et soudain Yves, immobile au milieu de l'allée, fut envahi par un désir à la fois horrible et enivrant : tirer dessus, en traître, par derrière. Pan ! dans la nuque, et ils s'effondreraient. Un coup double : pan ! pan ! Que n'était-il empereur, roi nègre...

« Je suis un monstre », dit-il à haute voix.

Le maître d'hôtel, du haut du perron, cria :

« Madame est servie. »

« Mais oui^a, naturellement, avec les doigts... »

Ils dévoraient des écrevisses. Les carapaces craquaient ;
ils suçaient avec application, partagés entre le désir de
n'en pas laisser, et celui de montrer de bonnes manières.
Yves observait de tout près le bras grêle et brun de la
petite Dubuch, un bras d'enfant, rattaché à une épaule
ronde et pourtant immatérielle. Il n'osait regarder que
furtivement le visage où les yeux tenaient trop de place.
Les ailes du nez étaient vraiment des ailes. Par la bouche
seule, trop épaisse et pas assez rouge, cet ange se rattachait à l'humain. On disait que c'était dommage qu'elle
eût si peu de cheveux ; mais sa coiffure (une raie médiane
et deux macarons sur les oreilles) dévoilait cette beauté
que le monde a mis du temps à découvrir : le galbe d'une
tête bien faite, le dessin d'une nuque. Yves se rappela,
dans son histoire ancienne, les reproductions de bas-
reliefs égyptiens. Et il avait tant de joie à regarder cette
jeune fille qu'il ne cherchait pas à lui parler. Au début
du repas, il lui avait dit qu'à la campagne, elle devait
avoir le temps de lire ; elle avait à peine répondu, et maintenant, elle s'entretenait de chasse et de cheval avec José.
Yves qui avait toujours vu son frère mal peigné, mal
tenu, « l'enfant des bois », comme il l'appelait, remarqua
pour la première fois sa chevelure cosmétiquée, ses joues
brunes échauffées par le rasoir, ses dents éclatantes. Mais
surtout, il parlait, lui qui, en famille, n'avait jamais rien
à dire, il faisait rire sa voisine ; elle s'engouait : « Que
vous êtes bête ! Si vous croyez que c'est spirituel ! »

José ne la perdait guère des yeux, avec une expression
de gravité où Yves ne savait pas reconnaître le désir.
Pourtant, il se rappela^b que leur mère souvent répétait :
« José... celui-là sera à surveiller... Il me donnera du fil
à retordre... » Il courait les foires et les fêtes de village.
Yves le trouvait sot de s'amuser encore des loteries et des
chevaux de bois. Mais, à la dernière fête, il avait découvert que son frère se moquait des manèges et dansait
avec les métayères.

Et soudain, Yves se sentit^c triste. Bien sûr, la petite
Dubuch, qui avait dix-sept ans, n'attachait aucune impor-

tance à José. Tout de même, elle consentait à rire avec
lui. Il régnait entre eux une entente, qui n'était pas seulement dans les paroles; une entente au delà de leur
volonté, un accord du sang. Yves crut qu'il était jaloux
et en éprouva de la honte. Au vrai, il se sentait isolé,
mis de côté. Il ne se disait pas : « Moi aussi, un jour...
bientôt peut-être... »

À l'autre bout de la table, Jean-Louis et Madeleine
Cazavieilh montraient la figure qu'ils auraient à leur
repas de fiançailles. Yves, qui vidait tous ses verres,
voyait dans une brume, à l'extrémité de ce double rang
de faces congestionnées, son frère aîné comme dans une
fosse où il eût été pris à jamais. Et à ses côtés, la belle
femelle qui avait servi d'appeau, se reposait, sa tâche
accomplie[1]. Elle[a] n'était point si épaisse que la voyait
Yves. Elle avait renoncé aux boléros. Une robe de mousseline blanche découvrait ses beaux bras et son cou pur.
À la fois épanouie et virginale, elle était paisible, elle
attendait. Parfois, ils échangeaient des paroles qu'Yves
aurait voulu surprendre, et dont l'insignifiance l'eût
étonné. « Toute la vie devant nous, songeait Jean-Louis,
pour nous expliquer... » Ils parlaient des mûriers qui
leur étaient servis et qu'on avait eu beaucoup de peine
à se procurer, de la chasse à la palombe, des appeaux
qu'il faudrait bientôt monter, car les ramiers, qui précèdent les palombes, ne tarderaient pas. Toute la vie
pour expliquer à Madeleine... Expliquer quoi ? Jean-
Louis ne se doutait pas que les années passeraient, qu'il
traverserait mille drames, qu'il aurait des enfants[b], qu'il
en perdrait deux, qu'il gagnerait une fortune énorme, et
au déclin de sa vie, elle s'écroulerait, mais à travers tout,
les deux époux continueraient d'échanger des propos
aussi simples que ceux qui leur suffisaient à cette aube
de leur amour, au long de ce déjeuner interminable, où
les compotiers bourdonnaient de guêpes, où la bombe
glacée s'affaissait dans son jus rose[2].

Et Yves contemplait ce pauvre bonheur de Jean-Louis
et de Madeleine avec mépris et avec envie. Pas une fois,
la petite Dubuch ne s'était tournée vers lui. José, le gros
mangeur de la famille, oubliait de se resservir, mais
comme Yves, il vidait tous ses verres. Une rosée de
sueur perlait à son front. Tels étaient les yeux de la petite
Dubuch que lorsqu'elle les arrêtait sur un indifférent,

il s'imaginait que cette lumière merveilleuse brillait à son intention[a]. Ainsi José ensorcelé, décidait dans son cœur qu'il se promènerait tout à l'heure avec la jeune fille.

« Vous viendrez voir ma palombière avant de partir ? Promettez-moi...

— Celle du Maryan ? Vous êtes fou ? Il y a plus d'une demi-heure de marche[1].

— On serait tranquille pour causer...

— Oh ! ça suffit comme cela, vous avez dit assez de bêtises ! »

Et brusquement, elle tourna vers Yves ses yeux pleins de lumière.

« C'est long, ce déjeuner. »

Yves, ébloui, aurait voulu élever les mains devant sa figure. Éperdu, il cherchait ce qu'il fallait répondre. On avait passé les petits fours. Il regarda sa mère qui oubliait de se lever, ayant une de ces absences à quoi elle était sujette dans le monde. L'œil égaré, elle avait glissé deux doigts dans son corsage, et tandis que le curé lui racontait ses démêlés avec le maire, elle pensait à l'agonie, à la mort, au jugement de Dieu, au partage des propriétés.

XII

Sous les chênes, le café et les liqueurs attiraient les hommes repus. Dussol avait pris à part oncle Xavier, et Blanche Frontenac les suivait d'un œil inquiet. Elle craignait que son beau-frère ne se laissât rouler. Yves contourna la maison, prit une allée déserte qui rejoignait le gros chêne. Il n'eut pas besoin de marcher longtemps pour ne plus entendre les éclats de voix, pour ne plus sentir l'odeur des cigares. La nature sauvage commençait tout de suite ; déjà les arbres ne savaient plus qu'il y avait eu du monde à déjeuner.

Yves franchit un fossé ; il était un peu ivre (pas autant qu'il le craignait, car il avait fameusement bu). Son repaire, sa bauge l'attendait : des ajoncs, que les landais appellent des jaugues, des fougères hautes comme des corps humains, l'enserraient, le protégeaient. C'était

l'endroit des larmes, des lectures défendues, des paroles
folles, des inspirations[1]; de là il interpellait Dieu, il le
priait et le blasphémait tour à tour. Plusieurs jours
s'étaient écoulés depuis sa dernière venue; déjà dans le
sable non foulé, les fourmis-lions avaient creusé leurs
petits entonnoirs. Yves prit une fourmi et la jeta dans
l'un d'eux. Elle essayait de grimper, mais les parois
mouvantes se défaisaient sous elle, et déjà, du fond de
l'entonnoir, le monstre lançait du sable. À peine la fourmi
exténuée avait-elle atteint le bord de l'abîme qu'elle
glissait de nouveau. Et soudain, elle se sentit prise par
une patte. Elle se débattait, mais le monstre l'entraînait
lentement sous la terre. Supplice effroyable. À l'entour,
les grillons vibraient dans le beau jour calme. Des libellules hésitaient à se poser; les bruyères roses et rousses
pleines d'abeilles, sentaient déjà le miel. Yves ne voyait
plus s'agiter au-dessus du sable que la tête de la fourmi
et deux petites pattes désespérées. Et cet enfant de
seize ans, penché sur ce mystère minuscule, se posait le
problème du mal. Cette larve qui crée ce piège et qui a
besoin, pour vivre et pour devenir papillon, d'infliger
à des fourmis cette atroce agonie; la remontée terrifiée
de l'insecte hors de l'entonnoir, les rechutes et le monstre
qui le happe... Ce cauchemar faisait partie du Système...
Yves prit une aiguille de pin, déterra le fourmi-lion, petite
larve molle et désormais impuissante. La fourmi délivrée
reprit sa route avec le même affairement que ses compagnes, sans paraître se souvenir de ce qu'elle avait
subi — sans doute parce que c'était naturel, parce que
c'était selon la nature[a]... Mais Yves était là, avec son
cœur, avec sa souffrance, dans un nid de jaugues. Eût-il
été le seul humain respirant à la surface de la terre, il
suffisait à détruire la nécessité aveugle, à rompre cette
chaîne sans fin de monstres tour à tour dévorants et
dévorés; il pouvait la briser, le moindre mouvement
d'amour la brisait. Dans l'ordre affreux du monde,
l'amour introduisait son adorable bouleversement. C'est
le mystère du Christ et de ceux qui imitent le Christ.
« Tu es choisi[b] pour cela... Je t'ai choisi pour tout
déranger... » L'enfant dit à haute voix : « C'est moi-
même qui parle... » (et il appuya ses deux mains sur son
visage transpirant). C'est toujours nous-même qui parlons à nous-même... Et il essaya de ne plus penser. Très

haut dans l'azur, au sud, un vol de ramiers surgit et il les suivit de l'œil jusqu'à ce qu'il les eût perdus. « Tu sais, bien qui je suis, disait la voix intérieure. Moi qui t'ai choisi. » Yves accroupi sur ses souliers, prit une poignée de sable, et la jeta dans le vide; et il répétait, l'air égaré : « Non ! non ! non !

— Je t'ai choisi, je t'ai mis à part des autres, je t'ai marqué de mon signe. »

Yves serra les poings : c'était du délire, disait-il, d'ailleurs il était pris de vin. Qu'on le laisse tranquille, il ne demande rien. Il veut être un garçon de son âge, pareil à tous les garçons de son âge. Il saurait bien échapper à sa solitude[a].

« Toujours je la recréerai autour de toi.

— Ne suis-je pas libre ? Je suis libre ! » cria-t-il.

Il se tint debout et son ombre remuait sur les fougères.

« Tu es libre de traîner une cœur que je n'ai pas créé pour le monde; — libre de chercher sur la terre une nourriture qui ne t'est pas destinée — libre d'essayer d'assouvir une faim qui ne trouvera rien à sa mesure : toutes les créatures ne l'apaiseraient pas, et tu courras de l'une à l'autre...

« Je me[b] parle à moi-même[1], répète l'enfant, je suis comme les autres, je ressemble aux autres. »

Le désir de sommeil l'étendit dans le sable et il appuya sur son bras replié, sa tête. Le frémissement d'un bourdon l'entoura, puis s'éloigna, se perdit dans le ciel. Le vent d'est apportait l'odeur des fours à pain et des scieries. Il ferma les yeux. Des mouches s'acharnaient contre sa figure qui avait le goût du sel et d'un geste endormi, il les chassait. Cet adolescent couché sur la terre, ne troublait pas les grillons du soir; un écureuil descendit du pin le plus proche pour aller boire au ruisseau et passa tout près de ce corps d'homme. Une fourmi, peut-être celle qu'il avait délivrée, grimpa le long de sa jambe; d'autres suivirent. Combien de temps aurait-il fallu qu'il demeurât immobile pour qu'elles s'enhardissent jusqu'au dépècement[2] ?

La fraîcheur du ruisseau le réveilla. Il sortit du fourré. De la résine souillait sa veste. Il enleva les aiguilles de pin prises dans ses cheveux. Le brouillard des prairies envahissait peu à peu les bois et ce brouillard ressemblait à l'haleine d'une bouche vivante lorsqu'il fait froid[c].

Au tournant de l'allée, Yves se trouva en face de sa mère qui récitait son chapelet. Elle avait jeté un vieux châle violet sur sa robe d'apparat. Un jabot de dentelles « de toute beauté », avait-elle coutume de dire, ornait le corsage. Une longue chaîne d'or et de perles fines était retenue par une broche : des initiales énormes, un *B* et un *F* entrelacés[a].

« D'où sors-tu ? On t'a cherché... Ce n'était guère poli. »

Il prit le bras de sa mère, se pressa contre elle :

« J'ai peur des gens, dit-il.

— Peur de Dussol ? de Cazavieilh ? Tu es fou, mon pauvre drôle.

— Maman, ce sont des ogres[1].

— Le fait est, dit-elle rêveusement, qu'ils n'ont guère laissé de restes.

— Crois-tu que dans dix ans, il subsistera quelque chose de Jean-Louis ? Dussol va le dévorer peu à peu.

— Diseur de riens[2] ! »

Mais le ton de Blanche Frontenac exprimait la tendresse :

« Comprends-moi[b], mon chéri... J'ai hâte de voir Jean-Louis établi. Son foyer sera votre foyer; lorsqu'il sera fondé, je m'en irai tranquille.

— Non, maman !

— Tiens, tu vois ? Je suis obligée de m'asseoir. »

Elle s'affaissa sur le banc du vieux chêne. Yves la vit glisser une main dans son corsage.

« Tu sais bien que ce n'est pas de mauvaise nature, Arnozan t'a cent fois rassurée...

— On dit ça... D'ailleurs, il y a ce rhumatisme au cœur... Vous ne savez pas ce que j'éprouve. Fais-toi à cette idée, mon enfant; il faut te faire à cette idée... Tôt ou tard... »

De nouveau, il se serra contre sa mère et prit[c] dans ses deux mains cette grande figure ravagée.

« Tu es là, dit-il, tu es toujours là. »

Elle le sentit frémir contre elle et lui demanda s'il avait froid. Elle le couvrit[d] de son châle violet. Ils étaient enveloppés tous deux dans cette vieille laine.

« Maman, ce châle... tu l'avais déjà l'année de ma première communion, il a toujours la même odeur.

— Ta grand-mère l'avait rapporté de Salies. »

Une dernière fois, peut-être, comme un petit garçon, Yves se blottit contre sa mère vivante qui pouvait disparaître d'une seconde à l'autre. La Hure continuerait[a] de couler dans les siècles des siècles. Jusqu'à la fin du monde, le nuage de cette prairie monterait vers cette première étoile.

« Je voudrais savoir, mon petit Yves, toi qui connais tant de choses... au ciel, pense-t-on encore à ceux qu'on a laissés sur la terre ? Oh ! je le crois ! je le crois ! répéta-t-elle avec force. Je n'accueille aucune pensée contre la foi... mais comment imaginer un monde où vous ne seriez plus tout pour moi, mes chéris ? »

Alors, Yves lui affirma que tout amour[b] s'accomplirait dans l'unique Amour, que toute tendresse serait allégée et purifiée de ce qui l'alourdit et de ce qui la souille... Et il s'étonnait des paroles qu'il prononçait. Sa mère soupira à mi-voix :

« Qu'aucun de vous ne se perde ! »

Ils se levèrent[c] et Yves était plein de trouble, tandis que la vieille femme apaisée s'appuyait à son bras.

« Je dis toujours : vous ne connaissez pas mon petit Yves ; il fait la mauvaise tête, mais de tous mes enfants, il est le plus près de Dieu...

— Non, maman, ne dis pas ça, non ! non ! »

Brusquement, il se détacha d'elle.

« Qu'est-ce que tu as ? Mais qu'est-ce qu'il a ? »

Il la précédait, les mains dans les poches, les épaules soulevées ; et elle s'essoufflait à le suivre[d].

Après le dîner, Mme Frontenac, fatiguée, monta dans sa chambre. Comme la nuit était claire, les autres membres de la famille se promenèrent dans le parc, mais non plus en bande : déjà la vie dispersait le groupe serré des garçons. Jean-Louis croisa Yves au tournant d'une allée, et ils ne s'arrêtèrent pas. L'aîné préférait demeurer seul pour penser à son bonheur ; il n'avait plus le sentiment d'une diminution, d'une chute ; certains propos de Dussol, touchant les ouvriers, avaient réveillé dans le jeune homme des préoccupations encore confuses : il ferait du bien, malgré son associé, il aiderait à promouvoir l'ordre social chrétien. Il ne se paierait pas de mots, agirait dans le concret. Quoi qu'Yves en pût penser, cela l'emportait sur toutes les spéculations. Le moindre mou-

vement de charité est d'un ordre infiniment plus élevé[1]...
Jean-Louis ne pourrait être heureux s'il faisait travailler
des malheureux... « les aider à construire un foyer à
l'image du mien... » Il vit luire le cigare d'oncle Xavier.
Ils marchèrent quelque temps côte à côte.

« Tu es content, mon petit ? Eh bien ? Qu'est-ce que
je te disais ! »

Jean-Louis n'essayait pas d'expliquer à l'oncle les
projets qui l'emplissaient d'enthousiasme; et l'oncle ne
pouvait lui dire sa joie de rentrer à Angoulême... Il
dédommagerait Joséfa à peu[a] de frais... Peut-être dou-
blerait-il son mois... Il lui dirait : « Tu vois, si nous
avions fait ce voyage, il serait déjà fini... »

« D'abord, songeait Jean-Louis, avant tout apostolat,
les réformes essentielles : la participation aux bénéfices. »
Il allait orienter toutes ses lectures de ce côté-là.

Dans le clair de lune, ils virent José traverser l'allée
d'un fourré à l'autre. Ils entendirent[b], sous son passage,
craquer les branches[2]. Où courait-il, cet enfant Frontenac,
ce petit renard qu'on aurait pu suivre à la piste ? Le plus
proche de l'instinct, à cette heure nocturne, mâle déshérité et qui était assuré de ne trouver nulle part celle
qu'il cherchait[3]. Pourtant, il foulait les feuilles sèches[c],
déchirait ses mains aux jaugues, jusqu'à ce qu'il eût
atteint la métairie de Bourideys qui touche le parc. Un
chien gronda sous la treille, la fenêtre de la cuisine était
ouverte. La famille entourait la table qu'éclairait une
lampe Pigeon. José voyait de profil la fille mariée, celle
qui portait, sur un cou puissant, une tête petite. Il ne la
perdait pas de vue, il mâchait une feuille de menthe.

Yves, cependant, achevait son troisième tour de parc.
Il ne sentait pas encore la fatigue qui, tout à l'heure, le
jetterait anéanti sur son traversin. Au dîner, il avait vidé
les fonds de bouteille de la fête, et son esprit merveilleusement lucide, faisait le bilan de cette journée et écha-
faudait une doctrine que Jean-Louis n'était plus digne
de connaître. Sa demi-ivresse lui donnait, à bon compte,
la sensation du génie; il ne choisirait pas, rien ne l'obligerait au choix : il avait eu tort de dire « non » à cette
voix exigeante qui était peut-être celle de Dieu. Il n'opposerait à personne aucun refus. Ce serait là son drame d'où
naîtrait son œuvre; elle serait l'expression d'un déchirement. Ne rien refuser, ne se refuser à rien. Toute dou-

leur, toute passion engraisse l'œuvre*a*, gonfle le poème. Et parce que le poète est déchiré, il est aussi pardonné :

> *Je sais que Vous gardez une place au poète*
> *Dans les rangs bienheureux des saintes légions*[1]...

Sa voix monotone eût fait frémir l'oncle Xavier, tant elle rappelait celle de Michel Frontenac[2].

Blanche avait cru qu'elle s'endormirait, sa bougie à peine éteinte, si grande était sa lassitude. Mais elle entendait sur le gravier*b* les pas de ses enfants. Il faudrait envoyer de l'argent à l'homme d'affaires de Respide. Il faudrait demander le solde de son compte au Crédit Lyonnais. Bientôt le terme d'octobre. Heureusement, il y avait les immeubles. Mais, mon Dieu ! qu'importait tout cela ! Et elle touchait sa glande, elle épiait son cœur.

Et aucun des Frontenac, cette nuit-là, n'eut le pressentiment qu'avec ces grandes vacances, une ère finissait pour eux; que déjà elles avaient été toutes mêlées de passé et qu'en se retirant, elles entraînaient à jamais les plaisirs simples et purs et cette joie qui ne souille pas le cœur.

Yves seul, avait conscience d'un changement, mais c'était pour se forger plus d'illusions que tous les autres. Il se voyait au seuil d'une vie brûlante d'inspiration, d'expériences dangereuses. Or, il entrait, à son insu, dans une ère morne; pendant quatre années, les soucis d'examens le domineraient; il glisserait aux compagnies les plus médiocres, le trouble de l'âge, de pauvres curiosités le rendraient l'égal de ses camarades et leur complice. Le temps était proche où le grand problème à résoudre serait d'obtenir de sa mère la clef de l'entrée et le droit de rester dehors après minuit. Il ne serait pas malheureux. Parfois, à de longs intervalles, comme d'un être enseveli, un gémissement monterait du plus profond de lui-même; il laisserait s'éloigner les camarades; et seul, à une table du café de Bordeaux, parmi les chardons et les femmes mafflues des mosaïques modern-style, il écrirait d'un jet, sur le papier à en-tête, sans prendre le temps de former ses lettres, de peur de perdre une seule de ces paroles qui ne nous sont soufflées qu'une fois. Il s'agirait alors d'entretenir la vie d'un autre lui-même qu'à Paris, déjà, quelques initiés portaient aux nues. Un si petit nombre, en vérité, qu'Yves mettrait bien des années à se rendre compte de son importance, à mesurer sa propre victoire. Provincial, respectueux des gloires établies, il ignorerait longtemps encore qu'il est une autre gloire : celle qui naît obscurément, fraie sa route comme une taupe, ne sort à la lumière qu'après un long cheminement souterrain.

Mais une angoisse*a* l'attendait, et comment Yves Frontenac en eût-il pressenti l'horreur, à la fenêtre de sa chambre en cette nuit de septembre humide et douce ? Plus sa poésie rallierait de cœurs, et plus il se sentirait appauvri; des êtres boiraient de cette eau dont il devait être seul à voir la source se tarir. Ce serait la raison de cette méfiance de soi, de cette dérobade à l'appel de Paris, de la longue résistance au directeur*b* de la plus importante des revues d'avant-garde, et enfin de son hésitation à réunir ses poèmes en volume.

Yves à sa fenêtre*c*, récitait sa prière du soir devant les cimes confuses de Bourideys et devant la lune errante. Il attendait tout, il appelait tout, et même la souffrance, mais non cette honte de survivre pendant des années à son inspiration; d'entretenir par des subterfuges sa gloire. Et il ne prévoyait pas que ce drame, il l'exprimerait, au jour le jour, dans un journal qui serait publié après une grande guerre; il s'y résignerait, n'ayant plus rien écrit, depuis des années. Et ces pages atroces sauveraient la face; elles feraient plus pour sa gloire que ses poèmes; elles enchanteraient et troubleraient heureusement une génération de désespérés. Ainsi, dans cette nuit de septembre, peut-être Dieu voyait-il sortir*d* de ce petit bonhomme rêveur devant les pins endormis, un étrange enchaînement de conséquences; et l'adolescent, qui se croyait orgueilleux, était bien loin de mesurer l'étendue de son pouvoir, et ne se doutait pas que le destin de beaucoup serait différent de ce qu'il eût été sur la terre et dans le ciel, si Yves Frontenac n'était jamais né[1].

DEUXIÈME PARTIE

> « Que les oiseaux et les sources sont
> loin ! Ce ne peut être que la fin du monde,
> en avançant. »
>
> RIMBAUD[a1].

XIII

« Cinq mille francs de dettes en trois mois ! Avions-nous jamais vu ça de notre temps, Dussol ?

— Non, Caussade. Nous avions le respect de l'argent; nous savions le mal que s'étaient donné nos chers parents. On nous avait élevé dans le culte de l'épargne. " Ordre, travail, économie ", c'était la devise de mon admirable père. »

Blanche[b] Frontenac les interrompit :

« Il ne s'agit pas de vous, mais de José. »

Elle regrettait, maintenant, de s'être confiée à Dussol et à son beau-frère. Quand Jean-Louis avait découvert le pot aux roses, il avait fallu mettre Dussol au courant, parce que José s'était servi du crédit de la maison. Dussol avait exigé qu'on réunît un conseil de famille. Mme Frontenac et Jean-Louis s'opposèrent à ce qu'oncle Xavier fût averti : il avait une maladie de cœur que ce coup risquait d'aggraver. Mais pourquoi, se demandait Blanche, avoir mêlé à cette affaire Alfred Caussade ? Jean-Louis le regrettait comme elle.

Le jeune homme était assis en face de sa mère, un peu affaissé par la vie de bureau, le front déjà dégarni, bien qu'il eût à peine vingt-trois ans[1].

« Faut-il que ce garçon soit stupide... disait Alfred Caussade. Il paraît que tous les autres ont eu cette fille pour rien[a]... Vous l'avez vue, Dussol ?

— Oui, un soir... Oh ! pas pour mon plaisir. Mme Dussol voulait aller, une fois dans sa vie, à l'Apollo pour se rendre compte de ce que c'est. Je n'ai pas cru devoir le lui refuser. Nous avons pris une baignoire, vous pensez bien ! personne n'a pu nous apercevoir. Cette Stéphane Paros a dansé d'une façon... les jambes nues[b]... »

L'oncle Alfred, l'œil brillant, se pencha vers lui :

« Il paraît que certains soirs... »

On n'entendit pas la suite. Dussol enleva son binocle, renversa la tête :

« Ça, il faut être juste, dit-il. Elle avait un maillot, petit à la vérité, mais elle en avait un. Elle en a toujours eu un; j'avais pris mes informations. Croyez-vous que j'eusse exposé Mme Dussol... Allons ! voyons ! C'était déjà bien assez, les jambes nues...

— Et les pieds... ajouta Alfred Caussade.

— Oh ! les pieds ! (et Dussol fit une moue d'indulgence).

— Eh bien, moi, déclara Alfred avec une sorte d'ardeur confuse, c'est ce que je trouve le plus dégoûtant... »

Blanche, irritée, l'interrompit :

« C'est vous, Alfred, qui êtes un dégoûtant[2]. »

Il protestait, tirait, lissait sa barbe :

« Oh ! cette Blanche[c] !

— Allons ! Il faut en finir. Votre avis, Dussol ?

— L'éloigner, chère amie. Qu'il parte le plus tôt et le plus loin possible. Je voulais vous proposer Winnipeg... mais vous n'accepteriez pas... Nous avons besoin de quelqu'un en Norvège... Il aurait des appointements, modestes, à la vérité, mais la vache enragée, c'est ce qu'il lui faut pour qu'il comprenne un peu quelle est la valeur de l'argent... Nous sommes d'accord, Jean-Louis ? »

Le jeune homme répondit, sans regarder son associé, qu'il était, en effet, d'avis d'éloigner José de Bordeaux. Blanche dévisagea son fils aîné.

« Songe qu'Yves est déjà parti...

— Oh ! celui-là, s'écria Dussol, justement, ma chère amie, il fallait le garder auprès de vous. Je regrette que vous ne m'ayez pas consulté. Rien ne l'appelait à Paris. Voyons, vous n'allez pas me parler de son travail ? Je connais votre opinion, l'amour maternel ne vous aveugle pas, vous avez trop de bon sens. Je ne crois pas vous enlever d'illusions en vous disant que son avenir littéraire... Si je vous en parle, c'est en connaissance de cause ; j'ai tenu à me rendre compte... J'ai même fait plusieurs lectures à haute voix à Mme Dussol qui, je dois le dire, m'a demandé grâce. Vous me direz qu'il a reçu quelques encouragements... d'où lui viennent-ils ? je vous le demande. Qui est ce M. Gide dont Jean-Louis m'a montré la lettre ? Il existe un économiste de ce nom, un esprit fort distingué, mais il ne s'agit pas de lui, malheureusement[1]... »

Bien que Jean-Louis*a* sût depuis longtemps que sa mère n'éprouvait aucune gêne à se contredire et qu'elle ne se piquait pas de logique, il fut stupéfait de la voir opposer à Dussol des arguments dont lui-même s'était servi contre elle, la veille au soir :

« Vous feriez mieux*b* de ne pas parler de ce que vous ne pouvez comprendre, de ce qui n'a pas été écrit pour vous. Vous n'approuvez que ce qui vous est déjà connu, ce que vous avez lu ailleurs. Le nouveau vous choque et a toujours choqué les gens de votre sorte. N'est-ce pas, Jean-Louis*c* ? Il me disait que Racine lui-même avait déconcerté ses contemporains...

— Parler de Racine à propos des élucubrations de ce blanc-bec !

— Eh ! mon pauvre ami ! occupez-vous de vos bois et laissez la poésie tranquille. Ce n'est pas votre affaire, ni la mienne, ajouta-t-elle pour l'apaiser, car il se gonflait comme un dindon et sa nuque était rouge.

— Mme Dussol et moi nous tenons au courant de ce qui paraît... Je suis le plus ancien abonné de *Panbiblion*. J'ai même l'abonnement spécial aux revues. De ce côté-là, aussi, nous nous tenons à jour. " Ce qui donne tant d'agrément à la conversation de Mme Dussol, me disait encore, l'autre soir, un de mes confrères du tribunal de commerce, c'est qu'elle a tout lu, et comme elle a une mémoire étonnante, elle se souvient de tout et vous raconte le sujet d'un roman ou d'une pièce dont elle a pris connaissance, il y a des années, comme si elle en achevait la lecture à l'instant même. " Il a eu même ce mot : " C'est une bibliothèque vivante, une femme comme ça... "

— Elle a de la chance, dit Blanche. Moi, mon esprit est une passoire : rien n'y reste. "

Elle se diminuait ainsi, pour désarmer Dussol.

« Ouf ! » soupira-t-elle, quand les vieux messieurs eurent pris congé.

Elle se rapprocha du feu, bien que les radiateurs fussent brûlants[a]; mais depuis qu'elle habitait cette maison, elle ne s'habituait pas au chauffage central. Il fallait qu'elle vît le feu pour ne pas avoir froid, qu'elle se brûlât les jambes. Elle se lamentait. Perdre encore José ! Et l'année prochaine, il voulait s'engager au Maroc... Elle n'aurait pas dû laisser Yves s'en aller, elle ne voulait pas en convenir devant Dussol, mais c'était vrai qu'il aurait pu aussi bien écrire à Bordeaux. Il ne faisait rien à Paris, elle en était sûre.

« Mais c'est toi, Jean-Louis, qui lui as mis cette idée en tête. De lui-même, il ne serait jamais parti.

— Sois juste, maman : depuis le mariage des sœurs, depuis que tu t'es installée avec elles dans cette maison, tu ne vis plus que pour leurs ménages, pour leurs gosses, et c'est très naturel ! Mais Yves, au milieu de cette nursery, se sentait abandonné.

— Abandonné ! moi qui l'ai veillé, toutes les nuits à l'époque de sa congestion pulmonaire...

— Oui, il disait qu'il était content d'être malade, parce qu'alors il te retrouvait...

— C'est un ingrat, et voilà tout. (Et comme Jean-Louis ne répondait pas)... Entre nous, que crois-tu qu'il fasse à Paris ?

— Mais, il s'occupe de son livre, il voit d'autres écrivains, parle de ce qui l'intéresse. Il prend contact avec les revues, les milieux littéraires... Est-ce que je sais... »

Mme Frontenac secouait la tête. Tout cela ne signifiait rien. Quelle était sa vie ? Il avait perdu tous ses principes...

« Pourtant sa poésie est profondément mystique (et Jean-Louis devint écarlate). Thibaudet écrivait l'autre jour qu'elle postule une métaphysique...

— Tout ça, c'est des histoires... interrompit Mme Frontenac. Qu'est-ce que cela signifie, sa métaphysique, s'il ne fait pas ses Pâques... Un mystique ! ce garçon qui ne s'approche même pas des sacrements ! Allons, voyons ! »

Comme Jean-Louis ne répondait rien, elle reprit : « Enfin, quand tu traverses Paris, que te dit-il[a] ? Il te parle bien des gens qu'il voit ? Entre frères...

— Des frères, dit Jean-Louis, peuvent se deviner, se comprendre jusqu'à un certain point... ils ne se confient pas.

— Qu'est-ce que tu me racontes ? Vous êtes trop compliqués... »

Et Blanche, les coudes aux genoux, arrangea le feu.

« Mais José, maman ?

— Ah ! les garçons ! Heureusement, toi du moins[b]... »

Elle regarda Jean-Louis. Était-il si heureux ? Il avait une lourde charge sur les épaules, des responsabilités, il ne s'entendait pas toujours avec Dussol; et Blanche devait reconnaître qu'il manquait quelquefois de prudence, pour ne pas dire de bon sens. C'est très joli d'être un patron social, mais, comme dit Dussol, au moment de l'inventaire, on s'aperçoit de ce que ça coûte. Blanche avait été obligée de donner raison à Dussol lorsqu'il s'était opposé à ces « conseils d'usine » où Jean-Louis voulait réunir les représentants des ouvriers et ceux de la direction. Il n'avait pas voulu entendre parler non plus des « commissions paritaires » dont Jean-Louis lui expliquait, sans succès, le mécanisme. Pourtant Dussol avait fini par céder sur un point, qui était, à vrai dire, celui auquel son jeune associé tenait le plus. « Laissons-lui tenter l'expérience, disait Dussol, ça coûtera ce que ça coûtera, il faut qu'il jette sa gourme... »

La grande idée de Jean-Louis était d'intéresser le personnel à la gestion de toute l'affaire. Avec le consentement de Dussol, il réunit les ouvriers et leur exposa son dessein : répartir, entre tous, des actions qui seraient attribuées au prorata des années de travail dans la maison. Le bon sens de Dussol triompha : les ouvriers trouvèrent le geste comique et n'attendirent pas un mois pour vendre leurs actions. « Je le lui avais assez dit, répétait Dussol. Il a bien fallu qu'il se rende à l'évidence. Je ne regrette pas ce que ça a coûté. Maintenant il connaît son monde, il ne se fait plus d'illusions. D'ailleurs, le plus drôle, c'est que les ouvriers m'admirent d'être malin, ils savent qu'on ne me la fait pas, et puis je sais leur parler, ils me sont attachés ; tandis que lui, avec toutes ses idées socialistes, le personnel le juge fier, distant ; c'est toujours moi qu'ils viennent trouver. »

« Au fond[a], dit Jean-Louis, si tu veux que José reste à Bordeaux, ce serait sans inconvénient : cette Paros m'a fait dire par un agent d'affaires qu'elle n'avait aucune visée sur lui, qu'elle n'avait accepté que des bouquets. Ce n'était pas sa faute si José payait toujours au restaurant... Il passait pour très riche. D'ailleurs, elle quitte Bordeaux la semaine prochaine... Tout de même, je pense qu'il vaut mieux, pour lui, changer d'air jusqu'à son service militaire... Une autre lui mettrait le grappin[1]... Par exemple, je ne suis pas de l'avis de Dussol, il ne faut pas le laisser sans argent... »

Mme Frontenac haussa les épaules :

« Cela va sans dire. Tout à l'heure, pendant qu'ils parlaient de vache enragée, je ne protestais pas, pour ne pas faire d'histoires, mais tu penses bien !

— Alors je vais le chercher ? Il attend dans sa chambre...

— Oui, donne de la lumière. »

Un plafonnier éclaira lugubrement la pièce Empire, tapissée d'un papier décoloré. Jean-Louis ramena José.

« Allons, mon vieux, voilà ce qui a été décidé... »

Le coupable demeurait debout, la figure un peu baissée et dans l'ombre. Il paraissait plus trapu que ses frères, « bas sur pattes » mais large d'épaules. La peau de la face était sombre et boucanée, rasée jusqu'aux pommettes. Blanche retrouvait dans le jeune homme cet air absent de l'écolier à qui elle faisait répéter ses leçons, dans les aubes tristes d'autrefois, et qui n'écoutait pas, opposant à toutes les supplications et à toutes les menaces, un extraordinaire pouvoir de fuite et d'absence ; et de même qu'alors, il s'enfonçait avec délices dans le songe des vacances et de Bourideys et que, plus tard, il n'avait vécu que pour les plaisirs d'une vie de trappeur, capable de passer des nuits d'hiver dans une « tonne », à l'affût des canards sauvages, toute sa puissance d'attention et de désir s'était fixée, d'un seul coup, sur une femme ; une femme ordinaire, déjà usée, qui imitait vaguement Frégoli dans les music-halls de province *(la danseuse de Séville ! la houri ! la danseuse cambodgienne !)*. Un ami l'avait présenté, après le théâtre; ils avaient été en bande au cabaret. José avait plu, ce soir-là, ce seul soir. Il s'était entêté, acharné. Rien n'avait plus existé; à peine le voyait-on au bureau où Jean-Louis se chargeait de sa besogne. Sa timide et tenace jalousie avait exaspéré la femme[a]...

Et maintenant, il se tient debout entre sa mère et son frère, impénétrable et ne manifestant rien.

« C'est grave, les dettes, lui disait sa mère, mais comprends-moi, je n'en fais pas une question d'argent. La vie de désordre à laquelle tu t'es livré, voilà ce qui compte surtout à mes yeux. J'avais confiance en mes fils, je croyais qu'ils sauraient éviter toutes les actions basses, et voilà que mon José... » Il alla s'asseoir sur le divan où il reçut la lumière en plein visage. Il avait maigri, les tempes même semblaient creusées. Il demanda d'une voix sans expression quand il partirait; et comme sa mère lui répondait « en janvier, après les fêtes... » il dit :

« Je préférerais le plus tôt possible. »

Il prenait bien la chose. Tout se passerait au mieux, se disait Blanche. Pourtant, elle n'était pas tranquille, elle essayait de se rassurer. Il ne lui échappait pas que Jean-Louis, lui aussi, observait son cadet. Tout autre qu'eux se fût réjoui de ce calme. Mais la mère et le frère étaient avertis, ils communiquaient avec cette souffrance, ils avaient part physiquement à ce désespoir, désespoir d'enfant, le pire de tous, le moins déchiffrable et qui ne se heurte à aucun obstacle de raison, d'intérêt, d'ambition... Le frère aîné ne perdait pas des yeux le prodigue et la mère s'était levée. Elle alla vers José, lui prit le front dans ses deux mains, comme pour le réveiller, comme pour le tirer d'un sommeil d'hypnose.

« José[b], regarde-moi. »

Elle parlait sur un ton de commandement, et lui, d'un geste d'enfant, secouait la tête, fermait les yeux, cherchait à se dégager. Cela qu'elle n'avait pas connu, cette douleur d'amour, Blanche la déchiffrait sur la dure face obscure de son fils. Il guérirait, bien sûr ! Ça ne durerait guère... seulement, il s'agissait d'atteindre l'autre bord, et de ne pas périr pendant la traversée. Il lui avait toujours fait peur, ce garçon; quand il était petit, Blanche ne prévoyait jamais comment il réagirait. S'il avait parlé, s'il s'était plaint... Mais non, il était là, les mâchoires serrées, opposant à sa mère cette figure calcinée d'enfant landais... (peut-être quelque aïeule avait-elle été séduite par l'un de ces catalans qui vendent les allumettes de contrebande). Ses yeux brûlaient, mais ils brûlaient noir et ne livraient rienᵃ.

Alors, Jean-Louis s'approchant à son tour, lui saisit les deux épaules et le secoua sans rudesse. Il répéta plusieurs fois : « Mon vieux Joséᵇ, mon petit... » et il obtint ce que n'avait pu obtenir leur mère, il le fit pleurer. C'est qu'à la tendresse de sa mère, José était accoutumé et il n'y réagissait plus. Mais il n'était jamais arrivé à Jean-Louis de se montrer tendre avec lui. C'était tellement inattendu, qu'il dut succomber à la surprise. Ses larmes jaillirent, il étreignit son frère comme un noyé. D'instinct, Mme Frontenac avait détourné la tête et était revenue près de la cheminée. Elle entendait des balbutiements, des hoquets; penchée vers le feu, elle avait joint les mains à la hauteur de sa bouche.

Les deux garçons se rapprochèrent :

« Il sera raisonnable, maman, il me l'a promis. »

Elle attira contre elle, pour l'embrasser, l'enfant malheureux.

« Mon chéri, tu ne feras plus jamais cette figure ? »

Il la ferait une fois encore, cette figure terrible, quelques années plus tard, au déclin d'un beau jour clair et chaud, vers la fin d'août 1915, à Mourmelon, entre deux baraquements. Nul n'y prêterait d'attention, pas même le camarade en train de le rassurer : « Il paraît qu'il va y avoir une préparation d'artillerie foudroyante, tout sera haché; nous n'aurons plus qu'à avancer l'arme à la bretelle; les mains dans les poches... » José Frontenac lui opposerait ce même visage, vidé de toute espérance, mais qui, ce jour-là, ne ferait plus peur à personne[1].

XIV

Jean-Louis se hâta de rentrer chez lui, à deux pas, rue
Lafaurie de Montbazon. Il était impatient de tout raconter
à Madeleine avant le dîner. Yves l'avait dégoûté de leur
petit hôtel arrangé avec tant de plaisir : « Tu n'es ni un
dentiste débutant, ni un jeune docteur qui se lance, lui
avait-il dit, pour étaler sur les cheminées, sur les murs,
et jusque sur des colonnes, les immondes cadeaux dont
on vous a comblés. »

Jean-Louis avait protesté, mais il avait été convaincu
à l'instant même, et il voyait avec les yeux d'Yves, ce
peuple d'amours en biscuit, de bronzes d'art et de terres
cuites autrichiennes.

« La petite a la fièvre », dit Madeleine.

Elle était assise près du berceau. Cette fille de la campagne transplantée en ville, avait grossi. Carrée d'épaules,
large du cou, elle avait perdu l'aspect de la jeunesse.
Peut-être était-elle enceinte ? À la naissance du sein,
une grosse veine bleue se gonflait.

« Combien*a* ?

— 37°,5. Elle a vomi son biberon de quatre heures.

— Température rectale ? ce n'est pas la fièvre, surtout
le soir.

— C'est la fièvre, le docteur Chatard l'a dit.

— Mais non, il voulait parler de la température prise
sous le bras.

— Et moi, je te dis que c'est la fièvre. Peu de chose,
bien sûr. Mais enfin, c'est la fièvre. »

Il fit un geste excédé, se pencha sur le berceau qui sentait la balle d'avoine et le lait vomi. Il fit crier la petite
en l'embrassant.

« Tu la piques avec ta barbe.

— Fraîche comme une pêche », dit-il[1].

Il se mit à tourner*b* dans la chambre, espérant qu'elle
l'interrogerait au sujet de José. Mais jamais elle ne posait
d'elle-même les questions qu'il souhaitait. Il aurait dû
commencer à s'en rendre compte; à chaque fois il se
laissait prendre. Elle dit :

« Tu te mettras à table sans moi.

— À cause de la petite ?

— Oui, je veux attendre qu'elle soit endormie. »

Il fut contrarié; justement il y avait du soufflé au fromage qui se mange en sortant du four. Madeleine avait dû s'en souvenir, campagnarde élevée dans le culte du repas domestique et dans le respect de la nourriture[a], car avant que Jean-Louis eût déplié sa serviette, elle était déjà là. Non, elle ne l'interrogerait pas, se disait Jean-Louis, inutile d'attendre plus longtemps.

« Eh bien, chérie, tu ne me demandes pas ?... »

Elle leva vers lui des yeux gonflés et endormis.

« Quoi ?

— José, dit-il, ça a été toute une affaire. Dussol, l'oncle Alfred n'ont pas osé insister pour Winnipeg... Il ira en Norvège.

— Ce ne sera pas une punition... On doit pouvoir chasser le canard, là-bas; il ne lui en faut pas plus.

— Tu crois ? Si tu l'avais vu... Il l'aimait, ajouta Jean-Louis, et il devint très rouge.

— Cette fille ?

— Il n'y a pas de quoi se moquer... » Et il répéta : « Si tu l'avais vu ! »

Madeleine sourit[b] d'un air malin et entendu, haussa les épaules et se resservit. Elle n'était pas une Frontenac; à quoi bon insister ? Elle ne comprendrait pas. Elle n'était pas une Frontenac[1]. Il chercha à se souvenir de la figure que faisait José, des mots qu'il avait balbutiés. La passion inconnue...

« Danièle[c] est venue très gentiment prendre le thé avec moi. Elle m'a apporté ce modèle de brassière, tu sais, celui dont je t'avais parlé. »

Le raisonnable Jean-Louis n'en revient pas d'envier cette mortelle folie. Plein de dégoût pour lui-même, il regarda sa femme qui pétrissait une boulette de pain[2].

« Quoi[d] ? demanda-t-il.

— Mais rien... je ne disais rien, à quoi bon ? Tu n'écoutes pas. Tu ne réponds jamais.

— Tu disais que Danièle est venue ?

— Tu ne le répéteras pas ? Ceci entre nous, bien entendu. Je crois que son mari en a assez de la cohabitation avec ta mère. Dès qu'il va être augmenté, il a l'intention de déménager.

— Ils ne feront pas ça. Maman a acheté cette maison en partie pour eux; ils ne paient pas de loyer.

— C'est ce qui les retient... Mais elle est si fatigante
à vivre... Tu le reconnais toi-même. Tu me l'as dit cent
fois...

— L'ai-je dit ? Oui, je suis*a* bien capable de l'avoir dit.

— D'ailleurs Marie, elle, resterait ; son époux est plus
patient et, surtout, plus près de ses intérêts. Jamais il ne
renoncera à l'avantage de la situation. »

Jean-Louis se représentait sa mère sous l'aspect un peu
dégradé d'une vieille métayère que les enfants se renvoient de l'un à l'autre*b1*. Madeleine insistait.

« Je l'aime bien, et elle m'adore. Mais je sais, moi, que
je n'aurais pas pu vivre avec elle. Ah ! ça ! non...

— Elle, en revanche, aurait été capable de vivre avec
toi. »

Madeleine observa son mari d'un air inquiet.

« Tu n'es pas fâché ? Ça ne m'empêche pas de l'aimer,
c'est une question de caractère*c*. »

Il se leva et alla embrasser sa femme pour lui demander
pardon des choses qu'il pensait. Au moment où ils quittaient la table, le domestique présenta deux lettres.
Jean-Louis reconnut, sur une enveloppe, l'écriture
d'Yves et la mit dans sa poche. Il demanda à Madeleine
la permission d'ouvrir l'autre.

Monsieur et cher bienfaiteur,

*Cette lettre est pour vous faire savoir que notre petite va
faire sa Première Communion de jeudi en quinze, elle sait
toutes ses prières et son père et moi quand nous la voyons faire
sa prière le matin et le soir nous sommes tout attendris, mais
aussi bien embêtés parce que nous savons qu'une fête entraine
des frais, même quand c'est pour le Bon Dieu, surtout que nous
avons bien des petites dettes partout. Mais comme je dis à mon
mari, ce n'est pas notre bienfaiteur qui te laissera dans le
pétrin, toi qui as gardé les actions au lieu de les vendre et d'aller
les boire comme ils font tous, qu'il y en a qui n'ont pas dessoulé
pendant un mois après les distributions des actions, que ça
a été une honte et ceux qui ont compris votre généreuse pensée
se sont fait traiter de jaunes et de lèche-cul et de tout ce que le
respect et les lois de la politesse m'empêchent de vous écrire sur
ce papier. Mais comme dit mon mari : quand on a un tel patron,
il faut savoir être digne par la compréhension de ses initiatives
en faveur de l'ouvrier.·.*

Jean-Louis déchira la lettre, et passa à plusieurs reprises sa main sur son nez et sur sa bouche.

« Ne fais pas ton tic », dit Madeleine. Elle ajouta : « Je tombe de sommeil[a]. Mon Dieu ! il n'est que neuf heures... Tu ne te coucheras pas trop tard ? Tu te déshabilleras dans le cabinet de toilette ? »

Jean-Louis aimait sa bibliothèque; là, les critiques d'Yves ne portaient plus. Aucun autre objet que les livres, la cheminée même en était couverte. Il ferma avec soin la porte, s'assit à sa table, soupesa la lettre de son frère. Il se réjouit de ce qu'elle était plus lourde que les autres. Il l'ouvrit avec soin, sans abîmer l'enveloppe. En bon Frontenac, Yves donnait d'abord des nouvelles d'oncle Xavier[b] avec qui il déjeunait tous les jeudis. Le pauvre oncle, qu'avait terrifié l'établissement à Paris d'un de ses neveux, avait tout fait pour en détourner Yves. Les Frontenac feignaient de ne pas connaître les raisons de cette résistance. « Il s'est calmé, écrivait Yves, il sait aujourd'hui que Paris est assez grand pour qu'un neveu ne s'y trouve jamais nez à nez avec un oncle en compagnie galante... Eh bien, si ! je les ai vus, l'autre jour, sur les boulevards, et je les ai même suivis à distance. C'est une grande bringue blondasse qui a dû avoir un certain éclat, il y a vingt ans. Croirais-tu qu'ils sont entrés dans un bouillon Duval ! Il avait sans doute acheté un cigare de trois sous. Moi, il m'amène toujours chez Prunier et m'offre, après le dessert, un bock ou un Henri Clay. C'est que[c] moi, je suis un Frontenac... Figure-toi que j'ai vu Barrès... » Il racontait longuement cette visite. La veille, un camarade lui avait rapporté ce mot du maître : « Quel ennui ! il va falloir que je donne à ce petit Frontenac une idée de moi conforme à son tempérament...[1] » Ce qui n'avait pas laissé de refroidir Yves. « Je n'étais pas tout à fait aussi intimidé que le grand homme, mais presque. Nous sommes sortis ensemble. Une fois dehors, l'amateur d'âmes s'est dégelé. Il m'a dit... voyons, je ne voudrais pas perdre une seule de ses précieuses paroles, il m'a dit[2]... »

Non, ce n'était pas ce qu'avait dit Barrès qui intéressait Jean-Louis. Il lisait rapidement pour atteindre enfin l'endroit où Yves commencerait à parler de sa vie à Paris, de son travail, de ses espérances, des hommes et des femmes qu'il fréquentait. Jean-Louis tourna une page et ne put retenir une exclamation de dépit. Yves avait raturé chaque ligne, et il en était de même au verso et sur le feuillet suivant. Il ne lui avait pas suffi de barrer les pages, mais le moindre mot disparaissait sous un gribouillis dont les boucles s'enchevêtraient. Peut-être, sous ces rageuses ratures[a], gisaient les secrets du petit frère. Il devait y avoir un moyen de déchiffrage, se disait Jean-Louis, des spécialistes existaient sans doute... Non, impossible de livrer une lettre d'Yves à un étranger. Jean-Louis se souvint d'une loupe qui traînait sur sa table (encore un cadeau de noces !) et il se mit à étudier chaque mot barré avec la même passion que si le sort du pays eût été en jeu. La loupe ne lui servit qu'à découvrir les moyens dont Yves avait usé pour prévenir cet examen : non seulement il avait réuni les mots par des lettres de hasard, mais encore il avait tracé partout de faux jambages. Après une heure d'efforts, le grand frère n'avait obtenu que des résultats insignifiants ; du moins pouvait-il mesurer l'importance de ces pages à cette application d'Yves pour les rendre indéchiffrables.

Jean-Louis reposa ses mains sur la table, et il entendit dans le silence nocturne de la rue, deux hommes qui parlaient à tue-tête. Le dernier tram sonna, cours Balguerie. Le jeune homme fixait, de ses yeux fatigués, la lettre mystérieuse. Pourquoi ne pas prendre l'auto ? Il roulerait toute la nuit, débarquerait avant midi chez son frère... Hélas ! il ne pouvait voyager seul qu'à propos d'une affaire. Aucun prétexte d'affaires en ce moment. Il lui arrivait de se rendre à Paris, trois fois en quinze jours, pour quelques milliers de francs ; mais pour sauver son frère, nul ne comprendrait. Le sauver de quoi ?

Il n'y avait rien dans ces confidences reprises qui sans doute n'eût déçu Jean-Louis. C'était moins par pudeur que par discrétion qu'Yves avait tout effacé. « En quoi tout cela peut-il l'intéresser ? s'était-il dit. Et puis, il n'y comprendrait rien... » Il n'entrait, dans ce dernier jugement, aucun mépris. Mais à distance, Yves se faisait des siens une image de simplicité et de pureté. Les êtres, au milieu desquels il évoluait à Paris, lui apparaissaient d'une espèce étrange avec laquelle sa race campagnarde ne pouvait prétendre à aucun contact[1].

Tu ne les comprendrais même pas, avait-il écrit (sans se douter qu'il bifferait tout cela avant d'avoir achevé sa lettre), *tellement ils parlent vite, et toujours avec des allusions à des personnes dont on est censé connaître le prénom et les habitudes sexuelles. Avec eux, je suis toujours en retard de deux ou trois phrases, je ris cinq minutes après les autres. Mais comme il est admis que je possède une espèce de génie, cette lenteur à les suivre fait partie de mon personnage et ils la portent à mon crédit. La plupart, d'ailleurs, ne m'ont pas lu, ils font semblant. Ils m'aiment pour moi-même et non pour mon œuvre. Mon vieux Jean-Louis, à Bordeaux, nous ne nous doutions pas que d'avoir vingt ans pût apparaître aux autres comme une merveille. C'était bien à notre insu que nous détenions un trésor. La jeunesse n'a pas cours dans nos milieux : c'est l'âge ingrat, l'âge de la bourre, une époque de boutons, de furoncles, de mains moites, de choses sales. Les gens d'ici s'en font une idée plus flatteuse. Ici, il n'y a pas de furoncle qui tienne, tu deviens du jour au lendemain l'enfant Septentrion*[1]. *Parfois, une dame, qui se dit folle de tes poèmes, veut les entendre de ta bouche et tu vois sa gorge se lever et s'abaisser avec une telle rapidité qu'il y aurait de quoi entretenir un feu de forge*[2]. *Cette année, toutes les portes s'ouvrent devant ma « merveilleuse jeunesse », des salons très fermés. Là aussi, la littérature n'est qu'un prétexte. Personne, au fond n'aime ce que je fais, ils n'y comprennent rien. Ce n'est pas ça qu'ils aiment ; « ils aiment les êtres » qu'ils disent ; je suis un être, et tu en es un autre, sans t'en douter. Ces ogres et ces ogresses*[3] *n'ont heureusement plus de dents et en sont réduits à vous manger des yeux. Ils ignorent d'où je viens, ils ne s'inquiètent pas de savoir si j'ai une maman. Je les haïrais, rien que parce qu'aucun d'entre eux ne m'a jamais demandé des nouvelles de maman. Ils ne savent pas ce qu'est un Frontenac, même sans particule. Le mystère Frontenac, ils n'en soupçonnent pas la grandeur. Je pourrais être le fils d'un forçat, sortir de prison, cela ne ferait rien, peut-être même que ça leur plairait... Il suffit que j'aie vingt ans, que je me lave les mains et le reste, et que je détienne ce qui s'appelle une situation littéraire pour expliquer ma présence au milieu des ambassadeurs et des membres de l'Institut, à leur table fastueuse*[4]*... fastueuse, mais où les vins sont généralement mal servis, trop froids, dans des verres trop petits. Et, comme dirait maman, on n'a que le temps de tordre et d'avaler...*

C'est à cet endroit^a qu'Yves s'était interrompu, et qu'après réflexion, il avait effacé jusqu'au moindre mot, sans imaginer qu'il risquait ainsi d'égarer davantage son aîné. Celui-ci fixait les yeux sur ces hiéroglyphes et profitant de ce qu'il était seul pour se livrer à son tic, il passait lentement sa main repliée sur son nez, sur sa moustache, sur ses lèvres...

Après avoir glissé la lettre d'Yves dans son portefeuille, il regarda l'heure, Madeleine devait s'impatienter. Il s'accorda dix minutes encore de solitude et de silence, prit un livre, l'ouvrit, le referma. Faisait-il semblant d'aimer les vers ? Il n'avait jamais envie d'en lire. D'ailleurs, il lisait de moins en moins. Yves lui avait dit : « Tu as bien raison, ne t'encombre plus la mémoire, il faut oublier tout ce dont nous avons eu la bêtise de la gaver... » Mais ce que disait Yves... Depuis qu'il habitait Paris, on ne savait jamais s'il parlait sérieusement, et lui-même l'ignorait peut-être.

Jean-Louis vit, sous la porte, luire la lampe de chevet ; cela signifiait un reproche, cela voulait dire : « À cause de toi, je ne dors pas ; je préfère attendre que d'être réveillée au milieu de mon premier sommeil. » Il se déshabilla tout de même en faisant le moins de bruit possible, et entra dans la chambre.

Elle était vaste, et malgré les moqueries d'Yves, Jean-Louis n'y pénétrait jamais sans être ému. La nuit, d'ailleurs, recouvrait et fondait les cadeaux, les bronzes, les amours. Des meubles, on ne discernait que la masse. Amarré à l'immense lit, le berceau était vraiment une nacelle, il semblait suspendu, comme si le souffle de l'enfant eût suffi à gonfler les rideaux purs. Madeleine ne voulut pas que Jean-Louis s'excusât.

« Je ne m'ennuyais pas, dit-elle, je réfléchissais...

— À quoi donc ?

— Je pensais à José », dit-elle.

Il s'attendrit. Maintenant qu'il ne l'espérait plus, elle en venait d'elle-même au sujet qui lui tenait le plus à cœur.

« Chéri, j'ai une idée pour lui... Réfléchis avant de dire non... Cécile... oui, Cécile Filhot... Elle est riche ; elle a été élevée à la campagne et a toujours vu les hommes se lever avant le soleil pour la chasse et se coucher à huit heures. Elle sait qu'un chasseur n'est jamais là. Il serait heureux. Il a dit, un jour devant moi, qu'il la trouvait bien. " J'aime ces grandes carcasses de femmes... " Il a dit ça.

— Il ne voudra jamais... Et puis ses trois ans de service, l'année prochaine... Il rêve toujours du Maroc, ou du Sud algérien.

— Oui, mais il serait fiancé, ça le retiendrait. Et puis peut-être que papa pourrait le faire réformer au bout d'un an, comme le fils...

— Madeleine ! Je t'en prie ! »

Elle se mordit les lèvres. L'enfant jeta un cri; elle tendit le bras et le berceau fit un bruit de moulin. Jean-Louis songeait à ce désir qu'avait José de s'engager au Maroc (depuis qu'il avait lu un livre de Psichari)... Fallait-il le retenir ou le pousser dans cette voie ?

Et soudain, Jean-Louis énonça :

« Le marier... ce ne serait pas^a une mauvaise idée. »

Il pensait à José, mais aussi à Yves. Cette chambre tiède et qui sentait le lait, avec ses tentures, ses fauteuils capitonnés, cette petite vie vagissante, cette jeune et lourde femme féconde, là était le refuge pour les enfants Frontenac, dispersés hors du nid natal, et que les pins des grandes vacances ne gardaient plus, à l'abri de la vie, dans le parc étouffant[1]. Chassés du paradis de l'enfance, exilés de ses prairies, des vergnes frais, des sources dans les fougères mâles, il fallait les entourer de tentures, de meubles, de berceaux, et que chacun d'eux y creusât son trou...

Ce Jean-Louis^b, si soucieux de protéger ses frères et de les mettre à l'abri, était le même qui, en prévision de la guerre attendue, faisait chaque matin des exercices pour développer ses muscles. Il s'inquiétait de savoir s'il pourrait passer de l'auxiliaire dans le service armé. Aucun n'eût, plus simplement que lui, donné sa vie. Mais tout se passait, chez les Frontenac, comme s'il y avait eu communication entre l'amour des frères et celui de la mère, ou comme si ces deux amours avaient eu une source unique. Jean-Louis éprouvait, à l'égard de ses cadets, et même pour José que l'Afrique attirait, la sollicitude inquiète et presque angoissée de leur mère. Ce soir-là, surtout : le désespoir sans cri de José, ce silence avant la foudre, l'avait ému; mais moins peut-être que les pages d'Yves, indéchiffrables; et en même temps la lettre quémandeuse de l'ouvrière^c, pareille à tant d'autres qu'il recevait, l'avait atteint au plus profond, avait élargi une blessure. Il n'était pas encore résigné à prendre les hommes pour ce qu'ils sont. Leurs naïves flagorneries l'irritaient, et surtout leur maladresse à feindre les sentiments religieux, lui faisait mal. Il se souvint de ce garçon de dix-huit ans qui avait demandé le baptême, qu'il avait instruit lui-même avec amour... Or, il découvrit, peu de jours après, que son filleul avait déjà été baptisé par les soins d'une œuvre protestante, dont il avait emporté la caisse. Et sans doute, Jean-Louis savait que c'était là un cas particulier et que les belles âmes ne manquent pas; sa malchance (ou plutôt un défaut de psychologie, une certaine impuissance à juger les êtres) l'avait toujours voué à ces sortes de mésaventures. Sa timidité, qui prenait l'aspect de la raideur, éloignait les simples, mais n'effrayait pas les flatteurs ni les hypocrites.

Étendu à plat sur le dos, il regardait le plafond, doucement éclairé par la lampe, et sentait son impuissance à rien changer au destin d'autrui. Ses deux frères feraient, ici-bas, ce pour quoi ils étaient venus, et tous les détours les ramèneraient infailliblement au point où on les attendait, où Quelqu'un les épiait...

« Madeleine, demanda-t-il soudain à mi-voix, crois-tu qu'on puisse quelque chose pour les autres ? »

Elle tourna vers lui son visage à demi recouvert de sommeil, écarta ses cheveux.

« Quoi ? demanda-t-elle[a].

— Je veux dire, penses-tu qu'après beaucoup d'efforts, on puisse transformer, si peu que ce soit, la destinée d'un homme ?

— Oh ! toi, tu ne penses qu'à cela, changer les autres, les changer de place, leur donner des idées différentes de celles qu'ils ont...

— Peut-être (et il se parlait à lui-même) ne fais-je que renforcer leurs tendances; quand je crois les retenir, ils concentrent leurs forces pour se précipiter dans leur direction, à l'opposé de ce que j'aurais voulu... »

Elle étouffa un bâillement :

« Qu'est-ce que ça peut faire, chéri ?

— Après la Cène, ces paroles tristes et douces du Sauveur à Judas, on dirait qu'elles le poussent vers la porte, qu'elles l'obligent à sortir plus vite[1]...

— Sais-tu l'heure qu'il est ? Plus de minuit... Demain matin, tu ne pourras pas te lever. »

Elle éteignit la lampe, et il était couché dans ces ténèbres comme au fond d'une mer dont il eût senti sur lui le poids énorme. Il cédait à un vertige de solitude et d'angoisse. Et soudain, il se rappela qu'il avait oublié de réciter sa prière. Alors, cet homme fit exactement ce qu'il aurait fait à dix ans, il se leva sans bruit de sa couche et se mit à genoux sur la descente de lit, la tête dans les draps. Le silence n'était troublé par aucun souffle ; rien ne décelait qu'il y eût dans cette chambre une femme et un petit enfant endormis. L'atmosphère était lourde et chargée d'odeurs mêlées, car Madeleine redoutait l'air du dehors, comme tous les gens de la campagne ; son mari avait dû s'habituer à ne plus ouvrir les fenêtres, la nuit.

Il commença par invoquer l'Esprit : *Veni, Sancte Spiritus, reple tuorum corda fidelium et tui amoris in eis ignem accende...* Mais tandis que ses lèvres prononçaient la formule admirable, il n'était attentif qu'à cette paix qu'il connaissait bien, et qui en lui, sourdait de partout comme un fleuve lorsqu'il naît : oui, active, envahissante, conquérante, pareille aux eaux d'une crue. Et il savait, par expérience, qu'il ne fallait tenter aucune réflexion, ni céder à la fausse humilité qui fait dire : « Cela ne signifie rien, c'est une émotion à fleur de peau... » Non, ne rien dire, accepter ; aucune angoisse ne subsistait... Quelle folie d'avoir cru que le résultat apparent de nos efforts importe tant soit peu... Ce qui compte, c'est ce pauvre effort lui-même pour maintenir la barre, pour la redresser, surtout pour la redresser... Et les fruits inconnus, imprévisibles, inimaginables de nos actes se révéleront un jour dans la lumière, ces fruits de rebut, ramassés par terre, que nous n'osions pas offrir... Il fit un bref examen de conscience : oui, demain matin, il pourrait communier. Alors il s'abandonna. Il savait où il se trouvait, et continuait d'être sensible à l'atmosphère de la chambre. Une seule pensée obsédante : c'était qu'en ce moment il cédait à l'orgueil, il cherchait un plaisir... « Mais au cas où ce serait Vous, mon Dieu... »

Le silence de la campagne avait gagné la ville. Jean-Louis demeurait attentif au tic-tac de sa montre, il discernait, dans l'ombre, l'épaule soulevée de Madeleine. Tout

lui était perceptible et rien ne le distrayait de l'essentiel.
Certaines questions traversaient le champ de sa conscience mais, aussitôt résolues, disparaissaient. Par
exemple, il voyait, dans un éclair, au sujet de Madeleine,
que les femmes portent en elles un monde de sentiments
plus riche que le nôtre, mais le don de les interpréter,
de les exprimer leur manque; infériorité apparente. Et
de même, le peuple. La pauvreté de leur vocabulaire...
Jean-Louis sentit qu'il s'éloignait du large vers la terre,
qu'il ne perdait plus pied, qu'il touchait le fond, qu'il
marchait sur la plage, qu'il s'éloignait de son amour.
Il fit le signe de la croix, se glissa dans le lit et ferma les
yeux. À peine entendit-il une sirène sur le fleuve. Les
premières voitures des maraîchers ne l'éveillèrent pas[a].

XV

Le garçon qui conduisait, sans diminuer l'allure folle,
se tourna pour crier :

« On s'arrête à Bordeaux, le temps de déjeuner ? »

Du fond de la voiture, l'Anglais, calé par les deux
jeunes femmes, demanda :

« Au Chapon-Fin, n'est-ce pas ? »

Le jeune homme du volant lui jeta un regard noir.
Yves Frontenac, assis à ses côtés, le suppliait :

« Geo, regarde devant toi... Attention à l'enfant... »

Quelle folie que de s'être embarqué avec ces inconnus !
Trois jours plus tôt, il dînait, à Paris, chez cette dame
américaine dont il ne pourrait jamais retenir le nom, que
d'ailleurs il eût été incapable de prononcer correctement.
Il avait « brillé » comme jamais (on s'accordait à le juger
très inégal, il pouvait être le convive le plus sinistre) :
« Vous avez eu de la chance, disait Geo qui admirait
Yves et qui l'avait amené chez la dame, vous aurez eu
un Frontenac merveilleux... » Le Pommery avait créé
entre tous ces gens qui se connaissaient à peine, une
atmosphère de tendresse. La dame partait le lendemain
matin pour Guéthary. Trois jours seulement... Elle proposa de les emmener tous : c'était trop affreux de se
quitter; il fallait vivre ensemble désormais. La nuit de
juin était chaude. Par bonheur, aucun homme n'était

en smoking. Il n'y avait qu'à faire avancer l'auto et à partir. Geo conduirait. On se baignerait en arrivant...

À Bordeaux, Yves avait surpris sa mère, après le déjeuner, seule; elle avait pâli à la vue de l'enfant qu'elle n'attendait pas. Yves avait baisé ses joues couleur de cendre. La fenêtre du salon Empire était ouverte sur la rue bruyante et qui sentait fort. Il n'avait, disait-il, qu'un quart d'heure à lui donner, ses amis étant pressés d'atteindre Guéthary. Ils ne s'arrêteraient pas à Bordeaux au retour, mais cela importait peu, puisque dans moins de trois semaines, il devait rejoindre sa mère et passer tout un mois avec elle. (Les jeunes ménages avaient, en effet, loué une villa au bord du Bassin, où il n'y avait pas de place pour Mme Frontenac.) Elle avait résolu*a* d'attendre Yves, non dans les landes étouffantes de Bourideys, mais à Respide, sur les coteaux de la Garonne : « Il y a toujours de l'air à Respide », était un article de foi chez les Frontenac. Elle parla de José; il était à Rabat et lui assurait qu'il ne courait aucun risque; tout de même, elle avait peur; l'angoisse la réveillait, la nuit...

Au bout d'un quart d'heure*b*, Yves l'avait embrassée; elle l'avait suivi sur le palier : « Sont-ils prudents au moins ? Vous n'allez pas comme des fous ? Je n'aime pas à te savoir sur les routes. Télégraphie dès ce soir... »

Il descendit l'escalier quatre à quatre, et pourtant, d'instinct, il leva la tête. Blanche Frontenac était penchée sur la rampe. Il vit ce visage souffrant au-dessus de lui. Il cria :

« Dans trois semaines...

— Oui, soyez prudents... »

Aujourd'hui, il repasse par Bordeaux. Il voudrait surprendre sa mère, une fois encore; mais, dans sa ville natale, impossible de ne pas recevoir ces gens au Chapon-Fin : ils le soupçonneraient de se défiler... Et puis Geo exigeait d'être rentré le soir même à Paris, coûte que coûte. Il était fou de rage parce que le jeune Anglais était assis auprès de la dame et qu'il ne pouvait surveiller leurs paroles; mais il voyait, dans le pare-brise, le reflet de leurs têtes rapprochées. Il tenait à Yves des propos peu rassurants : « Ce que ça me serait égal de me casser la figure, pourvu qu'ils se la cassent aussi... » Et Yves répondait : « Attention au passage à niveau... »

Il crut pouvoir s'échapper, à la fin du déjeuner, mais il fallait attendre l'addition. Geo buvait, ne soufflait mot, regardait sa montre. « Nous serons à Paris avant sept heures... » Jusque-là il ne vivrait pas; son supplice ne prendrait fin qu'à Paris, lorsqu'il tiendrait la dame entre quatre murs et qu'il la sommerait de ne plus voir l'autre garçon, qu'il lui mettrait le marché en main... Il n'attendit pas qu'Yves eût réglé l'addition; déjà il était au volant. Yves aurait pu dire : « Je vous demande un quart d'heure... » ou encore : « Partez sans moi, je prendrai le train... » Il n'y songea même pas. Il ne songeait qu'à lutter contre cette force intérieure qui le poussait à courir embrasser sa mère. Il se répétait : « Inutile de tout déranger pour une entrevue de cinq minutes, puisque dans moins de trois semaines nous serons réunis. J'aurais à peine le temps de l'embrasser... » Ce qu'il dédaignait alors, les quelques secondes qu'il faut pour appuyer ses lèvres sur une figure encore vivante, il ne se consolerait jamais de les avoir perdues, et une part obscure de lui-même le savait, car nous sommes toujours avertis[1]... Il entendit[a] Geo lui dire, pendant que les dames étaient au vestiaire :

« Yves, je t'en supplie, mets-toi au fond. J'aurai l'Anglais à côté de moi, je serai plus tranquille. »

Yves répondit que lui aussi serait plus tranquille. Déjà l'auto démarrait. Yves était assis en sandwich entre les deux dames dont l'une demandait à l'autre :

« Comment ? Vous n'avez pas lu *Paludes* ? C'est roulant... Mais oui, c'est de Gide.

— Je n'ai pas trouvé ça drôle, je me souviens maintenant que je l'ai lu; qu'est-ce que ça a de drôle ?

— Moi, je trouve ça roulant...

— Oui, mais qu'est-ce que ça a de drôle ?

— Frontenac, expliquez-lui... »

Il répondit, effrontément :

« Je ne l'ai[b] pas lu.

— Pas lu *Paludes* ? s'écria la dame stupéfaite.

— Non, pas lu *Paludes*. »

Il pensait à l'escalier qu'il descendait, trois jours plus tôt; il avait levé la tête, sa mère était penchée sur la rampe. « Je la reverrai dans quinze jours », se répéta-t-il. Elle ne connaîtrait jamais la faute qu'il avait commise à son égard en traversant Bordeaux sans l'embrasser.

Il prit, à cette minute-là, conscience de l'amour qu'elle lui inspirait, comme il ne l'avait jamais fait depuis sa petite enfance, lorsqu'il sanglotait, les jours de rentrée, à l'idée d'être séparé d'elle jusqu'au soir[1]. Par-dessus sa tête, les dames parlaient d'il ne savait qui.

« Il m'a suppliée*a* de demander une invitation à Marie-Constance. Je lui ai répondu que je ne la connaissais pas assez. Il a insisté pour que je l'obtienne, par l'entremise de Rose de Candale. J'ai dit que je ne voulais pas m'exposer à un refus. Là-dessus, ma chère, vous le croirez ou vous ne le croirez pas, il a éclaté en sanglots, criant qu'il y allait de son avenir, de sa réputation, de sa vie; que si on ne ne le voyait pas à ce bal, il n'avait plus qu'à disparaître. J'ai eu l'imprudence de lui faire remarquer qu'il s'agissait d'une maison très fermée. " Très fermée ? a-t-il glapi, une maison où vous êtes reçue ! "

— Vous comprenez, chérie, c'est tragique pour lui : il a fait croire partout qu'il était invité. L'autre jour, chez Ernesta, je me suis amusée à lui demander, pour voir sa tête, en quoi il serait déguisé; il m'a répondu : " En marchand d'esclaves. " Ce toupet ! Et trois jours après, nous nous étions donné le mot avec Ernesta, nous lui avons posé la même question, il a dit qu'il n'était pas sûr d'assister à ce bal, que ces choses-là ne l'amusaient plus...

« C'est trop fort, moi qui l'ai vu pleurer !

— Et, tenez-vous bien... qu'il trouvait que Marie-Constance recevait maintenant n'importe qui... Et je puis bien vous le rapporter, après ce que vous m'avez dit : il vous a nommée, ma chère...

— Au fond, il est assez dangereux...

— Il peut créer des courants. Un homme, aussi décrié qu'il soit, s'il déjeune, goûte et dîne dans le monde tous les jours, est forcément redoutable : il dépose ses œufs dans les meilleurs endroits... et quand ils sont éclos, quand la petite vipère se tord sur la nappe, on ne sait plus que ça vient de lui...

— Après tout, si je téléphonais, ce soir, à Marie-Constance ? Je lui ai pris une loge de mille francs...

— Que ne fera-t-il pour vous, si vous lui obtenez une invitation !

— Oh ! je ne lui demande rien.

— Et quand même, vous le lui demanderiez...

— Vous êtes rosse, chérie... Non ? vous croyez ?

— Je n'en suis pas certaine... enfin, c'est ce qu'on peut appeler un couci-couça.

— Et plutôt couça que couci...

— Non, mais qu'elle est drôle ! vous l'avez entendue, Frontenac ? »

Qu'est-ce que sa mère lui avait dit, pendant ces cinq minutes ? Elle lui avait dit : « À Respide, nous aurons des fruits en masse... » Il s'était établi, au-dessus de sa tête, entre les deux bouches peintes des jeunes femmes, un vif courant d'ordures qu'Yves aurait pu grossir aisément; mais cette boue, prête à jaillir de lui, se formait à la surface de lui-même, et non dans ces profondes régions où, à cette minute, il entendait sa mère lui dire : « Nous aurons, cette année, des fruits en masse... » et où il voyait cette figure penchée qui le regardait descendre, le suivait des yeux le plus longtemps possible. Cette figure blême... Il pensa : « pâleur des cardiaques... » Ce fut comme un éclair; mais avant qu'il l'eût pu saisir, le présage déjà s'effaçait.

« Tout ce*a* que vous voudrez... mais quelle idiote ! Quand on est aussi embêtante*b* que ça, on ne se cramponne pas. Allez, si elle croyait pouvoir en accrocher un autre*c*, elle ne ferait pas la victime. Moi, je trouve que c'est bien déjà joli qu'Alberto l'ait supportée deux ans. Même en la trompant à revers de bras, je me demande où il a trouvé cette patience... Et vous savez qu'elle est beaucoup moins riche qu'elle ne l'avait fait croire ?

— Quand elle parle de mourir, je vous assure que c'est très impressionnant... Moi, je crois que ça finira mal.

— Ne vous*d* en faites pas, vous verrez qu'elle se blessera juste assez pour rendre son mari odieux. Et, finalement, nous l'aurons toujours sur les bras, vous verrez ! Parce que, tout de même, il faut bien l'inviter, et on est sûr qu'elle est toujours libre, celle-là ! »

Yves pensait aux scrupules de sa mère, au sujet des manquements à la charité. « Il faut que j'aille me confesser » disait-elle, lorsqu'elle s'était emportée contre Burthe. La bonté*e* de Jean-Louis... Son absence de flair devant le mal. Comme Yves le faisait souffrir lorsqu'il se moquait de Dussol ! Le monde, ce monde avec lequel,

aujourd'hui, le dernier des Frontenac hurlait[a] de toutes
ses forces... La bonté de Jean-Louis contrebalançait,
aux yeux d'Yves, la férocité du monde. Il croyait à la
bonté, à cause de sa mère et de Jean-Louis. « Voici que
je vous envoie comme des agneaux au milieu des
loups[1]... » Il vit surgir de partout des foules sombres où
palpitaient des coiffes blanches, des voiles... Lui aussi,
il avait été créé pour cette douceur. Il irait à Respide,
seul avec sa mère; trois semaines le sépareraient de cet été
torride où il y aurait des fruits en masse. Il aurait soin
de ne pas la blesser, il éviterait de lui faire de la peine.
Cette fois, il saurait ne pas s'irriter. Dès le premier soir,
il se promettait de lui demander de réciter la prière en
commun; elle n'en croirait pas ses oreilles; il jouissait
d'avance de la joie qu'elle en aurait. Il lui ferait des
confidences... Par exemple, ce qui lui était arrivé, au
mois de mai, dans une boîte de nuit... Tant pis, il faudrait qu'elle apprît qu'il fréquentait ces endroits... Il lui
dirait : « J'avais bu un peu de champagne, je m'endor-
mais, il était tard; une femme, debout sur une table,
chantait une chanson que j'écoutais distraitement et
dont les gens reprenaient le refrain; car c'était une chanson de soldats et tout le monde la connaissait. Et voici
qu'au dernier couplet, le nom du Christ fut prononcé,
mêlé à des choses immondes. À ce moment-là (Yves se
représentait sa mère écoutant avec cet air passionné...),
à ce moment-là, j'ai ressenti une douleur presque physique, comme si ce blasphème m'atteignait en pleine
poitrine. » Elle se lèverait, l'embrasserait, lui dirait
quelque chose comme : « Tu vois, mon chéri, quelle
grâce... » Il imaginait la nuit, ce ciel d'août, fourmillant,
l'odeur du regain en meule qu'on ne verrait pas.

Dans les jours[b] qui suivirent, il fut rassuré, rien n'arrivait. Sa vie fut plus dissipée qu'elle ne l'avait été jusqu'alors. C'était l'époque où, avant le départ de l'été, les
gens qui s'amusent mettent les bouchées doubles;
l'époque où ceux qui aiment, souffrent de la séparation
inévitable et où ceux qui sont aimés respirent enfin;
l'époque[c] où les marronniers consumés de Paris voient,
à l'aube, autour d'une auto, des hommes en habit et des
femmes frissonnantes qui n'en finissent pas de se dire
adieu.

Il arriva qu'un de ces soirs, Yves ne sortit pas. Était-ce lassitude, maladie, chagrin du cœur ? Enfin, il demeurait seul dans son cabinet, souffrant de la solitude comme on souffre à cet âge, comme d'un mal intolérable auquel il faut échapper coûte que coûte. Toute sa vie était organisée avec soin pour qu'aucun soir ne demeurât vacant, mais le mécanisme, cette fois, n'avait pas joué. Nous disposons des autres comme s'ils étaient des pions, afin de ne laisser aucune case vide ; mais eux aussi jouent leur jeu secret, nous poussent du doigt, nous écartent ; nous pouvons être soufflés, mis de côté. La voix qui*a*, à la dernière minute, dit au téléphone : « Excusez-moi, je me trouve empêchée... » appartient toujours à celui des deux qui n'a rien à ménager, qui peut tout se permettre. Si la solitude d'Yves, ce soir-là, n'eût pas été due à l'absence d'une certaine femme, il aurait pu s'habiller, sortir, retrouver des gens. Puisqu'il demeurait immobile, sans lumière, c'était sans doute*b* qu'il avait reçu une blessure, et qu'il saignait dans le noir.

Le téléphone*c* appela, ce n'était point la sonnerie habituelle : des coups rapides, répétés. Il entendit beaucoup de « friture » puis : « On vous parle de Bordeaux. » Il pensa d'abord à sa mère, au malheur, mais n'eut pas le temps de souffrir, car c'était la voix même de sa mère qu'il percevait, très loin, venue d'un autre monde. Elle appartenait à la génération qui ne savait pas téléphoner.

« C'est toi, Yves ? c'est maman qui te parle...

— Je t'entends très mal. »

Il comprit qu'elle avait une crise de rhumatismes aiguë, qu'on l'envoyait à Dax, que son arrivée à Respide serait retardée de dix jours.

« Mais tu pourrais me rejoindre à Dax... pour ne pas perdre un jour de ceux que nous devons passer ensemble. »

C'était pour cela qu'elle téléphonait, pour obtenir cette assurance. Il répondit qu'il irait la retrouver, dès qu'elle voudrait. Elle n'entendait pas. Il insistait, s'impatientait :

« Mais oui, maman. J'irai à Dax. »

Très loin, la pauvre voix s'obstinait : « Viendras-tu à Dax ? » Et puis tout s'éteignit. Yves s'acharna quelques instants encore, n'obtint plus rien. Il demeurait assis à la même place ; il souffrait.

Le lendemain, il n'y songeait plus. La vie ordinaire reprit. Il s'amusait, ou plutôt, il suivait, jusqu'à l'aube, les traces d'une femme qui, elle, s'amusait. Comme*ᵃ* il rentrait au petit jour, il dormait tard. Un matin, le timbre de l'entrée l'éveilla. Il crut que c'était le facteur des lettres recommandées, entrebâilla la porte et vit Jean-Louis. Il l'introduisit dans le cabinet dont il poussa les volets : un brouillard de soufre couvrait les toits. Il demanda*ᵇ* à Jean-Louis, sans le regarder, s'il venait à Paris pour affaires. La réponse fut, à peu près, telle qu'il l'attendait : leur mère n'allait pas très bien ces jours-ci, Jean-Louis était venu chercher Yves, pour le décider à partir plus tôt. Yves regarda Jean-Louis : il portait un costume gris, une cravate noire à pois blancs. Yves demanda pourquoi on ne lui avait pas télégraphié ou téléphoné

« J'ai eu peur qu'une dépêche te saisisse. Au téléphone, on ne se comprend pas.

— Sans doute, mais tu n'aurais pas été obligé de quitter maman. Je m'étonne que tu aies pu la laisser, fût-ce pour vingt-quatre heures... Pourquoi es-tu venu ? Puisque tu es venu... »

Jean-Louis le regardait fixement. Yves, un peu pâle, sans élever la voix, demanda :

« Elle est morte ? »

Jean-Louis lui prit la main, ne le perdant pas des yeux. Alors Yves murmura « qu'il le savait ».

« Comment le savais-tu ? »

Il répétait : « Je le savais », tandis que son frère donnait en hâte des détails qu'Yves n'avait pas encore songé à demander.

« C'est lundi soir, non, mardi... qu'elle s'est plainte pour la première fois... »

Tout en parlant, il s'étonnait du calme d'Yves ; il était déçu, et pensait qu'il aurait pu s'épargner ce voyage, demeurer près du corps de sa mère, tant qu'il était là encore, ne perdre aucune minute. Il ne pouvait deviner qu'un simple scrupule « fixait » la douleur d'Yves, comme ces abcès que le médecin provoque. Sa mère avait-elle su qu'il avait retraversé Bordeaux, sans l'embrasser au passage ? En avait-elle souffert ? Était-il un monstre d'y avoir manqué ? S'il avait fait cette halte, au retour de Guéthary, sans doute ne fût-il rien advenu de

plus qu'à l'aller : quelques recommandations, des rappels
de prudence, un embrassement; elle l'aurait suivi jusqu'au palier, se serait penchée sur la rampe, l'aurait
regardé descendre le plus longtemps possible. D'ailleurs,
s'il ne l'avait revue, du moins avait-il perçu sa voix dans
le téléphone; il la comprenait bien, mais elle, pauvre
femme, entendait mal... Il demanda à Jean-Louis si elle
avait eu le temps de le nommer. Non : comme elle pensait revoir son « Parisien », elle avait paru plus occupée
de José, qui était au Maroc. Les larmes d'Yves jaillirent[a]
enfin, et Jean-Louis en éprouva du soulagement. Lui,
demeurait calme, — diverti de sa douleur. Il regardait
cette pièce où régnait encore le désordre de la veille, où
le goût russe de ces années-là se trahissait dans la couleur
du divan et des coussins; mais celui qui l'habitait, songeait Jean-Louis, n'avait dû s'en amuser que peu de
jours; on le devinait indifférent à ces choses. Jean-Louis
trahissait, un instant, sa mère morte au profit de son
frère vivant, — tout occupé à observer autour de lui,
à chercher des vestiges, des signes... Une seule photographie : celle de Nijinski dans le *Spectre de la rose*. Jean-
Louis leva les yeux vers Yves debout contre la cheminée
— frêle dans son pyjama bleu, les cheveux en désordre,
et qui faisait, pour pleurer, la même grimace que quand
il était petit. Son frère lui dit doucement d'aller s'habiller,
et, seul, continua d'interroger du regard ces murs, cette
table pleine de cendres, cette moquette brûlée.

XVI

Tout ce que la paroisse pouvait fournir de prêtres
et d'enfants de chœur, précédait le char[b]. Yves, au
milieu de ses deux frères et de l'oncle Xavier, sentait
profondément le ridicule de leurs figures ravagées dans
le jour brutal, de son habit, de son chapeau de soie (José
portait l'uniforme de l'infanterie coloniale). Yves observait la physionomie des gens sur le trottoir, ce regard
avide des femmes. Il ne souffrait pas, il ne sentait rien,
il entendait, par bribes, les propos[c] qu'échangeaient,
derrière lui, oncle Alfred et Dussol. (On avait dit à ce

dernier : « Vous êtes de la famille, voyons ! Vous mar-
cherez immédiatement après nous... »)

« C'était une femme de tête, disait Dussol. Je ne
connais pas de plus bel éloge. J'irai jusqu'à dire : c'était
une femme d'affaires. Du moins le serait-elle devenue
avec un mari qui l'aurait formée.

— En affaires, remarqua Caussade, une femme peut
se permettre beaucoup de choses qui nous sont défendues.

— Dites donc, Caussade, vous vous la rappelez, lors
de l'affaire Métairie ? Métairie, vous savez bien, le
notaire qui avait levé le pied ? Elle en était pour soixante
mille francs. À minuit, elle vient me chercher et me supplie de l'accompagner chez Mme Métairie. Blanche[a]
lui a fait signer une reconnaissance de dettes... Ce n'était
pas drôle. Il fallait du cran... Elle en a eu pour dix ans
de procès; mais à la fin, elle a été payée intégralement, et
avant tous les autres créanciers. C'est beau, ça[1].

— Oui, mais elle nous a souvent répété que s'il ne
s'était agi de l'argent de ses enfants, dont elle avait la
gestion, elle n'aurait jamais eu ce courage...

— C'est possible, parce qu'elle a eu, à certaines
époques, la maladie du scrupule : son seul point faible... »
Oncle Alfred protesta, d'un air cafard « que c'était ce
qu'il y avait d'admirable en elle ». Dussol haussait les
épaules :

« Allons, laissez-moi rire. Je suis un honnête homme,
quand on veut parler d'une maison honnête, on cite la
nôtre... Mais nous savons ce que c'est que les affaires.
Blanche s'y serait mise, oui... Elle aimait l'argent. Elle
n'en rougissait pas.

— Elle préférait la terre.

— Elle n'aimait pas la terre pour elle-même. À ses
yeux, la terre représentait de l'argent, comme les billets
de banque; seulement elle jugeait que c'était plus sûr.
Elle m'a affirmé que, bon an mal an, tous frais défalqués,
si on calculait sur une période de dix années, ses propriétés lui rapportaient du quatre et demi et jusqu'à du
cinq. »

Yves ressuscitait sa mère, le soir, sur le perron, au
milieu des pins de Bourideys; il la voyait venir vers lui,
dans l'allée du tour du parc, son chapelet à la main; ou,
à Respide, il l'imaginait lui parlant de Dieu, devant les

collines endormies[a]. Il cherchait dans sa mémoire des
paroles d'elle qui eussent témoigné de son amour pour
la terre; et elles s'éveillaient[b] en foule. D'ailleurs, avant
même de mourir, Jean-Louis avait raconté qu'elle avait
montré le ciel de juin, par la fenêtre ouverte, les arbres
pleins d'oiseaux et qu'elle avait dit : « C'est cela que je
regrette[1]... »

— Il paraît, disait Dussol, que ce fut sa dernière
parole, montrant les vignes, elle a soupiré : " Que je
regrette cette belle récolte ! "

— Non, à moi on m'a dit qu'elle parlait de la campagne en général, de la belle nature...

— Ce sont ses fils qui le racontent (Dussol avait
baissé la voix), ils ont compris à leur manière; vous les
connaissez... Ce pauvre Jean-Louis ! Mais moi, je trouve
que c'est bien plus beau : c'était la récolte qu'elle ne
vendangerait pas, ce vignoble qu'elle avait complètement
renouvelé, c'était son bien qu'elle pleurait... On ne
m'ôtera pas cela de la tête. Je la connaissais depuis
quarante ans. Dites donc, figurez-vous qu'un jour qu'elle
se plaignait de ses fils, je lui ai dit qu'elle était une poule
qui avait couvé des canards. Ce qu'elle a ri...

— Non, Dussol, non : elle était fière d'eux et à juste
titre.

— Je ne dis pas le contraire. Mais Jean-Louis me fait
rire quand il soutient qu'elle avait du goût pour les
élucubrations d'Yves. D'ailleurs, c'était la raison[c] même
que cette femme, l'équilibre, le bon sens incarné. Voyons,
il ne faut pas venir me raconter des histoires, à moi. Dans
toutes mes difficultés avec Jean-Louis au sujet de la
participation aux bénéfices, de ces conseils d'usine et de
toutes ces histoires à dormir debout, je sentais bien
qu'elle était pour moi. Elle s'inquiétait des « rêvasseries »
de son fils comme elle les appelait. Elle me suppliait de
ne pas le juger là-dessus. « Laissez-lui le temps, me disait-
elle, vous verrez que c'est un garçon sérieux... »

Yves ne pensait plus à sa tenue ridicule, ni à ses souliers vernis; il n'observait plus la figure des gens, sur les
trottoirs. Pris dans cette chaîne, entre le corbillard et
Dussol (dont une parole saisie l'aidait à deviner les
horribles propos), il avançait[a], tête basse. « Elle aimait
les pauvres. songeait-il; quand nous étions petits, elle

nous faisait gravir des escaliers sordides ; elle chérissait les filles repenties. Tout ce qui touche à mon enfance, dans mes poèmes elle ne le lisait jamais sans pleurer... » La voix de Dussol ne s'arrêtait pas.

« Les courtiers filaient doux avec elle. En voilà une qui savait limer un bordereau, toujours sans escompte ni courtage...

— Dites donc, Dussol, est-ce que vous l'avez vue quelquefois recevant ses locataires ? Je ne sais pas comment elle s'arrangeait pour leur faire payer les réparations... »

Yves savait, par Jean-Louis, que ce n'était pas vrai ; les baux avaient été renouvelés en dépit du bon sens et sans tenir compte de la plus-value des immeubles. Pourtant, il ne pouvait conjurer cette caricature, que Dussol lui imposait, de sa mère*a* telle qu'elle apparaissait, aux autres, dépouillée du mystère Frontenac. La mort ne nous livre pas seulement aux vers, mais aussi aux hommes, ils rongent une mémoire, ils la décomposent ; déjà Yves ne reconnaissait plus l'image de la morte en proie à Dussol, et dont le visage de chair avait « tenu » plus longtemps. Cette mémoire, il faudrait la reconstruire en lui, effacer les taches, il fallait que Blanche Frontenac redevînt pareille à ce qu'elle avait été. Il le fallait, pour qu'il pût vivre, pour qu'il pût lui survivre[1]. Quelle est longue, jusqu'au cimetière, cette rue d'Arès qu'à travers un quartier de bordels, la Famille suit en habit du soir et en souliers vernis, dans une pompe grotesque et sauvage ! et les textes sublimes de l'Église sont marmottés par ces prêtres que l'on dit « habitués[2] » — terriblement habitués ! Dussol*b* qui avait baissé la voix de nouveau haussa de ton, et Yves ne pouvait se retenir de tendre l'oreille.

« Non, Caussade, là je ne vous suis plus. C'est justement sur ce point que je trouve en défaut cette femme admirable. Non, ce n'était pas une éducatrice. Notez que je ne suis pas sans religion, ces messieurs de la paroisse me trouvent toujours quand ils ont besoin de moi, ils le savent et ils en profitent. Mais si j'avais eu des fils, une fois leur Communion faite, je les aurais invités à s'occuper des choses sérieuses. Blanche n'a pas assez tenu compte de l'atavisme qui pesait sur les siens. Ce n'est pas pour dire du mal du pauvre Michel Frontenac... »

Et comme Caussade protestait que toute sa vie, Michel avait fait profession d'anticléricalisme, Dussol reprit :

« Je m'entends, c'était tout de même un rêvasseur, un homme qui, même en débattant une affaire, cachait toujours un bouquin au fond de ses poches. Ça suffisait à le juger. Si je vous disais que j'ai vu traîner un livre de vers dans le bureau où nous traitions les marchés ! je me souviens qu'il me l'a pris des mains, il avait l'air gêné[1]...

— L'air gêné ? peut-être s'agissait-il d'un ouvrage polisson ?

— Non, ce n'était pas son genre. Après tout, peut-être voyez-vous juste... Je me rappelle maintenant que c'était un recueil de Baudelaire... *La Charogne,* vous savez ? Michel, un esprit fin, tant que vous voudrez, mais comme homme d'affaires[a], j'ai été aux premières loges pour juger de ce qu'il valait. Heureusement pour la maison et pour les enfants Frontenac, que j'étais là. L'exaltation religieuse de Blanche a certainement développé chez eux ces tendances ; aussi, entre nous, qu'est-ce que ça a donné... »

De nouveau, il baissa la voix. Yves se répétait : « Qu'est-ce que ça a donné ? » Était-il un homme ? Oui, mais non pas ce que Dussol appelle un homme. Qu'est-ce qu'un homme, au sens où l'entend Dussol ? Et que pouvait Blanche Frontenac pour rendre ses fils différents de ce qu'ils étaient devenus ? Après tout, Jean-Louis avait fondé un foyer, comme ils disent. Il menait très bien les affaires, y prenait plus d'influence que Dussol et son renom de « patron social » s'étendait dans tous les milieux. José risquait sa peau au Maroc (non... il ne quittait guère Rabat) ; et Yves... Tout de même ils voyaient bien qu'on parlait de lui dans le journal... En quoi étaient-ils différents des autres, les enfants Frontenac ? Yves n'aurait su le dire ; mais ce Dussol, dont se balançait derrière lui la masse énorme, n'en détenait pas moins le pouvoir de l'inquiéter, de l'humilier jusqu'à l'angoisse.

Au bord[b] du tombeau ouvert, dans le remous des « vrais amis » (« J'ai tenu à l'accompagner jusqu'au bout... »), Yves, aveuglé par les larmes et qui n'entendait plus rien, entendit tout de même — dominant le bruit du cercueil raclé contre la pierre et le halètement des fossoyeurs à tête d'assassins — la voix implacable, la voix satisfaite de Dussol :

« C'était une maîtresse-femme[a] ! »

Ce jour-là, en signe de deuil, le travail fut suspendu à Bourideys et à Respide. Les bœufs restèrent à l'étable et crurent que c'était dimanche. Les hommes allèrent boire dans l'auberge qui sent l'anis. Comme un orage montait, Burthe pensa que le foin serait peut-être gâché et que la pauvre madame aurait eu du chagrin qu'à cause d'elle, on ne le mît pas à l'abri. La Hure coulait sous les vergnes. Près du vieux chêne, à l'endroit où la barrière est démolie, la lune faisait luire, dans l'herbe, ce médaillon que Blanche avait perdu trois années plus tôt, pendant les vacances de Pâques, et que les enfants avaient si longtemps cherché[b].

XVII

Pendant l'hiver qui suivit et durant les premiers mois de 1913[a], Yves[c] parut plus amer qu'il n'avait jamais été. Son front se dégarnit, ses joues se creusèrent, ses yeux brûlaient sous l'arcade des sourcils, plus saillante. Pourtant, il était lui-même scandalisé de sa trop facile résignation et de ce que la morte ne lui manquait pas : comme depuis longtemps il n'avait vécu auprès d'elle, rien n'était changé à son train ordinaire, et il passait des semaines sans prendre, une seule fois, conscience de cette disparition.

Mais il demandait davantage aux êtres qu'il aimait. Cette exigence que l'amour de sa mère n'avait jamais trompée, il la transférait, maintenant, sur des objets qui, jusqu'alors, avaient pu l'occuper, l'inquiéter, et même le faire un peu souffrir, sans toutefois bouleverser sa vie. Il avait été accoutumé à pénétrer dans l'amour de sa mère, comme il s'enfonçait dans le parc de Bourideys qu'aucune barrière ne séparait des pignadas, et où l'enfant savait qu'il aurait pu marcher des jours et des nuits, jusqu'à l'océan. Et désormais, il entrait dans tout amour avec cette curiosité[a] fatale d'en toucher la limite ; et, chaque fois, avec l'espérance obscure de ne l'atteindre jamais[1]. Hélas, c'était presque dès les premiers pas qu'il la touchait ; et d'autant plus sûrement que sa manie le rendait fatigant et insupportable. Il n'avait de cesse qu'il n'eût démontré à ses amies que leur amour n'était qu'une apparence. Il était de ces garçons malheureux qui répètent : « Vous ne m'aimez pas » pour obtenir l'assurance contraire, mais leur[b] parole est pénétrée d'une force persuasive dont ils n'ont pas conscience ; et à celle qui protestait mollement, Yves fournissait des preuves qui achevaient de la convaincre qu'en effet elle ne l'aimait pas et ne l'avait jamais aimé.

En ce printemps de 1913, il en était arrivé au point de considérer son mal comme ces douleurs physiques[c] dont on guette la fin, d'heure en heure, avec la terreur de ne pouvoir tenir le coup. Et même dans le monde, pour peu que l'objet de son amour s'y trouvât, il ne pouvait plus cacher sa plaie, souffrait à ciel ouvert, laissait partout des traces de sang.

Yves ne doutait point d'être un obsédé ; et, comme il ressassait des trahisons imaginaires, il n'était jamais très sûr, même après avoir pris son amie sur le fait, de ne pas être victime d'une hallucination. Quand elle lui affirmait, par serment, que ce n'était pas elle qui se trouvait dans cette auto, auprès du garçon avec qui elle avait dansé la veille, il s'en laissait convaincre, bien qu'il fût assuré de l'avoir reconnue. « Je suis devenu fou », disait-il, et il préférait croire qu'il l'était en effet devenu ; d'abord pour prendre le temps de respirer, aussi courte que dût être cette interruption de souffrance, et puis parce qu'il lisait dans les yeux chéris, une alarme non jouée. « Il faut me croire », ordonnait-elle avec un désir ardent de le consoler, de le rassurer. Il ne résistait pas à ce magnétisme : « Regarde-moi dans les yeux, tu me crois, maintenant ? »

Ce n'était point qu'elle fût meilleure qu'une autre ; mais Yves ne devait prendre conscience que beaucoup plus tard de ce pouvoir qu'il détenait d'éveiller une patiente tendresse dans des créatures qui, d'ailleurs, le torturaient[2]. Comme si, auprès de lui, elles se fussent pénétrées, à leur insu, de l'amour maternel dont, pendant de longues années, il avait connu la chaleur. En août, bien avant dans la nuit, la terre, saturée de soleil, est chaude encore. Ainsi l'amour de sa mère morte rayonnait autour de lui, touchait les cœurs les plus durs.

C'était peut-être ce qui l'aidait à ne pas mourir sous les coups qu'il recevait. Car aucun autre appui ne lui restait, aucun secours ne lui venait de sa famille. Tout ce qui subsistait du mystère Frontenac[a] ne lui arrivait plus que comme les débris d'un irréparable naufrage. La première fois qu'il revint à Bourideys, après la mort de sa mère, il eut l'impression d'avancer dans un songe, dans du passé matérialisé. Il rêvait de ces pins plus qu'il ne les voyait. Il se rappelait cette eau furtive sous les vergnes aujourd'hui coupés, et dont les nouvelles branches se rejoignaient déjà; mais il leur substituait les troncs couverts de lierre que la Hure reflétait dans les vacances d'autrefois. L'odeur[b] de cette prairie mouillée le gênait, parce que la menthe y dominait moins que dans son souvenir. Cette maison, ce parc devenaient aussi encombrants que les vieilles ombrelles de sa mère et que ses chapeaux de jardin que l'on n'osait pas donner et que l'on ne pouvait jeter (il y en avait un très ancien, où des hirondelles étaient cousues[1]). Une part immense du mystère Frontenac avait été comme aspirée par ce trou, par cette cave où l'on avait étendu la mère de Jean-Louis, de José, d'Yves, de Marie et de Danièle Frontenac. Et quand parfois un visage surgissait de ce monde aux trois quarts détruit, Yves éprouvait l'angoisse d'un cauchemar.

Ainsi, en 1913, par un beau matin d'été, lui apparut, dans l'encadrement[c] de la porte, une grosse femme qu'il reconnut du premier coup d'œil, bien qu'il ne l'eût aperçue qu'une seule fois, dans la rue. Mais cette Joséfa tenait, depuis des années, le premier rôle dans les plaisanteries de la famille Frontenac. Elle n'en revenait point d'être reconnue : Hé quoi ! M. Yves se doutait de son existence ? Depuis toujours, ces petits messieurs savaient que leur oncle ne vivait pas seul ? Le pauvre qui s'était donné tant de mal pour qu'ils ne découvrissent rien ! Il en serait désespéré... Mais d'autre part, tout était peut-être mieux ainsi : il venait d'avoir chez elle deux crises très graves d'angine de poitrine (il fallait que ce fût sérieux pour qu'elle se fût permis d'aller voir M. Yves). Le médecin interdisait au malade de

rentrer chez lui. Il se lamentait jour et nuit, le pauvre,
à l'idée de mourir sans embrasser ses neveux. Mais du
moment qu'ils étaient avertis que leur oncle avait une
liaison, ce n'était plus la peine qu'il se cachât. Il faudrait
l'y préparer, par exemple, car il était bien loin de se
croire découvert... Elle lui dirait que la famille le savait
depuis très peu de temps, qu'elle lui avait pardonné...
Et comme Yves déclarait sèchement que les fils Frontenac n'avaient rien à pardonner à un homme qu'ils
vénéraient plus que personne au monde, la grosse
femme insista :

« D'ailleurs, monsieur Yves, je puis bien vous le dire,
vous êtes d'âge à savoir, il n'y a plus rien entre nous,
depuis des années... vous pensez ! on n'est plus des jeu-
nesses. Et puis, le pauvre, dans son état, je n'ai pas voulu
qu'il se fatigue, qu'il prenne mal. Ce n'est pas moi qui
vous l'aurais tué. Il est comme un petit enfant avec moi,
un vrai petit enfant. Je ne suis pas la personne que vous
croyez, peut-être... Mais si ! ce serait très naturel... Mais
vous pouvez interroger sur moi à la paroisse, ces messieurs me connaissent bien... »

Elle minaudait[a], ressemblait exactement à l'image que
s'étaient toujours faite d'elle les enfants Frontenac. Elle
portait un manteau, genre Shéhérazade, aux manches
lâches, étroit du bas, et attaché à la hauteur du ventre
par un seul bouton. Les yeux étaient encore beaux sous
le chapeau cloche qui ne dissimulait ni le nez épais et
retroussé ni la bouche vulgaire, ni le menton effondré.
Elle contemplait avec émotion « monsieur Yves ».
Bien qu'elle ne les eût jamais vus, elle connaissait les
enfants Frontenac depuis le jour de leur naissance; elle
les avait suivis pas à pas, s'était intéressée à leurs moindres
maladies. Rien n'était indifférent à ses yeux de ce qui se
passait dans l'empyrée des Frontenac. Très au-dessus
d'elle, s'agitaient ces demi-dieux dont, par une fortune
extraordinaire, elle pouvait suivre les moindres ébats,
du fond de son abîme. Et bien que dans les histoires
merveilleuses dont elle se berçait, elle se fût souvent
représenté son mariage avec Xavier et d'attendrissantes
scènes de famille où Blanche l'appelait « ma sœur », et
les petits « tante Joséfa », elle n'avait pourtant jamais
cru que la rencontre de ce matin fût dans l'ordre des
choses possibles, ni qu'elle dût, un jour, contempler

face à face un des enfants Frontenac, et s'entretenir familièrement avec lui.

Et pourtant, elle avait l'impression si vive d'avoir toujours connu Yves, que devant ce jeune homme frêle, à la figure ravagée, qu'elle voyait pour la première fois, elle songeait : « Comme il a maigri ! »

« Et M. José ? toujours content au Maroc ? Votre oncle se fait bien du souci, il paraît que ça chauffe là-bas, et les journaux ne disent pas tout. Heureusement que la pauvre madame n'est plus là pour se faire du mauvais sang, elle se serait mangée... »

Yves l'avait priée de s'asseoir et restait debout. Il faisait un immense effort pour remonter à la surface de son amour, pour avoir au moins l'air d'écouter, de s'intéresser. Il se disait : « Oncle Xavier est très malade, il va mourir, après lui ce sera fini des vieux Frontenac... » Mais il s'éperonnait en vain. Impossible pour lui de rien sentir d'autre que la terreur de ce qui approchait : l'échéance de l'été, ces semaines, ces mois de séparation, chargés d'orages, traversés de pluie furieuse, brûlés d'un soleil mortel. La création entière, avec ses astres et avec ses fléaux, se dresserait entre lui et son amour. Quand il le retrouverait enfin, ce serait l'automne ; mais, d'abord, il fallait franchir seul un océan de feu.

Il devait passer*a* les vacances auprès de Jean-Louis, à ce foyer où sa mère avait tant désiré qu'il pût trouver un abri, quand elle ne serait plus là. Peut-être s'y fût-il résigné, si la douleur de la séparation avait été partagée ; mais « elle » était invitée sur un yacht, pour une longue croisière, et vivait dans la fièvre des essayages ; sa joie éclatait sans qu'elle songeât à se contraindre. Il ne s'agissait plus, pour Yves, de soupçons imaginaires, de craintes tour à tour éveillées et apaisées, mais de cette joie brutale, pire qu'aucune trahison, et qu'une jeune femme ressentait, en se séparant de lui. Elle était enivrée de ce qui le tuait. Patiemment, elle avait feint la tendresse, la fidélité ; et voici qu'elle se démasquait d'un seul coup, sans perfidie d'ailleurs, car elle n'aurait voulu lui causer aucune peine. Elle croyait tout arranger en lui répétant :

« C'est un bonheur pour toi ; je te fais trop de mal... En octobre, tu seras guéri.

— Mais une fois, tu m'as dit que tu ne voulais pas que je guérisse.

— Quand t'ai-je dit cela ? Je ne me souviens pas.

— Voyons ! c'était en janvier, un mardi, nous sortions du Fischer; nous passions devant le Gagne-Petit, tu t'es regardée dans la glace. »

Elle secouait la tête. Cette parole qui avait pénétré Yves de douceur et sur laquelle il avait vécu, pendant plusieurs semaines, qu'il répétait encore lorsque tout le charme s'en était depuis longtemps évaporé, elle niait à présent qu'elle l'eût jamais prononcée... C'était sa faute : il élargissait à l'infini les moindres propos de cette femme, leur prêtait une valeur fixe, et une signification immuable, lorsqu'ils n'exprimaient que l'humeur d'une seconde...

« Tu es sûr que je t'ai dit cela ? C'est possible, mais je ne m'en souviens pas... »

La veille, Yves avait entendu cette parole affreuse dans ce même petit bureau où maintenant une personne est assise, une grosse blonde qui a chaud, trop chaud pour demeurer dans une pièce si étroite, bien que la fenêtre en soit ouverte. Joséfa s'était installée, et couvait Yves des yeux.

« Et M. Jean-Louis ! ce qu'il est bien ! Et Mme Jean-Louis, on voit qu'elle est si distinguée. Leur photographie de chez Coutenceau est sur le bureau de votre oncle, avec le bébé entre eux. Quel amour de petite fille ! Elle a tout à fait le bas de figure des Frontenac. Je dis souvent à votre oncle : " C'est une Frontenac tout craché. " Il aime les enfants, même tout petits. Quand ma fille, qui est mariée à Niort avec un garçon très sérieux, employé dans une maison de gros (et c'est déjà sur lui que tout repose parce que son patron a des rhumatismes articulaires), quand ma fille amène son bébé, votre oncle le prend sur ses genoux et ma fille dit qu'on voit bien qu'il a été habitué à pouponner... »

Elle s'interrompit, brusquement intimidée : M. Yves ne se dégelait pas. Il la prenait pour une intrigante, peut-être...

« Je voudrais que vous sachiez, monsieur Yves... Il m'a donné un petit capital, une fois pour toutes, des meubles... mais vous trouverez tout, vous pensez. Si quelqu'un est incapable de faire le moindre tort à la famille... »

Elle disait « la famille », comme s'il n'en eût existé

qu'une seule au monde, et Yves, consterné, voyait deux larmes grosses comme des lentilles, glisser le long du nez de la dame. Il protesta que les Frontenac ne l'avaient jamais soupçonnée d'aucune indélicatesse, et qu'ils lui étaient même reconnaissants des soins qu'elle avait prodigués à leur oncle. L'imprudent dépassait le but : elle s'attendrit, et ce fut un déluge.

« Je l'aime tant ! je l'aime tant ! bégayait-elle ; et vous, bien sûr, je savais que je n'étais pas digne de vous approcher, mais je vous aimais tous, oui, tous ! je peux bien le dire, ma fille de Niort m'en faisait quelquefois des reproches ; elle disait que je m'intéressais à vous plus qu'à elle, et c'était vrai ! »

Elle chercha un autre mouchoir dans son sac, elle ruisselait. À ce moment, le téléphone sonna.

« Ah ! c'est vous ? Oui... ce soir, dîner ? attendez que je voie mon carnet... »

Yves éloigna un instant le récepteur de son oreille. Joséfa qui, en reniflant, l'observait, s'étonna de ce qu'il ne consultait aucun carnet, mais regardait devant lui avec une expression de bonheur.

« Oui, je puis me rendre libre. — C'est gentil de me donner encore une soirée. — Où ça ? au Pré Catelan ? — Que je ne vous prenne pas chez vous ? oui, vous aimez mieux... — Mais ce me serait facile de passer chez vous... Pourquoi non ? — Quoi ? J'insiste toujours ? Mais que voulez-vous que ça me fasse... C'était pour que vous n'attendiez pas seule au restaurant, au cas où j'arriverais après vous... — Je dis : c'était pour que vous n'attendiez pas seule... Quoi ? Nous ne serons pas seuls ? Qui ça ? Geo ? — Mais aucun inconvénient... — Mais pas du tout ! — Pas contrarié du tout... — Quoi ? Évidemment, ce ne sera pas la même chose. — Je dis : Évidemment, ce ne sera pas la même chose. — Quoi ? Si je dois faire la tête ?... »

Joséfa le dévorait des yeux ; elle encensait du chef, vieille jument réformée que réveille une musique de cirque. Yves avait raccroché le récepteur, et tournait vers elle une figure contractée. Elle ne comprit pas qu'il hésitait à la jeter dehors, mais elle sentit que c'était le moment de prendre congé. Il la prévint qu'il écrirait à Jean-Louis au sujet de leur oncle. Dès qu'il aurait reçu une réponse, il la transmettrait à Joséfa. Elle n'en finis-

sait pas de trouver une carte pour lui laisser son adresse ;
enfin elle partit.

Oncle Xavier était très malade, oncle Xavier était
mourant. Yves se le répétait à satiété, y ramenait sa pensée
rétive, appelait à son secours des images de l'oncle ;
dans un fauteuil de la chambre grise, rue de Cursol,
à l'ombre du grand lit maternel... Yves tendait son front,
à l'heure d'aller dormir, et l'oncle interrompait sa lecture :
« Bonne nuit, petit oiseau... » L'oncle debout, en costume de ville, dans les prairies du bord de la Hure, taillant une écorce de pin en forme de bateau... *Sabe, sabe,
caloumet, te pourterey un pan naouet*[1]... Mais Yves[a] jetait
en vain son filet ; en vain le retirait-il plein de souvenirs
grouillants : ils glissaient tous, retombaient. Rien ne lui
était que cette douleur ; et sur les images anciennes,
d'énormes figures, toutes récentes, s'étendaient et les
recouvraient. Cette femme horrible et Geo. Qu'est-ce
que Geo venait faire dans son histoire ? Pourquoi Geo,
précisément, ce dernier soir ? Pourquoi était-elle allée
chercher celui-là, au lieu de tant d'autres, celui-là qu'il
aimait ?... Sa voix[b] faussement étonnée dans le téléphone.
Elle ne voulait pas avoir l'air de lui cacher qu'ils étaient
devenus intimes. Geo devait voyager, cet été... Yves
n'avait pu obtenir de savoir où : Geo restait dans le
vague, détournait la conversation. Parbleu, il faisait
partie de la croisière ! Geo et elle, pendant des semaines,
sur ce pont, dans ces cabines. Elle et Geo...
Il s'étendit à plat ventre sur le divan, mordit à pleines
dents le revers de sa main. C'était trop, il saurait bien
se venger[c] de cette garce, lui faire du mal. Mais comment la salir, sans se déshonorer soi-même ? Il la sali-
rait... un livre, parbleu ! Il faudrait bien qu'on la reconnût. Il ne cacherait rien, la couvrirait de boue. Elle
apparaîtrait dans ces pages, à la fois grotesque et immonde. Toutes ses habitudes, les plus secrètes... Il livre-
rait tout... même son physique... Il était seul à connaître
d'elle des choses affreuses... Mais il[a] faudrait du temps
pour écrire le livre... Tandis que la tuer, ça pourrait être
dès ce soir, tout de suite. Oui, la tuer, qu'elle s'aperçoive de la menace, qu'elle ait le temps d'avoir peur ;
elle était si lâche ! Qu'elle se voie mourir, qu'elle ne
meure pas tout de suite ; qu'elle se sache défigurée...

Il se vidait peu à peu de sa haine[a]; il en exprimait une dernière goutte. Alors, il prononça à mi-voix, très doucement, le prénom bien-aimé; il le répétait en détachant chaque syllabe; tout ce qu'il pouvait avoir d'elle : ce prénom que personne au monde ne pouvait lui défendre de murmurer, de crier. Mais il y avait les voisins, à l'étage supérieur, qui entendaient tout. À Bourideys, Yves aurait eu le refuge de sa bauge. Les jaugues aujourd'hui, devaient recouvrir l'étroite arène où, par un beau jour d'automne, tout lui avait été annoncé d'avance; il imagina que cet imperceptible point du monde bourdonnait de guêpes, dans cette chaude matinée; les bruyères pâles sentaient le miel, et peut-être le vent léger détachait-il des pins une immense nuée de pollen. Il voyait dans ses moindres détours, le sentier qu'il suivait, pour rentrer à la maison, jusque sous le couvert du parc, et cet endroit où il avait rencontré sa mère. Elle avait jeté, sur sa robe d'apparat, le châle violet rapporté de Salies[1]. Elle avait recouvert Yves de ce châle, parce qu'elle l'avait senti frémir.

« Maman ! gémit-il, maman... »

Il sanglotait; il était le premier des enfants Frontenac à appeler sa mère morte, comme si elle eût été vivante. Dix-huit mois plus tard, ce serait le tour de José, le ventre ouvert, au long d'une interminable nuit de septembre, entre deux tranchées[2].

XVIII

Dans la rue, Joséfa se souvint de son malade, il était seul et une crise pouvait à chaque instant[b] survenir. Elle regretta de s'être attardée auprès d'Yves, se fit des reproches; mais Xavier l'avait si bien dressée, que l'idée ne lui[c] vint même pas de prendre un taxi. Elle se hâtait vers la rue de Sèvres, pour y attendre le tramway Saint-Sulpice-Auteuil; elle marchait, à son habitude, le ventre en avant, le nez en l'air, et marmonnait toute seule, pour la joie des passants : « Hé bé !... » d'un air fâché et scandalisé. Elle pensait à Yves, mais avec aigreur, maintenant que la présence du jeune homme ne l'éblouissait plus. Comme il s'était montré indifférent à la maladie de son oncle ! Pendant que le pauvre achevait[a] de vivre dans la terreur de ne pouvoir embrasser, une dernière fois, ses neveux, celui-là téléphonait à quelque comtesse (Joséfa avait vu des cartes prises dans la glace d'Yves : *Baron et Baronne de... Marquise de... l'Ambassadeur d'Angleterre et Lady...*). Ce soir, il allait dîner en musique avec une de ces grandes dames... il n'y a pas plus putain que ces femmes-là... Dans le feuilleton de Charles Mérouvel... En voilà un qui les connaît[1]...

Ces sentiments hostiles recouvraient une douleur profonde. Joséfa mesurait, pour la première fois, la naïveté de ce pauvre homme qui avait tout sacrifié à la chimère de sauver la face devant ses neveux; il avait eu honte de sa vie, de son innocente vie ! Ah ! ç'avait été une fameuse débauche ! Tous deux s'étaient privés pour des garçons qui ne le sauraient jamais, ou qui se moqueraient d'eux. Elle monta dans le petit tramway, épongea sa face cramoisie. Elle avait encore des bouffées de sang, mais moins que l'année dernière. Pourvu qu'il ne fût[b] rien arrivé à Xavier ! C'était bien commode d'avoir l'arrêt du tramway à sa porte.

Elle gravit, en soufflant, les quatre étages. Xavier était assis dans la salle à manger, près de la fenêtre entr'ouverte. Il haletait un peu, ne bougeait pas. Il dit qu'il souffrait à peine, que c'était déjà merveilleux que de ne pas souffrir. Il suffisait de demeurer immobile. Il avait un peu faim, mais aimait mieux se priver de manger que de risquer une crise. Le pont du métro passait presque à hauteur de leur fenêtre et grondait à chaque instant. Ni Xavier, ni Joséfa ne songeaient à en être gênés. Ils vivaient là, écrasés par les meubles d'Angoulême, trop volumineux pour ces pièces minuscules. Le flambeau de l'amour avait été écorné pendant le déménagement; plusieurs motifs de l'armoire s'étaient décollés.

Joséfa trempait la mouillette dans l'œuf et invitait le vieil homme à manger; elle lui parlait comme à un enfant : « Allons, ma petite poule, mon pauvre chien... » Il ne remuait[c] pas un membre, pareil à ces insectes dont l'immobilité reste la dernière défense. Vers le soir, entre deux métros, il entendit les martinets crier comme sur le jardin de Preignac, autrefois. Il dit soudain :

« Je ne reverrai pas les petits.

— Tu n'en es pas là... Mais si ça doit te tranquilliser, il suffira de leur envoyer une dépêche.

— Oui, quand le docteur aura permis que je rentre chez moi...

— Qu'est-ce que ça fait qu'ils viennent ici ? Tu peux dire que tu as déménagé, que je suis la gouvernante. »

Il parut hésiter un instant, puis secoua la tête :

« Ils verraient bien que ce ne sont pas mes meubles... Et puis, même s'ils ne devaient rien découvrir, ils ne peuvent pas venir ici. Même s'ils ne devaient jamais savoir, il ne faut pas qu'ils viennent ici, par égard pour la famille.

— Je n'ai pas la peste, peut-être ! »

Elle se rebiffait : la protestation qu'elle n'avait jamais élevée contre Xavier bien portant, elle l'adressait à ce moribond. Il ne bougea pas, soucieux d'éviter tout mouvement.

« Tu es une bonne femme... mais pour la mémoire de Michel, il ne faut pas que les enfants Frontenac... Tu n'es pas en cause ; c'est une question de principe. Et puis ce serait malheureux, après avoir réussi, pendant toute ma vie, à leur cacher...

— Allons donc ! Crois-tu qu'ils n'aient pas tout découvert depuis longtemps ? »

Elle regretta cette parole, en le voyant s'agiter sur son fauteuil et respirer plus vite.

« Non, reprit-elle, ils l'ignorent. Mais ils le sauraient, qu'ils ne t'en voudraient pas...

— Oh ! bien sûr que ce sont de trop bons petits pour faire des réflexions ; mais... »

Joséfa s'éloigna*ᵃ* du fauteuil, se pencha à la fenêtre... Des bons petits ! Elle voyait Yves, ce matin au téléphone, quand il faisait semblant de consulter un carnet, cette expression d'égarement et de bonheur. Elle l'imaginait « en queue-de-morue », comme elle disait, avec un « gibus », dans ce restaurant de luxe : il y avait une petite lampe rose sur chaque table. Des métros chargés d'ouvriers, qui revenaient du travail, grondaient sur le pont de fer. Xavier paraissait un peu plus haletant que dans la journée. Il fit signe qu'il ne voulait pas parler, ni qu'on lui adressât la parole, ni manger. Il se mettait en boule, faisait le mort pour ne pas mourir. La nuit vint, chaude, et la fenêtre demeura ouverte malgré l'ordre

du médecin qui avait dit de la tenir fermée parce que,
pendant les crises, un malade ne se connaît plus. La
misère du monde... Joséfa demeurait assise entre la
fenêtre et le fauteuil, cernée par la masse des meubles
dont elle avait été si fière et qui, sans qu'elle sût pourquoi, ce soir, lui apparaissaient soudain misérables.
Plus d'ouvriers : les métros roulaient presque vides vers
l'Étoile. On changeait pour la Porte Dauphine. Joséfa
y était souvent descendue, avec Xavier, bousculée par la
foule des tristes dimanches... Et Yves Frontenac, à cette
heure, devait la franchir dans sa conduite intérieure.
Qu'est-ce que ça doit coûter ce qu'on voit sur les des-
sertes des grands restaurants : ces langoustes, ces pêches
dans de l'ouate, ces espèces de gros citrons. Elle ne le
saurait jamais. Elle avait toujours eu à choisir entre le
bouillon Boulant ou le Duval et Scossa... trois francs
cinquante tout compris. Elle regardait vers l'ouest,
imaginant Yves Frontenac avec une dame et cet autre
jeune homme[a]...

. . . .

Le dîner touchait à sa fin. Elle s'était levée et se glissait
entre les tables, disant qu'elle allait se refaire une beauté.
Yves fit signe au sommelier de verser le champagne.
Il avait l'air calme, détendu. Pendant toute la soirée,
Geo avait donné à la jeune femme les renseignements
qu'elle demandait au sujet d'une malle de cabine, d'une
trousse (il connaissait l'adresse d'un commissionnaire
qui fournissait au prix de gros). Évidemment, ils ne partaient pas ensemble, leurs moindres propos témoignaient
au contraire qu'ils se séparaient pour plusieurs mois, et
qu'ils n'en éprouvaient aucun chagrin.

« Encore cette scie d'il y a deux ans », dit Geo.

Et il fredonnait avec l'orchestre : *Non, tu ne sauras
jamais...*

« Écoute, Geo[b] : tu ne croirais pas ce que j'ai imaginé... »

Yves fixait de ses yeux rayonnants la figure amicale du
garçon qui prit son verre d'une main un peu tremblante.

« Je croyais que tu partais avec elle; que vous me le
cachiez. »

Geo haussa les épaules, toucha d'un geste habituel sa
cravate. Et puis il ouvrit un étui d'émail noir, choisit
une cigarette. Et il ne perdait pas Yves des yeux.

« Quand je pense que toi, Yves... toi... avec ce que tu as là (et il posa légèrement un index brûlé de nicotine sur le front de son ami) toi, pour cette... Je ne voudrais pas te blesser...

— Oh ! ça m'est égal que tu la trouves idiote... mais toi, comme si tu avais à me faire la leçon !

— Moi, dit Geo, je ne suis rien... »

Et il inclina son visage charmant, un peu flétri, le releva, et sourit à Yves avec un air d'admiration et de tendresse.

« Et puis moi, avant que ça me reprenne... »

Il fit signe au sommelier, vida sa coupe, et commanda, l'œil hagard :

« Deux fines Maison... Moi, reprit-il, tu vois toutes ces poules ? Eh bien, je les donnerais toutes, pour... devine quoi ? »

Il approcha d'Yves ses yeux magnifiques, et d'un ton, à la fois honteux et passionné :

« Pour la laveuse de vaisselle ! » souffla-t-il.

Ils pouffèrent. Et soudain, un monde de tristesse s'abattit sur Yves. Il regarda Geo qui, lui aussi, était devenu sombre : éprouvait-il ce même sentiment de duperie, cette dérision infinie ? À une distance incommensurable, Yves crut entendre le chuchotement assoupi des pins.

« L'oncle Xavier^a..., murmura-t-il.

— Quoi ? »

Et Geo, reposant son verre, faisait signe au sommelier, l'index et le médius levés, pour demander une autre fine.

XIX

Un matin^b de l'octobre qui suivit, dans le hall de l'hôtel d'Orsay, les enfants Frontenac (sauf José, toujours au Maroc) entouraient Joséfa. L'oncle avait paru se remettre, pendant l'été, mais une crise plus violente venait de l'abattre, et le médecin ne croyait pas qu'il pût s'en relever. Le télégramme de Joséfa était arrivé à Respide où Yves surveillait les vendanges et déjà songeait au retour. Rien ne le pressait, car « elle » ne rentrait à Paris qu'à la fin du mois. D'ailleurs, il s'était accoutumé à l'absence et maintenant qu'il voyait la sortie du tunnel, il se fût volontiers attardé...

Intimidée par les Frontenac, Joséfa leur avait d'abord[a] opposé un grand air de dignité; mais l'émotion avait eu raison de son attitude. Et puis Jean-Louis l'avait, dès les premières paroles, touchée au cœur. Son culte pour les Frontenac trouvait enfin un objet qui ne la décevait pas. C'était à lui qu'elle s'adressait, en tant que chef de la famille. Les deux jeunes dames, un peu raidies, se tenaient à l'écart, non par fierté, comme le croyait Joséfa, mais parce qu'elles hésitaient sur l'attitude à prendre. (Joséfa n'aurait jamais cru qu'elles fussent si fortes; elles avaient accaparé toute la graisse de la famille[b].) Yves, qu'anéantissaient les voyages nocturnes, s'était rencogné dans un fauteuil.

« Je lui ai répété que je me ferais passer auprès de vous pour sa gouvernante. Comme il ne parle pas du tout (parce qu'il le veut bien, il a peur que ça lui donne une crise) je ne sais trop s'il y a consenti ou non. Il a des absences... On ne sait pas ce qu'il veut... Au fond, il ne pense qu'à son mal qui peut revenir d'une minute à l'autre, il paraît que c'est tellement épouvantable... comme s'il avait une montagne sur la poitrine... Je ne vous souhaite pas d'assister à une crise...

— Quelle épreuve pour vous, madame... »

Elle balbutia, en larmes :

« Vous êtes bon, monsieur Jean-Louis.

— Il aura eu, dans son malheur, le secours de votre dévouement, de votre affection... »

Ces paroles banales agissaient sur Joséfa comme des caresses. Soudain familière, elle pleurait doucement, la main appuyée au bras de Jean-Louis. Marie dit à l'oreille de Danièle :

« Il a tort de faire tant de frais; nous ne pourrons plus nous en dépêtrer. »

Il fut entendu que Joséfa préparerait l'oncle à leur venue. Ils arriveraient vers six heures, et attendraient sur le palier.

Ce fut seulement sur ce palier sordide, où les enfants Frontenac demeuraient aux écoutes, tandis que les locataires, alertés par la concierge, se penchaient à la rampe ; ce fut, assis sur une marche souillée, le dos appuyé contre le faux marbre plein d'éraflures, qu'Yves éprouva enfin l'horreur de ce qui se passait derrière cette porte. Joséfa, parfois, l'entrebâillait, tendait un mufle tuméfié par les larmes, les priait d'attendre encore un peu ; un doigt[a] sur la bouche, elle repoussait le vantail. Oncle Xavier, celui qui tous les quinze jours entrait dans la chambre grise, rue de Cursol, à Bordeaux, après avoir achevé le tour des propriétés ; celui qui faisait des sifflets avec une branche de vergne, il[b] agonisait dans ce taudis, chez cette fille, en face du pont du métro, non loin de la station La Motte-Picquet-Grenelle. Pauvre homme ligoté de préjugés, de phobies, incapable de revenir sur une opinion reçue une fois pour toutes, de ses parents ; si respectueux de l'ordre établi et si éloigné de la vie simple et normale... L'haleine d'octobre emplissait cet escalier et rappelait à Yves les relents du vestibule, rue de Cursol, les jours de rentrée. Odeur de brouillard, de pavés mouillés, de linoléum. Danièle et Marie chuchotaient. Jean-Louis ne bougeait pas, les yeux clos, le front contre le mur. Yves ne lui adressait aucune parole, comprenant que son frère priait. « Ce sera à vous, monsieur Jean-Louis, de lui parler du bon Dieu, avait dit Joséfa, moi, il me rabrouerait, vous pensez ! » Yves aurait voulu se joindre à Jean-Louis, mais rien ne lui revenait[c] de ce langage perdu. Il s'était terriblement éloigné de l'époque, où, à lui aussi, il suffisait de fermer les yeux, de joindre les mains. Que les minutes paraissaient longues ! Il connaissait maintenant tous les dessins que formaient les taches sur la marche où il s'était accroupi.

Joséfa entr'ouvrit[d] de nouveau la porte, leur fit signe d'entrer. Elle les introduisit dans la salle à manger et disparut. Les Frontenac[e] se retenaient de respirer, et même de bouger, car les souliers de Jean-Louis craquaient au moindre mouvement. La fenêtre devait être fermée depuis la veille ; des odeurs de vieille nourriture et de gaz s'étaient accumulées entre ces murs tapissés de papier rouge. Ces deux chromos, dont l'un représentait des pêches et l'autre des framboises, il y avait les mêmes dans la salle à manger de Preignac.

Ils comprirent plus tard qu'ils n'auraient pas dû se

montrer tous ensemble. S'il n'avait d'abord vu que Jean-
Louis, l'oncle se serait peut-être habitué à sa présence ;
la folie, ce fut une entrée en masse.

« Vous voyez[a], monsieur, ils sont venus — répétait
Joséfa, jouant avec affectation son rôle de gouvernante.
Vous vouliez les voir ? Les voilà tous, sauf M. José... »

Il ne bougeait pas, figé dans cette immobilité d'insecte.
Ses yeux remuaient seuls dans sa figure terrible à voir,
allant de l'un à l'autre, comme si un coup l'avait menacé.
Les deux mains[b] s'accrochaient à sa veste, comprimaient
sa poitrine haletante. Et Joséfa, tout à coup, oubliait
son rôle :

« Tu ne parles pas parce que tu as peur que ça te fasse
mal ? Hé bé, ne parle[c] pas, pauvre chien. Tu les vois,
les petits ? Tu es content ? Regardez-vous sans parler.
Dis-le, si tu ne te sens pas bien, ma petite poule. Si tu
souffres, il faut me le faire entendre par signe. Tu veux
ta piqûre ? Tiens, je prépare l'ampoule. »

Elle bêtifiait, retrouvait le ton qu'on prend avec les
tout petits. Mais le moribond, ramassé sur lui-même,
gardait son air traqué. Les quatre[d] enfants Frontenac
serrés les uns contre les autres, perclus d'angoisse, ne
savaient pas qu'ils avaient l'aspect des membres du jury
lorsqu'ils vont prêter serment. Enfin Jean-Louis se
détacha du groupe, entoura de son bras les épaules de
l'oncle :

« Tu vois, il n'y a que José qui manque à l'appel. Nous
avons reçu de bonnes nouvelles de lui... »

Les lèvres de Xavier Frontenac remuèrent. Ils ne
comprirent pas d'abord ce qu'il disait, penchés au-dessus
de son fauteuil.

« Qui vous a dit de venir ?

— Mais madame... ta gouvernante...

— Ce n'est pas ma gouvernante... Je vous dis : ce
n'est pas ma gouvernante. Tu as bien entendu qu'elle me
tutoyait... »

Yves se mit à genoux, tout contre les jambes squelettiques :

« Qu'est-ce que ça peut faire, oncle Xavier ? C'est sans
aucune importance, ça ne nous regarde pas, tu es notre
oncle chéri, le frère de papa... »

Mais le malade le repoussa, sans le regarder.

« Vous l'aurez su ! Vous l'aurez su ! répétait-il, l'air

hagard. Je suis comme l'oncle Péloueyre[1]. Je me rappelle, il était enfermé à Bourideys, avec cette femme...
Il ne voulait recevoir personne de la famille... On lui
avait députe votre pauvre père, qui était bien jeune
alors... Je me souviens : Michel était parti à cheval, pour
Bourideys, emportant un gigot, parce que l'oncle
aimait la viande de Preignac... Votre pauvre père raconta
qu'il avait frappé longtemps... L'oncle Péloueyre avait
entrebâillé la porte... Il examina Michel, lui prit le gigot
des mains, referma la porte, mit le verrou... Je me rappelle cette histoire... Elle est drôle, mais je parle trop...
Elle est drôle... »

Et il riait, d'un rire à la fois retenu, appliqué, qui lui
faisait mal, qui ne s'arrêtait pas. Il eut une quinte.

Joséfa lui fit une piqûre. Il ferma ses yeux. Un quart
d'heure s'écoula. Les métros ébranlaient la maison.
Quand ils étaient passés, on n'entendait que cet affreux
halètement. Soudain, il s'agita dans son fauteuil, rouvrit
les yeux.

« Marie et Danièle sont là ? Elles seront venues chez
ma maîtresse. Je les aurai fait entrer chez la femme que
j'entretiens. Si Michel et Blanche l'avaient su, ils m'auraient maudit. Je les ai introduits chez ma maîtresse,
les enfants de Michel. »

Il ne parla plus. Son nez se pinçait; sa figure devint
violette ; il émettait des sons rauques ; ce gargouille-
ment de la fin... Joséfa en larmes le prit entre ses bras,
tandis que les Frontenac terrifiés reculaient vers la
porte.

« Tu n'as pas à avoir honte devant eux, mon petit
chéri, ce sont de bons enfants; ils comprennent les choses,
ils savent... Qu'est-ce qu'il te faut ? Que demandes-tu,
pauvre chou ? »

Affolée, elle interrogeait les enfants :

« Qu'est-ce qu'il demande ? Je ne saisis pas ce qu'il
demande... »

Eux voyaient clairement la raison de ce mouvement
du bras de gauche à droite; cela signifiait : « Va-t'en ! »
Dieu ne voulut pas qu'elle comprît qu'il la chassait, elle,
sa vieille compagne, son unique amie, sa servante, sa
femme.

Dans la nuit, le dernier métro couvrit le gémissement
de Joséfa[a]. Elle s'abandonnait à sa douleur, sans retenue;

elle croyait qu'il fallait crier. La concierge et la femme de
journée la soutenaient par les bras, lui frottaient les
tempes avec du vinaigre. Les enfants Frontenac s'étaient
mis à genoux.

XX

« Et qu'est-ce que*a* vous nous préparez de beau ? »
Dussol, par cette question, voulait se montrer aimable,
mais ne se retenait pas de sourire. Yves, enfoncé dans
le divan de Jean-Louis, feignit de n'avoir rien entendu.
Il devait prendre, le soir même, le train pour Paris.
C'était, vers la fin de la journée, le surlendemain des
obsèques d'oncle Xavier à Preignac. Dussol, qui n'avait
pu y assister (perclus de rhumatismes, il marchait, depuis
un an, avec des cannes), était venu rendre ses devoirs
à la famille.
« Alors, reprit-il, vous avez*b* du nouveau sur le chantier ? »
Comme la pièce demeurait sans lumière, il distinguait
mal l'expression d'Yves, toujours muet.
« Quel cachottier*c* ! Allons ! poil ou plume ? Vers ou
prose ? »
Yves, soudain, se décida :
« J'écris des *Caractères*... Oui, copiés d'après nature.
Aucun mérite, comme vous voyez : je n'invente rien;
je reproduis exactement la plupart des types qu'il m'a
été donné de connaître.
— Et ça s'appellera *Caractères* ?
— Non : *Gueules*. »
Il y eut une minute de silence. Madeleine d'une voix
étranglée, demanda à Dussol : « Encore une tasse ? »
Jean-Louis posa une question au sujet d'une coupe très
importante, dans la région de Bourideys, que la maison
Frontenac-Dussol était en train de négocier.
« Ce n'est pas votre faute, dit Dussol, mais il est
fâcheux que la mort de votre oncle ait retardé la conclu-
sion de l'affaire. Vous savez que Lacagne est sur la piste...
— J'ai rendez-vous après-demain matin, à la première
heure, sur les lieux. »

Jean-Louis parlait distraitement, tout occupé à observer Yves dont il ne distinguait que le front et les mains.
Il se leva pour donner de la lumière. Yves détourna un
peu la tête, montrant à son frère des cheveux bruns, en
désordre, une joue creuse et jaune, la ligne gracile du
cou.

« J'ai presque envie d'accompagner Yves à Paris, dit
Jean-Louis d'un mouvement spontané. J'ai à voir Labat...

— Vous ne serez pas rentré assez tôt pour le rendez-
vous d'après-demain, protesta Dussol. Il s'agit bien de
Labat ! Cette coupe, c'est cent mille francs de bénéfice,
je vous en fiche mon billet. »

Jean-Louis passait sa main sur son nez et sur sa bouche.
Que craignait-il ? Il n'aurait pas voulu perdre Yves des
yeux, une seconde. Après le départ de Dussol, il alla
dans sa chambre où Madeleine le suivit.

« C'est à cause d'Yves ? » demanda-t-elle.

Elle avait appris à connaître son mari qui, d'heure en
heure, se sentait déchiffré, percé à jour.

« J'avoue qu'il m'inquiète. »

Elle protesta^a : ça ne tenait pas debout, Yves avait été
frappé par la mort d'oncle Xavier; il demeurait encore
sur cette impression que quelques jours de Paris dissi-
peraient vite.

« On sait la vie qu'il mène... Il garde pour la famille
ses mines d'enterrement qui te mettent l'esprit à l'envers.
Mais là-bas, d'après ce que Dussol a appris, il ne passe
pas pour engendrer la mélancolie. Tu ne vas pas risquer
de perdre une centaine de mille francs pour je ne sais
quelle idée que tu t'es mise en tête. »

Et d'instinct elle trouva l'argument auquel Jean-Louis
cédait toujours : ce n'était pas seulement son argent qu'il
jouait, mais celui de la famille. Pendant le reste de la
soirée, jusqu'au départ d'Yves, il essaya de causer avec
son frère qui répondait à ses questions, sans élever la voix
et qui paraissait calme. Rien ne légitimait l'angoisse de
Jean-Louis. Il faillit pourtant ne pas descendre du
wagon où il avait installé Yves, lorsqu'on ferma les
portières.

Les tunnels de Lormont à peine franchis. Yves respira
mieux. Il roulait vers elle; chaque tour de roue le rapprochait; ils avaient rendez-vous demain matin, à onze

heures, dans ce bar en sous-sol, à l'entrée d'une avenue, près de l'Étoile[1]. Cette fois, comme il s'attendait au pire, il ne serait pas déçu; quoi qu'elle dise ou fasse, il va la revoir. Vivre après tout, serait toujours possible, avec l'espérance d'un rendez-vous. Seulement[a], il tâcherait d'obtenir de moins longs intervalles que l'année dernière. Il lui dirait : « Je perds plus vite le souffle. Ne comptez pas que je puisse demeurer trop longtemps hors de l'eau. Je respire, je me meus en vous. » Elle[b] sourirait, elle savait qu'Yves n'aimait pas les récits de voyage, il couperait court à ses histoires de croisière. « Je lui dirai que seule la géographie humaine m'intéresse : non les paysages, mais les êtres qu'elle a vus. Tous ceux qui, en trois mois, ont pu la frôler. Moins nombreux que je ne m'imagine... Elle dit qu'elle n'a rien, dans sa vie, de plus important que moi. Pourtant, elle est adorée... Qui avait-elle l'année dernière ? » Il tâtonna, jusqu'à ce qu'il eût remis ses pas dans les pas des souffrances de l'année révolue. Le lépreux se grattait, irritait sa jalousie, faisait saigner les vieilles croûtes. Il roulait vers une ville qui n'avait rien de commun avec le Paris où, huit jours auparavant, Xavier Frontenac avait eu cette mort horrible.

« Ne regardez pas votre montre, chérie. Il n'y a que dix minutes que nous sommes ensemble et vous vous inquiétez de l'heure. Vous vivez toujours dans l'instant où je ne serai plus là.

— Déjà des reproches... Trouvez-vous que j'ai bruni ? »

Il pensa à louer le costume tailleur, le renard; elle fut contente. Il la laissa parler assez longtemps des Baléares. Mais il lui avait déjà fait répéter trois fois qu'elle n'avait rencontré personne d'intéressant... Sauf son ex-mari à Marseille. Ils avaient goûté ensemble, comme des copains : de plus en plus drogué; il avait dû la quitter vite pour aller fumer; il n'en pouvait plus.

« Et toi, mon petit Yves ? »

Pendant qu'il parlait, elle se remit du rouge et de la poudre. Comme il racontait la mort d'oncle Xavier, elle demanda distraitement si c'était un oncle à héritage.

« Il nous avait presque tout donné, de son vivant[2].

— Alors, sa mort n'a plus beaucoup d'intérêt[c]. »

Elle avait dit cela sans malice. Il aurait fallu lui expliquer... l'introduire dans un monde, dans un mystère... Une femme rejoignit ce garçon, à la table d'en face : ils s'étreignirent. Deux ou trois hommes, assis au bar, ne se retournèrent pas. Les autobus de l'avenue grondaient. L'électricité était allumée, on ne savait pas que c'était le matin. Elle mangeait, une à une, des frites froides.

« J'ai faim, dit-elle.

— Alors, pour le déjeuner... Impossible ? Alors, quand ? Demain ?

— Attendez... Demain ?... à quatre heures, j'ai un essayage... à six heures... non, pas demain... Voulez-vous que nous disions jeudi ? »

Il demanda : « Dans trois jours ? » d'une voix indifférente. Trois jours et trois nuits de cette femme, dont il ne saurait rien, qui seraient comblés d'êtres, d'événements étrangers... Il avait cru*ᵃ* s'y attendre, ne pas avoir de surprise; mais la douleur est imprévisible. Pendant des mois et des mois, il s'était essoufflé à la poursuivre. Après un repos de trois mois, la poursuite recommençait, mais dans d'autres conditions : il était rendu, fourbu, il ne fournirait pas la course. Elle comprenait qu'il souffrait, elle lui prit la main. Il ne la retira pas. Elle lui demanda à quoi il pensait. Il dit :

« Je pensais à Respide. L'autre jour, après l'enterrement de l'oncle, j'y suis monté seul, de Preignac. Mon frère avait filé directement sur Bordeaux, avec mes sœurs. Je me suis fait ouvrir la maison. Je suis entré dans le salon salpêtré, qui sent le plancher pourri, la cave. Les volets étaient clos. Je me suis étendu, les pieds joints, sur le canapé de chintz, dans les ténèbres. Je sentais*ᵇ* contre ma joue, contre mon corps, la muraille froide. Les yeux fermés, je me suis persuadé que j'étais couché entre maman et mon oncle...

— Yves, vous êtes atroce.

— Jamais je n'avais si bien réussi à me mettre dans la peau de la mort. Ces murs épais, ce salon qui est une cave, au centre de cette propriété perdue. La nuit... La vie était à l'infini. C'était le repos. Le repos, ma chérie, songez donc ! ne plus sentir que l'on aime... Pourquoi*ᶜ* nous a-t-on appris à douter du néant ?... L'irrémédiable, c'est de croire, malgré et contre tout, à la vie éternelle. C'est d'avoir perdu le refuge du néant. »

Il ne s'aperçut^a pas qu'elle regardait furtivement son bracelet. Elle dit :

« Yves, il faut que je me sauve : mieux vaut que nous ne sortions pas ensemble. À jeudi... Voulez-vous que nous décidions, chez moi, à sept heures... Non, à sept heures et demie... Non, disons, plutôt, huit heures moins le quart.

— Non, dit-il en riant, à huit heures. »

XXI

Yves riait^b encore, en descendant les Champs-Élysées, non d'un rire forcé et amer, mais d'un franc rire et qui faisait se retourner les passants. Midi sonnait à peine, et il avait gravi les escaliers de la gare d'Orsay au petit jour : ces quelques heures lui avaient donc suffi pour épuiser la joie du revoir, attendue depuis trois mois, et pour qu'il se retrouvât, errant dans les rues... « C'était pouffant^c », comme elle disait. Sa gaieté le tenait encore sur ce banc du Rond-Point où il s'affaissa, les jambes plus rompues que s'il était venu à pied, jusqu'ici, du fond de ses landes. Il ne souffrait que d'une sorte d'épuisement : jamais l'objet de son amour ne lui était apparu à ce point dérisoire, — rejeté de sa vie, piétiné, sali, fini. Et pourtant, son amour subsistait : comme une meule qui eût tourné à vide, tourné... tourné... Fini de rire : Yves se repliait, se concentrait sur cette étrange torture dans le rien. Il vivait ces instants que tout homme a connus s'il a aimé, où, les bras toujours serrés contre la poitrine, comme si ce que nous embrassions ne nous avait pas fui, nous étreignons, à la lettre, le néant. Par ce midi d'octobre tiède et mou, sur un banc du Rond-Point des Champs-Élysées, le dernier des Frontenac ne se connaissait plus de but, dans l'existence, au-delà des Chevaux de Marly. Ceux-ci atteints, il ne savait pas s'il irait à droite, à gauche, ou pousserait jusqu'aux Tuileries et entrerait dans la souricière du Louvre.

Autour de lui, les êtres et les autos viraient, se mêlaient, se divisaient dans ce carrefour et il s'y sentait aussi seul

que naguère, au centre de l'arène étroite, cerné de fougères et de jaugues, où il gîtait, enfant sauvage. Le
vacarme uniforme de la rue ressemblait aux doux bruits
de la nature, et les passants lui étaient plus étrangers que
les pins de Bourideys dont les cimes, autrefois, veillaient
sur ce petit Frontenac blotti à leurs pieds, au plus épais
de la brousse. Aujourd'hui, ces hommes et ces femmes
bourdonnaient comme les mouches de la lande, hésitaient comme les libellules, et l'un d'eux se posait, parfois, à côté d'Yves, contre sa manche, sans même le
voir, puis s'envolait[a]. Mais combien étouffée et lointaine était devenue la voix qui poursuivait l'enfant
Frontenac au fond de sa bauge, et qu'il percevait encore,
à cette minute ! Il voyait bien, répétait la voix, toutes
ces routes barrées qui lui avaient été prédites, toutes
ces passions sans issue[1]. Revenir sur ses pas, revenir sur
ses pas... Revenir sur ses pas lorsqu'on est à bout de
force ? Refaire toute la route ? Quelle remontée ! D'ailleurs, pour accomplir quoi ? Yves errait dans le monde,
affranchi de tout labeur humain. Aucun travail n'était
exigé de lui qui avait fini son devoir d'avance, qui avait
remis sa copie pour aller jouer[2]. Aucune autre occupation[b] que de noter, au jour le jour, les réactions d'un
esprit totalement inemployé... Et il n'aurait rien pu
faire d'autre et le monde ne lui demandait rien d'autre.
Entre les mille besognes qui obligeaient de courir
autour de son banc, ces fourmis humaines, laquelle
aurait pu l'asservir ? Ah ! plutôt crever de faim !...
« Et pourtant, tu le sais, insistait la voix, tu avais été
créé pour un travail épuisant et tu t'y serais soumis,
corps et âme, parce qu'il ne t'eût pas détourné d'une
profonde vie d'amour. Le seul travail au monde qui ne
t'aurait diverti en rien de l'amour — qui eût manifesté,
à chaque seconde, cet amour, — qui t'aurait uni à tous
les hommes dans la charité... » Yves secoua la tête et dit :
« Laissez-moi, mon Dieu[3]. »

Il se leva, fit quelques pas[c] jusqu'à la bouche du métro,
près du Grand Palais, et s'accouda à la balustrade. C'était
l'heure où les ateliers de nouveau se remplissent et le
métro absorbait et vomissait des fourmis à tête d'homme.
Yves suivit longtemps, d'un œil halluciné, cette absorp-
tion et ce dégorgement d'humanité. Un jour — il en
était sûr, et il appelait ce jour, du fond de sa fatigue et

de son désespoir — il faudrait bien que tous les hommes
fussent forcés d'obéir à ce mouvement de marée : tous !
sans exception aucune. Ce que Jean-Louis appelait question sociale ne se poserait plus aux belles âmes de son
espèce. Yves songeait : « Il faut que je voie ce jour où
des écluses se fermeront et s'ouvriront à heure fixe sur
le flot humain. Aucune fortune acquise ne permettra
plus au moindre Frontenac de se mettre à part sous prétexte de réfléchir, de se désespérer, d'écrire son journal,
de prier, de faire son salut. Les gens d'en bas auront
triomphé de la personne humaine. — oui, la personne
humaine sera détruite et, du même coup, disparaîtra
notre tourment et nos chères délices : l'amour. Il n'y
aura plus de ces déments, qui mettent l'infini[a] dans le
fini. Joie de penser que ce temps est peut-être proche où,
faute d'air respirable, tous les Frontenac auront disparu
de la terre, où aucune créature ne pourra même imaginer
ce que j'éprouve, à cette seconde, appuyé contre la
balustrade du métro, ce fade attendrissement, ce remâ-
chement de ce que l'aimée a pu me dire depuis que nous
nous connaissons, et qui tendrait à me faire croire que
tout de même elle tient à moi, — comme lorsque le
malade isole, entre toutes les paroles du médecin, celles
où un jour il a trouvé de l'espoir et qu'il sait par cœur
(mais elles n'ont plus aucun pouvoir sur lui, bien qu'il
ne renonce pas à les ressasser)... »

Au-delà des Chevaux de Marly... Il ne voyait plus rien
à faire que se coucher et que dormir. Mourir n'avait
pas de sens pour lui, pauvre immortel. Il était cerné de
ce côté-là. Un Frontenac sait qu'il n'y a pas de sortie
sur le néant, et que la porte du tombeau est gardée[1]. Dans
le monde[b] qu'il imaginait, qu'il voyait, qu'il sentait venir,
la tentation de la mort ne tourmenterait plus aucun
homme, puisque cette humanité besogneuse et affairée,
aurait l'aspect de la vie, mais déjà morte. Il faut être une
personne, un homme différent de tous les hommes, il
faut tenir sa propre existence entre ses mains et la mesurer, la juger d'un œil lucide, sous le regard de Dieu, pour
avoir le choix de mourir ou de vivre.

C'était amusant de penser à cela... Yves se promit de
raconter à Jean-Louis l'histoire qu'il venait d'imaginer,
devant cette bouche de métro; il se réjouissait de
l'étonner, en lui décrivant la révolution future, qui se

jouerait au plus secret de l'homme, dissocierait sa nature
même, jusqu'à le rendre semblable aux hyménoptères :
abeilles, fourmis... Aucun parc séculaire n'étendrait plus
ses branches sur une seule famille. Les pins des vieilles
propriétés ne verraient plus grandir, d'année en année,
les mêmes enfants et dans ces faces maigres et pures
levées vers leurs cimes, ne reconnaîtraient pas les traits
des pères et des grands-pères au même âge... C'était la
fatigue, se disait Yves, qui le faisait divaguer. Que ce
serait bon de dormir ! Il ne s'agissait*ᵃ* ni de mourir,
ni de vivre, mais de dormir. Il appela un taxi, et il
remuait, au fond de sa poche, un minuscule flacon.
Il l'approcha de ses yeux, et il s'amusait à déchiffrer sur
l'étiquette la formule magique : *Allylis Opropylbarbi-
turate de phényldiméthylamino Pyrazolone 0,16 g.*

Au long de ces mêmes heures, Jean-Louis assis à table,
en face de Madeleine, puis debout et avalant en hâte son
café, puis au volant de sa voiture, et enfin au bureau,
ses yeux attentifs fixés sur le commis Janin qui lui faisait un rapport se répétait : « Yves ne risque rien ; mon
inquiétude ne repose sur rien. Il semblait plus calme,
hier soir, dans le wagon, que je ne l'ai vu depuis longtemps... Oui, mais justement ; ce calme... » Il entendait,
sur les quais, haleter une locomotive. Cette affaire, qui
l'empêche de partir... pourquoi ne pas l'expliquer à
Janin qui est là, qui a de l'initiative, le désir passionné
d'avancer ? Le regard brillant du garçon essayait de deviner la pensée de Jean-Louis, de la prévenir... Et soudain, Jean-Louis sait qu'il partira ce soir pour Paris.
Il sera demain matin à Paris. Et déjà il retrouvait la paix,
comme si la puissance inconnue qui, depuis la veille, le
tenait à la gorge, avait su qu'elle pouvait desserrer son
étreinte, qu'elle allait être obéie[1].

XXII

Du fond de l'abîme*ᵇ*, Yves entendait sonner à une
distance infinie, avec l'idée confuse que c'était l'appel
du téléphone, et qu'on lui annonçait, de Bordeaux, la
maladie de sa mère (bien qu'il sût qu'elle était morte
depuis plus d'une année). Pourtant, tout à l'heure, elle

se trouvait dans cette pièce où elle n'avait pénétré qu'une
seule fois durant sa vie (elle était venue de Bordeaux,
visiter l'appartement d'Yves « pour pouvoir le suivre
par la pensée », avait-elle dit). Elle n'y avait jamais plus
paru, sauf cette nuit — et Yves la voyait encore, dans le
fauteuil, au chevet du lit, ne travaillant à aucun ouvrage,
puisqu'elle était morte. Les morts ne tricotent ni ne
parlent... Pourtant ses lèvres remuaient; elle voulait
prononcer une parole urgente, mais en vain. Elle était
entrée, comme elle faisait à Bourideys[a], quand elle avait
un souci, sans frapper, en appuyant mollement sur le
loquet et en poussant la porte de son corps. — tout
entière à ce qui la préoccupait, sans s'apercevoir qu'elle
interrompait une page, un livre, un sommeil, une crise
de larmes... Elle était là, et pourtant on téléphonait de
Bordeaux qu'elle était morte et Yves la regardait avec
angoisse, essayait de recueillir sur ses lèvres la parole
dont elle n'arrivait pas à se délivrer. La sonnerie[b] redoublait. Que fallait-il répondre ? La porte d'entrée claqua.
Il entendit la voix de la femme de journée : « Heureusement que j'ai la clef... » et Jean-Louis répondait (mais
il est à Bordeaux...) : « Il a l'air paisible... Il dort paisiblement... Non, le flacon est presque plein; il en a pris très
peu... » Jean-Louis est dans la chambre. À Bordeaux, et
pourtant dans cette chambre. Yves sourit pour le rassurer.

« Alors, mon vieux ?
— Tu es à Paris ?
— Mais oui, j'ai eu à faire... »

La vie s'infiltre en Yves de partout, à mesure que le
sommeil se retire. Elle ruisselle, l'emplit... Il se souvient : quelle lâcheté ! trois comprimés... Jean-Louis lui
demande ce qui ne va pas. Yves n'essaie pas de feindre.
Il ne l'aurait pu, vidé de toute force, de toute volonté,
comme il l'eût été de sang. Chaque circonstance retrouvait sa place : avant-hier, il était à Bordeaux; hier matin,
dans le petit bar; et puis cette journée de folie... Et maintenant Jean-Louis est là.

« Mais comment es-tu là ? C'était le jour de ce fameux
marché... »

Jean-Louis secoua la tête : un malade n'avait pas à
s'occuper de cela. Et Yves :

« Non, je n'ai pas de fièvre. Simplement : rendu,
fourbu... »

Jean-Louis lui avait pris le poignet, et les yeux sur sa montre il comptait les pulsations, comme faisait maman dans les maladies de leur enfance. Puis, d'un geste qui venait aussi de leur mère, l'aîné releva les cheveux qui recouvraient le front d'Yves, pour s'assurer qu'il n'avait pas la tête brûlante. — peut-être aussi pour le démasquer, pour observer ses traits en pleine lumière, et enfin, par simple tendresse.

« Ne t'agite pas^a, dit Jean-Louis. Ne parle pas.

— Reste !

— Mais oui, je reste.

— Assieds-toi... Non, pas sur mon lit. Approche le fauteuil. »

Ils ne bougèrent plus. Les bruits confus d'un matin d'automne ne troublaient pas leur paix. Yves, parfois, entrouvrait les yeux, voyait ce visage grave et pur que la fatigue de la nuit avait marqué. Jean-Louis, délivré de l'inquiétude qui l'avait rongé depuis l'avant-veille, s'abandonnait maintenant à un repos profond au bord du lit où son jeune frère était vivant. Il fit, vers midi, un rapide repas, sans quitter la chambre. La journée coulait comme du sable. Et soudain, cette sonnerie du téléphone... Le malade s'agita ; Jean-Louis mit un doigt sur sa bouche et passa dans le cabinet. Yves éprouvait, avec bonheur, que plus rien ne le concernait : aux autres de se débrouiller ; Jean-Louis arrangerait tout.

« ... de Bordeaux ? Oui... Dussol ? Oui, c'est moi... Oui, je vous entends... Je n'y puis rien... Sans doute : un voyage impossible à remettre... Mais non. Janin me remplace. Mais si... puisque je vous dis qu'il a mes instructions... Eh bien, tant pis... Oui, j'ai compris : plus de cent mille francs... Oui, j'ai dit : tant pis... »

« Il a raccroché », dit Jean-Louis en rentrant dans la chambre.

Il s'assit de nouveau près du lit. Yves l'interrogeait : l'affaire dont parlait Dussol ne serait-elle pas manquée à cause de lui ? Son frère le rassura ; il avait pris ses mesures avant de partir. C'était bon signe qu'Yves fût soucieux de ces choses, et qu'il s'inquiétât de savoir si Joséfa avait bien reçu le chèque qu'ils avaient décidé de lui offrir.

« Mon vieux, imagine-toi qu'elle l'a renvoyé...

— Je t'avais dit que c'était insuffisant...

— Mais non : elle trouve, au contraire, que c'est trop. Oncle Xavier lui avait donné cent mille francs de la main à la main. Elle m'écrit qu'il a eu beaucoup de remords au sujet de cet argent dont il croyait nous frustrer. Elle ne veut pas aller contre ses intentions. Elle me demande seulement, pauvre femme, la permission de nous offrir ses vœux au Jour de l'An : et elle espère que je lui donnerai des nouvelles de tous et que je la conseillerai pour ses placements.

— Quelles valeurs oncle Xavier lui avait-il achetées ?

— Des *Lombards anciens* et des *Noblesse russe 3 1/2 %.* Avec ça, elle est tranquille.

— Elle habite à Niort, chez sa fille ?

— Oui... figure-toi qu'elle voudrait aussi conserver nos photographies. Marie et Danièle trouvent que c'est indiscret de sa part. Mais elle promet de ne pas les exposer, de les garder dans son armoire à glace. Qu'en penses-tu ? »

Yves[a] pensait que l'humble Joséfa était entrée dans le mystère Frontenac, qu'elle en faisait partie, que rien ne l'en pourrait plus détacher. Certes, elle avait droit aux photographies, à la lettre du Jour de l'An...

« Jean-Louis, quand José sera revenu du service, il faudrait[b] habiter ensemble, se serrer les uns contre les autres comme des petits chiens dans une corbeille... (Il savait que ce n'était pas possible.)

— Comme lorsque nous mettions nos serviettes de table sur la tête et que nous jouions à la " communauté ", dans la petite pièce, tu te rappelles[1] ?

— Dire que cet appartement existe ! Mais les vies effacent les vies... Bourideys[2], du moins, n'a pas changé.

— Hélas, reprit Jean-Louis, on fait beaucoup de coupes, ces temps-ci... Tu sais que le côté de Lassus va être rasé... Et aussi en bordure de la route... Tu imagines le moulin, quand il sera entouré de landes rases...

— Il restera toujours les pins du Parc.

— Ils " se champignonnent ". Tous les ans, quelques-uns meurent... »

Yves soupira :

« Rongés comme des hommes, les pins Frontenac !

— Yves, veux-tu que nous repartions ensemble pour Bourideys ? »

Yves, sans répondre[c], imagina Bourideys à cette

heure : dans le ciel, le vent de ce crépuscule devait unir,
séparer, puis, de nouveau confondre les cimes des pins,
comme si ces prisonniers eussent eu un secret à se transmettre et à répandre sur la terre. Après cette averse, un
immense égouttement emplissait la forêt. Ils iraient, sur
le perron, sentir le soir d'automne... Mais si Bourideys
existait encore aux yeux d'Yves, c'était comme tout à
l'heure sa mère, dans ce rêve, vivante, et pourtant il
savait qu'elle était morte. Ainsi, dans le Bourideys d'aujourd'hui, ne subsistait plus que la chrysalide abandonnée
de ce qui fut son enfance et son amour*a*. Comment exprimer ces choses, même à un frère bien-aimé ? Il prétexta
que ce serait difficile de demeurer longtemps ensemble*b* :
« Tu ne pourrais pas attendre que je fusse guéri. »

Jean-Louis ne lui demanda pas : guéri de quoi ? (il
savait qu'il aurait dû demander : guéri de qui ?) Et il
s'étonnait qu'il pût exister tant d'êtres charmants et
jeunes, comme Yves, qui n'éprouvent l'amour que dans
la souffrance. Pour eux, l'amour est une imagination
torturante[1]. Mais à Jean-Louis, il apparaissait comme la
chose la plus simple, la plus aisée... Ah ! s'il n'avait
préféré Dieu ! Il chérissait profondément Madeleine et
communiait chaque dimanche; mais deux fois déjà,
d'abord avec une employée au bureau, puis auprès d'une
amie de sa femme, il avait eu la certitude d'un accord
préétabli; il avait perçu un signe auquel il était tout près
de répondre... Il lui avait fallu beaucoup prier; et il
n'était point sûr de n'avoir pas péché par désir; car
comment distinguer la tentation du désir ? Tenant la
main de son frère, dans la lueur d'une lampe de chevet,
il contemplait avec un triste étonnement cette tête douloureuse, cette bouche serrée, toutes ces marques de
lassitude et d'usure.

Peut-être Yves aurait-il été heureux que Jean-Louis
lui posât des questions; la pudeur qui les séparait fut la
plus forte. Jean-Louis aurait voulu lui dire : « Ton
œuvre... » Mais c'était courir le risque de le blesser.
D'ailleurs, il sentait confusément que cette œuvre, si
elle devait s'épanouir, ne serait jamais que l'expression
d'un désespoir. Il connaissait par cœur ce poème où
Yves, presque enfant, racontait que, pour l'arracher au
silence, il lui fallait, comme aux pins de Bourideys,
l'assaut des vents d'ouest, une tourmente infinie[2].

Jean-Louis aurait voulu lui dire encore : « Un foyer... une femme... d'autres enfants Frontenac... » Il aurait voulu, surtout, lui parler de Dieu. Il n'osa pas.

Un peu plus tard[a] (c'était déjà la nuit), il se pencha sur Yves qui avait les yeux fermés, et fut surpris de le voir sourire et de l'entendre lui assurer qu'il ne dormait pas. Jean-Louis se réjouit de l'expression si tendre et si calme qu'il vit dans ce regard longuement arrêté sur le sien. Il aurait voulu connaître la pensée d'Yves, à ce moment-là; il ne se doutait pas que son jeune frère songeait au bonheur de ne pas mourir seul; non, il ne mourrait pas seul; où que la mort dût le surprendre, il croyait, il savait que son aîné serait là, lui tenant la main, et l'accompagnerait le plus loin possible, jusqu'à l'extrême bord de l'ombre.

Et là-bas[b], au pays des Frontenac et des Péloueyre, au-delà du quartier perdu où les routes finissent[1], la lune brillait sur les landes pleines d'eau; elle régnait surtout dans cette clairière que les pignadas ménagent à cinq ou six chênes très antiques, énormes, ramassés, fils de la terre et qui laissent aux pins déchirés l'aspiration vers le ciel[2]. Des cloches de brebis assoupies tintaient brièvement dans ce parc appelé « parc de l'Homme » où un berger des Frontenac passait cette nuit d'octobre. Hors un sanglot de nocturne, une charrette cahotante, rien n'interrompait la plainte que, depuis l'océan, les pins se transmettent pieusement dans leurs branches unies. Au fond de la cabane, abandonnée par le chasseur jusqu'à l'aube, les palombes aux yeux crevés et qui servent d'appeaux, s'agitaient, souffraient de la faim et de la soif. Un vol de grues grinçait dans la clarté céleste. La Téchoueyre, marais inaccessible[a], recueillait dans son myſtère de joncs, de tourbe et d'eau les couples de biganons et de sarcelles dont l'aile siffle. Le vieux Frontenac ou le vieux Péloueyre qui se fût réveillé d'entre les morts en cet endroit du monde, n'aurait découvert à aucun signe qu'il y eût rien de changé au monde[c]. Et ces chênes nourris depuis l'avant-dernier siècle des sucs les plus secrets de la lande, voici qu'ils vivaient, à cette minute, d'une seconde vie très éphémère, dans la pensée de ce garçon étendu au fond d'une chambre de Paris, et que son frère veillait avec amour. C'était à leur ombre, songeait Yves, qu'il eût fallu creuser une profonde fosse pour y entasser, pour y presser, les uns contre les autres, les corps des époux, des frères, des oncles, des fils Frontenac. Ainsi la famille tout entière eût-elle obtenu la grâce de s'embrasser d'une seule étreinte, de se confondre à jamais dans cette terre adorée, dans ce néant[a].

À l'entour, penchés du même côté par le vent de mer et opposant à l'ouest leur écorce noire de pluie, les pins continueraient d'aspirer au ciel, de s'étirer, de se tendre. Chacun garderait sa blessure, — sa blessure différente de toutes les autres (chacun de nous sait pour quoi il saigne). Et lui[b], Yves Frontenac, blessé, ensablé comme eux, mais créature libre et qui aurait pu s'arracher du monde, avait choisi de gémir en vain, confondu avec le reste de la forêt humaine. Pourtant, aucun de ses gestes[c] qui n'ait été le signe de l'imploration; pas un de ses cris qui n'ait été poussé vers quelqu'un.

Il se rappelait cette face consumée de sa mère, à la fin d'un beau jour de septembre, à Bourideys; ces regards qui cherchaient Dieu, au-delà des plus hautes branches : « Je voudrais[d] savoir, mon petit Yves, toi qui connais tant de choses... au ciel, pense-t-on encore à ceux qu'on a laissés sur la terre ? » Comme elle ne pouvait imaginer un monde où ses fils n'eussent plus été le cœur de son cœur, Yves lui avait promis que tout amour s'accomplirait dans l'unique Amour[1]. Cette nuit, après beaucoup d'années, les mêmes paroles qu'il avait dites pour conforter sa mère, lui reviennent en mémoire. La veilleuse éclaire le visage admirable de Jean-Louis endormi. O filiation divine ! ressemblance avec Dieu ! Le mystère Frontenac échappait à la destruction, car il était un rayon de l'éternel amour réfracté à travers une race[e]. L'impossible union des époux, des frères et des fils, serait consommée avant qu'il fût longtemps, et les derniers pins de Bourideys verraient passer, — non plus à leurs pieds, dans l'allée qui va au gros chêne, mais très haut et très loin au-dessus de leurs cimes, le groupe éternellement serré de la mère et de ses cinq enfants[f].

ESSAIS

LE JEUNE HOMME

« La jeunesse, ce cygne sauvage... »

SHELLEY[1].

AVANT-PROPOS

*Beaucoup ne reconnaîtront point ce jeune homme dont ici
je fixe les traits, ni ne se souviendront de lui avoir ressemblé
à aucun moment de leur vie. C'est qu'il ne fut pas donné à tout
homme d'avoir été un jeune homme. Gardons-nous de voir dans
la jeunesse une grâce que les dieux accordent à tous ; souvenons-
nous du collège et de ces garçons qui, à quatorze ans, déjà
négociants ou hommes du monde, pleins de prudence et de
morgue, rêvaient de la maîtresse, du club dont, à peine libérés
de l'école, ils songeaient à fortifier leur gloire*[a][1].

*Il en est, parmi ces jeunes êtres, qui meurent à peine nés ;
le monde a vite fait de les muer en hommes, s'ils sont bourgeois ;
et, s'ils sont du peuple, la vie besogneuse. Les rites du monde,
ses artifices, tuent la jeunesse aussi sûrement que le fait la
servitude ouvrière. Les enfants du peuple deviennent des hommes
tout à coup : la jeunesse exige des loisirs pour le travail
désintéressé, pour la lecture, pour les conversations. Quel génie
ne faut-il pas à un manœuvre de vingt ans qui sauvegarde sa
jeunesse ! C'est l'angoisse que nous donnent les souvenirs
d'enfance de Gorki : il semble qu'à chaque instant des tâches
si basses doivent étouffer ce beau feu. Nietzsche a bien raison
de dénoncer le mensonge du monde moderne touchant la sainteté
du travail*[2].

*À ceci, d'abord, nous reconnaîtrons le jeune homme : l'indé-
termination. Il est une force vierge qu'aucune spécialité ne
confisque : il ne renonce à rien encore ; toutes les routes l'appellent. Voilà le bref espace de temps où nous ne sommes condamnés
à l'immolation d'aucune part de nous-mêmes, où Dieu peut-être*

consent à nous aimer, bien que nous servions deux maîtres — et ce n'est pas assez dire — d'innombrables maîtres. C'est le temps de la débauche et de la sainteté, le temps de la tristesse et de la joie, de la moquerie et de l'admiration, de l'ambition et du sacrifice, de l'avidité, du renoncement... Ce qui s'appelle un homme fait s'obtient au prix de quelles mutilations !

I

L'enfant vivait au pays des merveilles, à l'ombre de ses parents, demi-dieux pleins de perfections. Mais voici[a] l'adolescence et soudain, autour de lui, se rétrécit, s'obscurcit le monde. Plus de demi-dieux : le père se mue en un despote blessant; la mère n'est qu'une pauvre femme[1]. Non plus hors de lui mais en lui, l'adolescent découvre l'infini : il avait été un petit enfant dans le monde immense; il admire, dans un univers rétréci, son âme démesurée. Il porte en lui le feu, un feu qu'il nourrit de mille lectures et que tout excite. Certes les examens le brident : « On a tant d'examens à passer avant l'âge de vingt ans, dit Sainte-Beuve, que cela coupe la veine[2]. » Mais enfin muni de diplômes, que fera-t-il ?

Il sent en lui[b] sa jeunesse comme un mal, ce mal du siècle qui est, au vrai, le mal de tous les siècles depuis qu'il existe des jeunes hommes et qui souffrent. Non, ce n'est pas un âge « charmant ». Donnons un sens grave, peut-être tragique, au vieux proverbe : « Il faut que jeunesse se passe. » Il faut guérir de sa jeunesse; il faut traverser sans périr ce dangereux passage.

Un jeune homme est une immense force inemployée, de partout contenue, jugulée par les hommes mûrs, les vieillards. Il aspire à dominer et il est dominé; toutes les places sont prises, toutes les tribunes occupées. Il y a le jeu sans doute, et nous jetons à la jeunesse un ballon pour qu'elle se fatigue. Le jeu n'est d'ailleurs que le simulacre du divertissement essentiel : la guerre.

Il y aura^a des guerres tant qu'il y aura des jeunes gens. Ces grandes tueries seraient-elles possibles sans leur complicité ? D'anciens combattants parlent de leur martyre avec une nostalgie dont nous demeurons confondus. C'est que, dans le temps de la guerre, les vieillards veulent bien que les jeunes hommes soient des chefs. Il est inconcevable et pourtant vrai que la plupart des jeunes gens aiment Napoléon autant qu'ils l'admirent : ils se souviennent des généraux imberbes. C'était peut-être l'amour qui jetait les jeunes hommes de la Crète dans la gueule du Minotaure. La jeunesse pardonne à celui qui l'immole, pourvu qu'il la délivre de cette force surabondante et dont elle étouffe, pourvu qu'elle agisse enfin et qu'elle domine.

Les vieillards mènent le monde, et nous ne saurons jamais ce que serait le gouvernement de la jeunesse. Ce qui s'appelle expérience, qu'est-ce donc ? Sommes-nous, par la vie, enrichis ou appauvris ? La vie nous mûrira, dit-on. Hélas ! Sainte-Beuve a raison d'écrire qu'on durcit à certaines places, qu'on pourrit à d'autres mais qu'on ne mûrit pas[1]. Écoutons notre Montaigne : « Quant à moy, j'estime que nos âmes sont desnouées à vingt ans ce qu'elles doivent être et qu'elles promettent tout ce qu'elles pourront : jamais âme qui n'ait donné en cet âge-là arrhe bien évidente de sa force, n'en donna depuis la preuve. Les qualités et vertus naturelles produisent dans ce terme-là, ou jamais, ce qu'elles ont de vigoureux et de beau. De toutes les belles actions humaines qui sont venues à ma connaissance, de quelques sortes qu'elles soyent, je jurerais en avoir plus grande part à nombrer en celles qui ont été produites, et aux siècles anciens et au nôtre, avant l'âge de trente ans que après... Quant à moy, je tiens pour certain que, depuis cet âge, et mon esprit et mon corps ont plus diminué qu'augmenté, et plus reculé qu'advancé...[b2] »

Avancer en âge, c'est s'enrichir d'habitudes, se soumettre aux automatismes profitables; c'est connaître ses limites et s'y résigner. Plus s'amasse notre passé et plus il nous détermine; la part d'invention, la part d'imprévu que notre destinée comporte va se réduisant d'année en année, jusqu'à ce que nous n'ayons plus sous nos pas qu'un trou dans la terre. Qu'attendre d'un homme après cinquante ans ? Nous nous y intéressons par politesse et par nécessité, sauf s'il a du génie : le génie, c'est la jeunesse plus forte que le temps, la jeunesse immarcescible[1].

II

Cette force inemployée dont un jeune homme surabonde, le plaisir l'use. Ils courent au plaisir[a], ces pauvres enfants. La débauche les prend par vols immenses. Ils s'y abattent comme sur un marais les canards sauvages : ce sont souvent les meilleurs qui s'y perdent. Les garçons pratiques, calculateurs, jettent leur gourme[b] avec discernement; ils gardent de la mesure jusque dans l'excès; ils organisent leur désordre.

Rien de si dangereux que la noblesse dans un jeune être livré au plaisir; le mépris d'une belle âme pour le monde et son dégoût de la vie, c'est cela qui souvent la précipite aux abîmes. Il y a quelquefois, chez des garçons effrénés, un affreux courage, la plus triste témérité. Il leur aurait fallu moins de détachement, moins de désintéressement. Dans un bar, entre tous les noceurs subalternes, j'aime[c] discerner ces enfants égarés, ces âmes excessives qui dépensent à se perdre la force infinie dont ils eussent pu se servir pour se contraindre. Comment échapperaient-ils à ce dilemme : ou choisir, mais se diminuer — ou ne pas choisir, mais se détruire ? Existe-t-il un choix qui ne diminue pas, un renoncement qui nous enrichisse ? Ce fut le secret des mystiques.

Quelques-uns dépensent leur force à cette victoire sur eux-mêmes. Voir dans la jeunesse l'âge[d] de la sainteté n'est pas un paradoxe. Souvenez-vous : c'est environ la vingtième année que vous aimiez vous tracer des règlements, toujours violés sans doute; mais le souci survivait à toutes les défaites d'organiser votre vie intérieure[e].

La pudeur est moins rare qu'on n'imagine dans l'adolescence masculine. Qui se risquerait à écrire l'histoire des débuts amoureux, s'il arrivait à obtenir les confidences des jeunes gens, n'entendrait parler que de froissements, de dégoûts... Jusqu'à de jeunes mariés qui m'ont fait l'aveu d'avoir été scandalisés : Daphnis plus que Chloé a souvent le sens de la mesure, le goût de la retenue. Je me souviens, après l'armistice, de bals où des garçons farouches, encore harnachés pour la guerre, suivaient d'un œil grave, sévère peut-être, les femmes demi-nues. C'est l'Hippolyte éternel que la frénésie de Phèdre repousse[1].

Avant la vingtième année, le passé est trop léger pour nous écraser de son poids; le temps n'a pas forgé encore les chaînes de nos habitudes. Voilà l'époque où se prennent aisément les partis héroïques. J'ai vu à la Trappe de Septfons ou chez les Dominicains du Saulchoir des novices adolescents : Dieu profite peut-être du temps de leur jeunesse pour attirer ceux qu'il a choisis. Rien de si rare que ce qu'on appelle : vocation tardive. C'est dans l'adolescence que la chasteté paraît facile à quelques-uns : la bête est engourdie encore. Un jeune être est si débordant de sa force spirituelle qu'il en ignore la limite. Il renonce, il meurt sans désespoir, il est détaché, — ou plutôt il n'a pas eu le temps de s'attacher.

Faisons attention qu'il y a peut-être quelque chose de changé : les nouveaux venus jugent que leurs aînés abusèrent du sacrifice; c'est une opinion très répandue parmi les garçons de vingt ans. Ils ont été attentifs à ce que des maîtres leur ont répété contre le romantisme : la lutte contre le romantisme a donné des fruits inattendus... Il est si facile de confondre romantisme et désintéressement, — facile et commode. Tout ce qui est exagéré les dégoûte; ceux-là ne perdront pas pied. Sans doute les littératures de toutes les époques nous montrent des jeunes hommes passionnés pour la réussite; la plupart n'ont jamais attendu la fin de leur vie, comme le voudrait Pascal, pour travailler à leur avancement[2]. Mais il semble que les nouveaux venus soient plus pressés; ils commencent par l'ambition et ne la séparent pas de l'amour. C'est vrai qu'ils ont, plus que nous au même âge, besoin d'argent de poche : il leur faut gagner leurs cocktails de chaque soir. Quel luxe aujourd'hui que d'être un étudiant ! Travailler, et payer pour travailler !

Le « prix de tout » ne va pas sans rendre les garçons d'aujourd'hui moins chatouilleux que leurs aînés sur le chapitre des cadeaux dont une femme songe à combler son ami. Les mœurs de la Fronde semblent renaître[1]. Lorsqu'une dame a le caprice ruineux de vouloir souper chez Ciro[2], il arrive que son chevalier règle l'addition avec le billet qu'elle lui a glissé sous la nappe. Huit jours de passion et de champagne au Négresco[3], quel garçon de vingt ans y pourrait faire face ? Ainsi le « coût de la vie » assouplit le « code d'honneur[4] ».

Pourtant gardons-nous d'opposer une génération à une autre ; rien de si vain que de parler d'une génération ainsi que d'une personne. Que prétendez-vous détacher de ce flot mouvant ? La jeunesse est un dieu aux millions de visages : chaque faiseur d'enquêtes en obtiendra les réponses qu'il désire. À peine oserons-nous risquer des affirmations de ce genre : les jeunes gens d'aujourd'hui désirent d'abord une auto — un garçon sans auto se croit châtré —, en dépit du sport, beaucoup d'obèses parmi eux : ils ne marchent plus, ils roulent.

Dans chaque génération, des témoins s'appliquent à réunir les traits du « jeune homme d'aujourd'hui » et à montrer par quoi il est différent de ses aînés ; mais que d'artifice dans ces sortes d'ouvrages ! Voilà plus d'un siècle que la jeunesse française, d'une génération à l'autre, ne varie guère. À mesure que s'est affaiblie la puissance paternelle et que, délivré du joug de la famille, de la classe, du métier, le jeune homme fut à la fois plus libre et plus solitaire — plus démuni, il a rejoint l'un ou l'autre des deux groupes que rallient, depuis le temps romantique, les adolescents de ce pays : d'abord la famille dont Saint-Preux, Werther, René furent à la fois les fondateurs, les saints et les martyrs ; race révoltée contre le réel, qui ne se résigne pas à la dure loi de Dieu ni à celle des hommes, mais qui s'épuise à découvrir une issue, « un portique ouvert sur les cieux inconnus[5] », — race hantée par la mort et dont nous voyons les derniers représentants mener des enquêtes sur le suicide[6].

Le second groupe attire les garçons soumis aux

règles du jeu et décidés à gagner. S'il faut leur donner des chefs de file, voici toute la postérité stendhalienne et balzacienne de Bonaparte : Rastignac, Rubempré, Marsay, Julien Sorel.

Plus la vie montre d'âpreté aux garçons solitaires et sans appuis, plus aussi s'accusent les traits de ces deux visages que nous tend la jeunesse française : « Le mal du siècle, me disait l'un d'eux, c'est la question d'argent. » Les dures années d'après-guerre ont exaspéré en elle, en même temps que l'impatience de dominer, le désir du grand sommeil. Tandis que les uns exigent, à peine sortis du collège, et sans apprentissage, l'argent, la gloire, l'usage délicieux du monde, — les autres vont à l'ivresse et à la « confusion d'eux-mêmes ». Les premiers nous étonnent par un cynisme que rien ne déconcerte; les seconds ne veulent pas s'anéantir seuls; ils font école et ouvrent, comme s'exprime l'un d'eux, « des salles de jeux à ceux qui veulent perdre ».

Mais que nous contemplions les stratèges, les tacticiens décidés à vaincre, ou ces mystiques sans Dieu, ces explorateurs du songe, les uns et les autres témoignent d'une même implacabilité.

Leurs deux races ne sont pas d'ailleurs si séparées qu'il n'existe de l'une à l'autre des communications. Ces joueurs d'échecs que l'on voit mener à la fois plusieurs parties sur divers échiquiers et qui, à trente ans ont édifié une fortune, obtenu la gloire littéraire, fondé un journal, battu tous les records, cèdent aussi à de profondes dépressions; ils ne se droguent pas toujours, mais ils boivent. Le cocktail est souvent plus nécessaire que le pain à ces conquérants insatiables; leur activité se soutient d'alcool : il y a bien de la folie dans la frénésie de nos jeunes compagnons qui se mêlent d'affaires.

En revanche, dans le camp adverse, les désespérés, les nouveaux enfants du siècle, si occupés à fuir le réel, ont plus de conduite qu'on ne pourrait croire; leur extravagance, qu'ils affichent, sert des desseins qu'ils dissimulent au monde et peut-être à eux-mêmes. Le désespoir aussi est une carrière. Quelques-uns de ces candidats au suicide sont des gens incapables de vivre dans l'ordre, mais à qui leur désordre profite.

Voici un trait qu'on retrouve à tout âge, mais remarquable surtout dans les jeunes gens : cette adresse pour utiliser sa misère. Dans les arts surtout, le jeune renard à la queue coupée triomphe : il se fait gloire de ce qui lui manque et propose à notre admiration un néant qu'il veut que nous croyions l'objet de sa recherche.

L'armée de ceux qui jouent des coudes et celle des désespérés en quête d'une méthode pour échapper au réel se rejoignent aussi dans la haine de la culture. Aux premiers, toute spéculation désintéressée est interdite : ils ne sauraient perdre de temps à ce qui ne sert pas. Le système de la table rase paraît commode aux seconds : ainsi suppriment-ils ce dont trop de paresse et de désordre leur défend la conquête. Ils décrètent que l'essentiel d'une époque tient dans deux ou trois ouvrages, le plus souvent ésotériques, et où ils reconnaissent la confusion de leur esprit.

Le jeune homme d'aujourd'hui étouffe sous le poids d'un héritage démesuré.

La haine du musée et de la bibliothèque se fortifie en lui de la certitude que ces nécropoles touchent au temps de leur destruction. C'est une jeunesse de survivants : leurs aînés parlaient de l'éternel écoulement des choses, mais sans y croire; ils n'imaginaient pas que la civilisation pût finir ni qu'ils ne dussent nous léguer le fruit de leur travail. Mais pour nos jeunes gens, nés sous le signe de l'avion chargé de bombes, voués à l'asphyxie, il n'y a pas de postérité. Rien n'existe à leurs yeux que la minute présente; et, par tous les moyens, ils en tirent profit ou ils s'en évadent, selon qu'ils préfèrent le réel ou le rêve.

Qu'ils cherchent la conquête ou l'évasion, reconnaissons aussi que jamais les nouveaux venus ne trouvèrent une telle complicité. Le « place aux jeunes » retentit partout, et singulièrement dans la littérature et les arts. Rien de si difficile, aujourd'hui, que d'exister au-delà de la cinquantaine. Les jeunes ambitieux, s'ils n'ont pas encore les places, créent et détruisent les réputations. Parfois, leur bon plaisir est de s'enticher d'un homme méconnu dans sa génération, de l'élever sur le pavois, jusqu'à ce que, leur caprice fini, ils le restituent aux ténèbres[1]. Naguère, ils n'avaient d'autre recours, pour se faire entendre, que des revues d'avant-garde; aujourd'hui, des maisons d'édition, de grands journaux, des théâtres se dévouent à leur gloire. Ils ont dressé le public à acheter des ouvrages qu'il ne saurait comprendre, à écouter bien sagement des musiques faites pour l'abasourdir. Un garçon de vingt ans qui s'inquiète de faire connaître au monde les responsabilités de son pays dans la dernière guerre, les uns le maudissent, d'autres le portent aux nues, mais tous le prennent merveilleusement au sérieux[1].

Plus qu'à aucune autre époque, ceux qui souhaitent de s'étourdir y sont aidés. Les paradis artificiels ne furent jamais d'un accès plus facile. Et, sans parler des cocktails dont beaucoup de garçons, depuis la guerre, abusent, une ivresse est particulière à notre temps : la Vitesse, griserie inconnue de nos pères, folie qui emporte sur les routes, ces jeunes hommes casqués ou tête nue, à figure de destin.

III

Nous aimons dans un très jeune homme « ce que jamais on ne verra deux fois[2] ». D'un jour à l'autre, voyez cette glaise perdre sa forme, accepter d'être pétrie et repétrie. Un garçon de vingt ans se décompose, se dissout, se colore, s'obscurcit comme un beau nuage; et ce qu'hier nous adorions en lui aujourd'hui est effacé. La seule mort fixerait sa jeunesse; car ce n'est pas la mort qui nous prend ceux que nous aimons : elle nous les garde, au contraire; la mort est le sel de notre amour; c'est la vie qui dissout l'amour. Ceux qui vivent, ceux qui durent, nous les voyons qui épaississent; ils se figent, s'ankylosent; encore un peu de temps, pour eux, à cheminer dans cette frange de clarté; d'autres, plus jeunes, les poussent, et nous, leurs aînés, les appelons du fond d'une demi-ténèbre sans cesse accrue.

Celui-ci, qui a passé vingt-cinq ans, le voilà déjà dans la pénombre. Il faut presser le pas maintenant. Des adolescents le bousculent; des hommes mûrs lui montrent sa place. Bientôt il marchera derrière eux; il ne changera plus désormais et pourra, s'il le veut, prendre d'avance mesure de son cadavre.

Il existe une certaine joie à se sentir jeune qui éclate

dans les pires circonstances. Des garçons qui allaient mourir, qui le savaient, nous les avons entendus chanter et rire; leur jeunesse triomphait en eux, malgré eux; et cette griserie les soulevait, les portait jusqu'aux lieux où ils recevaient le coup fatal.

C'est un tel miracle d'avoir vingt ans que nous nous souvenons de notre désespoir lorsque nous en comptâmes vingt et un. Aux approches de la quarantaine, le temps qui s'écoule, comme il nous paraît de moindre valeur[1] ! En ces brèves années de notre printemps, c'était alors que nous pleurions de vieillir.

Le jeune homme se sait précieux. Il soigne son corps, l'exerce amoureusement, muscle par muscle, se sèvre de plaisirs, consent au sacrifice des voluptés trop aiguës en faveur de sa souveraine force. Le narcissisme des jeunes gens les sauve souvent de dangereux excès. Pour que rien n'altère cette apparence dont il s'enchante, Narcisse veut bien être chaste[2].

IV

L'amour se fortifie des obstacles qui s'opposent à son désir; mais combien de jeunes hommes n'ont plus même le loisir de désirer ni de sentir leur soif ! Ils prennent le pli de mépriser ce qu'ils trouvent par terre et rien qu'en se baissant. Crébillon fils raconte que, dans sa jeunesse, un homme, pour plaire, n'avait pas besoin d'être amoureux; dans des cas pressés, on le dispensait même d'être aimable[3]. Trop de femmes ont gardé ces méthodes : elles élèvent leurs jeunes amants si mal qu'il devient chaque jour plus urgent que l'Académie consacre les mots *mufle* et *muflerie*. Ayez pitié de ces garçons; ils voudraient aimer : on ne leur en laisse pas le temps.

Ceci encore les éloigne de l'amour : ils sont vaniteux et timides. La vanité les persuade qu'un échec déshonore; et leur timidité achève de les diriger sur des proies faciles, alors que là où ils eussent trouvé plus de résistance, ils eussent peut-être inspiré et ressenti cet amour qui dépasse le désir.

En amour, comme dans tous les arts, quel péril que la facilité[a] !

Bussy-Rabutin ne pouvait souffrir sa maîtresse tant elle l'aimait[1]. N'empêche que la jeunesse tient à son pouvoir de torturer : elle se plaint des esclaves qu'elle traîne après soi et dont le poids l'embarrasse, mais les regrette dès qu'ils se libèrent : ces victimes témoignaient de sa puissance[b].

Être jeune, c'est n'être jamais seul; c'est être épié, cerné de mille désirs, c'est entendre autour de soi craquer les branches[c2]. Le jour que tu ne perçois plus la respiration du désir à l'affût, que tu découvres dans ta vie un silence inconnu, reconnais que la jeunesse s'est retirée de toi. Barbey d'Aurevilly disait que l'homme est un solitaire dès qu'il n'a plus vingt-cinq ans[3].

Jeunes gens, race éphémère ! En amour, il n'est point de victime qui ne soit assurée d'être vengée. Chacun de nous est, pour la jeunesse, un lieu de passage : elle nous traverse, et nous sommes encore tout embrasés de sa flamme qu'elle n'est déjà plus là. Heureux celui dont cette flamme a consumé les passions et qui accepte d'attendre la mort, accroupi sur leurs cendres. Mais beaucoup d'hommes, après que la jeunesse les a traversés et dépassés, se retrouvent avec le même cœur, la même avidité, sans qu'il leur reste aucun espoir terrestre de rassasiement.

Un être encore jeune peut être encore aimé sans doute, — mais il ne choisit plus.

Malheur à celui qui, dans les jours de l'abondance amoureuse, ne s'est pas assuré d'un cœur fidèle, d'un de ces attachements contre lesquels le temps ne prévaut pas.

L'amertume du jeune homme, la dureté qu'il montre à ses victimes, cela vient aussi de ce qu'il est persuadé que c'est un reflet qu'on aime en lui, le mouvant fleuve de feu[4] qui le traverse : sa jeunesse enfin, — et non ce que son être recèle de permanent et d'éternel.

Certains jeunes hommes ont conscience d'être un lieu de passage et ne perdent jamais le sentiment de cette fuite, de cet écoulement de la jeunesse à travers eux. Ils se sentent vieillir à chaque instant; chaque seconde les mine comme une petite vague. Tout le romantisme ne fut pas que l'obsession de jeunes dieux qui se savaient périssables et qui n'acceptaient pas que le temps pût venir de faire la retraite : les poètes modernes se sont-ils jamais interrompus de hurler à la mort ?

Et pourtant le don de poésie, dans un homme, c'est sa jeunesse survivante, — sa jeunesse plus forte que le temps. Verlaine, quand Rimbaud l'emmène, est le poète que sa jeunesse tire par les cheveux comme ferait un démon.

L'horrible et sublime destin de Baudelaire, de Verlaine, de Rimbaud, tient dans le don effrayant de ne pouvoir vieillir. Autour d'une âme adolescente et pleine de désirs, leur corps seul se défaisait.

Le plus souillé des poètes, s'il est un vrai poète, mérite toujours que nous répétions ce que Lamartine écrivait du jeune Musset : « Il était innocent de tout ce qui diffame une vie; il n'avait pas besoin de pardon; il n'avait besoin que d'amitié[1]. »

Qui est le plus fou, de Narcisse adorant sa fuyante jeunesse, ou de l'amant attaché à la jeunesse d'autrui ? Voilà bien le même corps qui fut ton tourment et ta joie; tu le retrouves après une année : c'est lui et ce n'est plus lui; un reste de jeunesse l'embellit encore et réveille en toi un reste d'amour.

Tout l'effort de l'homme civilisé tend à prolonger le plaisir d'amour au-delà de la jeunesse : jamais nous ne vîmes à la scène tant de vieillards être aimés; et ce penchant des jeunes hommes pour les femmes expertes et déclinantes est un sujet qui plaît aux femmes de lettres lorsqu'elles ont atteint l'âge de la gloire[2].

Il s'agit pour l'homme de retrouver, dans la tristesse de ses derniers plaisirs, le goût de son ardeur juvénile. Bien peu d'hommes qui n'aient été, quelques heures, quelques jours, cet Adonis songeur au bord de l'eau et dont Cythérée fait sa proie; et, tout le reste de leur vie, ils l'usent à des simulacres de ce bonheur furtif. Ce ne leur serait pas trop d'une éternité pour revivre en imagination cette joie éphémère. Pardonnez à ce vieillard sa fin dégoûtante : il se donnait l'illusion d'être jeune; il revivait des scènes de sa jeunesse. Qui souille le printemps ? mais tout souille l'automne.

Dieu merci, la plupart des hommes en proie aux besognes de l'âge mûr oublient leur printemps et ne se souviennent pas des cieux[1].

V

Dans le jeune homme, deux instincts se combattent comme chez les oiseaux : celui de vivre en bande et celui de s'isoler avec une oiselle. Mais le goût de la camaraderie est longtemps le plus fort. Si tout notre malheur vient, comme le veut Pascal, de ne pouvoir demeurer seul dans une chambre[2], il faut plaindre les jeunes gens : c'est justement la seule épreuve qui leur paraisse insupportable; ainsi les voyez-vous s'attendre, s'appeler, s'abattre sur les bancs du Luxembourg comme des pierrots; s'entasser dans les brasseries ou dans les bars. Ils n'ont pas encore de vie individuelle; ce sont eux qui ont dû inventer l'expression *se sentir les coudes*. La vie collective en eux circule par les coudes. Même pour préparer un concours, ils aiment être plusieurs; et si ce n'était que pour préparer un concours !

Leur noctambulisme vient de cette répugnance[a] à se retrouver seul entre quatre murs. Aussi s'accompagnent-ils indéfiniment les uns les autres, et reviennent-ils sur leurs pas jusqu'à ce que l'excès de fatigue les oblige à dormir enfin. Comme la vie des moineaux en pépiements, celle des jeunes hommes se passe en conversations.

Les promiscuités de la caserne, c'est cela, au fond qui la rend supportable à la jeunesse.

La camaraderie[b] mène à l'amitié : deux garçons découvrent entre eux une ressemblance : « Moi aussi... C'est comme moi...[3] » tels sont les mots qui, d'abord, les lient. Le coup de foudre est de règle en amitié. Voilà leur semblable enfin, avec qui s'entendre à demi-mot. Sensibilités accordées ! Les mêmes choses les blessent, et les mêmes les enchantent. Mais c'est aussi par leurs différences qu'ils s'accordent : chacun admire dans son ami la vertu dont il souffrait d'être privé.

Peut-être ont-ils aimé déjà; mais que l'amitié les

change de l'amour ! Peut-être l'amour n'a-t-il rien pu contre leur solitude[1]. Une fois assouvie la faim qu'ils avaient eue d'un corps, ils étaient demeurés seuls en face d'un être mystérieux, indéchiffrable, d'un autre sexe, — c'est-à-dire d'une autre planète[2]. Aucun échange possible avec la femme, trop souvent, que le plaisir; hors cet accord délicieux (et qu'il est vrai qu'à cet âge on renouvelle sans lassitude), l'amour leur avait peut-être été, sans qu'ils se le fussent avoué, un dépaysement. Car il arrive que la complice la plus chère ne parle pas notre langue et mette l'infini là où nous ne voyons que bagatelles. En revanche, rien de ce qui compte pour nous ne lui importe, et notre logique lui demeure incompréhensible. Une maîtresse est quelquefois un adversaire hors de notre portée, incontrôlable. C'est pourquoi amour se confond avec jalousie : qu'il est redoutable l'être dont toutes les démarches nous surprennent et sont pour nous imprévisibles[3] ! De cette angoisse, Proust a composé son œuvre.

Dans l'amitié véritable, tout est clair[a], tout est paisible; les paroles ont un même sens pour les deux amis.

La chair et le sang ne font point ici leurs ravages. Chacun sait ce que signifie respect de la parole donnée, discrétion, honneur, pudeur. Le plus intelligent rend ses idées familières au plus sensible; et le plus sensible lui ouvre l'univers de ses songes. Le bilan d'une amitié, c'est presque toujours des livres que nous n'eussions pas été capables d'aimer seuls, une musique inconnue de nous, une philosophie. Chacun apporte à l'autre ses richesses. Faites cette expérience : évoquez les visages de votre jeunesse, interrogez chaque amitié : aucune qui ne représente une acquisition. Celui-là m'a prêté *Les Frères Karamazoff;* cet autre a déchiffré pour moi la *Sonatine* de Ravel; avec celui-ci, je fus à une exposition de Cézanne, et mes yeux s'ouvrirent comme ceux de l'aveugle-né.

Mais les jeunes hommes sont redevables les uns aux autres d'acquisitions plus précieuses : le souci de servir une cause qui nous dépasse, que cela est particulier à la jeunesse dès qu'elle se groupe ! Tous les mouvements sociaux, politiques, religieux ont marqué notre époque dans la mesure où ils ont été des *amitiés*. Dès qu'ils ne sont plus des amitiés, c'est le signe que la jeunesse s'en retire; alors ils deviennent des *partis* : une association d'intérêts; l'homme mûr y remplace le jeune homme[a][1].

Nos jeunes amours ne nous ont-elles aussi enrichis et instruits ? Nos maîtresses ne furent-elles nos meilleurs maîtres ? Il est vrai. N'empêche que l'héritage de nos amours est plus trouble que celui de nos amitiés, — héritage d'habitudes secrètes. Aux ronces de l'amour, les jeunes hommes laissent leur laine, et cela est nécessaire : il faut que les femmes étouffent des enfants dans leurs bras.

VI

Mais ce serait un paradoxe[b] de soutenir que le jeune homme est corrompu par l'amour, alors que, le plus souvent c'est lui qui est corrupteur. Toutes les villes, à toutes les époques, furent traversées par ces troupeaux de jeunes hommes que saint Augustin appelle des ravageurs, *eversores*[2]. Pour eux, la femme est un gibier; ils ont des âmes de chiens courants; rien ne leur plaît mieux que de forcer les biches, d'enrichir leur carnet de chasse.

Les villes... mais aussi la campagne : quand je vais à ma maison des champs avec de jeunes servantes, le jardin, chaque soir, est plein de garçons comme de matous; des branches craquent; les plus audacieux se hasardent jusque dans la cuisine, tandis que la chambre des servantes est barricadée; mais on y entend des rires énervés, et qui appellent.

Certes, ce sont les femmes qui sont traquées; et les ravageurs les perdent par milliers. Mais il n'y a pas parmi les jeunes hommes que des ravageurs. Comme ils font du scandale et qu'ils occupent le devant de la scène, nous nous persuadons qu'ils sont les plus nombreux. Pourtant l'instinct profond de l'homme dans sa jeunesse n'est point d'avilir la femme, mais de la vénérer. Le premier mouvement de notre adolescence fut l'adoration; nous incarnions dans la femme notre pudeur, notre faiblesse. La jeunesse antique adora Artémis dont les prêtres, à Éphèse, renonçaient à la chair; Pallas Athéné, vierge divine, fut la sagesse toute chaſte. Le Palladium, gage du salut de Rome, reposait dans le temple de Veſta, entre les mains des jeunes filles, — tant la pureté des vierges, même avant le Chriſt, fut nécessaire à la vie du monde. Dans le culte de Celle qui, humble vivante, petite fille du peuple, savait que les générations la proclameraient bienheureuse, éclate surtout le penchant des hommes à chérir dans la femme un myſtère de pureté. D'âge en âge, la complicité des jeunes hommes impose à la femme cette loi, et leur inſtinct eſt de ne l'aimer qu'ignorante, qu'intacte et que voilée. Que d'adolescents, au jour de leur initiation, subirent, comme une blessure qui ne guérira plus, la révélation de sa déchéance! Ils pleurèrent alors non sur leur pureté perdue[1], mais à cause de l'abaissement où ils avaient vu la femme réduite[2].

L'époque la plus triſte eſt celle où ce vœu du jeune homme n'eſt plus entendu par la jeune fille, — où la jeune fille se persuade qu'elle doit être provocante et initiée. Elle ignore ce que gagnait son corps à paraître inaccessible.

Ce qui échappait encore aux jeunes gens, la danse le leur livre.

Quelques trésors que vous recéliez, ils ne sont rien au prix de ceux que nous imaginions.

Le jeune homme découvre que la jeune fille eſt une espèce « en voie de disparition ». La jeune fille n'a pas toujours existé telle que l'a faite le chriſtianisme : elle disparaîtra vite d'une civilisation de moins en moins chrétienne et où il faut que la femme, très tôt, quitte le gynécée et joue des coudes (des coudes !) pour gagner son pain. Les femmes gardées pures, ignorantes, oisives, bien au-delà de l'âge nubile, nos barbares enfants s'étonneront que nous ayons connu ce luxe. Mais le désir subsiſtera chez les garçons d'une compagne intacte et qu'ils seraient seuls à posséder. Aussi seront-ils chaque jour plus nombreux à se dérober devant le joug du mariage; déjà, s'ils courbent encore la tête, ce n'eſt pas sans reſtriction mentale : tel, quoique né chrétien, ne veut plus que du mariage civil : « parce que, dit-il, ce sera plus facile de rompre[a] ».

VII[a]

Barrès dit de la jeunesse que c'est le temps où nous avons le goût d'admirer, de nous humilier[1]. Mais le jeune homme ne contente pas ce goût dans l'amour : en amour, il est d'abord vaniteux, et le plus sincère, sur ce chapitre, montre une hâblerie comique. N'ajoutons foi qu'avec prudence au récit de leurs prouesses; il en est bien peu qui avouent leurs échecs, leurs fiascos, — bien peu qui ne se soient parés, aux yeux de la galerie, du prestige des fausses victoires. Tel mourra sans avoir jamais cru que son auto (et tout ce qu'une auto dernier cri signifie) ait été pour beaucoup dans ses réussites sentimentales. Il aura dissipé une fortune sans mettre une seconde en doute qu'il ait été chéri pour lui-même. On s'expliquerait mal une telle innocence, s'il n'existait presque toujours, au début de ces carrières amoureuses, un cas de vrai désintéressement féminin. Ceux surtout dont le premier amour fut le dernier amour d'une femme à son déclin, et qui ont eu le bénéfice de cette prodigalité suprême d'un cœur, emportent à travers la vie la marque d'un tel don : ce sont les optimistes de l'amour. Dans toutes les femmes, ils retrouvent un reflet de ce soleil couchant qui, savamment, maternellement, les éveilla.

« Ai-je passé le temps d'aimer ? » Nous avons tous jeté au destin, vers le milieu de notre vie, cette interrogation du fabuliste[2]. Balzac, dans *Béatrix,* remarque « comme nous soumettons souvent nos sentiments à une volonté, combien nous prenons une sorte d'engagement avec nous-mêmes, et comme nous créons notre sort : le hasard n'y a certes pas autant de part que nous le croyons[3] ». Nul doute que, dans la jeunesse, cette volonté d'aimer, ce parti pris de remettre, en des mains étrangères, notre douleur et notre joie, atteigne son paroxysme. Nous cherchons le gouffre pour nous y jeter. Au déclin de sa jeunesse, qui n'a éprouvé, devant une femme, qu'il suffirait de s'approcher pour être pris; mais nous ne voulons plus souffrir; et puis trop de liens nous retiennent : souvent nous avons posté autour de nous toute une famille, femme, enfants

— gardiens vigilants et bien-aimés. Mais le jeune homme, solitaire, détaché, mal retenu par ce qui subsiste, dans le monde moderne, d'autorité paternelle et de contrainte sociale, court au feu et ne souhaite rien autant que de brûler. Il pousse l'éternel cri romantique : « Levez-vous, orages désirés[1] ! » Plus tard, il tournera encore autour d'un beau corps, il hésitera une seconde et passera au large.

Beaucoup de femmes redoutent la jeunesse de l'homme : ce sont les prudentes. Elles ont appris, quelquefois à leurs dépens, que la jeunesse est dévoratrice, que l'amour du jeune homme consume son objet.

C'est d'abord pour son indiscrétion, pour sa vantardise qu'elles le fuient, — pour cette vanité, pour cette coquetterie de petit maître, pour cette férocité maniaque de chasseur soucieux d'abattre du gibier et de pouvoir dire qu' « il a eu des femmes ». Un très jeune homme, une femme le connaît parce qu'elle se connaît; un très jeune homme est proche parent des femmes : ce sont les mêmes griffes.

Une femme experte sait qu'il existe des jeunes hommes d'une autre sorte et dont la candeur amoureuse est adorable (il y a leur fougue aussi !). Mais ceux-là exposent leur maîtresse à un autre péril : ils exigent trop de ce qu'ils aiment; la chute de l'objet aimé est d'autant plus profonde qu'ils l'avaient érigé sur un plus sublime autel; leur idéalisme déçu a de terribles retours. Plus tard, aux approches de la quarantaine, ils sauront de quoi se compose l'amalgame que nous appelons amour. C'est l'âge où une femme ne peut plus nous surprendre qu'heureusement : nous nous attendons à tout. Être aimé nous semble alors un inespéré bonheur. La vertu de prudence, la peur du ridicule, tout ce savoir-vivre si durement acquis nous apprend à nous taire, émousse en nous le sens de l'indignation; la femme aimée ne risque plus de nous être un objet de scandale. Le quadragénaire comprend, ferme les yeux, feint de n'avoir rien vu. Et c'est pourquoi il lui arrive soudain d'entendre cette parole consolante : « Un homme ne m'intéresse qu'à partir de trente-cinq ans. »

Beaucoup de garçons, même qui n'ont aucun autre goût saugrenu, n'aiment guère les femmes. La nature n'a pas besoin d'amants, et elle en produit bien moins qu'on n'imagine. Il faut le désœuvrement des gens du monde, la vie du monde et tout ce que signifie, depuis l'âge du jazz, le mot de frottement; il faut l'universelle excitation des livres, des spectacles (jusqu'aux murs qui crient par mille affiches) pour incliner à l'amour des enfants qui aiment mieux donner des coups de pied dans un ballon ou échanger des coups de poing avec des camarades et qui préfèrent le gant de crin à toute caresse. Dans le peuple, ceux qui sont nés pour l'amour en font profession et en vivent à la face du ciel; les autres épousent une femme pour des raisons que l'amour ne connaît pas : une femme très laide a plus de chance d'être épousée dans le peuple que dans le monde. Les gens du peuple, dont l'amour n'est pas la vocation, ne feignent pas non plus d'exiger de la femme une beauté qu'ils ne savent discerner. Mais, dans le monde, le dernier avorton a des exigences de don Juan.

L'amour, dont nous parlons sans cesse à vingt ans, ce n'est souvent que dans le milieu de notre vie qu'il se révèle à nous et que nous connaissons enfin sa brûlure. Une jeunesse saine se suffit à soi-même, au point de ne pas éprouver ce besoin de s'accroître, ce désir de se prolonger dans autrui qu'est l'amour.

Aimer, peut-être est-ce un signe d'appauvrissement et d'anémie. Nous cherchons du secours hors de nous-mêmes; mais ces garçons athlétiques, pleins de sang, équilibrés, qui ne rêvent jamais, n'ont besoin de personne; pour eux, amour se confond avec hygiène, ou avec débauche. La passion, cet appétit forcené, cette impuissance à vivre détaché d'un autre être, comment la connaîtrait-il, ce garçon satisfait de son corps, dévoué à chacun de ses muscles, béat, grotesque à force de complaisance et de satisfaction ? Ce qu'il appelle aimer, c'est chérir son propre reflet dans les yeux de sa maîtresse; il est amoureux de son pouvoir, de sa puissance; cela l'intéresse de savoir jusqu'où il peut faire souffrir; il exige, à portée de sa main, un témoin docile, cette esclave, ce signe vivant de sa domination; il préfère une femme déjà mûre, plus soumise, plus asservie[1]; mais, comme nous n'adorons jamais que la jeunesse, il adore la sienne, ce « Chéri[2] » des femmes à leur déclin.

Il souffre d'une résistance qu'il rencontre comme d'un

signe de dépérissement, et alors se pique au jeu, s'irrite : telles sont les souffrances amoureuses de nombreux jeunes hommes : inquiétude touchant leur pouvoir, amour-propre, vanité blessée.

Le jour où la jeunesse enfin se détache de nous, c'est alors que, la reconnaissant sur d'autres visages, nous commençons d'avoir besoin d'autrui; appauvris, nous cherchons hors de nous ce que nous avons perdu.

Si tant de jeunes êtres ont subi la passion dès leur adolescence, c'est peut-être que, malades et de sang pauvre, ils ne connaissent pas, en dépit de leur âge, la plénitude enivrante de la vingtième année, mais qu'ils ont besoin de s'accroître, de s'enrichir, — lierres qui s'attachent et se nourrissent aux dépens de ce qu'ils embrassent.

Toutes les femmes sont lierres et parfois détruisent les arbres les plus vigoureux. Ce vers comique de Coppée : « Il se mourait du mal des enfants trop aimés[1] », on peut lui prêter un sens assez tragique. Ces enfants qui se laissent aimer, qui croient ne rien donner et tout recevoir, l'amour qu'ils inspirent aux autres les use plus sûrement que s'ils étaient eux-mêmes amoureux. Une femme s'assure une longue domination sur un jeune être grâce aux pires complaisances : elle éveille en lui des goûts que ce sera sa force d'être seule à pouvoir satisfaire.

Nous avons tous été pétris et repétris par ceux qui nous ont aimés, et pour peu qu'ils aient été tenaces, nous sommes leur ouvrage, — ouvrage que, d'ailleurs, ils ne reconnaissent pas et qui n'est jamais celui qu'ils avaient rêvé. Pas un amour, pas une amitié qui ait traversé notre destin sans y avoir collaboré pour l'éternité.

Ce jeune homme, qui s'ignore soi-même, étudie son reflet dans les cœurs de ses victimes et, tant bien que mal, s'y conforme : il finit par acquérir les vertus qu'on lui prête. Il en acquiert d'autres qu'on ne lui prête pas, mais dont son métier d'être aimé lui rend la pratique nécessaire.

Être aimé, c'est être épié : ainsi le garçon le plus franc dissimule et devient habile à donner le change. Être aimé, c'est recevoir un tribut régulier d'adorations, — et le moins fat y gagne une aisance, une assurance dont, toute sa vie, il gardera le bénéfice. Enfin, l'amour n'est pas toujours aussi aveugle que le monde croit :

être aimé, c'est faire souffrir; — faire souffrir, c'est
arracher parfois à l'être que nous torturons et qui,
vivant suspendu à notre vie, nous connaît mieux que
nous ne nous connaissons nous-même, ces paroles révélatrices et qui nous éclairent jusqu'au fond.

VIII

Le goût d'admirer et de s'humilier[1], c'est dans la
littérature, et non en amour, que beaucoup de jeunes
hommes l'assouvissent. Il n'est rien de tel qu'une jeune
revue pour s'en donner le divertissement. Quel garçon
ne pourrait redire avec l'abbé Barthélemy, auteur du
Jeune Anacharsis : « Le profond respect pour les gens
de lettres, je le ressentais tellement dans ma jeunesse
que je retenais même les noms de ceux qui envoyaient
des énigmes au *Mercure*[2]. » Mais les jeunes gens élèvent
leurs idoles sur de tels pavois qu'ils ne sauraient les
en descendre sans les briser. Les éreintements ne sont
d'ailleurs le plus souvent, dans leurs revues, que de
grandes amours retournées.

Quel auteur n'avouerait qu'il ne tient à aucun suffrage
autant qu'à ceux des jeunes gens ? Et certes leur applau-
dissement ne doit pas suffire à nous donner confiance.
C'est un signe pourtant.

La jeunesse attire la jeunesse : le génie est une jeunesse
que les jeunes gens découvrent d'instinct. Sur une pauvre
terre aride, où le monde était passé sans rien entendre,
ils surprennent un bruit de source et s'agenouillent.
Les pires apparences ne les détournent pas de mettre
à jour l'eau merveilleuse, ni de boire.

C'est la jeunesse qui, malgré les Sorbonnes et les
Académies, a imposé un Baudelaire, un Rimbaud.
Aujourd'hui encore, les manuels de littérature nomment
à peine ces poètes et ceux qui leur ressemblent; mais
l'adoration tenace des jeunes gens a prévalu contre le
dédain des professeurs.

Le cadavre d'un grand écrivain peut être salué par
les corps officiels; il peut réconcilier autour de sa gloire
les partis politiques, recevoir les adorations de toutes

les nations du monde; si l'amour des jeunes gens s'est retiré de lui, que cette pompe paraît sinistre[1] !

Mais, vous qui écrivez, n'espérez pas de capter la jeunesse par des flatteries, ni de l'attirer par le goût que vous avez d'elle. Barrès, chéri des jeunes gens, même quand ils le maudissaient, ne fut point si soucieux de leur plaire qu'on l'a prétendu. Rappelez-vous son terrible : « Eh bien ! qu'est-ce que vous faites ? » dont il nous saluait, sans même feindre d'avoir lu nos livres[2].

Après trente ans, aimons-nous encore la poésie, ou nous souvenons-nous de l'avoir aimée ?

Il n'est rien de si émouvant que d'entendre un garçon d'aujourd'hui parler de Rimbaud.

C'est à vingt ans que des garçons se réunissent et passent une soirée à lire des poèmes inlassablement. Ils s'en récitent jusque dans la rue. Qui ne se rappelle ces camarades tout bourdonnants de vers, — entourés de strophes comme d'abeilles une ruche ? Auprès de Barrès, Jules Tellier joua ce rôle de récitant, et nous, nous nous rappelons André Lafon et surtout Jean de la Ville, qui portaient aussi en eux tous les poètes « pareils à des dieux bien-aimés[3] ».

Au bureau, à la caserne, dans les rues glacées, les jeunes êtres se défendent contre le réel : comme un Dieu appellerait des légions d'anges, ils suscitent, pour se protéger, des poèmes immortels.

Parmi les garçons de vingt ans, combien recherchent cet état de transe, cet état de grâce de la poésie ! L'exaltation est leur domaine; ils ne se fatiguent pas de planer; vivre, pour eux, c'est transposer la vie. Dangereuse lutte contre les apparences où, près de succomber, le poète risque d'avoir recours à ce qui enivre, à ce qui stupéfie.

IX

Quand nous voulons nous souvenir de nos camarades qui vécurent dans cet état de grâce lyrique, nous ne pouvons penser qu'à des morts, comme si aucun d'eux n'avait survécu, comme si leur enchantement eût été le signe infaillible qu'ils étaient choisis d'avance par le destin. Peut-être est-elle née d'une réalité l'ancienne croyance touchant les jeunes morts chéris des dieux. La vie rejette ceux qui ne s'adaptent pas. Race nombreuse des inadaptés ! Frise sacrée, à travers les siècles, des jeunes héros vaincus, où si nous nous attachons d'abord à tel visage glorieux, comme celui de Maurice de Guérin[1], chacun de nous a bientôt fait de reconnaître ses amis particuliers, Et sans doute la guerre allongea démesurément cette procession funèbre. Mais qui de nous, songeant à tel ami « mort au champ d'honneur », n'a eu parfois la pensée que, même sans la guerre, il n'aurait pas vécu ? La mort était leur vocation évidente; la jeunesse, le seul climat hors duquel ils ne pouvaient que périr.

En revanche, beaucoup ont survécu, semble-t-il, contre leur destinée : impossible d'imaginer Musset sous les traits d'un homme de quarante-sept ans, tel qu'il devait être l'année de sa mort. Non : il aurait pu se survivre un siècle encore, il nous apparaîtrait toujours comme le vit Lamartine chez Charles Nodier : « Nonchalamment étendu dans l'ombre, le coude sur un coussin, la tête supportée par sa main, sur un divan du salon obscur... C'était un beau jeune homme aux cheveux huilés, flottant sur le cou, le visage régulièrement encadré dans un ovale un peu allongé, et déjà aussi un peu pâli par les insomnies de la muse[2]. »

De même, Rimbaud, dans les années qu'il vécut au Harrar, parut avoir oublié le temps de sa vraie vie — qui aurait dû finir avec son adolescence. Il s'évade hors du monde et de lui-même, se consume dans un climat atroce, ne se retrouve que sur un lit d'hôpital visité par les anges.

Des êtres d'exception ? des monstres ? Il n'est pas de monstres; nous ne sommes pas si différents d'eux. À beaucoup d'entre nous, le destin propose la même énigme qu'à ces tristes frères. Au moment d'atteindre l'âge qui est le milieu de la vie, cette seule question renferme pour nous toutes les autres : que ferons-nous du jeune homme que nous fûmes ? J'avais tort d'accorder aux seuls êtres de génie ce don de la jeunesse immarcescible; non, non : si dénués que nous soyons, elle survit à notre grâce juvénile, à notre gentillesse que le monde aimait. Il n'y a nulle correspondance entre notre déchéance physique et notre cœur qui ne vieillit pas. Pour que toutes les cellules de notre corps soient renouvelées, s'il est vrai qu'il suffit de sept années, n'espérez pas que votre cœur épouse le rythme de cette destruction.

Les plus favorisés ont connu, dans leur jeunesse, ce délicieux équilibre entre le désir de leur cœur et la puissante beauté de leur corps; ils désiraient et ils plaisaient; ils inspiraient d'abord ce même amour dont ils avaient soif. Aussi loin que leur jeune passion les entraînât, une certaine grâce de leur corps appelait le pardon[1]. Mais, dès que l'accord est détruit et que nous n'avons plus, si j'ose dire, le visage de notre cœur, il s'agit pour nous de *mûrir*.

Mûrir, c'est accepter de vivre comme si nous possédions un cœur aussi usé que notre visage; c'est dresser ce cœur à marquer le pas. Maturité, savante hypocrisie ! Non qu'il nous soit nécessaire d'inventer un masque; nous possédons ce masque : notre corps même, ce vieux corps épaissi ou desséché, dont aucun geste public ne trahit le jeune cœur qu'il recèle.

Mais il est là tout de même, ce jeune cœur, tapi dans l'homme de cinquante ans; elle dort, cette bête sous la neige, défendue par une couche épaisse et durcie; et parfois, réveillée, sa puissance pour désirer et pour souffrir nous terrifie; de sorte que ce n'est plus, comme à Sparte, l'enfant dont un renard caché dévore le ventre; c'est l'homme mûr, l'homme déclinant, le vieillard, qui dissimulent dans leur chair une jeune bête insatiable.

L'artiste connaît en lui cette puissance endormie; il creuse des puits, des sapes; il descend au plus profond de sa jeunesse, comme le mineur exploite les forêts des premiers âges dans les entrailles de la planète.

X

De dix-huit à trente ans, c'est pour quelques-uns le temps de la panique; alors ils se découvrent et ils ont peur d'eux-mêmes. Une brume d'enfance, peu à peu, se dissipe; des monstres apparaissent dans le soleil brutal de leur jeunesse. Hé quoi ? ce germe était enfoui dans

leur chair, à leur insu[1] ? Il a grandi avec eux, il s'est
combiné avec la pureté de leur adolescence, il a fleuri
brusquement sa monstrueuse fleur lorsqu'ils eurent
atteint l'âge d'homme. Plus tard, ils dompteront les
bêtes ou feront bon ménage avec elles; on s'arrange
toujours... Mais la jeunesse n'est pas le temps des arrangements, des compromis; le jeune homme exige l'absolu.

D'où ces folies et ces demi-folies, ces suicides et ces
demi-suicides : combien, s'ils ne se tuent pas d'un coup,
se détruisent lentement ! La drogue est une mort pendant
des années savourée.

C'est la jeunesse qui a créé cette confusion de la
volupté et de la mort, comme si, aux jeunes gens, la
mort paraissait être le fruit défendu le plus éloigné de
leurs mains, donc le plus désirable. Sans la mort, la
volupté leur semble restreinte; ils ont besoin de cette
présence terrible pour tout élargir. Même les plus équilibrés, les plus sages, adorent le risque, recherchent
ardemment cette possibilité de mourir; il n'est point de
vrai plaisir pour eux sans ce vertige : leur fureur de
vitesse en auto. La jeunesse recèle autant d'aviateurs
qu'on en voudra et, parmi les aviateurs, plus de casse-cou
qu'il n'est nécessaire.

Qui ne les a connus, ces jeunes rois de la concupiscence ?
Ils croyaient que le Désir leur donnerait le monde, mais
ils revenaient toujours au même point d'angoisse; et un
soir, comme des Césars enfants, nous les trouvâmes
étouffés, dans une émeute de leurs désirs.

XI

La jeunesse n'est pas le temps de la résignation au
désordre ni au mal. Cela viendra plus tard; pour l'instant,
elle cherche du secours, elle se confie. Les livres les plus
osés, qu'ils paraissent timides à celui qui recueille de
jeunes confidences ! Les jeunes gens nous écrivent;
qu'y a-t-il dans ces lettres, sinon ce que disaient les
nôtres au même âge ?

« Je souffre, me confie ce garçon de vingt ans, je
souffre du trop-plein de moi-même; j'ai le sentiment

que rien n'est encore au point, que l'heure de me délivrer n'est pas encore venue; et j'ai beaucoup de peine à me contenir. Je pense et je vis dans le vide : et c'est pourquoi tout me semble confusion. Les amis ne sont pas un bon remède : on est amené à vouloir se préciser à eux; en vain. Et le trouble de s'accroître encore. On est amené à dire des paroles qui sont inutiles et qui sonnent faux.

« Ce que j'écris en ce moment (vers ou prose) sonne faux également. La vie s'ouvre devant moi; je voudrais n'y pas perdre mon temps, n'y pas commettre mille erreurs contre lesquelles je suis prévenu. Mais le moyen d'agir quand on prévoit trop les obstacles ! Je voudrais me dépenser. Où ? comment ? Je crains l'oisiveté, la perte de contact avec l'humanité vraie; je crains aussi l'esclavage quotidien qui me guette. Comment décider ? Quel conseil mérite la considération ? Encore une fois, je sais trop comment les uns ont échoué en route, comment les autres ne sont jamais partis. J'ignore seulement le miracle de ceux qui sont arrivés. Je me juge avec sévérité et me demande aussi pourquoi je mérite d'être blâmé. J'ai horreur des détraqués, des gens en dehors de la vie simple et normale, et je dois faire effort pour être dans la vie simple et normale. Je suis terriblement passionné " dessous la dure écorce " et sans aliment... Je sais des âmes pauvres dont le contact me navre et des âmes riches que je ne peux pas atteindre; je vous le répète : je suis seul. »

Un autre m'écrit : « ... Solitude enfin consentie; solitude que je ne chercherai plus à éluder; solitude qui m'a vaincu. Comme un mourant, sachant la mort inéluctable, fait le sacrifice de sa vie, je fais aussi le sacrifice de l'amour, de l'amitié, même de la camaraderie; je consens au silence, je ravale mes paroles, je fréquente les morts et les êtres inventés. Je regarde en moi, sur moi, frémir un dernier reflet de jeunesse, dont personne au monde ne s'enchante. Les paroles ne m'atteignent ni ne me blessent : qu'elles me paraissent venir de loin ! Qu'est-ce donc en moi qui s'éloigne vertigineusement des autres ? Mon effort vers telle ou tel, cette année, ces marées hors de moi soulevées, n'auront pas de lendemain. Dissipées mes dernières ressources d'espoir. Des êtres falots, quel rôle disproportionné ils assument dans une vie comme la mienne ! Un cœur comme le mien, qu'il répercute les plus pauvres voix, et qu'il agrandit démesurément les visages reflétés ! Désormais, tous mes jours ressembleront à cette après-midi ténébreuse où, si je voulais téléphoner à quelqu'un de venir jusqu'à moi, je ne trouverais pas un seul nom. »

XII

La torture de certains jeunes gens, c'est de ne pouvoir aimer. Leur propre indifférence les accable. Tout glorifie autour d'eux cet amour qu'ils désespèrent de jamais ressentir. Ils voient se poser à leurs pieds, ils sentent palpiter dans leurs mains les cœurs des autres, comme de beaux pigeons. Ils sont jaloux de l'émoi qu'ils inspirent et souffrent de leur impuissance à souffrir.

« Je n'aime personne; je n'ai jamais aimé personne; j'ignore ce qu'est aimer... » Que de fois recueillîmes-nous de tels aveux ! Pour les médiocres, c'est tout bénéfice : leur cœur ne risque pas de déranger leur jeu. Mais d'autres meurent de cette aridité. Le désir de la vaincre les pousse aux pires tentatives : partout où ils croient entrevoir le fantôme de l'amour, ils s'y précipitent, ouvrent les bras.

Et voici le péril : la vie pour eux se décolore; ils n'en peuvent plus supporter la fadeur; l'impuissance d'aimer se mue en impuissance de vivre. Dans le troupeau pitoyable des « drogués », comptez tous ceux qui s'y perdent, faute d'avoir pu étouffer « cette reine écrasante et glacée » dont Barrès adolescent nous dit qu'il subit le joug : la sécheresse[1].

D'autres souffrent de ne pouvoir être aimés; ils ne connaissent pas leur charme, ni ne savent que la jeunesse fait resplendir un visage ordinaire. L'objet de leur amour ne leur apparaît jamais qu'à une distance infinie : rien ne les avertit qu'ils n'auraient qu'à tendre la main. Le sentiment de leur laideur ne les quitte pas une seconde, leur interdit de franchir le seuil d'un salon, d'un magasin, et leur impose, devant les femmes, l'apparence de coupables traqués; — ou alors ils se dépensent en

bravades grossières, par orgueil désespéré, et pour que
les femmes croient qu'ils font exprès d'être repoussants.
Leur folie est de se tenir au centre de l'universelle risée.
Ils se persuadent que tous les rires des jeunes filles sont
pour eux. Ils guériraient, s'ils étaient aimés; ils vivent
solitaires et fuient la compagnie des femmes auxquelles
c'est trop vrai qu'ils ne plaisent pas : rien n'éloigne
plus sûrement l'amour que la persuasion de ne le pouvoir
inspirer[1].

Le triomphe des goujats auprès des femmes écarte
d'elles les garçons trop sensibles.

XIII

Ces réflexions nous amènent à rêver d'un *petit traité
de l'éducation des fils*[2]. C'est un sujet sur lequel on ne
réfléchit guère. Ayons le courage d'avouer que nos
fils deviennent ce qu'ils peuvent : nous nous en remettons
à la vie qui connaît, il est vrai, son métier d'éducatrice.
La plupart des adolescents savent très tôt que l'essentiel
est de se débrouiller; la nécessité oriente leurs actes;
ils observent que l'argent donne mille commodités,
outre l'essentiel : l'indépendance et la considération.
Nous ne sommes anxieux que de leur assurer une position; les plus désintéressés peuvent rêver encore du
bicorne de Polytechnique ou du casoar de Saint-Cyr,
mais presque tous se voient plutôt assis à un bureau
américain; dans leurs rêves, ils achèvent de dicter une
lettre à quelque dactylographe amoureuse et dédaignée;
leur auto dernier cri les attend à la porte, qui les déposera
en un instant chez Maxim's, au Bœuf[3] ou au Fouquet's.

Les banques sont encombrées de stagiaires; il ne s'en
ouvrira jamais assez pour tarir la foule de garçons qui
veulent apprendre à faire de l'argent. L'argent mobilise
toutes leurs puissances. Nul besoin de leur prêcher la
haine du romantisme, ni de s'inquiéter du goût qu'ils
pourraient prendre au latin, au grec, ou à toute spéculation, haïe dans la mesure où elle est désintéressée. Ce qui
ne sert pas ne compte pas. Toute idée générale est vaine :
leur journal est celui qui n'a pas d'opinion politique,
mais qui n'ignore rien de ce qui touche à la Bourse,

aux sports. Faut-il répéter à leur propos ce que Balzac a écrit des jeunes hommes de son temps ? « Ils paraissent également indifférents au malheur de la patrie et à ses fléaux. Ils ressemblent à la jolie écume blanche qui couronne le flot des tempêtes. Ils s'habillent, dînent, dansent, s'amusent le jour de la bataille de Waterloo[1]. » Il faudrait, pour que le portrait fût exact, ajouter : « Ils travaillent... », car le gigolo de ce temps est fort laborieux.

Le problème de l'éducation ne se pose guère pour cette espèce de jeunes gens. Ils sont nés armés jusqu'aux dents; leurs réflexes jouent à merveille : voyez-les installés dans la vie comme au volant de leur douze-chevaux. L'expression populaire doit être prise à la lettre quand il s'agit de ces garçons : « Le cœur ne les étouffe pas. »

Ne saurait-on développer leur sensibilité ? Mais existe-t-il une gymnastique pour le cœur ? Chez eux, rien ne tourne à l'amour; leurs passions même, ils les placent à gros intérêts. Si vous arriviez à les rendre religieux, ils verraient dans la religion une commodité pour se résigner à la réprobation temporelle des deux tiers de la race humaine, — outre une assurance sur la vie future; si vous leur donniez le goût des idées « avancées », ils en feraient leur beurre, comme on dit, et les passions populaires amèneraient l'eau à leur moulin.

Une autre espèce d'adolescents existe, qui ne valent pas non plus que nous nous donnions beaucoup de mal pour les éduquer. Ceux-là pourraient, comme Ulysse, prétendre au nom de Personne : ils ne sont personne, ils n'existent pas. Rien de significatif en eux; tout ce qui les constitue, ils l'ont reçu du dehors — leur costume, leurs opinions, leurs femmes. Ils ne disent rien, ils répètent; ils ne pensent à rien, on pense pour eux; ils disent ce qui se dit, ils font ce qui se fait. L'adaptation au milieu régit leur vie; ils sont « comme il faut ».

Si jamais éclate une révolution qui nous changerait tous de place, n'oublions pas d'observer tel ou tel de ces garçons : que resterait-il d'eux le jour où rien ne subsisterait des habitudes qui semblent être leur nature même ?

L'éducation, ici, se confond avec le dressage : le monde est peuplé de ces jeunes chiens qui donnent la patte, de ces poulains qui s'agenouillent et encensent de la tête. Race ennuyeuse, mais nécessaire; ils ne dérangent pas l'ordre du monde; grâce à leur foule bien dressée, tout continue d'aller son train. C'est un spectacle admirable que, chaque matin, tant de millions de jeunes êtres de toutes classes se rendent au même endroit que la veille, dépensent leur activité à des tâches, dont les moindres ne sont pas d'oblitérer les timbres, ni de perforer des billets de métro.

Mais voici ceux de l'autre race; et qui paraissent nés pour être *élevés*. Ils ne ressemblent pas à des lieux déserts; nous n'y inscrirons pas ce que nous voudrons; ils ne sont pas simples. L'éducateur digne de sa tâche (ou, plutôt, le directeur, puisque nous nous occupons ici non de l'enfant, mais de l'adolescent et du jeune homme) le directeur sait, en face d'un seul garçon, qu'il lui faudra maîtriser une foule; cette jeune âme est un carrefour où les ancêtres se battent, veulent revivre dans leur descendant; celui d'entre eux qui l'emporte aujourd'hui, et dont la voix domine, il serait fou de traiter avec lui, comme s'il devait toujours demeurer le maître.

« ... Mon fils est incapable d'une bassesse... Il a certes des défauts, mais il a horreur du mensonge[1] ! » Ainsi se félicitent des parents naïfs : imprudente sécurité. Une part de leur enfant répugne à toute bassesse, déteste de mentir; c'est en lui cette région la plus proche du jour qui leur reste familière; ils ne s'aventurent pas dans les zones moins éclairées; n'empêche que, tôt ou tard, il faudra bien que, levant les bras, déroutés par quelque acte saugrenu, ils s'écrient : « Je n'aurais jamais cru cela de lui... » Mais il fallait justement tout croire possible.

L'hypocrisie : voilà l'unique vice dont ils paraissent à peu près incapables, ces jeunes gens, puisqu'ils peuvent, en toute bonne foi, suivre des opinions opposées, obéir à des impulsions contraires.

Un hypocrite, s'il est déjà mûr, fait horreur : Tartuffe. Mais voyez le jeune Julien Sorel, aussi tortueux que Tartuffe; nous l'aimons pourtant et aucune de ses perfidies ne nous détourne de l'aimer. C'est que le héros adolescent de Stendhal est à l'âge de la contra-

diction : cette haine de la tyrannie et cette passion de
dominer, cette fureur d'amour et cette cruauté lucide,
ce goût de la violence et cette science de la ruse, tant de
sentiments confus, nous ne les reprochons pas plus à ce
jeune homme qu'à un fleuve ses remous.

Non seulement les éducateurs, mais les critiques,
lorsqu'ils jugent un jeune écrivain, se trompent s'ils ne
le considèrent pas comme une « multiplicité ». Et, par
exemple, pourquoi s'interroger sur la bonne foi de
Maurice de Guérin lorsqu'il accepte de communier
avant de mourir ? Parce qu'il avait subi l'attrait de
Cybèle et que sa vie finissante fut vouée à l'adoration
du monde créé, n'en concluez pas que ce panthéiste avait
tout perdu de son espérance chrétienne. Ce qui s'élève
de lui, c'est le murmure confus des sentiments ennemis :
« La jeunesse, dit-il, est semblable aux forêts vierges
tourmentées par les vents; elle agite de tous côtés les
riches présents de la vie, et toujours quelque profond
murmure règne dans son feuillage[1]. »

La jeunesse souffre de ce déchirement intérieur.
Certes, l'homme mûr connaît aussi cette division; mais,
dans le milieu de la vie, nous nous sommes résignés
à certaines prédominances, ou, si nous hésitons encore,
nos balancements eux-mêmes sont réglés; nous cédons
tour à tour aux désirs ennemis; il nous est possible de
connaître les lois qui régissent le flux et le reflux de notre
cœur. Le jeune homme, lui, souhaiterait de choisir, de
prendre parti, sans rien sacrifier de son exigence infinie;
et si l'amour, l'amitié même, lui sont une solitude,
c'est que la maîtresse la plus attentive, l'ami le plus
clairvoyant ne prennent de lui qu'une image restreinte.
Il ne se résigne pas à cette fatalité qui nous condamne
au choix exclusif, immuable, qu'une femme ou un
camarade font en nous de certains éléments; et ils
négligent, ils ignorent tous les autres.

Nous nous étonnons que des mystiques se soient
livrés à l'amour de Dieu dès l'adolescence; mais il
n'est rien qui nous doive moins surprendre, un être
infini pouvant seul contenter notre jeune exigence :
les racines de nos plus secrètes pensées lui sont connues,
et ces détours du cœur, et cette plaie saignante, ignorée
de tous, où nous n'osons même pas fixer notre regard.

Quelques jeunes hommes de ce temps, bien loin de souffrir comme les « enfants du siècle » de cette confusion intérieure, s'abandonnent sans résistance à leurs remous. Désespérant d'atteindre jamais en eux le fond solide, ils se persuadent que cette multiplicité est leur être même. Leur loi unique est la docilité aux impulsions : ne pas intervenir. Toute morale, évidemment, mais même toute logique les déformerait, croient-ils. On dirait que leur inconscient est un dieu entre les mains duquel ils s'abandonnent comme un cadavre; ils interrogent leur sommeil et leurs songes, ainsi qu'ils feraient des oracles de ce dieu caché. Ils se glorifient de cette sincérité qui les porte à épouser étroitement les ordres contradictoires du dieu; ils sont des chaos vivants et s'acceptent comme chaos.

À quoi bon, m'oppose le lecteur, donner de l'importance à la manie de quelques fous ? Mais ces fous sont des écrivains et des artistes; le paradoxe apparent dont ils font une doctrine, ne croyez pas qu'ils l'aient inventé. Les sources nombreuses et puissantes d'où naît ce fleuve trouble s'appellent Rimbaud, Dostoïevski, Freud, Gide, Proust. Et, sans doute, c'est là une littérature de jardin fermé; pourtant ne croyez pas que cet art hermétique reste sans communications avec le public. Dans les mondes les plus éloignés de la littérature, nous relevons des traces d'infiltration. Beaucoup de jeunes gens, que les livres ne retiennent guère, professent tout de même aujourd'hui que le devoir essentiel est de ne pas s'opposer à l'épanouissement de tous leurs instincts. Ils s'excusent de leur désordre sur l'obligation d'être sincères et de ne rien renier d'eux-mêmes, fût-ce le pire.

Dangereux amants que ces garçons pour qui désir, amour, haine, indifférence sont les étiquettes diverses par quoi ils désignent en eux le flux et le reflux de la même eau sale. Ils ont banni l'absolu de ce pays du Tendre qu'avaient dessiné nos pères, savants dans l'art d'aimer. Ce qu'autrefois on appelait amour apparaît aux garçons d'aujourd'hui plus éloigné du réel que ne le sont de la nature les jardins de Versailles. Les jeunes femmes savent bien qu'elles ne doivent plus se fier à ce vieux jeu aux règles charmantes : la trahison n'est plus la trahison; *fidélité* devient un mot dénué de sens,

puisque, en amour, plus rien n'existe de permanent.
Méditez sur ce seul titre d'un chapitre de Proust : *Les
intermittences du cœur*.

Aveugle qui ne voit pas que cette abolition des lois
séculaires qui réglaient l'amour dépasse le cercle restreint
de quelques esthètes.

Ce qui, naguère encore, s'appelait amour était un
sentiment complexe, savant, œuvre des générations
raffinées, — tout fait de sacrifice, de renoncement,
d'héroïsme et de remords. La religion l'étayait, et la
morale chrétienne. Ces belles eaux pleines de ciel ne
se fussent pas accumulées sans les barrages des vertus
catholiques. L'amour est né de toutes ces résistances
dans la femme vertueuse et tentée : princesses de Racine,
immolées à l'ordre des dieux, à la raison d'État.

L'amour ne saurait survivre à l'effritement des digues
qui le retenaient.

Devant l'armée des jeunes hommes révoltés contre
les règles du jeu amoureux, les femmes perdent la tête
et, comme chez les rois mérovingiens, le retranchement
de leurs cheveux devient le signe de leur abdication.
Quelques-unes, même du monde, tondues, nues sous
des robes qui ne dépassent guère leurs genoux, ont
l'aspect de ces poupées incassables et peintes qui, dans
les ports, attendent les matelots débarquant. Ces garçons,
rescapés d'une tempête de quatre années, ne sont-ils
aussi des matelots revenus d'un pays mortel ? Ils ont
rapporté de ces climats une soif inextinguible, mais aussi
une dureté, une insensibilité atroce aux grimaces de la
passion.

Celui qui a connu dans sa chair ce que signifient ces
mots : blessure, martyre, torture, plaie, n'en veut plus
enrichir le vocabulaire amoureux.

Quand on a vu saigner, agoniser, mourir autour de
soi tant de jeunes frères, et qu'on a manqué soi-même de
périr mille fois, on répugne au « mourir d'amour me
font vos yeux, belle marquise[1] ».

Ceux qui continuèrent de fumer et de rire au milieu
des cadavres de leurs frères n'admettent pas que « chagrin
d'amour dure toute la vie[2] ».

XIV

N'espérez pas que, d'eux-mêmes, vos fils se confient à vous. Comme Adam, après la faute, se dérobe aux regards de Jéhovah, c'est de son père, d'abord, que le fils coupable songe à se cacher. Les parents sont seuls à ne pas voir un mal qui dévore leur enfant et dont le monde s'amuse à suivre les ravages.

Entre les pères et les fils, un mur s'élève, de timidité, de honte, d'incompréhension, de tendresse froissée. Pour empêcher que ce mur ne se dresse, il y faudrait dépenser une vie. Mais les enfants nous naissent dans un temps où nous sommes encore pleins de nous-mêmes, où l'ambition nous ronge, et où nous exigeons d'eux bien moins la confiance que la paix.

Ce sont les passions des pères qui les séparent de leurs enfants.

Quel reproche oserais-tu adresser à ton fils, toi qui connais tes souillures ?

Nous sommes condamnés à traiter légèrement dans nos fils les passions que nous n'avons pas su vaincre en nous-mêmes. Que de pères se savent indignes de la puissance paternelle ! Leur indifférence aux désordres de leurs fils est le signe d'une abdication secrète; ils ne se reconnaissent plus le droit de juger ni de condamner. Cette jeune chair détachée de leur chair emporte avec soi un héritage d'inclinations, de hantises dont ils l'ont eux-mêmes chargée.

Chez beaucoup de pères existe aussi ce sentiment trouble qu'il ne faut pas sevrer la jeunesse d'un plaisir dont ils regrettent les délices. Certains, de qui l'adolescence fut austère, redoutent d'imposer à leurs fils ce renoncement qui leur est, dans l'âge mûr, un regret : la pire tentation de l'âge mûr n'est-elle ce regret des péchés que nous eussions pu commettre, que nous n'avons pas commis ? L'homme chaste qui a des doutes sur la valeur de sa chasteté, voilà le pire des guides pour les adolescents; un débauché, dégoûté de sa débauche, leur serait certes une moins périlleuse compagnie.

Dans la vieillesse, alors que, détachés du reste et

considérant nos enfants, nous reconnaissons que « c'est la seule chose ici-bas qui persiste, de tout ce qu'on rêva...[1] », nous voudrions enfin obtenir l'audience de ces étrangers bien-aimés, sortis de nous, et que nous voyons s'égarer dans les mêmes jungles où nous nous sommes perdus. Mais nous ne connaissons rien de ce fils qui se livre au premier camarade venu.

Trop de parents, sans communication avec leur fils, croient réaliser tout le possible, lorsqu'il atteint l'âge des passions, en l'entourant de barrières, de défenses extérieures. Mais ces règlements, ces surveillances en de pieuses maisons de famille ne valent que pour les garçons nés tranquilles et qu'aucune fièvre ne menace. Les autres ont tôt fait de s'évader. Une jeune passion brise les chaînes, traverse les murailles, endort les gardiens. Les entraves qu'on leur impose décuplent la puissance de ces anges rusés.

Ce n'est point du dehors qu'une jeune âme peut espérer quelque secours. Le salut est au-dedans d'elle-même.

Je retrouve parmi des notes de ma vingtième année ce mot de Barrès, qu'un trait rouge souligne : « ... et frémissant jusqu'à serrer les poings du désir de dominer la vie[2]... » C'est ce frémissement que tu dois capter dans le jeune homme qu'il faut que tu sauves. Enseigne-lui que la domination de la vie ne va pas sans la domination de soi-même; car, pour dominer, d'abord il s'agit d'être; mais nous ne sommes pas : nous nous créons. Certains se refusent à toute intervention qui altérerait leur moi; ils ne souhaitent que d'être leur propre témoin, — intelligent, mais immobile : ce sont les mêmes qui s'ignorent en tant que personnes. Comment se trouveraient-ils, n'existant pas ? Enseignons au jeune homme qu'il est né chaos et que le jeu de la vie consiste à naître une seconde fois de ce chaos.

Quel jeu plus excitant que celui-là ? Choisir dans les torrents d'hérédités qui, en nous, se rejoignent; tenir un compte exact de nos tares et de nos dons.

Quand un jeune être désespéré nous fait la confidence d'une inclination secrète dont il souffre, d'un vice dont il sent dans sa chair se propager l'étouffante végétation, enseignons-lui qu'une telle difficulté rend la partie plus belle, plus digne d'un immense effort. Avec les éléments que nous fournit le destin, il s'agit de construire notre vie. Le comble de l'art, c'est d'obtenir que ce penchant morbide et dont tu risquais de mourir, te serve, au contraire, décuple ta puissance de vie.

Le jour où nous pourrons parler de tout sans hypocrisie (et ce jour est proche), nous saurons montrer des vices jugulés à la source de telles existences admirables d'apôtres ou d'artistes. Des passions refoulées alimentent les grandes œuvres littéraires, mais aussi la vie des conquérants et des saints.

Enseignons aux adolescents qui viennent à nous que la nature ignore les monstres, — ou plutôt que nous sommes tous des monstres dans la mesure où nous refusons de nous créer. Notre vie vaut ce qu'elle nous a coûté d'efforts : ne nous étonnons pas de ne presque jamais retrouver au premier rang, dans le monde, les enfants sages du collège, — les bonnes natures qui n'avaient pas à se vaincre. Il n'est rien en nous, même le pire (surtout le pire), qui ne doive se transmuer en richesse.

Nous avons tous à résoudre un problème unique : notre salut (« salut » a un sens temporel). Il faut nous sauver ou nous perdre.

Vois ceux de tes camarades qui ont résolu de ne pas intervenir : ils se défont, ils assistent à leur propre décomposition et à celle de leurs camarades.

Le plus abject de notre héritage doit entrer dans la création du chef-d'œuvre que Dieu attend de nous. Mais le plus abject de notre héritage, ce n'est pas un élément docile ni qui se plie à nos combinaisons. Les bêtes féroces en nous se défendent. Regarde autour de toi : étudie la destinée de tel camarade, de tel maître. Tôt ou tard, le dompteur, qui ménage ses bêtes et les flatte, finit par être mangé : « Le mal ne compose pas. »

Observe cette petite chambre louche où est venu mourir d'amour tel grand homme. Entre dans la maison de repos où des poètes, des romanciers, des chefs politiques bavent et jouent du tambour. Ils ont tous cru que la Bête s'apprivoise, que dans la vie la mieux réglée on lui peut faire sa place et lui porter en secret sa nourriture; mais c'est d'eux-mêmes qu'elle se nourrit, — de leur propre substance.

Contre tout autre péril, le jeune homme, dès le seuil

de sa vie, trouve des armes; s'il est bien né, le sentiment de l'honneur le préserve, et aussi, à un degré plus bas, la bonne éducation. Un jeune homme bien né se trouve prémuni contre mille périls, — sauf contre ceux qui naissent du désordre des mœurs. Sur ce terrain, sa passion ne rencontre guère que des complices.

Il n'est que la religion pour prendre au sérieux la *bagatelle* — pour prendre la chair au tragique. Cela paraît extraordinaire, mais « quand il y a quelque chose de singulier dans le christianisme, c'est finalement qu'il y a quelque chose de singulier dans la réalité » (Chesterton[1]). Qui oserait soutenir que c'est la religion qui rend l'amour mortel et que, sans elle, il serait seulement délicieux ? Sans qu'aucun dieu ait à s'en mêler, la concupiscence embrase le monde. Enseigne au jeune homme que ce ne saurait être l'arbitraire d'une doctrine qui impose au vice de volupté sa prééminence affreuse... Mais ce n'est point le lieu de chercher quelle est la règle des mœurs la plus sûre. À chacun de découvrir une méthode pour se dominer.

Le jeune homme se persuade qu'un temps va venir où il lui sera facile de se ranger. Mais tu composes dans ta jeunesse l'homme mûr, le vieillard que tu seras. L'acte le plus secret, une seule fois accompli, te modifie pour l'éternité; tu travailles à ton image éternelle; tu ne la retoucheras pas. Il y a des convertis ? Sans doute. Pourtant n'y compte pas trop. Tuer le vieil homme, ce n'est pas donné à tous. Se convertir, c'est mourir et renaître : n'aie pas la présomption de croire que ce miracle de toi seul dépende... Mais nous ne saurions écrire ici un traité de la Grâce.

Souffrir d'avancer en âge, idolâtrer dans les autres cette jeunesse qui nous fuit, voilà peut-être le pire des signes : « Il faut quitter d'un pas assuré notre jeunesse et trouver mieux. Ce n'est pas bien malin d'être une merveille à vingt ans ! Le difficile est de se prêter aux perfectionnements de la vie et de nous enrichir d'elle à mesure qu'elle nous arrache ses premiers dons. » Je me suis souvent souvenu de ces paroles que m'adressait Barrès en 1910[2] : « Il faut trouver mieux... » Trouve-t-on mieux ? Et, si on le découvre enfin, de quoi est

fait ce mieux ? De lucidité, essentiellement : on voit
plus clair en soi, on s'accepte, on acquiert la force et
le courage de se contempler sans dégoût. C'est le temps
de connaître ses limites et de s'y tenir. Une seule voie
s'ouvre pour nous mener quelque part ? Nous consentons à y rouler.

Mais l'homme mûr le mieux « réussi », qu'il ait
atteint réellement son équilibre, ou que, par un camou-
flage habile, il se soit rendu impénétrable à nos inves-
tigations, nous apparaît presque toujours comme un
spécialiste et qui, hors de sa spécialité, ne peut plus
rien nous apprendre. Même ceux dont ce fut la passion
de ne pas choisir, de rester « disponibles », d'accueillir
toute sollicitation, leur chair a vite fait de les circonscrire.
Un vice les simplifie atrocement[1].

Faut-il étudier l'homme assagi, endormi sous la
cendre, — ou, comme fit Pline l'Ancien pour le Vésuve,
s'approcher de lui dans son jeune temps, alors qu'il
jette sa lave et son feu[2] ? Une illusion, peut-être, fait
se pencher sur la jeunesse ceux d'entre nous dont c'est
le métier d'observer le cœur humain. Il nous semble
qu'au début de sa vie un homme oppose de moindres
défenses et qu'il y a mille secrets à capter dans cette
source bouillonnante. Erreur sans doute : beaucoup de
jeunes ambitieux se surveillent plus qu'ils ne feront
plus tard lorsqu'ils auront partie gagnée. Le cynisme
des vieillards illustres (dont on recueille les propos à
table et en pantoufles), et qui n'ont plus rien à perdre
ni à désirer, n'a d'égales que la méfiance, la prudence
des stratèges adolescents de la diplomatie, de la littérature et du monde. Ajoutez qu'il y a chez beaucoup
de jeunes gens une ambition effrénée jointe à un mépris
total des vieux auxquels ils jouent, sans vergogne,
les plus grossières comédies. Enfin, les meilleurs d'entre
eux ne sont pas toujours exempts d'une coquetterie
maligne, d'un désir de plaire à tout prix, qui les apparente aux femmes.

Mais, même si nous parvenons à pénétrer dans une
vie adolescente et si, nous souvenant de ce que nous
fûmes au même âge, nous réussissons, par exemple dans
un roman, à faire vivre l'un de ces jeunes cœurs, toujours
il s'agira d'un être inachevé, encore informe ; l'homme

fait fournit au romancier des types, des créatures figées
dans un métier, dans un vice, dans une manie; l'adolescent lui propose un monde confus, et non pas un
seul être, mais une multitude divisée[1]. Rien à apprendre,
disent les uns, d'un âge qui est celui de l'ébauche et
où le sexe prédomine; ils attendent que l'homme existe,
se soit créé lui-même, ait découvert sa loi pour s'intéresser à lui. Mais les autres protestent que le temps de
la jeunesse est le seul où nous soyons nous-mêmes sans
scrupules, sans ruse, sans contrainte, et que c'est alors
qu'il faut surprendre le secret de la personne humaine
en formation.

Le vrai est qu'il y a dans la jeunesse une séduction
puissante, un charme triste. Nous regardons chaque
génération surgir dans l'arène, comme le taureau dont
nous sommes sûrs qu'il sera tué. Nous feignons pourtant
d'ignorer l'issue de la lutte. Nous nous persuadons
que les nouveaux venus détiennent un secret, un message;
nous les interrogeons; nous prenons au sérieux jusqu'à
leurs balbutiements incompréhensibles. Nous nous
retrouvons en eux. Ils disent qu'ils s'ignorent eux-mêmes,
qu'ils sont seuls, qu'ils voudraient aimer, qu'ils ne
peuvent pas aimer : ils reprennent la plainte éternelle
de notre solitude. Ils pleurent devant nous qui ne savons
plus pleurer; ou, au contraire, ils ricanent et nous
méprisent; ils font profession de haïr l'intelligence, de
compter pour rien le talent, — pour moins que rien
la culture. Ce qui les attire, c'est le rêve, et de vivre
somnambules. Nous suivons avec stupeur l'effort de cette
jeunesse étrange pour échapper à la vie consciente, et
redoutons cette hantise d'hallucination et de suicide.
Mais ils ne se tueront pas, ces tristes enfants. Eux aussi,
ils nous rejoindront et marcheront dans notre ombre,
confondus dans nos rangs, — soudain vieillis, attentifs,
comme nous, à l'irruption d'un autre jeune taureau
dans l'arène.

Jeunes gens, la plus utile des espèces ! ils fournissent
de soldats les casernes, d'étudiants et de disciples les
Universités, les revues, les ateliers. Ils adhèrent aux
partis les plus exposés et où il n'y a rien à recevoir que
des coups. Ils se donnent pour rien. En temps de

guerre, la mort est leur privilège sacré, dont les vieillards veulent bien se montrer jaloux : « O morts pour mon pays, je suis votre envieux ! » chantait le vieil Hugo[1]. Mais le privilège de mourir ne peut pas être enlevé à la jeunesse virile — comme s'il n'était rien au monde que son sang pour payer les erreurs des sages.

En temps de paix, les politiciens redoutent ces êtres désintéressés, détachés, dont un ruban rouge ou violet n'oriente pas encore la vie, ces garçons qui ne leur offrent aucune prise. Ils détiennent encore ce que la plupart des hommes d'aujourd'hui ont perdu : le pouvoir de mépriser ; ils sont capables d'indignation et de haine et se donnent avec violence à ce qu'ils croient vrai.

C'est par eux que la Foi subsistera sur la terre. À mesure qu'un homme avance en âge, il se débarrasse des idées qui nuisent à son avancement ; mais chaque idéal trahi trouve un jeune cœur qui le recueille, — et, cette même Face que le père avait outragée, le fils l'essuie avec un immense amour. Les évangiles de vie et les évangiles de mort ne dispersent leur feu sur la terre que parce que les jeunes hommes se sacrifient à leur propagation.

Vieillis, qu'il nous est difficile de demeurer fidèles au jeune homme que nous fûmes ! Qu'elle semble lourde, aujourd'hui, à nos épaules et à nos bras, cette vérité dont se chargea, en riant de joie, notre jeunesse fervente ! Demandons aux jeunes gens le secret de leur courage. Nous ne saurions nous passer d'eux, qui croient ne pouvoir se passer de nous. Il suffit de si peu pour les attirer ! Marcel Arland a écrit de l'adolescence que c'est un temps où l'on a besoin d'un principe comme d'une maîtresse. Et il ajoutait : « Des attitudes et des doctrines, nous en avons cherché dans toutes les foires du monde ; c'était assez d'un air arrogant, d'un sourire fin, d'une déviation du corps ou de l'âme, pour que notre cœur s'émût[2]. »

Ne nous approchons d'eux que si nous avons du pain à leur distribuer. Pour l'homme qui détient quelque prestige, c'est une grande tentation que de partager, entre tous les jeunes hommes qu'il charme, le fardeau dont il est accablé lui-même. Ils se sentirait moins déchu, croit-il, le jour où sa déchéance paraîtrait délicieuse, et non plus criminelle, à de jeunes cœurs : il se persuade que leur adhésion l'absout et le justifie.

Mais nous ne serons pas justifiés par ces témoins candides, si nous les avons circonvenus; une foule d'enfants affamés n'examine guère la nourriture qu'on lui jette : mieux vaut se retirer d'au milieu d'eux, si nous avons les mains vides ou pleines de poison.

Du moins que toutes ces faces, que toutes ces mains tendues nous aident à prendre conscience de notre propre dénuement. Pour nous inspirer un désir de perfection, il n'est rien comme de suivre des yeux ce jeune homme venu à nous parce qu'il espérait une parole de vie, et qui s'éloigne plus triste qu'il ne fut jamais, plus déchu peut-être, avec sa soif et sa faim.

LA PROVINCE[a]

• Paris est une solitude peuplée; une ville de Province est un désert sans solitude[a].

• Le plaisir de Paris est fait d'un isolement, d'une obscurité dont nous sommes assurés de pouvoir sortir s'il nous plaît, et où nous rentrons à la moindre lassitude. L'horreur de la Province tient dans l'assurance où nous sommes de n'y trouver personne qui parle notre langue, mais en revanche de n'y passer, une seule seconde, inaperçus.

• Un provincial intelligent souffre à la fois d'être seul et d'être en vue. Il est le fils un Tel, sur le trottoir de la rue provinciale, il porte sur lui, si l'on peut dire, toute sa parenté, ses relations, le chiffre de sa dot et de ses espérances. Tout le monde le voit, le connaît, l'épie; mais il est seul.
Non qu'il n'existe en Province des hommes intelligents et des hommes d'esprit; mais comment se rencontreraient-ils ? la Province n'a jamais su abattre les cloisons[1].

• Les provinciaux qui reçoivent ne se fournissent presque jamais d'invités hors de leur milieu, de leur monde. L'intelligence, ni l'esprit, ni le talent n'entrent en ligne de compte, mais seulement la position.

• La conversation est un plaisir que la Province ignore. On se réunit pour manger ou pour jouer, non pour causer.

Cette science des maîtresses de maison, à Paris, pour réunir des gens qui, sans elles, se fussent ignorés, et qui leur seront redevables du bonheur de s'être connus, cet art de doser la science, l'esprit, la grâce, la gloire, est profondément inconnu de la Province.

Même si les gens du monde, en Province, souhaitaient d'attirer chez eux tel professeur, tel savant, et le relançaient dans sa retraite, ce serait en vain.

Certes la bonne société provinciale ne compte pas que des sots : et un important chef-lieu ne saurait manquer d'hommes de valeur. Si donc ces sortes de réunions qui font l'agrément de la vie à Paris, paraissent impossibles, ailleurs, la faute en est à cette terrible loi de la Province : *on n'accepte que les politesses qu'on peut rendre.* Cet axiome tue la vie de société et de conversation.

À Paris, les gens du monde qui possèdent quelque fortune et un train de maison jugent qu'il leur appartient de réunir des êtres d'élite, mais non de la même élite. Ils s'honorent de la présence sous leur toit d'hommes de talent. Entre les maîtres de maison, fussent-ils de sang royal, et leurs invités, c'est un échange où chacun sait bien que l'homme de génie qui apporte son génie, l'homme d'esprit qui apporte son esprit ont droit à plus de gratitude.

Ainsi reçus et honorés, les artistes, les écrivains de Paris n'ont point cette méfiance des « intellectuels » de Province, guindés, gourmés, hostiles, dès qu'ils sortent de leur trou.

En Province, un homme intelligent, et même un homme supérieur, sa profession le dévore. Les très grands esprits échappent seuls à ce péril.

À Paris, la vie de relations nous défend contre le métier. Un politicien surmené, un avocat célèbre, un chirurgien savent faire relâche pour causer et fumer dans un salon où ils ont leurs habitudes.

Un avocat provincial se croirait perdu d'honneur si le public pouvait supposer qu'il dispose d'une soirée : « Je n'ai pas une heure à moi... » c'est le refrain des provinciaux : leur spécialité les ronge[1].

• Un honnête homme qui de Paris rentre dans sa Province, y rencontre des hommes dont quelques-uns, sur certains points, lui sont supérieurs; mais il y a peu de chance qu'il y rencontre jamais un *homme supérieur*.

Cette joie de Paris : le commerce d'êtres dont la seule approche nous enrichit, est à peu près inconnue en Province.

• On a tout dit sur la congestion cérébrale dont souffre la France. Quelle tristesse que les formes désintéressées du labeur humain (je pense à l'art, mais non à la science) ne se puissent développer hors de Paris ! Mais est-il vrai que la vie de Paris soit nécessaire à un artiste ?

Impossible d'établir sur ce point une règle absolue. Que deviendrait Abel Hermant, sous-préfet de Quimper-Corentin ? Sans doute écrirait-il des romans de mœurs provinciales d'une grande férocité; n'empêche que Paris l'inspire mieux que ne ferait aucune province[1].

Mais nous ne saurions imaginer Francis Jammes ailleurs qu'à Orthez ou à Hasparren. Qu'aurait gagné sa muse virgilienne à être assourdie par les jazz ? Tant de vacarme eût effarouché son aïeul, le médecin qui revint des Antilles « n'ayant qu'un souvenir de femme dans le cœur[2] » et aurait fait fuir les jeunes filles des anciens pensionnats.

Cette ville de Province où Jammes vécut adolescent : Bordeaux, fut une de ses muses; il y a connu le printemps sur les squares, la brume des rentrées avec l'odeur des livres neufs et les reflets des magasins sur le trottoir, le cœur mort des quartiers perdus. Le port lui donna la passion des Iles, de ces paradis d'oubli et de fièvre qui hantaient autrefois Baudelaire au bord du même fleuve courbe[3].

Qu'aurait gagné ce provincial à devenir Parisien ? « Vivre à Paris, note Bourget, c'est subir l'épreuve d'opinions malignes, volontiers hostiles; c'est traverser une critique continue et fine, se sentir jugé par beaucoup d'intelligences adverses[4]. »

• L'orgueil du grand homme de Province s'épanouit librement, largement, monte jusqu'au ciel.

• Province, terre d'inspiration[a], source de tout conflit !

La Province oppose encore à la passion les obstacles qui créent le drame

L'avarice, l'orgueil, la haine, l'amour à chaque instant épiés, se cachent, se fortifient de la résistance qu'ils subissent. Contenue par les barrages de la religion, par les hiérarchies sociales, la passion s'accumule dans les cœurs[1].

La Province est pharisienne.

La Province croit encore au bien et au mal : elle garde le sens de l'indignation et du dégoût.

• Paris enlève à la passion tout son caractère : chaque jour Phèdre y séduit Hippolyte et Thésée lui-même s'en moque.

La Province laisse encore à l'adultère son romanesque : le mari, l'amant, le confesseur, l'enfant y demeurent les protagonistes de tragédies admirables. Les sodomites y doivent, pour vivre, recourir à plusieurs masques, s'envelopper d'un nuage ténébreux. Dans une ville de cent mille habitants, on n'en dénoncerait pas dix; de quelles ruses se doivent-ils aider et que l'assouvissement des passions y demeure périlleux ! Mais à Paris, elles passent à visage découvert; elles ont jeté leurs couteaux et leurs masques; on ne les regarde même plus.

• Paris écrème la Province : c'est vrai pour le talent, non pour la vertu.

• Paris détruit les types que la Province accuse.

La Province cultive les différences : nul n'y songe à rougir de son accent, de ses manies.

Paris nous impose un uniforme; il nous met, comme ses maisons, à l'alignement; il estompe les caractères, nous réduit tous à un type commun.

• Non seulement la Province seule sait encore bien haïr, mais ce n'est plus que chez elle qu'une haine survit à l'homme qui la nourrit et se transmet à ses enfants.

De même qu'elle garde le secret, dans ses vastes cuisines, d'exquises recettes, c'est dans le silence, dans la pénombre de ses logis aux persiennes entrebâillées que se montent et sont mises au point les vengeances savantes et à retardement[a].

• Dans Paris, le bloc d'une famille se rompt, devient poussière. Paris est une ville d'individus, — d'individus accouplés ; il consume les familles. La Province nourrit encore la Famille (pour combien de temps ?).

Dans Paris, ce « désert d'hommes », on ne possède que sa valeur individuelle ; mais dans une ville provinciale, chacun vaut ce que vaut sa « gens ». La famille s'y accroît sur place, s'y déploie dans l'immobilité, comme un grand arbre.

• Ces immenses logis de Province ressemblent à des polypiers : ils sécrètent des êtres vivants qui ne se détachent guère du support originel[1].

Beaucoup de jeunes filles, en Province, se marient dans leur ville et, s'il est possible, dans leur quartier[2]. Depuis la guerre, elles ne quittent même pas la maison de leurs parents ; rien n'est changé à leur vie, si ce n'est qu'on lâche dans leur chambre un gros lapin.

Les familles provinciales croissant et se multipliant, se suffisent à elles-mêmes ; cela aussi tue la vie de société : les frères, sœurs, belles-sœurs, cousins, encombrent toutes les avenues qui déboucheraient sur d'autres milieux.

Il existe dans toute bonne famille un type de femme auquel chacune est tenue de se conformer. Les étrangères qui, par mariage, y pénètrent, risquent de mourir sans jamais avoir obtenu cette louange qui les eût consacrées : « C'est vraiment une femme de la famille[3]. »

• En Province, ce qui s'appelle vie de famille se ramène souvent à la surveillance de chaque membre par tous les autres, et se manifeste par l'attention passionnée avec laquelle ils s'épient.

Les commentaires que suscite la moindre dérogation aux us et coutumes de la « gens » nourrissent à peu près uniquement les conversations.

Bien fin qui dira si cette attention passionnée que chacun accorde à tous les autres tient plus de l'amour que de la haine.

La famille oppose à l'étranger un bloc sans fissure ; mais, à l'intérieur, que de rivalités furieuses !

O jeux de la Province ! C'est à qui mariera ses filles le plus richement et le plus vite ; c'est à qui le plus longtemps gardera ses domestiques.

• Les membres malheureux de la Famille trouvent du secours; ils ne sont pas abandonnés; on les entoure; on leur sait gré d'avoir besoin des autres, à condition qu'ils soient modestes et qu'ils n'aient pas l'audace de garder une servante ou un salon[1].

Mais, en famille, il ne faut pas être trop heureux : on n'y aime pas le luxe des autres; l'esprit de famille est un esprit de justice : chaque membre, s'il veut être sympathique, doit porter sa petite croix. Celui qui n'a pas la fortune mais qui a la santé, aime que les enfants des autres se portent mal.

• Un mariage, un enterrement, sont pour chaque famille une occasion de se passer en revue. Il n'existe qu'une revue à date fixe, celle du Premier Janvier.

Ce qu'il y a d'admirable dans une famille provinciale, c'est qu'elle ne renie jamais ses membres, qu'elle ne rejette pas ses déchets; les plus ennuyeux, les plus bêtes, les malpropres, les idiots ont droit aux fêtes, aux solennités gastronomiques : « Ils sont de la famille[a]. »

• Si, ayant quitté ta Province pour courir après la fortune, tu reviens te reposer quelques jours au sein de la famille, oublie tout ce que tu sais, tout ce que tu as vu; ne compare pas; retrouve ton esprit et ton cœur d'avant le départ; garde-toi de toute discussion; réapprends avec humilité le langage de ton enfance. Ce n'est pas t'appauvrir, d'ailleurs, mais t'enrichir; tu as remonté le cours de ta vie : voici la source. Ne lui demande pas de refléter un autre ciel que le sien; cherche-toi en elle qui détient encore tout ce que tu fus.

Il n'est pas un de tes parents proches qui ne puisse t'éclairer sur toi-même; regarde épanouis en chacun d'eux, tel penchant, telle vertu qui en toi sont atrophiés; ou au contraire vois comme celui-là a su vaincre ce mal qui te ronge. Revise, au contact de ce bon sens un peu lourd, tes admirations, tes engoûments.

Chaque séjour en Province nous doit être une mise au point.

• Une grande ville[b] de Province, par mille traits, ressemble à Paris. Paris est fait de villes de Province : Saint-Sulpice, le faubourg Saint-Germain.

Pour connaître la Province éloignons-nous des chefs-lieux, des petites capitales. Étudions la vie d'une petite ville, d'un gros bourg[1]. Mais la Province en soi n'existe pas plus que l'homme en soi. Elle nous offre, comme l'humanité, mille visages différents. Ce que j'écris du village qui m'est familier, est-ce vrai de tous les villages ?

• Ce que je cherche dans le bourg où, pour les vacances, je reviens ? Une flaque de passé[2].

Le temps ne s'y imprime que sur les figures; encore changent-elles moins qu'à la ville; mais tout le reste fut si peu touché que je crois me réveiller en pleine enfance. Ma Province m'attire comme l'immuable. Je serai toujours un enfant pour les pins de cet enclos. Ici seulement, parce que la maison m'est un repère et que j'y reviens au même moment de l'année, je sais discerner les constellations : Cassiopée au-dessus du puits, Véga sur la prairie, et, au bout de l'allée gravelée, la Grande Ourse. Ce n'est pas le même prêtre que dans mon enfance, mais je reconnais le même pas lourd. Je cherche un air du *Cinq-Mars* de Gounod que nous chantions, mes frères et moi, dans ces belles nuits, et que je retrouve : *Nuit resplendissante et silencieuse*[3]...

Province, gardienne des morts que j'aimais. Dans la cohue de Paris, leurs voix ne parvenaient pas jusqu'à moi; mais te voici soudain, toi, pauvre enfant; nous avions suivi cette allée, nous nous étions assis sous ce chêne, nous avions parlé de la mort[4].

Le vacarme de Paris, ses autobus, ses métros, ses appels de téléphone, ton oreille n'en avait jamais rien perçu; — mais ce que j'écoute ce soir, sur le balcon de la chambre où tu t'éveillais dans la joie des cloches et des oiseaux, ce sanglot de chouette, cette eau vive, cet aboi, ce coq, ces coqs soudain alertés jusqu'au plus lointain de la lande, c'est cela même, et rien d'autre, qui emplissait ton oreille vivante; et tu respirais, comme je le fais ce soir, ce parfum de résine, de ruisseau, de feuilles pourries. Ici la vie a le goût et l'odeur que tu as savourés quand tu étais encore au monde.

• Les Landes n'ont pas changé, elles ne changeront pas.

Voilà ce qui distingue ce pays landais de beaucoup d'autres. Son apparence ingrate éloigne l'étranger.

• Les provinces trop jolies ont le sort des femmes trop aimées : les hommes les abîment; elles s'abîment elles-mêmes pour attirer et pour plaire.

Les bords admirables de l'Océan et de la mer dénoncés par les littérateurs qui les exploitent, des fanatiques les dévorent et les détruisent. Des trains, des trams, des autos les rongent. L'avidité amoureuse des étrangers élève le plus possible au-dessus de la mer des jardins bétonnés.

Comme Châlons-sur-Marne par les casernes neuves, les villes heureuses du Midi sont assiégées par les palaces, ces autres casernes où les riches font leur temps.

Des campagnes virgiliennes se muent en un atroce paradis pour vieilles dames. Du haut des roches où ils s'isolent, les oliviers regardent passer*a* dans leur auto des vieillardes peintes — celles qui ne peuvent plus s'assouvir qu'à table (le jeu, la nourriture).

De temps en temps, ces ogresses croquent le lift ou le garçon d'étage.

• Après la bataille de fleurs, une boue de fleurs écrasées répand l'affreuse odeur de sardine morte. Où êtes-vous, parfum des jonchées à peine piétinées des Fêtes-Dieu ?

Regarde cette chenille d'autos sur la route : vêtues et chaussées à ne pouvoir faire un pas, condamnées par le luxe à ne rien voir du monde qu'à travers une glace, des femmes sont plus empaquetées dans leurs autos que des fleurs de Nice.

Tu longes l'extrême bord de la mer, tu t'efforces d'échapper à cette dartre de civilisation qui le ronge; tu souhaites de ne plus voir, découpant la mer païenne, que l'ossature du littoral, tel qu'il apparut aux navigateurs phéniciens. Voici un cap aride, battu des vents, sauvage peut-être... Hélas ! À l'extrême pointe, un palace dresse encore sa large face blême. Tu te glisses, pour goûter, entre des couples ataxiques. Au retour, les autos zèbrent de flammes la route : elles te dévisagent[1].

Il est d'autres provinces moins envahies, mais où pourtant des citadins viennent dans la belle saison, et ils les contaminent.

Qui songerait à s'établir dans mes landes ? Province inviolée, presque inaccessible. Les routes ne mènent

nulle part : elles ne servent qu'aux bouviers et aux
muletiers qui transportent les poteaux de mine.

• Ma Province a un visage trop austère pour retenir
ceux qui la traversent. Les pins innombrables frustrent
l'œil de tout horizon, l'obligent à chercher un ciel
étroit entre leurs cimes vertigineuses.
Parfois un incendie, une coupe d'arbres, débarrassent
un plus large espace du ciel; mais aussi loin qu'il s'étende,
le regard trouve encore les noires colonnes de la forêt.

• Ailleurs — pas très loin d'ici, à une dizaine de lieues,
sur les bords de la Garonne — la richesse de la terre
excita la convoitise des hommes : chacun eut son lot
qu'il cultiva lui-même. Mais ces vastes déserts de la
lande, ce royaume fiévreux avant que les pins et la
résine l'eussent enrichi, n'attirait que les bergers;
— et je suis le fils de ces pasteurs descendus du Béarn
avec leurs troupeaux. En dépit*a* de leurs milliers d'hectares, mes arrière-grands-parents ne vivaient guère
mieux que leurs métayers. Jeune fille, mon aïeule a lu
les premiers romans d'Alexandre Dumas à la lueur
d'une chandelle de résine fichée dans l'âtre. Pour aller
à Bordeaux, son mari la prenait en croupe jusqu'à
Preignac au bord du fleuve et elle achevait le voyage
sur la Garonne « chemin qui marche »[1].
Il arrivait que, faute de cheval, les serviteurs tendissent
un drap blanc sur la charrette à bœufs : des chaises de
cuisine y étaient disposées pour l'immense loisir de
ces voyages : rien n'avait bougé, dans les usages, depuis
les Rois Fainéants. Pas de prêtres : mon aïeule fit sa
Première Communion le jour de son mariage. Tel
était ce désert[2].

• Dans un bourg*b* perdu au milieu des bois ou des
vignes, la lubricité trouve son compte mieux qu'à Paris.
Nous n'entendons plus l'immense appel à la débauche
sur les trottoirs d'une grande ville : dans une certaine
mesure, l'abondance même du poison nous « mithri-
datise ». Tant de femmes à Paris qu'on ne les voit plus,
tant d'appels qu'on ne les entend plus.

• Dans le silence de la campagne, l'homme entend
mieux crier sa chair.

Aux champs[a], le désir universel devient palpable : ce nuage de pollen qui soufre l'air, cette vibration amoureuse de la prairie, — cette branche au-dessus de ta tête qui plie sous le poids de deux oiseaux; et si ta servante est jeune, ton jardin, le soir, plein de garçons comme de matous.

Tu sens battre dans tes artères le sang du monde, tu participes à l'universelle germination[1].

• À Paris, l'exploitation de l'amour nous en détourne; mais aux champs il nous montre une face innocente; son air de santé nous trouble; il échappe à toute métaphysique.

Les hommes de la campagne ont part à l'innocence des bêtes.

Au bord de mon fleuve, les mères se font les complices de leurs filles enamourées. La chasteté n'y est pas moquée, mais inconnue.

Le prêtre le plus austère, nul ne croit à sa vertu[2] :

« Quand je pense, madame Ducasse, qu'on me soupçonne...

— Hé ! monsieur le curé, laissez dire les mauvaises langues, vous êtes jeune... vous êtes bien libre...

— Voyons, madame Ducasse, vous n'allez pas croire...

— Vous agissez comme il vous plaît, té ? Du moment que vous ne faites tort à personne...

— Mais, madame Ducasse, encore une fois, je vous jure...

— Bien sûr, monsieur le curé ! Hé ! bé, si vous n'aviez pas le droit, à votre âge ! »

Pas moyen d'en sortir.

• Ceux qui ne l'ont jamais quittée, la nature les pétrit lentement à son image; elle les durcit, les plie à subir sans murmure ses lois aveugles; ils végètent au sens profond du terme. Toute leur vie est réglée par les astres; le soleil couché, ils ne poursuivent pas une existence factice; l'aube les éveille comme les bêtes, et comme les bêtes encore ils chassent, fouaillent la terre; le soleil seul les lave, et la pluie. Ils s'identifient avec la terre, retournent dans son sein sans murmure, — n'aiment pas que leurs ascendants subsistent au-delà du terme où il est normal d'y retourner. Ils n'appellent

le médecin auprès du vieux que pour la forme et lorsqu'ils sont assurés que cette première visite sera la
dernière et que le vieux n'a plus besoin de remèdes en
ce monde.

• Un petit drôle vient, un soir, chercher le docteur
pour son grand-père malade. « Tu es bien sûr qu'il n'est
pas mort, au moins ? » demande le docteur méfiant.
Le petit drôle proteste. Ils partent en cabriolet, dans la
nuit d'hiver, sur la route défoncée. Pour atteindre la
métairie, il faut suivre un chemin de sable en pleine
ténèbre. À quelques mètres de la maison, le docteur
attache son cheval à un pin et s'avance à pas de loup.
Il surprend le vacarme des rires, des chansons en patois,
des bouteilles débouchées, tout l'éclat d'une joie immense
parce que le vieux est mort. Mais le petit drôle, à toutes
jambes, court dénoncer la venue du docteur et donne
l'alarme. En une seconde, les pleurs succèdent aux rires,
les chansons se muent en cris et en lamentations.
La terre ne laisse pas aux hommes le temps de soigner
leurs malades. L'usage est de faire la nuit dans la chambre
du patient, de tirer les rideaux de la fenêtre et du lit,
de le laisser tout le jour sans air et sans lumière.

• En dépit des chemins de fer, des autos, des journaux,
de l'instruction, il existe dans la campagne une âme
primitive que rien n'entame. Dans nos landes, une noce
de métayers en route pour l'église, s'annonce bien avant
d'arriver au bourg par une mélopée sauvage, une sorte
de hululement qui jaillit du plus noir des époques
oubliées[1].

• Cybèle a plus d'adorateurs en France que le Christ.
Le paysan ne connaît qu'une religion, celle de la terre.
Il possède[a] la terre bien moins qu'il n'en est possédé.
Il lui donne sa vie, elle le dévore vivant. Le service
de Cybèle détruit la jeunesse des femmes. Une femme
dès quinze ans se marie pour que la métairie s'enrichisse
d'un mâle et pour fournir la terre d'enfants. Même
enceinte, la femme travaille aux champs. La campagne
est peuplée de vieilles édentées qui ont vingt-cinq ans[2].

• Un homme intelligent, curieux des choses de
l'esprit et qui n'a jamais quitté sa campagne, s'enlise

presque toujours dans une spécialité, se borne, se limite
à un sujet local. Sans ressources extérieures, sans instrument de travail, il vit sur son propre fonds, s'épuise;
la somnolence universelle le gagne. Celui-là n'a pas
besoin d'opium. Pour sa commodité, il arrête l'histoire
du monde et des idées à une certaine époque et ne veut
rien connaître au-delà.

Quel péril, pour un homme intelligent, que l'absence
de témoins ! L'homme le plus attentif ne se voit bien
que dans les yeux des autres.

À la campagne, un homme cultivé sait qu'on le moque
pour ce qu'il a de supérieur; mais rien ne l'avertit de ses
vrais ridicules que nul ne lui dénonce.

• Combien de gens, en France, ont-ils le courage
d'être corrects, d'être lavés pour eux-mêmes ? Cet
homme que vous connûtes délicat, regardez-le : rongé
de barbe, de crasse.

Le monde sert à cela surtout : il nous surveille; nous
oblige à nous tenir sur nos gardes. Il nous détourne
de nous-mêmes, nous divertit. À la campagne, je deviens
ma propre proie[a1].

• Aucun autre événement, dans les journées de
Province, que les repas. La cuisine est la pièce principale
de la maison. Dans les bonnes familles, il existe presque
toujours deux cuisines : l'une où se tient la dame, où
elle reçoit ses métayers, fait elle-même ses terrines, ses
confits, l'autre où la cuisinière prépare les sauces incom-
parables de chaque jour.

La vie domestique se concentre autour du feu sacré
de la cuisine. Le « salon de compagnie » dort derrière
les persiennes fermées et sous les housses éternelles.

Toute mon enfance provinciale, une odeur de cuisine
à la graisse de confit l'évoque[b].

• À la campagne, le bourgeois, celui qui possède,
connu de tous, épié par tous, doit flatter le plus grand
nombre; il épouse les opinions avancées par prudence,
par peur, il aspire à figurer dans les cadres politiques.

Le paysan vote, les yeux fermés, à gauche; il est sûr
de ne pas se tromper en votant contre ceux qui vont
à la messe et qui se lavent les mains. Il exècre tout ce

qui se distingue : par les idées, par les occupations, par le costume.

Pour qui connaît la Province, c'est d'un péché capital qu'est née la France contemporaine : l'*envie*.

• Le paysan se méfie des histoires de l'autre monde et de ceux qui les lui racontent.

Il croit que chacun cherche comme lui son intérêt; c'est un malin qui ne veut pas qu'on le roule.

• Comment faire pour mettre la religion à sa portée ? Autant qu'on la réduise, elle ne sera jamais assez basse.

L'épreuve écrasante du curé de campagne, c'est la certitude qu'aucune de ses ouailles ne croit plus avoir besoin de lui.

Ils appellent le prêtre pour bénir le parc à cochons. Si la religion était une sorcellerie exploitée par des habiles, elle aurait vite fait de reconquérir la campagne.

Le même paysan qui naguère haïssait le curé bien nourri et invité au château, le méprise, aujourd'hui que sa soutane est verdie, qu'il n'a plus de servante et ne mange pas à sa faim[a].

• Sans doute l'attrait des gros salaires, du cinéma, vide les provinces au profit de Paris et des grandes villes industrielles. Pourtant le paysan s'enrichit; il aurait tout à gagner en demeurant sur sa terre. Des cinémas ambulants s'installent chaque semaine sur la place principale, et la jeunesse campagnarde danse autant que celle des villes. Enfin l'alcool a partout le même goût. Mais les câbles sont rompus qui retenaient l'homme immobile. La religion morte, les liens familiaux desserrés, l'homme tranquille qui naissait, vivait, mourait sur place, n'a plus d'amarres : il dérive.

• La terre exige un travail forcené de l'aube à la nuit. Le paysan découvre à son tour qu'il existe un bien plus précieux que l'argent : le loisir.

Il fallait de fameuses ancres pour attacher à la terre cette part de l'humanité qui nourrit l'autre.

La race[b] la plus âpre, la plus soumise à la matière, voici qu'elle sacrifie son intérêt sordide à la recherche d'un bonheur indéterminé. Une métairie perdue dans les bois, même si elle enrichit le métayer, risque de demeurer vide : jusqu'au paysan qui ne peut plus rester seul avec son propre cœur !

Les autos violent la campagne.

Elles entretiennent dans l'esprit de ceux qui les regardent passer la nostalgie du voyage.

Autrefois, le chemineau faisait horreur; le saltimbanque était méprisé : *les sédentaires se jugeaient supérieurs aux errants*. Aujourd'hui, l'homme immobile regarde l'homme bolide écraser sa volaille et disparaître dans une poussière de gloire.

• L'affreux[a] de la vie à la campagne, c'est d'être livré sans recours à la pluie, à la boue, à la neige, à la nuit. Notre vie de Paris échappe aux phénomènes atmosphériques; son rythme ne dépend pas de la météorologie. À la campagne, en proie au mauvais temps, l'homme des villes découvre qu'il est un animal inadapté. Comment vivre ? Comment la pensée subsiste-t-elle sur ce globe inondé, glacé, ténébreux?

• Douceur de la parole humaine ! C'est à la campagne que je découvre qu'il est au-dessus de mes forces de ne parler qu'à moi-même[b].

Tout ce que je viens d'écrire pourrait être emprunté aux notes secrètes de Mme Bovary.

Emma Bovary n'est morte que dans le roman de Flaubert : chaque écrivain venu de sa province à Paris est une Emma Bovary évadée.

Mme Bovary, ce n'est pas que l'histoire d'une petite provinciale : tout provincial s'y retrouve. La Province française est peuplée de jeunes êtres consumés d'appétits inassouvis. Toutes ces ambitions refoulées, et dont le refoulement décuple la puissance, assurent plus tard aux provinciaux les premières places dans la politique, dans la littérature, dans les affaires.

• La Province est une pépinière d'ambitieux. De même qu'il faut que la meute jeûne avant la chasse, ces garçons échappés à leur Province n'atteindront plus jamais à contenter leur appétit.

Tout le temps que nous avons cru perdre, jeune homme aigri, dans une Province étouffante, nous lui devons nos armes les plus sûres.

Le provincial est mieux défendu contre le détachement, contre le désenchantement qui pousse tant de garçons à s'écarter de la lutte. Il sait le prix de ce dont il craignait d'être à jamais sevré. Barrès, au comble de la gloire, tout de même ne négligeait rien de ce qui aurait enchanté l'obscur petit Nancéen qu'il avait été.

Nous réalisons sans grande joie, et comme par acquit de conscience, les rêves fiévreux de notre vingtième année, alors que sur la place Stanislas, à Nancy, sur les quais de Bordeaux, de Marseille ou de Lyon, nous pleurions de rage, comme le jeune Stendhal, à l'idée de ne rien faire à l'heure même pour notre avancement. Nous aurons en nous toute notre vie, et quoi qu'il arrive, cet enfant provincial forcené à satisfaire.

Ce temps de province fut le temps de vie cachée sans lequel il n'existe pas de grand destin : une retraite avant l'action. Un jeune provincial, rien ne le détourne de descendre en soi-même. Rappelle-toi ces promenades solitaires dans le Jardin Public de Bordeaux, cette furie d'analyse que tu croyais stérile, ces notes quotidiennes où tu fixais tout ce que tu découvrais de toi-même.

• Les aveugles, les sourds-muets ont presque toujours la passion de l'encre. Le père de Foucauld, dans son désert, a noirci une quantité immense de papier; ainsi le jeune intellectuel provincial, que rien ne délivre de son propre cœur, y cherche sa nourriture. Il est condamné par sa solitude à l'approfondissement.

La Province nous enseigne à connaître les hommes. On ne connaît bien que ceux contre lesquels il faut se défendre. La Province nous oblige[a] de vivre au plus épais d'une humanité dont les traits sont accusés; elle nous fournit des *types*. Enlevez à l'œuvre de Balzac tout ce dont l'a enrichie la Province, il n'en restera que le pire. Ce n'est pas par ses duchesses qu'il est éternel, mais par les Grandet.

La peinture du monde parisien, on regrette qu'un Proust s'y soit trop attardé : il faut étudier l'humanité à sa source, ou plutôt dans son cours moyen.

La Province nous montre dans les êtres des passions vives et des barrages.

La Province nous fournit des paysages. Tu crois avoir perdu ton temps, dans ces campagnes; mais bien des années après, tu retrouves en toi une forêt vivante, son odeur, son murmure pendant la nuit. Les brebis se confondent avec la brume et dans le ciel du déclin des vacances, les palombes passent.

• Tous les logis de ton enfance, bouleversés aujourd'hui, existent en toi indestructibles; ainsi cette maison de Langon où ton grand-père mourut : le vestibule était vaste et glacé, pauvrement meublé de chaises de rotin. Les chambres immenses avaient des portes-fenêtres masquées d'étoffes derrière lesquelles tu entendais respirer quelqu'un. La nuit, les trains rendaient cette maison frémissante comme un être vivant et qui a peur. Tous les fils d'un antique système de sonnettes, à chaque passage de convoi, vibraient. Beaucoup de chambres inhabitées où des grands-parents moururent, étaient pleines de chromolithographies, de meubles capitonnés, et de ces boîtes « souvenir des Pyrénées[1] ».

La Garonne débordée roule en moi ses eaux comme de la terre liquide. J'entends retentir le sabot du cheval sur le pont suspendu qu'on disait près de s'écrouler, lorsque blotti au fond de la victoria, les yeux fermés, je récitais un acte de contrition. Sur les coteaux, les averses lointaines se détachaient comme des colonnes sur un fond de soufre. Un coucou s'éloignait vers une tache noire, un lac de silence qui était un bois[2].

• Quand je reviens dans ma ville, j'erre le long des quais déserts, dans un état d'âme de « réfugié ». Je retrouve des lambeaux de passé accrochés partout, comme des pontons pourris, des barques naufragées dans la vase du fleuve.

Pourtant beaucoup de provinciaux reviennent à leur province avec un immense amour. C'est là qu'ils souhaitent de finir. Et moi-même peut-être...

Non dans la ville de Province où tu es né, mais au pays des grandes vacances, c'est là que couché au soleil, sur le sable, immobile, sans pensée, il serait bon d'attendre ta fin, de t'engourdir, d'y vivre d'une vie si semblable à la mort que tu n'entendrais pas la mort approcher[3].

À qui refuse de découvrir aucun délice dans la vie aux champs, il reste de l'accepter ainsi qu'une préparation à la mort.

Que de fois à l'horizon d'une lande brûlée, quelques

pins grêles m'apparaissaient comme le dernier portique, celui qui ouvre sur Rien.

Dominique, en pleine force renonce à la passion, à la gloire, retourne dans son Aunis, y fonde un foyer et, possédé d'une obscure sagesse, fait valoir ses terres. Héros incompréhensible, comment le souvenir ne l'étouffe-t-il pas[1] ?

• Si, à Paris nous faisons notre miel de tout ce que nous sûmes amasser durant notre vie provinciale, Dominique revenu en province que fera-t-il de sa vie parisienne, à moins qu'il ne soit écrivain ? Poésie est délivrance : Dominique incapable de se délivrer par l'écriture, par l'invention, par le rythme, risque d'être dévoré vivant.

Dominique, dans sa campagne perdue, doit étouffer chaque jour le cri de l'homme qui a connu le bonheur et qui l'a renoncé : « C'est fini ! c'est à jamais fini ! » Car la vie aux champs, en même temps qu'elle nous associe à la germination universelle, qu'elle nous enveloppe et nous pénètre d'une atmosphère d'amour, réalise aussi le plus souvent, au moins pour ceux qui n'y ont pas toujours vécu, l'absence de ce que le catéchisme appelle les occasions.

Dominique s'enterre[a] dans sa Province. Mais a-t-il laissé à Paris son imagination et ses sens ? A-t-il tué le souvenir ?

Beaucoup de « Dominique » sont sauvés par l'amour de leur petit pays. L'amour revêt d'un charme unique un visage qui aux autres semble ordinaire. Par un Maurice de Guérin, la campagne natale est presque charnellement aimée. Ce prédestiné fut constamment ébloui par la beauté du monde. À Paris il était séparé de la nature comme il l'eût été d'une maîtresse et, dans une cour sombre, il étreignait un tronc de lilas.

Il subissait jusqu'à l'extase l'influence des saisons. La terre et le ciel, le fleuve aimé du Centaure, les arbres et le vent le consolaient de vivre mieux que ne l'eussent fait les humains.

Il interprétait avec patience et bonheur les jeux et les formes des nuages. Il préférait la foule des arbres à la foule des hommes[2].

Fut-il un être d'exception ? Nul doute que soient plus nombreux ceux que blessa leur petite patrie.

Ce n'est pas pour rien que depuis Balzac et Flaubert, les auteurs n'utilisent plus la Province française que comme nous faisions, enfants, de ces papiers enluminés où il faut découper des grotesques[1].

• Le danger[a] de la naissance, de l'éducation et de la vie en Province, pour un grand esprit, c'est qu'il risque d'y apprendre la haine de la vertu, de la religion, à force d'en voir la caricature. Par exemple, Stendhal. Il a toujours vu le Catholicisme à travers l'abbé Raillane; l'Église a toujours eu pour lui l'odieux visage de sa tante Séraphie[2].

Toute la littérature[b] romantique est une littérature de provinciaux aigris.

Il s'agit pour l'individu de paraître sur un plus grand théâtre où ses mérites éclateront.

Dans la vieille France, les gens de Cour pouvaient bien se moquer de la Province, mais la Province ne rougissait pas d'elle-même. Il a fallu cette hypertrophie de l'individu pour que le provincial ne juge plus la province à sa mesure.

De toutes les villes, de tous les cantons de France, se hâtent vers Paris des jeunes hommes soucieux de prouver à l'univers qu'ils sont des créatures admirables.

• La Province commence d'avoir sa revanche : toujours plus nombreux sont ceux qu'assomme le vacarme des autobus et des taxis, que le métro asphyxie. Le charme de Paris se dissipe. Jamais nous n'avons tant rêvé de paix et de silence.

Ce goût du monde moderne surmené pour la religion de l'Orient, la Province en bénéficie. Ce n'est plus, comme au temps de Jean-Jacques et de Bernardin, l'illusion d'une vie innocente et frugale que les citadins y cherchent : elle les attire comme le cloître, aux époques de désolation, attirait les âmes.

• Il faut être provincial pour savoir que la solitude, — la seule souhaitable, celle dont on peut librement sortir — ne se goûte qu'à Paris.

Nous voulons bien une cellule, mais dont la porte demeure ouverte. Nous aimons le silence, mais si nous savons qu'il existe mille endroits pleins de vacarme où, en quelques instants, une auto nous pourrait conduire.

• La campagne nous impose son recueillement. Paris protège de son indifférence immense notre vie recueillie.

Au sixième étage d'une maison neuve à Paris, au-dessus d'une rumeur de trompes d'autos, nous trouvons à ce silence précaire le charme de ce qui est menacé. Nous savons que la sonnerie du téléphone peut, d'une seconde à l'autre, le détruire.

Le recueillement à Paris nous est une conquête. Des champs hostiles ne nous l'imposent pas du dehors. Même dans une grande ville de Province, la vie à minuit s'arrête. Celui dont la fantaisie serait de ne pas dormir, n'a pas de refuge.

Même sans y participer, nous pensons à la vie nocturne de Paris avec une grande satisfaction. Notre sommeil est un choix : Paris est le lieu du monde où nous nous sentons le plus libres, *où nous pourrions toujours faire autre chose que ce que nous faisons.*

En Province, fût-ce dans une grande ville, une implacable nécessité nous mène de la table au travail, et du travail au lit.

• Paris est la ville du monde où nous accumulons le plus de mérites, puisque toutes les sortes de péchés s'y peuvent commettre avec d'incroyables facilités.

En Province, ville ou campagne, nous ne savons jamais si, le cas échéant, nous ne céderions pas à telle tentation, puisqu'elle ne s'offre jamais à nous. La Province laisse endormies en nous mille tendances, des aspirations, des inclinations. Nous n'y avons pas le sentiment de notre faim.

Le danger[a] de Paris, c'est de nous obliger à connaître nos plus extrêmes limites. Nous savons jusqu'où, dans tous les sens, nous pouvons aller. Paris est un infatigable complice.

Il est impossible d'avoir vécu longtemps à Paris, sans avoir fait le tour de soi-même. En Province, on y réussit moins facilement.

Vivre en Province, c'est n'avoir pas subi l'épreuve du feu.

La Province nous protège contre nous-mêmes par le

défaut d'occasions, mais grâce aussi à une bienfaisante hypocrisie, à une pudeur qui nous détourne de nous regarder.

Ce qui étonne le plus un provincial dans une société de Paris, c'est comme tout sujet y est abordé sans vergogne[1].

• La Province est peuplée[a] d'emmurés, d'êtres qui n'imaginent pas que se puisse jamais réaliser leur désir.

La Province condamne la plupart des femmes à la vertu. Combien, parmi elles, n'avaient pas la vocation de la vertu !

Certaines femmes sont jugulées par leur Province, comme autrefois le furent au cloître des filles sans vocation.

Naguère encore[b], toutes prisonnières du même cachot, elles se montraient impitoyables à celles qui s'évadaient.

Il n'y a pas bien longtemps que, même dans une grande ville de Province, celle dont on disait : « C'est une femme qui fait parler d'elle », était une femme perdue.

Nous avons vu des femmes rejetées par leur milieu, abreuvées d'opprobres, uniquement « parce qu'on parlait d'elles ».

Des femmes qui se glorifient d'une vertu qu'elles n'ont pas choisie, c'est leur unique consolation en ce monde d'accabler les amoureuses qui n'ont pas, non plus, choisi librement d'aimer et d'être aimées.

Celles qui languissent loin de l'amour, le mépris qu'elles dispensent aux femmes perdues les aide à vivre.

Des provinciales[c] réussissent-elles à cacher leurs amours, tout en sauvegardant leur situation ? Les confesseurs le savent.

• Que de combinaisons géniales, pour dépister les curiosités, pour duper toute une province ! Que de vies provinciales, enserrées dans un réseau de mensonges que la mort même ne déchire pas !

Donner le change à sa ville, quelle satisfaction pour une femme ! Connaître ensemble les joies de la passion, et celles de la politique[d] !

• Aujourd'hui encore, la Province ne se brave pas en face.

Je sais des familles où les femmes qui n'ont plus la Foi accomplissent encore tous les gestes de la Religion, comme pouvaient faire à Versailles les courtisans du vieux Roi ! J'en connais plus encore que la Religion sauve de la Province, et qui, dans le plus médiocre milieu, vivent sur les plus purs sommets.

La Province favorise la sainteté.

Depuis la guerre[a], on rencontre un plus grand nombre de provinciales qui osent rompre en visière à l'étiquette[1].

• La Province surveille les veuves. Elle mesure le temps durant lequel les veuves portent « le voile devant ». Elle juge le chagrin éprouvé à la longueur du crêpe.

Malheur à celle qui, par un jour torride, souleva son voile pour respirer ! Elle a été vue, on va dire : « En voilà une qui a été vite consolée... »

« A-t-elle beaucoup souffert de la mort de son mari ?

— J'en doute : ses robes ne seraient pas si bien coupées. Ses larmes n'enlèvent pas son rouge. Vous n'avez pas vu son[b] voile ? C'est une voilette ; et pas même de crêpe : du tulle. »

Reconnaissons qu'il y avait de la beauté dans cet ensevelissement des veuves sous des crêpes et des châles.

Il existe encore des veuves en Province qui, durant leur deuil, et même pour aller à l'Église, s'assurent qu'il n'y a personne sur la place avant de la traverser[c][2].

Dans les bonnes familles de Province, qui sont aussi les familles nombreuses, un deuil rejoint l'autre et l'on ne sort pas des ténèbres. Il y a toujours quelque deuil d'oncle pour faire le pont entre les deuils plus importants. Les plaisirs, dîners ou bals, dépendent presque toujours des péripéties d'une agonie[d].

• À la campagne, des rites funèbres existent encore, venus d'au-delà du christianisme. Les miroirs sont voilés de nappes. Dans ma petite enfance, des pleureuses gagées hurlaient encore autour du cercueil. On distribuait des gants à tous les invités. On donne encore un sou à l'Offertoire. Est-ce un souvenir de l'obole à Caron ?

Les cadavres eux-mêmes sont corrects : habillés de pied en cap, coiffés de leur plus beau chapeau, leur livre

de prières à la main. Au Jugement dernier, les morts
de chez moi seront les plus convenables[1].

Comme les invités[a] viennent de loin, le rite du repas
funèbre s'est maintenu : commencé gravement, il finit
presque toujours dans la joie bachique. Dans une bonne
maison, à la campagne, un enterrement vaut une noce.

• La Province recrée sans cesse Paris par une trans-
fusion de sang ininterrompue et dont elle fait tous les
frais. En retour, Paris agit sur elle, lui impose ce qu'il
a de pire et non ce en quoi il excelle. Ses modes, ses
rengaines idiotes, les derniers villages les subissent.
Mais la plus grande ville provinciale n'a presque aucune
part aux découvertes de Paris en musique et en peinture.
Tout ce qui se crée de grand à Paris, dans cet ordre,
la Province l'ignore.

Le Parisien n'a plus le même œil ni la même oreille
que le provincial : pour la musique et pour les arts
plastiques, la Province est en retard d'un demi-siècle.
N'empêche que ce sont ses fils qui inventent tout.
Mais la Province ne le sait pas.

Peut-être Paris ne vaut-il que par ses provinciaux.

Paris est une immense délégation de toutes les provinces, — une mise en commun de la richesse provinciale française.

Paris, c'est la Province qui prend conscience d'elle-
même. Paris : ce grand feu que nous entretenons.

Rien d'admirable, dans aucun ordre, qui ne soit que
parisien.

Tel artiste, de famille parisienne, c'est rare qu'il faille
creuser bien loin pour atteindre le tuf provincial qui le
nourrit. Plus il faut creuser profond pour atteindre ce
tuf, plus aussi l'œuvre risque d'être anémique : pauvre
végétation de pavé et de macadam.

• Oui, il existe de grands noms : Voltaire, France,
entre beaucoup d'autres. Mais justement ! Ils valent
surtout par la vivacité de l'esprit, et par une espèce
d'érudition brillante. Leur œuvre ne s'alimente pas à
cette profonde nappe souterraine française d'où jaillissent
inépuisablement tant de sources. Un artiste sans communication avec la Province est aussi sans communication
avec l'humain.

L'œuvre de France est celle d'un bibliothécaire, d'un antiquaire. Ce Parisien de Paris n'a jamais atteint l'homme directement : il travaille sur ce qui est mort. Et certes il a pu quelquefois réussir à ranimer des cendres (dans *Thaïs,* dans *Le Procurateur de Judée,* dans *Les Dieux ont soif*[1]).

La plus heureuse fortune[a] qui puisse échoir à un homme fait pour écrire des romans, c'est d'être né en Province, d'une lignée provinciale. Même après des années de vie à Paris, d'amitiés, d'amours, de voyages, alors qu'il ne doute pas d'avoir accumulé assez d'expérience humaine pour alimenter mille histoires, il s'étonne de ce que ses héros surgissent toujours de plus loin que cette vie tumultueuse, — qu'ils se forment au plus obscur de ses années vécues loin de Paris et qu'ils tirent toute leur richesse de tant de pauvreté et de dénuement[2].

Cet auteur, fils d'une Province, d'une famille provinciale et catholique, n'a pas à se mettre en quête de personnages. Les personnages se pressent en foule pour accomplir tout ce que son destin le détourna de commettre. De chaque tentation vaincue, de chaque amour refusé par cet enfant janséniste et solitaire, un embryon d'être s'est formé, a pris corps lentement, jusqu'à ce qu'il s'étire enfin à la lumière et pousse son cri. Où le père n'est pas passé, l'enfant imaginaire passera.

Tout ce que nous avons réellement accompli, c'est cela qui est mort et qui ne peut plus vivre dans un essai romanesque[3]. Nos aventures ne nous servent jamais à rien, — sauf à écrire nos mémoires[b] ; et ce n'est pas vrai seulement du romanesque intérieur : il fallait que Jules Verne fût un provincial casanier pour nous entraîner autour du monde. Plus que les récits de voyages et d'aventures, l'étude du cœur humain bénéficie d'une adolescence refoulée, d'une sensibilité contre laquelle une famille provinciale et catholique inventa mille barrages. Dans ce temps de désirs et de refus, nous fûmes dressés à la lutte contre nous-mêmes et, grâce à ce perpétuel examen de conscience, initiés à des ruses pour débusquer nos plus secrètes intentions, pour percer le mensonge de nos actes, les dépouiller de leur apparence honorable, mettre à jour leur signification vraie.

Et comment n'eussions-nous pas appliqué à la connaissance d'autrui cette méthode qui nous permettait de nous connaître nous-mêmes ? En ces jours où nous étions un enfant refusé et chaste, alors nous avons compris les femmes et les hommes. Nous pénétrons d'autant mieux un être que nous désespérons de l'atteindre. Nous n'ignorons rien de la femme qui ne sera jamais à nous : aucun autre moyen de la posséder que par l'esprit. Nous l'observons aussi ardemment que nous l'eussions étreinte. Elle devient nôtre alors, spirituellement, au point que c'est de nous-mêmes que nous la tirons, plus tard, pour la faire vivre.

Nos héroïnes vraiment vivantes, nous ne les avons jamais possédées. Lucidité de la passion sans espoir ! À celle qui s'est donnée, peut-être ne demandons-nous rien de plus que son corps. Don Juan connaissait assez mal les femmes[a]. Une femme désirée et possédée nous enrichit de clartés, certes, mais sur notre propre cœur, par tout ce qu'elle déchaîne ; elle-même risque de nous demeurer indéchiffrable ; car la possession charnelle n'est pas le vrai moyen de connaissance : elle est créatrice de mirages ; le désir, l'assouvissement tour à tour transforment et déforment l'être aimé[b].

Mais ne faut-il au moins observer les femmes du dehors, les fréquenter dans le monde ? Loin d'elles, saurait-on écrire des romans ? La fréquentation du monde, si elle ne nous déroute pas (elle nous déroute souvent, car nous nous y heurtons à des êtres masqués, camouflés, truqués, soumis à une discipline, à un dressage qui les rend uniformes et qui nous donne le change) ne saurait que nous confirmer ce que nous savons déjà. L'observation du monde nous sert à contrôler nos découvertes. Elle nous rassure seulement et nous prouve que nous ne nous étions pas trompés.

L'unique nécessaire[c] n'est donc pas de vivre à Paris, mais d'avoir longtemps vécu, lutté, souffert, au plus secret d'une province, pour mériter cette louange qu'un critique naïf adressait naguère à un écrivain (croyant l'en accabler) : « Que cet écrivain est donc compliqué ! Il voit de grands arcanes dans les aventures les plus communes. » Ce qui distingue un romancier, un dramaturge, du reste des hommes, c'est justement le don de voir de grands arcanes dans les aventures les plus communes. Toutes les aventures sont communes, mais non leurs secrets ressorts. Qu'une belle-mère brûle pour son beau-fils, c'était sans doute un incident aussi peu notable du temps d'Euripide qu'aux jours de Jean Racine. Mais voyez les grands arcanes que ce Racine a découvert dans une passion à peine incestueuse, et jusqu'à soulever tout le débat de la Grâce[1] ! Ce que le critique peut reprocher à un romancier c'est seulement de ne pas atteindre à rendre clair ce qui était obscur, — de ne pas donner satisfaction à cette exigence que nous rappelait notre Jacques Rivière lorsque, au seuil de la mort, il s'écriait : « Le monde obscur, le monde obscur qu'il s'agit de rendre par les moyens les plus ordinaires[a2]. »

Découvrir les arcanes inaccessibles de nos actes, appliquer la plus aiguë, la plus lucide intelligence à l'observation de nos états de sensibilité et de conscience, nul n'y réussit pourtant comme Marcel Proust, Parisien de Paris s'il en fut jamais, et qui croyait que les arbres, un simple bouquet dans sa chambre, menaçaient sa vie. Mais le rôle que la Province joua dans d'autres destins, — dans celui de Proust, ce fut la maladie qui l'assuma. La maladie l'isola comme l'eût fait un temps de vie cachée en province. L'usage délicieux et criminel du monde, dont parle Pascal[3], enfante moins de grandes œuvres que la privation amère du monde dans une chambre de malade, ou dans une maison morte de la campagne française.

LE ROMAN

I

Le romancier est, de tous les hommes, celui qui
ressemble le plus à Dieu : il est le singe de Dieu. Il crée
des êtres vivants, il invente des destinées, les tisse
d'événements et de catastrophes, les entrecroise, les
conduit à leur terme. Personnages imaginaires ? Sans
doute ; mais enfin les Rostov dans *La Guerre et la Paix,*
les frères Karamazov, ont autant de réalité qu'aucune
créature de chair et d'os ; leur essence immortelle n'est
pas, comme la nôtre, une croyance métaphysique :
nous en sommes les témoins. Les générations se les
transmettent, tout frémissants de vie.

Quel romancier n'espère conférer aux fils de son
esprit une durée indéfinie ? et comme, de tous les genres
littéraires, le romanesque est celui qui trouve le plus de
crédit auprès du public, et en conséquence, auprès des
éditeurs, ne nous étonnons point que la plupart des gens
de lettres veuillent se persuader qu'ils ont reçu, en
naissant, le don divin.

Prétention injustifiée, presque toujours ; mais nul n'a
le droit d'en conclure que le roman[a] touche à son déclin ;
car à toutes les époques les très grands romanciers ont
été des solitaires. N'empêche que, si le roman n'est pas
mort, il faudrait s'aveugler pour ne pas reconnaître
qu'il existe une crise du roman. Il ne subirait pas tant
d'attaques si nous n'avions tous, écrivains et lecteurs,
conscience de cette crise. Mais, alors que quelques-uns
y découvrent les prodromes de l'agonie et de la fin

prochaine, nous croyons y voir les signes d'une mue, les péripéties d'un passage — mue dangereuse, passage périlleux, — et cependant nous ne doutons pas que le roman doive sortir de l'épreuve, renouvelé, rajeuni, peut-être même prodigieusement enrichi[1].

II

En quoi consiste cette crise ? Le romancier crée des hommes et des femmes vivants. Il nous les montre en conflit : conflit de Dieu et de l'homme dans la religion, conflit de l'homme et de la femme dans l'amour, conflit de l'homme avec lui-même. Or, s'il fallait définir en romancier ce temps d'après-guerre, nous dirions que c'est une époque où diminuent de plus en plus d'intensité les conflits dont le roman avait vécu jusqu'à ce jour. Formule un peu simple évidemment et dont nous n'usons que pour les commodités du discours. De même, nous ne voulons pas imaginer un abîme entre la société d'aujourd'hui et le monde d'avant guerre : la plupart des traits du monde actuel que nous allons relever, on les observait dès avant 1914, et bien au-delà; il faudrait remonter jusqu'à l'avant-dernier siècle.

Mais ce qui est particulier à notre époque, c'est cette sincérité redoutable qui détourne beaucoup de jeunes hommes de tenir compte dans leur vie des valeurs auxquelles ils ne croient pas. Ne demandez plus à cette génération comme à celle des années 80 de vivre du parfum d'un vase brisé[2]. Il arrive souvent que le jeune homme, aujourd'hui, n'accepte d'entrer en conflit ni avec une religion à laquelle il n'adhère pas, ni avec une morale issue de cette religion, ni avec un honneur mondain issu de cette morale. S'il advient qu'un jour il se convertisse, alors toute sa vie en sera transformée et il s'orientera corps et âme selon sa nouvelle croyance. Mais tant qu'il y demeure étranger, c'est complètement et sans aucune feinte : la passion chez lui ne se heurte à aucune barrière, ne connaît aucune digue : les conflits n'existent plus[3]. Il est très remarquable qu'un roman tel que le *Dominique* de Fromentin, dont nous célébrions l'an dernier le centenaire, délice de nos jeunes années, demeure à peu près incompréhensible pour un garçon de 1927. « Faux chef-d'œuvre ! » s'écriait, un jour, M. Léon Daudet. Non certes faux chef-d'œuvre — mais chef-d'œuvre dont la génération actuelle a perdu la clef. « Dominique ou l'honneur bourgeois », ainsi le définissait admirablement Robert de Traz[1]. Que peut signifier cette expression exquise : honneur bourgeois, pour un garçon d'aujourd'hui ? Demandez au plus subtil d'entre eux pourquoi Dominique et Madeleine de Nièvres ne cèdent pas au désir qu'ils ont l'un de l'autre... Mais il vous répondra qu'il n'a pas lu *Dominique*.

Ces sortes de conflits sont devenus inintelligibles ; mais même des drames plus frappants ne sont plus compris. Une jeune femme, un jour, m'avouait ne rien entendre à la *Phèdre* de Racine, à ses remords, à ses imprécations. « Que de bruit pour rien ! me disait-elle. Comme si ce n'était pas la chose la plus ordinaire du monde que d'être amoureuse de son beau-fils ! Voici beau temps que Phèdre séduit Hippolyte en toute sécurité de conscience et Thésée lui-même ferme les yeux[2]. » L'aventure de Phèdre ne fournirait plus aujourd'hui la matière d'une tragédie.

Comment une époque où ce qui touche à la chair a perdu toute importance serait-elle une époque féconde pour les romanciers ? La crise du roman, sans aucun doute, elle est là. Certes, d'autres conflits se sont atténués où s'alimentaient beaucoup de romans d'autrefois ; et par exemple le cosmopolitisme, l'égalitarisme, la confusion des races et des classes ne permettraient plus à Georges Ohnet d'écrire ses *Maître de forges* et ses *Grande Marnière* : quel grand seigneur hésiterait aujourd'hui à donner sa fille à un maître de forges[3] !

Mais cette logique terrible qui pousse notre monde sans Dieu à considérer l'amour ainsi qu'un geste comme un autre[4], voilà pour le roman la plus grave menace. Ce qui autrefois s'appelait amour, apparaît à beaucoup de garçons d'aujourd'hui plus éloigné du réel que ne le sont, de la nature, les jardins de Versailles. Les jeunes femmes savent bien qu'elles ne doivent plus se fier à ce vieux jeu aux règles charmantes : la trahison n'est plus la trahison ; fidélité devient[a] un mot dénué de sens, puisque, en amour, plus rien n'existe de permanent. Méditez sur ce seul titre d'un chapitre de Proust :

« Les intermittences du cœur. » Ce qui naguère encore s'appelait : amour, était un sentiment complexe, œuvre des générations raffinées, tout fait de renoncement, de sacrifice, d'héroïsme et de remords. La religion l'étayait, et la morale chrétienne. Ces belles eaux pleines de ciel ne se fussent pas accumulées sans les barrages des vertus catholiques. L'amour est né de toutes ces résistances dans la femme vertueuse et tentée : princesses de Racine immolées à l'ordre des dieux, à la raison d'État. L'amour ne saurait survivre à l'effritement des digues qui le retenaient. Devant l'armée des jeunes hommes en révolte contre les règles du jeu amoureux, les femmes perdent la tête, et comme chez les rois mérovingiens, le retranchement de leurs cheveux devient le signe de leur abdication[1].

III

Devant cette société où les conflits romanesques se réduisent de plus en plus, que fera le romancier ? Il peut d'abord — et c'est la méthode la plus simple, et nous savons par expérience qu'elle est féconde —, il peut d'abord, sans chercher plus loin, appliquer la fameuse définition de Saint-Réal « un roman est un miroir promené sur une grand-route[2] »; en un mot, ne pas se poser de questions, peindre son époque telle qu'elle est, faire scrupuleusement son métier d'historien de la société. Dans ce cas, l'absence de conflits, bien loin de le gêner, sera l'objet même de sa peinture. Ainsi fit naguère M. Abel Hermant. Paul Morand, aujourd'hui, y dépense un art admirable; dans *Ouvert la nuit,* dans *Fermé la nuit,* Morand nous montre des hommes et des femmes de toutes races, de toutes classes, qui se cherchent, se prennent, se quittent, se retrouvent, ignorants de toute barrière, soumis à l'instinct du moment, d'autant plus incapables de plaisir qu'ils ne connaissent aucune autre loi que celle qui les oblige à raffiner toujours davantage sur leurs sensations. Plus ils s'abaissent, plus ils se souillent et moins ils le savent et moins surtout il leur est possible de croire que ce qui touche à la sensualité présente la plus minime importance.

Peinture impitoyable et féroce; Morand l'a réussie avec ces prestiges qui lui sont propres. Mais ses nombreux imitateurs, avouons qu'ils sont bien ennuyeux.

C'est que l'histoire d'une société amorphe ne peut être récrite indéfiniment, comme l'étaient par nos prédécesseurs les conflits de l'esprit et de la chair, du devoir et de la passion.

Ici, les adversaires du roman, avouons-le, marquent un point. Ils peuvent me dire : « Vous reconnaissez vous-même que les romanciers d'aujourd'hui sont engagés dans une impasse et qu'ils ne trouvent pas d'issue. » Sans doute pourrions-nous leur objecter : « Et le roman d'aventures ? » Ce que l'on a appelé le renouveau du roman d'aventures[1] nous apparaît, en effet, comme un effort pour se frayer ailleurs une voie; puisque leur faisaient défaut les drames de la conscience humaine, des écrivains se sont rabattus sur les péripéties, les intrigues extraordinaires qui tiennent le lecteur haletant. Je me garderai bien de médire ici du roman d'aventures. Mais, à mon avis, le roman d'aventures n'a le droit d'être considéré comme une œuvre d'art que dans la mesure où les protagonistes y demeurent des hommes vivants, des créatures vivantes comme le sont les héros de Kipling, de Conrad et de Stevenson. En un mot, ce qui importe pour que le roman d'aventures existe littérairement, ce ne sont pas les aventures, c'est l'aventurier. Stendhal disait que son métier était de connaître les motifs des actions des hommes; il se glorifiait du titre d'observateur du genre humain. Eh bien, le romancier tout court doit être, lui aussi, un psychologue; il se trouve aujourd'hui, comme nous tous, aux prises avec une humanité terriblement appauvrie du côté de l'âme; mais en essayant de se rabattre sur l'intrigue extérieure, il n'enrichit pas le roman, il le diminue. J'avoue beaucoup moins attendre des romanciers d'aventures que de ceux qui, à la suite d'Alain-Fournier, l'auteur de l'admirable *Grand Meaulnes,* et avec Jean Giraudoux, avec Edmond Jaloux, avec Jacques Chenevière, ouvrent au romancier le royaume de la Fantaisie et du Songe. Mais il n'est donné qu'à très peu d'écrivains d'y pénétrer : c'est là un terrain réservé à la postérité de Shakespeare.

IV

Ne désespérons pas cependant, cherchons ailleurs, nous qui n'avons pas de fantaisie; demandons-nous si, parmi les romanciers vivants, quelques-uns ne frayent pas une route. Dans un article des *Nouvelles littéraires,* M. Paul Morand, à son retour d'Orient, exprimait son dégoût de notre civilisation bassement matérielle et jouisseuse; il admirait que les peuples qu'il venait de visiter fussent plus que nous établis dans l'absolu et qu'une perpétuelle méditation leur rendît la mort familière. Morand nous invitait à considérer dans son œuvre une dérision, une moquerie de la civilisation occidentale qui satisfait nos appétits, mais ignore notre plus profonde aspiration. Ainsi nous apparaît déjà comment l'historien de la société moderne peut élargir son horizon. Même s'il est dépourvu de tout esprit religieux, il n'en décrit pas moins, qu'il le veuille ou non, ce que Pascal appelait la misère de l'homme sans Dieu.

Nul n'y a mieux réussi qu'un grand écrivain vivant, et qui est une femme, — si je ne me trompe, fort indifférente en matière de religion : Colette. Qui n'a lu *Chéri* et *La Fin de Chéri*[1] ? Impossible d'imaginer une humanité plus pauvre, plus démunie, plus boueuse. Un enfant élevé par de vieilles courtisanes retraitées, les amours de cet enfant et d'une femme sur le retour et qui pourrait être sa mère, — tout cela dans une atmosphère de jouissance et de basse crapule, — un parti pris de ne rien voir, de ne rien connaître que les mouvements de la chair... et pourtant ces deux livres admirables, c'est trop peu de dire qu'ils ne nous abaissent pas, qu'ils ne nous salissent pas; la dernière page ne laisse en nous rien qui ressemble à cet écœurement, à cet appauvrissement dont nous souffrons à la lecture de tels ouvrages licencieux. Colette, avec ses vieilles courtisanes, ce beau garçon animal et misérable, nous émeut au plus profond, nous montre jusqu'à l'horreur l'éphémère miracle de la jeunesse, nous oblige à ressentir le tragique de ces pauvres vies qui mettent tout leur enjeu sur un amour aussi périssable, aussi corruptible que l'est son objet même : la chair. Ainsi ces livres font songer à ces égouts des grandes villes qui tout de même se jettent dans le fleuve et, confondus avec lui, atteignent la mer. Cette païenne, cette charnelle nous mène irrésistiblement à Dieu.

Qu'est-ce à dire, sinon que le romancier d'aujourd'hui, et qui ne peut plus étudier les conflits moraux, sociaux ou religieux dont vivaient ses prédécesseurs, — le romancier à qui commence d'échapper même l'étude de l'amour, du moins tel qu'on le concevait autrefois (puisque l'amour ressemble à un vieux jeu aux règles désuètes et trop compliquées que les garçons d'aujourd'hui ne reconnaissent plus) — le romancier se trouve donc amené à ne plus s'attacher à d'autres sujets que la chair. Les autres régions lui étant interdites, le romancier s'aventure, avec une audace croissante, sur des terres maudites où naguère encore nul n'aurait osé s'engager. Ici, je pense aux livres de Gide et de Proust, à ceux de Joyce, à ceux de Colette, de Morand et de Lacretelle; et je prêche un peu pour ma paroisse.

Et sans doute, ce qu'ont osé faire certains romanciers d'aujourd'hui : ce regard jeté sur les plus secrets mystères de la sensibilité, cela sans doute est grave — d'une gravité qu'a mieux que personne comprise et exprimée Jacques Maritain dans quelques lignes qui posent le problème en toute clarté. J'extrais cette page de son étude sur J.-J. Rousseau parue dans un livre intitulé *Trois réformateurs* : « Rousseau nous vise, non à la tête, mais un peu au-dessous du cœur. Il avive en nos âmes les cicatrices mêmes du péché de nature, il évoque les puissances d'anarchie et de langueur qui sommeillent en chacun de nous, tous les monstres qui lui ressemblent .. Il a appris à notre regard à se complaire en nous-mêmes et à se faire le complice de ce qu'il voit ainsi, et à découvrir le charme de ces secrètes meurtrissures de la sensibilité la plus individuelle, que les âges moins impurs abandonnaient en tremblant au regard de Dieu. La littérature et la pensée modernes, ainsi blessées par lui, auront beaucoup de peine à retrouver la pureté et la rectitude qu'une intelligence tournée vers l'être connaissait autrefois. Il y a un secret des cœurs qui est fermé aux anges, ouvert seulement à la science sacerdotale du Christ. Un Freud aujourd'hui, par des ruses de

psychologue, entreprend de le violer. Le Christ a posé
son regard dans les yeux de la femme adultère et tout
percé jusqu'au fond; Lui seul le pouvait sans souillure.
Tout romancier lit sans vergogne dans ces pauvres
yeux, et mène son lecteur au spectacle[1]. »

V

Je ne sais rien de plus troublant que ces lignes pour
un homme à qui est départi le don redoutable de créer
des êtres, de scruter les secrets des cœurs. Je me sépare
sur un point de Jacques Maritain : rien ne me semble
plus injuste que de charger un seul homme d'une telle
responsabilité. Non; si Rousseau est un des pères de la
sensibilité moderne, s'il a été l'un des premiers atteint
des maux dont nous avons hérité, le mouvement qui
nous entraîne à violer ces secrets, à découvrir ces
meurtrissures cachées, ne vient pas de lui seul; et s'il
n'eût pas existé, nul doute que les romanciers d'aujour-
d'hui eussent été obsédés, attirés par les mêmes régions
interdites; explorateurs qui voient se restreindre chaque
jour davantage, sur la carte du monde, la zone des terres
inconnues.

Pourtant si les conflits éternels dont le roman a vécu
depuis un siècle ont perdu aujourd'hui beaucoup de
leur acuité, il n'empêche que ces conflits existent encore;
l'univers de Morand n'est pas tout l'univers; il y a des
provinces où les vieilles digues tiennent bon. La famille
provinciale française, en 1927, fournirait encore un
Balzac de plus de sujets qu'il n'en pourrait traiter pendant
toute sa vie[2]. Ces drames existent, et mes lecteurs savent
que je suis de ceux qui y puisent encore le moins mauvais
de leur œuvre, mais c'est souvent l'écrivain lui-même
qui ne s'y intéresse plus, et qui ne peut plus s'y intéresser,
parce que justement il y a eu Balzac, et un nombre
infini de sous-Balzac. Je ne sais plus quel critique parfois
soupire, en coupant les pages d'un livre nouveau :
« Encore un Balzac ! » Que nous voilà loin de l'affirmation de Brunetière : « Depuis cinquante ans, un bon
roman est un roman qui ressemble d'abord à un roman

de Balzac². » Nous serions, au contraire, tenté de dire :
un roman nouveau n'attire plus notre attention que
dans la mesure où il s'éloigne du type balzacien. C'est que
dans la forêt que le géant Balzac avait déjà terriblement
exploitée, d'autres sont venus qui ont abattu tout ce
qui subsistait, et il ne nous reste que de chanter avec
Verlaine : « Ah ! tout est bu ! tout est mangé ! plus
rien à dire¹ ! »

La postérité de Balzac, et en particulier le plus illustre
de ses fils, notre maître Paul Bourget, a étudié l'homme
en fonction de la famille et de la société. Ces écrivains
se sont fait de leur métier une idée très haute. Ils ont
voulu servir la collectivité, la cité; toute la puissance
de leur art est tournée contre l'individu. Balzac, lui,
avait d'abord fait concurrence à l'état civil et créé un
monde, sans chercher à rien prouver (au moins, dans
la plupart de ses ouvrages; il y a des exceptions, comme
Le Médecin de campagne), il a presque toujours écrit sans
aucune arrière-pensée de partisan; ce n'est qu'après
coup que, de sa *Comédie humaine,* il dégagea les principes
nécessaires à la vie sociale. Ses héritiers ont fait le chemin
inverse et ils ont illustré d'exemples romanesques les
lois éternelles de la sagesse conservatrice. Œuvre utile,
œuvre admirable, et qui a donné tout son fruit (comme
le monde l'a vu en 1914), mais justement, c'est peut-
être le contrecoup de l'immense hécatombe; nous
sommes affligés aujourd'hui d'une incapacité redoutable
pour enrôler notre art au service d'une cause, aussi
sublime fût-elle; *nous ne concevons plus une littérature romanesque détournée de sa fin propre qui est la connaissance de
l'homme*².

Sans doute un Bourget, dès ses débuts, professait-il
les mêmes sentiments, et dans la dédicace à M. Taine
d'*André Cornélis,* il comparait ce livre puissant à une
planche d'anatomie morale faite selon les plus récentes
données de la science de l'esprit. Mais nous doutons
aujourd'hui qu'il y ait une science de l'esprit. Nous
redoutons plus que tout d'introduire dans le roman les
procédés de l'histoire naturelle. Reconnaissons que
jamais autant qu'à l'école de M. Taine, ne régnèrent
en philosophie comme en littérature, les généralités,
les affirmations non prouvées; asservi à la théorie
fameuse de la race, du milieu et du moment, jamais on

n'eut si peu le sens, le goût de la chose, telle qu'elle est, jamais on ne se soucia moins de saisir l'individu dans sa réalité, ni de l'étudier comme un être particulier, unique. M. Léon Brunschvicg, dans un récent article sur la littérature philosophique du XIXe siècle, citait cette singulière profession de foi de Taine, extraite de son discours de réception à l'Académie :

« Par bonheur, disait Taine, autrefois comme aujourd'hui, dans la société il y avait des groupes, et, dans chaque groupe, des hommes, semblables entre eux, nés dans la même condition, formés par la même éducation, conduits, par les mêmes intérêts, ayant les mêmes besoins, les mêmes goûts, les mêmes mœurs, la même culture et le même fond. Dès que l'on en voit un, on voit tous les autres ; en toute science, nous étudions chaque classe d'objets sur des échantillons choisis. »

On ne saurait pousser plus loin le mépris des différences individuelles sur quoi repose le roman d'aujourd'hui ; et M. Léon Brunschvicg a beau jeu d'opposer à Taine cette seule ligne de Pascal : « À mesure qu'on a plus d'esprit, on trouve qu'il y a plus d'hommes originaux[1]. » C'est dans ce sens que notre génération réagit violemment contre l'école de Taine — dans un sens où il semble bien que nos cadets doivent aller encore plus loin que nous. Nos cadets —, et aussi quelques-uns de nos aînés : les derniers ouvrages de M. Henry Bordeaux témoignent, dans cette direction, d'un renouvellement profond[2].

L'été dernier, une jeune revue : *Les Cahiers du mois*[3], réunissait sous le titre « Examens de conscience » les confessions de très jeunes gens dont beaucoup n'ont pas encore débuté dans les lettres. Si Jacques Maritain les a lues, il a pu comprendre combien irrésistible est cet instinct qui nous éloigne, nous et ceux qui nous suivent, d'une littérature romanesque oratoire, combative, dont les personnages représentatifs d'une race, échantillons d'une classe, ou d'une génération, seraient mobilisés en faveur de telle ou telle idéologie ; — il a pu mesurer la force de cet élan qui nous rapproche au contraire chaque jour un peu plus de ce secret des cœurs, — de chaque cœur considéré comme un monde, comme un univers différent de tous les autres, — comme une solitude enfin. Nous avons perdu — et c'est peut-être un grand malheur — le sens de l'indignation et du dégoût, nous osons lire dans les plus pauvres yeux, parce que rien ne nous indigne, rien ne nous dégoûte de ce qui est humain.

L'un des jeunes collaborateurs aux *Cahiers du mois,* M. Alain Lemière[1], écrit par exemple ceci : « Je ne crois qu'aux réalités précises, qu'à ce qu'on peut toucher avec les mains et je vis surtout en moi-même. Aussi, quand j'écris, je cherche à rendre surtout le volume des choses et leur chaleur, leur densité, leur mollesse ou leur fermeté. L'exacte pesanteur de la vie. Je veux faire toucher. Je n'écris que pour les mains. Mais je veux dépasser les volumes. La psychophysiologie procure le plaisir de travailler dans la chair vivante, de sentir entre ses doigts la chair vivre sa vie organique et bestiale. O meilleure joie que de modeler. Donner la vie à la chair; y pousser du sang. L'avoir créée selon ses tendances et la sentir vous échapper, parce qu'elle est sujette, comme tout ce qui vit, aux lois de la nature. Qu'importent les incommodités dégoûtantes qui répugnent aux romanciers idéalistes. Il n'y a pas de sujets nobles, il n'y a que la vie et ses exigences. »

Dans ces quelques lignes, tient l'essentiel de ces examens de conscience. La préoccupation d'être humain, le désir de ne rien laisser échapper de toutes les réalités de l'homme, voilà je crois les sentiments qui nous dominent tous, aînés et cadets. Oui, la connaissance de l'homme; et aussi frappés que nous soyons par l'avertissement solennel de Maritain, rien ne nous détourne d'aller de l'avant, — d'autant plus que des maîtres nous ont précédés dans cette voie, et que le charme a été rompu qui interdisait naguère à l'écrivain l'approche de certains sujets. Proust, de ce point de vue, a eu sur toute la génération qui le suit une influence profonde. Ces mystères de la sensibilité, dont Maritain nous adjure de détourner notre regard, Proust nous enseigne que c'est par eux que nous atteindrons le tout de l'homme; il nous flatte de l'espoir qu'en violant ce qu'il y a de plus secret dans l'être humain, nous avancerons dans sa connaissance plus loin même que n'ont fait les génies qui nous ont précédés; et il est certain qu'au-delà de la vie sociale, de la vie familiale d'un homme, au-delà des gestes que lui imposent son milieu,

son métier, ses idées, ses croyances, existe une plus
secrète vie : et c'est souvent au fond de cette boue
cachée à tous les yeux, que gît la clef qui nous le livre
enfin tout entier.

On m'objectera : « Ne risquez-vous pas de vous
cantonner dans l'étude des cas exceptionnels et morbides,
et bien loin de connaître tout l'homme, comme vous en
aviez l'ambition, de ne plus vous intéresser qu'à ce qu'il
y a en lui de monstrueux ? » Sans doute, cela peut être
un péril; néanmoins, nous sommes en droit de nous
demander si la notion d'homme normal a une valeur
absolue. Tous les hommes, de prime abord, font à peu
près les mêmes gestes, prononcent les mêmes paroles,
s'accordent à aimer et à haïr les mêmes objets; à mesure
qu'on les étudie, chacun en particulier et de plus près,
leurs caractères distinctifs se dessinent, leurs oppositions
s'accusent jusqu'à devenir irréductibles; à la limite, on
peut imaginer que le psychologue atteint, dans l'homme
apparemment le plus normal, ce par quoi il est un homme
différent de tous les autres, « le plus irremplaçable des
êtres[1] » : à la lettre, un monstre. Mettre en lumière le
plus individuel d'un cœur, le plus particulier, le plus
distinct, c'est à quoi nous nous appliquons[a].

VI

Et sans doute, ce n'est pas cela seulement que nous
voulons saisir dans ce cœur, puisque notre ambition
est de l'appréhender dans sa totalité; et ici apparaît une
autre tendance très nette du roman moderne, et qui
l'oppose au roman issu de Balzac; nous souhaiterions
ne pas introduire dans l'étude de l'homme une logique
qui fût extérieure à l'homme; nous craignons de lui
imposer un ordre arbitraire. Un héros de Balzac est
toujours cohérent, il n'est aucun de ses actes qui ne
puisse être expliqué par sa passion dominante, ni qui
ne soit dans la ligne de son personnage; et cela certes
est excellent; on a le droit de concevoir l'art comme un
ordre imposé à la nature; on peut considérer que le
propre du romancier est justement de débrouiller,
d'organiser, d'équilibrer le chaos de l'être humain.

Non seulement c'est là une position défendable, mais il est même difficile de ne pas la juger légitime, si l'on songe que dans la réalité la passion violente d'un homme presque toujours le simplifie en ramenant tout à elle; tout chez un ambitieux s'organise en vue de son avancement, et chez le voluptueux en vue de son assouvissement : c'est ce qui a permis à Balzac de créer des types, c'est-à-dire des êtres qui se résument tout entiers dans une seule passion.

Mais au milieu du XIXᵉ siècle, un romancier a paru, dont le prodigieux génie s'est appliqué au contraire à ne pas débrouiller cet écheveau qu'est une créature humaine, — qui s'est gardé d'introduire un ordre ni une logique préconçus dans la psychologie de ses personnages, qui les a créés sans porter d'avance aucun jugement sur leur valeur intellectuelle et morale; — et de fait, il est bien difficile sinon impossible de juger les personnages de Dostoïevski, tant chez eux le sublime et l'immonde, les impulsions basses et les plus hautes aspirations se trouvent inextricablement emmêlées. Ce ne sont pas des êtres de raison; ils ne sont pas l'Avare, l'Ambitieux, le Militaire, le Prêtre, l'Usurier, — ce sont des créatures de chair et de sang, chargées d'hérédités, de tares; sujets à des maladies; capables de presque tout en bien comme en mal et de qui on peut tout attendre, tout craindre, tout espérer.

Voilà sans doute le romancier le plus différent de Balzac (et ici je considère Balzac comme un chef de file, une tête de ligne; j'englobe sous son nom toute sa postérité). Or ce Dostoïevski nous a tous, ou presque tous, profondément marqués. « Ce sont des Russes qu'il a peints, nous objectera-t-on; l'illogisme, la contradiction est le propre du caractère russe. » Pourtant, regardons autour de nous, choisissons au hasard quelqu'un, nous efforçant de porter sur lui un jugement définitif sans idée préconçue. Inévitablement nous serons assaillis de mille contradictions; et en fin de compte, il y a gros à parier que nous ne nous prononcerons pas. S'il s'agit au contraire d'un héros ou d'une héroïne d'un roman du type balzacien, il ne nous faudra pas beaucoup de temps pour lui appliquer l'épithète de sympathique ou d'antipathique, sinon d'infâme ou de sublime. Au vrai, nous avons un tel goût de juger notre

prochain, en dépit de la défense évangélique, que là
est sans doute une des raisons qui fait le succès du
genre romanesque : il nous propose des hommes et des
femmes sur la valeur desquels nous sommes sûrs de ne
pas nous tromper; le lecteur, même lettré, aussi bien
que le cocher de fiacre, souhaite obscurément de haïr
le traître et d'adorer la jeune orpheline. Ce n'est pas
parce que les héros de Dostoïevski sont russes qu'ils
apparaissent à beaucoup de lecteurs français si dérou-
tants, c'est parce qu'ils sont des hommes pareils à nous,
c'est-à-dire des chaos vivants, des individus si contradictoires que nous ne savons que penser d'eux; c'est que
Dostoïevski ne leur impose aucun ordre, aucune logique
autre que cette logique de la vie qui du point de vue de
notre raison est l'illogisme même. Nous sommes stupéfaits de voir ses personnages éprouver à chaque instant
des sentiments opposés à ceux qu'il serait naturel et
normal qu'ils ressentissent; mais qui d'entre nous, s'il
s'observe sans parti pris, ne s'étonne des sentiments
inattendus, saugrenus, que souvent il découvre en lui ?
Seulement nous n'en tenons pas compte, nous ne tenons
pas compte du réel; en chaque circonstance de notre
vie, nous nous appliquons à ressentir ce qu'il est logique
et convenable que nous ressentions; nous nous imposons
cette même règle que le romancier français impose à ses
créatures.

Dans une des conférences qu'il a consacrées à Dostoïevski, André Gide — l'un des Français qui a le mieux
compris le grand romancier — notait à ce sujet : « La
convention est la grande pourvoyeuse de mensonges.
Combien d'êtres ne contraint-on pas à jouer toute leur
vie un personnage étrangement différent d'eux-mêmes,
et combien n'est-il pas difficile de reconnaître en soi
tel sentiment qui n'ait été précédemment décrit, baptisé,
dont nous n'ayons devant nous le modèle. Il est plus
aisé à l'homme d'imiter tout que d'inventer rien.
Combien d'êtres acceptent de vivre toute leur vie tout
contrefaits par le mensonge, qui trouvent malgré tout,
et dans le mensonge même de la convention, plus de
confort et moins d'exigence d'effort que dans l'affirmation sincère de leurs sentiments particuliers. Cette affirmation exigerait d'eux une sorte d'invention dont ils
ne se sentent pas capables[1]. »

Impossible pour nous désormais de ne point souhaiter de rompre cette convention si bien définie par Gide. Qui a entendu profondément la leçon de Dostoïevski ne peut plus s'en tenir à la formule du roman psychologique français, où l'être humain est en quelque sorte dessiné, ordonné, comme la nature l'est à Versailles. Et ceci n'est pas une critique : j'adore Versailles, et *La Princesse de Clèves* et *Adolphe*. Mais il nous est impossible de ne pas avoir été attentifs à une autre leçon. Et ici sans doute touchons-nous au point essentiel : le problème qui se pose chez nous à l'écrivain d'imagination, c'est de ne rien renier de la tradition du roman français, et pourtant de l'enrichir grâce à l'apport des maîtres étrangers, anglo-saxons et russes, et en particulier de Dostoïevski. Il s'agit de laisser à nos héros l'illogisme, l'indétermination, la complexité des êtres vivants ; et tout de même de continuer à construire, à ordonner selon le génie de notre race, — de demeurer enfin des écrivains d'ordre et de clarté...

VII

Le conflit entre ces deux exigences : d'une part, écrire une œuvre logique et raisonnable — d'autre part, laisser aux personnages l'indétermination et le mystère de la vie — ce conflit nous paraît être le seul que nous ayons vraiment à résoudre. Je n'attache, pour ma part, guère d'importance à d'autres antinomies dont certains critiques prétendent embarrasser les romanciers modernes. On en connaît, par exemple, qui soutiennent qu'aucun roman ne saurait plus être considéré comme une œuvre d'art, sous prétexte que le roman n'use que du langage parlé et que, depuis Chateaubriand, le divorce est consommé entre la langue qui se parle et celle que l'on écrit. Selon ces critiques, on serait un bon romancier dans la mesure où l'on ne serait pas un artiste[1]. Ce n'est point ici le lieu de développer les raisons qui nous font croire, au contraire, avec M. Ramón Fernandez — un remarquable critique-philosophe — « qu'un roman réussi est le plus artistique de tous les genres, précisément parce que son équilibre esthétique est plus intérieur, plus indépendant de règles apparentes et fixes[1] ». Mais reconnaissons que c'est l'honneur des romanciers d'aujourd'hui d'avoir su peindre le réel, tout en demeurant de scrupuleux artistes. C'est même ce scrupule qui demeure le trait commun entre des écrivains par ailleurs très différents : Duhamel, Morand, Carco, Maurois, Montherlant, Vaudoyer, Lacretelle, Giraudoux. Beaucoup plus que leurs aînés, ces écrivains ont le souci de la forme et savent concilier les exigences de l'art avec l'obligation de peindre la réalité la plus quotidienne. C'est en effet parce qu'ils veulent aller le plus loin possible dans la peinture de passions que le souci du style, chez eux, domine. Tout oser dire, mais tout oser dire chastement, voilà à quoi aspirent les romanciers d'aujourd'hui. Ils ne séparent pas l'audace de la pudeur. Leur pudeur croît en proportion de leur audace et, par là, ils demeurent fidèles à la tradition classique. Unir l'extrême audace à l'extrême pudeur, c'est une question de style[2]. Le souci de la forme, chez un écrivain, l'a-t-il jamais empêché de créer des êtres ? Des prosateurs aussi parfaits que le sont les Tharaud, le jour où ils veulent être des romanciers, nous donnent l'admirable *Maîtresse servante*[3]. Non; un seul dilemme nous paraît menaçant : celui qui a trait à l'action du romancier sur ses créatures. Jusqu'à quel point est-il leur maître ? Il ne peut en tirer les ficelles, comme à des pantins, — ni les abandonner à elles-mêmes, car alors il ne nous montrerait plus que des êtres contradictoires, partagés entre mille velléités et qui, finalement, n'avancent pas.

Au risque de paraître un peu sacrilège, osons dire que les difficultés qui se présentent au romancier, dans ses rapports avec ses personnages, ressemblent beaucoup à celles que les théologiens de toutes les confessions chrétiennes ont essayé de résoudre dans les rapports de Dieu avec l'homme. Ici comme là il s'agit de concilier la liberté de la créature et la liberté du Créateur. Il faut que les héros de nos romans soient libres — au sens où un théologien dit que l'homme est libre; il faut que le romancier n'intervienne pas arbitrairement dans leur destinée (de même que, selon Malebranche, la Providence n'intervient pas dans le monde par des volontés particulières). Mais, d'autre part, il faut aussi que Dieu soit libre, infiniment libre d'agir sur sa créature; et il faut que le romancier jouisse de la liberté absolue de l'artiste en face de son ouvrage. Si nous voulions nous divertir à pousser la comparaison, nous dirions que dans ce débat de la Grâce, transposé sur le plan de la création artistique, le romancier français qui suit, sans y rien changer et avec une logique rigoureuse, le plan qu'il a conçu, et qui dirige par une rigueur inflexible les personnages de ses livres dans la voie qu'il leur a choisie, le romancier français ressemble au Dieu de Jansénius[1].

Ce mystère de la prédestination transposé sur le plan littéraire, pour être moins angoissant, n'en est pas moins difficile à débrouiller. Qu'il me soit permis d'apporter ici, en homme de métier, le témoignage de mon expérience : lorsque l'un de mes héros avance docilement dans la direction que je lui ai assignée, lorsqu'il accomplit toutes les étapes fixées par moi, et fait tous les gestes que j'attendais de lui, je m'inquiète; cette soumission à mes desseins prouve qu'il n'a pas de vie propre, qu'il ne s'est pas détaché de moi, qu'il demeure enfin une entité, une abstraction; je ne suis content de mon travail que lorsque ma créature me résiste, lorsqu'elle se cabre devant les actions que j'avais résolu de lui faire commettre; peut-être est-ce le fait de tous les créateurs de préférer à l'enfant sage l'enfant récalcitrant, l'enfant prodigue. Je ne suis jamais tant rassuré sur la valeur de mon ouvrage que lorsque mon héros m'oblige à changer la direction de mon livre, me pousse, m'entraîne vers des horizons que d'abord je n'avais pas entrevus. Ceci peut nous aider à comprendre que, tout en ordonnant la psychologie des protagonistes de nos drames, selon la tradition française, nous puissions cependant, dans une mesure qu'il appartient à chaque créateur de déterminer pour lui-même, nous puissions faire confiance à ces êtres sortis de nous et à qui nous avons insufflé la vie, respecter leurs bizarreries, leurs contradictions, leurs extravagances, — tenir compte enfin de tout ce qui, en eux, nous paraît imprévu, inattendu, car c'est là le battement même du cœur de chair que nous leur avons donné.

VIII

Cet accord entre l'ordre français et la complexité russe, les meilleurs d'entre nous, plus ou moins consciemment, s'efforcent de le réaliser. Mais pour cela, il leur faut bien se refuser à rien méconnaître dans l'homme. Rien ne leur est étranger de ce qui est humain : ce secret des cœurs, dont Maritain nous assure qu'il est fermé aux anges eux-mêmes, un romancier d'aujourd'hui ne doute pas que sa vocation la plus impérieuse soit justement de le violer[1].

Le peut-il faire sans péril — nous ne disons pas pour lui-même et pour ses frères — nous réservons ici le côté moral du problème[2] — mais sans péril pour son art ? Ce parti pris de vouloir capter dans l'homme l'instinct à sa source même, les puissances les plus obscures, les plus troubles bouillonnements, — cette brutale mise en lumière de ce que Maritain dénomme la sensibilité la plus individuelle et que nos prédécesseurs abandonnaient en tremblant au regard de Dieu, — une telle audace ne trouve-t-elle pas son châtiment immédiat, et dans notre œuvre même ? Les forces obscures de la sensibilité, ce n'est pas nous-mêmes ; nous ne sommes pas, en effet, nous nous créons. En cherchant à ne connaître dans l'être humain que ce qui lui appartient en propre, que ce qui ne lui est pas imposé, nous risquons de ne plus travailler que sur de l'inconsistant et de l'informe ; nous risquons que l'objet même de notre étude échappe à l'emprise de l'intelligence, se défasse et se décompose. C'est l'unité même de la personne humaine qui se trouve ainsi compromise. Car enfin nos idées, nos opinions, nos croyances, pour être reçues du dehors, n'en font pas moins partie intégrante de notre être. Dans *L'Étape,* de M. Paul Bourget, le jacobin Monneron, et le traditionaliste Ferrand, dont les moindres gestes, les moindres paroles sont commandées par leur philosophie, ne nous en paraissent pas moins des créatures de chair et de sang. C'est qu'en vérité les idées philosophiques et religieuses d'un homme créent en lui une seconde nature, à la lettre, un homme nouveau, aussi réel que l'animal instinctif que, sans elles, il fût demeuré. Et nous comprenons qu'un Bourget ait le droit d'imposer une logique rigoureuse aux sentiments humains, dans la mesure où les êtres qu'il étudie ont en effet introduit une logique, une discipline intellectuelle et morale dans leur vie. Ne vouloir connaître de l'homme que son instinct le plus individuel, n'avoir d'autre ambition que d'embrasser d'un regard toujours plus lucide le chaos humain, que d'en enregistrer tous les mouvements confus et transitoires, il y a là une menace redoutable pour le roman moderne et qui pèse singulièrement sur l'œuvre de Marcel Proust; — oui, cette œuvre admirable nous peut servir, à ce point de vue, d'exemple et d'avertissement.

En un seul endroit de son œuvre, lorsqu'il nous décrit la mort du romancier Bergotte, Marcel Proust fait allusion à sa foi en un monde différent, fondé sur la bonté, le scrupule, le sacrifice, un monde entièrement différent de celui-ci[1]. Eh bien ! puisque c'est notre ambition à nous, romanciers, d'appréhender tout l'homme, de n'en rien laisser dans l'ombre, reconnaissons que cette foi, que cette aspiration fait partie intégrante de notre cœur au même titre que les passions les plus basses. Le don[a] de soi, le goût de la pureté et de la perfection, la faim et la soif de la justice, cela aussi c'est le patrimoine humain; de cela aussi, romanciers, nous devons rendre témoignage. Pourquoi n'accepterions-nous comme authentiques, dans l'homme, que les remous de sa sensualité et que ses hérédités les plus obscures ? C'est parce qu'il a vu dans ses criminelles et dans ses prostituées des êtres déchus mais rachetés, que l'œuvre du chrétien Dostoïevski domine tellement l'œuvre de Proust. Dieu est terriblement absent de l'œuvre de Marcel Proust, ai-je écrit un jour[2]. Nous ne sommes point de ceux qui lui reprochent d'avoir pénétré dans les flammes, dans les décombres de Sodome et de Gomorrhe; mais nous déplorons qu'il s'y soit aventuré sans l'armure adamantine. Du seul point de vue littéraire, c'est la faiblesse de cette œuvre et sa limite; la conscience humaine en est absente. Aucun des êtres qui la peuplent ne connaît l'inquiétude morale, ni le scrupule, ni le remords, ni ne désire la perfection. Presque aucun qui sache ce que signifie : pureté, ou bien les purs, comme la mère ou comme la grand-mère du héros, le sont à leur insu, aussi naturellement et sans effort que les autres personnages se souillent. Ce n'est point ici le chrétien qui juge : le défaut de perspective morale appauvrit l'humanité créée par Proust, rétrécit son univers. La grande erreur de notre ami nous apparaît bien moins dans la hardiesse parfois hideuse d'une partie de son œuvre que dans ce que nous appellerons d'un mot : l'absence de la Grâce. À ceux qui le suivent, pour lesquels il a frayé une route vers des terres inconnues et, avec une patiente audace, fait affleurer des continents submergés sous les mers mortes, il reste de réintégrer la Grâce dans ce monde nouveau[a].

IX

Flaubert[b] n'ambitionnait aucune autre gloire que celle de démoralisateur[1]. Les romanciers d'aujourd'hui accusés, chaque jour, de corrompre la jeunesse, s'en défendent si mollement qu'on pourrait croire qu'ils partagent en effet l'ambition de leur grand aîné, et qu'ils donnent en secret raison à ceux qui les dénoncent. Pour mon compte, depuis que de pieux journaux me harcèlent, à peine ai-je agité les oreilles, comme les mules de mon pays, à la saison des mouches.

Mais peut-être le temps est-il venu de rappeler quelques vérités premières[2]; et d'abord, celle-ci : impossible de travailler à mieux faire connaître l'homme, sans servir la cause catholique. Entre toutes les apologies inventées depuis dix-huit siècles, il en est une, dont les *Pensées* de Pascal demeurent la plus haute expression, qui ne finira jamais de ramener les âmes au Christ : par elle est mise en lumière, entre le cœur de l'homme et les dogmes chrétiens, une étonnante conformité.

Le roman, tel que nous le concevons aujourd'hui, est une tentative pour aller toujours plus avant dans la connaissance des passions. Nous n'admettons plus que des terres inconnues enserrent le pays du Tendre, sur la vieille carte dressée par nos pères. Mais à mesure que nous nous enfonçons dans le désert, l'absence de l'eau plus cruellement nous torture, nous sentons davantage notre soif.

Il n'est pas un romancier — fût-il audacieux, et même plus qu'audacieux — qui, dans la mesure où il nous apprend à nous mieux connaître, ne nous rapproche de Dieu. Jamais un récit, ordonné tout exprès pour nous montrer la vérité du christianisme, ne m'a touché. Il n'est permis à aucun écrivain d'introduire Dieu dans son récit, de l'extérieur, si j'ose dire. L'Être Infini n'est pas à notre mesure; ce qui est à notre mesure, c'est l'homme; et c'est au-dedans de l'homme, ainsi qu'il est écrit, que se découvre le royaume de Dieu.

Un récit qui veut être édifiant, fût-il l'œuvre d'un excellent romancier, nous laisse l'impression d'une chose arrangée, montée de toutes pièces, avec le doigt de Dieu comme accessoire. Au contraire, nul ne peut suivre le *Chéri* de Colette[1] ni atteindre, à travers quelle boue ! ce misérable divan où il choisit de mourir, sans comprendre enfin, jusqu'au tréfonds, ce que signifie : *misère de l'homme sans Dieu*. Des plus cyniques, des plus tristes confessions des enfants de ce siècle monte un gémissement inénarrable. Aux dernières pages de Proust, je ne peux plus voir que cela : un trou béant, une absence infinie.

Qu'est-ce d'abord qu'un chrétien ? C'est un homme qui existe en tant qu'individu; un homme qui prend conscience de lui-même. L'Orient ne résiste, depuis des siècles, au Christ que parce que l'Oriental nie son existence individuelle, aspire à la dissolution de son être, et souhaite de se perdre dans l'universel. Il ne peut concevoir que telle goutte de sang ait été versée pour lui, parce qu'il ne sait pas qu'il est un homme.

C'est pourquoi la littérature, en apparence la plus hostile au christianisme, demeure sa servante; même ceux qui n'ont pas fini par « s'écrouler au pied de la croix », à l'exemple des écrivains que Nietzsche dénonce[2], même ceux-là ont servi le Christ, ou plutôt le Christ s'est servi d'eux. Une France, telle que la rêvent M. Jean Guiraud et l'abbé Bethléem, une France où n'existeraient ni Rabelais, ni Montaigne, ni Molière, ni Voltaire, ni Diderot (pour le reste, consulter l'Index), serait aussi une France sans Jean Guiraud et sans abbé Bethléem parce qu'elle ne serait pas une France chrétienne[3].

Les humanistes ont hâté, sans le vouloir, le règne du Christ, en donnant à l'homme la première place. Ils ont assigné la première place à la créature qui porte partout, sur son visage auguste, dans son corps, dans sa pensée, dans ses désirs, dans son amour, l'empreinte du Dieu tout-puissant. Le plus souillé d'entre nous ressemble au voile de Véronique et il appartient à l'artiste d'y rendre visible à tous les yeux cette Face exténuée.

Non, nous ne sommes pas des corrupteurs, nous ne sommes pas des pornographes. Si nous comprenons, si nous désirons que des barrières soient dressées autour de nos livres pour en défendre l'approche aux êtres jeunes et faibles, nous savons d'expérience que le même ouvrage qui aide au salut de beaucoup d'âmes en peut corrompre plusieurs autres. Cela est vrai, même de l'Écriture. N'est-ce pas l'erreur initiale de beaucoup d'éducateurs, de croire qu'en ne parlant pas des passions, on les supprime ? Nourri entre les murs d'un couvent, sans livres, sans journaux, ne doutez pas qu'un adolescent les découvre toutes, car il les porte toutes en lui. Il n'y a pas, hélas ! que le Royaume de Dieu qui soit au-dedans de nous.

Le romancier peut et doit tout peindre, dit quelque part Jacques Maritain, à condition qu'il le fasse sans connivence et qu'il ne soit pas avec son sujet en concurrence d'avilissement[1]. Là réside justement le problème. On ne peint pas de haut des créatures aviles. Elles doivent être plus fortes que leur créateur, pour vivre. Il ne les conduit pas ; c'est elles qui l'entraînent. S'il n'y a pas connivence, il y aura jugement, intervention et l'œuvre sera manquée. Il faudrait être un saint... mais alors, on n'écrirait pas de roman. La sainteté, c'est le silence. Impossible d'exorciser le roman, d'en chasser le diable (à moins de le prendre par les cornes, comme a fait Bernanos[2]).

Et sans doute[a], malheur à l'homme par qui le scandale arrive. Un écrivain catholique avance sur une crête étroite entre deux abîmes : ne pas scandaliser, mais ne pas mentir ; ne pas exciter les convoitises de la chair, mais se garder aussi de falsifier la vie. Où est le plus grand péril : faire rêver dangereusement les jeunes hommes ou, à force de fades mensonges, leur inspirer le dégoût du Christ et de son Église ? Il existe aussi une

hérésie de niaiserie; et Dieu seul peut faire le compte
des âmes éloignées à jamais par... mais non, donnons
l'exemple de la charité. Efforçons-nous même de comprendre nos accusateurs. Ils continuent, dans l'Église,
une tradition, et sans remonter jusqu'aux Pères, souvenons-nous de ce qu'écrivait Nicole, à la grande fureur
de Jean Racine, « que les qualités (de romancier et
d'homme de théâtre) qui ne sont pas fort honorables
au jugement des honnêtes gens, sont horribles étant
considérées d'après les principes de la religion chrétienne
et les règles de l'Évangile. Un faiseur de romans et un
poète de théâtre est un empoisonneur public, non des
corps mais des âmes des fidèles, qui se doit regarder
comme coupable d'une infinité d'homicides spirituels[1] ».

Faut-il en croire ce janséniste et M. Jean Guiraud
devant qui M. Henry Bordeaux lui-même ne trouve pas
grâce ? Pour nous, nous avons décidé de faire un acte
de Foi : nous croyons ne pas nous tromper si, étudiant
l'homme, nous demeurons véridique. Nous nous vouons
à la découverte intérieure. Nous ne dissimulerons rien
de ce que nous aurons vu. Nous faisons nôtre cette
grande parole d'un romancier russe que Jean Balde,
à la fin d'un très beau rapport sur le roman, a eu raison
de rappeler aux écrivains catholiques : « J'ai poursuivi
la vie dans sa réalité, non dans les rêves de l'imagination,
et je suis arrivé ainsi à Celui qui est la source de la Vie[2]. »

DIEU ET MAMMON

À CHARLES DU BOS[1]

Son ami

F. M.

« (...) Ce compromis rassurant qui permette d'aimer Dieu sans perdre de vue Mammon... »

André Gide à François Mauriac.[a2]

I

Écrire, c'est se livrer. À notre premier livre, nous ne le savons pas encore; et ce vers de Claudel :

L'homme de lettres, l'assassin et la fille de bordel[1]

d'abord nous scandalise. Ce n'est pas qu'un jeune auteur doute d'être la matière de ses livres. Mais il croit que le propre de l'art est d'inventer, avec cette terre et avec ce ciel intérieurs, de nouveaux cieux et de nouvelles terres dont la substance originelle demeure inconnaissable. Il imagine l'écrivain immanent à son œuvre. Que certains[a] esprits attentifs finissent par l'y découvrir, cela lui paraît possible mais ne l'inquiète pas ; car, selon lui, la sympathie, la charité, l'amour permettent seuls d'atteindre le vrai visage de l'inventeur confondu dans ce qu'il imagine, — de même les seuls[b] mystiques découvrent dans l'univers sensible une image, une ombre, un vestige de leur Dieu.

Au vrai, dans la mesure où il ne suffit plus à l'écrivain de peindre le réel, mais de rendre l'impression du réel ; où, non content de nous communiquer des faits, il nous exprime le sentiment qu'il en a, ce ne sont plus des faits qu'il livre à notre curiosité, mais c'est lui-même.

Or, c'est précisément l'écrivain lui-même que la plupart des lecteurs d'aujourd'hui cherchent dans son œuvre. « Hypocrite lecteur, mon semblable, mon frère[2] ! » Cette tendre injure de Baudelaire, le lecteur la renvoie

à l'auteur : c'est son semblable, c'est son frère, qu'au-
delà d'un livre il souhaite de découvrir, afin que cette
ressemblance le renseigne sur l'attitude particulière qui
doit être sienne devant la vie, devant la mort. Oui,
moins des principes qu'une certaine attitude. Les principes[a] se trouvent chez les philosophes. Mais le lecteur
est le plus souvent un pauvre homme accoutumé à ne
rien connaître hors ce qui se voit, ce qui se touche;
dans l'abstrait, il perd pied; il ne sait pas nager. « Cela
s'apprend »... Sans doute ! mais le vocabulaire philosophique le rebute; sans compter que la plupart des philosophes procèdent par allusions; aucun système qui ne
suppose connu tout ce qui a précédé. Impossible, pour
le lecteur moyen, de détacher un moment de l'effort
humain, ni de s'insérer au milieu d'une recherche ininterrompue; c'est une trame sans fin, sans couture : le
difficile, en philosophie, est de savoir par où commencer.

D'ailleurs, le temps presse, il s'agit d'apprendre à
vivre; les difficultés que je dois vaincre et qui sont
miennes, singulières, uniques au même titre que les
traits de mon visage, aucune loi générale ne les a prévues.
Mais alors que les philosophes ne connaissent que
l'universel, chaque œuvre littéraire reflète un individu.
Une littérature est une collection de types; un seul livre
exprime une sensibilité autonome. Comment, depuis
qu'il y a des hommes qui écrivent, ne trouverais-je pas
dans cette foule le demi-frère, le presque semblable ?

Sans doute, aux époques de sagesse, les littérateurs,
eux aussi, évitaient le particulier. Mais l' « homme en
général » des classiques ne peut plus guère servir aux
païens d'aujourd'hui. Il valait pour des siècles chrétiens
où l'accord de tous se faisait sur la loi morale : littérature
de portée universelle. Ce qui échappait à ses filets, le cas
insolite, étrange, répugnant[1], c'était l'affaire du confesseur, du casuiste, qui avait vite fait de le rattacher à l'un
des sept péchés capitaux et de le soumettre aux sanctions
prévues.

Selon l'enseignement chrétien, les grands classiques,
même libertins, distinguent le bien du mal[b] et connaissent
l'homme par cette distinction. Mais lorsque nous en
sommes venus à ce point d'abolir en nous-mêmes la
sainte vérité de Dieu, comme le dit Bossuet, lorsque
est renversé « cet auguste tribunal de la conscience qui

condamnait tous les crimes¹ » les littérateurs, chacun avec sa panacée, prennent de l'importance, ils se gonflent*a*, ils croissent d'autant plus que la foi diminue.

La distinction chrétienne entre le bien et le mal les obligeait de s'en tenir à un point de vue uniforme pour considérer l'être humain; cette distinction abolie, tout est remis en question; l'homme n'existe plus, mais des hommes innombrables; non plus la vérité, mais autant de vérités que d'individus. À l'examen de conscience, poursuivi dans la lumière du Christ et qui incitait au rejet ou au refoulement ou à la transmutation des tendances vicieuses, de mauvais maîtres substituent aujourd'hui une auto-création pour laquelle ils ne rejettent ni ne refoulent rien.

Ainsi*b* chaque œuvre tend à n'être plus une réalisation objective, détachée de l'artiste; l'auteur est provoqué*c* par le public à montrer son jeu : qu'a-t-il trouvé en lui, dès qu'il a commencé de se connaître ? Quels obstacles dut-il vaincre ? A-t-il souffert de difficultés d'ordre sexuel ? Ses actes furent-ils conformes à ses désirs ? Tint-il compte de ses semblables ? Sut-il atteindre une harmonie entre l'intérêt général et ses exigences particulières ? Subsiste-t-il en lui des résidus de religion ? Les a-t-il assimilés ou le gênent-ils dans son effort pour devenir lui-même ? Ainsi l'auteur le plus modeste, et quelque restreint que soit le champ de son influence, devient l'objet d'une perpétuelle provocation à se dévêtir.

Les romantiques furent bien moins que ne le sont nos contemporains, les fils et les héritiers de Rousseau. Enfants corrompus du Christ, les romantiques tenaient fortement à l'antique distinction du bien et du mal, même quand ils divinisaient le mal et qu'ils jouaient les anges déchus. Aujourd'hui, beaucoup s'efforcent, comme a fait Rousseau, de s'accepter eux-mêmes; mais tandis que le grand Genevois échouait à créer une correspondance entre cet être intérieur qu'il chérissait et son être social (tout pénétré qu'il était encore de moralisme) plusieurs modernes réussissent à n'avoir plus peur de la figure qu'ils font dans le monde, même si cette figure trahit des instincts pervertis et réprouvés, selon la règle traditionnelle.

Sans doute leur faut-il quelque courage, moins admi-

rable à coup sûr qu'ils ne le veulent croire; car on les
vit longtemps hésiter, risquer des demi-aveux, puis se
reprendre avant de se débonder[1]. Il a fallu qu'ils fussent
soutenus par cette sourde complicité de lecteurs, d'admirateurs qui exigeaient d'eux un exemple, une direction,
une justification.

L'homme qui a perdu le discernement du bien et du
mal mène, disons-nous, une enquête incessante parmi
les écrivains et les sollicite. Il a beau se persuader qu'il
n'est pas un monstre, cela le rassurerait de trouver
quelque part son semblable. Enquête qu'il ne limite
pas, d'ailleurs, aux seuls écrivains. Depuis la guerre,
nous rencontrons tous de ces garçons qui rôdent autour
de nous avec une curiosité anxieuse. Surtout s'ils ont
établi un rapport entre leurs échecs particuliers et ceux
de la société d'après guerre, ils se répètent que les
mêmes causes doivent produire des effets analogues
chez leurs contemporains. L'étrange prosélytisme que
nous remarquons chez tous les demi-fous de ces dernières
années, n'est, en définitive, qu'une forme de ce désir
d'appartenir à une espèce nombreuse. Ils ne souhaitent
pas de changer les autres, mais les veulent persuader
que, fils de la même décadence, ils ne sauraient manquer
de posséder quelques traits communs. « Vous n'avez
pas non plus de queue, dit à ses congénères le renard
à la queue coupée. Vous n'en avez pas, vous le voyez
bien. » Ainsi provoqué, l'écrivain le plus résolu à ne
pas se livrer, à se dérober au plus profond de son œuvre,
en arrive peu à peu à ce que les policiers appellent
« se mettre à table ».

En vain[a] se fait-il à lui-même le serment de ne livrer
à personne ce qu'il a résolu de tenir secret — par exemple,
ses opinions religieuses : si son œuvre trahit des préoccupations de cet ordre, on aura vite fait de lui imposer
l'étiquette de romancier chrétien; mais la liberté de ses
peintures lui mettra toute la critique pieuse aux chausses.
Quelle tentation de dire alors, au hasard d'une interview :
« Je ne suis pas ce qui s'appelle un romancier catholique[2]... » Il ne lui en faudra pas plus pour être traité
de renégat. N'est-ce pas son devoir de protester qu'il
ne renie rien de ce qui demeure sa foi, son espérance[3] ?
Le voilà engagé dans une voie où il ne s'arrêtera plus.

Au vrai, aussi sensible que soit un homme de lettres,

pour peu que quelques ferveurs, que quelques amitiés le soutiennent, il atteindrait sans peine à l'état d'indifférence. Il est si facile de nous persuader que ceux que nous n'aimons pas n'existent pas ! Hors les êtres qui, par l'amour, ne font qu'un avec notre cœur, nous réalisons sans effort, et sans y songer, le vœu de ce César féroce : le reste de l'humanité n'a qu'une tête anonyme et grimaçante que notre indifférence supprime[1].

Mais le péril vient de la réponse que nous commençons à faire pour nous-mêmes à la moindre critique. L'idée que se fait de moi le journaliste, même le plus prévenu, me passionne toujours. Si cette image qu'il s'est créée, à travers mon œuvre, d'abord me choque, qui me retient de chercher les raisons de mon déplaisir ? En vain me répété-je que cette image ne correspond à rien de réel, il n'empêche qu'elle existe, qu'elle est irrécusable au même titre que le cliché qu'il faudra que le photographe retouche pour que le client consente à se reconnaître. Dans quelle mesure ce que je suis diffère de ce que je parais être ? L'écrivain a perdu à jamais l'état de grâce qu'est l'état d'indifférence, le jour où il cède à la tentation de mesurer cet écart.

C'est sur ce point précis que le rôle de la critique — surtout de la critique hostile — nous paraît important. Elle oblige l'artiste à une confrontation perpétuelle de la personne qu'il est ou qu'il croit être, avec son reflet dans les intelligences adverses[a]. Ce que je prends pour une altération, pour une déformation de mon vrai moi, n'en est-ce pas, au contraire, un aspect inattendu auquel il faudra m'accoutumer peu à peu ?

Un auteur possède une demi-conscience de ce qu'il dissimule : il a des secrets, des ruses, des subterfuges qu'il s'avoue plus ou moins ; il pousse loin l'instinct du travestissement ; il est partout et nulle part dans son œuvre ; mais il ignore que, du dehors, tels traits qu'il croit insignifiants deviennent révélateurs. Nous ne voyons guère notre pièce que depuis les coulisses ; un écrivain n'est presque jamais dans la salle. Ce qu'il avait voulu exprimer de lui-même, à l'insu du public, sans doute le public ne le voit pas, mais en revanche le critique découvre souvent tel caractère que l'auteur ne songe pas à dissimuler parce qu'il le croit anodin, ou parce qu'il en ignorait ou ne s'en était pas avoué la présence[a]. Ce personnage que nous nous efforçons d'être et auquel rendent témoignage les actes officiels de notre vie, nos déclarations de principe, notre situation sociale, le foyer que nous avons fondé, ce personnage est sans cesse combattu par un autre nous-même plus confus, moins dessiné, parce que nous nous efforçons de le maintenir dans l'ombre, mais dont, avec le temps, se précisent les contours, s'accentue la physionomie; car il est têtu, et c'est grâce à ses exigences continues, à ses tenaces et monotones revendications, qu'il finit par apparaître à nos propres yeux, distinct, détaché de notre personnage apparent (en dépit des liens innombrables qui les unissent).

Ces deux aspects de notre personne se reflètent l'un et l'autre dans notre œuvre et créent ainsi, dans l'esprit du critique irrité, une troisième image de nous-mêmes qui procède des deux premières, — mais doit à sa double origine, d'être pleine de contradictions déroutantes.

Or beaucoup de critiques veulent savoir à qui ils ont affaire; ils n'aiment que les écrivains qu'ils peuvent classer. Non seulement un critique, mais tout homme d'esprit quel qu'il soit, a d'abord cette curiosité : par qui cela est-il fait ? Le lecteur qui n'est que lecteur, capable de s'abandonner entièrement à une œuvre, de se laisser prendre par elle, de ne rien chercher dans le récit au-delà de ce qui lui est livré d'imaginaire, ne se trouve que dans le peuple et chez la plupart des femmes. Encore est-ce une littérature spéciale qui en a le bénéfice. Ce lecteur à l'état pur, nous l'avons tous été dans notre enfance où les personnages de Jules Verne nous entraînaient à leur suite, et ne permettaient pas à notre curiosité de s'égarer sur la personne de Jules Verne lui-même, ni sur les procédés dont il usait pour nous séduire.

Mais notre public, lui, est dressé[b] à chercher, au-delà du livre que nous lui apportons, des renseignements sur notre vie intérieure. Il y est dressé, moins peut-être par les critiques professionnels que par les littérateurs qui ne sont que trop nombreux à faire de la critique. Nous passons notre temps à nous livrer les uns les autres; connaissant les détours du sérail où nous fûmes nourris, nous en découvrons les retraites les mieux défendues. Dieu merci, l'artiste le plus subtil, quand il parle des autres, comme au fond il ne s'intéresse qu'à lui-même, n'approfondit guère, demeure à la surface. Pour les professionnels de la critique, la plupart sont moins dangereux encore.

D'abord il faut répéter, à propos de quelques-uns d'entre eux, ce que[a] disait Malebranche de son chien : cela ne sent pas[1]; — ou plutôt : cela ne sent plus. Pour un Bidou, un Gabriel Marcel, un Jaloux, un Thibaudet, un Fernandez, un Du Bos, combien d'autres, gavés[b2] de tous les livres nouveaux et qu'il leur faut avaler de force, nous apparaissent comme les derniers des hommes capables de nous renseigner sur la valeur réelle d'une œuvre et sur sa signification ! Les plus importants d'entre eux en ont conscience et se rabattent sur le plaisir de classer l'ouvrage qu'ils ne peuvent plus comprendre ni sentir; de découvrir ses attaches dans le passé et dans le présent; — et ce sont là les critiques pacifiques. Les autres s'inquiètent moins de classer l'œuvre que l'auteur : Est-il de droite ou de gauche ? Et c'est l'espèce la plus irritable. Car une œuvre que l'on étiquette ne regimbe pas plus qu'une fleur dans un herbier; mais un auteur regimbe. À peine l'avez-vous dénommé radical qu'il publie un livre dont les radicaux se[c] scandalisent[3]. Impossible de l'encadrer, impossible de l'enfermer dans un camp : toujours il pousse des surgeons dans le camp opposé. Le critique s'irrite de telles contradictions, il tient à ses tableaux synoptiques, exècre les écrivains hybrides, n'ayant plus le goût, ni le loisir, ni sans doute le pouvoir d'entrer dans leur complexité; d'où ces jugements hâtifs, ces injustes sentences dont l'écrivain s'exaspère et qu'il fait profession de mépriser.

Il les méprise, mais ne peut se défendre d'y songer beaucoup; car si les conclusions de Zoïle lui apparaissent injustes et grossières, il n'en saurait juger de même les prémisses : l'auteur est ramené de force à ses contradictions profondes. Le plus absurde article a cela d'excellent qu'il l'oblige à revenir sur ses obstacles. Nous ramener à notre obstacle essentiel, il ne faut rien demander de plus à nos juges.

Fussent-ils eux-mêmes subtils, nous ne les intéressons pas assez, disais-je, pour qu'à notre propos, ils se mettent plus en frais. C'est ainsi qu'André Gide, si attentif à son drame particulier qu'il tient le journal de ses journaux intimes[1], lorsqu'il me fait l'honneur de s'intéresser à moi, ramène mes difficultés religieuses à ceci que je demande la permission d'écrire *Destins,* tout en demeurant catholique*. Mon inquiétude — cette inquiétude qu'il se glorifie de ne pas éprouver (mais il se calomnie : le jour où Gide ne serait plus inquiet, que ferions-nous[a] de ce cadavre[2] ?) —, mon inquiétude religieuse peut-elle se confondre avec l'état d'un homme partagé entre Dieu et Mammon et qui prétend ne rien sacrifier des avantages de l'écrivain ni des espérances du catholique ?

Si, avant tout examen, nous demeurons assuré que la question n'est pas si simple, du moins devons-nous rendre grâces à Gide, comme à d'autres plus petits seigneurs dont nous échauffons assez souvent la bile, de nous obliger à cette méditation[3]. Plus moyen de l'éluder, plus d'échappatoire. Nous avons perdu le privilège de la pudeur : écrire, c'est se livrer. Aussi restreint que soit le cercle de nos lecteurs, nous leur avons donné des droits sur nous. Il ne fallait pas faire de notre âme leur domaine. Des catholiques te font confiance malgré tout; se trompent-ils ? D'autres te considèrent comme un renégat, est-ce à tort[b] ? Cherche donc à voir clair. Efforce-toi de délimiter ta position en face du catholicisme ou (Dieu le veuille !) dans le catholicisme. Ce n'est pas sûr que tu y parviennes : si jamais le titre d'*essai* se justifie, c'est bien pour une telle recherche.

II

Une pensée de Pascal éclaire tout ce débat : *On a beau dire. Il faut avouer que la religion chrétienne a quelque chose d'étonnant.* « *C'est parce que vous y êtes né* », dira-t-on. *Tant s'en faut; je me roidis contre, pour cette raison-là même, de peur que cette prévention ne me suborne; mais, quoique j'y sois né, je ne laisse pas de le trouver ainsi*[4].

« C'est parce que vous y êtes né... » Voilà mon drame. J'y suis né; je ne l'ai pas choisie; cette religion m'a été

* Voir n. 1, p. 832.

imposée dès ma naissance. Bien d'autres y sont nés aussi qui ont eu vite fait de s'en évader. Mais c'est que cette foi qui leur fut inoculée n'a pas *pris* sur eux. Pour moi, j'appartiens à la race de ceux qui, nés dans le catholicisme, ont compris, à peine l'âge d'homme atteint, qu'ils ne pourraient jamais plus s'en évader, qu'il ne leur appartenait pas d'en sortir, d'y rentrer. Ils étaient dedans, ils y sont, ils y demeureront à jamais. Ils sont inondés de lumière; ils savent que c'est vrai.

Cette certitude que je ne m'évaderais pas, je l'ai d'autant plus vite acquise qu'adolescent (et ce fut mon premier péché qu'il a fallu payer cher) je me livrais à tous les excès d'un esprit critique sans frein. Oui, toutes les difficultés, toutes les apparentes impossibilités, tous les travers superficiels, que j'observais dans mon univers religieux m'ont d'abord sauté à la gorge. Les pratiques pieuses des miens, les gestes de mes maîtres et des ecclésiastiques amis de ma famille, c'est peu de dire que dès seize ans, je me roidissais contre. Tel de mes camarades, prêtre aujourd'hui, pourrait dire avec quelle mauvaise frénésie je les tournais en dérision[1]. C'est le seul moment de ma vie où j'aie fait mes délices d'Anatole France, et dans son œuvre, je cherchais précisément les caricatures cléricales[2].

Mais plus je secouais ce que je croyais être des barreaux et plus je les sentais inébranlables. Il ne m'appartenait pas de perdre la foi (de la perdre pour la retrouver, comme c'était mon vœu secret). Je savais déjà que je ne sortirais jamais du catholicisme; il était au-dedans de moi. Où que je fusse, il y serait aussi. Au lieu d'accepter cette grâce, comme une grâce, de quel œil d'envie, je me souviens d'avoir contemplé, un matin à la chapelle des Bénédictines[3], Ernest Psichari ! Maritain, Psichari, élus pour qui le catholicisme avait été un *choix,* qui l'avaient contemplé du dehors, qui en avaient fait le tour et mesuré les proportions exactes, et repéré la place par rapport aux autres religions. Pour moi qui n'en étais jamais sorti, qui n'en pourrais jamais sortir, sans cesse je passais d'un extrême à l'autre; tantôt m'imaginant que le Christianisme était l'unique préoccupation du monde et tantôt persuadé que je vivais prisonnier d'une petite secte méditerranéenne. Mais il y fallait vivre bon gré mal gré; impossible de ne pas y vivre;

je devais m'en arranger coûte que coûte; aussi avec quelle passion je m'efforçais, à seize ans, de me prouver à moi-même la vérité de cette religion à laquelle je me savais attaché pour l'éternité ! L'édition des *Pensées* de Brunschvicg, déchirée, annotée, qui est toujours sur ma table, rend témoignage de ce parti pris passionné.

En ces premières années du siècle, l'Église de France traversait une crise terrible. Les lois dites laïques, alors dans toute leur virulence, m'atteignaient moins que le drame du modernisme[1]. Rejetée par le monde moderne, l'Église me semblait, par une sorte d'entêtement (dont j'avais le ridicule de me faire juge), se retrancher de la pensée moderne. Je n'étais qu'un enfant prétentieux et ignorant tout de ces choses; mais j'en vivais le drame avec une fièvre qui, aujourd'hui, m'attendrit quand j'y songe. Le vieux vaisseau éternel se détachait de la terre des hommes, s'enfonçait dans une ténèbre confuse; — mais j'étais à bord, j'étais embarqué, j'en étais.

Je l'aimais ardemment, orgueilleusement, ne perdant jamais une occasion de confesser ma foi. C'est ainsi qu'à la suite d'un échec, et comme je faisais une seconde année de philosophie au lycée, un jour que notre professeur, le cher M. Drouin (beau-frère d'André Gide) avait demandé qu'on lui fît passer un manuel pour la leçon du lendemain, je proposai avec ostentation l'absurde manuel du père Lahr[2], en usage chez les Marianistes, et m'attirai les brocards de la classe.

Ce n'est pas le lieu ici de chercher les raisons humaines qui firent de moi un terrain si favorable à la culture catholique. Il faudrait entrer dans trop de considérations où je ne serais plus seul en jeu. Il faudrait parler de ma famille[3]; il faudrait surtout parler d'une volonté particulière de Dieu sur moi. Mais le fait[a] est que j'étais possédé de Dieu au point qu'à l'âge de l'éveil du sang, toutes mes inquiétudes, mes angoisses prenaient l'aspect du scrupule; tout cristallisa autour des notions de pureté, de péché, d'état de grâce; et de même, excité par la lecture de Huysmans, je m'abandonnais à la délectation de la liturgie, de la musique, — oserais-je dire des Sacrements ?

Je demande pardon aux Marianistes qui m'élevèrent, mais je certifie que chez eux, aux environs de 1905, l'instruction religieuse était à peu près nulle : à peine

deux heures par semaine à quoi personne — guère plus
les maîtres que les élèves — ne semblait attacher beaucoup d'importance. Je mets en fait que pas un élève de
ma classe n'aurait su dire, même en gros, à quelles sortes
d'objections un catholique devait répondre, en ces
premières années du siècle. En revanche, nos maîtres
excellaient à nous envelopper d'une atmosphère céleste
qui baignait chaque instant de la journée : ils ne formaient
pas des intelligences catholiques, mais des sensibilités
catholiques.

J'ai encore dans l'esprit l'emploi du temps pour le
dimanche : 7 heures, messe de Communion — 9 heures,
Grand-Messe — 10 h 1/2, Catéchisme, Congrégation
de la Sainte Vierge — 1 h 1/2, Vêpres, Salut du Saint-
Sacrement. Sans doute beaucoup d'entre nous devaient
répéter, plus tard, qu'ils pouvaient se dispenser d'aller
à l'église, l'ayant fréquentée au collège pour le reste
de leur vie. Mais j'étais dans de bien autres dispositions :
tout m'enchantait de la liturgie, et même des plus naïfs
cantiques. Exquis ou commun, ce vin m'enivrait toujours. Toujours aussi, et au plus épais de cette ivresse,
je gardais le sentiment de n'avoir pas choisi.

Il me souvient de l'importance que j'attachais aux
conversions successives de Pascal : on pouvait donc,
me disais-je, se convertir à l'intérieur du Christianisme !
Je disais, pour plaisanter, à un camarade qui partageait
mes manies : « C'était entre ma deuxième et ma troisième
conversion... » Mais surtout j'aimais que Pascal me
persuadât d'une recherche toujours possible, d'un
voyage de découvertes au dedans de la vérité révélée.
On voit par où je rejoignais l'inquiétude moderniste
(il ne s'agissait d'ailleurs que d'une attitude d'esprit,
mon ignorance en matière de philosophie demeurait
profonde).

Cependant je m'accoutumais à cette idée d'être catholique pour l'éternité : je ne secouais plus les barreaux.
Les faciles délices d'une sensibilité religieuse me dictèrent
Les Mains jointes. J'entrai dans la littérature, chérubin
de sacristie, en jouant de mon petit orgue. Si Barrès
s'émut de ce fade cantique, c'est qu'étonnant sourcier,
il y discernait « une note folle de volupté », comme il
l'écrivit dans son article de *L'Écho de Paris*[1].

Je cultivais mon jardin, mon jardin de couvent. Je

feignais*a* de le cultiver; je jouais avec les vases de l'autel, reniflais l'encens. Mais déjà, dans le secret, je n'éprouvais que dégoût pour cette dévotion jouisseuse, pour cette délectation sensible à l'usage des garçons qui n'aiment pas le risque. Dans les bas-fonds de la littérature dite spiritualiste* où je m'étais perdu, la terrible exigence chrétienne demeurait claire pour moi. Que le Dieu des chrétiens exige tout, je le savais. Qu'il ne fasse pas sa part à la chair[1], que la nature et la grâce soient deux mondes ennemis, Pascal me l'enseignait avec une excessive et injuste rigueur et cela m'apparaissait d'une terrible évidence.

Dans le même temps, à l'abri de mes grimaces de pieux lauréat, une eau puissante en moi commençait de sourdre. Ce ne fut d'abord qu'un suintement; puis je la vis s'épandre à travers les pratiques, les attitudes, les gestes, les mots. L'eau sombre maintenant montait, ruisselait. Je me découvrais comme un être aussi passionné qu'aucun garçon de mon âge; vingt pieuses années n'avaient à la lettre rien pu que retarder un peu cette marée. Comme si ma famille, mes maîtres eussent accumulé des pierres sur une source : la source avait fini par se frayer sa route. La nature l'emportait lentement sur la grâce; je désespérais de rétablir entre elles un équilibre, et voyais se dresser l'une contre l'autre ces deux puissances ennemies. Ce que ma passion exigeait, mon Dieu ne voulait pas que j'y arrêtasse, même une seconde, ma pensée. Mais qui donc (me soufflait l'esprit impur), qui donc pratiquait autour de moi cette doctrine impitoyable ? Presque personne; et parmi ceux qui avaient embrassé la folie de la croix j'en retrouvais quelques-uns, mourant de soif auprès de cette eau dont il est écrit qu'elle étanchera toute soif; d'autres qui en paraissaient contents, je me persuadais qu'ils n'avaient jamais connu de soif. Aujourd'hui, ayant atteint l'âge d'où l'on peut mesurer du regard la longue route parcourue, je me rends compte que si j'ai connu beaucoup d'âmes déçues, c'est qu'une conscience troublée, comme était la mienne et qui se complaît dans son trouble, attire et recherche toujours ses semblables; un instinct secret me détournait de celles qui m'eussent donné la

* Voir n. 11, p. 833.

vision de la Sainte Joie. Un instinct secret... ou plutôt
ma volonté pervertie; car l'esprit impur ne redoute
rien autant que la rencontre d'un saint, pour les âmes
qu'il a marquées.

Pourtant je ne me demandais[a] même pas si le moment
était venu pour moi de renoncer au Christianisme :
cela ne faisait pas question. Un seul débat me déchirait :
il faudrait le résoudre en me livrant à Dieu, ou à la
puissance d'en bas. Aucun espoir d'échapper à cette
tenaille; aucune possibilité de quitter le plan chrétien.
Certes, cela eût tout arrangé; d'autres, autour de moi,
s'en allaient sur la pointe des pieds ou en claquant la
porte, et ils se recréaient selon une autre morale. Pour
moi, je demeurais attaché à l'Église aussi étroitement
qu'un homme à la planète; la fuir, c'eût été aussi fou
que de prétendre changer de planète.

Rien aussi qui me fût plus étranger que l'attitude de
tel ou tel persuadé qu'il s'accommode du Christianisme;
du vrai il accommode le Christianisme à ses passions;
il sollicite les textes, les tire à soi. En vain proteste-t-il :
certaines de ses œuvres demeurent la plus séduisante et
la plus dangereuse altération[b] de l'Évangile qu'un
chrétien ait jamais eu l'audace de tenter[1]. Mais moi,
dès vingt ans, *je savais,* sans qu'il y eût de ma part
aucun mérite. Dieu ne permettait pas que ma conscience
fût faussée; les plus lourdes passions n'ont pu venir
à bout de ces balances infiniment exactes et l'aiguille
a toujours marqué implacablement le nom, la gravité de
ma faute. Pourquoi ratiociner ? L'exigence de Dieu
m'était connue, qui veut être aimé (ce ne serait rien),
mais qui veut être seul aimé; ou, du moins, qui prétend
que nous n'aimions personne que pour Lui et qu'en
Lui. (Non pas destruction, mais sublimation de l'amour
humain.)

Il ne me restait[c] que de me jeter à corps perdu dans
le travail littéraire : exprimer, rendre sensible ce monstre
que je ne pouvais vaincre. Mon œuvre future prit
forme à mes yeux. Mais alors une difficulté d'une autre
forme m'assaillit. L'étiquette catholique faisait passer
chez les braves gens mes premiers essais; ils y suscitaient
déjà quelques grognements. Aussi anodins qu'ils fussent,
ils choquaient les âmes non point timorées, comme je
le croyais, mais délicates et sensibles à mon secret

poison. Très vite éclata, pour moi, le conflit entre le
désintéressement de l'artiste et ce que j'appelais le sens
de l'utilité des apôtres : antagonisme que j'imaginais
invincible et que j'espère aujourd'hui surmonter[a]. Il
est vrai que le défenseur d'une cause sacrée, le soldat
de Dieu, exige que chacun serve; et il entend souvent
par servir : ne rien écrire qui ne soit d'une utilité immédiate. « À quoi cela sert-il ? » dira-t-il d'un roman.
Ce que j'entendais[b] alors par le désintéressement de
l'artiste lui est, à la lettre, inconcevable. À qui, par de
gros exemples, lui veut montrer que cette inutilité n'est
qu'apparente et qu'en fin de compte, une humanité
diminuée de Shakespeare, de Racine, de Dostoïevski,
eût été infiniment appauvrie, il opposera : « Vous n'êtes
ni Shakespeare ni Racine ! » Et pourtant le plus humble
d'entre nous se persuade qu'il n'a droit au nom d'artiste
que s'il entreprend son œuvre dans un esprit de pureté,
de détachement, d'indifférence à tout ce qui n'est pas
elle. Innocence profonde, candeur de l'écrivain même
le plus corrompu (s'il est un véritable écrivain) dès qu'il
s'agit de son travail, — c'est de cela que le chrétien
d'action ne saurait avoir le souci. Inutile d'insister
sur un point que nous devons aborder de front, au chapitre v
de ce petit livre[1]. Mais l'étrange est, qu'au cours d'un
tel débat, je n'aie jamais songé à l'évasion pour avoir,
enfin, mes coudées franches. Que de fois[c] même ai-je
pris contre moi le parti de mes frères ennemis ! Car si
je puis absoudre l'œuvre d'art de son apparente inutilité,
je ne saurais être aussi indulgent à sa virulence : il a
toujours suffi qu'on me parle d'une âme en péril, pour
me réduire.

Ainsi[d] continuai-je d'œuvrer à l'intérieur du catholicisme, objet de défiance, sinon de mépris et de réprobation, pour mes frères[e]. Ils ne me reconnaissaient,
croyais-je, pour un des leurs qu'afin de ne pas perdre
le droit de me juger et de me condamner. Et voici le
pire : j'observais certains de mes juges avec une malveillance atroce. Je finis[f] par me persuader qu'il existait une
certaine bêtise qui leur appartient en propre, une certaine
façon de mentir; une bassesse qui leur est particulière.
Oui, je confesserai les sentiments que j'ai nourris à leur
égard[2]. Entendons-nous[g] : même au comble de l'exaspération et dans le pire de ma révolte, je n'ai jamais cessé

de croire ou plutôt de voir ce qui crève les yeux : que le catholicisme obtient de l'être humain ce qu'aucune autre doctrine n'a jamais obtenu. Toujours ce fut ma stupéfaction que la foule passât indifférente devant la pauvre voiture noire et le vieux cheval des Petites Sœurs des Pauvres, arrêtés au bord du trottoir. Dieu merci, je n'ai jamais cessé de vénérer les héros et les saints qui continuent de rendre témoignage à l'Église; mais ce n'est pas à eux qu'un misérable écrivain se heurte. Reconnaissons que ses pieux adversaires de la *bonne presse* distillent quelquefois un venin dont je croyais avoir découvert la formule[a] : ces gens-là, me disais-je, se permettent tout ce dont ils ne croient pas être obligés de se confesser. Et je m'écriais : « Oh ! que cela les mène loin ! » Au vrai, ce n'était de ma part qu'une ingénieuse perfidie, car le Christ hait l'injustice, lui, la Justice; et tout ce que le monde condamne avec raison est déjà de toute éternité condamné par Dieu. La critique catholique fut-elle profondément injuste envers mes ouvrages ? Ce qu'elle y subodorait de pourriture, oserais-je prétendre que je ne le sens pas rôder sur mon œuvre comme sur ces cimetières que tout de même la croix domine ?

Hostile à mes frères, du moins n'ai-je jamais blasphémé l'Église éternelle; mais cette mère[b] de l'humanité, si elle aime l'humanité, me disais-je, les humains éphémères ne sont pas à l'échelle de son cœur. Les individus ne sont que poussière à ses yeux et c'est pourquoi cette mère peut nous paraître quelquefois sans entrailles. Il n'empêche que je suis entre ses mains; je n'appellerais pas de sa sentence, si un jour elle me frappait. Je ne peux pas sortir de l'Église; les mailles du filet ne céderont pas. Si je prétendais en sortir, je la retrouverais ailleurs. Dans ce sens-là aussi, je puis dire que le royaume de Dieu est au-dedans de moi et que « Rome est toute où je suis[1] ».

Et sans doute m'objectera-t-on qu'il n'y a pas là de quoi m'émerveiller et qu'il y faut voir un aspect de ce phénomène que M. Estaunié a appelé l'Empreinte[2]. La puissance de la religion en moi s'est fortifiée, disent-ils, de ma propre faiblesse; mon histoire est celle de tous les esprits débiles; j'ai offert un bon terrain à la propagation de la Foi... Eh bien ! non, ce n'est pas si simple.

Faites attention qu'aucun des prestiges que je subissais naguère, n'échappe à mon analyse. Contre tout le sensible du catholicisme, aujourd'hui, je me mets en garde. L'appel à l'émotion religieuse, aussi sublime soit-il, excite d'abord ma défiance. Les « consolations de la religion », je les appelle de toute mon âme, mais je sais de quel prix il les faut acheter. Je connais cette paix dans la souffrance et de quelle amertume les souillures passées pénètrent la grâce présente.

Comme le flux*a* de l'Océan émeut les grands fleuves bien en deçà de leur embouchure, la mort se mêle à toute vie chrétienne longtemps avant qu'elle en approche. Or l'instinct profond de l'homme est d'échapper à la vision de son futur cadavre. Qu'est-ce donc qui est plus fort en moi que cet instinct ? Encore n'ai-je rien*b* dit de tout un ordre de difficultés qu'il y aurait quelque ridicule à évoquer lorsque l'on est aussi peu que je le suis savant et philosophe. Mais ce qu'à propos de Renan, M. Pierre Lasserre a appelé le drame de la métaphysique chrétienne, s'est tout de même déroulé pour moi sous une forme plus grossière : il suffit que je l'indique ici[1].

Toutes les amarres semblaient donc relâchées : pourtant le vaisseau bougeait à peine, le flot ne l'emportait pas. Au centre du terrible jardin dont les barrières paraissent rompues, l'âme excédée demeurait, un peu à l'écart des autres, mais elle demeurait pourtant.

On me répète : C'est l'antique terreur, c'est cette peur des dieux qui a créé les dieux, — cette hideuse peur qui survit à la foi même. Suis-je cet animal*c* dressé dès l'enfance à certaines adorations, dressé par la crainte ? Souviens-toi : Ce Dieu de ton enfance qui régnait dans la maison de famille contrôlait non seulement tes moindres gestes, tes plus furtives pensées, mais encore il entrait dans d'infimes détails de nourriture : il fallait faire attention au jour du Vendredi saint que la croûte du petit pain de quatre heures ne fût pas « jaunie », car l'usage des œufs était interdit, même aux enfants. Une gorgée d'eau avalée en se lavant les dents, et ta Communion, croyais-tu, devenait sacrilège. Tu connaissais beaucoup mieux ton âme que ton corps. Es-tu bien sûr que le Dieu de ton enfance, qui s'amusait au détail, ne continue*d* pas de t'épier dans l'ombre ? Ce Dieu,

je ne le renie pas : quelques exagérations ? Je l'accorde,
mais elles demeurent dans la tradition de tous les éducateurs chrétiens. Cet excès de prudence, quel confesseur
le réprouverait ? L'éducation de la pureté ne souffre
guère les demi-mesures : « Je veux être ignorant, enfant
pour certaines choses... » écrivait l'abbé Perreyve, à la
veille de son ordination[1]. Ce remplacement, dont tu te
glorifiais naguère, d'un « Dieu tatillon » par un Dieu
qui n'y regarde pas de si près, aie le courage de t'avouer
qu'il n'y faut pas voir un progrès dans la vie spirituelle,
mais bien une diminution. Tu devenais moins scrupuleux
à mesure que tu devenais moins pur. Ne rien concéder
à la chair, c'est la vraie loi chrétienne qui te fut enseignée
dès que tu commenças de comprendre. « En cette
matière, tout est grave », nous répétaient nos éducateurs.
Tout est grave, tout engage l'éternité. Et l'expérience te
prouve à quel point ils avaient raison. C'est l'esprit
qui atteint Dieu, et la chair assouvie qui nous sépare
de lui infiniment. Ces inimaginables prudences demeurent
conformes à l'essentiel du Christianisme. Au vrai[a], dès
que le chrétien se réveille en toi, c'est toujours cet
adolescent que tu fus, à la conscience follement craintive
des moindres poussières ; mais alors il se heurte à
l'homme que tu es devenu, et ton angoisse naît peut-être
d'un tel contraste, et de ce que tu n'imagines pas que tu
puisses jamais remonter à ta source, retrouver la candeur
de tes commencements.

Rien d'ailleurs, qui rappelle moins l'angoisse du
doute. Le doute ne fut jamais qu'une petite agitation
à la surface de ton âme ; au plus profond, règne une calme
certitude. Les passions n'ont pu corroder ces
fondements qu'elles salissaient de leur boue. Mais ils
demeurent.

Cet élément incorruptible de ta foi, comment le
définir ? C'est une évidence ; — cette évidence : la Croix.
Il suffit[a] d'ouvrir les yeux pour la voir à côté de nous :
notre croix qui nous attend. Qui aurait imaginé que deux
morceaux de bois mis l'un sur l'autre puissent affecter
autant de formes qu'il existe de destinées particulières ?
Et pourtant cela est ; la tienne est faite à ta mesure ;
de gré ou de force, dans la haine et dans la révolte ou
dans la soumission et dans l'amour, il faudra sur elle
t'étendre. Quel mystère que l'humanité ait si longtemps

vécu sans avoir découvert, au-dessus de ses charniers,
le signe, l'arbre sans feuilles, l'arbre nu où, un jour de
l'histoire humaine, Dieu même est venu s'abattre.
« O Dieu qui aimez tant les corps qui souffrent, que vous
avez choisi pour vous le corps le plus accablé de souffrances qui ait jamais été au monde[1]... »

Et même si notre foi diminuée, appauvrie, ne peut
qu'entrevoir de loin le surnaturel, il lui reste ce bois
qu'elle touche, contre quoi notre chair est clouée.
Tels des éléments qui composent ta croix sont le patrimoine commun : je ne connaissais pas ce cri terrible de
Michelet que nous rapporte Daniel Halévy : « À l'entrée
de ce grand supplice qu'on appelle la vieillesse...[2] » La
vieillesse. Bien avant qu'elle nous atteigne, nous respi-
rons l'haleine de la mort; et n'y aurait-il que ce supplice...
Mais sur ce fond de la commune misère, joue la douleur
individuelle, accordée à notre cœur, à la mesure de notre
corps, et qui ne ressemble à aucune autre. C'est le privilège des artistes d'exprimer la leur dans ses particularités,
dans ses différences, et c'est elle qui crée leur style,
qui lui donne un unique accent, une résonance singulière,
inimitable.

La croix, il ne m'appartient pas de m'en détacher.
« Si tu es le fils de Dieu, disaient les insulteurs de Jésus
crucifié, descends donc de ta croix... » Il l'aurait pu
s'il l'avait voulu. Mais nous, ses créatures, rien ne nous
arrachera de ce gibet sur lequel nous sommes nés, qui
a grandi en même temps que notre corps, et s'est étiré
avec nos membres. À peine le sentions-nous dans la
jeunesse; mais le corps se développe, devient pesant,
la chair s'alourdit et tire sur les clous. Qu'il nous faut
de temps pour nous apercevoir que nous sommes nés
crucifiés !

L'âme que je décris se trouve, non certes au niveau
des pires, mais bien au-dessous d'eux, puisqu'elle sait
et qu'ils ne savent pas; pourtant, c'est vrai qu'elle
garde[a], au milieu de leurs sabbats, une clairvoyance
aiguë : autant que la sienne propre, la croix de chacun
lui apparaît; elle lui apparaît délaissée, méconnue, ou
plutôt inconnue. Tous ces destins, répandus et comme
dénoués au hasard, ignorent eux-mêmes leur centre,
ce qui les ordonnerait. Fuir sa douleur, éviter sa croix,
ne pas la connaître, voilà toute l'occupation du monde;

mais c'est en même temps se fuir soi-même, se perdre. Car c'est notre douleur qui nous donne notre visage particulier; c'est notre croix qui fixe, qui arrête nos contours.

Je ne suis plus obsédé, comme je le fus naguère, par la petite place du Christianisme dans le monde. En dehors de la cité mystique de ceux qui connaissent leur croix, et donc se connaissent, qui portent leur croix et donc se supportent eux-mêmes, grouille la foule des êtres résolus à s'ignorer, à se disperser, à se perdre, à s'anéantir. Dans le regard insoutenable pour moi d'un Arabe, d'un Hindou, d'un Céleste, je découvre d'abord l'absence de la croix, l'ignorance cherchée, poursuivie, voulue de la souffrance individuelle. Cette armature que le Christ nous impose, ils la rompent à mesure qu'elle se reforme, ils s'en délivrent; ce gibet au-dessus du néant, ils s'en arrachent et sombrent avec délices. Ce qui donne son tragique à la manie des stupéfiants, c'est qu'ils ouvrent dans le rêve une issue pour fuir la croix. L'opium : la frontière que franchissent les déserteurs de la Croix et au-delà de laquelle ils ne trouvent qu'une contre-façon dérisoire de l'unique Paix : *Pax Dei quæ exsuperat omne sensum*[1]... (saint Paul aux Philippiens).

Que signifie[a] perdre la foi ? Je vois ce que je vous dis; je ne peux pas ne pas le voir. Et ceux qui, nés chrétiens, se détachent du Christianisme et qui vivent en paix après leur défection, c'est que le fait de la croix ne leur était jamais apparu.

On naît prisonnier de sa croix. Rien ne nous arrachera de ce gibet; mai ce qui est particulier aux chrétiens de ma race, c'est de se persuader qu'ils en peuvent descendre; et en effet ils en descendent; c'est en cela qu'ils demeurent libres; ils peuvent la refuser; ils s'en éloignent, perdent conscience des fils mystérieux qui les y relient, et qui, indéfiniment, s'étirent au point que s'ils se retournent, le signe terrible ne leur apparaît plus sur le ciel. Ils vont, ils vont jusqu'à ce qu'arrêtés par un obstacle, atteints d'une blessure au cœur, ils[b] butent et s'affaissent. Alors, aussi loin qu'ils se soient perdus, de nouveau les liens les ramènent en arrière avec une force surprenante; et de nouveau nous les voici miséricordieusement précipités contre le bois. D'instinct, ils étendent les bras, ils offrent leurs mains et leurs pieds déjà percés depuis l'enfance.

III

Maintenant imaginez un être de cette race, mais doué pour résister d'infiniment plus de puissance que je n'en possède et qui hait cet asservissement; une nature forcenée que ce mystérieux esclavage irrite, exaspère et livre enfin à une haine inexpiable de la croix; il crache sur ce signe qu'il traîne après lui et se persuade que le lien qui l'y enchaîne ne saurait résister à un abaissement méthodique de son âme, à une dégradation voulue. Il cultive le blasphème, le pousse à sa perfection, fortifie de mépris sa haine des choses saintes; — mais soudain, au-dessus de cette immense souillure, un chant s'élève, une plainte, un appel; ce n'est qu'un cri; à peine le ciel a-t-il le temps de l'accueillir, déjà l'écho en est recouvert par d'atroces railleries, par un rire de démon. Tant que cet homme demeurera dans sa force, il traînera cette croix, comme un forçat son boulet, sans l'accepter jamais; il s'acharnera à user ce bois par tous les chemins du monde; il choisira les pays de feu et de cendre, les pays les mieux faits pour le consumer. Aussi lourde que la croix se fasse, elle ne viendra pas à bout de sa haine; — jusqu'au jour marqué, jusqu'à ce tournant de son destin où il s'affaisse enfin sous le poids de l'arbre, sous son étreinte. Il se débat encore, se redresse, retombe, jette un dernier blasphème, et de son lit d'hôpital porte contre les religieuses qui le soignent des accusations abominables, traite son angélique sœur d'imbécile et de niaise, puis enfin s'interrompt. Voici la minute marquée de toute éternité : la croix qu'il traîne depuis trente-sept ans, cette croix qu'il a reniée, couverte de crachats, lui tend ses bras; le moribond s'y jette, la serre contre lui, l'épouse étroitement; il est sereinement triste, il a le ciel dans les yeux. Sa voix s'élève : « Il faut tout préparer dans la chambre, tout ranger. L'aumônier va revenir avec les Sacrements. Tu vas voir. On va apporter les cierges et les dentelles. Il faut mettre des linges blancs partout[1]... »

Tel est le mystère d'Arthur Rimbaud. Il ne fut pas

seulement ce mystique à l'état sauvage vu par Claudel[1], ni le voyou génial dont se réclament les mauvais garçons d'aujourd'hui. Il fut le crucifié malgré lui, qui hait sa croix et que sa croix harcèle; — et il faudra qu'il agonise pour qu'elle vienne à bout de lui.

Si nous voulons comprendre Rimbaud, il faut bien connaître sa mère terrible, « la mère Rimb ». Chrétienne, elle a voulu que ses enfants fussent chrétiens, avec une volonté de fer. Arthur, bon gré mal gré, le fut. Il a sué d'obéissance, comme il dit. Le dimanche, petit garçon pommadé et sage, accoudé à un guéridon d'acajou, il lisait la Bible. Hypocrite ? Rappelons-nous cette sainte fureur lorsqu'il voit de grands collégiens se livrer à des farces autour d'un bénitier : par un mouvement profond de tout son être, l'enfant se jette contre eux[2]. Et sans doute il eut tôt fait de renoncer à cette loi obscure qu'il n'avait pas choisie et qu'il exécrait d'autant plus. *Une saison en enfer* est marquée à la fois de cette sujétion et de cette haine. Il hait ce joug, mais ce joug est sur lui. Le blasphème de Rimbaud dépasse toute mesure parce qu'il est voulu et comme arraché avec peine de sa gorge. Ce qui s'élève sans effort de sa substance même, par une naturelle effusion, c'est la note dont a parlé Claudel, « la note, d'une pureté édénique, d'une douceur infinie, d'une déchirante tristesse[3]. » Il lui échappe de nous dire qu'il a reçu au cœur le coup de la grâce, qu'il écoute le chant raisonnable des anges : « La raison m'est née, le monde est bon, je bénirai la vie, j'aimerai mes fils[4]... » Et soudain stupéfié par cette pureté inconnue qui se manifeste en lui, comme venant d'un autre, il se raidit contre, insulte affreusement le Christ. Regardons-le qui marche dans Londres, ivrogne, avec l'air du crime. Mais après avoir épouvanté mortellement Verlaine, il improvise, il parle en une façon de patois attendri « de la mort qui fait repentir, des malheureux qui existent certainement, des travaux pénibles, des départs qui déchirent les cœurs. Dans les bouges où nous nous enivrions, il pleurait en considérant ceux qui nous entouraient, bétail de la misère. Il relevait les ivrognes dans les rues noires[5]... »

Et pourtant c'est bien ce même Christ qu'il poursuivra de sa haine dans Verlaine revenu à Dieu. Et lorsque celui-ci lui donne rendez-vous en Allemagne, et qu'il le

voit s'approcher un « chapelet aux pinces » pour le
convertir[1], il met sa joie à soûler le pauvre poète, à lui
faire renier Dieu, la Vierge et les saints. Et encore il se
jette à coups de poings sur lui comme un forcené. Mais
à travers cette face qu'il martèle — cette face lamen-
table —, n'en discerne-t-il une Autre ? Ne reconnaît-il
cette sueur de sang, cette expression de souffrance et
d'amour ? Et de même, n'était-ce pas une autre voix
que celle de Verlaine dont il percevait l'accent dans les
poèmes de *Sagesse* que son ami lui adressait à Roche ?
Mais c'est dans les latrines qu'Isabelle Rimbaud en
retrouvera le manuscrit. Volonté tenace de déshonorer
en lui le Christ vivant.

Depuis le jour où l'adolescent, honteux d'avoir parlé
et de s'être trahi, se voua au silence, jusqu'à son agonie
entourée d'anges, retrouverons-nous un seul signe de
cette présence du Christ, de cette invincible possession ?
Rien qu'une phrase, une seule phrase de cette lettre[a]
à sa mère, adressée du Harrar le 25 mai 1881 : « Si je
suis forcé de continuer à me fatiguer comme à présent,
et à me nourrir de chagrins aussi véhéments qu'absurdes
sous des climats atroces, je crains d'abréger mon existence... Enfin, puissions-nous jouir de quelques années
de vrai repos dans cette vie; et heureusement que cette
vie est la seule, et que cela est évident puisqu'on ne peut
s'imaginer une autre vie avec un ennui plus grand qu'en
celle-ci[2] ! »

L'adolescent Rimbaud avait brûlé ses manuscrits et
choisi de se taire pour toujours; mais il suffit de cette
petite phrase, dans une lettre hâtive, pour entendre le
gémissement d'une âme traquée. Si jamais parole
humaine signifia le contraire de ce qu'elle semble dire,
c'est bien cette affirmation rageuse : « Heureusement
que cette vie est la seule[3]... »

Puis le courant de grâce se perd de nouveau et ne
rejaillira qu'aux derniers jours de sa vie, sur son lit
d'hôpital. Vous dites que la terreur enlève toute importance à ces conversions devant la mort ? Mais il faut
se souvenir de l'étonnement de l'aumônier après qu'il
a confessé Rimbaud : non seulement ce moribond a la
foi, mais même cette foi est, selon lui, d'une qualité
très rare et telle qu'il n'en rencontra presque jamais[4].

IV

Maladie du fils[a] aîné[1], de l'ouvrier de la première heure. Quoi que fasse le fils aîné, il ne peut revenir n'étant jamais parti et jamais il n'a vu du dehors la maison paternelle; il n'en peut mesurer la solidité ni la place qu'elle occupe dans le monde. À force d'avoir senti l'amour du Père il craint de n'en éprouver plus jamais la consolation et si souvent il a pris place à la table servie qu'il ne discerne plus le goût de ce pain ni de ce vin.

Et de même l'ouvrier de la première heure : son travail ignore l'allégresse et l'impatiente poursuite du but; il ne sait plus pourquoi il a commencé de travailler. Il ne fera pas grève : comment quitterait-il sa tâche avant d'avoir reçu son salaire ? Aucun amour ne l'aide : le Maître et lui se connaissent trop, se dit-il; ils ne se voient même plus. L'ouvrier de la première heure triche, il en fait le moins possible, ne doutant pas d'être payé tout de même à la fin.

Mais même le Fils prodigue, la Brebis perdue ne peuvent être prodigues et ne sauraient[b] se perdre que dans la maison paternelle, que dans les pâturages natals. Lorsqu'ils s'imaginent avoir erré au loin, et vu d'étranges pays, ils découvrent qu'ils n'ont fait que tourner en rond, que se débattre sur place.

Tel est le pouvoir de la religion sur ceux qu'elle possède : tout en elle se situe et même ce qui paraît être à ses antipodes. Le chrétien de l'espèce que j'ai décrite ne saurait accomplir aucun geste qui le délivre, puisque ce geste prendra toujours une signification sur le plan religieux. Certes il lui appartient d'échapper à la Grâce; mais tomber dans le péché, ce n'est pas s'évader du Christianisme, c'est peut-être s'y relier par des attaches plus redoutables. Céder à la chair, nourrir son doute, le fortifier de toutes les doctrines, sacrifier aux idoles, ce n'est pas, pour le chrétien, sortir de la chrétienté. Car, comme l'a écrit Péguy : « Le pécheur est de chrétienté. Le pécheur peut faire la meilleure prière... Le pécheur est partie intégrante, pièce intégrante du mécanisme de chrétienté. Le pécheur est au cœur même de chrétienté... Le pécheur et le saint sont deux parties on peut le dire également intégrantes, deux pièces également intégrantes du mécanisme de chrétienté. Ils sont l'un et l'autre ensemble deux pièces également indispensables l'une à l'autre, deux pièces mutuellement complémentaires. Ils sont l'un à l'autre ensemble les deux pièces complémentaires non interchangeables et ensemble interchangeables d'un mécanisme unique qui est le mécanisme de chrétienté[1]... »

Il existe une espèce d'hommes qui, insérés dans ce mécanisme, n'en sortiront jamais. L'unique issue, le péché, n'est en rien une porte de sortie, c'est une porte qui n'ouvre pas sur le dehors. Il leur appartient donc de passer de la Grâce au péché, du péché à la Grâce; ils sont libres de rendre témoignage ou de refuser leur témoignage. Mais ni le doute, ni la négation, ni même le reniement ne sauraient arracher cette tunique collée à leur peau.

Que nous voilà loin de « ce compromis rassurant qui permet d'aimer Dieu sans perdre de vue Mammon[2] ! » Si je n'accepte pas ce reproche que Gide m'adresse, ce n'est point pour me juger innocent. Sans doute suis-je plus coupable qu'un garçon simplement tiraillé, qui veut écrire ses livres sans rater le ciel et atteindre le ciel sans rater ses livres. C'est peu de dire que je ne perds pas de vue Mammon : tout le monde peut me voir au premier rang de la foule qui l'assiège. Mais si on ne saurait servir deux maîtres, il n'empêche que délaisser l'un des deux pour l'autre, ce n'est pas perdre la connaissance du pouvoir que l'Abandonné garde sur nous, ni perdre le sentiment de sa présence. Et même cette connaissance et ce sentiment abolis, il reste que de ce Maître trahi nous avons revêtu l'indéchirable livrée, que nous appartenons de gré ou de force à sa Maison, que nous portons partout ses armes mystérieuses. Aussi loin que nous nous égarions, il se trouvera toujours quelqu'un pour nous dire : « Mais vous aussi vous étiez avec cet homme, — vous étiez de ceux qui suivaient cet homme[3]. »

Et nos plus libres écrits porteront toujours une certaine marque, ils auront un accent particulier, un goût de terroir, — de ce terroir où la vigne et le blé contenaient en puissance infiniment plus que le vin et que le pain de chaque jour.

Prisonnier? Oui, mais un prisonnier qui refuse d'éveiller la pitié du monde, qui ne mérite pas la pitié du monde. Car un tel destin, s'il apparaît redoutable, ce ne peut être que sur le plan surnaturel. Le drame, pour l'être que je décris, ne prend de réalité que si l'univers et nos destins ont une direction, un but. C'est d'abord de son salut qu'il s'agit. Ceux qui nient le salut et qui ne croient qu'aux apparences, pourquoi plaindraient-ils cet artiste? Si les croyants qui le chérissent ont de profondes raisons pour s'alarmer à son sujet, les libertins seraient plus sages de l'envier, eux qui connaissent, surtout lorsqu'ils font profession d'écrire, le péril de la liberté totale.

Regardez-les : ils sont tous à chercher un repère, une échelle de valeurs. Je ne parle pas pour les philosophes : il n'en est aucun qui ne possède ses critères. Mais l'artiste, lui, joue son va-tout sur des sentiments, sur des sensations. Terrains mouvants, forces confuses, vite détruites et dispersées, nuées en écharpe sur le néant. Le néant! ils en ont la hantise, la terreur. Déjà, la vie extérieure de Barrès, ses attitudes politiques, la Ligue des Patriotes, la Chambre, *L'Écho de Paris* : des défenses contre le néant. Il a mis le Palais-Bourbon entre le néant et lui[1].

Et les enfants de notre pauvre siècle, voyez-les : deux titres pris au hasard dans la plus haute production de ces dernières années, trahissent leur désarroi : *Rien que la Terre!* s'écrie le premier; *Voyageurs traqués,* répond l'autre[2]. Rien que la terre, rien que cela, pour qui ne vit que de sentir. L'antique planète est bientôt parcourue, quel pauvre fruit vite pelé, pressuré et jeté! Voyez le second en quête de *supports* : il part du collège[a], passe à la guerre, puis aux sports, puis à la tauromachie... Quoi encore? Oserions-nous l'écrire? Les continents se le renvoient comme une balle...

Ne croyez pas surtout que le mauvais chrétien triomphe ni qu'il se juge le plus fort. C'est entendu : chez lui tout prend[b] d'abord sa place, sa valeur, la moindre sensation se situe. Tout amour humain forme bloc, se dresse contre l'unique Amour, engage son destin, le marque. Il ne cède pas à un désir, à un plaisir, à une douleur, sans travailler à la statue de lui-même; sans qu'il la modifie : le moindre coup de pouce compte; tout le temps, elle prend forme; il ne fait rien qui ne s'ajoute à cette figure guettée par la réprobation éternelle ou par l'éternel amour.

Sans doute, oppose le libertin au chrétien, tu détiens des valeurs; le sens des valeurs, cela est inappréciable pour un homme qui écrit. Mais, hors la littérature, montre-moi tes avantages. « Rien que la terre[a] », c'est triste; mais que vaut « Rien que le ciel » pour le chrétien douteux, pour l'être hésitant qui a perdu le goût et le pouvoir de renoncer à l'éphémère ?

Car l'éphémère, voilà peut-être l'obsession la plus tenace que le mauvais chrétien doive à sa longue familiarité avec le surnaturel. Tout enfant, il frémissait aux retraites prêchées par des religieux, habiles à lui faire renifler son futur cadavre. Mais ces esprits, trop simples ou trop purs, ignoraient que c'est en tant qu'éphémère que l'éphémère séduit notre cœur : ils ne le détournaient pas d'aimer ce qui passe, simplement ils vouaient son amour au désespoir en le rendant lucide.

Par-dessus tout, le libertin plaint le tiède catholique de ce qu'il doit renoncer à cette morale (si on peut l'appeler ainsi) qui nous donne l'illusion d'ennoblir la jeunesse de l'homme sans la sevrer de sa joie, éthique dont Stendhal, avant Nietzsche, fut l'initiateur. Mais le chrétien sait qu'elle ne vaut que pour de jeunes êtres indifférents à la métaphysique et que la pensée de la mort ne glace pas. Morale adaptée à la seule jeunesse. C'est à la fois sa séduction et sa faiblesse, qu'elle n'intéresse qu'un moment de la vie, lorsque la force du sang nous donne l'illusion que toute domination nous est promise, que nous sommes appelés à la prééminence et que le temps ne nous est pas mesuré.

Ce n'est pas que Julien Sorel et que Fabrice ne songent parfois à la mort : mais comme à un risque qu'ils sont libres de courir et à quoi il est honorable de s'exposer par amour, ou seulement par jeu. Tout appartient à la jeunesse, ou plutôt la jeunesse croit que tout lui appartient et même sa mort. Les jeunes gens plus que les vieillards songent au suicide : c'est que la mort leur est un choix et qu'ils se croient libres de ne pas mourir. Mais au tournant de l'âge qui est le milieu du chemin

de la vie, la mort n'apparaît plus comme un péril glorieux, ni comme l'enjeu de l'amour et du bonheur.
Elle est l'inévitable porte ouverte sur le noir. On peut
faire le brave encore, se targuer de sa force, serrer les
poings, se proclamer maître et dominateur; ce n'est
qu'une attitude, une feinte; et le tremblement du
libertin devant les ténèbres inconnues vaut-il mieux
alors que celui du dévot, dont la crainte du moins
est pénétrée d'un peu d'amour, d'un commencement
d'amour, — et peut-être, tout simplement d'amour ?

L'adversaire du Christianisme objectera qu'il reste
au libertin ce bénéfice de l'illusion propre à la jeunesse;
la pensée de la mort, durant tout le temps qu'il a joui
de sa jeune force, ne l'a pas frappé de paralysie, et il a
pu cultiver les vertus humaines, les vertus du monde :
force, audace, témérité, goût de la conquête amoureuse,
orgueil de la domination. Il s'imagine se consoler de
« l'affreux supplice qui s'appelle la vieillesse[1] » avec le
souvenir d'avoir mené son jeu dangereusement, à l'âge
de la puissance, d'avoir à chaque instant tout risqué,
rien que pour le plaisir de sentir battre plus vite son
jeune cœur. Ainsi se console un vieillard libertin,
— condamné à mort qui n'a plus le pouvoir de jouer
une vie déjà perdue.

Ne sommes-nous donc pas tous des condamnés à
mort ? Me direz-vous que le libertin ne le sera qu'aux
abords de la vieillesse, tandis qu'un chrétien le sait dès
son plus jeune âge ? Il est vrai que dès ma dixième
année je pliais sous l'héritage de l'Ecclésiaste. Mais un
enfant qui a l'âme héroïque peut trouver l'emploi, sur
le plan chrétien, de ces vertus que j'appelais humaines.
Le Christ a besoin pour sa cause de téméraires, de
conquérants. Les saints furent des dominateurs. Qu'est-ce
donc que le destin d'Alexandre et de Bonaparte, leurs
conquêtes éphémères, au prix des victoires d'un François,
d'une Thérèse, et de ce mystique empire qui a vaincu
le temps ? *Vivre dangereusement[2],* formule chrétienne,
formule qui, sur le plan surnaturel, prend son sens le
plus profond.

Hélas, cela revient à dire que le Christianisme ne
souffre pas les cœurs médiocres. Un libertin de moyenne
envergure peut suivre les préceptes du beylisme, mener
une vie ornée, contenter avec modération des goûts

délicats, être fidèle en tout à l'honneur selon le monde,
enfin mériter d'être loué pour sa jolie nature; mais un
chrétien de moyenne envergure ne garde du Christianisme que le négatif, il s'interdit ce qui est défendu,
toujours en position de retrait, de refus. Ou bien
coupable, il se cache, cherche à donner le change,
s'accoutume au masque. Heureux qui peut franchir
l'abîme d'un bond, retomber de l'autre côté en pleine
sainteté : l'entre-deux ne vaut rien. Le monde a raison
de vomir les chrétiens malgré eux; mais il ignore leur
drame, qui est de ne savoir pas choisir, et d'être enlisés
au flanc du Thabor, incapables d'évasion comme
d'avancement[a].

Un homme peut être prisonnier d'une métaphysique
avec laquelle, esprit et chair, il est en désaccord. S'il
reste à ce misérable la suprême chance de détenir quelque
facilité pour s'exprimer, son œuvre l'occupera, l'aidera
à dévider sa vie. Il se persuadera que l'essentiel pour
l'artiste est d'avoir[b], non pas même un domaine, mais
un lopin qui lui soit particulier. Vigny disait que l'humanité prononce un interminable discours dont chaque
homme de génie représente une idée[1]. À la vérité, un
discours ne se compose pas que d'idées générales.
Des millions de nuances y jouent; et il appartient aux
plus humbles écrivains de les exprimer. Les larges
thèmes de Pascal, de Rousseau, de Chateaubriand, de
Barrès, laissent la place à de plus secrètes et de plus
menues variations qui sourdement les accompagnent.

Il faut exprimer notre drame particulier, le livrer tel
qu'il est, se livrer; mais avec art. Ce qui importe, ce
n'est pas nous-mêmes, c'est l'œuvre dont nous contenons
les éléments. L'œuvre. Notre œuvre. Quel est donc ce
nouveau Dieu dont je ne dispute pas les prérogatives
et à qui tout me semble dû ?

« La permission d'écrire *Destins* », comme dit le
moqueur Gide, l'ai-je demandée à quelqu'un, l'ai-je
reçue de quelqu'un ? Mais d'où vient que je songe à cette
dépendance ?

Attention de ne point reprendre à mon compte le
mot de Caïn : oui, je suis responsable de mon frère.
Ce drame particulier, cette vision qui m'est propre du
monde et des êtres, je ne veux pas mourir sans qu'il en
demeure après moi l'expression écrite, arrêtée, fixée

dans l'esprit de quelques-uns, du plus grand nombre possible. Je veux les atteindre, les toucher. On ne touche pas sans blesser. Un livre est un acte violent, une voie de fait, quelquefois un viol. Comme on entre profondément dans certaines âmes ! (Toutes ces lettres reçues après mes pages de *La Nouvelle Revue française : Souffrances du chrétien*, où je n'ai rien fait que de vouloir persuader aux autres que cette Religion est à la fois vraie et impraticable — pour excuser mon impuissance à y conformer ma vie.) La responsabilité de l'écrivain, il n'est pas de question qui me tienne plus à cœur[a].

V*

Pour beaucoup, elle ne se pose même pas[b]. S'il est un dogme auquel ont adhéré la plupart des écrivains du dernier siècle et de celui-ci, c'est bien le dogme de l'indépendance absolue de l'artiste. Il semble entendu, une fois pour toutes, que l'œuvre d'art n'a d'autre fin qu'elle-même. Elle ne compte, à leurs yeux, que dans la mesure où elle est gratuite, où elle est inutile. À les entendre, tout ce qui est écrit pour prouver, pour démontrer, pour servir en un mot, sort du domaine de l'art. « La question morale pour l'artiste, a écrit A. Gide, n'est pas que l'idée qu'il manifeste soit morale et utile au plus grand nombre : la question est qu'il la manifeste bien[1]. »

Mais sans doute, tant d'écrivains ne sentiraient pas le besoin de renouveler souvent cette profession de foi si elle n'était, par ailleurs, vigoureusement combattue. À l'autre extrémité du monde des lettres, en effet, nous entendons une protestation incessante s'élever contre cette prétention à l'indépendance absolue de l'artiste. Lorsqu'un Ernest Psichari, par exemple, proclame que c'est avec tremblement qu'il faut écrire sous le regard de la Trinité[2], il se fait l'interprète de tous ceux qui, ayant foi en l'immortalité de chaque âme humaine en particulier, ne croient pas qu'on puisse attacher trop

---

* Voir n. III, p. 833.

d'importance au retentissement de leurs écrits dans chacune de ces destinées immortelles.

Enfin, entre les deux camps extrêmes, il y a la foule immense des romanciers qui flottent et qui hésitent. D'une part, ils se rendent compte que leur œuvre ne vaut que dans la mesure où elle appréhende l'homme vivant tout entier, avec ses sommets et avec ses abîmes, la créature telle qu'elle est; ils sentent profondément que toute intervention dans la destinée de leurs personnages, pour prouver, pour démontrer même ce qu'ils croient être vrai, est arbitraire. En toute sincérité, ils répugnent à falsifier la vie.

Mais, d'autre part, ils savent qu'ils touchent à une matière dangereuse et que cette passion qui les tient de peindre les passions, toutes les passions, peut avoir des effets incalculables et, dans la destinée de beaucoup d'hommes, un retentissement presque infini.

Tout romancier digne de ce nom, tout homme de théâtre né chrétien, souffre de ce déchirement. Il y en a, dans la littérature française, un exemple illustre. Cédant à la mode du jour, j'ai passé mes vacances à écrire une « vie » : celle de Jean Racine[1]. Racine est vraiment le type de ces écrivains hésitants et partagés, que sollicitent tour à tour les arguments des deux camps adverses. Toute leur destinée est engagée dans la décision à laquelle ils s'arrêteront enfin. Les péripéties de la lutte que Racine, à ce sujet, soutint contre lui-même sont connues. À vingt ans, il échappe à Port-Royal; son jeune génie est en pleine révolte contre cette insupportable contrainte; et lorsque Nicole, dans sa lettre sur les *Imaginaires,* attaque violemment les faiseurs de romans et de comédies, Racine jette feu et flamme. Nicole avait écrit : « Que les qualités de romancier et d'homme de théâtre qui ne sont pas fort honorables au jugement des honnêtes gens, sont horribles étant considérées d'après les principes de la religion chrétienne et les règles de l'Évangile. Un faiseur de romans et un poète de théâtre est un empoisonneur public, non des corps mais des âmes des fidèles, qui se doit regarder comme coupable d'une infinité d'homicides spirituels[2]. »

À ce coup droit, Racine répondit par deux lettres trop peu connues, d'une verve et d'une méchanceté sans égales. Pour excuser Racine de n'avoir pu souffrir, sans crier, une doctrine si intransigeante, n'essayons point de nous persuader qu'il avait affaire ici à la rigueur inhumaine des jansénistes. Sur ce point, Nicole ne faisait que développer la doctrine de saint Augustin; et Bossuet, dans sa lettre au père Caffaro sur la comédie, ne montre pas plus de douceur. Lorsque Bossuet affirme que le succès de la comédie et du roman vient de ce que chacun y voit, y sent l'image, l'attrait, la pâture de ses propres passions, que lui répondre ? Au vrai, Racine n'a montré tant de fureur contre Nicole, que parce qu'il s'est senti touché à mort. Pendant des années, nous le voyons se débattre, jusqu'à ce qu'il succombe, à trente-huit ans, qu'il cède, qu'il renonce à peindre les passions[1].

Renoncement dont bien peu d'écrivains sont capables. Celui de Racine, d'ailleurs, n'est pas si simple qu'on l'imagine. Un homme qui porte en lui une œuvre, est-il libre de ne pas la mettre au monde ? L'auteur qui renonce à écrire, c'est peut-être qu'il n'avait plus rien, comme on dit, dans le ventre; c'est qu'il ne lui restait qu'à se répéter, qu'à s'imiter lui-même — ce que font d'ailleurs la plupart des écrivains sur le retour qui, après avoir donné tout ce qu'on attendait d'eux, après s'être délivrés de leur message, continuent leur ponte régulière parce qu'ils ont du métier et parce qu'enfin il faut vivre[2].

Pour réduire au silence un écrivain dans sa période féconde, il n'existe aucune force humaine; il y faudrait une puissance surnaturelle. Encore ignorons-nous si la Grâce a pu triompher une seule fois d'un écrivain en mal d'écrire. La conversion d'un homme de lettres se traduit presque toujours par une activité redoublée. Il tire le plus d'exemplaires qu'il peut de l'exemple qu'il donne au monde. Nous attendons encore ce miracle d'un écrivain que Dieu réduise au silence[3].

En vérité, les meilleurs d'entre nous sont pris entre deux feux. Ils tiennent les deux bouts de cette chaîne : d'une part, certitude que leur œuvre ne vaudra que si elle est désintéressée, que si elle n'altère pas le réel sous prétexte de pudeur et d'édification; d'autre part, sentiment de leur responsabilité envers des lecteurs que, du reste, en dépit de leurs scrupules, ils ne laissent pas de souhaiter le plus nombreux possible. À un bout de cette chaîne, il y a une certitude : il n'existe pas d'œuvre romanesque qui vaille en dehors de la soumission absolue à son objet qui est le cœur humain. Il faut avancer dans la connaissance de l'homme, se pencher sur tous les abîmes rencontrés sans céder au vertige, ni au dégoût, ni à l'horreur. Une certitude, disons-nous. Au contraire, à l'autre bout de la chaîne, il n'y a qu'un sentiment, du moins pour ceux qui n'adhèrent pas à une foi religieuse, car pour les chrétiens, une seule âme troublée, une seule âme exposée à sa perte, voilà qui engage l'éternité. Nous verrons tout à l'heure de quelles raisons un auteur chrétien peut se payer pour ne point s'interrompre de peindre les passions. Mais les non-chrétiens, eux, s'ils ne peuvent se défendre de se sentir obscurément responsables, ils n'ont pas beaucoup de mal à inventer des sophismes pour se persuader que cette crainte de scandaliser ne se rattache à rien de réel. Avant d'aller plus loin, je voudrais leur rappeler que ce sentiment correspond au contraire à une réalité profonde; et que si la question semble plus grave pour les écrivains qui ont la foi, elle intéresse aussi les incroyants; et précisément dans la mesure où ils ne croient qu'en l'homme, où ils ne connaissent au monde aucune autre réalité que l'humain.

Il y a quelques années, une revue avait posé cette question aux gens de lettres : « Pourquoi écrivez-vous ? » La plupart répondirent par des boutades, comme celle de Morand : « J'écris pour être riche et honoré. » C'était s'amuser à confondre les motifs immédiats avec les plus profondes raisons.

Cette raison profonde m'apparaît être dans l'instinct qui nous pousse à ne pas demeurer seuls. Un écrivain est essentiellement un homme qui ne se résigne pas à la solitude. Chacun de nous est un désert : une œuvre est toujours un cri dans le désert, un pigeon lâché avec un message à la patte, une bouteille jetée à la mer. Il s'agit d'être entendu, fût-ce par une seule âme. Il s'agit que notre pensée, et, si nous sommes romancier, que nos créatures, qui sont la part la plus vivante de nous-mêmes, soient accueillies par d'autres intelligences, par d'autres cœurs, soient comprises, soient aimées. Un auteur qui vous dit : « J'écris pour moi seul, il m'est indifférent d'être ou non entendu... » c'est un orgueilleux qui nous trompe ou qui se trompe lui-même. Tout homme souffre d'être seul. L'artiste est celui pour qui et en qui cette souffrance prend corps[1]. Baudelaire a raison d'appeler les artistes des *phares :* ils allument un grand feu dans les ténèbres; ils brûlent eux-mêmes pour que le plus possible de leurs frères soient attirés.

Les artistes[a], et en particulier les gens de lettres, constituent la race la plus friande, la plus affamée de louanges qui soit au monde. Un homme de lettres n'est jamais rassasié de compliments. Il ne faut pas d'ailleurs les en mépriser : car ce n'est pas chez la plupart le signe d'une âme basse; au contraire, s'ils ont tant besoin qu'on les loue, c'est qu'ils doutent d'eux-mêmes, c'est qu'ils ont le sentiment très vif du néant de leur ouvrage et qu'ils ont besoin d'être rassurés.

Mais entre tous[b] les compliments que nous pouvons faire à un écrivain, si nous voulons voir éclater sur son inquiète figure le maximum de contentement, il faut lui dire : « Vous, monsieur, qui êtes si admiré de la jeunesse... » Alors il se gonfle et s'épanouit. Car l'écrivain, en apparence le plus détaché, c'est cela qu'il souhaite par-dessus tout; et s'il n'obtient pas cette audience de la jeunesse, il considère qu'il a manqué sa destinée.

Oui, rien ne compte à ses yeux que cela : atteindre les autres hommes et, parmi eux, ceux qui peuvent être encore influencés, dominés, les jeunes cœurs encore hésitants et qui n'ont pas reçu leur forme définitive; laisser une empreinte sur cette cire vivante, déposer le meilleur de soi-même dans ces êtres qui lui survivront. Car si l'artiste crée pour ne pas demeurer seul, il ne lui suffit pas d'atteindre d'autres êtres : il veut les rendre semblables à lui; il veut susciter en eux sa propre image, sa propre ressemblance; et cela au-delà même de la tombe.

N'en croyons pas la fausse humilité des écrivains : le plus modeste d'entre eux n'aspire à rien moins qu'à être immortel, le moins prétentieux a la prétention de ne pas mourir tout entier. Ceux qui affectent de ne point tenir à ce qu'ils font et d'écrire leurs poèmes sur des feuilles de papier à cigarette, c'est dans l'espoir secret que, plus légers, leurs poèmes seront portés par le vent jusqu'aux rives les plus lointaines. L'artiste veut échapper

à son désert durant sa vie, mais aussi il veut échapper
à la solitude totale de la mort. Quand ce ne serait qu'un
livre, quand ce ne serait qu'une page, qu'une ligne,
ah ! que quelque chose de nous ne périsse pas, qu'une
jeune bouche humaine, dans les siècles des siècles,
se gonfle encore du chant que nous avons inventé.
Et ce n'est pas seulement eux-mêmes que les artistes
ont l'ambition de faire vivre jusqu'à la consommation
du temps, mais aussi leur amour. Ils poussent l'audace
jusqu'à prétendre imposer aux hommes futurs la vision
du visage qu'ils ont aimé.

> *Je te donne ces vers afin que si mon nom*
> *Aborde heureusement aux époques lointaines,*
> *Et fait rêver un soir les cervelles humaines,*
> *Vaisseau favorisé par un grand aquilon*[1]...

Mais si telle est la passion de l'écrivain d'atteindre le
plus grand nombre possible d'hommes dans le présent
et dans le futur, et de les marquer profondément,
— même sans être chrétien — ne doit-il se sentir responsable envers ceux qu'il atteint ? Oui, pour laisser de
côté ce terme de responsabilité, qui ne saurait avoir la
même signification pour un incroyant et pour un
chrétien — peut-il se désintéresser de ceux dont il a
infléchi dans tel ou tel sens la destinée ?

En vérité, nous ne connaissons aucun écrivain digne
de ce nom, même parmi les moins religieux, qui s'en
désintéresse vraiment. Ce n'est pas que cette considération influe sur leur ouvrage ni qu'elle les pousse
à refréner leur curiosité ou l'audace de leur peinture.
Mais ils se persuadent que toute œuvre vraie, conforme
au réel, ne peut qu'être bonne. Flaubert n'ambitionnait
aucune autre gloire que celle de démoralisateur. André
Gide aujourd'hui ne renierait pas ce titre[2]. Est-ce à dire
que ces auteurs et ceux qui leur ressemblent ont la
volonté de faire du mal ? Nullement; mais ils ne s'entendent pas avec nous sur ce qui est le bien et sur ce
qui est le mal. À leurs yeux, une œuvre qui scandalise
est presque toujours une œuvre qui délivre. L'écrivain
leur apparaît comme une sorte de démon bienfaisant
qui rompt les bandelettes des morales dont les hommes
sont ligotés, qui restitue la liberté et l'aisance à nos

mouvements. Ce n'est point ici le lieu de montrer qu'aux yeux du chrétien ces écrivains errent dans la mesure où ils ne tiennent pas compte du dogme de la chute, où ils ne tiennent pas compte de ce qu'il y a de souillé, de corrompu dans l'homme; de ce qu'il y a de virulent et de terriblement contagieux dans les plaies que la littérature nous découvre avec une croissante audace.

Il n'empêche que le roman n'est rien s'il n'est pas l'étude de l'homme et qu'il perd toute raison d'exister s'il ne nous fait avancer dans la connaissance du cœur humain. Le romancier doit-il donc par scrupule altérer l'objet même de son étude et, pour qu'aucune âme ne soit troublée, doit-il falsifier la vie sur laquelle il se penche ?

Je sais qu'il existe plus d'une manière d'esquiver la question. Mais ne nous rassurons pas sur cette excuse hypocrite que nous n'écrivons pas pour les petites filles et que nous ne sommes pas tenus de faire concurrence à Mme de Ségur née Rostopchine. Hélas ! les lecteurs qui ont atteint l'âge de raison sont ceux que les livres troublent le plus dangereusement. Souvent, mieux vaudrait être lu par des petites filles qui mangent leur pain en tartines et qui ne pensent pas à mal, que par des jeunes gens en pleine effervescence. On aurait peine à imaginer les lettres qu'un écrivain peut recevoir. Après la lecture d'un de mes livres, *Genitrix,* un garçon m'a envoyé son portrait avec cette dédicace : « A l'homme qui a failli me faire tuer ma grand-mère. » Il m'expliquait, dans une lettre, que cette vieille dame ressemblait tellement à l'héroïne de *Genitrix* qu'il avait été à deux doigts de l'étrangler pendant son sommeil. Comment protéger de pareils lecteurs ? L'abbé Bethléem lui-même n'y peut rien[1] : c'est aux grandes personnes bien plus qu'aux enfants qu'il faudrait interdire la lecture des ouvrages romanesques.

Au vrai, les écrivains qui truquent le réel pour édifier le lecteur et qui peignent des êtres sans aucune vérité pour être sûrs de n'être pas immoraux, n'atteignent que rarement leur but. Car il ne faut pas oublier qu'ils ne sont pas les seuls auteurs de leurs romans : le lecteur collabore avec le romancier et y ajoute souvent des horreurs à l'insu de celui-ci. Nous serions stupéfaits si nous savions exactement ce que deviennent nos personnages dans l'imagination de cette dame qui nous parle de notre livre. Je ne crains pas de dire qu'aucun livre ne m'a plus profondément ému qu'un très chaste roman que j'adorais quand j'avais quatorze ans et qui s'appelait *Les Pieds d'argile.* C'était l'œuvre d'une vieille demoiselle pleine de vertu mais aussi d'imagination et de sensibilité : Zénaïde Fleuriot. L'héroïne des *Pieds d'argile* répondait au beau nom d'Armelle Trahec. C'était une jeune personne rousse avec des taches de son sur la figure. Ces taches de rousseur, je les ai, depuis, distribuées généreusement à mes propres héroïnes. Quand un journaliste me demande quels maîtres m'ont le plus influencé, je parle de Balzac et de Dostoïewski, mais je n'ose pas parler de Mlle Zénaïde Fleuriot[1].

Ceci pour rappeler que le diable ne perd jamais ses droits, et qu'on peut imaginer qu'au jour du Jugement, si beaucoup d'écrivains auront à répondre des âmes qu'ils ont troublées, d'autres auteurs seront bien étonnés aussi du retentissement imprévu qu'auront eu dans certains esprits leurs plus chastes ouvrages.

Cette collaboration du lecteur avec le romancier qui n'est jamais la même, qui varie avec chaque individu, rend presque insoluble la question des bons et des mauvais livres. Je crois que seul un romancier est bien placé pour en juger. Pour ma part, je sais d'expérience, par des lettres et par des confidences reçues, que celui de mes livres où l'on a découvert, avec raison sans aucun doute, d'excessives audaces, et qui a été le plus sévèrement jugé, est aussi celui qui a le plus agi sur certaines âmes, dans le sens religieux. Tous les livres, les meilleurs et les pires, n'oublions pas qu'ils sont des armes à deux tranchants et que le lecteur inconnu en joue d'une manière qu'il nous est impossible de prévoir. Il nous est impossible de prévoir si ce qui sera blessé en lui ce sera le libertin, le débauché, ou au contraire l'homme honnête et pieux. Chaque être humain compose son miel selon sa loi : il va de livre en livre, de doctrine en doctrine et prend ce qui lui est bon. Il se cherche lui-même dans les livres, jusqu'à ce qu'il se soit trouvé. Les jeunes hommes qui se sont tués après avoir lu *Werther,* n'eussent-ils pas fini par découvrir ailleurs une raison de céder à ce vertige mortel ? Goethe n'est pas responsable de leur mort. Chacun de nous recrée,

recompose ses lectures à l'image de son propre cœur
et il s'en fait une idée qui ne vaut que pour lui seul.
Cela sans doute m'est particulier; mais de l'œuvre de
Proust, immense et putride, ce que je retiens par-dessus
tout, c'est l'image d'un trou béant, la sensation d'une
absence infinie. Dans l'humanité proustienne, ce qui
me frappe, c'est ce creux, ce vide, enfin l'absence de
Dieu[1]. Voilà ce que j'y vois parce que je suis chrétien,
alors que d'autres peut-être s'y peuvent satisfaire des
plus troubles images. Et c'est pourquoi il reste aux
misérables hommes de lettres, il leur reste d'espérer que
le mal qu'ils auront fait leur sera pardonné en faveur du
bien qu'ils auront fait aussi, le plus souvent à leur insu.

Ainsi je m'efforce de me rassurer. Mais enfin la sincérité envers soi-même est la vertu de notre génération.
Osons donc regarder notre mal en face. Tout ce que je
viens de dire n'empêche pas que nous consentons à ce
métier de peindre les passions. Les passions sont l'objet
de notre étude et nous ne vendons nos livres que parce
que des milliers de cœurs goûtent à cette peinture une
trouble joie. Saint Augustin nous avoue qu'il trouvait
dans les comédies : « l'image de ses misères, l'amour
et la nourriture de son feu[2]... » Point n'est besoin, pour
répandre ce feu dans le monde, de se complaire à des
peintures obscènes : « Ne sentez-vous pas, dit Bossuet,
qu'il y a des choses qui, sans avoir des effets marqués,
mettent dans les âmes de secrètes dispositions très
mauvaises, quoique leur malignité ne se déclare pas
toujours d'abord ? Tout ce qui nourrit les passions
est de ce genre : on n'y trouverait que trop de matière
à la confession, si on cherchait en soi-même les causes
du mal. » Et Bossuet ajoute : « Qui saurait connaître
ce que c'est en l'homme qu'un certain fonds de joie
sensuelle, et je ne sais quelle disposition inquiète et
vague au plaisir des sens, qui ne tend à rien et qui tend
à tout, connaîtrait la source secrète des plus grands
péchés[3]. »

Cette source secrète des plus grands péchés, nierons-
nous que c'est elle que presque toujours l'artiste sollicite ?
Sans doute, il n'est pas chez lui d'un dessein longuement
mûri, il ne prémédite rien; mais à la lumière de ce texte
admirable de Bossuet, nous comprenons mieux ce que
veut dire aujourd'hui un André Gide lorsqu'il affirme

qu'aucune œuvre d'art ne se crée sans la collaboration du démon[1]. C'est toujours ce fonds de joie sensuelle, c'est toujours cette disposition inquiète et vague aux plaisirs des sens qui ne tend à rien et qui tend à tout, c'est toujours sur cela que compte l'écrivain pour toucher et pour émouvoir. Chez le lecteur, chez cet adversaire qu'il doit coûte que coûte conquérir, l'écrivain entretient des intelligences ; il a en tout homme, et surtout en tout jeune homme, en toute femme, un complice qui est ce désir d'alanguissement, ce goût de l'émotion, cette soif de larmes. Encore une fois, je ne crois pas qu'il existe un seul romancier digne de ce nom qui pense à cela en écrivant, et qui, de propos délibéré, s'applique à troubler les cœurs. Mais un sûr instinct l'aiguille ; tout son art se dépense à atteindre cette source secrète des plus grands péchés et il l'atteindra d'autant plus sûrement qu'il a plus de génie.

Faut-il donc cesser d'écrire ? Même si nous sentons qu'écrire est notre vocation profonde ? Même si la création littéraire nous est aussi naturelle que de respirer et si c'est notre vie même ? Peut-être quelque docteur détient-il le mot de l'énigme ; quelqu'un peut-être sait-il comment un romancier scrupuleux peut échapper à ce dilemme : ou altérer l'objet de son observation, falsifier la vie, ou risquer de répandre le scandale et le trouble dans les âmes.

Disons-le franchement : un écrivain que déchire ce débat ne trouve à peu près personne pour le prendre au sérieux. À sa gauche, ce ne sont que moqueries et haussements d'épaules. On se refuse même à considérer un problème qui ne se pose pas. On nie que l'artiste ait aucun autre devoir que celui de réaliser, d'accomplir une œuvre belle et qu'il puisse avoir d'autre souci que celui d'approcher le plus possible de la vérité psychologique. À sa droite, osons dire que l'écrivain trouve une pire incompréhension. Ici, on n'imagine même pas qu'il connaisse certains scrupules ni qu'il obéisse à des motifs nobles. La première fois que de pieux journalistes vous traitent de pornographe et vous accusent d'écrire des obscénités pour gagner de l'argent, il est difficile de n'être pas suffoqué. Du temps que j'étais naïf, j'ai voulu ouvrir mon cœur sur ce sujet à de très hauts et très saints personnages. Mais dès les premiers mots, j'eus la certitude qu'ils ne faisaient aucune différence essentielle entre moi et, par exemple, l'auteur de la revue des Folies-Bergère. D'ailleurs je ne m'en suis nullement scandalisé : il y a pour ceux qui ont charge d'âmes un nombre presque infini de problèmes plus urgents que le problème esthétique, et il serait ridicule de leur en vouloir de n'y point attacher autant d'importance que nous le souhaiterions.

Mais enfin il est un écrivain catholique qui a mesuré toute l'importance de ce problème et qui s'est efforcé de le résoudre. Je ne saurais suivre ici dans tous ses méandres la pensée de M. Jacques Maritain. Mais voici quelques lignes, extraites de son livre : *Art et scholastique*, où il semble délimiter exactement le domaine propre au romancier inquiet de sa responsabilité : « La question essentielle, dit-il, n'est pas de savoir si un romancier peut ou non peindre tel aspect du mal. La question essentielle est de savoir à quelle hauteur il se tient pour faire cette peinture, et si son art et son cœur sont assez purs et assez forts pour le faire sans connivence. Plus le roman moderne descend dans la misère humaine, plus il exige du romancier des vertus surhumaines. Pour écrire l'œuvre d'un Proust comme elle demandait à être écrite, il aurait fallu la lumière intérieure de saint Augustin. Hélas ! c'est le contraire qui se produit et nous voyons l'observateur et la chose observée, le romancier et son sujet en concurrence d'avilissement[1]. »

Ainsi s'exprime M. Jacques Maritain; et tout le monde sans doute s'accordera à juger qu'il pose bien la question; — tout le monde, sauf précisément les romanciers*. Dans ces lignes, il ne tient pas compte de l'essentiel, il néglige de considérer les lois mêmes de la création romanesque : « L'observateur et la chose observée », dit-il. En somme, il assimile le romancier penché sur le cœur humain au physiologiste penché sur une grenouille ou sur un cobaye. Pour lui le romancier est aussi détaché de son sujet que l'est l'homme de laboratoire de la bête dont il ouvre délicatement le ventre. Or l'opération du romancier, et celle de l'expérimentateur, sont d'un ordre absolument différent. M. Jacques Maritain en est resté, pour le roman, aux vieilles conceptions du

* Voir n. IV, p. 834.

naturalisme. Au vrai, cette connivence du romancier avec son sujet, contre laquelle il nous met en garde, est indispensable, elle est la condition même de notre art. Car le romancier, le vrai, n'est pas un observateur, mais un créateur de vie fictive. Il n'observe pas la vie, il crée de la vie, il met au monde des êtres vivants; il ne songe pas à prendre de la hauteur; il cède à la tentation de se confondre et en quelque sorte de s'anéantir dans sa créature : s'identifier à sa créature, pousser la connivence jusqu'à devenir elle-même.

Mais, nous dira-t-on, si le romancier détient les vertus surhumaines que souhaite pour lui Maritain, ses créatures ne sauraient être viles; issues d'un créateur honnête et pur, elles ne sauraient être abominables. Un bon arbre ne donne pas de mauvais fruits. Que le romancier travaille à sa réforme intérieure et ce qui sortira de lui ne pourra devenir un objet de scandale. Sans doute; mais remarquons en passant que la vertu surhumaine n'est point d'une pratique facile pour les hommes en général et pour les romanciers en particulier. Et puis un homme profondément vertueux ne commencerait-il d'abord par ne pas écrire de romans ? Car, s'il est un véritable artiste, il se sentira incapable de tourner de fades histoires édifiantes, dépourvues de toute vérité humaine et, d'autre part, il sait bien qu'une œuvre vivante sera forcément troublante : le romancier le plus chaste ne risque-t-il de retrouver quelquefois dans ses créations les désirs qu'il a refoulés, les tentations qu'il a vaincues ? De même que des hommes admirables ont souvent des fils indignes, le plus honnête romancier s'effraye de ce que le pire de lui-même s'incarne parfois dans les fils et dans les filles de son esprit. Et c'est pourquoi un chrétien fervent osera décrire de haut les passions dans un sermon ou dans un traité, mais non pas dans un roman où il s'agirait bien moins de les juger et de les condamner, que de les montrer à même le sang et la chair. Rien ne peut faire que le feu ne brûle. Henri Perreyve, à peine sorti du collège, parle dans une lettre à son ami Charles Perraud de : « ce vice de volupté dont le nom seul fait défaillir nos cœurs de dix-sept ans[1] ». Si le nom seul en fait défaillir ces adolescents, que sera-ce d'une peinture, même la plus retenue ?

Me dira-t-on qu'il n'y a point que le vice à peindre,

que l'homme a ses misères mais qu'il a aussi sa grandeur;
qu'il existe enfin de belles âmes dont on peut écrire
l'histoire ? Certes je suis loin de partager l'opinion de
Gide lorsqu'il soutient qu'on ne fait pas de bonne littérature avec les beaux sentiments[1] : on n'en fait pas de
meilleure avec les mauvais; ce qu'il faut dire, c'est qu'on
ne fait pas facilement de bonne littérature avec les
seuls beaux sentiments, et qu'il est peut-être impossible
de les isoler pour en faire une peinture édifiante. L'ambition du romancier moderne est en effet d'appréhender
l'homme tout entier avec ses contradictions et avec ses
remous. Il n'existe pas dans la réalité de belles âmes
à l'état pur : on ne les trouve que dans les romans,
je veux dire : dans les mauvais romans. Ce que nous
appelons une belle âme, ne l'est devenue qu'au prix
d'une lutte contre elle-même, et jusqu'à la fin elle ne
doit pas cesser de combattre. Ce qu'elle doit vaincre
en elle, cette part mauvaise d'elle-même dont il importe
qu'elle se détache, existe pourtant et il faut que le romancier en tienne compte. Si le romancier a une raison
d'être au monde, c'est justement de mettre à jour, chez
les êtres les plus nobles et les plus hauts, ce qui résiste
à Dieu, ce qui se cache de mauvais, ce qui se dissimule;
et c'est d'éclairer, chez les êtres qui nous paraissent
déchus, la secrète source de pureté[2].

Il n'en est pas moins vrai que des hommes existent
qui se sont définitivement vaincus : les saints appartiennent au romancier au même titre que tout ce qui
est vivant. Pourquoi ne peindrions-nous pas des saintes
et des saints comme l'ont fait — ou voulu faire, Benson
et Fogazzaro, Baumann et Bernanos[3] ? Mais ne pourrait-
on soutenir que sur ce seul point, sur celui de la sainteté,
le romancier perd ses droits ? Pour qui prétend écrire
le roman de la sainteté, il ne s'agit plus seulement de
créer des hommes, il s'agit de tenter cette suprême
folie de réinventer en quelque sorte l'action de Dieu sur
les âmes. Or il semble que, sur ce point, le romancier
sera toujours vaincu par la réalité, — je veux dire par
les saints qui ont réellement vécu. Saint François
d'Assise, sainte Catherine de Sienne, les deux saintes
Thérèse, la Grande et la Petite, tous les grands mystiques
rendent témoignage d'une réalité, d'une expérience qui
dépasse infiniment le pouvoir du romancier.

Chaque fois que l'un de nous a voulu réinventer, dans une fiction romanesque, les cheminements de la Grâce, ses luttes, sa victoire, nous avons toujours eu l'impression de l'arbitraire et du truquage. Rien de moins saisissable que le doigt de Dieu dans le cours d'une destinée. Non qu'il soit invisible, mais ce sont des touches si délicates qu'elles disparaissent dès que nous les voulons fixer. Non, Dieu est inimitable, il échappe à la prise du romancier. Je demeure persuadé que l'admirable et exceptionnelle réussite d'un roman comme celui de Bernanos, *Sous le soleil de Satan,* tient précisément à cela que le saint qu'il nous montre n'est pas un véritable saint : cette âme tourmentée, bourrelée, erre à l'extrême bord du désespoir. Ou peut-être cet abbé Donissan est-il, si vous le voulez, un vrai saint; mais alors Bernanos, obéissant à son instinct de romancier, a fini par découvrir, par mettre à jour chez ce prédestiné, la secrète fêlure, la déviation par quoi il se rattache, en dépit de ses vertus héroïques, à l'humanité pécheresse. L'échec de la plupart des romanciers qui ont voulu donner la vie à des saints, vient peut-être de ce qu'ils se sont exténués à peindre des êtres sublimes, angéliques, inhumains, alors que leur chance unique aurait été de s'attacher à mettre en lumière ce que la sainteté laisse subsister de misérablement humain dans une créature humaine et qui est le domaine propre du romancier.

En lisant la vie des grands saints, j'ai longtemps été préoccupé par les manifestations qui me paraissaient excessives de leur humilité. Il me semblait que des âmes élevées à un si haut degré de perfection et qui pratiquaient les vertus les plus héroïques, ne pouvaient pas être tout à fait sincères quand elles proclamaient leur misère et leur indignité, et qu'elles prétendaient se ravaler au-dessous de toutes les autres créatures. Mais je suis persuadé, maintenant, que la sainteté est, avant tout, lucidité. « Il faut aller jusqu'à l'horreur quand on se connaît », écrivait Bossuet au maréchal de Bellefonds[1]. À mesure que les saints avancent dans la double connaissance de Dieu et de leur propre cœur, ils ont une vision si aiguë de leur indignité qu'ils s'abaissent, qu'ils s'anéantissent par le mouvement le plus naturel. Ce n'est pas assez de dire qu'ils croient être des misérables : ils le sont, en effet, et c'est leur sainteté qui leur en donne la claire vision. Ils voient dans la lumière de Dieu ce qu'est réellement l'homme, même sanctifié, et ils en ont horreur*.

Un véritable romancier, qui ne s'attacherait qu'à peindre des âmes de saints, rejoindrait donc tout de même l'humain, c'est-à-dire le périlleux. Il n'éviterait pas la rencontre de certains abîmes. Il y a souvent un vice jugulé, dominé, à la source de vies admirables. On l'a dit à propos des révoltés, des grands hérétiques. Mais c'est vrai aussi d'hommes d'une vie très sainte et très pure.

Il arrive ainsi que ce romancier pris entre deux feux, et dont je viens de décrire les difficultés, connaisse à certaines heures une tentation à laquelle j'avoue de bonne grâce qu'il ne cède presque jamais : la tentation du silence. Oui, se taire enfin, interrompre cette lourde et trouble confidence, ne plus lâcher dans le monde des créatures souvent malades et qui propagent leur mal, — consentir enfin à ce sacrifice que nous admirons dans Jean Racine.

Bossuet dit qu'il n'est rien de si différent que de vivre selon la nature et de vivre selon la Grâce[1] : le romancier, s'il est religieux, souffre de ce débat qui déchire tous les chrétiens; mais il est, chez lui, plus aigu, plus tragique. Car, en définitive, comment consentirait-il au silence ? S'il ne s'y résout presque jamais, sans doute faut-il tenir compte des très pauvres et très sordides raisons qui attachent un homme à son métier, surtout lorsque ce métier, comme celui de littérateur, flatte la vanité, notre goût de la gloriole, et rapporte des avantages de plusieurs sortes. Mais il faut tenir compte aussi de cette nécessité qui oblige le véritable homme de lettres à écrire. Il ne peut pas ne pas écrire. Il obéit à une exigence profonde, impérieuse. Nous ne résistons pas à des êtres qui s'agitent en nous, qui prennent corps, qui demandent à vivre. Ils demandent à vivre, et nous ne pouvons décider d'avance quelle âme ils auront. Nos critiques les plus sévères devraient méditer et s'efforcer de comprendre ce mot de Goncourt : « On n'écrit pas le livre qu'on veut[2]. » Non, on n'écrit pas le livre qu'on veut (mais on écrit, hélas ! le livre

---

* Voir n. v, p. 834.

qu'on mérite...). Nos censeurs nous accablent comme si notre ouvrage dépendait entièrement de notre volonté libre, comme si nous décidions délibérément d'écrire un bon livre ou un mauvais livre, un récit édifiant, ou scandaleux. Ils ne paraissent avoir aucune idée, même très lointaine, de ce qu'il y a de mystérieux, d'imprévisible, d'inéluctable, dans toute création romanesque. Le besoin d'écrire finit par devenir, chez l'homme de lettres, une sorte de fonction presque monstrueuse à laquelle il ne peut plus se soustraire. Ce dessin, naguère, servait de réclame à un chapelier : un lapin vivant était introduit dans une machine et à l'autre extrémité il sortait des chapeaux. La vie s'engouffre ainsi dans le romancier : désirs, douleurs, et rien ne peut empêcher qu'un livre naisse de cet afflux incessant. Même s'il se retire du monde, s'il ferme les yeux, s'il se bouche les oreilles, son passé le plus lointain fermentera. Il y a dans l'enfance et dans la jeunesse d'un homme né romancier de quoi alimenter une œuvre immense. Non, il n'appartient à personne d'arrêter le cours de ce fleuve qui sort de nous.

Sans doute, nos livres nous ressemblent profondément, et on a le droit de nous juger et de nous condamner d'après eux. On a répété souvent le mot de Novalis : « Le caractère, c'est la destinée[1]. » Eh bien ! de même qu'il existe un lien étroit entre le caractère d'un homme et les événements de sa vie, le même rapport se retrouve entre la nature d'un romancier et les êtres, les événements qu'enfante son imagination. Ce qui n'empêche pas que de ces êtres et de ces événements il n'est pas plus le maître absolu qu'il ne l'est du cours de son propre destin[a].

Mais que ce « drame du romancier catholique » est donc compliqué à plaisir par les gens de mon espèce ! Le plus humble prêtre me dira, après Maritain : « Soyez pur, devenez pur, et votre œuvre aussi reflétera le ciel. Purifiez d'abord la source et ceux qui boiront de son eau ne seront plus malades[a]... » Et je donne finalement raison à l'humble prêtre[b2].

VI

Ce petit livre*ᵃ* est-il sincère autant que son auteur l'a voulu ? À le relire, j'y découvre le souci d'y compliquer le cas le plus ordinaire. Le poisson trouble l'eau pour qu'il s'y dérobe. Pourquoi chercher si loin ? Un homme n'a pas à découvrir le Christianisme, puisqu'il y est né, mais à le recouvrer. Il s'agit d'un courant interrompu. Les difficultés dont je fais état me feront-elles oublier les facilités que donne une longue accoutumance ? Un homme, à ses premiers pas dans la vie spirituelle, s'il ne s'est jamais mis à genoux, s'il n'a jamais parlé à Dieu, envierait peut-être cette habitude prise dès l'enfance dont j'ai le front de gémir, cette familiarité avec les choses du ciel.

Ce qui ne ment pas dans ces pages, c'est l'accent d'irritation d'une âme attirée par Dieu comme par le soleil une plante, une plante qui aurait le pouvoir de résister à sa propre loi. Mais d'où vient une telle résistance, un tel refus ? Le jour où un homme connaît clairement sa vérité, hors de laquelle il ne saurait exister pour lui de salut même temporel, quoi de plus simple que de suivre sa pente, que de s'abandonner, que de glisser à la soumission, que de fermer les yeux, comme un enfant se livre à des mains toutes-puissantes ?

Pour comprendre à la fois la tentation que cette âme a de Dieu, et sa vive dérobade lorsque déjà elle semblait de toutes parts envahie par la Grâce, il faut rappeler cet étonnement que me donnait Jean Racine lorsque j'étudiais sa vie. Pour moi, le mystère de Jean Racine, c'était la persévérance. Je n'étais pas supris de son brusque retournement, l'année de *Phèdre,* et qu'une seule des nombreuses raisons dont l'historien fait état, aurait suffi à provoquer. Mais qu'il n'ait plus bronché jusqu'à sa mort, et qu'au contraire il se soit de plus en plus engagé dans la vie spirituelle, voilà qui passait mon expérience.

Pour l'homme dont je décris les vicissitudes, tant qu'il demeurait éloigné de Dieu, le Christianisme gardait une perpétuelle attirance, un prestige qui croissait, semblait-il, en raison directe de la distance qui l'en

séparait. C'est qu'il existe*ᵃ* entre le chrétien qui résiste
à la vie de la Grâce et qui est le pécheur, et l'homme
sans religion qui cède à la nature corrompue, une différence essentielle; ce dernier se persuade qu'il peut
composer avec la corruption, lui assigner des limites,
l'intégrer dans une vie normale et honorable selon le
monde; le pécheur, lui, sait d'une science qui lui vient
de Dieu ,qu'on ne fait pas sa part au péché, qu'en ce qui
touche aux passions la part du feu n'existe pas; que
rien ne sera fait pour son salut s'il ne tranche dans le
vif, s'il ne coupe les plus profondes racines du mal.
Or cette opération, que l'homme sans Dieu ne songe
même pas à envisager, tant elle lui apparaît à la fois
absurde et au-dessus de nos forces, — le pécheur n'ignore
pas qu'elle est possible, que Dieu la renouvelle chaque
jour, que la résurrection de Lazare est le plus ordinaire
miracle si l'on considère les milliers de résurrections
spirituelles qu'à chaque instant la Grâce accomplit.

Vu de loin, ce renouvellement total ne répugne pas
au pécheur. Repartir sur nouveaux frais, recommencer*ᵇ*
sa vie, quel homme n'a ressenti, au moins une fois,
ce désir? Quelle chair n'a désiré ardemment d'être
lavée de ses souillures[1]? Or l'Église demande à la fois
que nous haïssions notre péché, que nous en fassions
une sincère pénitence, mais aussi que nous n'en demeurions pas alourdis ni ralentis dans notre marche; sa
mystérieuse sagesse exige en même temps de nous
l'expiation et l'oubli.

Dans une des lettres publiques qu'il m'a fait le périlleux honneur de m'adresser, André Gide se scandalise
parce qu'un de ses amis converti n'éprouvait plus que
de la joie et se défendait de reporter ses regards sur un
passé qui ne devait plus exister pour lui*[2]. Il est vraisemblable que cet ami ait témoigné de tels sentiments
devant Gide; mais je suis bien assuré qu'il n'a jamais
prétendu « n'avoir que faire de repentance ». La repentance*ᶜ* est l'état naturel du pécheur converti; mais cet
état n'exige pas un perpétuel retour sur les fautes
commises: l'obsession, le scrupule mènent à la délectation morose, retardent l'âme dans son ascension,
interrompent l'avancement spirituel.

* Voir n. vi, p. 834.

Établir une coupure dans sa vie, et comme on dit dans le peuple : changer de peau, devenir un autre, voilà donc le tout-puissant attrait du retour à Dieu, — et ce qui accroît cette puissance c'est, à certaines heures, le dégoût du péché, la douleur qu'il enfante, enfin cet usage criminel du monde qui s'interrompt d'être délicieux[a]1. À cet attrait, tel pécheur cède une fois, deux fois, un nombre incalculable de fois. C'est dire qu'aucun de ses retours ne fut définitif, qu'il n'a pas su persévérer, au point de n'être plus capable de croire que la grâce de la persévérance lui pût être jamais accordée.

À peine en effet avait-il cédé au charme chrétien, au bonheur d'être déchargé de son fardeau, et comme déjà il se croyait digne de reposer dans la paix et dans la joie du Christ, soudain du bout de l'horizon surgissait, inattendue, brutale, formidablement puissante, l'armée d'assaut que l'ennemi tenait en réserve pour cette minute-là : les mille objections d'ordre intellectuel, toutes les difficultés de croire auxquelles l'âme pécheresse n'avait pas eu le loisir de songer, écrasée qu'elle était par ses fautes et en proie au désir d'en être délivrée, — tout ce que l'intelligence humaine peut construire, peut précipiter contre le dogme catholique, l'assaillait à la fois, — et sur un point où sa défense était le moins préparée. Alors s'élevait la voix du tentateur : « Hé quoi ? C'est à cette hypothèse, à cette vieille métaphysique en partie fondée sur une physique depuis des siècles périmée que tu sacrifies les délices du cœur, les caresses, le repos dans la chair ? C'est[b] sur ce vieux vaisseau abandonné de presque tout ce qui compte parmi la race humaine, délaissé des philosophes, des écrivains, des chefs et des foules, que tu t'embarques ? Tu choisis le moment où il fait eau de toutes parts pour y prendre passage et pour jeter à la mer d'immenses richesses. Regarde autour de toi : tu es seul. »

Et dans le même temps que l'ennemi parle, les voluptés délaissées réapparaissent chargées d'un nouveau mystère. Les passions une à une s'éveillent, rôdent, flairent déjà l'objet de leur convoitise ; elles attaquent de l'intérieur le pauvre être encore indécis. C'en est fait de lui.

Combien de fois faudra-t-il qu'il soit précipité dans la fosse, presque étouffé par la boue, et qu'il recommence de s'agripper à la paroi, qu'il surgisse de nouveau à la lumière, que cèdent encore ses faibles mains, et qu'il soit rendu aux ténèbres, jusqu'à ce qu'il se soumette enfin à cette loi de la vie spirituelle, la plus méconnue du monde, et qui lui répugne le plus, mais sans laquelle la grâce de persévérance demeure inaccessible : le renoncement à son autonomie, c'est cela qui est exigé — ce qu'exprime parfaitement le mot de Pascal : « Renonciation totale et douce. Soumission totale à Jésus-Christ *et à mon directeur*[1]. »

Quoi ? n'être plus digne du nom d'homme libre, nous donner un maître, — non plus un maître du dehors qui, s'il peut casser le bras d'Épictète, demeure sans pouvoir sur son âme[2], — mais justement un être qui s'assujettit nos pensées et jusqu'à nos désirs avant même que nous les connaissions ?

Asservissement qui est une libération miraculeuse. À quoi dépensais-tu le temps où tu fus libre, sinon à te forger des chaînes, à t'en charger, à les river à chaque instant un peu plus ? En ces années d'une apparente liberté, tu t'es soumis comme un bœuf au joug, à tes hérédités innombrables. Pas un seul de tes crimes, depuis ta venue au monde, qui ne continuât de vivre, de proliférer, de t'enclore plus étroitement chaque jour. L'homme auquel tu te soumets *ne veut pas te laisser libre d'être esclave* ; il rompt le cercle des fatalités héritées ou acquises ; il excite, il entretient, en face de tes passions mal éteintes et qui couvent, le contre-feu de la Grâce « car notre Dieu, écrit saint Paul aux Hébreux, est aussi un feu dévorant[a3] ».

VII

Pour l'homme[b] qui a passé la jeunesse, et qui domine ce grand intervalle de temps où il a vécu, la plus grande souffrance est de découvrir qu'il ne fut pas le maître de sa vie. Les ennemis intérieurs, dont plusieurs lui étaient inconnus, maintenant se démasquent, et trahissent leur présence en lui par les gestes qu'ils lui ont imposés. Sur la trame des jours révolus, les grandes figures de son destin se dessinent : ses actes, ce qu'il a fait, ce qu'il ne peut plus ne pas avoir fait, ce qui est accompli, tout ce qui prolifère, se perpétue; — et le crime qu'il a consommé cette nuit, comme un affreux aïeul ressuscite dans son petit-fils, rappelle trait pour trait tel autre crime commis voici vingt ans; et ce tout jeune péché enfantera celui d'après-demain.

Trame serrée, continue, dont nulle puissance au monde n'interrompra le déroulement; et du drame qui s'y retrace, aucune scène jamais ne pourra être détachée, mise à part. Dépendance fatale; aussi loin que l'homme remonte jusqu'aux visages indistincts de l'enfance, déjà les traits s'annoncent, les plis se creusent de cette face consumée qui est sienne à quarante ans et qui, dans son miroir, lui fait peur et horreur.

Ses chagrins d'enfant, dans la cour de récréation, préfiguraient toute la douleur future. Même avant l'éveil du sang, lorsque sommeillait ce cœur qui n'avait encore battu pour personne, la tapisserie montre, en cet endroit, un espace vide où s'étirent des formes indistinctes, des larves de passions, des chrysalides*a* où dorment les souffrances à venir et les crimes qui seront accomplis.

Et si l'homme souhaite d'atteindre, au delà de l'enfance, la source même de son destin, il le voit jaillir des entrailles de la terre, empoisonné déjà de toutes les substances qui le chargent aujourd'hui : il jaillit du cimetière campagnard et de ces ossements qui accomplirent autrefois des gestes secrets pareils aux gestes secrets où le vivant de leur race, aujourd'hui, cherche sa joie. Si les choses voyaient et se souvenaient, dans les logis dont les meubles ne changent pas de place, chaque couche où, de génération en génération, s'étendent les corps vivants, reconnaîtrait après un demi-siècle, des aberrations, des étreintes et des folies[1].

Voici l'instant où l'homme qui n'est plus jeune, à la vue de son destin et de cette implacable continuité, ne se leurre plus de l'illusion que le proche déclin offrira des caractères autres que ceux des âges déjà vécus. De même que son âge mûr était contenu en puissance dans sa jeunesse, et sa jeunesse dans ses premières années, ainsi sa maturité souillée renferme déjà tous les éléments d'une honteuse décrépitude. Le vieillard futur, présent dans ce crâne dénudé, dans cette bouche pourrie, l'est davantage encore dans l'âme plus asservie chaque jour aux habitudes que le temps fortifie, jusqu'à les rendre insurmontables. Les jeux sont faits, et depuis longtemps, et depuis ta naissance. Dès avant ta naissance, les jeux étaient faits.

L'homme alors relève la tête, défie son désespoir, se résout à l'adoration de ses fatalités. Et pour cela, il les ordonne, car sa volonté, si elle ne peut créer en lui ce qui n'y existe pas, ni empêcher d'y être ce qui existe, il dépend d'elle du moins d'utiliser les éléments que le destin lui fournit, de les réunir avec harmonie, dans un ordre qui satisfasse l'esprit, le goût. Ainsi l'esthétique se confond avec l'éthique; c'est son objet que de présenter avec art une théorie de la soumission à nos instincts particuliers*a*.

L'homme ne cherche donc plus les ténèbres pour se soumettre aux lois de sa chair; mais levant les bras, il secoue joyeusement les chaînes de ses poignets et il en tire gloire et invite à faire de même tous les autres enchaînés. Cette loi inscrite au plus secret de lui-même, il professe qu'elle vient de Dieu. Il le professe avec la même autorité qui lui permit de dénier au saint tribunal de la conscience, toute origine divine. Le péché*b* est-il, ou non, ce qu'on ne peut pas ne pas commettre ? Et de cette déchéance, qui nous consolera, sinon ce qui nous a déchus[1] ? Regardez, dit-il, je n'ai plus d'inquiétude, je me moque des inquiets, je ris, et à soixante ans, ma jeunesse éclate de joie, et toute cette génération me regarde, m'admire[2].

« Je ne suis pas inquiet. » Pourquoi ce besoin de proclamer ce qui devrait aller de soi ? Si tout est donné, si je n'interviens que comme artiste, dans l'organisation, dans la représentation de mes hérédités, de mes fatalités, je ne puis rien éprouver que la quiétude, — si ce n'est le désespoir. Mais au vrai, le désespoir total est une quiétude.

Et pourtant quel homme n'est inquiet et troublé ? Et toi-même qui te moques de mon trouble, nous avons connu le tien. Tu es écrivain, c'est dire que tu te livres à chaque instant. Presque rien de toi ne nous est caché. Mais ne serions-nous pas avertis, tu triomphes trop bruyamment de cette absence d'angoisse pour qu'une telle libération ne te soit pas un état nouveau; et qu'elle t'apparaisse précaire, tu le sais mieux que nous.

Oui, les visages de ton destin se dessinent et se déroulent dans un ordre et dans un mouvement ininterrompu, ceux d'aujourd'hui étant contenus en puissance dans ceux d'hier; et malgré tout, tu as toujours l'air de croire que ces visages pourraient être différents, que ce flot pourrait être sinon interrompu, du moins dévié, détourné, orienté d'autre manière. Tantôt tu l'as désirée, tantôt tu l'as redoutée, cette intervention à la fois extérieure à toi et dont tu reconnais au-dedans de toi la menace. Mais, crainte ou désir, tu n'as jamais cessé de la croire possible. *Aucun de nous n'a jamais cessé d'attendre l'heure où ce n'est pas l'impudique figure attendue qui apparaîtra sur la trame de ses jours, et qui nécessairement y devait surgir, mais une Face inconnue, pleine de sang, et d'une douceur terrible.*

Aussi souverainement que son Incarnation a partagé l'histoire humaine, Jésus-Christ cherche la seconde propice pour s'insérer dans ce destin, pour s'unir à ce flot de chaque destinée particulière, pour introduire sa volonté dans cette apparente fatalité, pour détruire enfin cette fatalité. Tentatives quelquefois cachées et comme détournées, renouvelées à longs intervalles, — souvent directes, impérieuses, pressantes comme une occasion unique et solennelle, mais qui donnent toujours à l'homme le plus asservi le sentiment qu'il demeure maître du *oui* ou du *non*. Il a pu croire, à l'approche de la tentation trop connue, qu'aucune force au monde ne l'empêcherait d'y succomber et que ce péché familier était vraiment l'acte qu'il ne dépendait pas de lui de ne pas commettre. Mais voici que devant l'insistance de cette force qui demande à absorber sa faiblesse, tout d'un coup il se voit terriblement libre. Esclave devant chaque occasion du mal, il ne l'est plus devant le désir de Quelqu'un qui veut le sauver, qui ne peut le sauver malgré lui, qui n'exige d'abord qu'un état d'acceptation, d'abandon, — rien que ce consentement à ne pas se défendre, à ne pas s'opposer, à faire le mort.

Beaucoup jugeront que ce fleuve inconnu qui cherche à se jeter dans leur destin, à le gonfler de ses propres eaux, pour se confondre avec lui, que cette grâce impérieuse, ils n'en ont à aucun moment de leur vie senti l'exigence. Ils disent qu'il existe des natures religieuses, et des tempéraments qui répugnent à toute métaphysique, et que ces deux races d'esprits ne se persuaderont jamais.

Pourtant s'il nous était donné d'embrasser chaque destin dans ses plus secrets détours, dans tous ses méandres, je ne doute pas que nous ne découvrions toujours l'endroit où l'appel a retenti. Et puis, combien de natures évidemment religieuses, et que séduit toute mystique, résistent à Jésus et le persécutent ! En revanche, nous voyons des « intellectualistes » s'attacher à Lui au nom de la raison; leur intelligence demande d'abord d'être satisfaite et les raisons du cœur ne les touchent qu'après toutes les autres. Ainsi l'une et l'autre race d'esprits, selon des modes différents, se soumet ou résiste à la Grâce. Le cœur trouve autant que l'intelligence des prétextes pour dire non au Christ; ou s'il paraît d'abord plus facilement convaincu, il se dégoûte vite et se détache aussi aisément qu'il fut séduit.

Il faut reconnaître pourtant qu'une certaine forme de l'intellectualisme consiste en un refus préalable : ceux qui le professent rejettent d'avance la Grâce; leur négation ne laisse plus subsister aucune des avenues par où elle pourrait surgir; ils ont coupé tous les ponts, comblé tous les canaux. Tel ou tel de nos beaux esprits, il est impossible de concevoir par où la Grâce les pourrait investir, tant ils ont bien pris leurs mesures; mais la Grâce a plus d'invention que nous n'en pouvons imaginer.

Il n'empêche que ces deux races d'esprits sont séparées par une dispute éternelle : le Christ est un fait, sa survie dans le monde est un fait, la conscience humaine est un fait, mais notre soif de surnaturel, disent-ils, nous détourne d'observer ces faits avec le détachement nécessaire; et nous leur rétorquons que la négation passionnée du surnaturel les prive aussi sûrement des qualités convenables à cette observation.

Des hommes qui ramènent tout le problème du monde à un problème de mécanique, et qui abordent avec ce parti pris initial l'histoire des religions, je me moque de leur avis. Mais ils dénient toute valeur aux conclusions de ceux qui se jettent sur l'Évangile avec une avidité capable d'inventer ce Dieu dont ils ont faim et soif.

Nous leur opposons que leur refus dissimule toujours une convoitise; ils se préfèrent eux-mêmes, c'est moins

la croix du Christ qu'ils rejettent que leur croix particulière. Incapables de se résoudre à tel renoncement,
ils renient Celui qui les y obligerait; leurs passions
exigent d'être assouvies et donc que Jésus ne soit pas
le Christ. Mais ils protestent que le courage est dans
l'assouvissement réglé, ordonné, raisonnable; que la
distinction du bien et du mal anémie une existence, la
réduit, la dénude. À les entendre, ce sont les chrétiens
qui redoutent la vie, qui se dérobent à ses périlleux
et sublimes désordres; leur confort a besoin des promesses éternelles.

Aucun argument n'indigne plus que celui-là une
conscience chrétienne. Et c'est vrai qu'ici l'adversaire
cède à cette faiblesse dont nous avons tous notre part,
devant une doctrine que nous haïssons, de la juger
dans son expression la plus médiocre pour avoir moins
de peine à la mépriser. En réalité, ceux qui cherchent
leurs aises, des consolations et des facilités dans la
religion, en encombrent les abords et le péristyle, ils
n'y sont pas véritablement entrés. La vie spirituelle,
pour ceux qui la comprennent et qui l'embrassent,
est une aventure peut-être terrible. Il ne faut pas jouer
avec la Croix : elle a des exigences que nous ignorons
— passion si brûlante qu'elle fait paraître anodines les
pauvres folies des hommes. Saint Jean de la Croix
disait qu'à la fin, chacun de nous serait jugé sur l'amour,
et nous savons jusqu'où une telle croyance a mené les
saints. Le « Seigneur, je vous donne tout » de Pascal[1],
si un homme profère cette parole avec l'accent qui
engage, ses amis peuvent tout espérer et tout craindre,
sauf que la vie de cet homme tourne à la berquinade[a].

Et sans doute l'adversaire ne laissera pas au chrétien
le dernier mot. Malentendu sans fin; dialogue interminable. Il ne servirait à rien de le poursuivre. Ce qui
a convaincu le chrétien ne vaut, le plus souvent, que
pour lui seul. S'il parle d'une influence intérieure qui
recouvre enfin le cri de la vieille passion, d'un silence
vivant, on lui oppose qu'il crée lui-même cette atmosphère dont son cœur exténué avait besoin pour reprendre
souffle. Il n'existe pas, à l'usage des miraculés spirituels,
de ces « constatations » à quoi les spécialistes soumettent
ceux qui, à Lourdes, ont été guéris dans leur chair.
Et même lorsque leur changement est visible aux yeux

du monde, il ne saurait apparaître définitif, ni frapper l'imagination à l'égal d'un cancer qui se résorbe ou d'un poumon qui se cicatrise. Les miraculés spirituels côtoient en tremblant, jusqu'à leur dernier jour, cette misère d'où la miséricorde les a tirés.

Ils tremblent[a], mais leurs témoignages qui se sont multipliés depuis un quart de siècle, s'accordent sur cette paix profonde qu'ils goûtent, en même temps qu'ils éprouvent cette terreur de la perdre[1]. Ils disent que la Grâce est tangible; ils le disent, sachant sans doute qu'ils ne seront pas crus. L'un d'eux[b] m'assurait qu'il n'avait vécu, pendant des années, que pour de brèves entrevues que chaque semaine, on lui accordait; non qu'en cette présence il fût heureux; simplement il ne souffrait pas; tout le reste du temps ne lui était que douleur ou sourd malaise. Il ne niait pas que son désir fût démesuré : de quelle créature pouvons-nous exiger qu'elle soit toujours là, corporellement, mais ce n'est pas encore assez : unie à nous de l'intérieur, et par un lien spirituel ? Il me disait qu'il avait le sentiment de sa folie, qu'aucune espérance ne lui restait plus de la satisfaire jamais, que le temps (dont il avait beaucoup attendu pour le guérir) renforçait au contraire sa mystérieuse passion, l'enrichissait de la douleur quotidienne, lui conférait un caractère d'éternité. Bien que grand travailleur, les journées vides atrocement de son unique nécessaire, lui paraissaient interminables. Le temps lui était devenu ce bourreau que mille besognes ne l'eussent pas aidé à tuer. Que n'avait-il jeté dans ce gouffre de temps creusé par cette absence ? Que n'était-il arrivé à jeter ? Il ne me l'a pas dit; peut-être tout lui avait-il paru bon pour combler cet abîme[a]. Ce qui déshonore l'homme, ce n'est presque jamais son amour, fût-il le plus charnel, mais ce par quoi il le remplace. Il le remplace... jusqu'au jour où il découvre enfin que cet amour usurpait lui-même une place destinée à un Autre.

Ce miraculé, si j'ai bien interprété ses aveux, appuie maintenant sa foi sur cette conformité rigoureuse entre son désir et ce Dieu enfin possédé. Une petite image de chair et de sang, un simulacre créé à la ressemblance divine, tombe soudain comme un masque, et la véritable Face apparaît, et la véritable chair, et le véritable sang.

Voilà le miracle, le signe tangible tel qu'il me l'a

décrit : après un vacarme intérieur qui pendant des années rend une âme folle, ce prodigieux silence, un calme surnaturel, une paix au-dessus de toute paix. Elle n'est plus jamais seule, n'attend plus personne, non qu'elle n'aime plus, mais elle emporte son amour dans la prière comme un aigle fait d'un agneau; elle incorpore l'image aimée à sa nouvelle joie, l'associe étroitement à ce salut inespéré. À mesure que l'aigle et l'agneau montent dans la lumière, des raisons inconnues de leur rencontre se découvrent, des perspectives insoupçonnées; et enfin commence à s'éveiller et à vivre cette espérance de n'être jamais séparés, — espérance si belle que le cœur ne peut la regarder en face. Dans ce sens, il est absurde de dire que Dieu exige d'être seul aimé; ce qu'Il veut, c'est que tout amour soit contenu par son Amour[a].

Comme j'opposais à mon interlocuteur qu'on n'embrasse pas l'esprit, que notre corps cherche les simulacres de son espèce, que ne trouvant pas son compte aux noces spirituelles, il les trouble; enfin que ce poids mort a vite fait de redevenir un poids terriblement vivant, exigeant, — une bête qui chasse pour son compte, cette objection l'entraîna à me parler de l'Eucharistie. Un jansénisme instinctif m'avait toujours détourné de comprendre pourquoi la fréquente communion est nécessaire, surtout aux natures de feu. La présence réelle, me disait-il, c'est l'occupation réelle de notre chair, toutes les portes gardées, tous les points faibles surveillés. Cette présence totale, follement exigée d'une créature, enfin la voici obtenue. À entendre ce miraculé, il ne s'agissait pas d'énervements, d'émotions, d'effusions. Non, simplement : Quelqu'un est là et comble toute la capacité d'un être qui, d'ailleurs, continue sa vie : il lit, travaille, cause avec un ami; mais jusque dans les fêtes du monde, un instant de recueillement suffit : c'est comme une main furtivement pressée, comme un souffle brûlant, et, au milieu de la foule, ce bref regard d'un amour que les autres ne voient pas; un signe de connivence, une miraculeuse sécurité. « Qui donc a osé écrire, me demanda-t-il, que le Christianisme ne fait pas sa part à la chair ? » Je n'osai lui rappeler que c'était moi-même, et ne pus que baisser la tête[b][1].

NOTES^a

I

Paris, le 7 mai 1928[1].

« Mon cher Mauriac,

« Ce n'est peut-être pas de vous directement que je tiens votre *Jean Racine,* car il ne porte pas de dédicace ; mais du moins puis-je vous remercier de l'avoir écrit. C'est vraiment un livre admirable (je n'ai guère usé de ce mot pour qualifier des œuvres d'aujourd'hui). Sans doute est-il bien inutile de vous dire combien il me touche ; vous avez bien voulu laisser connaître que parfois vous pensiez à moi en l'écrivant[2]. Ah ! combien je vous sais gré de décamoufler un grand homme : tout vaut mieux que le buste-idole. Laissons Souday parler de " calomnie ". Mais convenons que Racine sort terriblement diminué, ou du moins désauréolé d'entre vos mains. Votre connaissance de l'homme va plus avant, ici, que dans pas un de vos romans peut-être, et je crois que je préfère l'auteur de *Racine* même à l'inquiétant auteur de *Destins.*

« Me permettrez-vous une petite remarque ? Vous écrivez (page 132) : " En dépit de la fable, rien de moins criminel que le trouble de Phèdre. " Mais, cher ami, même en atténuant le caractère incestueux de cet amour (faussement incestueux, je pense exactement comme vous sur ce point), vous devriez n'oublier point que la passion de Phèdre n'en reste pas moins adultère. Est-ce là ce que vous appelez un peu plus loin : " le plus ordinaire amour " ? Tout votre développement sur ce point est des plus intéressants et serait des plus justes. Dommage qu'il parte d'une fausse donnée.

« J'écrivais tout ceci avant d'avoir achevé le volume. Vos derniers chapitres ne sont pas moins bons. Ce sont peut-être les meilleurs, au contraire ; les plus habiles en tout cas. Mais que de restrictions le dernier en particulier me force de faire ! Lorsque vous parlez de mon inquiétude, il y a maldonne ; cher ami, l'inquiétude n'eſt pas de mon côté ; elle eſt du vôtre[1]. C'eſt bien là ce qui désolait affeĉtueusement Claudel : je ne suis pas un tourmenté ; je ne l'ai jamais mieux compris qu'en vous lisant, et que ce que vous avez de plus chrétien en vous, c'eſt bien précisément l'inquiétude. Mais, en dépit des replis de votre spécieuse pensée, le point de vue chrétien de Racine vieilliſſant et votre point de vue de romancier chrétien diffèrent jusqu'à s'opposer. Racine rend grâce à Dieu d'avoir bien voulu le reconnaître pour sien, *malgré* ses tragédies qu'il souhaitait n'avoir point écrites, qu'il parlait de brûler (car il comprenait beaucoup mieux que Massis cette phrase qui faisait, bien à tort, bondir celui-ci : " Il n'eſt pas d'œuvre d'art où n'entre la collaboration du démon[2] "). Vous vous félicitez que Dieu, avant de ressaisir Racine, lui ait laissé le temps d'écrire ses pièces, de les écrire *malgré* sa conversion. En somme, ce que vous cherchez, c'eſt la permission d'écrire *Deſtins ;* la permission d'être chrétien sans avoir à brûler vos livres ; et c'eſt ce qui vous les fait écrire de telle sorte que, bien que chrétien, vous n'ayez pas à les désavouer. Tout cela (ce compromis rassurant qui permet d'aimer Dieu sans perdre de vue Mammon), tout cela nous vaut cette conscience angoissée qui donne tant d'attrait à votre visage, tant de saveur à vos écrits, et doit tant plaire à ceux qui, tout en abhorrant le péché, seraient bien désolés de n'avoir plus à s'occuper du péché. Vous savez du reſte que c'en serait fait de la littérature, de la vôtre en particulier ; et vous n'êtes pas assez chrétien pour n'être plus littérateur[3]. Votre grand art eſt de faire de vos leĉteurs des complices. Vos romans sont moins propres à ramener aux chriſtianisme des pécheurs, qu'à rappeler aux chrétiens qu'il y a sur la terre autre chose que le ciel.

« J'écrivis un jour, à la grande indignation de certains : " C'eſt avec les beaux sentiments qu'on fait de la mauvaise littérature[4]. " La vôtre eſt excellente, cher Mauriac. Si j'étais plus chrétien sans doute pourrais-je moins vous y suivre.

« Croyez-moi bien amicalement vôtre.

« ANDRÉ GIDE. »

II

J'entends par là une sorte d'eſthétique pieusarde et salonnière. Mais je m'y rencontrais avec des âmes admirables et des poètes comme mon cher André Lafon, comme le fervent Robert Vallery-Radot, Eusèbe de Brémond d'Ars, etc[5].

III

Les éléments de ce chapitre sont tirés d'une conférence que je fis l'an dernier sur *La Responſabilité du romancier.* Je ne l'écrirais plus, aujourd'hui, sous cette forme. Toute la question se ramène pour moi, désormais, à ceci : *purifier la source*[1].

IV

Depuis que ces lignes ont été écrites, M. Jacques Maritain m'a répondu dans le *Roseau d'or* (n° 30) : « Est-ce à dire que, selon moi, le romancier doit s'isoler lui-même de ses personnages, les observer du dehors, comme un savant suit dans son laboratoire les expériences qu'il a instituées ? Allons donc, est-ce que le personnage existerait s'il ne vivait en son auteur, et son auteur en lui ? Ce n'est pas en vertu d'une simple métamorphose, mais bien d'une analogie profonde, qu'il convient de placer l'art du roman dans la lumière théologique du mystère de la création proprement dite. » Et plus loin : « Le rôle du romancier n'est pas celui du savant. Le savant ne répond que des notions, ne s'occupe que de la vérité. Il ne s'adresse qu'à un public limité de lecteurs spécialisés.

« Le romancier répond d'une influence pratiquement illimitée. Il n'a que rarement pour lecteurs ceux pour lesquels est fait son message (et qui sont en petit nombre). Il le sait. Il s'en plaint. Il en profite. Il y tient. Cette *illimitation* du public rend le problème de plus en plus difficile... »

Plus loin Maritain, dénonçant en moi une tendance au manichéisme, écrit : « Le Sang rédempteur, qui d'un homme peut faire un ami de Dieu, peut bien, s'Il les touche, exorciser l'Art et le Roman. »

Je me rends compte, aujourd'hui, de ce que je dois à la profonde charité que m'a témoignée Jacques Maritain dans ces pages du *Roseau d'or*.

V

À l'appui de mon opinion, je trouve cette page sur les *épreuves de la vie unitive* dans l'admirable livre d'une abbesse de Solesmes, *La Vie spirituelle et l'oraison* : « L'âme a la certitude qu'aucune faute nouvelle ne lui est échappée; elle sait que Dieu lui a témoigné maintes fois un immense amour... mais la lumière nouvelle qui oppresse son infirmité lui révèle si évidemment sa misère qu'elle est impuissante à retirer la moindre consolation et le moindre secours de ces souvenirs. Il lui semble qu'elle n'a rien fait de bien et de bon, qu'elle est comme pétrie d'imperfection et de mal[2]... »

VI

« Mon cher Mauriac,

« Permettez-moi de protester, amicalement, mais avec force, contre l'interprétation que vous donnez ici de ma pensée. Les lignes de moi auxquelles vous faites allusion furent écrites à la suite d'une conversation avec Ghéon, qui venait de se convertir[1]. Comme je lui parlais alors de repentance et de contrition, il m'exposa chaleureusement que son zèle et son amour pour le Christ étaient si vifs qu'il ne pouvait éprouver que de la joie; qu'il lui suffisait d'avoir horreur du péché et de tout ce qui pouvait désormais le détourner du Christ, mais qu'il se sentait à peu près incapable de contrition et n'avait que faire de repentance et de reporter ses regards sur un passé qui ne devait plus exister pour lui.

« C'est alors, en pensant à celui qui durant si longtemps avait été mon plus intime ami, que ces paroles du Christ s'éclairèrent. Il ne me paraissait pas admissible, ni même possible, qu'une adhésion totale aux vérités de l'Évangile n'entraînât pas, aussitôt et d'abord, une contrition profonde, ni que le simple désaveu de ses péchés, sans repentance, pût suffire. Et n'était-ce pas là, précisément, ce que signifiaient ces paroles, qui s'éclairèrent aussitôt pour moi d'un jour neuf : " Quiconque ne se charge pas de sa croix, et *me suit**, n'est pas digne de moi. " C'est-à-dire : " Quiconque prétend me suivre sans s'être d'abord chargé de sa croix... " Et c'est à ce propos que je remarquais l'erreur commise par la plupart des traducteurs et me reportais et rattachais strictement à la version de la Vulgate[2]. Quant à l'idée d'assimiler la croix même à la faute et de transformer l'instrument de supplice rédempteur en un oreiller voluptueux, elle n'a même pas effleuré ma pensée[3].

« ANDRÉ GIDE. »

---

* Au lieu de *et ne me suit pas*, selon le texte de la plupart des traductions françaises.

LE ROMANCIER
ET SES PERSONNAGES

I

LE ROMANCIER
ET SES PERSONNAGES

L'humilité n'est pas la vertu dominante des romanciers. Ils ne craignent pas de prétendre au titre de créateurs. Des créateurs ! les émules de Dieu !

À la vérité, ils en sont les singes[1].

Les personnages qu'ils inventent ne sont nullement créés, si la création consiste à faire quelque chose de rien. Nos prétendues créatures sont formées d'éléments pris au réel; nous combinons, avec plus ou moins d'adresse, ce que nous fournissent l'observation des autres hommes et la connaissance que nous avons de nous-mêmes. Les héros de romans naissent du mariage que le romancier contracte avec la réalité.

Dans les fruits de cette union, il est périlleux de prétendre délimiter ce qui appartient en propre à l'écrivain, ce qu'il y retrouve de lui-même et ce que l'extérieur lui a fourni. En tout cas, chaque romancier ne peut, sur ce sujet, parler que de soi, et les observations auxquelles je vais me risquer, me concernent seul.

Il va sans dire[a] que nous ne tenons pas compte ici des romanciers qui, sous[b] un léger déguisement, sont eux-mêmes tout le sujet de leurs livres. À vrai dire, tous les romanciers, même quand ils ne l'ont pas toujours publiée, ont commencé par cette peinture directe de leur belle âme et de ses aventures métaphysiques ou sentimentales. Un garçon de dix-huit ans ne peut faire un livre qu'avec ce qu'il connaît de la vie, c'est-à-dire ses propres désirs, ses propres illusions. Il ne peut que décrire l'œuf dont il vient à peine de briser la coquille. Et, en général, il s'intéresse trop à lui-même pour songer à observer les autres. C'est lorsque nous commençons à nous déprendre de notre propre cœur que le romancier commence aussi de prendre figure en nous[1].

Après avoir écarté du débat les romanciers qui racontent leur propre histoire, nous ne tiendrons pas compte non plus de ceux qui copient patiemment les types qu'ils observent autour d'eux, et qui font des portraits plus ou moins fidèles et ressemblants. Non que cette forme du roman soit le moins du monde méprisable : c'est celle qui est née directement de La Bruyère et des grands moralistes français. Mais ces romanciers mémorialistes et portraitistes ne créent pas, à proprement parler; ils imitent, ils reproduisent, ils rendent au public, selon le mot de La Bruyère, ce que le public leur a prêté[2]; et le public ne s'y trompe pas, car il cherche les clefs de leurs personnages et a vite fait de mettre des noms sous chacun d'eux[3].

Le public n'en saurait agir de même avec l'espèce de romans qui nous occupe ici : ceux où des créatures nouvelles naissent de cette union mystérieuse entre l'artiste et le réel. Ces héros et ces héroïnes, que le véritable romancier met au monde et qu'il n'a pas copiés d'après des modèles rencontrés dans la vie, sont des êtres que leur inventeur pourrait se flatter d'avoir tirés tout entiers du néant par sa puissance créatrice, s'il n'y avait, tout de même, autour de lui, — non dans le grand public, ni parmi la masse de ses lecteurs inconnus, mais dans sa famille, chez ses proches, dans sa ville ou dans son village, — des personnes qui croient se reconnaître dans ces êtres que le romancier se flattait d'avoir créés de toutes pièces. Il existe toujours, dans cet entourage immédiat, des lecteurs qui se plaignent ou qui se froissent. Il n'y a pas[a] d'exemple qu'un romancier n'ait peiné ou blessé à son insu d'excellentes gens parmi ceux qui l'ont connu enfant ou jeune homme, au milieu desquels il a grandi, et auxquels il était à mille lieues de penser lorsqu'il écrivait son roman.

N'empêche que s'ils s'y reconnaissent, eux ou les leurs,

en dépit de toutes les protestations de l'écrivain, n'est-ce pas déjà la preuve qu'à son insu il a puisé, pour composer ses bonshommes, dans cette immense réserve d'images et de souvenirs que la vie a accumulés en lui ? Comme ces oiseaux voleurs, comme ces pies dont on raconte qu'elles prennent dans leurs becs les objets qui luisent et les dissimulent au fond de leur nid, l'artiste, dans son enfance, fait provision de visages, de silhouettes, de paroles; une image le frappe, un propos, une anecdote... Et même, sans qu'il en soit frappé, cela existe en lui au lieu de s'y anéantir comme dans les autres hommes; cela, sans qu'il en sache rien, fermente, vit d'une vie cachée et surgira au moment venu[1].

Dans ces milieux obscurs où s'écoula son enfance, dans ces familles jalousement fermées aux étrangers, dans ces pays perdus, dans ces coins de province où personne ne passe et où il semble qu'il ne se passe rien, il y avait un enfant espion, un traître, inconscient de sa traîtrise, qui captait, enregistrait, retenait à son insu la vie de tous les jours dans sa complexité obscure. Un enfant, pareil aux autres enfants, et qui n'éveillait pas le soupçon. Peut-être devait-on lui répéter souvent :
« Va donc jouer avec les autres ! Tu es toujours fourré dans nos jupes... Il faut toujours qu'il écoute ce que racontent les grandes personnes[2]. »

Lorsque, plus tard, il reçoit des lettres furieuses de ceux qui ont cru se reconnaître dans tel ou tel personnage, il éprouve de l'indignation, de l'étonnement, de la tristesse[a]... Car le romancier est d'une entière bonne foi : il connaît, lui, ses personnages; il sait bien qu'ils ne ressemblent en rien à ces braves gens auxquels il est désolé d'avoir fait de la peine. Et, cependant, il n'a pas la conscience tout à fait tranquille.

Si je m'en[b] rapporte à moi-même, il y a une première cause très apparente de malentendu entre le romancier et les personnes qui croient se reconnaître dans ses livres. Je ne puis concevoir un roman sans avoir présente à l'esprit, dans ses moindres recoins, la maison qui en sera le théâtre; il faut que les plus secrètes allées du jardin me soient familières et que tout le pays d'alentour me soit connu, — et non pas d'une connaissance superficielle. Des confrères me racontent qu'ils choisissent, comme cadre du roman qu'ils méditent, telle petite ville qui leur était jusqu'alors inconnue et qu'ils y vivent à l'hôtel le temps nécessaire à la composition du livre. C'est justement ce dont je me sens incapable. Il ne me servirait à rien de m'établir, même pour une longue période, dans une région qui me serait tout à fait étrangère. Aucun drame ne peut commencer de vivre dans mon esprit si je ne le situe dans les lieux où j'ai toujours vécu. Il faut que je puisse suivre mes personnages de chambre en chambre. Souvent, leur figure demeure indistincte en moi, je n'en connais que leur silhouette, mais je sens l'odeur moisie du corridor qu'ils traversent, je n'ignore rien de ce qu'ils sentent, de ce qu'ils entendent à telle heure du jour et de la nuit, lorsqu'ils sortent du vestibule et s'avancent sur le perron[1].

Cette nécessité me condamne à une certaine monotonie d'atmosphère que, dans mon œuvre, on retrouve presque toujours la même, d'un livre à l'autre. Elle m'oblige surtout à me servir de toutes les maisons, de tous les jardins où j'ai vécu ou que j'ai connus depuis mon enfance. Mais les propriétés de ma famille et de mes proches n'y suffisent plus, et je suis obligé d'envahir les immeubles des voisins. C'est ainsi qu'il m'est arrivé, en toute innocence, de déchaîner en imagination les plus terribles drames au fond de ces honnêtes maisons provinciales où, à quatre heures, dans de sombres salles à manger qui sentaient l'abricot, de vieilles dames n'offraient pas au petit garçon que je fus l'arsenic de Thérèse Desqueyroux, mais les plus beaux muscats de l'espalier, des crèmes pâtissières, des pâtes de coing et un grand verre un peu écœurant de sirop d'orgeat[2].

Quand le petit garçon d'autrefois est devenu romancier, il arrive que les survivants de ses années d'enfance, lisant ces histoires à faire peur, reconnaissent avec horreur leur maison, leur jardin. La violence même du drame qu'avait inventé le romancier lui avait fait croire qu'aucun malentendu, qu'aucune confusion ne pouvait se produire. Il lui semblait impossible que les honnêtes gens auxquels il avait emprunté leur maison pussent imaginer qu'il leur prêtait les passions et les crimes de ses tristes héros.

Mais c'était méconnaître la place qu'occupe, dans les vies provinciales, l'antique demeure jamais quittée. Les habitants des villes, qui passent avec indifférence d'un appartement à un autre, ont oublié qu'en province la maison de maître, les écuries, la buanderie, la basse-cour, le jardin, les potagers, finissent par être unis à la famille comme à l'escargot sa coquille. On ne saurait y toucher sans la toucher. Et cela est si vrai que l'imprudent et sacrilège romancier, qui croit ne s'être servi que de la maison et du jardin, ne se rend pas compte qu'une certaine atmosphère y demeure prise, l'atmosphère même de la famille qui l'habitait. Quelquefois, un prénom y demeure, comme un chapeau de soleil oublié dans le vestibule, et, par une inconsciente association d'idées, le romancier en baptise un de ses coupables héros, — ce qui achève de le rendre suspect des plus noirs desseins[1].

Dans ces maisons, dans ces vieilles propriétés de son enfance, le romancier introduit donc des êtres différents de ceux qui les ont habitées; ils violent le silence de ces salons de famille, où sa grand-mère, sa mère, tricotaient sous la lampe, en pensant à leurs enfants et à Dieu. Mais ces personnages, ces envahisseurs, quel rapport ont-ils exactement avec les êtres vivants que le romancier y a connus ?

En ce qui me concerne, il me semble que, dans mes livres, les personnages de second plan sont ceux qui ont été empruntés à la vie, directement. Je puis établir comme une règle que moins, dans le récit, un personnage a d'importance, et plus il a de chances d'avoir été pris tel quel dans la réalité. Et cela se conçoit : il s'agit, comme on dit au théâtre, d'une « utilité ». Nécessaires à l'action, les utilités s'effacent devant le héros du récit. L'artiste n'a pas le temps de les repétrir, de les recréer. Il les utilise tels qu'il les retrouve dans son souvenir. Ainsi n'a-t-il pas eu à chercher bien loin cette servante, ce paysan, qui traversent son œuvre[2]. À peine a-t-il eu soin de brouiller un peu l'image qu'en avait gardée sa mémoire.

Mais les autres, ces héros et ces héroïnes de premier plan, si souvent misérables, dans quelle mesure sont-ils, eux aussi, les répliques d'êtres vivants ? Dans quelle mesure sont-ils des photographies retouchées ? Ici, nous aurons[a] de la peine à serrer de près la vérité. Ce que la

vie fournit au romancier, ce sont les linéaments d'un
personnage, l'amorce d'un drame qui aurait pu avoir
lieu, des conflits médiocres à qui d'autres circonstances
auraient pu donner de l'intérêt. En somme, la vie fournit
au romancier un point de départ qui lui permet de s'aventurer dans une direction différente de celle que la vie
a prise. Il rend effectif ce qui n'était que virtuel ; il réalise
de vagues possibilités. Parfois, simplement, il prend la
direction contraire de celle que la vie a suivie ; il renverse
les rôles ; dans tel drame qu'il a connu, il cherche dans
le bourreau la victime et dans la victime le bourreau.
Acceptant les données de la vie, il prend le contre-pied
de la vie.

Par exemple, entre[a] plusieurs sources de *Thérèse
Desqueyroux,* il y a eu certainement la vision que j'eus,
à dix-huit ans, d'une salle d'assises, d'une maigre empoisonneuse entre deux gendarmes. Je me suis souvenu des
dépositions des témoins, j'ai utilisé une histoire de fausses
ordonnances dont l'accusée s'était servie pour se procurer les poisons. Mais là s'arrête mon emprunt direct
à la réalité. Avec ce que la réalité me fournit, je vais
construire un personnage tout différent et plus compliqué. Les motifs[b] de l'accusée avaient été, en réalité, de
l'ordre le plus simple : elle aimait un autre homme que
son mari. Plus rien de commun avec ma Thérèse, dont
le drame était de n'avoir pas su elle-même ce qui l'avait
poussée à ce geste criminel[1].

Est-ce à dire que cette Thérèse, âme trouble et passionnée, inconsciente des mobiles de ses actes, n'offre
aucun caractère commun avec des créatures que le romancier a connues ? Il est très certain qu'à Paris, dans l'étroit
milieu où nous vivons, où les conversations, les livres,
le théâtre, habituent la plupart des êtres à voir clair en
eux, à démêler leurs désirs, à donner à chaque passion
qui les tient son nom véritable, nous avons peine à imaginer un monde campagnard où une femme ne comprend
rien à elle-même dès que ce qui se passe dans son cœur
sort tant soit peu de la norme. Ainsi, sans avoir pensé
à aucune femme en particulier, j'ai pu pousser ma Thérèse dans une certaine direction grâce à toutes les observations faites dans ce sens, au cours de ma vie. De même
pour le personnage principal du *Nœud de vipères,* ce qu'il
y a de plus superficiel en lui, les grandes lignes exté-

rieures de son drame, se rattachent à un souvenir précis.
Il n'empêche que, sauf ce point de départ, mon personnage est non seulement différent, mais même aux antipodes de celui qui a réellement vécu. Je me suis emparé
de circonstances, de certaines habitudes, d'un certain
caractère qui ont réellement existé, mais je les ai centrés
autour d'une autre âme[1].

Cette âme serait donc mon œuvre ? De quoi est faite
sa[a] mystérieuse vie ? Je disais que les héros de roman
naissent du mariage que le romancier contracte avec la
réalité. Ces formes que l'observation nous fournit, ces
figures que notre mémoire a conservées, nous les emplis-
sons, nous les nourrissons de nous-mêmes ou, du moins,
d'une part de nous-mêmes. Quelle part exactement ?

J'ai cru longtemps, j'ai admis, selon les théories en
vogue aujourd'hui, que nos livres nous délivraient de
tout ce que nous refrénons : désirs, colères, rancunes...;
que nos personnages étaient les boucs[b] émissaires chargés
de tous les péchés que nous n'avons pas commis, ou,
au contraire, les surhommes, les demi-dieux que nous
chargeons d'accomplir les actes héroïques devant lesquels nous avons faibli; que nous transférons sur eux
nos bonnes ou nos mauvaises fièvres. Dans cette hypothèse, le romancier serait un personnage vraiment monstrueux qui chargerait des personnages inventés d'être
infâmes ou héroïques en son lieu et place[2]. Nous serions
des gens vertueux ou criminels par procuration, et le plus
clair avantage du métier de romancier serait de nous
dispenser de vivre.

Mais il me semble que cette interprétation ne tient pas
assez compte du formidable pouvoir de déformation
et de grossissement qui est un élément essentiel de notre
art. Rien de ce qu'éprouvent nos héros n'est à l'échelle
de ce que nous ressentons nous-mêmes. Il arrive qu'à
tête reposée nous finissions par retrouver dans notre
propre cœur l'infime point de départ de telle revendication qui éclate dans un de nos héros, mais si démesurément grossi qu'il ne subsiste réellement presque plus
rien de commun entre ce qu'a éprouvé le romancier et
ce qui se passe dans son personnage.

Imaginons un écrivain, père de famille, qui, après une journée de travail, et la tête encore pleine de ce qu'il vient de composer, s'assied pour le repas du soir à une table où les enfants rient, se disputent, racontent leurs histoires de pension. Il éprouve fugitivement de l'agacement, de l'irritation... Il souffre de ne pouvoir parler de son propre travail... Une seconde, il se sent mis de côté, négligé... Mais, en même temps que sa fatigue disparaît, cette impression se dissipe et, à la fin du repas, il n'y songera même plus. Eh bien ! l'art du romancier est une loupe, une lentille assez puissante pour grossir cet énervement, pour en faire un monstre, pour en nourrir la rage du père de famille dans *Le Nœud de vipères*. D'un mouvement d'humeur, la puissance d'amplification du romancier tire une passion furieuse[1]. Et non seulement il amplifie démesurément, et de presque rien fait un monstre, mais il isole, il détache, tels sentiments qui en nous sont encadrés, enveloppés, adoucis, combattus par une foule d'autres sentiments contraires. Et c'est par là encore que nos personnages, non seulement ne nous représentent pas, mais nous trahissent, car le romancier, en même temps qu'il amplifie, simplifie. C'est une telle tentation et à laquelle il résiste si mal que de ramener son héros à une seule passion. Il sait que le critique le louera d'avoir ainsi créé un type. Et c'est tellement ce qui lui paraît le plus facile[2] ! Ainsi, grâce à ce double pouvoir d'amplifier formidablement dans ses créatures tels caractères à peine indiqués dans son propre cœur et après les avoir amplifiés, de les isoler, de les mettre à part, répétons encore une fois que, bien loin d'être représenté par ses personnages, le romancier est presque toujours trahi par eux.

Mais, ici, nous touchons à l'irrémédiable misère de l'art du romancier. De cet art si vanté et si honni, nous devons dire que, s'il atteignait son objet, qui est la complexité d'une vie humaine, il serait incomparablement ce qui existe de plus divin au monde ; la promesse de l'antique serpent serait tenue et nous autres, romanciers, serions semblables à des dieux. Mais, hélas ! que nous en sommes éloignés ! C'est le drame des romanciers de la nouvelle génération d'avoir compris que les peintures de caractères selon les modèles du roman classique n'ont rien à voir avec la vie. Même les plus grands, Tolstoï[a], Dostoïevski, Proust, n'ont pu que s'approcher, sans l'étreindre vraiment, de ce tissu vivant où s'entre-croisent des millions de fils, qu'est une destinée humaine. Le romancier qui a une fois compris que c'est cela qu'il a mission de restituer, ou bien il n'écrira plus que sans confiance et sans illusion ses petites histoires, selon les formules habituelles, ou bien il sera tenté par les recherches d'un Joyce, d'une Virginia Woolf, il s'efforcera de découvrir un procédé, par exemple le monologue intérieur, pour exprimer cet immense monde enchevêtré toujours[b] changeant, jamais immobile, qu'est une seule conscience humaine, et il s'épuisera à en donner une vue simultanée[1].

Mais il y a plus : aucun homme n'existe isolément, nous sommes tous engagés profondément dans la pâte humaine. L'individu, tel que l'étudie le romancier, est une fiction. C'est pour sa commodité, et parce que c'est plus facile, qu'il peint des êtres détachés de tous les autres, comme le biologiste transporte une grenouille dans son laboratoire.

Si le romancier veut atteindre l'objectif de son art, qui est de peindre la vie, il devra s'efforcer de rendre cette symphonie humaine où nous sommes tous engagés, où toutes les destinées se prolongent dans les autres et se compénètrent. Hélas ! il est à craindre que ceux qui cèdent à cette ambition, quel que soit leur talent ou même leur génie, n'aboutissent à un échec. Il y a je ne sais quoi de désespéré dans la tentative d'un Joyce. Je ne crois pas qu'aucun artiste réussisse jamais à surmonter la contradiction qui est inhérente à l'art du roman. D'une part, il a la prétention d'être la science de l'homme, — de l'homme, monde fourmillant qui dure et qui s'écoule, — et il ne sait qu'isoler de ce fourmillement et que fixer sous sa lentille une passion, une vertu, un vice qu'il amplifie démesurément : le père Goriot ou l'amour paternel, la cousine Bette ou la jalousie, le père Grandet ou l'avarice. D'autre part, le roman a la prétention de nous peindre la vie sociale, et il n'atteint jamais que des individus après avoir coupé la plupart des racines qui les rattachent au groupe[2]. En un mot, dans l'individu, le romancier isole et immobilise une passion, et dans le

groupe il isole et immobilise un individu. Et, ce faisant,
on peut dire que ce peintre de la vie exprime le contraire
de ce qu'est la vie : l'art du romancier est une faillite.

Même les plus grands : Balzac, par exemple. On dit
qu'il a peint une société : au vrai, il a juxtaposé, avec
une admirable puissance, des échantillons nombreux de
toutes les classes sociales sous la Restauration et sous la
monarchie de Juillet, mais chacun de ses types est aussi
autonome qu'une étoile l'est de l'autre. Ils ne sont reliés
l'un à l'autre que par le fil ténu de l'intrigue ou que par
le lien d'une passion misérablement simplifiée. C'est sans
aucun doute, jusqu'à aujourd'hui, l'art de Marcel Proust
qui aura le mieux surmonté cette contradiction inhérente
au roman et qui aura le mieux atteint à peindre les êtres
sans les immobiliser et sans les diviser. Ainsi, nous[a]
devons donner raison à ceux qui prétendent que le
roman est le premier des arts. Il l'est, en effet, par son
objet, qui est l'homme. Mais nous ne pouvons donner
tort à ceux qui en parlent avec dédain, puisque, dans
presque tous les cas, il détruit son objet en décomposant
l'homme et en falsifiant la vie.

Et, pourtant, il est indéniable que nous avons le sentiment, nous autres romanciers, que telles de nos créatures vivent plus que d'autres. La plupart sont déjà
mortes et ensevelies dans l'oubli éternel, mais il y en a
qui survivent, qui tournent autour de nous comme si elles
n'avaient pas dit leur dernier mot, comme si elles attendaient de nous leur dernier accomplissement[1].

Malgré tout, il y a là un phénomène qui doit rendre
courage au romancier et retenir son attention. Cette
survie est très différente de celle des types célèbres du
roman, qui demeurent, si j'ose dire, accrochés dans
l'histoire de la littérature, comme des toiles fameuses
dans les musées. Il ne s'agit pas ici de l'immortalité dans
la mémoire des hommes du père Goriot ou de Mme Bovary, mais plus humblement, et sans doute, hélas ! pour
peu de temps, nous sentons que tel personnage, que telle
femme d'un de nos livres, occupent encore quelques
lecteurs, comme s'ils espéraient que ces êtres imaginaires
les pussent éclairer sur eux-mêmes et leur livrer le mot
de leur propre énigme. En général, ces personnages, plus
vivants que leurs camarades, sont de contour moins

défini. La part du mystère, de l'incertain, du possible est plus grande en eux que dans les autres. Pourquoi Thérèse Desqueyroux a-t-elle voulu empoisonner son mari ? Ce point d'interrogation a beaucoup fait pour retenir au milieu de nous son ombre douloureuse. À son propos[a], quelques lectrices ont pu faire un retour sur elles-mêmes et chercher auprès de Thérèse un éclaircissement de leur propre secret; une complicité, peut-être. Ces personnages[b] ne sont pas soutenus par leur propre vie : ce sont nos lecteurs, c'est l'inquiétude des cœurs vivants qui pénètre et gonfle ces fantômes, qui leur permet de flotter un instant dans les salons de province, autour de la lampe où une jeune femme s'attarde à lire et appuie le coupe-papier sur sa joue brûlante[1].

Au romancier conscient d'avoir échoué dans son ambition de peindre la vie, il reste donc ce mobile, cette raison d'être : quels que soient ses personnages, ils agissent, ils ont une action sur les hommes. S'ils échouent à les représenter, ils réussissent à troubler leur quiétude, ils les réveillent, et ce n'est déjà pas si mal. Ce qui donne au romancier le sentiment de l'échec, c'est l'immensité de sa prétention. Mais, dès qu'il a consenti à n'être pas un dieu dispensateur de vie, dès qu'il[c] se résigne à avoir une action viagère sur quelques-uns de ses contemporains, fût-ce grâce à un art élémentaire et factice, il ne se trouve plus si mal partagé. Le romancier lâche ses personnages sur le monde et les charge d'une mission[d]. Il y a des héros de roman qui prêchent, qui se dévouent au service d'une cause, qui illustrent une grande loi sociale, une idée humanitaire, qui se donnent en exemple.. Mais, ici, l'auteur ne saurait être trop prudent. Car nos personnages ne sont pas à notre service. Il en est même qui ont mauvais esprit, qui ne partagent pas nos opinions et qui se refusent à les propager. J'en connais qui prennent le contre-pied de toutes mes idées, par exemple qui sont anticléricaux en diable et dont les propos me font rougir[2]. D'ailleurs, c'est assez mauvais[e] signe qu'un des héros de nos livres devienne notre porte-parole. Lorsqu'il se plie docilement à ce que nous attendons de lui, cela prouve, le plus souvent, qu'il est dépourvu de vie propre et que nous n'avons entre les mains qu'une dépouille.

Que de fois m'est-il arrivé de découvrir, en composant un récit, que tel personnage de premier plan auquel je pensais depuis longtemps, dont j'avais fixé l'évolution dans les derniers détails, ne se conformait si bien au programme que parce qu'il était mort : il obéissait, mais comme un cadavre. Au contraire[a], tel autre personnage secondaire auquel je n'attachais aucune importance se poussait de lui-même au premier rang, occupait une place à laquelle je ne l'avais pas appelé, m'entraînait dans une direction inattendue. C'est ainsi que, dans *Le Désert de l'amour,* le docteur Courrège ne devait être, d'après mon plan, qu'un personnage épisodique : le père du héros principal. Puis il finit par envahir tout le roman; et, quand il m'arrive de penser à ce livre, la figure souffrante de ce pauvre homme domine toutes les autres et surnage presque seule au-dessus de ces pages oubliées[1]. En somme, je suis, vis-à-vis de mes personnages, comme un maître d'école sévère, mais qui a toutes les peines du monde à ne pas avoir une secrète préférence pour la mauvaise tête, pour le caractère violent, pour les natures rétives et pour ne pas les préférer dans son cœur aux enfants trop sages et qui ne réagissent pas.

Plus nos[b] personnages vivent et moins ils nous sont soumis. Hélas ! certains romanciers ont cette malchance que l'inspiration, que le don créateur, en eux prend sa source dans la part la moins noble, la moins purifiée de leur être, dans tout ce qui subsiste en eux malgré eux, dans tout ce qu'ils passent leur vie à balayer du champ de leur conscience[c], dans cette misère enfin qui faisait dire à Joseph de Maistre :

« Je ne sais pas ce qu'est la conscience d'une canaille, mais je connais celle d'un honnête homme, et c'est horrible[2]. »

C'est dans ces ténèbres, semble-t-il, que, pour leur malheur, certains romanciers découvrent que leurs créatures prennent corps. Et, quand une lectrice scandalisée leur demande : « Où allez-vous chercher toutes ces horreurs ? » les malheureux sont obligés de répondre : « En moi, madame. »

Il serait d'ailleurs faux[d] de prétendre que ce sont des créatures à notre image, puisqu'elles sont faites de ce que nous rejetons, de ce que nous n'accueillons pas, puis-

qu'elles représentent nos déchets. Il y a, pour le romancier qui crée des êtres de cette sorte, un merveilleux
plaisir à lutter contre eux. Comme ces personnages ont,
en général, de la résistance et qu'ils se défendent âprement, le romancier, sans risque de les déformer ni de les
rendre moins vivants, peut arriver à les transformer, il
peut leur insuffler une âme ou, plutôt, les obliger à
découvrir en eux leur âme, il peut les sauver sans pour
cela les détruire. C'est, du moins, ce que je me suis
efforcé de réussir dans *Le Nœud de vipères*, par exemple[1].

On me disait :

« Peignez des personnages vertueux ! »

Mais je rate presque toujours mes personnages vertueux.

On me disait :

« Tâchez d'élever un peu leur niveau moral. »

Mais plus je m'y efforçais, et plus mes personnages se
refusaient obstinément à toute espèce de grandeur.

Mais, étudiant des êtres, lorsqu'ils sont au plus bas
et dans la plus grande misère, il peut être beau de les
obliger à lever un peu la tête. Il peut être beau de prendre
leurs mains tâtonnantes, de les attirer, de les obliger
à pousser ce gémissement que Pascal voulait arracher
à l'homme misérable et sans Dieu, — et cela non pas
artificiellement, ni dans un but d'édification, mais parce
que, le pire d'une créature étant donné, il reste de retrouver la flamme primitive qui ne peut pas ne pas exister
en elle.

Le Nœud de vipères est, en apparence, un drame de
famille, mais, dans son fond, c'est l'histoire d'une remontée. Je m'efforce de remonter le cours d'une destinée
boueuse, et d'atteindre à la source toute pure. Le livre
finit lorsque j'ai restitué à mon héros, à ce fils des ténèbres,
ses droits à la lumière, à l'amour et, d'un mot, à Dieu.

Les critiques ont souvent cru que je m'acharnais avec
une espèce de sadisme contre mes héros, que je les salis-
sais parce que je les haïssais. Si j'en donne l'impression,
la faiblesse, l'impuissance de mes moyens en est seule
responsable. Car la vérité est que j'aime mes plus tristes
personnages et que je les aime d'autant plus qu'ils sont
misérables, comme la préférence d'une mère va d'instinct

à l'enfant le plus déshérité. Le héros[a] du *Nœud de vipères* ou l'empoisonneuse Thérèse Desqueyroux, aussi horribles qu'ils apparaissent, sont dépourvus de la seule chose que je haïsse au monde et que j'ai peine à supporter dans une créature humaine, et qui est la complaisance et la satisfaction. Ils ne sont pas contents d'eux-mêmes, ils connaissent leur misère.

En lisant l'admirable *Saint Saturnin* de Jean Schlumberger[1], j'éprouvai avec malaise, au cours du récit, une antipathie contre laquelle je ne pouvais me défendre à l'égard des personnages les plus dignes d'être aimés, et dont je ne comprenais pas la raison. Mais tout s'est éclairé pour moi, lorsque, aux dernières pages du livre, le héros le plus sympathique s'écrie :

« Je consens à ne pas trop mépriser les oisifs, pourvu que je continue à pouvoir me tenir en estime. »

Évidemment, si ce personnage eût été conçu par moi, je ne l'eusse pas lâché qu'il ait été obligé de ne plus se tenir en estime et de ne plus mépriser personne autant que lui-même. Je n'aurais eu de cesse que je ne l'aie acculé à cette dernière défaite après laquelle un homme, aussi misérable qu'il soit, peut commencer l'apprentissage de la sainteté.

« Le sacrifice, selon Dieu, est-il écrit dans le psaume I, c'est un esprit brisé. Le cœur contrit, humilié, ô Dieu ! vous ne le mépriserez jamais[2] ! »

Il arrive[b] un moment, dans la vie du romancier, où, après s'être battu chaque année avec de nouveaux personnages, il finit par découvrir que c'est souvent le même qui reparaît d'un livre à l'autre. Et, en général, les critiques s'en aperçoivent avant lui. C'est peut-être le moment le plus dangereux de sa carrière, lorsqu'on l'accuse de se répéter, lorsqu'on lui insinue, avec plus ou moins de formes, qu'il serait temps pour lui de se renouveler.

Je crois qu'un romancier ne doit pas se laisser impressionner outre mesure par cette mise en demeure. Et, d'abord, ce qui distingue les romanciers les plus puissants, c'est évidemment le nombre de types qu'ils inventent; mais ceux-là aussi, qu'il s'agisse de Balzac, de Tolstoï, de Dostoïevski ou de Dickens, en créent beaucoup moins qu'ils n'écrivent de romans : je veux dire que, d'un livre à l'autre, on peut suivre les mêmes types humains. Prenez l'idiot de Dostoïevski, je me fais fort de découvrir son presque semblable, son frère, dans chacune des œuvres du grand romancier. Et, pour prendre un autre exemple tiré d'un animal infiniment plus petit, je me suis avisé que, sans que je l'aie en rien voulu, le héros du *Nœud de vipères* rappelle trait pour trait celui de *Genitrix*[1].

Est-ce à dire que je me sois répété ? Je prétends que non. C'est peut-être le même personnage, mais placé dans des conditions de vie différentes. Dans *Genitrix,* je l'avais confronté avec une mère passionnée; dans *Le Nœud de vipères,* je l'imagine époux, père de famille, aïeul, chef d'une tribu. Bien loin d'accuser le romancier de se répéter, et au lieu de le pousser au renouvellement par des procédés artificiels, et en changeant arbitrairement de manière, j'estime qu'il faut admirer ce pouvoir qu'il a de créer des êtres capables de passer d'une destinée à une autre, d'un roman dans un autre, et qui, supérieurs aux créatures vivantes, peuvent recommencer leur vie dans des conditions nouvelles.

Cet homme, dont le type m'obsède et qui renaît sans cesse, même si je l'ai tué à la fin d'un livre, pourquoi lui refuser ce qu'il m'appartient de lui accorder : une autre existence, des enfants et des petits-enfants s'il n'en a pas eu ? Je lui donne une nouvelle chance... Avec moi, je reconnais que ce n'est pas beaucoup dire... Mais il y a tellement de manières, pour un héros de roman, comme pour chacun de nous hélas ! d'être malheureux et de faire souffrir les autres ! Beaucoup de livres ne suffisent pas à les décrire.

Quand on me somme de me renouveler, je me dis à part moi que l'essentiel est de se renouveler en profondeur; sans changer de plan, on peut creuser plus avant. Si vous vous plaignez que le héros du *Nœud de vipères,* en dépit des circonstances différentes, ressemble trop à celui de *Genitrix,* la critique ne me trouble pas parce que, dans le dernier en date de mes romans, je suis assuré d'être allé plus avant dans la connaissance de cet homme et d'être descendu plus profondément en lui. C'est une couche plus enfouie de son être que j'ai mise à jour.

Évidemment, c'est une tentation que nous connaissons tous : publier un livre qui ne ressemblerait en rien à ce que nous avons fait jusqu'ici. Quelquefois[a], je me suis demandé s'il me serait possible d'écrire un roman policier, un feuilleton, avec le seul souci de distraire le lecteur et de le tenir en haleine. Je le ferais peut-être, mais comme un pensum, et ce serait beaucoup moins réussi que les ouvrages des spécialistes qui ont l'habitude de ce travail.

« Vous ne parlez jamais du peuple », objectent les populistes.

Pourquoi se condamner à la description d'un milieu que l'on connaît mal ? À la vérité, il importe extrêmement peu de mettre en scène une duchesse, une bourgeoise ou une marchande des quatre-saisons : l'essentiel est d'atteindre la vérité humaine et un Proust l'atteint aussi bien par les Guermantes que par les Verdurin; il la découvre aussi bien dans M. de Charlus que dans la servante Françoise, native de Combray. L'humain qu'il s'agit d'atteindre, cette nappe souterraine affleure aussi bien à la surface d'une vie mondaine que d'une vie besogneuse. Chacun de nous creuse à l'endroit où il est né, où il a vécu. Il n'y a pas les romanciers mondains et les romanciers populistes, il y a les bons romanciers et les mauvais romanciers. Donc, que chacun de nous exploite[b] son champ aussi petit qu'il soit, sans chercher à s'en évader, si le cœur ne lui en dit pas, et répétons-nous, comme le bonhomme de La Fontaine, que c'est le fonds qui manque le moins.

Avouons-le, pourtant, le romancier souffre parfois de découvrir que c'est, en effet, toujours le même livre qu'il cherche à écrire et que tous ceux qu'il a déjà composés ne sont que les ébauches d'une œuvre qu'il s'efforce de réaliser sans y atteindre jamais. Ce n'est pas de renouvellement qu'il s'agit pour lui, mais, au contraire, de patience pour recommencer indéfiniment, jusqu'au jour où peut-être, enfin, il aura l'espérance d'avoir atteint ce qu'il s'obstinait à poursuivre depuis ses débuts. Les gens de lettres ont de la vanité, mais ils ont beaucoup moins d'orgueil qu'on ne pense. Je sais de nombreux romanciers qui, lorsqu'on leur demande quel est celui de leurs livres qu'ils aiment le mieux, ne savent que répondre, tant leurs œuvres déjà publiées leur apparaissent comme des indications plus ou moins intéressantes, mais comme des épreuves manquées, des ébauches abandonnées du chef-d'œuvre inconnu qu'ils n'écriront peut-être jamais.

Derrière le roman[a] le plus objectif, s'il s'agit d'une belle œuvre, d'une grande œuvre, se dissimule toujours ce drame vécu du romancier, cette lutte individuelle avec ses démons et avec ses sphinx. Mais peut-être est-ce précisément la réussite du génie que rien de ce drame personnel ne se trahisse au dehors. Le mot fameux de Flaubert : « Mme Bovary, c'est moi-même » est très compréhensible, — il faut seulement prendre le temps d'y réfléchir, tant à première vue l'auteur d'un pareil livre y paraît être peu mêlé. C'est que *Madame Bovary* est un chef-d'œuvre, — c'est-à-dire une œuvre qui forme bloc et qui s'impose comme un tout, comme un monde séparé de celui qui l'a créé. C'est dans la mesure où notre œuvre est imparfaite qu'à travers les fissures se trahit l'âme tourmentée de son misérable auteur.

Mais mieux valent encore ces demi-réussites, où le génie n'a pu obtenir cette synthèse de l'auteur et de son œuvre, que les ouvrages construits du dehors et à force d'adresse par un écrivain sans âme, — ou par un écrivain qui refuse de se donner, qui n'ose ou qui ne peut se donner tout entier à son ouvrage.

Que de fois, en lisant certains livres, ou en suivant le développement d'une œuvre, on aurait envie de crier à l'auteur :

« Abandonnez-vous, sacrifiez-vous, ne calculez pas, ne vous ménagez pas, ne pensez ni au public, ni à l'argent, ni aux honneurs. »

La vie de tous les romanciers, quels qu'ils soient, s'ils sont vraimer t grands, finit par se ramener à la lutte souvent mortelle qu'ils soutiennent contre leur œuvre. Plus elle est puissante, et mieux elle les domine. Elle leur impose, parfois, son épouvantable hygiène, car ce qui sert l'œuvre tue souvent le romancier. Les uns, comme Flaubert, sont condamnés par leur œuvre à une détention perpétuelle hors de la vie, et d'autres, comme Proust, lui communiquent leur dernier souffle et jusque dans l'agonie la nourrissent encore de leur substance.

Dès que l'œuvre naît d'un malade, comme ce fut le cas pour Flaubert et pour Proust, elle a partie liée avec la maladie et la tourne à ses propres fins. Pascal disait de la maladie qu'elle est l'état naturel du chrétien[1]; on pourrait le dire beaucoup plus justement des romanciers. L'épilepsie de Flaubert, l'asthme de Proust, les isolent du monde, les cloîtrent, les tiennent prisonniers entre une table et un lit. Mais tandis que le premier cherche une échappatoire dans les livres, Proust, lui, sait qu'un monde est enfermé avec lui-même dans cette chambre : il sait qu'entre ces quatre murs de liège son pauvre corps, secoué par la toux, a plus de souvenirs que s'il avait mille ans[2] et qu'il porte en lui, qu'il peut arracher de lui des époques, des milieux sociaux, des saisons, des campagnes, des chemins, tout ce qu'il a connu, aimé, respiré, souffert; tout cela s'offre à lui dans la chambre enfumée d'où il ne sort presque plus.

Mais la maladie n'impose pas seulement des conditions de vie propres au travail. L'épilepsie de Dostoïevski marque profondément tous ses personnages d'un signe qui les fait reconnaître d'abord, et c'est elle qui imprime à l'humanité qu'il a créée son caractère mystérieux. Tous les travers, toutes les déviations du créateur, s'il a du génie, l'œuvre les utilise aussi; elle en profite pour s'élargir dans des directions où personne encore ne s'était aventuré. La loi de l'hérédité, qui régit la famille humaine, joue aussi entre l'écrivain et les fils imaginaires de son esprit; mais, si j'en avais le temps et l'audace, je m'efforcerais de montrer que, dans l'univers romanesque, il arrive que les tares du créateur, bien loin de leur nuire, enrichissent les êtres qu'il enfante.

En revanche, quand le romancier[a] est un homme physiquement puissant et équilibré, comme le fut, par exemple, Balzac, il semble que l'œuvre n'ait de cesse qu'elle n'ait détruit le géant qui l'enfanta : le monde qu'a soulevé Balzac est retombé sur lui et l'a écrasé. Et, si elle n'arrive à bout de le tuer, l'œuvre fait du créateur un être au-dessus des autres ; elle lui communique des exigences, des aspirations qui ne s'adaptent plus aux conditions ordinaires de la vie : Tolstoï s'est marié lorsqu'il n'était encore qu'un homme comme les autres, il a fondé une famille ; mais, à mesure qu'il devenait plus grand, que sa doctrine prenait corps, qu'il sentait le monde attentif à ses moindres gestes, sa vie de famille devint peu à peu cet enfer atroce.

Pourtant, ne nous frappons pas outre mesure : c'est là le sort des très grands et, en réalité, les œuvres de la plupart d'entre nous ne sont pas si redoutables. Bien loin de nous dévorer, elles nous mènent, par des chemins fleuris, devant des auditoires charmants et vers des honneurs appréciés. Nous savons d'autant mieux apprivoiser le monstre, nous savons d'autant mieux le domestiquer qu'il est moins vigoureux... Hélas ! dans bien des cas, est-il même vivant ? Qu'avons-nous à redouter d'un monstre empaillé ? Le romancier qui fabrique en série des personnages de carton peut dormir sur ses deux oreilles. Il arrive, d'ailleurs, qu'il en ait autrefois créé de vivants, mais notre œuvre meurt souvent avant nousmêmes et nous lui survivons, misérables, comblés d'honneurs et déjà d'oubli.

Je souhaiterais[a] que ces lignes inspirassent à l'égard du roman et des romanciers un sentiment complexe, — complexe comme la vie même que c'est notre métier de peindre. Ces pauvres gens dont je suis méritent quelque pitié et peut-être un peu d'admiration, pour oser poursuivre une tâche aussi folle que de fixer, d'immobiliser dans leurs livres le mouvement et la durée, que de cerner d'un contour précis nos sentiments et nos passions, alors qu'en réalité nos sentiments sont incertains et que nos passions évoluent sans cesse. C'est aussi qu'en dépit de la leçon de Proust nous nous obstinons à parler de l'amour comme d'un absolu, alors qu'en réalité les personnes que nous aimons le plus nous sont[b], à chaque instant, profondément indifférentes et qu'en revanche, et malgré les lois inéluctables de l'oubli, aucun amour ne finit jamais tout à fait en nous.

De l'homme ondoyant et divers de Montaigne, nous faisons une créature bien construite, que nous démontons pièce par pièce. Nos personnages raisonnent, ont des idées claires et distinctes, font exactement ce qu'ils veulent faire et agissent selon la logique, alors qu'en réalité l'inconscient est la part essentielle de notre être et que la plupart de nos actes ont des motifs qui nous échappent à nous-mêmes. Chaque fois[a] que dans un livre nous décrivons un événement tel que nous l'avons observé dans la vie, c'est presque toujours ce que la critique et le public jugent invraisemblable et impossible. Ce qui prouve que la logique humaine qui règle la destinée des héros de roman n'a presque rien à voir avec les lois obscures de la vie véritable.

Mais cette contradiction inhérente au roman, cette impuissance où il est de rendre l'immense complexité de la vie qu'il a mission de peindre, cet obstacle formidable, s'il n'y a pas moyen de le franchir, n'y aurait-il pas, en revanche, moyen de le tourner ? Ce serait, à mon avis, de reconnaître franchement que les romanciers modernes ont été trop ambitieux. Il s'agirait de se résigner[b] à ne plus faire concurrence à la vie. Il s'agirait de reconnaître que l'art est, par définition, arbitraire et que, même en n'atteignant pas le réel dans toute sa complexité, il est tout de même possible d'atteindre des aspects de la vérité humaine, comme l'ont fait au théâtre les grands classiques, en usant pourtant de la forme la plus conventionnelle qui soit : la tragédie en cinq actes et en vers. Il faudrait reconnaître que l'art du roman est, avant tout, une *transposition* du réel et non une *reproduction* du réel[1]. Il est frappant que plus un écrivain s'efforce de ne rien sacrifier de la complexité vivante, et plus il donne l'impression de l'artifice. Qu'y a-t-il de moins naturel et de plus arbitraire que les associations d'idées dans le monologue intérieur tel que Joyce l'utilise ? Ce qui se passe au théâtre pourrait nous servir d'exemple. Depuis que le cinéma parlant nous montre des êtres réels en pleine nature, le réalisme du théâtre contemporain, son imitation servile de la vie, apparaissent, par comparaison, le comble du factice et du faux; et l'on commence à pressentir que le théâtre n'échappera à la mort que lorsqu'il aura retrouvé son véritable plan, qui est la poésie. La vérité humaine, mais par la poésie.

De même le roman, en tant que genre, est pour l'instant dans une impasse. Et bien que j'éprouve personnellement pour Marcel Proust une admiration qui n'a cessé de grandir d'année en année, je suis persuadé qu'il est, à la lettre, inimitable et qu'il serait vain de chercher une issue dans la direction où il s'est aventuré. Après tout, la vérité humaine qui se dégage de *La Princesse de Clèves,* de *Manon Lescaut,* d'*Adolphe,* de *Dominique* ou de *La Porte étroite,* est-elle si négligeable ? Dans cette classique *Porte étroite* de Gide, l'apport psychologique est-il moindre que ce que nous trouvons dans ses *Faux-monnayeurs,* écrits selon l'esthétique la plus récente ? Acceptons[a1] humblement que les personnages romanesques forment une humanité qui n'est pas une humanité de chair et d'os, mais qui en est une image transposée et stylisée. Acceptons de n'y atteindre le vrai que par réfraction. Il faut se résigner aux conventions et aux mensonges de notre art.

On ne pense pas assez que le roman qui serre la réalité du plus près possible est déjà tout de même menteur par cela seulement que les héros s'expliquent et se racontent. Car, dans les vies les plus tourmentées, les paroles comptent peu. Le drame d'un être vivant se poursuit presque toujours et se dénoue dans le silence. L'essentiel, dans la vie, n'est jamais exprimé. Dans la vie, Tristan et Yseult parlent du temps qu'il fait, de la dame qu'ils ont rencontrée le matin, et Yseult s'inquiète de savoir si Tristan trouve le café assez fort. Un roman tout à fait pareil à la vie ne serait finalement composé que de points de suspension. Car, de toutes les passions, l'amour, qui est le fond de presque tous nos livres, nous paraît être celle qui s'exprime le moins. Le monde des héros de roman vit, si j'ose dire, dans une autre étoile, — l'étoile où les êtres humains s'expliquent, se confient, s'analysent la plume à la main, recherchent les scènes au lieu de les éviter, cernent leurs sentiments confus et indistincts d'un trait appuyé, les isolent de l'immense contexte vivant et les observent au microscope.

Et cependant, grâce à tout ce trucage, de grandes

vérités partielles ont été atteintes. Ces personnages fictifs et irréels nous aident à nous mieux connaître et à prendre conscience de nous-mêmes. Ce ne sont pas les héros de roman qui doivent servilement être comme dans la vie, ce sont, au contraire, les êtres vivants qui doivent peu à peu se conformer aux leçons que dégagent les analyses des grands romanciers. Les grands romanciers nous fournissent ce que Paul Bourget, dans la préface d'un de ses premiers livres, appelait des planches d'anatomie morale[1]. Aussi vivante que nous apparaisse une créature romanesque, il y a toujours en elle un sentiment, une passion que l'art du romancier hypertrophie pour que nous soyons mieux à même de l'étudier; aussi vivants que ces héros nous apparaissent, ils ont toujours une signification, leur destinée comporte une leçon, une morale s'en dégage qui ne se trouve jamais dans une destinée réelle toujours contradictoire et confuse.

Les héros des grands romanciers, même quand l'auteur ne prétend rien prouver ni rien démontrer, détiennent une vérité qui peut n'être pas la même pour chacun de nous, mais qu'il appartient à chacun de nous de découvrir et de s'appliquer. Et c'est sans doute notre raison d'être, c'est ce qui légitime notre absurde et étrange métier que cette création d'un monde idéal grâce auquel les hommes vivants voient plus clair dans leur propre cœur et peuvent se témoigner les uns aux autres plus de compréhension et plus de pitié[a].

Il faut beaucoup pardonner au romancier, pour les périls auxquels il s'expose. Car écrire des romans n'est pas de tout repos. Je me souviens de ce titre d'un livre : *L'Homme qui a perdu son moi*[2]. Eh bien, c'est la personnalité même du romancier, c'est son « moi », qui, à chaque instant, est en jeu. De même que le radiologue est menacé dans sa chair, le romancier l'est dans l'unité même de sa personne. Il joue tous les personnages; il se transforme en démon ou en ange. Il va loin, en imagination, dans la sainteté et dans l'infamie. Mais que reste-t-il de lui, après ses multiples et contradictoires incarnations ? Le dieu Protée, qui, à volonté, change de forme, n'est, en réalité, personne, puisqu'il peut être tout le monde. Et c'est pourquoi, plus qu'à aucun autre homme, une certitude est nécessaire au romancier. À cette force de désagrégation qui agit sur lui sans répit, — nous disons : sans répit, car un romancier ne s'interrompt jamais de travailler, même et surtout quand on le voit au repos, — à cette force de désagrégation, il faut qu'il oppose une force plus puissante, il faut qu'il reconstruise son unité, qu'il ordonne ses multiples contradictions autour d'un roc immuable; il faut que les puissances opposées de son être cristallisent autour de Celui qui ne change pas. Divisé contre lui-même, et par là condamné à périr, le romancier ne se sauve que dans l'Unité, il ne se retrouve que quand il retrouve Dieu.

II

L'ÉDUCATION DES FILLES

Lorsqu'on[a] m'a demandé d'exposer mes idées sur l'éducation des filles, je me suis aperçu qu'il ne m'était pas arrivé, dans toute ma vie, de consacrer une heure à réfléchir sur ce grave sujet. Quand j'ai eu des filles en âge d'être instruites, elles ont été au couvent, comme j'avais toujours vu faire dans ma famille, et l'une d'elles porte le même ruban de sagesse, d'un bleu un peu passé, qui avait déjà servi à leur arrière-grand-mère. Mais c'est justement parce que j'ignorais tout de la question que j'ai accepté de la traiter. C'était, en effet, une occasion inespérée de l'étudier pour mon propre compte.

Ayant donc cherché à découvrir ce que je pensais de l'éducation des filles, je me suis avisé que ce problème dépendait d'un autre beaucoup plus important, et qu'il faudrait d'abord chercher quelle idée nous nous faisons de la femme en général. Car il ne sert à rien de construire des systèmes en l'air : l'idée que nous nous faisons de la nature féminine commande évidemment nos opinions touchant l'éducation des filles.

Le sujet est si brûlant qu'il n'y a, me semble-t-il, qu'une manière de s'en tirer : c'est de se garder de toute théorie préconçue; c'est d'interroger sa propre expérience, la plus immédiate, la plus concrète, au risque de paraître affreusement banal et d'avoir l'air, à chaque instant, de découvrir l'Amérique.

Quand j'étais enfant, il y avait, devant la maison de mes grandes vacances, une prairie et, au delà de cette prairie, une route presque toujours déserte. Le dimanche après-midi, pourtant, je regardais passer les groupes de paysans qui regagnaient leurs métairies perdues dans les pins. Or, ceci me frappait : les hommes avançaient, les bras ballants, balançant leurs mains énormes et vides. Les femmes suivaient, chargées comme des ânesses de paquets et de paniers.

Quand nous visitions une métairie, il m'arrivait souvent d'entendre les parents se plaindre de ce qu'ils n'arrivaient pas à faire le travail; ils attendaient avec impatience que leur fille eût quinze ans et trois mois, pour qu'elle pût se marier et leur fournir un travailleur de plus. Telle était l'unique raison d'être des filles : amener un ouvrier adulte dans la maison. Aussi, à peine avait-elle atteint l'âge requis que nous nous étonnions de voir arriver, précédée du violon et habillée de blanc, la petite métayère qui était encore une enfant. Il est vrai que si, très peu de temps après, alors que nous traversions un champ de millade, une créature sans âge se redressait pour répondre à notre salut, nous avions peine à reconnaître, dans cette femme déjà détruite, la petite fille de naguère. Tandis que l'homme résinait les pins, les femmes étaient chargées de travailler aux champs, ce qui était beaucoup plus pénible. Et, bien entendu, elles assumaient tous les soins du ménage : j'ai connu une paysanne qui, dans toute sa vie, ne s'était jamais assise pour manger, sauf aux repas de noce et d'enterrement[1]. Rien n'interrompait leur tâche mortelle, pas même les grossesses. À peine délivrées, la plupart recommençaient de trimer, sans prendre les quelques jours de repos nécessaires. Beaucoup mouraient; c'était la seule manière pour elles de s'arrêter. Les autres traînaient jusqu'à la fin de leur vie toutes les misères qu'il est facile d'imaginer.

Il est probable, il est même certain que les choses ont changé aujourd'hui; mais j'avoue que rien ne m'étonne plus que le scandale suscité chez nous par tout ce qu'on nous raconte de l'Inde et de la condition misérable des femmes hindoues.

On me dira qu'il ne s'agit ici, en tout cas, que des paysans. Mais, dans la moyenne bourgeoisie provinciale et campagnarde, c'était bien la même loi qui pesait sur la femme. Sans doute, la bourgeoise échappait-elle à l'obligation du travail; elle n'en demeurait pas moins sujette, étroitement confinée dans son intérieur. Les servantes et les enfants formaient tout son univers. Une femme dont on disait : « Elle n'est jamais chez elle » était déjà une personne mal vue. Elle n'était pas « comme il faut ». J'aurais pu connaître, dans mon enfance, une dame à qui son mari ne permettait de regarder la fête du village qu'à travers la vitre, en soulevant le coin du rideau. Ces messieurs allaient à leurs affaires, au café, se rendaient, plusieurs fois dans la semaine, au chef-lieu, se permettaient de petites débauches. Cela ne concernait en rien les dames : leur seigneur échappait à tout jugement. Trop heureuses si le menu lui agréait et s'il ne trouvait pas le gigot trop cuit. Pour le reste, une femme n'a pas besoin d'en savoir trop long. Et, si la dame qui n'était jamais chez elle faisait jaser, que dire de celle qui avait l'audace d'aimer la lecture ? Il existe encore des familles où une femme qui lit beaucoup inquiète et scandalise.

Sortant peu, les bourgeoises de la campagne engraissaient vite et, pour d'autres raisons que les métayères, devenaient très tôt des femmes sans âge. Lorsque nous feuilletons, dans un salon de province, quelque vieil album de famille, entre tous ces portraits jaunis, nous trouvons très peu de ce qu'on appelle dans le monde une jeune femme. On nous montre une grand-mère :

« Elle avait vingt-deux ans; c'était après la naissance d'oncle Paul... »

Vingt-deux ans ! cette grosse dame vénérable ! À peine mariée et mère de famille, la bourgeoise devenait sans transition une personne épaisse, vêtue d'étoffes sombres, — d'ailleurs presque toujours en deuil : dans les familles de province, une réglementation implacable condamnait la plupart des femmes au crêpe perpétuel : six mois le voile devant, dix-huit mois le voile derrière; l'épaisseur, la longueur de la voilette, étaient réglementées avec minutie. Et l'opinion publique ne laissait passer aucune infraction aux règles établies. Grands-parents, grands-oncles, se relayaient d'année en année et mouraient à point pour que les jeunes femmes ne quittassent jamais le noir[1].

Cela n'avait pas d'importance : une femme mariée ne doit plus plaire, ne doit plus essayer de plaire, sauf à son mari. Sans doute, il y avait, comme il y a toujours eu, ce qui s'appelle les femmes du monde, celles qui règnent, celles qui brillent et qui voient les hommes à leurs pieds. Comme c'est presque toujours d'elles qu'il est question dans les mémoires, dans les romans et au théâtre, quand on dit « la femme », on pense à la grande dame, toujours la même, telle qu'elle nous est montrée, de Saint-Simon à Balzac et de Bourget à Proust. Mais, s'il s'agit de chercher, dans la condition naturelle de la femme, des principes d'éducation féminine, ce qu'il est convenu d'appeler « la grande dame » doit être justement ce qui nous intéresse le moins. Créature d'exception qui, par sa naissance ou par sa fortune, se meut dans un milieu où les lois sont renversées et où c'est la femme qui règne, ou, du moins, qui a l'air de régner. Je dis : qui a l'air de régner, car, dès qu'elle rentre dans la nature, — grâce à l'amour, par exemple, — la loi de l'homme a bientôt fait de l'asservir comme ses plus humbles sœurs. Le protocole qui, dans le monde, règle les rapports de l'homme et de la femme, et qui semble tout accorder à la femme, les amoureuses savent ce qu'il en reste à certaines heures et quel tyran redoutable se dissimule sous cet homme bien élevé qui, en public, leur manifeste tant de respect.

Et, sans doute, je simplifie à outrance, je grossis les traits à dessein, car il ne s'agit pas ici d'exprimer le réel tel qu'il est, mais l'image déformée que, dès l'enfance, j'en recevais malgré moi. Ce sentiment tragique de la sujétion, de l'asservissement des femmes, commande évidemment mes idées plus ou moins confuses touchant leur éducation. (Il va sans dire que, dans d'innombrables cas, la situation est renversée : souvent, la femme est forte, virile et, dans le couple, c'est elle qui est l'homme; et son débile compagnon subit le joug, sert et obéit[1].)

Mais surtout, à cette loi d'airain que l'homme fait peser sur la femme, une autre loi s'oppose, la loi qui soumet, au moins pendant quelque temps, celui qui aime plus à celle qui aime moins, le plus fort à la plus faible. Pendant quelque temps, dis-je. En dépit de tout ce que l'on peut dire de la passion amoureuse chez l'homme, il reste qu'elle ne dure presque jamais. « En amour, dit une héroïne de Maurice Donnay, c'est toujours la femme qui expie[1]. » Oui, c'est presque toujours la femme qui est vaincue; c'est en elle que rien ne peut finir. Elle préfère les pires traitements à l'abandon, et souvent elle souffre tout plutôt que de perdre son bourreau.

La prodigieuse puissance de la femme pour s'attacher, même et surtout à qui la martyrise, voilà ce dont l'éducateur doit d'abord tenir compte. Dans la réalité, les enfants viennent à point pour attirer sur eux, pour fixer cet excès de passion. Aussi nombreux qu'ils soient, ils n'arrivent pas à l'épuiser.

Faut-il dire que les enfants délivrent la femme de l'homme ? La vérité est qu'elle passe d'un joug à un autre joug. Dans les familles nombreuses du peuple et de la bourgeoisie moyenne, comme j'en ai tant vu autour de moi, la mère est à la lettre dévorée vivante, consumée à petit feu. Au long de ses années où, à peine relevée, la femme est de nouveau enceinte, elle ne peut compter sur aucun repos. Toutes les maladies que les enfants se passent l'un à l'autre, les mois d'oreillons, de coqueluches, les nuits de veille à guetter les quintes de toux... Qui de nous n'a dans son souvenir ces nuits de fièvre où nous regardions au plafond l'auréole de feu de la veilleuse, où une main relevait nos cheveux, se posait sur notre front brûlant; une petite cuiller tintait contre la tasse. Au milieu du brasier de la fièvre, nous nous sentions merveilleusement défendus, protégés, sauvés. Mais celle qui nous soignait donnait sa vie à chaque instant. Dans les bonnes familles nombreuses, combien avons-nous vu de jeunes femmes qui sont mortes à la tâche[2] !

Sans doute avons-nous connu beaucoup d'autres familles où il n'y avait qu'un seul enfant. La mère en était-elle beaucoup plus libre ? Elle retombait sous le pouvoir d'un seul, et qui souvent faisait sentir plus durement sa puissance que n'avait pu le faire le mari. Jusqu'où peut s'étendre, dans ces maisons de province, la tyrannie du fils unique, il est impossible de l'imaginer si on ne l'a pas vu. Je me souviens de celui qui ne consentait à manger sa soupe que sur le toit du parc à cochons; un autre, le jour de la fête du village, exigeait que l'on dévissât l'un des chevaux de bois et qu'on l'apportât dans sa chambre. Je me rappelle ce petit garçon malade qui, tout le temps que dura sa maladie, obligeait sa bonne ou sa mère à demeurer au lit à côté de lui. Elles n'avaient le droit de se lever que pendant son sommeil[1].

À mesure qu'il grandit, l'enfant-tyran devient lui-même peu à peu l'esclave de sa mère-esclave; il ne peut plus se passer de sa victime; il la tourmente, mais il lui est asservi. C'est le drame si commun en France, et en particulier dans le Midi de la France, que j'ai raconté dans *Genitrix*.

Telle est la femme, possédée par cette terrible puissance d'attachement qui l'asservit à ce qu'elle aime, homme ou enfant, et à laquelle doit toujours penser l'éducateur. Cette puissance d'attachement, même en province où l'opinion est si forte et si oppressive, le mari ni même les enfants n'arrivent pas toujours à la fixer. Malheur à celles que l'amour entraîne loin du droit chemin ! Même aujourd'hui, il ne faut pas qu'une femme aille bien loin pour qu'on dise qu'elle est une femme perdue. J'en sais qui se perdent parce qu'elles n'en peuvent plus de s'entendre calomnier : « Au moins, maintenant, disent-elles, le mal qu'on dit de moi sera vrai. » Contre les brebis perdues, les femmes se font avec acharnement les complices des hommes. Elles sont plus impitoyables qu'eux; elles ne souffrent pas qu'une de leurs sœurs échappe à la loi de l'homme, et c'est leur revanche de voir que la rebelle a quitté le joug du mariage et de la maternité, pour en subir un autre plus ignominieux : celui dont l'homme charge les épaules de celles qui servent à ses plaisirs.

À celles-là, aussi, ne croit-on pas que l'éducateur doive penser ? La déchéance officielle et réglementée d'une foule immense de créatures est une de ces horreurs auxquelles nous sommes si accoutumés que nous ne la voyons même plus. La réprobation temporelle — et considérée comme nécessaire à l'équilibre social — d'une foule immenses de femmes, voilà un beau sujet à méditer pour qui veut écrire un traité sur l'éducation des filles. Cet abîme ouvert sous le pas des jeunes filles, cet abîme dont les abords sont si charmants, ce trou immonde dont presque aucune n'est jamais remontée, il ne sert à rien de feindre de ne pas le voir, et nous devons tenir compte, dans nos conclusions, de la terrible puissance d'abaissement qui se trouve dans la femme.

Quand j'interroge mes souvenirs de provincial, j'évoque telle jeune femme qui, soudain, disparaissait.

« On ne peut plus la voir, disait-on. C'est une femme qu'on ne peut plus voir... Elle n'est plus reçue nulle part..., tout le monde lui tourne le dos...

— Croyez-vous, disait quelqu'un, qu'elle a eu le front de venir à moi, de m'adresser la parole !... »

J'entendais comme le bruit sourd d'une trappe qui se refermait sur cette destinée.

Il arrivait, il arrive encore chaque jour, que le pauvre être pris au piège s'affole, se porte à des extrémités terribles, et d'autant plus sûrement qu'elle fut, jusqu'à sa chute, ce qu'on appelle une honnête femme, qu'elle n'a pas l'expérience du mal, qu'elle ne sait pas, comme tant de créatures réellement corrompues, exploiter avec prudence ses passions.

Récemment, à la cour d'assises, j'en ai vu un exemple effroyable[1]. Au banc des accusés, une bourgeoise stupéfaite de se trouver là, qui avait été pendant près de vingt années une épouse irréprochable. Parce qu'elle n'avait pas l'expérience du mal, elle est tombée dans tous les traquenards tendus. Tout s'est retourné contre elle, et même ce qui aurait dû servir sa cause. Il ne lui a servi de rien d'avoir résisté longtemps à celui qui l'avait poursuivie, harcelée, qui l'avait arrachée à son foyer par de fausses promesses. Pendant tout le débat, personne ne s'est élevé contre son séducteur. Lui était resté dans les règles du jeu. Il est entendu une fois pour toutes que les hommes ont le droit de chasse. Au gibier féminin de se garder. Hélas ! il arrive tous les jours que la bête aux abois soudain fasse front, devienne féroce, ou bien se rue sournoisement contre le chasseur désarmé et endormi.

Ce sont là des exceptions, dira-t-on, et qui ne doivent pas retenir l'éducateur. Il suffit de lire les journaux pour s'assurer du contraire. Mais les drames qui n'éclatent pas, qu'on ne connaît pas, sont plus nombreux encore. Dieu

sait tout ce qui est enseveli dans le secret des familles !
Ma Thérèse Desqueyroux a d'innombrables sœurs.

Sans doute, existe-il nombre de femmes dont la vie,
bien que très agitée, et même très scandaleuse, n'offre
rien de tragique. Mais je crois que, sauf exception, c'est
là un privilège du monde et dont les femmes de la bourgeoisie moyenne et de la province auraient tort de se
réclamer. Mener la vie la plus libre, et même la plus corrompue, tout en gardant sa place dans la société, c'est là
un art difficile, un art olympien qu'ont pratiqué à toutes
les époques les femmes de premier plan et parmi les plus
glorieuses, mais qui est rarement à la portée des simples,
mortelles.

Poursuivant mon enquête à travers mes plus lointains
souvenirs, j'interroge d'autres visages de femmes, qui,
elles aussi, subissaient la loi de l'homme; mais, si j'ose
dire, elles la subissaient négativement; toutes celles dont
l'homme s'écarte, qu'elles soient disgraciées ou qu'elles
soient pauvres, ou pour l'une de ces mystérieuses raisons
de famille que la raison ne connaît pas. Tout le monde
jugeait cela naturel; elles étaient hors du jeu; on les
mettait hors du jeu d'office.

Ce qui est étrange, c'est que celles à qui je songe, ces
vieilles filles de mon enfance, dont on ne parlait guère
que pour en sourire, plusieurs d'entre elles ne m'apparaissent pas avec un visage tragique ni désespéré; tristes,
sans doute, mais comme baignées d'une lumière qui
venait du plus profond d'elles-mêmes. Je pense à celle
qui vivait dans un hameau perdu, au bord d'un champ
de millade; elle soignait les malades, faisait le catéchisme,
coiffait et habillait les mariées, veillait les morts et les
ensevelissait[1].

Combien j'en ai connu, de ces humbles filles, auxquelles nul ne pensait jamais que lorsqu'on avait besoin
de leurs services ! J'ai passé chez l'une d'elles de calmes
journées de vacances, dans un salon un peu humide.
Sur le canapé de reps rouge, je feuilletais *Les Veillées
des chaumières* ; je lisais *Les Pieds d'argile* et *Armelle
Trahec*, de Zénaïde Fleuriot[2]. J'avais obscurément
conscience d'une paix qui émanait de ces êtres que leur
délaissement semblait enrichir. Elles n'avaient pas une

minute à elles. Bien que l'on répétât, dans la famille :
« Quelle pauvre vie inutile ! » on venait à chaque instant
les déranger. Il y avait toujours quelque chose qu'elles
seules pouvaient faire.

Tous les enfants les aimaient. Moi, du moins, je les
aimais. C'étaient, entre toutes les grandes personnes,
celles qui ne semblaient pas habiter un monde différent.
Sans doute, avaient-elles profité du silence qui régnait
dans leur vie, pour écouter une voix qu'il est bien difficile
d'entendre dans le tumulte et dans l'agitation du monde.
Elles avaient profité de leur solitude et de leur abandon
pour découvrir un secret que le monde ne connaît plus.
Elles avaient perdu leur vie, autant qu'on peut la perdre,
et, l'ayant perdue, elles l'avaient sauvée. Je pense que
l'éducateur doit se souvenir de ce qu'il a appris, lorsqu'il
était enfant, de ces humbles filles, aujourd'hui endormies.

Tout cela, objecte-t-on, c'est le passé, un passé aboli.
Depuis, la femme a secoué ses chaînes, la voilà l'égale
de l'homme, son émule, sinon sa rivale, dans presque
tous les domaines. En cherchant des principes pour
l'éducation des filles dans les souvenirs que j'évoque,
je risque de m'arrêter à un système désuet qui n'aura
guère chance de convenir aux femmes d'aujourd'hui.
Me voilà donc obligé de faire un aveu que j'ai reculé
le plus possible parce que je sens qu'il va me rendre un
peu ridicule et terriblement vieux jeu. Enfin, je prends
mon courage à deux mains pour faire cette déclaration
de principe : je ne crois pas aux conquêtes du féminisme.
Qu'on me comprenne bien, je ne nie pas les grands
changements qui sont survenus dans la condition des
femmes ; mais, ce que je nie, c'est que ce soient des
conquêtes. À moins que l'on ne puisse dire qu'il y a des
conquêtes forcées. Presque tout ce que la femme d'aujourd'hui a soi-disant obtenu, elle y a été amenée de force
par les circonstances. La profonde loi de son être, qui
a fixé sa condition pendant des millénaires, demeure la
même. Ce qui est survenu de nouveau depuis la guerre,
— est-ce utile de répéter une énumération qui a été
refaite cent fois ? — c'est la disproportion entre le
nombre des femmes et celui des hommes ; c'est la ruine
de la classe moyenne qui ne permet plus aux parents de
subvenir indéfiniment aux besoins des filles, etc.

Oui, là est le grand changement. Il ne faut pas être très vieux pour se rappeler une époque, qui n'est pas très éloignée dans le temps, mais qui semble aujourd'hui dater de plusieurs siècles, où une bourgeoise qui travaillait était mal vue. On disait qu'elle se déclassait. Il existait des familles où un frère renonçait au mariage et ne pouvait fonder un foyer parce qu'il fallait subvenir aux besoins de ses sœurs : il importait à l'honneur de la famille qu'elles pussent tenir leur rang, c'est-à-dire avoir une bonne, un salon et un jour de réception, qui étaient les trois privilèges essentiels de la bourgeoise française d'avant la guerre[1].

Depuis, la bonne, le salon et le jour de réception ont été balayés par la nécessité. Il s'agit de se tirer d'affaire coûte que coûte. Il faut manger, s'habiller, vivre. Ainsi, un immense contingent féminin a reflué sur toutes les professions. Mais quelle étrange conquête ! Les femmes sont chassées par le malheur des temps de ce qui était la raison d'être de la plupart, tout leur espoir, tout leur désir : un foyer, un mari, des enfants. Et on appelle cela une victoire ! Ce qui devient très vite pour la plupart des hommes, à peine la première jeunesse passée, l'essentiel de leur vie : l'argent, la réussite, reste pour la plupart des femmes une dure nécessité, en attendant que l'amour les délivre. Quant à mener de front la vie professionnelle et la vie d'épouse et de mère, des créatures d'élite peuvent y réussir, et nous en connaissons plus d'une; mais la plupart s'y épuisent ou n'y réussissent qu'en sacrifiant l'essentiel et qu'en renonçant à ce pour quoi elles ont été créées et mises au monde : la maternité.

La femme d'aujourd'hui, la femme affairée, et qui jette des bouts de cigarettes souillés de rouge, qui plaide, court les bureaux de rédaction, dissèque des cadavres, je nie que ce soit une conquérante. Autant qu'elle réussisse dans ces professions, elle n'y fait rien que faute de mieux, que faute de l'unique nécessaire dont elle est sevrée par une époque atroce.

Car la question n'est pas de savoir si les femmes peuvent ou non exceller dans les divers domaines qui étaient jusqu'aujourd'hui réservés aux hommes. Pour mon compte, j'admets fort bien que le talent ni le génie ne soient le privilège du sexe fort; ce qui est surabondamment prouvé pour la poésie, pour le roman et pour les arts plastiques, le sera peut-être un jour dans les sciences. Qu'il y ait, et qu'il doive y avoir chaque jour en plus grand nombre des femmes remarquables dans toutes les branches de l'activité humaine, pour moi cela ne fait pas question.

Mais ce n'est pas d'une élite qu'il s'agit ici : considérons la femme moyenne, celle, par exemple, qui passe son bachot, sa licence et dont les garçons ne laissent pas d'être jaloux. Il restera toujours ceci qu'à intelligence égale elle n'aborde la culture que faute de pouvoir suivre sa vocation naturelle. Elle me semble avoir moins de chance que son camarade masculin de s'y adonner avec désintéressement et de l'aimer pour elle-même.

Sans doute, au départ, la culture n'est-elle qu'un moyen pour tous les étudiants de l'un et l'autre sexe. Mais, pour les meilleurs, pour les plus doués parmi les garçons, elle a chance de devenir peu à peu une fin. Ils s'y donnent en dehors de toute question de réussite; elle constitue le seul climat où ils puissent vivre; la vie intellectuelle, la vie spirituelle tend à devenir pour eux la vie véritable et l'unique réalité.

Chez une jeune fille également douée, la vie de l'esprit ne s'impose pas avec la même force. Elle s'y adonne faute de mieux. Il y a toujours une autre chose pour laquelle elle était faite, non inférieure certes, mais d'un autre ordre : ce que Pascal a appelé l'ordre de la charité, celui qui vaut infiniment plus que tous les corps ensemble et que tous les esprits ensemble. Il y a quelque chose d'infiniment plus beau que de dépasser les hommes dans tous les domaines : c'est de créer des hommes, de les porter, de les nourrir, de les élever au sens profond du mot, et, après les avoir enfantés à la vie de la chair, de les enfanter à la vie de l'esprit.

Si, pendant des siècles, la femme a subi la dure condition dont j'ai fait une peinture peut-être trop noire, c'est que, sans doute, c'était sa loi de préférer à tout l'attente anxieuse, la douleur, la mise au monde dans les larmes d'un petit enfant; qu'elle préférait à tout de lui donner sa vie chaque jour jusqu'à ce qu'il fût devenu un homme et encore au delà, car nos mères nous portent jusqu'à leur mort, et, quand elles nous ont quittés, à quelque âge que nous soyons, nous avons la sensation atroce de marcher seuls pour la première fois.

Aussi belle que puisse être la carrière d'une femme, il y aura toujours à la base une erreur, un manque. Mettons à part l'enseignement et, sans distinction de religion et de caste, tout ce qui ressemble à une maternité spirituelle. Mettons à part l'état religieux, où une jeune fille renonce à la maternité selon la chair, pour une maternité spirituelle; où elle se fait la mère des enfants des autres, et de ces grands enfants malheureux que sont les malades; où elle substitue aux angoisses de la mère de famille une immolation plus désintéressée, et dont le monde moderne ignore la valeur infinie. Mais, dans toute autre profession, aussi glorieusement que la femme occupe sa place, ce ne sera jamais tout à fait sa place. Il y aura toujours un moment où elle aura l'air d'être ailleurs que là où elle devrait être. Il n'y a pas d'uniforme possible pour les femmes : la toge ne leur va pas plus que ne leur irait l'habit vert ou la tenue militaire. En dehors des vêtements de charité, en dehors de la blouse d'infirmière ou des saints habits des servantes de Dieu et des pauvres, la femme, sous un vêtement officiel, aura toujours l'air déguisée. Ça ne lui va pas, ça ne lui ira jamais.

N'empêche que les nécessités de la vie moderne la condamneront de plus en plus à ces déguisements. De gré ou de force, il faut que la femme d'aujourd'hui se prépare à tenir une place qui ne lui était pas destinée. Mais, je le répète, le plus redoutable pour elles, c'est cette opinion qu'on leur inculque, cet article de foi, que la nécessité où elles se trouvent est une victoire remportée sur le sexe fort. Tout se passe comme si, dans une nuit du 4 août, les privilèges des mâles avaient été abolis et que les femmes eussent conquis le droit d'être considérées comme des hommes.

Les hommes les ont prises terriblement au mot. Elles connaissent aujourd'hui les délices de l'égalité. Il est entendu qu'il n'y a plus de faiblesse dans la femme, plus même, grâce aux sports, de faiblesse physique. Elle a maintenant le privilège de demeurer debout dans les voitures publiques; on peut lui souffler la fumée d'un cigare dans la figure, lui demander de danser d'un clin d'œil et d'un mouvement d'épaules. Mais, surtout, on peut l'attaquer de front, même si elle est une jeune fille; on suppose qu'elle a de la défense; elle est libre d'accepter ou de refuser; elle sait ce qu'elle a à faire; aucun des deux partenaires n'engage plus que l'autre. Que l'éducateur pense bien à cela : ces enfants, ces petites filles, sont destinées à vivre dans un monde où, si elles ont le malheur de ne pas trouver un époux qui les protège et qui les garde, leur faiblesse ne les défendra plus; un monde où l'égalité des chiens et des biches a été proclamée.

Seront-elles défendues par leur travail ? Trouveront-elles leur sauvegarde sinon dans l'activité des affaires, du moins dans celle de l'esprit ? Ici nous nous heurtons de nouveau à la loi que j'énonçais tout à l'heure : il se trouve que ce qui leur importe, avant tout, c'est justement ce qui demeure en dehors de leurs occupations, de leur métier. Alors que presque tous les hommes mettent l'accent dans leur vie, sur l'argent, sur le pouvoir et, les meilleurs, sur la création artistique, sur la méditation, toutes choses qui passent de loin, à leurs yeux, les questions de sentiment, ces questions-là sont les seules qui paraissent importantes à un grand nombre de femmes : l'accessoire pour les uns demeure l'essentiel pour les autres. D'où ces malentendus tragiques dont nous voyons quotidiennement l'épilogue aux faits divers. Dans ce que l'homme prend pour une passade sans lendemain, la femme engage toute sa vie, et, dans sa stupeur, dans son désespoir d'avoir été dupe, elle assassine. Et ce qu'il y a de grave, c'est que l'âge, le plus souvent, durcit le cœur de l'homme, tandis que la plupart des femmes, même vieillies, demeurent des adolescentes toujours menacées. Cet être au visage d'enfant, comme l'appelle quelque part Claudel[1], a aussi un cœur incapable de vieillir.

Sans doute, j'insiste sur des exceptions et j'accorderai que, parmi les femmes d'aujourd'hui, beaucoup savent allier les vertus familiales aux exigences de la vie moderne. Au fond, le problème de l'éducation des filles se ramène à cet équilibre qu'il s'agit d'obtenir : qu'elles soient des femmes et des mères dignes de toutes celles dont nous sommes issus, mais qu'elles détiennent en plus des vertus de force, d'intelligence et d'adresse qui leur permettent, le cas échéant, de se faire leur place au soleil.

Découvrirai-je le fond de ma pensée ? Tout ce que je viens d'écrire jusqu'ici me paraît à la fois vrai et faux, car on est toujours sûr de se tromper à demi et d'avoir à demi raison lorsqu'on parle de la femme. La femme n'existe pas, mais les femmes. Chaque enfant qu'il s'agit d'élever pose un problème unique à résoudre, et c'est pourquoi tout système est mauvais par cela seulement qu'il est un système et qu'il prétend avoir une valeur universelle. Rien n'est plus faux que de croire qu'un enfant est un terrain vierge où il nous sera loisible d'édifier ce qui nous plaira. Il n'est pas non plus une cire molle qui recevra docilement notre empreinte. Un enfant naissant est déjà terriblement vieux, déjà chargé de tendances, d'inclinations. Quant à se fier à la nature de l'enfant, à laisser faire la nature, il n'y faut pas songer : c'est le privilège des animaux de naître avec un réglage naturel : l'instinct, qui leur permet de subsister et de vivre. Le privilège de l'homme, c'est l'exercice de l'intelligence, de la raison qui doit dominer, régler les tendances obscures et contraires dont il est pétri. Pour élever l'enfant, nous n'avons pas le choix des matériaux; nous ne pouvons, et dans une mesure très relative, qu'en tirer le moins mauvais parti possible.

Certes, ce ne serait pas trop que de consacrer à un seul enfant toute sa vie; mais, justement, les enfants nous viennent lorsque nous sommes dans la force de l'âge et lorsque les nécessités de notre existence nous emportent. Ils sont, dans nos jeunes vies dévorées de soucis, d'ambitions, d'aspirations, ce qui nous occupe le moins, ce dont nous nous débarrassons, ce dont nous chargeons des personnes étrangères. D'ailleurs, est-ce un mal ? Qui oserait l'affirmer ? Le père de Blaise Pascal renonça à tout pour ne donner ses soins qu'à son merveilleux fils. Mais, ébloui par cet extraordinaire génie, tout occupé à lui fournir chaque jour sa ration de grec, de latin, de mathématiques et de philosophie, il en oublia le frêle corps qui était lié à ce prodigieux esprit; et nous savons, par Mme Périer, le terrible retentissement d'un tel régime sur la santé de Blaise, laquelle en fut irréparablement détruite.

À vrai dire, filles ou garçons, ce ne sont pas les préceptes que nous leur donnons qui risquent d'impressionner beaucoup nos enfants. Ce qui compte, ce n'est pas ce que nous leur disons de temps en temps et avec solennité, mais c'est ce que nous faisons. Nous élevons nos enfants sans le savoir et en vivant. Nous avons dans nos maisons ces appareils enregistreurs qui ne laissent rien perdre. Ce qu'ils retiennent de l'ensemble de notre vie, c'est cela qui a le plus de pouvoir sur eux. Nos velléités de système, de programme comptent pour bien peu, à côté de la puissance de l'exemple.

Étant donné que la plupart des parents ne sont pas des saints, comme on comprend cette tendance des Anglais à écarter les enfants le plus possible de leur vie privée, à se cacher de ces témoins gênants qui ne sont pas des témoins passifs, mais qui s'adaptent, qui prennent de nous tout ce qui leur convient.

C'est vrai qu'il est bien inutile, pour la plupart d'entre nous, de s'interroger sur les inconvénients ou les avantages du système anglais qui, pour être appliqué, exige une grande maison, des précepteurs et un nombreux domestique dont l'influence, d'ailleurs, a des chances d'être encore plus redoutable que la nôtre. Benjamin Constant, par exemple, apprit d'un de ses précepteurs la passion du jeu qui fut le malheur de sa vie[1]. Mais il est très dangereux aussi que la vie des parents et des enfants soit aussi mêlée que nous la voyons chez nous. Ils nous jugent, nous observent quand nous nous surveillons le moins ; ils connaissent nos humeurs, assistent parfois à des scènes révélatrices. Ces petits êtres, déjà chargés de tant d'hérédités, font en quelque sorte le « plein », en se pénétrant, à la lettre, de nos actes et de nos paroles.

Aussi bien, nous pourrons discuter sur tel ou tel système d'éducation, mais, pratiquement, la plupart des parents éludent le problème. Nos enfants deviendront ce qu'ils pourront. L'essentiel, c'est d'abord qu'ils se portent bien, voilà le premier souci : « Tu es en nage, ne bois pas encore... Il me semble qu'il est un peu chaud : je vais prendre ta température... » Une des sensations de notre enfance à tous, c'est une main posée avec insistance sur notre front ; ce sont deux doigts glissés dans le col, et tout ce qu'il fallait avaler à jeun, ou à l'heure des repas, parce que nos parents avaient l'idée fixe de nous fortifier, et qu'il y a toujours un fortifiant nouveau, qui, du moins pendant quelques mois, fortifie plus que tous les autres !

D'abord, que les enfants se portent bien; ensuite, qu'ils soient bien élevés : « Tiens-toi droit : tu es bossu... N'essuie pas ton assiette... Tu ne sais pas te servir de ton couteau ?... Ne te vautre pas comme ça... Les mains sur la table ! Les mains... pas les coudes... À ton âge, tu ne sais pas encore peler un fruit ?... Ne prends pas cet air stupide quand on te parle... » Oui, qu'ils soient bien élevés ! Et le sens que nous donnons tous à cette expression « bien élevés » montre jusqu'où nous l'avons abaissée[1]. Ce qui compte, c'est ce qui paraîtra d'eux à l'extérieur, c'est leur façade du côté du monde. Pourvu qu'ils ne trahissent rien, au dehors, de ce que le monde n'accepte pas, nous jugeons que tout est pour le mieux.

Les seuls éducateurs dignes de ce nom, mais combien y en a-t-il ? ce sont ceux pour qui compte ce que Barrès appelait l'éducation de l'âme. Pour ceux-là, ce qui importe, dans cette jeune vie qui leur est confiée, ce n'est pas seulement la façade qui ouvre sur le monde, mais les dispositions intérieures, ce qui, dans une destinée, n'est connu que de la conscience et de Dieu.

Et, ici il n'y a pas à établir de différence entre garçons et filles. Aussi lourde que soit l'hérédité d'un enfant, aussi redoutables que soient les passions dont il apportait le germe en naissant, nous avons fait pour lui tout le possible si nous avons réussi à le persuader, selon la saison, qu'une seule chose compte en ce monde : c'est de se perfectionner, c'est le perfectionnement intérieur. Introduire dans une jeune âme cette idée que cela seul importe qui est de bien vivre, non pas seulement aux yeux des autres, mais à ses propres yeux et devant ce regard intérieur qui voit l'envers de nos actes et qui connaît nos plus secrètes pensées.

Une fille est sauvée, qui entre dans la vie avec ce sentiment raisonné de ce que les héroïnes raciniennes appelaient leur gloire. Elle est sauvée, que ce souci de la perfection doive l'accompagner dans le mariage et dans la

famille ou dans la solitude et dans toutes les difficultés
de la vie. Et j'ajoute, en passant, que ce perfectionnement n'est pas une fin en soi, n'est pas à lui-même son
propre but, mais qu'il est une route et qui mène à la
vérité. Car ce n'est point d'abord la vérité qui nous rend
meilleurs. Il faut d'abord devenir meilleur, pour mériter
d'entrevoir la vérité.

Tout le problème de l'éducation tient dans la question que posait Nietzsche, sur un plan tout autre,
d'ailleurs : « L'ennoblissement est-il possible[1] ? » Mais,
pour Nietzsche, nul ne pouvait recevoir cet ennoblissement que de soi-même. Nos fils et nos filles ne sont-ils
pas assez nous-mêmes pour le recevoir de nous ? Nos
enfants, ces petits étrangers sortis de nous, portent tout
de même des marques où nous nous reconnaissons. Nous
n'ignorons pas tout d'eux, puisque nous nous connaissons; nous pouvons faire d'eux, dans une certaine
mesure, dans une mesure très relative, une image retou-
chée de nous-mêmes. Et, nous seraient-ils tout à fait
étrangers, il nous resterait à les atteindre indirectement,
puisque c'est en nous perfectionnant nous-mêmes que
nous les perfectionnons. Chaque victoire remportée dans
notre vie morale a son retentissement dans nos fils;
mais cela encore n'est qu'à demi vrai, car combien de
pères admirables sont déshonorés par leurs enfants et
combien de fils graves et purs regardent avec tristesse
l'homme indigne dont ils sont nés !

Car, il faut bien le dire, au sortir de l'enfance, la loi
d'imitation semble le céder à la loi de contradiction.
Il y a, chez nos fils et chez nos filles, vers la quinzième
année, un obscur désir d'être différents, de ne pas ressembler à leurs parents, à ces êtres chéris sans doute, mais
qu'ils jugent et qui, d'ailleurs, descendent déjà la côte.
Et puis, quel homme est digne de la vérité qu'il représente et qu'il souhaite de transmettre à ses enfants ? La
plupart des parents calomnient aux yeux de leurs fils le
Dieu ou l'idée dont ils se réclament... Il n'empêche que,
dans bien des cas, c'est, par un juste retour, la loi d'imitation qui finit par l'emporter sur l'autre. L'homme mûr
qui songe à ses parents défunts cède au profond et
inconscient désir de les faire revivre. Il imite leurs gestes,
répète leurs paroles, s'applique à faire en toutes circonstances ce qu'ils auraient fait s'ils avaient été encore

au monde. Un mot qu'on entend souvent dans les familles, sur un homme vieillissant, est celui-ci : « C'est étonnant comme il finit par ressembler à sa pauvre mère ! » Oui, nous finissons par ressembler à ceux qui, autrefois, nous paraissaient si loin de nous. Il y a une triste douceur à retrouver une inflexion de voix qui nous semble venir de bien plus loin que nous-mêmes, à capter certaines survivances qui nous donnent l'impression que, tant que nous serons encore là, quelque chose subsistera des bien-aimés qui se sont endormis. C'est un amer plaisir de ne pas admettre, de repousser certaines choses nouvelles, avec un entêtement qui n'est pas de nous, qui nous irritait autrefois chez nos parents, mais qui est comme une sorte de réparation envers ceux que notre jeunesse aimait à contredire et à scandaliser jusqu'à la souffrance.

Suis-je, en définitive, aussi ennemi que me l'ont fait dire certains journalistes de l'instruction chez les filles ? Il y a, sur ce point, un malentendu. Ce qui a toujours irrité, dans ce qu'il est convenu d'appeler le bas « bleu », la femme savante, c'est le côté intéressé de sa science. Chez beaucoup de femmes, il y a une tendance à considérer toute acquisition intellectuelle comme une chose à étaler, comme une chose qui la fait valoir. C'est un prolongement de sa coquetterie inguérissable. Être au courant, être à la page, cela signifie utiliser bassement ce qu'il y a de plus beau au monde, en dehors de la sainteté, pour briller et pour se pousser. Beaucoup de femmes sont moins cultivées qu'elles ne sont barbouillées de culture; elles se fardent, elles se poudrent de littérature et de philosophie. Et, pourtant, si nous goûtons le charme d'une femme qui a lu Spinoza, qui a subi l'influence de Nietzsche, ce peut bien être à cause de l'enrichissement qu'elle doit à la fréquentation de ces grands esprits, mais c'est aussi parce qu'elle ne nous en parle jamais. Ces débats intellectuels, qui sont le plus beau plaisir de la camaraderie et de l'amitié masculine, sont toujours insupportables avec une femme parce que le secret que nous attendons d'elle est d'un autre ordre. La plus érudite n'a rien à nous apprendre, si elle n'oublie d'abord ce qu'elle sait pour nous initier à ce qu'elle éprouve, à ce qu'elle devine, à ce qu'elle ressent, à ce qu'elle pressent.

Je crois pourtant que, sur un plan très élevé, la culture de la femme doit être utilitaire et s'étendre à tout ce qui sert à l'enrichissement de sa vie spirituelle. On voit dans quel sens je souhaiterais orienter ses lectures : vers les moralistes, vers les psychologues, vers les mystiques. Attend-on de moi que j'aie l'héroïsme de leur interdire la lecture des romans ? Fénelon, sur ce point, est implacable.

« Elles se passionnent, écrit-il, pour des romans, pour des comédies, pour des récits d'aventures chimériques où l'amour profane est mêlé. Elles se rendent l'esprit visionnaire en s'accoutumant au langage magnifique des romans. Elles se gâtent même par là pour le monde, car tous ces beaux sentiments en l'air, toutes ces passions généreuses, toutes ces aventures que l'auteur du roman a inventées pour le plaisir, n'ont aucun rapport avec les vrais motifs qui font agir dans le monde et qui décident des affaires, ni avec les mécomptes qu'on trouve dans tout ce qu'on entreprend[1]. »

Nous voyons bien ici qu'il y a romans et romans. Ceux de La Calprenède et de Mlle de Scudéry pouvaient bien entraîner leurs jeunes lectrices dans un monde irréel et absurde; le danger des romans contemporains est à l'opposé : c'est de les entraîner trop loin, trop bas à travers les arcanes de la nature corrompue.

Mais voilà où nous apparaît le bon côté de la condition des filles d'aujourd'hui : lancées trop tôt dans la vie, leur instinct de défense s'y développe et elles se protègent mieux elles-mêmes que n'eussent pu faire les petites romanesques et les petites désœuvrées d'autrefois, qui ne cessaient de rêver, comme l'a chanté Francis Jammes, « à ce joli sentiment que Zénaïde Fleuriot a appelé l'amour ». La vie est une éducatrice qui a de terribles moyens pour se faire écouter. Pour une jeune fille forte, peut-être vaut-il mieux très tôt la regarder en face que de s'enchanter et de se troubler dangereusement dans le vague, comme naguère. Qu'est devenue cette jeune fille de notre adolescence, celle qui s'avançait sous les tilleuls, dans une musique de Schumann ? N'est-ce pas une espèce en partie disparue ? Mais quand, par hasard, nous rencontrons l'une d'elles, qu'elle nous paraît précieuse ! Que son charme demeure puissant !

L'air du temps, je le crains, sera plus fort que nos préférences. Nous ne ressusciterons pas Clara d'Ellébeuse[1].
Du moins, il reste aux éducateurs une consolation. Il
leur reste de tirer pour eux-mêmes quelque profit de la
présence des enfants sous leur toit. Combien de pères et
de mères s'élèvent eux-mêmes, au sens profond du mot,
à cause des yeux candides qui ne les perdent pas de vue !
Que de passions jugulées, que de sacrifices consentis,
que de muettes victoires pour l'amour de ces témoins
qui ne le sauront jamais ! Que de fois, dans une même
créature, la femme déjà presque perdue a été tenue en
échec par la mère !

Et nos enfants ne nous élèvent pas seulement. Je
connais au moins un métier où ils nous apportent un
extraordinaire secours : c'est celui de romancier. Je
lisais, l'autre jour, ce que confiait à un journaliste un de
mes plus éminents jeunes confrères, grand chef de
l'école populiste, au sujet d'un écrivain qui me touche
de très près et même d'aussi près que possible. Il plaignait cet écrivain de ne connaître ni d'aimer le réel et
d'être condamné au dépérissement par inanition[2]. Mais
il me semble qu'un père de famille ne risque guère
d'ignorer le réel. Les enfants assis autour de la table,
c'est toute la vie qui est là. Nous la redécouvrons en
même temps qu'eux dans ses plus humbles sollicitudes,
dans ses plus sublimes espérances. Les enfants nous
enracinent profondément; ils nous font vivre tout près
de la terre; ils nous obligent à entrer dans les plus petites
choses. C'est pour eux que nous gardons nos terres oné-
reuses, nos vieilles maisons de campagne. Un père de
famille est justement le seul homme auquel il soit interdit
de n'être qu'un homme de lettres. Et, s'il écrit, ce ne
sera pas assez d'une longue existence pour utiliser tout
ce qu'il lui aura été donné d'apprendre à l'école de ses
enfants.

« Maintenant, a écrit Claudel, entre moi et les hommes,
il y a ceci de changé que je suis père de l'un d'entre eux. »

« Celui-là ne hait point la vie qui l'a donnée[3]. »

APPENDICES

Appendice I

PRÉFACES

Ce qui était perdu, Les Anges noirs, Le Nœud de vipères (tome III
des *Œuvres complètes*).

Ce qui était perdu m'apparaît aujourd'hui comme le prologue des
Anges noirs. De tous mes romans, peut-être est-il celui qui me
donne le plus de regrets parce qu'il est l'ébauche de ce qui aurait
pu devenir un grand livre. Écourté, hâtif, il témoigne d'une sorte
de timidité devant un sujet redoutable. La passion de Tota pour
son frère Alain et celle qu'Alain éprouve obscurément pour sa
sœur, constituent déjà un « pays sans chemin » pareil à celui que
j'ai porté cette année au théâtre[1]. Mais ici, le pays sans chemin
n'est pas un pays sans issue : ses frontières ouvrent sur le ciel et
Alain Forcas s'y précipite.

Le personnage d'Irène de Blénauge m'intéresse encore singulièrement; j'ai toujours ressenti une prédilection pour ces nobles
âmes avides qui, cherchant Dieu, se heurtent au faux Dieu de
leur entourage bourgeois : les idoles d'une religion conformiste
s'interposent entre elles et la Trinité, et leur athéisme est un
hommage inconscient qu'elles rendent à l'Être infini. Écrit à
l'époque de ma vie où j'étais le plus occupé de religion, *Ce qui
était perdu* a souffert visiblement du désir d'édifier, joint à la peur
de scandaliser.

Les Anges noirs et *Ce qui était perdu* constituent avec *Le Nœud de
vipères* les seuls de mes romans qui méritent, sans restriction, d'être
appelés catholiques, — les seuls qui soient tout entiers fondés
sur la Révélation. Le cycle d'Alain Forcas, c'est le roman de la
réversibilité des mérites, et c'est aussi le roman de la vocation.
Alain choisi, appelé du milieu de ce monde perdu, souffre et paye
pour tous mes misérables héros.

Mais *Les Anges noirs* illustrent une autre idée qui m'obsédait alors : c'est que dans le pire criminel subsistent toujours quelques éléments du saint qu'il aurait pu devenir et qu'en revanche l'être le plus pur recèle d'affreuses possibilités. Gradère, perverti dès l'enfance, sacrilège, proxénète, souteneur, voleur, maître-chanteur, assassin, n'en demeure pas moins un « spirituel ». Il n'est pas un étranger pour le pieux Alain, mais le citoyen de la même cité invisible. Chargé de tous les crimes, il communique avec le surnaturel par en bas. À ses côtés, Alain Forcas frère d'une sœur débauchée et incestueuse n'échappe au crime pour lequel il semble être né qu'en se retranchant du monde, qu'en revêtant la robe de dérision, qu'en se jetant dans les bras de Dieu.

Si *Les Anges noirs* ont à mes yeux un mérite, c'est que le système métaphysique dont ce livre est l'expression, n'y apparaît à aucun moment sous une forme abstraite : j'y vois le plus charnel de mes romans, le plus enraciné dans l'immondice humaine; et les grands pins des Frontenac, qui cernent le domaine sinistre où couve dans plusieurs de mes personnages l'idée du crime, épandent sur tout le drame l'odeur de leur pollen, la plainte de leurs cimes tourmentées.

Je ne crois pas avoir décrit d'assassinat (mis à part *Thérèse Desqueyroux*) ailleurs que dans *Les Anges noirs*. Je me souviens que des critiques en avaient trouvé la relation peu convaincante. Après douze ans[1], j'avoue avoir été étonné au contraire de certaines possibilités que je ne me connaissais pas : j'aurais su, tout comme un autre, réussir dans la voie qu'a illustrée Simenon, et peut-être que si j'avais connu plus tôt Graham Greene...

Le Nœud de vipères, qui clôt ce troisième volume de mes Œuvres complètes, est en général considéré comme le meilleur de mes romans. Ce n'est pas mon préféré bien que j'y aie atteint, me semble-t-il, l'espèce de perfection qui m'est propre. Son influence fut à la mesure de sa réussite; j'ai souvent reçu des manuscrits ou lu des livres qui en imitaient le ton et qui avaient recours au même artifice : un vieil homme traqué par les siens écrit une lettre-réquisitoire adressée à sa femme, une sorte de *De profundis,* comme celui d'Oscar Wilde, et qui tourne au journal intime. Peut-être parce que ce procédé mal imité m'a choqué chez les autres, me gêne-t-il un peu quand je relis ce *Nœud de vipères,* que je suis tout de même fier d'avoir écrit.

Pourquoi le héros de ce roman n'est-il désigné que par un prénom ? Pourquoi l'ai-je privé d'un nom patronymique ? Il est étrange que je ne puisse aujourd'hui donner aucune réponse à cette question[2]. Ce Louis est le portrait embelli et spiritualisé du même homme à qui je dois aussi d'avoir écrit *Genitrix*[3]. Plus qu'aucun autre de mes personnages, il me persuade que bien loin d'avoir calomnié l'homme dans mes livres, comme on m'en accuse, j'ai insufflé au contraire à mes créatures l'âme dont étaient dépourvus ceux qui, dans la vie, m'ont servi de modèle. Mes monstres « cherchent Dieu en gémissant », ce que ne font presque jamais les monstres au milieu desquels nous vivons, les monstres que nous sommes nous-mêmes.

Comme *Ce qui était perdu, Le Nœud de vipères,* roman catholique, éclaire une vérité dont je me serai efforcé toute ma vie de persuader certains bien-pensants : c'est que leur médiocrité, leur avarice, leur injustice, et surtout leur malhonnêteté intellectuelle, tout ce qui constitue le fond même de leur nature, crée le vide autour du Fils de l'homme « qui est venu chercher et sauver ce qui était perdu[1] ». Ils éloignent, ils détournent de la source d'eau vive Irène de Blénauge et le vieillard du *Nœud de vipères.* Le scandale de cet accaparement du Christ par ceux qui ne sont pas de son esprit, voilà le mal. Aussi bien me semble le thème essentiel du *Nœud de vipères,* comme celui de *Ce qui était perdu* et des *Anges noirs* est le rachat de la masse criminelle par un petit nombre d'immolés. L'auteur de ces trois ouvrages ne saurait, sans mensonge, récuser la qualité de « romancier catholique ».

(1951.)

Le Mystère Frontenac (tome IV des *Œuvres complètes*).

Je suis présent dans ce quatrième volume plus encore que je ne l'étais dans ceux qui l'ont précédé[2]. Il faut, pour me rassurer, que je prête aux lecteurs de mes *Œuvres complètes* une amitié qui, à travers les transpositions du roman et les anecdotes des mémoires cherchent un homme aimé d'avance, préféré d'avance par une élection qui ne tient compte d'aucun jugement. Car le seul roman qui figure ici, entre tant de confidences, est lui-même une confidence. *Le Mystère Frontenac* relève de ce genre que Georges Duhamel désigne du nom de « mémoires imaginaires[3] ». La contradiction n'est que dans les termes. Oui, *Le Mystère Frontenac* constitue un chapitre de mes Souvenirs : tout y est vrai; mais c'est un roman et tout s'y trouve sinon inventé, du moins transposé. Les thèmes empruntés à ma vraie vie y bénéficient d'une orchestration qui a détourné ceux qui en furent les acteurs et les témoins de la reconnaître.

Je me souviens de mon étonnement et de mon chagrin lorsque je reçus par le même courrier, au lendemain de la publication du livre, plusieurs lettres irritées de mes proches. Insensibles à cette poésie de notre passé commun que j'avais en quelque sorte décanté, pour en rejeter le dépôt et la lie, ils considéraient comme une trahison et comme un mensonge mon infidélité à la lettre de notre destin, — ou peut-être leur mystère avait-il été très différent du mien. Peut-être le thème même du *Mystère Frontenac,* cette union éternellement indissoluble de la mère et de ses cinq enfants, repose-t-il sur l'illusion que j'ai dénoncée dans le reste de mon œuvre : la solitude des êtres demeure sans remède et même l'amour, surtout l'amour, est un désert.

J'ai conçu *Le Mystère Frontenac* comme un hymne à la famille au lendemain d'une grave opération et de la maladie durant laquelle les miens m'avaient entouré d'une sollicitude si tendre. Si j'avais dû mourir, je n'aurais pas voulu que *Le Nœud de vipères* fût le dernier de mes livres[1]. Avec *Le Mystère Frontenac,* je faisais amende honorable à la race.

Mais aussi, à ce tournant de ma vie qui risquait d'être le dernier tournant, je remontais à mes sources. J'y baignais mes blessures. Mon angoisse d'homme recherchait comme une angoisse d'enfant l'obscure chambre maternelle, cette demi-ténèbre sacrée, la lueur circonscrite d'une lampe éteinte à jamais. Tant qu'elle a lui, cette lampe chinoise dont je revois l'abat-jour de porcelaine rose et l'auréole qu'elle dessinait au plafond, tant qu'elle a éclairé mon petit crâne tondu et la frange qui ombrageait un front déjà pensif, la mort ne me concernait pas. Dans *Le Mystère Frontenac,* j'ai recréé mon univers d'avant la mort : l'enfance qui se croit éternelle.

Ma mère et mon oncle Louis Mauriac, le conseiller à la Cour de Rouen, qui était notre tuteur, y sont peints pareils à l'image que j'ai gardée d'eux. Je n'ai presque rien changé, sinon pour les rendre moins cruelles, aux circonstances de leur vie et de leurs derniers jours. En revanche mes frères ni ma sœur ne se retrouvent dans le livre tels qu'ils furent : j'ai brouillé les clichés. Pour Yves Frontenac, il est un moi-même plus sombre, plus désespéré, comme j'aurais été si je n'avais pas fondé un foyer heureux, si je n'avais été soutenu à la surface par les lièges de la réussite temporelle.

L'atmosphère du roman restitue l'atmosphère végétale, si j'ose dire, de mon enfance : l'allée du tour du parc à Saint-Symphorien, l'odeur de menthe et de térébenthine, les pins comme les mâts d'une flotte enlisée en proie aux souffles de l'équinoxe, les constellations prises dans leurs cimes noires, les premières palombes annonciatrices de la rentrée... est-ce que tout cela garde un sens, un charme, un mystère pour d'autres que pour moi-même ?

L'histoire exacte d'Yves Frontenac enfant, *Commencements d'une vie* la rapporte. Ici, il n'existe aucune transposition : entre Bordeaux, mon collège, Château Lange à sept kilomètres de la ville, les pins de Saint-Symphorien, les vignes de Malagar, le triste jardin de Langon, en bordure de la voie ferrée, s'est formé cet enfant que j'accompagne jusqu'à sa seizième année. Alors je m'arrête. Du seul domaine enchanté de l'enfance nous pouvons laisser le vieux portail ouvert : « Il ne me confie plus rien... » disent les mères de leur grand fils. Il ne confiera plus rien à personne. Même écrivain, il aura recours à la fiction et les personnages inventés naîtront de ses plus secrètes blessures... À moins qu'il n'appartienne à l'espèce exhibitionniste qui prolifère aujourd'hui parmi les gens de lettres incapables de créer des types humains.

. . . .

(1951.).

Appendice II

L'AFFAIRE FAVRE-BULLE

Ceci m'a frappé d'abord à la Cour d'assises : la créature qui a mis en branle cet appareil terrible, l'accusée, ne compte guère : c'est dans ce drame le personnage sans importance, — indispensable au jeu, comme la balle que les joueurs se disputent, elle sert à chacun des brillants protagonistes pour manifester le génie qui leur est propre. Meurtrière, déshonorée, traquée, finie, il lui reste de servir à la gloire d'hommes jeunes, forts, heureux, pressés de rivaux qui les talonnent, débordants de talent et de puissance. M. le président Bacquart lui doit d'avoir manifesté cette autorité souveraine qui a purifié la Cour d'assises d'un immonde public d'oisifs et de belles curieuses. Surtout, il a montré une fois de plus que la défense ne lui fait pas peur, qu'il existe au monde un président d'assises pour clore le bec à un avocat et pour le dominer jusqu'au dernier acte du drame : dès la première passe entre le magnifique président Bacquart et Me Raymond-Hubert, j'ai compris que l'accusée était perdue.

Non que Me Raymond-Hubert ne doive beaucoup lui aussi à la créature misérable pour laquelle il s'est battu seul contre tous. Spécialisé dans le pathétique, il a supplié, il a gémi, prouvant ainsi qu'il reste le meilleur des avocats possibles dans les causes indéfendables. Ce n'est point la faute de cet orateur qui, entre tous les dons, a reçu celui des larmes, si la cause de Mme Favre-Bulle exigeait, selon nous, une analyse serrée de circonstances, une défense méthodique et froidement raisonnée. Mais quoi ! ce n'était pas son genre ; c'était, malheureusement pour l'accusée, celui de Me Maurice Garçon, avocat de la partie civile qui, lui aussi, s'est bien servi de la créature prise au piège : il l'a même étendue roide, au plus beau moment. Car, s'il raisonne, ou feint de raisonner, avec une rigueur qui, pour n'être qu'apparente, n'en a sans doute que plus de force sur l'esprit des jurés, il ne se prive pas non plus des effets de sensibilité; mais les meilleurs, chez lui, ne visent pas à l'attendrissement, bien loin de là ! Il cherche, dans la créature qui lui est livrée, le bon endroit, et frappe soudainement, d'une phrase, d'un mot; reprend le fil de sa plaidoirie, puis, tout à coup, lève de nouveau ses grands bras, détend son long corps comme annelé et pan ! pan ! Derrière lui, l'arbre humain, à demi abattu, frémit sous la cognée. Ah ! Me Maurice Garçon avait beau jeu : Mme Favre-Bulle a tout quitté pour vivre chez son jeune amant qui habitait déjà avec une vieille maîtresse; elle les a assassinés tous les deux. Aucune autre défense pour la meurtrière que de dire ce qui est probablement la vérité : cet homme qu'elle adorait l'obligeait à des actes immondes. Il ne dépend pas de Mme Favre-Bulle que cela ne soit pas vrai; mais quelle aubaine pour Me Maurice Garçon : un assassin qui salit la mémoire de sa victime ! Un dernier coup : la vieille poupée cassée s'effondre, l'audience est interrompue.

Dans ce même Palais de Justice, autrefois, le médecin rappelait le patient à la vie et la torture reprenait au point où on l'avait laissée. Rien n'est changé. Aujourd'hui encore, la vieille poupée tant bien que mal rassise dans le box, Me Maurice Garçon recommence de frapper.

Non que ce grand avocat soit un bourreau : il défend un mort. Mais si, dans ce drame, la meurtrière est le personnage qui ne compte plus, que dirons-nous des victimes ? Ce Léon Merle, que sa maîtresse a abattu à coups de revolver, est un mannequin dont la défense et l'accusation se servent tour à tour : noble jeune homme, héros de la guerre, tendre cœur, trop tendre, trop bon, qui a élevé ses petites sœurs; triste sire à l'affût des vieilles femmes innocentes et inflammables, et qui, après les avoir séduites et avilies, les oblige à chiper des titres dans le coffre du mari... Voilà les deux Léon Merle, celui de la partie civile et celui de la défense, entre lesquels les jurés pourront choisir. Quant au garçon assassiné, sans doute ne ressemblait-il ni à l'un ni à l'autre de ces deux mannequins. Qui était-il ? Nul ne le sait plus; — pas même la vieille Hermione qui le chérissait plus que tout au monde et qui l'a tué pendant qu'il était endormi.

Depuis qu'il existe des hommes et des femmes, il y a une certaine route qui mène de la volupté à la mort, route battue par des millions de couples, et qui pourtant demeure inconnue. Peut-être les hommes éminents réunis dans ce prétoire eussent-ils pu, dans cette chair saignante que le destin leur livrait, chercher le secret de l'antique alliance entre l'amour et le crime, entre la mort et la volupté. Avocats, magistrats, c'est leur métier que de connaître l'homme et nul doute qu'ils excellent dans cette connaissance — tous, et d'abord le président Bacquart dont on se souvient d'avoir vu, sous les perruques du grand siècle, le visage sévère et la lippe dédaigneuse; qui entre en scène d'un pas à la fois léger, rapide et majestueux, et qui, olympien et comme chargé de foudres, dit soudain avec une bonne grâce noble et charmante : « Asseyez-vous, messieurs. » Et après lui, ce jeune Me Maurice Garçon, psychologue comme un chirurgien est anatomiste (un chirurgien ou un bourreau chinois), dont chaque coup porte exactement au point voulu, et que sa parole n'entraîne jamais au-delà de ce qu'il vise. Oui, tous, et même le pathétique Raymond-Hubert; et même M. l'avocat général Rolland, orateur armé de poncifs redoutables, évidemment ennemi des grandes passions, et qui met au service de la société de très vieilles armes mais éprouvées, car la rouille envenime les plaies.

Hélas ! Tous ces psychologues de profession n'ont que faire de leur science ! On ne leur demande pas d'approfondir mais de simplifier. Il s'agit de se tenir au niveau de cette douzaine d'hommes moyens, non certes choisis au hasard, comme je l'ai cru longtemps, mais élus pour leur médiocrité même. Se tenir au niveau, ne pas monter, mais ne pas trop descendre non plus : Me Raymond-Hubert a voulu trop bien faire, il a visé un peu bas.

Dès que la discussion tend à s'élargir, magistrats, avocats, échangent le signe de détresse : littérature ! littérature ! roman ! drame ! Et pourtant, que font-ils eux-mêmes, pour séduire le monstre du médiocre, le monstre aux douze têtes, sinon de la littérature, — de la littérature à l'usage des petits commerçants, amateurs de cinéma, qui paient leurs impôts et qui n'ont pas de casier judiciaire ? Quand il s'agit de Me Maurice Garçon, je conviens que c'est de la passionnante littérature, mais intéressée et, si j'ose dire, industrielle : que de ficelles ! que de trucs ! La philosophie même ne leur fait pas peur. L'accusée est-elle responsable de son crime ? Cette seule question pose le problème de la liberté. Comment une femme, sans reproche pendant vingt ans, a-t-elle pu tomber d'un coup dans cet abîme ? C'est le problème de la personnalité. Ne pourrait-on déclarer avec le moins de phrases possible : les crimes passionnels se multiplient en France parce qu'ils ne sont pas châtiés; l'assassin ne manifeste aucune folie apparente, il semble avoir réfléchi avant d'agir... Mais non, ce ne serait pas de jeu, ces messieurs sont des littérateurs, ils décident d'aller au fond des choses. Il ne leur suffit pas de protéger la société; ils prétendent, ces êtres divins, vêtus de robes sacerdotales, descendre dans une conscience, discerner les motifs et les causes, remonter jusqu'aux sources de l'hérédité, interpréter les signes dans les entrailles des victimes, — et cela en trois quarts d'heure et en gardant toujours le contact avec les douze bourgeois qu'ils ont dérangés tout exprès et qu'il faut bien distraire un peu : et c'est pourquoi M. l'avocat général Rolland leur a lu, selon le rite, les lettres d'amour de l'accusée. Elles auraient été des armes précieuses entre les mains de la défense; elles auraient pu servir à mettre ce mystère en pleine lumière : l'homme que cette femme a assassiné, elle l'adorait, elle avait tout quitté pour le suivre... Mais que prétendait prouver M. l'avocat général ? Sans doute suivait-il une tradition : à l'Opéra-Comique, les amateurs de Massenet attendent « l'air de la Lettre » ; c'est le même public. M. l'avocat général, noble vieillard, a donc lu d'une voix blanche, sèche, pointue : « Mon adoré, je ne puis attendre quarante-huit heures... » J'ai fait un effort, j'ai regardé la femme dont les épaules tremblaient.

Ce frémissement ne lui servira de rien : elle joue mal ; on ne la voit pas souffrir. Et pourtant, que les larmes et les cris ne prouvent guère, les hommes en robe et les jurés le savent. Pour prononcer des paroles touchantes, pour demander pardon, pour pleurer sur ses victimes, il faut que subsiste une possibilité de calcul. Rien ne ressemble plus à l'indifférence et à la sécheresse, que le désespoir. Traquée par trois puissants molosses, cette bête se met en boule et ne sait que frémir.

Une seule arme lui reste, cette beauté touchante qui a résisté à une année de prison, à toutes ces nuits sans sommeil. Elle aurait tort de s'y fier. Ce que le destin abandonne à ces douze « hommes dans la rue », c'est la blonde fatale qu'ils connaissent bien, depuis le temps qu'ils vont au cinéma. Et puis, n'y a-t-il pas dans tout quadragénaire un mari trompé, au moins en puissance, un homme qui n'a pas été aimé, qui n'est plus aimé ? Voilà que leur est livré l'être joli, parfumé, inaccessible devant lequel il faut, dans la vie, ployer l'échine ; voilà la dame enfin, sœur de celle qui, hier peut-être, dans le métro, a dit à l'un de ces jurés : « Vous êtes un mufle, monsieur ! »

Mais la dernière illusion que garde une femme, c'est celle de son pouvoir sur les mâles, jeunes ou vieux. À la minute terrible où on lui demandera s'il ne lui reste rien à ajouter, l'accusée secouera sa tête douloureuse, puis, levant ses paupières, elle fixera longuement le jury de ses yeux célestes qui durent toujours être beaux, mais qui, meurtris, brûlés de larmes, émurent peut-être le plus jeune des jurés : « J'aimais jusques aux pleurs que je faisais couler[1]... »

La jeunesse de ce visage, la défense et la partie civile ont feint de ne pas la voir : Me Raymond-Hubert avait besoin d'une vieille femme pour rendre plus odieux son jeune séducteur ; la cause de Me Maurice Garçon exigeait aussi une roublarde sur le retour. Tandis qu'accusateurs, défenseur et témoins échangeaient des considérations prévues touchant la ménopause, j'observais sur cette figure détruite une enfance mystérieuse : « C'est de là qu'il faut partir pour tout comprendre », me disais-je. Vingt années de vie bourgeoise, rangée, casanière, trois ans de passion, de débauche et de meurtre : ces traits puérils recèlent peut-être le mot d'une telle énigme.

La Cour d'assises ne s'occupe que du connu ; elle revient inlassablement sur les circonstances matérielles du crime, les moins significatives. Mais ni l'accusation, ni — chose incroyable ! — la défense, n'ont longuement interrogé la bourgeoise placide qui, pendant ces vingt années, couvait, portait en elle l'adultère et deux assassinats[2]. Pourtant cette criminelle effondrée n'est pas une autre femme que celle dont une impayable dame, une espèce de Mme Cotard[3], disait à la barre des témoins : « C'était une personne très convenable, très comme il faut, ordonnée, économe, et tout... Sans quoi, je ne l'aurais pas fréquentée ! » Rien ne trahissait donc, chez la charmante Mme Favre-Bulle, la créature forcenée qu'elle était déjà à son insu, qu'elle nourrissait... de quoi ? De quelles curiosités ? De quelles habitudes ? Nous, qui ne sommes pas des juges, nous n'avons pas le droit d'avancer dans ces ténèbres. Il n'empêche qu'à la Cour d'assises où chacun s'attarde à d'inutiles et affreuses cruautés, où une pauvre vie est tout entière ouverte et vidée de ses secrets les plus tristes, la délicatesse et la discrétion interviennent soudain là où la défense de l'accusée exigerait qu'on les sacrifiât. Avec une simplicité déchirante, un homme est venu déposer en faveur de celle qui l'avait trahi. À cette minute, je voyais en esprit ces mots que Pascal a isolés au milieu d'une page : « grandeur de l'âme humaine[1] ». Mais tandis qu'il parlait du respect que chacun éprouvait pour une épouse alors irréprochable, tandis qu'il exprimait les sentiments de confiance, de tendre vénération qu'elle lui inspirait à lui-même, j'épiais le joli visage à demi caché par le col de fourrure, et me livrais à des hypothèses toutes gratuites et peut-être absurdes. Hélas ! Nous avons nos affaires, nos soucis, nos ambitions. Autant que nous nous aimions encore, mille désirs nous poussent en avant, nous distraient de la créature si proche de nous, si pareille à nous, liée si étroitement à notre chair que nous ne la voyons plus. L'instinct du mari vieillissant est de déifier sa femme, de l'élever au-dessus de toutes les autres femmes, de faire un acte de foi dans sa pureté, de la sacrer invulnérable. Grâce aux enfants, il arrive qu'il ne paie pas trop cher cet excès d'idéalisme. Si j'avais été juré, j'aurais voulu savoir pourquoi l'accusée n'avait pas eu d'enfant.

C'est encore une très honnête femme que le jeune Léon Merle regarde un jour dans le métro. Elle est jolie; on peut toujours essayer; histoire de s'amuser un peu; on va bien voir si ça rend. Qu'il existe dans la chair un principe de corruption, de folie et de mort, le monde se moque de ceux qui le professent; il les accuse d'avilir la nature, de calomnier la vie. Et pourtant cette exigence de pureté qui semble inhumaine, est à la mesure exacte d'une autre exigence : une faim et une soif, celles qui s'éveillent dans cette bourgeoise de quarante-deux ans sous le regard d'un garçon faraud. Quoi de plus innocent, selon le monde, que de « faire de l'œil » à une dame, que de la suivre ? Elle résiste des jours, des mois; mais il s'acharne, il y mettra le temps, il l'aura. Cette résistance ne compte pour rien aux yeux des juges vertueux et des avocats sans tache à qui la sensualité d'une femme sur le retour fait horreur. Les saintes gens ! Ils n'ont jamais désiré, ni poursuivi, ni traqué, ni avili personne ? « Nous qui ne sommes pas des meurtriers... » s'écrie Me Maurice Garçon. Hélas ! qui d'entre nous pourrait jurer qu'il n'en est pas un ? À cette femme au bord de la vieillesse, un jeune homme répète chaque jour : « Etre aimée une fois encore, une dernière fois... » Pour y résister, il faudrait une force toute-puissante[2].

Elle cède enfin. La voici devenue une femme mariée qui a un amant, comme il en existe des milliers. Elle aurait pu vivre ainsi honorée, tranquille. Comment Me Raymond-Hubert a-t-il négligé de dire cela qui est l'essentiel ? La plupart des hommes et des femmes savent apprivoiser leurs vices; ils les assouvissent en secret, ils ne compromettent rien; les gestes immondes qu'ils satisfont dans les ténèbres ne les détournent pas d'obtenir le bonheur qu'ils convoitent dans la lumière. Il aurait fallu attirer l'attention des jurés sur l'étrange conduite de cette Parisienne qui, dès qu'elle a un amant, quitte le lit conjugal, et exige de faire chambre à part. Voilà une femme qui ne se partage pas; le partage est au-dessus de ses forces. Ce reste d'honnêteté, de délicatesse, c'est cela qui la perdra. Car elle est incapable d'aucun calcul. Vous feignez de ne pas croire que c'est le dégoût, l'horreur d'une vie à trois qui la pousse au meurtre et pourtant, dès le commencement de sa faute, vous voyez bien qu'elle ne peut appartenir qu'à celui qu'elle aime. Ne pouvait-elle s'en tenir là, et sauvegarder sa position dans le monde ? Non, le mensonge, qui est le pain quotidien de tant d'épouses, elle ne le supporte plus; elle livre son secret à un mari confiant et surmené, et qu'il eût été facile de duper jusqu'à la fin. Sans doute elle a d'autres raisons, à ce moment-là : son amant la poussait à tout rompre pour le suivre. Quels étaient les desseins de cet homme ? Me Maurice Garçon croit-il très ressemblant le portrait flatteur qu'il en a fait pour les besoins de la cause ? Et quand il établissait un rapport entre l'héroïsme du soldat, la gentillesse du grand frère et les habitudes secrètes de l'amant, aurait-il pu me regarder sans rire ? Mais laissons ce pauvre mort. Il reste que si Mme Favre-Bulle avait su « administrer » sa passion, tenir la balance égale entre les exigences de la vie sociale et ses plaisirs clandestins, comme font les autres, elles ne serait pas gisante sur ce banc. Mais oui, messieurs les jurés ! il arrive souvent que ce que nous portons en nous de meilleur soit utilisé par ce que nous avons de pire. La bête inassouvie, qu'un jeune ravageur[1] a déchaînée dans cette femme, se servira de la répugnance au partage qu'elle a toujours éprouvée, peut-être aussi de son désintéressement, de son indifférence aux avantages sociaux.

Vaincue par les supplications et par les promesses de son amant, elle consent à venir vivre chez lui, il est entendu que la vieille maîtresse laissera la place... À Me Maurice Garçon qui insinuait que l'accusée a imposé sa présence à Merle, pourquoi Me Raymond-Hubert n'a-t-il pas répondu en insistant sur ce fait que Merle apporte lui-même une valise et une malle chez les parents de Mme Favre-Bulle, pour qu'elle y entasse des effets et des titres. Comment douter après cela que c'est lui qui l'a attirée par de fausses promesses... Et maintenant, prise entre cet homme et cette vieille rivale, que ne doit-elle subir ? Des paroles de bon sens tombent de l'Olympe où siège le président Bacquart : « Vous dites qu'on vous obligeait à commettre des actes abominables ? Je vous

réponds que vous n'aviez qu'à revenir chez votre mari. » Eh ! oui :
il fallait agir comme elle aurait agi si elle avait été une autre. Pourquoi donc a-t-elle perdu son sang-froid, cette brûlée vive[1] ? Non,
elle ne retournera pas sur ses pas. Derrière elle, les ponts sont
rompus; elle ne peut plus se passer de cet homme; il est au-dessus
de ses forces de le quitter, au-dessus de ses forces de le partager.
Dès cette minute, elle est perdue. L'Ennemi de la vie ne la lâchera
plus, il faut qu'elle passe par la mort; aucune autre sortie possible :
mais qu'elle se tue, ou qu'elle assassine, la puissance des ténèbres a,
dès maintenant, partie gagnée.

Le jury a répondu : « oui » à toutes les questions, mais peut-être
la formule « circonstances atténuantes » laisse-t-elle quelques illusions à l'accusée. Pendant que la Cour délibère et que l'Olympe
demeure vide, je l'observe. À mesure que les minutes s'écoulent,
elle se tasse, elle se réduit, les épaules ramenées; effroyable destruction d'un être que l'œil peut suivre. Elle se rapetisse le plus possible comme la chenille qui attend le coup de talon. Quelle solitude !
Les deux jeunes gardes qui veillent sur cet abîme de souffrance rient
et s'interpellent d'un bord à l'autre. Ils seront gentils, tout à l'heure,
quand elle tombera pour la deuxième fois, ils ne sont pas méchants,
ils manquent seulement d'imagination. Quel prix aurait pour elle,
à cette seconde, une main pressée, une épaule offerte ! On ne peut
rien pour elle que prier. Elle prie peut-être, elle aussi, la pieuse
petite fille qu'aimaient, il y a quarante ans, les Dames du Calvaire
de Bezons. Pourquoi lèverait-elle les yeux vers ce cadre vide ? La
société qui la rejette a renié le Christ et l'a chassé du prétoire. Ce
n'est que dans son cœur d'enfant que la malheureuse peut retrouver
l'image sacrée; mais aucune voix, à cette minute, ne lui rappelle
la parole d'un des deux hommes condamnés à mourir avec le Christ :
« Pour nous, c'est justice, car nous recevons ce qu'ont mérité nos
crimes. Mais Lui, il n'a rien fait de mal. »

« La Cour ! »

L'accusée se tient debout, vacille. Le président Bacquart rentre
en scène, léger, rapide, olympien; elle n'ose regarder en face cette
nuée écarlate qui accourt, chargée de foudre.

« Vingt ans de travaux forcés. »

Le pauvre corps s'effondre. Une petite main gantée s'agite au-
dessus de l'abîme. C'était prévu : le médecin attendait derrière le
portant. Il se précipite, saisit le poignet de la victime et rassure le
président qui s'est interrompu : « Oui, oui, elle peut entendre... »
Le reste de l'arrêt est lu vite, mais d'une voix qui ne tremble pas.
Les gardes enlèvent le cadavre.

Non, ce n'est pas contre le châtiment que nous protestons : il
était nécessaire, hélas ! Mais quel que soit le crime d'une créature
humaine, à ce degré de honte et d'abandon, elle mérite la pitié, et
même le respect, et même, un chrétien ose l'écrire, l'amour. Elle
devrait nous être d'autant plus sacrée qu'elle fut, pendant des
années, une femme sans reproche et que ses crimes ne lui res-

semblent pas. Pendant deux longs jours, selon les lois de cette jungle, un pauvre être atterré fut l'enjeu d'une partie, d'ailleurs très belle, où des hommes pleins de force ont montré leur génie.

Ce qu'il y a de plus horrible au monde, c'est la justice séparée de la charité.

Appendice III

ARTICLES

ROMAN-FLEUVE[1]

Nous ne savons trop ce qu'en pense le public : il ne redoute peut-être pas la longueur, mais les longueurs. Ce qui étonne, c'est qu'un romancier décide, d'avance, qu'il n'en finira pas, et qu'il en fasse part à la ville et au monde[2]. Car rien ne nous avertit de ce qui va naître : fleuve, rivière ou ruisseau. Il a fallu beaucoup de temps pour que Balzac s'aperçût qu'il écrivait *La Comédie humaine*. L'idée première, et il nous en avertit lui-même, lui apparut d'abord comme un rêve impossible. « C'est après coup, et par des efforts de classement laborieux et ingénieux, rapporte George Sand, qu'il a fait, de toutes les parties de son œuvre, un tout logique et profond... Le classement qu'il avait entrepris devait être l'œuvre du reste de sa vie[3]... »

Cet illustre exemple est bien consolant pour les auteurs méprisés des romans courts : rien ne les empêchera de consacrer leur vieillesse à retrouver les liens qui unissent entre eux tous les fils et toutes les filles de leur esprit; et cela sans recourir à aucun artifice : car ce qui naît de nous forme un nombreux parentage[4].

Ce n'est pas au roman long que je cherche querelle, mais au roman qui se force à être long, — au « roman-long-exprès ». Rien ne me paraît plus faux que de donner à la longueur un brevet de supériorité : *La Guerre et la Paix* est un chef-d'œuvre, mais *La Mort d'Ivan Ilitch* en est un autre; chacun des deux a obéi à sa loi qui était, pour le premier, une loi de foisonnement et, pour le second, de resserrement, de condensation.

Une grave erreur me paraît être d'attacher de l'importance au nombre de personnages que nous inventons, de tenir nos effectifs bien à jour, de lâcher telle de nos créatures qui, pleine de vie, courait et nous entraînait, parce que c'est le tour de telle autre, qui ne demandait qu'à dormir, mais qui a droit, elle aussi, à son chapitre et doit atteindre le développement prévu.

C'est une étrange illusion que de croire qu'un romancier se rapproche de la vie en multipliant le nombre de ses héros. Sur le seul trottoir de gauche, entre la Madeleine et le café de la Paix, il passe, en une heure, infiniment plus de créatures que vous n'en pourriez peindre dans le plus torrentiel des romans-fleuves. Et, sur ce point, un roman en quinze volumes demeure aussi éloigné de la réalité que *La Princesse de Clèves* ou qu'*Adolphe*.

Les Anglo-Saxons et les Russes créent aisément ces mondes romanesques où nous aimons entrer à leur suite et nous perdre, et dont nous subissons d'autant mieux l'enchantement que nous nous sentons moins capables de les imiter. Leur instinct profond va dans le sens de la vie; ils se laissent porter par elle; ils épousent sa secrète loi sans aucun souci d'ordre extérieur et de logique formelle. Mais qu'un garçon français volontaire et raisonneur, fils de Descartes, se mêle de construire un vaste univers romanesque, selon une méthode qu'il sait être infaillible, nous assistons à une expérience passionnante, et dont l'issue ne laisse pas de nous donner quelque inquiétude. Un des préceptes de Descartes était de « diviser chacune des difficultés en autant de parcelles qu'il se peut et qu'il est requis pour les mieux résoudre[1] ». Chacun fera son tour de piste, à l'heure fixée, la direction se réservant à peine le droit d'apporter un changement au programme.

L'auteur français, embarqué dans un roman démesuré, ne cède jamais au courant, ne se laisse pas porter par le flot. Il demeure terriblement attentif et lucide; et, se souvenant de cet autre principe de Descartes : « Faire partout des dénombrements si entiers et des revues si générales que je fusse assuré de ne rien omettre[2] », il s'arrête tous les quatre volumes, numérote ses personnages, mesure le chemin parcouru, fait une risette au public, n'en revient pas d'avoir été suivi si loin...

Tous ces inconvénients ne comptent guère, hâtons-nous de le dire, quand il s'agit d'un romancier qui se trouve être aussi un grand poète, comme c'est le cas de M. Jules Romains. À chaque instant, au cours des premiers volumes des *Hommes de bonne volonté*, nous sentons que la puissance de la poésie est sur le point d'emporter et de détruire toute cette belle ordonnance et d'introduire enfin la confusion de la vie dans ce monde revu et mis en ordre par un dieu normalien. Au début de ce long voyage où nous entraîne M. Jules Romains, je suis surtout sensible à cette lutte pathétique entre la volonté de domination, le parti pris d'organisation du créateur, et l'impatience de ces créatures jugulées.

Mais que nos jeunes confrères ne se fient pas à cet exemple illustre. Il y a une manière d'être long, qui consiste à ne pas élaguer, à ne pas choisir et qui n'est en rien un signe de richesse, — et qui ne confère pas non plus à l'œuvre d'art un brevet d'éternité. Les plus grands ouvrages périssent aussi aisément que les plus légers. Les *Titanic*[1], nous en avons vu couler corps et biens, tout le long de l'histoire littéraire, alors que des coquilles de noix sont venues du fond des âges jusqu'à nous.

Et même les contemporains ne sont pas impressionnés, autant qu'on le pourrait croire, par la masse d'un livre. Je songe à tel roman-fleuve qui roule ses flots à pleins bords, depuis dix ans dans une solitude inviolée. Si parfois quelque critique plus endurant que ses confrères se montre curieux de ces régions inconnues, il se contente de les survoler, et quoi qu'il nous en raconte, nous préférons le croire sur parole que d'y aller voir nous-même. Et quelle apparence que nous puissions nous intéresser au dernier fascicule paru d'un ouvrage dont les premiers volumes publiés ont depuis longtemps disparu dans un insondable oubli ? Et puis l'étendue d'un ouvrage n'est pas toujours proportionnée à sa profondeur, et lorsqu'on dit qu'un livre « va loin », cela n'a jamais signifié qu'il est long.

Sans aucun doute, ces considérations n'atteignent en rien les grandes réussites du roman-fleuve français. Et de même, ces remarques n'affaiblissent pas les critiques sévères que l'on adresse communément au roman court. Ce dernier porte souvent, en lui-même, des richesses que son auteur a négligé d'exploiter. Sa brièveté n'est pas toujours « nécessaire ». Elle peut être le fait d'un écrivain paresseux, et dont le génie, à l'opposé de la définition fameuse, est une brève impatience. Il est certain qu'après la guerre, nous avons senti autour de nous une complicité des éditeurs, des critiques, du public, pour écrire vite et servir chaud. Les bars-express de la littérature ont précédé ceux des grands boulevards. Nous mettions tout notre art à escamoter les préparations[2].

Il faut donc approuver les nouveaux venus d'avoir surmonté cette impatience et cette hâte, mais les mettre en garde contre les dangers du roman en quinze volumes : ils croient se donner ainsi du champ; en réalité, cette immense entreprise risque de devenir pour eux la prison la plus étouffante.

À mon sens, ce qui aide l'écrivain à persévérer dans son œuvre, à vaincre la lassitude et le dégoût, c'est, à chaque fois qu'il commence un nouveau livre, de se sentir devant un monde inconnu, sans lien apparent avec ce qui a précédé; c'est cette bienfaisante illusion de n'avoir donné jusqu'à ce jour que les ébauches du chef-d'œuvre qu'il va maintenant produire. Et bien qu'il ait l'assurance, tout au fond de lui-même, que son attente sera encore trompée, l'espoir lui souffle : « Qui sait ?... cette fois peut-être... » Je ne résis-

terais pas, quant à moi, à la tristesse de traîner le boulet de mes
livres anciens : ce qui est publié est sorti de nous, mort pour nous[1].
Le merveilleux, c'est de partir, à chaque fois, sur nouveaux frais,
dans l'appréhension et dans l'attente de ce qui va surgir; c'est
d'ignorer ce que j'aurai envie d'écrire dans six mois, dans un an,
et de demeurer toujours disponible : l'esprit souffle où il veut.
Il ne s'engouffrera pas dans ces grandes constructions vides que
vous prétendez lui imposer. Sans doute demeurez-vous toujours
libre de suivre votre fantaisie et, pour un temps, de laisser à
l'abandon le chantier de vos vingt-cinq volumes. Mais aurez-vous
la force et le courage d'y revenir plus tard ? Les immeubles inache-
vés ne font pas de jolies ruines.

MALAGAR[2]

En août, le plus tard possible, je me résigne à pousser les volets
de la vieille maison. Le tranchant de l'azur entre dans les mêmes
coteaux. Les chevaux de labour remplacent les bœufs de mon
enfance, mais ceux du voisin s'appellent toujours *Caoubet* et *Laouret*,
et ces noms traînent dans le silence bourdonnant de mouches; ils
remontent du passé, éclatent à la surface de ce jour vide. Comme la
faucheuse mécanique ne peut couper l'herbe sous les arbres à fruits,
je reconnais ce bruit d'autrefois : l'aiguisement d'une faux.

Pourtant, nul symbole ne jaillit plus pour moi du sommeil des
vignes sulfatées : je cherche seulement à me rappeler le prix du
sulfate. Si, coiffé d'un chapeau de soleil, j'avance à travers le
vignoble embrasé, ce n'est plus pour y ressentir cette inspiration
enivrée des jeunes Hébreux dans la fournaise; mais, écartant les
feuilles bleues, je cherche des traces de maladie. Autrefois, mes
parents prenaient sur eux ces pauvres soucis; nous nous moquions
bien de leurs alarmes et, indifférents à leurs calculs angoissés, nous
faisions notre vendange d'images, d'émotions et de songes.

Comme la terre vivait pour mes amis et pour moi ! Dans cette
époque fabuleuse, où il existait encore des jeunes gens qui ne se
lassaient pas de se réciter les uns aux autres des poèmes, sans doute
arrivait-il que nous trouvions notre plaisir aux *Tristesses d'Olympio*,
ou à *La Maison du berger ;* mais, de ces blasphèmes romantiques
contre la nature *(Nature au front serein, comme vous oubliez !)*, nous
ne retenions que l'éloquence. Il nous était impossible de les prendre
au sérieux; car nous dormions contre la terre vivante, nous nous
penchions sur son sommeil de la deuxième heure et dans l'immense
vibration des grillons, des sauterelles et des cigales, nous étions
attentifs à ses balbutiements.

La terre ne nous trompait pas. Avec quelle joie nous la retrouvions, chaque année, au début des vacances ! Sans doute, il arrive

qu'un garçon ait de la peine à s'éloigner de ce Paris où au long d'une année, tant de liens eurent le temps de se nouer entre les cœurs. Sous les marronniers malades de juillet, dans les carrefours nocturnes, au fond des auberges charmantes de la banlieue, il faut dire adieu à des infidèles dont on épie vainement le chagrin et qui vous tuent en ne pleurant pas[1]. Mais alors, aucun de nous ne doutait que le « cher pays » ne détînt tous les philtres qui guérissent. « Demandez au pays de bénir votre retour... » m'écrivait André Lafon. Il ne me séparait pas de ma terre dans son cœur. Oui, il avait pris son ami en pleine terre, avec sa motte. Il ne savait pas me parler de moi-même sans évoquer « le jardin aux charmilles, la terrasse, le point de vue, et encore l'autre côté de la maison, les prairies où le foin est peut-être en meules, l'horizon de coteaux, les routes endormies sur lesquelles, tous ces soirs, la lune a dû veiller[2] ». Ainsi mêlions-nous sans effort le plus secret de notre vie à la secrète vie du monde. C'est grâce à l'humble André Lafon que je crois avoir compris Maurice de Guérin : l'un et l'autre ont aimé la nature jusqu'à l'hallucination et jusqu'à en faire la rivale de Dieu. Mais, tandis que Guérin ne consentit jamais à choisir entre le Créateur et le créé (il compare sa pensée à « un feu du ciel brûlant à l'horizon entre deux mondes[3] »). André Lafon, lui, tout de suite préféra Dieu, laissant à la nature la seconde place. Mais jusqu'à la fin, elle fut sa plus sûre amie : à la veille de sa mort, en 1914, le frêle soldat ne retenait d'une harassante marche nocturne, que cette vision : « J'ai revu toutes les étoiles à la fois, par une belle nuit sur les routes[4]... »

Il se peut que dans ce sentiment exalté, grande ait été la part de la littérature et du factice ; et ne pourrait-on se livrer ici à des variations freudiennes, chercher de quelles autres passions cette ferveur panthéiste tenait la place ? Mais, évasion ou « transfert », ce n'est pas notre propos de nous livrer ici à ces recherches.

Aujourd'hui, le pauvre panthéiste à son déclin exige follement de la terre qu'elle se souvienne des morts qui l'ont aimée. Il éprouve enfin jusqu'au fond l'amertume de Vigny :

> *Nous marcherons ainsi, ne laissant que notre ombre*
> *À cette terre ingrate où les morts ont passé.*
> *Nous nous parlerons d'eux[5]...*

Une brume tremble sur les landes : réserve immense de torpeur qui va s'étendre sur la plaine jusqu'au crépuscule. C'est dimanche, et je n'entendrai même pas le bruit des sulfateuses. Caoubet et Laouret dorment dans l'étable noire. Les cloches des vêpres ne sonnent plus dans les villages sans prêtres et les « grands pays muets » dont parle Vigny[6] ne sont muets que parce qu'ils sont mourants. Combien de temps nous faudra-t-il pour reconnaître que cete vie qui se retire d'eux, c'est la nôtre ? Par le flanc ouvert des coteaux, notre jeunesse déjà s'est répandue et perdue. Hier soir, sur la terrasse, alors qu'aux étoiles filantes répondaient les pauvres

fusées d'une fête locale, il n'y avait plus en moi de quoi animer la
grande mécanique céleste, plus assez de vie pour en insuffler à ces
mondes morts. Mes frères endormis, n'était-ce pas notre façon de
nous affirmer les maîtres de l'Univers ? Nous lui prêtions notre
propre cœur, la passion, la souffrance et les songes de notre jeunesse. Hélas ! l'homme déclinant découvre que ce n'est pas sa vie
toute seule qui se retire lentement de la terre mourante : tous ceux
dont il est seul à se souvenir, et qui ont rêvé à cette terrasse, mourront avec lui-même, une seconde fois. À ma mort, Malagar se
déchargera d'un coup de tous ses souvenirs, il aura perdu la
mémoire.

Nos parents n'ont pas connu cette angoisse, parce que ce n'était
pas à leur vie éphémère qu'était suspendue la vie du domaine, mais
à la race, à la famille qui, croyaient-ils, ne périrait pas. En dépit
du phylloxéra, des mauvaises années, du Code civil, des partages,
ils ne doutaient pas que le domaine, après eux, dût passer à leurs
enfants et à leurs petits-enfants. « Quoi qu'il arrive, ne vendez
jamais la terre. » Ce fut toujours une de leurs dernières paroles.
On s'arrangeait pour ne pas la vendre, et pour que les propriétés
d'un seul tenant gardassent leur unité. Depuis la Révolution, il y
eut toujours, par génération, un oncle célibataire, dont la part revenait aux neveux, afin que l'héritage, à peine divisé, se reformât.
La terre demeurait fidèle à la famille, à travers tout. Cette union
d'un domaine et d'une race paraissait être à l'épreuve de l'étatisme
et de la fiscalité. L'aïeul pouvait ramener en paix cette terre sur son
corps mourant[1] : il avait voulu qu'elle couvrît son tombeau, parce
que, périssable, il n'en avait pas moins contracté avec elle une
alliance qu'il croyait éternelle.

Aujourd'hui, l'alliance est dénoncée. Il y aura un jour, dans une
étude de campagne, cette affiche rose fixée au mur par quatre
punaises : *Vente d'une propriété, vignoble, maison de maître, vastes
communs...* Et bien plus tard, un jour, un vieil homme s'arrêtera au
portail, tenant un enfant par la main. Ce sera vers cinq heures après-
midi. Entre les vignes pâles, toutes les masses feuillues paraîtront
sombres, sauf les aubiers, dans la boue durcie de la Garonne, et les
prairies embrasées de Sauternes. L'azur blêmira sur le dur et noir
horizon des landes. Un souffle, que les visages humains ne sentiront
même pas, entraînera vers le sud les molles fumées de la plaine.
Une seconde, un seul entre tous les oiseaux oublie de ne pas chanter,
et leur silence imite l'immobilité des feuilles. Un être vivant, sur
ces routes, risquerait la mort... Et pourtant, j'imagine cet homme
vieilli en qui se retrouvent quelques-uns de mes traits. J'entends
les paroles qu'il prononce à voix presque basse, et le petit garçon
lève une tête curieuse : « La fenêtre à droite, c'est là où travaillait
mon pauvre père... Ce qu'il faisait ? C'était des romans. Les horten-
sias du perron sont morts. Ils ont arraché la vieille vigne. Mon père
croyait que les ormeaux, devant la maison, étaient près de leur fin ;
ils sont toujours là, malades mais vivants... La mère de mon père...

J'avais ton âge quand elle est morte. Je ne revois que sa silhouette lourde au tournant de l'allée. Les traits se sont effacés... »

Une ombre inconnue s'avancera sur le perron, et le vieil homme, traînant le petit par la main, redescendra la côte.

MALAGAR[1]

J'écrivais sur Malagar tout ce qui me venait à l'esprit et au cœur. Autour de Malagar, cristallisaient mes souvenirs innombrables. La pensée ne me venait pas que mes dires pussent être, un jour, contrôlés. La chaleur des étés de mon enfance s'accumulait sur cette terrasse. Cette immense plaine muette, je ne la voyais pas directement, mais reflétée par des regards aujourd'hui éteints. Au vrai, Malagar vivait au-dedans de moi sans que j'eusse jamais songé à le confronter avec ce vignoble à trois kilomètres de Langon, avec cette maison, ces communs, ces quelques arbres malades.

Tel est l'inconvénient de la notoriété auquel je ne m'attendais guère : on veut connaître ce Malagar où tant de mes héros ont vécu, ont souffert. Pour la première fois, je m'efforce de le contempler avec les yeux d'un visiteur étranger. Je m'applique à me rendre compte de ce qu'il en reste, lorsque je le dépouille de tout ce dont ma poésie l'avait revêtu, et que j'en retire tout le sang dont je l'avais gonflé. J'oblige les vivants, les morts, les êtres inventés, ce peuple nombreux de fantômes que j'avais lâchés dans ces allées, sous ces charmilles, à se replier, à disparaître.

Que dira-t-on devant ce Malagar réduit à n'être plus que ce qu'il est réellement ? Déjà les airs déçus de certains visiteurs me reviennent en mémoire : « Ça, la terrasse de Malagar ?... Où sont les charmilles ?... Quoi ? ces buissons ? »

Oui, qu'est-ce en somme que Malagar ? On monte une côte, dans le soleil. On traverse une maigre garenne, devant les communs. La terre ici n'aime pas les arbres ; et les hommes, eux non plus, ne les aiment pas. La terre, sèche et dure, les nourrit mal. Centenaires, les miens sont petits et rabougris. Comme partout en France, beaucoup d'ormes meurent. (Les grand-routes sont bordées de ces cadavres qui ne pourrissent pas et dont l'anéantissement s'accomplit sans odeur.) Souvent une seule branche est atteinte ; j'ordonne qu'on la coupe ; l'arbre reprend ; son agonie se prolonge. Mais parfois, l'orme le plus vigoureux est frappé d'apoplexie. D'un seul coup, il se dessèche comme le figuier maudit.

La garenne traversée, s'étendent les vastes hangars agricoles sous lesquels ouvrent l'étable, l'écurie, les logements des charretiers. Pourquoi mon grand-père a-t-il fait construire ce ridicule chalet de l'homme d'affaires, tout en hauteur, que l'on voit de dix lieues à la ronde, qui domine et écrase ma propre maison, et qui faisait dire à un paysan, autrefois, que Malagar ressemblait à une « baque escornade » ? (à une vache n'ayant plus qu'une corne).

Nous débouchons devant l'habitation, côté nord. Pas de perron. Dans la plupart de mes romans, je n'ai pas hésité à en construire un. Réparation imaginaire et qui ne coûte rien. Je me contente d'un tertre bordé de sauges. Façade plate, sans autre ornement que la « génoise » au long des toits, qui orne toutes les maisons de maîtres, dans le Midi (mais qui n'est pas, ici, connue sous le nom de génoise). Mon grand-père a coiffé le pavillon central d'un lourd chapeau d'ardoises. Dieu merci, les deux ailes, les chais, le cuvier ont gardé leurs vieilles tuiles rondes. Édouard Bourdet m'a dit : « La première chose que je ferais serait d'enlever ces ardoises. » Je ne causerai pas ce chagrin aux mânes de mon grand-père qui s'est donné tant de peine pour déguiser sa maison en château (et jusqu'à le flanquer d'une tourelle supplémentaire). Enlever les ardoises ? Je n'ai pas envie que mes paysans me prennent pour un fou !

De ce côté là, une grande prairie descend en pente douce vers les coteaux de Benauge, derniers vallonnements de ce pays perdu, appelé l'entre-deux-mers; paysage que j'aimerais, me semble-t-il, même si ma grand-mère et ma mère ne l'avaient tant chéri, même s'il n'eût pas enchanté André Lafon et si mon ami n'en eût pas rêvé en 1915, grelottant sous une tente du camp de Souges : « La prairie où le foin est peut-être en meules; les routes endormies sur lesquelles, tous ces soirs-ci, la lune a dû veiller... » écrit-il dans une des dernières lettres que j'ai reçues de lui.

À gauche, vers l'ouest, s'étend la vigne, dans le sommeil de la sieste, ou dans l'approche du crépuscule; la vigne, pour moi vivante, heureuse, souffrante, pressant contre elle ses grappes; mille fois menacée : les orages, la grêle, la canicule, la pluie, sans compter les maladies aussi nombreuses que celles qui atteignent les créatures humaines. Impossible à son maître de la voir du même œil que le visiteur indifférent.

Traversons le vestibule où, comme tous les enfants de toutes les grandes vacances, les miens, vautrés sur le divan, attendent que la chaleur soit tombée. Au sud, la cour brûle, entre les chais longs et bas. Deux piliers délimitent le panorama qui est la gloire de Malagar; les vieilles charmilles descendent vers la terrasse et le point de vue : Saint-Macaire, Langon, les landes, le pays de Sauternes. Que de fois ai-je décrit cette plaine « où l'été fait peser son délire » ! Ce brasillement sur les tuiles et sur les vignes, ce silence de stupeur, tout cela existe-t-il « en soi » ? À force d'avoir été contemplé par les êtres que j'ai aimés et par ceux que j'ai inventés, ce paysage est devenu pour moi humain, trop humain; divin aussi. À travers lui, je vois les ossements des miens qu'il recèle et dans chacune de ces pauvres églises dont les clochers jalonnent le fleuve invisible, la petite hostie vivante.

Tant pis ! J'oserai dire ce que je pense : paysage le plus beau du monde, à mes yeux, palpitant, fraternel, seul à connaître ce que je sais, seul à se souvenir des visages détruits dont je ne parle plus à personne, et dont le vent, au crépuscule, après un jour torride, est le souffle vivant, chaud, d'une créature de Dieu (comme si ma mère m'embrassait). O terre qui respire !

À droite des charmilles, quelques bosquets : buis antiques, lauriers, les séparent de la vigne embrasée. À gauche, un verger, une allée de tilleuls qui longe la vue. Remontons vers la maison. Ouvrant sur le vestibule, une grande pièce que je me suis réservée, où les mouches bourdonnent dans l'odeur des murs salpêtrés. J'ai souvent décrit *(Le Nœud de vipères)* cet acajou, ce palissandre, ces bibelots laissés là par les générations, comme les coquillages des marées successives... Lieu excitant pour le travail; véritable « forcerie » à l'usage du romancier où les livres mûrissent en trois semaines, où, bousculé par mon démon, j'écris si vite que je ne puis même plus me relire si je néglige de dicter, le soir même, mon travail de l'après-midi. Pièce où je vivrai seul lorsque la rentrée aura ramené à Paris mes enfants, où je demeurerai enfermé, au long de ces soirées pluvieuses d'automne, qui sentent le pressoir, le vin nouveau, la brume.

Tel est Malagar. Et ces pages témoignent de mon impuissance à en réussir une description objective; d'ailleurs ai-je jamais rien pu décrire sans fermer les yeux ? Il me reste d'espérer que les amis inconnus qui graviront un jour cette colline n'auront aucune peine à passer par moi pour atteindre le vieux domaine. Puisque leur puissance imaginative leur permet de se plaire à mes pauvres inventions, ils sauront aussi ne pas en croire le témoignage de leurs yeux, et substituer au décor trop réel de la vie campagnarde, le monde sobrement enchanté où mes héros aiment, souffrent, et meurent seuls. Pas plus qu'à moi-même, Malagar ne saurait apparaître à mes lecteurs tel qu'il est. Ils verront ici ce que les autres ne voient pas. Même après ma mort, tant qu'il restera sur la terre un ami de mes livres, Malagar palpitera d'une sourde vie... Jusqu'à ce que le dernier admirateur soit, lui aussi, endormi. Alors, Malagar redeviendra une propriété de vingt hectares plantés en vignes de plein rapport, située sur la commune de Saint-Maixant, à quarante kilomètres de Bordeaux, où l'on récolte un bon vin, genre Sauternes, bien qu'il n'ait pas le droit à l'appellation. Point de vue magnifique sur la vallée de la Garonne, maison de maîtres; vastes communs... Que de fois ai-je imaginé, dans une étude de campagne, l'affiche rose, la mise à prix que déchiffre un maquignon enrichi !

NOTICES,
NOTES ET VARIANTES

AVERTISSEMENT

Ce deuxième tome contient, outre les romans de 1926 à 1933, des essais de la même époque, proches de l'œuvre romanesque, qu'ils en reprennent les thèmes ou présentent les réflexions de Mauriac sur son activité de romancier. Nous les avons groupés à la fin du volume, dans leur ordre de publication.

Notre texte de référence est le dernier « revu » par l'auteur, celui des *Œuvres complètes* (Arthème Fayard, 12 volumes, 1950-1956) dont François Mauriac a clairement voulu faire une « édition définitive ». Nous avons toutefois procédé à une révision minutieuse et corrigé, en nous appuyant sur les éditions antérieures, les coquilles et les erreurs évidentes de cette publication. Toutes nos corrections sont signalées et justifiées dans les variantes.

Nous renvoyons à cette même publication pour les textes romanesques et dramatiques qui ne figurent pas dans le premier volume ou dans celui-ci, et pour les autres œuvres de Mauriac, avec la référence simplifiée : *OC*, t. X, p. 000. Nous renvoyons d'autre part couramment aux éditions suivantes, sans préciser à nouveau l'édition :

Mémoires intérieurs, Flammarion, 1959;
Nouveaux Mémoires intérieurs, Flammarion, 1965;
Ce que je crois, Grasset, 1962;
Journal IV, Flammarion, 1950;
Journal V, Flammarion, 1956;
Mémoires politiques, Grasset, 1967.

Les différents volumes du *Bloc-notes* sont indiqués de la manière suivante :
Bloc-notes I : Bloc-notes, 1952-1957, Flammarion, 1958;
Bloc-notes II : Le Nouveau Bloc-notes, 1958-1960, Flammarion, 1961;

Bloc-notes III : Le Nouveau Bloc-notes, 1961-1964, Flammarion, 1968;

Bloc-notes IV : Le Nouveau Bloc-notes, 1965-1967, Flammarion, 1970;

Bloc-notes V : Le Dernier Bloc-notes, 1968-1970, Flammarion, 1971.

Les références aux deux derniers romans *Un adolescent d'autrefois* et *Maltaverne* renvoient également aux éditions Flammarion.

Les documents inédits dont nous avons disposé, proviennent pour la plupart du fonds Mauriac de la Bibliothèque littéraire Jacques-Doucet. Une partie en a été décrite et analysée dans le catalogue de l'exposition François Mauriac établi par François Chapon. Le catalogue du fonds Mauriac a été publié par G. K. Halland Co., Boston, 1972.

Nous avons pu aussi utiliser les manuscrits de *Thérèse Desqueyroux* qui appartiennent à l'Humanities Research Center, de l'université du Texas, à Austin. Ainsi nous a-t-il été possible d'établir un appareil critique à partir des manuscrits pour tous les textes de ce volume, à l'exception de l'essai sur *Le Roman*.

Des manuscrits d'œuvres publiées nous avons extrait un choix de variantes. Lorsqu'ils offraient un texte assez différent du texte définitif, nous avons préféré donner intégralement la version du manuscrit, parfois plus rapide, souvent lacunaire, qui constituait une véritable ébauche.

Sans pouvoir justifier le choix de toutes les variantes par des critères précis, nous indiquons les règles générales que nous avons observées :

— Les variantes, au sens strict, c'est-à-dire les divergences entre le texte non raturé du manuscrit et le texte imprimé sont généralement signalées; nous avons exclu toutefois les variations purement grammaticales, les hésitations entre des tournures à peu près identiques, en particulier les détails de la mise au net du dialogue, souvent difficile. Nous pensons avoir maintenu ainsi toutes celles qui offraient un intérêt littéraire.

Il va de soi que les variantes des différentes éditions : pré-publications en revue, édition originale... sont données systématiquement, à l'exception de quelques coquilles absolument évidentes. Nous avons toutefois signalé celles des *Œuvres complètes* lorsque nous les corrigions.

— Les ratures des manuscrits posaient des problèmes complexes. Il n'est pas rare que Mauriac biffe d'un trait ondulé qui rend impossible le déchiffrement d'une écriture déjà difficile. Il est fréquent aussi qu'il supprime un début de phrase, une phrase, voire quelques lignes pour les reprendre aussitôt assez peu modifiées. Relever ces détails eût alourdi un appareil critique déjà important, mais lorsque des ratures de ce genre par leur abondance ou leur place offraient un intérêt, nous les avons signalées par des indications telles que : *correction sur une rature illisible* ou *passage très raturé,* qui rendent au moins sensible l'effort de l'écrivain. Les autres sont données dans des conditions analogues à celles des variantes, avec le souci de retenir tout ce qui présentait une valeur stylistique ou littéraire.

— Les additions sont également signalées, dans les mêmes intentions, en particulier les additions marginales souvent importantes.

Ainsi pensons-nous avoir noté tout ce qui permettait de suivre le travail du romancier et les transformations du texte.

Les conventions suivantes ont été adoptées pour la notation des variantes :

add. interl. : addition interlinéaire.

add. marg. : addition marginale; la même indication signale une addition sur la page de gauche (verso de la page précédente) dans les manuscrits (leur description le précise) où seul le recto a été utilisé pour la rédaction.

corr. interl., corr. marg. : correction interlinéaire, correction marginale. On a distingué en effet la correction, qui fait suite à une rature, de l'addition, qui est proprement un ajout et ne correspond à aucune rature. Lorsque la correction suit immédiatement la rature sur la même ligne, aucune indication particulière n'est donnée. Il nous est arrivé d'indiquer simplement : *en interligne,* lorsqu'il était difficile de distinguer une correction ou une addition sur l'ajout.

biffé : rature. Les ratures successives sur une même ligne sont signalées séparément par [ ]. Les ratures imbriquées dans une rature d'ensemble sont signalées par des *[ ]* (composés en italique) et par l'indication : *biffé 1, biffé 2.* Les additions raturées par : *add. biffée.*

L'indication [...] signifie que le passage non reproduit dans la variante est identique au texte définitif.

Les crochets obliques ⟨ ⟩ indiquent une restitution ou une lecture conjecturale. Lorsqu'il s'agit d'une restitution, par exemple des dernières lettres d'un mot incomplètement écrit, ces crochets encadrent les lettres restituées; ⟨ ⟩ (encadrant un blanc) signale que la restitution a paru impossible ou hasardeuse. Lorsqu'il s'agit de la lecture conjecturale d'un ou de plusieurs mots, nous indiquons : ⟨ ?⟩. La lecture des manuscrits de Mauriac est difficile; on ne s'étonnera donc pas de la prudence qui nous a fait souvent utiliser cette indication.

Il n'est pas rare que Mauriac corrige sans la biffer une première rédaction, soit par inadvertance, soit qu'il se réserve de choisir entre l'une ou l'autre des rédactions ainsi maintenues. Nous avons, dans ce cas, distingué les rédactions successives par des [ ] et les indications : *1re réd. non biffée, 2e réd.*

Une barre oblique / dans le texte d'une variante indique un alinéa.

Les deux points : séparent les variantes d'un même passage, d'origines différentes et données à la suite dans leur ordre chronologique.

Pour les notes, nous renvoyons aux indications données au tome I, p. 1002.

J. P.

NOTICES, NOTES ET VARIANTES

CONSCIENCE, INSTINCT DIVIN

NOTICE

Le grand succès de *Thérèse Desqueyroux* incita sans doute Mauriac à publier ce « premier jet », très proche par sa nature de ceux que nous avons donnés pour *Le Baiser au lépreux* ou *Le Désert de l'amour* ; moins un brouillon, qu'une esquisse rapide, écrite dans la fièvre, « autour de quoi le roman cristallisera[1] ». Les personnages, les thèmes de l'œuvre se fixent; certains mouvements disparaîtront, mais n'en éclairent pas moins le roman achevé. Ces quelques pages ont suffi et l'on peut croire qu'elles s'achèvent lorsque Mauriac atteint, sans le savoir, le « secret » de Thérèse que le texte définitif masquera quelque peu.

Certaines différences apparaissent aussitôt entre l'ébauche et le roman. La principale est signalée dans une note liminaire : Thérèse était « une chrétienne dont la confession écrite eût été adressée à un prêtre[2] ». Plus encore que le récit à la première personne, le récit en forme de confession attirait le romancier; s'il en demeure peu de traces dans les œuvres publiées, les manuscrits montrent la persistance de cet attrait; ainsi les premières pages de *Conscience, instinct divin* reprennent, parfois littéralement, les premières pages abandonnées du *Baiser au lépreux*[3]. Depuis cinq ou six ans donc, Mauriac rêvait d'écrire un récit qui serait, au sens le plus strict, une confession. Peut-être est-ce ce qui fait surgir en lui ce personnage de criminelle.

Dès cette ébauche en effet le personnage est fixé : Thérèse a tenté de tuer son mari; peut-être le mouvement était-il moins net : « Je ne suis pas sûre d'avoir voulu commettre cet assassinat, et pas même sûre de l'avoir commis[4] ». Son mari était vivant, ne s'était pas séparé d'elle, ignorant sans doute une tentative criminelle que personne peut-être n'avait soupçonnée; le curé même attribuait à « des difficultés d'ordre intellectuel » l'absence chez Thérèse de

---

1. *Bloc-notes IV*, p. 293.
2. C'est, sans doute, ce qui justifie le titre ; emprunt au texte célèbre de Rousseau, *Émile*, liv. IV (*Œuvres complètes*, Bibl. de la Pléiade, t. IV, p. 600).
3. Voir t. I, p. 1127.
4. P. 4.

pratique religieuse. Aucun événement que le hasard, la venue d'un prêtre étranger auquel ose s'adresser la jeune femme, n'expliquait, semble-t-il, qu'elle cède enfin au besoin de s'accuser et d'être pardonnée. La dénonciation, l'instruction donnent, dans le texte définitif un caractère plus dramatique à ce retour sur soi-même.

Deux thèmes, dans cette ébauche, s'imposent, qui demeureront dans le roman, mais y perdront un peu de leur netteté : la peur de la sexualité et l'amitié qui lie Thérèse à la sœur de son mari. Le texte définitif développe ce deuxième thème en lui donnant une justification psychologique qui en atténue l'originalité[1]. Il masque surtout la peur, ici obsédante, de la sexualité : à trois ou quatre reprises dans ces quelques pages, Thérèse très clairement y découvre ce qui la sépare de son époux; jusqu'à opposer, dans un mouvement qui disparaît ensuite, deux images de celui-ci, presque deux êtres : « aujourd'hui encore, après les années de souffrance, je me plais à reconnaître qu'il est le meilleur, le plus indulgent des amis, du moins tant que la venue de l'ombre ne le transforme pas en cette bête hideuse et soufflante[2] ». Son mari n'est pas encore le paysan un peu ridicule, irritant, autoritaire, que le roman reconstruit pour la vraisemblance psychologique. Thérèse rêve au jeune homme aimable qu'elle a connu, à cet « Hippolyte mal léché[3] », évoque non sans attendrissement la « grâce pataude » de ce « cher ourson », devenu tout à coup cette « bête cruelle qui avait besoin des ténèbres[4] ». Un lecteur attentif ne saurait dans le roman ignorer cette « horreur » qui fut pour beaucoup dans le geste de Thérèse; il n'y voit plus, comme dans cette ébauche, la justification du crime : Pierre — il porte alors ce nom — apparaît comme un « assassin[5] » et Thérèse cède « à la tentation de l'anéantir et au désir de le sauver ». Étrange obsession de la pureté qui donnait au meurtre une valeur purificatrice. En tuant Pierre, la jeune femme ne se défendait pas seulement, elle le libérait du « mal ».

Voir là une obsession religieuse serait trop simple, puisque l'autre personnage qui vit le même refus de la sexualité, le père de Thérèse est anticlérical, irréligieux; cette réaction commune est, entre eux, le seul « lien » : « c'est en cela que je reconnais, de lui à moi, une filiation[6] ».

Maintenus dans le roman, ces traits n'ont plus la même importance, perdus parmi d'autres et parfois très nettement atténués : ainsi Thérèse élevée dans les idées de son père, proche de lui par son indifférence religieuse, lui ressemble aussi, dans ce refus, sans que l'on s'en étonne. Cette répulsion d'ailleurs, si nette, absolue, prend un autre sens : Thérèse est dans le roman, une femme déçue

1. Voir la Notice de *Thérèse Desqueyroux*, p. 920.
2. P. 6.
3. P. 10.
4. P. 13.
5. *Ibid.*
6. P. 8.

qui se venge — sur Anne et sur Bernard — plutôt que ce monstre de pureté qui voulait tuer son mari pour « le sauver ».

Conscience, instinct divin montre les mouvements de l'imagination, purs encore, avant toute élaboration romanesque, avant toute reconstruction psychologique. Rendre dramatique la situation de Thérèse et vraisemblable son geste, tel apparaît le travail du romancier entre cette ébauche et le roman. Il atteindra à la vraisemblance, sans toutefois expliquer son personnage. Peut-être est-ce que cet effroi, inconscient, à peine deviné, ne pouvait être transposé sur le plan des raisons et des mobiles où se situe la réflexion de la jeune femme. Dès l'ébauche d'ailleurs, elle n'aborde ce sujet si souvent que pour le quitter et y revenir aussitôt, dans un mouvement très caractéristique d'attrait et d'effroi.

On notera enfin — ce n'est pas un détail — que dès l'origine le lieu est déterminé, ce « quartier perdu » de la lande, où tout a « la couleur de la cendre ». Dans ce premier texte, les éléments de la description sont déjà empruntés à Jouanhaut, sous le nom, qui sera maintenu, d'Argelouse. Le roman ne fera qu'exploiter les possibilités que ce lieu offre à l'imagination[1].

NOTE SUR LE TEXTE

Ce texte a paru dans *La Revue nouvelle* (sigle : *RN*) le Ier mars 1927, quelques semaines après *Thérèse Desqueyroux,* dont il est une ébauche (nous l'avons placé logiquement avant ce roman). Il a été repris la même année chez Émile-Paul, dans la collection « Les Introuvables », puis dans les *Œuvres complètes,* t. II (sigle : *OC*). Le manuscrit en est conservé au Fonds Mauriac de la Bibliothèque littéraire Jacques-Doucet sous la cote MRC, 2I : un cahier écolier dont I3 feuilles ont été utilisées (sigle : *ms.*)

NOTES ET VARIANTES

Page 3.

a. Cette indication est de la même encre que la signature à la fin du manuscrit.

b. tenir [toute *biffé*] ma vie *ms.*

c. de ses remords [n'imagine pas que ce soit trop d' ⟨ ⟩ *biffé*] s'imagine [qu'il y a en elle de quoi *[occuper tout biffé I]* vous absorber tout entier *biffé en définitive*] porter en soi trop de misère pour ne pas suffire *ms.*

1. Voir sur ce point la « Géographie romanesque de Mauriac », t. I, p. 1401.

d. sur un être [le reste   *biffé*] [celui-là   *biffé*] vous lui donnez l'illusion [d'exister [seul   *biffé 1*] uniquement   *biffé en définitive*] [que lui seul existe   *corr. interl.*] pour vous [et que le reste du monde paraît aboli   *biffé*]. C'est,   *ms.*

Page 4.

a. avez-vous [fait pour mon petit Jean que j'ai bien grondé pour avoir été si importun   *biffé*] accueilli mon fils Raymond [que j'ai bien grondé   *biffé*] à qui d'ailleurs   *ms.*

b. je vous ai [retenu   *biffé*] [occupé   *biffé*] accaparé   *ms.*

c. aucun aveu. [Vous avez cru à de la timidité.   *biffé*] Vous [m'   *biffé*] avez cru [timide   *biffé*] à je ne sais   *ms.*

d. d'abord [comprenez le pourquoi   *biffé*] je veux   *ms.*

e. pas mes péchés. [Au moment où j'allais   *biffé*] [À l'instant   *biffé*] Déjà, j'ouvrais la bouche [pour vous   *biffé*] j'allais vous déclarer   *ms.*

f. une criminelle [une criminelle qui relève de la ju⟨stice⟩   *biffé*] et que mon crime   *ms.*

g. des hommes. [Et puis   *biffé*]. Mais tous les [...] bouche. [C'est que   *add. interl.*] Je ne suis pas sûre   *ms.*

h. D'ailleurs celui auquel je pense est vivant.   *add. interl. ms.*

i. une mort où [apparemment   *biffé*] [certes   *corr. interl.*] je ne   *ms.*

j. le poids [écrasant   *biffé*] qui m'étouffe ? [Mais vous saurez me dire, vous, pourquoi j'en porte le poids écrasant. Vous êtes stupéfait, mon Père !   *add. marg.*] J'imagine   *ms.*

k. il [prie   *biffé*] redouble   *ms.*

1. Le premier manuscrit de *Thérèse Desqueyroux* éclaire cette allusion; il est probable que Mauriac songeait à faire mourir Anne de La Trave; que ce fût de mort naturelle, à la suite de sa déception amoureuse, ou par suicide, Thérèse se serait sentie responsable de cette mort (voir n. 3, p. 973).

2. Corneille, *Polyeucte*, acte IV, sc. III; v. 1268.

Page 5.

a. de telles objections. Mais, mon Père, ne [croyez pas que je veuille vous assommer   *biffé*] redoutez pas d'avoir   *ms.*

b. comme un être [souillé   *biffé*] [sali   *corr. interl.*] croit en l'eau qui [purifie   *biffé*] [lave   *corr. interl.*] [Non, mon Père, ne croyez point que je souffre de mettre devant vous mon âme à nu et je devrai plutôt me déf⟨endre⟩   *biffé*] [C'est à cause de moi que M. Cazalis vous a appelé dans notre campagne : pour que vos lumières suppléent à son ignorance. Il espère aussi [que je serai plus à l'aise avec un étranger   *biffé 1*] que j'aurai moins de gêne à m'expliquer avec un prêtre   *biffé en définitive*] Et d'abord   *ms.*

c. si [pure   *biffé*] candide ?   *ms.*

d. le mariage [que je veux dire ainsi   *biffé*] [que j'ose désigner ainsi   *corr. interl.*]   *ms.*

e. le paradis, [le lieu d'élection,   *biffé*] l'asile sacré où   *ms.*

f. plein de passions; voilà   *ms.*

1. Voir déjà t. I, p. 196 et n. 5.

2. Cet historien juif, « né l'an 37 et écrivant dans les dernières années du siècle, mentionne son exécution [celle de Jésus] en quelques lignes, comme un événement d'importance secondaire; dans l'énumération des sectes de son temps, il omet les chrétiens » (Renan, *Vie de Jésus*, chap. XXVIII).

3. Voir déjà t. I, p. 278 et 668, le texte de Pascal sur le mariage, « condition [...] vile et préjudiciable selon Dieu ».

Page 6.

a. innocents plaisirs. [Ne jetez pas cette lettre, mon Père.   *biffé*] Je crains   *ms.*

b. vous montrera [que si je devins criminelle ce n'est point de façon *[sic]* que déjà vous imaginez   *biffé*] que [l'innocence   *biffé*] tant d'innocence[1] [m'a précipité sur une voie   *biffé*] en dépit de tant d'innocence je suis descendue.   *ms.*

c. me fait horreur. [Si j'ai consenti à devenir sa femme   *biffé*] Pourquoi ai-je [...] sa femme ? [C'est que la vie à ses côtés me par⟨aissait⟩   *biffé*] [C'est qu'   *biffé*] il me paraissait   *ms.*

d. tant que [l'ombre   *biffé*] [l'approche de l'ombre   *biffé*] la venue de l'ombre   *ms.*

Page 7.

a. très familier [enfin qui accepte ses limites   *add. interl.*] [il ne se croit pas supérieur à ce qui le dépasse   *biffé*]. Que de   *ms.*

b. ce qui les dépasse, [toujours en deçà de ce qu'il sait, toujours inquiet *[* d'avoir l'air   *biffé]* de ne pas   *add. interl.*] jeter   *ms.*

c. autre Pierre [que celui-là   *biffé*] [celui de l'ombre, comprenez-vous ?   *corr. interl.*] un   *ms.*

d. En marge : Il faut être transformé en bête ensemble. L'auteur du T⟨raité⟩ d⟨es⟩ P⟨assions⟩ inférieur à la servante à ce moment-là.

e. que ceux qu'il [embrase ensemble   *biffé*] [met   *biffé*] possède embrasés, confondus   *ms.*

Page 8.

a. le morne acharnement   *ms.*

b. où [m'eût rejetée un fleuve, une marée   *biffé*] où j'eusse été rejetée,   *ms.*

c. certes, mais [aux abords du mariage   *add. interl.*] je frémissais [...] l'abattoir [qu'elle ne connaît pas   *add. interl.*] Mon   *ms.*

d. hériter. Nos   *RN*

1. *Mauriac a oublié de biffer* tant d'innocence *en reprenant sa rédaction.*

e. pas forcé [la main *add. interl.*] si j'avais [montré plus de *biffé*] [trahi la moindre *corr. interl.*] répugnance. *ms.*

f. ma mère [avait insisté pour qu'il s'engage à me donner les mêmes maîtresses *biffé*] avait exigé [...] heureuse. [Pendant les vacances, je demeurais volontiers à Argelouse où mon père ne revenait que le samedi soir; aucune jeune fille ne fut plus libre. *biffé*]. Un lien *ms.*

Page 9.

a. une indifférence [incroyable *biffé*] peu commune *ms.*

b. jusqu'à ce qu'il [en existe *biffé*] [y en ait *corr. interl.*] une enfin qui [ouvre *biffé*] fasse jouer le pêne *ms.*

c. grand chemin [pareil à ceux, j'imagine, où l'on voyait passer dans la France d'autrefois les *[un mot illisible]* des armées royales *biffé*], plein d'ornières *ms.*

d. de sable, [se perd *biffé*] vient mourir [dans *[*l'indifférence *biffé 1]* cette contrée déserte, incolore et morne *biffé en définitive*] dans ce désert [morne *biffé*] incolore : *ms.*

e. la couleur [du sable *biffé*] de la cendre. *ms.*

1. Ces traits, qui seront donnés également au père de Thérèse dans le roman (voir p. 54), étaient déjà utilisés dans *Genitrix,* à propos de Numa Cazenave (t. I, p. 615), le seront encore pour Jean Gornac, dans *Destins* (p. 111, 113 et les variantes).

Page 10.

a. des lièvres [et des bécasses *biffé*] qu'il forçait dans la lande. / Non pas *ms.*

b. nous fussions assises *RN*

c. les minutes [fuyaient *biffé*] coulaient *ms.*

d. le chasseur vous adjure de demeurer immobile. *ms.*

Page 11.

a. sa joie, ni [me lever dès l'aube pour l' ⟨　　　⟩ *biffé*] [en septembre *biffé*] dans les champs *ms.*

b. le soleil [couchant *biffé*] déclinant *ms.*

c. et Raymonde[de motte en motte *biffé*] [en criant *biffé*] [bienheureuse *corr. interl.*] [ramenait en criant *biffé*] [courait *biffé*] [poursuivait *biffé*] [courait et poursuivait *biffé*] poursuivait de motte en motte l'oiseau blessé [et l'étranglait dans sa main précautionneuse. *add. interl.*] Plus tard, *ms.*

d. rien à lui dire. [Elle n'eût rien compris de mes *[un mot illisible]* *biffé*] [Aucune *biffé*] [Laquelle *corr. interl.*] de mes *ms.*

e. Plus tard, [je me suis ennuyé *biffé*] j'ai connu l'ennui *ms.*

f. poésie. [Entre deux êtres *biffé*] Pour unir deux êtres *ms.*

g. qu'il ne fallait [point espérer demeurer *biffé*] perdre tout espoir *ms.*

h. du couvent. [Pour que le mariage ne nous séparât pas, il fallait qu' *biffé*] Nous trouvâmes *ms.*

i. Le plus étrange est [qu'une fois   *biffé*] que notre   *ms.*

j. ce qui s'appelle [le manège des coquettes [m'a toujours paru d'une maladresse   *biffé 1]* me semble   *biffé en définitive*] coquetterie *ms.*

Page *12.*

a. j'envahis [doucement   *biffé*] [lentement   *biffé*] avec une sûre   *ms.*

b. indispensable [au bonheur de   *biffé*] [à   corr. *interl.*] ce   *ms.*

c. ses mains [il   *biffé*] [héroïquement, le cher ours   corr. *interl.*] se fût   *ms.*

d. la répulsion [ne dépendent pas   *biffé*] que nous inspirons ne [dépendent pas des   *biffé*] [tiennent pas aux   corr. *interl.*] circonstances   *ms.*

e. Rien [d'extérieur   *biffé*] du dehors   *ms.*

f. ce soit [au sentim⟨ent⟩   *biffé*] [à l'amour   *biffé*] au désir ou à l'horreur   *ms.*

g. inspirons. [Enfin ce grand nigaud mettait sa joie   *biffé*] [Mais mon [pauvre   *biffé 1]* [malheureux   *biffé 2]* Hippolyte   *biffé en définitive*]. Ainsi mon triste   *ms.*

Page *13.*

a. de la route ; [nous dépassions [...] ivres.   add. *interl.*] L'insidieuse   *ms.*

b. amour. [Sans doute un homme   *biffé*] Vous qui avez [renoncé *biffé*] [réussi   *biffé*] obtenu [...] de [ne pas faire dépendre   *biffé*] [rendre indépendant   *biffé*] ne point laisser   *ms.*

c. qui [avez [su   *biffé 1]* voulu réaliser en vous   *biffé en définitive*] sentez   *ms.*

d. d'un [être   *biffé*] homme,   *ms.*

e. la mort ? [Mes nuits ép⟨ouvantables⟩   *biffé*] mes [épouvantables   *biffé*] nuits   *ms.*

f. de [lucidité   *biffé*] clairvoyance   *ms.*

g. l'adolescence. [Sa lourdeur charmante et une certaine grâce pataude   *biffé*] Je m'en   *ms.*

h. j'avais peine [à me souvenir   *biffé*] à croire qu'il [était   *biffé*] pût devenir cette   *ms.*

i. pour qu'il [pût   *biffé*] atteignît à force de soins [dévots *biffé*] [et même de dévotion   *biffé*] dévotieux   *ms.*

j. de l'ombre. Imaginez un assassin qui [...] la saisit... [Avait-il plus causer de mal qu'   *biffé*] Ah ! Si je n'ai fait [que lui   *biffé*] [que le traiter comme il m'avait traité   *biffé*] [qu'obéir à la loi du talion   *biffé*] que lui rendre   *ms.*

k. à tour [au désir de le délivrer   *biffé*] à la tentation de l'anéantir *ms.*

l. de cause, [l'aveu terrible   *biffé*] [l'effraya⟨nt⟩   *biffé*] l'atroce *ms.*

m. indifférentes. [Je pensais qu'il *[...]* comparaison, *add. interl.*] et *ms.*

n. mais [sur ce point-là *biffé*] là-dessus tous les hommes mentent [quel homme n'est un menteur ? *biffé*], certaines *ms.*

o. circonstances [de notre première nuit *add. interl.*] me *ms.*

p. mais voilà [qui n'a rien à faire *biffé*] que je *ms.*

THÉRÈSE DESQUEYROUX

NOTICE

« Pourquoi Thérèse Desqueyroux a-t-elle voulu empoisonner son mari ? » Mauriac s'interroge encore dans *Le Romancier et ses personnages,* pour constater que cette « part du mystère, de l'incertain, du possible » donne au personnage plus d'intérêt, de vie : « Ce point d'interrogation a beaucoup fait pour retenir au milieu de nous son ombre douloureuse[1]. » Mais Thérèse est-elle si mystérieuse, puisque *Conscience, instinct divin* livre son secret ? Le refus violent, absolu, de la sexualité, le désir de faire disparaître l'« autre [...], celui de l'ombre[2] » et, on l'a vu, par un étrange paradoxe, « de le sauver[3] » sont les vrais « mobiles » du crime[4]. La psychanalyse n'aurait rien à ajouter. Dans ces quelques pages, Mauriac a découvert la vérité profonde de son personnage. Il la masque, ou la perd, en écrivant son roman.

Telle qu'elle apparaît dans cette ébauche, Thérèse était, il est vrai, trop lucide pour devenir un personnage romanesque ; réduite à cette obsession qui expliquait son crime. Mais d'autres raisons justifient sans doute l'abandon de l'ébauche et la peinture d'un personnage « de contour moins défini[5] ». Peut-être simplement un recul du romancier devant ce thème trop clair.

La défiance, la peur ou la haine de la sexualité, d'autres créatures de Mauriac la vivaient déjà. La laideur de Jean Péloueyre la masque à peine dans les réactions de Noémi. Mme de Villeron la vit très clairement. Et on la découvre, plus inattendue, chez May, dans *La Chair et le sang :* le seul personnage féminin de Mauriac qui ne connaisse pas, en ce domaine, un échec, souffre de son bonheur même : « il y a des humiliations intérieures qui ne trompent guère — écrit-elle —, un sentiment de déchéance, un dégoût de soi-même... Encore si je n'y trouvais pas ma joie ! mais elle est là

---

1. *Le Romancier et ses personnages*, voir p. 849.
2. P. 7.
3. P. 13.
4. Voir la Notice de *Conscience, instinct divin*, p. 912.
5. *Le Romancier et ses personnages*, p. 848.

désormais ; et la légitimité de cette joie ne me console pas de sa bassesse[1]. » Jamais toutefois, ce mouvement n'avait pris une telle violence. Comme les nouvelles qui précèdent, comme *Destins*, encore, *Thérèse Desqueyroux* naît de la crise que traverse alors le romancier et il suffit de relire *Souffrances du chrétien* pour sentir l'importance, à cette époque, de telles réactions.

Lorsque Mauriac, beaucoup plus tard, se demandera ce qu'il y a de chrétien dans son personnage[2], il ne verra pas que c'est, poussée au paroxysme, « l'exigence de pureté ». Un chapitre de *Ce que je crois* porte ce titre ; il fournirait le meilleur commentaire des remarques précédentes ; Mauriac évoque son éducation, si sévère en ce domaine, et conclut :

« Les suites en étaient graves [...] pour les garçons trop sensibles. Les refoulements et les complexes, chez certains, cela peut donner le pire. Cela peut donner au mieux ce qui s'appelle un romancier catholique et alimenter une fructueuse carrière d'écrivain[3]. »

Il dira, à cet égard, très justement : « Thérèse devait être une image brouillée de mes propres complications, j'imagine. Mme Bovary, c'est toujours nous[4]. »

À la situation romanesque où s'inscrit ce mouvement originel, le romancier donne deux sources : une femme aperçue dans une salle d'assises, et cette autre, ou ces autres, observées autour de lui, « à travers les barreaux vivants d'une famille[5] ». Ni l'une ni l'autre de ces images n'apparaît dans *Conscience, instinct divin* : Thérèse, dans cette ébauche, n'a pas été inquiétée par la justice et ne semble pas être, comme dans le roman, « emprisonnée » par les autres. Solitaire sans doute, isolée par son secret, mais ayant « sauvé la face », autant que ces quelques pages permettent d'en juger. Le roman se serait donc reconstruit autour de cette image de la « prison ».

Image unificatrice, qui joue sur différents plans : « la cage » où est enfermée Thérèse[6], c'est le mariage, la famille, la société « cette cage aux barreaux innombrables et vivants, cette cage tapissée d'oreilles et d'yeux[7] ». Mais Argelouse, que « cerne » le silence[8], qu'enserrent les pins, que la pluie entoure de « ses millions de barreaux mouvants[9] » est aussi une prison. Cette réclusion symbolique devient réelle, lorsque Bernard séquestre sa femme. On montrerait aisément que toute une série de notations, outre celles déjà relevées, préparent cet épisode : le romancier décrit le voyage de Thérèse, de Bazas à Saint-Clair, en insistant sur la clôture et la

1. T. I, p. 302.
2. *Bloc-notes III*, p. 182.
3. *Ce que je crois*, p. 72.
4. *Bloc-notes III*, p. 138.
5. Voir p. 17.
6. P. 37.
7. P. 44.
8. P. 63.
9. P. 67.

solitude : la voiture sombre et fermée[1], le compartiment à peine éclairé où elle est seule[2], la carriole qui « lui est un refuge [3]». L'image est double en effet, ambivalente plutôt : Thérèse a cherché « moins dans le mariage une domination, une possession, qu'un refuge[4] ». À peine atteint, ce refuge lui est apparu comme une geôle : « et, au fracas de la lourde porte refermée, soudain la misérable enfant se réveillait[5] ».

Sans nous renseigner explicitement sur la genèse, les manuscrits permettent de saisir cette évolution du mouvement romanesque. Le premier a sans doute été brusquement interrompu le 13 avril 1926, lorsque Mauriac découvre « ce que doit être ce livre » : la tentative de crime ne serait plus que l' « anecdote » qui illustre l'oppression familiale, le sacrifice des « bonheurs individuels » et l'obsession du scandale[6]. Le crime est un effort vers une libération, qui échoue et conduit à un redoublement de sévérité. Le destin de la « grand-mère Bellade », celui d'un oncle du fiancé d'Anne, devaient, en contrepoint, reprendre ce thème central. Dans une lettre à Édouard Champion[7], le romancier y insiste encore comme il fait dans l'avant-propos. C'est bien l'un des thèmes « voulus » du récit, autour duquel s'ordonnent, moins claires, moins conscientes sans doute, les images de séquestration.

La première rédaction[8] donnait, elle, une importance plus grande au personnage — obscur — d'Anne de la Trave. Obscur, car Mauriac insiste sur l'attrait physique qu'éprouve Thérèse à son égard : « Rien de mystérieux dans cette petite fille sinon son corps[9] » et en même temps il évite de faire apparaître clairement l'homosexualité[10]. Le texte définitif masquera cette relation et ne laissera

---

1. P. 24.
2. P. 27.
3. P. 74.
4. P. 35.
5. P. 37. L'énumération de ces images n'épuisent pas le thème ; il y a aussi cette fascination qu'exerce la « séquestration » sur Bernard et sur Thérèse. Celle-ci se fait complice de sa propre séquestration et la renforce ; et l'on voit Bernard (et le romancier) obsédé par le souvenir de la « séquestrée de Poitiers ». Gide, notons-le, n'avait pas encore redonné à cette vieille affaire (elle est de 1901) quelque actualité (voir n. 1, p. 96).
6. Voir la Note sur le texte, p. 929.
7. Voir dans la Note sur le texte, p. 928, cette lettre du 4 avril 1927.
8. La « première rédaction », le « premier texte »... renvoient à ce que nous appelons dans les variantes : *ms. 1*. Voir la Note sur le texte, p. 929.
9. Var. *c*, p. 34 : « Sinon son corps » est souligné de deux traits et Mauriac note en marge : « Insister beaucoup. »
10. Il y a des indications dans *ms. 1* qui insistent sur les réactions de Thérèse : Anne est « l'être aimé » (var. *a*, p. 39) et lorsque Thérèse rêve, pendant son voyage de noces, « qu'en d'autres circonstances » elle aurait été heureuse : « Si j'avais descendu avec qui je sais les marches de ⟨cette⟩ gare, si je m'étais couchée avec qui je sais dans cette gondole, si... » (var. *a*, p. 38). « Qui je sais » ne peut renvoyer qu'à Anne.

que deviner, latente, l'émotion de Thérèse. Le premier texte est plus clair : ce que Thérèse « sentait remuer en elle d'immonde[1], ce fourmillement de bêtes inconnues », ces forces qui pourraient « la précipiter vers elle ne savait quel destin étrange et terrible », « cette part mystérieuse de son être », « cette région interdite », autant d'images[2] — l'accumulation est caractéristique — qui désignent sans le nommer ce que fuit Thérèse. Et lorsque plus tard, la jeune femme s'intéresse à Jean Azévédo parce que, comme elle, il refuse la sexualité, le commentaire est net : « elle ne se doutait pas que ceux qui prêtent à l'amour humain des traits si noirs, c'est qu'ils portent dans la chair sans doute un germe morbide [...]; ces grands désirs de pureté ne sont qu'une fuite éperdue, qu'un retrait devant telle loi de son être qui la terrifie[3] »

Il est vrai que, même dans ce premier état, n'apparaît pas ce qu'implique le thème; l'explication la plus claire de l'attitude de Thérèse, c'est qu'en apprenant le « bonheur » d'Anne, elle découvre la jalousie. Restera du moins la même, le geste qui traduit clairement cette réaction : en perçant la photographie de Jean, elle tue symboliquement son « rival ». Mais, telle une héroïne racinienne, elle tue réellement ce qu'elle aime : Anne mourait par sa faute. Et l'on sent, dans *Conscience, instinct divin*, que c'était là le vrai crime de Thérèse : « il est une mort où certes je ne suis pour rien : saurai-je jamais pourquoi j'en porte le poids qui m'étouffe[4] ? » Le premier manuscrit s'achève peu après cette phrase biffée : « ils ne s'apercevaient pas qu'elle était déjà morte[5] ». En supprimant cet épisode, Mauriac donne un sens tout autre au roman : la relation de Thérèse et d'Anne passe au second plan; elle se modifie surtout profondément. Anne devient une sorte de « double » qui à tout instant incarne, dans le mouvement romanesque, la contradiction profonde de Thérèse : elle se révolte, en s'éprenant de Jean Azévédo, au moment où Thérèse « se case », tente de « se sauver » en se mariant, et lorsque la jeune fille se soumet à son tour, c'est Thérèse qui se révolte. L'attrait même que ressentent l'une pour l'autre les deux amies, naît de cette opposition : « aucun goût commun, hors celui d'être ensemble[6] ». On retrouve ici sur un plan un peu différent, ce couple de personnages opposés — le plus souvent deux garçons — qui depuis son premier roman apparaît dans toutes les

---

1. Le mot « immonde » est souvent utilisé, en ce cas, par Mauriac. Landin est « l'immonde » dans *Les Chemins de la mer* et Pierre Gornac voit dans Bob Lagave « un petit être immonde » (p. 172) pour des raisons identiques.
2. Voir var. a, p. 36.
3. Voir p. 971.
4. Voir p. 4.
5. Voir p. 973. On est vraiment conduit à penser que dans un premier état de l'intrigue, auquel Mauriac n'aurait renoncé qu'au moment où il abandonne *ms. 1*, Anne mourait d'être séparée de Jean Azévédo. Suicide ou dépérissement ? On ne le discerne pas.
6. P. 33.

œuvres de Mauriac; souvent comme ici un couple amical que détruit la jalousie[1].

Moins clair que dans le premier manuscrit, ce mouvement n'en sépare pas moins les deux femmes; Thérèse ne peut admettre qu'Anne connaisse un bonheur qu'elle-même ignore : « Elle connaît cette joie... et moi, alors ? et moi ? pourquoi pas moi ? » Dès cet instant, — elle vient de lire les lettres où Anne lui parle de Jean Azévédo — une seule pensée l'occupe : « [...] cette petite idiote, là-bas, à Saint-Clair, qui croyait le bonheur possible, il fallait qu'elle sût, comme Thérèse, que le bonheur n'existe pas[2]. » La jalousie ne la conduit pas d'abord à tenter de prendre à Anne Jean Azévédo (elle n'y songera jamais vraiment), mais à détruire ce bonheur[3]. Le geste symbolique (et magique) de transpercer la photographie dit bien ce qu'elle ressent et ce qu'elle désire. Anne partie d'ailleurs, elle oublie qu'elle a promis de voir Jean; le bonheur de son amie détruit, elle a retrouvé le calme : « elle ne songeait qu'au repos, au sommeil[4] ».

Ainsi croit-on découvrir en Thérèse une méchanceté pure. Et Mauriac voit son personnage dans cet éclairage. Lorsqu'elle tente de retrouver son adolescence et son enfance, Thérèse remarque ce goût qu'elle avait « de souffrir et de faire souffrir », « pure souffrance qu'aucun remords n'altérait[5] ». Elle met dans sa jeunesse cette ombre, peut-être par une déformation du souvenir; de même, elle situe l'instant où elle « se sentit perdue », « au jour étouffant des noces, dans l'étroite église de Saint-Clair », par une transposition que le romancier dénonce lui-même en ajoutant : « à cause [...] de ce que Thérèse était au moment de souffrir — de ce que son corps innocent allait subir d'irrémédiable[6] ». Comme dans *Conscience, instinct divin* et quelle que soit l'évolution du personnage, c'est plus encore que l'échec amoureux, la peur de toute sexualité qui éveille en elle la révolte; la peur inséparable d'un attrait refoulé; l'aventure d'Anne avec Jean Azévédo réveille cette attirance et provoque un violent refus qui la pousse à écarter d'Anne ce « bonheur ».

Les difficultés familiales, la contrainte sociale se confondent pour Thérèse avec cette sorte d'interdit qui pèse sur elle. Elles y prennent leur force. Elle ne saurait, comme Anne fait si vite, trouver une compensation dans le sentiment maternel : « Depuis qu'un enfant respirait dans la maison, c'était vrai qu'Anne avait recommencé de vivre[7]. » Elle ne peut, comme Noémi Dartiailh dans *Le Baiser au lépreux,* comme Élisabeth Gornac, dans *Destins,* ou Louis, dans

---

1. Voir t. I, Préface, p. XLVI.
2. P. 46.
3. La situation était un peu différente dans le premier manuscrit où l'attrait que Thérèse ressent pour le jeune homme est clairement analysé ; leur commun refus de la sexualité les rapprochait.
4. P. 52.
5. P. 29.
6. P. 37.
7. P. 69.

Le Nœud de vipères, chercher satisfaction dans la possession de la terre et le maniement de sa fortune (Bernard « gère les biens de la communauté[1] »). Chrétienne, elle deviendrait dévote et pharisienne. Rien ne lui reste que de détruire ou de se laisser détruire : « Contre moi, désormais, cette puissante mécanique familiale sera montée, — faute de n'avoir su ni l'enrayer, ni sortir à temps des rouages[2]. » Sa fuite même ou la liberté que lui accorde son mari, paraissent dénuées de sens. Elle n'envisage la fuite que comme un abandon : « J'aurais dû partir, une nuit, vers la lande du Midi [...]. J'aurais dû marcher [...], marcher jusqu'à épuisement[3]. » La liberté ne se présente pas sous un autre aspect, « ayant gagné la rue, [elle] marcha au hasard[4] ». Lors de sa première « réapparition », avant *La Fin de la nuit,* c'est bien une femme errante, une « créature aux abois », que rencontre Alain Forcas, dans *Ce qui était perdu[5].* Un mouvement naturel, évident à considérer les thèmes qui entourent le personnage, imposait à son aventure le dénouement que Mauriac lui donne dans *La Fin de la nuit,* un retour vers ce « pays secret et triste[6] ». Ne le regrette-t-elle pas dès son arrivée à Paris ?

On voit ici, mieux encore que dans *Le Baiser au lépreux* ou *Genitrix,* l'importance du lieu où se déroulent les événements romanesques. Le choix est fixé dès l'ébauche, et la description même en est faite dans ses traits essentiels : un « quartier » éloigné du « bourg auquel ne le relie qu'une route communale [...] qui, à partir d'Argelouse, se mue en sentier de sable, et vient mourir dans ce désert incolore : pinèdes, marécages, landes où les troupeaux ont la couleur de la cendre[7] ». Dans ce premier texte une notation symbolique suivait, que le roman ne reprendra pas : « J'ai toujours imaginé sous cet aspect le morne pays des ombres où grelottent les âmes désincarnées. » Mais il précisera le thème sous-jacent : « Argelouse est réellement une extrémité de la terre; un de ces lieux au-delà desquels il est impossible d'avancer[8]... » Une prison. Plus encore : chaque fois que Mauriac évoque Jouanhaut — dont seul, ici, le nom est transformé, il insiste sur cette impression d'isolement. Dans les *Nouveaux Mémoires intérieurs,* il retrouve surtout l' « idée d'un refuge », mais remarque aussitôt :

« En vérité, je savais déjà que cette protection était illusoire, que dans ce pays sans chemin la mort savait se frayer un passage comme ailleurs : le père des demoiselles était venu se tuer dans une chambre de cette vieille maison, après sa ruine, et je le savais. Je savais aussi qu'un assassin, nommé Daguerre, avait été traqué

1. P. 104.
2. P. 82.
3. P. 104.
4. P. 106.
5. Voir, pour cette rencontre, p. 311.
6. P. 102.
7. P. 9.
8. P. 30.

dans ces bois, et c'était un de nos chiens qui l'avait découvert à demi mort de faim[1]. »

Ce dernier souvenir est repris dans le roman[2]. L'autre apparaît encore dans *Un adolescent d'autrefois* (joint à celui de la vieille demoiselle sourde « qui comprenait tout au mouvement des lèvres » et qui a certainement inspiré le personnage de tante Clara). Ce suicide paraît lier cette maison à une image de mort, impression renforcée par la proximité des marais de La Téchoueyre, où avant Thérèse, Jean Péloueyre déjà, rêve de disparaître[3]. Le lieu plus qu'il ne s'accorde au personnage, paraît le susciter. Les grands traits : la solitude, la tentative criminelle, étaient fixés dès l'ébauche.

« L'anecdote de la femme qui empoisonne son mari » est pourtant bien le point de départ. Dès *Conscience, instinct divin*, ce thème est présent. Le mari de Thérèse n'aurait alors rien su ni même soupçonné, semble-t-il. La rédaction du premier manuscrit se rapproche déjà davantage du fait divers qui inspire Mauriac; sans le rejoindre toutefois, puisque celle qui est à l'origine du personnage de Thérèse fut traduite devant la cour d'assises; le procès fit grand bruit et Mauriac, qui assistait aux débats, en a conservé quelques détails : l'échec de la tentative d'empoisonnement, l'usage de la liqueur de Fowler, l'ordonnance falsifiée, l'attitude du mari... et le nom de l'avocat Me Peyrecave, qui sauva l'accusée. Mais il a supprimé le détail qui expliquait tout : une aventure amoureuse donnait le mobile[4]. En 1906, au moment du procès, il notait déjà :

« Est-ce qu'il ne fallait pas que l'idée germe en vous un soir de tuer votre mari ? et n'était-ce pas là une conséquence irréductible, inévitable, de causes profondes qui ne dépendaient pas de vous[5] ? »

Dès cette époque, il « tenait » son personnage. À en croire l'avant-propos, une autre rencontre, plus récente — proche peut-être de la rédaction du roman — aurait ravivé ce souvenir : celle d'une « jeune femme hagarde », irritée par son entourage, qu'il aperçut dans « un salon de campagne »[6]; le romancier a rêvé sur

---

1. *Nouveaux Mémoires intérieurs*, p. 58-59.
2. P. 83.
3. Voir t. I, p. 471.
4. Le procès de Mme Canaby fut jugé les 26, 27 et 28 mai 1906 ; l'accusée, qui était mère de deux enfants (comme l'est Thérèse dans *ms. 1*), fut défendue par son mari et sa belle-mère ; elle ne fut pas reconnue coupable d'empoisonnement, mais condamnée toutefois à quinze mois de prison pour faux ; on trouve des comptes rendus du procès dans les journaux de l'époque. Tous les détails prouvent que Mauriac en avait un souvenir très précis.
5. Cité par Claude Mauriac, *La Terrasse de Malagar*, Grasset, 1977, p. 68 ; ces notes sont dans un journal de mai 1906, contemporaines du procès auquel Mauriac a assisté.
6. P. 17. On pourrait se demander — mais c'est introduire dans la genèse du texte une raideur peu vraisemblable — si la rencontre de cette jeune femme ne se situerait pas au moment où Mauriac écrit le premier manuscrit ; elle aurait déterminé le développement du « thème familial » qui prend tant d'importance dans la note préliminaire de *ms. 1* et dans *ms. 2*.

ce personnage qu'il a imaginé se libérant — ou cherchant à se libérer par le crime.

À se libérer du mariage, d'abord ; car le refus de la sexualité apparaît comme le mouvement essentiel, noté d'une manière si nette et si rapide dans *Conscience, instinct divin...* que le récit s'en trouve « bloqué » : Thérèse a tout dit, lorsque reprenant l'équivalence imaginaire fondamentale de l'acte sexuel et du crime, elle déclare que Bernard est un « assassin » et qu'elle n'a « fait que lui rendre ce qu'il [lui] avait donné[1] ». On retrouve là, unis, deux mouvements anciens de l'œuvre. Les images « criminelles » étaient largement apparues déjà dans *Le Baiser au lépreux,* pour traduire la sexualité[2]. Elles prennent ici toute leur force.

Dans le premier manuscrit, l'amitié de Thérèse pour Anne et ses rencontres avec Jean Azévédo révélaient sa confusion intérieure : l'exigence de pureté masquait ce refus, lui donnait une apparente excuse dénoncée d'ailleurs par le romancier[3]. Anne, au contraire, représentait la sensualité et ses revendications. Le thème de la famille est intervenu un peu plus tard, conscient, on l'a vu ; autour de lui, le roman se réorganise, en même temps que l'image de la prison en assure la cohérence imaginaire.

On la voit se préciser d'un manuscrit à l'autre ; car c'est ici que, dans le détail, ces deux cahiers montrent le mieux l'évolution du roman. En même temps qu'il en domine les thèmes et impose au mouvement initial cette transposition d'un drame de la sexualité en un drame familial, Mauriac en découvre aussi le rythme narratif. Dans le premier manuscrit — et même, par instants, dans le second — le mouvement demeure lent, un peu embarrassé ; on devine déjà ce qui apparaît mieux dans les manuscrits du *Nœud de vipères* et du *Mystère Frontenac,* que l'écrivain se laisse la possibilité d'un choix ultime, au moment où il dicte son texte. Les dernières corrections sont des suppressions. Il découvre surtout l'effet essentiel d'opposition entre le passé et le présent, au long de la rêverie de Thérèse ; si l'idée apparaît dès les premières lignes du premier manuscrit : Thérèse « préparera » sa « confession » au cours de ce voyage qui la ramène vers son mari, Mauriac ne donne pas aussitôt aux étapes du voyage l'importance et la signification qu'elles prendront dans le texte définitif ; conséquence évidente de la vivacité donnée à ce dernier état de la rédaction. Il faudrait reprendre une à une les variantes pour montrer quelle a été l'influence, dans cette genèse complexe, de cette recherche.

Au recul devant la clarté du thème primitif, le refus de la sexualité, se sont ajoutés, en effet, pour conduire au roman actuel des exigences « techniques ». Le mouvement originel — une confession

---

1. P. 13.
2. Voir en particulier, t. I, p. 466.
3. Voir le texte de *ms. 1*, cité p. 921.

de l'héroïne — est transposé en une méditation sur soi-même qui préserve l'obscurité du personnage; dans l'ébauche elle avouait un crime qu'elle n'était « pas sûre d'avoir voulu commettre [...] et pas même sûre de l'avoir commis[1] ». Situation étrange et qui ne justifiait guère cette confession. Le crime soupçonné, et même certain aux yeux des autres, Thérèse pouvait faire ou rêver une confession — qui est d'abord une tentative pour se comprendre et pour se justifier ensuite devant sa victime; elle cherche à franchir la distance qui sépare son acte de ses intentions, sans y parvenir, puisque ses mobiles sont tous inconscients; aussi ne fera-t-elle pas cette confession impossible, pas plus qu'elle ne saura répondre à la question que Bernard lui posera avant de la quitter[2]. L'incertitude ainsi maintenue donne un mouvement romanesque, provoque l'attente.

Une autre raison a fait reprendre le récit sous cette forme. Attiré par le roman à la première personne, Mauriac en a rarement mené un à son terme[3]; c'est que cette forme impose une contrainte dont il s'accommode malaisément. La brièveté même qu'il recherche exige une variété des points de vue que la « confession » ne permet pas; elle n'admet que la perspective du narrateur qui doit présenter les autres personnages, les faire mouvoir lentement pour que nous les devinions peu à peu. Aussi à ce genre très contraignant, Mauriac préfère-t-il un récit à la troisième personne, construit, mais non exclusivement, sur un personnage. Thérèse demeure au centre du roman, mais d'autres : son père, Bernard, tante Clara..., presque tous les autres, peuvent être vus de l'intérieur; et même, ici et là, au mépris de toute « vraisemblance », pendant la rêverie de Thérèse. Mais parfois, lorsque certains souvenirs l'exigent, la première personne est employée. Mauriac pourra même, comme il le fait volontiers, user d'une seconde personne « ambiguë » : « Trop d'imagination pour te tuer, Thérèse[4] », ou « cet homme [...], c'est ton mari, Thérèse : ce Bernard qui, d'ici deux heures, sera ton juge [...]. Pleine d'angoisse, tu prépares un long plaidoyer [...] : tu ferais aussi bien de dormir[5] ». Se parle-t-elle à elle-même ? ou n'est-ce pas plutôt, comme dans *Genitrix*[6], le romancier qui interpelle son personnage ? ce qui lui permet, avec une brusque brièveté, d'anticiper sur le récit et de lui donner une sorte de relief.

Une autre portée aussi. On a toujours insisté presque uniquement sur l'impossibilité où était Thérèse de se comprendre; en notant parfois, à juste titre, que Mauriac ajoutait à l'obscurité de son personnage. Mais la confession n'est peut-être pas tant une exigence de lucidité, tournée vers soi-même, qu'un mouvement vers les autres. Thérèse ne peut combler l'abîme entre elle et son acte, elle

1. P. 4.
2. P. 101.
3. Voir t. I, Préface, p. xv.
4. P. 46.
5. P. 65.
6. T. I, p. 616.

ne peut surtout franchir cet autre abîme qui s'est ouvert entre elle et Bernard. Si l'explication est impossible, un geste de confiance la rendrait inutile : « Si Bernard lui avait dit : " Je te pardonne, viens... ", elle se serait levée, l'aurait suivi[1]. » Il ne peut dire ces mots, peut-être parce que Thérèse n'a jamais l'attitude qui le lui permettrait. « Le mouvement le plus profond du roman, plus que le désir de se comprendre, est peut-être un conflit entre ce besoin d'être pardonné qui a toujours été en moi » dit Mauriac[2] et une résistance plus forte que ce besoin. Double mouvement qui répond à la crise religieuse qu'il traverse alors.

NOTE SUR THÉRÈSE DESQUEYROUX[3]

Un ami de Lisbonne m'assure que, de toutes mes héroïnes, Thérèse Desqueyroux fut la mieux accueillie en Portugal. J'ai donc été précédé chez vous par cette empoisonneuse ! Dois-je redouter le jugement que vous avez porté sur elle ?

Vous la voyez, j'en suis sûr, telle que moi-même je la vois, parce que nous sommes de la même race spirituelle et que, dès l'enfance, nous avons été accoutumés à examiner notre cœur, à porter la lumière sur nos pensées, sur nos désirs, sur nos actes, sur nos omissions. Nous savons que le mal est un capital immense réparti entre tous les hommes, et que dans une âme criminelle, rien ne s'épanouit d'immonde dont nous ne portions en nous le germe.

Au vrai, Thérèse n'est pas remarquable par son crime, elle l'est par sa lucidité. Des crimes ? Nous en avons tous sur la conscience, de ceux qui n'exigent pas de nous l'affreux courage qu'il faut pour verser le sang, et qui se commettent sans courir aucun risque. Quel homme oserait dire : « Je n'ai trahi, ni abandonné, ni corrompu personne » ? Mais la plupart veulent l'ignorer, ils n'ont pas le courage de regarder en face leur propre cœur.

Thérèse, elle, est un monstre de lucidité. J'avoue n'avoir jamais rencontré dans la vie une créature douée d'une telle puissance de regard intérieur. Je dis bien un *monstre*. Car qui que nous soyons, il nous faut bien tenter de vivre, et la vie ne s'accommode pas d'un perpétuel examen de conscience — non, pas même la vie chrétienne.

Thérèse tire de la connaissance qu'elle a de soi une orgueilleuse satisfaction : rien qui ressemble moins à l'esprit de pénitence et de

1. P. 105.
2. *Ce que je crois*, p. 25.
3. Ce texte a paru en français dans un journal portugais, *Bandarra*, le 8 juin 1935. Il est plus intéressant pour *La Fin de la nuit* que pour *Thérèse Desqueyroux*, puisqu'il nous montre la manière dont Mauriac voit son personnage au moment où il vient d'écrire ce second roman. Nous reproduisons ce texte d'après une coupure de presse conservée à la Bibliothèque littéraire Jacques-Doucet.

repentir [...][1] n'est pas la fin que nous devons poursuivre; ni la haine de soi. « Il faut aller jusqu'à l'horreur quand on se connaît », écrivait Bossuet au maréchal de Bellefonds[2]... Sans doute ! mais partir de cette horreur pour se transformer, pour devenir un autre.

Thérèse lutte vainement contre sa propre loi parce qu'elle ne lui oppose qu'une attitude négative, sans espérer qu'elle puisse jamais la détruire; elle ne conçoit pas la grâce victorieuse de la nature. Et c'est pourquoi je n'ai pu à « la fin de la nuit », l'introduire auprès de Dieu, comme c'était mon désir : Il y a en elle cette persuasion invincible que nous sommes inguérissablement nous-mêmes. Thérèse appartient à l'espèce des êtres qui croient que Dieu les brisera peut-être mais qu'il ne les changera jamais.

NOTE SUR LE TEXTE

LES MANUSCRITS

Il existe deux manuscrits de *Thérèse Desqueyroux*. Ils appartiennent à Humanities Research Center, The University of Texas at Austin. Nous remercions très vivement les responsables de ce Centre et son Comité qui nous ont procuré une photocopie de ces manuscrits et nous ont autorisé à les citer.

Une lettre accompagne les deux manuscrits[3] :

« 4 avril 1927   « 89, rue de la Pompe
                                        « Passy 40-42

« Mon cher Édouard Champion

« Thérèse Desqueyroux ne savait pas pourquoi elle avait tenté d'empoisonner son mari et je ne sais pas pourquoi j'ai écrit *Thérèse Desqueyroux*. De quels éléments se forment [*sic*] lentement en nous l'être que tout d'un coup nous sentons s'agiter et qui demande à vivre et soudain jette son cri ? C'est tout le mystère de la conception; un mystère qui n'est peut-être pas aussi impénétrable que l'on croit — mais qui exigerait sans doute pour être résolu une immense et indiscrète recherche sur soi-même[4]. Au fond, j'y exprime, sous une forme nouvelle et personnelle, l'exigence romantique de l'individu contre cette société en miniature qu'est *la famille*. Un

---

1. Dans la coupure de presse conservée à la Bibliothèque littéraire Jacques-Doucet, il semble qu'il manque ici une ou plusieurs lignes ; à moins qu'il ne s'agisse d'une erreur d'impression.
2. Voir cette citation et sa référence, p. 818.
3. Cette lettre indique la provenance de ces manuscrits. En même temps, elle insiste sur le caractère important — et conscient — du thème de la famille.
4. Mauriac tentera de préciser, dans *Le Romancier et ses personnages*, l'origine de ses héros ; voir p. 839.

garçon me disait l'autre jour, qu'il voudrait écrire en exergue de mon œuvre le mot de Gide « Familles, je vous hais ! » Sans doute serait-ce bien exagéré...

« Je regrette de ne détenir qu'*un seul* de ces premiers exemplaires du *Mal*. Vous aurez un de ces matins le manuscrit *complet* de *Thérèse*. Je le déposerai en passant à la librairie.

« Croyez, cher Monsieur et ami, à mes sentiments dévoués.

« FRANÇOIS MAURIAC. »

Le premier manuscrit *(ms. 1)* est un cahier écolier (format 17 × 22,5 cm.) de 50 pages que Mauriac a repris à l'envers, poursuivant la rédaction sur le verso des pages demeuré blanc; il écrit ainsi douze pages et s'arrête en haut d'une page (voir var. *b*, p. 56). Il est probable qu'il a alors une vision d'ensemble de son roman et peut en commencer la rédaction définitive.

Sur la première page, d'une écriture plus soignée, il a écrit :

« Thérèse Desqueyroux
« Sainte Locuste[1]

« ... certains êtres s'égarent nécessairement parce qu'il n'y a pas pour eux de vrais chemins.

« THOMAS MANN.

« L'Esprit de famille

« Aujourd'hui 13 avril 1926, je prends conscience de ce que doit être ce livre en même temps que j'en découvre le titre[2]. L'anecdote de « la femme qui empoisonne son mari » ne sert qu'à illustrer ce sacrifice perpétuel dans une famille bourgeoise franç⟨aise⟩ à l'honneur du nom, à la Famille : tout recouvrir, tout cacher. Immoler tous les bonheurs individuels : que ça ne se sache pas. Le titre secret est : *le plat de cendre* (les chats recouvrent leurs ordures). C'est la grand-mère de Thérèse qui a fui avec un amant. Et sa mère s'est entendu dire toute sa vie par son mari : " Expiez. " Redoublement de rigorisme. Placer chez les Belloc un frère aîné sur la fin duquel on ne sait rien[3]. Le fils aîné refuse d'épouser [Thérèse *biffé*] Anne à cause des rumeurs de crime; mais on réserve pour le cadet la fille de Thérèse qui héritera d'Anne. Rôle du curé qui *[un mot illisible]* « faire la théorie de la chose » sans en avoir l'air (ex⟨em⟩ple de la famille religieuse). »

---

1. Voir p. 17 et n. 3.
2. Ce titre, c'est peut-être *L'Esprit de famille*, plutôt que les deux qui précèdent.
3. Voir p. 973 (fin de var. *b*, p. 56) des notes de composition qui sont assez proches de ce texte pour faire conclure qu'elles en sont contemporaines ; mise au point que Mauriac fait pour soi-même, au moment où il abandonne *ms. 1*.

Ce texte a été écrit vraisemblablement au moment où Mauriac interrompt la rédaction de *ms. 1* pour entreprendre la seconde rédaction (voir var. *b*, p. 56, à la fin). Il avait sans doute laissé blanche cette première page où il a porté ensuite les titres, puis cette note.

Le second manuscrit *(ms. 2)* est également un cahier (format 13,5 × 22 cm.) : 75 pages ont été écrites au recto, et, le cahier retourné, 24 versos de pages ont été utilisés en sens inverse. Le texte est complet. Il ne porte ni titre, ni indication d'épigraphe.

Enfin une feuille volante (20 × 30 cm) écrite recto-verso, contient — en désordre et sans référence — le texte de sept courts passages du texte définitif qui manquent dans *ms. 2* (voir var. *a*, p. 55; var. *a*, p. 66; var. *a*, p. 80; var. *c*, p. 101; var. *b*, p. 102; var. *c*, p. 103; var. *a*, p. 104).

LES ÉDITIONS

Thérèse Desqueyroux a d'abord paru dans la *Revue de Paris,* du 15 novembre 1926 au 1er janvier 1927 (sigle : *RP*). L'édition originale a été publiée chez Grasset en 1927 (sigle : *orig.*). Les éditions intermédiaires entre celle-ci et les *Œuvres complètes* (sigle : *OC*), fort nombreuses, reproduisent le texte de l'originale. Nous donnons le texte de *OC*, où quelques corrections ont été faites (quelques suppressions de détail en particulier). Nous l'avons corrigé à quelques endroits, tous signalés dans les variantes.

Les variantes de l'édition en revue, que nous avons cependant relevées pour la plupart, sont, pour ce roman, peu significatives; il est évident, en outre, que le texte de *RP* n'a pas servi pour l'édition originale (imprimée presque simultanément; l'achevé d'imprimer est du 9 février); en plusieurs endroits l'originale néglige en effet une correction de *RP* pour suivre le texte du manuscrit; il y a eu vraisemblablement deux dactylographies corrigées séparément. Les différences de texte entre *RP* et *orig.* sont d'ailleurs de détail.

NOTES ET VARIANTES

Page 15.

a. Cette épigraphe ne se trouve dans aucun des deux manuscrits. Voir la Note sur le texte, p. 929, pour celle de ms. 1.

1. *Le Spleen de Paris,* « Mademoiselle Bistouri » (*Œuvres complètes,* Bibl. de la Pléiade, t. I, p. 356).

Page 17.

a. Cet « avis au lecteur » ne se trouve pas dans les manuscrits.

1. Voir dans la Notice, p. 924, le fragment du journal de Mauriac qui, en mai 1906, relate ce procès.

2. Sur ce thème de la « famille », voir les notes du *ms. 1*, dans la Note sur le texte, p. 928.

3. Nom de l'empoisonneuse qui prépara pour Néron le poison destiné à Britannicus ; dans le premier manuscrit, Mauriac donne ce « sous-titre » à son roman, ce qui traduit l'intention évidente à cet instant de « sauver » Thérèse.

4. C'est, en effet, le premier roman de Mauriac — et l'un des seuls — qui s'achève sans qu'au moins apparaisse la possibilité d'une « conversion », fût-elle seulement annoncée, comme dans *Le Désert de l'amour* par le romancier (voir sur ce point la Préface). La gêne sera plus nette encore à propos de *La Fin de la nuit* et Mauriac s'en expliquera dans une préface.

Page 19.

a. une porte[1]. Thérèse [demeurée dans le couloir *add. interl.*] sentit [...] brume [de septembre *biffé*] et profondément l'aspira. [Elle avait peur d'être attendue, hésitait à sortir. *add. interl.*] [Son père se détacha d'un platane et courut vers *biffé*] [Un homme *[...]* platane. *add. interl.*] Elle reconnut *ms. 1*

b. des marches. Oui, *ms. 1. En marge :* pluie.

c. déserte. Elle sentit contre sa joue la joue rêche de son père ; déjà il ne la regardait plus, interrogeait [avidement *add. interl.*] l'avocat. Ils parlaient à mi-voix, comme s'ils se fussent sentis épiés... *ms. 1* : déserte ; [des flaques d'eau luisaient *biffé*] [où un souffle rôdait *corr. interl. biffée*] [où se posait parfois doucement une large feuille *[*détachée *biffé 1]* morte de platane *corr. interl. biffée en définitive*]. Son père ne l'embrassa [...] épiés. *ms. 2*

d. du non-lieu. / — Après la déposition [...] couru... Du moment [...] gouttes. / — Oh ! vous savez [Larroque *biffé*] [Desqueyroux *corr. interl.*][2] dans ces sortes *ms. 1.* : du non-lieu [...]. / Du moment qu'il reconnaissait avoir suivi sans prudence le traitement [de Fowler, *biffé*] et que, de son [...] dans ces sortes *ms. 2*

1. *En haut de la première page de ms.* 1, *cette note encadrée d'un trait :* Atténuer beaucoup *[un mot illisible]*, qu'il y ait dans Thérèse une fille de propr⟨iétaire⟩ heureuse d'épouser le puis riche propr⟨iétaire⟩ — désireuse qu'Anne épouse un riche propr⟨iétaire⟩. *Note vraisemblablement à peine antérieure à ms.* 2.
2. Mauriac hésite longtemps sur les noms, intervertit par exemple Larroque et Desqueyroux, corrige, se reprend. Belloc servira pour le domestique (plus tard Balion) et pour les Deguilhem, Balion est d'abord le nom de l'avocat... Nous n'avons pas relevé ces variantes de détail. Notons cependant que Mauriac (voir également dans *Le Mystère Frontenac*, p. 1248, n. 1) paraît « essayer » les noms et choisit tardivement, pour des raisons d'euphonie, sans doute. Le choix définitif ne se fait le plus souvent qu'au moment de la dictée.

Page 20.

a. pas eu de victime *[p. 19, 4ᵉ ligne en bas de page]*. | Les deux
hommes la regardèrent. Elle était immobile, serrée dans un man-
teau sombre, le visage inexpressif. | J'ai voulu [...] madame... |
[C'était *1ʳᵉ réd. non. biffée*] [ce fut *2ᵉ réd. interl.*] dit sur un ton
[de moquerie *biffé*] [d'esprit *1ʳᵉ corr. interl. non biffée*] [d'ironie
2ᵉ corr. interl. non biffée], mais l'avocat n'en savait prendre aucun
autre. Elle demanda *ms. 1* : pas eu de victime [...] madame. |
[Cela fut dit sur un ton d'esprit, mais l'avocat n'en savait prendre
aucun autre. Il ricanait toujours. *biffé*] [Plus tard *biffé*] [Long-
temps après, maître Balion *[aimerait rappeler *biffé 1*] [devait se
glorifier de *corr. interl.]* cette répartie. *biffé en définitive*]. Les deux
hommes [...] demanda *ms. 2*
b. la place où les feuilles de platane recouvraient les bancs déserts.
[Thérèse marchait entre les deux hommes qu'elle dominait du front.
add. interl.] Elle dit : « Heureusement, les jours ont bien diminué. » |
Elle était tranquille maintenant : pour rejoindre [...] les rues [les
plus noires *1ʳᵉ réd. non biffée*] [les moins fréquentées *2ᵉ réd. interl.*]
de la sous-préfecture. M. Larroque et l'avocat discutaient toujours
à mi-voix, gênés par cette femme entre eux, et comme ils [se
penchaient pour mieux s'entendre et *biffé*] la bousculaient, la
pressaient du coude, elle demeura *ms. 1* : la place [...] par cette
femme [...] du coude, la bousculaient. Alors elle demeura *ms. 2*
c. en arrière et maintenant elle les suivait entre des murs de
jardins, ayant peine à régler son pas sur le leur[1]. Parfois *ms. 1* :
en arrière et maintenant [voici qu' *add. interl.*] elle les suivait,
ayant peine à régler son pas sur le leur. Elle déganta sa main gauche
pour arracher [des capillaires *biffé*] [de la mousse *corr. interl.*]
[à ce vieux mur croûlant *1ʳᵉ réd. non biffée*] [à ces vieilles pierres
2ᵉ réd. interl.] qu'elle longeait. Parfois *ms. 2*
d. ou une carriole. Mais le crépuscule l'enveloppait, la protégeait
contre les hommes; c'était au déclin de septembre, l'époque où il
envahit la terre plus rapide qu'une marée où nous nous laissons
surprendre par la ⟨nuit ?⟩ subite. Thérèse avançait dans l'odeur
de fournil, de pain chaud, d'herbes brûlées qui n'était plus seulement pour elle l'odeur du soir dans une petite ville, mais le parfum
même de la vie, de sa libre vie [qui avait été menacée *biffé*] [que
les ⟨hommes⟩ avaient failli lui ravir *corr. interl.*] qu'elle avait
risqué de perdre, qui lui était rendue, enfin ! rendue à jamais [et
elle fermait les yeux sous ce souffle de la terre endormie *[herbeuse
add. interl.]* et mouillée, comme elle eût cherché la bouche d'un être
aimé reconquis *add. interl.*]. Que lui importait maintenant le
propos de ce [petit homme courtaud, aux jambes courtes *biffé*] [du
vieillard dont elle était *[un mot illisible]* corr. interl.*] [de ce petit

---

1. En marge dans *ms. 1* : Pluie. *Ces notes (voir var. b, p. 19 et n. 1,
p. 931) paraissent attester une relecture d'ensemble de* ms. 1 *avant la
rédaction de* ms. 2.

homme   *corr. interl.*] aux courtes jambes tordues, qui ne songeait pas même à se retourner vers sa fille; elle aurait pu choir de fatigue, d'angoisse, ni lui ni l'avocat ne s'en fussent aperçus. / La déposition *ms. 1*   : ou une carriole; [et il fallait se tapir contre le mur à cause de la boue jaillie des ornières   *corrigé en*   la boue jaillie l'obligeait à se tapir contre le mur[1]]. Mais le crépuscule [enveloppait Thérèse, la défendait contre les hommes; il recouvrait la terre comme une marée rapide;   *corrigé en*   recouvrait Thérèse, la défendait contre les hommes.] L'odeur [...] de la vie [la vie que les hommes avaient failli lui ravir[2]], de sa misérable vie qui était enfin rendue [rendue à jamais   *biffé*]. Elle fermait [...] mouillée; [comme elle eût cherché les lèvres d'un être aimé longtemps perdu et enfin reconquis   *biffé*], s'efforçait [...], ni lui, ni l'avocat [Balion   *add. interl.*] ne s'en [...] La déposition   *ms. 2*

    e. cette ordonnance... signature illisible. / — Trois experts ont nié que ce fût l'écriture de Thérèse et le quatrième n'affirmait rien. / — Tout de même[3],   *ms. 1*   : cette ordonnance [...] porté plainte/... — Un ennemi politique... / Tout de même,   *ms. 2*

    1. Mauriac masque un peu les lieux réels : Budos est un bourg situé au-delà de Sauternes, vers Landiras, assez éloigné de Bazas où se passe cette scène et qui n'est pas nommé. Peut-être transpose-t-il, Cudos est au sud de Bazas, à quelques kilomètres.

Page 21.

    a. se rendre cette justice. *[p. 20, avant dernière ligne]* [Il parlait de l'honneur du nom, du parti républicain compromis; mais c'était sa situation surtout   *biffé*] *[corr. interl. et quelques mots raturés illisibles].* Maintenant le voilà rassuré, l'honneur du nom [comme il dit,   *add. interl.*] est sauf; d'ici les prochaines élections sénatoriales, on aura eu le temps d'oublier l'affaire. / Moi, mon cher, je suis d'avis de prendre l'offensive : [un ⟨entrefilet⟩ dans *Le Semeur* de dimanche. Il faudrait un titre, quelque chose comme   *add. interl.*] la rumeur infâme ou calomniez ! calomniez[4] ! / Mais non, Larroque, vous êtes fou !; faites le mort, bon Dieu[5] ! / Thérèse n'entendit   *ms. 1*   : se rendre justice. Pourquoi [ne retrouve-t-il pas son calme maintenant que   *biffé*] [s'agite-t-il encore ? Ce qu'il appelle   *corr. interl.*] l'honneur [...] sénatoriales, *[quelques mots raturés illisibles].* [Les

    1. *Mauriac n'a pas biffé et il fallait. De même à cause de la boue jaillie des ornières. Ces mots sont mis entre crochets droits, comme s'il se réservait de revenir sur ses corrections.*
    2. *Mauriac a placé les mots* la vie que les hommes avaient failli lui ravir *entre crochets droits, hésitant ici aussi sur sa correction.*
    3. *En marge dans ms. 1 :* les 2 médecins ennemis et le pharmacien complaisant.
    4. *En add. interl. dans ms. 1* quelques mots difficiles à lire : ou bien *[deux mots illisibles]* de Loyola confondu.
    5. *Deux notes en marge dans ms. 1:* C'est l'avocat qui parle de faire front et le vieux Larroque qui veut faire le mort : « tout recouvrir, tout étouffer » *et :* ciel après la pluie.

gens auront oublié *biffé*] [Nul ne se souviendra plus de *corr. interl.*] Cette [triste *biffé*] histoire... Ainsi [...] la route et ils gesticulent dans l'ombre. / — Croyez-moi, [...] *infâme* ou encore : *Calomniez ! Calomniez !* / — Non, mon vieux, non, non, le silence, l'étouffement... J'agirai [...] recouvrir... / [Ils s'étaient *biffé*] [Il parut à Thérèse que son père faisait le geste d'enfouir *biffé*] [et les deux hommes *biffé*] Elle n'entendit *ms. 2*

b. réponse de son père qui soudain [de nouveau *add. interl.*] avait baissé le ton. Les lanternes d'un vieux landau, au bord du fossé éclairaient deux *ms. 1* : la réponse de Balion à Larroque, car ils allaient de nouveau d'un pas rapide. Elle aspira encore les yeux clos, l'odeur pluvieuse de la nuit, comme un être [...] imagine qu'elle avait pu être ainsi [effacée *add. interl.*], supprimée, anéantie [...] d'enfant, pareil à une source la nuit, et elle se penchera sur le berceau et ses lèvres avides chercheront [cette chair et ce sang tranquilles *biffé*] [comme de l'eau *corr. interl.*] cette pure vie endormie. / Au bord [...] deux *ms. 2*

c. de chevaux; un pan de mur décrépi, au-delà commençait [la forêt ténébreuse *biffé*] [les pins et dans *corr. interl.*] cette masse de ténèbre la route et au dessus de la route une coulée de ciel se creusaient leur lit. Le vieux cocher de M. *[nom illisible]* toucha sa casquette, regarda Thérèse, avec une sorte d'attention goulue. Comme *ms. 1* : des chevaux; [un pan de mur décrépi *biffé*] au delà [commençaient les pins qui dressaient des deux côtés de la route deux murailles sombres *biffé*] [se dressaient à gauche et à droite de la route les deux murailles sombres de la forêt. *corr. interl.*] Les [branches *biffé*] [cimes *corr. interl.*] des premiers pins se rejoignaient d'un talus à l'autre et, sous cet arc [de triomphe *biffé*] [sylvestre *biffé*] [immense *biffé*], s'enfonçait [...] mystérieuse. Au dessus d'elle, un fleuve de ciel se frayait un lit encombré de branches. Depuis le siège élevé le cocher de Jérôme Larroque, ayant touché sa [casquette *biffé*] [béret *corr. interl.*] contempla Thérèse [...]. Comme *ms. 2*

d. gare de Nizan, *orig. OC. Nous corrigeons d'après ms., RP. ici et dans la suite du texte.*

1. Voir « Géographie romanesque de Mauriac », carte III, t. I, p. 1398.

Page 22.

a. n'a plus rien à faire ici ? *OC. Nous corrigeons d'après ms. 1, ms. 2, et orig.*

b. dévisagée comme une femme entre deux gendarmes ? / Alors, *ms. 1*

c. contente ? / C'était son père qui maintenant l'interrogeait, comme si cela l'intéressait qu'elle fût contente ou non. Tout frémissant encore du péril conjuré, il avait hâte de ne plus voir cette fille maudite par qui ⟨tout l'effort patient de sa vie ?⟩ se trouvait à

jamais compromis; cette lente ascension vers le sénat... et à deux
années de l'élection ce scandale atroce, cette salissure... oui, l'affaire
était étouffée; mais à quel prix ! Et la préfecture le tenait maintenant.
La cour d'assises évitée, c'était l'essentiel. Mais le non-lieu ne
finissait rien. Les adversaires sauraient entretenir la plaie. Un fait
nouveau peut toujours surgir lorsqu'on s'y attend le moins. Ah !
qu'elle s'en aille ! qu'elle disparaisse ! Il avait toujours eu peu
d'inclination pour les femmes... Et celle-là qu'il croyait supérieure
à toutes les autres, cette fille célèbre dans la lande pour sa beauté,
pour son intelligence... Ah ! il aurait mieux valu avoir affaire à une
idiote. Toutes des idiotes ou des hystériques *[manque un ou deux
mots ; la page suivante commence par :]* la portière et d'une voix
rogue « ... Monte vite[1]. » / Ce fut alors que l'avocat, sans mauvaise
intention, et seulement pour ne point la laisser partir sans une
parole, demanda : « Vous allez rejoindre dès ce soir M *[nom illisible
biffé]* [Larroque *corr. interl.*] ? » Et comme elle *ms. 1* :
contente ? Son père [...] éprouve ? Thérèse ou un autre... Il ne
s'est jamais mis à la place de personne. Cela seul compte : sa lente
ascension [...] idiotes !) le portrait de sa grand-mère Bellade, parbleu ! heureusement [...] évitée, c'était l'essentiel. Comment
empêcher [...] : cette histoire de petits [garçons *biffé*] [filles *corr.
interl.*]. Il prit [...]. / Alors l'avocat, soit qu'il obéit à une sourde
perfidie ou qu'il ne voulût point laisser Thérèse s'éloigner sans lui
avoir adressé [...]. Comme elle *ms. 2*

d. contre cet homme à peine revenu des sombres bords où elle
était accusée de l'avoir criminellement poussé. Jusqu'à ce jour, à
peine avait-elle osé regarder quelques instants dans le futur : la
prison, la cour d'assises, le bagne, obstruaient toutes les avenues;
elle s'en créait des images vagues et terrifiantes, qui la *[un mot
illisible]* à la lutte *[une ligne très raturée avec des corr. interl. illisibles]*
elle avait refait plusieurs fois ce même *ms. 1* : contre cet homme
à peine revenu des sombres bords [où elle était accusée de l'avoir
criminellement poussé *biffé*]. Établie [...] ce même *ms. 2*

1. Cette formule est familière au père de Thérèse; voir p. 54.

Page 23.

a. ce soir *[p. 22, 8e ligne en bas de page]*, pour arranger la déposition de son mari d'accord avec lui, *[une dizaine de mots illisibles]*.
Lui et elle, ils étaient vraiment un dans une seule chair, dans la
chair de leurs deux enfants, dont il fallait sauver le nom. Durant
ces longs débats qu'ils avaient tête à tête, à aucun moment il ne
s'agissait de ce qui avait été réellement, mais seulement de ce qu'il
fallait dire; ils recréaient à l'usage d'un juge logicien une histoire

1. *En marge dans ms. 1 : sa grand-mère. Le texte de ms. 2 (voir la
suite de la variante) contient en effet une allusion à la grand-mère
Bellade (voir p. 21) qui n'a pas été maintenue dans le texte définitif.*

fortement liée [et qui pût le satisfaire   *add. interl.*], construite, où le destin assumait son rôle antique. Alors, comme lorsqu'elle montait dans ce même landau qui l'attend ce soir, elle était pressée d'achever ce long voyage, et aurait déjà voulu être à Argelouse dans la chambre de son mari, elle récapitulait tous les renseignements qu'il fallait qu'elle lui donnât... qu'il n'oublie pas surtout d'affirmer *ms. 1* : ce soir, [...] fille Marie dont il fallait coûte que coûte préserver le nom de tout opprobre. Ils recomposaient [...] ce soir, qu'elle se sentait impatiente d'achever le long voyage nocturne ! Elle aurait voulu être [...] d'affirmer *ms. 2*

   b. une telle imprudence. / Tout cela est fini, l'affaire est classée, l'avenir est net. Plus rien de sinistre ne l'obstrue[1]. De quoi *ms. 1* : une telle imprudence. / Le cauchemar [est dissipé; l'avenir est net *biffé* [se dissipe; l'affaire est classée. *corr. interl.*] De quoi *ms. 2*

   c. elle imagine l'immense lit dans la chambre humide [et triste *biffé*] la [petite *biffé*] lampe *ms. 1* : elle imagine l'immense lit [...] la lampe *ms. 2*

   d. Bernard rompu par d'affreux vomissements, alors qu'elle croyait qu'il allait mourir. En un instant, elle imagine soudain le tête à tête dans cette maison d'Argelouse où ils n'auront plus *ms. 1* : Bernard en proie [...] vomissements [alors qu'elle ne doutait pas qu'il dût mourir *biffé*]. En une seconde, elle imagine soudain le premier regard qu'ils échangeront et puis [le tête à tête *biffé*] [cette nuit et le lendemain et le jour qui suivra et tous ces jours *corr. interl.*] dans [...] plus *ms. 2*

   e. qui fut réellement; il faudra trouver le joint, rattacher le présent à ce passé ténébreux... Et soudain Thérèse, prise de panique, balbutie, *ms. 1* : qui fut réellement; il faudra rattacher le présent à ce passé ténébreux et, prise [...] balbutie *ms. 2*

Page 24.

   a. Ah ! ça non, par exemple, ma petite, non ! non ! *[p. 23, 4ᵉ ligne en bas de page]* / Il baisse soudain la voix parce que Darquez sur le siège a tourné brusquement la tête ». [Ce serait se reconnaître coupable. Il était plus nécessaire que jamais de les quitter *[deux ou trois mots illisibles]* add. interl.*] Il en avait tout de même assez fait ! Elle l'avait assez compromis comme cela. Il était allé pour elle au-delà de son devoir. Il appartenait à son parti. Son parti avait été assez atteint par le scandale [Son parti, autant dire : la République. *add. interl.*] Ça suffisait comme ça. Il ne demandait rien à Thérèse que de se faire oublier... Du moins Argelouse était l'endroit rêvé pour quelqu'un qui veut disparaître. Qu'elle s'y cache ! qu'elle s'y terre ! jusqu'à ce que le temps ait accompli son œuvre[2]... / Il défen-

---

  1. *En marge dans ms. 1:* prévenue, inculpée ; *sans doute est-ce l'indication d'un développement qui ne sera pas rédigé.*
  2. *En marge dans ms. 1:* A DÉVELOPPER : sa mère — scandales enterrés. *C'est le thème de la famille sur lequel Mauriac insiste dans ms. 2.*

drait ⟨sauvagement⟩ sa situation, il préserverait ce qui pourrait en être sauvé encore. Tenant d'une main le loquet de la portière, de l'autre il poussait Thérèse dans le vieux landau[1]. / L'avocat lui prit la main : « Tout est bien   *ms. 1*   : Ah ! ça ! non, par exemple, ma petite, non ! non ! / Et comme [...] en ce moment où tout le monde aura les yeux fixés sur vous ? Comme les deux doigts de la main, tu entends ? Il faut que vous soyez comme les deux doigts de la main jusqu'à la mort... [Argelouse est l'endroit rêvé pour quelqu'un qui veut qu'on l'oublie. *biffé*]. Il déboutonna son pardessus, l'indignation l'étouffait. / « Tu as raison, père, où avais-je la tête ? / — Jusqu'à la mort ? comme les deux doigts de la main, comprends-tu ? / — Alors, adieu, père. Je ne sais quand nous nous reverrons... [puisque je ne dois plus jamais   *biffé*] [C'est toi qui viendras à Argelouse, *corr. interl.*] / — Mais, Thérèse [...] venus. C'est incroyable que tu ne comprennes pas. Il faut que rien de votre vie ne soit changé. La moindre dérogation aux usages de la famille, le moindre brèche dans le mur de vos habitudes, ce serait notre mort... [C'est bien entendu. Je peux compter sur toi.   *add. marg.*] Tu nous as fait assez de mal comme ça... » allons, c'est l'heure... / Il la poussa [...] est bien   *ms. 2*

b. *À la fin de ce chapitre dans ms. 1 cette note :* Laisser entendre que le crime pour laquelle [*sic*] on la poursuit n'est presque rien à ses yeux au prix de tout ce qu'on ne sait pas.

c. l'aime. [Ses pieds reposent sur une bouillotte   *biffé*]. Les lanternes éclairent le talus que borde une frange de fougères et les bases des pins géants. L'ombre de l'équipage se détruit et se recompose. Parfois des charrettes chargées de poteaux de mine passent et les mules d'elles-mêmes prennent la gauche sans que bouge le muletier cadavre étendu sous une bâche. Il semble   *ms. 1*   : l'aime. Les lanternes éclairent les talus que borde une frange de fougères et la base [...] prennent la gauche sans que bouge le muletier endormi, cadavre sous la bâche. Il semble   *ms. 2*

d. jamais Argelouse, la maison isolée où son mari veille, où dans une chambre s'élèvent les respirations calmes des enfants endormis ; elle n'ose regarder en face cette vie qui lui est rendue. Mais d'abord, il faut compter plus d'une heure avant d'atteindre la gare du Nizan. Là, elle montera dans un train qui s'arrête à chaque gare indéfiniment. De Saint-Clair   *ms. 1*

1. C'est le nom de l'avocat qui plaida au procès dont s'inspire Mauriac. Voir la Notice, p. 924.

2. Si Le Nizan est le nom réel, Saint-Clair désigne Saint-Symphorien et Argelouse, Jouanhaut. Voir la Notice, p. 923. La notation de l'itinéraire est précise.

Page 25.

a. en carriole [*p. 24, 5e ligne en bas de page*]. Car la route entre

1. *En marge dans ms. 1 :* Tu viendras, comme d'habitude.

Saint-Clair et Argelouse est si mauvaise que l'auto n'y saurait
rouler la nuit. [Le destin à *[...]* de terre, de la catastrophe où le monde
et elle se fussent abîmés *add. interl.*][1] » Elle enlève *ms. 1* : en
carriole (sur la route d'Argelouse défoncée par les chariots à poteaux
de mine, aucune auto ne saurait s'engager la nuit) le destin *[...]* de
terre. Elle enlève *ms. 2*

b. appuie sa petite tête blême contre le cuir odorant, son corps
s'abandonne aux chaos *[sic]*, secoué comme une chose morte.
C'était sa défense qui l'avait soutenue ; elle vivait d'être traquée ; le
péril avait mobilisé toutes ses puissances, maintenant *ms. 1* :
appuie contre *[...]* blême [et ballottée *add. interl.*], livre son corps
inerte aux chaos *[sic]*. Sa défense jusqu'à ce soir l'avait soutenue.
Elle avait vécu d'être traquée. [Le péril avait mobilisé toutes ses
puissances *biffé*] Maintenant *ms. 2*

c. épuisement. [Sa tête obéit à toutes les oscillations de la voiture.
add. interl.]. Les joues creuses, les pommettes saillantes [les lèvres
aspirées par la bouche *add. interl.*], ses cheveux courts sur son
front magnifique, tout cela compose un masque funèbre, une de ces
figures qui condamnent un être à la solitude irrémédiable. Ce
charme, cette grâce de Thérèse Desqueyroux que le monde *ms. 1*

d. irrésistible, c'est celui de tous les êtres dont le visage trahit
le tourment d'un mal secret, d'une plaie intérieure et qui s'épuisent
à donner le change *ms. 1*

e. de brûlée vive ; elle se caresse en proie à une compassion sans
borne pour elle-même dont personne au monde n'aura plus jamais
pitié... Personne, pas même celui qu'on l'accuse d'avoir empoisonné
et en face de qui il va falloir vivre. Quelles seront *ms. 1* : de
brûlée vive, pleine d'une compassion sans borne pour elle-même
dont personne au monde n'eut jamais pitié. Personne et surtout pas
celui auprès duquel il va maintenant falloir vivre. Quelles seront
ms. 2

f. faux témoignage fut le salut de Thérèse. Il ne peut pas douter
qu'elle soit coupable puisqu'il a dû mentir pour qu'elle ne fût pas
inculpée. Sans doute *[...]* demain ?... mais les autres jours ? Thérèse
mesure d'un seul coup les semaines, les mois, les années, qu'il va
falloir traverser ensemble ; elle ferme les yeux, les rouvre [et
comme les chevaux vont au pas, *add. interl.*] s'efforce de deviner
à quel endroit de la route elle se trouve et si la gare du Nizan est
proche ; mais la vitre baissée, elle ne peut discerner dans la nuit
aucun repère. Ah ! ne rien *ms. 1* : faux témoignage fut le salut
de Thérèse. Il ne peut douter qu'elle soit coupable puisqu'il a dû
mentir pour la sauver. Sans doute *[...]* demain ? « Quelle sera ma
vie ? » Thérèse ferme *[...]* montée. La gare de Nizan est-elle proche ?
Ah ! ne rien *ms. 2*

---

1. Il y a pour cette phrase, à la fois, une addition interlinéaire et
une addition marginale dont on saisit mal la succession ; la seconde
est peu lisible, mais paraît donner un texte proche.

g. n'imagine... Pourquoi *ms. 1* : n'imagine. Ne rien prévoir, ne rien prévoir. Baisse tes paupières. / Pourquoi *ms. 2*

h. Cet homme derrière cette table... Elle reconnaît le juge d'instruction. Elle a peur, elle croyait que tout était fini. Il secoue la tête : l'ordonnance [...] il y a un fait nouveau. [Thérèse essaye de sourire, mais elle se détourne *[...]* décomposée *add. interl.*] *ms. 1*

i. dissimulé ? elle veut jeter un cri de protestation, mais [il y a comme *biffé*] une main sur sa bouche [qui *[*l'empêche et *biffé]* l'étouffe *add. interl.*]. Alors le juge pose devant elle sur la table un petit paquet [minutieusement *biffé*] [soigneusement *corr. interl.*] cacheté *ms. 1* : dissimulé ? [Une main sur sa bouche étouffe le cri de protestation. Le juge *biffé*] Elle veut protester, mais [sa gorge serrée ne laisse passer aucun cri. *biffé*] elle étouffe. Sur la table, le juge [sans perdre son gibier des yeux. *add. interl.*] dépose un paquet minuscule soigneusement cacheté *ms. 2*

1. Une allusion a déjà été faite à l'ordonnance falsifiée (p. 20), et ce rêve annonce un épisode essentiel; voir p. 83.

Page 26.

a. déchiffre à haute voix *[p. 25, 6ᵉ ligne en bas de page]*... 20 gr de chloroforme, 2 gr d'aconitine, 20 cgr de digitaline... « Mais non mari... — C'est lui-même qui a découvert cette preuve irrécusable de votre crime et c'est lui qui vous livre à la justice... » La malheureuse pousse un grand cri, s'éveille. Le frein du vieux landau grinçait : elle reconnaît la descente du Ruisseau Blanc [Elle avait baissé la vitre et *biffé*] [la vitre était demeurée baissée et *corr. interl. biffée*] Sa poitrine dilatée s'emplit de brouillard. Ainsi adolescente rêvait-elle qu'une erreur *ms. 1. Les indications des quantités de poison varient d'une édition à l'autre.*

b. du brevet simple. Mais puisque j'ai mon brevet supérieur ! Non, non, il fallait qu'elle reparût devant ses juges. Elle éprouvait, ce soir, *ms. 1* : du brevet simple. [Elle protestait vainement qu'elle avait son brevet supérieur *biffé*]. Elle [éprouve *biffé*] [goûte *corr. interl.*], ce soir, *ms. 2*

c. à l'avocat... » [C'était l'essentiel d'être libre. Elle se *[*savait *biffé 1]* sentait de taille à *[*capter de nouveau *biffé 2]* ressaisir la confiance de Bernard Desqueyroux. *biffé en définitive*]. Quant à refaire sa vie avec Bernard, ah ! ce ne serait qu'un jeu. Au fond, le plus simple, ce serait de tout dire, oui de se livrer *ms. 1* : à l'avocat... » / Libre ! libre ! [C'était l'essentiel : pour ce qui était de *biffé*] [Que souhaiter de plus ? *corr. interl.*] sa vie auprès de Bernard ? Ah ! ce ne serait qu'un jeu de la rendre possible. Le plus simple serait de tout dire; oui, de se livrer *ms. 2*

d. dès ce soir. [Elle avait le temps *biffé*] [Avant d'avoir atteint Argelouse, elle pourrait à loisir *corr. interl.*] « préparer *ms. 1*

e. dans cette histoire sinistre Les êtres les plus purs [ne savent pas [qu'il ne dépend pas d'eux d'être *biffé 1*] que sous leurs pas naissent les désirs *biffé en définitive*] ignorent *ms. 1*

f. pas d'enfants... Ils auraient causé moins de mal, s'ils avaient été des pécheurs : qui dira tout ce qu'ont déchaîné de crime dans le monde, les êtres inaccessibles et les corps qui se sont refusés ? Mais elle avait raison, *ms. 1* : pas d'enfants. Peut-être ils n'eussent pas causé moins de mal [*sic*] s'ils avaient été des pécheurs. [Qui dira *1re réd. non biffée*] [Nul ne sait *2e réd. interl. non biffée*] tout ce qu'ont déchaîné de crimes dans le monde les êtres inaccessibles, les corps qui se sont refusés ? / Certes, elle avait raison, *ms. 2*

g. recommencer sa vie... » Elle se confierait à Bernard, elle serait pardonnée, elle recommencerait de vivre... / « Je lui dirai... » Que lui *ms. 1*

h. commencer ? Elle ne saurait reconnaître qu'elle a été accusée justement et tout de même peut-être mérite-t-elle le nom de criminelle. Peut-être... Mais [comme un homme arrêté miraculeusement dans sa chute regarde autour de soi, mesure ce qui le sépare du fond de l'abîme, et la tête levée s'effare [d'avoir pu rouler si bas et cependant d'être encore *biffé 1*] d'être vivant *biffé en définitive*] Il semble à Thérèse que les mots dont il faudra user vont la trahir. Comment faisait Anne de La Trave pour faire ce qu'elle appelait une confession ? Toute une vie peut-elle tenir dans quelques paroles ? Comment font tous ces gens pour connaître leurs crimes ? « Moi, *ms. 1*

1. Le Ruisseau blanc coule près de Saint-Symphorien; Mauriac utilise simplement le nom.

2. Mauriac prend volontiers ce mot dans ce sens d'allègement.

3. C'est le mouvement essentiel qui s'était imposé dans *Conscience, instinct divin ;* ici détourné, puisque Thérèse n'est pas chrétienne et qu'elle ne pourra faire cette confession (voir la Notice p. 926).

Page 27.

a. dont on me charge... [*p. 26, 8e ligne en bas de page*] Mais il en est d'autres qu'on ne connaît pas — et ceux-là mêmes, les ai-je voulus ? / Comme la voiture s'arrêtait, elle baissa la vitre et reconnut la petite gare et cette fumeuse lampe à pétrole attachée au mur. Une seule carriole stationnait. D'un train de marchandise garé venaient des mugissements, des bêlements tristes. Gardère descendit lourdement, ouvrit la portière et de nouveau il la dévorait du regard. Sa femme *ms. 1*

b. ce sourire qui la transfigurait et qui faisait *ms. 1, ms. 2*

c. son charme ». Ses yeux pairs [*sic*] elle les éclairait à volonté et quand ils étaient pleins de lumière, elle savait que nul ne résistait à ce regard candide. Comme il y avait deux métayères assises dans la salle, un panier sur les genoux, elle prit dans son sac de la monnaie et la tendit à Gardère en le priant d'aller au guichet à sa place. /

— Une première pour Saint-Clair. / — Alors comme ça ce matin, vous n'aviez pas pris d'aller et retour ? / Elle répondit qu'elle n'était pas sûre de pouvoir rentrer le soir même et comprit au petit rire de l'homme et à son regard qu'il supposait qu'elle avait eu peur de coucher, cette nuit, en prison... / Voyons, Gardère, vous savez bien que Monsieur me retient souvent. Vous lui direz que j'ai fait un bon voyage... / Quand il rapporta le billet, elle lui dit de garder la monnaie; le vieux landau s'ébranla; une dernière fois Gardère se retourna ⟨sur son siège⟩ pour dévisager la fille de son maître, celle dont *Le Nouvelliste* avait reproduit le portrait : *l'empoisonneuse d'Argelouse.* / Le train *ms. 1* : Son charme... » Ses yeux pairs *[sic]* elle les éclairait à volonté d'une lumière si candide que nul n'y pouvait résister. Ayant pris de l'argent dans son sac à main, elle pria Gardère [...] sur les genoux et tricotant ⟨un bas⟩. / Vous demanderez une première pour Saint-Clair. / — Alors, comme ça, Madame n'avait pas pris d'aller et retour ? / Sans doute, supposait-il qu'elle s'était attendue à coucher cette nuit en prison. / — Vous savez bien, Gardère, que M. Larroque me retient souvent... / Quand il rapporta [...]. / Le train *ms. 2*

d. qu'il faudrait d'abord parler à Bernard. Rien de cette histoire ne serait intelligible à Bernard, si elle ne lui expliquait ce que fut sa tendresse pour Anne de la Trave. Mais elle frémit en songeant à ce que d'abord il va imaginer. C'est un homme d'une intelligence précise : tout ce qu'il reçoit ⟨de l'extérieur⟩ trouve immédiatement son casier, son étiquette[1]. Non, elle ne lui parlerait pas de cette amitié. Il la classerait avec ce qu'il y a de ⟨pire⟩, sans tenir compte des différences, des nuances. Bernard était le dernier homme à pouvoir comprendre qu'il n'est pas d'abîme entre les sentiments les plus purs et les plus criminels, mais une ⟨pente⟩ insensible, un lacis de défilés, de passages. Qu'avait-elle fait, Thérèse, que de vivre dans ces régions indéterminées ? Bernard ne comprendrait pas. Impossible cependant de renoncer à cette confession : Thérèse n'imaginait pas d'autre issue; elle ne croyait pas que tout à l'heure en pénétrant dans la chambre, ⟨elle⟩ pût faire un autre geste que de tomber à genoux contre le lit et de tout dire[2]. Comme c'était l'heure où le petit train devait être formé, elle ne traversa pas la salle d'attente, mais le jardin du chef de gare[3], près de la lampisterie. Personne *ms. 1* : qu'il faudrait d'abord parler à Bernard. Rien de cette histoire ne saurait lui être intelligible si elle ne lui expliquait ce que fut sa tendresse pour Anne de la Trave. Mais Bernard est le plus précis des hommes. Il classe tous [...] pardonnée. » / Pour éviter, la salle d'attente, elle traversa le jardin du chef de gare. Personne *ms. 2*

1. *En marge dans ms. 1:* développer caractère Bernard.
2. *En marge dans ms. 1:* entrer dans la *[un mot effacé]* de Bernard, où elle n'avait jamais pénétré.
3. *En marge dans ms. 1:* chrysanthèmes.

e. de lire. Mais voilà longtemps qu'elle n'avait plus envie de rien
lire, qu'il n'était plus au monde rien qui ne lui parût fade au prix de
sa vie, à elle, Thérèse Desqueyroux. Sa propre destinée l'occupait,
la retenait toute entière. Peut-être *ms. 1* : de lire. Mais quel
récit [...] terrible ? Son propre destin l'occupait toute entière. Peut-
être *ms. 2*

Page 28.

a. depuis le commencement. / Le commencement[1], c'était son
enfance, au lycée ⟨où elle fut⟩ dès sa sixième année lorsque sa mère
disparut. Son enfance comme de la neige *ms. 1*

b. et comme absente de ces tragédies troubles où elle voyait ses
compagnes engagées. Les maîtresses *ms. 1* : et comme absente
des menues tragédies où souffraient ses compagnes. Les maîtresses
ms. 2

c. de Thérèse Larroque qui ne demandait point d'autre récompense à ses efforts que la satisfaction du devoir accompli. Elle est
payée par cette joie de réaliser en elle un type d'humanité supérieure.
Elle fuit ce qui est laid. Sa conscience *ms. 1, ms. 2*

d. un paradis où ne pénétrait pas l'homme. Alors *RP. Pour ce
texte dans ms., voir var. a, p. 29.*

Page 29.

a. crainte du châtiment *[p. 28, 9ᵉ ligne en bas de page]* ou l'attrait
de la récompense. Sa récompense, au vrai, était de ne pas se juger
indigne *ms. 1, ms. 2*

b. pas la vie. « C'était vrai qu'Anne ignorait la vie, et Thérèse
émue souvent par tant de candeur, se demandait si l'ignorance du
mal n'assure pas une plus grande perfection, comme si par la seule
science de ce qui souille l'homme, notre pensée subissait déjà une
souillure. Et la preuve, n'était-ce pas, songe Thérèse, ce qui
s'émouvait en elle durant ces lointains étés d'Argelouse et dont elle
s'efforçait de ne rien livrer; mais s'il lui échappait parfois une
parole, un geste vif, si candide était Anne de La Trave qu'elle n'en
ressentait ni étonnement ni trouble. Ces étés d'Argelouse... Thérèse,
dans le petit train. *ms. 1* : pas la vie... » Mais au fond elle se
demandait si l'ignorance du mal n'assure pas une plus grande perfection, comme si par la seule science de ce qui souille l'homme,
notre pensée déjà subissait une souillure. / « Et la preuve, songe
Thérèse, n'était-ce pas ce qui s'émouvait en moi et dont j'avais
honte durant ces lointains étés d'Argelouse ? » Ces étés d'Argelouse... Thérèse, dans le petit train. *ms. 2*

c. les pires orages étaient formés déjà : la pluie, les parterres
ms. 1, avec en note marg. : matinées trop bleues, mauvais signe.

d. de sa figure exténuée. Elle débite stupidement selon le rythme

---

1. *En haut de la page qui commence par ce mot, dans ms. 1, cette
note :* le rythme du train. Je veux dormir...

du wagon cahoté : « Je veux dormir, dormir plutôt que vivre, dans un sommeil aussi doux que la mort[1]... » le rythme se rompt ; *ms. 1.*

e. Saint-Clair ; il faudra descendre et entrer dans la maison où son mari veille et alors *[deux mots illisibles]* un jugement inéluctable. Qu'il lui reste peu de temps pour   *ms. 1*

1. L'indication vague — l'enfance et la jeunesse de Thérèse sont à peine évoquées — donne une cohérence au personnage : Thérèse fera souffrir Anne sans aucune pitié (p. 51); ou peut-être Mauriac cède-t-il à une idée d'époque, venue de la psychanalyse : l'enfance n'est pas « innocente ».

2. Du Nizan, le chemin de fer passait par Uzeste et Villandraut pour atteindre Saint-Symphorien.

Page 30.

a. sa défense *[p. 29, dernière ligne].* Avant qu'ils eussent une auto, c'était un vrai voyage que d'aller en carriole de Saint-Clair à Argelouse... Thérèse espère que la route après ces grandes pluies aura empêché son mari d'envoyer l'auto à la gare. Une fois à Argelouse elle sera prisonnière à jamais de son époux, de sa victime et de son juge. Argelouse, c'est vraiment l'extrémité   *ms. 1*

b. maisons de maîtres. Le père de Thérèse, conseiller général et maire de B. et qui   *ms. 1*

c. changer à ce bien qui lui venait de sa femme et où Thérèse, jeune fille, aimait passer les vacances.   *ms. 1, ms. 2*

d. dans les pins ou un cri d'oiseau. M. Desqueyroux se félicitait *ms. 1* : dans les pins, une charrette cahotante [un aboi de chien *add. interl.*] ou un cri d'oiseau. M. Larroque se félicitait   *ms. 2*

1. Les arrière grands-parents de Mauriac vivaient à Jouanhaut (*OC*, t. IV, p. 136); voir aussi «Géographie romanesque de Mauriac » pour la description de ce lieu; on notera qu'elle est reprise, littéralement, de *Conscience, instinct divin* (p. 9).

2. Bazas; voir n. 1, p. 20.

Page 31.

a. épouser un jour. | Bernard   *ms. 1*   : épouser un jour [selon le vœu *[...]* officiel.   *add. marg.*] | Bernard   *ms. 2*

b. quelque attention. Et ce n'était point non plus Thérèse Desqueyroux qu'en ces années-là, Bernard songeait à poursuivre par les chemins d'Argelouse[2]. Tout le pays   *ms. 1*

c. d'accord avec tout le pays. Mais chaque chose en son temps; jusqu'à la trentaine, cet enfant raisonnable prétendait jouir de la

---

1. Ces deux vers de Baudelaire, « Le Léthé » (*Œuvres complètes*, Bibl. de la Pléiade, t. I, p. 156) avaient déjà suggéré le premier titre du *Baiser au lépreux* : « Dormir plutôt que vivre » (t. I, p. 1122) ; ils apparaissaient avec la même valeur, presque incantatoire, dans *Le Fleuve de feu* (t. I, p. 532, 539 et var. *b*, p. 545).
2. *Note en marge :* La passion de la propriété.

vie. Il jouissait de la vie à sa manière qui n'était pas la plus basse.
[Il ne dédaignait ni la chasse, ni la nourriture, ni l'alcool, ni d'autres
plaisirs, mais il travaillait d'arrache-pied, disait sa mère; il travaillait
car un mari doit être plus inʃtruit que sa femme   *add. marg.*]. Tout
le pays savait que Thérèse Desqueyroux était la meilleure élève du
lycée de B⟨ordeau⟩x, ce qu'on appelle un esprit fort et que M. le
Curé avait peur de s'y frotter. Ce jeune Bernard ne laissait rien au
hasard pour la bonne organisation de sa vie : On n'eʃt jamais
malheureux que par sa faute. À trente ans, Bernard Larroque,
toutes ses études achevées, après avoir accompli des voyages
ms. 1   : d'accord avec tout le pays [...] trop gros. Jusqu'à la trentaine, il sut balancer le travail et [la débauche *biffé*] [le plaisir
corr. interl.]. Car s'il ne dédaignait ni la nourriture, ni l'alcool, ni
les femmes, ni surtout la chasse [...] voyages   *ms. 2*

1. Voir déjà p. 27; l'expression sera reprise, voir p. 37.

Page 32.

a. subit son charme *[p. 31, 9ᵉ ligne en bas de page].* | Pourtant, ce
n'eʃt pas lui   *ms. 2. Le texte de ms. 1 eʃt pour cette page difficile à lire,
mais il paraît à peu près identique à celui de ms. 2*

b. ne savait que prier et s'amuser. Aucune   *ms. 1*   : ne savait
que prier et rire. Aucune   *ms. 2*

c. de Paul de Kock, *L'Esprit des lois, L'Hiʃtoire   ms. 2. On distingue dans ms. 1 un autre titre : L'Hiʃtoire naturelle* de Buffon.

1. Certains éléments de ce portrait sont repris de l'ébauche; voir
p. 6, 10... Mais l'ensemble était alors plus contraʃté : Thérèse traçait
de Bernard un portrait presque aimable; il apparaît ici plus lourd,
plus fruʃte.

2. Voir encore p. 403.

Page 33.

a. de campagne *[p. 32, dernière ligne].* La lycéenne déteʃtait de
coudre alors qu'Anne avait toujours une layette à finir. Aucun
goût   *ms. 2*

b. et lorsque déjà le soleil avait disparu du côté où eʃt l'Océan,
la chaleur du jour était ʃtagnante sous les chênes énormes et bas
devant la maison paysanne[1]. Comme   *ms. 1*   : et lorsque déjà le
soleil [...] des pins [et que comme un cœur battant s'acharnait près
du sol une dernière cigale   *add. interl.*] la chaleur demeurait ʃtagnante sous les chênes devant la maison paysanne. Comme   *ms. 2*

c. du champ où la millade mûrissait. Des nuées   *ms. 1*   : du
champ où mûrissait la millade. Des nuées   *ms. 2*

d. salon obscur. Aucune parole : rien à se dire. Présence suffisante, plénitude délicieuse de ces longues haltes; les minutes coulaient sans que   *ms. 1*

1. *Dans ms. 1, en marge :* Très important : effort de Thérèse pour
la rendre pareille à elle.

e. fait fuir elles ne savaient quel bonheur. *ms. 1* : fuir [elles ne savaient quel *biffé*] [leur informe *corr. interl.*] bonheur. *ms. 2. Nous avons corrigé OC qui donne* : leur uniforme et chaste bonheur, *d'après RP, orig. confirmées par ms. 2*

f. l'oiseau blessé qu'elle étouffait d'une main précautionneuse, tout en posant amoureusement ses lèvres sur les plumes chaudes comme si elle eût voulu d'un souffle ressusciter l'alouette. / Tu viendras *ms. 1* : l'oiseau blessé, le serrait [...] précautionneuse, l'étouffait tout en caressant [...] chaudes... [comme si elle eût voulu d'un souffle ressusciter l'alouette *biffé*] / Tu viendras *ms. 2*

    1. Voir dans *Conscience, instinct divin*, p. 10.

    2. Ruisseau qui passe à Saint-Symphorien, dans le parc de Johanet, mais sa source ne se trouve pas du côté de Jouanhaut; voir « Géographie romanesque », carte III, t. I, p. 1398.

Page 34.

a. la voir tous les jours. Mais Thérèse eût voulu n'en être jamais séparée. ⟨Aussi une seule⟩ parole soudain lui tombait sur le cœur, [la blessait ⟨à mort⟩ *add. interl.*] — parole raisonnable à laquelle *ms. 1* : la voir tous les jours ? Cette ⟨seule⟩ parole tombait lourdement sur le cœur de Thérèse, parole raisonnable à laquelle *ms. 2*

b. incompréhensible, et elle-même Thérèse ne savait pas pourquoi elle souffrait[1]; la petite fille à bicyclette disparaissait dans l'ombre des pins en faisant *ms. 1* : incompréhensible. [Thérèse n'aurait su dire elle-même d'où lui venait tant de tristesse. *biffé*] Anne préférait [...] en grippe... » [C'était comme si la lumière et l'air eussent dit à Thérèse *biffé*]. Thérèse répondait [...] en faisant *ms. 2*

c. ne lui parlât pas. [Elle disait que des ramiers étaient passés déjà, que l'hiver serait précoce et rude, le vieux Duros était enfin entré en agonie, il avait fallu prêter la carriole pour aller quérir le curé à Saint-Clair *biffé*] Thérèse sentait sa vie comme suspendue tout le jour par la présence d'Anne s'éveiller soudain et mille pensées surgissaient en elle, se détruisaient l'une l'autre [comme des vagues *biffé*]. Quand elle aurait épousé Bernard Larroque elle ne serait plus séparée d'Anne qui deviendrait sa belle-sœur... ⟨au moins⟩ jusqu'au mariage de la petite. Mais pourquoi songer à cette *[rature et corr. illisibles]*. C'était une enfant. Et surtout avec des idées si puériles. Comment ne m'ennuyai-je pas auprès d'elle ? Qu'est-ce donc qui la [retenait auprès d'Anne *biffé*] [comblait en sa présence *corr. interl.*] ? Rien de mystérieux dans cette petite fille sinon son corps[2]. Le dîner s'achevait dans l'ombre accrue. Le silence *ms. 1*

d. cette jeune fille un peu hagarde qui avait ⟨moins peur⟩ de la

    1. *En haut de page dans ms. 1:* Les mêmes choses qui avaient un prix infini pour Thérèse, n'étaient rien pour Anne.
    2. Sinon son corps *est souligné de deux traits ; en marge:* insister.

nuit amassée sous les pins que de ces ténèbres en elle dont elle détournait son regard. / Thérèse baisse la glace, penche la tête dans la nuit froide, aspire l'haleine des pins, leur immense armée invisible laisse ⟨le plus mince passage possible⟩ au petit train dont les cahots épousent inlassablement le rythme du distique : « Je veux dormir — dormir plutôt que vivre, dans un sommeil — aussi doux que la mort[1] » / Quelle folie d'espérer que Bernard tout à l'heure puisse même pressentir ce qu'était la jeune fille dont il fit sa femme. Il appartient à la race impitoyable, à la race sourde et aveugle des hommes qui classent les êtres, et pour ceux qui n'entrent pas dans leur cadre, il existe une fosse commune où ils les jettent pêle-mêle et un mot leur suffit pour les désigner : *pourriture*, les *pourris*... Mais elle s'humiliera devant lui, peut-être atteindra-t-elle à l'émouvoir à force d'abaissements et de larmes. Soudain elle imagine la scène : elle voit la chambre où l'un des protagonistes est à cette même heure assis sur le lit sans doute, soutenu par des oreillers et toutes ces revues *[un mot illisible]* d'économie politique sur la table de nuit. Il semble à Thérèse qu'elle l'entend poser cette seule question : « Pourquoi m'avez-vous épousé ? » C'est vrai, pourquoi l'a-t-elle épousé ? Elle ne sait pas ; elle ne sait plus. Elle se souvient seulement qu'elle l'a voulu alors que lui ne comptait pas encore l'épouser avant plusieurs années. Je ne peux pas lui dire que c'était pour me rapprocher d'Anne, pour être ⟨assurée⟩ de ne m'en plus séparer. [Il jugerait cela ignoble ou invraisemblable. Il *[un mot illisible]* que ce put être la raison de mon impatient désir. *add. interl.*] « Vous étiez déjà mieux que des sœurs, impossible qu'une alliance vous rapprochât davantage ». Pendant les vacances qui suivirent le brevet supérieur, une autre raison [plus puissante *add. interl.*] l'avait incitée à toutes ces manœuvres pour séduire le jeune chasseur indifférent[2]. Elle avait vu d'abord qu'il était vaniteux, il s'était cru aimé, une si belle proie à ses pieds l'avait flatté. Il s'admira d'être l'objet d'une telle impatience amoureuse... « Depuis qu'elle vous a revu, Thérèse Desqueyroux ne veut plus attendre, on craint pour sa santé; elle se ronge, la pauvre petite... » Rien qui pût étonner moins ce beau garçon. D'autres que lui possédaient ⟨quinze⟩ cents hectares de « pins sur pied », mais aucun n'avait à son exemple suivi les cours des sciences politiques, passé des examens difficiles ni ne pouvait soutenir une conversation pleine de chiffres. On disait de Bernard « qu'il savait se présenter », et en cela il était fort différent des jeunes ours qui peuplent la forêt landaise. Il savait se présenter, il savait causer, se tenait au courant de ce qu'il paraissait *[sic]*. Avec cela très aimé des métayers qui au fond préfèrent que les messieurs se tiennent à leur place. D'ailleurs, la chasse, la ⟨pêche⟩ la nourriture, les apéritifs, tous ces goûts qu'il possédait en commun avec les plus pauvres comme les plus riches de ses métayers avaient assis sa

---

1. Voir déjà var. *d*, p. 29 et la note.
2. *En marge* : L'Amour de Thérèse pour les pins.

réputation de garçon simple et pas fier. / Il aurait bien attendu,
disait Mme Larroque mère, mais elle l'a voulu,   *ms. 1*

  e. nos principes, malheureusement, mais c'est une nature   *ms. 1,
ms. 2*

  1. Cet épisode — repris de *Conscience, instinct divin* — demeure
obscur; les détails notés insistent, semble-t-il, sur la solitude de
Thérèse, son besoin d'être aimée et dominée : Anne l'emporte à tout
instant sur elle.

Page 35.

  a. dans ce mariage *[p. 34, avant-dernière ligne]*. Oui, la mère... Je
sais bien... Mais c'est oublié, n'est-ce pas ? On ne peut pas dire qu'il
y ait eu de scandale [tellement tout a été étouffé *add. interl.*] personne jamais n'a su ce qu'elle était devenue. [On dit qu'elle est
morte quelque part dans la misère.   *add. interl.*] Elle est morte,
c'est l'essentiel. Il faut bien passer sur quelque chose. Vous croyez
à l'hérédité, vous ? Son père [pense mal, mais il *add. interl.*] ne lui a
donné que de bons exemples. Et puis [vous me croirez si vous
voulez   *add. interl.*] elle est plus riche   *ms. 1*

  1. Voir p. 21, pour ce personnage qui préfigure le destin de
Thérèse.
  2. Voir. p. 54, pour les traits qui expliquent ce jugement.
  3. En cela, Thérèse s'accorde avec Bernard et avec tous ceux
qui l'entourent; voir p. 31 : « Tout le pays les mariait parce que
leurs propriétés semblaient faites pour se confondre... »
  4. Elle obéit ainsi au mouvement profond que paraît traduire
aussi son amitié pour Anne de La Trave (voir n. 1, p. 34) et, plus
superficiellement, à une contrainte sociale.

Page 36.

  a. de candeur amoureuse *[p. 35, ligne 14]*. Rien à faire que de
l'écouter. D'ailleurs plus ⟨heureuse⟩ qu'elle ne le pourrait croire
aujourd'hui; si, elle se souvient maintenant de ce qui l'avait précipitée vers ce garçon; une panique devant tout ce qu'elle sentait
remuer en elle d'immonde, ce fourmillement de bêtes inconnues
[une add. interl. d'une dizaine de mots illisibles] — ces forces non
encore dépensées dont elle redoutait qu'elles ⟨n'entrent⟩ en jeu
pour la précipiter vers elle ne savait quel destin étrange et terrible.
[Un mot illisible] Elle allait « se caser » s'encastrer dans ce bloc
familial; et toute cette part mystérieuse de son être demeurerait en
dehors de cet ordre; elle l'ignorerait, ce serait une région interdite
à sa pensée même. Bernard savait bien distinguer ce qui est noble
et généreux de ce qui est infâme, immonde, monstrueux. Il connaissait les fautes qui déshonorent et celles qui sont pardonnables sinon
même flatteuses. Telles tentations, un galant homme a mille excuses
pour y céder. Telles autres c'est déjà infâmant de les avoir subies.
Le discernement qui lui était naturel, Thérèse s'efforçait d'en conce-

voir ces distinctions, elle feignait d'y entrer et s'il arriva qu'une
parole inconsidérée la trahît, Bernard incriminait les idées du père
Desqueyroux et ⟨l'éducation⟩ du lycée de filles, mais il ne doutait
jamais de pouvoir d'un seul mot redresser ce faux jugement.
Une seule fois Thérèse se souvient d'avoir éveillé en lui une
inquiétude : à propos d'une malheureuse histoire de petites filles
dont l'instituteur d'un village proche avait été le triste héros.
« Quel hypocrite, s'était écrié Bernard. Croyez-vous que pour mieux
tromper son monde, il affectait d'être charitable, de rendre service,
il avait même veillé un de ses *[un mot illisible]* pendant sa dernière
maladie, et pendant ce temps il se livrait à des turpitudes. Quel Tartufe ! il a rudement bien caché son jeu... » Sans défiance, Thérèse
avait répondu qu'il n'avait peut-être point que de mauvais pen-
chants, qu'il pouvait être en dépit de ses *[un mot illisible]* mœurs,
un cœur capable de tendresse et de compassion... Mais les sourcils
soulevés, les ⟨rengorgements⟩ de Bernard ⟨confondu⟩ l'avait
avertie assez tôt qu'elle faisait fausse route. Elle avait mis beaucoup
de ⟨hâte⟩ à se laisser convaincre qu'il n'est rien que de monstrueux
dans un monstre. [Cela se passait quelques semaines avant leur
mariage. Ils suivaient ce chemin de sable entre deux *[un mot illi-
sible]* qui mène à la métairie de Pujo. C'était le temps de Pâques.
Les feuilles mortes des chênes   *ms. 1* : de candeur amoureuse.
Une telle [...] se ronge, la pauvre petite... » Bernard trouvait tout
simple qu'elle se rongeât. D'autres possédaient deux mille hectares
de « pins sur pied », mais aucun n'avait à son exemple le diplôme
de sciences politiques, ni ne pouvait, en économiste averti, soutenir
une conversation pleine de chiffres. On disait de Bernard « qu'il
savait se présenter » et encore « il se tient au courant de ce qui
paraît ». Avec cela très aimé des métayers qui, ⟨selon⟩ Mme de La
Trave « préfèrent que les messieurs se tiennent à leur place ».
N'empêche que la chasse [la pêche   *biffé*], la nourriture, les apéritifs,
tous ces goûts qu'il partageait avec les plus pauvres comme avec
les plus riches avaient affermi sa réputation de garçon simple et
pas fier. / — Je l'ai épousé, parce que... / Thérèse [...] : une panique.
Elle ne savait quoi dans son propre cœur la terrifiait. Petite fille
pratique, [...] rassurée contre ce fourmillement inconnu, au plus
secret de son être. Un sûr instinct la poussait à couvrir de cendres
à étouffer ce feu qui lui faisait peur. Rien ne s'en trahissait au dehors.
Jamais elle [...] fiançailles. Elle tournait le dos résolument à son
destin. Elle allait se caser, s'incruster dans un bloc familial, elle
entrait dans un ordre et toute la part obscure de son être demeurait
en dehors de cet ordre; elle l'ignorerait : région interdite à sa
pensée même. Bernard lui paraissait le guide le plus sûr. Il savait
distinguer ce qui est admirable et sublime de ce qui est monstrueux
et immonde. Il connaissait les fautes qui déshonorent et celles qui
sont pardonnables, voire honorables. Telles tentations, un galant
homme a mille excuses pour y céder; telles autres, c'est déjà infâmant que de les avoir subies. Thérèse s'efforçait de concevoir ces

distinctions et s'il arriva parfois qu'une parole inconsidérée la trahit, Bernard incriminait l'éducation du lycée, les idées du père Larroque. Elle se souvient de la bonne volonté durant leurs promenades à Argelouse dans ce printemps de leurs fiançailles. Ils suivaient ce chemin de sable qui mène à la métairie de [Pujo *biffé*] [Vilmeja *corr. interl.*]. Toutes les feuilles mortes des chênes *ms. 2*

b. d'un vert acide. Elle avait[1]   *ms. 1, ms. 2*

c. plus simple. « On a bourré cette jolie tête de quelques idées fausses... » Des maçons travaillaient à la vieille métairie ; les propriétaires des Bordelais, à qui un grand oncle avait légué Vilmeja, y faisaient construire une chambre pour leur dernier [...] même mal. Il avait répété le nom de ce jeune homme, sans que rien en elle s'émut : Jean Azévédo... Bernard   *ms. 1*

d. les maladies. Cela aussi, comme tout le reste, il le savait d'une science sûre. Thérèse   *ms. 1, ms. 2*

e. des tons qui ne se heurtent pas... » Thérèse sentait en elle alors la ⟨poussée⟩ de sa tendresse endormie et cet engourdissement l'aidait à persévérer dans la voie qu'elle avait choisie. Son esprit était occupé de ⟨débats⟩ tout extérieurs ; et par exemple au sujet du billet de confession qui était exigé d'elle avant la cérémonie nuptiale. « Paris vaut bien une messe... » lui répétait son père, si heureux de ces fiançailles qu'il eût consenti lui-même *[quelques mots illisibles]* Ce fut un jour de juin étouffant dans l'église villageoise, sur l'harmonium poussif, une marche nuptiale paraissait dérisoire. *La page est inachevée. Le texte reprend à la page suivante :* Le jour étouffant   *ms. 1*

1. Métairie proche de Saint-Symphorien ; voir « Géographie romanesque de Mauriac », t. I, carte IV, p. 1400.

Page 37.

a. ce fut ce jour-là *[p. 36, dernière ligne]* qu'elle eut le sentiment de se perdre, d'être à jamais perdue. Elle entrait dans la cage. La lourde porte se refermait sur elle ; mais elle y entrait avec son propre abîme. Rien   *ms. 1* : Ce fut ce jour-là qu'elle eut le sentiment de se perdre, d'être à jamais perdue. Elle était entrée [...]. Rien[2] *ms. 2*

b. de torches. La joie d'Anne, dans ses atours de demoiselle d'honneur, le *[un mot illisible]* atroce de sa joie enfantine, comme si elle n'avait pas su que Thérèse était au moment de la quitter, le soir même, non seulement dans l'espace, mais aussi, [par une division plus secrète *add. interl.*] à cause de ce que Thérèse était au

---

1. *Dans ms. 1, en haut de page :* Il y a entre eux le goût commun des pins, de la propriété. Ils causent intarissablement la-dessus.
2. *En marge dans ms. 1 :* Ce jour-là, elle était affreuse — masque tombé.   Et :   Présence continuelle ⟨du mariage⟩. Le sentiment de n'être jamais seule... de ses gestes pouvant être à chaque instant interprétés.

moment   *ms. 1*   : de torches. Dans la foule, aucun visage familier
que celui d'Anne, mais la joie [...] l'espace, mais aussi par une
division plus secrète, à cause de [...] moment   *ms. 2*

   c. d'irrémédiable. Thérèse se souvient à la sacristie lorsque
s'approcha du sien ce visage puéril et que ⟨pressant⟩ contre elle
cette enfant qui riait, elle découvrit ce néant autour de quoi elle
avait créé un univers de douleurs, d'espérances, de désirs. Longtemps après   *ms. 1*   : d'irrémédiable. Anne demeurait [...] intacts.
Thérèse [s'enfonçait dans le *[mot illisible]* pays des souillures
⟨sanctionnées⟩ *biffé*] [allait [...] servi. *corr. interl.*]... Elle se
rappelle [...] un univers [d'espoirs *biffé*], de douleurs [vagues
add. interl.] et de [désirs *biffé*] vagues [joies *add. interl.*] [Elle
mesure cette disproportion entre la gentille figure barbouillée de
poudre et les forces obscures *[qu'elle avait suffi à déchaîner dans
son cœur innocent.   biffé 1]* qui s'étaient émues au plus secret de
son être.   *biffé en définitive*] [Elle découvrit [...] poudre.   *corr.
marg.*] | Longtemps après   *ms. 2*

   d. une autre personne ». Oui, ce jour-là, elle avait perdu son
masque, ses masques; elle fut elle vraiment, à côté de cet homme,
son époux, en présence de cette foule; mais ils virent   *ms. 1*   : une
autre personne. Oui, auprès de cet homme, son époux, Thérèse en
vérité avait perdu son masque, tous ses masques. Mais les gens
virent   *ms. 2*

   e. Ils dépassèrent les carrioles zigzaguantes, conduites par des
drôles qui avaient bu. L'insistante odeur des fleurs d'acacias jon-
chant la route se confond dans le souvenir de Thérèse avec sa
première nuit de ce que les hommes appellent amour. Thérèse
songe : « ... Ce fut   *ms. 1*

   1. Cette image d'emprisonnement autour de quoi s'ordonne le
roman était préparée déjà par celles qui entourent le voyage de
Thérèse : la voiture fermée, le compartiment de chemin de fer, la
description d'Argelouse. Elle est reprise aussitôt et amplifiée p. 39,
voir la note 3. Il est curieux toutefois que l'impression soit notée
à cet instant; voir la note 1, p. 38.
   2. Voir déjà p. 27 et 31.
   3. Voir une notation identique, p. 25 : « une jeune femme
démasquée... »

Page 38.

   a. souffert ? Et d'abord ce souci l'avait occupé de rajuster son
masque, de ne plus se trahir; elle s'était prise au jeu; un fiancé se
dupe aisément, mais un mari... il y faut feindre le désir, la joie, la
fatigue bienheureuse. N'importe qui sait [...] exigent plus de
science. Elle sut dresser son corps au mensonge. Ce qui un jour
devait lui devenir intolérable, elle y prenait d'abord un plaisir
triste. Ce monde inconnu de sensations ne lui était pas hostile;
grâce à son imagination brûlante, Thérèse pouvait rêver qu'en

d'autres circonstances elle y aurait [pénétré *1re réd. non biffée*]
[fait ses premiers pas *2e réd. interl.*] avec un immense bonheur.
« Si j'avais descendu avec qui je sais les marches de cette ⟨gare⟩,
si je m'étais couchée avec qui je sais dans cette gondole, si... Comme
devant un pays enseveli sous la pluie, nous nous représentons
ms. 1

b. du Baedeker, Thérèse sentait confusément, le soir, qu'il était
à la place d'un bonheur qu'elle essayait d'imaginer. Lui était *ms. 1*

c. dans son auge; il avait cet air [...] méthodique... [Il ne laissait
rien se perdre *add. interl.*] Vous croyez que cela se fait... Vraiment ? Vous croyez que cela est raisonnable ? Normal ?... Il répondait en riant qu'un homme raisonnable doit d'abord faire de sa
femme sa maîtresse... Elle n'en revenait pas de ce que sont les
fantaisies d'un homme aussi peu compliqué que l'était Bernard
[quatre ou cinq mots peu lisibles]. Elle se faisait répéter plusieurs fois
que tous les hommes sont comme ça, bien sûr ! Mais il y en a à qui
le font plus ou moins bien. Elle pouvait se vanter d'être tombée sur
un as ». Où avait-il *ms. 1*

1. Il paraît bien que, consciemment ou inconsciemment, le
romancier déplace un mouvement essentiel (voir n. 1, p. 37).
Dans *Conscience, instinct divin,* Thérèse disait : « L'insidieuse odeur
des fleurs d'acacias qui jonchaient la route se confond dans mon
souvenir avec ma première nuit de ce que les hommes appellent
amour » (p. 13). Cette « confusion » est ici utilisée pour donner
à cette découverte de « l'amour » une importance moindre, apparemment. La réaction de Thérèse au « bonheur » d'Anne lui rendra
toute cette importance; voir p. 42.

2. Dans *La Chair et le sang,* May a les mêmes réactions, exprimées
dans des termes proches; voir t. 1 p. 302.

Page 39.

a. quitta la salle d'un music-hall, *[p. 38, 14e ligne en bas de page]*
outré par un spectacle de danses qu'il dit être « contre nature ».
« Quelle honte ! Dire que les étrangers voient ça ! C'est là dessus
qu'on nous juge ». Thérèse lui dit des questions touchant ce dont
la nature a horreur, et elle écoutait son mari, admirant la netteté de
ses vues, se demandant si c'était là le même homme dont il lui
fallait subir, chaque soir, les inimaginables et patientes et indéfinies
inventions de l'ombre. / Soumise tout de même, consentante, sûre
de donner le change, peut-être Thérèse se fût-elle montrée plus
rétive sans la première missive d'Anne qu'elle reçut durant ce
voyage de noces — lettre qui était celle justement que la jeune
femme avait attendue. Ainsi parfois nous composons en esprit
l'épître que nous voudrions que l'être aimé nous adresse; il arrive
que nous la recevons en effet sans que le hasard y soit pour rien;
l'être aimé s'efforce d'exprimer non les sentiments qu'il éprouve
mais ceux qu'on désire qu'il éprouve; et à distance, c'est si facile,

si peu dangereux de feindre ! Ces lettres brûlantes adressées à une
personne qui ne reviendra pas de si tôt, nous savons que ce ne sont
pas des billets payables à vue. Ainsi pour peindre ses ⟨promenades
aux retraites sylvestres⟩ où elle avouait que le souvenir de Thérèse
la faisait pleurer, Anne de La Trave usait-elle d'images semblables
à celles dont Thérèse se fût servie. Elle se plaignait dans cette lettre
de ne pouvoir aller   *ms. 1*   : quitta ostensiblement [...] inventions
de l'ombre. / Une seule lettre d'Anne : [...] lue avec joie. Les épîtres
adressées à quelqu'un qui ne reviendra pas de si tôt, nous nous
gardons de les considérer ainsi que des billets payables à vue. Anne
se plaignait de ne pouvoir aller   *ms. 2*

    b. faisaient horreur. / Cette lettre[1] avait aidé Thérèse au début de
son voyage à ne point souffrir, l'avait comme endormie ; elle ne
s'était pas étonnée de n'en recevoir aucune autre, sachant que son
amie détestait de « correspondre ». Aussi *ms. 1. Ce paragraphe
dans ms. 1 a deux rédactions, identiques pour ce début.*

    c. l'écriture d'Anne de La Trave. C'était au réveil, le lendemain
de cette soirée où Bernard avait cru devoir quitter le music hall.
Comme ils avaient brûlé les étapes (pressés de rentrer et sans
reconnaître qu'ils n'en pouvaient plus d'être face à face) la poste
restante leur avait fait suivre à Paris tout un paquet de lettres.
Bernard s'interrompit de se raser pour parcourir les siennes et
soudain d'une voix stupéfaite cria des paroles que Thérèse n'entendit pas ; la fenêtre était ouverte à ce bruit monotone de tremblement
de terre que font les autobus. Déjà régnait une chaleur sulfureuse
et le soleil rendait plus lugubre au delà du balcon les façades salies.
ms. 1. première rédaction. La seconde suit immédiatement depuis : Cette
lettre avait aidé Thérèse *et donne depuis la fin de la variante b :* Aussi
fut-elle à l'heure du courrier   *le texte définitif jusqu'à la fin du paragraphe.*   : l'écriture d'Anne de La Trave. [Comme ils avaient brûlé
les étapes *[texte de ms. 1 première rédaction]* façades salies   *biffé*].
Diverses postes restantes. *Puis :* voir la suite sur l'autre cahier.
*ms. 2. Ms. 2 ne reprend qu'au début du chapitre V (voir var. a, p. 47).
Mauriac en recopiant ne s'est pas d'abord avisé qu'il avait repris la rédaction
de ce passage ; il recopie donc dans ms. 2 la première rédaction non biffée
de ms. 1. Lorsqu'il arrive à la seconde rédaction, il rature sur ms. 2 les
dernières lignes, relit ms. 1 et jugeant sans doute que l'épisode ne demande
pas de grandes modifications néglige de le recopier. Certains ajouts sur
ms. 1, dans cette fin du chapitre IV, sont évidemment contemporains de
ms. 2 ; voir en particulier var. a, p. 47.*

    1. Voir les mêmes images dans *Le Baiser au lépreux*, t. 1, p. 466.
    2. L'horreur qu'inspire d'abord à Anne celui dont elle s'éprendra

---

    1. *Au début de ce paragraphe, dans ms. 1, une note :* Son esprit
paradoxal aux yeux des autres explic⟨ation⟩ suffisante aux brusques
échappées de sa vraie nature ⟨cette force, cette virilité qu'elle se
sent⟩... ⟨Jalousie de Anne : M. B.⟩. *Nous ne savons ce que signifient
ces deux lettres.*

si violemment et la sympathie qu'inspire d'abord à Thérèse celui qui lui deviendra odieux, accentuent l'opposition des deux destins.

3. Reprise renforcée de l'image notée n. 1, p. 37.

Page 40.

a. Et comme Thérèse incapable de rien dire, l'interrogeait *ms. 1 Rappelons que depuis ici jusqu'à la fin du chapitre, Mauriac n'a pas récrit* *ms. 1*

b. Pourvu que les Deguilhem [...] demande. *add. interl.* *ms. 1*

c. ouvre-les donc. / Et comme Thérèse répondait d'une voix calme : / Attends un instant, je veux les *ms. 1*

d. montrer ». / Il bougonna : / « Oh ! Te voilà bien ! Il faut que tu compliques tout... Enfin, l'essentiel est que tu ramènes la petite à la raison. Mes parents comptent sur toi... Ils t'attendent comme le messie. Nous partons ce soir. Pendant que tu t'habilles, je vais lancer un télégramme, et retenir des couchettes... Tu peux commencer à garnir le fond des malles... » Il achevait de s'habiller : / Qu'est-ce *ms. 1*

e. plus là. / Encore une de ces paroles, comme il lui en échappait parfois et qui faisaient dire à Bernard : « ... ce que tu es originale, sans en avoir l'air. » / Longtemps *ms. 1*

f. étendue, la figure indifférente, les yeux fixés sur *ms. 1*

Page 41.

a. et sans nom. Elle déchira *ms. 1*

b. que tu l'es. Par exemple ça ne l'empêche pas d'être plutôt religieux. Pourvu qu'il te plaise, malgré cela ! Tu comprends maintenant que je peux me confier à lui sans l'ombre d'un scrupule. Mais, ma chérie, quel *ms. 1*

c. auprès de lui et que sa main repose sur ma poitrine et la mienne aussi je l'appuie à l'endroit où bat son cœur, [C'est ce qu'il appelle la dernière caresse permise add. interl.] je sens* *ms. 1. RP et orig. donnent le texte de* *ms. 1.*

d. qu'une novice et toi tu es entrée dans ce beau pays inconnu. Et c'est pourquoi tu seras avec nous* *ms. 1*

e. pas malade ; il ne croit pas d'ailleurs à l'hérédité... ou plutôt il dit qu'il y a une loi plus forte... Mais je ne comprends pas toutes ces choses. Toi, tu comprendras tout de suite. Je suis heureuse* *ms. 1*

Page 42.

a. semblait trop forte ; il avait ce front très pur qu'on ne voit qu'aux adolescents et où se décèle la ressemblance ineffable de l'homme très jeune et de Dieu... Thérèse, *ms. 1*

b. un peu ouverte. Thérèse approche la photographie de ⟨son visage⟩ l'éloigne ; elle cherche la distance d'où elle verra le mieux cette poitrine, ce côté gauche que brûle pendant des instants infinis la main nue d'Anne ; cette main nue contre un cœur ; il bat à cette minute même sous la pression amoureuse d'une main qui voudrait bouger et qui n'ose « et sa main repose immobile sur ma poitrine et la mienne aussi je l'appuie là où bat son cœur. C'est ce qu'il appelle la dernière caresse permise... » Thérèse leva _ms. 1_ : un peu ouverte... « C'est ce qu'il appelle la dernière caresse permise... » Thérèse leva _RP, orig._

_c._ dans la glace, blême de colère, vieillie, et ces dents, cette mâchoire contractée, il lui fallut _ms. 1_

_d._ Elle connaît cette joie [...] pas moi ? _add. interl. ms. 1_

_e._ de conduite. À l'entendre, c'était donner beaucoup de prix aux _ms. 1_

_f._ recours à sa femme ; [un peu originale sans doute « elle cultivait le paradoxe, mais ce n'était certes pas la première venue... » _biffé_] Il l'avertit _ms. 1_

_g._ saumure. Il déplia sa serviette et dit à sa femme : « Tu es pâlote, il était temps que nous rentrions. » Il n'avait _ms. 1_

h. Ici, en bas de page, une note qui prépare la suite : « Le désir de le repousser. » La vision d'Anne passée de l'autre côté de l'abîme avec « les autres » — sa question : « pourquoi pas ce mariage après tout ? » — juifs portugais — phtisie — paradoxe — Tu n'en penses pas un mot. Retour. Elle regarde son jeune mari endormi. « Enfance ».

1. Cette réflexion traduit très clairement la jalousie qui apparaît dans la conduite de Thérèse à l'égard d'Anne : « il fallait qu'elle sût, comme Thérèse, que le bonheur n'existe pas » (p. 46); cette jalousie ne l'entraîne pas vers Jean Azévédo qui ne l'intéresse pas; elle veut seulement empêcher Anne d'être heureuse, puisqu'elle-même ne l'est pas.

2. Geste magique qui fait mourir celui dont la photographie est ainsi transpercée; voir la note précédente.

Page 43.

_a._ la salle _[p. 42, dernière ligne]_ odorante. Des autos glissaient. Des messieurs le verbe haut, [de ceux qui savent comme il faut parler aux maîtres d'hôtel _add. interl._] s'inquiétaient de leur table retenue. Elle voyait _ms. 1_ : la salle. Derrière [...] s'arrêtaient des autos plus silencieuses que dans un film. Elle voyait, _RP. orig._

_b._ où elle souffrait ! oui, ce fut durant ce déjeuner au [pavillon d'Armenonville _biffé_] [Bois _corr. interl._] que sans haine, sans dégoût même, elle sentit poindre dans son cœur la tentation d'arracher ce garçon de sa vie. Comment ? Elle n'aurait su le dire alors... Simplement qu'il ne soit plus là; _ms. 1_

_c._ sur ce désespoir en elle qui n'est pas tant une [fureur _biffé_] [haine _corr. interl._] jalouse que [le sentiment _biffé_] [la fureur _corr. interl._] de voir [un être aimé _biffé_] [une créature _corr. interl._] [quitter _biffé_] [s'évader hors de _corr. interl._] l'île déserte où nous imaginions qu'elle resterait auprès de nous jusqu'à la fin, franchir l'abîme qui nous sépare des autres, les rejoindre, devenir l'un d'entre eux, changer de planète enfin[1] ! Mais il y a pire ! Nul n'a jamais changé de planète ; Anne *ms. 1*

d. et Argelouse. [Elle y est peut-être à cette heure. *[*Elle voit leurs deux mains posées *biffé 1]* Et la main du garçon... *biffé en définitive*] | Qu'est-ce *ms. 1*

1. Voir p. 37 et 39 pour cette image de prison.

Page 44.

a. Elle [lui demanda *biffé*] [alluma une cigarette, d'un geste qui toujours avait choqué Bernard. Puis : *add. interl.*] | Sais-tu seulement de quoi est mort *ms. 1*

b. Il se rengorgeait [...] à Thérèse. *add. marg. ms. 1*

c. par définition ? Crois-tu que je mettrais ma main au feu que toi qui es là, tu n'as jamais... | — Je ne te répondrai *ms. 1*

d. le chapitre de la famille. | Elle se tut soudain, ralluma une cigarette : la famille ! elle lui apparaissait comme une cage *ms. 1*

e. elle attendrait en silence l'heure de mourir enfin... | Elle entendit soudain son mari : | « Voyons, Thérèse, *ms. 1*

1. La remarque annonce l'attitude de Bernard et de sa famille après le retour de Thérèse, préoccupés seulement d'éviter les bavardages. Voir déjà p. 23-24.

2. Pour l'image de la « cage » qui se précise ici, voir déjà p. 37 ; elle est reprise dans l'Avant-propos, p. 17.

Page 45.

a. le repoussait *[p. 44, dernière ligne]* doucement, fermement, comme si elle eût souhaité qu'il tombât de la voiture, qu'il sortît à jamais de sa vie.(Ce dernier soir, *ms.1*

b. qu'il vînt ; [elle avait trop la *biffé*] [et pour qu'elle pût s'endormir, tant était violente sa *corr. interl.*] | volonté de dormir. Un instant *ms. 1*

c. [elle le repoussa *[...]* dans les ténèbres extérieures *add. marg.*] À travers *ms. 1*

d. Il[2] dormait, Adam sans armes et nu. Et elle le couvait d'un œil attentif mais déjà toute livrée au désir qu'il ne s'éveillât plus. [Et elle couvait d'un œil attentif ce sommeil profond qui semblait ne devoir jamais finir. Ayant rejeté *[...]* la lampe. *add. marg.*] Une immense impatience la possédait d'être à Saint Clair, d'agir elle ne savait encore par quels gestes. Anne ! Anne ! que je croyais pareille à moi, différente de toutes les autres, secrète, rejetée... une amie au moins où je puisse me reconnaître. Mais c'est toujours notre désir

1. *En marge:* Effort pour se persuader encore qu'elle est pareille à elle.

2. *Mauriac a d'abord décrit longuement Bernard endormi :* : sa tempe sans ride. [Son long dos musculeux allait s'amincissant vers les reins à peine velus et les hanches réduites. Une jambe ramenée l'a *biffé d'un trait*]; les trois lignes qui suivent sont biffées par des traits ondulés et serrés qui en interdisent toute lecture.] Il *ms. 1*

qui fit notre croyance; et cette nuit, tandis que le corps sans cesse repoussé de l'homme geignait, s'agitait, émergeait une seconde du sommeil, puis resombrait, Thérèse se leva, reprit une des lettres de la jeune fille : | *S'il me disait* . *ms. 1* : *Une note indique* : impossibilité qu'Anne soit heureuse. Lecture d'une lettre d'Anne touchant le bonheur — intervenir pour qu'elle ne soit pas heureuse — peine à admettre qu'elle soit *différente*. Effort pour la ramener à soi. *[un mot illisible]* qui ne trompe pas. Qu'elles aient au moins en commun la souffrance. *ms. 1*

e. add. marg. : *[trois mots illisibles]* style. Sous l'influence du jeune homme. Elle est devenue *lui*. Thérèse le devine à travers Anne. *ms. 1*

1. Ce désir qui explique le geste criminel, naît ici très clairement, comme dans *Conscience, instinct divin*, du refus de la sexualité.

Page 46.

a. ce remous de rôdeurs, d'agents... il ne faudrait pas avoir d'imagination pour se tuer. D'ailleurs, Thérèse ne désire pas mourir. Une tâche urgente la sollicite : non de vengeance, *ms. 1*

b. au moins cela : l'isolement irrémédiable, l'ennui [...] habitudes quotidiennes : ce qui sera, ce qui est déjà sa vie à elle, Thérèse... L'aube... *ms. 1*

1. Elle connaîtra la même tentation fugitive dans *La Fin de la nuit* : « Thérèse se pencha, mesura de l'œil la distance jusqu'au trottoir. On eût dit qu'elle tâtait le vide. Pas le moindre courage pour s'y précipiter... »

2. Voir n. 1, p. 42.

3. Nom donné aux terres d'alluvion de la Garonne où l'on cultive la vigne. Mais il faudrait « le palus » qui est le terme français ou « la palud », terme gascon, d'après le *Dictionnaire du Gascon*.

Page 47.

a. éclaire les toits *[p. 46, ligne 13]* ; elle regagne sa couche, regarde l'homme étendu sur le dos maintenant comme un mort. Mais il bouge dès qu'elle est là, se rapproche comme un *[un mot illisible]* Que n'est-il cadavre ! / [Elle aussi Thérèse, elle aussi les yeux fermés s'engageait sur une pente; mais elle ne ⟨finissait⟩ pas : miner ces murs vivants, qui l'étouffaient, rompre ces barrières humaines, les desceller avec une rage sournoise et patiente; rien de cela dans son cœur n'était clairement formulé ; elle n'éprouvait pour l'instant que le désir d'arriver le plus vite possible à Saint-Clair, de commencer son œuvre, comme ses beaux-parents le lui demandaient; elle ne ferait rien que ce qui était exigé d'elle. La sérieuse et grave Thérèse que la famille appelait à son secours, voici qu'elle arrivait au premier appel de la famille, exigeait le sacrifice d'une petite fille amoureuse. Ah ! que la ⟨vraie⟩ Thérèse aurait de joie à consommer cette immolation. *biffé*] / Elle ne fit donc, à partir de son retour, que de se mettre à l'ouvrage selon le vœu des La Trave; elle se souvient de ces semaines dans la maison fraîche *Une add. marg. sur le verso de la page précédente donne la fin du chapitre IV :* Elle sombra dans un profond sommeil et se réveilla lucide, raisonnable [...] de pins sans nombre. *Ce finale semble avoir été écrit au moment de la révision, dans ms.* 1 : Saint-Clair bientôt [...] dans la maison fraîche *ms.* 2 *qui reprend ainsi ; voir var. c, p. 39.*

b. J'agirai sur cet Azevedo. Je me fais fort de l'éloigner... Vous ne pouvez rien *ms.* 1

c. Toutes les éditions donnent ici : Hector *et dans les autres passages :* Victor. *L'écriture de Mauriac ne permet pas de décider d'après le manuscrit.*

d. d'une attaque directe. / — Mais Thérèse [*si vous réussissiez à détourner ce jeune homme.* add. interl.], voyez-vous le coup terrible que ce serait pour elle ? / À cette question du père Larroque, landais obèse et doux, et qui peut-être se fût montré moins pitoyable si Anne de La Trave eût été sa fille par le sang, Thérèse répondit que « dans la vie il faut savoir ce qu'on veut, qu'on ne saurait sans casser des œufs faire une omelette », enfin les mêmes mots que Mme de La Trave eût prononcés si Thérèse lui en avait laissé le temps; la vieille dame approuvait sa bru d'un inflexible front. Naguère, elle s'était affolée au chevet d'Anne, petite fille et que n'avait épargnée aucune des maladies de l'enfance; « elle avait pensé la perdre plusieurs fois »; cette rougeole à dix mois et à deux ans une coqueluche compliquée de bronchite, puis cette fièvre muqueuse « qui était bel et bien une fièvre typhoïde ». Chaque année, l'enfant dut faire une saison aux eaux de la Salies et de La Bourboule et elle était devenue une belle plante épanouie[1]. Le soir, Mme Larroque la poursuivait avec un châle ou si quelque averse avait mouillé ses épaules l'obligeait à boire un grog brûlant; voici que maintenant elle est [*un mot illisible*] une enfant maigre et consumée[2], que toute nourriture dégoûte, qui erre au grand soleil, écrase les fleurs qu'elle ne voit pas, *ms.* 1 : d'une attaque directe [...] jasera pas. / Un rayon jouait sur le crâne d'Hector de La Trave; il avait des cuisses [maigres *1re réd. non biffée*] [réduites *2e réd. interl.*] un pantalon à carreaux blancs et noirs dessinait ses maigres genoux. « Tâchons de la [...] les œufs ». Il fallait défendre la petite contre elle-même. « Elle nous remerciera un jour... » Mais pourvu qu'elle ne tombât pas malade ! Les deux époux [...] voit pas, *ms.* 2

1. C'est la maison sur la place, qui est aussi celle de Jérôme Péloueyre; voir « Géographie romanesque de Mauriac » t. 1, p. 1399.

Page 48.

a. à sa place, n'est-ce pas ? [*p. 47, 6e ligne en bas de page*]. « Céder

1. *En marge dans ms.* 1 : Tout ceci à condenser.
2. *En marge dans ms.* 1 : Lettres confisquées.

à ton caprice, il n'en saurait être même question. Un garçon d'origine juive, d'une famille tuberculeuse comme il n'est pas possible.
[*add. d'une dizaine de mots illisibles*] Mais je dis non parce que tu
me reprocherais de t'avoir donné mon consentement. Toi qui peux
prétendre à ce qu'il y a de mieux !... Mais quand ce ne serait qu'à
cause des malheureux que tu mettrais au monde. Mon devoir est
[d'être inflexible   *biffé sans correction*]... Elle l'était, elle en souffrait;
elle eût répété pourtant avec la même fureur entêtée le « j'aime
mieux te voir morte que [*un mot illisible*] » [de Clotilde   *biffé*] de
la vieille reine Clotilde. « Elle eût préféré la voir morte que la
femme d'un Azévédo... » Pendant cette période, elle chantait partout les louanges de sa belle-fille... Je savais que c'était une femme
supérieure mais pas à ce degré... [Et dans son état de deux mois
déjà où elle aurait besoin de ménagements. Elle est étonnante. Ça ne
paraît pas du tout. Personne ne s'en doute.   *add. interl.*]. Bernard,
très fier du succès de sa femme, répétait que « les actions de Thérèse
étaient au plus haut... » Et tout le bourg savait que Mme Bernard
avait mis sa belle-mère dans sa poche. Comme on se trompe tout
de même ! Personne ne croyait que Mme de La Trave pourrait
s'entendre plus de huit jours avec sa bru. Mais personne non plus
ne connaissait les ⟨raisons⟩ qu'avait sa belle-famille de l'admirer.
[*Une add. interl. d'une dizaine de mots illisibles.*] Mais ni les fournisseurs ni même le curé ne se doutaient de la lutte sourde qui se
poursuivait dans l'ombre des persiennes rapprochées. Thérèse ne
quittait le sombre fumoir du rez-de-chaussée où se tenait ⟨*ou*
terrait*⟩ le ménage La Trave que pour rejoindre autour de la serre
une jeune fille aux joues creuses qui flottait dans ses robes de
l'année dernière. Ses parents prétendaient qu'Anne faisait exprès
de ne pas manger; qu'elle se gavait de fruits au jardin pour pouvoir
laisser pendant les repas son assiette vide. Mais Anne protestait
qu'elle n'avait pas faim, qu'elle ne se livrait à aucun chantage. Ne se
forçait-elle pas à avaler le jus de viande qui lui faisait horreur ?
Était-ce sa faute si son estomac ne tolérait plus les [*un mot illisible*]
de viande crue ? « Mais qu'est-ce qu'ils ont dit ?... » criait-elle dès
qu'approchait Thérèse... / Thérèse se souvient de cette cendre des
allées, de cette odeur de géraniums grillés et d'Anne plus consumée
dans l'après-midi mortelle qu'aucune plante. Quelquefois de lourdes
averses d'orage les obligeaient   *ms. 1* : à sa place, n'est-ce pas.
[Elle fait exprès de ne pas manger, elle se gave de fruits au jardin,
afin [...] vide.   *add. interl.*]. Et Victor de La Trave : « Elle nous [...]
au monde » [« Tu n'as pas besoin de chercher des excuses. /Nous
faisons notre devoir envers cette pauvre petite   *biffé*]   *add. marg.*]
[« Mais Victor, on dirait que pour toi cela fait encore question.
[*Tu serais capable de céder à cette* [[*un mot illisible*]]   *biffé*] *add.*
interl.] « Heureusement [...] rentrés... Les deux époux frémissaient
à cause de cette fortune énorme à leur portée encore, mais qu'un
seul mot de cette petite fille pourrait à jamais... Heureusement
qu'ils tiennent [...] yeux » [Ils attendaient que Thérèse [...] *des*

bons livres. Elle dit que Zénaïde Fleuriot, que Maryan, que Raoul de Navery lui donnent de mauvaises pensées... mais elle eſt tellement paradoxale. D'ailleurs [...] famille. Au fond, cette petite Anne, il faut la changer d'air. *add. marg.*] La pauvre Anne eſt neuraſthénique. Un changement d'air lui ferait du bien à tout point de vue... Tu te rappelles [...] bronchite. Thérèse, obtenez de la pauvre enfant qu'elle consente à ce voyage. Nous irons où elle [...] en vérité ! [Pourquoi hausses-tu les épaules ? *biffé*] [Oh ! un voyage [...] amoureuse. *add. marg.*] Thérèse à peine sortie du sombre fumoir, Mme de La Trave chantait ses louanges... « Je savais que c'était une femme supérieure, mais pas à ce degré... Et dans son état, alors qu'elle aurait besoin de ménagement, elle se dépense [avec un dévouement *biffé*]... De trois mois déjà ! Ça ne paraît pas du tout. Bernard avait raison de répéter que les aĉtions de sa femme étaient au plus haut. Thérèse rejoignait au jardin une jeune fille aux joues creuses et dont [...] larges. "Qu'eſt-ce qu'ils ont dit ? " criait-elle dès qu'approchait [...] les obligeaient *ms. 2*

b. retenir les vitres. / Anne disait que la récolte de millade allait être perdue et souriait parce que dans son esprit à ce seul mot l'immense champ d'Argelouse lui apparaissait et les chênes qui le bordent à ⟨l'oueſt⟩ et cette métairie où à cette même heure Jean Azévédo disait aussi : « la récolte de millade va être perdue... » Mais avec un sourire parce qu'il pensait à elle qui écoutait sa grande amie Thérèse dans la serre odorante... On eût dit de deux corps invisibles. « Il faut être adroits. Il faut savoir biaiser. Accepte de partir en voyage. Tant que tu n'auras pas tenté l'expérience, ils croiront toujours qu'un voyage pourrait te faire changer d'idée... Cela ne te coûtera guère : puisque de toutes façons tu ne le vois pas[1]... / Oui, mais je sais *ms. 1*

1. Mauriac emprunte ce détail à ses propres souvenirs; voir t. I, p. 127.

Page 50.

a. ou à Paris *[p. 48, 4e ligne en bas de page]* ? Il me semble que je mourrais de ne pas le voir si je ne le savais pas presque à portée de ma voix... / — Mais, de toute façon, il s'en va, ma chérie... dans quelques semaines, ce sera fini... / — Qu'eſt-ce qui sera fini ? Rien ne peut finir entre lui et moi. Rien ! Rien ! / — Mais non, ma chérie, je veux dire que son séjour à Argelouse finira... / Thérèse quittait *ms. 1* : ou à Paris ? / Je ne le vois pas, mais je sais qu'il n'eſt pas loin... le dimanche, [...] dans la foule le visage ⟨tant aimé⟩. Mais il fallait qu'elle appuyât un peu sur cette épine et qu'elle vît frémir la lèvre inférieure d'Anne... / — Peut-être était-il [...] m'aider à vivre. J'en avais déjà un tel besoin. Il faut qu'à chaque inſtant [...]

1. *En marge dans ms. 1:* La messe : le banc des La Trave où il est impossible de voir et d'être vu.

au delà de ce que je saurais dire... [Elle le revêtait d'une telle lumière
qu' *biffé*] elle ne distinguait plus rien de particulier dans l'être
éblouissant de tout l'amour dont elle le revêtait « Moi, songeait [...]
le courage de partir... » / Thérèse quittait   *ms. 2*

b. pas parvenue sans la nouvelle que les [Belloc   *1ʳᵉ réd. non
biffée*] [Deguilhem   *2ᵉ réd. interl.*] après un séjour à Arcachon rentraient à Saint-Clair; que la demande du fils Belloc allait être
faite aux La Trave et agréée par eux. Et Anne frémissait devant
ce nouveau péril... oui, mieux valait n'être plus là... partir... Elle
entendait sans même protester les sages paroles de Thérèse : / « Il
n'est pas mal ce fils Belloc, pour un garçon si riche c'est étonnant
qu'il soit par dessus le marché tout à fait présentable... Tu ne trouves
pas qu'il se présente bien... / — Je crois que je ne l'ai même jamais
regardé; il a   *ms. 1*   : pas parvenue sans le retour imminent des
Deguilhem. La demande allait être faite et sans doute agréée. Anne
tremblait [...] péril. Oui, mieux valait être loin... / « Pour un garçon
si riche, il n'est pas mal, ce Deguilhem. / — Mais, Thérèse, [...] il a
ms. 2

Page 51.

a. vieux ou pas vieux *[p. 50, ligne 14]* / — Fils unique. Deux
mille hectares ? Imagine cette belle chose que ce serait. Avec ce que
nous possédons déjà, la famille aurait à elle seule tout le pays. Ne
ris pas; moi je trouve cela beau » / Thérèse était sincère, elle trouvait cela beau; et elle se jetait à corps perdu dans cette possession
de la terre qui était en elle; il fallait que ce fût cette possession
qui inspirât sa conduite. Elle demandait au génie de la famille de
la ⟨garder⟩; elle était sûre de ne pas mal faire en marchant dans ces
voies. Anne l'écoutait, ne s'indignait pas; elle comprenait les
raisons de Thérèse; elle aimait elle aussi les « pins sur pied »; elle
comprenait qu'on ne la comprît pas; elle le comprenait si bien
qu'elle n'essayait pas d'expliquer; elle sentait sa folie; à ceux qui
ne savent ce qu'est le bonheur de l'amour, les privilégiés de cette
joie doivent apparaître comme des insensés... / « Songe donc, chérie,
dans un temps de morcellement, de partage, d'émiettement de la
terre, non seulement maintenir la grande propriété, mais en élargir
encore démesurément les limites, cela ⟨oui⟩ c'est beau..., c'est
romanesque... / — Tu es une espèce de g⟨ran⟩d Frédéric, tu aimes
les pins comme lui ses grenadiers... / — C'est plus exaltant qu'un
flirt... » / Elle sentit sur sa bouche la main d'Anne. / « Dis-moi que
je suis idiote, folle à lier, mais ne parle pas de flirt à propos de... » /
Elles étaient assises sur le banc contre la serre. Anne se détourna,
déroba son visage. / « Il ressemble si peu aux autres ? / — Je voudrais te le peindre. Mais il est tellement au delà de ce que je saurais
dire... Imagine un être dans lequel il n'y ait aucune bassesse... /
— Désintéressé ? — Cela va sans dire. [Son avantage n'entre pas en
ligne de compte... C'est si grotesque quand on le connaît d'entendre
maman l'accuser de vouloir ma dot.   *add. interl.*] on dirait que son

propre bonheur ne l'intéresse pas... / — D'ailleurs, il est aussi riche que toi... / — Mais puisque je te dis que cela ne compte absolument pas à ses yeux. C'est inouï que vous ne puissiez même imaginer une âme de cette race... Les scrupules vous font rire. / — Ah ! il est scrupuleux ? / — Il faut toujours que je le rassure. Je ne redoute pour notre amour que cette inquiétude chez Jean, cette manie de peser tous ses actes, d'en connaître les motifs les plus secrets. Il y a des moments où il a peur de ne pas m'aimer, où il faut que je le rassure... Chérie, il faut absolument que tu le voies, tu peux lui faire tant de bien... Si, si, jure-moi que si je me résigne à ce voyage... Tu le verras... Dès les premiers jours vous vous rencontrerez... Je te laisserai une lettre pour lui... Si je pars, si j'ai le courage de partir... » / Elle était assise par terre et la tête appuyée sur les genoux de Thérèse immobile : / « Thérèse, pourquoi ne mets-tu pas ta main comme tu faisais sur mes yeux... » / Et soudain la jeune fille se dressa, et debout elle dévisageait Thérèse d'un air stupide / « J'ai senti sous mon front   *ms. 1*   : vieux ou pas vieux... » / Thérèse se rappelle ce repas le soir. M. de La Trave parlait de Deauville où ils seraient dans quelques jours : « On dit que c'est d'un luxe inouï... » et Mme de La Trave : « Je sais ce que ça va nous coûter. Mais tant pis. » Thérèse observait Anne, le corps immobile et d'où l'âme était absente... « Tu ne manges pas. Force-toi [...] hors cet absent qui l'occupait tout entière, et autour d'elle anéantissais les apparences, les êtres. Un sourire parfois [...] un peu sa blouse et qu'elle *[deux mots illisibles]* demeurait immobile, chaude, vivante. Thérèse regardait l'énorme buste de Bernard [...] cette rumination de campagnard pour qui la nourriture est sacrée. Elle se levait de table [...] dans son état. Et elle rappelait à Bernard les souvenirs de ses grossesses... » Je me souviens quand je t'attendais [...] en place ». / Thérèse [...] banc, / Anne s'asseyait [...] d'une façon ou de l'autre, je le rejoindrais. Je suis tranquille [...] toi, du moins, ne me parle pas raison, ne me parle pas de la famille. Ils n'ont pas le droit de me faire mourir... / — Je ne songe [...] vie d'un homme. Il t'aime, c'est entendu. Mais il a tout de même une famille, lui aussi, [...] mais sans aucune pitié et même *[deux mots illisibles]* à une jalousie désespérée. Quelle douceur ce doit être de pouvoir répéter un nom, [...] jeune corps déplace l'air, que l'on occupe, fût-ce un instant son esprit... / — Tu pleures, [...] / « J'ai senti sous mon front   *ms. 2*

1. Voir déjà, au moment où Thérèse évoque sa jeunesse; p. **29** et la note 1.

Page 52.

a. Le petit ? *[p. 51, 7ᵉ ligne en bas de page]* / — Oui, il vit déjà. Il vit. » / Elle se souvient qu'elle s'était hâtée vers la maison, comme honteuse de ce fardeau vivant; elle se rappelle son effroi ce jour-là — ah ! comme elle en eut conscience ! à cause de toutes

les ⟨sombres⟩ passions au plus profond de son être et qui pénétraient peut-être cette chair de sa chair, ce ⟨monstre ?⟩ informe
encore dans son ventre; elle s'était assise   *ms. 1*   : le petit ? / Oui,
il est vivant déjà... / Elles étaient [...] se souvient qu'elle se sentait
à la fois terrifiée et accablée par son fardeau vivant qui tressaillait;
tant de passions, au plus [...] informe encore. *[add. illisible d'une
dizaine de mots].* Elle se revoit, ce soir-là, assise   *ms. 2*
    b. elle aurait voulu connaître un dieu, elle aurait voulu savoir
prier pour que ce germe mourût et que cette créature inconnue,
mêlée à ses entrailles, ne se manifestât jamais. / Thérèse aujourd'hui
se demande comment elle put décider Anne de La Trave à ce
voyage. La jeune fille sans doute ⟨céda-t-⟩elle à la pensée du fils
Belloc et de ses assiduités dont les La Trave eussent été complices...
Mais elle s'éloignait de Saint-Clair, désespérée, sourdement avertie
au dedans d'elle-même du coup mortel qu'allait recevoir son
amour... Thérèse (le petit train s'arrête indéfiniment à Villandraut)
est descendue sur le quai; elle erre dans l'ombre qui sent la planche
de pin fraîchement sciée *[un billot posé par terre [trois mots illi-
sibles] add. interl.]* : comme elle se rappelle son propre cœur
à ce moment du départ d'Anne de La Trave. Le désespoir de cette
enfant passionnée l'emplissait d'une certaine stupeur; elle contemplait du dehors cette passion simple, cette douleur avouable, ce
pain amer mais qui pouvait être partagé avec les autres hommes;
personne au monde ne pouvait avoir part au désespoir de Thérèse;
elle-même s'égarait dans ses propres ténèbres; elle ne connaissait
point de mots pour exprimer sa confusion intérieure... Il avait été
entendu que le jour même du départ des La Trave, Bernard et sa
femme iraient s'installer à Argelouse. Elle y devait rencontrer Jean
Azévédo; elle avait promis à Mme de La Trave que ce ne serait
qu'un jeu de faire lâcher prise à ce garçon et c'était la seule consolation d'Anne que cette présence de Thérèse auprès de Jean, cette
certitude que par elle ils pourraient correspondre; *[un mot illisible]*
Thérèse à ce moment là ignorait encore qu'elle allait trahir. Elle ne
se posait même pas la question. Bien que toutes les ⟨fatigues⟩ de
la grossesse lui fussent épargnées, elle était à cette époque souvent
⟨lasse⟩, occupée d'elle-même, elle avait surtout le *[un mot illisible]*
du repos physique. Elle renonçait... que lui importaient les autres ?
Qu'ils s'arrangent seuls — qu'on la laisse à son repos, à cette hébétude jusqu'à ce qu'elle fût délivrée de *[ce paquet de chair qui
gonflait biffé]* [cette bête   *corr. interl. biffée*] [cet animal qui remuait
corr. interl.] dans ses flancs. Pourquoi ne pas vivre d'une vie physique sans chercher à voir clair ? n'être qu'un chaos endormi ? /
Dans les premiers jours de septembre où la chaleur déjà cédait plus
vite à l'approche du crépuscule [et où les   *add. interl. de cinq mots
illisibles],* elle ne fit aucune tentative pour rencontrer Jean Azévédo,
elle évitait même [en ses courtes promenades   *add. interl.]* les abords
de Biourge [où il demeurait   *add. interl.];* [non qu'*/il* n'y eut rien
biffé 1] son cœur ne fût occupé d'aucune passion   *biffé en définitive]*

[Peut-être aussi était-ce moins par indifférence *biffé*] [Peut-être aussi était ce pour *biffé*] C'est vrai que Bernard la pressait chaque matin [d'aborder le jeune homme *add. interl.*], l'assommait [de questions et qu'il suffisait à cette époque qu'il souhaitât *biffé*] [d'encouragements, lui rappelait ses promesses et cela suffisait pour détourner Thérèse *corr. interl.*] de les accomplir. Ce fut en effet vers ce temps [qu'elle commença à ne plus pouvoir souffrir *biffé*] [que *corr. interl.*] la présence de son mari commença de l'exaspérer. [Ce n'était plus ce besoin latent de l'éloigner, de l'écarter qu'elle avait éprouvé dès le premier soir des noces, mais un désir brutal [de le fuir, une impétueuse *biffé*] [d'éviter sa présence *corr. interl.*] *corr. interl. d'une rature illisible*]. Il se peut *ms. 1.* : elle aurait voulu connaître un dieu [...] jusqu'à ce qu'elle fût délivrée vivre d'une vie physique, être un chaos endormi, Bernard l'irritait, [...] Azévédo : « Ce n'est pas encore aujourd'hui que tu vas du côté de Vilmeja ?... » Mais Thérèse le rabrouait [...]. Il se peut *ms. 2*

c. pas étranger à cette exaspération. Mais Bernard lui-même se rendait odieux : il subissait [...] atteintes de cette neurasthénie si commune *ms. 1* : pas étranger à cette exaspération. Lui-même [...] de cette neurasthénie si commune *ms. 2*

d. cette peur, cette obsession de la mort étonnait dans ce gros garçon [sanguin *add. interl.*] bâti [comme on disait *add. interl.*] à chaux *ms. 1* : cette peur, cette obsession de la mort [étonnait *biffé*] [paraissait étrange *corr. interl.*] chez ce gros garçon [sanguin *biffé*] bâti à chaux *ms. 2*

e. protestait d'une voix lugubre : « Vous *ms. 1* : protestant, lugubre : « Vous *ms. 2*

1. Anne séparée de Jean Azévédo, Thérèse n'a plus aucune raison d'intervenir : la jeune fille sait maintenant que le bonheur n'existe pas (voir p. 46).

Page 53.

a. pourrit [*p. 52, 6ᵉ ligne en bas de page*] et il faut l'abattre dans la pleine force; — ainsi en est-il de la plante humaine trop nourrie. Bernard haussait les épaules quand le médecin ⟨assurait que⟩ ces ⟨arrêts⟩ au cœur que « c'était nerveux ». Lui sentait bien cette paille dans le métal, cette fêlure. « On ne savait pas ce qu'il éprouvait la nuit ». Thérèse était réveillée en sursaut par un râle d'angoisse; Bernard gémissait qu'il allait mourir, il prenait la main de Thérèse et l'appuyait *ms. 1* : pourrit et [en pleine force *add. interl.*] il faut l'abattre. Bernard haussait les épaules [quand le docteur Pédemay tenait pour négligeables les symptômes dont il *biffé*] [quand on le rassurait de l'éternel : « c'est nerveux... » *biffé*] [qui s'entendait répéter : *biffé*] « c'est nerveux » répétait-on à Bernard. Mais lui sentait bien cette paille dans le métal, — cette fêlure. On ne savait pas la nuit ce qu'il éprouvait. « Pourquoi ne vas-tu [...] détachement; au vrai il avait peur du verdict [du médecin *add.*

interl.]; l'incertitude lui paraissait moins redoutable que cette condamnation à mort peut-être. La nuit, un râle [...] l'appuyait *ms. 2* : pourrit et il faut [...] cette fêlure. On ne savait pas ce qu'il éprouvait. Et puis [...] l'appuyait *RP*

b. des intermittences dans les pulsations; comme ⟨elle⟩ *[un mot illisible]* aussitôt sa main, dégoûtée par le contact de cette poitrine d'ours, il la maintenait de force. Elle se levait *[trois mots illisibles]*, versait dans le verre d'eau une cuillère de valérianate... Du moins grâce à son mal, il ne l'approchait [...] pour son cœur... presque toujours il se rendormait avant elle. Il n'y avait pas à espérer le sommeil auprès de ce grand corps agité et geignant. Il se pouvait après tout que le mal de Bernard ne fût pas imaginaire. Alors sans doute, commença-t-elle à imaginer ce que deviendrait sa vie s'il disparaissait tout à coup. Elle ne voyait rien à y mettre encore — mais c'eût été déjà une telle délivrance... Les coqs *ms. 1* : des intermittences dans les pulsations. Elle allumait [...] verre d'eau. L'eau se décomposait. Quel hasard [...] les ronflements étaient parfois des râles ? S'il mourait, pourtant ! s'il mourait ! que ferait-elle de sa vie ? [elle ne voyait rien à y mettre encore. Mais quelle délivrance ! *biffé*]. Du moins grâce à son mal, il ne l'approchait [...] pour son cœur... S'il mourait... Les coqs *ms. 2*

Page 54.

a. vers le milieu d'octobre. / Elle ne souhaitait pas plus cette rencontre qu'aucun autre événement. Elle ne souhaitait rien alors que dormir. La présence de Bernard lui était importune, mais elle ne savait pas qu'une autre présence lui aurait pu être de quelque secours. Bernard, tout compte fait, n'était pas mal; lui et le fils Belloc passaient pour ce qu'il y avait de mieux dans le pays. Ce qu'elle haïssait dans les romans, c'était la peinture d'êtres sublimes tels qu'il n'en existe pas dans la vie. Les hommes aiment boire, chasser, faire l'amour, [tout le reste est littérature *biffé*] [c'est bien connu *corr. interl.*]. Parfois, elle [imaginait *biffé*], [*corr. interl. illisible*] « les milieux intellectuels de Paris... » mais cet empyrée inaccessible lui était en outre inimaginable... Le seul homme supérieur *ms. 1* : vers la mi-octobre ? / [Voici les circonstances de leur première *biffé*] [la première fois que Thérèse vit ce garçon, elle ne l'avait pas cherché. *biffé*] [Dans le train arrêté *biffé*] [Il semble que le train *biffé*] À Villandraut [...] ce garçon ? Bernard est de ces êtres à qui l'amour est profondément inconnu, mais la lecture des journaux l'incline à croire qu'un crime [...] la peinture d'êtres sublimes ou extravagants, tels [...]. Le seul homme supérieur *ms. 2*

1. Voir n. 2, p. 29.
2. Voir déjà p. 22.
3. Ces détails se trouvent déjà dans *Conscience, instinct divin ;* Thérèse, alors remarquait plus clairement la ressemblance qui se créait ainsi entre son père et elle : « Un lien pourtant existe... » (p. 8-9).

Page 55.

a. était son père *[p. 54, 17ᵉ ligne en bas de page]*. De loin, elle se faisait de lui une image flatteuse; mais dès qu'il était là, elle en reconnaissait la bassesse. Il venait peu à Saint-Clair et à Argelouse : bien qu'il fût entendu qu'on ne parlerait pas de politique, dès le potage naissait le débat imbécile qui tournait vite à l'aigre entre Desqueyroux et son gendre et les La Trave; elle aurait eu honte [...] religieuse; alors elle venait au secours de son père. Mais depuis le jour où Mme de La Trave avait quitté la table à la suite d'une plaisanterie de Thérèse qui était *[un mot add. illisible]* un blas-phème, on évitait d'un commun accord le sujet dangereux. La poli-tique suffisait à mettre hors des gonds ces hommes qui étaient profondément d'accord sur le [principe *add. interl.*] essentiel que la propriété est l'unique bien de ce monde [et que rien ne vaut de vivre que cela *add. marg.*] *[quatre mots add. interl. illisibles]*. Et toute la question était de savoir s'il fallait faire ou ne pas faire la part du feu. Et s'il faut s'y résigner, dans quelle mesure ? D'ailleurs, elle se rendait justice; elle aimait d'un amour jaloux[1] ses pins sur pied; « elle avait la propriété dans le sang ». Aussi haïssait-elle tous les faux-semblants dont son père marquait cette passion; elle disait que le sentiment et le sublime *ms. 1* : était son père. De loin, elle se faisait de lui une image embellie, mais dès qu'il était là, mesurait [...] religieuse. Alors elle venait au secours de M. Lar-roque. [Chacun criait, au point que [...] vieille radicale qui a lu *la Religieuse* de Diderot, qui sait [...] aimée ni possédée. *add. marg.*][2]. Mais depuis le jour où Mme de La Trave avait quitté la table, horrifiée [par une plaisanterie de Thérèse qu'elle disait être un blasphème *biffé*] [par un blasphème de la tante *corr. interl.*] on évita d'un commun accord ce sujet dangereux. La politique [...] ne vaut de vivre que cela. Mais faut-il [...] passion. Quand son père [...] pas la peine, nous sommes entre nous » *add. interl.*] *[autre add. d'une dizaine de mots illisibles]*. Le sublime *ms. 2. Sur la feuille volante annexée au manuscrit (voir la Note sur le texte, p. 930,) une esquisse d'un des passages qui manquent :* Elle s'efforçait de trouver quelque grandeur *[p. 54, 17ᵉ ligne en bas de page]* [...] ses manières cassantes avaient fait du tort. Et quel mépris des femmes ! Cet homme d'affaires, cet anticlérical était volontiers moraliste en ses propos et *[sic]*.

1. Voir les souvenirs de Mauriac sur ce point dans les *Nouveaux Mémoires intérieurs*, p. 137-139.

Page 56.

a. lui donnait la nausée *[p. 55, 10ᵉ ligne en bas de page]*. | Oui, il

1. Jaloux: *sur ce mot s'achève la dernière page du cahier ms. 1 que Mauriac reprend à l'envers pour poursuivre la rédaction.*
2. *Une note en marge :* la tante sourde *prépare cette addition qui est au verso de la page précédente.*

faudrait que Bernard comprît avant de la juger ce qu'étaient les hommes aux yeux de sa femme jusqu'au jour où elle eut connu Jean Azévédo. Mais c'est justement cela qu'il lui est impossible de faire entendre à Bernard...Quelle folie était la sienne ! On ne se confesse pas ; la confession n'est qu'un leurre ; toujours l'essentiel reste dans l'ombre ; nous sommes condamnés au mensonge éternel. / ⟨Lors de sa première⟩ rencontre avec Jean Azévédo, elle ne le cherchait pas. Le médecin lui avait dit de marcher une heure chaque après-midi. Les grandes chaleurs finissaient, la fraîcheur de la nuit était sensible encore au delà deux heures *[sic]* et dès le moment du goûter, un peu de brume annonçait de loin   *ms. 1*   : lui donnait la nausée : « Ces conflits des classes qui certes avaient leur importance... mais le drame humain, disait-elle, se passait ailleurs. / — Quel drame humain ? C'est toi, petite sotte, qui parle pour ne rien dire... » / Elle ne répondait pas. / Les hommes aiment [gagner de l'argent   *biffé*] acheter des propriétés, et des titres qui monteront, ⟨comparer⟩ des statistiques, passer du conseil général au Sénat, dîner au *Chapon fin, [quelques mots en add. illisibles],* finir leur soirée dans une maison. [Et c'est pourquoi Thérèse ne croyait pas qu'elle eût tiré un « mauvais numéro » selon l'expression   *biffé*] [Et c'est pourquoi Bernard semblait à Thérèse   *biffé*]. Et Bernard valait mieux qu'aucun de ceux que connaissait Thérèse. [Et voici qu'un jour elle vit le représentant d'une race inconnue d'elle   *biffé*] [Jusqu'au jour où elle rencontra enfin Jean Azévédo   *biffé*]. *Sans que ce passage du manuscrit soit biffé, le texte définitif jusqu'à* sa rencontre avec Jean Azévédo *est en add. marg.   ms. 2. Puis le texte reprend à la page suivante par* : jusqu'au jour de sa rencontre avec Jean A. / C'était l'époque [...] annonce de loin   *ms. 2*

b. Le texte de ms. 1 est à partir de ce mot très différent du texte définitif ; nous donnons ici toute la fin de cette rédaction : le crépuscule. Elle avait résolu de pousser ce jour-là jusqu'à la palombière entre Saint-Clair et Argelouse où elle était allée souvent avec Anne durant les vacances d'autrefois. Thérèse savait ⟨que⟩ depuis la jeune fille y avait rencontré souvent cet Azévédo. Pourtant elle ne s'était pas dirigée de ce côté pour s'émouvoir de ⟨certains⟩ souvenirs ou pour irriter sa rancœur ; non, elle était une femme enceinte qui doit marcher un peu tous les jours. Mais dans les landes, il n'est facile de ⟨découvrir⟩ un but différent pour chaque promenade. Elle allait à la cabane, comme elle était allée au gros pin ou aux sources de la Hure, ou au marais de la Téchoueyre. Mais les dernières chaleurs sont quelquefois accablantes. Thérèse ne se souvenait pas que la Palombière fût si éloignée d'Argelouse. Elle sentait ⟨soudain⟩ son ventre pesant. Du sable chargeait ses souliers, elle croyait toujours que c'était après ce tournant. Que les mouches étaient harcelantes ! Heureusement qu'il y a un banc assez confortable dans la cabane, celui d'où en octobre on guette les palombes. Et soudain à l'ombre des chênes [énormes et bas,   *add. interl.*] elle vit ⟨la longue cabane   *?*⟩ de branches sèches et de fougère ;

comme elle ouvrait la porte, elle se heurta presque au jeune homme qui sortait. Elle reconnut le ⟨David⟩ de la photographie percée d'épingles. Il s'était éloigné de quelques pas *[quatre mots add. illisibles]*, avec un tel air de confusion *[quelques mots add. illisibles]* que Thérèse d'abord eut la pensée qu'elle dérangeait un rendez-vous et que quelque bergère se cachait dans cette ⟨ombre⟩; mais il insistait au contraire pour qu'elle entrât. D'ailleurs n'était-elle pas ici chez elle? Il reprenait quelque assurance... Nous nous connaissons très bien, n'est-ce pas? Madame? Je crois qu'on vous a beaucoup entretenu de moi et je sais aussi par Anne... [Pour s'asseoir, elle avait dû repousser des cahiers et des livres, un stylo que J⟨ean⟩ A⟨zévédo⟩ avait apportés *add. interl.*] Elle était assise, elle reprenait souffle et lui demeurait debout, reboutonnant son col, ⟨époussetait⟩ ses épaules, rejetait *[deux mots illisibles]* en arrière une mèche un peu bouclée. Parfois, il rougissait de nouveau et demandait :... « Vous ne pensiez pas qu'étais là ?... Non, on ne voit pas de l'extérieur. *[add. interl. d'une ligne illisible]* Évidemment; il redoutait d'avoir été vu... Mais enfin il se rassura... Il s'assit près d'elle sur ce banc tourné vers le nord d'où dans deux semaines Bernard ne bougerait guère les yeux fixés sur ⟨ces avenues⟩ de ciel limitées par les cimes sombres des pins et d'où surgit tout à coup le vol attendu... À la dérobée elle examinait ce ⟨fameux⟩ Azévédo. Elle vit que la tête paraissait trop grosse, mais c'était à cause des cheveux épais et gonflés... le front était *[un mot illisible]* et tel qu'elle n'en avait jamais vu d'aussi pur; il était soutenu par les deux arcades puissantes; [*suivent quelques mots raturés et cette note :* description détaillée du physique de J. Azévédo.] / Les entretiens que Thérèse eut avec le jeune homme, après cette première rencontre, se confondent dans son esprit, mais de cette première entrevue, les moindres circonstances demeurent gravées dans son esprit avec une netteté parfaite. Elle se souvient que d'abord, tandis qu'il parlait, elle était distraite par la préoccupation de savoir pourquoi il avait eu l'air à son approche d'un ⟨homme⟩ surpris... jusqu'à ce qu'ayant examiné les livres qu'il avait apportés, elle avait trahi son étonnement de ce qu'ils avaient trait à la mystique[1]. Sans doute quelques paroles de la jeune femme témoignaient de son mépris pour ces sortes de questions, car le jeune homme bien qu'il ⟨fît profession⟩ d'indifférence à l'égard de toute religion particulière, affirma qu'il n'existait pas de sujet plus passionnant, que c'était au fond le seul qui intéressât l'homme tout entier. [Elle *[trois mots illisibles]* de ces paroles qu'il fallait que J⟨ean⟩ A⟨zévédo⟩ la jugeât intelligente et *[deux mots illisibles]* content après ⟨tant⟩ d'isolement de s'entretenir avec quelqu'un qui fût capable de le comprendre; *add. interl.*]. À ce moment, des cloches, un piétine-ment, les cris sauvages du berger annonça *[sic]* l'approche d'un

1. *Note marginale :* Oubli de ce qui s'était passé sur ce banc entre elle et Anne, entre A⟨nne⟩ et lui.

troupeau. Thérèse avait dit en riant que peut-être il paraîtrait drôle
qu'ils fussent ensemble dans cette cabane. Elle aurait voulu qu'il
répondît que cela lui était égal, qu'ils n'avaient qu'à ne pas faire de
bruit jusqu'à ce que le troupeau fût passé ; elle se serait réjoui de
ce silence, côte à côte, de cette complicité. Mais sans discuter, Jean
Azévédo avait ouvert la porte de la palombière, s'était effacé devant
elle ; lui avait [sic] très cérémonieusement prié de bien vouloir lui
permettre de l'accompagner jusqu'à Argelouse. À peine furent-ils
sur la route qu'il revint à ses propos comme si rien d'autre au
monde ne l'intéressait. Elle essayait de comprendre ce qu'il disait
et sans doute avait-elle compris puisque ce soir, durant cette attente
interminable à la gare de Villandraut [entre les ⟨murs noirs⟩ que
forment les cimes des pins, de chaque côté de la voie   add. interl.],
des nuages glissent sur un ciel qui blanchit la lune immobile, Thérèse pouvait répéter tout ce qu'il avait dit devant elle sur cette
route[1]... Qu'il avait cru longtemps que la seule attitude digne de
l'homme libre était la poursuite, la recherche de Dieu ; qu'il fallait
s'embarquer, prendre la mer et fuir comme la mort ceux qui se
persuadent d'avoir trouvé, s'immobilisent, [bâtissent [un mot illi-
sible] pour y dormir à l'abri, que rien n'existait au monde que
l'aventure, la découverte...   add. interl.] Mais maintenant, il croyait
avoir découvert que vivre dangereusement (car c'était cette formule
nietzschéenne qu'il avait écrit en exergue de sa vie) ce n'était pas
de chercher Dieu mais au contraire de le trouver et l'ayant découvert
de demeurer dans son orbite : ce fut le ⟨génie⟩ des mystiques...
[Voilà la grande aventure   add. interl.] Sans doute alors que Thérèse
dût-elle se livrer à une diatribe contre le catholicisme ; il l'interrompait par un... « Il y a du vrai dans ce que vous dites... Mais c'est
plus compliqué que cela... » Elle croit l'entendre répétant :... « c'est
plus compliqué que cela... » Il soutint alors que le catholicisme ne
subsistait qu'entretenu par ce courant profond de vie spirituelle
qu'y entretenaient ceux qu'il appelait les aventuriers de la grâce,
mais qui ⟨suivaient⟩ une route vertigineuse entre l'hérésie et la
sainteté, en proie [deux mots illisibles] à des passions furieuses,
souvent poussés à l'abîme par l'immense troupeau de ceux qui,
indignes de subir aucune tentation soit charnelle, soit intellectuelle
occupaient toutes les ⟨avenues⟩ de l'Église visible. Thérèse se
souvient qu'il [un ou deux mots illisibles] avec une verve [sic] cette
immense armée de bedeaux et de loueurs de chaire, qui avaient
tout le bénéfice de cette transmutation des valeurs qu'avait apporté
[sic] le catholicisme, leur bassesse intellectuelle, leur impuissance,
leur ⟨atroce⟩ stupidité, [appelant   biffé], [corr. interl. illisible] la
stérilité de l'esprit, renoncement, vigilance et zèle. Un Nietzsche
n'avait su discerner dans l'arbre catholique que ces cellules mortes ;
et ⟨disait⟩ J⟨ean⟩ A⟨zévédo⟩ des millions et des millions d'êtres

1. *Note en haut de page :* transition pour expliquer cette confi-
ence : il sait qui elle est — *et :* lectures de Thérèse.

[attirés *biffé*], [*corr. interl. illisible*] comme il l'était par le courant
mystique se détournaient et s'éloignaient à la vue de ces impuissants et de ces menteurs dont la foule imbécile encombrait toutes
les rues, et ils ⟨froissaient⟩ à coup de pierre ceux d'entre eux qui
savent dire une parole vraie sur l'homme et sur la vie. Ils n'exigeaient pas de ceux dont c'est le ⟨rôle⟩ de peindre l'homme et de
représenter la vie une déformation moindre que celle que leurs
⟨sculpteurs⟩ officiels de la place S⟨ain⟩t-Sulpice faisaient subir à
l'être infini... / Thérèse songe[1] que ce soir-là, sur la route d'Argelouse, ce fut presque à son insu qu'elle recueillit de tels propos et
d'autres semblables d'une oreille assez attentive pour en avoir
retenu l'essentiel; car elle crut être accaparée par Jean Azévédo lui-
même et non par ses discours et sur le moment elle fut moins
frappée de ce qu'il disait que de son élocution brûlante : ce ton
oratoire, cette flamme, et ce geste de la main pour découvrir son
front; il allait tête nue, la cravate ouverte sur un cou trop fort...
Mais non, ce n'était pas son charme physique qu'elle subissait :
Ah ! Dieu ! non !... Ce qui la stupéfiait, c'était de voir un être pour
qui paraissait compter seule la vie de l'esprit; et les noms qu'il citait
de ses amis parisiens empêchaient Thérèse de le considérer comme
un être étrange, d'une espèce unique; non, il faisait partie d'une
élite tout de même nombreuse : « Ceux qui comptent »... disait-il
et il citait des noms que Thérèse feignait de ne pas entendre pour
la première fois... elle ne sentait plus sa fatigue[2]; elle fut étonnée
quand le champ d'Argelouse apparut au détour de la route; des
fumées d'herbes brûlées s'élevaient au dessus de cette pauvre terre
nue... Des enfants au plus épais des taillis qui le bordent cherchaient
des champignons. Des alouettes criaient, que le soleil empêchait
de voir, un troupeau immobile sur le champ nu semblait brouter le
sable. Il devait quitter Thérèse en cet endroit et traverser le champ
pour atteindre Biourge. Elle lui dit : « Je vous accompagne. Toutes
ces questions m'intéressent tellement... Parlez m'en encore... »
Et soudain il ne trouva rien à dire; et ce fut à ce moment là seulement (elle revoit l'endroit où la millade avait été depuis peu
moissonnée et les tiges coupées lui faisaient mal à travers ses
sandales) ce fut à ce moment là qu'elle s'aperçut que ni l'un ni
l'autre n'avaient prononcé le nom d'Anne de La Trave. Elle comprit qu'à la même seconde, il y songeait aussi. Elle ⟨essaya⟩ de se
mettre en garde contre la joie qu'elle en éprouvait : « C'est par
discrétion, il attend que j'aborde le sujet... N'empêche que son
esprit était occupé à bien d'autres pensées... » Elle imagina la
petite Anne, immobile dans le jardin de Saint-Clair, désœuvrée,

1. *En haut de la page qui commence par :* Thérèse songe, *une note :*
très important : Azévédo considère Anne comme une Béatrice, lui
impose ce rôle.
2. *Note marginale :* Elle se confie à lui qui est de la race des confesseurs. Elle laisse entendre qu'elle n'est pas heureuse. Il lui dit :
Poésie est délivrance.

incapable d'aucun travail, d'aucune lecture, toute entière occupée
à se regarder souffrir. « Cette fois-ci... » Elle vit la métairie de
Biourge à travers les chênes. / Jean Azévédo lui tendait la main, sans
attendre qu'elle fît le geste et ne songeait pas à la remercier de
l'avoir suivi. Il avait un ⟨air⟩ indifférent, absent, et pensait à autre
chose, il était pressé d'être seul pour suivre tranquillement une
pensée qui lui était venue. Alors Thérèse avait jeté en hâte le nom
d'Anne de La Trave... Savait-il qu'elle était mon amie ? Il le savait.
Lui aussi serait heureux de lui parler d'Anne. Ils convinrent de se
rencontrer le lendemain matin... Comme il se dirigeait vers la
métairie, elle le vit se baisser. D'un geste enfantin, il lui montrait
un cèpe qu'il approchait de son nez, de ses lèvres. / « Si tu savais la
crise que j'ai eue... » / Elle passait sans transition de la chaude
lumière du couchant dans le salon sombre du rez-de-chaussée; le
grand corps de son mari occupait la même bergère où elle l'avait
laissé à trois heures. Thérèse se souvient de ce qu'elle éprouvait
devant cet homme geignant : non pas une aversion redoublée; au
contraire tout ce qui lui venait de Bernard l'atteignait moins cruellement que d'habitude, comme si le coup eût été porté de plus
loin. La rencontre d'un étranger suffit pour que les êtres au milieu
desquels nous vivons ne nous apparaissent plus sur le plan habituel.
Il semblait aussi à Thérèse que par une ouverture soudainement
percée un peu de jour fusât dans ses ténèbres. Bernard disait que
le docteur était venu [qu'il avait été très rassurant, il affirmait que
c'était nerveux, que ça pouvait venir aussi de l'estomac *add.
interl.*] Il avait laissé une ordonnance : Balion irait chez le pharmacien à Saint-Clair le lendemain à la première heure... Elle parut
s'éveiller : « Balion va à Saint-Clair ? J'ai beaucoup de commissions... » Assise dans l'ombre, elle répondait par monosyllabes à
son mari, ⟨cherchant⟩ dans son esprit les titres des livres qu'elle
voulait que Balion lui rapportât. Mais saurait-il les découvrir ? / « Il
me dit de ne pas m'inquiéter de cette douleur dans le bras, et dans
l'épaule gauche... d'autant plus que j'ai toujours eu un rhumatisme...
Ce qui m'embête c'est que mon père au moment de ses crises
d'angine de poitrine éprouvait la même *[un mot illisible]* du bras
et de l'épaule gauches... À quoi penses-tu ? » / Elle répondit :
« À rien... » Mais ses yeux fixes dans l'ombre voyaient le tiroir de
sa table à ouvrage à Saint-Clair et au fond de ce tiroir une boîte;
elle l'ouvrait en esprit et regardait cette photographie traversée
d'une épingle... / « Demande la lampe à Balionte, tu as l'air d'un
fantôme; et dis qu'on serve dès que ce sera prêt. / — Tu as faim ? /
— Non, mais je m'ennuie; manger distrait. » / Elle avait décidé
de ne rien dire à son mari, mais ne résista pas au plaisir de parler
du jeune homme... / « Et tu ne me le disais pas ? Hé bien ? Quel
type est-ce ? tu crois qu'il s'acharnera... » / Elle répondit évasive-
ment qu'elle avait l'impression qu'il ne tenait pas tant que cela
à la petite... / Cette impression, si elle ne disparut pas complètement du moins se nuança lorsqu'elle eût revu Jean Azévédo.

Durant les trois semaines avant le départ du jeune homme, elle l'entretint souvent, mais elle ne distingue plus aujourd'hui ces rencontres l'une de l'autre; il n'y était plus question que d'Anne de La Trave, mais Jean portait ce débat sur un plan où les parents de la jeune fille auraient été bien éberlués et où Thérèse elle-même avait eu bien de la peine à le suivre. La question pour ce garçon n'était point de savoir s'il épouserait ou non Anne de La Trave, il semblait ne pas mettre en doute qu'il n'aurait eu qu'à siffler pour qu'aussitôt elle l'eût rejoint. Mais quelle place faut-il faire à la femme dans sa vie? Il rêvait d'un amour qui aiderait à son perfectionnement, à son avancement spirituel[1]; la pureté d'Anne l'avait d'abord séduit, cette candeur adorable; jusqu'à ce qu'il se fût aperçu que même avec cette enfant, l'amour tendait immédiatement à descendre... il ne doutait plus que les mystiques avaient raison de voir dans la chair un principe de corruption, ni que la volupté fût inévitablement mauvaise; à chaque caresse un peu plus audacieuse, il se trouvait aussi un peu plus déchu « Mais la femme, — fût-ce sous l'aspect d'une adolescente aussi candide qu'était Mlle de La Trave — aspire tout autant à cette déchéance et nous y entraîne de toute sa puissance... » De quel cœur alors Thérèse avait protesté! D'autres femmes existaient, qui, à l'entendre, auraient été dignes de comprendre ce que Jean Azévédo attendait de leur amour. Tous ses dégoûts d'épouse, toutes ses répulsions prêtaient à sa parole un frémissement dont le jeune homme avait été pénétré. Elle était sincère, ce jour-là; elle entrevoyait une vie possible sans froissements auprès d'un compagnon aussi sublime que ce garçon [une vie en pleine ⟨ivresse⟩ intellectuelle *add. interl.*] : elle ne se doutait pas que ceux qui prêtent à l'amour humain des traits ⟨si noirs⟩, c'est qu'ils portent dans la chair sans doute un germe morbide, un trouble instinct [qui la terrifie *biffé*] [mortel *corr. interl. biffé*] [dont elle ⟨a peur⟩ *corr. interl.*]; ces grands désirs de pureté ne sont qu'une fuite éperdue, qu'un retrait devant une telle loi de son être qui la terrifie; elle eût dû réfléchir que ce n'était point très bon signe ni pour elle ni pour lui qu'un être aussi différent ⟨de tous les autres⟩, aussi solitaire qu'elle était ⟨entré⟩ avec une telle aisance dans toutes les complications de cet adolescent. / Ils se rapprochaient l'un de l'autre. Sous prétexte de s'entretenir d'Anne, ils se voyaient chaque jour. Mais octobre déjà touchait à sa fin. Thérèse avait pu retenir Jean une semaine au delà de la date prévue, et voici qu'elle ne pouvait souhaiter qu'il demeurât plus longtemps, car elle avait peine à dissimuler sa grossesse. Il ne l'avait pas vue, car il était de cette espèce de gens qui ne voient rien et dont les regards semblent tournés à l'intérieur. Elle se rappelle leur dernière entrevue, sous les chênes de Biourge[2]. Ils évitaient

1. *En marge:* Le Féminin éternel nous attire au ciel *(Second Faust).*
2. *En marge:* Il parle de Paris. Sa vie. Tentations ⟨*ou tentatives*⟩.

depuis quelques jours de marcher dans les pins; à chaque instant il fallait à l'approche d'une palombière se coucher dans le sable, siffler, attendre le signal des chasseurs pour qu'ils puissent continuer leur route. Elle insistait auprès de Jean : devait-elle encourager Anne dans sa résistance ou s'efforcer au contraire de la détacher... Il ne se prononçait pas : il ne voulait pas renoncer à la jeune fille, ni non plus se lier par aucun serment : « qu'elle attende, qu'elle accepte de souffrir, que son amour atteigne à se passer de la présence... » Songeait-il au mariage ? Il semblait ne prêter aucune attention au refus que les La Trave eussent opposé à sa demande. Thérèse sentait bien [avec quelle profonde joie *add. interl.*] qu'il était à mille lieues de songer au mariage — incapable évidemment de prendre aucune décision d'ordre pratique[1]. Oh, certes, il n'eût pas été impossible [pour toute autre femme qu'elle-même *add. interl.*] d'envelopper de rêts ce garçon mystérieux; mais elle saurait le tirer à soi — ce garçon différent de tous les autres garçons — qui ne l'aurait condamnée à aucune de ces réalités monotones du mariage; mais qui l'aurait initiée à la vie de l'esprit et qui en même temps l'eût aidée à se connaître, eût éclairé ⟨en elle *?*⟩ ces coins d'ombre où elle n'osait s'aventurer seule. La connaissance magnifie tout, disait-il et jusqu'au pire de nous-même... Il prêtait au « Poésie est délivrance » de Goethe un sens multiple et le commentait merveilleusement[2]. / Il partit, sous la pluie d'un jour d'octobre frémissant. Il dit qu'il reviendrait pour les vacances de Pâques; l'immense réseau de la pluie s'ajoutait à l'armée innombrable des pins pour isoler du monde Argelouse et son champ triste et gris où [*quelques mots illisibles*]. « À mon retour, disait-il, je veux rompre l'enchantement de cette forêt maléfique; je veux marcher tout le temps qu'il faudra à travers le sable jusqu'à ce qu'enfin, j'aie atteint l'Océan... Avez-vous regardé ⟨une⟩ carte, Madame ?, entre l'Atlantique et nous. Il n'y a [pas de barrière *add. interl.*] pas une maison. » / Les premiers jours qui suivirent son départ, la chasse à la palombe retint encore Bernard; il ne rentrait que pour manger et dormir; il allait bien mieux; son appétit était revenu et il pensait en être redevable à ce traitement Fowler qu'il suivait depuis le début du mois. Argelouse lui réussissait. Il ne ⟨rentrerait⟩ à Saint-Clair qu'en février pour les couches de Thérèse. Elle ne s'y opposa pas. À Argelouse, au moins, retrouvait-elle une ombre, entendait-elle l'écho d'une parole qui l'avait touchée. Novembre ramena à Saint-Clair les La Trave qu'avaient rassurés les lettres de Thérèse. Ils vinrent à Argelouse le jour de la Toussaint et ty [*sic*] laissèrent Anne pour que Thérèse lui enlevât doucement sa dernière espérance... / Thérèse est remontée dans son wagon et regarde au plafond le quinquet vacillant au-dessus d'une petite flaque d'huile : « Qu'ai-je fait de si mal ?... Je n'ai rien dit à Anne durant ces quelques jours que la

1. *En marge :* lettres aux La Trave.
2. *En marge :* il lui confie Anne. Lettres arrêtées.

vérité... Je lui ai parlé comme le voulaient ses parents, mais avec une entière bonne foi... » Sans doute ! Et pourtant elle se rappelle ⟨la semaine⟩ douce et claire de novembre comme d'un temps où elle eût tenu *[un mot   add. illisible]* entre ses paumes une tourterelle chaude, serrant de plus en plus fort l'oiseau, mais d'une pression si lente qu'il eût pu croire être caressé. Elle se gardait de lui dire : « Il ne t'aime pas, il ne t'a jamais aimée... » Non, elle étudiait devant elle ce garçon étrange et toutes ses remarques, Anne ne pouvait nier qu'elles fussent ⟨justes⟩. Elle n'ajoutait pas une touche à sa peinture qui n'éclairât un peu plus la jeune fille sur sa folie d'espérer quoi que ce fût d'un amant si ⟨détaché⟩. Elle protestait parfois ; elle se débattait, elle criait : « ... pourtant, il m'a tenue dans ses bras... je suis sûre qu'il m'a désirée, ce n'est pas vrai qu'il se défendait contre moi ; c'est moi qui me suis défendue contre lui. Oui !, oui, il était à genoux... il... » Comme elle pleurait elle n'avait pas vu de quel regard la couvait Thérèse à cette minute... « C'est justement de cela dont il ne se souvient pas sans horreur... — Non ! non ! il n'avait pas horreur... — Il haït ce que tu déchaînes en lui... toi ou toute autre femme... Que veux-tu... il est comme ça ! Voyons ! Tu le sais bien ! Que de fois tu m'as répété qu'il ne ressemblait pas aux autres[1]... Tu avais raison... C'est un être différent de tous les autres... » Il ⟨devait⟩ aimer, certes... Mais s'étonnait qu'on puisse désirer la présence de ce qu'on aime ; avait-il songé seulement à lui faire parvenir une lettre[2] ? Que faire ? attendre. Il reviendrait pour les vacances de Pâques... / Anne de La Trave revint à Saint-Clair ; elle ne se débattait plus. Ses parents attendaient le moment où elle « reprendrait le dessus » ; alors on avertirait les Belloc ; le mariage aurait vite fait de lui rendre des couleurs. Elle tardait à reprendre le dessus, [ils ne s'apercevaient pas qu'elle était déjà morte *biffé*][3] Mais la saison était mauvaise ; une fois l'hiver fini, ça irait mieux ; elle finirait bien par retrouver l'appétit et quand l'appétit va... *Suivent des notes marginales :* malade après chasse à la palombe. — / Retour à Saint-Clair — / épisode de la lettre envoyée — / de la lettre reçue. — / aucune haine contre son mari — / le curé, seul être intéressant — / le pharmacien, fille infirme, mais jeune. / Scène des deux *[deux notes illisibles]* les deux docteurs — / les Belloc — oncle et deux fils[4]. *Les autres versos de pages sont blancs (rappelons que depuis*

1. *En marge :* Il ne souffre pas. Il ne peut pas souffrir.
2. *En marge :* Il refuse lettres en secret.
3. L'allusion, dans *Conscience, instinct divin*, à « une mort » dont Thérèse porte le poids (p. 4), le ton dont elle parle dans le texte qui précède cette rature : « Qu'ai-je fait de si mal... » (voir p. 972) et cette rature elle-même font penser que dans le plan primitif du roman Anne mourait (voir n. 1, p. 4). C'est à ce stade de la rédaction seulement que Mauriac aurait abandonné cette idée. Voir p. 921.
4. Cette indication correspond à celle de la première page de *ms. 1* (voir la Note sur le texte, p. 9 29) datée du 13 avril 1926 : « Placer chez les Belloc un frère aîné sur la fin duquel on ne sait rien ; le fils aîné refuse d'épouser Anne [...] ; mais on réserve pour le cadet la fille de Thérèse [...]. » Dans *ms. 1*, le fils Belloc paraît bien être unique héritier

la page 55 (var. a) le texte de ms. 1 *est écrit, le cahier utilisé à l'envers, au verso des pages). C'est donc bien un manuscrit interrompu.*

c. [ce jour-là *[...]* examiner. *add. marg.*]. Je n'étais rien alors, songe Thérèse, qu'un chaos endormi. Je ne désirais   ms. 2 *qui est désormais le seul manuscrit ; voir var. b.*

d. il faut se tapir pour ne point l'effaroucher. Puis   ms. 2   : il faut se tapir. Puis   RP, *orig. et toutes les éditions avant* OC.

e. par tante Clara comme une divinité. Et pas plus qu'une divinité ne regarde son serviteur je ne prêtais   ms. 2

f. lucide : [toute la dureté, toute la férocité de l'homme naturel *biffé*] vieillards [...] de faim, malades abandonnés, femmes malades et asservies à un travail exténuant : [Tante Clara citait avec une sorte d'allégresse dans un patois innocent, les mots les plus atroces qu'elle avait recueillis   *add. interl.*] Au vrai,   ms. 2

Page 57.

a. pas du tout. [N'est-ce pas, insistait-il   *biffé*] [Du dehors *[deux mot illisibles] corr. interl.*] [Pourquoi me demandait-il si du dehors   *2e corr. marg.*] on ne peut rien voir de ce qui se passe à l'intérieur ? Je fus étonnée   ms. 2   : pas du tout. Pourquoi me demanda-t-il si, du dehors, on pouvait voir ce qui se passait à l'intérieur ? Je fus étonnée   RP, *orig. et autres éditions avant* OC.

b. Mais aucune branche n'avait craqué.   *add. marg.*   ms. 2

c. de toute passion ; et je me ressouvins sans aucune colère de ce qu'Anne avait écrit : « J'appuie ma main à l'endroit où bat son cœur : c'est ce qu'il appelle la dernière caresse permise... » Était-il beau ?   ms. 2, RP, *orig. autres éditions avant* OC.

d. front bien construit ; et les yeux de sa   ms. 2

e. mais son beau regard [...] qui a chaud.   *add. interl.*   ms. 2

f. cet honneur ?... Et ma joie, ma stupeur de mesurer d'un coup d'œil cet abîme   ms. 2

Page 58.

a. de jouer *[p. 57, dernière ligne]* ; et le jeu lui paraissait sans péril justement parce qu'il [...] entre eux. Sans   ms. 2   : de jouer ; et justement [...] lui avait paru sans péril. Sans   RP

b. de partager le désir d'Anne... [...] je l'interrompais pour lui dire la surprise que m'inspirait une telle conduite ; il repartit   ms. 2

c. Je vous connais [...] d'ici.   *add. interl.*   ms. 2

d'une immense fortune ; la note de la première page (page de garde que Mauriac avait sans doute laissée blanche) et celles-ci pourraient être contemporaines. Après avoir noté « Aujourd'hui, 13 avril 1926, je prends conscience de ce que doit être ce livre [...] » Mauriac commence sans doute la seconde rédaction ; l'interruption de ms. 1 correspondrait à cette découverte de perspectives nouvelles. Voir la Notice, p. 920.

d. de l'abrutissement. » Son débit   *ms. 2*

e. intelligence frémissante dans   *ms. 2*

f. sans presque l'interrompre. J'avais le sentiment que si je n'eusses été enceinte, il n'aurait tenu les mêmes discours; [mais les compliments qu'il me fit ne s'adressaient qu'à   *biffé*] [tout de même il sut louer   *corr. interl.*] mon visage. Rappelle-toi ce piétinement, *ms. 2*

Page 59.

a. En marge dans ms. 2 : ⟨Rentrée⟩ de Bernard en auto — paquet de pharmacie.

b. pour y dormir. Ces mots *aventure, découverte,* qu'il appliquait au monde invisible rendaient sur ses lèvres un son mystérieux. Il me demanda   *ms. 2*

c. la grande aventure des mystiques ». Je demeurais **muette; rien** *ms. 2*

d. beaux-parents [Ah ! c'était facile de me taire ! sans **interrompre** ses propos qui m'éblouissaient.   *add. interl.*] Jean   *ms. 2*

1. Mauriac parle avec de grands éloges de ce livre **dans un** texte sur *René Bazin,* écrit un peu plus tard; voir t. VIII, p. 483.

2. Voir *Commencements d'une vie, OC,* t. IV, p. 142 : « " Aussi loin que vont mes souvenirs, je ne me souviens pas **d'avoir été** pur. " Cette confidence est la plus triste que j'aie jamais **entendue.** »

Page 60.

a. Je revois ce geste de la main pour découvrir son front... **cette** chemise ouverte, ce cou trop fort, une poitrine d'enfant. **Ce charme** physique, l'ai-je subi ? Ah !   *ms. 2*

b. que je rencontrais qui mît au dessus de tout la vie   *RP*

c. « ceux qui comptent[1] », disait-il,   *ms. 2, RP*

d. obéissent aux pentes. C'est tout ce que j'aime. Et **parfois j'ai** horreur de cette facilité... » Pourtant il accepta de prendre **rendez-vous**   *ms. 2*

Page 61.

a. suivre le traitement Fowler; l'important   *ms. 2*

b. où vivent des êtres dont le ⟨seul souhait est⟩ de tout connaître, de tout comprendre et de ne subir aucune chaîne. Comme à **table,** *ms. 2*

c. Un Azévédo ne pas désirer d'entrer dans notre famille ! Ah ça ! tu es folle ?   *add. interl.   ms. 2*

d. [Aussi ne vit-il pas le regard dont Thérèse l'enveloppa et qui

1. La correction de la répétition : « comptait [...] comptent » a été faite en sens inverse dans *RP* et *orig.,* ce qui paraît bien montrer que les deux textes ont été établis séparément, sur deux dactylographies identiques, mais corrigées différemment dans le détail. Voir la Note sur le texte, p. 930.

peut-être lui aurait fait peur   *add. interl.*] « Il avait [...] disait. Il desserra sa ceinture, alluma sa pipe, le médecin   *ms. 2*

e. un souvenir unique [et délicieux   *biffé*] [dans un même délice *corr. interl.*] Il faudrait que j'invente une image pour que [tout à l'heure   *add. interl.*] Bernard comprenne. J'étais pareille à un enfant né dans une prison et qui n'en est jamais sorti et voici que lui est révélée l'existence du soleil et des plantes et des fleurs. Jean Azévédo me décrivait Paris ou plutôt le milieu de peintres et de poètes qui était le sien, comme un royaume dont l'unique loi serait pour chacun d'être intégralement soi-même. L'horrible, ici, me disait-il, c'est qu'il faut s'acclimater coûte que coûte au mensonge. Il faut que vous vous mentiez à vous-même et aux autres ». De telles paroles me faisaient frémir; les prononçait-il avec intention ? Mais non : il [voyait ce monde provincial où j'étais née comme un bagne où chacun devait entrer dans   *biffé*] ne croyait pas que je fusse née pour ce climat atroce : « Regardez,   *ms. 2*

Page 62.

a. est particulière, très souvent irrésistible; d'où   *ms. 2*

b. de sincérité, cette exigence de ne rien renier de ce qui est vous-même. Faudra-t-il   *ms. 2*

c. pour Bernard.) N'empêche que j'étais séduite : il niait   *ms. 2*

d. Et c'est pourquoi [...] la plus étroite   *add. interl. ms. 2*

1. Voir p. 21, 35. Mauriac pense peut-être à un souvenir personnel : « Cet oncle [un frère de sa mère] auquel je songe disparut à peine sorti de l'adolescence, bien des années avant que je fusse né. Cette épaisseur de silence autour de son souvenir tragique... » (*Bloc-notes III*, p. 268).

Page 63.

a. il ronflait, affreusement [mais souvent aussi je ne [...] respirer *add. interl.*] Les savates   *ms. 2*

b. le silence d'Argelouse tel qu'il m'a toujours paru que les gens qui ne connaissent   *ms. 2*

c. une chouette [ululante   *add. interl.*] et il semble que c'est dans l'ombre le sanglot que nous retenions et qui échappe à notre cœur. Mais ce fut   *ms. 2*

d. qu'au jour il m'apparaîtrait de nouveau, sous les chênes de Vilmeja, les pieds nus dans ses sandales et qu'il m'annoncerait ce royaume où nul n'est condamné au reniement de soi-même, sa présence   *ms. 2*

e. cette époque, j'aurais su rompre mes liens (j'ignore   *ms. 2*

f. une arrière-pensée) dès que   *ms. 2*

g. l'air libre, ⟨si⟩ je résisterais à l'étouffement. Avant mes couches,   *ms. 2*

1. Nouveau développement du thème de la prison, renforcé par la réflexion de Jean Azévédo rapportée un peu plus loin : « que je

saurais me délivrer. » La rencontre avec le jeune homme a cette portée ; aucun attrait physique, aucune émotion chez Thérèse qui découvre toutefois une autre manière de vivre, rêve d'une libération.

Page 64.

a. l'apaisait : « Tuchaou, Péliou[1] ! » Anne   *ms. 2*

b. dans un train ; elle avait suivi cette route d'Argelouse, guidée par la coulée de ciel entre les cimes, trébuchant, se tordant [...] ornières, soutenue par la certitude qu'elle saurait le reconquérir. Le tout était de le voir. Si je le vois, se répétait-elle, je suis sauvée. « — Où est-il ? / — Mais il est parti, ma chérie. Il est à Paris... / — Parti ? » / Anne fait non   *ms. 2*

Page 65.

a. c'est par là. » / Elles marchèrent ; la brume recouvrait les prairies. Elles réveillaient les chiens. Anne qui ne pouvait plus douter maintenant de son malheur éprouvait d'un coup sa fatigue immense sur ce chemin de sable. Voici les chênes   *ms. 2*

b. trouverai dans Paris. Je saurai bien découvrir son adresse... » [sans que Thérèse lui oppose aucune parole. *Une add. marg. peu lisible sur* « la monstrueuse indifférence » *de Thérèse. biffé*] / Bernard   *ms. 2. Le paragraphe qui commence ici comporte des ratures illisibles, mais de détail.*

1. Au nord de Jouanhaut ; voir « Géographie romanesque », carte IV, t. I, p. 1400.

2. La scène a une double portée ; elle annonce le sort futur de Thérèse ; elle rapproche les deux personnages : Anne et Thérèse. Voir sur ce point la Notice, p. 926.

Page 66.

a. de novembre. [Elle avait entrevu la lumière : un rayon avait filtré par une porte entrebaillée qui s'était refermée lourdement. Elle n'avait plus la force   *biffé*] [Une lettre *[deux mots illisibles]* adressée à Jean Azévédo demeura sans réponse.   *add. interl.*] [Des livres que Jean admirait et qu'elle fit ⟨venir⟩ de Bordeaux lui parurent incompréhensibles, et elle se sentit humiliée   *add. marg.*] Elle se sentait chaque jour devenir plus lourde. Beaucoup de femmes   *ms. 2. Sur la feuille volante annexée au manuscrit (voir la Note sur le texte, p. 930.) le passage qui manque :* Sans doute estimait-il que cette provinciale [...] le loisir de lever le siège. Cet Azévédo appartenait à cette race de jeunes gens qui ne redoutent rien autant que la victoire. Pourtant celle qu'il eût remportée sur Thérèse ne l'eût guère engagé.

1. Voir dans *Genitrix* (t. I, p. 585), la même expression (« Douce-ment Péliou ») qui est sans doute un souvenir.

b. tante Clara en lui répétant sans cesse qu'elle était sûre de ne pas réchapper   *ms. 2*

c. montré tant d'attention et ce fut pourtant alors qu'elle commença à le haïr : « Ce n'était pas de moi qu'il se souciait, mais *ms. 2*

d. plus touchée de sa sollicitude que   *ms. 2*

e. étrangère que l'on soigne et que l'on étrille   *ms. 2*

Page 67.

a. de son lait *[p. 66, 3e ligne en bas de page]*. Lui, sa mère, épiaient les signes de ma fatigue, surveillaient mes digestions, ils vénéraient en moi le vase sacré, le réceptacle de leur progéniture. Ils soignaient la mère à cause de l'enfant et aucun doute que le cas échéant, ils eussent sacrifié la mère à l'enfant. Je perdais le sentiment   *ms. 2*

b. de barreaux. Bientôt l'unique route de Saint-Clair deviendrait impraticable à tout autre véhicule que les charrettes à bœufs. Alors je fus   *ms. 2*

c. Tante Clara [vint s'établir à mon chevet   *biffé*] [ne voulut pas s'installer à mon chevet   *corr. interl.*] [Elle ne pouvait supporter de vivre ailleurs qu'à Argelouse, mais elle faisait [...] roumadjade *[quelques mots illisibles]   add. marg.*]. Je ne voyais   *ms. 2*

d. oreilles pâles [Sa mère lui reprochait de ne pas se soigner. *[Dieu merci, disait-elle à M. de La Trave, le fils Deguilhem ne la prenait pas pour sa mine. Elle ne disait pas oui encore, mais elle ne disait plus non   add. marg.].* Bernard allait moins bien [...] apéritifs.   *add. interl.*] Mme de La Trave se demandait pourquoi M. le Curé avait traversé quatre fois la place dans la journée et chaque fois il avait dû rentrer par un autre chemin. Sous l'influence de Jean Azévédo, Thérèse   *ms. 2*

e. front, ces yeux voilés et cette étrange bouche molle; [masque hermétique   *biffé*] Aucun ami. Comment   *ms. 2*

1. Voir déjà pour cette image de la prison p. 37 (et n. 1), 39, 44, 63.

2. Voir l'explication de cette expression, p. 59.

3. Le *Dictionnaire du Gascon* donne fougasse comme synonyme de fouace, mais ne donne pas le second mot.

Page 68.

a. du football;   *OC, correction d'après ms. 2, orig.*

b. de la voix, à certains gestes, et tout de même parfois *[une phrase biffée]* un mot semblait plus lourd, allait plus loin... Ah ! *ms. 2* : de voix, d'un geste, et tout de même un mot [...] Ah !   *RP*

c. ne rencontrait jamais Bernard. Les paroles de cet homme ne l'atteignaient jamais; l'idée ne lui   *ms. 2*

1. C'est la trace la plus nette qui demeure du projet primitif, de cette confession que faisait Thérèse.

Page 69.

a. ne prend pas... » [Elle se taisait. Bernard recommençait de n'avoir plus d'appétit *[et d'avoir peur de mourir biffé]* et parlait sans cesse de mourir *biffé en définitive]* | [Une de ces originalités était de ne pouvoir souffrir que les gens fissent des cris sur la ressemblance *biffé]* | ⟨Ce qui irritait⟩ le plus Mme de La Trave était cette affectation[1] *ms. 2*

b. la renier... C'est tout le portrait de sa mère *[deux mots illisibles]* [la mettaient hors d'elle *biffé]* [la jetaient dans une irritation qu'elle ne savait pas toujours dissimuler *corr. marg.]* Thérèse s'entêtait : « Cette enfant *ms. 2*

c. auprès du berceau, regardant la petite *ms. 2*

d. ah ! celle-là [...] maman... » *add. interl. ms. 2*

e. aucune autre, goûtait à manier l'enfant une [profonde *add. interl.]* joie animale. Elle avait renoncé à son attitude hostile, elle avait même feint de se réconcilier avec Thérèse pour pénétrer plus librement chez la petite. Rien ne subsistait d'ailleurs de leur *ms. 2*

1. À mesure que Thérèse se libère, Anne cède moins à la contrainte familiale, qu'à sa propre nature, et se soumet; voir p. 97. C'est autour de l'enfant de Thérèse qu'elles se rapprochent et s'opposent.

Page 70.

a. en dehors d'elle *[p. 69, avant-dernière ligne]*. Seuls dans ce néant la corpulence de Bernard, sa voix du nez, son ton péremptoire prenaient une réalité affreuse. Sortir de ce monde... *ms. 2*

b. le village [...] dans les rues... *add. marg. ms. 2*

c. de nouveau souffrait de son cœur. *ms. 2 ; RP. orig. et éditions antérieures à OC.*

d. crépiterait à l'entour. *ms. 2, RP. orig. et autres éditions avant OC.*

e. la plus envahie de brandes et au matin *[add. trois mots illisibles]* une immense fumée ternirait [le soleil levant *biffé]* [le ciel de l'aube... *corr. interl.]* *ms. 2*

f. qu'elle commit sans qu'elle en ait pu formuler aucune raison [Quelle explication fournir à Bernard ? *add. interl.]* Rien *ms. 2*

Page 71.

a. C'était ce fameux jour *[p. 70, dernière ligne]* où l'on crut que l'incendie de Mano menaçait la commune. Les renseignements étaient contradictoires. [Des hommes *[...]* en hâte. *add. interl.]* Les uns assuraient que le feu *ms. 2*

---

1. *Une note en marge :* Ainsi lorsqu'elle protestait de fureur lorsqu'on parlait de sa ressemblance avec [Jacqueline *biffé]* [Marie *corr. interl.]* | Elle lui ressemblait en ceci qu'elle était prisonnière de la famille *[deux mots illisibles].*

Thérèse Desqueyroux

b. demeura muette [elle n'éprouva même pas la tentation de rien dire *add. marg.*] et l'action qui [durant ce déjeuner *add. interl.*] était déjà en elle [...] d'émerger [du fond de son être, informe encore *add. interl.*] mais *ms. 2*

1. Pour ces indications topographiques : Louchats, Balisac, Mano, voir « Géographie romanesque », carte III, t. I, p. 1398.

Page 72.

a. rien à examiner : tout ce qui a suivi, *ms. 2*

b. la mi-août, après une crise plus forte et qui laissa le malade dans un tel état de faiblesse qu'on le crut près de sa fin, Pédemay de lui-même voulut solliciter enfin l'avis d'un de ses confrères du chef-lieu. Mais, dès le lendemain [et comme par miracle *add. interl.*] l'état *ms. 2*

Page 73.

a. de sa bourse les remèdes. Et voici que au début de décembre une reprise *ms. 2*

b. par M. de La Trave [et son long silence après qu'il eut examiné le malade tandis que *add. interl.*] sur le palier mal éclairé par une lampe fumeuse, Pédemay lui racontait [à mi-voix *add. interl.*] que Darquey [...] ordonnances sur lesquelles une main étrangère avait ajouté : *liqueur de Fowler ;* [et sur l'autre [...] d'aconitine *add. interl.*]. Oui, Bernard *ms. 2*

c. immense rumeur. Elle demeurait au chevet de la sourde [comme ⟨une⟩ bête *add. interl.*] tapie, et [sentant *biffé*] [qui entend *corr. interl.*] [...] la meute. Son père était *ms. 2*

Page 74.

a. [Thérèse se souvient [...] elle expliquait [...] leçon. *add. marg.*] : « C'est un homme qui n'était pas d'Argelouse, que j'ai rencontré sur la route et qui *ms. 2*

b. ordonnance. [Il devait [...] se montrer... *add. interl.*] Il devait venir *ms. 2* : ordonnance [...]. Il devait venir *RP*

c. à demi-soulevée, sentant *RP*

d. du mal ? » [Et elle trouvait la force [...] tandis que comme une petite fille [...] pas dit de quelle métairie il venait. Je l'ai raconté le soir même à Bernard qui m'a jugée imprudente. *add. marg.*] | [C'était miracle que Thérèse n'eut *biffé*] [Thérèse ne fut pas reconnue à la descente du train. *corr. interl.*] Pendant *ms. 2*

Page 75.

a. reconnaissaient, au *RP, orig. et éditions antérieures à OC.*

b. machinalement les mots *RP. correction d'après ms. 2, orig. et éditions antérieures à OC.*

c. était donc venu *ms. 2, RP, orig. et éditions antérieurs à OC.*

1. Voir p. 32-33 ; ce sont les seuls souvenirs heureux de Thérèse.

Page 76.

a. répit, à ces bêtes   RP, orig. *autres éditions avant OC qui donne
le texte du ms. 2*

b. En marge dans ms. 2 : les êtres que nous connaissons le mieux,
comme nous les déformons, dès qu'ils ne sont plus là ! *voir plus bas.*

c. dans ta chambre.   RP

d. à la main et sa vieille figure ⟨angoissée⟩ tournée vers le couple
qui demeurait dans le vestibule [: « Vous ne vous couchez pas.
La petite doit être *[un mot illisible] add. interl.*] Elle vit Bernard
ms. 2

e. n'avait même pas   *ms. 2, RP*

f. la vieille femme s'étonna de voir   *ms. 2*

Page 77.

a. Au vrai *[p. 76, dernière ligne],* Bernard ne daignerait même pas
tenter l'effort de l'écouter. Il parlerait. Elle le voyait, arpentant [le
salon   *biffé*] [la grande pièce humide et basse   *corr. interl.*] [et
le plancher *[...]* ses pas.   *add. marg.*]. Il ne regardait   *ms. 2*

b. préméditées. Ah ! [combien Thérèse *[un mot illisible]* la vanité
de   *corr. interl. sur ratures illisibles*] examen de conscience à quoi elle
s'était condamnée durant le voyage !... La solution   *ms. 2*

c. n'a plus peur; elle a envie de rire; il est grotesque; c'est un
grotesque. Peu   *ms. 2, RP, orig. éditions antérieures à OC.*

d. ce qu'il dit *[...]* qu'à Saint-Clair,   *add. interl. ms. 2*

e. partira. Cela   *ms. 2*

f. d'écouter... / « Vous pouvez rire [et prendre cet air de bravade
biffé] Je sais qu'un être tel que vous ne ⟨ressent⟩ aucun sentiment
humain. Mais, je vous tiens; Comprenez-vous ? Je vous tiens. Vous
vous conformerez aux   *ms. 2*

1. Voir le souvenir plusieurs fois évoqué de sa grand-mère :
p. 21, 35, 62.

Page 78.

a. en famille, sinon *[p. 77, avant-derrière ligne]* [vous irez au
bagne... / — Quelles décisions ? » Elle pâlit, ne rit plus, cette fois;
l'affreux mot ignoble l'atteint comme un coup   *biffé*] /Sinon...
quoi ? » / Elle était debout et parlait sur un ton de bravade et de
moquerie : / « Trop tard !   *ms. 2*

b. Dieu merci « / Elle détourna les yeux [pour ne pas voir le
regard de haine dont il la couvrait   *biffé*] et demanda : « Que   *ms. 2*

c. encore éloignée; aucun vent *[...]* innombrables; [aucun bruit
d'eau vive. Le pays de la soif ignore   *biffé*] [aucune eau vive *[...]*
ce désert   *corr. interl.*] / Je ne cède   *ms. 2*

d. me jugera... [Thérèse l'interrompit d'un haussement d'épaules
et d'un rire.   *add. interl. biffée*] [/Ne pourriez-vous   *biffé 1*] [Je vous
supplie de   *corr. interl.*] vous exprimer plus simplement   *biffé*
en définitive]. [Elle aurait voulu lui dire de s'exprimer plus simple-

ment   *corr. interl.*] [Il rougit, intimidé malgré tout   *biffé*] et maintenant il parle sans la regarder. / » [Voici en trois mots comment
je vois la question. *add. interl.*] Il importe d'une part [pour la
famille, pour notre enfant   *add. interl.*] que le monde   *ms. 2*

e. qu'à ses yeux, je ne paraisse pas mettre   *RP*

f. le mieux possible d'un contact [dangereux   *biffé*] [horrible
corr. interl.] / Et dangereux, Bernard ? / — Dangereux, oui, dangereux. J'éprouve moins de peur que d'horreur » / Il la dévisage
maintenant comme un homme qui va écraser une bête immonde.
biffé] [Je vous fais peur, Bernard ? — Il dit : « Vous ne me faites
pas peur, mais horreur, oui ! *corr. interl.*] Faisons vite   *ms. 2*

g. Desqueyroux. Je [ne veux pas chez nous de votre tante.   *biffé*]
[redoute la complicité de votre tante.   *corr. interl.*] Vos   *ms. 2*

h. demeure interdit. / — Le régime cellulaire ? / — Je ne vous
ms. 2

i. à mon bras. / — Et Marie ?   *ms. 2*

j. avec sa bonne chez ma mère, puis dans le Midi.   *ms. 2, RP*

Page 79.

a. vous la laisser ? Mais que vais-je imaginer là ? Qu'est-ce que
cela peut vous faire ? Comme si le sentiment maternel pouvait
exister chez une créature de votre espèce ? Et d'ailleurs, il faut
ms. 2

b. pourquoi pas ? / Thérèse s'est levée, elle joint les doigts,
frotte les paumes de ses mains, éclate de rire : / Alors, vous   *ms. 2*

c. invente la cause la   *RP, orig., autres éditions avant RP.*

d. que j'ai... / Naturellement ? Pourquoi serait-ce ? Vous ne
voyez aucun homme... Il suffit de procéder par élimination pour
découvrir le mobile de votre crime... Je vous défie de m'en fournir
un autre... [— En effet, Bernard, pourquoi aurais-je fait cela ?
pourquoi ai-je fait cela ? ⟨Pourquoi entre les mille sources secrètes
de mon acte⟩ *[ratures et mots illisibles]* qu'il n'en est pas une seule
qui ressemble à ce que vous avez découvert. Je vous défie de rien
découvrir qui ressemble à de la cupidité, je vous en défie bien.
add. marg. biffé] [D'ailleurs, cela ne m'intéresse pas... *biffé*].
[Que voulez-vous que cela me fasse. Je ne me pose plus de questions *[deux mots illisibles]*. Vous n'êtes rien. Ce qui existe est le nom
que vous portez. C'est tout. Comprenez-le une bonne fois. *add.
interl.*] Donc, dans quelques   *ms. 2*

e. [Vous serez neurasthénique *[...]* par exemple ? *add. interl.*]
Les raisons   *ms. 2*

f. Bernard goûtait le sentiment   *RP.*

Page 80.

a. le sentiment de cette grandeur *[p. 79, 11ᵉ ligne en bas de page].*
Il admirait   *ms. 2 sur la feuille volante annexée au manuscrit (voir la
Note sur le texte, p. 930), on trouve le passage qui manque :* Lorsque,
avec mille précautions *[...]*; il dominait la vie.

b. pas être plaint. La vie libre a du bon d'ailleurs [et l'approche de la mort *[...]* ce qui se boit. *add. interl.*] Thérèse demeurait immobile à la fenêtre ; *ms. 2*

c. de force ? Croyez-vous qu'un homme de votre espèce ait quelque pouvoir sur une femme de ma race ? / — À votre aise... *ms. 2*

d. les poings liés. / — Je suis bien tranquille. Vous n'exposerez [...] honte. / Mais il lui expliqua posément que partir, *ms. 2*

1. Le thème de la prison prend ici une autre valeur ; l'image devient réalité, puisque Thérèse sera enfermée à Argelouse. Il est noté avec plus d'insistance encore dans les pages qui suivent.

Page 81.

a. Thérèse dit à mi-voix *[p. 80, avant-dernière ligne]* [...] formelle... Non ? *add. marg. ms. 2*

b. que tout le bourg *ms. 2, RP, orig. autres éditions jusqu'à OC.*

c. Le paragraphe qui commence à : Bernard n'élevait plus la voix, *est très raturé, mais l'ensemble des ratures et des additions est inextricable.*

1. Bien que Mauriac, en prêtant ces réflexions à Bernard, en atténue la force — Bernard est, pour le lecteur, un sot, soumis à toutes les conventions —, il n'en reste pas moins qu'il a hésité à faire de Thérèse une « chrétienne », ce qui était son premier projet.

Page 82.

a. d'entrouvrir la porte *[p. 81, dernière ligne]* pour lire dans les yeux de la petite que mieux valait ne pas s'attarder. Elle avait coutume de crier alors : « Ne t'occupe pas de moi. Je ne fais qu'entrer et sortir... » [oui, cette nuit, après tant d'angoisse, c'était bien naturel *biffé*]. Elle se leva donc avec effort et appuyée *ms. 2*

b. Que ne déchiffrait-elle [...] pas. *add. interl. ms. 2*

c. avec une lente sagesse, la détruire. C'était contre elle désormais qu'agirait la puissante mécanique familiale qu'elle avait été au moment d'enrayer et par qui déjà elle commençait d'être broyée. Inutile *ms. 2*

Page 83.

a. cette agonie [sans fin à quoi la famille dans sa justice l'avait vouée *biffé*] [interminable *corr. interl.*] *ms. 2*

1. C'est un souvenir d'enfance que Mauriac reprend dans les *Nouveaux Mémoires intérieurs*, p. 59, au moment où il évoque Jouanhaut : « Je savais aussi qu'un assassin, nommé Daguerre, avait été traqué dans ces bois, et c'était un de nos chiens qui l'avait découvert à demi mort de faim. »

Page 84.

a. le jour naissant. Elle se pencha sur le berceau. Deux poings *ms. 2 b.* demeure avec toute cette vie à parcourir, tout ce destin *ms. 2*

c. Tendances [...] inéluctables ! *add. interl. ms. 2*

d. une petite main gisante et voici que quelque chose sourd *ms. 2*

e. jamais ! elle s'étonne de ce qui lui arrive, se lève, *ms. 2*

f. ouverte, les cris répétés des coqs semblaient [...] diaphanes. Elle regarde cette campagne *ms. 2*

g. du néant ; elle s'aperçoit qu'elle n'est pas sûre qu'il n'y ait personne. Mais s'il y avait quelqu'un ne la prendrait-il pas en pitié ? Ce quelqu'un qui devrait savoir à quel point elle est innocente des choses accomplies, qui devrait ⟨lire⟩ en elle bien au-delà des régions qu'elle-même connaît, atteindre cette part inconnue de son être, cet immense amour sans objet. Thérèse pourtant se hait *ms. 2*

Page 85.

a. avec amour un monstre qui pourtant est sa créature. *ms. 2*

b. On lui a [...] entre les doigts, un crucifix *ms. 2*

c. sortent [après avoir *[...]* du lit. *add. interl.*] [Et qui sait *[...]* le coup ? *add. marg.*] Bernard *ms. 2*

d. les démarches nécessaires [Il a dû *[...]* diversion. *add. interl.*] Thérèse *ms. 2*

e. dans la mort. Elle admire ce hasard, cette coïncidence. Elle hausserait les épaules si on lui [...] particulière. Les gens *ms. 2*

f. plus là : vivre puisque l'accès de la mort lui a été interdit, devenir comme un cadavre entre [...] haïssent... Ne pas essayer de voir au-delà. Agir comme si elle accomplissait la volonté de quelqu'un qu'elle ne connaît pas. / Le jour des funérailles, *ms. 2*

g. la nef. Thérèse sous son voile se sentait à l'abri. Elle ne le releva que [...] mari. Un pilier la défendait contre les regards de l'assistance et en face d'elle il n'y avait *ms. 2*

1. Dans ce roman dans lequel les images et les symboles ont plus d'importance qu'il ne paraît d'abord, on notera que tante Clara est, comme Thérèse, « une emmurée vivante » (p. 76) et elle meurt, dans un rapprochement qui est peut-être plus un symbole qu'une facilité romanesque, au moment où Thérèse va se tuer.

Page 86.

a. Bernard refusa de transmettre *RP*

b. de Bordeaux. Tisonner... mais la fumée [...] sa gorge. Et c'est pourquoi, à peine Balionte *ms. 2*

c. avant le crépuscule [tant elle souffrait de l'hostilité des êtres *biffé*] Il suffisait pour cela qu'une mère [...] ou qu'un bouvier, *ms. 2*

d. la mort de tante Clara [...] seuil *add. interl. ms. 2*

Page 87.

a. elle ne veut voir [...] contrarier, *add. interl. ms. 2 b.* ce jour-là. Thérèse [allait sur le palier, *add. interl.*] l'entendait errer   *ms. 2*

c. jusque dans la chambre de la jeune femme. Le premier   *ms. 2*

d. en vivre dans cette chambre humide[1], au coin de cette cheminée où le feu tirait mal. Dans les   *ms. 2*

e. d'Édouard, avec une ⟨robe⟩ ridicule et une fleur dans la main droite. Tout ce jour à vivre dans cette chambre; [cela paraissait à Thérèse au-dessus de ses forces; elle songea à tous ces jours   *biffé*] et puis ces semaines,   *ms. 2*

Page 88.

a. on vous croit un peu neurasthénique   *ms. 2*

b. vous voir. Je vous dispense désormais de la messe. [Elle balbutia *[...]* d'y aller — Ce n'est pas votre amusement qui importe. Le résultat est acquis et puisque la messe *[...]* rien ». Elle ne sut que dire.   *add. interl.*] Il insista   *ms. 2*

c. qu'elle allait bien, [qu'elle partait *[...]* Beaulieu.   *add. interl.*] et cependant ouvrait la porte, s'effaçait devant   *ms. 2*

1. Beaulieu, sur la côte méditerranéenne, près du cap Ferrat.

2. C'est la première fois dans le texte du manuscrit que Thérèse fume; les allusions — si nombreuses — à son goût du tabac, à la manière dont elle fume... ont toutes été ajoutées (voir encore var. *b*, p. 86). Il y a donc eu une révision tardive de l'ensemble du texte dont le manuscrit ne porte pas la trace (sauf *ms. 1, var. a, d*, p. 44).

Page 89.

a. Balionte n'avait pas autre chose à lui offrir et il ne fallait pas le faire monter et descendre   *ms. 2*

b. que de l'éloigner aussi peu que ce fût (Et Thérèse   *ms. 2*

1. Voir p. 42.

Page 90.

a. de choisir sa famille non selon le sang, mais selon la chair et selon l'esprit aussi, découvrir   *ms. 2*

b. disséminés fussent-ils, comme deux papillons séparés par des [centaines de   *add. interl.*] lieues et des ténèbres, finissent tout de même par se rejoindre et par s'aimer ! Elle s'endormit   *ms. 2*

c. posés le matin. [Si elle aime mieux rester dans sa crasse   *biffé*] La pensée   *ms. 2*

Page 91.

a. une autre évasion possible; dépossédée de toute chose,

1. Ici s'achève le recto de la dernière page du cahier. Mauriac reprend aussitôt ce cahier à l'envers et termine la rédaction sur le verso des pages resté blanc.

détachée, elle rêvait de perfection; elle devenait une Sainte, on s'agenouillait *ms. 2*

b. Elle posait une main sur sa tête, il se *ms. 2*

c. guéri. [l'excès de tabac lui donna des vomissements tels que les Balion la crurent empoisonnée *biffé*] [le curé venait la visiter *biffé*] [Elle pensait longuement à Dieu *biffé*]. Elle inventait d'autres rêves aux contours moins précis, suivait parfois tout un jour la même piste : par exemple, elle ⟨avait⟩ une maison au bord de la mer Méditerranée, elle voyait en esprit le jardin, *ms. 2*

d. les étoffes. [l'excès de tabac parfois la faisait vomir; elle ne supportait plus que le lait et le café *biffé*] / Puis le décor peu à peu se défaisait et il n'en restait qu'une charmille épaisse, un banc *ms. 2*

e. l'attirait contre soi. Un baiser arrête le temps; il y a dans l'amour des secondes infinies; voici la maison [blanche encore, le puits, la pompe qui grince *add. interl.*], une vieille cour, les héliotropes [...] la vieille cour; le dîner *ms. 2*

f. créature, elle s'étonne de la connaître; elle en est *ms. 2*

g. crie cette vieille ? Elle crie que M. Bernard rentrera du Midi la semaine prochaine et qu'est-ce qu'il dira quand *ms. 2*

h. entre par la fenêtre. Balionte marmonne des injures; Balionte dont on raconte en famille qu'à chaque Noël lorsqu'on tue le porc engraissé par ses soins, elle pleure. [Ce n'est pas par mauvaise volonté que Thérèse *biffé*] [Elle croit que Thérèse la méprise *biffé*] Elle en veut *ms. 2*

1. Mauriac se souvient ici d'une vieille servante, Cadette, dont il s'est inspiré déjà dans *Le Baiser au lépreux ;* voir le même détail noté t. I, p. 448, et n. 1.

Page 92.

a. brûlerez plus... » Thérèse comprit soudain que la vieille lui avait enlevé ses cigarettes. Non, cela était impossible à supporter. Il fallait *ms. 2*

b. pût ensuite sentir ses doigts et que toute la chambre baignât dans une fumée. Balionte [...] accoutumé comme s'ils eussent roulé une cigarette... Même à cela, il fallait renoncer... Thérèse éprouva de cet excès de dénuement une satisfaction incompréhensible. Peut-être tout cela avait-il un sens, peut-être [cette route qu'elle gravissait *biffé*] menait-elle quelque part, cette route ? [Peut-être toute destinée *biffé*] [une destinée *biffé*] [la plus misérable destinée *biffé*]. Elle pensait rarement à Bernard, mais c'était toujours sans colère. Il avait agi pour le mieux. Une bête qui mord et qui tue, comment ne l'aurait-il pas mise hors d'état de nuire. Oui, Bernard agissait toujours pour le mieux; Bernard en toute circonstance savait ce qu'il importait de faire. Balionte [entra avec une bougie *add. interl.*], posa sur *ms. 2*

c. un morceau de pain. [*[Deux mots illisibles]* redescendue à la cuisine elle dit à Balion : « Non, elle n'a pas réclamé ses cigarettes, elle parlait toute seule, elle disait comme ça   *biffé*] [Alors, vous n'avez pas besoin d'autre chose ?   *corr. interl.*] La vieille attendait [malignement   *add. interl.*] que Thérèse [...] cigarettes. [Elle se promettait de l'envoyer ⟨promener⟩   *biffé*], mais elle ne [...] collée au mur. Pourtant elle murmura une phrase que Balionte comprit à demi et que ⟨revenue à la cuisine⟩ elle répéta à Balion : « Elle a dit : " Je ne puis plus lui faire de mal... " / Balionte avait   *ms. 2*

d. pour se lever. Le corps ramassé, elle demeurait immobile [attentive à ce [chuchotement indéfini des pins   *biffé 1*] murmure indéfini   *biffé en définitive*] accueillant sur ses yeux [...] ce souffle glacé [de la nuit   *biffé ; corr. illisible*]. L'immense   *ms. 2*

e. Argelouse et c'était   *ms. 2*

1. Résignée parce qu'elle a reconnu l'inutilité de lutter, mais aussi parce qu'elle est comme complice de sa propre destruction, Thérèse accentue la solitude à laquelle Bernard l'a condamnée, rend plus rigoureux son emprisonnement.

Page 93.

a. exposée au froid *[p. 92, 5e ligne en bas de page]*. Sans que ce fût par un acte délibéré de volonté, sa douleur [...] occupation et comme sa raison d'être. Peut-être du fond de son enfance ou même au delà de son enfance, et du plus profond de sa race, remontait cet [obscur   *biffé*] espoir qu'il est donné à tout homme [fût-il le dernier des pêcheurs   *add. interl.*] de ne pas souffrir en vain. [Thérèse prononçait parfois des paroles confuses et dépourvues de signification. Elle s'acquittait dans   *biffé*] / C'est une lettre   *ms. 2*

b. Ce début de chapitre comporte jusqu'ici, de nombreuses ratures, sans grand intérêt.

Page 94.

a. Thérèse, en effet, mettait tout son effort [...] de sa famille. *add. marg.*   *ms. 2*

Page 95.

a. en remarquant que ces salons *[p. 94, 11e ligne en bas de page]* [...] de Reboux »   *add. marg.*   *ms. 2*

b. et molle, tournée   *ms. 2, RP*

c. des circonstances [« Je l'embrasserai s'il le faut ».   *biffé*]. Par exemple   *ms. 2*

d. révolte le plus (bien que ça reste pour des gens comme nous tellement affreux que nous n'arrivons même pas à concevoir qu'une chose pareille soit possible), mais enfin on sait qu'il y a des gens [...] d'assassiner; mais ce qui me révolte surtout, c'est son hypocrisie. C'est ça qui est épouvantable. On devrait pouvoir reconnaître les monstres à certains signes. Tu te   *ms. 2*

e. de la mort, on risquerait de l'achever... « ... Ce pauvre chéri... » [ce mot m'avait étonné dans sa bouche !   *add. interl.*

C'est ce que je dis toujours : « ... je pardonne tout, mais pas l'hypocrisie... » / Maintenant,   *ms. 2*

f. Anne dit : « Je l'entends qui descend... » [Elle paraît seule
indifférente, comme détachée de ce qui peut survenir   *add. interl.*]
Sa grosse main appuyée sur son cœur, Bernard souffre   *ms. 2*

g. détruit, de ce cadavre fardé et ⟨souriant⟩, il   *ms. 2*

Page 96.

a. ses yeux d'enfant s'arrêtaient aux moindres détails de ce
dessin   *ms. 2*

b. figure réduite à rien, Anne   *ms. 2*

c. (mais quoi ! [...] un mari)   *add. interl.*   *ms. 2*

1. L'affaire est de 1901; je ne sais s'il faut y chercher une possibilité de dater les événements; Mauriac utilise tout simplement un
souvenir. On sait que cette affaire allait retrouver quelque actualité
grâce à Gide (*La Séquestrée de Poitiers*, N.R.F., 1930).

Page 97.

a. vous pouvez inventer toutes les raisons que vous voudrez,
add. interl.   *ms. 2*   : vous [...] raisons que vous voudrez,   *RP*

b. comme pour toutes les femmes de la famille. Elle aspire à
perdre toute existence individuelle et moi *[deux ou trois mots illi-
sibles]* me comprendre enfin. C'est beau, ce don total à l'espèce.
Je sens la beauté de cet effacement, mais moi... mais moi... Certes,
je voudrais voir Marie, mais son babil ne m'amuserait que quelques
minutes et tout de suite je serais impatiente de me retrouver moi-
même. Je lui en voudrais de me détourner de penser à moi. Ainsi
songeait Thérèse et cependant elle disait : « Je suis contente que tu
t'occupes de Marie, ma petite Anne. Je me console de ne pas la
voir, en me répétant que ça vaut mieux pour elle... — Mais, je te
l'amènerai Thérèse; elle parle *[un mot illisible]* Il suffit   *ms. 2
texte en add. sur des ratures nombreuses.*

c. c'est un chou. / Dans ma propriété de Balizac, disait le fils
Deguilhem, les résiniers   *ms. 2*

d. fainéants ! / Je crois que nous   *ms. 2*

1. Ce cri semble traduire la revendication essentielle de Thérèse;
voir déjà p. 42 : « [...] et moi, alors ? et moi ? [...] » et p. 83, dans
un contexte identique. — La révolte d'Anne, toute passagère,
conduit à « cet effacement » dont Thérèse eût, elle aussi, été capable;
voir n. 1, p. 104.

Page 98.

a. toutes les limites [Mme de La Trave répond *[...]* ses gestes.
[C'est peut-être une idée fixe, chez elle   biffé] On ne sait jamais
add. marg.]. Et maintenant Bernard est devant elle, avec un verre;
il   *ms. 2*   : toutes les limites [...] devant elle, seul; il   *RP*

b. de Balionte. Elle songe : Tout de même, les choses vont peut-
être mieux tourner pour elle. Bernard a eu peur, c'est évident ; il a
eu peur d'avoir une histoire. Il rentre :   *ms. 2*

c. coûte que coûte. Oui, il a eu peur, de quoi a-t-il eu peur ? Mais
Thérèse ne devine pas l'image qu'il contemple, ses gros yeux fixés
sur la   *ms. 2*

Page 99.

a. Bernard chassait tout le jour [...] jamais fait avant le drame.
Leurs rapports n'avaient plus rien de contraint. Thérèse sur le
conseil [...] apéritif... »   *add. marg.   ms. 2*

b. s'écartaient, lui faisaient   *ms. 2*

c. mariage d'Anne... Après,   *ms. 2*

d. emplissaient le désert de leur clameur.   *ms. 2*

e. séparation officielle. Il lui verserait fidèlement le revenu de sa
dot. Il ne l'interrogeait   *ms. 2*

f. pas plus raisonnable. Cette idée s'était ancrée en lui et rien
ne l'eût fait démordre : il fallait que Thérèse sortît des brancards.
[Qu'il en était impatient ! [Tant qu'elle respirerait sous ce toit,
il ne dormirait pas tranquille   *biffé]   add. interl.*] Que Thérèse
aimait   *ms. 2*

g. déjà si nue ; les feuilles mortes demeuraient attachées aux
chênes comme une bure tenace ; aucun vent ne viendrait non plus
à bout, songeait-elle, de ces profondes habitudes paysannes ; elle
découvrait   *ms. 2*

Page 100.

a. qu'un indéfini chuchotement. [Elle pressentait que dans le
tumulte de sa future vie, il lui arriverait de regretter   *1re réd. non
biffée*] [Y aura-t-il des aubes où elle regrettera   *2e réd. marg.*] les
appels confondus en une seule clameur des coqs innombrables [et
ce sanglot de la chouette si familier qu'il semble à Thérèse que
c'est celui qu'elle retient   *biffé*]. Elle se souviendra,   *ms. 2*

b. la foule des arbres [et ce cœur inconnu d'elle-même qu'il faut
[*un mot illisible*] et ce corps   *biffé*] [Et elle redoute son propre
corps   *corr. interl.*] qui lui-même ne sait ce qu'est sa faim et sa soif
[et qui pourtant va ⟨entrer⟩ dans cette cohue de corps vivants
biffé], cette faible chose sur laquelle va se refermer une cohue de
corps vivants. [Et déjà elle souhaite ardemment de pouvoir revenir
ici, pour y mourir. Elle ne conçoit pas la mort ailleurs que dans
cette chambre nue, la face tournée contre ce mur... Là où elle s'est
grisée de songes plus beaux peut-être qu'aucune vie.   *add. marg.*] |
La même église de Saint-Clair, la même odeur de [*deux mots
illisibles*], les mêmes jacassements de dames, mais alors que le jour
de son mariage elle avait découvert son visage, le jour où ce fut
Anne qui s'agenouilla ⟨auprès⟩ de l'homme chargé de la rendre
⟨mère⟩, [Thérèse avait retrouvé son sourire   *biffé*]. | Elle contemple

devant le miroir son corps sur lequel va se refermer le flot humain[1]. /
Ils s'étonnaient   *ms. 2*

c. Ce paragraphe depuis : Les époux s'étonnaient *parait être une
addition ; il est écrit sur toute la largeur de la page — marges comprises —
en lignes serrées — dans un blanc laissé entre les deux chapitres.*

Page *101.*

a. vous demander... [Bernard s'écoutait avec stupeur tant il s'était
promis de ne pas interroger Thérèse, puis se répète et détourne les
yeux, jamais il n'avait pu soutenir le regard de cette femme.
rédaction non biffée] / Il détourna [...] très vite : / « C'était   *ms. 2*

b. horreur ? [Il écoutait ses propres paroles comme si un autre
les avait proférées.   *add. marg.*] Thérèse sourit,   *ms. 2*

c. si elle avait été à sa place. Pourtant elle répondit,   *ms. 2. Le
passage qui manque se trouve sur la feuille volante annexée au manuscrit ;
voir la Note sur le texte, p. 930.*

1. Cette indication est importante pour la structure du roman ;
le mouvement, rompu brusquement p. 76, reprend et donne
à Thérèse un bref et fallacieux espoir.

2. C'est ce qu'a cru Bernard ; voir p. 79.

Page *102.*

a. au pays — toute   *RP*

b. elle regardait dans le vide *[p. 101, 4ᵉ ligne en bas de page].* Un
marocain qui vendait [...] de verre, s'approcha   *ms. 2. Le passage
qui manque se trouve sur la feuille volante annexée au manuscrit ; voir
la Note sur le texte, p. 930.*

c. demeurât caché. Mais toutes   *ms. 2*

d. énoncées qu'elle me paraîtraient fausses. Je vous dirais : j'ai
agi comme un ⟨enterré⟩ vivant qui déchire son ⟨linceul⟩ / « Enfin[2],
ms. 2

e. pas Bernard, toute occupée de retrouver en elle-même et de
ne pas omettre la plus   *ms. 2* : pas Bernard, soucieuse de ne rien
omettre, fût-ce la plus   *RP*

1. Voir le récit de cet instant, p. 71.

Page *103.*

a. croyait pas ; et elle avait le sentiment que ce qu'elle disait était
en effet incroyable ; il ricanait, elle   *ms. 2*

b. conter. Peut-être l'avait-elle troublé quelques jours, mais
venait de reconquérir son assiette. Il gouaillait :   *ms. 2*

1. *Mauriac n'a pas biffé ces lignes depuis :* la même église (...). *Ce
sont pourtant des développements abandonnés.*
2. *Ici deux notes en marge :* Parlez plus bas, *et celle-ci qui prépare
le final :* elle s'en alla au hasard. *La page est inachevée et la réplique :*
Enfin, il y a eu [...] *reprise au début de la page suivante.*

c. du Saint-Esprit ? » | « Écoutez, *ms. 2. Le passage qui manque se trouve sur la feuille volante annexée au manuscrit ; voir la Note sur le texte, p. 930.*

d. pensées criminelles. | « Ce que je voulais ? *ms. 2*

Page 104.

a. s'eſt retourné *[p. 103, 6e ligne en bas de page]* deux fois. | Le ton de Thérèse l'irritait; cette exaltation lui faisait peur et horreur. | « Mais maintenant, *ms. 2. Le passage qui manque eſt ébauché sur la feuille volante annexée au manuscrit ; voir la Note sur le texte, p. 930.*

b. de la lande [enfin de se caser, comme on dit, d'entrer dans un ordre, de se sauver, cette Thérèse là *add. interl.*], elle eſt aussi *ms. 2*

c. sa montre. L'autre, celle qui va se trouver toute seule dans un inſtant sur le trottoir. Elle dit : *ms. 2*

1. En découvrant ainsi sa double nature, Thérèse éclaire le personnage d'Anne de La Trave qui joue dans le roman le rôle qui aurait pu être le sien : celui d'une femme qui accepte son rôle familial et social, se résigne à l'effacement. Elle fait mieux sentir aussi le sens de son drame : elle se révolte, mais elle eſt au fond incapable de se libérer de son milieu; elle en a les idées, les goûts et jusqu'aux préventions. Voir la Notice p. 921.

2. Voir p. 83.

3. Sans doute y a-t-il ici un souvenir; un détail très proche eſt noté dans *Le Baiser au lépreux* (voir t. I, p. 471), lié au même lieu : la lande du Midi (voir plus loin) et, tout proches, les marais de La Téchoueyre.

Page 105.

a. c'eſt vrai qu'il y a les chiens, les fourmis *[p. 104, 5e ligne en bas de page]*, les corbeaux qui n'auraient pas attendu... | « Onze heures *ms. 2*

b. où il roulerait ce soir, le vent froid sentirait le marécage *ms. 2*

c. Bernard était irrité de s'être senti ému, il avait horreur de ce qu'il appelait les situations fausses qui obligent à des gestes inaccoutumés, à des paroles *ms. 2* : Bernard un inſtant irrité de s'être senti ému, n'éprouvait [...] des paroles *RP, orig. éditions antérieures à OC.*

d. le calme, la paix. [Thérèse cherchait à susciter quel⟨que⟩ *biffé*] [Thérèse cherchait ce qu'elle pouvait dire *[quelques mots illisibles]* *biffé*] [Thérèse s'efforçait de susciter entre eux une dernière flamme. Elle dit : *biffé*] Je veux *ms. 2*

e. de solennité [elle effarouche *biffé*]; dans l'espoir confus que la conversation entre eux allait reprendre comme un feu mal éteint... Mais lui avait retrouvé son équilibre, il marmonna, « Ça va... bien... n'en parlons-plus... | — Vous allez *ms. 2*

f. une place... » | Il haussa *ms. 2*

1. Voir p. 27, 31, 37...
2. L'expression a été employée pour Thérèse, p. 59.

Page 106.

a. Certains allaient à pas lents, semblaient attendre, revenaient sur leurs pas. La jeunesse toute *[un mot illisible]* baignait des figures flétries. [Une femme *[...]* ouvrière ? *add. interl.*] C'était *ms. 2* : certains semblaient attendre, revenaient sur leurs pas. Une femme [...]. C'était *RP*

b. décida qu'elle n'irait pas cet après-midi chez Jean *ms. 2, RP*

c. déjà autour d'elle une agitation *ms. 2*

d. rue Royale. Un *ms. 2*

e. de Pouilly. Un jeune *ms. 2*

f. aux côtés de ce grotesque ; elle rit toute seule. Qu'importent tel *ms. 2* : aux côtés de Bernard ! Qu'importe tel *RP*

g. ce qui vit, que les êtres vivants. Ce n'eſt pas la ville [de pierre *add. interl.*] que j'aime, c'eſt la forêt vivante qui s'y agite, cette forêt épaisse et que creusent des passions plus violentes qu'aucune *ms. 2*

1. Voir p. 104.

DESTINS

NOTICE

On aimerait savoir quand Mauriac a vu qu'écrivant *Deſtins,* il recommençait *Phèdre.* Car on ne peut croire que tout, ici, demeure inconscient : lorsqu'il lance son héros à cent vingt kilomètres à l'heure contre un obſtacle où son automobile se fracasse, nul doute qu'il songe, et veuille faire songer son leĉteur, à une version moderne de la mort d'Hippolyte. Tous les personnages de la tragédie racinienne sont là, sauf Thésée ; c'eſt que Mauriac a de cette œuvre une vision personnelle : « en dépit de la fable, rien de moins criminel que le trouble de Phèdre ; rien de réel n'y répond à ce mot affreux d'inceſte, puisque le sang de Phèdre ne coule pas dans les veines d'Hippolyte » ; il supprime donc le personnage qui impose à l'amour de Phèdre ce caraĉtère :

« Sa passion n'offre aucun caraĉtère d'étrangeté. Ce qu'on appelle aujourd'hui un psychiatre n'y saurait découvrir quoi que ce soit d'anormal, — sinon ce penchant d'une femme déjà au déclin pour un jeune être intaĉt : maternité du cœur, ardeur folle du sang. Il n'eſt pas dans *Phèdre* que de la frénésie, mais une faiblesse qui est celle de tous les cœurs aimants. [...] Ainsi, dans le plus ordinaire amour, Phèdre déjà dénonce une souillure. [...] Si le sang ne lie pas Hippolyte à la femme de Thésée, il suffit que l'infortunée se croie incestueuse pour l'être en effet ; en amour, c'est souvent la loi qui crée le crime[1]... »

La *Vie de Jean Racine* d'où ce jugement est extrait, fut écrite à la même époque que *Destins,* quelques mois plus tard sans doute. Mauriac ici commente son œuvre, autant et plus qu'il n'explique celle de Racine. D'ailleurs le personnage de Phèdre l'obsède, qui « apparaît — dira-t-il — dans le filigrane de presque tous mes récits[2] ». Deux fois déjà, dans les romans qui précèdent, la tentation de le peindre s'est précisée ; dans *Le Mal,* avec Fanny, dans *Le Désert de l'amour,* avec Maria Cross — une des ébauches publiées au tome I[3], montre mieux encore l'attrait de cette figure. Le romancier, en écrivant *Destins,* cède enfin.

Les circonstances l'expliquent. Mauriac est au plus aigu de la crise spirituelle dont les nouvelles de 1926 et *Thérèse Desqueyroux* portent déjà la trace, « à l'étiage le plus bas », dira-t-il : « Si j'avais dû renoncer à la foi chrétienne, l'heure en était venue. » Cette heure est aussi celle de la conversion, comme pour Racine. Alors qu'il se croit si loin, il est tout près déjà. Il le pressent, en parlant de Racine : « " Il faut aller jusqu'à l'horreur quand on se connaît... " écrit Bossuet au maréchal de Bellefonds. Phèdre va jusqu'à cette horreur[4]. » Élisabeth Gornac, elle aussi ; dédaignant les jeux romanesques qui permettent de laisser dans l'ombre un personnage, Mauriac la présente « en pleine lumière », lui donne cette « prodigieuse lucidité » qu'il admire chez Phèdre[5].

L'influence de Racine ne se limite pas au détail, cité, de la mort de Bob, ni à la reprise des grands mouvements de la tragédie. Certaines scènes paraissent avoir attiré le romancier qui les traite avec une ironie sombre, comme pour marquer à la fois la ressemblance et la distance. Celle de la déclaration, par exemple, inversée ici et rendue volontairement vulgaire : ce n'est pas Élisabeth qui avoue son amour ; Bob, moins innocent qu'Hippolyte, a tout compris et, dans un moment de solitude et d'ivresse, la prend brutalement dans ses bras ; elle se dégage et fuit, poursuivie par un ricanement « de voyou » : « Vous auriez aussi bien fait d'en profiter... Vous le regretterez, j'en suis sûr[6]. » La réflexion aura sa réplique : « Ses bras qu'il m'a ouverts un jour[7]... » et Élisabeth se la rappellera souvent. L'autre scène, qu'on oserait dire « pastichée »,

1. *OC,* t. VIII, p. 104.
2. Préface au théâtre, *OC,* t. IX, p. IV.
3. T. I, p. 1329.
4. *OC,* t. VIII, p. 105.
5. *Ibid.*
6. P. 179.
7. P. 198.

si le mot n'impliquait un jeu dont il n'y a ici aucune trace, est le retour de Thésée : c'est Pierre Gornac qui, soudain, intervient pour précipiter la catastrophe, et qui, sans rien entendre, sans rien comprendre, menace et maudit. Son retour, la nuit même où Paule est à Viridis, a le caractère inattendu et fatal de la péripétie tragique.

Un autre thème ancien apparaît dans ce roman : Mauriac reprend en effet la peinture du couple antithétique de jeunes gens, qu'il a déjà esquissé à plusieurs reprises, sinon dans tous ses romans. Bob Lagrave et Pierre Gornac, « les deux garçons dressés l'un contre l'autre », « sont également tirés de ma propre substance et incarnent ma profonde contradiction[1] ». Il se reconnaît « dans l'un et dans l'autre », mais aurait pu déjà se reconnaître dans les deux cousins de *La Robe prétexte,* dans Claude et Edward de *La Chair et le sang,* dans Augustin et le narrateur de *Préséances,* dans ces autres couples en opposition que forment Jean Péloueyre et Daniel Trasis, Daniel Trasis et Raymond Courrèges, Raymond Courrèges et Bertrand Larrousselle... Jamais cette peinture en contraste du séducteur et du petit provincial, pur, pieux, un peu lourd, au physique ingrat et à l'esprit sans brillant, n'avait atteint à cette netteté. Bob n'a plus même à séduire, comme font les précédents; il attire, sans le vouloir, doué d'un charme qui est plus encore que la beauté et l'esprit. Pierre, lui, ne saurait plaire, le sent et en souffre[2]. Comment ne pas penser que cet échec décide de son attitude, qu'il cherche des compensations ? La vanité naïve avec laquelle il parle du succès de ses conférences[3], l'irritation, l'indignation, que font naître en lui les succès de Bob, la jalousie que cache mal un sincère — et inquiétant — désir de sauver les autres, tout va en ce sens. L'opposition conduit jusqu'à une bataille : mais le coup de poing qui assomme Pierre Gornac n'en est qu'un des épisodes. Pierre a détruit Bob en éloignant Paule, et la mort de Bob atteint Pierre au plus profond : « Je suis responsable de cette mort[4]. » On fausserait le roman à relever seulement les traits « douteux » de Pierre. Les deux portraits sont assombris, poussés au noir. Sans doute Pierre, qui par ses idées, par son action, rappelle les jeunes « sillonnistes » des premiers romans, qui devient prêtre et dont le sacrifice est vrai, n'apparaît pas sous des couleurs flatteuses; il y a en lui un pharisien — plutôt qu'un tartufe, comme on l'a dit —, un chrétien sincère, mais qui se rassure un peu vite sur la portée de ses actes et s'absout aisément d'avoir tué Bob en se persuadant qu'il l'a sauvé. Mais Bob n'est plus seulement le séducteur, le « ravageur » dont Raymond Courrèges a révélé la secrète faiblesse; tout ce qu'on raconte sur lui et que nul dans le roman ne précise, doit être vrai; on insinue qu'il a vécu de ses conquêtes plus que de son métier de décorateur, et

1. T. I, p. 991.
2. P. 135.
3. P. 152.
4. P. 191.

que ces conquêtes n'étaient pas toutes féminines; les réticences pudibondes de Pierre accentuent encore cette réprobation : « j'aurais cru me salir, j'aurais craint de salir l'imagination de cette jeune fille, en lui dévoilant d'autres turpitudes qu'on vous prête, à tort, je l'espère[1] ». Si ces deux personnages traduisent, comme le remarque fort justement Mauriac, une contradiction intérieure, rarement cette contradiction apparut plus vive.

On comprend mieux ainsi que ce roman ait été écrit « en quelques jours[2] ». Mauriac l'affirme à nouveau, un peu plus tard : Pierre Brisson « me demanda un roman pour *Les Annales*. Quelle incroyable facilité j'avais en ce temps-là ! Je partis aussitôt pour le Trianon (je devais tout de même avoir un commencement dans mes tiroirs) et je revins peu de jours après ma copie achevée. Ce fut *Destins*[3]... ». Un rien d'exagération ? Ce n'est pas sûr. Que Mauriac, qui écrivait très vite, ait gardé le souvenir de la « facilité » avec laquelle il écrivit ce roman, est caractéristique. Les dates d'ailleurs confirment cette rapidité : *Thérèse Desqueyroux* paraît dans la *Revue de Paris* de novembre 1926 à janvier 1927, *Destins* est publié dans *Les Annales,* dès mars 1927. L'étude du manuscrit apporte un autre élément : de tous ceux que nous connaissons, celui-ci est le premier qui offre une rédaction continue, sans hésitations sur les épisodes principaux. Les habitudes de travail de Mauriac assurent qu'il ne suivait pas un plan précis; la brièveté des délais et l'état du manuscrit excluent qu'il s'agisse d'une copie; c'est bien un « premier jet » qui a cette netteté dans le dessin des personnages et dans la conduite de l'intrigue.

On y insistera d'autant plus que ce roman traduit déjà ce « désir d'élargissement » dont Mauriac voit l'aboutissement dans *Les Anges noirs*[4]; non que ce soit un roman long ou que les personnages s'y multiplient; mais, pour la première fois, le romancier fait se croiser, se mêler des aventures individuelles, déplace légèrement le centre d'intérêt. Élisabeth Gornac, personnage principal, ne confisque plus l'attention comme Thérèse Desqueyroux ou Jean Péloueyre. On y verrait volontiers la justification du titre que Mauriac ne comprendra plus :

« Mais quel mauvais titre ! et qui pourrait convenir au premier livre venu. C'est un signe inquiétant lorsque le vrai titre ne se dégage pas du récit, ne s'impose pas. La mythologie aurait dû m'inspirer, car Bob Lagave fait songer à Narcisse ou à Ganymède, comme Élisabeth Gornac à Junon, et tout le paysage est en proie aux dieux[5]. »

1. P. 172.
2. *Bloc-notes III*, p. 461.
3. *Bloc-notes IV*, p. 420.
4. Préface à *OC*, t. V, p. 1.
5. T. I, p. 991.

Relisant ce roman en 1950, pour la publication de ses œuvres complètes, il ne voit plus cette intention évidente de donner au récit plus de complexité ; plus nette encore dans le texte des *Annales*. Quelques passages assez longs ont été supprimés, qui étoffaient les personnages de second plan, en particulier le vieux Gornac ; ils se situaient au début du roman, où se trouvent également les quelques détails « historiques » maintenus[1]. Pour la première fois, Mauriac en effet paraît se préoccuper d'insérer son récit dans le temps ; pour la première fois depuis la guerre, car les premiers romans ont un contexte historique ; quelques rares détails « datent » encore *Préséances* ou *La Chair et le sang* ; la guerre sert de prétexte à un épisode du *Fleuve de feu*. Mais il est illusoire de prétendre fixer *Le Baiser au lépreux*, *Genitrix* ou *Thérèse Desqueyroux* dans le temps ; ils sont contemporains de leur rédaction, Mauriac ici ou là utilise un souvenir : l'affaire Dreyfus, cite un événement datable : l'affaire de la séquestrée de Poitiers... Dès que l'on tente d'établir, sur ces bases, une chronologie, les contradictions surgissent. Qu'il ait commencé *Destins* avec des intentions différentes, on le voit aisément. Les habitudes, très vite, l'ont emporté. Ainsi s'estompent des personnages auxquels les premières pages promettaient une autre importance : Jean Gornac, Maria et Augustin Lagave... Pierre, en revanche, s'impose et les rares ajouts faits sur l'édition originale, précisent et nuancent ses réactions. Le romancier le suit au-delà du drame, comme il suit Paule de la Sesque, dont nous apprendrons le mariage « avec un grand propriétaire bazadais[2] » et que nous apercevons, dans le raccourci des dernières pages, avec ses enfants[3]. Car le roman se termine, non sur une scène qui le ferme, mais sur une perspective indéterminée.

Les réactions contradictoires de Mauriac devant ce roman, en éclairent le sens. En 1950, dans la préface des *Œuvres complètes*, il ne prend nulle distance ; au contraire :

« L'atmosphère panique de *Destins* m'enchante encore, je l'avoue : j'y entends murmurer toutes les prairies de mon enfance " au long des accablants et des tristes étés[4] ". »

Cette atmosphère est celle de Malagar, qu'il n'est pas difficile de reconnaître en Viridis ; comme dans *La Chair et le sang*, ce lieu est celui où naissent les violentes passions, dans la fournaise et au milieu des orages ; alors que Saint-Symphorien et la lande voient s'user et se détruire Jean Péloueyre ou Thérèse Desqueyroux. Il se reconnaît alors dans les « deux garçons dressés l'un contre l'autre » et juge sans indulgence et sans aigreur ses personnages :

« Que notre corps n'ait pas l'âge de notre cœur, c'est le drame

---

1. P. 112-113.
2. P. 208.
3. P. 209.
4. T. I, p. 991.

d'Élisabeth Gornac. Son cœur s'éveille à l'amour quand elle n'est plus qu'une lourde femme déjà flétrie, et l'être qu'elle aime est un enfant débauché, et elle a pour témoin de sa passion son propre fils, petit séminariste amer et sombre[1] ».

En 1965, lorsqu'un critique catholique attaque violemment l'adaptation de *Destins* à la télévision, il revient longuement sur ce roman pour s'expliquer et le défendre. Le plaidoyer pour Élisabeth est moins intéressant que la manière dont il voit le personnage de Pierre, un « pharisien », non un « tartufe », un « pharisien qui a vaincu le pharisaïsme en lui — mais il a fallu qu'un autre périsse[2] ». La remarque éclaire les quelques ajouts faits après la publication dans les *Annales,* deux variantes en particulier[3]; l'une introduit ce thème constant de la réversibilité[4]; l'autre accentue la jalousie de Pierre, lui fait prendre conscience de « cette joie insidieuse : l'homme qui l'avait frappé à la face n'était plus au monde », pour l'amener à se découvrir : « Et moi qui me persuadais de lui avoir pardonné ! J'avais pris l'attitude, j'avais fait le geste de la miséricorde, mais rien dans mon cœur n'y correspondait... » Ce passage n'est pas très convaincant, peut-être parce qu'il fait passer trop rapidement le jeune homme de ce « pharisaïsme », qui est dévotion réelle, sincère, mais n'atteint pas l'être profond, à une attitude spirituelle vraie. Il montre du moins comment, dans la vision du romancier, se fait le passage du « séminariste amer » à celui que devient Pierre aux dernières pages. À peine l'entrevoyons-nous alors. Mais le mouvement imaginaire exige qu'il s'élève et s'épure, tandis qu'Élisabeth s'engourdit, s'enfonce dans ses souvenirs[5].

La dernière image est celle de Bob enfant, tel qu'elle le revoit toujours au même endroit de la route. Incapable d'échapper au souvenir du garçon, elle le retrouve dans une sorte d'innocence, au-delà du seul instant qui a compté, lorsque Bob et Paule reviennent de leur promenade : « Une douleur fulgurante cloua Élisabeth ». Quelques instants plus tard, elle voit les deux jeunes gens « ne s'inquiétant même pas de savoir si Élisabeth les observait, et déjà immobiles, les visages confondus, ils demeuraient pétrifiés. Et elle aussi la lourde femme à demi tournée vers ce couple, ne bougeait pas, statue de sel[6]. » La révélation de l'amour se fait, comme souvent dans les romans de Mauriac, par la jalousie. Mais Élisabeth est généreuse et ne cède qu'à peine à ce mouvement; complice plus que jalouse :

« Elle songeait que cette soirée, semblable à tant d'autres, revivrait sans doute jusqu'à leur mort dans le souvenir de ces deux

---

1. T. I, p. 991.
2. *Bloc-notes IV*, p. 70.
3. En particulier ceux des pages 194 (var. *a*) et 202 (var. *b*).
4. *La Chair et le sang, Les Anges noirs, L'Agneau...*
5. P. 208.
6. P. 146-147.

enfants amoureux. À cause d'eux, elle aussi ne pouvait se défendre
de prêter à ce soir un caractère solennel[1]. »

Tout lui avait paru déjà quelques instants plus tôt comme immobile dans le soleil et dans l'amour ; « pour éphémère que soit tout
amour, elle pressent qu'il est une évasion hors du temps » :

« Quel silence ! Élisabeth imaginait que ce n'était pas le soleil
d'août, mais ce couple muet qui suspendait le temps, engourdissait
la terre[2]. »

L'arrivée de Pierre rompt l'enchantement. La religion, la morale
et le drame font ensemble irruption.

Tous les événements qui entourent cet instant[3], tiennent dans les
vingt-quatre heures que s'accorde la tragédie classique. Encore ceux
qui précèdent : la préparation de la venue de Paule, et qui suivent :
le mort de Bob, ne sont-ils éloignés de ce centre que par une certaine
commodité romanesque : quelques jours s'écoulent entre le premier
chapitre et cette visite, trois ou quatre semaines entre ce jour et
la mort de Bob. Malgré l'apparente liberté des indications chronologiques : « Ce jour-là... » « Quelques jours pluvieux suivirent
ce jour... », ou leur absence, le roman ne joue sur le temps que dans
le dernier chapitre, perspective ouverte sur ces « destins » que le
drame a fixés.

NOTE SUR LE TEXTE

Le manuscrit de *Destins* est constitué de deux cahiers, format
écolier; 71 feuilles du premier, 22 feuilles du second ont été utilisées[4]. Il donne un texte continu du roman, assez proche de la
version définitive, avec toutefois de nombreuses variantes que nous
avons relevées pour la plupart. C'est, parmi les manuscrits de Mauriac, le premier qui ne présente pas une ébauche ou un premier jet
hâtif. Il ne semble pas toutefois — étant donné sa présentation et
l'importance des variantes — qu'il s'agisse d'une mise au net
(sigle : *ms.*).

Ce roman a paru dans *Les Annales politiques et littéraires*, du
30 mars au 15 mai 1927 (sigle : *An.*). L'édition originale en a paru
chez Grasset, « Les Cahiers verts », en février 1928 (sigle : *orig.*).
Il a été repris dans le tome I des *Œuvres complètes* (sigle : *OC*) dont
nous suivons le texte, identique d'ailleurs à celui de l'originale.

1. P. 149.
2. P. 145.
3. P. 141-178.
4. Bibliothèque littéraire Jacques-Doucet, fonds Mauriac, MRC. 22.

NOTES ET VARIANTES

Page 109.

   a. vous [prêter *biffé*] [chercher *corr. interl.*] le *ms.*

   b. protesta qu'il souffrait plutôt de la chaleur *biffé*] étouffait, *ms.*

   c. Élisabeth [Dupérier *biffé*] [Gornac *corr. interl.*]; *ms.*

   d. il souffrait de [ne pouvoir appuyer ses reins *biffé*] [ce que rien ne soutenait son dos *corr. interl.*] *ms.*

   e. sa nuque. [Il était impatient *biffé*] si faible *ms.*

   f. que limitent le château [décrépit *add. interl.*], lézardé, et les deux chais *[deux lignes raturées illisibles]* bas, où des tuiles neuves sont trop rouges parmi [les vieilles tuiles *biffé*] le rose fané [des vieilles tuiles *biffé*] [du vieux toit *corr. interl.*], Élisabeth [vit *biffé*] [aperçut *corr. interl.*] *ms.*

   1. Ces détails confirment que Mauriac s'est inspiré de Malagar pour décrire Viridis. Voir pour la description de Malagar, t. I, p. 1393 : « La géographie romanesque de Mauriac » et ici Appendice III, p. 901.

Page 110.

   a. à ses [vieilles joues *corrigé dans l'interligne en* joues creuses], à son *ms.*

   b. que Dieusici a *ms.*

   c. le petit Lagrave. *ms. Le nom est écrit avec cette orthographe dans tout le manuscrit et dans An.*

   d. elle était pourtant bien intelligente, cette Maria Lagrave, [et ambitieuse pour *[...]* voulait et à qui le curé de Viridis avait obtenu *[...]* séminaire *add. marg.*]; mais une paysanne [dans les années 1890, pouvait encore imaginer que son gamin pouvait se faire une belle position du côté des curés *biffé*], environ 1890, avait *ms.*

   e. qu'un drôle, qui *ms.*

   f. dans l'Église. En ce temps-là, on voyait encore une fois l'an des arcs de triomphe dans les rues de Viridis [avec des inscriptions *biffé*] se dresser en l'honneur du cardinal-archevêque Lécot, des oriflammes, des cartouches où resplendissaient en lettres d'or : *Vive Monseigneur* ou *Ille Sacerdos magnus*. Les cures [florissantes *add. interl.*] ne *ms.* : dans l'Église. En ce temps-là on voyait encore une fois l'an des arcs de triomphe, aux portes de Viridis, se dresser en l'honneur du cardinal-archevêque Lécot; des cartouches portaient en lettres d'or : *Vive Monseigneur — Ecce Sacerdos magnus.* Les cures florissantes ne *An.*

1. Terme technique : on effeuille la vigne pour hâter la maturation du raisin. Le choix de l'époque et la manière d'effeuiller dépendent des conditions atmosphériques.

Page 111.

a. de Voltaire, dans le *Testament du curé Meslier*[1], dans les chansons de Béranger [une doctrine *biffé*] [une foi anti⟨cléricale⟩ *biffé*] un [solide *biffé*] anticléricalisme solide, entretenu chaque matin par la lecture de la *Petite Gironde*, [il n'était pas homme à régler sa conduite sur des idées. Depuis [le seize mai *biffé 1*] les élections de 1877 *biffé en définitive*] [et qu'il [se rendit témoignage *1re réd. non biffée*] [fût persuadé *2e réd. interl.*] qu'un honnête homme n'a besoin que de sa conscience pour ne tuer ni voler son prochain *add. marg. biffée en définitive*], ce petit bourgeois paysan n'était *ms*.

b. des idées. À peine sa croyance dans le progrès [et la démocratie *biffé*] subit-elle une légère *ms*.

c. du côté du manche. [Autour de Viridis, il menait contre les Maristes une guerre sans merci. Le député de Viridis le marquis de Lur-Saluces perdait à chaque élection *biffé*] [Le krach de *l'Union Générale* [...] pu vivre une année de plus. *add. marg.*] Cependant, *ms*.

d. sur l'ennemi. Pourvu qu'il n'avale pas toutes leurs bourdes... [Lui-même avait interné [...] mieux composé. *add. marg.*] / [Mais il n'y avait qu'à voir la figure *biffé*] [Mais le petit Augustin n'avait pas la tête *corr. interl.*] d'un garçon qui s'en laisse conter. Pendant les vacances, à chaque fois qu'il rencontrait [Augustin Lagrave *biffé*] [le séminariste *corr. interl.*] M. Gornac ne manquait jamais de le tâter. / — Hé là, mon drôle, on apprend toujours que un fait trois et que trois font un ? / Et de rire grassement. / Le gamin levait vers monsieur le maire une figure plate et sournois ricanait en regardant derrière lui. / Il ira loin ton petit, disait le maire à la voisine. / Mais il se rappelle ce jour *ms*.

e. vertes et dorées. Un petit curé suivait, Augustin tout [gêné *biffé*] [*corr. illisible*] de sa [première *add. interl.*] soutane [neuve *biffé*]. Et les filles et les garçons de glousser autour de lui. / Il va falloir [...] maintenant. / Hé, Augustin, on te doit le respect ! / Jean Gornac *ms*.

f. Lagrave [gémissait *biffé*] [gémissante criait *corr. interl.*] que *ms*.

g. assez tôt de la jeter aux orties quand [on voudrait *biffé*][ces messieurs songeraient *corr. interl.*] à *ms*.

1. Mauriac, une fois encore, cherche ici un modèle dans sa famille paternelle où l'anticléricalisme était habituel. On verra que,

1. Voir déjà t. I p. 508, où des lectures identiques sont prêtées à l'oncle de Daniel Trasis.

plus nettement, il s'inspire pour peindre Jean Gornac de son grand-père, Jacques Mauriac (voir n. 1 p. 112,).

2. Sur ce souci de dater le roman, de lui donner un contexte historique, voir la Notice, p. 996. Le 16 mai 1877, Mac-Mahon avait nommé président du conseil Broglie, catholique monarchiste, qui fit dissoudre la Chambre des députés; mais les élections du 14 octobre, favorables aux républicains, le contraignirent à démissionner. — La faillite de l'*Union générale*, banque fondée en 1878 par des hommes d'affaires catholiques, est aussi l'un des événements marquants de cette époque; elle se produisit en janvier 1882.

Page 112.

a. glu ? que ça le suivra partout ! qu'on se souviendra de l'avoir vu ainsi costumé... / Et il ne consentit [...] tranquilles que lorsque Maria eut promis que, *ms.* : glu [...] défroqué ? Il ne consentit [...] tranquilles que lorsque Maria eut promis que, *An.*

b. commerce de vin *OC. Correction d'après An, orig. Voir la note 1. Pour ms., voir var. c.*

c. le beau temps de Jean Gornac. [Il menait de front un commerce florissant de bois merrains à Bordeaux *biffé*] [Un *biffé*] [Au plus *corr. interl.*] florissant commerce de bois merrains [qu'il y eut *add. interl.*] à Bordeaux, ce petit homme [chauve, [jaune *add. interl.*] à l'œil de feu *add. interl.*] au buste court, [aux épaules hautes *biffé*] ne donnait qu'une part de son activité fiévreuse. Au vrai, *ms.*

d. dans la lande, du côté de Villandraut, et *ms, An.*

e. le marquis de Lur. Aucun autre intérêt que d'être l'homme de la Préfecture — le grand électeur auquel le gouvernement ne peut rien refuser. Non qu'il manquât d'ambition politique. Mais l'amour de la terre était le plus fort; la terre le retenait dans les limites du département, lui défendait de rien voir au-delà du Conseil Général. Il n'eût tenu qu'à lui d'aspirer au Sénat. Mais habiter Paris ! Perdre de vue, ne fût-ce que quelques mois, ses propriétés — les siennes et celles de autres qu'il guignait ! Beaucoup d'imbéciles, en ce temps-là, vendaient à cause des difficultés de main-d'œuvre, de la mévente du vin, du péril socialiste. Lui, [gardait *biffé*] nourrissait une foi instinctive et raisonnée en la terre, mais se gardait bien de la répandre. Il disait qu'il était un vieux maniaque et que les gens qui voulaient se débarrasser de leurs propriétés pouvaient tirer profit de sa lubie. Retenu à Bordeaux, [plusieurs jours par semaine *biffé*] [chaque semaine *corr. interl.*] il [arrivait *biffé*] [surgissait *corr. interl.*] inopinément pour surprendre ses travailleurs, car ce radical était un maître redoutable; lorsque par tous les temps les bonnes gens voyaient son vieux cabriolet sur la route de Viridis, ils se disaient les uns les autres : / Tiens, c'est encore M. Gornac qui vient ennuyer ses hommes. / Il était admiré. *ms.* : le marquis de Lur. Aucun autre *[comme dans ms.].* Lui, nourrissait une foi instinctive et raisonnée en la terre, mais se gardait bien de la répandre. Il aimait s'entendre traiter de vieux maniaque;

il disait que les gens qui voulaient se débarrasser de leurs propriétés pouvaient tirer parti de sa lubie. Retenu à Bordeaux, chaque semaine il surgissait inopinément pour surprendre ses travailleurs. Car ce radical était craint comme un maître redoutable. / Il était admiré *An.*

f. Les Pères de Viridis se croyaient bien malins avec leurs patronages, leurs sociétés de gymnastique, leurs trompettes et leurs bannières ! Jean Gornac leur laissait bien volontiers les enfants; *ms.*

g. à peine adolescents, ce [serait bientôt fait de les attirer du côté *biffé*] ne serait qu'un jeu de les attirer [du côté *[*où l'on peut *biffé 1]* de ceux qui permettent que l'on boive *biffé en définitive*] [là où il est permis de boire *corr. interl.*] tout son soûl et [que l'on coure *biffé*] [de courir *corr. interl.*] les filles. / L'an *ms.*

h. Cette année [de feu *biffé*] [brûlante *corr. interl.*] dont les vieux paysans [s'entretiennent encore 1ʳᵉ *réd. non biffée*] [reparlent *corr. interl. biffée*] [dont nous retrouvons dans les vins jalousement gardés *biffé*] [dont l'odeur, dont la chaleur *corr. interl. biffée*] dans les [vins *biffé*] bouteilles qui portent ce millésime [pour eux *add. interl.*] le prodigieux soleil — [de ce lointain été *add. interl.*] brûle toujours [.Ils y retrouvent *add. interl.*] le goût *ms.* : Cette année *[...]* les bouteilles qui portent ce millésime *[...]* le goût *An., orig.*

i. en telle abondance que les barriques manquaient et qu'il restait dans la cuve. [Et du côté des landes le ciel demeurait rouge *corrigé en* Un interminable incendie rougissait le ciel du côté des landes.] Ce fut *ms.*

1. La correction (voir *var. b*) s'imposait : au vieux Gornac, Mauriac donne des traits empruntés à son grand-père paternel (voir n. 1, p. 111); il lui donne aussi ce commerce de bois merrains dont il a déjà été souvent question. Il est impossible qu'il ait eu ensuite l'idée de lui confier le « plus florissant commerce de vin », le faisant entrer dans les « grandes familles » que décrit *Préséances*.

Page 113.

a. époque, [l'ancien séminariste *[...]* deniers *add. marg.*] Augustin *ms.*

b. des Sabran-Pontevès, entre Langon et Saint-Symphorien. Aujourd'hui, *ms., An.*

c. (une Péloueyre, d'Uzeste) avait *ms., An.*

d. attendu... « Je fais toujours ce que je veux. » C'était un de ses mots. Il faisait *ms.*

e. de l'État sa subsistance en échange des services rendus. L'État, bonne vache nourricière aux nombreuses mamelles ! Comme l'Église autrefois recueillait les cadets de la noblesse, il était bien qu'aujourd'hui ceux de la petite bourgeoisie tétassent la bonne bête à tout le monde. Pour un peu, M. Gornac eût reproché à Maria

Lagrave de ne s'être pas arrangée pour avoir un autre garçon, celui qui serait resté à la maison et se serait occupé de la vigne. Par bonheur, Maria était une maîtresse femme, qui suivait en tout les conseils de M. le Maire; son vignoble, la ⟨Prioulette ?⟩, en face de Viridis, était l'un des mieux tenus de la commune. Pourtant, mieux vaut *ms.* : de l'État sa subsistance. L'État *[comme ms.]* à Maria Lagrave de ne pas s'être mise en frais d'un autre garçon, *[comme ms.]*; son vignoble, en face de Viridis, était le mieux tenu de la commune. D'ailleurs mieux vaut *An.*

f. et périt de dysenterie. Le vieux Gornac a cédé à ce sommeil qui [pour les vieux corps usés comme le sien *add. interl.*] est une préparation [sournoise *add. interl.*] à la mort [une répétition avant *biffé*]. S'est-il jamais avoué que [...] obéissent plus ? [Il avait fait ajouter un pavillon au château de Viridis pour qu'y puissent loger ses deux fils et leurs familles. Mais / fils mystérieusement disparu / parler de Pierre. *add. marg.*[1]] Ses deux fils *ms.* : et périt de dysenterie. / Le vieux Gornac cède à ce sommeil qui, pour les vieux corps usés comme le sien, ressemble à l'approche sournoise de la mort. Elle les essaye; elle les tâte, avant de les emporter d'un seul coup. S'est-il jamais avoué [...] plus ? Ses deux fils *An.*

1. C'est, dira Mauriac, « mon plus lointain souvenir électoral » (*Bloc-notes IV*, p. 306); il note alors le « scandale ressenti par toute la famille » — la famille maternelle — devant « cette défaite de l'Église ». À Jean Gornac, il prête l'anticléricalisme des Mauriac.

2. Abondantes dans les premières pages, les précisions chronologiques se font ensuite très rares; certaines, qui figuraient dans le manuscrit, sont supprimées. De toute évidence, l'effort fait pour situer historiquement le récit tourne court : la date probable des événements est 1923-1925, mais il n'est pas facile de faire coïncider toutes les indications.

3. Mauriac reprend le nom déjà utilisé dans *Le Baiser au lépreux* et *Genitrix ;* ce n'est pas seulement pour donner une apparente cohérence; sous le nom de Péloueyre en effet, il peint des personnages inspirés par la famille de sa grand-mère paternelle, les Lapeyre. Il donne donc naturellement à Jean Gornac (Jacques Mauriac, son modèle, avait épousé une Lapeyre) une femme née Péloueyre.

4. Voir t. I p. 201 et la note 1.

Page 114.

a. les paupières semblaient pesantes. Une jeune femme plus avertie qu'Élisabeth Gornac ne s'y serait-elle trompée ? Si Bob *ms.*

---

1. Cette addition marginale tourne court ; Mauriac interrompt sa phrase pour noter deux développements à faire ; il y reviendra plus tard : pour le « fils mystérieusement disparu », voir p. 130 et n. 1, p. 131 ; pour Pierre, voir p. 129.

1. Pour ce thème de l'enfant « séduisant », voir, dans *Le Baiser au lépreux,* les regrets de Jean Péloueyre, t. I, p. 450-451.

Page 115.

a. et de grâce. Le [pouvoir trouble *corrigé en* dangereux pouvoir] qu'il détenait; pour devenir, enfin, réellement *ms.* : et de grâce *[...]* pour devenir, enfin, réellement *An.*

b. possède la science. La beauté de Bob Lagrave était une promesse de bonheur. / Il fallait qu'Élisabeth eût vécu bien retirée dans cette campagne entre son tyranneau de beau-père et la vieille Maria Lagrave, il fallait que depuis son veuvage elle se fût bien profondément enfermée dans une vie de pieuses pratiques et d'œuvres de miséricorde (sur ce seul article elle avait tenu tête au vieux Gornac) pour qu'à quarante-huit ans une vague inquiétude l'envahît devant ce Bob et que l'espèce à laquelle appartenait ce garçon ne lui fût pas dès longtemps connue — race destinée à l'amour, dont l'amour est la vocation unique et qui n'excelle qu'en lui et qui ne réussit que par lui — race dont les autres hommes imitent les gestes, s'efforcent d'usurper les privilèges — mais ils ne sont que les singes tristes de ceux qui sont nés amants. Ni le mari d'Élisabeth, homme égrotant et taciturne, étouffé par son père et qu'elle avait perdu après six ans de mariage, ni Jean Gornac lui-même n'avaient appartenu même de très loin à cette race élue pour l'amour. Ni le père ni le fils n'avaient non plus jamais songé sur ce point à contraindre leur nature, à feindre d'avoir souci des femmes. Aucune autre vertu pour le vieux Gornac que l'économie : l'obstination à mettre de côté, l'art d'obtenir que toute dépense devienne placement, voilà ce qu'il admirait d'abord en lui et chez les autres. Mais en revanche, il n'était rien qui lui parût plus ridicule ni plus honteux que de consacrer un seul liard de sa fortune, un seul instant de sa journée, à ces niaiseries dont il ne supportait d'entendre parler qu'au « spectacle », comme il appelait le théâtre. À ses yeux, l'amour était affaire d'opéra. Un tempérament froid, joint à son goût de l'économie, l'avait détourné de connaître une autre femme que la sienne (encore l'avait-il connue, si l'on peut dire, avec une telle froideur que bien des années après la mort de cette pauvre ilote, on colportait toujours dans la lande, ses mots d'une naïveté incroyable chez une femme mariée et mère de deux enfants). Le père Gornac qui répétait souvent : « Il faut que rien ne se perde », s'était bien gardé de perdre l'avantage que lui donnait aux yeux du monde une vie austère, dont lui seul eût pu dire combien elle lui coûtait peu. Ceux qui se souviennent l'avoir entendu se targuer de son innocence, s'attendrir sur la frugalité de ses mœurs, ont eu par lui un écho éloigné de l'avant-dernier siècle larmoyant, vertueux et sensible — avec un solide fond de férocité. Élisabeth ne se rappelait d'avoir vu son beau-père égrillard qu'à propos du curé, des Pères de Viridis ou des sœurs de l'hospice. Alors il citait volontiers les vers les plus salaces de Béranger, les plus lourdes farces de Voltaire. Comme Élisabeth Gornac ne lisait jamais de romans, sauf quelquefois le feuilleton du *Nouvelliste*[1], le mot *amour* n'éveillait rien en elle que des forces sacrilèges ou le souvenir de réalités pénibles, un peu honteuses, dénuées de toute joie. Pour connaître des garçons de la même espèce que Bob, sans doute aurait-il suffi que la bonne dame eût prêté quelque attention [...] par sa grand-mère Lagrave. Mais les paysans aux yeux d'Élisabeth étaient des paysans, non des hommes ; elle ne les méprisait pas ; elle éprouvait seulement à leur endroit cette sorte d'indifférence des poules pour les canards ; et de même le père Gornac, démocrate, radical, ennemi des nobles et des curés et dont l'aïeul sans doute labourait la vigne du marquis de Lur, ne considérait ses paysans que du point de vue de la main-d'œuvre et du bulletin de vote, au reste sans dédain ni hauteur, et même avec une *[un mot illisible]* intéressée. Ce qui s'appelle « l'amour du peuple » est un sentiment aristocratique ; il faut appartenir à une race noble ou d'ancienne bourgeoisie pour être sensible à ce charme doux et sauvage des gens du peuple. Jean Gornac en était trop près encore pour savoir les chérir, mais cette indifférence l'aidait à commander sans faiblesse aucune ses travailleurs. Les vrais amis du peuple craignent de lui déplaire ; intimidés parce qu'ils l'aiment, ils ne savent pas lui parler et n'obtiennent que son mépris. Le père Gornac passait pour un homme qui n'avait pas froid aux yeux, qu'on n'intimidait pas, qui ne se laissait pas gruger [pour qui un sou était un sou. Bien éloignés de lui en vouloir de ce qu'il demeurait comme eux âpre et parcimonieux en dépit de sa richesse, ils l'admiraient de ne pas laisser gruger son bien, ils adoraient en lui leurs propres passions récompensées. *biffé*]. Les paysans admiraient en lui leurs propres passions récompensées. / J'ai trop chaud, *ms.* : possède la science. / Il fallait qu'Élisabeth eût vécu bien retirée dans cette campagne, entre son beau-père et la vieille Maria Lagrave ; il fallait que depuis son veuvage, elle se fût profondément ancrée dans une vie de dévotion (sur ce seul article, elle avait tenu tête au vieux Gornac) pour qu'à quarante huit ans, elle fût étonnée par ce garçon et que l'espèce à laquelle il appartenait ne lui fût pas dès longtemps connue. Ni le mari d'Élisabeth, qu'elle avait perdu après dix ans de mariage, ni surtout Jean Gornac, n'avaient appartenu à cette race élue. Aucune autre vertu *[comme ms.]* qu'au « spectacle». À ses yeux *[comme ms.]* de deux enfants. / Le père Gornac *[comme ms.]* fond de férocité. / Élisabeth ne se rappelait *[comme ms.]* de l'hospice ; il citait alors volontiers Béranger et Voltaire. Ainsi, comme Élisabeth Gornac ne lisait jamais de romans, le mot *amour [comme ms.]* un peu honteuses. / Pour connaître *[comme ms.]* et de même le père Gornac dont l'aïeul, sans doute, labourait la vigne du marquis de Lur, ne s'occupait d'eux qu'à propos de main-

1. Journal royaliste de Bordeaux ; voir déjà t. I, p. 1256 n. 1.

d'œuvre et de bulletin de vote. Aussi commandait-il sans faiblesse aucune à ses travailleurs; il ne craignait pas de leur déplaire; il n'était pas intimidé par eux, comme ceux qui ne *sachant pas leur parler n'obtiennent que leur mépris*. M. Gornac passait pour un homme qui n'avait pas froid aux yeux, qui ne se laissait pas gruger. Les paysans admiraient en lui leurs propres passions assouvies, leur amour de la terre récompensé. / II / J'ai trop chaud,   *An.*

Page 116.

   a. un appartement parisien dans les six mille; il ne   *ms., An.*

   b. et que celui-ci trahissait dans ses moindres paroles, dans ses gestes, dans ses silences mêmes, lorsqu'il négligeait   *ms.*

Page 117.

   a. sa bonne-maman Lagrave, Bob ne rougissait pas de cette [grande   *add. interl.*] paysanne maigre, dure, coiffée d'un austère foulard noir. Mais c'était elle qui toujours avait rougi de lui, de ce petit-fils trop joli, le dernier de sa classe, dont son père disait : « Il me fait honte... » Elle lui en voulait   *ms.*

   b. myope [chargé de livres écarlates, portant haut   *add. interl.*] sa petite figure impassible [devenue   *biffé*] [paraissant   *biffé*] et terreuse sous la couronne   *ms.*

   c. flairé le propre à rien. Le haut fonctionnaire des finances, grêle et blême, cachant derrière un binocle des yeux [où rien ne se reflétait   *biffé*] [où venait mourir le monde   *corr. interl.*] et qui ne finissait jamais d'user ses jaquettes, sauf aux coudes et aux omoplates, comment eût-il reconnu son fils dans ce miraculeux enfant ? Comme il arrive, Bob [était le portrait de sa mère [qui n'avait jamais été jolie   *1re réd. biffée*] [sans grande beauté   *2e réd. interl.*]   *biffé en définitive*] ressemblait à sa mère grande blonde aux traits lourds et mous. Il lui avait pris son teint [de blonde   *biffé*], la couleur de ses cheveux, une bouche [bien dessinée   *biffé*] [trop grande   *biffé*] [épaisse   *corr. interl.*], enfin sa carrure [ridicule chez la dame mais   *add. interl.*] qui convenait à un garçon; et de même, le grand nez de Mme Lagrave [exactement reproduit   *add. interl.*] faisait merveille dans le visage de Bob.   *ms.*

Page 118.

   a. de l'indulgence exceptionnelle *[p. 117, derniers mots]* [dont il était le bénéficiaire. Et que le régime de l'internat n'avait rien changé à son privilège d'être partout et toujours aimé   *add. marg.*] Elle [aurait pu   *biffé*] rappelait cette visite de M. Lagrave au surveillant général pour qu'il lui serrât la vis. Et le rude surveillant ne [cessait   *biffé*] [avait cessé   *corr. interl.*] de sourire d'un air attendri. « ... C'est un si bon petit enfant, Monsieur, que notre Bob. Pas beaucoup d'ardeur au travail, mais doué pour le dessin, pour le chant. Il a du goût, cet enfant si gentil, si affectueux. Tout le monde l'aime... » Tout le monde l'aimait, et ceux-là même qui paraissaient le haïr. [Ses camarades se souvenaient d'un grand garçon paysan, terreur de la cour des moyens et qui poursuivait Bob d'une *[tenace add. interl.]* inimitié *[violente biffé 1].* À la « balle au chasseur », c'était toujours lui *[qu'il poursuivait 1re réd. biffée] [que visait son bras 2e réd. interl.]* de son projectile redoutable. Un jour, Bob atteint cruellement à l'épaule *[devint 1re réd. biffée] [devenu soudain 2e réd. interl.]* furieux, se jeta sur le *[grand garçon 1re réd. biffée] [brutal 2e réd. interl.]* et lui appliqua un soufflet dont l'autre *biffé en définitive]* | Contre tout *ms.*

b. bachelier, grâce à l'indulgence des examinateurs, dans la dernière année de la guerre, par l'aide aussi de quelques camarades. Mme Lagrave *ms.*

c. une jalousie obscure à cause des fleurs [inconnues de lui *biffé]* qu'il ne cueillerait jamais et où se posait [ce beau *biffé]* à loisir l'étincelant, l'indolent papillon sorti de lui. Pas plus *ms.*

d. comme ça... » /[Il en faut comme ça dans l'État, dans l'Église, chez les anges et chez les démons. *biffé]* [Il en faut comme ça chez les démons et chez les anges. *add. interl.]* Mais ni sa mère *ms.*

e. le vieux Gornac [impropres *[...]* de l'amour *add. interl.]* n'avaient [subi l'obsession *biffé]* [été comme lui obsédé *corr. interl.]* par la présence [chez eux *add. interl.]* d'un être de [l'autre *biffé]* la race hostile — de ceux que les [autres *biffé]* hommes, non créés pour l'amour, méprisent, [haïssent *add. interl.]* sans pouvoir se défendre de les [envier *biffé]* jalouser [...] ce soir, que [la grosse Éli⟨sabeth⟩ *biffé]* cette pieuse *ms.*

f. plus rapide et plus [chaud *biffé]* [brûlant *corr. interl.]* Augustin *ms.*

g. Fin du paragraphe dans ms. : d'un œil méprisant cet insecte [aux ailes épanouies *biffé]* [dont les élytres frémissent et *corr. interl.]* qui se cogne aux vitres cherchant l'azur. *Fin du paragraphe dans An. :* d'un œil méprisant le bel insecte dont les élytres frémissent, s'épanouissent.

Page 119.

a. [Bob avait refusé *[p. 118 début du dernier paragraphe] [...]* à chaque instant. *add. marg.]* Ce fut d'abord une lutte pour la conquête du premier smoking. *ms.*

b. jonc à bouton d'or. « On sait ce que ça coûte aujourd'hui, ces machines-là. D'où vient *ms.*

c. les boiseries marron, les tentures à ramage chocolat. [Le petit homme noir *biffé* [nabot *corr. interl.* biffée] [Augustin *corr. interl.* [fou de peur et de colère semblait cracher de l'encre comme une seiche. / Parle, *ms.*

d. taille [pourpoint de piqué blanc *add. interl.]* [ne trouva qu'une réponse dont ses parents demeurèrent d'abord stupides : / « J'ai gagné de l'argent. / — Toi ? gagner de l'argent ! — Ceci, je l'avoue, est un cadeau. » Et il montrait à son plastron deux perles minuscules, « et ce jonc en est un autre et cet étui à cigarettes. Tout le reste, je l'ai acquis de mes deniers. Comment, papa, vous ferais-je comprendre le métier que j'ai choisi ? Je doute même que vous en ayez jamais entendu parler... / M. Augustin Lagrave ignorait en effet que ce fût un métier que d'arranger des appartements, et même après que Bob eut mis sous ses yeux des lettres, des ⟨traités ?⟩, des devis qu'il était allé quérir dans sa chambre, il fut mal convaincu, bien qu'il ne trouvât plus rien à répondre. *biffé*] — baissait la tête, *ms.*

Page 120.

a. revêtit la pelisse *[p. 119, 8 lignes en bas de page]*, puis : « Mère est au courant; elle te dira que je gagne ma vie. » Et il quitta la pièce. / Même si Fernande Lagrave avait jamais *ms.*

b. que n'étaient les formes et les couleurs aux Lagrave qui, à la lettre, ne les voient pas, ne les sentent pas. De même que le don de l'amour n'appartient qu'à une élite, et les autres hommes la singent. De même aussi le plus grand nombre est insensible à la douleur ou à la joie qui viennent [aux élus des couleurs et des formes *biffé*] qui en ont l'intelligence les jeux et les rapports infinis de la matière et de la lumière *[sic]*. [Ils n'en parlent que par ouï-dire *biffé*] ⟨ils les croient sur parole ?⟩ comme les voyageurs d'un pays inconnu. Bob entend *[un mot illisible]* : « Il paraît que c'est très beau. » Augustin Lagrave avait coutume *ms.*

c. de son renoncement à des douceurs dont [il n'éprouvait pas l'attrait *biffé*] [toujours l'attrait lui était demeuré inconnu *corr. interl.*] [Il aurait été un homme *biffé*] [Nous admirons les hommes qui renoncent non à ce qu'ils aiment *biffé*] Que de saints le sont à bon compte ! Nous les admirons *ms.*

d. que seules les femmes le faisaient travailler. Il n'aurait pas voulu croire, à peine aurait-il compris [que ce juif de Pologne *biffé*] [que le danger pour le bon renom de Bob en cette affaire *biffé*] que pour le bon renom de son fils il eût mieux valu être en affaires avec toutes les Américaines de Paris qu'avec ce seul Israélite de Pologne. [Voilà peut-être ce qui chez un Lagrave mérite le plus l'admiration *biffé*] Cette ignorance de certaines infamies peut-être due à l'incuriosité, à la myopie intellectuelle, au défaut d'antennes, n'en demeure pas moins digne d'être louée. [Avec *biffé*] [L'appétit de tout comprendre joint à *corr. interl.*] une sensibilité vive et à [une *biffé*] [quelque *corr. interl.*] imagination [puissante ne nous aident point. Ce n'est pas avec cela qu'on fait les gens vertueux *biffé*] ne nous aident point [à demeurer propres *biffé*] à la vertu. Est-il au monde un seul imaginatif qui soit chaste ? / Le défaut d'imagination *ms.*

Page 121.

a. se fût exprimé dans une langue étrangère. [Au sortir de table Bob *[gagnait sa chambre biffé 1]* passait à la cuisine chercher un broc d'eau chaude *biffé en définitive*] [Bob supportait moins aisément *[...]* dans sa chambre. *corr. marg.*] Le bruit de l'eau *ms.*

Page 122.

a. [La porte de l'escalier *[...]* l'inimaginable néant. Et sans cette pleurésie qui en fit leur prisonnier, ils n'auraient jamais rien su du *[un mot illisible]* sabbat. *biffé] Après une esquisse de la phrase intermédiaire :* Il serait parti à cheval sur un balai vers quelque sabbat [...] à en évoquer les péripéties [!] *la rédaction reprend à la page suivante :* La porte de l'escalier *ms.*

b. Mme Lagrave, grande femme molle [et sans *biffé*] [avait *biffé*] [sans ressort et qui avait *biffé*] la tête perdue et qui parlait déjà au passé [comme si ce fût fini *add. interl.*] [éprouvait dans son désarroi une sorte d'admiration *biffé*] [se montrait à la fois désespérée *biffé*] [ne laissait pas d'être *corr. interl.*] éblouie *ms.*

Page 123.

a. elle-même [trônant *add. interl.*] sur le [énorme *add. interl.*] pouf. *ms.*

b. glacés, de bonbons et de fleurs : *ms.*

c. serait, un jour, le dernier de la classe, un *ms.*

d. des pieds maigres chaussés de galuchat. [Une brusque rage le poussa chez son fils. *biffé*] [Il courut au balcon : l'inconnue *[...]* ouvrit la porte de son fils. *corr. marg.*] Bob étendu, sa tête creusant l'oreiller, dormait ou feignait de dormir *[add. de quelques mots illisibles]* ; il serrait contre sa bouche un bouquet de violettes, les yeux plus battus, les joues plus blêmes qu'ils n'avaient jamais été depuis sa maladie. [Augustin, la porte refermée ravala sa colère, jusqu'à ce que sa femme fût rentrée; mais alors y donna libre cours. Sa maison était une maison honnête; ce n'était point se montrer trop exigeant que de ne pas vouloir se trouver nez à nez avec des filles dans son vestibule ! Mme Lagrave protesta :« Une fille ? Mais c'est une jeune fille tout ce qu'il y a de bien; elles ont toutes ces allures-là maintenant. Une fille du meilleur monde *[mademoiselle biffé 1]* une *[de Villeron biffé 2]* La Sesque, s'il te plaît, oui des La Sesque du Bazadais. Pas beaucoup d'argent, mais tout ce qu'il y a de mieux comme famille. Crois-tu qu'elle est folle de Bob ? Et lui aussi... Il ne veut recevoir qu'elle. Durant ces derniers jours, Mme Lagrave avait fait des progrès incroyables dans la connaissance de la vie. C'était elle qui insistait hautement pour que Bob *[reçut 1re réd. non biffée]* [ouvrit sa porte à *2e réd. interl.]* toutes ces personnes si gentilles pour lui, si attentionnées... Mais elle eut l'imprudence d'inviter son mari « à être un peu de son temps, que diable ! » Augustin lui enjoignit de se taire. Il tenait sa femme, toutes les femmes en un trop grand mépris pour s'abaisser à une discussion.

[Une rature illisible]. Il ne rompit qu'une fois le silence pendant le déjeuner : le docteur avait-il dit vers quelle époque Robert serait transportable. Mme Lagrave l'ignorait ; elle interrogerait le docteur à sa prochaine visite. Auguſtin gronda qu'il était impatient de faire place nette. *[Quelques lignes illisibles] biffé en définitive].* *La page eſt abandonnée. La rédaction reprend à la page suivante :* Auguſtin Lagrave hésita un peu de temps, puis la porte refermée *ms.*

Page *124.*

a. mais une mère humiliée, [la mère aujourd'hui reprenait ses droits. *biffé*] La mère aujourd'hui relevait la tête, découvrait à son fils malade une valeur qui, pour être différente de celle qu'elle admirait dans son mari ne lui en paraissait que plus précieuse et ne la flattait pas moins. M. Lagrave ne se doutait pas [eût-il pu croire *add. interl.*] que c'était elle qui [en son absence *add. interl.*] ouvrait *ms.*

b. un air de jeunesse qui ne résiſtait pas à l'examen : jeunes gens, jeunes femmes, peut-être quadragénaires, *ms.*

Page *125.*

a. perdu et dont ils reconnaissaient un reflet dans ce jeune homme éphémère. [Une religion *[...]* sa liturgie. *add. marg.*] Rien au monde *ms.*

b. autour d'un corps que [cette grâce *biffé*] [l'adolescence *corr. interl.*] pour quelques jours encore [habite *biffé*] [transfigure *corr. interl.* *biffée*] [embrase *corr. interl.*]. *ms.*

c. cette fugacité de la jeunesse qu'ils sont condamnés, maintenant qu'eux-mêmes l'ont perdue, à chercher de corps en corps. Peut-être Bob sent-il obscurément qu'il n'eſt rien à leurs yeux que le dépositaire pour quelques jours du dieu que ces fanatiques adorent. Peut-être sait-il d'inſtinct que ce n'eſt pas à lui pauvre gosse dénué *ms.*

d. à leurs louanges, ce dédain, ces caprices *ms.*

e. le passage libre à ce petit groupe [de garçons et de femmes peintes *add. interl.*] [riant haut *biffé*][de gens au verbe haut *corr. interl.*] et qui, *ms.*

1. Pour cette évocation de la vie mondaine de Bob, Mauriac reprend des détails dont il s'eſt déjà inspiré dans *Le Mal*. Sans doute puise-t-il dans des notes anciennes : cette petite scène eſt esquissée dans les notes du *Journal d'un homme de trente ans*, datée du printemps 1914 (*OC*, t. IV, p. 222).

Page *126.*

a. la chose [vu au microscope *add. interl.*], grossi *ms.*

b. voit pas [à l'air libre *add. interl.*] ; ils sont derrière des grilles, [entre *biffé*] ou tapis *ms.*

c. dit Jean ? Que si on l'écrasait, ça coulerait noir. [Croyez-vous que *biffé*] [Mais je ne crois pas du tout que *corr. interl.*] ça puisse être le père ? Vous imaginez *ms.*

d. de cette blatte ? Ah ! non, taisez-vous... / [Ils avaient déjà gagné *1re réd. non biffée*] [Déjà ils avaient atteint *2e réd. interl.*] la rue que le petit homme funèbre [penché *biffé*] [cassé en deux *corr. interl.*] sur la *ms.*

e. leurs rires glapissants. / La clé *ms.*

f. remise d'aplomb, [le binocle redressé *add. interl.*], il fit [tomber *biffé*] [choir *corr. interl.*] du col *ms.*

g. appela [sa femme *biffé*] [Fernande *corr. interl.*]. [Une main placée dans son gilet *biffé*] Les doigts [...] boutonnières, dans ce qu'il croyait être l'attitude du commandement, il l'avertit *ms.*

Page 127.

a. que Bob avait accepté *[p. 126, 6 lignes en bas de page]*. [Ce fut alors que M. Lagrave parut *biffé*] Augustin [fixait *biffé*] [arrêta *corr. interl.*] sur sa femme un regard mort, [un regard devant lequel *biffé*] [sous lequel *biffé*] qui toujours l'avait laissée balbutiante, interdite. / « Il prendra le train demain soir. [Il sera *biffé*] [Plus un mot là-dessus. *biffé*] [Prépare sa malle. Tu l'accompagneras jusqu'à Langon et tu rentreras le jour même. *corr. interl.*] Le concierge [aura *biffé*] [a d'ores et déjà *corr. interl.*] mes instructions pour [mettre à la porte *biffé*] [nous défendre contre *corr. interl.*] les rastaquouères et les cocottes [qui viennent insulter *biffé*] [qui ont eu le front *biffé*] que ce petit misérable attirait ici et que tu as eu l'inconscience [criminelle *add. interl.*] d'introduire dans une honnête maison. Suffit ! *ms.*

b. il était étendu, les yeux mi-clos *[rature illisible]*. Il n'avait pas *ms.*

c. à d'énormes fruits de Chanaan. Les bouts dorés, [amoncelés *add. interl.*] de cigarettes [fumées *biffé*] fumaient encore dans un cendrier. [Au-dessus de la triste cour, le ciel de juin, le premier beau ciel de la saison *biffé*] [La fenêtre était ouverte *[...]* plus puissante que *corr. interl.*] les suies *ms.*

d. stupéfaite [qu'il demeurât si calme *biffé*] de ce qu'il *ms.*

e. si gentils pour toi, Bob. [Comment oses-tu ? *biffé*] Ce n'est pas bien. / Il regarda sa mère entre les cils. Le visage [vieilli soudain *biffé*] [comme *corr. interl.*] flétri par une connaissance, par une science [que *biffé*] [à jamais inconnue de *corr. interl.*] cette simple femme [ignorerait toujours *biffé*]. [Une tristesse mortelle altérait ce beau visage renversé dans l'oreiller. *biffé*] / Papa a raison... *ms.*

f. dans sa voix ! [une rancune d'être dépossédé, qui seul connaissait *[savait *add. interl.]* cette dépossession dont il avait été la victime. *biffé*]. De quelle couronne ses adorateurs avaient-ils donc frustré ce dieu malade ? [Le front baissé, la bouche *biffé*] [Il appuyait   *biffé*] Le coude sur l'oreiller, le front dans sa main,   *ms.*

g. Tu es fou, mon pauvre drôle ! / Mais même s'ils [ne pouvaient se voir, il la saurait   *biffé*] [n'arrivait pas à la rejoindre, quel bonheur de savoir qu'elle respire   *corr. interl.*] pas très loin de lui, dans le même département... / À la terrasse   *ms.*

Page 128.

a. de cette insistance à regarder le ciel du côté d'Arcachon : / Qu'y a-t-il   *ms.*

b. au bord de ce bassin ?   *OC. Correction d'après ms., An, orig.*

c. s'il désirait de piquer la curiosité de la dame : / « Quelqu'un. » / [Elle demanda si   *biffé*] [Il   *biffé*] Le silence   *ms.*

d. Mme Gornac [hocha la   *biffé*] [avec un hochement de   *corr. interl.*] tête, sourit, mais elle s'obstinait dans un silence plein de réserve [qu'il aurait désiré   *biffé*]. Elle ne   *ms.*

e. en confidence, il pourrait [toucher   *biffé*] oser enfin [cette *biffé*] la supplier de [permettre à   *biffé*] [recevoir à Viridis   *corr. interl.*] cette   *ms.*

f. de Raymonde. Une   *ms. Ce prénom est maintenu dans tout ce passage.*

g. pas encore pour ce soir. [Mme Gornac se taisait. Des cloches sonnaient dans la plaine   *biffé*] Là-bas, sur le viaduc, l'express de six heures, glissait. [Il fallait rentrer à la Prioulette   *biffé*]. On commence   *ms.*

h. ne supporte   *ms. Tout le paragraphe est au présent.*

i. auprès d'Élisabeth, comme s'il y trouvait un peu de cette atmosphère [d'adoration   *biffé*] [d'admiration   *corr. interl.*] à laquelle ses amis parisiens l'ont accoutumé. C'est peu   *ms.*

1. C'est-à-dire la chute de l'Empire et la prise du pouvoir par le gouvernement de Défense nationale, après Sedan.

Page 129.

a. revenu à Paris, tu pourras faire toutes les folies qui te passeront par la tête. Mais ici j'entends que tu obéisses. [Elle affecte de traiter Bob comme une femmelette.   *biffé*] Bob redoute ces yeux ronds et noirs, ces yeux de volaille   *ms.*

b. maintenant ? [Il s'éloigne la tête basse, traînant la jambe et Madame   *biffé*] Élisabeth Gornac regarde s'éloigner Bob [la tête basse   *biffé*] traînant la jambe, — cette forme [virile et   *add. interl.*] gracile encore s'effacer   *ms.*

c. Une jeune fille... [Aucun trouble d'ailleurs *[chez cette personne   biffé 1]* chez cette forte femme   *[quatre mots illisibles]* biffé en définitive*] [Ce qui frappait d'abord en elle était la placi⟨dité⟩ *biffé*] [À son approche, de prime abord   *biffé*] [Le mot placidité *biffé*] Aucun trouble d'ailleurs chez cette femme placide. [Placidité est le mot   *biffé*]. Simplement l'idée [éveillée confusément   *biffé*] confuse s'éveille d'une vie très différente de la sienne. [Elle ressemble ce soir à cet enfant à qui on découvre que les étoiles ne sont pas de petites flammes, que chacune est un monde. *add. interl.*] Il faut aller *ms.*

d. la chambre de Pierre qui arrive [demain soir *biffé*] [un de ces soirs *corr. interl.*] Un [grand *biffé*] élan de tendresse [pour ce fils *biffé*] la soulève vers ce fils unique. [Elle se fait une image *biffé*] [Demain soir *biffé*] [bientôt *corr. interl.*] il sera dans ses bras. Il faut qu'ils vivent [unis *add. interl.*] ces quelques semaines [dans une harmonie *biffé*] Cette fois-ci, elle se promet *ms.*

e. d'adopter ses opinions. [Il acceptera de *biffé*] [Pourvu qu'il veuille consentir à *corr. interl.*] ne rien dire devant son grand-père qui puisse irriter le vieillard. Un tel abîme, songe-t-elle, entre *ms.*

Page 130.

a. de l'argent *[p. 129, dernière ligne]*... [Socialiste presque (je vous demande un peu !) *add. interl.*] toujours le nez dans ses livres. À mesure *ms.*

b. M. Gornac l'avait [trouvée *biffé*] [jugée *corr. interl.*] une fille selon son cœur. [Ses fils l'avaient déçu. *biffé*]. Élisabeth était *ms.*

c. ne quitte guère son parloir, ni celle de ses cuisines (car il y en a toujours au moins deux dans ces vieux logis de Gironde) où elle cuit ses confitures, ses confits de porc, d'oie, de canard, de chapon, ses pâtés de lièvre et de bécasse, où elle distille l'eau de noix, le cassis, malaxe certains onguents appelés contre-coups. [Jeune fille ou mariée *biffé*] [Pas plus aujourd'hui qu'avant son mariage *biffé*] Élisabeth ne sort [que le moins possible *biffé*] [peu volontiers *biffé*] jamais sans chapeau et elle s'y hasarde toujours gantée même dans son jardin. La promenade à pied lui [est inconnue *biffé*] [fait horreur. *corr. interl.*] Son embonpoint [...] voiture [et son teint blême *biffé*] [sa chair est blême, chair conservée dans ces logis obscurs *biffé*] [ses joues et sa peau *biffé*] [sa chair blême *biffé*] La blancheur de ses longues joues tombantes ne s'obtient que par une vie sédentaire dans un rez-de-chaussée aux volets toujours mi-clos. / Élisabeth *ms.*

d. et la comptabilité. / [C'est ce que le père Gornac admire en elle. *[Après qu'elle *biffé 1]*. À peine mariée elle *[éblouit *biffé 2]* charma son beau⟨-père⟩ *biffé en définitive*] Lorsqu'elle fut devenue [...] son beau-père [fut d'autant plus ébloui *biffé*] s'attacha d'autant plus à sa bru [qu'il eut à son tour le bénéfice de cet esprit d'ordre *biffé*] qu'il l'associa à toutes *ms.*

e. chaque année. [Ce fut *biffé*] Ç'avait été le grand échec de sa vie [qu'aucune de ces *biffé*] que ses deux fils ne lui eussent été d'aucun secours. Sans parler de [Jean *1re réd. non biffée*] [Philippe *2e réd. interl.*], le cadet, *ms.*

Page 131.

a. le cercueil *[p. 130, dernière ligne]* — [Ce Jean *[sur lequel biffé 1]* sur la fin duquel la famille avait fait le silence, dont on n'osait prononcer le nom *biffé en définitive]* et qui avait été enterré sans cérémonie, sans invitation, à l'aube, au petit jour, sans que jamais personne eût connu les circonstances de sa [fin tragique *biffé*] [mort *corr. interl.*]. Prudent, *ms.*

b. tout craché » [montrait aux affaires *biffé*] [avait pour tout ce qui touchait aux affaires *corr. interl.*] cette même indifférence que le vieux *ms.*

c. des landes, [vivait *biffé*] avait vécu retiré dans une vieille demeure croulante [à Balizac *biffé*] au Bos, près d'Uzeste, servi *ms.* : des landes avait vécu la dans métairie du Bos, près d'Uzeste, servi *An.*

d. métayère. [Il ne chassait même pas *biffé*] Sans même *ms.*

e. le curé [prétendait qu'il était très intelligent *biffé*] le disait intelligent *ms.*

f. une belle jambe. » [Follement timide *add. interl.*] D'ailleurs sauvage [et d'une timidité maladive *biffé*], la santé [ébranlée *biffé*] [détruite *corr. interl.*] par l'abus des apéritifs et du vin blanc, dans un pays où [abondent *add. interl.*] les ours de cette espèce, Prudent Gornac [passait pour le pire de tous *1re réd. non biffée*] [était connu pour le plus mal léché *2e réd. interl.*]. Avec cela soumis *ms.*

g. d'épouser cette jeune fille choisie par M. Gornac. Il avait *ms.*

h. de sa famille. [Mathilde *biffé*] [Élisabeth *corr. interl.*] aimait la terre; ces immenses domaines dont [elle *biffé*] [ses enfants *corr. interl.*] hériteraient [un jour *add. interl.*] l'éblouissaient; elle eût volontiers *ms.*

i. les conquêtes du vieux Gornac; [ils s'entendaient à merveille sauf sur la question religieuse. *biffé*] Mais *ms.*

j. Élisabeth connaissait son devoir et restait sourde *ms.*

k. reconnaissait [dans le silence de la forêt *biffé*] dans la forêt silencieuse, le bruit des grelots, *ms.*

l. se serrait; fini de ce bonheur dont il [goûtait *biffé*] se délectait depuis son mariage. Peu lui *ms.*

m. houspillât les métayers, mît son nez jusque dans les casseroles, imposât ses *ms.*

1. Mauriac imagine un peu la vie de Jean Gornac d'après ce qu'il sait de son grand-père paternel : il eut deux enfants, destinant l'un — le père du romancier — à reprendre ses affaires... Mais cet épisode — la mort demeurée mystérieuse d'un des fils — est un autre souvenir qu'il a évoqué dans le *Bloc-notes III* : « Cet oncle auquel je songe disparut à peine sorti de l'adolescence, bien des années avant que je fusse né. Cette épaisseur de silence autour de son souvenir tragique (mais quelle avait été la tragédie ?), c'est là peut-être qu'a germé ma vocation d'inventeur de destins » (p. 268). Dans les *Nouveaux Mémoires intérieurs,* Mauriac parle encore de ce frère de sa mère « englouti dans des circonstances qui durent être

affreuses pour que le secret en ait été gardé par la mère et par mes
tantes, sans aucune défaillance. Je n'ai jamais rien su, sinon que le
cadavre de ce fils unique était remonté à la surface, un jour »
(p. 136).

Page 132.

a. lui disait-elle. / Si elle essayait de lui faire entendre de quoi
il s'agissait [il y fallait   *biffé*] [elle devait   *corr. interl.*] bientôt
renoncer, Prudent ignorant les tenants   *ms.*

b. apportait [les plans de ses nouveaux domaines   *add. interl.*]
ses livres de comptes,   *ms.*

c. quitter sa chambre comme [un homme d'État   *1re réd. non
biffée*] [un ministre   *2e réd. interl.*] [gouverne   *biffé*] [régente   *corr.
interl.*] l'univers [depuis   *biffé*] du fond de son cabinet. / Ah !   *ms.*

d. quel dommage que je n'aie pas été d'âge à vous épouser !
Nous   *ms.*

e. de grandes choses. Elle répondait avec un bon rire qu'elle
ne se fût   *ms.*

f. un pareil mécréant... C'était leur unique sujet de disputes :
pendant les repas, le vieux racontait à sa façon l'histoire de Calas
ou du chevalier de La Barre, [les Dragonnades   *biffé*], il ne tarissait
pas sur l'Inquisition, la Saint-Barthélemy, les Dragonnades, [sur
la baleine de Jonas   *add. interl.*] [Il se faisait l'écho de bruits   *biffé*]
Il collaborait activement à la chronique scandaleuse du diocèse : sa
présence au Bos était signalée dans tous les presbytères [des environs
biffé] à dix lieues à la ronde et les ⟨soutanes   *?*⟩ [fuyaient le repère
du vieux diable   *biffé*] [peureuses ne se montraient plus aux environs.   *corr. interl.*] [Il était aussi quelquefois   *biffé*] Plusieurs fois
la dispute s'envenima. Élisabeth sortit de table, toute placide qu'elle
fût *[sic]*. Elle n'admettait pas que son beau-père tînt de tels propos
devant les domestiques. Prudent alors devenait un autre homme [et
bien qu'il ne fût guère plus religieux que son père prenait parti
contre lui   *biffé*] et osait élever la voix et bien qu'il partageât [les
idées   *biffé*] l'anticléricalisme de son père, il n'en prenait pas moins
violemment le parti de sa femme. Mais le beau-père et la bru
avaient tôt fait de se réconcilier... Une religion commune les unissait   *ms.* : un pareil mécréant... C'était leur unique sujet de
dispute. Pendant les repas, le vieux racontait à sa façon l'histoire
de Calas ou du chevalier de La Barre. Il ne tarissait pas sur l'Inquisition, sur la Saint-Barthélemy, sur les Dragonnades, sur la baleine
de Jonas ; le vendredi, il admirait que Dieu préférât le voir manger
de la truite saumonée que du bœuf bouilli. Il collaborait activement
à la chronique scandaleuse du diocèse. Sa présence au Bos était
signalée dans tous les presbytères à la ronde et les soutanes peu-
reuses ne s'y montraient plus. Plusieurs fois la dispute s'envenima :
toute placide qu'elle était, Élisabeth n'admettait pas que son beau-
père, à table, scandalisât les domestiques. Prudent devenait alors
un autre homme et osait élever la voix. Bien qu'il partageât les

idées de son père, il n'en prenait pas moins violemment le parti
de sa femme. Mais le beau-père et la bru avaient tôt fait de se
réconcilier derrière son dos : une autre religion les unissait   *An.*

g. les tenait en joie, [leur donnait la force de subir les deuils
biffé] [les rendait forts contre les deuils, contre *biffé*] les fortifiait *ms.*

h. qu'aucun drame [diminuât leur goût de vivre   *biffé*] atteignît
en *ms.*

i. de la vie. Jean Gornac [quinze jours *add. interl.*] après la
[mort *biffé*] fin [mystérieuse et peut-être honteuse *biffé*] [demeu-
rée mystérieuse *corr. interl.*] de son fils [aîné *biffé*] [Jean *biffé*]
[Philippe *corr. interl.*] [Élisabeth après qu'elle eut perdu ses deux
aînés *biffé*] avait acheté *ms.*

j. à Viridis [Élisabeth après la mort de ses deux aînés ne demeura
pas six mois indifférente aux achats de son beau-père. *biffé*] [Et de
même durant les mois qui suivirent la mort de ses deux aînés,
Élisabeth *[quatre lignes illisibles]* *biffé*] Élisabeth avait mis *ms.*

Page 133.

a. tout de même ! » [Et quelle consolation de se dire *biffé*] Et s'il
ne me reste qu'un fils, songeait M. Gornac, quelle consolation tout
de même de se dire qu'il n'y aura pas de partage ! Ne pas partager
ses propriétés, quel bonheur ! M. Gornac considérait l'ensemble de
ses domaines comme un artiste son ouvrage [dont rien ne pouvait
être enlevé sans *[faire tort biffé 1]* que l'ensemble de l'ouvrage
en souffrît *biffé en définitive*] dont on ne peut rien ôter sans que tout
s'écroule. Les landes fournissaient des piquets d'acacia pour la
vigne [. On construisait les hangars *biffé*] [Les pins servaient
biffé], des chênes pour construire les hangars de Viridis. [Le fumier
biffé] Les troupeaux d'une métairie fournissaient cette autre de
fumier ; avec une barrique de piquette qui ne coûte guère on décidait
un fermier à renouveler son bail. Dans les moments de ⟨fièvre ?⟩
à l'époque des vendanges, s'il y a une grève des « coupeurs », on
trouve toujours à en faire venir des landes. Élisabeth disait souvent
à son mari : *ms.* : tout de même ! » M. Gornac songeait que s'il ne
lui restait qu'un fils, c'était une grande consolation de se dire qu'il
n'y aurait pas de partages. Pas de partages ! Il considérait l'ensemble
de ses domaines comme un artiste son ouvrage, d'où l'on ne peut
rien ôter sans que tout s'écroule. Les Landes fournissaient des
piquets d'acacia pour la vigne, des chênes pour construire les hangars de Viridis. Les troupeaux d'une métairie procuraient à toutes
les autres du fumier. Avec une barrique de piquette qui ne coûte
guère, on décide un fermier à renouveler son bail. Dans les moments
de presse, à l'époque des vendanges, même en cas de grève, on peut
toujours faire venir les Landais. Élisabeth répétait à son mari *An.*

b. n'osait répondre : [J'ai assez de toi. *biffé*] Tu suffis à mon
bonheur. — ces sortes *ms.*

c. pas épousé Élisabeth et [il les [maudissait *biffé 1*] haïssait
biffé en définitive] pour la même raison, il en était jaloux : *ms.*

d. la nuit, après une [longue *biffé*] [tendre *biffé*] [longue *add. interl.*] caresse, [alors que son cœur et sa chair débordaient de *biffé*] alors qu'une émotion infinie lui défendait *ms.*

e. de la carriole ; les roues ne lui seraient pas passé sur le corps, il n'aurait pas eu cette fracture *ms.*

f. que sa tranquillité. Ah ! s'il s'agissait de discuter avec le curé, de traîner ses pantoufles d'une pièce à l'autre, un livre sous le bras, alors il était à son affaire ! Lire, il appelait ça travailler. C'était sa seule prétention, sur ce seul point, il avait parfois tenu tête à sa femme. Mais Élisabeth ne pouvait concevoir que ce qui ne rapportait rien pût être du travail. Un paresseux, un mou, voilà ce qu'il était son pauvre Prudent. Quoi qu'on pût raconter contre le vieux, du moins était-il vaillant : il ne regardait pas à sa peine. / Souvent Élisabeth se rappela la dépêche *ms.*

g. pleurait dans l'ombre de la capote. Arriverait-elle *ms.*

Page 134.

a. Et parfois, il en revenait à ce qui lui était l'unique nécessaire. / Est-ce *ms.*

b. sans lui manquer beaucoup. Mais [c'était [son *1re réd. biffée*] [en tant que *2e réd. interl.*] le dernier fils Gornac qu'on ne pouvait *biffé en définitive*], la perte [du dernier fils Gornac *add. interl.*] apparaissait [au vieillard *add. interl.*] un irrémédiable désastre. [Et pourvu que sa belle-fille ne se remariât pas *biffé*] Après tout *ms.*

c. à mi-voix : / [Pourvu qu'elle ne se remarie pas ! *biffé*] [Ce serait le bouquet ! *corr. interl.*] *ms.*

d. Voici Nouaillan, nous *ms., An.*

e. à condition qu'elle ne se [consolât *biffé*] [remariât *corr. interl.*] pas. *ms.*

f. À ses côtés, Élisabeth [tentait le même effort *biffé*] ramenait [sans cesse son esprit entre les ⟨barrières ?⟩ *biffé*] elle aussi patiemment [sa pensée *1re réd. non biffée*] [son esprit *2e réd. interl.*] sans cesse évadée hors de sa [sincère *add. interl.*] douleur. *ms.*

Page 135.

a. du Bos, Élisabeth fut toute à sa douleur [Déjà un métayer montait *biffé*]. [Les lanternes éclairaient les troncs. Un métayer surgit de l'ombre, sauta *corr. interl.*] sur le marchepied, *ms.*

b. La reconnut-il ? Son œil se tournait vers elle [un œil sans éclat *biffé*] un œil sans regard. Avait-il reconnu le prêtre ? [Les femmes le croyaient *biffé*] M. le Curé l'affirmait : *ms.*

c. serrait la main. *[add. de quelques mots illisibles]*. Prudent gémissait doucement : [c'était *biffé*] une plainte monotone, ininterrompue, comme s'il se fût bercé, comme s'il eût voulu s'endormir. il tenait un crucifix dans une de ses mains et *[quatre mots illisibles]*. M. Gornac [voyant que sa belle-fille triomphait *biffé*] craignant que sa belle-fille ne triomphât ⟨de ce geste ?⟩, dit à mi-voix : / « C'est pour se gratter[1]. » / Et c'est pourtant *ms.* : serrait la main... / Prudent se berçait d'une plainte ininterrompue, comme un enfant qui veut s'endormir. Il tenait un crucifix dans une de ses mains, l'approchait de sa bouche; M. Gornac, craignant qu'Élisabeth ne triomphât de ce geste, dit à mi-voix : / « C'est pour se gratter. / IV / Dix ans après ce deuil, c'est pourtant *An.*

d. jeune fille qu'aime Bob Lagrave. Elle pense à Bob Lagrave. Ce n'est pas qu'elle se sente troublée; non, intéressée seulement, tout cela qui s'inscrivait pour elle à l'article fadaise et baliverne captive [sa pensée *biffé*] son esprit. [Elle s'en inquiète un instant puis se rassure. *add. interl.*] Ce n'est pas dans sa cinquantième année qu'elle pourrait être atteinte par [cette folie dont *biffé*] cette passion *[un mot illisible]* dont les livres font si grand état. Mais elle se rend compte vaguement que même chez les autres, elle n'a jamais cru que cette folie pût exister, [quand elle en parlait, elle ne lui prêtait qu'une existence *biffé*] [amour ne correspondait dans sa pensée à rien de réel *corr. interl.*] Pour la première fois, entre les paupières ⟨meurtries ?⟩ de Bob Lagrave, elle a découvert la présence presque matérielle de la passion. Elle aurait pu aussi bien la reconnaître autrefois dans les yeux posés sur elle de Prudent Gornac, mais [un mari, un homme qui ne vous qutite ni jour ni nuit *biffé*] la plupart des époux à force de ⟨rester ?⟩ jour et nuit tout mêlés l'un à l'autre ne se voient plus; il faut un peu de recul pour ⟨juger un être ?⟩ Pour que l'amour existe et pour qu'il dure, il faut se perdre *[deux mots illisibles]* pour se retrouver, il faut ce rythme de l'absence et de la présence, il faut conquérir aux prix des séparations ce bonheur *[un mot illisible]* lorsque enfin ceux qui s'aiment se rejoignent et [d'abord [se dévorent des yeux avant de s'étreindre *biffé*] avant l'étreinte, échangent un regard dévorant, et comparent le visage charnel de leur amour [à celui qu'ils portent gravé *biffé*] au visage idéal qu'ils ont lentement créé dans leur cœur. Un train rampe *ms.* : jeune fille qu'aime Bob. Ce n'est pas qu'elle se sente troublée — intéressée seulement. Tout cela qui s'inscrivait pour elle à l'article fadaises et balivernes, captive son esprit. Elle s'en inquiète, puis se rassure; ce n'est pas dans sa quarante-neuvième année qu'elle risque d'être trop attentive à ces passions dont les livres font si grand état. Mais elle se rend compte vaguement que même chez les autres, elle n'avait jamais cru que cette folie pût exister. Pour la première fois, entre les paupières de Bob Lagrave, elle a découvert la présence presque matérielle de la passion. Que ne l'a-t-elle reconnue autrefois, dans les yeux ronds de Prudent Gornac ? Les époux, à force de vivre jours et nuits

1. C'est un souvenir qu'utilise ici Mauriac : « [...] une légende s'était créée autour de la mort de cet incrédule [son père] : le crucifix que sa main essayait d'approcher de ses lèvres (selon ma mère) ; mais mon grand-père insinuait que « c'était pour se gratter »). [*Nouveaux Mémoires intérieurs*, p. 67].

tout mêlés l'un à l'autre ne se voient plus. Le regard, sans recul, ne peut embrasser un être. Il faut se perdre sans cesse pour se retrouver ; il faut ce rythme de l'absence et de la présence. Un train rampe, *An.*

e. de répéter Élisabeth Gornac à qui l'interroge sur son fils. Nous sommes *ms.*

f. la valeur de l'argent... Il croit à un tas de billevesées [idéalistes *biffé*] [Il a *biffé*] : cercles d'études, conférences... Tout ce qui [irrite *biffé*] [excite le mépris de *corr. interl.*] son grand-père, et dans les discussions elle est toujours avec M. Gornac contre Pierre. / Elle se souvient *ms.*

Page 136.

a. comme toi *[p. 135, derniers mots]* ! Mais ce soir [elle ne ferait pas une telle réponse. Une idée absurde *biffé*] [Elle ne prononcerait pas de telles paroles, un sentiment absurde *corr. interl.*] se fait jour *ms.*

b. plaît pas aux femmes. [Elle aimerait *biffé*] [Elle serait flattée *biffé*] Serait-elle *ms.*

c. pourchassé ? Ah ! ça, qu'est-ce qui me prend ?... Mme Gornac passe la main sur ses yeux, remonte par les *ms.*

d. la porte des Gobert qui [dînent à la lueur d'une lampe *biffé*] [soupent *biffé*] ont fini *ms.*

e. Bob Lagrave [interroge Élisabeth avec l'accent de l'espérance *biffé*] tourne vers Élisabeth son [beau *add. interl.*] visage [illuminé de bonheur *biffé*] soudain éclairé, vivant. [Il était assis *[...]* près de lui. Dix heures : la brume tremblait sur les collines présageant un après-midi de feu. *add. marg.*] *La rédaction est reprise à la page suivante* : Bob Lagrave [interroge *biffé*] [tourne vers *corr. interl.*] Élisabeth [avec l'accent de l'espérance *biffé*] [son beau visage [allumé et heureux *biffé*] soudain éclairé, vivant, *add. interl.*] Il était assis [...] dix heures : la brume tremblait sur les coteaux, présageant un après-midi de feu. / La dernière fois *ms.*

f. de mon grand-père Lavignasse. Oui, un Lavignasse s'était marié deux fois ; sa seconde femme était une La Sesque. Mais au fait, il avait épousé en premières noces *ms., An.*

g. la voir. [Mais pourquoi ne l'avait-elle pas averti des liens qui l'unissaient aux Gornac ? Ses parents sans doute ne lui en avaient jamais parlé. *add. marg.*] / Puisque *ms.*

1. C'est sur ce plan que se crée l'opposition qui deviendra une véritable rivalité entre les deux jeunes gens. La réflexion d'Élisabeth Gornac est aussi importante, si l'on veut saisir le personnage de Pierre : en face de Bob, il souffrira de se sentir moins séduisant. La rivalité se précise très vite ; voir n. 1, p. 138.

Page 137.

a. un de ces jours, cette panne... / Élisabeth devint très rouge et d'un ton sec : / Ah ! je vous en conjure, non, mon petit ! [pas de manigances *biffé*] [point d'intrigue. *corr. interl.*] Ce n'est pas mon genre. / Il protesta *ms*.

b. à Mlle de La Sesque ? Non, laissez-moi rire. / Il [haussa les épaules *biffé*] leva les bras, ferma à demi *ms* : à Mlle de La Sesque ? Comme vous y allez ! / Elle riait [...] à demi *An*.

c. que, moi, on me reçoit et qu'on ne vous recevrait pas. [Parce qu'un *biffé*] [Il ne se contenait plus, lui jadis si prudent *biffé*] Impossible *ms*.

d. plus ses nerfs... Élisabeth [d'abord *biffé*] un instant furieuse [souffrit *biffé*] s'inquiétait maintenant de l'avoir mis hors de lui. Elle pensait à sa santé d'abord. Et [elle l'avait sans le vouloir blessé cruellement et puis *add. interl.*] enfin elle supportait mal ce regard méchant dont il la couvait. / Voyons [...] insolent. J'admets que j'ai eu tort. Mais c'est à cause de votre âge que [...] fiancé. [Je sais bien que vous êtes un garçon du monde. *biffé*] Vous ne m'avez pas comprise. / Il avait reconquis son calme. [Il essayait de rétablir ses affaires. *biffé*] Ayant été au moment de tout perdre, il fallait maintenant rétablir ces affaires. / Quand *ms*.

e. pas faire le mal... [Quelquefois quand je ⌈me méprise trop *biffé 1*⌉ me dégoûte trop moi-même, je pense que Paule a quand même jeté les yeux sur moi, que je ne la dégoûte *biffé en définitive*]. Vous croyez que je vous raconte cela pour les besoins de la cause... / Attendez ! *ms*.

Page 138.

a. est instruit comme doit l'être Pierre. Je ne l'ai pas revu *ms., An*.

b. dans sa poche. Moi, ce n'est pas mon fort. / Oui, *ms*.

c. une courte promenade, sans un livre... / Ce qui est *ms., An*.

d. Il dévisagea avec étonnement [...] je vous assure. *add. marg. ms*.

e. les yeux de ce visage [comme inondé d'amour *biffé*] [que l'amour embras⟨ait⟩ *corr. interl. biffée*] [Comme il devait être beau quand il levait les yeux *biffé*] Eh bien ! *ms*.

1. La rivalité latente des deux jeunes gens est ainsi suggérée. Quelles que soient les raisons que se donne Pierre Gornac pour intervenir auprès de Paule de La Sesque, la plus vraie sera celle qu'il ignore : la jalousie.

Page 139.

a. ne faisait rien de mal. Sûrement, il était sincère... Et il n'y avait qu'à le voir lorsqu'il parlait de cette Paule. Mais *ms., An*.

b. de me reprocher... [Ce n'est pas bien ce que je fais... C'est bien naturel qu'ils *biffé*] Je comprends [...] un désastre... [Leur fille se déclasserait et puis *add. interl.*] ce serait la faim et la soif. [Pourvu que Pierre n'arrive pas avant, s'il se trouve ici en même temps que la jeune fille *biffé*] Et Pierre qui va arriver d'un jour à l'autre. Sûrement il se doutera de quelque chose... Il ne plaisante pas sur ce chapitre-là. / Comme elle remontait *ms.*

c. d'autres soucis [que les siens *add. interl.*] que ceux qui avaient trait au domaine. Élisabeth *ms.*

Page 140.

a. des papiers englués pendus aux poutres entre les jambons. / Il fait *ms.*

b. pas de discrétion. / La vieille [avait enlevé ses lunettes et *biffé*] dévisageait Élisabeth sans que ses mains s'arrêtassent de tricoter un bas. Qu'imaginait-elle ? *ms.*

Page 141.

a. Tout ce qui [au monde *add. interl.*] avait une tanière [hommes et bêtes *add. interl.*] s'y était [réfugié *biffé*] tapi. *ms.*

b. le salon sombre. Les mouches seules vivaient encore. Au second *ms.*

c. du vieux Gornac. [Il semblait que le soleil eût *biffé*] Le soleil avait enchanté [...] stupeur. [Pas même un chant de coq; il régnait seul. *add. interl.*] Des *ms.*

d. de cet universel engourdissement. [Il devait y avoir *biffé*] dans les vignes, [dans les *biffé*] [au fond des *corr. interl.*] chais ténébreux des mains [qui *biffé*] se cherchaient sans doute endormies [et des yeux se fermaient au moment où s'unissaient les bouches *add. interl.*] et des bouches unies. Le monde, *ms.*

e. pas peur du feu. Mais [les corps qui portent en eux le feu *biffé*] [ces cœurs embrasés *corr. interl.*] comment souffriraient-ils de l'incendie du ciel et de la terre ? [Sans doute aiment-ils *biffé*]cette ardeur qui prolonge leur ardeur, cette touffeur de l'argile qui rend la terre brûlante comme leurs corps [pleins de sang *biffé*] *[quatre mots add. illisibles]* Les autres hommes fuient devant [l'août *biffé*] le ciel ⟨terrible ?⟩ comme devant tout excès [*indication de reprise :* comme devant tout excès, les autres hommes fuient devant le ciel terrible]. Élisabeth s'endormit. *ms.*

f. sur le seuil du salon. Elle vit Paule de La Sesque et ne lui trouva rien d'extraordinaire : un corps un peu lourd, un peu ramassé... Quand la jeune fille eût enlevé son chapeau, elle lui trouva une tête de garçon, de beau garçon intelligent. [Elle sentit aussi le charme de la voix tandis que la jeune fille la remerciait de leur avoir fait confiance. *biffé*] Cependant, *ms.*

1. Cette description rappelle certaines scènes de *La Chair et le sang,* où se mêlent ainsi l'ardeur des corps et celle de la terre; il semble que ce soit un des thèmes liés au paysage de Malagar. Voir la « Géographie romanesque de Mauriac » t. I, p. 1396.

Page 142.

a. son verbiage *[p. 141, dernière ligne].* Alors Paule : « Je vous

remercie, Madame, de nous avoir fait confiance; vous n'aurez, je
vous en fais serment, aucun sujet de vous en repentir. » [Élisabeth
rougit et elle détourna les yeux pour demander si la panne serait
réparée [...] préparer votre chambre. *add. marg.*] — Mais vous
devez avoir *ms.*

b. ne les effrayait pas, qu'ils aimeraient mieux se promener sous
les charmilles. Élisabeth, *ms.*

c. les regarda s'enfoncer dans la lumière, crut que la chaleur se
refermait sur eux comme de l'eau. Ils disparurent. *ms.*

d. dans le jardin assoupi, la présence de deux corps complices...
Ils ne font *ms.*

e. se rassurait Élisabeth. Mais elle eût préféré les entendre rire.
Elle se souvint *ms.*

f. s'inquiétait quand ses petits jouaient sans cris, le silence
presque toujours était le signe de quelque méfait. Pourquoi ne
riaient-ils pas, Robert et Paule ? N'avaient-ils donc rien à se dire ?
Où étaient-ils assis ? [...] étendus ? Les caresses ne font pas de bruit.
/ Comme elle demeurait l'oreille tendue, penchée sur ce jardin
engourdi, M. Gornac, *ms.*

Page 143.

a. de la fumée ? Élisabeth [eut la sensation *biffé*] crut pénétrer
dans du soleil, tant l'air brûlait. Elle sortit de la cour, s'enfonça
sous les charmilles. *ms.*

b. que les vignes et que leur torpeur sous [l'implacable azur
biffé] [l'azur blême *corr. interl.*] Tel était *ms.*

c. prolongeait la terrasse. Elle savait que le troisième et le
quatrième tilleuls délimitaient la part d'horizon où s'étendaient
les forêts de pins [qui lui appartenaient en propre et auxquelles
son cœur tenait par un attachement si fort. *biffé*]. Elle leva
ms.

d. tressaillit : oui, entre les deux tilleuls [tout le ciel était terni
biffé] [un voile [...] le ciel. *corr. interl.*] Les gens *ms.*

e. un orage [qui dans la direction de l'Espagne élevait son front
de ténèbres. *add. interl.*] Mais elle eut *ms.*

f. sali et à ce moment [s'éleva *add. interl.*] un souffle brûlant
vint[1] du Sud chargé de [le vent du Sud froissa [...] sur les vignes
add. marg.] l'odeur délicieuse des pins consumés. *ms.*

g. son [appréhension *biffé*] [angoisse *corr. interl.*] *ms.*

h. du côté d'Uzeste, mais ce pouvait [...] kilomètres plus loin
que le Bos. / Impossible *ms., An.*

Page 144.

a. dans la direction d'Uzeste ; ce *ms., An.*

b. de résine brûlée et de cendre qui froissait les branches, peut-

1. *Mauriac n'a pas biffé cette rédaction en introduisant l'addition qui*
précède : s'éleva, et celle qui suit.

être eût-elle perçu [leur halètement *biffé*] [des soupirs *corr. interl.*].
Hé quoi ! Elle s'obstinait *ms.*

  c. du côté des landes d'Uzeste. Elle passa *ms.*

  d. alourdi de graisse et de chair. Comme elle *ms.*

  e. les semis de Pieuchon, ce *An. Pour ms., voir var. f.*

  f. elle se répéta : / « C'est peut-être à Uzeste que ça brûle. Peut-
être les pins du Bos qu'il faudra vendre à vil prix. Peut-être les
semis de Pieuchon : alors, ce serait la perte sèche. » / Mais cela
qui l'eût affolée, il y a moins de deux semaines, ne l'arrachait pas
pas *ms.*

  g. dans ce jardin [où un couple *[deux lignes illisibles] biffé*] dont
elle ne reconnaissait plus le silence, depuis qu'il dérobait sous ses
feuillages deux êtres jeunes et qui s'aimaient. / Il faut aller *ms.*

  1. Mauriac aimait rappeler que son grand-père paternel avait
fait mettre sur sa tombe de la terre de Malagar ; voir déjà t. I, p. 626.

Page 145.

  a. de ses premiers-nés... Mais ces deux aussi qui [reposent dans
les bras l'un de l'autre *biffé*] confondent leurs souffles peut-être
derrière ces troènes seront séparés *ms.*

  b. s'expliquer pourquoi si elle devait perdre un jour à jamais les
vignes et les landes, elle n'aurait pas perdu, elle aurait emporté
dans la mort cet amour, cet amour qu'elle n'avait pas connu, qu'elle
ne connaîtrait jamais. Quoi qu'il *ms. des ratures et add. illisibles.*

  c. et cette jeune *An.*

  d. cette après-midi d'ardeur et de désir, cette après-midi éternelle. *ms.*

  e. l'unique nécessaire, un détachement de la terre et de ses fruits,
qui l'étonna d'abord, puis lui fit peur... *ms.*

  f. du côté d'Uzeste, elle *ms., An.*

Page 146.

  a. les appelait par leurs noms : Caubet ! Lauret ! Assez de bêtises !
assez de bêtises ! Tant qu'on est vivant, la terre a du bon ; il n'y a
même que ça de bon... / Elle entra dans le billard : *ms.*

  b. du côté d'Uzeste. / M. Gornac, *ms., An.*

  c. cloua Élisabeth sur place. Elle crut qu'elle allait tomber. Son
visage *ms.*

  d. comme diaphanes. Leurs paupières avaient la même teinte et
la même fatigue qu'ont des fleurs qui ont été longtemps dans une
⟨main ?⟩chaude : Chacun de ces visages avait dû être tour à tour
[comme un fruit tombé *add. interl.*] dans les paumes unies ce fruit
qui renaît toujours vers l'amour qui le ronge, nourriture mortelle et
pourtant inépuisable. Élisabeth n'avait *ms.*

Page 147.

  a. déjà immobiles, les lèvres unies, ils demeuraient *ms.*

b. vers ce couple bienheureux, [paraissait changée en statue de
sel *biffé*] [n'était plus qu'une statue de sel *biffé*] [il semblait que
Dieu l'eût changée en statue de sel *biffé*], ne bougeait pas, statue
de sel. *ms.*

c. que sa conduite pût offrir rien de choquant. Élisabeth, gagnée
par cette simplicité, assura que par ces temps *ms.*

d. chaleur, elle aimait profiter tard de la fraîcheur *ms.*

e. qu'à votre bonheur. Ils voudront vous éviter une faute irréparable. / Je suis seule *ms.*

1. Allusion au passage de la Bible qui raconte comment la femme
de Loth fut changée en statue de sel, pour avoir regardé en arrière,
malgré la défense de Dieu, vers Sodome qu'elle fuyait (Genèse,
XIX, 26).

Page 148.

a. dont usait son fils Pierre : *ms., An.*

Page 149.

a. sur le banc devant la porte : une prairie murmurante dévalait
ms.

b. de la terre [délivrée enfin *biffé*] [lasse et bienheureuse *corr.
interl.*] après une trop longue étreinte. Élisabeth *ms.*

Page 150.

a. maintenant ? Moi, je suis seule, j'ai toujours été seule... seule.
Une voix grave *ms.*

b. ce fourmillement, cette immense toile rongée, dévorée
d'astres. Elle *ms.*

c. elle avait peur. [C'est que le jour où [un être s'éveille [[et
s'aperçoit *biffé* 1]] et connaît sa solitude *biffé* 2] [les yeux se
dessillent *biffé* 3] il ressemble à un somnambule réveillé *biffé en
définitive*] [les yeux dessillés [...] somnambule, se réveillait *corr.
interl.*] au bord *ms.*

d. d'un gouffre. [Tant que nous ne savons pas que nous sommes
seuls, avons-nous peur de la nuit, de la foule *biffé*] [Un corps
seul est à la mesure de notre corps [un cœur seul est à la mesure
de notre cœur *biffé*] aucun autre garde-fou qu'un corps. *corr.
interl.*] Il nous *ms.*

e. contre la nuit, contre Dieu. [Comme c'est facile d'être brave
biffé] [Que le courage est facile *corr. interl.*] à deux êtres unis dans
la chair ! [Les voix s'étaient tues *biffé*] [Les voix se turent [...]
des vagues d'ombre. *corr. interl.*] Une lune *ms.*

f. la fraîcheur de la nuit [qui, plus précieuse que l'eau [...] je
ferme tout. *add. interl.*] / La terreur *ms.*

Page 151.

a. vous entends plus, les tourtereaux... [Les tourtereaux ! *biffé*]

[Ils ne s'embrassaient*[...]* rien à se dire. *corr. interl.*] Élisabeth [céda à un petit rire *biffé*] [souleva les épaules *corr. interl.*] céda à un rire nerveux. Elle avait *ms.*

b. bon voyage ! [Je ne veux plus entendre parler de cette histoire. *biffé*] Cette fois-ci, *ms.*

Page 152.

a. à te gêner. » Dès les premières répliques elle prenait ce ton un peu hargneux qui lui était habituel avec Pierre. / « Déjà *ms.*

b. dans sa chambre. S'il ne montait pas, elle ne pouvait retarder plus longtemps de lui servir l'histoire de la panne d'auto. La petite pouvait revenir à tout instant. Il était debout [...] sur son visage osseux. / « Va au moins te débarbouiller. » / À l'insu d'Élisabeth, cela était dit sans aménité. Elle ne savait pas que chacune de ses paroles blessait Pierre. Il dit : / « Oui, j'y vais, *ms.*

c. sot, mon pauvre chéri !... / Voyons *ms.*

d. eu du succès ? / — Beaucoup : *ms.*

1. Ces traits rapprochent Pierre du héros de *L'Enfant chargé de chaînes ;* c'est en s'inspirant de son adolescence marquée par l'influence du Sillon que Mauriac peint son personnage.

Page 153.

a. tard que demain matin. Qu'il reste à La Prioulette pour faire ses débauches. / [Ils ne faisaient peut-être pas *biffé*] [Ses paroles *biffé*] Pierre [était en droit de penser que sa pieuse mère *biffé*] ne doutait pas que sa pieuse mère dût partager son indignation. Aussi fut-il plus étonné qu'irrité [de sa réponse *biffé*] [à l'entendre *biffé*] lorsqu'elle répondit : *ms.*

b. un milieu qui n'a rien de commun [guère de communications *add. interl.*] avec *ms.*

1. On notera que, dans tout ce passage, Pierre va montrer une hostilité violente à Bob Lagave, sans savoir encore que Paule de La Sesque l'accompagnait. Dans la réprobation qu'il manifeste si vivement, il y a, derrière les convictions religieuses et morales, une jalousie inconsciente. Le romancier le sait — ou le devine — qui montre Pierre troublé plus que la scène ne le justifie.

Page 154.

a. le panégyrique de... de [cette saleté *biffé* / Il ne trouvait pas *ms. En marge, on lit :* Versailles. *C'est là que Mauriac a écrit ou au moins fini son roman ; voir la Notice, p. 995.*

b. se dresser contre Pierre, de tout souffrir sans protestation [de calmer, d'endormir *biffé*] [d'être une mère *corr. interl. biffée*] [de n'être qu'une mère indulgente et qui berce et qui endort la souffrance inconnue de son grand fils. *biffé*] Hélas ! dès les premiers mots, il avait déchaîné [...] hostiles, avant même qu'elle ait eu le

temps de se reprendre. Déjà ils avaient été dressés l'un contre
l'autre. Elle [fit quelques pas vers lui *biffé*] lui saisit *ms.*

c. ce qu'est le péché... Mais non, tu ne sais pas ce que c'est !
Tu ne sais pas que c'est un déicide... Tu ne te dis pas *ms.*

1. Une telle « représentation » montre plus de jalousie que
d'indignation morale. Ou plutôt celle-ci masque le désir refoulé
d'être lui-même un séducteur.

Page 155.

a. tu as raison *[p. 154, avant-dernière ligne]*, mais calme-toi... |
C'est entendu *ms.*

b. que de mon corps. [Tu ne penses qu'à la santé physique ; ta
religion même fait partie de ton portefeuille d'assurances [assurances
sur l'éternité *biffé*] *add. interl.*] | Élisabeth *ms.*

c. que tu me regardes. | Cette fois, il ne détachait pas ses mains,
mais détournait la tête, et soudain, *ms., An.*

d. autrefois ses larmes. [Cette minute peut-être les eût rapprochés,
mais *biffé*] Mais [Élisabeth soudain *biffé*] [Pierre d'instinct
sentit *biffé*] il s'aperçut *ms.* : autrefois ses larmes d'enfant triste.
Mais il s'aperçut *An.*

1. Les raisons de cet abandon ne seront pas indiquées. Mauriac
aime à laisser ainsi dans l'ombre certaines réactions de ses personnages. Ici il ne pourrait d'ailleurs éclairer son personnage sans le
détruire. Au moins marque-t-il ainsi le trouble profond où cette
scène, apparemment sans importance, l'a plongé.

Page 156.

a. la fête de la Supérieure, elle avait été, dans une comédie, une
servante un peu insolente et complice de petites filles mal élevées ? |
Quel accident *ms., An. Tout ce passage, jusqu'à la fin du chapitre VII,
comporte dans le manuscrit de nombreuses ratures, sans grand intérêt, qui
montrent toutefois une rédaction par instants hésitante. Elles font saisir,
s'il en était besoin, l'importance des scènes qui suivent.*

Page 157.

a. disparaître, s'anéantir. | Voilà *ms.*

b. pas mentir, pas plus que moi. L'habitude nous manque et
votre fils est d'âge *ms.*

c. innocent... » | Elle fut interrompue par le ricanement de Pierre,
un rire nerveux *ms.*

1. On retrouve ici, à peine moins marquées, les réactions de Jean
Péloueyre. Ce sont elles qui expliquent la jalousie inconsciente en
face de Bob, comme celle du héros de *La Robe prétexte* devant le
« Cousin de Paris ».

Page 158.

a. hors de lui gesticulait. [Il élevait la voix, sa mère *biffé*] [Sa mère lui ayant *corr. interl.*] dit : « Parle plus bas. Tu vas réveiller ton grand-père. [Je sais bien que les murs sont épais et qu'il a l'oreille dure, mais tout de même on doit nous entendre [de chez les Lagrave *biffé* 1] de l'autre côté de la route. » Alors il parla à voix plus basse *biffé en définitive*] il se contint et n'en parut *ms.*

b. À vous en croire, il n'y a que [l'amour [charnel *add. interl.*] au monde qui compte pour *biffé*] [la débauche qui intéresse *corr. interl.*] les jeunes gens. *ms.*

c. la salissent pas, ils ne s'en servent pas comme d'un jouet [qu'on abîme, brise et rejette *biffé*]. | — Quel *ms.*

Page 159.

a. ses doigts craquaient. [Comme pour l'apprivoiser [...] écoutez-moi. *add. marg.*] Je ne *ms.*

b. il me l'a souvent dit. Que de fois j'ai senti battre son cœur de fauve pourchassé ! [Souvent *biffé*] [Je pense au temps où il ne sera plus *1re réd. non biffée*] [Souvent, il veut que je lui parle des jours futurs alors qu'il ne sera plus *2e réd. interl.*] *ms.*

c. une jeune fille. | [Il répétait ces mots [...] aucun gré. *add. marg.*] Elle était *ms.*

Page 160.

a. ne pouvait l'atteindre au plus profond. Mais elle se souvient *ms.*

Page 162.

a. aimé me taire; [*p. 161 avant-dernière ligne*] c'est elle seule qui m'y a forcé. | Que de fois sa mère dut-elle lui en apporter le témoignage qu'il réclamait en gémissant : | « Oui, mon petit, tu lui offrais le silence, elle n'en a pas voulu. » | vii | Je ne peux *ms.*, *An.*

b. sur sa poitrine d'enfant. Elle vit *ms., An.*

c. « Me voici. » Madame Élisabeth Gornac demeura seule. | Assise *ms.*

1. Reprise du titre, intéressante puisqu'elle porte sur un personnage secondaire : *Deſtins* est sans doute le premier roman où Mauriac ait cherché à « multiplier les personnages », comme il le notera plus tard à propos des *Chemins de la mer*. Dans toutes les œuvres précédentes, un ou deux personnages seulement ont un « deſtin »; les autres demeurent en retrait. Voir sur ce point la Notice p. 995.

Page 163.

a. troubler la nuit, s'interrompaient, parlaient ensemble; il y avait pourtant des intervalles [où ils *biffé*] [pendant lesquels les adversaires *corr. interl.*] devaient reprendre haleine. Alors *ms.*

1. L'insiſtance sur le parallélisme et l'opposition entre les deux

« couples » : Bob et Paule, Pierre et Paule, accentue un trait essentiel : la rivalité des deux garçons.

Page 164.

a. Va te coucher... Va ! [Il était habitué aux railleries de sa mère *biffé*]. | Pierre   *ms.*

b. des yeux [cette petite fille *biffé*] [ce petit fantôme errant autour de la table *biffé*] ce petit être grelottant, les épaules ramenées et qui   *ms.*

Page 165.

a. de cet imbécile de Pierre.   *ms.*

b. de ce que je sens si vivement... Moi qui n'ai jamais aimé, qui [ne sais pas ce que c'eſt que l'amour   *biffé*] n'aimerai jamais, il me semble,   *ms.*

Page 167.

a. bien faible encore... Comment savait-elle que l'incertitude puisse faire tant de mal ? | Paule hésita un inſtant. | « Croyez-vous *ms.*

b. la tête sur son bras replié. | Voilà   *ms., An.*

Page 169.

a. Enfin, si je me réveille assez tôt *[p. 168, fin de l'avant-dernier paragraphe]*, je me déciderai peut-être. | Le jour l'éveilla,   *ms.* : Enfin, si je me réveille assez tôt... | Le jour l'éveilla,   *An.*

b. horreur de sa figure, de ses cheveux [gris et blancs *biffé*] grisonnants, regretta de n'avoir pas de rouge. Elle prit sur sa cheminée *ms.*

c. quinze jours, elle m'en a fait serment... D'ailleurs,   *ms.*

d. interrogea du regard Élisabeth. | « Que s'eſt-il passé ? Il y a eu quelque chose... Quoi ? » | Il recommença de lire [...] eût épelé chaque mot. | « Pourquoi eſt-elle partie ? Vous le savez ? Mais ne faites   *ms.*

e. les caresses, n'eſt-ce pas ? | Il parcourut   *ms.*

f. devant la porte. [Je me souviens de sa dernière parole. *add. interl.*] : « Qu'il me tarde d'être à demain matin, mon cher amour... Pourquoi   *ms.*

1. L'ajout tardif fait ici, comme celui de la var. *b*, p. 167, précise les sentiments d'Élisabeth à l'égard de Bob et montre qu'elle commence à en prendre conscience. Les ajouts sont rares — entre la publication dans les *Annales* et l'édition originale ; Mauriac aura voulu mieux préparer l'évolution d'Élisabeth.

Page 170.

a. et virent le [tête jaune du   *add. interl.*] vieux   *ms. Mauriac n'a pas corrigé l'article.*

b. mais il faudrait sans cesse porter ses [...] Gobert, courir à travers les vignes toute la journée. Elle *ms.*

c. la terrasse, il vit Pierre assis le nez dans un livre, voulut prendre le large; mais l'autre l'avait aperçu et sans se lever, sans lui tendre même la main, lui criait : « Bonjour ! » comme à un paysan. *ms.* : la terrasse, il aperçut Pierre, vêtu d'un complet sombre, le cou engoncé, le nez dans un livre. Il voulut prendre le large; mais l'autre l'avait aperçu et, sans se lever, lui criait : « Bonjour ! » comme à un paysan. *An.*

1. Allusion à une scène de *Roméo et Juliette,* acte III, sc. v.

Page 171.

a. répondit d'un signe de tête *[p. 170, 4 lignes en bas de page],* sans lever les yeux de son livre. Mais Bob était décidé à ne pas laisser la place. Déjà il n'en pouvait plus d'inquiétude. Il voulait savoir... / Vous n'avez pas de chance. Si vous étiez arrivé *ms.*

b. figurez-vous ! / Les deux jeunes gens se dévisageaient comme deux chiens ennemis. / Bob dit : *ms.*

c. pas vous, par hasard qui vous êtes occupé des miennes ? Allons, *ms.*

d. les provocations de Pierre [rendaient soudain apparentes *biffé*] [faisaient apparaître *biffé*] rendaient visibles sur la face du « beau gosse », une [soudaine *biffé*] honte, une [profonde *biffé*] [irrémédiable *biffé*] flétrissure. / « D'ailleurs, *ms.*

Page 172.

a. réagissait mal. [Il vacillait sous chaque parole comme sous des coups de poings. *add. interl.*] Pierre s'étonnait [d'avoir toute la nuit *biffé*] d'avoir veillé jusqu'au petit jour [en proie *biffé*], [plein d'inquiétude sur ce qu'il *biffé*] [pénétré d'angoisse à cause de ce qu'il *corr. interl.*] avait fait, *ms.*

b. ce petit être immonde. [Elle lui en saurait gré [...] le maudire. *add. interl.*] Pierre ramassa son livre. [Il n'avait plus rien à faire ici. *add. interl.*] [Il interprétait comme un aveu, comme un consentement la ⟨détresse ?⟩ de Bob Lagrave. *biffé*], sa pâleur, ce regard éteint, ce regard perdu, cet affalement contre la [pierre de la terrasse *biffé*] balustrade, [tout cela aux yeux de Pierre proclamait *biffé*] [il n'en fallait pas plus *biffé*] [tout cela proclamait *biffé*] [il n'en fallait pas plus à Pierre *biffé*] tout en lui avouait, proclamait sa honte. Pierre ne savait pas *ms.* : ce petit être immonde. Elle [...] plus rien à faire ici. Le regard éteint du petit Lagrave, ce regard perdu, l'affalement du corps contre la balustrade, tout en lui avouait, proclamait une irrémédiable déchéance. Pierre ne savait pas *An.*

c. Le fils Gornac [les vit et *add. interl.*] fut [alors *biffé*] touché [de compassion. Le cœur *[deux mots illisibles]* s'émut. Une nappe de miséricorde *biffé*] [profondément et même bouleversé, retourné du coup. Il en fallait très peu pour atteindre [au vif *add. interl.*]

ce cœur [affamé *biffé*] [malade *corr. interl.*] *add. marg.*] [Et
déjà il pratiquait l'oubli des offenses. Pierre Gornac était scrupuleux. Avait-il su concilier [...] jusqu'à l'aube; et de nouveau
il s'interrogeait, voyant les larmes du coupable. *add. marg.*]
Ses entrailles [chrétiennes *biffé*] s'émurent. *ms.*
    d. changer de vie... *An.*

Page 173.

    a. pays muet et vide, vide comme sa vie désormais. Plus rien,
plus rien ! / Un grand [bien *biffé*] [bonheur *corr. interl.*] peut
[sortir *biffé*] vous venir *ms.*
    b. pour votre bonheur futur [mais j'ai eu tort de vous insulter,
je vous en demande pardon. Oui, je vous en prie, pardonnez-moi
add. marg.] *ms.*
    c. du bien. » / [Il aidait un pécheur, il ⟨ramenait ?⟩ les brebis
égarées *biffé*] Et en même temps il s'humiliait [...] appuyer sur
moi ? [Au fond, je me suis emballé tout à l'heure. Je me suis trompé
sur votre compte, je le sais maintenant *add. marg.*] / Il éprouvait
ms.
    d. elle est resplendissante. [Elle a été rachetée *biffé*] [Je ne sau-
rais vous [...] pour votre âme. *corr. interl.*] / Comme il parle bien !
[il en pleure [...] d'espérance. *add. interl.*] comme Bob l'écoute !
ms.

Page 174.

    a. elle reviendrait peut-être; les gens ne sont pas toujours *ms.*,
An.

Page 175.

    a. dans ce désert et, à tout instant, *ms., An. Entre cette variante
et la précédente, de nombreuses ratures de détail dans le manuscrit.*

Page 177.

    a. Bah ! Mme Gornac me pardonnera... Elle m'a déjà pardonné.
Un instinct l'avertissait de son pouvoir sur les gens. Élisabeth
Gornac était au nombre de ses sujets [comme il disait *biffé*]
[comme il appelait ceux de ses amis *biffé*] [comme il appelait ses
victimes *biffé*]. Peut-être ne le savait-elle pas elle-même, mais lui,
il n'en doutait pas. / Il entendit *ms.*
    b. la tête tout enveloppée *ms., An.*

Page 178.

    a. qui pût le secourir. Elle voulait l'éprouver *ms.* : qui pût le
secourir. Elle voulait l'inquiéter, l'éprouver *An.*
    b. des histoires, ou plutôt se montrait à lui-même des images,
comme à un enfant malade. Il se figurait le corps de Paule étendu

auprès du sien. *[Ici, une dizaine de lignes biffées d'un trait ondulé qui les rend illisibles.]* Il était plein   *ms.*

c. de son reste. Il eût été bien sot de se priver maintenant... Et avec ce don   *ms.*

1. Ce mouvement, fréquent chez Mauriac, qui introduit dans le monologue intérieur d'un personnage des éléments qu'il ne peut connaître — et même une anticipation : « Plus tard, Paule... » — éclaire la réaction de la jeune fille : elle n'a pas renoncé à Bob (le manuscrit et le texte des *Annales* sont plus nets). Pour que la situation ait toute sa force tragique, il convient en effet qu'il y ait cette méprise entre les personnages.

Page 180.

a. que je vais te poursuivre !   *An.*

b. départ de Paule. Il avait perdu tout espoir, et plus rien   *ms.*

c. grondait-il, vautré sur son lit. Il ne croyait plus   *ms.*

d. le plaisir de l'injurier et de la mettre à la porte. Dans les histoires qu'il inventait pour se distraire, Paule jouait,   *ms.*

e. le vieux Gornac. Il regardait longtemps sa figure dans les glaces [et désœuvré *add. interl.*], ouvrait les tiroirs,   *ms.*

1. Mauriac, dans ce roman, plus que dans les précédents marque par des scènes nettes les mouvements des personnages. De même que l'opposition entre Pierre et Bob allait jusqu'à une bataille, les relations entre Bob et Élisabeth conduisent à cette scène presque parodique, mais très révélatrice.

Page 181.

a. réclamerait Maria. Elle était bien décidée à ne plus mettre les pieds chez ces ingrats. [Assise sur *[...]* seconde cuisine, elle tricotait, marmonnant à mi-voix,   *add. marg.*] [ruminant *en surcharge sur* Ainsi ruminait-elle *biffé*] ses griefs.   *ms.*

b. une auto puissante, poussiéreuse et qui   *ms.*

c. rentra vite dans [l'ombre *biffé*] [les ténèbres *corr. interl.*] de la seconde cuisine,   *ms.*

d. — Non ! / Bien sûr, il se servait de sa femme... / On a beau être [libéré *biffé*] affranchi   *ms.*

Page 182.

a. ses vrais enfants... Mais tout le monde sait et lui le premier qu'ils ne sont pas de lui. / — Comment peut-on savoir ces choses-là ? / — Tous les hommes de sa génération vous diront que Déodat... / — Il laisse entendre à tout le monde qu'il *[quelques mots illisibles]* la princesse d' *[un nom illisible]*. / — Oui, tout le monde l'appelait l'eunuque de la reine Candace... » / Maria Lagrave   *ms.*

b. elle savait qu'un flot de boue avait envahi ses murs, — oui de la boue clapotait derrière cette porte. N'osant manifester sa présence, elle injuriait tout bas [...] qui ouvrait sa maison.   *ms.*

Page 183.

a. [Vous reconnaissez le père ? *[...]* large comme la main. Mon Dieu, dire qu'il y a des gens pour vivre ici toute l'année... Vous imaginez l'hiver dans cette maison ! Pauvre Bob... *add. marg.*] | Bob est *ms.*

b. celui que Bob aimait tant. | Ils dansaient, *ms.* : celui que Bob aimait tant... *Alwaïs.* | Ils dansaient, *An.*

c. qui serait gentil. | — Oui, là, comme vous êtes. On s'arrêtera à Bordeaux pour vos nippes. | — Tu te rappelles *ms.*

1. On a noté (Paul Croc, *Destins,* Hachette) que Mauriac en changeant le titre de ce disque, mettait son texte en rapport avec l'actualité immédiate, en citant un air à la mode.

Page 184.

a. se faire pendre ailleurs ! | [Si ce n'avait été *[...]* télégraphier ? *add. marg.*] Malgré *ms.*

b. que ferait Mme Prudent. [Maria espérait-elle qu'Élisabeth manifesterait de l'émotion ? Elle fut alors déçue. *biffé*] [Si elle [espérait *biffé 1*] attendait qu'Élisabeth fût bouleversée *biffé en définitive*]. Mais Élisabeth [ne parut pas émue *biffé*] parut plus surprise qu'émue. Autant que la pénombre [...] d'en juger, Mme Prudent ne changea pas de visage et parla *ms.*

c. prendre une décision. | Ce calme n'était pas joué et plus encore que Maria Lagrave, Élisabeth elle-même en éprouva de l'étonnement. Elle était assise dans un fauteuil *ms.*

d. de la pendule, à la respiration embarrassée du malade sommeillant, à un bourdonnement interrompu de mouches. Peut-être s'était-elle attendue à souffrir ? Non, elle ne souffrait pas, elle se sentait débarrassée, délivrée et comme allégée. *ms.*

Page 185.

a. avait osé *[p. 184, avant-dernière ligne]* l'assaillir, disparaissait d'un coup, [se volatilisait *biffé*]. Reviendrait-il jamais ? Plus aucune *ms.*

b. l'avait tournée en dérision ! | « Vous auriez [...] profiter... | Elle [ferme les yeux, secoue la tête pour chasser de son esprit *biffé*] croit entendre cette voix éraillée de voyou. Élisabeth se lève *ms.*

c. est [vide *biffé*] désert ! *ms.*

d. avez fait place nette, [qui n'avez pas voulu me *[un mot illisible]* *biffé*] m'avez débarrassée de cette présence [dangereuse *biffé*] [trouble *biffé*] [mauvaise *corr. interl.*] Elle remercie Dieu et prie avec un élan, une ferveur [...] capable, [cette sainte femme d'une piété aride et sans consolation, voici qu'elle ressemble à une *add. marg.*] terre amollie par l'orage. [Ce qu'une créature *biffé*] [La source qu'une créature a fait jaillir dans son cœur *biffé*] Dieu captera la source qu'une créature a fait jaillir de ce rocher. Elle prie *ms.*

e. mes deux garçons... Quel cimetière ! Il n'y a plus   *ms.*

Page 186.

a. du départ de Bob ? Le pansement adoucissait sa figure, lui prêtait une grâce [sarrazine *biffé*] [un peu arabe *corr. interl.*] Il observait *ms.*

b. de son fils. [Pourtant elle devait *[...]* ce soir-là. *add. marg.*] *ms.*

c. qui peut faire ça... / [Un peu de vent gonfle le rideau de la fenêtre. Les bœufs passèrent devant la porte, puis tout entiers dans le soleil déjà si bas *[...]* cachèrent. *corr. interl. sur une rature illisible*] Élisabeth aurait voulu embrasser Pierre, mais sans même qu'elle tentât ce geste, ils se sentaient unis ce soir. / Nous croyons *ms.* : qui peut faire ça... / Par la fenêtre ouverte, ils virent passer [...] cachèrent. / Nous croyons *An.*

d. nous le livrons férocement à l'oubli, nous rentrons dans notre existence *ms.*

1. Ces détails sont des souvenirs que Mauriac a entendu raconter sur son grand-père paternel. Voir *OC,* t. IV, p. 135.

Page 187.

a. aucune trace. Un destin n'a jamais *ms.*

b. hausse les épaules : « Vous voilà bien avancée, comment rejoindre le fugitif ? » Paule protesta *ms.*

c. m'affranchir de [ces 1re réd. non biffé] [vos 2e réd. interl.] préjugés [absurdes que vous nous avez transmis *biffé*] [C'est fait maintenant, *corr. biffée*] [que ma mère m'avait *[...]* m'y a aidée ?... *corr. marg.*] / La jeune fille *ms.*

Page 188.

a. Addition marginale non située : enfant qui récite sa fable comme une leçon, elle répétait ces formules qu'une autre lui avait enseignées. *ms.*

b. mieux que vous : il m'aurait louée de m'être enfin affranchie. Il usait souvent de ce mot : affranchi. / — Et moi, *ms.* : mieux que vous : il m'aurait louée de m'être affranchie. / — Et moi, *An.*

Page 189.

a. mais je ne prêterai pas *[p. 188, 20 lignes en bas de page]* la main à une intrigue... / Je n'insiste pas. Adieu, Madame. Elles se saluèrent à peine. *ms.* : mais je ne prêterai pas la main à vos combinaisons. / Paule de La Sesque n'insista pas. Elles se saluèrent à peine. *An.*

b. « Quelle saleté ! » Oh ! qu'elle [n'aurait pas voulu *biffé*] [regrettait d' *corr. interl.*] avoir été mêlée à une si trouble histoire ! Ce petit Lagrave était parti et cependant elle demeurait [...] dans

cette intrigue. Elle ne pouvait en détacher son attention. Délivrerait-elle *ms.*

c. se diriger vers la maison Pierre et le vicaire de Viridis, sous
le même parapluie. Elle se leva [précipitamment *biffé*] « s'esbigna »
comme on dit chez les Gornac. Cela lui paraissait au-dessus de ses
forces d'échanger avec le jeune prêtre des propos touchant le
caractère acariâtre du curé, les menus drames du patronage. Élisabeth s'ennuya encore durant les quelques jours qui suivirent ce
jour. *Des ratures nombreuses, peu lisibles, marquent la rédaction du
paragraphe qui commence. ms.*

1. L'ajout important, fait ici tardivement, insiste sur le drame
d'Élisabeth que Paule devine et accuse ; il va dans le même sens que
ceux des pages 167 et 169.
2. Mauriac cite ce mot dans les *Nouveaux Mémoires intérieurs,*
à propos de son oncle et tuteur, Louis Mauriac, lui fort anticlérical :
« Il " s'esbignait ", comme il disait, dès que le curé apparaissait
au bout de l'allée » (p. 132).

Page 190.

a. qu'à la ville. C'était l'époque où il faut commencer d'ouvrir
les cuviers et leur odeur annonce l'automne. Enfin, *ms.*
b. d'Augustin Lagrave. Certaines phrases entraient en elle comme
des vrilles, d'autres lui échappaient... / *Ainsi, ms.*

Page 191.

*a. de cette importante administration. [Les frais, t'ai-je dit [...] que
je me suis imposés. add. marg.] Je ne te ms.*
b. n'ont fait que l'irriter. Laissons le temps ms.
c. Le [scrupule *biffé*] angoisse commençait *ms.*
d. comme une proie, proie de l'enfant spartiate, renard qui le
rongerait toute sa vie. Le vieux Gornac *ms.*

Page 192.

a. dans la même attitude. Le jeune homme allait et venait, selon
sa coutume, lorsqu'il était préoccupé, heurtait les fauteuils et faisait
craquer ses doigts. / Tu crois, *ms.*

Page 193.

a. pu le faire le cadavre décomposé de son fils. Du moins, c'était
la dernière bouffée qu'il dut jamais recevoir *ms.*
b. selon ta conscience. Il fallait sans doute que cela arrivât...
Adorons la sainte volonté de Dieu ; et prions pour cette pauvre
âme. / Le ton *ms.*
c. brodée d'or, sur les lampes et sur les ex-voto, étrangère, semblait-il, à ces lieux où elle avait tant prié depuis vingt ans. Une
horloge *ms.*

1. Pour ces détails sur l'église de Verdelais, dont dépend Malagar, voir dans *La Chair et le sang* (t. I, p. 208) et la « Géographie romanesque de Mauriac », t. I, p. 1395.

Page 194.

a. sur la poitrine d'une jeune fille heureuse. / À l'heure accoutumée, *ms., An. Pour cet ajout voir n. 1 de cette page.*

1. Notation qui accentue encore la rivalité profonde des deux jeunes gens. Ce passage, qui est ajouté dans l'édition originale, est l'un des plus amers (l'ajout va jusqu'à la fin du paragraphe; voir var. *a*). Mauriac accentue, comme il l'a fait pour Élisabeth Gornac, les traits de son personnage.

Page 195.

a. il est mort, il est mort. Mais rien ne répondit en elle à cette annonce. Elle ne fit *ms.*

b. dans le noir, le cerveau vide, la gorce contractée, elle sommeillait, *ms.*

c. Mme Gornac au salon où elle était assise, toujours *[un mot illisible]* et lui dit que le corps était arrivé. Elle lui demanda d'une voix indifférente : « Quel corps ? » *ms. Une addition marginale non située, prépare le texte définitif :* Il venait [...] auprès d'Augustin. *ms.*

d. notre visite chez Maria. [Pierre s'exprimait *[...]* ses scrupules. *add. marg.*] Sur un signe *ms.*

e. atteler la victoria[1]. L'attitude étrange de Mme Gornac n'étonnait pas Pierre. Il avait l'esprit ailleurs, lui aussi. En attendant la voiture, il marchait dans le salon, comme il avait coutume de faire, mais son visage paraissait moins tourmenté que la veille, un sourire lui prêtait le charme fugitif de l'extrême jeunesse. À peine assis dans la victoria à côté de sa mère, il lui dit *ms.*

Page 196.

a. respecta son recueillement. L'après-midi *ms.*

b. qu'il m'a donnés. Je porte encore des traces de son poing. / Il vit se tourner *ms.*

Page 197.

a. les coups redoublés d'une cognée. Les lourds sanglots emplissaient l'église déserte; elle n'essuyait pas *ms.*

b. cette ombre [muette *biffé*] [prostrée *corr. interl.*] qui *ms.*

c. répétait-elle. [Tu es là, c'est toi qui es là, tu es revenu. Tu es mon petit, je t'aimais, je t'aimais. *biffé*] Pierre *ms.*

d. [Elle avait l'air d'une [vieille *add. interl.*] bête blessée [cou-

---

1. C'est sur ce mot que s'achève le premier cahier du manuscrit ; le texte se poursuit, sans rupture, sur le second dont une vingtaine de pages seulement ont été utilisées (voir la Note sur le texte, p. 998).

chée sur le flanc   *add. interl.]* qui grogne et souffle, mais déjà moins bruyamment.   *add. marg.]* On   *ms.*

e. ces larmes pressées, intarissables [plus nombreuses en ces brèves minutes que *[*toutes   *add. interl.]*] celles qu'avait pu verser Élisabeth en un demi-siècle de vie.   *add. marg.]* La voyant   *ms.*

Page *198*.

a. sur son siège. / Elle appuyait sa tête dans l'ombre, de [grands *biffé*] frissons la secouaient   *ms.*

b. ne pleurait plus. Pierre se pencha sur ce visage qu'il reconnut à peine; les joues   *ms.*

c. de cette mort et il se tapit le plus loin possible de sa mère. Au vrai,   *ms.*

d. de tout autre vivant, de tout ce qui s'interposait entre elle et l'enfant bien-aimé. De ce bouleversement   *ms.*

e. « Il n'y a que vous, Seigneur. Je ne veux plus connaître que vous. Je détournerai les yeux de tout le reste, ou plutôt je ne considérerai plus les êtres que dans votre lumière, en fonction de vous seul. Pour vous, en vous, il n'est rien qu'une foule pressée d'âmes perdues et votre sang qui les rachète. » Un sanglot   *ms.*

f. des consolations : « Rappelez-vous comment   *Tout ce paragraphe est au style direct dans ms.*

g. contre le cuir de la capote pour que Pierre n'entendît pas ces mots qu'elle se répétait pour se faire souffrir : « Ses bras, ses bras qu'il m'a tendus un jour, qu'il m'a ouverts et je n'avais qu'à vouloir et il m'aurait prise contre lui. La chambre était noire, ses bras, ses bras... » Maintenant la voix de Pierre : « Nous avons foi   *ms.*

Page *199*.

a. « Épargne-moi tes sermons   *[p. 198, dernière ligne]*. Rien n'existe que ce que les mains touchent, que ce que les sens touchent. » [C'était sa mère qui parlait ainsi *[...]* devant ce furieux raz-de-marée.   *add. marg.]* Elle   *ms.*

b. des additions... [Et soudain, son regard *[...]* ne parla plus. *add. marg.]* Il se   *ms.*

c. sur son épaule. Et Pierre songeait : « Voilà ma mère pourtant, cette femme pleine de pondération, trop attachée, croyais-je, aux biens de la terre. » Il chercha dans son passé d'enfant des traits   *ms.*

Page *200*.

a. reparut, correcte, le front serein sous des bandeaux lisses, il soupira d'aise devant cette bourgeoise placide. Ses yeux   *ms.*

b. elle reprit sa place, sans que son visage eût changé. Elle entendait, par bribes, le récit que faisait Augustin à M. Gornac : / « Le percepteur me dit qu'il était dix heures du soir, qu'il me montrerait ses livres le lendemain matin. J'exigeai de les voir sur l'heure. Il tomba à mes genoux... » Pierre était rassuré. / Il obtint   *ms.*   : elle

reprit sa place. Elle entendait *[comme dans ms.]* à mes genoux... » /
Pierre obtint *An.*

Page 202.

a. les coudes sur le fauteuil, la tête dans les mains. [Il demeura
longtemps ainsi prosterné *biffé*] Sa mère quitta la pièce sans l'embrasser. Il l'entendit verrouiller la porte de sa chambre. Pour lui,
ses oraisons achevées, il continua d'errer à travers le salon silencieux. [Il pensait aux âmes perdues, à la Rédemption inutile, il
s'efforçait *biffé*] Il se leva dès l'aube *ms.*

b. sa séparation complète d'avec le monde. Il était persuadé de
ne rien pouvoir ni pour sa mère ni pour personne que prier et
souffrir. De telles pensées *ms.*

c. dû coucher à Langon et toucher des genoux la terre fraîchement remuée. Pierre frémit [...] sa mère. [De quelles brutales
paroles avait-elle dû accueillir la pauvre enfant. *add. interl.*] Pourtant il hésita à les rejoindre. Non, il n'aurait jamais le courage de
soutenir ses regards. Il ouvrit la porte du vestibule, la referma,
s'approcha de la fenêtre *ms.*

Page 203.

a. y eût cherché une trace *[p. 202, dernière ligne]* bien-aimée,
comme si elle eût voulu mettre les pas dans des pas. Bob n'avait
aimé au monde que ce petit être dont Élisabeth sentait les chaudes
larmes contre son épaule. Tout ce pour quoi il avait vécu et était
mort, elle le tenait dans ses bras. Combien de fois les lèvres du petit
Lagrave avaient-elles glissé le long de cette paume, de ce poignet,
s'étaient attardées à la saignée. Elle eût obscurément désiré de suivre
sur ce corps une piste et comme [on *biffé*] [un voyageur perdu
corr. interl.] retrouve *ms.*

b. s'arrêter longuement à [la trace d'un baiser *biffé*] [une meurtrissure *corr. interl.*] non encore effacée ! Pierre *ms.*

c. avait fait tant de fois. [Il pensait à l'inutile religion de sa mère.
Ah ! pas plus qu'aux Touaregs *biffé*] Il essayait en vain d'oublier
ce qu'il avait entrevu. Il imaginait ce Dieu immobilisé *ms.*

d. les êtres ne changent pas [Il faut les racheter tels qu'ils sont,
les prendre, les sauver tout couverts de souillures. *add. marg.*] Ce
garçon *ms.* : les êtres ne changent pas ; il faut les racheter tels
qu'ils sont, les prendre, les ravir, les sauver, tout couverts de
souillures. Ce garçon *An.*

e. beaucoup vivent longtemps sans se connaître. Peut-être un
jour Pierre vieilli, mais plein de désirs *[un mot illisible]* et terribles,
de cette même terrasse et devant ces pays immuables pleurera sur
l'inutile candeur de son printemps. Il entendit *ms.* : beaucoup
meurent sans se connaître. / Il entendit *An.*

1. Plusieurs ajouts (variantes *b*, p. 202; *d* et *e*, p. 203) ont un
caractère religieux qui témoigne d'un désir de préciser la portée du

roman autant que le personnage de Pierre. Car il s'agit bien, dans la variante *e* en particulier, de réflexions du romancier. Voir la Notice, p. 996-997.

Page 204.

a. qu'elle trouve à sa présence. [Pierre sait qu'il n'eft pas aimé. Même dans son enfance *biffé*] [Enfant *corr. interl.*] il se souvient *ms.*

1. C'eft évidemment le trait qui explique le personnage et qui l'oppose à Bob Lagave, dès son enfance entouré d'adoration.
2. Mauriac rapproche deux extraits du *Myftère de Jésus*, la dernière phrase : « Je t'aime .. » n'eft pas la suite immédiate du texte cité avant.

Page 205.

a. des mains étrangères. Plus rien ne le rattacherait à la vie. [Mon renoncement au monde, se répétait Pierre, va détruire sa dernière raison de vivre *biffé*] Déjà octobre *ms.*
b. l'Afrique l'attirait; il songeait à cet ordre fondé par le Père de Foucauld. À mesure *ms., An.*

Page 206.

a. sur son front et dit : / « Je pars pour longtemps, maman, peut-être pour toujours. Si je dois m'embarquer, tu viendras me voir. Mais [...] que nous vivons côte à côte [...] enfant. Nous ne serons plus jamais ensemble, ici-bas. C'eft un arrachement, tu sais, pour ton maladroit de fils [...] t'irriter [...] te dire [...] il t'aimait. » *ms.*

Page 208.

a. vous connaît toutes *[p. 207, dernière ligne].* / [Elle s'étonna de ce que son cas n'était pas étrange *[...]* toutes les œuvres de la paroisse. *add. marg.*] / La pensée *ms.*

Page 209.

a. avait renoncé d'avance à tous ses droits *[p. 208, 15 lignes en bas de page].* [Elle passa trois jours *[...]* les changements du temps. *add. marg.*] La graisse *ms.*
b. mieux feindre de ne rien savoir. Un jour d'été, *ms., An.*

Page 210.

a. *Le texte se terminait primitivement ici ; voir var. c.*
b. de nouveau, s'engourdissait. Au seuil *ms., An.*
c. de grêles ossements... *[voir var. a].* *Mauriac a signé pour marquer la fin de la rédaction, puis repris :* elle appuya la figure aux barreaux, se mit à genoux [...] qu'il fît encore un sulfatage. Elle rentrait dans le courant de la vie *ms.*

LE DÉMON DE LA CONNAISSANCE

NOTICE

La préface au tome VI des *Œuvres complètes* indique l'origine de cette nouvelle, construite, écrit Mauriac, « autour du souvenir que j'avais gardé de mon ami André Lacaze [...], qui fut au collège ce garçon effervescent, le " Louis Lambert " que nous avons tous rencontré durant notre adolescence[1]. » D'autres textes permettent comparaisons et confrontations. Les *Nouveaux Mémoires intérieurs* attribuent à cet ami une grande influence sur l'évolution intellectuelle et religieuse de Mauriac adolescent : il lui fit lire Maurice Blondel, le père Laberthonnière, lui fit découvrir le « modernisme »... « À travers André, j'atteignais les idées que j'eusse été incapable de dégager moi-même de lectures trop fortes pour le collégien ignorant que j'étais[2]. » L'importance de cette agitation intellectuelle se voit clairement dans les premières œuvres : *L'Enfant chargé de chaînes*, *La Chair et le sang*, *Préséances*. Mauriac en retrouvera le souvenir, plus tard, en donnant à André Lacaze un autre rôle romanesque, celui d'André Donzac, dans *Un adolescent d'autrefois*. Quelques pages du *Bloc-notes* reprennent le portrait de cet ami, au moment de sa mort : « Il n'aura laissé d'autres traces de son passage sur la terre que dans quelques esprits qu'il a éveillés, inquiétés, peut-être troublés. C'était cela sa vocation. J'en aurai été le premier bénéficiaire[3]. »

« Tout est inventé », remarque alors Mauriac, rappelant cette nouvelle, « mais non le personnage lui-même ». Certains traits, des plus précis, sa laideur, ses tics, son amour de la musique, certaines réflexions sont très directement empruntés. Les circonstances, le destin de Maryan n'ont rien que d'imaginaire. André Lacaze, entré au séminaire, devint prêtre et si ses idées, son indépendance d'esprit, son exaltation lui causèrent des difficultés que Mauriac a pressenties ou connues, il demeura dans l'Église. Le romancier rêve sur un souvenir et le déforme.

Au-delà — ou en deçà — de cette violence intellectuelle, il imagine une « chair malade qui communique de sa frénésie aux passions intellectuelles de l'adolescent » : « il n'ose regarder en face une bête forcenée en lui[4] ». La conscience que Maryan a de sa

---

1. Voir t. I, p. 995.
2. *Nouveaux Mémoires intérieurs*, p. 147.
3. *Bloc-notes III*, p. 451.
4. Voir la préface à *Trois récits*, t. I, p. 1365.

laideur — elle a son origine dans les souvenirs du romancier[1] —, la crainte, la certitude, de ne pouvoir être aimé[2] facilitent la naissance de ce thème. Mauriac retrouve ici un sentiment qu'il a connu dans sa jeunesse et qu'il a confié à tant de ses personnages : « À dix-huit ans, je me croyais laid et incapable d'être aimé[3]. »

Que ces souvenirs et ces thèmes resurgissent à ce moment ne saurait étonner. La crise religieuse qui se dénoue, a ravivé les préoccupations de l'adolescence. Plus précisément, se pose d'une manière aiguë le problème de la religion et de la sexualité qui, sous-jacent dans toute l'œuvre, devient alors obsédant, comme le montre *Souffrances du chrétien*. Mais dans ses autres œuvres, Mauriac le situe dans une contradiction, opposant une foi et une pratique souvent « pharisiennes » à la brutale révélation du désir (dans *Destins*, par exemple). Ici, c'est au cœur même de l'exaltation religieuse qu'apparaît la violence sensuelle.

Un épisode précis des relations entre Mauriac et André Lacaze intervient. On en ignore la date, mais il est antérieur à la nouvelle (peut-être de peu) : « Il m'a plus tard reproché de lui avoir donné une conscience de sa laideur qui aurait décidé de son entrée au séminaire[4]. » Ce reproche que Mauriac se défend d'avoir mérité, a fait naître sans doute la rêverie dont surgit le personnage de Maryan. La nouvelle, très clairement, fait état de cette conversation : « [...] si j'ai commis cette folie d'entrer au séminaire, si j'ai commencé la vie par cette erreur, tu en es seul responsable[5]. »

Une scène toute romanesque conduit à la découverte que fait Maryan de cette violence sensuelle, cette scène de jalousie qui s'est déjà jouée dans presque tous les romans de Mauriac : lorsqu'il reçoit Lange dans la propriété où vit sa belle-sœur (il est amoureux d'elle à demi consciemment), il se sent immédiatement frustré : Lange et la jeune femme s'unissent aussitôt contre lui. Du moins vit-il ainsi la soirée qu'ils passent ensemble, comme le narrateur de *La Robe prétexte* avait vécu les quelques heures où apparaissait « Le cousin de Paris »; plus tard, dans *La Pharisienne*, le narrateur éprouvera la même impression, lorsque sa sœur et son ami Jean de Mirbel se rencontreront. Maryan se laisse entraîner par la jalousie : « Et si Mone allait accaparer Lange ? Il s'amusa à imaginer une intrigue... »; se rassure, mais constate : « ces deux bonheurs se détruisaient l'un l'autre[6] »; et enfin cède au fantasme, « il s'efforçait d'imaginer ce qu'eût été sa douleur s'il les avait surpris s'étreignant comme ce couple, tout à l'heure, dans le clocher[7]... »

La découverte qu'il fait de soi-même ne lui ouvre aucune issue.

1. Voir n. 1, p. 215.
2. Voir pp. 215, 234.
3. *La rencontre avec Barrès*, OC, t. IV, p. 180.
4. *Bloc-notes IV*, p. 451.
5. P. 234.
6. P. 226.
7. P. 227.

Il ne peut céder à la sensualité, persuadé qu'il n'a « rien à attendre, rien à espérer du plaisir[1] ». Attiré par la mort, il ne cède pas au vertige. Mais à peine a-t-il retrouvé sa foi, qu'il retrouve aussi ses objections, et, de nouveau, « cet orgueilleux délire[2] ». Peut-être le romancier est-il gêné par son modèle, qui ne le laisse pas libre de fixer le destin de son personnage. Car le conflit de cet être qui ne peut choisir n'est pas très romanesque; les dernières pages de la nouvelle sont difficiles, d'un mouvement peu net et le commentaire qui en est donné dans la *Préface* de *Trois récits* ne satisfait guère. Peut-être, à l'extrême d'une crise religieuse qui va bientôt se dénouer, Mauriac ne peut-il peindre que des personnages figés dans leur contradiction. La lucidité du héros d'*Insomnie* apparaît aussi inutile que celle de Maryan; leur histoire ne saurait être qu'une indéfinie répétition.

NOTE SUR LE TEXTE

Le *Démon de la connaissance*, pour lequel nous ne possédons pas de manuscrit, a paru dans *La Nouvelle Revue Française*, numéros du 1er juillet et du 1er août 1928 (sigle : *NRF*). La même année, une édition — qui constitue l'originale — illustrée par A. Deslignières en a été donnée par Trémois (sigle : *orig.*). Cette nouvelle a été ensuite reprise dans *Trois récits* (avec *Coups de couteau* et *Un homme de lettres*) en 1929 (sigle : *29*). Nous donnons le texte des *Œuvres complètes*, t. VI (sigle : *OC*).

NOTES ET VARIANTES

Page 213.

a. « Prenons garde qu'une fausse manœuvre au départ ne nous fasse dévier vers l'absolu avant de nous être accomplis ici-bas. C'est que l'instinct de personnalité est combattu en chacun de nous par un autre instinct, plus fort et plus rusé : la tendance à nous réfugier dans l'absolu avant d'être quelqu'un, à jouer sur notre âme avant de l'avoir méritée. » / Ramon Fernandez[3]. / I / *NRF, orig.*

Page 214.

1. Pour le personnage dont s'inspire ici Mauriac, voir la Notice p. 1039. Il dira de lui dans le *Bloc-notes III*, p. 451 : «... il faisait rire,

---

1. P. 238.
2. P. 241.
3. Épigraphe extraite de l'ouvrage de Ramon Fernandez, également cité dans la préface des *Trois récits*, *De la Personnalité* (voir t. I, p. 1359).

il faisait le fou exprès. Il était de ces adolescents dont l'adolescence
est physiquement une disgrâce. Enfants cruels, nous l'avions sur-
nommé " Beau-Visage " ».

Page 215.

1. Deux souvenirs se mêlent ici ; celui d'André Lacaze : « Il m'a
plus tard reproché de lui avoir donné une conscience de sa laideur
qui aurait décidé de son entrée au séminaire » (*Bloc-notes III*, p. 451) ;
et celui des propres impressions du romancier : « à dix-huit ans,
je me croyais laid et incapable d'être aimé » (*OC*, t. IV, p. 480).

2. Voir *Commencements d'une vie*, *OC*, t. IV, p. 134 : « une paupière
déchirée avait agrandi l'un de mes yeux : on m'appelait Coco-bel-
œil... »

3. Voir la n. 1, p. 214.

Page 216.

1. Voir t. I, p. 133 et n. 1.

Page 217.

1. Charles Mérouvel, pseudonyme de Charles Chartier, *Les
Crimes de l'amour, Chaste et flétrie*, Dentu, 1890. C'est un des auteurs
que lit Joséfa, dans *Le Mystère Frontenac* ; voir p. 652.

Page 219.

1. C'est au séminaire des Carmes, à Paris, que Mauriac rendait
visite à André Lacaze. Voir à la fin d'*Un adolescent d'autrefois* où
André Donzac est peint d'après le même modèle.

Page 220.

1. Voir t. I, n. 2, p. 196.

Page 222.

*a. eux [p. 221, dernière ligne], que Dieu aime, travailler amoureuse-
ment NRF. Texte évidemment fautif, corruption possible de : que Dieu
aime travailler amoureusement.*

b. au Surnaturel, — au surnaturel et non NRF

Page 223.

1. Il semble que ce soit une « adaptation » plutôt qu'une citation
textuelle.

2. Pour l'influence de cette lecture, voir les réactions de Jean
Péloueyre, dans *Le Baiser au lépreux*. « À partir d'une certaine
époque, j'ai lu Nietzsche avec passion, mais c'était l'homme
Nietzsche et son destin qui me passionnaient » (*Bloc-notes V*,
p. 247). Mauriac paraît faire remonter cette lecture à son adolescence,
contemporaine de la lecture de Blondel et de Laberthonnière (*ibid.*,
p. 178).

Page 225.

1. Voir *Nouveaux Mémoires intérieurs,* p. 147 : « " Tu trouves tout le monde bête ! " soupirait ma mère. Et c'était vrai qu'André Lacaze et moi nous trouvions tout le monde bête. »

Page 226.

1. C'est le 24 mars 1656 que Marguerite Périer, nièce et filleule de Pascal, fut guérie d'une fistule lacrymale par « l'attouchement d'une Sainte Épine qui est à Port-Royal » (*Vie de M. Pascal* par Mme Périer, sa sœur). Dans cette même *Vie,* Gilberte Périer insiste sur l'importance de ce miracle dans la réflexion de Pascal.

Page 227.

1. On notera le retour de la situation qui était déjà celle du « Cousin de Paris », la première nouvelle; voir sur ce point la Préface, t. I, p. XLVI.

Page 229.

1. L'encyclique Pascendi par laquelle, en septembre 1907, Pie X condamnait le modernisme. Cette allusion date la nouvelle; elle montre surtout que Mauriac retrouve un ensemble de souvenirs de cette époque. En septembre 1907, il arrive à Paris et renoue avec André Lacaze qui est alors au séminaire des Carmes (voir La fin d'*Un adolescent d'autrefois*).

Page 234.

1. Voir le texte déjà cité n. 1, p. 215.

Page 239.

a. Être   *NRF*

1. Parole du Christ ressuscité aux apôtres; Évangile selon saint Luc, XXIV, 36.
2. Évangile selon saint Jean, XII, 32.

Page 240.

a. soit exempté chacun   *NRF*
b. utilise le pire de toi-même pour   *NRF*
c. Domine... » / Ainsi sur la route [...] à lui-même. Sa voix s'est peu à peu substituée à celle de son maître. Il pense   *NRF*

1. Pour ces discussions sur l'authenticité de l'Évangile de saint Jean, voir le texte cité n. 1, p. 5. Flavius Josèphe, auteur des *Antiquités judaïques,* résumé de l'histoire du peuple juif, vécut en effet peu après la mort du Christ; il naquit en 37 ou 38 ; voir également n. 2, p. 5.

Page 241.

    a. Il rêva de   *NRF*
    b. ce cœur, resterait mon   *NRF*
    c. leur appartient... » / Un vent   *NRF*

Page 242.

    1. « André Lacaze me fit un jour cette réponse, que je mets dans la bouche du héros, comme je lui demandais ce qu'il avait dans l'esprit en sortant de la tranchée, pour l'assaut en 1914 : " Je me suis dit : Enfin ! Je vais savoir " ! » (*Bloc-notes III*, p. 451).

INSOMNIE

NOTICE

À deux reprises, au moins, Mauriac a rapproché cette nouvelle et *Coups de couteau,* comme deux chapitres d'un roman non écrit, « deux belles épaves d'un vaisseau inconnu[1] »; il est vrai que le personnage principal, dans l'une et l'autre, est un peintre, appelé Louis; que la jeune femme, dans *Coups de couteau* et dans le manuscrit d'*Insomnie,* porte le nom d'Andrée; et de nombreux détails attestent que les ressemblances ne se limitent pas à l'état civil des deux protagonistes. Mais ce roman n'a pas été écrit. Dans la préface du tome VI des *Œuvres complètes,* l'auteur fournit une explication « romantique » : « Je ne pouvais pas [l'] écrire à ce moment-là, étant, si j'ose dire, trop contemporain du drame, trop directement brûlé par lui[2] ». L'explication « technique », donnée par la préface de *Plongées,* est plus intéressante : « Beaucoup de destinées qui sont dramatiques ne fournissent pas l'étoffe d'un roman, parce qu'elles manquent de péripéties. L'histoire du héros d'*Insomnie* ne peut avoir qu'un chapitre. Sa douleur se perd dans le sable[3]. » Proust, sans doute, en eût fait un roman, alors que Mauriac s'accommode malaisément de telles situations, comme le montre déjà la nouvelle précédente. *Coups de couteau* était une péripétie dans l'histoire de cet amour-souffrance dont il tente ici la peinture. Et il essaie d'abord d'imaginer une autre péripétie en écrivant l'argument qui figure à la première page du manuscrit :

1. Voir t. I, p. 995.
2. *Ibid.*
3. P. 1048.

LA NUIT SOUFFRANTE

(Le Contre-feu)

ARGUMENT

Souffrance au retour, à l'entrée d'un immense hiver, devant la femme toujours aussi tendre qu'inaccessible : scène des rendez-vous trop éloignés, sentiment d'une vie bourrée par d'autres et de ne s'y insérer que comme un étroit filet d'eau dans une épaisse terre foisonnante. Terreur devant la douleur oubliée, effacée par la douleur de l'absence et soudain retrouvée tout entière, intacte, inguérissable, sans issue. Comment remplir ces espaces désertiques d'un rendez-vous à l'autre ? Faute de mieux, il se souvient de cette jeune peintre. Première rencontre où il sent qu'il n'aurait à faire qu'un geste... Il ne le fait pas, mais découvre qu'il n'a jamais repoussé cet être parce qu'il avait le sentiment obscur qu'il pourrait servir. Plus fort que sa douleur, un sens pratique, un sens du confortable qui d'instinct lui fait mettre en réserve ce qui à un moment donné pourrait lui servir. Et comme il s'interroge : comment m'en servir ? il songe qu'une idée qui lui est chère est qu'il y a toujours un moment d'un amour où la volonté joue un rôle. S'il n'a rien fait encore de cette petite fille, c'est que son instinct l'a prévenu que c'était trop tôt, qu'il gâcherait cette ressource en pure perte; mais à ce début d'hiver, devant cet infini champ de douleur qui s'ouvre à lui, pris de terreur, il se dit : « Pourquoi pas ? » Quand il veut dans son esprit confronter les deux femmes, d'abord il est assuré que la petite sera écrasée par l'autre : il n'y a pas ⟨lutte   ?⟩. Tout de même il se raccroche au seul avantage qu'elle détient sur l'autre : elle est plus jeune. Très important pour se maniaque de la jeunesse. C'est cela qui lui donne le courage un soir de faire un geste : stupeur devant la tempête de ce qu'il déchaîne : enfin ! enfin ! pâmoison du plaisir. Découverte du plaisir. L'autre ne savait pas, ne pouvait pas le donner; une douleur plus forte que toute la douleur de son cœur, de son cœur ⟨saignant   ?⟩, avait toujours séparé leurs corps. Ici, rien de tel. Prodigieuse avance que prend la petite d'un seul coup : ce corps plus jeune qui donne le plaisir. Stupéfaction de cette allégeance quand il voit : il ne souffre plus, il est délivré; impossible que ce soit fini; il évoque ce visage, appuie sur cette note, sur cette autre; le clavier de la souffrance ne rend plus, demeure muet. Ivresse de joie dans Paris; scène de la librairie; mais est-ce que l'autre ne le fera pas souffrir ? Elle a eu des amants, qu'il connaît; il y attache sa pensée et s'en fout. Ça ne lui fait pas mal; c'est dans la ligne de cette tendre putain chérie; ça fait partie d'elle; elle ne donnerait pas de telles caresses, si elle n'avait été à l'école. Et puis un instinct merveilleux lui fait dire : j'ai une vie ⟨vacante   ?⟩ : rien, ni personne. Un signe, un geste, j'accours n'importe quand,

n'importe où. Salut par le contre-feu. Mais peut-être un autre danger : aucune grandeur comme dans l'autre amour que la souffrance
épurait : ici, l'esclavage de la chair, habitudes, chaînes. Plus de
souffrance, mais asservissement, domination. Pas de *[un mot illi-
sible]* vers Dieu. Image de la marée qui l'entraîne et quand il se
tourne vers son père, il est déjà entraîné trop loin par le reflux. Sa
voix ne porte plus. Abîme.

De ce projet, demeurent, dans le texte définitif, quelques lignes[1] :
Louis rêve vaguement de cet autre amour qui pourrait être le salut.
Il ne s'y attarde pas. L'opposition de l'amour-plaisir à l'amour-
souffrance eût, peut-être, trop profondément modifié le personnage
autour duquel rêve le romancier. Il y avait d'ailleurs, dans cette
esquisse, une intention « religieuse » bien discutable, une volonté
de démonstration qu'il lui était difficile de maintenir. Le plan fait
— on l'a vu déjà pour *Le Baiser au lépreux* — ne peut lui servir
à rien. L'écriture l'entraîne. La nouvelle ne sera qu'incessante reprise
de cette souffrance, qui est, pour Louis, l'amour même.
   Car il s'agit moins de jalousie[2] que d'une souffrance patiemment
entretenue qui est comme la conscience même de l'amour. Les
instants de bonheur n'existent que par rapport à elle : « si je n'avais
eu ce repère, je n'aurais pu ensuite souffrir aussi parfaitement que
je souffre[3] ». La présence même « suspend » la douleur[4], sans la
faire disparaître. Mais sa disparition serait la mort même de
l'amour[5].
   Souffrances du chrétien, dont la rédaction est à peu près contemporaine, reprend longuement ces thèmes, sur un autre plan :
   « Il n'est rien à quoi tu ne préfères d'être torturé par ta
passion.
   « C'est contre nous-mêmes que nous satisfaisons le mieux nos
instincts cruels. [...] Lorsque la réalité ne fournit pas au jaloux de
quoi nourrir sa jalousie, il imagine, il invente. Ici le champ est
illimité; rien n'arrête la fureur du bourreau de soi-même [...].
   « La passion du malheur : la plus tenace.
   « Il faudrait vouloir ne plus souffrir. Mais ne plus souffrir,
crois-tu, ce serait perdre le sentiment de la vie : " Du moins aurai-je
vécu ! " se dit l'amant désespéré. Il ne changerait son désespoir
contre aucune paix[6]. »
   L'analyse, toute morale et abstraite dans ce texte, décèle, pour
l'expliquer, « la périlleuse illusion d'être racheté par sa douleur,

   1. P. 263.
   2. Voir p. 252 : « Le garçon de ce soir, Louis n'en est pas singulièrement jaloux... »
   3. P. 253.
   4. P. 252.
   5. P. 253.
   6. *OC*, t. VII, p. 244.

par son amour[1] ». Louis y songe qui « ne redoute pas d'être condamné » avec les voluptueux, « lui pour qui amour et douleur se confondent[2] ».

Un mouvement, qu'il faut bien appeler masochiste, conduit ici la passion. Mauriac le sait :

« Ceux qui se vantent de ne savoir qu'aimer et qui gémissent de n'être pas aimés, sont presque toujours des sadiques : ils aiment la souffrance, *leur* souffrance; ils ne reconnaissent l'amour qu'à ses coups. »

Et dans la même page de *Souffrances du chrétien*, il écrit encore : « L'homme pour qui amour s'est toujours confondu avec douleur, s'en glorifie et s'en admire[3]. » Aucun commentaire ne rendrait mieux compte de la singulière complaisance de Louis à se regarder souffrir. Et sans doute a-t-on ici la clé d'une série de personnages de Mauriac, de tous les « mal-aimés » qui apparaissent dans son œuvre.

Les implications religieuses qu'il dénonce si clairement, ne sont pas sans importance dans la naissance même de cet amour, à qui la douleur confère une apparente innocence. N'est-il pas expié à l'instant même qu'il est vécu[4] ?

Mauriac n'a guère repris dans son œuvre romanesque cette peinture de l'amour, telle du moins qu'elle apparaît ici; dans *Le Nœud de vipères* toutefois, Louis (et peut-être n'est-ce pas hasard s'il porte le même prénom) connaît cette souffrance; elle est à l'origine de la haine qu'il voue à sa femme et à ses enfants. Mais le même mouvement, moins clairement vécu, explique, dans cet univers romanesque, d'autres violences et d'autres désespoirs. Qu'il y ait là un moment essentiel de son œuvre, Mauriac le note dans la Préface du tome VI des *Œuvres complètes,* vingt ans plus tard : « *Insomnie* [...] continue d'exprimer pour moi la souffrance amoureuse telle que j'en ai encore l'idée... au point qu'il m'est presque intolérable de relire ces pages[5]. »

NOTE SUR LE TEXTE

Insomnie a paru d'abord sous le titre *La Nuit du bourreau de soi-même,* avec des dessins de Maxime Dethomas, chez Flammarion, en 1929 (sigle : *orig.*) Le titre actuel a été donné lors de la reprise dans *Plongées,* recueil publié en 1938, chez Grasset (sigle : *38*). Ce texte a été repris dans le tome VI des *Œuvres complètes* (sigle : *OC*).

1. *OC*, t. VII, p. 233.
2. P. 258.
3. *OC*, t. VII, p. 243.
4. *Ibid.*, p. 233.
5. Voir t. I, p. 995.

Le manuscrit conservé à la Bibliothèque littéraire Jacques-Doucet (fonds Mauriac, MRC. 26) est un cahier dont 48 pages ont été utilisées. Il porte sur le plat de la couverture : « *La Nuit du bourreau de soi-même, parue sous le titre définitif,* Insomnies [sic]. *La Nuit souffrante.* [*Le Contre-feu* biffé *]. Nouvelles. Nuit de souffrance* » (sigle : *ms.*).

PRÉFACE DE « PLONGÉES »

Il nous a paru nécessaire, pour maintenir le caractère chronologique de notre édition, de replacer à leurs dates les nouvelles dont se compose le recueil Plongées : Thérèse chez le docteur *et* Thérèse à l'hôtel, *publiées en janvier et août 1933,* Insomnie, Le Rang, *paru en 1936, et* Conte de Noël[1]. *Nous donnons ici, avec la première nouvelle de ce recueil, la préface que Mauriac a donnée dans l'édition de 1938 et reproduite dans les Œuvres complètes (t. VI) :*

Plusieurs qui n'ont pas oublié Thérèse Desqueyroux m'interrogent souvent sur sa vie, depuis la seconde où je l'abandonne au seuil d'un restaurant de la rue Royale, jusqu'à sa dernière maladie, dans *la Fin de la Nuit.* Un chapitre de *Ce qui était perdu* nous permet de l'entrevoir, une nuit, sur un banc des Champs-Élysées; puis nous perdons sa trace.

Les deux premières nouvelles de ce recueil : *Thérèse chez le docteur* et *Thérèse à l'hôtel,* écrites en 1933, représentent deux tentatives de « plongée » dans les périodes obscures de ce destin.

Insomnie date de 1927[2]. Là encore, il s'agit moins d'une nouvelle — c'est-à-dire d'un récit composé — que d'une « plongée » dans l'épaisseur d'une vie. C'est le chapitre d'un roman que je n'ai pas écrit, dont *Coups de couteau* eût peut-être été le prologue. Beaucoup de destinées qui sont dramatiques ne fournissent pas l'étoffe d'un roman, parce qu'elles manquent de péripéties. L'histoire du héros d'*Insomnie* ne peut avoir qu'un chapitre. Sa douleur se perd dans le sable.

---

1. Ce recueil avait déjà été « mutilé » par Mauriac qui, dans les *Œuvres complètes,* a placé les deux nouvelles sur Thérèse Desqueyroux, à la suite du roman, dans le tome II.
2. On ne possède aucune autre précision sur la date de cette nouvelle, que cette affirmation de 1938. On pourrait penser en effet que ce récit a été composé peu après *Coups de couteau,* qui est de la fin de 1926. Mais il paraît étonnant que Mauriac ait attendu deux ans pour le publier.

NOTES ET VARIANTES

Page 243.

a. Pour le titre, voir page précédente, la Note sur le texte.

Page 245.

a. Un début sous forme de dialogue a été abandonné ; une quinzaine de lignes très raturées ; Mauriac reprend à la page suivante du manuscrit.
b. [Tout ce champagne *[...]* de gloutonnerie *[*Deux ans à peine avaient dû s'écouler depuis l'époque où il faisait le même vacarme que ce soir, avec sa cuiller et sa fourchette, dans le réfectoire du collège. *biffé*] corr. marg. d'un texte peu lisible*] Ce qu'il disait le faisait rire *ms.*

1. On notera que le personnage porte le même prénom que celui de *Coups de couteau ;* de même, dans le manuscrit, la jeune femme s'appelait Andrée, comme dans le même récit. Voir sur ce point la Notice, p. 1044, et la préface du tome VI des *Œuvres complètes,* où Mauriac présente ces deux nouvelles « comme deux belles épaves d'un vaisseau inconnu, d'un roman non écrit » (t. I, p. 995).

Page 246.

a. aperçut la figure décomposée de Louis *[p. 245, 4ᵉ ligne du 2ᵉ paragraphe]* [et lui sourit des yeux *[...]* tel que ce soir *add. marg.*] et son premier *ms.*
b. se soumettre ⟨passionnément ?⟩ ; mais énervée, irritée malgré elle contre lui, Andrée avait perdu tout pouvoir. Il souffrait. *ms.*
c. les salissent à la légère, sans beaucoup les observer [et piquent les infamies au hasard sur des apparences, tombent juste ou non *add. interl.*] [insoucieux *[...]* touché juste. *add. marg.*] Ils sont inattentifs. Ils ne voyaient pas [Louis souffrir *add. interl.*], à ce bout de table [...] relégué, cette figure d'un homme qui appelle la mort. Toutes les autres faces *ms.*
d. ces figures désertes. Pour les femmes, le fard leur enlevait toute réalité, elles tachaient de rouge leurs serviettes comme si elles eussent craché le sang. / Quand *ms.*

Page 247.

a. pour les sauver, il [serait mort *corrigé en* se serait anéanti] si Andrée [ne l'avait à chaque instant blessé *corrigé en* ⟨ne lui¹⟩ avait fait à chaque instant quelque blessure]. *ms.*

1. *Mauriac a oublié de corriger* l' *en* lui.

_b._ Elle s'abandonnait [à une joie légère faite d'inconscience _biffé_] [à un plaisir léger   _corr. interl._] à une excitation   _ms._

_c._ disperser. Mais oui, c'était bon de se [...] à l'abandon, une source vivante que des mains avides captent une seconde, puis laissent fuir.   _ms. Une quinzaine de lignes raturées, trop peu claires pour qu'on puisse en reconstituer le texte, préparent le début du chapitre II._

Page 248.

_a._ arrangerait tout. C'était une mauvaise ⟨nuit   ?⟩ à passer. Ainsi Andrée voulait se rassurer, mais au fond sans aucun espoir d'y parvenir. Elle savait que ce soir elle ne verrait plus rien que Louis longeant   _ms._

_b._ l'évidence. [En somme ces rapports de souffrance entre eux ne pouvaient se ramener à   _add. marg._] Aucune loi fixe qui lui eût permis [d'établir _biffé_] [de fixer   _corr. interl._] une thérapeutique, [d'établir des règles   _add. interl._] Elle avait   _ms. Les renvois qui situent les additions sont assez peu clairs._

_c._ son effort tendait à neutraliser le principe   _ms._

_d._ que Louis ne souffrait plus ou du moins n'était plus dans cet état de transe où elle l'obligeait à vivre même dans les meilleurs moments. Elle   _ms._

Page 249.

_a._ elle arrête les frais, et offre de consoler, de bercer, d'endormir. _Fin de chapitre raturé ; l'ensemble n'est pas clair ; on lit toutefois :_ lorsqu'Andrée le console, le berce, l'endort, que lorsqu'avec un peu d'angoisse Andrée l'interroge : « Avoue que je ne te fais plus souffrir ? » alors seulement il croit qu'elle tient à lui. Quand il parle du temps où il sera guéri, elle s'inquiète : « Alors vous me détesterez ? _[trois mots illisibles]_ pour moi... » Il répond : « Si je vous déteste jamais, ce ne sera pas encore la fin de votre règne... L'indifférence ? Andrée, comprenez-vous, lorsque vous ne me serez plus rien. Comment vous _[un mot illisible]_ puisque vous ne me serez plus rien ?... Mais l'énormité du blasphème la faisait rire ; il _[deux mots illisibles]_ en croyant que cela fût jamais possible. _Quatre lignes peu lisibles se terminent par :_ elle n'eût pas été étonnée de voir un incendie éclairer le ciel de ce côté-là.   _ms. La fin actuelle du chapitre est en addition marginale._

1. On remarquera, voir la Notice p. 1406, la similitude entre ces « analyses » et la description de l'amour dans _Souffrances du chrétien_, texte contemporain de cette nouvelle.

Page 250.

_a._ Chapitre II   _ms._

_b._ dans la rue vide, souhaite   _ms._

_c._ encore de dénombrer. [Il est comme un avare   _corrigé en_

Avare de sa douleur] qui attend d'être tranquille et à l'abri pour compter son trésor. Mais à peine a-t-il enfin fait signe à un chauffeur et lui a-t-il donné son adresse qu'emporté à travers *ms.*

d. dans l'immobilité du [sommeil *biffé*] [dormir *corr. interl.*] comme dans celle de mourir. Et il croit que l'ombre nocturne est une eau qui s'ouvre [doucement *biffé*] et se referme sur les corps [souffrants *biffé*] [recrus *corr. interl.*] et sur les cœurs exténués. *ms.*

e. qu'il a [hâte *biffé*] [d'impatience *corr. interl.*] de *ms.*

f. de Pentecôte, les siens ont quitté Paris pour la campagne, l'appartement *ms.*

g. et arrache, de lui, [comme un brûlé *add. interl.*] ses vêtements. *ms.*

1. *Les Fleurs du mal,* « La Fin de la journée », dernière strophe (*Œuvres complètes,* Bibl. de la Pléiade, t. I, p. 128).

Page 251.

a. et sourd *[p. 250, 3ᵉ ligne en bas de page].* [Il baigne dans l'inconscience *[...]* voit pas encore. *add. interl.*] Mais *ms.*

b. tant d'autres nuits dont l'expérience ne lui sert jamais; toujours il retombera *ms.*

c. par le sommeil, il se trouvera enfermé avec elle pour toute une nuit, aussi interminable qu'une vie. / La nuit *ms.*

d. à s'étendre nu, pour qu'il n'ait plus la force de se [lever *biffé*] [rhabiller *corr. interl*] [et ne songe même plus à fuir *add. interl.*] Il ne peut avoir recours à aucune diversion. Louis *ms.*

e. de s'endormir; *38*

f. Sa tendresse n'est que le fruit d'un patient effort. Aux meilleurs *ms.*

Page 252.

a. se détend, s'abandonne *[p. 251, dernière ligne]* et c'est contre un jeune garçon inconnu qu'alors il *[rature illisible]* Andrée [libre et déliée *biffé*], détendue, déliée, va au-devant *ms.*

b. différent de cet homme ! La présence d'Andrée aurait-elle interrompu son mal, mais elle ne l'aurait pas détruit *[sic].* Qu'importe la présence [corporelle *add. interl.*] de la bien-aimée, si le cœur est absent ! [Et qu'importe même qu'elle gémisse dans ses bras, si c'est pour un autre qu'elle gémit. Ils ne sont pas malheureux *biffé*] [Il ne faut pas les plaindre *corr. interl.*] ces jaloux que la possession physique de leur amour délivre. Les [vrais *add. interl.*] damnés de l'amour [ce sont ceux qui *add. interl.*] ont besoin, *ms.*

c. l'être aimé à nos côtés et dans nos bras. *ms.*

d. grave entre lui et Andrée. Mais il a suffi de cet inconnu pour qu'apparaisse d'un coup l'étrangère, le cœur libre en ses mouvements, inaccessible et que Louis n'a jamais asservie. *ms.*

e. que cette absence de la bien-aimée, ce vide intolérable, le temps *ms.*

f. ce trou béant ; *ms.*

1. Allusion probable à Proust et à cette partie de la *Recherche du temps perdu, La Prisonnière.*

Page 253.

a. que je souffre. Aussi la torture des damnés ne serait rien s'ils n'avaient quelque idée de la perfection divine et de cet amour infini qu'ils ont renoncé à jamais. C'était conforme à la destinée d'Andrée de me rendre heureux juste assez pour que je sache ce qu'est le bonheur de l'amour partagé. Ô brève joie, dur réveil : une voix lointaine au téléphone, une voix affairée, des prétextes [...] rendez-vous, mille ⟨médiocres⟩ circonstances invoquées, Andrée interposait *ms.*

b. victime la ⟨sotte ?⟩ agitation d'une vie de Paris. La veille, *ms.*

c. minute ineffable ; ils se reposaient *ms.*

d. plus à ce lévrier dont le museau frémit à toutes les odeurs, dont les oreilles *ms.*

e. elle court, elle s'évade [sur mille pistes *add. interl.*] vers d'autres êtres, se dépense sur mille pistes. *ms.*

f. n'avait jamais connu de si savante torture. C'est que, *ms.*

g. régulière et prévue. Mais *ms.*

Page 254.

a. ignorer à Louis l'orgueil que lui donnait un tel hommage. *ms.*

b. était fière avec pudeur ; *ms.*

c. amant, elle avait une science *ms.*

d. vaincu ; elle s'ingéniait pour que dans les plus [grands *biffé*] [fous *corr. interl.*] abaissements [...] amoureuse, [elle veillait à ce qu' *add. interl.*] il gardât *ms.*

e. tout pouvoir. Car Andrée ne lui fournissait à cet orgueilleux aucun prétexte qu'il le fût. Dans une telle *ms.*

f. d'un homme qui se serait tué s'il n'avait eu cette puissance d'éveiller *ms.*

g. vie intérieure. [Ni Rembrandt, ni Ingres, ni Delacroix *biffé*] [Tu es de la lignée de Delacroix, de Rembrandt, du Greco *biffé*] [Que comprendraient [...] humaine ? *add. interl.*] Ils n'essayent même plus de l'exprimer ; je me demande *ms.*

Page 255.

a. sur le monde. [Mais tu ne veux pas que je meure. Je ne suis pas un mystificateur comme tous ces *[un mot illisible]* autour de moi. *[Réplique misérable add. interl.]* Image dérisoire du Christ. C'est aussi ma chair et ma vie que je donne, mais non pour la vie du monde, mais non pour le Salut d'un grand nombre. Comment étais-je avant que tu viennes ? Ma vie sans toi ne vaut rien. *biffé*] [*En marge :* Réquisitoire. La fréquence et la brièveté de ces retours auprès de moi lui assurent cette puissance qui me tue. Elle revient sans cesse, mais pour un instant, ai-je jamais passé plus de deux heures à ses côtés ?] / L'insomnie *ms.*

b. l'autre, rapides, lucides. Il se voit *ms.*

c. d'ombre. Elle est déléguée dans son destin par une puissance mauvaise. Son rôle est ⟨d'y faner ?⟩ d'avance toutes les joies, d'empoisonner les sources. Les êtres qu'il aime *ms.*

d. chaque jour. [Nuage vivant *[...]* le cache. Il ne répond plus à aucun appel, à aucun regard. *[*Ce fatal amour m'environne comme un désert infranchissable *biffé*] et dans le désert de cet amour toutes les autres voix se perdent. *add. marg.*] Elle a détruit *ms.*

e. tout cela [il ne me reste rien *biffé*] [que me reste-t-il ? *corr. interl.*] Cette *ms.*

Page 256.

a. secrets, elle a tari toutes les sources intérieures [il suffit d'un grain de poivre sur la langue pour affadir toute nourriture *biffé*]. Ce seul *ms.*

b. place occupé-je dans sa destinée ? Quel vide *ms.*

c. du temps, ma place dans ce cœur; *ms.*

d. détruit déjà. Car l'excès de mon amour me laisse lucide. Je sais *ms.*

e. mon sort à l'éphémère, je m'attache *ms.*

f. inestimables. Au vrai, il est même impossible de se le représenter dans quinze ans, dans dix ans. / Imagines-tu cette dépouille ? [Qu'y a-t-il en toi qui doive survivre à la jeunesse ? Tu n'as rien, que verdeur, qu'acidité printanière, tu te gonfles de tous les sucs, mais la vie n'enrichit pas ceux qui l'épuisent. Tu brûles tout, tu n'engranges rien. *add. marg.*] Tout ce qui me vient d'elle, écrits, peintures, paroles, ne vaut que par la verdeur, l'acidité, l'odeur de printemps. Mais la vie n'enrichit pas ceux qui ne savent qu'en épuiser la saveur. Cette petite âme brûle tout et n'engrange rien. En quoi suis-je moins qu'elle éphémère ? Ah ! si du moins, *ms.*

g. ce qu'est l'oubli, et je ne connais guère mieux les intermittences du cœur que Proust dénonce. Mon cœur *ms.*

Page 257.

a. le geste *[un mot illisible]* la lâcheté et ce qu'il gardait de [croyances *biffé*] [religion *corr. interl.*] [Cela l'intéressait *[...]* tel ami. *add. interl.*] Pour *ms.*

b. ces défenses [les opinions *[...]* plus sentir. *add. interl.*] Il commence *ms.*

c. de vrai chemin, [et pour Louis *[...]* chemin *add. interl.*] Sauter *ms.*

d. Si c'était Dieu qui nous attendait derrière [la porte   *biffé*] [le vantail   *corr. interl.*] ? *Ce Dieu   ms.*

e. infinie... Ce vers de Polyeucte monte aux lèvres de Louis, [ce vers qui *[...]* emplissait de larmes ses yeux.   *add. interl.*], puis des phrases   *ms.*

1. *Polyeucte,* acte V, sc. III : « Un Dieu qui... »
2. Citations de Pascal, *Le Mystère de Jésus.*

Page 258.

a. de Midi, lorsqu'il [dit à Dieu   *biffé*] [crie à l'Etre infini   *corr. interl.*] : [*ah ! Je sais maintenant | Ce que c'est que l'amour ! Et je sais ce que vous avez enduré sur votre croix, dans ton cœur   biffé*] | *Si vous   ms.*

b. cette femme, et le râle et l'asphyxie, et l'étau ! | Louis   *ms. Voir aussi var. e, p. 263.*

c. OC donne par erreur : que l'amour habite

d. chéri. [Louis est au bord du blasphème, *[un mot illisible   biffé*] Ah ! courons   *ms.*

e. pourriture, dans le ⟨rien   *?*⟩, et même   *ms.*

f. de décrépitude où nous ne recevrons plus en échange d'un tel amour cette aumône   *ms.*

g. un acte d'une [importance mystérieuse   *biffé*] [portée inconnue   *corr. interl.*] Louis découvre en toute caresse une   *ms.*

h. sans mesure et qui semble usurpée tant elle [est *[douce   biffé*] [*folle   biffé*] *1re réd.*] [a de *[un mot illisible]   2e réd. interl.*]. Il semble que le voluptueux dérobe une jouissance qui n'est pas d'ici et qu'aux derniers jours ils doivent s'entendre dire : En vérité,   *ms.*

i. d'être confondu avec eux, lui [qui n'a jamais aimé que dans la douleur   *biffé*] [pour qui amour et douleur ne font qu'un.   *corr. interl.*] Cette douleur   *ms.*

1. « Cantique de Mesa », (*Théâtre,* Bibl. de la Pléiade, t. I, p. 1051.)
2. Évangile selon saint Matthieu, VI,2.

Page 259.

a. aurait pu boire. Mais   *orig. Pour ms., voir var. b.*

b. ont perdu leur vertu. [D'autant... coquetterie. Elle avait des phrases comme celles-ci : Ces effusions *[...]* balle. Je croyais que c'était un jeu. Ainsi *[...]* aurait pu boire. Mais *[...]* fait, il n'y aurait guère trouvé de rafraîchissement.   *add. marg*] [Larmes   *biffé*] [Car ces pleurs même sincères, ces   *corr. interl.*] tendres paroles lui étaient   *ms.*

c. Ces intellectuels, ces « artistes » ne sont   *ms.*

d. une chambre, ils se fuient jusque dans ces lieux où, grâce à l'alcool, [à la danse   *biffé*] au rythme, l'homme échappe à la connaissance de soi-même. Insoucieux des autres, ces Narcisses ne peuvent   *ms.*

e. regard. Tel eſt leur martyre qu'étroitement limités par leur chétive personne, elle leur devient *ms.*

f. elle s'appuie ? L'obsession lui eſt étrangère de ce héros prous- tien qui ne peut vivre s'il ignore en quelle compagnie et dans quels lieux vit son amie absente. La connaissance qu'en pourrait avoir Louis ne [le consolerait *biffé*] [lui servirait *corr. interl.*] pas. Cela seul lui importe [qu'il ne saura jamais *add. interl.*] : quelle place secrète occupe-t-il dans le deſtin de cette femme ? quelle image *ms.*

Page 260.

a. sans cesse. [Louis aurait souhaité de connaître l'inconnaissable, il veut des certitudes et des assurances *biffé*] [Et sans doute il eſt assuré d'avoir à certaines heures fixé sur lui toute la puissance de ce petit être mobile, mais un éclair ne peut rien contre les ombres. *add. marg.*] Il eſt aussi fou *ms.*

b. entre nos mains [une âme qui nous fuit *biffé*] [l'être adoré qui nous échappe *corr. interl.*] *ms.*

c. dans sa fatigue *ms., orig.*

d. peut-être, il saura consentir à sa défaite. Ce contraſte lui appa- raît soudain et le ſtupéfie, *ms.*

e. ouvre les yeux de l'amour et lui enlève *ms.*

f. me recherche, me dérober, éluder *ms.*

Page 261.

a. bien moins le renoncement à cette femme *ms.*

1. Pour ces idées, développées également dans *Souffrance du chré- tien,* voir la Notice p. 1046.

Page 262.

a. souffle *[p. 261, fin de l'avant-dernier paragraphe].* [Louis *[un mot illisible]*-il qu'il doit se défendre contre un tel mirage ? Sait-il que les chemins de ⟨ténèbres ?⟩ où nous cherchons à le fuir, nous ramènent par quelque détour à l'objet qui nous obsède et qu'aucune souillure ne nous détourne de l'aimer ? Elle altère seulement la qualité de notre amour. *biffé*]. [Notre amour revêt de sa lumière *[...]* de ta vie. *corr. marg.*] *ms.*

b. nous torture quelque temps encore. *ms.*

Page 263.

a. éprouve *[p. 262, dernière ligne]* devant sa figure de crucifié le même dégoût *ms.*

b. visage : une [très douce *add. interl.*] petite fille *ms.*

c. dernière. Mais l'heure eſt venue... L'autre *ms.*

d. de lecture, de caresses furtives, de méditation et, *ms.* : de lecture, de méditation, de caresses furtives, et, *orig.*

e. Depuis : Louis se soulève sur ses oreillers *[p. 258, début du 2e paragraphe] jusqu'à* de la route. *le manuscrit comporte une double rédaction : un brouillon très raturé au recto des pages, une reprise au verso des pages précédentes, à gauche donc de la première rédaction. Nous n'avons donné que les variantes de la mise au net.*

Page 264.

a. au bord de la route *[p. 263, derniers mots]*. Toute la vie lui est rendue. | Mais Louis se souvient *ms. Entre ces deux chapitres, dans le manuscrit, cinq pages raturées qui seront utilisées pour le chapitre VIII. Mauriac avait d'abord songé à terminer la nouvelle par la visite de la jeune femme, au matin :*

Il entend dans un demi-sommeil claquer la porte de l'entrée et des chuchotements, devine que le domestique vient lui dire qu'elle est au salon, elle l'attend. Il se lève, passe dans le cabinet de toilette, se réjouit d'éprouver de l'agacement parce qu'elle est venue le relancer jusque chez lui. Ah ! elle est ⟨forte   ?⟩. Elle a compris que ce matin, il ne suffirait pas de téléphoner ou d'écrire. Elle ne sait pas qu'il se tient sur ses gardes et qu'elle va donner le grand jeu en pure perte. Les regards pénétrants, les mains pressées, les larmes même, comme il se sent fort contre tout cela qui naguère le ⟨réduisait   ?⟩ si vite et qui ne fera désormais qu'ajouter à son irritation. Pourtant *[quelques mots illisibles]*

— Je vous ai fait attendre ?

Il avait décidé prudemment de ne pas soutenir son regard, mais il voit d'abord qu'il n'est guère menacé. Elle n'a pas dormi, elle non plus, et ce n'est pas une beauté du matin. Ce qu'elle fait vieux dans cette lumière crue ! Elle n'a jamais su se ⟨farder   ?⟩ d'ailleurs. Cependant, il lui dit qu'elle est trop gentille de s'être inquiétée. Il va tout à fait bien. Un simple malaise.

— Un simple malaise. Alors pourquoi êtes-vous parti sans me dire un seul mot, au risque de ⟨susciter   ?⟩ des commentaires ?

— Cela vous a étonné que j'aie le courage de partir sans vous dire adieu ?

— Que vous ai-je fait encore ? Expliquez-moi mon crime. Je vous répondrai...

Sa voix est plus sèche que de coutume, *[six ou sept mots illisibles]* Il ne saurait l'accuser en ces instants, de « faire charme », comme il dit.

— Non, inutile de recommencer. Vous me prouverez que je suis ⟨fou   ?⟩. J'y consens d'avance. Parlons d'autre chose, voulez-vous ?

Elle soupire : Quelle fatigue !

Louis ne peut se contenir : Cela vous fatigue, gronde-t-il, mais avouez que cela aussi vous amuse. Que deviendriez-vous si vous ne m'aviez plus ? Eh bien, oui. J'ai souffert cette nuit. Une nuit d'agonie, oui ! Vous n'en étiez pas très sûre et vous aviez peur de vous tromper ? Je ne veux pas vous enlever votre joie. Réjouissez-vous donc ! J'ai souffert au-delà de toute espérance. Vous êtes venue pour vous rendre compte ?... Eh bien voyez. C'est du beau travail.

Un peu trop beau peut-être. Vous allez ⟨sortir ?⟩ vos onguents. Mais j'ai peur que ce matin, ils ne soient peu efficaces. Essayez tout de même...

— Vous êtes un misérable.

Louis interloqué la dévisage. [Il ne se souvient pas qu'elle lui ait jamais dit d'injures *add. marg.*] Il ne lui connaissait pas cette expression indignée. [C'est la première fois qu'elle ... *add. interl.*]. Elle se lève. Elle parle encore d'une voix sèche qu'elle n'avait jamais eue en s'adressant à lui. Elle répète :

— Vous êtes un misérable...

Ruse, songe Louis. Elle a flairé que la douceur ne prendrait plus. Et c'est vrai que devant ce courroux dont il n'avait jamais subi l'atteinte, il *[un mot illisible]* et balbutie :

— C'est moi que vous accusez maintenant ? Des deux, ce n'est donc pas moi qui souffre et vous qui faites souffrir ?...

— Votre souffrance ! Mais elle est hideuse, mon pauvre ami. Elle est hideuse comme un vice. Vous y tenez plus que tout au monde. Vous avez besoin de moi, comme un drogué de la drogue. Je ne vous sers qu'à retrouver un certain état hors duquel vous ne vous sentez plus vivre.

— C'est absurde ce que vous dites, comme si on aimait souffrir... Certaines femmes, oui, aiment la souffrance, mais celle des autres...

— Votre souffrance me fait trop de mal pour que je l'aime. Elle détruit ma vie, tout simplement. Vous haussez les épaules. Je ne compte pas. Je ne suis rien. Je n'existe que dans la mesure où je tiens une place dans votre destinée ? Ne secouez pas la tête. Vous me l'avez assez souvent répété. Ah ! l'immense égoïsme de l'homme qui souffre, j'en aurai vu le fond.

Sous cette forme dialoguée, le texte assez peu lisible donne à peu près les mouvements du chapitre VIII ; nous en avons donné, ici, à titre d'exemple, le début. Suit une note, qui prépare à la fois l'actuel chapitre VII et la reprise de ce passage dans le chapitre VIII :

Alors il se souvint que cet état ne lui était pas inconnu. Il a éprouvé cela déjà. Il s'est cru guéri. Il lui semblait même voir jouer à vide la gentillesse de son amie devenue importune. C'était fini, elle l'ennuyait. C'était toujours sous l'aspect de la jalousie que ça reprenait. La dernière fois, agacement inattendu, dureté inaccoutumée, jouissance d'être faible, *[un mot illisible]* [ici toute la scène en style indirect. *add. interl.*] Elle s'était ⟨renouvelée ?⟩ Il l'avait suppliée d'être toujours gentille. Terreur qu'elle recommençât, qui ajoutait au charme de la douceur retrouvée.

Impossibilité de causer, l'amour tenant toute la place. Alors l'amour fini — ennui.

Plaindre ce qu'on aime. Désespoir causé par souvenir de l'adolescence de ce qu'on aime. Photos.

On remarquera que ce plan demeure incertain ; les mouvements ne seront pas repris dans l'ordre où ils sont notés ici.

b. irritée, — celle que nous donne l'être persuadé que nous l'aimons, alors que nous n'éprouvons plus auprès de lui que le désir de nous en aller. Nous lui   *ms.*

Page 265.

   a. d'autres destinées avant de pénétrer dans le destin de Louis ! *ms.*
   b. les uns aux autres toutes les permissions et à eux-mêmes toutes les licences. Louis   *ms., orig.*
   c. parents, comme si les caresses eussent laissé des traces... Louis se demandait *ms., orig.*

Page 266.

   a. la folie. [Comme ils étaient allés à l'encontre [du but   *biffé 1*] de leurs vœux, ces maîtres qui lui [préchaient   *1re réd. biffée*] [avaient préché   *2e réd. interl.*] le détachement   *biffé en définitive*] [Comme l'avaient [*un mot illisible*] les maîtres de son enfance dans leurs homélies sur la brièveté et sur le néant du plaisir.   *add. interl.*]   *ms.*

Page 267.

   a. des protestations auxquelles d'ailleurs il ne résistait guère. Mais ce jour-là, il fut surpris de voir qu'elle faisait front   *ms.*
   b. ses coups. Votre ⟨souffrance   ?⟩ mais elle est hideuse. Il faut que je le crie   *ms. La fin de ce paragraphe est en style direct, jusqu'à :* j'en aurai vu le fond. *Pour une première rédaction de ce début de chapitre, voir var. a, p. 264.*
   c. la pitié de la jeune femme et elle redoublait de coups oui ! [L'immonde égoïsme de l'homme qui souffre !   *add. interl.*] Ce que vous appelez votre martyre,   *ms. La fin de ce paragraphe est également en style direct.*

Page 268.

   a. dans le taxi, les insomnies, croyez-vous que cela m'ait été épargné ?... C'eût déjà été insupportable que ce ton de haine, mais elle y ajoutait   *ms.*
   b. pitié de lui; mais, furieuse, elle ne comprit pas encore et lui cria : Pourquoi vous plaindrais-je. Tout cela n'est qu'un jeu pour vous. Vous jouez une partie où il ne s'agit que de me damer le pion;   *ms.*
   c. cette guerrière impitoyable, mais cette ménade se découvrait à ses yeux pour la première fois. Et en dépit des coups qu'il en recevait, il ne laissait pas d'être sensible au plaisir de voir se dissiper enfin cette atmosphère   *ms.*
   d. dont elle l'étouffait. Affreux   *ms.*
   e. plus précieuse encore qu'elle était avant qu'elle se fût emportée contre lui, il entrevoyait   *ms.*
   f. enfin. Et lorsqu'elle l'eut longtemps bercé et qu'il ne pleura plus et qu'il lui parla enfin, il lui dit : « Voyez-vous, ma chérie, je ne puis souffrir que vous me parliez durement, [quoique je vous

en aime davantage peut-être *add. interl.*] Oubliez tous mes reproches au sujet de votre gentillesse. Je m'aperçois que j'en ai besoin plus que de tout le reste. Soyez douce toujours. N'élevez pas la voix. Ils étaient demeurés longtemps *ms.*

g. repris et par les signes même d'une trop évasive tendresse. *ms.*

Page 269.

a. La tendresse [dont nous nous satisfaisions *biffé*] [qui nous contentait *add. interl.*] qu'elle nous paraît mesquine auprès de cet amour, *ms.*

b. de l'amour; consentement à ne rien recevoir en échange; repos dans le don total, abandon sans réciprocité. Ce miracle, *ms.*

c. à la mort. Ce sera le temps où chargé de tous ceux que tu as [aimés *biffé*] [chéris *corr. interl.*] tu vivras avec eux, en eux, pour eux... Louis *ms.*

Page 270.

a. grâces. Tous les actes qu'il a commis *ms.*

b. de ces morts qui le dévisagent. Mais non, tous *ms.*

c. un livre au bord de la Hure, bien que ce ruisseau arrose *ms.*

d. ces mots [ouvraient des perspectives *biffé*] [avaient des résonances ineffables *corr. interl.*] qu'il ne retrouve plus. *ms.*

e. du monde, lucide, attentif *ms.*

f. son être : une rancune affreuse, furieuse. Il découvre *ms.*

g. de son cœur cet [amour épouvantable *biffé*] [abominable amour *corr. interl.*] Il perd le souffle, *[un mot illisible]* à bout de forces. Qui est jamais revenu de si loin ? | Et cependant *ms.*

h. qu'on apporte. Il attend ce signe [de son bourreau *add. interl.*] pour se lever, pour rentrer dans la vie. *ms. Tout ce dernier chapitre est très raturé.*

1. La terrasse plantée de charmilles est celle de Malagar. Le ruisseau, la Hure (le manuscrit donne le nom), coule dans le parc de Johannet, à Saint-Symphorien. Dans ce finale, Mauriac unit ainsi les deux lieux qui lui rappellent son enfance et son adolescence.

CE QUI ÉTAIT PERDU

NOTICE

Peu connu, rarement cité, *Ce qui était perdu* mérite pourtant intérêt. À plus d'un titre. Non qu'il s'agisse d'un des grands romans de Mauriac, mais c'est l'un des plus révélateurs et, grâce aux manuscrits, l'un de ceux dont on saisit la naissance, où l'on découvre le jeu même de la création romanesque.

C'est le premier roman que Mauriac ait publié après sa « conversion ». Une rupture s'est produite qu'atteste une simple constatat tion chronologique : entre juillet 1921 et le début de 1927, il a écrisept romans ; *Destins* est achevé vers février 1927, *Ce qui était perdu* commencé vers septembre 1929. Deux nouvelles ont paru, il est vrai, en 1928-1929. Mais Mauriac a surtout consacré ces deux années à des textes personnels, comme *Souffrance et bonheur du chrétien,* et à des essais critiques où s'expriment ses préoccupations religieuses et littéraires (elles ne se séparent pas dans *Dieu et Mammon* ou dans *Le Roman*[1]). La crise qu'il vient de traverser marque profondément cette nouvelle œuvre; trop profondément, dira-t-il : « Écrit à l'époque de ma vie où j'étais le plus occupé de religion, *Ce qui était perdu* a souffert visiblement du désir d'édifier, joint à la peur de scandaliser[2] ».

Les réflexions qu'il mène à cette époque sur la littérature n'ont pas moins d'importance. La mode n'est plus au roman court, vivement enlevé; il éprouvera bientôt le besoin de se défendre de ne pas écrire de « roman-fleuve[3] » et de ne pas se soumettre à « l'esthétique la plus récente[4] », qui cherche la complexité dans la structure même du récit. Comment ne pas voir pourtant, dans *Ce qui était perdu,* une tentative pour suivre non plus un ou deux personnages, mais les destins entrelacés de nombreux êtres ? Alain et Tota Forcas, Marcel Revaux, Hervé et Irène de Blénauge, la vieille comtesse de Blénauge ont tous cette « existence » que donne au héros romanesque le monologue intérieur. Et surtout, chacun d'eux, à un moment du roman est — pour toute une scène, pour tout un chapitre — le personnage central, celui qui ordonne le point de vue du romancier.

Que Mauriac l'ait voulu, le découpage des scènes, accentué de la première à la seconde rédaction, le montre assez clairement. La plupart des chapitres commencent par un prénom, brusquement et souvent en rupture avec le précédent, comme pour mieux marquer ce saut d'un personnage à l'autre, cette imbrication des vies.

Le dessein religieux et les intentions littéraires ne se contredisent pas. Tout au contraire. La multiplication des personnages permet de peindre en opposition plus vive bons et méchants, de conduire l'un presque jusqu'au crime et l'autre jusqu'au sacrifice expiatoire qui rachète ce crime. Plus clair dans *Les Anges noirs,* ce mouvement

---

1. Voir p. 749 et 775. À aucun moment les problèmes posés par la création littéraire ne sont évoqués hors du contexte de la « crise » religieuse ; les « remarques » de Gide ne font que renforcer un sentiment confus de crainte : peut-on être à la fois chrétien et romancier ?
2. Voir Préface au tome III des *Œuvres complètes,* p. 883.
3. Voir Appendice III, Articles, « Roman-Fleuve », p. 895. Ce texte est essentiel pour saisir l'évolution des romans de Mauriac.
4. À propos des *Faux-monnayeurs,* dans *Le Romancier et ses personnages,* voir p. 859.

dominera plus tard un roman comme *L'Agneau*. Pour être moins nettement indiqué, cet « équilibre » spirituel est déjà sensible ici : Alain Forcas prend en charge le salut des autres : « il traînait après lui une grappe humaine[1] ».

Les préoccupations religieuses de Mauriac à cette époque lui inspirent les deux portraits opposés d'Irène de Blénauge et de sa belle-mère. Il commente longuement le drame d'Irène, dans la préface des *Œuvres complètes*. C'est, dit-il, une de « ces nobles âmes avides qui, cherchant Dieu, se heurtent au faux Dieu de leur entourage bourgeois »; et il dit s'intéresser encore « singulièrement » à ce personnage[2]. Sans doute parce qu'il est le seul dans son œuvre à connaître cet agnosticisme presque serein; à peine une ombre d'irritation à l'égard de sa dévote belle-mère; mais rien de cet agressif anticléricalisme, de cette irréligion provocante que vivent souvent dans ses romans d'autres héros. Elle ne ressemble pas, non plus, à ces êtres voués au mal, comme Hervé ou plus tard Mirbel. Charitable avec une sorte de froideur, sensible à l'effort intérieur, elle n'est pas toutefois sans défaut, n'échappe pas au goût de la raillerie, à une certaine faiblesse. Le lecteur est moins sensible que Mauriac à ce personnage un peu construit, un peu froid, qui sert surtout de repoussoir.

S'y oppose la vieille comtesse, sa belle-mère, une « pharisienne », au sens où il convient d'entendre ce mot; car Mauriac le rappelle volontiers, le pharisien est sincère dans sa foi et dans ses actes, même s'il se leurre sur leur sens. C'est une « sainte femme » que la comtesse de Blénauge; et elle découvrira tardivement, sous le coup du suicide d'Irène, que ses actes et ses intentions ne s'accordaient pas. Dans *La Pharisienne*, Mauriac esquivera cette scène de la « révélation », se contentant d'évoquer par allusion l'instant où Brigitte Pian se connaît enfin. Ici, il conduit son personnage jusqu'à cette expérience et ainsi l'éclaire mieux[3]. Il est vrai qu'il ne lui donne ni le relief ni la force qu'il donnera au personnage de *La Pharisienne* et qu'il n'a pas à son égard ce mouvement mêlé de fascination et d'horreur que « Madame Brigitte » éveillera en lui. Il garde à cette vieille femme, qu'il peint avec des traits empruntés à sa mère et à sa grand-mère, une certaine sympathie et très explicitement la « sauve ». Car il se montre fort audacieux sur le plan spirituel.

Trop peut-être. En trois passages du roman, ou plutôt à propos de trois personnages — car la scène se renouvelle pour Alain — il intervient « comme Dieu[4] ». Pour « sauver » Irène, dans un texte curieux, où il décrit la « conversion » de la jeune femme déjà inconsciente : « Elle ne pouvait plus faire la découverte, tomber à

1. Voir p. 376.
2. P. 883.
3. Voir p. 347.
4. À trois reprises, il évoque l'expérience mystique d'Alain, p. 294, 313, 376. Pour les deux autres personnages, voir les notes suivantes.

genoux, pleurer de joie. Elle ne pouvait plus rendre témoignage. [...] Mais, glissant dans l'abîme, elle connaissait, elle voyait, elle appelait enfin cet amour par son nom, qui est au dessus de tout nom[1]. »

Plus indiscret encore, il fait prononcer au prêtre à qui Mme de Blénauge se confesse, des paroles « inspirées » : « ce que le Maître m'inspire de vous faire entendre » dit celui-ci, et ce n'est rien moins que ceci : Irène est « sauvée[2] ». L'intention « édifiante » ne saurait faire ici le moindre doute. Et pour la seule fois peut-être dans cette œuvre pèse sur les personnages. Ce trait est important. Mauriac ne peut à cette époque éviter cette sorte d'indiscrétion. Il se sent — se veut — « romancier catholique » et dépasse un peu le but.

L'expérience mystique d'Alain Forcas se situe sur un autre plan. Elle ne s'impose pas au lecteur avec la même force. Et d'ailleurs, se lie à un ensemble de thèmes. Le « sujet redoutable » que Mauriac regrettera d'avoir traité avec timidité, « la passion de Tota pour son frère Alain et celle qu'Alain éprouve obscurément pour sa sœur[3] », ce thème incestueux, dont la présence insistante dans son œuvre l'étonnera, est utilisé ici en effet dans un sens religieux; il exprime l'interdit qui pèse sur Alain et devient le signe même de sa vocation. L'image déjà apparaît de ce « pays sans chemin » dont Mauriac se servira plus tard : « Il regarda le cercle des collines qui fermait l'horizon : aucune issue[4] ». C'est alors que sans comprendre, Alain tombe soudain à genoux. La fuite devant la sexualité le conduit à Dieu.

Tota, elle, se laisse prendre superficiellement au plaisir, parce qu'elle fuit également devant cette passion à peine soupçonnée. Marcel vit cet amour anxieux, jaloux, que depuis *Coups de couteau*, Mauriac peint si volontiers et dont il reprendra l'analyse dans *Le Mystère Frontenac*. Qu'il soit un écrivain raté, comme le sera Yves Frontenac, a plus d'intérêt; il semble qu'il y ait là un des thèmes qui à cette époque, pour des raisons religieuses peut-être, obsèdent l'écrivain.

Le personnage le plus curieux reste toutefois Hervé de Blénauge. Dans aucun des romans précédents, Mauriac n'a osé un tel portrait ou n'a été tenté de le peindre. Thérèse Desqueyroux n'est une criminelle que par le jeu des circonstances et comme à son insu. Hervé de Blénauge, certes, ne tue personne; mais il a partie liée avec le mal; il le flaire, le devine chez les autres et le leur révèle. Il est une sorte de « voyeur », au regard d'une « avidité insoute-

---

1. P. 341.
2. P. 350. Sans doute est-ce le passage le plus « choquant », puisque le romancier ne se contente pas de commenter, mais confie à un autre personnage ce rôle de témoin.
3. Préface au tome III des *Œuvres complètes*, p. 883.
4. P. 294. « Le pays sans chemin » sera le second titre du dernier drame de Mauriac, *Le Feu sur la terre*.

nable[1] », attiré par toute corruption. Des images très fortes, empruntées au domaine animal, accentuent ce thème : c'est un « chien » en quête de gibier, un « renard », un « corbeau » : « là où tournent ses pensées, comme là où tournent les corbeaux, on est assuré de découvrir une charogne[2] ».

Il y aura dans l'univers de Mauriac d'autres êtres maléfiques. Seul Landin, dans *Les Chemins de la mer,* retrouvera cet aspect mystérieusement sombre. Peut-être y a-t-il à cette ressemblance une raison. Hervé de Blénauge a un secret que le texte ne nous livre pas : « et elle, la vieille dévote, ma belle-mère, savait-elle déjà ce que j'ai su depuis...[3] » se demande Irène. La vieille comtesse comme en écho : « Et pourtant je savais... je savais... Qu'est-ce que je savais[4] ? » Impossible de croire que seule l'infidélité d'Hervé explique cette insistance. Un détail supprimé, une allusion, font penser qu'Hervé est homosexuel, comme le sera Landin[5]. Le texte ne le dit pas. Mais on comprendrait mieux dans cette hypothèse, la « confession » qu'il fait à sa mère :

« [...] vous ignorez jusqu'à l'existence du gouffre où ceux qui vous touchent de près se sont débattus. Ce n'est pas leur faute; ils ne le voulaient pas; ils en ont eu horreur, dès qu'ils l'ont connu; c'était décidé d'avance, avant même qu'ils fussent nés[6] ».

Confession que sa mère, croit-il, n'a pas comprise. Bien que Mauriac use volontiers d'un langage très vif pour évoquer la sexualité, on admettra difficilement que quelques aventures justifient ce ton. Il traite moins sévèrement les « ravageurs » comme Raymond Courrèges ou Marcel Revaux.

Ce n'est pas toutefois cette explication qui justifie le personnage, si elle fait saisir plus clairement quelques allusions. L'important est précisément l'absence de justification psychologique, la présence pure du mal dans un être. Thérèse Desqueyroux, dans *La Fin de la nuit* découvrira en elle cette méchanceté profonde, celle qu'ont aussi Gradère, dans *Les Anges noirs,* Landin, et plus tard Jean de Mirbel...

La découverte que fait Mauriac de ce personnage satanique, marque un tournant dans son œuvre. La complexité de la structure romanesque, l'intervention d'un personnage « sacrifié » (Alain Forcas, ici, Pierre Costadot dans *Les Chemins de la mer,* Xavier dans *L'Agneau...*) lui permettent de laisser s'épanouir des êtres tout entier livrés au mal, vraiment « possédés ». Et il ne se contentera

---

1. P. 287.
2. P. 290. Pour les images précédentes, voir p. 291, 306.
3. P. 338.
4. P. 348.
5. Voir pour ces détails p. 372 et les notes.
6. Page 363. Dans *Les Anges noirs,* Gradère affirmera de même qu'il est voué au mal et Landin, dans *Les Chemins de la mer,* est explicitement damné : « l'enfer éternel commence dès ici-bas, dès leur naissance pour ceux que les théologiens damnent, et dès avant leur naissance » (chap. XVIII).

plus de ménager autour d'eux et en eux, comme il avait fait pour
Thérèse Desqueyroux, des zones d'obscurité, une certaine indétermination, il en fera des êtres mystérieux qui même lorsqu'ils se
confient, comme Gradère, ne sauraient expliquer d'où naît en eux
ce plaisir de faire du mal ou de faire mal.

Aucune hésitation sur ce personnage, lorsque Mauriac commence
Ce qui était perdu, c'est lui qui naît d'abord et si la première rédaction
ne donne pas encore d'Irène ou de Marcel une image définitive,
celle d'Hervé de Blénauge est fixée immédiatement. Le manuscrit
nous permet en effet de suivre la rédaction dans son mouvement et
sa chronologie. Commencée dans les derniers mois de 1929, cette
rédaction est achevée en mars 1930. Plus précisément, les neuf
premiers chapitres sont écrits avant le 15 décembre 1929. Mauriac
poursuit immédiatement sans doute jusqu'à la fin du chapitre XIX.
Il reprend alors l'ensemble, récrit partiellement les chapitres I à IX
et le début du chapitre X, dont trop de détails ne concordaient plus
avec la suite du roman. Il revoit les autres chapitres, y apporte
quelques corrections, moins importantes. Ce travail de révision
achevé, le 3 mars 1930, il rédige les derniers chapitres.

On voit ici comment il travaille; plutôt que de mettre au point à
mesure les épisodes que le déroulement du récit lui fera modifier,
il suit le mouvement imaginaire qui l'entraîne, se réservant d'y
revenir lorsque le roman est presque achevé. Le chapitre I, dans la
première rédaction, peint Joseph (plus tard : Hervé) de Blénauge
et sa femme, assez différents de ce qu'ils apparaîtront quelques
chapitres plus loin; il est question dans ce chapitre d'un frère de
Joseph, Jacques de Blénauge, auquel aucune autre allusion n'est
faite; dès le chapitre V, il apparaît que Joseph de Blénauge, dès
cette première rédaction, est fils unique... Mauriac attend que le
dessin d'ensemble du roman lui soit apparu pour rétablir la cohérence indispensable. La première rédaction n'aboutit pas à une
« version » du roman; elle se présente comme une suite d'ébauches
que le romancier se réserve de reprendre.

Il ne récrit pas pour autant l'ensemble de son roman, mais se
contente de reprendre certaines scènes, renvoyant pour les autres
au premier manuscrit qu'il revoit, sans en corriger pourtant tous
les détails (les noms des personnages par exemple). Sans doute
cette ultime mise au point a-t-elle été faite à la dictée. L'indication,
portée au début du chapitre XX, d'un séjour dans un hôtel à Fontainebleau marque le moment où la reprise achevée, Mauriac fuit Paris
quelques jours pour se contraindre à travailler, à finir très vite son
roman. Ou peut-être a-t-il fait durant ce séjour, la révision du début
et écrit à la suite les derniers chapitres.

On sent dans la première rédaction combien demeurent incertains
les personnages. Seuls Hervé et Alain apparaissent assez nets dès
ce moment, ou plutôt le drame d'Alain et de Tota et, semble-t-il,
la « vocation » d'Alain; mais le rythme est lent, de longues scènes

seront reprises ou supprimées. Une note dans le manuscrit est, à cet égard, fort intéressante; après avoir relu un long passage de la première rédaction, Mauriac relève les scènes qui lui paraissent importantes et les met en ordre. Le premier texte paraît être écrit « à l'aveuglette », avec l'évident souci de laisser surgir tout ce qui se présente à l'esprit. Le choix interviendra plus tard.

Les suppressions ne sont pas toujours justifiées par la nécessité de donner une cohérence aux personnages ou à l'intrigue, le souci d'accélérer le rythme narratif, de l'accentuer par un découpage plus brusque des chapitres y est très sensible. Et l'on dirait que parfois ces passages abandonnés demeurent comme un arrière-plan; ils racontent des épisodes possibles de la vie de tel personnage, mais jugés inutiles à l'action. Et il peut en demeurer trace dans le texte : « Avant de partir explique-moi ce que signifiaient tes paroles tout à l'heure quand tu m'as dit qu'Alain avait une tête d'obsédé, une tête à idée fixe ? » demande Marcel à Hervé. Ces paroles, Hervé les prononçait au cours d'une longue conversation supprimée, qu'il a peut-être été nécessaire d'écrire pour préciser les relations des deux personnages à cet instant[1]. Ce sont ici les tâtonnements de l'écrivain que le manuscrit nous restitue; non pas, comme dans *Le Désert de l'amour,* au niveau des techniques narratives, mais à celui des personnages et plus encore des scènes où ils s'affrontent. La lenteur, un certain embarras qui vient de l'absence volontaire de choix, une certaine continuité dans le mouvement, caractérisent la première rédaction de ce roman dont la structure sera finalement marquée par la rapidité, le jeu des ruptures et l'absence de transitions[2].

Reste à propos de *Ce qui était perdu* un problème qu'on ne peut que poser, sans le résoudre. Quel rapport profond s'établit au niveau de la genèse entre cette œuvre et la mort de la mère ? C'est en juin 1929 que Mauriac a perdu sa mère et certaines circonstances ont accentué pour lui l'importance de ce deuil. Il y a, dans ce roman, quelques détails (la description de la chambre maternelle), quelques réflexions qui rappellent de manière très claire cet événement récent. Qu'il y ait eu, mêlé au chagrin, le sentiment d'une sorte de « culpabilité », Mauriac l'a répété, jusque dans les *Nouveaux*

1. Voir var. *e*, p. 288 (p. 1101).
2. En somme, Mauriac retrouvera dans ce roman quelques-uns des traits essentiels de *sa* technique narrative, mais il a d'abord été tenté par une autre technique plus lente, plus embarrassée aussi, qui répondait peut-être mieux à l'évolution des goûts du public. On connaît encore trop peu Mauriac pour émettre ici plus qu'une hypothèse. Il n'en reste pas moins que ce manuscrit atteste une évidente recherche d'un rythme ample et lent auquel il renoncera. De cette tentative, le roman garde du moins sa complexité dans le système des personnages. Il en sera ainsi jusqu'aux *Chemins de la mer. La Pharisienne* retrouvera une composition ordonnée autour d'un personnage.

Mémoires intérieurs : le regret d'avoir trop peu vu sa mère dans ses dernières années, le regret surtout de ne s'être pas arrêté, traversant Bordeaux, quelques jours avant sa mort[1]... ont pu contribuer à assombrir ce roman et, « démesurément grossis[2] » comme il le notait lui-même, ont pu faire surgir ces personnages amers. La psychanalyse sans doute expliquerait aussi cette apparition — ou cette résurgence — du thème de l'inceste au moment de cette mort.

NOTE SUR LE TEXTE

Nous suivons, comme dans l'ensemble de cette édition, le texte des *Œuvres complètes* (sigle : *OC*), qui reprend d'ailleurs l'originale, publiée en 1930 dans « Les Cahiers verts », chez Grasset (sigle : *orig.*). Le roman avait paru auparavant dans la *Revue de Paris* (sigle : *RP*) dans les numéros des 15 avril, 1er mai, 15 mai, 1er juin 1930.

Le manuscrit, important et complexe, se compose de cinq cahiers, format 22 × 17,5 cm ; deux sont numérotés I, les autres II, III, IV. Il y a en effet deux rédactions successives que nous désignerons par ms. 1 et ms. 2.

Ms. 1 : une série de quatre cahiers numérotés de I à IV, contient une rédaction complète assez différente du texte définitif jusqu'à la page 314, (voir var. *a*, p. 314). À cette place dans le manuscrit, avant le chapitre x, la date du 15 décembre [1929]. Le cahier III commence p. 318 (voir var. *b*) et s'achève p. 358 (var. *a*). Le cahier IV poursuit sans interruption le chapitre xix. À la fin de ce chapitre la reprise d'une scène (var. *c*, p. 315) en seconde rédaction. Le chapitre xx (p. 361) suit cette reprise, après la date : Fontainebleau, Hôtel Legris, 3 mars 1930.

Ms. 2 : un cahier, numéroté I, contient une rédaction fragmentaire, coupée par des renvois à *ms. 1*, jusqu'à var. *e*, p. 313.

Dans les manuscrits ne figure aucune indication de chapitre.

NOTES ET VARIANTES

Page 271.

1. Mauriac n'a précisé le sens de son titre que dans la préface au tome III des *Œuvres complètes* : « le Fils de l'Homme [...] est venu chercher et sauver ce qui était perdu » (voir p. 341). C'est en effet une citation de l'Évangile (Matthieu, xviii, 11). Dans le roman, il

---

1. *Nouveaux Mémoires intérieurs*, p. 176-177. L'épisode eut assez d'importance pour être repris dans *Le Mystère Frontenac* avec insistance.
2. Voir *Le Romancier et ses personnages*, p. 845.

ne rappelle pas ce texte[1], qu'il ait cru cette indication inutile pour ses lecteurs ou qu'il n'ait pas voulu insister trop. C'est en effet l'un des rares titres, sinon le seul, dans son œuvre romanesque qui traduise une intention édifiante. On relèvera à ce propos la remarque, plus générale, faite dans la préface déjà citée : « Écrit à l'époque de ma vie où j'étais le plus occupé de religion, *Ce qui était perdu* a souffert visiblement du désir d'édifier, joint à la peur de scandaliser. » Voir sur ce point la Notice, p. 1060.

Page 273.

a. *Le manuscrit 1 commence ainsi :* I / « Je vous faisais signe que je voulais partir. Ne compreniez-vous pas ? / — Je comprenais. Mais il était beaucoup trop tôt. Les Jacques seront furieux. Nous n'avons même pas pris congé. / — Leur fureur m'importe peu. Si vous croyez que je me gênerai pour mon frère ! D'ailleurs aucun invité ne nous a suivis. » / Il suffisait de ce lys sur cette console, pour que l'immense vestibule eût une odeur de cathédrale. Joseph de Bénauge[2] sourit à sa femme qu'un laquais aidait à revêtir son manteau. Ils se sentaient unis dans la haine de ce luxe. / « Faut-il faire avancer l'auto ? » / Joseph répondit sèchement qu'il conduisait lui-même. Les gens les plus riches préfèrent, le soir, ne pas s'encombrer de chauffeur[3]. Mais *[2]* il ne doutait pas que le concierge de son frère Jacques ne lui ait posé cette question à dessein et pour l'humilier. Hé bien ! non, il n'avait pas de chauffeur, et depuis un mois ne possédait même plus d'auto. Tout le monde ne peut épouser deux millions de rente comme avait fait Jacques. Il hésita à arrêter un taxi devant la maison, à cause du concierge. *[add. interl. de six mots peu lisible]* Mais Irène était bien incapable de faire trois pas. [L'auto démarra dans un bruit de ferraille. *1re réd. non biffée*] [Quelle ferraille secouée que cette auto ! ce chauffeur est fou. *2e réd. marg.*] « Tout le monde ne conduit pas comme Jacques devenu le gendre d'un marchand de biens. Tout le monde ne voudrait pas... » Cette femme pourtant assise contre Joseph et dont il apercevait [à la lueur ⟨intermittente ?⟩ des réverbères *add. interl.*] le profil accusé, le cou maigre, n'était-elle ⟨pas⟩ la fille d'un fabricant d'engrais chimiques ? Il s'était mésallié lui aussi et [quelle ⟨horreur ?⟩ ! *add. interl.*] mésallié pour rien. Une heure ne passait pas sans qu'il remâchât [ce ridicule et cette honte *corr. sur une rature illisible*]. Mésallié pour rien. Mésallié pour rien. *[3]* Cent pauvres mille francs de rente l'avaient ébloui. Et surtout son beau-père était mort. « Un autre que vous aurait repris l'affaire,

---

1. Déjà utilisé dans *Le Mal* (voir t. I, p. 733).
2. Ce nom, emprunté à la topographie régionale (La Bénauge s'étend au nord de Malagar) est maintenu dans tous les manuscrits ; Mauriac tardivement le modifie à peine. Voir « Géographie romanesque », t. I, p. 1394 et 1395.
3. Nous indiquons pour ce long texte les numéros de pages du cahier I où il figure.

lui répétait Irène. On peut s'appeler Bénauge et travailler. Avouez-
donc que vous ne vous sentiez pas à la hauteur. Voyez la fortune
qu'a fait l'associé de mon père à qui vous avez passé la main... »
[Le nom de Bénauge   *add. interl.*] Jacques [du moins   *add. interl.*]
avait su profiter de la leçon, mais d'abord en avait voulu à Joseph.
[Leur mère surtout s'était montrée impitoyable.   *add. interl.*[1]] Un
nom [tel que Bénauge   *add. interl.*] est une valeur indivise entre
ceux qui le portent et qui a sa cote. En le donnant pour rien, Joseph
l'avait déprécié. [En s'appauvrissant, il avait appauvri toute la
famille.   *add. interl.*] Mais le cadet [avait réparé la faute de l'aîné.
Jacques   *add. interl.*] [*trois mots illisibles*] triompher : son mariage
compte parmi les plus beaux qui depuis [*un mot illisible*] avait été
béni. En Clotilde, il a cette chance de posséder une femme jolie
et à qui le monde fait fête. Irène [la trouve   *corrigé en*   trouve sa
belle-sœur] sotte et elle l'est en effet. Mais quel avantage Irène
tire-t-elle de son intelligence ? Les gens redoutent son esprit caus-
tique et la détestent. / [4] On lui fait, se dit Joseph, une réputation
de méchanceté et de laideur qu'elle ne mérite pas. Elle est bien
moins méchante qu'elle n'est lucide. Et quant elle ⟨s'anime   ?⟩
comme tout à l'heure à table, elle a une espèce de charme. C'est
vrai qu'elle causait avec le petit Azévédo[2]. Si elle était laide à ce
point là, le petit Azévédo lui ferait-il la cour ? Joseph jette un regard
de côté, devine plus qu'il ne voit la grande oreille pâle ⟨entre   ?⟩
les cheveux ternes et rares, ce cou ravagé. « Non, sûrement c'est
par [*un mot illisible*], pour se pousser. [La comtesse de Bénauge,
c'est flatteur.   *add. interl.*] ⟨Infect   ?⟩ petit Azévédo, capable de
tout. Et elle ? Il semble bien qu'elle n'avait pas envie de partir si
tôt ce soir. Ce petit Azévédo lui plaît-il ? Avec Irène, je suis sûr
que ça n'irait pas loin. [Juste pour peupler un peu   *biffé*] [À peine
un effort pour faire semblant de mettre quelque chose dans   *corr.
interl.*] sa vie. Quel dépit que cette vie   *add. interl.*]. Pas d'enfant.
Pourquoi serait-ce sa faute ? Qui [*un mot illisible*] que c'est ma
faute ? Comme s'il ne suffisait de la voir pour lui trouver l'air
stérile ! On ne sait pas de quoi c'est fait. C'est ce que les gens
veulent dire quand ils [disent   *biffé*] [répètent   *corr. interl. biffée*]
[assurent   *corr. interl.*] [5] qu'elle a le [*un mot illisible*] et une
[*add. de deux mots illisibles*] d'une vieille fille. Dire que ma mère

---

1. Entre la situation peinte ici et celle que développe le roman
achevé, la contradiction est totale : Blénauge sera fils unique, adoré
par sa mère. On notera que reparaissait une fois de plus, dans ce
début, la rivalité jalouse entre deux garçons, l'un brillant, voué à
la réussite, l'autre, raté, aigri ou au moins envieux de ce brillant
destin.
2. C'est le personnage de *Thérèse Desqueyroux* que Mauriac tente
de reprendre, comme il le fait aussi pour Daniel Trasis (voir la note
suivante) ; cette reprise n'est pas seulement une évidente tentative
vers la création d'une « suite » romanesque (voir la Notice, p. 1060) ;
elle traduit un mouvement profond : Jean Azévédo est le type de
séducteur qui, par son prestige intellectuel, peut toucher Irène.

a eu le toupet de me répéter cela, à moi. [Est-ce que j'en souffre ? *add. marg.*] [Irène dit que *corr. interl.*] je ne suis pas sincère quand je m'émeus devant les enfants des autres. [Elle voit clair, comme toujours *add. interl.*] Avec une famille à nourrir, nous serions misérables [au fond *add. interl.*]. Rien ne nous empêcherait d'avoir une vie plus large. C'est absurde que je n'aie pas encore remplacé l'auto. Pour qui économisons-nous ? La plupart des gens qui ne se doutent pas qu'ils sont ladres, parce qu'ils ont fait des enfants, se persuadent que c'est pour eux qu'ils « mettent de côté ». Mais sans progéniture, ils feraient tout de même des économies et connaîtraient ainsi leur avarice, [comme je connais la mienne *add. interl.*]. Il faudra que je note cela avant de me coucher. C'est le genre de réflexions que Trasis[1] admire, mon côté moraliste dans la plus pure tradition française..., comme il dit en se moquant. Mais il croit que c'est dans cette direction que je devrais faire un effort. Peut-être Daniel Trasis me méprise-t-il autant que le fait Irène. Du moins il ne me juge pas comme elle incapable de rien produire. Cette femme qui ne m'a rien apporté, m'a tout pris : ma confiance en moi, cette estime de moi-même si *[un mot illisible]*. Non, ce n'est pas vrai. *[6]* Je n'ai pas besoin d'elle pour me juger. Mais enfin elle m'entretient dans ce dégoût de moi-même. Vivre avec Daniel Trasis, comme durant ces voyages d'autrefois... Je serais un autre homme. Daniel, est-ce que je lui ai pardonné ce qu'il m'a fait ? Je ne lui ai pas pardonné. Je suis incapable de rien pardonner. Mais je ne peux me passer de lui. Il a été abominable, mais je ne peux me passer de lui. » / [Peut-être transmit-il l'image de l'être qui l'occupait à la femme assise près de lui, et il s'étonna de l'entendre prononcer le nom de Daniel Trasis. *corr. sur de nombreuses ratures*] / « Que dites-vous ? / — Je dis que vous avez été ignoble pour Daniel, ce soir. » / Les Bénauge tenaient ⟨justement ?⟩ de Daniel Trasis cet usage des qualificatifs démesurés, tels qu'ignoble, abominable, affreux, immonde. / Joseph de Bénauge joue la ⟨surprise ?⟩, bien qu'en une seconde il se rappelle exactement ce qu'il avait dit [ce soir *add. interl.*] qui pouvait passer pour une trahison envers son ami. / *[7]* Il savait que ne s'arrêterait jusqu'à ce qu'ils furent étendus côte à côte, le réquisitoire d'Irène. Il reconnaissait cette voix *[un mot illisible]*, aigre, qui s'élèverait peu à peu [au cours de la dispute *add. interl.*] jusqu'au diapason aigu, insupportable, contre lequel aucun recours n'existait que la fuite. / « Et d'abord, j'ai beau être habituée à vous entendre mentir, j'avoue que ce soir je n'en reviens pas de votre aplomb.

1. Depuis *Le Baiser au lépreux*, ce personnage intéresse Mauriac (voir t. I, p. 449-451) ; il devient le personnage principal du *Fleuve de feu* et devait jouer un rôle dans *Le Désert de l'amour* (voir t. I, p. 1324). Mais Mauriac ne lui a pas donné un caractère assez net pour l'utiliser ainsi ; lorsque Jean Péloueyre l'évoque, Daniel Trasis représente la réussite littéraire et mondaine ; *Le Fleuve de feu* en donne un portrait assez différent.

[Mais si ! *add. interl.*] Vous savez très bien ce que je veux dire :
lorsque la princesse vous a demandé s'il était vrai que Daniel
Trasis ne vous avait annoncé son mariage par téléphone [la veille
biffé] [le lendemain *corr. interl.*] de la cérémonie [et si c'était la
raison de cette brouille *add. interl.*]. Vous avez eu le toupet de
nier. » / Il protesta que ses démêlés avec Daniel ne regardaient per-
sonne, que d'ailleurs ils étaient réconciliés *[trois mots illisibles]*. |
« Oui, vous avez cru bon d'improviser toute une histoire pour
expliquer cette brouille. Quant je vous ai entendu soutenir que
Daniel vous avait tout confié de ses projets [dès le commencement
add. interl.], que vous aviez voulu l'en détourner parce que selon
vous il n'était pas " mariable ", je ne sais pas ce qui m'a retenu de
vous interrompre... Pas " mariable " !... J'imagine ce que les gens
ont pu croire... | [8] *[Deux mots illisibles]* que tout le monde n'a
pas votre malveillance et a compris ce que je voulais dire. Daniel
est un de ces garçons d'aujourd'hui qui prennent les femmes, les
essayent et les rejettent. Il tâte du mariage comme ils font tous.
Nous voyons ce que ça donne ! / — En attendant, voilà quatre mois
que Trasis se cloître [avec une petite inconnue *add. interl.*] *[trois
mots illisibles]*. Vous en savez quelque chose... » / Elle détacha ces
deux mots et Joseph serra les dents, il éprouva pour elle, à cette
seconde, une haine si forte qu'il n'osait bouger ni prononcer une
parole. Et il ne l'aimait pas moins ce Daniel à qui il avait [donné
biffé] [marqué *corr. interl.*] tant de [preuves 1ʳᵉ réd. *non biffée*]
[témoignage 2ᵉ réd. *interl.*] d'attachement, à qui il avait donné ce
témoignage essentiel de ne pouvoir se passer de lui, bien qu'⟨avec
lui   ?⟩ il *[un mot illisible]* plus encore qu'avec Irène ⟨l'épreuve   ?⟩
d'une critique implacable et ⟨soutenue   ?⟩ et qu'il ne quittât
jamais son ami sans être comme dépouillé de toute complaisance
pour soi-même, sans voir à nu sa misère intérieure, ce dénuement,
la ⟨bassesse   ?⟩ qui lui était essentielle. Et Daniel lui avait fait
cela ! Daniel, il n'y avait pas six mois encore, de sa voix la plus
indifférente lui avait dit : « Déjeuner avec toi cette semaine ?
Impossible, mon vieux, je vais être assez pris... *[9]* Je me marie
après-demain... / Joseph avait tout de suite compris que ce n'était
pas une farce, que ce coup lui était porté à dessein, qu'il avait été
prémédité, que Daniel avait trouvé enfin le moyen de lui faire
sentir son mépris. [*Quelques mots illisibles]* Joseph avait-il affecté de
voir là une rancune de petit bourgeois provincial contre un homme
du monde. Ce n'est pas le peuple, c'est la petite bourgeoisie qui
conserve [*add.* deux mots illisibles] la haine des « nobles »; il fallait
entendre Daniel demander à Bénauge de son accent provincial :
« C'est un noble ? » Mais non, chez Daniel, cette *[un mot illisible]*
n'avait guère de racines. Les valeurs du monde pour lui ne comptaient pas. On ne pouvait pousser plus loin l'orgueil de l'intelligence et celui de la force. Joseph devant lui se sentait démuni de
tous ses privilèges de caste, de toute sa ⟨culture   ?⟩ héritée. D'un
seul mot, d'un seul regard, son ami le dépouillait de son nom, de

ses alliances, et il n'était plus que ce quadragénaire blême, étriqué, sans muscles, que *[six mots illisibles]*, toujours animé d'inavouables concupiscences[1]. Daniel n'avait pas voulu que le souvenir de Bénauge fût mêlé à ce qu'il croyait être le plus grand événement de sa vie. / « Et pourtant je n'ai pu demeurer plus de quelques mois sans le revoir... » Il prit une cigarette. La flamme du briquet éclaira *[10]* la figure fermée d'Irène qui aussitôt s'écria : / « Non, je vous en prie, attendez d'être descendu, la fumée dans le taxi ⟨me rend ?⟩ malade, vous le savez bien. D'ailleurs, nous voilà rue de Vaugirard. *[une rature de quatre lignes]*. / Tandis qu'il payait le chauffeur, Irène lui dit, d'un ton aigre, de se dépêcher. Il la regarda et ⟨soudain ?⟩ lui dit que ce serait au-dessus de ses forces de ⟨rentrer ?⟩ avec elle : / « Il est à peine onze heures et demie. Je vais faire quelques pas et je vous rejoins. / — Et vous vous déshabillerez dans le cabinet de toilette ! / — Je ne ferai pas de bruit. / — Si vous croyez que je pourrai dormir ! / Il *[trois mots illisibles]*, se haussa jusqu'à la sonnette. / Quelle calme nuit ! Le Palais du Luxembourg *[trois mots illisibles]* familiers, tout le quartier sentait l'herbe *[un mot illisible]*. Il se souvint d'autres soirs pareils à celui-ci, où il longeait les grilles du parc jusqu'au coin de la rue de Fleurus, où habitait Daniel Trasis. Si la fenêtre du ⟨bureau ?⟩ qui donnait sur le Luxembourg était éclairée, Joseph montait presque *[11]* certain d'être bien accueilli, car Daniel ⟨toujours insouciant⟩ de son travail ne souhaitait que d'être interrompu. Mais si la lumière brillait à la fenêtre de la chambre sur la rue de Fleurus, Joseph de Bénauge revenait tristement sur ses pas. / Ce soir il ne douta pas de voir comme tous les soirs depuis que Daniel Trasis n'est plus seul, les persiennes illuminées de la chambre. Comme tous les soirs depuis que le jeune homme a commis cette folie de se marier, le cabinet de travail doit être livré à l'abandon et à la nuit. / Et pourtant lorsque levant les yeux, Bénauge vit la fenêtre large ouverte sur le Luxembourg et la lampe studieuse brûler comme autrefois, il ne fut pas étonné, il l'avait pressenti. Mais il ne ⟨pouvait savoir ?⟩ que Daniel avait recommencé de travailler, le soir. Peut-être sa femme l'y avait-elle poussé ? ou bien était-ce malgré elle, parce qu'il commençait de n'en pouvoir plus[2] ? *ms. 1*

b. [Dès qu'elle fut dans l'auto, Irène de Bénauge dit qu'elle se sentait déjà beaucoup mieux *biffé*] Je me sens [déjà *add. interl.*] mieux, dit Irène de Bénauge *ms. 2. Dans RP le nom demeure :* Bénauge, *comme dans le manuscrit.*

c. encore. [Elle devina, dans l'ombre de l'automobile, la figure cachée de son *biffé*]. L'automobile n'était pas éclairée. Mais Irène

---

1. Voir la Notice, p. 1062, sur ce point : c'est un des passages où la condamnation de Blénauge se fait insistante. Voir encore p. 290, 359, 366.

2. Ici dans *ms. 1* un astérisque indique où reprendre le texte ; la rédaction de *ms. 2* s'arrête en effet sur cette phrase ; voir var. *a,* p. 278.

devinait sur le visage de son mari, cette expression de rancune *1ʳᵉ réd. non biffée qui suit de nombreuses ratures. La rédaction actuelle est en marge. ms. 2*

d. appellations tendres [accolées à des paroles *[blessantes biffé 1]* [méchantes *corr. interl.*] *biffé en définitive*] accolées à des paroles [injurieuses *1ʳᵉ réd. non biffé*] [insolentes *2ᵉ réd. interl.*]. [La grossièreté d'un homme du monde bien élevé blessait plus sûrement que n'eussent fait les pires injures. Elle exprima ses regrets sur un ton d'ironie ⟨contenue⟩ *biffé.*] Je le regrette *ms. 2*

e. l'irriter ? Elle ne changerait pas Hervé. [Mais ce fut lui qui la provoqua *biffé*] [Mais Hervé se fâchait. *corr. interl.*] Je doute *ms. 2*

f. Irène ? / [Cela va, s'écria-t-elle vivement. Ma présence ne vous a pas empêché de mentir... Mais oui. Lorsque vous avez prétendu ⟨m'aimer⟩ *biffé*] [Elle avait les yeux fermés, la tête rejetée, demeura un instant sans répondre. « Cela va mieux », dit-elle. *1ʳᵉ réd. non biffée*] [Les phares d'une auto *[...]* passer », dit-elle, *2ᵉ réd. marg.*], mais *ms. 2*

Page 274.

a. avec colère. Elle ne s'habituait *ms. 2*

b. coup de téléphone [il y a quinze jours. Avec un éclat *[...]* la voix de Marcel dans le téléphone *add. marg.*] : « À propos, tu sais que je me marie *ms. 2*

c. chaque année. [La preuve est qu'il n'écrit plus rien depuis longtemps et ne s'occupe plus que de bourse. *add. marg.*] En 1918 *ms. 2*

1. Ce personnage de l'écrivain raté, ou plutôt de l'écrivain brillant, très vite épuisé, se retrouve dans des romans à caractère autobiographique comme *Le Mystère Frontenac* (voir p. 611) et *Maltaverne* ; il apparaît aussi, un peu moins nettement, dans *Les Chemins de la mer*. On trouverait sans doute de nombreuses explications à ce thème. Suggérons au moins celles-ci : il peut traduire (il s'agit toujours de poètes) le regret d'une carrière poétique, que les plus grands succès n'ont jamais vraiment effacé ; ou, plus obscure, une sorte de compensation : Mauriac n'a pas pu ne pas connaître une « crainte » religieuse du succès, qu'il traduirait dans ce fantasme d'échec. Voir la Notice du *Mystère Frontenac*, p. 1239.

Page 275.

a. une indignation douloureuse : Elle en voulait à Hervé de sa [bassesse *biffé*] trahison; elle ne ⟨transigeait⟩ pas. Il protesta *[...]* publique et qu'il n'avait rien avancé qui ne fût connu de tout Paris. « Tout ce que j'ai dit *ms. 2*

b. vous tient à distance ? / La preuve que nous ne sommes pas brouillés, dit Hervé, c'est que l'autre preuve *[sic]*, il m'a invité à venir *ms. 2*

c. sur la cour. [Vous m'avez dit vous même *[d'un ton furieux

biffé 1] assez furieux de ce mot : qu'il vous rejetait.   *biffé en défi-
nitive]* | Que cette   *ms. 2*

    d. irritait Hervé [et cette   *[un mot illisible]* implacable des
moindres paroles   *biffé]* [avec cette manie qu'elle avait   *biffé]*
[jusqu'à la mort ce serait le plaisir d'Irène   *corr. marg.*] de le
mettre   *ms. 2*

    1. Si sympathique que lui soit le personnage d'Irène, Mauriac
ne peut éviter ce trait de caractère qu'il donne volontiers à ses
personnages féminins; voir dans *Le Nœud de vipères* (p. 477) et plus
tard dans *Galigaï,* où il prendra une grande importance.

    2. C'est dans cette rue que Mauriac a habité jusqu'à son mariage.

Page 276.

    a. furtivement cette figure   *[rature illisible]* [contractée   *corr.
interl.* biffée] [blanche   *corr. interl.*], la bouche, ce cou [décharné
biffé] [d'oiseau   *corr. interl.*] où [un muscle saillait comme une
corde   *corrigé en* la corde d'un muscle saillait]. / Vous savez   *ms. 2*

    b. dans cet état d'agacement... Ni   *ms. 2 ; RP*

    c. j'en suis sûr. » / [Irène mesurait exactement tout ce que
chaque parole contenait d'hypocrisie.   *biffé]* [La souffrance physique faisait relâche, Irène   *biffé]* [Le malaise que lui causait   *biffé]*
Irène mesurait la fausseté de chaque parole. La voix même sonnait
faux. / « Vous avez raison, dit-elle enfin, d'ailleurs je vais mieux. » /
Il l'aida à descendre   *ms. 2*

    d. le mur. / [Hervé marchait   *[...]* crève »   *add. interl.*] [Hervé
biffé] [Mais il   *corr. interl.*] sentait vivement   *ms. 2*

Page 277.

    a. plus prudent. Cette nuit de février était douce. Le vent plu-
vieux avait une odeur de [printemps   *1ʳᵉ réd. non biffée*] [renouveau
2ᵉ réd. interl.] Hervé pensait   *ms. 2*

    b. heureux [au moment où on pouvait le croire fini   *add. interl.*]
[Ce garçon sur le déclin, ⟨veule   *?*⟩ et démodé, ce vieux jeune
homme chauve qu'il avait tant aimé au lendemain de la guerre, dont
les poèmes avaient pu   *biffé]* Hervé avait suivi   *ms. 2*

    c. qu'ils ont beaucoup et vainement aimé. Même au plus fort de
leur amitié, Hervé avait ⟨prophétisé   *?*⟩ que les poèmes de Marcel
n'étaient que les reflets d'autres, plus personnels et moins connus.
Il dénonçait son côté « avant-garde pour gens du monde ». Ce ne
serait qu'un feu de paille. Mais la rapide mort de ce beau feu surprit
Hervé lui-même. Marcel   *[deux mots illisibles],* s'occupait de bourse.
« C'est lui le menteur   *ms. 2*

    d. et haï tout ce qui touche à la littérature, il prétend l'avoir
[un mot illisible] librement, invoque l'exemple d'Arthur Rimbaud
et tire gloire de son impuissance. Menteur ! pire que moi au fond.
A-t-il   *ms. 2*

    e. de considération pour lui. Les gens ne [...] notre caractère.

Et lui se reconnaît le droit de me mépriser. Comme il me traite !... »
ms. 2

f. que je me suis marié hier... » [C'était horrible parce que tout
de même je suis son *[meilleur biffé 1]* seul ami *biffé en définitive*]
Il le hait à cette minute et il souffre en même temps dans sa tendresse
pour Marcel. Il le hait *[add. de trois mots illisibles]* autant qu'on peut
haïr un être dont il n'arrive pas à se détacher. [Car il y a loin de
l'attachement à l'amour ! *biffé*] | Après avoir traversé *ms. 2*

g. de lumière [qui se détachait seul sur la façade obscure *add.
interl.*] brûlait *ms. 2*

Page 278.

a. et parce qu'il commençait de n'en pouvoir plus. *La page est
inachevée sur ms. 2 et porte un renvoi à ms. 1 : pages 11 à 53, ce qui correspond à notre texte depuis la fin de la variante a, p. 273 jusqu'à la
page 286, var. f, où ms. 2 reprend*[1].

b. de travail [celle que Daniel appelait d'une expression [...] et
romanesque. *biffé [sic]*] S'il montait *ms. 1*

c. à la porte. Mais que pouvait-il risquer de pire ? Après l'injure
ms. 1

d. et sortir, le temps de fixer un rendez-vous... *[quatre lignes
raturées illisibles]* À peine *ms. 1*

e. Voir var. a, p. 279.

1. C'est dans son article de 1910 sur *Les Mains jointes,* que Barrès
évoque « la solitude dans les nuits de Paris, près de la lampe studieuse et romanesque ». Voir ce texte, cité par Mauriac, *OC,* t. IV,
p. 204.

Page 279.

a. Comment es-tu seul *[voir var. e, p. 278]* ? [Hervé n'eut pas
conscience [...] à cette heure ? » | Marcel ne répondit que par un
rire bref qui mit Hervé sur ses gardes et l'introduisit dans le cabinet.
La lampe [...] des photographies de notre voyage », dit-il. | La
même jeune femme apparaissait sur chaque épreuve. Hervé s'assit
[...]. On pouvait dire maintenant qu'il était tout à fait homme.
Il observait Bénauge, les mains dans les poches et : | « Oui, mon
vieux, figure-toi qu'elle est sortie. *corr. d'une première réd. assez
proche biffée*[2].] *ms. 1*

1. On voit clairement ici comment Mauriac a travaillé, récrivant
certains passages, se contentant de corriger les autres directement
sur *ms. 1.*
2. Cette correction ne se trouve pas sur la même page (p. 13 du
manuscrit) que celle qu'elle remplace, mais trois pages plus loin
(p. 16) : une indication marginale y renvoie. Celle-ci appartient de
toute évidence à la révision contemporaine de *ms. 2;* comme le
montrent les noms des personnages qui s'appellent Joseph jusqu'à
la page 63 de *ms. 1* (voir var. *e,* p. 288) et Daniel jusqu'à la page 340
de notre texte. — Pour la disposition du manuscrit, voir var. *a* et la
note.

b. laissée sortir seule ? [Il ne doutait pas de donner dans un piège, mais cédait à son démon, impuissant à ne pas livrer, à ne pas manifester cette attente de la catastrophe qui était toujours [cachée *add. interl.*] en lui, jusqu'au jour où une circonstance [soudaine *add. interl.*] la décelait. Et lui-même qui se savait bon, qui connaissait son cœur facile à s'attendrir, et ce don des larmes jamais perdu depuis l'enfance, lui-même n'en revenait pas de ce goût dévorant pour le malheur des autres, mais il avait tôt fait de n'y [voir *biffé*] [reconnaître *corr. interl.*] qu'un témoignage [de l'intérêt qu'il leur portait *biffé*] [d'un intérêt amical et tendre *corr. interl.*] Pourtant ce soir, [sa joie *biffé*] [son angoisse *corr. interl.*] est trop forte d'être déçu, sa peur qu'il ne se soit rien passé est telle qu'il ne peut en esquiver la honte. Déjà son [*un mot illisible*] agile a trouvé son excuse : ce mariage heureux est une insulte qu'il a des raisons de ne pas pardonner, d'ailleurs [il connaît son Trasis *add. interl.*] il faudra bien que tôt ou tard cette histoire tourne au plus mal. Mieux vaut que ce soit avant que cette pauvre petite [ait pris *biffé*] [ait eu le temps de prendre *corr. interl.*] racine dans la vie de ce mufle. | « Tota est allée chercher quelqu'un... » *1re réd. non biffée*] [*15*] [Il ne doutait pas de donner dans un piège [...] pas croire et [avait tôt fait de recouvrir cette horreur et de n'y plus *biffé*] [s'obstinait à n'y *corr. interl.*] reconnaître que l'excès [d'un sentiment *biffé*] d'une sollicitude amicale. Pourtant [...] d'enfant, oui, à la lettre la transfigure [*toute la phrase est au présent*] au point que [Daniel *biffé*] [Marcel *corr. interl.*] qui, de haut, l'observe [...] « ami » | Déjà Joseph en une seconde a trouvé son excuse : le mariage de Daniel tenu secret, cette injure inexpiable. D'ailleurs, il connaît Daniel [*17*] : il faudra bien que tôt ou tard cette histoire tourne au plus mal. [Pauvre petite *add. interl.*] mieux vaut que ce soit avant qu'elle ait eu le temps de prendre racine dans la vie de [ce mufle *1re réd. non biffée*] [cette brute *2e réd. interl. biffée*] | « Tota est allée chercher quelqu'un. » *2e réd.*] *La première rédaction se trouve sur la page 14 du manuscrit, la seconde sur la page 15 et se poursuit page 17*[1].

c. Marcel donna à Hervé [...] d'ajouter : *ce paragraphe dans ms. 1 comporte quatre ou cinq rédactions successives à peu près indéchiffrables.*

d. dit Daniel qui a déjà oublié sa peur et a repris vis-à-vis de [Joseph *biffé*] [Hervé *corr. interl.*], ce ton de moquerie et d'agacement. Tu n'as pas vu *ms. 1*

e. une gueule. Une gueule qui avance. Une gueule comme *ms. 1*

1. Pour ce thème, noté au début du chapitre II : « le plaisir amer

---

1. À partir de la page 15, tout en paginant le recto et le verso des pages. Mauriac n'écrit plus qu'au recto (sur les pages impaires donc) comme il fait souvent dans ses manuscrits. Cela pourrait signifier qu'à partir de ce moment, il prévoit une révision importante du manuscrit.

que les gens de sa sorte trouvent dans la décrépitude d'un être qu'ils ont aimé » (p. 277), et repris dans la notation des impressions d'Hervé : la joie qu'il éprouve à imaginer Marcel solitaire, « l'espérance folle et vague » qu'il en conçoit (p. 278), voir n. 1, p. 287.

Page 280.

a. ne sourcilla pas. Il connaît cette phrase de Daniel. / « Oui, dit-il, mais jamais [...] quatre mois. Et il y a quatre mois qu'elle est ta femme. [Quand je pense que tu t'es marié en novembre   *add. interl.*] Qu'en dis-tu ? / — Et toi qui allais   *ms. 1*

b. qu'on est heureux ! » / Et comme il prononçait ces paroles il fut pris d'une indéfinissable détresse comme si elles eussent suffi à dissiper en lui cette ⟨réserve   *?*⟩ de joie. / « Je touche   *ms. 1*

c. c'est vrai, depuis le temps, je devrais savoir que tu détestes de fumer. / — Le bonheur... » répéta Joseph. / Il regardait avec la stupeur de l'admiration un homme qui disait être heureux, qui était heureux. Il lui prit la main. / *[Quelques mots illisibles]* « Je suis si content de ton bonheur... Le bonheur... Cette chose inimaginable dont je ne connais que le reflet ⟨qui brille dans ton regard   *?*⟩ *[des mots illisibles]* » Il ne lâchait pas   *ms. 1*

d. qu'ils nous écoutent. [Nous feignons d'écouter, mais à l'affût des mots qui nous permettront d'interrompre : « C'est comme moi » ou « Moi, c'est tout le contraire... »   *add. marg.*] Seule l'attention des êtres qui aiment sans être aimés n'est pas feinte. Ils savent trop   *ms. 1*

Page 281.

a. et que [on   *biffé*] *[p. 280, avant-dernière ligne]* l'être [qu'ils aiment   *biffé*] [aimé   *corr. interl.*] ne les supporte qu'attentifs. / « C'est tout de même gentil que nous puissions passer ensemble quelques instants comme autrefois... » / À ce mot de « gentil » dont abusait [Joseph   *biffé*] [Hervé   *corr. interl.*] [Daniel   *biffé*] [Marcel   *corr. interl.*] *[un mot illisible]* ne sourcilla pas. / Mais au fait   *ms. 1*

b. comme si [une meute invisible aboyait   *biffé*] [dans un immense effort, il tenait en laisse une meute invisible aboyant et grondant déjà   *corr. interl.*] sur la piste   *ms. 1*

c. durant ce court séjour de son frère... » / Et Joseph : « Ah ! je comprends   *ms. 1*

d. consenti... [C'est ⟨triste   *?*⟩ de penser qu'alors elle ne m'aimait pas assez pour passer outre. Ah ! je déteste de me rappeler cela. Mais c'est plus fort que moi. Tout le temps, j'y pense. » Il ne vit pas le sourire de Bénauge qui signifiait : « Ce n'est pas si curieux que tu veux me le faire croire. »   *add. marg.*] / « Comme c'est drôle ! *ms. 1*

e. Voir var. a, p. 282.

1. Que cette étrange curiosité soit la traduction d'un autre désir
— inavoué, inconscient (ou simplement inexprimé) — cette image
l'indique; elle est celle dont Mauriac use pour traduire la violence
du désir; voir dans *Le Fleuve de feu* : « Daniel entendit en lui gronder
une meute [...] » (t. I, p. 547).

Page 282.

a. tes beaux-parents ? *[27] [p. 281, 13 lignes en bas de page]* |
— Mes beaux-parents, c'est une autre histoire, une histoire compliquée. Il faudra bien que tu la connaisses un jour ou l'autre. [Je
⟨trahis le secret *?*⟩ mais je ne peux pas ne pas parler ce soir. Mon
désir de parler rejoint ton désir de m'entendre » *add. marg. de
lecture difficile.*] Bénauge de sa voix la plus candide murmure : |
« Tu me dois bien ça. / Ils ne seront pas là avant une demi-heure. » |
[Joseph étendu sur le divan *[un mot illisible]* dans l'ombre ne tient
guère pas de place qu'un petit garçon *biffé*] [Hervé, sur le divan,
[...] familières. corr. marg.] Il surveille à travers les cils Daniel
qui roule une cigarette, semble hésiter et avoue : / « Je ne sais par
où commencer... / — Si j'ai bien compris, tu les as rencontrés l'été
dernier à Cauterets. / — La première fois que je les ai vus au
restaurant de l'hôtel, je n'ai pas douté qu'ils fussent frères et sœurs,
et pourtant ils ne se ressemblent pas, elle plutôt grande, avec ces
jambes longues, cette petite tête brune étroite *[add. de quelques mots
illisibles]*, et lui ramassé, de poil blond, tout en buste. C'est vrai
qu'ils ont le même regard, ces yeux dont jamais personne n'a
jamais ⟨bien vu⟩ la couleur. / — Bleus ? / — Oui, c'est ce que tout
le monde dit. Mais je ne les ai jamais vus bleus. Ils devraient l'être,
ils ne le sont pas, comme un pays où il ne ferait jamais beau temps.
Enfin, c'est évidemment à ces yeux qu'on sait qu'ils étaient frère
et sœur. Et puis par un ⟨certain *?*⟩ aspect sauvage, effarouché
[add. de deux mots illisibles], comme des êtres accoutumés dès l'enfance à se tenir sur leur garde... / [29] [C'est peu de dire qu' *add.
interl.*] ils n'étaient pas très liants. Personne n'aurait songé à leur
adresser la parole. Alain surtout m'étonnait. Maintenant que sa
vie m'est connue, je m'explique mieux son attitude triste. — Qu'y a-
t-il de plus beau au monde qu'un jeune visage qui ne rit pas. Je ne
doutais pas que je devrais passer par lui pour atteindre sa sœur. Je
me suis arrangé pour suivre le traitement à la même heure que lui.
Mais je crois que je n'aurais rien obtenu de ce sauvage si je n'avais
eu la chance, comme il me l'a dit depuis, de lui plaire de prime
abord. Tout de suite, il a *[un mot illisible]* de devenir mon ami. » |
Joseph dit à mi-voix : / « Tu devrais commencer à en avoir l'habitude. Mais c'est une justice à te rendre. Tu ne t'es jamais habitué
à plaire, à chaque fois tu t'étonnes. » / *[Trois lignes raturées illisibles]*
/ « Ce serait trop long et sans intérêt. Il suffit que je te ⟨peignes *?*⟩
en gros l'étrange famille à laquelle appartenaient ces deux enfants.
[31] L'atmosphère de la famille Forcas et celle de ce château — ce
qu'on appelle un château ! où ils vivaient dans ce petit pays girondin

appelé la Bénauge ou l'Entre-deux-Mers[1] ? Tiens, je ⟨veux te
donner ce détail   ?⟩ qui t'éclairera d'abord, mieux que ne pourraient faire des heures d'explications : Alain et Tota qui ont la gorge
délicate... / [— Oui, dit Joseph, c'est ce qui donne à la voix de Tota
cette légère fêlure et ce voile qui donneraient tant de prix à ce
qu'elle dit même si ses paroles ne signifiaient rien. Et cela explique
aussi peut-être un penchant pour le silence. Cela m'a beaucoup
frappé. Elle est extraordinaire *[une ligne peu lisible]*, mais, reprit-il
[un mot illisible] son silence est si grave, si attentif... enfin si intense
[un mot illisible]. | — Je crois que le silence de son frère Alain
surpasse encore le sien, en intensité et en signification, reprit
Daniel... Mais je ne crois pas que l'état de leur gorge y soit pour
rien. Enfin   *biffé* [Eh bien   *corr. interl.*] leur père n'avait jamais
consenti à ce qu'ils fassent la dépense d'une saison à Cauterets que
le médecin jugeait nécessaire. Il a fallu que le vieux Forcas eût une
attaque de paralysie. *[33]* Imagine un homme qui a sur sa femme
et sur ses deux enfants [en dehors de tout contrôle *add. interl.*] une
autorité plus étroite que celle d'aucun roi nègre. Pense qu'il a
poussé l'avarice jusqu'à refuser à son fils et à sa fille la faible dépense
que constitue l'éducation au lycée. Je n'ai qu'entrevu ma belle-
mère. Mais si tu voyais cette tête d'ilote, tu serais étonné. [Toutefois
elle a pu leur donner l'instruction nécessaire; il est vrai que l'instituteur s'est beaucoup occupé d'eux *passage de lecture difficile*] et
si j'en juge par les lectures qu'il leur conseillait, il mérite l'admiration que lui a vouée Alain. D'ailleurs je ne crois pas qu'il faille juger
la mère avec sa *[un mot illisible]*. Tota ne me parle jamais d'elle,
mais j'ai l'impression que sous cette carapace d'obéissance et de
servilité, elle poursuivait un long *[un mot illisible, ainsi qu'une
add. d'une ligne]*. Sans doute il s'agissait pour elle de tenir la place,
de ne pas céder... | — Mais qui donc menaçait la place ? / — Ça, tu
m'en demandes trop, [ou plutôt ce serait trop long à t'expliquer.
add. interl. dont la suite est peu lisible] Tota et moi d'un commun
accord nous ne parlons jamais du temps où je n'étais pas dans sa
vie. Nous en avons une égale horreur. [Si j'ai bien compris *add.
interl.*] ce que *[deux mots illisibles]* c'est que le vieux Forcas, avant
de tomber malade, n'avait qu'une idée, se débarrasser de sa femme
et de ses enfants. Pourquoi haïssait-il sa femme, ça je n'en sais rien
et je m'en fous... / — Oui, mais ses enfants. Voyons ! Daniel, on ne
hait pas ses enfants.

*Cette première rédaction non raturée a été reprise sur une page restée
blanche [26²] :* [Au mois d'août dans un hôtel de Cauterets risque
Hervé doucement du ton de l'enfant qui connaît déjà le début de
l'histoire. *add. en haut de la page.*] À en croire Marcel [ils *biffé*]

---

1. *Note au verso de la page précédente (p. 30) :* Premier détail : elle
n'aurait jamais pu soigner sa gorge si son père n'était tombé malade.
2. La seconde rédaction date évidemment de l'époque de la
reprise ; contemporaine de *ms. 2.*

[les adolescents   *corr. interl.*] se ressemblaient si peu qu'il s'étonnait de n'avoir pas douté une seconde qu'ils fussent frères et sœurs. Mais [ils avaient les mêmes timidités   *biffé*] ils offraient le même aspect de rusticité un peu farouche. Pour atteindre [...] à ce rustaud assez compliqué. / — C'est une justice [...] une force de résistance comme on en trouve que dans ces familles-là. Pendant des années, elle avait fait front contre un homme qui la haïssait, elle et ses enfants. / — Voyons mon petit Marcel, on ne hait pas ses enfants. *Suit l'indication :* p. 35, *qui renvoie à la rédaction précédente :* Mon pauvre Joseph, ce que tu peux donc être agaçant avec tes idées toutes faites. Tu crois cela, toi, que les pères aiment toujours leurs enfants ? Mais les mères

1. Dans *Le Sagouin,* l'instituteur sera aussi un « rouge »; thème d'époque, ou souvenir ?

2. C'est déjà le sujet du *Nœud de vipères,* roman que Mauriac écrit aussitôt après; comme si, après avoir esquissé ce personnage, il avait éprouvé le besoin d'y revenir. Sur ce mouvement, sensible dès les premiers romans : les personnages de *Genitrix* étaient ébauchés dans *Le Baiser au lépreux,* ceux de *Destins* dans *Le Désert de l'amour...,* voir notre Préface, t. I, p. XXIV.

Page 283.

a. que je venais *[p. 282, dernière ligne]* pour elle. Je l'entends encore me dire : « Comment pouvez-vous supporter la ⟨compagnie⟩ de ce raté de la création ? / — Toi Marcel   *ms. 1*

b. cette [expression   *biffé*] [vague   *corr. interl.*] de douleur, de haine, d'impuissance *[add. de six mots illisibles]* qui lui faisait à la fois peur et pitié. Il se hâta   *ms. 1*

c. ce sentiment s'expliquait fort bien : il est de ces hommes *ms. 1*

d. à l'ennemie, à la mère. Ils prennent sa cause dans le combat singulier qui dresse l'un contre l'autre les époux et prennent le parti de la mère, ce qu'ont fait Tota et Alain avant même qu'ils ne fussent en âge de comprendre. [Pour leur père, ils ont passé à l'ennemi, ils ont fait bloc avec l'ennemi et lui comme au jeu de barres était dans l'autre camp avec sa sœur. / — Mariée, vieille fille ? / — Oui, mais qui a eu un enfant d'on ne sait qui, elle *[trois mots illisibles]*, si j'ai bien entendu. C'est d'ailleurs un homme fait maintenant. Il est médecin de la marine, je crois. J'imagine que l'objet de toutes les ruminations du vieux Forcas, dans son fauteuil de paralytique était comment déshériter ses enfants au profit de cet inconnu *[cinq ou six mots illisibles]   add. marg.*] / — Mais comme cela est curieux, s'écrie Joseph de la plus ⟨mielleuse   *?*⟩ voix et avec cet accent d'innocence qui exaspérait Daniel. Jamais je n'aurais pu *ms. 1*

e. ces histoires à titre documentaire. C'est du passé. Ça existe plus. » / Il n'entendit pas Joseph murmurer : « Tu crois ça. » /

« Ça n'existe plus. Parce que je m'en moque et que je ne les reverrai de ma vie. Je mets Alain à part, bien entendu. D'abord nous nous aimons bien et je lui dois tout ce bonheur. Tota ne voyait   *ms. 1*

1. Indication vague, mais évidente, semble-t-il, d'un thème incestueux que le roman reprend sous une autre forme. Dans *Le Nœud de vipères,* le même thème apparaît, puisque l'on soupçonne Louis d'être le père de son neveu, Luc (voir var. *a,* p. 531).

2. C'est l'épisode essentiel du *Nœud de vipères,* puisque Louis tentera de « faire passer sa fortune » à son fils naturel; mais il n'est ici qu'à peine esquissé.

Page 284.

a. de derrière un pilier ruiné, une ombre sortit, [une vieille femme enveloppée d'un châle. Elle me paraissait si petite que je ne vis d'abord qu'un grand chapeau de jardin défraîchi [un chapeau qui devait dater du temps où [[*quelques mots illisibles*]] avec des hirondelles comme dans les vieilles gravures. *add. marg.*] Mais elle leva la tête, son corps se redressa et soudain me parut de haute taille. Je n'oublierai jamais, dans cette figure *[un mot illisible]* au dessus d'une bouche sans dents, une bouche de morte aux lèvres aspirées, des yeux à la fois ⟨confus   ?⟩ et clairs, comme *[un mot illisible]* par les larmes. Quelques secondes, elle me dévora du regard, comme on dit, puis de nouveau ⟨se tassa   ?⟩ et d'une voix à peine distincte me pria de me mettre dans l'ombre du pilier où la lune nous retenait ⟨vivement   ?⟩tous les trois.   *biffé*] [À peine ai-je […] ce fantôme.   *corr. marg.*][1] / « Je ne vous connais pas. « Je vous fais confiance. » Elle répétait, « Je vous fais confiance », comme une ⟨femme   ?⟩ qui aurait été ⟨au bout   ?⟩ de ses forces, abandonnerait son enfant au premier venu qui passe. « Alain vous a dit quel homme était son père. Sans doute maintenant pourrions-nous le braver en face. Il est malade; il est à notre merci. « [Elle prononça ces dernières paroles avec un accent de *[un mot illisible]* vengeance et de ⟨haine   ?⟩ contenue qui faisait froid. Mais elle se reprit aussitôt.   *add. marg.*] « Mais [justement parce qu'il est malade   *add. interl.*] je me ferais scrupule d'abuser. Déjà la lettre de Tota   *ms. 1*

b. et la mort. Je me retins de lui dire que ça arrangerait tout. Je l'assurai qu'elle   *ms. 1*

c. qu'il vivra, je ne la verrai plus   *ms. 1*

d. expression de terreur. Vous direz   *ms. 1*

e. isolés, les choses finissent toujours par se savoir, mon mari apprend beaucoup de choses par sa sœur qui est à l'affût de tout. Et maintenant, allez avec Tota. Je vous la donne. J'ai confiance en vous. » Tu ne peux imaginer   *ms. 1*

1. Cette correction est évidemment contemporaine de *ms. 2.*

1. Ce lieu, un des rares qui ne soient pas empruntés aux souvenirs d'enfance, est assez proche de Malagar, dans cette vallée que Mauriac aime appeler de son nom ancien, La Bénauge.

2. Voir le même souvenir dans *Le Mystère Frontenac*, p. 645.

Page 285.

 a. tu réagirais mieux ? Je crains qu'elle ne soit trop rustique à ton goût. Toi que d'habitude il est si facile d'étonner... *ms. 1*

 b. plutôt comique. Tu ne te serais pas complu dans le côté Balzac, le côté drame de famille de cette histoire et de ces personnages. Je mets à part ta femme et ton beau-frère bien entendu », reprit-il vivement, comme Daniel fronçait le sourcil et le dévisageait... « Cet Alain *ms. 1*

 c. de sa sœur surtout. Tu imagines comme ils étaient unis. À deux ils supportaient cette atmosphère. » [Il fut gêné par le regard fixe d'Hervé et ne parla plus *[...]* la tête du côté d'Hervé *corr. marg.*[1]] et vit qu'il souriait *ms. 1*

 d. ce quadragénaire ? ce visage fermé mais au teint délicat, ce corps frêle mais gracieux, ces mains trop petites mais belles, pourquoi était-il inimaginable que personne ait jamais pu [l' *biffé*] aimer [tout cela *corr. interl.*] ? [Le vieil adolescent *biffé*] Mais il retenait son démon. La tête tournée vers le ⟨traversin ?⟩, [il *biffé*] [Hervé *corr. interl.*] regardait fixement la place où un inconnu tout à l'heure serait étendu. Sa bouche remuait *ms. 1*

 1. Cette image sera reprise, en particulier dans *La Fin de la nuit,* où Thérèse (mais elle en prendra conscience) est comparée à une « bête puante », maléfique, et qui se sauve « impatiente de retrouver sa tanière ». Il semble qu'il y ait, dans les romans de cette époque, une vision nouvelle, moins psychologique, de personnages voués au mal : Hervé ici, Gradère dans *Les Anges noirs,* Landin dans *Les Chemins de la mer...*

Page 286.

 a. au plus vite *[p. 285, dernière ligne]* et Daniel d'un mot le provoqua : | « Pourquoi *ms. 1*

 b. n'arrive jamais. [Nous ne sommes même plus capables de faire le mal. Nous ne savons même plus ce qu'est le mal... *biffé*] [Tandis que la Province, ah, ah ! *add. interl.*] la province n'a pas gardé *ms. 1*

 c. qu'il redoutât plus. Il connaissait la violence de [Daniel *biffé*] [Marcel *corr. interl.*] mais ne se souvenait pas de lui avoir jamais vu ces mâchoires serrées, ce terrible regard de brute. Et en même temps qu'il sentait la peur, il avait le sentiment de voir face à face et dévoilé le mystère d'amour dont il parlait sans cesse et qu'il

---

 1. Cette correction tardive reprend un texte biffé, assez proche.

n'avait jamais pénétré et qui lui était à la lettre inconcevable : l'envahissement de tout l'être, [l'occupation par une femme *add. interl.*], la mobilisation de toutes les puissances de l'être à la moindre parole qui pût atteindre la créature sacrée... Et il avait peur, mais surtout il souffrait et il se sentait haïr son ami, [car c'était tout de même son ami *corr. sur rature illisible*], mieux ce qu'il avait de plus cher au monde. Cependant Daniel desserrait les dents, s'efforçait de sourire. Joseph osa se rasseoir, *[un mot illisible]* sur lui-même, la tête dans les épaules et balbutia. / « Mais qu'est-ce ms. 1

  d. Je ne voulais pas dire... [*Un long passage raturé suit cette réplique :* — Trop tard, ça suffit. / — Tout ce que tu disais du monde est d'un vulgaire tristement *[un mot illisible]* — Allons file ! / — De notre monde, Daniel. » / L'autre protesta : / « Non. Je ne suis pas du monde. Tu as pu quelquefois m'y traîner. D'ailleurs, il y a un instant, tu as *[un mot illisible]* très bien, mon vieux. Tu oublies seulement le goût, la passion de sentir, le besoin de croire que tout le monde en est au même point de [décomposition *biffé*] [puru-lence *corr. interl.*]. Je me rappelle ta fureur comique l'année où j'ai refusé *[deux mots illisibles]* dollars, ta stupeur qu'un garçon comme moi pût refuser librement une fortune immense. Quel exemple je donnais *[un mot illisible]*. *[51]* Comment vivre si ce n'est pas avec l'argent des femmes ? »/ Joseph demanda doucement : / « C'est une allusion ? / — Non, toi, c'est à part. [*Quatre mots illisibles]* Tu avais un nom, un beau nom. Il ne dépendait pas de toi que ce ne fût une valeur de bourse, qui avait sa cote. Un nom comme le tien, ça ne se donne pas plus pour rien qu'un *[un mot illisible]* Royal Dutch. Non toi, c'est autre chose. » / Joseph était résolu à parler. *[un mot illisible]* de ce ton âpre, il avait décidé de rire. / « Tu es drôle, quand tu te ⟨montes ?⟩, mon petit Daniel, dit-il. Je t'aime bien quand tu te montes. Mais tu veux que je te dise ? Eh bien, le mariage t'a rendu extraordinairement moral. C'est très curieux. De nous deux c'est toujours moi qui maintenait la distinction du bien et du mal, rappelle-toi, au risque de t'exaspérer. Et maintenant... / — Allons donc. [*Une ligne add. illisible]* Tout ce qui te fait horreur t'indigne. Et au fond nous sommes bien pareils. Le mal, c'est ce qui nous dégoûte. Mais ce ne sont pas les mêmes choses qui nous dégoûtent. Et puis, en voilà assez. ⟨Je ne veux pas te mettre ?⟩ à la porte. Mais le train entre en gare à minuit. Ils devraient être là déjà. » / Joseph se leva sans hâte et dit : / « Cela m'ennuie que nous nous quittions sur des propos aigres-doux ». / Daniel haussa les épaules : Le ton de leurs propos, était fixé une fois pour toutes : ils ne le changeraient plus... Joseph alla jusqu'à la porte, s'arrêta et cherchait à gagner du temps, mais Daniel loin d'entrer dans son jeu le poussait ⟨presque ?⟩ par les épaules *fin de la rature]* *[53]* Écoute, Daniel, permets-moi d'attendre leur arrivée. Je ne m'assiérai même pas. Mais je veux voir ton beau-frère. Je veux ⟨connaître Alain⟩. Je ne demeurerai que les secondes nécessaires à la présentation. / Il avait honte *ms. 1*

e. les héros, quand l'occasion leur en est offerte. Et soudain *ms. 1*

f. ms. 2 reprend ici ; voir var. a, p. 287.

1. Voir *La Province* et les remarques de Mauriac sur les passions qui s'y développent, p. 726.

Page 287.

a. Ne détourne pas les yeux. *[p. 286, 9e ligne en bas de page]* / — Tu me fais, mal, » gémit Joseph, et comme l'autre ne le lâchait pas : / « Espèce de brute ! / — Oui, je suis une brute et dont je te conseille de te défier. Je ne sais exactement ce que tu imagines *[add. de quelques mots illisibles]* à propos d'un être dont je me suis plu à te parler; moi qui te connais, comment ai-je pu même imaginer qu'un être comme toi *[un mot illisible]*, mais le mal est fait. Il me reste à te déclarer ceci : je te rendrai responsable *[ʃʃ]* du moindre ragot qui pourrait courir touchant ma femme ou Alain. Et alors mon vieux si tu me traites de brute, je le suis encore bien plus que tu ne l'imagines. » / Il avait lâché Joseph qui ne l'écoutait plus, mais souriait, attentif, au bruit de l'ascenseur, il les verrait, il allait les voir, il ne pourrait plus ne pas les voir. Daniel, lui, ⟨entendit   ?⟩ le bruit de la porte refermée sur le couloir. Plus tard, il devait se souvenir du regard dont Joseph enveloppa, à leur entrée, le jeune homme et la jeune femme [. Ce ne fut à la vérité que quelques secondes, le temps qu'il fallait à Tota pour ⟨dire bonjour   ?⟩ et présenter son frère. La tête ⟨fine⟩ comme celle de Tota, paraissait plus menue à cause des larges épaules. Le costume tout fait, les mains abimées, le hâle des joues auraient dénoncé le campagnard, et même le paysan, mais le front et les arcades qui le *[un mot illisible et une add. indéchiffrable]* et le regard ⟨de ceux qui   ?⟩ voient une lumière venue de loin, et la bouche pure encore enfantine *[une ligne raturée]*. La ressemblance avec Tota était saisissante, mais ce qui était un peu égaré et farouche chez la jeune femme qui lui donnait parfois les mouvements de tête d'un joli animal *[deux mots illisibles]* devenait chez son frère une attitude d'attention ⟨intérieure   ?⟩, de réflexion. *biffé]* *[ʃʃ]* regard[1] d'une force d'une avidité presque insoutenable, comme d'un monstre pour qui *ms. 1* : Hervé[2] se dégagea et dit doucement : « Espèce de brute ! » / Marcel se reprit [...] comme d'un [monstre *biffé*] [être étrange *corr. interl.*] pour qui *ms. 2*

b. l'air repu, emportant, se disait Daniel, de quoi facilement construire mille hypothèses *[trois mots illisibles]* allait ruminer

1. *Mauriac poursuit la phrase qui précède la biffure :* Plus tard, il devait se souvenir du regard dont Joseph enveloppa [...] la jeune femme.
2. Reprise de *ms. 2.*

dans l'ombre. / « Votre Joseph était à faire peur ce soir », dit Tota. /
Elle jeta sur un fauteuil son manteau de fourrure, enleva sa toque,
sourit à son frère : « Ah, dit-il, tu as coupé tes cheveux. Pourquoi
as-tu coupé tes cheveux ? / — Toi à Paris, comme c'est extraordinaire... / — Comme tu as changé ! Tu ressembles à ce portrait
quand tu avais dix ans, après ta scarlatine. Tiens, regarde-toi ».
Il regardait sa sœur avec un sourire attentif. Comme ils se ressemblaient, se disait Daniel. Le même buste trop long, le même regard
un peu myope, mais celui d'Alain était plus réfléchi, plus intérieur.
C'était par le ⟨tour   ?⟩ du visage qu'ils différaient surtout. Alain
avait une bouche pure, enfantine, alors qu'il eût été injuste de
refuser à Tota de répéter l'amoureuse *[un mot illisible]* de son mari :
« Une gueule qui avance... une gueule comme je les aime... »
Le menton était tout de même trop lourd, la lèvre inférieure trop
forte et le cou vieillirait vite. / Alain ne disait rien et ne paraissait
pas gêné de ne rien dire. Il refusa de boire. Il n'avait ni faim ni
soif et, semble-t-il, n'éprouvait aucun autre ⟨besoin   ?⟩ que de
regarder Tota. Il ne sait pas que faire de ses mains délicates et
abîmées. En désordre, les cheveux étaient clairs, comme décolorés
*[quelques mots biffés et, en marge : vent d'automne qui les avait
soulevés]* sur son nez et sur ses joues. *[59]* [étaient les traces du
dernier été. On ne lui aurait pas donné ses vingt ans. ⟨Il est vrai   ?⟩
que le costume tout fait aux manches trop courtes, lui donnait
l'aspect d'un collégien qui grandit encore. Le garçon qui ⟨n'aimait
pas parler   ?⟩ donnait aux questions de Daniel des réponses qui
eussent exigé beaucoup de commentaires. Comme Daniel s'informait de ses parents. / — « J'ai pu venir, dit-il, parce que mon père
va plus mal. » / Tota vit l'air étonné de son mari, éclata de rire. /
« Mais regarde le donc, Alain ! comment veux-tu qu'il comprenne ?
Il faut lui expliquer... Non, ne vous asseyez pas sur le divan. Ce
n'est plus le divan, c'est le lit d'Alain. Vous avez déjà froissé la
couverture. Ce n'est pas vous ? Ce n'est pas au moins l'horrible
Joseph ? Moi, je prends le fauteuil. Vous, asseyez-vous par terre.
Voilà ! » Comme elle demeurait ⟨désirable   ?⟩, comme elle était
peu subjuguée. Quelle femme lui avait jamais parlé sur ce ton ?
biffé, fin de la page 59] ms. 1 : l'air repu. / « Voilà donc ton
Hervé ! [...] tu as coupé tes cheveux ? » [La voix était un peu
traînante, et il accentuait drôlement comme Tota. *add. interl.*]
Qu'elle paraissait mince à côté de son frère ! [Elle était aussi *add.*
interl.] plus noire de peau, de cheveux. Pareils par les yeux d'un bleu
gris et les cils, [ils différaient par le bas du visage *add. interl.*]. Mais
la bouche [plus petite et pure *biffé*] d'Alain, son menton [ferme
biffé] [romain *corr. interl. biffée*] d'une ligne [nette *biffé*] [pure
corr. interl.] ne rappelaient par aucun trait « Cette gueule comme je
les aime » [...] lui avait jamais parlé sur ce ton. Sans le savoir cette
petite fille [assurait *1re réd. non biffée*] [fortifiait *2e réd. interl.*]
ainsi sa puissance. Elle n'avait pas peur de lui parce qu'elle ne
l'aimait pas.   *ms. 2 qui s'interrompt sur ces mots et porte :* raccord 59-

61 et 63[1]. *Ce texte se raccorde en effet à la page 61 du ms. 1 qui commence par :* Voyons, explique-lui, Alain. *Ms. 2 reprend var. f, p. 288.*

1. Sans doute convient-il de relever cette phrase qui accentue le caractère étrange du personnage ; mais cet élément n'est pas nouveau ; traité jusque-là sur un plan purement psychologique, il apparaît souvent dans les romans antérieurs, où le regard joue un rôle essentiel : Jean Péloueyre, derrière ses volets clos, épie « goulûment » Noémi (t. I, p. 454), et Daniel Trasis « couv[e] de l'œil » sa « proie » (t. I, p. 511), Félicité Cazenave a fait « dresser dans chaque chambre » une « estrade » pour suivre des yeux plus aisément son fils (t. I, p. 584)... On songe plus nettement encore à la scène où Claude, dans *La Chair et le Sang,* observe May et son mari (t. I, p. 285), à celle où Jean Péloueyre surprend le jeune médecin penché sur Noémi (t. I, p. 493), ou à Élisabeth Gornac contemplant, éblouie, Bob et Paule (p. 147)... Voir déjà la note 1 de la page 281 pour le caractère de cette curiosité. Toutes les scènes citées ici sont en somme des scènes de « voyeurisme ».

Page 288.

a. la plus ordinaire. / [Mais ce qui agaçait Daniel, c'était la mine amusée de Tota, le regard de connivence qu'elle échangeait avec son frère. *biffé*] / Elle dit : « Il n'y a pas encore longtemps qu'il quittait *ms. 1*

b. tant il est demeuré fort... / — Maintenant encore, dit Alain, pour certains services, il s'accroche au cou de maman. Il serre terriblement... / — Parce qu'il a peur *ms. 1*

c. le regard d'Alain, il ajouta d'un ton sévère : « Voyons, Tota, il n'y a pas là de quoi rire, il me semble. Il y aurait plutôt sujet de pleurer. » / Tota demeura assise. [« Mais qu'est-ce qui lui prend », dit-elle. Son mari ne l'avait pas accoutumée à des réflexions de cet ordre et elle ne pouvait savoir qu'il avait à son insu à cette minute les mêmes réactions que Joseph *biffé*], qu'il entendait ⟨très distinctement ?⟩ en lui l'exclamation de Joseph : « Ils vont fort en province... » [Le frère et la sœur ne surent plus que dire, gênés par le silence de Marcel qui pensait à Hervé *add. marg. tardive qui remplace la rature et le texte non biffé qui la suit*] et il imaginait cette espèce de joie ignoble qu'il aurait manifestée *ms. 1*

d. dans le silence de la nuit ? *Fin de la page 61 de ms. 1.*

e. Depuis le début de ce chapitre (p. 63 du manuscrit) jusqu'au début du chapitre X, var. a, p. 314, ms. 1 offre un texte assez différent pour qu'il soit utile de le donner intégralement :

[63] Daniel ne se trompait pas en imaginant qu'Hervé[2] avait

---

1. Rappelons que depuis la page 15 (var. *b,* p. 279) Mauriac n'utilise plus, sauf ajout, que le recto des pages ; mais il a maintenu la numérotation du recto et du verso ; *ms. 1* se trouve donc, dans sa rédaction originale sur les pages impaires.

2. C'est ici que, dans *ms. 1,* Joseph devient Hervé, Daniel garde ce

fui comme un chien qui a volé à la cuisine de quoi s'assouvir.
Il emportait l'image de Tota et d'Alain et déjà essayait en esprit
toutes les combinaisons possibles en parlant des confidences de
Daniel. Sur cahier neuf[1]. Il parcourut en somnambule le *[un mot
illisible]* trajet, allant de la rue Vaneau à la rue de Vaugirard et
ne se réveilla que devant la porte du cabinet de toilette et parce
que sa femme l'appelait. Qu'avait-elle donc à ne pas dormir ?
[D'habitude il gagnait le divan de son cabinet de travail où il dormait depuis des années, sans traverser la chambre d'Irène. Pourquoi *[un mot illisible]* le désir de le voir ? *add. marg.*] Elle allait
se plaindre de ce qu'il l'avait oubliée. Il la trouva éveillée et lisant ;
la lampe de chevet très basse n'éclairait que le livre ouvert et les
mains qui le soutenaient et les avant-bras maigres. [Sur la table
quelques lettres arrivées au dernier courrier. Des invitations ?
demanda Hervé. Rien de ⟨sérieux   ?⟩. Pas de dîners, des coktails.
Il fit *[un mot illisible]*. Bien qu'il fît profession d'être accablé par
le monde, il s'inquiétait dès que les invitations se faisaient rares.
Elle prit une carte, la ⟨relut   ?⟩ et dit sans regarder Hervé.
« Jeannine *[un mot illisible]* annonce la naissance d'un garçon :
Jean-Pierre. Vous saviez qu'elle attendait un enfant. *[Quelques mots
illisibles]* avec elle, il n'y a pas deux mois ; ça ne paraissait pas du
tout. J'ai causé assez longtemps. Elle ne m'a rien dit. Elle a eu
peur de me faire de la peine ». Hervé ne répondit rien. Comme il se
retirait, elle le rappela.] / « Qu'avez-vous fait tout ce temps-là ». /
Et comme il répondait d'un air *[un mot illisible]* qu'il avait vu
Daniel. / « Il vous a donc reçu ? Et Tota ? / — Elle était allée
attendre son frère à la gare. / — Il ne l'a donc pas accompagnée ».
Elle lui posait toutes les questions qu'il avait posées lui-même et
il mettait dans ses réponses la même malice dont Daniel avait usé
avec lui, mais elle n'y mettait pas la même passion, attentive mais
avec la voix indifférente / *[65]* « Ils voulaient être seuls. Vous ne
trouvez pas ce désir tout de même ⟨curieux⟩ ? Oui, le frère et
la sœur. Vous saviez qu'elle avait un frère ? » / Elle n'aurait su dire
d'où elle le tenait. [Il donna libre cours à ses suppositions. *add.
interl.*] Comme il avait envie soudain de parler et qu'elle l'arrêtait,
il voulut la flatter : « Vous vous informez de ce qui concerne les
gens même qui ne sont pas du monde, s'ils vous paraissent intéressants. Vous en savez plus long que moi sur Daniel. Si ! Si ! Je
l'ai bien souvent remarqué. C'est bien souvent par vous que
j'apprends des choses sur lui. / — Vous m'étonnez, car si j'apprends
des choses sur lui, comme vous dites. — ce qui ⟨d'ailleurs   ?⟩

---

prénom jusqu'à la fin de *ms. 1* ; ce détail permet, on l'a vu, de dater
certaines corrections tardives.
    1. On voit mal à quoi cette indication renvoie ; à une reprise dont
le manuscrit serait perdu ? C'est peu probable, puisque le texte
définitif se trouve dans le premier cahier de *ms. 1* ; à une intention de
compléter, c'est plus probable ; mais *ms. 2* ne reprend pas les passages
où Daniel se confie à Hervé.

n'est pas, vous êtes bien la dernière personne à qui je les redirais ».
Il n'arrivait jamais à maintenir entre eux plus de quelques minutes
le ton de la courtoisie. Elle restaurait implacablement le régime
du mépris. *[La page n'est pas achevée. La page suivante [66] reprend :]*
Debout, auprès du lit, il considéra un instant cette petite femme
insignifiante, que le monde juge insignifiante. Lui savait qu'elle ne
l'était pas. L'anneau qui rendait Gygès invisible, ce n'est pas celui
dont beaucoup d'êtres ont besoin. Ils souhaiteraient plutôt d'avoir
au doigt l'anneau mystérieux qui les rendrait visibles, qui attirerait
sur eux cette attention dont jamais ils ne furent l'objet. Irène a
conscience de n'être pas vue par les autres, elle qui pourtant vit au
milieu d'une société nombreuse et brillante. Mais elle n'y est que
plus sûrement éclipsée et perdue. Seul Hervé, condamné à vivre
sous le même toit qu'elle, n'ignore rien de ce feu invisible. Il lui
serait aisé de ne pas la voir, [même *add. interl.*] de ne pas la sentir
[ou presque *add. interl.*] Mais, petite contradiction perpétuellement
dressée, elle bénéficie de cette attention qu'elle donne à ceux qui la
lui refusent. Ils ne la connaissent pas, mais elle les connaît. Et Hervé
mieux ⟨que⟩ personne. Il sait ce que signifie « être percé à jour ».
Et comme tous les êtres doués d'une sensibilité vive, il était
⟨induit ?⟩ à se croire bon en dépit de toutes les apparences, cette
femme finissait par le persuader qu'il est en effet aussi méchant
que le monde le juge. Il répondit doucement. / « On me fait grief
de mes bavardages. Pourtant je suis seul à savoir tant de choses
que je sais et que je ne répète pas... / — Ce que vous savez importe
peu, dit Irène. La vie des gens que nous observons offre des éléments si divers, si contradictoires. Chacun les interprète, les *[un mot
illisible]* selon son génie particulier. Le vôtre porte d'abord à
l'horrible. Rien de si redoutable que vos interprétations, si ce n'est
votre art pour les insinuer en douceur ». *[Cette rédaction sur la
page 66 remplace une rédaction antérieure moins développée, qui se trouve
page 67.]*

[69] Hervé haussa les épaules, fit quelques pas vers la porte,
revint vers le lit. / « *[Trois mots illisibles]* tout de même de me juger
ainsi. Mais il faudrait citer des faits. / — C'est trop fort, dit Irène.
Mais à l'instant, à propos de Tota et de son frère. / — Qu'ai-je dit ?
Je n'ai rien dit. / — Tu as tout laissé entendre. / — Je te mets au
défi de me citer un mot. oh ! Et puis... ». / Il fit un geste qui signifiait : « Que m'importe ce que vous pensez de moi... » Mais ⟨en
sortant⟩ malgré lui, il fit claquer la porte. Irène éteignit la lampe,
mais au bout de quelques secondes la ralluma. Elle chercha sur la
table la carte où M. et Mme B. d'O⟨   ⟩ étaient heureux d'annoncer la naissance de leur fils Jean-Pierre. Elle demeura un instant
les yeux fixés sur la carte, puis de nouveau fit le noir. La sage-femme
tenait l'enfant, le lui rapportait; il fallait qu'il boive encore. Ce serait
bon de s'endormir avec le petit au sein. Il arrive que des mères
s'endorment et étouffent leur enfant. Demain après-midi essayage
et après ce cocktail chez ⟨   ⟩ on resterait sans doute à dîner.

Ces dîners improvisés où ils sont tous ivres plus ou moins. *[add. interl. de trois mots illisibles]* Plus ils sont ivres, moins il se passe de choses. Elle n'est jamais au diapason. Rien ne l'oblige de rester à ce souper. On ne les retient guère d'habitude. Mais tout plutôt que de se coucher de bonne heure comme ce soir. Les gens heureux se couchent tôt. Daniel depuis son mariage ne sort plus. Tota est rentrée depuis longtemps. Ils ne dorment pas encore. *[71]* Depuis longtemps déjà Tota est rentrée de la gare. Mais ils ne dorment pas encore. Cette brève séparation a ravivé leur amour. La première soirée passée l'un sans l'autre leur dut sembler un étrange et redoutable accident. « Que c'est curieux, songe Irène, qu'il me soit si facile d'imaginer ce qu'ils éprouvent, moi à qui rien de semblable ne fut jamais accordé ». Être «toute la vie d'un homme tel que Daniel, sentir sa faiblesse, dominer ⟨souverainement⟩ cette force, ça ne dure pas... », répète Hervé... Ah ! une année seulement, quelques mois, une semaine, une nuit, une seule nuit. Que la nature *[add. interl. de deux mots illisibles]* est bonne pour les éphémères immolés à peine ont-ils accompli le vol nuptial. Cette Tota, sortie on ne sait d'où, ⟨ensevelie   ?⟩ dans une campagne perdue... et pourtant elle a été découverte, emportée, aspirée par Daniel. Elle payera. Il ne manquerait plus qu'elle ne payât pas ». Irène se sent haïr. Quelle humiliation ! Elle a horreur de ce qu'elle éprouve. Elle voudrait qu'il lui soit donné de rendre visite à Tota et ses yeux *[add. interl. de deux mots illisibles]* ouverts dans l'ombre comme si au-delà des rues, au-delà du Luxembourg ⟨ils eussent espéré⟩ plonger dans la demi-ténèbre de leur chambre.

Dans cette chambre[1] Tota était endormie *[73]* et à son côté, Daniel après un bref assoupissement, venait de rouvrir les yeux. Il n'éprouvait pas cet état *[add. interl. d'un mot illisible]* de demi torpeur ou à l'extrême bord du sommeil alors que nous avons conscience qu'il est sans péril de s'y attarder et que nous y sombrerons d'une minute à l'autre. Il se sentait réveillé sans espoir comme par un bruissement intérieur, par un ⟨ronflement⟩ de ⟨moteur⟩ sous la pression de pensées, de sentiments confus. Parfois cet état s'accompagnait d'une exaltation ⟨profonde   ?⟩, il se sentait trop ⟨riche⟩, il fallait mettre de l'ordre dans ce monde soulevé en lui, [la nuit était trop courte pour que le sommeil   *biffé*] [les heures étaient trop brèves   *corr. interl. biffée*] trop brèves étaient les heures pour ⟨les livrer   ?⟩ si nombreuses au sommeil. Mais cette nuit, il était bien éloigné d'éprouver aucune joie. Ce qui montait de ce tumulte était plus qu'un malaise, une anxiété dont il fallait coûte que coûte découvrir la source. Quand il y voulait songer, ⟨Hervé⟩,

---

1. **Outre la lenteur, très caractéristique du mouvement, on notera la lourdeur voulue des transitions. Dans le texte définitif, au contraire, Mauriac allégera le mouvement et supprimera les transitions. Mais les manuscrits suivants auront la même apparence, comme si le romancier écrivait volontairement un premier texte lâche et redondant sur lequel il travaillera ensuite par élimination.**

Alain, Tota lui apparaissaient chacun avec son visage de ce soir, avec l'expression particulière qu'ils avaient revêtu; ce garçon endormi à quelques mètres de cette chambre sur le divan du cabinet, Daniel l'avait connu pourtant à Cauterets; alors il ne lui avait guère prêté d'attention que dans la mesure où il avait besoin de lui pour approcher Tota. Il ne s'était pas posé de question à son propos. | *[75]* Tel il était alors, tel il lui est apparu ce soir, dans son complet tout fait, avec ses mains de paysan et ce visage à la fois jeune et usé, ce regard sincère, ce front pur; un garçon qui a eu bien jeune des soucis, des responsabilités lourdes. Mais cela n'intéresse pas Daniel. Ce qu'il savait déjà, mais ce qui l'a frappé ce soir, c'est que ce garçon est familier de cette région inconnue où lui, Daniel, ne peut suivre Tota lorsqu'elle s'y réfugie. Les autres étaient conquises, occupées par lui, leurs doux yeux *[trois mots illisibles]* arrêtés sur les siens pour épier ses désirs, pour les prévenir, se façonnant, se retouchant selon ses vœux. *[add. interl. d'une ligne de lecture difficile.]* Mais Tota s'évade, elle l'aime comme quelqu'un en face de lui et qui n'est pas lui. Parfois, elle est là et pourtant elle est ailleurs. | « Vous ne pouvez pas comprendre, dit-elle. Il faudrait vous expliquer trop de choses. Une veillée, l'hiver, dans le vieux salon de Malromé quand nous étions aux aguets Alain et moi; la chambre de mon père était au dessus. Sa voix grondait comme l'orage qui approche. Dans les temps de silence, nous savions que ma mère devait parler. Mais rien n'était perceptible de sa pauvre voix basse. Parfois un brusque éclat nous mettait debout. Alain quittait la pièce. Je l'entendais monter précipitamment. Je regardais dans le tiroir du bureau si le revolver était toujours à sa place... » *[77]* D'autres femmes avaient eu des amants, mille aventures, de plus étranges destinées. Mais leur amour pour Daniel les avait dépouillées; elles avaient tout jeté dans cette flamme de ce qui avait été leur vie. Du moins lui en donnaient-elles l'illusion. Rien n'était plus au monde à leurs yeux que lui; c'est la faiblesse de toutes ces amoureuses qui brûlent en holocauste tout ce qui leur appartenait en propre et ne se ménage aucun ⟨lieu   *?*⟩ de retrait et s'abiment dans leur *[un mot illisible]* amour, ne laissent derrière elles qu'un désert de cendres. Tota ⟨n'est pas dans sa vie⟩ mais si elle y pénètre, elle en sort quand elle veut, comme elle veut, et là où elle va il ne peut la suivre. Mais cela ne le savait-il pas avant ce soir *[corr. et add. illisibles]* mais ce qu'il ignorait c'est qu'elle pût s'en prévaloir comme elle venait de le faire. Si elle était libre, si elle ne dépendait pas de lui, si son amour ne l'emprisonnait pas, c'était ⟨un état⟩ dont jusqu'à aujourd'hui elle n'avait guère semblé prendre conscience... Est-ce une illusion ? Ne le narguait-elle pas tout à l'heure ? Oui ! Qu'allait-il imaginer ? Un frère et une sœur se retrouvaient; ils parlaient de leur enfance. Rien de plus simple. Tota est à lui maintenant. Maintenant et toujours. Si elle pouvait ne pas dormir ! Cela aussi était particulier à Tota, ce sommeil inviolable, ce repos qui s'ouvrait devant elle comme un refuge

sacré. Ce n'était pas là un corps qu'il prenait et qu'il laissait dans le
sommeil et dans la veille, un corps qu'il emportait, qu'il *[un mot
illisible]* comme un fleuve charrie une cadavre, Mais elle dormait
et il n'eût pas osé l'éveiller. *[79]* il alluma la lampe de chevet pour
la voir, ou peut-être dans l'espérance de l'éveiller. Mais un abat-
jour d'étoffe sombre étouffait la lumière. Et puis elle dormait,
comme ces enfants qu'un incendie n'éveille pas. Il ⟨regarda   ?⟩
la nuque brune et l'épaule *[rature et corr. illisibles]* comme un
minéral. Et Daniel s'étonna de ce qu'il ⟨n'ose⟩ pas l'effleurer de
sa bouche; il aimait que cette épaule ne se dégageât point des
soieries aux nuances vives dont les femmes alors s'affublaient pour
la nuit. Mais que Tota fût vêtue de *[une ligne de lecture difficile : on
distingue :* blanche, fraîche] Une petite enfant. Ah ! il y avait cela
aussi entre eux ! Même quand il était l'aîné, il s'était toujours
montré plus jeune que toutes les femmes; et pour la première fois,
bien qu'il n'eût que trente-quatre ans, il se sentait presque vieux
en face d'elle et cela n'eût rien été, mais il ne pouvait douter qu'elle
éprouvait le même sentiment. Il se rappelait des mots; ainsi au
retour d'un dîner où tout le monde avait dépassé la trentaine :
« C'était assommant... Il n'y avait que des vieux ». Quel âge avait
Alain ? Deux ans de plus que Tota; un peu plus de vingt ans... /
Quelle est cette folie qui l'oblige à penser à Alain et à Tota ? Les
propos d'Hervé. Quel être étonnant que cet Hervé ! Quel génie
pour découvrir du premier coup d'œil dans une situation donnée,
ce qui s'y peut dissimuler d'inquiétant, de trouble. Ignoble Hervé !
Il faut ⟨l'éviter⟩ comme ces bêtes qu'on a peur d'écraser à cause
⟨du jus⟩ que ça ferait. ⟨Après cette conversation⟩ qu'inventerait-il
d'immonde ? « Que sait-il de moi que je ne m'avoue pas à moi-
même ? » *[80]* Que Tota, depuis plusieurs semaines, ait changé
à son égard, que l'atmosphère entre eux ait été altérée, troublée,
il fallait bien que Daniel le reconnût. Il y avait quelque chose...
Quoi ? Pour la première fois, il consentait à poser la question.
La venue d'Alain, son attitude lui interdisait de se dérober. Il y
avait quelque chose, quelque chose à quoi il se *[cinq mots illisibles]*
Un instant Daniel se souvient de la lettre folle d'Éléonore ⟨ ?⟩
que Tota reçut au lendemain de ⟨leurs noces   ?⟩ Mais n'avait-il
pas d'avance prévu le coup en disant à Tota dès leurs fiançailles
la vie qu'il avait menée. Et il avait eu le flair de lui parler surtout
d'Éléonore, de ce qu'avait été leur union, de ce qu'il devait à cette
femme et de l'être admirable qu'elle avait été avant que l'usage de
la drogue ne l'eût détruite. Au vrai Tota s'en était montrée à peine
émue. Cette lettre écrite par Éléonore à la veille d'une cure de
désintoxication émanait d'ailleurs si évidemment d'une folle que
la jeune femme n'y avait vu que le témoignage de la démence et du
délire, plus dangereuse, redoutable lui était apparue à Daniel la seconde
missive adressée de la maison de santé où Éléonore ayant ⟨recou-
vré⟩ son équilibre avait voulu réparer le mal qu'elle craignait
d'avoir fait. Elle reprenait ⟨en clair⟩ cette fois, pour les combattre

d'ailleurs certaines accusations qui dans la première lettre avaient pu échapper à Tota. Sans doute la pauvre femme les reprenait-elle pour la première fois pour la première fois de l'injustice. Mais Tota ne pouvait pas ignorer qu'aux yeux du monde il avait vécu aux dépens de cette femme, de cette vieille femme... Y avait-elle attaché de l'importance ? Non ! Elle n'avait rien manifesté qui peut faire croire à quelque *[deux mots illisibles]* de sa pensée. [Cette petite sauvage savait-elle rien des préjugés du monde sur ce chapitre ? C'était peu croyable. *[Quelques mots illisibles]* plus heureux d'ailleurs que durant les semaines qui suivirent l'arrivée de la seconde lettre. Non, non il se souvenait de ces instants. Et bien qu'il *[deux mots illisibles]*, Tota n'avait rien retenu, rien compris des *[un mot illisible]* d'une vieille folle... *add. marg.*] D'ailleurs dans ce drame inconnu qu'il imagine, qu'il invente peut-être de toute pièce, il faut qu'Alain garde une place essentielle. Alain n'avait rien à faire dans les sentiments d'inquiétude et de jalousie qu'Éléonore ⟨   ⟩ ⟨avait pu⟩ un instant éveiller chez Tota. C'est du côté d'Alain qu'il faut chercher. Hervé y est allé tout droit, lui que son instinct ne trompe guère, mais ce qu'il *[un mot illisible]* imagine est plus absurde encore qu'ignoble[1]. | *[81]* Ainsi songeait Daniel. Et soudain il dit à mi-voix : ce pauvre Hervé ! ayant conscience de son injustice. De quel droit le jugeait-il ? Ne se complaisait-il pas lui aussi dans l'horrible ? Comme d'autres se forgent des imaginations de triomphe et de gloire, lui se divertissait à inventer des trahisons ; tout ce qui *[trois mots illisibles]* ne lui fournissait pas de désastres, il le ruinait en esprit. Il n'était guère amusant de se supposer ⟨ruiné⟩. La maladie et la mort l'intéressaient même. Mais c'était dans l'ordre du sentiment qu'il contentait *[des ratures et des mots illisibles]*. Le thème que ce soir Hervé lui avait fourni, il en était ⟨atteint⟩ au point d'en éprouver de la honte. Il éteignit la lampe, s'étendit sur le dos pour mieux se ⟨repaître⟩ de ses pensées. Quand il se livrait à ce jeu, c'était rarement avec une telle lucidité et une pente invisible l'entraînait, mais cette nuit il y cède en toute conscience de sa honte. | *[83]* Impossible de dormir. Rien à espérer avant l'aube. Il ne s'agissait que de passer le temps. Impossible d'être ridicule ou odieux sans témoin. [Et pourtant je me sens odieux. Qu'il est étrange ce sentiment qu'a l'homme de n'être jamais seul. *add. marg.*] Nous avons le droit d'inventer nos plus secrets plaisirs. Son plaisir à lui était de créer ⟨tout seul⟩ du malheur avec les éléments fournis par la vie. Tota et Alain... Alain et Tota... Tota, Alain. Il éteignit pour se livrer plus librement à sa folie. | C'est comme s'il s'attablait. Il tâtonne d'abord. Ce Malromé qu'il a vu une seule fois dormir sinistrement sous la lune dans un creux de terrain, il met d'abord ses soins à l'évoquer. Le vestibule, le salon

1. Il est possible, étant donnée la disposition habituelle du manuscrit, que ce texte de la page 80 soit un ajout ; seuls les rectos (pages impaires) sont d'ordinaire utilisés pour la première rédaction.

assombri par les volets clos à cause de la chaleur atroce... Les hivers y sont pourtant plus longs que les étés il pourrait aussi bien imaginer la famille comme obligée à vivre *[deux mots illisibles]* autour d'un unique feu; il pourrait aussi bien entendre la pluie mélancolique, les vignes mortes, ⟨les allées boueuses⟩ et la lampe allumée dès quatre heures, tant les arbres serraient de près la maison, et le bruit de l'eau dans les gouttières obstruées de feuilles pourries. Mais non, il ne peut situer ce drame que dans cet engourdissement que la canicule impose dans ces pays à la vie humaine et végétale. Ni le corps ni l'esprit ne peuvent plus lutter; ils gisent assommés; seul le vieux désir demeure et veille, et se fortifie de l'universel anéantissement. Des romanciers imaginent des histoires sous les tropiques, dans des *[un mot illisible]*, des naufragés jetés sur une côte déserte et obligés de jouer à eux tous seuls le drame humain; comme si cette histoire n'était pas vécue tout près de nous, dans les campagnes, dans ces propriétés de familles que des routes défoncées protègent des autos bien plus qu'elles ne les relient au reste du monde. *[85]* Grandes chaleurs plus infranchissables qu'aucun océan et tous les jardiniers du ⟨château⟩ et tous les témoins : *[un mot illisible]*, serviteurs sont endormis et seule la cloche de quatre heures interrompra l'enchantement de la sieste. / [En dépit d'une rumeur étouffée d'autos, cette chambre parisienne est comme comblée de silence. Le souffle de Tota demeure imperceptible et Daniel se souvient de ce qu'elle disait : Maman se levait la nuit parce qu'elle ne m'entendait pas respirer et qu'elle craignait que je fusse morte... Puis il revint à son affreuse songerie. Quel romancier *[s'il avait [[un mot illisible]] le métier de romancier. add. interl.]* il eût été ! Ira-t-il plus avant ? Ne se détournera-t-il pas de cette scène, des circonstances de cette scène ? Une heure sonne et sa montre sur la table de chevet fait assez de bruit pour qu'il suppose que c'est elle qui l'empêche de dormir. Il murmure distinctinctement : « Je suis ignoble... » Et reprend : « Puisque cela m'amuse... » Mais aussitôt cette pensée : « Quel homme suis-je donc pour que de telles imaginations m'amusent... » Dire que je ne suis pas encore guéri d'émettre des jugements de valeur. Si je suis un homme ignoble, ce ne peut être que d'après cette morale dont je me prétends affranchi. Tota et Alain. Ce salon *[de la Hume add. interl.]* qu'elle m'a décrit et ce bourdonnement de mouche qui donnait la mesure du silence. Et soudain à travers le plafond elle entendait *[un mot illisible]* le père Forcas : cet homme énorme avait une voix de vieille femme. La paralysie l'attachait à un fauteuil. Mais ce tyran y retenait aussi Mme Forcas; elle ne descendait pas de l'après-midi... *biffé]* | *[87]* Quelques secondes s'écoulèrent et dans ce bref intervalle de temps, *[rapide, la pensée en add. interl.]* Daniel fit tenir tout un monde *[un mot illisible]* et délicieux et de nouveau il troubla le silence de la chambre, non cette fois par une parole — mais il gémit comme un enfant qui vient de se faire mal : « Suis-je bête ! murmure-t-il. Puisque ce n'est pas vrai !

Je sais bien que ce n'est pas vrai. Hervé le croit-il lui ? Il le désire.
Il aime la catastrophe. Il a besoin d'un univers de catastrophe pour
n'être pas remarqué. D'ailleurs il [n'a *biffé*] [ne possède *corr.*
interl.] aucune donnée réelle. Il ne sait rien de la Hume et de ses
habitants que par moi. » [Il devrait le revoir pour s'assurer de ce
que ses insinuations ne reposaient que sur des suppositions. *biffé*]
[Qu'il était impatient de lui téléphoner ! Ses insinuations n'étaient
pas fondées. *corr. interl.*] Oui, il lui téléphonerait demain matin.
Tout cela était idiot. Il fallait dormir. Trois heures avaient sonné.
Trop tard pour absorber de l'⟨alonal⟩. Il alluma la lampe de chevet.
La contemplation de la Tota charnelle achèverait, pensait-il, de
dissiper la Tota imaginaire [qu'il s'était [plu *biffé 1*] diverti
biffé en définitive] Elle n'avait pas changé d'attitude ; couchée sur le
côté gauche, son épaule émergeait du ⟨linge⟩ frais. Il regarda sur
le drap une petite main morte aux ongles soignés depuis peu de
temps. Cette sauvageonne, qu'elle avait vite pris les habitudes
d'ici ! Déjà elle ne gardait plus d'un accent paysan que ce qu'il en
fallait pour donner de la saveur à ses moindres paroles. Elle n'avait
jamais rien eu d'ailleurs [un mot illisible] [vulgaire *biffé*] [commune
corr. interl.], plutôt [un mot illisible] dans ses manières comme sont
souvent les dames de la campagne et telle que sa mère avait paru
à Daniel la nuit de leur romanesque entretien. Mais Tota n'avait
offert aucune résistance à Paris. Cette femme qu'il aimait était une
femme pareille aux autres ; quel mystère qu'il l'aimât, la sachant,
la voyant si pareille aux autres. D'abord il avait cru sentir l'attrait
d'une nature [89] [⟨primitive ?⟩ et sauvage. Le mystère une fois
dissipé, Tota habillée, maquillée comme le reste du troupeau,
n'avait rien perdu à ses yeux de son prix. Il la jugeait. Parfois elle
regardait dans le vide avec un petit visage absorbé qui à Cauterets
l'avait enchanté, comme resplendissant d'une tristesse mystérieuse.
Ainsi lui était-il apparu à Cauterets. Aujourd'hui, il sait ce que
Tota contemple en esprit, dans ces moments-là. C'était du crêpe
georgette, de la mousseline de soie et que ⟨sa grande⟩ découverte
de sa vie parisienne, c'était comme elle dit « l'art de combiner un
ensemble pour que tout sur elle soit savamment assorti ». Son
goût n'a plus rien de provincial. Il faut un peu de temps pour voir
la recherche de son ajustement, tant il est à la fois discret et imprévisible. [*Rature et add. interl. de sept ou huit mots*] Elle se tait comme
accablée encore par les méditations qui ont abouti à une ⟨réussite⟩
dont les autres femmes demeurent éblouies et accablées. Daniel
avait ⟨senti⟩ chez beaucoup d'autres femmes une espèce d'indifférence désespérée, un renoncement à toute coquetterie [elles
s'abandonnaient elles mêmes, avant qu'il ne les abandonne. *add.*
interl.] Tota ne lui a rien sacrifié de ce qu'il [un mot illisible], le
rouge ⟨si laid⟩ qui souille les lèvres et enlève aux baisers leur goût
de [un mot illisible] et au bout des doigts cet affreux carmin qui
ressemble à une maladie des ongles. Sur ce point là aussi elle lui
résiste doucement, elle ne s'adapte pas, elle ne se modèle pas

selon son désir, elle l'aime pourtant. Elle dit qu'elle m'aime. Elle
m'aime. *biffé*] Il avait peur de ce sentiment [vague et profond
biffé] [désespéré *corr. interl.*] qui montait de son être et qui semblait ⟨recouvrir⟩ ce jeune corps assoupi. [Elle s'était endormie
au bord de cet immense amour *[qui se retirait *biffé 1]* qui la
soulevait un instant, puis se retirait *biffé en définitive*]. Et de nouveau il la contemplait. Elle dormait au bord de cet immense amour,
assez proche du flot pour que la vague *[quatre mots illisibles]*, trop
éloignée pour que l'océan ne pût jamais la recouvrir, la rouler,
l'entraîner dans ses abîmes ? *[91]* [Il la jugeait, il la mesurait, il la
comparait comme il eût fait d'une petite chèvre. C'était elle pourtant qui déchaînait en lui, quoi donc ? une peur ? une douleur ?
[deux lignes illisibles.] *biffé*] Il appela à mi-voix : / Tota ! / Tant
pis, il lui dirait qu'elle s'était réveillée seule, qu'elle n'avait entendu
qu'en rêve cet appel. Mais le jeune corps demeura immobile. Il en
fut à la fois déçu et presque soulagé. Tant il lui aurait paru grave
de violer la défense de Tota et de troubler son repos. [À la peur
que lui inspirait Tota, il mesurait son amour, — son amour, son
humiliant amour. Une lourde charrette fit retentir la rue. Bientôt
l'aube poindrait. Il fallait dormir tout de même. Cet anglais *[un
mot illisible]* devait à dix heures essayer la 14 H.P. Ne pas rater
cette vente. Il avala deux pilules, ferma les yeux... *biffé*] / Le grand
jour l'éveilla. Et d'abord il vit que Tota n'était plus étendue à ses
côtés, et que la place où elle avait dormi était froide. Dix heures
déjà. Sur le revers d'un faire-part, il ⟨reconnut⟩ quelques mots
griffonnés au crayon. Elle n'avait pas voulu l'éveiller puisqu'il
avait pris une drogue. Elle sortait avec son frère. Qu'il ne les
attende pas pour le déjeuner. Ils avaient tant de choses à voir !
Elle rentrerait à six heures pour s'habiller. Qu'il n'oublie pas le
[un mot illisible] et l'auto. *La page 93, fort peu lisible, ne permettait
pas de restituer un texte ; une partie est consacrée à Daniel ; puis commence
la scène entre Hervé et Irène (actuel chapitre V). On distingue les derniers
mots qui permettent le lien avec la page suivante[1] :* Il ira souper avec
[95] elle chez Camille. On boira, on rentrera à une heure impossible. Elle ira pourtant à ⟨cette soirée⟩ à moins d'être à la mort...
Elle ira parce que Gaston Latour est invité. Elle l'assomme. Elle
croit qu'un homme intelligent et cultivé aime forcément une
femme cultivée et intelligente. Comme si ce garçon ne donnerait
pas toutes les ⟨cultures⟩ pour une jeune bonne bien en chair et
bien idiote. Elle était furieuse le jour où je lui ai rappelé que

---

1. *P. 92 on lit ce plan, un peu inattendu à cet endroit, à moins
qu'il ne s'agisse d'une sorte de mise au point, car il reprend certains
épisodes déjà écrits et en prépare d'autres :* — deux lettres de la
dame intoxiquée. / aucune importance apportée en apparence par
Tota. / Pour ⟨une⟩ on peut prendre la chose au sérieux (il l'avait
avortée) / Froideur d'Alain qui le préoccupe. / Femme d'Hervé et sa
b⟨elle⟩-mère. / Conversation du grand critique avec Alain / et sa
⟨souffrance⟩ lorsqu'annonce voyage à Daniel.

Descartes fit un enfant à une servante. Le garçon le plus inculte
[s'il   *1ʳᵉ réd. non biffée*] [pour peu qu'il   *2ᵉ réd. interl.*] s'intéresse
un peu aux choses de l'esprit intéresse infiniment plus Gaston
Latour que les femmes savantes de la race d'Hélène[1]. Je ne deman-
derais pas mieux qu'elle lui plût, qu'elle eût un peu de bonheur.
Y a-t-il quelqu'un au monde à qui elle ait plu ? *[une dizaine de mots
illisibles]* Il ⟨regarda⟩ le nœud de sa cravate, chercha un mouchoir,
passa chez Hélène. Elle était assise sur son lit, avec de grosses
lunettes, les joues blêmes, les lèvres avaient gardé le rouge de la
veille. Des livres et des papiers étaient épars sur le lit. Hervé vit
du linge par terre. Elle avait du avoir de ces sueurs nocturnes :
signe redoutable. Un jour, elle *[trois mots illisibles]*, s'étendrait,
fermerait les yeux, ce serait fini. Souffrirait-il ? Il ne serait plus
épié — Seul, sans témoins, pour tout faire. *[Quatre mots illisibles]*
Il était ⟨honteux⟩ de penser cela. Il s'efforce de fixer son esprit sur
le texte qu'elle *[un mot illisible]* en accentuant certaines syllabes.
« Ces États-Unis d'Europe, point d'exclamation. C'est sur cette
vision sublime que se fermèrent les yeux du vieil Hugo. deux points.
Ainsi le Président du Conseil aura donné raison à cette grande
parole d'A⟨natole⟩ F⟨rance⟩ deux points, ouvrez les guillemets,
l'Humanité finit toujours par réaliser le rêve des sages... Point,
fermez les guillemets. Mme Hébert, vous vérifierez la citation.
Vous la trouverez dans le discours de France à Tréguier[2]. Oui sur
le deuxième rayon. Merci. À demain matin, même heure. Non, un
peu plus tard, car nous sortons ce soir. » / « Est-ce très raisonnable ?
demande Hervé. Je ne vous demande pas si vous avez dormi.
Je vous ai entendu tousser. Vous savez ce qu'est un souper chez
Camille. / *[97]* — C'est le seul moment de la journée où je me
trouve à peu près bien, dit-elle. Si ça ne va pas, il sera toujours
temps de téléphoner. Vous sortiez ? Il dit qu'il déjeunerait dehors
avec Daniel. / — Vous passerez sans doute chez votre mère ?
Voulez-vous lui dire que je suis très fatiguée, que j'ai besoin de
repos, qu'elle ne se dérange pas. Ou plutôt non, ne lui dites pas
que je suis plus souffrante, ça la ferait venir. Trouvez autre chose :
des essayages, une réunion du bureau de l'UFFF, ce que vous
voudrez. / — N'espérez pas que je lui dise rien qui puisse la blesser,
répondit Hervé sèchement. La pauvre femme est discrète, vous le
savez. *[trois mots illisibles]* Elle ne fait guère qu'entrer et sortir.
Il me semble, Hélène, que pour une personne vouée à la sagesse,
vous manquez un peu de patience, de sérénité... » / Hélène demeura
un instant les yeux fermés, la tête renversée avant de répondre :
/ « Vous avez raison. J'ai beaucoup d'estime pour votre mère,
vous le savez. C'est la seule personne que ⟨je connaisse⟩ chez qui

1. Comme il fait souvent, Mauriac utilise pendant quelques pages
un nouveau prénom pour son personnage ; mais il reprendra celui
d'Irène.
2. Ce discours d'Anatole France fut prononcé à Tréguier en
septembre 1903.

je trouve des traces de bonté vraie. Mais elle m'irrite, je l'avoue.
Si je me portais bien, je me dominerais mieux. Ses idées... si on peut
appeler cela des idées... / — Rendez lui justice, Hélène. Elle ne
parle jamais de religion. / — Non, la p⟨auvre⟩ femme, elle ne s'y
frotte plus. Mais comment vous dire ? Elle sent l'église. [Je sens
d'ailleurs sous toutes ses phrases, le confessionnal. Ses silences
même sont éloquents. Je sens qu'elle a la *[un mot illisible]* couverte
de scapulaires, de médailles, la tête farcie de formules, d'oraisons
magiques. *add. interl.*] Et puis, cet air calme, sûr de soi ? Dire qu'il
existe des gens comme elle qui croient que la vérité existe, qu'elle
est définie quelque part et que dans l'immense humanité, ils sont
un petit nombre à la détenir. C'est tellement idiot... / Hervé
⟨remarqua⟩ : / « Que vous importe ? Elle a la paix, pauvre femme... »
Il répète pour lui-même : « la paix... » / « Oui, je devrais me réjouir.
Mais ces gens-là ont une façon, même sans rien vous dire de vous
mêler à leurs superstitions... Ça ne me sourit pas de penser *[99]*
qu'elle prie pour moi. Sûrement qu'elle passe toutes ses journées,
à prier pour moi... » / Hervé sourit. /« Maman est fière, vous
savez. Elle ne serait peut-être pas [fâchée *biffé*] [intéressée *corr.
interl.*] de savoir que cela vous fâche, que cela ne vous est pas
indifférent. Tout cela m'est tellement égal ! Mais je suis heureux
que Maman garde l'espérance, la paix... et que le *[un mot illisible]*
lui soit une immense espérance. Après ce qu'il y a eu dans sa vie ». /
Quand il parlait de sa mère, il semblait à Hélène que la voix de son
mari avait un son particulier, plus dépouillé, plus simple. C'était
le seul moment peut-être où il ne lui inspirait aucun sentiment
hostile, où elle pouvait le considérer sans malaise, sans un vague
dégoût.

[Il répéta : / « Après ce qu'il y a eu dans sa vie ». / Il fit un effort
pour chasser de son esprit une vision atroce et pourtant familière.
Il se rappelait son retour du lycée, cette après-midi de juin, l'ascenseur souillé de sang, le corps de son père qu'on venait de remonter.
Le concierge l'avait ramassé dans la cour. Il respirait encore,
l'enveloppe de ses dernières volontés épinglée à son pyjama.
[add. de deux lignes illisibles]. Hervé secoue la tête, se parle à lui-
même, à *[quelques mots illisibles]* / « Pauvre Maman ! » / « Après
tout, dit Hélène, si elle vient, je la recevrai volontiers. » *biffé*]

Souvent il se complaisait à ce souvenir : son retour du lycée un
après-midi de juin, l'ascenseur souillé de sang [la porte de l'étage
ouverte, le couloir envahi *add. interl.*], le corps de son père que le
concierge et les domestiques avaient ramassé dans la cour. Il respirait bruyamment, l'enveloppe de ses dernières volontés épinglée
au pyjama. Comme sa mère venait à peine de rentrer, elle avait [eu
le temps d'enlever *add. interl.*] un chapeau garni de primevères.
Oui, parfois, Hervé se complaisait à cette vision; il s'en repaissait;
comme un criminel détourne les soupçons, cherche un alibi, charge

1. Mauriac n'a pas biffé la négation.

des complices, il rejetait le pire de lui-même sur ce suicidé ; cela le
soulageait de se dire que le fleuve brûlant qui le traversait n'avait
pas sa source dans son propre cœur, mais en amont, qu'il n'était
que le lit vivant où se frayait une route, où coulait toute cette boue.
[La suite du texte est en ajout p. 98 :] Aujourd'hui pourtant, il
chasse tout cela de sa pensée et répète : « Pauvre maman ! / — Ne
lui dites rien, répond Hélène. Si elle vient, je la recevrai volontiers... » / Hervé de Bénauge avait la clef de l'appartement de sa
mère. Y entrait comme chez lui, allait droit à la chambre et comme
lorsqu'il était enfant, n'attendait pas pour ouvrir la porte qu'elle lui
eût dit d'entrer et ce jour là comme tant d'autres fois, il la voyait
agenouillée, elle se releva en disant simplement   *[add. interl. de deux
mots illisibles]* Je n'avais pas fini mes prières... Quand les avait-elle
finies ? Il l'embrassa comme presque toujours dans le cou et s'assit
sur le canapé et elle sur une chaise basse qu'elle appelait sa chauffeuse et qu'elle rapprocha de lui. N'avait-il pas froid ? Elle avait
toujours trop chaud. Comment peut-on vivre avec le chauffage
central ? Elle lui demanda ce qu'elle avait fait de beau « ces jours-
ci. » / Il donnait beaucoup de détails sur leurs sorties, sur les gens
qu'il avait vus. Elle parut croire que c'était toute sa vie que ce grand
fils lui racontait là   *[add. interl. de cinq ou six mots illisibles]*, une vie
un peu futile, peut-être, mais bien innocente après tout. Il ne lui
semblait pas d'ailleurs qu'il la ⟨trompait⟩, mais il avait le sentiment de son innocence. Sous ce regard tendre et paisible, Hervé se
sentait tel qu'il avait été autrefois. Cette vieille femme en noir lui
restituait son âme perdue. Il redevenait cet enfant qu'il n'avait pas
cessé d'être pour elle. La chambre de maman, ⟨pareille⟩ à ce
royaume où ne pénètrent que ceux qui redeviennent pareils aux
petits enfants. Depuis son veuvage la comtesse de Bénauge avait
pu [changer deux fois d'appartement   *1re réd. non biffée*] [déménager
deux fois   *2e réd. interl.*], c'étaient les mêmes meubles, les mêmes
tentures, la même odeur et *[quatre ou cinq mots illisibles]* le même
regard qui le couvait avec le même amour. « Je vois que tu es
⟨transi⟩. Je vais chercher une ⟨bûche⟩. / — Mais, maman, vous
n'avez qu'à sonner. » / Elle avait toujours peur de déranger ses
domestiques. Elle avait ⟨peur⟩ de ses domestiques et plutôt que de
les déranger préférait ⟨soutenir⟩ qu'elle [ne savait   *1re réd. non
biffée*] [n'aimait pas   *2e réd. interl.*] se faire servir. Il n'eut pas l'idée
de se lever, d'aller dans l'antichambre. Déjà elle rapportait sa
bûche, arrangeant le feu et il regardait ses mains déformées qui
avaient été belles *[quelques mots add. illisibles]*, mais qui *[101]* toutes
déformées [avaient le pouvoir de l'attendrir   *1re réd. non biffée*]
[avaient sur lui un doux pouvoir d'attendrissement   *2e réd. interl.*] /
Il se blottissait dans cette ombre comme dans un monde retrouvé,
parfois comme il eût fait d'une étoile il se penchait *[add. de deux
mots illisibles]* sur le gouffre de sa vie accoutumée. Dans un bref
éclair, il entrevoyait ses démarches de cette après-midi, ses gestes
récents, ces actes inconnus du monde. Mais toute cette horreur

future si proche de s'accomplir, comme elle lui apparaissait irréelle.
Il en détournait son esprit, écoutant les propos sur les domestiques,
sur le jardinier de la *[nom peu lisible]* qui demandait encore de
l'augmentation. La vieille dame se laissait aller à parler de ses
petits-enfants, les enfants de sa fille X. Mais Hervé détestait son
beau-frère, conseiller municipal, homme d'action, ⟨utile et esti-
mable⟩ comme l'homme du monde qui ⟨croit⟩ faire œuvre utile
et qui n'a jamais cru qu'une naissance illustre l'obligeât de vivre en
marge de son époque. Mme de Bénauge ne s'attardait ⟨que peu⟩
sur un sujet qui rembrunissait toujours le visage de son fils. Hors
cela il n'était aucun de ses propos à quoi Hervé refusait de prêter
une oreille complaisante. À près de quarante ans, il ne jugeait pas
plus sa mère qu'il ne faisait, petit garçon. Cette critique impitoyable
qu'il appliquait au reste du monde épargnait sa mère. Sans qu'il
se l'avouât, il continuait d'attacher à ses jugements *[add. de
deux mots illisibles]* un peu de cette infaillibilité qu'il leur conférait au temps de son enfance, alors qu'il n'eût pas admis qu'une
robe de sa mère ne fût pas la plus belle qu'il y eut ou qu'elle
pût commettre la moindre erreur dans le choix d'une robe ou
d'un livre

[Cahier II] *[1¹]* Tout abandonné à cet engourdissement familier,
il regardait le feu, sans que le gênât le silence de la vieille dame. /
« Et Hélène », demanda-t-elle brusquement. / Il répondit de
mauvaise grâce : / « Toujours dans le même état. / — As-tu vu
Romieux ? / — Oui, il n'est plus fanatique de l'altitude. Il dit que
ce qu'il y a de bon à Leysin *[add. trois mots illisibles]*, c'est l'organisation du repos [qu'on n'obtiendra jamais, semble-t-il, à Auber-
villiers *add. interl.]* Mais d'ailleurs, elle refuse de partir. / — Je préfère cela, dit la v[ieille] d[ame]. / — Ce serait pourtant raisonnable. » / Hervé s'était souvent complu à l'idée d'être seul à Paris,
tandis que sa femme vivrait à ⟨Leysin⟩. Mais il se consolait de
ce qu'elle n'y voulait pas consentir en songeant à tant de dépenses
qu'un tel traitement eût entraînées. / « Je préfère qu'elle reste à
Paris, reprit la v[ieille] d[ame] du moment que tu refuses de
l'accompagner. D'ailleurs, je te comprends. Et puis tu n'es pas
fort et *[quelques mots illisibles]* au milieu de tous ces tuberculeux.
Tu es déjà bien assez exposé... Enfin, je sais que vous êtes raisonnables. / — Mais oui, maman... » Il ajoute après un temps de
silence : « Tu ne connais pas Hélène, elle se passerait fort bien de
[moi *biffé]* [ma compagnie. Ce n'est pas cela qui la détourne
d'aller à Leysin *corr. interl.]* Elle n'a besoin de personne. / — Non,
Hervé. Crois-moi. Il ne faut pas la laisser seule. » / Elle n'avait pas
élevé la voix. Elle n'avait pas appuyé sur ces dernières paroles et
pourtant *[2]* Hervé tressaillit, leva la tête, lui jeta un regard à la

---

1. Les pages du second cahier n'ont pas été numérotées par Mauriac ; nous les avons numérotées pour la commodité.

dérobée. Elle ne quittait pas son tricot des yeux et sa tête branlait d'un mouvement régulier, accordé à celui des longues aiguilles. Une mantille de Chantilly dissimulait son crâne et ne laissait à découvert que deux bandeaux de cheveux d'un blanc jauni. Une petite croix d'or était attachée à son corsage boutonné par devant. | « Lors de ma dernière visite, Hervé, il y avait encore sur une table un tube de gardénal: » | Il se leva et répondit avec irritation qu'il n'appartenait à personne d'empêcher Hélène d'acheter de cette drogue chez le pharmacien. Il ne s'agissait pas d'une malade enfermée dans sa chambre, asservie à son entourage. Elle *[un mot illisible]* de sortir. | « Raison de plus pour ne pas la perdre de vue. | — Mais vous attachez trop d'importance à un médicament comme les autres. Sans doute Hélène en abuse et s'intoxique... | — Tu sais bien, mon petit, qu'il y a un autre danger... » | Et comme il ne répondit rien, elle ajouta : « Tu sais bien ce que je veux dire... » | Hervé s'accouda à la cheminée, sans manifester qu'il ait compris. | « À quelle heure dois-tu la retrouver cette après-midi ? | — Je la ⟨retrouverai⟩ à six heures chez Madame X. Un cocktail. Mais nous resterons pour le dîner. | — Promets-moi de repasser la voir dans la journée... » | Il détourna la tête. Rien au monde ne l'empêcherait de faire cette après-midi ce qu'il avait à faire, de se livrer à cela qui était toute sa raison de vivre, [cette chose *biffé*], ce plaisir, ce [sombre et *biffé*] triste enivrement, cette chose dont cette vieille femme n'avait pas même idée. Il vit les rues que prendrait le taxi, les grandes *[un mot illisible]*, puis *[3]* le boulevard, ce square, cette maison en retrait, cette porte *[un mot et une add. interl. illisibles]* l'escalier intérieur, la chambre à l'entresol... | « Tu repasseras dans la journée ? | — J'en doute. Je déjeune tard avec Daniel, j'ai des rendez-vous. Je tâcherai de me rendre libre. » | Il vit les yeux de sa mère arrêtés sur lui. Dans sa face [ravagée *biffé*] [⟨flétrie⟩ et jaune   *corr. interl.*] ils demeuraient seuls si jeunes, si purs, de ce bleu dont il avait hérité. Oui, il avait les mêmes yeux. [Il songe à tout ce qu' *add. marg.*] il regardait, [à tout ce qu' *add. interl.*] il dévorait du regard avec les yeux bleus qui étaient ceux de sa mère. | « Ne t'inquiète pas, moi aussi, je passerai chez Hélène vers quatre heures. » | Il parut soulagé. Aucune inquiétude ne le troublerait donc cette après-midi. Qu'il était ⟨pressé⟩ maintenant d'échapper à cette chambre, comme s'il avait un devoir *[deux mots illisibles]* ailleurs. | Pourtant il allait sans joie dans les rues brumeuses. ⟨Aux⟩ Invalides, il ⟨traversa⟩ l'esplanade balayée par un vent froid, d'un pas rapide, bien qu'il fût assuré d'être en avance sur l'heure fixée par Daniel. Mais c'était son destin d'arriver toujours le premier à tous les rendez-vous, d'être toujours le client qui guette la porte d'entrée sous le regard ironique du chasseur. Comment faisaient les autres pour être à ce point pressés, pour ne pouvoir lui donner que quelques instants [entre deux rendez-vous *biffé*] ? Il semblait que rien ne pût combler ses journées. Qu'il faut peu de temps pour accomplir les gestes les plus graves ! *[un mot illisible]* de plaisir. Sur les Champs-Élysées, il ralentit sa course *[quelques mots illisibles]*. Tout lui parut simple. Il pensa à Hélène Elle durerait longtemps. On ne pouvait pas dire que le mal ⟨fut plus grave⟩ depuis l'année dernière. « C'est un état... » Rien n'avait d'importance. Il salua quelqu'un *[4]* dont il ne se rappelait pas le nom. On croit n'être vu, se dit-il. Mais bien des gens nous connaissent que nous ne connaissons pas *[Deux lignes en partie raturées indéchiffrables].* | Comme il entrait au Fouquet's et que certain d'être comme toujours en avance, il cherchait une table, il aperçut Daniel déjà installé et qui le saluait d'un signe. Il en éprouva du plaisir et un sourire éclaira sa figure, ce sourire dont Daniel disait que c'était le premier de ses ⟨mensonges ?⟩ et qui le dispensait d'ouvrir la bouche. Hervé remarqua l'œil vague et brillant de Daniel. | « Tu n'es pas raisonnable, lui dit-il, d'un ton affectueux et grondeur. Tu m'avais promis de ne pas boire le matin, à jeûn. Combien de cocktails, ajouta-t-il, sur un ton d'inquiétude, mais où perçait du contentement. » | Daniel haussa les épaules sans répondre. | « L'affaire est faite ? » | Oui, il avait vendu la voiture. Il n'avoua pas qu'il avait baclé le marché, qu'il aurait pu en tirer deux billets de plus. L'angoisse de la dernière nuit, le jour ne l'en avait pas délivré. Il osait s'avouer maintenant que Tota le fuyait, qu'elle cherchait tous les prétextes pour ne plus se trouver avec lui, pour qu'il ne fût jamais en tiers dans ses promenades avec Alain. Sans doute *[quatre mots illisibles]* de la présence d'Alain; mais, bien avant son arrivée, depuis plusieurs semaines déjà, Daniel avait le sentiment que Tota le fuyait. Pourquoi d'ailleurs ce voyage d'Alain. Il avait bu deux Martini, mais sans *[5]* en obtenir la délivrance. Bien loin de là. Tout son ⟨univers⟩ était assombri et il voyait les choses tourner au pire. Hervé épanoui commandait le déjeuner, disait regretter le Fouquet's d'avant la guerre *[quelques mots illisibles]*, ses profondes banquettes. | « Comment trouves-tu Alain ? | — Alain ? Quel Alain ? | — Mon beau-frère, tu le sais bien, voyons. » | Oui, il le savait bien, mais c'était une de ses manies d'obliger les gens à se répéter, à insister, manœuvre à peine consciente pour se donner le temps de les observer, pour leur fournir peut-être l'occasion de se livrer davantage. | « Mais non, j'avais oublié. Ton beau-frère ? Il est charmant. À cet âge, on est toujours charmant. Je l'ai aperçu d'ailleurs. Mais ce garçon m'a frappé : si ⟨réservé⟩, si *[un mot illisible]*... Et comme quelque chose de plus... Je cherche quoi. » *[des add. illisibles dans cette phrase].* | Il s'interrompit, observa le chateaubriand que découpait le maître d'hôtel. | « Leurs grillades ne sont plus ce qu'elles étaient. On en mange de meilleures au *Salon d'or* ou chez *[nom illisible]*. » | Daniel savait que Bénauge faisait semblant de ne pas trouver ce qu'il voulait dire d'Alain, [que le mot était là sur ses lèvres *add. interl.*], qu'il ne le retenait que pour lui donner toute sa portée, plus de pénétration. ⟨À ce moment ?⟩ le chasseur vint dire ⟨à⟩ Daniel qu'on le demandait au téléphone. Hervé *[cinq mots illisibles]* alluma une cigarette. Il vit dans la glace sa figure un peu échauffée ; une femme seule à la table voisine laissait ⟨traîner⟩ sa main sur la banquette, pas très loin de la sienne, une affreuse main courte *[trois mots illisibles]* Pauvre *[un mot illisible]* qui compte sur moi pour lui payer son déjeuner. Il la dévisagea. Elle lui sourit, il détourna la tête. Dire qu'il y avait assez d'⟨amateurs⟩ pour qu'une créature de cette espèce puisse vivre, déjeuner tous les jours ici... *[6]* Daniel reparut. / « C'était la princesse, dit-il. Elle a téléphoné chez moi. On lui a dit que je déjeunais ici. Tota lui a, paraît-il, écrit pour lui demander la permission d'amener son frère, ce soir. Tu vois qu'il n'est pas si farouche. Sais-tu qui le *[un mot illisible]* d'aller chez la princesse ? Je te le donne en mille. *[un nom illisible]*. Il brûle de connaître l'illustre *[même nom]*[1]. Déjà je vois ça d'ici. Il va se jeter à sa tête, comme il a fait pour moi à Cauterets... / — Il avait lu des choses de toi ? / — Oui, il savait par cœur mon pamphlet sur les vieillards de la guerre, mais ce qu'il admirait surtout de moi, c'était que je fusse le seul de ma génération à avoir imité Rimbaud dans sa retraite, dans son silence, le seul qui n'eut pas senti le besoin de *[quelques mots illisibles]* avec un volume chaque année. *[Cinq lignes raturées indéchiffrables].* » / Comme Hervé demandait d'un ton indifférent, si c'en était fini de ce bel enthousiasme, Daniel répondit qu'Alain était de ces garçons avec qui il est toujours difficile de reprendre contact. On ne les a jamais *[un mot illisible]* une fois pour toutes. / « Pourtant, vous êtes des frères maintenant. Vous devriez... / — Il est certain que cela ne nous a pas rapprochés. Au contraire... » / Daniel eut l'impression d'avoir parlé à haute voix. Il avait bu. Dans une sorte de brouillard, il aperçut la face étroite d'Hervé, ses yeux bleus entre les ⟨franges⟩ des cils fixés sur lui avec une expression dure et avide. / « Au contraire, dis-tu. Mais comme c'est drôle. Maintenant le petit beau-frère a l'air d'un si drôle de corps. Tiens, voilà ce que je voulais dire tout à l'heure. J'ai trouvé. Il a une tête d'obsédé, il a l'air prisonnier d'une idée fixe. Tu ne l'intéresses plus sans doute ; mais il ne m'a pas *[7]* même regardé. Il ne voit rien. C'est un garçon qui doit être occupé uniquement par une passion quelconque. Tu ne le penses pas ? » / Daniel, l'œil mauvais, secoua la tête. / « Qu'est-ce que tu vas chercher ? Tu veux toujours que les gens aient du mystère dans leur vie ». Il fut au moment d'ajouter : « ... Tu as besoin de croire que tu n'es pas différent des autres et qu'il n'est personne qui ne dissimule un plan », mais il ⟨se retint⟩ et ⟨dit⟩ : / « C'est beaucoup plus simple. Je n'ai qu'à me souvenir de ce petit être follement timide, perclus de honte, que j'étais à l'âge d'Alain, et je n'avais pas comme lui vécu dans un trou de ⟨campagne⟩ entre un père à

1. Le nom de l'écrivain qu'Alain désire rencontrer change à plusieurs reprises, avant de se fixer sur « Lopez », semble-t-il un peu plus loin.

demi fou et une mère terrorisée. » Il fallait au contraire admirer qu'Alain ne fut pas plus farouche qu'il n'était. Sans doute avait-il ⟨bénéficié⟩ de deux années d'internat au lycée. Mais ce n'est pas là qu'un garçon se forme. / « Il s'y serait plutôt abîmé, dit Hervé. Ce quelque chose de retenu, de préservé qui fait son charme, il le doit à cette sœur aînée qui est sa plus sûre amie et il l'aime à la façon de Maurice de Guérin. » *[ratures et add. rendant la lecture conjecturale].* / *[8]* Hervé ne remarque pas le bref soulagement de Daniel. / Les dernières paroles avaient été dites sans intention, ou du moins n'avait-il pas conscience à cette minute-là d'aucun dessein délibéré. *[Il parlait comme il eût fait, s'il avait eu l'esprit libre et pourtant add. interl.]* son esprit était ailleurs. Il regardait sa montre. Le temps approchait où il était attendu, il savait où. Il fallait qu'il sortît pour faire ce qu'il devait faire, qu'aucune force au monde que la mort, ne pourrait l'empêcher d'accomplir. Au ⟨milieu⟩ d'un quartier perdu, au ⟨centre⟩ de cet après-midi *[un mot illisible]* et déjà des magasins *[quelques mots illisibles]* — qu'elle est éloignée cette rue ! C'est quelquefois plus court de prendre le métro. On l'attend déjà peut-être. / « Moi, je reste encore un peu, dit Daniel. À ce soir. » / *[Il vit à travers la grande glace ⟨Hervé prendre⟩* son taxi. Naturellement, il a *[deux mots illisibles]. add. interl.]* Daniel demande un autre verre de marc. Il faudrait téléphoner pour savoir si les Puerto-Belgrano sont vendus. Puisqu'ils avaient monté un peu. Comme c'est amusant la bourse. L'année dernière on jouait sur les valeurs. Rien à faire maintenant. *[un nom]* assure que ce calme plat va durer. Tota ! Tota ! Ce long jour encore sans elle. Que signifie cette dérobade... Oui, à quoi bon se le dissimuler. Dès le début, en dépit de la profonde entente physique, elle se dérobait. Mais cet accord, tant qu'il dura, l'avait rassuré. Il n'avait jamais douté que ce fût là l'essentiel de l'amour. *[deux mots add. interl.]* chaque fois que je te tiens, que je la possède... mais après on dirait qu'elle ⟨me regarde m'amuser⟩... / Bientôt quatre heures. Daniel soudain découvre que ⟨le monde est vide⟩ : rien ne l'appelle ; personne à voir. *[N'est-ce pas cela la fin de la jeunesse ? [cinq ou six mots illisibles]* ne plaît plus, a fini de plaire. *add. marg.]* Aucun désir. Que désire-t-il ? Rien ne l'intéresserait que de savoir où sont Alain et Tota, que d'entendre ce qu'ils se disent. Et déjà il imagine la scène. Il est dans l'ombre d'un café. Ils entrent, ne le voient pas. Une ⟨cloison   ?⟩ les sépare. Il entend tout sans être aperçu. Plusieurs ⟨thèmes⟩ de conversations s'offrent à son esprit et d'abord le pire : deux êtres qui s'aiment et qui l'aiment aussi et se sacrifient à cause de lui et s'attendrissent : / « Je suis idiot, dit-il à mi-voix. Sa gorge est contractée, comme si tout cela n'était pas *[un songe biffé] [le plus enfantin des scénarios corr. interl.]* Pour peu il verserait de vraies larmes. Qu'il souffre ! *[9]* Sa souffrance au moins est, elle, une réalité. Une réalité qui commence à lui devenir familière. Avant de connaître Tota, il n'avait jamais souffert. Il avait toujours été celui des deux qui ne souffrait pas. Et aujour-

d'hui qu'il lui serait doux d'aller finir cet après-midi chez Thérèse[1].
Elle saurait ne rien dire, elle ne lui poserait pas de questions. Comme
autrefois lorsqu'il apparaissait après des [semaines d' *add. interl.*]
absence, elle ne lui dirait pas seulement : « D'où viens-tu ?... »
Et comme l'année où il avait été avec cette romancière en Tunisie
et qu'il avait manqué d'argent, c'était à Thérèse qu'il avait télégraphié. Elle ne lui avait jamais reparlé de ce mandat sauf une allusion
dans la lettre de folle adressée à Tota au lendemain de leur mariage.
Mais Tota n'avait pas dû comprendre. Quel dommage que Thérèse
ait découvert la drogue ! Elle l'attendrait encore. Elle ne serait
pas prisonnière d'une maison de santé. Il n'aurait qu'à courir chez
elle. / « C'est encore moi qui lui ai fait connaître cette saleté. » /
Il y avait deux ans, lorsque tout commençait d'aller si mal pour lui,
il avait brusquement pris le parti de ne plus écrire, prétendu qu'il
était bien le seul de sa génération capable de renouveler le mouvement d'Arthur Rimbaud. Mais les camarades savaient qu'il était
à bout de souffle, [qu'il avait épuisé tous les lieux communs sur la
génération sacrifiée et sur le catholicisme de droite et tout ce qui
l'avait mis en vedette au lendemain de la guerre, *add. marg.*],
qu'il n'avait plus rien à dire. Voilà ⟨dix⟩ ans qu'il ⟨s'accroche⟩,
disait-on[2]. Lui-même n'en peut plus. Et l'on disait aussi qu'il valait
mieux à faire maintenant *[add. de quatre mots illisibles]* qu'il avait
de l'argent de poche pour s'amuser à la Bourse... *[10]* Cette année-
là, il avait essayé de la drogue et avait entraîné Thérèse, mais tandis
qu'il y répugnait et avait eu tôt fait de s'en déprendre, elle s'y était
enfoncée chaque jour plus profondément. *[une longue rature]* /
C'est encore moi qui lui ai fait connaître cette saleté. / Que de fois
pourtant lui en avait-elle exprimé sa gratitude : « Il est bien juste,
lui disait-elle, que celui par qui je souffre, m'ait communiqué le
remède à toute souffrance... » / Dès que le mariage de Daniel lui fut
révélé, la drogue ne lui suffit plus. Et maintenant... Mais quoi !
Ce n'était pas lui qui l'avait cherchée, cette femme. À l'hôpital,
en 18, où elle le soignait — il avait une jambe dans le plâtre — il ne
demandait que le repos. Elle l'avait *[un mot illisible]* alors qu'elle
avait tant de raisons de demeurer tranquille, un gendre tué à
Verdun, une fille veuve avec trois enfants *[plusieurs lignes raturées]*.
[11] Elle lui avait tout sacrifié sans qu'il lui demandât rien ; il ne
se souvenait pas qu'elle se fût jamais plainte, ni qu'elle ait eu la
folie d'attendre de lui aucune fidélité. C'était sa confiance qu'elle
exigeait et elle se fût résigné au mariage de Daniel. Mais qu'il en
ait gardé le secret vis-à-vis d'elle, voilà ce dont elle n'avait pu se
consoler. Mais il avait mal agi — elle ne s'en consolait pas — la
mettait devant le fait accompli. Cette femme qui avait tout subi,
les ⟨pires scènes⟩, les abandons *[des add. illisibles]*, bref, tout,

---

1. Il s'agit évidemment du personnage qui dans le début de *ms. 1*
s'appelle Éléonore et dans le texte définitif Marie Chavès.
2. Ce qui date le roman de 1929 ou 1930.

il a suffi de cette petite ⟨action⟩ lâche pour l'atteindre en plein
cœur. Ah ! qu'il aimerait maintenant ⟨aller à elle⟩, comme naguère.
Elle reconnaîtrait son coup de sonnette, il s'étendrait sur le divan,
dont elle disposerait les coussins. Elle apporterait le whisky, les
cigarettes, les amandes grillées. ⟨À travers les vitres *[un mot illi-
sible]* où déjà noircissait⟩ le ciel, la tour Eiffel s'allumerait *[un mot
illisible]* dans le brouillard. Il lui raconterait *[add. interl. illisible]*
toute cette folie pour en être délivré. Elle lui prendrait la tête
de ses deux mains. Il croit l'entendre dire d'une voix un peu
⟨moqueuse ?⟩ : « Voyons, mon petit, vous êtes fou. » Il est vrai
qu'il était fou. Tout cela ne reposait sur rien. Comme elle l'aimait,
Tota, ces soirs [étouffants *add. interl.*] de Cauterets. Et comme le
petit Alain paraissait fier le soir de leurs fiançailles. *[Quelques lignes
de rature et d'add. difficiles à déchiffrer.]* Un sauvage qui ⟨sculpte⟩
dans un tronc d'arbre deux yeux, une bouche et un nez et qui
soudain prend peur devant ce monstre, sa créature. À cette minute,
il voyait clairement sa folie ; il était délivré, il respirait, il sourit
— il ⟨croit sourire⟩ dans le vide, mais la femme assise devant un
petit verre de fine lui répond dans la glace : il voit luire une dent
d'or. C'était la même qui *[12]* tout à l'heure avait rapproché sa
main de celle d'Hervé. Les garçons enlevaient les dernières nappes.
L'heure du thé n'était pas encore venue. Pour que ce jeune homme
s'attardât ainsi, il fallait qu'il eût du temps à perdre, pensait la
dame. Elle savait reconnaître à certains signes ceux qui attendaient
quelqu'un. Celui-là n'attendait personne. Elle s'efforçait d'attirer
son attention, ouvrait et refermait son sac, criait au garçon
des abdullah *[deux lignes avec des additions peu lisibles]*. | Daniel
voyait clairement sa folie à cette minute, et pourtant il pressentait
qu'elle allait encore ⟨surgir⟩ à l'horizon de sa conscience, fondre
sur lui, et déjà un nuage s'élève, annonce l'orage. Il y a tout de
même quelque chose qui ne va pas. Il ne saurait dire à quel moment
Tota s'est ⟨reprise⟩ ; à peine étaient-ils de retour à Paris, après un
court séjour en Provence, elle est devenue fuyante et comme
étrangère ; et cette longue lettre ⟨qu'elle écrit⟩ tous les deux ou
trois jours à Alain. Et lui, il écrivait presque tous les jours. Daniel
savait où étaient ces lettres ; dans le sac à main hors d'usage ; elle
fermait à clef le tiroir de l'armoire — mais elle ne savait pas qu'il en
détenait la seconde clef. Il chassa avec horreur cette pensée, se
rappela le souvenir de ses fiançailles à Cauterets, qui quelques
instants plus tôt l'avait secouru ; mais son ⟨agile⟩ folie eût vite fait
d'en tirer ceci : les deux enfants affolés avaient voulu *[quelques
mots illisibles et une addition marginale peu claire]* il était arrivé au
moment où ils cherchaient ce salut. Ils avaient vu en lui le sauveur.
Cela ne reposait sur rien ? Sans doute. Pourtant on ne pouvait
refuser à l'horrible Hervé un don pour *[un mot illisible]*, pour
mettre au jour le secret de chacun. Il fouillait du groin à l'endroit
de la truffe. Il y allait tout droit. Et bien, *[13]* avait-il hésité une
seconde, dès qu'il avait connu l'existence d'Alain et l'adolescence

étrange d'Alain et de Tota dans cette propriété du Lot-et-Garonne. /
Bien qu'il fut à peine quatre heures, le bar s'alluma. S'il avait pu
attendre chez ⟨Éléonore⟩ le moment d'aller s'habiller *[cinq ou
six mots illisibles]*. Mais une fois déjà il s'était heurté à une consigne.
Elle ne recevait personne et lui moins que personne. Le médecin
avait donné des ordres formels et cet homme avait pris un grand
empire sur elle. / « Il faudra bien qu'elle sorte un jour... » se dit-il
[un mot illisible]. *[Deux lignes peu claires]* il se leva et gagna la
porte. Tota rentrerait pour s'habiller un peu avant sept heures.
Il respirait le brouillard, il se livra à cette odeur du benzol et de
brume, à ce vacarme d'autos, à ce ⟨courant⟩ de visages. Il marchait
vite et lorsqu'il eût atteint *[quatre mots illisibles]* une des allées
presque désertes, se découvrit pour que son front sentit le froid.
Il passa le pont de la Concorde, suivit le boulevard Saint-Germain,
tourna rue de Bellechasse. Il ne résistait pas à l'envie de revoir
Hervé seul. Puisqu'il ne pouvait atteindre *[un nom illisible]*, il
n'était qu'Hervé avec qui il pût parler de ce qui l'obsédait. Mais
[le même nom] l'aurait guéri et Hervé ne pouvait qu'augmenter la
dose de poison. Voilà longtemps qu'il n'allait plus le voir. Quel
prétexte donner ? Il s'entendait lui dire : « Je passe *[deux mots
illisibles]* Je ne fais qu'entrer et sortir. *[deux mots illisibles]* Je voulais te demander si tu t'habilles ce soir. Les gens qui resteront après
le cocktail seront en veston... » Hervé ne serait pas dupe. *[Suit une
page dont il est difficile de reconstituer le texte sous les nombreuses ratures :
Daniel rencontre à la porte la mère d'Hervé ; celui-ci n'est pas rentré,
Daniel s'en va, tandis que Mme de Bénauge entre chez sa belle-fille ; elle
voit les tubes de gardénal et les prend.]* *[15]* Mme de Bénauge remonte
la rue Vaneau, tourne rue de Babylone, suit la rue Monsieur déserte.
Un peu avant d'atteindre la rue Oudinot, elle pousse le vantail
d'une porte cochère, traverse une cour, gravit les degrés d'une
chapelle. Peut-être est-elle fermée déjà ? Non, la porte cède sous sa
main. Parmi quelques ombres immobiles, la vieille dame s'agenouille, et soudain elle aussi est comme ⟨frappée⟩ d'immobilité.
Sa bouche ne remue pas, ni ses mains. Elle pense fortement à Hervé
d'abord, elle le voit en esprit, il est là, elle le prend, elle le porte
dans ses bras comme lorsqu'elle était une jeune mère et qu'il était
un petit enfant. Elle le tend vers quelqu'un comme elle eût fait
d'un fils lépreux, elle ne sait rien de lui sauf cela qu'il a une lèpre,
qu'il est [mort *1re réd. non biffée*] [demi-vivant *2e réd.*] depuis
des années — le fils qui fut un enfant si pur... Hélène à son tour
est évoquée et soutenue par cette vieille femme comme elle eût
fait d'une fille aveugle. Et maintenant, elle va au-devant des morts,
cet homme que les domestiques ont ramassé dans la cour et qui
râle — cet œil [envahi de ténèbres *add. interl.*] qui la fixe et qui
ne la voit pas, cette tête [sanglante *add. interl.*] qu'elle a posée
contre *[16]* son épaule. On ne sait pas pourquoi il a voulu mourir.
[Il était riche, il paraissait fidèle. *add. interl.*] Elle ne sait pas pourquoi il a voulu mourir. S'il avait ⟨été de⟩ ma génération, a dit un

jour Hervé, il ne se serait pas tué[1]... Souvent elle s'est souvenu de
cette parole incompréhensible — sans oser interroger son fils. Elle a
la charge d'intentions qui se détachent d'elle une à une, et maintenant personne au monde ne l'occupe plus que Celui qu'elle regarde
dans l'ombre. / Le même soir, on se met à table très tard chez la
Princesse. Il avait fallu attendre que fussent partis ceux des invités
au cocktail qu'elle ne voulait point retenir à dîner. Alain était assis
au bas bout de la longue table et en face de lui au bout de l'étroite
allée jalonnée de fleurs, de miroirs, de candélabres *[add. de deux
mots illisibles]*, dans la fumée des cigarettes déjà allumées, Tota lui
souriait et lui aussi reposait ses regards avec complaisance sur ce
visage familier. Son beau-frère était assis au centre de la table.
Il avait les traits affaissés, l'œil vague de l'homme qui a commencé
à boire dès le matin. Alain ignorait le nom des deux jeunes hommes
assis près de lui et qui *[add. de six mots illisibles]* Il était encore assez
⟨tôt⟩ pour voir ces visages charmants s'alourdir, et comme se
ternir. Ils parlaient peu. Il y avait plus de cris, d'exclamations que
de paroles, plus de paroles que de phrases. D'ailleurs Alain n'essayait
même plus d'entendre ces allusions à des gens qu'il ne connaissait
pas. Comme tout le monde parlait vite ! Seul Hervé n'avait pas
[cinq mots illisibles] refusant même le champagne. Il détournait les
yeux chaque fois qu'Alain levait les siens et de nouveau il l'épiait.
« Qu'ai-je donc d'extraordinaire ? » se disait Alain. Daniel aussi
d'ailleurs fixait sur lui ses prunelles troubles. « Sait-il pourquoi
je suis venu ? *[add. de quelques mots illisibles]* Il ne peut douter que
ce soit pour son bien. — Mais son ⟨ivresse⟩ de ce soir, son affreuse
tête d'ivrogne ne vont pas arranger les choses. Dire que j'ai adoré
cet homme, que je l'ai pris pour quelqu'un. » Le Margaux qu'on
servait trop froid n'était peut-être pas mauvais. Comment savoir
après avoir bu tous ces cocktails. Lui n'avait bu que quelques
gorgées et pourtant c'était déjà trop, ⟨le vin⟩ n'avait plus aucun
goût. Ils lui faisaient pitié. *[Un nom illisible]* doit parler de moi
à sa ⟨voisine⟩, elle rit et me regarde. Sûrement il doit lui raconter
une ⟨phrase⟩ maladroite. À la réflexion, c'est niais de lui avoir dit
à bout portant que je détestais les romans et que ce que j'admirais
le plus, c'était la philosophie. Je ⟨n'oserai　?⟩ plus l'aborder
maintenant. Mais je lui ai dit aussi que je *[17]* n'étais venu que
pour lui. Comme on me regarde ! *[une ligne illisible]* ⟨Lopez⟩ et
la dame devaient interroger Tota à son sujet et le regardaient en
souriant. Tota prit une coupe à champagne et la leva doucement
vers lui, il fit de même et ⟨ouvrit⟩ les lèvres comme pour un baiser.

---

　　1. Encore une de ces notations « mystérieuses » supprimées en
grande partie dans le texte définitif. Hervé paraît deviner ce qui
a causé le suicide de son père : le même secret que le sien ? Ce
qui expliquerait ses réflexions sur l'hérédité : « Ce fleuve impur
qui le traversait [n'a] pas pris naissance dans son propre cœur »
(p. 301).

Daniel posa une main sur son front. Alain entendit la voix d'Hervé qui s'adressait à Tota : « ... il est tellement gentil ! Dire qu'on peut avoir dix-neuf ans ! Dire que ce miracle est possible ! » Un des jeunes gens *[add. interl. illisible]* reprit à mi-voix la phrase d'Hervé avec la même intonation affectée. Ils pouffèrent et Alain rit avec eux. Pourtant il était triste, songeait à son départ ⟨le lendemain⟩ soir. Il laisserait Tota dans le même désarroi où il l'avait trouvée. Auprès de qui trouver un conseil, une direction. ⟨Lopez⟩ peut-être. Quel regard intelligent ! Alain aimait en lui jusqu'à son *[un mot illisible]*, cette ⟨laideur⟩ paisible. Quelle connaissance des hommes ! *[add. interl. illisible]* les gens qui l'entourent le savent-ils. On ne fait pas attention à lui. Il ne les intéresse pas. Il n'est pas drôle. Alain décida de se confier à lui, ce soir, si l'occasion lui en était offerte. Il entendit le rire de Tota. Il vit ⟨qu'elle buvait, elle aussi⟩. Ce dont elle avait horreur gagnait sur elle pourtant, la rongeait, l'envahissait. Qu'est-ce qui excitait son rire ? Quelle sale histoire chuchotée à ce bout de table (« non, ne racontez pas ! » avait dit la femme aux autres qui soudain faisaient silence...) « Peut-être ai-je tort de l'exhorter à demeurer ici. Peut-être faudrait-il la ramener, la sauver ?... » Mais alors il revit la maison sombre dans le bas-fond, la pluie et l'hiver, le papier qui pendait aux murs salpêtrés, un bruit de sabot, dans l'allée, la voix ⟨grondeuse⟩ du malade au premier étage, le roulement d'un fauteuil qu'il fallait sans cesse changer de place. Elle n'accepterait plus cette vie. Si elle se libérait, ce serait pour quelles aventures ? Au nom de qui l'en ⟨détournerait-il⟩ ? Mais non, elle accepterait peut-être de me suivre... *[18]* Il savait qu'elle accepterait sûrement de le suivre. Il s'attendrit. Il avait bu du champagne lui aussi, il s'en aperçut lorsqu'il fallut quitter la table. / Il aperçut Tota toute petite au milieu d'un divan *[une ligne raturée et add. illisibles]*. Comme il était ⟨seul et ne savait⟩ à qui adresser la parole, il vit son beau-frère qui venait vers lui, en même temps ⟨Lopez⟩ lui mit la main sur l'épaule. Alain ⟨plein d'une immense joie⟩ lui dit : « Je suis si heureux de vous parler... » Il ne s'aperçut pas qu'il tournait le dos à Daniel qui ne douta point que ce fut exprès. Daniel vit *[nom illisible]* entraîner Alain vers le petit salon. Ses tempes battaient. Bien qu'il supportât bien l'alcool, il avait ce soir-là passé toute mesure ; derrière le ⟨piano⟩ un petit canapé lui servit de refuge ; il s'y abîma, ferma les yeux. Il dormait la tête renversée, la bouche ouverte. *[La page n'est pas achevée, le texte reprend en haut de la page suivante]* / *[19]* « Vous pouvez bien me l'avouer, à moi, disait *[nom illisible]*. Les premiers pas répugnent un peu. » / Alain protestait et soudain il dit : / « Vous ne connaissez pas la campagne. On ne sait pas que les paysans... du moins chez nous... » Il était rouge, il éprouvait une grande gêne à parler de ces choses : « Les noces, les fêtes de village, on sait comment cela finit dans les familles *[add. interl. de quelques mots illisibles]*. Seulement si c'est la jeunesse qui s'amuse, les gens se contentent de ne rien voir, tandis qu'ici... / — Oui, dit *[nom illisible]*, nous ne faisons rien de plus que supprimer la limite d'âge... » / Alain l'interrompit et du même ton qu'avant le dîner il lui avait dit à brûle-pourpoint : « Je n'aime pas du tout le roman... » il dit : « Je voudrais vous parler d'un autre sujet. » / Il leva vers *[nom illisible]* son regard d'enfant et ajouta : « Vous allez me trouver bien ridicule. [*Une phrase de lecture difficile :* J'ignore tout ce qu'on *[quatre ou cinq mots illisibles]* sous le mot d'amour.] Je ne vais plus vous intéresser. Je vous parais un monstre ? Sans doute un jour ⟨ne le serai⟩ je plus. Tota me l'assure. Mais il faudra que je devienne un autre. » / Mais *[nom illisible]* ne le considérait pas comme un monstre. Il prétendit que beaucoup plus de garçons qu'on n'imagine sont naturellement purs, et qu'ils ont à ⟨se⟩ vaincre pour se mettre ⟨au pas⟩ du monde; et même dans le monde. Dans un institut populaire où il faisait parfois des *[un mot illisible]* il connaissait un jeune apprenti que les plaisanteries de ses camarades faisaient rougir. En vain essayait-il de rire avec les autres; il ne pouvait dissimuler un malaise, une honte. « Mais, vous ne m'écoutez pas. » / Alain, les mains jointes, les coudes aux genoux, regardait le tapis. *[Add. d'une ligne illisible]*. « Parlez-moi simplement, dit *[nom illisible]*. Je suis un vieux maître d'école, vous savez. J'ai fait longtemps la classe. La littérature m'a détourné de ma véritable vocation. J'étais fait pour m'occuper d'enfants. *[20]* Je les regrette parfois... » Il mentait, mais il n'arrivait jamais *[trois lignes indéchiffrables]*. Mais c'était vrai que certain goût de direction demeurait vivace en lui. Sa curiosité des êtres — surtout des jeunes êtres — n'allait pas sans un obscur désir de leur venir en aide, bien qu'il sût d'expérience la vanité d'un tel secours. Les êtres jeunes ne demandent qu'on les écoute et aiment à parler d'eux-mêmes devant quelqu'un d'attentif..., *[add. interl. de quelques mots illisibles]* / « Je me demande, dit Alain d'une voix hésitante, si le dégoût que nous éprouvons devant certains actes est un reste de vieux moralisme hérité dont il ne faut pas tenir compte ou au contraire... / — Donnez-moi un exemple dit ⟨Lopez⟩ attentif. / — Supposons une jeune femme, reprit Alain, qui découvre quelque temps après son mariage que son mari a eu un vice, qu'il a accompli certains actes, de ces actes qu'on disait autrefois être contre l'honneur *[add. interl. de quelques mots illisibles]*. Je prétends, si cela est, qu'elle doit examiner ces actes, en eux mêmes, sans tenir compte de l'opinion courante. / — De quels actes s'agit-il ? Mais attendez que j'aie fermé la porte. » ⟨Lopez⟩ se leva sans que le jeune homme eût songé à le prévenir. Il jeta un coup d'œil sur le salon à peine éclairé par une lampe basse. « Ils somnolent. Ils sont bien sages. On ne les entend pas. Vous disiez ? / — Quels actes, reprit Alain. Et bien supposez que la jeune femme découvre que son mari avait une vieille maîtresse, qu'il recevait d'elle des bienfaits de plusieurs sortes... » / « C'est effrayant, songeait ⟨Lopez⟩ qu'il parle ainsi de sa sœur au premier venu. Heureusement pour lui que le premier venu est moi... Il aurait pu s'adresser à Bénauge. » *[Une ligne, add.*

illisible] | « Je vous entends, dit-il, mais vous-même quel conseil
donneriez-vous à cette jeune femme ? *[21]* — Je vous l'avoue, dit
Alain, mon premier mouvement est tout entier de réprobation et
même de dégoût. Mais, ajouta-t-il aussitôt, je me méfie de ces
réflexes ⟨comme des êtres qui prétendent⟩ établir la valeur morale
d'un acte. » | Il avait de ses doigts ébouriffé ses cheveux, ⟨tournait
vers Lopez⟩ un visage tout rongé d'inquiétude. « Pourquoi en
amour le plus riche n⟨'⟩aiderait-il pas le plus pauvre ? » | — Tout
est là, dit ⟨Lopez⟩ : ces deux êtres s'aimaient-ils ? S'ils s'aimaient,
je ne vois pas qu'il y ait là aucun déshonneur de la part du garçon,
fût-il plus jeune. | — Mais l'aimait-il ? demanda naïvement Alain.
Était-ce une femme qu'on peut encore aimer ? | — N'en doutez
pas, repartit ⟨Lopez⟩. Oui, vous voyez, je devine sur quel vous
m'interrogez. Mais soyez sans inquiétude, mon petit, *[deux ou
trois mots illisibles]* sur le seul homme discret qu'il y eut ici ce
soir... » | Alain ne songea même pas à sourire, il saisit la main de
⟨Lopez⟩ avec une *[un mot illisible]* spontanée. | Le gros homme
tira une bouffée de son cigare : « Je l'ai bien connue, dit-il ./
— Éléonore X | — Oui, nous l'appelions Nora *[une ligne illisible]*.
Voyez. Pour vous, je parle d'elle au passé, alors qu'elle est vivante
encore. | — Elle va sortir guérie ? » ⟨Lopez⟩ secoua la tête : |
« Guérie de la drogue ? Il faudrait un immense bonheur pour tirer
une femme droguée de son paradis. *[22]* Enfin, mon petit, rassurez-vous : cette femme de cinquante ans a troublé plus d'une vie
et Daniel était aimé, je vous l'assure. Je n'ai jamais vu dans un être
une passion à la fois si puissante et si discrète. Une femme qui
craignait d'être importune *[une ligne illisible]* et Daniel lui-même
était trop jeune pour comprendre ce qui lui était donné. | Jolie ?
Comment vous dire : ses traits étaient assez insignifiants, il me
semble. Elle se décolorait les cheveux. Sa photographie montrait
une femme plutôt *[un mot effacé]* assez terne. Son regard. Mais
c'était le regard, la voix... » | Alain l'interrompit avec impatience :
| « Oui, mais Daniel n'était pas *[deux mots illisibles]* lorsqu'il a
accepté une somme importante, on m'a dit le chiffre, *[une ligne
illisible]*. » ⟨Lopez⟩ le regarda avec intérêt : | « Comment le savez-
vous ? On l'a beaucoup dit, mais je ne l'ai pas cru. | — Je le sais »,
dit Alain d'un ton bref. Il ne pouvait pas parler des lettres qu'avait
reçues Tota. Comme ⟨Lopez⟩ ne disait rien, il reprit : « Ma sœur
[deux lignes], vous savez ! Elle voulait le quitter. Je suis venu.
Elle est plus calme à présent. Mais après mon départ, je la ⟨sens⟩
capable de tout. Et pourtant il ne faut pas que Tota rentre chez
nous. Ce serait trop long de vous raconter notre vie, ma vie. Vous
ne pouvez savoir ce qu'est le drame *[trois mots illisibles]*. Il faut
être fort quelquefois. Moi même je n'en peux plus... » | — Je n'ose
vous interroger, mon enfant », dit ⟨Lopez⟩ d'un ton *[deux mots
illisibles]*. | « Mais je ne peux l'imaginer libre, ⟨divorcée⟩ à Paris,
n'est-ce pas, ce serait le pire. Jamais je ne me résignerais à voir
Tota *[quelques mots illisibles]* » il eut le sentiment de parler à un

étranger, à un inconnu, et dit doucement : / « Pardonnez-moi,
Monsieur, c'est bien *[un mot illisible]* » | *[23]* Ce fut ⟨Lopez⟩ qui
cette fois lui prit la main. Il aurait bien voulu être ailleurs, ne
trouvait rien à dire et ce fut *[ratures et add. illisibles]* pour sortir
de sa gêne, et pour rompre le silence qu'il posa à brûle-pourpoint
la première question qui lui vint à l'esprit : / « Êtes-vous croyant ? »
/ Alain répéta : « Croyant ? » d'un air étonné, un peu stupide et
regarda ⟨Lopez⟩ croyant que peut-être il se moquait de lui. Comment eût-il imaginé que ce fameux critique [romancier *add. interl.*]
n'avait plus au monde d'autre raison de vivre que de classer les
êtres. *[Quelques mots et une add. marg. illisibles]* quand il avait *[un
mot illisible]* à les rattacher à une certaine classe d'esprits et qu'il
atteignait à découvrir sa famille spirituelle. Cette ⟨coutume⟩ était
devenue sa nature même et il n'y avait guère de questions qu'il
posât plus volontiers que celle-là dont Alain demeurait interdit. /
« Vous voulez rire ? » demanda le jeune homme *[quatre mots
illisibles]* « Non, bien sûr. Vous ne voudriez tout de même pas... /
— Il n'y aurait rien là d'extraordinaire, protesta ⟨Lopez⟩ d'un ton
un peu ⟨brusque⟩. Vous en avez tous les caractères : la *[un mot
illisible]*, la ferveur, le goût de la pureté et de la perfection... /
— Vous êtes drôle, dit Alain familier, ⟨curieux ?⟩, rieur. Vous
vous faites des idées sur la campagne... Je voudrais que vous veniez
chez nous. Ces choses-là n'⟨existent⟩ plus là-bas. Tenez, aussi loin
que je me souvienne, je n'ai jamais vu de curé dans notre village
ou dans les plus proches aux alentours. Il y en a qui vient quelquefois de très loin à bicyclette. La voûte de l'église est d'ailleurs
crevée. On y entre plus guère que pour les enterrements et encore
ça *[un mot illisible]* être au fond parce qu'il y a des étrangers.
[Quelques mots illisibles] — Vous y avez tout de même fait votre
première communion ? » demanda ⟨Lopez⟩ / ⟨Alain secoua la
tête⟩ / « Enfin, vous êtes baptisé ? / — Ma foi, je n'en suis pas sûr,
dit-il. Je ne me suis jamais posé la question. Il faudra que je demande
à maman... puisque ça vous intéresse. » *[24]* « Comme c'est
curieux », répétait ⟨Lopez⟩ en le regardant. « Voilà qui étonnerait
et qui attristerait quelques-uns de mes ⟨pires⟩ confrères. Car lui... »
/ Alain l'écoutait *[la page cesse sur ce mot]* / *[25¹]* Alain *[deux mots
illisibles]* et le suivait mal. Il n'était pas accoutumé à boire ni à
veiller si tard ni à s'étendre après les repas sur un divan qui était
un lit. La porte était restée ouverte sur le salon d'où venait parfois
un éclat de rire, des chuchotements. Il aurait voulu se lever, mais
demeurait là engourdi, à la fois ⟨morne⟩ et béat. Un mot par instant
lui suffisait pour donner à ⟨Lopez⟩ l'illusion qu'il était tout oreille.
Que devenait Tota dans l'autre pièce. Les deux garçons étaient-ils

---

1. *Notes, en haut de page :* la fin de cette scène montre Hervé
[deux mots illisibles] avec sa femme, heureuse parce qu'elle croit
que c'est lui qui a pris le gardénal. *Et :* les deux garçons se disputent
Tota.

toujours à ses pieds ? Du moment qu'ils étaient deux. Daniel dormait-il toujours derrière le piano ? Non, ces pauvres ⟨gens⟩ ne faisaient rien d'extraordinaire. Ils ne pouvaient rien faire que d'être côte à côte abrutis. L'abrutissement. Plaisir du monde. Plaisir du peuple ouvrier ou paysan. La pourriture n'est pas un privilège de classe. « Mais pourquoi ⟨pourriture⟩ ? Au fond je suis infesté de préjugés moraux. C'est ce qui incitait ⟨Lopez⟩ à me prêter une croyance. Il a l'air de prêter une certaine signification à des formalités comme le baptême... Qu'est-ce que le baptême après tout ? » Il ne connaissait rien de ces choses; une formule lui revint : « le baptême pour la rémission des péchés... » la rémission des péchés. Le péché... / « Je ne suis pas radical, disait ⟨Lopez⟩. Je ne souhaite la disparition d'aucune espèce. J'entre dans le souci qu'avait le tzar d'entretenir les derniers aurochs. *[26]* Ce serait vraiment dommage que chez nous le vieil arbre catholique fût frappé à mort. Je vois cela en philosophe, en critique, bien entendu, en esthéticien, dirais-je, des... » /Quelques éclats de rire ⟨et dominant les rires⟩ la voix de Tota l'obligèrent à se mettre sur ses jambes. Suivi de ⟨Lopez⟩ il passa dans l'autre salon. Daniel derrière son piano venait d'être découvert. Mal réveillé, il considérait d'un œil ⟨terrible⟩ tous ces moqueurs. Tota était pâle et ne riait pas. Elle aussi d'ailleurs avait *[deux mots illisibles]* en désordre, elle se fardait mal et avait dû se mettre du rouge au petit bonheur, dans l'ombre. Alain fut frappé *[add. interl. illisible]* de ce qu'elle avait l'air presque aussi vieille que toutes ces ⟨vieilles jeunes⟩ femmes sans âge appréciable ; ses ongles luisaient d'un affreux carmin, et avaient l'air de saigner. Il se rappela de ces petites mains brunes égratignées qu'elle lui tendait naguère pour franchir une haie. Alain s'approcha et lui dit à mi-voix : / « Rentrons. Je veux rentrer. / — Pas moi, dit-elle. Il sera toujours trop tôt de me retrouver en face... / — Tota, je t'en prie. L'affreux Bénauge ne me perd pas des yeux. » / Elle chercha dans son sac une clef qu'elle tendit ⟨à⟩ Alain. / « Rentre de ton côté. Nous allons tous à *Plantation*. Rassure-toi. Il ne se passera rien. Du moins cette nuit... Non, ne t'inquiète pas de ces gens, reprit-elle sur un mot d'Alain. Ils ne sont pas dangereux. Tu ne peux imaginer comme les garçons de tout repos sont nombreux. Cela t'étonne. ⟨Mais on danse⟩ dit-elle avec un air ⟨de joie⟩ qui suffit à lui rendre son âge. Il n'y a que ça qui m'amuse ici... Je n'avais jamais dansé, songe donc ! Oh ! tu devrais venir. Je t'apprendrais *[un mot illisible]*. Tu n'auras qu'à me suivre, c'est si facile. Le jazz vous porte ». *[27]* Non, Alain n'avait pas envie de danser. Il ne souhaitait que de sortir d'ici, d'être seul, de marcher dans les rues. Tota ne savait où était la maîtresse de maison. « Mais tu peux partir. Je t'excuserai. On n'attache plus d'importance à tout ça... » Il ne prit donc congé de personne et dès qu'il fut sur le trottoir respira profondément. Cette nuit froide et ⟨brumeuse⟩ dans une petite rue proche de la Concorde avait une odeur que cet enfant de la campagne reconnaissait. Il marchait tête nue et un peu

agité. Quelqu'un courut derrière lui. Il se retourna. « Monsieur ! »
appela Hervé de Bénauge. / Alain furieux dut pourtant s'arrêter. /
« Vous marchez terriblement vite. Je voulais vous dire que j'ai là
ma voiture. Je me ferais une joie de vous ramener. » / Alain le
remercia. Mais il avait envie de faire quelques pas. Il rentrerait à
pied. Et Hervé : « Je vous comprends. Au sortir de cette tabagie.
Malheureusement j'ai ma bagnole. Mais si vous me permettez de
vous accompagner un peu ». Au silence d'Alain, à son air ⟨méchant⟩
il voyait bien que sa compagnie était redoutée *[une add. marg.
reprend cette phrase]*. Non décidément il ne pouvait ⟨abandonner⟩
sa voiture. Il serra la main du jeune homme qui détala comme s'il
eût craint d'être poursuivi. / Hervé demeura seul sur le trottoir,
remâchant sa rancœur. Pourquoi était-il un objet d'⟨exécration⟩.
Une tendresse profonde jaillissait de lui vers les êtres et nul ne
l'accueillait. Sa méchanceté à Paris passait en proverbe, alors qu'il
étouffait d'amour, qu'il eût été capable de dévouement, de sacrifice.
Ah ! s'il avait été aimé ! Et il ne se disait pas que quelqu'un l'aimait
justement, une malade, à qui il n'aurait pas même fait la grâce de
consacrer une seule journée, un après-midi. À cette minute, il
pensa bien à *[Hélène   biffé]* Valentine, mais parce qu'il était trois
heures du matin, qu'elle devait s'inquiéter, qu'à cause de lui elle ne
dormait pas. Que n'eût-il pas donné pour ne pas rentrer, pour
[un mot illisible biffé] [28] Il ne se lassait pas de ⟨rôder⟩ la nuit
dans ce Paris plein d'embûches et de rencontres. Au petit jour
seulement il découvrait qu'il était recru de fatigue. Mais *[un mot
illisible]*, il imagine sa femme assise sur le lit, avec un livre, ses
drogues. Elle ne lui fera aucun reproche. À quoi bon ? Elle sera
tout entière un reproche vivant. / Il fit jouer la clef avec le moins
de bruit possible, mais la lumière luisait sous la porte de la chambre.
Comme il l'avait prévu, elle était assise avec son livre, la tête dans
l'ombre. / « Je m'excuse, *[Valentine   biffé]* *[Irène   corr. interl.]*. /
Mais pourquoi ? Je ne prétends pas vous condamner à ne jamais
sortir lorsque je suis malade. Suis-je vraiment si exigeante ? » /
Hervé ne voyait pas son visage, mais sa voix était singulièrement
⟨douce⟩. / « Asseyez-vous un instant près de moi », dit-elle. / Il
obéit et la baisa au front. Romieu était-il venu ? Qu'avait-il trouvé
de nouveau ? [« Rien qu'un peu de fièvre qui a l'air de beaucoup
l'étonner. *add. marg.]* Vous n'avez pas trop bonne mine, vous non
plus *[p. 307, 6ᵉ ligne en bas de page jusqu'à p. 309, 1ʳᵉ ligne]*. Je suis
en verve, vous ne trouvez pas ? Où allez-vous ? » [Il allait s'habiller.
Marcel l'attendait au Bœuf avec Tota et le petit beau-frère. *add.
interl.]*[1] / Quand elle fut seule, Irène fit le noir, enfonçant sa figure
dans son oreiller. [« Tu te crois forte, se disait-elle. Et pourtant
tu te jettes sur le plus faible indice. Tu crois comprendre le tragique

---

1. Cette correction date évidemment de la reprise, où la scène
est déplacée ; Mauriac n'a pas récrit cette page, mais en a directement
revu le texte sur *ms. 1*. Voir var. *a*, p. 309.

de ta vie, tu te donnes le nom de véridique et tu méprises le menteur *[un mot illisible]* *biffé*] [Et il suffit que le destin te jette le
moindre fétu pour que tu reprennes cœur. Dire que tu as pu croire
qu'il s'inquiétait de toi, lui qui de tout le ⟨jour⟩ n'est même pas
rentré ⟨prendre⟩ de tes nouvelles, qui n'a même pas téléphoné.
Quelle fatigue ! *1ʳᵉ réd. non biffée*] [Il lui suffisait, songeait-elle
du moindre fétu pour s'y accrocher... Quand serait-elle installée
dans le désespoir sans reprise possible ? Lui qui n'est même pas
revenu pour la visite de Romieu, qui n'a pas même téléphoné
2ᵉ réd. marg.] Elle dit à mi-voix : « Si dans la mort *[p. 309, lignes 9-
16]*... avec cette folie... » / Dans la chambre voisine, Hervé ne
dormait pas : « Niez toujours » songeait-il, quelle absurdité ! [Il ne
faut pas *add. interl.*] nier avant de connaître l'accusation. Dire que
je passe pour menteur. Nul n'est moins capable que moi de dissimu-
lation. Si j'avais su entrer dans le jeu, [Valentine *biffé*] [Irène
corr. interl.] serait devenue indulgente, l'atmosphère entre nous
serait devenue respirable. Tandis que maintenant... » Il avait la
bouche amère. Peut-être aurait⟨il⟩ une crise de foie. « Ce n'est
pourtant pas ce que j'ai bu... » *[31]* Toute la vie lui apparaissait
comme teintée de bile. Il détestait sa vie. Il ⟨exécrait⟩ les autres
— cette espèce de petit paysan à qui j'ai fait *[un mot illisible]* et
qui m'a traité avec ce mépris. Il traînait peut-être encore dans les
rues. Hervé eut honte du plaisir qu'il ressentait à imaginer pour cet
enfant d'atroces mésaventures. / *[Après un début raturé, le texte
reprend à la page suivante [32] :]* Alain avait d'abord marché vite
tant il avait peur que Bénauge se ravisât et le poursuivît. Un peu
essoufflé, il ralentit sa course. Sous les [marronniers *biffé*] *[corr.
illisible]* des Champs-Élysées, derrière les Ambassadeurs, il reconnut
tout à fait l'odeur de feuille pourrie et de brume qui lui rappelait
Malromé. Mais il la respirait sans joie. Malromé ne lui tenait plus
au cœur. Seul le souvenir de Tota mettait dans sa sombre enfance
quelques traits de feu. ⟨Au sortir de⟩ Malromé, tout lui avait paru
magnifique. Le lycée même où, contre le gré de son père, il avait
été interne pendant deux ans pour préparer le baccalauréat, en dépit
de bien des misères, avait contenté en lui le goût du travail intellectuel et sa fringale de lecture. Une naturelle pureté avait écarté
de lui ce qui l'y aurait blessé ; il avait vécu dans une extraordinaire
ignorance du mal. Il était de ces jeunes êtres chez qui l'état d'enfance
spirituelle se prolonge au-delà des années troubles et qui ⟨naissent⟩
préservés. Les réussites scolaires l'avaient aussi un peu enivré et
il en avait nourri son orgueil juvénile. Cet orgueil l'avait secouru,
lorsque bachelier, il avait dû revenir à Malromé ; il devait défendre
sa mère, Tota, contre un malade féroce, et bien qu'il ne connût
rien à la vigne et *[quatre mots illisibles]* il avait bravé les moqueries
de son père et tenu sous sa surveillance un maître-valet actif, mais
peu sûr. Cette vie lui était dure et lui avait plu par cela même.
Il tenait sa place, il luttait à cette place que le sort lui avait assignée.
[Mais une espérance profonde le soulevait. Il savait que cela ne

durerait pas, que les jours de l'homme ⟨grondant la nuit⟩ étaient comptés. Il consacrait tout son temps libre à la préparation d'une licence. Il ne doutait point dès qu'il serait libre, de brûler les étapes. *biffé*] *[33]* Il savait bien que cette vie ne durerait pas toujours. Cet homme qu'il entendait gronder à l'étage supérieur et dont parfois la voix furieuse éclatait dans le silence des nuits d'hiver — et Alain ⟨fermait son livre⟩ levait la tête, attentif, prêt à bondir au premier appel de sa mère — cet homme était sous le coup d'une dernière attaque. Cela il avait peur de le désirer. Il sentait le besoin de se répéter : Je ne le désire pas. Mais enfin cela, sous peu, serait. Il ferait l'agrégation de philosophie. ⟨Sa mère⟩ n'aurait plus rien à faire qu'à ⟨s'occuper⟩ des vignes. Et Tota ? Comme elle avait été son plus ⟨cher   ?⟩ souci, il avait connu des jours de profonde joie à Cauterets lorsque Daniel la connut, la vit, l'aima. Il y a huit mois à peine, et maintenant. Alain marche la tête basse dans l'humide et triste allée : il voit en pensée Daniel ⟨dormant la bouche ouverte   ?⟩ et Tota le couvre d'un regard de haine. « J'étais un enfant, j'ai agi comme l'enfant que j'étais... » Il s'humilie et lui qui a désiré ce mariage *[cinq ou six mots illisibles]* parce qu'il avait lu de Daniel un livre facile et brillant, il croyait le connaître, il l'admirait les yeux fermés. *[une vingtaine de lignes, en partie raturées, indéchiffrables, terminent cette page ; au verso de la page précédente, une longue add. marginale :]* [Alain n'est plus très sincère avec lui-même lorsqu'il se pose ce cas de conscience. Il feint d'avoir à peine retenu ce que tout à l'heure lui disait ⟨Lopez⟩ : Une femme qui aime est profondément insensible à l'honneur de celui qu'elle aime. Le passé d'ailleurs, le passé où elle n'était pas, ne compte pas à ses yeux. Existe-t-il seulement ? Au vrai elle n'y cherche rien que de quoi ⟨nourrir⟩ son plaisir. Que lui importe l'argent que naguère son amant avait reçu d'une autre. Cela seul lui importe et l'irrite l'amour ⟨qu'à cette autre⟩ il a donné. Sans doute il est de jeunes femmes élevées dans la délicatesse du sentiment... Mais Tota... Alain n'ose pas s'avouer à lui-même ce qu'il sait être la vérité. Il revoit Tota à la Hume dans les tristes allées vides, foulant les feuilles des *[un mot illisible]*, sèches et mortes avant l'automne, ce jeune être qui traînait comme une triste captive; *[si sa mère, et même son père, ont cédé plus vite qu'Alain n'aurait osé l'espérer, c'est que chacun savait que cette petite bête sauvage [[quatre mots illisibles]] romprait un jour ses barrières   add. marg.].* Elle a suivi celui qui est venu *[le premier venu   add. interl.]* Si elle l'avait choisi entre mille, ah ! qu'il lui serait *[un mot illisible]* que d'autres ⟨l'⟩aient comblé de présents ce bien aimé... Mais elle ne l'avait pas choisi. Daniel avait délivré Tota et Tota l'avait suivi avec ivresse mais sans aimer. Et maintenant qu'elle est libre, elle n'attend plus rien de lui. Elle cherche un prétexte pour le haïr. Elle se croit sincère. Son dégoût s'est jeté sur le premier prétexte venu. Elle a découvert un terrain favorable où elle ⟨est⟩ sûre de vaincre l'homme méprisé, où elle sait d'avance que le monde *[deux mots illisibles]*

pour elle et contre lui[1].   *add. marg.*] | *[34]* [Alain recru de fatigue
et de triʃtesse s'asseoit sur un banc. Jusqu'alors il n'avait faibli
devant aucune difficulté. Celle-là doit le dépasser. Il comprend ce
que veut dire : connaître la vie. Il haussait les épaules quand sa
sœur lui disait : « Tu ne connais pas la vie ». Il croit la connaître
maintenant et c'eʃt peut-être cette science amère qui soudain le
frappe d'impuissance, le désarme, l'aveugle. *[des ratures et quelques
mots add. illisibles]* Mais ne se trompe-t-il ? Alain à cette minute
comprend ce que signifie : connaître la vie. Naguère il haussait les
épaules quand sa mère, ou quand ⟨Caʃtagnet⟩ lui disait : « Tu ne
connais pas la vie... » Non, il ne sait rien. Il avance à tâtons. Peut-
être voit-il plus clair dans le deʃtin de Tota, dans Tota elle-même.
Mais à quoi cela sert-il ? Il sent terriblement, cette nuit, sous les
arbres de cette avenue que les deʃtinées particulières ne se rattachent
à rien, c'eʃt un dessin de hasard qui ne *[deux mots illisibles]* aucune
trame. Que Daniel ait ou non vécu des femmes. Que Tota demeure
auprès de son mari ou coure les aventures, en quoi cela importe-t-il ?
Quelle valeur ont nos actes ? Quelle portée ? *biffé*] | *[35]* Alain
avait traversé les Champs-Élysées déserts[2] ; il errait maintenant dans
ces allées autour du kiosque à musique entouré d'une baluʃtrade.
Il sentit d'un coup sa fatigue d'enfant [qui a couru tout le jour à
travers Paris *add. interl.*], qui n'eʃt pas accoutumé à veiller ni à
boire. Ses jambes ne le portaient plus, comme on dit. Et malgré
le vent mouillé qui agitait les branches dans le halo des réverbères,
il s'assit sur un banc, — un banc où il reviendra plus tard pour se
rappeler cette heure de sa vie. Mais la profonde lassitude qui l'immobilisait là ne s'étendait pas à son cerveau. Pour ce qui touchait à
⟨sa⟩ sœur, il voyait clair, il ⟨consentait⟩ à voir clair enfin — non
que tout lui apparût dans une lumière égale : c'était plutôt une
route, la ⟨bonne⟩ route où il n'avait plus qu'à avancer. ⟨Personne
chez lui et même ses parents⟩ en dépit de leurs ⟨apparente fureur⟩
n'avait jamais pensé que Tota pût demeurer plus longtemps à la
Hume ; et lui, il n'avait jamais cru que Tota suivait Daniel par
amour. Il s'était même assuré du contraire, sans en éprouver aucune
inquiétude. Bien loin de là : n'en avait-il même ressenti du plaisir.
Oui, cet étranger ne lui prenait pas sa sœur. Cette jalousie contre
laquelle un frère ⟨ne sait souvent⟩ se défendre, lui avait été épargnée. « Je ne connaissais pas la vie... » se dit-il. Il *[trois mots
illisibles]* de sa mère qui souvent lui a répété : « Tu ne connais pas
la vie, mon pauvre petit... » Et il haussait les épaules. Et cette nuit,

1. *Note marginale :* Tota est plus âgée que lui. Il est choqué de
son exigence sexuelle provocante. Déjà enfant. Elle s'est mariée
coûte que coûte. Il se rend compte qu'elle n'aimait pas tant que ça
Daniel. Mais l'homme. Le drame avait été pour lui de vivre, de
[un mot illisible] pour elle, bête féroce enfermée. Tout s'éclaire.
Égoïsme monstrueux du père, asservissement de la mère.
2. Sans que rien l'indique de manière claire, c'est la même scène
qui est reprise ; très nettement, Mauriac, plutôt que de mettre au
net, reprend la rédaction comme pour trouver le ton et le mouvement.

sur ce banc où il a froid et d'où il n'a pas la force de se lever, tout
à coup il lui semble la découvrir, la vie, non pas celle de Tota ni
la sienne, mais la vie du monde. Ces destinées particulières ne se
rattachaient donc à rien. C'est un dessin tracé par le hasard, mais
dont les fils ne courent à travers aucune étoffe. Que Daniel eût
vécu des femmes, que Tota *[rature et add. illisible]* ou choisît de
vivre errante ⟨et perdue⟩, à qui cela importe-t-il ? en quoi cela
importe-t-il ? Quelle valeur ont nos actes ? Quelle portée ? *[36]*
Quoi qu'ils fassent, *[une dizaine de mots illisibles]* leur destinée
particulière demeure dans ⟨l'ordre⟩ et tout mène au gouffre
commun. *[Deux lignes illisibles]*. C'était moins une pensée qu'un
sentiment — et lui qui à la Hume par des nuits pareilles, lorsque le
vent tourmentait les tilleuls qui touchent la maison *[une add. interl.
illisible]*, lorsque des rats galopaient dans les ⟨chambres⟩, s'éveillait
en sursaut plein de joie malgré tout parce qu'il était jeune et s'éva-
derait un jour de cette prison et qu'il avait une vie à vivre pleine
de rencontres, d'aventures, de voyages, de lectures, de découvertes,
des années et des années ⟨qu'il vouait dans son cœur⟩ à la connaissance — tout d'un coup, dans cette ⟨aurore⟩ de Paris, il sentait
son être et celui de Tota se réduire à n'être plus qu'une de ces
feuilles du tilleul de la Hume, dont quelques unes luttaient encore
peut-être contre le vent d'hiver. *[trois mots illisibles]* il vit soudain
comme s'il avait été là ce visage ⟨ému⟩ de ⟨Castagnet⟩ tel qu'il le
surprit un soir dans la salle de la mairie : un livre était ouvert sur
ses genoux, il lui lut des fragments d'une étude sur les [soviets
biffé], il était question d'ouvriers fusillés, envoyés au bagne ou privés
de travail par les syndicats tout-puissants et condamnés à mourir
de faim. Il lisait et tirait une mèche de ses cheveux : « Pour aboutir
à ça, répétait-il, pour aboutir à ça… » / Ce sont des documents suspects, lui avait dit celui qui *[deux mots illisibles]*, mais Castagnet
lui avait montré la signature : Panaït Istrati[1]… Celui-ci *[quatre mots
illisibles]* et il répétait avec douleur : « Pour aboutir à ça, pour
aboutir à ça… / *[37]* Ce n'est pas une grève, une révolution, ce
n'est rien de particulier qui pousse Alain à répéter à mi-voix les
mêmes paroles. C'est sa vie, c'est d'être *[add. interl. de quatre mots
illisibles]* ce corps transi sur le banc d'une avenue nocturne. À ce
même instant comme Tota dansait dans ce cabaret dont il a oublié
le nom, il pensa à leur père *[deux lignes illisibles]*. Il s'aperçut qu'il
n'y croyait pas. Ce n'était pas possible. Il y avait quelque chose,
il ne savait quoi… / Des camions roulaient vers les Halles. Un
homme s'assit au banc, près d'Alain. Ce n'était pas un rôdeur,
mais un ⟨Monsieur⟩ entre deux âges avec des lorgnons. « Vous ne
craignez pas d'avoir froid ? ». / Il s'adressait à Alain sans tourner
la tête. Le jeune homme pris d'une vague peur se leva et s'éloigna

----

1. Ce romancier roumain, d'expression française, publie à partir
de 1924 une série de récits où les souvenirs et les témoignages ont
une grande place.

d'un pas rapide. Où trouver un taxi à cette heure ? Il arrivait vers
la cascade. La solitude n'était pas telle qu'il l'avait pensé tout
d'abord ; ces ombres, ces couples sous les marronniers ⟨le
menaçaient⟩ en rien, mais une angoisse le poussait. « Je suis
ridicule » se dit-il. Il se ⟨rassurait⟩, s'efforçait de marcher moins
vite. / « Je n'ai peur de personne ». / *[38]* Il était vrai qu'il n'avait
peur de personne et pourtant il avait peur. Aurait-il pu dire de
quoi ? Sans doute de cette puissance obscure qui défendait à tant
de créatures vivantes, la veille paisible, le calme ⟨amour⟩ au bord
du sommeil. Cette même puissance qui peuplait de fantômes ces
sombres allées, qui pesait lourdement sur les êtres au milieu
desquels il avait diné, ce soir, sur Daniel, sur Bénauge et Tota elle-
même qu'il avait cru à l'abri *[trois mots illisibles]* dérivait. / Et lui,
qui était un enfant de dix-neuf ans, pourquoi semblait-il échapper
encore à cette *[un mot illisible]* ? Il se sentait comme mis en réserve.
Jusqu'alors, et ce soir même devant ⟨Lopez⟩, il en tirait quelque
gloire : « Ces choses-là ne m'attirent pas, répétait-il. Je n'y ai aucun
mérite. C'est sans intérêt pour moi. » Mais maintenant il s'inquiète
d'être différent des autres. Il se répète : « Je ⟨n'ai pas à m'étonner⟩
Trop de ⟨sollicitudes   ?⟩ m'ont retenu : maman, Tota, Malromé,
le travail… » *[quatre lignes très surchargées, indéchiffrables]* Alain a
honte de son premier mouvement qui est de fuir. Il contourne le
bosquet. Sur une chaise de fer, dans la ⟨lumière   ?⟩ d'un réverbère, une femme est assise, le buste droit, la tête renversée de telle
sorte que le menton et le cou font une ligne à peine incurvée. Elle se
croit bien seule. Son attitude, ce soupir qu'elle exhale à longs intervalles, c'est bien la créature humaine aux abois, quand aucun regard
étranger ne l'oblige à tenir le coup, à sauver la face, — sans retouche
enfin et telle que la douleur la façonne. *[39]* / Le cou et la gorge
se dégageaient d'une fourrure *[p. 312, ligne 3 à ligne 13, en bas de
page]* de quoi elle s'excusait. / « J'aurais dû me souvenir que les
visages ne me trompent jamais. J'aurais dû vous juger sur le
vôtre. [Vous avez l'accent du midi. Lot-et-Garonne, *[quelques mots
illisibles.]* add. interl.]* Et voyez, vous m'avez fait du bien. Je vais
mieux à présent. / — Vous souffrez beaucoup, Madame ? » / Elle
se leva sans répondre, ouvrit son sac à main, poudra son nez. Il
remarqua *[deux mots raturés et un illisible entre parenthèses]* / « Je
vais essayer de faire quelques pas. Accompagnez-moi jusqu'à la rue
Royale. » / Ils marchaient en silence. Alain cherchait une parole à
dire et ne trouva qu'à lui demander : /« De quoi [souffrez-vous »
1re réd. non biffée] [elle souffrait *2e réd. interl.]* / Cette fois, elle
répondit : / « De quelqu'un. » / Et comme elle vit se lever vers elle
[deux mots illisibles] comme toute baignée d'enfance : « Ce n'est
pas une image, ajouta-t-elle. On souffre de quelqu'un [comme
d'un mal *biffé]* [quelqu'un est en nous comme un cancer, comme
une tumeur *corr. marg.]* C'est *[un biffé]* [le *corr. interl.]* mal
[le plus *add. interl.]* physique. D'ailleurs tous les maux sont
physiques. Elle s'arrête sur le trottoir [là où finissent les arbres

add. interl.] en face du Crillon, comme pour reprendre souffle.
« Nous sommes passés là *[trois mots illisibles]*. En juillet dernier,
un soir, nous nous sommes assis sur ce banc. Et c'est fini. » / Ses
yeux étaient *[un mot illisible]*, sa bouche frémissait. / Un taxi rôdait.
Ils l'arrêtèrent. [« Merci, Monsieur, vous m'avez fait du bien.
add. marg.] Accompagnez-moi, vous garderez la voiture. » Il s'assit
[une dizaine de mots illisibles] / « Je ne puis même pas me tuer.
Ce serait si simple, mais je n'ose pas. C'est incroyable. Je n'ose pas¹.
Ce n'est pas que je croie à une autre vie... Je ne vous choque pas ? /
— Moi, Madame ? / *[41]* [Non je ne crois pas plus que vous... » /
Pourtant ce soir, une autre vie *[trois lignes raturées]*. Le sentiment
confus que tout ce que les ⟨autres⟩ et lui-même appelaient la vie et
dont il lui semblait cette nuit avoir découvert la ⟨domination⟩,
n'était qu'apparence et faux semblant. Et il se souvint à cette
seconde d'une parole de Rimbaud à laquelle il n'avait jamais attaché
de sens précis : « La vraie vie est absente²... » / J'aurais juré pourtant... Vous êtes de ces enfants dont *[quelques mots illisibles]* que
leur ange voit sur eux la face du Père... » / Elle parlait d'un ton
léger, un peu moqueur. Alain tressaillit; ce nom prononcé par
cette femme [perdue *biffé*] *[corr. illisible]* retentissait en lui avec
une puissance étonnante. Il pensa que c'était la surprise de ce que
deux fois ce soir on l'eût cru marqué du signe chrétien. Il n'écoutait
plus que vaguement l'inconnue. Elle disait : / « N'est-ce pas qu'il est
lâche... oui, de ne pas avoir la force de mourir ». *[Les cinq ou six
lignes qui suivent très surchargées sont illisibles]* / « Comment pouvez-
vous imaginer dit-il *[deux mots illisibles]* qu'un garçon de mon âge
croit encore à ces choses. » / Elle ne se souvenait déjà plus ⟨de⟩ ce
qu'elle avait dit. Il *[trois mots illisibles]* : / « L'autre vie... / — Ah,
dit-elle, ⟨je vous arrête⟩. Vous ne pouvez imaginer ce que des
êtres intelligents arrivent à croire. Ce n'est rien de le lire dans les
livres. Il faut le voir. Je ne me suis jamais donné ⟨le genre de dire
que Pascal fut abruti⟩ Mais je n'oublierai jamais ce que je voyais
quant j'habitais un village de province ce jour de la fête-Dieu³. »
[ici une croix qui indique sans doute un développement à insérer.] *biffé*]
[42] Il n'écoute plus que vaguement les propos de l'inconnue.
Comme elle s'accusait de lâcheté devant la mort et de ce que
l'⟨excès⟩ de la souffrance ne lui servait de rien pour mourir, il
répondit d'un ton poli, mais un peu agacé que ce n'était pas lâche
de céder à l'instinct de vivre. « Je ⟨devrais oser⟩ répétait-elle. Je suis
sans excuse de ne pas oser lorsqu'il s'agit de moi. » Elle baissa la
voix et ses dernières paroles échappèrent au jeune homme. Avait-

---

1. Ce thème déjà très net dans *Thérèse Desqueyroux* (voir p. 84)
sera repris au début de *La Fin de la nuit :* Thérèse ne peut que songer
au suicide, mais ne saurait s'y résoudre.
2. *Une saison en enfer*, « Délires, I. Vierge folle » (*Œuvres
complètes*, Bibl. de la Pléiade, p. 103).
3. Sans doute est-ce à un épisode de *Thérèse Desqueyroux* que Mauriac
renvoie ainsi ; voir p. 70.

elle dit : « ... Moi qui n'ai pas manqué de courage pour la vie d'un autre[1]... » Alain pensa qu'il avait mal entendu. Mais il n'osa pas interroger la femme soudain silencieuse et dont il épiait le visage lorsqu'un réverbère l'éclairait *[des additions illisibles]* Il devait ne jamais oublier [   ] *[sic]* ⟨Le taxi⟩ arriva devant sa porte. Elle donna au chauffeur l'adresse d'Alain et avant que le jeune homme ait pu prévoir son geste lui jeta deux billets bleus *[deux mots illisibles]* « pour payer ma part de taxi. » / *[43]* 15 décembre[2]. Il se baissa pour prendre la clef qui devait être cachée sous le paillasson. Mais avant *[var. a, p. 314].*

f. [Lorsqu'Hervé rentra ce même soir *add. interl.*] [Hervé *biffé*] [il *corr. interl.*] espérait qu'Irène serait endormie. *ms. 2 reprend sur cette phrase*[3].

g. déjà ? dit-elle. / Elle laissa tomber [...] sur Nietzsche. [Il n'aimait pas à voir cette tête ravagée *[qui paraissait plus jaune biffé 1] [corr. illisible]* que les [blanches *biffé 2*] oreilles faisaient paraître plus jaune. Il détestait ce sourire figé sur les gencives blanches, sur les dents déchaussées. *biffé en définitive.*] Elle souriait *ms. 2*

h. peut-être s'était-il inquiété ? *add. marg. ms. 2*

1. Charles Andler, *Nietzsche, sa vie et sa pensée,* Bossard, t. II, *La Jeunesse de Nietzsche,* 1920. C'est encore un ouvrage sur Nietzsche qu'Irène lit un peu plus tard (p. 331)... Déjà, dans *Le Baiser au lépreux,* la découverte de Nietzsche bouleversait Jean Péloueyre (t. I, p. 450)... Échos d'une lecture dont Mauriac parle beaucoup plus tard : « À partir d'une certaine époque, j'ai lu Nietzsche avec passion, mais c'était l'homme Nietzsche et son destin qui me passionnaient » (*Bloc-notes V*, p. 247).

Page 289.

a. [Qu'a-t-il ? Que *[...]* personne d'autre. *add. interl.*] Croyez-vous, disait-elle, que j'ai trouvé *ms. 2*

b. Bien que la rue [...] dans les rues. *add. interl. ms. 2*

c. On n'est pas bête à ce point... *add. interl. ms. 2*

1. C'est une réflexion analogue à celle que Mauriac apporte dans *Le Nœud de vipères* (p. 431) et déjà dans une première version du *Fleuve de feu* (t. I, p. 1192). Elle a son origine dans les souvenirs d'enfance, plaisanterie familière au grand-père Mauriac.

Page 290.

a. la tête. C'est peut-être un enfant plus simple que je ne l'ima-

1. Voir déjà dans *Thérèse Desqueyroux*, p. 84.
2. C'est évidemment le 15 décembre 1929.
3. Rappelons que *ms. 2* s'est interrompu à la variante *b* de la page 287 ; pour la fin du chapitre III, il renvoie à *ms. 1* (voir p. 1085 des Notes et variantes). Pour tout le long passage de *ms. 1* que nous venons de donner, *ms. 2* présente un texte corrigé (voir les variantes jusqu'à la page 313).

gine... ? [...] n'existe pas... Il tient à moi après tout. Il tient un peu
à moi... » *ms. 2*

b. gâté et malade. [Elle s'épuise à vouloir le corriger, le redresser.
Quant il lui oppose comme à cette minute même cette figure, qu'elle
puisse [faire *1re réd. non biffée*] [réussir *2e réd. interl.*] en imagination, ce qu'elle ne peut obtenir dans la réalité. *biffé*] Qu'il ne
soit plus *ms. 2*

c. D'ailleurs, le suivre, elle le sait par une quotidienne expérience,
le suivre, c'est aboutir à [quelque pourriture *biffé*] [de l'horreur
corr. interl. biffée] [quelque pourriture *corr. interl.*]. Là où *ms. 2*

d. découvrir [quelque pourriture *biffé*] une charogne. *ms. 2*

1. Voir déjà p. 285 (et n. 1). En reprenant l'image. Mauriac y
insiste, l'accentue. Il est plus curieux de relever l'effet produit par
cette indication négative : le thème incestueux, répété par Hervé,
se trouve nié, jusqu'à ce que les protagonistes en fassent eux aussi
la découverte.

Page 291.

a. l'innocente. Ne faites pas semblant de ne pas me comprendre.
/ [Le front énorme *biffé*] [On eût dit *corr. interl.*] que le poids de
la tête entraînait Irène en arrière. [Elle demeura quelques instants,
le *biffé*] l'oreiller s'était comme refermé sur cette figure à demi
[détruite *biffé*] [ensevelie *corr. interl.*] Hervé *ms. 2*

b. dormir. / [Le même soir *add. marg.*] Marcel [...] demeura
[dans le vaste lit *add. interl.*] les yeux ouverts, [...] fermée [et que
le vestibule la séparât de l'atelier, *add. interl.*] il entendait les voix
alternées de Tota et d'Alain, [des voix timbrées et il les [*deux mots
illisibles*] *add. interl.*] mais sans comprendre [ce qu'ils disaient
biffé] le sens de leurs paroles. *ms. 2*

c. ou le sommeil ? [Elle ne savait pas non plus qu'en cette autorité
qu'elle assumait résidait son charme et sa force, qu'il découvrait le
profond [dangereux *add. interl.*] plaisir [de l'obéissance et de la
soumission *biffé*] [d'être soumis *corr. interl.*] à un être faible et
tout puissant. *biffé*] De quoi parlaient-ils ? *ms. 2*

d. par le rire aigu de Tota. [D'ailleurs il aurait fallu qu'il eût
l'esprit plus libre. *biffé*] Peut-être à force [d'attention *biffé*] [de
contention *corr. interl.*] eût-il *ms. 2*

Page 292.

a. assez ménagée... Plus un homme a connu de femmes et plus
il se fait de la femme une [image simplifiée *biffé*] [idée élémentaire
corr. interl.]. Toutes *ms. 2*

b. Marie Chavès [datées de la maison de santé où elle faisait une
cure de désintoxication *add. interl.*] : la première *ms. 2*

c. Cette petite sauvage [...] chapitre ? *add. interl. ms. 2*

d. nous salir tous. Qu'est-ce donc ? Je ne sais pas. [Si, je le sais,
mais je n'ose pas regarder en face. Une saleté qu'il a *biffé*] Mais si
je voulais, je pourrais reconstituer *ms. 2*

e. a connues avaient eu bien des amants avant de le connaître, mais de ce passé   *ms. 2*

Page 293.

a. en propre ; [elles s'abîmaient dans leur amour   *biffé*] [ces folles se jetaient dans cette dernière passion   *corr. interl.*] sans se ménager aucune ligne de retraite et ne laissaient derrière elles qu'un désert de cendre. Tandis que   *ms. 2*

b. Il les imaginait. Il commençait de souffrir. / [À ce moment-là, Alain disait à Tota : « Tu es injuste, Tota. Non, je ne t'ai pas livrée à lui. Ce n'est pas vrai que je t'ai livrée à lui. Rappelle-toi, tu n'en pouvais plus de vivre à la Hume. Je te vois encore dans cet été. »   *biffé*] [Pauvre Marcel   *corr. interl.*] que ne pouvait-il entendre ce qu'Alain disait nettement. / « C'est incroyable   *ms. 2*

c. était à la veille de sa première attaque   *add. interl. ms. 2*

d. nous crûmes la vie de maman menacée, et que   *add. interl. ms. 2*

e. que de la [jeter dans les bras du   *biffé*] [livrer au   *corr. interl.*] premier venu   *ms. 2*

Page 294.

a. que répondre. [Plein de force, plein de sang, mais d'où lui venait cette tristesse [et ce dégoût   *biffé*] devant la quête patiente des corps qui se cherchent comme si ces choses [...] hors du jeu ?   *corr. marg.*[1]] La jeune femme   *ms. 2*

b. que Marcel me plaisait   *ms. 2*

c. idiot ! lui dit-elle. / Du revers de sa main il essuya [promptement   *biffé*] ses yeux. / J'ai peut-être eu tort, mais   *ms. 2*

d. avouer à Tota. [C'était   *add. interl.*] un soir de ce juillet torride, [cette petite fille   *biffé*] [Tota   *corr. interl.*] furieuse et prête à tout [lui avait fait   *biffé*] [parlait   *biffé*] [le menaçait   *corr. interl.*] à chaque instant [d'évasion   *biffé*] [de s'évader   *corr. interl.*]. Plus que de son père qu'il se sentait de force à maîtriser, il avait peur de ce petit animal forcené, tout désir, tout instinct. Était-ce sa sœur ? Lui [souffrait   *biffé*] [s'étonnait d'être si sage   *corr. interl.*] [d'ignorer   *corr. biffée*]. [Il avait presque honte   *corr. interl.*] de son indifférence mystérieuse à ce qui affolait dans cette campagne les êtres vivants. [Plein de force, plein de sang, mais aussi de dégoût et de tristesse devant cette quête patiente des corps, comme s'il était hors du jeu.   *biffé*]. Il se revoit   *ms. 2*

e. l'horizon, [Aucune issue. Aucune issue.   *add. interl.*] Il fit quelques pas   *ms. 2*

f. à genoux, il avait [prié   *biffé*] [balbutié des paroles qui étaient une prière...   *corr. interl.*] Lui [même s'était interrogé   *biffé*], le fils de ce Forcas qui ne pouvait [supporter   *biffé*] souffrir qu'on fit

1. En réalité, cette correction marginale résulte du déplacement de quelques lignes qu'on trouvera, biffées, à la fin de la variante *d.*

devant lui allusion à cet ordre de choses, habitant de ce pays perdu
où dans chaque village s'effondre une église vide et non desservie.
Enfant, il se souvint que dans les rues de B⟨ordeau⟩x, il suivait
du regard les prêtres [et les religieuses *add. interl.*] avec le même
étonnement que lui auraient inspiré des ⟨êtres⟩ déguisés, des
masques. Cette nuit-là, tandis qu'il avançait dans la prairie sèche
et poussiéreuse, quelques secondes avant cet agenouillement, il ne
[savait *biffé*] [le prévoyait *corr. interl.*] pas. Rien ne l'avait averti
qu'il allait accomplir cet acte. Ce n'était [pas l'aboutissement d'un
biffé] ni la conclusion d'un débat intérieur, ni l'aboutissement d'un
effort combattu. Non, il avait obéi à une impulsion soudaine,
irréfléchie — non tout à fait inconnue de lui. *[quatre lignes raturées
reprises à peu près]* Certaines diatribes du jeune instituteur communiste qui l'instruisait avait suscité en lui un étrange sentiment [qu'il
ne comprenait pas très bien. Une douleur. Si parfois il avait essayé
de protester *biffé*] [dont il n'avait jamais pris une vue très nette
— une sorte d'amoureuse douleur. *[mais l'obéissance avait tôt fait
de réduire ces timides oppositions biffé] add. marg.*] Il ne trouvait rien à répondre. Il ne savait quoi était atteint en lui, simplement. Et c'était bien cette même part de lui-même qui venait
soudain de s'émouvoir, [qui l'avait jeté *biffé*] qui avait obligé ses
genoux de fléchir et qui enfin pour la première fois s'était répandu
en paroles confuses... Le père frappé d'impuissance, ce voyage
ms. 2 : à genoux, il avait balbutié des paroles... — Lui, le fils de
ce Forcas qui ne pouvait souffrir qu'on fît allusion à cet ordre de
choses; lui, le prisonnier de ce pays perdu où, dans chaque village,
se délite une église vide et non desservie depuis des années !
Enfant, il se souvient que dans les rues de Bordeaux, il suivait du
regard les prêtres, avec le même étonnement que lui eussent inspiré
des êtres déguisés, des masques[1]... Cette nuit-là, tandis qu'il
avançait dans la prairie sèche et poussiéreuse, quelques secondes
avant cet agenouillement, il ne le prévoyait pas, rien ne l'avait averti
qu'il allait accomplir cet acte : ni débat intérieur, ni effort combattu ;
il cédait à une impulsion — non tout à fait inconnue de lui, cependant : certaines diatribes du jeune instituteur communiste, qui,
l'instruisait, avaient parfois suscité en lui un étrange sentiment
dont il n'avait jamais pris une vue très nette, — comme une amoureuse douleur. Il ne trouvait rien à répondre, d'ailleurs, à ce garçon,
ni ne croyait pas qu'il fallût y répondre. Il ne savait quoi était
atteint en lui, simplement ; mais jamais encore il n'avait fléchi le
genou dans l'herbe poussiéreuse ; jamais, avant ce soir-là, il ne
s'était répandu en paroles confuses[2]. / Peu de jours après, son père
réduit à l'impuissance, le voyage   *RP*

___

1. Le même détail est repris dans *Le Nœud de vipères ;* voir p. 387.
2. Un souci de plus grande vraisemblance ou la crainte d'insister
lourdement sur cet épisode doivent être à l'origine de cette suppression tardive. Le premier texte montre l'importance que Mauriac

g. dont il admirait les poèmes de guerre   *add. interl. ms. 2*

1. Cet étonnement de se sentir « différent » était déjà donné à Alain dans *ms. 1* (voir p. 1117 des variantes), mais Mauriac n'avait pas encore imaginé clairement la « révélation » qu'a eue Alain (voir plus bas). Toute cette scène d'ailleurs, entre Alain et Tota n'existait pas dans *ms. 1.*

2. Mauriac précise peu à peu la chronologie de son roman : Marcel a trente-sept ans, Alain, vingt, Tota dix-huit, et, on l'a vu (voir p. 1103), le récit est contemporain de la rédaction : 1928 ou 1929.

3. Mauriac commentera cette image en notant dans la préface au tome III des *Œuvres complètes* que la passion qu'éprouve Alain pour sa sœur « constitue déjà un pays sans chemin », allusion au sous-titre du drame qui traite un thème analogue, *Le Feu sur la terre.* L'image est dès cet instant liée au thème.

4. Avec quelques épisodes, d'ailleurs moins nets, de *L'Agneau,* ce passage est l'un des rares dans l'œuvre romanesque de Mauriac où intervienne une « expérience mystique ». Il s'inspire ici, visiblement, d'un événement assez récent de sa propre vie qu'il a raconté dans *Ce que je crois...* « Tout à coup, je fus précipité à genoux, comme mû par une force inconnue, possédé par une sorte de bonheur déchirant... » (p. 165). Mais on notera les images qui précèdent et qui lient profondément la conversion religieuse et l'interdit sexuel ; pour Alain, les deux « révélations » ne se séparent pas : la peur du désir et la découverte de Dieu sont contemporaines.

Page 295.

a. apparue *[p. 294, dernière ligne]* comme une réponse...   *ms. 2*

b. rien opposer aux accusations qu'elle porte contre lui ce soir. / « Tu n'as pris aucun renseignement. Tu connaissais de nom Marcel Revaux. Tu croyais   *ms. 2*

c. vidé, Marcel a fait de la neurasthénie et s'est mis à la drogue. [Et il a entraîné *[...]* horreur. *add. interl.]* On sait   *ms. 2*   : vidé, Marcel a fait de la neurasthénie et s'est mis [...] horreur. Mais on sait   *RP*

d. tandis que sa vieille est en train   *ms. 2*

1. Une des modifications importantes intervenues entre *ms. 1* et *ms. 2* a été de faire donner ces renseignements sur Marcel, par Tota ; dans *ms. 1,* c'était Alain qui, au cours d'une conversation avec un écrivain qu'il admire, évoquait le passé de son beau-frère ; cette conversation avait lieu dans un salon, au cours d'une soirée mondaine, et Mauriac réussit mal ce genre d'épisodes ; la peinture

---

entend donner à cette « conversion » et à sa soudaineté ; il tentait toutefois de la « préparer », sans y parvenir vraiment ; il préfère lui maintenir une sorte de brutalité et éviter toute « explication psychologique ».

des salons, qu'il a pourtant fréquentés, lui convient peu; il s'y est essayé, dans *Le Mal,* pour y renoncer ensuite d'une manière à peu près définitive; voir d'ailleurs la manière dont il jugeait ces pages du *Mal,* t. I, p. 994.

Page 296.

a. presque douce. Auprès de toi, je me sens à l'abri, il y a de la paix en toi, mon Alain... mais   *ms. 2*

b. et canaille. [Sais-tu seulement ce que c'est ?   *biffé*] [Le connais-tu seulement ?   *add. interl.*] | Il releva   *ms. 2*

c. le divan. [Mais il se leva et lui tint la main ⟨et dit⟩   *add. interl.*] « Écoute-moi, Tota. Tu m'assures que toutes les saletés qu'on impute à ton mari sont ici très répandues... Alors, pourquoi lui en vouloir à lui plus qu'aux autres ? Pourquoi ne pas lui pardonner et t'efforcer de le rendre meilleur ?... » | Elle parut   *ms. 2*

d. me plairait peut-être... Tiens, je peux te le dire   *ms. 2*

Page 297.

a. cela plutôt amusant. Il me plaît, voilà. Ça suffit... » | Il ne sut que répondre. Après un long   *ms. 2*

b. m'aimer ? » | Elle mit la tête sur l'épaule de son frère et pleura. [Alain, demeuré seul dans l'atelier, ouvrit une vitre pour changer l'air. *[*puis commença de se déshabiller, prit dans sa valise un pyjama   *biffé]* add. marg. qui paraît abandonnée] | Elle s'étendit   *ms. 2*

c. qu'il lui voulût du mal, mais le désir au contraire le poignait de causer avec lui, de s'assurer qu'Hervé ne croyait peut-être pas à ces choses, tentatives du blessé qui souhaite d'*[un mot illisible]* sa plaie. Avec Hervé seul   *ms. 2*

d. Ce fut comme s'il s'attablait. *La rédaction de ms. 2 s'arrête sur ces mots avec un renvoi à ms. 1 : pages 83-87. En fait, la fin du chapitre est composée de passages empruntés aux pages 83 à 91 du ms. 1. Voir p. 1091-1094. Suit un* 1º *: Argument, qui esquisse les différentes scènes jusqu'à la fin du chapitre XII, p. 327 ; Mauriac tente ainsi de donner un autre mouvement aux épisodes déjà imaginés dans le ms. 1*[1] :

1º. Hervé entre joyeux chez Irène parce que Marcel lui a téléphoné. Il devine pourquoi. D'ailleurs « autre chose » l'empêche d'y penser. Idée fixe pour cet après-midi...

2º. Irène plus mal. Attend Romieu. Teint de cancéreuse. S'inquiète pour Marcel. Lui dit de dire à sa mère de passer (pour

---

1. Ce sont en effet les épisodes du récit dans *ms. 1,* à l'exception de la longue scène chez la Princesse (voir p. 1106-1111) dont les éléments utiles à la structure romanesque ont déjà été repris dans le chapitre III. Ils sont toutefois plus nettement délimités, et en somme isolés. Ce plan va jusqu'au chapitre XII, p. 322 où se situe la scène de la conversation téléphonique surprise par Irène. Mais il n'apparaîtra pas nécessaire de tout reprendre : *ms. 2* se termine p. 313, à la fin du chapitre IX ; un fragment du chapitre X (voir var. *c,* p. 315) sera repris également. Le reste a dû être mis au net à la dictée.

ses pauvres). Étonne⟨ment⟩ d'Hervé. Elle se ravise (de peur que sa belle-mère ne croie à de l'ostentation de sa part.) ⟨Dépiste⟩ l'air « heureux » d'Hervé.

3º. Hervé chez sa mère, « l'ascenseur ». Sa mère facilement trompée par ses excuses : ⟨sa foi⟩ agace Irène. Elle le supplie d'y veiller. Elle ira, s'il ne repasse pas chez lui. Voir dans le Cahier phrase sur ce qu'il pense : itinéraire de cet après-midi[1].

4º. Déjeuner avec Marcel : quelques phrases sur Alain. Mais il est pressé de partir. Marcel décide d'aller voir Irène...

5º. Il se cogne à la porte de la vieille dame. Scène du vol du gardénal (Scène de l'église). Cahier.

6º. Hervé rentre chez lui. Scène avec Irène qui croit que c'est lui (cahier) *[quatre ou cinq mots illisibles]*

7º. Alain au G⟨ran⟩d Écart. (Jalousie de Marcel ? William). La sortie. P⟨oursui⟩te d'Hervé. Rencontre de Th⟨érèse⟩ D⟨esquey-roux⟩ ?

8º. Rentrée. Dépêche qui le rappelle. Conversation avec Tota. Elle promet de se soumettre.

8º. *[sic]*. Soir de joie. Son départ à l'aube. *Il ne savait pas... Paris, ville sainte.*

9º. Douleur de Tota qui redouble celle de Marcel, qui compte aller voir Irène.

10º. Téléph⟨one⟩ surpris. *Raccord.*

1. Rappelons que toute cette scène entre Tota et Alain n'existe pas dans *ms. 1* ; après la conversation entre Hervé et Irène (actuel chap. III), se plaçait une rêverie d'Irène, supprimée (p. 1087-1088) et, aussitôt après, celle de Marcel.

2. La nouvelle organisation du roman conduit Mauriac à scinder la longue rêverie de Marcel en deux fragments placés l'un au début de ce chapitre et l'autre ici (voir pour *ms. 1*, p. 1088-1094). Ainsi le « monologue » se trouve-t-il coupé par un dialogue et mieux éclairé : l'attitude de Tota et d'Alain, cette conversation dont il ne saisit rien donnent de nouveaux aliments à la jalouse inquiétude de Marcel.

Page 298.

1. La réflexion est ici de l'écrivain, confondu quelques instants avec son personnage (voir déjà plus haut : « son imagination, dès l'enfance exercée... »). Elle est révélatrice d'une certaine exigence de la création romanesque, d'un accord nécessaire entre le paysage et les sentiments; l'atmosphère évoquée ici est celle de *La Chair et le Sang,* de *Destins,* du *Nœud de vipères.*

Page 299.

a. Au matin, comme Hervé   *ms. 2 reprend sur ces mots. Le chapitre*

1. Voir p. 1097 et 1099 (des notes et variantes), bas, le renvoi au Cahier désigne évidemment les cahiers que nous appelons *ms. 1.*

qui commence ainsi est le mieux préparé par l'*Argument* ; il correspond
aux points 1, 2 et 3.

Page 300.

    a. au plaisir, [à son plaisir *add. interl.*] [*p. 299, 4ᵉ ligne en bas de
page*] — quel plaisir ? [D'ailleurs [...] les yeux fixes. *add. marg.*]
Tournant le dos à Irène, Hervé regardait à travers la vitre. [Le
ramier [...] de la chambre. *corr. marg. d'une rature illisible*] Dites
à votre mère *ms.* 2
    b. avec tendresse. Il tenait à elle tout de même. Le jour de sa
mort, elle serait pleurée. / Rassurez-vous *ms.* 2

Page 301.

    a. Dans la crainte de ne pouvoir plus sortir *add. marg. ms.* 2
    b. sur ses confidences de la veille, de brouiller les pistes. Et puis
la pensée de son [plaisir *biffé*] [après-midi *corr. interl.*], l'image
qu'il se faisait du plaisir attendu, obscurcissait *ms.* 2
    c. de l'ascenseur, rue Las-Cases *ms.* 2
    d. envahi et [sur la caisse à bois *add. interl.*] [le corps de *biffé*]
son père [étendu *corr. interl.*] que le concierge *ms.* 2
    e. la cour. Il respirait bruyamment. [Le commissaire [...]
rapport. Il obtiendrait le silence des journaux. *add. marg.*] L'enveloppe contenant les dernières volontés étaient épinglée au pyjama.
Sa mère avait [...] primevères. Hervé se rappelle ce souvenir avec
complaisance. Bien loin *ms.* 2

Page 302.

    a. d'âme. [Cette chambre où aucun meuble depuis son enfance
n'avait changé de place. *biffé*] [Chaque meuble occupait la même
place que dans son enfance. Il refaisait les mêmes gestes. *biffé*]
Il redevenait *ms.* 2
    b. un coupable qui [invente des raisons *add. interl.*] se défend,
[qui détourne un coup *biffé*] [se dérobe *corr. interl.*] [tente de
dépister *biffé*] [brouille les pistes *corr. interl.*] [Le mensonge le
recouvrait de la tête aux pieds *add. interl.*] La vieille dame soudain
[comprenait *biffé*] [se souvenait *corr. interl.*] que cette vie *ms.* 2

    1. Très sensible dès l'origine dans les romans de Mauriac (voir
dès *La Robe prétexte*) cette réflexion sur ses origines et sur l'influence
de l'hérédité prend plus d'importance à cette époque, dans *Le Mystère Frontenac*, *Le Nœud de vipères*, *Les Anges noirs*... Sans doute ce
mouvement est-il renforcé par des rêveries enfantines ; le romancier,
dans *Le Mystère Frontenac*, s'interroge sur le père qu'il n'a pas
connu, comme le héros de *La Robe prétexte* en imaginait l'aventure.
Plus curieusement, le thème du suicide du père est né très vite — il
traduit cette obsession de l'hérédité. Dès *La Robe prétexte*, il est
noté à propos de José Ximenès (t. I, p. 155) ; le père de Daniel

Trasis *(Le Fleuve de feu)* s'est tué lui aussi (t. I, p. 505). Et le suicide du père est à l'origine des *Chemins de la mer...*

2. Voir *Nouveaux Mémoires intérieurs,* p. 172, *Commencements d'une vie, Œuvres complètes,* t. IV, p. 132, et ici la Notice du *Mystère Frontenac,* p. 1244, pour ces impressions que Mauriac confie sans transposition à son personnage.

Page 303.

a. J'irai donc », dit-elle. | « Je vous *[un mot illisible],* Maman. Elle préfère [la solitude, le repos, le silence. *biffé]* [dormir *corr. interl.]* [Hier encore elle me disait : « Me tourner du côté du mur et dormir »... *add. interl.]* Mme de Bénauge posa son tricot sur ses genoux et regarda Hervé : / Elle a dit cela ?   *ms. 2*

1. C'est, semble-t-il, sa grand-mère maternelle qui inspire ici le romancier, par une transposition analogue à celle qu'il faisait déjà dans *La Robe prétexte.*

2. Souvenir personnel; voir *Nouveaux Mémoires intérieurs,* p. 176 : « Je la vois encore penchée sur la rampe et me regardant descendre... »

Page 304.

a. descendre, s'enfoncer, disparaître *[p. 303, avant dernière ligne]* [puis rentrant dans la chambre, s'agenouilla de nouveau. | [Elle n'attendit pas longtemps après le déjeuner pour se rendre chez Irène. *biffé 1]* Elle déjeuna en hâte et se rendit chez Irène *[trois lignes de ratures].* La femme de chambre lui affirma que sa maîtresse s'était endormie après une matinée de souffrance et qu'il valait mieux ne pas pénétrer dans la chambre ; la vieille dame promit qu'elle ne ferait qu'entrer et sortir sans la réveiller, elle ne voulait, disait-elle, que juger de sa mine. *biffé en définitive]* *[page suivante :]* La vieille dame, ce matin-là   *ms. 2*

b. sur ce corps qui ne savait pas qu'il était crucifié ! Un tube de calmants était ouvert à côté d'un verre à moitié rempli *[indication de l'inversion à faire].* La vieille dame   *ms. 2*

c. Qu'attendait-elle encore du monde et de la vie !   *ms. 2*

Page 305.

a. son Amour. [Et tour à tour elle porte dans ses bras   *biffé]* [Elle ne se sent plus si faible. Elle lui tend à bout de bras   *corr. interl.]* ce fils et cette belle-fille, ce lépreux et cette aveugle. Elle ne [sait de quelles   *biffé]* [connaît pas ce *[un mot illisible]* là; elle ne comprend pas que tant de science et tant de connaissance   *corr. biffée].* Puis son esprit affairé   *ms. 2*

1. Voir p. 303. Il y a ici un évident souci d'accentuer l'équilibre symbolique des actes, la réversibilité des mérites : Mme de Blénauge « rachète » la faute de son fils.

2. Il semble que Mauriac songe ici à la chapelle des Bénédictines,

rue Monsieur, qu'il fréquentait lui-même à cette époque (voir *Nouveaux Mémoires intérieurs*, p. 159).

3. Voir p. 301 le souvenir qu'Hervé a gardé de ce suicide.

Page 306.

a. Le chapitre VII *est assez proche de ms. 1. Mais dans ce manuscrit, comme dans l'Argument, var. e, p. 297, l'ordre des scènes était inverse : la visite de Mme de Blénauge à Irène faisait suite au déjeuner raconté ici dans le chapitre VII. On a vu, dans ms. 1 (p. 1088, n. 1) que Mauriac avait pris grand soin de ménager les transitions : Hervé quittant sa mère se rendait au restaurant où il déjeunait avec Marcel ; celui-ci, lorsqu'il l'avait quitté, allait faire une visite à Irène, rencontrait la vieille dame qui venait voir sa belle-fille. Dans le texte définitif, au contraire, les transitions supprimées, les chapitres se succèdent brusquement, avec de constants effets de rupture.*

b. Cette phrase, en effet, Hervé la prononçait dans la longue ceonvrsation (ms. 1, voir p. 1101) que Mauriac avait d'abord imaginée. Il part ici de ce qui était la conclusion de la scène primitive.

c. ce vœu qu'il le regretta. Mais Hervé [ne manifestait pas la joie *biffé*] [ne manifestait pas la même joie *add. marg.*] qu'il *ms. 2*

d. tarde pas d'y être. Une éternité de bonheur l'en sépare. Il n'aime pas à penser aux heures qui suivent le plaisir — d'une telle tristesse ! [d'une horreur *add. marg.*] impossible d'ailleurs à se représenter avant d'avoir été assouvi. Il n'en a *ms. 2* : tarde pas d'être à ce soir. Une éternité de bonheur l'en sépare. Il n'aime [...] qui suivent le plaisir — d'une tristesse, d'une horreur qu'il lui est impossible d'ailleurs de se représenter avant d'avoir été repu. Il n'en a *RP*

e. le recouvrira, mais dans longtemps, longtemps ! / Pendant que *ms. 2*

1. Pour ces ruptures entre chapitres, voir *var. a.*

2. Voir déjà les notations contradictoires : « cette horreur future », (p. 302) « ce triste enivrement » (p. 303)...

Page 307.

a. un rendez-vous pour la vente de ses valeurs. Il n'avait pas donné l'ordre d'acheter des *Puerto Belgrano*. *ms. 2*

b. qu'elle ne le recevrait pas. Il chercha en vain le nom d'un camarade disponible. Après-midi interminable ! Les garçons enlevaient les dernières nappes. Il allait sortir, errer dans Paris [*[deux mots illisibles]* une maison, il savait où *biffé*] / Vers dix heures ce soir-là, Hervé fit jouer... Scène avec Irène, *puis :* Dans son cabinet, Hervé songeait : « On dit de nier toujours » Quelle étrange folie ! nier avant de connaître l'accusation ! » *Voir var. a, p. 309, ms. 2. Mauriac ne récrit pas la scène qui dans ms. 1 se trouve déjà dans son état définitif voir p. 1112. Dans l'Argument, var. e, p. 297, § 6, il avait d'ailleurs fait un renvoi au « cahier » de ms. 1.*

1. Sans doute Mauriac n'ignorait-il pas que Cocteau était à cette époque dans une maison de santé à Saint-Cloud pour une cure de désintoxication; tout Paris le savait; d'où le choix de ce lieu.

Page 309.

a. Ms. 2 reprend sur ce mot ; voir var. b, p. 307.

b. [Alain accoutumé au grand air étouffait dans cette boîte. Sa figure *[un mot illisible]* faisait rire Tota lorsque la danse la rapprochait de la table où il était assis entre Marcel et Hervé. Il demanda à Marcel s'il connaissait *[*beaucoup   *add. interl.]* le jeune homme qui dansait avec Tota.   *biffé*]. *Ce début abandonné se trouve sur une page dont le reste est blanc. Le texte de la scène commence à la page suivante :* Alain brusquement   *ms. 2*

c. à travers les couples de danseurs   *ms. 2*

d. de William, qui la faisait danser, et rejoignit   *ms. 2*

Page 310.

a. Pourquoi fous ? » / Il ne se dominait plus. Mais Tota dit   *ms. 2*

b. dans l'auto. Si ça leur était égal, il rentrerait à pied. Il avait   *ms. 2*

c. Tota l'avertit [...] sa sœur : *add. interl. ms. 2*

d. à travers les haies de mûres. / Il marchait   *ms. 2*

e. C'était Hervé de Bénauge que Marcel lui avait présenté *chez l'oncle Tom.* | « Vous marchez   *ms. 2*   : C'était Hervé de Bénauge que Marcel lui avait présenté au bar. / Vous marchez   *RP*

f. exprima-t-il [assez   *biffé*] [beaucoup d'embarras   *biffé*] une extrême déconvenue   *ms. 2*

1. *Le Bœuf sur le toit* se trouvait jusqu'à 1928 rue Boissy d'Anglas; il s'installa ensuite non loin de là, rue de Penthièvre.

Page 311.

a. Alain détala comme s'il eût craint d'être poursuivi. Immobile   *ms. 2*

b. mais plutôt une [étrange   *biffé*] [profonde   *corr. interl.*] sécurité   *ms. 2*

c. un superstitieux que je suis. J'ai feint de croire que ces événements   *ms. 2*

d. le même abandon, cette force toute puissante qu'il n'appelait par aucun nom. « ... Tout cela est horrible,   *ms. 2*

e. paru d'abord. [Partout dans sa campagne perdue comme dans ces avenues fameuses, la même recherche dans les ténèbres, la même quête, et lui ? Pourquoi pas lui ? Pour   *biffé*] / Il voulut sortir de cette dangereuse   *ms. 2*

Page 312.

a. telle que la douleur la façonne, la pétrit. Cahier.   *Mauriac renvoie ainsi au ms. 1. Voir p. 1117 et suiv. pour ce passage, dont il ne reprend que la fin ; voir var. a, p. 313.*

Page 313.

   a. Sur la dernière page de ce cahier *ms. 2 reprend ainsi:* voir var. *a,*
p. 312 : Dans l'auto qui le ramenait, Alain revoyait cette figure
sans lèvres, usée, rongée [cette figure de femme *[...]* comme un
caillou du gave *add. interl.*]   : toujours leur folie   *ms. 2*

   b. ce destin ? [Pourquoi assistait-il *biffé*] [Qui le condamnait
corr. interl. biffée] [Qui donc exigeait qu'à vingt ans il assistât *corr.
marg.*] à cette mêlée des êtres, [la dominait-il *add. interl. biffée*] au
lieu de s'y jeter, d'y fondre, de tenir sa partie, d'aimer et de souffrir,
enfin lui aussi d'être torturé ?... « Il se répétait sans conviction :
« C'est horrible... » [Mais il se sentait défaillir *biffé*] [et bien qu'il
en souffrît *corr. interl.*] retrouvait ce sentiment de plénitude   *ms. 2*

   c. qu'est-ce donc et remuait la tête, se débattait [regimbait *add.
interl.*] sous le joug inconnu.   *ms. 2*

   d. retrouvait enfin l'angoisse [...] trop atroce   *corr. marg. d'une
rature illisible.*   *ms. 2*

   e. qui tient une main dans l'ombre, cette certitude que quelqu'un
était là. *Le cahier ms. 2 finit sur ces mots. Sur la page de gauche, ces
répliques :* Tu ne peux pas savoir. / — Quelle grâce déjà ! / — ? /
— Tu te vois. *Une seule autre scène paraît avoir été reprise (voir var. c,
p. 315) ; pour la suite du roman, seul existe ms. 1.*

   1. C'est le premier retour dans l'œuvre de ce personnage. Mais
ce n'est pas seulement un effet analogue à celui que Mauriac cherchait en évoquant Jean Péloueyre dans *Le Fleuve de feu* ou en choi-
sissant comme personnage central du *Désert de l'amour* ce Raymond
Courrèges dont rêvait dans *Le Fleuve de feu* Daniel Trasis... Sans
qu'il le sache déjà peut-être le personnage de Thérèse s'impose à lui
de nouveau, puisqu'il va lui consacrer deux nouvelles encore, avant
d'écrire *La Fin de la nuit.* Ici, c'est sans doute sa liaison avec Jean
Azévédo qu'elle évoque : voir *Thérèse chez le docteur* (t. III de cette
édition).

Page 314.

   a. Ici s'achève le long fragment de *ms. 1 donné intégralement ; voir
var. e, p. 288.*

   b. où elle ne se fardait pas [et ses yeux cernés, ce teint brouillé
rappelait aussi à Alain l'époque où il avait fallu tout batailler pour
obtenir de leur père l'argent pour l'emmener à la montagne. *biffé*].
Elle prévint *ms. 1*

   c. qu'elle n'obtiendrait rien. Il ne discutait jamais, il allait tout
droit où il voulait aller. / « Je ne me coucherai pas, dit-il... » /
Il allait à travers la pièce, répétant pour lui seul, pour se rassurer :
« Rien de grave... » Son cœur était bien loin de cette maison, de
cette ville. Son père plus malade peut-être... Ou, au contraire, plus
fort, plus menaçant. « Rien de grave. » Cela voulait dire peut-être
que tout allait plus mal. *ms. 1* : qu'elle n'obtiendrait [...] allait
plus mal.   *RP*

Page 315.

a. être arrivé. *[p. 314, avant-dernière ligne]* | Tu sais bien qu'il ne peut plus lui faire de mal maintenant [qu'il ne tient plus sur ses jambes *add. interl.*] qu'un enfant le maîtriserait. *ms. 1*

b. Pour la suite du texte dans ms. 1, voir var. a, p. 317.

c. Sa voix fléchit, il se tut, avec le sentiment *La reprise qui commence ainsi et jusquà la var. c, p. 316 se trouve sur trois pages du dernier cahier, — sans que rien permette de la repérer —, entre la fin du chapitre* XIX *et le chapitre* XX. *Elle permet de dater assez précisément la seconde rédaction, que nous appelons ms. 2, de février 1930 : voir la Note sur le texte, p. 1066.*

d. supporte-le. [Tu n'es pas très heureuse. Mais qui est très heureux ? Tu n'as pas besoin de moi. *add. marg.*] Que risques-tu ? Que peux-tu *[sic]* l'aimer ? | Je t'ai dit *ms. 2*

e. un effort pour retrouver l'image d'un garçon basané [au bel œil *[...]* revenait, *corr. marg. d'une rature illisible*] entre *ms. 2*

f. ne comptait, que ces pauvres jeux ne méritaient en rien qu'il y attachât son esprit. C'était comme si Tota eût voulu l'obliger à prendre au tragique un mélodrame, alors qu'il entendait derrière le mur du théâtre la rumeur de la véritable vie. Tout cela était faux : jeux d'ombres, débats de fantômes. Il n'y pouvait croire, il n'y croyait pas. Le gémissement de Tota ne l'émouvait pas plus *ms. 2*

g. de le sauver. | Et Alain se retenait de sourire parce qu'il ne croyait pas ces prétextes dont la fausseté s'imposait à son esprit. Prétextes aussi arbitraires *ms. 2*

Page 316.

a. Elle colorait à sa guise [et selon les exigences de son instinct *biffé*] une attirance *ms. 2*

b. l'appel de sa mère, mais il savait maintenant que, n'eût-il pas *ms. 2*

c. redevenu un insignifiant garçon drogué... Ce n'est pas le vrai drame. Ce vrai drame se joue ailleurs ; il est d'un autre ordre infiniment plus élevé. | « Écoute, chérie, je m'en vais, mais pour mieux penser à toi, y réfléchir... Je t'écrirai et si tu cries au secours, je reviendrai... » | Ainsi la berçait-il... Cahier *La rédaction s'arrête ainsi, au milieu de la page. Dans le manuscrit primitif, ms. 1, on voit à cette place un astérisque, qui indique sans doute l'endroit où Mauriac revient à son premier texte, après avoir écrit ce raccord. Voir var. a, p. 317.*

Page 317.

a. entre les mains d'un malade. *[p. 315, ligne 4]* Il se monte la tête. « C'est absurde... mais je voudrais être parti. | — Et moi, Alain ? | — Toi ? » | Il la regarde ; elle était assise au bord du divan, les coudes aux genoux *[une add. interl. illisible]* et Alain crut deviner de [l'affectation dans l'affalement, son attitude *biffé, corr.*

peu claire] et la tasse de tilleul qui fumait sur la table basse avait aussi une rougeur à l'endroit que ses lèvres avaient touché. Elle ne lui faisait pas pitié et il se reprocha sa froideur. Il s'assit près d'elle, prit cette petite main à la fois soignée et sale après cette longue nuit. / « Mais, ma chérie, tu n'es pas malheureuse », et comme elle protestait : « enfin, tu n'es pas très malheureuse. Il m'a suffi de voir les gens au milieu desquels tu vis, pour comprendre que tu ne peux en vouloir à Daniel. Du moment qu'il aimait et qu'il était aimé, tout le monde trouvait tout naturel qu'ils aient mis leurs ressources en commun, que le plus riche ait aidé le plus pauvre. De quel droit te montrer plus sévère. Oui, je comprends qu'une jeune femme ait été d'abord choquée, mais la vie que tu mènes pourrait au moins servir à cela : te rendre plus indulgente... » / Elle rit *[deux mots illisibles]*, se leva *[cinq ou six mots add. interl. illisibles]* et comme au cours de leurs disputes d'enfant, elle cria : « Que tu es bête ! Quel petit idiot ! » Et d'un air *[un mot illisible]* : | « Si tu savais ce que je me moque que Daniel ait été ou non un m*[sic]*. / — Oh ! Tota ! » | Il s'était redressé et la figure *[un mot illisible]* comme si les deux mots grossiers l'eussent atteint dans son corps, et elle ⟨méchamment⟩ les reprit. Et son accent de la campagne, mal corrigé, prêtait à sa voix des intonations de fille. « Si je l'aimais, disait-elle, ça serait égal qu'il eût été *[sic]*, et pour la troisième fois elle répéta le mot. Ou si j'en avais souffert, c'eût été par jalousie. — Mais c'est toi même qui m'as dit... / — Oh ! je t'en prie, dit-elle. Ce que j'ai dit n'a pas d'importance. Avec toi, on trouve d'instinct des excuses sublimes. Il faut que tu sois une bête comme tu as toujours été pour n'avoir pas compris que je n'aimais pas Daniel, que la vie auprès de lui m'était odieuse, que j'en avais assez de souffrir, que j'étais décidé à ne pas sacrifier ma jeunesse à cette espèce de raté *[add. de quatre mots illisibles]*, auquel personne ici ne trouve le moindre talent, qui ne fera jamais rien, qui a été à la mode juste le temps nécessaire pour devenir le type accompli du démodé. » / Alain l'écoutait avec [étonnement *biffé*], avec une certaine gêne, irrité, et *[deux mots illisibles]* de fatigue et, sans qu'il en eut conscience, d'ennui[1]. Et avec la brutalité de son âge : / « Eh bien, tout *[un mot illisible]*, dit-il violemment, il fallait t'en apercevoir plus tôt... On ne t'a pas forcé... / — Tu vas me dire que j'ai été trop contente de le trouver. C'est vrai, dit-elle, l'air méchant. Je suis tout de même sortie de mon trou où j'étais enterrée vivante. Naturellement je me suis servi du premier venu. Et puis après, *[trois mots illisibles]* Il m'a eue... » / Elle ne parlerait pas ainsi, se disait Alain, si elle n'avait pas bu. Mais ⟨grâce à⟩ l'alcool, n'était-ce pas la vraie Tota qui se *[un mot illisible]* à lui, une Tota qu'il connaissait bien, cette petite bête méchante et ⟨colère⟩, il la *[un mot illisible]*

---

1. *En marge :* Alain ne croit plus à Daniel : raté. ⟨communiste⟩ parce qu'il croit que prendre des opinions c'est s'enrichir, c'est ajouter, etc.

prisonnière dans le bas-fond de la Hume, pareille à ces poulains qui galopent dans le pré jusqu'à la barrière, et là tendent le cou, hennissent. / Elle s'était rapprochée, elle avait passé le bras derrière le cou d'Alain, lui demandait pardon d'être méchante. Elle n'avait que lui. Pourquoi l'abandonner, lorsqu'elle avait tant ⟨besoin⟩ d'être éclairée, soutenue... / « Tu ne penses qu'à Maman... / — Avoue que j'ai des raisons plus sérieuses de m'inquiéter à son sujet. / — Tu sais bien qu'elle exagère toujours. Elle t'a toujours monté la tête... Autrefois elle courait quelque risque. Mais aujourd'hui, c'est elle qui tient papa. En tout cas envoie un télégramme, demande une lettre. Tu te rendras mieux compte et moi j'y gagnerai *[deux mots illisibles]*. Nous n'avons pas encore eu le temps de parler. [Je *[un mot illisible] add. interl.*] C'est grave, ce qui se passe dans ma vie. Je suis plus intéressante que Maman. Je le *[un mot illisible]*. » / Il retint la petite tête appuyée contre son épaule, caressa doucement la joue. « Je crois que j'aime quelqu'un, dit-elle dans un souffle. / — Ah, dit-il, je le connais ? / — Tu l'as vu ce soir. Tu étais à côté de lui... / — Ce garçon ?... » / Il se souvint *[quelques mots illisibles]* figure exténuée et comme stupéfiée, le jeune corps ⟨réduit⟩, émacié, presque spiritualisé par la noce, et évoqua cette ossature *[deux mots illisibles]* qui paraissait sous la peau bleue et ne put se retenir. « Quoi, dit-il, cette tête de mort ? » / Elle ne se fâcha pas. / « *[Une phrase à demi-raturée.]* C'est vrai. Il se drogue. Ça l'abîme mais *[cinq mots illisibles]*. Et puis en voilà un qui a du talent. »

Il se prenait à penser : L'aime-t-elle vraiment ? Que signifie aimer pour Tota ? Ce qu'il découvrait soudain avec une *[un mot illisible]* c'était l'absolue vanité de cette question. Cela n'avait pas d'importance. Quelle folie de prêter la moindre attention à ces *[quelques mots illisibles]*. Il éprouva ce sentiment avec une telle force qu'il eut peur de le manifester et qu'il se força à demander : / « Mais lui, t'aime-t-il ? / — Ah ! c'est là le terrible... Je ne sais pas s'il m'aime. Je ne suis même pas sûre qu'il puisse m'aimer... » *[Quatre ou cinq mots illisibles.]* / [Alain étouffa un bâillement. Non qu'il sentit la fatigue. Mais il aurait voulu s'en aller. « Je ne me coucherai pas, se disait-il, je prendrai le premier train... » Ce que disait Tota ne l'intéressait en rien. Il ne s'en ⟨étonnait⟩ plus. Ce n'était point le désir de sommeil qui le détournait d'être attentif. Au contraire, son esprit ne fut jamais plus lucide qu'à cette heure-là. Et même il éprouvait de la gêne à cause de cette indifférence en lui, pour toutes ces choses. Une gêne, peut-être une honte. Il se reprochait d'être importuné par ces soupirs, par ces plaintes étouffées, comme lorsqu'à la Hume, la nuit, les chats [furieux *add. interl.*] l'éveillaient. Non, cela n'était rien. Cette petite agitation charnelle n'était rien. Il regardait Tota se moucher, s'essuyer les yeux. Il l'entendait dire : « Oui, sa faiblesse, sa lâcheté, les drogues... je sais tout cela et peut-être est-ce tout cela qui m'attire, le besoin de le protéger, de le défendre contre lui-même ». Prétextes *[deux mots illisibles]* aussi arbitraires que celui dont elle usait naguère pour

haïr Daniel. Ce jeune garçon ne lui inspirait pas plus de pitié que
Daniel d'indignation. Elle n'était pas plus réellement attendrie par
les vices de cet inconnu qu'elle n'était indignée des profits que
Daniel avait tirés de ses amours passés. Elle colorait à sa guise et
selon les exigences de sa chair une attirance et une antipathie l'une et
l'autre ⟨impérieuses⟩. Non cela n'était rien et Alain ne rougissait
plus de s'avouer son indifférence devant ce faux drame, devant ce
vain mensonge. *corr. marg. d'un texte plus court*] / Dans quelques
mois, peut-être dans quelques semaines, l'insignifiant garçon drogué
serait redevenu pour Tota un insignifiant garçon drogué. Et pourtant, songeait Alain, tout ce que les hommes écrivent, *[une add. illi-
sible]*, tous les drames des hommes tournent autour de cette ⟨mise en
scène⟩ et de ces sentiments ⟨truqués⟩. / « Est-il capable d'aimer,
disait Tota. Tout est là. Ses amis le nient. Ils disent tous qu'il n'a
jamais aimé. Je n'ose leur répéter ce qu'il m'a dit un soir. Et puis
il y a des regards qui ne trompent pas. Mais je n'ose le mettre au
pied du mur. J'ai peur de savoir. Mais je sais bien que je pourrais
lui rendre le goût du bonheur. Le jour où il serait heureux, il ne
chercherait plus à s'évader... Je dis cela pour me rassurer. Mais au
fond je sais qu'il n'y a pas de bonheur possible avec lui. » / Tota
pourtant a *[quatre mots illisibles]* songeait Alain : cette douleur.
Si elle ne souffre ⟨peut-être⟩ pas autant qu'elle me le laisse entendre ;
demain peut-être *[six mots illisibles]* / Ainsi rêvait-il, jusqu'à ce
qu'il entendit sa sœur. : / « Mais, tu ne m'écoutes pas. [Je ne sais
pas pourquoi je suis auprès de toi. *add. en partie biffée*] Tu ne
comprends rien à ces choses. Je ne sais pas qui tu *[deux mots illi-
sibles]*. Tu ne penses qu'à Maman et à la Hume... » / Il s'assit près
d'elle, lui prit la main, énuméra de nouveau toutes les raisons qu'il
avait de répondre au premier appel de leur mère. Et en même temps
qu'il parlait, il avait conscience de mentir lui aussi ; car il serait
parti, même si sa mère ne l'avait rappelé, il n'aurait pu rester un
jour de plus et il se serait évadé d'au milieu de ces êtres, il se sentait
[cinq mots illisibles] d'une pièce où il n'avait pas de rôle. Rien ne
l'attendrissait parce que tout lui paraissait faux, parce que tout
était faux. Il se répétait en vain : « Tous ont ⟨vanté⟩ cette souffrance. » Mais en dépit de lui-même, il méprisait cette souffrance. /
« Écoute, Tota, je m'en vais. Mais si tu as besoin de moi, au premier
appel, tu me verras de nouveau... » / Il n'imaginait d'ailleurs pas
que cela fût possible. Il mentait [de nouveau *add. interl.*] en faisant
cette promesse. Rien qui lui parut ⟨dépasser autant⟩ ses forces
qu'une nouvelle *[un mot illisible]* parmi ces gens. Que Tota ne
l'empêche pas de partir, n'invente pas un prétexte pour le retenir,
c'est tout ce qu'il demande. / Mais elle pleura et il se sentit enfin
touché. / « Je penserai à toi », dit-il, et comme elle protestait que
cela ne lui servirait de rien, il lui assura qu'il avait le sentiment
opposé. / « C'est étrange, ma chérie, mais près de toi. Je me sens
impuissant. À la Hume. Je réfléchirai dans le calme. Je jugerai
mieux ce que tu dois faire. Tu recevras une lettre chaque jour. » /

Ainsi la berçait-il de [vagues *add. interl.*] promesses. Et à son tour il obtint l'assurance *ms. 1*

b. Il reste des bananes, des pommes [...] rassuré par ce rire. *add. marg. ms. 1.*

c. pourrait-il l'abandonner ? [C'était comme si elle lui parlait d'abandonner un de ses membres. *biffé*]. « D'ailleurs, que veux-tu faire ? Tu ne feras rien. [Tu attendras. Tu tiendras le coup. *biffé*]. Tout cela est si peu important. » / Quand *ms. 1* : pourrait-il l'abandonner ? / « D'ailleurs — continua-t-il avec un accent d'autorité et comme malgré lui, — tu n'accompliras pas cet acte auquel tu penses. » / Quand *RP*

d. sur deux tréteaux. [Une autre photographie : celle de Rimbaud enfant ! *add. interl.*] Fausse simplicité, faux dépouillement, fausse attitude. Cela non plus n'était pas important. Il s'assit, *ms. 1*

Page 318.

a. le recouvrit, démentant [cette parole *biffé*] [ce jugement *corr. interl.*] qu'il venait de prononcer. Des gestes, des attitudes, des mots n'arrivaient pas à l'émouvoir *ms. 1*

b. qu'ils prétendaient exprimer. Mais les sentiments eux-mêmes, qu'étaient-ils. « Seigneur, qu'est-ce que l'amour ? La vie qui n'est pas la vie. Je suis idiot. Qu'est-ce que cela signifie ? » [Ses yeux étaient fixés sur la photographie de Rimbaud, il se souvint d'un mot de cet enfant : « La vraie vie est absente[1]. » « Tout est dans la vie. Tout est la vie... » *biffé*] Une cloche tinta. Il ne savait pas que c'était chez les B⟨énédictines⟩ de la r⟨ue⟩ M⟨onsieur⟩. [Il ne connaissait pas cette secrète vie *biffé*] [Il ne connaissait rien de cette vie qui commençait de sourdre dans ce ⟨brumeux⟩ Paris dont il n'avait vu que l'écume. *add. interl.*] « Il faut dormir se dit-il. Je n'en puis plus. » [Il ne savait pas que Paris peut être une ville sainte et qu'à cette aube si triste dans les paroisses de banlieue, de frêles atlantes, hommes et femmes, se levaient et de leurs bras tendus soutenaient la ville et le monde. *add. marg.*] Il répéta : « Je n'en peux plus », comme pour nier cet état d'éveil dans lequel il se trouvait. Les confidences de Tota, l'appel alarmant de leur mère. Et ces tristes plaisirs qu'il venait d'*[un mot illisible]*, enfin cette fatigue de son corps, tout aurait dû l'accabler. Il ne comprenait pas d'où pouvait lui venir cette effervescence [intérieure *biffé*] [de joie *add. interl.*] [Les événements agitaient la surface et il éprouva ce sentiment de calme. Aucun tumulte, lui semblait-il, ne viendrait à bout de ce silence dont il était comblé. Il pensa que c'était peut-être l'alcool. Mais il avait très peu bu. *biffé*] [*fin du cahier II. Cahier III :*] [D'ailleurs c'est une impression qu'il se souvient maintenant d'avoir plusieurs fois ressenti à la Hume. La nuit surtout, lorsqu'il ne dormait pas. Alors il lui arrivait ⟨d'élever la⟩ voix,

1. Voir déjà n. 2, p. 1118.

de prononcer des paroles, comme s'il n'eût pas été seul. Et parfois il lui arrivait de se retourner pour s'assurer qu'il n'était pas suivi. Cette joie *[cinq mots illisibles]*, mais tout lui paraissait ennuyeux et terne. Il ne savait que faire de cette joie.   *biffé*] Elle s'en irait sans qu'il le voulût et ne reviendrait pas à son appel. Et tout d'un coup, à l'instant   *ms. 1.*

    1. C'est un souvenir personnel qu'évoque ainsi Mauriac; c'est dans la chapelle des Bénédictines de la rue Monsieur, toute proche en effet de la rue Vaneau, qu'il assistait chaque dimanche avec d'autres écrivains à la messe de l'abbé Alterman; voir *Nouveaux Mémoires intérieurs,* p. 158-159.

Page 319.

    a. il perdait pied, *[p. 318, 7ᵉ ligne en bas de page]* s'égarait, ne trouvait aucun repère. [Il répéta ce qu'il s'était dit sous les marronniers des Champs-Élysées. *add. interl.*] « C'est ma jeunesse », se disait-il. Et ce nom qu'il donnait à son bonheur inconnu lui parut dérisoire. Un instant, il croisa ses bras sur sa poitrine. Et il étreignit ce bonheur dont il ne savait pas le nom. Quand sept heures eurent sonné, il se leva, prit sa valise. Devant la porte de Daniel et de Tota, il s'arrêta l'oreille tendue, un instant. / Alain referma sans bruit la porte d'entrée[1]. / / Daniel encore engourdi sait que Tota est levée. Il entend claquer une porte.   *ms.*

    b. par [un jour de *[un mot illisible]* et d'abrutissement   *corrigé en interl. en*   un long jour de dégoût et de nausée]. Il le sait de plus   *ms.*

    c. trop fort !... » Impossible pour Daniel de retarder [...] à la vie douloureuse. Entre   *ms.*

    d. pas ainsi comme un voleur. Je me serais   *ms.*

    e. À mesure qu'elle parle, la vie rentre à flots   *ms. Tout ce chapitre est rédigé au présent.*

    f. le guette, mais ne peut s'y livrer avant d'avoir décidé s'il prendra ou non   *ms.*

    g. Ah ! cette fade [...] déjeuner !   *add. interl. ms.*

Page 320.

    a. Alain partir. [Il me semble bien me souvenir que j'ai *[un mot illisible]* le bruit de la porte d'entrée. Non, je ne dormais pas vraiment. Ce n'est pas possible. Il a du se chausser dans l'escalier   *biffé*] / — Qu'est-ce que   *ms.*

    b. regarde pas. [Assise *[deux mots illisibles]* l'œil vague   *add. interl.*] elle ne regarde rien que quelqu'un qui n'est plus là. Daniel insiste *[ces deux mots remplacent une rature illisible]* : / « Dis, Tota... *ms.*

    1. On notera une fois encore le souci des transitions dans la rédaction manuscrite auquel a fait place au contraire un goût de la rupture.

c. de formes. Je comprends que tu sois peinée. » | Elle hausse *ms.*

d. des questions de formes, de convenance... [et d'un ton qui *[un mot illisible]* son désir de parler d'autre chose : / « Tiens, dit-elle, ton courrier... /Il y a une lettre de la Revue. Tandis qu'il ⟨lit ?⟩ Tota commence de déjeuner. Daniel *biffé 1]* Tandis que Tota déjeune, il décachète une lettre de la Revue et retient un juron. /On ne veut pas de *biffé 2]* sa nouvelle est refusée. On lui refuse une nouvelle, à lui ! C'est la première fois depuis bien des années. /C'est qu'il n'avait pas besoin de ça. *add. interl.]* Ils disent *[add. interl. de deux mots illisibles]* que le sujet est scabreux. Mais ils ont cent fois publié des récits plus osés. Que Tota surtout ne le sache pas. C'est un premier *[un mot illisible]* qu'elle ne s'en doute pas. Elle est occupée de son déjeuner, il entend craquer les toasts, tomber une cuiller, elle ne regarde pas. Et soudain : | « Quand paraît ta nouvelle ? » | Il balbutie que *[deux mots illisibles]* ne lui en parle pas. « Alors, pourquoi t'écrivent-ils ? Je peux lire ? » | Elle avance sa petite main /qu'il n'ose repousser, elle *add. interl.]*, prend la lettre. | « Naturellement, dit-elle après avoir lu, c'est un prétexte : ta nouvelle est /⟨une des ?⟩ plus anodines *1re réd. non biffée]* /tout ce qui se fait d'anodin *2e réd. interl.]* | /Il protesta qu'elle *biffé]* Il protesta qu'il n'avait jamais rien écrit de plus audacieux, qu'elle n'avait pas tout compris, qu'à la réflexion il comprenait que la Revue ait hésité... | /Mais elle l'interrompit *biffé]* « Pourquoi hausses-tu les épaules ? Allons, ose dire ce que tu penses... / — Pourquoi ne le ferais-je pas ? Je t'avais déjà dit que tu n'avais rien écrit de plus ⟨misérable⟩. Et toi-même rappelle-toi, tu hésitas à l'envoyer. Tu disais qu'ils la prendraient tout de même quand ce ne serait qu'à cause de mon *[sic]* nom. » /*deux répliques biffées]* | Comme il la hait à cette minute ! /Comme il se sent méprisé ! non *add. interl.]* Il ne peut se retenir de lui donner des armes contre lui. *[quelques mots biffés]* « C'était pour être rassuré que je t'en disais du mal, pour que tu me *[un mot illisible]*. J'oublie toujours que tu es l'adversaire, l'ennemi. » / *[une ligne biffée]* Mais Tota qui ne *[cinq mots illisibles]* joua l'étonnement. Il ne s'agissait pas d'amitié ou de haine, c'était une affaire de goût. Elle ne prétendait pas à l'infaillibilité. Libre à lui de n'ajouter aucune importance à son opinion, Il lui répétait souvent qu'elle n'était qu'une petite fille. Que lui importait le jugement d'une petite fille ? | « Ce qui m'importe, dit-il, c'est ton mépris... » | Il froissait la lettre dans son poing serré. « Je me moque bien de ma nouvelle, Tota... mais non de ce que tu penses de moi. | — Il ne s'agit pas de toi. » Elle *[trois mots illisibles]* et ajouta doucement : | « Je ne t'ai jamais caché que je te préférais à ce que tu écris... » | Il soupira... « C'est pas beaucoup *[sic]* dire... » Il se sentait découronné de tout prestige et se voyait lui-même tel que Tota le voyait à cette minute. /Qu'il ne fût qu'un raté *corr. interl. de trois lignes biffées]* elle en avait la calme certitude. Il dit : | « Si tu m'aimais, tu me trouverais du talent. / Elle fit une réponse ambiguë : / « L'amour ne peut-il être lucide ? » / Il regarda Tota, cette femme *[un mot add. illisible]* apaisée, détendue parce qu'elle lui faisait du mal. *[deux lignes de ratures et de corrections peu lisibles]*. Il le vit ce petit animal mauvais et *[un mot illisible]* : / « Oui, oui, l'amour peut être lucide... » / Elle le regarda à son tour et ne put se défendre d'un mouvement de pitié et de honte. Elle lui dit du bout des lèvres de ne pas se laisser abattre, que le refus de cette nouvelle pouvait lui être un coup d'éperon salutaire. Tandis qu'elle parlait *[elle s'approcha de la fenêtre, souleva le rideau, add. interl.]* ses yeux à travers la vitre cherchaient dans le ciel sale il ne savait quels nuages. Et lui l'écoutait et l'observait tristement. / « Tu ne penses pas aux choses que tu dis. » / Elle fit un geste d'agacement « Eh bien, alors !... » Elle avait l'impression d'avoir fait *[en vain add. interl.]* un effort de gentillesse et crut avoir le droit d'arrêter les frais... Daniel recommençait de se plaindre. / « Ce que je fais ne t'intéresse pas. Je ne t'intéresse pas. D'ailleurs, je reconnais que je ne suis pas intéressant. C'est entendu, je suis un pauvre type. » / Ainsi s'abandonnait-il devant la jeune femme hostile, comme il faisait naguère auprès de sa ⟨maîtresse ?⟩ maternelle pour être rassuré, *[dorloté biffé]*, bercé, consolé. Mais ces abaissements volontaires qui *[sont sans biffé]* *[n'offrent aucun corr. interl.]* péril quand on est celui des deux qui est le plus jeune et le plus aimé, achèvent de vous perdre dans l'esprit d'un jeune être plein de vie et qui n'aime que la force. Et tandis qu'il *[quatre mots illisibles]* de s'humilier, avec l'obscur désir d'être relevé par une main *[un mot illisible]*, il s'apercevait que Tota le prenait au mot, le croyait sur paroles. Il fit donc un effort pour se ressaisir : / « Certes, si je me compare aux autres, je reprends courage. Je sais ⟨ce⟩ que je fus, je sais ce que j'ai représenté pour mes camarades... Tu te rappelles à Cauterets la joie d'Alain lorsque je lui ai adressé la parole... non ? / — Je ne sais plus, dit-elle ? *[Et ⟨aujourd'hui ?⟩ il me semble que vous n'avez plus rien à vous dire Alain et toi. add. interl.]* » Et soudain avec un geste qui marquait une indifférence profonde : / « Tout cela m'est tellement égal... » / Elle vint s'asseoir au bord du lit, tournant le dos à Daniel. Mais au mouvement de ses épaules, il s'aperçut qu'elle pleurait. *biffé en définitive]*. [Elle souffre vraiment, ou bien n'est-ce que du dépit ? Ses yeux sont rouges. « Est-ce que tu as pleuré, Tota ? » Elle s'irrite, crie qu'elle en a assez de cette inquisition perpétuelle *[et quitte la chambre en faisant claquer la porte. Peut-être va-t-elle se cacher pour pleurer. biffé]* Elle va pleurer. Elle pleure. *add. marg.]* les larmes d'une femme *ms*.

    e. ne pouvons guérir. Rien ne nous rend plus sensible cet éloignement presque infini de l'être aimé que ces désespoirs où nous ne sommes pour rien, dont nous nous savons exclus. / « Chérie *ms*., RP

    f. tourner la tête. [En réalité c'était cela et c'était aussi *[trois mots illisibles]* cet attrait qu'elle avait ressenti pour ce ⟨jeune ?⟩

garçon, durant la dernière nuit, et qu'elle croyait être l'amour, et dont elle mesurait déjà la fragilité, la fugacité, le néant. *[C'était add. d'une ligne illisible].* C'était cela et sa jeune vie *[rature et add. de cinq mots illisibles].* qui ne sait où s'attacher. Mais lui répétait : « C'est le départ d'Alain », et il n'assignait aucune autre cause à son désespoir. *biffé]* Comme elle *ms.*

Page 321.

a. chaque jour et la pensée ne l'effleurait pas qu'il pût y avoir là aucun sujet d'inquiétude. Toute son angoisse était fixée sur Alain. Pourquoi était-il parti ? Pourquoi cette fuite. Sans doute *[le télégramme de sa mère suffisait à l'expliquer biffé]* [sa mère l'avait rappelé *corr. interl.]* Inutile de chercher une autre raison ? [Il revoit en esprit ce visage tanné par l'air et par le soleil, ce visage *[un mot illisible]* encore tout baigné d'enfance, à la fois si ouvert, si ⟨net ?⟩ mais indéchiffrable. Et Alain à cette minute là–occupait justement la place *[quatre mots illisibles]* opposée au couloir, celle même où Daniel l'imaginait. Il prenait un billet pour le wagon-restaurant, il ne regardait pas le paysage mais *[les yeux clos add. interl.]* suivait en lui une pensée encore obscure. Il revenait avec une impatiente joie vers sa mère, il ne fût pas inquiet *[de son appel add. interl.]* Cette maison où il rentrait, cette maison enfouie dans un bas-fond de la Bénauge abritait sous son toit *[deux mots add. illisibles]* des passions différentes de celles qui tourmentaient les hommes et les femmes entrevus cette nuit, un amour forcené mais *[deux mots illisibles].* Alain ⟨s'en ?⟩ revenait vers la Hume avec la joie de l'enfant qui va *[bientôt add. interl.]* voir fumer le toit paternel. Il avait hâte de voir sa mère parce qu'il avait une question à lui poser; une question que *[à cette minute add. interl.]* il se formulait à peine *[à cette minute biffé], [un mot illisible]* en lui il ne savait pas qui... venu il ne savait d'où... mais qui l'obsédait et contre laquelle il essayait en vain de se défendre... car il savait que tout de suite après les premières paroles du retour, ce serait cette question que d'abord il poserait à sa mère... *biffé en définitive]* [Daniel eût été surpris s'il avait vu qu'Alain occupait justement la place qu'il lui prêtait en songe, que sa tête était appuyée à la vitre, et ses yeux à demi-fermés, qu'il était enfin tel dans la réalité que dans son imagination *biffé]*[1] Ne plus bouger *ms.*

b. faire le mort. Daniel se sert de cette ruse pour tromper la douleur. C'était *ms.*

c. pas de ma femme. *[suivent quelques lignes raturées, ébauche de ce qui suit]* Non impossible. D'ailleurs *ms.*

d. Ce n'est pas [...] mentir. *add. interl. ms.*

---

1. Ce développement sur Alain curieusement intercalé ici dans la scène entre Marcel et Tota disparaît ; il sera utilisé partiellement p. 377. Dans l'économie du roman, cette révélation trop tôt faite de l'évolution religieuse d'Alain, était maladroite. Elle sera réservée pour le finale.

Page 322.

a. de sa chimère, *[p. 321, dernière ligne]* c'était bien elle. Il ne pouvait en parler avec personne. [Cette femme était le seul être discret qu'il ait jamais connu. *biffé*]. Toutes les vertus [...] aucun de ses amis, Irène les possédait. [Il était inimaginable qu'elle pût répéter une confidence, détourner une lettre, écouter à une porte, trahir un secret *biffé*[1]] [Discrète au point qu' *corr. interl.*] Elle semblait *ms.*

b. avait reçues. Elle n'y faisait plus jamais allusion. Je ne connais qu'elle pour m'écouter *[un mot illisible]* avec le désir profond de me venir *ms.*

c. et l'amour [...] intéressé. *add. interl. ms.*

d. une vocation. [Elle souffre et *add. interl.*] on oublie de la plaindre, mais on se plaint à [elle *biffé*] [cette malheureuse *corr. interl.*] qui est *ms.*

e. mourir. *[une ligne biffée]* [Et justement il faut que je parle de Marie à Irène. Elle m'a promis d'aller la voir, de s'occuper d'elle, de lui prêter des livres. Bien qu'elle ne l'ait jamais vue, Marie est pleine d'admiration pour Irène. S'il y a quelqu'un au monde qui puisse quelque chose... *add. interl.*] Irène est comme un médecin, comme un médecin qui lui-même serait malade. [comme elle est forte ! *biffé*] et qui a l'expérience des remèdes dont il vous conseille d'user. ⟨Il est ?⟩ vrai que ces remèdes... Comme je me sens *ms.*

f. dans Nietzsche ! [Mais Marie est plus capable que moi d'être consolée, aidée par les livres... *add. interl.*] Aucune pose *[un mot add. illisible]* chez Irène pourtant... Elle n'a rien d'une femme savante. Elle cherche vraiment *ms.*

g. j'ai envie. Je veux être aimé de Tota. Je veux que Tota m'aime. Je ne veux pas qu'il y ait un autre amour dans son cœur, ni surtout celui auquel je pense... Non, surtout pas cela ! Pas cela !... ça ne tient pas debout ? Cela ne repose sur rien. Que ce brusque départ sans adieu la laisse ⟨désespérée ?⟩ et triste, c'est dans l'ordre. Voyons, mon angoisse *ms.*

h. sur ses paupières douloureuses. Il s'efforça en vain de remonter à la source de sa jalousie. Oui. *ms.*

i. en causant avec Irène, j'y verrai plus clair. » / Cette Irène, à la minute même où Daniel l'imaginait si pleine de courage et de force, raccrochait-elle aussi le récepteur du téléphone. Mais sa main tremblait. Cette femme incapable [d'écouter *1re réd. non biffée*] [coller son oreille *2e réd. interl.*] à une porte et [d'ouvrir *1re réd. non biffée*] [de détourner *2e réd. interl.*] une lettre, venait d'écouter pourtant cette conversation entre Hervé et Daniel[2]. Jusqu'à ce

---

1. Ces remarques préparaient un peu trop lourdement l'indiscrétion d'Irène qui écoute précisément cette conversation téléphonique. L'allusion qui demeure dans le texte définitif, plus discrète, suffisait.
2. Cette transition, très proche de celle qui introduisait (var. *a*, p. 321) le passage consacré à Alain, est si lourde, si peu habituelle à Mauriac que l'on se demande s'il ne s'agit pas d'une sorte de jeu,

matin, elle ne s'était   *ms.*   : en causant avec Irène, il verrait plus clair. / Que pensait [...] adolescente pleine de vie. Les malades souffrent dans un monde clos, mais où toujours nous finissons par les rejoindre ; il suffit de la moindre blessure. « Encore un peu de temps, songea Marcel, et Tota et Irène se comprendront. » / XII/Irène, jusqu'à ce matin, ne s'était   *RP*

Page 323.

a. Le paragraphe qui finit ici est très raturé dans le manuscrit.

b. se leva, enveloppée d'une robe de chambre, elle fit   *ms.*

c. quelque vraisemblance. [« Je devrais être touchée, se dit-elle, de savoir qu'il a *[quelques mots illisibles] biffé]* C'était plutôt touchant qu'il ait recherché cette fois-ci la complicité de Daniel pour que je n'aie pas de chagrin. Mais   *ms.*

d. de doute. Il fallait qu'elle en fît l'aveu   *ms.*

e. à manier l'allusion. Aucune scène n'éclaterait et l'essentiel serait dit. Il fallait bien que cela   *ms.*

f. En marge de ce passage qui comporte des ratures illisibles, Mauriac a noté : « Qu'on ne puisse pas croire qu'elle va se tuer. »

1. Ce passage obscur annonce la scène de « chantage » qui suit : si Hervé refuse de lui sacrifier ce « week-end », elle se tuera (voir déjà p. 276 et n. 1, p. 326). La variante *f* précise toutefois qu'il ne s'agit pas, dans l'immédiat, d'une tentation de suicide ; c'est le mot « enjeu » qui est essentiel ; elle attend tout de la réaction d'Hervé qui sera un « signe » ; et si elle songe à la mort, c'est que sa mort dépend de la conversation qu'elle va avoir avec son mari.

Page 324.

a. Depuis : elle se fardait *[p. 323, 6ᵉ ligne en bas de page] ce passage a été rédigé trois fois ; les premières rédactions, difficiles à lire, ont déjà le mouvement du texte définitif.*

b. et les dents déchaussées, et imagina un dessin où devant un miroir se maquillerait la mort. « Et pour qui,   *ms.*

c. [comme une femme qui a froid   *add. interl.*] elle serra sur son corps maigre la robe   *ms.*

d. trop vite. [Le coin du divan avec les cuirs fatigués et la table basse encombrée de cigarettes, de cartes, de brochures, paraissait habité. *[rature et correction illisibles]* Hervé avait pourtant aimé les

----

auquel il sait que dans le texte, il renoncera. — Il y a toutefois une autre explication, une hypothèse qui pourrait être intéressante : Mauriac a lu *Les Faux-monnayeurs* où il reconnaît « l'esthétique la plus récente » ; or il y a, dans ce roman, des effets de ce genre, très consciemment exploités, comme dénonciation du roman (voir par exemple, le début du chapitre IV, la fin du chapitre VI...). Il n'est pas impossible que dans cette évidente tentative de modifier sa technique romanesque, Mauriac ait été tenté par de tels jeux, avant de revenir à un mouvement qui lui est plus naturel.

livres autrefois; ceux que lui *[un mot illisible]* son père; les modernes aussi dont il possédait de belles éditions; mais depuis longtemps rien ne l'intéressait plus. *biffé*. | Il attendait et elle n'osait *ms.*

Page 325.

a. elle respirait vite et un peu de sang colorait ses pommettes. Même du temps *ms.*

b. jamais rien. C'est peut-être *ms.*

c. me les donnes; [j'oublierai *biffé*] [pour que je puisse oublier *corr. interl.*] ce que *ms.*

d. à l'idée qu'il faudrait renoncer à cette chose attendue, si désirée [...] les heures. Il répondit *ms.*

1. Le choix de ces deux romans n'est pas arbitraire; celui de Tolstoï, comme celui de George Eliot sont des références pour la critique, à cette époque de « romans-fleuves ». Mauriac est très sensible à cette évolution de la forme romanesque; voir Préface, t. I, p. xxix.

Page 326.

a. Rédaction non biffée : elle [regardait] [contemplait] [fixait] Hervé *ms.*

1. Ces lignes précisent le sens du passage signalé p. 323 (voir n. 1); Irène espérait plutôt qu'elle ne craignait ce refus (voir p. 331), qui décide de son sort. Il n'est pas rare que des personnages de Mauriac agissent ainsi, fassent dépendre leur destin d'un geste, d'un « signe » : voir dans *La Chair et le Sang* (t. I, p. 311, 322), plus nettement dans *Le Fleuve de feu* (t. I, p. 505, 579)... et ici (p. 335 et n. 1). Plus clairement, le thème du suicide apparaît sous cette forme dans *Le Mal :* avec son mari, puis avec Fabien, Fanny fait dépendre sa vie d'un geste de l'autre.

Page 327

a. En marge de ces dernières lignes ; gardénal. *Ainsi Mauriac indique-t-il l'épisode qui suit la trahison d'Hervé.*

b. d'un accident de taxi. Et puis elle était restée une provinciale. Elle ne savait pas traverser les rues. Il soupira d'aise quand il reconnut le coup de sonnette. *ms.*

c. chez lui ou dans [une maison amie dont on lui avait laissé la clef *1ʳᵉ réd. non biffée*] [l'atelier de cet ami absent *2ᵉ réd. interl.*]; elle sur la défensive, sûre de ne pas céder parce que l'après-midi ce garçon, enlaidi par la fatigue, était un autre [qu'aux lumières le soir *biffé*] que le jeune homme qui lui plaisait le soir aux lumières. [*En marge :* Marcel ne la croirait pas si elle *[...]* aucun péril : l'après-midi]. Dans l'auto, le mégot [...] de la bouche, ce bouton [...] ne dorment pas, l'entretenaient dans un dégoût paisible et sûr. Chaque fois *ms.*

Page 328.

a. chez le pâtissier. Je veux bien goûter. Mais il faut que je choisisse moi-même mes gâteaux, que je les apporte à la petite table... » / « Qu'e&t-ce qu'il sait ? » se demandait *ms.*

b. Chaque fois que Tota lève les yeux, elle voit le regard lourd de [Robert *biffé*[1]] [Marcel *corr. interl.*] et quand elle s'efforce de ne le pas voir, elle le sent qui pèse, intolérable. Il sait *ms.*

Page 329.

a. chose de moi. Peut-être n'avons-nous qu'une volonté... Je suis bien tranquille. Je [...] beaucoup. Il ne peut pas vivre longtemps loin de moi. / Ils se turent *ms.*

b. dans ces paroles [faites pour le bouleverser *add. interl.*] tant de soulagement. Il se réjouissait de ce que Tota confirmait son amour avec tant de violence. Et soudain *ms.*

c. sans doute. Il n'avait pas su le prendre. [Et puis cette chimère l'occupait, l'obsédait. *biffé*] [Tout était à faire encore. Mais maintenant que cette absurde chimère était vaincue... *add. marg.*]. Il l'appela ; *ms.*

Page 330.

a. à pas lents, comme une petite fille dés&uvrée. Elle mit un disque au gramophone, [esquissa quelques pas de danse *add. marg.*] vint s'asseoir près de lui. Il ⟨chercha ?⟩ en vain à l'attirer *[quelques mots illisibles]*. De quoi *ms.*

b. eût trait à sa femme. [Il n'avait rien à lui dire, ni elle à lui. *add. marg.*] L'aiguille *ms.*

c. perfe&tionné ? Sa petite main dissimula un bâillement. Elle soupira : « Ce qu'on s'ennuie ! Il me semble *ms.*

d. dans le vacarme [du jazz *add. interl.*], dans l'odeur *ms.*

Page 331.

a. de toute pensée. Au rythme du polissoir, il voyait branler cette tête de poupée peinte. / Alain[2]. / Bien qu'il fît jour encore, Irène *ms.*

b. chez son mari, cet air d'affreuse enfance. *ms., RP*

c. fût visible. [« Si je voulais jouer ma vie à pile ou face, songeait Irène, j'aurais pu choisir un autre signe du de&tin que ce renoncement d'Hervé à un plaisir. Mais non, c'était de lui, de lui seul *biffé*] « A-t-il conscience *ms.*

---

1. Ce prénom est utilisé pendant deux ou trois pages seulement, avant que Mauriac ne se décide enfin pour celui de Marcel.
2. Cette indication demeure obscure ; elle annonce évidemment un développement qui ne sera pas écrit, soit des réflexions de Marcel, soit plus vraisemblablement le retour d'Alain à la Hume, que Mauriac aurait voulu décrire (voir var. *a*, p. 321). Le personnage d'Alain disparaît en effet jusqu'au dernier chapitre.

d. Elle n'en pouvait plus, elle était à bout de forces ; elle n'avait pas cru qu'Hervé eût fait ce sacrifice. [Elle avait cru qu'il refuserait ; elle avait sollicité de lui   *add. marg.*] *[Une autre réd. interl.]* cette petite poussée [vers l'abîme   *add. interl.*], vers le noir   *ms.*

e. est là. Il regarde souvent sa montre. Il a son air malheureux de chien enfermé.   *ms.*

f. d'attention : Nietzsche cherche en vain à rassembler de nouveaux disciples : « *Je fais   ms.*

1. Voir n. 1, p. 323 et n. 1, p. 326.

Page 332.

1. Daniel Halévy, *Vie de Nietzsche,* Calmann-Lévy, p. 211.
2. *Ibid.,* p. 224.

Page 333.

a. mon enfant. » / Il dut se pencher pour atteindre des lèvres le front ridé sous la capote noire. Les vêtements [...] sentaient [comme dans son enfance   *add. interl.*] le vinaigre de Bully, le poivre.   *ms.*

1. Référence non retrouvée.
2. Ces détails, entre autres, indiquent que Mauriac a emprunté aux souvenirs de sa grand-mère maternelle pour décrire Mme de Blénauge (voir *La Robe prétexte,* t. I, p. 121, 142...) Le rapprochement n'est pas sans importance, car les mêmes souvenirs expliquent l'attitude religieuse de la vieille dame (voir n. 1, p. 347).
3. Halévy, *Vie de Nietzsche,* p. 229. Sans doute y a-t-il dans cette citation l'origine du titre, peu clair, du roman écrit quelques années plus tard, *Les Chemins de la mer.*

Page 334.

a. Absurde obstination : [...] libre.   *add. interl. ms.*
b. les ténèbres [de la création   *add. interl.*] de la maladie, [de la souffrance solitaire   *add. interl.*] de la mort.   *ms.*

1. Halévy, *Vie de Nietzsche,* p. 235.

Page 335.

a. le risque ? Il ne peut même plus   *ms., RP*
b. Elle ne lui en voudrait pas ;   *add. interl. ms.*
c. en veut pas. Elle sait   *ms., RP*
d. Il a terriblement peur.   *ms.*

1. Voir n. 1, p. 326, pour cette attitude, si fréquente chez les personnages de Mauriac.

Page 336.

a. Il y a trois rédactions, très proches, de ce début de chapitre,   ms.

b. Elle dit qu'elle ne prendrait rien [...] son appel. *add. interl.*
ms.

c. tranquille. Sans rancune d'ailleurs. Hervé *ms.*

1. On notera avec quelle netteté s'opposent, à travers tout ce
roman, la sexualité et l'image maternelle (voir déjà p. 302 et encore
p. 361 et suivantes).

2. Mauriac utilise ici encore assez librement un souvenir; il
rapporte dans *Commencements d'une vie,* que tous les soirs sa mère
descendait chez sa grand-mère, dans la maison de qui ils habitaient :
« Je me souviens du bruit retentissant et terrible de la porte d'entrée
qu'elle fermait derrière elle » (*Œuvres complètes,* t. IV, p. 133).

Page 337.

1. *Les Fleurs du mal,* « Les phares » (*Œuvres complètes,* Bibl. de
la Pléiade, t. I, p. 14).

2. La même idée est souvent exprimée dans d'autres contextes;
Mauriac dénonce fréquemment en effet l'illusion qui fait croire à
ses personnages qu'ils entendent une voix intérieure; voir dans
Le Mystère Frontenac (p. 605), dans *Les Anges noirs,* et déjà au
tome I, p. 16, 982. « Dieu sensible au cœur ? Ah ! me suis-je assez
donné à moi-même la réplique ! Ai-je assez bénévolement tenu les
deux rôles [...] ! »

Page 338.

a. manquera à Marcel *[p. 337, avant-dernière ligne]...* même malade
peut-être... Marcel lui assurait *ms.*

b. une autorité singulière. Des mots ! des mots ! Que lui
importent les autres. Hervé. Elle l'aimait *ms.* : une autorité
singulière. Des mots ! des mots ! Que lui [...] l'aimait *RP*

c. toujours pour l'argent. Il avait fait prendre des renseignements
par les banques. Le mariage *ms., RP*

d. deux millions à Deauville. Pendant les fiançailles *ms.* :
deux millions à Deauville, et s'il n'était mort subitement, à la
rentrée... Je me souviens que pendant les fiançailles *RP*

e. ni d'une Américaine... Et moi, je l'aimais... *ms.* : ni d'une
Américaine et que j'étais orpheline. Et moi, je l'aimais... *RP*

1. Pierre Janet (1859-1947) et Henri Delacroix (1873-1937)
enseignaient l'un et l'autre la psychologie.

2. Voir p. 348, en réplique à ce passage, la confession de la
« vieille dévote » : « Et pourtant je savais... je savais... Qu'est-ce
que je savais ? Qu'est-ce qu'une mère connaît de son fils ? »
Interrogations qui laissent supposer quelque secret dans la vie
d'Hervé.

Page 339.

a. Ne pas penser à cela... » *[p. 338, 6 lignes en bas de page]* [son

délire conscient *[...]* d'adoration.   *add. marg*[1].] Que c'était loin.
L'enfance. L'appartement   *ms.*

b. Pourtant, elle entrait alors dans sa huitième année.   *add.
interl. ms.*

Page 340.

a. les corps qui souffrent. On devrait   *ms., RP*
b. un ordre [...] entre les actes.   *add. interl. ms.*
c. Peut-être la lampe [...] dans l'ombre.   *add. marg. ms.*
d. qu'un seul être. [Daniel, Hervé lui-même penchent sur elle
leurs faces flétries et leurs *[deux mots illisibles]* : « C'est moi ».
add. interl.] Elle souffrait   *ms.*

1. Souvenir de Pascal, *Prière pour demander à Dieu le bon usage
des maladies* : « O Dieu, qui avez tant aimé les corps qui souffrent... »
La phrase qui suit est peut-être aussi une réminiscence de Pascal,
qui disait : « La maladie est l'état naturel du chrétien... » (*Vie
de Pascal*, par Mme Périer). Mauriac a voulu donner à Irène
une charité laïque pour l'opposer mieux à sa pharisienne belle-
mère.
2. Référence non retrouvée.
3. Dominique Parodi, *Le Problème moral et la pensée contemporaine*
Bibliothèque de philosophie contemporaine.

Page 341.

a. dans sa chair. *[Add. marg. illisible]* [Elle pressentait qu'il y
avait peut-être une autre *[...]* a voulue.   *add. marg*[2].] À demi
engloutie   *ms.*
b. remonter à la surface [pour se précipiter du côté de la lumière
qu'elle voyait   *biffé*] [Elle ne pouvait plus courir du côté de la
lumière qu'elle avait ⟨reconnue   ?⟩. Il fallait la mort   *biffé*] [elle
s'agriffait, ses ongles *[...]* de tout nom.   *add. marg.*]   *ms.*
c. *Début biffé du chapitre dans   ms* : Cette femme de chambre
n'était dans la maison que depuis quinze jours et la vieille dame la
connaissait à peine. Elle répétait sur un ton prétentieux. *Ce début
est repris à la page suivante :* La femme de chambre   *ms.*

1. Sans doute est-ce à cet endroit du roman qu'apparaissent
mieux le « désir d'édifier » et « la peur de scandaliser », dont parle
Mauriac dans la préface des *Œuvres complètes* (p. 883). Il n'ose ou
ne veut laisser son personnage sombrer dans le suicide et le sauve,
alors même qu'ayant perdu conscience il échappe à toute prise
romanesque.

1. *Cette addition est préparée par une note marginale :* Elle voit
l'amour immense et l'objet rétréci.
2. *Une note prépare en marge cette addition :* pressentiment qu'il
y avait un autre renoncement, un autre rien que le suicide.

Page 342.

a. par personne. Personne n'osait plus échanger un regard. Le jour   *ms.*

b. la sœur emporta. Marcel s'offrit pour faire les démarches nécessaires : « ... Tout est si simplifié maintenant. » Il ne pouvait que faire la déclaration. Pour le reste, il fallait attendre   *ms.*

Page 343.

a. Son regard allait de sa mère [...] intervint.   *add. marg. ms.*

b. Depuis : Hervé stupéfait   *la rédaction raturée, reprise plusieurs fois est indéchiffrable. Toute la fin du chapitre est d'ailleurs très raturée.*

c. pouvait pas prier et ⟨feindre   *?*⟩ l'acceptation, la soumission. Se retenir   *ms.*

Page 344.

a. C'était l'âme d'Irène [...] besoin d'elle.   *add. interl. ms.*

b. son tour. Qu'Il fasse ce qu'Il voudra de cette vieille loque. Tous ses plans étaient déjoués, *[cinq mots illisibles]*. Elle fixait sur la porte   *ms.*

c. plus encore les [séparaient   *biffé*] [éloignaient l'un de l'autre *corr. interl.*] leurs pensées   *ms.*

d. ce front magnifique [...] cette chair !   *corr. marg. d'une rature illisible   ms.*

e. avait pouvoir. À moins que[1]   *ms.*

1. Voir déjà n. 1, p. 326.

Page 345.

a. et qu'un malheureux qui se tue ne se tue jamais seul. [Vois comme c'est simple, lui disait cette morte. Vois.   *add. marg.*] Il faudrait cacher   *ms.*

b. avec terreur. / Et qu'elle fût morte le jour même où il venait implorer son aide, ce garçon superstitieux y voulait voir le signe d'une infortune singulière. Le destin se moquait de lui. Il lui semblait entendre rire quelqu'un à ses côtés. / Dans le silence   *ms.*

c. sans plus... Elle aimait avant tout la simplicité. Qu'il voulût   *ms. Une add. marg. d'une trentaine de mots peu lisibles se situe à cet endroit ; elle est inutilisée dans le texte.*

1. Voir p. 371, et n. 1, l'expression plus nette encore de cette idée. — On remarquera que Mauriac reprend une image utilisée dans *La Chair et le Sang* pour dire la naissance du désir : « comme dans les incendies des Landes, le feu d'une cime à l'autre se communique... » (t. I, p. 266).

1. Le passage qui manque se trouve plus loin dans le manuscrit ; voir var. *b*, p. 345

Page 346.

    a. Il avait si souvent [...] cela fût.   *add. marg. ms.*

    b. peut-être... et je l'ai tuée... Mais non   *ms.*

    c. calmer la douleur. [Je n'y suis pour rien, pour rien. Si je n'étais *[...]* encore. Mais c'était plus fort que moi. *[Quelques mots illisibles].* D'ailleurs *[...]* mon sommeil. *add. marg.*] Elle ne peut plus   *ms.*

    d. c'est souvent analysé [...] très connu.   *corr. interl. d'une rature illisible. ms.*

Page 347.

    a. [Mais si, je suis horrible. » *[p. 346, 10 lignes en bas de page]* *[...]* de tout dédain. Étrange impression *[qui ne dura qu'un instant et add. interl.]* qu'il ne devait jamais oublier : elle était là. « Je te vois *[à présent, ô malheureux [[...]] ne pas être... »* *corr. interl. d'une rature illisible].* Sa misère *[...]* qui regarde ses mains.   *add. marg.*] *ms.*

    b. seule attitude. Elle [avait tout lu, elle   *add. marg.*] savait tout *ms.*

    c. il eût attirée. [Je suis la caricature *[...]* au monde. Ma ⟨misérable image   ?⟩ se dresse entre cette âme et Dieu.   *add. marg.*] Ah, malgré   *ms.*

    1. Ce mot n'est pas inventé par Mauriac. Il le cite ailleurs comme dit par Anna de Noailles (*Bloc-notes III*, p. 310). Mais il éclaire le personnage d'Irène et surtout celui de sa belle-mère : « j'ai toujours ressenti, dit-il à propos d'Irène, une prédilection pour ces nobles âmes avides qui, cherchant Dieu, se heurtent au faux Dieu de leur entourage bourgeois » (p. 340); mais Mme de Blénauge n'adore pas seulement les « idoles d'une religion conformiste »; pharisienne aux yeux de sa belle-fille, elle est capable d'un mouvement religieux authentique, comme le montre cette scène. On pense à celles que Mauriac appelle dans les *Nouveaux Mémoires intérieurs* « les saintes femmes de la famille » (p. 136); il s'inspire très directement d'elles pour peindre Mme de Blénauge et la charge d'une contradiction perçue « dans le secret de ces vies en apparence pharisiennes » où « la Grâce passait et même ruisselait » : « C'est tout ensemble pour moi un mystère et une certitude », dit-il (p. 142).

Page 348.

    a. du même mépris la vieille idiote que je suis et [celui que nous aimons   *biffé*] [la vérité   *corr. interl.*] Vous me   *ms.*

    b. J'ai essayé; je croyais faire   *ms.*

    c. de mon mari et de ma petite Nadine qui aurait au⟨our⟩dh⟨ui ⟨   ⟩ans et que je pleure comme au premier jour. *[La page est interrompue. La page suivante reprend :]* C'était assez de mon mari et de ma fille, croyais-je, comme si   *ms.*

d. après les autres au même âge, détruits par le même mal. Mais *ms.*

e. ce que je vous confesse. J'ai [...] péchés. *add. marg. ms.*

f. se moquait de moi. [Pourtant je me suis *[un mot illisible]* biffé] [Je lui en voulais à elle. J'en voulais à ma victime. Me croirez-vous si je vous dis que *corr. interl.*] Je n'ai même pas voulu m'agenouiller près de ce corps. J'ai fui *ms.*

g. chez moi, [il ne me restait que la force de demander *biffé*] [je me suis enfermée *[...]* demandant *corr. interl.*] la lumière, [demandant *add. interl.*] que tout s'éclaire et que je comprenne enfin... oh ! la lumière *ms.*

h. je l'attendais. Soudain j'ai vu, j'ai compris jusqu'où allait ma responsabilité ce désastre. Non, je ne l'avais jamais mesurée. Je ne me croyais *ms.*

i. connait de son fils ? Je vous dis des choses que je ne m'étais pas à moi-même formulées. Je les dis à Dieu. *ms.*

1. C'est la première, et la seule, allusion à cette sœur d'Hervé ; elle serait sans intérêt, si elle n'était la résurgence d'un thème fréquent : comme Fernand Cazenave dans *Genitrix* (t. I, p. 627), comme Fabien dans *Le Mal* (t. I, p. 659), comme Pierre Gornac dans *Destins* (p. 113)... et *Un adolescent d'autrefois*, Hervé est ce fils unique et trop, mal, aimé, à la suite de la mort d'un autre enfant.

2. Il y a ici l'écho — ou la réponse — à la question que se posait Irène, p. 338 (voir n. 2). Mais rien du passé d'Hervé, sans doute banal, n'est dit.

3. Thème ancien, développé par exemple dans *Le Mal* (t. I, p. 665) et qui sera repris dans *Le Mystère Frontenac* (voir p. 616) que cette incompréhension entre la mère et son fils, « détaché d'elle à jamais, d'une autre espèce puisqu'il était d'un autre sexe — indéchiffrable » (t. I, p. 665).

Page 349.

a. et je m'en réjouissais. Vous m'aviez *ms., RP*

b. [Afin qu'il fût heureux selon le monde *add. interl.*] J'ai été féroce. [J'ai poursuivi, harcelé, méconnu *biffé*] [Il me fallait pour Hervé *corr. interl.*] une jeune fille *ms.*

c. un fils à caser. Ah ! je faisais *ms., RP*

d. à cinq heures, je communiais, je visitais les cancéreux du Calvaire, cela me coûtait *ms.*

e. Je l'avertissais [...] taire. *add. interl. ms.*

f. naturel. J'accomplissais mon devoir de mère. J'ai menti *ms.*

g. plus loin. Je ne sais pas ce que je sais. Je ne veux pas savoir. Mon père, regardez avec pitié cette vieille criminelle. J'ai livré une enfant *ms.*

h. comme si [après l'avoir perdue *add. interl.*] je m'étais *ms.*

Page 350.

a. Depuis : Elle répétait : « Je n'étais pas là » *la rédaction est confuse, reprise avec de nombreuses ratures et surcharges. Ici on distingue une rédaction non raturée :* Dans sa stupeur, la pauvre femme oublie de baisser la voix. Mais de nouveau l'homme invisible parle : « Celui que nous aimons m'ordonne de vous répéter ce qu'il veut et de vous faire entendre : "Elle était absente. Mais moi, j'étais là" ». Cela fut dit avec un peu d'essoufflement. Déjà la voix habituelle prononçait les paroles habituelles *[sic]* : « Pour obtenir *ms.*

1. La situation est très proche de celle de *Genitrix,* où la belle-mère aussi se sent, dans un tout autre contexte, il est vrai, responsable de la mort de sa belle-fille.

2. C'est la confirmation du « salut » d'Irène que Mauriac a déjà évoqué et c'est comme à cet autre endroit du roman (voir n. 1, p. 341) une intervention très directe de l'auteur et la traduction du « désir d'édifier ». On passe d'ailleurs ici sur le plan mystique où se situe aussi le personnage d'Alain. Voir la Notice, p. 1062, pour une analyse de ces éléments.

Page 351.

a. qu'à sa pénitence dont elle voulait d'abord s'acquitter. « Mon âme [...] mon sauveur ». [Les premiers versets récités du cœur plus que des lèvres l'emplirent d'une paix qu'elle connaissait bien, d'un repos vivant. Mais au sortir de ces deux jours et de ces deux nuits d'angoisse, elle *biffé*] Elle ne peut aller *ms.*

b. pas trop de fatigue, [s'il avait eu le temps *[...]* parce qu' *add. marg.*] ils s'étaient *ms.*

c. à la cérémonie. Il s'était senti blessé par cette indifférence de Tota : « Je ne la *ms.*

d. j'aime quelqu'un, que je m'intéresse à quelque chose, tu t'en détournes *ms.*

e. se laissa embrasser [docilement *biffé*] [avec docilité, avec complaisance *corr. interl.*]. Il ne sentit pas ce mouvement de retrait qui lui était si pénible. On n'est *ms.*

Page 352.

a. depuis six mois... / Mais Alain était là *ms.*

b. la discussion. Marcel alla s'appuyer au radiateur et recommença à parler d'un ton plus doux. Il faisait un grand effort pour paraître calme, mais son bouleversement intérieur se traduisait malgré lui : / « *[deux mots illisibles]* ma chérie, rappelle-toi *ms.*

c. pas de voiture... [C'est pourtant le désir de fuir la Hume *biffé*] [Je ne me suis jamais fait d'illusion, ou du moins je ne m'en fais plus : c'est pour fuir la Hume que tu as consenti à [m'épouser *biffé*] me suivre. *corr. interl.*] *ms.*

d. de dénégation. Dans cette triste journée de décembre, la figure de Marcel lui parut *[un mot illisible]* vieille. Elle se regarda dans la glace et reconnut qu'elle avait elle aussi une triste mine. C'était son mari, ce grand garçon usé, veule, presque chauve, avec sa cigarette éteinte au coin des lèvres / Je trouverai *ms.*

e. la côte... / — Combien en as-tu emmené de femmes, là-bas, depuis la guerre ?... Non, non, tu ne me vois *ms.*

Page 353.

a. dit Tota en riant. Mais [elle s'arrêta de *biffé*] [Le regard que Marcel lui jeta arrêta son *corr. interl.*] rire, comme un enfant pris en faute / Pourquoi *ms.*

Page 354.

a. cherchait une issue pour s'évader comme une petite bête prise : « / Secouons-nous *ms.*

b. un de ces êtres dont j'ignorais l'existence avant de venir ici, et dont vous parlez sans cesse. / — Ah ! soupira-t-il *ms.*

c. fort capable d'aimer une femme... / — Tout de même ! *ms.*

Page 355.

a. si bien ce que fut votre enfance, dans ce bas-fond, dans ce creux, ce que fut surtout votre adolescence. Je les connais ces propriétés plus isolées dans une campagne dépeuplée qu'un îlot *ms.*

b. tout le reste : les veillées, l'hiver devant le seul feu à la cuisine. / [Elle l'interrompit pour lui demander de parler clairement et protesta qu'elle ne comprenait pas ce que signifiaient ses paroles. *biffé*] [et à l'époque des grandes chaleurs *[...]* signifiaient ses paroles. *corr. marg.*] / Tu me comprends, *ms.*

Page 356.

a. il se peut que [tu n'aies pas compris, que vous n'ayez pas compris. Je le crois. J'en suis *biffé*] [vous n'ayez eu *[...]* aujourd'hui. *corr. interl.*] Rien ne *ms.*

b. de temps. C'est à la fois si ignoble et si bête. [Est-ce que de pareilles horreurs existent ! *add. interl.*] Quel être *ms.*

c. le repoussa avec dégoût. Bien loin *ms.*

d. pas joués. Elle *[un mot illisible]* une expression de moquerie qui comblait Marcel de joie. Certes elle avait dû *ms.*

e. tout reconstruire. « Tota arrangeait *ms.*

Page 357.

a. les allées gluantes, les papiers moisis, le salpêtre des murs *add. interl. ms.*

1. Cet attrait qu'éprouve Hervé pour le mal et la corruption, lui donne une sorte de prescience; il a deviné la jalousie encore inconsciente de Marcel et la passion, plus obscure encore, d'Alain et de Tota; voir les notes de la page 359.

2. Mauriac reprend ici les thèmes traités dans les nouvelles de 1927 et dans *Souffrances du chrétien ;* voir *Œuvres complètes,* t. VII : « ... il existe deux espèces d'êtres humains : les assassins et les assassinés ; — les cœurs passionnés, à chaque instant percés de coups, et leurs bourreaux, ceux qui, même à leur insu, blessent la créature qu'ils ont asservie. Leurs plus innocentes paroles renferment un venin secret » (p. 243).

Page 358.

a. Le cahier III finit sur cette réplique. La rédaction se poursuit sans rupture sur le cahier IV.

b. sa vie révolue, cette vie qu'elle ne pouvait déchiffrer que depuis ce soir, dont elle possédait enfin la clef. Ses actions avaient été innocentes, ses pensées même l'avaient été. Mais au delà *ms.*

Page 359.

a. si c'était elle [...] ensevelie. *add. interl. ms.*

b. deux syllabes [qu'elle se répétait sans remuer les lèvres *add. marg.*] avaient suffi à dresser *ms.*

c. cette honte, cet amour. *add. marg. ms.*

d. de toutes pièces cette chimère, un monstre, et qu'ils *ms.*

e. l'image obscène [et terrifiante *add. marg.*] d'un tronc *ms.* : l'image, d'un tronc *RP*

f. qui put, même de très loin, éveiller une idée de cette sorte... je te le jure *ms.*

g. dans la sienne. Quand il allait se baigner dans la rivière l'été, [c'est toujours à une heure où il était sûr que je ne *biffé*] il me défendait de le suivre et quand j'y allais, le côté *ms.*

1. Voir la note 1, p. 357.

2. Mauriac atténue aussitôt la découverte que vient de faire Tota par « une sorte de timidité devant un sujet redoutable », dit-il dans la préface au tome III des *Œuvres complètes.* Mais aussi demeure-t-il fidèle à un thème essentiel : le caractère maléfique, satanique, d'Hervé de Blénauge : voir ce qu'en dit Irène p. 290. Il n'en reste pas moins que, tout inconscient, ce sentiment existe; le thème s'impose sur lequel il écrira la suite de ce roman, *Les Anges noirs,* où cette passion sera reconnue.

3. Cette réflexion que Tota devine prolonge la découverte faite par Marcel (p. 356) et celle qu'a faite Tota (p. 358). La réponse à cette question a déjà été donnée p. 294 : « son père [...] lui faisait moins peur que cette petite furieuse, ce petit animal tout désir, tout instinct » — il s'agit de Tota; mais on comprend seulement, à cet instant, la signification de cette peur, suggérée, il est vrai, par l'image du « pays sans chemin » (n. 3, p. 294).

Page 360.

a. précis. [*p. 359, dernière ligne*] elle ne connaissait pas le plaisir. Tous les [*un mot illisible*] sont bons. / « ... Ce n'est pas *ms.*

b. à William. Ce lui était un repos de penser à son amour pour elle. Pourvu   *ms.*

c. là-bas. Je n'aurais pu y demeurer trois jours... » / Il   *ms.*

d. Le chapitre, dans ms., finit sur ce mot.

Page 361.

a. Entre la fin du chapitre XIX et le début de celui-ci, figure dans le manuscrit, une reprise des pages 315-316 (voir var. c, p. 315 et p. 316). Et immédiatement avant les premiers mots de ce chapitre XX : Fontainebleau, Hôtel Legris, 3 mars 1930.

b. Début du chapitre dans ms : Tout était accompli. Après la dernière

c. sous son crêpe, avait [le sentiment   *biffé*] [la certitude   *corr. interl.*] que la plus dure épreuve l'attendait encore : [il fallait affronter   *add. interl.*] le [terrible   *add. interl.*] visage de sa mère, [cette face où il n'avait jamais vu que l'expression du plus aveugle amour, soudain durcie, figée   *biffé*] [tel qu'il lui était apparu, le jour de la mort d'Irène. Il fallait revoir cette face   *corr. interl.*] implacable   *ms.*

d. si terrible pour lui que [le cadavre d'Irène lui avait fait moins peur et qu'il s'était réfugié auprès de ce cadavre pour fuir cette mère *[un mot illisible]*. Il fallait l'affronter de nouveau et passer ce premier soir sous ce regard désormais lucide, qui n'exprimerait plus jamais l'indulgence, l'ignorance *[*volontaire   *biffé]* *[*voulue   *corr. interl.]*, un amour pitoyable. Il s'efforçait à travers le crêpe d'observer les traits de sa mère. Il ne discernait rien   *biffé en définitive*] [Irène morte lui avait paru moins effrayante à contempler. Elle ne lui avait *[...]* sous ce regard *[*désormais lucide   *biffé]* *add. marg.*]. En vain   *ms.*

e. une insensibilité étrange ; la même qui l'avait accueilli lors de son retour :   *ms.*

f. frémissement. Oui, la même statue dont il ne fallait plus rien attendre. Ainsi   *ms.*

g. la pensée d'Hervé. Mais il n'y songeait que d'un cœur endurci. Tant pis :   *ms.*

h. s'offrait à sa faim. De cette malédiction, il saurait tirer un bénéfice.   *ms.*

i. tout le temps pour faire ce qu'il avait à faire... Elle l'attendait   *ms.*

Page 362.

a. que sa mère [avait perdu la raison   *biffé*] [allait dire des paroles de démence   *corr. interl. biffée*] [allait tenir des propos de démente   *corr. interl.*]   *ms.*

b. ni la honte [de   *biffé*] [ni l'horreur éprouvée à   *corr. interl.*] son retour   *ms.*

c. de mal. Tout était pareil en lui à son enfance. [Le regard de sa

mère *[...]* actes inconnus,   *add. marg.*] et elle le voyait tel qu'il avait
été [enfant *biffé*] autrefois   *ms.*

Page 363.

a. Cette fois, il comprenait [...] trop fort !   *add. interl. ms.*
*Depuis la précédente variante, de nombreuses ratures de détail, peu
lisibles.*

    b. Ah ! tant pis ! il parlerait ce soir...   *add. interl. ms.*

    c. Ce serait déjà trop [...] d'autres choses.   *add. interl. ms.*

    d. d'avance [C'était déjà fait et ils ne le savaient pas *biffé*] [avant
même qu'ils fussent nés. *corr. interl.*]. Ils se débattaient déjà au
fond   *ms.*

    e. jusqu'à la bouche, ils étouffaient et ils ne savaient pas   *ms.*

Page 364.

    a. D'une première rédaction de ce passage, depuis : Elle ne paraissait
point émue, *nous retenons cette variante :* que l'abîme est l'abîme.
[C'est le point de départ *biffé*] [Cette connaissance est le seuil de
la *biffé*] [C'est par là que commence toute Sainteté... » / Il soupira :/
« La Sainteté ? Moi ? Pauvre maman ! si tu savais... *Cette première
rédaction finit ainsi.*

    b. je le sais. Personne ne peut éprouver autant d'horreur de moi-
même que moi. / Il n'éprouvait   *ms.*

    c. Il reconnaissait l'odeur de ses larmes d'enfant contre cette
épaule. Il ne voyait plus sa mère, mais il entendait le timbre de sa
voix qui n'avait pas changé depuis bien des années. Si Irène   *ms.*

    d. a été tenu et s'il *[deux mots illisibles]* en chacun de nous, même
le pire, qui ne puisse servir à l'accomplissement de ce saint unique
et différent de tous les autres que nous portons en nous et qu'à
force de patient amour celui qui nous a aimés tant suscite et tire à
Lui... Hervé se laissait bercer   *ms.*

    e. Elle voit ce que [...] cette année.   *corr. interl. d'une rature
illisible ms.*

    1. Voir n. 2, p. 350.

    2. C'est par la description de la chambre de sa mère que Mauriac
commence *Le Mystère Frontenac* et il insiste dans la préface des
Œuvres complètes sur le sens de cette évocation : « mon angoisse
d'homme recherchait comme une angoisse d'enfant l'obscure
chambre maternelle » (p. 886). Les images sont identiques ; elles
resurgiront dans les *Nouveaux Mémoires intérieurs* à propos de
« la chambre de maman » « ce premier nid que nous ne rebâtissons
jamais » (p. 172-173). — Tout ce chapitre du roman ne se comprend,
à travers la transposition, que si l'on y saisit ces réflexions très
personnelles : la mère de Mauriac est morte quelques semaines ou
quelques mois avant qu'il ne compose *Ce qui était perdu ;* il est
évident qu'écrivant certaines phrases, il se substitue à son personnage.

Page 365.

a. et il regarda *[un mot illisible]* ce visage   *ms.*

b. un autre [homme   *biffé*]. Pourtant la nature allait se réveiller ; elle était sur le point d'agir, avant qu'il ait eu le temps de prévoir aucune résistance. Il avait déjà   *ms.*

c. Excusez-moi, Hervé [...] un poids.   *add. marg. ms.*

d. Depuis le début du chapitre, ce passage comporte deux rédactions.

Page 366.

a. la hantait. Irène ⟨était   ?⟩ la seule femme forte, équilibrée, qu'elle connût. / Hervé à ce moment là [...] à Irène. / « Nous sommes tous   *ms.*

b. Qu'avait-il fait encore ? Qu'avait-il encore fait ? Cette   *ms.*

c. presque à son insu,   *add. interl. ms.*

d. le laissait [tout hébété   *biffé*] [lui aussi comme foudroyé *biffé*] dans un état de stupeur et presque d'hébétude. [Et il était comme les assassins qui leur coup accompli, vont se coucher et s'endorment lourdement   *add. marg.*] Avertir   *ms.*

1. Il est assez curieux que dans ce roman où la religion a une telle influence, le personnage d'Irène, tout irréligieux, attire les autres à ce point (Marcel, Marie Chavès...), tandis que la comtesse de Blénauge les irrite.

2. Cette idée déjà relevée (voir p. 285, 290 et p. 359) du caractère satanique d'Hervé prend ici la forme qu'elle aura dans *La Fin de la nuit,* lorsque Thérèse découvre en elle la même « force mauvaise ».

Page 367.

a. ce jour-là et avait creusé des rides [comme si le destin à chacun de ces coups, marquait une encoche   *add. marg.*] : le cimetière, le retour, la scène atroce avec Tota et ⟨encore   ?⟩ ce qui vient la frapper ici, dans ce refuge, dans ce monde clos de *[un mot illisible]* et de fumées. / « Non ! s'écria   *ms.*

b. si peu défendue : elle buvait trop, sa danse était d'un petit ⟨être   ?⟩ qui étourdiment veut qu'on le prenne. / Dès que   *ms.*

Page 368.

a. qui tremblaient autant que celles d'un vielllard. / Tota   *ms.*

b. À cause de ce que [...] pas vrai. »   *add. marg. ms.*

Page 369.

a. tout cela. [Vous n'avez rien à me dire [...] campagne   *add. marg.*] *ms.*

b. Cette fin de chapitre, depuis la précédente variante, est très raturée ; c'est la mise en place du dialogue, non le mouvement qui est à l'origine des corrections. Ici toutefois, Tota ajoutait plus clairement : Vous auriez dû insister... »

Page 370.

    a. Il n'osa avouer [...] au monde.   *add. interl. ms.*

    b. reprit-elle. Vous ne craignez rien ? | — Vous savez bien que non, dit-il / Ah ! c'est   *ms.*

Page 371.

    a. Comme il disait [ce qui signifiait que son ami qui habite Nantes avait reçu de la drogue]. / Tota   *ms. RP*

    b. ne connaissait presque personne et décourageait   *ms., RP*

    c. des autres femmes, toujours   *ms.*

    1. Voir déjà, p. 344 et n. 1, p. 345, la réaction de Marcel devant le suicide d'Irène. Le mot dépasse la situation et les personnages pour exprimer un thème très fort dans les romans de Mauriac à cette époque ; une fascination de la mort.

Page 372.

    a. sur la défensive *[p. 371, 16ᵉ ligne en bas de page]* [et redoutant qu'on se moque de son accent et de ses manières, *add. interl.*] [Elle avait accepté pourtant, à la prière de Marcel d'aller voir Hervé qui depuis la mort d'Irène habitait chez sa mère. Elle croyait qu'elle ne serait pas reçue. Mais, à son grand étonnement [...] leur maman, que c'est à ce signe qu'on les reconnaît¹. Mais Tota [...] à lui et à lui... » Tota n'aimait pas que son nom fût associé à celui de Marcel ; elle ne veut pas qu'il existe ⟨de liens ?⟩ entre eux. Elle est seule et n'a besoin de personne. *add. marg.*] [Au fond *add. interl.*] elle n'avait   *ms.*

    b. n'a jamais existé ! Au vrai, depuis que son mari avait osé lui parler de ça, elle ⟨vivait ?⟩ plus que jamais dans [le passé *1ʳᵉ réd. non biffée*] [son enfance *2ᵉ réd. interl.*] : elle éveillait d'infimes souvenirs, relevait des pistes, interprétait des signes. Non, elle ne sentait le besoin de voir personne, parce que personne ne les avait connus elle et Alain à la Hume. Elle ne recherchait la compagnie de personne sauf de William bien entendu. En est-elle bien sûre ? *ms.*

    1. Voir var. *a* et la note 1 au bas de cette page.

Page 373.

    a. agréable, peut-être [délicieux. Elle souffrira par cet être qui est un malade, mais la souffrance est une maladie... On peut organiser sa vie autour de la souffrance amoureuse *[trois mots illisibles]* Qu'il vienne ! Elle est prête. *add. marg.*] *La page se termine ainsi. Tout ce début de chapitre est une seconde rédaction qui se trouve au verso*

    1. La précision apportée par ce membre de phrase et supprimée dans le texte : « c'est à ce signe qu'on les reconnaît », met bien Hervé dans une catégorie à part et confirme le thème de l'homosexualité.

*de la page précédente, en face d'une rédaction raturée : celle-ci ne comporte
pas la visite à Mme de Blénauge*[1].

1. Mauriac ne dédaigne pas d'user de ces coïncidences romanesques. Dès *La Robe prétexte,* apparaît une situation identique : un télégramme contraint Jacques à revenir et interrompt ainsi brusquement une aventure à laquelle, comme Tota, il avait consenti (voir t. I, p. 179); la mort subite de tante Clara empêche au dernier instant, le suicide de Thérèse Desqueyroux, (p. 85); l'arrivée inattendue de Pierre Gornac, dans *Destins,* a le même caractère (p. 151)... Il en est d'autres, parfois moins brutalement évidentes; elles permettent au romancier, au mépris d'une inutile ou trompeuse vraisemblance, d'accentuer certains traits, de laisser aller le personnage à l'extrême de la « tentation » et de mieux montrer ses contradictions : autant que Thérèse désire mourir, elle ne saurait faire ce geste et si Tota paraît décidée à céder, elle ne s'étonnera ni ne s'irritera de l'arrivée d'Alain : « Je crois que je t'attendais... » C'est le support inconscient de sa rêverie qui est ainsi dévoilé.

2. Même Blanche Frontenac, lorsqu'elle apprend l'accident survenu à sa mère, n'échappe pas à ce mouvement : « ... ne s'était-elle pas surprise, tout à l'heure, en train de se demander qui aurait l'hôtel de la rue de Cursol ? » (p. 584).

Page 374.

a. Depuis : Peut-être ce qui l'étonna le plus, *[p. 373, 12ᵉ ligne] le texte a été raturé et repris au verso de la page précédente. Une note indique* ; À transposer un ton au dessus. | *Il est malheureusement difficile de déchiffrer l'ensemble. C'est le mouvement du dialogue, plus que les thèmes qui a été repris. Seule la réplique de Tota sur l'argent ne se trouve pas dans cette ébauche, qui aussi insiste moins sur le caractère « providentiel » de l'arrivée d'Alain.*

b. Encore un secret ? | — C'est le même secret. Ne m'interroge *ms.*

c. tu arrives. Tu serais étonné. | — Non Tota. » Il ajouta que rien ne pouvait plus l'étonner. | Elle lui prit *ms.*

d. Et du ton un peu vulgaire [...] à ce sujet *add. marg. ms.*

Page 375.

a. Tout de même, *[p. 374, avant-dernière ligne]* [c'est *[un mot illisible] biffé]* ça y est, avoue-le » | Il souriait faiblement, sans répondre, et elle l'observait : | « Comme cela *ms.*

b. pas aimé ? | — Je le suis, Tota... c'est l'heure, *ms.*

c. en souvenir de sa chère Irène; parce que ça lui coûtait de me laisser. Par exemple, s'il *ms.*

1. *Cette scène est préparée par une note :* Visite à Hervé. Il ⟨veille⟩ sa mère malade. | Il aime bien sa maman | Marcel ne vaut pas cher. Nous valons tous très cher. Quel prix !

d. je dis cela... Non, ne m'interroge pas, Alain. Est-ce que je te demande, moi, le nom de ton amour ? Chacun ses secrets, mon petit... » | *La Vie parisienne ms.*

e. petite tête morte. Du charbon avait noirci une de ses narines, et sa bouche épaisse était ouverte sur des dents pures et mal rangées. *[trois lignes raturées illisibles]* [« Vous m'avez éloigné de tous les êtres qui me touchent et non seulement de ceux qui me sont unis par les liens du sang et du cœur, mais de tous ceux que je connais. Vous m'avez donné d'entrevoir dans un éclair le ⟨tréfond ?⟩ de votre amour pour ce monde perdu que vous êtes venu chercher et sauver. Que faut-il que je fasse ? Dans ma petite enfance, *[deux mots illisibles]* même votre nom... Vous m'avez éclairé, vous m'avez comblé de bonheur. » *biffé*] [Et Alain veillait *biffé*] [Alain avait pris un journal et l'avait laissé *biffé*] [Alain avait fermé les yeux *biffé*] Et Alain la regardait. *La page finit ainsi. La page suivante comporte deux lignes biffées puis deux débuts abandonnés :* Bien peu de temps s'était écoulé depuis ce départ à l'aube / Et lui la regardait avec amour. Était-ce de la présomption que cette assurance en lui d' *[un mot illisible]. Nouvelle reprise à la page suivante :* Alain lui aussi laisse glisser son journal; il ne peut pas lire, mais il ne peut pas non plus dormir. Toujours en éveil. Toujours aux aguets de quelqu'un qui n'est jamais très loin. *Page suivante :* Alain avait le sentiment *ms.*

Page 376.

a. allait-il maintenant ? [jusqu'où l'entraînerait cette joie sans nom, ce bonheur inconnu de son adolescence ? il avait ressemblé à un enfant qui écoute une chanson dans le vent et qui ne sait d'où elle vient; et il s'était réveillé en plein amour. *biffé*]. Il ne courrait *ms.*

b. d'amour [(depuis bientôt deux mille ans cette agitation) *biffé*] et à l'alentour *[sic]* cette effrayante indifférence du monde *ms.*

c. Depuis : Alain avait le sentiment, *ce texte est sur le verso de la page précédente en face d'une première rédaction.*

1. Voir la reprise de ce thème et de cette image dans *Les Anges noirs,* auquel ils donnent son sens.
2. Voir p. 294, 312-313, 318.

Page 377.

a. Depuis : Ce bonheur qui le terrassa un soir, *seconde rédaction sur le verso de la page précédente.*

b. ce qui compte. Alain, tu ne m'en veux pas... ? Parle-moi, qu'est-ce que tu as ? » / Elle avait vu se pencher vers lui dans le vieil omnibus obscur cette figure craintive, et il l'avait embrassée avec amour. Il cherchait *ms.*

c. Le paragraphe qui finit ici comporte une seconde rédaction au verso

de la page précédente. Elle se prolonge ainsi : un soir. Il eut comme la
vision intérieure de *[quatre mots illisibles]* sur la terre et dans le
ciel. / « C'est Angoulême ? » / Tota s'éveille et frotte de sa main
gantée une vitre embuée. / « Écoute *[p. 379, l. 16]* de longs séjours.
[Alain l'écoutait *[...]* où il serait. *add. marg.*] *La page suivante
porte plusieurs ébauches, d'un développement inutilisé, dont nous donnons
le dernier état :* Cette pensée ne le quitte plus que dans les ténèbres,
il a été gardé, préservé du mal, que bien loin d'être ainsi placé
au-dessus des autres, il a ⟨amassé   ?⟩ une dette énorme et qu'il n'en
sera quitte avant la dernière obole. Non, ce n'est pas pour sauver
sa vie qu'il a été mis à part de toute éternité. Il ne se croit même pas
non plus l'objet d'un plus grand amour. Aussi loin qu'un pécheur
s'égare, il lui est donné, s'il tombe sur les genoux et s'il lève la tête,
de voir entre les *[deux mots illisibles]* la face pleine de sang du Fils
de l'Homme venu d'abord pour chercher et pour sauver ce qui
était perdu. / Et puis Alain songe que l'ennemi qui ne l'a pas
attaqué dans les ténèbres, peut l'assaillir dans la lumière, un jour
peut-être. *Au verso de la page précédente, cet autre développement en
partie raturé :* Tota a enfoncé sa tête dans l'oreiller sale et Alain ne
voit plus que la nuque rasée et le cou un peu sale : « Dans les
ténèbres, vous m'avez préservé du mal. Quelle dette à payer
j⟨usqu⟩à la dernière obole. Ce n'est pas pour sauver ma vie que
j'ai été mis à part. Je ne suis pas plus aimé que ceux qui n'ont qu'à
tomber sur les genoux aussi loin qu'ils se soient perdus, qu'à lever
la tête pour voir entre les *[un mot illisible]* votre [face pleine de
sang *biffé*] cœur déchiré. / C'est vrai : il y a tes amours que
j'oubliais, mais je ne les imagine pas très loin de nous. / Il répondit : /
« Tout près de nous, à un jet de pierre. "

*Le manuscrit se termine ainsi. La première phrase de ce développement
ayant été utilisée dans une seconde rédaction (voir var. a, p. 377), celle-ci doit
être postérieure. Il est donc probable que Mauriac a esquissé les dernières
pages, en a repris ensuite la rédaction depuis :* Alain avait le sentiment
*[p. 375, avant-dernière ligne] au verso des pages précédentes jusqu'ici.
L'épisode qui suit :* Alain se rappelle que sa mère l'épiait *[...]* avait
été « hors de lui » (p. 377, 7e ligne en bas de page) *ne figure pas dans
le manuscrit. Le finale se trouve ici en deux fragments.*

Page 379.

  a. « hors de lui ». Et maintenant le frère ramène sa sœur dans
la maison délivrée. / « C'est Angoulême RP. *Pour l'absence du
passage qui précède, dans le manuscrit, voir la fin de la variante précédente.*
  b. Pour ce finale dans le manuscrit, voir var. c, p. 377.

  1. L'expression pourrait avoir ici une résonance religieuse ; c'est
celle que l'on trouve dans saint Luc lorsque le Christ s'éloigne un
peu de ses disciples au jardin des Oliviers.

LE NŒUD DE VIPÈRES

NOTICE

On a sur ce roman quelques indications. Une confidence de
Mauriac en suggère l'origine lointaine, mieux vaudrait dire le prétexte : l' « agacement » du père de famille devant ce qu'il croit être
l'indifférence des siens à ses préoccupations, agacement de quelques
instants, dont la « loupe » du romancier avec sa « lentille grossis-
sante » fait un sentiment monstrueux[1]. Quant au personnage lui-
même, il aurait eu un modèle précis, le même que Fernand Cazenave,
dans *Genitrix*[2]. Les dates de rédaction nous sont connues, par deux
réflexions qu'a notées Claude Mauriac et par le manuscrit. Le 13 août
1931, Mauriac parle à son fils de ce roman : « j'appellerai mon
prochain livre : *Le Crocodile* [...] c'est l'histoire d'un anticlérical
qui écrit son journal. Je joue avec le feu. » Le 7 octobre, « *Le Crocodile* est devenu *Le Nœud de vipères*[3] ». Le roman est achevé peu
après cette date. Commencé en février, interrompu, repris en juin
à Vémars, puis en juillet à Malagar, il a sans doute été interrompu
à nouveau, après la rédaction du chapitre XVII vers septembre. Les
trois derniers chapitres qui décrivent la lente « remontée du vieil
homme peuvent être un peu plus tardifs ; l'avant-propos écrit au
dernier instant, est de novembre 1931[4]. Il y a eu, au moins, une
pause entre le chapitre XVII et la suite. Mauriac a dû être tenté de
finir son roman sur un ton plus sombre.

Un passage de *Ce qui était perdu* nous révèle en effet l'intention
première : le drame qui se joue dans la famille Forcas, ce « combat
singulier qui dresse les époux[5] l'un contre l'autre » et où les enfants
prennent [...] le parti de la mère[6] », est le même ; il y a là l'esquisse

1. Voir *Le Romancier et ses personnages*, p. 846.
2. *Ibid.*, p. 853.
3. Claude Mauriac, *La Terrasse de Malagar*, Grasset, 1977, p. 24-25.
4. L'hypothèse de J. E. Flower (*A critical Commentary on Mauriac's Le Nœud de vipères*, Londres, 1969) sur les dates de composition (le manuscrit serait une version tardive) et les remarques de
H. Shillony (*Une lecture du Nœud de vipères*, Archives des lettres
modernes, 179) sur l'existence d'une « seconde » version sont très
contestables. L'un et l'autre ont ignoré l'existence du second cahier
(chap. XVIII et suiv.) qui a été donné à la Bibliothèque Doucet
postérieurement à la première donation et se trouve ainsi classé à
part (voir la Note sur le texte, p. 1168). Il y a bien une version
complète du roman et l'étude des autres manuscrits permet d'affirmer qu'il n'y a pas eu une seconde rédaction, mais une mise au point
faite au moment de la dictée ; les différences entre le manuscrit et
le texte publié, pour importantes qu'elles soient, apparaissent très
comparables à celles que l'on observe pour d'autres textes.
5. P. 283.
6. *Ibid.*

du *Nœud de vipères*. Déjà le vieux Forcas tente de faire passer sa fortune à « un inconnu », le fils de sa sœur, et peut-être le sien. Ces « ruminations » de vengeance occuperont longtemps Louis et le thème incestueux noté dans *Ce qui était perdu* demeure sous-jacent, comme un soupçon qui pèse sur lui[1].

À l'origine de cette « histoire », vraisemblablement le souvenir, souvent évoqué, de cette fortune que la famille a failli perdre, lorsque seule une mort subite et « providentielle » empêcha l'oncle Lapeyre de déshériter ses petits-neveux[2]. Mais Mauriac avait entendu conter sans doute plus d'une aventure de ce genre et sa source fut peut-être plus immédiate encore. L'allusion à ce coffre qu'on ouvre, à ces tiroirs qu'on force avant que le mort n'ait « commencé d'être froid[3] » — par quoi commence le récit — rappelle, par exemple, un autre souvenir noté dans les *Nouveaux Mémoires intérieurs* ; c'était au moment de la mort de sa grand-mère ; un peu avant : « Un de mes oncles parlait d'un coffre. Fallait-il l'ouvrir[4] ? » La conversation entendue à dix-sept ans donne le point de départ du roman : si le coffre était vide... s'il ne contenait rien d'autre qu'une lettre où le mort s'expliquerait... prendrait sa revanche sur les vivants !.. Louis renonce à « cette vengeance, durant presque un demi-siècle cuisinée[5] », pour écrire cette longue confession qu'est le roman.

Le coffre vide... cela n'aurait eu de sens que s'il avait pu jouir de l'effet produit et, comme il dit, « vivre assez pour voir [leurs] têtes au retour de la banque[6] ». Ce souhait masque à peine, le désir qu'ait lieu l'explication à laquelle sa femme s'est toujours refusée et, au delà, une réconciliation. S'y mêle la crainte d'un échec. Louis écrit avec l'espoir d'être entendu et le pressentiment qu'il ne le sera pas.

Sa situation est celle où se trouvait Thérèse Desqueyroux, préparant cette confession qu'elle devine impossible, qu'elle sait inutile et que, en effet, elle ne pourra faire. « Ton sort est fixé à jamais : tu ferais aussi bien de dormir[7]. » Que Thérèse se parle à elle-même ou que le romancier démiurge interpelle son personnage, l'effet est le même. La phrase pourrait se trouver dans *Le Nœud de vipères*. Et, jusqu'au dernier instant, Mauriac a été tenté de rendre plus sensible cet échec. Ce double mouvement — espoir et crainte — ordonne le texte, en assure le mouvement, lui confère sa tension. Car ce n'est pas un journal intime, pas plus que la longue méditation de Thérèse n'est un simple retour sur son passé. La confession exige un destinataire.

1. Voir p. 285.
2. Voir *Nouveaux Mémoires intérieurs*, p. 132.
3. P. 385.
4. *Nouveaux Mémoires intérieurs*, p. 139.
5. P. 385.
6. P. 386.
7. P. 65.

Ici ce destinataire paraît changer au cours du roman. Louis écrit pour sa femme; mais la rupture qui intervient au début de la seconde partie, le prive de ce recours. Ce sera donc pour ce fils naturel dont il va faire son héritier ? Il comprend très vite que ce garçon ne saurait « trouver dans cet écrit le moindre intérêt[1] ». Serait-ce pour soi-même ? Il le note, mais sans y croire et surtout sans nous convaincre. Tout ce récit ne s'adresse qu'à sa femme. Celle-ci morte, Mauriac hésite, semble-t-il, à poursuivre. « Il n'y aurait plus entre nous d'explication; elle ne lirait pas ces pages[2]. » L'apaisement des trois derniers chapitres ne tient pas seulement aux évidentes intentions religieuses du romancier; mais à ce qu'écrire n'a plus de sens, du moins plus le même sens.

L'argent aussi perd pour Louis à cet instant son intérêt; car il était le signe d'un lien, la manifestation d'un pouvoir, beaucoup plus qu'il n'avait de valeur en soi. Ainsi cet avare ne peut « souffrir d'avoir des dettes » : « l'idée m'est insupportable de devoir la moindre somme[3]. » La dette serait un droit donné à l'autre sur lui comme l'argent qu'il possède lui confère un pouvoir sur les siens. L'argent, il est vrai, obsède tous les personnages, sauf Marinette et Luc; la jeune femme renonce aux millions que lui a légués son mari; Luc refuse l'or que veut lui donner son oncle. Ce sont les deux seuls êtres qui attirent Louis, mais il ne sait ni leur parler, ni les toucher, ignorant tout autre langage que celui de l'argent; non point incapable d'aimer, mais ne sachant plus le dire autrement qu'avec de l'or. Sa femme, la famille de sa femme, ses enfants... n'en sont pas seuls responsables; dès l'adolescence il n'a « compris » l'amour que « donnant, donnant » : « oserais-je avouer cette honte ? Ce qui me plaisait dans la débauche, c'était peut-être qu'elle fût à prix fixe[4]. » Mais il y a eu un instant dans sa vie où il a cru échapper à l'argent, lorsqu'il a fait, auprès d'Isa, « cette merveilleuse découverte » : « être capable d'intéresser, de plaire, d'émouvoir » : « Je me reflétais dans un autre être et mon image ainsi reflétée n'offrait rien de repoussant. Dans une détente délicieuse, je m'épanouissais[5]. » De même aurait-il pu grâce à cet amour se convertir. Du moins il le laisse entendre, comme si tout avait dépendu de ce sentiment. Non de celui qu'il éprouvait, mais de celui qu'il inspirait : « L'amour que j'éprouvais se confondait avec celui que j'inspirais, que je croyais inspirer. Mes propres sentiments n'avaient rien de réel[6]. » Qu'Isa l'ait trompé, qu'elle ne l'ait pas aimé, est beaucoup plus qu'une trahison : « Tout était faux [...], je n'étais pas délivré [...] J'étais un homme qu'on n'aime pas[7] ! ».

1. P. 463.
2. P. 499.
3. P. 428.
4. *Ibid.*
5. P. 402.
6. *Ibid.*
7. P. 412.

« Rien n'apparut au-dehors de cet écroulement[1]. » L'aventure de Louis tient pourtant dans ces quelques mois où il eut l'illusion d'avoir échappé à son destin de « mal-aimé ». Il faut, dans cette lecture, donner une grande importance à l'évocation par Louis de sa mère. On retrouve ici, comme Mauriac l'a noté, certains traits qui rappellent *Genitrix*[2], mais surtout cette relation difficile entre un enfant « couvé, épié, servi » et une mère dont il ressent plus la domination que l'amour, contre laquelle il se révolte : « Je fus, en ce temps-là, avec elle, d'une dureté atroce. Je lui reprochais l'excès de son amour. Je ne lui pardonnais pas de m'accabler de ce qu'elle devait être seule au monde à me donner[3]. » Le dernier mot est essentiel. Tout ce qu'il a obtenu des autres, il l'a « acheté »; tout, sauf l'affection de Luc et de la petite Marie, morts l'un et l'autre.

Si l'avarice est le sujet apparent, le malentendu entre les êtres a peut-être plus d'importance; le désir d'être aimé, obsédant chez Louis, en est l'origine; désir anxieux et par là même insatisfait. L'argent — pour s'en tenir aux images sans tenter une lecture psychanalytique — crée les liens que l'amour n'a pas créés. On ne voit guère cet avare exerçant son vice (il n'est même pas incapable d'un geste généreux), mais usant de sa fortune comme d'une menace et d'un chantage. Ne pas révéler le montant de sa fortune pour provoquer la curiosité et attiser le désir des autres, est sa seule arme, le seul moyen qu'il ait de les retenir. L'argent est pour lui une puissance négative, ce qui fait que les autres « s'intéressent » à lui.

On voit assez bien grâce au manuscrit le développement de l'intrigue et du dessein romanesque. Mauriac a sans doute eu très tôt l'idée de « convertir » son personnage, de lui faire découvrir cet « autre amour » qui ne le décevra pas; il l'indique dès la fin de la première partie et déjà des allusions préparaient ce revirement[4]. Mais il était attiré aussi, je l'ai noté, par un dénouement plus brutal. Lorsqu'il écrit le chapitre XVII qui raconte la mort d'Isa et l'abandon par Louis de sa fortune, il envisage une fin assez rapide; ce n'est que ce chapitre achevé sur un portrait assez âpre des deux enfants de Louis, qu'il donne à ce finale d'autres proportions et une autre portée[5]; les derniers chapitres sont écrits après une

1. P. 416.
2. Ce ne sont que des détails sans grande importance, tous limités évidemment aux relations de Louis et de sa mère ; voir par exemple p. 395 et n. 1 ; p. 396 et n. 1.
3. P. 395.
4. Voir p. 461 et déjà p. 403. Ces indications sont assez nettes, dès le manuscrit, ce qui exclut l'idée d'une modification profonde du récit (voir H. Shillony, *op. cit.*). Peut-être Mauriac a-t-il hésité toutefois entre une conversion explicite et cette simple suggestion.
5. Mauriac, pour achever le chapitre XVII, utilise à l'envers le cahier qui a servi à la rédaction du début. Ce n'est qu'ensuite, comme s'il découvrait d'autres perspectives, qu'il commence un nouveau cahier. Le roman aurait pu se terminer sur ce chapitre XVII : il y a eu au moins une hésitation du romancier à ce moment.

interruption; peut-être après avoir composé ces pages qui éclairent l'évolution intérieure de Louis, Mauriac est-il encore tenté de finir son récit sur un ton un peu brutal; il écrit, en manière de conclusion, deux lettres, celle d'Hubert qui sera publiée, et une de Geneviève, plus sotte et plus incompréhensive encore, à laquelle il substituera au dernier moment celle de Janine; le dénouement prend alors — et alors seulement — un sens très différent : la conversion de Louis que son journal laissait deviner, est maintenant affirmée, et l'attitude de sa petite-fille apporte une sorte d'apaisement. Le mouvement se rompt qui avait rendu plus odieux l'entourage du vieil homme à mesure que celui-ci devenait plus humain, cherchait à se rapprocher de ses enfants.

À aucun moment, en effet, le roman ne s'affadit. Les derniers chapitres en sont peut-être même les plus sombres, sinon les plus cruels. Les gestes du vieillard, ses paroles, mal interprétés, l'enferment davantage dans sa solitude. On pourrait voir là une intention « psychologique » : une sorte de maladresse, l'habitude de la brutalité, l'image qu'il a donnée de lui-même pendant des années, lui rendent tout retour en arrière impossible. Plus profond apparaissent cet acharnement, si caractéristique, contre son personnage, et un sens tragique de la solitude. Les êtres ne sauraient se comprendre...

Un autre thème intervient, se développe plutôt, car il est originel, mais prend plus d'importance, lorsque Louis se convertit; il voit mieux alors et fait mieux voir le « pharisaïsme » de son entourage. Le problème de l'origine des personnages se pose alors. Moins simple que Mauriac ne l'a dit. Qui est Louis ? Le rapprochement suggéré avec Fernand Cazenave, dans *Genitrix,* explique certains détails qui viennent sans doute, en effet, d'un modèle commun. Le mouvement imaginaire est plus complexe toutefois. À Louis, Mauriac donne aussi des traits empruntés à son grand-père Mauriac, à son oncle Louis, à son père... et à lui-même[1]. Ce n'est ni hasard ni indifférence aux emprunts. À travers ce personnage, c'est toute une partie de soi-même, liée aux Mauriac irréligieux, anticléricaux, qu'il oppose à une certaine attitude dévote.

Étaient-ils si irréligieux, ce grand-père, cet oncle, ce père, que le faisaient croire certaines provocations. La mort de son grand-père, celle de son père avaient paru révéler une autre attitude profonde[2]. L'origine inconsciente du personnage est là, et par là sa

1. On trouvera ces rapprochements signalés dans les notes. L'anti-cléricalisme de Louis est peint, dans ses détails, avec des souvenirs du grand-père, de l'oncle et du père, rapportés par ailleurs, dans les *Nouveaux Mémoires intérieurs, Commencements d'une vie...* Mais il confie aussi à Louis des traits qu'on retrouve dans *Le Mystère Frontenac* ou *Un adolescent d'autrefois* et qui paraissent autobiographiques.

2. Mauriac a souvent rappelé les circonstances de la mort de son grand-père; voir en particulier *Commencements d'une vie, OC,*

conversion s'impose moins comme un choix religieux du romancier, que comme l'aboutissement d'une rêverie sur un personnage. Légende ou réalité, Mauriac a si souvent entendu raconter dans son enfance que ce grand-père qui tenait ostensiblement à « sa côtelette du vendredi » et plaisantait volontiers sur l'Église, était mort en disant : « la foi nous sauve »; il en naît ce personnage dont l'avidité, les rancœurs et l'irréligion disparaissent comme tomberait un masque.

En face de lui, ces dévots qui ne se connaissent pas mieux et qui, eux, ne se convertissent pas; ces catholiques formalistes et « bourgeois » qui sont entrés dans l'œuvre romanesque depuis *Destins* et dont Mauriac ne se libérera qu'en écrivant *La Pharisienne*. Hubert et Geneviève en sont la caricature. Isa et Janine sont moins maltraitées. C'est que ces personnages sont liés eux aussi à des souvenirs très personnels. Si les Mauriac inspirent plus ou moins tous les anticléricaux, si nombreux dans cette œuvre, ce sont « les saintes femmes de la famille » maternelle qui ont servi de modèles à tous les pharisiens[1].

À cette époque où la « conversion » de Mauriac est encore récente, ces souvenirs ont repris une grande acuité. La mort de sa mère a eu aussi une grande influence sur la naissance ou le retour de ces thèmes dans l'œuvre. Cette proximité d'un personnage, apparemment si éloigné, fait mieux comprendre que le récit soit écrit à la première personne et qu'il ait si rapidement trouvé sa forme.

Si les variantes font apparaître, dans le détail de la rédaction, des corrections fort importantes et intéressantes, le mouvement du roman est fixé très vite; sans aucune des hésitations sensibles dans d'autres œuvres entre la première et la troisième personnes, entre divers modes narratifs. Le manuscrit donne souvent un texte plus long, parfois alourdi de souvenirs ou de descriptions. On sent, comme dans le manuscrit du *Mystère Frontenac*, en particulier, une complaisance à l'évocation qui vient peut-être aussi d'un calcul : laisser au premier jet une allure très libre, un peu lente, ne refuser

---

t. IV, p. 137 et *Nouveaux Mémoires intérieurs*, p. 67 ; dans ce dernier texte, il note à propos de son père qu'une « légende s'était créée autour des derniers instants de cet incrédule : le crucifix que sa main essayait d'approcher de ses lèvres (selon ma mère) ; mais mon grand-père insinuait que " c'était pour se gratter ") » (*ibid.*). Il y a certainement, remontant à l'enfance et aux récits entendus, l'idée que ces anticléricaux n'étaient tels que d'apparence, capables d'une « conversion » *in extremis* qu'il fait vivre à son personnage.

1. Des « saintes femmes de la famille », il est question longuement dans les *Nouveaux Mémoires intérieurs* (p. 136-138). Dès *Le Mal*, Mauriac avait peint avec Mme Dézaymeries, un personnage de ce genre, mais en atténuant les traits. Ici, il les assombrit. Mais il sauve Isa (voir p. 434) et adoucit un peu le portrait de Janine sur la fin du roman.

aucune des images, aucun des souvenirs qui surgissent; le « tri » se fera au moment de la dictée, dans la recherche de ce rythme vif auquel tient Mauriac[1].

Le mouvement d'ensemble, avec cette alternance du passé au présent, apparaît dès les premières pages; d'abord limité à de simples effets de rupture : notation d'un détail, d'une circonstance contemporaine de la rédaction, cette alternance, dès le chapitre IV, permet de mêler au drame ancien le conflit actuel qui en est la conséquence. Ce conflit domine la deuxième partie, mais le récit en est toujours différé : celui des dernières heures passées par Louis dans sa famille est daté de Paris et celui des événements qui se déroulent à Paris est écrit à Calèse, après la mort d'Isa. Jamais le journal ne rejoint tout à fait le présent; lorsque Louis est interrompu par la mort, il n'a pu encore dire l'essentiel : sa conversion qui remonte à deux mois... comme s'il ne pouvait tout à fait se rejoindre. Une distance demeure qui autorise le doute d'Hubert, si stupide soit-il, et laisse une obscurité au moins acceptée, sinon voulue.

C'est aussi que, même privé de destinataire, ce texte demeure un plaidoyer, n'est jamais un journal : « Vieil avocat, je mets en ordre mon dossier, je classe les pièces de ma vie, de ce procès perdu » note Louis[2]. Parlant non de ce roman, mais de ses propres souvenirs, Mauriac fait cette remarque qui s'applique bien à son personnage : « [...] nous sommes toujours à la barre, dès que nous parlons de nous, — même si nous ne savons plus devant qui nous plaidons[3] ».

Romancier, il rêvait depuis longtemps d'écrire un récit qui serait une « confession ». La première version du *Mal* se présentait ainsi; et encore la première rédaction du *Baiser au lépreux*, l'ébauche de *Thérèse Desqueyroux*, un fragment du *Désert de l'amour*, dans le manuscrit[4]... Il semble qu'il y ait là un mouvement profond plus qu'un sujet, qui attire Mauriac; un mouvement qui répond à ce « désir d'être pardonné » « qui est le vœu le plus ardent de tous les hommes[5] ». Le héros de Mauriac est un être qui a besoin de

---

1. Le trait était déjà sensible dans les manuscrits de *Ce qui était perdu* (ce roman marque assez clairement une modification dans l'écriture romanesque de Mauriac). Mais, dans *Le Nœud de vipères*, comme dans *Le Mystère Frontenac*, il n'y a pas d'hésitation sur le mouvement d'ensemble du roman, ni sur les principaux épisodes; c'est l'accumulation des détails qui rend le rythme plus lent, sans que l'on puisse savoir si Mauriac a recherché d'abord une certaine ampleur et y a ensuite renoncé; ou, ce qui paraît plus probable, s'il voyait dans cette première rédaction un texte à alléger.
2. P. 418.
3. Préface à *Commencements d'une vie*, OC, t. IV, p. 129.
4. Voir au tome I, p. 1127, p. 1244, p. 1329 et ici, p. 3. Ce n'est pas seulement un récit à la première personne, mais une confession (celle de Jean Péloueyre et celle de Thérèse Desqueyroux s'adressaient à un prêtre, comme celle de Fabien, dans *Le Mal*).
5. « *Être pardonné* », *Journal* I, OC, t. XI, p. 56.

s'expliquer, coupable qui se sent innocent ou innocent dévoré par un sentiment de culpabilité, Thérèse Desqueyroux ou Jean Péloueyre. Louis est l'un et l'autre, enfermé dans ce personnage qu'il s'est créé, que les autres l'ont contraint à se créer.

Au-delà du « pardon », apparaît plus simplement le désir d'être compris, admis, de rompre sa solitude : « Bienheureux si je réussissais à pénétrer jusqu'à un seul être, avant de mourir[1]. » À bien des égards, ce roman, par le mouvement qui le fait naître, est au centre de l'œuvre de Mauriac : « ma solitude n'aura connu d'autre remède que l'écriture[2]... » Louis n'en connaît pas d'autre. Lorsqu'il serait capable d'un mouvement qui le mènerait vers les siens, ceux-ci cherchent à le faire interdire[3], lorsqu'il se sent, quelques instants, proche de sa femme, une maladresse le repousse[4]; il ne sait mieux parler à Janine, sa petite-fille, qu'il n'a su faire avec Marie ou Luc, ou ne saura avec les domestiques; et si la jeune femme semble le comprendre, c'est au-delà de la mort, pour l'édification du lecteur, semble-t-il. La lettre de Janine paraît traduire en effet une réaction ultime de l'écrivain contre la noirceur de son roman; dans celle de Geneviève qu'il a supprimée s'étalaient la sottise, la susceptibilité, la méchanceté. Et le roman finissait, comme il avait commencé, sur des questions d'argent, tellement plus importantes pour elle, que la douleur de sa fille et les problèmes de conscience de son père. Alors que Janine n'est que le truchement par lequel Mauriac commente, avec insistance, ses intentions[5].

NOTE SUR LE TEXTE

Le texte des *Œuvres complètes* (sigle : *OC*) que nous suivons, est peu différent du texte de l'originale (Grasset, « Pour mon plaisir », 1932) (sigle : *orig.*) et de celui publié dans *Candide* (sigle : *Ca.*) du 14 janvier au 17 mars 1932. Nous avons toutefois corrigé une ou deux coquilles évidentes et même — deux fois : var. *f*, p. 389 et var. *d*, p. 423 — rétabli, contre toutes les éditions, y compris *Ca.* et *orig.*, le texte du manuscrit, seul acceptable.

Le manuscrit conservé au fonds Mauriac de la Bibliothèque littéraire Jacques-Doucet se compose de trois éléments : l'avant-

---

1. P. 521.
2. *Ce que je crois*, p. 121-122.
3. Début de la seconde partie, p. 465 et suivantes.
4. Voir p. 476-478 et la note 1, p. 478. Il y avait déjà une scène identique dans *Le Désert de l'amour* entre le docteur Courrèges et sa femme (voir t. I, p. 790-791).
5. La lettre de Janine permet en effet d'insister sur la « conversion » de Louis (elle parle de ses rencontres avec le curé de Calèse) et surtout de « commenter » le personnage. Celle de Geneviève demeurait davantage dans le « cadre » romanesque, était vraiment écrite par le personnage.

propos, sans doute tardif, se trouve dans un cahier de notes entre
un article de novembre 1931 et un de janvier 1932[1]; les dix-sept
premiers chapitres sont rédigés sur un cahier qui a été repris à
l'envers (voir var. *b*, p. 504) pour la fin du chapitre XVII[2]. Ce cahier
porte des dates qui vont de février 1931 à fin août [1931]. Les
derniers chapitres sont sur un autre cahier non daté[3].

Seules quelques pages ont été écrites « à l'envers » du premier
cahier. Il semble donc qu'il y ait eu une rupture dans la rédaction :
Mauriac a pu envisager d'abord de finir très vite son roman après
la mort d'Isa et l'abandon par Louis de ses biens (chap. XVII). (Il en
est de même dans *Le Mystère Frontenac* dont le manuscrit a une
disposition identique). Il reprend la rédaction sur un nouveau cahier
lorsque des perspectives plus larges lui apparaissent.

Si ce manuscrit donne un texte très proche dans son mouvement
du texte définitif, les corrections de détail y sont nombreuses et le
choix des variantes a été plus difficile que pour d'autres textes.
Nous avons essayé de donner le texte du manuscrit chaque fois
qu'il était dans son état achevé différent du texte publié; nous avons
également relevé assez systématiquement les additions, interlinéaires
ou marginales; mais nous avons dû négliger de nombreuses ratures
peu significatives et d'un déchiffrement souvent difficile, en signa-
lant leur abondance lorsqu'elle paraissait caractéristique.

Le manuscrit ne comporte aucune numérotation de chapitre, et
même aucune indication, le plus souvent; on verra dans les
variantes, qu'il donne un texte généralement continu, sans notation
d'alinéa; le découpage est postérieur et il n'y en a pas trace dans le
manuscrit, sauf dans les deux derniers chapitres où figurent
quelques signes de début de paragraphe portés dans le texte, après
coup, sans doute à la relecture.

NOTES ET VARIANTES

Page 381.

    *a. La première page du manuscrit, sans doute tardive, est composée
comme une « page de titre »* : FRANÇOIS MAURIAC | LE NŒUD DE
VIPÈRES | *suivi de cette épigraphe.*

    1. Sainte Thérèse, *Œuvres*, Le Seuil, 1948, p. 1466.

    1. Dans un cahier de *Varia* (cote MRC 98).
    2. MRC 34, c'est un cahier cartonné (format 23/15) de 139 feuilles.
    3. Séparé du précédent (il a été donné au fonds Doucet plus tard),
MRC 2144, cahier format écolier, dont la couverture a disparu.
Mauriac a noté sur la première page : « Premier jet d'une partie du
Nœud de vipères ». La lettre de Geneviève (voir var. *a*, p. 531) est
écrite au crayon, ce qui illustre bien une certaine difficulté à
« conclure » le roman.

Page 383.

a. l'avarice, je voudrais que vous le preniez en pitié et qu'en dépit de sa bassesse, vous l'aimiez comme je l'ai aimé. Au long *ms. Cet avant-propos ne se trouve pas en tête du manuscrit, mais dans un cahier de « Varia »; voir la Note sur le texte, p. 1168.*

b. vie [et jusque dans sa vieillesse *add. interl.*] [la lumière n'a jamais cessé de luire tout près de ce malheureux *biffé*] de tristes passions lui cachent [la lumière toute proche dont un rayon furtif parfois le brûle, ses passions *corr. interl.*[1]] mais aussi les chrétiens, *ms.*

c. tourmente [les siens *biffé*] [Combien d'entre nous rebutent ainsi le pêcheur et *corr. interl.*] par leur bassesse, la vérité qu'ils *[un mot illisible]* des lèvres, dont ils se réclament *[sic]*. Non, *ms.*

d. d'entendre cet homme [jusqu'à ce qu'il ait tout dit *biffé*] jusqu'au dernier aveu que la mort interrompt. *ms.*

1. Dans *Le Fleuve de feu,* dans *Thérèse Desqueyroux,* Mauriac a utilisé déjà le même procédé (voir t. I, p. 503 et ici p. 17); cet « avis au lecteur » constitue une justification du romancier et, en même temps, atténue certains traits du récit par l'annonce d'un dénouement apaisé. Les intentions religieuses sont ici évidentes, que double le souci, non moins apparent, de ménager son public. *Le Nœud de vipères* pouvait choquer plus encore que *Thérèse Desqueyroux,* par la dénonciation du rôle de l'argent, le milieu bourgeois où les lecteurs de Mauriac étaient nombreux.

On verra surtout dans ce texte se manifester l'attitude ambivalente du romancier envers son personnage; gêné de l'avoir créé, mais se refusant à le modifier, il cherche à le défendre. L'un des « arguments » a quelque importance : depuis *Destins,* le « pharisaïsme » tend à devenir un thème obsédant; comme dans *Ce qui était perdu,* cette bonne conscience des catholiques éloigne les autres — Irène de Blénauge et ici Louis — de toute attitude religieuse. Et Mauriac ne se défend pas d'une grande sympathie pour ces deux personnages. Il reste que, du point de vue romanesque, ces quelques lignes trop clairement « explicatives » seraient gênantes si elles ne traduisaient surtout la complicité du créateur avec son personnage. Peut-être sont elles moins écrites pour rassurer le lecteur que l'auteur lui-même !

Page 385.

a. Le manuscrit commence ainsi : 16 fév⟨rier⟩ 31/1/ Tu seras étonnée

b. coffre de la Westminster Bank, sur un paquet de titres. Il

---

1. *C'est après avoir biffé les mots* la lumière n'a jamais cessé de luire tout près de ce malheureux *que Mauriac a fait cette correction dans l'interligne.*

[eût *biffé*] [aurait *corr. interl.*] été [en effet *add. interl.*] plus simple de la   *ms.*

   c. les enfants [ont dû ouvrir *biffé*] [ouvriront *biffé*] [forceront *corr. interl.*] avant   *ms.*

   d. J'ai [composé *1ʳᵉ réd. non biffée*] [refait *2ᵉ réd. interl.*]   *ms.*

   e. cette lettre, [je la voyais durant mes insomnies *corrigé en* et que je l'imaginais toujours au long de mes insomnies] ⟨se détachant ?⟩ pâle sur le métal [noir *biffé*] [sombre *corr. interl.*] du coffre,   *ms.*

   f. entendre de quel ton dès le vestibule, au retour de la banque, tu diras aux enfants   *ms.*

   g. et des terres qui représentent [ta dot *corr. interl.*] à quelques francs près [ce qui te reviens *biffé*]. Vous avez eu la chance ⟨tous les trois⟩ que je [vive assez vieux *biffé*] survive à ma   *ms.*

Page 386.

   a. de plus vivant ⌈*p. 385, 4 lignes en bas de page*⌉. Et voici qu'il n'en reste plus rien aujourd'hui et [que j'ai peine à me représenter ⌈le furieux que je fus longtemps *biffé 1*⌉ l'homme irrité qui perdait *biffé en définitive*] le vieillard que je suis a peine à se représenter l'homme furieux, [le malade aigri et condamné par tous les médecins *add. interl.*] qui passait des nuits non plus à combiner sa vengeance [à retardement — elle était déjà montée avec ⌈soin *biffé 1*⌉ ⌈minutie *biffé 2*⌉ une perfection *biffé en définitive*] — cette bombe   *ms.*

   b. votre tête à tous trois au retour de la banque. Le problème consistait à ne pas   *ms.*

   c. j'ai été [l'homme de ces desseins misérables *biffé*] [un homme capable de telles pensées. *corr. interl.*] Comment [en suis-je venu là ? et comment *un mot illisible*] en suis-je revenu ? *biffé*], y fus-je amené, moi qui n'étais pas un monstre... et qu'est-ce donc qui m'en a délivré ? / 7 mars 1931 / II¹ est quatre   *ms.*

   d. où [sans doute *1ʳᵉ réd. non biffée*] [bientôt *2ᵉ réd. interl.*] je vais mourir. Ce jour là   *ms.*

   e. de [ma petite fille Ursule *biffé*] [notre fille Z *corr. interl.*] sera   *ms.*

   f. que j'ai offert de m'installer en bas, et que je l'aurais fait   *ms.*

   1. Le projet de Louis est identique à celui de Thérèse Desqueyroux : se comprendre. Mais il n'est concevable que dans un mouvement d'explication, de justification devant l'autre.

   2. Reprise du thème de l'hérédité dont l'importance s'est accentuée depuis *Thérèse Desqueyroux* et surtout dans *Ce qui était perdu* (voir p. 301).

   1. *En marge une note :* à Malagar, la chambre, les bruits, le plateau du matin, le piano.

Page 387.

a. trente ans plus tôt. *[p. 386, 10 lignes en bas de page]* [Nous continuons à ne plus voir des cousins *[deux mots illisibles]* depuis une douzaine d'années, bien que nous ayons perdu le souvenir *biffé*] Nous avons oublié la raison de toutes ces brouilles, nous faisons confiance à ces haines *[quatre mots illisibles]* et nous continuons de tourner le dos à ces cousins lorsqu'on nous les présente à l'occasion d'un mariage ou d'un enterrement. Mais si l'on peut se brouiller avec ses parents éloignés et ne plus les voir, il n'en va pas de même avec sa femme, avec ses enfants. Autant qu'il y ait de divorces, leur nombre semble insignifiant à qui connaît la quantité de ménages où deux être [...] lavabo ! Ils se *ms.*

b. de ces maisons où ils se dévorent ⟨les pattes ?⟩ les uns des autres [Qu'est-ce donc qui me prend *corrigé en* Quelle est donc cette fièvre d'écrire qui me prend] *ms.*

c. à le savoir dans cette maison [Ursule *biffé*] [Z *corr. interl.*] et X ont toujours eu *ms.*

d. les fleurs et des souvenirs. Si *ms.*

e. lettres, [chevauchant l'une sur l'autre *add. interl.*], courbées *ms.*

f. par un vent d'équinoxe. Écoute, *ms.*

g. discuter des heures entières avec ⟨Fourtille[1] !⟩ à propos de lessives ou de volailles; avec *[un nom illisible]* et Michel enfants, tu te mettais à leur portée, tu jacassais des journées entières, tu te mettais à l'unisson, tu bêtifiais avec eux [et quand ils furent plus grands, tu te passionnais pour tout *[deux lignes raturées, peu lisibles]* Ah ! ces repas *ms.*

h. surtout à partir de l'année où, à quarante ans, après l'affaire Villenave[2], l'avocat sans cause que j'étais, devint brusquement le grand avocat d'assises dont les journaux de Paris publiaient le portrait. Plus j'étais *ms.*

i. à cœur ouvert. Il me semblait que [si nous nous étions ⟨tout dit ?⟩ l'abcès aurait été vidé au moins pour un temps *biffé*] si nous nous étions efforcés de voir clair sur nous-mêmes... / Mais pendant ces quarante *ms.*

1. On peut ici reconstituer une chronologie. Louis est né en 1862 ou 1863 ; le récit commence en 1930 ; voir encore p. 390.

2. Voir dans *Le Romancier et ses personnages* (p. 846), la notation de cette impression que Mauriac met à l'origine de son roman ; la création étant ici dans ce « formidable pouvoir de déformation et de grossissement ».

3. Les personnages ne peuvent « s'expliquer » dans les romans

---

1. C'est le nom que portait déjà — sans doute est-ce un souvenir — un personnage de *La Chair et le Sang* (t. I, p. 202).
2. La correction était imposée par la suite : p. 422, Louis a trente ans au moment de l'affaire Villenave.

de Mauriac (Thérèse a préparé en vain sa confession...); le mouvement est plus fortement marqué dans la peinture des couples : le docteur Courrèges voudrait parler à sa femme; en vain (on retrouve le thème dans *Galigaï*). Et même dans un couple uni, celui d'Élisabeth et de Prudent Gornac, le dialogue n'existe pas. La fuite de l'autre devant tout ce qui n'est pas banal et quotidien, est constante.

Page 388.

a. flanc, tu [t'es dérobée devant toute parole   *biffé*] as trouvé la force *ms.*

b. de tes préoccupations que tu [fuyais *biffé*] [te dérobais non devant le drame, mais devant l'ennui. Tu y renonçais sans effort *biffé*] [te dérobais, non par terreur *[...]* le vent *corr. interl.*], tu me voyais *ms.*

c. par surprise, devant une question brusquement posée, tu trouvais toujours de faciles défaites, ou bien tu [feignais d'être piquée *biffé*] me tapotais *ms.*

d. lignes. Mais non je ne ⟨crains   ?⟩ pas cela. Car depuis *ms.*

e. mon humeur [un calme *biffé*] [une sorte de calme *biffé*] [Quel est ce calme soudain ? *biffé*] Oui, j'ai confiance *ms.*

f. groupe serré — qu'il fallait ménager car il détenait la bourse — mais qui vivait dans une autre *ms.*

g. lucidité affreuse. [Elle a fait mon malheur pendant toute ma vie. *biffé*] Cette facilité à se [tromper *biffé*] duper *ms.*

h. d'abord connaissance... Je me souviens à l'époque où, pour ma plus grande fureur, le curé *[un nom illisible]* ne recevait pas un de ses confrères sans l'amener d'abord chez nous, je me souviens d'un mot de ce *[un mot illisible]* dont le métier consistait à prêcher des missions dans les paroisses »... J'ai entendu en confession l'aveu de tous les crimes possibles, mais personne jamais ne s'est accusé devant moi d'hypocrisie ni d'envie. Tu vas voir ici l'histoire d'un homme qui a commis en esprit tous les crimes — trop lâche pour les exécuter... Tu vas voir... Il a fallu *ms.*

i. de fleurs ou de plumes d'oiseaux *ms.*

j. dans [un lieu *corrigé en* dans l'unique lieu du monde] où *ms.*

k. tourner Grisette[1] mon ânesse; il y a aussi *ms.*

1. Tous ces détails assurent l'identification du lieu; c'est évidemment Malagar que Mauriac décrit ici.

Page 389.

a. du goûter *[p. 388, dernière ligne]*. Il n'arrive pas [...] dans le

---

1. Ce nom se retrouve dans les *Nouveaux Mémoires intérieurs* p. 66, et dans *Un adolescent d'autrefois*. Mauriac ici use très directement de ses propres souvenirs pour les confier à Louis.

réel, ce que la plupart ne découvrent qu'en eux-mêmes s'ils en ont le courage, la force et la patience, dans le monde du souvenir. [L'ombre *[un mot illisible]* le rossignol que *[* je guettais, *1ʳᵉ réd. non biffée]* *[* j'épiais   *2ᵉ réd. interl.]* il y a cinquante ans, il chante du même bosquet de baguenaudiers et de grenadiers.   *biffé]* | J'ai dû m'interrompre à cause de mon cœur. Je posais [...], je regardais [...] Pravaz et tout ce qui serait [...] crise, mais on ne m'entendrait pas si j'appelais. Vous avez voulu me faire croire qu'il ne s'agit que d'une fausse angine de poitrine. Vous avez fini par vous en persuader vous-mêmes. Je respire maintenant. C'est une main [...] gauche — quelqu'un qui ne veut pas que je l'oublie... En ce qui *ms.*

b. son approche, qui achève de vivre [en robe de chambre   *add. interl.*], dans l'appareil   *ms.*

c. à oreillettes, près d'une   *ms.*

d. manies dégoûtantes. / Il faut que je vive   *ms.*

e. mes paroles. [Hé bien maintenant *[* il faudra bien   *biffé 1]* tu m'entendras.   *biffé en définitive.*] | Et c'est vrai   *ms.*

f. Les éditions donnent : un plaisir moins que   *Nous corrigeons d'après ms.*

Page 390.

a. aussi démunie que moi-même... C'était dans   *ms.*

b. Le vent du sud portait jusqu'au lit de notre jeune amour l'odeur des pins consumés et la chaleur du sable. Bien que les landes fussent éloignées, il n'avait rien perdu en soufflant sur les vignes et sur les ⟨prairies   *?*⟩ de ce parfum résineux, de cette touffeur. / Cet ami   *ms.*

c. de la chambre, lorsque ta tête reposait contre mon épaule — comme si   *ms.*

d. l'avoir avoué. [Oh ! rien de grave rassure-toi. D'ailleurs   *add. interl.*] Mais *[sic]* c'était fini depuis si longtemps... » Je te rassurais. Je ne fis rien   *ms.*

e. gêné. [Ce n'est que plus tard que cela m'apparut.   *biffé*] Tu ne cédais pas au scrupule, [au remords,   *biffé*] tu n'obéissais   *ms.*

f. fort que toi. Tu ne pouvais plus faire que [l'image   *biffé*] [l'ombre   *corr. interl.*] de Rodolphe ne flottât   *ms.*

g. notre lit. Sans doute n'y pensais-tu pas une seule fois dans la journée. Son image demeurait indissolublement liée au mystère nuptial. / Non, ne va pas   *ms.*

h. garçon inconnu. / Dire que c'est   *ms.*

1. Voir pour cette précision chronologique, n. 1, p. 387.

Page 391.

a. t'intéresse *[p. 390, dernière ligne]* si peu que tu n'as jamais voulu m'entendre ⟨pour bien des raisons⟩, mais d'abord parce que tout ce qui   *ms.*

b. Tant pis ! [J'écris cela pour moi-même. *biffé*] Je tente cette dernière chance. [Après tout les morts *biffé*] Peut-être *ms.*

c. jours qui suivront mes obsèques. Je reprendrai *ms.*

d. jusqu'au bout. Je veux le croire. Je le crois... / Non *ms.*

e. de cette veuve que vous avez connue. Mais, sans doute, même si cela vous avait intéressé, vous auriez eu *ms.*

f. pauvres. [C'était *biffé*] [Il eût suffi, pour m'en persuader, de *corr. interl.*] l'étroitesse de notre vie, la stricte *ms.*

g. gâté. Les propriétés landaises de ma mère [nous assuraient d'une nourriture *biffé*] fournissaient à bon compte notre table d'un luxe royal dont je ne m'apercevais pas. J'avais été élevé dans l'idée que les landes n'avaient aucune valeur. Et de fait, quand ma mère en avait hérité, dans les dernières années de l'Empire, c'étaient des étendues stériles, un pacagement de troupeaux, mais j'ignorais *ms.*

1. L'hésitation du narrateur est nécessaire, comme il était nécessaire que la remontée de Thérèse Desqueyroux dans ses souvenirs soit coupée par des instants de doute : Bernard ne comprendra pas. Mais il est, en même temps, impossible que le texte devienne un journal intime, que Louis renonce à convaincre; la variante *b* est à cet égard très caractéristique : « J'écris cela pour moi-même » est aussitôt biffé. Voir encore p. 462.

Page 392.

a. ses modestes rentes. Nous habitions *ms.*

b. appartenait. Nous recevions deux fois par semaine un panier de la campagne *ms.*

c. de l'importance. Voilà l'idiot *ms.*

d. Je t'ennuie, ma chérie... mais ne saute pas de pages. Je ne dis que le strict nécessaire; tout le drame de notre vie conjugale était *ms.*

e. Voir var. *d*, p. *393.*

f. ne proteste pas : tu me hais ou tu m'ignores. Mais dès que *ms.*

1. Mauriac compose son personnage de traits composites; les uns (la situation de fils unique, les rapports mère-enfant...) rappellent, comme il aimait à le redire, *Genitrix ;* les autres plus importants, et plus intéressants : la fortune landaise, la maladie qui interrompt ses études, la crainte de n'être pas aimé... sont empruntés à ses propres souvenirs; l'anticléricalisme virulent est un souvenir plus lointain, emprunté à la famille paternelle.

Page 393.

a. que j'étais..Quand je lis *ms.*

b. rien que mon acharnement à être premier, que ma rivalité haineuse avec *ms.*

c. du lycée, je courais presque, oui, je remontais   *ms.*

d. du lit. J'embrassais ma mère froidement, je répondais par monosyllabes et déjà j'ouvrais mes dictionnaires. *[Tout ce passage depuis :* D'ailleurs tu vois déjà] *[p. 392, 4e ligne en bas de page] [est en addition au verso de la page précédente.]* | [Après cette hémoptysie qui transforma mon destin. *add. interl.*] de lugubres mois   *ms.*

e. de ma santé signifiait aussi à mes yeux le naufrage   *ms.*

f. de ma dureté d'alors. Dès les premiers   *ms.*

1. On peut se demander si Mauriac n'utilise pas ici un souvenir, le souvenir d'un fantasme de son enfance, puisqu'il reprend la même scène dans *Un adolescent d'autrefois*, à la fin du chapitre IV; la rêverie sur le personnage du père, même si les textes autobiographiques en parlent peu, a certainement eu une importance très grande. On le voit dans l'œuvre romanesque, dès *La Robe prétexte ;* elle joue en particulier un rôle essentiel dans les œuvres de cette époque, dans *Ce qui était perdu* et dans *Le Mystère Frontenac*.

2. C'est ici que Louis ressemble le plus nettement au personnage de Fernand Cazenave, dans *Genitrix*.

Page 394.

a. fortifiai. Mon corps de paysan qui avait   *ms.*

b. n'était qu'un grand village [de pêcheurs   *biffé*]. *[un mot illisible]*, débordant d'une vigueur que je ne me connaissais pas, j'apprenais   *ms.*

c. épargné. J'aurais fait une année de service comme fils unique de femme veuve. J'avais   *ms.*

d. par la politique pour laquelle je montrais des dispositions. Elle parlait,   *ms.*

e. la fenêtre. J'étais avant cette maladie ce qu'on appelle un garçon rangé. Mais je perdis l'habitude de la chasteté. J'en pris d'autres que ma mère observait   *ms.*

f. de ce temps-là. D'ailleurs que te dire de cette fille, que son ami, un quincailler de Bordeaux avait installée dans un chalet de la forêt; elle recevait ⟨sa visite   ?⟩ du samedi au lundi. La semaine nous appartenait. Mais la passion n'entrait pour rien dans nos rapports. Je la payais chaque mois et elle recevait mon argent comme une professionnelle en comptant les billets avec un air méfiant. Je souffrais de cela. Je souffrais   *ms.*

g. ma jeunesse ne comptait pour rien aux yeux de cette fille [ou d'aucune autre.   *biffé*] | Non, rien ne paraissait au dehors de ce printemps qui avait éclaté en moi. Ce n'était pas que je fusse laid. Des traits réguliers, un peu froid, dégingandé. Mais ma mère trouvait que j'avais « la tournure distinguée ». En somme j'appartenais   *ms.*

h. su m'habiller, je n'ai jamais su m'abandonner   *ms.*

i. à une bande. J'aurais été celui dont la présence ferait tout rater   *ms.*

1. Le texte du manuscrit *(voir var. f)* liait plus explicitement « l'amour » et l'argent.

2. Ce thème de l'adolescent qui se croit incapable d'être aimé est constant et son origine autobiographique a déjà été signalée à plusieurs reprises (voir encore *Le Mystère Frontenac*, p. 603). Ici Mauriac l'approfondit d'une manière nouvelle ; Jean Péloueyre ou Raymond Courrèges tentaient, en vain, d'échapper à leur solitude, Louis s'y enferme.

Page 395.

a. pardonnaient pas. [Je prenais avec les femmes *[...]* naturellement. *add. marg.*] À tort   *ms.*

b. Il me semblait que [d'avoir été couvé, servi... avait   *corrigé en* j'expiais le malheur d'avoir été depuis l'enfance couvé, surveillé, épié, servi...] Je fus,   *ms.*

1. Voir dans la première rédaction du *Baiser au lépreux,* à propos de Fernand Cazenave, la même réflexion (t. I, p. 1139).

Page 396.

a. d'une contagion possible. Oui, je suis sûr, maintenant, que je ne m'obstinais à cette conquête que pour   *ms.*

b. à ma mère. / [J'ai été avec elle d'une   *biffé*] Nous revînmes à Bordeaux   *ms.*

c. avait loué un hôtel, place Fondaudège, où [je fus stupéfait de voir installé un valet de chambre   *biffé*], mais   *ms.*

d. me faisait défaut, ni l'envie. Mais l'hypocrisie n'était pas mon fort [et mon orgueil me défendait de toute *[un mot illisible]   biffé*]. Les sentiments que m'inspiraient mes camarades de la Faculté de droit, j'aurais été bien en peine de les leur dissimuler. [L'orgueil et l'envie ne parlent dans un jeune cœur   *biffé*] C'étaient presque tous *ms.*

e. méprisais, et le dédain qu'ils me manifestaient exaltait ma rancœur jusqu'à la folie, mais telle était   *ms.*

f. ma passion dominante [dont vous aviez ⟨un tel dégoût   *?*⟩ *add. interl.*] et qui nous a rendus   *ms.*

1. Voir *Genitrix,* à propos de Fernand Cazenave encore : « Il existe des hommes qui ne sont capables d'aimer que contre quelqu'un » (t. I, p. 634).

2. L'article 7 du projet de loi sur l'organisation de l'enseignement, déposé par Jules Ferry en mars 1879 prévoyait que seuls les membres des « congrégations autorisées » pouvaient diriger un établissement d'enseignement. Voté par la Chambre, il fut repoussé par le Sénat. Mais en mars 1880 le gouvernement promulgue les décrets d'application des lois sur les congrégations autorisées ; ils prévoient l'expulsion des Jésuites et l'obligation pour les autres congrégations d'une demande d'autorisation.

Page 397.

a. souvenir confus. Les prêtres   *ms.*

b. de la politique. Je la vois clairement aujourd'hui; les ⟨raisons   ?⟩ les plus basses firent de moi à la faculté, le centre de l'opposition anticléricale contre ces fils de grands bourgeois *[add. de cinq ou six mots illisibles]* anc⟨ien⟩s élèves des Jésuites, ceux que nous appelions par moquerie « fils de cura » [et dont un de mes camarades, fouilleur d'archives, dénonçait *biffé*] Je fondai   *ms.*

c. Voltaire; l'inquisition, la Saint Barthélemy, les dragonnades, Galilée, tels étaient les sujets que nous abordions le plus souvent[1] et qui nous permettaient de prendre la parole aux conférences organisées par les adversaires. Pour mes partisans, je ⟨jouais à⟩ être le chef, mais, au fond, je les méprisais. Je leur en voulais   *ms.*

d. aussi les miens, mais que je n'eusse jamais consenti à m'avouer. Pourtant ma haine   *ms.*

e. était sincère [et mon libéralisme politique aussi. Nos métayers *biffé*] [Un certain désir de justice sociale me tourmentait.   *corr. interl.*] J'obligeai   *ms.*

f. pain noir. Mais ce geste me rassura. Il me parut que j'en avais fait assez. « Toi qui es si bon pour eux, me répétait ma mère, pour la reconnaissance qu'ils t'en auront... » / Je sentis bien, dès lors, que nous avions, mes ennemis et moi, une passion commune, la terre, l'argent, et qu'il aurait fallu faire un pas de plus. Il y a les classes possédantes et il y a les autres. Je demeurais du côté des possédants. J'étais plus riche que beaucoup de ces garçons gourmés qui détournaient la tête, en me voyant, et eussent refusé ma main tendue. Il ne manquait pas   *ms.*

1. Voir t. I, p. 1141, une réflexion identique faite par Félicité Cazenave.

2. Voir *Ce qui était perdu, var. f,* p. 294.

3. Ce « cercle Voltaire » est sans doute un souvenir; il est déjà évoqué à propos du père de Daniel Trasis, dans une première rédaction du *Fleuve de feu* (t. I, p. 1183) et du vieux Gornac, dans *Destins* (voir p. 112).

4. Ce sont ses propres souvenirs que Mauriac reprend ici.

5. Gâteau de maïs, *Dictionnaire du Gascon.*

6. Voir les mêmes notations dans *Thérèse Desqueyroux* (p. 55).

Page 398.

a. et mes vignobles. Je me ⟨souviens   ?⟩ que je lisais à cette époque Balzac, Stendhal... Confiné dans d'obscures débauches, je rêvais du grand monde et de ses intrigues. Parfois pour *[deux mots illisibles]* peu philanthropiques, quelques-uns de mes camarades

1. Ce sont les sujets déjà énumérés dans *Destins*; (voir var. *f.* p. 132); souvenir probable de conversations entendues dans sa jeunesse.

me faisaient des avances auxquelles je répondais avec une sorte d'enivrement, jusqu'à ce qu'ils eussent obtenu de moi ce qu'ils souhaitaient. Et de nouveau, ils feignaient de ne plus ⟨me⟩ voir, ne répondaient plus à mon salut. Pardonne-moi *ms.*

b. ainsi. Peut-être n'avais-tu jamais compris ce qu'avait été à mes yeux notre rencontre, notre amour, nos fiançailles. [Être aimé par une demoiselle Capeyron *biffé*], moi, Jean Capeyron[1], petit-fils de paysans et dont *ms.*

c. passait l'imagination et n'était même pas concevable. Rappelle-toi le hasard qui nous réunit dans le même hôtel de Luchon, l'accueil de ta famille, nos promenades sur la route de Saint-M⟨   ⟩, cette *[un mot illisible]* de bonheur qui me ⟨transforma ?⟩, ces temps de joie jusqu'à la nuit fatale où il suffit de quelques paroles pour tout détruire... / Je me suis interrompu parce que la lumière *ms.*

d. J'entends toujours le grondement du train sur le viaduc et les bruits les plus *[un mot illisible]* de la plaine. Non, non, je ne *ms.*

e. rien et ton fils Hubert [l'agent de change, le ⟨bien-pensant ?⟩ *add. interl.*] avec ses sept filles dont trois ont *[quatre mots illisibles]* du cloître, hélas ! Mais pour les autres, on regarde de mon côté. [Il a pourtant [...] du vingt pour cent *[cinq ou six mots illisibles.]* *add. interl.*] Je n'en finis pas de mourir et il n'y a rien à faire pour que je lâche le morceau... Ce serait si simple *ms.*

1. Signe d'appartenance à un milieu paysan; voir déjà *Genitrix* (t. I, p. 587) et *Destins* (p. 111).
2. La chronologie de la rédaction n'est pas établie d'une manière nette; il y a déjà eu une interruption identique, p. 388 : « Il a fallu que je m'interrompe... on n'apportait pas la lampe [...]. » L'important est seulement qu'il y ait, comme ici, des interventions du présent dans cette évocation du passé, des scènes actuelles qui ravivent les sentiments de Louis.

Page 399.

a. souffler *[p. 398, 8e ligne en bas de page]* ce soir après dîner, pour doter les deux petites qui restent à marier... les deux autres habitent encore chez leurs beaux-parents; elles n'ont pas d'argent pour se meubler, et nos greniers sont pleins de meubles qui s'abîment. Ça ne nous coûterait rien. Tu veux me dire cela aussi, hein ? Voilà de quoi vous parliez, j'en suis sûr... Ainsi ! vous n'avez rien pu me *[un mot illisible]*, pas une *[un mot illisible]*, rien tant que j'aurai un souffle de vie... / Je relis *ms.*

b. plus une lettre que j'avais ⟨rêvée⟩ mais une sorte de journal *ms.*

c. jusqu'au fond, arrêter enfin ton attention sur moi qui depuis trente ans ne suis *ms.*

1. Mauriac, comme souvent, hésite sur les noms ; le narrateur n'aura finalement qu'un prénom : Louis et pas de patronyme.

d. Car cela ne les empêchait [...] des marchandises. *add. marg.*
ms.

e. obèse, [avec un bonnet de   *biffé*] [qui cachait un crâne chauve
sous des   *corr. interl.*] dentelles   *ms.*

Page 400.

a. du jais *[p. 399, dernière ligne]*. Elle avait une figure riante.
On croyait qu'elle vous souriait ; mais c'était   *ms.*

b. empesés. Et ton père, si bien avec [la fleur à la boutonnière
biffé] sa barbe comme le prince de Galles, ses guêtres ; ta mère,
comme elle était belle, vêtue de bleu ou de noir, toujours en deuil
des deux enfants qu'elle avait perdus. C'était elle, et non toi,
que je regardais à la dérobée, je me souviens. Je me rappelle la nudité
de son cou, de ses bras et de ses mains, car elle ne portait aucun
bijou.   *ms.*

c. à peine. Les jeunes filles   *ms.*

d. les supprimer. J'en usais de même à ton égard. / Un jour
ms.

e. entre ses pattes et ce Fondaudège n'était [...] qu'un payeur
négligent. Le grand bourgeois qui tenait le haut du pavé ne
l'éblouissait guère. Paysanne   *ms.*

f. se méfiait de ces fortunes d'armateurs sans cesse menacées.
Je me rappelle que je l'interrompis   *ms.*

g. d'anéantir les restes de notre fortune dans les affaires. Des
affaires ? Un bureau   *ms.*

h. l'argent s'engouffre, disparaît par   *ms.*

i. cent mille. Non, vous n'aurez pas mes pins, vous n'aurez pas
mes vignes, tant qu'il me restera un souffle de vie. Mais je m'égare...
ms.

j. me sourire. Ta grand-mère me faisait asseoir du côté de sa
bonne oreille[1]. La religieuse ne m'apparaissait plus comme une
sorte de marionnette qu'on enfermait chaque soir dans un ⟨sac   ?⟩.
J'admettais qu'elle était un être de chair qui enlevait pour dormir
son voile et sa coiffe. Mais depuis   *ms.*

1. Ces détails rappellent la grand-mère maternelle de Mauriac
(voir *La Robe prétexte*, t. I, p. 92-93) dont il s'inspire pour ce
portrait, comme il fera encore pour la vieille comtesse de Blénauge
dans *Ce qui était perdu,* p. 303.

2. Voir var. *a,* p. 398 ; « je lisais à cette époque Balzac, Stendhal
[...] je rêvais du grand monde et de ses intrigues ». Les « défis
stendhaliens » rappellent évidemment un passage célèbre du *Rouge
et le Noir* (I, chap. IX), lorsque Julien se donne jusqu'à « dix heures »
pour prendre la main de Mme de Rénal ou, ajoute-t-il, « je monterai
chez moi me brûler la cervelle ».

1. Voir déjà dans *La Robe prétexte*, t. I, p. 148 ; autre détail qui
rappelle la grand-mère maternelle de Mauriac.

Page 401.

a. la conversation. Les *[un mot illisible]* des jeunes gens sont
souvent plus longs que ceux des grandes personnes. [Il faut beaucoup de temps   *biffé*] Parler pour ne rien dire eſt une science qui
n'eſt possédée à fond qu'après beaucoup d'années. Mon attention
ms.

b. du Lys [dans le fameux landau des Fondaudège. Dieu sait que
[...] à Luchon. Vous étiez les seuls à avoir amené votre équipage.
add. marg.], ta grand-mère au fond [...] ſtrapontin. Les chevaux
ms.

c. yeux mi-clos supprimaient le monde. Ta   *ms.*

d. un taureau noir. Tu me disais que tes frères et toi quand vous
étiez enfants, vous appeliez le ſtrapontin, le « crapotin ». Vous
[un mot illisible] à ces promenades qui n'en finissaient pas et il
fallait demeurer immobile sur cette dure petite banquette. J'osai
te dire que j'aimerais désormais le « crapotin » à cause de cette
promenade. Tu avais   *ms.*

e. pas odieux. C'eſt drôle de penser que la date la plus solennelle
de ma vie fut ce soir [...] grands cils ! » et n'eſt-ce-pas, c'était un
jeu que tu aimais de sentir mes cils sur ta joue. [Je me souviens de
ma ſtupeur *[un mot illisible]* Rien ne reſtait   *biffé*] Je cachais   *ms.*

Page 402.

a. rien de réel. Pour la première fois je me reflétais dans un autre
être, [un miroir me   *biffé*] [et ce que je découvrais de moi dans ce
miroir   *biffé*] et [l'   *biffé*] [ma propre   *add. interl.*] image, n'offrait
rien de repoussant. Dans [...] je m'épanouissais. [C'était   *biffé*]
[ton regard suscitait le dégel   *biffé*] Je me souviens de ce dégel
ms. OC donne : Je me reflétais dans un autre et mon image; *nous
avons rétabli le texte de ms, Ca. et orig.*

b. serrée, [un genou rapproché   *biffé*], une fleur gardée dans un
livre avec une date dans la marge, tout m'était nouveau et m'enchantait   *ms.*

c. qu'elle menaçait ainsi de détruire ma joie [d'être aimé enfin,
d'être devenu un garçon   *biffé*] d'avoir plu enfin à une jeune fille.
Il y avait une jeune fille au monde à qui   *ms.*

d. de m'épouser. [Cependant, ma mère était allée aux informations   *biffé*] [Oui, je le croyais, malgré [...] alliance. Je haïssais
ma mère d'oser mettre en doute que tu m'aimais. *add. interl.*]
J'étais de plus en plus ⟨brutal   ?⟩ avec ma mère. Mais ce qui était
nouveau, c'eſt que j'avais conscience de ma dureté et qu'elle me
choquait moi-même. La pauvre femme n'en prenait   *ms.*

e. mettre de côté... » Mettre de côté ! mettre de côté ! elle n'avait
que ce mot à la bouche[1] et j'avais le front de la tourner en dérision,

---

1. **Voir déjà dans** *Le Mal* (t. I, p. 650) un développement carica-
tural sur ce thème.

moi qui jouissais de ce que toute sa vie elle avait entassé; elle ne répondait rien, mais si une heure après ? elle venait à louer quelqu'un, c'était pour exalter son économie : « Ce sont des gens rangés, économes. Avec eux, un sou est un sou... / Enfin, ces renseignements me confirmaient dans ma joie. [Toute la famille *biffé*]. Les tiens me souriaient et, s'ils me laissaient seul avec toi le soir dans les allées du casino, c'était simplement parce que je te plaisais et que je ne leur déplaisais pas. Qu'il est étrange, *ms.*

1. Ce passage rappelle le début du *Baiser au lépreux* (t. I, p. 450 et suiv.) et les premières rencontres de Raymond Courrèges avec Maria Cross, dans *Le Désert de l'amour* (t. I, p. 772)... Le mal-aimé croit trouver le bonheur. Le drame commence lorsqu'il découvre la vanité de son illusion.

Page 403.

a. avertisse : « c'est tout ce que tu auras. [Aussi vieux que tu vives, *add. interl.*] tu n'auras *ms.*

b. mouillées, [le parfum *biffé*] [l'odeur *corr. interl.*] de *ms.*

c. l'amour heureux. Je prenais cet orage de sanglots pour un orage de joie. Je [n'entendais *biffé*] [n'interprétais *corr. interl.*] pas ces râles *ms.*

d. de Superbagnères, je me souviens que j'avais ma figure [...] cou, que je respirais ton odeur de petite fille en larmes. [La nuit exaltait le parfum de ta chair. *biffé*]. L'humide et tiède nuit pyrénéenne qui sentait l'herbage [mouillé *add. interl.*] [et le tilleul *biffé*], la menthe, ⟨le fenouil ?⟩ sauvage avait aussi l'odeur de ton corps. Tu étais pareille à un magnolia. Au-dessous de nous, les feuilles des tilleuls *ms.*

1. Cette idée revient fréquemment; voir par exemple, au tome I, la préface de *L'Enfant chargé de chaînes* : « le bonheur le frôle — ce bonheur qu'il ne rencontrera plus jamais dans le temps qu'il lui reste à vivre — et il ne le voit pas » (p. 1009-1010). Voir aussi *Préséances* (p. 348) et *Le Mal* : « Il ne savait pas d'où lui venait son bonheur. Rien ne l'avertissait qu'il était en lui comme un ange de passage et sans retour » (p. 692)...

Page 404.

a. à mon bras, à mon cou ⟨abandonnée ?⟩ avec une figure plus attentive, grave, et comme arrachée [de toute autre ⟨pensée ?⟩ *biffé*] Mais il semblait que j'eusse tout oublié de mes [habitudes *biffé* ; plusieurs mots *add. et biffés*]. Tu intéressais une part de moi-même qui n'avait pas été touchée par le mal. Pas un mot, pas un geste ne t'eût permis de soupçonner que j'avais été un familier des pires lieux de [prostitution *biffé*] [débauche *corr. interl.*]. Pas une fois *ms.*

b. du Lys, [nous allions à pied, la voiture avait disparu, les ombres des peupliers devenaient longues. *biffé*] [Nous étions descendus de la victoria.   *corr. interl.*] J'entends encore le ruissellement des gaves, [de sombres nuages glissaient au flanc des montagnes, une lumière   *biffé*] [J'écrasais du fenouil entre mes doigts. *corr. interl.*]. Le bas des montagnes baignait déjà dans le crépuscule, mais il y avait des ⟨camps⟩ de lumière sur les sommets *[deux lignes de ratures illisibles]*. J'eus soudain la sensation [foudroyante   *biffé*] [presque la certitude   *add. interl.*] qu'il y avait autre chose que notre monde, une [autre   *biffé*] réalité [dont le reflet   *biffé*] [inaccessible dont nous ne connaissions que l'ombre et   *add. interl.*] dont cette [douce   *add. interl.*] fin de jour captait [la douceur   *biffé*] [le mystère   *corr. interl.*]. Ce ne fut   *ms.*

c. triste vie ne s'est jamais renouvelé. Mais sa   *ms.*

d. yeux que plus de force. Et   *ms.*

e. nous a déchirés, je n'eus pas toujours une bonne conscience, je dois te l'avouer. Mais il n'est [...] de toucher à ce sujet.   *ms.* : nous a déchirés, je n'eus pas toujours une bonne conscience, je t'en devais l'aveu. Mais [...] sujet.   *Ca.*

f. sur laquelle je veux me forcer moi-même à arrêter   *ms.*

1. Voir encore p. 416.

Page 405.

a. de l'hôtel *[p. 404, 3ᵉ ligne en bas de page]* Saccaron *[un mot illisible biffé]* [avec la fenêtre ouverte sur les allées d'Étigny *[un mot illisible]* de claquements de fouets, de grelots,   *corr. interl.*], ma mère   *ms.*

b. un déshabillé, un peignoir, une robe de chambre... [j'étais doux avec elle depuis quelques jours, comme un enfant qui a un mauvais coup à avouer et qui attend le moment favorable.   *add. marg.*] Je profitai   *ms.*

c. à la dérobée, cette [pauvre   *biffé*] [vieille   *corr. interl.*] figure [décomposée   *add. interl.*], puis détournai les yeux : *[quatre mots illisibles]* que maman avait perdu la tête. Sa main aux doigts déformés froissait le feston de sa camisole. Sa tête avait subite⟨ment⟩ *[sic]*. Si elle [...] son silence ne me donnait aucune prise. Il est rare de voir la douleur ⟨de quelqu'un   ?⟩ comme je l'ai vue ce jour-là. [Aujourd'hui, Isa, au soir de ma vie, je veux témoigner *[un mot illisible]*. Je le répète encore : j'ai payé, *[quatre mots illisibles]* toute ma vie pour cette méconnaissance de l'amour.   *biffé*] / Pourtant elle feignait   *ms.*

d. Aurigne (c'était la plus importante de nos métairies). Je ferai construire [...] pièces. Aussi peu que ça coûte, c'est ennuyeux   *ms.*

e. votre mère ? / Je ne regardais jamais ma mère. Je ne la voyais pas. Ses fatigues ne comptaient guère. Je ne me rappelais pas qu'elle se fût arrêtée plus d'une journée. Il était entendu que la maladie n'avait pas prise sur elle. Sa pâleur me surprit. Elle avait interrompu la cure qu'elle suivait; ses yeux étaient fixes. D'aussi loin que je me souviens, je lui avais toujours vu ces bandeaux qui étaient bien lisses, bien tirés, et ce minuscule chignon. Elle avait vieilli d'un coup à la mort de mon père et n'avait plus bougé. ⟨Depuis ?⟩ mon enfance, elle portait des robes noires *[add. de deux mots illisibles]* à gros plis et quand elle était chez elle, un tablier. Cette apparence immuable me semblait pour la première fois dérangée. Les deux bandeaux étaient toujours aussi lisses et la jupe de *[un mot illisible]* s'étalait toujours en larges plis ordonnés. Mais je mesurai exactement à cette minute la force du coup que je lui avais asséné. / Il n'y paraissait plus le lendemain. Ton père *ms.*

Page 406.

a. Quel martyre [...] un vieillard ! *add. interl. ms.*

b. Depuis la variante précédente, le texte est très raturé.

c. durcie. [Elle discutait *[...]* fait de n'importe quelle affaire. *add. interl.*] Je feignais *ms.*

d. Si aujourd'hui [mes intérêts sont si nettement séparés *add. interl.*] Si tu as peu de prise sur moi au point de vue financier, je le dois à ma pauvre mère qui [...] rigoureux. Du moment *ms.*

e. ces exigences assez insultantes, je pouvais *ms.*

f. l'aînée sans dot... Je pense bien, sans cela, ils n'auraient pas livré la pauvre petite à ce vieux. Ils s'imaginaient nous faire un grand honneur. Ils croyaient *ms.*

Page 407.

a. connaissent pas. *[p. 406, avant-dernière ligne]* J'affectais de ne pouvoir entendre parler de ces choses. J'imagine *ms.*

b. de la bouche. / Tandis que moi, tandis que moi... je l'aime, il me rassure. [J'ai peur de manquer *biffé*] [Tant que je suis maître de la fortune *[...]* familles bourgeoises. Eh bien oui, j'ai peur de ne pas avoir assez, j'ai peur de manquer. *add. interl.*] / Quel silence aujourd'hui sur la campagne ! L'heure *ms.*

c. le Vendredi Saint. [les cloches sont à Rome. *Une dizaine de mots illisibles add. interl. biffés*] Les hommes *ms.*

d. plus fort contre tous que dans les apartés. Et puis *ms.*

e. côtelette en ce saint jour, non par *ms.*

1. La « côtelette du vendredi saint » fait partie du folklore familial. Mauriac y fait encore allusion dans son *Bloc-notes* en 1966 (IV, p. 271) à propos de son grand-père.

Page 408.

a. Je ne les distingue [...] marche... *add. interl. ms.*

b. de même mon fils. [S'il arrivait quoi que ce soit, sans doute faudrait-il payer. *biffé*] [Je ne puis arriver à m'en persuader. *biffé*] [Je le sais, mais je ne le sens pas. *corr. interl.*] Que ce grand quadragénaire chauve, et tellement usé déjà soit mon fils. [Je ne peux pas *biffé, série de ratures identiques*] Impossible *ms.*

c. pourtant ! [un agent de change *[...]* risque gros : c'est certain.

add. interl.] Le jour *[...]* en jeu. [Voilà une idole à quoi je ne sacrifierai pas *add. interl.*] Il faudrait *[...]* s'attendrir. [Et puis le vieil
oncle Fondaudège qui a le culte de la famille marcherait si je ne
marchais pas. Il est immensément riche. *biffé*] [Au point où j'en
suis, j'aurais la force. Avoir tenu jusqu'à aujourd'hui et tout perdre
d'un coup ! *add. interl. biffée*] [Mais je vais voir à parer au grain.
Demain dimanche, je lui parlerai. D'autant qu'il restera le vieil
oncle *[...]* marchais pas. *add. interl. et marg.*] Quand je pense que
ses gendres qui n'ont pas de quoi se meubler, me dis-tu, sont arrivés
chacun dans son automobile. L'assureur et le ⟨courtier !⟩ en
ont besoin pour leurs affaires, je le veux bien, mais le gendre de
[Isa *biffé*], [lui, *biffé*] [ce Phili *corr. interl.*] qui ne fait rien, il a
sa voiture comme les autres. Ils n'ont parlé que d'auto toute la
soirée. À ce degré-là, ce n'est plus ⟨comique ?⟩ c'est ⟨étrange ?⟩
Oui, de huit heures à minuit sans discontinuer. Ils étaient pleins de
leur sujet. Leur sujet les remplissait parfaitement; il n'y avait
place pour rien d'autre [dans ces cervelles *biffé*] [entre ces tempes
étroites, sous ces fronts bas. *corr. interl.*] Que je suis heureux
de ne pas croire à l'immortalité de ces êtres là ! Dire que tu crois
que tout ça ne sera pas anéanti et que ces idiots existeront dans les
siècles des siècles. / Quand tu liras cela, tu me traiteras de monstre
désabusé. Et moi je me souviens d'avoir [fait cette réflexion *biffé*]
[lancé cette même boutade *corr. interl.*] il y a des années devant le
précepteur des enfants, l'abbé Ardouin et il m'avait répondu que
justement ce n'était pas de trop de toute l'éternité pour épanouir ces
âmes prisonnières d'une gangue ⟨d'hérédités et de coutumes ?⟩
Nous reparlerons de ce prêtre dont tu m'as cru l'aveugle adversaire,
alors que, de nous deux, c'était moi qui le comprenais. [Après tant
d'années *[un mot illisible]* *add. marg.*] je n'ai pas *[trois mots illi-
sibles]* certaines flèches dont il m'a transpercé le cœur. Mais arrivons
enfin à cette nuit [de l'été 85 *add. interl.*] où tu [m'as à ton insu
précipité *biffé*] as détruit à ton insu ma pauvre joie / Vémars,
lundi 21 juin [1931] / Il est étrange *ms.*

  d. destins. Nos corps étaient encore unis que déjà un abîme
séparait pour toujours nos deux cœurs. Chaque parole que tu disais
le creusait plus profondément et tu ne t'es *ms.*

  e. de ce désastre, 'où notre bonheur temporel a péri tout entier.
Pour toi, *ms.*

  f. que tu as engagée à ton insu, car notre *ms.*

Page 409.

  a. de ton être. [De ce bouquet que je pressais contre ma poitrine
je ne rejetais aucune fleur *biffé*] Je m'attendrissais *ms.*

  b. t'agenouillais, le soir, [dans ta longue chemise d'écolière
add. interl.] au seuil de la nocturne bonheur que nous avions attendu
tout le jour. Je ne m'étais jamais plu aux tristes bonheurs de mon
adolescence. Tu me donnais ce dont avait soif ma vraie nature;
cette ardeur réfrénée, ces délices ⟨contenues⟩ par le sûr instinct

d'une pureté toute puissante. Nous habitions cette chambre de Calèse, où j'écris *ms.*

c. chez ma mère ? Je me *ms.*

d. mes yeux pour ne pas assombrir ma joie. Et d'abord *ms.*

e. d'une origine obscure et pour tout dire assez ignoble. Mais tu étais, ⟨racontait ?⟩ il, une enfant gâtée [...] voulait — à tout prendre, je n'avais pas de famille dont on pût rougir et ma vieille mère, en somme présentable [et qui d'ailleurs n'en avait plus pour longtemps à nous encombrer, *add. interl.*] semblait vouloir se tenir à sa place. [Enfin le brave Philippot laissait entendre que *add. interl.*] ma fortune était assez belle [...] le reste. / Lorsque *ms.*

f. fidélité à mes idées. [Sur ce point-là *[...]* remords. *add. interl.*] Aussi quelle fut ma stupeur lorsque peu de temps après mon mariage, je reçus la visite du plus intelligent parmi les garçons qui me ⟨suivaient ?⟩ [Te rappelles-tu ce ⟨Maréchal ?⟩ biffé]. C'était le fameux marchand qui depuis a fait son chemin. J'attendais ses reproches. J'avais préparé ma défense, mais il m'apparut très vite que bien loin de m'en vouloir, mon camarade était ébloui par ce qu'il appelait « ce formidable pas en avant ». Je revois encore ce petit homme *[deux mots illisibles]* portant haut sa tête chevelue : « Tout de même, répétait-il de son aigre fausset, tout de même, ce n'est pas mal du tout, dis-moi, ce que tu as fait là en catimini. Ah ! ah ! quelle position tu as enlevée ! Il va falloir changer tes batteries. Mais il y a beaucoup à faire à droite, quoi qu'on dise. *[un mot illisible]* un peu, étudie bien ton terrain de manœuvre. » Il arpentait ma chambre, agitait sa tête sans cou, posée on eût dit à même les épaules. Il n'avait pas encore appris à se duper soi-même et les autres. Toute la question était de savoir quelle monture il fallait enfourcher, celle qui le mènerait vite et loin. Dans la même direction, il ne demandait pas mieux que de faire un galop d'essai. / Je ne note ce souvenir que parce que mon étonnement et mon dégoût m'éclairèrent sur moi-même. J'avertis ⟨Maréchal ?⟩ que je ne reniais aucune de mes idées... mais que je ne me croyais pas fait pour la vie politique. Je ne voulais plus rien qu'être heureux. [Ah ! il me quitta fort déçu. *add. interl.*] J'avais promis *ms.*

g. religieuses. Qu'auriez-vous exigé de plus ? En ces années-là *ms.*

Page 410.

a. plairait. Elle se faisait petite. On ne la voyait pas. Elle disparaissait. D'ailleurs elle s'occupait de ses vignes. Elle était tout le temps dehors. Après les repas, *ms.*

b. Tu n'en avais d'ailleurs aucune envie. *add. interl. ms.*

c. craint. Je me montrais même plus gentil avec elle qu'avant mon mariage. Nous avions des fous rires qui l'étonnaient ; ce jeune *ms.*

d. si dur. [Imagine les idées qui *[un mot illisible]* dans sa tête *add. interl.*] Elle n'avait   *ms.*

e. qu'elle avait fait. Avec quelle admiration elle te regardait bar-bouiller de peinture des écrans, des abat-jour et des tambourins ! Avec quel respect elle t'écoutait lorsque tu jouais quelques « romances sans paroles » de Mendelssohn où tu accrochais tou-jours aux mêmes endroits. [Ce que c'est que d'avoir étudié ! *add. interl.*] Elle ne savait rien faire que *[trois mots illisibles]*, surveiller ses vignes, secouer son monde, comme elle disait. Tu disais à des amies jeunes filles qui venaient te voir : « ... Vous verrez   *ms.*

1. Cenon est tout proche de Bordeaux ; voir « Géographie romanesque », t. I, p. 1390.

Page 411.

a. à ses domestiques que tu trouvais de « très bon ton ». Tu avais un couplet   *ms.*

b. en ce temps-là... Tu l'es demeurée, mais [ton vrai visage *biffé*] [ta vraie nature   *corr. interl.*] déborde et *[un mot illisible]* ce masque des phrases toutes faites. / Je recule   *ms.*

c. Et quelquefois le vent [...] averse.   *add. interl. ms.*

d. épars. [Un coq croyait que c'était l'aube.   *add. interl.*] Nous n'entendions   *ms.*

e. dormir... / Vémars, mardi 22 juin ⟨1931⟩ / Mais   *ms.*

f. lassitude heureuse, un fantôme rôdait. De l'abîme [trouble *ou* terrible] où nous précipitait notre jeune amour, nous ne remon-tions   *ms.*

g. inconnu, né de nos caresses et que j'éveillais dans ton cœur dès que mes bras se refermaient sur toi. Et quand je les rouvrais, nous n'étions plus seuls. Je ne voulais   *ms.*

h. de notre vie. [Mais le secret enseveli sous les eaux dormantes *biffé*] [ce qui dormait sous les eaux *[profondes biffé]* endormies *add. interl.*] ce principe [...] rien pour [le tirer à la surface *biffé*] [l'arracher à la vase   *corr. interl.*]. Mais toi, tu avais   *ms.*

Page 412.

a. au contraire très désireux, très fier d'épouser   *ms.*

b. Tu sais comme mes parents [...] reconnais.   *add. interl. ms.*

1. La lente préparation de cette scène — le narrateur s'interrompt à plusieurs reprises, avant ce récit — conduit à cette découverte essentielle ; moins de la trahison (il dira n'éprouver aucune jalousie) que de l'illusion.

Page 413.

a. papa et moi... [que je n'étais pas « mariable », comme elle disait.   *add. interl.*] / [Oui, dis-je, vous avez été tous contents de me trouver. *biffé*] Je contenais, retenais   *ms.*

b. Voir var. a, p. 415.

c. te menacer de rompre avec toi si tu m'épousais. [Oui, à Luchon *[...]* pour ses frais   *add. interl.*] Je retenais mon souffle. Je te laissais parler. Il te plaisait que je connaisse enfin de quoi je t'étais redevable. Tu me [répétais   *biffé*] [assurais   *corr. interl.*] à plusieurs reprises, que certes tu ne regrettais rien. C'était Dieu qui avait voulu [cela. Tu trouvais naturel   *biffé*] [t'imposer cette épreuve parce qu'il savait où était ton vrai bonheur. Il allait de soi   *corr. interl.*] que l'Être infini [eût   *biffé*] [avait   *corr. interl.*] des vues particulières sur le mariage d'Isa Fondaudège. Tu n'aurais pas   *ms.*

Page 414.

a. mon visage [vulgaire   *biffé*] [ingrat   *corr. interl.*] à cet   *ms.*

b. les sports, le jeu, cette frivolité savante [qui élude les propos graves, les confessions, les aveux,   *add. interl.*] cet art de vivre heureux   *ms.*

c. se trouvait là, parce que tu ne voulais ni ne pouvais physiquement rester fille six mois de plus, parce qu'il avait   *ms.*

d. Je grelottais malgré la nuit chaude et bien que nos corps ne fussent plus en contact, tu t'en aperçus   *ms.*

e. n'était rien. Tu pressentis mon angoisse. « Tu n'es pas   *ms.*

f. dans cette dure face aux mâchoires serrées   *add. interl. ms.*

Page 415.

a. le premier limaçon rencontré *[var. b, p. 413]* | [Je n'avais pas pris conscience de ce qu'il y avait   *biffé*] [À quel point notre mariage était disproportionné, je n'en avais pas conscience... Depuis quelques minutes   *add. marg.*] Tu ne parlas plus   *ms. La rédaction de tout le passage intermédiaire se trouve au verso de la page précédente, et se poursuit au verso de celle-ci, avec la date* | : Vémars 26 juin.

b. les tuiles. La vie s'éveillait du côté des étables. Un homme   *ms.*

c. l'entendais : l'angelus, les coqs, un train   *ms.*

d. le viaduc, tout ce que j'entends encore et ce parfum que j'aime, je le sentis, ce matin-là : cette odeur   *ms.*

e. ramassé en boule, comme   *ms.*

f. te tirer [des profondeurs   *add. marg.*] de ce   *ms.*

g. Elle se levait [...] maison.   *add. interl. ms.*

h. fermerai tout. [À dix heures, il faudra rentrer les bœufs.   *add. interl. biffée*] | Je l'embrassai   *ms.*

i. de mon cœur ? Oui, j'ai un cœur. Mon cœur était près   *ms.*

Page 416.

a. commencer ? Jusqu'où remonter ? Qu'aurait-elle compris ? Elle aurait peut-être tout compris. Mais le silence est une facilité

---

1. Cette addition est abandonnée, reprise ensuite : voir la fin de la variante.

à laquelle j'ai toujours succombé. / Elle vit bien que je souffrais.
Mais elle non plus n'osa m'interroger. [Le seul moment de notre
vie où pourtant ma tendresse pour elle fut à la mesure de la sienne.
[S'il y a une vie *biffé 1*] Si elle est vivante *biffé en définitive*].
Je descendis *ms.*

    b. et la déchirait. La terre [ensevelie dans le brouillard *add.*
interl.] se défendait le plus longtemps possible du feu qui allait la
consumer jusqu'au delà du crépuscule. Je souffrais. Je regardais
la plaine vide. [Mes yeux devaient être ceux d'une bête traquée.
biffé] Un clocher *ms.*

    c. créature brisée, rompue comme *ms.*

    d. défaite, que cette défaite peut [porter avec soi *biffé*] [contenir
1ʳᵉ *corr. interl.*] [renfermer 2ᵉ *corr. interl.*] une signification *ms.*

    e. que les événements, surtout dans l'ordre du cœur, ceux qui
nous intéressent seuls et paraissent faits pour nous seuls, que ces
événements sont peut-être des messages qu'il faut savoir interpréter, [qu'ils nous parlent une langue secrète *biffé*] [et que tout
être *[deux mots illisibles]* entend leur langage *corr. interl. biffée*]
[corr. interl. illisible]... oui, j'ai été *ms.*

    f. me rapprocher de toi. Sans doute, chez tout homme qui [hait
1ʳᵉ *réd. non biffée*] [combat 2ᵉ *réd. interl.*] les choses de la foi,
découvrirait-on ce mouvement comme chez moi ; une réaction,
une protestation contre certains désirs, certains *[un mot illisible]*
hérités d'une vieille race chrétienne. ⟨Ces aveux que je te devais⟩
des *[add. illisibles]* ne contredisent pas mon hostilité à la religion,
mais l'expliquent et l'éclairent. D'ailleurs ce ne dut être *ms.*

    g. la tête levée [vers toi, en proie *[...]* après tant d'années. *add.*
interl.] puis, je courus jusqu'au cabinet où je travaillais, j'ouvris
ms.

    h. mouchoir froissé, celui [que j'avais pressé *biffé*] [avec lequel
j'avais essuyé tes larmes et que *[pauvre idiot add. interl.]* j'avais
pressé *add. interl.*] un soir contre ma poitrine nue. Je le pris *ms.*

    i. pierre, comme pour un être vivant que j'eusse voulu noyer,
et *ms.*

    j. « gouttiu » ; / V⟨émars⟩ mercredi 23 ⟨juin 1931⟩. / Alors *ms.*

    k. cet écroulement dans le secret de nos vies. Tout *ms.*

    1. Voir déjà p. 404 une notation identique. On remarquera
(var. f) que Mauriac a d'abord été tenté d'expliquer davantage la
réaction de son héros, de « justifier » son anticléricalisme. Peut-être
était-ce moins un souci psychologique qu'une interrogation sur
soi-même : à cause de son grand-père, de son père, l'hostilité à la
religion n'est pas pour lui simplement un thème romanesque, voir
déjà p. 413 une tentative d'explication.

    2. Le détail était déjà noté dans *La Chair et le Sang,* t. I, p. 288.

Page 417.

    a. destruction. Il avait fait ce qu'il devait faire. Et maintenant,
ms.

b. fini de ces propos sans cesse interrompus et repris. Nous ne disions *ms.*

c. ses gardes : [il y avait des régions dangereuses où nous redoutions *biffé*] *[corr. interl. biffée illisible].* Nous nous endormions épuisés. Mais je m'éveillais *ms.*

d. hors du lit, si je t'avais poussée dans le jardin demi-nue. [« Tu m'as trompé, tu m'as menti. — Non je ne t'ai pas menti, puisque je t' *biffé* » Non, je ne t'ai *ms.*

e. toujours aisé pour une jeune fille de *[rature et corr. interl. illisibles deux mots]* un peu d'abandon et, en usant *[autre réd. interl. illisible]* du trouble charnel qui ne signifie rien de faire croire à un garçon qu'elle l' [aime *biffé*] [adore *corr. interl.*] Je n'étais pas *ms.*

f. ce qui lui aurait plu. / Ce qui rendit toute explication inutile et qui changea [peu à peu *biffé*] [insensiblement *corr. interl.*] nos rapports, ce fut ta première grossesse, qui se déclara un peu avant les vendanges. Nous revînmes *ms.*

g. dans une vie de [débauche très cachée *biffé*] [secrets désordres *corr. interl.*] [très secrets, car je commençais *[...]* la face. *add. marg.*] J'avais mes heures, *ms.*

1. Voir des remarques identiques dans *La Province*, p. 726.

Page 418.

a. chaque jour. [Tu m'en avais tiré et tu m'y rejetais. *biffé*] [Tu m'y rejetais *[...]* tiré. *corr. interl.*] [Tu ne me croiras pas si je te répète que je n'ai jamais aimé que l'amour. La débauche fut la forme de mon désespoir. *biffé*] [La débauche *[rature illisible]* fut la forme de mon désespoir. *corr. interl.*] Eussé-je *ms.*

b. à mille lieues de leurs propres corps qui se cherchent dans les ténèbres. Tu ne commenças *ms.*

c. l'exigence du devoir. À mon insu, j'imitais ⟨M ⟩ qui excellait maintenant à masquer de sublime ses appétits ingénus. Il se posait dans le journalisme à Paris ⟨mais des affaires le rappelèrent à Bordeaux.⟩ C'était l'époque de Boulanger. *[Six lignes avec des ratures et des corr. difficiles à lire ; on discerne quelques fragments :* il avançait la patte, la retirait, n'osait s'engager à fond, cherchait à jouer la bonne carte. Il disait que l'influence de Taine était étouffante, qu'il en avait assez du dilettantisme barrésien, que la jeunesse aspire à l'action, à l'héroïsme... Je ne suis pas cocardier, mais tout de même il nous faut un homme pour nous tirer de la boue. Ce qui signifiait simplement qu'on lui avait promis une sous-préfecture. *biffé depuis, semble-t-il :* c'était l'époque de Boulanger. *En marge l'indication :* Bon.] Je le méprisais, mais sans voir mon propre mensonge[1] : c'était un devoir, me disais-je, de ne pas laisser

1. Voir var. *f*, p. 409, pour une autre variante qui montre également l'intention qu'a eue d'abord Mauriac de ne point limiter le roman au milieu familial. Mais *Le Nœud de vipères* retrouve à cet égard la

une femme bigote fausser à jamais l'esprit de mes enfants. Il s'agissait *ms.*

d. Je vous avais entendues [...], de Phili, de cette jolie petite gouape. *add. interl. ms.*

1. Cette prise de conscience (voir déjà var. *b*, p. 391) est atténuée par ce qui suit : c'est malgré tout sa défense, un « plaidoyer » qu'écrit Louis et non un journal intime.

Page 419.

a. les champs. La campagne est vide. Je demeure *ms.*

b. lui remplissais. Et il te rabrouait comme je rabrouais ma mrèe. Cette obstination des pauvres mères *[...]* autant de pris. / Et la hâte maladroite du jeune Phili *ms.*

c. sa voix, l'émission [...] entière. *add. interl. ms.*

d. Toi aussi, jeune femme [...] rien à rien. *add. marg. ms.*

e. de vivre avec un être aussi affecté dont la bouche ne profère que des opinions *[un mot illisible]*, fabriquées, courantes ? Après le déjeuner *ms.*

Page 420.

a. te parler de Phili... [Comme elle avait peur, la pauvre petite. C'est affreux *[...]* au dehors. *add. marg.*] / Geneviève se débarrassait *ms.*

b. à se déranger. Je lui ai dit qu'il y avait des dactylos chez les agents de change et que pour un garçon tel que son gendre, une occupation ne sert jamais qu'à lui fournir des alibis *ms.*

c. l'aime, ce Phili... Il est faible, il est léger, il est si charmant, Nous ne devions pas être *ms.*

d. démentirai pas. Il n'y a *ms.*

1. Mauriac avait d'abord songé à utiliser cette remarque pour donner son titre au roman; voir la Notice, p. 1160.

Page 421.

a. même mort, *[p. 420, 7ᵉ ligne en bas de page]* il peut encore faire des siennes... Ton Phili ! Votre Phili ! Pauvre idiote, comment eût-elle imaginé ce que représente aux yeux d'un vieillard haï, désespéré, ce jeune être triomphant. *ms.*

b. demi-siècle de vie. Comme un jeune chat *ms.*

c. de magnifiques « espérances ». On appelle chez nous du beau nom d'espérances, ce qui doit nous revenir à la mort de nos parents. Les espérances de nos enfants ! ils doivent nous passer sur le corps pour les cueillir [D'ailleurs, lui ai-je dit, tu as un mari qui est dans *[...]* généreux que vous l'êtes. / Elle m'expliqua que ce « pauvre

---

structure assez simple des romans antérieurs à *Ce qui était perdu.* *Les Anges noirs* et surtout *Les Chemins de la mer* marqueront au contraire un retour à une certaine complexité.

Alfred » était un commerçant timoré, qu'il voyait petit, qu'il réduisait *[...]* d'avoir un mari qui carguait ses toiles pour la tempête. L'avenir était *[...]* d'Épargne. *add. marg.*] | Nous remontions *ms.*

d. les signes néfastes. Phili seul était debout. Le vent [dérangeait 1ʳᵉ *réd. non biffée*] [agitait 2ᵉ *réd. interl.*] ses cheveux *ms.*

e. ouverte, des manches courtes comme une fille. Ses joues d'enfant *ms.*

1. Ce personnage est le seul de ses petits enfants auquel Louis s'intéresse; très vite, il devient — le mouvement est net ici — l'objet d'une envie qui se mue en haine. Il ressemble un peu à Bob Lagave, au « jeune homme », tel que Mauriac l'a peint dans l'essai qui porte ce titre; et représente, comme dans presque tous les romans de Mauriac en face du mal-aimé, celui à qui tout est donné. Fascinant, au point que le romancier ne l'abandonnera pas, le roman fini : il en fera l'amant de Thérèse Desqueyroux qui parle longuement de lui dans *Thérèse chez le docteur* (voir au tome III de cette édition).

Page 422.

a. que je le hais. Un vieillard peut bien haïr la vieillesse. Les jeunes gens ne peuvent en mesurer l'horreur... Je n'ai rien eu de la vie et je n'attends rien de la mort. Qu'il n'y ait *ms.*

b. jamais donné... Pouvoir crier : mon Dieu, pouvoir soupirer ce nom. Ah ! vous ne connaissez pas votre bonheur. Je vous ai méprisé au fond de ne pas savoir le prix de ce que vous déteniez. Je t'ai haï d'avoir déformé, rapetissé, aliéné cette espérance[1]. Mais toi, tu n'as pas souffert *ms.*

c. cette confession, si je me laisse envahir par le présent. Il faut remonter le cours des années. // Jeudi ⟨24 juin 1931⟩. Vémars. // Il ne me semble *ms.*

d. avocat d'assises et tu fus *ms.*

e. une guerre ouverte. Je te révélerai ici ce que je n'ai jamais dit à personne (à qui aurais-je pu parler ? ai⟨je⟩ jamais possédé un ami ? est-ce que j'ai jamais connu la douceur de se confier, de s'abandonner ?) Cette fameuse *ms.*

1. Voir le mot de Michelet, cité p. 794.
2. En fait, tout le récit continue à mêler le présent au passé, jusqu'à la fin de la première partie. Sur ce retour incessant au présent, voir la Notice, p. 1166.

Page 423.

a. qui m'étouffait. *[p. 422, 3ᵉ ligne en bas de page]* Tu te rappelles

1. Voir déjà p. 413 et var. *f*, p. 416 les explications que donne Mauriac de l'anticléricalisme de son personnage par le pharisaïsme de son entourage.

les événements. Ces Villenave, qui étaient depuis toujours les amis des Fondaudège, après vingt ans   *ms.*

b. ta mère, avec le ⟨génie⟩ des phrases toutes faites dont son arrière petite-fille, Jeannine a hérité. Un matin   *ms.*

c. de parler. [(La blessure était grave mais il s'en tira) *add. interl.*] Lui-même   *ms.*

d. chez autrui, je détenais ce don affreux. L'amour conjugal de cette femme me crevait les yeux et, faut-il l'avouer, le cœur. *[cinq ou six mots add. marg. illisible].* Que s'était-il passé ? Lui avait-il fait [...] la défendre   *ms.*   ; chez autrui. [...] Lui avait-elle fait [...] le défendre   *Ca., Orig. OC Nous rétablissons le texte du ms., seul possible.*

1. C'est encore un des traits communs à Fernand Cazenave et à Louis ; voir t. I, p. 587.

Page 424.

a. aucune lumière), l'aspect de cet adolescent, le désespoir qui *[plusieurs mots illisibles],* le regard   *ms.*

b. ce qui déchira soudain le ⟨voile⟩ à mes yeux. Lorsque je me levai après avoir résumé brièvement ce qui ⟨d'abord⟩ avait dû être l'essentiel de ma plaidoirie, [je dénonçai le fils, cet adolescent malade ⟨impur   ?⟩, jaloux de son père trop aimé. Je me *[...]* fameuse   *corr. marg. de ratures peu lisibles]* [que plus tard le professeur S. Freud devait donner *[deux mots illisibles]* comme une des sources les plus importantes et le germe de ses découvertes *biffé*] [où le professeur S. F. a de son propre aveu trouvé en germe *corr. interl.*] l'essentiel   *ms.*

c. à cette heure solennelle de ma carrière (où tu te fâchais si j'arrivais en retard à table parce qu'Hubert avait sa leçon d'anglais à une heure et demie et qu'il fallait que Geneviève fût rentrée à quatre heures à cause d'un rendez-vous pris par l'institutrice chez le dentiste), en même temps que cette indifférence me donnait   *ms.*

d. l'assassin de celui qu'elle chérissait uniquement. J'aurais pu   *ms.*

e. Villenave. Je l'avais bien observé, lui aussi, à la cour d'assises. Qu'avait-il   *ms.*

1. Le texte du manuscrit précise cette allusion à Freud, dont on ne sait s'il faut y lire une critique ou une référence ironique. La psychanalyse inspirera une des nouvelles consacrées à Thérèse, et la condamnation sera alors très vive. Sans doute Mauriac s'y intéresse-t-il à ce moment : en 1929, après *Le Fleuve de feu,* il avouait que sa génération était marquée par Freud, mais disait aussi n'en avoir pas lu une ligne (F. Lefèvre, *Une heure avec...* première série, 1924, p. 218). Plus tard, il dira l'avoir lu alors qu'il avait déjà écrit « la plupart » de ses romans (*Bloc-notes,* V, p. 247).

Page 425.

a. bien intelligent. *[p. 424, 3ᵉ ligne en bas de page]* Et moi, j'avais une espèce de génie. Si j'avais eu quelqu'un auprès de moi qui m'ait aimé, jusqu'où ne *ms.*

b. de notre force, de notre effort, de notre victoire. Quelqu'un *ms.*

c. frais tondue. / Ce souvenir me ramenait vers elle à l'époque de l'affaire Villenave. Mais ce fut le moment où elle commença *ms.*

d. je lui disais de moi. Et comme il arrive toujours [moi-même je prenais de plus en plus conscience de mon amour pour elle *corr. interl.*] à mesure qu'elle s'éloignait dans les ténèbres de la sénilité [moi même je prenais de plus en plus conscience de mon amour pour elle. *biffé*] *[trois mots illisibles]* Je lui ⟨murmurais ?⟩ tout ce qui l'aurait comblé de joie autrefois. Je lui donnais *[add. de quatre mots illisibles]* les baisers qu'elle avait en vain attendus de moi pendant toute sa misérable vie. / D'ailleurs, pauvre femme, elle n'aurait pu *ms.*

e. à une passion plus haute, l'amour de l'argent à celui de la domination. Les journalistes *ms.*

f. une hiérarchie intelligente. C'est Pascal qui a dit qu'on ne renonce à un plaisir que pour un plaisir plus grand. La tare dont tu m'aurais *ms.*

g. sans réalité. Mais quoi ! *ms.*

1. C'est un souvenir qui est utilisé ici, celui des dernières années de sa grand-mère maternelle, « notre bonne maman, un peu gâteuse ces derniers mois, avec son petit chien sur les genoux... », *Nouveaux Mémoires intérieurs,* p. 141.

Page 426.

a. « gagner gros ». Tout ce qui me reste et dont vous avez la folie *ms.*

b. et m'épiant, l'idée m'est insupportable de ces partages — de ces partages où *[deux mots raturés]* vous vous battrez comme des chiens autour des terres et autour des titres. Les terres, vous les aurez, les titres n'existent plus. [sauf le paquet d'obligations qui t'appartiennent et que tu retrouveras dans le coffre avec ce manuscrit *[un mot illisible]* add. marg.] Je les ai vendus, au plus haut, et depuis, ils *ms.*

c. ne les aurez que si je le veux bien. Et ce soir de Pâques où j'écris ces lignes dans le silence de la nuit froide, je suis décidé à ce que, après moi, vous n'en retrouviez pas un centime. / J'entends *ms.*

d. suis sourd (sauf quand on me traite de vieux crocodile). Je vois *ms.*

e. écoute... » Les chuchotements s'apaisent. Ils *ms.*

1. Voir p. 385. L'intention se précisait dans le manuscrit; voir var. *c.* C'est évidemment la tentative de faire passer sa fortune à un

autre qui est ainsi annoncée. On a vu (voir la Notice p. 1161) que cet épisode avait eu quelque importance dans la genèse du roman.

Page 427.

a. de couples comme un vieil orme plein de nids. Et moi,   *ms.*

b. m'étendre. À mon âge [...] de la mort. Il ne faut pas faire semblant d'être mort. Tant que je suis debout,   *ms.*

c. redoute d'elle, ce n'est pas seulement la souffrance physique, l'angoisse du dernier hoquet, mais c'est elle, elle qui n'existe pas, qui ne peut   *ms.*

d. par le signe — ... // Paris, 30 juin ⟨1931⟩ / Tant que   *ms.*

e. notre inimitié demeura voilée et sourde : l'atmosphère chez nous, était pesante ; l'orage rôdait, mais n'éclatait pas ; ton indifférence   *ms.*

f. dépouillée de tout [...] horreur.   *add. interl. ms.*

g. de tendresse ? Un avocat   *ms.*

h. Bien des jeunes femmes [...] l'homme... Mais   *add. interl. ms.*

1. Voir dans *Ce qui était perdu,* p. 283.

Page 428.

a. qui redoute qu'on l'exploite ? J'étais alors de ces   *ms.*

b. le besoin d'être gâtée, protégée, soutenue... Je te fais grâce de mes souvenirs. Mais à soixante huit ans,   *ms.*

c. heures, me ferait crier de désespoir, tout ce que j'ai repoussé par méfiance   *ms.*

d. je dois payer à un sou près : j'aime   *ms.*

e. tarifé et j'étendais à l'amour ce goût affreux. Ce qui me   *ms.*

f. à prix fixe. Mais chez l'homme accoutumé à le considérer ainsi qu'une denrée qui se paye au cours du jour, quel lien   *ms.*

g. Les désirs du cœur, je t'ai dit que je n'imaginais pas [...] de nous reprendre.   *add. marg. ms.*

h. L'idée m'est insupportable de devoir quoi que ce soit. Ce n'est pas de cela qu'il s'agit, mais de la guerre entre nous. Ce fut ici, à Calèse, qu'elle éclata. / [De moi, tu n'avais adopté que mon pays. On aurait dit que cette demeure était la tienne. Sans doute parce que deux de nos enfants y sont nés. Dans l'une des chambres *[trois mots illisibles]* notre petite fille est morte. Une autre aurait peut-être ⟨fui ?⟩ cette maison, cet affreux souvenir de cette agonie. Pour toi elle en est devenue sacrée... Le château de Cenon   *biffé*] J'allais au plus simple [...] L'idée m'est insupportable [...] *[reprise au verso de la page précédente jusqu'à :]* Jamais tu n'as rien désiré pour moi-même, voir var. *g,* p. 429   *ms.*

i. le trait. [Je me salis moi-même *[trois mots illisibles]* *add. interl.*] J'ai   *ms.*

1. Mauriac donnera la même ladrerie, avec des détails identiques,

à l'oncle Xavier dans *Le Mystère Frontenac,* voir p. 564 et *var. c,* p. 581.

2. Voir *Souffrances et bonheur du chrétien :* « Il est trop vrai que la passion, à un certain point de sa croissance, nous tient et que nous ne pouvons plus rien contre ce cancer. Mais il est vrai aussi qu'il fut un moment où nous demeurions le maître encore. Il y aurait une étude à écrire dont le titre serait : *De la volonté dans l'amour.* À une certaine minute, il nous serait loisible encore d'arracher de nous ce germe » (*OC,* t. IV, p. 243).

3. Ce trait caractérise l'avarice de Louis ; l'argent est le lien par lequel il retient les autres, mais en même temps il ne peut supporter de se sentir lié lui-même, si peu que ce soit.

Page 429.

a. en 1909 *[p. 428, avant-dernière ligne]* [alors que ma jeunesse était déjà finie. C'est pourtant parce que j'ai aimé *[nom illisible]* que je ne te parle pas d'elle *biffé* [au déclin *[...]* silence ? *add. interl.*] Tu as connu cette liaison. [Tu as su *[...]* en main. *add. interl.*] *ms.*

b. s'est donnée à moi, je le vis bien, par gratitude [mais le hasard avait créé entre nous un accord, une entente *biffé*] [mais nous étions accordés *corr. interl.*] oui, j'ai connu *ms.*

c. Ce n'était pas assez [...] misère, *add. interl. ms.*

d. la retrouver [selon *biffé*] [au hasard de *add. interl.*] mes caprices d'homme surmené. C'était *ms.*

e. aux humains. Il aurait fallu que je fusse aimé par des esclaves, par des adoratrices. Une seule fois *ms.*

f. exigence ; elle s'y est soumise ; je la torturais et je me torturais. Je surveillais jusqu'à ses regards. Je lui imposais la compagnie d'un de mes secrétaires, tu te rappelles, le petit *[nom illisible]* parce que [je savais qu'il avait horreur des femmes *biffé*] [je le savais de tout repos *corr. interl.*] Mais j'oubliais *ms.*

g. à cause des enfants. « Fais-le à cause des enfants ! » Tu n'as jamais rien désiré pour moi-même. *Fin de l'add. qui commence à :* « J'allais au plus simple *voir var. h, p. 428.*

h. près des berceaux, [que tu as connu une douleur qui saigne encore après trente années, *add. interl.*], que tu as eu *ms.*

Page 430.

a. ces fontaines [nous font passer d'agréables moments... *biffé*] ou un air du *Cinq-Mars* de Gounod : « Nuit resplendissante et silencieuse... » Calme bonheur *ms.*

b. battu, [Mais après chaque défaite *add. interl.*] elle se poursuivait [plus *add. interl.*] sourdement, [plus *add. interl.*] souterrainement. Calèse en fut *ms.*

c. coïncidaient avec celles du collège [l'horreur de dépenser à quoi se ramène chez moi l'horreur des voyages, m'empêchait de partir tout seul *biffé*] [Et moi, mon attachement à la vieille maison,

le besoin que j'ai de me retrouver dans mes habitudes   *biffé*] |
La première fois où je me souviens de t'avoir heurtée de front   *ms.*

d. leur âme. [Au vrai, il m'importait d'avoir mis   *1ʳᵉ réd. non
biffée*] [J'avais été battu [...] ce qui m'importait, c'était d'avoir mis
add. marg.]   *ms.*

1. Mauriac utilise ici les souvenirs de sa propre enfance; pour les
chœurs qu'il chantait avec ses frères, voir *Le Mystère Frontenac*,
p. 591 et la note. De même pour la présence de l'abbé qui s'occupait
des enfants pendant les vacances, voir, par exemple, *Nouveaux
Mémoires intérieurs*, p. 63.

Page 431.

a. Au verso de la page qui précède ce texte, une esquisse : Amour
d'avare — sans partage. | Tout grand amour est païen (à propos de
la douleur de la mère quand l'enfant mourra). Aucune résignation,
on disait « elle est admirable ». Simplement muette de désespoir. |
La veuve Philippot (1893), qu'elle ne se remarie pas : testament de
son mari. On lui impose la ⟨figure   ?⟩ veuve chrétienne. Elle rôde
autour de moi tout un été... parce que je suis un homme : le drame
de la femme. Elle épouse le pharmacien, vivra à l'index. Naissance
de [Jacques   *biffé*] son fils (1896)... [Elle se réfugie   *biffé*] redevient
veuve. Le charme de Jacques — les bals en mon absence... son
courage : Tu n'as pas peur de moi, etc[1].

b. le déjeuner. [Je me rappelle ma plaisanterie sur l'homme créé
à l'image de Dieu.   *biffé*] Je me rappelle ma plaisanterie sur le
plaisir que pouvait prendre l'Être infini de te voir   *ms.*

c. de ma vie autant que je le croyais. Tu connaissais ma vie [et
en particulier cette liaison de 1909. Tu avais des lettres de *[un nom
illisible] add. inter* .] Tu avais entre les mains de quoi obtenir
une séparation. Tu me mis le marché en main. Je suis   *ms.*

d. me laisser, moi et ma fortune, plutôt que de mettre en péril
cette foi que tu leur avais insufflée. Aussi intéressée   *ms.*

e. cette folie. *[add. marg. illisible].* Tu étais la plus forte [une
séparation eût ébranlé   *biffé*] ma position eût été   *ms.*

f. Le bruit [...] franc-maçon;   *add. marg. ms.*

g. fallu te rendre ta dot. Je m'étais accoutumé à considérer cet
argent comme mien. L'idée d'avoir à verser deux cent mille francs
m'était horrible, sans compter la rente que nous faisait ton père,
et à quoi il eût fallu renoncer. | Je filai doux   *ms.*

h. à toutes ses exigences. | Malagar, 23 juillet ⟨1931⟩ | Mais je
ms.

1. Les différences entre ce plan et le récit sont peu importantes,
sauf sur un point : Marinette ne « redevient » pas veuve ; elle meurt
en mettant son fils au monde. La chronologie est aussi un peu modifiée : c'est en 1900 que se place la naissance du fils de Marinette ;
modification imposée par un thème qui n'est pas encore noté ici :
la mort du jeune homme qui s'engage dans les derniers mois de la
guerre.

i. Je pris cette résolution [...] 1900).   *add. interl. ms.*

1. Voir t. I, p. 1192 et aussi *Bloc-notes,* IV, p. 271 où le propos est rapporté textuellement avec ce commentaire : « C'était précisément l'espèce de plaisanterie chère à mon grand-père anticlérical devant sa côtelette du vendredi et ma mère le sommait de se taire " à cause des enfants ". »

Page 432.

a. petites filles de neuf ans et de sept ans, ce ne   *ms.*

b. public, au président, à toute une salle hostile, [que le président redoute   *add. interl.*], les enfants [me déconcertent, ils   *add. interl.*] m'intimident   *ms.*

c. pauvre papa, qui avait eu l'immense malheur de perdre la foi. Quoi que   *ms.*

d. pieusement préparées. Tu obtenais tout d'Hubert en lui parlant de sa première communion qu'il devait faire l'année suivante *[trois mots add. illisibles]*. Lorsqu'ils   *ms.*

e. de Calèse, c'étaient des cantiques du collège, et tandis que je fumais mon cigare dans les allées, je voyais de loin votre groupe confus devant la porte et quand   *ms.*

f. levées vers les étoiles. Mes pas   *ms.*

1. C'est ainsi que Mauriac, enfant, entendait parler de son père; voir *Commencements d'une vie, OC,* t. IV, p. 132.

2. Autre souvenir d'enfance; voir *Commencements d'une vie, OC,* t. IV, p. 138.

Page 433.

a. dimanche, *[p. 432, 6ᵉ ligne en bas de page]* j'entendais le remue-ménage des départs pour la messe, les chevaux piaffaient. Tu avais toujours peur de la manquer [et la cuisinière était toujours en retard   *biffé*]. [Les chevaux s'impatientaient. On appelait la cuisinière qui était en retard.   *add. interl.*] | Un des enfants avait oublié son paroissien. Au retour   *ms.*

b. toute la folie chrétienne, et, j'en suis sûr d'avance, n'en seraient pas moins que tu t'étais toi-même attentifs à l'argent, à leur position dans le monde; exigeants pour les inférieurs; il y avait   *ms.*

c. une ferveur qui me touchait au lieu de m'irriter, une tendresse de cœur [pour les domestiques, pour les métayers   *add. interl.*] pour les pauvres; on disait d'elle : « Personne ne lui résiste,   *ms.*

d. cependant, attentif à ce souffle [léger   *biffé*] de ma petite fille À neuf heures, quand sa bonne   *ms.*

1. C'est à son oncle Louis Mauriac que le romancier songe ici; voir dans *Nouveaux Mémoires intérieurs,* p. 132 : « Au retour de la messe, le dimanche, nous le retrouvions encore au lit... »

2. Dans la critique du pharisaïsme, Mauriac va faire peser l'essentiel des reproches sur Geneviève et Hubert, tandis que le portrait d'Isa sera très nettement atténué; voir n. 1, p. 434.

3. Voir *Nouveaux mémoires intérieurs,* à propos de son oncle : « Un jour de 15 août, nous espérâmes qu'il assisterait à la grand messe où ma mère devait chanter la prière d'Élisabeth de *Tannhaüser.* Mais à la dernière seconde, il ne put s'y résoudre » (p. 132).

Page 434.

a. d'une portée immense. *[p. 433, 6ᵉ ligne en bas de page]* À table, je fus agacé d'abord par cette connivence que je sentais autour de moi. Hubert te posa une question au sujet de Dreyfus. Je ne sais quelle réponse tu lui fis, mais je la relevai vivement et sortis de table dans un état de vive excitation. Je fis ⟨remplir en hâte⟩ une valise [et sans avertir les enfants, *add. interl.*] et pris le train de trois heures. Je passai la journée du 15 août à Arcachon avec une femme. / Il est étrange   *ms.*

b. à courir la poste, sachant   *ms.*

c. contre lequel le charme même de Marie demeura sans pouvoir, [d'autant qu'elle me boudait parce que j'avais manqué à ma promesse. *biffé*] [D'ailleurs elle me regardait *biffé*] / Malagar 25 juillet ⟨1931⟩ / Et je commençai contre toi une guerre sans merci. Bien loin d'attaquer de front tes croyances j'eus recours à une manœuvre contre laquelle tu te trouvas d'abord désarmée = [dans les moindres circonstances *add. interl.*] je m'acharnais à te mettre   *ms.*

d. Correction. OC donne : Isa, bonne chrétienne que tu fusses,

e. Je reconnais que tu as [...] entendu ! *add. interl. ms.*

f. Mais [à cette époque *add. interl.*], les *ms.*

g. et à qui tu aurais [...] la main, *add. interl. ms.*

1. Mauriac a déjà utilisé ce détail dans *Le Mal* (voir t. I, p. 689) à propos de la mère de Fabien; le portrait qu'il trace ici rappelle d'ailleurs celui de Mme Désaymeries (*ibid.,* p. 1247) et aussi ceux de Blanche Frontenac ou de la mère d'*Un adolescent d'autrefois,* par ce mélange de charité et d'exigence, du sens de ses intérêts et de générosité.

Page 435.

a. Dans ta bouche, les avantages dont ils jouissaient se multipliaient [à l'infini *biffé*] en une énumération indéfinie : vous avez *ms.*

b. des légumes. Tu assurais *ms.*

c. malades; [tu ne les abandonnais jamais; *add. interl.*] et je reconnais qu'en général tu étais [toujours *add. interl.*] estimée, [et parfois *add. interl.*] même aimée de [tes inférieurs *biffé*] [ces gens qui [...] faibles et faciles à rouler. *corr. interl.*] Et tu professais *ms.*

d. de notre milieu, de notre génération. Mais tu *ms.*

e. dit... » Tu me [donnais toujours l'avantage *biffé*] faisais toujours cette réponse maladroite : « Il ne faut *ms.*

f. d'exemples, [tirés de la vie des saints   *add. interl.*] pour   *ms.*

g. au pied de la lettre. Avoue, ma pauvre Isa, [...] à ma façon. [Et si aujourd'hui tu soignes les cancéreux, avoue que j'y suis pour [*quelque chose   biffé*] [beaucoup   *corr. interl.*]   *add. interl.*] Ton amour   *ms.*

h. [ils dévoraient toutes tes réserves de bonté, de générosité, de sacrifices,   *add. interl.*] [tu ne voyais pas   *biffé*] [ils t'empêchaient de voir   *corr. interl.*] les autres hommes. [tes enfants   *add. interl.*] Ils occupaient toutes les issues de ton cœur. Ce n'était   *ms.*

1. Voir dans *Le Mystère Frontenac,* p. 641, pour des détails identiques.

Page 436.

a. dont j'invoquais le témoignage et que je plongeais dans un terrible embarras, parce que je ne faisais   *ms.*

b. n'essayais pas de te convaincre, ni les enfants qui connurent l'affaire [dans *Le Pèlerin   biffé*] [par les caricatures des bons journaux   *corr. interl.*] J'entends, encore la voix aigre d'Hubert : « ... douze balles, et allez donc ! » Toi et les enfants, vous formiez   *ms.*

c. par ruse et parce que j'étais plus instruit, plus habile que vous. Vous en   *ms.*

d. avec la souris. [C'est la seule soutane qu'il supporte, parce que sa méchanceté y trouve satisfaction.   *biffé*] [voilà pourquoi [...] des soutanes   *add. interl.*] »   *ms.*

1. Mauriac gardait de ces lectures un souvenir très vif; ainsi dans une polémique avec les journalistes de *La Croix :* « Votre " Bonne Presse " était seule alors à pénétrer chez nous. Ce qu'elle y apportait au plus noir de l'affaire Dreyfus, j'aurai la charité de ne pas vous en faire souvenir » (*Bloc-notes,* I, p. 207); et *Bloc-notes,* V, p. 18 à propos des « Caricatures antijuives de la " Bonne Presse " ».

Page 437.

a. avalée. [*p. 436, 4ᵉ ligne en bas de page]* [Parfois, quand la maison était vide, il se mettait au piano. Nous nous gardions alors d'aller au salon. *[Deux mots illisibles].* Je n'entends rien [...] plaisir   *add. marg.*]. Enfin, c'était une perle. / Tu te rappelles sans doute l'incident   *ms.*

b. un certain courant   *ms.*

c. fort, ce petit vieillard, onctueux, bénin, soupirant, tout fondu d'obséquiosité, la tête agitée par une approbation perpétuelle. Il venait   *ms.*

d. découché avec un de ces camarades pour suivre une série de concerts que donnait au Grand Théâtre un quatuor fameux. Bien [...] les avait surpris et dénoncés dès le second concert et ce qui mit   *ms.*

e. dans la salle. Les messieurs, la trouvaient encore plus indécente que dans *Thaïs*. L'un des délinquants [...] sur l'heure. On avait gardé l'abbé Ardouin qui était un sujet « hors ligne », tant pour le travail que pour la piété, mais il avait été retardé de deux ans *ms.*

1. Comme faisait l'oncle Louis Mauriac : « " Il s'esbignait " comme il disait, dès que le curé apparaissait au bout de l'allée » (*Nouveaux Mémoires intérieurs,* p. 132).

2. C'est un souvenir, relevé dans le *Bloc-notes,* V, p. 95 : « Je me souviens de cet abbé de mon enfance, très pieux et très candide, qui avait failli être chassé et qui avait été retardé d'une année parce qu'il avait assisté un soir, au Grand-Théâtre, à une représentation de *Faust.* » S'y mêle sans doute un autre souvenir, utilisé également dans *Le Mystère Frontenac,* voir p. 613.

Page 438.

a. du séminaire et qu'il ne me devait aucune excuse et que je lui disais de n'y plus penser. Alors, je ne l'oublierai jamais. Il me prit la main   *ms.*

b. Interrogez ma femme, mes enfants, mes confrères. Je suis un méchant et, si j'ose dire, un méchant professionnel. La méchanceté est ma raison d'être. Je n'ai jamais fait que du mal, ce que vous appelez mal. Vous vous faites un crime d'être allé en secret entendre de la musique. Mais alors que diriez-vous, si vous connaissiez ma vie... / J'avais parlé presque malgré moi. Et je sentais en même temps que j'allais haïr cet homme qui m'avait arraché cet aveu. Mais il me dit avec une soudaine autorité qu'un vrai méchant ne parle pas de sa méchanceté. / Il dit encore (je ne savais pas qu'il paraphrasait Saint Jean) : « C'est votre cœur qui vous condamne, mais Dieu est plus grand que votre cœur[1]... » / Je me souviens qu'il ajouta : Peut-être m'a-t-il fallu pour m'échapper du séminaire et courir à ces concerts, détruire une si grande grâce, trahir un si grand amour que de nous deux, c'est peut-être vous   *[add. deux mots illisibles]* qui êtes le moins coupable. » / — Je vous défie *ms.*

c. visité : « Vous allez voir les prisonniers. Vous en sauvez beaucoup. / — C'est mon métier, c'est par ambition. J'y trouve mon avantage... [Pendant un temps, j'ai payé les geoliers [...] voyez ! *add. marg.*] / — Pouvez-vous *[un mot illisible]* que vous rendez à certains des services désintéressés, que vous ne faites jamais qu'en vue du profit commercial » / Comme je ne répondais rien, il dit : / « Je ⟨vois   ?⟩ tout l'amour qui *[un mot illisible]* en chacun de nous. *[deux lignes raturées]* [Tu ne vas pas t'imaginer Isa, que je te raconte cela, pour t'attendrir et pour te persuader de me rendre justice. Cette conversation d'ailleurs tourna court, parce que   *biffé*] Je demandai à l'abbé Ardouin *[rature et reprise de la*

---

1. Première épître de saint Jean, III, 20 : « si notre cœur nous condamne... ».

phrase] : « Qu'est-ce que le mal. Pourquoi, au nom de quoi décidez-vous que le mal est le mal. » / Je ne me souviens *ms.*

1. Évangile selon saint Matthieu, xxv, 36.

Page 439.

a. vrai pourtant. *[p. 438, dernière ligne]* Je ne rapporte ⟨pas⟩ cette scène pour que [tu prennes de moi une meilleure idée, mais si tu ne l'avais connue, tu n'aurais rien compris à ma conduite dans une circonstance grave de ma vie et qu'il faut que je te rapporte maintenant. ⟨Je n'ai pas eu ?⟩ beaucoup d'autres conversations avec l'abbé Ardouin, il parlait peu et vivait dans ⟨l'amour⟩, dans le silence. Il suffisait de le regarder vivre *biffé]* Le matin, il m'arrivait de me lever *ms.*

b. sans me voir. Et une heure après, il surgissait de nouveau du brouillard [du pas d'un homme qui *[deux mots illisibles]* *add. interl.]* la marche ⟨alentie⟩ « Il est à jeun. Il est peut-être las d'avoir fait à pied ces trois kilomètres... » me dis-je. Mais je sais bien que ce n'était pas cela... Je me demande encore une fois, non : c'était l'époque *ms.*

c. plus parmi vous. Je te disais que le christianisme dans le monde moderne est « pratiquement impraticable », je n'ignorais pourtant pas que *ms.*

d. selon cet esprit, à l'insu de vous tous et dont la vertu était cachée, mais visible pour moi seul. Je me rappelle une conversation [que j'eus quelques années plus tard *add. interl.]* avec mon confrère ⟨Moris ?⟩ sénateur de la Gironde qui avait accompagné le ministre au comice agricole. C'était du temps de Combes (vous vous étiez cachés, pour assister au défilé officiel sur la place, derrière les volets mi-clos de la cure, de peur qu'on ne pût croire que vous honoriez de votre présence la venue parmi vous d'un ministre du « gouvernement infâme » [Geneviève fut même grondée pour avoir dit que le ministre avait un gentil sourire *add. marg.]* Ce jeune ministre avait déjà son [bon *biffé]* [gentil *corr. interl.]* sourire; il s'appelait Gaston Doumergue.] *[une add. interl. illisible]*). J'étonnais ⟨Moris ?⟩ en lui assurant que Combes n'arriverait à rien, que la profonde force de l'Église ne résidait pas dans ces puissantes compagnies qu'il poursuivait et dispersait, mais qu'il ne détruisait pas et dont les surgeons repousseraient toujours, *[add. interl. de huit mots illisibles]* mais même les eût-il anéanties, il existait des forces cachées, une vie secrète, invisible, contre laquelle nous demeurions sans pouvoir[1]... Mais de quoi vais-je te parler ? Ce n'est pas de cela qu'il s'agit. Ce que je vais t'apprendre maintenant va sans doute t'étonner beaucoup. Je te donne des preuves assez fortes de ma sincérité pour que tu me croies sur paroles. En 96 ou 97, tu dois te rappeler *ms.*

1. L'allusion historique était trop précise et ne concordait pas avec la chronologie : le ministère Combes, dans lequel Gaston Doumergue était ministre des Colonies, gouverna de 1902 à 1905.

e. ne comprit pas tout de suite [qu'elle avait dormi *[...]* cadavre *add. interl.*] | Je ne crois pas qu'aucun   *ms.*

f. jeune fille. Comme elle s'était laissée [...] vieillard, qu'elle avait subi le joug de ce jaloux immonde, sans manifester la moindre révolte, vous ne   *ms.*

g. du tunnel lugubre, en pleine   *ms.*

Page 440.

a. ici donné. Je pourrais faire de toi et des tiens une odieuse peinture. Mais quoi ? Il était   *ms.*

b. la famille. Vous jugiez   *ms.*

c. ni des gens. Chez nous, tous les chats étaient coupés et à certaines époques, la chienne enfermée jusqu'à ce qu'elle fût devenue raisonnable. *[quatre mots illisibles]* Et pourtant tu aimais beaucoup les animaux, mais encore une fois, tu n'avais pas d'imagination. Une femme de chambre nous quittait pour se marier, tu n'en revenais pas de son ingratitude... « Ma pauvre fille, vous êtes folle, lui disais-tu, il va vous manger vos quatre sous... [Il existait une certaine question que vous *biffé*] [Enfin la question ne se posait pas. Marinette avait la chance de se trouver veuve à trente ans avec une grosse fortune. Sa situation délicate l'obligeait à vivre très retirée *biffé*] | Il fut entendu   *ms.*

d. elle paraissait beaucoup plus jeune. Tu [étais belle mais comme un *biffé*] [avais la beauté drue et lourde *corr. interl.*] de ces pommiers après qu'ils ont donné leur fruit. Tu étais demeurée *ms.*

e. de ce vieillard. Ce jeune corps n'avait gardé aucune trace de ce qu'il avait subi d'immonde. Son visage était d'un enfant. Elle se faisait un chignon   *ms.*

f. toujours étonnée. Petite fille, elle semblait vivre dans l'ignorance de son corps adulte. La taille était si fine que je l'entourais presque de mes deux mains, mais le buste et les hanches s'épanouissaient presque monstrueusement. Les femmes [...] forcées. [Elles sont revenues aujourd'hui à la nature *biffé*] Elles ne s'élevaient pas d'un seul jet comme celle d'aujourd'hui, la ligne du corps était brisée, chaque région en paraissait, si j'ose dire, servie à part. | Je ne savais pas, te disais-je, que Marinette   *ms.*

g. un peu trop cheval échappé, disais-tu   *ms.*

Page 441.

a. bois de pins. À trente cinq ans que j'avais alors, je découvrais les fraîches sensations de l'adolescence. Le crépuscule de l'aube [gonflait *1re réd. non biffée*] [emplissait *2e réd. interl.*] nos poitrines [d'un brouillard parfumé *biffé*] [de fraîcheur *1re corr. interl. non biffée*] [d'air froid *2e corr. interl.*] Marinette tirait la langue   *ms.*

b. disait-elle [L'Abbé Ardouin [...] vignes *add. interl.*] *ms.*

c. Tes principes [...] haïe. *add. marg.*   *ms.*

d. s'irritait contre vous, j'avais vite fait de me mettre à son diapason « Ma dévote mère, ma sainte sœur seraient *[un mot illisible]* sans doute si je prenais un amant, mais elles aimeraient mille fois mieux ça tout de même que si je prenais un mari. » Oui, là je faisais chorus — mais où il m'étais [...] suivre, c'était dans *ms.*

e. qu'elle perdrait en se remariant. J'avais beau me répéter que cela me devait être indifférent que cette petite fût pauvre ou riche, que j'avais tout intérêt à parler comme elle et à jouer les grands sentiments, il m'était impossible de feindre. Je ne pouvais [...] la perte de cet héritage. J'avais beau m'y préparer d'avance, répéter ma leçon, c'était plus fort que moi : « Sept millions *ms.*

Page 442.

a. de cette fortune ! » Et comme elle m'objectait que le bonheur ⟨valait⟩ plus de sept millions, j'affirmais qu'après le sacrifice d'une pareille somme, personne au monde n'était capable d'être heureux. / « Ah ! s'écriait-elle *ms.*

b. vous appartenez bien à la même race. [Elle partait au galop, et je la suivais de loin. *add. interl.*] J'étais jugé, j'étais perdu. Tu vois, ce goût, cette ⟨passion forcenée ?⟩ m'a frustré, pendant toute ma vie. Et vous voudriez que maintenant j'y renonce ? Non, [l'argent *biffé*] [ma fortune *corr. interl.*] m'a coûté trop cher pour que je vous [la sacrifie *biffé*] [en sacrifie un sou avant le dernier hoquet *corr. interl.*] / Et pourtant *ms.*

c. son propre mouvement. Pauvre Olympe Je croirais plutôt *ms.*

d. mon nom devant elle. / M⟨alagar⟩ 29 juillet ⟨1931⟩ / Mon âpreté, elle ne la sent pas. Et comme, par esprit de contradiction, il m'arrive en famille de la défendre contre vous tous, elle [se persuade *biffé*] [croit *corr. interl. biffée.*] [se persuade *corr. interl.*] qu'elle me plaît. À travers *ms.*

e. besoin d'une avance : si un parti se présentait, il ne pourrait pas doter les petites. Je hochais *ms.*

1. Voir le retour de ce thème et de cette expression dans *Le Mystère Frontenac* (p. 556), dans *La Province* (p. 727).

Page 443.

a. à ces moments-là. Olympe elle-même devait sentir que je ne toucherai jamais à cet argent à quoi j'ai sacrifié tout le bonheur du monde. Dans ces matinées de ma trente-cinquième année, [quand nous revenions [...] sulfatées, *add. interl.*] à cette jeune femme un peu ivre de désir, je parlais de millions qu'il ne fallait pas sacrifier. L'image de cette fortune que cette petite fille négligente était sur le point de ⟨lâcher ?⟩, m'empêchait de voir, de sentir cette plante harmonieuse [épanouie et abandonnée *biffé*] [à mes côtés *corr. interl.*]. Parfois j'échappais à la hantise de ces millions menacés, mais [encore une fois *add. interl.*] c'était trop tard, elle ne pouvait plus m'aimer ; elle se moquait de moi avec une gentillesse *ms.*

b. que l'avenir de ses enfants intéresse ?... [Isa, elle, ne veut pas *[...]* sous le nez. Mais moi, je ne dis pas ça pour eux, vous le savez bien. *add. marg.*] Elle me regardait en riant : / « C'est vrai *ms.*

c. horrible. [Elle trouvait très naturel le souci qu'avait sa sœur. « Si quelque chose pouvait me *[un mot illisible]* ce serait d'avoir un enfant. Si je me mariais, il serait encore temps d'en avoir un. » *add. interl.*] Je protestais que *ms.*

d. à son bonheur. Ne pouvait-elle trouver l'amour et garder l'argent ? Elle secouait la tête avec horreur. Elle *[un mot illisible]* quoiqu'elle en pensât *[trois mots illisibles]* bourgeoise, hostile à toute espèce d'aventures, pleine de mépris pour ce qu'elle appelait la galanterie... [Et ce qu'elle souhaitait avant tout c'était d'enfanter, de mettre des enfants au monde. *add. interl.*] Et pourtant... pourtant, bien qu'elle me méprisât au fond, j'en étais sûr, lorsque après le déjeuner *ms.*

Page 444.

a. Je savais que *[p. 443, 4ᵉ ligne en bas de page]* cette femme qui était là debout ne m'aimait pas, qu'elle ne pouvait pas m'aimer, qu'en dépit d'un accord apparent, nous n'étions pas de la même race, qu'il n'y avait rien en moi qui ne lui fût odieux. Mais j'étais un homme de trente cinq ans, dans cette propriété perdue, isolée au milieu de la torpeur infranchissable des étés d'autrefois. Ce jeune être souffrant *[la fin de cette phrase jusqu'à* : vers le soleil, *est préparée par trois lignes de ratures indéchiffrables, suit une phrase de lecture difficile :]* Jamais je n'ai senti depuis, cet obscur attrait qui ne se connaît pas lui-même *[des add. illisibles]*, sans aucun alliage d'amour et c'était sans doute ce qui me plaisait. À une parole un peu tendre, je ne recevais d'autre réponse qu'une moquerie, comme si *[un mot illisible]* de la jeune femme irritée l'avait averti que je faisais fausse route. Non, ce n'était pas d'amour qu'il s'agissait. Sans doute cette petite âme *[un mot illisible]* se fût-elle révélée au moindre geste et m'aurait repoussé avec horreur. Peut-être... Nous demeurions *[...]* dans le sommeil des feuilles sulfatées. Tel était le silence que nous entendions la chute sourde d'une pêche. Et toi, Isa *ms.*

b. disait ta mère. [C'était devenu une très grosse dame placide, rouge de visage [elle avait toujours l'air *[deux mots illisibles]* une attaque, *add. interl.*] et *[un mot illisible]* qui depuis la mort de son mari jouissait de son repos. / « Quelquefois la nuit, je me réveille en sursaut, il me semble que *[prénom illisible]* m'appelle comme autrefois. Il me faut quelque temps pour me rendre compte que le pauvre chéri nous a quittés. / Donc, vous vous réjouissiez *ms.*

c. le moindre péril. Tu ne te souvenais pas d'Aix, de Luchon. Toi aussi avec le garçon appelé Rodolphe dans les nuits de l'an 83 et l'année après dans les lacets au dessus des Thermes ton bras s'entourait autour de mon cou et *[trois mots illisibles]* des larmes. Mais tu avais oublié tout cela au milieu de ta nichée. Les femmes *ms.*

d. n'éprouvent plus. Hé bien, ce péril fut extrême. Après le déjeuner au bord de la plaine où la vigne affrontait le soleil de deux heures, il est vrai *ms.*

e. sans se toucher. / Mais il y avait les nuits. Je me souviens *ms.*

f. à cause de Dreyfus. [Qu'elle était étrange *[un mot illisible]* la passion qui te dévorait ! comme tous les tiens ! Je ne savais pas que la vérité de notre mensonge, comme tu disais, dépassait toutes les vérités les plus ⟨   ⟩. Je ne savais pas que les mensonges et les faux étaient nombreux, plus nombreux que ceux que je dénonçais sans en avoir la preuve. *La suite de cette add. marg. d'une vingtaine de mots est indéchiffrable.*] Marinette, qui représentait *ms.*

Page 445.

a. et pas un autre... / — Tout cela c'est très bien, disais-tu, déconcertée. Mais avec de telles théories, il n'y a plus qu'à livrer tout de suite la France à l'étranger. Et tu parlas de Jeanne d'Arc, ce qui permit à l'abbé de tomber d'accord avec toi. Marinette et moi, nous étions *[un mot illisible]* de notre victoire. Quelqu'un fut s'asseoir sur le perron : « Oh ! le beau *ms.*

b. arbres immobiles. Elle me dit que tout était créé pour l'amour dans une nuit pareille, mais l'amour était absent, le décor vide, disait-elle. Combien d'êtres s'aimaient à la même heure, combien de visages *ms.*

c. rapprochées ! Elle parla de la complicité du ciel, de cette clarté qui pénétrait jusqu'au cœur des hommes. Je voyais [...] de ses cils. Ma main chercha la sienne sur la pierre encore chaude. Dans *ms.*

d. morte en décembre 1908 ? Que reste-t-il [...] depuis vingt-deux ans ? ⟨de sa   ?⟩ chair épanouie, je respirais l'odeur nocturne... Ceux qui croient à la résurrection de la chair, ce sont ceux qui ont vaincu la chair et ceux ⟨qui l'ont aimée   ?⟩ ne croient plus qu'elle ressuscitera. Je pris sa main, sans aucune pensée, comme j'aurais fait pour n'importe quel enfant qui aurait eu du chagrin. Et soudain, j'eus le poids d'une tête contre mon épaule. Je la *ms.*

1. Voir, pour une image proche, *La Chair et le Sang* (t. I, p. 252) : « [...] on est là comme au théâtre [...] » et, dans *Destins* (p. 143), le même paysage fait surgir les mêmes impressions.

2. Voir dans *Genitrix,* t. I, p. 602, 616, 629...

Page 446.

a. leur seule croissance *[p. 445, dernière ligne]*. J'étais là *[trois mots illisibles]* et peut-être *[quatre mots illisibles]* atteindre et *[un mot illisible]* ce cœur mourant de faim. J'avais tout mon sang-froid. Je pensai à toi, à cette vengeance magnifique, à la lutte qu'il faudrait soutenir contre cette petite innocente, qui ne connaissait même pas le nom du crime qu'elle allait commettre, le *[un mot illisible]* où elle-même serait profondément mêlée. Ce serait un jeu pour moi de le lui apprendre une fois le crime consommé. Je l'attirai hors de la zone éclairée par la lune, dans un bosquet de grenadiers, de seringas et de troènes. À ce moment-là je ne sais pas pourquoi — peut-être parce que j'entendis un bruit de pas dans l'allée des vignes, celle que prenait chaque matin l'abbé Ardouin pour se rendre à la messe — je pensai à lui et me souvins *[deux mots illisibles]* de ce qu'il avait dit de moi : Vous êtes très bon... Fût-ce cette pensée qui me décida brusquement, ou quelque mouvement du cœur ? Je ramenai *ms.*

b. avec mon mouchoir, comme j'avais fait pour toi à Super-bagnères, ou comme j'aurais fait à Geneviève ou à Marie si elles tombaient dans l'allée gravée et que je les relevais. Je lui disais les paroles que je leur aurais dites. Je feignais *ms.*

c. et dans ses larmes. Je l'appelais : « ma petite sœur... » Elle en était surprise, elle m'observait d'un regard de biais, contente *[un mot illisible]* que je me fusse mépris. Pourtant lorsque nous revînmes au salon et qu'au moment de regagner les chambres nous nous souhaitâmes bonne nuit, je crus discerner sur cette jeune figure qui se dérobait sous mon regard, une expression ambiguë de malice et de mépris. / Le lendemain, elle ne monta pas à cheval (elle resta au lit, elle était « fatiguée », comme disaient les femmes de la famille en appuyant sur le mot d'un air entendu et mystérieux.) Pour moi, je regagnai Bordeaux *ms.*

d. consultations. / M⟨alagar⟩, 30 juillet ⟨1931⟩ Lorsque   *ms.*

e. d'un tailleur gris, à peine demi-deuil. Elle regardait   *ms.*

Page 447.

a. qu'une courte fugue. *[p. 446, 4ᵉ ligne en bas de page]* La petite Marie,   *ms.*

b. ne comptait plus, pas même les millions de Marinette. Je voudrais   *ms.*

c. répondu : « Ce n'est pas la peine. Le docteur Aubrou *ms.*

d. retrouve plus. Je suis avare, je le reconnais, hé bien oui, je suis avare... Mais pas au point   *ms.*

e. et des hommes. Un de ces êtres *[un mot illisible]* qui n'aiment pas l'argent [et ce n'est pas pour le billet de cent francs qu'il m'en aurait coûté si *[quelques mots illisibles]*. *add. interl.*] Si je ne l'ai *ms.*

Page 448.

a. la seule qu'il eut l'air d'aimer un peu. Jugez un peu ce que sont les autres pour lui. Il n'a pas   *ms.*

b. [la douleur *[...]* la menace qui pesait sur nous *add. interl.*]. Nous apprîmes,   *ms.*

c. cet homme de lettres, [ce journaliste *add. interl.*] ce pauvre type rencontré   *ms.*

1. Transposition d'un texte de l'Évangile (Matth., XXVIII, 5-6), après la Résurrection.

Page 449.

a. nos enfants d'une fortune. Tu ne raisonnas pas. Tu n'as pas [eu *biffé*] [éprouvé *corr. interl.*] l'ombre *ms.*

b. injuste. Tu te confesses tous les huit jours. Dieu sait de quelles peccadilles ! et il n'est pas une seule des Béatitudes dont tu n'aies pris le contrepied ; on aurait dit que tu avais faim et soif d'injustice, tant tu accumulais les fausses raisons pour rejeter les objets de ta haine et de ta vengeance. [Dans la même journée où tu avais communié, je t'ai entendu clamer devant les enfants, à propos de Dreyfus... « Qu'importe le sort d'un misérable juif quand il s'agit du pays... » *biffé*] et à propos du mari de ta sœur *ms.*

c. Depuis : Je reconnais *jusqu'à* : hypothéquer les terres, *le texte est au verso de la page précédente avec la date du 10 août. Pour le texte, tel qu'il se présentait avant cet ajout, voir var. b, p. 451.*

Page 450.

a. J'ai été le plus fort. Les familles *ms.*

Page 451.

a. ce qu'il était impossible de dissimuler. Je pensais même à hypothéquer les terres. *ms. Tout ce passage depuis la variante c, p. 449, comporte des ratures peu lisibles.*

b. où il faut savoir se marcher sur le cœur. » / [Pourtant je reconnais que tu as été bonne pour l'enfant qu'elle laissait, le petit Luc *[deux lignes illisibles] biffé] Le texte reprenait par :* Après la mort de Marie, en octobre, je tombai malade. C'était un état infectieux qui rappelait beaucoup celui de notre petite. Si je m'en souviens c'est à cause d'une méprise assez comique dont je fus *[add. d'un mot illisible]* la victime. Je déteste de me soigner ? J'ai horreur des médecins *[Une add. marg. d'une cinquantaine de mots ébauche le récit de la rencontre avec le père de Luc ; sans doute est-elle peu antérieure au texte du 10 août.]* Enfin au bas de la page, *un autre ajout :* Et malgré cela, il m'est arrivé de me laisser prendre à vos simagrées. Une fois seulement, l'année qui suivit la mort de Marie. *La page suivante reprend par :* et des remèdes *ms.*

c. ce que je gagne peut-être ? « Cette pensée me vint, je l'avoue. Mais non tu n'aimes pas *ms.*

d. de vraisemblance. Évidemment, je *[un mot illisible]* à trouver, je brûlais, mais ce n'était pas encore cela. Arnozan te rassura. Après qu'il m'eût examiné *ms.*

Page 452.

a. celui-là au moins serait capable *ms.*

1. Dans le récit de Thérèse (*Thérèse chez le docteur*), Phili devient

en effet un « criminel » : du moins veut-il pousser Thérèse à commettre pour lui un crime, en le débarrassant de quelqu'un qui peut
lui nuire. Mauriac poursuit ainsi sa rêverie sur ce personnage.

Page 453.

a. capable de tout. *[p. 452, dernière ligne]* La vieille ⟨Respide⟩
[qui l'entretenait	*biffé*] à la fin de leur liaison, avait peur de lui ;
c'est bien connu [Et j'ai des raisons d'en savoir long là-dessus ;
elle est ma cliente.	*add. interl.*] / Isa, tu vois comme j'ai été malheu-
reux ! [Il sera trop tard *[...]* que tu en éprouveras un peu pour ton
misérable mari.	*add. interl.*] Je ne crois pas ;	*ms.*

b. de toilette. / 3 août ⟨1931⟩ / J'ai des millions et même pas	*ms.*

c. disait Hubert, comme un de ces jeunes drôles qui, un œillet
à l'oreille, rue Sainte Catherine, poussent des petites voitures de
légumes et de fruits. Il travaillait mal,	*ms.*

d. pendant les vacances, puisque son père l'abandonnait. Les
livres ne l'intéressaient guère. Dans ce pays	*ms.*

e. en serait pas venue. Vous le traitiez en étranger. Ce petit
garçon de dix ans m'intéressait plus qu'Hubert qui à vingt ans,
le cheveu déjà rare et myope [traversait les charmilles, ayant sous
le bras, un livre de ⟨Leroy-Beaulieu	?⟩ un article de Charles Gide.
biffé] [était un homme d'affaires et d'études, très occupé, *quelques
mots illisibles	add. marg.*] Si après quelques jours	*ms.*

Page 454.

a. désarmer. Ma colère ne tenait jamais contre son rire. Il trou-
vait	*ms.*

b. que ceux d'une branche qu'un souffle réveille. Geneviève	*ms.*

c. de ses forces — une des plus vives de ses sources. Entre elle
et lui, aucun intervalle n'existait qui lui eût permis de la juger, de
l'admirer, de la voir même. Je pensais	*ms.*

d. chez nous, qui faisait deux fois par an le voyage de Bayonne
pour le voir, et auquel il ne trouvait rien à dire — l'internat,	*ms.*

e. et de haine. Mais il n'avait pas le goût de souffrir, la joie
jaillissait de lui. Elle ne faisait qu'un avec sa vie. Tout le monde
ms.

f. haïssait. Tout le monde l'aimait. Au collège, on ne lui tenait
pas rigueur de ses mauvaises places. Il jouissait de certains privilèges : c'était lui que l'on chargeait de sonner la cloche et en général
de tout ce qui lui donnait l'occasion de quitter l'étude et de se
dégourdir les jambes. ⟨Il travaillait mal	?⟩ Mais il avait bon
esprit — c'est l'essentiel chez les Pères *[trois mots illisibles]* tous
les prix de chant, tous les prix de gymnastique. Tout le monde
l'aimait, même moi.	*ms.*

g. tout instinct *[deux mots illisibles]* vers la terre, dont les battements du sang étaient réglés sur le cœur du monde, ce qui me
frappa	*ms.*

h. le veux bien. Hubert a même été malade de scrupules, à une certaine époque, et il a eu une jeunesse *ms.*

i. de tout repos ? Que fût-il devenu ? La pureté *ms.*

j. dans l'herbe au soleil de l'aurore. Si je m'arrête à l'impression que j'en ai reçue, c'est qu'elle a eu en moi *ms.*

Page 455.

a. profond. *[p. 454, 3ᵉ ligne en bas de page]* Tout ce que [tes principes étalés, tes allusions, *add. interl.*] tes airs dégoûtés et tes pincements de bouche n'avaient pu éveiller en moi, rien qu'en étant lui-même, cet enfant me l'a enseigné : le sens du mal, si je ne craignais de te faire trop plaisir, je *[un mot illisible]* : le pressentiment de la chute originelle, de la blessure que l'humanité porte au flanc et que toute la création envenime, hélas ! S'il portait au cœur une invisible blessure, ce petit Luc, aucun œil humain n'aura pu la discerner. Il sortait *ms.*

b. ma difformité. / [Je vais ⟨renouveler ta haine⟩. Mais tant pis. Je te dois cet aveu : *corr. marg. d'une rature illisible*] Tout ce que je n'ai pu donner à mes enfants, ce petit étranger l'a reçu. Puis-je dire que je l'ai aimé comme mon [propre *biffé*] fils ? Non, ce que *ms.*

c. âpreté, leur attachement morbide à l'argent, cette primauté *ms.*

d. à moi-même. Sans crainte de voir surgir ma face hideuse, je me penchais sur cette source. D'ailleurs, durant *ms.*

e. le ramenaient. Il se mêlait pour moi aux autres dons de l'été, à la saison des fruits, se mêlait aux oiseaux de Calèse, comme un *[un mot illisible]*. Il était l'un des *[quelques mots illisibles]*. Il quittait *ms.*

f. les autres oiseaux. / [Il allait avoir quinze ans lorsque la guerre éclata. Je ne m'inquiétais pas pour lui. Hubert était dans les services auxiliaires. *biffé*] Était-il pieux ? *ms.*

g. substance inconnue. / Il allait avoir quinze ans lorsque *[la page finit sur ce mot, le reste est blanc. La page suivante commence par :]* 4 août. / [Entre tous les liens [...] peut-être, *add. marg.*] Il m'arriva *ms.*

h. une statue de la Vierge. Elle venait vers moi dans la charmille, elle me prenait par la main. « Papa, viens voir Notre-Dame du vieux chêne. » Je la suivais en maugréant. Elle se mettait à genoux et ne me regardait plus, [ne bougeait ⟨plus⟩ *add. interl.*] Si elle avait *[deux mots illisibles]* la flamme en atteignant sa main ne l'eût peut-être pas brûlée. Tu n'as jamais vu ta petite fille devant cette vierge sylvestre. Mais à moi, le mécréant, il m'a été donné de la voir. Hé bien, dans le fils *ms.*

Page 456.

a. à mes pieds. Comment ai-je pu sentir ces choses si fortement [après toute une existence de débauche *add. interl.*] moi qui, si je

pouvais prier, ne saurait formuler aucune autre prière que celle-ci :
« Dieu que je ne connais pas, pardonnez-moi d'être l'homme que
je suis... ! » / Aux premiers jours *ms.*

b. jette la pierre pour ton manque de civisme... [Comment
l'oserai-je ? *add. interl.*] Je ne *ms.*

c. ces parents qui en 1793 guettaient *ms.*

d. d'entraînement, tu te montrais pour lui d'une grande bonté,
tu lui envoyais *ms.*

1. La modification des dates (voir var. *d*, p. 445) montre que
l'idée de faire mourir Luc au cours de la guerre est tardive.

2. Camp près de Bordeaux ; c'est là qu'André Lafon fut mobilisé
et qu'il contracta la maladie dont il mourut, en 1915. Voir *La Vie
et la Mort d'un poète, OC,* t. IV, p. 398-399.

Page 457.

a. dans tes paroles. Tu ne pouvais pas savoir que cet homme à
tes côtés qui considérait ses enfants comme des étrangers, chérissait
cet étranger comme son fils. Un jour vint où je compris *ms.*

b. avant le départ de Luc pour le front. Lorsque le front fut
crevé au chemin des Dames, il nous quitta quinze jours plus tôt
qu'il n'était prévu. Lorsqu'il vint nous dire adieu, j'allai chercher
ms.

c. dans les feuillées... / Il était debout *ms.*

Page 458.

a. et de mépris qui me brûle encore, qui me brûlera encore à ma
dernière heure. Il ne m'embrassa pas. Nous descendîmes *ms.*

b. s'est effacée. Je pense à Maman avec l'idée que lorsque je
mourrai, elle mourra une seconde fois, qu'il n'y aura plus pour la
ressusciter aucune mémoire humaine. Moi qui déteste *ms.*

Page 459.

a. de mon pauvre enfant. / 5 août ⟨1931⟩ / Cette nuit, *ms.*

b. éclairent d'une brusque flamme, peut-être aussi par cette
[puissance de *biffé*] tendresse secrète et blessée. Avant d'écrire
ms.

c. couvre le côteau de sa promesse merveilleuse, mais il semble
ms.

d. un peu mieux moi-même. À la lueur d'une lampe, je relis cette
confession interminable. Écoute, Isa *ms.*

e. me tourmente, me harcèle, ne me laisse aucun répit. Je ne
ms.

Page 460.

a. Mais *[p. 459, dernière ligne]* l'avarice, la cruauté, l'égoïsme de
l'homme que je suis, le dénuement affreux de ce cœur pour tout ce
qui touche aux sentiments naturels et sacrés — ce don qu'il *ms.*

b. contre l'espérance obscure d'un pardon, d'un amour, d'une pitié... Vas-tu   *ms.*

c. pour nous, les pêcheurs. Tu ne   *ms.*

d. moins horrible ? L'ennemi des siens, si attaché à son pauvre argent, le débauché, tu vois pourtant qu'il existe en lui une touche secrète — le chant qui s'éveillait dès que Marie se blottissait dans mes bras,   *ms.*

e. la prairie. / Il y a des paroles de l'abbé Ardouin qui sont entrées en moi à une profondeur que je n'avais pas soupçonnée, que je retrouve intactes après plus de trente années. Par exemple, ce qu'il me dit un jour que je lui montrais Marie qui berçait sa poupée dans ses bras : « Si le ⟨démon⟩ pouvait contempler ⟨en face ?⟩ l'âme la plus ordinaire en état de grâce, il tomberait à genoux. » Et une autre fois, agacé par tes réflexions *[un mot illisible]* j'insistais *[six mots illisibles]* de tant d'hommes, et il comprit que je pensais à moi-même d'abord : « Enfin *[deux mots illisibles]* vous ne nierez pas que la nature humaine soit corrompue... » Il m'interrompit vivement : « Non, monsieur, non, pas corrompue mais blessée... » / Que n'ai-je entendu plus souvent de ces paroles qui me fendaient le cœur, — ce cœur — ce nœud de vipères ; et étouffé sous elles, saturé de venin   *ms. [au verso de la page précédente :* Ah ! surtout... ne crois pas que je *[...]* vipères.]

f. grouillement, ce nœud [indémêlable   *1re réd. non biffée]* [qu'il est impossible de dénouer   *2e réd. interl.*], qu'il faudrait trancher   *ms.*

g. *Les éditions depuis orig. donnent :* une expiable haine. *Nous corrigeons d'après ms. et Ca.*

h. cette face ? [Tous ces petits *[un mot illisible]* dans le temporel, tous ces journalistes qui attendent des mots d'ordre, qui n'ont plus de pensées propres, tous ces obéissants à qui leur obéissance profite et dont *[quelques mots illisibles]* biffé] [De quel droit *[...]* abominable.   *corr. interl.*] Isa, n'y-a-t-il dans ma turpitude, quelque chose qui ressemble davantage à cette croix, [à ce signe que tu adores ?   *add. interl.*] Ce que j'écris   *ms.*

i. notre vie, pour nous expliquer une bonne fois. Si je n'attendais   *ms.*

Page 461.

a. dur dossier. Marie, Luc, êtes-vous là ? Maman, es-tu là ? Si vous êtes vivants, ne me laissez pas mourir désespéré. Ne peut-on recommencer sa vie à la dernière minute ? / 10 août[1] / Je viens à l'instant d'avoir la preuve d'un changement dans mon cœur. Un éclair inattendu, suivi d'un sifflement de bête ; puis un fracas immense ont rempli le ciel.   *ms.*

---

1. C'est aussi le 10 août que Mauriac écrit l'ajout de la page 449, var. *c*, très directement lié au début de la deuxième partie : il s'agit des manœuvres de Louis pour priver ses enfants de sa fortune.

b. recevant sur ma tête et sur ma poitrine des grêlons énormes. Un profond instinct   *ms.*

c. m'entraîne ? [Je crois, je pourrais croire   *biffé*] Une force *ms.*

1. Le rêve est le même que celui de Thérèse Desqueyroux : se faire comprendre, être pardonné. Voir p. 28.

2. On voit ici que Mauriac, assez tôt, prévoit la conversion finale de son personnage; ce premier mouvement, il est vrai, ne fait qu'introduire une péripétie puisque Louis retrouve aussitôt après toute sa violence et toute sa haine. Sur cette évolution du personnage, voir la Notice, p. 1163. Le manuscrit donne sur ce point un texte aussi net que le roman publié : l'intention de « convertir » son héros n'est donc pas intervenue tardivement, dans une seconde version, comme on l'a dit; même si Mauriac a un peu hésité à écrire un finale apaisé.

Page 462.

a. Ni indication de partie, ni indication de chapitre dans ms., *qui commence immédiatement par :* Comment ai-je pensé

b. sans doute, j'écrivais pour moi-même[1] beaucoup plus que pour elle et que j'y trouvais   *ms.*

c. Quel jour ouvrent [...] folie ?   *add. interl. ms.*

d. [Mais non, ne parlons pas *[...]*, contre moi, si ces pages m'étaient volées.   *add. marg.*]. Maintenant ces lignes ne s'adressent *ms.*

e. mes amours de 1909. J'ai tourné court à temps, lorsque j'étais sur le point d'avouer que mon amie   *ms.*

Page 463.

a. Depuis : Je me suis cru généreux, *[p. 462,. 3e ligne en bas de page] le texte est très raturé, des phrases ont été interverties.*

b. Que peut-il comprendre à tout cela ? J'ai cru démêler que ce qui l'intéresse dans la vie, c'est le vélodrome, le cyclisme. Il joue aux courses. / Pendant ce voyage   *ms.*

c. ma défense. Un homme aussi peu littéraire que je le suis, comme il se laisse tout de même influencer   *ms.*

d. tantôt [le charme   *biffé*] [la beauté   *corr. interl.*] de Phili. *ms.*

e. ce spectre de mon aride jeunesse. [J'ai chéri Luc comme un fils qui ne m'eût pas ressemblé.   *add. interl.*] Sur un seul point, *ms.*

f. argent perdu. Sur ce point, il est mon fils. Mais ce que je représente à ses yeux dépasse son imagination. Il ne peut croire que cette immense fortune lui soit destinée. [Cela ne lui *[...]* croit pas.   *add interl.*] À vrai dire   *ms.*

1. C'est la seconde fois que cette indication apparaît sans être maintenue (voir var. *b*, p. 391).

1. C'est la seconde fois que Luc et Phili sont ainsi rapprochés (voir p. 453), sans doute parce qu'ils représentent l'un et l'autre la jeunesse et sa fascination, qui est attirance et peur.

Page 464.

a. Cette grosse *[p. 463, avant-dernière ligne]* blonde si différente de la femme que j'ai connue, qui m'a aimé peut-être, [abrutie *biffé*] exténuée par huit heures de machine à écrire, elle a peur des histoires *ms. Le texte actuel est préparé par une add. marginale puis repris au verso de la page précédente.*

b. Mais Robert et sa mère craignent [...] de plus ? *add. au verso de la page précédente. ms.*

1. Louis reprend la tentative qu'il avait faite auprès du père de Luc, avec les mêmes arrangements. L'effet de répétition est certainement voulu ; il marque le retour en arrière, la résurgence de la haine après l'apaisement.

Page 465.

a. en taxi. Peut-être sont-ils un peu inquiets à Calèse. Mais ce n'est pas *ms.*

b. conseil de guerre. Ils doivent se méfier pourtant. En tout cas, je ne suis pas encore dépisté. J'atteindrai mon but, cette fois, il le faut. Du jour *ms.*

c. de ce côté-là. / 11 août ⟨1931⟩ / C'était une calme nuit. **Dans** les intervalles de silence *ms.*

Page 466.

a. cette protestation d'Isa, je n'aurais *ms.*

Page 467.

a. ses enfants. Il est ce qu'il est, mais vous lui *ms.*

b. le respect ? [le respect ? vous allez fort. *add. interl.*] Si vous croyez que [...] famille... / — Personne *ms.*

c. Phili l'approuva : « Je pouvais, disait-il, clampser » d'une minute à l'autre. J'avais ce sale teint de cardiaque qu'il avait observé chez sa grand-mère l'année où elle mourut ; Quand je ne serai plus là il n'y aurait [...] être prises... / — Mais enfin, mes pauvres enfants, que voulez-vous faire ? Il n'y a rien à faire. / — Si, dit Hubert, il a besoin de toi, malgré tout. Il ne peut vivre seul dans l'état où il se trouve. Ce que tu as fait lorsqu'il a voulu intervenir dans notre éducation, tu peux le tenter aujourd'hui encore : lui poser un ultimatum. / — Non, non je n'aime *ms.*

d. ce que tu préfères. C'est ton premier devoir de sauver le patrimoine de tes enfants. Je ne sors pas de là. Il faut jouer notre dernière carte, tu poses un ultimatum. Qu'il te mette au courant de sa fortune et te rassure *[un mot illisible]* sur ses intentions ; sinon, tu le quittes et demandes la séparation. / — C'est bien dur, *ms.*

Page 468.

a. parlait sec, [*p. 467, dernière ligne*] de ce ton de pimbêche qui suffisait à me mettre   *ms.*

b. mon devoir de vous parler ainsi... » / Geneviève   *ms.*

Page 469.

a. rien à craindre d'un procès en séparation... / — Mais, qu'est-ce que ça fait qu'elle le perde, mon oncle ? Il n'en resterait pas moins seul dans l'état où il est... Il n'en serait pas moins obligé de mettre les pouces. Puisque de toutes façons, la fortune serait perdue, il vaut mieux jouer le tout pour le tout... / Ils discutaient maintenant   *ms.*

b. à petit coups. [Peut-être avait-elle pitié de moi, comme j'avais pitié d'elle. En dépit de tout ce qui nous séparait, nous avions cela en commun d'être des vieux, d'être les vieux.   *biffé*] Elle referma   *ms.*

c. étaient encore là. / Ils parlaient à mi-voix maintenant. Ils chuchotaient. Je n'entendais pas toutes leurs paroles. /« Je crois qu'elle a beaucoup aimé grand-père, n'est-ce pas maman ? / [— Penses-tu qu'elle a su le prendre dans les commencements, disait Phili. Tout le mal vient de là. Elle ne devait pas être toujours ⟨rigolotte   ?⟩... Quoi ? qu'est-ce que je dis ! s'exclama-t-il. Je ne lui enlève pas ses qualités.   *biffé*] — Il n'était pas de son monde, dit Janine. Il y a ça aussi. / — Et la bigoterie ! Ce n'est pas pour le défendre, bien sûr... [Au fond, ce n'est pas elle   *add. marg. jusqu'à* : la voix d'Hubert se détacha de nouveau : *var. b, p. 470.*]

Page 470.

a. fait vendre les Suez ? Parbleu, c'est pour empocher le béné-fice... Et tu nous dis ça comme si c'était la chose la plus ordinaire. / — Mais Geneviève je ne pensais pas... / — Non ! non ! quand je pense que j'aurai passé ma vie avec cet homme... / Hubert demanda à son beau-frère s'il était bien sûr de ce qu'il avançait... / — Et maman n'y a vu que du feu... / Janine intervint   *ms.*

b. Sur ce mot se termine l'addition — au verso de la page précédente — dont le début est signalé var. c, *p. 469.*/

c. peu à peu... / De nouveau ils parlaient à voix basse et je ne comprenais plus. Je me penchai dans la nuit. Quelle était cette manœuvre inconnue qu'ils préparaient à l'insu d'Isa. Il fallait que ce fût bien trouble... / — Et moi je te dis qu'elle préférerait tout à la séparation. D'ailleurs elle n'a pas ⟨voulu⟩ nous le dire, mais je crois que son confesseur ne lui permettrait pas. Du moment que la séparation   *ms.*

d. et que je retournerais [...] ouvrage...   *add. marg. ms. Les quelques lignes qui précèdent, depuis* Elle ne se produirait *sont très raturées.*

Page 471.

a. Avant : Je tendis   *en marge* : *12 août.   ms.*

b. vous voudriez... / Phili l'interrompit d'une insolence que je compris mal; un gendre d'Hubert, celui qui ne parle jamais et dont je n'avais pas remarqué la présence *[deux mots illisibles]* de sa voix aigüe : Je vous prie *ms.*

c. ma belle-mère / [— Assez, dit Geneviève, ce n'est pas le moment de nous disputer. *biffé]* [— Voyons, mon vieux, dit Phili, je plaisantais... Nous qui sommes les victimes dans cette histoire, restons copains... / Comme le gendre d'Hubert protestait qu'il avait épousé sa femme sans arrière-pensée. *[Et moi ! Alfred fit chorus : Et moi, Geneviève, tu sais que je t'ai épousée sans connaître la fortune de ton père. / — Oui, dit Geneviève, tu m'as tout de même dit un jour : Qu'est-ce que ça peut bien nous faire, puisque nous savons qu'elle est énorme. / Ils éclatèrent de rire. add. marg.]* — Moi aussi naturellement dit Phili. *[trois mots illisibles].* Je ne pensais qu'à l'amour. *[N'est-ce pas Janine ? biffé]* Mais voilà, je déteste qu'on me roule. Et vous aussi ? Hubert qui avait sa voix de conseil d'administration trancha : / « C'est une question de justice, une question de moralité qui domine tout. Nous défendons *[le patrimoine add. interl.]*, les droits sacrés de la famille. » *add. au verso de la page précédente]*. De nouveau ils chuchotaient dans le silence profond qui précède l'aube : / « Le faire suivre ? *ms.*

d. de l'équilibre, personne ne nous croira... / En tout cas *ms.*

Page 472.

a. Quant à Phili, il ignore que la vieille Respide est devenue ma cliente, que je possède un dossier sur lui dont ses lettres de jeune ⟨affamé⟩ constituent l'essentiel. La pensée ne m'avait *ms.*

b. Une étoile filante ! [...] le gravier. *ms. add. au verso de la page précédente.*

Page 473.

a. mes plans d'autrefois. [chapitre *[sic]*] Je n'éprouvais *ms.*

b. enfourcha sa bicyclette. / « Je pars pour Paris, ce soir, leur dis-je / Et comme Isa *ms.*

Page 474.

a. partir, bonne-maman, mettez-lui le marché en main. « Mais elle n'était *ms.*

b. une occasion unique. Je ⟨voyais⟩ ses pensées comme je les aurais lues dans un livre, mais elle n'en avait plus la force, ni le courage, ni même l'envie... Je remarquai *ms.*

Page 475.

a. ténébreuse, comme un souffle ⟨pur ?⟩ *[quatre mots illisibles]* [Par ce beau matin d'été, il y avait en Isa et moi la complicité de la vieillesse. *biffé]* [En vain sa fille et sa petite fille l'épiaient-elles de loin *add. interl.*] Elle était lasse *ms.*

b. Et voici que par ce beau matin d'été nous sentions entre nous le lien que crée *[sic]* une si longue lutte et la complicité de la vieillesse. [En nous haïssant *add. interl.*] nous en étions arrivés au même point, au-delà de ce promontoire où nous attendions de mourir, il n'y avait plus rien. Au moins, pour moi. À elle   *ms.*

c. entre elle et l'objet de sa foi. Le   *ms.*

Page 476.

a. à refaire. J'avais envie de lui crier : « Voilà le moment où tu pourrais être ⟨sans effort   ?⟩ logique avec ta foi. Il est facile à un vieillard qui n'a plus rien, de renoncer à tout. Mais nous attendons toujours l'avant-dernier hoquet pour faire le sacrifice de notre vie ! [Que de fois n'as-tu pas répété au sujet d'un agonisant : « Il a fait le sacrifice de sa vie avec un courage... » Et tu prenais ton air édifié. *[Quelques mots illisibles.]* biffé] | Elle tourna de nouveau   *ms.*

b. qu'ils l'imaginent. J'avais pitié d'Isa. Elle avait   *ms.*

Page 477.

a. croyais pas... | — « C'est facile à dire aujourd'hui, Isa. Tu *ms. Ça.*

b. Depuis la variante b, p. 476 jusqu'ici, il y a de nombreuses ratures de détail, dans la mise au point du dialogue.

c. notre vie, de la juger toujours sous le même angle ? Se pourrait-il   *ms.*

d. les autres, à les ramener au même type, élimination   *ms.*

e. pas ce soir, Louis[1] ? | Je crus   *ms.*

Page 478.

a. sa main à mon bras. Depuis   *ms.*

b. Dans un soir d'humilité [...] leurs traces.   *add. interl. ms.*

1. Il y a dans *Le Désert de l'amour,* une scène très proche entre le docteur Courrèges et sa femme; le même rapprochement conduit au même échec et en accentue la cruauté (voir t. I, p. 790-791).
2. Reprise inversée de l'image notée déjà p. 460. Le « nœud de vipères » est ainsi en lui et hors de lui, dans la haine qu'il porte aux autres et dans celle que ses enfants lui vouent. Une certaine sympathie à l'égard du personnage devient plus évidente dans cette seconde partie.

Page 479.

a. retournai même pas. *[p. 478, dernière ligne]* | 17 août | Ne pouvant dormir   *ms.*

b. mon pauvre enfant; il aurait eu la jeunesse que je n'avais pas vécue; je lui aurais donné de quoi régner sur sa génération. Il aurait

1. Le personnage, comme il arrive souvent dans les romans de Mauriac, change de nom (voir var. *b,* p. 398).

été le plus comblé [...] d'argent; je l'en aurais couvert. C'est de terre que sa bouche a été comblée, c'est de terre que son corps a été couvert. Ainsi allaient *ms.*

c. les épaules. Chez lui, *ms.*

Page 480.

a. risquait rien, qu'il rendait trop de services. Jamais *ms.*

b. que c'était moi... | Dites, Monsieur... *ms.*

Page 481.

a. ne paraisse pas... ou, au contraire, se faire payer très cher son témoignage... À ce moment-là, *ms.*

b. Il me serait d'ailleurs [...] m'appartient *ms.*

c. votre argent. Je serai comme votre secrétaire. Sans quoi on serait mis en défiance. | Au fait, ajoutai-je, j'ai plusieurs coffres à Amsterdam. Si vous *ms.*

Page 482.

a. demeurer à Paris *[p. 481, avant-dernière ligne]* et faire le voyage quand bon lui semblerait. | — Et si [je suis malade et *add. interl.*] meurt avant maman ? | Je lui expliquai ce qu'est un « compte joint » et il pourrait permettre à sa mère d'ouvrir le coffre. | « C'est des titres ? | — Des titres ⟨et surtout⟩ de l'argent liquide. | — Ça va... dit-il... mais je voudrais tout de même, on ne sait jamais, que vous m'écriviez *ms.*

Page 483.

a. lentement; mon cœur me faisait mal. Il parut s'en inquiéter. J'admirai *ms.*

b. de ma taille. Un peu mieux ⟨vêtu   ?⟩ aurait-il l'air *ms.*

c. qui n'en faisaient pas autant... » Je ne m'en accusai pas moins : « J'aurais dû ne pas abandonner une femme avec un petit enfant. » Il m'interrompit d'un ton *[un mot illisible]* : « Oh ! du moment que ce n'était pas le premier... » Évidemment *ms.*

d. lui dis-je. La Bourse aujourd'hui est plus dangereuse que les hippodromes. Vous perdriez *ms.*

Page 484.

a. la porte au nez *[p. 483, dernière ligne]* | À travers *ms.*

b. pareil à celui-ci où j'écris, dans ma chambre de Calèse, j'ai *ms.*

c. écriture. C'est bien moi qui ai tracé ces lignes atroces. J'en examine *ms.*

d. À peine pouvais-je [...] soulagent. *add. interl. ms.*

Page 485.

a. que les vôtres... » À mesure que je reprenais des forces, je me préoccupais davantage d'arranger définitivement mes affaires. Un matin *ms.*

b. J'avais faim et ce [...] immangeable.   *add. marg. ms.*

c. ces épaules étroites, cette tonsure   *add. interl. ms.*

d. que j'étais là. Quelle étrange rencontre ! Je n'aurais pu   *ms.*

e. pas venu sans raison, sans un motif très précis. Il n'y avait qu'à attendre,   *ms.*

f. nécessaire. Cinq minutes s'écoulèrent. Il regardait sa montre-bracelet. Je compris qu'il attendait quelqu'un. Je croyais avoir deviné   *ms.*

g. déçu lorsque je vis Alfred descendre d'un taxi. Ce petit homme falot et pacifique, avait le canotier sur l'oreille. Loin de Geneviève, il reprenait du poil de la bête.   *ms.*

Page 486.

a. dit Isa. Alfred ventru, boudiné, se décoiffa et essuya un front luisant. Chez nous, ce sont les paysans qui ont de la race. Depuis le temps que les bouviers se succèdent à Calèse, j'ai toujours vu de grands garçons minces, les pieds nus dans les espadrilles, qui marchant devant leur attelage avec la grâce et la majesté de David. / Alfred vida   *ms.*

b. éventé la présence de l'ennemi. Je saurais bien relever leurs traces. / J'attendis,   *ms.*

c. cette pauvre larve, c'était Robert. J'avais pressenti ce qui devait arriver. Je n'y avais pas arrêté   *ms.*

d. pressentir qu'il manquait d'estomac   *ms.*

Page 487.

a. une bonne pâte (d'ailleurs habile à la manœuvre, le seul de ma famille qui ne naviguât ⟨qu'avec la sonde   ?⟩ et qui ne perdit jamais d'argent.) — Mais dont l'autre   *ms.*

b. à écraser du talon ces vipères emmêlées,   *add. interl. ms.*

c. comme s'il avait eu les menottes   *add. interl. ms.*

Page 488.

a. par le geste d'Hubert... Mes yeux se posaient sur le tabernacle. « Si c'était vrai, me disais-je » il « ne ⟨nous   ?⟩ supporterait pas. Une jeune fille [qui portait   *biffé*] [de mise modeste et de figure quelconque, posa à côté d'elle   *corr. interl.*] un carton   *ms.*

b. inconnu de bonté, de pureté. Que de fois Isa m'avait   *ms.*

c. n'était pas vrai. [Rien qui ne me fut plus familier que   *add. interl.*] ce que je percevais d'ineffable sur cette face recueillie [m'était [étrangement   *biffé 1*] [mystérieusement   *corr. interl.*] familier. *biffé en définitive*] [cette bouffée de vent qui me soufflait au visage *biffé*] / 20 août / Je déjeunai   *ms.*

Page 489.

a. comme les femmes, comme les hommes, comme tous ceux [je pensais à la *[...]* des Prés   *add. interl.*] qui ne sont   *ms.*

b. prétention humaine et comme on dit du « chiqué » humain. /
Le bruit *ms.*

Page 490.

a. qu'il avait pris. Sans doute le regrettait-il déjà. Les avantages
immenses qu'il avait sacrifiés devaient lui apparaître et le hanter
maintenant qu'il était trop tard pour revenir sur la décision prise. /
Quand *ms.*

b. presque tendre. Je me sentais diaboliquement inspiré et lui
[décrivit *biffé*] [fit voir *corr. interl.*] comme seul un grand avocat
peut le faire, la vie de félicité *ms.*

Page 491.

a. qu'avez-vous Robert ? / Il était appuyé *ms.*

b. au Palais par [les clients de la partie adverse *biffé*] [l'adversaire, et qui [...] gendarme. *add. interl.*] / J'eus honte de m'achar-
ner sur cette chiffe. Je lui fis grâce. Au fond j'éprouvais *ms.*

c. sans le briser. Après tout, c'était mon fils, mon sang... [21 août.
add. marg.] Je croyais avoir adouci mon regard, mais mon regard
est plus dur que moi-même. Robert marmotta *ms.*

Page 492.

a. avaient eu l'héritage... Ah ! j'ai été bien bête ! J'ai eu bien
tort ! Je suis bien puni... *ms.*

b. autour de mon cou. « Ah ! non, criai-je, pas ça... » / J'allai
ms.

Page 493.

a. ses promesses. [Rien ne l'étonnait plus de ma part. Une divinité
[...] lui jetais. *add. marg.*] Depuis : Ma famille doit naturellement
[*p. 492, 3e ligne en bas de page*] jusqu'à la fin du chapitre, des ratures
assez nombreuses, de détail.

b. Au verso de la page précédente, une note prépare le chapitre XVII :
[*Quatre mots illisibles*] — j'avais compté sur la reconnaissance,
l'attachement — cruauté née de suprême déception. — Tout
détruit — désespoir — Attente de la mort dans la chambre d'hôtel
— Tout détruit du côté des hommes — attente de Dieu. *ms.*

c. dans le couloir. / 24 août. / Je m'appuyai contre *ms.*

d. dans le vide-poche. J'avais « crâné » pour lui, comme on dit,
j'avais feint l'indifférence. Au fond, ironie, mépris, tout ce dont je
venais d'écraser ce pauvre être, dissimulait ma déception dernière.
Il me restait ce fils inconnu. Au long de ma pauvre *ms.*

Page 494.

a. ma dernière carte. Après quoi je n'avais plus qu'à me mettre
en boule, qu'à me tourner du côté du mur pour attendre la mort.
Pendant *ms.*

b. que je ressentais. Mais ce n'était que duperie, comme les autres, je nourrissais   *ms.*

c. perdre mon argent. C'est plus fort que moi. S'il était   *ms.*

d. dans la mort. / Faire du bien. faire le bien. Les « œuvres » sont des trappes qui engloutissent tout. Des dons   *ms.*

e. des pauvres... Mais me dépouiller de mon vivant... Il le fallait. Aucune autre issue. Sortir de moi, échapper à cette ignoble et monotone tragédie, penser à d'autres qu'à mes ennemis. Mais l'horreur   *ms.*

f. ce vieillard en proie à la haine, à l'esprit de vengeance, et à une cupidité désespérée. Je suis ce que je suis   *ms.*

Page 495.

a. puisque personne [...] mon courrier   *add. interl. ms.*

b. survit à tout. *[rature illisible].* L'espérance, ce chiendent que rien ne peut extirper de mon cœur. Qu'est-ce qui pouvait venir encore ? [Qu'attendais-je ?   *biffé]* / Et pourtant ce fut ce souci   *ms.*

Page 496.

a. partout maudit ! partout on lui refusait son pain qu'il ne gagnait plus [et il était d'accord [...] de lui.   *add. interl.]* Dans combien   *ms.*

b. du matin même. / 25 août / Les deux   *ms.*

c. du soir. J'arriverai juste à temps pour les obsèques. Mon sentiment profond était la stupeur   *ms.*

d. le moindre doute, pas même un petit commencement d'espérance. Il y avait   *ms.*

Page 497.

a. mes sentiments *[p. 496, 3ᵉ ligne en bas de page]* à la nouvelle de cette mort et qui m'occupèrent jusqu'au moment où le train s'ébranla. / Alors ma pensée se fixa sur la mort. Pour la première fois,   *ms.*

b. à Bordeaux.) Je compris que je ne verrais plus jamais son visage. J'en eus du regret, un lâche soulagement   *ms.*

c. les lavabos. Je m'étais rassis sans d'ailleurs en éprouver aucune peur. Isa morte,   *ms.*

d. d'un matin pluvieux. Je n'avais   *ms.*

e. la pharmacie [26 août   *add. marg.]* où on   *ms.*

f. Depuis : jusqu'à sa chambre   *le texte est raturé, illisible. En correction interl. on lit :* puis elle avait cédé au sommeil et elle avait passé. *Le texte reprend à la page suivante par :* Alfred voulait   *ms.*

g. pour la cérémonie. Mais il m'était impossible de descendre d'auto, et de gravir un escalier sans son aide. Il dut s'y résigner. Nous pénétrâmes dans ce qui était le vestibule — entre   *ms.*

h. des yeux. L'odeur des fleurs et des cierges m'était agréable. Le dépaysement   *ms.*

Page 498.

a. immobiles étaient à genoux qui avaient l'air d'avoir été fournies avec le reste. *ms.*

b. je sombrai dans le néant. J'ai su *ms.*

c. dans la pénombre (car les volets étaient mi-clos). Geneviève *ms.*

d. coucher tout de suite. Il ne pouvait être question pour moi d'assister à la cérémonie. Je prononçai *[deux mots illisibles]* la première *ms.*

e. mon rôle dans la vieille comédie [funèbre *biffé*] [pompeuse des funérailles *corr. interl.*] éveillèrent en moi, *ms.*

Page 499.

a. emportant dans son cœur la [certitude *biffé*] [vision *corr. interl.*] de mon désespoir. Hélas ! seuls mes enfants contemplaient ce spectacle, [avec un air *biffé*] [muets *corr. interl.*] de stupeur. Ils ne m'avaient jamais *ms.*

Page 500.

a. Douze mille francs [...] pour rien. » *add. interl. ms.*

b. Je riais dans un grand silence, de ce rire qui me fait tousser. Ils baissaient la tête. Ils ne trouvaient *ms.*

c. [/Je repris, en baissant [[...]] de parler. *add. interl.*] C'est à cause de vous que je ne l'ai pas revue. /Vous étiez au courant de mes moindres actions mais *add. interl.*] il ne fallait pas que je puisse me douter. /Si vous aviez télégraphié [[...]] trahi *add. interl.*] Rien au monde ne pouvait vous décider à un geste qui aurait pu m'avertir de votre complot. Votre mère m'a demandé, m'a appelé. Ça vous était bien égal. Qu'importe ce désir d'une mourante ? Vous avez du chagrin, bien sûr. Je n'ai qu'à vous voir. Mais tout de même vous ne perdez pas le nord. « Je leur dis ces choses et d'autres plus horribles. /Ils me suppliaient [[*des mots illisibles*]] *biffé*] [Hubert [[...]] fit rasseoir. *corr. interl.*] « Ce n'est pas le moment [...] reposée. /Je vous en conjure [[...]] encore là. *add. marg.*] il faut aller vous étendre. Comment ils avaient peur encore. Je voulais me dresser. Je ne pouvais me relever. | *add. sur le verso de la page précédente.*] Hubert, livide, *ms.*

d. marcher seul, comme si j'avais trouvé dans mon triomphe, un regain de force. [La famille [...] vacillant. *add. interl.*] ⟨J'entrai ?⟩ dans la chapelle ardente où je m'accroupis sur un prie-Dieu. *ms.*

e. funèbre. Hubert affectait d'ignorer ce qui venait de se passer, m'interrogeait sur les détails du protocole [comme s'il n'avait pas entendu mes injures. *add. interl.*] Il avait cru bien faire en désignant *ms.*

Page 501.

a. le monde des affaires. Comme ma chambre donnait sur le

jardin, je n'entendis qu'à peine le brouhaha des chantres, la voix du maître de cérémonie, les réflexions de la foule. J'étais dans l'état de bien-être d'un homme *ms.*

b. responsabilité. C'était à cause d'eux [qu'Isa n'avait pas eu le temps de m'entendre, de me pardonner, de me demander pardon *biffé*] [que j'étais arrivé trop tard. *corr. interl.*] / 27 août / Tandis que *ms.*

c. des psalmodies; la rumeur allait aussi s'éloignant; peu à peu un silence profond règna dans la vaste demeure. Isa l'avait vidée [de tous les domestiques. *biffé*] [de ses habitants. Elle [...] la domesticité toute entière. *corr. interl.*] Il ne restait *ms.*

d. Ce silence [solennel *biffé*] [terrifiant *corr. interl.*] me rendit *ms.*

e. Ce lit, ce triste lit [de mon premier bonheur et pendant des nuits et des nuits *[deux mots peu lisibles]* rancœur, où mes ennemis, car ils devaient me haïr, avaient poussé là leur premier vagissement. Tant qu'Isa avait été vivante, la partie n'était pas perdue. Je me rappelais notre dernière conversation le jour de mon départ [où nous nous étions rapprochés l'un de l'autre *add. interl.*] Il s'en était fallu de peu que nous ne fussions de nouveau sur le banc de tilleul comme, en 84, sur le strapontin de la victoria. Pendant la nuit où les enfants avaient *[un mot illisible]* devant le perron du côté du nord, elle seule m'avait un peu défendu. Il avait fallu qu'ils attendissent son départ pour oser s'entretenir de leurs projets abominables. Elle était troublée à mon sujet, pour la première fois de sa vie; sa conscience n'était plus en paix peut-être. Et puis elle n'en pouvait plus de traîner après soi cette ⟨meute ?⟩ d'adultes qui la harcelaient, qui ne lui laissaient aucun répit. Deux vieillards finissent toujours par se comprendre; qu'ils résistent aux enfants ou qu'ils leur cèdent, ils sont toujours les victimes *[quatre mots illisibles]*. Je découvrais maintenant que j'avais vécu comme un condamné à mort qui croit que d'une minute à l'autre il peut recevoir sa grâce. Aujourd'hui le recours en grâce était définitivement rejeté. Il n'y avait plus qu'à mourir. Aurais-je seulement le temps de me venger ? En aurais-je seulement la force ? le désir *biffé*] / Des pas retentirent dans les escaliers puis dans le couloir. On heurta à la porte. Hubert et Geneviève *ms.*

Page 502.

a. qui avaient précédé l'attaque. / [Il y a quelqu'un qui voudrait vous voir... (et comme je protestais déjà...) Elle l'a chargé de vous dire certaines choses : c'est l'abbé Ardouin. / Il est là, demandais-je. / Ils parurent soulagés. *biffé*] Elle éprouvait *ms.*

b. de ses épaules [Quelqu'un entrebailla [...] me creuse. » *add. interl.*] Nous pleurions tous les trois. Geneviève me demanda à travers ses larmes : / « Père, qu'est-ce que tu veux manger ? Il faut manger. » / Hubert me dit *ms.*

Page 503.

a. un costume de ville dont le deuil soulignait ⟨ses manières ?⟩ toujours un peu ⟨compassées ?⟩. [Mais Geneviève *[...]* de chambre. *add. interl.*] Ils s'assirent *ms.*

b. Il n'a rien à faire qu'à observer [...] rien de lui. *add. interl. ms.*

c. fenêtres ouvertes... » / Ils se forcèrent à sourire. / « J'admets *ms.*

Page 504.

a. comme moi jusqu'au cou. Nous avions trop intérêt à croire que la folie d'après guerre durerait. Nous avions pris trop d'engagements. Ce réveil a été trop brusque. Et toutes les branches craquent à la fois. On ne peut se raccrocher *ms.*

b. *Depuis ce début de paragraphe, Mauriac reprend à l'envers le cahier achevé et écrit sur les verso demeurés blancs.*

c. se débattait-il. Il se reprit *ms.*

d. cette terreur, ces affres. Et pourquoi ? Pour cette fortune qui avait été en apparence le tout de ma vie, que je ne pouvais ni perdre, ni donner à ma guise, dont, vivant, je ne pouvais disposer et que la mort allait me ravir... Cette chose dont je me sentais soudain *ms.*

e. concernait plus. Qu'on ne me parle plus de tout cela, qu'on me laisse dormir tranquille. Hubert s'était tu et maintenant il m'épiait *ms.*

Page 505.

a. comme l'enfant qui attend une taloche... Il reprit *ms.*

b. ta volonté. Je ne répondis rien. Je me tournai vers Geneviève : « Mais toi, *ms.*

c. comprendre ça, père. Tu n'as jamais su ce qu'était la passion, l'amour. Janine en sait *ms.*

d. Tu fatigues papa, Geneviève. » / Hubert lisait sur ma figure les signes *ms.*

e. les doigts [dans cette vieille plaie inguérissable de mon adolescence *biffé*] [dans cette vieille blessure *[quelques mots illisibles]* qui s'était envenimée, qui m'avait corrompu jusqu'aux moëlles et qui au déclin de ma vie saignait encore. *corr. interl. biffé*]. « Heureux Phili ! » *ms.*

1. Cette fascination que Phili exerce sur le vieillard trouve ici son explication la plus claire. Uns sorte de jalousie; non seulement du vieillard devant la jeunesse et la beauté; mais du mal-aimé devant le séducteur. J'ai déjà noté que Phili reparaît dans les deux nouvelles consacrées à Thérèse Desqueyroux, comme si le personnage gardait au-delà du roman son attrait.

Page 506.

a. le plus égoïste des deux. / — Oh ! toi, c'est Janine et Phili, Phili et Janine, on ne sort pas de là. / — Bien sûr *ms.*

b. naguère m'eût enchanté. Que j'eusse joui des signes annonciateurs d'une bataille   *ms.*

c. n'éprouvais que de la pitié, un peu de dégoût, de l'ennui surtout. Ah ! que cette question   *ms.*

d. de faim, bien heureux si elle ne lui fait pas ingurgiter un remède dangereux. Si elle n'ajoute pas trop d'édredons au lit du vieillard malade, ne le couvre pas jusqu'à la bouche... — Père,   *ms.*

Page 507.

a. le notaire. [J'ai [de l'or chez moi   *biffé 1]* pour une grosse somme *[d'or   corr. interl.].* Vous le trouverez après ma mort. Je le garde en cas d'imprévu.   *biffé en définitive]* Hubert, fais-moi *ms.*

b. une semaine. Il tournait   *ms.*

c. une tête avide. C'était tout naturel. Il n'y avait rien là   *ms.*

Page 508.

a. à mes oreilles. Il fallait que je fasse un effort pour comprendre. Hubert insistait   *ms.*

b. que la justice, même quand nous avons usé de moyens [coupables *biffé]* répréhensibles. Nous avons été trop loin, je l'admets, mais nous ne sommes pas de mauvais enfants. » / La fatigue m'envahissait. Je leur signifiai que ma décision   *ms.*

c. le notaire. Ils virent mes yeux se fermer et gagnaient la porte. Sans tourner la tête, je les rappelai : / « J'oubliais   *ms.*

d. Sur ce mot finit le premier cahier[1].

e. Le second cahier commence ici, sans indication de chapitre.

Page 509.

a. La rente que je dois [...] de rien.   *add. interl. ms.*

b. d'une passion dont je me croyais possédé. Il me semblait qu'elle me tenait, mais il a suffi d'un geste pour qu'elle me devienne aussi étrangère que l'ivrognerie. Comme un chien aboie à la lune, [j'ai grandi, j'ai hurlé pour des fantômes *biffé]* [je me suis déchaîné contre des fantômes *corr. interl. biffée]* [j'ai été fasciné par ce qui n'existe pas. *corr. interl.]* Se réveiller   *ms.*

c. quelques semaines... Mais non, je vais bientôt mourir. L'infirmière est repartie. Amélie   *ms.*

d. Ils aiment mieux [...] l'autre.   *add. interl. ms.*

e. les plus vils. [Non, je dois effacer *[...]* la plus profonde... qui n'est pas de leur vraie nature. Nous sommes tous meilleurs que nous ne le croyons. *add. marg.]* Que pensent-ils   *ms.*

Page 510.

a. à Calèse *[p. 509, avant-dernière ligne].* Mais depuis hier me voici désarmé à jamais. Les ormes des routes   *ms.*

---

1. Voir la Note sur le texte, p. 1168.

b. la fumée [des herbes brûlées   *biffé*] [des feux d'herbe   *corr. interl.*] [et cette immense haleine de la terre qui a bu.   *add. marg.*] Nous nous   *ms.*

c. d'une destinée révolue. Dehors un beau jour vert et or de septembre bourdonnait   *ms.*

d. et ronds roussissaient comme des fruits trop mûrs. [le pâle azur s'appuyait aux   *biffé*] [L'azur [...] pâlissait contre   *corr. interl.*] les collines   *ms.*

e. Toute la description de Calèse, depuis : Les ormes des routes, *comporte de nombreuses ratures de détail.*

f. de pierre où un rateau, une pelle, une faucille sont sculptés, réunis par un ruban à une gerbe de blé. Ma mère se souvenait du vieux temps d'avant la vigne, lorsque des épis ondulaient sur ces collines aujourd'hui striées de règes. Ces cheminées   *ms.*

Page 511.

a. impénétrable. [C'était des lettres qu'elle avait brûlées.   *biffé*] Tout était   *ms.*

b. vous efforcez de lui faire du bien » — La flamme avait rongé des lignes. Je pus lire encore : « ... juger témérairement les morts — L'amour qu'il porte à l'enfant ne prouve pas que votre sœur ait été... » De nouveau, la suie recouvrait le reste, sauf une phrase *[add. une ligne illisible]* « Pardonnez   *ms.*

c. La page finit sur ce mot. Au verso de la page précédente, une esquisse : « — Non pire que les autres, je n'ai pas eu de grands mobiles pour me camoufler. / — Le *[un mot illisible]* : s'en tenir à la surface de soi-même et des autres. Je n'ai pas cherché ⟨à voir   ?⟩ ce qu'il y avait dessous. / La chose qui nous aide à creuser. Le soc qui creuse jusqu'aux ⟨sources   ?⟩ jusqu'à l'amour qui était en moi; même en moi, le monstre — et dans mes enfants. / Exemple de Phili. »

1. Cette date ne correspond à aucun événement du roman qui permettrait de lui donner une signification particulière; elle indique du moins que les sentiments violents d'Isa n'étaient pas apaisés longtemps après les incidents qui les avaient provoqués.

2. La variante *b* est à peine plus explicite. Elle laisse entendre en effet qu'Isa a cru à une aventure entre sa sœur et son mari, qu'elle a peut-être imaginé que Luc était le fils de Louis... Détail curieux puisqu'il fait resurgir, masqué comme dans *Ce qui était perdu,* (voir p. 283) à propos du vieux Forcas et de sa sœur, un thème incestueux. Voir déjà p. 446. Dans le finale primitif (voir var. *a,* p. 531), l'idée était plus clairement exprimée par Geneviève.

3. Parole que saint François de Sales entendit tandis qu'il priait à Saint-Étienne-du-Grès, à Paris.

Page 512.

a. de Sales.) *[p. 511, 3ᵉ ligne en bas de page]* « Et si votre cœur vous condamne... » Le reste était illisible. Mais je me rappelais ce verset d'une épître de Saint Jean : « Et si votre cœur vous condamne, Dieu est plus grand que votre cœur[1]... » Je demeurai longtemps sur cette poussière, mais vainement. [Je *[un mot illisible]* que des mots inintelligibles. Je m'efforçai de les déchiffrer, essayant de rapprocher des fragments, de restituer le sens, mais je n'obtins rien. *add. interl.*] Quand je me relevai je regardai *ms.*

b. de leurs fruits, elles pouvaient s'abandonner, enfin glisser au sommeil. *ms.*

c. Je marchais dans les *[rature illisible]*, baigné de rayons tièdes, emportant en moi l'image de cette Isa inconnue [luttant pied à pied contre la jalousie, contre la haine et le désir de vengeance. *biffé*] [⟨Mon   ?⟩ crime n'avait pas été l'avarice, ni la haine, ni la dureté de cœur, mais *[*l'indifférence *biffé 1]* le refus. Elle avait souffert par moi, *biffé en définitive*]. Des passions que Dieu seul avait eu pouvoir de mater ⟨secouaient⟩ cette mère en apparence *[un mot illisible]*. Elle avait été une sœur dévorée de jalousie. Le petit Luc lui avait été odieux... *ms.*

d. souffert par moi. Je jouissais profondément de savoir que j'avais eu le pouvoir de la torturer *ms.*

1. C'est la quatrième apparition de l'image; voir p. 460, 478, 487. Cette fois, l'image est à nouveau intériorisée comme elle l'était p. 460.

Page 513.

a. Ces deux paragraphes, depuis : C'était risible *[p. 512, dernier paragraphe]   comportent d'assez nombreuses ratures de détail.   ms.*

Page 514.

a. une parole de bienveillance ou d'intérêt à leur adresser. Mais je ne connaissais *ms.*

b. sa face tannée, où luisaient des yeux d'un bleu si pur et après m'avoir dévisagé, répondit d'une voix atone, mais où tenait un reproche. / — « Monsieur sait bien qu'elle *ms.*

c. annonça, plus fort que d'habitude : / « Monsieur *ms.*

d. en face de la chaise qui avait été celle d'Isa pendant quarante ans. Ici Geneviève *ms.*

Page 515.

a. quelle force ? Quelqu'un qui nous serait un lien, un lien vivant, quelqu'un *[une rature qui donne à peu près le même texte que page 516, 12e ligne :* Je revenais de la terrasse *[...] je* regardais; ils étaient tous à genoux : Isa, les enfants. Je ne voyais que des formes. *biffé*] Oui, quelqu'un en qui nous nous rejoindrions tous *ms.*

1. Dans tout ce finale, l'échec des efforts de Louis pour se tourner vers les autres, devient le mouvement essentiel qu'il faut

moins analyser, semble-t-il, sur le plan psychologique (il ne peut plus sortir de son égoïsme) que sur un plan tragique; cet échec rend plus sensible la solitude qui a toujours été la sienne.

Page 516.

a. mais il y avait aussi en moi [...] de tout amour.   *corr. interl. sur une rature illisible ms.*

b. À leur insu, [...] se voient.   *add. interl. ms.*

c. épave ensablée [...] d'une famille.   *add. interl. ms.*

1. Mauriac aimait à citer cette prière; voir *Commencements d'une vie* (*OC*, t. IV, p. 132); c'est la prière que disait sa mère tous les soirs.

Page 517.

a. s'inquiétait. Depuis la mort de Marie, cela ne m'était jamais arrivé; j'envisageais des hypothèses : s'étaient-ils   *ms.*

b. Luc, enfant [...] passages...   *add. marg. ms.*

c. Alfred et Hubert [...] obtenu.   *add. interl. ms.*

Page 518.

a. expliques-tu ça ? (Et elle [...] les yeux dilatés). Comprenne qui voudra : nous savions qu'il était une canaille, mais il ne paraissait pas bête. / Elle se colla   *ms.*

b. de ses mains. Alfred avait *[un mot illisible]* son gendre. Il ne voulait revenir ni pour or ni pour argent. / — « Et naturellement   *ms.*

c. de ce que je haïssais; plus l'ombre d'une expression convenue; comme des landes ⟨consumées⟩ où le feu ne laisse plus rien végéter à la surface du sable, ce pauvre être   *ms.*

d. l'émanciper.) [Ils avaient fermé les yeux sur ses relations avec la vieille Respide.   *add. interl.*] Et voilà   *ms.*

Page 519.

a. après ce garçon. N'allez pas raconter que vous lui avez accordé une grâce. / — Voyons, Père,   *ms.*

Page 520.

a. qui me l'a pris; *[p. 519, avant-dernière ligne]* il me l'a dit [en partant et il m'a jeté *[...]* disait vrai.   *add. marg.*] Seulement elle ne le   *ms.*

b. offert, je me l'étais payé. / Elle   *ms.*

c. la prendrait. » (Je reconnus une expression d'Isa). Sur le palier   *ms.*

d. un joli état. Ici, elle finira bien par se distraire, oublier. / [ou mourir pensais-je, ou vivre avec *[...]* égale   *add. interl.*] [et qui échappera au temps *[...]* bête fidèle.   *add. marg.*] / Je rentrai   *ms.*

Page 521.

a. Geneviève *[p. 520, dernière ligne]* entra [...] d'idées en tête. *add. interl. ms.*

b. d'entendre. [J'étais le premier *[...]* blessée.   *add. interl.*] Sans doute avait-elle cru qu'auprès de moi elle souffrirait moins. [Je reçus quelques jours plus tard Alfred. Il m'apprit que ma visite avait eu des conséquences néfastes : Janine avait écrit à son mari une lettre de folle; elle s'accusait, se chargeait de tous les torts, lui demandait pardon.   *biffé*][1]. Je marchais   *ms.*

c. Non, je n'étais pas triste [...] de mourir.   *add. au verso de la page précédente ms.*

d. Le bon gros homme [...] grand-mère.   *add. marg. ms.*

1. Souvenirs personnels du romancier qui a passé les premières années de son enfance, rue Dufour-Dubergier; il y vécut jusqu'à sa neuvième année et, lorsqu'il évoque un appartement à Bordeaux, dans *La Robe prétexte,* dans *Le Mal...* c'est presque toujours à cette époque qu'il revient.

2. Toute la fin du roman, sinon tout le roman, trouve ici son explication. Le récit de Louis n'est-il pas écrit pour atteindre enfin l'autre ?

Page 522.

a. une existence. Cette paix en moi, je la sentais vivante, agissante, [ce n'était pas un état de la sensibilité   *add. interl.*] Je n'osais lui donner ce nom, bien qu'elle me possédât comme quelqu'un.   *ms. Tout ce passage depuis :* Je couchai à l'hôtel, *[p. 521, 14 lignes en bas de page] comporte de nombreuses ratures illisibles.*

b. Depuis un mois [...] recueillie.   *add. interl. ms.*

Page 523.

a. contre les illusions de la pauvre petite. Dehors la pluie sans fin mêle   *ms.*

b. ne lui voulaient aucun mal. Mais alors, demanda-t-elle, pourquoi *[un mot illisible]* dans cette maison de ⟨tortionnaires⟩. Le médecin entrait chaque jour dans sa chambre *[sept mots illisibles].* Elle ne voulait pas croire que ce fut pour la guérir. Il ne lui laissait pas de répit. Il ramenait tout à la cause la plus basse[2]. La garde laissait traîner exprès des livres érotiques sur le lit. Elle ne la quittait ni le jour ni la nuit et lui disait des propos ignobles. Je reprenais patiemment une à une toutes ses accusations. Je lui en montrais l'invraisemblance. Il me semblait parfois que j'eusse partie gagnée. Le plus souvent je détournais ses propos sur Phili. Qu'elle le mit plus bas que terre ou qu'elle l'exaltât, j'avais *[un ou deux mots*

1. Ce passage est repris plus bas (13e ligne en bas de page).
2. Thème que Mauriac reprendra dans *Thérèse chez le docteur* (voir au tome III de cette édition) et qui constitue à ses yeux l'objection fondamentale contre la psychanalyse.

illisibles] une image grossie de cette démence inconnue de moi et pour laquelle j'eusse *La page suivante reprend par :* ne lui voulaient aucun mal. Je détourne sa pensée autant que je peux des souvenirs affreux de la maison de santé et toujours, nous en revenons *ms.*

c. m'apparaissent toujours dénués de toute signification. L'amour *ms.*

d. le plus fort, d'être celui dont l'autre a besoin. Il ne fallait pas *ms.*

e. De nombreuses ratures, à peu près indéchiffrables, depuis : Même de très loin *jusqu'ici.*

Page 524.

a. cette femme *[p. 523, dernière ligne]* aux traits [...] bête, *add. interl. ms.*

b. étrangère à elle-même *add. marg. ms.*

c. Mais la malheureuse [...] vieillard. *add. marg. ms.*

d. à tous les papillons blancs [et cette fureur qu'il avait seul pouvoir de déchaîner chez cette femme *[et ne laissait subsister de l'univers visible et invisible, biffé]* qui anéantissait l'univers visible et invisible, n'y laissait subsister qu'une bête, un mâle un peu défraîchi par la noce. *1re réd. non biffée]* [et cette fureur, cette frénésie *[...]* invisible et n'y laissait subsister qu'une bête de vingt-cinq ans, un mâle *[...]* Quelle misère ! *corr. sur le verso de la page précédente]*.

e. Je fermais les yeux [...] sommeil. *add. interl. puis marg. ms.*

Page 525.

a. sa face brûlée, répéta : « Dieu ? » — « Avec la grand-mère que tu as eue, repris-je, tu sais tout de même prier ? » Elle m'observait *ms.*

b. moquez de moi ? / — Je croyais, lui dis-je *[quelques mots illisibles]* aimer de toutes ses forces quelqu'un qui nous aime infiniment. » Elle répétait « Vous vous moquez de moi », alors que ma voix tremblait, en prononçant ces paroles qui m'étonnaient moi-même. / « Penses-tu que Phili *ms. Les ratures et additions entrelacées rendent la restitution du texte difficile.*

c. que cela n'était rien, cette caricature *ms.*

d. ce que l'on hait. Mais que s'attaquer *[sic]* en face à celui que je ne pourrais nommer, il est plus facile de s'en prendre aux *[un mot illisible]* et aux niais qui se réclament de lui et le calomnient. Mais moi *ms.*

1. Voir p. 447, 455, 461.

Page 526.

a. le regard de Luc *[p. 525, 3e ligne en bas de page]* [...] ce soir-là *add. marg. ms.*

b. Et moi j'errais [...] prostré. *add. marg. ms.*

c. enfant... [Et moi je cherchais les mots pour exprimer ce que je voulais lui *[un mot illisible.]* *biffé]* | *Suite de ratures :* [un amour inconnu] [il était trop tard pour apprendre] [je ne pouvais pas même nommer] *puis :* Je compris qu'il était trop tard pour apprendre à parler de cet amour inconnu. [Toute ma vie apparente avait ⟨coulé⟩ si loin de lui *[quelques mots raturés] Le texte actuel est en add. interl. Sur la page suivante quatre débuts de phrases esquissent une lettre de Geneviève :* Je *[un mot illisible]* que je n'ai pu arriver au bout de ce | Tu me pries de te donner mon avis sur le journal de *[quatre ou cinq mots biffés]* | Pourquoi craignais-tu mon cher Hubert que cette lecture *[quatre mots illisibles]* | Je ne vois pas pourquoi, mon cher Hubert, tu craignais que cette lecture. *La lettre d'Hubert commence à la page qui suit.*

d. pour tout ce qui [...] nos parents.   *add. marg. ms.*

Page 527.

a. en dépit de tous les horribles sentiments dont il se reconnait coupable, je n'ose dire   *ms.*

b. La parenthèse est en *add. marg. ms.*

c. si pénible pour toi. Sois forte comme je l'ai été. Bois ce calice jusqu'à la lie. Je comprends mieux aujourd'hui que cet admirable avocat d'affaires [devant le talent de qui je m'incline bien bas   *add. interl.]* ait pu devenir parfois aux assises un orateur émouvant et qui arrachait les larmes. Pour moi qui n'ai jamais eu beaucoup de goût pour cette face de son talent, je dois dire qu'il me paraît plus authentique maintenant que ces pages l'éclairent. | Mais ce dont je suis redevable   *ms.*

d. mon devoir le plus impérieux était   *ms.*

e. que tu dois d'avoir retrouvé cette fortune.   *ms.*

f. naturel l'a trahi. Ce   *ms.*

Page 528.

a. et que la Providence nous a fait découvrir.   *add. interl. ms.*

b. pu faire de mieux, le pauvre homme ! Non,   *ms.*

c. mais ici elle trouvait des arguments dont j'avoue que plusieurs me troublaient, et surtout elle me rebattait les oreilles le jour et la nuit. Elle avait fini par me convaincre qu'il n'y avait pas plus équilibré que ce   *ms.*

d. psychologue dont certaines plaidoieries font autorité dans les milieux de psychiatres... Sans doute   *ms.*

e. sans sommeil à ce sujet. | Eh bien,   *ms.*

f. d'un étranger. [Car nous avons eu le tort de trop parler de notre père au moment où   *biffé]* | Tu ne l'ignores pas.   *ms.*

Page 529.

a. [Donc, déchire ce cahier [[...]] Ce serait du propre ! Nous devons ce sacrifice à la famille honorable que nous ⟨reformons ?⟩ aujourd'hui ⟨mais qui demeura longtemps à sa merci.⟩   *add. marg.]* Mais, nous, ses enfants, *nous ne pouvons plus après avoir lu ces pages, douter de sa demi-démence. Je m'explique,* ms.

b. laissé prendre à ces vagues aspirations, à ces rêveries d'hypocondre ms.

c. flirt de jeune fille [qu'elle avait eu [[deux mots illisibles]] avant même de l'avoir rencontré, cet homme né presque dans le peuple (voilà encore une chose qui ne se sait plus, qui est oubliée : brûle ces pages) : il n'avait jamais pardonné aux Fondaudège et au monde qui est le nôtre d'être différent d'eux ; voilà ⟨*l'élément* ?⟩ *qui a nourri sa bile, qui lui a troublé le cerveau, qui l'a jeté dans des rêveries à forme religieuse vers la fin* biffé*] [a-t-il vers la fin de sa vie [...] dans son cas?* corr. marg.*] [Mais* biffé*] [Non* corr. interl.*] un homme* ms.

d. Ce faux mysticisme [...] dégoût add. interl. ms.

1. La formule se trouve déjà dans *Genitrix* : « Il existe des hommes qui ne sont capables d'aimer que contre quelqu'un » (t. I, p. 634). Elle traduit un mouvement profond chez les personnages de Mauriac, sensible dès la première nouvelle, *Le Cousin de Paris* (t. I, p. 1027), mais qui n'est plus vrai ici de Louis.

Page 530.

a. Peut-être les réactions [p. 529, dernier paragraphe] [...] malaisément add. marg. ms.

b. Je me réjouis [...] meilleures choses add. au verso de la page précédente. ms.

Page 531.

a. Cette lettre de Janine ne se trouve pas dans le manuscrit qui s'achève sur une lettre, non publiée, de Geneviève : Oui, mon cher Hubert, cette lecture m'a été pénible. Non, je ne crois pas que j'aie des raisons d'être plus blessée que les autres et que toi, en particulier. Notre père trouvait tout le monde bête. Il nous met dans le même sac. Et en somme il me semble, mon pauvre frère que c'est encore à ton sujet qu'il se montre le plus dur. [Je reste vexée de ce qu'il écrit au sujet de mon physique; car il m'admirait beaucoup ; ça je le sais. *add. interl.*] Je t'assure que j'ai lu ces pages avec un vif intérêt et sans trop de peine. Là où je ne comprenais pas, je suis bien sûre que le pauvre homme ne se comprenait pas lui-même. Il y a en tout cas, une chose que j'ai vue et qui t'a échappé. Je mettrais ma main au feu que le petit Luc était son fils [on ne m'enlèvera pas cette idée de la tête *biffé*]. Tu me diras que les dates ne concordent pas et que tante Marinette s'est mariée plusieurs mois après avoir quitté Calèse. Mais qui te dit qu'ils n'ont pas continué de se voir. On ne m'ôtera pas cette idée de la tête. Son attachement pour Luc serait sans cela inexplicable[1]. Est-ce qu'on aime ainsi les enfants des autres ? On a bien assez des siens. [Janine continue d'aller mieux;

---

1. Voir déjà n. 2, p. 511.

mais elle va à la messe tous les matins. Je trouve qu'à son âge, c'est
bien exagéré. Je n'ai pas hésité à le lui *[un mot illisible]*   *add. interl. et*
marg.] [Enfin, tout   *biffé*] ça est *[sic]* de l'histoire ancienne et
n'intéresse plus personne. Je n'ai ressenti, quant à moi, rien des
troubles de conscience que tu te vantes d'avoir eus mais en
revanche, j'éprouve une rancune contre notre père qu'au fond
j'aimais bien sans qu'il s'en doute. Je ne veux plus me souvenir
que de ce qu'il nous a laissé et je continuerai de lui faire dire des
messes. Heureusement que je suis là pour y penser. Ici tout continue
d'aller mal. On dit que la maison Percy-Larousselle est en difficulté !
Je ne voulais pas le croire : les Percy-Larousselle ! Mais sais-tu
que Maria qui est bien avec leur cuisinière, l'a vue acheter de la
viande frigorifiée. C'est un rien, mais qui en dit long. [Et vraiment
ça fait peur.   *add. interl.*] J'ai toute confiance en toi, mon cher
frère, pour que nous sortions de cette crise, sans y laisser trop de
« plumes ». / Je t'embrasse tendrement.

Page 532.

1. Ces détails, donnés par Janine, éclairent la structure de la
seconde partie; le récit n'a pu rejoindre le présent, il reste curieux
qu'aucune allusion explicite ne soit faite, dans les passages au
présent, à cette « conversion »; le plus probable est que Mauriac a
voulu, au dernier moment (cette lettre ne figure pas dans le manuscrit) enlever toute ambiguïté à l'aveu interrompu de Louis.

2. « Où est ton trésor, là est ton cœur », Évangile selon saint
Matthieu, VI, 21; selon saint Luc, XXII, 34.

3. Cette lettre n'a pas seulement l'intérêt de préciser l'évolution
de Louis; elle marque l'aboutissement de son effort : si ses enfants
ne peuvent comprendre, Janine en est capable; la confession du
vieil homme sera entendue; d'où la substitution tardive de cette
lettre à celle de Geneviève (var. *a*, p. 531) qui terminait le roman
d'une manière plus sombre.

LE DERNIER CHAPITRE
DU « BAISER AU LÉPREUX »

NOTICE

Épilogue d'un roman écrit dix ans plus tôt, ce texte est le premier
de ces retours en arrière auxquels Mauriac va se laisser entraîner
pendant cinq ou six ans. Après *Le Mystère Frontenac,* en effet, deux
nouvelles[1] et *La Fin de la nuit* reprennent le personnage de Thérèse

---

1. *Thérèse chez le docteur* et *Thérèse à l'hôtel.*

Desqueyroux; *Les Anges noirs* sont la « suite » de *Ce qui était perdu* ; le *Conte de Noël* est écrit en marge du *Mystère Frontenac* ; *Le Drôle* et *Le Rang* reviennent sur les thèmes de *Genitrix* et de *Préséances*[1]. Ainsi de 1932 à 1937 environ, un mouvement très fort ramène Mauriac à des personnages, à des situations, à des thèmes déjà traités, qu'il précise, accentue, prolonge.

On voit bien dans le cas présent qu'il a voulu donner quelque relief à un personnage un peu simple, dont les contradictions apparaissaient à peine. C'est la revanche de Noémi trop facilement résignée, asservie aux caprices d'un vieillard, mais aussi sa révolte contre le dévouement qui lui a été imposé. Au finale du roman, les mouvements « héroïques » l'emportaient aisément sur la tentation du bonheur ; les mouvements héroïques et des préoccupations plus terre à terre : la fortune à conserver ; les dernières lignes toutefois insistaient sur cette « loi plus haute que son instinct » qui guidait la jeune femme[2], la contraignait au renoncement.

L'instinct, ici, quelques instants l'emporte, dans un mouvement qui s'amplifie : du plaisir, à peine reconnu, d'irriter le vieillard, à la provocation et au désir de le voir mourir... Resurgissent aussi le rêve de bonheur jadis refusé, le souvenir du jeune médecin dont elle a détruit la vie en le repoussant : « il était devenu alcoolique... Elle savait que c'était par chagrin[3] ». Le manuscrit laisse s'exprimer plus clairement le « désir » de Noémi : « Elle aurait très bien pu ne pas l'épouser. [...] Non, non, chasse [...] ce désir. Quelle horreur[4] ! » Est-ce plus horrible — le même mot est employé — que cette joie, soudaine, « irrésistible » lorsqu'elle croit entendre un « râle » ? Les pulsions secrètes triomphent ici le temps d'un rêve ; au sens strict : « elle fit soudain comme quelqu'un qui se réveille... » Et se réveillant, elle redevient elle-même, retrouve son dévouement pour « border » le vieillard « d'un geste maternel[5] ».

Ce personnage de femme frustrée qui a sacrifié aux autres son bonheur n'est pas rare dans l'œuvre de Mauriac. La situation d'Élisabeth Gornac, dans *Destins*, est analogue à celle de Noémi ; soumise elle aussi aux caprices et aux humeurs d'un vieillard, son beau-père, et rêvant, elle aussi, d'un impossible amour. Plus souvent, c'est une mère, jeune encore, qui renonce à toute vie personnelle pour ses enfants. Le thème apparaît très clairement dans *Le Mystère Frontenac*, quoique fugitivement noté[6]. Sans doute peut-on y découvrir une rêverie du romancier sur le souvenir de sa propre mère.

Mais ce « dernier chapitre » précède *Le Mystère Frontenac* ; plus proche dans son ton et dans ses thèmes du *Nœud de vipères*, il parti-

1. Tous ces textes seront dans le tome III de cette édition.
2. T. I, p. 499.
3. P. 541.
4. Var. *a*, p. 541.
5. P. 544.
6. P. 550, 558.

cipe de la même amertume, de la même hargne. Pire encore, car
peu de personnages de Mauriac ont connu « cette joie anxieuse »,
« cette attente » de la mort de l'autre[1]. Les criminels même, Gradère dans *Les Anges noirs* ou Thérèse Desqueyroux, n'ont pas eu
ce « tremblement de joie », ni éprouvé cette « horrible », « cette
irrésistible espérance[2] ». Mais aussi, n'avaient-ils pas à venger des
années d'esclavage.

NOTE SUR LE TEXTE

Le manuscrit de cette nouvelle se trouve dans un cahier qui
contient également des fragments de *Souffrances et bonheur du chrétien,
Le Jeudi saint,* etc. Un article sur Lamennais la précède immédiatement (il parut le 15 janvier 1932); suit une préface à Hallel, publiée
également en 1932[3]. La date de rédaction est donc peu antérieure à
celle de la publication, dans *Les Annales* (sigle : *An.*), le 15 janvier
1932. Ce texte n'avait pas été repris avant les *Œuvres complètes*
(sigle : *OC*) où il figure dans le tome VI.

NOTES ET VARIANTES

Page 535.

a. rejoignit les petites filles du patronage. *ms.*

b. s'étendaient là où l'an dernier encore se dressaient les plus
beaux pins du pays, le ruisseau dont il était si difficile autrefois de
longer la rive et qui [au plus épais de la forêt *add. interl.*] se
⟨taillait   ?⟩ une route au travers des taillis de chênes et des bouquets d'aulnes, frissonnait. *ms.*

c. Noémi, bien qu'elle fût lasse, hâtait *ms.*

1. Voir « Géographie romanesque de Mauriac », t. I. p. 1400.
Une fois encore les lieux secondaires sont clairement désignés; la
promenade a eu lieu entre les deux routes qui ramènent l'une et
l'autre à Saint-Symphorien; Noémi est sortie de la forêt par l'ouest,
en croyant sortir par l'est.

2. Il n'y avait dans *Le Baiser au lépreux* aucune indication qui
permît de dater les événements du roman. Aucune allusion n'était
faite à la guerre dans ce roman écrit en 1920-1921. Ce « dernier
chapitre » doit se situer à peu près à la date de sa rédaction, fin 1931.

---

1. P. 544.
2. *Ibid.*
3. Ce cahier est conservé à la Bibliothèque littéraire Jacques-
Doucet sous la cote MRC 99.

Page 536.

a. au moment *[p. 535, dernière ligne]* où les gens mangent la soupe. Elle n'aimait *ms.*

b. au nez de musaraigne, *add. interl. ms.*

c. et que les enfants assomment *add. interl. ms.*

d. éreintantes... Sans compter ce que tu oses à peine t'avouer à toi-même... Noémi, à mesure *ms.*

e. harcèlent ; mais comme une mouche acharnée, la pensée qu'elle veut chasser, revient *ms.*

f. les frictions. Ah ! vieille carcasse ⟨puante ?⟩ ! » ah ! *[un mot illisible]* ne plus avoir ça dans sa vie. Et tout sera à elle. Évidemment *ms.*

1. Voir déjà à la fin du roman, t. I, p. 497.

Page 537.

a. de mal en pis. Sans doute *ms.*

b. maintenant, ces fameux Suédois des allumettes, ces tréfileries ! Tout de même, il en restera assez pour elle. Il ne lui en faudra pas beaucoup... On voyage *ms.*

c. de ce trou... Est-ce qu'il peut *ms.*

d. que je le haïsse ! Si ! Je l'exècre ! je le hais ! » Son sang courait *ms.*

e. de la route des maisons basses, le reflet d'une lampe, l'haleine du village, le pain chaud et le bois brûlé. *ms.*

Page 538.

a. crâne bosselé qu'il ne lavait pas par crainte des rhumes de cerveau. Mais *ms.*

b. un squelette. Elle essaya de vaincre sa répulsion et sa colère. Elle répondit doucement qu'elle allait changer de robe, se laver les mains. / « Je reviens, je suis à vous » / La promenade ⟨l'avait mise ?⟩ en appétit. Elle entra dans la cuisine et demanda *ms.*

c. deviens folle ? Je sais bien que c'est un gilet pour les pauvres, mais tout de même. C'est *ms.*

Page 539.

a. voyez bien... que je suis à bout. / Mais non *ms.*

b. folle, ma fille... vous êtes inconsciente ⟨c'est bien simple⟩. Je ne vous reproche *ms.*

c. remariée à cause de ça... qui pousserait un ouf, ce jour-là, la ⟨garce⟩... mais il était encore temps non de la déshériter, il avait promis... mais il pouvait augmenter les legs particuliers : *ms.*

1. Voir t. I, p. 497 : « Le curé [...] ne put obtenir de M. Jérôme que la clause fût effacée de ses dernières volontés qui obligeait Noémi à ne pas se remarier. » Voir aussi la dernière page du roman (p. 499). Le « vieux Gornac » dans *Destins,* a les mêmes réactions : « Pourvu qu'elle ne se remarie pas... » (p. 134).

Page 540.

a. coutume. / Cadette [...] cheminée de la salle à manger attisait le feu. [Puis elle mit [...] M. Jérôme.   *add. interl.*]. L'étoffe tendue sur les murs depuis   *ms.*

b. de girofle. / Il parut enfin   *ms.*

c. de râble... » Noémi dit : « Débouchez une bouteille   *ms.*

d. la responsabilité. » / Il était plein de désir et de peur, et en même temps furieux de l'indifférence qu'affectait Noémi. Il avait toujours eu besoin que quelqu'un veillât sur lui. Soudain, il n'y avait plus de garde fou... Il était libre de faire des imprudences. / Puisque c'est comme ça, je vais   *ms. Il y a une première rédaction plus rapide de tout ce dialogue.*

Page 541.

a. serait là encore... Elle aurait très bien pu ne pas l'épouser. On aurait jasé sans doute. ⟨Et alors   ?⟩ Non, non, chasse cette pensée, ce désir. Quelle horreur ! / « Noémi, est-ce que   *ms.*

b. incompréhensibles pour elle. [Encore [...] Montaigne. Mais quelle humiliation d'être assez sotte pour ne *[deux mots illisibles]* une histoire d'amour...   *add. marg.*] Son beau-père   *ms.*

1. Voir t. I, p. 449, 470, 480.

2. Voir t. I, p. 480, 485-486, 491-492... Les mêmes détails sont déjà notés à la fin du roman (t. I, p. 497) : « Le vieux Pieuchon avait entendu dire de son jeune confrère qu'il buvait... »

3. La variante *a* laisse apparaître un autre rêve que le romancier censure : « Elle aurait très bien pu ne pas l'épouser... »

4. C'est la lecture favorite du vieil homme (voir t. I, p. 453). Il n'était pas question dans le roman de son goût pour Stendhal, qui intervient ici pour l'effet de contraste : Noémi n'y comprend rien.

Page 542.

a. il avait horreur. On ne pouvait pousser plus loin le mépris de la femme qu'il avait hérité de ses parents [qui a disparu aujourd'hui dans la bourgeoisie   *add. interl.*], mais qu'on retrouve encore dans les familles paysannes. [*indication : p. 284 pour la citation*] / M. Jérôme faisait craquer   *ms.*

b. le sens commun... / Il ne daigna pas répondre [et marmonna pour lui-même : « C'est horrible d'entendre ça... » « Qu'est-ce qui vous oblige de l'entendre ? Il y a tant d'histoires intéressantes... » Il fixa [...] bile   *add. marg.*] et lui demanda   *ms.*

1. Stendhal, (*Romans et nouvelles,* Bibl. de la Pléiade, t. I, p. 925). La dernière phrase de la citation est peut-être choisie en fonction du contexte : ce sont également de « nouveaux sentiments qui [cherchent] à s'emparer du cœur » de Noémi.

2. Stendhal (*Romans et nouvelles,* Bibl. de la Pléiade, t. I, p. 931). On est tenté de chercher une signification dans le récit à cette citation choisie assez loin de la précédente; c'est à Noémi qu'on

pourrait l'appliquer dans sa première partie. Mais : « Vos yeux vus de près m'effrayaient... » pourrait bien traduire les sentiments de Jérôme qu'à cet instant en effet Noémi effraye...

Page 543.

   a. sa terreur et ordonna   *ms.*
   b. M. Jérôme. Elle n'entend   *ms.*

Page 544.

   a. sur ses yeux, tendit l'oreille. Ce serait moi qui... qui l'aurais voulu... il reste deux paquets de moutarde... elle prit   *ms.*

   1. Cette scène par ses détails et les images employées rappelle une scène de *Destins,* toute différente dans son intention : c'est « pétrifiée » elle aussi qu'Élisabeth regarde les deux jeunes gens s'éloigner (p. 146-147) : comme Noémi elle découvre à cet instant son « désir », son vœu le plus profond.
   2. La notation « comme quelqu'un qui se réveille » et le geste sont importants : depuis qu'elle a commencé à « rêver » à la mort de son beau-père (p. 536), Noémi est dans un état second, comme Élisabeth Gornac encore qui, elle aussi, laisse échapper son secret, avoue le désir qu'elle cache. Sortie de ce « mauvais rêve », elle retrouve aussitôt les gestes de dévouement qui lui sont devenus naturels.

LE MYSTÈRE FRONTENAC

NOTICE

On ne saurait donner du *Mystère Frontenac* une description plus nette que n'a fait Mauriac dans la préface du tome IV des *Œuvres complètes.* Ce sont, dit-il, des « mémoires imaginaires »; « [...] tout y est vrai mais c'est un roman, et tout s'y trouve sinon inventé, du moins transposé », et modifié par l' « orchestration » des thèmes. Avec lucidité, il indique aussi ce que furent ses intentions et dégage les mouvements profonds dont naquit l'œuvre :
   « J'ai conçu *Le Mystère Frontenac* comme un hymne à la famille au lendemain d'une grave opération et de la maladie durant laquelle les miens m'avaient entouré d'une sollicitude si tendre. Si j'avais dû mourir je n'aurais pas voulu que *Le Nœud de vipères* fût le dernier de mes livres [...]
   « Mais aussi à ce tournant de ma vie qui risquait d'être le dernier tournant, je remontais à mes sources. J'y baignais mes blessures.

Mon angoisse d'homme recherchait comme une angoisse d'enfant l'obscure chambre maternelle[1] [...] »

Ce livre qui s'ouvre sur la description de la chambre maternelle et se termine par l'évocation du pays de l'enfance, déjà recréé au delà de toute réalité, est dominé, en effet, par une fuite devant l'angoisse; angoisse de la mort dépassée dans l'assomption finale du « groupe éternellement serré de la mère et de ses cinq enfants[2] »; angoisse de la solitude :

« Peut-être le thème même du *Mystère Frontenac,* cette union éternellement indissoluble de la mère et de ses cinq enfants, repose-t-il sur l'illusion que j'ai dénoncée dans le reste de mon œuvre : la solitude des êtres demeure sans remède et même l'amour, surtout l'amour, est un désert[3]. »

Ce commentaire tardif, qui paraît assombrir le texte, en donne peut-être le sens véritable. Car la poésie crée cette « illusion », mais les traits sombres, amers, ne manquent pas, qui ne se révèlent que peu à peu. Et d'abord, le destin tragique que Mauriac donne aux trois frères Frontenac[4]. Il fait entrer ici, dans l'autobiographie, des éléments imaginaires qu'il faut bien appeler des « fantasmes », puisque rien dans sa vie ne les justifie et qu'on les retrouve obsédants, à travers son œuvre : la mort du frère et son échec d'écrivain. Dans *Un adolescent d'autrefois,* Laurent, le frère d'Alain Gajac, meurt jeune lui aussi et Alain sera, comme Yves Frontenac, un écrivain « raté », « l'homme d'un seul livre ». Déjà dans *Le Mal,* où les souvenirs personnels avaient quelque importance, le frère de Fabien mourait adolescent[5]. Au désir évident, tout inconscient certes, d'être fils unique, de posséder seul la mère, se mêle une rêverie de mort, dont la source est peut-être la disparition de ce jeune cousin, Raymond Laurens[6]; depuis la mort de José Ximenès[7] jusqu'à celle de Laurent Gajac, les épisodes romanesques sont nombreux qui reprennent ce thème. Le plus souvent, c'est la tuberculose qui enlève le jeune homme comme ce fut, semble-t-il, le cas pour Raymond Laurens; parfois, dans *La Chair et le Sang,* dans *Le Nœud de vipères*[8], dans *Les Chemins de la mer*[9], ou ici, il disparaît au cours de la guerre; interférence probable d'autres souvenirs.

Le sort d'Yves Frontenac n'étonne pas moins. Pourquoi Mauriac éprouve-t-il le besoin d'indiquer,, en une brusque anticipation l'échec littéraire d'Yves, « cette honte de survivre pendant des années à son inspiration[10] ». Il lui donne la vie du « vieux de Malta-

---

1. Voir p. 886.
2. P. 673.
3. Voir p. 885.
4. Voir p. 603, 611, 619.
5. Voir t. I, p. 659.
6. Voir t. I, n. 1, p. 659.
7. Dans *La Robe prétexte,* t. I, p. 190.
8. T. I, p. 326, et ici p. 458.
9. La mort de Denis Révolou est annoncée à la fin du roman
10. Voir p. 611.

verne », dans lequel il se reconnaîtra : « On dirait que j'ai forcé le destin pour ne pas être Alain Gajac[1]... » Le vieil écrivain, chargé d'honneurs, se rêve en lui, comme il se rêvait en Yves Frontenac à une époque où, dit-il lui-même, avec un peu d'ironie : « Je montais au zénith de la littérature, plus pavoisé qu'une montgolfière[2]. » Il y a des reprises du thème de l'écrivain « épuisé » dans le personnage de Marcel Revaux qui « n'écrit plus rien depuis longtemps[3] » ou inconnu avec Pierre Costadot, l' « enfant-poète » à qui Mauriac « confie » ce poème d'*Atys* qu'il est en train d'écrire[4].

Une première explication, un peu simple, apparaît : ces personnages — qui sont des « poètes » — disent les regrets que Mauriac n'a jamais cachés de voir méconnue sa poésie; les plus grands succès ne compenseront jamais tout à fait cet « échec ». Au-delà on devine d'autres explications plus profondes : une sorte de crainte devant le succès et une peur de l'échec (elles ne s'excluent pas, au contraire), dont l'origine remonte à l'enfance, à une éducation janséniste et à ce sentiment, si souvent confié, de n'être destiné ni au succès ni à l'amour... C'est l'une de ses angoisses d'enfant qui resurgit ici et s'incarne, comme elle resurgit dans tous les « mal-aimés ». C'est aussi, héritée de sa mère, renforcée par son éducation, cette « vieille idée chrétienne » qu'il faudra « payer » cette gloire[5]. Et il n'est pas impossible que, vers 1932, la grave maladie qui l'atteint, ne lui ait obscurément paru être une menace, une revanche du sort.

Mais pourquoi faire peser également une sombre destinée sur Jean-Louis, celui des enfants Frontenac qui échappe à la passion et au désordre ? En quelques lignes s'ébauche pour lui un avenir difficile de crises morales, de chagrins et de catastrophes matérielles, comme s'il fallait que à lui aussi la réussite échappe[6]. Et, lui confiant cet autre aspect de sa vie, les préoccupations sociales du Sillon, pourquoi en montrer si cruellement l'échec et laisser la victoire à Dussol[7] ?

Il y a quelque acharnement dans cette attitude, et plus encore dans l'insistance avec laquelle le texte évoque José agonisant « le ventre ouvert, au long d'une interminable nuit de septembre, entre deux tranchées[8] » ou décrit les souffrances amoureuses d'Yves[9].

---

1. *Bloc-notes*, V, p. 205.
2. *Nouveaux Mémoires intérieurs*, p. 162.
3. *Ce qui était perdu*, p. 274.
4. Dans *Les Chemins de la mer*.
5. Voir *Journal d'un homme de trente ans*, OC, t. IV, p. 271.
6. Voir p. 603.
7. La manière dont Jean-Louis voudrait conduire sa maison de commerce rappelle les préoccupations sociales exprimées dans *L'Enfant chargé de chaînes*. Mais les ouvriers ne le comprennent pas.
8. Voir p. 651.
9. Qu'il y ait une sorte d'échec, au moins une distance entre le dessein et l'œuvre achevée, Mauriac le note dans un article, non repris : « Le roman bourgeois » (*Écho de Paris*, 8 octobre 1932) : « J'écris les derniers chapitres d'un nouveau récit que, par opposition

À travers ces trois personnages se développe une rêverie sur trois attitudes affectives que les romans peignent par ailleurs : l'amour conjugal, le désir, la passion jalouse. Il est trop facile de faire des rapprochements entre Yves Frontenac et ce Louis dont deux nouvelles décrivent les tourments de jaloux. Il y a de profondes ressemblances entre *Insomnie* et la seconde partie du *Mystère Frontenac* ; même peinture de l'amour-souffrance et même fuite vers cette « terrasse plantée de charmilles » et l' « ombre épaisse et glacée des aulnes[1] », vers l'enfance, Malagar ou Saint-Symphorien, où « tous lui sourient avec la même tendresse sans ombre que dans ces pures années[2] ». L'amour « révèle » la solitude et impose ce retour. *Coups de couteau* qui appartient au même cycle, oppose encore, comme *Le Mystère Frontenac*, cette « mortelle folie » à l'amour apaisé. José, lui, connaît la frénésie que montre Raymond Courrèges, dans *Le Désert de l'amour*, tandis que Jean-Louis fait penser à certains personnages en retrait — ils sont peu « romanesques » — un Prudent Gornac, par exemple; ils aiment et ils sont aimés, « pauvre bonheur » qu'Yves contemple « avec mépris et avec envie[3] ».

Mauriac a dit qu'il avait ici « brouillé les clichés[4] ». Ni Jean-Louis ni José ne ressemblent à l'un de ses frères; il a seulement retenu quelques traits qu'il mêle en des portraits composites. Jean-Louis emprunte un peu à son frère Pierre, et aussi à Raymond que « la stupide loi qui gouvernait les familles bourgeoises de ce temps-là » contraignit à pratiquer « toute sa vie un métier pour lequel il n'était pas né[5] ». Mais c'est plus encore le souvenir de son père qui intervient, auquel on imposa de reprendre l'affaire paternelle alors qu'il « n'aimait que les livres et que les idées[6] ». D'ailleurs, il porte d'abord son prénom : Jean-Paul, changé au cours de la rédaction.

À José, on ne voit pas de modèle. Son prénom : Joseph, à l'origine, le rapproche d'un personnage du *Mal*. Et c'est le souvenir de *Carmen* qui fait modifier ce prénom pour l'accorder à son caractère passionné[7]. Il porte les rêves de fuite qui apparaissaient, par instants, dans les premiers romans et que, peut-être, Mauriac prêtait à ce frère qui rêvait lui aussi d'écrire et que la famille avait condamné à la procédure.

---

au *Nœud de vipères*, j'aurais voulu appeler *Le Nid de colombes*, si Catherine Mansfield n'avait déjà pris ce titre. Mais en voulant peindre le mystère d'amour d'une bonne famille de chez nous, j'ai senti, à chaque instant, l'objet que je poursuivais se dérober sous ma main, et fuir entre mes doigts cette eau toute pure que je voulais capter. » La « dramatisation » qui intervient donne au récit son équilibre.
   1. P. 270.
   2. *Ibid.*
   3. P. 603.
   4. Dans la préface aux *Œuvres complètes*, p. 886.
   5. *Bloc-notes III*, p. 397.
   6. *Ibid.*
   7. Voir var. *c*, p. 621.

Nous savons peu de choses des autres personnages. Les connaî-
trait-on mieux, ce ne serait que par des faits, et ils n'éclaireraient pas,
seules importantes, les impressions de l'enfant. Le rapide portrait
tracé de Louis Mauriac dans les *Nouveaux Mémoires intérieurs* nous
offre de lui une toute autre image; moins tendre; non plus d'un
oncle pour qui seuls comptent ses neveux, mais d'un vieil homme
qui fait son devoir, en s'occupant de leurs propriétés et en leur
donnant un peu de son temps; « attendant que la semaine fût passée
qu'il consacrait aux enfants de son frère[1] ». *Le Mystère Frontenac*
lui prête une attitude bien différente, un attachement passionné pour
son frère, qui rejaillit sur ses neveux, un sens aigu, « mystique », de
la famille. Certains détails toutefois sont empruntés directement à la
réalité : l'anticléricalisme, quelques manies, des gestes que l'enfant
avait remarqués...

L'aventure de Xavier et de Joséfa est-elle authentique ? l'affirmation de la préface le laisserait croire. Mais on y devine surtout
une rêverie autour de cet oncle indépendant, libéré du « matriarcat
qui était la loi de la tribu[2] ». Cette aventure prend une grande
importance dans ce récit, et très tôt, jusqu'à constituer une seconde
« intrigue ». Racontée avec tendresse et humour, elle éclaire le
« mystère Frontenac » puisque Xavier ne cache Joséfa que par
fidélité à une certaine « idée » de la famille. Elle constitue aussi un
autre volet dans cette peinture de l' « amour », qui est ici une
soumission née de la timidité et renforcée par l'habitude. La tendresse n'exclut pas la férocité caricaturale, dans le portrait de
Joséfa, à peine atténuée, dans celui de Xavier. Teinte qui donne au
tableau les ombres nécessaires et montre mieux que ce texte est
écrit pour « sauver » le passé; les ridicules se fondent dans la poésie
et Joséfa, elle-même, finit par entrer dans le « mystère Frontenac[3] ».

Il est assez probable que Mauriac a imaginé le destin de Xavier
Frontenac d'après celui, authentique, de l'oncle Péloueyre. Il y
insiste car un mouvement essentiel exigeait qu'aux diverses générations, les êtres vivent les mêmes aventures. De même que le
grand-oncle Péloueyre et l'oncle Xavier connaissent des vies amoureuses identiques, le même « roman d'amour fraternel[4] » se joue
aux deux générations. Ainsi est assurée cette continuité sur laquelle
repose le récit : l'hérédité, si souvent utilisée comme une excuse
à la faute d'un personnage, est ici source de l'espérance et du salut.

Elle a la même importance, dans une rêverie plus « autobiographique » sans doute, sur le père. Très nette déjà dans *La Robe
prétexte* où des emprunts lui enlevaient un peu de sa vérité, elle
n'apparaît guère par la suite dans les romans : l'image du grand-père

1. *Nouveaux Mémoires intérieurs*, p. 132.
2. *Ibid.*, p. 133.
3. P. 670.
4. Voir Claude Mauriac, *La Terrasse de Malagar*, p. 56 : « Papa
dit de sa nouvelle œuvre que c'est le *roman de l'amour fraternel.* »

Mauriac qui intervient souvent tend à la masquer : dans *Genitrix,* dans *Destins...* c'est à lui que Mauriac emprunte les détails qui donnent vie au personnage. Cette rêverie apparaît, telle que la laissent soupçonner *Commencements d'une vie* ou les *Nouveaux Mémoires intérieurs* : « L'idée que je me faisais de mon père que je n'avais pas connu, d'après ce que j'en entendais dire, était celle d'un être très fin, très timide, ami des livres, ennemi des affaires auxquelles il était condamné. Ces traits me le rendaient cher[1]. » Il y cherche ici un modèle et, par une série de notations, identifie Yves à son père : « Sa voix monotone eût fait frémir l'oncle Xavier, tant elle rappelait celle de Michel Frontenac[2]. » Et encore : « Personne ne saurait jamais, sauf son ange, comme il ressemblait alors à son père, au même âge[3]. » C'est d'ailleurs le seul personnage peint ou évoqué dans le récit dont l'image ne comporte aucune ombre.

Celui de la mère soutient une autre rêverie, plus tardive sans doute, même si les origines en sont anciennes, et il ne semble pas que Mauriac l'ait jamais reprise de cette manière. Blanche Frontenac, toute consacrée à ses enfants, n'en connaît pas moins la nostalgie d'un autre bonheur, car c'est « une jeune femme solitaire, capable d'éprouver de la tristesse, du désespoir », « une jeune femme ardente, un cœur brûlant[4] ». On voit comment de cette rêverie ont pu naître ces personnages, si nombreux, de femmes vieillissantes qui soudain deviennent amoureuses. Une des anxiétés secrètes, inconscientes peut-être, du jeune enfant a pu être la crainte que sa mère ne se remarie.

Les détails authentiques doivent être nombreux dans le portrait de Blanche Frontenac : son « agressivité » à l'égard de son beau-frère, son anxiété, sa tendresse dominatrice... se retrouvent dans les *Nouveaux Mémoires intérieurs*. Les impressions sont les mêmes, à travers le temps, et sont passées directement dans le récit romanesque.

Le plus souvent du moins, car la recréation de l'enfance, dans *Le Mystère Frontenac*, a des exigences qui ne sont pas autobiographiques. Peut-être y a-t-il plus de vérité « historique » dans *La Robe prétexte* et psychologique, dans *Le Mal* ou dans *Un adolescent d'autrefois*. Un détail en effet dénonce une contradiction, indique une reconstruction. Dans le milieu familial, l'influence la plus forte s'exerçait du côté maternel — au moins dans l'enfance —, entraînant une sorte de séparation. « Oncle Louis [...] appartenait à une autre espèce que ma mère[5]. » Que ce soit elle qui l'ait emporté, on n'en peut douter. *Le Mystère Frontenac* ordonne autrement la vie. Mais

1. *Nouveaux mémoires intérieurs*, p. 130.
2. P. 610.
3. P. 591. C'est à propos de ses poèmes et du goût pour la poésie que sont faits ces rapprochements, comme si son père était à l'origine de son talent littéraire.
4. P. 549-550.
5. *Nouveaux Mémoires intérieurs*, p. 132.

peut-être atteint-il une autre réalité, moins consciente. La vie est du côté maternel, la légende du côté Mauriac. Et elle a tellement plus d'importance. Dans l'œuvre romanesque, c'est le grand-père Mauriac, l'oncle Péloueyre, les arrière-grands-parents de Jouanhaut et ceux de Villandraut... qui sont peints le plus souvent. En vain chercherait-on et même dans les textes autobiographiques de Mauriac, le nom de famille de sa mère, alors que l'on peut y reconstituer la généalogie des Mauriac sur quatre générations.

Les personnages intéressants ne manquaient pas pourtant de ce côté, curieux ou mystérieux, comme cet oncle disparu[1] ou ce grand-père qui fuyait la conscription napoléonienne[2]... Ils servent un peu, ici et là, dans les premiers romans, et disparaissent très vite; tandis que l'oncle Péloueyre et le grand-père Mauriac renaissent d'une œuvre à l'autre, indéfiniment. Du côté maternel demeure l'image de la « Genitrix » toute-puissante, mère ou grand-mère, et elle seule. Et peut-être est-ce contre cette image dominatrice que s'établit ici une défense, par le recours à l'oncle Louis et à l'image du père.

Les modifications de la chronologie ne sont pas moins notables; les deux événements essentiels : la mort de la mère et celle de l'oncle, sont intervertis; car c'est la mort de Xavier qui marque la fin du « mystère Frontenac[3] ». Un resserrement s'est aussi produit, pour des raisons purement dramatiques, sans doute : Yves n'a guère dépassé vingt ans lorsque meurent Blanche Frontenac et l'oncle Xavier. Mauriac avait quarante-quatre ans lorsqu'il perdit sa mère. Le manuscrit montre à quel moment est apparue cette exigence; à la fin de la première partie, dans le raccourci qui évoque la vie d'Yves Frontenac, bien au-delà d'ailleurs de la fin du roman, c'est à vingt-quatre ans qu'il part pour Paris[4]. Mauriac supprimera cette précision que contredit le début de la seconde partie : Yves vit à Paris et il n'a que vingt ans. Mais il laisse subsister une autre contradiction moins apparente : une allusion à une « grande guerre » encore lointaine[5]. Mauriac suit sans doute encore la chronologie réelle; Yves a son âge, quinze ans, en 1900. Le début de la seconde partie se situerait en 1905, mais le chapitre XVII est daté de 1913; toute la chronologie s'ordonne alors d'une autre manière, saute brusquement sept années : Yves a vingt ans en 1912. C'est que Mauriac a besoin de la guerre, comme d'une menace qui pèse sur ses personnages, plus particulièrement sur José.

1. *Nouveaux Mémoires intérieurs*, p. 136.
2. Voir *La Robe prétexte*, t. I, p. 95.
3. La mère de François Mauriac est morte le 24 juin 1929 et son oncle Louis Mauriac le 18 mai 1925 (C. Mauriac, *La Terrasse de Malagar*, p. 530).
4. Var. c, p. 611.
5. P. 611 : Yves survivrait « des années à son inspiration », « ce drame, il l'exprimerait [...] dans un journal qui serait publié après une grande guerre ». C'est la fin de la première partie. Ces indications concordent avec la chronologie « réelle » : cet épisode se situerait en 1900 ; mais ne conviennent plus si l'on adopte les dates fixées ensuite qui le placerait en 1907 ou 1908.

Cette rupture dans la chronologie marque le moment où Mauriac prend conscience de la structure d'ensemble; on peut le supposer du moins. Le plan noté dans le manuscrit, au début du chapitre v, ne va pas au-delà de la première partie. Le récit aurait pu se terminer là, sur ces images de l'enfance perdue : « Et aucun des Frontenac, cette nuit-là, n'eut le pressentiment qu'avec ces grandes vacances une ère finissait pour eux[1]... » L'évocation en perspective de la vie d'Yves en serait la conclusion naturelle. La seconde partie reprend sur un tout autre mouvement; après le paradis de l'enfance, la tentative de l'impossible retour. Sur un tout autre rythme narratif aussi, limitée très vite à une alternance Jean-Louis/Yves et nourrie d'autres souvenirs, moins lointains : la mort de la mère, la maladie et la crise même que traverse Yves Frontenac. Le manuscrit fait penser que Mauriac a été tenté d'achever le récit, au cours de cette seconde partie, après l'enterrement de Blanche Frontenac[2].

Ce manuscrit, fort intéressant, ne nous restitue pas vraiment toutefois la genèse du texte. Il laisse apparaître l'absence de plan, une liberté d'écriture qui suppose une reprise systématique. D'une manière aussi évidente que, dans *Le Nœud de vipères*, Mauriac cède au mouvement immédiat, plutôt qu'il ne tente de dominer son texte. À la limite, il écrit de premier jet un chapitre entier pour faire surgir les thèmes et les images, et le chapitre achevé, établit un plan pour ordonner dans le détail les divers éléments et alléger le mouvement.

Cet « allégement » est l'un des traits essentiels dans le passage des « brouillons » au texte définitif. La concision que Mauriac mettait au compte de la paresse y apparaît mieux encore que dans les romans précédents comme le fruit d'un patient effort. On voit que Mauriac se laissait entraîner au plaisir de noter un souvenir, de poursuivre une rêverie... Ainsi disparaissent une scène d'enfance[3], un portrait de sa grand-mère, de sa mère[4], ici et là, des détails qu'il avait notés pour son propre plaisir[5]... Souvent, la suppression intervient pour accentuer le rythme de la phrase, au dépens d'un souvenir, d'un détail descriptif[6]... Ou encore disparaît ce qui, dans la première rédaction, laissait voir la naissance de l'image, dans un mouvement un peu lent[7].

Ces suppressions modifient peu les intentions du texte. On note, toutefois — quelques autres corrections vont en ce sens — que

1. P. 610.
2. C'est seulement après le récit de l'enterrement de la mère qu'il reprend un second cahier pour poursuivre la rédaction. Le manuscrit du *Nœud de vipères* offre, pour des raisons analogues, semble-t-il, la même particularité. Voir la Note sur le texte, p. 1245.
3. Var. *b*, p. 551.
4. Var. *c*, p. 560 ; var. *d*, p. 608.
5. Var. *c, d*, p. 621 ; var. *a*, p. 626 ; var. *b*, p. 627...
6. Var. *a, c*, p. 553 ; var. *d*, p. 567 ; var. *b*, p. 568.
7. Var. *a*, p. 570 ; var. *d*, p. 599...

Mauriac reprend la description de la chambre maternelle pour la rendre moins conforme à la « réalité »[1], comme s'il avait senti la nécessité de passer de l'autobiographie aux « Mémoires imaginaires[2] ». Certains détails avaient été notés déjà dans *Commencements d'une vie ;* mais c'est moins la reconnaissance par le lecteur dont Mauriac se défend, que du mouvement qui figerait le texte en le liant à la réalité du souvenir.

NOTE SUR LE TEXTE

MANUSCRITS

Le manuscrit du *Mystère Frontenac*[3] est composé de deux cahiers l'un est de grand format (30/18,5 cm) de 46 feuilles écrites au recto; les versos portent quelques ajouts et ceux des cinq dernières pages ont été écrits à l'envers. Le second, de format écolier, cartonné, est inachevé; 46 feuilles ont été utilisées au recto[4]. Au dos d'une enveloppe glissée dans ce cahier ont été copiés les vers en patois landais de la page 591. Le premier cahier porte sur la couverture : FRONTENAC / L'Union des branches ? / L'emmêlement des branches. / Les branches confondues. Le second : [Le Mystère *biffé*] Frontenac.

ÉDITIONS

Le Mystère Frontenac a été publié dans la *Revue de Paris,* numéros du 15 décembre 1932, des 1er et 15 janvier, 1er et 15 février 1933 (sigle : *RP*). L'édition originale a paru chez Grasset, « Pour mon plaisir », VIII, en 1933, (sigle : *orig.*) Repris la même année dans la « Bibliothèque Grasset », souvent réimprimé, cet ouvrage figure dans le tome IV des *Œuvres complètes,* avec les œuvres autobiographiques (sigle : *OC*).

Le texte suivi est, comme pour l'ensemble de l'édition celui des *Œuvres complètes ;* nous avons toutefois été amenés à faire quelques restitutions d'après l'original, confirmées par le manuscrit et la *Revue de Paris* (voir var. *a*, p. 579; var. *a*, p. 628; var. *b*, p. 634; var. *b*, p. 673; var. *f*, p. 673) et deux fois, d'après le manuscrit

---

1. Var. *a*, p. 548.
2. Préface aux *Œuvres complètes*, p. 885.
3. Bibliothèque littéraire Jacques-Doucet, MRC, 36.
4. Quoique le trait soit moins net que dans *Le Nœud de vipères*, on se demande si la disposition du manuscrit n'indique pas une modification essentielle. Lorsque Mauriac achève le premier cahier, il écrit le chapitre XV : s'il ne commence pas aussitôt un nouveau cahier, peut-être est-ce qu'il envisage de terminer assez rapidement son récit, auquel l'enterrement de Blanche Frontenac servirait de conclusion. Il écrit ainsi à l'envers la fin de XVI et XVII. Les perspectives nouvelles n'apparaîtraient qu'ensuite.

(voir var. *c*, p. 563; var. *a*, p. 670). Pour une analyse des variantes fort significatives du manuscrit, on se reportera à la fin de notre introduction.

NOTES ET VARIANTES

Page 545.

a. Pour les hésitations de Mauriac sur le titre, voir la Note sur le texte, p. 1245.

b. L'épigraphe ne se trouve pas dans le manuscrit. Elle est dans OC placée à tort au début de la Première partie *avec une erreur :* ont aimé le silence, *à l'avant-dernier vers.*

1. Ces vers sont extraits d'un fragment de Guérin, *Glaucus*. Mauriac, dont on sait l'admiration pour ce poète, cite dans « Le Drame de Maurice de Guérin » (*Journal*, III, *OC*, XI, p. 232). « Ces vers fameux [...] que j'aime entre tous » : « Le mystère de Guérin, commente-t-il, tient dans ces quelques vers. Ceux qui n'appartiennent pas à sa race spirituelle [...] ne sauraient entrer dans ce mystère dont je parle. Pour Maurice, la foule des arbres compte davantage que la foule des hommes. »

Page 547.

a. sa belle-sœur, [assise à l'angle opposé de la cheminée *biffé*] [qui tricotait, le buste droit [tout contre le feu *biffé*] *add. interl.*] sans s'appuyer *ms.*

b. rapprochée le plus possible du feu *ms.*

c. se rappeler les propos qu'il avait tenus pendant le dîner et ils lui [parurent innocents *biffé*] semblèrent *ms.*

d. son crâne luisant une main *ms.*

e. avait [agonisé pendant une semaine *biffé*] eu [souffert *add. interl.*] cette interminable agonie *ms.*

f. la tête renversée sur les oreillers, la [jeune *add. interl.*] barbe vigoureuse qui dévorait les joues, les mouches *ms.*

g. peut-être. [Il *biffé*] [Michel *corr. interl.*] serait là, [débordant de vie *biffé*] [Il serait là. *add. interl.*] Xavier *ms.*

h. jaunes ornaient les fenêtres *ms.*

1. Jean-Paul Mauriac, le père de François, est mort le 11 juin 1887, d'un abcès au cerveau. Les détails dont se souvient Xavier Frontenac et la chronologie sont exacts; Mauriac, qui se donne dix ans, situe la scène en 1895.

2. Mme Mauriac était venue habiter en effet dans la maison de sa mère, rue Duffour-Dubergier. Elle la quitta en 1894 pour s'installer rue Vital-Carles. Mauriac joue un peu sur les détails; voir la note 1, p. 548.

Page 548.

a. chambre. [la Jeanne d'Arc en bronze de C. accroupie sur la pendule écoutait ses voix et la même lampe chinoise coiffée d'un abat-jour rose n'éclairait que les mains actives de Blanche[1]   *biffé*] [la même dame en bronze, les mains jointes, représentait la Foi. Seule la lampe était changée : Mme Frontenac [...] le pétrole et la flamme, au lieu d'être unique, s'épanouissait comme une fleur aux pétales incandescents [...] crème, qu'ornait un bouquet de violettes de Parme artificielles   *add. en partie marginale*] et le groupe des enfants avides de lecture *[sic].* [Ils étaient là, pressés autour de cette lampe. *[En quittant la table   biffé 1]* Après le dîner   *biffé en définitive*] leur mère avait averti qu'en l'honneur   *ms.*

b. aînés, Jean-Paul et [Jacques   *biffé*] Joseph, sans perdre   *ms²*.

c. de Lamothe. Et maintenant couchés sur le tapis, se bouchant les oreilles avec leurs pouces, ils s'enfonçaient, s'abîmaient dans la merveilleuse histoire;   *ms.*

d. par de gros nœuds.   *ms.*

e. à rentrer, à *[un mot illisible]* dans [cette chair   *biffé*] [ce corps *[maternel   biffé] corr. interl.*] d'où   *ms.*

f. de ce soir, il y a toute une nuit. Peut-être,   *ms.*

g. filles, [Isabelle   *biffé*] [Danièle   *corr. interl.*] et Marie s'étaient réfugiées pour apprendre leur catéchisme.   *ms.*

h. rires étouffés. Elles vivaient dans leur monde à elles, isolées *ms.*

i. encore. Cet [homme *[un mot illisible]*, dénué d'imagination, éprouvait devant   *biffé*] avoué   *ms.*

j. vite devant cette chair vivante issue   *ms.*

1. On comparera cette description à celle qui est faite dans *Commencements d'une vie (OC,* t. IV, p. 132 : « La vie se concentrait dans la chambre maternelle tendue de gris, autour d'une lampe chinoise coiffée d'un abat-jour rose cannelé. Sur la cheminée, la *Jeanne d'Arc* de Chapu écoutait ses voix. » Les détails sont respectés, avec de très légères modifications, peut-être indispensables pour que le récit ne tourne pas à l'autobiographie pure : on remarque en effet que dans le premier jet de ce passage (voir variante *a*) les détails précis étaient maintenus.

2. « À dix ans, je considérais *Les Camisards,* d'un certain Alexandre de Lamothe, comme un chef d'œuvre [...] » *Nouveaux Mémoires intérieurs,* p. 45.

3. Yves est évidemment François Mauriac. Mais j'ai indiqué (voir la Notice, p. 1238) qu'il avait transposé de manière plus nette la situation familiale : il avait trois frères — et non deux : Pierre qui devint professeur de médecine, Raymond, avoué et Jean, prêtre; une sœur, Germaine, qui était l'aînée. José est un personnage de

1. Les détails dans ces lignes biffées, sont directement autobiographiques (voir n. 1).
2. Le prénom de Joseph est maintenu dans le manuscrit jusqu'à la p. 619 (var. *b*) ; Jean-Paul, prénom du père de Mauriac, sera ensuite remplacé par Jean-Pierre, puis par Jean-Louis.

pure fantaisie dont la création a une exigence imaginaire profonde ;
Jean-Louis a quelques traits de Raymond... (voir la Notice, p. 1240).

4. Mauriac a souvent transposé cette réaction. Dans *Le Baiser au
lépreux* : « Cette nuit jamais n'arrivera : une guerre éclatera, quelqu'un mourra, la terre tremblera... » (t. I, p. 463), dans *Thérèse
Desqueyroux* : « Thérèse cède à cette imagination [...] : l'attente du
tremblement de terre » (p. 24)...

5. Ces deux personnages sont tout imaginaires.

Page 549.

   a. frère *[p. 548, dernière ligne de la page].* [Fermé à tout sentiment
religieux   *biffé*] [Hostile à toute religion   *corr. interl.*] [Indifférent
corr. interl. biffé] [Anticlérical   *corr. interl.*] il [(éprouvait   *biffé*] [eut
été surpris si on lui   *biffé*], n'aurait   *ms.*
   b. pas d'eux, mais du sang qui coulait dans leurs veines. / Neuf
ms.
   c. me border ? dis, maman, tu viendras m'embrasser ! Tu sais
que je ne [dormirai pas si   *biffé*] pourrai pas m'endormir tant que
tu ne seras pas venue. / Si tu   *ms.*
   d. De la porte, il jeta à sa mère un regard suppliant. Il était chétif
et misérable. Ses chaussettes   *ms.*
   e. Xavier Maysonnave[1] observa à la dérobée sa belle-sœur :   *ms.*
   f. blessée ? Il se souvenait de l'avoir louée. Il avait   *ms.*
   g. cette jeune veuve.   *ms.*
   h. avec une insistance maladroite parlait de la grandeur du
[devoir   *biffé*] [sacrifice   *corr. interl.*], [trouvait   *biffé*] [jugeait
corr. interl.] qu'il n'y avait rien au monde de plus beau qu'une
femme qui ne se remarie pas et garde le ⟨culte⟩ de son époux et
se voue entière à ses enfants   *ms.*
   i. petits Frontenac auxquels il lui paraissait tout simple qu'elle
vouât sa vie. Il ne pensait [...] femme [avec des aspirations, des
désirs.   *biffé*] [capable [...] désespoir   *corr. interl.*]
   j. pardonnait pas. À la mort de Michel, elle avait mesuré   *ms.*

   1. Pour peindre Xavier Frontenac, Mauriac s'est « inspiré » de
son oncle, Louis, qui était magistrat (voir *Nouveaux Mémoires intérieurs*, p. 230 et la Notice, p. 1241).
   2. Ce détail assure l'identification d'Yves Frontenac avec
l'auteur : « une paupière déchirée avait agrandi un de mes yeux ;
on m'appelait Coco-bel-œil et j'avais l'aspect pauvre et chétif »
(*Commencements d'une vie, OC*, t. IV, p. 134).

Page 550.

   a. piété un peu [étroite   *add. interl.*] minutieuse   *ms.*

   1. Alors que le nom de Frontenac se trouve dans le manuscrit, dès
la première ligne, Xavier ou Blanche portent, ici et là, cet autre
nom : Maysonnave, comme si Mauriac avait hésité devant un
patronyme trop proche du sien et « essayé » un autre nom.

b. la force de s'immoler, car c'était *ms.*

c. pour voir, il aurait été frappé, au milieu [...] déserté, par [la figure tragique *biffé*] [l'aspect tragique de cette mère *corr. interl.*] de deux yeux de jais brillant dans une figure bilieuse *ms.*

d. d'une femme qui n'a [ne cherche *add. interl.*] plus à plaire [à aucun être *biffé*] [à personne *corr. interl.*]. Le corsage *ms.*

e. par devant [et orné d'une cravate de tulle *add. interl.*] moulait [des épaules *[un mot illisible]* *add. interl.*] un buste *ms.*

f. la mère dévorée [vivante *add. interl.*] par ses petits et [qu'aucun *biffé*] que [le charnel *add. interl.*] amour ne soutient plus. Elle *ms.*

g. inexpressive, [quant près de ses enfants il se souvenait de son frère défunt et de ses parents. *biffé*] [petit homme *[un mot illisible]* *add. interl.*] pour qui elle se sentait inexistante [et comme *add. interl.*] vouée au néant. *ms.*

h. mains sales un *orig.*

i. dans leurs mains un chapelet et un scapulaire [...] du pouce leur fit une croix *ms.*

j. un ruban sale. / Privées *ms.*

1. Il est intéressant de comparer le portrait que Mauriac fait ici de sa mère, avec celui, tout aussi autobiographique, de la mère de Fabien, dans *Le Mal*. Le thème nouveau, essentiel — voir la Notice, p. 1242 —, est celui du regret, de la passion étouffée par le sacrifice.

Page 551.

a. de rire. Enfin elle pénétra dans la petite pièce à côté où Yves ne dormait pas. *ms.*

b. énorme [et son cou plus frêle qu'une tige *add. interl.*] Il était assis sanglotant et comme pour ne pas entendre [...] mère, il jeta ses bras autour de son cou et cacha sa figure dans son corsage. *ms.*

c. battre [follement *add. interl.*] un [petit *biffé*] cœur [affolé *biffé*] *[add. un mot illisible]* Elle *ms.*

d. souffrance. [Yves *[un mot illisible]* cette organisation de la douleur *biffé*] [Elle le berçait doucement : mon petit *add. interl.*] nigaud; [mon petit idiot *biffé*]... Il croit qu'il est seul Il ne pense pas que Jésus [est là avec lui, comme *biffé*] [habite les cœurs d'enfants *corr. interl.*] Si tu l'appelais, il te consolerait... L'enfant dit [dans un hoquet *biffé*] [dans un sanglot *corr. interl.*] : « J'ai fait de gros péchés. Je ne sais pas si je suis en état de grâce. Tandis que toi, quand tu es là... Je te touche, je te sens. Reste encore un peu. — Mais non, il faut dormir et oncle Xavier m'attend. Je te laisse à *[un mot illisible]* Tu n'es pas seul. Moi, ta maman, je sais que tu es en état de grâce. Je sais tout ce qui concerne mon petit garçon. / — Maman, je voudrais mourir avant demain matin. À cause de M. ⟨Roche⟩. C'est mon tour d'aller au tableau. Mais il se calmait, un [...] intervalles et bientôt un souffle calme s'éleva.

Il dormait. Mme Frontenac rejoignit son beau-frère. Il ronflait légèrement et sursauta : Je crois   *ms.*

  e. l'influence. Les petits auront   *ms.*

  1. Mauriac construit ici le récit à partir de détails réels, transposés : son grand-père paternel avait un commerce de bois merrains qu'il vendit en 1870. Mais il avait imposé à son second fils, Jean-Paul, le père de François, de renoncer à ses études pour reprendre la maison de commerce; destin qui est celui de Jean-Louis dans le roman.

Page 552.

  a. s'étonnait de ce que Xavier protestait à peine, baissait la tête l'air inquiet comme si [sans l'avoir voulu   *corr. interl.*] elle eût touché [à son insu   *biffé*] à un point faible ignoré d'elle. Il ne [se défendait pas   *biffé*] [disait rien   *corr. interl.*] et pourtant que sa défense eût été facile ! À la mort   *ms.*

  b. reconnaissait [l'odeur   *biffé*] [l'amertume   *corr. interl.*] des vieux buis. [Deux affreux pavillons *[...]* déshonoraient   *add. interl.*] la chartreuse [du xviiie siècle   *add. interl.*] où sa famille avait vécu depuis deux générations [avait   *biffé*]. Il   *ms.*

  c. la survivante de la vieille génération. Et   *ms.*

  1. C'est, en modifiant à peine les lieux, la maison de Langon que Mauriac décrit, « la maison de Langon où n'habitait plus que la vieille sœur de mon grand-père, servie par trois domestiques inoccupés » (*Commencements d'une vie, OC*, t. IV, p. 135). « Après la mort de mon grand-père, sa vaste demeure de Langon, flanquée de ses deux pavillons, n'abritait plus que sa sœur, qui était à demi idiote. Mais la cuisinière, le cocher et une femme de chambre demeuraient à son service. Il est vrai que notre oncle Louis lui rendait visite une fois dans le mois pour s'occuper des propriétés » (*Nouveaux Mémoires intérieurs*, p. 134).

Page 553.

  a. Voyait-il ces petits yeux effarés et ronds, la nourriture   *ms.*

  b. le réséda. Pour occuper les longues veillées solitaires, Xavier avait *[un mot illisible]* de relire W. Scott, Balzac. Mais le livre lui tombait des mains. Il pensait à Michel et il pleurait.   *ms.*

  c. l'acajou des chaises, comme dans les maladies de son enfance, — ou c'était le rossignol azur.   *ms.*

  1. Les lieux cités ici sont tous proches de Langon, mais transposés. Respide est évidemment Malagar. Voir *Géographie romanesque*, t. I, p. 1394.

Page 554.

  a. se couvraient de poussière; des taupes soulevaient et crevaient   *ms.*

  b. Il était là, buté, immobile, n'ayant rien à dire ou à faire, puisqu'à l'exemple de la plupart de ses contemporains des plus illustres aux plus obscurs, il était enfoncé dans son matérialisme, [dans son déterminisme *add. interl.*] prisonnier d'un univers plus clos que celui d'Aristote. *ms.*

c. vivaces. [et *[un mot illisible]* le gardien avait disparu et que l'allée était solitaire, il appuyait sa tête contre la grille et appelait à voix basse : Michel *biffé*]. | Et l'après-midi *ms.*

d. Frontenac. Je suis souvent injuste avec vous. Il faut m'excuser *ms.*

e. mes petits et ce que vous faites pour eux... | Comme *ms.*

f. elle l'avait [blessé *biffé*] [atteint au point sensible *corr. interl.*] par cet injuste reproche, que lui croyait mériter. Elle essaya de le rassurer : | Que pouvons-nous vous et moi faire de plus pour les petits ? Ce n'est nullement votre devoir *[même texte à la seconde personne dans la suite de ce passage.]* *ms.*

g. angoisse, comme s'il avait [peur *biffé*] [craint *add. interl.*] qu'elle eût deviné son secret. Elle essaya encore de lui parler, sans rien *ms.*

1. Le souvenir de l'anticléricalisme, de l'incroyance de sa famille paternelle est souvent noté par Mauriac; dans la préface aux *Mémoires politiques,* il remarque : « Notre tuteur, le frère de mon père, un magistrat irréligieux lui aussi, républicain et dreyfusard, bien qu'il se gardât de toute intervention (notre mère ne l'eût pas souffert), dut agir sur moi par son opposition muette à tout ce qui relevait de l'Église » (p. 9).

Page 555.

a. simulée. Elle se serait confiée volontiers [même à lui *add. interl.*] Elle était si seule. Mais même du passé. *ms.*

b. accomplie, une étrangère. Elle se tut *ms.*

c. tante Félicia ! Il faudra *ms.*

d. tellement plus heureuse et mieux soignée, à l'hospice *ms.*

e. avec joie... D'ailleurs, elle ne *ms.*

1. Voir Claude Mauriac, *La Terrasse de Malagar,* p. 468 ; rapportant « quelques détails familiaux » évoqués par son père, Claude Mauriac note : « son grand-père [...] après avoir fait construire [...] la maison de Langon, proche de la gare (pour ses entrepôts) put bientôt aller s'installer à Bordeaux. Il ne revenait que le samedi, laissant toute la semaine à sa femme (qui trouvait cela naturel) la garde de sa sœur idiote, tante Clara... »

Page 556.

a. une idiote *[p. 555, avant-dernière ligne de la page].* | — Cela m'étonne qu'elle se soit plainte et qu'elle *ms.*

b. cette fantaisie, c'est que toute leur vie soit marquée. Elle s'arrêta *ms.*

c. en venir. / Vous ne croyez pas qu'on fait des réflexions sur cette pauvre démente ? Ne comprenez-vous pas qu'on ⟨va dire⟩ qu'il y a un cas de folie dans la famille. / — Allons, donc ! *ms.*

Page 557.

a. sa victoire *[p. 556, dernière ligne]*. Xavier était atterré. *ms.*

b. l'inquiétude. Il y avait longtemps que, dans ses insomnies, elle pensait au [tort *biffé*] [danger *corr. interl.*] que tante *ms.*

c. enfants. Avec son *ms.*

d. C'est dans ma nature. / Elle remarqua [qu'il était essoufflé *biffé*] [le souffle court de Xavier *corr. interl.*] [et se souvint que *biffé*] son père et sa mère, [songeait-elle *add. interl.*] étaient morts d'une maladie de cœur. Il s'était rassis au coin du feu, le corps tassé... Je pourrais le tuer, songeait Blanche. Je suis cruelle, vindicative. Je suis méchante. Elle se recueillit, *ms.*

e. adoucirent ce beau visage souffrant. Xavier [...] se désolait de son incapacité à vaincre une nature violente et injuste. La voix *ms.*

f. malgré ce que je vous dis quelquefois, il n'existe pas deux oncles comme vous. / Il détourna sa figure anxieuse et fit un geste *ms.*

Page 558.

a. qu'à personne. Minuit sonnait à la cathédrale. Elle ne pouvait se recueillir et pourtant *ms.*

b. un de ces enfants qui ont le génie de l'absence, que les mots n'atteignent pas, qui livrent aux grandes personnes un corps [inerte *add. interl.*] appesanti [sur des livres de classe déchirés *add. interl.*] sur *ms.*

c. dénué de toute attention, aussi vidé de pensée qu'une chrysalide. / Après, elle déjeunerait. Inutile de rester à jeun [...] beau-frère, impossible de communier. Elle se confesserait à cinq heures. Il fallait *ms.*

d. commencé à y penser ? S'en confesser à tout hasard. [Non, ne pas tomber dans les scrupules. Ne pas pêcher contre la miséricorde. *add. marg.*] Elle ne pouvait [pas se détacher même un peu de *biffé*] renoncer d'elle-même à ses petits. Aucun mérite, *ms.*

1. Il semble bien que le personnage de José ait ici des traits tout imaginaires ; on notera toutefois qu'il y a là une rêverie que l'on retrouve dans *Le Nœud de vipères* ; Luc, le jeune garçon, est lui aussi un enfant que la nature séduit et que les études rebutent. Qu'il y ait là un fantasme ou des souvenirs, Luc disparaît, comme José, tué au cours de la guerre. Laurent, le frère d'Alain Gajac, dans *Un adolescent d'autrefois* aura les mêmes goûts et mourra jeune, lui aussi.

2. « Et elle [...] descendait enfin chez ma grand-mère qui habitait les étages inférieurs. Je me souviens du bruit retentissant et terrible de la porte d'entrée qu'elle fermait derrière elle » (*Commencement d'une vie, OC,* t. IV, p. 133).

3. Ce sont les mêmes personnages qui apparaissent chez la grand-mère du narrateur, dans *La Robe prétexte* (par exemple, t. I, p. 114); le prénom même d'Adila y est déjà utilisé.

4. Voir les réflexions de Mauriac dans le *Journal d'un homme de trente ans,* le 15 février 1924 : il évoque, simultanés, le succès grisant de *Genitrix* et la grave maladie de son fils Claude : « Souffrance, angoisse de mes vieilles idées chrétiennes : l'enfant paye-t-il pour moi ? Cela ne tient pas debout... » (*OC,* t. IV, p. 271). Plutôt que des « idées chrétiennes », on verra là une influence de l'anxiété maternelle.

5. Aucun des autres personnages de mère (ni Mme Dézaymeries, dans *Le Mal,* ni Mme Gajac, dans *Un adolescent d'autrefois*) ne connaissent cette réaction. Et il est peu probable que Mauriac ait jamais rien su qui puisse lui faire imaginer que sa mère l'ait connue. Mais ce personnage de femme vieillissante qui rêve de bonheur amoureux, est fréquent dans son œuvre; il y a là, sans doute, la résurgence d'une angoisse d'enfant : la crainte que sa mère ne se remarie.

Page 559.

a. en souffrait *[p. 558, avant-dernière ligne].* D'ailleurs elle était finie. Ce teint de bile maintenant, ces rides. Songer *ms.*

b. confuses. [Au bout du couloir, sous la porte de l'oncle Xavier, la lumière luisait et il en venait une odeur de tabac caporal qui empestait tout l'apparte⟨ment⟩ *biffé*] Elle *ms.*

c. si bien réglée qu'aucun événement grave ne s'y glisse. Blanche *ms.*

d. et venues, les mains cachées sous le pan de la jaquette, le regard *ms.*

e. le rassurer. Mais il ne donnait aucune prise sur lui. Aucun épanchement possible. Du moins *ms.*

f. gratuite et où son propre mérite n'entrait pour rien, de ne plus *ms.*

1. Voir les mêmes images dans la première rédaction du *Baiser au lépreux* (t. I, p. 1128), lorsque Jean Pélouyre évoque sa propre enfance.

Page 560.

a. seul demeurait sombre *[p. 559, dernière ligne]* [...] l'accès. *add. marg. ms.*

b. plus proche, on entendait haleter des locomotives sur les quais. La chaleur rendait les enfants idiots, disait Blanche. Ils *ms.*

c. presque goulûment dans le cou. Des troubles circulatoires lui rappelaient à chaque instant que le Maître vient comme un voleur et qu'il peut à chaque instant nous redemander notre âme. Elle ne tenait plus à la vie depuis qu'elle avait perdu son fils unique[1], mais redoutait le jugement de Dieu. Blanche tenait [d'elle *biffé*] [de sa mère *corr. interl.*] cette terreur du compte à rendre à un maître implacable. Du moins luttait-elle contre cet excès de méfiance, s'ouvrait-elle à l'abandon. Chez Mme Arnaud-Miqueu, le pli était pris à jamais. Soumise à la loi, elle serait jugée d'après la loi[2]. Mais austère pour elle-même, elle montrait à ses enfants et à ses petits enfants beaucoup de tendresse et d'indulgence, à ses petits-fils surtout, bien qu'elle ne doutât pas que tous les hommes fussent d'affreux pêcheurs... Ah ! ces garçons, disait-elle en embrassant Jean-Paul à en perdre le souffle... Ah ! les canailles ! les canailles[3] ! Sur le balcon *ms.*

d. et sa sœur Dubergier et [l'énorme *biffé*] [la vaste *corr. interl.*] tournure de la tante [Emma *biffé*] [Adila *biffé*] Irma, belle-sœur *ms.*

e. tue-tête. [Dans la rue des gens *biffé*] [Sous le balcon *corr. interl.*] des ouvriers rentraient en chantant le refrain de ces années-là : / *Et l'enfant ms.*

f. La tante Emma l'aperçut : / Té, Blanche... Et [Comment va *biffé*] [adieu *add. interl.*] ma mignonne. / Maître du Bergier cria sans plus tarder pour couvrir *ms.*

g. Tenez-vous bien ! » / Blanche [depuis son mariage *add. interl.*] trouvait la famille [Arnaud-Miqueu *add. interl.*] trop bruyante. Chez les Frontenac, les voix étaient mieux timbrées ; [on ne redoutait point les silences *biffé*] [Ces campagnards étaient encore assez près des paysans *corr. interl.*] pour ne point redouter le silence quand ils n'avaient rien à dire. Ils avaient gardé cette froideur, cette retenue qui n'est pas rare au bord de la Garonne chez les hommes de la terre. *on croit lire après deux lignes de ratures :* tellement plus nobles et plus racés que beaucoup de leurs patrons ⟨vaniteux *ou* vantards ?⟩ et forts en gueule. / « Je vous le donne en mille. Devinez. *ms.*

1. C'est un souvenir d'enfance que Mauriac a déjà utilisé dans *Le Mal* (t. I, p. 647 et n. 1).

2. Voir la reprise de ce détail, p. 670.

3. Cette chanson qui appartient au folklore patriotique d'après 1870 est de Frédéric Boissière.

1. Mauriac a parfois évoqué le souvenir de cet oncle disparu ; voir en particulier dans les *Nouveaux Mémoires intérieurs*, au moment de la mort de sa grand-mère maternelle (p. 136).
2. Voir *ibid.*, p. 141 : « On s'y faisait [dans sa famille maternelle] du « jugement particulier » qui nous attend au delà de la tombe, une image inspirée de la Cour d'Assises. »
3. Voir les *Nouveaux Mémoires intérieurs*, p. 130, toujours à propos de sa grand-mère maternelle.

Page 561.

a. l'interrompit pour protester qu'il allait [effrayer Blanche *add. interl.*] lui monter la tête.   *ms.*

b. pas ses neveux... Blanche l'interrompit d'un ton sec   *ms.*

c. Elle aime bien [...] y touchent.   *add. interl. ms.*

d. d'un ton. Chevalier Désayres [*sic*] raconta, croyant apaiser sa belle-sœur,   *ms.*

e. à Angoulème pour sa ladrerie à l'égard de son amie. Il l'obligeait à continuer son métier de lingère   *ms.*

f. des gorges chaudes... Blanche qui ne redoutait [...] théâtre, se leva, plia son ouvrage et après avoir embrassé sa mère prit congé   *ms.*

g. une Pythie. Comme elle rentrait deux heures plus tôt que d'habitude, [il faisait jour encore   *add. interl.*] Elle trouva [dans sa chambre   *add. interl.*] les trois garçons [sur le balcon de sa chambre   *biffé*] [accroupis devant le rebord de la fenêtre   *corr. interl.*] qui jouaient à cracher [dans la rue. Ils furent stupéfaits d'être à peine grondés   *biffé*] [sur la pierre et à la frotter avec un noyau d'abricot. Ils s'agissait   *corr. interl.*] d'user le noyau   *ms.*

h. Blanche Maysonnave[1] pensait [*sic*]   *ms.*

Page 562.

a. bien que cette pieuse femme s'en défendît,   *ms.*

b. de Preignac où seul dans le pavillon du nord le ronflement affreux de tante Félicia devait troubler le silence. [Elle eût été surprise de découvrir que ce désordre dont elle avait peine à ne pas l'absoudre   *biffé*] Xavier Frontenac   *ms.*

c. ces soirs de juin, qu'il appelait les soirs de Michel. Il les haïssait comme des menteurs démasqués qui [hors les adolescents   *add. interl.*] ne trompaient plus personne. Autrefois,   *ms.*

d. de Michel qui citait à propos de tout des vers   *ms.*

e. de la rivière invisible, Xavier répétait-il à mi-voix : / *Nature*   *ms.*

f. oubliez ! Prairies stridentes, coassements. *À peine*   *ms.*

g. dans ses enfants, il l'avait trahi, croyait-il. Il ressassait des vieux remords, reconstituait la suite des circonstances. L'année où il   *ms.*

h. moins âgée que lui. Lui-même, il n'aurait pu ⟨avouer⟩ les raisons obscures de sa puissance sur lui. Il aurait fallu   *ms.*

1. *Tristesse d'Olympio, Les Rayons et les ombres* (*Œuvres poétiques*, Bibl. de la Pléiade, t. I, p. 1095).

2. *La Prière pour tous, Les Feuilles d'automne* (*ibid.*, p. 791). Rétablir : « glisse dans l'ombre... Écoute ! »

1. Voir var. *e,* p. 549.

Page 563.

a. moquait pas. Ainsi se fonda le ménage. Mais même du vivant *ms.*

b. paysanne. Le père de Xavier *[deux mots illisibles]* ne pouvait souffrir qu'on touchât devant lui à certains sujets et le faux ménage *ms.*

c. dont on avait hérité le domaine des landes, avait été *ms.*

d. chez lui, à Hostens, dans la maison où avaient vécu ses parents cette créature *ms.*

e. cette honte ! Il s'était donc résolu à acheter une étude loin *ms. ; toutes les éditions donnent à tort :* une étude non loin de Bordeaux. *Nous adoptons la leçon du manuscrit.*

f. cette seule imagination le faisait *ms. RP*

1. **Mauriac** donne la même réaction à d'autres personnages; par exemple, dans *Thérèse Desqueyroux,* au père de Thérèse (p. 54; voir aussi t. I, 615).

2. Bourideys désigne Johanet, à Saint-Symphorien, propriété héritée de l'oncle Lapeyre; voir t. I, « Géographie romanesque de Mauriac », p. 1399.

3. Voir *Nouveaux Mémoires intérieurs :* « [...] l'oncle Lapeyre. Venu à Bordeaux pour changer son testament en faveur d'une "mauvaise femme", il mourut cette nuit-là dans ses bras, frappé par le génie protecteur de la Famille » (p. 132). On notera la reprise du patronyme Péloueyre dont Mauriac a usé plusieurs fois déjà depuis *Le Baiser au lépreux* et qui paraît lié aux souvenirs de cette branche de la famille.

Page 564.

a. par son père déjà touché à mort par la perte de Michel. Les affaires *ms.*

b. et le lit où Michel avait dormi. Le patrimoine *ms.*

c. de tout [il passait à Angoulême pour un avare *biffé*] (son avarice était la fable d'Angoulême) Xavier *ms.*

d. qui s'étaient partagés ses traits... et l'un avait pris la couleur de ses yeux, et un autre son teint et la petite Isabelle avait de lui ce signe noir près de l'oreille gauche... Parfois *ms.*

e. se cacher. Il espérait mourir sans que sa famille eût soupçonné sa situation irrégulière. Il ne se *ms.*

Page 565.

a. d'amener la conversation *[deux mots biffés].* Il ne s'y prêta *ms.*

b. dans le jeu et fit rire les enfants. / Lorsqu'ils *ms.*

c. comme Blanche était accoudée à la fenêtre avec son beau-frère, elle lui dit encore à brûle-pourpoint : « Je parlais *ms.*

d. aussi tardivement *ms., RP, orig.*

e. de rien et qui avait eu des aventures, l'introduire *ms.*

f. concevables. Il quitta donc la fenêtre   *ms.*

1. Voir déjà p. 559 et n. 1. Mais le thème est repris ici de manière insistante, car toute la fin de cette première partie raconte les quelques mois où l'enfance est encore miraculeusement préservée; voir p. 592 : « le retour de Blanche dissipa le charme. Les enfants n'étaient plus des enfants... »

Page 566.

a. de journée. Mais entre toutes la destinée d'Yves *[rature illisible]* [Ce n'était plus ce garçon très malheureux. Ses succès en *[mot illisible]* et surtout en français lui donnait du prestige, bien qu'il fût un assez mauvais élève incapable de suivre aucun programme. Son avidité de lecture renversait toutes les fragiles barrières que dressaient les scrupules de Blanche Frontenac. Tout lui était bon : Rabelais, Brantôme, Molière, et le dernier roman de France. Le sommeil de sa chair et aussi une grâce particulière le défendait contre le poison. Tout le dégât se bornait au mauvais esprit, à l'esprit du *[un mot illisible]* que ces maîtres dénonçaient en lui. — Mais cela n'atteignait en rien sa piété *[trois mots illisibles]* add. marg.*]. / Cette année-là   *ms.*

1. En fait dans un chalet construit dans le parc. Mais l'adjectif « purifiée » rappelle sans doute un souvenir rapporté dans les *Mémoires intérieurs* et utilisés dans *Les Beaux Esprits de ce temps* (t. I, p. 951 et n. 1) : Mme Mauriac fit brûler la bibliothèque de l'oncle Péloueyre, dont elle jugeait les ouvrages licencieux.

Page 567.

a. tira de sa poche [un petit livre de Lemerre relié en bleu; les poésies de Vigny. Il chercha les strophes de *la Maison du berger* qu'il aimait.   *biffé] Le Discours de la méthode* dans une édition classique et ne vit plus   *ms. Ce début de chapitre comporte de nombreuses ratures souvent illisibles.*

b. demain matin. Le vent   *ms.*

c. lui inspira de se glisser en se dissimulant. C'était facile de surprendre l'innocent   *ms.*

d. lande rase. Il avait d'abord fait quelques enjambées à la poursuite de son aîné, mais déjà il l'avait perdu de vue. Un immense désespoir   *ms.*

Page 568.

a. entre Dieu et lui et les pins du parc, livré à la risée, aux moqueries de tous. Tout à coup, il tourna le dos au parc et courut dans la direction   *ms.*

b. noyé. [Plutôt songeait-il *[...]* siens. *add. marg.*] Mais il perdait le souffle et fut obligé de se mettre au pas. Il était retenu, il n'avançait   *ms.*

c. du sable qui alourdissait ses souliers   *ms.*

d. son écriture de chat, surtout cette écriture secrète, *ms., RP*

e. son écriture incompréhensible. Il était bien fou de se monter *ms.*

f. les cachait. Le [vieux cœur du *add. interl.*] moulin battait encore. [Un cheval regardait par *biffé*] [La tête d' *biffé*]. Un cheval passait sa tête ébouriffée à la *ms.*

g. l'écurie. Les vaches rentraient dans un doux bruit de sonnailles. [Yves se faisait des idées, il ne fallait pas traverser le moulin. *biffé*] Le moulin [les pauvres maisons fumant au ras de terre, *add. interl.*] le ruisseau *ms.*

h. les plus vieux pins du pays où toute la nuit déjà était prise, Yves se faisait *ms.*

i. le bois, puis les ⟨cloches⟩ se rapprochèrent, il fut pris *ms.*

j. fâcherait-il. J. P¹ avait à ses yeux un prestige immense. Le coucou *ms.*

k. d'Hourtinat. L'enfant décida qu'il feindrait de n'avoir à peine remarqué cette taquinerie. Ils étaient immobiles *ms.*

1. Alain Gajac, dans *Un adolescent d'autrefois,* ira rêver de suicide, près de cette écluse; c'est là qu'il surprendra la petite fille, causant ainsi sa mort. Un événement réel ou un récit entendu lie sans doute ce lieu, dans la mémoire du romancier, à une image de mort. Voir t. I, p. 1401.

2. Évangile selon saint Matthieu, IV, 6.

Page 569.

a. tendre de ceux qu'il chérissait, *[p. 568, avant-dernière ligne]* à une intonation plus douce [qu'à l'habitude *add. interl. biffée*] [qu'à l'ordinaire *add. interl.*] Jean-Pierre était bon, mais un peu rude, disait [trop souvent *add. interl.*] qu'il fallait le secouer. [et surtout cette phrase que l'enfant détestait *add. interl.*] Quand tu seras *ms.*

b. répétait avec une douceur accrue — Dis, mon petit, tu n'es pas *ms.*

c. ma tête ? » / Il répondit gravement : / « Je ne me moquerai jamais plus de toi. » / Ils n'avaient *ms.*

d. des ténèbres et [portait en pleine *biffé*] [fixait *[deux mots illisibles]* *corr. interl.*] lumière. *ms.*

1. Voir la même réflexion — un souvenir encore — dans une ébauche du *Désert de l'amour* (t. I, p. 1346).

2. Mauriac aime à noter ce détail que l'on retrouve dans *Les Anges noirs* et dans *Un adolescent d'autrefois.*

Page 570.

a. Yves marchait la tête levée, délivré [...] quoi, allégé, comme

1. Dans cette partie du manuscrit, le frère aîné porte le nom de Jean-Pierre.

si son cœur eût été une pierre descellée, ce soir, par son grand frère. *ms.*

b. de lui; c'était comme une voix, ou plutôt comme une lave *ms.*

c. mais [ce n'est pas eux   *biffé*] [cette plainte ne vient pas d'eux *corr. interl.*] C'est le triste souffle errant sur les mers, qu'ils recueillent entre leurs cimes pressées. *ms.*

d. un long rayonnement [sic]... [Dans le silence de la nuit froide, la Hure   *biffé*] La Hure ruisselait dans le même silence après vingt ans, c'était *ms.*

1. Voir p. 547 et n. 1; cinq années se sont écoulées; ces épisodes se situeraient vers 1900; voir toutefois chapitre XVII.

2. Il ne semble pas que Mauriac fasse ici allusion à un poème précis de ses premiers recueils, *Les Mains jointes* et *L'Adieu à l'adolescence*(voir encore p. 671).

3. Hugo, *les Contemplations, Paroles sur la dune* (*Œuvres poétiques*, t. II, Bibl. de la Pléiade, p. 696).

4. Mauriac cite souvent l'abbé Péquignot, dont il transpose à peine le nom ici; c'était son professeur de rhétorique à Grand-Lebrun : « Son prestige sur nous était immense... » (*Commencement d'une vie,* in *Œuvres complètes,* t. IV. p. 148).

Page 571.

a. pas des vers, *[p. 570, dernière ligne],* c'est de la poésie... Ça ne ressemble à rien [...] j'aie jamais lu. *ms. Orig. donne :* j'ai jamais lu.

b. un manteau. [Il s'impatientait, moins tendre que naguère. Soutenu par une force que sa mère ne comprenait pas, défendu contre la vie, possédant un refuge assuré, il ne l'aimait pas moins, mais pouvait mieux se passer d'elle. *biffé* / Je deviens *ms.*

c. Preignac. Mais peut-être cette chouette avait-elle une voix plus pure. *ms.*

d. apparaissait comme un rêve, c'était *ms.*

1. Il y a ici interférence des souvenirs et d'une rêverie déjà apparue dans d'autres romans. Le souvenir, c'est celui des poèmes écrits par le jeune Mauriac; mais ils n'ont pas cette originalité radicale 'qu'il leur donne ici : « Ça ne ressemble à rien de ce que j'aie jamais lu. » Intervient la rêverie sur Rimbaud, clairement notée un peu plus loin (p. 578 et n. 1).

Page 572.

a. qu'une nouille. » / Mais le lendemain à la gare de Langon, ils quittèrent le train de Bazas pour prendre l'express de Bordeaux. Au milieu de la cohue et tandis que chargés de pierres, de cages *[fin de la page 12 de ms. voir p. 575, ligne 20].*

En marge on lit : Visites Pieuchon. *Et à la page 13 :*
Visites Landirats [*ou* Léojats] ? État d'esprit contr. *[sic]* de Blanche. / Madeleine Cazavieilh — placidité. Son père l'ami de

t⟨out⟩ le monde. — avec J. L. elle / ne parle pas amour, mais d'avenir — incident ⟨Monis⟩ — etc. / Épisode du train — dactyl. — lettre env⟨oyée⟩ / Mucius Scaevola. / Yves se ⟨gâte⟩ — génie méconnu. / Épisode, garçon de l'omnibus — Rimbaud — visite — désespoir. / Xavier *[un mot illisible]* voyage en Suisse empêché par dépêche. Ici ⟨voir⟩ Josépha... / arrive le même jour lettre [Mercure *add. interl.*] — Commentaires sur facteur : chacun son secret même / dans famille aussi transparente — et dépêche. Joie honteuse des enfants. / arrivée d'oncle. *[un mot illisible].* Joie malgré dépêche quotidienne. / Retour de Blanche. Grand épisode. lutte J. Louis pour avenir. / J. L. vaincu, révolte d'Yves. Visite Dussol —Cazavieilh.

Après cette ébauche qui couvre toute la fin de la première partie[1], le texte reprend : Mais ce qui déçut l'enfant, sans qu'il se l'avouât, ce furent les visites de Jean-Louis à Léojats, chez les cousins Cazavieilh. En famille *ms.*

b. Mme Frontenac s'inquiétait d'entendre Burthe dire avec un clignement d'œil : M. Jean-Louis *ms.*

c. crainte qu'il s'engageât si jeune et se laissât « mettre le grappin[2] », danger de consanguinité, mais aussi *ms.*

d. fade, et même l'amour. Yves *ms.*

e. de cet amour et de ses manifestations des images simples et précises. *ms.*

f. qu'il méprisait et qu'il croyait avoir balayée. Puisque *ms.*

g. chercher ailleurs, comment ce charme ne l'emportait-il sur celui qui l'attirait à Léojats. Certes les jeunes filles *ms.*

1. Le plan qu'on peut lire dans la variante *a,* indique la transposition; c'est à Pieuchon que songe Mauriac en décrivant Léojats. Il a évoqué cette propriété où son père passait ses vacances, dans les *Mémoires intérieurs,* p. 115. Mais il mêle ici les éléments, car Pieuchon, situé près d'Uzeste, est assez loin de Saint-Symphorien (voir carte I, t. I, « Géographie romanesque de Mauriac », p. 1390).

Page 573.

a. À la grand'messe de Bourideys [...] ne bougeait ? *add. marg. qui remplace une seule phrase raturée ms.*

b. chez cette fille aussi imperturbable, semblait-il, que les bestiaux

1. À part un ou deux détails : « incident Monis » par exemple, c'est dans son mouvement même et la succession de ces épisodes, toute la fin de cette partie qui est notée. La précision de certains détails : « Mucius Scaevola » par exemple (voir n. 1 p. 576) indique peut-être qu'il y a eu une rédaction antérieure, au moins ébauchée. C'est ainsi que Mauriac, en effet, reconstruit toute une partie de *Ce qui était perdu* (voir p. 1124).
2. L'expression doit être un souvenir (voir t. I, p. 616). Félicie Péloueyre a élevé son fils dans la méfiance des femmes : « Dès quinze ans, il en connaissait deux seules espèces : " celles qui veulent vous mettre le grappin " et " celles qui vous donnent des maladies ". »

dont il entendait dans l'étable proche la corde racler la mangeoire. Durant *ms.*

c. avec passion, comme si *ms.*

1. Voir le même souvenir d'une amazone dans *Un adolescent d'autrefois.*

2. On notera la ressemblance avec Noémi Dartiailh (t. I, p. 455).

3. Voir les « chênes plusieurs fois séculaires » de Pieuchon, *Mémoires intérieurs,* p. 115.

Page 574.

a. peut-être détruite. Le moindre geste ⟨ébauche⟩ une image déformée de notre amour. [Le moindre baiser le trahit. *add. interl.*] Les deux *ms.*

b. des attitudes, [ce qui les rendait *[...]* Léojats. *add. interl*] cette *ms.*

1. Les épisodes racontés ici se situent en 1900 (voir n. 1, p. 547), en pleine affaire Dreyfus et au moment des premières mesures contre les congrégations. Mauriac a souvent rappelé ce qu'était la position politique de sa famille maternelle, que son frère aîné a d'ailleurs conservée.

Page 575.

a. Tout ce passage, depuis la reprise (var. a, p. 572) jusqu'ici, est très raturé : il ne pouvait changer son écriture de chat.

1. Voir « Géographie romanesque », t. I, p. 1390.

2. Mauriac publia des poèmes dans *Le Mercure de France,* en 1910, 1911... Mais ce n'est pas là que parurent ceux des *Mains jointes,* son premier recueil. Peut être y avait-il fait une tentative, car c'était à cette époque une consécration pour un jeune poète.

Page 576.

a. en horreur un certain ⟨héroïsme⟩, une certaine grandeur d'âme que la sensibilité ne les pénétrait pas *[Sic].* Livré à lui-même *ms.*

b. les étages, ouvrait la boîte à lettres avec un ⟨fou⟩ battement de cœur. L'attente *ms.*

1. On sait que ce Romain s'infligea lui-même une cruelle blessure pour se punir d'une erreur; il est pris ici comme symbole du sacrifice volontaire.

Page 577.

a. de M. Vallette qui devait être débordé. Avril s'écoula. Les fleurs des marronniers *ms.*

b. qu'en faire. La sécheresse menaçait et comme l'eau des sources, l'espérance [...] jour. Il devenait plus amer. La rage imbiba tout ce qu'il écrivit à cette époque. Il haïssait *ms.*

c. du lait. [Nous perdons plusieurs fois les êtres que nous aimons le mieux. Yves prit conscience qu'il avait depuis longtemps perdu sa mère. Il ne la chérissait pas moins, mais elle avait des paroles qui l'éloignaient, comme la mère poule chasse à coups de bec les poussins grandis, obstinés à la suivre. Elle ne le connaissait plus. S'il s'était expliqué *[...]* de la portée qui a des taches fauves. *add.* *marg.*] Et le plus fort, c'est que le mépris des siens (mépris qu'il imaginait d'ailleurs et qui en réalité ne s'adressait qu'à son âge et à son excessive prétention) ce mépris le convainquait sans peine. Il ne doutait pas de sa misère et de son néant. *ms.*

d. et de crier à tous ces gens : Je suis roi. Je suis votre roi. Je suis un dieu. À genoux pauvres hommes. Il devient insupportable *[quelques mots peu lisibles terminent ce paragraphe]* | C'est l'âge *ms.*

1. On retrouve ces contradictions dans toutes les confidences que Mauriac a faites sur sa jeunesse. Voir *La Rencontre avec Barrès* : « Personne ne me voyait tel que je croyais être » (*OC,* t. IV, p. 180).

Page 578.

a. Rimbaud ? | Un poète énorme et merveilleux dont je te révélerai l'œuvre si tu me dis *ms.*

b. sans intérêt. Pour ne pas rester court, il dit : | « Il faudra *ms.*

c. Depuis ce mot jusqu'à la fin du chapitre, le manuscrit comporte de nombreuses ratures de détail, peu significatives souvent.

1. *Commencements d'une vie* (*OC,* t. IV, p. 146) : « Verlaine, Rimbaud, Baudelaire et Jammes ne survinrent qu'après ma sortie du collège ». L'œuvre romanesque fait apparaître toute une rêverie sur Rimbaud, reconnue d'ailleurs à propos d'Augustin, dans *Préséances*, et du *Visiteur nocturne* (t. I, p. 989). Peut-être est-ce ce rapprochement qui explique, en partie, le destin donné à Yves Frontenac, auteur d'un livre unique (p. 611), poète éblouissant, très vite réduit au silence. Marcel Revaux, dans *Ce qui était perdu*, p. 277, se veut lui aussi semblable à Rimbaud.

Page 579.

a. OC donne à tort : jeune *contrairement à ms. et orig.*

Page 580.

a. malgré l'épaisse chaleur, impatient de mettre le plus de distance possible entre lui et cette échoppe puante, ces gens hostiles. Et lui-même se sentait plein de méchanceté et de désespoir. *ms.*

b. manquée. ⟨Atroce⟩ déception, mais qui en préfigurait de plus grandes. C'était comme le ⟨modèle⟩ d'un moule où il coulerait plus tard la vraie douleur. Chaque être *ms.*

c. dès l'adolescence. [Il faut beaucoup de temps pour apprendre, même dans la pire torture, à se mettre en boule, parce qu'on est sûr qu'elle finira *add. marg.*] telle était *ms.*

d. dans la crainte que son collage ne soit connu. Son angoisse *ms.*

e. un refuge sûr, qu'ils y seraient noyés. Les premières automobiles *ms.*

Page 581.

a. être reconnus *[p. 580, dernière ligne].* Ainsi Xavier F⟨rontenac⟩
voyait-il se rapprocher le temps où il pourrait enfin vivre heureux.
Il avait déjà pris *ms.*

b. ne fût prise ; et elle savait qu'il ne revenait guère sur ce qu'il
avait une fois décidé. Elle demeurait persuadée qu'il se passerait
quelque chose qui annulerait au dernier moment le départ. Elle ne
commença de croire à son bonheur que le soir où son vieil ami
revint avec les billets *ms.*

c. le petit déjeuner et être servie par des domestiques en queue de morue.
*Par exemple, je m'arrangerai pour être toujours là au moment des pour-
boires. Tu sais comme il est. La fois où nous sommes allés à Luchon, ils
étaient une demi-douzaine à attendre. Il a tendu quarante sous au concierge
en disant : « Vous les partagerez. » C'est ça qui m'embête le plus parce que,
comme femme légitime, je serai encore plus honteuse. [Je profite de la morte
saison pour travailler un peu pour moi. Je me fais tout moi-même. J'aurai
un tailleur gris de l'année dernière pour le voyage ; je n'ai pas dit à Xavier
que je me ferais une robe ouverte pour le soir dans les hôtels chics. C'est un
amour de robe. Voilà comment elle est (Suivait un dessin). add. marg.] |*
« M. Frontenac et Madame... *ms.*

Page 583.

a. sa figure blême [flasque   *2e réd. interl. non biffée*] ou le nez en
l'air, [qu'on appelait autrefois un nez « fripon »   *add. interl.*] pouvait seul [...] pas de menton, ou plutôt un menton à étages dont le
premier était minuscule ; son chapeau planté sur le sommet d'une
torsade jaune n'était qu'un fouillis *ms.*

b. à cheveux partout lui disait souvent Xavier. La déception
engendra la révolte : « Peut-être que je finirai bien par en avoir
assez... » | « Qu'est-ce que tu dis » demanda Xavier qui avait par-
faitement entendu. Elle répéta sa menace d'une voix mal assurée.
ms.   : à cheveux [...] d'une voix mal assurée   *RP*

c. aussi en affaires et qui passait en ville pour un homme incapable de faire du mal à une mouche, était volontiers grossier avec
Josépha, plutôt à la manière d'un enfant gâté que d'un amant cruel.
| Maintenant que tu as fait *ms.*

Page 584.

a. grande sotte. [Au fond *[...]* tremblement de terre *add.
marg.*] [Eh bien ! tu vois *[...]* juste ton mois[1], ajoute-t-il, joyeux.
add. au verso de la page précédente]. Quand elle fut sortie, il songea avec
satisfaction que sa malle se trouvait faite. Mais il y jeta les yeux et

---

1. *RP donne encore :* juste ton mois *qui est une inadvertance*
(voir p. 564).

fit bien : il avait failli emporter dans la maison de Blanche Frontenac, chez les enfants de Michel, les robes de Josépha, dont une [en soie verte « outrageusement *add. interl.*] décolletée ». / Le *ms.*

b. c'est-à-dire sans parler : car le défaut de conversation rendait le vacarme [...] plus assourdissant. Blanche trouvait l'appétit des enfants scandaleux. Leur grand-mère pouvait mourir, ils n'en perdaient pas un coup de dent; et quand elle même mourrait, on repasserait tout de même les plats. C'est la vie, songea-t-elle. Il faut que ce soit comme ça. Ne s'était-elle pas surprise [...] de Cursol. *add. marg. ms.*

Page 585.

a. leur mère en larmes, cette [étrange *add. interl.*] grimace de petite fille qui décomposait cette grande figure familière. Elle se leva *ms.*

b. dans sa poitrine les délices et respirait l'odeur de la terre possédée. Il prenait sa part du bonheur des feuillages. La nue avait crevé sur son deuil. Il avait passé *ms.*

c. de cet incendie. Sa bonne maman était mourante, peut-être morte. Sa mère allait partir en hâte pour Vichy. Trois trains jusqu'à Bordeaux [...]. Il ne savait pas *ms.*

Page 586.

a. la figure tuméfiée, cachée par *ms.*

b. demain matin... / La maison et le parc étaient vides. Le soleil *ms.*

c. contre le vieux tronc [...] départ, *add. marg.*

1. Voir *Nouveaux Mémoires intérieurs* : « [...] oui, c'était bien ce chêne-là qui était sacré pour nous; j'appuie ma joue sur l'écorce à l'endroit où je posais mes lèvres, le dernier matin d'octobre, avant la rentrée » (p. 13). Voir aussi dans *Un adolescent d'autrefois,* les mêmes détails.

Page 587.

a. qui convînt et auquel aucun acteur n'aurait songé. C'était moins bon que les premiers poèmes... non, autre chose, plus amer... quelle douleur *ms.*

b. d'une voix âpre et mauvaise... Et pourtant *ms.*

c. éternelles puisque le Mercure les publierait. / Il faudra [...] pas trop. / Quand ils approchèrent de la *ms.*

d. leur pauvre maman. Yves hocha la tête, baissa les yeux comme si on eût pu lire en lui, [*[un mot illisible]* son bonheur à travers *biffé*]. Jean-Louis chercha une excuse à la joie de son frère. / Après tout *ms.*

e. choqués. / Ce que j'ai dit, c'est pour vous rassurer. / Et il partit de nouveau [au fond de *biffé*] [comme un poulain fou, sautant les fossés, [les cheveux dans le vent *biffé] add. interl.*] emportant son trésor, ces épreuves [...] de sanglier, en pleine lande, aux abords du moulin, où il rongerait son os ; il s'endormirait sur sa joie. / Joseph le *ms.*

1. Il faut rappeler qu'ici Mauriac anticipe ; il a publié ses premiers poèmes en 1909 : il avait alors vingt-quatre ans et était depuis plus d'une année installé à Paris. Mais il retrouve sans doute la joie que lui causa l'accueil fait par Barrès à ses premiers poèmes, dans cette évocation.

Page 588.

a. de la gare. Une femme parlait patois avec volubilité, d'une voix rauque, animale. Lorsqu'elle se tut, les enfants entendirent [...] du train dont le sifflement leur était familier [et qu'ils imitaient souvent, l'hiver *[...]* des vacances. *add. marg.*]. Il y eut un long sifflement et enfin s'avança lentement le majestueux joujou. / Il y a quelqu'un [...] secondes. J'ai vu son melon... C'est sûrement oncle Xavier. *ms.*

1. Dans le récit que Mauriac fait, dans les *Nouveaux Mémoires intérieurs* de la mort de sa grand-mère, on retrouve des impressions utilisées ici ; voir par exemple p. 139.

Page 589.

a. gravée. *ms., RP, orig. La correction faite dans OC s'imposait.*

1. Je n'ai rien retrouvé qui puisse éclairer l'allusion. Sans doute est-ce le souvenir d'un récit entendu dans l'enfance.

Page 590.

1. Voir « Géographie romanesque de Mauriac », t. I, p. 1398.
2. Mauriac rappelle ce jeu au début des *Nouveaux Mémoires intérieurs*, p. 13.
3. L'expression qui apparaît pour la première fois (elle sera reprise) n'était pas le titre primitif et Mauriac hésita même à l'utiliser, puisqu'elle figure, raturée, en tête du second cahier manuscrit (voir la Note sur le texte, p. 1245).

Page 591.

a. Voir var. *a,* p. 589.
b. ne saurait jamais, comme [...] âge. [Et il éprouvait la même angoisse, attentif et déçu d'avance, à une venue qu'il savait impossible. *biffé*] [et il ressentait ce que Michel avait ressenti : l'angoisse d'une attente dont il savait d'avance la vanité *biffé*]. Les nouvelles du lendemain : « État stationnaire », furent interprétées dans *ms.*

c. Les trois derniers vers manquent ; on les trouve copiés au dos d'une enveloppe adressée à M. Duthuron, à Langon.

1. C'est l'un des chœurs d'Athalie. Voir Racine (*Théâtre*, Bibl. de la Pléiade, p. 886).

2. Au premier acte de cet opéra inspiré par le *Cinq Mars* de Vigny. Voir *Asmodée* et *Mémoires intérieurs*, p. 43.

3. *Le Dictionnaire du Gascon* donne une variante de cette chanson, construite sur « saba » : frapper un rameau pour en enlever l'écorce : saba, sabarin, sabarou en fait le refrain. Le « caloumet » est une petite flûte. Les vers 3 et 4 veulent dire : « Je te porterai un pain nouveau, Je te porterai un pain tout chaud. » Il s'agit d'une comptine traditionnelle.

Page 592.

a. qu'il y avait entre les neveux et l'oncle une entente secrète, des mots dits à mi-voix, des fous rires [Un mystère idiot et charmant où elle n'entrait pas,   *add. marg.*] Elle se tut   *ms.*

b. Mais elle souffrait de l'affection que les enfants témoignaient à leur oncle. Toutes les manifestations de gratitude allaient à lui; elle ne comprenait pas que les enfants n'aient pas songé à la remercier de ce qu'elle avait sacrifié sa vie pour eux. Tout cela leur paraissait naturel... mais d'instinct ils sentaient ⟨quel oncle rare⟩ était un oncle comme oncle Xavier. / Le retour de Blanche   *ms.*

Page 593.

a. quand enfin il s'y décida l'effet de cette lecture fut désastreux. De quoi se mêlait-il ? Cela n'avait ni queue ni tête. Et Blanche ajoutait que cette revue contenait des articles immondes d'un certain R⟨emy⟩ de G⟨ourmont⟩ Xavier citait du Boileau : [...] clairement. Dans ces premiers jours   *ms. Sur la page de gauche le début d'un texte inachevé, lettre d'admirateur :* « Monsieur, / Le Mercure de France est la dernière revue dont j'eusse attendu les délices d'une découverte et que la franche nouveauté de vos poèmes ait pu jaillir dans l'atmosphère empoisonnée d'un R⟨emy⟩ de Gourmont.

b. malgré la chaleur [...] croisaient.   *add. marg.   ms.*

c. ce brave Dussol. Il te parlera affaires. D'ailleurs puisque tu dois vivre avec lui... / Yves entendit Jean-Louis qui protestait. / Mais non   *ms.*

1. Ce vers de l'*Art poétique* est exactement : « Ce que l'on conçoit bien... »

2. Remy de Gourmont était en effet un des auteurs habituels du *Mercure de France*. Il est difficile de commenter ce jugement qui peut être aussi bien politique que moral et religieux.

3. Sur la fête de *Notre-Dame de Septembre*, le 8 septembre, Nativité de la Vierge que la tradition avait maintenue comme une « fête chômée », voir *Nouveaux Mémoires intérieurs*, p. 23.

Page 594.

a. l'enfantillage. À quoi bon faire des ⟨manières⟩ ! Tu sais bien qu'il faudra te décider à y entrer. Le plus tôt   *ms.*

b. ton idéal ! s'écria Mme Frontenac, fonctionnaire ! alors que tu as ton avenir tout tracé, ⟨que tu as à ta⟩ disposition   *ms.*

c. la place. / Yves s'était levé, il entra dans le petit salon où les cigarettes d'oncle Xavier enveloppaient les visages de leurs brumes. /Comment   *ms.*

d. d'une voix aigre et perçante,   *ms.*

e. qu'un homme qui se voue à la ⟨spéculation⟩ et aux choses de l'esprit ? C'est... c'est indécent...   *ms.*

f. les cheveux sur les yeux. Il ne voyait pas les signes que Jean-Louis lui faisait pour qu'il se tût. / De quoi te mêles-tu [morveux *biffé*] [diseur de riens   *corr. interl.*] dit oncle Xavier. [*add. illisible*] Mais le [morveux   *biffé*] [diseur de riens   *corr. interl.*] parlait plus fort que tout le monde, criant que [son oncle lui demanda *[...]*] criait que   *add. marg.*] « naturellement   *ms.*

1. Le physicien, qui enseignait à Bordeaux depuis 1895 et qui, dès cette époque, s'était acquis une grande réputation de savant.

Page 595.

a. le parc immobile, figé.   *ms.*

b. Comment ferait-il pour rentrer en grâce ? [Ce n'est pas que *add. interl.*] ni sa mère ni l'oncle ne sortaient diminués du débat. *ms.*

c. faisaient partie de son enfance; [ils demeuraient les pièces essentielles   *biffé*] [Tout le mystère et toute la poésie   *add. biffée*] [du monde   *biffé*] Ils demeuraient pris   *ms.*

1. Une telle opinion, ainsi exprimée, à cette époque — 1900 — était évidemment scandaleuse et, même séparée de sa famille sur le plan politique, Mauriac ne l'eût sans doute pas exprimée alors sous cette forme. Il marque ainsi la révolte de l'adolescent contre le nationalisme que soutenait la droite catholique. La réplique de l'oncle Xavier le montre bien; voir la note suivante.

2. Voir n. 1, p. 554 le passage où Mauriac rappelle que son oncle était dreyfusard, alors que sa famille maternelle était violemment antidreyfusarde; dans *La Robe prétexte,* il rappelle un souvenir à ce propos (t. I, p. 125); il y revient dans la préface des *Mémoires politiques.*

Page 596.

a. à leur insu *[p. 595, dernière ligne].* Ainsi un enfant poète divinisait ses proches *[trois mots illisibles]* les transfiguraient. Il revint sur ses pas, sous un ciel soudain terni. L'orage se cachait, se retenait de gronder, les cigales   *ms.*

b. la figure tourmentée de sa mère, les yeux rouges et *[un mot illisible]* de Jean-Louis; oncle Xavier ne le regardait pas, mais il ne parlait plus... Yves cherchait un mot d'excuse, une formule pour demander pardon avec ⟨dignité⟩ mais l'enfant qu'il était encore vint *[quatre ou cinq mots illisibles].* Il mit ses bras autour du cou de son oncle et l'embrassa en pleurant, alla à sa mère, qui le serrait contre elle en disant : « Oui, mon petit   *ms.*

c. l'immense filet de la pluie se rapprochait, couvrait la maison, rabattait *[deux mots illisibles]* dans ce petit salon enfumé par les cigarettes de l'oncle. Il ne pleuvait   *ms.*

Page 597.

a. ne comprennent pas qu'on ne veuille pas être heureux à leur manière. Ils ne comprennent pas qu'on préfère être malheureux. / Il ne s'agit   *ms.*

b. ce message aussi humble fût-il, dont nous   *ms.*

Page 598.

a. Voir var. *a, p. 589.*

b. défense : « Moi, je ne me laisserai pas prendre, ils ne m'auront pas... Je leur glisserai entre les doigts... » Mais en même   *ms.*

c. obscurément que [c'était   *biffé*] lui, lui seul qui [ne pouvait se dépêtrer de   *biffé*] [s'attachait follement à son   *corr. interl.*] enfance; pour beaucoup d'entre nous le roi des Aulnes ne nous appelle pas dans un royaume nouveau [ah ! trop connu nous est ce royaume ! *add. interl.*] Les aulnes   *ms.*

d. des vergnes dans notre pays et leurs branches caressent le ruisseau dont nous sommes seuls à connaître le nom, le Roi des Aulnes ne nous arrache pas à notre enfance, mais il nous empêche d'en sortir, il nous y enlise, il nous ensevelit dans notre vie morte et nous recouvre de souvenirs [adorés   *add. interl.*] et de feuilles pourries   *ms.*

1. Voir « Géographie romanesque de Mauriac », t. I, p. 1400.

2. Lieu-dit situé également à l'ouest de Saint-Symphorien, à quelque distance des marais de la Téchoueyre; voir *ibid.*

3. Allusion à la ballade de Goethe, que l'on retrouve dans les *Nouveaux Mémoires intérieurs,* p. 20.

Page 599.

a. j'ai déserté. Enfin, rien n'est perdu. Te voilà homme. Tu vas [...] faute. Tu deviens le centre de la famille, maître d'une maison puissante, où tes frères pourront s'abriter [...] Dussol qui est célibataire. Ça ne t'empêchera [...] paraît. Un commerce important comme celui-là réclame une grande intelligence; et *[deux mots illisibles]* encore un esprit cultivé. Je lisais   *ms.*

b. Il se savait vaincu, et il savait aussi quel argument avait eu raison de lui :   *ms.*

c. qui marchait près de lui, qui l'enveloppait d'une odeur de cigare... mais, un soir, ce serait une jeune fille un peu forte qui s'appuyerait à lui. Il pourrait   *ms.*

d. trembler comme une jeune plante [de la base au faîte   *add. marg.*]   *ms.*

e. il respirait vite, il serrait les poings, il reniflait l'odeur du vent *ms.*

Page 600.

a. ne dormait pas *[p. 599, dernière ligne]* | Quelques jours suivirent de calme plat. Bl⟨anche⟩ F⟨rontenac⟩ avait décidé de rendre en un seul déjeuner toutes les politesses et préparait de loin un menu digne de ces landais pour qui la nourriture est sacrée. Il ne se passait guère de *[un mot illisible]* qu'Yves ne reçut deux ou trois lettres d'admirateurs *[un mot illisible]*. Elles faisaient plaisir à Jean-Louis plus qu'à lui-même. C'était un signe dont Jean-Louis ne comprenait pas mieux que lui l'importance. Un écrivain dont le goût passait pour exquis lui adressa de Florence quelques lignes dont il ne sentit pas tout le prix : « ... Je n'admire pas tant, monsieur, la franche nouveauté de vos poèmes que je ne m'étonne qu'ils aient pu germer dans l'atmosphère ⟨empoisonnée⟩ d'un Gourmont. Depuis *la page est inachevée.* | C'est une voiture *ms.*

1. Constructeur d'automobiles installé à Paris de 1903 à 1913.

Page 601.

a. la salle à manger. Il serait placé auprès de la petite Dubuch. De l'autre côté, elle aurait Joseph comme voisin de table; *[quelques mots illisibles]* Yves se promet d'être brillant. Il relisait le menu : *ms.*

b. de complaisance. Yves remarqua que, lorsque cet homme riait, il n'avait presque plus d'yeux... juste ce qu'il fallait *ms.*

c. et des choses. Il ne voyait rien du monde et de la vie. La création devenait vaine. Tout venait mourir en lui. Cazavieilh et Dussol remontaient vers la maison. Parfois ils s'arrêtaient, se dévisageaient, *ms.*

Page 602.

a. est servie. | [Pour ces *[deux mots illisibles]* la nourriture n'était pas un prétexte à se réunir, à un échange de paroles vaines, elle était une fin en soi, le bonheur des bonheurs, le luxe unique *biffé*] | Mais oui *ms.*

b. spirituel. » | Lui riait peu, il ne la perdait guère des yeux, avec une expression de gravité qu'Yves n'avait jamais remarqué chez « l'enfant des bois » *[quatre ou cinq mots illisibles]* c'était le visage du désir qui presque jamais ne se montre à nu. Il ne pouvait le comprendre, mais il le pressentait, il se rappela *ms.*

c. les métayères. Yves l'avait vu, il avait cet air sérieux, ce regard fixe dont il couvait aujourd'hui la petite Dubuch. Et soudain Yves se sentit *ms.*

Page 603.

a. servi d'appât, s'épanouissait comme une grosse rose. Elle *ms.*

b. qu'il traverserait tous les drames de l'esprit et du cœur, il perdrait la foi et la retrouverait, il serait aimé et il n'aimerait pas, il aimerait sans être payé de retour, il aurait des enfants *ms.*

1. Voir pour des images proches, dans *Le Baiser au lépreux* (t. I, p. 460-461). Mauriac veut ici, très clairement, opposer les destins des trois Frontenac; le désir, la solitude, l'amour déterminent trois attitudes moins contradictoires peut-être que complémentaires. Mais ces trois destins, il l'indique, immédiatement (voir la note suivante) sont tragiques.

2. Le procédé d'anticipation utilisé ici, sera repris pour Yves (p. 610) et pour José (p. 619 et 651); il est important qu'au spectacle apaisé qu'offre Jean-Louis, réplique immédiatement l'annonce des drames qu'il connaîtra (aucune autre allusion n'y sera faite); comme s'il était impossible que subsiste cette image de bonheur calme (voir la Notice, p. 1239).

Page 604.

a. à son front [*p. 603, avant-dernière ligne*], il essuyait à sa serviette ses mains moites. Tels étaient [...] lumière merveilleuse était pour lui seul et qu'elle brillait à son intention. *ms.*

1. Le Maryan est assez proche de Johannet; Mauriac, comme il fait souvent, emprunte un nom pour désigner un autre lieu : la palombière se trouvait à Jouanhaut, dans le paysage qu'il évoque au finale (voir n. 1, p. 672).

Page 605.

a. que ses compagnes sans que rien ne trahit qu'elle eût gardé le souvenir de son effroyable aventure. Et c'était naturel, dans sa pensée de fourmi, c'était selon la nature... *ms.*

b. bouleversement. « Tu es choisi *ms.*

1. Voir déjà p. 588.

Page 606.

a. ressembler à tous les garçons de mon âge. Je veux être aimé. J'échapperai coûte que coûte à cette solitude. *ms.*

b. d'essayer d'assouvir une chair qui ne trouvera rien à la mesure de ce qu'elle désire. Jamais assez de créatures pour l'assouvir. [Tu iras de l'une à l'autre comme un maniaque, comme un fou. *add. marg.*] et de plus en plus seul mon pauvre enfant que tu [*deux mots illisibles*]. [Et ce sera toujours moi que tu chercheras à ton insu, jusqu'à ce que tu [*trois mots illisibles*] tu étais destiné à la sainteté, tu t'avilisses infiniment; on n'atteint jamais le dernier degré de la souillure; et de même les amis de Dieu peuvent toujours l'aimer plus qu'ils ne l'aimaient; il n'est pas plus de limite à la pureté qu'à la souillure. *biffé*] [Il appuya sur son bras replié sa tête *add. marg.*] » Je me *ms.*

c. et ce brouillard [...] froid. *add. interl. ms.*

1. Mauriac revient souvent sur cette idée, sur cette crainte que

toute voix intérieure ne soit illusion, dialogue avec soi-même. Voir au tome I, p. 16 et 982, dans *Les Anges noirs*.

2. Thérèse Desqueyroux cède à la même rêverie, plus sombre : « ... J'aurais pu me coucher dans le sable, fermer les yeux... C'eſt vrai qu'il y a les corbeaux, les fourmis qui n'attendent pas... » (p. 104).

Page 607.

a. elle avait jeté [...] entrelacés. *add. marg. ms.*

b. Frontenac n'était pas hoſtile. | « Comprends-moi *ms.*

c. sa mère comme lorsqu'il était petit et il prit *ms.*

d. sentit [trembler *biffé*] [frémir *corr. interl.*] contre elle. | « Tu as froid ? » | Elle le couvrit *ms.*

1. Voir pour cette image, p. 174 et n. 3, p. 625.

2. « " Diseur de riens ", soupirait quelquefois ma mère quand j'étais un enfant bavard » (*Bloc-notes*, II, p. 243).

Page 608.

a. une dernière fois contre sa mère comme un petit garçon, contre sa mère vivante [...] à l'autre, tomber morte. Les pierres ne mourraient pas. La Hure continuerait *ms.*

b. mes chéris... | Et Yves qui était persuadé de ne plus avoir la foi proteſtait pourtant que tout amour *ms.*

c. ne se perde ! | Si l'un de nous se perd, il sera retrouvé, peut être à cause de toi, maman. | Yves se tut brusquement [irrité *biffé*] [furieux *corr. interl.*] [Un autre s'exprimait par lui *biffé*]. Il ne reconnaissait pas le ton de sa voix. Pourquoi débitait-il ces ⟨niaiseries⟩ ! Ils se levèrent *ms.*

d. Le bonheur de l'enfance, c'eſt d'avoir à portée de la main [cette *biffé*] [la divinité *corr. interl.*] qui prend tout sur elle, infaillible, toute-puissante : maman. Yves aujourd'hui sent que ce que ses mains touchent, c'eſt une pauvre idole [trop adorée hier *add. interl.*] vermoulue et déjà à demi détruite [et qui ne peut plus rien pour lui *biffé*]. Mais pourtant ce vieux corps maternel encore vivant s'interpose entre la mort et Yves. Tant qu'elle sera là, même cardiaque, à bout de souffle, tant que sa mère sera là, il ne verra pas la mort, il ne verra pas la mort pour lui. Il faut que la mort passe sur ce vieux corps d'où il eſt né et alors il la verra face à face; plus d'obſtacles entre eux; quand ta mère t'aura quitté, fusses-tu un homme dans le plein de sa force, tu ne seras plus séparé des maladies, de la ⟨ruine ?⟩ de l'agonie que par ce cadavre étendu de vieille femme que désormais toute la misère du monde peut désormais [*sic*] franchir pour se ruer sur toi. *add. marg. sans indication de place. ms.*

Page 609.

a. de rentrer à Angoulême, de retrouver sa vieille. Il la dédommagerait à peu *ms.*

b. toutes ses lectures dans cette direction. | Ainsi marchaient-ils côte à côte, mais chacun à travers un monde différent. Dans le clair de lune, ils virent traverser l'allée d'un fourré à l'autre, comme un sanglier, Joseph *[quelques mots illisibles]* Ils entendirent *ms.*

c. heure nocturne, jeune bête sans odorat et qui ne trouverait pas, qui était assuré de ne pas trouver ce qu'il cherchait, et il foulait pourtant les feuilles sèches *ms.*

1. On a reconnu une citation, presque littérale, de Pascal (Brunschwicg, 793; Lafuma, 308). Les préoccupations que Mauriac donne ici à Jean-Louis rappelle que lui-même fit partie du Sillon, s'intéressa aux idées de Sangnier et aux tentatives qui furent faites en ce sens. Jean-Louis sera incapable de réaliser ses projets, condamné comme José (voir la note 3), comme Yves (voir p. 611) à l'échec : sur ce point voir la Notice, p. 1239.

2. L'image, pour Mauriac, est lié à l'expression du désir; voir dans *Le Mal* (t. I, p. 700), dans *Le Jeune Homme*, p. 690.

3. En un brusque raccourci, Mauriac indiquera (p. 619) le drame de José, comme il l'a fait pour Jean-Louis (p. 603) comme il le fera, pour Yves (p. 611).

Page 610.

a. toute douleur et toute faute [enrichit *biffé*] toute passion engraisse l'œuvre *ms.*

b. sa lassitude. Mais le sommeil la fuyait, le clair de lune coulait le long des persiennes. Elle entendait sur le gravier *ms.*

1. Baudelaire, *Les Fleurs du Mal*, « Bénédiction », (*Œuvres complètes*, Bibl. de La Pléiade, t. I, p. 9).

2. Retour insistant d'une comparaison avec le père qu'il n'a pas connu; voir déjà p. 591 et la Notice, p. 1242.

Page 611.

a. comme une taupe et ne jaillit à la lumière [...] souterrain et la *[mot illisible]*. Elle est d'abord captée par quelques esprits qui la *[un mot illisible]*, la dissimulant aux non initiés. Mais une angoisse *ms.*

b. de la résistance opposée au Directeur *ms. RP* : de la longue résistance opposée au Directeur *Orig.*

c. en volume. Et ce serait la honte de n'avoir plus rien dans le ventre qui retarderait jusqu'à sa vingt-quatrième année son établissement à Paris[1]. Yves à sa fenêtre *ms.*

d. que ses poèmes; ce serait le bréviaire de toute une génération

1. Jusqu'ici la chronologie « réelle » a été suivie, ou à peu près. Mauriac entrait dans sa vingt-troisième année lorsqu'il vint s'installer à Paris en 1907. La modification s'explique par un changement de perspective. Dès le chapitre suivant, les événements se situent en 1912 et Yves a vingt ans. Les données romanesques bousculent l'autobiographie.

vouée au désespoir... Mais ce désespoir même rendrait à beaucoup le désir d'une métaphysique. Cette nuit du déclin de septembre, Dieu voyait sortir / *ms.*

1. Cette évocation par Mauriac, en 1936, de sa propre carrière littéraire — car il s'identifie évidemment à Yves Frontenac — est curieuse. Sans doute une transposition était-elle nécessaire; mais elle comporte, à côté de traits autobiographiques, des notations inattendues. Les quatre années d'études, la longue attente du succès apparent correspondent à une réalité. Qu'il se donne un destin de poète ne peut étonner : il exprime là un de ses rêves, une de ses convictions les plus profondes. Mais le drame de la stérilité, « la honte de survivre pendant des années à son inspiration » paraissent des impressions étranges, lorsque l'on songe à la situation littéraire de Mauriac à l'époque où il écrit *Le Mystère Frontenac*. Il y a là pourtant une réaction profonde, ne faudrait-il pas dire un « fantasme », qu'on retrouve dans *Un adolescent d'autrefois* : Alain Cajac n'aura publié qu'un seul livre... On y verra la traduction d'une anxiété que les plus grands succès n'ont jamais apaisée. Et une défense aussi contre cette crainte que dit la dernière phrase, contre l'inquiétude spirituelle que fait naître la réussite.

Page 612.

a. L'épigraphe manque dans le manuscrit.

b. de l'épargne, même si la stricte honnêteté ne nous avait mis en garde / Blanche *ms*

1. Rimbaud, *Les Illuminations,* « Enfance » (*Œuvres complètes,* Bibl. de la Pléiade, p. 178).

Page 613.

a. vingt trois ans. Deux enfants et un troisième en route... Il réussissait. Dussol se retirerait à la fin de l'année. / Cependant les deux vieux messieurs ne se pressaient pas de conclure. / « Faut-il que ce pauvre enfant soit bête, disait l'oncle Alfred. Il aurait pu avoir cette fille pour rien. *ms.*

b. a dansé, je dois dire d'une façon inconvenante : Quand ce ne serait que ces jambes et ces cuisses nues... » *ms.*

c. Et les pieds [...] cette Blanche ! *add. marg. ms.*

1. Cette indication permet de suivre à peu près la chronologie. Jean-Louis a vingt-trois ans et Yves vingt (voir p. 625). Cette seconde partie se situe cinq ans après la précédente; on croirait en 1905, d'après ce qui précède. Mais Mauriac reprend pour Yves les souvenirs de sa vie à Paris en 1910 et va donner brusquement une date : 1913 (p. 643). Voir sur ce point la Notice, p. 1243.

2. Les mêmes détails se retrouvent dans *Le Nœud de vipères* (voir p. 437) et dans *Les Chemins de la mer.* Sans doute Mauriac se souvient-il de quelque « scandale » survenu à Bordeaux.

Page 614.

a. malheureusement. [Et ce Francis Jammes, un américain probablement qui ne sait pas un mot de français. *biffé*] [Et ce Claudel dont il nous rebattait les oreilles *add. interl.*] Ce ne saurait être le fabricant de carburateurs. Ça n'a ni queue ni tête, comme disait M. l'archiprêtre. Si ça avait de la valeur, je m'en apercevrais. / Bien que Jean-Louis *ms.*

b. contre elle, la veille au soir. Car depuis que les poèmes de son dernier né avait été réuni en volume, pour des raisons d'ordre moral et à cause de quelques obscénités, elle les jugeait sans aucune indulgence, mais *[un mot illisible]* elle faisait front contre les deux vieux messieurs : « Vous feriez mieux *ms.*

c. ailleurs. Tout cela qui est nouveau vous choque et a d'ailleurs toujours choqué. N'est-ce pas, Jean-Louis ? *ms.*

1. L'économiste, Charles Gide, était, on le sait, l'oncle de l'écrivain.

Page 615.

a. un dindon *[p. 614, 9ᵉ ligne en bas de page]* et son cou [devenait rouge *biffé*] et ses oreilles [devenaient rouges *biffé*] [se teintaient de rouge violacé *corr. interl.*] / Je me tiens au courant de ce qui paraît, dit-il enfin. Je suis abonné au *Panbiblion* [et dans les bons livres auxquels Mme Dussol a droit elle en choisit toujours un à mon intention. Je n'aime pas beaucoup les romans, je l'avoue. J'aime l'histoire, ce qui est sérieux, ce qui est vrai. Quant à la poésie, je m'en tiens au maître incontesté, à Victor Hugo *biffé*] *[Une ligne illisible]* Brusquement il se leva : / *[trois mots illisibles]* vous nous avez demandé un conseil, nous vous l'avons donné après y avoir réfléchi profondément. Je compte qu'il vous éclairera sur le véritable intérêt de votre malheureux enfant. Pour moi, je ne dirai plus rien. J'ai fait mon devoir auprès de vous. J'ai couru le risque de vous déplaire. J'ai parlé selon ma conscience... » / « Ouf ! » dit Blanche Frontenac et elle revint près du feu. Pourtant les radiateurs étaient brûlants *ms.*

Page 616.

a. Mme Frontenac. Il ne fait pas ses Pâques, voilà ce qui compte pour moi. Mystique, sans la messe et sans les sacrements, je trouve cela un peu fort, si tu veux mon avis. Enfin, tu le vois souvent quand tu traverses Paris. Que te dit-il ? *ms.*

b. Entre frères .. / Justement, dit J⟨ean⟩-L⟨ouis⟩. Entre frères, on se devine, on se comprend, on ne se confie pas. / Des mots, des mots ! fit Blanche irritée. [Mais Joseph, maman ? / « Ah ! les garçons, les garçons ! » interrompit-elle et elle élevait et agitait ses mains jadis belles et maintenant tordues par les rhumatismes *biffé*] déformées et tordues. « Heureusement, toi du moins... *ms.*

Page 617.

a. de ce que ça coûte *[p. 616, 21ᵉ ligne en bas de page].* [Dussol n'avait pas voulu entendre parler des « Conseils d'usine » *[...]* qu'il se rende à l'évidence. Je ne regrette pas ce que cela a coûté. / Jean-Louis était devenu plus sage depuis ce temps-là, mais on trouvait en famille qu'il avait l'air triste, qu'il manquait d'entrain. Le bruit courait qu'il étudiait un autre système. Dussol riait : « Laissez faire, moi *[quelques mots illisibles]* qu'on ne l'y reprendra plus. *add. marg.*] / Au fond, *ms.*

1. Pour cette expression, voir déjà var. *c*, p. 572.

Page 618.

a. Depuis Le coupable demeurait debout... *[p. 617, 15ᵉ ligne en bas de page] un paragraphe très raturé, à peu près indéchiffrable, mais le texte définitif est assez proche du texte publié.*

b. la mère inquiète s'était levée. Elle alla vers Joseph, lui prit la tête dans ses deux mains, comme elle faisait autrefois : / Joseph *ms.*

Page 619.

a. Depuis : Elle parlait sur un ton de commandement, *[p. 618, 6ᵉ ligne en bas de page] paragraphe très raturé, indéchiffrable.*

b. Il répéta comme une incantation : « Mon vieux José. *C'est ici pour la première fois que Joseph devient José ; voir var. c, p. 621.*

1. Déjà dans *Le Mal,* comme plus tard dans *Un adolescent d'autrefois,* apparaît ce thème de la mort du frère que rien ne justifie dans la réalité lorsque Mauriac écrit *Le Mystère Frontenac.* Il y a là, semble-t-il, un mouvement imaginaire profond. Dans *Le Mal* et *Un adolescent d'autrefois,* la mort du frère fait du héros le fils unique, chéri et dominé par une mère inquiète et possessive. Ici, Mauriac cède, semble-t-il, au besoin de dramatiser le destin des Frontenac, comme il le fait (en anticipant également sur le récit), pour Jean-Louis (p. 603) et pour Yves (p. 611). Sans doute songe-t-il à tel de ses amis tués au cours de la guerre.

Page 620.

a. près du berceau. On l'eût deviné enceinte au premier regard bien que la robe de chambre dissimulât sa taille; mais ses traits étaient tirés, marqués de bistre, à la naissance de la poitrine d'un blanc laiteux, une grosse veine bleue se gonflait. [Cette fille de la campagne *[...]* jeunesse. Elle était peut-être enceinte. *add. marg.*] / « Combien ? *ms.*

b. un geste excédé qui signifiait : « Comme tu voudras » [Il se pencha *[...]* comme une pêche, dit-il. *add. marg.*] Il se mit à tourner *ms.*

1. L'expression est sans doute un souvenir; elle est employée,

déjà, dans des circonstances identiques, dans *Le Fleuve de feu* (t. I, p. 559).

Page 621.

a. campagnarde élevée [...] nourriture. *add. interl. ms.*

b. Cette fille ? / À en mourir. » / Elle sourit *ms.*

c. de la figure que faisait José [et des mots qu'il avait balbutiés la bouche contre l'oreille *add. interl.*] [et soudain il fut frappé de ce qu'il portait le même nom que l'amant de Carmen[1]. Il lui ressemblait. Ce snob d'Yves parlait avec mépris de *Carmen*. Mais rien n'empêcherait Jean-Louis de frémir chaque fois qu'il entendait le dernier cri : « C'est moi qui l'ai tuée... Carmen. *biffé*]. Il avait vu brûler sur cette face cette passion inconnue... La Passion. / « Danièle *ms.*

d. cette mortelle folie. [« Je meurs de ne pas mourir. . » On meurt de ne pas mourir. On meurt... *biffé*] [*Quelques mots illisibles.*] Il regarda sa femme qui pétrissait une boulette de pain. Il avait honte, il songea : « Je meurs de ne pas mourir... » et d'avoir répété ce cri d'un mystique à propos d'un amour charnel[2], le remplit de honte [et de dégoût pour lui-même. *add. interl.*] / Quoi ? *ms.*

1. Voir déjà p. 556 : « Bien que je ne sois pas une Frontenac... », dit Blanche.

2. Les variantes montrent que Mauriac a été tenté de donner beaucoup plus d'importance à cette rêverie de Jean-Louis sur la passion qu'il n'a pas connue. Le même mouvement apparaît chez lui, à propos d'Yves (p. 671-672). C'est l' « ombre » nécessaire, dans ce personnage qui paraît si simple.

Page 622.

a. toi-même [que tu ne pourrais jamais vivre avec elle. *add. interl.*] / Oui, je suis *ms.*

b. Jean-Louis [*deux mots illisibles*]. Pauvre vieille maman. Pauvre femme. [Il se représentait... à l'autre. *add. interl.*] *ms.*

c. Tu n'es pas fâché [...] caractère. *add. interl. ms.*

1. Voir *Nouveaux Mémoires intérieurs,* p. 176 : « Notre mère [...], nous ne doutions pas de faire beaucoup pour elle, quand elle ne fut plus que cette vieille femme lourde, tourmentante et tourmentée, si nous lui donnions un mois de nos vacances. Nous n'aurions pas voulu vivre avec elle, et nous le lui laissions entendre [...] ».

Page 623.

a. d'ouvrir l'autre. / Il n'eut pas longtemps à attendre la phrase habituelle de Madeleine : « Je tombe de sommeil *ms. La lettre est une addition marginale au crayon. Les dernières pages de ce cahier*

1. Sans doute est-ce ce rapprochement qui explique le changement du prénom, qui intervient, pour la première fois, var. *b*, p. 619.
2. C'est en effet le titre d'un poème de Thérèse d'Avila.

(depuis ici jusqu'au chapitre XVII) ont été corrigées au crayon une première fois, puis une seconde fois à l'encre.

b. à sa table, ouvrit la lettre, la posa devant lui. Il se réjouit de ce qu'elle était plus épaisse que les autres. Peut-être enfin Yves allait-il se livrer un peu. Il donnait d'abord en bon Frontenac des nouvelles d'oncle Xavier *ms.*

c. toujours chez Larue, Voisin ou Prunier, et au dessert il me regarde fumer un Bock ou un Henri Clay, gardant pour lui le crapulos. Ah ! c'est que *ms.*

1. C'est ce que Barrès aurait dit lorsqu'il invita Mauriac, peu après l'article sur *Les Mains jointes* ; voir *La Rencontre avec Barrès OC,* t. IV, p. 185 : « propos qu'on me rapporta (et le style même m'assurait de son authenticité) » dit Mauriac.

2. On trouvera *(ibid.,* p. 185, 209, 212) le récit de conversations avec Barrès; la première eut lieu au cours d'une promenade dont Mauriac paraît se souvenir ici : « Il me demanda de l'accompagner à la Chambre. Il faisait beau. Je me revois, traversant à ses côtés la place de la Madeleine... » (p. 185).

Page 624.

a. s'enchevêtraient. Sans doute avait-il pour la première fois cédé au désir de se confier [de se livrer à son grand frère *biffé*]; et puis il s'était repris. [Il avait obéi à *biffé*]. Cette pudeur [avait été la plus forte *add. interl.*] [qui sépare les âmes comme sur le plan de la chair elle sépare les corps *biffé*]. Et peut-être sous ses [rageuses *add. interl.*] ratures *ms.*

1. Dans tout ce passage, on retrouve les thèmes que Mauriac a développés déjà dans *Le Mal* et que l'on retrouvera dans *Maltaverne* ; c'est, sans doute, que sont utilisés souvenirs et impressions des premières années passées à Paris. Voir pour ce sentiment d'étrangeté au tome I, p. 681-682 : « ... ces fêtes dont les hôtes lui étaient aussi mystérieux qu'une tribu sauvage... » Tout le début de la lettre qui suit reprend des détails déjà notés dans *Le Mal :* les plaisanteries comprises des seuls initiés, le succès dû à la jeunesse plus qu'au talent...

Page 625.

1. Mauriac avait donné ce nom (souvenir d'un poème de Cocteau) au danseur dans une première version du *Mal* (t. I, n. 1, p. 1282).

2. Voir au chapitre III de *Maltaverne,* le récit d'un dîner en tête à tête auquel une dame déjà mûre a convié le jeune Alain Gajac.

3. *Ibid.* « Je connaissais la réputation d'ogresse qu'elle avait... »; « ... moi, j'aime les êtres... » Voir la même image dans *Destins,* p. 174. Et ici, p. 607.

4. Souvenir du « grand dîner offert à l'ambassadeur d'Autriche, le Comte Czernin, par le duc et la duchesse de Rohan », où Mauriac fut convié, vers 1910. Voir *Maltaverne,* chap. II.

Page 626.

a. de tordre et d'avaler [*p. 625, dernière ligne*], il y a toujours un diable de laquais pour vous enlever votre assiette à demi pleine. Beaucoup de vieux jeunes gens traînent dans ces salons, à qui on a dû faire fête autrefois, et qu'on supporte aujourd'hui, parce que les vieilles dames sont habituées à eux, que l'été, la vie de château ne leur fait pas peur, qu'ils sont pleins de potins et d'histoires, et surtout qu'ils connaissent le langage du clan; il n'en faut pas plus. Moi, je ne crains pas de leur ressembler un jour. Je puis bien m'amuser, ma copie est remise; comme au temps du collège, je me suis dépêché de finir mon devoir pour aller jouer. Oui, ma copie est remise; je suis libre et sans souci d'avenir. Je n'ai peut-être plus rien dans le ventre; mais j'ai encore dans un tiroir, huit poèmes qui ont été écrits à Bordeaux, que tu ne connais pas, que je fignole; ils paraîtront au compte-goutte. Je ferai durer le plaisir. Tu trouves que je manque de sérieux ? Ne va pas croire surtout que je sois d'un modèle courant : si tu venais vivre ici, tu aurais vite fait d'y trouver tes semblables; qu'ils écoutent Sangnier, qu'ils suivent Maurras ou Péguy, ils se ressemblent tous, ils disent qu'ils veulent servir, se donner, ils se préparent à ils ne savent quoi; ils tiennent leur lampe allumée, comme si l'époux était déjà aux portes... Et moi, que fais-je au milieu d'eux ? Écoute, je suis tout de même ton frère et leur frère... C'est à cet endroit »   *RP. Le manuscrit donne avec quelques variantes le même texte*[1] *et poursuit :* leur frère, mais de moi ce qui est exigé, je n'ose te l'écrire, parce qu'au fond je n'y crois pas. Et pourtant tout se passe dans ma vie comme si quelqu'un empoisonnait toutes les sources où je veux boire, brouillait mes chemins, me chassait de tous les lieux ⟨où je souhaite d'aimer et de dormir⟩. | C'est à cet endroit

Page 627.

a. le berceau fit un doux bruit [rythmé   *add. interl.*] de moulin. | Jean-Louis reprit : | Ce ne serait pas.   *ms.*

b. et que chacun creuse sa place, ⟨son trou⟩, dans un nouveau nid. Il n'y a pas de femme qui répugne à retrouver un enfant dans l'homme à qui le sort l'a ⟨livrée⟩, et c'est lui souvent, l'époux, qui se blottit dans les bras de l'épouse, d'abord étonnée. Et puis elle se fait au poids de cette tête, elle serre contre son cœur ce grand enfant, son premier enfant... *un paragraphe de dix lignes raturé, illisible* | Ce Jean-Louis   *ms.*

c. de ses cadets, la même sollicitude inquiète, une angoisse pareille à celle de Blanche Frontenac. Et cet instinct maternel était, ce soir-là, mis en éveil par les incidents de la journée. Le désespoir sans cri de José, cet affreux silence avant la foudre, l'avait boule-

---

1. Nous donnons celui de *RP*, car celui du manuscrit n'est pas déchiffrable dans sa totalité.

versé; moins peut-être que ces pages d'Yves avec leur secret indéchiffrable; et en même temps la lettre de l'ouvrière *ms.*

1. Pour ce thème essentiel du refuge, ou plutôt de la recréation
du refuge maternel (voir var. *b*) voir la Notice, p. 1238.

Page 628.

a. Cette réplique manque dans OC, restituée d'après ms., RP, orig.

1. Évangile selon saint Jean, XIII, 27 : « Et Jésus lui dit : Ce que
tu fais, fais-le au plus tôt. » Il s'adresse alors en effet à Judas.

Page 630.

a. les fruits inconnus *[p. 629, 13ᵉ ligne en bas de page]*, imprévisibles, inimaginables de tes actes, mon pauvre enfant, ne se révèle-
ront à toi que dans la lumière. Ces fruits de rebut ramassés par terre,
ces fruits que tu n'osais pas offrir, tu sauras un jour ce que mon
amour en a fait. Tes crimes, je les ai assumés. C'est mon affaire que
les crimes. Mais tes bonnes actions, je les charge d'une puissance
presque divine. Il fit un retour sur lui-même [examen de conscience
add. interl. au crayon]. Non, il n'avait pas commis de faute. Demain
matin, il pourrait communier; alors il s'abandonna à cette paix.
[Il savait où il *[...]* ne l'éveillèrent pas, *add. au crayon*]. *La page
du manuscrit n'est pas terminée ; le chapitre XV commence à la page
suivante.*

Page 631.

a. tout un mois avec elle toute seule. Les autres enfants allaient
à Arcachon. Comme l'été s'annonçait torride, Mme Frontenac
avait résolu *ms.*
b. chez les Frontenac. / Au bout d'un quart d'heure *ms.*

Page 632.

a. le temps de l'embrasser... Nous sommes toujours avertis; mais
⟨sourdement⟩. Il n'y a jamais ⟨assez⟩ de silence en nous ou autour
de nous. [Ce qu'il dédaignait alors *add. interl.*] les quelques
secondes [...] avoir perdues. Il entendit *ms.*
b. Il répondit par paresse et parce qu'il détestait de parler de
certains sujets avec les dames : / « Je ne l'ai *ms.*

1. S'il place la mort de sa mère beaucoup plus tôt que dans la
réalité (elle mourut en 1929), Mauriac transpose à peine ici des événements qu'il a racontés par ailleurs : « La dernière fois que je l'ai
vue, rue Rolland, à Bordeaux, je partais pour l'Espagne avec Ramon
Fernandez. Elle s'inquiétait de ce voyage en auto. Je la vois encore
penchée sur la rampe et me regardant descendre; et moi je ne songeais pas à m'arrêter sur une marche à lever la tête une fois encore. /
[...] Au retour, je comptais aller embrasser maman, puisque je
traversais Bordeaux. Mais Ramon était pressé de rentrer à Paris.

Après tout, ne devais-je pas rejoindre ma mère à Malagar dans quelques semaines ? J'aurais dû pourtant être averti par une honte obscure. Je me répétais : " Nous nous reverrons bientôt à loisir ; à quoi bon ce revoir d'un instant ? " Oui, ce n'eût été qu'un instant, mais il dure en moi, avec quelques autres d'ailleurs, et il pèse lourd » (*Nouveaux Mémoires intérieurs,* p. 176-177).

Page 633.

   a. parlaient d'il ne savait qui. / [« Je ne vous dis pas qu'il n'aime pas les femmes, mais je ne vous affirmerais pas le contraire. / Il y a ⟨la race⟩ de ceux qui les aiment et de ceux qui ne les aiment pas... Mais il y a la race immense de ceux que j'appelle les couci-couça » *biffé*] / [« Croyez-vous qu'il aime les femmes ? / — Pas autant qu'il veut en avoir l'air. / — C'est ce que j'appelle un « couci-couça », et je le crois plus « couça » que « couci ». / — C'est triste, dès qu'un *biffé*] / — Il m'a suppliée   *ms.*

   1. Voir *Commencements d'une vie* et *Nouveaux Mémoires intérieurs,* p. 172.

Page 634.

   a. un éclair fulgurant, mais déjà le présage s'effaçait avant qu'il l'ait saisi. / « Tout ce   *ms.*
   b. OC : embêtant, *corrigé d'après ms.,* RP., *orig.*
   c. en trouver un autre   *ms.*
   d. cette patience. Elle parle de mourir... Je vous assure que c'est impressionnant. / Ne vous   *ms.*
   e. me reconfesser », disait-elle après une discussion avec M. Alfred ou lorsqu'elle [...] Burthe ou *[deux mots illisibles]* d'une femme de Bordeaux aux mœurs décriées et montrée du doigt depuis des années. La bonté   *ms.*

Page 635.

   a. Dussol *[p. 634, dernière ligne].* Ce monde implacable avec lequel aujourd'hui le petit Yves Frontenac hurlait   *ms.*
   b. en pleine poitrine comme une grosse pierre. Elle répondrait : « Tu vois, mon chéri ? Tu vois ?... Il imaginait la nuit calme, le ciel fourmillant d'août, [elle lui parlerait de Dieu   *add. interl.*], l'odeur de regain [et sa mère lui parlerait de Dieu   *biffé*] Dans les jours *ms.*
   c. respirent enfin et cachent [mal   *add. interl.*] leur joie, l'époque *ms.*

   1. Évangile selon saint Matthieu, x, 16; selon saint Luc, x, 3.

Page 636.

   a. Mauriac, le premier cahier achevé, le reprend à rebours et sur les versos restés blancs, écrit la fin de ce chapitre, depuis : La voix qui
   b. d'une certaine femme, sans doute n'aurait-il pu le supporter,

il se serait habillé, serait sorti, aurait cherché de bar en bar des gens avec qui boire et rire. Mais puisqu'il demeurait immobile, la tête renversée, sans lumière devant la fenêtre ouverte, incapable d'un geste, c'était sans doute *ms.*

c. dans le noir et qu'il n'y avait pour lui aucun secours. Soudain le téléphone *ms.*

Page 637.

a. plus rien. | « Je suis idiot », se dit-il | L'horloge de S. François X⟨avier⟩ sonna une heure. Il était assis à la même place, il souffrait, bien moins de son chagrin particulier de ce soir que d'une angoisse sans nom. Plus tard, il devait se rappeler cette impression de vertige, comme si un mur s'était abattu, envolé d'un coup et que le vent froid l'avait frappé en plein visage. | Le lendemain il se sentit plus calme, la vie ordinaire recouvrit son angoisse. Il fut dissipé, il se livra aux ⟨derniers⟩ plaisirs. *[Quelques mots illisibles].* Comme *ms.*

b. dans le cabinet dont les volets étaient encore fermés. Une brume de chaleur couvrait les toits, un brouillard de soufre. Il demanda *ms.*

Page 638.

a. dans le téléphone, mais elle ne l'entendait pas. | Les larmes jaillirent *ms.*

b. moquette brûlée. Il chercha en vain une photographie de leur mère. Rien du mystère Frontenac ne se manifestait ici. *[Tout ce dernier paragraphe est très raturé.]* | Une longue file d'enfants de chœur, un grand concours de clergé précédaient le char. *ms.*

c. leurs figures ravagées dans le soleil brutal, de leur habit, de leur haut de forme à onze heures du matin. Il observait la physionomie des gens sur le trottoir qu'intéressait cette pompe funèbre. Il ne souffrait pas, il ne sentait rien et ne perdait pas un mot des propos *ms.*

Page 639.

a. madame Métairie qui ne savait pas encore que son mari l'avait plaquée. Blanche *ms.*

1. On ne sait s'il y a là un souvenir (ou le souvenir d'un récit entendu lié peut-être à un autre personnage), mais Mauriac utilise le même trait au début des *Chemins de la mer,* avec les mêmes détails : Léonie Costadot, pour sauver la fortune de ses enfants, parvient à obtenir de Lucienne Révolou une reconnaissance de dettes et passe ainsi avant tous les créanciers d'Oscar Révolou, le notaire.

Page 640.

a. Yves *[p. 639, 4e ligne en bas de page]* voyait sa mère sur le perron devant les pins [ou récitant son chapelet autour du parc, *add. interl.*] ou à Respide devant les collines endormies. *ms.*

b. son amour pour le monde visible, et elles s'éveillaient   *ms.*

c. elle a ri. » / Dussol [parce qu'il parlait à mi-voix   *add. interl.*] ne se rendait pas compte que sa voix portait, qu'Yves marchait un peu en arrière des autres. / « Pourtant, elle disait qu'elle en était fière... / — À nous, peut-être, mais Jean-Louis m'a avoué lui-même qu'elle ne comprenait rien aux élucubrations d'Yves. D'ailleurs comment voulez-vous qu'il en soit autrement ? C'était la raison   *ms.*

d. et Dussol, il avançait   *ms.*

1. *Nouveaux Mémoires intérieurs,* p. 25 : « Ma mère mourante jeta un regard sur le jardin embrasé et dit que c'était cela qu'elle regrettait. »

Page 641.

a. conjurer cette image de sa mère que Dussol construisait à sa mesure, de sa mère   *ms.*

b. marmottée par des indifférents qui n'en comprennent plus le sens. Dussol   *ms.*

1. C'est le mouvement même qui justifie la composition du livre, que Mauriac exprime ici. Voir encore dans les *Nouveaux Mémoires intérieurs,* p. 172.

2. Prêtres attachés à une paroisse, sans faire partie du clergé qui en a la charge.

Page 642.

a. Je m'entends, c'était [quand même   *add. interl.*] un esprit religieux, un rêvasseur, un homme qui [à trente ans passés   *add. interl.*] achetait encore des livres de vers. [Cela dit tout   *add. interl.*] Et qu'on ne vienne pas me raconter que ce n'est pas vrai. Je l'ai surpris moi-même l'année de sa mort. Je me rappelle qu'il était tout gêné. / — Il avait l'air gêné ? Peut-être parce que c'était un livre polisson. / — Non, ce n'était pas son genre. [Après tout peut-être... Je me rappelle maintenant que c'était un recueil de Baudelaire, tout ce qu'il y a de malsain, de morbide, Michel, un esprit fin tant que vous voudrez,   *add. marg.*] mais comme homme d'affaires   *ms.*

b. l'humilier. Au bord   RP

1. Mauriac note, à plusieurs reprises, ce goût qu'avait son père pour la lecture et la littérature : « Il aimait les lettres. [...] Je sais que mon père faisait de mauvais vers. Il achetait de belles éditions de Montaigne et de La Bruyère... » (*Les Maisons fugitives, OC,* t. IV, p. 325). Il exploite ce souvenir à travers tout ce récit; voir la Notice, p. 1242.

Page 643.

a. qu'ils étaient devenus *[p. 642, 17ᵉ ligne en bas de page]* ? Il existe des êtres, songeait Yves, qui viennent au monde avec ce

pouvoir mystérieux de créer, de composer fil à fil avec tout ce que
leur enfance et leur adolescence leur apportent, un cocon qu'ils
ne cessent d'épaissir autour d'eux, un monde particulier qui les
isole *[deux mots illisibles]* monstrueusement de la vie ordinaire; mais
il n'est rien qui ne soit voulu, ce n'est pas sans but que quelques
hommes à peine nés ont le don de sécréter cette atmosphère épaisse
qui leur est propre, cet opaque mystère qu'Yves appelait le mystère
Frontenac, car c'est dans les ténèbres que les œuvres mûrissent; tous
les poètes naissent et meurent dans ce monde *[un mot illisible]*
[qu'ils ourdissent *add. interl.*] et s'ils s'en évadent leur œuvre ne
vit plus que du souvenir qu'ils ont gardé. Et tous les Samuels que
Dieu appelle par leur nom, [tous les appelés de Dieu n'entendraient
pas sa voix s'il n'était au centre de ce cocon. *add. sur une rature
illisible*] *[deux lignes illisibles]*. J'ai voulu échapper au mystère, j'ai
désiré ardemment et *[un mot illisible]* au monde, et c'est vrai que
je ne suis plus qu'une larve. [Peut-être n'ai-je pas eu assez à lutter.
Il y en a dont la vie rompait à coups de bélier la muraille de Chine
qui défendait le mystère, et ils devaient la reconstruire coûte que
coûte, mourant de faim, sans abri, le cœur gelé, il fallait réparer les
brèches *[à mesure qu'elles étaient ouvertes add. interl.]*, recom-
poser le Paradis à demi-détruit. Pour beaucoup la folie était le parti
le plus facile, ou simplement l'alcool, les drogues. Mais Dieu
arrange tout. *add. marg.*] | Ils sont intelligents, on ne peut leur
refuser ça. Ils ne sont pas fichus de mener une propriété. Je ne parle
pas de Jean-Louis; il a tout de même subi mon influence *[quelques
mots illisibles]*. J'espère qu'il aura Respide, mais Joseph et surtout
Yves, se feront voler. Je préfère ne pas y penser. Ce sont des enfants
qui sont incapables de gagner un sou, ni même de le garder. |
Alors qu'est-ce que ça peut faire qu'ils soient intelligents, à supposer
qu'ils le soient, ce que je nie... Il aurait fallu une éducation spartiate;
Je l'avais dit à Blanche qui n'a pas voulu m'écouter; pensionnaires,
nous n'en sommes pas morts; ça leur aurait durci le cuir. Je remercie
mes admirables parents de m'avoir élevé à la dure. Si je suis devenu
ce que je suis, je le leur dois. Je ne fais jamais mon bilan de fin
d'année sans élever mon esprit vers leurs mânes. | Devant le caveau
ouvert, Yves entendit encore la voix de Dussol : une maîtresse-
femme *ms. Dans ce long passage, nous n'avons pas tenu compte de
quelques additions peu aisées à situer.*

b. si longtemps cherché. [Un souffle puissant s'éleva soudain et
les pins moutonnèrent à l'infini, et gémirent jusqu'à ce que l'orage
fût là. Alors le vent tomba, il n'y eut qu'un seul coup, mais terrible
et les vieilles femmes allumèrent le cierge béni de la Chandeleur.
On entendit *[deux mots illisibles]* comme l'approche d'une armée
grondante. C'était la grêle que les pins de Bourideys ne redoutent
pas, mais qui dévaste les pauvres champs de seigle. Mais à Respide,
la grêle eût détruit la récolte *biffé*] Ce fut l'eau *Le premier cahier
s'achève sur ces mots.*

c. Le second cahier commence ainsi : Si dans l'année qui suivit la mort de sa mère, Yves apparut à ces amis plus amer qu'il n'avait jamais été, si ses joues se creusèrent *[une dizaine de mots peu lisibles, en partie raturés, puis]* Durant les mois qui suivirent, Yves   *ms.*

1. Il se produit ici une évidente rupture chronologique; des allusions amenaient à lire tout le début — jusqu'à la fin du chapitre xv — en se référant à l'âge de Mauriac, en trois mouvements : 1895, 1900, 1905... La date, brusquement introduite, ici étonne; elle ne correspond à rien dans la vie de Mauriac qui puisse la justifier. Au contraire, puisqu'il se marie en juin 1913.

Page 644.

a. dans tout amour et même dans toute amitié avec cette curiosité   *ms.*

b. contraire, pour susciter un peu de tendresse... mais leur   *ms.*

c. jamais aimé. Ainsi seul il découvrait cette folie qu'il ne connaissait encore que par les livres, il lui arriva enfin de trop souffrir pour se regarder souffrir, et de ne plus s'intéresser à son mal, d'en parler comme de ces douleurs physiques   *ms.*

1. Mauriac tente ici d'expliquer un des traits essentiels de la psychologie amoureuse qui apparaît dans ses romans; ce recours à l'amour maternel, comme type et modèle de tout amour, la psychanalyse l'admettrait, avec un peu moins de rigueur dans la comparaison que le romancier. On notera que dans tout ce récit, cette confrontation est latente; telle variante (var. *b,* p. 627) en donnait même une expression plus nette. On remarquera aussi, plus intéressante, la comparaison qui donne à Bourideys une signification très précise : le parc, comme le sein maternel, est le lieu du bonheur.

2. Ces remarques, comme toute l'analyse qui suit, recoupent la peinture de l'amour-jalousie, faite dans les nouvelles à peine antérieures, *Coups de couteau* et *La Nuit du bourreau de soi-même.*

Page 645.

a. de la terreur *[p. 644, 16e ligne]* de ne pouvoir le supporter [tenir le coup   *add. interl.*]. Enfin il atteignit très vite cette période où l'homme atteint de cette folie, même dans un monde impitoyable, si l'objet de son amour s'y trouve, ne peut plus cacher sa plaie [souffre à cœur ouvert   *add. interl.*] laisse partout des traces de sang. [Et comme il savait qu'il était un obsédé, qu'il ne cessait de se raconter à lui-même les trahisons imaginaires de celle qu'il aimait, il n'était jamais sûr *[...]* les cœurs les plus durs. C'était peut-être ce qui l'aidait à ne pas mourir, car aucun appui ne lui restait   *add. marg.*] Tout ce qui subsistait du mystère Frontenac   *ms.*

b. Il rêvait de ces pins [plus qu'il ne les voyait   *add. interl.*] et se rappelait [le ruisseau   *biffé*] [cette eau furtive   *corr. interl.*] sous les vergnes [aujourd'hui   *add. interl.*] coupés et dont les [pousses

formaient déjà *biffé*] [nouvelles branches déjà confondaient leurs
[jeunes add. interl.] feuilles *corr. interl.*] [mais il leur *[...]*
d'autrefois *add. interl.*] L'odeur *ms.*

c. Ainsi [un an après la mort de Mme Frontenac *add. interl.*]
lui apparut un matin d'été, dans l'encadrement *ms.*

1. Voir le même souvenir dans *Ce qui était perdu* (p. 284).

Page 646.

a. [Elle n'en revenait *[p. 645, 10e ligne en bas de page]* pas *[...]*
interroger sur moi à la paroisse. Je ne suis qu'une gouvernante et
d'ailleurs c'est tout comme. *add. marg.*] Elle minaudait *ms.*

Page 647.

a. de s'intéresser. [Il se répétait : « Oncle Xavier *[...]* océan de
feu. *add. marg.*] Il devait passer *ms.*

Page 650.

a. à l'ombre du grand lit maternel, lorsqu'il était l'heure d'aller
se coucher et qu'il disait à sa mère : « Tu viendras me border. »
[lorsqu'il embrassait l'oncle, *[un mot illisible]* de sommeil et que
l'oncle répondait : « Bonne nuit, petit oiseau. » *add. interl.*] Ou
dans la prairie, au bord de la Hure, l'oncle debout, en costume de
ville, taillant [...] bateau. Mais Yves *ms.*

b. Pourquoi allait-elle chercher celui-là qu'il aimait et qui n'était
pas beau, au lieu de tant d'autres ? Sa voix *ms.*

c. de sa main, et un sentiment nouveau sourdait en lui, ou plutôt
un abcès de haine crevait : la haine ; il n'avait jamais éprouvé cela ;
il saurait bien se venger *ms.*

d. [Il était seul à savoir qu'elle avait fait des choses affreuses
[un mot illisible] de champignon vénéneux et d'autres choses.
add. marg.] Mais il *ms.*

1. Voir n. 3, p. 591.

Page 651.

a. qu'elle se voie mourir... *[p. 650, avant-dernière ligne]* | Il [était
vide *1re réd. non biffée*] [se vidait peu à peu *2e réd. interl.*] de sa
haine *ms.*

b. gémit-il, maman... | [Et il tendit ses bras dans le vide *add.
interl.*] Il était le premier [...] morte au secours. Deux années plus
tard, ce serait au tour de José abandonné [toute la nuit *biffé*] [au
long *[...]* septembre *corr. interl.*] [le ventre ouvert *biffé*] entre
deux tranchées. [À peine Josépha eut-elle atteint le trottoir qu'elle
se rappela que son malade était seul *[avec la femme de journée et
add. interl.]* qu'une crise *1re réd. non biffée*] [dans la rue Josépha se
souvint de son malade, il était seul, une crise *2e réd. interl.*] pouvait à chaque instant *ms.*

c. mais [Xavier l'avait si bien dressée que *add. interl.*] l'envie
ne lui *ms.*

1. Voir p. 607, la scène dont Yves se souvient ici.

2. Le destin malheureux de José a déjà été annoncé; d'abord
très vague (p. 609), l'allusion s'est précisée (p. 619) avant de prendre
la netteté qu'elle a ici. Voir sur ce point les notes des pages 609 et
619 et la Notice, p. 1239.

Page 652.

a. à Yves, *[p. 651, 3e ligne en bas de page]* mais avec une soudaine
hostilité. Les écailles lui étaient tombées des yeux, maintenant que
le [la présence du *add. interl.*] jeune homme ne l'éblouissait plus,
elle devenait sensible à son indifférence tandis qu'elle lui parlait
de l'oncle Xavier. [Elle était trop simple pour imaginer qu'Yves
était peut-être aux confins de la folie *add. marg.*] tandis que
l'oncle achevait *ms.*

b. les connaît. [Ces pensées de rancune et de haine éveillaient
biffé] [Mais ces pensées hostiles recouvraient en elle *corr. interl.*]
un sentiment plus profond qu'elle eût été incapable d'exprimer
dans des paroles. Elle découvrait pour la première fois l'effroyable
naïveté de ce pauvre homme qui avait tout sacrifié à la chimère de
dissimuler à ses neveux l'irrégularité de sa vie [et qui s'était simplement rendu ridicule *add. marg.*] Qu'elle était innocente cette vie !
Qu'elle avait été étroite et frugale [Ç'avait été une fameuse débauche
add. interl.] ! Ils s'étaient privés de tout et elle avait consenti à se
priver elle aussi pour des godelureaux qui ne s'en douteraient
même pas et le sauraient-ils, ils n'y attacheraient pas un instant leur
pensée. Hé bé ! tout de même... Elle monta dans le petit tramway,
épongea sa face cramoisie. [La matinée était chaude *biffé*] [Il faisait
chaud *corr. interl.*] et puis elle s'était *[un mot illisible]* avec l'époque
des bouffées de sang, mais elle aurait été injuste de se plaindre; elle
s'en tirait mieux que beaucoup; quand on voit des tumeurs comme
celle de la belle-mère de sa fille, on ne lui ôterait pas de l'idée qu'elle
devait à la Jouvence de l'abbé Raton de n'avoir pas eu de gros
ennuis. Il y en a qui meurent et qui ont leur portrait dans le journal.
Pourvu qu'il ne fût *ms.*

c. dans l'œuf et faisait manger [Xavier *biffé*] [le vieil homme
add. interl.] comme un enfant [et elle lui parlait aussi comme à un
tout petit : ma petite poule, tu as mal, hé, mon pauvre chien *add.
interl.*] Il ne remuait *ms.*

1. Auteur de roman de mœurs, né en 1832, Charles Mérouvel
connut un certain succès de romancier populaire.

Page 653.

a. des réflexions; mais le souvenir qu'ils garderaient de moi... »
Josépha s'éloigna *ms.*

Page 654.

a. Ces dernières lignes depuis : lui apparaissaient soudain misérables, *sont très raturées, à peu près indéchiffrables.*

b. jamais « O toi qu'aujourd'hui j'implore / Si je t'aime ou si je te hais… » / « Écoute, Géo   *ms.*

Page 655.

a. infinie ? Et il ⟨se souvint⟩ de ce vol de ramiers, au dessus des pins en septembre, ce jour de folie où il avait jeté du sable contre le ciel. À une distance incommensurable, il entendait le chuchotement assoupi des cimes et cette lumière [de cinq heures du soir en sep-tembre   *add. interl.*] qu'on eût dite artificielle embrasait les taillis et les troncs écailleux des pins[1]. / « L'oncle Xavier   *ms.*

b. une autre fine. / La jeune femme apparut entre les tables, son manteau du soir sur les épaules (peut-être avait-elle voulu seulement traverser la salle avec ce manteau). Les deux garçons échangèrent un regard de détresse; mais Yves détourna vite les yeux, sachant que c'était l'heure où son ami pleurait [pour un   *ms.*] rien. /XIX/ Un matin   *ms., RP*

Page 656.

a. attardé avant de reprendre son harnais d'angoisse. Il ne se sentait plus la force d'affronter ce qu'il avait subi. Cette année, il faudrait coûte que coûte trouver quelque chose. Il avait horreur de la drogue. Pourtant, il faudrait trouver quelque chose. Ce télé-gramme de Josépha avait précipité son départ. ⟨La grosse femme   ?⟩ intimidée par la famille leur avait d'abord   *ms.*

b. (Joséfa n'aurait […] famille)   *add. interl. ms.*

Page 657.

a. encore un peu : elle ne se rendait pas compte si leur oncle était préparé à leur venue. Un doigt   *ms.*

b. des propriétés, celui qui assis dans l'herbe, au bord de la Hure, décollait l'écorce d'une branche de vergne en chantant de sa voix fausse : Sabé, sabé, caloumet, il   *ms.*

c. se joindre à Jean-Louis, il cherchait dans sa mémoire des lambeaux de prières, rien ne lui revenait   *ms.*

d. accroupi, il avait compté les éraflures, comparé les deux paillassons qui se faisaient face, de ces riens il composait un déses-poir amer et étrangement lucide. [Sur   1re *réd. non biffée*] [Dans le jour gris de   2e *réd. interl.*] ce palier, au quatrième étage d'un pauvre immeuble dans Grenelle, il voyait ce qui ailleurs ne lui apparaissait que par éclair : cette ⟨jeune   ?⟩ femme qui allait lui repasser le collier, qui était orgueilleuse de le tenir en laisse, qui en tirait tant de profit… bien sûr elle ne voulait pas qu'il guérît. Qu'avait-elle

1. Voir p. 606.

fait, [quel risque avait-elle couru   *add. interl.*] pour lui ? De quoi
aurait-elle été capable pour lui ? *[une add. d'une dizaine de mots
illisibles]* Toute cette vie d'oncle Xavier depuis leur petite enfance...
Il n'y a peut être pas d'autre amour [au monde   *add. interl.*] que
ces immolations secrètes dans les familles, que ce sacrifice d'un
membre pour tous les autres... don sans phase, [au jour le jour
add. interl.], que ce culte tenace indifférent à toute récompense
[trois lignes raturées]. Josépha entrouvrit   *ms.*

   e. d'entrer, elle referma doucement la porte, les introduisit dans
la salle à manger et disparut dans la chambre. Les Frontenac   *ms.*

Page 658.

   a. ce fut cette entrée en masse, cette invasion. / Vous voyez   *ms.*
   b. dans sa figure décomposée terrible à voir. Ils allaient de l'un à
l'autre comme s'il avait eu peur de recevoir un coup. Les deux
mains   *ms.*
   c. sa poitrine que soulevait un souffle rapide. / « Tu ne parles
pas [...] mal ? dit Josépha oubliant déjà qu'elle était la gouvernante.
Hé bé, ne parle   *ms.*
   d. le moribond demeurait figé, les globes de ses yeux roulaient
entre ses paupières malades. Et les quatre   *ms.*

Page 659.

   a. Va-t-en. « Elle ne comprit pas qu'il la chassait, elle, sa vieille
compagne, parce que les enfants de Michel se trouvaient dans la
pièce. Alors désespéré, il ⟨se tourna⟩ vers Danièle et Marie : /
« Vous au moins, vous au moins... » / Il portait la main à sa ⟨gorge⟩.
/ Josépha préparait une ampoule. Mais il s'affaissa soudain sur le
côté. Le métro couvrait les gémissements de Josépha.   *ms.*

   1. Voir, pour l'oncle Péloueyre, n. 3, p. 563. Voir aussi la Notice,
p. 1241, sur ce retour aux différentes générations des mêmes mouvements et des mêmes thèmes.

Page 660.

   a. les tempes de vinaigre. / « Et qu'est-ce que   *ms.*
   b. ses devoirs à la famille. D'ailleurs depuis que Jean-Louis
s'occupait à peu près seul de l'affaire, [avec un succès qui irritait le
vieillard   *add. interl.*] il venait à chaque instant apporter au jeune
Frontenac le secours de son expérience. Il crut qu'Yves ne l'avait
pas entendu et insista : / « Alors, vous avez   *ms.*
   c. d'Yves lorsqu'il répondit qu'il ne savait de quoi M. Dussol
voulait parler... / « Vous êtes un grand cachottier.   *ms.*

Page 661.

   a. Dussol. [Il s'agit d'un bénéfice sérieux. De cent mille au moins.
Le reste ne compte pas, tant que l'affaire n'est pas dans le sac.   *add.
interl.*]. Labat peut attendre... / [Jean-Louis *[...]* sur son nez et

sur ses lèvres. *add. interl.*] Yves ne parut pas comprendre que son frère redoutait de le laisser repartir seul. Que craignait Jean-Louis ? Il n'aurait su assigner de raison précise à son inquiétude. D'instinct, il n'aurait [...] une seconde. Après [...] le suivit. / [C'est à cause *[...]* pourquoi... *add. marg.*] Elle protesta *ms.*

Page 662.

a. pas déçu; il se reposait sur cette certitude de la revoir; quoi qu'elle [...] la revoir. Vivre serait possible — atroce peut-être, mais possible — avec l'attente des rendez-vous. Seulement *ms.*

b. dirait : « j'ai le souffle plus court. Je perds plus vite le souffle quand je ne suis plus dans ton atmosphère, la seule où je vive. Ne compte pas, je me [...] en toi. » Elle *ms.*

c. Alors, c'est sans intérêt. *ms.* : Alors, sa mort n'a plus d'intérêt. *RP*

1. Dans *La Rencontre avec Barrès,* Mauriac rappelle que vers 1910 il fréquentait les « bars à la mode » « et surtout celui dont j'ai gardé un souvenir enchanté, dans les caves du Palace des Champs-Élysées.. » (*OC,* t. IV, p. 190).

2. Voir dans les *Nouveaux Mémoires intérieurs :* « Il [...] nous donna de son vivant une grande part de sa fortune » (p. 230). — « Il n'attendait que notre majorité pour nous donner les propriétés dont il détenait la moitié » (*ibid.,* p. 132).

Page 663.

a. d'une voix qu'il essaya de rendre indifférente. Trois jours et trois nuits comblés d'êtres, d'événements qui lui étaient étrangers... Tout recommençait comme avant... Il avait cru *ms.*

b. sur le canapé de chintz [Il faisait *biffé*] [Comme les volets étaient clos *corr. interl.*] le jour filtrait à peine. J'ai ⟨noué ?⟩ les doigts. Je sentais *ms.*

c. qui est une [vraie cave 1re *réd. non biffée*] [caveau 2e *réd. interl.*], inhabité depuis des années, au centre de cette propriété perdue... Aucun bruit. Les ténèbres. La vie était à l'infini. C'était le repos éternel, l'éternel repos. Le repos, ma chérie. Songez donc. Se reposer de souffrir. Ne plus sentir [que l'on aime... *add. interl.*] Pourquoi *ms.*

Page 664.

a. le refuge du néant *[p. 663, dernière ligne]*. C'est de savoir qu'on n'échappe pas à la vie... Il ne s'aperçut *ms.*

b. Le chapitre XXI a eu une double rédaction. Le récit à peu près achevé (voir var. c, p. 672), Mauriac le reprend en effet entièrement (seules les premières lignes en sont peu modifiées). Avant de procéder à cette seconde rédaction, il établit un plan :

1. Il rit. / 2. Il se retrouve après quelques heures comme l'an dernier entre deux rendez-vous. / 3. Impossibilité de ⟨recom-

mencer ⟨ ? ⟩ : objet de son amour : néant. Et l'amour qui ⟨moud ? ⟩ à vide. | 4. D'où épuisement physique : banc rond-point. | 5. Rond-point comme bauge. La voix : « tu vois ». — Que fallait-il faire ? Mais il le sait. ⟨héroïque ? ⟩ expression de son amour et hors du monde. Ce que J⟨ean⟩-L⟨ouis⟩ ne comprend pas... redressement impossible. | 6. Intuition que ce Frontenac qui se ⟨ronge⟩ ne sera plus possible un jour... | 8. Comprimés... mais Dieu... Mais quelque chose de possible encore, hors du monde.

En marge : Angoisse de J⟨ean⟩-L⟨ouis⟩ à B⟨ordeau⟩x pendant tout ce monologue à entrelacer.

La nouvelle rédaction commence immédiatement : Il riait *Nous en donnons les variantes avec l'indication : ms. 2. La première offre le texte suivant :*

Ayant remonté l'avenue et comme il traversait la place de l'Étoile, Yves riait encore, non d'un rire forcé ni amer, mais d'un rire d'enfant qui a entendu raconter une histoire drôle. Il n'était pas midi, et il avait monté l'escalier de la gare d'Orsay au petit jour : ces quelques heures lui avaient donc suffi pour épuiser la joie du revoir, attendue depuis plus de trois mois, et déjà il retrouvait le trait habituel de sa vie d'avant les vacances qui était de sortir désespéré d'une rencontre, mais de sentir fondre son désespoir *[add. trois mots illisibles]* à mesure qu'approchait le nouveau rendez-vous. Il murmurait : « Ça dépasse tout... Le grotesque de tout ça me sauvera ». Et soudain il ne riait plus, son pas devenait traînant, il aurait fallu trouver un endroit pour se terrer, un endroit qui ne fût pas sa propre maison. Il s'arrêta à la terrasse du Fouquet's, c'était un jour d'automne triste et doux [coupé de brèves averses *add. interl.*]. Que fallait-il qu'il fît ? Si l'on n'avait pas été en pleine « rentrée », si chacun avait déjà repris ses habitudes, il aurait eu recours au moyen de l'année précédente qui était d'errer à partir de cinq heures de la rue Galilée à la rue Georges Ville[1] et à celle du Ranelagh, chez des amis où parfois elle venait à la fin de la journée, mais toujours très tard, et s'il avait la chance de la rencontrer, elle demeurait si lointaine, si [indifférente *biffé*] [étrangère *corr. interl.*] qu'elle « l'achevait », comme il disait : elle se vantait d'avoir une vie « à compartiments »; elle détestait qu'on bouleversât ses horaires. Chacun devait décrire autour d'elle *[add. deux mots illisibles]* le cercle assigné et ne s'en plus départir. [On bouchait un soir de la semaine, on avait son casier dans cette existence *[un mot illisible]* comblée. *add. interl.*] [Non qu'elle prétendît tromper personne *corr. sur rature illisible*] mais cette femme très libre voyait des gens de races ennemies qu'il ne fallait point songer à réunir. Il ne le savait que trop, lui qui, les soirs où il n'en pouvait plus, la cherchait et finissait presque toujours par la découvrir dans les deux ou trois cabarets de nuit où elle avait ses habitudes. Mais il s'y ⟨ruinait⟩ de

---

1. Le salon de la rue Georges-Ville est celui de Mme Mühlfeld, où Mauriac fréquentait volontiers vers 1917.

souffrances. Il n'y trouvait rien de plus que ce qu'il avait été *[neuf mots illisibles]* : [L'horreur *biffé, corr. illisible*] de cette femme un peu ivre, et *[un mot illisible]* au milieu de gens affreux et dont elle avait honte en présence d'Yves. Car elle se faisait de lui une idée très haute, elle était fière d'être aimée de lui et son [immoral *add. interl.*] plaisir était gâché dès qu'il en devenait le spectateur et le juge. Mais loin de se reprendre [dans ces heures de plaisir où il la surprenait *add. inter .*] elle exagérait [encore *add. interl.*] les manières [<basses *?*> *add. interl.*] qui le faisaient souffrir, affectant de vouloir le [punir *biffé*] châtier de son [indiscrétion *1re réd. non biffée*] [obsédante poursuite *2e réd. interl.*] Elle préférait passer pour méchante que pour vile : « J'étais aussi triste que toi, lui disait-elle le lendemain, mais il fallait bien te punir... » / Il déplia les cubes de sucre, les mit dans son café et murmura : « Quelle idiote au fond ! Pas un mot d'elle qui ne soit un cliché, [qui ne soit *[un mot illisible] corr. sur une rature illisible*]; quelquefois à son insu, elle laisse échapper une parole qui la révèle, mais ce n'est jamais directement, on ne voit jamais sa vraie pensée, ce qu'elle pense vraiment. Mais moi ! Est-ce que j'ose me définir ? [Exprimé-je jamais rien de direct, rien *[qui m'exprime... biffé]* *[que je ne retouche ? corr. interl.]* Chaque [pensée *?*> est maquillée avant de prendre forme. *add. interl.*] Tout à l'heure, mon couplet sur ma visite à Respide. Quelque chose de vrai sans doute lorsque je me suis plaint d'avoir perdu le refuge du néant... Oui, un jour, comme ce quinze octobre où l'objet de mon amour est vraiment en dehors de moi rejeté, méprisé, piétiné, sali, <fini *?*> et où pourtant mon amour *[add. deux mots illisibles]*, cette meule qui tourne à vide, cette torture dans le <rien *?*>, si j'étais sûr du néant, si je ne doutais point de l'anéantissement... Et puis non, tu ne te tueras pas parce que tu es lâche, parce que tu es attablé à la vie [jusqu'au cou *add. interl.*] plus que tu ne l'imagines. [Bourgeois ! goinfre ! *add. interl.*], parce qu'il n'est pas un des avantages les plus vils de ceux dont tu profites auquel tu ne tiennes avec une âpreté paysanne, espèce de Péloueyre... Non, dit-il... souvent et à cette minute précise, j'irais au sommeil éternel avec joie; et sans doute je suis un lâche; le froid de l'acier sur la tempe, impossible d'en soutenir même l'idée. Mais les pharmacies vendent à n'importe qui du sommeil en comprimés... C'est une question de dose, tu le sais bien; avec un peu de <tâtonnement *?*> tu arriveras à partir à l'heure que tu voudras, à glisser sans secousse, à filer entre deux eaux. Tu le ferais si tu croyais au néant. Tu as perdu la foi [la foi animale *add. interl.*] de la plupart des hommes, dans la pourriture. Mais ce qui se défera, tu sais que ce ne sera pas toi... toi qui es là, Yves, pauvre immortel. » Et il se reprenait encore, toujours soucieux de ne point donner à sa peur de la mort une raison trop sublime... N'avait-il pas essayé de ces évasions à sa portée dont usait tel et tel... mais dans sa *[un mot illisible]* de la drogue, il y avait aussi quoiqu'il pût faire un souci de santé : lorsque tu professes dans le monde une fière horreur pour tout ce qui atteint l'intégrité [de ton être, comme tu dis superbement *biffé*] [de l'être *corr. interl.*]; pour tout ce qui te rendrait moins lucide et diminuerait ton pouvoir de contrôle, cette noble profession de foi doit être ainsi traduite : [je ne veux pas abîmer *1re réd. non biffée*] [avant tout ne pas abîmer *2e réd. interl.*] mon petit tempérament. ⟨Tu n'as qu'à prendre⟩ de l'opium commun, l'opium de tout le monde qui est une ⟨besogne *?*⟩ Tous ces gens *[quatre mots biffés]* [qui ⟨entrent⟩ dans les métros et qui en sortent aux mêmes heures *[quatre mots illisibles]* Des écluses s'ouvrent et se ferment à heure fixe sur le flot humain. La fortune acquise permet au fils Frontenac de se mettre à part pour réfléchir, pour se désespérer, pour prier... *corr. marg.*] Il n'y a point d'autre remède pour oublier de vouloir mourir. [Un jour viendra où tous les hommes obéiront à ce mouvement de marée. Et la question sociale qui hante *[sic] add. interl.*] Et toi tu échappes même au mépris qui s'attache dans le monde au désœuvré. Qu'est-ce que représente de travail matériel les trois douzaines de poèmes qui t'assurent une position ? Quelques semaines ? Quelques jours ? Et telle est ton affreuse bonne fortune que ces pages où depuis deux ans tu *[quelques mots raturés et add. indéchiffrables]* impuissant et totalement inemployé, il a suffi que tu les lises à deux ou trois, que tu aies permis à une revue d'en publier vingt pages, pour qu'ils soient tous après toi à te supplier de leur donner la suite... Tu n'as à leur proposer que ⟨la mort *?*⟩, tu ne peux que les rendre ⟨esclaves⟩ pourtant, il y a en toi quelque chose... un pouvoir dont tu n'as pas usé, comme si tu avais été créé pour communiquer aux autres, pour leur transmettre une flamme... [... Quoi ? — Oui une délégation *add. interl.*] Mais tu n'as pas voulu. » « Non pas ça, » reprit-il à voix haute. Il ne permettrait pas à sa pensée de s'égarer dans cette direction. Il paye, entre à l'intérieur du restaurant. C'était le jour du *[un blanc]* qu'il aimait. Les autos glissaient derrière la grande glace. Des femmes seules commandaient le moins de chose possible et jaugeaient d'un coup d'œil les messieurs. Le maître d'hôtel dit à Yves que ce n'était pas un temps de saison, qu'il fallait en profiter, mais que ça retenait le client à la campagne. L'année recommençait. Encore un verre et ça aurait pu être une espèce de béatitude (Yves n'en était jamais sûr d'avance), mais ce qui vint fut par malheur le pire : ce fade attendrissement, ce remachement de ce que l'amie avait pu dire qui donnaît à entendre que tout de même elle tenait à lui... comme lorsque le malade isole entre toutes les paroles du médecin celles qui un jour lui ont donné l'espoir et qu'il sait par cœur, mais qui à cause de cela même n'ont plus de pouvoir sur lui, bien qu'il ne laisse pas de les ressasser. Et puis dans ces mots [de l'aimée *add. interl.*] rabâchés, *[un mot illisible]* disparut, le fil des perles fausses était cassé. La demi-ivresse ne le rendait que plus attentif au problème qui s'imposait à lui maintenant de vivre au sens le plus immédiat : payer, se lever, mettre un pied devant l'autre, aller ici plutôt que là. Comment faisaient les camarades ? C'était curieux de voir la manière dont chacun s'y prenait pour que ça se tienne, pour que ça continue. Il examina chaque destinée en particulier parmi celles qui lui étaient familières... et qu'une grosse besogne, qu'un bon gros vice n'ordonnait pas [où tout n'était pas classé par une active ambition et le plaisir du gain *add. interl.*]. « On a beau se moquer des gens de lettres se disait-il, tout de même ils sont à part... ils ont à résoudre ce problème.... C'est pour ça que Barrès va à la chambre. Il me demande : " Qu'est-ce que vous pouvez bien faire devant votre table ?... " Ma création c'eût été un travail de toutes les secondes qui ne m'eut pas détourné d'une profonde vie d'amour, le seul travail au monde qui n'eût pas été divertissement, mais issu directement de l'amour, qui ne fît qu'un avec l'amour, qui fût l'expression de cet amour même et qui me mît en communication avec les hommes dans la charité... » / Il redit à voix haute : « Non ! pas ça ! » Il avait atteint le Rond-Point des Champs-Élysées, mais n'avait de but dans l'existence que jusqu'aux chevaux de Marly et ceux-ci atteints, il ne savait plus s'il tournerait à droite, à gauche, ou pousserait jusqu'aux Tuileries, s'il entrerait dans la souricière du Louvre *[voir p. 664, 3ᵉ ligne en bas de page]*. / Au bord de la place, il fit ce qui était chez lui le signe de l'abandon total, il s'assit sur un banc au milieu des hommes qui allaient et venaient, des voitures, des autos, de tout ce qui venait d'un point précis et courait vers un autre, avec tous les signes de la hâte et de l'impatience. Il s'endormait. Il n'avait pu dormir dans le train. Pourquoi ne pas commencer sa nuit ? Prendre un seul comprimé de plus que d'habitude. Ça ne le tuerait pas. Il y a sur le prospectus de 2 à 6 par jours. En prendre quatre à la fois, ce n'est pas même de très loin un commencement... si un accident arrivait..., ce serait un accident même aux yeux de Dieu... Mais pourquoi cette comédie ? Il se prenait encore en flagrant délit de mensonge. Il savait bien que trois ou quatre comprimés représentaient une dose anodine... Pas la moindre petite menace ou promesse d'éternité... Pas même un acheminement ni une préparation à la mort. Il s'éveillerait tard demain matin, peut-être irait-il mieux, pour cela seulement qu'il serait plus près de jeudi, jour du rendez-vous. Il pourrait lui téléphoner. Quelquefois il se faisait un vide inattendu dans la vie de la jeune femme; un casier se trouvait vide pour cause de maladie ou de lâchage... Ou bien c'était lui qui avait un billet de théâtre. Il lui téléphonait à tout hasard, disait-il, sans aucun espoir. Enfin une surprise demeurait possible. Beaucoup de gens n'étaient pas rentrés. Ce serait le diable si d'ici jeudi... Et tout d'un coup il s'aperçut que cela même, il ne le désirait plus, que ce n'était rien — sauf la chose bien entendu, la chose qu'elle accordait quelquefois, pas très souvent, — mais ça c'était un autre chapitre. Ça, il ne fallait pas y penser, [parce qu'on ne savait jamais d'avance comment ça se passerait, si ce serait merveilleux ou ⟨décevant ?⟩ *biffé*] Est-ce qu'il existe des êtres pour qui c'est l'acte le plus simple du monde ?... S'ils recherchent tous la débauche, même les plus aimés, n'eſt-ce pas parce qu'ils la font en toute paix et sûreté, sans émotion, sans inquiétude, sans angoisse d'aucune sorte, [sans témoin, surtout sans ce témoin qu'eſt la femme aimée, et qui nous glace d'autant plus que nous aimons   *add. interl.*] Et lui... c'eſt étrange qu'un jour comme ce jour il n' [y *biffé*] pensât point [au mal   *corr. interl.*] Mais pour lui *[add. six mots illisibles]* la débauche *[quatre mots add. illisibles]* n'était pas un acte sans portée, une échappatoire : devant quoi fuyait-il quand c'était fini ? Qu'eſt-ce qui le poussait par les épaules dans les escaliers ? L'allégeance physique qu'il éprouvait ne le délivrait pas de ce poids écrasant. [Il interrogeait ses amis : ils affirmaient être contents et tranquilles, après ces actes. Et lui ? pourquoi ce redoublement de misère ?   *add. marg.*] Ah ! non, ce n'était pas le jour de s'exposer à ça... Quoique pourtant... Quelles pensées mauvaises montaient comme des bulles de cette âme morte, crevaient à la surface. Non, plutôt le sommeil, un sommeil qui ne fût pas mortel, mais durable. Et qui pouvait dire qu'il ne se réveillerait pas guéri ? Il y en a qui après des années éclataient de rire au nez de leur bourreau ſtupéfait : « C'eſt fini. Je ne t'aime plus... »   *add. marg.*] Il se divertit à imaginer que le jeudi il manquerait de parole, il ne téléphonerait même pas... Peut-être aurait-il la force de former ce dessein, mais au moment venu de l'accomplir, résiſterait-il plus d'un quart d'heure à se précipiter chez elle, plein d'excuses toutes prêtes. Et finalement, ce serait elle qui ne serait pas rentrée, et il l'attendrait. S'il se prémunissait contre sa faiblesse, pourtant... si jeudi matin il quittait Paris, n'emportant rien que son « journal » [le cahier où il rédigeait son journal. Son journal, sa gloire !   *add. interl.*] car cette seule occupation au monde pourrait le secourir dans cette crise... Ils avaient déjà rompu l'année précédente. « Et je ne regrette, se dit-il, qu'une des choses qui m'aideraient à ne pas faiblir, c'était l'idée qu'elle me rendrait mes lettres et que ces pages écrites en un tel paroxysme de souffrance amoureuse représentaient pour ce journal un immense enrichissement. Au vrai, je pensais beaucoup plus à une certaine lettre qu'à tout le reſte de la correspondance. Je ne croyais pas qu'un homme ait jamais eu la force de tenir une plume à une telle extrémité de misère. Les moindres heures du jour où je l'avais rédigée étaient présents à ma mémoire. » C'était en octobre, à Respide, pendant les vendanges qu'Yves surveillait. Ils devaient se rejoindre à Paris [après une longue séparation   *add. marg.*] vers le milieu du mois. Sans aucune préparation, elle écrivit à Yves que la princesse de P. l'invitait à Venise pour un long séjour. Yves se souvenait de l'automne, de sa couleur, de son odeur mêlée à jamais dans sa mémoire : une matinée où les oiseaux passaient; le brouillard était plein d'alouettes et de grives que l'on ne voyait pas. Le vent du nord soufflait si léger que les fumées *[trois mots illisibles]* ſtagnaient sur les vignes, que le minuscule nuage devant le soleil, ne finissait pas de glisser et longtemps ⟨laissa⟩ le monde transi. Blanche Frontenac allait sans cesse *[deux mots illisibles]* :

« J'étais rentré dans le salon et regardant le fauteuil un peu écarté de ma table, je songeai que lorsque je m'y étais assis une heure avant, j'étais cet homme heureux qui croyait que dans quelques jours il allait retrouver pour de longs mois ce qu'il aimait. Alors je m'étais assis, j'avais écris cette lettre. »

Oui deux mois plus tard, le désir de l'avoir de nouveau en main, de la relire. Il n'y avait pas de doute qu'il aurait trouvé là en partie au moins, la force de rompre, inimaginable et pourtant vrai. Enfin il avait eu en main cette correspondance, il avait cherché et trouvé bientôt l'enveloppe, il avait déplié ces pages avec ⟨respect⟩. Quelle étrange impression fut alors la sienne. Il ne pouvait douter que ce fût bien ces lignes écrites dans ces heures d'agonie; rien n'y apparaissait que le souci de ne point se trahir, un ton de désinvolture, un détachement affecté. Il avait encore assez de sang froid pour éviter les jérémiades qui l'eussent rendu odieux; il cachait sa blessure comme il eût fait d'une plaie de son corps, par pudeur, par convenance, pour ne pas ⟨dégoûter⟩ ni inspirer la pitié ni l'horreur. Peut-être aussi le malheureux avait-il fait ce calcul, avait-il tenté l'essai de ces pauvres roueries qui ne réussissent jamais parce que jamais aucun de nos actes ne produit dans un être vivant aux réflexes imprévisibles l'effet que nous en escomptons. Peut-être avait-il cru qu'elle serait affectée par cet étalage d'indifférence et par cette désinvolture. Quoi qu'il en fût ces pages prudentes n'avaient gardé aucun reflet de ce jour atroce. Toute la correspondance d'ailleurs témoignait de la même circonspection. [Rien n'est moins naturel et moins spontané que les agissements de l'amour, songeait Yves. *add. interl.*]; ceux qui ne cessent de supputer, de prévoir, de combiner, avec une maladresse si constante qu'elle devrait finir par attendrir au lieu d'irriter comme ils font toujours les femmes qui ont de l'esprit *[sic]*.

Et pourtant Yves avait beau se rappeler cette déception, il ne laissait pas de caresser l'idée qu'une rupture lui rapporterait une nouvelle liasse de lettres, en particulier celles qu'il avait écrites lorsque la mort de sa mère l'avait rappelé en province, celle surtout qui datait du jour de l'enterrement. Le journal de 1912-1913 en serait enrichi. Et de nouveau il se mit à rire de bon cœur, sans se mépriser toutefois, parce qu'il savait bien que s'il cédait encore à des réflexes d'homme de lettres, même de cela, il se jugeait détaché : ... Du moins, le croyait-il, il n'en était pas absolument sûr. De même que l'homme sait qu'il mourra, mais n'arrive pas à se représenter, l'homme de lettres ne saurait douter d'avoir toute chance d'être oublié, mais au fond si chétif qu'il se connaisse, il ne le croit pas, il n'en croit rien... Il n'empêche, se dit Yves, qu'on ne peut guère être plus indifférent à soi que je le suis dans cet instant de ma vie. Que subsiste-t-il en moi hors le désir d'attendre qu'enfin ma digestion soit finie pour pouvoir avaler ces trois, ces quatre, non, ces trois comprimés ? Il se leva et bien qu'il fût envahi de fatigue, il résolut d'aller à pied jusque chez lui. À cinq heures, il pourrait sans inconvénients fermer les volets, tirer les rideaux, absorber la drogue, fermer les yeux. / Du fond de l'abîme. *Voir var. c, p. 672.*

c. se retrouvât dans les rues, misérable et désœuvré entre deux rendez-vous. « C'était pouffant. » *ms. 2*

Page 665.

a. Blotti [à leurs pieds *add. interl.*] [dans l'épaisseur des fougères *biffé*] au plus épais des [broussailles *biffé*] [brandes *corr. interl.*] [aujourd'hui [...] s'envolait. *add. marg.*] *ms. 2*

b. à cette minute. [Pauvre enfant, je t'avais mis en garde : aucune route pour toi hors celle où je t'appelais *1re réd. non biffée*] [Il voyait bien : toutes les routes barrées, toutes les passions sans issue, comme il lui avait été annoncé. Revenir sur ses pas *2e réd. marg.*] Mais revenir [...] à bout de force ? Et pour accomplir quoi ? quel homme était plus qu'Yves affranchi de tout labeur humain ?... Il tenait sa place dans le monde grâce à un mensonge, quelques poèmes lui servaient d'excuses. [Il avait fini son devoir d'avance *add. interl.*] Il avait remis sa copie, il n'avait d'autre occupation *ms. 2*

c. dans la charité... « Laissez-moi, mon Dieu ! » dit Yves. Il s'efforçait de ne plus rien entendre, de ne penser à rien. Il se leva, fit quelques pas *ms. 2*

1. Voir cette scène, p. 605-606.
2. L'expression même se trouve dans un passage publié dans *La Revue de Paris* et supprimé ensuite : voir var. *a*, p. 626.
3. Il y a évidemment ici, comme p. 606, l'idée d'une vocation repoussée ; ce thème apparaît ici et là dans l'œuvre romanesque de Mauriac, sans prendre toutefois une grande importance. Il s'est expliqué à ce propos dans les *Nouveaux Mémoires intérieurs* (p. 196) : « Je m'étonne qu'il n'en ait pas été question pour moi, que je ne me sois interrogé à aucun moment. » Ce n'est donc pas un regret ni un remords qui se traduit ici ; simplement peut-être l'inquiétude d'avoir trop bien, comme il le dit lui-même, « joué sur les deux tableaux » (*ibid.*, p. 197).

Page 666.

a. de faire son salut. Ils auront tué la personne humaine et du même coup ils auront arraché notre tourment et nos délices, l'amour, [[cet absurde instinct *biffé*] [cette démence *corr. interl.*] contre nature qui nous porte à *biffé en définitive*] [la personne humaine sera détruite [...] l'amour *corr. interl.*] [Plus aucun dément *1re réd. non biffée*] [ce sera fini de ces déments qui cherchent à *2e réd. interl.*] mettre l'infini *ms. 2*

b. de ce côté-là. [Il savait *biffé*] [Un Frontenac sait *corr. interl.*] qu'il n'y a pas de sortie [sur le néant *add interl.*]. Mais dans le monde *ms. 2*

1. Un long passage de *La Chair et le sang* développe déjà ce thème; voir t. I, p. 286-287 : « Claude eut peur qu'il ne fût donné à personne de s'évader hors la vie. [...] il introduirait dans l'éternité ce désespoir. Échapper au temps et à l'espace [...], ce n'est pas échapper à la vie; il n'est pas donné à l'homme de s'en aller. »

Page 667.

a. de mourir ou de vivre. [Yves se promit *[...]* divaguer. *corr. marg. d'une rature indéchiffrable*]. En attendant cette *[un mot illisible]* époque, il ne s'agissait *ms.* 2

b. Voir pour la première rédaction du chapitre XXI, var. b, p. 664.

1. Voir var. *b,* p. 664, l'indication concernant Jean-Louis.

Page 668.

a. durant sa vie. Elle avait fait le voyage pour voir comment Yves était installé, « pour pouvoir se le représenter », avait-elle dit; et puis elle n'était jamais revenu, sauf cette nuit; elle était assise, souriait, ne travaillait à aucun ouvrage, puisqu'elle était morte. Elle pouvait demeurer inoccupée. Les morts ne tricotent ni ne parlent... Pourtant ses lèvres remuaient, remuaient. Elle était entrée comme elle faisait à Bourideys *ms.*

d. le regardait avec angoisse. La sonnerie *ms.*

Page 669.

a. avec tendresse. Yves avertit la femme de journée qui entrait avec un plateau, qu'il ne voulait pas déjeuner. Il but seulement un peu de thé. Jean-Louis acheva un repas hâtif. / « Ne t'agite pas *ms.*

Page 670.

a. Jean Louis *RP, orig. OC. Correction d'après le manuscrit, imposée par le dialogue ; on ajoutera que le « mystère Frontenac » est une expression que seul Yves utilise.*

b. j'ai dit tant pis... Ne vous en faites pas... déjà... Si je le dis, c'est que je suis sûr qu'ils ne sont pas perdus... absolument impossible... Une affaire aussi, oui, mais personnelle. Je ne puis vous empêcher de croire ce qu'il vous plaira... Madeleine ? Je doute qu'elle vous dise rien... Vous défendre de l'interroger ? Mais je ne me permettrais pas [vous pouvez essayer *add. interl.*] Non, impossible de *[deux mots illisibles]* Je puis être rentré dans deux jours *[quelques mots illisibles].* Quoi ? / Il a raccroché, dit Jean-Louis en rentrant dans la chambre de son frère. Il se rassit et lui reprit la main. Yves fixait sur lui ses yeux attentifs, noirs, que troublaient un peu des larmes retenues : / « Tu ne me quitteras pas ? / — Mais non. / — Jean-Louis, il faut que je te dise. » / Il s'agitait détournait la tête. / « Ne me dis rien. On ne peut rien se dire. Ce n'est pas la peine ». [Mais Yves après un long silence : / « L'affaire dont te parlait Dussol ne sera pas manquée à cause de moi ? / — J'ai pris des

mesures avant de partir. J'aurais pu rassurer Dussol. Mais, je suis
méchant avec lui. C'était bon signe qu'Yves [...] Jean-Louis quand
José reviendra du service, il faudrait *corr. marg. d'une rature peu
déchiffrable*]. *ms.*

c. ensemble pour Bourideys. [*En marge* : Saint-Symphorien.
Guérir de qui ? de quoi ? Il sentait que pour lui c'eût été plus simple,
sans douleur, accord... — mais aucune explication possible avec
Yves qui en parle comme d'une maladie.] / Yves sans répondre *ms.*

   1. Voir p. 560.
   2. Dès cette époque, Mauriac parle de Bourideys — c'est-à-dire
de Johanet, à Saint-Symphorien — comme il fera au début des
Nouveaux Mémoires intérieurs.

Page 671.

   a. Ainsi dans le Bourideys [...] amour. *add. marg. ms.*
   b. longtemps ensemble : *le paragraphe qui se termine ici est très
raturé, mais les ratures sont peu déchiffrables.*

   1. Voir en particulier, au tome I, *La Nuit du bourreau de soi-même,*
et les analyses, citées à ce propos, de *Souffrances du chrétien,* en particulier *OC,* t. VII, p. 243 : « L'homme pour qui amour s'est toujours confondu avec douleur [...]. Si d'abord il est aimé, cela ne
dure guère, et il n'a de cesse qu'il ait repris son rôle de victime :
c'est toujours lui qui finit par être torturé. »
   2. Il ne semble pas (comme déjà p. 570) que Mauriac fasse une
allusion directe à l'un de ses poèmes, au moins à l'un de ceux qui
furent publiés.

Page 672.

   a. fut la plus forte. [Jean-Louis aurait voulu lui dire : « Ton
œuvre... [...]. Il n'osa pas *add. marg.*] [Viens avec moi à Bourideys.
Je resterai le temps qu'il faudra... [Et pourquoi, dit Yves, après
que tu m'auras quitté, il ne restera rien du Bourideys-Frontenac
hérité des Péloueyre, finissant comme eux ; il faudrait le temps de
s'incorporer de nouveau à cette terre. *biffé 1*] Il insista encore pour
un séjour à Bourideys, promettait de demeurer auprès de son petit
frère tout le temps qu'il faudrait. Yves répondit : / « Bourideys
n'existe plus. » / Et Jean-Louis crut qu'il faisait allusion aux coupes
de pins qui avaient rompu les horizons de leur enfance. Mais Yves
savait bien que les yeux levés vers ces avenues de ciel que délimitaient les ⟨nuées⟩ *[deux mots illisibles]* et où les palombes surgissent
il verrait comme autrefois glisser les nuages d'un *[un mot illisible]*
tantôt violent et parfois *[un mot illisible]* mais à aucun moment
interrompu. [Mais le mystère Frontenac s'était retiré de ce monde
indifférent. Déjà les enfants de Danièle et de Marie couraient
biffé 2]. [Et pourtant Bourideys n'existait plus. Et la nuit *biffé 3*]
Et la nuit *[un mot illisible]* les *[un mot illisible]* serrés de près par
des pins séculaires, leur gémissement le tiendrait éveillé jusqu'au

chant du coq dans l'aube pluvieuse. Tard   *biffé en définitive*] | Un
peu plus tard   *ms.*

b. de l'ombre. / [« Veux-tu partir avec moi. / Yves veux-tu partir
avec moi pour Bourideys ? / — Nous ne pourrons pas demeurer
ensemble assez longtemps... Dans les moments graves la famille
se mobilise, mais l'accès fini, il faut bien que chacun revienne à sa
tâche. Oui, je sais que, quoiqu'il arrive, tu seras là... Ce jour, ou
peut-être cette nuit... en général, c'est plutôt à l'aube que les
hommes entrent dans leur repos. / Idiot ! Je suis ton aîné... /
— Et moi, je sais que tu seras aux pieds de mon lit, comme aujour-
d'hui, que tu me tiendras le poignet. / Mais dis, Jean-Louis, et
l'affaire que tu devais traiter aujourd'hui / — Ne t'en inquiète pas...
/ — Tout cet argent perdu à cause de moi. / — Mais non, j'ai pris
mes précautions. J'ai vu le type avant de partir. Nous sommes
d'accord. / — Je me disais aussi *[un mot illisible]* Yves en riant.
C'est tout de même un Frontenac. / — Dussol m'irritait tellement
que je lui ai laissé une inquiétude. J'ai eu tort... Mais il le saura
demain matin... Nous pouvons partir ensemble pour Bourideys
si tu veux. / — À quoi bon, tu seras obligé tôt ou tard de me laisser
repartir / — Plus fort, mieux armé. Peut-être guéri si tu as quelque
chose... » / Et comme Jean-Louis se taisait, Yves répète : « Quelque
chose ? / Par exemple, cette fois, dit Yves, si j'en réchappais, on ne
m'y reprendrais plus. Parce que tu sais, Jean-Louis, au départ, c'est
toujours volontaire. Avant toute passion, il y a toujours un temps
où l'amour, ou tu le provoques, ou tu *[sic]* du moins suis-je fait
ainsi / Et si tu   *biffé*] / Et là-bas   *ms.*

c. changé au monde. *Tout le début de ce paragraphe est raturé, mais
les ratures sont indéchiffrables.*

1. Ce « quartier perdu » est Jouhannaut, — Argelouse, dans
Thérèse Desqueyroux — le « pays sans chemin »; voir au tome I,
p. 1397 : « Géographie romanesque de Mauriac. »
2. « Notre chasse était [...] sous des chênes très antiques qu'il me
souvient d'avoir célébrés dans *Le Mystère Frontenac* » (*Nouveaux
Mémoires intérieurs*, p. 113).
3. Voir déjà p. 598.

Page 673.

a. [Et ces chênes *[p. 672, 6ᵉ ligne en bas de page]* perdus au cœur
secret de la lande vivaient d'une seconde vie dans la pensée de ce
garçon étendu sur sa couche et que son frère veillait avec tant
d'amour. C'était leur ombre, songeait Yves, qu'il eût fallu pour y
étendre et pour y confondre, pour y entasser les corps des pères,
des frères, des oncles, des fils qu'un même fleuve de sang avait
traversés, un même fleuve de vie, et que la famille obtienne cette
victoire dernière de se rejoindre et de se reformer dans le néant.
1ʳᵉ réd. non biffée] [Et ces chênes *[...]* cette grâce de se rejoindre
enfin, de s'embrasser dans ce néant, dans cette terre que nous préfé-

rons à Dieu.   *2ᵉ réd. marg.*] *Ce paragraphe était sans doute deſtiné à terminer le livre ; suit en effet la seconde rédaction du chapitre XXI. La fin eſt écrite ensuite, en deux rédactions successives que nous indiquons par : ms. 1, ms. 2*

b. Mais à l'entour [*la rédaction commence ainsi après le nouveau chapitre XXI*], [penchés du même côté par le souffle de l'Oueſt *add. interl.*] les pins sans nombre continueraient d'aspirer [au ciel, de s'étirer et   *add. interl.*] de se tendre. [Chacun portait une blessure *corr. interl. d'une rature illisible*] [sa blessure différente de toutes les autres.   *add. marg.*] et tous penchés du même côté par [le vent *biffé*] [les souffles ruisselants   *corr. interl.*] d'oueſt, [tous blessés et saignants *biffé*]. Et lui   *ms. 1* : À l'entour [...]. Chacun garderait sa blessure différente [...]. Et lui   *OC. Nous avons établi le texte de ms. 2, RP, orig. modifié vraisemblablement par une erreur ; la répétition de :* sa blessure, *aura été supprimée accidentellement.*

c. comme eux, mais choisi entre beaucoup d'autres et libre de s'arracher du monde, avait préféré gémir en vain, perdu dans la forêt humaine. Mais pas un de ses geſtes   *ms. 1*

d. vers quelqu'un... [Il se rappelait [à la fin d'un jour de septembre à Bourideys *add. interl.*], ce regard de sa mère vers le ciel. Cette face consumée qui cherchait au delà [des cimes et *add. interl.*] des branches [confondues *add. interl.*] *1ʳᵉ réd. non biffée*] | Il se rappelait [...] ces regards qui cherchaient au-delà des hautes branches confondues une promesse d'éternité pour son pauvre amour... » Je voudrais   *ms. 1* : vers quelqu'un. | Il se rappelait [...] ces regards qui cherchaient au delà des [plus *add. interl.*] hautes branches, une promesse d'éternité pour son [pauvre *biffé*] [humble *corr. interl.*] amour... » Je voudrais   *ms. 2*

e. l'unique amour. [Et voici que ce soir après beaucoup d'années, les paroles qu'il avait dites lui reviennent comme si les lui soufflait une voix chère   *add. marg.*] Et voici que [cette nuit *biffé*] [dans la lueur de la veilleuse   *corr. interl.*] il aperçoit renversée contre le dossier [rouge, sombre   *add. interl.*] du fauteuil [cette figure noble et virile *biffé*] le visage de Jean-Louis endormi. [La ressemblance de Dieu éclate sous les traits du fils d'Adam *biffé*] O ressemblance avec Dieu ! Certitude. [Promesse *biffé*] [O filiation divine ! *corr. interl.*] Le mystère Frontenac échappait à la deſtruction, à l'anéantissement, il n'était qu'un rayon dévié [de l'éternel amour *add. interl.*], réfracté à travers une race   *ms. 1* : l'unique amour [...] à la deſtruction, il n'avait point de part à l'anéantissement, car il [...] race.   *ms. 2*

f. L'impossible union [terreſtre *biffé*] ici bas [s'accomplissait *biffé*] serait consommée avant qu'il fût longtemps et les derniers pins vivants [*ms. 2 maintient :* vivants] de Bourideys [ne verraient plus à leurs pieds passer les *biffé*] verraient passer non plus [à leurs pieds *add. marg.*] dans l'allée [du tour *biffé*] qui va au gros chêne, mais [très haut et très loin *add. interl.*] au dessus de leurs cimes, le groupe [éternellement *add. interl.*] serré de la mère et de ses cinq enfants. *ms. 1. Cette rédaction est en interligne, au dessus de ratures qui paraissent être des esquisses successives, aussitôt abandonnées, du début de cette dernière phrase :* Yves sourd à l'appel de son   Infidèle à sa vocation,   Yves avait compris   Yves, dès l'enfance, avait compris   Les pins de Bourideys n'avaient pas trompé les enfants Frontenac *ms. 1. Nous avons rétabli le tiret qui dans* RP *et orig. sépare la dernière phrase :* — non plus

1. Rappel de la scène racontée p. 608 ; la citation est littérale.

ESSAIS

NOTICE

Les cinq essais repris ici obéissent à des intentions proches, traduisent des inquiétudes identiques ou répondent aux mêmes critiques. Ils traitent tous en effet, dans leur diversité apparente, le problème de la création romanesque. *Le Jeune homme* et *La Province* sont des rêveries en marge des romans, que l'écrivain y poursuive la description d'un personnage, d'un lieu, y mette ce que le roman par sa structure même rejette, ou tente d'analyser la fascination qu'il éprouve. Car ce « jeune homme » — Mauriac le reconnaîtra un jour[1] — c'est Bob Lagave, le héros de *Destins,* et à travers lui, si proches alors, tous ces séducteurs qui jusqu'au dernier roman, accompagneront les mal-aimés. Ou plutôt est-ce de cette rêverie, à demi-romanesque, que Bob Lagave va naître. *La Province,* ce devrait être « Paris et la province », car l'opposition à tout instant surgit, comme dans *Le Mal,* dans *Le Désert de l'amour...* et, plus tard, dans *Maltaverne.* En lisant ce texte, on retrouve à toutes pages une note qui paraît venir de *Préséances* ou de *Thérèse Desqueyroux,* l'esquisse d'un personnage qui est apparu déjà ou va apparaître.

Mauriac, après ces premiers succès qu'ont été *Le Baiser au lépreux, Genitrix, Le Désert de l'amour...* se justifie d'être le romancier de la province. Et s'explique : la province peut inspirer un romancier (il y reviendra dans *Le Roman*); sa propre vocation romanesque a sa source dans l'éducation religieuse et provinciale qu'il a reçue. Il l'avait dit dans un article un peu antérieur, *Le Romancier et sa province* qu'il reprend ici.

Il allait devoir se défendre contre des reproches plus sérieux. Les catholiques l'avaient malmené à propos du *Jeune homme :* sensualité trouble, néfaste influence de Gide... Il répond par les textes réunis dans *Le Roman :* que peut faire un romancier aujourd'hui,

1. Préface au tome X des *Œuvres complètes* t. I, p. 991.

sinon explorer les abîmes ? et n'est-ce pas là le « meilleur témoignage » qu'il puisse donner ? Il reviendra autrement sur ce problème dans une conférence sur _La Responsabilité du romancier,_ en 1928.

La même année, après la publication de _La Vie de Jean Racine,_ il se voit attaqué sur l'autre flanc. C'est Gide qui le prend à parti : « ... vous n'êtes pas assez chrétien pour n'être plus littérateur[1] » et qui lui reproche de chercher un « compromis rassurant » entre Dieu et Mammon. Mauriac prend dans l'attaque même le titre de sa réponse, où il insère — tant ces textes sont liés — sa conférence de 1928. Il reviendra une fois encore sur ces questions en 1932, avec _Le Romancier et ses personnages._

En s'expliquant ainsi, Mauriac participait au débat sur le roman qui agite alors les milieux littéraires ; les thèmes qu'il développe, les arguments dont il use, appartiennent, on le verra, au fonds commun de la critique à cette époque. Son originalité est d'y chercher moins une justification que des raisons de s'interroger. S'il avait voulu répliquer aux uns et aux autres, il y eût mis plus d'âpreté, se fût défendu, comme il fera plus tard, en attaquant. On découvre bien ici et là une pointe, parfois vive. Mais ces essais sont plutôt, comme il le dit à Gide, des « examens de conscience[2] ». On voit, par _La Vie de Jean Racine,_ où passe plus d'une confidence, que la crise spirituelle de ces années mettait aussi en cause son œuvre littéraire. En se convertissant, Racine s'est résolu à ne plus écrire. Mauriac n'y a pas songé, semble-t-il, mais ce n'est pas sans l'inquiéter. Est-ce si sûr, se demande-t-il, que là soit la cause profonde du silence de Racine ? N'avait-il pas « achevé » son œuvre ? Et n'a-t-il pas craint de vieillir, comme il avait vu vieillir Corneille, en se répétant, en s'imitant. « Osons d'abord affirmer qu'il n'appartient à aucun créateur de décider, à froid, qu'il ne créera plus [...] Aucune volonté de sacrifice ne peut retenir de force en lui ce qui déjà y prend vie, et demande à voir le jour[3]. » Il y a la grâce sans doute. « Encore ignorons-nous si la Grâce a pu triompher une seule fois d'un écrivain en mal d'écrire. » Au contraire, ajoute-t-il, malicieusement : « la conversion d'un homme de lettres se traduit presque toujours par une activité redoublée. [...] Nous attendons encore ce miracle d'un écrivain que Dieu réduise au silence[4] ».

Mais si l'on ne renonce pas à écrire, que d'inquiétudes et de problèmes, « compliqués à plaisir — avoue-t-il — par les gens de mon espèce[5] ! »

1. Voir p. 833.
2. Lettre à Gide, 5 février 1929. _Cahiers André Gide, 2, Correspondance André Gide-François Mauriac,_ Gallimard, 1971, p. 80.
3. _La Vie de Jean Racine, OC,_ t. VII, p. 95.
4. _Dieu et Mammon,_ p. 807.
5. _Ibid.,_ p. 820.

LE JEUNE HOMME

NOTICE

Mauriac songe à cet essai dès 1924, mais l'écrit un peu plus tard, puisqu'il paraît chez Hachette en 1926, entre *Le Désert de l'amour* et *Thérèse Desqueyroux ;* un peu avant *Destins,* il fixe ainsi les traits de son personnage ; car, remarque-t-il, dans une préface des *Œuvres complètes,* « Bob Lagave, c'est aussi le garçon de 1920 que j'ai connu au *Bœuf sur le toit,* le " jeune homme " dont j'ai traité dans un essai[1] [...] » Mais ce « jeune homme » ressemble à Fabien *(Le Mal),* à Phili, ce beau garçon un peu veule, dont la seule vue irrite le narrateur du *Nœud de vipères,* à cet ami dont Raymond Courrèges regrette la défection au début du *Désert de l'amour...,* à ce séducteur, en somme, que Mauriac a peint si souvent, à l'adolescent qu'il n'a pas été : « à dix-huit ans, je me croyais [...] incapable d'être aimé[2]... »

L'essai fait mieux voir ce que ce personnage représente pour lui, car il y poursuit les rêves que les contraintes de la forme romanesque ne lui permettent pas de prolonger ; il y tente l'analyse d'un personnage romanesque qui le fascine et il n'en épuise pas le charme. On le retrouvera non seulement dans *Destins,* mais jusque dans les derniers romans, dans *Galigaï,* dans *L'Agneau.*

Ici Mauriac tente d'en saisir simultanément les différents aspects, dont naissent autant de situations romanesques (il est le « ravageur[3] » mais aussi le séducteur malgré lui, et encore Hippolyte « que la frénésie de Phèdre repousse[4] », et celui qui sans avoir « aucun autre goût saugrenu » préfère l'amitié à l'amour[5]...).

Cette rêverie n'est pas seulement celle du romancier... « [...] aux approches de la quarantaine[6]... » écrit Mauriac. Il vient d'avoir quarante ans et s'interroge en anticipant un peu : « Qu'attendre d'un homme après cinquante ans[7] ? » Pour constater : « ... Mais il est là tout de même, ce jeune cœur, tapi dans l'homme de cinquante ans ; elle dort, cette bête sous la neige[8] [...]. » Le début du *Désert de l'amour* — la première rédaction laissait mieux apparaître ce thème secondaire — montre chez Raymond Courrèges la même fascina-

---

1. Préface du tome X des *Œuvres complètes ;* voir t. I, p. 991.
2. *La Rencontre avec Barrès, OC,* t. IV, p. 180.
3. P. 694.
4. P. 684.
5. P. 697.
6. *Ibid.*
7. P. 683.
8. P. 703.

tion de la jeunesse. Et la hargne de Louis en face du jeune Phili fait sentir qu'elle peut se tourner en jalousie[1]... Cet essai est un texte de référence, le portrait d'un héros multiple (on songe encore à Gradère, dans *Les Anges noirs,* à Alain Forcas, dans *Ce qui était perdu...*) que trace le romancier en marge de son œuvre.

L'homme de quarante ans qui rêve de sa jeunesse — ou de ce qu'elle aurait pu être — est aussi un écrivain qui voit autour de lui une nouvelle génération s'agiter. S'il ne les nomme pas, il pense souvent, en écrivant, aux surréalistes par exemple[2]. La situation est paradoxale, car il est lui-même, ou peu s'en faut, un « débutant » (son premier vrai succès remonte à quelques années) et s'il cède un peu à « cette frénésie » de l'après-guerre, il sent aussi la distance que crée l'âge, il voit tout ce qui le sépare de ces jeunes écrivains. Si ce texte dit clairement le regret, il laisse aussi percer la crainte. Ce « jeune homme » le fascine et lui fait peur. Sans doute est-ce ainsi que s'expliquent les thèmes sombres qui entourent Bob Lagave, qu'il faut comprendre sa mort. Le séducteur, dans les romans qui suivent, apparaît souvent déchu, sinon dégradé : c'est Hervé de Blénauge ou Phili prêt à commettre un meurtre, Gradère qui en commet un..., plus tard, Jean de Mirbel. Seul, Gilles Salone dans *Galigaï* demeure une « merveille » intacte.

En arrière-plan, à cause de l'influence qu'il se targue d'avoir sur la jeunesse (et Mauriac loin de la contester, l'étend), André Gide. Il le connaît, a pour lui de la sympathie, de l'amitié, mais de part et d'autre, l'amitié n'exclut pas la sincérité. Dès 1924, dans *La Vie et la mort d'un poète,* Mauriac a mis en cause l'influence de Gide[3]. Il y revient ici. Et pourtant — les catholiques lui en feront grief[4] — ce « jeune homme » l'intéresse par ce qu'il a de « gidien », son indétermination, sa disponibilité... N'est-ce pas précisément l'ombre de Gide qui noircit cette peinture ? Croire que l'on peut rester jeune, « disponible », est un leurre : « Même ceux dont ce fut la passion de ne pas choisir [...] leur chair a vite fait de les circonscrire. *Un vice les simplifie atrocement*[5]. » Je ne suis pas sûr que Mauriac ne songe qu'à Gide et que le pluriel constitue une sorte d'atténuation. Il vise tous ceux qui se croient capables de conserver cette liberté. Lui sait qu'il faut choisir, accepter de « mûrir ». La crise qu'il traverse, et dont cet essai comme les suivants, mais aussi les romans portent la trace, va se dénouer.

Cette méditation sur la jeunesse (et sur Gide) devait conduire Mauriac à cet autre problème, qui l'obsède, en ces années : la responsabilité de l'écrivain. Ici commence cette série d'explications que constituent ces essais; d'explications ou de justifications, car il

---

1. *Le Nœud de vipères,* voir p. 420-421.
2. Voir en particulier p. 686-687.
3. *OC,* t. IV, p. 403 ; il s'agit alors de son influence sur les jeunes écrivains.
4. Voir n. 6 et 7, p. 1330 la polémique avec Jean Guiraud.
5. P. 717.

paraît moins préoccupé de convaincre que de se rassurer. Toute la fin de l'essai, « un petit traité de l'éducation des fils » est surtout une rêverie sur l'influence que l'on peut avoir sur la jeunesse (quel écrivain n'a souhaité en avoir une ?). Mais comment ne pas rappeler que *Le Désert de l'amour* est à peine publié, où le personnage du docteur Courrèges impose ce thème et que les relations père-fils auront une assez grande place dans *Le Nœud de vipères*. Plus qu'à des relations réelles dont Mauriac a montré qu'elles n'avaient guère d'importance[1], on pense ici à une sorte de fantasme. L'adieu à la jeunesse s'achève sur le rêve de retrouver cette jeunesse dans un autre soi-même[2]. Et ce sont encore des situations romanesques qui s'ébauchent.

Tous ces éléments ne sont pas intervenus simultanément. Comme il fait pour ses romans, Mauriac a d'abord tracé une esquisse, assez différente du texte définitif : on y discerne mieux certains mouvements, on en voit aussi les limites. C'est bien cette rêverie sur la jeunesse perdue qui est à l'origine, cette réflexion autour d'un personnage obsédant : « ... à Bordeaux, nous ne nous doutions pas que d'avoir vingt ans pût apparaître aux autres comme une merveille », dira Yves Frontenac[3].

NOTE SUR LE TEXTE

Nous suivons le texte des *Œuvres complètes,* identique d'ailleurs à celui de l'édition originale. Les variantes viennent d'un manuscrit conservé dans le fonds Mauriac, à la bibliothèque Jacques-Doucet [sigle : *ms.*]; il s'agit d'une première rédaction fragmentaire sur les premières pages (2 à 16) d'un cahier qui contient également l'essai suivant : *La Province*[4]. Un fragment de l'avant-propos se trouve dans un autre cahier.

NOTES ET VARIANTES

Page 677.
1. Nous n'avons pas retrouvé cette citation de Shelley. Dans ces essais où les citations sont nombreuses et souvent faites de seconde main, il ne nous a pas été possible, à plusieurs reprises, d'identifier les textes cités.

1. Son fils aîné, Claude, n'a que douze ans, lorsque Mauriac écrit cet essai.
2. Voir dans *Le Nœud de vipères*, le mouvement contraire chez Louis qui déteste son fils parce qu'il lui ressemble, p. 463.
3. Voir p. 625.
4. Classé sous la cote MRC 18.

Page 679.

a. fortifier leur gloire. De combien d'enfants n'entendons-nous
pas les mères nous répéter avec orgueil : « C'est un vrai petit
homme... » Ce qui signifie que cette merveille est déjà incapable
d'une imprudence, d'un acte désintéressé, qu'il est dépourvu d'imagination et ne veut croire qu'à ce qu'il touche. / En revanche, des
hommes vieillis gardent au fond des yeux une étincelle de leur
jeune feu, comme ce Choulette dans *Le Lys rouge* dont A. France
nous dit que *[sic] Cette variante se trouve dans le cahier MRC 100*[1].

     1. Thème également développé dans *Préséances* (t. I, p. 330-331).
     2. Voir par exemple dans *Le Voyageur et son ombre.*

Page 681.

a. de perfections (citation de Jammes)[2] / Mais voici   *ms.*

b. dans le monde immense; il se découvre une âme démesurée
dans un univers rétréci. Alors le jeune homme est né, et il sent en
lui   *ms.*

     1. Cet essai annonce *Destins* où Bob Lagave vit ainsi son ado-
lescence (voir p. 116); c'est nettement autour du même personnage
que rêve Mauriac.
     2. Citation non retrouvée.

Page 682.

a. les tribunes occupées *[p. 681, avant-dernière ligne]*; il ronge son
frein et se jette d'un cœur ivre dans la plus sanglante aventure qui
le délivre de sa fièvre. Et c'est pourquoi il y aura   *ms. Une correction
peu lisible :* ⟨et accepte d'un cœur ivre la plus sanglante   ?⟩

b. Les vieillards mènent le monde [...] qu'advancé... »   *add.
marg. ms.*

     1. Texte cité par Barrès, dans son article sur *Les Mains jointes ;*
voir *OC*, t. IV, p. 206.
     2. *Essais*, livr. I, chap. LVII, « De l'aage », (*Œuvres complètes*,
Bibl. de la Pléiade, p. 313).

Page 683.

a. sans leur héroïque complicité *[p. 682, 5ᵉ ligne]*. Quand on se
remémore leur long supplice, on est stupéfait d'entendre beaucoup
d'anciens combattants parler de la dernière guerre avec nostalgie.
Cette force surabondante qui les étouffe, ah ! ils n'en sont pas
avares, [et il suffit pour capter les meilleurs de prononcer un seul
mot : sacrifice *biffé*]. Parlez-leur de sacrifice, ils viennent d'un
seul élan. Et non seulement s'il s'agit d'une ⟨immortelle⟩ gloire,

     1. Ce cahier contient également des notes sur le roman et d'autres
fragments. Il semble bien que Mauriac ait été tenté de récrire son
essai et se soit arrêté après ces quelques lignes. Le texte de MRC 18
est plus proche du texte publié.
     2. La citation n'est pas indiquée.

de celle qui s'accomplit avec casoar et gants blancs, mais ⟨aussi⟩ du sacrifice le plus humble et qui n'emprunte sa grandeur qu'à cette humilité. Ainsi voyons-nous le dimanche aux portes des églises de jeunes hommes consentir sans vergogne au métier de camelot. Imaginons-nous un homme mûr capable de cet abaissement. / Mais ce n'est pas à de telles besognes que la plupart usent leur jeune force. Ils courent au plaisir *ms.*

b. s'y perdent. Les garçons prudents, dépourvus de toute vraie jeunesse, jettent leur gourme *ms.*

c. leur désordre. / Il y a quelquefois dans le péché une générosité, un dédain de tout calcul dont les sages sont incapables. L'abus des biens de ce monde n'est souvent qu'une forme du mépris que nous en avons. C'est pourquoi le fils aîné est moins aimé que le prodigue, au milieu des courtisanes et des pourceaux *[cinq ou six mots illisibles].* Mais les autres, les insatiables, ceux que la vie déçoit et qui lui dénient toute valeur, la débauche leur est un abîme, une descente, une chute, mais indéfinie, une évasion hors des limites qui les étouffent. / Dans un bar à la mode, parmi la foule subalterne des noceurs, j'aime *ms.*

d. se servir pour devenir leur propre maître et pour atteindre à la perfection. / Quelques-uns s'y emploient. Soutenir que la jeunesse est l'âge *ms.*

e. Pour la suite du texte dans ms, voir var. a, p. 692.

1. Dans ce texte où la « présence » de Gide est si évidente, cette réflexion pourrait être un discret hommage.

Page 684.

1. Ici encore, on songe à *Destins* où l'image de Phèdre affleure constamment, mais aussi au *Mal*, à la première version du *Désert de l'amour* (t. I, p. 1329 et suiv.)... Enfin dans *Galigaï* Mauriac montrera dans le personnage de Nicolas ce dégoût et cette fuite.

2. Allusion au *Discours des passions de l'amour* : « Qu'une vie est heureuse quand elle commence par l'amour et qu'elle finit par l'ambition » (*Œuvres complètes*, Bibl. de la Pléiade, p. 538).

Page 685.

1. Mauriac a peut-être emprunté ce trait à Bussy-Rabutin; dans *La France galante,* à propos de Mme de Lionne, qui payait son amant, Bussy note que le fait était courant, « toute la jeunesse de la cour s'étant mise sur un pied d'escroquer les dames ». Bussy-Rabutin, *Histoire amoureuse des Gaules suivie de la France galante,* Garnier, t. I, p. 440. Deux autres citations (p. 690 et var. *a,* p. 695) viennent de cet ouvrage.

2. Restaurant alors célèbre de Monte-Carlo.

3. Hôtel fort connu de Nice.

4. Mauriac a tenté d'utiliser ces thèmes dans *Le Désert de l'amour* lorsque Courrèges déplore la défection de son ami Eddy (voir t. I, p. 739 et p. 1341-1343).

5. « C'est le portique ouvert sur les Cieux inconnus », Baudelaire, *Les Fleurs du mal*, « La mort des pauvres » (*Œuvres complètes,* Bibl. de la Pléiade, t. I, p. 127).

6. Enquête menée par les surréalistes, *La Révolution surréaliste,* n° 2, 1925. Tout le passage qui suit sur « les nouveaux enfants du siècle, si occupés à fuir le réel » vise évidemment les surréalistes.

Page 687.

1. Ce sont encore les surréalistes que désigne cette allusion.

Page 688.

1. Sans doute est-ce Drieu La Rochelle, qui au lendemain de la guerre publie *La Comédie de Charleroi* et *Fond de cantine.* Mais, en dépit de la formulation qui fait penser à un ouvrage politique, n'est-ce pas plutôt aux polémiques déchaînées par *Le Diable au corps* de Radiguet que songe Mauriac ?

2. « Aimez ce que jamais on ne verra deux fois ». Vigny, *Les Destinées,* « La maison du berger », III.

Page 689.

1. Mauriac a quarante ans lorsqu'il écrit cet essai. On notera qu'il reprend dans *Le Mystère Frontenac* cette rêverie sur la jeunesse ; « [...] nous ne nous doutions pas que d'avoir vingt ans pût apparaître aux autres comme une merveille » écrit Yves à son frère (p. 625). Elle apparaissait déjà dans *Le Mal* t. I, p. 700, et se retrouve dans *Destins...*

2. Dans une des préfaces aux *Œuvres complètes* (voir t. I, p. 991), Mauriac note que « Bob Lagave fait songer à Narcisse », image qui paraît être liée par opposition à celle du mal-aimé ; voir par exemple, au début du *Baiser au lépreux,* la scène où Jean Péloueyre se contemple avec horreur et pitié, t. I, p. 447 ; une scène, tout opposée, se trouvait au début de la première version de *L'Agneau* : Xavier allait jusqu'à poser ses lèvres sur le miroir.

3. Les *Égarements du cœur et de l'esprit,* in *Romanciers du XVIIIe siècle* (Bibl. de la Pléiade, t. II, p. 15) ; la citation est textuelle depuis « un homme [...] aimable ».

Page 690.

a. Des notes marginales[1] préparent ce développement : les jeunes hommes se persuadent qu'ils aiment les personnes dont ils ont lieu de croire qu'ils ne seront pas repoussés ; ils vont d'abord au plus faible. Les *[un mot illisible]* qui les sollicitent, les détournent de conquêtes plus ardues, mais où ils eussent trouvé le véritable amour. (En amour, comme dans les arts, la facilité est le plus grand péril.) Il y a, chez les jeunes gens, une vanité assez sotte qui les

1. Ces notes, comme celles des variantes suivantes, sont en marge du texte de ms. donné var. *a*, p. 692. Rappelons que ms. passe directement de la page 683 (var. *e*) à la page 692 (var. *a*).

persuade qu'un échec est déshonorant. Cet orgueil, qui va de pair avec la timidité de cet âge, les pousse à se dépenser dans des attachements superficiels et qui n'ont rien à voir avec l'amour. / Car les jeunes hommes *[un mot illisible]* ressemblent à ces guerriers qui ne savent pas se servir de leurs armes, qui en ignorent les ressources et qui s'affolent vite, perdent leurs moyens et se croient déshonorés lorsqu'ils sont condamnés par leur timidité ou toute autre cause plus précise à porter leur respect au point où il devient selon un mot de Crébillon fils, « un outrage pour les femmes et un ridicule pour nous[1]... »

À la suite, début d'un développement inachevé : Avec chaque génération, l'humanité recommence inlassablement la même histoire. Aucun exemple ne sert au jeune homme que sa propre expérience. Il faut qu'il repasse par la même route que les aînés. *ms.*

b. Note marginale : Que la jeunesse tient à son pouvoir de torturer ! Elle [...] puissance. *ms.*

c. Mauriac, a copié en marge cette citation du « Mal » *(t. I, p. 700) :* « Ne pleure plus béta ! Rien n'est important que d'avoir vingt-deux ans... Songe qu'il y a un moment où l'on n'est plus désiré par les autres, où on ne se sent plus épié : le bonheur, c'est d'être cerné de mille désirs, c'est d'entendre, autour de soi, craquer les branches[2]... *ms.*

1. Dans ses *Mémoires.* Ce texte est cité par Sainte-Beuve, dans un article, repris comme préface à l'édition Garnier de *L'Histoire amoureuse des Gaules...* Voir p. 685, n. 1.

2. C'est à peu près une citation du *Mal ;* voir t. I, p. 700 et ici la variante *c.*

3. *Disjecta Membra,* La Connaissance, 1925, t. I, p. 3 : « l'homme est solitaire dès qu'il n'a plus vingt-cinq ans ».

4. Rappel de la pensée de Pascal qui a donné son titre au roman de Mauriac; voir t. I, p. 501.

Page 691.

1. *Souvenirs et portraits,* Hachette, 1872, t. III p. 86.

2. La remarque fait songer à *Chéri,* de Colette, paru en 1920. Mais faut-il rappeler qu'il y a là un des thèmes favoris de Mauriac qu'illustrent *Le Désert de l'amour, Le Mal, Destins...*

Page 692.

a. d'organiser votre vie intérieure *[p. 683, dernière ligne.].* C'est l'âge où se prennent souvent les décisions les plus héroïques. Que je connais de prêtres ⟨arrivés⟩ à l'âge mûr qui ne reviennent pas de leur ardeur juvénile et d'avoir alors assumé d'un cœur si léger

1. *Les Égarements du cœur et de l'esprit,* in *Romanciers du XVIIIe siècle,* Bibl. de la Pléiade, t. II, p. 14.

2. Les variantes que Mauriac introduit en copiant ce passage seront maintenues dans l'essai.

le fardeau terrible du sacerdoce[1] ! Oui, l'âge de la sainteté parce
qu'il est celui où le sacrifice paraît le plus facile et où l'être débordant de force en ignore la limite. / Ce n'est qu'en apparence l'âge
de l'amour. Orgon, Géronte, Bartholo, tous les barbons les plus
ridicules savent quelquefois mieux ce qu'est aimer que Chérubin
et que Cléanthe. Non pas l'âge de l'amour, mais l'âge où l'on est
aimé, quelle différence ! Et nous ne sommes pas si naïfs que de nier
qu'il existe beaucoup de jeunes hommes amoureux. Mais que
Bussy-Rabutin voit juste lorsqu'après avoir noté qu'il « ne pouvait
plus souffrir sa maîtresse tant elle l'aimait[2] », il ajoute : ... « la grande
jeunesse est incapable de réflexions; elle est ⟨vive⟩ pleine de feu,
emportée et point timide. Tout attachement lui est contrainte; et
l'union des cœurs, que les gens raisonnables trouvent le seul plaisir
qu'il y ait dans la vie, lui paraît un joug insupportable[3]... » L'amour
se fortifie des obstacles qui s'opposent à son désir[4], mais combien
de jeunes hommes n'ont pas même le temps de désirer ? Les femmes
ne leur laissent pas le loisir d'avoir soif; ils prennent le pli de
mépriser ce qu'ils trouvent par terre et rien qu'en se baissant; mais
pas même en se baissant; les cailles leur tombent toutes rôties...
Au premier échec, commence l'histoire amoureuse d'un jeune
homme, qui souvent n'est plus alors qu'un homme encore jeune...
Alors, il va faire l'apprentissage de l'amour et passer du camp des
aimés à celui des amants. Aux approches de la quarantième année,
malheur à celui qui dans les jours de l'abandon amoureux ne s'est
pas assuré d'un cœur fidèle, d'un de ces longs attachements contre
lesquels le temps ne prévaut pas[5] ! Alors, pareil au mauvais riche
consumé de soif, il réclame une seule goutte d'eau ce fleuve
Amour qui ne coule plus pour lui. À son tour de souffrir comme il
fit souffrir et de connaître la vérité de ce que nous enseigne en son
Tom Jones le vieux Fielding : « les jeunes gens sont trop disposés à
manquer de reconnaissance pour les bontés dont les personnes plus
avancées en âge veulent bien quelquefois les honorer[6] ». En amour,
il n'est point de victime qui ne soit assurée d'être vengée; jeunes
gens ! race éphémère[7] ! Vous croyez qu'il n'est pas temps encore
de songer à la retraite, que vous saurez prévoir les jours de la
disette et vous préparer à son approche. Mais nous sommes tous
surpris par l'âge; il arrive comme un voleur. Une inguérissable
complaisance nous persuade que nous possédons encore la jeunesse
alors que nous n'en détenons plus que le reflet; nous sommes trop
accoutumés à notre visage pour que l'altération nous en soit per-

1. Voir les notes et la notice du *Démon de la connaissance*, p. 1039
et suiv.
2. Voir p. 690 et n. 1.
3. Cité également dans la préface à l'*Histoire amoureuse des
Gaules* (voir n. 1, p. 690), p. VI.
4. Voir p. 689.
5. P. 690, 14ᵉ ligne en bas de page.
6. Fielding, *Tom Jones* (*Romans*, Bibl. de la Pléiade, p. 699).
7. Voir p. 690.

ceptible; nous croyons que cette ⟨moindre presse⟩ autour de nous
vient de notre négligence et de notre indifférence; il nous faut du
temps pour reconnaître enfin que nous ne plaisons plus. La révélation ne nous en vient pas toujours par quelque grand éclat, comme
le mépris d'une femme ou sa trahison en faveur d'un garçon plus
jeune... Non, mais un soir, la maîtresse de maison nous fait asseoir
à sa droite, alors que d'instinct nous courions au bas bout de la
table où déjà se moque et complote la petite classe; ou encore voici
un adolescent intimidé et qui croit bien faire en vous saluant du
titre de « cher maître »; ou bien un ami nous aborde que nous
n'avions pas rencontré depuis le collège et voyant ce crâne, ce
ventre, cette bouche, nous songeons, avec quelle épouvante !
« Il a mon âge ! » Rien ne sert de se répéter : « Moi, je suis mieux
conservé... » la jeunesse ne se conserve pas plus que la ⟨rosée⟩ d'été
où tu chassais le lièvre à dix-huit ans. La jeunesse perdue, il te
reste d'aimer. Lorsque la Fontaine vieillissant soupire : « Ai-je
passé le temps d'aimer[1] ? » il n'a qu'à interroger son cœur pour
connaître que maintenant n'est plus pour lui le temps d'être aimé.
/ Un autre sentiment que l'amour demeure le privilège de la jeunesse
et nous le goûtons de moins en moins à mesure que nous nous
éloignons de notre printemps..., c'est l'amitié. Oserions-nous dire
qu'un homme fait n'a plus d'amis ? Il y a amitié et amitié. À quarante ans, nous appelons d'abord amis les gens dont nous avons
besoin et puis ceux qui ont besoin de nous. Ceux qui échappent à
l'une et à l'autre de ces catégories nous avons vite fait de les perdre
en route. Parfois, de notre jeunesse un ami nous reste à qui nous
tenons comme à un être qui en sait sur nous plus long que quiconque, comme à un témoin de notre vie la plus secrète, quelqu'un
devant qui déposer le masque (ou un de nos masques : qui n'en a
plusieurs ?), et parce que l'accoutumance est un lien aussi fort que
celui de nature, un véritable lien du sang. Mais le sentiment que
nous éprouvons l'un pour l'autre, qu'il ressemble peu à celui que
nous éprouvions à vingt ans ! Ce n'était sans doute pas à de jeunes
hommes qu'Aristote disait : « O mes amis, il n'y a plus d'amis ! »
l'amour est de tous les âges, non l'amitié... « La sainte amitié » dit
Montaigne, qui sauva l'éprouver passé l'âge du désintéressement ?
[jusque dans la vieillesse, nous pouvons connaître cette faim d'un
autre être, le désir de posséder qui est le propre *biffé*] [Car il ne
s'agit plus ici comme dans l'amour d'assouvir cette faim que nous
avons de posséder un être, ⟨d'atteindre ensemble cet accord ?⟩
dont la volupté est le signe délicieux. *biffé*] [Rien ne ressemble
moins à l'exigence forcenée de l'amour que le commerce de deux
jeunes *biffé*]. Mais ce qui dispose les jeunes gens à l'amitié c'est le
goût qui leur est naturel : la camaraderie. Les jeunes gens vivent
en groupe comme les passereaux. La solitude leur est aussi inconnue
qu'aux abeilles. Si tout le malheur des hommes vient de ce qu'ils

1 Voir p. 696.

ne savent point rester seuls dans une chambre, il faut plaindre les jeunes gens, car c'est justement la seule chose qu'il ne leur soit point possible de supporter. ⟨Ainsi, les voyez-vous⟩ se rejoindre et s'abattre par bandes dans les cafés ou dans les jardins publics. Même pour préparer un concours, ils aiment être au moins deux ensemble. [Et souvent pour autre chose que pour préparer un concours. *add. interl.*]. La plupart ne sont noctambules qu'à cause de leur répugnance *ms*.

b. l'excès de leur fatigue leur donne le courage du sommeil. C'est ce goût qui leur rend supportable la servitude militaire. Presque tout leur temps se passe en conversation. La camaraderie *ms*.

1. Souvenir de Lamartine : « L'homme est un dieu tombé qui se souvient des cieux » (*Méditations poétiques*, « L'Homme », *Œuvres poétiques*, Bibl. de la Pléiade, p. 6).

2. *Pensées*, Brunschvicg, 139; Lafuma, 136 : « [...] j'ai dit souvent que tout le malheur des hommes vient d'une seule chose, qui est de ne savoir pas demeurer en repos dans une chambre ».

3. Voir *Le Désert de l'amour*, t. I, p. 379.

Page 693.

a. imprévisibles ? Dans l'amitié, tout est clair *ms*.

1. C'est encore un thème fréquent dans les romans de Mauriac; voir en particulier ici, p. 664.

2. Voir déjà la même image dans *Le Mal* (t. I, p. 649).

3. L'analyse de l'amour telle que Mauriac l'a tentée dans *Coups de couteau, Insomnie* et la seconde partie du *Mystère Frontenac* fait clairement apparaître ces traits, déjà sensibles dès les premiers romans : dans *La Robe prétexte*, c'est la jalousie qui « révèle » l'amour (voir t. I, p. 147 et suiv.).

Page 694.

a. Mais les jeunes hommes *[p. 693, 6ᵉ ligne en bas de page]* [...] le jeune homme. *add. marg. ms*.

b. et cela est nécessaire. Le sacrifice de quelques illusions nous allège et nous rend moins périlleuse la traversée de la vie. Les femmes étouffent [...] bras. / Oh ! sans doute faut-il se défendre des généralisations hâtives; ce serait un paradoxe *ms*.

1. Mauriac pense certainement au Sillon « dont ses adeptes disaient qu'il était une amitié » (t. I, p. 1010). Dès *L'Enfant chargé de chaînes*, il a insisté sur son évolution : « Tout est changé [...]. Nous sommes une puissance, nous avons des journaux au service d'un programme politique » (*ibid.*, p. 19).

2. *Confessions*, liv. III, 3. — Les réflexions de Daniel Trasis dans *Le Fleuve de feu* ou de Raymond Courrèges dans *Le Désert de l'amour* éclairent tout ce passage.

Page 695.

a. la femme réduite [Triste époque où ce vœu secret du jeune homme n'eſt plus entendu par les jeunes filles, où [...] leur livre. Oh ! qu'il avait de bon sens, ce mauvais sujet de Bussy-Rabutin quand il chantait à ses belles amies : / Aimez, mais d'un amour couvert / Qui ne soit jamais sans myſtère. / Ce n'eſt pas l'amour qui vous perd, / C'eſt la manière de le faire[1]. / Aux jeunes hommes de ce temps, le bar et le dancing offrent un terrain de chasse où il n'y a plus que du gibier. Ils trouveraient à peine exagéré ce que Crébillon fils disait des femmes d'une autre époque, « On disait trois fois à une femme qu'elle était jolie; car il n'en fallait pas plus; dès la première assurément, elle vous croyait, vous remerciait à la seconde et assez communément vous en récompensait à la troisième. Un homme pour plaire n'avait pas besoin d'être amoureux ! dans des cas pressés, on le dispensait même d'être aimable. » / « J'en ai vu qui après quinze jours de soins rendus, étaient encore indécises et dont le mois tout entier n'achevait pas la défaite. Je conviens que ce sont des exemples rares[2]. » / Malgré ce mal appelé du siècle et qui eſt de tous les siècles et dont la jeunesse eſt rongée, ce serait tout de même un moment adorable, parce que ce tourment nous eſt cher et que nous aimons souffrir. Mais il semble que les hommes aient tout arrangé pour nous rendre affreux ce moment de notre vie : les examens et la caserne nous guettent. *biffé*][3] : [L'époque la plus triſte [...] de rompre. » *corr. marg.*] *ms.*

1. « La pureté perdue » était le premier titre du *Fleuve de feu* et il eſt clair (voir t. I, n. 1, p. 561) que ce thème s'appliquait à Daniel Trasis autant et plus qu'à Gisèle.

2. De ce thème si fréquent dans le roman de Mauriac, on notera deux des apparitions les plus importantes; dans *La Chair et le Sang* (t. I, p. 302) et dans *Thérèse Desqueyroux* (p. 37).

Page 696.

a. À la suite de la variante a de la page 695, un développement qui termine cette rédaction de l'essai : En dépit de ce mal du siècle qui eſt de tous les siècles et dont nous avons dit que la jeunesse eſt dévorée, rien ne prévaut contre l'enchantement de cette époque bienheureuse, mais que les hommes s'appliquent eux-mêmes à empoisonner. Il exiſte en effet une certaine joie à se sentir jeune qui éclate dans les pires circonſtances[4]. Nous avons vu pendant la guerre chanter et rire des garçons qui allaient mourir et qui le savaient et qui en étaient au désespoir — mais pourtant leur jeunesse triomphait en eux, malgré eux. / [Dans cette facile acceptation de la mort que l'on admire chez les jeunes gens, il entre peut-être un peu de ce senti-

1. Ouvrage cité, n. 1, p. 690, t. I, p. 184.
2. *Les Égarements du cœur et de l'esprit*, dans *Romanciers du XVIIIᵉ siècle* (Bibl. de la Pléiade, t. II, p. 15), pour ces trois citations.
3. *En marge de ce passage dans ms. une note :* Ça pourrait être le bonheur, mais complicité universelle d'empoisonnement.
4. Voir p. 688, dernière ligne.

1314 Le Jeune Homme

ment qu'il vaut mieux échapper à cette lente destruction et disparaître dans leur splendeur. Tout ce qui a été dit : que ceux qui meurent jeunes sont aimés des dieux... vient de ce sentiment... Avoir toujours vingt ans pour ceux qui nous ont aimés, n'avoir été qu'un garçon de vingt ans... Ce sont les morts dont nous nous souvenons avec le plus de douceur. Les amis que la mort ne nous a pas pris, la vie nous les prend plus sûrement. Ceux que la mort nous a pris sont ensevelis en nous dans toute la beauté de leur âge — ceux que la vie nous a pris, nous les avons entièrement perdus.   *add. marg.*] / C'est un tel miracle d'avoir vingt ans *[p. 689, 6e ligne jusqu'à 16e ligne]* souvent des excès dangereux. Le culte de leur corps devient un principe de vertu. Narcisse accepte d'être chaste et sobre pour que rien n'altère sa propre apparence dont il s'enivre... Mais la haine de tout ce qui ne sert pas toujours a dominé le monde. Tout se ligue dans cette cité moderne contre cet épanouissement du jeune homme qui n'a d'autre fin que d'atteindre une « plus belle Beauté ». Il ne s'agit pas d'être beau, jeune homme, mais de servir. Les écoles, les Sorbonnes, les casernes s'emplissent de jeunes dieux, les détruisent, les repétrissent et nous rendent des hommes utiles. Sainte-Beuve croyait que les examens et les concours entraient pour beaucoup dans le ⟨pessimisme⟩ des jeunes gens de son siècle. Il est certain que ce spectacle nous donne envie de pleurer comme un polytechnicien épuisé et myope sous son bicorne. Pour ces étalons, combien d'écoles de dressage ! Que de manières différentes de les atteler, de les juguler, de les châtrer ! *Le mariage* est la plus sûre.

Toute génération nouvelle semble apporter avec soi le secret de sa vie. Nous comptons toujours qu'elle va nous assainir, nous guérir. De là cette furie d'enquêter, cette manière de tâter le pouls des « nouveaux jeunes gens » qui est la grande ressource des journalistes en mal de copie. Mais hélas ! bien loin qu'ils nous guérissent, c'est nous qui les corrompons. Nous l'avons bien vu depuis la guerre. Plus qu'aucune autre génération, celle qui revenait des rivages de la mort et qui avait sauvé la France et le monde, suscita une immense espérance. La nation se tourna pleine d'amour vers ce qui lui restait de son printemps ; on disait : ces jeunes gens vont détruire les vieux cadres qui ne sont plus à leur mesure ; les immuables partis politiques n'existent plus ; la vague bleu horizon allait balayer, assainir le pays ; sept ans ont passé ; et voyez ! ces gens embrigadés comme les autres, traînent les pieds dans les mêmes ornières, répètent les mêmes turlutaines serinées par les vieux. À partir de quarante ans, nous méritons tous l'accusation portée contre Socrate : nous corrompons les jeunes. / La plupart des hommes oublient leur jeunesse, pris par toutes les besognes de l'âge mûr ; le dieu tombé ne se souvient pas des cieux[1]. Il n'en est pas de même des femmes qui n'aiment que plaire et qu'être aimées

1. Voir p. 692 et n. 1.

et qui perdent tout avec la jeunesse. Il est vrai qu'elles en gardent plus longtemps que nous l'apparence. / C'est le terrible privilège des poètes de ne rien oublier du paradis perdu, de le retrouver en eux, de le faire revivre par leur œuvre; et ils ont tous été frappés par cette nostalgie; surtout les modernes (Noailles-Loti). Voyez ceux en qui la jeunesse a survécu, mais pour les corrompre et les perdre. Verlaine fuyant, délaissant son foyer pour suivre Rimbaud, c'est l'homme en proie à sa jeunesse comme à un démon qui le tire par les cheveux[1]. Chez les hommes très corrompus, dans les yeux d'un le Grix, d'un Gide, il y a une jeunesse terrible... Non pas seulement chez les *[un mot illisible]*. / Il y a deux sortes d'hommes chez qui la jeunesse survit, ceux qui sont très purs et ceux qui sont très corrompus. Chacun admire en eux un des privilèges de la jeunesse : la pureté et le désordre (Cette sorte de générosité qu'il y a dans le vice). / [Ce goût d'admirer et de s'humilier; *add. marg.*] De combien de jeunes hommes que rien ne peut souiller (qui souille le ⟨printemps ?⟩)⟩, je dirais ce que Lamartine écrivait de Musset « Il était innocent de tout ce qui diffame une vie; il n'avait pas besoin de pardon; il n'avait besoin que d'amitié[2] » Quelle est émouvante la jeunesse des grands poètes. Lamartine décrit ainsi Musset adolescent : « nonchalamment étendu dans l'ombre, le coude sur un coussin, la tête supportée par sa main, sur un divan du salon obscur de Nadar. C'était un beau jeune homme aux cheveux huilés et flottant sur le cou, le visage régulièrement encadré dans un ovale un peu allongé et déjà aussi un peu pâli par les insomnies de la Muse[3]. » Guérin vu par Barbey. / L'humilité de la jeunesse et sa passion d'admirer[4]. / La jeunesse déchirée parce qu'elle ne se résigne pas à choisir... Choix : diminution... non choix : destruction[5]... / De l'éducation des jeunes hommes[6]... les armer contre la passion... mais pas les y soustraire... Inutilité des défenses extérieures... / Pour les jeunes gens d'aujourd'hui : *automobile* organe indispensable à l'amour[7]. Plus ⟨pratique⟩ d'autrefois. Comment ils ont pris la critique du romantisme : être pratique. / L'homme s'unifie à mesure qu'il vieillit : la vie ⟨neutralise⟩. Il n'y a pas un jeune homme, il y a des jeunes hommes[8] (commencer par cela peut-être). *La page et le cahier finissent ainsi.*

1. Référence non retrouvée.
2. La Fontaine, *Fables,* livre IV, *Les Deux Pigeons.*
3. Balzac, (*La Comédie humaine,* Bibl. de la Pléiade, t. II, p. 737).

1. Voir p. 691.
2. Ibid.
3. Voir p. 702.
4. Voir p. 700.
5. Voir p. 710.
6. Voir p. 707.
7. Voir p. 685.
8. Ibid.

Page 697.

1. « Levez-vous vite, orages désirés... » Chateaubriand, *René*, dans (*Œuvres romanesques et voyages*, Bibl. de la Pléiade, t. I, p. 130).

Page 698.

1. Voir dans *Le Mal* des développements sur ce thème; en particulier t. I, p. 728.
2. Voir déjà n. 2, p. 691.

Page 699.

1. Coppée est l'auteur d'un vers non moins ridicule et très proche : « Car on meurt d'être aimé comme de ne pas l'être », à propos de la mort d'un enfant (*Poèmes modernes*, « *Angelus* ») Mauriac citera à nouveau ce vers dans un texte sur Guérin, *OC*, t. VIII, p. 385. Sans doute l'a-t-il entendu citer ainsi déformé.

Page 700.

1. Voir p. 696 cette citation de Barrès.
2. *Mémoire sur la vie de J.-J. Barthélémy* écrit par lui-même, publié au début du *Voyage du jeune Anacharsis en Grèce*.

Page 701.

1. Sans doute faut-il lire ici une allusion à la mort de Barrès (décembre 1923) et à l'article tout récent de Montherlant, « Barrès s'éloigne », dans le numéro des *Nouvelles littéraires* du 26 décembre 1925. Mauriac y avait publié « L'isolement de Barrès », *OC*, t. VIII, p. 416.
2. Voir *La Rencontre avec Barrès*, *OC*, t. IV, p. 213 : « [...] il me posa sa question habituelle : " Qu'est-ce que vous faites ? " / " Mais n'avez-vous pas reçu *Le Baiser au lépreux* ? " | Il répondit par un geste vague [...] »
3. Sur André Lafon, voir *La Vie et la Mort d'un poète* (*OC*, t. IV, p. 355); sur Jean de La Ville de Mirmont, voir dans *La Rencontre avec Barrès* (*ibid.*, p. 191 et suiv.). Jules Tellier, poète mort en 1889 à vingt-sept ans, dont Barrès évoquera, dans *Du sang, de la volupté et de la mort*, l'amitié et l'influence; plusieurs passages de ce livre sont inspirés par ses poèmes.

Page 702.

1. On connaît l'admiration de Mauriac pour Guérin; voir, en particulier, le texte repris dans *Mes grands hommes*, *OC*, t. VIII, p. 381.
2. Dans *Souvenirs et portraits ;* voir déjà var. *a*, p. 696.

Page 703.

1. C'est au personnage de Bob Lagave, dans *Destins*, que fait penser cette phrase, mais aussi à tous les séducteurs qui, dans les romans de Mauriac, « doublent » les mal-aimés.

Page 704.

1. Voir dans *Dieu et Mammon,* p. 788, des notes qui reprennent cette remarque sur le plan personnel.

Page 706.

1. *Sous l'œil des barbares :* « La sécheresse cette reine écrasante et désolée [...] », Plon, 1952, p. 268. Mauriac cite sans doute de mémoire.

Page 707.

1. Analyse à comparer aux souvenirs de Raymond Courrèges, sur son adolescence, dans *Le Désert de l'amour* (t. I, p. 743 et suiv.).
2. *Le Romancier et ses personnages* se termine par un traité de *L'Éducation des filles,* qui, comme celui-ci, est surtout composé de souvenirs, de rêveries sur des personnages.
3. « Le Bœuf sur le toit », voir déjà p. 309 et t. I, p. 699 et n. 2.

Page 708.

1. Balzac, *La Fille aux yeux d'or* (Bibl. de la Pléiade, t. V, p. 1060).

Page 709.

1. Dans *Le Mystère Frontenac,* Blanche Frontenac prononce les mêmes paroles p. 618; et déjà la grand-mère, dans *La Robe prétexte* (t. I, p. 174), ce qui indique assez vraisemblablement le retour d'un souvenir.

Page 710.

1. Guérin, *Le Centaure.*

Page 712.

1. Molière, *Le Bourgeois gentilhomme,* acte II, sc. VI.
2. Citation de la chanson célèbre de Florian, « Plaisir d'amour ».

Page 714.

1. « [...] la seule joie ici-bas qui persiste / De tout ce qu'on rêva » Hugo, *Les Contemplations,* « À Villequier », (*Œuvres poétiques,* Bibl. de la Pléiade, t. II, p. 664).
2. Mauriac aime à citer ce texte, dont nous n'avons pas retrouvé la référence; il le relève encore dans *La Rencontre avec Barrès* (*OC,* t. IV, p. 188).

Page 716.

1. Chesterton, *Orthodoxie,* chap. VII : « Les paradoxes du christianisme ».
2. C'est en effet une citation de l'article que Barrès a consacré aux *Mains jointes* (*OC,* t. IV, p. 207).

Page 717.

1. Aucun doute qu'il n'y ait là une allusion très directe à Gide, clairement visé dans les pages qui précèdent. Le finale de *La Vie et la Mort d'un poète* constituait déjà une vigoureuse mise en cause de son influence.

2. Pline l'Ancien mourut lors de l'éruption du Vésuve, qu'il aurait voulu observer de près.

Page 718.

1. Ce sera l'un des thèmes de *Destins*.

Page 719.

1. *L'Année terrible*, « Nos morts » (*Œuvres poétiques,* Bibl. de la Pléiade, t. III, p. 335).

2. Référence non retrouvée.

LA PROVINCE

NOTICE

Cet essai n'est pas plus gratuit que le précédent. Après cette rêverie sur un personnage qui était aussi un plaidoyer, *La Province* présente une autre défense du roman de Mauriac. Aucune allusion ne permet de savoir s'il réplique à tel ou tel critique en particulier, mais après *Le Baiser au lépreux, Genitrix, Le Désert de l'amour...*, il était assez nettement classé comme romancier de la province pour souhaiter s'en expliquer.

Pour des raisons littéraires, mais aussi et surtout pour des raisons personnelles, l'essai s'organise sur l'opposition entre la province et Paris, une opposition parfois poussée jusqu'au jeu de l'antithèse : « Paris est une solitude peuplée; une ville de province est un désert sans solitude[1]. » Elle reflète l'expérience de Mauriac, provincial venu à Paris, telle qu'on la découvre dans *Le Mal,* et plus tard encore dans *Le Mystère Frontenac,* telle qu'il en reprendra la peinture, détail par détail, dans *Un adolescent d'autrefois.* Thérèse Desqueyroux ne rêve pas de Paris autrement... La liberté en contraste avec l'étroitesse de la vie provinciale où l'on se sent épié constamment, où l'on ne vit que dans les limites d'un milieu et dans la soumission à des coutumes plus strictes que des lois.

Sans doute y a-t-il à l'origine de cet essai de nombreux souvenirs (Mauriac les cite pour illustrer son propos). Il y a surtout une vision

1. P. 723.

personnelle du monde et de la société qui doit moins à l'observation qu'au caractère, à des impressions d'enfance, à l'éducation. De Bordeaux, il est peu question ; ce qui intéresse Mauriac, c'est en effet le « bourg landais » de ses vacances — moins la province que la campagne, une certaine campagne où il découvre « une flaque de passé[1] ». La province, mais la province de naguère ; car en dépit des dates ou de l'apparence contemporaine qu'il donne à ses romans, ses personnages vivent en réalité dans un univers de la fin du XIXe siècle. Il note bien que la province a évolué, que ses remarques ne sont plus tout à fait exactes. Peu lui importe ; l'univers qu'il décrit ici est intérieur ; c'est celui de son œuvre romanesque ; d'autant plus intéressant.

L'opposition entre Paris et la province, il la vit. Entre Paris et sa province : car s'il évoque le Midi, il constate aussitôt que l'atmosphère provinciale n'y existe plus ; il n'y retrouve pas ce « refuge » ; seul le pays de l'enfance (ni Bordeaux, ni même Malagar à cette époque, mais les Landes) le lui offre. Un refuge qui, comme tout refuge, est aussi une prison. Comment vivrait-il dans cette campagne où il devient sa « propre proie[2] », s'il n'y avait le retour à Paris ? Mais comment supporterait-il Paris, sans cet espoir du retour dans les Landes ? À peine Yves Frontenac est-il revenu qu'il désire repartir. Mais, arrivé à Paris, le voici qui rêve de Saint-Symphorien. Et lorsque Thérèse se trouve seule enfin, délivrée, à la terrasse d'un café parisien, les premières impressions qu'elle ressent, la ramènent en arrière : « elle crut que le vent froid baignait sa face, ce vent qui sent le marécage, les copeaux résineux, les feux d'herbes, la menthe, la brume[3] ». C'est presque une hallucination qui lui restitue un paysage jusque dans ses odeurs.

Mauriac accumule donc toute une série de traits qui recréent l'atmosphère provinciale de son enfance. Les contraintes sociales y sont essentielles ; ce petit monde est cloisonné ; chacun y a sa place, doit y jouer son rôle..., situation qui favorise la naissance des conflits. « Contenue par les barrages de la religion, par les hiérarchies sociales, la passion s'accumule dans les cœurs[4]. » Elle s'y cache aussi sous « plusieurs masques » : « la Province est pharisienne[5]. » À Paris, tout est possible et perd donc tout intérêt, « tout caractère » ; la province garde à la passion « son romanesque », reste le lieu de « tragédies admirables[6] ».

Cet argument que l'on retrouve tout au long de l'essai constitue, en somme, la justification du roman provincial. Il n'a pas l'importance du retour au passé qui détermine — Mauriac le sait — toute

1. P. 729.
2. P. 734.
3. P. 105. Dès ce moment elle rêve du retour par lequel se terminera son aventure dans *La Fin de la nuit*.
4. P. 726.
5. *Ibid.*
6. *Ibid.*

son œuvre romanesque. Il revient clairement, à la fin, sur cette explication ; l'« expérience humaine » acquise à Paris ne vaut jamais ce qui naît « au plus obscur » de ces années provinciales ; tant d'interdits, de refoulements, tant de « tentations vaincues » et « d'amours refusées » chez l'écrivain que « les personnages se pressent en foule pour accomplir tout ce que son destin le détourna de commettre[1] ». À ce moment, Mauriac définit très clairement la création comme une compensation. Les personnages vraiment vivants sont ceux que le romancier a rêvés : « L'observation du monde nous sert à contrôler nos découvertes[2]. ». Pour apprécier l'importance de cette affirmation, il faut rappeler que Mauriac a d'abord voulu écrire des romans d'idées ou d'observation sociale. *Les Beaux-Esprits de ce temps*[3] disaient assez clairement ses intentions et ses admirations.

Dans cette vision de la création romanesque, la part de l'autobiographie s'amoindrit : « nos aventures ne nous servent jamais à rien » ; ce qui a été accompli « ne peut plus vivre dans un essai romanesque[4] ». Il est vrai que Mauriac ne tente plus, comme il avait fait dans *L'Enfant chargé de chaînes* et dans *La Robe prétexte*, de se peindre soi-même... Il va pourtant écrire *Le Mystère Frontenac,* mais en fera une autobiographie possible plus que réelle, l'autobiographie de ses fantasmes[5].

Si ce désir de s'expliquer, de comprendre le mouvement de la création ordonne cet essai, Mauriac relève aussi toute une série de détails observés : traits de mœurs, esquisses de scènes, situations, fragments de dialogue... Beaucoup seront utilisés dans les romans, ou l'ont déjà été à la date de l'essai ; les notes sur les enterrements, et le deuil rappellent un passage du *Baiser au lépreux*[6] ; le court dialogue d'un prêtre avec une de ses paroissiennes sera utilisé dans *Les Anges noirs*[7] ; d'autres notes contiennent en germe tel roman à venir : on voit se dessiner *Thérèse Desqueyroux* dans l'évocation des femmes « qui font parler d'elles[8] » et *Destins* dans les réflexions sur Phèdre[9]...

Reste l'inutilisé, intéressant parce qu'il donne le vrai sens de cet essai : de même que, rêvant sur « le jeune homme », Mauriac pouvait écrire ce qui ne trouverait pas place dans un roman, ce qu'il a envie d'écrire et que les contraintes romanesques ne lui permettent pas d'introduire dans le récit ; de même il rapporte ici des détails

1. P. 745.
2. P. 746.
3. Voir t. I, p. 944.
4. P. 745.
5. Voir la Préface où il définit *Le Mystère Frontenac* comme des « mémoires imaginaires », p. 885.
6. Voir p. 743 et t. I, p. 497.
7. Voir p. 732 et dans *Les Anges noirs*, les soupçons qui pèsent sur Alain Forcas.
8. P. 742.
9. P. 747.

qui l'ont intéressé et qu'il n'aura jamais l'occasion de reprendre. Ainsi les notations sur la vie de société en province, opposée à la vie mondaine de Paris ; et à l'opposé dans la hiérarchie provinciale, les paysans, les « métayers » qui ne seront jamais que des utilités, des silhouettes dans son œuvre. C'est que mis à part les premières œuvres dans lesquelles Mauriac a tenté de faire une peinture plus large de la société : grande bourgeoisie commerçante dans *Préséances*, milieux mondains dans *Le Mal*, paysans dans *La Chair et le Sang...*, son domaine romanesque s'est très vite limité socialement aux milieux de son enfance : une bourgeoisie riche, dominée par les intérêts et demeurant très liée à la terre ; le milieu où il a vécu, moins à Bordeaux qu'à Saint-Symphorien et sur lequel seulement il peut rêver. Tous les personnages qui n'y appartiennent pas sont traités d'une manière extérieure, caricaturés, qu'il s'agisse des paysans ou de la grande bourgeoisie.

Paradoxalement, cet essai sur la « province » fait surtout apparaître les limites de la province vue par Mauriac, l'espace étroit où se situent ses romans, la vision personnelle qu'il a de la société, de ses règles, de ses rites, telle qu'on le retrouvera jusque dans ses derniers romans. C'est le texte où Mauriac a le mieux décrit ce qu'il appellera un « petit monde d'autrefois[1] ».

NOTE SUR LE TEXTE

Nous reproduisons le texte des *Œuvres complètes,* identique d'ailleurs à celui de l'original, publié chez Hachette, en 1926.

Deux fragments ont paru avant la publication en volume. L'un sous le titre *Le Romancier et sa province,* le 21 mars 1925, dans *Les Nouvelles littéraires* [sigle : *NL*[2]] *;* l'autre, *Note sur la province,* dans *La Revue européenne,* le 1er septembre 1926 [sigle : *RE*[3]].

Sous le titre *La Ville de province,* on trouve, dans le même cahier que pour l'essai précédent[4], un état manuscrit de ce texte [sigle : *ms.*].

NOTES ET VARIANTES

Page 721.

   a. Le titre du manuscrit est : La Ville de Province

1. « J'ai souvent pensé à ce titre d'un roman de Fogazzaro : *Un petit monde d'autrefois.* Ce pourrait être le titre du roman que je pourrais écrire aujourd'hui... » (*Bloc-notes,* III, p. 401, juin 1964).
2. Pour cet article, voir var. *a,* p. 745.
3. *RE* donne deux fragments du texte : voir var. *a,* p. 725 ; var. *a,* p. 728 ; var. *b,* p. 731 ; var. *b,* p. 736.
4. Classé sous la cote MRC 18 à la Bibliothèque littéraire Jacques-Doucet.

Page 723.

a. *Le texte dans l'ensemble du manuscrit est continu. Le découpage en « pensées » séparées est intervenu postérieurement. Nous n'avons pas cru utile de relever ces détails de disposition.*

1. Hors les cas où la comparaison avec tel épisode ou telle situation précise s'impose, nous ne relevons pas les rapprochements à faire avec les romans. Il est évident qu'ils sont incessants ; ainsi une note comme celle-ci renvoie à *Préséances,* mais aussi à la peinture de la petite ville où se déroule *Galigaï* et encore à *Thérèse Desqueyroux...* Voir sur ce point la Notice, p. 1320.

Page 724.

1. Cet éloge de la vie mondaine, s'il répond à un goût qu'eut, au moins à une certaine époque, Mauriac, ne se retrouve pas dans les romans. Rares sont ceux qui se déroulent à Paris, même pour quelques épisodes. Et la vie mondaine y est peinte d'une manière sombre, presque « satanique ». Voir sur ce point la Notice et la Préface (t. I, p. LXXIII).

Page 725.

a. monte jusqu'au ciel. / Le mieux serait d'avoir derrière soi la Province comme Barrès eut la Lorraine et de l'exploiter à Paris. Quelques mois de campagne suffisent à l'homme de lettres pour butiner autour de sa maison des champs, tout le miel disponible qu'il utilisera dans son cabinet de Passy, quand la bise sera venue. *[Un mot illisible]* autour de la politique, cristallise l'immense capital de haine dont dispose la Province. / Province, terre d'inspiration *ms. C'est sur ces mots : Province, terre d'inspiration, que commence le texte donné dans* RE *; voir ensuite var. a, p. 728.*

1. Voir dans *Les Beaux-Esprits de ce temps* (t. I, p. 953), le chapitre consacré à Abel Hermant, « Un Saint-Simon bourgeois ».

2. *Le Deuil des primevères,* « Élégie seconde » : « [...] l'oncle pensif qui revenait des Indes, / N'ayant qu'un souvenir de femme dans le cœur. »

3. Mauriac aime à rappeler ce passage de Baudelaire à Bordeaux alors qu'il allait s'embarquer ; voir, par exemple *Bordeaux, OC.,* t. IV, p. 169.

4. Référence non retrouvée.

Page 726.

a. Paris écrème la Province [...] retardement. *add. marg. ms. Suit une autre add. marg. abandonnée, voir var. b, p. 728.*

1. Cette note marque le début de la « justification ». Dans les quelques pages qui suivent, Mauriac va montrer l'intérêt des sujets provinciaux pour un romancier. On remarque (voir var. *b,* p. 728) qu'une grande partie de ce texte est un ajout.

Page 727.

1. Voir dans *Le Romancier et ses personnages*, p. 841-842.
2. Reprise d'un passage de *La Chair et le Sang*, voir t. I, p. 265.
3. Voir, dans *Le Mystère Frontenac*, le retour insistant de ce thème, p. 556, 592.

Page 728.

a. La première partie du texte donné dans RE, qui commence p. 725, dernière ligne : Province, terre d'inspiration, se termine ici. RE donne un autre fragment qui commence var. b, p. 731.

b. les vengeances savantes et à retardement *[p. 726, dernière ligne]*. [Les dames de la société en province excellent à traduire des nuances de dédain, de bienveillance, de mépris, par des façons de hocher la tête imperceptiblement, avec ou sans sourire (de manière qu'on ne puisse douter de l'intention, ou qu'à la rigueur on se puisse persuader qu'en effet, peut-être, elles ne vous avaient pas vus). / Les jeunes filles de la seconde société *[deux mots illisibles]* s'élèvent par le mariage jusqu'à la première afin que leur soit donné un jour d'organiser une Saint-Barthélemy de leurs anciennes relations et parce qu'elles estiment que c'est à leur tour de ne plus rendre les saluts. / Les Fils des grandes maisons de commerce sont interchangeables tous corrects (habillés par le même tailleur), tous sportifs et délivrés du bureau dès cinq heures, tous enfin exempts des lois de la civilité, maîtres de saluer ou de ne saluer pas, dispensateurs incorruptibles du mépris. / Dans la meilleure société provinciale, chacun comme au ciel atteint sa perfection ; il y a dans cette perfection même une hiérarchie insaisissable aux simples mortels, mais familière à ceux qui « en sont ». La suite à la fin du cahier[1]. *add. marg.*]. / Une grande ville *ms.*

1. Voir dans *La Robe prétexte* (t. I, p. 102) ; on retrouve ce thème dans *Le Rang* (t. III de cette édition).

Page 729.

1. Si les romans de Mauriac se passent en province, c'est assez rarement à Bordeaux, mais à Bazas, Saint-Symphorien ou Malagar, une petite ville, un bourg ou, plus volontiers, la campagne proche d'un village.
2. Un autre mouvement commence ici : la Province est surtout liée aux souvenirs du romancier, à son passé. Jusqu'à cette époque — sa mère vit encore — Mauriac vient en vacances à Saint-Symphorien plutôt qu'à Malagar.
3. Voir *Le Mystère Frontenac*, p. 591.
4. Souvenir de Raymond Laurens, ce cousin, mort jeune et dont la disparition semble avoir eu tant d'influence sur Mauriac ; voir la Notice du *Mystère Frontenac* (p. 1238).

1. En fait Mauriac abandonne ce développement qui répétait *Préséances.*

Page 730.

a. les oliviers dont les feuilles ressemblent à des ablettes dans le vent regardent passer   *ms.*

1. Mauriac allait volontiers dans le Midi, voir des notes dans le *Journal d'un homme de trente ans, OC,* t. IV, p. 267, et des articles dans *Journal, OC,* t. XI, p. 10 et suiv.

Page 731.

a. Ce royaume fiévreux n'attirait que les bergers — et même dans mon enfance les pins ni la résine n'enrichissaient le pays. En dépit   *ms.*

b. les Rois Fainéants. Au loin, on entendait les loups... | ⟨Enrichis⟩ aujourd'hui par la résine et par les bois, les propriétaires de ce pays restent les frères de leurs métayers. Mêmes goûts, mêmes passions, mêmes plaisirs... ⟨guetter⟩ « le lièvre » en tout temps, même quand la chasse n'est pas ouverte, pêcher, chasser la palombe en octobre, boire, manger force gibier, venaisons et viandes confites dans la graisse : porc, canard, oie, chapon[1]. | « M. *[nom illisible]* boit son frontignan de vieux médoc à chaque repas. » Voilà ce que les métayers répètent avec admiration[2]. | En dépit des rhumatismes, de la goutte, d'une petite attaque, sur les routes boueuses de l'automne son vieux coupé aux glaces levées l'amène en plein bois jusqu'à sa chasse à la palombe. Il ne regarde le ciel que pour y chercher des palombes et répète au curé à chaque rencontre : « Vous m'aurez mort, mais vous ne m'aurez pas vivant[3]... » | Ses enfants ne trouvent pas de bonne assez laide ni assez vieille pour décourager une ardeur qui ne s'éteint pas. | Dans un bourg *ms ;* Dans un bourg perdu *ainsi reprend le texte de RE. qui va jusqu'à* var. *b, p. 736.*

1. Expression empruntée à Pascal, *Pensées,* Brunschvicg, 67; Lafuma, 717.
2. On retrouve ces souvenirs dans *Commencements d'une vie* (*OC,* t. IV, p. 136). Ils sont utilisés, ici et là, dans les romans ; voir, par exemple, *Le Baiser au lépreux* (t. I, p. 471), *Thérèse Desqueyroux* (p. 30) et, plus tard, dans *Un adolescent d'autrefois...*

Page 732.

a. sa chair *[p. 731, dernière ligne].* | Cybèle, c'est la Vénus rustique. | Aux champs   *ms.*

1. Voir en particulier *La Chair et le Sang,* mais aussi *Le Baiser au lépreux* (à propos de Noémi), *Le Fleuve de feu* et surtout *Destins.*

1. Voir dans *Thérèse Desqueyroux,* p. 32 et 55.
2. Voir t. I, p. 512.
3. Voir dans *Le Fleuve de feu,* t. I, p. 510. Il semble d'ailleurs que les détails donnés ici se réfèrent tous au même personnage.

2. Thème qui sera au centre des *Anges noirs,* à propos d'Alain Forcas.

Page 733.

a. des époques oubliées. / Un paysan sans religion est souvent un félin qui selon les circonstances rampe ou sort les griffes et montre les dents. Ils n'ont qu'une religion, la terre. Cybèle [...] le Christ. Le paysan possède *ms.*

1. Voir encore ce souvenir dans *Nouveaux Mémoires intérieurs,* p. 17 : « les chants gutturaux, presque sauvages... »

2. Voir dans *Le Romancier et ses personnages,* p. 862.

Page 734.

a. connaître au-delà. Parce qu'il est immobile, il condamne l'univers à l'immobilité. [Quel péril, pour un homme *[...]* il nous surveille. *add. marg.*] Cet homme intelligent et occupé des choses de l'esprit, qu'il lui est difficile de revenir vivre aux champs. Rien ne l'y détourne de lui-même. Rien ne l'y divertit. Il risque de devenir sa propre proie. *ms.*

b. Aucun autre événement [...] l'évoque. *add. marg. ms.*

1. On notera le passage curieux (var. *a*) de la troisième à la première personne et on rapprochera cette réflexion de certains fragments du *Journal d'un homme de trente ans,* par exemple, *OC,* t. IV, p. 254.

Page 735.

a. le même paysan qui naguère [...] à sa faim. *add. marg. ms.*

b. n'a plus d'amarres : il dérive. Il préfère gagner moins et dépenser plus à la ville que thésauriser dans sa métairie. [La terre exige *[...]* nourrit l'autre. *add. marg.*] La race *ms.*

Page 736.

a. avec son propre cœur. / L'homme fuit la campagne parce qu'il se fuit lui-même. La paroisse est morte, l'homme n'a plus de famille, et il cherche *[deux mots illisibles]* dans la foule, dans le bruit, dans la lumière. [Les autos violent *[...]* de gloire. *add. marg.*] L'affreux *ms.*

b. Ici se termine le texte de RE. *Voir var. a, p. 725 ; var. a, p. 728 ; var. b, p. 731.*

Page 737.

a. à connaître les hommes. La Province nous oblige *ms.*

Page 738.

1. Voir « Géographie romanesque de Mauriac », t. I, p. 1392.

2. C'est le chemin qui mène de Langon à Malagar, celui que suit

Claude Favereau au début de *La Chair et le Sang* (t. I, p. 200), « le pont suspendu tremble sur la Garonne fauve... »

3. On retrouve ce rêve dans *Le Mystère Frontenac,* plus sombre d'ailleurs (voir p. 606), et dans *Thérèse Desqueyroux* (p. 104).

Page 739.

a. appelle les occasions au moins pour celui qui y a toujours vécu. / Dominique s'enterre   *ms.*

1. L'admiration de Mauriac pour ce roman s'exprime souvent; voir dans *La Chair et le Sang* (t. I, p. 243) et p. 859.

2. Pour Guérin, voir en particulier le texte repris dans *Mes grands hommes, OC,* t. VIII, p. 381 : « Maurice et Eugénie de Guérin. »

Page 740.

a. leur petite patrie *[p. 739, dernière ligne].* Le danger   *ms.*

b. de sa tante Séraphie. / Ce n'est pas pour rien que depuis Balzac et Flaubert, les auteurs n'utilisent plus la province française que comme nous le faisions, enfants, de ces papiers enluminés où il faut découper des grotesques. / Toute la littérature   *ms.*

1. Il l'a fait aussi dans *Préséances,* mais a très vite renoncé à ce « persiflage » et à la caricature. Mais la province l'a fourni abondamment de monstres, ce qui justifie la remarque.

2. Qu'il a peints dans *La Vie de Henry Brulard.*

Page 741.

a. [La Province laisse endormies *[...]* inclinations.   *add. marg.*] Le danger   *ms.*

Page 742.

a. abordé sans vergogne. Sur ce point d'ailleurs, voici quelque temps déjà qu'en province le monde se dessale, si je peux dire. Mais il fut une époque encore proche où il y avait des sujets qui même entre hommes n'étaient jamais abordés. / La Province est peuplée   *ms.*

b. des filles sans vocation. / L'honnêteté est un état que beaucoup de provinciales embrassent contraintes et forcées. / Naguère encore   *ms.*

c. les aide à vivre. Lesquelles montrent le plus de courage de celles qui préfèrent être *[un mot illisible]* en ce monde et sauvés dans l'autre, ou des folles *[un mot illisible]* de leur salut éternel et de leur position sociale ? / Des provinciales   *ms.*

d. Donner le change [...] politique !   *add. marg. ms.*

1. Voir les réactions de Fabien, dans *Le Mal* (t. I, p. 682) et plus nettes encore celles d'Yves, dans *Le Mystère Frontenac* (p. 625 et 632-634).

Page 743.

a. du vieux Roi ! / C'est à peine si depuis la guerre   *ms.*

b. si bien coupées. Vous avez vu son *ms.*

c. il existe encore des veuves [...] traverser. *add. marg. ms.*

d. les plaisirs, diners [...] agonie. *add. marg. ms.*

1. Ces notes constituent une sorte de commentaire à certains épisodes de *Thérèse Desqueyroux.*

2. Voir la description du veuvage de Noémi Péloueyre (t. I, p. 496).

Page 744.

a. tous les invités *[p. 743, 5ᵉ ligne en bas de page].* [Les morts étaient habillés *[...]* convenables. *add. marg.]* Comme les invités *ms.*

1. Voir les obsèques de Jean Péloueyre (t. I, p. 496).

Page 745.

a. quelquefois réussir [dans *Thaïs [...] ont soif* à ranimer des cendres. Ses personnages illustrent la légende et l'histoire *[deux mots illisibles]* il en capte la vie frémissante à sa source. *Après un blanc, détaché du développement qui précède :* La plus heureuse fortune. *C'est aussi par ces mots que commence l'article publié dans « Les Nouvelles littéraires » du 21 mars 1925, sous le titre : « Le romancier et sa province » ; cet article correspond à la fin de l'essai.*

b. Nos aventures ne nous [...] mémoires; *add. marg. ms.*

1. C'est-à-dire dans ces romans « historiques ». Mauriac se montre ici sévère pour cet écrivain dont il admirait, jeune homme, *L'Histoire contemporaine.*

2. Tout ce final que Mauriac avait détaché pour le publier séparément (voir *var. a*) revient sur le thème essentiel : la justification d'écrire ses romans provinciaux.

3. Il y a peut-être une « défense » dans cette remarque, une protection, le romancier avertit qu'on cherchera inutilement ses propres aventures dans ses romans. Il a dit aussi, à propos de *Coups de couteau* et d'*Insomnie,* qu'il n'avait pu écrire, étant trop proche du drame, le roman qu'appelaient ces nouvelles. — Cette idée que la création est compensation, que le roman réalise ce que le romancier n'a pu vivre, reparaît avec quelques atténuations, dans *Le Romancier et ses personnages* (p. 845). Comme il le remarquera alors, ce n'est vrai que des personnages principaux, les personnages secondaires et les détails sont souvent empruntés directement (p. 843).

Page 746.

a. que nous l'eussions étreinte. [Nos héroïnes les plus vivantes nous les avons tirées de notre côte comme fit Adam. Il a fallu les porter longtemps en nous et qu'elles se nourrissent de notre substance. Elles deviennent nôtres alors, spirituellement, *[...]* vivre. *add. marg*]. Nous ne demandons rien de plus à celle qui s'est donnée. Don Juan ne connaît pas les femmes. *ms.*

b. car la possession charnelle [...] l'être aimé.   *add. marg. ms.*

c. nos découvertes. / L'unique nécessaire   *ms.*

Page 747.

a. de ne pas donner satisfaction [...] ordinaires ».   *add. marg. ms.*

1. Voir *La Vie de Jean Racine* (t. VIII, p. 104) : « Le plus simple amour, d'abord; car, en dépit de la fable, rien de moins criminel que le trouble de Phèdre; rien de réel n'y répond à ce mot affreux d'inceste, puisque le sang de Phèdre ne coule pas dans les veines d'Hippolyte. » Gide fera remarquer dans une « lettre ouverte » que cet amour est quand même « adultère » (*Cahiers Gide 2,* p. 75). — On voit bien ici que Mauriac songe aussi à ses propres œuvres; et ce passage a d'autant plus d'intérêt qu'il va écrire *Destins,* où Élisabeth Gornac sera une « Phèdre innocente » et pourtant coupable parce qu'elle croit l'être : « il suffit que l'infortunée se croie incestueuse — dit encore Mauriac de Phèdre — pour qu'elle le soit en effet; en amour, c'est souvent la loi qui crée le crime » (*OC,* t. VIII, p. 104).

2. Référence non retrouvée.

3. Pascal, *Prière pour demander à Dieu le bon usage des maladies* (*Œuvres complètes,* Bibl. de la Pléiade, p. 606).

LE ROMAN

NOTICE

En publiant *Le Roman,* Mauriac intervenait dans une polémique d'époque, en même temps qu'il se défendait contre de récentes attaques. La dernière partie du texte reprend en effet un article un peu antérieur, réponse aux critiques venues du côté catholique[1]; la conférence[2] traitait plus largement un sujet alors fort à la mode : la crise du roman. Enquêtes, prises de position se multiplient sur ce thème et la manière même dont Mauriac l'aborde n'est pas neuve. D'autres avaient dit déjà que la disparition des contraintes, l'effacement des conflits moraux et sociaux étaient à l'origine de cet appauvrissement. L'influence du roman étranger, et singulièrement

---

1. Ces attaques étaient venues à la suite de la publication du *Jeune Homme.* Mauriac avait répondu dans *La Croix* (voir p. 1330). Il publie également dans *Les Nouvelles littéraires* du 8 janvier 1927 un article intitulé « Le meilleur témoignage », qui forme le chapitre IX du *Roman.*

2. Tout le début du texte est la reprise d'une conférence faite le 4 février 1927. Voir la Note sur le texte, p. 1331.

celle de Dostoïevski, est très généralement ressentie par la critique. Ce sont donc des idées communes que Mauriac reprend ici pour les ordonner à sa manière, dans une réflexion sur sa propre création romanesque[1].

L'un des arguments les plus sérieux demeure au second plan : trop longuement développé déjà dans l'essai précédent pour qu'il puisse y revenir autrement que par allusion : la province peut encore fournir des sujets : « Ces drames existent, et mes lecteurs savent que je suis de ceux qui y puisent encore le moins mauvais de leur œuvre[2] [...] » Et s'il dit que « l'aventure de Phèdre ne fournirait plus aujourd'hui la matière d'une tragédie[3] », il espère bien prouver le contraire : il écrit *Destins*. Mais il sait bien aussi qu'il s'est placé sur un autre plan, que le drame d'Élisabeth Gornac est plus clairement celui du désir : « [...] le romancier se trouve donc amené à ne plus s'attacher à d'autres sujets que la chair[4] », il « s'aventure, avec une audace croissante, sur des terres maudites où naguère encore nul n'aurait osé s'engager[5] »; les exemples contemporains ne lui manquent pas : « [...] et je prêche un peu pour ma paroisse. » ajoute-t-il. Il revient ici à une sorte de plaidoyer; les romanciers sont des « explorateurs qui voient se restreindre chaque jour davantage, sur la carte du monde, la zone des terres inconnues[6] »; il ne leur reste à peindre que des « monstres »; il joue, il est vrai, sur le mot : « dans l'homme apparemment le plus normal » on peut atteindre « ce par quoi il est un homme différent de tous les autres [...] : à la lettre, un monstre[7] ».

L'autre grand thème de la conférence rejoint celui-ci par un détour; l'influence de Dostoïevski, celle des romanciers anglais vont à l'encontre de la tradition française du roman psychologique, avec ses exigences de clarté. Mauriac livre ici une de ses préoccupations profondes : « d'une part, écrire une œuvre logique et raisonnable, d'autre part, laisser aux personnages l'indétermination et le mystère de la vie[8] ». Ainsi apparaît le vrai problème qui est de « l'action du romancier sur ses créatures[9] ». Mauriac — et c'est là aussi un thème d'époque — affirme l'indépendance du personnage, la nécessité de le laisser se développer avec ses « bizarreries », ses « contradictions », ses « extravagances », d'admettre les monstres.

Toutes ses réflexions le ramènent donc au problème moral qui le préoccupe tant à cette époque, en raison même des attaques dont

1. Sur les discussions de l'époque concernant le roman, voir Michel Raimond, *La Crise du roman*, Corti.
2. P. 758.
3. P. 753.
4. P. 757.
5. *Ibid.*
6. P. 758.
7. P. 762.
8. P. 765.
9. P. 766.

il eſt l'objet. Il y a un péril pour l'art, reconnaît-il, qui risque de se limiter aux « passions les plus basses »; il faut « réintégrer la Grâce dans ce monde nouveau » et lui donner ainsi ses vraies perſpectives[1].

L'article de 1927, « Le meilleur témoignage », traitait du même sujet. Le titre renvoie à une juſtification romantique[2] : toute œuvre « dans la mesure où [elle] nous apprend à nous mieux connaître, [...] nous rapproche de Dieu[3] »... Vieille argumentation qui vaut ce qu'elle vaut; à peu près rien. Mauriac le sait et passe à l'attaque vivement : le mensonge eſt pire que l'audace; il y a « aussi une hérésie de niaiserie[4] ». La queſtion eſt ailleurs, c'eſt moins du lecteur que de l'auteur qu'il s'agit, de cette « connivence » avec ses personnages que Maritain condamne. Impossible d'y échapper, répond Mauriac : « Il faudrait être un saint... mais alors, on n'écrirait pas de roman. La sainteté, c'eſt le silence[5]. »

Ce texte va plus loin peut-être que *Dieu et Mammon* où le même sujet sera abordé : Mauriac y analysera ses propres conflits, les contradictions d'où naît son œuvre, y juſtifiera son attitude religieuse. Ici, il aperçoit dans cette complicité une source plus cachée, celle qu'il tente de découvrir dans *Le Romancier et ses personnages*.

La polémique avec Jean Guiraud, l'année précédente, avait été assez vive pour que Mauriac éprouvât la nécessité de s'expliquer. Guiraud, à propos du *Jeune Homme,* condamnait violemment « l'amoralisme » de Mauriac, « la hantise de la chair que l'on sent dans l'ensemble de son œuvre » :

« Et c'eſt cet attardé de la Renaissance païenne glorifiant tous les inſtincts et exigeant de Dieu lui-même un partage avec eux, que l'on voudrait nous faire accepter comme un représentant, que dis-je ? un maître du renouveau catholique ?[6] »

Aux citations tronquées de Guiraud, Mauriac, fort juſtement, opposa d'autres citations, sans convaincre son adversaire[7]; il notait surtout ce qui sera le thème de sa réflexion dans cet essai et dans ceux qui suivent :

« ... je n'ai jamais eu la prétention d'être un maître du renouveau catholique, je suis un catholique à qui eſt départi le don périlleux de créer[8]. »

---

1. P. 770.
2. On a reconnu évidemment l'allusion à Baudelaire : « Car c'eſt vraiment, Seigneur, le meilleur témoignage... »
3. P. 771.
4. P. 773.
5. P. 772.
6. L'article de Guiraud, qui est un compte rendu, a paru dans *La Croix* des 21-22 mars 1926 ; il est fort acerbe, relève ce qu'il estime des « absurdités » et présente, grâce à des citations privées de leur contexte, l'essai de Mauriac d'une manière assez fausse.
7. Pour que sa réponse fût insérée, Mauriac dût lui donner la forme d'une lettre au directeur de *La Croix* et en demander la publication « conformément à la loi ». La lettre parut dans *La Croix* des 4-5 avril, suivie d'une réplique de Guiraud qui « maintenait » son jugement.
8. Pour Guiraud, aucun doute que l'écrivain ne soit en tout

NOTE SUR LE TEXTE

On ne possède pas de manuscrit de ce texte. Toutefois quelques notes dans un cahier constituent une ébauche d'un passage (voir var. *a*, p. 762).

Il s'agit, pour les chapitres i-viii, d'une conférence faite sous le titre « Le roman d'aujourd'hui » à la Société des conférences le 4 février 1927 et publiée dans *La Revue hebdomadaire* le 17 février [sigle : *RH*]. Elle a paru ensuite en plaquette sous le titre *Le Roman* l'Artisan du livre, Cahiers de la Quinzaine, 18e série, no 13, 1928. À la suite, des textes sur Loti, Anatole France, Radiguet et Barrès [sigle : *orig.*]. Nous suivons le texte des *Œuvres complètes*, [sigle : OC] où, notons-le, ces articles ont été dispersés ou supprimés.

Le chapitre ix, qui a paru dans *orig.*, mais ne figure pas dans la conférence *(RH)*, a paru sous le titre « Le meilleur témoignage » (le vers de Baudelaire figure en épigraphe) dans *Les Nouvelles littéraires* [sigle : *NL*] le 8 janvier 1927.

Mauriac a peu modifié ces deux textes en les reprenant; il a seulement récrit l'exorde de sa conférence et fait deux corrections intéressantes : il supprime (var. *a*, p. 769) une allusion élogieuse à Estaunié et ajoute (var. *a*, p. 772) quelques lignes sur Bernanos dont le premier roman, *Sous le soleil de Satan* venait de paraître.

NOTES ET VARIANTES

Page 751.

a. Le début de la conférence (voir la Note sur le texte, ci-dessus) est assez différent : Je ne viens pas ici prêcher pour ma paroisse; c'est du roman d'aujourd'hui et non des romanciers que je vais tenter la défense. Peut-être même, si j'arrive à vous persuader d'avoir confiance dans les destinées du roman, si je vous découvre les perspectives profondes qui s'ouvrent devant lui, peut-être après m'avoir entendu, inclinerez-vous à plus de sévérité envers nous, romanciers, et nous demanderez-vous compte de ces trésors dont nous sommes inhabiles à enrichir notre art. / Cette défense du roman, je ne l'ai pas conçue comme une réponse à certains journalistes qui, depuis quelques mois, et lorsque l'actualité ne leur fournit rien de plus attrayant, annoncent au monde que le roman est un genre fini, que le roman est mort. Le plus sérieux de leur critique, en effet, ne porte pas contre des romans véritables, mais contre des essais, des notes de voyage, des impressions déguisées en récits romanesques. « Je te

complice et responsable de ses personnages. L'article repris au chapitre ix lui répond plus nettement que la lettre.

baptise roman ! » Cette formule sacramentelle que des voyageurs, des critiques, des essayistes, prononcent sur leurs manuscrits, n'est presque jamais efficace. En vérité, c'est une étiquette qui aide à la vente; mais il y a tromperie sur la marchandise. / La profusion des romans aux devantures des libraires ne doit point nous illusionner sur le très petit nombre de romanciers authentiques. Un garçon qui sait tenir une plume et qui a quelque lecture croit qu'il est facile de raconter une histoire. Il s'agit bien de cela. Pour avoir le droit de se dire romancier, il faut pouvoir donner la vie, il faut créer des êtres vivants. / De ce que très peu d'écrivains aujourd'hui, détiennent ce don, nul n'est en droit de conclure que le roman   *RH.*

Page 752.

1. On trouvera sur les problèmes du roman à cette époque tous les documents dans l'ouvrage de Michel Raimond, *La Crise du roman, Des lendemains du naturalisme aux années vingt,* Corti, 1966.

2. La formule est de Renan, à peu près. Car Renan a écrit : « Nous vivons d'une ombre, du parfum d'un vase vide [...] », *Discours et Conférences, OC,* t. I, Calmann-Lévy, 1947, p. 786 (« Réponse au Discours de Cherbuliez »).

3. Tout l'essai précédent montre l'intérêt romanesque de la province, où les conflits demeurent possibles; voir, en particulier, p. 725-726.

Page 753.

a. *OC :* devint; *correction d'après orig. et RH.*

1. Écrivain français d'origine suisse (1884-1951). Référence non retrouvée.

2. Ce sont les termes mêmes dont Mauriac s'est servi dans *La Province,* p. 726.

3. *La Grande Marnière* (1885) est, comme *Le Maître de forges,* l'histoire d'une « mésalliance ».

4. Pour cette expression, voir déjà t. I, p. 515, et, beaucoup plus tard, dans *Ce que je crois* (p. 78) : « ce geste, cet acte n'est pas un geste, n'est pas un acte comme un autre ».

Page 754.

1. Reprise de quelques lignes du *Jeune Homme,* voir p. 712.

2. La formule vient de Stendhal qui la donne en épigraphe au chapitre XIII du *Rouge et le Noir :* « Un roman : c'est un miroir qu'on promène le long du chemin. Saint Réal. » On sait qu'elle est, en réalité, de Stendhal lui-même.

Page 755.

1. L'idée a été souvent développée à l'époque; voir par exemple dans Thibaudet, *Réflexions sur le roman :* « Le roman de l'aventure », article de 1919. Quelques années plus tôt, Rivière avait

publié dans la *N.R.F.* (mai-juillet 1913) un essai sur *Le Roman d'aventures* (repris dans *Nouvelles Études*).

Page 756.

1. Voir déjà p. 698.

Page 758.

1. C'est la fin du premier chapitre de l'étude sur Rousseau, dans ce livre de Maritain. On verra (p. 313) que Maritain reviendra, à propos de Mauriac, sur ces problèmes du roman.

2. C'est le sujet même de *La Province.*

3. Pour cette discussion autour du roman balzacien, voir l'ouvrage cité n. 1, p. 752, de Michel Raimond. — La citation de Brunetière est tirée de son *Honoré de Balzac,* Calmann-Lévy, p. 10.

Page 759.

1. *Jadis et naguère,* II, « Langueur » (*Œuvres poétiques complètes,* Bibl. de la Pléiade, p. 250).

2. Noter l'évolution assez nette de Mauriac depuis *Les Beaux Esprits de ce temps* et les romans écrits avant la guerre.

Page 760.

1. *Pensées,* Brunschwicg, 7; Lafuma, 510. — L'article de Brunschvicg, « La littérature philosophique au XIXe siècle », a paru dans *La Revue de Paris,* le 1er janvier 1927.

2. Bordeaux est né en 1870; l'évolution que révèle Mauriac ne modifie pas une œuvre qui demeure traditionaliste et moralisante. Bordeaux venait de publier *Le Cœur et le Sang* (1925) et *Les Jeux dangereux* (1926).

3. Revue éphémère qui parut de 1924 à 1927; elle était de tendance religieuse et philosophique.

Page 761.

1. Nous n'avons retrouvé trace d'aucun ouvrage publié par cet Alain Lemière.

Page 762.

a. *Dans un cahier*[1]*, sous le titre :* Notes sur le roman, *on lit ce texte qui paraît bien être une ébauche de ce passage, sinon la première esquisse de cette conférence :* Claudel assure que « jusqu'à Mallarmé, pendant tout un siècle depuis Balzac, la littérature avait vécu d'inventaires et de descriptions : Flaubert, Zola, Loti, Huysmans. Mallarmé est le premier qui se soit placé devant l'extérieur, non pas comme devant un spectacle ou comme devant un thème à devoir français, mais comme devant un texte, avec cette question : Qu'est-ce que

1. Bibliothèque littéraire Jacques-Doucet, MRC 100.

ça veut dire[1] ? » ... / Hé bien, un romancier d'aujourd'hui se place aussi en face de l'être humain, non plus pour le deviner, mais pour le comprendre. Il ne s'agit plus de savoir quelles sont ses idées sociales ou politiques ; il ne s'agit plus de le représenter d'après les opinions qu'il affiche. Ce personnage composé, construit, que chacun de nous présente au monde, est justement celui qui n'intéresse pas le romancier, que le romancier écarte, pour atteindre *son mystère*, non pour éclairer ce mystère, ni pour le percer à jour — mais pour nous le rendre sensible : il s'agit qu'un être vive et non plus qu'il soit explicable, conforme à une certaine logique. Un Bourget qui n'étudie pas l'*individu*, mais la *personne*, c'est-à-dire l'être de raison derrière lequel l'individu se dissimule, peut juger légitime d'y appliquer une logique conforme à la raison et satisfaisant l'intelligence ; mais nous qui voulons exprimer l'être humain dans sa totalité, dans son mystère total... *Le texte se termine ainsi.*

1. Gide, *Les Nourritures terrestres* (*Romans,* Bibl. de la Pléiade, p. 248).

Page 764.

1. Gide a fait au Vieux-Colombier, en 1922, une série de six conférences, reprises dans *Dostoïevski,* Plon, 1923. Voir cette citation, p. 163.

Page 765.

1. C'est un des thèmes fréquents de la critique du roman à cette époque ; voir l'ouvrage déjà cité n. 1, p. 752, de Michel Raimond.

Page 766.

1. Dans *Messages,* 1926, p. 60 ; cité par Michel Raimond, *op. cit.* (n. 1, p. 752), p. 131, n. 71.
2. Voir sur ce point une interview de Mauriac citée dans *Cahiers Gide 2,* p. 227 : « [...] un romancier, s'il est catholique, a bien des ennuis ; n'empêche que son art bénéficie de la réserve à quoi il est tenu : il faut qu'il devienne le maître de l'allusion, de la suggestion et de l'ellipse. »
3. Roman publié en 1911 ; les Tharaud étaient surtout connus pour leurs récits de voyage.

Page 767.

1. Voir pour cette idée que reprennent tous les romanciers de l'époque, Michel Raimond, *op. cit.,* p. 464, « *Le Romancier et les personnages* ». Ce texte est d'autant plus important que Sartre critiquera précisément Mauriac sur l'absence de liberté de ses personnages.

1. Dans *La Catastrophe d'Igitur,* texte de 1925. Claudel (*Œuvres en prose,* Bibl. de la Pléiade, p. 511).

Page 768.

1. Voir le texte cité p. 757.

2. Sur lequel il revient un peu plus tard dans une conférence sur *La Responsabilité du romancier ;* voir le chapitre v de *Dieu et Mammon,* p. 805.

Page 769.

a. Les passions les plus basses. Cette grandeur de l'homme, son pouvoir d'ascension, le sens qu'il garde, malgré tout, de l'expiation, du rachat par la souffrance, c'est cela qu'un de nos grands aînés, Édouard Estaunié sut ne jamais perdre de vue, le don   *RH.*

1. Voir *À la recherche du temps perdu,* Bibl. de la Pléiade, t. III, p. 187-188 : « Ce qu'on peut dire, c'est que tout se passe dans notre vie comme si nous y entrions avec le faix d'obligations contractées dans une vie antérieure [...]. Toutes ces obligations, qui n'ont pas leur sanction dans la vie présente, semblent appartenir à un monde différent [...] »

2. Depuis cette phrase jusqu'à la fin du chapitre, Mauriac cite textuellement ce qu'il a écrit dans « *Un personnage de Proust* », *Proust,* 1926, Lesage; voir *OC,* t. IV, p. 292 (repris dans *Du coté de chez Proust*).

Page 770.

a. dans ce monde nouveau.   *Le texte de la conférence publiée dans RH se termine ainsi ; pour le chapitre qui suit voir var. b.*

b. Flaubert   *Mauriac reprend ici l'article paru dans Les Nouvelles littéraires, le 8 janvier 1927 : « Le Meilleur témoignage ». Voir la Note sur le texte, p. 1331.*

1. Également cité p. 810; voir la note 2 de cette page.

2. Voir n. 2, p. 771, pour les circonstances où furent écrites ces pages.

Page 771.

1. Mauriac a déjà fait allusion à ce roman, p. 756.

2. À propos des romantiques, dans *Par-delà le bien et le mal,* Gallimard, 1971, p. 178.

3. C'est à Jean Guiraud en particulier que Mauriac répond ici; Guiraud l'avait attaqué dans *La Croix,* les 21-22 mars 1926; voir la Notice, p. 1330. Pour l'abbé Bethléem, voir une allusion plus nette, n. 1, p. 811.

Page 772.

a. au-dedans de nous. / Et sans doute   *NL.*

1. Dans *Art et scholastique,* voir la citation donnée p. 815.

2. Mauriac pense évidemment à *Sous le soleil de Satan,* paru en 1926. Cette remarque rappelle la phrase de Gide, dans une de ses

conférences sur Doſtoïevski et que Mauriac citera dans *Dieu et Mammon* ; voir p. 814.

Page 773.

1. Nicole, *Lettres sur l'hérésie imaginaire* (XIe Lettre), *Les Visionnaires*. À ce texte célèbre publié en 1665 contre Desmarets de Saint-Sorlin, Racine répliqua, se sentant atteint par cette critique. Voir dans *La Vie de Jean Racine, OC,* t. VIII, p. 80-81. On trouvera le texte de Nicole cité plus longuement dans Racine, *Prose,* Bibl. de la Pléiade, p. 13.

2. Jean Balde, pseudonyme de Jeanne Alleman, amie de Mauriac : il rencontra chez elle, en 1912, Jeanne Lafon, qu'il épousera l'année suivante. — Nous n'avons pas retrouvé l'origine de la citation.

DIEU ET MAMMON

NOTICE

La « lettre ouverte » de Gide à propos de *La Vie de Jean Racine* ne fut peut-être que l'occasion ou le prétexte de ce livre. Comme les critiques venues des milieux catholiques, elle contraignait Mauriac à « se juſtifier »; il le sentit très vite : « Peut-être appelle-t-elle une réponse. Malgré la répugnance que j'éprouve, il faudra bien que je m'explique un jour, sur ma position religieuse[1]. » Elle l'amenait, surtout, dans la crise religieuse qu'il traverse, à « faire le point ». Gide a trop bien senti ce qu'il y avait de personnel dans l'essai sur Racine : « Lorsque vous parlez de mon inquiétude, il y a maldonne; cher ami, l'inquiétude n'eſt pas de mon côté, elle eſt du vôtre[2]. » Mauriac répond aussitôt : « Je ne crois pas, je ne veux pas croire à votre tranquillité[3]. » Sans doute eſt-ce alors, dès mai ou juin 1928, qu'il écrit ce qui deviendra le chapitre VII de *Dieu et Mammon ;* il y met Gide en scène :

« Regardez, dit-il, je n'ai plus d'inquiétude, je me moque des inquiets, je ris, et à soixante ans, ma jeunesse éclate de joie, et toute cette génération me regarde, m'admire.

« " Je ne suis pas inquiet. " Pourquoi ce besoin de proclamer ce qui devrait aller de soi ? [...]

« Et pourtant quel homme n'eſt inquiet et troublé ? Et toi-même

---

1. Lettre à Gide, sans date ; sans doute de mai 1928 ; *Cahiers André Gide,* 2, p. 78. La « lettre ouverte », reproduite ici p. 832, a paru dans la *N.R.F.* de juin ; Gide l'a envoyée à Mauriac le 10 mai.
2. P. 833.
3. Lettre citée, n. 1.

qui te moques de mon trouble, nous avons connu le tien. Tu es écrivain, c'est dire que tu te livres à chaque instant[1] [...] »

Les allusions (à l'âge, à la gloire...), une citation, non signalée, de *Saül* confirment qu'il s'agit bien de Gide (celui-ci ne s'y trompera pas). De telles notes allaient plutôt dans le sens de *Souffrances et bonheur du chrétien*. C'est un peu plus tard, semble-t-il, et sous quelque influence, pensera Gide, que Mauriac jugera « perfide » la phrase sur le « compromis rassurant » entre Dieu et Mammon, et décidera d'écrire sa défense. Il rédige alors les chapitres i à iv, et le chapitre vi. Le cinquième reprend une conférence de juin 1928 sur *La Responsabilité du romancier* qui n'était pas une réponse à Gide, mais aux reproches des catholiques[2].

Mauriac s'était contenté dans cette conférence de soulever les paradoxes que fait surgir cette question. Cette responsabilité existe, l'écrivain en a conscience, mais il sait aussi qu'il ne doit pas altérer le réel; d'ailleurs, en cherchant à édifier, il peut produire sur son lecteur un effet inattendu. Aucun doute pourtant que l'artiste sollicite « la source secrète des plus grands péchés ». Mais si sa vocation est d'écrire... Maritain, ici encore, est cité : « tout le monde [...] s'accordera à juger qu'il pose bien la question; — tout le monde, sauf précisément les romanciers[3] ». De ces contradictions que Mauriac accumule, il ne saurait sortir. Les remarques de Gide allaient au-delà de ces reproches que depuis toujours les moralistes adressent aux créateurs. Mauriac y avait répondu, indirectement, en écrivant *La Vie de Jean Racine* :

« Faut-il choisir ? devait songer le jeune Racine. Dieu ne peut exiger que je me détruise et c'est me détruire que d'étouffer l'œuvre que je porte. Suis-je même libre d'empêcher qu'elle naisse ? Est-il une force au monde pour empêcher cette naissance ? Lorsque toutes mes créatures vivront, que j'aurai donné tout mon fruit, qu'il ne restera plus que de me répéter, peut-être, s'il est temps encore, songerai-je sérieusement à désarmer le Dieu impitoyable de M. Singlin et de la tante Sainte-Thècle, et éviterai-je du même coup, d'écrire à la fin de ma carrière, d'aussi mauvaises tragédies que celles du vieillard Corneille[4]. »

Passage dont Gide a bien senti l'ambiguïté — d'autres vont dans le même sens — et qui lui fait écrire : « Vous vous félicitez que Dieu,

1. P. 826. Pour les dates de composition, voir la Note sur le texte, p. 1342-1343.
2. L'examen des manuscrits (voir la Note sur le texte, p. 1343) montre que le chapitre vii a été écrit à part et vraisemblablement avant les autres. Par ailleurs, il est clair que la réaction de Mauriac à la « lettre ouverte » de Gide, d'abord sympathique, se modifia : « Est-ce vraiment *vous* qui avez pu trouver ma lettre perfide ? ou plutôt ne vous êtes-vous pas laissé dire et persuader qu'elle l'était ? » lui écrit Gide le 4 février 1929 (*Cahiers Gide*, 2, p. 80). Mauriac sans en convenir admit que, la lisant dans la *N.R.F.* il avait été sensible à sa « malice », qui ne lui était pas apparue d'abord.
3. P. 815.
4. *OC*, t. VIII, p. 80.

avant de ressaisir Racine, lui ait laissé le temps d'écrire ses pièces
[...]. En somme ce que vous cherchez, c'est la permission d'écrire
Destins[1]... » Ainsi Mauriac se trouvait-il placé devant le vrai problème, non plus celui de sa responsabilité de romancier, mais de sa
sincérité religieuse. « Plus d'échappatoire » possible. « Cherche
donc à voir clair[2]. »

Les considérations générales sur la situation des écrivains au
XXᵉ siècle ne sont là que pour expliquer, justifier ce qui suit : « Je n'ai
rien écrit sur moi-même — écrira-t-il, en 1957 — qui s'enfonce aussi
profond dans mes propres ténèbres [...]. Je ne me suis nulle part
découvert à ce degré[3]. » Tout est dit, en effet : l'impossibilité de
sortir du catholicisme en dépit des crises et des révoltes : « [...]
j'appartiens à la race de ceux qui, nés dans le catholicisme, ont
compris, à peine l'âge d'homme atteint, qu'ils ne pourraient jamais
plus s'en évader, qu'il ne leur appartenait pas d'en sortir, d'y rentrer. Ils étaient dedans, ils y sont, ils y demeureront à jamais[4]. »
D'où le seul drame qui est non « de renoncer au Christianisme : cela
ne fait pas question », mais de se livrer « à Dieu ou à la puissance
d'en bas ».

Une variante curieuse éclaire la réflexion de Mauriac : le conflit
éclate, remarque-t-il, entre le désintéressement de l'artiste et l'apostolat : « antagonisme que j'imaginais invincible et que j'espère
aujourd'hui surmonter », dit le texte imprimé. Est-ce une inadvertance ? une crainte peut-être inconsciente ? ou au contraire un propos délibéré qui lui a fait corriger ainsi la phrase originelle que l'on
suppose tellement plus vraie : « et que je n'espère *plus* surmonter[5] » ?

L'interprétation qu'il donne alors de la vie et de l'œuvre de
Rimbaud, peu importe qu'elle soit juste ! C'est un miroir grossissant
où Mauriac se contemple : « imaginez un être de cette race, mais doué
pour résister d'infiniment plus de puissance que je n'en possède... »
Et cette contemplation le rassure, puisque si loin que soit allé le
poète, il y a eu cette « minute marquée de toute éternité[6] » où la
grâce a rejailli. À relire ces pages, trente ans plus tard, Mauriac
aura l'impression d'y avoir mis l'essentiel, non sur Rimbaud peut-
être, mais sur soi-même[7].

La reprise de la parabole de l'enfant prodigue renoue le dialogue
avec Gide : « le Fils prodigue, la Brebis perdue [...] ne sauraient se
perdre que dans la maison paternelle, que dans les pâturages
natals[8] » : « Lorsqu'ils s'imaginent avoir erré au loin, et vu
d'étranges pays, ils découvrent qu'ils n'ont fait que tourner en

1. P. 833.
2. P. 784.
3. Voir la préface de 1957, p. 1340.
4. P. 785.
5. Voir p. 790 et var. *a*.
6. P. 796.
7. Préface de 1957, p. 1341.
8. P. 799.

rond, que se débattre sur place »; ils « ne sauraient arracher cette tunique collée à leur peau ». « Que nous voilà loin de " ce compromis rassurant qui permet d'aimer Dieu sans perdre de vue Mammon[1] " ! » Mauriac, dans le IVe chapitre tente d'analyser son attitude, sa sensibilité, telle que le catholicisme l'a formée, de faire apparaître son « drame particulier » qu'il lui importe d'exprimer; mais il ne saurait aller au-delà de ce qui le préoccupe alors : l' « obsession » de l'éphémère, la « pensée de la mort », l'opposition de l'amour humain et de l'amour divin, l'incapacité de « choisir »...

La conférence qu'il reprend ensuite est dépassée[2]; il le remarque dans une note : « Je ne l'écrirais plus aujourd'hui, sous cette forme[3]. » Le chapitre VI, lui, en effet est postérieur à la « conversion », qui, d'après Du Bos, se situe en octobre 1928. Pour comprendre ces pages, l'éloge qu'il y fait de la soumission à son « directeur », il faut relire celles qui, dans les *Nouveaux Mémoires intérieurs,* évoquent ce directeur, l'abbé Altermann[4]; elles montrent que l'accord dure peu, le temps d'écrire *Ce qui était perdu.* Non que la conversion fût en cause, mais des dissentiments interviennent dont l'écho est sensible dans *Le Nœud de vipères.* Des thèmes nouveaux apparaissent, liés d'une autre manière à cette conversion.

LA PRÉFACE DE 1958

En relisant ce texte pour une édition que devait publier Grasset en 1958, Mauriac s'étonnera de retrouver aussi dramatiquement exprimée dans Dieu et Mammon *cette crise de 1928. Les quelques pages qu'il écrit alors en constituent le meilleur commentaire :*

Le 7 mai 1928, André Gide publia une lettre qu'il m'adressait et dont je fus d'abord enchanté. Ma *Vie de Jean Racine* en était le prétexte : « C'est vraiment un livre admirable, m'écrivait Gide. Je n'use guère de ces mots pour qualifier des œuvres d'aujourd'hui. » Que de fleurs ! Trop de fleurs. J'aurais dû me douter qu'un aspic s'y dissimulait : je ne l'avais pas encore découvert que déjà j'étais piqué.

« En somme, poursuivait Gide, ce que vous cherchez, c'est la permission d'être chrétien sans avoir à brûler vos livres; et c'est ce qui vous les fait écrire de telle sorte que, bien que chrétien, vous n'ayez pas à les désavouer. Tout cela (ce compromis rassurant qui

---

1. P. 800.
2. Elle forme le chapitre V.
3. P. 833-834.
4. *Nouveaux mémoires intérieurs*, p. 156 et suiv.
5. Ces pages ont paru sous le titre « Dieu et Mammon : une clef retrouvée », dans *Le Figaro littéraire* du 27 avril 1957 ; comme préface à l'édition de *Dieu et Mammon* en 1958 chez Grasset ; et dans les *Mémoires intérieurs*, p. 245-249.

permette d'aimer Dieu sans perdre de vue Mammon), tout cela nous vaut cette conscience angoissée qui donne tant d'attrait à votre visage, tant de saveur à vos écrits, et doit tant plaire à ceux qui, tout en abhorrant le péché, seraient bien désolés de n'avoir plus à s'occuper du péché. » Et ce dernier trait pour finir : « C'est avec les beaux sentiments qu'on fait de la mauvaise littérature. La vôtre est excellente, cher Mauriac. Si j'étais plus chrétien, sans doute pourrais-je moins vous y suivre[1]. »

Je corrige en ce moment les épreuves de la réponse que je fis à André Gide, non pas une lettre mais un livre : *Dieu et Mammon*. Ce titre d'avance résume l'ouvrage; il faut mettre l'accent sur la conjonction, sur le « et » qui marque bien que je n'ai pas cherché ici à opposer deux cultes antagonistes, mais que j'ai voulu les montrer s'affrontant dans un cœur incapable de choisir.

Dieu et Mammon avait paru dans une édition de demi-luxe (Le Capitole) depuis longtemps épuisée. La maison Grasset le reprend aujourd'hui. Près de trente années ont passé sur ces pages oubliées et dont moi-même je n'avais gardé qu'un souvenir confus. Je les redécouvre comme je trouverais une clef perdue, car c'est bien d'une clef qu'il s'agit. Je n'ai rien écrit sur moi-même qui s'enfonce aussi profond dans mes propres ténèbres que les chapitres II, III et IV de cet opuscule. Je ne me suis nulle part découvert à ce degré. Ainsi un ouvrage épuisé et à peu près inconnu se révèle à nous soudain comme ce que nous avons peut-être écrit de plus important pour ce qui touche à notre propre histoire.

J'accorde qu'il y a du ridicule à sembler ne pas mettre en doute que notre histoire puisse paraître un jour importante à quelqu'un. Mais quoi ! c'est un fait qu'il n'y a guère d'exemple qu'un écrivain, s'il a été beaucoup confié, beaucoup livré durant sa vie, ne devienne après sa mort l'objet des préoccupations et des recherches de quelque âme fidèle. Une religieuse des États-Unis m'écrivait l'autre jour à propos de René Schwob[2], dont elle traduit un ouvrage et à qui elle a consacré une thèse. J'ai été heureux de penser que les livres de notre ami René Schwob, qui paraissent ici oubliés, avaient abordé une rive lointaine et qu'il s'était trouvé une sainte femme pour les y recueillir.

Ainsi avons-nous tort de juger comique la certitude qui éclate chez nos confrères touchant à la pérennité de tout le papier qu'ils ont noirci. Et moi-même, je tourne et retourne cette clef perdue et retrouvée qu'est *Dieu et Mammon,* et je ne crois pas céder à la vanité en songeant qu'après moi d'autres s'efforceront de la faire jouer dans la serrure.

Je ne me retiens pas de me poser une première question au sujet de ces pages qui me brûlent encore. A-t-il donc suffi d'une moquerie

---

1. Voir le texte intégral de la lettre (cité p. 832) et les notes.
2. D'origine israélite, converti, René Schwob a publié plusieurs ouvrages sur sa conversion ; il mourut en 1945.

de Gide pour qu'elles jaillissent ? Il y aurait là matière à un beau développement et bien propre à l'édification : on y verrait la Grâce utiliser le plus libertin des auteurs pour obliger l'un des plus dévots (en apparence) à manifester son désarroi et sa misère, pour l'amener à se reprendre et pour le remettre en selle. C'eût été amusant à développer, mais n'aurait correspondu qu'à une demi-vérité. Si la lettre de Gide me mit la plume à la main, elle ne suscita pas les sentiments qui affleurent ⟨dans⟩ ces pages. Au vrai, la provocation gidienne coïncida avec un état de crise que j'ai subi, la quarantaine passée, en ce milieu du chemin de ma vie.

La fin de la jeunesse est une vieillesse anticipée. Elle comporte un trouble qui lui est propre et qui pourrait être attribué au « démon de midi » s'il n'était fort différent de ce que Bourget a décrit et de ce que l'on désigne en général sous cette étiquette. Mais enfin il est vrai que les appels de la vie, les mouvements de la nature en nous se fortifient, à cette heure-là, de la certitude que tout va bientôt finir, que tout est déjà fini.

Gide intervenait au moment d'un combat douteux. Si j'avais dû renoncer à la foi chrétienne, l'heure en était venue, comme on le voit bien dans les pages intitulées *Souffrances du chrétien,* parues quelques mois plus tôt à la *Nouvelle Revue française*[1].

Un combat en apparence douteux, mais qui en fait ne l'était nullement. Si *Dieu et Mammon* a un sens, c'est bien celui-ci : alors que la plupart des hommes nés dans le christianisme s'en détachent aux abords de l'adolescence et désertent sans débat, il s'en trouve un petit nombre tout aussi attirés par le monde et non moins capables de toutes les passions, qui n'arrivent pas à s'en évader et qui, à la faveur d'une crise plus forte que les autres, leur jeunesse finie, prennent conscience que rien pour eux ne se passera jamais qu'à l'intérieur de cette religion qu'ils n'ont pas choisie et à laquelle ils n'appartiennent que parce qu'ils y sont nés.

Cette vue est appliquée non seulement à moi-même mais à Arthur Rimbaud, dans *Dieu et Mammon.* C'est une grille qui m'aide à déchiffrer le destin de Rimbaud, à lui découvrir une signification aussi vaine peut-être que les monstres et que les figures de dieux qu'il nous plaît de sculpter dans les nuages. Pourtant, je me souviens que Charles Du Bos attachait beaucoup de prix à ces pages sur Rimbaud. À les relire, j'ai envie de me dire à moi-même, comme au jeu de cache-mouchoir : « Tu brûles ! »

Dieu et Mammon, au centre de mon œuvre et de ma vie, est un foyer recouvert de cendres mais d'où ont jailli des flammèches, et le feu reprenait un peu plus loin. Aussi ai-je réuni sous ce titre, dans l'édition que publie la maison Grasset, des textes qui procèdent du même esprit, et que pénètre la même angoisse du milieu du chemin

---

1. Le 1ᵉʳ octobre 1928, donc après la lettre de Gide ; la composition de *Dieu et Mammon* en est en partie contemporaine, en partie postérieure ; voir la Note sur le texte, p. 1342-1343.

de la vie : *Souffrances et bonheur du chrétien* d'abord, et puis les commentaires que j'avais écrits pour un album de photographies de Jean-Marie Marcel prises à Malagar, et que j'avais intitulé *Les Maisons fugitives,* et enfin *Hiver,* qui figure avec des textes de Colette, de Gide et de Jules Romains, dans un volume d'étrennes, sur les saisons[1].

Rédigés à des époques différentes dans l'intervalle d'une dizaine d'années, tous ces écrits font écho à un combat qui, s'il a perdu peu à peu de sa violence, ne s'interrompt jamais tout à fait et la vieillesse même ne l'arrête pas; elle nous en éloigne seulement : d'un promontoire qui domine l'océan et la nuit, nous tournons parfois la tête du côté de la plaine où se poursuit une bataille de fantômes; mais nous n'y intervenons plus que par la pensée et par le désir.

Un seul ouvrage recueilli dans ce même volume ne se rattache pas à la crise de midi : *La Vie et la Mort d'un poète* (André Lafon) est très antérieur, puisque cette biographie date de 1924. Je ne l'ai introduite ici que parce que, aujourd'hui épuisée, elle n'aurait guère de chance de faire seule une nouvelle carrière. Ce petit livre a été transporté à bord, non qu'il soit aussi un texte-clef, mais comme j'eusse pris avec moi, au moment de m'embarquer, une vieille photographie un peu effacée, de celles dont, après nous, les survivants qui feuillettent l'album de famille demandent : « Qui était-ce ? » Ce cœur qui bat, cette voix étouffée, d'autres que moi sauront-ils les entendre, quand je ne serai plus là ?

Pour en revenir à *Dieu et Mammon,* le compromis dont Gide se moque, il apparaît bien à travers ces pages que je ne m'y suis jamais résigné. Je pressentais déjà ce que je sais aujourd'hui : c'est que le conflit entre le Christ et le monde ne souffre pas d'accommodement. Le journal de Kierkegaard, que je lis en ce moment, raconte ma propre histoire. « La difficulté d'avoir été élevé dans cette religion, écrit-il, c'est qu'on a eu une impression constante de sa douceur, qu'on a presque frayé avec elle comme avec une mythologie — et ce n'est que dans un âge avancé qu'on en découvre la rigueur... » Trop tard ? Non, c'est le secret de la Grâce : il n'est jamais trop tard. Le temps n'existe pas. Et tout l'amour de tous les saints peut tenir dans un soupir.

NOTE SUR LE TEXTE

Nous donnons le texte de *OC,* d'ailleurs identique à celui de l'édition originale, édition du Capitole, 1929.

1. *Souffrances et bonheur du chrétien,* après avoir paru en deux parties, dans la *N.R.F.* le 1er octobre 1928 et le 1er avril 1929, fut publié en volume par Grasset en 1931. *Les Maisons fugitives* a paru chez Grasset en 1939 et *Hiver* dans un recueil, *La Guirlande des saisons,* publié en 1941 par Flammarion.

En 1958, parut chez Grasset l'édition pour laquelle Mauriac écrivit la préface que nous donnons p. 1339. D'autres textes figuraient dans le même volume : *Souffrances et bonheur du chrétien, La Vie et la Mort d'un poète, Les Maisons fugitives, Hiver.*

Les manuscrits font apparaître assez nettement les étapes de la composition :

Les chapitres I à IV et le chapitre VI se trouvent dans un cahier qui porte le titre : *Dieu et Mammon*[1] *;* le texte du chapitre IV se termine au milieu d'une page; Mauriac a donc vraisemblablement envisagé dès ce moment de placer à cet endroit la conférence sur *La Responsabilité du romancier,* qu'il avait faite en juin 1928; de cette conférence, publiée dans la *Revue hebdomadaire* du 22 juin 1928 (sigle : *RH*) nous ne possédons pas le manuscrit.

Le chapitre VII se trouve dans un autre cahier après deux textes datés de février-mars 1928 et avant le texte de *Bonheur du chrétien*[2]. Comme le cahier qui contient les chapitres I-IV et VI n'est pas achevé, il est assez probable que ce chapitre VII leur est antérieur.

NOTES ET VARIANTES

Page 775.

a. Ni l'épigraphe ni la dédicace ne se trouvent sur le manuscrit. Le titre, qui figure sur la couverture, est peut-être postérieur à la rédaction.

1. La dédicace se justifie par le rôle que Du Bos joue alors dans la vie de Mauriac; il venait de se convertir et c'est lui qui conseilla à Mauriac d'aller voir l'abbé Altermann (voir *Nouveaux Mémoires intérieurs,* p. 156).

2. Fragment de la lettre de Gide, voir p. 833.

Page 777.

a. à son œuvre, comme Dieu au monde. Que certains *ms.*

b. visage du créateur confondu dans son œuvre, de même les seuls *ms.*

1. « Saint Jude », dans *Corona benignitatis anni Dei (Œuvre poétique,* Bibl. de la Pléiade, p. 416) : « C'est Jude par un seul cheveu qui sauve et qui tire au ciel / L'homme de lettres, l'assassin et la fille de bordel. »

2. *Les Fleurs du mal,* « Au lecteur », derniers vers *(Œuvres complètes,* Bibl. de la Pléiade, t. I, p. 6).

1. MRC 25 du fonds Mauriac à la Bibliothèque littéraire Jacques-Doucet.
2. MRC 101. Bibliothèque littéraire Jacques-Doucet.

Page 778.

a. qu'une certaine attitude *[deux lignes biffées illisibles]*. [Les gens de lettres gagnent en influence tout ce que perd la religion. Pour qu'ils croissent, il faut que la foi diminue. Lorsque les hommes ne sont plus d'accord sur la vérité une et qui s'impose à tous, chacun cherche sa loi particulière. Sans doute c'est ⟨chez les⟩ philosophes d'abord qu'il serait logique de chercher la lumière. Mais c'est une *[un mot illisible]* difficile. Le vocabulaire suffirait à rebuter la plupart des lecteurs. *biffé*] (abstraction, vocabulaire, allusions) *[deux mots illisibles]* : c'est exprès. / Suite de l'enquête et danse des publics autour de la putain écrivain qui se dévoile. Ce « putanat » fait ressortir le « convenu » des autres. « Je crois » c'était la règle autrefois, à présent impossible. / Persuasion que je ne suis pas le seul à être ignoble, comme mon époque ⟨institution, sa valeur⟩[1]. *Le texte reprend à la page suivante avec :* Moins des principes qu'une certaine attitude... les principes   *ms.*

b. de classiques, les moralistes et tous les *[deux mots illisibles]* et non seulement ⟨Corneille⟩, Bossuet, Pascal mais Molière, Racine, La Bruyère, La Rochefoucauld, distinguent le bien du mal   *ms.*

1. Gide relève ce mot « bien inutile », dans ses *Notes au sujet de « Dieu et Mammon », Cahiers Gide 2,* p. 142.

Page 779.

a. tous les crimes », alors qu'il n'y a presque plus de foi sur la terre, les littérateurs se gonflent   *ms.*

b. vicieuses, notre siècle substitue une autocréation par laquelle nous ne rejetons ni ne refoulons rien ; mais au contraire nous transformons et nous utilisons tout de même cela que le christianisme nous ⟨dénonçait⟩ en nous comme le mal. / Ainsi   *ms.*

c. détachée de son créateur, où, du moins, le créateur se dissimulait. L'auteur est provoqué   *ms.*

1. Mauriac a donné, dans *Souffrances et bonheur du chrétien,* un passage du « Sermon sur l'endurcissement » où se trouvent ces deux citations « [...] dès que, par le plus indigne des attentats, nous en sommes venus à ce point que d'abolir en nous-mêmes la sainte vérité de Dieu [...], en renversant cet auguste tribunal de la conscience qui condamnait tous les crimes... »

Page 780.

a. voyez bien... », Oui, ne serait-ce que pour ⟨prouver⟩ qu'il n'en est point dépourvu, l'écrivain le plus résolu à ne pas se livrer,

1. *Une addition marginale prépare le développement :* disparition des principes marque importance accrue des littérateurs : attente d'un n⟨ouv⟩el évangile. Besoin de confrontation, de justification : « Je ne suis pas le seul. » Une loi morale à retrouver dans « cas particuliers » exprimée par une œuvre. Philosophies inaccessibles *[un mot illisible]* allusives. Littérateur : un homme.

à se dérober au plus profond de son œuvre, en arrive peu à peu à se découvrir. / Le plan religieux / [Il a pu croire longtemps que rien ne l'y pouvait forcer. Il s'orne d'indifférence, ignore *l'argus,* se bouche les oreilles. Mais qu'une seule fois un mot imprudent lui échappe, il a commencé de parler; on ne lui laissera plus de repos. En vain s'est-il fait à lui-même le serment de ne permettre à personne de l'interroger sur les questions qui touchent au *biffé*]. / [Effet indirect par critique : suis-je comme cela. Rapport entre l'image que les autres se font et notre être réel. *add. marg.*] / En vain *ms.*

1. Tout ce passage vise évidemment Gide et la publication de *Corydon* et de *Si le grain ne meurt...* Si Mauriac ne précise pas l'allusion, c'est moins par égard pour Gide qui connaît ses réactions (voir *Cahiers Gide 2*) que pour donner au développement un caractère moins polémique. Gide relèvera ce passage : « Je n'ai jamais connu ce besoin de m'admirer que, bien gratuitement, vous me prêtez; pour vous donner, aussitôt après, l'innocent plaisir de le rabattre » (*Cahiers Gide 2,* p. 143).

2. Ce qu'il a dit déjà à Frédéric Lefèvre, *Une heure avec...* première série, 1924 : « M. François Mauriac, romancier catholique ? » : « Je suis romancier et je suis catholique, c'est là qu'est le conflit » (p. 217).

3. C'est évidemment ce que Mauriac veut faire avec *Dieu et Mammon,* ce qu'il a fait, déjà, dans *Le Roman,* dans *Souffrances du chrétien.*

Page 781.

a. OC : adversaires. *Nous corrigeons d'après ms. et orig.*

1. Allusion au mot célèbre de Caligula.

Page 782.

a. Ce qui choque le critique. Contradiction entre le personnage que l'on croit être et l'être que l'on est : Dieu et Mammon. Inquiétude ? ici Gide. *note marginale.*

b. notre public à nous [qui lit les articles du *Temps* ou ceux de la *n.r.f. biffé*] est dressé [critique intéressé par la personnalité type Souday homme de parti et Gide homme *[un mot illisible],* plus que par l'œuvre en soi. *add. marg. sans indication de place*]. *ms.*

Page 783.

a. répéter à leur propos ce que *ms.*

b. ne sent plus. Gavés *ms.*

c. À peine l'avez-vous étiqueté catholique, qu'il publie [...] les catholiques se *ms.*

1. Anecdote souvent rapportée. Voir dans Renan, *L'Avenir de la science :* « Malebranche donne un coup de pied à une chienne qui était pleine, Fontenelle en est touché : " Eh quoi ! reprend le dur

cartésien, ne savez-vous pas bien que cela ne sent point ? " »
(*Œuvres complètes*, Calmann-Lévy, t. III, p. 1139).

2. On notera que Mauriac adoucit la première rédaction qui ne
faisait aucune exception dans cette condamnation des critiques. Il a
aussi supprimé (voir var. *b*, p. 782) un parallèle Souday-Gide qui
n'était guère aimable pour ce dernier.

3. La variante *c* montre une curieuse correction : radical remplace catholique. Sans doute est-ce que Mauriac souhaite laisser
à son texte une valeur générale, ne pas le limiter à son propre
problème.

Page 784.

a. plus inquiet, qui intéresserait-il encore et que ferions-nous
ms.

b. malgré tout ; ils se trompent. D'autres [...] renégat ; ils ont
tort. *ms.*

1. Le manuscrit donne bien cette formule qui étonne un peu.
Peut-être Mauriac songe-t-il au *Journal des faux-monnayeurs,* journal
d'un journal puisque le roman contient déjà le « journal »
d'Édouard. Ou connaît-il les passages du *Journal* où Gide parle du
« cahier vert » *(Numquid et tu ?)* qu'il rédige parallèlement.

2. Voir ce que disait Gide dans sa lettre, p. 833.

3. Mauriac a, l'année précédente, répondu dans *La Croix* aux
critiques de Jean Guiraud (le chapitre v, qui revient sur cette polémique, est antérieur à la lettre de Gide) et il a déjà été en butte aux
reproches de la critique catholique. Voir la Notice, p. 1330 et n. 3,
p. 771.

4. *Pensées,* Brunschvicg, 606 ; Lafuma, 817. Mauriac cite déjà ce
texte dans sa lettre à Gide, en mai 1928 (*Cahiers Gide,* 2, p. 78).

Page 785.

1. Il s'agit d'André Lacaze, voir p. 1039.

2. Voir *Bloc-notes,* IV, p. 76-77 : « Une passion se délivre dans
cette " Histoire contemporaine ", un anticléricalisme acide, dont
je me divertissais [...]. » Voir aussi t. I, p. 115, n. 2.

3. Mauriac parle longuement de la chapelle des Bénédictines de
la rue Monsieur, dans les *Nouveaux mémoires intérieurs,* p. 158-159 ;
mais il évoque alors des souvenirs de 1925-1930 lorsqu'y venaient
tous les dimanches les écrivains amis de l'abbé Altermann, ou
dirigés par lui. C'est plus tôt, en 1913 sans doute, qu'il put y rencontrer Psichari ; dès les premières années du siècle, en effet, depuis
que Huysmans avait séjourné dans le monastère de la rue Monsieur,
les écrivains catholiques (Claudel, Maritain, Rivière...) fréquentaient
volontiers cette chapelle.

Page 786.

a. plus seul en jeu. Mais le fait *ms.*

1. Voir, pour cette époque de sa vie, *Nouveaux mémoires intérieurs,* p. 146-148.

2. Voir t. I, p. 162, dans *La Robe prétexte,* la « description » de ce manuel « simpliste » et « péremptoire ».

3. Voir, sur ce point, *Le Mystère Frontenac,* et, plus clairement encore, les premiers romans : *La Robe prétexte* (t. I, p. 91), *Le Mal* (t. I, p. 647-649, 656...).

Page 787.

1. Voir *La Rencontre avec Barrès, OC,* t. IV, p. 203 : « C'est la poésie de l'enfant des familles heureuses, le poème du petit garçon sage, délicat, bien élevé, dont rien n'a terni la lumière, trop sensible, avec une note folle de volupté. »

Page 788.

a. Avant cette phrase, add. marg. : littér⟨ature⟩ spiritualiste. Conflit entre artiste et *[un mot illisible] :* désintéressement. *[Une phrase d'une dizaine de mots illisibles].*

1. Voir var. *a,* p. 793, et n. 1, p. 831.

Page 789.

a. elle étanchera toute soif *[p. 788, 9ᵉ ligne en bas de page].* Je ne me demandais *ms.*

b. proteste-t-il. Son retour de l'Enfant prodigue demeure la plus séduisante et la plus perfide altération *ms.*

c. je savais; pourquoi ratiociner. L'exigence de Dieu m'était connue [qui veut être aimé [...] seul aimé. *add. interl.*] [La croix il ne suffit pas de la regarder, il faut s'étendre sur elle, et tout est dit. Notre croix est à côté de nous, elle nous attend. Qui croirait que deux morceaux de bois mis l'un sur l'autre peuvent affecter autant de formes qu'il existe de destinées particulières ? Et pourtant, cela est. *passage mis entre crochets.* biffé[1] ?] Ne pas choisir, c'était choisir, déjà ma vie ⟨prenait forme ?⟩ d'un de ces sépulcres blancs où s'accumulait à l'insu des hommes la pourriture. /Il ne me restait *ms.*

1. La variante *b* montre qu'il s'agit bien de Gide. Mauriac lui avait fait à plusieurs reprises ce reproche, à propos du *Retour de l'enfant prodigue* et de *Numquid et tu ?* (voir *Cahiers Gide 2,* p. 68, p. 135 : « L'Évangile, selon André Gide »).

Page 790.

a. antagonisme invincible et que je n'espère plus surmonter *ms.*

b. d'un roman. Il propose à l'admiration les nouvelles d'un

1. Ce passage a été déplacé au cours de la rédaction ; voir p. 793.

Pierre l'Ermite [dont *[deux mots illisibles]* qu'un Shakespeare, qu'un Cervantès, qu'un Flaubert, qu'un Doſtoïewski, qu'un Prouſt *biffé.*] Ce que j'entendais *ms.*

c. Inutile d'insiſter sur un point que j'ai traité ailleurs. Le conflit éclate à tous les yeux. *[Deux lignes raturées peu lisibles. En interligne :* Obéissance impossible à l'artiſte]. Mais ⟨au cours⟩ d'un tel débat comment aurais-je pensé à l'évasion ? Que de fois *ms.*

d. à sa virulence. [Il a toujours *[…]* réduire. *add. interl.*]. En vain je secouais les barreaux. Ainsi *ms.*

e. objet de la pitié, du dédain, sinon du mépris, ou de la haine de mes frères *ms.*

f. j'observais mes juges, [leurs ridicules, leurs mensonges, leur hypocrisie, leur bêtise, leur *biffé*] ils me fascinaient. Je finis *ms.*

g. particulière — oui une bassesse proprement catholique... Entendons-nous : *ms.*

1. La leçon du manuscrit reproduite dans la variante *c* montre que, au moment où il l'écrit, Mauriac n'a pas encore une idée précise de l'ensemble de l'essai ; il ne sait pas encore qu'il reprendra dans le chapitre v le texte antérieur auquel il fait allusion, la conférence sur *La Responsabilité du romancier ;* voir p. 805.

2. Le texte du manuscrit (voir var. *f* et *g*) eſt nettement plus agressif à l'égard des catholiques que le texte définitif.

Page 791.

a. à l'Église ; ce ne sont pas à eux *[sic]* que nous avons affaire *[un mot illisible]*, mais une tourbe redoutable, celle même que Bernanos fouaille dans *L'Impoſture.* Une certaine bassesse eſt propre aux gens d'Église *[nombreuses ratures]* ; ils diſtillent un venin qui empoisonne sans remède possible toutes les flèches dont ils percent leurs victimes *[une ligne illisible]* ; une certaine bassesse dont voici peut-être la formule *ms.*

b. les mène loin ! un jeune catholique accablé par toutes les personnes d'un ⟨ordre⟩ fameux parce qu'il s'était imprudemment mêlé des hiſtoires intimes d'une de leurs Pères. Laissons cela. Mais enfin, je ne crois plus en eux ; ils m'inspirent de la crainte, une méfiance invincible. Ce que je me répétais déjà au temps des persécutions sillonistes je me le dis aujourd'hui où ils traquent les catholiques d'A⟨ction⟩ F⟨rançaise⟩. Si ces gens-là étaient les *[un mot illisible]* pourtant. L'Église éternelle eſt la mère *ms.*

1. Corneille, *Sertorius,* acte III, sc. 1, v. 936 : « Rome n'eſt plus dans Rome, elle eſt toute où je suis. »

2. C'eſt le titre même d'un roman d'Édouard Eſtaunié (1896) où il analysait l'influence sur un jeune homme de l'éducation religieuse.

Page 792.

a. aussi sublime soit-il, aujourd'hui, me fait cabrer ; les cathédrales, la liturgie, autant de pièges tendus ⟨aux êtres purs⟩. Les

« consolations de la religion » dont on nous rebat les oreilles, c'est un ⟨mot⟩ pour moi vide de sens *[deux lignes à demi-raturées]*. L'opposition chrétienne de la nature et de la grâce dramatise la vie, la pénètre d'amertume comme le flux *ms.*

b. en approche. Qu'est-ce donc qui me retiendrait ? J'ai assez dit que ce n'était point le *[mot illisible]* de la bonne presse. La sainteté garde pour moi son infini pouvoir. Mais les saints sont ceux qu'on ne voit pas, qu'on ne connaît pas, qui se taisent. Encore n'ai-je rien *ms.*

c. foi même; ainsi des gens obéissent à des superstitions absurdes touchant le chiffre treize ou les trois cigarettes qu'une même flamme allume, bien qu'ils fassent profession de n'y pas croire. Suis-je cet animal *ms.*

d. sacrilège et il était jugé plus prudent de procéder à ce lavage avant de s'endormir. Si tu ne gardais toujours une chemise dans la baignoire, il fallait à tout le moins que l'eau fut troublée par l'amidon. C'est peu de dire que tu connaissais mieux ton âme que ton corps. Il n'était guère pour toi de plus grand péché que de le voir, si ce n'est de l'imaginer. Et soudain l'adolescent se trouvait face à face avec cette bête ⟨inconnue⟩. Tu protestes en vain que depuis des années ton Dieu n'est plus ce Dieu tatillon et qui s'amuse du détail, es-tu bien sûr qu'il ne continue *ms.*

1. C'est à ses inquiétudes « modernistes » que Mauriac fait allusion ici. Voir déjà p. 786.

Page 793.

a. l'éternité. Ces inimaginables prudences demeurent conformes à l'essentiel du christianisme qui ne fait pas sa part à la chair[1]. Au vrai, *ms.*

b. retrouver ces *[un mot illisible]* de tes commencements, ces candeurs de l'aube, Tu ne *sens* plus rien du charme liturgique, distu, et ce serait à voir; [mais c'est en tout cas un délabrement, non un progrès dans la vie spirituelle. *add. interl.*]; tu as perdu le sentiment de la fraternité catholique, tout ce qui porte cette marque te met d'abord en défiance et tu fuis les soutanes. Mais en de telles matières, la seule indifférence signifierait détachement. Et il y a là peut-être le signe d'un *[deux mots illisibles]*. Tu t'irrites de l'exigence chrétienne touchant la chair, c'est donc qu'elle te gêne *[ratures indistinctes]*, qu'elle s'oppose puissamment à la passion. Tu affectes la fausse humilité et pour ne point jouer au penseur de n'attacher point d'importance aux objections intellectuelles qui t'occupaient. Au vrai, voilà plus de vingt ans que tu ne t'es jamais interrompu d'y songer; et justement parce que tu n'es pas un penseur ni un philosophe de profession, tu devrais plus facilement

1. Cette phrase a déjà été écrite p. 788, et Mauriac la reprendra à la fin de l'essai ; voir p. 831.

être vulnérable. Et ⟨avoue⟩ que la critique a pris de ta foi tout ce qu'elle pouvait emporter; d'où ce détachement, cette irritation, cette hostilité, *[deux mots illisibles]* à l'intérieur du christianisme... La critique a pris le plus ⟨gros⟩ mais a laissé le plus subtil et le plus fort contre quoi *[un mot illisible]* raison et toute passion *[un mot illisible]*. Cet élément incorruptible de ta foi, ne devrait peut-être plus s'appeler foi; c'est une évidence qui n'affecte pas du moins de prime abord l'ordre surnaturel : la croix. Il suffit   *ms.*

1. Voir Mauriac, *Lacordaire,* Beauchesne, p. 134, dans la « Méditation sur Henri Perreyve ». Voir déjà les allusions à Perreyve, t. I, p. 73.

Page 794.

a. nés crucifiés. Livrée à ce dégoût du culte et de ce qui dans l'Église émeut le cœur, à cette aversion des milieux catholiques *[trois mots illisibles]* de refus et d'abandonnement se trouve non certes [...] savent pas, puisqu'elle aide à leur perte, elle qui détient le secret du salut; mais elle garde,   *ms.*

I. Pascal, *Prière pour demander à Dieu le bon usage des maladies* (*Œuvres complètes,* Bibl. de la Pléiade, p. 611).

2. Fragment du journal de Michelet, cité par Halévy, *Jules Michelet,* Hachette, 1928, p. 68 et 89.

Page 795.

a. déserteurs de la croix. Que signifie   *ms.*
b. une blessure d'amour, ils   *ms.*

1. *Epître aux Philippiens,* IV, 7 : « la paix de Dieu qui dépasse toute intelligence ».

Page 796.

1. Paroles de Rimbaud rapportées par sa sœur Isabelle, dans une lettre à sa mère, le 28 octobre 1891 (*Œuvres complètes,* Bibl. de la Pléiade, p. 705).

Page 797.

1. Dans la préface qu'il écrivit en 1912 pour les *Œuvres* de Rimbaud; voir *Œuvres en prose,* Bibl. de la Pléiade, p. 514.
2. D'après les souvenirs d'Ernest Delahaye, *Rimbaud,* Messein, 1923.
3. Dans les *Œuvres en prose,* Bibl. de la Pléiade, p. 515.
4. *Une saison en enfer,* « Mauvais sang » (*Œuvres complètes,* Bibl. de la Pléiade, p. 98). Corriger : « J'aimerai mes frères... »
5. *Ibid.,* « Délires I », p. 103.

Page 798.

a. Ne reconnaît-il pas [...] Christ vivant ? Depuis ce jour [...] qu'une phrase dans cette lettre.   *add. marg. ms.*

1. Lettre à Ernest Delahaye, 5 mars 1875 (*Œuvres complètes*, Bibl. de la Pléiade, p. 296). Le détail qui suit est rapporté par tous les biographes.

2. *Ibid.*, p. 330.

3. Dans la lettre déjà citée du 25 mai 1881.

4. C'est la lettre d'Isabelle Rimbaud déjà citée (n. 1, p. 796) dont Mauriac s'inspire encore ici, dans une interprétation toute chrétienne de l'œuvre et de la vie de Rimbaud. Rappelons l'importance que cette œuvre et cette vie ont eue pour lui, à l'époque où il écrivait *Préséances* et *Le Visiteur nocturne* (voir t. I, p. 989).

Page 799.

a. presque jamais *[p. 798, dernière ligne].* | Religion qui est dans le sang — maladie dont on ne guérit pas et contre quoi réagit la nature par des excès, par des blasphèmes, par des stupres. L'homme qu'elle atteint s'efforce de l'expulser et parfois s'imagine qu'il y a réussi, tant elle dissimule sa présence. Mais il suffit d'un amour, du moindre amour, la moindre blessure s'envenime. C'est la maladie dont on ne meurt pas; mais qui en est atteint, doit demeurer attentif à ne rien attraper. Tout devient grave, une seule caresse engage l'éternité. | Maladie du fils *ms.*

b. à la fin. | Le fils prodigue ne fut pas toujours prodigue. La brebis perdue fut d'abord la brebis fidèle. Nous parlons de ceux qui ne sauraient être prodigues et qui ne sauraient *ms.*

1. Ce retour à la parabole de l'Enfant prodigue est évidemment une réplique directe à Gide; on sait comment celui-ci a transformé la parabole : c'est l'aîné (et non le cadet) qui part et il ne revient que pour faire partir à son tour son jeune frère.

Page 800.

1. Péguy, *Un nouveau théologien, M. Fernand Laudet,* (*Œuvres en prose,* 1909-1914, Bibl. de la Pléiade, p. 1074-1075).

2. Voir le texte de Gide p. 833.

3. Rappel des paroles adressées à saint Pierre avant son reniement.

Page 801.

a. Voyez-les en quête de *supports,* Montherlant part du collège. *ms.*

b. surtout que je triomphe et que je me crois le plus fort. C'est entendu; chez moi tout prend *ms.*

1. Voir la fin de *La Rencontre avec Barrès, OC,* t. IV, p. 214-215.

2. *Les Voyageurs traqués* est un titre de Montherlant (les détails qui suivent renvoient à d'autres textes de lui : *La Relève du matin, Les Olympiques, Les Bestiaires...*). *Rien que la terre* est une œuvre de Paul Morand.

Page 802.

    a. engage mon destin [...]. Je ne cède [...] à la statue que je crée pour l'éternité, sans que je la modifie : [...] je prends forme; je ne fais rien [...] amour. Je le sais, je le veux... mais si ce travail accompli malgré moi me délivre de moi ! Le mécanisme est monté depuis ma petite enfance, joue en dehors de mon vouloir et de mon amour. Où est mon gain dans tout ceci ? Je n'y gagne que le pouvoir d'écrire des romans dont le revenu ferait rire certains journalistes. Oui, je prends tout au sérieux, on se gausse de mon pathétisme. Tout de même je possède des valeurs, le sens des valeurs. Montrez-moi mes avantages hors la littérature. / Rien que la terre *ms.*

Page 803.

    1. Voir déjà p. 794.

    2. Voir cette formule, utilisée par Jean Azévédo, dans *Thérèse Desqueyroux,* p. 59.

Page 804.

    a. Car l'éphémère *[p. 802, 13ᵉ ligne]*, voilà peut-être l'obsession la plus tenace [...] en le rendant lucide. Nous renoncions à cette morale [...] adaptée à la seule jeunesse — et même si elle fut réfractaire à toute préparation religieuse. C'est à la fois sa séduction [...] et, peut-être tout simplement d'amour ? / Ce qu'on pourrait dire, c'est que le libertin a eu le bénéfice [...] son plus jeune âge. Il plia dès la dixième année sous l'héritage de l'Ecclésiaste. Sans doute si cet enfant est héroïque, sur le plan chrétien les vertus que j'appelais humaines trouvent leur emploi. Le Christ a besoin [...] il s'interdit ce qui est défendu [il ne recherche pas la compagnie des femmes, il ne fait pas l'amour, il fuit les occasions, s'interdit des lectures, se prive de musique *[passage mis entre crochets]*] toujours en position de retrait, de refus. Ou bien il cède à une ⟨occasion⟩ mais honteusement *[un mot illisible]* de honte, de remords, il se cache [...] malgré eux, qui déshonorent le Christ. Il a raison d'être exigeant à leur endroit et de ne rien leur passer; mais il ignore [...] d'avancement. *add. sur les versos des pages, avec l'indication :* Reprendre à un homme peut-être prisonnier d'une métaphysique. *ms.*

    b. à dévider sa vie. Mais qu'elle risque, cette œuvre, d'être monotone ! Il ne faut pas espérer qu'elle exprime jamais une recherche, puisque l'auteur ne cherche pas, il a trouvé, ni une délivrance, puisqu'il est prisonnier, par définition et ses libérations passagères sont toutes marquées du même sceau, la notion de péché unifie ses plus diverses tentations. / Pourtant, il ne faut rien regretter, l'essentiel pour l'artiste est d'avoir *ms.*

    1. Vigny, *Journal d'un poète,* in *Œuvres complètes,* Bibl. de la Pléiade, t. II, p. 890 : « L'humanité fait un interminable discours dont chaque homme illustre est une idée. »

Page 805.

a. le texte s'arrête ainsi en haut d'une page. La page suivante reprend à : Ce petit livre est-il sincère, *voir var. a, p. 821. Pour le chapitre V, voir var. b.*

b. Ce chapitre reprend la conférence sur « la Responsabilité du romancier » (voir la Note sur le texte, p. 1343) dont seule la première phrase a été modifiée : La responsabilité du romancier... Quelques-uns d'entre vous se disent peut-être que j'aborde ici une question qui ne se pose même pas. *RH.*

1. Gide, *Traité du Narcisse* (*Romans,* Bibl. de la Pléiade, n. 1, p. 9.)

2. *Lettres du Centurion,* in *Œuvres complètes,* Conard, t. III, p. 269, lettre de mai 1913, à Bourget.

Page 806.

1. Cette conférence a été prononcée en juin, *La Vie de Racine* a paru dans la *Revue universelle* en décembre 1927 et janvier 1928.

2. Voir ce texte déjà cité p. 773 et n. 1.

Page 807.

1. Voir au tome VII des *Œuvres complètes,* p. 53 et suivantes, où se trouve cette *Vie de Jean Racine.*

2. Voir le passage de *La Vie de Racine,* cité dans la Notice, p. 1337. Il est assez probable que Mauriac a connu, dans sa vieillesse, cette crainte de « s'imiter lui-même » et, délibérément, s'est éloigné du roman; voir par exemple *Bloc-notes,* I, 173, en avril 1955 : « Je pourrais aujourd'hui même, mettre en route un autre récit. Ce qui nous retient, ce n'est pas l'impuissance, mais plutôt cet " À quoi bon ? " au dedans de nous. Il est trop tard pour que le vieil écrivain ajoute rien à sa copie... »

3. Parmi les écrivains convertis, qu'il connaît, un Ghéon, un Du Bos... n'ont jamais autant écrit qu'après leur conversion. Il y a peut-être ici une pointe.

Page 809.

a. soient attirés. / Croyez en mon expérience : vous savez que les artistes *RH.*

b. d'être rassurés. Ayez donc pitié des gens de lettres que vous connaissez, ne leur ménagez pas leur provende d'encens. / Mais entre tous *RH.*

1. Voir encore dans *Ce que je crois* le développement de ce thème : « J'aurai été inspiré dans l'ordre de la création littéraire [...] parce que j'aurai été seul et que ma solitude n'aura connu d'autre remède que l'écriture en ce monde... » (p. 121).

Page 810.

1. Baudelaire, *Les Fleurs du mal,* XXXIX (*Œuvres complètes,* Bibl. de la Pléiade, t. I, p. 40).

2. Peut-être Mauriac connaissait-il le mot de Flaubert par Gide qui le cite dans *Prétextes :* « ... Flaubert qui, lorsqu'on lui demandait quelle sorte de gloire il ambitionnait le plus, répondait : " Celle de démoralisateur " », Mercure de France, p. 236. Il le cite déjà p. 770.

Page 811.

1. Il publiait, sous le titre *Romans à lire et à proscrire,* une liste d'ouvrages classés « du point de vue moral »; la lecture de Mauriac n'y était pas conseillée.

Page 812.

1. Mauriac a fait d'autres allusions à ce roman; voir déjà au tome I, où il fait lire Zénaïde Fleuriot à Jacques et à sa cousine dans *La Robe prétexte* (p. 86 et 120). Pour ce personnage de jeune fille rousse, voir dans *Préséances,* p. 430, dans *Le Fleuve de feu,* p. 511...

Page 813.

1. Voir *Du côté de chez Proust, OC,* t. IV, p. 292 : « Dieu est terriblement absent de l'œuvre de Marcel Proust. » Ce texte est de 1926. Voir déjà p. 769.

2. *Confessions,* liv. III, chap. II.

3. Bossuet, *Maximes et réflexions sur la Comédie,* VIII.

Page 814.

1. « Il n'y a pas d'œuvre d'art sans collaboration du démon »; proverbe « de son cru » ajouté par Gide aux *Proverbes de l'Enfer* de Blake qu'il citait dans une conférence sur Dostoïevski. C'est là qu'il donne également une autre formule célèbre : « C'est avec les beaux sentiments que l'on fait la mauvaise littérature » (*Dostoïevski,* Plon, 1923, p. 196). Massis avait brutalement relevé ces deux affirmations; voir *Cahiers Gide 2,* p. 227.

Page 815.

1. *Art et scolastique,* 1920 (éd. de 1965, Desclée de Brouwer, p. 265).

Page 816.

1. Voir n. 1, p. 793.

Page 817.

1. Voir n. 1, p. 814. Gide protestera contre la modification apportée à sa phrase « jusqu'à me faire prétendre qu'on ne fait de

bonne littérature qu'avec les mauvais [sentiments] (l'on pourrait tout aussi bien faire dire au proverbe : " l'enfer est pavé de bonnes intentions ", qu'il n'y a pas de bonnes intentions au ciel) » (*Cahiers Gide 2*, p. 145).

2. Ces affirmations font penser aux romans que Mauriac va écrire : *Ce qui était perdu*, et plus encore, *Le Nœud de vipères*.

3. Robert Hugh Benson, romancier catholique anglais, Antonio Fogazzaro, romancier italien, qui eut quelques difficultés avec l'Église (son roman *Le Saint* fut condamné par Rome), Émile Baumann, auteur de *L'Immolé* (1908). Bernanos, à la date de cette conférence n'a encore publié que *Sous le soleil de Satan* et *L'Imposture* (à la fin de 1927).

Page 818.

1. Lettre du 3 mars 1674, *Correspondance*, Hachette, t. I, 1909, p. 312.

Page 819.

1. Bossuet, *Œuvres oratoires*, édition Urbain, Levesque, t. I, 1914, p. 476 ; la formule est très proche, mais non identique : « les uns suivent la nature et les autres la grâce ».

2. Référence non retrouvée.

Page 820.

a. du cours de son propre destin. *[La fin de la conférence est fort différente dans RH :]* Mais enfin un chrétien à qui est départi ce don à la fois misérable et magnifique d'inventer des créatures vivantes par le moyen du roman, et qui redoute le sort de ces maudits par qui le scandale arrive et auxquels il aurait mieux valu que fût attachée une meule de moulin et qu'ils fussent précipités dans la mer, — ce chrétien peut trouver des raisons de ne pas perdre toute espérance. C'est sur cette parole d'espérance que je voudrais finir. / Qu'on le veuille ou non, il existe entre le roman et l'esprit religieux un pacte secret. Ils sont étroitement dépendants l'un de l'autre. On l'a souvent constaté : les peuples qui ont donné les plus grands romanciers, sont aussi les peuples religieux, la Russie et l'Angleterre. Il n'est pas nécessaire d'être croyant pour constater que toute œuvre romanesque d'où Dieu est absent, où tout au moins la faim et la soif de Dieu ne se font pas sentir, apparaît singulièrement pauvre et courte et sans résonance profonde. Les actes humains s'y vident, semble-t-il, de toute valeur ; rien n'a plus d'intérêt parce que rien n'a plus d'importance. Si la vie n'a pas de direction, n'a pas de sens, si le jeu des passions humaines est comparable à une danse de moustiques, d'éphémères sur une flaque de boue, quel intérêt trouvons-nous à nous le représenter dans un récit imaginaire ? Mon ami Jacques Rivière disait qu'il y a une sorte de naïveté de tout écrivain non chrétien. « Il a toujours l'air de quelqu'un à qui l'on cache quelque chose et qui ne s'en doute pas. » Il ajoutait que le christianisme donne aux romanciers qu'il inspire un pouvoir spécial et comme une avance en profondeur. Et c'est lui qui a dit, à propos des personnages de Stendhal, cette parole qui va si loin : « On ne peut pas prier pour eux. » C'est un fait que le roman a besoin de Dieu. Oserons-nous dire que, par un mystérieux retour, Dieu a besoin du roman ? Non, sans doute; mais nous pouvons affirmer que, d'une certaine manière, il n'est pas de vrai romancier qui, le plus souvent à son insu, ne travaille dans le sens du christianisme. En effet, qu'est-ce avant tout qu'un chrétien ? C'est un homme qui existe en tant qu'individu; c'est un homme qui prend conscience de lui-même. L'examen de conscience crée la Conscience. La confession, l'aveu, nous circonscrit, nous isole de la masse. L'Orient ne résiste depuis des siècles au Christ que parce que l'Oriental nie son existence individuelle, aspire à la dissolution de son être et souhaite de se perdre dans l'universel. Il ne peut concevoir que telle goutte de sang ait été versée pour lui en particulier, parce qu'il ne sait pas qu'il est un homme différent de tous les autres. / Or le roman d'aujourd'hui, le roman occidental, est essentiellement le roman de l'être un, détaché du reste et qui doit se sauver, faire son salut avec les moyens qui lui sont propres, qui ne valent que pour lui, et c'est en cela que, bon gré mal gré, il est chrétien, il sert le Christianisme parce qu'il donne à la science de l'homme la première place et qu'il montre que chaque destinée est particulière, irremplaçable, unique. / Mais il fait plus : entre toutes les apologies chrétiennes inventées depuis dix-huit siècles, il en est une dont les *Pensées* de Pascal demeurent la plus haute expression, et qui met en lumière entre le cœur humain et les dogmes du christianisme une étonnante, une merveilleuse conformité. Il arrive ainsi que des romanciers, même dépourvus de toutes croyances, un Proust, une Colette, par cela seulement qu'ils nous introduisent dans les replis les plus secrets des cœurs, soudain nous en découvrent la divine origine et la déchéance et le rachat. Du point de vue chrétien, voilà peut-être ce qui permet d'absoudre les romanciers dont parfois les hardiesses scandalisent : c'est que, dans leur œuvre, ils assignent la première place à l'homme, — à l'homme qui porte partout, sur son visage auguste, dans son corps, dans sa pensée, dans ses désirs, dans son amour, à la fois les stigmates du péché et l'empreinte ineffaçable de son Dieu. La plus souillée d'entre les créatures de nos romans ressemble malgré tout au voile de Véronique; il appartient à l'artiste d'y rendre visible à tous les yeux cette Face exténuée. / Notre objet, c'est de reproduire le réel; mais au cœur du réel, que nous le voulions ou non, il est impossible, si nous sommes fidèles dans notre peinture, de ne pas découvrir la règle morale qui est le signe perpétuel que Dieu nous donne de sa présence. / Ainsi sera résolue cette contradiction dans laquelle plusieurs d'entre nous se débattent. Ils ne mentiront pas à leur vocation qui est d'avancer dans la connaissance de l'homme. Ils étudieront la vie telle qu'elle est, sans consentir à l'édulcorer ni à la falsifier ; mais fidèles à ne pas trahir le vrai, leur récompense sera peut-être d'approcher un peu plus de la vérité voilée et à travers la créature déchue et rachetée, à la fois si grande et si misérable, d'atteindre enfin le Créateur. / Mais pour finir, peut-être conviendrait-il de donner à des écrivains trop inquiets du mal qu'ils peuvent faire, une petite leçon d'humilité. Qu'ils se rassurent ! Ils atteignent avec leurs histoires beaucoup moins de monde qu'ils imaginent. S'ils croient que leurs ouvrages sont des poisons dangereux, ils se peuvent consoler en songeant au très petit nombre d'amateurs qui les respirent. / Un écrivain se rengorge parce que chaque matin *L'Argus*, s'il a la faiblesse d'y être abonné, lui sert la ration de louanges et d'injures dont il a besoin pour croire à son existence. Mais il ferait mieux de se répéter, tous les jours au réveil, et tous les soirs avant de s'endormir, le mot de Pascal : « Que de royaumes nous ignorent ! » Oui, que de royaumes nous ignorent ! Pour un Rousseau, pour un Nietzsche, pour un Gide qui peuvent se vanter d'avoir causé quelques ravages, la plupart des gens de Lettres ne troublent guère l'ordre du monde. Il n'est pas donné à beaucoup, Dieu merci ! d'être un fléau ; et la gloire littéraire est la plus vaine des fumées. Je vous parlais de Gide. L'autre jour, chez un libraire, à Paris, j'ai trouvé le premier livre qu'il ait écrit, *Les Cahiers d'André Walter*, avec cette dédicace d'une écriture bien moulée : « Au romancier Albert Delpit, hommage respectueux. — AG ». Quel est cet Albert Delpit à qui le jeune Gide vouait tant de respect ? Peut-être un romancier qui se croyait très immoral et très dangereux. Dieu sait qu'aujourd'hui, nous n'en savons plus rien. Hélas il existe contre le mal que peuvent répandre les écrivains, un remède terriblement efficace, et ce remède nous le connaissons tous : c'est l'oubli.   *RH.*

b. Mais que le drame [...] l'humble prêtre. *Ce passage n'est ni dans la conférence, ni dans le manuscrit.*

1. Dans les *Derniers fragments,* on trouve plusieurs passages proches, dont aucun n'a toutefois cette netteté dans la rédaction ; Mauriac aime à citer ce texte ; voir *OC,* t. VIII, 142.

2. Citation de l'article signalé p. 834.

Page 821.

a. Ce petit livre *ainsi reprend le manuscrit. Voir var. a, p. 805.*

Page 822.

a. qui le séparait de lui. Des vers de Polyeucte : *Saintes douceurs du ciel, adorables idées,* ou encore : *Le Dieu qui nous aimant d'un amour infini,* alors lui venaient souvent aux lèvres, chargés d'un sens si *[un mot illisible]* qu'il en aurait pleuré. C'est qu'il existe   *ms.*

b. nouveaux frais, avoir devant soi soudain une page blanche, recommencer   *ms.*

c. de repentance, comme Gide a le front de l'en accuser. La repentance   *ms.*

1. Mauriac aime ce mot qu'il emprunte à Pascal : « Je t'aime plus ardemment que tu n'as aimé tes souillures » (Mystère de Jésus). Il regrettera plus tard de l'avoir si aisément employé, « comme si j'avais été un grand criminel, m'identifiant à Pascal [...], parlant son langage, me servant du terme de souillure là où il aurait fallu écrire " faute " ou " péché "... » (lettre du 15 décembre 1969, qu'il m'avait adressée après une lecture de sa correspondance avec Claudel, où il usait de ce mot).

2. Depuis : « de reporter ses regards... », la citation est textuelle ; voir p. 835 et la note 1 pour cette lettre, différente de celle qui inspire *Dieu et Mammon.*

Page 823.

a. et ce qui accroit [...] délicieux.　*add. interl. ms.*

b. dans la chair assouvie et apaisée, heureuse ? C'est　*ms.*

1. Pascal, *Prière pour demander à Dieu le bon usage des maladies,* « l'usage délicieux et criminel du monde » (*Œuvres complètes,* Bibl. de la Pléiade, p. 606).

Page 824.

a. Ici se termine le texte du manuscrit MRC 25.

b. Pour l'homme, *début du manuscrit contenu dans le cahier MRC 101, et qui est sans doute antérieur au précédent.*

1. Dans *Le Mémorial* (*Œuvres complètes,* Bibl. de la Pléiade, p. 554).

2. Rappel d'un trait connu : Épaphrodite, le maître d'Épictète, lui brisa une jambe sans que le philosophe se départît de son calme. Sans doute le souvenir de Mauriac est-il lointain, ce qui explique l'erreur de détail : le bras, au lieu de la jambe.

3. *Épitre aux Hébreux,* XII, 29.

Page 825.

a. des formes indistinctes, des monstres engourdis, des [passions qui attendent l'heure　*corrigé en*　larves de passions], des chrysalides　*ms.*

1. Voir, dans ce volume, pour d'autres apparitions de ce thème, dans *Ce qui était perdu* (p. 301) : « Cette pensée le soulageait que le fleuve impur qui le traversait n'eût pas pris naissance dans son propre cœur » ; voir également p. 386. Et dans *Genitrix* (t. I, p. 616), voir également Préface, t. I, p. LXVII.

Page 826.

a. l'homme alors relève [...] nos instincts particuliers.　*add. marg. ms.*

b. il en tire gloire. Cette loi inscrite [...] de Dieu. Le péché　*ms.*

1. Cette phrase révèle que ce passage vise encore Gide. C'est, en

effet, à peu près une citation de *Saül* (Gide reconnut le texte et protesta qu'on lui fît « endosser » l'affirmation d'un de ses personnages, *Cahiers Gide 2*, p. 145). Mauriac avait été frappé par cette réplique qu'il relevait déjà dans son article sur *Saül*, en 1922 : « Dans quel cœur ce cri ne susciterait-il pas une protestation ? » (*ibid.*, p. 126).

2. L'allusion à Gide est plus directe et surtout plus claire pour les lecteurs contemporains.

Page 829.

a. aucun argument n'indigne plus [...] à la berquinade. *add. marg. ms.*

1. *Le Mystère de Jésus*, (*Œuvres complètes*, Bibl. de la Pléiade, p. 1314).

Page 830.

a. leur dernier jour, l'abîme d'où la miséricorde les a tirés et où le monde qui les observe, guette le moment de les voir précipités à nouveau. / Ils tremblent *ms.*

b. s'accordent sur cette sécurité profonde qu'ils goûtent malgré leur misère, et ils disent que la grâce est tangible, ils le disent, sachant sans doute qu'ils ne seront pas crus ; quel signe irrécusable en pourraient-ils donner, lorsqu'un miracle, même matériel, aujourd'hui, ne convaincrait personne ? L'un d'eux *ms.*

1. Mauriac pense aux conversions nombreuses, en particulier parmi les écrivains, à ce qu'il appellera dans les *Nouveaux Mémoires intérieurs*, le « sauve-qui-peut des convertis ». Il était toutefois réticent sur les « témoignages » : « ... il devrait être enjoint à tout converti de se taire pendant plusieurs années, de ne rien crier sur les toits avant que sa ferveur ait subi l'épreuve du temps » (*Vie de Jean Racine*, *OC*, t. VIII, p. 143). Souvenir probable de la « conversion » de Cocteau.

2. Il est difficile de savoir de qui Mauriac rapporte ici les confidences ; celui dont il parle ici ressemble, par certains traits, au héros de *Coups de couteau* et d'*Insomnie*.

Page 831.

a. le véritable sang, tellement impossibles à ⟨étreindre⟩ que le plus fol amour soudain paraît ⟨languide et tiède⟩. [Voilà le miracle [...] par son Amour. *add. marg.*] *ms.*

b. de connivence, une sécurité miraculeuse. Tels sont, me disait-il, les effets de l'Eucharistie. « Qui donc [...] chair ? » La part qu'il lui donne, c'est la chair du Christ, et dans le siècle à venir La Résurrection. *Le manuscrit finit ainsi.*

1. C'est la première phrase de *Souffrances du chrétien*, *OC*, t. VII, p. 229.

Page 832.

a. *Aucune des notes ne se trouve dans les manuscrits.*

1. Gide a envoyé cette lettre à Mauriac le 10 mai 1928, il l'a fait paraître dans la *N.R.F.,* numéro du 1er juin, en la datant du 20 avril.

2. Jacqueline Morton a relevé dans *La Vie de Jean Racine (Cahiers Gide 2)* les allusions à Gide dont le nom est cité au moins une fois (*OC,* t. VIII, p. 91); d'autres passages le visaient plus ou moins clairement ; p. 58 : des remarques sur les journaux intimes et la sincérité; p. 144 : la phrase de Saül (n. 1, p. 826) donnée sans référence...

Page 833.

1. Il n'est pas question directement dans *La Vie de Racine* de l'inquiétude de Gide, mais des « méandres de la pensée gidienne » (p. 147). On a vu (p. 784) combien cette phrase avait eu d'importance pour Mauriac.

2. Voir n. 1, p. 814.

3. Mauriac n'a pas relevé cette phrase; sans doute est-ce là qu'il a vu une « perfidie ». G. Marcel écrira : « il était difficile de jeter plus perfidement le discrédit sur le christianisme même de M. Mauriac » (voir *Cahiers Gide 2,* p. 228).

4. Voir n. 1, p. 814.

5. Dans *La Rencontre avec Barrès,* Mauriac évoque Vallery-Radot (*OC,* t. IV, p. 198); il revient sur ce groupe dans *Nouveaux Mémoires intérieurs,* p. 236.

Page 834.

1. Cette conférence publiée en juin 1928 dans *La Revue hebdomadaire* a provoqué la réponse de Jacques Maritain dont Mauriac fait état p. 820 et dans la note suivante. Entre la rédaction de cette conférence et celle de l'ensemble du texte (sauf les quelques lignes de la fin du chapitre v, voir var. *a,* p. 820) la « conversion » a eu lieu. Du Bos la date de quelques jours après la publication de *Souffrances de chrétien,* dans la *N.R.F.* d'octobre 1928.

2. L'abbesse de Sainte-Cécile de Solesmes, *La Vie spirituelle et l'oraison,* Mame, s. d.

Page 835.

1. Cette « lettre ouverte » parut dans *Hommage à André Gide,* éd. du Capitole, 1928; elle répondait à l'article de Mauriac publié dans ce recueil, « L'Évangile selon André Gide »; elle est du 7 octobre 1927. Mauriac relevait, dans son article, dans *Numquid et tu ?* l'interprétation d'un verset de saint Matthieu. Voir note suivante. Ghéon s'est converti en 1916; voir *Journal* de Gide, Bibl. de la Pléiade, 1889-1939, p. 527, 17 janvier 1916 : « Ghéon m'écrit qu'il a " sauté le pas ". On dirait d'un écolier qui vient de tâter du bordel... Mais il s'agit ici de la table sainte. »

2. *Qui non accipit crucem suam et sequitur me...* (Matthieu, x, 38), où l'on traduit en effet en faisant porter la négation sur les deux verbes. Saint Luc et saint Marc disent : « Si quelqu'un veut me suivre [...] qu'il prenne sa croix et me suive. » Mauriac ne discutait pas la lecture de Gide, mais ajoutait : « Mais notre croix, songe ce docteur trop subtil, ne serait-ce pas tel penchant imposé à notre chair dès le sein maternel ? » Ce qui explique la phrase qui suit.

3. Mauriac n'a repris ici qu'une partie de cette lettre de Gide celle qui évoquait directement la conversion de Ghéon.

LE ROMANCIER ET SES PERSONNAGES

NOTICE

C'est une conférence — deux conférences — que Mauriac publie sous ce titre en 1933. La seconde, « L'éducation des filles », faite en 1931, ne se rattache au premier texte que d'assez loin, mais reste guidée cependant par une réflexion sur les personnages romanesques. La première, qui donne son titre à la publication, s'insère plus nettement dans les discussions contemporaines autour du roman[1].

Ici encore Mauriac développe un thème d'époque. Michel Raimond a montré l'importance prise dans ce débat par la relation des personnages à leur créateur : « les romanciers de l'après-guerre s'accordent avec un ensemble admirable sur l'impossibilité où ils sont de conduire à leur gré les personnages qu'ils ont créés[2] ». Mauriac a dit déjà son mot sur ce sujet[3]. Il y revient, mais s'éloigne un peu d'un thème rebattu pour décrire la naissance des personnages et s'interroger sur leurs origines.

Les souvenirs qu'il rassemble alors sont précieux; les uns touchent au plus profond de la création romanesque (l'importance des lieux où vivent les personnages); d'autres nous indiquent une source certaine, pour *Thérèse Desqueyroux,* ou vraisemblable, pour *Le Nœud de vipères ;* d'autres décrivent la genèse d'un roman, *Le Désert de l'amour...* Mais le romancier cherche surtout à s'expliquer, à analyser le mouvement créateur. Il revient, pour la contredire, sur l'idée, développée quelques années plus tôt, que les personnages accomplissent ce dont le destin a détourné l'écrivain. Cette « théorie en vogue[4] » lui paraît ne pas tenir compte du jeu de la création qui est déformation, grossissement des impressions éprouvées.

1. Voir la Note sur le texte p. 1363.
2. M. Raimond, *La Crise du roman*, p. 467.
3. Dans *Le Roman* : voir p. 767.
4. P. 845.

Il veut aussi défendre le roman et, pour ce faire, passe condamnation sur toute une série de reproches traditionnels : le romancier échoue à peindre la vie; au mieux, il immobilise un individu, ou dans l'individu une passion; son art est une « faillite ». Et pourtant ses personnages vivent, agissent sur le lecteur, résistent à leur créateur.

On lit clairement dans cette conférence les réponses que Mauriac fait à ses critiques; on lui a reproché sa monotonie, le choix de milieux toujours identiques, le manque d'objectivité. Il réplique que les romanciers écrivent toujours le même livre, que « chacun creuse à l'endroit où il est né », que derrière toute œuvre il y a un drame vécu du romancier. Les reproches qui touchent à la moralité le gênent davantage; il ne peut plus répondre comme il faisait dans *Le Roman* que toute œuvre qui enrichit notre connaissance de l'homme se justifie par là-même. Il se limite à constater que les personnages s'imposent à lui, et qu'il ne saurait déterminer ni leur attitude ni leur morale.

Les confidences les plus intéressantes sont faites ici comme par hasard, au détour d'une démonstration : ainsi lorsqu'il décrit cette relation ambivalente du romancier à son œuvre, faite d'amour et de refus, « ce merveilleux plaisir de lutter » contre ses personnages, par exemple, ou se justifie de ne pas se mêler, apparemment, aux recherches techniques des contemporains : « Il faut se résigner aux conventions et aux mensonges de notre art[1] »; et manifeste, au-delà, une sorte de crainte : « écrire des romans n'est pas de tout repos. Je me souviens de ce titre d'un livre : *L'Homme qui a perdu son moi*[2] ».

La pointe ajoutée à l'adresse de Gide est bien significative : « Dans cette classique *Porte étroite* de Gide, l'apport psychologique est-il moindre que ce que nous trouvons dans ses *Faux-monnayeurs*, écrits selon l'esthétique la plus récente[3] ? » Mauriac veut bien prendre part à toutes ces discussions; elles le conduisent à réfléchir sur son art. Mais il sait bien que l'essentiel n'est pas là. Les techniques, les milieux dépeints, les personnages importent peu : « [...] il y a les bons romanciers et les mauvais romanciers[4] »; seule distinction qui ait quelque intérêt.

La conférence sur « L'éducation des filles », fait pendant à ce « Petit traité de l'éducation des fils », par lequel il avait terminé *Le Jeune Homme*[5]. L'intérêt en est le même. Comme dans *La Province* aussi, Mauriac rapporte des souvenirs; certains ont été utilisés dans des romans dont il nous indique ainsi quelques sources; d'autres ne l'ont pas été et nous font saisir les limites de son domaine romanesque. Les notes sur la vie paysanne dont on retrouve

1. P. 859.
2. P. 860.
3. P. 859.
4. P. 854.
5. Voir p. 1305.

l'équivalent dans les *Nouveaux Mémoires intérieurs,* le portrait des vieilles demoiselles, repris également dans ces souvenirs, n'étaient pas pour lui une matière romanesque. À peine en a-t-il tiré, ici et là, un trait pour un personnage secondaire.

Il est plus curieux de le voir insister sur ce trait qu'on ne trouve guère dans son œuvre : « la femme, possédée par cette terrible puissance d'attachement qui l'asservit à ce qu'elle aime, homme ou enfant[1] ». Une partie du personnage de Blanche Frontenac s'inspire de cette image ; mais c'est l'homme asservi par la femme que Mauriac peint le plus souvent et la femme dominatrice. Il esquisse ici, avec une vigoureuse réprobation, un portrait de la « femme moderne », qui n'apparaît guère non plus dans son œuvre. Le journalisme le montrera de même préoccupé par toutes sortes de problèmes de mœurs ou de caractère que l'œuvre romanesque ignore.

NOTE SUR LE TEXTE

Le Romancier et ses personnages est une conférence qui fut prononcée le 18 mars 1932[2]. Elle parut dans *Conferencia* le 20 août 1932 [sigle : *C*]. Il en existe un manuscrit dont nous donnons les variantes[3].

L'Éducation des filles est également une conférence, faite le 6 février 1931 et publiée dans *Conferencia* le 20 juillet sous le titre : « O femme qui donc es-tu ? L'école des femmes. » Il n'en existe pas de manuscrit connu.

Les deux textes ont paru sous le titre *Le Romancier et ses personnages,* en 1933, aux éditeurs Corrêa[4]. Ils ont été repris dans le tome VIII des *Œuvres complètes,* dont nous suivons le texte.

NOTES ET VARIANTES

Page 839.

  a. concernent seul. / « Risque » est le mot qui convient. Il y a pour un romancier risque réel à se regarder travailler si j'ose dire. Les abeilles ternissent les parois des ruches de verre pour se dérober à l'observateur. [Il faut être un peu *[un mot illisible]* comme l'est André Gide pour oser comme il l'a fait dans « les Faux-mon-

1. P. 866.
2. Ou plus exactement, elle fut lue par Vallery-Radot, Mauriac venant de subir une intervention chirurgicale.
3. Bibliothèque Jacques-Doucet, MRC 2172.
4. Ils étaient précédés dans cette édition et dans les suivantes d'une étude d'Edmond Jaloux, qui a été supprimée dans les *Œuvres complètes.*

nayeurs »   *biffé*] [*En marge :* Le Journal dans les F⟨aux⟩-M⟨on-nayeurs⟩] / Il va sans dire   *ms.*

b. des romanciers purement subjectifs, ceux qui sous   *ms.*

1. Voir déjà *Le Roman,* p. 751.

Page 840.

a. de toutes pièces et qui l'accusent et se plaignent amèrement d'être caricaturés et peints sous les traits les plus odieux. [Ne croyez pas que ce soit amusant d'avoir un romancier dans son entourage ! *add. interl.*] Il n'y a pas   *ms.*

1. Mauriac lui-même au moins dans *L'Enfant chargé de chaînes* et dans *La Robe prétexte* n'a fait que se peindre assez consciemment. Mais peu après cette conférence, il écrit *Le Mystère Frontenac ;* peut-être y a-t-il quelque rapport entre la réflexion qu'il mène ici et la composition de ce « roman ».

2. « Je rends au public ce qu'il m'a prêté [...] » Première phrase de la Préface des *Caractères.*

3. Mauriac a longuement développé ces idées, à propos d'Abel Hermant, dans *Les Beaux Esprits de ce temps,* t. I, p. 955.

Page 841.

a. Les grandes personnes... » / Et, bien plus tard, lorsqu'il *[un mot illisible]* et met au monde les hommes et les femmes de ses romans, les reproches, les ⟨allusions⟩ attristées, la lettre indignée d'un ami de la famille qui croit s'être reconnu, tout cela le remplit d'étonnement et de tristesse...   *ms.*

b. tranquille. D'instinct, un romancier n'aime pas à *[un mot illisible]* de trop près les origines de ses personnages, mais s'il y arrête un instant son attention, il est bien obligé de reconnaître que cette manie, ce ridicule, cette infirmité, il l'a observé à telle époque, chez telle personne, qui sans doute par beaucoup d'autres traits diffère de tout au tout du personnage romanesque. Essayons d'y voir un peu plus clair. / Si je m'en   *ms.*

1. Ces déclarations posent le problème du retour des souvenirs que Mauriac prétend ici involontaire; il est difficile pourtant d'admettre que certains d'entre eux, au moins les plus fréquemment utilisés ou les plus caractéristiques, n'aient pas été reconnus. Quelques-uns (ceux qui touchent par exemple à son grand-père Mauriac, à l'oncle Lapeyre...) ont un caractère obsédant qui rend cette ignorance peu vraisemblable.

2. Voir un souvenir identique dans *La Robe prétexte,* « [...] mes jeux se faisaient silencieux, pour qu'aux passages intéressants grand-mère ne baissât pas la voix » (t. I, p. 96).

Page 842.

1. Voir au tome I, « Géographie romanesque de Mauriac » (p. 1388), pour ce choix limité de lieux et surtout de demeures.

2. *Thérèse Desqueyroux* se passe dans la maison des « demoiselles », décrite dans les *Nouveaux Mémoires intérieurs ;* voir la Notice de ce roman, p. 923.

Page 843.

a. sont-ils eux aussi des photographies retouchées ? Ici nous atteignons le point le plus délicat de cette étude et nous aurons *ms.*

1. Mauriac note dans les *Nouveaux Mémoires intérieurs* que l'une des « demoiselles » à qui il emprunte la maison de *Thérèse Desqueyroux* était sourde (p. 59), comme, dans le roman, la tante Clara, détail qui illustre bien son propos.

2. Cadette, la servante de Jérôme Péloueyre, en est un bon exemple; il semble même, d'après les *Nouveaux Mémoires intérieurs,* qu'il lui ait conservé son nom (p. 135). Marie de Lados, dans *Genitrix,* paraît peinte d'après le même modèle...

Page 844.

a. une direction différente de celle que la vie a réellement suivie. Par exemple, entre *ms.*

b. direct à la réalité. Les motifs *ms.*

1. Claude Mauriac a récemment publié les notes que son père avait prises lors de ce procès, en 1906, voir n. 5, p. 924.

Page 845.

a. de celui qui a réellement existé... / Mais ce personnage imaginé, de quoi pourrait être faite sa *ms.*

b. j'ai admis qu'ils nous délivraient de colères, de rages, de rancunes, de désirs refrénés, qu'ils étaient les boucs *ms.*

1. Voir p. 853, où Mauriac indique que le même personnage lui a inspiré Fernand Cazenave, dans *Genitrix.*

2. C'est l'idée qu'il a développée dans l'article de 1925, repris dans *La Province* (voir p. 745); idée où intervient quelque influence de Freud. Pour des témoignages concordants à cette époque, voir Michel Raimond, *op. cit.,* p. 477-478.

Page 846.

1. Cette notation n'est pas sans contredire un peu ce qu'il a dit précédemment de ce roman (voir p. 844). Rappelons qu'il vient de l'achever, ce qui explique sans doute qu'il en tire exemple à plusieurs reprises.

2. Encore une remarque qui traduit les préoccupations de Mauriac à cette époque; il va tenter, dans *Ce qui était perdu, Les Anges noirs, Les Chemins de la mer,* d'éviter d'organiser son récit autour d'un personnage unique, dominé par un seul trait de caractère, comme Jean Péloueyre, Fernand Cazenave...

Page 847.

a. avec la vie, que les types les plus admirés dans le roman français et étranger *[deux mots illisibles]*. Ce sont de belles réussites. Mais à quoi bon les recommencer indéfiniment et tailler sur le même modèle. Tolstoï *ms.*

b. enchevêtré de raisons, de sentiments, de sensations, de désirs, toujours *ms.*

1. L'intérêt de Mauriac pour les techniques romanesques qui permettent l'expression à la première personne est évident; il vient d'ailleurs d'écrire *Le Nœud de vipères* et a tenté dans certaines nouvelles — en particulier dans *Insomnie* — de rendre ce caractère mouvant de la conscience humaine.

2. C'est une de ses préoccupations que Mauriac note ici; il tente à cette époque d'écrire des romans dans lesquels le personnage sera plus nettement intégré dans un ensemble, dans un groupe. *Ce qui était perdu* ou *Les Chemins de la mer,* mais aussi, d'une autre manière, *Le Nœud de vipères* et *Le Mystère Frontenac* traduisent cette pré-occupation.

Page 848.

a. les diviser [S'il est vrai, selon le mot fameux que l'humanité se compose de plus de morts que de vivants, le monde des créatures du roman ne se compose même pas de morts *[mais de formes biffé 1],* ce sont des limbes où errent des fantômes qui ont *biffé en définitive]* Ainsi, nous *ms.*

1. Mauriac vient de publier *Le Dernier Chapitre du Baiser au lépreux ;* il a déjà songé à écrire une « suite » à *Thérèse Desqueyroux* (voir la Notice de *Thérèse chez le docteur* au tome III de cette édition.) La remarque est donc très directement inspirée par ses propres problèmes de romancier.

Page 849.

a. a beaucoup fait pour la survie de Thérèse. À son propos *ms.*

b. sur elles-mêmes. Celles qui cachent un secret dans leur propre cœur, cherchent auprès d'elle un éclaircissement, peut-être une complicité. Ces personnages *ms.*

c. de vie et créateur d'êtres humains, dès qu'il *ms.*

d. le romancier lâche sur le monde comme des pigeons voya-geurs, ces fils et ces filles de son esprit, il peut même les charger d'une mission. *ms.*

e. à les propager. Entre nous, c'est même assez mauvais *ms.*

1. On voit, à comparer *Conscience, instinct divin* et *Thérèse Des-queyroux,* que Mauriac avait découvert assez vite les raisons que Thérèse avait d'empoisonner son mari et qu'il a construit son roman en obscurcissant le personnage.

2. Ce détail, ajouté, rappelle le héros du *Nœud de vipères,* mais

aussi le vieux Gornac, dans *Destins,* Fernand Cazenave, dans *Le Baiser au lépreux...* Mauriac ne faisait d'ailleurs que leur donner une attitude fréquente dans sa famille paternelle.

Page 850.

   a. détails, ne vivait pas et que je tirais sur les ficelles d'un pantin ! Au contraire, *ms.*
   b. ces pages oubliées.| Plus nos *ms.*
   c. purifiée de leur être, dans ces bas fonds où grouillent les tendances refoulées, les inclinations vaincues, les lâchetés inavouables, les phobies, les rancœurs tenaces, — tout ce qui ⟨subsiste⟩ en nous malgré nous, tout ce que nous passons notre vie à balayer du champ de la conscience, *ms.*
   d. toutes ces horreurs, ils [n'osent répondre : je n'ai pas eu à les chercher bien loin. Comme dans l'évangile les démons exorcisés entrent dans un troupeau de *biffé*] [répondent qu'il n'est même pas besoin de les chercher. *add. interl.*]. Il serait faux *ms.*

   1. Les premières rédactions de ce roman (voir t. I, p. 1324 et suiv.) montrent en effet que ce personnage n'intervient pas encore.
   2. Il semble que la formule de de Maistre soit un peu différente : « Je ne sais ce qu'est la vie d'un coquin ; je ne l'ai jamais été ; mais celle d'un honnête homme est abominable » (*Œuvres complètes,* éd. Vitte, t. XIV). Le texte que donne Mauriac se trouve dans *Le Bourgeois* d'Abel Hermant, Hachette, 1924, comme une citation, sans référence.

Page 851.

   1. Dans presque tous les romans de Mauriac, pour des raisons qui ne sont pas d'édification d'ailleurs, mais plus profondes, un certain apaisement se produit au finale (voir t. I, Préface, p LXXXIV). Mais il est rare que cet effet soit obtenu, comme dans *Le Nœud de vipères* par une évolution intérieure aussi claire du personnage.

Page 852.

   a. mes plus tristes *[p. 851, 3ᵉ ligne en bas de page]* personnages. Aussi bien le héros *ms.*
   b. de la sainteté / Mais il arrive *ms.*

   1. Roman publié à la N.R.F. en 1931.
   2. En réalité, psaume L, verset 19.

Page 853.

   1. On se trouve là devant une des fausses « sources » qu'il arrive souvent à un écrivain d'indiquer ; ou du moins devant une de ces indications qui n'éclairent rien. L'égoisme mis à part, qu'on retrouve aussi accentué chez d'autres personnages, la ressemblance entre Fernand Cazenave et Louis n'apparaît guère et le modèle

commun — Mauriac y revient dans *Nouveaux Mémoires intérieurs,*
p. 237 — n'explique en rien les deux romans. Ce modèle a existé,
comme le dit Mauriac, mais la rêverie l'a immédiatement et profondément transformé. S'il y a retour des mêmes « types » dans ces
romans, c'est bien davantage le séducteur, le « ravageur », ou le mal-
aimé, la pharisienne (Mme de Villeron, Élisabeth Gornac, la femme
de Louis...) qui dès cette époque y reparaissent.

Page 854.

a. j'ai mise à jour. | Quelquefois   *ms.*

b. moins réussi que les produits des fournisseurs habituels qui
ont l'habitude de ces besognes. [Vous ne parlez jamais *[...]* de
mauvais romanciers.   *add. marg.*] À quoi bon ? Que chacun exploite
ms.

Page 855.

a. chef-d'œuvre inconnu qu'ils mourront sans doute sans avoir
écrit. | [S'il faut se méfier de ces tentations de renouvellement, cela
ne signifie pas que l'auteur ne puisse trouver un grand bénéfice
et un enrichissement dans certaines critiques. En écrivant *Le Nœud
de vipères,* je me suis souvenu de ce reproche que l'on a fait souvent
aux romanciers de ma génération, de peindre un monde bourgeois
où la question d'argent ne se posait pas et où les personnages
n'avaient à s'occuper que de leur belle âme. L'argent est dans mon
nouveau livre le principal ressort du drame.   *biffé*] N'en doutez
pas, derrière le roman   *ms.*

Page 856.

a. ne s'était aventuré. | Et quand le romancier   *ms.*

1. *Vie de Pascal,* par Mme Périer; voir déjà n. 1, p. 340.
2. Baudelaire, *Les Fleurs du mal,* « Spleen » (*Œuvres complètes,*
Bibl. de la Pléiade, t. I, p. 73).

Page 857.

a. ses deux oreilles. Il arrive aussi hélas que notre œuvre agonise
lentement, meure avant nous même et que nous lui survivions. Il est
vrai que nous pouvons toujours compter sur une résurrection possible de nos ouvrages, après notre mort. Les héros de roman ressus-
citent quelquefois. | Je souhaiterais   *ms.*

b. évoluent sans cesse, que les personnes que nous aimons à la
folie nous sont,   *ms.*

Page 858.

a. nous échappent à nous-mêmes *[trois mots illisibles]* ont dû déjà
vous rapporter à cette tribune ce qui est pour tous les romanciers
d'une observation courante : chaque fois   *ms.*

b. trop ambitieux et d'en revenir à la tradition du roman psychologique français. Il ne s'agirait que de se résigner   *ms.*

1. La formule n'a rien de particulièrement original : toutes les discussions de l'époque autour du roman ont conduit les romanciers à prendre conscience des artifices nécessaires. Mais Mauriac — comme il le précise quelques lignes plus loin — ne croit pas à un renouvellement du roman par la recherche de techniques nouvelles.

Page 859.

a. de *Dominique* est-elle si négligeable ? Acceptons   *ms.*

1. L'allusion à Gide, tardive (voir var. *a*) donnait un peu plus d'actualité au propos. Mauriac n'a pas aimé *Les Faux-monnayeurs*, « roman peut-être raté », écrira-t-il encore (« La victoire de Spartacus », article paru dans *La Table ronde*, après la mort de Gide, en avril 1951 ; *Cahiers Gide 2*, p. 198). Le choix qu'il fait de *La Porte étroite* pour établir une comparaison n'a pas qu'une signification technique.

Page 860.

a. Le manuscrit s'achève sur ce mot.

1. Dans la dédicace à Taine d'*André Cornélis*, voir déjà t. I, p. 945 et n. 4.
2. Il s'agit sans doute du roman de Chamisso, *La Merveilleuse Histoire de Pierre Schlemihl ou l'Homme qui a vendu son ombre.*

Page 861.

a. Ici commence la conférence dont le début n'a même pas été modifié. Voir la Note sur le texte, p. 1363.

Page 862.

1. Mauriac note ce détail dans *La Chair et le Sang* (t. I, p. 281), dans *Les Chemins de la mer*... Mais il peint assez rarement les milieux paysans. On pense toutefois à Cadette *(Le Baiser au lépreux)*, à Marie de Lados *(Genitrix)*...

Page 863.

1. Voir *Le Baiser au lépreux, Destins*...

Page 864.

1. C'est en effet la situation la plus habituelle dans les romans de Mauriac; voir dans les *Nouveaux Mémoires intérieurs ;* « Dans le royaume de mon enfance, les femmes régnaient ou elles servaient. Elles étaient impératrices ou esclaves » (p. 134).

Page 865.

1. Maurice Donnay, *L'Autre Danger,* acte IV, sc. 8 : « Vous savez bien qu'en amour, c'est [...]. »

2. Ce sont ses propres souvenirs d'enfance que Mauriac note ici ; ce thème de la mère « dévorée » par ses enfants est l'un de ceux qui sont développés dans *Le Mystère Frontenac*. Voir p. 550 et 558 en particulier.

Page 866.

1. Ces détails ne sont pas seulement utilisés dans *Genitrix* comme Mauriac le remarque un peu plus loin ; ils se trouvent déjà notés dans la première rédaction du *Baiser au lépreux* (t. I, p. 1141) et ils seront repris dans un conte, *Le Drôle*.

Page 867.

1. Sans doute à cause de *Thérèse Desqueyroux,* Mauriac a assisté à un procès d'assises qu'il a raconté dans *L'Affaire Favre-Bulle* en 1931. (Voir *Appendice II,* p. 887).

Page 868.

1. Voir dans les *Nouveaux Mémoires intérieurs* ce que dit Mauriac à propos des « demoiselles » de Jouanhaut (p. 58). Ces notes sont intéressantes parce qu'elles donnent ce que le romancier n'a pu utiliser ; ces personnages ne sont pas pour lui des héros possibles.
2. Voir p. 812.

Page 870.

1. C'est le sujet d'une nouvelle que Mauriac écrira un peu plus tard, *Le Rang.*

Page 873.

1. « Vois-tu, ce goût / Pour cet être qui garde un visage d'enfant / Est étrange » (*Tête d'or,* in *Théâtre,* Bibl. de la Pléiade, t. I, p. 37).

Page 875.

1. Voir Benjamin Constant, *Le Cahier rouge* (*Œuvres,* Bibl. de la Pléiade, p. 92).

Page 876.

1. Voir dans *Le Désert de l'amour* (t. I, p. 745) ou dans *Le Mystère Frontenac,* p. 569.

Page 877.

1. *Par-delà le bien et le mal,* Gallimard, 1971, p. 133. Cette traduction donne : « La grandeur est-elle aujourd'hui possible ? »

Page 879.

1. Fénelon, *De l'éducation des filles,* chap. II.

Page 880.

1. L'héroïne du roman de Francis Jammes.

2. Je n'ai pas retrouvé l'interview où se trouvent ces critiques; on a vu que Mauriac y répliquait d'une autre manière dans la conférence sur *Le Romancier et ses personnages*, p. 854.

3. *Cinq grandes odes* (*Œuvre poétique*, Bibl. de la Pléiade, p. 259).

APPENDICES

Appendice I
PRÉFACES

NOTICE

Nous donnons ici, comme au tome I, les préfaces des *Œuvres complètes ;* l'ordre de publication de celles-ci n'étant pas chronologique, la concordance avec notre édition n'est pas rigoureuse; *Les Anges noirs* dont il est question dans la préface qui suit figureront dans le tome III de notre édition; les préfaces qui concernent *Destins, Thérèse Desqueyroux, Le Démon de la connaissance* et *Insomnie* ont paru dans le tome I, p. 989 et suivantes.

NOTES

Page 883.

1. « Le pays sans chemin » est le sous-titre du drame *Le Feu sur la terre,* représenté en décembre 1950.

Page 884.

1. En fait, ce roman a paru en 1936.

2. Mauriac lui a, une fois, dans le manuscrit attribué un nom (voir var. *b,* p. 398), puis a renoncé à ce détail. Il ne remarque pas — ce qui est plus intéressant — que le même prénom : Louis, lui a servi pour deux personnages, également privés de nom patronymique, ceux de *Coups de couteau* et d'*Insomnie.*

3. Voir à ce propos, la note p. 853.

Page 885.

1. Pour cette citation de l'Évangile, voir p. 1066.

2. Ce quatrième volume donne en effet les textes autobiographiques : *Commencements d'une vie, Bordeaux...* (nous avons donné, de la préface, ce qui touche au *Mystère Frontenac*). Ce rapprochement faisait perdre au *Mystère Frontenac* son caractère romanesque que la préface, précisément, lui restitue.

3. Duhamel, *Remarques sur les mémoires imaginaires.*

Page 886.

1. Sur ce point, comme pour les détails qui suivent, voir la Notice de ce roman, p. 1237-1238.

Appendice II
L'AFFAIRE FAVRE-BULLE

NOTICE

Mauriac avait tenu à reprendre dans le tome II des *Œuvres complètes* où sont réunis *Thérèse Desqueyroux* et *La Fin de la nuit,* ce texte non romanesque, mais lié à ces deux romans. C'est, en somme, un compte rendu d'audience publié dans *Les Nouvelles littéraires* du 6 décembre 1930 et repris dans « Les Amis des Cahiers verts » de Grasset, en 1931. L'intérêt de ce texte est évidemment dans cette sorte de « rencontre » entre le romancier et un personnage qui pourrait sortir d'un de ses romans; rencontre d'autant plus curieuse qu'il demeure comme obsédé par le personnage de Thérèse; il a déjà à cette époque été tenté de le reprendre et il cédera bientôt à ce désir. C'est bien en romancier qu'il suit ce procès, étonné que les jurés « manquent d'imagination », ne s'interrogent pas sur le mystère du personnage qu'ils ont à juger[1].

NOTES

Page 890.

1. *Britannicus,* acte II, sc. II : « J'aimais jusqu'à ses pleurs [...]. »

2. C'est la réflexion que Mauriac faisait déjà, en 1906, en assistant au procès qui lui inspira Thérèse Desqueyroux (voir p. 924) et c'est ce qu'il se refusera d'éclairer dans le personnage de Thérèse : cette soudaine irruption du désir criminel.

3. Il s'agit évidemment du personnage de Proust.

Page 891.

1. Dans le *Mémorial,* ces mots sont isolés, en effet, au centre de la page.

2. Mauriac retrouve ici ce personnage de femme vieillissante éprise d'un jeune homme, qu'il a souvent peint. Peut-être y a-t-il là une des sources de l'épisode de *La Fin de la nuit* avec Georges Filhot.

---

1. La presse de l'époque ne donne sur cette affaire aucun renseignement qui compléterait ou éclairerait le texte de Mauriac ; elle n'apporte pas non plus de détails intéressants sur les acteurs du drame ; le seul qui reste connu, Maurice Garçon, avait, au moment de ce procès, une quarantaine d'années.

Page 892.

    1. Mot familier à Mauriac, voir par exemple, p. 694.

Page 893.

    1. Mauriac use de cette expression à propos de Thérèse, p. 25.

Appendice III
ARTICLES

NOTICE

    Les trois articles que nous donnons ici, ont tous trois été repris dans le *Journal*. Mais ils offrent un intérêt tout particulier pour la création romanesque de Mauriac et particulièrement pour les romans donnés dans ce volume. L'un traduit une des préoccupations littéraires les plus nettes de Mauriac à cette époque et n'est pas sans conséquence pour des romans comme *Ce qui était perdu*. Les deux autres décrivent Malagar, description qui mérite d'être comparée à celle que le romancier en fait dans *Destins* et dans *Le Nœud de vipères*.

NOTES

Page 895.

    1. Sous le titre « Roman-fleuve et roman-ruisseau », cet article a paru dans *L'Écho de Paris,* le 17 décembre 1932. Il a été repris dans *Journal I* (*OC*, t. XI).

    2. En 1932 paraît le premier volume des *Hommes de bonne volonté,* ce qui justifie sans doute l'article. Mais Lacretelle vient de publier aussi le premier volume des *Hauts-Ponts.* Mauriac peut songer encore au *Salavin* de Duhamel dont *La Chronique des Pasquier* commence, également aux *Thibault* de Martin du Gard...

    3. Ce texte de G. Sand (*Autour de la table,* Calmann-Lévy, 1875) est cité par Brunetière dans *Honoré de Balzac,* p. 89.

    4. Voir les remarques de Mauriac dans la préface au tome I des *Œuvres complètes,* reprise t. I, p. 991.

Page 896.

    1. C'est le deuxième des Principes (*Discours de la méthode,* II); rétablir : « chacune des difficultés que j'examinerais en autant de parcelles qu'il se pourrait [...] »

    2. *Ibid.,* c'est la quatrième règle.

Page 897.

    1. On sait que ce transatlantique, le plus grand qu'on ait alors construit, fit naufrage à sa première traversée, en avril 1912.

2. C'est évidemment sa manière que Mauriac définit ici, celle de ses premiers romans, du moins. On voit dans les manuscrits de *Ce qui était perdu* un effort pour étoffer le récit (sensible encore, à un degré moindre) dans ceux du *Nœud de vipères* et du *Mystère Frontenac*. On notera aussi que Mauriac, en écrivant un peu plus tard les deux nouvelles sur *Thérèse Desqueyroux*, *La Fin de la nuit* et surtout *Les Anges noirs,* se laisse entraîner à composer des ensembles romanesques plus vastes.

Page 898.

1. La remarque est inattendue, au moment où Mauriac va revenir précisément à des livres anciens (voir la Note précédente); mais, il est vrai, sans l'avoir voulu, sans rien de concerté.

2. Ce texte a paru sous le titre « La terre ingrate » dans *L'Écho de Paris* du 13 août 1932; c'est en le reprenant dans *Journal I* (*OC*, t. XI), que Mauriac a modifié le titre. Il est, dans son mouvement, proche du *Mystère Frontenac,* dit surtout l'attachement à ce pays alors que le suivant en fait une description.

Page 899.

1. Écho d'une page du *Mystère Frontenac* (p. 647) que Mauriac écrit au même moment.

2. Mauriac cite cette lettre d'André Lafon, dans *La Vie et la Mort d'un poète* (essai qui lui est consacré), *OC*, t. IV, p. 389.

3. Fragment d'une lettre à Barbey d'Aurevilly : « [...] je ne puis comparer ma pensée qu'à un feu du ciel qui frémit à l'horizon entre deux mondes. »

4. Extrait d'une lettre d'André Lafon à Mauriac; *op. cit.,* n. 2, p. 398.

5. *La Maison du berger,* dernière strophe.

6. *Ibid. :* « Les grands pays muets longuement s'étendront. »

Page 900.

1. Voir ce détail déjà noté : le grand-père de Mauriac avait fait porter sur sa tombe de la terre de Malagar (*Genitrix*, t. I, p. 626 et n. 1 et *Destins*, p. 144).

Page 901.

1. Ce texte a paru dans *Art et médecine* en janvier 1934. Il a été repris dans *Journal II* (*OC*, t. XI). Il offre pour la lecture des romans — en particulier *La Chair et le Sang, Destins* et *Le Nœud de vipères* — l'intérêt de donner une description précise qui permet de confronter la réalité et la recréation romanesque. Mauriac lui-même y insiste. Nous n'avons pas relevé tous les détails qui se retrouvent dans les romans : il faudrait citer tous les passages descriptifs, toutes les allusions au paysage au moins dans les trois œuvres indiquées plus haut.

TABLE

Table 1379

ESSAIS

LE JEUNE HOMME

LA PROVINCE 723

LE ROMAN

Table 1381

Table 1383

Ce volume, portant le numéro
deux cent soixante-dix-neuf
de la « Bibliothèque de la Pléiade »
publiée aux Éditions Gallimard,
a été achevé d'imprimer
sur bible des Papeteries Schoeller et Hoesch
le 6 janvier 1992
sur les presses
de l'Imprimerie Sainte-Catherine
à Bruges,
et relié en pleine peau,
dorée à l'or fin 23 carats,
par Babouot à Lagny.

ISBN : 2-07-010957-7.

N° d'édition : 54662. Dépôt légal : janvier 1992.
Premier dépôt légal : 1979.
Imprimé en Belgique.